Maxim Gorki · Klim Samgin · Buch 3

Maxim Gorki

Klim Samgin

Vierzig Jahre

Buch 3

Deutscher Taschenbuch Verlag

Aus dem Russischen übersetzt von Hans Ruoff.
Dem Text der Vollständigen Gorki-Ausgabe, Moskau 1974/75,
entsprechend bearbeitet und mit Anmerkungen versehen
von Eva Kosing. Mit einem Nachwort von
Helene Imendörffer.
Titel der Originalausgabe:
»Žizn' Klima Samgina« (Moskau 1927–1937)

Von Maxim Gorki
sind im Deutschen Taschenbuch Verlag erschienen:
Autobiographische Romane (2007)
Drei Menschen · Die Mutter (2017)
Foma Gordejew · Eine Beichte · Das Werk
der Artamonows (2029)
Konowalow und andere Erzählungen (2035)
Der Vagabund und andere Erzählungen (2052)

April 1982
Deutscher Taschenbuch Verlag GmbH & Co. KG, München

ISBN 3-538-05260-3
Übersetzungsrechte beim Aufbau-Verlag, Berlin und Weimar
Umschlaggestaltung: Celestino Piatti unter Verwendung
einer »Klim-Samgin«-Illustration von 1934.
Gesamtherstellung: Friedrich Pustet,
Graphischer Großbetrieb, Regensburg
Printed in Germany · ISBN 3-423-02100-4

DRITTES BUCH

Zu Hause schleppte die Anfimjewna ihren abgerackerten Körper schwerfällig durch die Zimmer.

»Habt ihr begraben? Na also«, brummte sie unbestimmt, als sie ins Schlafzimmer verschwand, und von dort hörte Samgin die farblose Stimme der Alten: »Ich weiß nicht, was ich mit Jegor machen soll: er trinkt und trinkt. Die Zarenfamilie tut ihm leid – sie hat sich die Zügel aus der Hand nehmen lassen.«

Samgin bat um Tee, schloß die Tür seines Arbeitszimmers und lauschte: Vor dem Fenster stapften und schlurrten die Schritte von Menschen. Dieses ununterbrochene Geräusch machte den Eindruck, als ob irgendeine Maschine arbeitete, die das Pflaster ebnete und an die Hauswände stieß, als erweiterte sie die Straße. Die Laterne gegenüber dem Haus war zerschlagen, brannte nicht – das Haus schien von dem Platz weggerückt, auf dem es gestanden hatte.

Es ist vollbracht, dachte Samgin mit geschlossenen Augen und sah diese Worte als Überschrift seines künftigen Artikels; die Worte endeten sogar mit einem Ausrufungszeichen, aber es stand schief und ähnelte einem Fragezeichen. Im vorliegenden Fall bedeutete die Beerdigung gleichsam die Auferstehung des normalen Lebens . . .

Sein Denken war träge und ohne Trost, ihn störten Mitrofanow, Ljutow, die Erinnerung an die Nikonowa störte.

Sollte sie wirklich Mitrofanow denunziert haben?

Dann erinnerte er sich, wie unbequem es war, neben ihr im Bett zu liegen – sie hatte zuviel Platz eingenommen, und das Bett war schmal gewesen. Und dann diese Gewohnheit von ihr, die Brüste sorgsam im Leibchen zu verstauen . . .

Das mehrstündige Umhergehen in den Straßen machte sich bemerkbar – Samgin schlief bereits, als die Anfimjewna ihm ein Glas Tee brachte. Er wurde von Warwara geweckt, die ihn so stark am Arm zog, als wollte sie ihn auf den Boden werfen.

»Wach doch auf! Hörst du? An der Universität wurde geschossen . . .«

Sie war im Pelzmantel, von ihr strömten Kälte und Parfümgeruch aus, am Pelz glitzerten Tröpfchen geschmolzenen Schnees; sie griff sich mit den Händen an die Kehle und rief: »Entsetzlich! Eine Unmenge Toter! Einen Jungen . . .«

»Einen Jungen?« wiederholte Samgin. »Es kann aber sein ...«

»Was kann sein? Ach, zum Teufel!«

Es gelang ihr endlich, einen störrischen Haken zu öffnen, und nachdem sie den kalten Pelzmantel Klim auf den Schoß geworfen hatte, riß sie den Hut vom Kopf, lief im Zimmer umher und schrie hysterisch: »Und überhaupt: Man hat beschlossen, Erschießungen vorzunehmen! Diese Beerdigung! Wahrhaftig – überlege mal selber –, wir leben doch nicht in Frankreich! Wie kann man nur solche Kundgebungen veranstalten!«

Im Speisezimmer sagte Kumows Stimme: »Welch ein ... Wahnsinn!«

»Wer hat geschossen?« fragte Samgin ungläubig.

»Aus der Manege. Das Militär. Stratonow hat recht: Den Juden wird diese Beerdigung teuer zu stehen kommen! Aber – ich begreife das alles nicht!« rief sie, den Hut schwenkend. »Erst gestattet man, dann wird geschossen! Was soll das bedeuten? Warum schweigst du?«

Und sie lief weg und entband Klim von der Pflicht, etwas zu sagen.

Das ist wahrscheinlich übertrieben, überlegte er, als er dasaß und zuhörte, wie seine Frau abgehackt ausrief: »Jaja ... entsetzlich!«

Die Schritte auf der Straße schienen sich zu beschleunigen. Samgin betrat bedrückt das Speisezimmer – und von diesem Augenblick an verwandelte sich sein Leben auf lange Zeit in einen ununterbrochenen Alptraum. Er prallte mit Kumow zusammen; der glättete blinzelnd mit roten Händen sein Haar und schüttelte den Kopf, aber das Haar geriet wieder in Unordnung und fiel ihm ins Gesicht.

»Wahn-sinn«, sagte er durch die Zähne und trat ans Telefon, nahm den Hörer ab und hielt ihn unterhalb des Ohrs an die Wange.

»Das Telefon geht ja nicht«, rief Warwara.

»Ich kann und kann es nicht glauben, daß Petersburg wieder von Deutschland kommandiert wird, wie das nach dem 1. März unter Alexander III. war«, murmelte Kumow, den Blick auf den Hörer gerichtet.

»Ich lasse Sie nirgendshin fort, Kumow! Warum meinen Sie, daß er auf der Nikitskaja mitgegangen ist? Auch sind ja nicht alle, die auf der Nikitskaja gingen ...«

Ins Speisezimmer flatterte wie ein Vogel Ljubascha Somowa herein; am Boden schleifte ein Plaid hinter ihr her, dem Umfallen nahe, tappte sie wie eine Blinde zum Tisch und sagte, wobei sie mit der Faust aufschlug, ganz außer Atem und unglaublich schnell: »Turobojew ist getötet ... er liegt verwundet im Krankenhaus auf dem Strastnoi-Boulevard. Wir müssen uns wehren – was denn sonst?

Man muß Sanitätspunkte errichten! Es gibt viele Verwundete, Verprügelte. Hört mal – ihr müßt auch einen Sanitätspunkt einrichten! Natürlich wird es einen Aufstand geben ... Die Sozialrevolutionäre in der Prochorowschen Manufaktur ...«

Warwara unterbrach sie grob und anscheinend sogar erbost durch Fragen. Die Anfimjewna kam herein und begann schweigend, Ljubascha auszuziehen, doch sie entwand sich ihren Händen und rief: »Lassen Sie mich? Ich gehe gleich wieder ... Ach, mein Gott, so lassen Sie mich doch ...«

»Keinerlei Punkte!« raunte Warwara erregt ihrem Mann ins Ohr. »Unter keinen Umständen! Ich kann nicht, werde das nicht dulden ...«

Ljubascha hüpfte, als wollte sie auf den Tisch hinaufspringen, und rief hastig: »Gogins organisieren schon einen Punkt, und man muß Ljutow bitten, Klim! Er hat ein leeres Haus. Und dort ist so ein Stadtviertel, wo es notwendig ist! Geh zu ihm hin, Klim. Geh sofort ...«

»Jaja, geh hin, Klim«, wiederholte Warwara inständig, während die Somowa zornig rief: »Geben Sie mir meine Jacke und das Plaid zurück!«

»Na, wohin, wohin willst du denn gehen?« sagte die Anfimjewna aus unerfindlichem Grund mit Baßstimme, aber Ljubascha schlug mit ihrem Fäustchen, das wie ein Rosenbrötchen aussah, auf den Tisch und schrie sie an: »Sie begreifen nichts! Sie sind ... ein Fisch! Alexej Gogin wurde von irgendwelchen verfolgt ... sie schossen ...«

Die Anfimjewna führte Ljubascha hinaus, Warwara raunte wieder ihrem Mann zu: »Geh, überrede Ljutow, er ist ein gutsituierter Mann, aber bei uns – nein, ich danke!«

Klim ging sich anziehen, nicht weil er die Sanitätspunkte für notwendig gehalten hätte, sondern um aus dem Haus zu kommen, seine Gedanken zu sammeln. Er fühlte sich vor den Kopf gestoßen, betrogen, und wollte das, was er gehört hatte, nicht glauben. Aber offenbar war doch etwas Abscheuliches und gleichsam gegen ihn persönlich Gerichtetes vorgefallen.

Wir müssen uns wehren. Es wird einen Aufstand geben, wiederholte er innerlich Ljubaschas Ausrufe, als er die Straße betreten hatte. So eine Idiotin.

Doch nachdem er die Somowa beschimpft hatte, kam er darauf, daß diese schmalen, krummen Straßen für Barrikaden gut geeignet sein müßten. Und danach kam ihm unangenehm in Erinnerung, wie die Arbeiter am 8. Oktober die Stadt mit den Augen von Fremden besichtigt hatten, und darauf fühlte er plötzlich, daß diese chaotische Riesenstadt auch ihm fremd, nicht das Moskau war, das es mehrere Stunden zuvor gewesen war. Kalte Dunkelheit war über sie hereingebrochen, hatte die Menschen in die Häuser und Häuschen getrieben und alles Licht in den Straßen und Fenstern gelöscht. Nur ganz selten blinkten gelbe Flecken armselig, kläglich hinter dem plüschartigen Rauhreifbelag der Fensterscheiben. In der Finsternis tanzte und rieselte scharfer, stechender Staub. Die Stadt war irreal geworden, wie in der Finsternis alles außer ihr selbst irreal ist.

Und wie jeder Mensch in der Dunkelheit empfand Samgin mit unangenehmer Schärfe seine Realität. Die Menschen gingen sehr schnell, in kleinen Gruppen, und wahrscheinlich wußten die einen von ihnen, wohin sie gingen, die übrigen liefen wie Verirrte umher – Samgin hatte schon ein- bis zweimal bemerkt, daß sie, wenn sie in eine Gasse eingebogen waren, gleich wieder zurückkehrten. Unwillkürlich folgte auch er ihrem Beispiel. Ihn überholte eine kleine Gruppe, vielleicht fünf Personen; der eine von ihnen rauchte, die Zigarette glühte wie im Takt zu den Schritten oft auf; eine Frauenstimme fragte in gekränktem Ton: »Herrschaften, ist das denn wirklich ernst?« Dann rief sie: »So werfen Sie doch die Zigarette weg!«

Samgin zuckte zusammen und dachte, daß Moskau in dieser Nacht unheimlicher sei als Petersburg in der Nacht zum 10. Januar. Er lauschte gespannt, erwartete, das wohlbekannte Knacken von Schüssen zu hören. Aber das Gehör fing nur irgendwelche Schläge auf, wie das Zuschlagen von Toren oder Türen, und aus der Ferne ein unerklärliches Knistern – wie Holz knistert, wenn es vom Frost birst. Zuweilen schien es, als gingen Leute über ein Blechdach, zuweilen knarrte etwas und fiel um, als wäre plötzlich ein Zaun umgestürzt. Als Samgin in der Dunkelheit, die immer dichter wurde, durch die Schlingen der Straßen und Gassen irrte, kam ihm der Gedanke, daß es sehr unangenehm sein würde, Ljutow zu sehen, und entschied endgültig: Die Sanitätspunkte sind ein kindischer Einfall.

Im Grunde habe ich unbedacht das Haus verlassen, überlegte er und verlangsamte seine Schritte. Dieses Schießen war sicherlich ein Mißverständnis.

Als er sich aber erinnerte, daß er das Verbrechen des 9. Januar auch als ein Mißverständnis hatte betrachten wollen, verwarf er die Vermutungen über das heute Vorgefallene und beschloß heimzugehen. Alina wußte natürlich davon, und so hatte es keinen Sinn, zu ihr zu gehen. Turobojew mußte ja so enden. Im Grunde war er ein

Abenteurer. Solche Menschen enden im Selbstmord oder im Gefängnis wegen eines Verbrechens. Überbleibsel eines verrotteten Standes. Möglicherweise liebte ihn Alina immer noch. Irgendwer hatte gesagt, die Frau liebe ihr ganzes Leben lang den ersten Mann, aber in der Erinnerung, nicht fleischlich. Er bog in eine Gasse ein; nach ein paar Schritten rief ihm jemand zu: »Wer da?«

Ein hochgewachsener Mann trat ihm in den Weg, zündete ein Streichholz an, leuchtete ihm ins Gesicht und fragte streng: »Wohnen Sie in dieser Gasse?«

»Nein.«

»Der Durchgang ist hier gesperrt.«

Samgin fragte nicht, weshalb. Im Hintergrund der Gasse machten sich mit Ächzen und halblautem Sprechen Leute zu schaffen, die etwas Schweres am Boden schleiften.

Natürlich Studenten. Diese Bengel, dachte er mit gezwungenem Lächeln und entfernte sich schnell von dem Mann im langen Mantel und mit sibirischer Pelzmütze auf dem Kopf. Die kalte Dunkelheit preßte ihm den Körper zusammen und machte ihn matt, schläfrig. Kleine Gedanken bemächtigten sich seiner, sie schienen sich wie Schuppen vom Hirn zu lösen. Samgin dachte unwillkürlich, daß er sich an Tagen großer Ereignisse fast immer der Macht gerade kleiner Gedanken, der Macht der Details ergebe; sie kreisten über dem Haupteindruck wie Funken über der Asche eines Lagerfeuers.

Das ist eine Künstlereigenschaft, dachte er, klappte den Mantelkragen hoch, vergrub die Hände in den Taschen und ging langsamer. Künstler denken sicherlich so, wenn sie aus dem Wesentlichen das Charakteristischste heraussuchen. Doch möglicherweise ist das ein eigenartiger Ausdruck für das Gefühl der Selbstverteidigung gegen vernichtende Schläge des Unsinnigen.

Er bog um die Ecke, in seine Straße ein und wäre fast gegen eine kleine Menschengruppe geprallt. Die Leute hatten sich zwischen zwei Vorgärten zusammengedrängt, und einer von ihnen sagte gedämpft, rasch: »Glaube – Zar – Vaterland . . .«

Die drei Worte sprach er wie eins. Samgin sah nur Rücken und Nacken der Leute; er ging mit beschleunigten Schritten eilig an ihnen vorbei, aber ihn erreichten dennoch die hastigen und in der frostigen Stille sehr deutlich hörbaren Worte: »Die Streikenden sind von den Juden bestochen, das ist klar, und wen haben sie nun beerdigt? Und wie? So hat man im vergangenen Jahr nicht einmal General Keller zu Grabe getragen, und der war ein Held!«

Auch ein »erklärender Herr«, dachte Klim, während er rasch auf die Tür seines Hauses zuging und sich umsah. Als er im Speisezimmer eine Kerze anzündete, erblickte er seine Frau; sie schlief in Kleidern auf der Chaiselongue im Besuchszimmer, zeigte die Zähne, die eine Hand hielt sie an der Brust, die andere am Kopf.

»Ljutow ist dagewesen«, sagte sie, als sie erwachte, und verzog das Gesicht. »Er bat, du möchtest ins Krankenhaus kommen. Alina gerät dort ganz von Sinnen. Mein Gott, was für Kopfschmerzen ich habe! Und wie ... abscheulich ist doch das alles!« kreischte sie plötzlich und stampfte mit dem Fuß auf. »Und dann noch – du! Gehst in der Nacht herum ... Gott weiß wo, während hier ... Du bist doch kein Student mehr ...«

Sie knöpfte nervös ihr Jäckchen auf, nahm die Kerze und ging.

»Du vergißt, daß ich mit deiner Genehmigung weggegangen war«, sagte er hinter ihr her und dachte: Sie ist zerzaust wie eine ...

Das für eine Frau schmähliche Wort verschluckte er, dann setzte er sich in der Dunkelheit auf den warmen Diwan, begann zu rauchen und lauschte der Stille. Er fühlte sich von neuem und nun bereits schmerzend scharf betrogen, einsam und dazu verurteilt, über alles nachzudenken.

Ist gerade das meine Funktion? fragte er sich. Nach Lamarck schafft die Funktion ein Organ. Das Organ welcher Funktion ist der Mensch, wenn man ihm den Geschlechtstrieb nimmt? Tolstoi hat recht mit seinem Haß gegen den Verstand.

Die Zigarette war erloschen. Die Streichhölzer waren irgendwohin verschwunden. Er suchte eine Weile träge nach ihnen, fand sie nicht und begann die Schuhe auszuziehen, da er beschlossen hatte, nicht ins Schlafzimmer zu gehen: Warwara war sicherlich noch nicht eingeschlafen, und es war widerlich, ihre Dummheiten anzuhören. Als er den einen Schuh in der Hand hielt, erinnerte er sich, daß genau so an diesem Platz Kutusow gesessen hatte.

Er schürt jetzt natürlich irgendwo die Leidenschaften ... Da hatte Samgin auf einmal das Gefühl, in ihm wäre ein Geschwür geplatzt, und als rännen kleine, kalte Zornesströme durch seinen ganzen Körper.

Und er hat recht! schrie er innerlich. Mögen die Leidenschaften aufflammen, mag alles zum Teufel gehen, all diese Häuschen, kleinen Wohnungen, die vollgestopft sind mit Sich-um-das-Volk-Sorgenden, mit Buchstabengelehrten, Kritikern, Analytikern ...

»Warum gehst du nicht zu Bett?« fragte streng Warwara, die mit einer Kerze in der Tür erschienen war und ihn unter der vorgehaltenen Hand anblickte. »Komm bitte! Ich schäme mich, es zu gestehen, aber ich habe Angst! Dieser Junge ... Der Sohn eines Arztes ... Er stöhnte so ...«

In dem langen Nachthemd, mit einem Häubchen und in Pantoffeln, sah sie wie eine Karikatur von Busch aus.

»Du benimmst dich sonderbar«, sagte sie, als sie ans Bett trat. »Ich weiß doch, daß dir das alles nicht gefallen kann, aber du . . .«

»Schweig!« schrie er halblaut, aber so, daß sie zurückfuhr. »Untersteh dich, zu sagen, du wüßtest es!« fuhr er, die Kleider abwerfend, fort. Er schrie seine Frau zum erstenmal an, und dieses Revoltieren tat ihm wohl.

»Du bist verrückt«, murmelte Warwara, und er sah, daß der Leuchter in ihrer Hand zitterte und daß sie mit schlurrenden Pantoffeln immer weiter vor ihm zurückwich.

»Was weißt du? Vielleicht geht es schon morgen los mit Gemetzel, Pogromen . . .«

Warwara legte sich irgendwie schwerfällig, linkisch mit dem Rükken zu ihm; er löschte das Licht und legte sich auch hin, wartete, was sie noch sagen würde, und bereitete sich darauf vor, ihr sehr viel kränkende Wahrheit zu sagen. In der Dunkelheit drehten sich eigentümliche rauchgraue Flecken und Kreise langsam unter der Zimmerdecke. Er mußte lange warten, bis in der Stille die leisen Worte erklangen: »Ich begreife nicht, weshalb du auf mich böse zu sein brauchst. Nicht ich mache doch Revolutionen . . .«

Er hatte irgendwelche anderen Worte erwartet. Diese waren zu töricht, um auf sie zu antworten, und so zog er die Decke über den Kopf und wandte seiner Frau auch den Rücken zu.

Sie anzuschreien wäre zwecklos. Und töricht. Ich müßte jemand anderen anschreien. Vielleicht sogar mich selbst.

Sich selber aber tat er leid, doch seine Gedanken wurden fieberartig. Warwara schien zu weinen, sie schneuzte sich immerfort und hinderte ihn am Einschlafen.

Sie haßt mich wahrscheinlich. Aber ich selbst werde mich, wie mir scheint, auch bald hassen. Und dieser Gedanke steigerte sein Mitleid mit sich selbst.

Er schlief erst gegen Morgen ein, doch als er erwachte und sich des Auftritts mit seiner Frau erinnerte, brachte er sich rasch in Ordnung, und nachdem er Tee getrunken hatte, beeilte er sich, der unvermeidlichen Auseinandersetzung aus dem Wege zu gehen.

Moskau hat die Arme sinken lassen, dachte er, als er auf den Boulevards der sonderbar stillen Stadt dahinschritt. Es war Mittag, doch in den Straßen befanden sich wenig Menschen, meist nur Kleinbürger, bekümmert, mißmutig. Sie standen in kleinen Gruppen vor den Toren oder gingen auch zu dritt, zu fünft und noch mehreren irgendwohin. Studenten waren nicht zu bemerken, einzelne Passanten waren selten. Man sah weder Droschken noch Polizei, aber überall standen und liefen Jungen herum, die irgend etwas erwarteten.

Der Eingang zu der Gasse, in die man Samgin gestern nicht hineingelassen hatte, war mit einem Wagen ohne Räder, mit Kisten, einer Matratze, einem Zeitungskiosk und einem Torflügel verbarrikadiert. Vor diesem Aufbau saß auf einem Zementfaß ein rotbärtiger Mann mit einer Zigarette zwischen den Zähnen; zwischen seinen Knien ragte ein Gewehr, angezogen war er, als wollte er auf die Jagd gehen. Hinter der Barrikade machten sich drei Männer zu schaffen: Der eine befestigte mit Draht ein dickes Brett an dem Wagen, die zwei anderen schleppten aus einem Hof Ziegel herbei. Das alles erweckte in Samgin den Eindruck mutwilligen Spießerunfugs.

Im Wartezimmer des Petrowsker Krankenhauses stürzte sich Ljutow gierig auf Klim, zerzaust, stark mitgenommen, mit entzündeten Augen und Flecken im verzerrten Gesicht.

»Ach, wie ich auf dich gewartet habe!« zischte er, packte Samgin und zog ihn mit in den Korridor, wo er mit ihm in eine Fensternische trat. »Nun, er ist gestorben, um elf Uhr siebenunddreißig. Zwei Kugeln, beide in den Bauch. Er hat Qualen ausgestanden. Hör mal, mein Lieber«, fuhr er mit heiserer Stimme fort, indem er ganz dicht an Samgin herantrat und ihm unmittelbar ins Gesicht sprach: »Alina hat sich in den Kopf gesetzt, ihn unbedingt auf dem Wwedensker Friedhof zu beerdigen, das ist doch Unsinn! Der ist ja weiß der Teufel wo, der Wwedensker! Und überhaupt – was für eine Beerdigung? Der Pope hat sich geweigert, ihn zu bestatten. So ein Idiot. Er sagt, hier läge Mord, ein Kriminalverbrechen vor. Wieso denn ein Verbrechen? sage ich. Die Soldaten schossen nicht aus eigenem Antrieb, sondern selbstverständlich auf Befehl ihrer Vorgesetzten, also handelt es sich um Tötung durch Militär, das sich in Notwehr gegen die Wut der Gymnasiasten befand!« Ljutow erstickte schier an seinen Worten, begann zu husten und fuhr dann, mit der Hand auf Samgins Schulter gestützt, fort: »Versuch doch, ihr diese Zeremonie auszureden, mein Lieber!«

Ihm zitterten die Beine, er knickte immerfort eigentümlich in den Knien ein und wankte. Samgin hörte ihm schweigend zu und riet hin und her, was diesen Mann so tief verletzt haben mochte. Ljutow schob Klim mit der Schulter beiseite, lehnte sich an seiner Statt an die Wand und breitete die Arme weit von sich. »Eine nette Geschichte hat da begonnen, wie? Nun hat sich's was mit dem Hihi! Ich ging doch mit ihm, aber mich hat an der Ecke der Dolgorukowgasse ein Sozialrevolutionär angehalten, und auf einmal krachte es

– bum, bum! Diese Hundsfötter! Sie kamen nicht einmal, um zu sehen, wen, wie viele sie getötet hatten. Sie schossen und versteckten sich in der Manege. Red ihr das also aus, Samgin! Ich kann es nicht! Das kommt für mich überraschend, mein Lieber ... ist mir unbegreiflich! Ich dachte, für die Seele – habe sie Makarow ... Sie kommt!« flüsterte er und trat möglichst weit in die Ecke zurück.

Von weitem kam Alina langsam durch den Korridor geschwebt. Im offenen Pelzmantel, mit einem Schal um die Schultern und zerzauster Frisur, wirkte sie unnatürlich groß. Als sie herangekommen war, spürte Samgin, daß es zwecklos sei, ihr zuzureden: Ihr Gesicht war erstarrt, die Augen tief in die dunklen Höhlen eingesunken, und die vor Wut funkelnden Pupillen schienen zu glühen.

»Na, jetzt hat sich wenigstens ein vernünftiger Mensch gefunden«, sagte sie mit tiefer Stimme durch die Zähne. »Du, Klim, wirst mich zum Friedhof begleiten. Und du, Ljutow, gehst nicht mit! Klim und Makarow werden mitgehen. Hörst du?«

Ljutow zupfte sich am Spitzbart, und sein Kopf neigte sich unterwürfig.

»Ich habe sechs Männer gedungen, sie werden den Sarg tragen«, fuhr sie fort, stampfte plötzlich mit dem Fuß auf und sagte mit ganz tiefer Stimme: »Nirgends ist auch nur eine einzige Blume aufzutreiben, so ein Pack!«

Sie ging weiter, und Ljutow flüsterte mit vorwurfsvollem Kopfschütteln: »Was hast du denn, Samgin? Ach, mein Lieber ... Man kann sie doch nicht mitgehen lassen ... Ach!«

Und mit den Stiefelspitzen auftretend, folgte er Alina.

In was für dumme Lagen ich gerate, dachte Samgin und schaute sich um. Türen öffneten sich geräuschlos, eilig liefen die weißen Figuren der Krankenwärterinnen umher, die Wand strömte den Geruch von Medikamenten aus, an den Fensterscheiben rüttelte der Wind. Aus einem Krankensaal kam Makarow heraus, knotete im Gehen die Schnürbänder seines Kittels auf, warf einen Blick auf Klim und fragte nachdenklich: »Du?«

Dann nahm er ihn beim Arm und führte ihn in ein dunkles, einfenstriges Zimmerchen mit einer Unmenge Glasgeschirr auf Regalen und in Schränken.

»Rauch nur, hier ist es erlaubt«, sagte er, während er den Kittel auszog. »Er ist tapfer gestorben, ohne Klagen, obwohl Bauchwunden qualvoll sind.«

Er setzte sich auf die Tischecke und lächelte. »Zu mir sagte er: ›Ich wäre zufrieden, wenn ich wüßte, daß ich redlich sterbe.‹ Das klingt, als wäre es aus einem englischen Roman. Was heißt das, redlich sterben? Alle sterben redlich, leben aber ...«

Samgin rauchte, hörte zu und überlegte: Warum war ihm dieser vorzeitig ergraute Mann in irgendeiner Hinsicht besonders unangenehm?

»Haben wir nun Revolution, Samgin?« fragte Makarow mit zusammengezogenen Brauen und sah das rauchende Ende seiner Zigarette an.

»Offensichtlich.«

»Freut dich das?«

»Revolution ist Tragödie«, antwortete Klim nach kurzem Zögern.

»Du hast mir nicht geantwortet.«

»Tragödien freuen einen nicht.«

»Bist du Bolschewik?«

»Natürlich nicht«, antwortete Klim und dachte sofort, daß er zu hastig geantwortet habe.

»Also kein Revolutionär«, sagte Makarow leise, aber sehr einfach und überzeugt. Er benahm sich und sprach überhaupt in einer neuen, Samgin fremden Weise, was bei diesem Besorgnis erregte und ihn veranlaßte, auf der Hut zu sein.

»Revolutionäre, das sind die Bolschewiki«, sagte Makarow immer noch ebenso einfach. »Sie schlagen direkt zu: mit dem Kopf gegen die Wand. Wahrscheinlich muß man das tun, aber anscheinend mag ich sie nicht. Ich habe ihnen geholfen, mit Geld und überhaupt ... habe jemanden und etwas versteckt. Hast du ihnen geholfen?«

»Manchmal«, antwortete Klim vorsichtig.

»Warum? Weshalb?«

Samgin zuckte stumm mit den Achseln, denn er fühlte, daß Makarows Fragen immer unangenehmer wurden. Dieser aber fuhr fort: »Weil die Avantgarde nicht siege, sondern zugrunde gehe, wie Ljutow gesagt hat? Den feindlichen Truppen den ersten Schlag versetze – und zugrunde gehe? Das stimmt nicht. Erstens geht sie nicht immer zugrunde, sondern nur dann, wenn der Angriff nicht geschickt genug vorbereitet ist, und zweitens versetzt sie trotz allem einen Schlag. Das ist die Frage für mich, Samgin: Ich will keinen Bürgerkrieg, habe aber den Leuten geholfen, die ihn beginnen, und werde ihnen, glaube ich, weiterhin helfen. Da stimmt bei mir etwas nicht. Ich bin mit ihnen nicht einverstanden, ich mag sie nicht, doch, stell dir vor, ich achte sie irgendwie und ...«

Er lächelte, schnippte mit den Fingern und fuhr fort: »Du kennst dich in der Politik aus, sag mir also ...«

Die Tür ging weit auf, Alina trat ein. Samgin warf den Zigarettenrest auf den Boden und atmete erleichtert auf, doch Makarow sagte: »Wir werden unser Gespräch nachher wieder aufnehmen ...«

Wohl kaum, hätte Klim gern gesagt, nickte aber statt dessen bejahend.

»Worüber?« fragte Alina und wischte sich mit dem Taschentuch große Schweißtropfen vom Gesicht.

»Über die Politik«, sagte Makarow. »Sie sollten den Pelzmantel ablegen, sonst erkälten Sie sich!«

Alina setzte sich auf einen Stuhl neben der Tür, von dem sie vorher ein paar Bücher hinunterwarf.

»Störe ich euch denn?« fragte sie und sah die Männer an. »Ich habe angefangen, die Politik zu begreifen, ich möchte auch irgend jemanden töten ... einen Minister etwa.«

»Sie müssen sich ausschlafen«, murmelte Makarow, ohne sie anzusehen, während sie ohne Übereilung fortfuhr, die Worte zwischen den Zähnen hervorstoßend: »Schick doch mich, Klim! Ich bin schön, eine schöne Frau wird man zum Minister vorlassen, und ich werde ihn ...«

Sie streckte die Hand aus und knipste mit den Fingern – ihr Gesicht blieb immer noch ebenso starr. Makarow zündete sich vorgebeugt wieder eine Zigarette an, doch Samgin fragte lächelnd: »Du denkst, ich sei einer, der Leute zum Töten ausschickt?«

»Irgend jemand schickt sie doch«, antwortete sie mit einem lauten Seufzer. »Wahrscheinlich Kaltblütige, und du – bist kaltblütig. In der Nacht, dort«, sie deutete mit der Hand irgendwohin nach oben, »erinnerte ich mich, wie du mir von Igor erzähltest, wie ein Soldat ihn habe niedersäbeln wollen ... Du hast alles gut bemerkt, also bist du kaltblütig!«

Sie schwieg eine Weile, bedeckte den Kopf mit dem Schal und fügte etwas leiser hinzu, als spräche sie mit sich selbst: »Übrigens kommt das vielleicht daher, weil die Angst große Augen hat, die gut sehen. Ach, wie ich euch alle ...«

Sie blickte Makarow an und verstummte, dann sagte sie halblaut: »In Jalta weinte ich nach einer durchzechten Nacht und beklagte mich: Gott, warum hast du mir Schönheit geschenkt und mich in den Schmutz gestoßen! Irgend so etwas Ähnliches habe ich geschrien. Da umarmte mich Igor und sagte so ... wunderbar zärtlich: ›Das war ein echter menschlicher Klageschrei!‹ Er sprach manchmal, als steckte in ihm der Teufel ...«

Das letzte Wort übertönte Ljutow, der die Tür aufgemacht hatte.

»Nun also, es ist soweit«, sagte er mit sehr mutloser Stimme. »Gehen wir.«

Eine Stunde später schritt Samgin neben ihm auf dem Gehsteig, während mitten auf der Straße Alina am Arm Makarows hinter dem Sarg herging; ihnen folgte ein schnurrbärtiger Mann, der wie ein Militär im Ruhestand aussah, unrasiert, wie mit einer Plüschmaske auf den graublauen Wangen, mit einem dicken Stock in der Hand, sehr schäbig; neben ihm schritt, die Hände in den Taschen des zerrissenen Rocks vergraben, den Kopf geneigt, ohne Mütze, ein hochgewachsener Bursche, kraushaarig und ganz in irgendwelchen theatralisch krausen Lumpen; er spuckte sich immerzu durch die Zähne vor die Füße. Den Sarg trugen eilig zwei Bauern in halblangen Pelzen, beide wohl gerade erst aus dem Dorf gekommen: der eine in grauen ausgetretenen Filzstiefeln mit einem Bettelsack auf dem Rücken, der andere in Bastschuhen und hanfleinener Hose, mit einem schwarzen Flicken auf der rechten Schulter. Am Kopfende des Sarges ein kahlköpfiger dicker Mann, mit zwei Mänteln bekleidet, einem langen Sommermantel und einem kurzen bis zum Knie darüber; sein Gegenüber war ein typischer Moskauer Kleinbürger, dürr, in langem Überrock, mit zerzaustem Bart und eiförmigem Kopf. Sie gingen rasch und alle vier sinnlos nach vorn gebeugt, als zögen sie einen Wagen. Der Schnurrbärtige rief ihnen hin und wieder heiser zu: »He, ihr – haltet Schritt!«

Auf dem gelben Deckel des Krankenhaussarges lagen zwei Fächerpalmenblätter und noch ein paar Zweige von Zimmerblumen; Alina, monumental, im Pelzmantel, einen schweren Schal um die Schultern, ging, das Kinn auf die Brust gestützt; der Wind zauste ihr kastanienbraunes Haar; sie berührte öfters, mit schroffer Handgebärde, den Sarg, als stieße sie ihn vorwärts, stolperte über die Pflastersteine und stieß dabei an Makarow; er schritt mit aufwärts und in die Ferne gerichtetem Blick, seine Schuhe trappten besonders deutlich hörbar auf den Steinen.

»Sie wird natürlich nicht bis zum Friedhof kommen«, brummte Ljutow, zu Alina hinüberschielend.

Samgin war bereit zu denken, diese ganze Dürftigkeit – der trübe Oktobertag, der kalte Wind, der bleierne Himmel, die sechs ärmlichen Menschen, der kümmerliche Sarg –, alles sei von Ljutow absichtlich in Szene gesetzt.

Ein paar Minuten später aber überlegte er bereits mechanisch: »Gewesene Menschen«, die von modernen Schriftstellern und vom modernen Theater verherrlicht wurden, tragen den Körper des Nachkommen einer uralten Adelsfamilie, der von Soldaten des ohnmächtigen, unfähigen Zaren getötet wurde, auf den Friedhof. Darin lag etwas Schadenfrohes und zugleich Empörtes.

Was von beidem kommt vom Verstand? fragte sich Klim. Die Schadenfreude oder die Empörung?

Ljutow störte ihn. Er ging ungleichmäßig wie ein Betrunkener – bald überholte er Samgin, bald blieb er hinter ihm zurück, entschloß sich aber nicht, Alina zu überholen, da er offensichtlich Angst hatte, ihr vor die Augen zu kommen. Er ging und warf kläglich mit raschen Worten um sich: »Wir beerdigen ihn unter Beteiligung aller Stände. Ich versuchte einen Lastfuhrmann zu überreden: ›Bring ihn fort!‹ – ›Lassen Sie mich in Frieden mit Ihren Toten!‹ sagte er. Und der Pope auch – ein Kriminalverbrechen! So ein Rindvieh! Tja, eine komplizierte Sache! Alina wird natürlich nicht bis zum Friedhof kommen ... Welch ein Herz, Samgin! Sie hat ein unerbitttlich ehrliches Herz. Du vertrockneter Intelligenzler kannst das nicht würdigen. Du verstehst es nicht. Intelligenzler – auch so ein Wörtchen! Ach, ihr ... Töl ...«

»Hör auf«, sagte Samgin und überlegte, unter welchem Vorwand er es am besten ablehnen könnte, an der weiteren Wanderung durch die trübseligen, menschenleeren Gassen teilzunehmen.

»Walerij Brjussow verfaßt Verschen wie dieses:

> ... euch, die ihr mich vernichten werdet,
> Empfang ich mit einem Begrüßungshymnus.

Er lügt! Er fürchtet sich und haßt die nahenden Hunnen! Und nicht einen Hymnus hat er geschrieben, sondern eine Totenmesse. Nicht wahr?«

»Nein«, sagte Samgin zornig. »Und du bist überhaupt ...« Er hatte etwas für Ljutow Kränkendes sagen wollen, murmelte aber: »Ich habe mich anscheinend erkältet, ich fühle mich sehr schlecht. Vielleicht sollte ich ...«

Aus einer Seitengasse stürzten lärmend etwa zwanzig erregte und angeheiterte Männer hervor. Der vorderste, ein kräftiger junger Kerl mit roter Visage, einer Mütze mit Ohrenklappen und weit offenem Fuchspelz, den er über einem gürtellosen Kittelhemd trug, stellte sich mit breit gespreizten Beinen, die bis über die Knie in hohen Filzstiefeln steckten, vor den Sarg, schwang die Arme hoch, daß sein Kittelhemd hinaufrutschte und der stark vorgewölbte, fettig glänzende Bauch sichtbar wurde, und schrie mit schriller Weiberstimme: »Halt! Wen begrabt ihr da? Welchen Missetäter?«

»Na, da haben wir's!« rief Ljutow wehmütig aus. Er stapfte auf der Stelle herum, als wollte er gleich vom Gehsteig auf die Straße springen, könnte es aber nicht, und er betastete sich dabei mit den Händen und murmelte: »Oh, sie hat mir den Revolver herausgenommen, ach, daß dich doch . . . Begreifst du?« flüsterte er und stieß Samgin an. »Sie hat den Revolver!«

Samgin begriff, daß sich gleich etwas Scheußliches abspielen werde, aber ihm war es dennoch angenehm, Ljutow in Angstkrämpfen zu sehen, und Ljutow war so erschrocken, daß seine unruhigen Schielaugen hervorquollen und die Brauen sich unnatürlich zu den Schläfen verschoben. Er versuchte den Männern, die den Sarg dicht umringten, etwas zu sagen, fuchtelte aber nur mit den Armen vor ihnen. Samgin kam nicht mehr dazu, Ljutow zu beobachten, rings um den Sarg hatte bereits etwas Unheimliches begonnen, wovon ihm ein kalter Schauer über den Rücken lief.

Die Träger hatten den Sarg auf das Pflaster gestellt und sich unter die Menge gemischt; der schnurrbärtige Mann war auf den Gehsteig hinübergelaufen und entfernte sich eilig mit an den Leib gedrücktem Stock; vor Alina stand der krausköpfige Bursche und stieß sie zurück, während sie ihm mit den Fäusten auf die Arme schlug, Makarow griff nach ihren Händen und rief: »Weg von hier! Was wollen Sie?«

Alina rief auch irgend etwas, aber ihre Stimme wurde vom Kreischen des Burschen im Fuchspelz und vom Geschrei seiner Kameraden übertönt. Der Bursche im Pelz schüttelte den Kopf, daß die Ohrenklappen seiner Mütze flatterten, und kreischte: »Warum ohne Popen? Ihr beerdigt wohl einen Juden, wie? Wieder einen Juden? Wollt ihr Gott beleidigen? Nein, wartet! Wassja – wie gehört es sich?«

Unter seinem linken Arm hervor tauchte ein dürres Männlein in einer wattierten Frauenjacke auf, mit Schlappschuhen an den bloßen Füßen, es hüpfte umher und brüllte heiser: »Dem Juden macht das Leben Spaß, doch uns – ihn zu verdreschen! Ach, Ignascha! Unterstützt ihn, Jungens! Du bist unsere Zier, Ignat Petrow! Unser Schutz!«

Und noch etwa fünf Mann brüllten wie toll durcheinander: »Kommandiere, Ignat! Wir werden dir beistehen! Ho . . .«

In der Menge wirbelte Ljutow herum; er hatte die Mütze abgenommen, schwang sie und schrie auch irgend etwas, aber der Bursche im Pelz, der ihn mit seiner Betrunkenenhand zu packen suchte, übertönte alle Stimmen durch schrille Kreischer hysterischen Entzückens.

»Ein Herr? Ein Fürst? Ich lasse es nicht zu – du lügst! Wo ist der Pope? Der Priester, he? Fürsten werden mit Musik beerdigt, ihr Pack! Man hat ihn getötet? Brüder – habt ihr gehört? Wen tötet man?«

»Juden, Streikende!« wurde ihm geantwortet.

Der krausköpfige Bursche und Makarow zerrten, stießen Alina zum Gehsteig – sie wehrte sich in ihren Händen, und Samgin hörte ihre dumpfe Stimme: »Lassen Sie mich! Ich werde ihn schlagen ... ich verprügele ihn ...«

Auf einmal wurde es still, ein großer dicker Mann in halblangem Schafpelz hatte sich der Menge genähert, und fast alle wandten sich ihm zu.

»Warum krakeelt ihr?« sagte er. »Alles unnötig! Ihr seht doch: Keine roten Schleifen, also ist es kein Streikender, na? Und ihn begleitet eine Frau ... eine dementsprechende, eine Kaufmannsfrau offenbar. Der Herr ist auch Kaufmann, ich kenne ihn, er handelt in der Innenstadt mit Daunen, seinen Namen habe ich vergessen. Nun? Man beerdigt anscheinend einen Angestellten ...«

»Du lügst!« schrie der Bursche; der Mann mit den Schlappschuhen unterstützte ihn. »Er lügt, die dicke Schnauze! Ignascha, unser Schutz – glaub ihm nicht. Sie stecken alle unter einer Decke, die Dikken, die Räuber, die Hurensöhne ...«

»Gib nicht nach, Ignat!« wurde aus der Menge gerufen.

»Mach den Sarg auf! Sie beerdigen einen Juden, einen von denen, die man gestern totgeschossen hat ...«

Der Mann im halblangen Pelz schlug Ignat mit der Hand auf die Schulter.

»Was bist du denn? Ein Rowdy etwa? Ein Streikender?« fragte er laut, vorwurfsvoll.

»Brüder – wer bin ich?« kreischte Ignat und schlang sich die Arme um den Hals. »Sagt es rasch, sonst bring ich mich um! Auf der Stelle bring ich mich um! Brüder, ach ...«

Er schwang die Arme hoch, warf den Pelz ab und hämmerte sich mit den Fäusten auf den Kopf; Samgin sah, daß dem Burschen Tränen über das Gesicht strömten, er sah, daß die meisten in der Menge sich an dem jungen Kerl wie an einem Zauberkünstler ergötzten, und hörte die begeistert erbosten Ausrufe des Männleins in den Schlappschuhen: »Ignascha! Gib Port Arthur nicht auf, biet dem Teufel die Stirn! Du mein Schutz! Du meine Zier!«

Wohl fünf Männer hatten Ljutow dicht umringt, hörten ihm zu und schauten, wie er seine kostbare Mütze schwang, und einer von ihnen sagte: »Moskau ist verrückt geworden, das stimmt!«

Jetzt ist es vorüber, dachte Samgin. Er nahm die Brille ab, steckte sie in die Tasche und ging auf die andere Straßenseite, wo der krausköpfige Bursche und Makarow Alina an die Wand gedrängt hatten und sie zurückhielten, während Alina sie von sich wegstieß. In diesem Augenblick bückte sich Ignat, faßte den Sarg am Ende, hob ihn mühelos in die Höhe und kreischte, als er den Sarg aufgerichtet hatte: »Ich werde ihn selbst tragen! In den Moskwafluß!«

Ljutow sah, wie zwei weitere Männer den Sarg auf Ignats Schultern heben wollten, aber der Mann im halblangen Pelz stieß sie beiseite, und vor Ignat stand plötzlich Alina; mit beiden zu Fäusten geballten Händen versetzte sie Ignat einen Schlag ins Gesicht, er schüttelte den Kopf, wankte und ließ den Sarg langsam auf die Erde. Für einen Augenblick verstummten die Männer. An Samgin vorbei lief Makarow, der sich einen Schlagring auf die Finger der rechten Hand steckte.

»Führe sie weg . . . begreifst du denn nicht?« rief er. Und vor Ignat trat der krausköpfige Bursche hin und fragte ihn: »Wollen wir raufen?«

»Haut ihn, Jungens!« brüllte der Mann im halblangen schwarzen Pelz und drängte die Männer zu dem Krausköpfigen hin. »Haut ihn! Das ist Saschka Sudakow, ein Dieb!« Samgin sah, wie Saschka Ignat zu Boden schlug, und hörte, wie er spöttisch rief: »Los, ihr Pack! Tapfer – na!«

Das Männlein in den Schlappschuhen wirbelte herum und schrie verzweifelt: »Ignat, du Held! Gibst du wirklich nach? Oje!« Dann rannte er auf Makarow zu, rammte ihm den Kopf in die Seite und packte ihn am Kragen, aber der Doktor befreite sich und warf ihn mit einem Fußtritt um. Der Mann schrie: »Alle werdet ihr nicht niederschlagen, ihr Gesindel! Henker ihr!«

Makarow schubste Alina auf Samgin zu und sagte: »Zweite Gasse rechts, Haus neun, Wohnung Sossimow – rasch! Ich werde Wolodka aus der Patsche helfen . . .«

Samgin faßte Alina unter und führte sie schnell weg; sie ging gehorsam, stumm mit, schaute sich nicht um, wickelte sich den Schal um den Kopf und blickte vor ihre Füße, doch sie schritt schwerfällig, schleifte mit den Sohlen, wankte, und Samgin schleppte sie fast hinter sich her.

Der Schreck, den der widerliche Vorfall Klim verursacht hatte, verwandelte sich in kalte Wut gegen Alina, hatten sie doch durch ihr Verschulden so unheimliche Minuten überstehen müssen. Zum erstenmal empfand er solch eine starke Wut – er hatte Lust, die Frau zu stoßen, sie gegen die Zäune, gegen die Hauswände zu schleudern, sie in einer engen, öden Gasse in der Dunkelheit des Abends im Stich zu lassen und wegzugehen.

Mit Mühe nur bezähmte er dieses Verlangen und schwieg, keuchte, denn er fühlte, daß er, wenn er zu sprechen begänne, grob beleidigende Worte zu ihr sagen würde, und davor scheute er sich trotz allem.

»Was für . . . Helden«, murmelte Alina mit lautem Seufzer und fragte: »Ob sie Wolodka verprügeln werden?«

Samgin antwortete nicht. Ihn wunderte es nicht, daß die Tür der von Makarow angegebenen Wohnung von Dunjascha geöffnet wurde.

»O Gott! Was für Gäste!« rief sie vergnügt. »Und ich habe gerade den Samowar zum Kochen gebracht – die Dienstboten streiken ja! Was . . . was hast du, meine Liebe?«

Ihr bestürzter Ausruf war dadurch hervorgerufen, daß Alina den Pelzmantel auf den Boden geworfen und sich an die Wand gelehnt hatte, das Gesicht mit den Händen bedeckte und durch die Finger einen dumpfen, aber hörbaren unflätigen Fluch ausstieß. Samgin lächelte – das gefiel ihm, das entwürdigte diese Frau noch mehr in seinen Augen.

»Führ mich weg . . . irgendwohin«, bat Alina.

Klim legte ab, ging auf den Lichtschein zu in ein unaufgeräumtes Zimmer; dort brannten auf dem Tisch zwei Kerzen, der Samowar brodelte so stürmisch, daß das Wasser unter dem Deckel hervorsprudelte und den Samowar begoß, ungespültes Geschirr stand herum, Teller mit Imbißresten, Flaschen, und ein Buch lag aufgeschlagen da. Klim deckte das Abzugsrohr des Samowars zu, und als er sich ein Glas Tee einschenkte, merkte er, daß seine Hände zitterten. Er wärmte sie am Glas, schritt im Zimmer umher und sah sich darin um. Auf einem kleinen Flügel lagen verstreut Noten und Stearinkerzen, daneben Dunjaschas Hut; auf der Chaiselongue – eine zerknüllte Reisedecke und Apfelsinenschalen; alle Möbel waren von ihren Plätzen gerückt, und das Zimmer erinnerte an ein Chambre séparée im Hotel nach einem Zechgelage zu zweit. Samgin verzog angeekelt das Gesicht und erinnerte sich: Was hatte Makarow im Krankenhaus sagen wollen?

Dann erschien Dunjascha und begann, obwohl ihre Augen verweint waren, damit, daß sie Klim umhalste, ihn auf den Mund küßte und ihm zuraunte: »Oh, ich bin froh, daß du gekommen bist!«

Aber gleich danach stürzte sie zum Tisch und fragte ihn, während sie eine Tasse Tee einschenkte, hastig und mit halblauter Stimme, was vorgefallen sei.

»Sie ist wie versteinert, liegt da und schweigt – schrecklich!«

Während Samgin ihr alles trocken erzählte, sah er, daß sie jetzt, da sie ein einfaches dunkles Kleid trug, ihr mit Sommersprossen gesprenkeltes Gesicht ungeschminkt und das rote Haar zu einem Zopf geflochten war, jünger und netter wirkte, obwohl sie stark an ein Stubenmädchen erinnerte. Sie lief weg, ohne ihm bis zu Ende zugehört zu haben, und nahm die Tasse Tee und eine Flasche Wein mit. Samgin trat ans Fenster; man konnte noch erkennen, daß sich bläuliche Wolken am Himmel türmten, aber auf der Straße war es schon dunkel.

Es wäre schön, hier zu übernachten . . .

An der Wohnungstür wurde kräftig geklopft; er wartete, ob Dunjascha nicht gelaufen käme, als aber nochmals geklopft wurde, öffnete er selber. Als erster stürzte Ljutow herein, ihm folgten Makarow und noch ein dritter. Ljutow fragte sofort: »Was macht sie? Weint sie? Oder was?«

Makarow schob ihn beiseite und ging ins Zimmer, hinter ihm kam der krausköpfige Bursche zum Vorschein und fragte: »Wo kann man sich waschen?«

»Komm«, sagte Ljutow, ihm auf die Schulter klopfend, und wandte sich an Samgin: »Wenn er nicht gewesen wäre, hätten sie mich verprügelt. Komm, mein Lieber! Ein Handtuch? Gleich, warte ein bißchen . . .«

Er verschwand. Der Bursche trat an den Tisch, wog eine Flasche, dann eine andere, schenkte sich Wein in ein Glas ein, trank ihn aus, räusperte sich laut und sah sich um, wohin er ausspucken könnte. Sein Gesicht war geschwollen, das linke Auge halb verquollen, Kinn und Hals waren mit Blut beschmutzt. Er war jetzt noch krausköpfiger, sein zerzaustes Haar stand zu Berge, und er war noch zerlumpter, sein Rock und das Hemd waren von der Achselhöhle bis zum unteren Saum aufgerissen, und als der Bursche den Wein trank, entblößte sich seine ganze Seite.

»Hat man Sie sehr mißhandelt?« fragte Samgin leise und entfernte sich von ihm in eine Zimmerecke. Der Bursche antwortete, während er sich nochmals Wein einschenkte, ruhig und heiser: »Wenn sehr, stände ich nicht auf den Beinen.«

Dann kamen Arm in Arm Dunjascha und Ljutow herein, Dunjascha prallte beim Anblick des Gastes zurück, er verneigte sich höflich vor ihr, indem er den Schlitz an seiner Seite mit den Fingern zuzog und mit der anderen Hand den zerrissenen Kragen zuhielt.

»Entschuldigen Sie . . .«

»Ich werde gleich Wäsche für Sie beschaffen, kommen Sie«, sagte Dunjascha rasch.

»Pah!« stieß Ljutow hervor, wankte und kniff die Augen fest zu, griff aber zugleich nach einer Flasche auf dem Tisch. »Das war . . . ein Vorfall! Bei Gott – wir sind billig davongekommen! Meine

Mütze habe ich verloren, sie haben sie natürlich gestohlen! Ins Genick habe ich was bekommen, nun, das war nicht schlimm.«

Er trank von dem Wein, ließ sich auf die Chaiselongue fallen und fuhr hastig, zusammenhanglos fort: »Den Sarg haben wir in einen Schuppen gestellt . . . Morgen wird man ihn dorthin tragen, wo er hingehört. Es haben sich Leute gefunden. Hundert Rubel. Tja! Alina scheint wieder zu sich zu kommen. Sie hat nie hysterische Anfälle! Makarow . . .« Er sprang von der Chaiselongue auf, setzte sich wieder und zog verblüfft die Brauen hoch. »Wie er sich schlägt! Potz Blitz, ausgezeichnet schlägt er sich! Aber auch dieser . . . Nein, wie findest du diesen Ignat?« rief er und lief zum Tisch. »Hast du bemerkt, begriffen?«

Während er mit der einen Hand Tee einschenkte und mit der anderen an der Krawatte herumzupfte, um sie aufzubinden, fuhr er bis zu den Ohren schmunzelnd fort: »Die Straße schafft sich ihren Führer – das ist es! Sie bläst und pumpt ihn auf, verstehst du? Und dieser Barfüßler, der ›Schutz‹ und ›Zier‹ rief, das ist doch das ›Moskauer Blättchen‹! Ach, zum Teufel . . . Ausgezeichnet, wie?«

»Du schneidest furchtbar auf«, sagte Samgin.

»Und du siehst schlecht, die Brille stört! Und dieser Hundsfott glaubte doch bereits, er sei ein Führer! Nein, das ist . . . ausgezeichnet! Er kann kommandieren, darf jeden schlagen, wie?«

Samgin hörte zu und überlegte: Er sieht das gleiche wie ich, aber anders. Natürlich entstellt er die Wirklichkeit, nicht ich. Er hat sich in eine Kokotte verliebt, das ist charakteristisch für ihn. Erfundene Liebe, und alles an ihm ist erfunden.

Ljutow sagte unterdessen mit sinnloser Freude: »Sie finden sich noch nicht zurecht, begreifen nicht, wen sie schlagen müssen.«

Alina und Dunjascha traten ein. Alinas Gesicht war noch genauso erstarrt, nur noch magerer; die Augen unter den gerunzelten Brauen blickten schuldbewußt. Dunjascha brachte ein paar Pakete mit, legte sie auf den Tisch und setzte sich zum Samowar. Alina trat auf Ljutow zu, streichelte sein spärliches Haar und fragte leise: »Haben sie dich verprügelt?«

»Ach was! Kleinigkeit!« schrie er hell auf, beugte sich vor und küßte ihre Hand.

»Ach du, mein kleiner Dummkopf«, sagte sie; nach einem Seufzer fügte sie hinzu: »Mein kluger« und setzte sich neben Dunjascha.

Und Ljutow bewegte sich unnatürlich, mit dem ganzen Körper, als liefen ihm unter den Kleidern Mäuse über Rücken und Schultern. Samgin kam diese Episode widerlich vor, und in ihm entbrannte von neuem, aber noch stärker, eine Wut auf Alina, sie dehnte sich auf alle in diesem engen, unordentlichen, kärglich von zwei Kerzenflammen beleuchteten Zimmer aus.

Unangenehm war auch Dunjascha, die mit geschmeidiger und spöttischer Stimme erzählte: »Mein trauter Gatte ist nach Petersburg geeilt, um sich über die Revolution zu beklagen und darauf hinzuwirken, daß man sie beende ...«

Dann erschien Makarow mit Zigarette, hinter ihm schritt mit verbundenem Auge der krausköpfige Bursche und blieb stehen; Alina streckte ihm die Hand entgegen und sagte: »Bitte ...«

Er verneigte sich, ohne ihr die Hand zu reichen. »Alexander Sudakow ...«

»Es gibt einen Holzhändler dieses Namens!« rief Ljutow, aus unerfindlichem Grund erfreut.

»Mein Onkel«, antwortete Sudakow nach kurzem Zögern.

»O-onkel?« fragte Ljutow ungläubig.

»Mein leiblicher. Ich ähnle ihm wohl nicht?«

Sudakow nahm den Frauen gegenüber am Tisch Platz, er hatte ein großes, grünliches und unfreundliches Auge, der vom schwarzen Kragen einer hochgeschlossenen Joppe beschattete Hals war irgendwie zu weiß. Das Teeglas, das Alina ihm hinschob, ergriff er mit der linken Hand.

»Linkshänder?« fragte Ljutow, der ihn eingehend betrachtete.

»Die rechte habe ich mir verletzt ...«

Samgin saß in der Ecke auf der Chaiselongue, kaute Brot mit Schinken und beobachtete aufmerksam. Er sah, daß Makarow sich hier wie der Herr des Hauses bewegte, er nahm eine Kerze vom Klavier, zündete sie an, bat Dunjascha um Papier und Tinte und ging mit ihr weg. Alina hustete, holte tief Atem, als wollte sie etwas Schweres heben und könnte es nicht. Die Ellenbogen auf den Tisch und die Backenknochen auf die Hände gestützt, fragte sie Sudakow: »Wieso entschlossen Sie sich dazu?«

Sudakow neigte sich über sein Glas, rührte im Tee herum und antwortete nicht; aber sie ergänzte beharrlich die Frage: »Einer gegen alle?«

»Was gibt es denn da zu entschließen?« sagte Sudakow mürrisch und warf den Kopf hoch, so daß die Hälfte des Haars, die nicht durch das Tuch festgehalten wurde, emporflog. »Ich möchte die Menschen immer schlagen.«

»Weswegen?« schrie Ljutow, sich ereifernd.

»Wegen ihrer Dummheit. Wegen ihrer Gemeinheit.«

Er macht Theater, urteilte Samgin. Er fühlt sich als Held. Ein Schürzenjäger natürlich. Wahrscheinlich ein Zuhälter.

Sudakow trank den Tee in zwei Zügen aus und sagte herausfordernd, wobei er über Alinas Kopf hinwegblickte und die geschwollene Unterlippe schwerfällig bewegte: »Das Raufen dürfen Sie mir nicht als Verdienst anrechnen, zu etwas anderem bin ich nicht fähig . . .«

»Haben Sie denn etwas gegen die Herren?« fragte Ljutow lächelnd.

Sudakow sagte, ohne ihn anzublicken: »Ich bin kein Bauer, die Herren haben mir nichts Böses zugefügt, wenn Sie mit Herren die Gutsbesitzer meinen. Die Kaufherren aber, die würde ich vernichten. Und zwar mit Vergnügen.«

Für einen Augenblick verstummten alle, während Samgin leise lachte und Sudakow veranlaßte, ihn mit seinem entzündeten Auge anzublicken.

»Welche Schule haben Sie besucht?« fragte leise Alina, die ihn aufmerksam betrachtete.

»Die Handelsschule. Ich habe sie nicht beendet, mein Onkel nahm mich als Handelsgehilfen in sein Holzlager. Ich unterschlug Geld, an die sechshundert Rubel. Eine Zeitlang war ich Droschkenkutscher. Zweimal stand ich wegen groben Unfugs vor Gericht.«

Sudakow sprach in herausforderndem Ton, wobei er ununterbrochen mit den Fingern der linken Hand eine Brotrinde knetete und zerkrümelte.

»Ich passe also nicht in Ihre Gesellschaft«, schloß er und stand auf, wobei er den Stuhl geräuschvoll zurückschob. »Geben Sie mir . . . ein paar Rubel, meine Herrschaften, dann gehe ich . . .«

Ljutow griff sofort in seine Brusttasche. Alina sagte: »Bleiben Sie doch etwas bei uns sitzen. Wie alt sind Sie?«

»Zwanzig.«

Als er von Ljutow das Geld entgegengenommen hatte, bedankte er sich nicht, als aber Makarow kam und ihm ein Rezept reichte, schielte er auf den Zettel und sagte: »Danke. Nicht notwendig, es wird auch so vergehen.«

Samgin verabschiedete sich auch und ging schnell hinaus, weil er es für sicherer hielt, mit diesem Burschen zu gehen. Auf der Straße tanzte in der Dunkelheit der Wind, und von seinen Stößen angetrieben, holte Samgin Sudakow bald ein, dieser ging gemächlich, hielt die eine Hand hinter dem Brustaufschlag der Joppe, die andere in der Hosentasche, dann ging er schnell und versuchte zu pfeifen, doch er pfiff schlecht, ihn störte wahrscheinlich die zerschlagene Lippe.

»Sind Sie Revolutionär?« fragte er plötzlich und unangenehm laut, was Samgin veranlaßte, sich in der schmalen Gasse umzusehen und erst nach einer Weile halblaut, schulmeisterlich zu antworten: »Wen halten Sie für einen Revolutionär? Das ist ein dehnbarer Begriff, besonders bei uns Russen.«

»Und ich dachte, als Sie vorhin lachten, nachdem ich das von den Kaufherren gesagt hatte: Das ist sicherlich ein Revolutionär!«

»Selbstverständlich bin ich . . .«

Aber Sudakow, der ihm nicht zuhörte, murmelte: »Ihr versteckt euch, der Teufel soll euch holen! Bei Baumanns Beerdigung hat man mich für einen Spitzel gehalten. Ihr seid sehr vorsichtig. Was soll es denn jetzt für Spitzel geben?«

Plötzlich blieb er stehen, als wäre er auf ein Hindernis gestoßen und sagte: »Na, hau ab, Kleiner, sonst schmier ich dir eine!«

Halunke, dachte Samgin entrüstet, als er hastig davonschritt und horchte, ob der Bursche nicht hinter ihm herkomme. Ein typischer Rowdy.

Aber in der Gasse war es abscheulich still, nur der Wind scharrte am Boden, am Blech der Dächer, und aus diesem scharrenden Geräusch erklärte sich gut die Öde der Gasse: Die Menschen waren in die Häuser gefegt worden.

Samgin hatte sich vorgebeugt und lief beinahe, ihm war, als zitterte alles in ihm, selbst seine Gedanken zitterten.

Er drückte sich im Laufen in die Vertiefung eines Tors, denn hinter einer Ecke kamen eilig vier Männer hervor, und einer von ihnen brummte: »Eine Prozession aus allen Kirchen, das ist es, was notwendig wäre.«

Ein kleiner rundlicher Mann sagte, als er an Samgin vorbeikam: »Die Geistlichkeit könnte natürlich eine Rolle spielen.«

»Sie überlegt noch, wessen Happen fetter ist . . .«

Als die Worte verhallt waren, ging Samgin mit schnellen Schritten weiter, bemühte sich aber, nicht zu laut aufzutreten. Hier und da standen Einwohner vor den Toren, und jeder Gruppe entriß der Wind beunruhigende Worte.

»Nikolka Baranow bewaffnet die Arbeiter.«

»Welcher Baranow?«

»Asafs Sohn.«

»Märchen!«

»Wenn beispielsweise der Ochotnyj Rjad . . .«

In einer anderen Gruppe sagte jemand überzeugt: »Ihr werdet sehen, sie werden anfangen, etwas anzustecken!«

Doch von einer Bank auf dem Boulevard schallte ein fröhliches, trostreiches Stimmchen herüber: »Hören Sie auf! Wann hat Moskau je rebelliert? Gegen Moskau wohl, aber es selbst – nie!«

»Und die Studenten?«

»Na, das sind mir Rebellen!«

»Wohin, ihr Frauen?«

»Erstens sind wir junge Mädchen!«

»Ach, verzeihen Sie! Wohin also?«

»Zuschauen, wie die Bäcker eine Barrikade bauen ...«

»Nun, das ist doch kein Zeitvertreib!«

Aber trotz der Stimmen aus der Dunkelheit erweckte die Riesenstadt den Eindruck, als wäre sie leer, stumm. Die Fenster waren erblindet, die Tore geschlossen, zugesperrt, die Gassen waren noch enger und verzwickter geworden. Das scharf angespannte Gehör erhaschte fernes Schußknacken, obwohl Samgin begriff, daß es nur in seiner Erinnerung ertönte. Da klirrte der Riegel eines Pförtchens. Samgin blieb stehen. Vor ihm sagte eine bekannte Stimme: »Wie die Petersburger sich verhalten werden ...«

Das Pförtchen schlug laut zu, ein Mann ging auf die andere Straßenseite.

Pojarkow – erkannte Samgin, als er seine Straße betrat. Sie empfing ihn mit Arbeitslärm, demselben, den er gestern gehört hatte. Samgin verlangsamte seine Schritte, ließ die Einwohner dieser Straße in der Erinnerung an sich vorüberziehen und überlegte: Wer von ihnen mag da wohl eine Barrikade bauen? Hinter einer Ecke trat ein Student vor, der Neffe der Hebamme, die früher in Warwaras Haus und jetzt nebenan wohnte.

»Ah, Sie sind das«, sagte der Student. »Sind keine Soldaten oder Polizisten auf dem Boulevard?«

Samgin schüttelte verneinend den Kopf und horchte. Im Hintergrund der Straße kommandierte jemand: »Quer legen! Steiler!«

»Eine Barrikade?« fragte Samgin.

»Zwei«, sagte der Student und verbarg sich hinter der Ecke.

Samgin trat neben einen Laternenpfahl, lehnte sich an und sah der Arbeit zu. In der Straße war es dunkel wie in einem Ofenrohr, und es schien, als entstünde die Dunkelheit durch das Durcheinander der zwanzig oder dreißig Menschen. Tief ächzend schlug jemand mit einem Brecheisen auf die Pflastersteine, und er war es wahrscheinlich, auf den eine weiche Baßstimme einredete: »Genug! Genug, Genosse!«

Ein schwarzer Menschenhaufen versperrte die Straße; in der Gasse hinter der Ecke wurde auch gearbeitet, man rollte dort etwas Schweres über das Pflaster. Die Fensterläden aller Häuser waren geschlossen und die an Warwaras Haus auch, aber beide Torflügel standen weit offen. Eine Säge schnarrte, weiche, schwere Gegenstände plumpsten zu Boden. Die Menschenstimmen klangen nicht sehr laut, aber fröhlich, diese Fröhlichkeit schien fehl am Platz und unecht. Unermüdlich und selbstzufrieden erklang ein Tenorstimmchen: »Was denn? Mit Wasser begießen? Das darf man auf keinen Fall. Schlägt eine Kugel ins Eis, treffen uns die Eissplitter. Das kenne ich. Als wir auf dem Sankt-Nikolaus-Berg den Schipkapaß verteidigten, fügten uns die Türken durch das Eis viel Schaden zu. Halt! Warum legst du einfach das Faß hin? Erst muß man allerhand Plunder reinstopfen. Lawruschka, komm her!«

Klim erkannte, daß der Kupferschmied kommandierte, der Kochtöpfe und Samoware verzinnte und zweimal erschienen war, um sich über die Anfimjewna zu beklagen, weil sie ihn prellte. Er war dürr, knochig, mit schwarzen Zahnstummeln im Mund unter grauem Schnurrbart. Geschwätzig und dumm. Lawruschka war sein Lehrling und Adoptivkind. Er machte den Laufburschen bei der Hebamme, die früher in Warwaras Haus gewohnt hatte. Ein wilder Bengel.

Nachdem Samgin sich eine Zigarette angezündet hatte, begab er sich in das Reich automatischer unbedeutender Gedanken und vernahm: »Wirst du auch schießen, Großvater?«

»Zum Schießen habe ich zu schlechte Augen! Mich müßte man in das Faß stecken, dann würden die Kugeln das Faß nicht durchschlagen.«

Der Kupferschmied erinnerte unangenehm an den alten Maurer, der den kräftigen Mischa oder Mitja ermuntert hatte, die Mauer zu zertrümmern. Auf der anderen Straßenseite gingen zwei Männer – der Student und noch jemand; der Student sagte ziemlich laut: »Sie gehen leider alleine, Genosse Jakow, ohne Deckung umher.«

Der Arbeitslärm setzte aus; man sah, daß die Barrikadenbauer sich zu einem dunklen Haufen zusammendrängten, und dann ertönte in der Stille Pojarkows Stimme: »Ihr werdet in einer Falle sitzen. Falls es zu einem Rückzug kommt, muß man Durchgänge von Hof zu Hof haben. Reißt die Zäune nieder . . .«

»Richtig!« rief der Kupferschmied.

Samgin fühlte, daß er kalte Füße bekam und heimgehen mußte, aber er wollte hören, was Pojarkow noch sagen würde.

Weshalb aber machen die verdammten alten Männer mit? Das sind auch, in ihrer Art, Kropotkins und Tolstois . . .

Diese Gleichstellung machte ihn so stutzig, daß er sogar aufhustete, als hätte er Staub geschluckt, dann jedoch erinnerte er sich noch eines alten Mannes – des Historikers Koslow. Er begriff, daß die Idee der Revolution vor seinen Augen reale Formen annahm, daß vielleicht morgen schon, vor den Fenstern seines Zimmers, Menschen einander töten würden, aber er wollte dennoch nicht daran glauben, konnte das nicht zugeben. Sein Verstand klammerte sich hartnäckig an das Unbedeutende, Lächerliche, an alles, was der nächtlichen Arbeit im Dienst des Todes den Anstrich einer Vorstellung von Liebhabern dramatischer Kunst verlieh. Dieser Vergleich kam ihm sehr treffend vor und ermutigte ihn sogar ein wenig. Er wußte, wie Revolutionen gemacht werden, er hatte davon gelesen. Was hier geschah, erinnerte nicht an das, was er über die Revolutionen in Paris und Dresden gelesen hatte. Hier verschanzten sich Menschen im Spiel gegen etwas, das wahrscheinlich nicht eintreten würde. Wenn es aber einträte, so würden Soldaten kommen, ein halbes Hundert Soldaten, und dieses ganze kindliche Bauwerk zerstören. Mit solchen halb zornigen, halb verächtlichen Gedanken trat Samgin näher und warf einen Blick in den Hof; die Tür des Schuppens über dem Keller war auch geöffnet, vor ihr stand wie eine Glocke die Anfimjewna mit einer Laterne in der Hand und sagte: »Nehmt das Sofa und die Matratze, die Bottiche aber gebe ich nicht her! Die Truhe könnt ihr auch nehmen, sie ist mit Eisen beschlagen.«

Samgin nahm aus unerfindlichem Grund die Mütze ab, trat auf die Wirtschafterin zu und fragte: »Was tun Sie denn da?«

Er fragte nicht so streng, wie er gewollt hatte; die Anfimjewna hob die Laterne, leuchtete ihm ins Gesicht und sagte: »Wir suchen Gerümpel aus – für unsere Barrikade.« Sie sagte das ganz einfach, als handelte es sich um etwas Gewohntes, Alltägliches, und fügte, zur Seite gewandt, vorwurfsvoll hinzu: »Sie sollten nicht allein spazierengehen, Warjuscha beunruhigt sich ...«

In dem Schuppen hantierten an einem Haufen veralteten Hausrats der Hausknecht Nikolai, ein schweigsamer, vernünftiger Mann, und mit ihm noch irgendein Fremder.

»Alle geben etwas her«, sagte die Anfimjewna, doch aus dem Schuppen wurden ihre Worte von irgendeiner fremden Stimme übertönt: »Gibt man uns nicht, dann nehmen wir!«

Unsere Barrikade, überlegte Samgin, als er durch die Küche das Haus betrat. Die Anfimjewna – der typische ideale »Mensch nur für die anderen«, den er bewunderte – half auch eine Barrikade aus Dingen bauen, die ebenso wie sie, wie ihre Zeit, ausgedient hatten; Samgin konnte nicht umhin, hierin etwas sehr Rührendes, ein wenig Komisches und irgendwie mit der Notwendigkeit der Barrikade Versöhnendes zu spüren, letzteres vielleicht nur, weil er sehr müde war. Als er aber ablegte, dachte er: Trotzdem ist das irgendwelche Belletristik, nicht aber Geschichte! Slatowratskij, Omulewskij ... »Goldene Herzen«. Sentimentaler Unsinn.

Seine Frau saß mit einem feuchten Umschlag um die Stirn in ihrem Zimmer am Tisch und schrieb.

Daraus, wie sie den Federhalter auf den Tisch warf und sich vom Stuhl erhob, erkannte er, daß es gleich zu einem Streit kommen werde, und fragte spöttisch: »Hast du der Anfimjewna erlaubt, unsere Barrikade zu bauen?«

»Unsere« betonte er. Warwara trat, die eine Hand am Kopf und mit der anderen gestikulierend, dicht auf ihn zu und sprach mit zischender Stimme: »Sie hat vor Alter den Verstand verloren, doch du, du? Was willst du, was?«

Sie hatte offenbar viel geweint, ihre Augenlider waren geschwollen, das Augenweiß gerötet, ihr Kinn zitterte, die Hand zupfte auf der Brust an der Bluse herum; sie riß den Umschlag von der Stirn herunter und schwang ihn, als wolle sie Samgin damit ins Gesicht schlagen, könne sich aber nicht dazu entschließen.

»Du bist unmenschlich«, keuchte sie. »Mitglied des Parlaments willst du werden? Du wirst keine Karriere machen, weil du unbegabt bist und ... und ...«

Sie kreischte immer schriller. Samgin kehrte ihr, ohne ein Wort zu sagen, schroff den Rücken, ging in sein Zimmer und schloß hinter sich die Tür ab. Während er die Kerze auf dem Tisch anzündete, erwog er, wie tief Warwaras wütender Angriff ihn gekränkt habe. Er setzte sich an den Tisch, rieb sich kräftig mit den Händen die Wangen und dachte: Sie ist vor Angst wahnsinnig geworden, die Spießerin.

Er konnte nüchtern und sogar befriedigt denken – diese ihm längst fremde Frau so jämmerlich zu sehen war fast angenehm. Und angenehm war es, ihr hysterisches Kreischen zu hören, es drang durch die Tür. Samgin hatte nie ernsthaft daran gedacht, sich von Warwara zu trennen; jetzt schien ihm diese brüchig gewordene Verbindung gerissen. Er fragte sich, wie das zu regeln sei: gleich morgen in ein Gasthaus ziehen? Aber überall wird ja gestreikt ...

Auf dem Hof und in der Straße herrschte Lärm, man schleppte Lasten. Das störte ihn nicht. Samgin dachte lächelnd, daß sicherlich Tausende Warwaras mit Entsetzen solchen Lärm vernahmen, Tausende, in verschiedenen Straßen Moskaus, in großen und kleinen behaglichen Heimen. Ihm fielen Makarows Worte von der nicht drückenden, aber verderblichen Herrschaft der Frauen ein.

Darin liegt ein Körnchen Wahrheit – sie tragen allzu viele banale

Kleinigkeiten ins Leben hinein. Für mich reicht ein einziges Zimmer. Ich bin satt durch mich selbst und brauche keine Menschen, keine Empfänge, kein Geschwätz über Bücher und Theater. Auch habe ich genug Unsinn aller Art gesehen, ich habe das Recht, ihn nicht zu beachten. Ich werde in die Provinz fahren . . .

Er fühlte, daß diese Gedanken ihn ernüchterten und beruhigten. Die Szene mit seiner Frau schien nicht nur die Beziehungen zu ihr, sondern noch etwas, etwas Wichtigeres geklärt zu haben. Auf dem Hof krachte es, als wäre eine Kiste hingefallen und zerbrochen, Samgin zuckte zusammen, gleichzeitig trommelte Warwara an die Tür seines Zimmers und sagte dumpf: »Schließ auf! Ich kann nicht allein sein, ich habe Angst! Hörst du?«

»Ich höre, aber ich schließe nicht auf«, antwortete er sehr laut.

Warwara verstummte, dann klopfte sie wieder an die Tür.

»Laß mich in Ruhe«, sagte Samgin streng und ging rasch ins Schlafzimmer, um sich Bettwäsche zu holen; ihm gelang dies, ohne mit seiner Frau zusammenzutreffen, und am Morgen teilte ihm die Anfimjewna seufzend mit: »Warjuscha hat gesagt, sie werde sich diese Tage bei Rjachins auf der Wolchonka aufhalten, hier fürchte sie sich. Sie meint, auf der Wolchonka sei es ruhiger . . .«

Von diesem Tag an erlangte die mit unglaublichen Ereignissen überladene Zeit für Samgin eine Geschwindigkeit, die ihn an die Physikstunden im Gymnasium erinnerte: Alles, Kleines wie Großes, eilte gleich schnell dahin, wie Gegenstände verschiedenen Gewichts im luftleeren Raum gleich schnell fallen. Es schien, als spitzte sich der Ablauf der Ereignisse mit jedem Tag zu und als flögen sie alle eilig irgendwohin, wobei sie in der Erinnerung nur pfeifende und gleichsam leuchtende Wortverbindungen hinterließen, nur Sätze, kurz wie Schlagzeilen von Zeitungsartikeln. Die Zeitungen schrien betäubend, dreist pfiffen die satirischen Zeitschriften, schrien ihre Verkäufer, der Einwohner schrie, und jeder Tag betitelte sich selbst.

»Matrosenaufstand« verkündete der eine, und der nächste gab feierlich bekannt: »Kampf um den Achtstundentag.«

Bevor noch Samgin diese zwei Tatsachen zu verbinden und zu begreifen vermochte, hörte er bereits: »Der Petersburger Sowjet der Arbeiterdeputierten hat den Kampf um den Achtstundentag eingestellt, ein Proteststreik gegen die Hinrichtung der Kronstädter Matrosen ist ausgerufen worden, die Schwarzmeerflotte befindet sich im Aufstand.« Und täglich schrie irgend jemand entsetzt oder erfreut, daß die Bauern Haus und Hof von Gutsbesitzern verwüstet hätten. Nachts entrollte sich vor Samgin das Bild der flaumweichen

Wintererde, deren Weiß von Riesenbränden gefärbt war; die Feuerwirbel brachen gleichsam aus der Tiefe der Erde hervor, und überall bewegten sich über die blendendweißen Felder von Vulkan zu Vulkan mit wütendem Lärm Ströme schwarzer Lava – die aufständischen Bauernmassen. Samgin war überzeugt, dieses phantastische und düstere, aber schöne Bild sei vor ihm von selbst entstanden, fast ohne Anstrengungen seiner Einbildungskraft zu erfordern, und es sei unabhängig von dem Bild, das der Diakon ihm vor drei Jahren eingegeben hatte. Dieses Bild besagte mehr, eine andere Kraft malte es mit feurigem Pinsel, nicht jene Kraft des aufständischen Bauern, von der die Zeitungen täglich schrieben und die sie nach außen hin bewunderten, insgeheim aber sicherlich fürchteten. Nein, hier wirkte eine übermenschliche spontane Kraft: Nachdem sie die Menschen mit Zerstörungswut infiziert hatte, machte sie sich jetzt über sie lustig.

Zuweilen hatte Samgin das Gefühl, dicht vor der Entdeckung einer neuen, der eigenen geschichtsphilosophischen Wahrheit zu stehen, die ihn umwandeln, ihn fest über die Wirklichkeit und außerhalb aller alten Buchweisheiten stellen werde. Er war ständig gehindert worden, sich selbst und das Seine bis ans Ende zu durchdenken und mit dem Gefühl zu durchdringen. Stets kam ihm der eine oder andere zuvor, formte mit seinen Worten Samgins Stimmung. Ein liberaler Professor schrieb in einer einflußreichen Zeitung: »Die Menschen werden von Tag zu Tag bedeutungsloser bei der Wucht der von ihnen entfesselten spontanen Kraft, und schon begreifen viele nicht, daß nicht sie die Geschehnisse lenken, sondern daß sie von den Geschehnissen mitgerissen werden.«

Als Samgin diese Worte las, war er betrübt – das hätte er so sagen müssen. Er gab sich damit zufrieden, daß der Sinn dieser Worte seine Stimmung gefestigt hatte, und bemühte sich, die Worte zu vergessen, was ihm auch ebenso leicht gelang, wie man den Verlust von Kleingeld vergißt.

Ihn störte Kumow, ein Mensch, den er für unbegabt und aufrichtiger verzückt zu halten gewohnt war als den schlauen, ehrgeizigen Diomidow. Kumow kam oft, doch auf die Fragen, wo er gewesen sei, was er gesehen habe, konnte er nichts Vernünftiges erzählen.

»Ich war in der Schanjawskij-Universität – eine Menge Menschen! Schrecklich viele! Aber es ist alles nicht das, wissen Sie, sie reden nicht davon!«

Er pendelte eigentümlich schlaksig umher, nickte mit dem Kopf, ließ die Arme baumeln, schnalzte bedauernd mit den Lippen, und dann blieb er auf einmal wie versteinert mitten im Zimmer stehen, sah zu Boden und sagte mit dumpfer, farbloser Stimme: »Lauter Programme, Streit über Programme, während man den Weg zur letzten Freiheit suchen muß. Man muß sich vor den zersetzenden Einflüssen des Seins retten, sich tief in die kosmische Vernunft, den Gestalter des Weltalls, versenken. Ob diese Vernunft Gott oder der Teufel ist, entscheide ich nicht; aber ich fühle, daß sie nicht Zahl, nicht Gewicht und Maß ist, nein, nein! Ich weiß, daß der Mensch nur im Makrokosmos den wirklichen Wert seines Ichs erlangen wird und nicht im Mikrokosmos, nicht inmitten der Dinge, Erscheinungen und Verhältnisse, die er selbst geschaffen hat und schafft . . .«

Diese Philosophie kam Klim sehr nebelhaft, schwerfällig und unangenehm vor. Aber auch an ihr war etwas, das mit seiner Stimmung in Einklang stand. Er hörte Kumow schweigend zu, stellte nur zuweilen kurze Fragen und wurde noch gereizter, wenn er sich überzeugte, daß die Worte dieses zerfahrenen Menschen in irgend etwas mit seinen Gedanken übereinstimmten. Das war fast erniedrigend.

Die Ereignisse, die sich wie Eisschollen beim Eisgang türmten, verlangten nicht nur Erklärung, sondern zwangen Samgin auch, an ihrem Verlauf physisch teilzunehmen. Es gab eine ganze Reihe von Gründen, mit denen Samgin sich die Unvermeidlichkeit dieser Teilnahme am Wirrwarr der Tage erklärte, und es fehlte ihm der Wille, es fehlte der Mut, sich diesem Wirrwarr fernzuhalten. Er begriff selber, daß die Beweggründe seines Verhaltens nicht ernst genug waren, um den Widerspruch zwischen seiner Stimmung und seinem Verhalten auszugleichen. Er bewies sich, daß nicht jeder fähig sei, sich bloß zur Befriedigung seiner Neugier selbstlos Gefahren auszusetzen. Doch er war gezwungen, sich dies zu beweisen, nachdem er Verlegenheit gegenüber der geschäftigen Anfimjewna und den Verteidigern der Barrikade empfunden hatte, denen sie in der Küche Obdach gewährte, so wie das noch einige Einwohner der Straße taten. Ihm war es peinlich, zu Hause zu sitzen und durch die Fenster auf die Barrikade zu schauen; die Einwohner hatten sich an sie gewöhnt, sie halfen sie mit Schnee verkleiden und mit Wasser begießen. Die Wirklichkeit verlangte überhaupt beharrlich, rücksichtslos, daß er sich an ihren Angelegenheiten beteilige. Als Abgesandte der Wirklichkeit erschien bei ihm häufer als andere Ljubascha Somowa, die stets von Freude beschwingt war. In ihrem abgetragenen leichten Fehmäntelchen, einen zerrissenen Schal umgebunden, rollte sie wie ein großer Wattebausch herein und blähte ihre kältegeröteten Wangen.

»Hurra!« rief sie. »Klim, Liebling, denk dir: Bei uns hat sich auch ein Sowjet der Arbeiterdeputierten gebildet!« Und stets bat oder befahl sie: »Lauf ins Technikum und sag Gogin, daß ich nach Kolomna gefahren bin; dann in die Schanjawskij-Universität, dort findest du Pojarkow und gibst ihm diese Zettel hier! Sieh nur bitte zu, daß du bis vier Uhr in der Universität bist.«

Sie drückte ihm die Zettel in die Hand, band sich den Schal noch fester um den Leib und erzählte: »Was für Leute aufgetaucht sind, Klim! Erinnerst du dich noch an Dunajew? Ach . . .«

Dummerchen, dachte Samgin herablassend. Ein paar Tage später traf er sie auf der Straße. Ljubascha saß im Schlitten eines heruntergekommenen Droschkenkutschers, der Schlitten war mit Zeitungsbündeln und Päckchen bunter Broschüren beladen; die Somowa erhob sich und rief, auf die Schulter des Kutschers gestützt: »Der Petersburger Sowjet ist aufgelöst worden!«

Dummerchen.

Aber er gab dem »Dummerchen« nach, ging los, suchte allerhand Leute auf und überbrachte ihnen irgendwelche Pakete, doch wenn er sich darüber Rechenschaft zu geben versuchte, weshalb er das alles tat, so schien ihm, daß er, indem er gerade Ljubaschas Aufträge ausführte, sich besonders deutlich von der Unernsthaftigkeit all dessen überzeugte, was ihre Genossen taten. Oft sah er Alexej Gogin. Obwohl Gogin sein geckenhaftes Äußeres verloren hatte und abgemagert war, glich er einem Bankbeamten und schwatzte immer noch verdreht. »Nach Kolomna ist sie durchgebrannt, sagen Sie?« fragte er und kniff ein Auge zu. »Diese entlaufene Zuchthäuslerin! Wir haben schon jemanden dorthin geschickt. Na, schon gut! Pojarkow brauchen Sie nicht zu suchen, sondern fahren Sie . . .« Er nannte eine Adresse, und einige Zeit später saß Samgin im Haus der Russischen Versicherungsgesellschaft, gegenüber der Manege, in einer Wohnung, in der die Luft aus unerfindlichem Grund mit Petroleumgeruch geschwängert war. Auf dem Schreibtisch lag eine Zündschnur, im Nebenzimmer erzählte ein langnasiger brünetter Mann irgendwelchen Kaukasiern von der japanischen Schimose, während ein Mann mit schönem, aber reglosem Gesicht, der wie ein dispensierter Pope aussah, nachdem er Gogins Zettel gelesen hatte, kommandierte: »Fahren Sie auf die Samotjoka . . . Fragen Sie nach Genosse Teufel.«

Samgin begab sich zum Genossen Teufel und lächelte innerlich: Teufel! Sie spielen, wie Kinder.

Auf der Samotjoka fragte ihn ein pockennarbiger, lustiger junger Mann: »Und wo sind die Hanteln?«

»Hanteln?«

»Na ja, die Hanteln! Soll ich die Bomben etwa aus Zigarettenschachteln machen?«

Als Samgin wieder ging, war er noch mehr davon überzeugt, daß Geschehnisse, die von Dutzenden solcher einzelner herbeigeführt wurden, nicht lange währen, den Lauf der Geschichte nicht ändern könnten. Er sah bunt zusammengewürfelte Menschen Barrikaden bauen, die offensichtlich niemanden störten, da niemand sie zu beseitigen versuchte, er sah, daß die Bürger sich mit den Barrikaden abgefunden und sich schon gewöhnt hatten, sie geschickt zu umgehen; er wußte, daß die Arbeiter Moskaus sich bewaffneten, hörte, daß es zu Zusammenstößen zwischen Arbeitern und Soldaten gekommen sei, glaubte aber nicht daran und begegnete auf der Straße keinen Soldaten, wie er auch keinen Polizisten traf. Die Einwohner Moskaus schienen ihrem Schicksal überlassen, aber darüber nicht beunruhigt zu sein, im Gegenteil, sie waren sogar fröhlicher und mutiger geworden.

Irgendeine Kraft hatte Menschen verschiedenster Art aus den Häusern auf die Straße getrieben, sie bewegten sich schnell, nicht nach Moskauer Art, munter, blieben stehen, sammelten sich zu Gruppen, hörten jemandem zu, stritten, applaudierten, gingen auf den Boulevards spazieren, und man konnte denken, sie warteten auf ein Fest. Samgin sah sie an, machte ein mürrisches Gesicht, dachte an den Leichtsinn der Menschen und an die Naivität jener, die ihnen eine vernünftige Einstellung zum Leben beibringen wollten. Nachts erstand vor ihm wieder das Bild der mit roten Brandflecken bedeckten weißen Erde und der schwarzen Bauernströme.

»Ja, die Sozialrevolutionäre haben eine schöne Suppe eingebrockt«, sagte ihm düster Pojarkow – ein Skelett in einem Mantel, der an einer Seite zerrissen war; aus den Löchern ragten Wattefetzen heraus und steigerten Pojarkows Ähnlichkeit mit einem Skelett. Die Knochen seines Gesichts schienen die graue Haut sprengen zu wollen. Er sprach wie immer mürrisch und etwas grob, aber seine Augen blickten weicher und aufmerksam; Samgin erklärte sich das damit, daß die Augen tief in ihre Höhlen eingesunken und die früher stets gerunzelten Brauen hochgezogen, gerade waren.

»Große, gepflegte Gutshöfe scheint der Bauer nicht viele zu zerstören, aber wir werden trotzdem ungeheuren Schaden erleiden«, sagte Pojarkow und betrachtete eine mitten durchgebrochene Zigarette. »Das ist natürlich nicht zu vermeiden«, fügte er hinzu und nahm eine andere, ebenfalls ramponierte Zigarette aus der Tasche.

Von allem, was er gesagt, hatte Samgin nur das Wörtchen »wir« unangenehm berührt. Wer war das – wir? Auf Klims Frage, wo er arbeite, antwortete Pojarkow, als ob er verwundert wäre: »Bei der Revolution . . . das heißt – im Sowjet! Aus der Verbannung bin ich geflohen, man hatte mich ja weiß der Teufel wohin verschickt! O nein, dachte ich, dafür danke ich! Und – kehrte zurück.«

»Und wo ist Kutusow?« fragte Klim.

»Er ist in Petersburg gewesen. Jetzt ist er wahrscheinlich im Süden«.

»Wir!« wiederholte Samgin ironisch, als er sich von Pojarkow entfernte. Er suchte lange nach einem komischen, erniedrigenden Vergleich, fand aber keinen.

Eines Abends stieß Samgin auf dem Heimweg an der Ecke seiner Straße mit Mitrofanow zusammen. Iwan Petrowitsch sprang ohne Gruß zur Seite.

Er muß sich recht schlecht fühlen, dachte Samgin, den die Unhöflichkeit des Mannes mit »gesundem Menschenverstand« etwas verwirrte. Als er sich umblickte, sah er, daß Mitrofanow ebenfalls stehengeblieben war und sich umschaute. Klim hätte ihm gern tröstend zugerufen: Das alles wird nicht lange dauern!

Aber Mitrofanow drehte sich blitzschnell um und ging rasch davon.

Ein paarmal kam Warwara, begrüßte Klim kühl, indem sie den Kopf zurückwarf und Klim über die Schulter anblickte, ging in ihr Zimmer und suchte sich Wäsche heraus.

Das erstemal begleitete sie Rjachin, der demokratisch einen kurzen Schafpelz und Filzstiefel trug und einem Hausknecht glich.

»Die Menschen beginnen sich in den Geschehnissen zurechtzufinden – es ist ein ›Verband vom 17. Oktober‹ gebildet worden«, teilte er mit, doch nicht sehr überzeugt, als zweifelte er, ob er die richtigen Worte wähle und ob sie in diesem Ton auszusprechen seien. »Hierbei tut sich Stratonow hervor, eine sehr, sehr starke Persönlichkeit!«

Er schwieg eine Weile, strich sich zart mit der Hand über sein rotes, geschwollenes Gesicht, das auf seinem kleinen Köpfchen direkt fremd wirkte, und fuhr fort: »Einige Kadetten haben sich ihm angeschlossen . . . ja! Bei ihnen rebelliert dieser Miljukow-Anhänger – der Advokat, der Jude, wie heißt er doch? Ja – Preiß! Giftig . . . hm! Wissen Sie, dieser hysterische Anfall der Semiten, dieser entwurzelten und von unserem Nihilismus angesteckten Menschen . . .«

Über die Juden konnte er sehr lange reden. Beim Sprechen leckte er sich mit lila Zunge die Lippen, und in seinen stumpfen Augen blinkte etwas Spitzes und gleichsam Dreikantiges wie das Ende eines Zirkels. Wie immer schloß er seine Rede in der gewohnten Weise:

»Aber ich bin Optimist. Ich weiß: Wir werden eine Weile schreien und wieder aufhören, sobald wir nur eine beruhigende Mittellinie zwischen zwei Extremen gefunden haben.«

Diesmal jedoch fragte er Samgin mit tiefem Seufzer: »Wie denken Sie darüber?«

Samgin war zufrieden, daß Warwara ihn am Antworten hinderte. Sie betrat das Speisezimmer mit hochgezogenen Schultern, als hätte man sie auf den Kopf geschlagen. Dadurch war ihr langer Hals normaler, kürzer geworden, aber das Gesicht war rot, und in den Augen funkelte grüner Zorn.

»Hast du der Anfimjewna erlaubt, die Wäsche dem Roten Kreuz zu geben?« fragte sie Klim mit unheilverkündendem Hüsteln.

»Ich habe nichts erlaubt, sie hat mich nach nichts gefragt ...«

»Sie hat alle Bettlaken, Handtücher und sonstiges hergegeben ... Weiß der Teufel, was das ist!«

»Lauter altes Zeug, Warja, altes, geflicktes – laß es dir nicht leid tun!« sagte die Anfimjewna, zur Tür hereinblickend.

Warwara wandte sich schroff zu ihr um, aber das große welke Gesicht der Alten war schon verschwunden, und mit dem Fuß aufstampfend, befahl sie Rjachin: »Gehen wir!«

Samgin rief sie in sein Zimmer und sagte: »Du verstehst natürlich, daß ich nicht umziehen kann ...«

Sie hörte ihn nicht zu Ende an und sagte mit einer wegwerfenden Handbewegung: »Ach laß mich! Was kümmert mich das, wo vielleicht ...«

Sie drückte das Taschentuch an die Lippen und entfernte sich eilig.

Menschen erschienen, verschwanden, als versänken sie in eine Grube, und tauchten wieder auf. Häufiger als andere zeigte sich Bragin. Er war heruntergekommen, schlaff geworden, schaute Samgin mit kläglichem, vorwurfsvollem Blick an und sagte fragend: »In der Zeitung ›Der Kampf‹ steht ... Sind Sie damit einverstanden? Die ›Russischen Nachrichten‹ weisen darauf hin ... Stimmt das?«

Samgin fühlte sich an Onkel Chrysanths unauffälligen Gast Mischa Sujew und seine traurigen Berichte erinnert: Verhaftungen in Marjina Roschtscha. In Nishnij. In Twer ...

Wie ein Zeitungsausträger, der von Hunger und Müdigkeit zermürbt ist und die letzten Nummern verkauft, rief Bragin: »Die Soldaten des Rostower Regiments sind in den Aufstand getreten. Man beabsichtigt, die Brücken der Nikolai-Bahn zu sprengen. In Saratow haben Arbeiter das Radischtschew-Museum gesprengt. In Orechowo-Sujewo werden Fabriken demoliert.«

Seine Nachrichten erwiesen sich alle als falsch, und Samgin wußte das schon vorher, weil Bragin, nachdem er seine erschütternden Neuigkeiten mitgeteilt hatte, fragte: »Wird man wirklich die Brükken sprengen? Ich kann es nicht recht glauben, daß das Museum zerstört worden ist ...«

»Glauben Sie es doch nicht«, riet ihm Samgin. »Das alles ist erfunden.«

Darauf sah Bragin Klim in die Augen und suchte zu erraten: »Wer erfindet das denn?«

Sicherlich du selbst, dachte Samgin.

Ihm fiel auf, daß das schwarze Haar dieses langen Mannes, wenn er erschütternde Neuigkeiten mitbrachte, dem Kopf glatt anlag und eine Haarsträhne die Beule auf der Stirn gut verdeckte, daß aber, wenn er weniger Schreckliches mitteilte, sein Haar zerzaust und die Beule sichtbar war. Lang, einer Marionette ähnelnd, geschwätzig und, früher selbstzufrieden, jetzt aber verzagt, war er Samgin schon immer unangenehm gewesen und wurde es jetzt noch mehr, weil er in ihm irgendeinen unbestimmten Verdacht weckte. Er schien mehr zu begreifen, als er sagte, und seine Besorgnisse und seine Dummheit bewußt zu übertreiben, als äffte er jemanden nach.

»Wie denken Sie denn: Gehen wir dem Sozialismus entgegen?«

»Nun, wir sind nicht allzu weit.«

»Aber – die Bolschewiki?«

Samgin blickte ihm in sein langes Gesicht, in die zusammengekniffenen Äugelchen und antwortete: »In der Politik ist es wie im Handel: Eine Nachfrage steckt man nicht erst in die Tasche.«

»Ja, das stimmt natürlich!« sagte Bragin kopfnickend und fuhr mit einem Seufzer fort: »Dieses Sprichwort habe ich gestern in einem Flugblatt gelesen.« Dann drückte er Samgin die Hand und schloß: »Sie verläßt man immer beruhigt. Sie haben einen klaren, ruhigen Verstand, Ehrenwort!«

Er macht sich ja über mich lustig, dieser Hornochse, mutmaßte Klim. Weiß der Teufel, ob er nicht ein Spion ist.

Doch eine noch unangenehmere halbe Stunde verbrachte er mit Makarow. Dieser erschien am frühen Morgen, als Samgin Kaffee trank und Anfimjewnas gerührten Erzählungen über die Verteidiger der Barrikade zuhörte. Sie wärmten sich nachts abwechselnd bei ihr in der Küche, die Alte bewirtete sie mit Tee und hielt überhaupt Freundschaft mit ihnen.

Aus Dummheit und Langerweile, erklärte sich das Samgin. Er hatte sich auch früher nicht als Herr des Hauses betrachtet, obwohl er sich als solcher benahm; auch hielt er sich nicht für berechtigt, der

Anfimjewna Verweise zu machen, vergaß das aber und tat es dennoch. An diesem Morgen war er schlecht gelaunt.

»Wissen Sie, Anfimjewna, es ist nicht sehr angenehm«, begann er halblaut und ohne sie anzusehen; die Alte fiel ihm ins Wort: »Na, wie sollte es Leuten, die das nicht gewohnt sind, angenehm sein, nachts in der Kälte Wache zu halten.«

»Sie haben mich mißverstanden, ich spreche nicht davon . . .«

Doch die Anfimjewna hörte nicht zu und fuhr bekümmert und leiser fort: »Was soll ich nur mit Jegor anfangen? Er trinkt und trinkt und will kein Essen kochen. ›Mögt ihr doch alle verhungern‹, sagt er, ›wenn man den Zaren . . .‹«

Gerade in diesem Augenblick erschien aus der Küche Makarow und fragte lächelnd: »Hast du da in der Küche – einen Insurgentenstab?«

Er stand im Mantel da, mit Mütze und mit hohen Filzüberschuhen an den Füßen, hielt den Stock unter dem Arm und zog die Handschuhe aus. Wie sich herausstellte, hatte er die Nacht in der gleichen Straße bei einer Wöchnerin verbracht.

»Bei ihr ist vor Schreck eine Fehlgeburt eingetreten; sie war gestern von ein paar Strolchen verfolgt worden. Ich sah eine Barrikade. Dann eine zweite. Da erinnerte ich mich, daß du hier wohnst . . .«

Während er sprach, legte er den Mantel auf einen Stuhl, warf die Mütze in die Ecke auf den Diwan, vergaß aber die Überschuhe auszuziehen und steigerte dadurch das unangenehme Gefühl, das Samgin ihm gegenüber empfand.

»Verteidigst du, oder verteidigt man dich?« fragte er, sich an den Tisch setzend.

Samgin fragte: »Möchtest du Kaffee?«

»Gern.«

Und als hätten sie sich erst gestern gesehen, begann Makarow sofort von dem zu sprechen, was er im Krankenhaus nicht mehr hatte sagen können.

»Erinnerst du dich, ich sagte im Krankenhaus . . .«

»Ja«, sagte Klim mit ungeduldigem Kopfnicken und dachte mit Verdruß an Leute, die annahmen, er müsse sich aller von ihnen gesagten Dummheiten erinnern. Seine Laune verschlechterte sich immer mehr; da er an seine Angelegenheiten dachte, hörte er unaufmerksam der ruhigen, gemessenen Rede Makarows zu.

»Wenn dieser Zufall mit der Wöchnerin nicht gewesen wäre, hätte ich dich ohnehin besucht. Man muß einmal sein Herz ausschütten, es gibt so ein Bedürfnis. Dir, Klim, traue ich . . . und traue ich auch nicht, ebenso wie mir . . .«

Diese Worte klangen sehr warm, freundschaftlich. Samgin hob den Kopf und sah mißtrauisch das hochstirnige Gesicht an, das von zweifarbigen Haarschöpfen und einem dunklen, aber schon sehr auffällig ergrauten, keilförmigen Bart umrahmt war. Es war unangenehm einzugestehen, daß Makarows Schönheit immer imposanter wurde. Die von dichten Wimpern bedeckten Augen waren schön, unangenehm aber war ihr gerader, strenger Blick. Ihm fiel Alinas sonderbare und wohl zweideutige Äußerung ein: »Kostja ist ehrlich schön – für sich, nicht für Weiber.«

»Weißt du, bei mir übernachten oder wohnen manchmal Bolschewiki. Nun, für sie existiert meine Frage nicht. Zuweilen kommt Genosse Borodin, ein bewundernswerter Mensch, ein Mensch, mathematisch vereinfacht, möchte ich sagen ...«

Makarow beschrieb mit beiden Händen in der Luft einen Kreis.

»Ein sphärischer Mensch. Wie eine große Kugel – man kann ihn nicht greifen, nicht umfassen.«

»Ein stämmiger, mit großem Bart, spöttischen Augen?« fragte Klim.

»Ja, so ungefähr. Aber er rasiert sich.«

Wahrscheinlich Kutusow, sagte sich Samgin und begann aufmerksamer zuzuhören.

»Für ihn ... ja und für sie überhaupt, gibt es keine Moralprobleme. Sie haben ihre eigene Moral ...«

Er trank den Kaffee aus, blickte über Samgins Kopf hinweg zum Fenster hinaus und fuhr fort: »Im Grunde genommen ist das keine Moral, sondern sozusagen ein System biosozialer Hygiene. Möglicherweise haben sie recht, wenn sie sich weit mehr für Menschen halten als ich, du und überhaupt Leute unseres Schlages. Aber mit ihnen vom Menschen, vom Individuum zu sprechen ist ganz zwecklos. Borodin sagte zu mir: ›Mensch, das kommt erst später.‹ – ›Wann denn?‹ – ›Wenn der Boden für sein freies Wachstum gepflügt sein wird.‹ Ein anderer, eine recht griesgrämige Persönlichkeit, sagt: ›Den Menschen gibt es noch nicht, sondern nur zutiefst ergebene Diener. Mit diesem Ihrem Menschen‹, sagt er, ›verdecken Sie das Licht. Mensch, Moral und Gesellschaft, das sind die drei Bäume, hinter denen Sie den Wald nicht sehen.‹ Das sind Leute, mein Lieber, die sehr gut aufeinander abgestimmt sind.«

Er schob Samgin die leere Tasse hin und zündete sich eine Zigarette an, und die Langsamkeit seiner Bewegungen ließ Klim denken: Das wird lange dauern.

Makarow stieß einen langen Rauchschwaden aus und kniff die Augen zusammen.

»Ich bin also ein zutiefst ergebener Diener«, seufzte er. »Aus diesem Grunde«, er suchte nach Worten, stützte die Ellenbogen auf den Tisch und blickte Samgin aufmerksam ins Gesicht. »Ich diene der Wissenschaft, konkreter gesagt – den Frauen. Ich behandle sie, helfe ihnen bei den Geburten. All das füllt mich nicht mehr ganz aus. Und so helfe ich Borodin und seinen Genossen, wobei ich mir eines gewissen Risikos bewußt bin und vor diesem nicht die geringste Angst habe. Ich helfe sogar mit Vergnügen. Daran aber, daß sie Revolution machen, glaube ich nicht. Auch glaube ich überhaupt nicht, daß dies«, er deutete mit der Hand aufs Fenster, »Revolution ist und daß sie unserem Land etwas geben kann.«

Er lehnte sich auf dem Stuhl zurück, schaukelte mit ihm und fuhr lächelnd fort: »Begreifst du, um was es sich handelt? Den Menschen glaube ich und achte sie sehr, an die Sache aber, für die sie arbeiten, glaube ich nicht. Vielleicht glaube ich nur mit dem Verstand nicht? Wie steht es mit dir?«

»Was?« fragte Samgin, der fühlte, daß das Gespräch zu einer Folter für ihn wurde.

»Weshalb hilfst du ihnen?« fragte Makarow.

»Ich halte es für notwendig«, sagte Samgin achselzuckend.

»Von diesem Punkt an verstehe ich dich ebensowenig wie mich«, sagte Makarow leise und nachdenklich. »Dich verstehe ich wahrscheinlich noch weniger. Du hältst zu ihnen, gleichst ihnen aber nicht«, fuhr Makarow ohne ihn anzusehen fort. »Ich denke, wir sind beide zutiefst ergebene Diener, aber wessen? Das ist es, was ich gern begreifen würde. Mir ist die Rolle des zutiefst ergebenen Dieners zuwider. Entsinnst du dich noch, wie wir als Gymnasiasten den Schriftsteller Katin besuchten – den Volkstümler? Schon damals begriff ich, daß ich kein zutiefst ergebener Diener sein kann. Dann aber, allmählich, wurde ich trotzdem ...«

Vor dem Fenster ertönte ein schrilles Pfeifen.

»Ein Polizeipfiff?« fragte Makarow verwundert.

Klim sprang rasch ans Fenster und sagte: »Es ist etwas passiert, sie laufen ...«

Ins Zimmer stürzte der rothaarige, zerzauste Lawruschka, schwang die Mütze und rief freudig, aber nicht ohne Besorgnis: »Die Soldaten sind im Anmarsch! Die Anfimjewna fragt, ob man die Fensterläden schließen soll.«

Makarow sprang auch auf. »Hol's der Teufel ...«

»Schließen?« rief Lawruschka. Samgin winkte ihm ab und wartete, was Makarow tun würde. Dieser zog sich rasch an und murmelte: »Die ärztliche Pflicht ...«

Er lief hinter dem Lehrling des Kupferschmieds hinaus. Samgin rieb die angelaufene Fensterscheibe ab und erwartete, das bekannte Geräusch von Schüssen zu hören. Die Fensterläden schlugen krachend zu – er zuckte zusammen und prallte zurück. Er hätte sehr gern seine Ruhe bewahrt, aber daran hinderte ihn eine Menge kleiner Gedanken; sie flackerten auf und erloschen sofort wieder, nur einer von ihnen flackerte, nachdem er erloschen, von neuem auf:

Wegen jener, in der Küche, werde ich mich zu verantworten haben ...

In der Küche war es still, auf der Straße wurde nicht geschossen, aber selbst durch die Fensterläden drang dumpfes, erregtes Stimmengewirr. Samgin bemühte sich angestrengt, die sehr unangenehme Nervenspannung zu unterdrücken, und begann sich gemächlich anzuziehen. Die linke Hand fand nicht in den Mantelärmel hinein.

Ich beobachte mich selbst, wie meinen Feind, entrüstete er sich, setzte mit einem Ruck die Mütze auf, steckte die Füße zornig in die Gummiüberschuhe, trat vor den Küchenausgang, blieb eine Weile stehen, lauschte dem Stimmenlärm vor dem Tor und begab sich entschlossen auf die Straße.

Die fahle, trübe Sonne stak tot zwischen grauen Lämmerwolken und schien auf etwa fünfzehn verschieden gekleidete Menschen neben der schneebestäubten Barrikade; die Sonne warf auf sie weißliche Kälteflecken, und die Menschen schienen ebenso durchfroren, wie Samgin sich fühlte. Der Wind sprang hin und her, fegte den Leuten den Schnee vor die Füße, raufte mit dem Schnee auf den Dächern und warf ihn auf die Köpfe. Makarow stand neben Lawruschka auf den Stufen vor der Haustür des Feldschers Winokurow und hörte lachend der brüchigen Stimme des Rothaarigen zu. Hinter der Barrikade machte sich jemand zu schaffen, der einen Diwan umzudrehen versuchte, aus dem Diwan quoll diePolsterfüllung hervor, und das war widerlich, als erbräche sich der Diwan. Klim trat auf die Leute zu. In ihrer Mitte stand ein Mann mit einem Baschlyk um den Kopf, in seinem kleinen Gesicht bewegte sich ein heller Schnurrbart; ein Bursche mit sibirischer zerrissener Pelzmütze sagte zu ihm mit klangvoller Stimme: »Eine gemischte Abteilung, etwa vierzig Mann, ohne Offizier ...«

»Sind Zivilisten darunter?« fragte der Hellbärtige.

»Ungefähr sieben ...«

»Man muß genau zählen und nicht ungefähr.«

»Sie gehen getrennt, nicht in einem Haufen ...«

»Sie fürchten Bomben!« rief der Kupferschmied freudig.

Der Mann mit dem Baschlyk kratzte sich an der Nasenwurzel und sagte: »Die vom Rostower Regiment haben also nicht gelogen, man wird die Freiwilligen gegen uns vorgehen lassen. Sind Betrunkene unter ihnen?«

»Darauf habe ich nicht geachtet.«

»Sie hätten darauf achten müssen, man hat Sie doch nicht zu einem Spaziergang ausgeschickt, Genosse.«

Der Mann mit dem Baschlyk sprach ruhig, aber eigentümlich deutlich.

»Lawrentij«, rief er, an den Enden des Baschlyks zupfend. »Du warst es also, der gepfiffen hat?«

»Genosse Jakow, mir hatte der Student aus der Gasse gesagt, daß sie kommen . . .«

»Dir sollte man die Ohren langziehen, mein Lieber! Nehmen Sie ihm die Signalpfeife weg, Genosse Baljasnyj. Er darf nicht mehr zum Wachdienst eingeteilt werden.«

»Das ist also blinder Alarm gewesen«, sagte Makarow, trat auf Samgin zu und blickte auf die Taschenuhr. »Für mich ist es Zeit, zur Arbeit zu gehen, auf Wiedersehen! Ich besuche dich noch dieser Tage. Hör mal«, fuhr er mit gesenkter Stimme fort, »richte dein Augenmerk auf den rothaarigen Jungen – er ist erstaunlich interessant!«

Ein bärtiger Mann stieß Makarow beiseite.

»Auf Wiedersehen«, rief der Doktor aus unerfindlichem Grund sehr vergnügt.

Samgin nickte ihm nicht einmal zu und beobachtete aufmerksam die Verteidiger der Barrikade. Einige hatte er schon vorher in der Küche gesehen, sie grüßten ihn, wenn er an ihnen vorbeikam, er lächelte ihnen herablassend zu. Einer von ihnen, ein rotwangiger, stupsnasiger Bursche, Wassja, den die Anfimjewna Holz bringen und in der Küche den Ofen heizen ließ, trat ihm besonders ehrerbietig aus dem Wege. Alles in allem hatte er schon etwa zehn Mann gesehen, jetzt aber waren es neunzehn: elf mit Gewehren und Mauserpistolen bewaffnet, die übrigen unbewaffnet. Es war klar, daß der Mann mit dem Baschlyk, der Genosse Jakow, dürr und leicht, sie kommandierte; sein heller Schnurrbart schien unter der schmalen, gleichsam nüsternlosen Nase angeklebt, seine scharfen, bläulichen Augen schauten aufmerksam und wach. Sein Gesicht war im allgemeinen grau, ältlich, er hatte sicherlich lange im Gefängnis gesessen und war dort verdorrt. Man konnte ihn auf fünfundzwanzig, aber auch auf vierzig Jahre schätzen.

»Nun, Genossen, jetzt dürfen wir die Barrikaden nicht verlassen«, sagte er, und alle hörten ihm schweigend zu, ohne ihn zu unterbrechen. »Auf beiden Barrikaden müssen sich fünfunddreißig Mann befinden, auf dieser hier zwanzig. Bitte an die Plätze.«

Fünf Mann sonderten sich ab und gingen in die Gasse. Ohne die Stimme zu heben, sagte er hinter ihnen her: »Heute wird man euch noch zwei Gewehre und eine Mauserpistole geben. Vielleicht bekommen wir auch Bomben.«

Hinter der Barrikade trat der Hausknecht Nikolai vor.

»Ich müßte auch ein liebes Gewehr haben ...«

»Wir werden eins beschaffen, Genosse, unbedingt!« Jakow hustete, räusperte sich und fuhr fort: »Habt ihr die Wand im Schuppen durchbrochen? So. Liegt die Leiter auf dem Dach des Eckhauses? Wunderbar. Sind die Bomben dort? Nun also, das wäre alles. Die Genossen Baljasnyj und Kalitin sind für die Ordnung verantwortlich. Hört jetzt zu, unsere Nachrichten lauten: Ausgerückt sind sieben gemischte Abteilungen, Soldaten und Schwarzhunderter, Gesamtstärke dreihundertfünfzig bis vierhundert Mann, möglicherweise auch mehr. Von der Schwarzhundertschaft sind etwa hundertfünfzig Mann dabei. Sie haben anscheinend hübsche Kanonen, Dreizöller. Im großen und ganzen ist das nicht sehr viel! Aber sie können natürlich Zuwachs bekommen. Die vom Rostower Regiment rücken nicht aus, das steht fest!«

Wahrscheinlich ist er Handelsgehilfe, sagte sich Samgin und betrachtete die buntscheckige Kriegerschar ebenso, wie es die anderen Hausbesitzer taten, der Feldscher und Hühneraugenoperateur Winokurow, der Stabskapitän außer Dienst Satjossow, ein hochgewachsener Greis mit einer Höckernase, oder der schwerhörige Ingenieur Drogunow, Besitzer einer sehr schönen Taubenzucht. Auf der Straße befanden sich sonderbarerweise wenig Studenten und überhaupt niemand von den kleinen Leuten, die in den Häuschen dieser Straße wohnten, Samoware, Gummiüberschuhe und Fahrräder reparierten und sich überhaupt durch Groschenarbeit ihr Stück Brot verdienten.

Wen verteidigt man denn? fragte sich Samgin. Unter den Verteidigern erkannte er den mürrischen Klempner, der mitunter bei Warwara arbeitete, einen Studenten – den Sohn der Heiratsvermittlerin und Hausbesitzerin Uspenskaja – und außer dem Neffen der Hebamme noch zwei Studenten, die ihm als Gymnasiasten in Erinnerung waren. Vorwiegend waren es junge Leute, offensichtlich Handwerker, es befanden sich aber, den Hausknecht Nikolai nicht mitgerechnet, etwa fünf Bärtige darunter. Bei einem der Bärtigen ragten leicht ergraute Haarzotteln unter der tief ins Gesicht gedrückten Mütze hervor, und in seine Ohren war Watte gestopft.

Alles war unnatürlich und ebenso unangenehm wie dieser trübe Tag, die farblose Sonne, der scharfe Wind. Unnatürlich war die hohe und ziemlich dichte Mauer von ausgedientem Gerümpel. Besonders drängte sich dem Auge der aufgeschlitzte Bauch des Diwans auf, aus dem Sprungfedern und Fetzen der Polsterfüllung herausragten. An der Lehne des Diwans war ein Besenstiel befestigt, an dem eine rote Fahne flatterte. Die Einwohner dieser Straße waren auch lauter Menschen, die im Leben ausgedient hatten. Samgin, der sich vor Kälte krümmte und zusah, wie der Hausknecht Nikolai mit bloßen Händen einen wahrscheinlich beißend kalten Telegrafendraht entwirrte, überlegte: Was hat der hier zu suchen?

Der Mann mit der Watte in den Ohren trat neben ihn, rieb mit dem Ärmel am Gewehrlauf herum und sagte dankbar: »Ein schöner, freundlicher Tag heute.«

Samgin blickte ihn mißtrauisch an – war das Hohn?

»Wohnen Sie in dieser Straße?« fragte er.

»Nein, ich bin von der Blaguscha hierher zugeteilt«, antwortete der Mann, wobei er immer noch am Gewehr herumrieb, und seufzte: »Wir haben recht wenig Patronen.«

»Was verteidigt diese Barrikade?« fragte Klim und wurde sogar verlegen, so streng und dumm klang seine Frage. Der Mann blickte ihm verwundert ins Gesicht und sagte: »Sie verteidigt die Revolution, das Arbeitervolk – wen denn sonst?«

Dann fuchtelte er mit den Händen und erläuterte: »Dort ist der Karetnyj Rjad, und dort stehen also auch die Unseren – wir sind eine Art dritte Linie . . .«

»Aha«, sagte Samgin und trat zur Seite, da er fürchtete, er könnte noch mal etwas Unpassendes sagen. Er fühlte sich nicht wohl – ihm war körperlich unbehaglich zumute, als würde er krank, wie vor zwei Monaten, als der Arzt bei ihm eine Übersäuerung des Magens festgestellt hatte.

Ein zutiefst ergebener Diener . . . Wer hat das doch gesagt: Der Intellektuelle ist ein an den Karren der Geschichte geschmiedeter Sträfling. Der Wagen des Jagannâtha. Das alles ist Unsinn. Auch die Barrikaden sind Unsinn. Damit versuchte er die Erinnerungen an Makarow abzubrechen und beschleunigte sogar seine Schritte. Aber das nützte nichts.

Aus dem Verstand oder aus dem Herzen? Wie sagte er doch? Er erfindet aus Unvermögen, das ist es. Ein unbegabter Mensch . . .

Die Erinnerungen an Makarow soufflierte er sich selber, doch hinter ihnen brach etwas anderes hervor:

Das sind natürlich Dilettanten. Die wahren Künstler des Aufruhrs findet man in den Dörfern. Sie sind stets dort gewesen – Rasin, Pugatschow. Dieser Genosse Jakow aber – was ist er? Ohne es zu merken, erreichte Samgin den Boulevard, blieb stehen und betrachtete die kahlen Bäume, die so armselig aussahen, als würden sie sich nie mit Laub bedecken. Heimzugehen hatte er keine Lust. Er hätte überhaupt gleich nach der beleidigenden Ausschreitung Warwaras ausziehen sollen. Samgin sah auf die Uhr und begab sich zu Gogins, einen Auftrag Ljubaschas zu erledigen. Um sich zu erwärmen und nicht zu denken, ging er sehr schnell. Er wünschte sich, daß alles schneller seinem Ende entgegenging. Ihm fielen Sätze von Kumow ein: Das Verhältnis des Menschen zum Leben hängt von seiner Fortbewegung im Raum ab. Unser irdischer Raum ist durch Grenzen beschränkt, die für unseren Geist beleidigend sind, aber selbst in ihm . . . Weiter hatte Kumow etwas Unverständliches über die Normannen in England, Rußland und Sizilien gesagt.

Als Samgin sich auf dem Boulevard dem Arbat näherte, hörte er rechts in der Ferne das bekannte Knacken eines Schusses, dann eines zweiten. Die Schüsse klangen sehr bescheiden und wunderten ihn nicht, denn wenn schon Barrikaden errichtet waren, so mußte selbstverständlich geschossen werden. Als sich aber der Platz vor ihm ausbreitete, sah er, daß die nicht zahlreichen Passanten nach allen Seiten auseinanderliefen oder sich im Hof einer Kutscherschenke versteckten, nur ein hochgewachsener Greis schritt, einen Stock in der Hand, auf die Schulter eines Jungen gestützt, langsam und würdig mitten über den Platz zum Arbat. Die Gestalt des Greises kam ihm bekannt vor – wenn der Junge und diese Gangart nicht gewesen wären, hätte man ihn für den Diakon halten können, doch der ging schwerfällig und geneigten Kopfes, während dieser ihn stolz und aufrecht hielt wie ein Blinder.

Aus der Richtung der Powarskaja rief jemand gedehnt ein unklares Wort, und gleich danach stürzte eine beleibte Frau hinter der Kirche hervor Klim entgegen; sie schüttelte den Kopf wie ein Pferd und zischte: »O Gott, oh . . .«

Nach ihr stürmte ein Mann in einem schwarzen, kurzen Schafpelz heraus, packte sie mit unflätigem Schimpfen von hinten an dem um den Kopf gewickelten Schal und zerrte sie zurück, wobei er sie anknurrte: »Stell dich hinter die Kirche, du Närrin, du Teufel, auf eine Kirche wird man nicht schießen . . .«

»Auseinanderge-hen!« hörte Samgin jemanden wehmütig rufen, stürzte hinter die Ecke der Kirche und stellte sich auch an ihre Wand, neben die Frau und den Mann.

»Schweig«, befahl mit halblauter Stimme der Mann und drängte mit seinem Rücken die Frau an die Wand. »Keinen Laut! Wir müssen abwarten, wohin sie gehen ... Ach, mußten wir das noch erleben«, er stieß einen noch kräftigeren Fluch aus, seine Stimme klang erregt. Samgin schaute vorsichtig um die Ecke; auf dem Platz trieben sich immer noch drei Menschen herum, der Junge hatte sich vom Alten losgerissen und lief zur Alexanderschule, während der Greis stehengeblieben war, mit dem Stock auf dem Boden herumtastete und etwas sagte, sein Bart zitterte. Aus der Powarskaja kam ein hochgewachsener Soldat heraus, der das Gewehr mit beiden Händen hielt, hinter ihm her bewegten sich gemächlich und verstreut, etwa zehn Schritt voneinander entfernt, kleine Soldaten und vielleicht zehn Zivilisten mit Gewehren; in der Mitte der Abteilung fuhr ein kleines Geschütz von der Dicke eines Abflußrohres; sein etwas geneigter Rüssel beschnupperte gleichsam die Pflastersteine des Platzes, die mit Schnee bestreut waren wie Hühnereier mit Spreu. Neben dem Geschütz wiegte sich träge auf einem rotbraunen Pferd mit weißen, wie in Strümpfen steckenden Fesseln ein zinnerner Offizier mit einem Bärtchen, wie es Zar Nikolai trug. Er hielt eine Reitgerte in der weiß behandschuhten Rechten, führte sie zu dem weißen Gesicht unter schwarzer Mütze und stieß Zigarettenrauch aus. Die Soldaten, außer dem vordersten, machten auch den Eindruck, als wären sie aus Zinn; sie alle waren schäbig, uneinheitlich, wie aus mehreren Spielen zusammengesuchte Karten.

Die Frau hinter Samgin schrie heiser auf und stieß ihn nach vorn, es ertönte ein leiser Fluch, dann ein Schlag auf etwas Weiches, doch Samgin sah gebannt zu, wie der vorderste Soldat und noch zwei das Gewehr anlegten und zu schießen begannen. Zuerst warf ein Mann, der zur Wosdwishenka lief, ein Bein hoch und fiel um, nach ihm brach wuchtig mit eingeknickten Knien der Greis zusammen und kroch, mit der einen Hand aufs Pflaster gestützt, den Stock über die Steine zerrend, weiter; die zottige Mütze fiel von ihm zu Boden, und Samgin erkannte: Es war der Diakon.

Die Soldaten schossen achtmal; man hörte, wie eine Kugel irgendwo eine Fensterscheibe zerschlug. Der vorderste Soldat ging an dem Diakon vorbei, ohne sein heiseres Schreien zu beachten, ja als hätte er ihn nicht einmal bemerkt; ebenso gleichgültig gingen noch viele vorüber – sie gingen qualvoll langsam. Das Geschütz fuhr vorbei und hätte den Diakon beinahe mit dem einen Rad gestreift. Der Diakon schlug unaufhörlich mit dem Stock auf den Boden und schrie, aber als das Geschütz vorbeigefahren war, stieß ihn ein faulig-schmutzig-grüner kleiner Soldat mit dem Gewehrkolben wie mit einer Mörserkeule in den Rücken; der Diakon krümmte sich unnatürlich zusammen, warf sich auf die Knie, packte den Stock mit beiden Händen und schwang ihn; da sprang ein Mann in einem riemenumgürteten Zivilmantel auf ihn zu und schrie mit blecherner Stimme: »Ach, dieser Schurke! Da ist er . . .«

Er beugte sich vor und stieß dem Diakon das Bajonett in den Leib wie eine Ofengabel in den Ofen; der Greis brach zusammen, der Stock fiel dem Zivilisten vor die Füße, der stand da und zog das Bajonett heraus. Das alles geschah erstaunlich rasch, doch die Soldaten gingen ebenso gemächlich weiter, und das Geschütz fuhr ebenso langsam – in einer ungewöhnlichen Stille; es schien, als ob die Stille nichts in sich aufnähme, nichts aufsaugen wollte: weder das trippelnde und träge Geräusch der Soldatenschritte noch das eiserne Poltern des Geschützes, noch den gleichmäßigen Hufschlag des Pferdes auf dem Pflaster und das gedämpfte Schreien eines Verwundeten – er kroch an einem Zaun entlang und schlug mit der Faust an das geschlossene Tor des Kutscherhofs. Samgin hörte ganz deutlich, wie der faulig aussehende kleine Soldat sagte: »Du kannst es nicht richtig.«

Hinter Samgin brummte dumpf der Mann: »Einen Bettler haben sie getötet, einen Blinden, dieses Gesindel – schau nur!«

Die Frau keuchte: »O Gott! Laß uns um Himmels willen gehen, Jegorscha! Die Kanone . . .«

Nachdem der Zivilist das Bajonett herausgezogen und den Diakon ein wenig gerüttelt hatte, stellte er das Gewehr neben sich, nahm ein Läppchen oder einen Fausthandschuh aus der Tasche, wischte damit das Bajonett von unten nach oben ab, dann steckte er das Läppchen wieder ein und strich sich mit der Hand über den Hintern. Der kleine Soldat hüpfte, als wäre er aus Gummi, stach mit dem Bajonett in die Luft und sagte deutlich: »So mußt du das machen – eins, zwei! Dann einen Angriff abwehren – wie macht man das?«

Der Zivilist nahm die Mütze ab, bekreuzigte sich in Richtung der Kirche und wischte mit der Mütze sein bärtiges Gesicht ab.

»Diesen Alten kennen wir schon lange, er ist es«, begann der Zivilist, aber da ertönten ein paar Schüsse, der Soldat lief davon, der Zivilist schulterte das Gewehr und lief auch auf die Schüsse zu. Dann dröhnte von einer Kugel getroffenes Eisen, und irgendwo in der Nähe rieselte Stuck herunter.

»Wie – auf uns?« flüsterte der Mann im kurzen Schafpelz, packte Samgin an der Schulter und zerrte ihn zurück. »Sie gehen zur Wosdwishenka! Los, Herr, kehrtgemacht! Rasch!«

Er stieß die Frau in den Rücken, zerrte Samgin mit der anderen

Hand hinter die Kirche und seufzte erregt: »O weh! Was müssen wir alles ausstehen!«

»Gott sei Dank schießt die Kanone nicht«, schluchzte, stöhnte die Frau.

»Sie schießen auf Bettler, was? Bei hellichtem Tage! Was soll das werden, Herr?« fragte der Mann streng und fügte noch strenger hinzu: »Sie müßten das wissen! Wozu haben Sie die Schule besucht?«

»Sie wissen doch selbst – das Volk ist unzufrieden«, antwortete Samgin durch die Zähne, aber das befriedigte den Mann nicht.

»Das Volk ist immer unzufrieden, das wissen wir. Man hat aber doch die Freiheit verkündet, das heißt: Versammelt euch, besprechen wir die Dinge ... so fasse ich das auf – habe ich recht?«

»So komm doch, Jegorscha«, bat die Frau.

»Wart, Schwester, wart! Sie sind weg ...«

Jegorscha nahm die Mütze ab und wischte sich damit das schweißbedeckte Gesicht ab, das satt war, in weichem, rötlichem Flaum krausen Haars auf Wangen und Kinn – er wischte es ab und blickte mit schmalen, hellen Augen erwartungsvoll Samgin unter die Brille.

»Wer treibt denn da Unfug, wie? Im vorletzten Jahr haben bei uns in Sibirien die Soldaten Unfug getrieben, nun, und jetzt?«

Samgin schwieg, schaute auf den Platz und empfand Angst vor dem offenen Raum. Seine Füße waren bleischwer geworden, schienen sogar wie am Boden festgefroren. Jegorscha sprach immerzu leise, aber erregt, und fächelte sich mit der Mütze ins Gesicht.

»Das ist sinnlos wie ein Pelz im Sommer ...«

Samgin stieß sich mit einem Schulterruck von der Wand ab und ging mit zusammengebissenen Zähnen, durch die Nase atmend zum Arbat – er ging und hörte, daß seine schwer gewordenen Füße übermäßig laut trappten. Rücken und Brust schwitzten reichlich; er fühlte sich wie eine leere Flasche, in ihren Hals blies der Wind hinein, und sie heulte: O-u-u.

Als er etwa zwanzig Schritt entfernt an dem Diakon vorbeikam, warf er unter der Brille hervor einen Blick auf ihn – der alte Mann lag mit gekrümmten Beinen auf einem roten zerrissenen Teppich; die Fetzen des Teppichs sahen von weitem dick und flockig aus.

Wieviel Blut ein Mensch in sich hat, dachte Samgin, und das war sein einziger klarer Gedanke in der ganzen Zeit bis zur Wohnung der Gogins.

In Alexejs Zimmer saßen und standen gegen zwanzig Personen, und das erste, was Samgin hörte, war die Stimme Kutusows, eine dumpfe, heisere Stimme, aber seine. Klim konnte ihn hinter den Rücken und Köpfen der Anwesenden nicht sehen, stellte sich aber deutlich die etwas schwerfällige Gestalt vor, das breite, hartnäckige Gesicht mit den spöttischen Augen, den dicken Ellenbogen des auf dem Tisch ruhenden linken Armes und die sicher kommandierenden Gesten des rechten.

»Erlauben Sie, Genosse«, vernahm Samgin. »Es ist unvernünftig, unhistorisch, aus einzelnen Mißerfolgen der Arbeiterbewegung . . .«

»Aus verbrecherischen Fehlern von Pseudoführern!« rief Samgins Nachbar, ein kräftiger Mann mit schwarzem Bärtchen und einem Zwicker auf der Höckernase.

»Es ist vernünftiger, sie als Lehren der Geschichte aufzufassen . . .«

Der Mann mit dem Zwicker stieß Samgin und die Leute vor ihm und drängte sich erfolglos nach vorn, aber niemand machte ihm Platz, und so schrie er über die Köpfe hinweg: »Wieviel Arbeiter werden Sie zugrunde richten?«

»Weniger als täglich im Kampf mit dem Kapital zugrunde gehen«, antwortete Kutusow rasch und irgendwie nachlässig. »Also, Genossen . . .«

Aber seine Stimme wurde von dem tiefen und düsteren Baß eines großen Mannes mit langem Hals übertönt: »Ihre beiden Fraktionen zersplittern die gesellschaftliche Bewegung, die Befehlsgewalt; der Aufstand muß von einer Einheitspartei geleitet werden, das ist das Abc.«

»Gehen Sie hin und lehren Sie die Kinder dieses Abc«, entgegnete unverzüglich Kutusow.

Danach ertönte Pojarkows grobe Stimme: »Zur Sache, Genossen!«

Aber das bändigte die Leute nicht, und obwohl Samgin sehr bedrückt war, merkte er dennoch, daß erbitterter geschrien wurde als sonst in Versammlungen.

Natürlich, er muß hier sein, dachte Samgin träge von Kutusow und empfand die Notwendigkeit, sich zu erleichtern und von dem zu erzählen, was er auf dem Platz gesehen hatte. Er knöpfte den Mantel auf, nahm aus irgendeinem Grund die Brille ab, steckte sie in die Tasche und begann laut zu rufen: »Soeben ist auf dem Arbatplatz . . .« Er hatte im festen Glauben begonnen, daß er lange reden, alle zum Schweigen bringen und etwas Erschütterndes sagen werde, stieß aber nur dreißig Worte hervor, dann versagte ihm die Stimme, das letzte Wort dröhnte schrill, und gleich danach vernahm er den wütenden Ausruf Pojarkows: »Ich bitte, mit dem hysterischen Geschrei aufzuhören! Was soll hier ein Diakon, zum Teufel noch mal? Hier werden keine Totenmessen zelebriert. Zur Sache!«

Klim merkte, daß ihm schwarz vor den Augen wurde, daß seine Beine einknickten. Dann befand er sich in der Ecke eines kleinen Zimmers, vor ihm stand mit einem Glas Wasser in der einen Hand Gogin und legte ihm mit der anderen ein sehr kaltes und nasses Handtuch aufs Gesicht. »Was fehlt Ihnen? Sie haben Nasenbluten. Hier, trinken Sie mal ... Von was für einem Diakon haben Sie da geschrien?«

Das eiskalte Wasser, dem etwas Saures beigemengt war, erfrischte Klim, er brachte Alexej mit ein paar Worten in Erinnerung, wer der Diakon war.

»Aha, ich entsinne mich, der alte Mann, der sich mit der Agrarfrage beschäftigte, jaja! Man hat ihn getötet? Hm ... Die machen nicht viel Umstände. Gestern ist ihnen mein Schwesterchen in die Hände geraten – sie haben sie verprügelt.« Gogin sprach hastig, zerstreut, fügte aber plötzlich zornig hinzu: »Und mit Recht, sie soll nicht mit ihrer Tapferkeit kokettieren, soll keine Dummheiten machen!«

Er setzte sich auf den Diwan und begann wieder rasch und sachlich zu sprechen: »Nun, wie fühlen Sie sich? Haben Sie sich erholt? Wollen Sie heimgehen? Hören Sie mal, dort in Ihrer Gegend gibt es Barrikaden, und bei ihnen muß sich der Genosse Jakow befinden, solch ein ...«

Gogin schnippte mit den Fingern und legte das Gesicht in Falten.

»Es ist schwer zu sagen, wie er ist, aber Sie werden ihn schon finden. Geben Sie ihm also dieses Zettelchen. Verstecken Sie es im Mundstück einer Zigarette, zünden Sie die Zigarette an und löschen Sie sie wieder aus. Falls Ihnen etwas zustoßen sollte – wenn man Sie zum Beispiel festnimmt –, so beißen Sie das Mundstück ab und zerkauen es. Nicht wahr? Der Zettel darf nicht in fremde Hände gelangen – verstehen Sie? Na also! Guten Erfolg!«

Er drückte Samgin die Hand und verschwand.

Samgin trat auf die Treppe hinaus, sah sich um, horchte, – es war öde und still, nur irgendwo in einem Hof wurde Holz gehackt. Der Tag ging schon zur Neige, am Himmel waren rote Wolkenstreifen verteilt, wie eine Riesentreppe vom Horizont zum Zenit. Das erinnerte an den menschenleeren Platz und die Gestalt des Diakons in roten Blutlumpen auf dem Pflaster rundherum.

Samgin ging behutsam, wie man im Frühjahr über brüchiges Flußeis geht, und schaute zur Seite auf die verschlossenen Türen und

Tore und auf die kleinen verstummten Kirchen. Moskau war sehr verschwiegen, die Boulevards und Straßen waren kürzer geworden.

Kürzer, weil ich rasch gehe, sagte er sich. Er dachte daran, daß in der Stadt mehr als eine Million Menschen lebten, von denen sechshunderttausend Männer waren, daß in ihr mehrere Regimenter Soldaten lagen, während es wohl weniger als hunderttausend Arbeiter in ihr gab, von denen, wie es hieß, nicht mehr als fünfhundert bewaffnet waren. Und diese fünfhundert hielten die ganze Stadt in Angst. Ihn machte der Gedanke traurig, daß Klim Samgin, ein Mensch, der nichts brauchte, niemandem Leid zugefügt hatte, rasch durch die Straßen schritt und wußte, daß man ihn töten konnte. Jeden Augenblick. Ungestraft . . .

Die Arbeiter haben die Arme sinken lassen – und das Leben ist ins Stocken geraten. Ja, die Kraft, die das Leben in Gang hält, ist die Kraft der Arbeiter . . . In Petersburg arbeiten eine Anzahl von Studenten und noch irgendwelche Leute bei der Post als Ersatz für die Streikenden . . .

Diese Gedanken erweckten in Samgin ein immer erschreckenderes Bewußtsein von der Ohnmacht der Staatsgewalt und ein drückendes Gefühl persönlicher Schutzlosigkeit.

Die Ohnmacht des Staates besteht darin, daß er die Bedeutung der Persönlichkeit nicht begreift . . .

Das war keine Schlußfolgerung des Verstandes aus dem Chaos der Empfindungen Samgins, sondern kam von selbst, irgendwoher von außen, und veränderte seine Stimmung nicht. Er ging immer schneller, um die Dämmerung zu überholen.

Gleich werde ich diesen Jakow sehen . . . Ich beteilige mich an der Revolution aus eigenem Willen, ungebunden, ohne darauf zu hoffen, etwas zu profitieren, und nicht als Politiker. Ich weiß, daß die Zeiten Gideons vorbei sind und daß dreihundert Krieger nicht imstande sind, das Jericho des Kapitalismus zu zerstören.

Das biblische Beispiel erinnerte ihn nochmals an Abrahams Opfer. Nun ja, natürlich: Die Arbeiterklasse ist der Isaak, den man opfert. Das ist der Grund, warum ich mich nicht entschieden auf die Seite derer stellen kann, die das Opfer bringen.

Ihm schien, er habe sich endlich sein Verhalten erklärt, und er bedauerte, daß ihm dieser Gedanke nicht am Morgen gekommen war, als Makarow da war.

Nein, ich bin kein zutiefst ergebener Diener!

Als er in seine Straße kam, fühlte er sich zu Hause und ging langsamer. Bald darauf vertrat ihm ein Mann mit einer Zigarette zwischen den Zähnen und einer Mauserpistole in der Hand den Weg.

»Das bin ich, Samgin.«

Der Mann trat wortlos zur Seite und pfiff zweimal halblaut durch die Finger. Die Luft über der Barrikade war rötlich und flimmerte wie heißer Dunst, Rauchgeruch kitzelte die Nase. Jenseits der Barrikade saß auf einer Kiste an einem kleinen Lagerfeuer Genosse Jakow und sagte deutlich: »Unsere Arbeiter haben also folgende Aufgaben: Die Selbstherrschaft zu vernichten – eins! Alle Genossen unverzüglich aus den Gefängnissen, aus der Verbannung zu befreien – zwei! Eine eigene Arbeiterregierung zu bilden – drei!« Beim Zählen schlug er mit der Hand auf die Kiste und stampfte mit dem Filzstiefel auf den Schnee; diese Geräusche erinnerten an die Tätigkeit eines Ruders, sein Anschlagen an die Rudergabel und ein sanftes Plätschern. Jakow hörten etwa sieben Personen zu, darunter zwei Studenten, Lawruschka und Wassja mit seinem runden Gesicht – der hörte mit zusammengezogenen Brauen, verkniffenen Augen und herabhängender Unterlippe zu, so daß seine zusammengepreßten Zähne sichtbar waren.

»Nun: Gegen den Zaren sind nicht allein wir, sondern auch alle anderen, hernach aber sind wir allein, und alle sind gegen uns. Weshalb?«

Samgin trat in den Lichtkreis des Feuers und reichte ihm die Zigarette. »Innen befindet sich ein Zettel.«

Jakow rollte langsam und vorsichtig das Mundstück und den Zettel auf; zum Feuer vorgebeugt, las er lange, dann warf er das Papierchen ins Feuer und sagte: »So!«

Samgin hielt die Hände in die warme Luft, rieb sie, obwohl sie nicht kalt waren, und fragte: »Fürchten Sie nicht, daß man aufs Feuer schießen wird?«

»Nachts werden sie sich hier nicht zeigen«, antwortete Jakow überzeugt. »Nachts ist es ihnen nicht erlaubt, zu kämpfen«, fügte er hinzu, und seine sanfte Stimme klang spöttisch.

Nun mischte sich Lawruschka ein, er sagte stolz: »Heute hat man sie auf der Kalantschowskaja wie Hunde auseinandergetrieben . . .«

Samgin setzte sich auf einen Vorsprung der Barrikade, erzählte von dem, was er gesehen hatte, auch vom Diakon, und erwähnte den Namen Dunajews.

»Dunajew?« fragte Jakob lebhaft. »Wie sieht er aus?«

Als er Klims Beschreibung angehört hatte, nickte er lächelnd. »Das ist er! Er war bei uns in Tschita tätig.«

Wenn sie einander kennen, sind es nicht viele, stellte Samgin fest.

Da ertönte wieder zweimal ein halblauter Pfiff.

»Unsere«, sagte Lawruschka.

Es erschienen zwei Gestalten: Ein Mann, der eine Pelzmütze aufhatte – er hieß Kalitin –, und mit ihm, in Jagdstiefeln und kurzem Schafpelz, irgendein Schnurrbärtiger; er sagte halblaut, schuldbewußt: »Er ist weg.«

»Ach«, seufzte Jakow, spie ins Feuer und zog Lawruschka zu sich heran. »Du sagst ihm also morgen, daß du dich scheust, an einem offenen Platz mit ihm zu sprechen – du scheust dich, dann werden wir sehen, nicht wahr?«

»Ich weiß.«

»Und forderst ihn auf, ins Wärterhäuschen zu kommen. Und ihr, Genosse Burundukow und Mischa, werdet dort sein. Na, ich mache einen Rundgang. Panfilow und Trepatschow, kommt mit. Nehmt Mauserpistolen mit – keine Gewehre!«

Der Student Panfilow übergab sein Gewehr Kalitin, dieser nahm es mit den Worten: »Das liebe Gewehr, die Stütze des Arbeiters!«

Samgin begab sich nach Hause, er hatte fast Leibschmerzen vor Hunger. In der Küche brannte auf dem Tisch eine billige Blechlampe, am Tisch saß der Kupferschmied, ihm gegenüber der Koch, am Herd schlief jemand auf dem Boden, im Zimmer der Anfimjewna waren zwei oder drei verhaltene Stimmen zu hören.

Der Kupferschmied sprach schnell und zornig, wobei er mit den Händen auf dem Tisch herumfuhr: »Ich habe eine Medaille, du Vogelscheuche, und das Georgskreuz, aber ich . . .«

»Dummkopf«, sagte der Koch mit gedämpfter Stimme.

Er pflegte sonst, selbst wenn er betrunken war, Samgin ehrerbietig zu grüßen, sobald er ihn erblickte, diesmal aber rührte er sich nicht, sondern starrte ihn nur mit weißen, unheimlich aufgerissenen Augen an.

Die Lampe beleuchtete dürftig die geräumige Küche und verzerrte die Formen der Gegenstände: das Kupfergeschirr auf den Wandbrettern gewann Ähnlichkeit mit Waffen, und die weiße Masse des Herdes sah aus wie ein Grabmal. Die alten Männer saßen so in dem trüben Lichtkreis, daß sie nur durch die Tischecke getrennt waren. Die Fingernägel des Kupferschmieds waren grünlich, und er schien insgesamt von Grünspan durchsetzt. Der Koch, im Mantel, der bis zum Kinn hinauf zugeknöpft war, saß aufrecht und stolz da, gar nicht wie ein alter Mann; er hatte die Mütze übers Knie gestülpt, drückte sie mit der einen Hand an und zupfte mit der anderen an seinem spärlichen Schnurrbart.

»Sehen Sie, Genosse Samgin, ich streite hier mit diesem Judas«, sagte der Kupferschmied und schlug mit den Händen auf den Tisch.

»Du bist selbst ein Judas und ein Hund«, antwortete der Koch und wandte sich an Samgin: »Befehlen Sie der alten Närrin, mich zu entlohnen.«

Der Kupferschmied sprang auf, bleckte seine schwarzen Zahnstummel und schrie: »Erschießen sollte man dich – dann hättest du deinen Lohn! Verstehen Sie«, er sprang auf Samgin zu, »er verteidigt den Mörder, den Zaren! Er habe, sagt er, das Recht, uns zu unterdrücken!«

»Er hat es«, sagte der Koch, seine Augen quollen noch mehr vor, sein Kinn zitterte.

»Ich bin Soldat! Verstehst du?« schrie der Kupferschmied verwegen, schlug sich mit der Faust an die Brust wie an ein Brett und fuhr wütend fort: »Ich habe ihm die doppelte Dienstzeit gedient, bin Unteroffizier – na? So werde ich ihm . . . werde ich ihn . . .«

»Scher dich fort«, schnarrte der Koch, warf die Mütze auf den Boden und trampelte auf ihr herum.

Samgin beobachtete schweigend die alten Männer. Er sah gut die komische Seite der Szene, sah, spürte aber auch etwas anderes, das ihn bedrückte. Die alten Männer waren gleichen Wuchses, beide waren dürr, von langjähriger Arbeit ausgemergelt. Der Kupferschmied keuchte dermaßen heiser, als knirschte seine ganze Haut. Das kleine, stets rote Gesicht des Kochs hatte eine dunkle Erdfarbe angenommen – es wurde von Zuckungen verzerrt, seine Augen hatten einen irren Blick, die verkniffenen Augen des Kupferschmieds strömten Haß aus; er stand, beide Fäuste ans Herz gedrückt, dem Koch gegenüber, und es schien, als wollte er den Koch schlagen.

Samgin trat zwischen sie und sagte so nachdrücklich, wie er konnte: »Ich bitte, mit dem Streit aufzuhören. Sie, Jegor, werden entlassen. Heute noch. Wo ist die Anfimjewna?«

Der Koch wandte sich von ihm ab, setzte sich, und nachdem er die Mütze vom Boden aufgehoben und sich damit aufs Knie geschlagen hatte, setzte er sie auf. Der Kupferschmied antwortete mürrisch: »Die Anfimjewna bringt auf einem Handschlitten Sachen zur gnädigen Frau. Der Samowar steht für Sie bereit. Auch das Essen.«

»Danke«, sagte Samgin. »Aber ich bitte, keinen Spektakel mehr zu machen!«

»Gut«, versprach der Kupferschmied mit müder Stimme.

Sie sind kindisch geworden, stellte Samgin fest, als er das Speisezimmer betrat, er stellte das fest und verzog das Gesicht, der Streit der alten Männer ließ sich in diesen leichten Worten nicht unterbringen.

Ljubascha hätte natürlich gesagt: Da sieht man, wie tief . . . und so weiter. Irgend etwas in dieser Art, über die Tiefe . . .

Er stand mitten im Zimmer und sah zu, wie aus dem Samowar der Dampf herauswallte und die Teekanne auf dem Rohraufsatz einhüllte, er betrachtete die reglose Flamme der Lampe, das einsame Glas und die zwei Teller, die mit Servietten bedeckt waren, er stand da, ließ die Geschehnisse und die Menschen dieses Tages an sich vorüberziehen und erwartete von dem Verstand irgendeine Entscheidung, eine Erklärung. Es war äußerst schwierig, alles heute Erlebte in dieses oder jenes System von Sätzen einzuordnen. Er hätte sehr gern etwas gegessen, hatte aber keine Lust, sich von der Stelle zu rühren. In der Küche gluckerte die Stimme des Kupferschmieds, dann ertönten weiche Schritte, in der Tür erschien der Kupferschmied und sagte: »Entlassen Sie ihn nicht, Genosse Samgin. Wo sollte er unterkommen? Wo wird in solchen Zeiten noch gekocht? Es gibt nichts zu kochen. Er ist natürlich ein Fanatiker und sogar ein Idiot, aber trotzdem ein Arbeitermensch . . .«

»Hat er Sie gebeten, mir das zu sagen?« erkundigte sich Samgin leise und sah die ausgetretenen Filzstiefel des Alten an.

»Er?« rief der Kupferschmied ironisch. »Der und mich bitten, dieser Schuft? Er würde lieber krepieren als nachgeben. Wie lange schon plage ich mich mit ihm herum! Nein, das ist Kupfer, man beißt sich daran die Zähne aus!«

»Gut«, sagte Samgin, da er fühlte, daß der Alte noch lange von der unerschütterlichen Standhaftigkeit seines Gegners erzählen könnte. Die Filzstiefel des Kupferschmiedes schlurften über den Boden und verschwanden, Samgin hob vorsichtig den Kopf und warf einen Blick auf seinen gebeugten Rücken. Dann aß er das kalte, fad schmeckende Kalbfleisch, trank den abgestandenen, etwas bitteren Tee und versuchte sich der Worte des Chronisten Pimen zu erinnern: »Nicht umsonst . . . hat Gott als Zeugen mich bestellt«, und konnte sich nicht entsinnen: als Zeugen wovon? Wie lautete dort die Stelle? Das Buch aus seinem Arbeitszimmer zu holen, hinderte ihn die Trägheit, die hervorgerufen war durch Müdigkeit, die Wärme und die ungewöhnliche Stille; diese schien in alle Poren seines Körpers einzudringen und war heute nicht nur für das Gehör, sondern auch für den Geschmack wahrnehmbar – herb und etwas bitter. Er saß lange in dieser Stille, saß regungslos, denn er fürchtete, den Verstand aus seinem Dämmerschlaf aufzuscheuchen, und beobachtete vorsichtig, wie alle Eindrücke des Tages in dieser Stille versanken, die langsam den Tag zudeckte wie Schnee ein gepflügtes Feld oder einen holprigen Weg. Aber die zwei verrückten alten Männer störten ihre Arbeit. Samgin nahm die Lampe, ging ins Schlafzimmer und dachte beim Ausziehen, daß er fürs Junggesellendasein geschaffen und seine Verbindung mit Warwara ein Fehler, ein höchst unangenehmer Zufall sei.

Wenn das nicht wäre, so wäre ich höchstwahrscheinlich Literat geworden. Ich sehe viel und ausgezeichnet. Aber ich gestalte schlecht, mein Wortschatz ist zu gering. Wer hat doch gesagt: Die Wilden und die Künstler denken in Bildern? Man sollte diese alten Männer schildern . . .

Die alten Männer beunruhigten ihn. Klim ging in sein Arbeitszimmer, griff tastend ein Buch heraus, kehrte zurück und legte sich hin. Es stellte sich heraus, daß er sich geirrt hatte, das Buch war nicht Puschkin, sondern die »Geschichte Napoleons«. Er begann die Zeichnungen Horace Vernets zu betrachten, aber vor seinen Augen erstanden die schimpfenden zwei alten Männer.

Meine Unfähigkeit zu starken Gefühlen ist natürlich, das ist eine Eigenschaft des kultivierten Menschen, entgegnete Samgin irgendwem und warf das Buch auf Warwaras Bett, dann löschte er die Lampe und steckte den Kopf unter die Decke.

Er wurde geweckt durch das aufpeitschende Geräusch von Schüssen irgendwo so nahe, daß die Fensterscheiben jeden Schuß mit einem widerlichen, klagenden Zittern beantworteten, und dieses Zittern übermittelte sich Samgins Rückenhaut und Beinen. Er sprang auf, griff nach der Hose und lief an das vereiste Fenster, auf der Straße sprangen irgendwelche grauen Gestalten in den schrägen Strahlen der Morgensonne.

Man hat vergessen, die Fensterläden zu schließen, stellte Samgin mit Unwillen fest. Er begann auch auf einem Bein zu springen und bemühte sich, das andere in die erschrockene Hose zu stecken, aber sie entschlüpfte immer wieder seinen Händen, und vor dem Fenster knallte und knatterte es. Durch das Eisblumenmuster am Fenster war zu sehen, daß vier Männer mit vorgestrecktem Gewehr wie Riesensterlette auf dem Straßenpflaster lagen; hinter einem von ihnen schoß aus dem Kniestand ein fünfter, und nach jedem Schuß sprangen die aufgepflanzten Bajonette hoch, als beschnupperten sie die Luft und als verfolgten sie, wohin die Kugeln flögen. Samgin stürzte nur mit einem Hosenbein bekleidet zum Bett, riß seinen Browning aus dem Nachttischchen, warf ihn aber aufs Bett, zog Hose, Pantoffeln und Rock an und lief wieder ans Fenster; der Soldat, der aus dem Kniestand geschossen hatte, wälzte sich von einer Seite zur anderen und rollte über das Pflaster zum Gehsteig; der, welcher vor ihm gelegen hatte, war verschwunden, während drei immer noch lagen und schossen. Samgin hörte deutlich, daß von links häufiger und schärfer geschossen wurde als von rechts, von der Barrikade.

Sie werden natürlich alle töten!

Er packte den Revolver, und lief ins Vorzimmer, steckte die Füße in die Überschuhe, zog den Mantel an, und als er auf die Stufen des Kücheneingangs hinausgestürzt war, blieb er stehen. Sie verstecken sich . . . sie fliehen . . .

Über den Hof rannten, einer nach dem anderen, sich stoßend, sich überholend, Kalitin, Panfilow und noch drei, in den Schuppen; am Torpförtchen stand mit einem Brecheisen in den Händen der Hausknecht Nikolai und blickte durch eine Ritze auf die Straße, und mitten auf dem Hof bekreuzigte sich die Anfimjewna in Richtung des bunten Himmels.

»Was ist?« fragte Samgin leise, nachdem er zu Nikolai hingelaufen war.

»Gleich . . . Sie fallen ihnen in den Rücken«, antwortete Nikolai flüsternd.

Hier im Freien knallten die Schüsse laut, und nach jedem hätte man gern den Kopf geschüttelt, um den trockenen, aufdringlichen Ton aus dem Ohr zu bringen. Man hörte auch das winselnde Heulen der fliegenden Kugeln. Samgin sah sich um – die Türflügel des Schuppens standen offen, seine Rückwand war auseinandergenommen; vor dem breiten Loch hob sich ein kahler Baum vom bläulichen Himmel ab, im Schuppen befand sich niemand.

»Jetzt«, rief der Hausknecht gedämpft, stieß das Pförtchen weit auf und sprang auf die Straße, dort schrien nicht sehr weit weg mehrere Stimmen durcheinander: »Hur-ra-a!«

Samgin warf es auch auf die Straße hinaus, als wäre er an den Hausknecht angeseilt. Er sah, wie Nikolai mit dem Brecheisen ausholte und es dem nächsten Soldaten vor die Füße warf, dann plötzlich neben diesem stand, sein Gewehr packte und brüllte: »Gib es her, du Hundsfott!«

Samgin schien es, als höbe Nikolai den Soldaten hoch und schüttelte ihn vom Gewehr ab, und als der Soldat ihm den Rücken kehrte, warf er ihn mit einem Kolbenstoß um und schrie: »Gib die Kugeln her!«

Der kleine Soldat war mit dem Gesicht nach unten gefallen, drehte sich auf die Seite um und betastete krampfhaft seinen Leib. Schräg gegenüber stand an einem Tor ein ebensolcher kleiner, grünlicher Soldat, rührte mit dem Bajonett in der Luft herum, knackte mit dem Gewehrschloß, aber sein Gewehr schoß nicht. Nikolai schwang das Gewehr wie einen Stock und lief auf ihn zu; der Soldat stellte den linken Fuß vor, hielt das Gewehr nach vorn, wurde noch kleiner und rief: »Geh weg!«

Nikolai schlug ihm fluchend das Gewehr aus seinen Händen, packte es, hob beide Gewehre hoch in die Luft und brüllte: »So, jetzt gib die Kugeln her!«

Der kleine Soldat riß den Mund auf, rutschte langsam am Tor hinab, bis er am Boden saß, bedeckte das Gesicht mit dem Mantelärmel und begann auch nach irgend etwas an seinem Leib herumzusuchen. Nikolai versetzte ihm einen Fußtritt und ging zur Barrikade; hinter ihr hervor sprangen ihm ein paar Leute entgegen, an ihrer Spitze rannte Lawruschka und schrie: »Nimm ihnen die Patronen weg!«

Samgin sah, wie er auf den Soldaten beim Tor zusprang, ihm etwas zurief, der Soldat packte ihn am Bein und zog daran, Lawruschka fiel auf ihn, aber der Soldat hatte ihn sofort unter sich. Lawruschka kreischte verzweifelt auf: »Onkel Nikol ...«

Der Hausknecht warf das eine Gewehr hin und stürzte in großen Sätzen zu ihm. Samgin schloß die Augen ...

Er hörte nicht, wann das Schießen eingestellt wurde, in seinen Ohren ertönte immer noch das trockene, böse Knacken, aber er begriff, daß alles schon zu Ende war. Aus der Gasse und vom Boulevard kamen zur Barrikade ihre Verteidiger gelaufen, es ging sehr laut und vergnügt zu, alle sprachen zugleich.

»Das ist uns nicht übel geglückt, Genossen!«

»Nach und nach werden wir es lernen ...«

»Jakow hat alles richtig berechnet!«

Der Student Panfilow und der Kupferschmied führten einen Soldaten in den Hof, er schluchzte, und der Kupferschmied sagte zornig zu ihm: »Das ist eine Lehre für dich, mein Lieber! Drängle dich nicht dorthin, wo du nicht hingehörst!«

Der kleine Soldat am Tor lag mit dem Rücken nach oben, mit zur Seite gewandtem Gesicht in einer Blutlache, von der leichter Dampf aufstieg. Hinkend, gebeugt und sich das Knie reibend, kam Jakow hinter der Barrikade hervor und rief schroff: »Ich bitte, mit dem Lärm aufzuhören, Genossen! Schafft den Soldaten und Wassja in den Garten! Rasch ...«

Der Hausknecht lachte wie ein Betrunkener; Klim hatte ihn nie lachen hören, und er hatte noch nie ein so hysterisch kreischendes Männerlachen gehört.

»Zwei Gewehre habe ich erbeutet«, rief er. »Fein, Brüder, wie?«

Er belästigte alle, indem er aufdringlich bald »Brüder«, bald »Genossen« rief.

Als fragte er, ob sie Genossen oder Brüder sind.

Das Benehmen des Hausknechts wunderte Samgin besonders; dieser Mann besuchte an jedem Sonnabend und Sonntag die Kirche, und nun freute er sich, daß er ungestraft töten durfte. Man lobte Nikolai, klopfte ihm auf die Schulter, er schmunzelte und kreischte: »Wär ich nicht gewesen, wär's aus mit dem Bürschchen!«

Aus den Toren schauten vorsichtig Einwohner heraus, einige von ihnen unterhielten sich mit den Verteidigern der Barrikade – Samgin sah das zum erstenmal, und ihm schien, sie lächelten mit der gleichen unbestimmbaren und verlegenen Freude, die auch ihn beunruhigte und ihm zugleich wohltat.

Jakow trat auf ihn zu, nahm ihm den Browning aus der Hand, hielt ihn sich dicht ans Gesicht, als beröche er ihn, und sagte: »Solche muß man auseinandernehmen und mit Petroleum reinigen. Dieser hier ist feucht aufbewahrt worden.«

Er ließ den Revolver in Samgins Manteltasche fallen und verstummte, sah seinen Genossen zu, wobei er das Schnurrbärtchen bewegte.

»Sind Sie verwundet?«

»Ich habe mich am Knie gestoßen«, antwortete Jakow und ergriff lächelnd Lawruschka an der Schulter. »Bist du noch am Leben, du Hundsfott? Dennoch werde ich dir die Ohren stutzen, damit du auf mich hörst . . .«

»Genosse Jakow!« flehte Lawruschka. »Geben Sie mir doch ein Gewehr, Nikolai hat zwei! Ich muß doch üben! Ich würde nicht auf Menschen schießen, sondern auf Laternen am Boulevard, abends, wenn es dunkel ist.«

Jakow schob ihm wortlos die Mütze über die Augen, stieß ihn beiseite und rief streng: »Ruhe, Genossen! Zum Tanzen ist es noch zu früh! An die Plätze!«

An Samgin vorbei trug man den toten Soldaten in den Hof, an den Armen hielt ihn der Mann mit der Watte im Ohr, an den Beinen der Student Panfilow.

»In der Nacht tragt ihr ihn auf den Boulevard hinaus. Und Wassja auch«, sagte Jakow, als er sie an sich vorbeiließ, halblaut durch die Nase und ging in den Hof.

Samgin nahm die Uhr aus der Hosentasche, sie zeigte elf Uhr zweiunddreißig. Es war angenehm, in der Hand die gewichtige Wärme der Uhr zu fühlen. Und überhaupt alles war irgendwie ungewöhnlich, angenehm, aufregend. Am Himmel gleißte die flockige, honiggelbe Sonne. Auf der Straße erschien der Feldscher Winokurow mit einem verbeulten Eimer und einem Schabeisen, streute Asche auf die Blutlache und schippte sie wieder in den Eimer. Er machte das ebenso rasch und einfach, wie sich alles Ungewöhnliche und Schreckliche auf diesem Stück Straße einfach und rasch abgespielt hatte.

Samgin zuckte zusammen und ging in den Hof. Auf den Stufen zur Küche saß ein magerer, kleiner Soldat mit einem gelben Greisengesicht, mit dunklen Äuglein, nur aus Pupillen; er wiegte seinen kleinen Kopf, lächelte schief mit den schmalen Lippen und sagte halblaut mit spöttischem Tenorstimmchen zu Kalitin und dem Klempner: »Daß ich zum Reservebataillon gehöre, macht keinen Unterschied und ist einerlei. Auf einen Soldaten darf man nicht schießen . . .«

»Aber du darfst auf mich?« fragte dumpf der mürrische Klempner.

Jakow saß neben den Eingangsstufen auf einem Holzstoß, blickte zur Seite, zum Tor, und rauchte schweigend.

»Ich darf auf dich schießen, ich bin Soldat, habe den Eid geleistet, gegen die inneren Feinde zu kämpfen . . .«

Der Klempner nahm das Gewehr in die linke Hand und stupste den Gefangenen mit der rechten an die Stirn. »Und wenn ich auch Soldat bin?«

»Na – da lügst du.«

»Ich und lügen?«

»Laß ihn, Timofejew, rühr ihn nicht an«, sagte Kalitin, der den Gefangenen betrachtete.

Aber Timofejew sprang zurück und begann Gewehrgriffe zu machen, wobei er nach jedem grimmig fragte: »Hast du's gesehen? Hast du's gesehen, du Schurke? Hast du's gesehen?«

Dann machte er einen Bajonettausfall gegen den Soldaten und schrie ihm ins Gesicht: »Vom Tenginsker Regiment, vierte Kompanie, Sachar . . .«

Jakow stand rasch auf, stieß ihn mit der Schulter beiseite und sagte: »Geben Sie ihm auch noch Ihre Adresse.« Dann wandte er sich an den Soldaten: »Auf solche Dummköpfe wie du stützt sich das ganze Übel . . .«

Der Soldat schüttelte den Kopf und sagte mit einem Seufzer: »Soldaten sind keine Dummköpfe. Ihr aber seid Verräter an Zar und Vaterland, und euer Los . . .«

Der Klempner hatte mit der linken Hand gegen ihn ausgeholt, aber Jakow versetzte ihm einen Hieb unter den Ellenbogen und lenkte dadurch den Schlag ab. »Man muß doch Disziplin halten, Genosse!«

Der Soldat richtete seine dunklen Augen unter dem Mützenschirm hervor auf Jakow und sagte schon einfacher, ohne Herausforderung, sogar herablassend: »Auf Gewehrgriffe verstehen sich auch Zivilisten gut. Der dort«, er deutete mit der Hand hinter seine Schulter, »den man ins Haus geführt hat, der kann alles, was du willst!«

»Zivilist?« fragte Kalitin und schob sich die Pelzmütze in die Stirn.

»Na ja.«

»Freiwilliger?« fragte Jakow ruhig.

»Ein Verkäufer, er handelt mit Pilzen.«

»Ich frage: Ist er Freiwilliger in der Abteilung?«

»Wir sind alle Freiwillige«, begriff der Soldat, seufzte wieder und fügte hinzu: »Nach Aufforderung – wer es wünscht.«

Die drei traten gleichzeitig näher an den Soldaten heran.

Sie werden ihn töten, entschied Samgin, nahm mit zwei Schritten die fünf Stufen und ging in die Küche.

Dort saß am Tisch ein Bursche in kariertem Rock und gestreifter Hose; seine prallen Wangen waren mit dichtem gelbem Flaum bedeckt, aus den großen hellgrauen Augen rannen Tränen und benetzten den Flaum, mit der einen Hand hielt er sich am Tisch, mit der anderen am Stuhlsitz fest; sein nacktes und oberhalb des Knies mit einem Handtuch verbundenes linkes Bein lag auf einem Holzstuhl.

»Schauen Sie, gnädiger Herr, man hat mir das Bein kaputt gemacht«, sagte er weinerlich zu Samgin.

»Er weint und weint!« rief verwundert, vergnügt Nikolai, der mit dem Messer an einem langen Stock herumhobelte. »Selbst ein Weibsbild kann nicht soviel weinen!«

»Ich bitte Sie, gnädiger Herr, nehmen Sie mich in Schutz!« flehte mit schluchzender Stimme der Bursche. »Sie sind doch Advokat . . .«

»Er hat uns immer geräucherten Fisch gebracht«, mischte sich Nikolai ein und begann hastig, noch etwas zu sagen, aber Samgin hörte ihm nicht zu.

Er kennt mich! Wenn alles vorüber sein wird und er am Leben bleibt . . .

Diese Vermutung bedurfte keiner weiteren Worte, sie erweckte ein sehr bedrückendes Gefühl.

Aus Anfimjewnas Zimmer traten der Student Panfilow mit einer Binde in der Hand und das Stubenmädchen Nastja mit einem Waschbecken voll Wasser; der Student kniete sich hin, entfernte den Verband vom Bein des Burschen, und dieser begann mit fest zugekniffenen Augen zu jaulen.

»Uh-uh! Herr Advokat, seien Sie Zeuge . . . Ich werde eine Klage einreichen . . .«

»So ein Tölpel!« rief der Student. »Weshalb schreit er denn? Der Knochen ist unversehrt. Hör auf, Dummkopf! In einer Woche wirst du tanzen können . . .«

Aber der Bursche jaulte und kreischte unermüdlich, die Küche füllte sich mit Anschnauzern des Studenten, zornigen Ausrufen Nastjas und dem ununterbrochenen Geschwätz des Hausknechts. Samgin stand fest an die Wand gelehnt und sah auf ein Gewehr; es lag auf dem Herd, das Bajonett ragte über den Herd hinaus und war vom Dampf des unter ihm stehenden Samowars angelaufen, von der Bajonettspitze fielen helle Tropfen herab.

»Geben Sie mir den Stock«, sagte der Student zu Nikolai und befahl dem Burschen: »Steh auf! Los, halt dich an mir fest, nimm den Stock! Kannst du stehen? Na also! Und du hast geschrien!«

Der Bursche stand mit verzerrtem Mund da und murmelte: »Ach, du mein Gott . . .«

Die Tür zum Hof ging auf, einer nach dem anderen kamen Jakow, der Soldat und der Klempner herein; der Soldat sah sich in der Küche um und sagte: »Gebt mir das Gewehr zurück – da ist es!«

Jakow trat zu dem Burschen, deutete auf den Soldaten und fragte sehr sanft: »Hat er eure Abteilung befehligt?«

»Ja«, sagte der Bursche und betastete sein Bein.

»Er allein?«

»Es war noch ein Vorgesetzter da, aber der ist davongelaufen.«

»Ihr könnt nicht über mich richten, meine Herrschaften«, sagte der Soldat ernst. »Ihr dürft mir nichts tun, weil ich einen Befehl ausführte . . .«

»Vorwärts, Genossen«, wandte sich Jakow an den Klempner.

Samgin entfernte sich ins Speisezimmer.

Ich muß Jakow sagen, daß dieser Idiot mich kennt, weil . . .

Doch eine Begründung für die Mitteilung an Jakow fand er nicht.

Wie . . . dumm ist doch das alles! entschied er und setzte sich ans Fenster. Hoffnungslos, unverbesserlich dumm.

Lawruschka brachte den Samowar herein, setzte ihn in vollem Anlauf dröhnend auf den Tisch, dann zog er den Mund bis an die Ohren auseinander und starrte Samgin an, als wartete er auf etwas. Samgin beobachtete ihn mürrisch über die Brille hinweg. Da das Warten erfolglos blieb, sagte Lawruschka leise: »Bei Gott, sie werden den Soldaten unbedingt erschießen.«

»Den einen?« fragte Samgin ganz gleichmütig.

»Ich würde beide erschießen! Zum Teufel! Sie sind viele, wir aber nur eine Handvoll . . .«

»Ja«, entgegnete Samgin unbestimmt.

Lawruschka lief zur Tür, wandte sich aber um und teilte begeistert mit: »Eine Kugel spaltete ein Brett weg, und das Brett knallte dem Genossen Jakow so gegen das Bein, daß er sich im Kreise drehte! Und ich schlug mit dem Kopf gegen die Truhe, als Wassja getötet wurde. Das machte ich aus Angst. Und wie Kossarew gestöhnt hat, als er verwundet wurde, der Student ...«

Er verschwand. Als Samgin den Tee aufbrühte und zusah, wie der heiße Wasserstrahl aus dem Hahn floß, fühlte er es kalt unter seiner Haut rieseln.

Der Junge hat recht, man muß erbarmungslos kämpfen ...

Aus der Küche tönte sonderbar deutlich Jakows Stimme.

Samgin stand unschlüssig auf, betrat das halbdunkle Zimmerchen vor der Küche, nahm den Revolver aus der Manteltasche und schaute in die Küche, dort sagte Jakow zu Nastja: »Das Arbeitervolk leidet also auch aus eigener Dummheit ...«

»Möchten Sie nicht Tee trinken?« bot Samgin ihm an.

»Danke, ich habe keine Zeit.«

Darauf zeigte Samgin ihm den Revolver.

»Würden Sie mich nicht unterweisen, wie man ihn reinigen muß?«

Jakow nahm den Browning und steckte ihn in die Manteltasche.

»Wir haben hier einen Meister auf diesem Gebiet, er wird es machen.«

Samgin wollte die Tür schließen, aber Jakow stellte den Fuß dagegen und fragte ihn: »Man sagte mir, der Verwundete kenne Sie?«

»Ja, stellen Sie sich vor ...«

Die Baschlykenden auf der Brust zusammenbindend, sagte Jakow nachdenklich: »Das könnte zu Unannehmlichkeiten für Sie führen ...«

»Kann sein. Natürlich wenn der Aufstand mißlingt«, sagte Samgin und dachte, er habe diesen Worten anscheinend den Sinn und Ton einer Frage verliehen. Jakow sah ihn an, lächelte und sagte, während er sich der Tür zum Hof näherte, deutlich: »Wenn nicht diesmal, dann ein andermal ...«

Als Klim ins Speisezimmer zurückgekehrt war, trat er trübsinnig ans Fenster. Am rötlichen Himmel flog ein Dohlenschwarm umher. Auf der Straße war es leer. Ein Student mit einem Gewehr in der Hand lief vorbei. Unter einem Tor kroch eine Katze hervor. Eine weiße mit schwarzen Flecken. Samgin setzte sich an den Tisch und schenkte sich ein Glas Tee ein. Irgendwo sehr tief in seinem Inneren fühlte er so etwas wie ein Geschwür: Es war nicht schmerzhaft, aber schwer, und wuchs und wuchs. Es durch Worte zu öffnen, hatte er keine Lust.

Dieser Soldat ist natürlich dumm, aber ein treuer Diener. Wie der Koch. Die Anfimjewna. Tanja Kulikowa. Und auch Ljubascha. Im Grunde stützt sich die Gesellschaft gerade auf solche. Sie opfern selbstlos ihr Leben, alle Kräfte. Ohne solche Menschen ist keinerlei Organisation möglich. Nikolai ist ein Mensch anderen Schlags ... Auch der Verwundete, der sonst mit geräuchertem Fisch handelt ...

Gerade an diesen Mann mochte er nicht denken, denn an ihn zu denken, war erniedrigend. Das Geschwür begann zu schmerzen und erweckte ein Gefühl, das dem Brechreiz ähnelte. Klim Samgin stützte die Ellenbogen auf den Tisch und preßte die Hände an die Schläfen.

Wie sinnlos das Leben ist ...

Da trat die Anfimjewna ein und setzte sich, ohne die Türklinke aus der Hand zu lassen, auf einen Stuhl.

»Jegor ist verschwunden«, sagte sie dumpf, mit fremder Stimme, hob die bläulichen Lider und starrte Klim mit ihren trüben, glasigen Pupillen in einem Netz blutroter Äderchen an. »Er ist verschwunden«, wiederholte sie.

Unheimliche Augen! stellte Samgin fest und fragte leise: »Wie hat man sich denn wegen dieser ... Soldaten entschieden?«

Die Anfimjewna erhob sich schwerfällig, ging zum Büfett und fragte von dort, während sie mit dem Geschirr klirrte: »Was soll man denn mit ihnen anfangen?« Dann kam sie mit einer Tasse in der Hand auf den Tisch zu und sagte: »Man wird sie nachts wegführen, irgendwohin, möglichst weit, und sie dort erschießen.«

Samgin richtete sich auf dem Stuhl auf, wartend, was sie noch sagen würde, aber die Alte atmete schwer, schnaufte durch die Nase und goß sich langsam Tee in die Tasse, ihre Hände zitterten, die Finger brauchten eine Weile, bis sie ein Zuckerstück fassen konnten.

»Jedem tut es um sich selbst leid«, sagte sie, sich an den Tisch setzend. »So ist das Leben.«

Samgin war des Wartens müde und fragte entschieden, sogar streng: »Den einen als auch den anderen?«

Die Anfimjewna zerbröckelte den Zucker in kleine Stücke und begann gemächlich, brummig und gleichmütig zu erzählen: »Ich sage zu Jakow, dem Genossen: man sollte den Soldaten laufen lassen, ist er denn böse? Ein Dummkopf ist er, wozu aber soll man Dummköpfe töten? Bei Michailo ist das was anderes, er kennt hier rundherum alle – den Winokurow und den Neffen von Lisaweta Konstantinowna, und die Satjossows, alle kennt er! Er ist doch des seligen Mitrij Petrowitsch Sohn, Sie erinnern sich wohl, der Glatzköpfige, der bei Raspopows im Seitenbau wohnte, hieß er nicht Borissow? Er war ein Trunkenbold, aber ein gescheiter und guter Mensch.«

Während sie sprach, trank sie schluckweise Tee, und als sie ihn ausgetrunken hatte, klopfte sie mit dem Fingernagel an die Tasse.

»Na, sehen Sie, sie hat einen Sprung, dabei ist sie vom neuen Service! Ach, Nastassja, du hast Bärenpratzen . . .«

Samgin hörte ihren schwerfälligen Worten zu, und in ihm wuchs, wallte ein ihn erwärmendes Gefühl der Achtung, der Dankbarkeit diesem Menschen gegenüber; er genoß dieses Gefühl und fand nicht einmal Worte, es zum Ausdruck zu bringen.

»Zudem ist Michailo auch verwundet, sage ich. Ein guter Mensch ist dieser Genosse, der Jakow. Ein strenger. Er versteht alles. Alles. Den Jegor beschimpfen alle, er aber spricht auch mit Jegor einfach . . . Wohin ist Jegor nur gegangen? Ich stehe vor einem Rätsel . . .«

»Sie haben sich so oft mit ihm gestritten«, erinnerte Samgin sie freundlich.

Die Anfimjewna, die immer noch die Tasse betrachtete und mit ihrem blauen Fingernagel an sie klopfte, sagte: »Mein Mann.«

»Wie?« fragte Samgin, überzeugt, daß sie sich versprochen habe, aber die Alte seufzte und wiederholte die gleichen Worte: »Mein Mann. Mein Schicksal.«

Ihre Pupillen schienen aufzuflackern und sich für eine Sekunde zu erhellen, wurden aber von einer grauen Träne sofort wieder trüb und verschwommen. Sie blickte wie eine Blinde auf den Tisch, tastete mit zitternder Hand auf ihm herum und verfehlte mit der Tasse die Untertasse.

»Elf Jahre habe ich mit ihm gelebt. Wir sind getraut. Seit siebenunddreißig Jahren lebe ich nicht mehr mit ihm zusammen. Begegnen wir uns irgendwo, so ist er mir fremd. Vor der letzten Begegnung hatte ich ihn neun Jahre nicht mehr gesehen. Ich dachte, er sei gestorben. Er aber fütterte auf dem Sucharewmarkt die Diebe mit Piroggen. Dabei ist er . . . solch ein Meister, ach!«

Sie wischte sich die Augen mit einem Schürzenzipfel ab, schluchzte auf und stöhnte wie ein Junge.

Samgin stand auf und sagte erregt und ganz aufrichtig: »Anfimjewna, Sie sind eine wunderbare Frau! Sie sind im Grunde ein großer Mensch! Das Leben stützt sich auf die sanfte und unerschöpfliche Kraft solcher Menschen wie Sie! Ja, das ist so . . .«

Er hätte sie gern mit Vor- und Vatersnamen angeredet, wußte aber ihren Vornamen nicht. Die Alte aber nutzte die Pause und sagte: »Na wennschon . . . Sehen Sie, wenn ich an Warjuscha denke . . . Ich liebe sie wie eine Tochter, die Nonnen arbeiten nicht so für Gott wie ich für sie, doch sie hat mich wegen ein paar zerrissener Bettlaken für eine Diebin gehalten. Sie schrie, stampfte mit den Füßen, dort – bei den Schwarzhundertern, bei diesem Stier. Wie mir da zumute war! Die Laken waren doch für die Verwundeten. Die Dienstboten streikten, aber ich arbeitete, mein Lieber! Meinst du, ich hätte mich nicht geschämt? Dann wiederum du – du bist hier, wo der Tod umgeht, sie dagegen ist weggegangen, ja!«

Samgin mochte jetzt nicht mehr sprechen, auch war es ihm peinlich, die Alte anzusehen.

»Na, schon gut«, sie erhob sich. »Was soll ich dir zu essen geben? Wir haben nichts im Haus, man kann nirgends etwas bekommen. Die Jungens sind auch hungrig. Tag und Nacht in der Kälte. Ich habe mein ganzes Geld für ihre Ernährung verbraucht. Nastenka auch. Wenn du mir Geld gäbest ...«

»Natürlich!« sagte Samgin hastig. »Selbstverständlich. Hier ...«

»Nun, ich werde Spiegeleier machen. Die Hühner der Hebamme legen noch ...«

Als die Anfimjewna gegangen war, atmete er erleichtert auf. Er schritt im Zimmer umher und dachte, daß er wie auf einer Schaukel lebe: auf und ab.

Erstaunlich wahr ist das bei Sologub beschrieben.

Er hätte gern eigene, noch von niemandem ausgesprochene Worte ersonnen, aber solche Worte fanden sich nicht, auf seine Zunge fielen immer nur alte, längst bekannte Worte.

In der Tat – ein geheimnisvolles Volk. Ein Volk, das vor allem das Problem der Moral zu lösen versucht. Die Marxisten irren sich sehr ... Wie einfach hat sie doch über diesen Michailo entschieden ...

Er empfand wieder eine Aufwallung von Dankbarkeit dieser alten Sklavin gegenüber. Aber jetzt mischte sich in diese Dankbarkeit eine Verlegenheit, die sehr viel Ähnlichkeit mit Scham hatte. Ihm war es aus irgendeinem Grund peinlich, mit sich allein zu bleiben. Samgin zog sich an und ging auf den Hof.

Nikolai machte das Torpförtchen auf und zu, es knarrte durchdringend; er hob es mit dem Brecheisen hoch und schlug mit dem Beilrücken einen Nagel in die Angel, aus seinem Mund ragten noch zwei Nägel. Er arbeitete wie immer, und daran, daß er den Soldaten getötet hatte, mochte man nicht denken, ja es schien sogar unglaubhaft, daß das geschehen war. Auf der Straße sah auch alles alltäglich aus, neu war nur der rötliche Fleck am Tor gegenüber, der Feldscher Winokurow hatte ihn doch nicht ganz weggekratzt. Die Sonne war auch trübrot; einzelne Schneeflocken flogen herum, und auch sie waren in ihren Strahlen rötlich, wie das im Winter bei grellen Sonnenuntergängen nicht selten vorkommt.

Auf den Eingangsstufen des Nachbarhauses saß Lawruschka neben einem schmierigen Burschen; der Bursche war mit einem grünen Riemen umgürtet und trug an der Seite eine Mauserpistole in hölzernem Futteral. Er rauchte genießerisch eine Zigarette, und Lawruschka sagte zu ihm: »Ich fürchte mich gern; es ist spaßig, wenn einem vor Angst ein kalter Schauer über den Rücken läuft.«

Der Bursche spie aus, fing mit der Hand eine große Schneeflocke, als wäre sie eine Fliege, öffnete die Hand – in ihr war nichts. Er lächelte und sagte: »Mir hat mein Herr das Fürchten beigebracht, ich lebte bei einem Kaminkehrer, weil ich eine Waise bin. Manchmal brüllte er: ›Klettre hinauf, du Schurke, du Hundsfott!‹ Da mußte man an einer steinernen Mauer hinaufklettern. Er war auch Ofensetzer. Ihm kam es komisch vor, daß ich mich fürchtete.«

»War er böse?«

»Wenn er nüchtern war, war er lustig. Er fragte dann immer: ›Na, du Tropf, ist noch heil dein Kopf?‹ Nur war er selten nüchtern.«

Das Bürschchen hatte kleine, aber sehr grelle Augen, die bis in die Tiefe mit blauem Leuchten gefüllt waren.

Zwei Frauen gingen vorbei, als die eine von ihnen über den Blutfleck hinweggeschritten war, wandte sie sich um und sagte zu der anderen: »Schau, als hätte jemand ein Pferd hingezeichnet!«

Die andere hüllte sich ohne hinzusehen fest in ihren Schal, doch als sie am Hauseingang des Feldschers stehenblieben, schaute sie sich um und sagte: »In unserer Straße kann man schlecht aus einer Kanone schießen, sie ist krumm, die Kugel würde in die Häuser hinein fliegen.«

Vor der Barrikade ging, leise vor sich hin pfeifend, Kalitin umher, mit ihm hielt ein dürrer, scharfäugiger Mann Schritt, dessen Bärtchen sehr viel Ähnlichkeit mit einem Rasierpinsel hatte, er sagte: »Sie schießen nicht besonders gut. Diese Freiwilligenabteilungen sind überhaupt nur Theater. Das Kosakenvölkchen hingegen – das säbelt jeden erstbesten nieder. Als wir auf der Presnja bei der Schmittschen Fabrik kämpften . . .«

Kalitin blieb stehen, nahm eine schwarze Uhr aus der Brusttasche und rief: »Lawrentij – komm! Es ist Zeit! Komm, Mokejew.«

Samgin hätte gern mit Kalitin gesprochen und überhaupt diese Leute näher kennengelernt, um zu erfahren, wieweit sie das, was sie taten, begriffen. Er spürte, daß die Studenten sich zu ihm aus irgendeinem Grund ablehnend, anscheinend sogar ironisch verhielten und daß alle übrigen Leute dieses Trupps, die von der Küche und von der Fürsorge der Anfimjewna Gebrauch machten, ihn irgendwie nicht bemerkten. Jetzt dachte Klim, daß er den Arbeitern schon längst näherstände, wenn ihn das Verhalten der Studenten nicht stutzig gemacht hätte.

Lawruschka und der Mann mit dem Bärtchen gingen weg. Es wurde dunkel. Jenseits der Barrikade machten sich Leute zu schaffen; die vertraute mürrische Stimme des Klempners sagte: »Hier, ganz in der Nähe.«

»Wird ihn der Vater zu sich nehmen?«

»Der Bruder.«

»Mir tut es leid um Wassja.«

Kalitin schritt an der Barrikade entlang und zündete sich im Gehen eine Zigarette an. Samgin schloß sich ihm an und fragte: »Hat der Genosse sehr gelitten?«

»Er hat nicht gejammert«, sagte Kalitin und stieß ein langes Rauchwölkchen aus. »Die Kugel traf ihn ins Auge.«

»Wo hat er gearbeitet?«

»Er war Bäcker.«

»Ist noch jemand verwundet worden?«

»Drei. Nicht schwer.«

Kalitins knappe Antworten ermunterten nicht besonders zur Fortführung des Gesprächs, aber Samgin fragte dennoch nach kurzem Schweigen: »Was hoffen Sie denn zu erreichen?«

Kalitin blieb stehen und sagte: »Das liegt klar auf der Hand: Freiheit für die Arbeiterklasse!«

Und gleich danach fragte er selbst, anscheinend mit Bedauern: »Was sind Sie denn, so ein kleiner Menschewik? Für ein Bündnis mit den Kadetten? Gemäß Plechanow: bis Twer gemeinsam?«

Weniger aus den Worten als am Ton erkannte Samgin, daß dieser Mann wußte, was er wollte. Samgin beschloß, zu erwidern, zu streiten, und begann: »Denken Sie denn . . .«

Aber Kalitin blieb lauschend stehen und brummte: »Warten Sie mal . . .«

In der Ferne hörte man Leute rasch durch die Straßen gehen und etwas Schweres schleppen. Im Vorgefühl eines neuen Dramas ging Samgin zum Tor von Warwaras Haus; an ihm huschte Lawruschka vorbei und raunte ihm freudig zu: »Sie haben ihn erwischt!«

Samgin blieb in der Vertiefung des Torpförtchens stehen und hörte eine Stimme ganz außer Atem: »Wir haben ihn erwischt, Genosse Kalitin! Wie er sich gewehrt hat! Ein kräftiger Kerl! Wir haben ihm sogar einen Fäustling in den Mund stopfen müssen . . .«

»Führt ihn in den Schuppen«, rief Kalitin.

Klim trat rasch in den Hof und stellte sich in eine Ecke; zwei Männer zerrten einen dritten zum Pförtchen herein; der stemmte sich mit den Füßen dagegen, wühlte den Schnee auf, fiel auf die Knie und gab unartikulierte Laute von sich. Man schlug ihn, jemand zischte durch die Zähne: »Komm schon . . .«

Samgin wollte bereits in die Küche gehen, doch da begann im Schuppen mit schluchzendem Auflachen Iwan Petrowitsch Mitrofanow zu sprechen.

»Uff . . . Herr Jesus! Was für einen Schreck ihr mir eingejagt habt . . .« Unnatürlich schnell und stotternd sprach er.

Dann schluchzte er auf, als hätte er sich die Lippen an kochend heißem Wasser verbrannt, und murmelte noch rascher: »B-bitte, b-bitte. Ich widersetze mich nicht . . . Nun – die Ausweispapiere . . . Ich gehöre auch zu den Arbeitenden. Die Uhr. Hier ist das Geld. Das ist alles, Sie können mir aufs Wort glauben . . .«

Kalitin und der Klempner gingen über den Hof zum Schuppen und machten dort Licht. Samgin begab sich leise auch dorthin, obwohl er sich sagte, daß er das nicht tun sollte. Er stellte sich hinter die geschlossene Türhälfte des Schuppens; durch eine Ritze fiel ein Lichtstreif auf seinen Mantel und teilte ihn in zwei Hälften; er versuchte, diesen gelben Strich mit der Hand wegzuwischen, sah durch die Ritze und horchte.

»Das ist doch nicht Ihr Ernst«, sprach Mitrofanow immer lauter und hastiger. »Das geht doch nicht, meine Herrschaften . . . Genossen . . . Wir leben in einem Staat . . .«

»Schweig!« sagte man dumpf zu ihm.

»Aber nein! Wie kann man nur! Was wollen Sie . . . was . . . Nun . . . mein Gott . . .« Und plötzlich schrie er unheimlich, mit fremder Stimme: »Hilfe . . . Erlauben Sie, was tun Sie? Halt!«

Ein Schuß knallte ungewöhnlich kurz und dumpf, und gleich danach erlosch das Licht.

Samgin hatte das Gefühl, als fiele eine weiche Last auf ihn und drückte ihn so zu Boden, daß ihm die Knie einknickten.

Nach ein paar Sekunden Stille flammte das Licht wieder auf, und es ertönte Kalitins Stimme: »Das war unbesonnen von dir! Das geht doch nicht, Genosse.«

»Wieso denn? Da ist er ja – der Ausweis!«

»Wir hätten auf Jakow warten müssen . . .«

Irgendwer begann ebenso hastig zu sprechen wie Mitrofanow.

»Er hat Lawruschka gefragt, wie jeder von uns heißt, na? Hat mich gefragt. Nach dem Advokaten, was er leite. Und wie überhaupt . . .«

»Tragt ihn in den Garten hinaus«, sagte Kalitin. »Gib mir mal das Büchlein und alles andere ...«

Samgin trat in die Tür und sagte: »Er war Kriminaldetektiv ...«

Aber Mokejew fuhr ihn wütend mit tiefer Stimme an: »Ochranamann! Ganz genau wie aus der Apotheke! Seien Sie unbesorgt ...«

Er sagte noch etwas, aber Samgin hörte nicht auf ihn, sondern sah zu, wie der Klempner Mitrofanow unter den Armen packte und ihn zu der Bresche in der Wand schleifte. Mitrofanows Kopf war auf die Brust gesunken, sein Gesicht war nicht zu sehen; sein Mantel und sein Rock waren aufgeknöpft, das Hemd war aus der Hose gerutscht, die Füße schleiften mit auswärts gerichteten Spitzen über den Boden.

Kalitin kauerte vor einer Laterne, betrachtete irgendwelche Zettel und brummte: »Zu tun haben wir heute ... offensichtlich der Ausweis eines Ochranamannes ...«

»Da ist auch sein Revolver«, Mokejew fuchtelte Samgin mit einem schwarzen Metallstück vor dem Gesicht herum. »Er hätte mich beinahe niedergeknallt, und jetzt habe ich ihn damit erschossen.«

Samgin stand mit geschlossenen Augen da.

»Nun, Schluß mit der Schererei!« sagte Kalitin streng. »Gehen wir zu Jakow, Mokejew. Trotz allem, mein Lieber, ist das keine Sache ... wenn jeder das so machen wollte ...«

»He, ihr Teufel, helft mir«, rief der Klempner aus dem Garten.

Aber Kalitin und Mokejew verließen den Hof. Samgin begab sich ins Haus, er empfand einen widerlichen Geruch und spürte einen quälenden Anfall von Übelkeit. Die Entfernung vom Schuppen bis zum Speisezimmer hatte sich unglaublich vergrößert; bevor er diesen Weg zurückgelegt hatte, fand er Zeit, sich an Mitrofanow in der Schankwirtschaft zu erinnern, an dem Tag, als die Arbeiter zum Denkmal des Zaren im Kreml marschierten; der Mann »mit dem gesunden Menschenverstand« hatte sich hastig bekreuzigt und leidenschaftlich geflüstert: »Ich bin von ganzer Seele bereit! Ehrenwort: Ich hatte Sie nur aus Liebe und Ergebenheit belogen.«

Wie einfach sie töten. Obwohl, er war natürlich ein Spion, ein Feind ...

An Mitrofanow ließ es sich ohne Bedauern, ohne Entrüstung denken, doch an dessen Stelle war ein anderer Feind getreten, ein listiger, furchtbarer, namenloser und ungreifbarer.

Wer macht mich mein ganzes Leben lang zum Zeugen qualvoll bedrückender Vorfälle und Geschehnisse? dachte er, als er mit dem Rücken an den warmen Ofenkacheln lehnte. Und plötzlich war ihm, als raunte ihm jemand zu: Du mußt ins Ausland reisen. In ein kleines, stilles Städtchen.

Er schaute in die zweifarbige Flamme der Kerze und sagte sich: Wieso ist mir das nicht schon früher in den Kopf gekommen? Ich werde meine Mutter wiedersehen.

Die Mutter lebte in der Nähe von Paris, sie schrieb selten, aber wortreich und verdrossen. Sie beklagte sich über die Kälte in den Häusern während des Winters, über allerhand Unbequemlichkeiten des Lebens, über die Russen, die »nicht im Ausland zu leben verstehen«, und ihrem egoistischen, kleinlichen Geschwätz war der lächerliche Patriotismus einer alten Provinzlerin anzumerken ...

Die Tür ging langsam auf, und noch langsamer zwängte sich Anfimjewnas Riesenleib ins Zimmer, schleppte sich in der Dunkelheit schwerfällig zum Büfett und sagte schlüsselklirrend sehr langsam, eigentümlich singend: »Jegor Wassiljitsch hat sich erhängt ...«

»Ach, du mein Gott«, rief Samgin halblaut voller Ärger aus, der an Verzweiflung grenzte.

»Er hängt auf dem Dachboden«, sagte die Alte, während sie sich irgend etwas aus einer Flasche eingoß. Samgin hörte, wie die Flüssigkeit im Flaschenhals gluckerte.

Gleich wird sie flennen.

Aber die Anfimjewna räusperte sich laut und fuhr ebenso nachdenklich und singend fort: »Ich versuchte ihn herunterzunehmen, doch ich hatte nicht genug Kraft. Nikolai hat sich geweigert, er hat Angst vor Erhängten. Dabei hat er, heißt es, selbst einen Soldaten getötet.«

»Was soll man da tun?« fragte Samgin.

»Was man tun soll? Sie – brauchen gar nichts zu tun, ich selbst ... Ich werde alles selber machen. Der Kupferschmied wird mir helfen. Es ist nicht gut, man wird Sie fragen, warum Ihr Diener sich erhängt hat.«

Sie verstummte, dann klirrte wieder Glas, und es gluckerte im Flaschenhals.

Sie trinkt Wodka, sagte sich Samgin.

»Und es sind keine Lebensmittel da«, seufzte die Alte. »Ach, ach. Ich weiß nicht, was ich Ihnen zu essen geben soll.«

»Ich brauche nichts«, sagte Samgin, der sie am liebsten angeschrien hätte und sich nur mit Mühe beherrschte. »Machen Sie ... sich keine Sorge ...«

»Na wenn schon«, entgegnete die Anfimjewna im Weggehen; sie ging wie gegen starken Wind.

»Nun – ich nehme ihn herunter, doch wohin soll ich ihn tun?« fragte sie in der Tür.

Samgin bedeckte das Gesicht mit den Händen. Die Ofenkacheln, die immer heißer wurden, brannten ihn am Rücken, es war bereits unangenehm, aber ihm fehlte die Kraft, vom Ofen wegzutreten. Als die Anfimjewna gegangen war, wurde die Stille in den Zimmern noch tiefer und bedrückender, doch gleichsam nur, damit Jakows Stimme noch deutlicher hörbar wurde, die zusammen mit irgendeinem scharfen, bitteren Geruch aus der Küche herüberdrang: »Wann wir nicht lernen . . .«

Samgin stellte fest: Er versteht nicht zu reden, er hätte wenn sagen müssen, nicht wann.

». . . organisiert zu handeln, wird bei uns rein gar nichts herauskommen. Du hast es nicht geschafft, sagst du? Du hättest es schaffen müssen, Genosse Kalitin . . . Solche Mißerfolge . . .«

Samgin prallte vom Ofen weg und ging in sein Arbeitszimmer, dessen Tür er fest hinter sich schloß.

Die Tage verstrichen langsamer, obwohl jeder von ihnen wie vorher unwahrscheinliche Gerüchte und phantastische Erzählungen mit sich brachte. Aber die Menschen waren offensichtlich an die Unruhe und den Lärm des zusammenbrechenden Lebens schon ebenso gewöhnt, wie die Dohlen und Krähen daran gewöhnt waren, vom Morgen bis zum Abend über der Stadt umherzufliegen. Samgin betrachtete sie vom Fenster aus und fühlte, daß seine Müdigkeit zunahm, schwerer wurde und ihn in einen Zustand von Unzurechnungsfähigkeit versenkte. Er beobachtete schon nicht mehr so aufmerksam, und alles, was die Menschen taten und sprachen, reflektierte sich in ihm wie an der Oberfläche eines Spiegels.

Ihn bediente das Stubenmädchen Nastja, ein mageres Mädchen mit großen Augen; die Augen waren grau mit einem goldenen Funken in den Pupillen und blickten so, als lauschte Nastja stets auf etwas, das nur sie allein hörte. Sie kümmerte sich noch mehr als die Anfimjewna darum, die Verteidiger der Barrikade mit Tee und Essen zu versorgen. Sie verwandelte die Küche endgültig in eine Schankwirtschaft.

Die Anfimjewna hatte sich erkältet und war bettlägerig geworden. Samgin sah sie zum letztenmal auf den Beinen spät am Abend, einen Tag nachdem der Koch sich erhängt hatte.

In der Küche war niemand, fast alle Leute von der Barrikade, außer den Wachhabenden, berieten sich im Schuppen. Samgin beunruhigte ein schwerfälliges Rumoren auf dem Dachboden; er nahm die Lampe, trat auf die Stufen des Kücheneingangs hinaus und sah, daß die Alte, die den Koch von hinten unter den Achseln umfaßt hatte, seine kleine Gestalt von Stufe zu Stufe hinabstellte. Der Koch, dessen Kopf an die linke Schulter gedrückt war und dessen Zunge heraushing, war steif, seine Beine waren fest aneinandergepreßt; es schien, als hätte er nur ein Bein, es stieß fest wie das Bein eines Lebenden auf die Stufen, und er stemmte sich mit ihm, als wollte er nicht hinuntergehen. Nachdem Samgin die Arme der Anfimjewna angeleuchtet hatte, die auf der Brust des Kochs angeschwollen waren, beleuchtete er auch ihr Gesicht, das rund wie eine Wassermelone und ebenso wie ihre Arme lila angelaufen war, während das kleine Gesicht des Kochs dunkel war und einer großen Kartoffel glich.

»Wohin wollen Sie mit ihm, wohin?« raunte Samgin ihr zu. Die Alte antwortete ächzend und keuchend: »Schon gut, beunruhigen Sie sich nicht. Ich habe mir einen Handschlitten beschafft. Der Kupferschmied wird ihn fortbringen. Er ist ein gefälliger Mann ...«

Als sie die Treppe hinunter war, faßte sie den Koch um den Leib und versuchte, ihn auf die Schulter zu heben, legte ihn aber, da dies nicht gelang, vor sich hin. Samgin entfernte sich und dachte: Zu anderer Zeit hätte ich ihr geholfen.

Er war bereits so abgestumpft, daß ihn das Geschehene nicht mehr aufregte. Jetzt lag die Anfimjewna keuchend in ihrem Zimmer; sie wurde von dem unrasierten, greisen Feldscher Winokurow gepflegt, einem stets nüchternen, sehr geschwätzigen, aber in der ganzen Straße geachteten Menschen.

»Eine wegen ihrer Gerechtigkeit rühmlich bekannte, ganz hervorragende Frau«, sagte er heiser. »Aber sie wird es nicht überstehen. Lungenentzündung. Schade. Die alten Leute sterben, die jungen randalieren. Ach, krank bist du, Rußland ...«

Zweimal kamen Soldaten, aber sie schossen von weitem, wenig; sie schossen, ohne Schaden anzurichten, und gingen wieder. Die Barrikade antwortete ihnen nicht, und der Kupferschmied spottete: »Sie vergeuden umsonst die Patronen, die Hundsfötter ...«

Dann prahlte er: »In alten Zeiten hätte es geheißen: Jungens, Sturmangriff! Und unsere Seelen wären in fünf Minuten zur ewigen Ruhe eingegangen ...«

Lawruschka fand: »Die Kugeln knacken, als schlüge man mit einem Löffel an die Stirn.«

Eines Tages begann auf der Boulevardseite ein sehr erbittertes und häufiges Schießen. Man schickte Lawruschka mit seinem schmuddeligen Kameraden aus, nachzusehen, was dort los sei. Etwa zwanzig Minuten später führte ihn der Schmuddelige blutüberströmt in die Küche, sein linker Arm oberhalb des Ellenbogens war durchschossen. Nackt bis zu den Hüften, saß er auf einem Hocker, seine ganze Seite war blutig, es schien, die Haut sei von ihr heruntergerissen. Über Lawruschkas bleiches Gesicht strömten Tränen, das Kinn zitterte, die Zähne klapperten. Der Student Panfilow verband die Wunde und redete ihm zu: »Zittre nicht. Du solltest dich schämen.«

Aber Lawruschka zitterte und wölbte verblüfft die Augen vor, schluchzte und stammelte: »Au, das tut weh! O Gott, wie das weh tut! Rühren Sie es doch nicht an . . . Wie soll ich denn ohne Arm leben?« fragte er entsetzt und griff mit der gesunden Hand nach der Schulter des Studenten; er streichelte und betastete die Schulter, schielte mit den feuchten Augen nach seinem Arm und murmelte: »Was ist man schon für ein Revolutionär mit einem Arm? Genosse Panfilow – wird man den Arm abschneiden?«

Am Abend jedoch saß er mit verbundenem Arm am Tisch, trank Tee und klagte Jakow: »Wir siegen allzu lange nicht, Genosse! Wir sollten nicht warten, sondern alle zugleich, soviel Tausende, als wir sind, uns auf sie stürzen und sie gefangennehmen.«

Jakow sagte ganz ernst zu ihm: »So wird es auch kommen. Wir stürzen uns unbedingt auf sie, und dann ist es aus mit ihnen! Nur muß erst dein Arm heilen, Herzchen!«

Zum erstenmal sah Samgin diesen Mann ohne Baschlyk und staunte, daß Jakow keinerlei besondere Merkmale besaß. Ein alltägliches Gesicht, wie man es sehr häufig bei Personenzugschaffnern antrifft, nur die Augen blickten irgendwie besonders eindringlich. Das Gesicht Kalitins und die vieler anderer Arbeiter waren bedeutend ausdrucksvoller.

Warum kommandiert denn der? dachte Samgin, suchte aber nicht nach einer Antwort. Er fühlte sich beiseite geschoben und wie ein Gefangener in dem unwohnlichen Haus.

Jetzt, da die Anfimjewna wie ein glimmendes Holzscheit weder aufflackern noch erlöschen konnte, sondern Tag und Nacht röchelte und sich auf dem knarrenden Holzbett hin und her wälzte – jetzt brachte Nastja ihm nicht rechtzeitig den Tee, verpflegte ihn immer schlechter, räumte die Zimmer nicht auf und machte ihm nicht das Bett. Er sah ein, daß sie keine Zeit hatte, ihn zu bedienen, aber es war dennoch kränkend und unangenehm.

Es wurde kälter. Abends versammelten sich in der Küche bis zu zehn Personen, um sich zu wärmen; sie stritten laut, zankten sich, sprachen von den Ereignissen in der Provinz, schimpften auf die Petersburger Arbeiter, beklagten sich über die ungenügend klare Parteileitung. Samgin hörte ihren Reden nicht zu, dachte aber, wenn er die Gesichter dieser Leute ansah, sie seien von einem Glauben an Unmögliches angesteckt, einem Glauben, den er nur als Wahnsinn auffassen konnte. Sie benahmen sich ihm gegenüber nach wie vor wie zu einem Menschen, den sie nicht brauchten, der sie aber auch nicht störte.

Schon lange hatte ihn niemand besucht, Warwaras Freunde fürchteten sich wahrscheinlich, in eine Straße zu gehen, in der sich eine Barrikade befand. Ljubascha Somowa war auch verschwunden. Er fühlte sich mit jedem Tag stumpfer werden, Müdigkeit zermürbte ihn. Spätabends ging er auf die Straße und lauschte der ungewöhnlichen, unfaßbaren Stille, es schien, als verdichtete sie sich von Tag zu Tag, würde immer kompakter – nun mußte sie doch explodieren! Sonst würde man verrückt. Beide Barrikaden, sowohl die in der Straße als auch die in der Seitengasse, hatten sich mit Schnee bedeckt; trotz der Proteste des Kupferschmieds übergoß man sie dennoch mit Wasser. Jetzt waren sie Eisblöcke und glichen kielaufwärts liegenden Booten. Das Begießen besorgten die Einwohner; in der Seitengasse hatte man zweimal Spülwasser auf die Barrikade geschüttet.

Eines Abends kamen fünf Männer mit Gewehren und begannen halblaut zu sprechen, worauf Lawruschka, der ihnen eine Weile zugehört hatte, plötzlich betrübt rief: »Nein, das gibt's nicht! Das ist unsere Barrikade, wir verlassen sie nicht! Was fällt euch ein!«

Und am Morgen sagte Nastja, als sie den Tee brachte: »Anfimjewna ist dahin . . . ist gestorben.«

Samgin hob wortlos die Arme, und das Dienstmädchen fragte: »Was soll man mit ihr tun? Nachts werde ich mich vor ihr fürchten, auch kann man sie nicht in der Wärme liegenlassen. Erlauben Sie, daß man sie in den Schuppen hinausbringt?«

»Sehr gut«, sagte er. Ihm kam es vor, als spräche das Mädchen störrisch, doch als er sich über den Tisch neigte, vernahm er ein leises Schluchzen.

»Warum denn weinen?« begann er, ohne sie anzusehen. »Die Anfimjewna . . . war sehr alt! Sie war eine äußerst vorbildliche Frau . . .«

»Klim Iwanowitsch«, hörte er einen kummervollen Ausruf, »unsere Leute sagen, man habe aus Petersburg die Garde hergeschickt mit großen Kanonen . . .«

Samgin hob den Kopf. Nastja hatte den Mund mit der Schürze bedeckt und sagte halblaut, kläglich schluchzend: »Sie werden mit den Kanonen alle Unseren totschießen. Sie streiten sich, ob sie abziehen oder kämpfen sollen, die ganze Nacht lang haben sie gestritten. Genosse Jakow ist dafür, an eine andere Stelle zu gehen, wo mehr von unseren Leuten sind ... Sagen Sie ihnen doch, sie sollen gehen. Sagen Sie es Kalitin, Mokejew und ... allen!«

»Ja, natürlich, ich werde es sagen!« versprach Samgin in sehr munterem Ton, der ihn sogar wunderte. »Jaja, gegen Kanonen – wenn das wahr ist ...«

»Es ist wahr! Gestern sind auf dem Nikolai-Bahnhof Lokomotivführer erschossen worden«, klagte Nastja.

»Na, weshalb denn Lokomotivführer?« sagte Samgin nachdenklich. »Das von den Lokomotivführern stimmt natürlich nicht. Aber von hier müssen sie weg. Gehen Sie, ich werde mit den Leuten reden ...«

Er trank rasch das Glas Tee, steckte sich eine Zigarette an und ging ins Wohnzimmer, das ungemütlich und unaufgeräumt war. Der Spiegel zeigte ihm im Vorübergehen die ziemlich stattliche Gestalt eines Mannes über dreißig, mit blassem Gesicht, halb ergrauten Schläfen und spärlichem Spitzbärtchen. Ein recht interessantes und sogar irgendwie neues Gesicht. Samgin zog sich an und ging in die Küche, dort saß Genosse Jakow und betrachtete den blauen Nagel am großen Zeh seines nackten Fußes.

»Lawruschka hat mir aus Versehen mit dem Gewehrkolben draufgeschlagen«, antwortete er auf Klims Frage, wobei er den Nagel befühlte und das Gesicht verzog. »Es sind Gäste eingetroffen, das Semjonowsche Regiment«, teilte er halblaut mit. »Was wir tun werden, fragen Sie? Wir werden kämpfen.«

»Gegen Kanonen«, erinnerte Nastja, die auf dem Tisch einen gefrorenen Kohlkopf zerschnitt.

»Die Kanone ist ein Werkzeug, wer es in die Hand nimmt, dem dient es auch«, belehrte sie Jakow, der sich auf die Lippe biß, als er den Stiefel anzog; er stand auf, stellte den Fuß vor und sah ihn kritisch an. »Man läßt also die Zarengarde gegen uns ausrücken, eine pri-vile-gierte Truppe«, zerstückelte er das lange Wort und sah Klim spöttisch an. »Also ...«, hier verschluckte Jakow ein Wort, »also lieber Hausherr, haben Sie Dank und machen Sie sich keine Sorgen: Wir gehen heute noch von hier weg.«

»Ich bin nicht besorgt«, erklärte Samgin.

»Na wieso denn? Alle sind besorgt.«

»Wohin wollen Sie denn?« fragte Klim.

»Auf die Presnja. Dort werden wir losbrechen. Oder – wir zerbrechen dort.«

Er schloß das eine Auge und starrte mit dem anderen nachdenklich Nastjas Nacken an. Samgin begriff, daß er hier überflüssig war, und ging auf den Hof. Nikolai fegte ihn gerade sorgsam mit einem neuen Besen; das hatte er schon lange nicht mehr getan. In der Straße war es still, nur Lawruschkas Stimme erschallte betrübt in der Frostluft: »Ich habe doch gesagt: Die Kanonen stehen auf der Chodynka, wir hätten dorthin gehen sollen, um ihnen alles zu verpatzen, statt dessen haben wir hier gehockt.«

Aus dem Tor des Nachbarhauses trat Panfilow in halblangem Pelz und einer für seinen Kopf zu großen Mütze. »Hast du dir die Adresse gemerkt? Na also. Und dort bleibst du ruhig sitzen. Die Frau ist Ärztin, sie wird deinen Arm ganz gesund machen. Leb wohl.«

Lawruschka ging schnell auf die Barrikade zu und verschwand hinter ihr; der Student rückte die Mütze zurecht, sah hinter ihm her und ging, vor sich hin pfeifend, in den Hof zurück.

Es war ein grauer, kalter und verschwiegener Tag. Die silbrigen, rauh vereisten Fensterscheiben der Häuser blinzelten sich an, es schien, als hätten alle Häuser mürrisch erwartungsvolle Gesichter. Samgin schritt langsam zum Boulevard, er unterdrückte irgendwelche formlosen, aber beunruhigenden Gedanken, indem er sie abbrach.

Lawruschka versteckt man offensichtlich ... Eine sonderbare Figur, dieser Jakow ...

Als er an einer Straßenbiegung angelangt war, vernahm er vorn irgendwessen muntere, befriedigt klingende Stimme: »Lauter stramme Burschen. Vierzig Mann, ein berittener Offizier.«

Samgin kehrte um, heimwärts, und hörte, als er sich dem Tor näherte, den ersten Kanonenschuß, er klang dumpf und wenig eindrucksvoll, als wäre ein Torflügel von einem Windstoß zugeschlagen worden. Samgin blieb sogar stehen, da er zweifelte, ob das eine Kanone gewesen sei. Aber da knallte es wieder weich und fremd. Er zog die Schultern hoch und betrat die Küche. Nastja, die am Herd arbeitete, wandte sich fragend mit offenem Mund nach ihm um.

»Ja, man schießt aus einer Kanone«, sagte er, in die Zimmer gehend. Im Speisezimmer dröhnten unangenehm die noch nicht vereisten oberen Fensterscheiben, das Ofenrohr brummte, in der Ferne kreisten Dohlen und Krähen wie flimmerndes Herbstlaub über den Dächern.

Meine indirekte ... und unwillkürliche Teilnahme an diesem Wahnsinn wird als direkte ausgelegt werden, dachte Samgin, während er das schwarze Netz auf den Wolken betrachtete und in einen Schlummerzustand versank.

»Entlassen Sie mich, Klim Iwanowitsch«, weckte ihn die bekannt ehrerbietige Stimme des Hausknechts; er stand im Sonntagsrock aufrecht wie ein Soldat an der Tür, über seine Weste wand sich eine doppelte silberne Uhrkette, das Haar war sorgfältig gekämmt und glänzte ebenso wie die blankgeputzten Stiefel.

»Wohin wollen Sie?« fragte Samgin schläfrig.

»Ins Dorf.«

Gutshöfe in Brand stecken, dachte Samgin gleichmütig wie von einer für Nikolai gewohnten Sache, doch dieser sagte mit strenger Stimme: »Man schießt auf das Volk. Dort«, er streckte hölzern den Arm vor und deutete mit dem Finger zum Fenster hinaus, »hat man einen Passanten direkt in die Augen geschossen. Schrecklich.«

Aber du hast ja auch einen getötet, wollte Samgin sagen, schwieg jedoch und betrachtete aufmerksam das würdige, früher wohlgenährte und straffe, jetzt jedoch eingefallene Gesicht Nikolais; das Haar seines nicht üppigen, aber früher gewellten Bartes hing eigentümlich schlaff herab und war irgendwie glatt geworden. Und mit gleicher strenger Stimme sagte er: »Die Anfimjewna sollten Sie möglichst bald auf den Friedhof bringen lassen, denn die Ratten richten sie schlimm zu. Sie haben ihr die Wangen angenagt, geradezu schrecklich sieht sie aus. Den Spitzel haben die Genossen schon längst aus dem Garten fortgeschafft, aber Jegor Wassiljewitsch liegt noch im Schuppen. Die Schuppenwand habe ich ausgebessert. Es ist also alles in Ordnung. Keinerlei Spuren.«

Als er seinen Ausweis und das Geld erhalten hatte, sagte er kurz mit einer Verneigung: »Leben Sie wohl« und ging.

Ein unheimlicher Mensch, dachte Samgin, der wieder am Fenster stand und horchte. Es war, als schlüge jemand mit einem unsichtbaren Kissen an die Scheiben. Er wußte ganz sicher, daß zu dieser Stunde Tausende von Menschen ebenso wie er am Fenster standen und horchten, auf das Ende warteten. Anders konnte es nicht sein. Sie standen und warteten. Im Haus blieb es lange Zeit ungewohnt still. Das Haus schien von sanften Luftstößen zu wanken und der Schnee auf dem Dach zu rascheln wie im Frühling, wenn er taut und auf dem Blech hinabgleitet.

Die Kanonen schossen nicht oft, ohne Hast und wahrscheinlich an verschiedenen Stadtenden. Die Pausen zwischen den Schüssen waren bedrückender als die Schüsse selbst, und man wünschte sich, daß öfter, kontinuierlicher geschossen und die Menschen nicht gequält würden, die auf das Ende warteten. Samgin wurde müde und setzte sich an den Tisch, er trank Tee, der unangenehm lau war, und ging im Zimmer umher, dann trat er wieder an seinen Beobachtungsposten am Fenster. Plötzlich stürzte Ljubascha Somowa wie von der Decke herabgefallen ins Zimmer, und beunruhigt, empört erklang ihre Stimme, prasselten die wirren Worte: »Was geht denn bei euch vor? Wie konntet ihr das zulassen? Warum sind die Brücken der Nikolai-Bahn nicht gesprengt?« fragte sie. Ihr Gesicht sah fremd, alt und grau aus, die Lippen waren auch grau, unter den Augen lagen tiefe Schatten, sie blinzelte geblendet.

»Man verläßt die Barrikaden? Hat das Exekutivkomitee das befohlen, ja? Du weißt es nicht?«

Samgin tat dieses abgerackerte junge Mädchen ein wenig leid, das einen fremden, ihr zu langen Pelzmantel und schwere graue Überschuhe trug, unter ihrem Kopftuch quollen zerzauste Strähnen von offenbar lange nicht mehr gewaschenem Haar heraus.

»Oh, wenn du wüßtest, was in der Provinz vorgeht! Ich bin in sechs Städten gewesen. In Tula ... Es hieß, dort habe man siebenhundert Gewehre, auch Patronen, dabei ... ist nichts vorhanden! In Kolomna hätte man mich fast ... hätte ich fast nicht mehr fliehen können ... Dort sind Soldaten eingetroffen ... schrecklich! Gib mir einen Happen zu essen ...«

Sie nahm sich eine Scheibe Brot, biß davon ein Stückchen ab, dann warf sie den Happen auf den Tisch und schüttelte mit geschlossenen Augen den Kopf.

»Dennoch ... Das kann nicht sein! Wir werden siegen! Mein Lieber, ich muß ganz unbedingt jemanden vom Komitee sehen ... Und ich muß sofort zu zwei Stellen. Zu der einen gehst du, zu Gogins, gut?«

Samgin konnte sich nicht weigern und nickte, während sie Brot kauend murmelte: »In Miussy schießen sie aus einer Kanone. Es sind schrecklich wenig Menschen in den Straßen. Mich hielt man hier an der Ecke an, irgendwelche Rüpel. Sie beschimpften mich. Laß uns zusammen hinausgehen, einverstanden?«

»Fürchtest du dich?« fragte Samgin sie und sich selber.

»Ich habe einen kleinen Browning«, sagte sie, »ich habe schießen gelernt, aber es sind nur noch drei Patronen übrig. Hast du einen Browning?«

»Nein, ich habe ihn zum Reinigen gegeben ...«

»Gehen wir, Klimuscha, es wird dunkel ...«

Ja, die Fensterscheiben waren brokaten geworden. Auf der Straße blickte Ljubascha zum Himmel, horchte und begann wieder zu reden: »Es wird nicht geschossen. Vielleicht ... Ach, wie wenig Waffen wir haben! Aber die Arbeiter werden dennoch siegen, Klim, du wirst schon sehen! Was für Menschen das sind! Bist du Kutusow begegnet?«

Sie hob den Kopf und blickte Samgin unter die Brille, lächelte so, daß sie, sofort verjüngt, wieder die alte, rotwangige Ljubascha war, und sagte: »Weißt du, ich habe mit ihm ... wir werden wahrscheinlich ...«

Sie kam nicht mehr dazu, den Satz zu beenden. Hinter einer Ecke kamen drei Männer hervor, an ihrer Spitze ein hochgewachsener, in schwarzem Mantel, mit einem Stock in der Hand; er packte Samgin am Kragen und sagte halblaut: »Durchsucht ihn.«

Samgin sah etwas oberhalb seiner Augen ein pausbackiges Gesicht mit schwarzem Schnurrbart, stark von Blatternarben zerfurcht, und darin häßlich kleine, schwarze Äugelchen, rund und glänzend wie Knöpfe. Er sah, wie Ljubascha mit einem Schrei an ein Fenster sprang und mit der Faust die Scheibe einschlug.

»Halte das Mädel«, kommandierte der Schwarzbärtige und schüttelte Samgin.

Samgin bekam keine Luft, keuchte; geschickte Hände knöpften ihm Mantel und Rock auf, wühlten in den Taschen, rissen ihm die Brille herunter, und eine schwere Pratze betäubte ihn durch eine wuchtige Ohrfeige.

»Keine Waffen«, sagte eine lustige und über irgend etwas befriedigte Tenorstimme, während eine dritte, heisere, erschreckt und wütend rief: »Laß das, gemeines Frauenzimmer! Sascha!«

Der Blatternarbige stieß Samgin beiseite, stieß ihn mit dem Kopf an die Wand, holte mit dem Stock aus und hieb ihm zweimal rasch auf den Arm und auf die Schulter. Samgin fiel fast bewußtlos um, hörte aber noch einen Schuß und den dumpfen Ausruf: »Sascha, schlag zu!«

Irgend jemand ächzte sonderbar auf, als rülpste er, der Blatternarbige stieß einen wilden Fluch aus, gab Samgin einen Fußtritt in die Seite und lief davon; ein anderer stürzte ihm wie sein Schatten nach.

Als Samgin die Augen öffnete, sah er wie durch einen Nebelschleier, daß an einem Prellstein, versteckt, wie ein kleines Tier, Ljubaschas grauer Überschuh lehnte und daß an den Prellstein gelehnt ein kurzes Männchen in zottigem Mantel, mit zottigem Gesicht saß, die Hände am Leib hielt, an den er die Mütze drückte, und das in einem schwarzen Filzstiefel steckende Bein bewegte; sein Gesicht zuckte, drehte sich im Kreise, er sagte deutlich und betrübt: »Sie hat mich getötet, die Närrin ... Ich bin verloren ...«

Er ließ sich auf die Seite fallen und griff, während er immer noch mit einer Hand die Mütze an den Leib drückte, mit der anderen nach dem Prellstein, stand auf und ging, indem er rief: »Sasch-scha!

Wassil ...« Dann kreischte er schrill mit Weiberstimme: »Ach Gott!«

Als er um die Ecke eines grünen, einstöckigen Hauses bog, wankte das Haus, und aus ihm fielen Menschen auf die Straße heraus. Samgin schloß wieder die Augen. Wie Wasser aus einem Traufenrohr strömten Stimmen: »Du mischst dich umsonst ein, Lisa ...«

»Schweigen Sie! Bis zum Morgen wird sie bei uns liegenbleiben.«

»Sind Sie verwundet?«

»Du müßtest doch wissen, wie gefährlich das jetzt ist ...«

»Können Sie aufstehen?«

Samgin wußte nicht, ob er es konnte, sagte aber: »Gut.«

Zu seiner Verwunderung kam er leicht auf die Beine, ging wankend und sich an den Wänden haltend von den Leuten weg und hatte das Gefühl, als bewegte sich das grüne, einstöckige Haus mit den vier Fenstern immerfort vor ihm her und versperrte ihm den Weg. Samgin erinnerte sich nicht, wie er nach Hause gelangte, er kam erst auf dem Diwan in seinem Arbeitszimmer wieder zur Besinnung; vor ihm stand der Feldscher Winokurow und wand über einem emaillierten Waschbecken ein Handtuch aus.

»Was für Beschwerden haben Sie?« fragte er; seine Stimme kam wie aus weiter Ferne, dumpf. Samgin antwortete nicht, er überlegte: Sollte ich taub geworden sein?

»Gestatten Sie nachzusehen, was für Verletzungen Sie haben«, sagte der Feldscher, indem er sich zu ihm auf den Diwan setzte, und begann ihm Brust und Hüften abzutasten; seine Finger waren unerträglich kalt, hart wie Eisen und spitz.

»Sind Sie gefallen oder sozusagen von lieben Nächsten überfallen worden?«

»Lassen Sie mich in Ruhe«, bat Samgin, aber der Feldscher fuhr fort, seinen Kopf zu betasten, und murmelte: »Oh, diese lieben Nächsten ... Tut das weh?«

Samgin preßte die Zähne fest zusammen und schwieg, er hätte den Feldscher gern mit dem Fuß in den Bauch getreten, aber dieser erhob sich und sagte: »Es scheint alles in Ordnung zu sein.«

»Lassen Sie mich«, bat Samgin.

»Richtig«, stimmte der Feldscher bei. »Sie brauchen Ruhe. Das Dienstmädchen habe ich nach Ihrer Gemahlin geschickt.«

Er ging, und das Zimmer füllte sich mit Stille. Auf dem Rauchtischchen an der Wand brannte eine Kerze, sie beleuchtete ein Porträt Schtschedrins im Plaid; das strenge, bärtige Gesicht verzog sich zornig, die Brauen bewegten sich, ja überhaupt alles, alle Gegenstände im Zimmer bewegten sich, wankten geräuschlos. Samgin hatte das Gefühl, als liefe er schnell und als wogte alles in ihm wie Wasser in einem Gefäß, als wogte es, stieße ihn dabei von innen und brächte ihn dadurch noch mehr ins Wanken.

Die Somowa hätte auf den Blatternarbigen schießen sollen, überlegte er. Wie unheimlich dieser Zottige Gott anrief, als die Menschen sein Schreien nicht hörten. Der Blatternarbige hätte mich töten können.

Auf dem Diwan war es unbequem, hart, ihm schmerzten die Hüfte und die Schulterblätter. Samgin beschloß, ins Schlafzimmer umzusiedeln, und versuchte, vorsichtig aufzustehen, ein scharfer Schmerz durchfuhr seine Schulter, die Beine knickten ein. Er hielt sich am Türpfosten fest und wartete, bis der Schmerz nachließ, dann ging er ins Schlafzimmer und blickte in den Spiegel: Die linke Wange war widerlich angeschwollen und verdeckte das Auge, das Gesicht sah betrunken aus, und da es irgendwie verändert war, ähnelte es beleidigend dem Gesicht des Registrators im Kreisgericht, eines Mannes, der häufig an Zahngeschwüren litt.

Dann kam Nastja und sagte: »Die gnädige Frau wird morgen kommen.« Und mit veränderter Stimme fügte sie hinzu: »Oh, wie man Sie zugerichtet hat . . .«

Da sie ihn anscheinend trösten wollte, setzte sie hinzu: »Sie haben angefangen, alle zu schlagen.«

»Bereiten Sie mir ein Bad«, befahl Samgin zornig.

Als er eine Stunde später im wohltuenden, warmen Wasser saß, suchte er sich zu entsinnen, ob Ljubascha geschrien hatte oder nicht. Aber er erinnerte sich nur, daß sie ein Fenster des grünen Hauses eingeschlagen hatte. Die Bewohner dieses Hauses hatten ihr wahrscheinlich auch geholfen.

Wenn sie auf den Blatternarbigen geschossen hätte, wäre nichts passiert. Der Blatternarbige war natürlich kein Rowdy, kein Dieb, sondern ein Rächer.

Die kleinen Gedanken kamen wie ein Dohlenschwarm angeflogen.

Am nächsten Tag erwachte er zeitig und blieb lange im Bett liegen, rauchte Zigaretten und träumte von einer Auslandsreise. Der Schmerz war nicht mehr so stark, vielleicht, weil er sich an ihn gewöhnt hatte, während die Stille in der Küche und auf der Straße ungewohnt war und ihn beunruhigte. Aber bald darauf wurde sie erschüttert durch Stöße gegen die rosa Fensterscheiben von der Straße her, und auf jeden Stoß folgte ein dumpfes, starkes Dröhnen, das nicht wie Donner klang. Man konnte meinen, der Himmel wäre statt mit Wolken straff mit einer Haut überspannt und nun schlüge jemand, wie auf eine Trommel, mit einer Riesenfaust dagegen.

Das sind sehr große Kanonen, überlegte Samgin und sagte protestierend mit halber Stimme: »Das ist eine Gemeinheit!«

Er sprang aus dem Bett und hätte vor Schmerz fast aufgeschrien, er begann sich anzuziehen, legte sich aber wieder hin und wickelte sich bis zum Kinn ein.

Das ist Wahnsinn und Feigheit, mit Kanonen zu schießen, Häuser und Städte zu zerstören. Hunderttausende sind für das Tun etlicher Dutzend Menschen nicht verantwortlich.

Die zornigen Gedanken machten ihn sonderbar munter, und seine Munterkeit wunderte ihn. Beim Nachdenken störten ihn die Schüsse, der Schmerz an Schulter und Hüfte, auch wollte er essen. Er mußte mehrmals klingeln, bis Nastja ärgerlich aus dem Speisezimmer rief: »Ich trage ja schon auf!«

Als er das Speisezimmer betrat, schnitt Nastja auf dem Büfettbrett mit ebensolchem Grimm Brot, wie die Anfimjewna einstmals ein Huhn geschlachtet hatte: das Messer war stumpf gewesen, das Huhn hatte nicht sterben wollen, es hatte geröchelt, gezappelt.

»Gott befohlen!« hatte die Anfimjewna gerufen und dem Huhn den Kopf abgehackt.

»Wo wird geschossen?« fragte Samgin.

»Auf der Presnja.«

Nastja hatte schrill geantwortet, ihr Gesicht war geschwollen, ihre Augen rot.

»Dort tötet man Menschen, und hier fegen sie die Straße . . . Wie vor einem Feiertag, ganz einerlei«, sagte sie im Weggehen und trat laut mit den Absätzen auf.

Samgin hatte schon im Schlafzimmer ein Scharren gehört, jetzt schaute er durchs Fenster hinaus und sah, daß der Feldscher Winokurow, der sich einen blauen Schal um die Ohren gebunden hatte, mit einem Schabeisen den Gehsteig säuberte, während ein Junge mit Gymnasiastenmütze den Schnee mit dem Besen zu kleinen Haufen zusammenkehrte; links von ihnen, näher zur Barrikade hin, arbeitete noch jemand. Sie arbeiteten, als hörten sie die dröhnenden Schüsse nicht. Aber da setzte das Schießen aus, das Scharren auf der Straße wurde deutlicher, und die Schulterblätter begannen stärker zu schmerzen.

Ist das etwa alles?

Die Uhr im Speisezimmer zeigte Mittag. Es knallte noch zweimal, aber nicht so stark und irgendwo anders.

Winokurow und überhaupt diese . . . Schweine werden natürlich auf die Nachbarn hinweisen, die . . . bei denen die Arbeiter sich gewärmt haben.

Wie ein Gummiball, den man in einen Bach geworfen hat, schwamm und drehte sich in seiner Erinnerung ein Knäuel verworrener Gedanken und Worte.

Die Kugeln knacken, als schlüge man mit einem Löffel an die Stirn, hatte Lawruschka gesagt. Wenn nicht jetzt, dann ein andermal, versprach Jakow, und Ljubascha behauptete: Wir werden siegen.

Vor dem Tor seines Hauses stand der ehemalige Finanzbeamte Iwkow, ein geheimer Wucherer und Ränkeschmied, er stand da und blickte zum Himmel, als beschnupperte er die Luft. Am Himmel kreisten heute bedeutend mehr Dohlen und Krähen. Iwkow deutete mit dem Finger auf die Barrikade, rief etwas und lachte, sein Rufen galt dem Stabskapitän Satjossow, der beobachtete, wie sein Hausknecht, ein alter Mann mit krummem Rücken, eine abgerissene Zaunlatte befestigte.

Die sind überzeugt, alles sei schon zu Ende.

Die Kanonen schwiegen, aber die Stille schien verdächtig, sie ging auf die Nerven wie ein reifendes Geschwür. Und es war ungewöhnlich, daß es in der Küche still war.

Samgin war fast erfreut, als gegen Abend die rotwangige, lebhafte Warwara kam. Nach einem Blick auf sein Gesicht war sie gemäßigt und nicht kränkend entsetzt, bekreuzigte sich und bestürmte Klim mit Fragen.

»Oh, mein Gott . . . Das ist ja entsetzlich! Hast du jemanden weggeschickt, der sich erkundigt, wie die Somowa sich fühlt?«

»Es war niemand zum Wegschicken da.«

»Hättest du doch den Feldscher geschickt. Na, einerlei. Ich werde selbst hingehen. Ach, lieber Klim . . . was für Zeiten!«

Sie benahm sich, als hätte es zwischen ihnen keinen Streit gegeben, ja, sie liebkoste ihn sogar, zärtlich und stürmisch, sprang aber gleich wieder auf, begann rasch im Zimmer umherzugehen, wobei sie in alle Winkel schaute und murmelte, indem sie das Gesicht voller Ekel verzog: »Mein Gott, welche Unordnung, Staub, Schmutz! Übrigens, bei Rjachins auch.«

Sie errötete, betastete ihre Blusenknöpfe und trat mit unschön weit geöffneten grünen Augen auf Samgin zu.

»Weiß der Teufel, was bei ihnen los ist! Alle lassen sich plötzlich dermaßen gehen, sind wild geworden – schrecklich! Du weißt, ich bin nicht sentimental, und diese . . . diese . . .«

Sie holte Atem und schloß mit gesenkter Stimme: ». . . Revolution ist mir fremd, aber sie übertreiben! Man weiß ja noch nicht, wer der

Stärkere ist, sie aber schreien schon: schlagen, erschießen, ins Zuchthaus! Solche ... Rächer, weißt du! Und dieser Stratonow ist ein Rüpel, ein Grobian, eine ganz unmögliche Gestalt! Ein Stier ...«

Vor Erregung in Schweiß geraten, warf sie sich auf den Diwan, schloß die Augen und fächelte sich mit dem Taschentuch das Gesicht. Samgin begriff, daß ihre Worte ziemlich abgeschmackt waren, er glaubte nicht an die Aufrichtigkeit ihrer Entrüstung, hörte aber aufmerksam zu.

»Und dieser Preiß, entsinnst du dich, der kleine Jude?«

»Jaja«, sagte Klim.

»Ach, diese Juden!« rief sie und drohte mit dem Finger. »Denen traue ich nicht! Ein rachsüchtiges Volk, sie können die Pogrome durchaus nicht vergessen! Übrigens spricht er trotz allem hervorragend leidenschaftlich, dieser Preiß, er ist ein vortrefflicher Redner! ›Wir müssen der Regierung dankbar sein‹, sagt er, ›daß sie uns mit Bajonetten vor der Volkswut schützt‹, verstehst du? Dann noch Tagilskij, der stellvertretende Staatsanwalt, ein Zyniker, scheint es, und wahrscheinlich geschlechtskrank, schrecklich parfümiert, riecht aber dennoch nach Jodoform ... ›Ein Mittelding zwischen Clown und Henker‹, sagte von ihm Rjachins Schwester, die jüngere, die kleine, häßliche ...«

Sie wühlte in ihrer Rocktasche und holte ein kleines Buch hervor.

»Da habe ich sogar ein paar Paradoxe von ihm notiert, zum Beispiel: Der Triumph der sozialen Gerechtigkeit wird der Anfang des geistigen Todes der Menschen sein. Wie gefällt dir das? Oder: Anfang und Ende des Lebens liegen in der Persönlichkeit, da aber die Persönlichkeit unwiederholbar ist, wiederholt sich die Geschichte nicht. Langweilt dich das?« fragte sie plötzlich.

»Nein, im Gegenteil«, antwortete Klim.

Doch sie lief schon wieder durch das Zimmer.

»Alles ist schrecklich verwahrlost! Die arme Anfimjewna! Sie ist also doch gestorben. Obwohl – das ist besser für sie. Sie war schon so gebrechlich. Und eigensinnig. Es wäre beschwerlich gewesen, sie im Hause zu behalten, und peinlich, sie ins Krankenhaus zu schaffen. Ich will mal einen Blick auf sie werfen.«

Sie ging. Ungeachtet des Schmerzes in der Schulter schüttelte Samgin den Kopf, als wollte er Staub aus ihm herausschütteln.

Nein, sie ist unmöglich! Ich halte es mit ihr nicht aus.

Ein paar Minuten später kehrte Warwara zurück, blaß, mit schmerzlicher Grimasse auf ihrem langen Gesicht.

»Wie die Ratten sie benagt haben, hu!« sagte sie und sank auf den Diwan. »Hast du sie gesehen? Sieh sie dir mal an! Entsetzlich!«

Sie schauderte und schüttelte den Kopf.

»Auf der Straße wird irgend etwas gerufen ...«

Sie rückte an Samgin heran und legte ihm die Hand aufs Knie. »Weißt du, ich möchte ins Ausland reisen. Ich bin so müde, Klim, so müde!«

»Kein übler Gedanke«, sagte er horchend und dachte: Wie bedauernswert ist sie trotz allem! Und wie verlogen. Sie tut zärtlich, weil sie wahrscheinlich mit einem Liebhaber ins Ausland reist.

»Ich bin nicht mehr jung«, gestand Warwara mit einem Seufzer.

»Warte mal!«

Samgin stand auf und trat ans Fenster, durch die Straße gingen ungeordnet Soldaten; der vorderste schwang das Gewehr und rief etwas. Samgin hörte aufmerksam hin – und verstand: »Türen, Tore, Fenster schließen, he ihr! Zumachen – sonst schießen wir!«

Samgin trat hinter den Fensterstock. Es waren vielleicht zwanzig Soldaten; in ihrer Mitte gingen in geschlossener Gruppe Feuerwehrleute, drei schwarze mit Helmen und noch etwa zehn graue mit Mützen und mit Äxten im Gürtel. Ein grüner Wagen kam gefahren, die dicken Pferde nickten mit den Köpfen.

»Wohin gehen sie?« flüsterte Warwara, die sich an Samgin schmiegte; er trat zur Seite und sah zu, wie die Feuerwehrleute Brecheisen von dem Wagen herunternahmen und zur Barrikade gingen. Es ertönten schnell hintereinander Schläge, Holz knarrte und krachte.

»Ach so!« rief Warwara.

Samgin sah, wie Eisstücke wegsplitterten und das Gerippe der Barrikade entblößten, wie zwei Feuerwehrleute, nachdem sie die Sofalehne weggebrochen hatten, die Seegrasfüllung herauszureißen begannen und sie in Büscheln einem dritten zuwarfen, der kniend Streichhölzer an seinem Jackenärmel anzündete; die Streichhölzer erloschen immer wieder, aber da leuchtete eines von ihnen auf, der Feuerwehrmann steckte es in das Seegras, und rasch liefen, sich kräuselnd, listige Flämmchen nach allen Seiten, verschwanden und vereinten sich plötzlich zu einem roten Federbusch; darauf hob ein Feuerwehrmann ein Faß über das Feuer und schüttelte Stroh und Holzspäne aus ihm heraus; dichter grauer Rauch stieg auf – der Feuerwehrmann stellte das Faß mitten in ihn hinein, der Rauch verdichtete sich noch mehr, und dann schlug aus dem Faß eine tiefrote Flamme hoch. Auf der Straße ging es jetzt lustig und laut zu, das Haus gegenüber wurde rot und jung, die Feuerwehrleute und Soldaten wurden auch jünger, sie waren ranker, schlanker geworden. Wie mit Öl übergossen glänzten die rotäugigen Bronzegäule. Erstaunlich leicht wurden aus dem Eishügel ein Sessel, eine Truhe, irgendeine Tür, ein Droschkenschlitten und ein großes Stück von einem Telegrafenmast herausgebrochen und ins Feuer geworfen. Etwa fünf Soldaten hatten ihre Gewehre den Kameraden übergeben und zerbrachen und zertrümmerten auch die ausgedienten Dinge, während die übrigen Soldaten dem Feuer immer näher rückten; in der zweifarbigen, rauchgrauen und purpurroten Luft leuchteten die Bajonette wie verlängerte Kerzenflammen und züngelten ebenso aufwärts. Einige Soldaten hielten zwei Gewehre in den Händen, bei dem einen schienen die rötlichen Bajonette aus dem Kopf zu ragen, und ein anderer, sehr großer, sprang vor dem Feuer herum, fuchtelte mit den Armen und schrie.

Die Feuerwehrleute mit Helmen und in schwarzen Jacken standen am Hoftor Winokurows und beteiligten sich nicht an der Arbeit; ihre Bronzeknöpfe schienen zu schmelzen, und es war etwas sehr Würdiges an den schwarzen, unbeweglichen Gestalten mit den Köpfen römischer Legionäre.

»Wie schön«, bemerkte Samgin leise.

Warwara stieß ihn mit der Schulter an und fragte: »Ja?«

Gleich danach prallte sie zurück und sagte gekränkt: »Vom Fensterbrett rinnt Wasser – pfui!«

Samgin entfernte sich lächelnd und dachte, daß sie ihm oft Gleichgültigkeit gegen alles Schöne vorgeworfen habe, aber selbst nicht sah, wie prächtig dieses Bild war. Er fühlte sich gerührt, ihm war, als täte ihm die Barrikade leid, und gleichzeitig war er jemandem wegen etwas dankbar. Er ging in sein Arbeitszimmer, stand auch dort lange am Fenster und sah gedankenlos zu, wie der Scheiterhaufen brannte, während sich rings um ihn und über ihm die Abenddämmerung verdichtete und mit dem schweren, grauen Rauch verschmolz, und wie unter dem Feuer hervor pechschwarze Bäche über das Pflaster rannen. Der Scheiterhaufen brannte jetzt weniger grell; darauf gingen die Feuerwehrleute in die Höfe, brachten von dort Holzscheite, legten sie ins Feuer – der Rauch verdichtete sich für einen Augenblick, dann durchbrach ihn wütend das Feuer, und der Widerschein der Flammen ließ die Häuser erzittern, sich zusammenkrümmen. Dann verdunkelten sich die Häuser, die glühenden Bajonette und Helme erkalteten, ein hochgewachsener Feuerwehrmann nahm einen Anlauf und sprang über die Glut in die Dunkelheit.

Am Morgen begannen Geschütze gleichmäßig zu schießen. Die Schläge schienen jetzt noch wuchtiger, als triebe man mit einer gußeisernen Ramme einen riesengroßen Pfahl in die gefrorene Erde.

Eine zweifelhafte Methode, die Zarenmacht zu festigen, dachte Samgin sehr ruhig, als er sich anzog, und wunderte sich selber, daß er ruhig dachte. Im Speisezimmer klirrte Warwara energisch mit Geschirr.

»Unglaublich!« rief sie ihm entgegen. »Weiß der Teufel! Eine Unmenge Geschirr ist zerschlagen.«

Mit dem weißen Tuch um den Kopf, der vorgebundenen Schürze und dem abgespannten Gesicht glich sie einem Dienstmädchen.

»Ach, Anfimjewna«, seufzte sie, in die Küche laufend und wiederkehrend.

Sie schien das erschreckte Dröhnen der Fensterscheiben, die Luftstöße gegen die Wände und das gedämpfte, schwere Seufzen im Ofenrohr nicht zu hören. Mit ungewöhnlicher Hast, als erwartete sie vornehme und anspruchsvolle Gäste, wischte sie Staub, zählte das Geschirr und betastete aus unerfindlichem Grund die Möbel. Samgin dachte, sie verberge vielleicht hinter dieser geräuschvollen Tätigkeit das Bewußtsein ihrer Schuld ihm gegenüber. Aber an ihre Schuld und überhaupt an sie mochte er nicht denken, er stellte sich ganz deutlich Tausende von Hausfrauen vor, die heute wahrscheinlich ebenso geschäftig waren.

»Nastassja kommt und kommt nicht!« entrüstete sich Warwara. »Ich werde ihr den Laufpaß geben. Warum hast du diesen Tölpel, den Hausknecht, entlassen? Wir behandeln die Dienstboten falsch, Klim, wir erlauben ihnen, mit uns familiär und ohne Respekt umzugehen. Ich bin nicht gegen Demokratisierung, aber trotzdem müssen die Leute eine gebieterische und starke Hand über sich fühlen . . .«

Auch das sagen heute Tausende, stellte Samgin fest und strich über seine kranke Schulter.

Gegen Abend hatte sie es fertiggebracht, einen kleinen alten Mann zu finden, der es übernahm, die Beerdigung der Anfimjewna zu regeln. Der kleine Alte war unnatürlich lebhaft, behende; er hatte ein spitzes, rosa Mäulchen, das von einem sorgfältig gestutzten,grauen Bart umrahmt war, hatte Mausäugelchen und eine Vogelnase. Seine Hände flatterten nach allen Seiten, berührten und betasteten alles: Türen, Wände, den Schlitten und das Geschirr des trübseligen alten Gauls. Der kleine Alte sah wie ein geschminkter Halbwüchsiger aus, er hatte etwas Abstoßendes, Unechtes an sich.

»Man sucht sie mit Kanonen zu überreden«, sagte er fragend zu Samgin einen Satz, der diesem bekannt vorkam, sagte ihn und zwinkerte zum Himmel hinauf, als schösse man von dort.

Die Geschütze feuerten besonders hartnäckig. Die dröhnenden

Schläge schienen einen fauligen Geruch in der nebligen Luft zu verbreiten, als platzten riesengroße faule Eier.

»Gib ihr bis zur Kirche das Geleit«, bat Warwara, die den breiten Sarg auf dem Schlitten ansah und ihre Wangen mit dem Taschentuch abwischte.

»Ich glaube nicht, daß sie das braucht«, murmelte er und ging mit.

Warwara hakte sich bei ihm ein; er sah Tränen in ihren Augen, sah, daß sie die Lippen bewegte und sich darauf biß, und glaubte ihr nicht. Der kleine Alte ging neben dem Schlitten, streichelte mit blauer Hand den gelben Krankenhaussarg und sagte zu dem Kutscher: »Wir werden alle sterben, Onkel ... wie die Vögel!«

Hinter Samgin schritt der Feldscher Winokurow, der sich zweimal laut erinnerte: »Sie war eine gerechte alte Frau ... Eine hervorragende Frau!«

Der kleine Alte blieb stehen, wartete, bis der Feldscher neben ihm war, und sagte, wie ein Kücken mit kleinen Schritten trippelnd, hastig und halblaut: »Was läßt sich da machen? Das Volk will nichts, wünscht nichts! Der Zar hat sich selbst vor ihm verneigt, als hätte er damit sagen wollen: ›Verzeih mir, den Krieg habe ich tatsächlich gegen eine kleine Nation verloren und schäme mich!‹ Aber das Volk hat kein Mitgefühl ...«

»Wer sind Sie eigentlich?« fragte der Feldscher streng.

»Ich? Der Kirchendiener. Warum?«

»Du sprichst ungebildet, darum!« antwortete der Feldscher mit Baßstimme.

»Aber was ich sage, ist trotzdem wahr«, sagte händefuchtelnd der kleine Alte und wiederholte den Satz, der ihm anscheinend gefiel: »Sehen Sie, man sucht das Volk mit Kanonen zu überreden – verhalte dich still! Hat es das jemals in Moskau gegeben? Daß man in Moskau, wo die Zaren gekrönt werden, mit Kanonen schießt, wie?« rief er verblüfft aus, wobei er die Hand, in der er die Mütze hielt, hochwarf, und sagte nach kurzem Schweigen: »Das muß man begreifen!«

Samgin wandte sich um und sah das rosige Gesichtchen an – es strahlte vor Begeisterung.

»Verzeihen Sie«, sagte der kleine Alte und nickte mit dem gelben Schädel voller Haarbüschel, die wie Watte aussahen. »Ich schwatze natürlich, weil meine Seele erschreckt ist.«

»Weiter gehe ich nicht«, flüsterte Samgin, als sie bei der Ecke angelangt waren, hinter der man ihn geschlagen hatte. Warwara ging weiter, während er stehenblieb und eine Weile horchte, wie die

Schlittenkufen auf den entblößten Steinen knirschten. Dann dachte er daran, daß er in das kleine grüne Haus gehen und sich nach Ljubascha erkundigen sollte, ging aber nach Hause.

Warwara wird nachfragen.

Die Geschütze verstummten. Der graue Himmel schmückte sich mit zwei Feuerscheinen, der eine war dort, wo die Sonne unterging, der andere in Richtung der Presnja. Wie stets gegen Abend kreiste ein Schwarm von Dohlen und Krähen. Aus einer Seitengasse preschte ein Gaul heraus, im Schlitten saß zusammengekrümmt Ljutow.

»Halt«, kreischte er auf, und bevor noch der Kutscher den Gaul angehalten hatte, sprang er behende aufs Pflaster und lief auf Samgin zu, so daß der eine Schoß seines weit aufgeschlagenen Pelzmantels sich um Klims Beine schlang.

»Nein, wie verändert du bist!« rief er sehr merkwürdig, anscheinend sogar achtungsvoll aus. »Und was macht der Arm?«

Nach Klims kurzem Bericht verstummte er und fragte erst im Vorzimmer, nachdem er den Mantel abgeworfen hatte: »Schlagen wir die eigenen Japaner nicht gut?«

Samgin fragte ebenfalls: »Ist das Ironie oder Triumph?«

Ihm war es angenehm, Ljutow zu sehen, er wollte aber nicht, daß Ljutow das merke, begriff auch selbst nicht, warum es ihm angenehm war. Ljutow rieb sich die Hände und sagte: »Wir rammen Pfähle in den russischen Sumpf, bauen ein Brückchen für einen neuen Weg . . .«

Er sah ungewöhnlich solide, sogar würdig aus – in strengem Rock, mit einem Brillanten an schwarzer Krawatte, gestutzt und geschniegelt. Selbst seine geschäftigen Augen waren jetzt ruhiger und schienen größer geworden.

»Heute hörte ich . . . einen guten Satz: Man sucht mit Kanonen zu überreden«, sagte Samgin.

»Nicht übel!« stimmte Ljutow bei, der ihn aufmerksam musterte.

»Was . . . schaust du so?«

»Ich erkenne dich nicht wieder«, antwortete Ljutow, seufzte laut auf und nahm eine bessere, sicherere Haltung auf dem Stuhl an. »Ich wurde von der Stadthauptmannschaft vorgeladen, mein Lieber, wegen Einrichtung einer Sammelstelle für Geschlagene, Verwundete in meiner Wohnung. Das war natürlich Alina, mein Lieber, sie hat . . .«

Ljutow stülpte seine Bibermütze über die Faust und begann sie herumzuwirbeln.

»Bei mir zu Hause ist in der Tat der Teufel los! Alina hat sich einen

Anarchisten zugelegt . . . Dieser Monachow oder Inokow ist solch eine Bestie, man darf ihm nicht zu nahe kommen!«

»Wenn er Inokow heißt, dann kenne ich ihn«, sagte Samgin gleichmütig.

»Ein alter Bekannten von ihr. Dann ist da noch dieser Sudakow, man hat ihn auch angeschossen.«

Er seufzte wieder und schüttelte den Kopf.

»Uff!«

»Nun, was war denn in der Stadthauptmannschaft?« fragte Samgin.

»Man fragte mich: ›Haben Sie eine Sammelstelle eingerichtet?‹ – ›Ja.‹ – ›Warum denn?‹ – ›Um Ihre Abscheulichkeiten zu dekken . . .‹«

Er lügt wahrscheinlich, dachte Samgin.

»Wir stritten uns ein wenig. Man ließ mich einen Revers unterschreiben, daß ich das Land nicht verlassen würde, dabei wollte ich doch Alina ins Ausland lotsen.«

Plötzlich krachte ein Kanonenschuß, als wäre es über dem Dach, er krachte so heftig, daß beide aufsprangen und Ljutow mit verzerrtem Gesicht die Mütze zu Boden fallen ließ und ausrief: »So ein Gesindel! Ist es etwa in Stücke gerissen worden?«

Der Schuß wiederholte sich. Beide verstummten in Erwartung eines dritten. Samgin steckte sich eine Zigarette an, denn er fühlte, daß in ihm etwas ebenso dröhnte wie die Fensterscheiben. Sie schwiegen ein bis zwei Minuten. Ljutow stülpte die Mütze übers Knie und fuhr etwas leiser, besorgt fort: »Dort, in der Stadthauptmannschaft, befindet sich ein Schuft, der sich mir gegenüber redlich verhält und mir allerhand Auskünfte erteilt, die stets stimmen. So weiß man beispielsweise von dir, daß du Barrikaden gebaut hast . . .«

Er verstummte und sah Samgin fragend an, doch Klim hüllte sein Gesicht in Rauch und sagte: »Unsinn.«

»Nein, nimm das ernst!« riet Ljutow. »Hier werden nicht viel Umstände gemacht! Bei einem Arzt – ich habe den Namen vergessen, er heißt, glaube ich, Winogradow – hielt man Haussuchung, und der Revieraufseher erschoß ihn. Genickschuß. Tja. Und Kostja Makarow scheint man festgenommen zu haben, er hat dort bei uns Leute geflickt und wohnte bei uns, aber nun ist er schon seit drei Tagen nicht mehr da. Hast du den Möbelfabrikanten Schmitt gekannt?«

»Ich bin ihm begegnet.«

»Er ist verhaftet worden, nachdem man an die zwanzig Arbeiter vor seinen Augen erschossen hat. So ist das! In Kolomna ging es weiß der Teufel wie zu, in Ljuberzy – das weißt du wohl? Man schlägt die Leute auf der Straße tot wie Mäuse.«

Ljutow sprach ruhig, in eigentümlich nachdenklichem Ton, und musterte Samgin immerzu mit blinzelnden Augen, wodurch er ihn ganz unruhig machte und irgendeine unsinnige Extravaganz erwarten ließ. Und so kam es auch, Ljutows Gesicht erglühte plötzlich in roten Flecken, er schlug mit der Mütze auf den Boden und brüllte: »Dieses wahnsinnige, feige Schwein! Dieser Heizer ... er schürt mit Menschen, wie?«

Er begann zynisch, rasend zu fluchen, wobei er mit der Faust auf die Armlehne des Sofas schlug, tat das aber alles, als wütete nur eine Hälfte von ihm, denn Samgin sah: mit einem Auge blinzelnd, sah ihn Ljutow mit dem anderen an.

»Wir haben noch keine so niederträchtige Regierung gehabt!« kreischte und zischte er. »Iwan, der Schreckliche, Peter – die hatten Ziele ... sie hatten ein Ziel, aber dieser? Wozu ist dieser da? Ein unbegabtes Vieh ...«

»Schreien ist zwecklos«, murmelte Samgin, als Ljutow an seinen Worten erstickte.

»Also – amen!« rief Ljutow, nachdem er aufgesprungen war, und setzte die Mütze auf. »Doch du – reiß aus! Auch Dunjascha bittet dich darum. Fahr weg, mein Lieber! Sie werden dir den Garaus machen.«

Er ergriff Samgins Hand und verstummte, wobei er an ihr zerrte und ihm hinter die Brille blickte; dann fragte er plötzlich leise, boshaft: »Und wenn man ihnen nun die Kanonen wegnimmt! Wenn nun die Prochorowschen Arbeiter die Oberhand gewinnen, wie? Was kommt dann?«

Samgin sagte lächelnd: »Du kannst die Faxen nicht lassen!«

»Nein, stell dir mal vor, was dann kommt, wie?« flüsterte Ljutow, den Pelzmantel anziehend.

Dann preßte er mit sehr heißer Hand Samgins Rechte und verschwand.

Klim blieb mit einem Gefühl zurück, als könne er nicht begreifen, ob man ihn mit kochend heißem oder mit kaltem Wasser überschüttet habe. Er schritt im Zimmer umher und suchte alle Worte, alle Schreie Ljutows zu einem einzigen Satz zusammenzufassen. Das gelang ihm nicht, obwohl die Worte »reiß aus« und »fahr weg« überzeugender als alle anderen klangen. Er trat ans Fenster und lehnte die Stirn an die kalte Scheibe. Die Straße war verödet, nur eine Frau ging gebückt auf dem schwarzen, runden Fleck an der Stelle des Scheiterhaufens herum und sammelte Kohlen in einen Korb.

Es war auf besondere Art still. Lange schon hatte Samgin keine so sanfte Stille erlebt. Und er dachte ohne Worte: Wahrscheinlich ist es zu Ende ...

Die Stille nahm zu, sie wurde immer tiefer und erweckte ein unangenehmes Gefühl, als senkte sich der Boden und schwände unter den Füßen. In der Westentasche tickte verlangsamt die Uhr, aus der Küche drang der scharfe Geruch von Salzfisch. Samgin öffnete das Lüftungsfenster, und zusammen mit der Kälte drang ins Zimmer das heulende Kommando: »Stillgesta-anden!«

In der trüben Luft wankten die Bajonette wie Eiszapfen, eine Soldatengruppe erstarrte wie angewurzelt auf dem Pflaster; auf sie zu bewegten sich gemächlich kleine, böse Kosakenpferdchen; in der Mitte schritt, die Vorderbeine hoch erhebend, mit gebleckten Zähnen ein schwerer Fuchs, auf seinem Rücken ragte feierlich ein dicker, schnauzbärtiger Krieger mit rotem, straff aufgeblasenem Gesicht, mit Orden auf der Brust; in der weißbehandschuhten Faust hielt er eine Nagaika, er hielt sie in Brusthöhe, wie die Priester das Kreuz zu halten pflegen. Er ritt vorbei, ohne die Soldaten anzusehen, die auf der Straße verstreut waren, hinter ihm her zogen, in den Sätteln hüpfend, wieder Kosaken; einer der letzten, ein bärtiger, beugte sich im Sattel vor, zog unter der Achsel eines Soldaten ein Bündel hervor, und das Bündel verwandelte sich in die dicke Schlange einer Pelzboa; der Soldat holte mit dem Gewehr aus; aber der bärtige Kosak und noch zwei andere ließen ihre Gäule springen und sich drehen, worauf die Soldaten auseinanderstoben und sich an die Hausmauern drückten. Mit wuchtigen Sprüngen galoppierte der Fuchs heran, bleckte die Zähne noch mehr und wieherte: »Was sind das für nichtswürdige Kerle? Wer hat das Kommando?«

Samgin, der hinter dem Vorhang hervorblickte, lächelte sogar, so sehr sah es aus, als fragte das Pferd und nicht der Reiter.

Im Speisezimmer rief Warwara: »Diese Schurken! Und das sind die Beschützer!«

Samgin sah durch die Tür, wie sie im Speisezimmer umherlief, den Pelzmantel von den Schultern warf, das Hütchen vom Kopf riß und über die Stühle stolperte wie eine Blinde.

»Verstehst du? Sie haben mich gepackt, durchsucht ... du kannst dir nicht vorstellen, wie! Den Muff, die Boa haben sie mir weggenommen ... Das ist doch Raub!«

Sie warf sich in vollem Lauf auf das Sofa und begann schluchzend mit den Füßen zu trampeln, erstaunlich schnell. Samgin warf einen Seitenblick auf den geöffneten Kragen ihrer Bluse und ging mit einem Seufzer Wasser holen.

Erstaunlich still und langsam verstrichen mehrere leere Tage. Samgin hatte Grund zu denken, er habe schon alle Aufregungen hinter sich und ein Anrecht auf Ausspannung, die er notwendig brauchte. Es zeigte sich aber, daß Ausspannung nicht so notwendig war und daß es noch eine Unruhe gab, die er nicht erlebt hatte und die ihn durch ihre Neuheit krankhaft erregte. Diese neue Unruhe forderte Verkehr mit Menschen, forderte Ereignisse, aber Menschen erschienen nicht, und aus dem Hause zu gehen, scheute sich Samgin, auch war es peinlich, mit zerschlagenem Gesicht herumzulaufen. Ereignisse fanden selbstverständlich statt, nachts und sogar tags knallten zuweilen Gewehr- und Revolverschüsse, aber es war klar, daß damit nur noch die letzten Punkte gesetzt wurden. An den Fenstern ritten Kosakenpatrouillen vorbei, es kamen kleine Abteilungen der lange nicht mehr gesehenen Polizei vorüber, Warwara lärmte zurückhaltend und sah Samgin mit einem Blick an, der etwas forderte.

»Das ist keine Revolution, sondern Lausbüberei«, sagte sie zu jemanden im Speisezimmer. »Mit Pistolen gegen Kanonen!«

Samgin fühlte, daß sie streiten, sich zanken wollte, und so schwieg er und blieb in seinem Arbeitszimmer sitzen.

Aber das alles füllte die Leere der langsamen Tage nicht aus und konnte die Gewohnheit, sich aufzuregen, nicht befriedigen, eine ermüdende, aber hartnäckige Gewohnheit. Die Zeitungen brummten etwas Unbestimmtes, greisenhaft Verdrießliches; die Zeitungen flüsterten einem nichts ein, auch gab es nur wenige. Anfimjewnas Stelle hatte eine dürre, flachbrüstige Frau unbestimmten Alters eingenommen; schweigsam wie ein Gefängniswärter bewegte sie sich hölzern und sah einem unangenehm gerade ins Gesicht, ihre Augen waren glasigtrüb; wenn Warwara ihr etwas befahl, öffnete sie mit sichtlicher Anstrengung die schmalen, stets fest zusammengepreßten Lippen und antwortete mit zwei Worten: »Jawohl. Verstehe.«

Samgin dachte mit Befremden, mit Selbstironie, daß es ihm angenehm wäre, im Haus und auch auf der Straße wieder die Verteidiger der Barrikade zu sehen, die deutliche, weiche Stimme des Genossen Jakow zu hören. Ihm fehlte die Anfimjewna, und es war für ihn peinlich und beschämend, sich zu erinnern, daß ihr gütiges Gesicht von Ratten angenagt worden war. Ihm fehlten überhaupt Menschen, sogar jene, die ihm früher unangenehm, überflüssig vorgekommen waren. Tag und Nacht jagte durch die Straße und über die Dächer ein nicht starker, aber aufdringlicher Wind und richtete zwischen Häusern und Menschen Mauern der Entfremdung auf; diese Mauern waren unsichtbar, machten sich aber dadurch fühlbar, wie schweigsam die Einwohner geworden waren, wie mißtrauisch und finster sie sich musterten und wie eilig sie bei Begegnungen nach verschiedenen Seiten auswichen. Ein paarmal betrat Samgin abends die Straße, um Luft zu schöpfen, und es schien ihm, daß ihn nicht alle Einwohner grüßten, die ihn kannten, daß sie es nicht so ehrbietig taten wie früher und daß sie ihn mit solcher Feindseligkeit ansahen, als hätte er ihnen beim Preferencespiel fürchterlich viel Geld abgewonnen.

Wenn man mich verhaftet, werden sie natürlich nicht den Mund halten, überlegte Samgin und sagte sich, daß es besser sei, diesen Leuten nicht vor die Augen zu kommen.

Er verzichtete auf diese Spaziergänge auch deshalb, weil die Einwohner mit irgendwelchem besonderem Eifer die Straße fegten und mit eisernen Schaufeln die Gehsteige sauberschabten. Es war klar, daß auch Warwara von Langerweile geplagt wurde. Warwara machte sich tagelang in den Rumpelkammern und im Schuppen zu schaffen, stapfte auf dem Dachboden herum und sagte beim Mittagessen oder beim Tee kläglich durch die Zähne: »Das sind Zeiten! Man fürchtet sich, die Straße zu betreten. Bald kommt das Weihnachtsfest, ich stelle mir vor, wie fröhlich es sein wird . . . Wenn du wüßtest, was für eine Anarchie die Anfimjewna im Haushalt hat einreißen lassen . . .«

Samgin schwieg, doch weil das Schweigen unhöflich, peinlich wurde, stimmte er bei: »Ja, sie hat sich sonderbar benommen . . .«

Er hatte das Gefühl, als sickerte die Leere der Tage in ihn hinein, als blähte sie ihn physisch auf und machte die Gedanken plump. Gleich nach dem Morgentee schloß er sich in seinem Arbeitszimmer ein und suchte alles von ihm in diesen zwei Monaten Erlebte in einfache Worte zu fassen. Und mit Verdruß überzeugte er sich, daß die Worte ihm nicht das zeigten, was er hätte sehen wollen, daß sie ihm nicht zeigten, weshalb ein Soldat alten Schlages, der redlich seine Pflicht erfüllte, ebenso unsympathisch war wie der Hausknecht Nikolai, während Genosse Jakow oder Kalitin keine Antipathie erweckten.

Dabei müßten sie das, denn sie haben ja auch getötet . . .

Eines Tages, als er Niedergeschriebenes ausstrich, vernahm er im Speisezimmer fremde Stimmen; er trat, die Brille mit dem Taschentuch putzend, aus seinem Zimmer und erblickte auf dem Diwan Bragin neben Warwara, während am Ofen ein hochgewachsener Mann in langem Rock und Filzstiefeln stand und mit den Händen über die Kacheln strich.

»Depsames«, sagte er, Samgin die rote Hand reichend.

Gewöhnlich sprechen Menschen solchen Wuchses im Baß, doch dieser sprach in fast kindlichem Diskant. Auf dem Kopf hatte er eine zerzauste Kappe halbergrauten Haars, die linke Gesichtshälfte war von einer tiefen Schramme durchfurcht, die Schramme zog das untere Augenlid herab, und davon sah das linke Auge größer aus als das rechte. Von den Wangen wallte in zwei Strähnen ein grauer Bart herab, der das Kinn und die dicke Unterlippe fast frei ließ. Als er seinen Familiennamen genannt hatte, sah er Klim aufmerksam, mit ungleichen Augen an und begann wieder die Kacheln zu streicheln. Die Augen waren schwarz und glänzten stark.

Bragin erzählte Warwara entrüstet, wie man ihn und Depsames zweimal angehalten und durchsucht habe, sie entrüstete sich auch: »Schreckliche Zeiten! Diese unbegreifliche Doppelzüngigkeit der Regierung . . .«

»Darauf schlug ich Sachar Borissowitsch vor, Sie zu besuchen . . .«

Depsames beugte sich vor und sagte mit dem Akzent des Juden aus einer Anekdote: »Das habe ich gesagt, besuchen, weil ich schon genug geschlagen bin, danke schön!«

Sein krummnasiges, mattblasses Gesicht errötete, er neigte den Kopf zur rechten Schulter und fragte Klim mit gutmütiger Ironie: »Werden diese rauflustigen Zeiten bei Ihnen noch lange dauern? Sie wissen es nicht? Na, wer weiß es denn?«

Er fingerte rasch durch die Bartsträhnen.

»Oh, Sie haben Pogrome sehr gern!«

Bragin, der Warwara Geschirr und Flaschen aus dem Büfett auf den Tisch stellen half, bemerkte schulmeisterlich, die Intelligenz veranstalte keine Pogrome.

»Keine, sagen Sie? Haben denn Ihre Nihilisten, Ihre Pissarew-Anhänger keinen Puschkin-Pogrom veranstaltet? Das ist doch soviel wie auf die Sonne spucken!«

»Saschar Borissowitsch begeistert sich übertrieben für Puschkin«, teilte Bragin mit, diesmal verlegen.

»Nun ja, ich übertreibe!« gab Depsames mit wegwerfender Handbewegung in Richtung Bragins zu. »Sie sollen recht behalten! Aber ich sage Ihnen, die Mäuse lieben die russische Literatur mehr als Sie. Sie dagegen lieben Feuersbrünste, Eisgang, Schneestürme, Sie laufen in jede Straße, wo Tumult ist. Das stimmt nicht? Das stimmt! Sie brauchen, um leben zu können, eine Zeit der Wirren. Sie sind das schrecklichste Volk auf Erden . . .«

Samgin kam es vor, als spräche dieser Mann absichtlich mit scharfem Akzent und als wäre an ihm tatsächlich etwas Übertriebenes.

»Sie sehen sich im Theater die Barfüßler an und meinen, im Dreck Gold zu finden, dort ist aber kein Gold, dort ist Kies, aus ihm wird Schwefelsäure gemacht, damit eifersüchtige Frauen sie ihren Gegenbuhlerinnen in die Augen spritzen ...«

»Nebenbuhlerinnen«, verbesserte Bragin.

»Und Ihre Bolschewiki, ist das kein Pogrom?«

Er brach plötzlich in ein nicht besonders lautes, weiches Gelächter aus, wodurch er in Samgin den Gedanken weckte: Er müßte eigentlich schrill lachen.

Und die Tatsache, daß Depsames' Lachen nicht mit seiner dünnen Stimme in Einklang stand, steigerte Samgins Mißtrauen gegen ihn. Depsames zwinkerte mit dem rechten Auge und fuhr lächelnd fort: »Bolschewiki sind Leute, die der Geschichte um hundert Werst vorauslaufen wollen – nun, vernünftige Menschen werden ihnen nicht nachlaufen. Wer sind die Vernünftigen? Das sind Leute, die keine Revolution wollen, sie leben für sich, und für sich wünscht keiner Revolution. Wenn aber nun doch ein wenig Revolution gemacht werden muß, dann wird er etwas Geld geben und sagen: Macht mir bitte Revolution ... für fünfundvierzig Rubel!«

Er kniff die Augen zu und lachte unerwartet weich, was wiederum nicht zu ihm paßte.

»Sind Sie Sozialist?« fragte Samgin.

»Ich bin Jude!« sagte Depsames. »Nach Renan sind alle Juden Sozialisten. Nun, das ist nicht sehr ein Kompliment, weil ja alle Menschen Sozialisten sind; das macht sie nicht schlechter als alle anderen.«

»Sachar Borrissowitsch ist, glaube ich, Zionist«, fügte Bragin ein.

»Ich danke Sie!« entgegnete Depsames, und nun war schon ganz klar, daß er absichtlich falsch gesprochen hatte – das stimmte wieder nicht mit seinem entstellten Gesicht und dem grauen Haar überein. »Herr Bragin kennt den Zionismus nur als netten Witz: Zionismus – das ist, wenn ein Jude einen anderen Juden auf Kosten eines dritten Juden nach Palästina schickt. Viele scherzen lieber, statt zu denken ...«

Warwara bat zu Tisch. Als Samgin dem Juden gegenübersaß, erinnerte er sich der Worte Tagilskijs: »Eine der widerlichsten Erscheinungen unseres Lebens ist der vom russischen Nihilismus angesteckte Jude.« Dieser hier war kein Nihilist. Und – kein Preiß ...

Die Juden waren Samgin unsympathisch, da er aber wußte, daß diese Antipathie schmählich war, verbarg er sie wie viele hinter einem System von Sätzen, das Philosemitismus genannt wird. Er empfand den Juden als einen Menschen, der ihm fremder war als ein

Deutscher oder ein Finne, und argwöhnte in jedem Juden einen besonders ausgebildeten Scharfblick, der es dem Juden ermögliche, seine, des Russen, offenkundigen und geheimen Mängel feinfühliger und klarer zu erkennen, als das Menschen anderer Rassen tun. Da er begriff, wie tragisch das Los des Judentums in Rußland war, hegte er den Verdacht, die Seele des Juden müsse angesteckt und belastet sein von einem Gefühl organischer Feindschaft gegen den Russen, von dem Wunsch, sich für die Erniedrigungen und Leiden zu rächen. Er erwartete, der geschwätzige, dünnstimmige Schreihals werde gerade dieses Gefühl an den Tag legen.

»Sie haben ein wenig Revolution gewollt? Nun, Sie werden sehr viel Revolution haben, wenn Sie die Bauern auf die Beine stellen und sie bis zum äußersten Extrem laufen und Ihnen und auch sich das Genick brechen.«

»Ich glaube nicht an Prophezeiungen«, murmelte Bragin, während Warwara, die aufmunternd mit dem Kopf nickte, sagte: »Nein, das ist sehr, sehr richtig!«

Depsames wandte sich an sie; in seiner einen Hand blinkte die Gabel, in der anderen hielt er ein Stück Brot, er hielt es schon lange, da er keine Zeit fand, es aufzuessen.

»Jeder Jude ist ein wenig Prophet, weil er ein Gegner des Blutvergießens ist, aber die Unvermeidlichkeit von Kampf und Blut einsieht, jawohl!«

Samgin merkte, daß der Jude väterlich freundlich, schon ohne Ironie sprechen wollte – das war an dem weichen, schwarzen Glanz seiner traurigen Augen zu erkennen –, aber die dünne Stimme gehorchte nicht dem Gefühl und verletzte das Ohr.

»Und es ist sehr einfach, in Ihrem doppelköpfigen Staat Prophet zu sein. Merken Sie denn nicht, daß bei Ihrem Adler der riesengroße Bauernkopf nach rechts schaut, während nach links nur der kleine Kopf der Revolutionäre blickt? Nun, wenn Sie den Kopf des Bauern nach links drehen werden, so werden Sie sehen, zu was für einem Zaren über Sie er sich machen wird!«

Allerweltsschlauköpfe, dachte Samgin, als er den Reden zuhörte, die ärgerlich mit einigen seiner Gedanken übereinstimmten. Sie kritisieren, lehren, kraft des Rechtes von Fremden . . . diese Heine, Marx . . .

Als Samgin auf die Worte »Recht von Fremden« stieß, hörte er nicht weiter zu.

»Wenn die Gesellschaft die Persönlichkeit nicht schätzt, verleiht sie ihr das Recht auf ein feindliches Verhalten zur Gesellschaft . . .«

Zu vielen Worten entfaltet, offenbarten die drei Worte den in ihnen verborgenen Anarchismus. Das war unangenehm. Depsames sagte, mit der Hand, in der er das Brotstück hielt, fuchtelnd, zu Warwara: »Die Juden sind Menschen, die für alle arbeiten. Rothschild wie auch Marx arbeiten für alle – nicht wahr? Aber fegt denn Rothschild nicht wie ein Hausknecht das Geld von der Straße auf einen Haufen zusammen, damit es nicht in die Augen staubt? Und Sie meinen, wenn es keinen Rothschild gäbe, so gäbe es trotzdem einen Marx, meinen Sie das?«

Warwara fand das sehr geistreich und lachte, während Bragin mit verlegenem Lächeln Samgin ansah und seinen langen Körper unruhig auf dem Stuhl hin und her wiegte; er schien sogar zu zwinkern und fragte schließlich: »Dürfte ich Sie mal kurz sprechen?«

Sie gingen ins Arbeitszimmer hinüber, und dort begann Bragin hastig mit gedämpfter Stimme: »Verzeihen Sie, daß ich ihn mitgebracht habe, ich mußte Sie sehen, und er fürchtete sich, allein herumzugehen. Im Grunde ist er ein recht interessanter und lieber Mensch, aber – Sie sehen ja – er redet gern! Über alle Dinge und soviel er will ...«

Samgin hatte Bragin schon lange nicht mehr so selbstzufrieden, geschniegelt und gestriegelt gesehen.

»Ich bin gekommen, um Sie zu warnen, Sie sollten Moskau verlassen. Das bleibt unter uns, denn ich möchte Warwara Kirillowna nicht beunruhigen, aber – in gewissen Kreisen stehen Sie in dem Ruf ...«

Er verstummte, als ob er erwartete, daß Samgin ihn nach etwas fragen würde; aber Samgin zündete sich eine Zigarette an und fragte nicht. Darauf fuhr Bragin noch leiser fort: »Depsames täuscht sich nicht: Die Sozialisten spielten den Rechtsradikalen in die Hand – das ist Tatsache!«

Depsames rief im Speisezimmer: »Na, das wäre soviel wie an dem einen Fuß ein neuer Stiefel, am anderen ein alter Bastschuh ...«

»Sie können sich nicht vorstellen, was für eine Stimmung in Moskau entstanden ist«, flüsterte Bragin. »Barrikaden in Moskau ... wer wäre darüber nicht empört! Sogar das einfache Volk – zum Beispiel die Droschkenkutscher ...«

»Ich verstehe«, sagte Samgin lächelnd. »Die Barrikaden müssen besonders die Droschkenkutscher empören ...«

»Nein, nehmen Sie das ernst«, bat Bragin, sich auf den Beinen wiegend. »Leute, die Sie kennen, zum Beispiel Rjachin, Tagilskij, Preiß, insbesondere Stratonow, eine sehr starke Persönlichkeit und – glauben Sie mir – mit großer Zukunft, ein Politiker ...«

»Vor denen muß ich mich verstecken?« fragte Klim und sah in das dumme und plötzlich errötete Gesicht Bragins. Dieser zog die Schultern hoch und sagte gekränkt und etwas lauter: »Ich hielt es für meine Pflicht, aus Sympathie, aus Achtung . . .«

»Aufrichtigen Dank«, sagte Samgin hastig und drückte ihm die Hand, während Bragin, der seine Rechte mit beiden Händen ergriffen hatte und heftig schüttelte, erregt flüsterte: »Sie können sich nicht vorstellen, wie schwer es heute ein Mensch hat, der für alle nur Gutes will . . . Glauben Sie mir«, fügte er noch leiser hinzu, »sie ahnen Ihre Bedeutung . . .«

Mit seinem kleinen Natternkopf nickend, schlüpfte er hinaus ins Speisezimmer, während Samgin seinen langen, geschmeidigen Rükken ansah und dachte: Er weiß nicht, mit wem er gehen, wem er dienen soll.

Das erinnerte ihn an Makarow und an das unangenehme Gespräch mit ihm. Im Speisezimmer lachte weich Depsames, und Warwara wiederholte begeistert: »Erstaunlich richtig, vollkommen richtig!«

Samgin blickte zum Fenster hinaus, am Himmel, der von Kirchtürmen unterbrochen wurde, loderte das Abendrot und jagten ungestüm Vögel umher, ein verworrenes Muster schwarz auf das Rot stickend. Samgin betrachtete die Vögel und suchte aus ihrer Unrast Worte unbestreitbarer Sätze zu bilden. Über die Straße ging Warwara Arm in Arm mit Bragin, hinter ihnen her schritt der sonderbare Jude.

Nach Einbruch der Dunkelheit erschien Alexej Gogin im kurzen Schafpelz und in Filzstiefeln; beim Aufknöpfen des Pelzes brummte er: »Was für ein unsympathisches Dienstmädchen Sie haben, sie hat Augen wie ein Spitzel.«

Erkältet hustend, setzte er sich an den Tisch und fragte: »Hätten Sie vielleicht Wodka?«

Als er ein Gläschen getrunken hatte, bestreute er eine Brotscheibe stark mit Salz und schenkte sich nochmals ein.

Wie in einem Wirtshaus, stellte Samgin fest.

Gogin, der noch Brot kaute, begann: »Wir bitten Sie, mein Lieber, nach Rusgorod zu fahren und dort von einer Tante Geld in Empfang zu nehmen – nebenbei gesagt: eine bemerkenswerte Tante! Von seltener Schönheit und auch nicht dumm. Das Geld ist beim Gericht hinterlegt, und es sind einige juristische Laufereien zu erledigen. Könnten Sie das?«

»Und – Näheres?« fragte Samgin; Alexej zuckte ratlos mit den Achseln. »Näheres? Darüber weiß ich nichts. Die Dame heißt Sotowa, hier ist ihre Adresse. Sie scheint eine Verwandte oder Freundin Stepan Kutusows zu sein.«

Eine günstige Gelegenheit, von hier wegzufahren, dachte Samgin. Und mag das der letzte Auftrag sein.

»Ist es wahr, daß Ljubascha, als Sie von Rowdys überfallen wurden, einen von ihnen abgeknallt hat?« fragte Gogin, als Klim ihm gesagt hatte, daß er fahren werde.

Es war unangenehm, sich des Überfalls zu erinnern.

»Ja, sie hat geschossen«, antwortete Samgin trocken.

»Er stand auf und ging. Ich hatte vergessen, den Revolver mitzunehmen.«

Als Samgin das gesagt hatte, erinnerte er sich, daß Jakow seinen Revolver genommen hatte, und ärgerte sich über sich selbst. Warum hatte er das gesagt?

»Na, sehen Sie, das haben Sie büßen müssen«, sagte Gogin gleichmütig. »Ljubascha ist bei uns und gefühlsmäßig vollständig zerrüttet«, fuhr er müde fort. »Sie hat einen Armbruch und ist überhaupt stark mitgenommen. Sie kam nachts zu uns, ganz bedrückt von ihrer Heldentat, und schwatzt bis jetzt dummes Zeug über das Recht zur Tötung bewußt und unbewußt Handelnder. Daraus geht hervor, daß man sie, Ljubascha töten dürfe, denn sie handle bewußt, sie selbst jedoch habe als solche kein Recht, Gesindel zu töten, von dem sie überfallen werde. Sie ist ein guter Kamerad, eine wertvolle Arbeitskraft, kann aber Volkstümlerveranlagung, christliche Gefühle nicht loswerden. Sie führt dort mit meinem Schwesterchen derartige Wortgefechte, daß man davonlaufen könnte! Überhaupt – ein Theater, wie Kutusow sagt.«

Er stand auf, trat vor den Spiegel, streckte die Zunge heraus, sah sie an und murmelte: »Zum Teufel, ich werde krank! Ich habe Fieber, mir brummt der Schädel. Wie, wenn ich plötzlich umfalle?«

Er trat wieder an den Tisch, trank noch ein Gläschen Wodka und begann die Haken des Schafpelzes zu schließen. Klim fragte: »Was wird denn die Partei jetzt tun?«

»Dasselbe natürlich«, sagte Gogin erstaunt. »Das Moskauer Auftreten der Arbeiter hat gezeigt, daß der Kleinbürger sich dem Starken anschließt, wie das auch zu erwarten war. Das Proletariat muß sich zu neuem Aufstand rüsten. Wir müssen uns bewaffnen, die Propaganda unter den Truppen verstärken. Wir brauchen Geld – und – Waffen, Waffen!«

Er begann Kampfhandlungen der Arbeiter in der Provinz, Fälle von Terror, Zusammenstöße mit der Schwarzhundertschaft und Ausbrüche der Agrarbewegung aufzuzählen; er sprach von dem allen, als brächte er es sich selbst in Erinnerung, und klopfte, Punkte setzend, leise mit der Faust auf den Tisch. Samgin wollte fragen, wohin das alles führen werde. Doch fühlte er plötzlich ganz deutlich, daß er gleichgültig fragen würde, nur um die Pflicht eines gesund denkenden Menschen zu erfüllen. Irgendwelche anderen Gründe für diese Frage fand er nicht in sich.

»Der Form nach ist das, wenn Sie wollen, ein wenig Anarchie, im Grunde aber Erziehung von Revolutionären, die ja erforderlich ist. Geld brauchen wir, Geld für Waffen, das ist es«, wiederholte Gogin seufzend und ging, während Samgin, nachdem er ihn begleitet hatte, im Zimmer umherzuschreiten begann, zu den Fenstern hinaussah und sich fragte:

Sollte denn die Gogins oder Kutusows nur die Macht einer eingelernten Theorie bewegen? Nein, ihr Wille wird von etwas beherrscht, das offenkundig ihrer Überzeugung von der Unerschütterlichkeit der Klassenpsyche widerspricht. Die Arbeiter kann man verstehen, die Kutusows sind unverständlich . . .

Die Laterne gegenüber hatte man repariert, sie brannte grell und beleuchtete das ihm bis zum kleinsten Riß am Fassadenputz vertraute Haus.

In solchen Häusern wohnen Millionen Menschen, die bereit sind, sich jeder Macht zu unterwerfen. Darin erschöpft sich ihr ganzer Wert . . .

Einen Tag später geriet er von neuem in einen Bereich ungewöhnlicher Ereignisse. Es begann damit, daß er nachts im Eisenbahnwagen durch einen sehr starken Ruck vom Polstersitz geschleudert wurde, und als er verblüfft aufsprang, schrie ihm jemand heiser ins Gesicht: »Was ist das? Ein Eisenbahnunglück?« und brüllte, nachdem er ihn durch einen Schulterstoß wieder auf den Sitz geworfen hatte: »Streichhölzer . . . zum Teufel! He, Sie, wer ist hier? Streichhölzer!«

Der Wagen bebte, wankte, die Lokomotive zischte, Menschen schrien; Klims im Dunkeln unsichtbarer Nachbar riß den Vorhang vom Fenster und entblößte dadurch ein hellblaues Himmelsviereck mit zwei Sternen darin; Samgin zündete ein Streichholz an und erblickte vor sich einen breiten Rücken, einen fleischigen Hals und einen feisten Nacken; der Besitzer dieser Qualitäten hatte die Stirn an die Scheibe gedrückt und sagte in herausforderndem Ton: »Na, was ist denn? Wir halten vor einem Signalmast. Nun?«

Die Abteiltür öffnete sich, der Schaffner leuchtete mit einer Laterne herein und fragte: »Alles in Ordnung? Keiner verletzt?«

»Ihr Maulaffen«, sagte der Mitreisende, ihm die Laterne aus der Hand reißend, leuchtete Samgin an, sah ihm ein paar Sekunden lang aufmerksam ins Gesicht, dann räusperte er sich laut, spuckte unter das Tischchen und erklärte: »Jetzt wird man nicht mehr einschlafen können!«

Der schwache und unruhige Laternenschein beleuchtete ein dikkes, dunkles Gesicht mit runden Nachtvogelaugen; unter der breiten, wuchtigen Nase spreizte sich ein dichter, grauer Schnurrbart, der gleichmäßig runde Schädel war dicht mit Waschbärpelz bewachsen. Dieser Mann saß, die Hände auf das Polster gestützt, den Rükken an die Wand gelehnt, blickte zur Decke hinauf und prustete rhythmisch durch die Nase. Er trug eine dicke wollene Strickjacke, Pumphosen mit Biesen und an den Füßen gestreifte Socken; in der Abteilecke hingen ein grauer Mantel, ein Rock, ein Portepee, ein Offizierssäbel, ein Revolver und eine strohumflochtene Feldflasche.

»Warum, zum Teufel, halten wir denn?« fragte er, ohne sich zu rühren. »Wir sind am Leben, also müßte man weiterfahren. Würden Sie hingehen und sich erkundigen . . .«

»Sie als Militär könnten das eher«, sagte Samgin.

»Als Militär!« wiederholte der Offizier ungehalten. »Ich müßte erst die Stiefel anziehen, doch mir schmerzt der Fuß. Man muß höflich sein . . .«

Er nahm die Feldflasche herunter, schraubte den Verschluß ab und tat einen Schluck, wonach er schwer seufzte. Da Samgin fürchtete, der Offizier könnte grob werden, zog er sich rasch an und ging aus dem Wagen in die blaue Kälte hinaus. Es war eine klare und helle Nacht – sehr hoch oben, fast im Zenit des an Sternen armen Himmels, glänzte kalt und hell der ungewöhnlich kleine Mond, und alles ringsum war ohnegleichen: eine dichte Wand aus Schnee modellierter Bäume, eine Menge kleiner schwarzer Menschen bei der Lokomotive, etwas größere Gestalten sprangen schwerfällig aus einem Wagen in den Schnee und in der Ferne flauschige Lichter einer Station, die wie goldene Spinnen aussahen.

Samgin begab sich zur Lokomotive, Reisende überholten ihn, etwa fünf lustige Soldaten liefen vorüber; im Mittelpunkt der Menschenmenge bei der Lokomotive standen ein hochgewachsener bebrillter Gendarm und zwei Soldaten mit Gewehren, vom Tender beugte sich, eine kaukasische Pelzmütze auf dem Kopf, der Lokomotivführer zu ihnen herab. Sie sprachen leise, und obwohl die Worte deutlich klangen, fühlte Samgin, daß alle irgend etwas befürchteten.

»Könntest du noch bis zur Station kommen?« fragte der Gendarm.

»Unmöglich«, sagte der Lokomotivführer.

Jemand seufzte.

»Diese Teufel! Sie werden uns umbringen, bevor wir noch einen Laut von uns geben.«

Samgin fragte leise den einen Soldaten: »Was ist passiert?«

»Irgendwas an der Lokomotive«, antwortete widerstrebend der Soldat, aber ein anderer widersprach ihm: »Ach wo! An der Weiche ist eine Schiene geborsten.«

Hinter Samgin drängte sich ein stämmiger Soldat vor, warf einen Blick auf sein Gesicht und sagte ziemlich laut: »Gewisse Bösewichte wollten uns, die sie bezähmen sollen, zum Entgleisen bringen!«

Nach einer Pause setzte er hinzu: »Sie trugen Brillen.«

Der erste Soldat mischte sich friedliebend ein: »Man weiß nichts Bestimmtes.«

Aber der Stämmige gab nicht nach. »Der Gendarm hat gesagt: ›Ein Attentat . . .‹«

Der stämmige Soldat sprach immer lauter, seine Stimme näselte ein wenig und klang bissig.

Solche Stimmen wiegeln zu Radauszenen auf, entschied Samgin und entfernte sich in Richtung der Station, auf einem Pfad neben den Schienen, unter dem Schutzdach schwer mit Schnee beladener Fichten.

Vor ihm schritt schwerfällig ein Mann, der einen Pelzmantel mit Fuchskragen anhatte und eine Mütze mit Ohrenklappen trug – auf den Schwellen gingen auch Reisende; der Mann mit der Mütze sagte zurückhaltend: »Bei uns gibt es nur noch wenig Ordnung.«

»Verstandesverwirrung«, unterstützte ihn eine Stimme hinter Samgin.

»Niemand fürchtet jemanden«, sagte der Mann im Pelzmantel, wandte sich um und blickte Klim ins Gesicht, dann trat er ihm aus dem Weg und ging auf die Schwellen hinüber.

Bei der Lokomotive schrie jemand zornig: »Wo ist euer Kommandeur?«

»Das geht dich nichts an. Du bist für uns kein Vorgesetzter.«

»Nimm dich in acht.«

Eine näselnde Stimme kreischte: »Wozu sollte ich dich beachten, bist du denn ein Mädel? Ich pfeife auf deine Brille!«

Das sagt er zu dem Gendarmen, dachte sich Samgin, nahm die Brille ab und steckte sie in die Manteltasche.

»Nicht genügend Ordnung«, sagte der Mann im Fuchspelz und gähnte ausgiebig.

Samgin, der sich wie ein Träumender vorkam, schaute in die Ferne, wo inmitten bläulicher Schneeballen schwarze Hügelchen von Bauernhütten zu sehen waren und wo ein Lagerfeuer brannte, das eine weiße Kirchenwand und rote Fensterflecken beleuchtete und die goldene Kuppel eines Kirchturms tanzen ließ. Auf dem Bahnsteig der Station drängten sich etwa zwanzig Reisende, sie hatten sich um drei Soldaten mit Gewehren zusammengeschart und fragten leise: »Na, und habt ihr sie geprügelt?«

»Was denn sonst?«

»Wenn es befohlen wird, werden wir euch auch durchprügeln ...«

»Habt ihr auch Weiber prügeln müssen?« fragte der Mann mit der Ohrenklappenmütze und sagte, ohne eine Antwort abzuwarten, belehrend und überzeugt: »Die Weiber muß man besonders einschüchtern, das Weib ist gieriger auf Fremdes als der Mann ...«

Dem Bahnsteig näherte sich noch eine Gruppe von Reisenden; an der Spitze schritt hinkend der Offizier, in feldmarschmäßiger Uniform war er noch dicker und runder.

»Na, was gibt's?« rief er schroff; der Mann mit der Mütze schloß seinen Pelzmantel, nahm Haltung an und sagte liebedienerisch: »Es besteht der Verdacht, daß man ein Unglück organisieren wollte ...«

»Ich frage nicht Sie«, raunzte wütend der Offizier. »Wo ist der Stationsvorsteher?«

Der Gendarm mit der Brille kam herbeigelaufen, stieß die Leute auseinander und meldete ganz außer Atem, der Vorstand der Ausweichstation telegrafiere gerade, daß die Strecke beschädigt sei, er fordere Arbeiter an.

»Ich vermute böswillige Absicht, Euer Wohlgeboren, die Weichenschienen ...«

»Und wo hast du deine Augen gehabt, Maulaffe?« fragte der Offizier, strich sich mit der einen Hand über den Schnurrbart und streifte mit der anderen den Revolver an seiner Hüfte, die Leute wichen vor ihm zurück, einige gingen rasch wieder zum Zug; der Gendarm sagte gekränkt: »Euer Wohlgeboren, ich bin gestern hierher abkommandiert ...«

»Wenn du abkommandiert bist, mußt du nicht schlafen!«

Der Offizier kehrte ihm den Rücken. »Was für Soldaten sind das?«

»Vom Busuluker Reservebataillon, aus der Abteilung, die in dem rebellierenden Dorf einquartiert ist«, meldete flott ein baumlanger Soldat mit weichem Weibergesicht.

»In dem rebellierenden, du Esel! Hau ab ...«

Der Offizier nahm eine Zigarettenschachtel aus der Tasche, sah hinter dem Soldaten her und rief: »Ihr lauft wie Truthähne ...« Er schloß mit einem unflätigen Fluch, blickte sich dann um und ging auf Samgin zu und sagte: »Sie gestatten . . .«

Als er sich an Klims Zigarette Feuer geholt hatte, stellte er sich vor: »Oberleutnant Trifonow.«

»Samgin.«

»Lehrer?«

»Jurist.«

»Advokat«, sagte der Oberleutnant nach kurzem Nachdenken und nickte. »Einer von den kleineren«, fuhr er lächelnd fort. »Die großen sind dick, während Sie einer von denen sind, die Revolutionen und Konstitutionen schüren, stimmt's?«

Samgin versuchte sich zu entfernen, aber der Oberleutnant hakte sich bei ihm ein und zog ihn mit, wobei er unbequem weite Schritte machte, auf dem linken Bein hinkte und damit ausholte. Er sprach etwas heiser, atmete häufig und schwer und hauchte lange Dampfschwaden aus, die mit dem Geruch von Wein und Tabak durchsetzt waren.

»Einer von den Pechvögeln«, sagte er, Samgin stoßend. »Nicht das geringste werdet ihr erreichen, mein Lieber, abknallen werden wir euch alle, zerscheppern wie Eier . . .«

Du Vieh, beschimpfte ihn Samgin innerlich und fragte zornig: »Weshalb denken Sie, daß ich . . .«

»Ich denke nicht, sondern mache Spaß«, sagte der Oberleutnant und spuckte aus. Er wurde vom Vorsteher der Ausweichstation eingeholt. »Sie ließen mich rufen?«

Der Oberleutnant blieb stehen, blickte ihn an, schwieg eine Weile und winkte dann ab.

»Ich brauche Sie nicht.«

Samgins Arm fest mit dem Ellenbogen an sich pressend, fuhr er griesgrämig, mit undeutlichen Worten, die er nicht voll aussprach, fort: »Ich bin selbst ein Pechvogel. Bin dreimal verwundet, habe einen Orden, aber nichts zu leben. Ich wohne bei dem schlafmützigen Götzen . . . dem mit dem Fuchspelz. Er hat mich auf Zahlung von hundertfünfzig Rubel verklagt. Auf dem Bahnhof hat man mir das goldene Zigarettenetui gestohlen, ein Geschenk meiner Kameraden . . .«

Sie hatten sich dem Zug genähert, der Offizier blieb vor dem Trittbrett des Wagens stehen, musterte aufmerksam Samgins Gesicht und murmelte: »Nebenbei bemerkt, ich habe es im Pfandhaus versetzt, das Zigarettenetui. Meiner Schwester werde ich sagen, man habe es mir gestohlen!«

Die vorquellenden Krebsaugen verliehen seinem straff gedunsenen Gesicht ein groteskes Aussehen. Er ergriff mit der behandschuhten Rechten die Messingklinke und fragte: »Möchten Sie Kognak? Es ist französischer ...«

Samgin lehnte ab. Oberleutnant Trifonow erstarrte, den einen Fuß auf dem Trittbrett. Es war sehr still, nur der Schnee knirschte unter den Füßen der Menschen, die Telegrafenleitungen surrten, und der Oberleutnant keuchte. Plötzlich wurde die Stille von einer hohen, kräftigen Stimme aufgewühlt und durchschnitten, die ihr deutlich die verzweifelten Worte aufprägte:

»Den letzten Tag, ihr Freunde ...
Ich mit euch bummle heute.«

»Das ist der Hundsfott Denissow«, sagte der Oberleutnant und schloß die Augen. »Ein Chorist von der Operette. Als Soldat taugt er gar nichts! Ein Lotterbube, Säufer. Doch wie er singt, hören Sie?«

Es sangen zwei Stimmen, die zweite klang baßähnlich und düster, aber die erste schwang sich immer höher empor.

»O nein! Der ist nicht zu übertreffen«, murmelte der Oberleutnant und verschwand.

Am Himmel, nicht weit vom Mond entfernt, funkelte ein großer Stern, als fiele er auf die Erde herab. Samgin, der langsam zum Zugende ging, empfand erstmals so scharf die quälende Schwermut des einfachen russischen Liedes. Es wurde von ihm als etwas ganz Natürliches in der bläulichen, kalten Stille aufgenommen, die so tief war, wie sie nur in Träumen zu sein pflegt. Ihn holte der Gendarm ein, aber sowohl er als auch sein schwarzer Schatten - alles war märchenhaft, so wie die Bäume, die wie aus Schnee modelliert waren, der Mond vom Ausmaß eines Teeschälchens, der große Stern neben ihm und der Himmel, bläulich wie Eis, hoch über den weißen Hügeln und über dem roten Fleck des Lagerfeuers im Dorf bei der Kirche; es war nicht zu glauben, daß dort Rebellen wohnten.

Aber das Lied brach plötzlich ab, und sogleich begannen ein paar Stimmen laut zu streiten, scharf ertönte der Anschnauzer eines Vorgesetzten: »Und du – wer bist du?«

Es erklang lautes, einmütiges Gelächter und mitten heraus der zornige Ausruf: »Ach so–o?«

Irgend jemand pfiff laut, aus der Ferne antwortete das dumpfe Pfeifen einer Lokomotive. Samgin blieb stehen, lauschte, aber dort, vorn, wurde immer lauter gelacht und gepfiffen, und irgendwer rief: »Los, hol ihn, hol sie alle her ...«

Der Gendarm sonderte sich von den anderen ab und kam auf Samgin zu, seine Brille blinkte; in der einen Hand hielt er irgendwelche Papiere, die Finger der anderen zupften an der Revolverschnur auf seiner Brust, aber neben dem Gendarmen und einen Schritt vor ihm, näher an dem Wagen, ging Sudakow, der sich mit beiden Händen die Mütze über den zottigen Kopf zog; der Mond beleuchtete hell sein hageres, keckes Gesicht und die Messingschnalle seines Leibriemens; Samgin hörte ihn mürrisch sagen: »Du solltest keine Dummheiten machen, Alter!«

»Geh nur, geh!« rief der Gendarm streng.

Samgin, der nicht wollte, daß Sudakow ihn erkenne, sprang auf das Trittbrett des Wagens und warf über die Schulter einen Seitenblick auf den sich nähernden Sudakow, während dieser schnell mit beiden Händen die Schulter und Hüfte des Gendarmen berührte und ihm einen Stroß gab; der Gendarm sprang zur Seite, schrie laut auf, aber sein Schrei wurde vom Zischen und Pfeifen einer Lokomotive übertönt, sie rollte wuchtig aufs Nachbargleis und schnitt mit zwei rötlichen Strahlenbüscheln den Gendarmen von Sudakow ab, der aufs Trittbrett sprang und Samgin mit etwas Hartem in die Seite stieß.

Samgin verlor das Gleichgewicht, sprang in den schmalen Durchgang zwischen den Wagen und der Lokomotive hinunter und geriet in eine Menge von Arbeitern, auch sie, die von der Lokomotive und vom Tender herabsprangen, stießen Samgin, während auf der anderen Seite der Lokomotive der Gendarm schrie und junge Stimmen riefen: »Stör nicht, Onkel!«

»Rebelliere nicht, Alter, das ist untersagt!«

»Wer ist davongelaufen?«

Die Lokomotive, die rückwärts fuhr, zischte und streute brennende Kohlen auf das Gleis, ein Hammer schlug klingend gegen die Radreifen, das Eisen der Kupplungen klirrte; Samgin rieb sich die Hüfte und ging langsam zu seinem Wagen, wobei er sich Sudakow in Erinnerung rief, wie er ihn in Moskau auf dem Bahnhof gesehen hatte: Dort hatte er gestanden, an die Wand gelehnt, den Kopf vorgeneigt, und er hatte Silbermünzen auf der Hand gezählt; er hatte einen schwarzen Mantel angehabt, umgürtet von einem Riemen mit Messingschnalle, unter dem Arm hielt er ein kleines Bündel, die Mütze auf seinem Kopf vermochte sein Haar nicht zu verdecken, es stand nach allen Seiten ab und hing ihm wie Holzwolle über die Wangen.

Ein ungehobelter Kerl, hatte Samgin damals gedacht, und jetzt dachte er an die tierische Geschicklichkeit dieses Burschen: Hätte er den Gendarmen ein paar Sekunden später gestoßen, so wäre der Gendarm unter die Räder der Lokomotive geraten ...

»He, Herr, lauf muntrer!« rief jemand hinter ihm. Samgin setzte sich, ohne sich umzusehen, in Trab. Auf der Ausweichstelle ging es sehr laut zu, es schien jedoch, als habe der eiserne Lärm Eile, sich in der kalten, überwältigenden Stille zu verlieren. Im Gang des Wagens standen der Zugführer und der Gendarm, die Abteiltür hatte der Oberleutnant Trifonow mit seinem Körper versperrt.

»Ein Zivilist?« fragte er halblaut, verblüfft und heiser. »Den Revolver abgeschnitten?«

»Jawohl«, antwortete der Gendarm leise; er stand nicht so, wie man vor einem Offizier hätte stehen müssen, sondern mit hängenden Schultern und geneigtem Kopf, aber die Hände waren an der Hosennaht.

»Er hat dich entwaffnet? Und ist durchgebrannt?«

»Jawohl. Er muß in dem Zug sein.«

»Die Soldaten suchen ihn«, fügte der Zugführer ein.

Der Oberleutnant lachte dreimal gedämpft und abgehackt auf: »Hohoho! Ein toller Streich!« sagte er blinzelnd und schmatzte mit den Lippen. »Ach, du Maulaffe! Nun wirst du einen tüchtigen Rüffel bekommen! Hast ihn auch verdient! Na, was willst du denn, wie?«

»Euer Wohlgeboren ...«

»Daß ich meine Leute herumjage? Das täte dir so passen! Sei froh, daß man dir nicht eine Kugel in die Schnauze gepfeffert hat ... Hohoho! Hau ab! Marsch!«

Der Gendarm hob schwerfällig die Hand zur Ehrenbezeigung und entfernte sich wankend, der Zugführer folgte ihm auch, während der Oberleutnant Samgin am Arm ergriff, ihn ins Abteil zerrte, auf den Polstersitz stieß und, nachdem er die Tür geschlossen, lachend Knie an Knie Klim gegenüber Platz nahm.

»Verstehen Sie, ein Gauner hat dem Gendarmen den Revolver abgeschnitten und ist durchgebrannt, wie? Nein, stellen Sie sich das vor: die privilegierte Truppe, zum Schutze der Ordnung ...« Er stieß einen unflätigen Fluch aus. »Mäuse können sie fangen, aber keine Revolutionäre! Das ist doch eine Komödie! Oh ...«

Er erstickte schier vor Lachen, keuchte, seine runden Augen quollen noch mehr vor, sein Gesicht wurde knallrot und blähte sich auf, er schlug sich mit der einen Faust aufs Knie und griff mit der anderen Hand nach der Feldflasche, nahm einen Schluck aus ihr und drückte sie Samgin in die Hand. Klim, der am ganzen Leibe fror, trank auch mit Genuß.

»Ein famoser Witz! Die R–revolution, wissen Sie. Der Spitzbube wird den Revolver verkaufen oder wird jemanden abknallen ... aus

Neugier könnte er es tun. Bei Gott! Es ist doch interessant, auf einen Menschen zu feuern ...«

Er ist bestrunken, stellte Samgin fest und musterte den Oberleutnant durch die Brille, während dieser leise, fast im Flüsterton und sehr schnell zu sprechen begann: »Ich bin unterwegs, um das Gut und die Fabrik eines Senators oder Administrators, kurzum einer einflußreichen Persönlichkeit, zu bewachen. Zum viertenmal in diesem Jahr. Ich bin ein kleiner Mann, na und so schubst man mich dorthin, wohin man einen anderen nicht schubsen würde. Die vom Semjonow-Regiment – Min, Riemann und überhaupt die Deutschen – werden für die Zähmung Rußlands ein Trinkgeldchen bekommen ... ein hübsches werden sie bekommen! Ich aber bekomme wahrscheinlich eins mit dem Knüppel auf den Kopf. Oder – mit einem Ziegel ... Trinken Sie, es ist französischer ...«

Er senkte mit lautem Seufzer die schweren, bläulichen Lider über die Augen und schüttelte den Kopf.

»Schlaflosigkeit! Anderthalb Monate. Mein Kopf ist mit Schrot gefüllt, wissen Sie – ich sehe es fast, wie die Kügelchen darin herumrollen, bei Gott! Warum schweigen Sie? Sie brauchen keine Angst zu haben, ich bin ein sanfter Mensch! Es ist doch ganz klar! Sie wiegeln auf, ich bezähme. ›Wir leben, um zu leben‹, wie ein gewisser Makarij, ein Dichter, gesagt hat. Ich mag die Dichter, die Schriftsteller und alle Leute Ihresgleichen nicht – ich mag sie nicht!«

Er nahm wieder einen Schluck aus der Flasche, hielt sich die Ohren zu und schob den Kognak lange im Munde umher. Dann legte er die Hände in den Nacken, riß die Augen auf und begann lauter zu sprechen: »Ich bezähme, und mich bezähmt man auch. Da steht vor mir so ein prächtiger Alter, eine kluge, ehrliche Schnauze – ein Aar! Ich habe ihn am Bart gepackt und halte ihm den Naganrevolver vor die Nase. Verstehst du? sage ich. Jawohl, Euer Wohlgeboren, ich verstehe, sagt er, bin selber im Türkenkrieg Soldat gewesen, habe ein Ordenskreuz und Medaillen, bin zum Bezähmen ausgezogen, habe Bauern geprügelt, erschießen Sie mich, ich verdiene es! Nur, sagt er, wird das nichts nützen, Euer Wohlgeboren, die Bauern können so nicht leben, sie werden immer wieder rebellieren, man kann sie nicht alle erschießen. Tja ... So eine Schnauze, wie?«

Während er erzählte, schüttelte er immerfort den Kopf, als kröche eine Fliege auf seinem Waschbärhaar umher. Als er verstummt war, sah er Samgin aufmerksam ins Gesicht, suchte mit der einen Hand auf dem Polstersitz nach der Flasche, strich sich mit der anderen über den Hals und warf die Flasche, als er sie gefunden hatte, Samgin auf den Schoß.

»Trinken Sie doch, zum Teufel noch mal!«

Möglicherweise ist er nicht normal, überlegte Samgin, als er einen Schluck Kognak trank, und schielte, nachdem er die Flasche neben sich gelegt, nach dem Revolver in der Diwanecke.

»Ein vortrefflicher Alter! Dorfschulze. Ein Grenadier. Der Teufel hatte mich geritten, in seiner Hütte einen Krug Milch zu trinken, na – begreiflich: es war heiß, ich war müde! Der Unteroffizier, dieser Hundsfott, erzählte dem Adjutanten irgendwas; der Adjutant hieß Vogel, Regimentskommandeur war Baron Zille, sehen Sie, hier hab ich ihn sitzen, diesen Krug!«

Oberleutnant Trifonow patschte sich mit der Hand an den Hals. Der Wagen machte einen Ruck, der Oberleutnant wankte und rief: »So ein Gesindel! Kommen Sie – trinken wir! Warum schweigen Sie denn?«

»Ich denke über Ihr Drama nach«, sagte Samgin.

»Drama«, wiederholte der Oberleutnant, der die Flasche am Riemen pendeln ließ. »Das ist kein Drama, sondern Dienst! Ich vertrage kein Theater. Zirkus ist eine andere Sache, dort handelt es sich um Geschicklichkeit, um Kraft. Sie denken wohl, ich begreife nicht, was ein Revolutionär ist?« fragte er unerwartet, sich mit der Faust aufs Knie schlagend, und sein Gesicht wurde geradezu blau vor Anstrengung. »Schert euch alle zum Teufel, ich habe euch lange genug gedient, das heißt Revolutionär, verstehen Sie? Ein Streiken-der ...«

»Natürlich«, sagte Samgin friedfertig, aber das beruhigte den Oberleutnant nicht; er umklammerte mit den Fingern Klims Knie und flüsterte heiser: »Sie als Zivilist denken, das sei einfach: Man verprügelt ... siebzehn oder neun Personen oder vier – einerlei – und dann ist Schluß, man legt sich schlafen und schläft bis zur nächsten Abkommandierung, nicht wahr? Nein, entschuldigen Sie, das ist nicht so einfach. Man muß vorher etwas trinken und hinterher trinken! Und zwar lange und viel! Für Min, Riemann und Rennenkampf ist es einfach, sie sind – wie sagt man doch? – Prätorianer, sie stehen im Dienste Neros, wir von der Infanterie dagegen ... Hauptmann Tatarnikow – haben Sie gelesen? – hat die Bauern erschossen, hat Meldung erstattet und sich auf der Stelle eine Kugel in den Kopf gejagt. Das nennt man Skandal! Man fragte sich: Soll man ihn mit oder ohne Musik zu Grabe tragen? Dabei hat er im Japanischen Krieg ein Bataillon befehligt und zwei Georgskreuze erhalten, war ein kluger Kopf, ein fideles Haus, spielte göttlich Billard ...«

Der Wagen machte wieder einen Ruck, der Oberleutnant kippte schwerfällig nach der Seite und fragte: »Fahren wir?«

Als der Zug am Stationsgebäude vorbeikam, blickte er zum Fenster hinaus und sagte mit sichtlichem Vergnügen: »Da steht er, der Gendarm, dieser Maulaffe! Man wird ihm die Hölle heiß machen wegen des Revolvers.«

Jetzt, im eisernen Lärm des Zuges, klang seine heisere Stimme noch leiser, waren seine Worte nicht mehr zu verstehen. Er zündete sich eine Zigarette an, legte sich auf den Rücken, sein runder Bauch wabbelte, und die Worte schienen darin zu bullern: »Die Infanterie . . . ist Schwerarbeiterkraft, sie wird Ihnen einmal so-o-olch ein Spanien zeigen, so-o-olch ein Prronunzia-mento . . .«

Samgin hörte nicht mehr zu, denn er fand, der Oberleutnant werde nicht mehr sagen, als er schon gesagt hatte.

Eine Stütze der Autokratie, dachte er schläfrig und beobachtete, wie die Kerzenflamme sich in des Oberleutnants rechtem Auge spiegelte und ihm Ähnlichkeit mit einem Käferflügel verlieh.

Sicher ist er nicht der einzige dieser Art. Und er wird natürlich prügeln, erschießen. Ebenso erfüllen die meisten Menschen ihre Pflichten, ohne an deren Sinn zu glauben.

Das war ein sehr unangenehmer Gedanke. Samgin wickelte sich in die Reisedecke und überließ seinen Körper der beruhigenden Trägheit der Stöße und Schwankungen. Ihn weckte der Schaffner, der die Tür geöffnet hatte. »Rusgorod.«

Der Oberleutnant war nicht mehr im Abteil, an ihn erinnerte der Kognakgeruch, die verbogene Messingstange und der Vorhang unter dem Tischchen.

Zum Fenster blickte die silberne Sonne herein, der Himmel war ebenso eisig blau wie in der Nacht, und alles ringsum war ebenso beruhigend traurig wie gestern, nur heller in den Farben. Auf einem fernen Hügel, der üppig in Silberbrokat gehüllt war, rauchten rosa die Schornsteine von Häusern, über den Schnee auf den Dächern krochen Rauchschatten, am Himmel blinkten die Kreuze und Kuppeln von Kirchen, auf dem weißen Feld bewegte sich ein Schlittenzug, die dunklen, kleinen Pferde nickten mit den Köpfen, dicke Bauern gingen in Schafpelzen, alles war klein wie Spielzeug und angenehm für die Augen.

Ein munteres, rotbraunes Pferdchen brachte Samgin rasch und leicht vom Bahnhof in die Stadt; die Menschen auf den Straßen, auch dick und stumm, gingen in eiliger, winterlicher Gangart aufeinander zu; die Häuser, niedergedrückt von Daunendecken aus Schnee und durch Zäune verbunden, waren dauerhaft zusammengefroren und standen fest da; auf rosa Plakaten an den Zäunen stachen die schwarzen Worte ins Auge: »Verstand bringt Leiden« – weiße Plakate ebenfalls mit schwarzen Worten kündigten das zweite Konzert von Jewdokija Streschnewa an.

Dieser Name sagte Samgin nichts, doch als er durch den Korridor des Gasthofs schritt, ging die Tür eines Zimmers weit auf, und eine kleine Frau in glockenförmigem Pelzmantel und einem Pelzmützchen schrie freudig, aber gedämpft auf: »Ach Gottchen! Sie? Hier?«

Samgin trat einen Schritt zurück und erblickte das spitze Fuchsschnäuzchen Dunjaschas, ihre unsteten, untermalten Augen und den Glanz der kleinen Zähne; sie stand vor ihm mit hängenden Armen, die sie so hielt, als wollte sie sie hochwerfen und ihn umarmen. Samgin beeilte sich, ihr die Hand zu küssen, sie gab ihm einen Schmatz auf die Stirn und stammelte komisch: »L-lieb . . .«

Dann sagte sie hastig, freudig: »Es ist also wahr, wenn man Vögel im Traum sieht, bedeutet das eine unerwartete Begegnung! Ich komme bald wieder . . .«

Samgin war sehr geschmeichelt, daß er von Dunjascha wie ein Geliebter begrüßt worden war, den sie schon lange und sehnsüchtig erwartet hatte. Eine Stunde später saßen sie vor dem Samowar, und sie sagte hastig, während sie Tee einschenkte: »Warum ich Streschnewa heiße? Das ist mein Mädchenname, mein Vater heißt Pawel Streschnew, er ist Theatertischler. Von meinem trauten Gemahl habe ich mich getrennt. Das ist kein Mensch, sondern so etwas wie ein Glaubenslehrer, und kein Advokat, sondern ein Arzt, er redet immerfort von Gesundheit, sogar nachts – von Gesundheit, das ist langweilig! Ich kann sehr gut von meiner Kehle leben . . .«

Samgin betrachtete sie mit Vergnügen und Verlangen, wobei er so gutmütig lächelte, wie er nur konnte. Sie war in einem aschgrauen Samtkleid, rundlich, mollig. Ihr glattfrisiertes, rotblondes Haar glänzte wie rötliches Dukatengold; die frostgeröteten Wangen, die kleinen, rosigen Ohren, die untermalten, leuchtenden Augen und die gewandten, leichten Bewegungen – das alles machte sie zu einem neckischen Mädchen, das sich selbst sehr gefällt und sich über die Begegnung mit einem Mann aufrichtig freut.

»Weißt du, Klimtschik, ich habe Erfolg! Erfolg über Erfolg!« wiederholte sie verwundert und anscheinend sogar beängstigt. »Und das alles dank Alina, Gott gebe ihr Glück, sie bringt mich auf die Beine! Sie und Ljutow haben mich vieles gelehrt. ›Na‹, sagt sie, ›genug, Dunka, fahr in die Provinz gute Kritiken holen.‹ Sie selbst ist nicht talentiert, versteht aber alles, alles bis ins letzte Tüttelchen, wie man sich anzuziehen und auszuziehen hat. Sie hat viel für Talent übrig, auch mit Ljutow lebt sie wegen seiner Talentiertheit.«

In dem sauberen Gasthofzimmer war es warm, gemütlich, der Samowar summte wohlwollend, der leckere Duft des Tees und Dunjaschas Parfüm kitzelten angenehm die Nase. Dunjascha knabberte, während sie sprach, Biskuits und trank Portwein aus einem schweren, grünen Glas.

»Ich habe hier eine Bekannte, eine Geschäftsfrau, sie hat mir auch sehr geholfen; das ist eine Schönheit, Klim, noch schöner als Alina! In sie ist die ganze Stadt verliebt.«

Sie hob die Arme, ballte die kleinen Fäuste und schüttelte sie über ihrem goldenen Kopf. »Ach, wenn ich doch schön wäre! Dann würde ich mich satt spielen . . .«

Sie sprang auf Klims Schoß, umhalste ihn und fragte: »Wir bleiben eine Zeitlang zusammen hier, ja?«

»Selbstverständlich«, sagte Samgin großmütig.

An der Tür wurde geklopft.

»Wahrscheinlich jemand von der Zeitung«, flüsterte Dunjascha ärgerlich, und als sie die Tür ein wenig geöffnet hatte, fragte sie ungehalten: »Wer? Ach – ich komme . . .«

Sie warf Klim ein Kußhändchen zu und verschwand, er aber stand auf, steckte die Hände in die Taschen und machte einen Gang durchs Zimmer, dann betrachtete er sich im Spiegel, zündete sich eine Zigarette an und lächelte bei dem Gedanken, wie leicht diese Frau ihm geholfen hatte, den gräßlichen Offizier zu vergessen. An den Oberleutnant Trifonow erinnerte die Bronzegestalt Alexanders II. – sie erhob sich vor dem Fenster, in der Mitte eines kleinen Platzes, Mütze, Schnurrbart und Schultern des Zaren waren mit Schnee überpudert, von links schien die Sonne auf ihn, und sein vereistes, vorgewölbtes Auge glänzte unangenehm. Das Denkmal war umgeben von Kanonen, die, wie Prellpfosten in die Erde gerammt, durch Ketten verbunden waren, und von gleichförmig beschnittenen kleinen Bäumen, die wie Sträuße weißer Blumen aussahen.

»Na, Großväterchen?« fragte Samgin halblaut, zuckte zusammen, erstaunt über diese ihm fremde Extravaganz, und sah das tote Auge des Zaren nicht weiter an.

Die Nerven . . .

Im Korridor wurde es laut, die Tür ging auf, und mit Dunjascha trat eine große schwarzgekleidete Frau ins Zimmer, blieb im Gegenlicht der Sonne stehen und sagte mit tiefer und klangvoller Stimme zu Dunjascha: »Er erkennt mich nicht.«

Aber Klim hatte sie erkannt, es war Marina Premirowa, ebenso monumental wie als Mädchen; jetzt war sie nur größer, schlanker.

»Du bist mehr als nötig gealtert«, sagte sie, die Worte melodisch, träge dehnend; dann drückte sie mit ihren heißen Fingern voller

Ringe Samgin kräftig die Hand und sagte, nachdem sie ihn von sich geschoben und von Kopf bis Fuß gemustert hatte: »Na, trotzdem bist du ein richtiger Mann! Wieviel Jahre haben wir uns nicht gesehen? Ach, rechnen wir lieber nicht nach!«

Sie lächelte nicht mehr so sinnlich und erschreckend breit wie in Petersburg und bewegte sich weich und lautlos mit jener Grazie, die nur die Kraft verleiht.

Die typische Geschäftsfrau, beeilte sich Samgin sie zu kennzeichnen, während er ihre Fragen beantwortete.

»Na und Dmitrij?« fragte Marina. »Du weißt nicht? Schau mal an. Jaja. Turobojew ist erschossen worden. Nun hat er ausgetanzt«, fügte sie gleichmütig hinzu. »Erinnerst du dich noch an die Nechajewa?«

Ihre Wimpern zuckten in schöner Weise und verliehen den Augen den Ausdruck angestrengten Nachdenkens. Samgin fühlte, daß sie ihn maß und wog. Sie seufzte und sagte: »Was für Bekannte haben wir noch?«

»Kutusow«, erinnerte Klim.

»Den sehe ich hin und wieder. Was schweigst du denn?« fragte Marina Dunjascha und strich ihr über das straff gekämmte Haar, Dunjascha hatte sich an sie geschmiegt wie eine halbwüchsige Tochter an ihre Mutter. Marina verlegte sich wieder aufs Ausfragen: »Bist du mit deinem Bruder wegen der Politik auseinander?«

Samgin mißfiel es, daß sie ihn duzte; er antwortete etwas trocken: »Nein, nur so . . . Wir wohnen weit voneinander entfernt, sehen uns selten.«

»Bist du Sozialdemokrat?«

»Ja.«

»Doch nicht etwa Bolschewik?«

»Ich bin nicht in der Partei.«

»Na, das ist schon besser. Verheiratet?«

»Gewesen«, antwortete Samgin nach kurzem Zögern. »Und wie geht es dir?«

»Ich bin seit mehr als drei Jahren verwitwet.«

Sie zog ihre dichten Brauen zusammen und sagte wie eine Bauersfrau: »Mein Mann hat mir keine Kinder hinterlassen, er hinterließ mir nur die Trauer um ihn . . .«

Sie senkte den Kopf, dachte eine Weile nach und erhob sich.

»Nun, komm doch bitte gegen fünf Uhr zu mir, wir trinken dann Tee und reden ein wenig miteinander . . .«

Die Frauen gingen, die Streschnewa voran, Marina, die sie mit ihrer Figur vollständig verdeckte, hinterher.

Die Zigarette zwischen den Zähnen, schritt Samgin im Zimmer umher, putzte seine Brille und dachte über Marina nach. Die Bewegungen ihres kräftigen Körpers, das schöne Vibrieren der Stimme, der sanfte, aber etwas schwermütige Blick der goldbraunen Augen – alles an ihr war gut abgestimmt, wirkte natürlich.

Sie flößt Achtung ein . . . Bestimmt, das tut sie.

Aber Klim Samgin war es gewohnt und fühlte sich sogar gleichsam verpflichtet, nach Widersprüchen zu suchen, das war bereits ein Bedürfnis seines zügellosen Denkens. Er hätte an Marina gern etwas Gekünsteltes, Unechtes gefunden.

Sie hat politische Fragen gestellt. Sie trifft sich mit Kutusow, zählte er zusammen.

Kutusow lenkte das ganze Denken Samgins in eine bestimmte Bahn, und mit Kutusow mußte er stets im stillen streiten.

Ein simpler, beschränkter Mensch, wie alle Leute mit seiner geistigen Einstellung. Sie sind es, die die politisch denkenden Kräfte des Landes gleich in zehn Parteien gespalten haben. Nehmen wir mal an, nur sie stützten sich bei ihrem Vorgehen nicht auf ihren Selbsterhaltungstrieb, sondern auf den Klasseninstinkt der Arbeitermasse. Aber die Sozialisten Europas machen einen daran zweifeln, daß solch ein Instinkt existiert. Klassenbewußtsein besitzt nur die Oberschicht der Bourgeoisie . . . Bei uns gibt es vielleicht fünfhundert oder tausend solcher Menschen wie den Genossen Jakow . . . Selbstverständlich ist das eine zersetzende Macht . . . Aber was bedaure ich denn? fragte er sich plötzlich, nachdem er diese Gedanken von sich gewiesen hatte, die er mehr als zehnmal durchdacht hatte, und erinnerte sich, daß er von dem Gipfel, auf dem er sich zu sehen gewohnt war, in letzter Zeit unwillkürlich immer häufiger zu dieser Frage hinabgeglitten war.

Ich bin an niemanden und an nichts gebunden, rief er sich in Erinnerung. Die Wirklichkeit ist mir feind. Ich bewege mich über ihr wie auf einem Seil.

Der Vergleich mit dem Seiltänzer überraschte und kränkte ihn.

Ich habe nichts zu bedauern, wiederholte er halb fragend, indem er seine Gedanken wie aus der Ferne, von der Seite und mit den Augen irgendeines neuen Gedankens betrachtete, der nicht in Worte gefaßt war. Und daß hinter all seinen alten Gedanken noch ein anderer lebte und wachte, der zwar nicht klar, aber vielleicht der stärkste war, erweckte in Samgin das angenehme Bewußtsein seiner Kompliziertheit und Originalität, das Gefühl seines inneren Reichtums. Mitten im Zimmer stehend, rauchte er, sah auf den rosa Lichtfleck vor seinen Füßen und erinnerte sich plötzlich des orientalischen

Gleichnisses von dem Menschen, der, an einer Kreuzung in der Sonne sitzend, bitter weinte und, als ein Vorbeikommender ihn fragte, weshalb er Tränen vergieße, diesem antwortete: »Mein Schatten ist verschwunden, aber nur er hat gewußt, wohin ich zu gehen habe.« Der weinerliche Mann war in dem Gleichnis als Dummkopf bezeichnet. Samgin warf den Zigarettenstummel in die Ecke und sah nach der Uhr – sie zeigte auf vier. Die Sonne ging unter, der Schnee auf dem Zarendenkmal glänzte wie Rubine, Schülerinnen und Schüler des Gymnasiums mit Schlittschuhen in der Hand kamen eilig daher; ein Schlitten fuhr vorbei, vor den zwei graue Pferde gespannt waren; die Pferde waren mit einem blauen Netz bedeckt, im Schlitten saß ein hoher Offizier, hinter ihm galoppierten zwei Polizisten, ihre Rappen glänzten, als wären sie mit Schuhwichse blankgeputzt. Durch die Doppelfenster drang von der Straße kein Laut herein, und es schien, als wäre alles auf dem Platz nicht lebendige Wirklichkeit, sondern nur Erinnerung.

Dann kam Dunjascha hereingelaufen und drängte zur Eile.

»Komm, komm, die Sotowa wartet . . .«

»Die Sotowa?« fragte Samgin. Dunjascha, die ihre Lippen mit dem Stift nachzog, nickte bestätigend, doch er machte ein mürrisches Gesicht. Offensichtlich war Marina die Frau, die Gogin ihm genannt hatte. Dadurch vereinfachte sich der Auftrag, aber es war etwas Unangenehmes daran.

Sollte diese Geschäftsfrau sich die Zeit mit Konspirationen vertreiben?

In den Straßen war ihm alles von Kind auf vertraut, sie lagen friedlich da, und alles existierte gleichsam ebenfalls nicht in Wirklichkeit, sondern erstand aus der Erinnerung an Vergangenes.

Dunjascha schmiegte sich dicht an seine Seite und sagte: »Hier ist alles zu Ende, man streitet nur darüber, wer in der Duma sitzen soll. Es gibt hier sehr nette Menschen, du wirst sehen, wie man mich empfängt! Ich wiederhole jedes Lied dreimal. Die Leute sehnen sich nach Liedern . . .«

Sie blieben vor dem Schaufenster eines hell erleuchteten Ladens stehen. Hinter der Scheibe, inmitten von Evangelien in vergoldeten Einbänden mit Schmelzverzierung und Edelsteinen, ragte auf schwarzem Samt unter einem Glassturz eine Mitra, lagen Altarkreuze und standen zwei- und dreiarmige Kirchenleuchter.

»Das gehört ihr!« sagte Dunjascha. »Sie ist sehr reich«, flüsterte sie und öffnete die schwere Tür des Ladens, der dicht mit Kirchengerät angefüllt war. Grell funkelte das Silber der Leuchter, hinter den Scheiben eines Schrankes strahlten vergoldete Monstranzen, von der

Decke hingen Weihrauchfässer herab; in dem weißen und gelben Glanz stand eine hochgewachsene Frau in straff anliegendem, schwarzseidenem Kleid.

»Hierher bitte«, sagte sie, sich geschickt zwischen Leuchtern und Taufbecken durchschlängelnd. »Schließ den Laden ab und geh heim!« befahl sie einem bildschönen, blondlockigen Jungen, der Samgin an Diomidow erinnerte.

Hinter dem Laden in einem kleinen Zimmer brannten zwei Lampen und füllten es mit rosa Dämmerlicht; auf dem Boden lag ein dikker Teppich, die Wände waren auch mit Teppichen behängt, hoch an der Wand befand sich ein Porträt in einem schwarzen, mit Silberlaub verzierten Rahmen; in einer Ecke stand ein breites, halbkreisförmiges Sofa, auf dem Tisch davor brodelte ein Samowar aus rotem Kupfer und glänzte matt Glas und Porzellan. Es schien, als läge der Laden mit seinem groben Silber- und Goldglanz weit von hier entfernt.

»Ich bin vom Morgen bis zum Abend hier, manchmal auch über Nacht; bei mir im Haus ist es etwas leer, auch ist es dort allzu traurig«, sagte Marina im Ton eines alten, zutraulichen Freundes, aber Samgin, der sich erinnerte, wie gefühllos, wie energisch sie war, glaubte ihr nicht.

»Nun, erzähle, wie ist es dir ergangen, was treibst du?« forderte sie ihn auf; Klim antwortete: »Das ist eine lange und uninteressante Geschichte.«

»Tu nicht so bescheiden, ich weiß einiges über dich. Ich habe gehört, daß du den Menschen gegenüber noch ebenso unnachgiebig geblieben bist wie früher. Du betrachtest das Porträt? Das ist mein Mann.«

Marina nahm den Schirm von der Lampe und hob sie zum Porträt hoch.

Ein ziemlich geschickter Meister hatte mit breiten Pinselstrichen einen großen Glatzkopf auf unverhältnismäßig schmalen Schultern, ein gelbes Gesicht mit starker Nase, leuchtend blaue Augen und dicke rote Lippen gemalt, es war das Gesicht eines kränklichen Mannes, der wahrscheinlich einen schwierigen Charakter hatte.

»Ein interessantes Gesicht«, sagte Samgin, fühlte aber, daß dies zu wenig war, und fügte hinzu: »Ein sehr originelles Gesicht.«

»Er stammt aus der Familie Lordugin«, sagte Marina und lächelte. »Du hast so einen Namen noch nicht gehört? Na freilich! Mit wem ein beliebter Literat, Slawophile oder Dekabrist verwandt war – das wißt ihr Intellektuellen bis aufs Tüpfelchen, die geistigen Führer aber, die das Volk selbst außerhalb der Universität hervorgebracht hat, die kennt ihr nicht!«

»Lordugin?« fragte Klim nochmals, da sein Interesse durch ihre Ironie geweckt worden war.

»Versuche dich nicht an etwas zu erinnern, das du nicht weißt«, antwortete sie und wandte sich an Dunjascha: »Langweilst du dich, Dunja?«

Diese saß hölzern aufrecht, wie eine arme Verwandte, im Lehnstuhl und schaute in die Ecke, in der die Pelzmäntel am Kleiderständer wie kopflose Wächter aussahen.

»Was denkst du«, sagte sie zusammenzuckend. »Ich kann mich nicht langweilen . . .«

»Das macht nichts, langweile dich nur ein wenig«, gestattete ihr Marina und streichelte sie wie eine Katze. »Dmitrij ist wahrscheinlich ganz von Büchern verschlungen?« fragte sie und zeigte ihre großen, weißen Zähne. »Ich entsinne mich noch sehr gut, wie er mir den Hof machte. Jetzt kommt mir das komisch vor, aber damals ärgerte ich mich. Ein junges Mädchen brennt darauf, geheiratet zu werden, er jedoch erzählte ihm immerzu von irgendwelchen unbekannten Menschen, von Tiwerzen und Uglitschanen und vom Einfluß des Ostens auf das westeuropäische Epos! Manchmal hätte ich ihm am liebsten einen Schlag gegen die Stirn versetzt, mitten zwischen die Augen . . .«

Sie sprach die Worte des leckeren Russisch so genießerisch aus, daß Samgin der Verdacht kam, die Worte seien ihr unabhängig von ihrer Bedeutung angenehm und sie spiele gern mit ihnen. Ihr gefiel die Rolle der Geschäftsfrau, der wohlgenährten, gesunden Frau. Natürlich hatte sie Liebhaber und wechselte sie sicherlich oft.

Marina hatte unterdessen den Arm fest um Dunjascha gelegt und sagte: »Damals schwebte mir der Mann als etwas Unheimliches und als ein Doppelwesen vor, bald Fleisch, bald Geist. Ich redete wie alle – das gewöhnliche, dachte aber ungewöhnlich und konnte meine wirklichen Gedanken nicht in Worten ausdrücken . . .«

Sie schwindelt, stellte Samgin fest, der den erstaunlich schmackhaften Fladen eifrig zusprach und sich der Szene zwischen Marina und Kutusow erinnerte. Und beeilt sich, sich originell zu zeigen.

Im Halbdunkel inmitten der Teppiche und Polstermöbel erinnerte Marina an eine Odaliske, gemalt vom Ölpinsel irgendeines Franzosen. Auch der Duft rings um sie war orientalisch: Es roch nach Zypressen, Weihrauch und Teppichen.

»Erinnerst du dich noch an Lisa Spiwak? Sie war eine so ruhige, unbeschwingte Seele. Sie riet mir, singen zu lernen. Ich sehe – in allen Liedern beklagen sich die Frauen über ihre Natur . . .«

»Immer über die Natur beklagen sie sich, und die Musik handelt auch davon«, sagte Dunjascha mit einem Seufzer, lächelte aber gleich danach. »Übrigens singen Männer gern: ›Dort weit hinter dem Gewitter liegt ein glückselig Land . . .‹ «

Marina lächelte ebenfalls und sagte träge: »Das singen Politiker, solche Leute wie Samgin. Sie haben sich wie die Altgläubigen ein ›Oponisches Reich‹ erdacht, aus Lebensangst.«

»Wie sonderbar du sprichst«, bemerkte Samgin und sah sie neugierig an. »Es scheint, wir leben in reichlich furchtlosen Zeiten, das heißt – wir leben reichlich furchtlos.«

Marina fuhr mit der Hand durch die Luft, als verscheuchte sie eine Mücke.

»Ein angeheirateter Verwandter meines Mannes hat im Japanischen Krieg zwei Georgskreuze erhalten, er ist ein Säufer, aber ein sehr kluger Kerl. Nun, er sagt: Man hat sie mir für Feigheit verliehen, ich hatte Angst, zu fliehen – man hätte mich erschossen, und so kroch ich nach vorn!«

Sie trank einen Schluck Wein, dann etwas Tee und fuhr gemächlich fort, indem sie sich mit der Zungenspitze die Lippen leckte: »So stürzt auch ihr Intellektuellen, ihr Außenseiter euch aus Angst in die Politik. Als wolltet ihr das Volk retten, doch was ist das Volk? Das Volk ist für euch ein sehr ferner Verwandter, und es sieht euch kleine Leute gar nicht. Wie auch immer ihr es zu retten sucht, mit eurem Atheismus werdet ihr unbedingt durchfallen. Die Volkstümlerbewegung muß religiös sein. Land hin, Land her, Land wird das Volk sich auch selbst erkämpfen, aber außerdem will es noch ein Wunder auf Erden, es fahndet nach der lichten Stadt Zion . . .«

Sie sagte das alles gedämpft, ohne Samgin anzusehen, und fächelte sich dabei mit einem kleinen Taschentuch das stark gerötete Gesicht. Klim spürte: Sie hofft nicht darauf, daß ihre Worte verstanden werden. Er merkte, daß Dunjascha ihn über Marinas Schulter hinweg mit flehendem Blick ansah, sie langweilte sich.

»So denkst du also?« sagte er lächelnd. »Kennt Kutusow diese Gedanken?«

»Für diese Gedanken ist Stepan nicht zugänglich«, antwortete Marina träge und mit leicht zusammengezogenen Brauen. »Aber sie liegen ihm näher als anderen. Er braucht keine Verfassung.«

Sie verstummte. Samgin empfand auch kein Verlangen, zu sprechen. Hinter Marinas Belehrungen vermutete er Ironie, die Absicht, ihn zu reizen, daß er gesprächig werde. Mit ihr in Gegenwart Dunjaschas über Gogins Auftrag zu sprechen, hielt er für unmöglich. Eine halbe Stunde später ging er Arm in Arm mit Dunjascha durch eine breite Straße, die in grellem Mondschein lag, und hörte Dunjaschas hastigem Geplapper zu.

»Ich mag sie nicht, aber weißt du, es zieht mich zu ihr hin wie aus der Kälte in die Wärme oder – wie in den Schatten, wenn es heiß ist. Merkwürdig, nicht wahr? Sie hat etwas Männliches, kommt es dir nicht so vor?«

»Sie sagt Banalitäten«, bemerkte Samgin ärgerlich. »Ihr Gemahl, der Kaufmann, hat ihr diese Dummheiten in den Kopf gesetzt. Wo hast du sie kennengelernt?«

Dunjascha sagte, ihr Mann habe beim Obergerichtshof für Marina einen Prozeß geführt und diese sei öfters bei ihm in Moskau gewesen. »Er war sehr von ihr entzückt und umtanzte sie immerzu wie ein Gockel, weißt du ...«

Vorn wurde gelacht, ungeordnet hurra gerufen; aus einem Haustor trat eine Gruppe von Leuten, und ein weicher Bariton stimmte ein Lied an:

»Der Zar, gleich einst dem Mucius,
Dem Mucius Scaevola«,

der Chor ergänzte und sang ziemlich harmonisch:

»Uns gab die Constitutio ...
Weil er es so gewollt.«

»Doch wozu?« fragte der Bariton – der Chor antwortete:

»Damit das Volk hinfort
Einmütig schreite fort!«

»Sie singen nett«, sagte Dunjascha und verlangsamte den Schritt.

»Beschnitten hat er seine Macht«,

sang der Bariton – der Chor fiel ein:

»Erhebt nur kein Gejohl!
Und sich zum Vorbehalt gemacht
Das Branntweinmonopol.«

»Doch w-wozu?« fragte wieder der Bariton – der Chor antwortete:

»Daß unser großes Volk hinläuft
Und sein letztes Geld versäuft!«

»Oh, wie interessant!« rief Dunjascha leise aus und ging noch langsamer, während der Bariton von neuem sang:

»Aus diesem Grunde werden
All unsre Alkoholisten«,

der Chor fuhr fort:

»Versammeln sich in Herden
Und zum Festgelage rüsten.«

»Und wozu?«

»Zu trinken auf des Volkes Wohl,
Auf die heilige Fortschrittsparol!«

Dunjascha lachte. Die Leute gingen dicht gedrängt auf dem Trottoir, vorneweg schritt ein hochgewachsener Student mit einer Schafsfellmütze, neben ihm tanzte und sprang wie ein Ball ein dikker, kleiner Mann; als er neben Dunjascha und Klim gekommen war, begann er mit meckernder Stimme zu singen, wobei er sich am Adamsapfel zupfte:

»Ein jeder folgt der Lieb auf Erden . . .«

Mehrere Männer- und Frauenstimmen schrien zugleich: »Bringt ihn zur Ruhe!«

»Mach keinen Krach, Mischka!«

»Wie abscheulich!«

Ein rundliches junges Mädchen mit einem Käppchen auf dem krausen Haar verkündete freudig und anscheinend sogar erschreckt: »Herrschaften, das ist die Streschnewa, Ehrenwort!«

Der hochgewachsene Student zog die Mütze und entschuldigte sich: »Er ist ein netter Kerl, verzeihen Sie ihm . . .«

Der nette Kerl lag nasaufwärts zu Dunjaschas Füßen, schlug sich mit den Fäusten auf die Brust und stammelte: »So wurde Michailo Krylow zu Fall gebracht durch seine eigene Nichtswürdigkeit.«

Die jungen Damen erboten sich, Dunjascha zu begleiten, aber sie lehnte mit freundlichem Lächeln ab; ein junges Mädchen mit einem langen und dicken Zopf rief: »Bürger! Ich fordere Sie auf, zur Vernunft zu kommen!«

Dunjascha entschlüpfte dem Ring der jungen Leute, sie zog Klim mit, blickte sich um und sagte freudig: »Wie nett sie sind, nicht? Wie witzig die Schwarzäugige gesagt hat: Ich fordere Sie auf, zur Vernunft zu kommen – hast du gehört?«

»Eine zeitgemäße Aufforderung«, entgegnete Samgin brummig.

Der hochgewachsene Student sang wieder:

> »Aus diesem Grunde haben
> Unsere Liberalen«,

und der Chor fiel einmütig ein.

Dieses Lied erinnerte Samgin daran, wie junge Leute nach einem Beerdigungsmotiv den Vers gesungen hatten: »Nieder mit der Rechtlosigkeit! Es lebe die Freiheit!«

»Ich bin so froh, daß ich bei der Jugend wegen meiner einfachen Lieder beliebt bin. Weißt du, mein Leben war ...«

»Sie spielen Revolution und machen sich selbst über sie lustig«, murmelte Samgin.

»Damals hatte ich es sehr schwer, aber alles war einfacher als jetzt, auch die Trauer und die Freude waren einfacher.«

»Sprich nicht, sonst verkühlst du dir den Hals«, riet Samgin Dunjascha und lauschte dem Lied.

> »Doch meinten sie, daß es mehr fromme,
> Wenn das Volk herunterkomme ...«

»Unsere Journalisten ...«, sang der Bariton, aber da fiel die Gasthoftür zu, und das Lied brach ab.

Dunjascha schlug vor, in den Speiseraum zu gehen und zu Abend zu essen; er stimmte zu, da er sich aber von Marinas Fladen vergiftet fühlte, aß er wenig und veranlaßte dadurch Dunjascha zu der beunruhigten Frage: »Fühlst du dich nicht wohl?«

Nach dem Abendessen kam sie zu ihm ins Zimmer – und eine Stunde später flüsterte sie leidenschaftlich: »Ich liebe dich deswegen, weil du alles weißt, aber schweigst.«

Samgin erinnerte sich, daß sie nicht als erste diese Worte sagte, Warwara hatte auch etwas dieser Art gesagt. Er lag im Bett, Dunjascha beugte sich halb entkleidet über ihn und streichelte ihm mit leichter, warmer Hand Stirn und Wangen. Im Viereck der oberen Fensterscheibe leuchtete das verwischte Gesicht des Mondes – das gelbe Flammenpinselchen der Kerze auf dem Tisch sah wie steifgefroren aus.

»Wie viel und erbarmungslos reden doch alle Gebildeten«, sagte Dunjascha. »Einen Gott gebe es nicht, einen Zaren brauche man nicht, die Menschen seien einander feind, alles sei nicht so, wie es sein sollte! Aber was gibt es denn, und was ist so, wie es sein sollte?«

Samgin war müde und lächelte, diese Frau belustigte ihn durch ihr Geschwätz, obwohl sie ihn am Ausruhen hinderte.

»Was ist denn das Wahre?« fragte sie.

»Für die Frau – Kinder«, sagte er träge und nur, um etwas zu sagen.

»Kinder?« wiederholte Dunjascha erschrocken. »Das könnte ich mir gar nicht vorstellen, Kinder zu haben! Es wäre mir schrecklich unbequem, welche zu haben. Ich entsinne mich noch sehr gut, wie ich als Kind war. Ich würde mich schämen ... ich könnte ja den Kindern gar nichts von mir erzählen, aber sie würden mich doch fragen!«

Auch die philosophiert, stellte Samgin gleichmütig fest.

Und sie fuhr fort, nachdem sie ihre Haltung geändert hatte, so daß der Mond ihr auf den Kopf und ins Gesicht schien, in ihren unsteten Augen goldene Funken aufleuchten ließ und sie Marinas Augen ähnlich machte: »Nein Kinder – das ist schwer und schrecklich! Das ist nichts für mich. Ich werde nicht lange leben! Mit mir wird irgend etwas passieren, etwas Dummes ... etwas schrecklich Dummes!«

Samgin schloß die Augen und fragte sich: Was ist Marina?

»Ich meine, wahr ist alles, was einem gefällt, was man gern hat. Sowohl Gott als auch der Zar und alles. Heute das eine, morgen das andere. Du möchtest schlafen? Na, dann schlaf!«

Sie gab ihm einen Kuß, sprang vom Bett, löschte die Kerze und verschwand. Es hinterblieb der Duft ihres Parfüms und auf dem Nachttisch ein Armband mit roten Steinen. Samgin schob mit dem Finger das Armband in die Schublade und zündete sich eine Zigarette an, darauf begann er, seine Tageseindrücke zu ordnen, und überzeugte sich sofort, daß Dunjascha unter ihnen einen ganz geringfügigen Platz einnahm. Es war ihm sogar peinlich, sich hiervon zu überzeugen, er empfand die Notwendigkeit, sich mit sich selbst auseinanderzusetzen.

Die Laune eines leeren und verdrehten kleinen Frauenzimmers ...

Schon lange hatte er, ohne es selbst zu merken, aus seiner Erfahrung und aus gelesenen Romanen eine Schlußfolgerung gezogen, die für Frauen nicht schmeichelhaft war: Überall, außer im Schlafzimmer störten sie im Leben, und auch im Schlafzimmer waren sie nicht lange angenehm. Er hatte Schopenhauer, Nietzsche und Weininger gelesen und wußte, daß es nicht üblich war, ihren Ansichten über die Frau zuzustimmen. Makarow nannte die Einstellung dieser Deutschen zur Frau »eine der schlimmsten Abscheulichkeiten des indogermanischen Pessimismus«. Aber nach Makarows eigenem »System von Sätzen« sah die Frau auf den Mann wie auf einen Verkäufer in einem Laden mit Modeartikeln, er mußte ihr die besten

Gefühle und Gedanken vorweisen, und sie zahlte ihm für alles stets mit ein und demselben, mit Kindern.

In dieser Nacht, in dem banalen Gasthofzimmer einer fremden Stadt, fühlte Samgin, daß die Gedanken über die Frau ihn ungewöhnlich hartnäckig belästigten. Er stand auf, ging zur Tür, drehte den Schlüssel im Schloß um, warf einen Blick auf den Mond; da er das Zimmer hell erleuchtete, war er ganz fehl am Platz, und Klim hätte ihn gern ausgelöscht. Schon halb entkleidet, begann er sich für die Nacht auszuziehen mit jenem Gefühl, das er einmal im Sprechzimmer eines Arztes empfunden, als er gefürchtet hatte, der Arzt werde bei ihm eine ernste Krankheit feststellen. Er legte die Kissen so, daß er das unverschämt helle Gesicht des Mondes nicht sehen mußte, zündete sich eine Zigarette an und versenkte sich in den graublauen Rauch von Vermutungen, Selbstrechtfertigungen, Widersprüchen und Vorwürfen.

Makarow behauptet, die Beziehungen zu einer Frau erforderten grenzenlose Aufrichtigkeit von seiten des Mannes, dachte er, der Wand zugekehrt, mit geschlossenen Augen und konnte sich nicht vorstellen, wie man Dunjascha oder Warwara gegenüber grenzenlos aufrichtig sein könne. Die einzige Frau, bei der er offenherziger als bei den anderen gewesen, war die Nikonowa, aber das deshalb, weil sie ihn nie nach etwas ausgefragt hatte.

Ihr Dienst bei der Ochrana – der war natürlich erzwungen, man hatte sie gewaltsam dazu gebracht. Die Gendarmen schlagen ja jedermann vor, in ihre Dienst zu treten, auch mir haben sie es vorgeschlagen.

Er erinnerte sich sehr lebhaft, mit allen Sinnen an die Nikonowa, verglich sie mit Dunjascha und fand, daß jene bequemer gewesen war, während diese sich besser als alle anderen auf die Kunst des fleischlichen Genusses verstand.

Ich bin ein wenig verdorben – gestand er sich ein.

Da er sich für einen sinnlichen Menschen hielt, hegte er in Augenblicken voller Offenherzigkeit gegen sich selbst sogar den Verdacht, nicht wenig kalte sexuelle Neugier zu besitzen. Das mußte er irgendwie erklären, und so hatte er sich eingeredet, daß dies immerhin sauberer, intellektueller sei als unverhüllt animalisches Verlangen nach dem Weibchen. In dieser Nacht fand Samgin eine andere, weniger falsche, aber traurigere Erklärung.

Das Alter läßt das Gefühl erkalten. Ich habe zu viel Kräfte im Kampf gegen fremde Gedanken, gegen Schablonen vergeudet, dachte er, ein Streichholz anzündend, um sich eine neue Zigarette anzustecken. In letzter Zeit merkte er immer öfter, daß fast jeder

Gedanke von ihm seinen Schatten, sein Echo hatte, daß aber das eine wie das andere ihm feind zu sein schien. So war es auch diesmal.

Über Gedanken läßt es sich leichter und einfacher nachdenken als über Tatsachen.

Diese unangenehme Berichtigung bedurfte einer Erklärung, Samgin fand sie sofort: Das ist eine Eigenschaft der Intelligenz überhaupt. Richtiger, eine Eigenschaft des Intellekts ... der nicht von Eindrücken des Daseins getrübt, nicht von ihnen erdrückt ist.

Zugleich dachte er: Ich bin müde und verfange mich stümperhaft in irgendwelchen Kleinigkeiten. Welche Bedeutung können für mich die zufälligen Begegnungen mit einem betrunkenen Offizier, mit Dunjascha oder Marina haben?

Die monumentale Gestalt Marinas lenkte seine Gedanken schroff in eine andere Richtung: Ist diese Frau wirklich religiös? Ich glaube nicht, daß solch ein gewaltiger Körper einen Gott aufrichtig braucht.

Es entstand das beharrliche Bedürfnis, das Bild Marinas zu umreißen. Er betrachtete sie lange und angestrengt, verglich sie mit dem jungen Mädchen, das sie in Petersburg gewesen, und erinnerte sich plötzlich des Leskowschen Helden Achilla Desnizyn und seines Gebrülls: »Ich bin gepeinigt, gepeinigt ...«

Diese unangebrachte Erinnerung erregte Samgin.

Im Alter wird sie ebenso unheimlich sein wie Anfimjewna ... Und ebenso bedauernswert ...

Damit hatte er die Inhaberin des Kirchengerätladens nicht getilgt. Im Glanze von Gold und Silber, inmitten einer Unmenge von Leuchtern, Rauchfässern und Taufbecken erwachte ein altertümlicher, goldäugiger Götze. Und neben ihr – ein cherubgleicher Knabe, der Diomidow ähnelte wie ein Sohn.

Die sonderbarste und albernste von allen Maskeraden, die ich gesehen habe, versuchte Samgin sich zu beruhigen, aber in seiner Erinnerung schrie Diomidow hysterisch: Ihr glaubt an nichts, doch weswegen glaubt ihr nicht? Ihr fürchtet euch, zu glauben, aus Angst glaubt ihr nicht! Ihr habt alles verspottet, seid nackt und zerlumpt wie betrunkene Bettler ...

Diese nächtliche Erinnerungsparade wurde zu einem drückenden Alptraum. Mit stürmischer Geschwindigkeit, wie sie nur in Träumen möglich ist, sah Samgin sich auf einer menschenleeren, ausgefahrenen Straße zwischen zwei Reihen alter Birken, neben ihm schritt noch ein Klim Samgin. Es war ein sonniger Tag, die Sonne brannte ihm heiß auf den Rücken, aber weder Klim noch sein Doppelgänger, noch die Bäume warfen Schatten, und das war sehr beunruhigend. Der Doppelgänger schwieg, er stieß Samgin mit der

Schulter in die Gruben und Furchen der Straße, stieß ihn gegen die Bäume, er störte Klim so beim Gehen, daß er ihm auch einen Stoß versetzte; daraufhin fiel er Klim vor die Füße, umschlang sie und begann wild zu schreien. Da Samgin merkte, daß auch er fiel, packte er den Weggefährten, hob ihn auf und fühlte, daß er gewichtlos war wie ein Schatten. Aber er war ebenso gekleidet wie der wirkliche, lebendige Samgin, und darum mußte er, mußte er irgendwelches Gewicht haben! Samgin hob ihn hoch empor und schleuderte ihn von sich fort, auf die Erde, er zerbarst in Stücke und vervielfältigte sich sofort rings um Samgin in Dutzende von Gestalten, die ihm vollkommen glichen; sie umringten ihn, liefen alle eilig mit ihm, und obwohl sie alle gewichtlos, durchsichtig waren wie ein Schatten, bedrängten sie ihn entsetzlich, stießen ihn, schlugen ihn von der Straße und trieben ihn vorwärts, es wurden ihrer immer mehr, sie waren alle heiß, und Samgin bekam keine Luft inmitten ihrer stummen, lautlosen Menge. Er schleuderte sie von sich, quetschte sie, zerriß sie mit den Händen, die Leute platzten in seinen Händen wie Seifenblasen; eine Sekunde lang sah Samgin sich als Sieger, doch in der nächsten hatten seine Doppelgänger sich zahllos vermehrt, umringten ihn von neuem und trieben ihn durch den schattenlosen Raum zu dem rauchfarbenen Himmel, der sich mit einer dichten, dunkelblauen Wolkenmasse auf die Erde stützte, und im Mittelpunkt der Wolken loderte eine andere Sonne, ohne Strahlen, riesengroß, mit einer unrichtigen, abgeplatteten Form, wie ein Ofenschlund – auf dieser Sonne hüpften schwarze Kügelchen.

Als ein hartnäckiges Klopfen an der Tür Samgin weckte, tanzten die schwarzen Kügelchen immer noch vor seinen Augen, das Zimmer war gefüllt mit dem kalten, unerträglich grellen Licht eines Wintertages – es war darin so viel Licht, daß es schien, es hätte das Fenster erweitert und die Wände auseinandergeschoben. Samgin nahm die Bettdecke um die Schultern, öffnete die Tür und sagte als Antwort auf Dunjaschas Begrüßung: »Ich glaube, ich werde krank . . .«

»Ich klopfe schon zum drittenmal . . . Was hast du?«

»Ich erwachte in Schweiß gebadet.«

Sie fragte, ob sie nicht einen Arzt holen solle; Samgin antwortete ihr abrupt, lässig, wie er mit Warwara zu sprechen gewohnt war. Er fühlte sich physisch zermürbt durch den Kampf gegen die Menge seiner Doppelgänger; dumpf schmerzte das Kreuz und zogen die Beinmuskeln, als wäre er tatsächlich lange gelaufen. Dunjascha ging Aspirin holen, und er trat vor den Spiegel und betrachtete eine ganze Weile das fast fremde, hagere und lange Gesicht mit gelblicher Haut, mit trüben Augen, in ihnen war ein unschöner, unbestimmter Ausdruck, sei es der Fassungslosigkeit, sei es des Schrecks, erstarrt. Er betastete mit einem Finger die leicht ergrauten Schläfenhaare, berührte die Schatten in den Augenhöhlen, las den mit einem Diamanten ins Glas geritzten Zweizeiler:

»Innokentij Kablukow
Wohnte hier und ist nun fort.«

Inokentij schreibt man mit einem n. Oder vielleicht doch mit zweien? Einerlei, eine Banalität.

Vor dem Fenster glitzerten blendend Millionen von Schneefunken, irgendwo in der Nähe dröhnte und lärmte eine Militärkapelle, zu ihr gingen und fuhren Bürger, rannten Jungen, die einander überholten, und das alles war fremd, unnötig, auch Dunjascha brauchte er nicht. Sie kam wie ein Vogel ins Zimmer hereingeflattert, bestand darauf, daß er Aspirin einnehme, schleppte aus ihrem Zimmer Imbiß, Wein, Konfekt und Blumen herbei und deckte schön den Tisch. Als sie dann im bunten Kimono Samgin gegenübersaß, den straff frisierten Kopf wiegend und mit den Schultern zuckend, sagte sie halblaut, sehr lebhaft, mit überraschenden und spaßigen Intonationen: »Heute singe ich! Oh, Klim, ich habe Angst! Wirst du kommen? Hast du schon Ansprachen ans Volk gehalten? Hat man dabei auch Angst? Das muß beängstigender sein, als zu singen! Wenn ich vors Publikum trete, fühle ich meine Beine nicht, es läuft mir eiskalt den Rücken hinunter, und in der Herzgrube fühle ich Beklemmung! Augen, Augen, Augen«, sagte sie und stach dazu mit dem Finger in die Luft. »Die Frauen sind böse, sie scheinen mich zu verwünschen, sie warten darauf, daß mir die Stimme versagt oder daß ich wie ein Hahn krähe – das tun sie, weil jeder Mann mich vergewaltigen möchte und weil sie mich beneiden!«

Sie lachte leise und nervös. »Rede ich dummes Zeug?«

»Ja, dummes Zeug«, bestätigte Samgin und sah ihren herausfordernd üppigen Busen und die lüsternen Lippen an.

»Es ist schwierig, klüger zu werden«, seufzte Dunjascha. »Früher, als Choristin, bin ich klüger gewesen, Ehrenwort! Ich bin durch meinen Mann verdummt. Er ist unmöglich! Sagst du ihm drei Worte, so antwortet er dir mit dreihundertundvierzig! Einmal hat er nachts so auf mich eingeredet, daß ich ihn unflätig beschimpfte . . .«

Dunjascha errötete und brach in ein so ansteckendes Gelächter aus, daß Samgin, der mit seinem Lachen geizte, auch ein wenig lachte, als er sich vorstellte, wie verblüfft wohl ihr Mann gewesen war.

»Nein, bei Gott, denk dir nur, da liegt ein Mann mit seiner Frau im Bett und macht ihr Vorwürfe, warum sie sich nicht für die französische Revolution interessiere! Dort gab es eine Madame, die sich dafür interessierte, deshalb hackte man ihr den Kopf ab, eine schöne Karriere, wie? Damals gab es so eine Pariser Mode, Köpfe abzuhakken, und er hat sie alle zusammengerechnet und erzählt, erzählt ... Mir schien es, als wollte er mich einschüchtern mit dieser ... Kopfabhackmaschine, wie nennt man sie doch?«

»Guillotine«, half Klim nach.

»Und es lief bei ihm darauf hinaus, als wäre die Revolution ausgebrochen, weil die Französinnen sich unzüchtig benommen hatten.«

Sie warf die Serviette auf den Boden und sprang auf, dann neigte sie den Kopf zur rechten Schulter, legte die Hände auf den Rücken und sagte, während sie mit Soldatenschritten umherging und durch die Nase schnaubte, mit gedehnter, trauriger Stimme: »Jetzt muß es dir klar sein, inwieweit Marie-Antoinette zum Untergang der Monarchie beigetragen hat ...«

Sie war sehr drollig, ihre fröhliche Ausgelassenheit zerstreute Samgin, der weit aufgegangene Kimono zeigte die wohlgeformten Beine in schwarzen Strümpfen und ein kurzes blaues Hemd, das die Brüste fast gar nicht verdeckte. Das alles erweckte in Samgin den großmütigen Wunsch, sich Dunjascha dankbar zu zeigen, doch als er sie an sich zog, entglitt sie geschickt seinen Armen.

»Vor dem Konzert kann ich das nicht«, sagte sie fest. »Dort, vor dem Publikum, muß ich sein wie ein Stückchen Glas!«

»So ein Unsinn«, entgegnete Samgin, ohne zu zürnen, aber verwundert.

»Das darf ich nicht«, wiederholte sie achselzuckend. »Siehst du ...«

Sie blickte zur Zimmerdecke und überlegte einen Augenblick.

»Aufgeblasene Frauen, unverschämte Männer, das stimmt, aber das sind nur die ersten Reihen. Sie ärgern sich vielleicht sogar, daß sie irgend so einem lächerlichen Ding, das der Teufel holen soll, zuhören müssen. Aber es sind immer auch andere Leute da, und für sie muß man gut, ehrlich singen. Verstehst du?«

»Nicht ganz«, sagte Samgin. »Was heißt das: ehrlich singen?«

Sie dachte wieder etwas nach und strich sich mit den Händen über die Wangen, dann sagte sie rasch: »Mein Vater hatte kein Glück beim Kartenspiel, und wenn er verloren hatte, befahl er Mama, die Milch mit Wasser zu verdünnen, wir hatten zwei Kühe. Mama verkaufte die Milch, sie war ehrlich, alle hatten sie gern und vertrauten ihr.

Wenn du wüßtest, wie sie sich gequält hat, wie sie weinte, wenn sie die Milch verdünnen mußte. Nun, siehst du, ebenso schäme ich mich, wenn ich schlecht singe, hast du verstanden?«

Samgin klopfte ihr beifällig auf den Rücken und sagte sogar: »Das ist bei dir sehr kindlich herausgekommen . . .«

»Ja, ich bin ein Dummchen, ein Dummchen«, gab sie hastig zu und küßte ihn auf die Stirn. »Wir sehen uns nach dem Konzert, ja?«

Sie hatte ihn ein wenig zerstreut, doch kaum war sie hinter der Tür verschwunden, vergaß Samgin sie, da er wieder in sich hineinlauschte und eine unbestimmte Unruhe aufsteigen fühlte.

Ich bin müde. Ich werde krank.

Er nahm die Zeitung und legte sich auf den Diwan. Der Leitartikel der Zeitung »Unser Wort« zeterte in großer, aber gedrängter Schrift mit einer Menge von Frage- und Ausrufezeichen zornig über die Menschen, die »kein Verantwortungsgefühl dem Land und der Geschichte gegenüber haben«.

»Wir sind aufrichtige Demokraten, das ist bewiesen durch unseren langjährigen, unermüdlichen Kampf gegen den Absolutismus, bewiesen durch unsere kulturelle Arbeit. Wir sind gegen das versteckte Predigen von Anarchie, gegen den Wahnsinn der ›Sprünge aus dem Reich der Notwendigkeit ins Reich der Freiheit‹, wir sind für kulturelle Evolution! Und wie kann man, ohne in unversöhnliche Widersprüche zu verfallen, die Willensfreiheit leugnen und zugleich unwissende Menschen belehren – springt!«

In der Provinz wird stets einfacher gedacht; das mag uns manchmal komisch vorkommen, aber für Provinzler muß man eben so schreiben, stellte Samgin fest, dann fragte er sich: Uns – wer soll das sein? und erstickte diese Frage durch das Rascheln des Papiers. Auf der Rückseite war der Nekrolog auf einen Mann abgedruckt, der den sonderbaren Familiennamen Upowajew hatte. Von ihm war gesagt: »Als hochkultivierter Mann verfügte Iwan Kallistratowitsch über die Objektivität eines wahren Humanisten, über jenes seltene Einfühlungsvermögen in das Wesen der Lebenswidersprüche, das ihm die Kraft verlieh, Widersprüche zu versöhnen, die scheinbar unversöhnlich sind.«

In der Theaterrubrik schrieb ein gewisser Idron: »Heute werden wir nochmals Volkslieder in dem idealen Vortrag von J. W. Streschnewa hören. Sie wird wieder freigebig die regenbogenfarbenen Blumen der Töne in den Saal des Kaufmannsklubs werfen, wird uns wieder durch lyrische Stoßseufzer und verwegene Aufschreie erregen, die sie an der unerschöpflichen Quelle echten Volksschaffens feinfühlig erlauscht hat.«

Samgin schmiß die Zeitung auf den Boden, schloß die Augen, und sofort erstand vor ihm das Bild des nächtlichen Alptraums, der Reigen seiner Doppelgänger begann zu kreisen, aber jetzt waren es schon nicht mehr Schatten, sondern Menschen, ebenso gekleidet wie er, sie kreisten langsam und ohne ihn zu streifen; es war sehr unangenehm zu sehen, daß sie keine Gesichter hatten, an Stelle des Gesichts hatte jeder so etwas wie eine Handfläche, sie schienen daher wie dreihändig. Dieser Halbschlaf erschreckte ihn, er öffnete die Augen, stand auf und schaute sich um. Meine Phantasie entfaltet sich krankhaft.

Er beschloß, sich zu erfrischen, und ging auf die Straße; aus der Ferne kam ihm ein Leichenzug entgegen.

Wahrscheinlich wird Upowajew beerdigt, kombinierte er, bog in eine Seitengasse ein und ging irgendwohin bergab, wo die Gasse von dem buckligen, grünen Dach einer Kirche mit drei Kuppeln darüber abgeschlossen wurde. Zu ihr hinunter liefen zwei Reihen untersetzter, bauchiger Häuschen, die mit dicken Schneehauben bedeckt waren. Samgin fand, daß sie einige Ähnlichkeit mit Menschen in Pelzmänteln hatten und daß die Fenster und Türen der Häuser Taschen glichen. Eine dicke Schicht grauer, kalter Langerweile hing über der Stadt. Aus der Ferne drang trübsinniger Kirchenchorgesang.

Wie vertraut, eintönig ist doch das alles. Und – wie dauerhaft. Es ist fest in der Erde verwurzelt.

Ebenso gleichmütig dachte er daran, daß er, wenn er beschlösse, sich mit literarischer Arbeit zu befassen, von dem stillen Triumph der bösen Langenweile des Lebens nicht schlechter als Tschechow schreiben würde und selbstverständlich schärfer als Leonid Andrejew.

Hinter der Kirche, an der Ecke eines kleinen Platzes, wölbte sich über dem Eingang eines einstöckigen Hauses ein gelblich-grünes Schild: »Restaurant Peking«. Er betrat die kleine warme Gaststube und setzte sich in die Ecke an der Tür unter einen riesengroßen alten Gummibaum; ein Spiegel zeigte ihm sieben Personen, sie saßen an zwei Tischen beim Büfett, und zu ihm drangen die Worte: »Du solltest diese gewandten Leutchen etwas – hem – mutiger entlarven, Iwan Wassiljewitsch, sonst – hem – überflügeln sie uns bei den Wahlen!«

Die Stimme war fett, brummig; zugleich erklang ein dünnes und zorniges Stimmchen: »Was ist er denn, zum Teufel, für ein Sozialrevolutionär, wenn er von jung auf sein ganzes Leben lang mit Zitronen handelt?«

»Sie verkleiden sich hier alle als Proletarier«, sagte ein dritter.

Als Samgin im Spiegel die trüben Abbilder dieser Leute betrachtete, erblickte er unter ihnen Iwan Dronows langohrigen Kopf. Er wollte aufstehen und gehen, aber da brachte der Kellner den Kaffee; Samgin beugte sich über die Tasse und hörte zu. »Da haben sie nun so lange gelebt und sind auf einmal alle Sozialrevolutionäre, seht mal an!«

»Der verstorbene Upowajew war ein Jesuit, hat ihnen aber tüchtig die Meinung gesagt! Entsinnt ihr euch, im Stadtpark, he?«

»Na und ob! ›Haben wir nicht genug Licht? Ist es nicht Zeit, meine Herrschaften, die Brandfeuer der kultivierten Gutshöfe zu löschen? Es ist doch ganz klar! Alle sehen die Zerstörungsarbeit der spontanen Kräfte Gier, Neid und Haß – das Wirken von Kräften, die Sie wachgerufen haben!‹«

»Was für ein gutes Gedächtnis du hast, Grischa!«

»Für treffende Worte ...«

»Der Verstorbene ist doch ein Halunke gewesen!«

»Wir alle sind Sünder vor Gott.«

Die Gesellschaft brach in einmütiges Gelächter aus, während Samgin bei diesem Lachen mit dem Löffel an die Untertasse klopfte, weil er rasch gehen, Dronow nicht begegnen wollte. Aber Dronow sagte: »Nun, ich muß zur Redaktion«, und trat auf seinen kurzen Beinen mit kleinen Schritten an Samgins Tisch, als der Kellner ihm gerade herausgab.

»P-pah! Woher?«

Er gab Samgin nicht die Hand, was wohl daher kam, weil er einen Rausch hatte. Mit beiden Händen auf den Tisch gestützt, betrachtete er Klim unverfroren, mit zugekniffenen Augen, schnaufte durch die Nase, fragte ihn laut aus und erzählte: »Du wohnst im ›Wolga‹? Ich werde dich besuchen. Dort wohnt die Streschnewa, eine Sängerin – sie ist wunderbar! Und ich, mein Lieber, vertrete hier den Redakteur von ›Unser Wort‹. ›Unser Land‹, ›Unser Wort‹ – alles ist hier unser, mein Lieber!«

Ganz neu gekleidet, glich er einem Verkäufer aus einem Konfektionsgeschäft. Er war dick geworden, sein wohlgenährtes Gesicht glänzte, das kleine Näschen verschwamm auf den roten Wangen, die Nüstern hatten sich geweitet.

»Du bist wohl zum Agitieren hergereist, ja? Für die Sozialdemokraten?«

Samgin sagte trocken, er habe beim Gericht zu tun, aber Dronow lächelte hämisch, zwinkerte und eilte davon, nachdem er wiederholt hatte: »Ich werde dich besuchen.«

Samgin blickte über die Brille hinweg hinter ihm her, verzog schmerzlich das Gesicht und dachte: Wie oft gibt es doch unnötige und unangenehme Begegnungen mit der Vergangenheit . . .

Er ging zu Fuß ins Konzert, verspätete sich und mußte an der Eingangstür zum Saal stehen. Der lange, durch zwei Reihen dicker Säulen beengte Saal war dicht mit Publikum gefüllt; die feste Masse wurde gleichsam zusammengepreßt und durch den Andrang der Leute, die dicht hinter den Säulen, hinter den Stuhlreihen und sogar auf den türengroßen Fenstersimsen standen, zum Podium vorgeschoben. Von der Empore hingen gleich Trauben die Köpfe der Jugend herab, die von den Kandelabern an den Säulen von unten her beleuchteten Gesichter sahen ungewöhnlich großäugig aus. Dunjascha wiegte sich auf dem Podium, als schwebte sie in der Luft, hinter ihr ragte in einem Goldrahmen Zar Alexander II., das rasierte Kinn auf Dunjaschas goldenen Kopf gestützt. Am Flügel saß ein dicker, kahlköpfiger Mann, der langsam und sparsam den Tasten gedämpfte Akkorde entlockte.

In bescheidenem, schwarzem Kleid mit Spitzenkragen, eine rote Rose am Gürtel und klein wie ein Backfisch, füllte Dunjascha den Saal mit Worten, die ebenso einfach waren wie sie selbst. Ihr nicht starkes, aber geschmeidiges und klares Stimmchen klang unerschöpflich und schuf eine angespannte Stille. Samgin, der die einförmigen Modulationen des Liedes nicht weiter beachtete, spürte in dieser Stille etwas Angenehmes und suchte, was das war. Er fand es leicht heraus: Mehrere hundert Menschen hörten stumm und wahrscheinlich sogar dankbar der Stimme der Frau zu, über die er verfügen konnte, wie er wollte. Er lächelte, nahm die Brille ab und dachte, während er sie putzte, nicht ohne Stolz, daß Dunjascha begabt sei. Die Stille wurde plötzlich durch einmütiges Händeklatschen und Rufen gesprengt und aufgehoben, besonders stürmisch rief die Jugend auf der Empore, und irgendwo in der Nähe sagte, mit seiner Stärke prunkend, ein sehr tiefer Baß: »Dan-ke!«

Dunjascha wiegte sich komisch, schwenkte die Arme und nickte mit ihrem kupferroten Kopf; ihr sommersprossiges Gesicht strahlte vor Freude; sie ballte beide Hände zu einer kleinen Faust, schüttelte sie vor ihrem Gesicht, dann küßte sie diese kleine Faust, löste die Hände voneinander und warf den Kuß dem Publikum zu. Diese Gebärde rief noch stürmischeres Rufen, ein frohes Lachen im Saal und auf der Empore hervor. Samgin lächelte auch und blickte die Leute neben sich an, besonders einen dicken Mann in der Uniform des Verkehrsministeriums, dieser betrachtete Dunjascha durchs Opernglas und sagte laut mit genießerischem Schmatzen: »Wie lieb sie ist, das Kätzchen! Verderblich lieb . . .«

Man ließ sie eine ganze Weile nicht zum Singen kommen, dann sagte sie etwas zum Publikum und begann in der Stille wieder erstaunlich leicht zu singen. Samgin fühlte plötzlich, daß ihn das alles kränkte. Er zog sich sogar vom Publikum auf einen Absatz zwischen zwei Marmortreppen zurück, schloß sich von diesen Hunderten von Menschen aus. Er erinnerte sich lebhaft Dunjaschas im Bett, nackt, mit zerzaustem Haar, die Zähne lüstern zeigend. Und dieses sinnliche, hemmungslose kleine Frauenzimmer zwang nun ein paar hundert Menschen, ihr zuzuhören, über sie in Entzücken zu geraten, nur weil sie dumme Lieder zu singen verstand, weil sie die Fähigkeit besaß, das Gejammer der Bauernweiber und Bauernmädchen, die Sehnsucht der Weibchen nach den Männchen wiederzugeben.

Es gibt Menschen, die in ihrem Leben die mannigfaltig schweren Eindrücke des Daseins unermüdlich zermahlen wie die Mühlsteine Körner, um in ihnen etwas zu entdecken oder um sie zunichte zu machen. Solche Menschen existieren für diese Idiotenmenge nicht. Sie – existiert.

Während er nachdachte, hörte Samgin der reizvollen Melodie eines schwermütigen Liedes zu und wurde immer erbitterter Dunjascha gegenüber, und als die Stille wieder gesprengt wurde, fuhr er zusammen und wiederholte: Diese Idioten!

Es klang im Saal, als schlügen viele hundert Hühner mit den Flügeln; von der Empore herab rief jemand: »Ein ukrainisches!«

Zwei junge Leute kamen mit einem Blumenkorb die Treppe heraufgelaufen, ihnen entgegen bewegte sich das Publikum, ein Mann mit breitem, grauem Bart, in langschößigem Überrock, sagte: »Bezaubernd! Das ist etwas von uns! Das ist Rußland!«

Auf Samgin kam in dunkelrotem Kleid, einen bunten Schal über der Brust, Marina zu: »Laß uns hinuntergehen, dort kann man Tee trinken«, schlug sie vor und seufzte laut, als sie die Treppe hinuntergingen. »Wie reizend sie sich mit den Liedern schmückt, und wie rein ihre Stimme ist, da kann man wirklich sagen: ein lichtbringendes Stimmchen!«

Wenn sie sprach, zuckten ihre Brauen, mit erhabenem Kopfnikken erwiderte sie ehrfürchtige Verneigungen.

»Ich bin ein schlechter Kenner von Volksliedern«, sagte Samgin trocken.

»Das Lied ist das eine, der Gesang etwas anderes.«

Samgin war es peinlich, neben Marina zu gehen, die Städter betasteten ihn unverfroren mit neugierigen Blicken, stießen ihn, ohne sich zu entschuldigen. Unten in dem großen Raum drängten sie sich wie in einem Bahnhof, gingen in dichter Masse zum Büfett; es funkelte vom verschiedenfarbigen Glas der Flaschen, und inmitten der Flaschen erhob sich über einer kleinen Tür zwischen zwei Schränken ein schwerer Heiligenschrein mit goldenen Weinstöcken, worin sich eine Ikone mit dunklem Antlitz befand; vor der Ikone flackerte in einer Kristallampel ein Flämmchen, und das verlieh dem Büfett eine sonderbare Ähnlichkeit mit dem Ikonostas einer Kapelle. Und wenn die Leute die Gläser erhoben, schien es, als bekreuzigten sie sich. Irgendwo in der Nähe klapperten Billardkugeln, als setzten sie Punkte hinter die belehrenden Worte des bärtigen Mannes im langschößigen Überrock: »In unserer Zeit an altvertraute, liebe Schönheit zu erinnern – das ist ein Verdienst!«

Links spielten gesetzte Männer bei offenen Türen an drei Tischen Karten. Vielleicht sprachen sie miteinander, doch der Lärm übertönte ihre Stimmen, und die Handbewegungen waren so einförmig, als wären alle zwölf Gestalten Automaten.

Marina, die halblaut die Sängerin lobte und sich nachdenklich an ein Tischchen in der Ecke setzte, bestellte Tee und berührte Samgin mit den Fingern am Ellenbogen. »Warum bist du so mürrisch?«

»Ich sehe und höre zu.«

»Aha – dem dort? Das ist der hiesige Don Juan . . .«

Zwei Schritte von Klim entfernt stand, mit dem Rücken zu ihm, ein schmaler, wohlgebauter Mann im Frack und sagte, sich selbst mit der Hand in einem breiten Ärmelaufschlag dirigierend, schallend zu zwei dicken Männern: »Ja, die Revolution ist beendet! Aber wir wollen uns nicht über sie beklagen, uns, der Intelligenz, hat sie großen Nutzen gebracht. Sie hat uns gesäubert, hat all das Überflüssige, Lebensfremde abgeworfen, das uns zu leben hinderte, wie Muscheln und Algen am Kiel ein Schiff bei der Fahrt behindern . . .«

»Er hat den Dienst hinter sich und – demaskiert sich«, fügte Marina mit leisem, spöttischem Lachen ein.

»Jetzt steht uns eine lebendige, praktische Sache bevor . . .«

»Das Söhnchen des Kreisadelsmarschalls«, raunte Marina.

»Die Staatsordnung . . .«

»Halt's Maul!« brüllte eine heisere Stimme. Samgin zuckte zusammen, erhob sich, alle Köpfe wandten sich dem Büfett zu, das Stimmengewirr wurde leiser, das Klappern der Billardkugeln lauter, und als es ganz still geworden war, sagte jemand trübsinnig: »Na was denn? Wir spielen Treff.«

Am Büfett stand Oberleutnant Trifonow, die Rechte hielt er am Degengriff, mit der Linken hatte er einen kahlköpfigen Mann, der um einen Kopf größer war als er, am Kragen gepackt; er zog den

Kahlköpfigen zu sich heran, stieß ihn wieder von sich und krächzte: »So ein Pack in Schutz zu nehmen, dabei hat es ...«

Der Kahlköpfige gab wankend, die Hände an der Hosennaht, einige unartikulierte Laute von sich.

»Rufen Sie den diensthabenden Obmann!« rief der Mann im Frack und lief in das Zimmer der Kartenspieler.

»Was für ein Gesichtchen er macht – hu!« sagte Marina ziemlich gleichmütig.

Samgin blickte unverwandt das krebsrote, häßlich aufgedunsene Gesicht und die Brust des Oberleutnants an; der Oberleutnant atmete so stürmisch und rasch, daß das weiße Ordenskreuz an seiner Brust hüpfte. Das Publikum zog sich eilig zurück, der Mann im Überrock trat mit breiten Schritten auf den Oberleutnant zu, verbarg die Hand mit der Zigarette auf dem Rücken und fragte: »Entschuldigen Sie, worum geht es?«

»Scher dich weg«, sagte der Oberleutnant müde, er stieß den Kahlköpfigen von sich, dann wollte er ein Glas vom Tablett nehmen, warf es aber um, schlug mit der Faust auf die Theke und kreischte auf. »Warum hast du dich denn als Bauer kostümiert, du Tölpel?« schrie er den Mann im Überrock an. »Ich – prügle die Bauern! Verstehst du? Ihr hört euch Liederchen an, spielt Karten und Billard, während meine Leute sich die Glieder abfrieren, der Teufel soll euch holen! Und ich bin für sie verantwortlich.«

Der Oberleutnant holte weit mit der Hand aus, schlug sich an die Brust und stieß einen Fluch aus, der sich nicht wiedergeben läßt ...

»Rufen Sie den Kommandanten an«, rief der bärtige Mann, ergriff einen Stuhl und stellte ihn als Schutz zwischen sich und den Oberleutnant, der am Degengriff zog, ohne die Säbelscheide mit der Linken festzuhalten.

»Na, gehen wir«, schlug Marina vor. Samgin schüttelte ablehnend den Kopf, aber sie hakte sich bei ihm ein und führte ihn weg. Aus dem Billardzimmer stürzte, die Hände mit dem Taschentuch abwischend, ein hochgewachsener, dünnbeiniger Offizier heraus, er lief mit so kleinen Schritten zum Büfett, daß Marina bemerkte: »Er rennt – aber beeilt sich nicht.«

»Sie machen Revolution, diese Schufte, und dann brüllen sie: Schütze uns!« rief der Oberleutnant; der Offizier trat dicht an ihn heran und schneuzte bedrohlich, als wollte er das rasende Geschrei übertönen.

»Du machst ein gräßliches Gesicht, was hast du?« raunte Marina Samgin ins Ohr, er murmelte: »Ich bin mit ihm in ein und demselben

Abteil gereist. Er fuhr zur Unterdrückung eines Aufstandes. Er ist nicht ganz normal ...«

»Hu, so gefällst du mir nicht, nein«, sagte Marina, als sie die Treppe betraten.

Eine Klingel rasselte, irgendwer rief verzweifelt: »Meine Herrschaften! Der zweite Teil des Konzerts beginnt ...«

Auf der Treppe ließ Marina Samgins Arm los, er ging sofort in die Garderobe hinunter, zog sich an und begab sich nach Hause. Der Schnee fiel in dichten Flocken, der Wind säuselte leise und steigerte dadurch die Stille.

Worüber bin ich erschrocken? überlegte Samgin, während er langsam dahinschritt. Ich gefiele ihr nicht, hat sie gesagt ... Was bedeutet das? Eine gleichgültige Kuh, beschimpfte er Marina, fühlte aber sofort, daß seine Erregung nicht diese Frau betraf.

Der Oberleutnant ist betrunken, oder er ist verrückt, aber er hat recht! Möglicherweise werde ich auch schreien. Jeder vernünftige Mensch muß schreien: Untersteht euch, mir Gewalt anzutun!

Zugleich mit dem betrunkenen Gebrüll des Oberleutnants erklangen in seinem Gedächtnis die Worte von der lieben, altvertrauten Schönheit, von den Muscheln und Algen am Schiffskiel und davon, daß die Revolution beendet sei.

Das ist Lüge! rief Samgin innerlich. Sie ist nicht beendet. Sie kann nicht beendet sein, solange man nicht aufhört, mein Ich zu martern ...

Er erkannte die plumpe Naivität seiner Gedanken, und das verstimmte und kränkte ihn noch mehr. In dieser Stimmung des Gekränktseins über sich selbst und über die Menschen, in der Stimmung erbitterter Betrübnis, die sich durch Nachdenken weder erschöpfen noch auslöschen ließ, kam er heim, zündete die Lampe an, setzte sich möglichst weit weg von ihr auf einen Sessel in der Ecke und saß, sich auf etwas vorbereitend, lange im Halbdunkel. Er saß da und erinnerte sich gewohnheitsmäßig an alles, was ihm begegnet war und ihn – so oder so – doch stets schmerzlich berührt hatte. Er brachte sich in Erinnerung, daß es solche zur Einsamkeit verurteilte Menschen wie er wahrscheinlich zu Tausenden und aber Tausenden gebe und daß er vielleicht unter ihnen derjenige sei, der am tiefsten leide. Die mit Erinnerungen schwer beladene Zeit schleppte sich äußerst langsam hin; die Uhr zeigte schon längst auf Mitternacht, und Samgin dachte einen Augenblick: Die Verehrer der lieben alten Zeiten bewirten sie jetzt in irgendeiner Gastwirtschaft.

Es war unangenehm, sich einzugestehen, daß er auf Dunjascha wartete.

Sie ist es nicht, auf die ich warte. Ich bin kein Verliebter. Bin kein Diener.

Doch als es im Korridor raschelte, als huschte der Wind vorbei, und als Dunjascha hereingelaufen kam, mit kalten Pfötchen seine Wangen umfaßte und ihn auf die Stirn küßte, empfand Samgin eine kleine Freude.

»Du wartest?« fragte sie mit raschem Geflüster. »Liebster! Ich ahnte es doch: sicherlich wartet er! Schnell, gehen wir zu mir hinüber. Neben dir hat sich ein recht widerlicher Mensch eingenistet, und scheinbar ein Bekannter. Er schläft noch nicht, er steckte eben den Kopf zur Tür heraus«, flüsterte sie und zog ihn hinter sich her; er ging mit und fühlte eine sonderbare, herbkühle Freude in sich aufsteigen.

»Tritt nicht so laut auf«, bat Dunjascha im Korridor. »Sie hatten mich natürlich zum Abendessen mitgenommen, das ist immer so! Sie sind sehr liebeswürdig, na und überhaupt ... Trotzdem ist das ein Gesindel«, sagte sie seufzend, als sie ihr Zimmer betreten hatte und die Oberkleidung ablegte. »Ich fühle das doch: Für sie sind Sängerin, Barmherzige Schwester oder Stubenmädchen – gleichermaßen Dienerin.«

»Gestern sprachst du anders«, erinnerte sie Samgin.

»Muß man denn jeden Tag ein und dasselbe sagen? So würde man ja nur sich selbst und den Mitmenschen zuwider werden.«

Auf dem Tisch brodelte der Samowar, blakte eine unförmige Lampe, Samgin verkleinerte sachkundig die Flamme.

»Ach, sie ist so niederträchtig«, sagte Dunjascha mit wegwerfender Handgebärde in Richtung der Lampe. »Nun, sag: Wie singe ich? Nein, warte – ich wasche mir erst die Hände, sie haben sie mit Küssen bedeckt, sie besudelt, diese Teufel ...«

Sie verschwand hinter dem Wandschirm, polterte dort mit dem Eisen des Waschtischs und schimpfte: »Hu, der Teufel ...«

Die Lampe blakte wieder. Samgin zündete zwei Kerzen an und löschte die Lampe aus.

»So ist es gemütlicher«, stimmte Dunjascha zu, als sie im pelzbesetzten Morgenkleid hinter dem Wandschirm hervortrat; sie hatte ihren Zopf gelöst, das rötliche Haar hing üppig über Rücken und Schultern herab, ihr Gesicht hatte sich zugespitzt und gewann in Klims Augen Ähnlichkeit mit einem Fuchsschnäuzchen. Obwohl Dunjascha nicht lächelte, glühten ihre unsteten, veränderlichen Augen vor Freude und schienen sich um das Doppelte vergrößert zu haben. Sie setzte sich auf den Diwan und schmiegte den Kopf an Samgins Schulter.

»Liebster, ich bin froh! So froh, daß ich wie berauscht bin und sogar weinen möchte! Oh, Klim, wie wunderbar ist das, wenn man fühlt, daß man seine Sache gut kann! Bedenke, was bin ich denn? Eine Choristin, meine Mutter ist eine Kuhmagd, mein Vater ist Zimmermann, und auf einmal – kann ich das! Da habe ich solche Schnauzen und Dickwänste vor Augen, doch ich singe, und jetzt gleich – wird mir das Herz brechen, daß ich sterbe! Das ist ... herrlich!«

Nach Wein roch sie nicht, nur nach Parfüm. Ihre Begeisterung erinnerte Klim daran, mit welcher Erbitterung er im Konzert an sie und an sich gedacht hatte. Ihre Begeisterung war unangenehm. Dunjascha aber setzte sich zu ihm auf die Knie, nahm ihm die Brille ab und warf sie auf den Tisch, dann blickte sie ihm in die Augen.

»Nun sag: Habe ich dir gefallen?«

Samgin streckte die Hand nach der Brille aus und beugte sich dabei so weit vor, daß Dunjascha ihm vom Schoß glitt; darauf erhob er sich und begann, während er mit dem Weinglas in der Hand im Zimmer umherging, zu sprechen, ohne noch zu wissen, was er sagen werde: »Ich hatte mich verspätet und mußte an der Tür stehen, dort hört man schlecht, und in der Pause ...«

Er erzählte ausführlich von seiner unfreiwilligen Bekanntschaft mit dem Oberleutnant, davon, wie hart der Oberleutnant sich gegen den Gendarmen benommen hatte. Aber Dunjascha rührte das Mißgeschick des Gendarmen nicht, und als Samgin erzählte, wie der Rowdy den Revolver geraubt hatte, hörte er Dunjascha flüstern: »Ein tüchtiger Bursche ...«

Samgin warf einen verärgerten Seitenblick auf sie und sprach weiter von dem rebellischen Oberleutnant im Klubhaus. Dunjascha hörte mit kindlich halbgeöffnetem Mund zu, blinzelte, hatte ihr Haar in die Hände genommen und strich sich damit langsam über die Wangen.

»Nach dem Skandal ging ich und dachte über dich nach«, sagte Samgin halblaut, wobei er den Zigarettenrauch betrachtete und mit ihm Achten in die Luft malte. »Du singst dort oben, bildest dir ein, deine Stimme veredle diese Viecher, während unten diese Viecher ...«

»Warum soll denn der Offizier ein Vieh sein?« fragte Dunjascha verwundert, mit zusammengezogenen Brauen. »Er ist bloß dumm und unentschlossen. Er sollte zu den Revolutionären gehen und sagen: ich geh mit euch! Das ist alles.«

Sie schenkte sich ein Glas Madeira ein und sagte: »Ich bilde mir überhaupt nichts ein.«

»Der Oberleutnant interessiert mich selbstverständlich nicht, sondern deine Zukunft ...«

Und dann blieb er vor Dunjascha stehen und begann ihre Zukunft auszumalen.

»Du hast keine große Stimme, und sie wird nicht lange vorhalten. Das Künstlermilieu ist ein Milieu vom Publikum verwöhnter Menschen, die ungebildet, zügellos sind und eine simple Moral haben. Einiges an ihnen – zum Beispiel an Alina – hat vielleicht auch dich schon angesteckt.«

Er sah Dunjaschas Gesicht immer länger werden, es verlor die lebhafte Farbe, wurde scheckig, die Sommersprossen traten hervor, und sie kniff die Augen zu.

»Öffentliche Hanswurste sind das, sie sind nur zur Belustigung der Satten da ...«

»Ach, mein Gott!« schrie Dunjascha auf und schlug verwundert die Hände zusammen. »Das hätte ich nicht erwartet! Du redest ja genau wie mein Mann ...«

»Wenn er so redete, hat er nicht dumm geredet«, sagte Samgin, beiseite tretend, während sie bis zu den Schultern errötete, das Haar in den Rücken warf und fortfuhr: »Nein, dumm! Er ist ein hohler Mensch. Für ihn gibt es nur Gesetze, er hat alles aus Büchern, und im Herzen hat er nichts, sein Herz ist gänzlich leer! Nein, warte!« schrie sie auf und ließ Samgin nicht zu Wort kommen. »Er ist geizig wie ein Bettler. Er liebt niemanden, weder Menschen noch Hunde, noch Katzen, nur Kalbshirn. Ich dagegen lebe so: Hast du etwas, das erfreuen kann? Dann gib es hin, teile es mit jemandem! Ich möchte leben, um Freude zu bereiten ... Ich weiß, daß ich das kann!«

Doch nun rannen ihr Tränen aus den Augen, und Samgin dachte: Sie versteht nicht richtig zu weinen – ihre Augen sind geöffnet und funkeln grell, der Mund lächelt, sie schlägt sich mit den Fäusten auf die Knie und ist überhaupt kriegerisch lebhaft. Ihre Tränen sind nicht echt, unnötig, das sind keine Tränen des Schmerzes oder der Kränkung. Sie sagte mit tiefer Stimme: »Er ist ein Dummkopf. Jederzeit ein Dummkopf: stehend, sitzend, liegend. Siehst du, solche Leute sollte man prügeln ... sogar erschießen sollte man sie – mach keinen Rauch, keinen Gestank, du Dummkopf!«

Samgin hörte zu und fühlte, daß er sich ärgerte. Er drückte die Zigarette an einer Zitronenscheibe aus und sagte durch die Zähne: »Warte ein wenig, wüte nicht so ...«

Sie wartete nicht. Auf dem Diwan zurückgelehnt, die Hände auf den Sitz gestützt, betrachtete sie Samgin verwundert und sagte: »Ich begreife gar nicht, wie du in das gleiche Horn stoßen kannst! Du kennst ihn nicht einmal. Und plötzlich beginnst du, der du so klug bist . . . weiß der Teufel, was das ist!«

Samgin zuckte mit den Achseln und sagte: »Du singst süße Liedchen, und diese Idioten kommen zu der Überzeugung, alles sei in bester Ordnung . . .«

Er sah ein, daß er schlecht sprach und daß seine Worte nicht zu ihr gelangten. Er hätte gern geschrien, gestrampelt und überhaupt diese kleine Frau erschreckt, damit sie andere Tränen weine. Das feindselige Gefühl gegen sie berauschte ihn, erregte seine Sinnlichkeit und erweckte Rachsucht. Er schritt vor ihr umher und malte sich ein Bild zynischer Abrechnung mit ihr aus, bereitete sich vor, sie zu packen und zu quetschen, ihr Schmerz zuzufügen, sie zum Weinen und Stöhnen zu bringen; er hörte schon nicht mehr, was Dunjascha sagte, sondern blickte ihre fast entblößten Brüste an und wußte, daß jetzt gleich . . .

Aber sie selbst nahm ihn beim Arm, zwang ihn, sich neben sie zu setzen, dann umschlang sie fest seinen Kopf und fragte mit raschem, beunruhigtem Flüstern: »Was hast du, Liebster? Wer hat dir was zuleide getan? Nun, sag es mir doch! Mein Gott, du hast solche verrückten, solche kläglichen Augen . . .«

Das war dumm, lächerlich und erniedrigend. Das hatte er nicht erwartet, er hätte sich nicht einmal vorstellen können, daß Dunjascha oder eine andere Frau in solchem Ton mit ihm sprechen würde. Betäubt, als hätte man ihn mit etwas Weichem, aber Schwerem auf den Kopf geschlagen, versuchte er sich aus ihren kräftigen Armen zu befreien, aber sie leistete Widerstand, drückte ihn noch fester an sich und raunte ihm leidenschaftlich ins Ohr: »Ich weiß, daß du es schwer hast, aber das wird ja nicht lange dauern, die Revolution wird kommen, sie wird kommen!«

»Erlaube mal«, murmelte er und wollte ihr etwas Böses, Ironisches, Vernichtendes sagen, sagte aber nur: »Das ist unbequem.«

Es war tatsächlich unbequem: Dunjascha schaukelte seinen Kopf hin und her, der steife Hemdkragen rieb ihn am Hals, Dunjaschas Armreif drückte ihn schmerzhaft am Ohr.

»Du bist ein kluger Mann«, flüsterte sie. »Ich weiß doch vieles über dich, ich habe gehört, wie Alina es Ljutow erzählte, und Makarow redete auch davon, und Ljutow selbst sprach auch gut von dir . . .«

Klim hatte endlich seinen Kopf befreit, ordnete sein Haar und sprang auf.

»Ljutow hat von mir nicht gut sprechen können, noch überhaupt von sonst jemandem.«

Er fühlte, daß er nicht das Richtige sagte, sich nicht richtig benahm, und wahrscheinlich lächerlich war.

»Nein, nein, das stimmt nicht!« rief Dunjascha hastig und mit Nachdruck. »Er sagte in meinem Beisein zu Makarow: ›Samgin schaut vom Dachboden auf die Straße und wartet auf seinen Tag, sammelt Kräfte, und wenn es soweit ist, wird er ins Licht hinaustreten – und da werden wir alle nur so staunen!‹ Nur sagen sie, du seist sehr selbstsüchtig und verschlossen.«

Sie stand, die Arme auf seinen Schultern, vor ihm – die Arme waren schwer, doch ihr Augen glänzten betörend.

Eine höchst banale Szene, suchte Samgin sich einzureden, hörte aber zu.

»Ljutow ist großartig! Er ist wie Akim Alexandrowitsch Nikitin – der Zirkusdirektor, weißt du, der alle Artisten, Tiere und Menschen durchschaut.«

Er hatte ihre Taille umfaßt, aber ihre Arme schienen immer schwerer zu werden und machten seine grausamen Absichten zunichte, kühlten seine rachsüchtig erregte Sinnlichkeit. Aber trotz alledem mußte die Frau zurechtgewiesen werden.

»Nun, genug!« sagte er, packte sie absichtlich fest, ja grob und hob sie hoch, aber sie entwand sich seinen Armen und sprang hinter den Tisch.

»Nein, warte! Du meinst wohl, ich sei eine arme Irre, so etwas wie ein kleines, dummes Straßenmädchen? Du meinst, ich kennte die Menschen nicht? Gestern hat ein hiesiger Journalist, so ein stupsnasiges, fettes Ferkel . . . Nun, es lohnt nicht, davon zu reden!«

Sie schlug das Morgenkleid über der Brust zusammen und sagte laut: »Nicht das Abscheuliche soll man mit anderen teilen, sondern das Erfreuliche . . .«

»Genug«, wiederholte Samgin und trat auf sie zu.

»Laß das, du hast mich verstimmt, und ich bin müde!«

Sie seufzte und blickte gelangweilt hinter seine Schulter, an seinem Gesicht vorbei.

»Ich hatte gehofft, mit dir feiern zu können! Doch es ist nicht geglückt . . . Geh jetzt. Ich bin sehr schlechter Laune! Auch ist es schon spät. Geh bitte!«

Klim ging, ohne ein Wort zu sagen, und hoffte sie damit zu kränken oder ihr begreiflich zu machen, daß er beleidigt sei. Er fühlte sich tatsächlich durch sich selbst beleidigt, weil er bei dieser sonderbaren Szene eine dumme Rolle gespielt hatte.

Der Teufel hat mich geritten, mit ihr zu reden! Sie ist gar nicht für Gespräche geeignet. Ein ganz banales kleines Frauenzimmer, dachte er zornig, als er sich auszog, und legte sich zu Bett mit der festen Absicht, morgen mit Marina wegen des Geldes zu sprechen und morgen noch auf die Krim zu fahren.

Als er jedoch am Morgen Tee trank, erschien Dronow.

Sein ganzes Wesen drückte Freude aus, er lächelte breit, so daß seine mit Gold reparierten Zähne sichtbar wurden, fuhr behende mit seinen Augäpfeln über Samgins Gesicht und Gestalt, zappelte mit den Beinen wie eine Fliege und rieb sich die Hände so kräftig, daß die Haut knirschte. Sein verschwommenes Gesicht erinnerte Klim an die Gestalten seines Traumes, die statt Gesichtern Handflächen hatten.

»Du bist alt geworden, Samgin, wirst grau und hast spärliches Haar«, stellte er fest und fügte mit freundschaftlichem Vorwurf hinzu: »Etwas früh! Obwohl die Zeiten so sind, daß man sogar grün anlaufen könnte.«

Samgin bot ihm Tee an, aber Dronow bat um Wein.

»Hier gibt es Weißwein, Graves, er ist sehr leicht und lieblich! Verlange etwas Käse, und dann bestellen wir ein Kaffeechen«, riet er flott. »Entschuldige, ich habe nachts fast gar nicht geschlafen, nach dem Konzert fand ein Essen statt, danach gab es ein Drama: Ein Offizier war übergeschnappt, hieb mit dem Säbel auf einen Polizisten ein, verwundete einen Droschkenkutscher und einen Nachtwächter und benahm sich überhaupt – recht kriegerisch!«

»Du erzählst lustig«, stellte Samgin lächelnd fest; Dronow blickte ihn mit zugekniffenem Auge von der Seite an und sagte, während er sich das rasierte Kinn rieb, sehr einfach: »Ich werde Zyniker, mein Lieber. Das Leben lehrt einen am erfolgreichsten den Zynismus.«

Er schnupperte mit der Nase und fügte ebenfalls lächelnd hinzu: »Jetzt, nachdem man es durcheinandergeschüttelt hat, riecht es nach Moder. Spürst du es nicht?«

»Nein«, antwortete Samgin und dachte, wenn er ihm erzählte, wie der Oberleutnant sich im Zug benommen, was er dort gesagt hatte, so würde Dronow darüber schreiben und alles banalisieren.

»Du spürst es nicht?« wiederholte Dronow, bestellte beim Kellner freundschaftlich Wein, Käse und Kaffee und – gähnte.

»Weißt du schon, Lidija Warawka lebt hier, sie hat sich ein Haus gekauft. Wie sich herausstellt, war sie verheiratet, ist verwitwet und – kannst du dir das vorstellen – ist eine Frömmlerin geworden, sie befaßt sich mit der religiös-sittlichen Wiedergeburt des Volkes, das ist – die Tochter Warawkas und einer Zigeunerin! Ein Witz, mein Lieber, nicht wahr? Sie ist eine wohlhabende Dame. Hier wird sie von der Sotowa, einer Geschäftsfrau, bearbeitet, die mit Kirchengerät handelt, sie soll auch Sektiererin sein, ist aber ein sehr schönes Weibsbild ...«

Samgin war es unangenehm, zu hören, daß Lidija in dieser Stadt lebte, und er hätte gern Näheres über Marina erfahren.

»In welchem Sinn bearbeitet sie Lidija – im sektiererischen?«

»Weiß der Teufel! Sie hat Lidija dazu gebracht, ihr ein Haus abzukaufen«, sagte Dronow widerstrebend und mit neuem Gähnen, streckte die Beine aus, steckte die Hände in die Hosentaschen und begann hastig zu fragen: »Nun, was tut sich dort bei euch, im Zentrum? Aus den Zeitungen wird man nicht klug. Herrscht nun immer noch Revolution oder schon Reaktion? Ich meine natürlich nicht, was gesprochen und geschrieben wird, sondern was man denkt. Von dem, was geschrieben wird, verdummt man nur. Die einen befehlen: Schürt das Feuer; die anderen: Löscht es! Und die dritten schlagen vor, das Feuer mit Stroh zu löschen ...«

»Und was meinst du selber?« fragte Klim; er wollte nicht über Politik sprechen und bemühte sich zu erraten, warum Marina, als sie die gemeinsamen Bekannten aufzählte, Lidija nicht erwähnt hatte.

»Was ich meine?« fragte Dronow zurück, schenkte sich Wein ein, trank ihn aus, wischte sich hastig die Lippen mit dem Taschentuch ab, und alle Anzeichen von Freude waren von seinem flachen Gesicht verschwunden; mit einem mürrischen Blick auf Klim kaute er an den Lippen und machte Schluckbewegungen, als wäre ihm übel. Samgin nützte die Pause aus.

»Immerhin: Was ist eigentlich diese ... Sotowa?«

»Nun ... was willst du denn von ihr?«

Klim sagte, er sei in Sachen seines Vollmachtgebers und der Sotowa hergekommen.

»Oje«, entgegnete Dronow. »Da hat dein Vollmachtgeber sich gerade den richtigen Zeitpunkt zum Prozeß ausgesucht! Stoßen wir an!«

Dronow schlürfte den Wein mit wonnig geschlossenen Augen aus und seufzte: »Die Sotowa? Sie ist schön, reich, man sagt, sie ist klug und angeblich fleischlichen Gelüsten unzugänglich, sie genießt Achtung in der Stadt, ist aber im allgemeinen eine undurchsichtige Frau! Ihr Mann war, wie es heißt, irgendein hausbackener Philosoph, Sektierer und Wucherer, hat jemanden vollständig ruiniert, worauf dieser sich erschoß. Frag doch Lidija nach ihr«, sagte er und zog die Schultern hoch, als fröre ihn. »Sie rupft Lidija sicherlich gehörig. Lidija ist doch reich – hu-hu! Ich habe sie um Geld für einen Verlag gebeten! Es ist doch mein Traum, Bücher herauszugeben! Sie willigte ein, versprach es mir, aber die Sotowa hat es ihr anscheinend verboten. Na – der Teufel soll sie beide holen! Ich werde mir schon Geld verschaffen. Nein, sag mir mal: Werden wir eine Verfassung bekommen?«

»Wir werden sie bekommen«, versprach Samgin, ohne ihn anzusehen.

»So ...«

Dronow erhob sich ein wenig, schlug das eine Bein unter, setzte sich darauf und sah Samgin ein paar Sekunden ins Gesicht, wobei er sich auf die Lippen biß und mit der Uhrkette spielte; dann fragte er: »Brauchst du sie denn? Die Verfassung?«

»Eine sonderbare Frage.«

»Nein – im Ernst!«

»Ein Schritt vorwärts«, sagte Samgin widerstrebend und achselzuckend.

»Und – weit vorwärts?« fragte Dronow beharrlich. Klim, der gerade Wein einschenkte, antwortete nicht sofort.

»Wir werden sehen.«

»Das war vorsichtig gesagt«, seufzte Dronow. »Ich glaube nicht recht an das Ruhigsein, mein Lieber. Rußland ist ein un-ru-hi-ges Land«, sagte er, hierdurch an Turgenjews Pigassow erinnernd. »Ein durch und durch unruhiges. Und es regieren in ihm nicht die Romanows, sondern die Karamasows. Die Dämonen regieren. ›Es kreisen allerhand Dämonen.‹«

Er wird betrunken, stellte Samgin fest.

Dronows Gesicht quoll auf, er schnaufte, die Nasenflügel bebten, die Ohren wurden blutrot und schwollen an.

»Entsinnst du dich Tomilins? Ein prophetischer Mensch. Er kam hierher, um einen Vortrag über ›Ideal, Wirklichkeit und Dostojewskijs »Dämonen«‹ zu halten. Er wurde einmütig ausgepfiffen. Und in Tula oder Orjol wollte man ihn sogar verprügeln. Warum schneidest du Grimassen?«

»Ich habe Kopfschmerzen.«

»Bolschewik oder Menschewik?«

»Ich befasse mich nicht mehr mit Politik.«

Samgins Antwort oder die Gleichgültigkeit, mit der er antwortete, schien Dronow zu ernüchtern, er nahm seine goldene Uhr aus der Tasche und sagte, während er auf sie blickte, sehr einfach und nüchtern: »Ja, du gehörst nicht zu den Fischen, die sich mit einem Blinkköder fangen lassen! Ich auch nicht. Tomilin ist natürlich ein Katalog von Büchern, die niemand liest, und ein selbstzufriedener Idiot. Er prophezeit – aus Angst, wie alle Propheten. Na – der Teufel soll ihn holen!«

Er ließ die Uhr an der Kette pendeln, sah Samgin nachdenklich ins Gesicht und fuhr fort: »Jedoch – in welcher Strömung soll man schwimmen? Das ist, offen gesagt, mein Problem. Ich traue niemandem, mein Lieber. Auch dir nicht. Du befaßt dich mit Politik, alle Brillenträger befassen sich mit Politik. Ferner bist du Advokat, und jeder Advokat will ein Gambetta oder ein Jules Favre werden.«

»Das ist geistreich«, sagte Samgin, da er fand, daß er etwas sagen müsse.

Dronow erhob sich und blickte auf seine Füße mit Gamaschen.

»Ich sehe, daß du nicht aufgelegt bist, dich offen auszusprechen«, sagte er mit spöttischem Lächeln. »Und ich habe keine Zeit, dich aufzurütteln. Ich begreife natürlich: Das ist Konspiration! Vorgestern traf ich Inokow auf der Straße, ich rief ihm sogar etwas zu, aber er tat so, als kennte er mich nicht. Tja. Unter uns gesagt: Er war es, der den Oberst Wassiljew niedergeknallt hat, das steht fest! Na ja – leb wohl, Klim Iwanowitsch! Viel Erfolg! Ich wünsche dir viel Erfolg.«

Es schien, als wäre Dronow nicht gegangen, sondern als hätte er sich in der Luft in dicken, grauen Rauch aufgelöst.

Dieser kleine Halunke möchte gern groß sein, hat aber vor irgend etwas Angst, entschied Samgin, stieß den Stuhl, auf dem Dronow gesessen hatte, mit dem Knie beiseite und begann sich sorgfältig anzuziehen, weil er Marina besuchen wollte.

Sie hat auch von Lebensangst gesprochen, erinnerte er sich, als er unter der silbernen Sonne dahinschritt. Die Stadt, die sich in der Nacht mit Schnee geschmückt hatte, war erstaunlich sauber und ungewöhnlich, freundlich langweilig.

In Marinas Laden herrschte diesmal ein noch grellerer Glanz, als hätte man all das Kirchengerät eifrig mit Kreide blankgeputzt. Besonders stach ein Christus ins Auge, der, großzügig und lustig von der Sonne beschienen, vergoldet, kokett an ein schwarzes Marmorkreuz geschlagen war. Marina verkaufte gerade einem alten Mann im halblangen Schafpelz goldene Brustkreuzchen, er schüttete sie nachdenklich aus einer Hand in die andere, und sie sagte freundlich und eindringlich zu ihm: »Um heilige Gegenstände lange zu feilschen ist nicht schön!«

»Aber der Käufer, der wird doch mit mir feilschen?« fragte kopfschüttelnd der Alte. »Er möchte ja auch gern den heiligen Gegenstand so billig wie möglich kaufen . . .«

Im selben freundlichen Ton, in dem sie mit dem Käufer sprach, sagte Marina zu Samgin: »Gehen Sie bitte dorthin!«

Das Zimmer hinter dem Laden schien Klim schon lange und bis

in die kleinsten Einzelheiten bekannt. Das war so sonderbar, daß es nach einer Erklärung verlangte, doch Samgin fand sie nicht.

Mein visuelles Gedächtnis ist gar nicht so gut, dachte er.

Der Junge mit dem bildhübschen Gesicht schloß fest die Tür zum Laden, das verlieh dem Zimmer eine noch unangenehmere Abgeschiedenheit. Das warme, etwas gespenstische Halbdunkel war auch unangenehm.

Eine undurchsichtige Frau, erinnerte sich Klim an Dronows Urteil und dachte verächtlich: Wie eine Fliege, auf allem hinterläßt sie ihre schmutzige Spur.

Dann erschien schlüsselklirrend Marina; er erzählte ihr sofort, weswegen er gekommen sei, und nachdem sie ihn aufmerksam angehört hatte, sagte sie träge: »Aljoscha Gogin weiß wahrscheinlich nicht, daß ich das Geld auf Kutusows Bitte hin sperren ließ. Schon gut, ich werde das regeln, und du wirst mir dabei helfen – an meinen Anwalt möchte ich mich in dieser Sache nicht wenden. Wie ist das denn, ziehst du mit Stepan am gleichen Strang?«

»Nicht ganz«, sagte Samgin. »Ich helfe, soweit ich kann.«

»Du sympathisierst«, sagte sie, als schriebe sie das Wort mit großer Handschrift, und erklärte es sich selber: »Sympathisieren, mitempfinden, bedeutet – nur halb empfinden. Trinken wir Tee?«

Sie fühlte die Seite des Samowars an, drückte auf einen Klingelknopf, und als der Junge zur Tür hereinblickte, sagte sie: »Wärme ihn auf, Mischa!«

Dann wandte sie sich wieder an Samgin: »An welcher Wahrheit wärmst du dich denn? Du bist doch Marxist?«

»Seine ökonomische Lehre erkenne ich an . . .«

»Stepan behauptet, man müsse Marx ganz anerkennen oder ihn lieber in Frieden lassen.«

Samgin fragte lächelnd: »Läßt du ihn in Frieden?«

Sie kam nicht zum Antworten, im Laden klirrte stürmisch die Glocke. Samgin setzte sich fester in den Sessel und dachte bei sich: Sie will mich ausforschen, Weiberneugier . . .

Er zwang sich wieder, an Marina als an ein energisches junges Mädchen in gelbem Jersey zu denken und sich ihrer dummen Worte zu erinnern: »Ich trage Jersey, weil ich Tolstois Predigten nicht ausstehen kann.« Kutusow pflegte sie »Kosakensturm« zu nennen. Und Samgin mußte wider Willen zugeben, daß diese Frau irgendeine angenehm bedrückende, warme Schwere an sich hatte.

Offenherzigkeit? Aufrichtigkeit? Ein interessanter Typ. Merkwürdig, daß sie gute Beziehungen zu Kutusow aufrechterhalten hat.

Im Laden sagte eine weiche Baßstimme einschmeichelnd melodisch: »Welch strahlenden Tag hat Gott uns beschieden, und wie schön harmoniert die Natur mit der Fröhlichkeit der Bürger, die vom Freiheitsgeist belebt sind . . .«

Dann begann die Baßstimme leiser zu sprechen, doch Marina sagte unnachgiebig: »Hundertfünfunddreißig, für weniger – das kann ich nicht.«

»Unser Städchen, Ehrenwerteste, ist klein, die Gemeindemitglieder sind nicht reich, rundum leben Heiden, Mordwinen.«

»Das kann ich nicht«, wiederholte Marina.

»Oh, hundert Rubel – das ist ja so viel Geld!«

Samgin horchte und lächelte. Der hübsche Mischa brachte den wütend kochenden Samowar herein und sah den Gast mit zornigem Blick unter seinen schwarzen Brauen hervor an, es schien, als wollte er nach etwas fragen oder schimpfen, doch da erschien Marina und sagte: »Die Popen feilschen erbarmungslos! Er kommt schon zum viertenmal, dabei wohnt er in einem entlegenen Landkreis. Wieviel Geld er schon allein fürs Essen ausgibt, wenn er sich hier aufhält!«

Während sie Tee aufbrühte, fuhr sie fort: »Ich hätte große Lust, mich mit dir mal, weiß du, so richtig offen ohne Auslassungspunkte zu unterhalten, ich brauche das sehr, aber du siehst ja, man stört mich immerfort! Nimm dir doch einen Abend und komm zu mir, hierher oder nach Hause.«

»Mit Vergnügen«, sagte Samgin.

»Zum Beispiel morgen. Da ist Sonntag, ich handle bis zwei. Ich habe dich als einen Menschen in Erinnerung, der mit vielem nicht einverstanden ist, und gerade das sind die interessantesten.«

Samgin hielt es für notwendig, sie darauf aufmerksam zu machen, daß er ihr wohl kaum interessant vorkommen werde.

»Na, wieso denn?« entgegnete sie freundlich. »Da hat ein Mensch sein halbes Leben hinter sich . . .«

»Das Leben läuft im Grunde darauf hinaus, daß der Mensch mit sich selbst seine liebe Not hat«, sagte Samgin fast zornig, unerwartet für sich selber, und das ärgerte ihn noch mehr.

»Das ist wahr«, stimmte Marina leicht und einfach bei, als hätte sie ganz gewöhnliche Worte vernommen.

Sie hat es nicht verstanden, dachte er mit mürrischer Miene und zupfte sich am Bärtchen, zufrieden darüber, daß sie sein unwillkürliches Eingeständnis so einfach hingenommen hatte. Aber Marina fuhr fort: »›Achtzigtausend Werst rund um sich selber herum‹, wie Gleb Iwanowitsch Uspenskij von Lew Tolstoi gesagt hat. Doch das ist wohl für immer so festgesetzt, daß die Erde sich rund um die Sonne dreht und der Mensch – rund um seinen Geist.«

Samgin blickte sie fragend an und erwartete irgendeine Hinterlist; sie schob ihm eine Tasse Tee hin und seufzte: »Ein prächtiger Mensch war Gleb Iwanowitsch! Ich habe ihn gesehen, als er geistig schon ganz verfiel, doch mein Mann hat ihn gut gekannt, sie tranken zusammen, Uspenskij schickte ihm seine Erzählungen, doch später stimmten sie im Verstand nicht mehr überein.«

Sie glättete mit den Händen den Rock auf ihren Knien und lächelte. »Auf ein Exemplar der Erzählung ›Es kam ihm in den Sinn‹ schrieb er für meinen Mann: ›Nach Gleichgewicht hast du getrachtet und bist vom Irrsinn jetzt umnachtet.‹ «

»Was bedeutet das: Sie stimmten im Verstand nicht mehr überein?« fragte Samgin, als sie verstummt war und Tee zu trinken begann.

»Nun – in den Denkgewohnheiten, in seiner Richtung«, sagte Marina, und ihre Brauen zuckten, ein Schatten huschte ihr über die Augen. »Uspenskij war doch, wie du weißt, ein Märtyrer und fühlte sich als Opfer der Welt, während mein Mann Hedonist war, jedoch nicht im Sinne nur des fleischlichen Lebensgenusses, sondern der geistigen Genüsse.«

Klim blickte in ihre umflorten Augen und sagte anmaßend: »Das verstehe ich nicht . . .«

»Ja, für dich ist das schwer verständlich«, gab Marina zu. »Du hast nicht umsonst auch im Gesicht etwas Ähnlichkeit mit Uspenskij.«

»Ich?« fragte Samgin verwundert. »Auch im Gesicht? Warum – auch? Meinst du denn, ich sei auch ein Opfer der Welt?«

»Nun, wer wäre nicht ihr Opfer?« fragte Marina und lachte plötzlich herzhaft, wobei sie den Kopf schüttelte, daß ihr üppiges, kastanienbraunes Haar wie Rauch wallte. Immer noch lachend, sagte sie: »Ja – worüber bist du denn erschrocken? Du darfst in mir nicht mehr jene kleine Närrin sehen, als die du mich in Petersburg gekannt hast, ich bin jetzt auf andere Art eine kleine Närrin.«

»Ich bin nicht erschrocken«, murmelte er, von ihr abrückend, »aber du wirst zugeben müssen, daß . . .«

Marina stand auf und reichte ihm die Hand. »Also – bis morgen! Um zwei. Nun – leb wohl!«

Als sie ihn hinausbegleitete, sagte sie im Laden: »Hast du gehört – ein Offizier hat ein paar Leute niedergesäbelt! Wie entsetzlich!«

»Ja«, stimmte Samgin bei.

Tatsächlich – eine undurchsichtige Frau, dachte er, als er im abendlichen kalten Halbdunkel durch die Straße schritt. Er dachte ärgerlich nach und fühlte, daß die feindselige Neugier sich in ein ernsthaftes und beunruhigendes Interesse für diese Frau verwandelte. Er rechtfertigte vor irgendwem: Sie würde jeden interessieren. Hedonismus. Irgend so ein Unsinn. Sie hat offenbar viel gelesen. Spricht in der Manier der Heldinnen Leskows. An den Oberleutnant erinnerte sie sich erst nach allem und gleichmütig. Eine andere wäre lange entsetzt gewesen. Und – in sentimentaler Weise . . . Intellektuelle Entsetzen sind überhaupt und immer sentimental . . . Ich neige anscheinend nicht dazu, entsetzt zu sein. Ich verstehe mich nicht darauf. Ist das ein Vorzug oder ein Mangel?

Da er Dunjascha nicht sehen wollte, ging er in eine Gaststätte und aß dort Mittag, dann saß er lange beim Kaffee, rauchte und dachte über Marina nach, stellte Betrachtungen über sie an, aber sie wurde ihm nicht verständlicher. Zu Hause fand er einen Brief von Dunjascha vor, sie teilte ihm mit, daß sie in eine Geschirrfabrik fahre, um dort zu singen, und in einem Tag zurückkehre. In einer Ecke des Briefes befand sich der sehr klein geschriebene Zusatz: »Neben Dir wohnt ein verdächtiger Mann, und ihn besuchte heute Sudakow. Entsinnst Du Dich Sudakows?«

Samgin zerriß den Zettel in kleine Fetzen, verbrannte sie im Aschenbecher, trat an die Wand und lauschte, im Nebenzimmer war es still. Sudakow und der »verdächtige Mann« störten ihn beim Nachdenken über Marina, er läutete, worauf der Zimmerkellner erschien, ein kleiner Alter, ganz in Weiß und grauhaarig.

Wie . . . irreal er ist, stellte Samgin fest. »Den Samowar und ein Fläschchen Rotwein, bitte! Wohnt jemand neben mir?«

»Der Herr beliebte mittags zum Bahnhof zu fahren«, antwortete höflich der kleine Alte.

Das war angenehm zu hören, und Samgin wandte sich sofort wieder Marina zu.

Eine kleine Närrin – auf andere Art? Sie glaubt an Gott. Und scheint sich selber zu ironisieren. Sollte sie wirklich an den kirchlichen Gott glauben? Im Grunde ist sie trotz ihres Umfangs auch irreal. Sie ist ungewöhnlich, gab er jemandem zu, der ihm widersprechen wollte.

Der Geruch des verbrannten Papiers zwang ihn, das Lüftungsfensterchen zu öffnen. An verschiedenen Stellen in der Stadt heulten die Hunde und bellten den Mond an. Der Mond stand über dem Feuerwachtturm. Wie der Punkt über dem i, erinnerte sich Samgin einer Verszeile von Musset – und stellte sich sofort ganz deutlich vor, wie dieses strahlende Kügelchen rund um die Erde kreist und wie die Erde sich in einer Spirale um die Sonne dreht, die ungestüm – und ebenfalls spiralenförmig – in den unermeßlichen Raum fällt; und auf der Erde, auf einem winzigen Punkt von ihr, in einer kleinen Stadt, wo die Hunde heulen, in einer öden Straße, steht in einem Holzkäfig ein gewisser Klim Samgin und blickt das tote Gesicht des Mondes an.

Es wurde kalt, er fuhr zusammen und schloß das Lüftungsfensterchen. Das kleine kosmologische Bild verschwand, doch Klim Samgin blieb, und es war ganz klar, daß dies auch irgendein irrealer Mensch war, ein sehr unangenehmer und sogar irgendwie ganz fremd jenem, der in einer unbekannnten, hölzernen Stadt bei trübsinnigem, erschrecktem Hundegeheul an ihn dachte.

Die Sache ist die, daß ich im Leben den Punkt nicht finden kann, der mich voll und ganz anzöge.

Er tat sich selbst leid, und so dachte er: Das ist eine Eigenschaft ausnehmend begabter, vielseitig talentierter Menschen.

Doch vielleicht – auch eine Eigenschaft von Leuten . . . die unter den Schlägen der Wirklichkeit zerbrochen sind.

Von Unbegabten? Nein. Unbegabtheit, das ist Formlosigkeit, ist Unbestimmtheit. Ich bin hinreichend bestimmt.

Der andere Samgin entgegnete ihm ebenfalls mürrisch, aber streng und fast grob: Du hättest solche Dummheiten wie diese Reise hierher unterlassen können. Du führst den Auftrag einer Gruppe von Leuten aus, die von sozialer Revolution träumen. Du brauchst überhaupt keinerlei Revolution, und du glaubst nicht an die Notwendigkeit einer sozialen Revolution. Was könnte es Unsinnigeres, Lächerlicheres geben als einen Atheisten, der in die Kirche geht und das Abendmahl empfängt?

Der Streit bekam rasch einen erbitterten Charakter; es mischte sich ein dritter Samgin ein – der Samgin kleiner Gedanken: Vom Abendmahl hat Dunjascha gesprochen . . .

Samgin der Erste vertiefte die Gedanken.

Das Abendmahl empfangen – bedeutet, sich als Teil eines Ganzen anzuerkennen und zu fühlen, es bedeutet, auf sich selbst zu verzichten. Es ist möglich, daß man sich das vorstellt, aber man fühlt es wohl kaum. Es ist ein Selbstbetrug wie die »Liebe zum Volk« oder »Klassensolidarität«.

Und Stepan Kutusow?

Er hat selbst behauptet, die kapitalistische Gesellschaft zerstöre den sozialen Instinkt.

Er handelt, »der Handelnde ist ein Glaubender«.

Er tut nicht das, was alle tun, sondern handelt gegen alle. Du handelst, ohne zu glauben. Du trachtest vermutlich nicht einmal nach Selbstlosigkeit. Hinter dem ganzen Wirrwarr deiner Betrachtungen verbirgt sich Lebensangst, eine kindliche Angst vor der Dunkelheit, die du nicht aufzuhellen vermagst. Und auch deine Gedanken sind nicht deine. Finde und nenne auch nur einen, der von dir stammte, der vor dir von niemandem ausgesprochen worden wäre!

Dieser neue Samgin begann sichtlich überlegen zu werden, und jener, der sich selbst als wirklich, als real sah, widersetzte sich ihm fast nicht mehr, sondern dachte nur noch müde: Werde ich krank oder genese ich?

Der lautlose Streit ging weiter. Es herrschte eine unerschütterliche Stille, und die Stille verlangte gleichsam, daß der Mensch über sich selbst nachdenke. Und er dachte auch nach. Er trank Wein, Tee, rauchte eine Zigarette nach der anderen, ging im Zimmer umher, setzte sich an den Tisch, stand wieder auf und ging umher; nach und nach zog er sich aus, legte Rock und Weste ab, band die Krawatte auf, knöpfte den Hemdkragen auf, zog die Schuhe aus.

Die Gedanken wiederholten sich eintönig und wurden immer matter, sie schwirrten wie kleine Fliegen und wählten für ihr Spiel eine gewisse Leere, die jedoch eng begrenzt und nicht unbesetzt war. Dann löschte Samgin die Lampe aus und legte sich ins Bett, darauf wurde es rings um ihn noch stiller, leerer und kränkender. Die Kränkung nahm zu und verwandelte sich in ein anderes Gefühl, das der Angst vor irgend etwas ähnelte. Unangenehm, in Wellen, befiel ihn Schläfrigkeit, aber es gelang ihm nicht einzuschlafen, ihn hinderten Stöße von innen, die den Körper zum Zittern brachten. Unendlich lange zog sich diese öde, stumme Nacht hin, dann ertönte das Läuten zur Frühmesse, das Kupfer der Glocken sang so laut, daß die Fensterscheiben mit einem dumpfen Laut antworteten, der an beginnenden Zahnschmerz erinnerte.

Bis zwei Uhr warten – das sind sieben Stunden, rechnete Samgin zornig aus. Es war noch dunkel, als er aufstand und sich zu waschen und anzuziehen begann; er bemühte sich, alles ohne Übereilung zu tun, und ertappte sich dabei, daß er doch eilte. Das ärgerte ihn sehr. Dann ärgerte ihn der zu heiße Tee, und es gab noch einen, den Hauptgrund allen Ärgers: er wollte ihn nicht gern nennen, aber als er sich einen Finger mit kochendheißem Wasser verbrühte, dachte er unwillkürlich und erbittert:

Ich benehme mich wie vor dem Examen. Oder – wie ein Verliebter.

Als Samgin die Zeit bis Mittag mit Mühe hingebracht hatte, zog er sich an und verließ das Haus.

Ihn empfing ein weicher, silberner Tag. In der Luft glitzerte Schneestaub und lagerte sich als Reif auf den Telegrafen- und Telefonleitungen ab – durch diesen Staub hindurch leuchtete die etwas trübe Sonne. Dann überholte ihn ein Mann in einem nagelneuen hellgrauen Mantel und grauem Filzhut, den er so tief übergestülpt hatte, daß die Ohren unschön abstanden.

Er ging sehr schnell, hatte den Kopf vorgeneigt und die Hände in die Taschen gesteckt, und sein Gang erinnerte Samgin daran, daß er diesen Mann schon im Korridor des Gasthofs gesehen hatte, wo ihm sein gebeugter Rücken und der steil abgeschrägte Hinterkopf mit dem glatt daran klebenden schwarzen Haar aufgefallen waren.

Das ist wahrscheinlich Dunjaschas »verdächtiger Mann«. Er sieht nicht wie ein Spitzel aus. »Der verdächtige Mann« ist ja schon gestern abgereist ...

Der Mann ging bis zur Ecke, blieb stehen und begann vorgebeugt den Gummiüberschuh am erhobenen Fuß zurechtzuschieben; als er damit fertig war, zog er den Hut noch fester über den Kopf und verschwand hinter der Ecke.

Die öde Straße führte Samgin auf die Hauptstraße, beide mündeten im rechten Winkel auf einen Platz; von dem Platz preschte ein graues Zweigespann herbei, das mit einem blauen Netz bedeckt war; die Pferde glänzten in der Sonne, als wären sie eingeölt, und warfen die Beine so stolz und schön hoch, daß Samgin stehenblieb und ihren schnellen Paradelauf betrachtete. Auf dem Bock saß mit ausgestreckten Armen ein Riesenkutscher, der eine Pelzmütze mit quadratischem hellblauem Oberteil aufhatte, im Schlitten saß ein General in einem ungeheuer weiten Mantel; er hatte den Kopf, der von dem blauen Kreis der Mütze bedeckt war, in dem Biberkragen versteckt und glich einer aus Blei gegossenen Glocke. Hinter dem Schlitten sprangen schwerfällig auf Füchsen zwei Polizisten in schwarzen Mänteln und weißen Handschuhen her.

Samgin sah, wie hinter dem Schlitten eine Flammengarbe hochschlug, die einem Besen glich, sie durchschnitt die Luft mit einem kurzen Donnerschlag und wirbelte eine Wolke aus Schnee und grünlichem Rauch auf; alles rundum erbebte, die Fensterscheiben klirrten – Samgin wankte von dem Luftstoß gegen Brust und Gesicht und wurde fest an eine Mauer der Straßenecke gedrückt. Er sah, wie in der durchsichtigen Rauch- und Schneewolke eine Mütze Purzelbäume schlug; sie fiel als erste zu Boden, und nach ihr fielen, einander überholend, Holzspäne, graue und rote Stoffetzen herab; zwei von diesen waren besondes hoch in die Luft geflogen und fielen, da sie leicht waren, schrecklich langsam, als täten sie das, um für immer im Gedächtnis zu bleiben. Samgin sah, wie auf dem Schnee hie und da rote Tropfen auftauchten, einer von ihnen fiel dicht neben ihm auf die Spitze eines mit Schnee überpuderten Ecksteins, und das war so abscheulich, daß Samgin sich noch dichter an die Hauswand drückte.

Er merkte nicht, von wo ein schmalfesseliger Rappe herausgesprengt kam und mitten im Lauf an der Ecke stehenblieb, das Pferd wurde von Sudakow angehalten, der sich auf dem Bock zurückgelehnt und die Arme scharf zur Seite gekrümmt hatte; hinter der Ecke schoß der Mann im grauen Mantel hervor und sprang in den Schlitten, das Pferd jagte an Samgin vorbei, er sah, wie der graue Mann sich einen Pelz um die Schultern warf und eine zottige Mütze aufsetzte.

Das graue Zweigespann lief schon weit entfernt, hinter ihm her rollte der Kutscher über den Schnee; der eine Fuchs lief mit unnatürlich gestrecktem Hals auf drei Beinen und schnaufte, statt des vierten Beins stützte sich ein dicker Blutstrahl auf den Schnee; der andere Fuchs galoppierte hinter den grauen Pferden her, der Reiter hatte seinen Hals umschlungen und schrie; als der Gaul eine Plakatsäule streifte, fiel der Reiter herunter, während der Gaul sich an die Säule schmiegte und knarrend wieherte.

Der zweite Polizist, glatzköpfig, ohne Mütze, saß im Schnee; auf seinen Beinen lag eine Seitenwand des Schlittens, er fuchtelte mit einem Arm ohne Handschuh und Hand – aus dem Arm spritzte Blut –, mit dem anderen Arm bedeckte er das Gesicht und schrie mit unmenschlicher Stimme, die wie das Blöken eines Schafes klang.

Samgin stand betäubt auf zitternden Beinen da, er wäre gern gegangen, konnte es aber nicht, als wäre der Mantelrücken an der Hauswand festgefroren und erlaubte ihm nicht, sich zu rühren. Er vermochte auch nicht die Augen zu schließen, es fielen immer noch durch die Explosion hochgewirbelter weißer Staub und Fellfetzen herab; der verwundete Polizist hatte den Arm vom Gesicht genommen und zog die Schlittendecke aus Bärenfell über sich; Menschen huschten umher, aus unerfindlichem Grund lauter kleine, sie sprangen aus den Toren, aus den Haustüren und stellten sich im Halbkreis auf; ein paar Leute standen neben Samgin, und einer von ihnen sagte leise: »Nun auch bei uns . . .«

Niemand entschloß sich, an den formlosen Haufen grauer und roter Fetzen heranzugehen, aus ihm sickerte Blut, und von dem Blut stieg leichter Dampf auf. Es war schrecklich, dieses zerfetzte und kleine Etwas anzusehen, das keinerlei Ähnlichkeit mit einem Menschen hatte. Die Augen suchten in dem Haufen Stoffetzen angestrengt nach etwas Menschlichem, und Samgin schloß die Augen erst, als er unter dem Fell eine Schlittendecke, eine gelbe Wange, ein Ohr und neben diesem eine geöffnete Hand unterschieden hatte. Die

Stimmen der Menschen erklangen lauter, zwei von ihnen traten zu dem Polizisten und beugten sich über ihn. Eine hochgewachsene junge Dame mit Schlittschuhen in der Hand fragte Samgin: »Sind Sie verletzt?«

Er schüttelte den Kopf, riß sich von der Wand los und ging; das Gehen fiel schwer, als träte er auf Sand, und die Leute störten; neben ihm schritt ein Mann mit einem schmalen Riemen um den Kopf, er hatte eine Schürze umgebunden und trug auch eine Brille, aber eine rauchgraue.

»Aus ist's mit der Exzellenz«, sagte er leise, faßte Samgin am Ellenbogen unter und raunte ihm zu: »Wischen Sie sich doch das Blut von der Wange, sonst zieht man Sie noch als Zeugen heran.«

Samgin holte rasch das Taschentuch hervor, drückte es an die rechte Wange und klappte, als er einen scharfen, stechenden Schmerz empfand, erschrocken den Mantelkragen hoch. Der Schmerz an der Wange war nicht stark, breitete sich aber im ganzen Körper aus und schwächte Klim. Er blieb an der Ecke stehen und sah sich um: An der Plakatsäule lag das Pferd mit dem abgerissenen Bein und stand der eine Polizist, der sich mit dem Handschuh den Schnee vom Mantel schüttelte, den anderen führte man untergefaßt davon, und mitten auf der Straße lag der zertrümmerte Schlitten und ein rotgrauer Lumpenhaufen, auf den die Sonne schien und mit ihren Strahlen immer mehr Blut aus ihm herauspreßte, daß es aussah, als taue er; Samgin kam es vor, als leuchteten sowohl der Himmel und der Schnee als auch die Fensterscheiben greller, als leuchtete alles blendend und sogar schamlos grell. Er ging vorsichtig, wie über Eis, ihm kam es vor, als würde er hinfallen, wenn er rascher ginge. Wahrscheinlich wäre er an Marinas Laden vorbeigegangen, doch sie stand auf dem Bürgersteig.

»Den Gouverneur?« fragte sie leise und stieß Samgin, den sie am Mantelärmel ergriffen hatte, zur Ladentür hinein. »Oh, was ist denn mit deinem Gesicht? Klim, solltest du etwa . . .?«

An ihrem sonoren Flüstern und den Stößen in den Rücken erriet Samgin, daß sie erschrocken war und ihn anscheinend in Verdacht hatte. Er murmelte rasch ein paar Worte, und Marina, die ihn in das Zimmer gestoßen hatte, begann lauter, sachlich zu sprechen: »Nun, zeig einmal! In der kleinen Wunde steckt etwas . . . Setz dich!«

Sie lief in eine Ecke des Zimmers und fragte: »Hat man den, der die Bombe geworfen hat, gefaßt? Nein?«

Dann rieb sie ihm die Wange mit beißendem Kölnischwasser ab, stocherte schmerzhaft mit dem spitzen Fingernagel an ihr herum und sagte bereits ganz ruhig: »Ein kleiner Eisensplitter hatte sich hineingebohrt – eine Lappalie! Doch wenn er das Auge getroffen hätte ... Nun, erzähle!«

Aber er konnte nicht sprechen, in seiner Kehle bewegte sich ein heißer, trockener Knäuel, der ihn am Atmen hinderte; ihn hinderte auch Marina, die mit einem runden Stückchen Heftpflaster die Wunde an der Wange zuklebte. Samgin stieß sie von sich und sprang auf, er hätte gern geschrien, er fürchtete, daß er wie eine Frau zu schluchzen begänne. Während er im Zimmer umherschritt, hörte er sie sagen: »Oh, wie dich das erschüttert hat! Da, trink rasch ... Und nimm dich mal zusammen ... Gut, daß der Schwatzkopf Mischa nicht da ist, er ist hingelaufen, denn sonst ... Er hat Phantasie. Na, genug, Klim, setz dich!«

Samgin setzte sich gehorsam, schloß die Augen, kam zu Atem und begann zu erzählen, wobei er krampfhaft Tee trank und mit dem Glas an die Zähne stieß. Er erzählte hastig, zusammenhanglos, fühlte, daß er Überflüssiges sagte, und hielt sich zu spät zurück.

Ich hätte Sudakow nicht nennen sollen.

Marina hörte mit hochgezogenen Brauen zu, sie hatte die bernsteinfarbenen Pupillen ihrer geweiteten Augen auf ihn geheftet und leckte sich mit der Zungenspitze die Lippen, auf ihr rotwangiges Gesicht fiel gleichsam von innen ein kalter Schatten.

»Wenn das Bürschchen zurückkommt, mußt du aufhören, davon zu sprechen«, warnte sie ihn.

Und ohne die Augen von seinem Gesicht abzuwenden, ordnete sie mit beiden Händen die schwere Masse ihres kastanienbraunen Haars und fuhr halblaut fort: »Aber – wie überreizt du bist! Das hätte ich nicht erwartet! Du warst so ... ausgeglichen. Was wird denn mit dir, wenn du so weitermachst?«

Samgin zuckte mit den Achseln, ihr Ton war ihm angenehm, doch sie begann ihn ein wenig streng, wie eine Ältere, ins Verhör zu nehmen: »Hast du mit deiner Frau ganz gebrochen? Ist das mit Dunjascha etwas Ernstes? Wie und wo gedenkst du denn zu leben?« Er antwortete ihr knapp, offen, und selbst über diese Offenheit etwas verwundert, beruhigte er sich allmählich.

»Schwimmst du denn in deinem eigenen Fluß?« fragte sie nachdenklich und sagte gleich danach lächelnd: »So – es ist nur ein Haufen Fetzen von ihm übriggeblieben? Er war ein ganz ... gemeiner Kerl. Es sind ihrer drei: er, der Kreisadelsmarschall und der Gutsverwalter – sie vergriffen sich gern an halbwüchsigen Mädchen. Der Bischof erstattete gegen sie Anzeige nach Petersburg, sie hatten ihm ein kleines Mädchen seiner Eparchie abspenstig gemacht, das er für sich reserviert hatte. Jetzt ist sie hier das teuerste liederliche Frauenzimmer. So, jetzt ist der Nichtsnutz wieder da.«

Sie stand auf, ging in den Laden hinaus, und dort ertönten wuchtig ihre strengen Fragen: »Du hast wohl vergessen, du Tölpel, daß der Laden abgeschlossen werden muß? Was geht dich das an? Nun ja – man hat ihn nicht erwischt, doch was braucht dich das zu kümmern?«

Als sie zurückkehrte, sagte sie halblaut: »Man hat niemanden erwischt. Hör mal, Klim Iwanowitsch, geh in deinen Gasthof und zeige dich dort . . .«

Samgin erhob sich und fragte verblüfft: »Denkst du wirklich . . .«

»Ich denke gar nichts, aber – ich will nicht, daß andere sich etwas denken! Warte mal, ich will dir die kleine Wunde überpudern . . .«

Und während sie den Puder mit heißem Finger auf seine Wange auftrug, sagte sie: »Wenn du dich langweilst, dann komm gegen sechs Uhr zu mir in die Wohnung. Einverstanden?«

Und seufzte.

»Unser liebes Leben geht von oben bis unten aus den Fugen.«

Sie schwieg eine Weile, als lauschte sie auf etwas, und nestelte mit den Fingern an der Uhrkette auf der Brust, dann sagte sie fest: »Nun – das macht nichts! Wenn wir es satt haben, schlecht zu leben – werden wir gut zu leben beginnen! Mögen sie rebellieren, mögen alle Leidenschaften zutage treten! Weißt du, wie die alten Leute zu sagen pflegten? ›Wer nicht sündigt, kann nicht bereuen, wer nicht bereut, wird nicht erlöst.‹ Hierin, mein Freund, liegt eine tiefe Weisheit verborgen. Und – eine solche Menschlichkeit, gleich der sich wohl keine andere finden läßt . . . Also – bis heute abend?«

Samgin schritt gemächlich wie ein Spaziergänger heimwärts und dachte über diese Frau nach.

Es kann nicht sein, daß sie meint, ich sei an dem Terror beteiligt. Das ist entweder eine Äußerung der Sorge um mich oder die Befürchtung, sich zu kompromittieren, eine Befürchtung, hervorgerufen durch das, was ich von Sudakow gesagt habe. Doch wie gelassen sie den Mord hingenommen hat! dachte er verwundert und fühlte, daß Marinas Ruhe sich auch ihm mitgeteilt hatte.

In der Stadt war es unfeiertäglich still, auf der Eisbahn spielte keine Musik, Fußgängern begegnete man selten, weit öfter Lohnschlitten und »Privatgespannen«; sie brachten würdige und besorgte Menschen nach allen Richtungen, und Samgin stellte fest, daß fast alle Fahrgäste zusammengekauert dasaßen und das Gesicht mit dem Pelz- oder Mantelkragen verdeckt hatten, obwohl es nicht kalt war. An dem Haus gegenüber der Stelle, wo man den Gouverneur in die

Luft gesprengt hatte, war ein Fenster mit einem blauen Kissen zugestopft, ein Stück der Fensterverkleidung war weggerissen, und das rote Fleisch der Ziegel trat unangenehm zutage, während in der Mitte der Straße keinerlei Anzeichen der Explosion mehr zu bemerken waren, nur die Schneedecke war frischer, weißer geworden und bildete eine kleine Erhöhung. Samgin warf einen Seitenblick auf diese Erhöhung und ging rascher.

Im Vestibül des Gasthofs umfing ihn der sehr anheimelnde, beruhigende Geruch von Äpfeln und getrockneten Pilzen, und die Wirtin, eine treuherzige, angenehme Alte, sagte jammernd und schuldbewußt: »Haben Sie schon gehört, welch entsetzliches Ereignis? Was geht jetzt nur auf Erden vor? Unsere Stadt ist so ruhig gewesen, wir lebten, ohne jemandem etwas zuleide zu tun . . .«

»Ja, eine schwere Zeit«, gab Samgin zu. In seinem Zimmer legte er sich auf den Diwan, begann zu rauchen und wieder über Marina nachzudenken. Ihm war sehr sonderbar zumute; es kam ihm vor, als wäre sein Kopf mit warmem Nebel gefüllt und als vergiftete der Nebel den Körper mit Schwäche, wie nach einem heißen Bad. Marina sah er so deutlich vor sich, als säße sie in dem Sessel am Tisch.

Warum hat sie keine Kinder? Sie sieht gar nicht wie eine Frau aus, deren Gefühl vom Verstand unterdrückt ist, ja gibt es überhaupt solche Frauen? Will sie sich die Figur nicht verderben, verzichtet sie aus Angst vor dem Schmerz? Sie spricht eigenartig, aber das bedeutet noch nicht, daß sie auch ebenso denkt. Man kann sagen, daß sie nicht einer von den Frauen gleicht, die ich kenne.

Durch alles, was er dachte, wurde Marina nicht verständlicher, und am unbegreiflichsten blieb, daß sie den terroristischen Akt so gelassen hingenommen hatte.

An dem mondklaren Abend ging er eine steile Straße hinauf zwischen zwei Reihen einstöckiger Häuschen, die durch lange Zäune getrennt waren; dichte Gruppen schneebeladener Bäume trennten diese Häuschen, die gleichsam hinter Schneehügeln versteckt waren, noch mehr. Das Haus der Sotowa war auch einstöckig, seine fünf Fenster waren mit Läden geschlossen, durch die Ritzen von zweien sickerten Lichtstreifen, die wie Bänder auf dem dichten Hausschatten lagen. Ein Hausaufgang war nicht vorhanden. Samgin zog am Glockengriff des Hoftors und fuhr zusammen: Die Glocke war groß und empfindlich, sie schlug viermal, zu laut für diese gefrorene Stille. Das Pförtchen wurde von einem breitschultrigen Mann mit Weste und einer schwarzen Haarkappe auf dem Kopf geöffnet; sein Gesicht war dicht von einem breiten Bart umhüllt, und er roch nach Rauch. Er trat stumm zur Seite und ließ den Gast über einen Brettersteg zu den zwei Stufen des Hauseingangs gehen, der wie ein an die Hauswand gestellter Schrank aussah. Ein schwarzer Hund von der Größe eines kräftigen Hammels schlug kettenklirrend an. Im Vorzimmer, das voller Truhen stand, half eine großäugige, hochgewachsene und dürre Frau Samgin beim Ablegen.

»Du bist pünktlich«, sagte Marina, die aus dem erleuchteten Viereck der Tür wie aus einem Rahmen herausblickte. »Du bringst den Samowar, Glafiruschka.«

In dem großen Zimmer lagen über Kreuz auf dem gestrichenen Fußboden dunkle Teppichläufer, standen krummbeinige, altertümliche Stühle und zwei ebensolche Tische; auf dem einen von ihnen hielt ein Bronzebär einen Lampenfuß in den Tatzen; auf dem anderen erhob sich der schwarze Kasten einer Spieluhr; an der Tür schmiegte sich ein Harmonium an die Wand, in einer Ecke stand ein bunter Ofen aus Kusnezowschen Kacheln, neben dem Ofen befand sich eine weiße, zweiflügelige Tür; Samgin dachte, sie müsse in die Kälte, auf eine dick verschneite Terrasse hinausführen. Das dunkelrot mit Goldverbrämung tapezierte Zimmer wirkte feierlich, aber leer, die Wände waren kahl, nur in der vorderen Ecke glänzte die silberne Einfassung einer kleinen Ikone, und zwischen den Fenstern ragten unangenehm die dreizehigen Tatzen von Bronzekonsolen vor.

»Ein langweiliges Zimmer – wie?« fragte Marina, die aus dem Vorzimmer hereingeschwebt kam und an der Kreuzungsstelle der Läufer stehenblieb; in dem Hauskleid aus Kaschmirschals sah sie noch größer, höher und breiter aus, auf ihrer Brust ruhten zwei dicke Zöpfe. »Der Geschmack meines Mannes, er liebte die Geräumigkeit und nicht die Dinge«, sagte sie, die Wände betrachtend. »Er liebte die Musik, er besaß sieben solcher Spieluhren wie diese hier, manchmal stand er sogar nachts auf und setzte sie in Gang. Er spielte auf dem Harmonium. Grammophone und Ziehharmonikas dagegen konnte er nicht ausstehen. Er begeisterte sich sehr für ›Chowanschtschina‹, fuhr eigens in die Hauptstadt, um diese Oper zu hören.«

Samgin stellte fest, daß sie von ihrem Mann im Tone eines jungen Mädchens aus begüterter, kleinbürgerlicher Familie sprach, als hätte sie vor der Ehe in einem entlegenen Landkreis gelebt, durch Glückszufall einen reichen, interessanten Kaufherrn in der Gouvernementsstadt geheiratet und erinnerte sich nun dankbar und mit Stolz ihres Glücks. Er lauschte aufmerksam, ob in ihren Worten nicht versteckte Ironie klänge.

Die weiße Tür führte in ein kleines Zimmer mit Fenstern auf die Straße und in den Garten. Hier wohnte die Frau. In einer Ecke stand auf einer Staffelei, von Blumen umgeben, ein großer, ungerahmter Spiegel, ihn umfaßte von oben ein Drache aus Holz mit braunen Tatzen. Am Tisch drei tiefe Sessel, hinter der Tür eine breite Ottomane mit einer Menge bunter Kissen, darüber an der Wand ein kostbarer seidener Teppich, weiter hinten ein dicht mit Büchern gefüllter Schrank und neben ihm eine gute Kopie des Bildes »Beim Zauberer« von Nesterow.

Auf dem nicht großen, ovalen Tisch brodelte lebhaft ein vernikkelter Samowar; unter dem breiten, roten Lampenschirm prangte das Porzellan des Geschirrs, das Glas von Schälchen und Karaffen.

»Das ist meine Tageshöhle, und dort ist das Schlafzimmer«, deutete Marina mit der Hand auf eine unauffällige, schmale Tür neben dem Schrank. »Meine kaufmännischen Angelegenheiten erledige ich im Laden, und hier lebe ich als Dame. Intellektuell.« Sie lächelte träge und fuhr mit gleichmäßiger Stimme fort: »Auch gesellschaftlicher Verpflichtung komme ich dort in der Stadt nach, während ich hier nur zu Neujahr Besuch habe, auch zu Ostern und natürlich an meinem Namenstag.«

Samgin erkundigte sich, was sie als gesellschaftliche Verpflichtung bezeichne.

»Ja, siehst du, ich bin Vizepräsidentin des ›Vereins zur Unterstützung von Waisenmädchen‹, wir haben eine Schule, eine ganz gute Schule, wir erteilen Unterricht in feinen Handarbeiten, verheiraten die Mädchen, bewahren sie vor Versuchungen. Ich bin Mitglied des Gefängniskomitees, die Frauenabteilung befindet sich ganz in meinen Händen.« Sie zog die dichten Brauen hoch und lächelte wieder, diesmal bereits spitzer.

»Solche Leute wie du, wie Kutusow und Aljoscha Gogin bemühen sich, den Staat zu zerstören, während ich die Risse in ihm verkitte, folglich sind wir beide Antagonisten und gehen verschiedene Wege.«

Nur um etwas zu sagen, erinnerte Samgin: »Alle Wege führen nach Rom. Darf man rauchen?«

»Rauche ruhig. Ich rauche auch, wenn ich lese.«

Sie schwieg eine Weile und schenkte Tee ein, dann fragte sie plötzlich: »Nach welchem Rom denn?«

»In die Zukunft«, antwortete Samgin achselzuckend.

»Nun, das ist ziemlich unbestimmt! Ich hatte gedacht, du würdest sagen: auf den Friedhof. Nach deinen Augen zu urteilen bist du Pessimist.«

Samgin wartete, wann sie beginnen würde, ihn auszufragen, dann würde er sie auch fragen: Was ist der Sinn deines Lebens?

Ich bin fünfunddreißig, sie ist drei bis vier Jahre jünger als ich, rechnete er aus, während Marina mit sichtlichem Vergnügen den sehr aromatischen Tee trank, Hausgebäck knabberte und ihre leuchtenden Lippen oft mit der Serviette abwischte, wovon die Lippen noch leuchtender zu werden und die Augen noch stärker zu glänzen schienen.

»Fürchtest du dich nicht, so allein am Stadtrand zu wohnen?«

»Wieso ist hier Stadtrand? Nebenan befindet sich das Internat der adeligen Fräulein, dann – auf dem Berg – sind Militärdepots, dort stehen Wachtposten. Auch bin ich nicht allein, es sind ein Hausknecht, ein Dienstmädchen und eine Köchin da. Im Seitenbau wohnen Silberschmiede, zwei Brüder, der eine ist verheiratet, und seine Frau ist bei mir als Stubenmädchen angestellt. Aber als Frau bin ich allein«, fügte Marina unerwartet und sehr einfach hinzu.

»Langweilst du dich nicht?« fragte Samgin, ohne sie anzublicken.

»Noch nicht. Es halten viele um meine Hand an, da ich eine Dame mit Kapital und nicht ohne andere Vorzüge bin. Siehst du, daß sie um mich anhalten – das ist langweilig! Doch im allgemeinen geht es! Ich lese. Lerne Englisch, denn ich möchte gern mal nach England reisen . . .«

»Weshalb gerade nach England?«

Sie lächelte, ihre großen, dichten Zähne blinkten auf, und in den Augen zeigten sich humoristische Fünkchen.

»Ja, siehst du, mein Mann ist zweimal dort gewesen, er hat über fünf Jahre dort zugebracht und erzählte sehr interessant von den Engländern. Ich habe die Vorstellung gewonnen, daß sie das komischste, naivste und vertrauensseligste Volk sind. Sie haben der Blavatsky und Anni Besant geglaubt, aber siehst du, Fürst Pjotr Kropotkin, der Altadlige, und Friedrich Nietzsche haben die Briten nicht in Erstaunen versetzt, obwohl man Nietzsche bei uns sogar noch nach Dostojewskij für einen Propheten hielt. Und ihre Gelehrten, Crookes beispielsweise, Oliver Logde – ja sind es denn nur diese zwei? –, leben an die sechzig Jahre als Atheisten und glauben plötzlich an Gott. Obwohl hier sicherlich die Ordnungsliebe wirkt, und wo wäre denn mehr Ordnung als bei Gott in der Kirche? Nicht wahr?«

»Du scherzt sonderbar«, sagte Samgin, der verärgert war, sich aber zugleich unwillkürlich an ihrer Koketterie und Belesenheit weidete.

»Warum sonderbar?« entgegnete sie sofort mit hochgezogenen Brauen. »Und ich scherze auch nicht, das ist eben mein Stil, ich habe mir angewöhnt, von hochweisen Dingen einfach zu reden wie von häuslichen Angelegenheiten. Mich beschäftigen sehr ernsthaft die Leute, die immerzu nach Geistesfreiheit trachteten und sie auch gefunden zu haben schienen, doch die Freiheit erwies sich als Ziellosigkeit, als eine Art überirdischer Leere. Eine Leere, und – es gibt darin keinen anderen Stützpunkt für den Menschen außer seiner Erfindung.«

»Bist du denn ... ich hatte gedacht, du seist gläubig«, sagte Samgin und blickte ihr mißtrauisch ins Gesicht, in die umflorten Augen. Sie fuhr fort, indem sie die Worte leicht aneinanderreihte: »Es ist traurig, wenn der Mensch sich nur auf sein fleischliches Wesen und auf den Verstand konzentriert, seinen Geist jedoch, das Element des Alls, beiseite schiebt oder unterdrückt. Aristoteles hat in der ›Politik‹ gesagt, der Mensch sei außerhalb der Gesellschaft entweder ein Gott oder ein Tier. Göttergleichen Menschen bin ich noch nicht begegnet, wohl aber Tieren unter ihnen – kleinen Nagetieren oder Dachsen, die ihr Leben und ihre Höhle durch Gestank schützen.«

An der Leichtigkeit, mit der sie sprach, erriet Samgin, daß sie oft solche Reden führte, und spürte in ihren Worten etwas, das ihn mißtrauisch aufhorchen ließ.

»Liest du viel?« fragte er.

»Ich lese viel«, antwortete sie und lächelte breit, wobei ihre Bernsteinaugen heller erglühten. »Aber ich bin mit Aristoteles ebenso wie mit Marx nicht einverstanden. Den Druck der Gesellschaft auf den Verstand und des Seins auf das Bewußtsein leugne ich nicht, aber mein Geist ist nicht begrenzt, der Geist ist keine irdische Macht, sondern – sagen wir mal – eine kosmische.«

Sie sprach ruhig und nicht wie eine Predigerin, sondern in dem freundschaftlichen Ton eines Menschen, der sich für erfahrener hält als den Zuhörer, aber nicht daran interessiert ist, daß der Zuhörer ihm beistimme. Die Züge ihres schönen, aber etwas massigen Gesichts waren feiner, deutlicher geworden.

»Unsere Aristotelesse in den Zeitungen und Zeitschriften, diese kleinen Despoten und Gewaltmenschen, vergöttlichen fast die Gesellschaft und verlangen, daß ich deren Recht, über mich zu herrschen, bedingungslos anerkenne«, vernahm Samgin.

Das war ihm schon lange bekannt und hätte ihn an vieles erinnern können, aber er verscheuchte die Erinnerungen und schwieg, da er wartete, bis Marina den Endsinn ihrer Reden zu erkennen geben würde. Ihre gleichmäßige dunkle Stimme versetzte ihn in einen Zustand gleich einer leichten Schläfrigkeit, die einen festen Schlaf, einen angenehmen Traum verheißt, doch ab und zu empfand er trotzdem kleine Stöße von Mißtrauen. Und es war merkwürdig, daß sie sich irgendwie beeilte, alles, was sie selbst anging, zu erzählen.

Sie spricht gern und versteht es, dachte er, als sie verstummt war, die Beine ausstreckte und die Arme auf der hohen Brust kreuzte. Er schwieg auch eine Weile und überlegte: Was hat sie denn gesagt? Im Grunde nichts Originelles.

Dann fragte er: »Was verstehst du denn unter dem Wort ›Geist‹?«

»Das kann ich einem, in dem er noch nicht erwacht ist, nicht erklären«, sagte sie mit gesenkten Lidern. »Und wenn er erwacht ist, sind keine Erklärungen mehr notwendig.«

Er kam nicht dazu, sie noch etwas zu fragen, Marina begann wieder zu sprechen: »Weißt du, daß Lidija Warawka hier lebt? Nein? Sie hat doch – entsinnst du dich? – in Petersburg bei meiner Tante gewohnt, wir besuchten gemeinsam Vorträge in der Philosophischen Gesellschaft, dort lehrten Bischöfe und Popen Literaten den Cäsaropapismus, es hat da so eine religiös-humoristische Gesellschaft gegeben. Dort lernte ich meinen Mann, Michail Stepanowitsch, kennen . . .«

Zum erstenmal nannte sie den Namen ihres Mannes und war nun wieder die Geschäftsfrau aus der Provinz.

»Nun – und was ist mit Lidija?« fragte Samgin.

»Sie ist heute von Petersburg gekommen und wäre fast unter die Bombe geraten; sie sagte, sie habe einen Terroristen gesehen, er fuhr mit einem grauen Pferd, trug einen Pelzmantel, hatte eine sibirische Pelzmütze auf. Aber das war sicherlich Einbildung und kein Terrorist. Auch stimmt es zeitlich nicht, daß sie hätte auf die Explosion stoßen können. Der Gouverneur war ein Onkel ihres Mannes. Ich habe sie besucht, sie liegt, fühlt sich nicht wohl, ist müde.«

Marina ergriff das Glas Portwein, trank etwas daraus und fuhr, mit den Fingernägeln ans Glas klopfend, fort: »Sie ist kein schlechter Mensch, aber sie ist zerschlagen, und alles an ihr klirrt. Sie lebt melancholisch und befaßt sich aus Schwermut mit der religiös-sittlichen Erziehung des Volkes, sie hat einen Zirkel organisiert. Man beschwindelt sie. Heiraten sollte sie. In einer traurigen Stunde erzählte sie mir von dem Roman mit dir.«

»Ich kann mir vorstellen, wie sie davon erzählt hat«, murmelte Samgin.

»Sehr gut, du irrst dich«, erwiderte Marina etwas streng. »Ein rührender Roman, und ohne Schuldige. Niemand ist schuld außer eurer Jugend, das begreift sie gut.«

»Sonderbar, daß weder sie Kinder hat noch du«, sagte Samgin zu seiner eigenen Überraschung und herausfordernd. Marina setzte sofort hinzu: »Und du hast auch keine.«

Sie schwiegen eine Weile. Dann fragte sie: »Kommt es dir nicht vor, Klim Iwanowitsch, daß Kinder ihren Eltern am fremdesten sind?«

Von Lidija hatte sie ohne Anzeichen von Mitgefühl gesprochen, ebenso teilnahmslos hatte sie den Satz von den Kindern gesagt, dabei verlangte doch dieser Satz irgendein Gefühl: Verwunderung, Trauer oder Ironie.

»Siehst du, meine Nachbarn und Bekannten sagen mir nicht, ich lebte nicht so, wie ich sollte, Kinder aber hätten es mir sicherlich gesagt. Du hörst ja, wie die Kinder heutzutage die Väter anschreien, es sei alles nicht so, wie es sein sollte! Und wie haben die Marxisten die Volkstümler verdrängt! Na – das ist Politik! Und die Dekadenten? Das ist schon Alltag, die Dekadenten! Sie schreien schon die Väter an: Ihr wohnt nicht in den richtigen Häusern, ihr sitzt nicht auf den richtigen Stühlen, ihr lest nicht die richtigen Bücher! Und es ist auffallend, daß die Kinder atheistischer Eltern kirchlich denken . . .«

Samgin dachte bei sich, dies alles müßte mit einer gewissen Heftigkeit oder Gekränktheit, mit Unruhe gesagt werden, doch sie sagte es, als neckte sie jemanden ohne rechte Lust, und nachdem sie es gesagt hatte, gähnte sie.

»Oh, entschuldige!«

Samgin erhob sich, rieb nervös die Hände und knackte mit den Fingern.

»Du bist ein interessanter Mensch . . .«

»Danke«, sagte sie lächelnd.

»Aber – ich verstehe dich nicht . . .«

»Wenn wir erst etwas mehr miteinander geredet haben – wirst du mich verstehen! Besuche Lidija doch einmal, ich habe ihr gesagt, daß du hier bist. Leb wohl . . .«

Im durchdringend kalten Mondschein, in der knirschenden Stille knackte das Holz der Zäune und Wände, als stellten sich die kleinen, stillen Häuschen fester auf die Erde, schmiegten sich dichter an sie. Der Frost zwickte im Gesicht, erschwerte das Atmen, zwang den Körper, sich zusammenzuducken, zu verkürzen. Samgin schritt rasch aus und zählte zusammen: Sie handelt mit Kirchengerät und ist Freidenkerin. Renommiert mit Belesenheit. Ißt und trinkt mit Wollust. Ist etwas derb. Sie lügt, daß sie »als Frau allein sei«, wahrscheinlich hat sie einen Geliebten . . .

Sonst fand er nichts, vielleicht, weil er zu hastig suchte. Aber auch das schmälerte weder die Frau noch seinen Ärger; dieser nahm zu und flüsterte ihm ein: er hatte in zwanzig Jahren eine riesengroße Sphäre des Lebens durchdacht, eine Menge verschiedenartiger Eindrücke gehabt, natürlich mehr Menschen gesehen und Bücher gelesen als sie; aber er hatte nicht jene Sicherheit im Urteil, jenes innere Gleichgewicht erreicht, worüber offensichtlich diese große, satte Frau verfügte.

Wenn sie andere Bücher gelesen hat als ich, so erklärt sich dadurch noch gar nichts. Ihre Worte vom Geist sind irgendein naiver Unsinn ...

Letzten Endes mußte er zugeben, daß Marina sein Interesse erweckte wie noch keine andere Frau, und das war ein Interesse, das ihn unangenehm erregte.

Am nächsten Tag ging er zu Lidija.

Sie wohnte an der Ecke zweier Straßen in einem zweistöckigen Haus, die Hausecke war durch eine uralte Kapelle mit abblätterndem Verputz abgeschnitten; in dieser schwankte vor einem Betpult eine Nonne, über ihrer kleinen, schwarzen Gestalt, die wie aus Holz geschnitzt aussah, flackerte in einer silbernen Ampel ein rötliches Flämmchen. Die Kapelle stieß an eine Wand des Hauses von Lidija, in seinem Erdgeschoß befand sich eine »Papier-, Schreib- und Heimindustriewarenhandlung«; neben der Ladentür sprangen drei Steinstufen zum Gehsteig vor, über ihnen war eine Tür aus dunkler Eiche ohne Griff, ohne Klinke, in der Mitte der Tür – ein Messingschildchen mit schwarzen Buchstaben: »L. T. Muromskaja«.

Samgin klingelte und fragte sich: Weshalb verstopfe ich mir den Kopf mit Kleinigkeiten?

Die Tür öffnete ein bejahrtes Dienstmädchen mit weißem Häubchen und gestärkter Schürze; ihr Gesicht war gelb, lang, und die Lippen waren so schmal, als wäre der Mund zugenäht, aber als sie fragte: »Wen wünschen Sie?«, stellte sich heraus, daß sie einen Riesenmund voll großer Zähne hatte.

Im Treppenhaus war es ziemlich dunkel, das Dienstmädchen wurde bei jedem Schritt aufwärts immer länger, und Samgin kam es vor, als ginge er nicht hinauf, sondern hinunter.

Wie in der Darjal-Schlucht ...

Das Halbdunkel war im Vorzimmer noch dichter; das Dienstmädchen nahm ihm den Mantel ab und sagte streng: »Gehen Sie rechts hinein.«

Samgin betrat ein kleines, einfenstriges Zimmer; in der Fensterdraperie stak, zerrann die dunkel himbeerrote Sonne, in einer Ecke hielten zwei goldene Amoretten einen runden Spiegel, der Spiegel gab verschwommen Samgins Gesicht wieder.

Es mag schon stimmen: Ich habe Ähnlichkeit mit Gleb Uspenskij, dachte er, nahm die Brille ab und strich sich mit der Hand über das Gesicht. Die Ähnlichkeit mit Uspenskij erweckte einen trübsinnigen Gedanken: Unter solchen Menschen kann man leicht den Verstand verlieren.

Links öffnete sich eine Draperie, die er vorher nicht bemerkt hatte, Licht fiel herein, und lautlos trat eine Frau in schwarzem Kleid heraus, das einer Nonnenkutte ähnelte, mit weißem Spitzenkragen; sie trug eine rauchgraue Brille, die Kappe krausen Haars auf ihrem Kopf war mit einem Perlennetz bedeckt, aber der Kopf war trotzdem im Vergleich zu den Schultern unverhältnismäßig groß. Samgin erkannte nur an der Stimme, daß dies Lidija war.

»Mein Gott – so eine Überraschung! Obwohl Marina mir gesagt hat, daß du hier bist ...«

Sie warf die Handschuhe auf den Stuhl und drückte Samgin mit heißen, dünnen Fingern kräftig die Hand.

»Ich war gerade im Begriff, zur Seelenmesse für den Gouverneur zu gehen. Aber ich habe noch Zeit. Setzen wir uns. Hör mal, Klim: Ich begreife nichts! Wir haben doch eine Verfassung bekommen, was brauchen wir also noch? Du bist ein wenig gealtert, hast weiße Schläfen und ein sehr verquältes Gesicht. Das ist begreiflich – was haben wir für Zeiten! Gewiß, er hatte die Arbeiter grausam bestraft, aber – was soll man tun, was denn?«

Sie sprach ununterbrochen, halblaut und durch die Nase, und die einzelnen Worte brachen schrill und etwas näselnd hinter ihren drei Goldzähnen hervor. Samgin dachte, sie spräche wie eine Provinzschauspielerin in der Rolle einer Weltdame.

Hinter den Gläsern ihrer Brille sah er die Augen nicht, aber er fand, daß ihr Gesicht jetzt ausgeprägter zigeunerhaft war, die Haut hatte die Farbe sonnenvergilbten Papiers; die feinen, einer Federzeichnung gleichenden Fältchen an den Augen verliehen ihrem Gesicht einen verschmitzten und lächelnden Ausdruck; das paßte nicht zu ihren klagenden Worten.

»Er ist ein Liberaler gewesen, ja noch mehr, aber wegen seines Märtyrertodes wird Gott ihm den Verrat an der Idee des Monarchismus vergeben.«

Samgin verbarg ein unwillkürliches Lächeln, indem er sich vorbeugte und Zigaretten herausholte. Auf dem Boden – ein dicker, himbeerroter Teppich, rundum – viel Möbel aus karelischer Birke, matt glänzte Bronze; an den Wänden – alte Lithographien, im Zimmer herrschte ein unangenehmer, süßlicher Geruch. Lidija war so dünn, als preßte alles ringsum sie zusammen und zwänge sie, sich zur Decke zu strecken.

»Du bist natürlich auch für die Verfassung?«

Samgin nickte und wartete, ob ihr Redestrom nicht bald versiegen werde.

»Ich – verstehe, du bist Atheist! Monarchist kann nur ein Gläubiger sein. Die sittliche Lenkung des Volkes ist eine religiöse Handlung . . .«

Nein, sie dachte gar nicht daran, zu verstummen. Darauf zündete sich Samgin eine Zigarette an und schaute sich nach einem Aschenbecher um. Und er legte sich das Streichholz so auf die flache Hand, daß Lidija es sähe. Aber sie ließ auch das unbeachtet und fuhr fort, vom Monarchismus zu erzählen. Samgin ließ die Zigarettenasche demonstrativ auf den Teppich fallen und fragte fast zornig: »Weshalb beeilst du dich so, mir deine politischen Ansichten darzulegen?«

»Es ist eine Klarheit notwendig, Klim!« antwortete sie sofort, nahm eine silbergefaßte Perlmuschel von der Etagere und stellte sie auf den Tisch. »Hier ist ein Aschenbecher.«

»Halte ich dich nicht auf?«

»Nein, nein! Ich sprach nur deshalb von der Seelenmesse, weil mich das alles erregt. Dort werden viele Leute zugegen sein, die ihn gehaßt haben. Aber er ist so lustig gewesen, so geistreich und so . . .«

Da sie das richtige Wort nicht fand, schnippte sie mit den Fingern, dann nahm sie die Brille ab, um das Haarnetz auf dem Kopf zurechtzurücken; ihre dunklen Pupillen waren geweitet, ihr Blick unruhig, aber das machte sie bedeutend jünger. Samgin nutzte die Pause und fragte: »Bist du mit der Sotowa sehr eng befreundet?«

»Gerade ihretwegen beschloß ich, hier zu leben – damit ist alles gesagt!« antwortete Lidija feierlich und räusperte sich, als hätte sie etwas Überflüssiges gesagt.

»Was ist sie für ein Mensch?«

»Der klügste von allen, die ich kenne, ein wirklich freier Mensch und von erstaunlicher geistiger Kraft«, sagte Lidija im gleichen feierlichen Ton. »Sie fand auch dieses Haus für mich – es ist wohnlich, nicht wahr? Sie hat auch die ganze Einrichtung beschafft, es ist alles so solide, behaglich. Ich vertrage keine neuen Sachen, sie knacken in den Nächten. Ich liebe die Stille. Erinnerst du dich an Diomidow? ›Der Mensch findet nur in vollkommener Stille zu sich selbst.‹ Weißt du nichts von Diomidow?«

»Nein«, antwortete Samgin trocken und begann, da er noch etwas über Marina hören wollte, wieder von ihr zu sprechen.

»Du hast sie aber doch fast zur selben Zeit kennengelernt wie ich«, sagte Lidija gleichsam verwundert und setzte die Brille auf. »Meiner Ansicht nach hat sie sich seitdem nicht sehr verändert.«

Der Ton ihrer Worte kam Klim unecht vor, und sie saß so angespannt aufrecht da, als wäre sie im Begriff, zu streiten und irgend etwas zu leugnen.

Sie hat sich ihre Rolle dumm ausgedacht und ist an fremde Gedanken gekettet, entschied Samgin, während sie seufzend sagte: »Ja, sie ist die gleiche, die sie als junges Mädchen gewesen ist – klug, aufrichtig, ganz und gar für sich. Ich spreche von ihrer inneren Freiheit«, fügte sie sehr eilig hinzu, da sie offenbar sein skeptisches Lächeln bemerkt hatte; dann fragte sie: »Möchtest du mir nicht die Bücher meines Vaters abnehmen? Ich weiß nicht, was ich damit anfangen soll. Sie sind sehr schön gebunden; sie der Stadtbibliothek zu geben wäre zu schade und – unmöglich! Er hatte die Angewohnheit, Randbemerkungen zu machen, und er dachte so erbarmungslos über Rußland, über Religion . . . und überhaupt. Mein Tochtergefühl zwang mich, viele Eintragungen wegzuradieren . . .«

»Sieh an, so schlimm?« rief Samgin ironisch aus.

»Du bist auch ein Skeptiker, dich kann das nicht beunruhigen«, sagte sie, und er bekam Lust, ihr eine scharfe Antwort zu geben, doch während er noch überlegte, welche, begann sie von neuem: »Auf der Krim traf ich Ljubow Somowa, bei der Zahnärztin – einer Jüdin natürlich. Sie sieht so jämmerlich, angegriffen aus, wahrscheinlich hat sie Abtreibungen machen lassen.«

»Sie ist in Moskau von Rowdys verprügelt worden«, sagte Samgin zornig.

»Ja? Darum ist sie wohl so erbost über alles. Sie besuchte mich im Landhaus, aber wir hätten uns beinahe verzankt.«

Samgin hatte auch das Gefühl, wenn er nicht ginge, würde er sich mit der Hausherrin entzweien. Er erhob sich. »Nun, es ist Zeit, du mußt jetzt zur Seelenmesse.«

»Ja, leider. Aber du wirst mich doch noch mal besuchen?«

»Wenn ich nicht abreise.«

»Besuche mich, besuche mich«, sagte sie und schüttelte ihm kräftig die Hand.

Er nahm ein Gefühl scharfer Gereiztheit auf die Straße mit, das ihn sogar wunderte.

Was habe ich denn, weshalb? Nun – sie ist widerlich, dumm und falsch, doch was geht mich das an?

Während er nach dem Grund seiner Gereiztheit suchte, ging er gemächlich weiter, zwang sich, allen Entgegenkommenden gerade in die Augen zu sehen, und stritt in Gedanken mit jedem. Es waren viele Menschen in den Straßen, die meisten gingen und fuhren schnell in Richtung des Platzes, auf dem sich das Gouverneurspalais befand.

»Sie sind durch den Mord belebt«, erinnerte er sich der Worte Mitrofanows, des Mannes »mit gesundem Menschenverstand«, der Worte, die der Detektiv anläßlich der Freude äußerte, mit der Moskau den Tod des Ministers Plehwe begrüßt hatte. Dann dachte er wieder über Lidija nach. Sie hat von der Sotowa nicht sprechen wollen – das ist klar! Weshalb nicht?

Zu Hause, kaum hatte er abgelegt, kam Dunjascha hereingelaufen, umhalste ihn und drückte wortlos ihr Gesicht an seine Brust, er wankte, legte ihr die Hand auf den Kopf, dann auf die Schulter, versuchte sie vorsichtig von sich zu schieben und dachte lächelnd: Was für Weibertage!

Aber Dunjascha zu sehen war angenehm, er fragte fast zärtlich: »Nun, hast du die Widerspenstigen erfolgreich gezähmt?«

Sie prallte zurück und warf sich auf den Diwan, ihr scheckiges Gesicht wurde sofort naß von Tränen; sie rang nach Atem, schluchzte, schwang in der einen Hand das Taschentuch, schlug sich mit der anderen an die Brust und stöhnte, sich dabei die Lippen beißend.

Ist sie betrunken? dachte Samgin, kehrte ihr den Rücken und füllte aus der Karaffe Wasser in ein Glas, während Dunjascha hastig und zusammenhanglos mit gedämpfter Stimme zu sprechen begann: »Du hast kein Recht, dich über mich lustig zu machen, du solltest dich schämen, du gescheiter Mann! Ich hatte doch nicht gewußt ...«

Er schaute sie über die Schulter an – nein, sie war nüchtern, ihre tränenbenetzten Augen funkelten klar, und ihre Worte klangen bereits sicher.

»Doch selbst wenn ich es gewußt hätte, einerlei, was hätte ich tun können?«

»Ich verstehe nicht«, sagte Samgin, ihr das Wasser reichend. »Was ist passiert?«

»Sie haben dort – weiß der Teufel was angerichtet«, begann Dunjascha und stieß seine Hand zurück. »Einem Schmied haben sie die Rückenwirbel zerschlagen, so daß ihm die Beine gelähmt sind, vier haben sie erschossen, neun sind verwundet. Und ich Närrin singe! Wie sie da gepfiffen haben!« sagte sie entsetzt, mit weit geöffneten Augen, und kniff sie kopfschüttelnd zu. »Nun, weißt du, mir war, als versänke ich im Boden – ich kann das alles nicht verstehen! Du hast damals recht gehabt, ein Gesindel sind sie! Du hast mir das ja prophezeit! Dort waren Soldaten, irgendein Hauptmann. In der Arbeiterkaserne sind die Fensterscheiben eingeschlagen, aus den Fenstern ragen Kissen heraus ... Mit roten Überzügen wie Fleisch. Ich traf abends ein und konnte nichts sehen ...«

Samgin rauchte, verzog das Gesicht und sah sich plötzlich dünn und lang wie ein Faden, der Faden zog sich verworren über die Erde, und irgend jemandes unsichtbare, böse Hand knüpfte feste Knoten hinein.

»Beruhige dich«, murmelte er, aus Schonung gegen sich selbst, aber Dunjascha fächelte sich mit dem nassen Taschentuch das gerötete Gesicht, schüttelte die zur Faust geballte andere Hand und sagte: »Ich sage zu ihm, diesem glotzäugigen Vieh – wie heißt er doch? – die betrunkene Visage! ›Ihr habt doch‹, sage ich, ›die Versammlungsfreiheit verkündet, wieso erschießt ihr dann?‹ Da fletscht er die Zähne, der Hundsfott. ›Sie ist ja‹, sagte er, ›dazu verkündet worden, um bequem erschießen zu können!‹ Verstehst du? Stratonow, so heißt er. Seine Frau ist ein Ekel, eine Kuh – einen Busen hat sie: so groß!«

Dunjascha zeigte den Umfang des Busens, indem sie die Arme ausstreckte, sie zu einem Kreis formte und die Fingerspitzen nur leicht aneinanderlegte.

»›Mein Vater‹, sagte er, ›war der Sohn eines Bauern und lief in Bastschuhen herum, doch gestorben ist er als Kommerzienrat, er hat‹, sagte er, ›die Arbeiter eigenhändig geschlagen, doch sie haben ihn geachtet.‹ Ach, dachte ich mir, du ...« Sie stieß ein derbes Schimpfwort aus. »Entschuldige bitte, Klim!«

Sie begann wieder leise zu weinen, und Samgin fühlte mit mürrischer Spannung, wie sich ein neuer Knoten von Eindrücken knüpfte. Mit verblüffender Realität erstanden vor ihm das Haus Marinas und das Haus Lidijas, die Straße in Moskau, die Barrikade, der Schuppen, in dem man Mitrofanow erschossen hatte – die Mütze des Gouverneurs wirbelte durch die Luft, es funkelte der Laden mit Kirchengerät.

»Nun, hör doch auf, hör auf«, redete er Dunjascha mechanisch zu, obwohl sie ihn nicht störte, auch sah er sie nur weit von sich entfernt hinter einer Wolke von Tabakrauch. Er fühlte sich unbehaglich, müde, zerschlagen und dachte wieder: Man kann den Verstand verlieren ...

Dunjascha unterbrach ihre wütenden Klagen, indem sie erklärte: »Ich will essen, betrinken will ich mich!«

Samgin ging gehorsam zur Klingel und streichelte Dunjascha, als er an ihr vorbeikam, sacht die Schulter, das rief ihren Zorn von neuem wach. »Die dort hatten sich betrunken, brüllten hurra wie die Japaner, solche siegreichen Napoleone, weißt du, während im Schuppen Leute eingesperrt waren, siebenundzwanzig Mann, es herrschte schrecklicher Frost, alles knackte, dabei befanden sich dort im Schuppen auch Verwundete. Das alles hat mir ein Bekannter Alinas erzählt – Inokow.«

»Inokow? Weshalb ist er dort?« fragte Samgin und blieb mitten im Zimmer stehen.

»Ich weiß nicht. Es scheint, er ist dort angestellt. Ein unangenehmer Mensch. Kennst du ihn denn?«

»Das ist ein anderer«, sagte Samgin.

»Er war in der Stadt, als der Gouverneur getötet wurde ...«

»Leiser«, warnte Samgin. »Hast du dort nicht Sudakow gesehen?«

»Nein.«

Samgin verstummte, er stellte fest, daß gewissermaßen nicht er nach Inokow und Sudakow gefragt hatte und daß ihn diese Leute nicht interessierten.

»Warum schweigst du denn?« fragte Dunjascha sehr gebieterisch; in diesem Augenblick sagte der Zimmerkellner, das Essen sei im Zimmer der gnädigen Frau serviert, und so brauchte Samgin nicht zu antworten.

»Servieren Sie es hier!« rief Dunjascha zornig, und als man das Essen und Wein gebracht hatte, trank sie sofort ein Gläschen Wodka, schaute mit mürrischer Miene um sich und sagte brummig: »Weiß der Teufel! Vielleicht wäre es besser, ich nähte Hemden oder Totenkittel für Krankenhäuser ... Sag, wäre das nicht vielleicht besser?«

»Iß«, sagte Samgin. »Es ist zwecklos, sich zu beklagen. Es ist nun mal so, daß alles seine Ursache hat, immer eines auf dem anderen beruht ...«

»Beruht«, wiederholte sie mit einer Grimasse. »Welch ein unschönes Wort. Es klingt wie beschuht. Es gibt ein Wortspiel: ›Fedka sich mit Bast beschuhte, Fedul machte eine Schnute, diese Bastschuh wollt ich haben, dazu Fedkas Hosen tragen und ihn selbst zum Knechte haben!‹ «

Das spöttische Wortspiel rief wieder Tränen hervor; sie schnippte sie mit den Fingern von den Wangen und schlug übermütig vor: »Stoßen wir an! Und betrinken wir uns!«

Samgin blickte sie mit belustigtem Lächeln an.

»Nun? Was ist?« fragte sie, schwang die Serviette gegen ihn und schrie fast: »So nimm doch die Brille ab! Sie ist dir wie auf die Seele aufgesetzt – wahrhaftig! Du musterst mich, lächelst ... Paß auf, daß man nicht über dich lächelt! Laß dich doch wenigstens heute von der Kette. Morgen verreise ich, wann wir uns wieder treffen – ja, ob wir uns überhaupt noch begegnen? In Moskau hast du deine Frau, dort bin ich für dich überflüssig.«

Sie möchte mir eine Szene machen, überlegte Samgin und nahm die Brille ab. Ich hätte nicht gedacht, daß sie hysterisch ist.

Er zwang sich zu einem liebenswürdigen Lächeln, betrachtete Dunjascha mit Unruhe und sah: Ihre Wangen waren erblaßt, die Brauen lagen in Falten; sie biß sich auf die Lippe und blickte mit verkniffenen Augen in die Lampenflamme, aus ihren Augen rannen Tränentröpfchen. Sie klopfte krampfhaft mit dem Teelöffel an die Flasche.

Was für ein böses Gesicht, dachte Samgin und schenkte seufzend Wein in die Gläser ein. Dunjascha schickte sich an, mit den kurzen Fingern ihrer zitternden Hand die Bluse aufzuknöpfen, er wollte ihr behilflich sein, aber Dunjascha schob seine Hand beiseite.

»Ich bekomme keine Luft.«

Dann blickte sie ihm ins Gesicht und sagte leise: »Du hast mich damals gekränkt, nach dem Konzert.«

Samgin rückte von ihr ab und fragte: »Wodurch?«

»Nein, nicht gekränkt, sondern in Verwunderung versetzt. Du warst plötzlich so ganz anders und sprachst wie mein Mann.«

Sie sagte das tatsächlich mit Verwunderung, zog die Schultern hoch, als fröre sie, ballte die Fäuste und schlug sie aneinander.

»Als ich der Sotowa von meinem Mann erzählte, verstand sie ihn sofort, und zwar richtig. ›Er ist‹, sagte sie, ›Revolutionär aus ... Melancholie!‹ Nein, aus etwas anderem. Wie heißt das doch? Wenn man jedermann haßt?«

Jetzt hämmerte sie mit der Faust – und zwar schmerzhaft – an Samgins Schulter; er soufflierte: »Aus Misanthropie?«

»Ja, dadurch! Ich kann verstehen, wenn man die Polizei, die Popen, na – die Beamten haßt, er aber haßte alle! Sogar Motja, das Zimmermädchen, haßte er; wir waren wie Freundinnen miteinander, doch er sagte: ›Dienstboten sind lästig, man sollte sie durch Maschinen ersetzen.‹ Ich dagegen meine, lästig ist nur das, was man nicht begreift, wenn man es aber begreift, ist es nicht mehr lästig.«

Sie sprang auf, ging hastig im Zimmer umher und fuhr mit einem halb zornigen Lächeln fort: »Motja hatte einen Freund, er war Schlosser, besuchte die Schanjawskij-Schule, so ein griesgrämiger, ungeschliffener, der mich verächtlich ansah. Und plötzlich begriff ich, daß er ... daß er sogar eine zarte Seele hatte und sich dessen schämte. Und so sagte ich: ›Sie verstellen sich umsonst als wildes Tier, Pachomow, ich durchschaue Sie!‹ Zuerst wurde er zornig. ›Sie sehen gar nichts‹, sagte er, ›und können auch gar nichts sehen!‹ Und dann gestand er: ›Es ist wahr, ich habe ein weiches Herz, das mit dem Verstand sehr wenig in Einklang steht, denn der Verstand lehrt mich etwas anderes.‹ Er war tatsächlich klug, gebildet, und er ist wirklich ein Revolutionär aus Liebe zu seinem Arbeiterbruder! Er hat auf dem Kalantschowskij-Platz und im Karetnyj Rjad gekämpft, dort hat ihm ein Offizier die Schulter durchschossen, Motja versteckte ihn bei mir, doch mein Mann ...«

Sie blieb stehen, blickte mit zusammengekniffenen Augen in die Ecke, dann trat sie an den Tisch, trank einen Schluck Wein und strich sich über die Wangen.

»Nun, der Teufel soll meinen Mann holen! Ich habe ihn gekostet und – ausgespuckt.«

Sie erzählte wieder hastig und zusammenhanglos weiter, von einem lustigen Kameraden des Schlossers, von einem Revolutionär, der den verwundeten Schlosser irgendwohin weggebracht hatte. Samgin hörte mit gespitzten Ohren zu und erwartete einen neuen Ausbruch; es war ganz klar, daß sie, die immer schneller sprach, sich beeilte, zu irgend etwas Wichtigem zu gelangen, das sie sagen wollte. Samgin trat vor Spannung sogar der Schweiß auf die Schläfen.

»Meiner Ansicht nach lebt der Mensch, solange er liebt, doch wenn er die Menschen nicht liebt – wozu braucht man ihn dann?«

Sie beugte sich zu Samgin vor, ergriff seinen Kopf mit beiden Händen und sagte ihm, wobei sie seinen Kopf hin und her wiegte, leidenschaftlich ins Gesicht: »Auch du liebst insgeheim alle Menschen, aber du schämst dich dessen und stellst dich streng, unzufrieden, du schweigst und bedauerst alle wortlos, so einer bist du! Da hast du's ...«

Samgin hatte nicht das erwartet; zum zweitenmal schon betäubte sie ihn gleichsam, warf sie ihn um. In seine Augen blickten sehr lebhafte, glühende Augen; sie küßte seine Stirn und sprach weiter von irgend etwas, er hielt ihre Taille umfaßt und hörte ihre Worte nicht. Er fühlte, daß seine Hände zusammen mit der physischen Wärme ihres Körpers noch eine andere Wärme in sich aufnahmen. Sie erwärmte auch, verwirrte aber zugleich und erweckte ein Gefühl, das der Scham ähnelte – war es etwa ein Schuldgefühl? Es veranlaßte ihn zu flüstern: »Ach was, du täuscht dich ...«

»Nein, ich weiß ebensogut wie ein Hund, was für ein Mensch jeder ist. Ich bin zwar nicht klug, aber ich weiß es.« Samgin preßte seine Wange fester an ihre Brust. »Mein Lieber, Liebster – ich weiß es! Ich kann es nicht sagen, aber – ich fühle es ...«

Eine Stunde später saß Samgin müde im Sessel, rauchte und trank schluckweise Wein. Von dem dummen Zeug, das Dunjascha ihm im Laufe dieser Stunde erzählt hatte, war Samgin nur eins in Erinnerung geblieben: »Nun bin ich erst richtig zur Frau geworden«, hatte sie gesagt, nachdem sie fünf Minuten in einem Zustand von Schlaftrunkenheit oder halber Ohnmacht dagelegen hatte. Er hatte auch ein paarmal den Wunsch erwachen fühlen, ihr irgendwelche ungewöhnlichen Worte zu sagen, aber – er hatte keine gefunden.

Jetzt betrachtete er ihre entblößte Schulter und das auf dem Kissen verstreute rötliche Haar und überlegte: Wie bringt sie es fertig, eine solche Menge Haar glattzukämmen? Übrigens ist das ihre wunderbar fein.

An ihr ist tatsächlich viel Einfaches, Frauliches. Viel Gutes, freundschaftlich Frauliches, fand er die passenden Worte. Morgen reist sie ab, dachte er mißgestimmt, trank den Wein aus, stand auf und trat ans Fenster. Über der Stadt standen kupferrote Wolken, sehr langweilig und schwer. Klim Samgin mußte sich gestehen, daß noch keine der Frauen ihn so erregt hatte wie diese rothaarige. Es lag etwas Kränkendes darin, daß die ungekannte Erregung von einer Frau erweckt worden war, über die er nicht schmeichelhaft dachte.

Weibertage, wiederholte er. Komisch ...

Dunjascha stöhnte und drehte sich auf die andere Seite, Samgin fragte leise: »Möchtest du vielleicht zu dir hinübergehen?«

»Ich bin bei mir«, antwortete sie im Schlaf.

Samgin lächelte und schenkte sich noch Wein ein.

So ist das: Sie ist überall bei sich, in jedem beliebigen Bett.

Das war auch ein kränkender Gedanke, doch als Samgin ihn erwog, konnte er nicht entscheiden: für wen von beiden kränkender? Er legte sich auf den kurzen, schmalen Diwan; das war sehr unbequem, und diese Unbequemlichkeit steigerte sein Mitleid mit sich selbst.

Sie ist überall bei sich, und ich bin mir überall im Weg – so ist das. Weshalb? »Achtzigtausend Werst rund um sich selber?« Das ist spaßig, stimmt aber nicht. »Der Mensch kreist rund um seinen Geist wie die Erde um die Sonne.« Wenn Marina nur halb so offenherzig wäre wie diese hier ...

Er schlummerte ein, dann weckte ihn ein Geräusch – es rührte von Dunjascha her, die ihre Schuhe anzog und dabei den Stuhl verschob. Mit halbgeschlossenen Augen beobachtete er, wie diese Frau ihre Sachen zu einem Häufchen zusammenlegte, sie unter die Achsel preßte, die Kerze auslöschte und zur Tür ging. Eine Sekunde lang blieb sie stehen, und Samgin erriet, daß sie ihn ansah; wahrscheinlich wird sie auf ihn zutreten. Aber sie trat nicht auf ihn zu, sondern öffnete lautlos die Tür und verschwand.

Das war gut, denn von der unbequemen Lage schmerzten Samgin die Muskeln. Nachdem er gewartet hatte, bis das Schloß ihrer Tür schnappte, wechselte er ins Bett hinüber, streckte sich mit Genuß aus, zündete die Kerze an und blickte auf die Uhr, es war schon kurz vor Mitternacht. Auf dem Nachttischchen lag eine kleine, lederne Brieftasche, aus ihr ragte ein Zettel heraus, Samgin griff mechanisch danach und las die mit großer und runder Kinderhandschrift geschriebenen Worte:

... ach, Alinotschka, sie sind alle ein solches Gesindel, und ich geriet mitten in die Menge hinein, doch am widerlichsten war so ein großer, unverschämter Tölpel.

Samgin las nicht weiter, er legte den Brief auf die Brieftasche, löschte die Kerze aus und dachte: Sie wird in irgendeine Geschichte hineingeraten. Sie ist so vertrauensselig. Letzten Endes ist sie lieb ...

Als er sich am Morgen wusch, trat Dunjascha – reisefertig angezogen – ins Zimmer.

»Und ich habe schon gepackt.«

Ihr Gesicht war verschlossen, ihre Brauen lagen in Falten, die Augen waren umflort.

»Nun ... solltest du mich einmal wiedersehen wollen – Ljutows wissen stets, wo ich bin ...«

»Natürlich werde ich es wollen!«

»Zum Teetrinken habe ich keine Zeit mehr, du hast verschlafen«, sagte sie seufzend und biß sich auf die Lippen, dann fragte sie zornig: »Fürchtest du nicht, man könnte dich verhaften?«

»Mich? Weswegen?« fragte Samgin verwundert.

»Na – deswegen! Verstell dich nicht! Meiner Ansicht nach wird man euch alle erschießen.«

»Ach, hör doch auf«, sagte Samgin, ihr die Hand küssend, und fragte unwillkürlich: »Hast du der Sotowa alles von dir erzählt?«

»Ihr – erzählt man alles, was sie wissen will, sie ist ja so eine ... Pumpe!«

Sie trat dicht an ihn heran, nahm ihm die Brille von der Nase und sagte, ihm in die Augen blickend, brummig und leise: »Nimm es mir nicht übel, aber – du tust mir leid, wirklich – das ist nicht kränkend! Ich weiß nicht, wie ich es sagen soll! Du bist einsam, ja? Sehr einsam?«

Samgin geriet in Verwirrung, zum erstenmal sagte man ihm Worte voll solchen Gefühls. Mit einer unwillkürlichen Armbewegung umschlang er kräftig die Frau und murmelte: »Na, was hast du denn? Weshalb?«

Dann verstummte er, da er nicht wußte, was besser wäre: wenn sie spräche, oder wenn er sie küßte – und damit zum Schweigen brächte. Unterdessen raunte sie leidenschaftlich: »Du darfst nicht meinen, ich wollte mich dir als Geliebte für zehn Jahre aufdrängen, das kommt bei mir einfach so, von Herzen. Meinst du denn, ich wüßte nicht, was Schweigen bedeutet? Der eine schweigt, weil er nichts zu sagen hat, und der andere, weil er niemanden hat, zu dem er sprechen kann.«

Sie preßte ihre Hände fest an seine Schläfen und sagte noch leiser: »Dann – noch etwas: Du solltest mit der Sotowa nicht allzu sehr . . .«

Ist sie eifersüchtig? vermutete Samgin plötzlich, und alles wurde einfacher, verständlicher.

»Laß dich in keine vertraulichen Gespräche mit ihr ein.«

Er strich ihr lächelnd mit der Hand über den Kopf und fragte: »Weshalb?«

»Man spricht hier nicht gut von ihr.«

»Wer?«

»Viele.«

An der Tür wurde geklopft, der alte Kellner steckte den Kopf herein und sagte: »Es sind Leute gekommen, Sie zu begleiten!«

»Nun, leb wohl«, sagte Dunjascha. Samgin spürte, daß sie ihn nicht so küßte wie immer, zärtlicher vielleicht . . . Er flüsterte auch: »Danke! Das werde ich nicht vergessen.«

Sie fächelte sich mit dem Taschentuch die Tränen weg und ging. Samgin trat an das beschlagene Fenster, wischte die Scheibe ab, preßte die Stirn daran, suchte sich zu erinnern: Wann war er noch so aufgeregt gewesen? Als Warwara die Abtreibung hatte machen lassen?

Doch damals hatte ich Angst und – jetzt?

Es war klar: Ihm tat es leid, daß Dunjascha abreiste.

»Eifersüchtig« – es war dumm von mir, das zu denken.

Vor dem Eingang des Gasthofs standen drei Troikas. Ein Militär mit grauem Schnurrbart half Dunjascha in den Schlitten, um den sich noch etwa fünf würdig aussehende Leute drängten. Mit grauem Traber fuhr Marina vor. Nachdem Samgin gewartet hatte, bis die Troikas weggefahren waren, beschloß er, auch zum Bahnhof zu fahren und dort gleich zu frühstücken.

Als er im Bahnhofsrestaurant am Fenster stand, schaute er hinter dem Fensterpfeiler hervor auf den Bahnsteig. Dunjascha war in der Menge, von der sie umgeben war, nicht zu sehen. Samgin zählte mechanisch die Begleiter: siebenunddreißig Personen, Männer und Frauen. Marina fiel am meisten auf.

Siebenunddreißig, wiederholte er für sich. Eine Ehre!

Der grauhaarige Militär schwang Dunjascha geschickt aufs Trittbrett des Wagens, und es sah aus, als versetzte er ihm zugleich einen Stoß, die Begleiter klatschten in die Hände, Dunjascha warf ihnen Blumen zu.

Während Samgin sie mit den Augen verfolgte, fiel ihm der übliche Satz ein: »Und wieder ist im Lebensbuch gelesen eine Seite.« Ihm war sehr traurig zumute – und er mußte sich selber den Vorwurf machen: Und ich bin dennoch ein bißchen sentimental!

Er nahm, um Kaffee zu trinken, gegenüber von einem Spiegel Platz und sah in dessen unbegreiflicher Tiefe sein sehr erschöpftes, bleiches Gesicht und hinter seiner Schulter – einen großen, breitstirnigen Kopf mit hellen Haarbüscheln, die Wergflocken glichen; der Kopf war tief über den Tisch gebeugt, eine schwammige, rote Hand machte sich mit der Gabel auf dem Teller zu schaffen und beförderte Bratenstücke in den Mund. Eine sehr widerliche Hand.

Als in der Tür des Restaurants Marinas dunkle Stimme erklang, schnellte der zerzauste Kopf hoch und zeigte ein komisches, flaches Gesicht mit breiter Nase und ungewöhnlichen Augen, das Weiße der Augen war sehr groß, die himmelblauen Pupillen klein. Der Besitzer dieses Gesichts erhob sich eilig ein wenig, warf einen Blick in den Spiegel, versuchte mit einer Hand das Haar zu glätten und fuhr sich mit der Serviette in der anderen wie mit einem Taschentuch übers Gesicht – über Wangen, Stirn und Schläfen. Dann setzte er sich, unruhig blinzelnd; seine Brauen waren weißlich, ebenso wie der kleine Schnurrbart, und diese Behaarung war auf der gelblichen Haut des flachen, schwammigen Gesichts fast gar nicht zu merken. Marina trat auf ihn zu, er stand auf, stieß dabei linkisch den Stuhl um; sie konnte den fallenden Stuhl gerade noch auffangen, klopfte mit der Hand an seine Lehne und sagte unhörbar etwas zu dem zerzausten Mann; er schüttelte zur Antwort den Kopf und hustete heiser, während Marina auf Samgin zutrat.

»Du bist wohl zu spät gekommen, Dunjascha zu begleiten?« fragte sie, ihn aufmerksam musternd. »Es herrscht Frost, doch du taust immer noch. Komm doch einmal wegen des Geldes zu mir.«

»Wann paßt es dir?«

Sie sagte, daß sie in einer halben Stunde im Laden sein werde, und ging fort. Samgin kam es vor, als hätte sie etwas trocken mit ihm gesprochen und als hätten auch ihre Augen hart geblickt.

Im Spiegel sah er, daß der zerzauste Mann ihn auch mißgünstig beobachtete und anscheinend im Begriff war, zu ihm zu kommen. Das alles war sehr langweilig.

Noch ein, zwei Tage, und ich reise von hier ab, beschloß er, vergegenwärtigte sich aber sofort Warwara. Ich reise auf die Krim.

Als er Marinas Laden betrat, deutete der hübsche Mischa mit tiefer Verbeugung wortlos auf die Zimmertür. Marina saß auf dem Sofa beim Samowar, in der Hand hielt sie ein silbernes Kruzifix, stocherte mit einer Haarnadel daran herum und rieb es mit einem Stück Wildleder. Sie schenkte ihm Tee ein, ohne zu fragen, ob er welchen wünsche, dann erkundigte sie sich: »Du warst nicht zur Beerdigung der Reste des Gouverneurs?«

»Nein. Ich glaube, man sagt: der sterblichen Überreste?«

»Richtig, der sterblichen Überreste! Der Staatsanwalt hielt eine bedrohliche Rede gegen euch. Sag mal – sympathisierst du insgeheim mit dem Terror?«

»Weder mit dem roten noch mit dem weißen.«

»Gestern hat sich ein Gymnasiast erschossen, der einzige Sohn eines reichen Kaufherrn. Der Vater ist ein einfältiger Mann, ein echter Russe, die Mutter eine Deutsche, und der Sohn, heißt es, war einer von denen, die Bomben werfen. So ist das«, erzählte sie, ohne Klim anzublicken, und stocherte eifrig an dem Kruzifix herum. Er fragte: »Was machst du denn da?«

»Ein Pope hat mir das Kreuz verkauft, ein schönes Stück, alter deutscher Guß. Er sagt, er habe es in der Erde gefunden. Ich glaube, er schwindelt. Wahrscheinlich haben es die Bauern auf irgendeinem Gutshof von der Wand genommen.«

»Ich bin bei Lidija gewesen«, sagte Samgin, und die Worte klangen gegen seinen Willen herausfordernd.

»Ich weiß. Du hast sie über mich ausgefragt.«

Samgin merkte, daß ihre Ohren sich gerötet hatten, und sagte weicher: »Glaub mir, das war keine simple Neugier.«

»Ich glaube dir. Sehr schmeichelhaft, wenn es keine simple war.«

Sie verstummte. Samgin wartete eine Weile und sagte dann bereits ganz versöhnlich: »Sei nicht böse, du bist selbst schuld! Du hüllst dich in eine gewisse Heimlichkeit.«

»Hör auf, sonst sagst du noch Dummheiten und müßtest dich schämen«, warnte sie ihn und betrachtete das Kreuz. »Ich bin nicht böse, ich verstehe: Das ist interessant! Da hat ein Mädchen sich zur Bühnensängerin ausbilden lassen, hat mit Ästhetik herumgespielt und – springt plötzlich in die Ehe mit einem Kaufmann, handelt mit Kirchengerät. Hieran mag sogar etwas Komisches sein . . .«

»Etwas nicht Gewöhnliches«, fügte Samgin ein, während sie träge und gleichmütig fortfuhr: »Ich kann mir vorstellen, daß du aus seelischem Bedürfnis neugierig bist . . . Aber es wäre doch einfacher gewesen, geradeheraus zu fragen: Woran glaubst du?«

Sie richtete sich auf, horchte, trat, nachdem sie das Kreuz auf das Sofa geworfen hatte, lautlos an die Tür zum Laden und sagte streng: »Was machst du? He? Schließ den Laden ab und geh nach Hause. Wa-as?«

Sie verschwand im Laden, und während sie dort dem hübschen Jungen eine Strafpredigt hielt, stand Samgin auf und fragte sich: Was will ich eigentlich von ihr?

In einer Ecke standen auf einem kleinen Wandbord etwa zwanzig Bücher in einheitlichen Ledereinbänden. Er las auf den Buchrücken: Bulwer-Lytton »Kenelm Chillingly«, Musset »Bekenntnisse eines Kindes seiner Zeit«, Sienkiewicz »Ohne Dogma«, Bourget »Der Schüler«, Lichtenberger »Nietzsches Philosophie«, Tschechow »Eine langweilige Geschichte«. Samgin zuckte die Achseln. Sonderbar!

»Du interessierst dich für die Bücher?« fragte Marina, und ihre Stimme klang offenkundig spöttisch. »Sind sie nicht interessant? Sie handeln alle vom gleichen – von den Armen im Geiste, von jenen, deren ›angeborne Farbe der Entschließung von des Gedankens Blässe angekränkelt wird‹, wie es bei Shakespeare heißt. Mein Mann hatte Bulwer und die ›Langweilige Geschichte‹ besonders gern.«

»Du liest, wie es scheint, über Fragen der Religion, der Philosophie?«

»Ich las einige, aber das ist langweilig«, sagte sie, sich wieder auf das Sofa setzend und sich mit der Haarnadel bewaffnend, und fügte hinzu: »Die Literaten philosophieren klarer als die Theologen und Philosophen, bei ihnen sind die Gedanken in Personen verkörpert, und die Dürftigkeit der Gedanken ist deutlicher sichtbar.«

Mit der Haarnadel hantierend, fuhr sie mit einem leichten Seufzer fort: »Du möchtest gern wissen, ob ich an Gott glaube? Ja. Aber an jenen, den man im Altertum Propator, Proarch, Äon nannte – sind dir die Gnostiker bekannt?«

»Nein, das heißt . . .«

»Nicht bekannt. Nun, dann höre zu . . . Sie lehrten, Äon sei zeitlos, aber einige behaupteten, daß sein Ursprung in der Gemeinsamkeit des Denkens an ihn, in dem Streben, ihn zu erkennen, liege, und daß aus diesem Streben das dem Äon eigene Denken, die Ennoia, hervorgegangen sei ... Das ist nicht der Verstand, sondern eine Kraft, welche den Verstand aus der Tiefe des reinsten Geistes heraus bewegt, der von der Erde und dem Fleisch gelöst ist ...«

Im Samowar sangen gleichsam die Mücken. Marina sprach halblaut wie mit sich selber, sie blickte Samgin nicht an und stocherte eifrig an dem Kruzifix herum; Samgin hörte befremdet, ungläubig zu, erwartete aber irgendwelche sehr einfachen, ernsten Worte und fand, daß zu ihrer schönen, stattlichen Gestalt das bescheidene, dunkle Händlerinnenkleid nicht passe. Sie nannte die Namen von Häretikern, Orthodoxen, Apologeten des Christentums und von Philosophen, sie waren Samgin alle wenig bekannt oder überhaupt fremd, und ihre Meinungsverschiedenheiten interessierten ihn nicht. Sie sprach lange, aber Samgin hörte unaufmerksam zu, ihre hochweisen Worte vom Geist glitten an ihm ab, sie verwehten zusammen mit dem Zigarettenrauch, das Gedächtnis nahm nur einzelne Sätze auf.

»Die Seele ist an den Leidenschaften des Fleisches mit beteiligt, der Geist jedoch ist leidenschaftslos, und sein Ziel ist die Reinigung, Vergeistigung der Seele, denn die Welt ist voller unvergeistigter Seelen ...«

Sie steckte das Kruzifix in eine Ecke des Sofas, wischte sich die Finger mit einer Teeserviette ab und sprach noch langsamer, noch gleichmütiger weiter, und dieser Gleichmut weckte in Samgin das Gefühl von Ärger.

Wozu braucht diese gesunde, vollbusige und gewiß sinnliche Frau sich gerade in solche Worte zu hüllen? überlegte Samgin. Es wäre natürlicher und glaubwürdiger, wenn sie mit ihrer leckeren Stimme vom kirchlichen Gott, vom Gott der Popen, der Mönche und Bauernweiber spräche ...

Er sah, daß das Kruzifix kopfabwärts in der Sofaecke steckte und daß Marina, die verstummt war, ein Biskuit sorgfältig mit Konfitüre bestrich. Diese Kleinigkeiten verursachten, daß Samgin sich enttäuscht fühlte, als hätte Marina ihn irgendeiner unbestimmten Hoffnung beraubt.

»Das alles ist mir zu hoch und ... liegt mir zu fern«, sagte er und wollte lächeln, aber das Lächeln gelang ihm nicht, während Marina herablassend lächelte.

»Ich sehe, du langweilst dich.«

»Und im Grunde, was hast du denn von dir selbst gesagt?«

»Ich habe alles gesagt, was notwendig war ...«

Er hatte sie geringschätzig und spöttisch gefragt, weil er sie dadurch ärgern wollte, doch sie hatte ihm im Ton eines Menschen geantwortet, der nicht streiten und überzeugen will, weil er träge ist. Samgin fühlte, daß sie mehr Geringschätzung in ihre Worte gelegt hatte als er in seine Frage und daß sie bei ihr natürlicher wirkte. Als sie das Biskuit aufgegessen hatte, leckte sie sich die Lippen ab, und wieder begann der Rauch ihrer Rede zu wallen.

»Ihr Intellektuellen glaubt fest an die Statistik: Zahl, Maß, Gewicht! Das ist dasselbe, als wollte man sich vor den kleinen Teufeln verneigen und dabei den Satan vergessen ...«

»Wer ist denn der Satan?«

»Der Verstand natürlich.«

»Ach, Marina, wie abgedroschen und platt ist das doch«, sagte Samgin seufzend.

»Es ist etwas ureigen Russisches, Volkstümliches. Und ihr – was habt ihr ausgedacht? Die Verfassung? Wie denn und wodurch könnte dir die Verfassung gegen deine tödliche Langeweile helfen?«

»Ich denke gar nicht an den Tod.«

»Langeweile ist ja der Tod. Du denkst ja darum nicht, weil du zu leben aufgehört hast.«

Als sie das gesagt hatte, nahm sie das Kruzifix und ging in den Laden hinaus.

Sie lebt natürlich nicht für diesen Unsinn, entschied Samgin zornig, nachdem er ihre stattliche Gestalt mit den Blicken verfolgt hatte. Er betrachtete ihre behagliche Höhle, die mit Eisenbändern beschlagene Tür zum Hof und stellte sich lebhaft vor, wie Marina, wenn sie hier übernachtete, ihrem Geliebten die Tür öffnen mochte.

Ja, das – ist glaubwürdig!

Dann beschloß er, morgen nach Moskau und danach auf die Krim zu reisen.

»Hör mal zu, was ich dir sagen werde«, begann Marina, die schlüsselklirrend eingetreten war und sich vor ihn hingestellt hatte. Und ihn mit jedem Wort in Verwunderung versetzend, schlug sie ihm sachlich vor, ob er nicht Lust hätte, sich hier, in dieser Stadt, niederzulassen. Sie sei überzeugt, daß es ihm gleichgültig sei, wo er lebe ...

»Warum meinst du das?«

»Es ist ein stilles, ruhiges Städtchen«, fuhr sie fort, ohne ihm zu antworten. »Man lebt hier billig. Ich würde dir einige von meinen kleinen Angelegenheiten beim Gericht übertragen, mich nach einer Praxis für dich umsehen, dir eine Wohnung einrichten. Nun – was meinst du?«

»Das Angebot überrascht mich und ... Ich muß es mir erst überlegen«, sagte Samgin und fühlte, daß seine Verwunderung nach Freude auszusehen begann.

»Überlege es dir. Und jetzt laß mich gehen, ich will zur Gouverneurin fahren, um sie zu trösten. Unsere Gouverneurin ist die Schwester des Gouverneurs, er ist Witwer gewesen, und sie hat ihn wie eine Spindel herumgewirbelt.«

Während sie sprach, zog sie sich an. Sie betraten den Hof. Marina schloß die eiserne Tür mit einem großen, altertümlichen Schlüssel ab und steckte ihn in den Muff. Der Hof war klein, eng, von überall blickten Fenster auf ihn und machten Samgin merkwürdig verlegen.

»Überleg es dir also! Wenn du eine Weile hier lebst, wirst du dich erholen, auf andere Gedanken kommen.«

Sie gingen nach verschiedenen Seiten auseinander. Samgin schritt gemächlich dahin und erwog Marinas Angebot, obwohl er schon eingesehen hatte, daß ihm damit nicht übel gedient wäre.

Ich werde still, ganz für mich allein leben . . .

Als er sich aber erinnerte, daß sein einziger Gesellschafter schon immer er selbst gewesen war, strich er die Einsamkeit aus.

Dunjascha wird mich besuchen. Ab und zu. Sie ist ein ausgelassenes Kind. Das Leben schafft doch hochinteressante Gestalten. Und dann diese Sotowa mit ihrem Propator. Seltsam hat sie ihren Vortrag beendet. Ich habe mich unnütz über sie erregt.

Am nächsten Tag schon teilte er ihr seine Entscheidung mit.

»Na – alles Gute!« wünschte Samgin, schritt auf eine Kutsche zu. »Grüße Aljoscha Gogin.«

»Kennst du ihn denn?«

»Ja, natürlich! Er ist hier gewesen, zwei Monate etwa, und hat sich betätigt. Unsere Stadt ist doch sozialrevolutionär, und so hat man Aljoscha gepiesackt.«

»Du bist ein interessanter Mensch!« wunderte sich Klim aufrichtig. »Wie vereinbarst du bloß Mystik, und . . .«

»Erstens ist der Gnostizismus gar keine Mystik, und zweitens gibt es ein Sprichwort: ›Ein großer Sack ist kein irdener Krug, was auch immer darin du verwahrest geschickt, wird nicht zerdrückt, so du ihn vorsichtig trägst und ihn nicht zu heftig bewegst.‹ «

»Ist das die Neugier Evas?«

Marina antwortete lächelnd: »Eva hat sich nur für eine Sünde interessiert, ich aber interessiere mich vielleicht für alle . . .«

»Mit Neugier kommt man nicht weit«, sagte Samgin seufzend, und Marina fragte: »Hast du es probiert?«

Danach lachten sie beide eine Weile.

In Moskau spielte sich alles sehr einfach ab. Warwara empfing ihn wie einen alten Bekannten, der auch hätte nicht kommen können, den zu sehen aber immerhin interessant war. Im Laufe der zwei Wochen war sie abgemagert und blaß geworden, die Augen waren von Schatten umgeben, glänzten unruhig und fragend. Das schwarze, schmucklose Kleid verlieh ihr das Aussehen einer verzagten Witwe. Als Samgin ihr sagte, daß er in der Provinz zu leben gedenke, senkte sie den Kopf und antwortete nicht sofort, wodurch sie in ihm den Gedanken weckte: Gleich beginnt etwas Unangenehmes, Unechtes! Aber er hatte sich getäuscht. Warwara sagte seufzend: »Ich verstehe dich. Zusammen zu leben hat keinen Sinn mehr. Und überhaupt könnte ich nicht in der Provinz leben, ich bin fest mit Moskau verwachsen! Und jetzt, nachdem es solch eine Tragödie durchgemacht hat, steht es mir noch näher.«

Von ihrer Anhänglichkeit an Moskau sprach Warwara lange, lyrisch, wie im Buch, Samgin hörte ihr nicht zu und dachte: »Die Liebe freudlos ist gewesen«, aber ich hatte nicht erwartet, daß »Die Trennung sein wird sonder Trauer«.

Und er fühlte, daß es »sonder Trauer« immerhin etwas kränkend war, um so kränkender, da Warwara sachlich zu sprechen begann und ihre Augen ruhig schauten.

»Ich gedenke, ins Ausland zu reisen, bis zum Frühjahr dort zu bleiben, mich eine Zeitlang ärztlich behandeln zu lassen und mich überhaupt in Ordnung zu bringen. Ich glaube daran, daß die Duma breite Möglichkeiten für kulturelle Arbeit schaffen wird. Wenn wir das Kulturniveau des Volkes nicht heben, werden wir die Geisteskräfte fruchtlos vergeuden, das ist es, was das verflossene Jahr mich gelehrt hat, ich verzeihe ihm alle Schrecknisse und danke ihm.«

Samgin stellte ironisch fest: Sie spricht glatt. Man hat sie geschult, sie ist dümmer geworden.

Er wünschte sich, ihre Rede, die monoton war wie Herbstregen, möchte zu tönen aufhören, aber Warwara schmückte sich wohl noch zwanzig Minuten lang mit Worten, und Samgin erhaschte unter ihnen keinen einzigen Gedanken, der ihm nicht bekannt gewesen wäre. Schließlich ging sie und hinterließ auf dem Tisch ein Taschentuch, von dem ein scharfer Parfümgeruch ausging, während Samgin sich in sein Arbeitszimmer begab, um die Bücher, seinen einzigen Reichtum, zu sichten.

Er fand die Mappe mit der Sammlung illegaler Ansichtskarten, Epigramme und von der Zensur verbotener Gedichte und begann mit mürrischer Miene diese Zettel durchzusehen. Es war unangenehm, sich davon zu überzeugen, daß sie alle fade, nichtig und talentlos waren im Vergleich zu dem, was jetzt in Witzblättern veröffentlicht wurde.

Vergangenheit, dachte er und begann, ohne das »Meine« hinzuzufügen, die Denkmale seiner billigen Freigeistigkeit und jugendlichen Begeisterung in kleine Fetzen zu reißen.

»Cäsarewitsch Nikolai!
Wenn du Zar geworden bist,
So vergiß doch nicht dabei,
Daß uns schlägt der Polizist!«

las Samgin und verzog das Gesicht, jetzt glichen solche Sachen einem Anzug, der so abgetragen ist, daß man sich schämen müßte, ihn selbst nur einem Bettler zu schenken.

Hunderte hatten sich für so etwas begeistert, versuchte er sich zu trösten, während er die Zettel immer hastiger und kleiner zerriß, und als er diese Verbindung zu seiner Vergangenheit vernichtet hatte, stampfte er die Papierfetzen mit dem Fuß im Papierkorb fest und zündete sich mit Vergnügen eine Zigarette an.

Eine Stunde später saß er in Gogins Wohnung Tatjana gegenüber. Er war diesem jungen Mädchen selten begegnet und erinnerte sich ihrer als eines lustigen Geschöpfs mit närrischer Sprache und scharfem Glanz bläulicher, kecker Augen. Sie war spöttisch, ihm unsympathisch gewesen, hatte nie den Wunsch geweckt, sie näher kennenzulernen. Jetzt waren ihre Augen müde von den Wimpern verdeckt, das Gesicht war schmal und lang geworden, und auf den Wangen glühte ungesunde Röte, sie lag hüstelnd auf dem Sofa und hatte die ausgestreckten Beine mit einem karierten Plaid bedeckt. Es schien, als wäre sie um zehn Jahre gealtert. Mit der dumpfen, farblosen Stimme einer Schwindsüchtigen sagte sie: »Das Geld ist zu spät gekommen. Alexej ist in Rostow verhaftet worden und mit ihm Ljubascha Somowa. Haben Sie die Spiwak gekannt? Sie wurde auch verhaftet, mit der Druckerei, bevor sie diese aufstellen konnte. Ihr Sohn, Arkadij, ist bei uns.«

»Sind Sie krank?« fragte Samgin.

»Wie Sie sehen. Ferner gab es noch einen Pjotr Ussow, er war blind; in einer Versammlung hielt er eine Rede, und auf dem Heimweg hat man ihn erschlagen, buchstäblich mit den Füßen zertrampelt. Es müssen Kampfabteilungen aufgestellt werden, und dann – Auge um Auge, Zahn um Zahn. Bei den Sozialrevolutionären wird es in der Terrorfrage zu einer Spaltung kommen.«

Sie sprach zusammenhanglos, ihre Augen glänzten unerträglich.

»Ihre Temperatur steigt offensichtlich.«

»Das hat nichts zu sagen, bleiben Sie sitzen!«

Samgin sagte, er habe keine Zeit, Tatjana reichte ihm die Hand und fragte: »Was gedenken Sie zutun?«

»Ich habe mich noch nicht entschieden«, antwortete Samgin trokken und beeilte sich zu gehen.

Sie ist irgendwo abseits von der Wirklichkeit verblieben, zehrt von einer Wahnvergangenheit, dachte er, als er die Straße betrat. Mit Verwunderung und sogar Mißtrauen gegen sich selbst fühlte er plötzlich, daß die zehn Tage, die er außerhalb Moskaus verbracht hatte, ihn von dieser Stadt und solchen Leuten wie Tatjana sehr weit abgerückt hatten. Das war sonderbar und verlangte nach einer Analyse. Es deutete gleichsam an, daß man bei einiger Willensanspannung dem Circulus vitiosus der Wirklichkeit entrinnen könne.

»Aus dem Reich der kleinen Notwendigkeiten ins Reich der Freiheit«, er lächelte innerlich und entsann sich, daß er den Willen für einen solchen Sprung gar nicht angespannt hatte.

Das war noch sonderbarer. Ein Mißtrauensgefühl gegen die Dauerhaftigkeit seiner Stimmung erregte ihn.

Alles in der Welt strebt nach einem mehr oder weniger stabilen Gleichgewicht, brachte er sich in Erinnerung. Der Wirklichkeit ist ein revolutionärer Stoß versetzt worden, sie geriet ins Wanken, rückte voran und jetzt . . .

»Guten Tag, Genosse Samgin!«

Der ihn halblaut begrüßte und mit ihm Schritt hielt, ihm ins Gesicht blickte und lächelte, war Lawruschka, in einem langen und zu weiten bläulichen Mantel, mit einer bis zu kahlen Stellen abgeschabten Persianermütze auf dem Kopf und in Filzstiefeln.

Samgin maß ihn zweimal mit den Augen, dann schlug er den Mantelkragen hoch, schaute sich um und beschleunigte den Schritt, während Lawruschka, als gäbe er Rechenschaft, rasch, halblaut und freudig sagte: »Der Arm ist verheilt, es ist nur ein kleiner Fleck geblieben, als hätte man mich gegen Pocken geimpft. Jetzt bin ich in der Lehre. Und Pawel Michailowitsch ist gestorben.«

»Wer ist das?« fragte Samgin.

»Der Kupferschmied doch! Haben Sie denn den Kupferschmied vergessen?«

»Aha . . .«

»Er hat sich erkältet und – aus war es mit ihm!«

»Na – alles Gute!« wünschte Samgin, schritt auf einen Kutscher zu, blieb aber stehen und fragte plötzlich leise: »Und – Jakow?«

»Es ge-eht!« antwortete Lawruschka auch leise und voller Freude.

»Nichts passiert. Er ist jetzt nicht mehr Jakow. Sehen Sie – er hat wirklich . . .«

»Na, leb wohl!«

Als Samgin im Schlitten saß, überlegte er: Weshalb habe ich nach Jakow gefragt? Eine sonderbare Gedächtnislaune . . . Selbstverständlich – das kann nichts anderes sein als eben eine Laune . . . Dann dachte er sofort: Ich scheine mir wohl – etwas einzureden?

Darauf klappte er den Mantelkragen herunter und sagte streng zu dem Kutscher: »Rascher!«

Er bekam Lust, heute noch, sofort von Moskau abzureisen. Es herrschte Tauwetter, das Straßenpflaster hatte sich braun verfärbt, in der feuchten Luft lag der Geruch von Pferdemist, die Häuser schienen zu schwitzen, die Stimmen der Menschen klangen brummig, und das Knirschen der Schlittenkufen auf den entblößten Pflastersteinen schnitt unangenehm ins Ohr. Um Gespräche mit Warwara und Begegnungen mit ihren Freunden zu vermeiden, ging Samgin tags in Museen und besuchte abends Theater; endlich waren die Bücher und Sachen in den bestellten Kisten verpackt. Er küßte Warwara fast dankbar die Hand, sie wandte sich ab und drückte das Taschentuch an die Augen.

Und nun, nachdem er die Verbindung mit der Frau schmerzlos abgebrochen, einen Lebensabschnitt abgeschlossen hatte, saß er, sich frei fühlend, lyrisch weich gestimmt – zum wievielten Mal schon? – in einem Wagen zweiter Klasse mitten unter längst bekannten, alltäglichen Menschen, aber heute wurde an ihnen etwas Neues bemerkbar, und sie erweckten nicht ganz alltägliche Gedanken. Neben ihm, am Fenster, las ein kleiner Mann, rotwangig, stupsnasig, mit runden und sehr blauen Augen von der Größe eines Westenknopfes eine satirische Zeitschrift. Er war von der Krawatte bis zu den Schuhen ganz neu gekleidet, und wenn er sich bewegte, knisterte irgend etwas an ihm, wahrscheinlich das gestärkte Hemd oder das Futter des blauen Rocks. Auf der anderen Seite saß eine wollig gekleidete dicke Frau mit runder Brille und runder Hutschachtel aus Sperrholz; in der Schachtel rumorten und miauten junge Kätzchen. Gegenüber saß ein rothaariger Mann mit einem zerzausten Bärtchen im blatternarbigen Gesicht, mit lustigem Blick dunkler Augen, die Augen waren irgendwie fremd in seinem ausgemergelten und schmuddelig-gelben Gesicht; neben sich hatte er offensichtlich seine Frau, groß, schwanger, in schwarzer Samtbluse, mit einer langen Goldkette um den Hals und auf der Brust; sie hatte ein breites, gütiges Gesicht, graue, freundliche Augen. In der Diwanecke kauerte, die Hände in den Manteltaschen, die Augen geschlossen, ein spitznasiger Mann in einer Sealskinmütze, der durch nichts interessant war.

Samgin dachte daran, daß er solche Menschen nicht zum erstenmal sah, sie waren im Eisenbahnwagen ebenso gewöhnlich, wie das Vorbeihuschen der Telegrafenmasten vor dem Wagenfenster unvermeidlich war, wie der von den Drähten linierte Himmel, das Kreisen der schneeverhüllten Erde und auf dem Schnee, wie Warzen, die Hütten der Dörfer. Alles war bekannt, alles alltäglich, und wie immer rauchten die Leute viel und kauten irgend etwas.

Eigentlich kann man mit gutem Grund der Ansicht sein, daß gerade diese Leute das Hauptmaterial der Geschichte, der Rohstoff sind, aus dem alles übrige Menschliche, Kulturelle geschaffen wird. Sie und – die Bauernschaft. Das ist die Demokratie, der echte Demos – eine hervorragend lebensfähige, unerschöpfliche Kraft. Sie übersteht alle sozialen und spontanen Katastrophen und webt demütig, unermüdlich das Spinngewebe des Lebens. Die Sozialisten unterschätzen die Bedeutung der Demokratie.

Diese neuen Gedanken entstanden sehr leicht und einfach wie etwas schon längst Empfundenes. Verführerisch leicht. Aber das Stimmengewirr ringsum störte beim Denken. Hinter Samgin, im Nachbarabteil, hatte bereits ein Reisegespräch begonnen, sprachen gleichzeitig mehrere Stimmen, und jede schien sich zu bemühen, ein boshaft süßliches, kreischendes Stimmchen zu übertönen, das schnell in Wjatkaer Dialekt sagte: »Na – was haben wir denn zu erwarten? Die Teilung der Macht – was bedeutet sie? Das bedeutet Vielherrschaft. Sind denn die jüdischen Advokaten, unsere künftigen Herrscher, klüger als der Stammadel und die Kaufmannschaft, die gestern noch in Bastschuhen einherstolzierte und durch deren Hände heute Millionenbeträge gehen?«

Zwei Minuten lang etwa vermochte niemand diese Stimme zu übertönen, sie klang wie Schellengeklingel, dann wurde sie von einem tiefen und feuchten Baß übertrumpft: »Die Macht hat tatsächlich nachgelassen, und das kommt daher, weil der Geistlichkeit die Predigtfreiheit genommen ist. Der hochwürdige Bischof Antonin hat aufrichtig und mutig gesagt: ›Das Wort Gottes ist in dem wahnsinnigen, fremdsprachigen Chaos des Zeitungslärms nicht zu hören, und das ist das Hauptübel . . .‹«

»Da-as ist es! Man hat Rußland zerschwatzt, hat es wackelig gemacht!«

»Richtig!« rief sehr lustig der blatternarbige Mann, kopfnickend und mit zugekniffenen Augen, dann öffnete er sie und sagte, Samgin ebenso lustig ins Gesicht blickend: »Nebenbei bemerkt – das

Volk ist auffallend kühn geworden, was es denkt, das sagt es auch ...«

Die Frau kratzte sich mit der einen Hand unter der Achsel, nahm mit der anderen einen in grelles Papier gewickelten Bonbon aus der Tasche und gab ihn ihrem Mann.

»Da, lutsche das mal! Sicherlich möchtest du schon wieder rauchen? Schau, wie sie qualmen, wie in einer Schenke.«

»Das ist keine Schenke, sondern ein Sieb«, raunte ihr der spitznasige Mann ins Ohr. »In das Sieb sind die Menschen geschüttet, und ihre Dummheit wird abgesiebt.«

Während er sprach sah er auch Samgin an, und seine Nachbarin, die sich einen Bonbon hinter die Backe gesteckt hatte, sagte friedfertig: »Ohne Dummheit kommt man im Leben auch nicht aus ...«

»Damit fangen wir an«, unterstützte sie ihr Mann.

Im Nachbarabteil erklangen die Stimmen immer lauter, hastiger, als wollten sie sich im Rhythmus dem Rasseln und Dröhnen des Zuges anpassen. Samgins Interesse richtete sich auf den Spitznasigen; sein gelbliches Gesicht war mit kleinen Runzeln wie mit einem Netz aus feinen Fäden überzogen, es war ein sehr bewegliches Gesicht, bald gallig und spöttisch, bald griesgrämig. Der Mund war schief, die trockenen Lippen rechts leicht geöffnet, als steckte in ihnen eine unsichtbare Zigarette. Aus den knochigen Augenhöhlen unter dunklen Brauen glänzten menschenscheu bläuliche Augen.

Ein Mensch mit solch einem Gesicht sollte schweigen, entschied Samgin. Aber dieser Mann konnte oder wollte nicht schweigen. Er antwortete unaufgefordert und herausfordernd auf alle Reden in dem lärmenden Wagen. Seine farblose, etwas trockene Stimme, das boshaft süßliche Stimmchen im Nachbarabteil und der Baß obsiegten über alle anderen Stimmen. Im Durchgang sagte jemand: »Das Leben ist kurz, man schafft es nicht, ein Haus zu bauen, da braucht man schon einen Sarg!«

Der Spitznasige entgegnete sofort: »Sie sollten nicht an Särge denken, Kaufherr, sondern an den Handelsvertrag mit Deutschland, der für uns schmählich und nachteilig ist, da haben Sie einen Sarg!«

Hinter Klim dröhnte gekränkt der Baß: »Unsere Denker gleichen einer jungen Dame. Man trat ihr bei der Kirchenprozession auf den Fuß, worauf sie hysterisch aufschrie: Ach, das ist eine Gemeinheit! Ebenso steht es mit dem berühmten Schriftsteller Leonid Andrejew. Das russische Volk strebt nach einem Zugang zum Stillen Ozean, doch dieser Schriftsteller schreit in die ganze ehrbare Welt: Ach, einem Offizier hat man die Beine abgerissen!«

Der Spitznasige stand auf und rief über Samgins Kopf hinweg:

»Für ›Das rote Lachen‹ wird viel Geld geboten. Andrejew hat sogar einen Priester als Atheisten dargestellt . . .«

Die Lokomotive pfiff, stockte ein wenig und blieb nach einem Ruck des Wagens, der die Leute zum Wanken brachte, zischend in einer dichten Schneewolke stehen, während die Stimme des Spitznasigen hörbarer zu schnattern begann. Dieser Mann hatte die Mütze abgenommen und unter die Achsel geklemmt, wahrscheinlich, um mit dem linken Arm nicht zu fuchteln, und schüttete, den rechten schwingend, die Worte wie Nägel in einen Holzkasten: »Dort, in den Hauptstädten, wünschen sich die Schriftsteller, die Barfüßler, Nachtasylleute, Alkoholiker, Syphilitiker und überhaupt allerhand . . . Intelli-genz, Abschaum und Aussatz die Freiheit, sie haben die Verfassung erreicht und werden über unser Schicksal entscheiden, während wir hier mit Worten spielen, Sprichwörter erfinden und gemütlich Tee trinken – ja-ja-ja! Wie sie reden«, wandte er sich an die Frau mit den jungen Kätzchen, »es ist eine Freude zuzuhören, wie sie reden! Sie reden von allem, können aber nichts!«

Der Redner riß die Mütze unter der Achsel hervor, stülpte sie über die Faust und schlug sich mit der Faust an die Brust.

»Ich habe ganz Rußland nicht nur einmal bereist, sowohl rundherum als auch kreuz und quer, der Länge und der Breite nach, bin in vielen Ländern jenseits der Grenze gewesen . . .«

Die Lokomotive pfiff wieder, zog den Wagen an und schleppte ihn weiter durch den Schnee, aber das Dröhnen des Zuges schien schwächer, dumpfer zu werden, und der Spitznasige hatte gesiegt: Die Leute sahen ihn schweigend über die Polstersitzlehnen hinweg an, standen im Durchgang und qualmten mit Zigaretten. Samgin sah, wie das Runzelnetz, indem es sich bald erweiterte, bald zusammenzog, das spitznasige Gesicht veränderte und wie sich auf dem runden, kleinen Kopf die grauen, starren Haarborsten rührten, wie die Brauen sich bewegten. Seine Gesichtshaut rötete sich nicht, aber Stirn und Schläfen bedeckten sich reichlich mit Schweiß, der Mann wischte ihn mit der Mütze weg und redete, redete.

»Alles haben sie in Verruf gebracht, alles bemäkelt! Die Schriftsteller haben Rußland wie ein Haustor mit Teer beschmiert . . .«

»V-ver-leumdung!« rief stotternd der kleine Leser satirischer Zeitschriften.

Der Redner machte mit seiner haarigen Faust eine wegwerfende Bewegung zu ihm hinüber.

»Gedankenfreiheit! Denke, du Teufel, aber schweig, verführe nicht andere . . .«

»Richtig!« wurde aus dem Durchgang gerufen, aber irgend jemand lachte, irgendwer pfiff, während der kleine Stupsnasige das Gesicht mit der Zeitschrift verdeckte und entrüstet stammelte: »S-so ein U-un-sinn!«

»Er spricht rechtschaffen«, sagte der Blatternarbige zu Samgin. »Benimm dich wie ein Samowar: Koche innerlich, aber spritze nicht mit kochendem Wasser um dich! Ich beispielsweise habe gespritzt...«

»Und bist ins Irrenhaus geraten, für drei Monate«, fügte seine Frau hinzu und legte ihm zärtlich noch einen Bonbon in die hingehaltene Hand, während der Redner, der sein schweißbedecktes, aber sich nicht rötendes Gesicht immer öfter mit der Mütze abwischte, mit großem Eifer fortfuhr: »Das Volk fordert keine Freiheit, unser Volk ist der Bauer, er braucht nur eine Freiheit: reich zu werden, sein Fell wachsen zu lassen...«

»Z-zur Sch-schur?« fragte der Leser satirischer Zeitschriften, darauf beugte sich der Spitznasige zu ihm vor und schrie erbittert und schrill: »Jaja, gerade dazu! Schert denn der Staat von solchen Leuten wie Ihnen viel herunter? Ihr eßt und trinkt ihn bloß arm. Was kostet es, euch das Lesen und Schreiben zu lehren? Ihr lernt zehn Jahre lang, zettelt mit Staatsgeldern Aufstände an, erschießt Gouverneure und Minister...«

»Da hast du ja nun jemanden zum Bedauern«, wurde im Durchgang laut gesagt, und wieder pfiff jemand.

»Ich bedaure sie nicht, ich spreche von der Zwecklosigkeit! Wir haben genug zu tun, wir müssen die Blamage des Japanischen Kriegs wiedergutmachen, doch was tun wir?«

Samgin dachte daran, daß diese Leute noch vor zwei Jahren nicht gewagt hätten, so offen und über solche Dinge zu reden. Er stellte fest, daß sie viel Banales sagten, daß dies aber an der Form und nicht am Sinn liege.

Natürlich ist auch der Sinn... abstoßend, aber wichtig ist daran, daß die Leute begonnen haben, politisch zu denken, daß sich das Interesse fürs Leben erweitert hat. Das Leben wird zu gegebener Zeit die Fehler korrigieren...

Die Lokomotive pfiff wieder und bereits toll, und prallte gleichsam gegen irgend etwas, die Bremsen kreischten, die Pufferscheiben klirrten, die stehenden Leute wankten und hielten sich aneinander fest, die Frau sprang vom Polstersitz hoch, stützte sich mit den Händen auf Samgins Knie und rief: »Au, was war das?«

»Der Lokomotivführer ist betrunken«, erklärte griesgrämig der Spitznasige und nahm einen Korb aus dem Gepäcknetz.

Unsichtbare Weber webten vor dem Fenster einen sehr dichten, weißen Schleier, als wollten sie das Soldatenspalier auf dem Bahnsteig der Station verbergen.

»Man empfängt jemanden«, sagte der Spitznasige; der Schaffner, der hinter ihm herging, verbesserte: »Es wird niemand empfangen, wir werden Verhaftete aufnehmen . . .«

Die Frau atmete beruhigt auf und lächelte. »Die Bajonette dort, wie ein Kamm! Die lieben Soldaten kämmen die Rebellenläuslein aus, Gott sei Dank, sie kämmen sie aus!«

Sie bekreuzigte sich und schlug ihrem Mann vor: »Komm, hier gibt es ein Bahnhofsrestaurant!«

Die schweigsame Frau mit den jungen Kätzchen seufzte tief, erhob sich und ging auch.

»Sch-schreckliche Menschen«, zischte der Stotterer; offenbar wollte er auch gerne sprechen, er rutschte unruhig auf dem Polstersitz hin und her, rollte die Zeitschriften zu einer Röhre zusammen und fuchtelte damit vor sich herum, er hatte schmollend die Lippen aufgeworfen, seine blauen Äugelchen glänzten gekränkt.

»Vor s-solchen Leuten m-möchte man ins Kloster fliehen«, beklagte er sich.

Samgin nickte, er hatte Verständnis für den großen Kraftaufwand, mit dem der Stotterer die Worte aussprach, während dieser den rosigen Mund aufsperrte und lächelnd hinzufügte: »Oder wie ein Dachs einsam in einer Höhle hausen . . .«

Hinter dem Polstersitz erhob sich ein schnurrbärtiges, unrasiertes Gesicht und sagte durch den Schnurrbart: »Mit dem Dachs haust oft ein Fuchs in der Höhle.«

Sagte es vorwurfsvoll und – verschwand, während der Stotterer sich ängstlich zusammenkauerte.

Der Zug hielt ermüdend lange; vom Bahnhofsgebäude kamen der Blatternarbige und seine Frau, man hatte ihr die Uhr von der Kette geschnitten; sie fauchte gereizt und pulte mit dem Finger kärgliche Tränen aus den geröteten Augen.

»Es ist ein ziemlich altes Ührchen gewesen, war nicht wertvoll, aber mir hatte es die Großmutter geschenkt, als ich noch Braut war.«

Dann stellte sich heraus, daß am anderen Wagenende ein Koffer abhanden gekommen war und eine Klarinette im Futteral; darauf erdröhnte hinter Samgin triumphierend der Baß: »Glauben Sie mir aufs Wort: Dieser Schwätzer ist ein gewöhnlicher Dieb, und er hat hier Helfer gehabt; er hat den Leuten blauen Dunst vorgemacht, und die anderen haben unterdessen gearbeitet.«

»Ein altbekannter Trick«, stimmte der Blatternarbige lustig bei und brachte dadurch den Mann mit Baßstimme zur Raserei.

»Urteilen Sie doch selber: Weshalb hat dieser Mann mir nichts, dir nichts sein Inneres nach außen gekehrt?«

»Sie selbst, Väterchen, haben ja auch geredet!«

»Ich bin eine geistliche Person!«

In das Abteil, wo Samgin saß, zwängte sich schwerfällig ein großer Mann mit einem schweren, schwarzen Koffer in der einen Hand, einem Bücherbündel in der anderen und zwei Bündeln auf der Brust, an Riemen, die um den Hals gelegt waren. Er verstaute ächzend den Koffer im Gepäcknetz, legte auch die zwei Bündel dorthin, das dritte indessen löste sich auf, und zwei gebundene Bücher fielen dem kleinen Stotterer auf den Schoß.

»V-vorsicht!« rief er, schüttelte die Bücher auf den Boden hinunter und drückte sich in die Ecke.

Der neue Fahrgast zog die buschigen grauen Brauen hoch, sah den Stotterer ein paar Sekunden lang an und fragte mit sonderbar heller Stimme unter Betonung des O: »Weshalb werfen Sie die Bücher auf den Boden? Heben Sie sie mal auf!«

»Ich b-bin nicht Ihr Diener . . .«

»Das stimmt nicht: Der Mensch ist stets des Menschen Diener, so oder so. Heben Sie sie mal auf!«

Der Stotterer drückte sich noch fester in die Ecke, aber der Buchbesitzer legte ihm die Hand auf die Schulter und sagte zum drittenmal, sehr ruhig: »Heben Sie sie auf.«

In den Nachbarabteilen hatten sich alle erhoben, blickten stumm über die Polstersitzlehnen und erwarteten einen Skandal.

»Ich f-füge mich der Gewalt«, sagte der Stotterer, erbleichend und blinzelnd, beugte sich vor, hob die Bücher auf und warf sie auf den Polstersitz.

»Na eben«, sagte befriedigt der Mann mit den grauen Brauen und nahm neben ihm Platz. »Darf man denn Bücher mit Füßen treten? Um so mehr, da das Mills ›System der Logik‹ in Wolffs Ausgabe vom Jahre fünfundsechzig ist. Sie haben das Buch sicherlich nicht gelesen, aber – treten es mit Füßen!«

Er hatte ein rundes Gesicht in grauen, kurz gestutzten Borsten, die auf der Oberlippe länger waren als an Kinn und Wangen, dicke Lippen und ebenso dicke Ohren, die durch die dicke Mütze zur Seite gespreizt waren. Unter dichten Brauen hatte er mattgraue Augen. Er blickte Samgin aufmerksam ins Gesicht, musterte den Blatternarbigen, dann dessen Frau, nahm ein Papierpäckchen aus der Tasche seines dicken Mantels, öffnete es, betastete mürrisch mit den Fingern ein belegtes Brötchen und sagte: »Der Dummkopf! Ich hatte um Schinkenbrot gebeten, er aber hat mir eins mit Wurst gegeben!«

Er knüllte mit seinen dicken Fingern das Papier mit dem Brot zusammen und warf das Knäuel ins Gepäcknetz.

Die Leute schwiegen noch immer und musterten ihn. Als erster wurde der Blatternarbige des Wartens müde.

»Handeln Sie mit Büchern?«

»Ich kaufe welche.«

»Zum Lesen?«

»Um das Dach zu decken.«

Der Blatternarbige errötete und lächelte.

»Es wird doch auch mit Büchern gehandelt!«

»So?«

»Wie verroht das Volk ist«, sagte seufzend die Frau. »Früher – wie liebenswürdig hat man da gesprochen ...«

Ohne sie zu beachten, holte der Bücherfreund eine Holzschachtel aus der Brusttasche hervor und begann sich eine Zigarette zu drehen. Die sich langweilenden Leute musterten ihn immer mißgünstiger, und der Blatternarbige sagte streitsüchtig: »Machorka darf hier nicht geraucht werden!«

»Wer hat es verboten?« erkundigte sich der Bücherfreund.

»Niemand hat es verboten, doch die Höflichkeit erfordert es ...«

»Milde Tabaksorten rauche ich nicht, doch Rauch ist Rauch! Machorkatabak ist gesünder, er enthält weniger Nikotin ... So ist das ...«

»Sie sind jedoch kein Doktor«, ließ ihn der Blatternarbige nicht in Ruhe; seine Frau gab ihm einen Bonbon und sagte: »Laß doch, streite nicht! Da, lutsche das rasch!«

Die mürrischen Gesichter der Leute ließen Samgin mit Gewißheit einen unliebsamen Auftritt erwarten. Der kleine Stotterer lächelte boshaft, kniff die Äugelchen zusammen und bewegte, sich offenkundig auf ein Wortgefecht vorbereitend, die Lippen. Der Bücherfreund hüllte sein Gesicht in grünlichen Rauch und antwortete dem Blatternarbigen: »Das stimmt, ich bin kein Menschendoktor, sondern einer fürs Vieh, ich bin Veterinär.«

»Das sieht man auch, daß Sie einer fürs Vieh sind«, ertönte die Baßstimme über Samgins Kopf, und es wurde sehr still, doch ein paar Sekunden später sagte der Veterinär mit einem lauten Seufzer: »Die Bauern haben den Landkreis mit feurigem Besen ausgefegt ...«

Er sagte das so klangvoll und überzeugt, als wüßte er ganz bestimmt, daß all diese Leute von ihm eben eine Erzählung über die Bauern erwarteten.

»Vom Gutshof der Soimonows sind nur halbverkohlte Holzreste

übriggeblieben und Asche und zerstörte Öfen, dabei war das ein vorzüglicher Gutshof und eine sehr kultivierte Wirtschaft.«

Er sprach gutmütig, nachdenklich, und seine sonore Stimme führte Stille herbei.

»Aber diese Kultur, die dem Bauern nicht zugänglich ist, erbittert ihn natürlich nur, obwohl der Bauer hier ein guter, kluger Kerl ist, ich kenne ihn durch und durch, ich habe acht Jahre lang hier gearbeitet. Der Bauer ist nun mal so: je klüger, desto böser! Das ist seine Lebensregel.«

»Man prügelt ihn zu wenig«, erinnerte jemand halblaut.

»Nicht ihn müßte man prügeln, sondern Sie, Bürger«, antwortete ruhig der Veterinär, ohne den Sprecher oder sonst jemanden anzublicken. »Die Bauernschaft ist überhaupt zu einer solchen Erbitterung gebracht, daß man sich nicht wundern darf, wenn bei uns ein Bauernkrieg ausbricht, wie einstmals in Deutschland.«

»Nein, das wäre doch, was wäre denn das!« rief rasch und schrill der Blatternarbige. »Ich bitte Sie, warum soll man denn die Leute reizen – und sie beunruhigen? Auch stimmt das alles nicht, weil das unmöglich ist! Für einen Krieg braucht man Gewehre, doch in den Dörfern gibt es keine Gewehre!«

»Der Bauer wird sich bäuchlings auf seine Gegner werfen, wie Mitka bei Alexej Tolstoi«, sagte der Veterinär mit breitem Lächeln und sichtlich erfreut über die Möglichkeit, ein wenig zu streiten.

»Tolstois Werken glaubt niemand, das ist doch nicht der Kalender von Brjus, sondern es sind Romane, jawohl«, sagte zischend der Blatternarbige, und sein Gesicht bedeckte sich dicht mit flammendroten Flecken.

»Ich meine doch nicht Lew Tolstoi ...«

»Das ist uns einerlei! Und gestatten Sie mir zu sagen, daß es in Deutschland überhaupt gar keinen Bauernkrieg gegeben hat und auch nicht geben kann, die Deutschen sind gedrillte Menschen, wir kennen sie, und diesen Krieg haben Sie selbst erfunden, um geistige Verwirrung anzurichten, um uns, die wir ungeschult sind, einzuschüchtern ...«

Er hatte schon hysterisch zu schreien begonnen, hatte die Fäuste an die Brust gepreßt und neigte sich immer mehr vor, als wollte er den Veterinär mit dem Kopf vor den Leib stoßen, doch dieser lachte, den Kopf zurückgeworfen und den borstigen Adamsapfel vorgewölbt, und aus seinem runden Mund schallte betäubend, klingend: »O-cho-o-cho-o-o!«

»Herr du mein Gott, so höre doch auf!« redete die Frau erregt auf ihren Mann ein, wobei sie mit der Faust gegen seine Schulter und

Seite stieß. »Lassen Sie ihn doch in Ruhe, Herr, warum reizen Sie ihn!« schrie sie nun auch, sich an den Veterinär wendend, der immer noch lachte und sich die Tränen aus den Augen wischte.

Samgin trat in den Durchgang hinaus, hinter ihm her ertönte die Klage der Frau: »Und Sie, meine Herrschaften, haben die Hähne aufeinandergehetzt und ergötzen sich, schämen sollten Sie sich!«

Im Durchgang wurde auch gestritten, jemand sagte: »Unsere Generation hat an die Idee des Fortschritts geglaubt . . . Doch die Materialisten haben sie beschnitten, sie auf die Idee des technischen Fortschritts eingeschränkt.«

Samgin blieb eine Weile an der Plattformtür stehen, hörte sich eine Rede über die Zerstörung des patriarchalischen Dorflebens durch die Fabrik an, dann irgendwessen unheilverkündende Erwähnung der Gogolschen Troika und trat auf die Plattform hinaus in das kalte Knarren und Knirschen des Zuges. In der Ferne erglühte über dem Schneefeld ein unangenehm orangefarbenes Abendrot, und der Zug fuhr im Bogen darauf zu. Die Gespräche im Wagen hatten ihn ermüdet, ihm die Stimmung vermiest, irgend etwas verdorben. Er gewann den Eindruck, als brächte ihn der Zug weit in die Vergangenheit zurück, zu den Streiten seines Vaters, Warawkas und der gestrengen Marja Romanowna.

Ich habe schrecklich schlechte Nerven . . .

Dann dachte er unvermittelt, jeder Mensch im Wagen, im Zug und in der Welt sei in einem Käfig wirtschaftlicher, im Grunde jedoch animalischer Interessen eingesperrt; jeder von ihnen sehe die Welt durch die Käfigstäbe gleichmäßig liniert, und wenn irgendeine Kraft von außen die Linien der Stäbe verbiege, so werde die Welt verzerrt wahrgenommen. Daher komme auch das Drama. Aber das war ein fremder Gedanke. »Zeisige in Käfigen«, erinnerte er sich der Worte Marinas, und es war ihm unangenehm, daß er das von den Käfigen nicht selber erfunden hatte.

Das Abendrot änderte schnell seine Farbe, es verlieh jetzt dem Himmel den Ton eines alten, billigen Öldrucks, der Schnee bedeckte sich wie mit Asche und glitzerte nicht mehr.

Ich kann ja im Selbstmord enden, fiel Klim plötzlich ein, aber auch das klang so, als hätte ein Fremder es ihm eingeflüstert.

Marina sitzt natürlich auch in einem Käfig, dachte er hastig. Ist auch umgittert. Während ich nicht umgittert bin . . .

Aber er wußte nicht, ob er fragte oder behauptete. Es war sehr kalt, doch in den rauchigen Wagen zurückzukehren, wo alle stritten, hatte er keine Lust. Auf einer Station bat er den Schaffner, ihn in der ersten Klasse unterzubringen. Dort legte er sich auf den Polstersitz und begann, um nicht zu denken, Verse im Rhythmus zu den Räderstößen an den Schienenfugen zusammenzustellen; das gelang ihm nicht sofort, aber er fand sie doch ziemlich bald:

Sie hält das – Roß im Ga – lopp an
Und tritt in – die brennende – Hütte . . .

Und ist vielleicht die Frau des Protopopen Awwakum, dachte er, sich eine Zigarette anzündend.

Marinas Stadt empfing ihn auch mit Tauwetter, in der Luft hatte sich eine Art von Molke ausgebreitet, von den Dächern fielen träg große Tropfen herab; es schien, als wollte jeder von ihnen auf den nassen Telegrafendraht fallen, und das erregte, so wie ein Kragen- oder Rockknopf aufregt, der sich nicht zuknöpfen lassen will. Samgin saß am Fenster, in demselben banalen Gasthofzimmer, beobachtete, wie die glasklaren Tropfen durch die trübe Luft fielen, und erinnerte sich an die Begegnung mit Marina. Diese Begegnung hatte etwas allzu Sachliches und Kränkendes gehabt.

»Du bist zurückgekehrt?« hatte sie gefragt, als wäre sie verwundert, und hatte gleich danach ganz nüchtern davon zu sprechen begonnen, daß man sofort eine Wohnung für ihn ausfindig machen müsse und daß sie eine wisse, die für ihn wohl passend genug sein werde.

»Gegen zwei Uhr hole ich dich ab, und wir sehen sie uns an, einverstanden?«

Sie begegnete ihm überhaupt so sachlich wie eine Chefin ihrem Angestellten und hatte ihn nicht in das Zimmer hinter dem Laden gerufen.

Jetzt war es schon halb drei, und sie war immer noch nicht da. Aber gerade in diesem Augenblick öffnete der Zimmerkellner die Tür und sagte: »Marina Petrowna Sotowa bittet Sie, in die Droschke zu kommen.«

Samgin fiel auf, daß sie sich wegen ihrer Verspätung nicht entschuldigte.

»Hast du mit Moskau ganz Schluß gemacht?«

»Ja.«

»Na, das ist ja sehr schön.«

Sie fuhren vorsichtig und langsam durch den Nebel und hielten vor einem einstöckigen Haus mit vier Fenstern und vornehmem Haupteingang; unter dem nagelneuen eisernen Vordach befanden sich in Rosetten zwischen den Fenstern sonderbar aussehende, aus Gips modellierte Vögel, und die ganze Fassade war mit plumpen Reliefs verziert, die Blumengirlanden darstellten. Sie gingen in den

Hof; dort schloß sich an das Haus ein dreifenstriger Seitenbau aus Holz mit einem Dachgeschoß an; im Hintergrund des Hofes, der mit Schneehaufen ausgefüllt war, ragten die verschneiten Bäume eines Gartens. Die Tür des Seitenbaus wurde von einer kleinen bebrillten Alten in braunem Kleid geöffnet.

»Guten Tag, Felizata Nasarowna! Ich habe hier einen Mieter mitgebracht. Wo ist Walentin?« rief Marina laut; die Alte deutete wortlos und geheimnisvoll mit grauem Finger nach oben.

»Rufe ihn. Sie ist taub«, erklärte Marina halblaut, als sie Samgin in ein nicht großes, sehr helles Zimmer führte. Es waren drei solcher Zimmer vorhanden, und Marina sagte, das eine von ihnen sei das Empfangszimmer, das zweite das Arbeitszimmer und dahinter befinde sich das Schlafzimmer.

»Die Fenster gehen, wie du siehst, zum Garten hin. Hier hat ein Arzt gewohnt, jetzt wird ein Anwalt darin wohnen.«

Sie hat schon entschieden, dachte Samgin. Ihm mißfiel das Gesicht des Hauses, mißfielen die allzu hellen Zimmer, und er war empört über Marina. Und schon ganz unbehaglich wurde ihm zumute, als ein hochgewachsener Mann vorgeneigten Kopfes, wie ein Stier, angerannt kam, der einen warmen, mit breitem Riemen umgürteten Rock und Filzstiefel trug und von Kopf bis Fuß mit Federn und Heustaub behaftet war. Er ergriff Marinas Hände, vergrub darin seinen zerzausten Kopf und gab, während er ihr die Hände küßte, unartikulierte Laute von sich.

»Besbedow, Walentin Wassiljewitsch«, stellte ihn Marina vor und stieß ihn mit erstaunlicher Leichtigkeit von sich. Besbedow richtete sich auf, und Samgin erblickte vor sich ein breitstirniges Gesicht, Augäpfel mit unangenehm entblößtem Weiß und kleine, sehr blaue Pupillen, die wie Eisstückchen aussahen. Marina sagte nachdrücklich, Besbedow könne Möbel zur Verfügung stellen, und speisen könne man auch bei ihm, er werde nicht viel dafür verlangen.

»Kostenlos!« sagte Besbedow mit der Stimme eines an Kehlkopfentzündung Leidenden. »Kostenlos – wollen Sie?«

»Warum denn?« fragte Samgin trocken, doch Besbedow blitzte mit den Pupillen, breitete die Arme weit von sich und antwortete: »So. Der Originalität halber.«

»Reiß keine Possen, Walentin«, riet ihm Marina streng und sagte ein paar Minuten später zu Besbedow: »Ich schicke morgen Mischutka zu dir, und du richtest mit ihm alles ein, reichen zwei Tage?«

Besbedow nahm wieder ihre Hand, küßte sie und sagte heiser: »Ich kann bis morgen abend fertig werden ...«

Er drückte Samgin so kräftig die Hand, daß Klim vor Schmerz sogar mit dem Fuß aufstampfte. Marina fuhr ihn zu sich in den Laden, dort brodelte wie immer der Samowar und war es wie immer behaglich, wie im Bett, vor einem festen, aber leisen Schlaf.

»Walentin hat dich wohl bestürzt gemacht?« fragte sie lächelnd. »Er benimmt sich etwas wunderlich, wird dich aber nicht stören. Er hat eine kleine Leidenschaft: Tauben. Wegen der Tauben hat er seine Frau verloren, sie ist mit dem Mieter, dem Arzt, fortgegangen. Er ist darüber etwas unglücklich und tut damit ein wenig wichtig, in seinen Kreisen verlassen die Frauen selten ihre Männer, und ein Skandal hebt dort einen Menschen sehr hervor.«

Nachdem sie eine Weile geschwiegen hatte, bat sie ihn, gleich morgen von ihrem Anwalt die Angelegenheiten zu übernehmen, dann rückte sie dicht an ihn heran, beugte sich vor, nahm sein Gesicht fest zwischen ihre warmen Hände und fragte, ihm in die Augen blickend, leise, sehr zärtlich, aber gebieterisch: »Nun – was ist? Weshalb verziehst du das Gesicht? Tut das weh? Schreie doch, dann wird es leichter.«

Er hatte keine Lust, das Gesicht aus ihren kräftigen Händen zu befreien, obwohl es unbequem war, mit gekrümmtem Hals dazusitzen, und obwohl der Glanz ihrer Augen ihn ungemein verwirrte. Noch keine Frau war mit ihm so umgegangen, und er konnte sich nicht entsinnen, ob Warwara ihn jemals mit so erregendem Blick angesehen habe. Sie nahm die Hände von seinem Gesicht, setzte sich neben ihn und wiederholte, nachdem sie ihre Frisur in Ordnung gebracht hatte: »Nun, sprich! Du möchtest doch alles von dir selbst erzählen – weshalb schweigst du also?«

Er wollte gar nicht »alles von sich selbst erzählen«, er dachte sogar, selbst wenn ihn danach verlangte, würde er es wohl nicht so tun können, daß diese Frau alles das verstände, was ihm unklar war. Und so verbarg er seine Erregung hinter einem ironischen Lächeln und fragte: »Du wünschst, daß ich beichte? Ein sonderbarer Wunsch. Wozu brauchst du das?«

Er zuckte mit den Schultern, doch Marina legte ihm die Hand auf die Schulter und sagte mit leisem Seufzer: »Wenn du nicht magst – so laß es bleiben. Aber wir Weiber helfen manchmal, eine Bürde von den Schultern zu werfen . . .«

»Um ihnen eine andere aufzubürden«, fügte er ein, worauf Marina ihm in die Augen blickte und lächelnd antwortete: »Ich habe nicht die Absicht, dich zu heiraten, und dränge mich nicht als Geliebte auf.«

Ihre weiche, tiefe Stimme klang bezaubernd, das Lächeln des

schönen Gesichts war hübsch, und die goldschimmernden Augen leuchteten warm.

»Es ist schwer, von sich selbst zu sprechen«, machte Samgin sie aufmerksam.

»Wovon sprechen wir denn?« fragte sie. »Wir sprechen ja, auch wenn wir vom Wetter reden, von uns selbst.«

»Du siehst die Dinge zu einfach ...«

»So?«

Samgin warf einen Seitenblick auf ihr Gesicht und begann vorsichtig: »Man kann nur von Tatsachen, von Episoden sprechen, aber sie sind noch nicht das Ich«, begann er leise und vorsichtig. »Das Leben ist eine endlose Reihe dummer, banaler, im allgemeinen jedoch trotzdem dramatischer Episoden, sie brechen gewaltsam über uns herein, beunruhigen uns, bürden dem Gedächtnis unnötigen Ballast auf, und der mit ihnen überhäufte, von ihnen bedrückte Mensch hört auf, sich selber, sein Wesen, zu fühlen, er empfindet das Leben als Schmerz ...«

Marina streichelte ihm wortlos die Schulter, aber er blickte sie nicht mehr an und sagte: »Ich glaube, daß die meisten Intellektuellen sich so fühlen, ich halte mich natürlich für einen typischen Intellektuellen, bin aber nicht fähig, mir selbst Gewalt anzutun. Ich kann mich nicht zwingen, an die Heilsamkeit des Sozialismus und ... dergleichen zu glauben. Als Mensch ohne Ehrgeiz – achte ich meine innere Freiheit ...«

Er schwieg ein paar Sekunden lang und erwog die Worte »innere Freiheit«, dann erhob er sich und fuhr, von einer Zimmerecke zur anderen schreitend, hastiger fort: »Darum bin ich ein Fremder unter Leuten, die sich Parteien oder Gruppen anschließen, sich überhaupt anschließen oder zusammenschließen ...«

Er fühlte, daß er ungewöhnlich und sogar unangenehm leicht sprach, als erinnerte er sich eines mehr als einmal gelesenen und ihn bereits langweilenden Buches.

»Zu guter Letzt – läuft alles auf dieses oder jenes System von Sätzen hinaus, aber die Tatsachen lassen sich in keinem von ihnen unterbringen. Und – was kann man von sich selbst sagen außer: ›Ich habe dies gesehen, ich habe das gesehen‹.«

Er blieb mitten im Zimmer stehen, blickte in den Rauch seiner Zigarette und ließ eine Reihe von Episoden an sich vorüberziehen: den Tod Boris Warawkas, den Selbstmordversuch Makarows, die Bauern, die als »geschlossene Gemeinde« die Glocke hochzogen, die anderen, die das Schloß vom Getreidespeicher herunterrissen, den Neunten Januar, die Moskauer Barrikaden – alles, was er erlebt hatte, bis einschließlich zur Ermordung des Gouverneurs. Und plötzlich fühlte er: Es liegt etwas Tröstliches darin, daß das Gedächtnis all diese Tatsachen in einer winzigen Zeiteinheit unterbringt, etwas Tröstliches und sogar anscheinend etwas Ironisches. Mit einer unwillkürlichen Bewegung holte er die Uhr hervor, steckte sie aber, ohne das Zifferblatt angeblickt zu haben, sofort wieder ein. Und als er merkte, daß Marina ihn mit einem fordernd erwartungsvollen Blick ansah, fuhr er mechanisch, ungern fort: »Vor Leuten vom Typ Kutusows habe ich Achtung ... wie beispielsweise vor Chirurgen. Aber ich habe keine gebrochenen Knochen und keinerlei bösartigen Geschwüre ...«

Er schritt wieder durch das weiche, warme Halbdunkel, und als er sich seines nächtlichen Alptraumes erinnerte, verteilte er das Erlebte auf seine Doppelgänger – sie umringten ihn gleichsam von neuem. Der eine von ihnen beobachtete, wie der Dragoner sich bemühte, Turobojew mit dem Säbel zu treffen, aber ein ganz anderer Mensch war der Geliebte der Nikonowa; ein dritter, der keinerlei Ähnlichkeit mit den ersten beiden hatte, hörte aufmerksam und mit Vergnügen den Reden des Historikers Koslow zu. Es gab noch viel mehr Doppelgänger, und alle waren sie zu dieser Stunde Klim Samgin gleichermaßen fremd. Man konnte sie Gewalttäter nennen.

Ein Alptraum, dachte er und blickte Marina über den Brillenrand hinweg an. Weshalb spreche ich so offenherzig mit ihr? Ich verstehe sie nicht, empfinde an ihr irgend etwas Unangenehmes. Weshalb nur? Er war verstummt, und Marina, die ihre Arme über der hohen Brust gekreuzt hatte, sagte gedämpft: »Über Stepan urteilst du falsch, ich kenne ihn besser als du. Und nicht, weil ich mit ihm gelebt habe, sondern ...«

Aber sie vollendete den Satz nicht, wahrscheinlich weil sie kein treffendes Wort fand, und sagte in neuem Ton: »Du hast dich anscheinend überlesen, hast in den Gedanken Schimmel angesetzt ...«

»Ich lese gar nicht viel.«

»Du bist zu lange auf einem Fleck stehengeblieben. Du müßtest in einen anderen Winkel rücken ...«

»Weshalb – in einen Winkel?«

»Eine Zeitlang unter einfachen Leuten leben.«

»Meinst du damit Arbeiter, Bauern?«

Ohne seine Frage zu beachten, fragte sie: »Hast du mit deiner Frau – ganz Schluß gemacht?«

»Ja.«

»Na, das ist ja schön! Also bist du für einige Zeit frei.«

Sie spricht mit mir wie ... eine ältere Schwester.

Marina leckte sich mit der Zungenspitze die Lippen und blickte mit zusammengekniffenen Augen zur Zimmerdecke; er neigte sich zu ihr vor und wollte sie nach Kutusow fragen, aber sie schüttelte sich und sagte: »Laß uns also gleich morgen das Geschäftliche in Angriff nehmen! Besuche meinen Anwalt, rede mit ihm, ich habe ihn unterrichtet ...«

Sie sagte das weich, aber so, daß Samgin begriff: er muß gehen. Und er ging, nachdem er ihr schweigend die feste, sehr warme Hand gedrückt hatte.

Ein schlaues Weib. Es ist nicht einfach, sie zu entlarven. Doch – muß ich das denn? fragte er sich.

Die Beziehung zu dieser Frau klärte sich nicht. Ihn erregte ihre unangenehme Selbstsicherheit und Herrschsucht, es erregte ihn auch, daß sie ihn gezwungen hatte, sich auszusprechen. Letzteres war besonders ärgerlich. Samgin wußte, daß er noch nie und mit niemandem so gesprochen hatte wie mit ihr.

Am nächsten Tag saß er morgens in einem großen, hellen Herrenzimmer, das mit schwarzen Möbeln eingerichtet war; in Riesenschränken glänzte elegant das Gold der Bucheinbände, zwischen Klim und dem Hausherrn stand ein schwerer Schreibtisch mit dikken und bauchigen Beinen wie die eines Flügels. Der Hausherr hatte schwarze Brauen, einen kahlen Kopf, sein rundes, gelbliches Gesicht war aufgebläht wie eine Ochsenblase für den Schwimmunterricht, es endete in einem schwarzen, halbergrauten Spitzbart, in dem bläulichen Augenweiß glänzten stechend schwarze Pupillen. Sein Stimmchen war hell, eigensinnig, er sprach die Worte unrussisch deutlich aus und fügte sie sehr dicht aneinander.

»Meine Mandantin«, sagte er ehrerbietig, ohne die Mandantin beim Namen zu nennen. »Wenn man in Betracht zieht ... Wenn man von der Tatsache ausgeht ... Auf Grund des Dargelegten ...« Es war, als spräche er absichtlich in den Redewendungen einer Appellationsklage, seine Ehrerbietigkeit wurde von einem leichten Zucken der dicken Lippen und einem etwas spitzen Lächeln der stechenden Augen begleitet. Mit knapper Geste der linken Hand stieß er gleichsam irgend etwas von sich weg. Seine Gebärden ließen Samgin spüren, daß dieser Mann von Marina gekränkt worden war und sie anscheinend haßte, aber auch ein wenig fürchtete. Seine Beziehungen zu ihr übertrug er auch auf ihn, Samgin.

»Kol-lege«, sagte er, als setze er bewußt ein Komma zwischen die zwei L.

»Ferner: Die Klagesache der Verwandten des Kaufmanns Potapow, der wegen Zugehörigkeit zur Chlystensekte zu Strafansiedlung verurteilt worden ist. Das Vermögen des Verurteilten ist zum Teil zugunsten der Staatskasse beschlagnahmt. Die Rechtsansprüche meiner ehrenwerten Mandantin auf das Vermögen sind nicht hinreichend begründet, aber sie hat versprochen, noch ein weiteres Dokument vorzulegen. Die Mandantin ist hier, wie mir scheint, nicht materiell, sondern sozusagen humanitär interessiert, und ihr Ziel besteht, wenn ich nicht irre, darin – eine Revision des Falles zu erreichen. Übrigens werden Sie selber sehen ...«

Das vom humanitären Interesse Marinas hatte er mit sichtlichem Bedauern gesagt, während seine Charakterisierungen der Rechtssachen Marinas im allgemeinen immer bissiger wurden, und Samgin fühlte bereits, daß der Kollege Volz ihn nicht mit den Angelegenheiten vertraut machte, sondern ihn mit seiner ehrenwerten Mandantin bekannt machen wollte. In dem schwarzen Herrenzimmer herrschte ein unangenehmer Geruch, der zum Niesen reizte; vor den Fenstern rauschte, heulte der Wind, jagten Wolken von Schnee umher. Nachdem Samgin etwa zwei Stunden dagesessen hatte, stürzte er sich fast mit Genuß in den weißen Sturm auf der Straße, er wurde gestoßen, umhergeschüttelt, schwarze Gestalten brachen aus dem weißen Wirbel heraus, prallten gegen ihn oder überholten ihn; er ging und fühlte: Ja, es beginnt ein neuer Lebensabschnitt. Mit Marina sollte man vorsichtig sein. Und man muß sich zusammennehmen. »Sich ins Zentrum eines Kreises unerschütterlicher Schlußfolgerungen stellen«, entsann er sich eines Satzes von Bragin und war empört, wie vollgestopft sein Gedächtnis war.

Ein paar Tage später ging er in Begleitung Besbedows in den Zimmern seiner Wohnung umher. Die Zimmer waren mit alten und soliden Möbeln ausgestattet, die wahrscheinlich von einem herrschaftlichen Gutshof gekauft waren. Als Walentin Besbedow Klim in den Besitz dieser Habe einführte, sagte er geringschätzig mit heiserer Stimme: »Sollte das zu wenig sein, so gehen Sie in den Schuppen, dort steht verteufelt viel Gerümpel aller Art! Es ist ein Bücherschrank vorhanden, ein Klavizimbel. Möchten Sie Blumen haben? Im Seitenbau habe ich eine Menge davon, es riecht dort nach Erde wie auf einem Friedhof.«

Er rauchte eine deutsche Porzellanpfeife, der Rauch quoll aus den Nüstern seiner breiten Nase und aus dem Mund, die Pfeife hing ihm zwischen den Revers des modischen dicken Rockes auf die Brust herab, und von dort quoll auch Rauch. Aber Besbedow sah nicht wie ein Deutscher aus, sondern wie ein plötzlich zu Wohlstand gelangter russischer Lastfuhrmann, der es noch nicht gewöhnt ist, modische

Anzüge zu tragen. Zerzaust, mit aufgedunsenem Gesicht, ging er neben Klim einher und blickte ihm mit seinen entblößten Augen ungeniert ins Gesicht, seine Schuhe knarrten abscheulich, er hustete, krächzte, strömte Rauch aus, stieß Samgin mit dem Ellenbogen an und fragte plötzlich: »Haben Sie den Witz gelesen?«

»Welchen?«

»Zum Zaren kam eine Abordnung treuergebener Arbeiter aus Iwanowo-Wosnessensk, und er sagte zu ihnen buchstäblich folgendes: ›Meine Selbstherrschaft wird so bleiben, wie sie in alten Zeiten gewesen ist.‹ Ist er etwa übergeschnappt?«

»Ja, sonderbar«, entgegnete Samgin.

Besbedow drückte ihm fest den Ellenbogen.

»Nun, richten Sie sich ein!«

Dann ging er qualmend und knarrend weg, doch als er die Tür geschlossen hatte, riß er sie sofort wieder weit auf und krächzte: »Der Zar fährt nach Moskau!«

Samgin verscheuchte den dicken Rauch und fragte sich: Befaßt sich dieses Tier etwa auch mit Politik?

Wie alle ungewöhnlichen Menschen erweckte Besbedow Samgins Neugier, im vorliegenden Fall wurde die Neugier noch durch irgendein unbestimmtes, aber unangenehmes Gefühl gesteigert. Samgin nahm seine Mahlzeiten im Seitenbau bei Besbedow ein, in einem Zimmer, das dicht mit verschiedenen Pflanzen und Bücherborden gefüllt war, die fast durchweg Übersetzungen aus fremden Sprachen enthielten: es waren hundertvierundvierzig Bände der Pantelejewschen Ausgabe ausländischer Autoren wie Mayne Reid, Brehm, Gustave Aimard, Cooper, Dickens und die »Weltgeographie« von E. Reclus – die meisten Bücher waren ungebunden, zerfleddert und staken nachlässig in den Fächern.

Die Bibliothek eines Gymnasiasten, stellte Samgin innerlich fest. Besbedow säumte nicht, dies zu bestätigen.

»In meiner Gymnasialzeit angesammelt«, sagte er und blickte die Bücher feindselig an. »Lauter dummes Zeug. Ihretwegen habe ich auch das Gymnasium nicht absolviert.«

Alles um ihn war unordentlich, ganz wie er selber, der stets mit Vogelunrat beschmutzt war und Daunen an dem zottigen Kopf und an der Kleidung hatte. Er aß viel, hastig, verzog das Gesicht, als wären die Speisen versalzen, sauer oder bitter, obwohl die taube Felizata sehr schmackhaft kochte. Gesättigt, blickte Besbedow Samgin auf den Mund und teilte ihm irgendwelche sonderbaren Neuigkeiten mit, es schien, als erfände er sie.

»Der Petersburger Vikar Sergij hat eine Seelenmesse für Leutnant

Schmidt gelesen, die Studenten der geistlichen Akademie zwangen ihn: Lies! Und da hat er gelesen.«

»Woher wissen Sie das?«

»Lidija Timofejewna Muromskaja hat es gesagt. Sie – weiß alles, sie hat Verbindungen in Petersburg.«

Er schürzte die Unterlippe und schwieg eine Weile fragend, als erwartete er etwas, dann sagte er im Ton eines Schuldigen: »Ich verwalte ihre Wälder. Kennen Sie sie?«

»Ja.«

»Sie ist langweilig. Macht es Ihnen nichts aus, daß ich so rede?«

»Bitte schön.«

»Sie ist keine Frau, sondern – eine rechtsverbindliche Verordnung der Stadtverwaltung. Fällt es Ihnen nicht auf, daß die Menschen immer langweiliger werden?«

»Der Mensch ist überhaupt ein mißmutiges Geschöpf«, sagte Samgin philosophisch. »Richtig!« bemerkte dazu Besbedow.

Von seinen politischen Neuigkeiten und kleinen städtischen Klatschgeschichten verging Samgin der Appetit. Aber sehr bald überzeugte er sich, daß dieser Mann aus Liebenswürdigkeit von Politik sprach, weil er es für seine Pflicht hielt, den Kostgänger zu unterhalten. Einmal beim Abendessen sagte er griesgrämig: »In Moskau haben die Revolutionäre eine Bank überfallen und annähernd eine Million Bargeld gegrapscht.« Dann sagte er keuchend, heiser, mit sichtlichem Verdruß: »Ich habe es verteufelt satt! Alle sprechen von Politik wie in der Fastnachtswoche von Plinsen.«

Samgin blickte ihn mißtrauisch an und sah, daß er mit gekränkt vorgeschobenen Lippen seine Pfeife stopfte. Nach zwei, drei solchen Klagen kam Samgin zu dem Schluß, der Hauswirt sei dumm und wisse das selber, sei aber über seine Dummheit nicht im geringsten verwirrt, sondern brüste sich mit ihr sogar noch.

Ein Dummkopf – echt russisch, großzügig, aus Dummheit etwas aufdringlich, aber kein Flegel und gutmütig, definierte Samgin und überzeugte sich beinahe täglich, daß seine Definition stimmte.

Einmal beim Mittagessen aß Besbedow erstaunlich viel von den schmackhaften Speisen, trank ein paar Gläschen Wacholderbeerschnaps, bekam einen roten Kopf, begann mit seiner deutschen Pfeife zu qualmen und rief plötzlich erbost: »Eine idiotische Zeit, der Teufel soll sie holen!« Er klatschte sich mit den Händen an die Ohren und schüttelte den zottigen Kopf. Samgin wartete ruhig auf eine politische Neuigkeit, aber Besbedow begann empört: »Es ist schon März, doch was geht vor, wie?«

»Wovon sprechen Sie denn?«

»Nun – vom Wetter! Meine Tauben haben Fett angesetzt«, krächzte er wehmütig und deutete mit dem mohrrübenfarbenen Finger zur Zimmerdecke. »Ich habe den besten Taubenschwarm der Stadt, schon zweimal preisgekrönt, habe damit den Moskauern eine Nase gedreht. Hier gibt es so einen Schuft, den Schankwirt Blinow, er ist mein Feind, hat meinen Cherub abgeschossen, den besten Tümmler in ganz Rußland. Diesen Schrot wird er, der Mörder, in die Schnauze bekommen . . .«

Samgin sah, daß das Gesicht seines Hauswirts blutrot angelaufen war, das Weiße der Augen wölbte sich vor, die roten Finger knüllten wütend die Serviette zusammen, und ihn dünkte, das alles könnte mit einem Anfall trunkener Raserei, sogar mit einem Schlaganfall enden. Er stellte sich interessiert und fragte: »Das ist wohl eine sehr hinreißende Liebhaberei?«

Besbedow verschluckte sich an irgendeinem Fluch, schenkte sich mit zitternder Hand Kwaß ein, leerte das Glas in zwei Zügen und – stieß mit einem Strom von Luft aus: »Sie können sich nicht vorstellen, wie!«

Er sprang vom Tisch auf, als wollte er irgendwohin laufen, blieb am Fenster bei den Blumen stehen, wischte sich mit der Serviette den Schweiß vom Gesicht, schleuderte sie zu Boden und krächzte, die Arme weit von sich gebreitet: »Unvorstellbar!«

Die ausgebreiteten Arme wie Flügel schwingend, die Augen geschlossen, murmelte er kopfschüttelnd: »Verstehen Sie: Himmelsgewölbe! Tiefe, blaue Reinheit, Klarheit! Und – Sonne! Und da stehe ich nun – na, was bin ich denn? Ein Nichts, ein Tölpel! Und nun – lasse ich die Tauben heraus. Sie fliegen, kreisen, immer höher und höher, weiß in die Bläue. Und meine erbärmliche Seele fliegt ihnen nach – verstehen Sie? Die Seele! Und sie sind dort, ich sehe sie kaum. Eine Spannung ist das . . . wie Ohnmacht. Und – Angst: Wie, wenn sie plötzlich nicht zurückkehrten? Aber – verstehen Sie – ich möchte ja gern, daß sie nicht wiederkehren, verstehen Sie?«

Besbedows großer, weicher Körper schüttelte sich, als lachte er lautlos, das Gesicht wurde schlaff, entstellte sich, triefte von Schweiß, und in seinen halbtrunkenen Augen gewahrte Samgin tatsächlich Angst und Freude. Da er an Besbedow etwas Komisches und Törichtes bemerkte, empfand er Sympathie für ihn. Des Armeschwingens müde, sank Besbedow keuchend und ächzend auf den Stuhl und murmelte, den Kwaß am Glas vorbeigießend: »Ein erhabener Moment! Und – eine redliche Sache, sie stört niemanden, hängt von niemandem ab – zum Teufel mit dem ganzen Unsinn! Bitte schön – trinken wir!«

Als Samgin mit ihm anstieß, dachte er: Ein Fall, in dem Dummheit sich ins Poetische steigert.

Besbedow goß den Wodka aus dem Likörgläschen in das Glas zu dem Kwaß und redete weiter. Er war jetzt noch zerzauster, zog den Rock aus, knöpfte den Kragen des blauen Satinhemds auf, befächelte sich mit der Serviette, und die leicht angegrauten Haarbüschel auf seinem Kopf bewegten sich spaßig. Es war angenehm, daß Besbedow so leicht zu verstehen war, daß man bei ihm nicht auf der Hut zu sein brauchte, bei ihm lag alles offen zutage, und er fragte einen nach nichts, wie das seine übermäßig interessierte Tante tat, die er nicht besonders zu mögen schien. Als Samgin ihn an diesem Abend verließ, um schlafen zu gehen, drückte er Besbedow besonders kräftig die Hand und glaubte sogar, daß er ihm gegenüber zurückhaltender gewesen war als notwendig. Er hätte ihm irgend etwas sagen, seine Teilnahme zum Ausdruck bringen sollen. Natürlich nicht, um ihn zum Schwatzen zu ermuntern. Ein einsamer und offenbar unglücklicher Bursche. Sein Geschwätz verpflichtete zu nichts.

Aber Besbedow brauchte keine Teilnahme und Ermunterung, er erzählte fast jeden Abend gern und unermüdlich von der Stadt und von sich selbst. Samgin hörte zu und wartete, wann er von Marina zu sprechen beginnen werde. Mitunter fand Samgin seine Erzählungen übermäßig, liederlich offenherzig, und es verwunderte sehr, daß in Besbedows Worten, obwohl er sich selbst nicht schonte, keine Spur von Bedauern über sein mißglücktes Leben zu bemerken war. Wenn er erzählte, beichtete er nicht, sondern sprach von sich selbst wie von einem Nachbarn, dessen er ein bißchen überdrüssig geworden, der aber bei all seinen Mängeln kein schlechter Mensch war. An einem traurigen, windigen und regnerischen Abend kam Besbedow einmal auf seine Frau zu sprechen.

»Ich habe sie wegen der Tauben verloren«, sagte er, die Ellenbogen auf den Tisch gestützt und die Finger in dem zerzausten Haar vergraben, wovon sein Kopf mißförmig groß und das Gesicht kleiner aussah. »Eine gute Frau, muß ich sagen, aber wissen Sie, ihr hatten es die gesellschaftlichen Instinkte und dergleichen mehr angetan, mich hingegen kann so etwas nicht berauschen . . .«

»Gesellschaftliche Instinkte« sprach er näselnd aus und verzog dabei das Gesicht, dann ließ er die Hände zum Nacken hinabgleiten und fragte entrüstet: »Was brauche ich, zum Teufel, dafür zu sorgen, daß Dummköpfe klüger oder in irgendeiner Hinsicht besser leben? Und Gescheite werden auch ohne mich mit dem Leben fertig. Sie sind ein Gescheiter und werden natürlich anderer Ansicht sein, doch meiner Meinung nach geht es den Dummköpfen ohnehin gut. Gerade hierüber wurde ich mit ihr nicht einig. Dann waren da noch die Tauben. Mit Hühnern hätte sie sich vielleicht noch abgefunden, aber – Tauben! Das kränkte sie bereits. Sie kam sich überhaupt betrogen vor. Nicht ich hatte ihr anscheinend gefallen, sondern mein Name – Walentin; sie hatte sich wahrscheinlich eingebildet, daß sich hinter meinem Namen etwas Ungewöhnliches verberge. Als Gymnasiastin hatte sie zuviel Romane und Gedichte gelesen, Buchfresserei und ... dergleichen mehr!«

Samgin hörte zu und lächelte. Ihm gefiel, daß Walentin ohne Trauer sprach, als erinnerte er sich einer fernen Vergangenheit, obwohl seine Frau ihn erst im Herbst des vergangenen Jahres verlassen hatte.

»Vielleicht hätte sie mich nicht verlassen, wenn ich daran gedacht hätte, sie für etwas Lebendiges zu interessieren – für Hühner, Kühe oder Hunde etwa!« sagte Besbedow, dann fuhr er energisch fort: »Sehen Sie, ich habe doch in der Taubenzucht zu mir selber gefunden, habe damit das Lied gefunden, das zu singen mir beschieden ist. Das Wesen des Lebens besteht ja gerade in solch einem Lied – und daß es von ganzer Seele gesungen wird. Puschkin, Tschaikowskij, Miklucho-Maklay – sie alle lebten, um ganz in ihrer Lieblingsbeschäftigung aufzugehen, nicht wahr?«

Samgin nickte und begann den heiseren Worten aufmerksamer zuzuhören, da er in Besbedows Erzählung neue Töne spürte.

»Sie begeistert die Anwaltstätigkeit, einen anderen das Kartenspiel, mich die Tauben! Wahrscheinlich werde ich auch einmal auf dem Dach sterben, werde vor Vergnügen ersticken und – vom Dach auf die Erde plumpsen«, sagte Besbedow und brach in ein feuchtes, unangenehm kluckerndes Gelächter aus. »Als Kind hatte ich gute Anlagen«, fuhr er fort und schüttelte die Asche aus der Pfeife ins Teeglas, obwohl ein Aschenbecher auf dem Tisch stand. »Genaugenommen – besaß ich gar keine Anlagen, sondern meine Mutter und mein Pate hatten mir eingeredet: Walentin, du hast gute Anlagen! Das verpflichtete mich natürlich, irgendwelche Kunststücke zu zeigen. Wenn etwas Außergewöhnliches erwartet wird, nun, so erdichtet man eben etwas, flunkert, was soll man machen? Das Vertrauen muß gerechtfertigt werden.«

Er zwinkerte Samgin zu und erweckte in ihm den Gedanken: Ich habe nie etwas erdichtet.

»Die Angewohnheit, zu flunkern, habe ich auch jetzt noch, ich denke mir etwas wenig Wahrscheinliches aus und erzähle es als Geheimnis; man braucht es nur einem zu erzählen, dann geht das Flunkern schon von selber weiter! Je unwahrscheinlicher etwas ist, desto leichter wird es geglaubt.«

Er lächelte und schwieg eine Weile mit fest geschlossenen Augen, dachte ein wenig nach und seufzte.

»Obwohl das Unwahrscheinliche in unseren Tagen zum Üblichen wird. Ich schneide nicht auf, um mich oder die Leute zu belustigen, sondern nur so, weiß der Teufel wozu! Es ist etwas langweilig auf der Erde, wenn man das Schönste auf dem Dach erlebt. Im Gymnasium galt ich als ein Bengel mit Anlagen, mein Pate hatte mich damit ausgeschmückt. Um die Erwartungen zu rechtfertigen, führte ich mich wie ein Rowdy auf. Aus der fünften Klasse jagte man mich davon. Ich begann in unglaublicher Aufmachung umherzustolzieren, trug irgendwelche verrückten Hüte. Den jungen Damen gefiel das. Ich bildete mir ein, vortrefflich Billard spielen zu können, spielte fünf Stunden hintereinander, natürlich – unbegabt. Ich bin überhaupt ein völlig unbegabter Mensch.«

Als Besbedow die letzten Worte mit sichtlichem Vergnügen gesagt hatte, seufzte er, und sein Gesicht verschwand in einer Wolke von Tabakrauch. Samgin rauchte auch und schwieg, wobei er dachte, er habe an diesem Mann anscheinend voreilig etwas Sympathisches gefunden.

Es sieht sehr danach aus, als spiele er nur den Einfaltspinsel, und ich – habe mich getäuscht.

Daß er sich getäuscht hatte, war ihm gleich zum Bewußtsein gekommen, als Besbedow von den Anlagen und Kunststücken gesprochen hatte. Überhaupt zeigte sich in Besbedows Worten unauffällig etwas Unangenehmes. Besonders beunruhigte Samgin, daß er von sich dachte: Ich habe nichts erdichtet.

Der Gedanke an die Möglichkeit irgendeiner Ähnlichkeit mit diesem Menschen war kränkend. Samgin blickte mißtrauisch durch die Brillengläser auf das flache, aufgedunsene Gesicht mit dem porzellanartigen Weiß der Augen und den blauen Perlen der Pupillen, auf die schlaffe, schwere Unterlippe und die weißlichen Härchen über der oberen – unter der breiten Nase. Ein recht dummes Gesicht.

Heftig qualmend, fragte Besbedow: »Wie steht's – haben Sie keinen Appetit auf junge Damen? Hier in der Nähe wohnen zwei Schwesterchen, sie sind sehr barmherzig und lustig – hätten Sie nicht Lust?«

Samgin lehnte trocken ab, dachte aber, daß er sich eigentlich mal ansehen sollte, wie dieser Dicke sich zwischen Frauen ausnähme. Dann sagte er, während er schluckweise von dem säuerlichen Rotwein trank: »Ich glaube Ihnen natürlich nicht, wenn Sie behaupten, Sie – hätten keinerlei Begabung . . .«

»Das ist die heilige Wahrheit!« schrie Besbedow und hob die Hände vors Gesicht, als schützte er sich, als wollte er etwas von sich stoßen. »Ich bin ein mittelloser Mensch, ein armer Mensch, kann mit nichts helfen, keinem und in keiner Hinsicht!« Diese Worte schrie er heraus, indem er sich offenkundig als Hanswurst gebärdete und wie ein Clown die klägliche Grimasse eines geizigen Krämers aufsetzte.

Samgin fuhr beharrlich fort: »Aber es hört sich sehr sonderbar an, daß Sie das gleichsam mit Vergnügen sagen . . .«

»Ja – natürlich, mit Vergnügen!« schrie Besbedow und fuchtelte albern mit den Händen. »Wie soll ich Ihnen das nur sagen? Ach, zum Teufel . . .«

Die rauhe Stirn mit der Hand reibend, blickte er Samgin mit weit aufgerissenen Augen ein paar Sekunden lang an, und Samgin sah, wie seine dicken Lippen, seine schweißbedeckten Wangen in die Breite gingen und zu einem triumphierenden Lächeln zerrannen.

»Ich bin taubstumm!« sagte er nüchtern und laut. »Einen Taubstummen kann man nicht zum Predigen zwingen! Verstehen Sie?«

»Sie geben zu, simuliert zu haben«, bemerkte Samgin böse.

»Wieso simuliert? Nein, das ist meine Überzeugung. Sie sind überzeugt, wir brauchen eine Verfassung, eine Revolution und überhaupt Trubel, und ich will nichts von allem! Ich will es nicht! Aber darüber predigen, weshalb ich es nicht will, werde ich auch nicht, will ich nicht! Ich leugne nicht, daß eine Revolution nützlich, ja sogar notwendig ist, für die Arbeiter etwa! Notwendig? Na dann los, macht Revolution, aber ich brauche sie nicht, ich werde die Tauben ausschwärmen lassen. Ich bin taubstumm!« Er patschte sich mit der flachen Hand schwungvoll an seine breite fette Brust und brach triumphierend in ein heiseres, glucksendes Gelächter aus.

Rindvieh, beschimpfte ihn Samgin innerlich und prüfte in Gedanken rasch und zornig alle Einwände, die er Besbedow entgegenhalten könnte. Aber es war ganz klar, daß Einwände zwecklos waren, Besbedow würde jeden beliebigen von ihnen zurückweisen und »Ich will nicht!« sagen.

Möglicherweise verfügte er über die Kraft, nicht zu wollen. Dennoch brummte Samgin: »Anarchismus. Das ist alt.«

»Wie die Welt«, gab Besbedow lächelnd zu. »Wie die Zivilisation«, ergänzte er und zwinkerte mit seinem Porzellanauge. »Gerade die Zivilisation bringt ja die Anarchisten hervor. Die Führer der Zivilisation – oder wie nennt man sie? – betrachten die Menschen als eine Hammelherde, doch ich bin ein Hammel für mich allein und will nicht für die Zivilisation geschlachtet und in der Soße irgendeiner Philosophie geschmort werden.«

Als Samgin etwa zwei Minuten längst bekannte, platte Phrasen angehört hatte, sprach er unwillkürlich die Worte aus, die er lieber nicht laut gesagt hätte: »Das Stärkste, was Sie sagen können und gesagt haben, ist – ich will nicht!«

»Gewiß«, stimmte Besbedow zu und rieb sich die dicken, roten Hände. »Tausende denken, einer spricht«, fügte er zähnebleckend hinzu und murmelte wieder etwas von jungen Damen. Samgin hörte ihm noch eine Minute zu, dann ging er und kam sich wie vergiftet vor.

Im Arbeitszimmer zündete er die Lampe an, schlüpfte in die Pantoffeln und setzte sich an den Tisch, um zu arbeiten, aber nach einem Blick auf den blauen Umschlag der dicken »Sache der M. P. Sotowa gegen die Bauern des Kirchdorfes Poshoga« schloß er die Augen und saß lange da, als versänke er in Finsternis, sah in ihr einen feisten Körper mit zerzaustem grauem Kopf und Porzellanaugen und hörte ein heiseres, glucksendes Lachen.

Eine widerliche Bestie . . .

Als er sich dann eine Zigarette angezündet hatte, ging er in das unbeleuchtete Nebenzimmer und begann, im Halbdunkel vor den zwei trübgrauen Fenstern umherschreitend, nachzudenken. Zweifellos war in Besbedows Reden etwas von Marina. Sie steht auch außerhalb des »Trubels«, selbst wenn sie sich physisch unter Leuten befindet, die vom Wirbel dieses »Trubels« erfaßt sind. Samgin rief sich das Bild der Versammlung eines Kreises von Menschen ins Gedächtnis, die »die künftige Stadt suchten«, zu einer Versammlung dieses Kreises hatte ihn Lidija Warawka eingeladen gehabt.

Einen Raum mit dem Schild »Modesalon« betreten vorsichtig und schweigsam Leute, die verschieden gekleidet, aber gleichmäßig sanft sind, sie legen ihre Garderobe auf die Ladentische oder verstauen sie in den leeren Regalen; dann gehen sie »im Gänsemarsch« über vier Stufen in ein großes, schmales und langes Zimmer hinunter, das zwei Fenster an der Rückseite, kahle Wände und in der Ecke am Eingang einen Ofen und Herd aufweist. Offensichtlich ist das eine Werkstatt gewesen. In dem Zimmer ist es dunkel, die Wände strömen den Geruch von Kleister und Feuchtigkeit aus. Auf schwarzen und gelben Wiener Stühlen sitzen stumm und reglos Leute, etwa dreißig bis vierzig Männer und Frauen, ihre Gesichter sind von der Dunkelheit verwischt. Einige haben sich zusammengekrümmt und die Ellenbogen auf die Knie gestützt, während einer sich so weit vorgebeugt hat, daß es unbegreiflich ist, wieso er nicht fällt. Viele sehen wie geköpft aus. Vorn, an der Wand zwischen den Fenstern, an einem mit grünem Wachstuch bedeckten Tisch, sitzt Lidija, schmal, flach, in einem weißen Kleid, ein Haarnetz auf dem krausen Kopf und mit einer blauen Brille. Vor ihr – eine Lampe mit weißem Schirm, zwei Stearinkerzen und ein dickes Buch in gelbem Einband; Lidijas Gesicht ist grünlich, auf ihm spiegelt sich die Farbe des Wachstuchs; auf den Brillengläsern zittern die Kerzenflammen; Lidija scheint erfunden, um den Leuten Angst zu machen. Ihre Erscheinung hat etwas Theatralisches, Abstoßendes. Sie blickt ab und zu in das Buch, wobei sie den Kopf vorneigt und wieder zurückwirft, und liest näselnd: »›Tadelt nicht den, der im Geiste redet, denn es predigt nicht das Fleisch, sondern der Geist, den Geist aber zu tadeln ist eine Todsünde. Jegliche Sünde wird vergeben, diese jedoch nie.‹«

Sie nimmt ein längliches Blatt aus dem Buch, nähert es der Lampe und bewegt stumm die Lippen. In der Ecke, nicht weit von ihr, sitzt Marina, die Arme auf der Brust gekreuzt, den Kopf zurückgeworfen; ihr markantes Gesicht hebt sich sehr vorteilhaft von dem aschgrauen Hintergrund der Wand ab.

»Beginn, Schwester Sofija, im Namen des Vaters, des Sohnes und des Heiligen Geistes«, sagt Lidija und rollt das Papier zu einer Röhre zusammen.

Neben Marina sitzt Kormilizyn, der sich als Schriftsteller mit Problemen des Sektenwesens befaßt, ein Mann mit großem, leicht angegrautem Bart in sanftem Frauengesicht, sein Gesicht hat ständig den trübsinnigen Ausdruck einer einsamen, unglücklichen Witwe; die Ähnlichkeit mit einer Frau wird durch seine vorgewölbte Brust gesteigert.

Samgin war ihm öfters in Moskau begegnet und hatte ihn seinerzeit sogar beneidet, weil er wußte, daß Kormilizyn das Ziel erreicht hatte, das auch ihn, Samgin, verlockt hatte. Der Schriftsteller hatte auch eine umfangreiche Sammlung illegaler Gedichte, Ansichtskarten und Artikel zusammengestellt, die von der Zensur verboten waren; er war dadurch rühmlich bekannt, daß er die Anekdoten aus dem Leben von Ministern, Bischöfen, Gouverneuren und Schriftstellern als erster erfuhr und überhaupt hartnäckig wie ein Untersuchungsrichter alles zusammentrug, was die Menschen als banal, dumm, grausam oder verbrecherisch kennzeichnete. Wenn Samgin seinen Anekdoten zuhörte, hatte er manchmal das Gefühl, dieser Mann sei auf seine Kenntnisse stolz wie ein gelehrter Forscher, erzähle aber stets mit Unruhe, mit dem sichtlichen Wunsch, sich durch ihre Übertragung auf seine Zuhörer von ihr zu befreien.

An Lidijas Tisch trat eine bejahrte Frau in schwarzem Kleid, dick, mit kleinem Kopf und spitznasigem Gesicht, nahm die gelbe Bibel in die Hand und rief mit unerwartet tiefer, düsterer Stimme: »Prophet Jesaja, Kapitel vierundzwanzig!«

Sie schlug das schwere Buch auf und steckte ihre spitze Nase hinein; Seiten raschelten, die »nach der künftigen Stadt Suchenden« rührten sich, es ertönten das Knarren von Stühlen, das Scharren von Füßen, vorsichtiges Husten, die Frau warf den Kopf in schwarzem Tuch hoch und las feierlich und rachsüchtig: »›Siehe, der Herr wird das Land entvölkern und verwüsten, er wird sein Angesicht entstellen und seine Bewohner zerstreuen.‹«

In der Ecke am Herd knurrte jemand dumpf.

»›Das Land wird verwesen und ausgeraubt werden‹«, las die Frau kraftvoller und immer rachsüchtiger. »›Es trauert das Land ...‹«

Der Lärm beim Ofen nahm zu; Marina beugte sich zu Lidija vor und sagte ihr etwas, darauf klopfte Lidija mit einem Schlüssel auf den Tisch und rief streng: »Ruhe!«

Durch die Stuhlreihen ging ein Mann und sagte laut und inständig: »Ich begreife doch nichts! Zuerst verwest es, dann entblößt es sein Angesicht ... Und das alles – verzeihen Sie! – wissen wir; das Land weint schon, weil die Wirtschaftsmittel zerstört sind ...«

Der Mann war klein, schmal, trug einen langschößigen Überrock und blankgeputzte Stiefel, über seiner niedrigen Stirn ragte eine Bürste kurzgeschnittenen schwarzen Haars, in seinem runden, rasierten Gesicht sträubte sich ein Schnurrbart, der für sein Gesicht zu groß war, er sprach sonor und eigensinnig. »Und es ist durchaus nicht zu begreifen, wer die Ausraubung der Arbeit zuläßt und warum der Zar sich weigert, das Volk zu lenken ...«

Ein unnatürlich zusammengekrümmter Mann richtete sich auf, erhob sich, streckte den langen Arm aus und packte den kleinen Schwarzhaarigen an der Schulter, dieser schrie zornig: »Weshalb packen Sie mich?«

»Hier haben sich Menschen versammelt ...«

»Ja – ich sehe, daß es Menschen sind ...«

»... nicht, um von dem zu sprechen, wovon du, Bruder, redest ...«

»Wieso denn nicht darüber?«

Jemand lachte, die Leute murrten ungehalten, Lidija schwang ein schwach tönendes Glöckchen; der Mann, der den schwarzhaarigen Eigensinnigen angehalten hatte, blickte in die Ecke auf Marina – sie saß immer noch ebenso reglos da.

Ein Götze, dachte Samgin.

In der vordersten Reihe erhob sich eine Frau und rief mit vergnügter Stimme: »Das ist Lukin, der Polizeischreiber – er verstellt sich, den Schnurrbart hat er sich angeklebt . . .«

»Führt ihn hinaus«, kreischte Lidija hysterisch.

Samgin kam es vor, als lachten Marinas Augen. Er merkte, daß viele Männer und Frauen sie ununterbrochen, demütig, ja anscheinend sogar entzückt anblickten. Die Männer mochte ihre majestätische Schönheit verlocken, wodurch aber fesselte sie die Frauen? Sie predigte doch nicht etwa hier? Samgin wartete ungeduldig. Der Feuchtigkeitsgeruch wurde schwüler, stärker. Der, der den Schreiber hinausgeführt hatte, kehrte zurück, trat an den Tisch und sagte über ihn gebeugt etwas zu Lidija; sie nickte zustimmend, und es schien, als strahlte ihre Brille blaue Flämmchen aus . . .

»Gut, Bruder Sacharij«, sagte sie. Sacharij richtete sich auf, er war hochgewachsen, schmalschultrig und hielt sich etwas krumm, sein Gesicht war reglos, sehr blaß – in einem dichten, schwarzen Bart.

»Bruder Wassilij«, rief Lidija.

Aus der Dunkelheit schoß ein kahlköpfiges Männchen mit rötlichem, schütterem Bärtchen heraus und lief zum Tisch, er zog an der Hand eine Frau hinter sich her in kariertem Rock und roter Bluse mit einem bunten Tuch auf den Schultern.

»Komm, komm, brauchst keine Angst zu haben!« sagte er, die Frau an der Hand ziehend, obwohl sie ebenso schnell ging wie er. »Hier, Brüder und Schwestern, das ist eine Neue!« warf er nach links und rechts zischende, lebhafte Worte. »Eine Märtyrerin des Fleisches, oh, und was für eine! Sie wird Schreckliches davon erzählen, wohin uns das Fleisch bringt, dieses Spielzeug des Satans . . .«

Als er die Frau zum Tisch geführt hatte, drohte er ihr mit dem Finger. »Sag alles ehrlich, wie es war, Taïssja, schäme dich nicht, diese Leute hier wollen Gott dienen, und vor Gott gibt es keine Scham!«

Er sprang zur Seite, sein Gesichtchen zuckte erregt und freudig, er schwang die Arme, stampfte, als wollte er tanzen, seine Rockschöße flatterten wie Gänseflügel, und sein trockenes Stimmchen schnatterte hastig: »Hier, Brüder und Schwestern, werden Dinge an den Tag kommen, die . . .«

Er konnte kein treffendes Wort finden und rief: »Nun, fang an, erzähle, sprich, Taïssja!«

Die Frau stand da, hielt die eine Hand auf den Tisch gestützt, strich sich mit der anderen über Kinn und Hals und zupfte sich an dem kurzen, dicken Zopf; sie hatte ein sonnengebräuntes, rundes Mädchengesicht mit runden Katzenaugen; ihre Lippen waren scharf umrissen. Sie wandte Lidija den Rücken zu, nahm die Hände hinter den Rücken und stützte sich mit ihnen auf den Tischrand, es schien, als fiele sie; ihre Brüste und ihr Leib waren herausfordernd vorgewölbt, und Samgin bemerkte, daß in dieser Haltung etwas Unnatürliches, Unbequemes und Beabsichtigtes lag.

»Mein Vater war Lotse auf der Wolga!« rief sie, und dieser schrille Ausruf verwirrte sie wahrscheinlich, sie schloß die Augen und begann rasch, undeutlich zu sprechen.

»Man hört nichts«, sagte streng die spitznasige Schwester Sofija, während der geschäftige Bruder Wassilij kummervoll rief: »Ach, Taïssja, du verdirbst die Sache! Du verdirbst sie!«

Kormilizyn stand auf und stellte behutsam einen Stuhl vor Taïssja hin, sie umfaßte mit beiden Händen die Stuhllehne und warf mit einer Kopfbewegung den Zopf hinter die Schulter.

»Mit zwölf Jahren gab mich meine Stiefmutter in ein Kloster, damit ich handarbeiten, lesen und schreiben lerne«, sagte sie langsam und laut. »Nach dem Leben mitten unter Trinkern kam es mir im Kloster schön vor, und ich verbrachte dort fünf Jahre.«

Ihr gebräuntes Gesicht war jetzt reglos, nur die kindlich molligen Lippen ihres schönen Mundes bewegten sich. Sie sprach zornig, mit brüchiger Stimme und überraschenden Ausrufen. Ihre Finger glitten krampfhaft über die geschwungene Stuhllehne, ihr Körper richtete sich auf, als wüchse sie.

»Mein Verlobter war unansehnlich, rothaarig und so frech . . . Ein gemeiner Kerl!« rief sie plötzlich aus.

»Je-etzt, jetzt kommt es!« rief mit sichtlichem Entzücken und voller Wonne Bruder Wassilij.

Alle anderen saßen ruhig, stumm da, Samgin schien es schon, als strömten auch seine Nachbarn leimigen Feuchtigkeitsgeruch aus. Aber die erregende Langeweile, die er vor Taïssjas Erzählung empfunden hatte, war verschwunden. Er fand, die Figur dieser Frau erinnere an Dunjascha: die war ebenso kräftig, bestimmt, hatte einen ebensolchen kleinen, schönen Mund. Als er einen Blick auf Marina warf, sah er, daß der Schriftsteller ihr etwas zuraunte, doch sie saß noch ebenso majestätisch da wie vorher.

Ein richtiger Götze, dachte er wieder und ärgerte sich, daß er nicht dahinterkommen konnte, wie Marina sich zu allem stellte, was hier vorging.

»Bald nach der Trauung begann er denn auch auf mich einzureden: Wenn der Herr des Hauses dich darum bittet, so verweigere es ihm nicht, ich werde es dir nicht verübeln, und für unser Leben wird es von Nutzen sein«, erzählte Taïssja, nicht klagend, sondern gleichsam höhnisch. »Aber sie belästigten mich beide – sowohl der Herr des Hauses, als auch der Schwager meines Mannes. Na, was ließ sich da machen?« rief sie, wobei sie den Kopf zurückwarf, und ihre Katzenaugen glühten wütend auf. »Mit dem Hausherrn lag ich auf Befehl meines Mannes herum und mit dem Schwager – um mich an meinem Mann zu rächen . . .«

»Ei, ei!« ertönte es spöttisch aus der Dunkelheit, die Leute rührten sich, murrten. Lidija erhob sich und schwang die Hand mit dem Schlüssel hoch, der schwarzbärtige Sacharij ging auf die Stimme zu und begann zu zischen; jetzt schien es Samgin, als lächelte Marina. Aber der zaghafte Lärm ging unter in dem schnellen Strom der schrillen und schon fast hysterischen Rede Taïssjas.

»Mit ihm, mit dem Schwager, ertappte mich dessen Frau, die Tochter des Hausherrn, im Garten, in der Laube. Diese Teufel selber hatten mir die Scham genommen und verabredeten sich nun, mich mit Scham zu strafen.«

Sie bekam keine Luft, verstummte, bewegte den Stuhl und klopfte mit seinen Beinen auf den Boden, ihre Augen phosphoreszierten, sie öffnete zweimal den Mund, war aber offensichtlich außerstande, ein Wort zu sagen, sie zuckte mit dem Kopf und warf ihn so weit zurück, als habe ihr eine unsichtbare Hand gegen das Kinn geschlagen. Dann, als sie sich erholt hatte, fuhr sie mit heiserer Stimme und pfeifendem Ton fort, als spräche sie durch die Zähne: »Sie brachten mich in den Wald, zogen mich splitternackt aus, banden meine Arme und Beine an eine Birke, dicht bei einem Ameisenhaufen, bestrichen den ganzen Körper mit Sirup und setzten sich alle drei – mein Mann und der Hausherr mit dem Schwager – vor mich hin, sie tranken Wodka, rauchten und, oh, diese Scheusale, machten sich über meine Blöße lustig! Mich jedoch stachen Wespen und Bienen, Ameisen und Fliegen kitzelten mich, tranken mein Blut, tranken meine Tränen. Die Ameisen – stellen Sie sich das vor! – krochen mir doch in die Nasenlöcher und überallhin, dabei konnte ich die Beine nicht zusammenpressen, denn sie waren so angebunden, daß ich außerstande war, sie aneinanderzudrücken – das war es!«

In Samgins Nähe sagte jemand halblaut: »Oh, die Schamlose . . .«

Samgin sah, daß Taïssjas Finger weiß, blutleer wurden und ihr Gesicht unnatürlich lang geworden war. In dem Zimmer war es sehr still, als wären alle eingeschlafen, und man mochte niemanden außer dieser Frau ansehen, obwohl es widerlich war, ihrer Erzählung zuzuhören, obwohl ihre pfeifenden Worte ein Ekelgefühl erweckten.

»Zu Anfang weinte ich nur still, ich wollte den Bösewichtern keine Freude bereiten, als aber all das Ungeziefer mir auf dem Gesicht, auf den Augen herumzukrabbeln begann ... tat es mir um meine Augen leid, sie werden mich blind machen, dachte ich, für ewig blind machen! Da schrie ich aus Leibeskräften, schrie alle Menschen, Gott den Herrn und die Schutzengel an – ich schrie, aber das Ungeziefer biß mich, versengte mir das Innere, es kitzelte mich und trank meine Tränen ... trank meine Tränen. Nicht vor Schmerz schrie ich, nicht vor Scham, was brauchte ich mich vor ihnen zu schämen? Sie lachten. Aus Kränkung schrie ich: Wie kann man einen Menschen so martern? Sie hatten mich ja selbst zu dem getrieben, was man nicht tun darf, und marterten mich ... Ich schrie, so daß ich nicht begreife, wie ich am Leben geblieben bin. Nun, da schrie auch mein Mann auf und stürzte, betrunken wie er war, auf mich zu, um mich loszubinden. Ich aber stand da – wie in einer feurigen Wolke ...«

Taïssja wankte, der Schwarzbärtige stützte sie noch rechtzeitig und setzte sie auf den Stuhl. Sie wischte sich mit ihrem Zopf den Mund ab, seufzte tief und laut und stieß den Schwarzbärtigen mit der Hand beiseite.

»Sie verprügelten ihn«, sagte sie, strich sich mit den Händen über die Wangen, blickte die Hände an und lächelte krampfhaft. »Am Morgen sagt er zu mir: ›Vergib mir, sie sind ein Gesindel, vergibst du mir nicht, so erhänge ich mich an der gleichen Birke.‹ – ›Nein‹, sage ich, ›unterstehe dich, diesen Baum zu entweihen, du Judas, denn an diesem Baum habe ich Qualen gelitten. Und niemandem, weder dir noch allen Menschen, noch Gott werde ich jemals meine Kränkung vergeben.‹ Ach, ich werde es nicht vergeben, nie und nimmer! Siebzehn Monate lang hat er mich bei sich gehalten und mir immerfort zugeredet, hat zu trinken angefangen, und dann – erkältete er sich im Winter ...«

Sie atmete erleichtert auf und sagte laut und hart: »Er ist verreckt.«

Die Leute schwiegen, rührten sich nicht. Die Stille dauerte wohl ein paar Sekunden lang und wurde mit jeder Sekunde tiefer, drükkender.

Dann sprang Bruder Wassilij auf und schnatterte händefuchtelnd: »Habt ihr es gehört, Brüder und Schwestern? Sie hat kein reumütiges Geständnis abgelegt, sie hat uns belehrt! Wir alle sind hier versengt vom unreinen Feuer des Fleisches, vom Atem des Satans, wir alle haben sattsam gelitten ...«

Da erhob sich Lidija, klopfte mit dem Schlüssel, zog zornig die Brauen zusammen und sagte mit scharfer Stimme: »Warten Sie, Bruder Wassilij! Schwestern und Brüder – diese unglückliche Frau befindet sich zufällig in unserer Mitte, Bruder Wassilij hatte mir vorher nicht mitgeteilt, wovon sie sprechen werde . . .«

Taïssja erhob sich auch, wankte aber, sank wieder auf den Stuhl und fiel von ihm sanft zu Boden. Zwei, drei Stimmen schrien gedämpft auf, viele der »nach der künftigen Stadt Suchenden« erhoben sich von den Stühlen. Sacharij beugte sich im rechten Winkel vor, nahm leicht wie ein Kissen Taïssja auf die Arme und trug sie zur Tür; ihm schallte der Ausruf entgegen: »Das Weib hat sich bis zu Tränen mit Branntwein besoffen«, und gleich darauf ließ sich jemand mürrisch vernehmen: »Also – treib keinen Unfug, mach dich nicht zum Diener der bösen Geister!«

Männer und Frauen traten auf Lidija zu, verneigten sich tief vor ihr und küßten ihr die Hand; sie sagte halblaut etwas zu ihnen und zuckte dabei mit den Schultern, ihre Wangen und Ohren röteten sich stark. Marina stand in einer Ecke und hörte Kormilizyn zu; er trat von einem Fuß auf den anderen und spielte mit dem Zigarettenetui; als Samgin auf ihn zuging, hörte er seine weichen und unentschlossenen Worte: »An den Agrarunruhen beteiligt sich das Sektierertum fast gar nicht.«

»Das weiß ich nicht«, sagte Marina. »Möchten Sie rauchen? Jetzt darf man es, denke ich. Kennen Sie sich?«

»Wir sind uns schon begegnet«, erinnerte Samgin. Der Literat blickte ihm ins Gesicht, dann auf die Füße und gab zu: »Ach, ja, natürlich!« Dann zündete er sich eine Zigarette an, wobei er sichtlich befürchtete, seinen Bart anzusengen, und sagte: »Ich bin der Auffassung, daß dies in der gleichen Linie liegt wie die Geißler.«

»Die Geißler sind eine Erfindung der Popen, eine solche Sekte gibt es nicht«, sagte Marina gleichmütig und fragte Lidija freundlich, mit teilnahmsvollem Lächeln: »Ist es dir heute nicht gelungen?«

»Dieser . . . Terentjew!« flüsterte Lidija zornig, irgendein Wort verschluckend. »Und stets, stets denkt er sich irgend etwas Unerwartetes und Schmutziges aus.«

»Ein Halunke«, sagte Marina sanft und fügte ebenso sanft und freundlich hinzu: »Ein Schurke.«

»Aber – diese entsetzliche Frau!«

»Sie ist unsympathisch«, stimmte Marina zu und wehrte sich demonstrativ gegen den Zigarettenrauch, worauf der Literat sich entschuldigte und die Zigarette hinter seinen Rücken hielt.

Lidija bemerkte seufzend: »Erzählt hat sie gut.«

»Von entsetzlichen Dingen wird immer gut erzählt«, sagte träge Marina, die den Arm um ihre Schulter gelegt hatte und sie zur Tür führte.

»Das ist sehr richtig!« stimmte Kormilizyn bei und äußerte sein Bedauern darüber, daß die schöne Literatur an der Sektiererbewegung vorbeigehe, ohne sie zu berühren.

»Sie ist nicht ganz an ihr vorbeigegangen, einige berühren sie«, sagte Marina, wobei sie das Wort »berühren« mit sichtlicher Ironie aussprach, und Samgin kam der Gedanke, alles, was sie sagte, sei von ihr bis ins kleinste berechnet und erwogen. Sie zeigte Kormilizyn, daß sie in dieser Versammlung armseliger Menschen ebenso nur ein Gast sei wie er. Als der Schriftsteller und Lidija sich im Laden anzogen, sagte Marina zu Samgin, sie werde ihn in ihrem Wagen nach Hause bringen, dann flüsterte sie mit Sacharij, der sich dienstbereit zu ihr vorbeugte.

Auf der Straße sagte sie zum Kutscher: »Fahre hinter mir her.«

Man hätte sagen müssen: hinter uns her, bemerkte Samgin.

Sie gingen zu Fuß, und Marina sagte: »Ich kann diesen Schriftsteller nicht leiden. Er steckt überall seine Nase hinein, weiß alles, weiß aber nichts. Er schreibt Artikelchen in toter Sprache. Mein Mann war vertrauensselig, er schloß in seiner voreiligen Herzlichkeit mit jedermann Bekanntschaft ... Nun, was sagst du zu den ›nach der künftigen Stadt Suchenden‹?«

Samgin sagte, er habe nichts begriffen.

»Ja, alles ein wenig verschwommen! Sie lesen die unheimlicheren unter den Propheten und hören sie sich an. Sie kratzen sich. Sie kratzen ihre Seelen. Bei vielen sitzt die Seele unter den Achseln.« Und lächelnd fügte sie, Klim mit dem Ellenbogen anstoßend, zynisch hinzu: »Und bei den Weibern – viel weiter unten.«

Er sagte mürrisch, daß er sie immer weniger verstehe.

»Aber Lidija hast du verstanden?« fragte sie.

»Natürlich nicht. Es ist schwer zu begreifen, wie die Tochter eines Projektemachers und einer Zigeunerin, die Frau eines degenerierten Adeligen sich in eine Frömmlerin englischer Art verwandeln kann.«

»Sieh mal an, wie böse«, sagte Marina mit fröhlicher Stimme. »Es gibt noch ganz andere Metamorphosen, lieber Freund! Lew Tichomirow beispielsweise trug eifrig zur Ermordung des Zarenpapachens bei, dann gestand er reumütig dem Söhnchen, das sei aus jugendlicher Verirrung geschehen, und das Söhnchen schenkte ihm ein goldenes Tintenfaß. Das hat mir Lidija erzählt.«

Als sie Klim bis zu seiner Wohnung begleitet hatte, machte sie einen Teebesuch bei Besbedow. Der Neffe umsorgte sie mit der stürmischen und ehrerbietigen Begeisterung eines Dieners, der in seine Herrin verliebt und darüber glücklich ist, daß sie ihn besucht. Diese geschäftige Begeisterung hatte für Samgin etwas Unechtes, während Marina den Neffen gutmütig verspottete, und es war sehr sonderbar, daß sie, die so klug war, seine Unaufrichtigkeit nicht merkte.

Da sie sehen wollte, wie Samgin sich eingerichtet hatte, machte sie einen Rundgang durch die Zimmer und sagte: »Na, was denn? Es ist alles da, nur eine Frau fehlt noch. Wird Walentin dir nicht lästig?«

»Nicht im geringsten.«

»Na also! Und wenn er dir lästig werden sollte, sage es mir, ich werde ihn schon zur Vernunft bringen. Langweilst du dich?«

Ihre fürsorglichen und freundlichen Fragen berührten Samgin angenehm; er sagte, daß er sich zwar langweile, sich aber noch nicht in die neue Umgebung eingelebt habe.

»Nun, natürlich«, sagte Marina kopfnickend. »Du hast lange in einer Umgebung gelebt, in der du an alles gewöhnt warst und die Dinge schon nicht mehr beachtetest, doch jetzt machen sich alle Dinge bemerkbar, fallen ins Auge und forschen dich aus: Welchen Platz wirst du uns zuweisen?«

»Ist das allegorisch zu verstehen?« fragte er lächelnd.

»Wie du willst«, antwortete sie ebenfalls mit einem Lächeln.

Ihr ruhiges Gesicht, ihre sichere Rede verdrängten und entfernten mit Leichtigkeit alles, was Samgin vor einer Stunde gesehen und gehört hatte.

»Überall, mein Freund, ist es ein bißchen dunkel und eng«, sagte sie seufzend, fügte aber sofort hinzu: »Nur in einem selber ist es hell und geräumig.«

Nun beklagte sich Samgin: Das Leben sei allzu reich an Episoden in der Art von Taïssjas Erzählung, wie man sie mißhandelt habe; jede von ihnen breche in die Seele, ins Gedächtnis ein und erwecke . . .

». . . Fragen, auf die wir keine anderen Antworten wissen außer solchen aus Büchern«, beendete Marina lässig seinen Satz. »Aber du – verzichte doch auf die Fragen, übergehe die Fragen mit Stillschweigen«, riet sie ihm lächelnd, mit zusammengekniffenen Augen. »Euresgleichen, die Intellektuellen, sind gewohnt, sich mit Fragen zu schmücken, um voreinander zu kokettieren, ihr spielt doch mit der Kompliziertheit: wer ist komplizierter als wer? Und ihr verwirrt einander. Die Fragen werden nicht vom Verstand entschieden, sondern durch den Willen . . . Die Franzosen beispielsweise lernen fliegen, das ist gut! Aber hier entscheidet der Wille, der Verstand hilft dabei nur. Auch uns frei auf der Erde zu bewegen, lehrt uns nur der Wille.« Sie lachte leise und sagte: »Ich hätte die Frage dieser Großmärtyrerin einfach gelöst: Ich hätte sie in ein weltentlegenes Kloster geschickt, in dem eine möglichst strenge Regel herrscht.«

»Hart, aber gerecht«, stimmte Samgin zu und fragte, als er sich der rachsüchtigen Stimme Schwester Sofijas erinnerte, wer sie sei.

»Die Tochter eines Mineralwasserfabrikanten. Sie kam wegen einer dunklen Angelegenheit vor Gericht: man hatte den Verdacht, sie habe ihren Mann und den Schwiegervater vergiftet. Sie hat fast ein Jahr im Gefängnis gesessen, wurde aber freigesprochen – als der Vergifter erwies sich der Bruder ihres Mannes, ein Trunkenbold.«

Sie saß an Samgins Arbeitstisch und erzählte noch die Geschichte irgendeines anderen, die ebenfalls dunkel war; Samgin, der sie mit Wohlgefallen betrachtete, hörte ihr unaufmerksam zu und war sehr unangenehm überrascht, als sie sich erhob und ganz sachlich sagte: »Die Zahlungsfrist läuft im Juni ab, du wirst also bis dahin diese Wechsel im Namen von Lidija Muromskaja ankaufen. Nicht wahr? Nun, und jetzt laß uns Abschied nehmen, denn morgen verreise ich für etwa anderthalb Wochen.«

Als er sich neigte, um ihre Hand zu küssen, küßte Marina ihn auf die Stirn und sagte dann, nachdem sie ihm auf die Schulter geklopft hatte, wie eine Ehefrau zu ihrem Mann: »Laß dir die Zeit nicht lang werden!«

Ihre Lippen waren irgendwie besonders zärtlich heiß, und er empfand ihre Berührung an der Stirnhaut noch lange.

Sich an all das erinnernd, schritt Samgin langsam im Zimmer umher und rauchte ungestüm. In die Fenster schien grell der Mond, auf der Straße taute es, an den Telegrafendrähten entlang glitten in gleichen Abständen große, goldschimmernde Tropfen, rissen sich los, sobald sie einen nicht weiter auffälligen Punkt erreicht hatten, und fielen herab. Samgin verfolgte sie lange, gedankenlos, zählte siebenundvierzig Tropfen und machte jemandem den Vorwurf: Immer wieder an derselben Stelle.

Er ging ins Schlafzimmer, zog sich aus, legte sich hin, wobei er die Lampe auszulöschen vergaß, und dachte, während er wie ein Kranker halb aufgerichtet unverwandt die goldene Schneide der Flamme betrachtete, daß Marina recht hatte, als sie von der Zügellosigkeit des Verstands sprach.

Die durch Literaten und Publizisten erzogene kritisch denkende Persönlichkeit »hat ihre Rolle schon ausgespielt«, sie ist überreif geworden, hat sich überlebt. Ihr Denken oxydiert alles und bedeckt es mit dem einförmigen Rost des Kritizismus. Aus ganz konkreten Tatsachen zieht sie keine direkten Folgerungen, sondern utopische, wie zum Beispiel die Hypothese der sozialen, das heißt, im Grunde sozialistischen Revolution in Rußland, einem Lande halbwilder Menschen, wie zum Beispiel dieser »nach der künftigen Stadt Suchenden«. Als er jedoch die Menschen als Halbwilde bezeichnet hatte, warf er sich vor: Ich verhalte mich zu anspruchsvoll und unhistorisch gegen die Menschen. Unzureichende Geschichtlichkeit im Urteil ist ein allgemeiner Fehler der Intelligenz. Sie spricht und schreibt über die Geschichte, ohne sie zu empfinden.

Dann dachte er, daß er sich Dunjascha gegenüber falsch verhalte, ihre Einfachheit unterschätze. Es war schlimm, daß er sich auch bei einer Frau nicht vergessen, die Fähigkeit nicht verlieren konnte, sie und sich selbst zu beobachten. Einer unter den französischen Schriftstellern hatte sich bitter beklagt über den Überschuß an professioneller Analyse ... Wer war das doch? Und Samgin schlief ein, ohne sich an den Namen des Schriftstellers erinnert zu haben.

Marina kehrte etwa drei Wochen lang nicht zurück, im Laden bediente der schwarzbärtige Sacharij, ein schweigsamer Mann mit unbeweglichem, mattbleichem Gesicht, seine dunklen Augen blickten traurig, auf Fragen antwortete er knapp und leise; sein dichtes, schweres Haar war von vorzeitig grauen Fäden durchsteppt. Samgin fand, dieser Sacharij habe viel Ähnlichkeit mit einem verkleideten Mönch und sei zu schlaff und blutleer, um Marina als Geliebter zu dienen.

Jawohl – zu dienen. Ihr Mann war sicherlich auch ihr Diener.

Hier fuhr ihm der Gedanke durch den Kopf, daß Marina vielleicht auch ihn zwingen werde, ihr nicht nur als Jurist zu dienen, aber er verwarf diesen Gedanken gleich wieder, da er sich nicht als Geliebten Marinas denken konnte. Obwohl sie in ihm die Neugier eines durch Alter und Erfahrung schon genügend abgekühlten Mannes erweckte, rief sie in ihm keine sexuellen Emotionen hervor. Auch empfand er keine dauerhafte Sympathie für sie, stellte aber fast nach jeder Begegnung fest, daß sie ihn immer mehr interessierte und daß sie eine sonderbare Kraft besaß; diese Kraft, die ihn anzog und abstieß, erweckte in ihm unklare Hoffnungen auf irgendeine ungewöhnliche Entdeckung.

Doch letzten Endes war er zufrieden, daß er dieser Frau begegnet war und daß sie ihn etwas von dem Durcheinander in sich selbst ablenkte, er war zufrieden, daß er sich reichlich bequem, unabhängig eingerichtet hatte und sich von dem Erlebten erholen konnte. Und immer öfter schien ihm, daß ihm gerade in diesem stillen Lebensabschnitt eine wichtige Entdeckung bevorstehe, die ihn von der inneren Unordnung heilen müsse und ihm helfen werde, auf etwas Dauerhaftem festen Fuß zu fassen.

Als Marina eintraf, begrüßte Samgin sie mit einer Freude, die ihn wunderte.

Sie war offenbar sehr ermüdet, unter ihren Augen lagen Schatten, die die Augen tiefer und noch schöner machten. Es war klar, daß irgend etwas sie beunruhigte, in ihrer sonoren Stimme machte sich ein neuer und scharfer Ton bemerkbar, ihre Augen lächelten schärfer und spöttischer.

»Nun, was für Neuigkeiten soll ich denn erzählen?« sagte sie lächelnd und leckte sich mit der Zungenspitze die Lippen. »Aus den Zeitungen weißt du, daß die Kadettchen Oberhand gewinnen, freue dich also und frohlocke! In der Reichsduma werden sich deine Kollegen, die Advokaten, festsetzen. Auch in Twer hat man den Gouverneur umgebracht, hast du es gelesen? Ich habe gehört, daß es die Verfügung gibt, keine Bauernabordnungen zum Zaren vorzulassen. Durnowo prägt den Gouverneuren ein, nicht zu viele zu erschießen. Was noch? Ich habe einen Bischof gesehen, der vor kurzem mit dem Zaren gesprochen hat, er sagt, der Zar sei der ruhigste Mensch in ganz Rußland. Der Bischof sagte das seufzend, traurig . . .«

Einen Augenblick wurde sie nachdenklich, machte ein mürrisches Gesicht, dann bat sie: »Gib mir mal eine Zigarette.«

Als sie eine angezündet hatte, fächelte sie mit dem Taschentuch den Rauch beiseite, kniff die Augen zusammen und sprach von neuem: »Die Altgläubigen sind sehr rührig geworden. Es sieht danach aus, daß wir zwei Kirchen bekommen werden: Die eine bellt, die andere heult! Wir sind unbegabte Menschen, was das religiöse Denken anbelangt, und haben auch so eine unglückselige Kirche . . .«

Samgin bemerkte vorsichtig: »Ich verstehe nicht, weshalb dich, die du so groß, so schön bist, diese Fragen interessieren . . .«

»Und du – denkst du denn, die Religion sei Sache der Schwindsüchtigen? Da denkst du verkehrt. Gerade das gesunde Fleisch verlangt nach Heiligkeit. Die Griechen haben das vortrefflich begriffen.«

Sie ertränkte die Zigarette in der Spülschale und fuhr mürrisch fort: »Meiner Ansicht nach ist die Religion Weibersache. Die Gottesmutter aller Religionen war eine Frau. Ja. Doch dann hat es sich so gefügt, daß fast alle Religionen die Frau zur Quelle der Sünde erklärten, sie in Verruf brachten, sie erniedrigten, und unsere Orthodoxie bewertet sogar die Kinderzeugung als unzüchtig und stößt die Wöchnerin für anderthalb Monate aus der Kirche aus. Hast du mal darüber nachgedacht, weshalb das so ist?«

»Nein«, antwortete Samgin und begann von Makarow zu erzählen. Marina nahm einen Schluck Madeira und spülte damit lange den Mund, dann spie sie den Wein in die Spülschüssel und entschuldigte sich: »Verzeih, ich habe schon seit zwei Tagen einen eigentümlichen Eisengeschmack im Mund.«

Sie wischte sich die Lippen mit dem Taschentuch ab, schwenkte es geringschätzig und sagte: »Feminismus, Suffragettentum – das alles, mein Lieber, sind Erfindungen der Armen im Geiste.«

Samgin verstummte wieder, während sie von ihren Rechtssachen und ihrem früheren Anwalt zu sprechen begann: »Ein aufgeblähter Dummkopf, möchte jedoch ein Gauner sein. Ein Liberaler, doch was suchen die Liberalen zu erreichen? Das Recht, konservativ zu sein. Sie meinen, man merkt ihnen das nicht an! Aber sie werden ihr Ziel doch erreichen, was meinst du?«

»Möglicherweise«, stimmte Samgin zu.

Marina lachte. Jedesmal, wenn er sich mit ihr unterhielt, beneidete er sie um ihre Fähigkeit, die Worte zu handhaben, die Gedanken zu formen, aber nach dem Gespräch hatte er stets das Gefühl, Marina sei ihm nicht verständlicher geworden und ihr zentraler Gedanke sei dennoch unfaßbar.

Ihren Gesprächen über Religion maß er keine Bedeutung bei, da er sie nur für ein »System von Sätzen« hielt; indem Marina sich mit diesen Sätzen schmücke, verberge sie hinter ihrer Ungewöhnlichkeit etwas Bedeutsameres, ihre wirkliche Waffe der Selbstverteidigung; sie glaube an die Macht dieser Waffe, und aus diesem Glauben erkläre sich ihr ruhiges Verhalten zur Wirklichkeit, ihr gebieterisches zu den Menschen. Doch was war das für eine Waffe?

Aus ihren Rechtssachen ersah er, daß ihr Mann ein kluger und unerbittlicher Gewinnsüchtiger gewesen war; er hatte Land, Wälder, Häuser aufgekauft und wieder weiterverkauft, hatte Geld in Gutshypotheken angelegt, und viele seiner Operationen waren offenkundig wucherisch gewesen.

Ein Hedonist! lächelte Samgin beim Lesen der Akten.

Marina war über diese Tätigkeit nicht nur nicht bestürzt, sondern setzte sie erfolgreich fort.

Wozu, zum Teufel, braucht sie das Geld? überlegte Samgin. Sie ist reich genug – lebt bescheiden. Für philanthropische Zwecke gibt sie gar nicht so viel aus ...

In seinen Händen befanden sich die Akten über die Hypothekenklage gegen einen Landeshauptmann, dessen Gutshof die Bauern zerstört und niedergebrannt hatten. Marina sagte: »Zahlen kann er nicht, er ist ein Spieler und Prasser; in Petersburg hat er irgendeinen Hilfszuschuß erhalten, aber den hat er bereits vergeudet. Das Land wird mir zufallen, dieselben Bauern werden es kaufen.«

Marina klopfte Samgin mit dem Finger auf die Schulter und lachte.

»Da siehst du es: Bauer und Gutsherr streiten sich, und die Kaufherrin profitiert davon! Und so ist es schon immer gewesen.«

Samgin bemerkte keinen Zynismus in diesen Worten, und das wunderte ihn sehr.

Davon, daß »der Kaufherr profitiere«, sprach sie oft und stets scherzend, als neckte sie Klim.

»Wenn jedoch die Kaufleute und die Popen sich in die Duma setzen, wird es mit euch, den Intellektuellen, kein gutes Ende nehmen.«

»Es gibt auch Arbeiter«, erinnerte er sie.

»Gibt es welche? Es wird welche geben. Aber das liegt noch in weiter Ferne!«

Er merkte, daß Marina nach der Rückkehr von ihrer Reise sich ihm gegenüber zutunlicher, freundschaftlicher und ohne jene Ironie verhielt, die nicht selten seine Eigenliebe verletzt hatte. Und dieses neue Verhalten von ihr steigerte unbestimmte Hoffnungen, sein Interesse für sie.

In ein paar Tagen mußte er nach einer Stadt an der Wolga reisen, um Marinas Rechtsanspruch auf ein Vermögen geltend zu machen, das ihr von einer alten Jungfer testamentarisch vermacht worden war.

»Nebenbei bemerkt, Klim Iwanowitsch«, sagte sie, »vor etwa zehn Jahren ist dort der Kaufmann Potapow wegen Zugehörigkeit zu irgendeiner Sekte verurteilt worden. Vor Gericht wurden die Briefe einer Klawdija Swjagina verlesen, es hat eine Frau dieses Namens in Pensa gegeben, sie ist etwa zwei Jahre vor dem Prozeß gestorben. Und ein Manuskript eines gewissen Jakow Tobolskij. Beschaffe mir doch – ich bitte dich um diesen Freundschaftsdienst – diese Dokumente. Sie liegen natürlich im Archiv, und du mußt dich an den Registrator Serafim Ponomarjow wenden und dich ihm erkenntlich zeigen; du gibst ihm fünfzig Rubel, es kann auch mehr sein. Für diese Dokumente interessiere ich mich sehr, ich sammle allerhand und werde es dir einmal zeigen. Ich besitze Briefe von Wladimir Solowjow, von einem Starzen der Optina-Einsiedelei, von Süderheim, die Notizen irgendeines Popen über Sjutajew, über die ›Läufer‹ habe ich auch einiges; schon mein Mann hatte zu sammeln begonnen. Das ist alles sehr interessant. Sage diesem Serafim, du brauchtest diese Dokumente für eine wissenschaftliche Arbeit.«

Wie immer brachten es ihre leckere Stimme und ihr Sprechen von etwas ihm Unbekanntem mit sich, daß Samgin ihrem weiblichen Liebreiz erlag, und so dachte er nicht an die Bedeutung dieser Bitte, die im Ton eines Menschen vorgebracht worden war, der von etwas Spaßigem, von seiner Laune spricht. Erst an Ort und Stelle, in der fremden und unangenehmen Handelsstadt, begriff Samgin auf dem Wege zum Gericht, daß er sich bereit erklärt hatte, an einem Dokumentendiebstahl teilzunehmen. Das empörte ihn.

Zum Teufel! Welch eine Fahrlässigkeit!

Als er sich aber in dem unsauberen, halbdunklen Zimmer der Registratur befand, erblickte er vor sich einen rotwangigen kleinen Alten, der kleine Alte lächelte vergnügt, ging auf den Zehenspitzen umher und sprach sympathisch in weichem Tenor. Samgin hätte nicht erklären können, was ihn eigentlich veranlaßt hatte, die Standhaftigkeit des kleinen Alten auf die Probe zu stellen. Er befolgte Marinas Rat und sagte, daß er sich mit dem Studium des Sektenwesens befasse. Der kleine Alte machte keine Schwierigkeiten, er hörte den sachlichen Vorschlag aufmerksam an und sagte liebenswürdig: »Gewiß, das geht, da diese Dokumente keine Wertpapiere sind. Und falls die Popen sie sich nicht schon zunutze gemacht haben, kann ich nach ihnen suchen. Gewöhnlich werden Dokumente dieser Art an den Allerheiligsten Regierenden Synod weitergeleitet, für dessen Bibliothek.«

Zwei Tage später indessen sagte er, als er Samgin ein Päckchen Briefe und ein Heftchen mit einem Lederdeckel zeigte, wobei er ihm ziemlich unverfroren ins Gesicht blickte: »Schauen Sie, wie verführerisch das Titelchen des Werkes ist: ›Iakow‹ – nicht einfach Jakow, sondern Iakow, jawohl! ›Iakow Tobolskijs Betrachtung über den Geist, über das Fleisch und den Satanas‹ – den Satanas, nicht den Satan! Das muß interessant sein!«

Dann legte er das Heft auf den Tisch, drückte mit dem molligen rosa Händchen darauf und forderte unnachgiebig: »Legen Sie noch fünfundzwanzig zu.«

Samgin legte sie zu und beschloß auf der Stelle, Marina eine kleine Szene zu machen, um sich für künftige Zeiten vor Aufträgen solcher Art zu sichern. Dann aber dachte er ganz vernünftig: Berechtigt mich denn dieser Fall, zu meinen, daß solche Aufträge sich wiederholen werden?

Auf der Heimreise holte er im Wagen das Heft hervor und las auf seinen bläulichen Seiten die rostbraunen Worte:

»Und es ist ein Irrtum, zu denken, Gott der Herr habe, weil er den Menschen liebgewann, auch seine Geburt und sein Fleisch liebgewonnen, unser Herrgott ist Geist und umfaßt nicht die Liebe zum Fleische, sondern verwirft das Fleisch. Welche Beweise hierfür können wir anführen? Erstens: unser Fleisch ist unrein und garstig, es ist Krankheiten, dem Tod und der Verwesung ausgesetzt ...«

Er blätterte ein paar Seiten um, die mit einer runden, langweiligen

Schrift bedeckt waren, und erhaschte mit den Augen einen Satz, der sich von den dichten Zeilen abhob: »Also: der Geist ist an erste Stelle zu setzen, vor den Vater und den Sohn, denn Vater und Sohn sind vom Geiste geboren und nicht der Geist vom Vater.«

So ein Unsinn, dachte Samgin und steckte das Heft in die Aktentasche. Das kann doch Marina nicht ernsthaft interessieren. Und die juristische Bedeutung dieser Operation ist ihr einfach unverständlich.

Als er in der Stadt auf das Haus Besbedows zufuhr, erblickte er mitten auf der Straße eine spaßige Gruppe: ein Polizist mit einem Dienstbuch unter dem Arm, eine Alte in kariertem Rock und mit einem Stock in der Hand, ein bärtiger Mönch mit einer Sammelbüchse auf der Brust, drei zerlumpte Jungen und ein Pädagoge in weißer Uniformjacke schauten schweigend zum Dach des Seitenbaus hinauf: dort, neben dem Schornstein, ragte wankend die Gestalt Besbedows in blauer Bluse, ohne Gürtel, mit gestreifter Hose, seine bloßen Füße hafteten affenähnlich fest am Bretterbelag des Daches. Er schwang einen langen, biegsamen Besen aus schmutzigen Lappen, pfiff, brüllte und hustete, während über seinem zerzausten Kopf in der blauen, freundlich trüben Luft ein Taubenschwarm flog, als flatterten schneeweiße Blumen umher und fielen auf das Dach.

»Sie sind verteufelt träge geworden, sie haben Fett angesetzt!« brüllte Besbedow, als Samgin den Hof betrat. »Na, ich werde sie munter machen! Ich werde sie in die Höhe scheuchen! Das werden Sie sehen! Sie werden lachen ...«

Samgin winkte ihm mit dem Hut zu und dachte: Man sagt von ihm mit Recht, er sei schrecklich komisch.

Vor dem Abendtee ging Besbedow an den Fluß, badete, und als er dann mit nassem Haar wie mit einer alten, zerknitterten Mütze am Tisch saß, murmelte er hustend, schwitzend und sich das Gesicht mit der Serviette abwischend: »Die Muromskaja ist eingetroffen. Sie erzählt, der Zar habe vor, nach London zu fliehen, er sei vor den Kadetten erschrocken, diese aber fürchteten die Linken und es werde überhaupt weiß der Teufel was kommen!«

Ein dröhnender Husten schüttelte ihn, sein Gesicht und sein Hals schwollen vom Blutandrang an, das gerötete Weiß der Augen quoll vor, die abstehenden Ohren zitterten. Noch nie hatte Samgin ihn so unheimlich erregt gesehen.

»Und der neue Minister, Stolypin, sagt sie, sei ein Feigling und ein Dummkopf.«

Samgin, der unaufmerksam zugehört hatte, fragte: »Zu wem sagt er das?«

»Zu niemandem sagt er das«, antwortete Besbedow zornig. »Nicht er sagt das, sondern die Muromskaja. Sie ist hysterisch, der Teufel soll sie holen ... Sie wirbelt Staub auf wie der Wind.«

Er räusperte sich, spie ins Taschentuch und legte es auf den Tisch, warf es aber gleich danach angewidert mit einem Finger auf den Boden und begann, indem er sich mit der Serviette von neuem krampfhaft Stirn und Schläfen wischte, erregt zu murmeln: »Sie schreit: verkaufen Sie den Wald, ich reise ins Ausland! Wem, zum Teufel, soll ich ihn denn verkaufen, wenn keiner etwas Genaues weiß, wenn die Bauern die Wälder niederbrennen und alle einen Schreck bekommen haben ... Und ich – habe vor Blinow Angst, er plant hier irgend etwas gegen mich, vielleicht will er den Taubenschlag in Brand stecken. Dieser Tage hat in der Reithalle eine Versammlung des ›Bundes des russischen Volkes‹ stattgefunden, er hat dort gebrüllt: ›Genug!‹ Sogar Nasenbluten bekam dieser Idiot ...«

Nachdem er seine Pfeife angezündet hatte, beruhigte er sich ein wenig und bleckte breit die ungleichmäßigen großen Zähne.

»Er schrie: ›Finnland will sich selbständig machen, die Schweden erklären uns den Krieg‹ – überhaupt: die Suppe kocht!«

Es war deutlich zu merken, daß er sich beeilte, die Neuigkeiten loszuwerden, die sein Gedächtnis belasteten. Samgin lächelte.

»Ja, es ist komisch«, sagte Besbedow. »Der Zar eröffnete die Duma im Prunkmantel, mit Krone, doch dort sind alle im Frack. Im Frack oder in Gehröcken, wissen Sie es nicht?«

»Ich weiß es nicht.«

»Zum Totlachen! Teufel, daß wir das noch erleben mußten, nicht? Wie in England. Er im Prunkmantel und die anderen im Frack! Ein Mann im Frack erinnert an eine Uferschwalbe. Man sollte sie mit Kaftans schmücken. Mit Posamenten. Überhaupt schmücken. Ein gutgekleideter Mann ähnelt weniger einem Narren.«

Samgin rückte die Brille zurecht und blickte ihn an; solche Aphorismen aus Besbedows Mund weckten Zweifel an der Dummheit dieses Mannes und steigerten seine Mißgunst gegen ihn. Den Neuigkeiten Besbedows hörte er mechanisch zu, wie dem Rauschen des Windes, darüber brauchte man nicht nachzudenken, wie man über die Bilder ein und desselben Malers nicht nachdenken kann, wenn es viele sind und sie durch Eintönigkeit der Farben, der Technik ermüden. Er stellte fest, daß diese anekdotischen Neuigkeiten nicht den Wunsch weckten, ihren Sinn abzuschätzen. Das war etwas sonderbar, aber er fand sofort eine Erklärung dafür: Besbedow spricht von der Höhe seines Taubenschlags herab, im Ton eines Menschen, der gezwungen ist, von Kleinigkeiten zu sprechen, die ihn nicht interessieren. Tausende von Menschen verderben sich mit diesen Fragen das Leben und die Karriere, während dieser Tölpel ...

Samgin wurde zornig und ging. Marina war nicht in der Stadt, sie traf acht Tage später ein, und Samgin überraschte es unangenehm, daß er die Tage gezählt hatte. Als er ihr das Päckchen Briefe und das Heft mit den »Betrachtungen« übergab, warf sie beides nachlässig auf das Sofa und sagte in recht gleichgültigem Ton: »Danke.«

Das überzeugte Samgin davon, daß diese Geschäftsfrau die juristische Bedeutung der Tat, die er auf ihren Wunsch begangen hatte, tatsächlich nicht begriff. Er kam nicht dazu, ihr diese Bedeutung zu erklären, denn Marina, die in müder Haltung dasaß, die Hände in den Nacken gelegt, begann auch Neuigkeiten zu erzählen: »Na, mein Lieber, Petersburg ist vollständig von Sinnen. Lidija hat mich in verschiedene politische Salons geführt ...«

»Wart ihr zusammen dort?«

»Na ja.«

Samgin stellte fest, daß Besbedow ihm nichts davon gesagt hatte.

Sie erzählte, mit den Brauen spielend und mit einem Lächeln in den Augen, daß der Zar seinen Launen freien Lauf lasse: Beim Empfang des Dumapräsidenten habe er sich ungebührlich benommen; als er erfahren habe, daß die Matrosen einen Admiral umgebracht hätten, habe er mit den Füßen gestampft und geschrien, die Liberalen dürften sich nicht unterstehen, eine Amnestie für die Politischen zu fordern, wenn sie nicht imstande seien, weitere Morde zu verhindern; der Kelezker Gouverneur habe seine Geliebte erschossen und sei straflos davongekommen. Mit Stolypin sei man unzufrieden, weil er sich nicht entschließen könne, die Duma aufzulösen, in den Versammlungen schlügen die Linken die Kadetten und diese schwenkten aus Kränkung nach rechts.

»Ich habe den berühmten Advokaten gesehen, den, der Gedichte schreibt, er hat eine hohe Meinung von Stolypin, nimmt ihn sehr in Schutz und sagt, Stolypin hetze die Linken absichtlich auf die Kadetten, er wolle sie einschüchtern, sie möglichst weit nach rechts treiben. Der Advokat ist ein angenehmer Mann, liebenswürdig wie ein Friseur, nur schon sehr daran gewöhnt, Schwerverbrecher zu verteidigen.«

Sie erzählte fast das gleiche wie ihr Neffe. Den Ton ihrer Erzählungen kennzeichnete Samgin als den eines Menschen, der, nachdem er sich in einem fremden Land aufgehalten hat, das Leben der Ausländer auch von der Höhe irgendeines Taubenschlags aus bewertet.

»Du sprichst wie von mutwilligen Kinderstreichen«, bemerkte er.

Marina lächelte. »So? Wie eine alte Frau? Eine alte Lehrerin?

Kühle ich dein flammendes Revolutionärsherz ab? Gib mir eine Zigarette.«

Als Samgin ihr das Zigarettenetui hinhielt, merkte er, daß seine Hand zitterte. In ihm verbreitete sich Empörung über diese unverständlich maskierte Frau. Gleich würde er ihr einiges bezüglich der idiotischen »Betrachtungen« und dieser Operation mit den Dokumenten sagen. Doch Marina kam seiner Absicht zuvor. Sie hatte sich eine Zigarette angezündet, blies einen Rauchstrahl zur Decke empor und begann, während sie ihn mit den Augen verfolgte, halblaut, langsam: »Du spielst dich mir gegenüber vergebens als Igel auf, Klim Iwanowitsch, deine Stachelchen sind nicht furchtbar, sie stechen nicht. Und du schürst in deinem Herzen umsonst das Feuer des Verstandes, dein Herz brennt nicht, sondern verdorrt, du hast dich zerrüttet, durch Analysen vielleicht oder ich weiß nicht, wodurch! Das eine aber weiß ich: Die kritisch denkende Persönlichkeit Dmitrij Pissarews ist schon längst überflüssig im Leben, sie ist außer Mode gekommen, die Kritik ist zu einer Zwangsgewohnheit des Verstandes entartet und sonst nichts weiter.«

So sprach sie zwei, drei Minuten lang. Samgin hörte geduldig zu, fast alle ihre Gedanken waren ihm schon bekannt, doch klangen sie diesmal tiefer und weicher als früher, freundschaftlicher. In ihrem langsamen Redestrom suchte er nach irgendwelchen überflüssigen Worten, er hätte sie gern gefunden, fand aber keine und sah, daß sie mit ihren Worten einigen seiner Gedanken Ausdruck gab. Er sagte sich, daß er selbst sie nicht so einfach und gewichtig hätte ausdrükken können.

In der Tat, wenn sie spricht, wirkt sie älter, als sie ist, dachte er, während er den Glanz ihrer rotbraunen Augen beobachtete; Marina hatte die Augen mit den Wimpern verdeckt und betrachtete ihre rechte Handfläche. Samgin fühlte, daß sie ihn entwaffnete, sie indes verschränkte die Arme über der Brust, streckte die Beine aus und sagte mit einem tiefen Seufzer: »Ich bin müde und spreche vielleicht ungeschliffen, verworren, aber ich spreche mit einem guten Gefühl für dich. Du bist für mich nicht der erste Mensch dieser Art, ich bin schon vielen solchen Menschen begegnet. Mein Mann verehrte Menschen, die bestrebt sind, das Leben umzugestalten, sehr, auch ich bin ihnen gegenüber nicht gleichgültig. Ich bin eine Frau, entsinnst du dich, wie ich sagte: die Gottesmutter aller Religionen? Gläubige Menschen sind mir angenehm, selbst wenn sie eine Religion ohne Gott haben.«

Samgin fühlte sich in einem Strom kleiner Gedanken, sie jagten vorüber, wie ein Staubwind durch ein Zimmer fegt, dessen Fenster und Türen geöffnet sind. Er dachte, Marinas Gesicht sei wenig beweglich, ihre leuchtenden Lippen lächelten stets herablassend und spöttisch; die Hauptsache in diesem Gesicht ist das Spiel der Brauen, sie hebt und senkt sie, bald beide zugleich, bald nur die rechte, und dann glänzt ihr linkes Auge verschmitzt. Was Marina sagte, war nicht so ansteckend wie das Motiv: Weshalb sprach sie so?

»Lieber Freund, ein Revolutionär haßt die Welt, aber er ist kein Misanthrop, er liebt die Menschen, für sie lebt er ja«, vernahm Samgin.

»Das ist Romantik«, sagte er.

»Wirklich?«

»Es ist Romantik. Und du – bist ihrer nicht fähig.«

Sie fragte erstaunt: »Habe ich mich denn als Revolutionärin bezeichnet?«

»Ich habe mich dir auch nicht als Revolutionär empfohlen«, sagte Samgin unbedacht und fühlte, daß er errötete.

»Das stimmt«, gab sie zu. »Du hast dich nicht als solchen bezeichnet, aber ... Nimm es mir nicht übel: Meiner Ansicht nach sind die meisten Intellektuellen Revolutionäre für bestimmte Zeit – bis zur Verfassung, bis zur Republik. Nimmst du mir das nicht übel?«

»Nein«, sagte Samgin und verstand dabei, daß er die Unwahrheit sagte, sein Denken war gekränkt und lief von ihren Worten fort, doch er fühlte, daß die Gereiztheit gegen sie schwand und daß er keine Lust hatte, ihren Worten zu widersprechen, wahrscheinlich, weil es interessanter war, ihr zuzuhören, als mit ihr zu streiten. Er erinnerte sich, daß Warwara und nach ihr Makarow Äußerungen gemacht hatten, die mit den Gedanken der Sotowa über die »Revolutionäre für bestimmte Zeit« verwandt waren. Das war das Unangenehme, das setzte die Bedeutung von Marinas Reden irgendwie herab.

»Weshalb sprichst du mit mir hierüber, und sprichst du so ... sonderbar? Weshalb verdächtigst du mich der Unaufrichtigkeit?« fragte er.

»Du hast mich nicht verstanden«, sagte sie seufzend. »Ich möchte, daß du über deinen Kopf hinwegsprängest. Du solltest dich an einem anderen Feuer wärmen, Klim Iwanowitsch, das ist es, was ich meine.«

»Ich müßte mich ausruhen«, sagte er.

»Das sage ich ja auch. Was hindert dich denn daran?« fragte sie, vor ihn hintretend, und ordnete ihre Frisur, glatt und geschmeidig wie ein großer Fisch.

Samgin konnte kaum an sich halten, um nicht zu sagen: Du hinderst mich!

Er ging in einer Stimmung weg, die ihm nicht ganz verständlich war. Dieses Gespräch hatte ihn weit mehr erregt als alle anderen Gespräche mit Marina; heute hatte sie ihm das Recht verliehen, sich durch sie gekränkt zu fühlen, aber er empfand keine Kränkung.

Sie ist klug, dachte er, als er auf der Schattenseite der Straße ging und ab und zu auf die Sonnenseite hinüberblickte, wo die Fensterscheiben irgendwelcher glücklicher Häuser strahlten und blinzelten. Klug und scharfsinnig. Mit ihr streiten? Das wäre zwecklos. Und worüber? Herz ist ein physiologischer Fachausdruck, die Volkssprache schreibt dem Herzen verschiedene Eigenschaften tragischer und lyrischer Art zu, in diesem Sinn ist sie wahrscheinlich herzlos.

Vor ihm, hinter einer Anhöhe, ragten frischgrüne Lindenwipfel hervor, zwischen denen sich der goldene, aber kahl gewordene Glockenturmkopf des Nonnenklosters erfolglos versteckte; weiter hinten versank alles jäh in eine blaue Mulde, auf ihrem grünen Grund verlief, von der Stadt weg in die Ferne, zu dunklen Wäldern hin der bläuliche Fluß. Alles war sehr weich, still und in abendliche Schwermut gehüllt.

Eigentlich hat sie mir nichts Kränkendes gesagt. Und ich bin gar nicht so, wie sie mich sieht.

Diese Gedanken umfaßten nicht den Haupteindruck des Gesprächs; Samgin beeilte sich auch nicht, diesen Eindruck zu bestimmen, mochte er von selbst erstarken und Gestalt annehmen. Aus dem Vorgarten eines schönen einstöckigen Hauses trat eine dicke, würdige Dame und hinter ihr ein hochgewachsener junger Mann, ganz neu gekleidet, vom Panamahut auf dem Kopf bis zu den rotbraunen amerikanischen Schuhen, er trug einen Spazierstock unter dem Arm und zog einen gelben Handschuh über die Rechte; er sah etwas komisch, aber glücklich aus und war offenbar über sein Glück verlegen. Samgin erinnerte sich, wie ungewohnt, aber doch wohl ihm selbst zumute gewesen war, als er den Gymnasiastenrock ausgezogen und einen nagelneuen hellgrauen Anzug angelegt hatte.

Ich gerate in lyrische Stimmung, stellte er fest und lächelte.

Auf dem Hof empfing ihn Besbedow mit einem doppelläufigen Jagdgewehr in den Händen, blickte ihn verdutzt an und keuchte: »Sie lachen? Sie haben es gut, mich aber hat soeben die Muromskaja in den Erzengel-Michael-Verband hineinzutreiben versucht, um Rußland zu retten, zum Teufel noch mal! Der Erzengel Michael ist der Schutzpatron der Polizei, wissen Sie das? Und mir erlegt die Polizei immer wieder Geldstrafen auf – wegen der Tauben, der sanitären Verhältnisse und überhaupt.«

Er klopfte mit dem Gewehrkolben auf die Eingangsstufen und ließ Samgin nicht ins Haus hinein, schüttelte den Kopf, der einem Besen glich, und keuchte: »Wenn die Tante nicht wäre, würde ich dieser Teufelspuppe mit ihrer Politik, ihren Verbänden und Erzengeln in die Hand spucken . . .«

Er war der gleiche wie immer, erweckte aber in Samgin kein feindseliges Gefühl.

»Gegen wen haben Sie sich denn bewaffnet?«

»Ratten. Vielleicht ein Iltis«, sagte Besbedow und begab sich auf den Dachboden.

In den Zimmern umfing Samgin eine kühle und gleichsam auf ihn wartende Stille. Nicht einmal Fliegen waren da.

Das kommt daher, weil ich hier nicht esse, überlegte er. Er blieb eine Weile im Vorzimmer stehen, sah zu, wie ein Sonnenband seine staubigen Schuhe beleuchtete, und beschloß:

Ich muß mit Besbedow über Marina sprechen, unbedingt.

Vorsichtig, ohne schroffe Bewegungen, nahm Samgin das Zigarettenetui, dann eine Zigarette heraus, Streichhölzer fanden sich in der Tasche nicht vor, sie lagen auf dem Tisch. Darauf steckte er das Etui wieder ein, warf die Zigarette auf den Tisch und steckte die Hände in die Taschen. Mitten im Zimmer zu stehen war töricht, aber er mochte sich nicht rühren, er stand da und lauschte einem ungewohnten Gefühl wehmütiger, aber angenehmer Unbeschwertheit.

Habe ich mich schon jemals so sonderbar gefühlt? Anscheinend nicht.

Dann entsann er sich, etwas annähernd Ähnliches empfunden zu haben, als er den unangenehmen, im Auftrage seines Patrons geführten Zivilprozeß verloren hatte. Etwas Ähnlicheres fand sich nicht. Er trat an den Tisch, nahm die Zigarette und legte sich auf den Diwan, um zu warten, bis die alte Felizata zum Tee rufen werde.

Zwei Wochen etwa verbrachte er in dem ungewohnten Zustand heiterer Ruhe, und zuweilen wunderte ihn das nicht nur, sondern flößte ihm sogar den beunruhigenden Gedanken ein: Irgendwo sammeln sich Unannehmlichkeiten an. Beim Morgentee überflog er die zwei Lokalzeitungen, die eine von ihnen zeterte täglich hysterisch von der Gewaltherrschaft der Fremdstämmigen und dem Wahnsinn der Linksparteien und forderte Rußland auf, »zur nationalen Wahrheit zurückzukehren«, die andere riet, indem sie sich auf die Artikel der ersten berief, »die Duma, diesen Tempel des freien, vernünftigen Wortes, zu schonen«, und suchte zu beweisen, daß die

»Linken« in der Duma unvernünftig sprächen. Letzten Endes erweckten beide Zeitungen in Samgin den gleichen Eindruck, den eines sehr matten und langweiligen Echos der hauptstädtischen Presse; beide lebten von der Nachahmung und trugen in das stabile Dasein der sich in Wohlergehen wiegenden Stadt keine Unruhe hinein. Und solcher Städte gab es viele, mehr als ein halbes Hundert. Sonntags wurden in der liberalen Zeitung die »Eindrücke eines Provinzlers« abgedruckt, die mit dem Namen Idron unterzeichnet waren. Samgin glaubte Iwan Dronows Augen und las seine flotten Feuilletons ebenso aufmerksam, wie er im Gericht die Aussagen von Zeugen anhörte, die an einem Prozeß durch nichts anderes als durch den Wunsch interessiert waren, ihren Verstand, ihre Beobachtungsgabe ins Licht zu setzen. Dronow verhielt sich gegen die Rechten und die Linken in gleicher Weise ironisch und unterstrich den »Realismus« in der Politik der Kadetten.

Dronow muß doch fühlen, wer der Stärkere ist, dachte er lächelnd.

Überhaupt begann Samgin, ohne es selbst zu merken, die Tatsachen des politischen Lebens sehr sonderbar aufzunehmen: Ihm schien, daß alles, wovon die Zeitungen beunruhigt schrieben, bereits in der Vergangenheit geschehen sei. Er suchte nicht, sich zu erklären, weshalb das so war. Marina brachte diese Einstellung ins Wanken. Nach einem geschäftlichen Gespräch sagte sie einmal: »Höre mal, deine Menschenscheu ist bemerkt worden, und das könnte dir am Ende schaden. Weißt du, man hält dich für so etwas wie einen heimlich Tätigen, der, wenn er sich auch nicht versteckt, so doch den richtigen Moment abwartet. Es geht das Gerücht, du habest einige Heldentaten zu verzeichnen, du habest den Moskauer Aufstand geleitet und führest noch fort, irgend etwas zu leiten.«

Das war überraschend und unangenehm. Samgin sagte lächelnd: »So werden Helden geschaffen!«

Sie indes fuhr, mit den Handschuhen spielend, fort: »Du solltest deine Misanthropie mit irgend etwas verdünnen, Timon von Athen! Sieh dich vor, die Gendarmen erinnern sich sehr gut der Vergangenheit, und wie sollten sie Ruhe schaffen, wenn sie nicht ausmerzen? Du solltest dich öfter unter Menschen begeben.«

Sie sprach scherzhaft. Samgin fragte: »Beunruhigt dich das? Könnte ich dich kompromittieren?«

Sie zog verwundert die Brauen hoch. »Mich? Bin ich denn verantwortlich für die Gesinnung meines Anwalts? Ich sage dir das in deinem eigenen Interesse. Und dann noch etwas«, sagte sie, den Handschuh über die Finger der linken Hand ziehend, »nimm doch

Mischka zu dir, er wird dir sowohl die Zimmer aufräumen als auch die Bücher in Ordnung halten und wenn du nicht mit Walentin zu Mittag essen willst, wird er dir das Essen servieren. Du solltest ihn auch Papiere abschreiben lassen, er hat eine gute Handschrift. Zudem ist er ein bescheidener Junge, nur – ein Träumer.«

Sie schwebte majestätisch zum Zimmer hinaus, und auf dem Hof erklang ihre dunkle Stimme: »Walentin? Du solltest den Hof kehren lassen, was ist das für eine Unordnung! Die Muromskaja beklagt sich über dich, du ließest dich nicht blicken. Wie-ie? Was sie nicht sagen! Nein, laß mal bitte deine Launen aus dem Spiel. Jaja! Durch eigene Einsicht? Du? Ach, mach keine Witze . . .«

Sie ging und schlug das Pförtchen laut hinter sich zu.

Den Neffen kann sie nicht leiden, stellte Samgin fest. Übrigens ist er der Neffe ihres Mannes. Und nach kurzem Nachdenken sagte sich Samgin: Dabei hat sich doch nie jemand so fürsorglich um dich gekümmert, mein Freund, wie?

Und so verzieh er Marina, daß sie ihn an die Vergangenheit erinnert hatte. Dank ihrer Bemühungen lief seine Praxis an, er hatte bereits einige Zivilsachen und eine honorierte Verteidigung in einer Brandstiftungssache. Aber ein paar Tage später brachte sich die Vergangenheit von neuem und sehr unverfroren in Erinnerung. Spätabends erschienen bei ihm Leute, die er sehr liebenswürdig empfing, da er annahm, daß es Mandanten seien: eine hochgewachsene, rotwangige Frau mit dunklen Augen in einem etwas groben Gesicht, einfach und solide gekleidet, und mit ihr ein älterer, kahlköpfiger Mann mit Resten spröder, schwarzer Locken auf dem spitzen Schädel, mürrisch, mit rauchgrauer Brille, in einem zerknitterten und schmutzigen Segeltuchmantel.

Samgin taxierte: Arbeitgeberin und Angestellter. Wahrscheinlich eine Strafsache.

Aber die Frau holte, als sie am Tisch Platz genommen hatte, eine Schachtel Zigaretten aus der Tasche und sagte halblaut: »Ich heiße Murawjowa, auch Pascha. Tatjana Gogina hat mir mitgeteilt, daß ich mich im Notfall an Sie wenden könne.«

Samgin hatte gerade ein Streichholz anzünden wollen, tat es nun aber nicht, sondern schnippte mit dem Nagel an die Schachtel, reichte sie der Frau und fragte: »Womit kann ich dienen?«

Die dunklen Augen der Frau starrten ihn an, ihr Begleiter hatte auf dem Stuhl an der Wand im Halbdunkel Platz genommen und brummte dort etwas Unverständliches.

Ich glaube, ich habe ihn schon mal gesehen, dachte Samgin.

Die Murawjowa zündete sich die Zigarette gemächlich selbst an und sagte, die Menschewiki veranstalteten am kommenden Sonntag im Gewerbeamt einen Vortrag über die gegenwärtige Lage.

»Wir haben niemanden, um zu opponieren; der Genosse, der das gründlich genug hätte tun können, ist erkrankt.«

Sie sprach fordernd, mit hoher, brüchiger Stimme, ihr starrer Blick war unangenehm. Samgin sagte: »Die von Ihnen genannte Person hat mir nichts über eine Murawjowa mitgeteilt, und ich stehe mit ihr überhaupt nicht in Briefwechsel.«

»Sonderbar«, sagte die Frau achselzuckend, während ihr Begleiter mürrisch knurrte: »Gehn wir zu dem anderen.«

»Ich bin nie in Versammlungen aufgetreten«, fügte Samgin hinzu und empfand ein Vergnügen daran, die Wahrheit zu sagen.

»Nicht nötig, gehn wir zu dem anderen«, wiederholte der Mann, sich erhebend. Samgin kam es wieder vor, als hätte er ihn schon irgendwo gesehen, diese mürrische, schwere Stimme gehört. Die Frau erhob sich auch, steckte die Zigarette in den Aschenbecher und sagte laut: »Da hätten Sie es eben versuchen können.«

Beim Aufstehen stieß sie an den Tisch, der Lampenschirm klirrte. Samgin hielt ihn mit der Hand fest, die Frau sagte lässig: »Entschuldigen Sie« und ging, ohne sich zu verabschieden.

Das mit den Streichhölzern war unhöflich von mir, dachte Samgin. Diesem Mann bin ich schon begegnet.

Er seufzte und schüttelte den Zigarettenrest aus dem Aschenbecher in den Papierkorb. Zwei Tage später begab er sich »unter Menschen«, er saß im Klubsaal, in dem Dunjascha gesungen hatte, und hörte einem Vortrag des einheimischen Advokaten Dekapolitow zu, der Vorsitzender des »Zirkels zur Förderung des Heimgewerbes« war. Auf dem Podium stand einsam, das rote Porträt Zar Alexanders II. verdeckend, ein breitschultriger, aber flachbrüstiger, knochiger Mann mit langen Armen, grauhaarig, aber mit schwarzen Brauen, mit bürstenförmig geschnittenem Haar, dickem Schnurrbart unter einer Höckernase und spitzem französischem Kinnbärtchen. Er sah geschminkt aus wie irgendeine von der Geschichte gekennzeichnete Person und hatte die Brauen absichtlich schwarz gefärbt, damit die Leute nicht dächten, er legte Wert auf seine Ähnlichkeit mit einer geschichtlichen Gestalt. Er sprach in angenehmem, geschmeidigem Bariton, indem er die bedächtigen, langweiligen Worte ins Halbdunkel des karg erleuchteten Saals warf: »Die gegenwärtige Situation verlangt, daß die Persönlichkeit kategorisch erklärt, was sie will.«

»Daß Stolypin zu des Teufels Großmutter geschickt werde«, brummte ein dicker Mann vor Samgin seinem Nachbarn zu, der

Nachbar antwortete schläfrig: »Die Sonderländer sind ein geschickter Schachzug.«

In dem Saal saßen in allen Stuhlreihen verstreut annähernd sechzig Personen.

Der Sommerregen plätscherte laut gegen die Fensterscheiben, ein Donner krachte und dröhnte, Blitze zuckten und beleuchteten den gläsernen Staub des Regens; in dem Staub hüpfte ein schwarzes Dach mit zwei Steingutessen, die Essen ähnelten zum Himmel erhobenen Armen ohne Hände. Im Saal herrschte eine unangenehm drückende Schwüle, hinter Samgin knurrte jemandem der Magen, der Nachbar zu seiner Linken bekreuzigte sich nach jedem Donnerschlag, streifte dabei Samgin mit dem Ellenbogen und flüsterte: »Pardon . . .«

»Wir haben die Programme einiger politischer Parteien vor uns«, erzählte der Redner.

Samgin suchte lange, wem der Redner ähneln mochte. Und als er niemanden fand, dachte er, daß er, wenn Dunjascha einträfe, sie freudig begrüßen würde.

Schräg vor ihm saß Marinas ehemaliger Anwalt und raunte seinem Nachbarn, einem dicken, bärtigen Mann mit feistem Nacken, unter tröstendem Lächeln irgend etwas zu.

»Es besteht die Ansicht, Politik und Moral seien unvereinbar«, sprach der Redner, holte dabei das Taschentuch heraus und schwang es hoch, »aber das ist absolut falsch, das ist die Ansicht von Feuilletonisten, die Politik baut auf den Normen des Rechts auf . . .«

Ein Donnerschlag ließ ihn zusammenfahren, er trat einen Schritt zur Seite und wischte blinzelnd seine Schläfen mit dem Taschentuch ab, der ganze Saal hallte laut wider, alle Fensterscheiben dröhnten dumpf, während Marinas Anwalt auf dem Stuhl hochschnellte und ziemlich deutlich murmelte: »Das ist kein Anlaß für eine Kassation . . .«

Der Redner begann wieder zu sprechen, aber bereits rascher und über irgend etwas erzürnt. Samgin erhaschte den sonderbaren Satz: »Nicht jeder junge Mann, der das Gymnasium absolviert hat, besucht die Universität, nicht alle Afrikareisenden streben dem Mittelpunkt des Kontinents zu . . .«

»Richtig«, sagte jemand hinter Samgin und hustete dumpf.

Samgin war außerstande, sich auf den Redner zu konzentrieren, seine Rede kam ihm längst bekannt vor. Und er war sehr zufrieden, als Dekapolitow sich vorneigte und sagte: »Wir sind endlich an den Grenzen des Möglichen angelangt und müssen haltmachen, um uns in den eroberten Stellungen zu verschanzen und das Mögliche zu verwirklichen, es zu realisieren, dann wird die Geschichte uns schon zeigen, wie und wohin wir weiterzugehen haben. Damit schließe ich.«

In der vordersten Reihe erhob sich ein Mann mit großem, kahlem Kopf und rief laut: »Eine Viertelstunde Pause! Ich bitte alle, die an der Diskussion teilzunehmen wünschen, sich in die Liste einzutragen.«

Und ebenso schrill sagte er zu irgendwem: »Warum haben Sie den Tisch vor das Podium gestellt, mein Lieber? Man hätte ihn auf das Podium stellen müssen, auf das Podium ...«

Samgin begab sich zum Büfett und hörte zu, was die gesetzten, schwerfälligen Städter sprachen, die gemächlich die Marmortreppe hinuntergingen.

»Dekapolitow hat nüchtern argumentiert ...«

»Tja! Das Bäuerlein wirkt auf sie wie Salmiakgeist auf einen Betrunkenen.«

»Sie haben ja selbst gerüttelt und geschüttelt, und jetzt, wo alles ins Wanken geraten ist ...«

»Au, Mama! Jag die Katze aus der Stube, denn sie packt mich ...«, sagte jemand auf ukrainisch.

Die Advokaten, mit denen Klim bekannt war, begrüßten ihn kühl, drückten ihm wortlos und hastig die Hand; Marinas ehemaliger Anwalt kam auf seinen kurzen Beinen mit kleinen Schritten auf ihn zugelaufen und fragte: »Nun, wie steht's? Was sagen Sie dazu?«

Doch gleich danach sagte er selbst: »Welch ein herrlicher Regen!« und rollte fort zu einem kleinen, schnurrbärtigen Mann, zu dem er zornig sagte: »Hören Sie mal, Herr Onufrijenko, nun sind schon zwei Wochen vergangen ...«

»Nun ja, sie sind vergangen, na und?«

Da Samgin nicht zur Diskussion über den Vortrag dazubleiben wünschte, ging er nach Haus. Auf der Straße war es wunderbar schön, duftig, am tiefblauen Himmel gleißte der silberne Mond, auf dem Pflaster blinkten Pfützen, vom dunklen Laub der Bäume fielen blaue Wassertropfen herab; an den Häusern öffneten sich die Fenster. Auf der anderen Straßenseite schritten zwei, und der eine von ihnen sagte: »Die alten Leutchen beunruhigen sich ...«

Aus einem offenen Fenster ergoß sich ölig in die Stille der Straße eine schöne Stimme:

»Wie gern legte ich in ein einziges Wort,
Was ich auf dem Herzen habe ...«

»Reaktion«, rief der eine von den zweien ins Fenster, sie lachten und gingen beschleunigt weiter.

Ein sehr provinzieller Scherz, dachte Samgin und atmete mit Genuß die frische Luft und die Blumendüfte ein.

Ein paar Tage später löste die Regierung die Duma auf, worauf die Kadetten in einer Proklamation die Bauern aufforderten, keine Rekruten zu stellen und die Steuerzahlung zu verweigern. Besbedow schwang die Zeitung und keuchte: »Weshalb, zum Teufel! Wenn schon Verfassung, dann Verfassung, sonst ist das genauso, als hätte man uns auf einen dreibeinigen Stuhl gesetzt. Diese Idioten! Jetzt kann man wieder auf einen Generalstreik warten ...«

»Und wie reagiert die Stadt?« fragte Samgin.

»Na, was soll schon die Stadt? Hammel gibt es viele, aber Böcke sind keine da, und so haben die Hammel niemanden, dem sie nachlaufen könnten.«

Samgin war überzeugt, daß Besbedows Stimmung von Hunderttausenden geteilt wurde, die klüger waren als dieser Taubenfreund, und begann ihn aus Antipathie, um sich nochmals von seiner Dummheit zu überzeugen, absichtlich auszufragen, was er denn denke. Aber Besbedow wurde knallrot, sein Gesicht schwoll an, die weißen Augen wölbten sich wütend vor; er rieb sich mit der Hand am Hals und fragte kopfschüttelnd: »Examinieren Sie mich etwa? Ich bin doch schließlich kein Idiot! Die Duma ist ein Senfpflaster im Nacken, ihre Aufgabe ist es, den Blutandrang vom Gehirn abzulenken, dazu ist sie ja unserem tollköpfigen Leben aufgeheftet worden! Die Kadetten indes haben es auf einen Aufruhr abgesehen. Keine Steuern zahlen! Soll ich denn keine Streichhölzer kaufen, soll ich etwa mit den Funken aus meinen Augen Feuer machen?«

Er schlug mit der Faust auf den Tisch und brüllte: »Ich zahle Steuern, damit man mir ein ruhiges Leben gewährleistet, ist es so oder nicht? Ist die Regierung verpflichtet, mein Leben zu schützen?«

Er schaukelte mit dem Stuhl, schob mit den Händen das Geschirr auf dem Tisch beiseite, der Stuhl knarrte, das Geschirr klirrte. Samgin sah ihn zum erstenmal in solch einem Wutanfall und glaubte nicht, daß diese Wut nur durch die Auflösung der Duma hervorgerufen sei.

»Mit der linken Hand kann man nicht kräftig zuschlagen! Wie Sie wollen – aber zuschlagen sollte man! Ich will nicht, daß mir irgendein Schuster den Bauch aufschlitzt. Auch daß man mir das Haus in Brand steckt, wünsche ich nicht! Da hat gestern das Handwerkervolk der Vorstadt einen angeblichen Ochrana-Agenten umgebracht und sein Häuschen niedergebrannt. Damit will ich nicht sagen, daß ich für die Schwarzhundertschaft, die Autokratie und überhaupt für den Unsinn bin. Aber wenn ihr es auf euch genommen habt, den

Staat zu lenken, so lenkt ihn, zum Teufel noch mal! Ich habe das Recht, Ruhe zu verlangen ...«

Obwohl Samgin die Unfähigkeit zu heftigen Gefühlsausbrüchen für den Hauptvorzug eines Intellektuellen hielt, fühlte er dennoch, daß seine Antipathie gegen Besbedow sich bis zum Haß gegen ihn, bis zu dem heftigen Verlangen steigerte, ihm mit irgend etwas in das puterrote, schweißbedeckte Gesicht, in die wütend aufgerissenen Augen zu schlagen und ihn mit groben Worten anzubrüllen. Dies alles auszuführen, hinderte Samgin ein Gefühl der Verblüffung darüber, daß solch ein erniedrigendes, rohes Verlangen in ihm aufkommen konnte. Besbedow tobte unterdessen unermüdlich, keuchte und rang nach Atem.

»Und erzieht mich nicht zum Anarchisten, der Anarchismus wird gerade durch die Ohnmacht der Regierung großgezogen, jawohl! Nur Gymnasiasten glauben, Ideen seien erzieherisch. Unsinn! Die Kirche lehrt seit zwei Jahrtausenden: ›Liebet einander ...‹, ›auf daß wir uns zur Einmütigkeit bekennen ...‹ Wie war doch ihre Litanei? Zum Teufel noch mal – was soll mir die Einmütigkeit, wenn ich ein einstöckiges Haus habe und mein Nachbar ein dreistöckiges!« schloß er unerwartet.

»Es ist schädlich für Sie, sich so aufzuregen«, sagte Samgin mit gezwungenem Lächeln und ging in den Garten, in einen Winkel, der von der unverputzten Brandmauer des Nachbarhauses beschattet war. Dort erhob sich an einem in die Erde gerammten Tisch eine halbkreisförmige Rasenbank, der ganze Gartenwinkel war feucht, traurig und dunkel. Als Samgin sich eine Zigarette anzündete, sah er, daß seine Hände zitterten.

In welchem Maß doch dieser Idiot Denken und Fühlen verroht, dachte er und erinnerte sich, daß er nicht wenige Menschen dieses Typs gesehen hatte. Zum Beispiel: Tagilskij, Stratonow, Rjachin. Aber – keiner von ihnen erweckte solche Antipathie wie dieser.

Heute hatte Besbedow sogar ein Gefühl der Unruhe hervorgerufen, ein bedrückendes Gefühl. Ein paar Minuten kam Samgin darauf, daß es erniedrigend sei, über Besbedow nachzudenken. Das führe zu sonderbaren, ganz unzulässigen Gedanken. Das eigene Würdegefühl protestierte entschieden gegen diese Gedanken.

Marina verhielt sich dem Aufruf der Kadettenpartei gegenüber ironisch.

»Damit gehen sie zu weit«, sagte sie, wobei sie Wimpern und Brauen hochzog. »Das ist in der ersten Aufwallung geschehen. Sie greifen ›mit dem eigenen leeren Löffel in die fremde Breischüssel‹. Das hätten sie tun müssen, als der Zar erklärte, daß er die Ländereien der Gutsbesitzer unangetastet lassen werde. Dann hätte die Bauernschaft vielleicht die Arme zum Schlag erhoben ...«

Sie fächelte sich mit dem spitzenbesetzten Taschentüchelchen das Gesicht und sagte nachdenklich: »Lidija haben die Kadetten solch einen Schreck eingejagt, daß sie sogar den Wald verkaufen wollte, doch gestern beriet sie sich bereits mit mir, ob sie nicht das Turtschaninowsche ›Otradnoje‹ kaufen solle. Die Dame langweilt sich. Otradnoje ist ein schönes Gut! Ich habe eine Hypothek darauf ... Der alte Turtschaninow ist in Nizza gestorben, sein Erbe irrt irgendwo umher ...« Sie verstummte mit einem Seufzer und zog die Lippen zusammen, als wollte sie pfeifen. Dann sagte sie zur Bekräftigung irgendeines Entschlusses: »Ja.«

In Samgins Leben trat geräuschlos Mischa ein. Er erwies sich als verläßlicher Diener, schrieb Schriftstücke, wenn auch nicht schnell, so doch leserlich und fehlerfrei ab, war schweigsam und blickte Samgin ergeben, gleichsam sogar vergötternd mit seinen schönen Mädchenaugen ins Gesicht. Reinlich, glatt frisiert, saß er an einem kleinen Tisch in der Ecke des Wartezimmers am Hoffenster und besäte, die rechte Schulter hochgezogen, das Papier mit akkuraten, rundlichen Buchstaben. Er hatte um die Erlaubnis gebeten, Bücher zu lesen, und hatte, als er sie erhalten, leise gesagt: »Ich danke ergebenst!«

Mit Büchern wurde er noch unauffälliger. Er fragte nie nach etwas, das nicht seine Pflichten betraf, und erkundigte sich erst am zweiten oder dritten Tag, nachdem er sich in der Ecke eingerichtet, schüchtern: »Klim Iwanowitsch – gestatten Sie die Frage: Ist die Revolution beendet?«

Diese Frage kam so unerwartet, daß Samgin den jungen Burschen verwundert anblickte und das letzte Wort wiederholte: »Beendet?«

Dann jedoch fragte er: »Weshalb interessiert dich das?«

»So ... ganz einfach«, antwortete Mischa nach kurzem Zaudern und fügte gesenkten Kopfes als Rechtfertigung etwas leiser hinzu: »Alle interesssieren sich dafür.«

Samgin kam der Gedanke, der Bursche sei dumm, und er vergaß diesen Vorfall, der zu nichtig war, um sich seiner zu erinnern. Die Wirklichkeit erzog eifrig zu der Gewohnheit, unvergleichlich bedeutendere Tatsachen zu vergessen. Die Ereignisse, die sich wie die Glieder einer unendlichen Kette aneinanderreihten, trieben die Zeit immer stärker voran, und sie überlebte sich rasch, unmerklich, als rollte sie bergab.

Die Zeitungen berichteten fast täglich von Enteignungen, Verhaftungen, Standrecht und aufgehängten »Bankräubern«. Die Regierung unterband das Erscheinen von satirischen Zeitschriften und verbot Zeitungen; die monarchistischen Organisationen begannen sich immer deutlicher terroristisch zu betätigen, die Reaktion, die den Charakter rachsüchtigen, blinden Wütens annahm, rief einen nicht minder wütenden, aber bereits sichtlich nachlassenden Widerstand gegen sie hervor. Das alles sah und begriff Samgin, und in den Stunden, da er davon hörte oder las, bedrückte es ihn. Aber er gelangte unmerklich zu der Überzeugung, daß die Geschehnisse bereits ihren revolutionären Sinn verloren hatten und kraft der Trägheit entstanden. Sie hatten den Charakter eines »trockenen Gewitters« angenommen, es blitzte und donnerte sehr viel, gab aber keinen Regen. Zugleich überzeugte er sich, wenn er das Leben der Stadt beobachtete, daß der Prozeß der »Beruhigung« wie Nebel von unten, von der Erde aufstieg und daß dieser Nebel immer dichter, undurchdringlicher wurde. Besonders leicht ließ sich die Wirklichkeit während der Gespräche mit Marina vergessen. Als er sie fragte, wie sie über die Enteignungen denke, antwortete sie, ihre Fingernägel betrachtend: »Ich verstehe das nicht. Vielleicht sind sie ein Anzeichen, daß der Kampf schon beendet ist und Marodeure ihre Tätigkeit begonnen haben, es ist aber auch möglich, daß die Revolution noch nicht alle ihre Kräfte verbraucht hat. Du mußt das besser wissen«, schloß sie lächelnd.

»Du scheinst also zu bedauern, daß der Kampf beendet ist?« fragte Samgin; sie antwortete nicht, sondern begann von etwas anderem zu sprechen: »Höre mal, der junge Turtschaninow ist aufgetaucht, man muß ihm seine Erbrechte auf Otradnoje sichern und ihn in den Besitz einführen, merkst du was? Ich werde mich darum kümmern, daß die beim Gericht rasch machen. Lidija scheint sich entschlossen zu haben, das Gut zu kaufen.«

Sie schnitt lächelnd einen Niednagel am kleinen Finger weg und sagte ein wenig näselnd, indem sie Lidija nachahmte: »Sie hat eine neue Idee: Man müsse, siehst du wohl, die gepflegten landwirtschaftlichen Betriebe wiederherstellen, man müsse – in Übereinstimmung mit der Politik Stolypins – Farmer züchten.«

Marina klopfte sich mit dem Finger an die Stirn, wie man das tut, wenn man wortlos sagen möchte, daß jemand dumm sei, und fuhr träge mit ihrer dunklen Stimme fort: »Die Frauen, sagt sie, müßten sich als Hausfrauen und nicht als Revolutionärinnen am Leben des Landes beteiligen. Die russischen Frauen seien verpflichtet, besonders konservativ zu sein, weil in Rußland die Männer Phantasten, Träumer seien.«

Das war bei Marina daheim in ihrem kleinen, gemütlichen Zimmer. Die Tür zur Terrasse stand offen, ein warmer Wind bewegte sacht das Laub der Bäume im Garten; weiße Lämmerwölkchen weideten am Himmel und streichelten den Mond, der Nickel des Samowars sah himmelblau aus, graue Falter zuckten und verendeten über der Flamme, raschelten auf dem rosa Lampenschirm. Marina hatte ein sehr weites, weißes Hauskleid an, in seinen weiten Ärmeln leuchteten ihre bloßen, kräftigen Arme. Als er gekommen war, hatte sie sich entschuldigt: »Verzeih, daß ich so häuslich angezogen bin, mir ist heiß! Ich bin etwas dick . . .« Sie strich sich mit den Händen über Brust und Hüften, und diese unverhohlen kokette, stolze Geste veranlaßte Samgin, mit unwillkürlichem Entzücken zu sagen: »Wie schön du bist!«

»So? Paß auf, daß du dich nicht verliebst!«

»Darf ich das denn nicht?«

»Du darfst wohl, aber es ist nicht nötig«, sagte sie erstaunlich einfach und versetzte ihn dadurch in lyrische Stimmung, in dieser Stimmung hörte er ihr dann auch zu.

»Vor kurzem sage ich zu ihr: ›Weshalb verzehrst du dich innerlich, Lidija? Du solltest heiraten, Samgin zum Beispiel.‹ – ›Ich kann nur einen Adeligen heiraten‹, sagte sie, ›aber es gibt keinen geeigneten. Siehst du, geeignet wäre einer, der die historische Rolle des Adels nicht vergessen hat und der Triade Orthodoxie, Autokratie und Volkstum treu ist.‹ Nun, ich sage zu ihr: ›Meine Liebe, so einer müßte ja dann um hundert Jahre alt sein!‹ Da wurde sie böse.«

Samgin hätte sie gern vieles gefragt, fragte aber nur: »Was hat es mit Besbedow auf sich?«

Sie blickte ihn, während sie sich Gebäck aus einer Schale aussuchte, mit leicht zusammengekniffenen Augen an und antwortete langsam, ohne rechte Lust: »Du siehst es ja selbst: Der Welt will er nicht dienen, sich selbst zu dienen, versteht er nicht.« Gleich darauf fuhr sie, aber bereits eilig, als wollte sie diese Worte verwischen, fort: »Er ist komisch! Bildet sich ein, seine Tauben seien die besten in der Stadt; lügt, er habe irgendwelche Prämien für sie erhalten, dabei hat der Schankwirt Blinow die Prämien bekommen. Die alten Taubenliebhaber sagen, er sei ein schlechter Taubenzüchter und verderbe die Vögel nur. Er hält sich für einen freien Menschen. Das mag auch zutreffen, wenn man unter Freiheit Ziellosigkeit versteht. Im allgemeinen jedoch ist er nicht dumm. Aber ich glaube, daß es mit ihm ein schlimmes Ende nehmen wird . . .«

Wenn Samgin ihrer fließenden Rede zuhörte, empfand er gewöhnlich Neid, sie sprach gut, einfach, farbig. Seine Worte jedoch waren grau und unruhig, so wie die Falter über der Lampe. Unterdessen sprach sie, aber bereits kleinlich, nörglerisch, wieder von Lidija – davon, wie ungeschickt sie sich kleide, wie wenig sie die gelesenen Bücher verstehe, wie ungewandt sie den Zirkel der »nach der künftigen Stadt Suchenden« leite. Und plötzlich sagte sie: »Die Menschen, die zum Stand der Intelligenz gehören, lassen sich in zwei Typen einteilen: Die einen schwanken wie Pendel, die anderen kreisen wie Uhrzeiger, als zeigten sie Morgen, Mittag, Abend und Mitternacht an. Doch die Zeit ist ja nicht ihrem Willen unterworfen! Durch die Einbildungskraft kann man seine Vorstellung von der Welt ändern, jedoch ihr Wesen nicht.«

Den Zusammenhang zwischen diesen Worten und dem, was sie von Lidija gesagt hatte, erfaßte Samgin nicht, aber diese Worte stellten ihn gleichsam vor eine Tür, die er nicht zu öffnen wußte, und nun tat sie sich von selbst auf. Er schwieg in der Erwartung, daß Marina gleich von sich selbst, von ihrem Glauben, ihrer Weltauffassung zu sprechen beginnen werde.

»Die Arbeiter wollen von den Fabriken, die Bauern vom Land Besitz ergreifen, die Intellektuellen möchten gern die Macht innehaben«, sagte sie, an den Spitzen auf der Brust nestelnd. »Das alles ist natürlich notwendig und wird kommen, aber wird das denn solche Menschen wie dich zufriedenstellen?«

Samgin hüllte sich in Schweigen und betrachtete den Wein in dem altertümlichen Kristallglas gegen das Lampenlicht, der Wein schimmerte goldgelb wie ihre Augen. In Marinas Frage spürte er etwas für ihn Gefährliches und dachte: was mochte das sein? Und plötzlich begriff er, wenn er heute und hier von sich selbst zu sprechen begänne, so würde er etwas sagen, das mit ihren Worten über Besbedow Ähnlichkeit hätte. Das überraschte ihn sehr unangenehm, und er wiederholte innerlich, während er von dem Wein trank: Der Welt will er nicht dienen, sich selbst zu dienen, versteht er nicht; Freiheit ist Ziellosigkeit . . . Er rückte die Brille zurecht und blickte Marina aufmerksam, mißtrauisch an, aber sie glättete immer noch die Spitzen, ihr Gesicht war ruhig, und die Augen betrachteten nachdenklich das Umherhuschen der Falter, dann begann sie sie mit der Serviette zu verscheuchen.

»Wie viele hereingeflattert sind, schließt man aber die Tür, wird es schwül!«

Samgins lyrische Stimmung war zerstört. Zu warten war zwecklos, diese Frau würde nichts über sich sagen. Er erhob sich. Als sie ihm zum Abschied die Hand reichte, öffnete sich das Hauskleid auf ihrer Brust, und für einen Augenblick wurden die durchsichtige, zartrosa Seide des Hemds und die irgendwie sonderbar, kriegerisch gestrafften Brüste sichtbar.

»Oh«, sagte sie, die Ränder des Hauskleids übereinanderschlagend, hierbei erblickte Samgin bis zum Knie hinauf ihr Bein in weißem Strumpf. Das blieb ihm in Erinnerung, ohne ihn zu erregen, es brachte ihn sogar dahin, gehässig zu denken: Sie ist wie aus Stein. Wahrscheinlich geizt sie auch mit ihrem Körper, ebenso wie mit dem Geld.

Aber ihm gegenüber geizte sie nicht mit Geld. Als sie einmal bei ihm saß und die mit der Post eingetroffenen Bücherpakete erblickte, hatte sie gesagt: »Du gibst ja viel für Bücher aus!« Dann hatte sie freundschaftlich gefragt: »Sollte man nicht dein Gehalt erhöhen?«

Er hatte abgelehnt, aber sie verdoppelte dennoch sein Gehalt. Als er sich jetzt hieran erinnerte, entsann er sich, daß eine Verwirrung, die eines erwachsenen Menschen unwürdig war, ihn zu dieser Ablehnung veranlaßt hatte: Er bezog und las hauptsächlich russische Belletristik und Übersetzungen aus fremden Sprachen und wünschte aus irgendeinem Grund nicht, daß Marina davon erführe. Aber ernste Bücher ermüdeten ihn, und die umfangreiche politische Literatur und Presse ärgerten ihn. Von der liberalen Presse hatte Marina gesagt: »Sie schreit wie eine Hysterikerin, die von ihrem Liebhaber verlassen worden ist, dabei aber den Liebhaber schon längst satt hat!«

Zwei Tage später saß Samgin im Garten, er hatte Besbedows Bitte nachgegeben, sich neue Tauben anzusehen. Besbedow stand hochaufgerichtet auf dem Dach, hielt sich mit der einen Hand am Schornstein fest und balancierte in der anderen mit dem Wischbesen; seine alberne Gestalt in gürtelloser Bluse und weiten Hosen ähnelte einer Flasche, die mit einem runden, kopfförmigen Pfropfen verschlossen ist. In der diesigen, heißen Luft flogen träge und in mäßiger Höhe wohl zehn Tauben herum. Besbedow brüllte und pfiff. Doch da beugte er sich vor, als machte er sich zum Sprung vom Dach herab bereit, fragte mißmutig: »Mich?« und rief: »Klim Iwanowitsch, es ist jemand zu Ihnen gekommen!«

Gekommen war Marina und mit ihr ein mittelgroßer, etwas gebückter Mann in weißem Anzug mit breitem Trauerflor am linken Ärmel, mit einem Spazierstock unter dem Arm, grauen Handschuhen und in den Nacken geschobenem Panamahut. Das Gesicht war sonnengebräunt, seine unbedeutenden Züge waren angenehm; die Höckernase, der helle Spitzbart und das hochgezwirbelte Schnurrbärtchen erinnerten Samgin an einen der »Drei Musketiere«.

»Darf ich bekannt machen«, sagte Marina. »Turtschaninow – Samgin.«

Turtschaninow streckte Samgin zerstreut seine lange kalte Hand hin, blickte ihn flüchtig mit seinen hellblauen Augen an und fragte halblaut und verwundert: »Was macht denn der Mann dort auf dem Dach?«

Marina erklärte ihm, womit Besbedow beschäftigt sei, und rief: »Walentin, ordne an, daß man uns Tee vorsetzt!«

In Samgins Sprechzimmer erklärte Marina, daß Wsewolod Pawlowitsch ihn auffordere, die Sicherung seines Erbrechts zu übernehmen.

»Ja, bitte, ich bitte Sie sehr darum«, sagte Turtschaninow übermäßig laut, und seine dicht anliegenden kleinen Ohren ohne Ohrläppchen röteten sich. »Ich habe das richtige Raumgefühl verloren«, sagte er verlegen zu Marina. »Hier kommt mir alles sehr weit entfernt vor, und darum möchte ich gern laut sprechen. Ich bin seit acht Jahren nicht mehr hier gewesen.«

Er zupfte die Flanellhose hoch, setzte die Füße unter den Stuhl und sagte mit behaglichem Lächeln: »Ich bin glücklich, daß ich wieder hier bin.«

Marina sagte: »Es wäre schön, Paris zu besuchen!«

»Das ist sehr einfach«, erklärte Turtschaninow. »Das ist tatsächlich die schönste Stadt der Welt, und Frankreich – das ist eben Paris.«

Alles, was Turtschaninow äußerte, sagte er ganz ernst, sehr nett und in dem Ton, in dem junge Lehrer sprechen, die sich zum erstenmal mit Schülern der Oberklassen unterhalten. Unter anderem teilte er mit, in Paris gebe es die besten Schneider und die lustigsten Theater.

»Ich habe in Berlin das Theater Stanislawskijs gesehen. Sehr originell! Aber wissen Sie, das ist zu ernst fürs Theater und ist bereits weniger Theater als . . .«, er zog die Schultern hoch, zuckte mit den Achseln und – fand das Wort: »Heilsarmee. Wissen Sie: General Booth und alte Jungfern singen Psalmen und fordern zum Sündenbekenntnis auf . . . Sage ich etwas Unpassendes?« wandte er sich wieder an Marina; sie antwortete lebhaft und gutmütig: »O nein, nein! Das ist sehr interessant.«

Samgin mißtraute ihrer Gutmütigkeit und ihrem freundlich ermunternden Lächeln, Turtschaninow indessen fuhr immer hingerissener und gleichsam sich beklagend mit einem nicht besonders starken, farblosen Tenorstimmchen fort: »Und diese Barfüßler, les vagabonds! Gewiß, ich bin Demokrat – in Frankreich sind alle Demokraten –, aber hier fühle ich mich als Volkstümler, obwohl meine

Mutter Französin ist. Doch – weshalb die Barfüßler? Ich denke, das ist sogar schädlich. Die Kunst sollte ... ästhetisch sein. Stanislawskij in schmutzigen Lumpen, irgendein verschrobener Onkel Wanja schießt einem Professor in den Rücken – weswegen? Das ist nicht zu begreifen! Und – trifft nicht, auf zwei Schritte Entfernung! Ein trauriger Trunkenbold deklamiert Béranger, das ist schrecklich alt, Béranger! In Frankreich ist er vergessen. Die Franzosen werden das überhaupt nie begreifen. Sie wissen, daß alles schon gesagt ist und daß es sich nur darum handelt, das Bekannte in schöner Weise zu wiederholen. Die Form!« rief er aus, wobei er die Hand hob, mit dem Finger zur Zimmerdecke deutete und einen Blick auf Marinas Gesicht warf. »Die Gedanken – pardon! – sind wie die Frauen, sie sind nicht sehr verschiedenartig, und das Geheimnis ihres Reizes besteht darin, wie sie gekleidet sind ...«

Er verstummte mit einem Seufzer der Erleichterung, sichtlich zufrieden, alles ausgesprochen zu haben, was ihn bedrückte.

Mischa rief zum Tee, Marina und der Pariser gingen, Samgin blieb da, schritt ein paar Minuten lang im Zimmer umher und ließ sich die leichten Worte des Parisers durch den Kopf gehen. Als er zu Besbedow kam, schenkte Marina gerade Tee ein, während Turtschaninow zu Walentin sagte: »Das Bündnis zwischen Moskau und Paris ist das größte Verdienst Alexanders III. vor der Welt, in Frankreich begreift man das besser als bei uns.«

»Wir haben keine Zeit zum Begreifen, wir machen immerzu Revolutionen«, entgegenete Besbedow kopfschüttelnd; seine weißen Augen schimmerten ölig, das mit irgend etwas eingefettete Haar glänzte, er hatte ein gelbes Hemd mit weichem Kragen an, vom Kinn tropfte ihm der Schweiß auf die karierte Krawatte herab.

»Die Revolution ist die große Vergangenheit der Franzosen«, sagte Turtschaninow und leckte seine blaßrosa Lippen ab, die wie die eines blutarmen Mädchens aussahen.

Marina teilte Samgin mit, man habe beschlossen, am Morgen des übernächsten Tages einen Ausflug nach Otradnoje zu machen – fahren würden: sie, Lidija, Wsewolod Pawlowitsch, und man lade ihn ein. Samgin verneigte sich stumm. Sie erhob sich, Turtschaninow wollte auch gehen, aber Walentin begann unerwartet hitzig auf ihn einzureden: »Die Stadt ist leer, zu besichtigen gibt es in ihr nichts, aber Sie könnten mir von Paris erzählen, bleiben Sie doch da! Wir trinken ein Gläschen Wein ...«

Turtschaninow küßte Marina die Hand und blieb, während sie an der Außentreppe zu dem sie begleitenden Samgin sagte: »Welch ein spaßiger Bursche! Hör dir mal an, was er Walentin vorfaseln wird, dann erzählst du es mir, und wir können darüber lachen! Nun, auf Wiedersehen, du mürrischer Mensch! Puh, puh, diese Hitze . . .«

Sie ging. Samgin blieb eine Weile auf der Außentreppe stehen und lauschte; zum offenen Fenster hallte das hastige Tenorstimmchen des Gastes heraus, aber die Worte klangen undeutlich. Zu Besbedow zu gehen, hatte er keine Lust, nicht hinzugehen wäre unhöflich gewesen, und so zündete er sich eine Zigarette an und trat ein. Man beachtete ihn nicht. Turtschaninow saß mit dem Rücken zur Tür, Besbedow seitlich zu ihr. Die Ellenbogen auf den Tisch gestützt und die Finger der einen Hand in seiner zerzausten Mähne vergraben, steckte er mit der anderen Hand Feigen in den Mund, kaute sie langsam, trank schluckweise Madeira dazu und blickte mit einem schmalzigen Lächeln auf dem roten Gesicht Turtschaninow an, während dieser vorgebeugt und das Glas in der Hand sagte: »Diese heidnische Unbefangenheit! Ich sitze mit der Zeitung in der Hand in einem Restaurant, mir gegenüber an einem anderen Tisch ein sehr niedliches junges Mädchen. Plötzlich sagt sie: ›Sie scheinen weniger zu lesen, als meine Höschen zu bewundern‹, sie saß mit übergeschlagenem Bein da . . .«

»Teufel«, murmelte Besbedow. »Das nennt man: Ohne Umschweife!«

»O nein, Sie irren sich!« rief Turtschaninow vergnügt aus. »Das war kein Freudenmädchen, sondern eine Studentin von der Sorbonne, die Tochter recht ehrbarer Bürger, ich habe später ihren Bruder kennengelernt, er ist Offizier.«

Besbedow stieß leise und verwundert einen Pfiff aus. Er schaukelte mit dem Stuhl, schnitt Grimassen, keuchte und schwitzte. Es war klar, daß es ihm schwerfiel, das Gespräch in Gang zu halten, daß er »keine Fragen hatte«, darüber sehr verlegen war und die Feigen aß, um nicht reden zu müssen. Turtschaninow indessen erzählte hingerissen: »Auf einem Boulevard gehen ein Herr und eine Dame, der Herr geht in eine Bedürfnisanstalt, und das stört die Dame nicht im geringsten, sie bleibt stehen und wartet.«

Besbedow prustete.

»Ja, nach russischen Begriffen ist das komisch und ein bißchen – eine Schweinerei, aber bei ihnen ist das nur natürlich. Den Franzosen ist überhaupt jegliche Heuchelei fremd.«

Vom Hof fielen die Strahlen der untergehenden Sonne zum Fenster herein, und alles auf dem Tisch war wie mit rötlichem Staub bedeckt, während das Grün der Pflanzen am Blumenstaket sich unangenehm schwarz verfärbt hatte. Auf dem Hausgebäck in der Kristallschale krochen Fliegen herum.

»Jaja, die Leute leben«, seufzte Besbedow heiser. »Aber bei uns hier ist bald Krieg, bald Revolution.«

»Das ist entsetzlich!« entgegnete teilnahmsvoll der Pariser. »Und alles nur deshalb, weil es an Geld fehlt. Doch Madame Muromskaja sagt, die Liberalen seien gegen eine Anleihe in Frankreich. Aber hören Sie mal, ist das denn Politik? Die Leute wollen arm bleiben ... In Frankreich haben die reichen Bürger Revolution gemacht, gegen die Adeligen, die schon ruiniert waren, aber den König in der Hand hatten, während bei Ihnen, das heißt bei uns, sehr schwer zu begreifen ist, wer eigentlich Revolution macht.«

Besbedow warf den Kopf zurück und lachte, schlug sich mit den Händen auf die Knie und keuchte: »Ja eben – wer?«

Turtschaninow wartete, bis Walentin sich satt gelacht hatte, und sagte anscheinend bereits gekränkt: »Ich bin der Ansicht, Revolutionen werden immer von den Reichen gemacht ...«

»Klar!« schrie Besbedow.

Samgin verließ unauffällig das Zimmer und dachte erbost: Dieses fette Schwein verstellt sich! Er sieht sehr wohl, daß es dem jungen Mann gefällt, ihn zu belehren. Er ist nicht nur selber eine Karikatur, sondern macht auch den zur Karikatur, der sich neben ihn stellt.

Nach dem, was Marina von Besbedow gesagt hatte, fühlte Samgin, daß seine Antipathie gegen Besbedow sich zwar verschärft hatte, ihn aber nicht von dem Taubenfreund wegtrieb, sondern anscheinend zu ihm hinzog. Das war sowohl unangenehm als auch unverständlich.

Einen Tag später, am Morgen, wiegte er sich auf dem Weg nach Otradnoje in einem Korbwagen. Der Tau glitzerte noch an den Gräsern, aber es war bereits schwül; unter den Hufen der zwei dicken Schecken wirbelte warmer, ätzender Staub hoch, der starke Geruch von Pferdeschweiß vermengte sich mit berauschendem Heuduft und verursachte drückende Schläfrigkeit. Zu beiden Seiten des Landwegs, auf Äckern und Gemüsefeldern, regten sich Bauern und Bäuerinnen; in der Ferne flimmerte im Dunst das naive Spitzenmuster des Klosterhains. Der Wagen war unbequem und hatte harte Federn, Samgin wurde unangenehm gerüttelt, er war unausgeschlafen und ungehalten darüber, daß er allein fahren mußte, seinen Platz in Marinas Wagen hatte Besbedow eingenommen. Als Kutscher saß auf dem Bock der bärtige, unheimliche Hausknecht Marinas und sprach fast ununterbrochen mit den Pferden – er hatte eine Kehlstimme, in seinen Worten klang etwas, das dem kalten, trockenen Pfeifen des Herbstwinds glich. Zudem hatte er ein unnatürlich rotes Gesicht, als wäre an Stirn und Wangen die Haut abgeschunden. Der dichte, dunkle Bart sah aus wie aufgeklebt. Noch in der Stadt, als er im Wagen Platz nahm, hatte Samgin gedacht: Was für ein grimmiges Gesicht.

Und als sie aus der Stadt heraus waren, fragte er: »Von wo sind Sie gebürtig?«

»Aus Gurjew. Es gibt ein solches Städtchen am Uralfluß. Früher hieß es Jaïzk.«

»Sind Sie Kosak?«

»Ja. Nur habe ich das Heer schon seit langem verlassen.«

»Weshalb?«

»Nun . . . so, es hat mir nicht gefallen.«

Samgin hatte keine Lust, noch nach etwas zu fragen, doch der Kosak murmelte nach kurzem Schweigen: »Allerdings, woran man auch immer Gefallen hat – es geht einem alles durch die Finger. Man kann es nicht festhalten.«

Das habe ich schon mal gehört oder gelesen, dachte Samgin, und ihn befiel Langeweile. Diesen Tag, die Hitze, die Felder, den Weg, die Pferde, den Kutscher und alles, alles ringsum hatte er vielmals gesehen, das alles war vielhundertmal von Literaten und Malern dargestellt worden. Abseits vom Weg schwelte ein riesengroßer Heuschober, graue Asche rieselte von ihm herab, goldrote Würmchen flammten, sich krampfhaft windend, für eine Sekunde auf, aus dem schwarz-grauen Haufen brachen überall gekräuselte, blaue Rauchsäulchen hervor, und über dem Schober stand der Rauch als weißliche Wolke.

»Brandstiftung?« fragte Samgin.

»Unbedingt Brandstiftung.«

»Ist hier im vergangenen Jahr viel rebelliert worden?«

Der Kosak antwortete erst nach einigem Zögern: »Der Bauer hier ist wohlhabend, es ist niemand da zum Rebellieren.«

Samgin lächelte, er erinnerte sich der Worte Turtschaninows: »Alles ist schon dagewesen, alles ist schon gesagt.« Und immer wird auf Erden der Mensch leben, dem es inmitten der endlosen Wiederholungen ein und desselben schwer und langweilig ist. Der Gedanke an die tragische Lage dieses Menschen barg in sich ebensoviel Trauer als Stolz, und Samgin dachte daran, daß Marina diesen Stolz wahrscheinlich kenne. Es war schon gegen Mittag, die Hitze wurde drükkender, der Staub heißer, im Osten ballten sich dunkle Wolken, die an den brennenden Heuschober erinnerten.

»Da ist auch Otradnoje zu sehen«, sagte der Kutscher und deutete mit dem Peitschenstiel auf einen Hügel in der Ferne. Dort erhob sich, an einen kleinen Birkenhain geschmiegt, ein gelbes Haus mit Säulen, Samgin hatte nicht weniger als ein Dutzend solcher Häuser rings um Moskau gesehen, von Dutzenden solcher Häuser gelesen.

Eine Viertelstunde später gelangten die schweißbedeckten Pferde über einen vom Regen zerwaschenen Weg auf die Anhöhe hinauf in den warmen Schatten einer Birkenallee, dann hielten sie vor dem Aufgang eines nagelneuen, mit Schnitzwerk verzierten einstöckigen Holzhäuschens. Über dem Hausaufgang wölbte sich bogenförmig ein großes, drolliges Schild, darauf waren in weißem Feld mit roter und blauer Farbe dargestellt: Ein Bauer in sonderbarer Haltung – er stand auf einem Bein und hatte das andere zusammen mit dem Arm über einem Kummet ausgestreckt; hinter dem Kummet zwei Dreschflegel; hinter diesen ein großer Hammer, ferner etwas Unverständliches und – ein Mädchen mit einem Burschen; sie drückten einander die Hand und küßten sich. Unterhalb der Gestalten besagten kleine Buchstaben: »Kontor«, und Samgin erriet, daß die Gestalten ebenfalls Buchstaben darstellten.

Im Fenster des Kontors zeigte sich das blasse, schwarzbärtige Gesicht Sacharijs, es verschwand wieder; hinter einer Ecke kamen vier Bauern hervor, zwei von ihnen nahmen gemächlich die Mütze ab, der dritte – hochgewachsen und mit Schnurrbart – berührte bloß mit dem Finger den tief ins Gesicht gedrückten Strohhut, und der vierte – kahlköpfig und bärtig – sagte klangvoll mit glücklichem Lächeln: »Willkommen!«

Auch das ist schon dagewesen, stellte Samgin, während er die Bauern grüßte und den Staubmantel abnahm, mechanisch fest.

Vom Hausaufgang kam, das weiße Kittelhemd umgürtend, Sacharij heruntergelaufen und sagte vorwurfsvoll zu den Bauern: »Na, was wollt ihr denn gleich? Laßt einen doch erst zu Atem kommen!« Er stützte Samgin unter dem Ellenbogen. »Bemühen Sie sich bitte ins Haus, dort ist ein Mahl bereitet . . .« Und als er an dem Kosaken vorbeikam, sagte er zu ihm halblaut: »Paß auf, Danilo, ich schicke gleich Wassja her.« Dann rechtfertigte er mit leisen Worten seine Anordnung: »Ein ganz schreckliches Volk haben wir hier, Klim Iwanowitsch, ein verrücktes Volk!«

Ins Haus gingen sie durch die Küche, am Herd hantierte hastig eine kleine, dicke Alte mit flinken, sehr hellen Augen in einem dunklen Gesicht; dann betraten sie einen Saal, der feucht und düster war, obwohl er von zwei riesengroßen Fenstern und einer zur Terrasse geöffneten Tür erhellt wurde. Der große, ovale Tisch war mit Geschirr, Flaschen und Blumen beladen und von Stühlen in grauen Überzügen umgeben; in der Ecke stand ein Flügel, darauf ein ausgestopfter Uhu und ein Gitarrenkasten; in der anderen Ecke zwei breite Sofas und über ihnen schwarze Bilder in Goldrahmen. Den Saal betrat ein rankes, schlankes Mädchen mit dickem Zopf, es brachte eine Glaskanne mit Milch und verschwand wieder flink, auch Sacharij ging, nachdem er gesagt hatte: »Nun, ruhen Sie sich aus. Zum Waschraum geht es durch die Küche.«

Samgin trank mit Genuß ein Glas kalter unentrahmter Milch, ging in die Küche, kühlte Gesicht und Hals mit einem feuchten Handtuch, trat auf die Terrasse hinaus und begann, nachdem er sich eine Zigarette angezündet hatte, auf der Terrasse umherzugehen, wobei er in sich hineinlauschte, jedoch keinerlei Gedanken vernahm, aber er hatte das Gefühl, als erwartete ihn hier irgend etwas Neues, noch nie Erlebtes. Unter seinen Füßen knarrten die Dielenplanken, aus den Fugen zwischen ihnen stieg der Geruch feuchter Erde auf; es war sehr still. Die Terrassentreppe führte zu einem halbkreisförmigen kleinen Platz hinab, er war dicht mit Gras bewachsen, auf ihm ruhte der Schatten alter Linden und Faulbeerbäume; zwischen den Stämmen ragten Stümpfe abgeholzten Gesträuchs und lag eine zerbrochene gußeiserne Bank. Ein kleiner schmaler Weg verlief in die Tiefe des Parks. Samgin setzte sich auf die oberste Treppenstufe.

Aus einer Ecke kamen im Gänsemarsch, einer nach dem anderen, die Bauern; der Kahlköpfige setzte sich auf die Stufe unterhalb Samgins, lächelte ihn an und sagte klangvoll: »Den Städter erkennt man schon am Tabakgeruch.«

Er war mittleren Wuchses, aber so breitschultrig, daß er klein wirkte. Unter dem zerschlissenen Rock von unbestimmter Farbe trug er ein schmutziges Leinenhemd, an den Beinen – eine graue, karierte Hose mit Flicken und an den Füßen ausgetretene Gummiüberschuhe. Das breite Gesicht mit den starken Backenknochen, die kleinen, scharfen Augen und der zerzauste Bart verliehen ihm Ähnlichkeit mit Porträts von Lew Tolstoi.

Samgin bot ihm eine Zigarette an.

»As nje pyschem«, sagte er, und von dem breiten, selbstzufriedenen Lächeln wurden seine Augen klar wie die eines Kindes. Als er merkte, daß der Herr ihn fragend ansah, fragte er, ohne das Lächeln zu löschen: »Verstehen Sie nicht? Das ist Bulgarisch, die Zigeunersprache. Die Bulgaren sagen nicht ›ich‹, sie sagen ›as‹. Und rauchen heißt in ihrer Sprache ›pychatj‹.«

Der hochgewachsene Bauer mit dem Schnurrbart im rasierten Gesicht streckte die Hand aus und sagte: »Geben Sie mir eine, ich rauche!«

Samgin fragte: »Sind Sie mal in Bulgarien gewesen?«

»Wozu denn? Für uns hat es keinen Zweck, in fremde Länder zu gehen, wir kriechen im eigenen ja nur mit Mühe herum ...«

»Als wir unsere Nase zu den Japanern steckten, haben sie uns die Schnauze blutig geschlagen«, fügte der Schnurrbärtige mürrisch ein.

»Nein, diese Sprache hat mich ein Zigeuner gelehrt, ein Pferdeheilkundiger.«

Nun setzten sich auch die übrigen zwei auf die Treppe, der eine dick, graubärtig, solide gekleidet, mit einem breiten, gelben und unbedeutenden Gesicht und langer weißer Nase; der andere klein, knochig, in kurzem Schafpelz, mit bloßen Füßen wie aus Gußeisen und einer so tief über die Augen geschobenen Mütze, daß nur die stumpfe, rote Nase, der schüttere Schnurrbart, eine dicke, schlaffe Lippe und das rostrote Kinnbärtchen zu sehen waren. Alle vier musterten Samgin so eindringlich, daß ihm unbehaglich wurde und er gern weggegangen wäre. Aber der Schnurrbärtige blies die Asche von der Zigarette und fragte streng: »Sagen Sie, Herr, ist es wahr, daß man beschlossen hat, von uns keine Steuern mehr zu erheben und unsresgleichen nicht in den Krieg zu schicken, damit allein die Kosaken Krieg führen, wir jedoch nur die Pflicht haben, Getreide anzubauen?«

Der Bauer mit den gußeisernen Füßen stocherte mit dem Finger in einer morschen Stufe und brummte: »Das wird man dir gerade sagen!«

Samgin erzählte knapp von dem Aufruf der Kadetten; die Bauern hörten ihm schweigend zu, und der Kahlköpfige rief befriedigt: »Ich habe es doch gesagt – eine Proklamation!«

»Also Betrug«, seufzte der Vollbärtige, während der mit dem Schnurrbart einen Seitenblick auf ihn warf und in weitem Bogen durch die Zähne ausspuckte.

»Wir haben kein Glück, Herr«, beklagte sich klangvoll der Kahlköpfige, »man bedrückt uns arme Sünder hier mit Steuern! Elend gibt es, soviel du willst, doch Ersparnisse kann man keine machen. Sparst du fünfzehn Kopeken zusammen, so greifen sie dir gleich in die Tasche – her damit! Und – lebt wohl, Moneten. Die Moneten sind hin und die Hose auch. Das ist dann das Semstwo, das ist dann alles andere ...«

Er sprach mit Genuß und gewandt, wie nicht schlechte Schauspieler sprechen, wenn sie in »Früchte der Bildung« die Rolle jenes Bauern spielen, der sich immer wieder beklagt: »Man hat, sagen wir mal, nicht einmal Platz genug, ein Hühnchen hinauszulassen.« Als Samgin das feststellte, schien ihm, auch die anderen Bauern seien theatralisch und wollten Erniedrigte und Beleidigte spielen.

Zu seinem Vergnügen bewahrheitete der Bauer mit dem Schnurrbart diesen Eindruck. Nachdem er den Zigarettenrest mit Speichel aufrecht an den Nagel des linken Daumens geklebt hatte, sagte er, ihn betrachtend: »Glauben Sie ihm nicht, Herr, er ist wohlhabend, er hat fünf Pferde, drei Kühe, zwanzig Schafe und einen vortrefflichen Gemüsegarten. Sie sind alle drei reiche Leute, streben für sich Sonderländer an und wollen dieses Land käuflich erwerben.«

Er schnippte den Zigarettenrest weg, spuckte hinter ihm her und stampfte mit dem Fuß auf, während der Kahlköpfige das Gesicht verzog, die Augen verdrehte, bis sie unsichtbar wurden, den Kopf zurückwarf und dünn zum Himmel empor lachte.

»Na, was redet er da, Herrgott, was redet er! Wir sollen reich sein? Lie-ber Pjotr Wassiljew, leben denn Reiche jemals in Dörfern? Oh, oh, das gibt es nicht, daß einer im Dorf reich wird, das kann er in der Stadt, wo man sein Brot leicht verdient ...«

Der schnurrbärtige Pjotr schaute ihn mit gerunzelten Brauen an, die Muskeln an seinen Kinnbacken traten hervor.

Da Samgin befürchtete, es könnte ein Streit ausbrechen, fragte er, ob es in ihrer Landgemeinde Aufstände gegeben habe.

»Das wissen wir nicht«, sagte der Bauer mit der weißen Nase, während der Schnurrbärtige mit tiefer Stimme sagte: »Hier haben sie rundherum ja so viele Tscherkessen hergeschickt, da kann man nicht rebellieren!«

»Mit Aufständen haben wir nichts zu tun, Herr!« begann hastig der Kahlköpfige. »Gewiß, auch wir hätten Grund, zu rebellieren, aber – es hat keinen Sinn!«

Er geriet in Begeisterung und erläuterte lange und unverständlich, indem er eilig Wort an Wort reihte und mit den Händen fuchtelte, den Unterschied zwischen Sinn und Ursache, seine scharfen Äugelchen wechselten unerwartet schnell den Ausdruck, funkelten bald anklagend und zornig, bald freundlich und listig. Der Graubärtige öffnete und schloß mit gerunzelter Nasenwurzel den Mund, er wollte etwas sagen, aber ihn hinderte daran eine Wespe, die vor seinem breiten Gesicht umherflog. Der dritte Bauer hatte von der Stufe ein großes morsches Stück weggebrochen und betrachtete es aufmerksam.

»Die Ursache wäre also die Faulheit, und sie ist es, die rebelliert! Der Sinn aber verlangt etwas anderes! Eine Laus kann man nicht vor den Pflug spannen, das wäre der Sinn ...«

»Was für einen Unsinn du redest, Onkel Mitrij«, sagte der schnurrbärtige Pjotr und wandte sich an Samgin: »Das sagt er alles nur, um nichts zu sagen. Hören Sie ihm nicht zu, beachten Sie nicht seine zerlumpten Kleider, er hat sich absichtlich als armer Tropf zurechtgemacht . . .«

»Ach, Pjotr, das ist nicht recht von dir«, sagte trübsinnig der Graubärtige, »wir sind alle wegen der gleichen Sache hergekommen, und du . . .«

Der Kahlköpfige unterbrach ihn: »Wir kennen dich, Petruscha! Wir kennen dich sehr gut! Klöne nicht . . .«

»Ich weiß auch, daß ihr ein abgekartertes Spiel treibt! Wartet nur – ihr werdet es noch bereuen«, er stieß einen unflätigen Fluch aus, erhob sich und ging, die Hände in den Taschen. Der Bauer mit den gußeisernen Füßen warf das morsche Holzstück beiseite und zischte: »Soldat ist er, dieser alberne Kerl, er ist hier einer der Hauptaufwiegler, der Hundsfott! Davon gibt's hier ein ganzes Nest voll! Sie tun weder was für Gott noch für den Teufel, alles nur für sich. Ihretwegen hat man auch die Tscherkessen zu uns geschickt.«

»Und der Tscherkesse – der untersucht nicht, wer woran schuld ist«, fügte der Kahlköpfige hinzu und schrie mit einemmal laut, wobei er mit den Händen auf die Flicken an seinen Knien schlug: »Es gibt und gibt bei uns keine Ordnung!«

Der Graubärtige blickte zum Himmel, der fast weiß glühte, und sagte: »Es wird ein Gewitter geben«, dann fragte er Samgin: »Was werden Sie wohl sein: Advokat oder einfach – ein Gast?«

Das brachte den Kahlköpfigen zum Lachen. »Du hast wunderlich gefragt, bei Gott!«

Samgin erhob sich und ging auf dem Weg tief in den Park hinein, wobei er dachte, daß um solcher Leute willen Idealisten und Romantiker jahrelang im Gefängnis saßen, in die Verbannung, ins Zuchthaus, in den Tod gingen . . . Aber daran dachte er nur flüchtig und gleichsam nicht aus sich selbst heraus, ihn beunruhigte, warum Marina nicht eintraf. Es war heiß, wie im Dampfbad, eine drükkende, unangenehme Trägheit schwächte den Körper. Am Ende des Weges befand sich im Gebüsch eine Laube; auf ihren Stufen lagen ein Schuh mit französischem Absatz und der Einbanddeckel eines Buches; in der Laube standen zwei Korbsessel, auf dem Boden lagen die Bruchstücke eines Schachtischchens umher. Von dem Hügel war durch das Buschwerk ein Feld zu sehen, das Quecksilber eines Flusses glitzerte, am Horizont quoll eine blaue Wolke empor, längs eines unsichtbaren Fahrwegs wirbelte Staub hoch. Und wieder war alles so bekannt, so begrenzt, gewohnt, langweilig war alles, langweilig . . .

Hier erinnerte sich Samgin, daß ihm im Winter zuweilen der Gedanke gekommen war, Selbstmord zu begehen. Ein kränkender Gedanke.

Der Staub in der Ferne wurde dichter, wahrscheinlich kam Marina gefahren.

Samgin versank in Nachdenken darüber, wem Marina ähnelte. Und unter den Heldinnen der Romane, die er gelesen, fand er keine einzige Frau, die ihr ähnelte. Hinter ihm knarrten die Stufen, der schnurrbärtige Soldat Pjotr war gekommen. Er setzte sich unverfroren in einen Sessel und fragte, während er mit dem Messer die Rinde von einem Haselstecken herunterschnitt, nicht laut, aber streng: »Der Zar versteht also selber nicht zu regieren, läßt es aber andere auch nicht tun? Wozu sollen wir noch warten?«

»Im Januar wird die Duma wieder eröffnet«, sagte Samgin mit einem Seitenblick auf ihn.

»So. Welcher Partei gehören Sie denn an?«

Samgin zündete sich eine Zigarette an und antwortete nicht, der Soldat indessen wartete auch nicht erst auf Antwort, er schnitt die Rinde spiralförmig von dem Stock herunter und begann, ohne Samgin anzusehen, bekümmert zu reden: »Was sagen Sie: Soll man Land kaufen, sich Sonderland zuteilen lassen oder warten? Wartet man, so raffen die Dorfschmarotzer alles an sich. Hier geht ein Mann herum und redet uns zu: ›Jagt die Herren von ihrem Land herunter, zerstört ihre Gutshöfe! Ich bin Anarchist‹, sagt er. Zerstören ist einfach. In Maidan, bei den Tscherkassows, haben sie den Gutshof niedergebrannt, das Vieh abgeschlachtet und überhaupt sauberen Tisch gemacht! Dann kam Infanterie, etwa vierzig Mann eines Reservebataillons, sie erschossen drei Bauern und verdroschen vierzehn, auch ihre Weiber. Einen Sinn hat das nicht.«

Der Soldat sprach mit sich selbst, während Klim über die sonderbare Lage eines Menschen nachdachte, der aus unerfindlichem Grund alle Fragen beantworten soll.

»Ihr, in dem Haus, auf der Anhöhe, trinkt Tee, unterdessen tritt in den Gruben hinter der Ziegelei eine kleine Versammlung zusammen, und der fremde Mensch schwingt Reden. Man hat den Bauern aufgehetzt und hetzt ihn immer noch auf. Ordnung wird es noch la-ange keine geben«, sagte Pjotr mit sichtlichem Vergnügen und fuhr belehrend fort: »Sorgen Sie dafür, daß man dieses Gut an uns verkauft. Seine eigene Habe wird der Bauer nicht verwüsten. Verkauft ihr aber nicht, so werden wir Schaden anrichten, das sage ich Ihnen ohne Angst. Der Kahlköpfige und der mit dem Strohhut, die Brüder Tabakow, das sind Schlauköpfe! Die werden keinen Finger rühren und ihr Ziel dennoch erreichen. Sie sind im Kirchdorf die Gouverneure. Seelenhirten – Seelenpflaster.«

»Es kommt ein Gewitter«, sagte Samgin und verließ die Laube. Der Soldat entgegnete: »Mag es kommen!« und hieb, daß es pfiff, mit dem Stock durch die Luft. »Sie wollen sich nicht unterhalten? Dann lassen Sie es«, murmelte er, ohne gekränkt zu sein.

Als Samgin ins Haus zurückgekehrt war, aß er ein wenig, trank zwei Gläschen Wodka, legte sich auf das Sofa und schlief sofort ein. Geweckt wurde er von ohrenbetäubendem Donnerkrach, im Park blitzte es ununterbrochen, auf dem Tisch im Zimmer zitterte alles und hüllte sich in Finsternis, dichter Regen peitschte an die Fensterscheiben, das Geschirr auf dem Tisch schimmerte bläulich, der Wind heulte, und irgendwoher erklang Sacharijs brummige Stimme: »Olga, trag die Milch weg, sie wird sauer! Jetzt kommen sie nicht mehr. Ach, du mein Gott . . .«

Dann begann Hagel an die Scheiben zu trommeln. Samgin kehrte das Gesicht der Wand zu und versuchte wieder einzuschlafen, aber bald darauf ertönte irgendwo Marinas zorniges Rufen: »Ist hier jemand? Macht schnell Tee. Frag Olga, ob Damenwäsche und ein Kleid da ist. – Na, dann irgendein Schlafrock . . .«

Samgin trat gerade in dem Augenblick auf sie zu, als ein Blitz aufzuckte, die Dunkelheit in dem kleinen Zimmer zerstreute und so Marina, straff in Seide geschnürt, sichtbar wurde.

»Bin ich schön?« fragte sie. »Und das alles wegen Lidijas Launen – wir mußten unbedingt das Kloster besuchen, ach . . . Na, geh, ich will mich ausziehen!«

Ihre große Gestalt wankte, als wäre sie es, die die Dunkelheit verscheuchte. Samgin kehrte in den Saal zurück, er erinnerte sich, daß der stille Roman mit der Nikonowa an einem ebensolchen regnerischen Abend begonnen hatte; diese Erinnerung weckte in ihm sofort eine irgendwie feierliche Wehmut. In dem kleinen Zimmer klatschten nasse Lappen auf den Boden, dann ertönte der empörte Ausruf: »Langsam, Olga, du hast mich gestochen . . .«

Marina betrat den Saal in einem grauen Schlafrock, der mit Sicherheitsnadeln zugesteckt war, ein Handtuch um den Hals und das Haar aufgelöst auf dem Rücken, so glich sie der Fürstin Tarakanowa auf dem Bild von Flawitzkij und einer Strafgefangenen; sie setzte sich, die Füße in Samtstiefeln von sich gestreckt, an den Tisch und sagte zu Samgin: »Nun, spiel den Hausherrn, bewirte mich!«

Sacharij brachte mit freudigem und schuldbewußtem Lächeln einen großen Samowar herein, trat eine Weile neben dem Tisch von einem Fuß auf den anderen und verschwand wieder. Marina trank ein großes Likörglas Portwein, leckte sich die Lippen ab und sagte: »In diesem Haus hat ein kluger, ausschweifender alter Graukopf und großer Knauser gewohnt. Er war abscheulich geizig, überwies jedoch dreimal im Jahr tausend Rubel nach Frankreich, in ein bretonisches Städtchen – für die Witwe und die Tochter irgendeines Notars. Manchmal beauftragte er mich mit der Überweisung. Ich fragte ihn: ›Ein Roman?‹ – ›Nein‹, sagte er, ›nur Sympathie.‹ Es ist möglich, daß er nicht gelogen hat.«

Sie trocknete sich das nasse Haar mit dem Handtuch und fuhr fort: »Er philosophierte, schrieb an einem Werk ›Geschichte und Schicksal‹ – er schrieb sehr verworren und düster. Im vergangenen Sommer wohnte bei ihm so ein ... Hühneresser, Tomilin, er ernährte sich ausschließlich von jungen Hühnchen und Gemüse. Ein dickes, böses, selbstverliebtes Tier. Er versuchte, ein Mädchen zu vergewaltigen, die Tochter der Köchin, ein kluges Mädchen übrigens und anscheinend eine Tochter dieses Turtschaninow. Der Alte schlug Krach und jagte Tomilin davon. Tomilin philosophierte ebenfalls.«

»Ich kenne ihn, er ist mein Repetitor gewesen«, bemerkte Samgin.

»So?«

Marina blickte ihn lächelnd an, wollte etwas sagen, aber da traten Besbedow und Turtschaninow ein; Besbedow hatte einen Adelsuniformrock mit den dazugehörigen Hosen an und trug Pantoffeln an den bloßen Füßen, ihm war es geglückt, sein zerzaustes Haar fast glatt zu kämmen, und er sah nicht mehr so albern wie sonst aus, sondern stattlich, würdig; Turtschaninow, der einen langschößigen Überrock und Gummiüberschuhe anhatte, sah jetzt kleiner und schmächtiger aus und machte ein unglückliches Gesicht. Er schlurrte mit den Gummiüberschuhen und sagte nicht sehr überzeugt: »Der Mensch soll sich hohe Ziele setzen ...«

»Sehr richtig«, entgegnete Marina. »Aber welche denn?«

Er nahm neben ihr Platz und sagte: »Er soll überhaupt unter einem großen Banner leben ... wie zum Beispiel die Kreuzritter, die Alchimisten.«

Besbedow füllte im Stehen Wein in ein Glas und murmelte: »Uns passen die alten Banner nicht, wir sind selbstgemachte Leute.«

»Was bedeutet das?« fragte Turtschaninow, der sich offenbar aufrichtig für das Wort interessierte.

»Nun – wie soll ich sagen?« brummte Besbedow, ins Glas blikkend. »Die Intelligenz ist ... selbstgemacht. Wir brauchen ein Kummet, einen Zaum und ein Büschel Heu vor den Augen, damit der Gaul vorwärts geht – unbedingt!«

Turtschaninow blickte ihn wortlos und fragend an – und fragte: »Ein Büschel Heu?«

»Na ja«, sagte Besbedow grob, »statt eines Banners.«

»Hör auf, Walentin«, riet Marina.

Der Regen wurde feiner, er klopfte ungestüm und immer hastiger an die Scheiben, als verlöre er die Kraft und beabsichtige aufzuhören. Der Wind heulte, die Bäume rauschten dumpf.

In der Tür erschien ein Mädchen und sagte aus unerfindlichem Grund mit zorniger Stimme: »Lidija Timofejewna wird nicht kommen, sie hat gebeten, ihr Tee zu bringen und ein Gläschen mit irgendeinem Wein.«

»Ein schönes Mädchen«, sagte Besbedow, der ihr nachblickte, als sie den Tee forttrug. »Ein Rattenschnäuzchen.«

Turtschaninow schlotterte, er verzog das Gesicht und trank hastig heißen Tee, wobei er Wein in das Glas zugoß. Samgin, der am Tisch den Hausherrn machte, fühlte sich unsichtbar unter diesen Menschen. Er sah nur Marina vor sich; sie spielte mit dem Teelöffel, indem sie ihn auf der Hand wog und von der einen Hand auf die andere legte, ihre Augen waren nachdenklich zusammengekniffen.

Der Löffel fiel herunter, Samgin bückte sich, um ihn aufzuheben, und erblickte unter dem Tisch Marinas Beine, bis zu den Knien entblößt. Besbedow ging zum Flügel, öffnete den Gitarrenkasten und erklärte: »Er ist leer. Übrigens kann ich gar nicht Gitarre spielen.«

»Ich will gehen und nachsehen, was mit ihr ist«, sagte Marina, sich erhebend. Besbedow fragte: »Mit der Gitarre?«

Turtschaninow blickte ihn verwundert an und begann wieder Tee mit Wein zu trinken, während Besbedow auf dem knarrenden Parkett umherschritt und unter lautem Schnaufen mit ungestümer Stimme zu deklamieren begann:

»Ich bin derselbe Khan Namyk,
Der hier zu herrschen hat das Glück!
Von groß bis klein kennt jedermann
Den Namyk, diesen Schreckenskhan!«

Er hielt inne, schwieg eine Weile und gestand: »Wie es weitergeht, habe ich vergessen.«

Samgin begriff plötzlich, daß Besbedow betrunken war, und das veranlaßte ihn aufzuhorchen. Besbedow schaute zur Decke und erinnerte sich langsam:

»Mein Harem ist ganz wundervoll,
Hundertvierzig Frauen – das ist toll!

Doch dieser Tage sah ich ein,
Das dürfte mir zu wenig sein.«

»Sehr spaßig«, sagte Turtschaninow und blickte Samgin fragend an. Samgin lächelte, während Besbedow an den Tisch trat und, hinter Samgin stehend, heiser fortfuhr:

»Fängt einer wo zu meckern an,
Laß pfählen ich den Untertan,
Und das Volk ja, wie ihr seht,
Herrlich und in Freuden lebt . . .

Ich habe es wieder vergessen«, sagte er und griff nach der Lehne von Samgins Stuhl; Turtschaninow sagte nochmals, die Verse seien spaßig, rieb sich kräftig die Stirn und schaute sich nach allen Seiten um, während Besbedow an dem Stuhl rüttelte und fragte: »Und Sie – gefallen sie Ihnen?«

»Witzig«, sagte Samgin.

Besbedow ging wieder hustend im Zimmer umher und sagte: »Verfaßt hat sie Sawwa Mamontow, der Millionär, er hat Eisenbahnen gebaut, Maler durchgefüttert und Operetten geschrieben. Gibt es solche Franzosen? Es gibt keine solchen Franzosen. Es kann keine geben«, fügte er zornig hinzu. »So etwas gibt es nur bei uns. Bei uns, lieber Wsewolod, putzt sich jeder . . . nicht seinem Stand entsprechend auf. Und – seinen Kräften. Alle laufen in fremden Hüten herum. Und nicht, weil der fremde schöner wäre, sondern . . . weiß der Teufel, weshalb! Plötzlich ist man Revolutionär, doch – weshalb?« Er trat an den Tisch, ergriff die Flasche und murmelte, während er sich Wein einschenkte: »Trinken wir, Samgin, auf das Wohl von . . .«

Das Zimmer füllte sich plötzlich mit blauem Licht, es donnerte kurz und scharf – Besbedow setzte sich auf einen Stuhl und machte eine wegwerfende Handbewegung. »Na, es geht wieder los . . .«

Eine Minute lang schwiegen sie alle drei, dann erhob sich Turtschaninow, ging in die Ecke zu den Sofas und sagte von dort: »Sie reden ausgezeichnet . . .«

»Ich? Ich rede wie ein Narr. Weil nichts Bestand hat in meiner Seele . . . wie in einem luftleeren Raum. Ich sage alles, was mir gerade in den Sinn kommt, spiele vor mir selbst den Hanswurst«, schnob Besbedow erregt; sein Haar war trocken geworden und stand zu Berge, er vergaß, mit Klim anzustoßen, trank den Wein aus und sagte, in das leere Glas in seiner Hand blickend: »Und ich habe

Angst, es könnte sich von irgendwoher im nächsten Augenblick etwas Furchtbares wie ein Tier auf mich stürzen.«

»Das sind die Nerven, das kommt vom Gewitter«, beschwichtigte ihn Turtschaninow, der auf einem Sofa lag.

Besbedow beugte sich zu Samgin vor und fragte: »Was meinen denn Sie?«

Samgin war durch Besbedows Reden erregt und befürchtete, da er ihn immer betrunkener werden sah, einen unliebsamen Auftritt, da er aber außerstande war, seine Erregung zu zügeln, antwortete er trocken: »Ein Bekannter von mir sang Couplets folgender Art:

›Ja – eine hohle Seele
Braucht den Ballast des Glaubens . . .‹«

Besbedow schaukelte mit dem Stuhl und sagte heiser:

»Namyk erlitt genug der Not,
Er ging freiwillig in den Tod.«

Marina trat ein, sie war bereits frisiert und hatte den Zopf wie einen Turban um den Kopf geschlungen, dadurch wirkte sie größer.

»Wsewolod Pawlowitsch, für Sie steht ein Zimmer bereit. – Walentin, führe ihn hin! Im Zwischenstock. – Für dich, Klim Iwanowitsch, wird man hier ein Nachtlager bereiten.«

An Turtschaninow hatte sie sich liebenswürdig gewandt, Besbedow hatte sie streng befohlen, in den an ihn gerichteten Worten spürte Samgin einen besonders freundlichen Ton.

»Lidija scheint sich erkältet zu haben«, sagte sie und machte eine mürrische Miene, als sie sah, wie sicher Besbedow davonschritt. »Was für eine unheimliche Nacht! Zum Schlafen dürfte es noch zu früh sein, aber – was soll man tun? Morgen werde ich bei der Besichtigung des Guts viel herumlaufen müssen. Schlaf gut . . .«

Samgin erhob sich, begleitete sie zur Tür, lauschte, wie sie eine ihm unsichtbare Treppe hinaufging, kehrte in den Saal zurück und trommelte, an der Terrassentür stehend, mit den Fingern an die Scheibe.

Die Baumwipfel wankten im Wind; die undurchdringliche Dunkelheit über ihnen schwebte irgendwohin, nun wurde sie von einem großen Stern durchbrochen, der Wind löschte den Stern wieder aus. Im Zimmer war es still, aber es schien, als wogte die Stille ebenso wie die Finsternis vor dem Fenster. Hinter Samgin tappten bloße Füße behutsam umher, raschelte Wäsche, lockerte jemand mit kräftigen Schlägen Kissen auf und klirrte Geschirr. Samgin sah zu, wie auf der Terrasse helle Regentropfen durch die Dunkelheit fielen, und erinnerte sich an Maupassants Roman »Unser Herz«, an die Szene, wie Madame de Burne nachts großmütig in Mariolles Zimmer kam. Er erinnerte sich auch der Lieblingsredensart des Malermeisters bei Tschechow: »Möglich ist alles . . .« In fremden Worten zu denken ist sehr bequem, man braucht nicht für sie einzustehen, wenn sie sich als falsch erweisen.

Madame de Burne war eine temperamentlose Frau und – dennoch . . . Sie schonte ihren Körper wie ein allzu kostbares Kleid. Das ist töricht. Marina ist weniger Spießerin. Im Grunde ist sie sogar kaum eine Spießerin. Eine Habgierige? Ja, natürlich. Das ist jedoch nicht das Wesentlichste an ihr . . .

Samgin empfand einen angenehmen Schwindel und drückte die Stirn an die Scheibe.

Ich habe zu viel getrunken. Sie trinkt mehr als ich . . . Das sind Sätze aus einer Schulgrammatik.

Dann kam ihm der Gedanke, daß es ringsum für einen Menschen bereits zu still sei. Es sollte ein Uhrpendel ticken, ein Holzwurm bohren, »des Lebens mausschnelles Hin und Her« spürbar sein. Er spannte das Gehör an, vernahm das Rascheln des Laubs an den Bäumen im Park und entsann sich, daß ein Literat dieses Rascheln auf die Bewegung der Erde im Weltraum zurückgeführt hatte.

Das ist albern. Aber sich erinnern bedeutet nicht erfinden. Die Literatur ist auch Wirklichkeit. Ein Buch ist eine Realität, man kann damit eine Fliege totschlagen, kann es dem Autor an den Kopf schmeißen. Es vermag zu berauschen wie Wein oder wie eine Frau.

Des Stehens müde, wandte er sich um, im Zimmer war es dunkel; in der Ecke beim Sofa brannte ein Nachtlämpchen, das Schlaflager auf dem einen Sofa war leer, von dem weißen Kissen des anderen ragte der schwarze Bart Sacharijs in die Luft. Samgin fühlte sich gekränkt, hatte sich denn für ihn wirklich kein Einzelzimmer gefunden? Er packte den Griff des Drehriegels und öffnete laut die Terrassentür, draußen in der Dunkelheit rührte sich jemand und hüstelte.

»Wer ist dort?«

Es antwortete – erst nach einer Weile – die bekannte Stimme des Kutschers:

»Wir halten Wache.«

Langsam richtete sich jemand sehr Großes auf.

»Ich und Wassja«, fügte der Kutscher hinzu. »Sehen Sie, so ist er, der Wassja!«

Samgin zündete ein Streichholz an, aus der Dunkelheit lächelte ihn ein gutmütiges, breites, bartloses Gesicht an. Nachdem er eine Weile dagestanden und die feuchte, kühle Luft eingeatmet hatte, ging Samgin zu seinem Schlaflager und ließ die Tür offen – wobei er merkte, daß Sacharij nicht schlief –, zog sich aus, legte sich hin und dachte, als er das Nachtlämpchen ausgelöscht hatte: Am Ende wird der auch noch zu reden anfangen.

Aber Sacharij schwieg und rührte sich nicht, als wäre er nicht da. Samgin dachte:

Er traut sich nicht, ein Gespräch anzufangen. Und es ist, als ob er mich belauschte.

Samgin wartete noch zwei, drei Minuten, dann fragte er halblaut: »Dienen Sie schon lange bei der Sotowa?«

»Das achte Jahr«, antwortete Sacharij leise.

»Und womit haben Sie sich früher befaßt?«

Sacharij antwortete nicht sofort, und das war unhöflich.

»Ich bin Mönch, ich lebte im Kloster. Neun Jahre. Von dort hat mich Marina Petrownas Gemahl genommen . . .«

Genommen. Wie eine Sache, stellte Samgin fest; als er eine weitere Minute dagelegen hatte, zündete er sich eine Zigarette an und sah beim Licht des Streichholzes, daß Sacharij saß und sich die Bettdecke um die Schultern gelegt hatte. »Möchten Sie nicht schlafen?«

»Ich schlafe schlecht«, flüsterte Sacharij unschlüssig. »Ich bekomme Herzbeklemmungen, wenn ich liege; das Herz setzt dann aus. Das ist, als stürzte man irgendwohin ab. Darum sitze ich nachts meistens.«

»Hat man es schwer im Kloster?«

Sacharij hustete erst dumpf in die Decke hinein, bevor er sagte: »Die daran glauben, daß man sich vor der Welt retten kann . . . nun, für die ist es erträglich, die haben es leicht! Die nicht tief nachdenken. Auch ich hatte es anfangs leicht und danach – auch . . .«

»Wonach?«

»Ich hatte genug gesehen. Die Mönche sind auch Menschen. Sie geraten auf Abwege. Die einen können das Fleisch nicht bezwingen, die anderen leiden unter ihrer Ehrsucht. Na, und vom Nachdenken . . .«

Es war sehr sonderbar, das Geflüster eines unsichtbaren Mannes zu hören; er sprach langsam, als tastete er im Dunkeln nach den Worten, und reihte sie falsch aneinander. Samgin fragte: »Sind Sie denn aus freien Stücken Mönch geworden?«

»Mir hatte es der Gefängnisgeistliche geraten. Als ich in Haft war, ging ich ihm in der Gefängniskirche zur Hand, ich gefiel ihm, und so sagte er: ›Wenn man dich freispricht, solltest du Mönch werden.‹ Man sprach mich frei. Und da legte er ein Wort für mich ein. Der

Abt war sein leiblicher Onkel. Ein dem Trunk ergebener, aber redlicher Mensch. Er las gern weltliche Bücher – die Märchen der Scheherazade, die ›Abenteuer des Gil Blas‹, das ›Dekameron‹. Ich war siebzehn Monate lang Zellendiener bei ihm.«

Samgin stellte fest: Marinas Hausknecht, der Kosak, glich einem geflüchteten Zuchthäusler, und dieser hier, der Verwalter, hatte im Gefängnis gesessen, er stellte das fest und lächelte innerlich. Die Geheimnisse verdichteten sich.

»Es wird Sie natürlich interessieren, weswegen man mich ins Gefängnis gesteckt hat«, hörte er ein nachdenkliches, gemächliches Flüstern. »Sehen Sie, ich bin Waise und habe vom elften Lebensjahr an bei meinem Taufpaten in der Gerberei gelebt. Zuerst als Laufbursche im Haus, dann saß ich im Kontor und schrieb; dann ärgerte sich der Taufpate über mich, degradierte mich zum Arbeiter, und mehr als drei Jahre lang gerbte ich Häute. Er war zum zweitenmal verheiratet, die Frau vergiftete ihn nach und nach mit Arsenik, sie hatte einen Liebhaber, der war Landmesser. Als der Taufpate starb, strengte seine Tochter Jewgenija einen Prozeß an, und da erwies ich mich auch als schuldig, weil ich von allem gewußt, es aber nicht gemeldet hatte. Jewgenija war ein bildschönes Mädchen und schrecklich klug, sie war dahintergekommen, daß ich dem Landmesser Briefe ihrer Stiefmutter überbracht hatte. Und ihr Briefe von ihm. Na also. Wir wurden alle drei verhaftet, und so saß ich acht Monate im Gefängnis. Den Landmesser sprach man frei und mich auch, während man Wassilissa Alexandrowna zur Kirchenbuße verurteilte: Man billigte ihr zu, daß sie sich geirrt hatte. Damals war ich siebzehn Jahre alt.«

Du bist auch jetzt nicht älter, dachte Samgin und wollte ihn nach Marina fragen. Aber Sacharij fragte selbst: »Verzeihen Sie, Klim Iwanowitsch, haben Sie das Buch ›Edward Youngs Klagen über Leben, Tod und Unsterblichkeit‹ gelesen?«

»Nein.«

»Ach, sehr schade«, seufzte Sacharij.

»Für mich?« fragte Samgin.

»Nein, ich meine für mich. Ein Buch voll erschütterndster Betrachtungen«, seufzte Sacharij wieder und diesmal schwerer. »Es bringt einen von Sinnen. Dort heißt es, die Zeit sei Gott und vollbringe Wunder für uns oder gegen uns. Wer Gott ist, das begreife ich nicht und werde es wahrscheinlich nie begreifen, aber wieso ist denn die Zeit Gott, und wieso ist es möglich, daß er Wunder gegen uns vollbringt? Es ergibt sich also, daß Gott gegen uns ist – weshalb denn?«

Welch ein Unsinn, dachte Samgin, der Sacharijs Gesicht als einen kleinen, formlosen und trüben Fleck in der Dunkelheit sah und sich vorstellte, daß dieses Gesicht vor Grauen verzerrt sein mußte. Ja, vor Grauen, Samgin fühlte, daß es nicht anders sein konnte. Unterdessen regten sich, schwammen in der Dunkelheit die unsinnigen Worte: »Auch heißt es dort, die menschliche Gestalt berge den Keim des Todes in sich und das Leben ernähre seinen eigenen Mörder, warum denn das, wenn man der Ansicht ist, das Leben sei vom unsterblichen Geist erschaffen?«

Das richtet sich gegen Marina, dachte sich Samgin.

»Der Tod verwundet, um zu heilen, doch manch einer wäre auch schon mit der irdischen Unsterblichkeit zufrieden. Demnach, Klim Iwanowitsch, wäre also das Leben irgendwessen Versehen und darum unvollkommen, dabei hat es der vollkommene Geist erschaffen, und wie könnte von einem Vollkommenen etwas Unvollkommenes herrühren?«

Samgin schleuderte den Zigarettenstummel weit von sich und verfolgte, wie das rote Glutpünktchen durch die Dunkelheit flog, auf dem Boden aufschlug und zu Funken zerstob, dann sagte er: »Da müssen Sie Marina Petrowna fragen.«

»Ich habe sie schon gefragt. Sie kennt alles, was Menschen gedacht haben, aber das Buch ›Klagen‹ verwirft sie, verspottet es sogar und bezeichnet es als Geschwätz. Und ich selbst kann zwar denken, verstehe es aber nicht, Betrachtungen anzustellen. Sagen Sie ihr bitte nicht, daß ich nach den ›Klagen‹ gefragt habe.«

»Gut«, versprach Samgin. »Ist sie . . . sehr gescheit?«

»Oh!« seufzte Sacharij leise.

Dann flüsterte er überstürzt: »Von ungewöhnlicher Weisheit. Sie blendet die Seele. Von unerschütterlicher Furchtlosigkeit . . .«

Er brach seine Rede plötzlich ab, begann unruhig zu rumoren, klopfte das Kissen auf und murmelte: »Verzeihen Sie, ich hindere Sie am Einschlafen« – und verstummte. Samgin dachte, er habe sich wahrscheinlich bis über den Kopf in die Decke eingewickelt. Die Stille verdichtete sich, es schien, man könne sie mit der Hand berühren, und lange war kein Laut zu hören, dann patschte im Park jemand wuchtig durch eine Pfütze. Samgin lauschte und erinnerte sich des Predigers Jakow, des Mannes mit den drei Fingern. »Der Stein ist dumm, der Baum ist dumm.« Er erinnerte sich Diomidows, des Diakons, des »nach der künftigen Stadt Suchenden«. Sektierer gibt es Millionen, Sozialisten – Tausende. Möglicherweise hat Marina recht, die Intelligenz kennt das wahre geistige Leben des Volkes nicht. Sie sucht im Volk nur nach Widerspiegelungen ihrer materialistischen Ansichten. Marina kann natürlich keine Sektiererin sein . . .

Irgendwo sehr weit weg heulte hell wie ein Wolf ein Hund vor Hunger oder Angst. Solch eine Nacht konnte es wohl kaum in den kultivierten Staaten Europas geben, eine Nacht, in der sich ein Mensch vierzig Werst weit von einer Stadt entfernt wie mitten in der Wüste fühlte.

Er schlief bei Tagesanbruch ein, geweckt wurde er durch Sacharij und Olga, die den Frühstückstisch deckten. Sacharij war ebenso still und ehrerbietig wie immer, und sein weißes Gesicht war wie immer reglos, wie eine Maske. Die spitznasige, flinke Olga sprach mit ihm lässig und sogar etwas grob.

Als erste erschien zum Frühstück Marina; ihr Kleid war zerknittert, schlecht gebügelt, das Haar trug sie zum Zopf geflochten als schwere Krone auf dem Kopf; sie nickte Samgin freundlich zu und fragte: »Haben dich die Mäuse nicht aufgefressen? Es ist schrecklich, wieviel Mäuse es hier gibt!«

Und zu Sacharij sagte sie streng: »Hier ist alles gestohlen worden.«

»Der Wassja!« antwortete er mit schuldbewußtem Achselzucken. »Er gibt alles her, um was auch immer man ihn bittet. Vorgestern hat er erlaubt, die jungen Linden abzubasten, dabei ist es gar nicht die richtige Zeit zum Abbasten, aber die Bauern nehmen ja hierauf keine Rücksicht . . .«

»Ein netter Aufpasser ist das«, sagte Marina mit spöttischem Lächeln. »Du solltest Wassja mal näher kennenlernen, Klim Iwanowitsch, es gibt hier einen Riesen dieses Namens. Die Bauern halten ihn für schwachsinnig. Er ist ein untergeschobenes Kind, wahrscheinlich die Frucht herrschaftlichen Unfugs, vielleicht ein Verwandter dieses Parisers.«

Dann kam Lidija, ebenfalls zerknittert, mit saurem Gesicht und launisch schmollenden Lippen; sie wurde von Marina noch freundlicher als sonst begrüßt, und das rührte Lidija offenbar aufrichtig; sie schlang ihre Arme um Marinas Schultern, küßte sie auf den Kopf und sagte: »Mit dir ist es immer, überall schön!«

»Da siehst du, wie ich bin«, erwiderte Marina, ließ sie neben sich Platz nehmen und sagte: »Und ich habe schon einen Rundgang durch Haus und Park gemacht; es geht, das Haus ist in Ordnung, der Park ist von allerhand Zeug durchwuchert, aber – schön!«

Die schmale Lidija mit ihrem bräunlichen Gesicht, im grauen Kostüm und mit der Kappe krausen, schwarzen Haars sah neben Marina noch weniger russisch aus als sonst. Im Park zwitscherten die

Vögel, gurrte eine Waldtaube, in der Ferne erklang eine weiche Baßstimme, während Lidija die blechernen Worte sprach: »Er ist sehr naiv. Die Wissenschaft leugnet durchaus nicht, daß alles Sichtbare aus Unsichtbarem erschaffen sei. Wie geistreich hat doch Joseph de Maistre gesagt: ›Von allen Mängeln des Menschen ist die Jugend der angenehmste.‹«

Nun trat Besbedow ein, ganz in Weiß – wie ein Sanitäter, mit Sandalen an den bloßen Füßen; er setzte sich ans Tischende, damit Marina ihn hinter dem Samowar nicht sähe. Aber sie sah alles.

»Du solltest dir das Gesicht rasieren, Walentin, auf ihm wächst etwas«, sagte sie und fügte erbarmungslos hinzu: »Eine Art Schimmel!«

Dann lächelte sie Turtschaninow entgegen und überschüttete ihn mit Liebenswürdigkeiten. Er antwortete, daß er herrlich geschlafen habe und daß überhaupt alles entzückend sei, aber er verstellte sich schlecht, es war zu erkennen, daß er die Unwahrheit sagte. Samgin trank schweigend Tee, beobachtete Marina und bemerkte dabei ihre geschickte Schmiegsamkeit im Umgang mit Menschen, obwohl er mit ihr unzufrieden war. Ihn interessierte die düstere Stimmung Besbedows.

An ihm ist auch etwas Verbrecherisches, dachte er plötzlich.

Man frühstückte ermüdend lange, dann brach man zur Gutsbesichtigung auf.

Marina und Lidija gingen voraus. Besbedow begleitete sie, und das erinnerte Samgin an die Reproduktion eines englischen Bildes: Aus dem Tor einer mittelalterlichen normannischen Burg kommt majestätisch deren Besitzerin mit einem dünnbeinigen Windhund und einem dicken Narren heraus.

Es war ein bunter Morgen, über die feuchte Erde wehte ein warmer Wind und rüttelte an den Bäumen, von Osten schwebten kleine Wolken heran, die grau waren wie Schaffell; in den Lücken des blaßblauen Himmels gleißte und blinzelte die vorherbstliche Sonne; gelbes Laub fiel von den Birken; die Föhrennadeln raschelten trocken, und es war langweiliger als am vorhergehenden Tag.

Turtschaninow war im Haus geblieben, holte aber Samgin nach fünf Minuten ein und ging neben ihm her, schwang den Spazierstock, hielt Umschau und jammerte: »Nein, sagen Sie, was Sie wollen, aber hier könnte ich nicht leben!« Er deutete mit dem Spazierstock auf die kahlen Felder hinab, über die sich die Streifen bereits gepflügter Erde hinzogen, und auf die Bauernhütten an den Ufern des von Gesträuch umwucherten trüben Flusses.

»Ich habe etwa zwei Stunden lang am Fenster gesessen, dort oben, ich habe den Eindruck, dies alles sei mißglückt begonnen und werde nie zu Ende geführt werden, nie eine angemessene Form erlangen.«

Samgin fragte aufrichtig: »Ist es langweilig?«

»Mehr als langweilig. Diese Öde hat etwas Hoffnungsloses. Die Klagen der Bauern über Landmangel sind mir ganz unbegreiflich; nirgendwo in Frankreich, in Deutschland habe ich soviel leeren Raum gesehen.«

Er schwieg eine Weile, dann bot er Samgin eine Zigarette an, bemühte sich lange und linkisch, sich auch eine im Wind anzuzünden, und sagte, als sie brannte, mit einem Seufzer: »Mein Nachbar hat ... erschütternd geschnarcht! Ist er krank?«

»Ja – anscheinend.«

»Ein sonderbarer Typ! So ... ungebändigt. Und finster erbost. Bosheit sollte auch lustig sein. Die Franzosen verstehen es, sich lustig zu erbosen. Verzeihen Sie, daß ich von allem so spreche ... ich lasse mich sehr leicht beeindrucken. Aber sein Tantchen ist großartig! Welch eine Figur, welch ein Gang! Und diese goldenen Augen! Eine Walküre, eine Brünhild ...«

Das Tantchen war stehengeblieben und rief ihn, er lief rasch nach vorn, während Samgin, der sich überflüssig vorkam, in einen Seitenweg der Allee einbog, der Weg verlief zwischen jungen Föhren irgendwohin aufwärts. Samgin schritt langsam dahin, sah sich vor die Füße und dachte daran, was für sonderbare Menschen Marina um sich hatte: diesen Kutscher, Sacharij, Besbedow ...

»Gehst wohl spazieren?«

Samgin fuhr zusammen, zwischen den Föhren stand ein sehr hochgewachsener, breitschultriger Bursche ohne Mütze, mit langem Haar wie bei einem Diakon, sein rundes, bartloses Gesicht hatte Samgin schon in der Nacht gesehen. Jetzt lächelte dieses Gesicht breit, die schönen, dunklen Augen glänzten gutmütig, die Flügel der großen Nase bebten, und die dicken Lippen zitterten. Es war, als würde er gleich lachen.

Das ist Wassja, dachte sich Samgin.

»Geh nur ruhig spazieren«, sagte Wassja mit angenehmem weichem Baß. Seine breiten Schultern umspannte ein brauner Bauernrock, der mit einem Strick umgürtet war, um den Hals hatte er einen blauen Schal geschlungen, an den Füßen trug er rotbraune Soldatenstiefel; er stützte sich mit beiden Händen auf einen dicken, knorrigen Stock und sagte, von oben auf Samgin herabblickend: »Ich kenne dich, habe dich in der Nacht gesehen. Geh nur ruhig umher, hab keine Angst!«

»Sind Sie der Wächter?« fragte Samgin.

»Ich? Ein Wartender bin ich.«

»Sie sind alle dorthin gegangen – nach unten«, zeigte ihm Samgin.

»Ich weiß. Ich sehe alles, wer, wohin ...«

Jetzt lächelte Wassja stolz, und von diesem Lächeln wurde sein Gesicht gröber, es straffte sich, die Augen leuchteten heller.

»Ich wohne hier oben. Habe da eine Hütte. Wenn es kalt wird, gehe ich in die Küche hinunter. Geh du nur spazieren. Sing Lieder.

Ach, es flog eine weiße Taube
Auf den heiligen Jordan herab ...«

sang er, nahm den Stock unter den Arm und schüttelte mit der freien Hand den Stamm einer jungen Föhre. »Mach ein kleines Feuer an, nur gib acht, daß die Flamme nicht davonläuft. Verbrennt das Reisig, so gibt es Asche, bläst der Wind, so ist keine Asche mehr da! Alles ist Geist. Überall. Wandle im Geiste ...«

Er schüttelte den Kopf und entfernte sich seitwärts, Samgin indessen rief sich in Erinnerung: Ein Schwachsinniger – machte kehrt, zum Haus zurück, spürte in dieser Begegnung etwas Irreales und dachte nochmals daran, daß Marina von sonderbaren Menschen umgeben sei. Unten, beim Kontor, empfingen ihn die Bauern von gestern, aber sowohl der Kahlköpfige als auch das Bäuerlein mit den gußeisernen Füßen trugen diesmal Röcke aus gutem Tuch und Schaftstiefel.

Der Kahlköpfige nahm die neue braune Mütze ab und wünschte Samgin höflich: »Guten Tag!«

Dann fragte er: »Der Erbe – werden Sie das sein?«

Aus dem Fenster schaute das bleiche Gesicht Sacharijs heraus, er schrie verzweifelt: »Aber nein doch! Ich habe es euch doch gesagt ...«

Der Soldat spuckte den Strohhalm aus, an dem er gekaut hatte, und übertönte Sacharijs Geschrei mit seinem eigenen: »Du hast es gesagt, aber wir haben es nicht geglaubt! Und – versteck deine Schnauze!«

Sacharij verschwand. Die Bauern hörten schweigend Samgins Erklärung an, flüsterten miteinander, dann sagte der Kahlköpfige seufzend: »So. Nun, Ihnen kann man glauben, sonst aber ist hier ...« Er fuhr hoffnungslos mit der Hand durch die Luft.

Der Soldat nahm einen Tabaksbeutel aus der Tasche, schüttelte ihn, steckte ihn wieder ein und wandte sich an Samgin: »Ob Sie mir wohl ein Zigarettchen geben?« Als er eine Zigarette bekommen hatte, musterte er streng Samgins Gestalt und sagte: »Sehen Sie, euch Herren sollte man auf drei Jahre unter die Bauern stecken, wie man unseresgleichen unter die Soldaten steckt. Erst die Schule besucht, wie es sich gehört, dann – hinaus in ein Dorf, arbeite dort mal als Knecht bei den Bauern, lerne ihr Leben am eigenen Leib bis aufs Letzte kennen.«

»Du sprichst unverständig«, mischte sich der Kahlköpfige ein, »ja überhaupt dummes Zeug! In den Dörfern gibt es auch ohne die Herren zuviel Volk, und man weiß nicht, wohin damit, doch sehen Sie, die Hofbesitzer haben in den Dörfern keine Freiheit! Das ist das Schlimme . . .«

»Schaut – sie kommen!« sagte leise der graubärtige Bauer; der Soldat blickte unter der Hand hervor nach unten und stieß, ebenfalls leise, einen Pfiff aus, dann murmelte er mürrisch: »Oha, die Sotowa ist hier!«

Die Bauern kehrten Samgin den Rücken, er trat hinter die Ecke des Kontors, setzte sich dort auf eine Bank, und ihm kam der Gedanke, daß die Bauern auch irreal, unergründlich seien: Gestern noch schienen sie Schauspieler, und heute sahen sie gar nicht wie Leute aus, die fähig wären, Gutshöfe niederzubrennen, das Vieh zugrunde zu richten. Nur der Soldat war offenbar sehr erbost. Das waren überhaupt fremde Menschen, und mit ihnen war es sehr unbequem, schwer. Hinter der Ecke ertönte die heisere Stimme Besbedows: »Was, zum Teufel, wollt ihr denn noch? Man hat euch doch gesagt, daß nicht verkauft wird, nun?«

Samgin, der eine Begegnung mit Besbedow nicht wünschte, ging in den Park, doch als er ein paar Minuten später sich der Hausterrasse näherte, hörte er Turtschaninow befremdet sagen: »Sie rebellieren und – kaufen Land! Sie haben also Geld? Weshalb rebellieren sie dann?«

»Wir fahren!« rief Marina, auf die Terrasse heraustretend.

Samgin nahm neben Turtschaninow im Wagen Platz; Besbedow stand mürrisch schnaufend vor Lidija, sie sagte zu ihm: »Ordnen Sie an, daß die Soldaten gut untergebracht werden. Auf Wiedersehen! Fahren wir, Pawel.«

Der Kutscher, ein würdiger, bärtiger Alter, der wie ein verkleideter General aussah, bewegte die Zügel, die stattlichen Pferde zogen den Wagen behutsam auf dem vom Regen aufgeweichten Fahrweg hinab; am Ende der Allee überholten sie die Bauern, diese gingen im Gänsemarsch einer hinter dem anderen, und keiner von ihnen nahm die Mütze ab, während der Soldat stehenblieb, den Tabaksbeutel öffnete und den Wagen mit zornigem Blick mürrisch verfolgte. Marina biß sich auf die Lippen, schaute sich mit zusammengekniffenen Augen nach allen Seiten um und maß die Felder; ihre rechte Braue war höher erhoben als die linke, es schien, als blickten auch ihre Augen verschieden.

Samgin dachte mit einer ihm unbegreiflichen Kränkung und Traurigkeit, daß ihr unbestreitbarer Verstand sich in Worten erschöpfe und unterwürfig im Dienst ihres leidenschaftlichen Bereicherungstriebs stehe. Turtschaninow rollte den Spazierstock mit den Handflächen auf den Knien hin und her und sagte zu den Damen: »In Paris fühlt man ganz besonders, daß der Mann der Frau preisgegeben ist . . .«

Lidija belehrte ihn, im Madonnenkult träten allzu deutlich heidnische Elemente zutage, der Katholizismus sei sinnlich, ästhetisch . . .

»Ihm fehlt die heilsame Angst vor einer höheren Macht . . .«

Samgin erinnerte sich der Worte Besbedows über die Angst und entschied, daß er die Wohnung wechseln müsse, die Nachbarschaft mit diesem Mann war ganz unerträglich.

Marina schlug ihm mit dem Handschuh aufs Knie und sagte: »Was für ein müdes und böses Gesicht du machst. Du solltest dich mal zwei Wochen in Otradnoje aufhalten, dich erholen . . .«

»Bei Gesprächen mit den Bauern über Politik und Sonderländer«, fügte Samgin mürrisch hinzu.

Sie lächelte. »Weshalb denn? Wenn du dich nicht unterhalten willst, so laß es bleiben und behalte deine Weisheit für dich. Die Bauern fühlen sich doch gekränkt! Lida handelt sehr umsichtig, wenn sie Soldaten kommen läßt.«

»Das tat ich auf deinen Rat«, erinnerte sie Lidija, aber die Sotowa leugnete: »Ach was, du hast deinen eigenen Verstand, du bist doch kein Kind!«

Die Pferde liefen schnell, aber der Weg zur Stadt kam Samgin ermüdend lang vor.

Gleich am nächsten Tag machte er sich daran, Turtschaninow das Erbrecht zu sichern; ihm halfen dabei irgendwelche geheimen Mächte, er brachte die Angelegenheit sehr rasch zum Abschluß und verdiente daran gut. Er, dem früher Geld fast gleichgültig gewesen war, empfing jetzt Geldscheine mit einem Gefühl der Befriedigung, sie verhießen ihm Unabhängigkeit, festigten seinen Wunsch, ins Ausland zu reisen. Sogar seine Stimmung wurde ruhiger, beständiger. Besbedow erregte ihn nicht mehr so, und die Absicht, die Wohnung zu wechseln, verschwand. Aber da brachen nacheinander zwei Episoden stürmisch in sein Leben ein.

An einem grauen Tag kam er vom Bezirksgericht; der Wind wirbelte sinnlos und zornig durch die Straße, als suche er nach einem

Platz, wo er sich verstecken könne, blies Samgin ins Gesicht, in die Ohren und in den Nacken, riß die letzten Blätter von den Bäumen, jagte sie zusammen mit kaltem Staub durch die Straße und versteckte sie unter den Toren. Dieses sinnlose Spiel rief unangenehme Vergleiche hervor, und Samgin schritt geneigten Kopfes rasch voran.

Die Einwohner hatten schon die Doppelfenster eingesetzt, und das machte wie immer die Stille in der Stadt tiefer, lautloser. Samgin bog in eine kurze Nebengasse ein, die zwei Straßen verband, staubfeiner Regen sprühte ihm ins Gesicht und zwang ihn stehenzubleiben, den Hut ins Gesicht zu drücken und den Mantelkragen hochzuklappen. Gleich danach rief jemand gellend hinter der Straßenecke: »Hilfe . . .«

Dort war das eiserne Poltern einer Droschke zu hören; hinter der Ecke kam, schaukelnd, der Kopf eines Pferdes hervor, seine Vorderfüße tänzelten; der schrille Schrei wiederholte sich noch zweimal, ein Mann in grauem Mantel kam, die Mütze ins bärtige Gesicht gestülpt, herausgelaufen, in seiner einen Hand blinkte etwas Metallenes, in der anderen baumelte eine mäßig große Reisetasche aus Stoff; dieser Mann geriet unwahrscheinlich schnell in Samgins Nähe, stieß ihn an und sprang vom Bürgersteig in die Tür eines halb im Keller gelegenen Raums mit einem neuen Schild darüber: »Reparatur von Nähmaschinen und Fahrrädern.«

Inokow, kombinierte Samgin, als ihn unter dem Mützenschirm hervor sehr bekannte Augen anblitzten. Das ist Inokow. Mit einem Revolver. Eine Expropriation.

Hinter der Ecke herrschte Lärm, und obwohl der Lärm nicht stark war, wurde es Samgin davon schwindelig. Der Regen fiel dichter, und der tief gesenkte Pferdekopf, der hinter der Ecke hervorragte, pendelte hin und her.

Samgin suchte die Frage zu lösen: weitergehen oder umkehren? Aber da trat aus der Tür der Werkstatt für Nähmaschinenreparaturen gemächlich ein hochgewachsener Mann mit spärlichem Haar und mürrischem Gesicht, schmutzigem blauem Hend und vorgebundenem Schurz; die rechte Hand hielt er in der Tasche, mit der linken zog er die Tür fest zu und schloß sie ab, als schösse er mit dem Schlüssel. Samgin erkannte auch ihn, dieser Mann war mit der jungen Murawjowa bei ihm gewesen.

»Sie erkennen mich wohl nicht?« fragte der Mann nicht laut, aber sehr eindringlich und hielt Samgin, als dieser weiterschritt, am Mantelärmel fest. »Erinnern Sie sich noch an den Studenten Marakujew? Und an Dunajew? Ich bin Waraksin.«

»Ach ja, natürlich«, murmelte Samgin, der den rechten Arm Waraksins beobachtete, doch Waraksin fragte ihn: »Was haben Sie? Fühlen Sie sich nicht wohl?«

»Dort ist etwas passiert«, sagte Samgin und deutete nach vorn, Waraksin entgegnete ruhig: »Gehen wir hin, schauen wir mal nach.«

Er ging hinter Samgin her, wobei er mit den Schuhsohlen wuchtig über die Backsteine des Trottoirs schlurrte, während Samgin mit weichen Knien beklommen dahinschritt, schwermütig überzeugt davon, Waraksin könnte sich weiß der Teufel was einbilden und ihn erschießen.

Er blickte Waraksin über die Schulter an und sagte: »Sie haben sich so verändert, daß Sie nicht wiederzuerkennen sind . . .«

»Und Sie – nicht sehr«, hörte er eine gleichmütige Stimme.

Hinter der Ecke saß auf einem Prellstein ein kleiner, dicker alter Mann mit rötlichem Bärtchen und beschmutztem Mantel, zitterte am ganzen Leib, wankte und schluchzte leise; den kleinen Alten stützten zwei an den Seiten: der Polizeiposten und ein Mann mit steifem Hut, der in den Nacken geschoben war; das Gesicht dieses Mannes war aufgebläht, seine Augen verblüfft aufgerissen, er war gerade im Begriff, dem alten Mann die nasse, zerknüllte Mütze aufzusetzen, dabei zischte und kreischte er: »Z-zweiundvierzigtausend, sieh mal einer an! Am hellichten Tag! Auf einer belebten Straße!«

Es hatten sich schon etwa fünfundzwanzig Zuschauer – Männer und Frauen – versammelt; aus den Türen und Toren der Häuser stürzten neugierige Einwohner heraus und näherten sich vorsichtig. Auf dem Trittbrett der Droschke saß ein junger, flachsblonder Kutscher und jammerte mit hoher, stockender Stimme: »Er packte also den Gaul am Zaum und bog in die Gasse ein . . .«

»Na, da lügst du schon!« rief aus der Menge ein Mann, der einen Sessel auf dem Kopf trug.

»Bei Gott – ich lüge nicht! Ich wollte schon mit der Peitsche nach ihm schlagen, doch da zeigte er mir den Revolver . . .«

Irgendwer bemerkte beifällig: »Die haben geschickt die Zeit gewählt, die Mittagsstunde!«

Die Zuschauer fragten laut: »Wie viele waren es? Wohin sind sie gelaufen?«

Und neben Klim vermutete jemand halblaut: »Es sieht danach aus, als verstellte sich der Kutscher.«

Der Regen fiel immer dichter, der Raum verengte sich, die Leute lärmten weniger, ihnen sekundierte das weinerlieche Glucksen des Wassers in den Regenrinnen, und den ganzen Lärm übertönte der flotte und hastige Bericht des Mannes mit dem Sessel auf dem Kopf; die von der Last plattgedrückte obere Hälfte seines Gesichts war unsichtbar, zu sehen waren nur die Nase und das Kinn, an dem ein schwarzes, krauses Bärtchen zitterte.

»Ich ging dort drüben, und sie kamen mir zu zweit entgegen, der eine mit einer Mütze, der andere mit einem Hut, und beide im Mantel. Nun, der eine stürzte sich in den Wagen, riß das Köfferchen an sich ...«

»Die Handtasche, hat der Alte gesagt ...«

»Das ist einerlei! Er riß sie an sich und rannte in die Gasse, der andere packte das Pferd, und der Kutscher sprang ab und lief davon.«

»Ich? Vom Pferd weggelaufen ...«

»Ja, du – da sieht man, was für einer du bist! Angst hast du gekriegt, du Tölpel ...«

»In die Gasse ist er gelaufen, sagst du?« fragte plötzlich und sehr laut Waraksin. »Ich stand doch in der Gasse, und dieser Herr da ging durch die Gasse hierher, aber wir beide haben niemanden gesehen – wie ist denn das? Du schwatzt ins Blaue hinein, Onkelchen. Der Kassenbote dort sagt, eine Handtasche, und du sagst – ein Koffer! Dein Möbelstück leidet unter dem Regen ...«

Waraksin hatte eindringlich begonnen, er machte spöttisch Schluß. Sein Gesicht war knochig, ausgemergelt, die dunklen Augen blickten streng unter den buschigen Brauen hervor. Man hatte ihm aufmerksam zugehört, und eine bejahrte Frau sagte gleich danach: »Da sieht man, wie die Leute schwatzen und Unschuldige verleumden.«

Samgin stand an der Hausmauer, sah zu, hörte zu und bemühte sich ein paarmal wegzugehen, aber Waraksin hinderte ihn daran, indem er sich bald seitlich, bald mit dem Rücken vor ihn stellte und ihm ein paarmal mürrisch ins Gesicht blickte. Als Samgin jedoch eine entschlossenere Bewegung machte, sagte er laut: »Gehen Sie nicht weg, Herr, Sie sind Zeuge!« und begann den Kutscher ruhig auszufragen: »Wie viele waren es denn?«

»Zwei. Der eine machte sich bei dem Alten zu schaffen, und der andere – der packte das Pferd.«

Samgins Gefühle waren geteilt: Er hätte empört sein müssen, daß Waraksin ihm Gewalt antat, war es aber nicht. Die Vergangenheit hatte ihn von neuem grob mit ihrer griffigen, gefährlichen Hand berührt, aber auch das erregte ihn nicht.

Waraksin nahm die Hand aus der Tasche und verschränkte die Arme über der Brust, unter seinem Schurz lugte ein Mützenschirm hervor.

Samgin stellte gewohnheitsmäßig fest, daß die Zuschauer in drei

Gruppen zerfielen. Die einen waren empört und erschreckt, die anderen über irgend etwas befriedigt und schadenfroh, die Mehrheit schwieg vorsichtig, und viele gingen schon eilig weg, denn die Polizei war eingetroffen: ein kleiner Polizeioffizier mit spitzer Nase und schwarzem Schnurrbart in einem gelben ungesunden Gesicht, zwei Revieraufseher und ein Zivilist, dick, mit runder Brille und steifem Hut; vier berittene Polizisten galoppierten herbei, es kamen noch zwei Wagen, und der Polizeioffizier, der die Zuschauer beiseite drängte, rief bereits: »Wer ist Zeuge? Dieser da? Nehmt ihn fest.«

Der Zivilist fragte unterdessen hastig den Mann mit dem Sessel: »In die Gasse? Wie war er gekleidet?«

Es war sehr unangenehm zu sehen, daß Waraksin die Hand wieder gemächlich in die Tasche steckte.

»Dabei haben die Leute niemanden in der Gasse gesehen«, sagte jemand.

»Welche Leute?«

»Ich«, sagte Waraksin und schüttelte sein nasses Haar. »Und dieser Herr da.«

Er deutete mit der rechten Hand auf Samgin und strich sich mit der linken über das Bärtchen – es war grau meliert und vom Regen besprüht.

Wie ruhig er sich verhält, dachte Klim, und als der Polizeioffizier gemeinsam mit dem Zivilisten ihn auszufragen begann, sagte er ebenfalls ruhig, er habe den Pferdekopf an der Ecke gesehen, habe den Handwerker gesehen, der die Tür der Werkstatt abschloß, und sonst sei niemand in der Gasse gewesen. Der Polizeioffizier machte vor ihm die Ehrenbezeigung, und der Zivilist fragte nach dem Vor- und Familiennamen Waraksins.

»Nikolai Jeremejew«, antwortete Waraksin laut, holte die Mütze hinter dem Schurz hervor und stülpte sie sich gemächlich über den nassen Kopf.

»Auseinandergehen, auseinandergehen«, rief der Revieraufseher. Samgin warf einen Blick auf Waraksins strenges Gesicht und konnte sich nicht eines Lächelns enthalten, ihm kam es vor, als hätte ihn aus den tiefen Augenhöhlen des Schlossers ein beifälliges Lächeln als Antwort angeblinkt.

Er hätte mich erschießen können, dachte Samgin, als er durch den feinen, aber spärlichen und trägen Regen rasch heimwärts schritt. Das hätte ihn zwar nicht gerettet, aber . . . er hätte es tun können!

Er war mit sich zufrieden und fühlte sich zugleich betreten.

So habe ich nun indirekt an einer Expropriation teilnehmen müssen, dachte er und lächelte innerlich. Aber – Inokow! Zweifellos war er es, der Waraksin hinter mir hergeschickt hat ... Und diese ... Tätigkeit entspricht aufs denkbar beste dem Chrakter Inokows.

Wie jeder, dem es geglückt ist, einer Gefahr zu entrinnen, fühlte Samgin sich gehoben und fügte zu Hause, als er Besbedow von dem Überfall erzählte, kleine humoristische Einzelheiten in seinen Bericht ein, sprach von der Unzuverlässigkeit der Aussagen von Augenzeugen und hörte selbst mit großem Interesse seiner Erzählung zu.

»Anarchisten«, murmelte Besbedow teilnahmslos, die Serviette zusammenrollend, und Samgin belehrte ihn: »Die zweifelhafte Zuverlässigkeit von Zeugenaussagen ist durch die juristische Praxis schon längst festgestellt worden, und sie enthüllt im Grunde am besten die Subjektivität unserer Urteile über alle Lebenserscheinungen ...«

»Der Teufel soll die Zeugen holen«, sagte Besbedow zornig. »Mir hat der Schuft Blinow zwei Tümmlerpaare weggefangen – die besten Flieger. Ich biete ihm Lösegeld an, er nimmt es nicht ...«

Am nächsten Tag las Samgin morgens im Lokalblatt: »Es bestehen Gründe für die Annahme, daß der Überfall zufällig, unvorbereitet erfolgte, daß es ein einfacher Raubüberfall war.« Die Zeitung der Monarchisten behauptete, dies sei »ein Akt politischer Zügellosigkeit«, und beide sagten, die Aussagen der Augenzeugen über die Zahl der Angreifer widersprächen sich scharf: die einen sagten, es seien zwei Angreifer gewesen, andere hätten nur einen gesehen, doch sei ein Zeuge vorhanden, der behaupte, daß der Kutscher an dem Raubüberfall beteiligt gewesen sei. Verhaftet seien außer dem Kutscher noch zwei Personen: der beraubte Kassenbote und ein Tischler – einer der Zeugen des Überfalls. Diese Zeitungsnotizen weckten in Samgin keinerlei besondere Gedanken. Von Expropriationen berichteten die Zeitungen immer öfter, und Samgin erinnerte sich gut der Worte Marinas: »Es sind Marodeure am Werk.« Diese Episode verlor für Samgin überhaupt ihre Schärfe und schwand bald, von einer anderen Episode verdrängt, fast gänzlich aus seinem Gedächtnis.

Eines Abends saß Samgin am Teetisch und blätterte im Heft einer Zeitschrift. Da wurde die Vorzimmertür hastig zugeschlagen, und mit schweren Schritten trat Besbedow herein, setzte sich wuchtig an den Tisch und bekam einen Anfall seines heiseren Hustens; sein rundes, aufgedunsenes Gesicht bewegte sich widerlich, als wäre das Fett unter der Haut geschmolzen und quölle über, die Augen blinzelten geblendet, die Hände zitterten, und es schien, als entferne er mit ihnen Spinnweben von Stirn und Wangen.

Samgin betrachtete ihn schweigend durch die Brille und – wartete.

»Nun also«, begann Besbedow, die Hände auf die Knie gestützt und sich hin und her wiegend. »Sie werden mich vor Gericht verteidigen müssen. Gegen die Anklage wegen versuchten Totschlags, Körperverletzung und ... überhaupt weiß der Teufel was allem. Geben Sie mir irgend etwas zu trinken ...«

Samgin begab sich in aller Ruhe ins Schlafzimmer, holte die Wasserkaraffe und stellte sie vor Besbedow hin; das alles tat er mit betonter Gleichgültigkeit und fragte gleichmütig: »Was ist vorgefallen?«

»Ich habe Blinow eine Ladung Schrot in die Schnauze gepfeffert, darum handelt es sich!« sagte Besbedow, nahm die Karaffe vom Tisch, stellte sie sich aufs Knie und fuhr unter Kopfschütteln mit pfeifender Stimme fort: »Er hat sich über mich lustig gemacht, der Schuft! ›Höre auf‹, sagt er, ›du verstehst nichts von Tauben.‹ Ich? Ich habe Mensbir gelesen! Und er, dieser Idiot, weist mich zurecht. ›Du hast dir‹, sagt er, ›die Tauben nicht aus Liebe angeschafft, sondern aus Neid, um mit mir zu konkurrieren, dabei solltest du mit deiner Faulheit konkurrieren, nicht mit mir ...‹«

Er sprach, als phantasierte er im Fieber, keuchte, pfiff die Worte heraus, hielt die Karaffe an ihrem Hals fest, schüttelte sie mit dem Knie und horchte, wie das Wasser gluckste.

Seine schweren Seufzer und seine Worte, an denen er zu ersticken drohte, hörten sich unheimlich an. Mit der rechten Hand knetete er die Wange, die roten Finger zupften an den Haaren, sein Gesicht schwoll an und sank wieder in sich zusammen, die blauen Pupillen waren gleichsam im milchigen Weiß der Augen zerronnen. Er sah jämmerlich, widerlich aus, aber – weit mehr noch – unheimlich.

Es dauerte eine ganze Weile, bis Samgin ergründen konnte, was eigentlich vorgefallen und wie es dazu gekommen war.

Besbedow antwortete nicht auf seine Fragen und ließ Klim dadurch im Lauf einiger Minuten den Wechsel verschiedenartiger Empfindungen erleben: Zuerst tat es ihm wohl, Besbedow erschreckt und bedauernswert zu sehen, dann schien es, dieser Mann sei nicht darüber betrübt, daß er geschossen, sondern darüber, daß er den anderen nicht getötet hatte, und hier kam Samgin der Gedanke, daß Besbedow in diesem Zustand zu noch irgendeinem tollen Streich fähig wäre. Da er sich gefährdet fühlte, begann er ihn streng und sachlich zu beschwichtigen.

»Wenn Sie möchten, daß ich Sie verteidige, müssen Sie alles der Reihe nach erzählen ...«

Besbedow stellte die Karaffe auf den Tisch, schwieg eine Weile und blickte sich um, dann sagte er: »Nun ... Wir begegneten uns vor der Stadt. Er war unterwegs, um sein neues Gewehr auszuprobieren. Wir gingen zusammen weiter. Ich fragte, warum er das Lösegeld für die Tauben nicht annehme. Er begann mich zurechtzuweisen und bekam eine Ohrfeige, da ritt ihn der Teufel, mit dem Gewehr gegen mich auszuholen, aber ich entriß es ihm und hätte ihm – mit dem Kolben – eins knallen sollen . . .«

Er verstummte, hob sogar die Hand, als wolle er sich den Mund zuhalten, und diese krampfhafte naive Geste berechtigte Samgin, im Ton der Behauptung zu sagen: »Sie haben gewußt, daß das Gewehr geladen war.«

»Ja. Er hatte es gesagt, als es sich in meinen Händen befand . . . als ich es besichtigte«, gestand Besbedow mürrisch, griff sich mit den Händen an den zerzausten Kopf und sagte heiser: »Ich hab's – die Tante! Wenn er mich verklagt, dann wird sie . . . Und er wird mich verklagen! Sie sind doch weichlich ihr gegenüber . . .«

»Reden Sie kein dummes Zeug«, warnte ihn Samgin und stellte die professionelle Frage: »Waren Zeugen zugegen?«

»Nein, niemand«, sagte Besbedow und blähte die Wangen so prall auf, daß ihm Ohren und Hals rot anliefen, dann atmete er heftig aus und fragte nachdrücklich und grob: »Haben Sie keinen Wein?«

Er stand auf und wankte, wie ein Greis mit den Füßen schlurrend, davon. Noch bevor er mit einer Flasche Wein zurückkehrte, hatte Samgin sich bereits eingeredet, daß er gleich etwas sehr Wichtiges über Marina zu hören bekommen werde. Besbedow füllte im Stehen ein Teeglas, trank die Hälfte aus und sagte nochmals hoffnungslos, mit mürrischem Ingrimm: »Er wird mich verklagen, der Idiot! Früher – hätte er sich vor der Tante gefürchtet, aber jetzt, da alle aus der Haut fahren wollen und jeden Tag Menschen aufgehängt werden, wird er mich verklagen . . .«

Er mußte nicht nur beschwichtigt, sondern auch günstig gestimmt werden, und danach waren einige Fragen über Marina an ihn zu richten. Als Samgin das erfaßt hatte, begann er in fachmännischem Ton davon zu sprechen, wie man die Verteidigung aufbauen könnte: »Offensichtlich haben Sie im Zustand der Unzurechnungsfähigkeit gehandelt, das Gesetz definiert ihn als Zustand des Jähzorns und der Erregung. Solch ein Zustand stellt sich nicht ohne Grund ein, er wird hervorgerufen durch Beleidigung oder ist die Folge leichter, nicht ganz normaler Erregbarkeit, die dem Täter eignet. In letzterem Fall ist ein ärztliches Gutachten erforderlich. Zeugen sind nicht vorhanden. Die Aussagen des Verletzten? Der Schuß wurde aus seinem Gewehr abgegeben. Er kann bei der Besichtigung des Gewehrs durch Zufall ausgelöst worden sein. Sie brauchen ja nicht gewußt zu haben, daß es geladen war. Endlich, wenn Sie sich fest entsinnen, daß der

Verletzte tatsächlich mit dem Gewehr gegen Sie ausgeholt hat, so konnten Sie den Kampf um das Gewehr gegen ihn aufgenommen haben, und dann erklärt sich der Schuß ebenfalls als ein Zufall. Nicht ausgeschlossen ist auch das Motiv der Notwehr. Überhaupt – die Verteidigung hat kein übles Material ...«

Besbedow hörte sich die sachliche Rede des Advokaten an, wobei er ihm halb zugekehrt dastand, den Kopf zur Schulter geneigt, und das Glas mit dem Wein in Höhe seines Kinns hielt.

»Gut«, billigte er sie halblaut und offenbar sehr erfreut. »Sehr gut!« Dann warf er den Kopf zurück, schüttete sich den Wein in den Mund und krächzte: »Dennoch möchte ich keine Gerichtsverhandlung, helfen Sie mir, dies alles ohne viel Aufhebens beizulegen. Sehen Sie, ich habe Ihren Mischka ausgesandt, damit er ausschnüffelt, wie's dort steht. Und wenn's ... nicht sehr schlimm steht, gehe ich morgen selbst zu Blinow hin, der Teufel soll ihn holen! Und Sie – sollten die Tante besänftigen, erzählen Sie ihr irgend etwas ... dergleichen«, sagte er unverfroren und energisch, indem er auf Samgin zutrat und ihn mit seiner schweren, roten Hand sogar leicht an der Schulter berührte. Das war Klim etwas unangenehm – er sagte mit spöttischem Lächeln: »Sie fürchten sich ja sehr vor Marina Petrowna!«

»Ja«, sagte Besbedow, einen Schritt zurücktretend, verbarg die Hände auf dem Rücken und starrte Samgin aufmerksam und zornig mit seinen weißen Augen ins Gesicht, wodurch er ihn an Moskau, das grüne Häuschen, Ljubascha und die Szene des Rowdyüberfalls erinnerte. »Komisch, wie?« fragte Besbedow.

»Nicht komisch, sondern merkwürdig«, sagte Samgin achselzukkend und rückte die Brille zurecht.

Besbedow rollte seine hellblauen Pupillen ausweichend hin und her, sein Gesicht verzerrte sich und schwoll nach unten an; es war deutlich, daß er etwas sagen wollte, sich aber nicht dazu entschließen konnte. Samgin versuchte ihm zu helfen. »Sie scheint ein sehr herrischer Mensch zu sein ...«

»Mensch?« wiederholte Besbedow verständnislos. »Ja, das stimmt ... Na, danke schön!« sagte er unvermittelt und ging zur Tür, worauf Samgin, der ihn mit zornigem Blick verfolgte, der Gedanke kam: Ein ausgesprochener Verbrechertyp. Er fürchtet Marina nicht nur, sondern scheint sie auch zu hassen. Weshalb?

Am nächsten Tag indessen erweckte Besbedow in Samgin einen sonderbaren Verdacht. Die ganze Geschichte mit dem Schuß hatte er anscheinend nur erzählt, um sich interessant zu machen; die Ausmaße seiner Tat hatte er beträchtlich aufgebauscht, er hatte den Taubenliebhaber nicht ins Gesicht, sondern in den Leib geschossen, und kein einziges Schrotkörnchen hatte den dicken Mantel durchschlagen. Er strich sich in aller Seelenruhe über das rasierte Kinn und die Wangen und sagte: »Wir haben uns versöhnt; ich habe ihm zwei Tümmlerpaare und zwanzig Rubel gegeben, der Teufel soll ihn holen!«

Samgin schien es sogar, auch dies sei gelogen und es sei gar kein Schuß gefallen, alles sei erfunden. Aber er wollte Besbedow nicht sagen, daß er ihm nicht glaube, sondern bemerkte nur ironisch: »Sie haben sich ja rasiert.«

»Ich gehorche den Älteren«, erwiderte Besbedow, und über sein blasenförmiges Gesicht liefen kleine Runzeln, die das dicke, aufgeblähte Gesicht für ein paar Sekunden greisenhaft welk machten. Dieser unsinnige Vorfall, der Samgins Antipathie gegen Besbedow festigte, erschütterte nicht seine Überzeugung, daß Walentin sich vor der Tante fürchtete, und steigerte noch mehr sein Interesse dafür, worin außer der Leidenschaft des Geldanhäufens der Inhalt ihres Lebens bestehen mochte. Diese Leidenschaft bemäntelte sie mit nichts.

Zwei Tage später etwa begrüßte sie Samgin im Laden mit Worten, denen er weder Bedauern noch Groll anmerkte: »Otradnoje ist niedergebrannt! Sie haben es trotz der Soldaten in Brand gesteckt. Sacharij wurde ein wenig verprügelt, er konnte sich nur mit knapper Not aus dem Staub machen. Die ganze linke Seite des Hauses ist abgebrannt, auch das Kontor, der Schuppen und die Pferdeställe. Gut, daß ich das Getreide noch hatte verkaufen können.«

Sie sprach unnatürlich, entblößte dabei die Zähne und schwang den rechten Arm, als wolle sie Samgin schlagen.

»Lidija gefiel das Haus nicht, sie wollte es umbauen. Ich – verliere nichts, den Hypothekenbetrag habe ich erhalten. Dennoch muß man Lidija beruhigen, geh doch mal zu ihr hin und schau nach, wie es um sie steht. Ich bin bei ihr gewesen, habe sie aber nicht angetroffen, sie hat viel mit den Dumawahlen zu tun, in diesem ihrem ›Bund des russischen Volkes‹ . . . Handle!«

Samgin brach auf und kam unterwegs auf den Gedanken, er sichere das Erbrecht nicht Turtschaninow, einem jungen, naiven Ausländer, sondern der Witwe eines Kaufherrn erster Gilde, Marina Petrowna Sotowa.

Räuberin, dachte er. Sie wird immer offenherziger, sogar zynisch.

Aber er entrüstete sich über ihre grausame Leidenschaft nur kühl, verstandesmäßig, überzeugt, daß diese Leidenschaft noch nicht die ganze Marina kennzeichne. Zudem war es ihm unangenehm, sie zu vereinfachen – er fühlte, daß er, wenn er die Sotowa vereinfachte, sich selbst zum ergebenen Diener ihrer brutalen Ziele herabwürdigte. Aber ihr Verstand konnte sich nicht nur auf diese Ziele beschränken. Sie sparte sicherlich nicht nur um des Geldes willen, sondern – für irgendeinen Zweck. Doch für welchen? Er hätte nicht erklären können, wie diese Überzeugung in ihm entstanden war und sich gefestigt hatte, aber er war nun mal dieser festen Überzeugung. Schließlich und endlich war er sich selbst gegenüber verpflichtet, zu wissen, welcher Sache er diente.

Lidija empfing ihn in ihrem Arbeitszimmer, am Tisch. Eine rauchgraue Brille vor den Augen, in einem gelben, mit schwarzen Drachen bestickten chinesischen Schlafrock und das unvermeidliche Netz auf dem krausen Haar, machte sie mit der Schere Ausschnitte aus der Zeitung. Ihr bräunliches Gesicht sah enttäuscht und böse aus.

»Ach, ich weiß, ich weiß!« sagte sie mit wegwerfender Handbewegung. »Das alte, morsche Haus ist abgebrannt, nun – was ist schon dabei? Dafür wird bestraft werden. Man hat mir schon telefonisch mitgeteilt, daß dort irgendein Soldat und die Tochter der Köchin – wahrscheinlich diese spitznasige, dreiste Person – verhaftet worden seien.«

Sie schlug mit beiden Händen auf den Zeitungsstapel auf dem Tisch und fuhr rasch, erregt, mit hysterischen Ausrufen fort: »Was aber wird Rußland anfangen, das zerfällt, sag mir doch – was? Dem Zaren sei alles gleichgültig, schreibt man mir, und jemand anderes, der hohen Kreisen nahesteht, teilt mit: Der Zar hasse alles, was er selbst uns gegeben hat – diese Duma, die Verfassung und überhaupt alles. Man spricht von einer Diktatur, denk dir bloß! Von Diktatur bei der Selbstherrschaft! Hat es so etwas jemals gegeben?« Sie senkte den Kopf und sah Samgin finster an, ihre Brille war fast bis zur Nasenspitze herabgeruscht, und es schien, als hätte sie zwei verschiedenfarbige Augenpaare im Gesicht. »Allen Nachrichten zufolge werden wieder und in Massen Linke in die Duma gewählt werden. Das werden wir dem Abenteurer Stolypin zu verdanken haben, der sich mit der Absicht trägt, die Dorfgemeinde zunichte zu machen und die wirtschaftlich starken Bauern aus den Dörfern auf Einzelhöfe zu verteilen ...«

Samgin sagte: »Du hast, wie mir scheint, mit dieser Reform sympathisiert?«

»Nein«, sagte sie schroff. »Das heißt – ja, ich habe mit ihr sympathisiert, als ich ihren revolutionären Sinn noch nicht erkannt hatte. Die Wohlhabenden aus den Dörfern aussiedeln bedeutet – das Dorf schwächen und die Einzelhofbauern ebenso schutzlos zu lassen wie die Gutsbesitzer.« Sie lehnte sich im Sessel zurück, nahm die Brille ab und blickte Samgin mit vorwurfsvollem Kopfschütteln aus ihren dunklen Augen an, die von entzündeten Lidern umrandet waren.

»Übrigens rede ich vergebens, ich weiß: Du bist gleichgültig gegen alles, was nicht Zerstörung ist. Marina hat von dir gesagt: »Ein unfreiwilliger Zuschauer . . .«

»So?« fragte Samgin, unangenehm überrascht. »Und was bedeutet das?«

»Das ist schrecklich, Klim!« rief sie, das Netz auf dem Kopf zurechtschiebend, und die schwarzen Drachen krochen von den Ärmeln des Schlafrocks auf ihre Schultern und Wangen. »Bedenke: Dein Heimatland geht zugrunde – und wir alle müssen es retten, um uns selbst zu retten. Stolypin ist ehrsüchtig und dumm. Ich habe diesen Mann gesehen – nein, er ist kein Führer! Und so ein dummer Mensch belehrt den Zaren. Den Zaren . . .«

Samgin hörte ihre Ausrufe, aber diese Frau im weiten, phantastischen Gewand existierte für ihn schon nicht mehr im Zimmer, und ihre Stimme kam aus der Ferne, als spräche sie durchs Telefon. Er überlegte: so also spricht Marina von mir . . .

Er vernahm: »In Petersburg haben Terroristen Oberst Min, den Unterdrücker des Moskauer Aufstandes, getötet; in Interlaken hat man auf irgendeinen Deutschen geschossen, den man für den Minister Durnowo hielt, das Standrecht vermag die Zahl der revolutionären Anarchistenakte nicht zu verringern . . .« Die Frau in Gelb schrie unermüdlich und aufdringlich, aber alles, worüber sie schrie, war in der Vergangenheit geschehen, bei einem anderen Samgin. Der hätte sich all diesen Tatsachen gegenüber wahrscheinlich anders verhalten, aber dieser hier war endgültig außerstande, an etwas anderes zu denken als an sich und Marina.

Ein unfreiwilliger Zuschauer? Das stimmt, ich habe mir das selbst gesagt.

Für einen Augenblick nur erinnerte er sich des Zaren, des zinngrauen Figürchens, des kleinen Männchens mit den blauen Augen und dem gleichgültig freundlichen Lächeln.

Er ist gleichgültig und haßt . . . Das ist unvereinbar. Richtiger wäre – er verachtet. Und ich – hasse oder verachte ich?

Er lächelte unwillkürlich und rief dadurch in Lidija einen Ausbruch von Entrüstung hervor.

»Bringt dich das alles wirklich zum Lachen? Aber überlege doch mal! Über allen im Lande stehen, über allen!« schrie sie, und ihre kranken Augen weiteten sich erschreckt. »Der doppelköpfige Adler, das ist doch das heilige Symbol übermenschlicher Macht . . .«

Samgin war es entgangen, wann und weshalb sie wieder vom Zaren zu sprechen begonnen hatte.

»Wir alle sind doppelköpfig«, sagte er und erhob sich. »Die Sotowa, du, ich ...«

»Was willst du damit sagen?« fragte Lidija und erhob sich ebenfalls.

Seinen eigenen Worten lauschend, sagte er, in der Hoffnung, Lidija zu kränken: »Der Zar ist wahrscheinlich müde von diesem Rummel und verachtet alle ...«

»Er? Der Gesalbte Gottes und – die Menschen verachten?« schrie Lidija entrüstet auf. »Besinne dich! So kann nur ein Atheist, ein Anarchist denken! Übrigens – das bist du ja auch von Natur.«

Sie schüttelte hoffnungslos den Kopf, doch dann, als Samgin ihr die Hand drückte, fragte sie: »Hier haben alle Leute schrecklich schweißige Hände, ist dir das nicht aufgefallen?«

Dumme Gans. Unfruchtbarer Feigenbaum, dachte Samgin gleichmütig, als machte er Überschriften. Um wieviel klüger, interessanter als sie ist doch Marina ...

Dann stellte er neben Marina das blaugraue Zarenfigürchen und lächelte.

Die Stadt war voller Unruhe, sie bereitete sich auf die Dumawahlen vor, durch die Straßen gingen und fuhren besorgte, mürrische Menschen, an den Zäunen prangten bunte Parteiaufrufe, die Mitglieder des »Bundes des russischen Volkes« rissen sie herunter oder überklebten sie mit den ihrigen.

Das alles berührte Samgin nicht, aber es war unangebracht, unangenehm, abseits zu stehen, und so besuchte er zwei-, dreimal Versammlungen ortsansässiger Politiker. Alles, was er hörte, alle Reden der Referenten waren ihm bekannt; er stellte fest, daß die Linken laut sprachen, aber ihre Worte waren farblos geworden, und man merkte, daß die Redner sich beim Sprechen allzusehr anstrengten, als böten sie ihre letzten Kräfte auf. Er erkannte an, daß das Vernünftigste in der Stadtduma gesagt wurde, in einer Versammlung der Kadetten, von einem Mitglied ihre Ortskomitees, Marinas ehemaligem Anwalt.

Das Bäuchlein auf den Rand des Tischs gestützt, der mit grünem Tuch bedeckt war, und mit der dünnen, goldenen Uhrkette spielend, während er mit den Fingern der anderen Hand gleichsam die Luft salzte, prägte dieses gelbgesichtige Männlein klingend kunstvoll abgerundete Sätze; in dem bläulichen Weiß seiner Augen flackerten die Kohlenstückchen der schwarzen Pupillen, von weitem schien es, als wäre sein rundes Gesicht gekränkt, erbost. Man hörte ihm aufmerksam, schweigend zu, und das Schweigen war so ehrerbietig gelangweilt, wie es bei Festsitzungen anläßlich des ersten oder zehnten Jahrestages nach dem Tod hochverehrter Männer der Öffentlichkeit zu sein pflegt.

Der Redner sprach davon, daß der Krieg die internationale Bedeutung Rußlands untergraben und es gezwungen habe, ungünstige, sogar schmachvolle Friedensbedingungen und einen für den Getreidehandel harten Vertrag mit Deutschland zu unterzeichnen. Die Revolution habe der Wirtschaft des Landes ungeheure Verluste zugefügt, habe aber immerhin um diesen hohen Preis der Selbstherrschaft Schranken auferlegt. Eine ruhige Tätigkeit der Reichsduma müsse die vom Volk erkämpften Rechte allmählich erweitern, müsse Rußland europäisieren und demokratisieren.

Er verstummte und führte das Wasserglas an die Lippen, machte aber vorher mit der rechten Hand eine Bewegung, als hätte er den Finger ins Wasser tauchen wollen, dann stellte er das Glas an seinen Platz zurück und fuhr angespannter, sogar gleichsam zornig, aber auch hoffnungslos fort: »Die Menschewiki, die realistischen Sozialisten, haben begriffen, daß eine Revolution an und für sich nicht schöpferisch sein kann, sie zerstört und beseitigt nur die Hindernisse, die der herangereiften sozialen Reform im Wege stehen. Sie haben begriffen, daß Kultur ohne Zusammenarbeit der Klassen nicht möglich ist. Die utopischen Sozialisten mit ihrem mystischen Glauben an die Macht der Arbeiterklasse sind zerschlagen, sie sind von der Bühne der Geschichte abgetreten. Jedermann begreift, daß das Land ruhige Alltagsarbeit auf den Gebieten der Politik und der Kultur braucht. Schließlich müssen sich alle von den gewaltigen Erschütterungen des überstandenen Sturms erholen. Vor uns erhebt sich eine grandiose Aufgabe: die viele Millionen zählende Bauernschaft auf die Beine zu stellen. Und – nochmals: Eine Evolution ist unmöglich ohne Zusammenarbeit der Klassen, diese Wahrheit wird durch die ganze Geschichte der kulturellen Entwicklung Europas bestätigt, und diese Wahrheit können nur Leute leugnen, denen jegliches Verantwortungsgefühl der Geschichte gegenüber fehlt . . .«

Um diesen Gedanken beizustimmen, brauchte Samgin sich nicht besonders anzustrengen. Sie waren ihm schon längst von selbst gekommen und lebten in ihm, ohne nach einer Formulierung in Worten zu verlangen. Samgin war über den Redner entrüstet, er hatte diese »von der Vernunft der Geschichte ausgearbeiteten« Gedanken roh entblößt und ihres Reizes beraubt.

Samgin spürte die Notwendigkeit, die Argumente der Geschichtsvernunft aufzufrischen und zu vertiefen, sie mit dem Material seiner eigenen, persönlichen Erfahrung zu unterbauen. Er hatte zu viel erlebt, und obwohl sein Verstand bereits sehr müde war, »Tatsachen und Systeme von Sätzen zu registrieren«, hatte er diese nun schon mechanische, hartnäckige und fruchtlose Angewohnheit dennoch nicht aufgegeben. Die Fruchtlosigkeit des Erfahrungsammelns bedrückte und beunruhigte ihn. Er wollte nicht zugeben, daß er sich Marinas skeptisches Verhalten zum Verstand angeeignet hatte, fühlte aber bereits, daß ihre Reden ihn mehr überzeugten als Bücher. Und schließlich gab es Augenblicke, in denen es Samgin mit unangenehmer Deutlichkeit zu Bewußtsein kam, daß das Gesicht der »gegenwärtigen Lage« zwar schon dicht mit dem Staub beruhigender Worte bedeckt war und immer mehr von ihm bedeckt wurde, daß aber dieses Gesicht dennoch rot und grimmig vor ihm erstand, wie das Gesicht von Marinas Hausknecht.

Er erinnerte sich seines Bruders: Vor kurzem war in einer der dikken Zeitschriften eine sehr lobende Besprechung des Buches von Dmitrij über die ethnographischen Verhältnisse im Nordgebiet erschienen.

Auch für mich wird es Zeit, aus meinen Beobachtungen Folgerungen zu ziehen, beschloß er und begann, in der Freizeit seine alten Aufzeichnungen nochmals durchzulesen. Freie Zeit hatte er genug, denn obwohl sich Marinas Angelegenheiten allmählich immer mehr ausweiteten, waren sie fast immer sonderbar einförmig: Es starben irgendwelche Witwen, alten Jungfern oder kinderlosen Händler, die ihr manchmal beträchtliches Vermögen Marina vermacht hatten.

»Das sind entfernte Verwandte meines Mannes«, pflegte sie zu erklären.

Die Zahl der Mandanten wuchs, zu Samgin kamen ehrwürdige bärtige Kaufleute aus den Landkreisen und sogar aus dem benachbarten Gouvernement.

»Marina Petrowna, die Soticha, hat uns an Sie verwiesen«, sagten sie, und es war zu spüren, daß Marina für diese Leute eine bedeutende Persönlichkeit war. Er erklärte sich das damit, daß diese unkultivierten Hinterwäldler Marinas sachlichen Verstand und ihre Lebenskenntnis schätzten.

An den Winterabenden saß er in der warmen Stille des Zimmers rauchend am Tisch und brachte ohne Übereilung Erlebtes und Gelesenes zu Papier, als Material für sein künftiges Buch. Zuerst betitelte er es: »Das russische Leben und die russische Literatur in ihrem Verhältnis zum Verstand«, aber dieser Titel erschien ihm zu schwerfällig, und so ersetzte er ihn durch einen anderen: »Kunst und Intellekt«; dann sah er ein, daß dies ein zu umfangreiches Thema war, ergänzte das Wort »Kunst« durch das Wort »Russische« und schränkte schließlich das Thema noch mehr ein: »Gogol, Dostojewskij und Tolstoi in ihrem Verhältnis zum Verstand.« Hierauf machte er sich daran, die drei Autoren mit dem Bleistift in der Hand nochmals zu lesen, und das war sehr angenehm, beruhigte ihn sehr und hob ihn gleichsam auf einer schrägen Linie irgendwohin über die sich wandelnde Wirklichkeit hinaus.

Gogol und Dostojewskij lieferten eine recht reichhaltige Menge von Tatsachen, die dem Hauptzug von Samgins Charakter chemisch verwandt waren, er empfand das deutlich, und auch das war angenehm. Die Widerlichkeit des Daseins und die launische Zügellosigkeit des Seelischen machten Samgin seinen Hader mit der Wirklichkeit verständlich, während das qualvolle Suchen der Helden Dostojewskijs nach unerschütterlicher Wahrheit und innerer Freiheit ihn von neuem erhob, aus der Menge der Alltagsmenschen herausführte und den unruhigen Helden Dostojewskijs nahebrachte.

Mitunter aber warf er den Bleistift auf den Tisch und sagte sich: Ich bin nicht so wie diese Menschen, bin gesünder als sie, verhalte mich dem Leben gegenüber ruhiger.

Jedoch die Wirklichkeit, gesetzmäßig ungehorsam gegen Theorien, die sie zu beruhigen suchten, indem sie sich als dichte Staubschicht von Worten auf ihrer Oberfläche ablagerten, die Wirklichkeit fuhr fort, ihn zu stoßen und zu beunruhigen.

Ende des Winters reiste er nach Moskau, gewann beim Obergerichtshof einen Prozeß, begab sich selbstzufrieden zum Essen ins Gasthaus und erinnerte sich, als er dort saß, daß noch keine zwei Jahre seit dem Tag vergangen waren, an dem er mit Ljutow und Alina in dem gleichen Saal gesessen und zugehört hatte, wie Schaljapin das »Knüppelchen-Lied« sang. Und es kam ihm nochmals unglaublich vor, daß eine solche Menge von Geschehnissen und Eindrücken in einem so geringen Zeitabschnitt Platz gefunden hatte.

»Und im abgrundtiefen Sack der Zeit kreist der Erdball«, erinnerte er sich eines vor kurzem gelesenen Satzes und meinte, daß er zu Dostojewskij und Gogol noch Leonid Andrejew und Sologub hinzufügen sollte. Dann, als er die Speisekarte durchsah, dem Stimmenlärm lauschte, kam ihm der Gedanke, daß wahrscheinlich nirgends so freundlich und geräuschvoll gegessen werde wie in Moskau. Besonders rücksichtslos laut benahm man sich an einem großen Tisch links von ihm an der Wand, dort saßen sieben Personen, und eine von ihnen, ein hochgewachsener, magerer Mann mit kleinem Kopf und spärlichem Schnurrbart im roten Gesicht, durchschnitt mit seinem Tenor übermütig das dichte Stimmengewirr mit den sarkastischen Sätzen: »In Europa flößen die Industriellen den Ministern die Leitgedanken ein, bei uns ist es umgekehrt: Bei uns kam der Hinweis, daß die Fabrikanten sich organisatorisch zusammenschließen müßten, im vergangenen Jahr vom Minister Kokowzow.«

Unter einer Palme hinter Samgin unterhielten sich brummig zwei Männer, und die nicht mehr nüchterne Stimme des einen kam ihm bekannt vor.

»Unsinn! Soldaten machen keine Revolution.«

»Leiser!«

»Erschießen sollte man sie wie Neger . . .«

»Bedenke doch: Die Garde, die Preobrashenzen . . .«

»Um so mehr: Erschießen! Was bedeutet schon die Verschickung in irgend so ein blödsinniges Dorf Medwed? Vernich-ten, wie die Engländer die Spahis . . .«

»Das sagst du nicht im Ernst.«

»Ich weiß mehr als du«, schrie mit betrunkener Stimme der grimmige Mann, und Samgin entsann sich sofort: Das ist Tagilskij. Es wäre unangenehm, wenn er mich erkennen würde.

Er erhob sich ein wenig und schaute sich nach allen Seiten um, ob nicht irgendwo ein anderes Tischchen frei sei.

Es fand sich keins, hingegen schlug der kleinköpfige Tenor mit der Hand auf den Tisch und sagte scharf betont: »Niemals! Die Zumutung der Arbeiter, Tarife festzusetzen, ist nur unter der Bedingung annehmbar, daß sie auch die Verantwortung für die Verluste des Betriebs übernehmen!«

Er stand auf und drückte seinen Tischgenossen der Reihe nach rasch die Hand, wobei er jedem einförmig mit seinem glatten Köpfchen zunickte, dann warf er es weit zurück, legte die eine Hand auf den Rücken und ging, die Uhr in der anderen und den Blick auf das Zifferblatt gerichtet, mit weiten Schritten seiner langen Beine zur Tür wie einer, der vollkommen überzeugt ist, die Leute verstünden, wohin er ginge, und würden ihm vorsorglich den Weg freigeben.

Aus den Zeitungen wußte Samgin, daß in Petersburg ein »Verein der Werkbesitzer und Fabrikanten« organisiert worden war und daß auch die Industriellen Moskaus sich um das gleiche bemühten, sicherlich war dieser lange Mann einer solcher Organisatoren. Tagilskij murmelte deutlich hörbar: »Im Semjonowschen Regiment begann ein lockerer Vogel davon zu reden, daß das Regiment in Moskau nicht gegen die Richtigen losgeschlagen habe, verstehst du? Nicht gegen die Richtigen! Die Soldaten erstatteten sofort Meldung . . .«

Rechts von Samgin saßen drei würdig speisende Personen: eine breitschultrige Dame mit kurzem Hals in Speckfalten, ein vorzüglich frisierter Student mit einem Zwicker und gezwirbeltem Schnurrbärtchen, der sehr einem verkleideten Friseur glich, und ein rundgesichtiger Herr mit einem Halsbandorden und großen Augen mitten in bläulichen Säcken; er erzählte langsam und gekränkt: »Ich bin selbst Zeuge gewesen, ich fuhr neben Bompard. Und das waren tatsächlich Arbeiter. Begreifst du diese Frechheit? Den Wagen des französischen Gesandten anzuhalten und ihm ins Gesicht zu schreien: ›Warum gebt ihr unserem Zaren Geld, damit er uns schlägt? Er hat genug eigene Leute hierzu.‹«

»Schrecklich«, sagte mit Baßstimme und ruhig die Frau, während sie die dickbäuchigen Haselhühner auf die Teller verteilte, und fragte: »Stimmt es, daß man Launitz umgebracht hat, weil er Witte verhaften wollte?«

»Aber Mama«, begann mit gerunzelter Stirn der Student, »es steht doch fest, daß Sozialrevolutionäre Launitz umgebracht haben.«

Die Dame sagte mit der gleichen Baßstimme und ebenso ruhig: »Ich frage nicht, wer, ich frage, weswegen. Und ich hoffe, Boris, daß du nicht weißt, was Sozialrevolutionäre sind und in wessen Diensten sie stehen. Nimm dir noch Preiselbeeren, Matwej!«

Der Mann mit dem Orden nahm sich Preiselbeeren und erklärte mit tiefem Seufzer: »Der alte Suworin behauptet, Goremykin habe ihm gesagt: ›Das ist nicht übel, daß man die Gutshöfe in Brand steckt, man muß den Adel aufrütteln, damit er aufhört, für die Revolution zu arbeiten.‹ Aber, du mein Gott, wann haben wir denn für die Revolution gearbeitet?«

»Schrecklich«, sagte die Dame, die gerade Wein einschenkte. »Und obendrein ist Goremykin ein Päderast.«

Der Student sagte lächelnd: »Onkel, du hast die Dekabristen vergessen . . .«

Das sind Menschen für eine Komödie, dachte Samgin. Marina wird lachen, wenn ich ihr von ihnen erzähle.

Dieses Trio belustigte ihn sehr. Er beschloß, den Abend im Theater zu verbringen, sein Zug ging erst gegen Mitternacht. Aber da beugte sich plötzlich das schieläugige Gesicht Ljutows zu ihm herab, gerade diesen Menschen hätte Samgin am allerwenigsten sehen mögen. Doch Ljutow plapperte bereits: »Sieh da – ein unvorhergesehener Zufall! Albern: als ob man einen Zufall voraussehen könnte! Und doch pflegt man sich so auszudrücken! Man hat mir gesagt, du seist für drei Jahre an Wologda gebunden, stimmt das nicht?«

Er hatte einen ungewöhnlich bunten Anzug aus dickem, flauschigem Stoff an und sah kleiner, aber gleichsam noch zerfahrener aus.

»Obwohl – auch in Wologda trinkt man. Trinkst du noch nicht? Interessant, was für Federn dir gewachsen sein mögen.«

Er sprach halblaut, aber es war dennoch peinlich, daß er in Gegenwart des strohblonden, scharfäugigen Kellners in solch einem Ton redete. Jetzt tippte er dem Kellner mit dem Finger an die Schulter. »Ein Sonderzimmerchen, Wassja, geht das?«

»Zu Befehl. Eine kleine Vorspeise?«

»Unbedingt.«

»Und dann?«

»Überleg es dir selbst, mein Engel.«

Er täuscht altmodischen Moskauer Demokratismus vor, stellte Samgin fest und beobachtete hinter der Brille hervor das Publikum – manch einer warf schon ironische Blicke auf Ljutow. Samgin fühlte jedoch, daß Ljutow aufrichtig erfreut war, ihn zu sehen. Im Korridor, auf dem Weg zum Nebenzimmer, erkundigte sich Samgin, wo Alina sei. »Alina?«

»Alina?« fragte Ljutow unnötigerweise zurück. »Alina weilt in der französischen Hauptstadt Lutetia und schreibt mir lange, wütende Briefe von dort, die Franzosen gefallen ihr nicht. Kostja Makarow ist mit ihr hingereist, Dunjascha beabsichtigt auch, hinzufahren . . .«

Er schubste Samgin zur Tür ins Nebenzimmer hinein, setzte ihn auf das Sofa, sich selbst ihm gegenüber in einen Sessel, beugte sich vor und forderte ihn auf: »Nun, erzähle – wie geht es dir?«

Seine verschobenen Augen schienen ruhiger geworden zu sein, sie bemühten sich nicht mehr so sehr wie früher, sich zu verstecken. In dem aufgedunsenen Gesicht war ein Muster roter Äderchen scharf zutage getreten, das Anzeichen eines Leberleidens.

»Du bist dick geworden«, sagte er, Samgin musternd. »Na, und was denkst du so, wie?«

»Worüber?« fragte Samgin.

»Beispielsweise – über die Popen. Weshalb haben die Bauern so viele Popen ins Parlament hineingeschubst? Sind sie gute Herren? Haben sie sich den Anschein gegeben, Sozialrevolutionäre zu sein? Oder sonst noch was?«

Beim Sprechen verbrannte er sich gleichsam an den Worten, indem er sie bald herausblies, bald einsog.

Jetzt kommen seine Kunststücke, stellte Samgin fest, während Ljutow hastig sagte: »Der Bauer kann den Popen nicht leiden, er traut ihm nicht, der Pope ist genau so ein Schmarotzer, und plötzlich . . .«

»Ich glaube, in der Duma sitzen gar nicht so viele Popen. Und ich begreife überhaupt nicht recht, was dich so erregt?« fragte Samgin.

Ljutow blickte ihn mit halb zugekniffenen Augen an und schnippte mit den Fingern.

»Ich traue ihnen nicht, verstehst du? Über den Popen steht der Bischof, über dem Bischof – der Synod, dann kommt der Patriarch, so ein Isidor, weißt du, ein Unierter. Unsere Kirche organisiert sich nach römisch-katholischem Vorbild, sie wird den Bauern an der Gurgel packen wie in Spanien oder Italien, wie?«

»Ein seltsames Hirngespinst«, sagte Samgin achselzuckend.

»Hirngespinst?« wiederholte Ljutow fragend und gab zu: »Na, schon gut, mag sein! Nun, wenn es aber zutrifft? Die Popen sind Menschen reinsten russischen Blutes, in diesem Sinn ist die Geistlichkeit reiner als der Adel – stimmt's? Meinst du nicht, die Popen könnten sich etwas sehr Russisches, Überraschendes ausdenken?«

»Eine Inquisition etwa?« fragte Samgin ärgerlich. Ljutow sagte ernst: »Eine Inquisition, das versteht sich von selbst, aber außerdem noch etwas äußerst Finsteres – im Namen des allrussischen Bauern?«

»Vom Bauern wirst du . . . werden wir nichts zu hören bekommen außer: Gebt mir das Land zurück«, antwortete Samgin widerstrebend und brummig.

Ljutow verzog sein fleckiges Gesicht, wiegte sich hin und her, zuckte mit dem Kopf und bekam dadurch Ähnlichkeit mit jemandem, der im Wartezimmer eines Zahnarztes sitzt und von Zahnschmerzen geplagt wird.

»So«, sagte er. »Sehr einfach. Doch ich, mein Lieber, erwarte immerzu etwas Außergewöhnliches . . .«

Bist du des Außergewöhnlichen noch nicht überdrüssig? wollte Samgin fragen, aber da trat der strohblonde Kellner ein und mit ihm ein anderer, ein Halbwüchsiger, sie brachten auf Tabletts einen Imbiß; Ljutow fragte: »Was ist, Wassja, erkennen die Herren euren Verband nicht an?«

»Er ist ihnen unerwünscht«, antwortete Wassja lächelnd.

»Was gedenkt ihr nun zu tun?«

Der Kellner drehte die Serviette zu einem Strick, schlug sich damit auf die Hand und sagte seufzend: »Ich weiß nicht. Ein Streik hilft nichts, alle sind ausgehungert, müde. Die Petersburger Arbeiter verhindern den Abtransport der Waren aus den Fabriklagern, doch wir – was sollen wir tun? Alles Geschirr zerschlagen? Wünsche wohl zu speisen«, fügte er hinzu und ging hinaus.

Samgin definierte Ljutows Benehmen wieder als vorgetäuschten Demokratismus.

Der Kellner hatte ihm nicht gefallen, er sprach nachlässig, sein Schnurrbärtchen sträubte sich unangenehm, und die kurze Oberlippe entblößte, wenn sie sich hob, kleine, spitze Zähne.

»Der Bursche ist nicht dumm«, sagte Ljutow mit einem Kopfnikken hinter Wassilij her und goß Wodka in die Gläser. »Er hat das ›Kommunistische Manifest‹ eingeochst und überhaupt – er liest! Du weißt natürlich, in wieviel hunderttausend Exemplaren dieses Broschürchen verbreitet ist. Das kommt wieder hoch! – Trinken wir . . .«

Samgin stieß mit ihm an und fragte: »Du freust dich wohl, daß es hochkommen wird?«

»Gut gefragt!« schrie Ljutow entzückt. »Gleichgültig, wie nach einer fremden Angelegenheit! Spielst du immer noch den Gleichgültigen, Meister des Barrikadenbaus? Mit mir solltest du nicht Konspiration spielen.«

Samgin trank in einem Zug ein großes Likörglas kalten Pomeranzenwodkas und schielte, als er hinterher Lachs aß, mißtrauisch zu Ljutow hinüber, dieser band sich die Serviette um und sagte, sich an seinen Worten verbrennend: »Ich bin Kaufmann, aber ich habe keine Zehnkopekenstücke an Stelle der Augen. Ich bin ein weißer Rabe in meiner Klasse, mein Lieber, und ich sage dir geradeheraus: Ich fühle mich innerlich nicht mit meinem Stand verbunden, ich bedaure das manchmal . . . leide sogar darunter . . . Das ist es! Zuweilen meint man: lieber aufgehängt sein als im Leeren hängen. Aber – als Teil in meinem Stand aufgehen, das kann ich nicht, vielleicht deshalb, weil mir die Kräfte dazu fehlen, ich bin nicht animalisch genug. Siehst du, Tschetwerikow sagte neulich, in den Arbeiterverbänden versteckten sich Terroristen, Anarchisten und allerhand Scheusale, und die Herren müßten alle Maßnahmen zur Auflösung der Verbände ergreifen. Gewiß, er ist ein Herr, und das Geschäft verpflichtet ihn, gegen die Arbeiter zu kämpfen, aber du hättest sehen sollen, was für eine widerliche Fratze er machte, als er das sagte! Und überhaupt, mein Lieber, diese Leute haben eine solche Gesinnung, daß, wenn sie die Macht in die Hände nehmen . . .«

Wladimir Ljutows Gesicht war tiefrot geworden, seine Augen, die stillzustehen versuchten, zuckten, er stach blindlings mit der Gabel auf dem Teller herum, um einen schlüpfrigen Pilz zu erwischen, und erweckte in Samgin ein bedrückendes Gefühl von Peinlichkeit. Noch nie hatte Samgin gehört oder empfunden, daß dieser Mann so ernst, ohne Kunststücke und ohne unangenehme Verrenkungen reden konnte. Samgin schenkte sich schweigend nochmals Wodka ein, während Ljutow die Serviette herunterriß und fortfuhr: »Dir ist wohl kaum verständlich, wie . . . ich mir vorkomme, du bist mit einer Idee, mit konspirativer Arbeit gepanzert, lebst sozusagen hoch oben, in einem Turm, unnahbar. Ich hingegen habe mich schon längst daran gewöhnt, von mir als einem Menschen zu denken, der zu nichts taugt. Die Revolution hat mich endgültig hiervon überzeugt. Alina, Makarow und Tausende ihresgleichen sind auch alles Menschen, die zu nichts taugen und nirgends hinpassen – eine seltsame Rasse: nicht schlecht, aber unnütz. Entwurzelte Menschen. Es gibt sogar solche Revolutionäre, zum Beispiel Inokow, du kennst ihn doch«, sagte er. »Er kann ein Haus oder eine Kirche zerstören, ist aber unfähig, auch nur einen Hühnerstall zu bauen. Zu zerstören jedoch hat nur jener ein Recht, der weiß, wie gebaut werden muß, und zu bauen versteht.«

Samgin fühlte, daß diese unerwarteten Reden ihn empörten, er trank noch ein Gläschen und sagte: »So sprachen in den siebziger Jahren, mit Nekrassow an der Spitze, die reumütigen Adeligen. Gerade Nekrassow hatte ihnen diese Klagen eingeflüstert, und sie waren im Grunde nur eine Wiedergabe seiner Gedichte in Prosa.«

Der Kellner kam wieder herein, und als Samgin merkte, daß Wassjas scharfer Blick auf ihn gerichtet war, empfand er das Verlangen, etwas Scharfes zu sagen; er sagte: »Man darf nicht bloß deshalb Geschichte machen, weil man nichts anderes zu tun versteht.«

»Ganz recht«, stimmte Ljutow ihm bei, und Samgin sah ein, daß er nicht das Richtige gesagt, nur Worte Stepan Kutusows wiederholt hatte. Dennoch fuhr er fort: »Bei uns betätigen sich viele aus Langerweile, weil sie nichts zu tun haben.«

»Das ist ein Gedanke Tolstois«, bemerkte Ljutow, ein Brotkügelchen umherrollend, mit zustimmendem Nicken.

Samgin verstummte und wartete, bis der Kellner hinausgegangen war, dann begann er mit einem Gefühl der Erbitterung gegen Ljutow und sich selbst in einer ihm sonst nicht eigenen Art brummig und mühsam: »Die Intelligenz macht überhaupt keine Revolutionen, selbst wenn sie psychisch deklassiert ist. Der Intellektuelle ist kein Revolutionär, sondern ein Reformator in Wissenschaft, Kunst und Religion. Und in der Politik selbstverständlich. Es ist sinn- und zwecklos, sich selbst Gewalt anzutun, sich künstlich in heroische Stimmung zu versetzen . . .«

»Das begreife ich nicht«, sagte Ljutow, in den Suppenteller blikkend.

Samgin begriff auch nicht ganz klar, zu welchem Zweck er sprach. Aber er sagte: »Du betrachtest die Revolution als dein persönliches Problem, als Problem eines Intellektuellen . . .«

»Ich?« wunderte sich Ljutow. »Woraus schließt du das?«

»Aus allem, was du gesagt hast.«

»Mir scheint, daß du nicht mich, sondern dich selbst von irgend etwas zu überzeugen suchst«, sagte Ljutow gedämpft und nachdenklich und fragte: »Bist du Bolschewik oder . . .«

»Ach, laß das«, entgegnete Samgin zornig. Ein bis zwei Minuten lang schwiegen beide und saßen einander regungslos gegenüber. Samgin rauchte und blickte zum Fenster hinaus, dort glänzte seidig der Himmel, der Mond schien auf die marmorweißen Dächer – ein sehr vertrautes Bild.

Er hat recht, dachte Samgin, ich habe tatsächlich mich zu überzeugen gesucht.

»Die Reaktion«, murmelte Ljutow, »Lenin scheint der einzige Mensch zu sein, den sie nicht durcheinanderbringt . . .«

Er schrumpfte zusammen, wurde grau und glich so noch weniger sich selbst, doch plötzlich – begann er zu schauspielern, verwandelte er sich wieder in den seit langem und gut bekannten Menschen; ab und zu einen kleinen Schluck Wein trinkend, fing er an, munter draufloszureden: »Ich habe gehört, daß die Fliegen ein hervorragend scharfes Sehvermögen haben, und doch können sie Glas nicht von Luft unterscheiden!«

»Wieso fallen dir denn im Winter die Fliegen ein?« fragte Samgin und blickte ihn argwöhnisch an.

»Ich weiß nicht. Doch essen wollen wir anscheinend nichts. Nun, dann trinken wir eben!«

Sie tranken. Ljutow schüttelte den Kopf, rieb sich mit dem Finger die Schläfe und stieß einen Seufzer aus, dann lächelte er.

»Unser Gespräch hat nicht recht geklappt, Samgin! Dabei hatte ich etwas erwartet. Ich warte immerzu auf etwas, mein Lieber. Nehmen wir beispielsweise die Popen, ich erwarte im Ernst, daß die Popen etwas sagen werden. Vielleicht werden sie sagen: Es soll noch schlimmer werden, aber in einer anderen Weise! Eine talentierte Rasse! Wieviel hervorragende Männer hat sie der Wissenschaft und Literatur geschenkt, solche wie Belinskij, Tschernyschewskij, Setschenow . . .«

Aber Ljutows Lebhaftigkeit erlosch, er verstummte, krümmte sich zusammen und begann wieder, ein Brotkügelchen auf dem Teller herumzurollen. Samgin fragte, wo die Streschnewa sei.

»Dunjascha? Irgendwo an der Wolga, sie singt dort. Ja, auch Dunjascha . . . ist nicht in Form, wie man von den Ringkämpfern zu sagen pflegt. Ein Ölmagnat hat ihr eine Wohnung und dreihundert Rubel monatlich angeboten, sie hat abgelehnt! Ja – die Frau ist nicht bei Sinnen. Ihr mißfällt alles. Das Singen, sagt sie, sei eine alberne Beschäftigung. Man hat sie aufgefordert, zur Operette zu gehen, sie hat es nicht getan.«

Er blickte zum Fenster hinaus und seufzte.

»Ich fürchte, sie wird in irgendeine dumme Geschichte hineingeraten, die sie an den Galgen bringen kann. Sie hat diesen Inokow kennengelernt, als er krank und verwundet bei uns lag. Als Mann geht er ja an, er ist interessant, wenn auch etwas wie ein Beil. Dann ist da noch einer, erinnerst du dich an den Burschen, der sich als Held gebärdete, als Turobojew beerdigt wurde? Rybakow . . .«

»Sudakow«, verbesserte Samgin.

»Ein gutes Gedächtnis hast du . . . Hm . . . Na also, das sind ihre Freunde, sie versorgt sie mit Moneten, und sie erziehen sie. Beide sind Anarchisten.«

Ljutow nahm die Uhr heraus und ließ unter dem Tisch ihren Deckel aufschnappen; Samgin sah auch auf seine Uhr, wobei er sich sofort dachte, daß es höflicher gewesen wäre, Ljutow nach der Zeit zu fragen.

Ljutow verabschiedete sich sehr einfach, anscheinend sogar traurig, ohne geschnörkelte Wortspiele.

Er ist farblos geworden, dachte Samgin, als er aus dem Gasthaus in die bläuliche Kälte des Platzes hinaustrat. Der typische russische Nichtstuer. Das von den Popen hat er sich absichtlich für mich ausgedacht. Er verbirgt seine innere Leere hinter Verschrobenheit. Marina würde sagen: Ein Mensch von fruchtlosem Verstand.

Von Sättigung und Wodka empfand er einen angenehmen Schwindel, die köstlich frostige Luft forderte zu tiefen Atemzügen heraus und rief, indem sie die Lunge mit ihrer scharfen Frische füllte, ein munteres Gefühl hervor. In seinem Kopf summte das Motiv des dummen Liedchens:

»Der Zar gleich einst dem Mucio . . .«

Ja, diese Dunjascha! Sie hat abgelehnt. Weshalb?

Samgin nahm eine Droschke und fuhr zur Operette. Dort sagte ihm der Kassierer, alle Karten seien verkauft, aber es seien noch zwei Logen frei und er könne einen Platz darin bekommen.

Von der Höhe des zweiten Ranges herab sah der Zuschauerraum des kleinen Theaters wie eine flache Grube aus, und dann bekam er Ähnlichkeit mit dem waagerecht umgekippten Schaufenster eines Obstladens: In dem Schaum von Holzwolle lagen reihenweise Apfelsinen, Äpfel und Zitronen. Samgin erinnerte sich, wie Turobojew bei Aumont den Anarchisten Ravachol gerechtfertigt hatte, und fragte sich: Könnte ich eine Bombe werfen? Unter keinen Umständen. Und Ljutow wäre dazu auch nicht imstande. Ich vermutete in ihm etwas ... Originelles. Es ist nichts davon vorhanden ... Anscheinend befürchtete ich sogar irgend etwas in diesem ... degenerierten Menschen. Und da er fühlte, daß er hätte laut loslachen können, gestand Samgin sich ein: Ich habe etwas zu viel getrunken.

Über dem Orchester krümmte sich krampfhaft, die kurzen Arme und die Frackschöße schwingend, ein schwarzer, großköpfiger und kahler Dirigent, an der Rampe tanzten wie toll die zwei Könige und der dürre, krummbeinige Priester Kalchas, der Pobedonoszew ähnelte.

Es war tatsächlich witzig von Offenbach, das Vorspiel zur »Ilias« in eine Komödie umzuwandeln. Man sollte alle größeren Ereignisse der Kulturgeschichte zu einer Serie leichter Komödien verarbeiten, damit die Menschen aufhören, sich ihrer Vergangenheit gegenüber kriecherisch zu verhalten – wie vor einer Exzellenz ...

Sein Denken ging sehr leicht und flott vonstatten, aber ihn schwindelte noch stärker, was wohl daher kam, daß die warme Luft stark mit Parfüm geschwängert war. Das Publikum applaudierte stürmisch, die Könige und der Priester verneigten sich zähneblekkend und dankbar in die Dunkelheit des Zuschauerraums hinein vor dem kompakten Körper der Menge, diese bewegte sich mühsam und brüllte: »Bravo, bravo!«

Das war weder amüsant noch komisch, und Samgin verzog das Gesicht, als er sich des Verses von irgendwem erinnerte: Ein Strudel, darin alles umkommt, was lebt.

Wo ist das her?

Als er eine Weile nachgedacht hatte, entsann er sich: Aus einem Buch des deutschen Demokraten Johannes Scherr. Gerade dieser Professor hatte geraten, die Weltgeschichte als Komödie zu betrachten, stimmte aber zugleich Goethe bei, Mensch sein, heiße Kämpfer sein.

Um der Komödie den Anstrich eines Dramas zu verleihen, ja? Ich bekomme einen Rausch, sah Samgin ein und rieb sich mit der Hand die Stirn. Er hätte sich so gern etwas Originelles ausgedacht und über sich selbst gelächelt, aber die Schauspieler auf der Bühne hinderten ihn daran. An der Rampe stand die breitschultrige, beleibte Tochter des Königs Priamus und zappelte mit dem Bein, das bis zur Hüfte entblößt war; es tänzelte der erstaunlich leichte, gleichsam hohle Kalchas; sie sangen:

»Schaut bitte
Auf Witte,
Graf von Portsmouth heißt er hinfort,
Und Aufruhr ist sein Lieblingssport . . .«

Das ist albern, entschied Samgin, nachdem er zweimal in die Hände geklatscht hatte.

»Bravo!« wurde aus dem Strudel gerufen.

»Pardon!« sagte jemand, der sich neben Klim setzte, und schrie sofort gedämpft auf: Das war Bragin, wie zur Trauung gekleidet – im Frack mit weißer Binde; sein kleiner Kopf war glatt frisiert, eine Haarsträhne, die vom Oberteil der Schläfe zur Nasenwurzel hinab verlief, verdeckte kunstvoll – mehr als früher – die Beule auf der Stirn, das Haar war mit etwas stark Duftendem eingefettet, das Gesicht strahlte vor Freude. Er bezeichnete die Begegnung mit Recht als unerwartet und erzählte Samgin, bevor noch eine Minute verstrichen war, daß er ein »sociétaire« dieses Unternehmens sei.

»Ist Ihnen aufgefallen, daß wir in den alten Text einiges aus der Gegenwart einfügen? Das gefällt dem Publikum sehr. Ich fange auch an, ein klein wenig zu dichten, die Couplets des Kalchas sind von mir.« Er sprach im Stehen, drückte den Handschuh ans Herz und verneigte sich ehrerbietig vor jemandem in einer Loge. »Wir sind überhaupt bestrebt, dem Publikum eine lustige Erholung zu verschaffen, ohne es jedoch vom Tagesgeschehen abzulenken. Sie sehen – wir verspotten Witte und andere, das ist, meine ich, nützlicher als Bomben«, sagte er leise.

»Ja«, stimmte Samgin bei, »mögen alle . . . lächeln! Möge der Mensch über sich selbst lächeln.«

»Vortrefflich gesagt!« flüsterte Bragin entzückt. »Ja eben – über sich selbst!«

»Möge er lächeln!« wiederholte Samgin streng.

»Ich habe auch die Duma mit Couplets bedacht! Sind Sie in der Duma gewesen?«

»Nein. In der Duma nicht . . .«

»Das ist eine politische Versammlung, aber keine staatliche Institution! Sie werden sehen – sie wird wieder aufgelöst.«

»Gar nicht notwendig, mögen sie reden«, sagte Samgin.

»Ja, selbstverständlich, besser unter einem Dach als auf den Straßen! Aber die Zeitungen! Sie tragen alles auf die Straße.«

»Doch sie ist klug! Sie lacht«, sagte Samgin und erkannte mit dem Rest seines umnebelten Bewußtseins, daß er einen skandalösen Rausch bekam und dummes Zeug redete. Er lehnte sich im Sessel zurück, schloß die Augen, biß die Zähne zusammen und hörte ein bis zwei Minuten dem Dröhnen der Pauke, den dumpfen Tönen des Kontrabasses und dem belustigenden Wimmern der Geigen zu. Als er die Augenlider wieder hob, war Bragin nicht mehr da, vor ihm stand der Logendiener, bot ihm kaltes Sodawasser an und fragte in freundschaftlichem Flüstern: »Vielleicht ein Tröpfchen Salmiakgeist gefällig?«

Während der Pause blieb Samgin im Hintergrund der Loge sitzen, und als es dunkel wurde, ging er leise hinaus und fuhr zum Gasthof, um seine Sachen zu holen. Der Rausch verging, an seine Stelle trat langweiliges Mitleid mit sich selbst.

Im Grunde war das ein unbedeutender Zwischenfall, und die Sache war nur die, daß ich zu viel getrunken hatte, versuchte er sich zu trösten, aber das gelang ihm nicht.

Am Abend des nächsten Tages erzählte er Marina zornig: »Moskau hat auf mich den Eindruck von Banalität und Gehässigkeit gemacht. Die einen amüsieren sich hastig und banal, die anderen haben vor, sich für die überstandenen Aufregungen zu rächen . . .«

»Haben vor!« rief Marina aus. »Sie tun es schon, sieh doch, wie eilig es Stolypin mit dem Aufhängen hat.«

Sie war sehr froh, daß der Prozeß gewonnen war, und sprach vergnügt. Samgin fand, daß es zumindest unschicklich sei, von Stolypins Tätigkeit in vergnügtem Ton zu sprechen und fragte spöttisch: »Du meinst also, man sollte mit Muße aufhängen?«

Marina lächelte, strich sich mit der Zunge über die Lippen und blickte in eine dunkle Ecke.

»Die Maximalisten? Die hinge ich an seiner Stelle auch auf. Du hast ja gesehen, wie sie in der Fonarnyj-Gasse das Geld geklaut haben. Stolypin hat auch persönlich durch sie gelitten, seine Tochter wurde verwundet, sein Landhaus gesprengt.«

»Du hast eine grauenhaft . . . einfache Einstellung zu all diesen Tragödien«, sagte Samgin und merkte, daß er verwundert sprach, obwohl er es mit Entrüstung hatte sagen wollen.

»Ich bin doch kein Minister und habe keine Lust, mich in diese Familienangelegenheiten zu vertiefen«, sagte Marina.

Samgin erinnerte sich, daß sie schon zum zweitenmal den Terror eine »Familienangelegenheit« nannte; das gleiche hatte sie anläßlich des Attentats von Tamara Prinz auf General Kaulbars in Odessa gesagt. Samgin hatte ihr die Zeitung gegeben, in der eine Notiz über das Attentat abgedruckt war.

»Ja – ich weiß«, hatte Marina gesagt, »Lidija sind die Einzelheiten bekannt.« Sie hatte die Zeitung geschüttelt, als hätte sich Staub auf ihr abgesetzt und langsam, mit Befremden geäußert: »Wie kindlich! Zu dem General kam eine Generalstochter und – brach in Tränen aus, das dumme Gänschen: Ach, ich soll Sie erschießen, bin aber dazu außerstande, denn Sie sind doch ein Freund meines Vaters. Tatjana Leontjewa, die statt des Ministers Durnowo irgendeinen deutschen Handelsreisenden angeschossen hat, ist doch, glaube ich, auch eine Generalstochter? Das sind doch schon Familienangelegenheiten . . .«

Ihre beharrlich ruhige Einstellung zur Wirklichkeit empörte Samgin, aber er schwieg, weil er einsah, daß er nicht nur aus Vernunftsgründen, sondern auch aus Neid empört war. Die Ereignisse zogen wie Wolken über Marina hinweg und berührten sie nur wie Wolkenschatten, ohne ihre Stimmung zu verdüstern. Nachdem sie ihm ruhig mitgeteilt hatte: »Lidija erzählt, man habe den Reichsrat sprengen wollen. Es sei mißglückt«, fragte sie nachdenklich: »Wie kommt es, daß ihnen manchmal etwas nicht glückt?«

Samgin lächelte, als er daran dachte, daß es ihr, wenn sie Terroristin wäre, sicherlich glücken würde, auch den Reichsrat zu sprengen.

Ihr ist alles fremd, dachte er. Als wäre sie eine Ausländerin. Oder ein Mensch, der unerschütterlich davon überzeugt ist, in dieser »besten der möglichen Welten« sei alles zum besten bestellt. Woher hat sie diesen . . . Optimismus . . . eines Tieres?

In der »besten der möglichen Welten« quälte sich fruchtlos ein gewisser Klim Samgin ab. Obwohl er die Fruchtlosigkeit seines Suchens, seiner Aufregungen und Beunruhigungen nicht mehr so scharf empfand wie früher, schien es ihm dennoch zuweilen, daß die Wirklichkeit ihm immer mehr feind werde und ihn von sich stoße, ihn irgendwo beiseite dränge, aus dem Leben streiche. Besonders verblüffte ihn ein unerwarteter und schroffer Ausfall Tomilins gegen die Intelligenz. Die liberale Lokalzeitung brachte einen ausführlichen Bericht über einen Vortrag, den Tomilin in Samgins Heimat gehalten hatte. Der Vortrag hatte den Titel »Intellekt und Schicksal«, in ihm wurde zu beweisen versucht, daß gerade der Intellekt den Willen des Schicksals zum Ausdruck bringe, während »das Schicksal selbst nichts anderes ist als eine Maske des Satan-Prometheus«. »Prometheus ist es, der als erster dem Menschen in dem Paradies des Nichtwissens die Leidenschaft zur Erkenntnis eingeflößt hat, und seitdem verbrennt die jungfräuliche, nach Glauben lechzende Seele des gottgleichen Menschen im prometheischen Feuer: der Materialismus ist ihre graue Asche.« Tomilin verspottete erbarmungslos, bissig die »fein organisierte Persönlichkeit, diesen Kristall, der angeblich imstande ist, die Spektren aller Lichter des Lebens widerzuspiegeln, und völlig der feurigen Kraft des Glaubens an die ganz einfache und einzige Weisheit der Welt entbehrt, die in dem geheimnisvollen Wort ›Gott‹ enthalten ist.«

Der Bericht schloß mit der Hoffnung seines Verfassers, daß »unser verehrter Mitarbeiter, der kühne und originelle Denker, unsere Stadt besuchen und in ihr diesen tief erregenden Vortrag halten werde. Für uns ist es sehr nützlich, sich auf die Höhe der uranfänglichen Ideen zu erheben, um von dort ruhig auf unsere tragischen Fehler herabzublicken.«

Eine solch schroffe Wendung der vertrauten Gedanken Tomilins empörte Samgin nicht nur dadurch, daß sie so unerwartet schroff war, sondern auch noch dadurch, daß Tomilin in scharfer Form einige Gedanken zum Ausdruck gebracht hatte, die Samgin noch nicht ganz klar gewesen waren und auf denen er sein Buch über den Verstand hatte aufbauen wollen. Es geschah nicht zum erstenmal, daß Samgins vorsichtige Gedanken vorweggenommen und ausgesprochen wurden, bevor er sich selbst dazu hatte entschließen können. Er fühlte sich von dem rothaarigen Philosophen bestohlen.

Marina wird Tomilins Philosophie wahrscheinlich gefallen, dachte er und fragte sie am Abend, als er in dem Zimmer hinter ihrem Laden saß, ob sie den Bericht über den Vortrag gelesen habe.

»Er ist ein Gauner«, sagte sie, Fruchtpaste essend. »Ich meine damit nicht den Philosophen, sondern den Verfasser des Berichts. Entsinnst du dich: In Dunjaschas Konzert führte doch ein Geck, das Söhnchen des Kreisadelsmarschalls, das große Wort? Das ist er. Er hat die Farbe gewechselt und ist Oktobrist geworden. Sie kaufen die Zeitung, haben sie, glaube ich, schon gekauft. Die Liberalen haben kein Geld. Jetzt werden sie die Stolypinsche Philosophie verfechten: Zuerst Beruhigung, dann Reformen.«

Ihre lässigen Worte berührten Samgin unangenehm; beim Sprechen von solchen Dingen hätte man nicht Fruchtpaste zu kauen brauchen. Er beherrschte sich nicht und fragte: »Die ›tragischen Fehler‹ beunruhigen dich offenbar nicht?«

Sie wischte sich die Finger mit der Teeserviette ab und sagte: »Ich beunruhige mich nicht gern. Ich bin nicht intelligent genug, um zu stöhnen und zu ächzen. Und wahrscheinlich nicht genug Weib.«

Samgin verstummte vorsorglich, denn er sah ein, daß sie hätte sagen können: Du beunruhigst dich ja auch nicht allzusehr, wenn du täglich liest, wie der Minister Leute mit der »Hanfkrawatte« erdrosselt.

Auf solche Worte hätte er nichts zu erwidern gewußt. Er las von den Hinrichtungen, ohne entrüstet zu sein, die Hinrichtungen waren ebenso gewohnt geworden wie die nichtigen Ereignisse der Stadtchronik oder wie seinerzeit die Judenpogrome: Der erste hatte ihn sehr empört, und danach hatte es ihm bereits an Kraft gefehlt, sich zu empören. Er beobachtete unablässig sich selbst und fragte sich, weshalb die Hinrichtungen ihn nicht empörten. Das Gefühl biologischen Abscheus vor dem Mord regte sich nicht in ihm. Er rechtfertigte das damit, daß er ein paarmal Zeuge vieler Morde gewesen war, und gedachte des tröstlichen Sprichworts: »Bei Raufereien schont man nicht die Haare.« Man schont auch nicht die Köpfe.

Marina trank gemächlich Tee und erzählte in aller Ruhe: »Diese Kaulquappe, Tomilin, hat vor etwa zwei Jahren auch hier einen Vortrag gehalten, ich hörte ihn. Damals argumentierte er etwas anders, aber es war bereits vorauszusehen, daß er auch noch soweit kommen würde. Jetzt wird er die russische Orthodoxie verherrlichen müssen. Unsere religiösen Denker aus der Intelligenz wollen unbedingt die Türen der offiziellen Kirche mit der Stirn einrennen, das einfache, urwüchsige Volk ist selbständiger, origineller.« Sie verkniff die Augen und sagte lächelnd: »Lesen und schreiben können ist auch nicht für jedermann von Nutzen.«

Samgin rauchte, hörte zu und erwog wie stets sein Verhältnis zu dieser Frau, die in ihm widersprüchliche Gefühle des Mißtrauens und der Verehrung, ihm unklare Verdächtigungen und vage Hoffnungen darauf erweckte, irgend etwas, irgendeine unbekannte Weisheit zu entdecken, zu begreifen. Als er an die Weisheit dachte, lächelte er skeptisch, dachte aber dennoch weiter. Und immer schärfer empfand er Neid wegen Marinas Selbstvertrauen.

Von welchem Standpunkt betrachtet sie das Leben? fragte er sich.

Zuweilen sprach sie mit ihm über Fragen der Religion, sie sprach darüber ebenso ruhig und selbstsicher wie über alles andere. Er wußte, daß ihr ketzerisches Verhalten zur russischen Orthodoxie sie nicht hinderte, die Kirche zu besuchen, und erklärte sich das damit, daß sie es nicht unterlassen durfte, in die Kirche zu gehen, wenn sie mit Kirchengerät handelte. Ihr religiöses Interesse schien ihm nicht höher und nicht tiefer als ihr Interesse für die Literatur, die sie aufmerksam verfolgte. Und stets begannen ihre Reden über Religion »nebenbei«, unvermittelt. Sie sprach von etwas Gewöhnlichem, Alltäglichem, dann plötzlich: »Weißt du, ich glaube, daß zwischen dem Ritus der Beschneidung und dem Skopzentum ein Zusammenhang besteht; wahrscheinlich ist dieser Ritus an die Stelle der Kastration getreten, ebenso wie man das lebendige Gottesopfer durch den ›Sündenbock‹ ersetzt hat.«

»Darüber habe ich nie nachgedacht und begreife nicht, weshalb das interessant ist«, sagte Samgin, worauf sie lächelte und mit sichtlichem und kränkendem Bedauern seufzte: »Ach, du ...«

Ein andermal sprach sie lange und verschwommen von Isis, Seth und Osiris. Samgin dachte, die sexuellen Momente in der Religion interessierten sie anscheinend besonders und dies sei wahrscheinlich das physiologische Bedürfnis einer gesunden Frau, ein wenig über ein pikantes Thema zu plaudern. Im allgemeinen fand er, daß Marinas Betrachtungen über die Religion ihr nicht zur Zierde gereichten, sondern die Geschlossenheit ihres Bildes verletzten.

Weit mehr interessierten ihn ihre Gedanken über die Literatur.

»Sofern der Realismus revolutionär war, hat er bereits ausgespielt«, sagte sie. »Er hatte die Bedeutung von Wortspänen: Das Feuer flammte auf und – erlosch! Sturmvögel und andere Vögelchen brauchen wir nicht mehr. Man sieht, daß die Schriftsteller begreifen: Die Jahre langsamen Ansammelns und Entwickelns neuer kultureller Kräfte sind angebrochen. Die Tradition, von Erniedrigten und Beleidigten zu schreiben, ist überlebt, die Beleidigten haben sich als nicht sehr sympathisch erwiesen, sogar – etwas unheimlich. Und – wer weiß? Wie, wenn sie plötzlich das Leben nochmals durcheinanderrütteln? Der Schriftsteller befindet sich in einer schwierigen Lage: Er muß neue Helden verfassen, einfacher, sachlicher, und das ist nicht sehr angenehm, solange die alten Helden noch nicht alle ins Zuchthaus gesteckt oder aufgehängt wurden.«

Samgin hörte zu und überlegte, ob das Zynismus oder Ironie sein mochte.

Ein andermal sagte sie, mit den Fingern auf ein Zeitschriftenheft klopfend: »Arzybaschew hat zur rechten Zeit einen Ausweg für die ungenützte Energie der Jugend gezeigt. Ein sehr freimütiger Schriftsteller! Sein Sanin wird natürlich ein Abgott werden.«

Das war offenkundige Ironie, aber dann begann sie in ihrem gewohnten Ton zu reden: »Propheten – und zwar für lange! – werden zwei sein: Leonid Andrejew und Sologub, und auf sie werden noch andere folgen, du wirst sehen! Andrejew ist ein Schriftsteller von einer Kühnheit, wie wir noch keinen gehabt haben, und daß er etwas derb ist, das ist nicht weiter schlimm! Dadurch wird er nur verständlicher für jedermann. Du verziehst umsonst das Gesicht, Klim Iwanowitsch, Andrejew ist sehr originell und stark. Selbstverständlich ist er in seinen Gedanken etwas einfacher als Dostojewskij, aber das kommt vielleicht daher, weil er geschlossener ist. Es ist stets sehr interessant, ihn zu lesen, obwohl man von vornherein weiß, daß er nochmals nein sagen wird!« Sie zwinkerte lächelnd. »Du wirst immerhin zugeben müssen, daß es ein bissiges Scherzchen ist, Judas als den einzig wahren unter den zwölf Revolutionären darzustellen, der aufrichtig in Christus verliebt ist! Und es ist daran wohl etwas Wahres: Der Verräter wird tatsächlich zum Helden. Es geht das Gerücht, daß bei den Sozialrevolutionären ein Provokateur großen Formats tätig sei.«

Der Ton, in dem sie sprach, erregte stärker Samgins Aufmerksamkeit als ihre Gedanken.

Jetzt sprach sie fragend und forderte ihn sichtlich zu Einwendungen heraus. Er rauchte und reagierte vorsichtig mit Interjektionen und Fragen; ihm schien, Marina habe diesmal beschlossen, ihn zum Beichten zu bringen, ihn auszufragen, bis aufs letzte auszukundschaften, aber er wußte, daß das letzte ein Punkt war, an dem alle Gedanken zu dem festen Knoten der Überzeugung verknüpft waren. Gerade diesen Punkt schien sie in ihm zu suchen. Aber das Gefühl des Mißtrauens gegen sie hatte schon längst seinen Wunsch gelöscht, mit ihr offen über sich selbst zu sprechen, auch hatte er seine Versuche, von sich selbst zu erzählen, als mißlungen erkannt.

Er war sich bewußt, daß Marina in seinem Leben an erster Stelle stand, daß sein Interesse für sie wuchs, beharrlicher, tiefer wurde, während sie immer unverständlicher wurde. Unverständlich war ihm auch ihr Verhältnis zur Literatur. Weshalb schätzte sie Andrejew so sehr? Dieser Schriftsteller erregte Samgin unangenehm durch die aufdringliche Monotonie seiner Sprache, durch die offenkundige Absicht, den Leser mit einfarbigen Wörtern zu hypnotisieren; seine Erzählungen schienen mit allzu tiefschwarzer Tinte und solch großer Handschrift geschrieben, als wären sie für Leute mit schwachen Augen bestimmt. Samgin mißfiel der hysterische und verdächtige Pessimismus der Erzählung »Finsternis«; der Vorschlag des Helden, darauf zu trinken, daß »alle Lichter erlöschen mögen«, war empörend, und noch mehr empörte Samgin der Ausruf: »Es ist eine Schande, gut zu sein!« Im allgemeinen jedoch konnte man diese Erzählung als Satire auf den literarischen Humanismus auffassen. Manchmal schien es Samgin, Leonid Andrejew spreche voll und ganz einige seiner eigenen Gedanken aus, wobei er sie vergröbere und vereinfache, und dieser Schriftsteller sei in einer ironischen und rachsüchtigen Weise grob. Samgin war besonders verstimmt, als er »Der Gedanke« gelesen hatte, aus dieser Erzählung ersah er die bereits unverhohlen feindselige Einstellung des Verfassers zum Verstand und dachte mit Betrübnis, nun sei ihm auch Andrejew, ebenso wie Tomilin, zuvorgekommen. Aber er war ihm nicht nur zuvorgekommen, sondern hatte dazu noch ein sonderbares Gefühl entfacht, das einem Schreck verwandt war. Mit diesem Gefühl, das er jedoch verbarg, fragte Samgin Marina, was sie von der Erzählung »Der Gedanke« halte.

»Ja – was soll ich denn davon halten?« sagte sie lächelnd und biß sich auf die grellroten Lippen. »Er arbeitet wie immer mit der Axt, aber ich sagte dir ja schon, daß dies meiner Ansicht nach nicht weiter schlimm ist. Er sollte Bischof werden, dann würde er hervorragende Werke gegen den Satan schreiben!«

»Du scherzt immerfort«, warf Samgin ihr mürrisch vor. Sie war verwundert und zog die Brauen hoch. »Ich denke ganz im Ernst so! Er ist ein Prediger, wie die Mehrzahl unserer Schriftsteller, aber er ist vollkommener als viele, weil er nicht aus dem Verstand, sondern von Natur aus predigt. Und er ist ein Revolutionär, er fühlt, daß die Welt zerstört werden muß, angefangen bei ihren Grundlagen, Traditionen, Dogmen und Normen.«

Sie lachte leise und blickte Samgin mit zusammengekniffenen Augen ins Gesicht, dann sagte sie kopfschüttelnd: »Du glaubst mir nicht! Und hast vergessen, daß ich immerhin eine Schülerin Stepan Kutusows und keine Dienerin dieser Welt bin.«

»Das ist schon ganz unbegreiflich«, sagte Samgin ungehalten und zuckte mit den Achseln.

»Nun, was kann ich denn dafür, wenn du nicht begreifst?« entgegnete sie, anscheinend auch etwas ungehalten. »Ich meine, daß alles sehr einfach ist: Die Herren Intellektuellen fühlen, daß einige Lieblingstraditionen bereits unbequem, lästig sind und daß man nicht leben kann, wenn man den Staat ablehnt, doch der Staat kann ohne Kirche nicht bestehen, und die Kirche ist undenkbar ohne Gott, während Verstand und Glaube unvereinbar sind. Na, und so ergibt sich manchmal bei den hastigen Bemühungen um eine Restauration ein kleiner, widerspruchsvoller Unsinn.«

Sie nahm ein Buch vom Sofa und schlug es auf. »Hast du ›Der kleine Dämon‹ gelesen?«

»Noch nicht.«

»Nun, paß mal auf, wie streng realistisch da ein Symbolist spricht.«

»›Die Menschen haben es gern, wenn man sie liebt‹ «, begann sie mit Vergnügen vorzulesen. »›Es gefällt ihnen, wenn die erhabenen und edlen Seiten der Seele dargestellt werden. Sie wollen es nicht recht glauben, wenn sie etwas Wahres, Exaktes, Finsteres und Böses vor sich haben. Sie möchten sagen: »Da spricht er von sich selbst.« Nein, meine lieben Zeitgenossen, meinen Roman vom kleinen Dämon und seinem unheimlichen Begleiter habe ich über euch geschrieben. Über euch.‹«

Sie schlug sich mit dem Buch aufs Knie und sagte: »Es lohnt sich, hierüber nachzudenken! Hier handelt es sich nicht darum, daß Sologubs Dämonen bedeutend häßlicher und kleiner sind als die Dämonen Dostojewskijs, sondern – was meinst du wohl, warum? Ach ja, du hast das Buch nicht gelesen! Nimm es mit, es ist interessant.«

Samgin nahm das Buch, blätterte darin, ohne Marina anzublicken, und murmelte: »Dennoch bleibt mir unklar, was du hattest sagen wollen.«

Marina antwortete nicht. Er warf einen Blick auf sie, sie saß da, die Hände in den Nacken gelegt; die Sonne schien ihr auf den Kopf und vergoldete das feine Haar, das rosa Ohr und die rosige Wange; Marinas Augen waren von den Wimpern verdeckt, ihre Lippen fest zusammengepreßt, Samgin betrachtete unwillkürlich voller Wohlgefallen ihr Gesicht, ihre Gestalt. Und nochmals dachte er befremdet, fast erbost: Worin mag trotz allem der Inhalt ihres Lebens bestehen?

Er fühlte immer deutlicher in Marinas Leben etwas Geheimnisvolles oder zumindest Sonderbares. Das Sonderbare machte sich nicht nur in dem Widerspruch zwischen ihren politischen und religiösen Ansichten und ihrer geschäftlichen Tätigkeit bemerkbar, dieser Widerspruch befremdete ihn nicht, da er durch ihn in seinem skeptischen Verhalten zu den »Systemen von Sätzen« bestärkt wurde. Aber auch in ihren geschäftlichen Angelegenheiten gab es irgendwelche dunklen Punkte.

Im Winter hatte Samgin beim Obergerichtshof einen Prozeß gegen die Angehörigen des Kaufmanns Koptew – eines Wechslers und Wucherers – gewonnen; dieser Mann war gestorben, nachdem er Marina fünfunddreißigtausend Rubel, das Haus jedoch und das übrige Vermögen seiner Köchin und deren gelähmtem Sohn testamentarisch vermacht hatte. Koptew war Witwer und kinderlos, aber es fanden sich ferne Verwandte, und diese strengten einen Prozeß an, um den Erblasser nachträglich für geisteskrank zu erklären; sie behaupteten, Koptew habe keine Veranlassung gehabt, das Geld einer Frau zu schenken, die er ihres Wissens nur zweimal gesehen habe, und beschuldigten die Köchin, daß sie »Nachlaßgegenstände verheimlicht« habe. Marina sagte, Koptew sei ein guter Freund ihres Mannes gewesen und die Kläger lögen, wenn sie behaupteten, der Erblasser sei ihr nur zweimal begegnet.

»Wie albern!« sagte sie geringschätzig. »Haben sie denn seine Begegnungen mit Frauen überwacht?«

In diesen Worten spürte Samgin einen Unterton von Zynismus. Das Testament war vom Standpuntk des Gesetzes einwandfrei, vertrauenswürdige Zeugen hatten es unterzeichnet, und die Klage war unsinnig, trotzdem hatte dieser Prozeß bei Samgin den Eindruck von etwas Ungewöhnlichem hinterlassen. Vor kurzem hatte Marina ihm eine Schenkungsurkunde eingehändigt, die auf ihren Namen lautete: Die ledige Anna Oboïmowa schenkte ihr ein Haus in der benachbarten Gouvernementsstadt. Als Marina ihm die Urkunde überreichte, sagte sie in dem trägen Ton, der Samgin besonders gefiel: »In diesem Haus befindet sich, glaube ich, irgendeine Schule oder ein Progymnasium, erkundige dich, ob die Stadt das Haus nicht kaufen will, ich würde es billig hergeben!«

»Wie kommt es nur, daß man dir immerzu etwas schenkt oder vermacht?« fragte er im Scherz. Sie antwortete lässig: »Man hat mich eben gern.« Nach kurzem Nachdenken sagte sie: »Nein, kümmere dich nicht um den Verkauf, ich werde Sacharij hinschicken.«

Die ledige Anna Oboïmowa war, wie sich herausstellte, klein und rundlich, hatte ein gelbes Gesicht und war offenbar von irgend etwas bezaubert. In ihren farblosen Augen war unauslöschlich ein sanftes, freudiges Lächeln geronnen, die welken Lippen streckten sich einförmig und schrumpften danach zu einem Schleifchen, sie sprach von allem mit gedämpfter Stimme wie von etwas Geheimem und Angenehmem; das rührende Lächeln verschwand auch nicht von ihrem Gesicht, als sie Samgin mitteilte: »Wissen Sie, mein Bruder und Zögling, Sascha, ist als Freiwilliger in den Krieg gezogen und unterwegs aus dem Waggon gefallen, wobei er den Tod fand.«

Sie war vermutlich etwa fünfzig Jahre alt; in ein mausgraues Wollkleid gezwängt, glatt frisiert und in weichen Schuhen, bewegte sie sich behutsam, geräuschlos und machte auf Samgin ganz deutlich den Eindruck einer Schwachsinnigen.

Neben ihr ging und gurrte wie ein Täuber ein dürrer, kahlköpfiger Mann im Samtrock, auch freundlich und sanft, er hatte ein angenehmes Gesicht mit Kinderaugen und einem adretten, dunklen Kinnbärtchen.

»Und das ist mein Neffe«, sagte sie.

»Donat Jastrebow, Maler, ehemaliger Zeichenlehrer und jetzt Müßiggänger, Rentier, aber ich schäme mich dessen nicht!« sagte der Neffe vergnügt; er sah nur wenig jünger aus als seine Tante, in der Hand trug er einen dicken und offensichtlich schweren Stock mit einer Gummikappe am unteren Ende, aber er hatte einen leichten Gang. Solchen Menschen war Samgin noch nicht begegnet, der Umgang mit ihnen war ihm peinlich, und er glaubte nicht recht, daß sie so waren, wie sie schienen. Sie interessierten sich sehr für Marinas Befinden, fragten geheimnisvoll und verliebt nach ihr und blickten Samgin mit den Augen von Leuten an, die begreifen, daß er auch alles wisse und begreife. Sie wohnten in der Malaja Dworjanskaja, einer sehr öden Straße, in einem Privathaus, das hinter einem dichten Vorgarten versteckt lag, das große Zimmer, in dem sie Samgin empfingen, war dicht mit Möbeln gefüllt wie der Laden eines Altwarenhändlers.

Sacharij kam – bekümmert und schweißgebadet. Jastrebow lief auf ihn zu und fragte hastig: »Nun, was ist, was ist?«

»Man muß Schmiergeld geben«, sagte Sacharij müde.

»Ein wenig Schmiergeld, hören Sie, Annuschka? Man bittet um etwas Schmiergeld«, rief Jastrebow freudig aus. »Die Sache klappt also!« Er schnippte mit den Fingern und brach in ein verlegenes, ein wenig quiekendes Gelächter aus. Sacharij nahm ihn beim Arm und führte ihn irgendwohin zum Zimmer hinaus, während die Oboïmowa mit ihrem unwandelbaren Lächeln den Kopf schüttelte und zu Samgin sagte: »Alle sind so gierig, daß man sich richtig schämt, etwas zu besitzen . . .«

Samgin hatte sie aufgesucht, um ihr einen Brief und ein Paket Marinas zu übergeben. Sie nahm den Brief in Empfang, küßte ihn und hielt den Brief, solange Samgin bei ihr saß, an der Brust, indem sie ihn mit der Hand ans Herz preßte.

Was mögen diese Geschenke von seiten irgendwelcher schwachsinnigen Menschen bedeuten? überlegte Samgin.

Er war nicht sehr von seiner beruflichen Gewandtheit und Beobachtungsgabe überzeugt, und nach dem Besuch bei der Oboïmowa befürchtete er, Marina könnte ihn kompromittieren, indem sie ihn in irgendeine dunkle Angelegenheit verwickelte. Er begann zu merken, daß Marina, die sich ihm gegenüber immer freundschaftlicher verhielt, ihn zugleich allmählich in die Lage eines Angestellten versetzte, da sie sich mit ihm nur selten über ihre Angelegenheiten beriet. Er beschloß, mit ihr über alles, was ihn befremdete, ernsthaft zu reden.

An diese unangenehme und für ihn nicht leichte Aufgabe machte er sich bei ihr zu Hause, in ihrem kleinen, gemütlichen Zimmer. Von den Straßenfernstern und der Terrassentür blickte düster ein Herbstabend herein; im Garten, unter rötlichem Himmel, standen reglos die Bäume, die schon von morgendlichen Frühfrösten verfärbt waren. Auf dem Tisch brodelte wie immer der Samowar, Marina, im spitzenbesetzten Morgenkleid, bereitete den Tee und sprach auch wie immer – ruhig und spöttisch: »Wenn das Stolypinsche Reförmchen im Jahre einundsechzig eingeleitet worden wäre, nun, dann wären wir natürlich weit über den Punkt hinaus, an dem wir stehen, was aber wird jetzt kommen? Dem wohlhabenden Bauern hat man freie Hand gegeben, er wird sich von der Dorfgemeinde absondern und von dort sogar mit größerer Bequemlichkeit anfangen, das Dorf auszusaugen, während das Dorf verarmen, verlottern wird. Also, lieber Freund, muß man in Anbetracht der Millionen billiger Arbeitskräfte den Fabrikkessel erweitern. Das ist es, was die Revolution uns lehrt! Ich stehe in Briefwechsel mit einem Engländer, er lebt in Kanada und ist der Sohn eines Freundes meines Mannes, er sieht sehr deutlich, was man bei uns tun muß ...«

»Er ist also weitsichtig«, sagte Samgin.

Marina rückte ihm ein Glas Tee hin und lachte genießerisch. »Lidija ist komisch! Sie hatte Stolypin verflucht, und jetzt – lobpreist sie ihn. Sie sagt: ›Wir werden uns nach englischem Vorbild umstellen; im Mittelpunkt steht der kultivierte Betrieb des Großgrundbesitzers und rundherum ein Ring von Farmern.‹ Ausgezeichnet! Sie ist nie in England gewesen, urteilt nach Romanen, nach Bildern.«

Samgin war es schon gewöhnt, sich auf ihr Wirklichkeitsempfinden zu verlassen, er hörte ihren Urteilen über Politik stets aufmerksam zu, aber in diesem Augenblick störte ihn die Politik.

»Verzeih, ich unterbreche dich«, sagte er.

»Was sollen diese Förmlichkeiten?«

»Wer ist diese kleine alte Oboïmowa?«

Marina zog die Brauen hoch, ihre Augen lachten.

»Wodurch hat sie dein Interesse erweckt?«

»Nein – im Ernst!« sagte Samgin. »Sie und dieser ihr ...«

»Jastrebow?«

»... machten mir den Eindruck von Schwachsinnigen.«

»Na, das ist übertrieben!« widersprach Marina mit halbgeschlossenen Augen. »Sie ist eine sentimentale alte Jungfer, sehr unglücklich und in mich verliebt, und er ist eine Null, ein Faulpelz. Zudem ist er ein Aufschneider – er hat sich ausgedacht, daß er Maler, Lehrer und reich gewesen sei, er war Taxator, wurde wegen Bestechlichkeit entlassen und gerichtlich belangt. Bildchen malt er, das stimmt.«

Sie verstummte plötzlich und warf den Kopf in den Nacken, fixierte Samgins Gesicht und sagte mit blitzenden Augen: »Übrigens fühle ich, daß du befremdet bist, und glaube zu begreifen, was dich befremdet.«

Ihre Wimpern zuckten, und aus ihren Pupillen schienen Funken zu sprühen, ihre Stimme hatte sich gesenkt, war eindringlicher geworden; mit dem Löffel im Tee rührend, lächelte sie lässig und unangenehm und sagte: »Nun ja! Offensichtlich ist die Stunde gekommen, den Schleier des Geheimnisses und Rätsels zu lüften.«

Sie blickte über Samgins Kopf hinweg und schwieg eine Weile, dann fragte sie: »Hast du die ›Betrachtungen Jakow Tobolskijs‹, anders gesagt des ›Uralez‹, nicht gelesen? Das ist die Handschrift, die du in Samara gekauft hast – entsinnst du dich? Du hast sie nicht gelesen? Na – dann allerdings. Lies sie doch mal. Der Uralez selbst kann schlecht denken, aber er hat die Lehre der Tatariowa dargelegt, es hat eine Montanistin dieses Namens gegeben, sie hat die Sekte der Cupidonen gegründet ...«

»Ich begreife nicht, was das mit meiner Frage zu tun ...«, begann Samgin ärgerlich, aber Marina sagte: »Gleich wirst du es begreifen.«

»Was?«

»Daß ich auch eine Montanistin bin.«

Samgin wählte sich lange, sorgfältig eine Zigarette aus und überlegte beim Anzünden, wie er das Gefühl benennen könnte, das er jetzt empfand. Marina fuhr immer noch ebenso lässig und ohne rechte Lust fort: »Montanist ist nicht ganz richtig, mit Montanus hat das nichts zu tun; die Leute mit meinen Ansichten nennen sich – die Geistigen ...«

Eine Sektiererin? überlegte Samgin. Das scheint zu stimmen. Irgend etwas in dieser Art hatte ich ja von ihr erwarten müssen. Aber er begriff, daß er ein Gefühl des Ärgers, der Enttäuschung empfand und daß er von Marina durchaus nicht das erwartet hatte. Es kostete ihn einige Mühe zu fragen: »Du bist also ... Mitglied einer Sektiererorganisation?«

»Ich bin die Steuerfrau des Schiffs.«

Sie sagte das sehr einfach und als brüstete sie sich nicht mit ihrem Rang, dann fuhr sie mit kränkender Gelassenheit fort: »Die Popen nennen in ihrer Unwissenheit die Steuermänner Christusse, die Steuerfrauen Mütter Gottes. Und die Organisation – wie du dich ausdrücktest – ist eine Kirche, und keine kleine, sie besteht in fast vierzig Gouvernements, zerstreut vorläufig, bis auf weiteres ...«

Sie rückte Samgin die Schale mit Konfitüre hin, hielt mit der anderen Hand das Morgenkleid am Halsausschnitt zusammen und lächelte breit. »Oh, wie komisch du blinzelst! Und du machst ein langes Gesicht. Wunderst du dich? Aber – was hattest du denn von mir gedacht, lieber Freund?«

Ihr rechter Arm war bis zum Ellenbogen entblößt, der linke fast bis zur Schulter. Es war, als glitte das Morgenkleid von ihr herab, Samgin betrachtete das Rauchwölkchen der Zigarette und sagte, ohne sein Bedauern zu verhehlen: »Du wirst zugeben müssen, daß dies – unerwartet für mich ist. Und überhaupt – äußerst seltsam!«

»Nun, natürlich!« entgegnete sie. »Einfacher wäre es, wenn sich herausgestellt hätte, daß ich ein geheimes Rendezvoushaus unterhalte ...«

»Verständlicher bist du mir nicht geworden«, murmelte Samgin ärgerlich, aber auch betrübt. »Eine so kluge, schöne Frau. Eine überwältigend schöne ...«

Er sagte das, ohne sie anzuschauen, wußte aber, daß ihre Augen ironisch funkelten.

»Überwältige ich sogar?« fragte sie. »Meinst du ...« Dann sagte sie eindringlich: »›Männer wie Sokrates, Zenon und Diogenes dürfen häßlich sein, aber den Dienern eines Kults geziemen Schönheit und Würde‹ – weißt du, wer das gesagt hat?«

»Nein«, antwortete Samgin und blickte um sich, alles rings um ihn schien sich verändert zu haben, dunkler geworden und dichter zusammengerückt zu sein, während Marina gewachsen war. Sie fragte ihn wie einen Schüler, was er über die Geschichte der mystischen Sekten, über die Kirchengeschichte gelesen habe. Seine verneinenden Antworten brachten sie zum Lachen.

»Vielleicht hast du wenigstens Melnikows Roman ›Auf den Bergen‹ gelesen?«

»›In den Wäldern‹ habe ich gelesen.«

»Nun, es ist gut, daß ›Auf den Bergen‹ nicht gelesen wird; der Autor hat darin über Dinge geschrieben, die er nicht gesehen hat, und daher dummes Zeug zusammengefaselt. Trotzdem – lies das mal.«

»Das dumme Zeug?« fragte Samgin.

»Man muß alles kennen, dann erkennt man vielleicht etwas«, sagte sie lachend.

Dieses Lachen, das überhaupt unangebracht war, verletzte Samgins Gefühl der eigenen Würde und erweckte in ihm das Verlangen, mit ihr zu streiten, sogar scharf zu streiten, aber der Wille zum Widerstand wurde durch traurige Gedanken gehemmt: Sie vertraut sich mir sehr freimütig an. Ich habe ihr nichts über mich sagen können, weil ich nichts bejahe. Sie bejaht etwas. Sie bejaht etwas Unsinniges. Möglicherweise macht sie sich bewußt etwas vor, um die Sinnlosigkeit nicht zu sehen. Aus Notwehr gegen den kleinen Dämon ...

Ihre Frisur löste sich auf, eine Haarsträhne fiel ihr auf Schulter und Brust herab, Marina sagte halblaut: »Da lehnte sich Zebaoth in Gram und Verzweiflung auf gegen den Geist, wandte seinen Blick dem Schlamm der Materie zu und richtete seine böse Begierde auf ihn, wovon ihm ein Sohn geboren ward in Schlangengestalt. Das ist – der Verstand, er ist auch Lüge und Christus, von ihm kommt alles Böse der Welt und der Tod. So lehrten sie ...«

Das ist natürlich mystischer Unsinn, dachte Samgin und musterte Marina mürrisch durch die Gläser seiner Brille. Es kann nicht sein, daß sie daran glaubt.

»Und die Freude – die Anrufung des Geistes – ward ertötet durch den Verstand ...«

»Anrufung?« fragte Samgin. »Das scheint etwas Ähnliches zu sein wie die Athenischen Nächte oder die Schwarze Messe?«

»Eine schmutzige Erfindung der Popen«, antwortete Marina ruhig, begann aber sofort halbverächtlich und scharf zu sprechen: »Wie unwissend und leichtgläubig ihr Intellektuellen doch in allem seid, was den Geist des Volkes betrifft! Und wieviel klerikales Gift ihr in euch aufgenommen habt ... auch du, Klim Iwanowitsch! Du beklagtest dich selbst, du lebest in fremden Gedanken, seist bedrückt von ihnen ...«

Samgin sagte mit mürrischer Miene: »Ich entsinne mich nicht ... ich bezweifle, mich beklagt zu haben! Aber selbst wenn es so wäre, so kannst du doch auch nicht behaupten, du lebtest gemäß deinen eigenen Gedanken ...«

»Weshalb kann ich das nicht?« fragte sie lächelnd. »Was für Gründe hast du, zu behaupten, daß ich das nicht kann? Weißt du denn, was ich alles gelesen, was durchdacht habe? Außerdem: durchlesen bedeutet noch nicht glauben und übernehmen ...«

Sie riß sich eigentümlich kampflustig zusammen, warf das Haar hinter die Schulter zurück und sagte sehr entschieden: »Na – genug! Ich habe dir gebeichtet, meine Sünden bekannt, jetzt weißt du, wer ich bin. Du gestattest mir doch, dich zu bitten, daß dies alles unter uns bleibt. Auf deine Diskretion und Vorsicht verlasse ich mich selbstverständlich, ich weiß, daß du ein Konspirator bist und sowohl über dich als auch über andere zu schweigen verstehst. Aber verplappere dich nicht zufällig Walentin oder Lidija gegenüber in irgendeiner Weise.«

Sie schwieg ein paar Sekunden lang mit geschlossenen Augen, Samgin konnte gerade noch murmeln: »Eine ganz überflüssige Warnung ...«

»Sie ist für alle Fälle angebracht«, entgegnete sie trocken. »Jetzt – die Angelegenheiten Koptew und Oboïmowa. Ich mache dich darauf aufmerksam: Solche Angelegenheiten werden sich wiederholen. Jedes Mitglied unserer Glaubensgemeinschaft muß nach seinem Tod oder zu Lebzeiten – das steht in seinem Ermessen – sein Vermögen an die Gemeinschaft abtreten. Der Bruder der Oboïmowa war Mitglied unserer Gemeinschaft, sie gehörte einer anderen an, aber vor kurzem hat ihr Schiff sich mit dem meinen vereinigt. So, nun weißt du alles . . .«

Samgin sagte nach kurzem Überlegen: »Es bleibt mir nur noch übrig, dir für dein Vertrauen zu danken.« Dann fügte er zu seiner eigenen Überraschung hinzu: »Ich hatte tatsächlich irgendwelche . . . trüben Gedanken!«

»Wenn sie verschwunden sind, ist das gut«, bemerkte Marina.

»Ja, sie sind verschwunden«, bestätigte er, und da sie schweigend Tee trank, sagte er befremdet: »Du wirst es mir doch nicht übelnehmen, wenn ich sage . . . wenn ich wiederhole, daß es trotz allem schwer zu begreifen ist, wieso du, eine so kluge Frau . . .«

Marina ließ ihn nicht zu Ende sprechen, sie stellte die Tasse auf den Untersatz und preßte die Finger beider Hände zu einer Faust zusammen, ihr Gesicht wurde tiefrot, sie schüttelte die Faust und sagte mit dumpfer Stimme: »Ich hasse die rechtgläubige Lehre der Popen, mein Sinn ist auf eine Verschmelzung aller unserer Gemeinschaften – und der ihnen verwandten – zu einer einzigen gerichtet. Ich mag das Christentum nicht, das ist es! Wenn die Menschen deiner . . . sagen wir mal, Kaste begreifen könnten, was das Christentum ist, seine Einwirkung auf die Willenskraft begreifen würden . . .«

Samgin schaute, ohne auf ihre Worte achtzugeben, ihr Gesicht an, es war jetzt nicht weniger schön als sonst, aber es war in ihm etwas Fremdes und fast Unheimliches zutage getreten: Ihre Augen blitzten betörend, die Lippen bebten beim Ausstoßen der gedämpften Worte, und die weiß gewordenen Hände zitterten. Das dauerte ein paar Sekunden lang. Marina trennte die Hände und lächelte bereits, obwohl ihre Lippen noch bebten.

»Nun siehst du, wie du mich aufgewühlt hast!« sagte sie und ordnete die Spitzen auf ihrer Brust.

Samgin lächelte teilnahmsvoll, denn er wußte nicht, was er sagen sollte, und als er sich ein paar Minuten später von ihr verabschiedete, empfand er das Verlangen, ihr die Hand zu küssen, was er sonst nie zu tun pflegte. Er konnte sich nicht vorstellen, daß diese der Wirklichkeit gegenüber gleichgültige Frau fähig sei, irgend etwas zu hassen.

Da sieh mal einer an! dachte er betäubt, als er nach Hause ging und sich durch die dunkle, dürftig beleuchtete Straße von Laterne zu Laterne bewegte. Wenn sie aber haßt, dann glaubt sie auch, sie vertreibt sich nicht die Zeit mit Worten, betrügt sich nicht vorsätzlich. Ist mir an ihr etwas Gekünsteltes aufgefallen? fragte er sich und verneinte es.

Alles, was er zu hören bekommen, war ganz belanglos im Vergleich zu dem, was er gesehen hatte. Den Wert von Worten kannte er und konnte ihre Worte nicht höher bewerten als andere, aber ihr unheimliches Gesicht und das feurige, leidenschaftliche Funkeln der goldgelben Augen hatten sich seinem Gedächtnis tief eingeprägt.

Ja, sie hat sich selbst erklärt, ist aber nicht verständlicher geworden, nein! Sie hat ihr Verhalten erklärt, aber nicht den Widerspruch zwischen ihrem Verstand und ... ihrem Glauben.

Wohl zwei Wochen verbrachte er unter dem Eindruck dieser überraschenden Entdeckung. Es schien, daß Marina sich ihm gegenüber trockener, zurückhaltender verhalte, aber irgendwie noch besorgter als früher. Unaufdringlich, ganz nebenbei erkundigte sie sich, ob er mit Mischas Arbeit zufrieden sei, schenkte ihm einen wunderschönen Bücherschrank und fragte wieder, ob Besbedow ihn nicht störe.

Nein, Besbedow störte ihn nicht, er ließ aus irgendeinem Grund den Kopf hängen, war schweigsamer geworden, kam ihm seltener unter die Augen und ließ nicht mehr so oft die Tauben ausschwärmen. Blinow hatte wieder zwei Paare seiner Vögel eingefangen, und vor kurzem war in einer dunklen Nacht jemand vom Garten auf das Dach geklettert, um Tauben zu stehlen, und hatte das Schloß des Taubenschlags aufgebrochen. Das versetzte Besbedow in einen Zustand düsterer Wut; morgens lief er ungeachtet der Kälte in der Nachtwäsche auf dem Hof herum, schalt grimmig den Hausknecht, jagte das Dienstmädchen davon, dann kam er zu Samgin zum Kaffee und erklärte, gelb vor Zorn: »Ich werde den Seitenbau in Brand stekken, alles soll zum Teufel gehen!«

»Benachrichtigen Sie mich einen Tag vorher, damit ich rechtzeitig aus der Wohnung ausziehen kann«, sagte Samgin ernst und ohne ihn anzublicken, der Taubenfreund schwieg eine Weile und sagte dann ebenso ernst mit heiserer Stimme: »Gut.«

Gleich danach ging er hoch. »R-rußland, der Teufel soll es holen!« keuchte er heiser. »Überall Diebe und Beamte! Popen, Lakaien, Kutscher, Hofknechte, alles – Beamte! Angestellte. Bei wem sind sie angestellt? Beim Satan etwa? Der Satan ist auch Beamter.«

Samgin trank Kaffee, las dabei Zeitung und achtete nicht auf das dumme Gerede des unangenehmen Gastes, aber dieser begann auf einmal leiser und anscheinend vernünftiger zu reden: »Dieser Pariser Gimpel, Turtschaninow, hat mit Recht gesagt, der Mensch brauche einen Ablenkungspunkt. Gott vielleicht, die Musik, das Kartenspiel . . .«

Samgin blickte ihn über die Zeitung hinweg an und sagte: »Und – Tauben?«

»Den Tauben sollte man den Hals abdrehen. Sie braten. Nein, wahrhaftig«, fuhr Besbedow griesgrämig fort, »das kann einen zum Selbstmord treiben. Sie gehen durch den Wald oder – einerlei – über ein Feld, es ist Nacht, es ist dunkel, und auf dem Erdboden sind unter Ihren Füßen irgendwelche Knorren. Ringsum ist der Teufel am Werk: Revolutionen, Expropriationen, Galgen und . . . überhaupt – man weiß nicht, wohin! Sie müssen etwas Leuchtendes vor sich haben. Es brauchte nicht einmal zu leuchten, sondern nur zu existieren. Hol's der Teufel – mag es auch nicht existieren, sondern nur erfunden sein, die Teufel beispielsweise hat man erfunden, doch glaubt man, daß es sie gibt.«

Er stand geräuschvoll auf und ging. Sein Geschwätz hinterließ keinerlei Spur in Samgins Erinnerung.

Mischa wiederum erweckte in ihm nach und nach ein Gefühl der Abneigung. Der schweigsame, bescheidene junge Mann gab keine offenkundigen Anlässe dazu, er räumte rasch und sorgfältig die Zimmer auf, wischte nicht schlechter Staub als ein erfahrenes und reinliches Stubenmädchen, schrieb fast fehlerlos die Papiere ab, lief ins Gericht, in die Läden und zur Post und beantwortete Fragen mit äußerster Genauigkeit. In freien Minuten saß er, über ein Buch gebeugt, im Vorzimmer auf einem Stuhl am Fenster.

»Was liest du da?« fragte Samgin.

»Die Zeitschrift ›Die Welt von heute‹, Heft drei, Arzybaschews Roman ›Sanin‹.«

Samgin riet ihm: »Beim Antworten brauchst du nicht vor mir aufzustehen: Du bist kein Soldat, ich kein Offizier.«

»Gut«, sagte Mischa und stand nicht mehr auf, wodurch er Samgin der einzigen Möglichkeit beraubte, ihm Verweise zu geben, doch Verweise hätte er ihm gern gegeben, und – nicht selten. Samgin sah ein, daß sein Wunsch unbegründet war, aber das verringerte nicht die Beharrlichkeit des Wunsches. Er fragte sich: Was ist mir unangenehm an diesem Burschen?

Und er fand, daß ihm der gerade, eindringliche Blick der schönen, aber etwas leeren hellen Augen Mischas unangenehm war, ein Blick, der, wenn auch ehrerbietig, so doch herausfordernd nach etwas zu fragen schien. Es kam immer öfter vor, daß Samgin, wenn Mischa in der Ecke des Wartezimmers saß und Papiere abschrieb, den Eindruck hatte, die hellen, durchsichtigen Augen beobachteten ihn.

»Schließ die Tür meines Arbeitszimmers«, befahl er.

Noch unangenehmer war die Feststellung, daß sein Verhalten zu Mischa mit dem Verhalten Besbedows übereinstimmte, der den jungen Mann stets unverhohlen boshaft mit wild aufgerissenen Augen anblickte und mit ihm verächtlich, in knurrenden Worten sprach.

Es lohnt sich nicht, das zu beachten, suchte Samgin sich einzureden. Von diesen und überhaupt von allen kleinlichen Gedanken lenkten ihn mit Erfolg seine Betrachtungen über Marina ab. Er suchte festzustellen, ob seine Beziehung zu dieser Frau einfacher oder komplizierter geworden sei. Was ihm an ihr als gesunder Menschenverstand vorkam – ihre Sachlichkeit, ihre unabhängige und sogar einflußreiche Position in der Stadt, ihre Belesenheit –, das alles machte ihn vergessen, daß Marina eine Sektiererin war, eine »Steuerfrau«, eine »Mutter Gottes«. Er entschied sich dahin, daß dies wahrscheinlich ein Spiel des Machtwillens, ein Ausdruck des Verlangens, jemanden zu kommandieren, oder vielleicht entartete Wollust – das Spiel eines schönen Körpers – sei.

Ein Idol, brachte er sich in Erinnerung.

Dem widersprach jedoch der Zornesausbruch, durch den sie ihn so verblüfft hatte.

Sie ist hart und unbeweglich wie ein Stein mitten in einem Bach; die Aufregungen des Lebens umströmen sie, ohne sie zu erschüttern, aber – was haßt sie denn? Das Christentum, hat sie gesagt.

Immer öfter schien es ihm, daß die Bekanntschaft mit Marina eine sehr tiefe, entscheidende Bedeutung für ihn habe, aber er vermochte oder entschloß sich nicht festzustellen: welche eigentlich?

Ich denke zuviel über sie nach und scheine sie übertrieben wichtig zu nehmen, suchte er sich Einhalt zu gebieten, aber bereits ohne Erfolg.

Vor kurzem hatte sie zu ihm gesagt: »Sobald das leidige Leben sich beruhigt – will ich ins Ausland reisen, mal schauen, was dort los ist. Ich werde nach England fahren . . .«

Es war sehr schwer, sich die Stadt ohne sie vorzustellen. In der Dämmerstunde saß er einmal am Tisch, im Begriff, eine Appellationsklage in einer sehr komplizierten Sache aufzusetzen, zeichnete mit der Feder die mächtigen Umrisse eines weiblichen Körpers auf den Papierbogen und dachte: Wenn ich Romanschriftsteller wäre . . .

Er hatte die Gestalt Marinas erst klein gezeichnet, vergrößerte, erweiterte sie aber unwillkürlich nach und nach immer mehr, und als er den ganzen Bogen verdorben hatte, erblickte er vor sich eine Reihe weiblicher Körper, die gleichsam ineinandergefügt und in eine ungeheuerliche Figur mit mißratenen Formen eingeschlossen waren.

Ja, wenn ich Schriftsteller wäre, würde ich sie als einen Frauentyp der neuen Bourgeosie darstellen.

Er drehte den verdorbenen Bogen um und zeichnete Marina von neuem, wie er sie sich vorstellte, gab ihr Merkurs geflügelten Stab in die Hand, fügte an den Füßen Flügelchen hinzu und erinnerte sich plötzlich der Worte Besbedows von dem »Ablenkungspunkt«. Er warf die Feder hin, nahm die Brille ab, machte einen Gang durchs Zimmer, zündete sich eine Zigarette an und legte sich auf den Diwan. Ja, Marina lenkte seine unruhigen Gedanken auf sich, sie – war das Wichtigste in seinem Leben, und wenn er früher irgendwohin gegangen war, war er jetzt vor oder neben ihr stehengeblieben. Er hätte es vorgezogen, diese Entdeckung nicht zu machen, nachdem er sie aber gemacht hatte, gab er zu, daß es stimmte: Er verhielt sich jetzt dem Leben gegenüber ruhiger und sich selbst gegenüber einfacher, duldsamer. Das war zweifellos ihr Einfluß. Samgin holte tief Atem und rückte das Kissen unter dem Kopf zurecht. Auf einem Stuhl an der Wand stand ein mittelgroßer, ovaler Spiegel mit patiniertem Goldrahmen, ein Geschenk Marinas, ein sehr einfaches und schönes Stück; Mischa war noch nicht dazugekommen, den Spiegel im Schlafzimmer aufzuhängen. Samgin sah in dem Spiegel durch das vorabendliche Halbdunkel das Dach des Seitenbaus mit den Sitzbrettern für die Tauben beim Schornstein und hinter dem Dach – die kahlen Zweige der Bäume.

Der Spiegel reflektierte auch ein längliches, spitzbärtiges Gesicht mit Brille und darüber – dünne, bläuliche Rauchbänder einer Zigarette; sie krochen sehr spaßig über das Dach und verwickelten sich in den schwarzen Baumzweigen.

Wodurch stört sie das Christentum? fuhr Samgin fort, über Marina nachzudenken. Nein, diese Worte kamen bei ihr nicht aus dem Verstand, sondern sie war erzürnt, wohl über mich . . . Im kommenden Jahr werde ich auch mal ins Ausland reisen . . .

Der Rauch im Spiegel wurde dichter, verfärbte sich grau, und es war unbegreiflich – warum? Die Zigarette schwelte kaum. Der Rauch wurde rot, und dann flammte unter einem der Sitzbretter ein scharfes, rotes Feuer auf, das konnte die Widerspiegelung der Sonnenstrahlen sein.

Aber Samgin wußte bereits: Es brach ein Brand aus, die Flammenbänder erfaßten mit gauklerischer Geschwindigkeit das Sitzbrett und liefen am Dachfirst entlang, wurden zahlreicher und größer; gelb, blutrot, spitzköpfig, durchdrangen sie das Dach, liefen auf seinem Grat immer weiter und verneigten sich lustig nach beiden Seiten. Samgin sah, daß das Gesicht im Spiegel sich verdüsterte, die Hand erhob sich zu dem Telefon über dem Kopf, sank aber, als sie den Hörer nicht erreichte, auf die Brust herab.

Ein Brand, ermahnte er sich streng. Dieser Halunke hat Feuer gelegt.

Obwohl Samgin unablässig das Spiel der Flammen verfolgte, empfand er nicht die in solch einem Fall natürliche Aufregung; das wunderte ihn und verlangte eine Erklärung.

Ich sehe zum erstenmal, wie ein Brand ausbricht, sagte er sich zur Erklärung. Ich muß anrufen.

Aber – er rührte sich nicht. Es tat ihm wohl, sich dessen bewußt zu sein, daß er die Feuerwehr anrufen, auf den Hof, auf die Straße laufen und schreien müßte, daß er dies tun müßte, es aber auch unterlassen konnte.

Das kann ich, sagte er sich und lächelte sein Spiegelbild an. Die Akten und Bücher werde ich noch zum Fenster hinauswerfen können.

Aber er rief trotzdem an; die Brandwache sagte ihm kurz und ärgerlich: »Das wissen wir.«

Der Spiegel wurde dunkelrot, als ob er schmelze, fast die Hälfte des Dachgrats war mit Flammen geschmückt, von denen sich rote Fetzen losrissen und in der Luft verschwanden.

Als Samgin auf den Hof hinauslief, hasteten dort bereits Leute umher, der Hausknecht Panfil und ein Polizist schleppten eine schwere Leiter herbei, auf dem Dach saß Besbedow neben dem Schornstein und zerhackte den Bretterbelag. Er hatte nur Socken an, eine schwarze Hose und ein Hemd mit gestärkter Brust und nicht zugeknöpften Manschetten; die Manschetten störten ihn, denn sie rutschten an den Armen zu den Ellenbogen hoch; er hieb die Axt ins Dach, riß die Manschetten herunter und brüllte: »Wasse-er!«

Dieser Idiot hat einen Schreck bekommen, dachte Samgin. Oder tut es ihm jetzt leid?

Zu Besbedow kletterte ein langer, dürrer Mann in rotbrauner Strickjacke hinauf, faßte irgendwie unnatürlich auf dem Dach Fuß und begann die Bretter, die er mit den Händen losriß, herabzuwerfen, wobei er durchdringend rief: »Vo-orsicht, Vorsi-icht!«

Neben Klim stand ein krausköpfiger Bursche mit einem Brecheisen in der Hand und – nieste; nach jedem Niesen lächelte er Samgin an, dann wartete er, indem er blinzelnd mit dem Brecheisen auf die Pflastersteine klopfte, auf das nächste Niesen. Auf den Hof, in den bläulichen Rauchschleier kamen Feuerwehrleute gelaufen, die eine lange Schlange mit kupferner Zunge hinter sich herzogen. Äxte hämmerten, die Bretter krachten, fielen schwelend herab und säten goldene Funken; der Reviervorstand Egge redete den Zuschauern zu: »Auseinandergehen, meine Herrschaften!«

Der silberne Wasserstrahl trieb dicke Wolken samtenen Rauchs unter dem Dach hervor, alles war ungewöhnlich lebhaft, amüsant, und Samgin fühlte sich ausgezeichnet. Als Besbedow, wasserüberströmt von Kopf bis Fuß und mit entblößtem Oberkörper auf ihn zutrat, fragte ihn Samgin: »Sind die Tauben umgekommen?«

Besbedow winkte mit der Hand ab.

»Zum Teufel sind sie! Ich wollte zu Besuch gehen, zu einer Namenstagsfeier, ziehe mich an und – da haben wir die Bescherung ... Sie sind alle erstickt, keine einzige ist davongeflogen.«

Sein Gesicht war naß, es war, als sickerten aus der Haut überall schmutzige Tränen, er atmete schwer, mit weit geöffnetem Mund, so daß die Goldkronen auf den Zähnen zu sehen waren.

»Wie ist das passiert?« fragte Samgin zu seiner eigenen Überraschung in strengem Ton.

Besbedow, der wieder aufs Dach stieg, brummte: »Ich weiß nicht. Das Feuer ist ein Dieb.«

Es war zu spüren, daß Besbedow aufrichtig betrübt war und sich nicht verstellte. Eine halbe Stunde später war das Feuer gelöscht, der Hof leer geworden, und der Hausknecht schloß das Tor; als Erinnerung an den mißglückten Brand zurückgeblieben waren bitterer Rauchgeruch, Wasserlachen, verkohlte Bretter und, in einer Hofecke, eine weiße Manschette von Besbedows Hemd. Nach Verlauf einer weiteren halben Stunde saß Besbedow frisch gewaschen, mit nassem Haar und schmollendem, trübsinnigem Gesicht bei Samgin, trank gierig Bier, warf ab und zu einen Blick durchs Fenster auf die ersten Sterne am schwarzen Himmel und murmelte: »Sie werden sehen, morgen früh wird Blinow seine Tauben ausschwärmen lassen, um mich zu ärgern ...«

Samgin hatte sich schon lange nicht mehr mit ihm unterhalten, und seine Antipathie gegen diesen Mann hatte sich schon etwas in Gleichgültigkeit verwandelt. An diesem Abend schien Besbedow lächerlich und bedauernswert, es war an ihm sogar etwas Kindliches. Dick, in blauer Bluse mit offenem Kragen, mit dem entblößten weißen, aufgedunsenen Hals und dem bartlosen Gesicht, erinnerte er sehr an Fonwisins »Landjunker« in der Darstellung eines unbegabten Schauspielers. In seinem trübsinnigen Gebrumm lag etwas Launisches.

Nein, er hat das Feuer nicht gelegt, er ist dazu nicht fähig, entschied Samgin, als er hörte: »Ich beneide Sie, bei Ihnen ist alles durchdacht, entschieden, und Sie leben ruhig, wie in Abrahams Schoß. Bei mir jedoch toben Stürme in der Seele ...«

Samgin lächelte, wobei er aus Höflichkeit dafür sorgte, daß das Lächeln nicht allzu kränkend aussähe. Besbedow seufzte: »Zu diesem Bier sollte man Krebse essen ... Ja, Stürme! Rauch und Staub. Sehen Sie, Sie verteidigen die Menschen, in der Zeitung ist Ihre Rede gelobt worden. Ich dagegen kann die Menschen nicht leiden. Alle sind sie Lumpen, und keiner braucht verteidigt zu werden.«

»Ach was!« sagte Samgin. »So grausam sind Sie gar nicht ...«

»Ich bin es!« wiederholte Besbedow und schlug mit der Hand auf das Fensterbrett, verzog das Gesicht und holte mit der Hand in der Luft aus, um sie abzukühlen. »Wissen Sie, ich sollte Terrorist oder Anarchist werden, aber ich bin zu träge, das ist es eben! Und dort, bei denen, herrscht Disziplin wie in einer Kaserne ...«

In sein Glas Bier stürzte sich eine Fliege, die es versäumt hatte, rechtzeitig zu sterben, er fischte sie mit dem kleinenFinger aus dem Schaum heraus und fuhr dabei erregt fort: »Gute Menschen habe ich nicht gesehen. Ich erwarte es auch nicht und will keine sehen. Ich glaube nicht, daß es welche gibt. Die guten Menschen werden erst nach ihrem Tod zu solchen gemacht. Täuschungshalber.«

»Der Verlust der Tauben hat Sie mißmutig gemacht, und darum nörgeln Sie«, bemerkte Samgin, denn er fühlte, daß dieser menschenscheue Mann ihn zu langweilen begann, doch Besbedow, der sein Bier ausgetrunken hatte, starrte ins leere Glas und redete eigensinnig weiter: »Markowitsch, der Juwelier und Wucherer, hat kleine billige Steinchen von verschiedener Farbe in sein Schaufenster gestreut und fünf große mitten unter sie geworfen. Die großen sind aber falsch, das weiß ich, sein Sohn Ljowka hat es mir gesagt. Da haben Sie die guten Menschen! Sie sind zu meiner Belehrung erfunden: Schäme dich, Walentin Besbedow! – Doch ich schäme mich nicht im geringsten.«

Er schüttelte den Kopf, starrte Samgin an und krächzte herausfordernd: »Ich schäme mich nicht.«

»Nun, wenn Sie sich nicht schämten, würden Sie nicht davon sprechen«, sagte Samgin. Und er fügte belehrend hinzu: »Der Mensch beunruhigt sich, weil er sich selbst sucht. Er möchte er selbst sein, möchte in jedem beliebigen Augenblick sich selbst treu bleiben. Er strebt nach innerer Harmonie.«

»Harmonie – Harmonium, und wer spielt darauf?« fragte Besbedow, breit und häßlich lachend.

Samgin antwortete mürrisch: »Ein schlechtes Wortspiel.«

»Wenn ich aber nicht ich selbst sein will?« fragte Besbedow und bekam die trockene Antwort: »Das steht in Ihrem Belieben.«

Besbedow schwieg ein paar Sekunden lang und musterte seinen Gesprächspartner, seine blauen, glasigen Pupillen schienen kleiner, schärfer geworden zu sein; dann verzog er seine dicken Lippen langsam zu einem breiten Lächeln und sagte: »Nun, Sie kann man nicht täuschen! Es stimmt, ich schäme mich, ich lebe wie ein Vieh. Meinen Sie, ich wüßte nicht, daß die Tauben Unsinn sind? Und die Mädchen sind auch Unsinn. Außer einer, aber die ist sicherlich nur zur Täuschung da! Weil sie hübsch ist! Und mich in die Hand nehmen könnte. Meine Frau war auch hübsch und – klug, aber – die Tante mag die Klugen nicht . . .«

Er brach seine Rede ab, indem er mit den Lippen schnalzte, als hätte er eine Flasche aufgekorkt, blickte Klim rasch an und murmelte, während er sich Bier einschenkte: »Sie stritten sich. Die Tante und meine Frau . . .«

Er wird betrunken, stellte Samgin fest und spitzte die Ohren, denn er erwartete, daß Besbedow auf Marina zu sprechen kommen werde. Aber Besbedow trank das Bier in einem Zug aus und begann, den Schaum von den Lippen spritzend, zu reden: »Doch vielleicht spreche ich nur obenhin, anstandshalber von Scham. Lesen Sie Arzybaschew? Sehen Sie, das ist ein ehrlicher Schriftsteller, ein unerhört ehrlicher! Er hat meiner Meinung nach dem Kellerlochmenschen – dem Menschen Dostojewskijs – endgültig zur Freiheit verholfen. Er sagt geradeheraus: Der Mensch hat das Recht, ein Schuft zu sein, das ist seine natürliche Bestimmung. Der Zweck des Lebens ist die Befriedigung aller Wünsche, mögen sie böse sein, schädlich für andere, wir pfeifen auf die anderen! Es wird eine Rauferei geben? Einerlei – wir raufen! Der aufrichtige Mensch, der starke Mensch ist immer ein Schuft, vom allgemeinen Hockpunkt aus gesehen. Diesen Hockpunkt haben schwächliche Dummköpfe als Standpunkt zur Selbstverteidigung erfunden. Sehen Sie, so spricht er.«

Das alles sagte er ungewohnt rasch, und Samgin erriet, daß Besbedow offenbar wegen der Worte über Marina einen Schreck bekommen hatte.

»Ich habe ›Sanin‹ nicht gelesen«, sagte er und blickte Besbedow streng an. »In Ihrer Darstellung ist Arzybaschews Roman eine grobe Ironie, eine Satire auf Nietzsches Individualismus . . .«

»Nun, weiß der Teufel, vielleicht ist er auch eine Satire!« gab Besbedow zu, sagte aber sofort: »Es gibt einen Roman ›Liebe‹ von Potapenko, darin zieht eine Frau auch einen Schuft diesen . . . ehrlichen Männern der Tat vor. Die Frau kennt meiner Ansicht nach besser als der Mann den Geschmack am Leben. Oder die Wahrheit des Lebens etwa . . .«

Gleich – von Marina, machte Samgin sich aufmerksam und fühlte, daß Besbedows trunkenes Geschwätz in ihm die Antipathie gegen diesen Mann wiedererweckte. Aber es war schwierig, ihn sich vom Hals zu schaffen, und die Hoffnung, etwas über Marina zu hören, lockte.

Er erhob sich, schritt durch das Zimmer, blieb vor dem Bücherschrank stehen und steckte sich eine Zigarette an. Besbedow schaukelte mit dem Stuhl und murmelte: »Satire, Karikatur . . . Hm? Na – meinetwegen, darum geht es nicht, sondern darum, daß ich mich selbst nicht begreifen kann. Begreifen bedeutet erwischen.« Er lachte heiser. »Ich habe die Gewohnheit, mich bald als solcher, bald als solcher zu erfinden, doch was für einer bin ich in Wirklichkeit? Wahrscheinlich eine Null, doch hiervon muß man sich überzeugen. Wenn es einen auch kränken mag, muß man sich doch fest einprägen: Du bist eine Null und – hast dich ruhig zu verhalten!«

Samgin biß unwillkürlich und fest auf seine Zigarettenspitze und warf einen Seitenblick auf die groteske Gestalt Besbedows, dann trommelte er mit den Fingern an die Schrankscheiben und beschimpfte ihn innerlich: Rindvieh.

»Man möchte sogar ein Verbrechen begehen, nur um bei irgend etwas haltzumachen – Ehrenwort!«

»Da sieh mal einer an«, sagte Samgin unbestimmt und halblaut und fühlte, daß er die Gegenwart dieses Menschen nicht länger ertragen konnte.

»Ich versichere Ihnen«, entgegnete Besbedow, »ich habe es sehr schwer, besonders jetzt . . .«

»Weshalb denn jetzt?«

»Es liegt ein Grund vor. Ich lebe irgendwo im Hinterhof, in einer Sackgasse. Vor den Menschen – habe ich Angst, denn sie werden mich hervorzerren und mich zwingen, etwas . . . Verantwortliches zu tun. Doch ich traue ihnen nicht, ich will nicht. Sehen Sie – sie tun etwas und haben Jahrtausende lang etwas getan. Na, und was kommt dabei heraus? Man hängt sie dafür auf. Da bleibt einem nur die Schererei mit sich selbst.«

Samgin räusperte sich und sagte, ohne vom Schrank wegzutreten: »Ich habe Kopfschmerzen bekommen . . .«

»Vom Rauch«, erklärte Besbedow und schüttelte teilnahmsvoll den Kopf.

»Ich will einen Spaziergang machen.«

»Nur zu!« gestattete Besbedow, erhob sich vom Stuhl und

wankte. »Nun, ich werde auch gehen. Bei mir dort ist das Wasser durchgesickert ... Das macht nichts, ich werde bei den Mädels übernachten ...«

Er ging zur Tür, machte aber eine scharfe Wendung und sagte, während er auf Samgin zuschritt, mit einer Stimme, die bis zu heiserem Flüstern gesenkt war: »Sie, Klim Iwanowitsch, sind mit der Tante befreundet, und ich ... empfinde ... Ihnen gegenüber ... ein Gefühl ... innerer Verwandtschaft.«

Er war dicht an Samgin herangetreten und versuchte ihn zu umarmen, indem er ihn mit seinem ganzen Gewicht an den Schrank drückte, dabei fuhr er mit pfeifendem Nebengeräusch, als spräche er durch die Zähne, noch leiser fort: »Sie hält mit jedermann Freundschaft, sie ist eine höchst schlaue Schauspielerin, der Teufel soll sie ... Sie preßt einen Menschen aus und – auf Wiedersehen! Sie wird auch Sie ...«

»Ich bin anderer Meinung über sie«, sagte Samgin hastig und laut und wich dem Betrunkenen aus, worauf dieser die Arme senkte und verwundert und nüchtern fragte: »Weshalb schreien Sie? Ich habe keine Angst. – Anderer Meinung? Nun, gut ...«

Dann ging er, blieb aber, die Hand am Türpfosten, stehen und sagte, mit der linken Hand fuchtelnd: »Und der hübsche Mischka ist ein kleiner Spion! Er ist beauftragt, mich zu überwachen. Und Sie. Das steht fest ...«

Samgin blickte hinter ihm her und ließ sich verdutzt auf den Stuhl fallen.

Welch eine ... Abgeschmacktheit!

Das Wort »Abgeschmacktheit« fand er nicht sofort, und mit diesem Wort war die Bedeutung der Szene, die sich soeben abgespielt hatte, nicht erschöpft. Die unerwartete, betrunkene Beichte Besbedows hatte etwas Zweideutiges, das verdächtig einer Parodie ähnelte, und diese Zweideutigkeit empörte, beunruhigte besonders. Er ging rasch ins Vorzimmer, zog sich an, lief fast in den Hof hinaus und sagte sich, als er in der Dunkelheit durch Pfützen und über angesengte Bretter schritt, entschlossen:

Ich muß die Wohnung wechseln.

Ein paar Minuten später jedoch verstand er plötzlich, daß die Empörung über die Redereien eines Betrunkenen im Grunde kränkend sei und ihn erniedrige.

Worüber bin ich eigentlich empört? Über das, was er von Marina gesagt hat? Das war eine idiotische Lüge. Marina ist nichts weniger als eine Schauspielerin.

Hier verlangsamte er unwillkürlich seine Schritte, in Besbedows

Worten war etwas, das sehr viel Ähnlichkeit mit dem hatte, was er, Samgin, über sich selbst zu Marina gesagt hatte.

Aber sie kann ihm doch nicht davon erzählt haben!

Er überprüfte rasch, aber sehr kritisch Marinas Verhalten zu ihm und zu Besbedow.

Möglicherweise, ja sogar sicherlich ist sie erbarmungslos gegen ihre Mitmenschen und treibt ein falsches Spiel. Sie ist ein Mensch mit einem bestimmten Ziel. Sie hat eine Rechtfertigung: ihr Sektierertum, den Wunsch, irgendeine neue Kirche zu schaffen. Aber es gibt nichts an ihr, was auf Unaufrichtigkeit in ihrem Verhalten zu mir hindeuten könnte. Sie ist in ihren Äußerungen häufig grob gegen mich, aber sie ist überhaupt etwas grob.

Er hatte das Gefühl, daß Marina gegen jeden Verdacht gerechtfertigt werden müsse, und fühlte, daß er es damit eilig hatte. Die Nacht war zum Spazierengehen nicht geeignet, hinter den Ecken wehte und stieß feuchter, kalter Wind hervor, schwarze Wolken wischten die Sterne vom Himmel, die Luft war mit traurigem Herbstgeräusch erfüllt.

Zu guter Letzt beschloß Samgin, mit Marina über Besbedow zu reden, und kehrte nach Hause zurück, wobei er sich zwang, sich mit Besbedows Worten über Mischa zu beschäftigen.

Dieser Entschluß hatte etwas Bequemes, und er war notwendig. Marina brauchte natürlich keinen Spion, aber es gab eine staatliche Institution, welche die Dienste von Spionen benötigte. Mischa war allzu neugierig. Der Papierbogen, auf den Samgin Marinas Gestalt gezeichnet und den er, nachdem er ihn zerrissen, in den Papierkorb geworfen hatte, fand sich wieder auf Mischas Tisch, unter den Konzepten.

»Weshalb hast du dir das genommen,« fragte Samgin.

»Es hat mir gefallen«, antwortete Mischa.

»Was hat dir denn daran gefallen?«

»Der Merkur. Sie haben ihn als Frau gezeichnet«, sagte Mischka und blickte ihm gerade in die Augen.

Der Blick ist ehrlich, stellte Samgin fest und fragte weiter: »Woher weißt du denn von Merkur?«

»Ich habe die griechische Mythologie gelesen.«

»Aha«, sagte Samgin und begann danach, ohne es selbst zu merken, den jungen Mann zu siezen. Aber obwohl die Mythologie einen jungen Mann natürlich interessieren konnte, war ihm dieser junge Mann hier dennoch unangenehm, und in der neuen Wohnung würde er sich darum einen anderen Sekretär nehmen müssen. An das, was Besbedow von Marina gesagt hatte, wollte Samgin sich nicht mehr erinnern, dachte aber dennoch daran. Er begann, sich ihr gegenüber vorsichtiger zu verhalten, hörte ihren ruhigen, spöttischen Reden mißtrauisch zu, erwog sie sorgfältiger und nahm die Ironie in ihren Urteilen über die gegenwärtige Wirklichkeit weniger verständnisvoll auf; an und für sich riefen ihre Urteile bei weitem nicht immer sein Verständnis hervor, sondern versetzten ihn meist in Verwunderung. Marina schien immer mehr von irgend etwas überzeugt zu sein, sich siegreicher, fröhlicher zu fühlen.

Die Wirklichkeit brachte sich Samgin zuweilen unangenehm in Erinnerung: In der Tagesliste der Aufgehängten las er den Namen Sudakows, und unter den in der Stadt verhafteten Anarchisten war Waraksin genannt, »der die Familiennamen Lossew und Jefremow geführt hatte«. Ja, es war unangenehm, das zu lesen, aber im Vergleich zu anderen Dingen waren das nur geringfügige Tatsachen, und sie blieben nicht lange im Gedächtnis haften. Marina sagte anläßlich der Hinrichtungen: »Wenn doch wenigstens jemand diesen Idioten andeuten wollte, daß sie Rächer großziehen.«

»Die Duma hält ihnen das oft vor Augen«, sagte Samgin, sie entgegnete schroff: »Unter Andeutung verstehe ich nicht bloß Worte ...«

Ihre Augen glühten zornig auf. Gerade diese scharfen Äußerungen und Zornesausbrüche Marinas, die stets unerwartet kamen und mit seiner Vorstellung von Marina nicht übereinstimmten, verblüfften Samgin besonders.

Neben ihr war ein Mister Lionel Creighton aufgetaucht, ein Mann unbestimmten Alters, aber anscheinend nicht über vierzig, stämmig, wohlgebaut, rotwanging; das dichte, gewellte Haar auf seinem hochstirnigen Schädel war grau, als wäre es mit Wasserstoffsuperoxyd gebleicht, auch die Augen waren grau und blickten alles so angespannt an, wie das schwachsichtige Leute tun, wenn sie sich nicht entschließen können, die Brille aufzusetzen. Die Augen waren sanft, er lächelte gern und liebenswürdig, wobei er die ebenmäßigen, gelblichen Zähne entblößte, dieses zähnezeigende Lächeln machte sein glattrasiertes, angenehmes Gesicht noch angenehmer. Als Marina ihn Klim vorstellte, sagte sie: »Ingenieur und Geologe, ist in Kanada gewesen und hat dort unsere Duchoborzen gesehen.«

»O ja!« bestätigte Creighton. »Die Leute sind sehr – wie sagt man doch? – kraftig?«

»Kräftig!« half Samgin.

»Ja, danke! Aber die Jüngeren sind bereits Amerikaner.«

Russisch sprach er langsam, indem er die einen Silben verschluckte, die anderen singend vorbrachte, man merkte, daß er sich redlich bemühte, richtig zu sprechen. Fast alle Sätze kleidete er in die Form von Fragen: »So viele Kirchen, sind das alles orthodoxe? Und alle haben Lew Tolstoi ausgeschlossen? Fördern im Ural nur die Franzosen Smaragde?«

Aber er fragte wenig, meist hörte er Marina zu, wobei er sie irgendwie betont ehrerbietig anblickte. Durch die Straßen ging er in gleichmäßigem, leichtem Soldatenschritt, die Hände in den Taschen des schwarzen, flauschigen Mantels, er trug eine Schildmütze aus Biberfell, und seine Augen blickten gerade, reglos und ohne zu blinzeln unter dem Mützenschild hervor. Er besuchte oft die Kirche, war vom Gesang entzückt und sagte mit tiefem Bariton: »Ou! Heidnisch schön, nicht wahr?«

Ebenso entzückt war er vom Frost. »Das macht mich so«, sagte er und zeigte die fest geballte Faust.

Es war an ihm etwas beharrlich Langweiliges, Eigensinniges. Jedesmal, wenn Samgin Marina besuchte, traf er ihn bei ihr an, und das war nicht sehr angenehm, zudem merkte Samgin, daß der Engländer ihn ausfragte wie der Arzt einen Kranken. Nachdem Creighton etwa drei Wochen in der Stadt verbracht hatte, verschwand er wieder.

Auf Samgins Fragen über Creighton sagte Marina widerstrebend und unfreundlich: »Was ich von ihm weiß? Ich sehe ihn zum erstenmal, und er ist ungewandt im Reden. Sein Vater ist Quäker, ein Freund meines Mannes, er half den Duchoborzen, in Kanada Unterkunft zu finden. Dieser Lionel – der Name erinnert an eine Blume – interessiert sich auch für Dissidenten und Sektierer, er will ein Buch schreiben. Ich schätze solche Beobachter und Kundschafter nicht besonders. Auch ist nicht klar, was ihn mehr interessiert – das Sektierertum oder das Gold. Nun ist er nach Sibirien gereist. In seinen Briefen ist er interessanter als in Natur.«

Mit ihr über Besbedow zu reden, gelang Samgin nicht, obwohl er jedesmal ein Gespräch über ihn zu beginnen versuchte. Zudem war auch Besbedow selbst unsichtbar geworden, da er vom Morgen bis spät in die Nacht hinein irgendwohin verschwand. Eines Tages betrat Samgin bei einem Spaziergang ihren Laden und traf sie am Tisch, vor einem Stoß Rechnungen, mit einem dicken Kontobuch auf dem Schoß an.

»Das Geld liebe ich, aber das Rechnen nicht, es widert mich sogar an«, sagte sie zornig. »Ich sollte amerikanische Millionärin sein, die brauchen wahrscheinlich ihr Geld nicht nachzuzählen. Mein Sacharij ist auch kein Meister auf diesem Gebiet. Ich werde irgendeinen Handelsgehilfen anstellen müssen, einen alten Mann.«

»Weshalb denn einen alten Mann?« fragte Samgin im Scherz.

»Das ist sicherer«, antwortete sie, mit den Papieren raschelnd. »Er wird nicht rauben. Mich nicht umbringen.«

»Auf welchem Gebiet ist denn Sacharij ein Meister?«

»Sacharij? Auf keinem. Er ist der übliche Schwärmer und Herumtreiber an schwierigen Stellen, an schwierigen nicht auf Erden, sondern in Büchern.«

Sie warf nachlässig die Rechnungen auf das Sofa, stützte die Ellenbogen auf den Tisch, preßte die Hände ans Gesicht und sagte lächelnd: »Sacharij fühlt sich durch dich gekränkt, er hat sich beklagt, du seist hochmütig, in Otradnoje habest du ihm irgend etwas nicht erklären wollen und dich auch gegen die Bauern hochmütig benommen.«

Samgin antwortete achselzuckend: »Ich bin auch kein Meister im Erklären. Mir ist selbst vieles unklar. Und mit Bauern verstehe ich überhaupt nicht zu reden.«

Marina unterbrach ihn, indem sie fragte: »Hat Walentin sich bei dir über mich beklagt?«

Samgin zuckte sogar zusammen, denn es schien ihm verdächtig, daß sie ihm zuvorgekommen war.

Ihre Augen lächelten in der vertrauten Art, aber schärfer als sonst, und die Schärfe des Lächeln veranlaßte ihn, sich ihres Zornes über die Popen zu erinnern. Er begann vorsichtig: »Er beklagt sich gern über sich selbst. Er ist überhaupt redselig.«

»Er ist ein Schwätzer«, fügte Marina ein. »Aber er schimpft gelegentlich auch auf mich, ja?«

»Nein. Übrigens – er bezeichnete dich als schlau.«

»Sonst nichts weiter?«

Sie lachte etwas leise und unangenehm auf, wobei sie Samgin so anblickte, daß er begriff, sie glaubte ihm nicht. Daraufhin sagte er, ganz unerwartet für sich selbst, halblaut und während er die Brille mit dem Taschentuch putzte: »An dem Abend nach dem Brand hat er . . . sonderbar gesprochen! Er schien es darauf abgesehen zu haben, mir zu suggerieren, du habest mich absichtlich neben ihm untergebracht, auf Grund einer gewissen Ähnlichkeit unserer Charaktere und damit wir uns gleichsam gegenseitig erzögen . . .«

Als Samgin dies gesagt hatte, wurde er verlegen und fühlte, daß er sogar einen roten Kopf bekommen hatte. Noch nie war ihm bisher dieser Gedanke gekommen, und er war verblüfft, daß er ihm jetzt gekommen war. Er sah, daß Marina auch rot geworden war. Sie nahm die Arme langsam vom Tisch, lehnte sich im Sofa zurück und sagte streng mit zusammengezogenen Brauen: »Na, das hast du selbst erfunden!«

»Er war nicht mehr nüchtern!« murmelte Samgin, nachdem er die Brille auf den Teppich fallen gelassen hatte, und als er sich bückte, um sie aufzuheben, hörte er über seinem Kopf: »Du willst mich an das Sprichwort erinnern: ›Was dem Nüchternen im Sinn, liegt dem Betrunkenen auf der Zunge.‹ Nein, Walentin ist ein Phantast, aber das wäre zu spitzfindig für ihn. Das ist deine Vermutung, Klim Iwanowitsch. Ich sehe es auch deinem Gesicht an!«

Sie kreuzte die Arme auf der Brust, verdeckte mit den Wimpern die Augen und fuhr fort: »Ich weiß nicht, ob ich dir für eine so hohe Meinung von meiner Schlauheit danken oder dich ausschimpfen soll, damit du dich schämst. Aber du scheinst dich ja schon zu schämen.«

Samgin hatte ein abscheuliches Gefühl.

Ich benehme mich ihr gegenüber dumm wie ein kleiner Junge, dachte er.

Marina schwieg, biß sich auf die Lippen und wartete sichtlich, was er sagen werde.

Er sagte: »Siehst du, seine Redereien hatten eine gewisse Ähnlichkeit mit dem, was ich dir von mir erzählte . . .«

»Das ist ja noch besser!« schrie Marina mit erhobenen Händen auf, dann begann sie zu lachen, wiegte sich hin und her und fragte unter Gelächter: »Überlege dir doch mal, was du da sagst! Ich mit ihm – mit so einem – über dich sprechen! Was hältst du eigentlich von dir selbst? Das ist alles deine Misanthropie. Na – da hast du mich schön in Erstaunen versetzt! Doch weißt du, das ist schlimm!«

Als Samgin sich etwas gefaßt hatte, begann er: »Ich konnte nicht umhin, eine gewisse, sozusagen parodistische Übereinstimmung zu merken . . .«

»Laß das«, sagte Marina mit abwehrender Handbewegung. »Laß das – und vergiß es.« Dann fuhr sie unter Kopfschütteln leise und nachdenklich fort: »Was du doch für ein sonderbarer Mensch bist! Wodurch hast du dich so gegen dich selbst versündigt, wofür strafst du dich?«

Das war sehr gut gesagt, mit jener warmherzigen, aufrichtigen Verwunderung. Sie sagte dann noch etwas in dem gleichen Ton, und Samgin stellte dankbar fest: So hat noch niemand mit mir gesprochen. In seiner Erinnerung tauchte für einen Augenblick das scheckige Gesicht Dunjaschas mit seinen unsteten Augen auf, aber Dunjascha ließ sich doch nicht mit dieser Frau in eine Reihe stellen! Er fühlte sich verpflichtet, Marina irgendwelche besonderen, ebenfalls sehr aufrichtigen Worte zu sagen, fand aber keine rechten. Unterdessen hatte sie wieder die Ellenbogen auf den Tisch gesetzt, stützte das Kinn auf die Rückseite der schönen Hände und sagte bereits sachlich, wenn auch weich: »Ich habe dich aus folgendem Grund nach Walentin gefragt: Er hat von seiner Frau die Einwilligung zur Scheidung erlangt, er hat eine Liebschaft mit einem jungen Mädchen, und sie ist schon in anderen Umständen. Ob von ihm, ist noch fraglich. Sie ist ein pfiffiges Dingelchen, und diese ganze Geschichte war darauf angelegt, einen Dummen zu finden. Sie ist die Tochter eines Gutsbesitzers, es hat da so einen Mann von bewegtem Lebenswandel gegeben, Radomyslow: ein Jäger, Spieler und Bummler; brachte sein ganzes Vermögen durch und endete mit Selbstmord. Es hinterblieben zwei Töchter, solche ›demi-vierges‹, weißt du, wie bei Marcel Prévost, oder noch schlimmer: ›Freudenmädchen‹ – sie singen, spielen, na, und dergleichen mehr.«

Nachdem sie eine Pause gemacht hatte, um ein nervöses Gähnen zu verbergen, fuhr sie im gleichen leichten Ton fort: »Walentin besitzt einiges, und zwar nicht wenig, aber er steht unter Vormundschaft. In eurer Juristensprache nennt man das – wenn ich nicht irre: geschäftsunfähig. Er ist auf Grund des väterlichen Testaments wegen Verschwendungssucht unter Vormundschaft gestellt worden, Vormund ist sein Pate, der Glasfabrikant Loginow, ein alter, kranker Mann, faktisch liegt die Vormundschaft in meinen Händen. Als Walentin vor etwa drei Jahren zweiundzwanzig geworden war, reichte er auf allerhöchsten Namen hinter meinem Rücken ein Gesuch um Aufhebung der Vormundschaft ein, das wurde abgelehnt. Seine erste Ehe war rechtlich nicht ganz in Ordnung, aber seine Frau erwies sich als kluger Kopf und redlicher Mensch . . . das ist übrigens unwichtig.«

Marina seufzte müde, schaute sich um und senkte die Stimme.

»Jetzt hat Walentin einen neuen Schlamassel angezettelt, er läßt sich dabei von den Radomyslow-Mädchen und lustigen Leuten ihres Kreises lenken. Ihr Ziel ist klar: Sie wollen den Tölpel ausplündern, das habe ich schon gesagt. Da siehst du, was für eine Geschichte das ist. Hat er dir davon erzählt?«

»Niemals, kein Wort«, sagte Samgin, sehr zufrieden, daß er es so entschieden sagen konnte.

Sie kratzte sich mit dem kleinen Finger an der Nase und fragte: »Hat er den Seitenbau selbst in Brand gesteckt?«

»Nein, das glaube ich nicht.«

»Er hatte gedroht, ihn anzuzünden.«

»Gedroht? Wem?«

»Mir. Aber – weshalb fragtest du?«

»Ich habe das auch von ihm gehört«, gestand Samgin.

Marina seufzte: »Siehst du! Aber das ist natürlich ein Streich. Ich habe es satt, mich mit ihm herumzuplagen, doch – ich werde die Vormundschaft nicht aufheben, bevor er dreißig ist, ich habe mein Wort gegeben! Du wirst dich mit dieser Angelegenheit befassen müssen . . .«

Samgin neigte den Kopf, sie streckte sich müde und lächelte. »Er bildete sich ein, ein Billardvirtuose zu sein, und verspielte mehrmals an fünfhundert Rubel. Er wettete bei Pferderennen, bei Hahnenkämpfen und bemühte sich überhaupt, bettelarm zu werden. Übrigens siehst du ja selbst, wie er ist . . .«

»Ja«, sagte Samgin.

Er verließ Marina mit dem Gefühl, daß seine Beziehung zu ihr klarer geworden sei.

Wie albern ich mich doch manchmal benehmen kann, dachte er fast beschämt, dann fragte er sich: Hatte er wohl irgend jemandem so vertraut wie dieser Frau? Auf diese Frage fand er keine Antwort, und so versank er in Nachdenken über das, was ihn auch früher schon beunruhigt hatte: Da kannte er nun verschiedene Systeme von Sätzen, und unter ihnen war keins, das ihm innerlich verwandt war. Marinas System von Sätzen bewegte ihn auch nicht, interessierte ihn nicht, war ihm besonders fremd. Doch wovon auch immer Marina sprechen mochte, ihr energischer Ton, ihre Zuversicht auf etwas Ungreifbares wirkten heilsam auf ihn, das mußte er zugeben. Aber aus dem allein ließ sich das Anziehende an ihr nicht erklären. Er war nicht im geringsten von ihr, der Frau, abhängig, ihr schöner Körper erweckte in ihm keine natürlichen männlichen Emotionen, er war sogar nahe daran, darauf stolz zu sein. Und trotzdem: Worauf beruhte ihre Macht über ihn? Er begann nicht, nach einer Antwort auf diese Frage zu suchen, denn er hatte zum erstenmal offen ihre Macht zugegeben, und das verwirrte ihn. Die hinter ihm liegende Episode hatte ihn weich gestimmt, besonders zärtlich erregten ihn die leisen Worte: Wofür strafst du dich?

Der Eindruck wurde etwas verdüstert durch die Erzählung über Besbedow und durch die Notwendigkeit, sich mit der unangenehmen Vormundschaftsangelegenheit zu befassen.

Das ist eine sonderbare Angelegenheit, dachte Samgin und erinnerte sich zweier Zeilen aus einem Gedicht von irgendwem:

Zeit meines Lebens trank ich keinen Tropfen Glücks,
Der nicht mit Gift versetzt gewesen wäre!

Aber nach etwa zehn Tagen, die er unter sorgsamer Wahrung der neuen, lyrischen Stimmung verbrachte, erschien morgens Marina. »Mischa, geh und sage dem Kutscher, er soll zu Lidija Timofejewna fahren und dort auf mich warten.«

Als der junge Mann gegangen war, rief sie lebhaft aus: »Kannst du dir das vorstellen – dieser Walentin! Er ist nach Petersburg ausgekniffen. Hat einen Wechsel über tausend Rubel ausgestellt, siebenhundertvierzig auf ihn erhalten und mir einen Brief geschickt: er bereue seine Sünden, mache mit seiner Liebschaft Schluß, wolle sich als Matrose anheuern lassen und zur See fahren. Das ist natürlich alles erlogen, er ist weggefahren, um sich um die Aufhebung der Vormundschaft zu bemühen, die Radomyslows haben ihn dazu angestiftet.«

»Was gedenkst du denn zu tun?« fragte Samgin.

»Gar nichts!« sagte sie. »Nun – ich werde den Wechsel einlösen und ordnungshalber Sacharij im Haus unterbringen. Ausgekniffen ist dieser Lump!« rief sie belustigt aus und fragte: »Hast du denn nicht gemerkt, daß er nicht mehr da ist?«

»Wir sehen uns selten«, sagte Samgin.

»Er ist schon vorgestern in Moskau gewesen, der Brief kam von dort.«

Sie ging in den Seitenbau und ließ Samgin zufrieden darüber zurück, daß die Vormundschaftsangelegenheit sich auf unbestimmte Zeit verschöbe. So war es dann auch – es verstrichen zwei Monate, und Marina erwähnte den Neffen mit keinem Wort.

Vor dem Frühling verschwand Mischa, gerade in den Tagen, als sich viel Arbeit für ihn angesammelt und Samgin sich mit seiner Anwesenheit schon fast abgefunden hatte. Erbost sagte sich Samgin, daß er hinreichend gewichtigen Anlaß habe, auf die Dienste des jungen Mannes zu verzichten. Aber am Morgen des vierten Tages rief ihn der Arzt des städtischen Krankenhauses an und teilte ihm mit, daß der Patient Michail Loktew Samgin bitte, ihn zu besuchen. Samgin kam nicht dazu, ihn zu fragen, woran Mischa erkrankt sei, der Arzt hatte schon eingehängt; doch als Klim im Krankenhaus eingetroffen war, ging er zuerst zum Arzt.

Der große, korpulente Mann im weißen Kittel, kahlköpfig und mit runden Augen im roten Gesicht sagte: »Er ist verprügelt worden, aber – nichts Gefährliches, die Knochen sind heil. Er verheimlicht, wer ihn geschlagen hat und wo, wahrscheinlich in einem öffentlichen Haus, bei Mädchen. Zwei Tage lang hat er nicht gesagt, wer er ist, aber gestern habe ich ihm gedroht, bei der Polizei Meldung zu erstatten, ich bin doch dazu verpflichtet! Kommt da ein junger Mann her, fast bis zur Bewußtlosigkeit verprügelt, na und ... Die heutige Zeit, wissen Sie, verlangt ... Klarheit!«

Noch zorniger gestimmt als vorher, betrat Samgin den großen, weißen Kasten, in dem einförmige Menschengestalten, Figuren in gelben Kitteln auf einförmigen Betten saßen und lagen; eine von ihnen kam Samgin entgegen und sagte, als sie sich ihm genähert hatte, mit der wohlbekannten, gleichmäßigen Stimme sehr leise: »Verzeihen Sie, Klim Iwanowitsch, daß ich Sie belästige, aber der Doktor will mich nicht gesund schreiben und droht, bei der Polizei Meldung zu erstatten, doch das ist nicht nötig!«

Er trug einen Verband um den Kopf und die eine Gesichtshälfte, blickte Samgin nur mit dem rechten, tief unter die Stirn eingesunkenen Auge ins Gesicht, die bleiche Wange zuckte, es zuckten auch die geschwollenen Lippen.

Er hat Angst vor mir, sagte sich Samgin.

»Glauben Sie mir, ich habe nichts Schlechtes getan, mein Lehrer wird es Ihnen bestätigen ...«

»Lehrer?« fragte Samgin.

»Ja, Wassilij Nikolajewitsch Samoilow, er bereitet mich für die Reifeprüfung vor. Ich bin vollkommen arbeitsfähig ...«

Kranke kamen, schlichen horchend heran, der Medikamentengeruch war beklemmend, irgendwer stöhnte so vieltönig und vorsichtig, als übte er sich darin; Mischas Auge blickte unverwandt und fordernd.

»Sie möchten gesund geschrieben werden? Gut!« sagte Samgin. Mischa trat vorsichtig einen Schritt zur Seite.

Er lernt. Er will auf die Universität, hat aber irgendwo randaliert, dachte Samgin, nachdem er mit dem Arzt Rücksprache genommen hatte und auf einem Weg des Krankenhausgartens zum Tor schritt. Im Torpförtchen stieß mit ihm ein Mann zusammen, der einen für die Jahreszeit zu leichten Mantel und eine Mütze mit Ohrenklappen trug.

»Herr Samgin, wie mir scheint?« fragte er und sagte, ohne eine Bestätigung abzuwarten: »Schenken Sie mir fünf Minuten Gehör.«

Samgin warf einen Blick auf den unordentlich grauen Bart in dem bleichen, aufgedunsenen Gesicht und sagte, er habe keine Zeit und bitte ihn, in seine Sprechstunde zu kommen. Der Mann berührte mit einem Finger die Mütze und ging auf die Tür des Krankenhauses zu, während Samgin sich nach Hause begab und der Meinung war, daß es sich bei diesem Mann wahrscheinlich um eine kleine Strafsache handle. Der Mann erschien Punkt vier Uhr bei ihm, so daß Samgin dachte: Die Pünktlichkeit eines Müßiggängers.

Er zog umständlich und behutsam den ziemlich alten Mantel von den breiten Schultern, stand dann in zerknittertem Rock mit Brusttaschen und breitem Stoffgürtel da, schneuzte sich, wischte den Bart sorgfältig mit dem Taschentuch ab, glättete mit den Fingern das spärliche, graumelierte Haar, ging schließlich in aller Ruhe ins Sprechzimmer, setzte sich an den Tisch und – kam zur Sache: »Ich heiße Samoilow. Ihr Sekretär, Loktew, ist mein Schüler und Mitglied meines Zirkels. Ich bin kein Parteimann, sondern sogenannter Kulturarbeiter, mein ganzes Leben lang habe ich mich mit der Jugend abgegeben, doch jetzt, da die revolutionäre Intelligenz samt und sonders ausgerottet wird, halte ich es für besonders dringend, die entstandenen Lücken aufzufüllen. Das ist, selbstverständlich, ganz natürlich und kann mir nicht als Verdienst angerechnet werden.«

Samgin hatte ihn bereits mit den Worten des lahmen Müllers definiert: Ein »erklärender Herr«.

Samoilow sprach gemächlich, mit müder, dumpfer Stimme und leicht, wie einer, der viel zu reden gewohnt ist. Er hatte dunkle, traurige Augen mit bläulichen Säcken darunter. Samgin trommelte, während er ihm zuhörte, mit den Fingern auf dem Tisch herum, als wollte er durch dieses Geräusch andeuten, daß er rascher sprechen solle. Er trommelte und dachte:

Ja, das eben ist so ein erklärender Herr, einer von denen, die soziale Pflichten auferlegen. Er erwartete von diesem Mann etwas Komisches, und in der nächsten Minute erfüllte sich seine Erwartung.

»Sie wissen natürlich, daß Loktew ein sehr befähigter junger Mann ist und eine Seele von seltener Reinheit hat. Aber der Wissensdurst hat ihn in einen Zirkel von Gymnasiasten und Gymnasiastinnen aus begüterten Familien getrieben; sie befassen sich dort unter dem Deckmantel des Studiums der Gegenwartsliteratur . . . das ist mir auch eine Literatur, sage ich Ihnen!« schrie er fast auf und verzog voller Abscheu das Gesicht. »In Wirklichkeit sind das Strohköpfe und dumme Gänse mit vorzeitig entwickelter sexueller Neugier, sie befassen sich dort . . .« Samoilow beschrieb mit der Hand rasch ein paar Kreise über seinem Kopf. »Überhaupt, sie entblößen sich dort, berühren sich und . . . und tun weiß der Teufel was!«

Er hob ratlos die Hände, die bläulichen Säcke unter seinen Augen wurden plötzlich feucht; dann zog er das Schnupftuch aus der Hosentasche und sagte, während er die grauen Tränen wegwischte, mit bebender Stimme und als kratzten ihn die Worte in der Kehle: »Hätte man so etwas erwarten können, wie? Nein, sagen Sie: Hätte man das erwarten können? Gestern noch Barrikaden und heute solche Abscheulichkeiten, wie! Und all diese Dichter . . . mit der Ziege dort. Und ›kühn will ich sein‹, wie war das doch? ›Ich will die Kleider dir vom Leibe reißen‹. Überhaupt – Onanie und Schweinerei!«

Er schimpfte ebenfalls sanft und bedauerte offenbar, daß er schimpfen mußte. Samgin machte ein mürrisches Gesicht, schwieg und wartete ab, was weiter kommen werde. Samoilow holte ein Kästchen aus karelischer Birke, ein Heftchen Zigarettenpapier, eine Zigarettenspitze aus Weichselkirschholz und einen Streichholzbehälter aus der Rocktasche hervor, legte das alles auf den Tischrand und fuhr, während er mit den Fingern, die wie bei einem Alkoholiker zitterten, eine Zigarette fabrizierte, fort: »Nun, kurz gesagt: Loktew ist zweimal dort gewesen und wurde beim erstenmal nur verlegen, während er beim zweitenmal protestierte, was von seiner Seite ganz natürlich war. Diese ... Nudisten wurden wütend auf ihn, und als er nachts mit der jungen Kitajewa – auch einer Gymnasiastin – von mir wegging, verprügelten sie ihn. Die Kitajewa lief davon, denn sie meinte, man habe ihn erschlagen, und – auch das ist dumm! – erzählte mir von dem allen erst gestern abend. Tja. Da war natürlich der Schreck und die Befürchtung, daß man sie aus dem Gymnasium ausschließen könnte, aber ... es ist trotzdem nicht löblich, nein!«

Er hatte sich eine Zigarette vom Umfang einer kleinen Zigarre gedreht und stieß nun reichlich viel starken, blauen Rauch von giftigem Geruch aus; es schien, als käme ihm der Rauch nicht nur aus Mund und Nase, sondern auch aus den Ohren. Samgin beobachtete ihn von der Seite und wartete ungeduldig. Dieser Mann erinnerte ihn an die ferne Vergangenheit, an Onkel Chrysanth, den kleinen »Onkel Mischa« von Ljubascha Somowa und noch irgendwelche vorsintflutlichen Leute. Aber er mußte zugeben, daß Samoilow schöne Augen hatte, mit jenem konzentrierten Ausdruck, wie ihn nur ein Mensch besitzt, der völlig in einer Idee aufgegangen ist.

»Sie verstehen natürlich, daß die Existenz eines solchen Zirkels gänzlich unzulässig ist, das ist ein Ansteckungsherd. Es handelt sich nicht darum, daß Michail Loktew verprügelt worden ist. Ich bin zu Ihnen gekommen, weil Mischas Urteile über Sie als einen kultivierten Mann ... Na, und überhaupt, Sie imponieren ihm moralisch, intellektuell ... Zur Zeit sind alle mit der kleinen Politik beschäftigt, da ist die Duma, aber es handelt sich übrigens nicht darum!« Er räusperte sich und sagte deutlich, eindringlich: »Es darf nicht zugelassen werden, daß diese skandalöse Organisation durch die Zeitungen publik gemacht und Gegenstand des Spießerklatsches wird, daß die Jugend aus dem Gymnasium ausgeschlossen wird und dergleichen mehr. Was soll man tun? Das ist meine Frage.«

»Vor allem muß festgestellt werden, wieweit Loktews Erzählung der Wahrheit entspricht«, antwortete Samgin nachdrücklich, aber Samoilow blickte ihn mürrisch an und fragte: »Was hat er Ihnen denn erzählt?«

»Er hat Ihnen erzählt und nicht mir«, bemerkte Samgin ärgerlich.

Samoilow schaute ihn sehr verwundert an und sagte: »Mir hat nicht er erzählt, sondern die Kitajewa, er hat sich geweigert, er habe Kopfschmerzen. Aber es handelt sich nicht darum. Ich denke es mir so: Sie müßten sich in die Geschichte einschalten, Begründung: Michail arbeitet bei Ihnen, Sie sind Rechtsanwalt, Sie fordern zwei bis drei Mitglieder dieses Zirkels auf, zu Ihnen zu kommen, und erklären ihnen, diesen Halunken, die soziale und physiologische Bedeutung ihres albernen Zeitvertreibs. So! Ich kann das nicht tun, ich bin für sie nicht autoritativ genug und werde polizeilich überwacht; wenn sie zu mir kämen, könnte sie das kompromittieren. Ich empfange in meiner Wohnung überhaupt keine jungen Leute.«

Da hat er ja schon eine Pflicht auferlegt, dachte Samgin mit innerlichem Lächeln; sein Ärger nahm zu, Samoilow wurde immer naiver, komischer, und Samgin hätte ihn gern hiervon überzeugt, aber das Wissen um die Gefahr herrschte vor: Er wird mich in diesen Skandal verwickeln, der Teufel soll ihn holen!

Samgin konnte sich überhaupt nicht vorstellen, wie das werden würde. Da würden irgendwelche Tölpel kommen, und er sollte ihnen Anstandsregeln einflößen. In gewisser Hinsicht könnte das interessant, sogar amüsant sein, aber – doch nicht so sehr, um sich in die lächerliche Lage eines Predigers sexueller Moral zu begeben.

»Darüber muß ich erst nachdenken«, sagte er gemessen. »Lassen Sie mir Zeit. Ich muß Loktew verhören. Er wird Ihnen dann meine Entscheidung mitteilen.«

»Gut«, willigte Samoilow, sich erhebend, ein und verstaute seine Rauchutensilien in der Rocktasche; er hatte eine einzige Zigarette geraucht, aber so viel Rauch gemacht, als hätten fünf Personen geraucht. »Also, ich warte. Erhalten wir unsere Bekanntschaft!«

Er drückte Samgin sanft die Hand und begab sich in der Gangart eines sehr müden Menschen ins Vorzimmer, zog behutsam den Mantel an, musterte aufmerksam die Mütze und sagte, als er sie aufgesetzt hatte, dumpf: »Welch eine niederträchtige Zeit, wie? Verfolgen Sie die Literatur? Wie finden Sie sie? Eine Zertrümmerung jahrhundertealter Traditionen . . .«

Dann kehrte er Samgin den breiten, aber gekrümmten Rücken eines Mannes zu, der über Bücher gebeugt lebt. Das war es, was Samgin von ihm dachte, als er die Ventilatoren am Fenster und am Ofen öffnete.

Ein verblendeter Bücherwurm. Kein Pharisäer, sondern ein sehr naiver Bücherwurm. Was soll ich nur tun?

Samgin war überzeugt, daß dieser Skandal der Aufmerksamkeit der Zeitungen nicht entgehen werde. Es wäre äußerst unangenehm, wenn sein Name im Zusammenhang damit genannt würde. Dieser Mischa war doch ein merkwürdig unbequemes Geschöpf. Da Mischa nach seiner Überlegung wahrscheinlich schon zu Hause war, schickte er den Hausknecht nach ihm. Der junge Mann kam unverzüglich und blieb an der Tür stehen, wobei er den verbundenen Kopf irgendwie besonders bewegungslos, hölzern hielt. Der unverwandt gerade Blick seines einsamen Auges war heute besonders unangenehm.

»Kommen Sie herein. Setzen Sie sich«, sagte Samgin nicht besonders liebenswürdig. »Nun, Samoilow ist bei mir gewesen und hat mich von Ihrem Abenteuer . . . von Ihren abenteuerlichen Erlebnissen unterrichtet. Aber ich muß ausführlich wissen, was in diesem Zirkel vorging. Wer sind diese Jungen?«

Mischa räusperte sich vorsichtig, verzog das Gesicht und begann gleichmütig, als läse er ein Schriftstück vor: »Sie versammelten sich im Haus des Juweliers Markowitsch, bei seinem Sohn Lew, Markowitsch selbst ist im Ausland. Löschten das Licht aus und trugen im Dunkeln . . . schamlose Gedichte vor, bei Licht hätte man sie nicht vortragen können. Sie saßen paarweise auf einer breiten Ottomane und einem Sofa und küßten sich. Als dann die Lampe angezündet wurde, stellte sich heraus, daß einige Mädchen fast ausgezogen waren. Nicht alle sind noch Jungen, Markowitsch ist fast zwanzig, Permjakow desgleichen . . .«

»Ist Permjakow der Sohn des Delikatessenladenbesitzers?«

»Ja«, sagte Mischa und nannte weitere Namen.

Es war sehr unangenehm zu erfahren, daß der Sohn eines Mandanten in diese Geschichte verwickelt war.

Samgin zündete sich nervös eine Zigarette an und dachte: Wenn man diesen jungen Mann einmal verhaftet, wird er dem Gendarmen mit gleicher Genauigkeit antworten.

»Wievielmal sind Sie dort gewesen?« fragte er.

»Dreimal.«

»Hat Ihnen dieser Zeitvertreib Spaß gemacht?«

»Nein.«

»Wirklich nicht?«

»Nein. Ich sage die Wahrheit.«

Samgin, der ein nicht besonders angenehmes Gefühl verspürte, gab zu: Ja, er lügt nicht.

Dann fragte er: »Das ist doch ein geheimer Zirkel? Hat man Sie denn sofort mit allen bekannt gemacht? Ihnen die Namen genannt?«

»Permjakow und Markowitsch kannte ich von den Kaufläden her, als ich noch bei Marina Petrowna in Diensten stand; die Gymnasiastinnen Kitajewa und Woronowa erteilten mir Unterricht, die eine in Algebra, die andere in Geschichte: Sie traten gleichzeitig mit mir in den Zirkel ein, sie hatten auch mich dazu aufgefordert, weil sie sich fürchteten. Sie sind zweimal dort gewesen und haben sich nicht ausgezogen, die Kitajewa hat den Markowitsch sogar, als er vor ihr kniete, ins Gesicht geschlagen und ihn mit dem Fuß gegen die Brust gestoßen.«

Die gleichmäßige Stimme, der sichere Ton und der unverwandt gerade Blick des Auges erregten Samgin, er hielt es nicht aus und sagte: »Sie antworten mir wie . . . einem Untersuchungsrichter. Geben Sie sich natürlicher!«

»Ich spreche immer so«, antwortete Mischa verwundert.

Er hat recht, gab Samgin zu, aber seine Gereiztheit steigerte sich, sogar seine Zähne schmerzten.

Es war sehr unangenehm, mit diesem Jungen zu sprechen. Und er hatte keine Lust, ihn noch mehr zu fragen. Aber Samgin fragte trotzdem: »Wer hat Sie geschlagen?«

»Permjakow und noch zwei Erwachsene, die ich nicht kenne, sie gehören dem Zirkel nicht an. Permjakow ist der gröbste und . . . der schmutzigste. Er sagte zu ihnen: ›Schlagt ihn tot!‹«

»Nun, ich glaube, Sie übertreiben«, sagte Samgin, der sich eine Zigarette anzündete.

Mischa antwortete mit Bestimmtheit: »Nein, die Kitajewa hat es auch gehört, das war am Tor des Hauses, in dem sie wohnt, sie stand hinter dem Tor. Sie erschrak sehr . . .«

»Warum haben Sie das alles nicht Ihrem Lehrer erzählt?« besann sich Samgin.

»Ich bin noch nicht dazugekommen.«

Mischa hatte nicht sofort geantwortet, und seine Wange hatte sich ein wenig gerötet. Samgin dachte: Er scheint zu lügen.

Aber Mischa fügte sogleich hinzu: »Wassilij Nikolajewitsch hat sehr . . . strenge Ansichten . . .«

Da sieh einer an, dachte Samgin, der in den Worten des jungen Mannes etwas Neues spürte. »Beabsichtigen Sie nun, Permjakow gerichtlich zu belangen, ja?«

»Nein!« rief Mischa rasch und beunruhigt aus. »Ich wollte es Ihnen nur erzählen, damit Sie nicht etwas ... anderes denken. Ich bitte Sie sehr, niemandem etwas davon zu sagen! Mit Permjakow werde ich selber ...« Sein Auge rötete sich, wurde sonderbar rund und wölbte sich vor, hastig und beharrlich fuhr er fort: »Wenn sich das herumspricht, werden die Kitajewa und die Woronowa aus dem Gymnasium ausgeschlossen, dabei sind sie beide sehr arm, die Woronowa ist die Tochter eines Pumpenhausmaschinisten, und die Kitajewa die Tochter einer Schneiderin, einer sehr guten Frau! Beide besuchen die siebte Klasse. Und dann ist dort noch ein Gymnasiast, ein Jude, er ist auch zufällig dazugeraten. Klim Iwanowitsch, ich bitte Sie sehr ...«

»Ich verstehe«, sagte Samgin und atmete erleichtert auf. »Sie urteilen ganz richtig und ... das macht Ihnen Ehre, ja! Die Mädchen dürfen nicht kompromittiert, ihre Karriere darf nicht verdorben werden. Sie selbst sind zu Schaden gekommen, aber ...«

Da ihm nicht einfiel, wie er den Satz am passendsten beenden könnte, zuckte Samgin mit den Achseln, lächelte und erhob sich. »Nun, gehen Sie, ruhen Sie sich aus, lassen Sie sich ärztlich behandeln. Sie brauchen sicherlich Geld? Ich kann Ihnen für einen Monat oder zwei Vorschuß anbieten.«

»Ich danke Ihnen, für einen Monat genügt«, sagte Mischa und neigte vorsichtig den Kopf.

Samgin drückte ihm zum erstenmal die Hand, die Hand war heiß und hart.

Als Samgin ihn hinausbegleitet hatte, blieb er eine Weile an der Vorzimmertür stehen, versuchte über seinen Eindruck ins klare zu kommen und war sehr zufrieden, daß diese triviale Geschichte sich so einfach geregelt hatte.

Der junge Mann ist, wie sich herausstellt ... nicht dumm! Er ist vorsichtig. Ich bin angenehm enttäuscht. Man muß ihm helfen, mag er sich weiterbilden. Aus ihm wird ein bescheidener, verläßlicher Beamter, ein Lehrer oder etwas Ähnliches werden. Mit dreißig bis fünfunddreißig Jahren wird er heiraten, mit Umsicht Kinder zeugen, nicht mehr als drei. Und bis an sein Lebensende wird er dienen, ergeben wie die Anfimjewna.

Er pfiff leise die Arie des Brahmanen aus »Lakmé« vor sich hin, setzte sich an den Tisch und schlug die nächstzubearbeitende Strafakte auf, schloß aber die Augen und versank im Strom der Erinnerungen an seine bunte Vergangenheit. Die Erinnerungen entfalteten sich, als gingen sie von den Worten aus: Wodurch habe ich mich gegen mich selbst versündigt, wofür strafe ich mich?

Es war ein wenig traurig, und wieder machte sich das freundliche

Verhalten zu sich selbst bemerkbar, das er nach dem Gespräch mit Marina über Besbedow empfunden hatte.

Als er einen Tag später bei Marina saß, erzählte er ihr von Mischa. Er traf sie über irgend etwas bekümmert an, doch als er sagte, daß der junge Mann sich auf die Reifeprüfung vorbereite, rief sie verwundert und gedehnt aus: »Ach, dieser Duckmäuser! Das ist mir ein schlauer Spitzbube! Und ich hatte bei ihm einen anderen Verdacht. Samoilow erteilt ihm Unterricht? Wassilij Nikolajewitsch ist eine hervorragende Persönlichkeit!« sagte sie warm. »Das ganze Leben in Gefängnissen, in der Verbannung, unter polizeilicher Überwachung, er ist überhaupt – ein Märtyrer. Mein Mann hat ihn sehr verehrt und nannte ihn im Scherz einen Revolutionärsfabrikanten. Mich hat er nicht recht gemocht, und nach dem Tod meines Mannes hat er seine Besuche eingestellt. Er ist Sohn eines Oberpriesters, sein Onkel ist Vikar ...«

Weshalb erweckt ein Revolutionärsfabrikant ihre Sympathie? fragte Samgin sich, laut aber sagte er, lächelnd: »Du verstehst sehr gut, objektiv zu sein.«

Marina hüllte sich in Schweigen und trug mit dem Bleistift irgend etwas in ein kleines Notizbuch ein. Samgins Erzählung von Permjakows Zirkel interessierte sie nicht, sie hörte sie an und sagte dann gleichmütig: »Etwas Ähnliches hat es, glaube ich, im Jahre neunzehnhundertdrei in Petersburg gegeben. Auch von dem hiesigen habe ich etwas durch Lidija gehört.«

Dann sagte sie mit leisem Lachen: »Gerade zu ihr würde es gut passen, sich mit solchen Spielereien abzugeben, statt dessen plagt sie sich unnötig mit den ›nach der künftigen Stadt Suchenden‹ herum. Gauner und gemeine Menschen sind das rund um sie. Eine Schwester erwies sich als Wirtschafterin in einem Bordell, und sie hat die Versammlungen besucht, um dort Mädchen kennenzulernen. Nun, auf Wiedersehen, ich schließe den kleinen Laden!«

Samgin verließ sie, befriedigt über ihre Gleichgültigkeit gegen die Geschichte mit Permjakows Zirkel. Diese kleinen Aufregungen beunruhigten ihn nicht lange und nicht tief; der Strom, in dem er schwamm, wurde immer schmaler, aber ruhiger, die Ereignisse wurden immer einförmiger, die Wirklichkeit war es müde, durch Überraschungen zu verblüffen, sie wurde weniger tragisch, das einheimische Leben floß so gleichmäßig dahin, als wäre es nie und durch nichts getrübt worden.

Im Frühjahr tauchte wieder Lionel Creighton auf; es stellte sich heraus, daß er nicht in Sibirien, sondern in Transkaukasien gewesen war.

»Ein sehr reicher Landstrich, aber er hat keinen Herren«, antwortete er überzeugt auf Klims Frage, ob Transkaukasien ihm gefallen habe. Dann fragte er: »Sind Sie einmal dort gewesen?«

»Nein«, sagte Samgin.

»Ich glaube, das ist sehr russisch«, sagte Creighton mit zähneblekkendem Lächeln. »Wir Briten wissen gut, wo wir leben und was wir wollen. Dadurch unterscheiden wir uns von allen Europäern. Und darum war bei uns ein Cromwell möglich, hat es aber keinen Napoleon gegeben und wird es keinen geben, auch keinen Zar Peter wie bei Ihnen und überhaupt keine Leute, welche die Nation an der Gurgel packen und sie zwingen, aufsehenerregende Dummheiten zu machen.«

Marina, die gerade eine dicke Postsache mit der Schere aufschnitt, fragte: »Sind die Feldzüge gegen Indien keine Dummheiten?«

»Das auch«, gab Creighton zu. »Aber nicht nur das.«

Samgin fiel auf, daß der Engländer sich jetzt ungezwungener benahm, daß er freier, aber auch nachlässiger sprach, bereits ungeniert radebrechte. Als er gegangen war, teilte Samgin seinen Eindruck Marina mit.

»Ja, er scheint dreister geworden zu sein«, stimmte sie zu und glättete auf dem Tisch die der Postsache entnommenen Schriftstücke. Nach kurzem Schweigen sagte sie: »Er beklagt sich, daß bei uns niemand etwas wisse und daß es hier keine guten ›Reiseführer‹ gebe. Hör zu, Klim Iwanowitsch, er reist trotzdem in den Ural und braucht einen russischen Reisebegleiter, ich habe natürlich auf dich verwiesen. Du wirst fragen, warum? Nun, ich möchte sehr gern wissen, was er dort tun wird. Er sagt, die Reise werde etwa drei Wochen dauern, er bezahle die Fahrt, die Beköstigung und – hundert Rubel wöchentlich. Was sagst du dazu?«

»Er langweilt mich«, sagte Samgin.

»Ist das eine Absage?«

»Nein, ich muß es mir überlegen.«

»Überlege nicht, sondern entschließe dich dazu, dich eine Zeitlang zu langweilen.«

Samgin war nicht abgeneigt, ihr einen Gefallen zu erweisen, hielt das sogar für seine Pflicht.

Und so saß er zwei Tage später in einem Abteil erster Klasse Creighton gegenüber und hörte seinen langsamen Redereien zu.

»Sogar mit Freunden zankt man sich, wenn man in ihrer Nähe lebt. Deutschland ist kein Freund von ihnen, sondern ein sehr neidischer Nachbar, und sie werden mit ihm kämpfen. Zu uns Engländern verhalten sie sich nicht richtig. Sie könnten sich in Persien oder in der Türkei gut mit uns vertragen.«

Samgin hörte seinem etwas trockenen Bariton zu und bedauerte, daß der Engländer sich nicht für die Landschaft interessierte. Die Landschaft war übrigens auch langweilig – flache, frühlingsmäßig frischgrüne Samaraer Steppe mit schwarzen Streifen aufgepflügter Erde; auf der vorbeischwebenden Erde kreisten langsam kleine Bauern und Pferde und bewegten sich graue Dörfer mit den gelben Flekken neuer Hütten.

»Alexandrette, der Zugang zum Mittelmeer«, hörte Samgin durch das eintönige Dröhnen des Zuges hindurch. Creightons langer Finger zeichnete mit Sicherheit gerade und krumme Linien auf das Tischchen, seine Stimme klang auch sicher.

Er ist vollkommen überzeugt, daß ich sein System von Sätzen kennenlernen müsse. So denken sicherlich Zehntausende seinesgleichen. Er trägt bequeme Kleider und Schuhe, besitzt erstaunlich bequeme Koffer, und er fühlt sich überhaupt vollkommen bequem auf Erden, dachte Samgin mit einem gemischten Gefühl von Ärger und Herablassung.

»Sie widmen Abstraktionen sehr viel Kräfte und Zeit«, sagte Creighton und reinigte sich die Fingernägel mit einem spaßigen Bürstchen. »Alles, was wir wissen, beruht auf dem, was wir nie wissen werden. Man muß bei einer Abstraktion haltmachen. Nehmen Sie an, das sei Gott, und überlassen Sie es den farbigen Rassen, den Wilden, ihre Einbildungskraft auf verschiedene, mehr oder weniger naive Auslegungen seines Äußeren, seiner Eigenschaften und Absichten zu vergeuden. Für uns ist es Zeit, sich an den Gedanken zu gewöhnen, daß wir Christen sind, und wir sind tatsächlich Christen, selbst dann, wenn wir Atheisten sind.«

Er kann Marina nicht gefallen, entschied Samgin befriedigt und fragte: »Marina Petrowna sagte mir, Ihr Vater sei Quäker?«

»Ja«, antwortete Creighton, mit dem Kopf nickend. »Er ist gestorben. Aber er war vor allem Fabrikant . . . von diesen: Stricke, dicke, dünne? Jetzt macht das mein älterer Bruder.«

Creighton zeigte seine lustigen Zähne, knüpfte mit dem Finger in der Luft einen Knoten und sagte scherzend: »Das ist sehr nützlich, die Stricke!«

Letzten Endes ist der glückliche Mensch ein beschränkter Mensch, entschied Samgin herablassend, während Creighton ihn sehr liebenswürdig fragte: »Ermüde ich Sie?«

»O nein, was denken Sie!« entgegnete Samgin. »Ich schweige, weil ich aufmerksam zuhöre . . .«

»Sie sind wenig Russe, bei Ihnen sprechen alle sehr gern und viel.«

Nicht mehr als du, dachte Samgin. Er legte sich früher als der Engländer schlafen, obwohl er keine Lust zum Schlafen hatte. Zwischen den Augenlidern hindurch beobachtete er, wie sein Reisegefährte sich sorgfältig auszog, den Anzug aufhängte, jetzt einen Revolver aus der Hosentasche nahm, ihn besichtigte und unter dem Kopfkissen versteckte.

Samgin lächelte innerlich und dachte daran, daß sein Revolver in der Manteltasche steckte.

Mitten in der Nacht wachte er auf, wollte auf die Toilette gehen, als er aber aus dem Abteil in den Gang hinaustrat, stieß ihn jemand kräftig gegen die Brust und sagte leise: »Zurück, dumme Trine!«

Samgin prallte mit der Schulter an die Türkante und schrie auf: »Was ist denn?« Als Antwort sagte man ihm nochmals: »Weg da, dumme Trine!«

Das Licht im Gang war gelöscht, und Samgin sah in der Dunkelheit nicht, sondern spürte eher den Fleck einer Hand mit einem Revolver. Bevor er noch etwas tun konnte, drang durch einen nicht ganz dicht geschlossenen Vorhang ein schmaler Lichtstreif, der ihn blendete, und ertönte das verblüffte Flüstern: »Oh, Teufel, schon wieder Sie!«

»Ich kenne Sie nicht«, sagte Samgin ziemlich laut – das erstbeste, was ihm einfiel, obwohl er bereits begriff, daß er zu Inokow sprach.

»Scheren Sie sich weg«, flüsterte Inokow, stieß ihn ins Abteil und schloß die Tür.

Samgin tastete nach dem Mantel, begann die Tasche zu suchen, riß den Revolver heraus, aber in diesem Augenblick machte der Zug einen heftigen Ruck, die Bremsen kreischten schrill, der Dampf zischte erbittert, Samgin wankte und setzte sich Creighton auf die Beine, dieser wachte auf und begann, während er seine Beine befreite und mit ihnen um sich schlug, englisch zu murmeln, dann schrie er wütend: »Wer ist das?«

»Leiser«, sagte Samgin, der sich schwerfällig auf seinen Platz hinüberwälzte, »hören Sie?«

Vorn, neben der Lokomotive, wurde geschossen, Samgin zählte mechanisch das bekannte Knacken: zwei, eins, drei, zwei, eins, eins. Gleich beim ersten Schuß zündete Creighton ein Streichholz an, leuchtete Samgin an, löschte das Flämmchen sofort wieder aus und sagte dann halblaut: »Halten Sie den Revolver mit der Mündung nach unten, Ihre Hände zittern.«

Samgin senkte die Hand und klemmte sie zusammen mit dem Revolver zwischen die Knie.

»Banditen?« mutmaßte Creighton und murmelte: »Das ist – Amerika!« Dann sagte er streng: »Wenn die Tür geöffnet wird, schießen wir beide gleichzeitig, nicht wahr?«

»Jaja«, antwortete Samgin, dem Lärm im Wagendurchgang und einer Stimme lauschend, die vor dem Fenster kommandierte: »Schaffner, lösch die Laterne aus! Wem sage ich das, du dumme Trine? Schwenk die Laterne nicht, sonst schieße ich.«

Inokow ... Das ist Inokow. Zum zweitenmal! dachte Samgin verdutzt.

»He, dumme Trine!«

Ein Schuß knallte, eine Scheibe klirrte, etwas Metallenes fiel auf den Schotter, und es ertönte ein heiseres Geschrei: »He, ihr dort! Die Schädel nicht aus den Fenstern stecken, die Wagen nicht verlassen!«

Es hörte sich sonderbar an, daß die Stimme nicht zornig, sondern verächtlich zu klingen schien. Im Wagen schnappten Schloßriegel, jemand klopfte an die Abteiltür.

»Nicht aufmachen!« sagte Creighton streng.

»Man hat den Zug überfallen!« schrie ein hysterisches Stimmchen im Durchgang. Samgin kam es vor, als würde immer noch geschossen. Er war dessen nicht sicher, aber in seiner Erinnerung wiederholten sich ununterbrochen die Schüsse, die wie das Schnappen von Schloßriegeln klangen.

Die Zeit schlich ungewöhnlich langsam dahin, obwohl der Verkehr im Wagen lauter, schneller wurde. Am Fenster rannte jemand vorbei, daß der Schotter knirschte, und rief laut: »Rasch!«

Samgin preßte die Knie so fest an den Revolver, daß ihm die Hand schmerzte; er schob die Waffe unter seinen Schenkel und drückte sie fest an den weichen Polstersitz.

»Sonderbar«, sagte Creighton. »Sie lassen sich Zeit, Ihre Banditen.«

Unter dem Wagen keuchte und zischte krampfhaft der Dampf, es kamen ein paar besonders lange Sekunden, in denen Samgin keinen Laut außer diesem Zischen hörte, doch dann begannen neben dem Wagen ein paar Stimmen zu sprechen, und eine sagte besonders laut: »Hier, in diesem!«

»Niemanden herauslassen!«

Der Wagen machte einen vorsichtigen Ruck, die Kupplungen klirrten, Creighton hob den Fenstervorhang ein wenig; die Bäume vor dem Fenster bewegten sich, als wischten sie die Finsternis von der Scheibe, der Fleck einer Schneise schwebte verschwommen vorüber wie ein Weg zum Licht.

»Was ist denn, hat man uns gefangengenommen?« fragte Creighton grob. »Wir fahren!«

Ja, der Zug fuhr fast mit gewohnter Geschwindigkeit, doch im Durchgang stampften die Schritte vieler Menschen. Samgin hob den Vorhang, während Creighton die Hand mit dem Revolver auf dem Rücken, die Abteiltür aufriß und fragte: »Was geht hier vor?«

Gegenüber der Tür stand mit einer Stearinkerze in der Hand der Schaffner, ferner ein hochgewachsener und dicker Mann mit weißem Schnurrbart, zwei Soldaten mit Gewehren und noch ein paar Personen, die in der Dunkelheit unsichtbar waren.

»Der Postwagen ist ausgeraubt worden«, sagte der Schaffner, die Kerze in Höhe seines Gesichtes haltend, und lächelte. »Der Zug wurde von hier gebremst, Sie sehen – die Plombe an der Notbremse ist heruntergerissen ...«

»Wie viele waren es denn?« fragte mit tiefem Baß der dicke Mann.

»Vier, sagt man.«

»Wer sagt das?«

»Ein Kamerad.«

»Welcher denn, wessen Kamerad?«

»Einer von unserer Brigade.«

»Überall Kameraden!«

Eine Frauenstimme rief gespannt: »Wieviel Tote hat es denn gegeben, wieviel?«

Man antwortete ihr zornig: »Keinen Toten!«

»Ihr verheimlicht es! Die haben geschossen.«

»Einem Soldaten der Wache ist der Arm duchschossen worden, das ist alles«, sagte der Schaffner. Er lächelte immerzu, sein glattrasiertes Soldatengesicht schien im Licht der Kerze zu zerrinnen. »Den einen habe ich gesehen, der Zug hielt, ich springe auf den Bahndamm, und da kommt er mit einem Hut auf dem Kopf daher. ›Was ist los?‹ Doch er schreit: ›Lösch die Laterne aus, sonst erschieße ich dich!‹ Und – bauz in die Laterne! Na, da fiel ich hin ...«

»Vier Mann?« brummte Creighton hinter Samgins Ohr. »Tapfere Burschen!«

Doch Samgin dachte: Welche Menschenverachtung muß man haben, um zu viert einen ganzen Zug zu überfallen.

Er erinnerte sich fortwährend Inokows, dachte nicht über ihn nach, sondern sah ihn einfach neben Ljubascha, neben sich selbst auf dem Feld, als die Kaserne einstürzte, und neben Jelisaweta Spiwak.

Gedichte hat er geschrieben.

Er hörte jemanden flüstern: »Ich mache Sie aufmerksam: Der Herr mit der Brille hat einen Revolver.«

Samgin warf mit unwillkürlicher Schnelligkeit den Revolver auf den Polstersitz, während das Flüstern die laute Antwort zur Folge hatte: »Na, was ist denn dabei? Einen Revolver habe ich auch, und sicherlich haben noch viele andere einen. Aber sehen Sie, daß es keine Toten gegeben hat, das ist verdächtig! Wissen Sie, das ist . . .«

»Ja, sonderbar . . .«

»Bei der Anwesenheit von Soldaten . . .«

»Ein Soldat ist kein Uhu, nachts schläft er auch. Die aber hatten eine Bombe. Da heißt es: Hände hoch und – aus ist's!« sagte trübsinnig einer der Soldaten.

»Ihr hättet trotzdem schießen sollen!«

»Mit erhobenen Händen? Hören Sie auf, Herr. Wir werden uns vor unseren Vorgesetzten verantworten, aber Sie sind für uns ein Mann, den wir nicht kennen.«

»Was er sagt, stimmt«, bemerkte Creighton.

Doch auf Samgin wirkten diese Stimmen der in der Finsternis unsichtbaren Leute wie ein Alptraum.

Inokow wird man natürlich fangen . . .

Er war mit sich selbst unzufrieden, es kam ihm vor, als habe er sich nicht mannhaft genug benommen und Creighton habe das gemerkt.

Inokow hätte mir nichts antun können, warf er sich vor. Aber da erhob sich die Frage: Und was hätte ich tun können?

Samgin beschloß, hierüber nicht nachzudenken, ging ins Abteil und lauschte dem lebhaften Gespräch im Durchgang.

»In zehn Minuten haben sie die Sache geschmissen!«

»In sieben.«

»Haben Sie die Minuten gezählt?«

»Der Soldat hat dreist gesprochen, das gehört sich nicht für einen Soldaten. Ich bin selbst Militär.«

»Schaffner, warum gibt es kein Licht?«

»Die Leitungen sind abgerissen, Euer Wohlgeboren.«

Da kam Creighton herein, setzte sich auf die Polsterbank und sagte kopfschüttelnd: »Ihre Landsleute sind Fatalisten.«

Samgin sagte nichts darauf und ordnete sein Schlaflager, im Durchgang sagte der Baß des hochgewachsenen Mannes beruhigt: »Nun, meine Herrschaften: Danken wir Gott, daß wir am Leben geblieben und wohlbehalten sind . . .«

»Bald kommt Ufa.«

Creighton sagte gähnend: »Es ist unbesonnen von Ihnen, den Revolver so hinzuwerfen. Die automatischen Revolver erfordern Vorsicht.«

»Ich habe ihn auf etwas Weiches geworfen«, entgegnete Samgin ärgerlich, legte sich hin und versank in Nachdenken über die Verachtung gewisser Leute gegen alle anderen. Zum Beispiel – Inokow. Was bedeuten ihm Recht, Moral und alles, was dem Leben der meisten Menschen einen Inhalt verleiht und worüber Staat und Kultur sie belehren? Der Klassenstaat setzt ein altes Haus mit morschem Holz instand, erinnerte er sich plötzlich an Worte Stepan Kutusows. Es war ebenso unangenehm, sich dessen zu erinnern, wie an einen wohlgelungenen Satz des Gegners in einem Zivilprozeß zu denken. Im Durchgang unterhielt man sich immer noch, der Baß suchte eindringlich zu beweisen: »Sie sehen es ja: Die Duma ist außerstande, das Land zu befrieden. Wir brauchen eine Diktatur, einer der Großfürsten müßte . . .«

»Geben Sie uns kleine, aber kluge Fürsten!«

»Meine Herrschaften! Alle haben so viele Aufregungen hinter sich, und wir hindern am Schlafen.«

»Sehr klug gesagt«, brummte Creighton und schloß das Abteil.

Samgin schlief ein und wurde geweckt, durch ein wütendes Geschrei Creightons. »Sie haben kein Recht, mich zu halten fest«, schrie er, wobei er nicht nur die Sprachrichtigkeit außer acht ließ, sondern gleichsam absichtlich die Wortentstellungen unterstrich; in der Abteiltür stand, wie festgewurzelt, ein junger Gendarm und sagte: »Es ist untersagt.«

»Aber ich muß geben ein paar Telegramme – verstehen Sie!«

»Es ist untersagt, jemanden herauszulassen«, wiederholte der Gendarm und wandte sich an Samgin: »Erklären Sie es dem Herrn: Der Zug ist vor dem Einfahrtssignal zum Stehen gebracht worden, der Bahnhof liegt weiter vorn.«

»Sie hören? Man erlaubt mir nicht, Telegramme zu geben! Ich lief, springte, zerbrach mir vielleicht den Fuß, sie packten mich, schleppten mich hier – verstopften die Tür mit diesem!«

Er schwang den Hut und wies damit auf den Gendarmen; sein Gesicht war grau. Schweiß war ihm auf die Schläfen getreten, der Unterkiefer zitterte, und die blutunterlaufenen Augen funkelten zornig. Er saß in unbequemer Haltung auf dem Schlaflager, hatte das eine Bein ausgestreckt, das andere auf den Boden gestützt und knurrte: »Sie müssen wissen, wann Sie verhaften! Das ist eine Roheit! Ich beschwere mich! Ich protestiere meinem Gesandten Petersburg!«

»Beruhigen Sie sich!« riet ihm Samgin. »Wir werden gleich klären, worum es sich handelt.«

Creighton rieb sich den Fuß und verstummte, worauf es im Wagen verdächtig still wurde. Samgin blickte unter dem Arm des Gendarmen hindurch in den Gang: Die Türen aller Abteile waren geschlossen, nur aus einer von ihnen streckte sich ein kriegerischer, kratzbürstiger Kopf mit grauem Schnurrbart heraus; der Kopf blickte Samgin feindselig an und verschwand.

Eine verteufelte Sache, dachte Samgin und fragte den Gendarmen, um was es sich handle.

»Ausweiskontrolle«, antwortete höflich und leise der Gendarm. »Der Zug ist von diesem Wagen aus mit der Notbremse zum Stehen gebracht worden. Ihr Herr Nachbar dachte, das sei schon der Bahnhof, sprang ab, verletzte sich den Fuß und – ist erzürnt.«

»Ich habe den Fuß zerbrochen!« knurrte Creighton wieder. »Das werde ich auch protestieren. Er war ein wenig zerbrochen, früher, aber das macht nichts aus!«

Der Gendarm trat zur Seite, an seiner Stelle erschien ein schwarzbärtiger Offizier in Begleitung eines krummnasigen Justizbeamten mit einem Kneifer und knochigem, ironischem Gesicht. Der Offizier verlangte die Ausweispapiere. Creighton riß die Brieftasche aus der Seitentasche des Jacketts, räusperte sich, knirschte mit den Zähnen und warf seinen Personalausweis Samgin auf den Schoß. Samgin übergab ihn zusammen mit seinem eigenen Ausweis dem Offizier, der sie durchlas und über die Schulter an den Justizbeamten weiterreichte. Das alles geschah unter Stillschweigen, nur Creighton, der sich mit dem Taschentuch den Schweiß vom Gesicht wischte, murmelte brummig heißzischende englische Worte. Samgin, der das Vorgefühl hatte, daß aus diesem Schweigen irgendwelche ernsthaften Unannehmlichkeiten für ihn erwuchsen, holte tief Atem und steckte sich eine Zigarette an. Der Justizbeamte las die Ausweispapiere durch, verzog das Gesicht, raunte dem Offizier etwas ins Ohr und sagte dann: »Gestatten Sie, meine Herren, unsere aufrichtigen Entschuldigungen wegen der Ihnen verursachten Beunruhigung auszusprechen . . .«

Creighton schwang abweisend den Hut und knurrte durch die Zähne: »O nein! Das . . . befriedigt mich nicht. Ich habe den Fuß gebrochen. Das wird ein materieller Verlust sein, ja! Und ich werde nicht weggehen hier. Ich verlange einen Arzt . . .«

Der Offizier trat auf ihn zu und begann ihn zu beschwichtigen, während der Justizbeamte Samgin fragte, ob er nicht einen Menschen im Wagen bemerkt habe, der sich äußerlich durch irgend etwas von einem Reisenden erster Klasse unterschieden hätte.

»Nein«, sagte Samgin.

»Und haben Sie nachts, bevor der Zug zwischen den Stationen hielt, kein Geräusch neben Ihrer Tür gehört?«

»Ich erwachte, als der Zug bereits hielt«, antwortete Samgin, und Creighton rief: »Ich schlief auch, ja! Ich war ein gesunder Mensch und schlief gut. Jetzt haben Sie gemacht, daß ich schlecht schlafen werde. Ich verlange einen Arzt.«

Der Offizier sagte ihm sehr liebenswürdig, daß der Zug gleich zum Bahnhof fahren werde.

»Und der Bahnarzt steht zu Ihren Diensten.«

»Oh, danke! Aber ich würde vorziehen, daß Sie seiner Dienste bedürften. Gibt es hier einen Konsul von uns? Sie wissen es nicht? Aber Sie wissen hoffentlich, daß es überall Engländer gibt. Ich will, daß man einen Engländer ruft. Ich werde nicht weggehen hier.«

Der Justizbeamte richtete an Samgin immer noch irgendwelche müßigen Fragen, dann bat er ihn leise: »Beruhigen Sie doch Ihren Nachbarn, sonst wird er durch sein hysterisches Benehmen bei den Reisenden Aufsehen erregen, was ihm und Ihnen wohl kaum angenehm wäre.«

Samgin wollte sagen, darum brauche er sich nicht zu kümmern, nickte aber nur stumm. Der Beamte und der Offizier gingen in ein anderes Abteil, und das beruhigte Creighton ein wenig, er streckte sich aus, schloß die Augen und biß wahrscheinlich die Zähne fest zusammen, denn auf seinen Backenknochen traten Wülste hervor, die sein Gesicht entstellten.

Ein paar Minuten später fuhr der Zug im Bahnhof ein, es erschien ein ziemlich alter Arzt, schnitt Creighton den Schuh auf, stellte einen komplizierten Knochenbruch fest und tröstete Creighton, indem er ihm sagte, daß er in der Stadt zwei Engländer kenne: einen Ingenieur und einen Wolleaufkäufer. Creighton holte einen Notizblock hervor, schrieb zwei Zettel und bat, sie unverzüglich seinen Landsleuten zuzustellen. Dann kamen Sanitäter und brachten ihn in den Warteraum des Bahnhofs; dort schaute er sich voller Ekel um, schnupperte mit sichtlichem Abscheu die eigentümlich warme, dicke Luft und sagte zu Samgin: »Unsere angenehme Reise ist zerbrochen, ich bin darüber sehr traurig betrübt. Sie fahren nach Hause, ja? Sie erzählen das alles Marina Petrowna, mag sie lachen. Das ist immerhin komisch!«

Er seufzte und schloß philosophisch: »So endet sehr vieles im Leben. Ein Mann in Liverpool umarmte seine Braut und stach sich mit einer Haarnadel ein Auge aus, das betrübte ihn nicht besonders. ›Mich ernährt ein einziges Auge gut‹, sagte er, denn er war Uhrmacher. Aber die Braut fand, daß er mit einem Auge nur ihre eine Hälfte würdigen könne, und war nicht einverstanden, sich trauen zu lassen.« Er seufzte nochmals und schnalzte mit der Zunge. »Nach russischer Auffassung ist das anständig, aber scheinbar uninteressant . . .«

Samgin wartete noch, bis ein kleiner, dürrer, flinkäugiger Mann im Flanellanzug erschien und bis er und Creighton, einander anlächelnd, sich wie alte Bekannte zu unterhalten begannen. Dann verabschiedete sich Samgin und ging in die Bahnhofsrestauration, frühstückte mit Genuß, trank Kaffee und begab sich auf einen Spaziergang, wobei er dachte, daß sich in letzter Zeit alle Vorfälle seines Lebens rasch und leicht regelten.

Ihm kam sogar ein kühner Gedanke: Es wäre interessant, Inokow nochmals zu begegnen, aber natürlich nur zu einer Zeit, in der dieser nicht gerade beruflich beschäftigt wäre.

Ich habe ihn zweimal vor dem Galgen bewahrt, wie mag er das bewerten? Creighton wiederum ist sehr typisch. Ein Mann von aristokratischer Rasse. Er ist davon überzeugt, daß er allen Menschen überlegen sei.

Die Stadt war eigentümlich niedrig, als säße sie am Erdboden, statt auf ihm zu stehen. Aus der Steppe wehte in breiter Welle der Wind und wirbelte in den Straßen durchsichtige Wolken schwärzlichen warmen Staubes auf. Inmitten von Kirchenkuppeln unterschied Samgin zwei Minarette, und erst danach begann er in den Straßen Leute mit mongolischen Gesichtern zu bemerken. Der Fluß Belaja erwies sich als trübgelb, die Ufa hingegen bläulicher und klarer. An den schmutzigen Ufern lagerte sehr viel Flößholz und lagen fast ebensoviel sonnengeräucherte Baschkiren in Lumpen. Im allgemeinen war es irgendwie unerschütterlich, ewig langweilig, und es kam der Gedanke, daß Leute wie Inokow, Kutusow und andere dieses Typs vergeblich Freiheit und Leben aufs Spiel setzten, denn sie würden diese warme, staubige Langeweile nicht besiegen, nicht beseitigen. Die Trostlosigkeit war weniger bedrückend als beruhigend. Er entsann sich des Gedichts »Ozymandias« von Shelley:

Tote Wüste und über ihr der Himmel.

Zwei Tage später saß bei ihm abends Marina in einem Kleid von der Farbe oxydierten Silbers. Creighton hatte richtig geahnt: Sie lachte, als sie der Erzählung von dem Überfall auf den Zug, den Mißgeschicken und der Wut des Engländers zuhörte.

»Nein, du kannst sagen, was du willst, es sind immerhin tolle Burschen! Das war geschickt eingefädelt!«

Soll ich ihr etwas von Inokow sagen? fragte sich Samgin.

»Ach, der Lionel, dieser wunderliche Kauz!« Sie lachte fast bis zu Tränen und sagte auf einmal ernst, ohne ihre Befriedigung zu verhehlen: »Das geschieht ihm ganz recht! Mag er probieren, wonach das russische Leben riecht. Weißt du, er ist doch hergekommen, um auszuschnüffeln, wo was verkauft wird. Er selbst schweigt natürlich darüber. Aber ich – ich spüre es!«

Sie leckte sich die Lippen und schwieg eine Weile, dann zog sie die eine Braue hoch und fuhr lächelnd fort: »Jetzt ist der Kaufmann an der Macht, doch hat er keinen großen Vorrat an Kapital, und so beginnt er Ausländer herbeizurufen: ›Kauft Rußland!‹«

»Du scherzt, scherzt immerfort«, sagte Samgin, nur um etwas zu sagen; sie antwortete: »Ich sehe, daß du dich langweilst, darum scherze ich. Ja, was sollte ich auch tun? Ich bin satt, gesund ...«

Sie verstummte, nahm ein Buch vom Tisch und blätterte lässig mit gerunzelter Stirn darin herum, als suchte sie etwas zu entscheiden. Samgin wartete eine Weile, was sie sagen würde, dann begann er von Inokow zu erzählen, von den zwei letzten Begegnungen mit ihm – er erzählte und dachte: Wie wird sie sich verhalten? Sie legte das Buch auf den Schoß, hörte stumm zu, wobei sie ab und zu über Samgins Schulter zum Fenster hinausblickte, und sagte, als er geendet hatte, halblaut: »Ein interessanter Mensch! Er wird natürlich an den Galgen kommen. Das wird er schon noch ... Dich wird es vermutlich befremden, das zu hören, aber ich habe nun mal eine Vorliebe für solche Menschen.«

»Du weißt, daß ich vieles an dir nicht begreife«, sagte Samgin.

»Ich weiß es«, stimmte sie zu; diese Worte klangen sehr einfach.

»Doch ich würde es gern begreifen«, fügte Samgin hinzu. »Für mich hat sich ein Verhältnis zu dir ergeben, das ... Klarheit verlangt ...«

Sie fragte lachend: »Du willst doch nicht etwa um meine Hand anhalten?«

Gleich darauf sagte sie jedoch: »Jetzt scherze ich auch. Mir ist klar, daß du nicht die Absicht hast, um meine Hand anzuhalten. Doch dir alles von mir erzählen – das kann ich nicht, ich erzählte dir einiges, aber du glaubst es ja nicht.« Sie erhob sich, reichte ihm über den Tisch hinweg die Hand und sagte mit etwas gesenkter Stimme: »Hör zu, in ein paar Tagen wird in meinem Schiff die Feier der Anrufung des Geistes begangen – willst du, daß ich Sacharij sage, er solle dir dieses Fest zeigen? Durch eine Ritze«, fügte sie hinzu und lächelte.

Ihr Vorschlag wunderte und erfreute Samgin nicht, sondern verwirrte ihn wie etwas Unerwartetes, dessen Sinn unverständlich ist.

Er sah, daß Marinas Augen ungewöhnlich lächelten, als hätte sie gegen ihren Willen etwas Unüberlegtes, Gewagtes gesagt und wäre mit sich unzufrieden und ärgerte sich.

»Ich werde dir schrecklich dankbar sein«, sagte er hastig, und Marina wiederholte: »Durch eine Ritze, von weitem. Nun – leb wohl!«

Als Samgin sie hinausbegleitet hatte, lief er rasch ins Zimmer, trat ans Fenster und sah zu, wie leicht und würdig diese Frau ihren Körper auf der Sonnenseite der Straße dahintrug; über dem Kopf ein fliederblauer Sonnenschirm, das Kleid glänzte metallisch, und ausnehmend schön berührten die bronzefarbenen Halbschuhchen die Steinplatten des Gehsteiges.

Ein Idol. Ein goldäugiges Idol, dachte er mit einem Gefühl des Entzückens, aber dieses Gefühl verlor sich sofort, und Samgin bedauerte – sich selbst oder sie? Das war ihm nicht klar. Je weiter sie sich entfernte, desto mehr bemächtigte sich seiner eine dumpfe Unruhe. Er hatte sich selten daran erinnert, daß Marina Mitglied irgendeiner Sekte war. Sich jetzt dessen zu erinnern und daran zu denken war aus irgendeinem Grunde besonders unangenehm.

Nun öffnen sich endlich die Türen des Geheimnisses, sagte er sich und nahm auf einem Stuhl Platz, trommelte mit dem Finger gegen das Knie und drehte an seinem Kinnbärtchen. Der Scherz war ihm nicht geglückt.

Ihm kam die Befürchtung eines Verlusts. Hastig begann er seine Beziehung zu Marina zu überprüfen. Alles, was er von ihr wußte, deckte sich gar nicht mit seiner Vorstellung von einem religiösen Menschen, obwohl er nicht hätte sagen können, daß er eine ganz klare Vorstellung von einem solchen Menschen habe; auf jeden Fall war das ein Mensch, der durch Mystik, durch Metaphysik begrenzt ist.

Sie ist zu klug, um gläubig zu sein. Aber es kann doch nicht eine Sekte ohne Glauben an Gott oder den Teufel geben, überlegte er.

Was sie von dem Verstand gesagt hatte, widersprach entschieden ihrer Lebenspraxis. Ihre Worte vom Geist und überhaupt alles, was sie ihm zu verschiedener Zeit von ihren Ansichten über Religion und Kirche gesagt hatte, war unverständlich, uninteressant und blieb ihm nicht im Gedächtnis. In Erinnerung war ihm nur ihr Zornausbruch gegen die Popen, aber auch dies erklärte ihm nichts, er dachte sogar: Hier scheine ich irgend etwas überschätzt oder nicht verstanden zu haben. Ich habe mit ihr nie über diese Dinge gestritten, auch kann und will ich nicht mit ihr streiten, aber – weshalb scheine ich mich vor einem Zerwürfnis mit ihr zu fürchten?

Das Gefühl der Unruhe nahm zu. Und zu guter Letzt kam er darauf, daß er sich nicht vor einem Streit, sondern vor etwas Dummem und Banalem fürchtete, das seine jetzige Beziehung zu dieser Frau zerstören könnte. Das wäre sehr traurig, jedoch gerade diese Gefahr bereitete ihm Unruhe.

Aber das Problem ist doch im Grunde sehr einfach zu lösen: Ich werde nicht hingehen, dachte er.

Aber das war keine Lösung. An dem Tag nach dem Pfingstfest – am Tag der Anrufung des Heiligen Geistes – saß Samgin ebenso am Fenster und blickte hinter den Blumenstöcken hervor auf die Straße. Am Fenster vorbei bewegte sich schwerfällig eine Kirchenprozession: Die Einwohner der Stadt gingen, mit der Geistlichkeit aller Kirchen an der Spitze, auf das Feld vor der Stadt, um die Muttergottesikone nach dem fernen Kloster zu begleiten, in dem sie ihren Standort hatte und von wo man sie alljährlich am Karsamstag herbrachte, damit sie der Reihe nach in allen Kirchen der Stadt »gastiere«, und sie dann aus den Kirchen hastig und nicht besonders würdig in alle Häuser jeder Pfarrei trug, wobei man von den Hausbewohnern Zehntausende heiligen Tributs zugunsten des Klosters eintrieb.

Samgin blickte auf die dichte, festlich gekleidete Einwohnermenge, sie füllte die mit jungen Birken geschmückte Straße ebenso dichtgedrängt wie in Moskau, als sie dort mit roten Fahnen hinter Baumanns Sarg herging, der unter den vielen Schleifen und Blumen nicht zu sehen war. Ebenso malmend wie damals schlurrten Zehntausende von Schuhsohlen über die Pflastersteine. Das trockene Rascheln der Füße schliff die Steine glatt und wirbelte eine graue Staubwolke über die entblößten Köpfe empor, während das Gold vieler hundert Kirchenfahnen in dem Staub matt glänzte. Der Wind rüttelte an den Kirchenfahnen, bewegte das Haar auf den Köpfen der Menschen, der Wind jagte weiße Wolken dahin, ihre Schatten fielen auf die Menschen und wischten gleichsam Staub und Schweiß von den roten Glatzen weg. Vom Himmel herab dröhnte unaufhörlich in tiefem Baß das Kupfer der Glocken und übertönte den Gesang des vielköpfigen Sängerchors. Toll, grell funkelnd, bewegte sich an der Spitze der Menge das hoch über sie erhobene goldene Viereck der Ikone mit zwei schwarzen Flecken darauf, einem größeren und einem kleineren. Nach hinten geneigt, stolz schwankend, Pfeile goldener Strahlen um sich werfend, stand die Ikone auf langen Stangen, die Stangen ruhten auf den Schultern von Leuten, die fest aneinander hafteten, Samgin sah, daß sie ihre schwere Bürde leicht trugen.

Hinter der Ikone her bewegten sich langsam die schwergewichtigen, goldenen und beinlosen Gestalten der Popen, vornweg der graubärtige, hochgewachsene Bischof, auf dem Kopf trug er eine goldene Blase, die reich geschmückt war mit spitzen, kleinen Edelsteinstrahlen, in der Hand einen langen, ebenfalls goldenen Krummstab. Je weiter der Bischof und die Dutzende plumper Gestalten in Meßgewändern sich entfernten, desto dichter schien dieser lebendige Goldstom zu werden, als risse er die ganze Kraft der Sonne, allen Glanz ihrer Strahlen mit sich. Das Strömen der Menge war gewaltig und alles in allem eigenartig schön, Samgin fühlte das.

Jedoch er hätte einen grauen Tag, stärkeren Wind, mehr Staub, Regen, Hagel vorgezogen – weniger Grellheit und dröhnendes Kupfergeläut, weniger Festlichkeit. Er sah nicht zum erstenmal eine Kirchenprozession, und immer verhielt er sich zu den Paraden der Geistlichkeit ebenso gleichgültig wie zu Truppenparaden. Doch diesmal suchte er in der endlos vorbeiströmenden Menge eifrig nach etwas Komischem, Dummem oder Banalem. Er entsann sich, daß Lew Tolstoi in dem Roman »Auferstehung« das Meßgewand eines Popen als goldene Bastmatte bezeichnet hatte, der armselige Literat Jassinskij hatte daraufhin in seiner Rezension gesagt, Tolstoi sei ein Gymnasiast. Es war ärgerlich, daß die Leute die in einem schweren Schrein untergebrachte Ikone so leicht trugen.

Marina wäre nicht schwerer, aber schöner, majestätischer ...

Am Morgen hatte er in dem Zeitungsbericht über den feierlichen Gottesdienst gestern in der Kathedrale die Worte des Oberpriesters gelesen: »Mit Freude und Jubel geleiten wir unsere Beschützerin.« Nun, das war dumm: Weshalb sollten sich die Menschen freuen, wenn sie das verließ, was – nach ihrer religiösen Überzeugung – Wunder zu vollbringen vermochte? Dann erinnerte er sich, wie bei der Beerdigung Baumanns die dicke Frau gefragt hatte: »Wer wird denn da beerdigt?«

»Die Revolution, Tantchen«, war ihr geantwortet worden.

Das entfachte Samgins Gedanken ein wenig, er dachte bereits mit Unwillen: Um dieser Herde, um deren Sattheit willen opfern die Abrahame in der Politik die Isaake, fabrizieren irgendwelche Samoilows aus jungen Revolutionären ...

Hier erinnerte er sich: Vielleicht war gar kein Junge da?

Er verhehlte sich bereits nicht, daß er seinen Unwillen künstlich entfachte und daß er dies tun mußte, damit das, was er heute zu sehen bekommen würde, ihm nicht noch dümmer erschiene als das, was er schon sah.

Das ist kindisch, warf er sich vor und lächelte, als er dachte: Offensichtlich bedeutet sie mir viel, wenn ich so befürchte, sie in einer dummen Situation zu erblicken.

Die Menge war vorübergezogen, aber auf der Straße war es noch lauter geworden, Wagen fuhren vorbei, Pferdehufe trappelten über das Pflaster, auf dem Gehsteig scharrten und klopften die Stöcke alter Männer und Frauen, Jungen rannten vorüber. Aber bald verschwand auch das, darauf kroch unter einem Haustor ein schwarzer Hund hervor und legte sich, nachdem er seinen roten Rachen aufgerissen und lange gegähnt hatte, in den Schatten. Und fast gleich danach lief munter am Fenster ein scheckiges, wohlgenährtes Pferd vorbei, das vor eine Kalesche mit geflochtener Karosserie gespannt war, auf dem Bock saß Sacharij in einem grauen, zerknitterten Staubmantel.

Mir steht also eine weite Fahrt bevor, überlegte Samgin, zog sich eilig an und ging zum Tor.

Sacharij nickt ihm stumm zu, wartete ab, bis er im Wagen Platz genommen hatte, und trieb dann rasch das Pferd an, wobei er wie ein Holzmännchen auf dem Bock hochhüpfte. Die Stadt war leer, und der Lärm hallte in ihr wie in einem Faß wider. Sie brauchten nicht lange zu fahren; auf den Gemüsefeldern außerhalb der Stadt bog Sacharij in einen schmalen Weg zwischen Latten- und Flechtzäunen ein und fuhr auf ein zweistöckiges Holzhaus zu; die Fenster des unteren Stockwerks waren teils mit Ziegeln vermauert, teils mit Brettern vernagelt, an den Fenstern des oberen war keine einzige Scheibe mehr heil, über dem Tor wölbte sich bogenförmig ein rostiges Schild, auf dem aber noch die Worte gut erhalten waren: »Fabrik künstlicher Mineralwässer«.

Samgin holte tief Atem und rückte die Brille zurecht. Sie fuhren in einen breiten Hof ein; er war dicht mit Steppengras zugewachsen, aus dem Gras ragten verkohlte Balken und ein halbzerfallener Ofen, überall in dem Unkraut glitzerten die Scherben. Samgin erinnerte sich, wie die Großmutter ihm ihr altes, halbzerstörtes Haus und einen ebensolchen, durch zerschlagene Flaschen verunreinigten Hof gezeigt hatte, er erinnerte sich und dachte: Ich kehre in die Kindheit zurück.

Das Pferd ging vorsichtig durch eine offene zweiflügelige Tür in einen großen Schuppen hinein, dort nahm es jemand im Halbdunkel am Zaum, während Sacharij über die hüpfenden Bodenplanken zur Rückwand des Schuppens lief, in ihr eine Tür öffnete und leise rief: »Kommen Sie bitte!«

Samgin trat blinzelnd in einen dichten, von Sträuchern überwucherten Garten hinaus; in dem dichten Gestrüpp erstreckte sich unter Lindenbäumen ein langes, einstöckiges Haus mit drei Säulen an der Front und einem dreifenstrigen Mezzanin, an ihm hafteten kleine Anbauten, sie stützten es von den Seiten und krochen auf das Dach hinauf. In diesem Haus wohnte jemand, auf den Fensterbrettern standen Blumen. Samgin und Sacharij gingen um eine Ecke des Hauses herum, und nun stellte sich heraus, daß das Haus auf einer Anhöhe stand und daß seine Rückfront zweistöckig war. Sacharij öffnete eine kleine Tür und riet: »Vorsicht!«

Unter den Füßen knarrten in der Dunkelheit Treppenstufen, es öffnete sich noch eine Tür, und Samgin wurde von einem grellen Sonnenstrahl geblendet.

»Warten Sie ein Momentchen, ich bin gleich wieder da!« sagte Sacharij leise, schloß die Tür und verschwand.

Samgin nahm den Hut ab, rückte die Brille zurecht und sah sich um: An dem von der Sonne glühendheißen Fenster – ein breiter Lederdiwan, davor auf dem Boden ein altes, abgetretenes Weißbärenfell, in der Ecke ein Kleiderschrank mit Spiegel in ganzer Türbreite; an der Wand zwei Ledersessel und ein kleiner, runder Tisch und darauf eine Karaffe mit Wasser und ein Glas. In dem Zimmer war es schwül, seine kahlen Wände hatten einen bläulichen Farbanstrich, und alles in ihm schien mit unsichtbarem, aber ätzendem Staub überpudert. Samgin setzte sich in einen Sessel, zündete sich eine Zigarette an, schenkte sich ein Glas Wasser ein, trank aber nicht: das Wasser war lau, muffig. Er lauschte, in dem Haus war es unnatürlich still, und diese Stille, wie auch alles, was ihn umgab, hatte für ihn etwas Kränkendes. Die Tür ging geräuschlos auf, Sacharij trat ein, es fiel auf, daß er doppelt soviel Haar auf dem Kopf hatte wie sonst immer und daß es welliger war, als hätte er es gewaschen und ein wenig gekräuselt.

»Kommen Sie bitte«, forderte er Samgin mit Flüsterstimme auf. »Aber – tun Sie die Zigarette weg und rauchen Sie dort nicht, zünden Sie keine Streichhölzer an! Halten Sie bitte auch Husten und Niesen zurück! Wenn Sie es aber nicht aushalten können, husten Sie ins Taschentuch.«

Er nahm Samgin am Ärmel, führte ihn sechs Treppenstufen hinab, schubste ihn vorsichtig irgendwo hinein auf etwas Weiches und flüsterte: »So, setzen Sie sich, von hier werden Sie alles sehen können. Nur seien Sie bitte leise! An der Wand ist ein Läppchen, Sie werden es schon finden . . .«

Samgin stieß im Dunkeln auf die Lehne irgendeines Möbelstücks, ertastete eine rauhe Sitzfläche und nahm vorsichtig Platz. Hier war es kühler als oben, herrschte aber auch starker Staubgeruch.

Nun wollen wir mal sehen, wie man in einer Fabrik künstlicher Mineralwässer Religion macht! Aber – wie soll ich es denn sehen? Als er den Fuß über das Weiche am Boden schob, stieß er gegen eine Wand, doch als er mit der Hand an der Wand herumscharrte, fand er das Läppchen, bewegte es, und seinen Augen bot sich ein länglicher, fingerbreiter, heller Streifen dar.

Samgin hielt seine Brille fest, blickte durch die Ritze und hatte das Gefühl, als fiele er in eine grenzenlose Dunkelheit, in der ein flacher, regelmäßig runder Fleck trüben Lichts schwebte. Er begriff nicht sogleich, daß das Licht sich an der Oberfläche des in ein Becken gefüllten Wassers spiegelte, das Becken war bis zum Rand mit Wasser gefüllt, das Licht ruhte als breiter Ring darauf; ein anderer, engerer, nicht so heller Ring ruhte am Boden, der schwarz war wie Erde. Im Mittelpunkt des Rings auf dem Wasser befand sich – wie eine Vertiefung darin – ein formloser Schatten, und es war ebenfalls schwer zu begreifen, woher er kam.

Irgendein Hokuspokus.

Er spannte die Sehkraft an und erkannte hoch oben unter der Decke eine Lampe mit schwarzem Schirm, unter der Lampe hing etwas Unbestimmtes, das wie ein Vogel mit ausgebreiteten Schwingen aussah, und es war der Schatten davon, der auf dem Wasser ruhte.

Nicht besonders geistreich, dachte Samgin schwer atmend und mit geschlossenen Augen. Er saß unbequem, die Stille war unangenehm, und ihm kam der Gedanke, daß all diese naiven Heimlichkeiten vielleicht absichtlich nur zu dem Zweck inszeniert worden seien, um ihn zu verblüffen.

Unter dem Boden, an der Stelle, wo er saß, knackte irgend etwas gedämpft, die Dunkelheit kam in Bewegung, sie lichtete sich, und indem sie wich und die Wände eines großen, länglichen Zimmers zutage traten, begannen Leute hereinzukommen – barfuß, mit brennenden Kerzen in den Händen, in weißen bis zu den Knöcheln herabreichenden Hemden, die mit etwas Unerkennbarem umgürtet waren. Sie kamen paarweise herein, je ein Mann und eine Frau, und hielten sich an den Händen. Kerzen trugen nur die Frauen; als Samgin elf Paare gezählt hatte, stellte er das Zählen ein. In den zwei letzten Paaren erkannte er den rotgesichtigen, grimmigen Hausknecht Marinas und den schwachsinnigen Wächter Wassja, den er in Otradnoje gesehen hatte. In dem langen Hemd wirkte Wassja riesengroß, und obwohl die meisten Männer hochgewachsen waren, überragte Wassja alle um Kopfeslänge. Die Leute stellten sich im Halbkreis vor dem Becken auf, mit dem Rücken zu Samgin; daraus, wie feierlich

Wassja einherschritt, schloß Samgin, daß er wahrscheinlich sein stolzes, dummes Lächeln lächelte.

Der Kerzenschein hatte das Zimmer erweitert, es war sehr groß und hatte vermutlich einmal als Lagerraum gedient, es hatte keine Fenster, war auch unmöbliert, nur in der einen Ecke stand ein Faß, und an seinem Rand hing eine Schöpfkelle. Dort, vorn, erhob sich ein kleines, etwa vier Quadratmeter messendes Podium, das mit einem dunklen Teppich bedeckt war, der Teppich war so breit, daß seine Enden auf den Boden herabhingen und sich dort noch zwei Meter erstreckten. In der Mitte des Podiums – ein schwarzdrapierter Stuhl oder Sessel. Ihr Thron, kombinierte Samgin und hatte immer noch das Gefühl, genasführt zu werden.

Er zählte die Kerzenflammen: es waren siebenundzwanzig. Vier Männer waren kahlköpfig, sieben grauhaarig. Die meisten von ihnen schienen, ebenso wie die Frauen, lauter Leute reifen Alters zu sein. Alle schwiegen, sie flüsterten nicht einmal miteinander. Er hatte nicht bemerkt, von wo Sacharij erschienen war und sich neben das Podium gestellt hatte; wie alle im Hemd bis zu den Knöcheln und barfuß, hielt er als einziger von allen Männern eine dicke Kerze in der Hand; zur anderen Ecke des Podiums lief behende – klein wie ein Backfisch – eine kurzhaarige, halbergraute Frau, die auch eine dicke Kerze in der Hand hatte.

Gleich wird sie erscheinen, alle Effekte sind fertig, entschied Samgin.

Marina erschien nicht sehr effektvoll: Zuerst zeigte sich an der Wand hinter dem Stuhl ihre Hand, die den schwarzen Vorhang zurückwarf, dann erschien die ganze Gestalt, aber – seitlich; ihre Frisur blieb an irgend etwas hängen, und sie zog mit der Hand so heftig an dem Stoff, daß sie ihn herunterriß und eine Ecke der Tür entblößte. Dann machte sie einen Schritt nach vorn, verneigte sich und sagte: »Seid gegrüßt, Schwestern und Brüder im Geiste!«

Das halbe Hundert Menschen antwortete mit einem ungeordneten Stimmengewirr, die Stimmen klangen dumpf wie in einem Keller, ebenso dumpf hatten auch Marinas Begrüßungsworte geklungen; in dem Antwortsgewirr unterschied Samgin die mehrfach wiederholten Worte: »Mütterchen, Teure, geistige Herrscherin . . .«

Jeder von ihnen verneigte sich, nachdem er sich vor Marina verneigt hatte, vor allen Brüdern und von neuem vor ihr. Das Hemd an ihr war wohl aus Seide, es war weißer, heller. Wie Wassja kam auch sie Samgin größer vor als sonst. Sacharij hob die Kerze hoch empor, senkte sie und löschte sie – das gleiche machten die kleine Frau und alle übrigen. Ohne den Halbkreis aufzulösen, warfen sie die Kerzen hinter sich in die Ecke. Marina sagte laut und streng: »So wird das falsche Licht verschwinden! Lasset uns singen und lobpreisen den unsichtbaren Schöpfer alles Sichtbaren, den großen Geist!«

In der Dunkelheit fing der graue Menschenhalbkreis an, sich zu bewegen, und schloß sich zu einem Kreis. Sie begannen ungeordnet, disharmonisch und sogar düster nach einem kirchlichen Motiv zu singen:

»Dem lichtvollen Urquell
Jeglicher Zeugung,
Dem einzigen Seienden,
Das da ist und wird sein
Ohnesgleichen in Ewigkeit,
Laßt geistig uns schwören!
Wir flehen um nichts
Und bitten um nichts
Als des Geistes Licht
Für das Dunkel der Erdenseele ...«

Samgin sah Marinas Gestalt, bemühte sich angespannt, ihr Gesicht zu erblicken, aber es war von der Dunkelheit verwischt.

Wahrscheinlich hat sie das verfaßt, dachte er.

Der Menschenkreis bewegte sich langsam von rechts nach links, bewegte sich geschlossen und fast lautlos, das Geräusch der Fußsohlen auf dem Holz des Bodens war kaum noch zu hören. Als der Gesang beendet war, ergriff Marina das Wort: »Zündet an das Licht des Geistes!«

Sacharij stellte sich an das Wasserbecken, streckte die Arme in den weiten Ärmeln aus und begann nicht mit der ihm eigenen, gewohnten, sondern mit unnatürlich hoher, zitternder Stimme zu sprechen: »Schwestern und Brüder, zum viertenmal haben wir uns versammelt zur Anrufung des Heiligen Geistes, auf daß auf uns herabkomme und Fleisch werde das heilige Licht! In Finsternis und Greuel leben wir und lechzen nach der Herabkunft der Kraft aller Kräfte!«

Der Kreis drehte sich schneller, die Füße schlurrten vernehmlicher und übertönten die Stimme Sacharijs.

»Lasset uns entsagen den irdischen Gütern und uns reinigen«, schrie er. »Lasset uns entflammen die Herzen zu gegenseitiger Liebe!«

Der dichte, graue Menschenring drehte sich und schien die Dunkelheit zum Weichen zu bringen. Samgin sah Marina deutlicher, sie saß, die Arme auf der Brust gekreuzt, mit hoch erhobenem Kopf da. Samgin glaubte ihr Gesicht zu sehen, streng, reglos.

Die Augen haben sich gewöhnt. Sie sieht tatsächlich wie das Standbild eines Idols aus.

»Zu Asche werden wird das Fleisch – die Fessel des Satans – und wird freigeben unseren Geist aus der Gefangenschaft seiner Verführungen!« schrie Sacharij heraus, man packte ihn, zog ihn in den Reigen hinein, doch er schrie immer noch, und ihm sekundierte bereits eine dünne, hysterische Frauenstimme: »Oh – Geist! Oh – Heiliger . . .«

»Zu früh!« brüllte ohrenbetäubend ein tiefer Baß. »Was drängst du dich vor, du Nichtsnutz!«

An Sacharijs Platz trat ein kahlköpfiger, bärtiger Mann und sagte dröhnend laut: »Hier sind Schwestern und Brüder zugegen, die zum erstenmal mit uns den Geist anrufen. Und einem Mann sind Zweifel gekommen, ob wir Christus mit Recht ablehnen! Vielleicht sind auch andere auf seiner Seite. Erlaube also, unsere weise Steuerfrau, daß ich zu ihnen spreche.«

Marina rührte sich nicht, der Kreis bewegte sich langsamer, aber der Kahlköpfige schwang die Arme hoch und sagte: »Gehet nur frei herum, geht nur! Meine Stimme ist weit zu hören!«

Er räusperte sich laut und fuhr noch kräftiger fort: »Wir leugnen den Gott in Christus, den Menschen hingegen erkennen wir an. Und er, Christus, war ein geistiger Mensch, jedoch – Satan verführte ihn, und er nannte sich Sohn Gottes und König der Wahrheit. Doch für uns gibt es keinen Gott außer dem Geist! Wir sind keine Weisen, wir sind einfache Menschen. Wir denken, daß der wahrhaftig weise ist, den die Leute für töricht halten, der allen Glauben verwirft außer dem Glauben an den Geist. Nur der Geist beruht auf sich selbst, während alle anderen Götter aus dem Verstand und dessen Schlichen kommen, hinter dem Namen Christi verbirgt sich jedoch die Vernunft, die Vernunft der Kirche und der Macht.«

Etwas Ähnliches hatte Samgin von Marina gehört, und die Worte des Alten fügten sich leicht dem Gedächtnis ein, aber der Alte sprach lange, mit feierlichem Grimm, und es war langweilig, ihm zuzuhören.

Wahrscheinlich ein Ladenbesitzer, irgendein Metzger, schätzte Samgin den kahlköpfigen Redner ein, als dieser sich der Kreiskette anschloß und mit Trompetenstimme rief: »Rascher! Oh – Geist, oh – Heiliger . . .«

»O – Heiliger . . . Oh – Geist«, wiederholten uneinig und nicht sehr laut Dutzende von Stimmen, die der Frauen klangen schrill, aufreizend. Als der Kahlköpfige sich in die Kette hineingedrängt hatte, schien er die Leute durch einen Ruck ins Taumeln zu bringen, vom Boden hochzuheben und verlieh den Drehungen des Kreises eine solche Geschwindigkeit, daß die einzelnen Gestalten nicht mehr zu unterscheiden waren und ein unförmiger Körper ohne Arme entstand, auf ihm, auf seinem Rückgrat, hüpften und wankten behaarte Köpfe; das weiche Stampfen der bloßen Füße wurde lauter; die Frauen schrien verzückter auf, diese ungeordneten Schreie wurden rhythmischer und übertönten den Lärm durch die Stoßseufzer: »Oh – Geist, oh – Geist!«

»Eist, eist«, erklangen mürrisch die dumpfen Seufzer der Männer. Samgin blickte blinzelnd über diesen tobenden Riesenleib und den grauen Wirbel des Reigens hinweg auf die Gestalt Marinas und wartete, wann und wie sie auftreten werde.

Er mochte es durchaus nicht, daß sie auftrete. So, abseits von dem unsinnigen Kreisen der Leute, die unzertrennlich zu einem schweren Ring verwachsen waren und in rasender Verwirrung kreisten, abseits von ihnen war sie an dem ihr gebührenden Platz. Ihm schien sogar, daß sie, je schneller die Leute sich bewegten und je stärker die Ausrufe wurden über ihnen, wüchse wie eine Wolke, wie ein Lichtfleck, daß sie wüchse und die Dunkelheit aufsöge. Das dauerte ermüdend lange. Samgin nahm die Brille ab und wischte sich mit dem Taschentuch die Augen aus, ohne Brille kam ihm alles dort unten noch unförmiger, toller und stürmischer vor. Er hatte das Gefühl, daß dieser tosende Wirbel ihn in sich hineinziehe, daß sein Körper unwillkürliche Bewegungen mache, die Beine zitterten, die Schultern zuckten, daß er sich hin und her wiege und die Federung des Sessels unter ihm knarre.

Das bilde ich mir ein, sagte er sich, und ihm kam es vor, als spräche er von irgendwo weit weg mit sich selbst. Unsinn!

Durch die Ritze schlug ihm die Luft in die Augen – widerlich warme, mit dem Geruch von Schweiß und Staub geschwängerte Luft, und raschelte mit einem Stück Tapete über Samgins Kopf. Seine Augen hefteten sich wie gebannt auf den hellen Wasserkreis in dem Becken, das Wasser kräuselte sich, der Lichtring, der sich in ihm spiegelte, zitterte, und der dunkle Fleck im Mittelpunkt schien reglos und schon nicht mehr vertieft, sondern gewölbt zu sein. Samgin blickte auf diesen Fleck, wartete auf etwas und überlegte: Das Wasser ist durch die Luftströmung ins Wallen gebracht, der dunkle Fleck ist der Schatten des Petroleumbehälters an der Lampe.

Das war das letzte, wovon er sich Rechenschaft gab, ihm kam es plötzlich vor, daß der dunkle Fleck angeschwollen sei und im Mittelpunkt des Beckens einen kleinen Wirbel gebildet habe. Das war nur einen kurzen Augenblick, zwei bis drei Sekunden lang zu sehen und fiel mit stärkerem Stampfen der Füße zusammen, die Dissonanz der Schreie hatte sich gesteigert, aus den schwer seufzenden Ausrufen brach ein hysterisch frohlockendes, aber auch gleichsam erschrockenes Geschrei hervor: »Er ist über mich geko-ommen, geko-ommen . . .«

Irgendwer knurrte wie ein Bär.

»Eist, eist!«

Das ringförmige, gräuliche Gemenge brodelte immer wütender; die Leute hatten ihre menschlichen Formen vollständig verloren, sogar die Köpfe waren auf diesem verschwommenen Ring fast nicht mehr zu unterscheiden, und die wirbelnde Bewegung schien ihn bald zu dem trüben Licht in die Luft emporzuheben, bald an die dunkle Masse unter den Füßen der Leute zu drücken. Ihre Füße waren in den wehenden, langen Gewändern auch nicht zu sehen, und das, was unter ihnen war, schien wellenförmig hochzuquellen und sich wieder zu senken wie ein Schiffsdeck. Das Wasser in dem Becken kräuselte sich immer lebhafter und stärker, der Lichtfleck auf ihm wurde greller, verteilte sich; Samgin sah wieder einen kleinen Wirbel im Mittelpunkt des dunklen Kreises auf dem Wasser, ohne zu versuchen, sich davon zu überzeugen, daß er sich das einbilde, es aber nicht sehe. Er fühlte sich physisch verbunden mit dem kopf- und armlosen Wesen dort unten; er fühlte, daß der rasende Menschenwirbel in dem dunklen, begrenzten Raum ihn mit schwermütiger Beklommenheit vergiftete, aber er schaute und konnte die Augen nicht schließen.

»Schneller, Brüder und Schwestern, schneller!« heulte eine Frauenstimme, und noch durchdringender rief eine andere zweimal das unbekannte Wort: »Dharma! Dharma!«

In dem Menschenkreis brach Verwirrung aus, er geriet durcheinander, riß, ein paar Gestalten prallten von ihm weg, zwei oder drei fielen zu Boden; auf das Becken zu sprang die kleine, kurzhaarige Frau, die weiten Ärmel des Hemdes wie Flügel schwingend, rannte sie mit unglaublicher Geschwindigkeit rund um das Becken und rief mit einer Möwenstimme:

»O Aodahia!
O Unbesiegbarer!«

Sacharij ergriff die anderen an den Händen, stellte den Kreis wieder her und verlieh dem Kreisen von neuem seine rasende Geschwindigkeit, die Leute ächzten, stöhnten leiser; die kleine, halbergraute Frau sprang, schlug die Hände über dem Kopf zusammen und schlängelte sich, als tauchte sie unter Wasser, dann hüpfte sie wieder und kreischte:

»Dharma! Dharma!
O Cudāmani,
Sonnenvogel,
Ewige Flamme!«

Die Menschen krümmten sich krampfhaft, als suchten sie die Kette ihrer Arme zu zerreißen, es schien, als kreisten sie von Sekunde zu Sekunde schneller und als gäbe es keine Grenze für diese Geschwindigkeit; sie schrien von neuem verzückt und schufen einen Wolkenwirbel, er erweiterte und verengte sich, lichtete die Dunkelheit und machte sie dichter; einzelne Gestalten bogen sich kreischend und brüllend zurück, als wollten sie rücklings zu Boden fallen, aber die Wirbelbewegung des Kreises zog sie mit, richtete sie wieder auf, sie gingen dann von neuem in dem grauen Körper auf, und er schien wie eine Windhose immer höher und höher zu steigen. Das Schnauben, Brüllen, Heulen und Kreischen wurde durchbohrt und durchschnitten von dem scharfen, dünnen Schrei:

»Dharma-i-i-a . . .«

Der Kreis riß immer öfter, die Leute fielen hin, schleiften am Boden, mitgeschleppt vom Kreisen der grauen Masse, rissen sich los und krochen zur Seite in die Dunkelheit; der Kreis verkleinerte sich, einige schöpften mit hohlen Händen das wallende Wasser aus dem Becken, besprengten damit einander das Gesicht, wurden umgestoßen und fielen hin. Es fiel auch diese kleine, unnatürlich leichte Alte, irgendwer hob sie auf die Arme, trug sie aus dem Kreis heraus und versenkte sie in die Dunkelheit wie in Wasser.

Samgin dachte bereits an nichts, spürte sich sogar irgendwie nicht mehr, aber er hatte das Gefühl, er sitze am Rand eines Abgrunds und es gelüste ihn, sich hinabzustürzen. Auf Marina blickte er nicht, seinem visuellen Gedächtnis hatte sich eingeprägt, daß sie reglos über allen saß. Seine Augen hatten sich an die Dunkelheit gewöhnt, er unterschied sogar die Gesichter jener Leute, die sich von dem Kreis losgerissen hatten, hingefallen waren und an das Wasserbecken gelehnt saßen. Er sah, wie Sacharij Wassja packte und aus dem Kreis hinausstieß; dieser riesengroße Mann breitete die Arme weit aus, als begegnete er jemandem und wollte ihn umarmen, sein Gesicht lächelte, strahlte, als er an dem Kreis entlangging, ein sehr schönes und stolzes Gesicht. Er schwang gleichmäßig die Arme und begann, den schwerfälligen Lärm übertönend, stockend und klangvoll zu sprechen, als erinnerte er sich an vergessene Worte: »Der Geist kommt geflogen ... Es schwebt der weißbeschwingte Adler. Der flammende. Er singt – hört ihr es? Er singt: Zu Asche werde ich ihn machen! Zu Staub soll er werden ... Zu Todesstaub. Es glüht die Sonne. Der himmlische Adler. Frohlocket! Werfet euch nieder. Wer ist der Herr der Hölle? Der Mensch.«

Zwei Stimmen begannen sehr harmonisch zu singen:

»Lasset mit Kraft uns wappnen,
In des Geistes Flammenring treten,
Das Schiff soll über der Erde schweben,
Der Himmel sein Segel sein ...«

Der Kreis bewegte sich langsamer, der Lärm ließ nach, aber die Leute fielen immer öfter zu Boden, es blieben nur etwa zwanzig auf den Beinen; ein greiser, hochgewachsener Mann sank wankend in die Knie, warf den zerzausten Kopf hoch und schrie wild und grimmig: »Göttin der Götter – erhöre uns, es ist an der Zeit! Das Menschengeschlecht geht zugrunde. Und – es wird zugrunde gehen! Du aber, die du bist ... Tröste uns – in dir liegt die Rettung! Komme herab ...«

Während er schrie, schöpfte er mit hohlen Händen Wasser und spritzte es erst in Richtung Marinas, dann sich selbst ins Gesicht und auf den greisen Kopf. Die Leute standen vom Boden auf, hoben einander an den Händen, unter den Achseln hoch und stellten sich wieder im Kreis auf, Sacharij stieß sie hastig, reihte sie ein, schrie irgend etwas und warf sich plötzlich, das Gesicht mit den Händen bedeckt, zu Boden, in den Kreis trat Marina, und die Leute begannen von neuem unter Kreischen, Heulen und Stöhnen rasend zu kreisen und zu hüpfen, als strebten sie danach, sich vom Boden loszulösen.

Samgin sah, wie Marina bei dem Becken stehenblieb, das Hemd auf der Brust aufschlug und, nachdem sie mit hohlen Händen Wasser geschöpft, zuerst die eine Brust, dann die andere mit Wasser übergoß.

Sacharij sprang auf, hob sie gemeinsam mit dem hochgewachsenen, greisen Mann sonderbar leicht hoch und stellte sie in das Becken hinein, das Wasser ergoß sich über die Ränder und verbrühte gleichsam die Füße der Leute, sie heulten auf, kreisten noch toller, fielen von neuem mit Gekreisch hin, schleppten sich am Boden weiter, Marina stand reglos im Wasser, ihr Gesicht war auch reglos, steinern. Samgin vermeinte ihre kupfernen Augen, ihre fest zusammengepreßten Lippen zu sehen, das Wasser reichte ihr bis über die Knie, die Arme hatte sie über den Kopf erhoben, und sie zitterten nicht.

Jetzt begann sie zu sprechen, aber ihre Stimme war bei dem Stampfen und dem Stimmenlärm nicht zu hören, der Kreis riß von neuem, die Leute flogen zur Seite, plumpsten mit einem weichen Geräusch, wie Kissen, auf den Boden und blieben reglos liegen; einige sprangen weg, drehten sich allein oder in Paaren, aber alle fielen einer nach dem andern hin oder traten, die Arme vorgestreckt wie Blinde, wankend beiseite und fielen dort auch entkräftet um wie gefällte Bäume. Eine Frau sprang mit aufgelöstem Haar um das Becken herum und rief: »Sei gepriesen! Sei gepriesen!«

Samgin fühlte, daß er das Bewußtsein verlor, mit den Händen an die Wand gestützt, stand er auf, machte einen Schritt, stieß an etwas, das wie ein leerer Schrank dröhnte. Weiße Wolken schwankten vor seinen Augen, und die Augen schmerzten, als hätte sich heißer Staub in ihnen festgesetzt. Er zündete ein Streichholz an, erblickte eine Tür, löschte das Flämmchen und vermochte, als er sich zur Tür hinausgeschoben hatte, kaum noch auf den Beinen zu stehen, alles ringsum wankte und rauschte, und seine Beine waren weich wie bei einem Betrunkenen.

Ein Alptraum, dachte er, als er, mit der Hand an die Wand gestützt, mit dem Fuß nach den Treppenstufen tastete. Er mußte wieder ein Streichholz anzünden. Auf die Gefahr hin, zu stürzen, lief er die Treppe hinunter und geriet in das Zimmer, aus dem Sacharij ihn anfangs hinaufgeführt hatte, trat an den Tisch und trank gierig ein Glas des widerlich lauen Wassers.

Weshalb hat sie mir das gezeigt? Denkt sie etwa, ich sei auch fähig, zu kreisen, zu hüpfen? Er begriff, daß er ebenso mechanisch dachte, wie ein Mensch sich abtastet, der nach einem drückenden Traum erwacht ist.

Irgendwo unten wurde noch immer gestampft und geschrien, in dem Zimmer war es schwül, vor dem Fenster, am blauen Himmel, glühten und zerrannen rote Wolken. Samgin beschloß, in den Garten hinauszugehen, sich dort zu verstecken, etwas Abendluft zu atmen; er ging die Treppe hinunter, aber die Tür zum Garten war abgeschlossen, er blieb eine Weile vor ihr stehen und stieg dann wieder in das Zimmer hinauf, dort stand vor dem Spiegel Marina, sie hielt in der einen Hand eine Kerze und streifte mit der anderen das Hemd von der Schulter. Er sah im Spiegel ihr gerötetes Gesicht, die weit geöffneten Augen und die Lippe, auf die sie sich biß, Marina wankte, schwankte. Samgin machte einen Schritt auf sie zu, sie warf die Hand hoch, bedeckte die Brust, die nasse Seide des Hemdes glitt zu ihren Füßen, sie warf die Kerze auf den Boden und stöhnte dumpf: »Oh – was willst du? Geh . . .«

Samgin machte noch einen Schritt, trat auf die brennende Kerze und erblickte im Spiegel neben einem weißen, wohlgeformten Frauenkörper einen Mann in grauem Anzug, mit Brille und spitzem Kinnbärtchen, mit einem Ausdruck des Schrecks in dem langen, gelben Gesicht und – mit offenem Mund.

»Geh«, wiederholte Marina, wandte ihm die Seite zu und schwang abweisend die Arme. Zum Weggehen fehlte es ihm an Kraft, auch vermochte er die Augen nicht loszureißen von der runden Schulter, der straff hohen Brust, von dem Rücken, über den die kastanienbraune Haarflut herabwallte, und von der flachen, unscheinbaren Gestalt des Mannes mit den Glasaugen. Er sah, daß Marinas Bernsteinaugen ebenfalls diese kümmerliche Gestalt anblickten, ihre Hände hatten sich zum Gesicht erhoben; das Gesicht mit den Händen bedeckt, schüttelte sie sonderbar ruckartig den Kopf, warf sich auf die Ottomane, stampfte mit den bloßen Füßen und rief mit trunkener Stimme: »Ach, wird es nun bald!«

Da ging Samgin, ohne die Augen von ihr, von ihren stampfenden Füßen zu wenden, rückwärts zur Tür hinaus, machte sie nicht ganz zu, lehnte sich mit dem Rücken dagegen und blieb mit geschlossenen Augen lange im Dunkeln stehen, sah aber vor sich klar und deutlich den mächtigen Frauenkörper, die straffen, gleichsam wunden Brüste, die breiten, rosigen Hüften und daneben sich selbst mit zerzauster Frisur und offenem Mund im grauen, schweißbedeckten Gesicht.

Ihn brachte ein Stoß gegen die Schulter zu sich und das Flüstern: »Mein Gott – wer ist das? Wie kommt das? Sacharij, Sacharij!«

In dieser Frau, an ihrem Totenschädelgesicht, erkannte Samgin das Stubenmädchen Marinas, sie leuchtete ihn mit einer Lampe an, ihre Hand zitterte, und die Augen zuckten erschreckt in ihren dunklen Höhlen. Sacharij kam herbeigelaufen, stieß sie beiseite und murmelte zornig, ganz außer Atem: »Wie können Sie denn . . . herumgehen? Das dürfen Sie nicht! Und ich suche Sie, habe einen Schreck bekommen. Sind Sie ohnmächtig geworden?«

Er ergriff Samgin beim Arm, führte ihn rasch die Treppe hinunter, zog ihn fast im Laufschritt etwa dreißig Schritte weit hinter sich her und setzte ihn auf einen Reisighaufen im Garten, dann stellte er sich vor ihn hin und fächelte ihm mit dem schwarzen Schoß seines Überrocks ins Gesicht, wobei sein nasses Hemd und die bloßen Füße sichtbar wurden. Er sah jetzt schmaler, größer aus, sein blasses Gesicht hatte sich in die Länge gezogen und zeigte trunkene, trübe Augen, es schien, als hätte sich auch sein Bart verlängert. Das nasse Gesicht glänzte, verzog sich zu einem Lächeln und ließ die Zähne sehen, er sprach von irgend etwas, doch Samgin, der sich gleichsam gegen ihn wehrte, suchte sich einzureden: Ein Tänzer, ein Gaukler aus einer Schankwirtschaft.

Es war unangenehm, daß dieser schweigsame, stille Mann so viel redete.

»Alle waren der Ohnmacht nahe, als sie sich freudig um den Geist bemühten. Wenn man sich um den Geist bemüht, ist das ja eine Freude ...«

»Ich werde gehen«, sagte Samgin und erhob sich; Sacharij stützte ihn unter dem Arm, führte ihn tief in den Garten hinein und sagte leise: »Ja, gehen Sie nur! Das Pferd können Sie nicht haben, das Pferd – ist für sie.«

Er führte ihn an eine Lücke im Zaun und sagte, indem er mit seinem langen Arm ausholte: »Nach links an den Gemüsefeldern vorbei bis zur Kapelle, dann sehen Sie schon.«

Samgin brach auf, hielt sich in der Nähe der Latten- und Flechtzäune und bedauerte, daß er keinen Stecken oder Spazierstock hatte. Er torkelte, und ihn schwindelte immer noch, ihn quälten bittere Trockenheit im Mund und ein scharfer Schmerz in den Augen.

Die Häuser der Gemüsegärtner standen weit voneinander entfernt, die ungepflasterte Straße war menschenleer, der Wind glättete ihren Staub, blies leichte, graue Wölkchen hoch, die Bäume rauschten, auf den Gemüsefeldern bellten und heulten die Hunde. Am anderen Ende der Stadt, dort, wohin man die Ikone getragen hatte, krochen träge Raketen in den leeren Himmel, zu dem silbernen Mondteller empor, die kaum hörbaren Explosionen klangen wie schwere Seufzer, goldene, bunte Funken rieselten herab.

Dort ist Jahrmarkt, erinnerte sich Samgin, der müde dahinschritt und seinen Schatten betrachtete, der Schatten glitt und zuckte über den ausgefahrenen Weg, als wäre er bestrebt, sich in den Staub einzuwühlen, und verwandelte sich behende in die kleine, graue Gestalt eines kläglichen und vor Bestürzung niedergedrückten Menschen. Samgin fühlte sich immer schlechter. In seinem Leben hatte es Augenblicke gegeben, in denen die Wirklichkeit ihn gedemütigt und ihn zu zermalmen versucht hatte, er gedachte der Nacht des 9. Januar in den dunklen Straßen Petersburgs, der ersten Tage des Moskauer Aufstands und jenes Abends, an dem man ihn und Ljubascha verprügelt hatte, in all diesen Fällen hatte er der Angst nachgegeben, die der natürliche Selbsterhaltungstrieb in ihm hatte durchkommen lassen, und heute war er natürlich auch von einem biologischen Trieb bedrückt, aber nicht nur von ihm. Heute war er auch erschreckt, aber wodurch? Das war ihm unverständlich.

Ihm schien, als wäre er ganz voller Staub und mit klebrigen Spinnweben beschmutzt; er schüttelte sich, betastete seinen Anzug, fing an ihm irgendwelche unsichtbaren Stäubchen, dann entsann er sich, daß nach dem Volksglauben Sterbende sich so absuchten, und steckte die Hände tief in die Hosentaschen, dadurch wurde er im Gehen behindert, als hätte er sich gefesselt. Auch war wahrscheinlich für einen Unbeteiligten ein Mann komisch, der einsam durch die menschenleere Vorstadt schritt, die Hände in den Hosentaschen hielt, das Zucken seines Schattens beobachtete, klein, flach und grau – mit Brille.

Er nahm die Brille ab, steckte sie in die Tasche, holte die Uhr hervor, blickte auf das Zifferblatt und überlegte: Dieses . . . dieser Alptraum hat über zwei Stunden gedauert.

Die mechanische Gewohnheit, zu denken, und der unbestimmte Wunsch, alles Gesehene schlechtzumachen, zu vertuschen, flüsterten ihm ein: Man kann das als ein symbolisches Suchen nach dem Sinn des Lebens auffassen. Gipfel aller Eitelkeit. Metaphysik von Wilden. Möglicherweise ist es auch einfach die Langeweile satter Menschen.

Er erinnerte sich der tollen kleinen Alten mit ihren schrecklichen Worten.

Wahrscheinlich eine alte Jungfer, die ebenso schwachsinnig ist wie dieser Idiot Wassja.

Aber er wußte, daß er sich zwang, an diese Leute zu denken, um nicht an Marina zu denken. Ihre Beteiligung an diesem Wahnsinn – war ganz unbegreiflich.

Wenn es nicht mit dem unsinnigen Bad in dem Becken geendet hätte, wenn sie während der zwei Stunden des wilden Reigens dieser Idioten reglos wie ein Idol sitzen geblieben wäre, wäre es besser gewesen. Und wäre begreiflicher. Sicher begreiflicher.

Er schritt bereits durch eine belebte Straße, ihm kamen elegante Leute entgegen. Betrunkene schrien, Droschken fuhren vorbei und füllten die Luft mit Lärm und Geratter. Das alles ernüchterte ihn ein wenig.

Als er sich aber zu Hause gewaschen und umgezogen hatte und sich mit einer Zigarette zwischen den Zähnen an den Teetisch setzte, war es ihm, als ließe sich eine Wolke auf ihn herab, die ihn mit schwerer, beunruhigender Trauer umfing und ihm nicht einmal erlaubte, seine Gedanken in Worte zu fassen. Vor ihm standen zwei: er selbst und die nackte, herrliche Frau. Eine kluge Frau, das stand außer Zweifel. Eine kluge und gebieterische.

In dieser Unruhe verbrachte er ein paar Tage und fühlte, daß er stumpf wurde, in Melancholie verfiel und – sich vor einer Begegnung mit Marina fürchtete. Sie erschien nicht bei ihm und lud ihn nicht zu sich, selbst zu ihr zu gehen, konnte er sich nicht entschließen. Er schlief schlecht, hatte keinen Appetit mehr und lauschte ununterbrochen dem verlangsamten Dahinströmen zäh haftender Erinnerungen, dem zusammenhanglosen Wechsel eintöniger Gedanken und Gefühle.

Vor ihm erstand unerwartet – als hätte sie sich irgendwoher aus einem dunklen Winkel des Hirns herangeschlichen – die Frage: Was hatte Marina gewollt, als sie ihm zurief: »Ach, wird es nun bald!« Hatte sie gewollt, daß er gehe, oder, daß er bei ihr bleibe? Nach einer direkten Antwort auf diese Frage suchte er nicht, da er einsah, daß Marina ihn, wenn sie es wollte, zwingen würde, ihr Geliebter zu werden. Schon morgen würde sie ihn zwingen. Und nun sah er sich wieder in demütigender Weise neben ihr vor dem Spiegel.

Es verging über eine Woche, bevor Sacharij ihn anrief und aufforderte, in den Laden zu kommen. Samgin zog seinen neuen Flanellanzug an und ging zu Marina mit jener inneren Sammlung, mit der er sich zu einem sehr verwickelten Prozeß ins Gericht zu begeben pflegte. Im Laden lächelte ihn Sacharij verlegen und freundschaftlich an und erweckte den unangenehmen Verdacht: Dieser Narr scheint geneigt zu sein, mich auch für verrückt zu halten.

Marina empfing ihn wie immer, ruhig und wohlwollend. Sie saß am Tisch und schrieb etwas, vor ihr stand ein Glaskrug mit einer trübgelben Flüssigkeit und Eisstückchen darin. In dem schlichten, weißen Batistkleid schien sie nicht so hochgewachsen und üppig.

»Trink«, forderte sie ihn auf. »Das ist Apfelsinensaft, Wasser und etwas Weißwein. Es erfrischt sehr.«

Zuerst sprachen sie von geschäftlichen Angelegenheiten, dann sagte sie, den Nagel ihres kleinen Fingers betrachtend: »Nun, was sagst du zu der Feier?«

»Ich bin erstaunt«, antwortete Samgin vorsichtig.

»Sacharij sagte mir, du seist tief beeindruckt gewesen.«

»Ja, weißt du . . .«

»Was hat dich denn erstaunt?«

»Das ist doch – Irrsinn«, sagte er nach kurzem Zögern.

»Das ist – Glaube!«

Jetzt hatte Marina den Kopf hochgerissen und blickte ihn eindringlich, streng an, und Samgin fiel an ihren Augen etwas Fremdes, Kaltes und Vorwurfsvolles auf.

»Das ist mehr, dieser Glaube ist tiefer als alles, was die vergoldeten, theatralischen staatlichen Kirchen mit ihren Sängern, Orgeln, dem Sakrament der Eucharistie und allen ihren Kunststücken zeigen. Es ist der uralte, volkstümliche und weltumfassende Glaube an den Geist des Lebens . . .«

»Mir ist das fremd«, sagte Samgin, wobei er darauf achtete, daß seine Worte nicht schuldbewußt klängen.

»Das ist dein Unglück und das von deinesgleichen«, entgegnete sie ruhig, den abgebrochenen Fingernagel beschneidend. Samgin beobachtete die Bewegungen ihrer Finger und sagte gedämpft: »Ich begreife gar nicht, wie kannst du . . .«

Sie ließ ihn nicht zu Ende sprechen und blickte ihn wieder sehr streng an.

»Frage mich nach nichts, was du wissen mußt, werde ich selbst sagen. Nimm es mir nicht übel. Du darfst denken, ich spiele . . . aus Langerweile, oder noch etwas anderes. Das ist dein gutes Recht.«

Er war verstummt und blickte ihren Busen an, der von dem Batist straff umspannt war; dann gestand er mit einem Seufzer: »Ich bedaure, daß ich . . . dich dort gesehen habe . . .«

Er sprach nicht davon, daß er sie unbekleidet gesehen hatte, aber Marina mußte es wohl so verstanden haben.

»Das ist unwesentlich«, sagte sie lässig. »Aber du hast gesehen, was seit alters her dem Leben von Millionen einfacher Menschen einen Inhalt verleiht.«

Sie erhob sich, schüttelte ihr Kleid, ging in die Ecke, und von dort vernahm Samgin ihre Frage: »Hast du Serafima Nechajewa erkannt?«

»Nechajewa?« wiederholte Samgin den längst vergessenen Namen. »Sie war dort?«

»Nun, ja! Sie führte sich wie eine Besessene auf, die Grauhaarige, Spitznasige, krächzte wie eine Krähe: ›Dharma, Dharma!‹ Dabei weiß sie wahrscheinlich gar nicht richtig, was Dharma und Aodahia ist.«

»Wie . . . sonderbar«, sagte Samgin, während sie auf den Tisch zukam und geringschätzig fortfuhr: »Wie überall gibt es auch bei uns zufällig hinzugekommene und überflüssige Leute. Sie kommt von den transkaukasischen Springern und gehört unserer Sekte nicht an. Sie ist ganz verdreht. Schreibt ein Buch über die Yogis und kennt angeblich orientalische Rosenkreutzer. Sie ist reich. Ihr Mann ist Amerikaner, er hat Dampfer. Ja – da siehst du, was aus der Fimotschka geworden ist! Sie lag immerzu im Sterben und plötzlich – ist sie reich geworden . . .«

Samgin hörte zu und dachte befriedigt: Nein, sie kann das Reigentanzen in der Fabrik künstlicher Mineralwässer nicht ernst nehmen! Das kann sie nicht!

Und da er etwas empfand, das sehr viel Ähnlichkeit mit Dankbarkeit ihr gegenüber hatte, lächelte Samgin, worauf sie, die gerade ein Eisstück mit dem Löffel aus dem Krug herausfischte, ihn mit einem Seitenblick fragte: »Worüber lachst du?«

Er schwieg, weil er sich nicht entschließen konnte, zu wiederholen, daß er ihr nicht glaube und – froh sei, daß er ihr nicht glaube.

»Du bist unheilbar gescheit, mein Freund Klim Iwanowitsch!« sagte sie nachdenklich und trank aus dem Glas einen Schluck des Getränks. »An solchen Menschen wie du – krankt die Welt!«

Sie stellte das Glas auf den Tisch und schlug Samgin leicht an die Stirn; die heiße Hand brannte angenehm an der Stirnhaut, Samgin fing die Hand und küßte sie, zum erstenmal in der ganzen Zeit ihrer Bekanntschaft.

»Unheilbar«, wiederholte sie und ließ den Arm am Körper herabhängen. »Du sehnst dich nach Glauben, fürchtest dich aber zu glauben.«

Samgin kam es vor, als wollte sie sich ihm auf den Schoß setzen, er bewegte sich im Sessel, setzte sich fester hin, aber da klirrte im Laden die Glocke. Marina verließ das Zimmer und kam eine Minute später mit Briefen in der Hand zurück; einen von ihnen, einen ziemlich dicken, wog sie auf der Hand, dann warf sie ihn nachlässig auf das Sofa und sagte: »Creighton übt sich immerzu in russischer Rechtschreibung. Er hat den Fuß gebrochen, aber das hat ihn am Kopf getroffen. Er hält um meine Hand an.«

»Was tut er? Er hält um dich an?« fragte Samgin verwundert, und da er sofort erfaßte, daß Verwunderung unangebracht sei, sagte er: »Das wundert mich nicht.«

»Ja«, sagte Marina, die lautlos auf dem Teppich herumschritt. »Man hält um meine Hand an. Nicht er allein. Sie freien um mich, und ich verstecke mich«, sagte sie etwas gelangweilt, nachdem sie stehengeblieben war, und fragte halblaut: »Du hast mich unbekleidet gesehen?«

Samgin kam nicht zum Antworten, sie wölbte die Brust vor, strich mit den Händen über die Hüften und sagte leise, aber streng: »Welch einen Mann brauchte ich, um von ihm Kinder zu bekommen! Das ist es eben!«

Dann schüttelte sie jäh den Kopf und sagte dumpf, mit leichter Heiserkeit: »Meinem Mann werde ich bis zum Tod dafür dankbar sein, daß er mich sowohl geliebt als auch gehätschelt und verwöhnt, meine Schönheit aber – geschont hat.«

Samgin schien es, ihre Augen seien feucht, er neigte tief den Kopf und konnte gerade noch denken: Sie redet wie ein Bauernweib ... Und gleich danach spürte er, daß er gehen müsse, und zwar sofort, durch ihre letzten Worte hatte sie gleichsam alle Gedanken und jegliche Wünsche in ihm verdrängt. Eine Minute später verabschiedete er sich hastig und entschuldigte seine Eile damit, daß er eine unaufschiebbare Angelegenheit vergessen habe.

Zynismus und Tränen, dachte er, als er rasch durch die Straße schritt, die von der Hitze glühend heiß war.

Es ist etwas Entartetes, Dunkles ... Ich muß mich von ihr fernhalten ...

Ein paar Tage später wußte er ganz bestimmt: Er strebte von ihr weg, weil sie ihn immer stärker anzog, und er mußte von ihr abrükken, vielleicht sogar aus der Stadt ausziehen.

Und Mitte des Sommers reiste er ins Ausland.

INHALT

Mit freundlicher Genehmigung des Eulenspiegel Verlages Berlin, DDR, wurde als Abbildung auf der Kassette das Plakat »Es lebe die Rote Armee« von Wladimir Fidman aus dem Band »Rußland wird rot« von Georg Piltz (1977) verwendet.

Maxim Gorki · Klim Samgin · Buch 4

Maxim Gorki

Klim Samgin

Vierzig Jahre

Buch 4

Mit Anhang zu
Buch 3 und 4

Deutscher Taschenbuch Verlag

Aus dem Russischen übersetzt von Hans Ruoff.
Dem Text der Vollständigen Gorki-Ausgabe, Moskau 1974/75,
entsprechend bearbeitet und mit Anmerkungen versehen
von Eva Kosing. Mit einem Nachwort von
Helene Imendörffer.
Titel der Originalausgabe:
»Žizn' Klima Samgina« (Moskau 1927–1937)

Von Maxim Gorki
sind im Deutschen Taschenbuch Verlag erschienen:
Autobiographische Romane (2007)
Drei Menschen · Die Mutter (2017)
Foma Gordejew · Eine Beichte · Das Werk
der Artamonows (2029)
Konowalow und andere Erzählungen (2035)
Der Vagabund und andere Erzählungen (2052)

April 1982
Deutscher Taschenbuch Verlag GmbH & Co. KG, München

ISBN 3-538-05260-3
Übersetzungsrechte beim Aufbau-Verlag, Berlin und Weimar
Umschlaggestaltung: Celestino Piatti unter Verwendung
einer »Klim-Samgin«-Illustration von 1934.
Gesamtherstellung: Friedrich Pustet,
Graphischer Großbetrieb, Regensburg
Printed in Germany · ISBN 3-423-02100-4

VIERTES BUCH

Berlin empfing ihn unfreundlich: Es rieselte der ihm von Petersburg her wohlbekannte feine, graue Regen, und die Gepäckträger streikten. Da mußte man die zwei schweren Koffer selbst schleppen, in einer Menge verärgerter Menschen die Unterführung durchschreiten und mit ihnen die Treppe hinaufgehen. Die Menschen, größtenteils von hohem Wuchs, beleibt, brummten und knurrten, stießen einander rücksichtslos mit dem Gepäck und entschuldigten sich anscheinend nicht. Vor Samgin schritten, ihn behindernd, in militärischer Haltung zwei in Jägertracht, mit runden Hüten, hinter dem Hutband hatten sie kleine Vogelfedern stecken. Vermutlich, um die Leute, die sich über die Gepäckträger ärgerten, zum Lachen zu bringen, trugen die Männer mit den Hutfedern ein kleines Körbchen an einem Stock und taten so, als brächen sie unter dem Gewicht ihrer Bürde zusammen. Doch es lachte nur eine hochgewachsene, hagere Dame, die, von den Schultern bis zu den Knien mit allerhand Paketen behängt, in der einen Hand einen Koffer, in der anderen ein Necessaire trug; sie lachte schrill, gezwungen, aus Liebenswürdigkeit; es war für sie sehr unbequem zu gehen, man stieß sie mehr als die anderen, und ihr Lachen unterbrechend, rief sie den Spaßvögeln beunruhigt zu: »Mein Gott! Da ist Glas darin! Oh, Richard, die Vase . . .«

Auf dem Platz vor dem Bahnhof stand keine einzige Droschke. Über die nassen Pflastersteine durch das dichte Regennetz schritten düster und stumm ordentlich gekleidete Menschen. Der Regen war eigentümlich sanft, er fiel völlig geräuschlos auf die Steine, sehr deutlich zu hören aber war das eintönige Plätschern des Wassers, das aus den Regenrinnen rann, und das zornige Patschen der Schritte. In dichten Reihen standen wuchtige Gebäude, die Feuchtigkeit hatte ihnen eine fast gleichförmige Farbe rostigen Eisens verliehen. Samgin, der fühlte, wie kalte Niedergeschlagenheit durch Kleidung und Haut in ihn eindrang, stellte die Koffer hin, nahm den Hut ab, wischte sich den Schweiß von der Stirn und rief sich ins Gedächtnis: Es gibt keine ausweglose Lage.

Hinter ihm tauchte ein graubärtiger, stämmiger Mann auf, mit Ledermütze, einer blauen Bluse bis zu den Knien, einem Messingschild auf der Brust und in Riesenschuhen.

»Zwei Mark bis zum nächsten Hotel«, bot ihm Samgin.

»Nein«, sagte der Gepäckträger, ohne ihn anzublicken, und zog die Schulter hoch, als stieße er etwas von sich.

Proletarische Solidarität oder – Angst, von den Kollegen verprügelt zu werden? dachte Samgin ironisch, während der Gepäckträger ihm von der Seite mit einem Auge ins Gesicht blickte, mit einer Bewegung des Kinns auf eines der Häuser deutete und laut sagte: »Pension Balz.«

Samgin vergaß, sich zu bedanken, nahm seine Koffer, trat in den Regen hinaus, und eine Stunde später saß er, nachdem er ein Bad genommen und Kaffee getrunken hatte, am Fenster eines kleinen Zimmerchens und rekonstruierte in der Erinnerung die Szene seiner Bekanntschaft mit der Pensionswirtin. Dick, fast kugelförmig, in rotbraunem Kleid und grauer Schürze, eine Brille auf der Nase, die zwischen den Pölsterchen der roten Wangen eingezwängt war, hatte sie als erstes gefragt: »Sie sind kein Jude, nein?«

Sie hatte selbst rasch und geschickt das Bad bereitet und den Kaffee serviert, wobei sie erklärte, daß sie die Nichte eines Streikenden habe entlassen müssen. Dann hatte sie den Gast unverfroren durch die Brillengläser gemustert und gefragt, was in Rußland vorgehe. Seine Deutschkenntnisse prüfend, hatte Samgin knapp, aber bereitwillig geantwortet und gedacht, es sei schön, nachdem er die Grenze passiert hatte, hinter sich irgendeine Tür so fest zu schließen, daß es möglich wäre, wenn auch nur für kurze Zeit, den ermüdenden Lärm des Heimatlandes nicht mehr zu hören und ihn sogar zu vergessen. Die Wirtin hatte unterdessen laut, entschieden und als wäre es nicht für einen, sondern für viele bestimmt, gesagt: »Bebel gehört nicht in den Reichstag, sondern ins Gefängnis, wo er schon gesessen hat. Man behauptet zwar, er sei kein Jude, aber er ist auch Sozialist.«

Samgin hatte lächelnd gefragt, ob sie denn glaube, daß alle Juden, auch die reichen, Sozialisten seien.

»O ja!« schrie sie zornig. »Lesen Sie die Reden Eugen Richters. Die Sozialisten sind Leute, die Deutschlands rechtmäßige Herren ausplündern und aus dem Lande jagen wollen, aber das können nur Juden wollen. Ja, ja – lesen Sie Richter, das ist ein gesunder, ein deutscher Kopf!«

Und bereits mit gluckernden Kehllauten fuhr sie, die Ellenbogen schwingend wie ein Huhn die Flügel, fort: »Deutschland ist selbst Vorbild für ganz Europa. Unser Kaiser ist genial, wie Friedrich der Große, er ist ein Herrscher, wie ihn die Geschichte schon seit langem erwartet hat. Mein Mann Moritz Balz hat mir stets eingeprägt: ›Liesbeth, du mußt Gott dafür danken, daß du zur Zeit eines Herrschers lebst, der ganz Europa vor den Deutschen in die Knie zwingen wird. . . .‹«

Sie war so dick und weich, daß ihre rechte Gesäßhälfte herabhing, wie ebensolche Blasen blähten sich Busen und Leib. Doch wenn sie sich erhob, verschwanden die Blasen, weil sie zu einer großen verschmolzen, fast ohne die Vollkommenheit von deren Form zu verletzen. Auf dem Gipfel dieser Blase entsproß eine kleine rötliche Eiterbeule mit einem Spalt, aus dem Worte hervorquollen. Aber hinter der äußeren Unansehnlichkeit der Pensionswirtin entdeckte Samgin etwas Bedeutendes, und als sie aus dem Zimmer hinausgerollt war, dachte er: Ein russisches Frauenzimmer dieses Berufes beurteilt nicht solche Fragen . . .

Der Regen hatte aufgehört, grauer Dunst füllte die Straße, Lokomotiven pfiffen, Eisen dröhnte und ließ die Fensterscheiben erzittern, von einem vierstöckigen Haus entfernten einförmig stämmige Arbeiter in blauen Blusen und komischen Kappen – sie sahen genauso aus, wie der »Simplicissimus« sie darstellte – die Käfige eines Gerüsts. Samgin sah zum Fenster hinaus, rauchte und geriet, dem aufdringlichen Rascheln kleiner Gedanken lauschend, in lyrische Stimmung.

Mein Leben ist ein Monolog; doch ich denke in Dialogen, wobei ich stets irgendwem etwas zu beweisen suche. Als lebte in mir irgendein Fremder, Feindlicher, der jeden meiner Gedanken überwacht und vor dem ich mich fürchte. Ob es wohl Menschen gibt, die ohne Worte zu denken vermögen? Die Musiker vielleicht . . . Ich bin müde. Übermäßig entwickelte Beobachtungsgabe ist lästig. Man nimmt allzuviel Banales, Sinnloses mechanisch in sich auf.

Er schloß die Augen, und in der Dunkelheit erschien vor ihm ein wohlgebauter, nackter, rosiger Frauenkörper.

Wenn ich mich in sie verliebt hätte, dann hätte sie alles aus mir verdrängt . . . Was denn alles? Sie hat mich einen unheilbaren Schlaukopf genannt, sagte, an solchen wie mir kranke die Welt. Das stimmt nicht. Es ist nicht wahr. Ich bin kein Bücherwurm, kein Dogmatiker, kein Moralist. Ich weiß viel, suche aber nicht zu belehren. Ich ersinne keine Theorien, die stets das freie Wachstum der Gedanken und der Einbildungskraft einschränken.

Hier überfielen ihn wie Herbstfliegen fremde, vor kurzem gelesene Worte: »Letzte, äußerste Freiheit«, »Tragik vermeintlichen Allwissens«, »Naivität eines Wissens, das wie Narziß sich selbst bewundert« – das Gedächtnis raunte ihm immer mehr solcher Worte zu, und es schien, als raschelten sie außerhalb seiner, im Zimmer.

Er holte ein paar Bücher aus dem Koffer heraus, im Vorwort des einen trafen seine Augen auf den Satz: »Wir nehmen alle Religionen, alle mystischen Lehren an, nur um nicht in der Wirklichkeit zu sein.«

Wenn das nicht Pose ist, so ist das bereits Verzweiflung, dachte er.

Ans Fenster peitschte wieder der Regen, es war zu hören, wie der Wind rauschte. Samgin begann ein Poem Miropolskijs zu lesen.

Das Lesen von Belletristik war ihm ein dringendes Bedürfnis, ebenso wie die Gewohnheit des Rauchens. Die Bücher bereicherten seinen Wortschatz, er wußte eine geschickte und wohlklingende Anordnung der Worte zu schätzen, ergötzte sich daran, wie mannigfaltig die verschiedenen Autoren ein und denselben Gedanken in Worte kleideten, und besonders gefiel es ihm, an Menschen, die sich scheinbar nicht in Zusammenhang bringen ließen, Gemeinsames zu finden. Wenn er Leonid Andrejew las, dessen katzenartiges Schnurren fast immer in ein wehmütiges Wolfsgeheul überging, erinnerte sich Samgin mit Vergnügen des tiefen Gebrumms von Gontscharow: »Wozu das Wilde und Grandiose? Das Meer zum Beispiel. Es macht den Menschen nur traurig, man möchte weinen, wenn man es anschaut. Das Heulen und die wütenden Donnerschläge der Wogen ergötzen das schwache Gehör nicht, sie wiederholen nur immerzu seit Anbeginn der Welt ihr stets gleiches Lied düsteren und unenträtselten Inhalts.«

Diese Worte riefen die beunruhigte Frage Tjutschews ins Gedächtnis: »Was meint dein Heulen, nächtlicher Wind?« und seine inständige Bitte:

»Oh, sing nicht diese Schreckenslieder
Vom alten Chaos ...«

Und von neuem gedachte er Gontscharows: »Ohnmächtig ist das Brüllen des Tieres angesichts dieser Klageschreie der Natur, nichtig auch die Stimme des Menschen, und der Mensch selbst so klein und schwach ...«

Dann soufflierte ihm das Gedächtnis dienstbeflissen Byrons »Finsternis«, Shelleys »Ozymandias«, Gedichte von Edgar Allan Poe, Musset und Baudelaire, Sologubs »Flammenkreis« und vieles andere dieser Art – alles das hatte er einst gelesen und war in der Erinnerung geblieben, um zuweilen zu ertönen.

Aber die Worte von der Nichtigkeit des Menschen angesichts drohender Naturkraft, vor dem Gesetz des Todes verdarben Samgin nicht die Stimmung, er wußte, daß diese Worte ihre Autoren nicht im geringsten zu leben hinderten, wenn die Autoren physisch gesund waren. Er wußte, daß Arthur Schopenhauer, nachdem er zweiundsiebzig Jahre gelebt und bewiesen hatte, daß der Pessimismus die Grundlage religiöser Gesinnung sei, in der glücklichen Überzeugung gestorben war, seine nicht sehr fröhliche Philosophie von der Welt als einem »Gehirnphänomen« sei »die beste Schöpfung des neunzehnten Jahrhunderts«.

Religiöse Gesinnungen und Fragen metaphysischer Art hatten Samgin nie beunruhigt, zudem sah er ja, wie rasch der religiöse Gedanke Dostojewskijs und Lew Tolstois, zum lüsternen Geschwätz Mereshkowskijs absinkend, seine Schärfe verloren hatte, in den kühlen Worten des Halbnihilisten Wladimir Solowjow leidenschaftslos wurde, sich in der Spitzfindigkeit des Wollüstlings Wassilij Rosanow zersetzte und in den Nebeln der Symbolisten unterging und verschwand.

Dostojewskij las er in kleinen Partien, mit einiger Selbstüberwindung und fand, daß dieser hochoriginelle Künstler die Menschen am kundigsten, beweiskräftigsten und weisesten herabwürdige. Ihm gefiel der gramvolle und demütige Spott Tschechows über die Banalität des Lebens. Meist zeigten ihm die Bücher die Menschen als jämmerlich, im Kleinkram des Lebens, in den Widersprüchen von Verstand und Gefühl, im trivialen Wettstreit der Eigenliebe verfangen. Letztlich war die Belletristik für ihn so etwas wie ein nicht dummer, zuweilen sehr interessanter Gesprächspartner, mit dem man schweigend streiten, über den man schweigend lachen konnte und dem man nicht zu glauben brauchte.

Vor dem Fenster glitten gelbliche Sonnenflecke über die feuchten Hauswände. Samgin warf das sonderbare Büchlein auf den Tisch, zog sich eilig an, ging auf die Straße und stellte, als er auf den irgendwie besonders harten Bürgersteigen dahinschritt, alsbald eine Ähnlichkeit Berlins mit Petersburg fest, die er in der Fülle von Militärpersonen erblickte; dann fand er, daß in Berlin die Offiziere noch aufgeblasener seien als in Petersburg, und entsann sich, daß dies schon mehrfach festgestellt worden war. Er ging durch die Geschäftsstraßen wie auf dem Grund eines tiefen Grabens, die zwei Reihen wuchtiger Gebäude bewegten sich auf ihn zu, aus den offenen Türen der Läden wehte der Geruch von Leder, Öl, Tabak, Fleisch und Gewürzen, von allem war viel vorhanden, und alles war aufreizend eintönig. Ihm fielen die Worte Ljutows ein: Deutschland ist vor allem Preußen. Die Apotheose einer Kultur unmäßiger Bierkonsumenten. Wenn man in Paris die Notre-Dame mit dem Eiffelturm vergleicht, begreift man die Ironie der Geschichte, die Schwermut Maupassants, den Widerwillen Baudelaires, die eleganten Sarkasmen von Anatole France. In Berlin braucht man nichts zu begreifen, das Reichtstagsgebäude und die Siegesallee sagen alles ganz klar. Die Metropole Preußens ist eine Stadt auf Sand, so etwas wie ein Geschwür an der Hüfte Deutschlands, ein Stein in seiner Leber ...

Die grauen Wolken begannen wieder zu feinem Regen zu zerstieben. Samgin nahm eine Droschke und kehrte ins Hotel zurück. Am Abend langweilte er sich im Theater, wo er sich ansah, wie man ein Stück von Wedekind spielte, am nächsten Tag ging und fuhr er vom Morgen bis zum Abend in der Stadt herum und besichtigte sie, danach widmete er einen Tag einer Fahrt nach Potsdam. Zu den bekannten, negativen Urteilen über Berlin vermochte er von sich nichts hinzuzufügen. Ja, es war eine schwere Stadt, eine langweilige, und es war an ihr – an den Gebäuden und den Menschen – etwas bedrükkend Gespanntes. Die stämmigen, großen Maurer, die Zimmerleute arbeiteten schweigend, mürrisch, mechanisch. Sie hatten ebenso hochgewölbte Brustkästen und hölzerne Gesichter wie die Militärs. Es gab sehr viele Dicke. Samgin beschloß, die Museen zu besichtigen und dann abzureisen.

Nun befand er sich in der Gemäldegalerie.

Nach der drückenden, schwülen Feuchtigkeit der Straßen war es sehr angenehm, in der Kühle der menschenleeren Säle umherzugehen. Die Malerei interessierte Samgin nicht sonderlich. Er betrachtete den Besuch von Museen und Ausstellungen als Pflicht eines kultivierten Menschen – eine Pflicht, die Gesprächsstoff liefert. Die Bilder las er gewöhnlich, wie Bücher, und sah selber, daß sie dadurch entwertet wurden.

Wenn er für ein paar Sekunden vor der Darstellung eines Frauenkörpers stehenblieb, dachte er an Marina: Sie ist schöner.

An Marina dachte er aus irgendeinem Grund unfreundlich, vielleicht ärgerte es ihn, daß die Kunst sich in diesem Fall nicht über die Wirklichkeit erhob. In der Landschaftsmalerei stand sie fast immer über der Natur. Samgin zog der Genremalerei die ruhigen, sanften Bildchen wohlwollend und romantisch geschminkter Natur vor. Schufen nicht sie die Stimmung einer ihm fremden wohltuenden Traurigkeit? Er setzte sich in dem großen Saal auf eine Polsterbank, schloß die ermüdeten Augen und überlegte: Womit ließen sich diese Hunderte von farbigen Erinnerungen an die Vergangenheit vergleichen? Das Gedächtnis raunte ihm die elegischen Verse Tjutschews zu:

... Elysium der Schatten,
Der stummen, lichten, wunderschönen,
Die weder an den Plänen dieses tollen Jahres
Noch an der Freude und dem Leide haben teil ...

Er erhob sich und ging weiter, wobei er erregt die Verse wiederholte, dann blieb er vor einem ziemlich dunklen Quadrat stehen, auf dem seltsame Gestalten phantastisch gemischter Formen in chaotischer Unordnung verstreut waren: Menschliches war mit Vogelartigem und Tierischem verbunden, ein Dreieck mit aufgemaltem Gesicht ging auf zwei Beinen. Die Willkür des Künstlers hatte bekanntes Existierendes auseinandergerissen, es in Teile zertrennt und diese Teile komisch keck zu Unmöglichem, Mißgeformtem vereint. Samgin blieb etwa drei Minuten vor dem Bild stehen und fühlte plötzlich, daß es den Wunsch erweckte, die Arbeit des Künstlers zu wiederholen, seine Gestalten wieder in Teile zu trennen und diese von neuem zu vereinen, aber nun bereits so, wie es ihm, Samgin, belieben würde. Er protestierte gegen diesen Wunsch und ging befremdet weiter, kehrte aber sofort zurück, um den Namen des Malers zu erfahren. »Hieronymus Bosch«, las er auf dem matten Messingtäfelchen und erblickte noch zwei kleine, aber ebenso seltsame Bilder. Er setzte sich in einen Sessel, betrachtete die Arbeit, die sich mit keinem Begriff der Malerei bestimmen zu lassen schien, und bemühte sich lange zu erraten: was mochte der Künstler Bosch sich gedacht haben, als er aus getrennten Stücken des Realen diese phantastische Welt schuf? Und je mehr er sich in die Vereinigung der unvereinbaren Formen von Vögeln, Tieren und geometrischen Figuren hineinsah, desto gebieterischer regte sich in ihm der Wunsch, all diese Gestalten zu zerstören, den Sinn zu finden, der sich in ihrer düsteren Phantastik verbarg. Der Name – Hieronymus Bosch – erinnerte an nichts in der Geschichte der Malerei. Sonderbar, daß dieses aufreizende Bild im besten Museum der deutschen Hauptstadt einen Platz gefunden hatte.

Samgin begab sich zu dem Verkäufer von Katalogen und Photographien hinunter. Der kleine Mann mit gelbem Gesicht und seidenem Käppchen sagte, ohne das rechte Auge von der Zeitung loszureißen, er habe keine Monographie über Bosch, möglicherweise seien aber in den Buchhandlungen solche vorhanden. In einer Buchhandlung fand sich eine Monographie in französischer Sprache. Zu Hause zündete sich Samgin, nachdem Frau Balz ihn mit Gänsebraten, Kartoffelsalat und Karpfen bewirtet hatte, eine Zigarette an, legte sich auf den Diwan und begann, das schwere Buch auf die Brust gestützt, die Reproduktionen zu betrachten.

Geflügelte Affen, Vögel mit Tierköpfen, Teufel in Gestalt von Käfern, Fischen und Vögeln; neben einer halb eingestürzten Hütte hat sich der heilige Antonius erschreckt zusammengekauert, auf ihn zu kommen ein Schwein in Frauenkleidern und ein Affe mit komischer Kappe; überall kriechen allerhand Reptilien; unter einem Tisch, der aus unerfindlichem Grund in der Wüste steht, hat sich eine nackte Frau versteckt; Hexen fliegen umher; das Skelett irgendeines Tieres spielt auf einer Harfe; in der Luft fliegt oder schwebt eine Glocke; ein König mit Eberkopf und Bockshörnern kommt dahergeschritten. Auf dem Bild »Die Erschaffung des Menschen« ist Zebaoth als bartloser junger Mann dargestellt, im Paradies steht eine Mühle – auf jedem Bild düstere, aber dennoch komische Anachronismen.

Im Text der Monographie wurde darauf hingewiesen, daß der böse und düstere König Philipp II. von Spanien sehr gern Bilder von Bosch gekauft habe.

Vielleicht ist der König mit dem Eberkopf Philipp, dachte Samgin. Dieser Bosch ist mit der Wirklichkeit verfahren wie ein Kind mit Spielzeug – er hat sie zerbrochen und dann die Stücke zusammengeleimt, wie es ihm beliebte. Unsinn. Das taugt für den Feuilletonisten einer Provinzzeitung. Was würde Kutusow zu Bosch sagen?

Die feucht gewordene Zigarette zog nicht richtig, der Rauch schmeckte schlecht.

»Des Vaterlandes Rauch erscheint uns süß und angenehm.« Das Vaterland riecht schlecht. In ihm wird zu oft und zu viel Blut vergossen. »Der Wahnwitz der Tapferen« ... Ein Versuch, »aus dem Reich der Notwendigkeit ins Reich der Freiheit« zu springen ... Was verheißt der Sozialismus einem Menschen meines Typs? Die gleiche Einsamkeit, die wahrscheinlich »in der – o weh! – nicht menschenleeren Wüste« noch schärfer zu spüren ist ... Das »Reich der Freiheit« werde ich natürlich nicht mehr erleben ... Leben, um zu sterben – das ist kein guter Einfall.

Die Gedanken hatten einen bitteren Geschmack, aber die Bitterkeit war angenehm. Sie rannen ununterbrochen wie kleine Bächlein kalten Herbstwassers.

Ich bin nicht unbegabt. Ich vermag etwas zu sehen, das anderen entgeht. Die Originalität meines Verstandes wurde schon in der Kindheit festgestellt ...

Ihm schien, daß in ihm eine neue Stimmung entstehe, aber er konnte nicht begreifen, was eigentlich daran neu sei. Die Gedanken formten sich von selbst exakt zu Worten, die ihm längst vertraut waren, er war ihnen oft in Büchern begegnet. Er war schläfrig, aber es gelang ihm nicht, einzuschlafen, ihn weckten immer wieder Stöße einer unbegreiflichen Unruhe.

Was mag dem König von Spanien an Boschs Bildern gefallen haben? dachte er.

Am Abend – in der häßlichen Scheune des »Wintergartens« – beobachtete er mißtrauisch, wie zwei Exzentriker sich auf dem Podium in komischen Versuchen überboten, mit dem Gewohnten zu brechen. Die hohnvollen Kunststücke dieser gewandten Leute hatten etwas offenkundig Zweideutiges – das Publikum lachte nicht, und man konnte meinen, der Ernst, mit dem sie das Allgemeinübliche verzerrten, beleidige die Zuschauer.

Bosch war auch ein Exzentriker, entschied Samgin.

Rechts vor ihm saß ein Mann in grauem Anzug, mit nachlässig zerzaustem Haar; er blickte sich unruhig um und schwang dabei eine Zeitung, sein Gesicht war lang, spitzbärtig, knochig und großäugig.

Ein Russe. Ich habe ihn irgendwo gesehen, stellte Samgin fest und neigte von nun an jedesmal den Kopf, wenn der Mann sich umblickte. Aber in der Pause stellte sich der Mann neben ihn und sagte mit dumpfer, heiserer Stimme: »Samgin, nicht wahr? Dolganow. Entsinnen Sie sich – Finnland, Wyborg? Haben Sie die Zeitungen gelesen? Nein?«

Er stieß Samgin mit der Schulter an die Wand und murmelte, indem er die Stimme bis zu einem heiseren Flüstern senkte, hastig: »Man hat Stolypins Landhaus gesprengt. Er ist heil davongekommen. Etwa zwanzig Personen sind in Stücke gerissen. Eine Bekannte – die Ljubimowa – ist hineingeraten ...«

»Wie – hineingeraten? Ist sie verhaftet?« fragte Samgin zusammenzuckend.

»Erschlagen. Mit dem Kind.«

»Die Ljubimowa?«

»Sie haben sie gekannt? Ich auch. In der Jugend. Sie wurde in der Sache der Volksrechtler – Mark Natanson, Romas, Andrej Leshawa – gerichtlich belangt. Sie benahm sich nicht besonders gut ... Hören Sie – zum Teufel, diese Jahrmarktsbude! Gehen wir für ein Weilchen in eine Schankwirtschaft. Ein Ereignis. Reden wir ein wenig darüber.«

Er zupfte Samgin am Arm, rang nach Atem, hüstelte trocken und sprach heiser. Samgin merkte, daß ein paar ruhige Leute mit roten Gesichtern ihn und Dolganow unverfroren mit starren Augen musterten. Er begab sich zum Ausgang.

Die Ljubimowa ... Sollte sie es wirklich sein?

Er hätte sich gern ausführlich erkundigt, aber Dolganow ließ ihn nicht zum Fragen kommen, stieß ihn, auf seinen langen Beinen wankend, immer wieder mit der Schulter und keuchte abgehackt: »Ja, da haben Sie's. Ein Feuerwerk. Ein politischer Fehler. Terror bei Vorhandensein einer Repräsentativregierung. Diese Teufel ... Ich bin für die Trudowiki. Für die grobe Arbeit. Sind Sie Sozialdemokrat? Das begreife ich nicht. Lenin hat den Verstand verloren. Die Bolschewiki haben die Lehre des Moskauer Aufstandes nicht begriffen. Es ist Zeit, zur Besinnung zu kommen. Aufgabe der vernünftig Denkenden ist, die gesamte Demokratie zu organisieren.«

Samgin stieß die Tür eines kleinen Restaurants auf. Sie fanden einen freien Tisch in einer Ecke an der Tür eines Zimmers, in dem Billardkugeln klapperten.

»Für mich dunkles Bier«, sagte Dolganow. »Bier ist gesund. Ich komme aus Davos. Tuberkulose, Pneumothorax. Das habe ich mir in Totma geholt, in der Verbannung. Auch so ein Loch wie Davos. Ich sehne mich nach Menschen. Sind Sie emigriert?«

»Nein. Ich bin auf Reisen.«

»Aha. Was meinen Sie: Werden die Kadetten das ganze Gesindel – die Oktobristen, Monarchisten und so weiter – in die Zange nehmen? Die ganze Intelligenz ist durchweg von ihnen, den Kadetten, organisiert ...«

In dem tiefen, schnarrenden deutschen Stimmengewirr war Dolganows dumpfe, farblose Stimme schlecht zu hören, seine abgehackten Worte klangen undeutlich. Samgin wartete, wann er müde werden würde. Dolganow trank gierig Bier, in seiner Brust gluckste und knackte es, die glühenden Augen zwickten, wenn er sie zusammenkniff, Samgin gleichsam in die Gesichtshaut. Der Bierschaum haftete ihm am Spitzbart und am Schnurrbart, der trübsinnig bis unter das Kinn herabhing, man konnte sich einbilden, Dolganows Worte schäumten. Unter dem Schnurrbart hervor glänzten unangenehm zwei Goldzähne. Er sprach und sprach, und seine Augen glühten immer stärker, fiebriger. Samgin stellte ihn sich plötzlich tot vor: auf einem weißen Kissen ein graues, erdfarbenes Gesicht mit erloschenen Augen in dunklen Höhlen, mit spitzer Nase, doch der Mund ein wenig geöffnet und darin diese zwei goldenen Hauer. Er hätte ihn gerne so bald wie möglich verlassen.

»Ljubimowa – ist das ihr Mädchenname?« fragte er, als Dolganow der Atem ausgegangen war.

»Der Name ihres Mannes. Ihr Mädchenname war Istomina. Ja«, sagte Dolganow und warf mit dem Finger die feuchten Schnurrbartzipfel nach links und rechts. »Eine dunkle Gestalt. Obwohl – wer weiß? Sawelij Ljubimow, ein Freund von mir, glaubte es nicht, erbarmte sich und ließ sich mit ihr trauen. Wahrscheinlich hat sie den Familiennamen wechseln wollen. Damit man sie vergäße. Noch einmal«, befahl er auf deutsch dem vorbeikommenden Kellner.

Samgin hätte gern gefragt, wie sie aussehe und wie alt sie sei, aber Dolganow lehnte sich im Sessel zurück, schloß die Augen und gab dadurch Samgin Gelegenheit, rasch aufzuspringen.

»Ich muß jetzt gehen, leben Sie wohl!«

»Was tun Sie morgen? Gehen wir in den Reichstag? Er tagt nicht? Das sind Teufel! Wo sind Sie abgestiegen?«

Samgin sagte, er müsse morgen früh nach Dresden fahren, und entzog seine Finger nicht sehr höflich der feuchten, heißen Hand Dolganows. Als er, das Taschentuch um die Hand gewickelt, schnell durch die schlecht beleuchtete und leere Straße schritt, hatte er das Gefühl, daß er Trost brauche oder sich in irgendeiner Hinsicht vor sich selbst rechtfertigen müsse.

Ljubimowa . . .

Sie war in seiner Erinnerung schon längst erloschen, dieser Schwindsüchtige hatte sie gleichsam von den Toten auferweckt. Er erinnerte sich an die behutsame Gebärde, mit der diese Frau ihre Brüste im Korsett verwahrt hatte, erinnerte sich an ihre schweigsame Zärtlichkeit. Was war ihm sonst noch von ihr in Erinnerung geblieben? . . . Nichts.

Er fühlte, daß die Begegnung mit Dolganow den neuen, noch unklaren, aber sehr wichtigen Fluß seiner Gedanken gestört, unterbrochen hatte, der in dieser Stadt zum Ausbruch gekommen war. Mit dem Spazierstock erregt auf die Steine des Gehsteigs klopfend, dachte er: Es steht schlimm um ihn. Er kann auf der Reise nach Rußland im Zug sterben. Die Deutschen werden ihn in die Erde scharren, seine Ausweispapiere ordnungsgemäß an den russischen Konsul senden, der Konsul wird sie in Dolganows Heimat schicken, doch er hat dort niemanden. Keine Menschenseele.

Er zuckte zusammen, schob den Stock unter die Achsel, preßte die Ellenbogen an die Hüften und ging langsamer weiter, als fühlte er, daß er sich einer gefährlichen Stelle näherte.

Da wird nun ein Mensch geboren, lernt lange etwas, erlebt eine Menge verschiedenartiger Unannehmlichkeiten, befaßt sich damit, soziale Fragen zu lösen, weil die Wirklichkeit ihm feind ist, vergeudet Kräfte auf der Suche nach seelischer Nähe zu einer Frau – ein höchst nutzloser Kraftverbrauch. Mit vierzig Jahren wird der Mensch einsam . . .

Als er erkannte, daß er an sich selbst dachte, versuchte Samgin von neuem und nun bereits erbittert, auf Dolganow zurückzukommen.

Im Grunde ist er eine Null.

Doch seine Gedanken vom Schicksal des einsamen Menschen loszureißen, fiel ihm bereits schwer, mit ihnen kam er in seinem Hotel an, mit ihnen ging er zu Bett und konnte, sich selbst auf verschiedenen Lebenspfaden vorstellend und dem eisernen Dröhnen und geschäftigen Pfeifen der Lokomotiven auf dem Rangierbahnhof lauschend, lange nicht einschlafen. Ein Regenguß peitschte etwa zehn Minuten ans Fenster und setzte plötzlich, wie von der Finsternis verschlungen, aus.

Am Morgen schritt Samgin, der nur ungern den Pflichten eines Reisenden nachkam, mit einem roten Baedekerbändchen ausgerüstet, durch die Straßen der durchweg steinernen Stadt, und diese wohlgeordnete, unwohnliche Stadt weckte in ihm drückende Langeweile. Ein feuchter Wind trieb die Menschen in alle Richtungen, es trappelten die Hufe riesengroßer Pferde mit zottigen Beinen, Soldaten marschierten vorbei, eine Trommel rasselte, hin und wieder glitt ein Auto vorüber und trompetete wie ein Elefant, die Deutschen blieben stehen, gaben ihm ehrfurchtsvoll den Weg frei, verfolgten es mit freundlichen Blicken. Samgin geriet auf einen Platz, auf dem wohlgeordnet wuchtige Gebäude verteilt waren, fast über jedem von ihnen strahlte inmitten graublauer Wolken ein eigenes Stück blauen Himmels – das alles waren Museen. Bevor noch Samgin sich entschieden hatte, welches von ihnen er besuchen solle, donnerte es, ein Regenguß prasselte nieder und trieb ihn ins nächstliegende Museum, dort befand sich eine Waffensammlung, die Wände waren bunt und langweilig mit Fresken bedeckt, alles Episoden aus dem Deutsch-Österreichischen und dem Deutsch-Französischen Krieg. In Gestellen staken Gewehre verschiedener Systeme, Degen, Säbel, Armbrüste, Schwerter, Speere und Dolche, ausgestopfte Pferde standen umher, die mit Eisen bedeckt waren, und auf den Rücken der Pferde ragte die eiserne Rüstung der Ritter. Von der Unmenge verschiedenartig bearbeiteten Eisens ging ein widerlich öliger und kalter Geruch aus. Samgin dachte voller Abscheu daran, daß sicherlich viele dieser Werkzeuge kriegerischer Pflichterfüllung Menschenschädel gespalten, Arme abgehackt, Brustkästen und Leiber durchbohrt hatten, wobei der Schmutz und Staub der Erde reichlich mit Blut getränkt worden war.

Idiotie, entschied er. Im Winter werde ich zu schreiben beginnen. Über Menschen. Zunächst werde ich Porträts entwerfen. Ich werde bei Ljutow anfangen.

Jedesmal, wenn er an Ljutow dachte, fiel ihm die Episode der Jagd auf den nichtvorhandenen Wels ein und erhob sich die Frage: Warum hatte Ljutow, der wußte, daß der Müller ihn betrog, gelacht? Diese Episode hatte etwas Allegorisches und Kränkendes. Und Ljutow trieb überhaupt immer ein falsches Spiel. Trieb er vielleicht mit sich selbst eins? Es war nicht zu begreifen, was er wollte.

Ich werde die Menschen so schildern, wie ich sie sehe, ich werde ehrlich schreiben, ohne Antipathien sprechen zu lassen. Und Sympathien, fügte er hinzu, denn er sah ein, daß es auch Sympathien geben könne.

Das Gedächtnis rückte eigenmächtig die Gestalt Stepan Kutusows in den Vordergrund, fand aber selbst, daß es unangebracht sei, diesen Menschen allen anderen voranzustellen, und schob den Bolschewik mit unüberwindbarer, nur dem Gedächtnis möglicher Schnelligkeit beiseite, indem es ihn durch eine ganze Reihe weniger unsympathischer Leute ersetzte. Dunajew, Pojarkow, Inokow, Genosse Jakow, die zurückhaltende Jelisaweta Spiwak mit ihrem kühlen Gesicht und dem ruhigen Blick ihrer blauen Augen, Stratonow, Tagilskij, der Diakon, Diomidow, Besbedow, der Bruder Dmitrij ... Ljubascha ... Margarita, Marina ...

Es war eine beträchtliche Anstrengung erforderlich, um diese Parade abzubrechen, an der es nichts Angenehmes gab.

Die meisten Menschen sind nur Teile des Ganzen, wie auf den Bildern von Hieronymus Bosch. Bruchstücke einer Welt, die durch die Phantasie des Künstlers zerstört worden ist, dachte Samgin und atmete auf, denn er spürte, daß er etwas gefunden hatte, woraus sich sein Verhalten zu den Menschen erklären ließ. Dann suchte er eine Weile, wo seine Sympathien lägen. Und – lächelte, als er es gefunden hatte: die Anfimjewna. Eine Sklavin. Eine heilige Sklavin. Am Ende ihrer Tage ist sie mit dem Aufstand in Berührung gekommen, aber als Sklavin ...

Zu den Fenstern blickte die Sonne herein, das modrige Halbdunkel des Museums hellte sich auf, die zahlreichen Bajonettkämme erglänzten noch kälter, und besonders eisig strahlte die eiserne Rüstung der Ritter. Samgin suchte sich der Verse aus den Bylinen zu erinnern, »Wie die Recken in Rußland ausstarben«, entsann sich aber plötzlich des Alptraums jener Nacht, in der er sich selbst in Dutzende, in eine Schar von Samgins zerspalten gesehen. Eine sehr unangenehme Erinnerung ...

Am Abend reiste er nach Dresden, saß dort lange vor der Sixtinischen Madonna und überlegte: Was könnte Klim Iwanowitsch Samgin über sie sagen? Ihm fiel nichts Originelles ein, und alles Triviale war bereits gesagt. In München stellte er fest, die Bayern seien dicker als die Preußen, Bilder gebe es in dieser Stadt anscheinend nicht weniger als in Berlin, und das Wetter sei hier noch schlechter. Die Bilder und Museen hatten ihn ermüdet, er beschloß, vor der massiven deutschen Langeweile in die Schweiz zu flüchten, dort lebte die Mutter. Das Wort »Mutter« bedurfte einer Füllung.

Sie ist schön, verstand sich anzuziehen, ist verwöhnt durch die Aufmerksamkeit der Männer. Um Bücherweisheit bemühte sie sich nicht sehr. Sie ist vernünftig. Hat den Vater richtig eingeschätzt und den Freund gut gewählt – Warawka war der interessanteste Mann der Stadt. Und – er »machte leicht Geld« . . .

Dann erinnerte er sich des rothaarigen Weisen Tomilin, wie er im Garten vor der Mutter kniete.

Er hatte auch seine eigenen Gedanken, dachte Samgin seufzend. Ja. Erkenntnis – der dritte Trieb. Es hat sich gezeigt, daß dieser Gedanke zu Gott führt . . . Das ist gottselig. Eine Gottseligkeit. »Die Behauptung, die irdische reale Erfahrung sei Wahrheit, verlangt, daß man dieser Wahrheit diene oder sich ihr widersetze, doch sie offenbart sich nach einiger Zeit als Lüge. Und so bemüht sich, so kreist der Verstand fruchtlos, bis ihm zu Bewußtsein kommt, daß im Mittelpunkt des Kreises ein Geheimnis liegt, das Gott heißt.«

Er zwang sein Gedächtnis, den Autor dieses Zitats herauszufinden, und während es noch in gelesenen Büchern wühlte, stürmte der Zug in einen Tunnel und rollte mit ohrenbetäubendem Dröhnen, als stürze er in einen Abgrund, in undurchdringliche Finsternis hinein.

Am Morgen befand sich Samgin in Genf, und gegen Mittag begab er sich zum Wiedersehen mit der Mutter. Sie wohnte am Seeufer, in einem kleinen Haus, das allzu freigebig mit Stuck verziert war und einer Zuckerbäckertorte glich. Das Häuschen verbarg sich behaglich in einem Halbkreis von Obstbäumen, die Sonne schien wohlwollend auf die rotbäckigen Früchte der Apfelbäume, unter einem von ihnen, auf einer Marmorbank, saß mit einem Buch in der Hand Wera Petrowna in himmelblauem Kleid, ihre Haltung erinnerte den Sohn an eine Photographie des Maupassant-Denkmals im Park Monceau.

»Oh, mein Lieber, ich freue mich so«, sagte sie auf französisch, und da sie offenbar befürchtete, er werde sie umarmen und küssen, hob sie entschlossen, gleichsam abweisend, ihre Hand zu seinem Gesicht. Der Sohn küßte die Hand, die kalt, glatt wie Glacéleder und parfümgetränkt war, blickte der Mutter ins Gesicht und dachte beifällig: Eine Prachtfrau.

»Bist du zu Fuß gekommen?« fragte sie, aus dem Französischen übersetzend. »Bleiben wir hier, das ist mein Lieblingsplatz. In einer halben Stunde gibt es Mittag, wir werden Zeit haben, ein wenig zu sprechen.«

Sie erhob sich, um auf der Bank Platz zu machen, und setzte sich wieder, nachdem sie ein Lederkissen untergelegt hatte.

»Du siehst sehr gut aus. Bist aber schon etwas ergraut. So früh ...«

Samgin antwortete mit Ausrufungsworten, Lächeln und Achselzucken – es fiel schwer, passende Worte zu finden. Die Mutter sprach mit fremder Stimme, tiefer, leiser und nicht so selbstsicher wie früher. Ihr Gesicht war stark gepudert, aber durch den Puder schimmerte dennoch eine eigentümlich violette Haut. Er konnte den Ausdruck ihrer untermalten Augen, die von kunstvoll verlängerten Wimpern verdeckt waren, nicht erkennen. Von den grellroten Lippen sprühten überstürzt belanglose, unnötige Worte.

»Was geht denn dort vor, in Rußland? Wirft man immer noch Bomben? Warum verbietet die Duma nicht diese Exzesse? Ach, du kannst dir nicht vorstellen, wie wir in Europas Meinung verlieren! Ich fürchte sehr, daß man uns kein Geld mehr geben wird, keine Anleihen, verstehst du?«

Samgin sagte lächelnd: »Man wird sie geben.«

Er hörte Besorgnis in den Worten der Mutter, aber diese Besorgnis schien ihm nicht durch Erwägungen über die Anleihen hervorgerufen, sondern durch irgend etwas anderes. So war es auch.

»Viele prophezeien, daß Rußland Bankrott machen werde«, sagte sie hastig und fragte, seine Hand berührend: »Ich hoffe, du bist nur mal so hergekommen ... bist nicht emigriert, nein? Ach, wie froh ich bin! Übrigens war ich von deiner Vernunft überzeugt.«

Und nach einem Aufseufzer fuhr sie ruhiger fort: »Ich verstehe nicht: was soll das bedeuten? Wir haben protestiert, man gab uns eine Verfassung. Und nun wieder Emigranten, Bomben. Dmitrij gehört natürlich auch zur Opposition, ja?«

»Ich glaube nicht. Übrigens weiß ich es nicht, er hat mir lange nicht geschrieben.«

Die Mutter nickte mit ihrem üppig frisierten Kopf und sagte: »Oh, sicherlich, sicherlich! Revolutionen werden von unfähigen und ... eigensinnigen Leuten gemacht. Er gehört zu ihnen. Das ist nicht mein Gedanke, aber es trifft sehr zu. Nicht wahr?«

Samgin wollte diesem Gedanken beistimmen, hielt sich aber zurück. Die Mutter erweckte in ihm ein Gefühl des Mitleids mit ihr, und das band ihm die Zunge. In allem, was sie sagte, hörte er eine künstliche Spannung, Unaufrichtigkeit, die sie wahrscheinlich bedrückte.

Ein Apfel löste sich vom Zweig, fiel ins Gras, und – es erblühte gleichsam plötzlich eine rosa Blume im Gras.

»Hier gibt es sehr viele Russen, und – stell dir vor! – dieser Tage habe ich, wie mir scheint, Alina gesehen, mit diesem ihrem Kaufherrn. Aber ich mag die endlosen russischen Gespräche schon nicht mehr. Ich habe zuviel Leute gesehen, die alles wissen, jedoch nicht zu leben verstehen. Pechvögel, lauter Pechvögel. Und sie sind sehr erbittert, weil sie Pechvögel sind. Aber – laß uns ins Haus gehen.«

Sie führte den Sohn in ein kleines Zimmer mit Möbeln in Schutzüberzügen. Die zwei Fenster waren mit teerosenfarbenem Mull verhängt, von außen beschattete sie das Laub der Bäume, das milde Halbdunkel war von kräftigem Apfelduft erfüllt, ein Sonnenstreif hing in der Luft und beleuchtete, auf ein rundes Tischchen treffend, auf diesem einen Reigen von sieben Elefanten aus Elfenbein und blauem Glas. Wera Petrowna sagte leise und hastig: »Mir ist es geglückt, dieses Haus billig zu kaufen. Die Hälfte davon vermiete ich an Doktor Hippolyte Donadieu . . .«

Gabe an Gott? übersetzte Klim innerlich – er sah das Gesicht der Mutter im Profil, und ihm kam es vor, als zittere ihr Ohr.

»Ein sehr kultivierter Mensch, ein Musikkenner und hervorragender Redner. Vizepräsident des Hygienikervereins. Du weißt natürlich: Hier gibt es so viele Kranke, daß die Gesundheit der Gesunden sehr beschützt werden muß.«

Samgins Stimmung wurde bedrückt. Mit der Mutter war es langweilig, peinlich, und ihn überkam ein Gefühl, als schämte er sich dieser Langeweile. In der Tür erschien vom Garten her ein hochgewachsener Mann in hellem Anzug und begann, den Panamahut schwingend, in etwas grobem Baß: »Nun, ma chère, wie ich wußte und dich zu überzeugen suchte . . .«

Wera Petrowna warf die Arme hoch, als wollte sie ihn umarmen oder von sich stoßen, nicht ins Zimmer hereinlassen, und sagte unnatürlich laut: »Mein Sohn Klim.«

Doktor Donadieu war sehr erfreut, ergriff Samgins Hand, schüttelte sie und überschüttete ihn mit einem Hagel schnarrender Worte. Klim, der nur einzelne Worte und Sätze auffing, verstand, daß die Bekanntschaft mit einem Russen dem Doktor stets großes Vergnügen bereitet habe; daß der Doktor im Jahre 1903 in Odessa gewesen sei, einer wunderschönen, fast europäischen Stadt, und es sei sehr traurig, daß die Revolution sie vernichtet habe. Möglicherweise begreife er, Donadieu, nicht alles, aber nicht nur er, sondern überhaupt alle Franzosen seien der Meinung, daß die Revolution in Rußland verfrüht sei. Dann zwinkerte er und fügte lächelnd hinzu: »In dieser Hinsicht verstehen die Franzosen einiges – nicht wahr?«

Lang, dürr, mit Resten graumelierten schwarzen, krausen und offenbar spröden Haars auf dem gelben, melonenförmigen Schädel, spitzbärtig und mit einer Höckernase, redete er unermüdlich, wobei er die dichten Brauen hochzog, ein ebenso dichter Schnurrbart bewegte sich schnell über der sehr dicken Unterlippe, die feuchten, wie geölten dunklen Augen strahlten und gleißten. Als die Mutter merkte, daß der Sohn die Sprache Frankreichs nicht besonders beherrschte, half sie ihm fürsorglich bei einzelnen Wörtern, übersetzte ganze Sätze und brachte ihn dadurch noch mehr in Verlegenheit.

»Die Welt wird von Frankreich inspiriert«, sagte der Doktor und schwang dabei die linke Hand, während er mit der rechten die Uhr aus der Westentasche hervorholte und Wera Petrowna das Zifferblatt zeigte.

»Sofort«, sagte sie, doch ihr Mieter und Kostgänger fuhr fort, sich hastig in Lobreden auf Frankreich zu ergehen, wodurch er Wera Petrowna zwang, daran zu erinnern, daß Turgenjew mit berühmten Schriftstellern Frankreichs befreundet gewesen sei, daß die russischen Dekadenten Schüler von Franzosen seien und daß man Frankreich nirgends so glühend liebe wie in Rußland.

»Uns lieben alle, außer den Deutschen – die Türken, die Japaner«, rief der Doktor aus. »Die Türken sind ganz vernarrt in Farrère, die Japaner – in Loti. Haben Sie ›Das Paradies der Tiere‹ von Francis Jammes gelesen? Oh, das ist eine Sache!«

Es interessierte ihn nicht sehr, ob man ihm zuhörte, und obwohl er oft fragte: »Ist es nicht so?«, erwartete er keine Antwort. Die Mutter rief zu Tisch, der Doktor faßte Klim unter und sagte, sich im Gehen wie ein österreichischer Tambourmajor wiegend, gerührt: »Ich bin Optimist. Ich glaube, daß alle Menschen mehr oder weniger, aber immer geglückte Schöpfungen des größten Künstlers sind, den wir Gott nennen!«

Donadieu, entsann sich Samgin und empfand das Verlangen, einen Kalauer zu erfinden, doch die Mutter fragte ihn erbarmungslos: »Hast du verstanden?«

Im Speisezimmer wurde der Doktor weniger redselig, aber noch didaktischer.

»Ich bin ein Ästhet«, sagte er, die Serviette unter dem Bart befestigend. »Für mich ist eine Revolution auch Kunst, die tragische Kunst weniger Starker, die Kunst von Helden. Aber nicht der Massen, wie die deutschen Sozialisten meinen, o nein, nicht der Massen! Die

Masse, das ist der Stoff, aus dem Helden gemacht werden, das ist das Material, aber nicht die Sache!«

Dann begann er zu essen, wobei er die kräftigen Zähne stark entblößte, die Augen vor Vergnügen an der Sättigung zusammenkniff, voll Wonne seufzte, schnurrte und die Ohren bewegte, welche die deutliche Form einer Neun hatten. Die Mutter aß mit dem gleichen Genuß wie der Doktor, ebensoviel, schwieg aber dabei und bestätigte die Reden des Doktors nur durch Kopfnicken.

Mit diesem Hygieniker wird sie ihr ganzes Geld verleben, dachte Samgin roh, und das Gefühl des Mitleids mit der Mutter verfärbte sich plötzlich zu Feindseligkeit ihr gegenüber. Der Doktor bewirtete ihn: »Probieren Sie diesen Wein. Mein Onkel schickt ihn mir aus der Provence. Das ist reinstes Blut unserer südlichen Sonne. Frankreich besitzt alles und – sogar Überflüssiges: den Eiffelturm. Das hat Maupassant gesagt. Der Arme! Venus ist ihm nicht gnädig gewesen.«

Nach dem Essen wurde Donadieu benommen, verzichtete auf Kaffee, steckte sich eine kleine Zigarre an und erklärte schwer seufzend: »Bedauerlicherweise habe ich in einer Stunde Sitzung. Aber wir sehen uns natürlich noch . . .«

»Ja«, sagte die Mutter, aber so unsicher, daß Klim Iwanowitsch begriff: sie fragt.

»Ich reise heute noch nach Paris«, teilte er mit.

Der Doktor verabschiedete sich lebhaft, die Mutter schwieg eine Weile, den Kaffee umrührend, dann erkundigte sie sich: »Hast du es sehr eilig?«

»Ja, ein Mandant wartet auf mich.«

»Geschäftlich geht es dir nicht schlecht?«

»Durchaus angemessen. Du wirst es mir doch nicht übelnehmen, wenn ich jetzt gehe? Ich möchte mir die Stadt etwas ansehen. Und du ruhst dich sicherlich um diese Zeit aus?«

Wera Petrowna erhob sich. Klim warf einen Blick auf ihr Gesicht und stellte fest: Ihr Kinn zittert, und die Augen sind kläglich geweitet. Das erschreckte ihn fast.

Sie wird sich aussprechen wollen.

»Verstehst du, Klim, man steht so einsam in der Welt«, begann sie. Samgin ergriff ihre Hand, küßte sie und fing so freundlich, wie er nur konnte, zu sprechen an.

»Er ist doch ein sehr interessanter Mensch.«

Er hätte gern hinzugefügt: Ausplündern wird er dich, sagte aber unwillkürlich: »Leb wohl, Mama! Du hast hier eine sehr behagliche Unterkunft gefunden.«

Wera Petrowna schwieg, blickte zur Seite und fächelte sich mit dem Spitzentaschentuch das Gesicht. Derart schweigend begleitete sie ihn bis ans Gartengitter. Nach zehn Schritten wandte er sich um – die Mutter stand noch am Gitter und hielt sich, das Gesicht zwischen den Händen, an den Gitterstäben fest. Samgin empfand einen unangenehmen Stoß in der Brust und atmete auf, als hätte er die ganze Zeit den Atem angehalten. Er ging weiter und überlegte: Was mag sie von mir denken?

Dann warf er sich vor: Ich hätte ihr etwas ... Lyrisches sagen sollen.

Aber der Vorwurf wandte sich sofort gegen die Mutter.

Bei ihren Mitteln hätte sie es sich weniger ... schablonenhaft einrichten können. Donadieu! Irgend so ein Veterinär.

Er schritt lange, bis zur Ermüdung durch die sauberen Straßen der Stadt, hinter ihm her krochen, wie seine Schatten, wirre Gedanken. Sie hinderten ihn nicht, die Fülle von Uhrmacherläden wie auch die vielen alten Männer und Frauen zu bemerken, die betont langweilig und dauerhaft gekleidet waren, gekleidet für ein langes, geruhsames Leben. Ihm fielen die alten Leute bei ihm in der Heimat ein und vor allem der Historiker Koslow mit seiner altmodischen Äußerung: Als wahrhafter Liebhaber des Tees, der ihn ohne jegliche Beimischung trinkt ... Derselbe Koslow an der Spitze der monarchistischen Kundgebung, mit offenem, brüllendem kleinem Rachen, mit dem Stock in der Hand. Der Diakon. Der graubärtige Volkstümlerbelletrist ...

Ich habe nur wenig alte Leute gekannt.

Am Abend saß er außerhalb der Stadt auf der Terrasse eines kleinen Restaurants, rauchte, auf das Bier wartend, und sah sich um. Links, in einem grünen Tal, glitzerte die Rhône, rechts spiegelte ein See die rote Glut der untergehenden Sonne. Die Berge waren in mildernden bläulichen Dunst gehüllt, tief in den klaren Himmel hinein stach die Spitze des Dent du Midi. An den Seeufern waren weiße Häuschen adrett angeheftet, in der Ferne gruppierten sie sich in dichter Menge zu einer kleinen Stadt, hingen aber, auf den Abstufungen der Berge verstreut oder an den kahlen, bläulichen Höhen zu den silbernen Graten der Schneegipfel hinaufklimmend, auch über ihr. Aus der Stadt, über den See, drang Musik durch die blaue Stille, die Entfernung dämpfte die kupfernen Seufzer der Trompeten und verlieh der Musik einen träumerischen, traurigen Ton. Über dem See flogen krummflügelige, weiße Möwen in der Musik, aber ihre Spiegelbilder im Wasser wirkten rosa. Im allgemeinen war alles sehr malerisch, und die Natur reproduzierte mit vollkommener Genauigkeit farbige Ansichtskarten.

Es gibt fast keine Fliegen, stellte Samgin fest. Und überhaupt wenig Insekten. Doch wozu brauche ich diese verkrüppelte, bucklige Welt?

Das schmackhafte und mäßig kalte Bier wurde von einem breithüftigen, vollbusigen Mädchen mit freundlichen Augen in einem großen, rotwangigen Gesicht gebracht. Ihre molligen Lippen lächelten irgendwie zärtlich oder – müde. Möglicherweise rührte diese Müdigkeit von dem Glück her, ohne an etwas zu denken in einem sauberen, stillen Land zu leben, zu leben in Erwartung des unvermeidlichen Eheglücks ...

Dürftig wenig haben die Frauen in mein Leben getragen.

Vier kräftige Männer tranken mit Maßen Bier, sie hüllten einander in Zigarrenrauch und unterhielten sich ruhig: wahrscheinlich hatten sie alle strittigen Fragen entschieden. Am Fenster spielten zwei alte Männer, die einander mehr glichen als Brüder, schweigend Karten. Die Menschen hier waren der Landschaft entsprechend eckig. Wenn sie lächelten, entblößten sie sehr weiße Zähne, aber das Lächeln veränderte fast gar nicht die fest erstarrten Gesichter.

Sie leben im Einvernehmen mit der Natur und auf Kosten schwindsüchtiger Ausländer, dachte Klim Iwanowitsch Samgin ironisch, dachte es und ärgerte sich über irgend jemanden.

Warum kleiden sich meine Gedanken in fremde, triviale Formen? Ich merke das so oft, aber – warum kann ich es nicht vermeiden?

An der Terrasse schritten eilig zwei Männer vorüber, der eine, ohne Hut, schälte eine Apfelsine, der andere schwang ein Taschentuch oder ein Papier und sagte auf russisch: »Plechanow hat recht.«

»Was denn – soll man mit den Kadetten gehen?« fragte sehr sonor der Mann ohne Hut, seinen Händen entfiel ein Stück Apfelsinenschale, er bückte sich, um es aufzuheben, aber ihm glitt der Kneifer von der Nase, er richtete sich rasch auf, fing den Kneifer an der Schnur und vergaß die Schale. Und während er das alles tat, fand der Mann mit dem Papier Zeit, zu sagen: »Sozialismus ohne Demokratie ist Nonsens, doch die Demokratie ist bei ihnen.«

Sie waren vorbei. In zehn Schritt Abstand folgte ihnen ein hochgewachsener alter Mann, den üppigen, weißen Schnurrbart voller Abscheu hochgezogen, trieb er mit dem Stock die Apfelsinenschale vor sich her, die Schale wich störrisch den Schlägen aus, hüpfte aufs Straßenpflaster, der Alte trieb sie wieder auf den Gehsteig und schwang schließlich, als er sie in einen Gully gestopft hatte, siegesfroh den Stock.

Der Hausherr, stellte Samgin fest.

Es wurde dunkler, von den Bergen wehte duftige Kühle herab, Lichter flammten auf, auf der schwarzen Fläche des Sees zeigten sich kupferne Risse. Der bläuliche, dunstige Himmel schien sehr erdnah, die strahlenlosen Sterne, die wie Bernsteinstücke aussahen, vertieften ihn nicht. Zum erstenmal kam Samgin der Gedanke, daß der Himmel sehr arm und traurig sein könne. Er blickte auf die Uhr: Bis zum Zug nach Paris blieben noch über zwei Stunden. Er bezahlte das Bier, erfreute das bildhübsche Mädchen durch ein hohes Trinkgeld und begab sich gemächlich nach Hause, mit seinen Gedanken bei dem alten Mann, bei der Apfelsinenschale: Die großzügigen russischen Naturen spotten gewöhnlich über die Alltagsdisziplin Europas, aber ...

Aus einer Gasse kam wie von einem Berg herab eine Frau gerannt, prallte nach kräftigem Zusammenstoß mit Samgin an die Wand und murmelte auf russisch: »Oh, Teufel – verzeihen Sie ...«

Dann ergriff sie ihn sofort mit der einen Hand an der Schulter, mit der anderen am Ärmel und fuhr keuchend fort: »Du? Oh, komm rasch. Ljutow hat sich erschossen ... Komm doch! Was ist mit dir? Hast du mich nicht erkannt?«

»Dunjascha«, sagte Samgin verblüfft, wobei er ihr ins Gesicht schaute, in die tränenfeuchten, blinkenden Augen, doch sie stieß ihn, zog ihn mit und erzählte rasch, mit trockenem Aufschluchzen: »Gestern noch war er lustig, komisch, wie immer. Ich komme hin, aber dort macht die Polizei Krach, man läßt mich nicht durch. Alina ist nicht da, Makarow auch nicht, und ich kann die Sprache nicht. Ich stoße alle beiseite, dränge mich ins Zimmer, und ... da liegt er, und der Revolver am Boden. Oh, Teufel! Ich laufe, Inokow zu holen, und auf einmal – du. Na, schneller! ...«

»Du hinderst mich beim Gehen«, beklagte sich Klim Iwanowitsch.

»Ach was, Lappalien! Hierher, hierher ...«

Sie drängte ihn hinter ein eisernes Gitter in einen Garten hinein, dort standen schweigend etwa zehn Männer und Frauen, auf den Steinstufen des Hauseingangs saß ein Polizist; er stand auf, worauf sich zeigte, daß er sehr groß und breit war; er versperrte mit seiner Gestalt die Haustür und sagte halblaut und undeutlich irgend etwas.

»Laß mich hinein, du Dummkopf«, murmelte Dunjascha ebenfalls halblaut und stieß ihn mit der Schulter beiseite. »Die begreifen nichts«, fügte sie hinzu, Samgin zur Tür hineinziehend. Im Zimmer stand am Fenster ein weißgekleideter Mann mit einer Zigarre zwischen den Zähnen, ein zweiter, in Schwarz und mit Tressen, saß rittlings auf einem Stuhl und fragte streng: »Sind Sie ein Verwandter?«

Klim Iwanowitsch nickte stumm, während Dunjascha ärgerlich sagte: »Komm, komm! Es hat keinen Zweck, mit ihnen viel Umstände zu machen. Sie machen mit uns auch keine.«

Als sie ihn in das nächste Zimmer hineingestoßen hatte, schmiegte sie sich mit der Schulter an die Tür, wischte sich mit den Händen das Gesicht ab, dann holte sie ein Taschentuch hervor, knüllte es zusammen und drückte es fest an den Mund. Klim Iwanowitsch Samgin begriff, daß er nicht Dunjascha anzusehen, sondern nach rechts zu blicken hatte, wo die Lampe brannte. Aber er wandte sein Gesicht nicht sofort dorthin. Dort, auf einer Chaiselongue, lag mit aufwärts gerichtetem Gesicht Ljutow im weißen Hemd mit weichem Kragen. Auf dem Tisch brannte eine kleine Lampe unter grünem Schirm und machte Ljutows Gesicht unangenehm zweifarbig: die Stirn war grünlich, während der untere Teil des Gesichts von den Augen bis zum Spitzbart erschreckend dunkel war. Samgin kam es vor, als sähe er das bekannte, schiefe Lächeln, die zusammengekniffenen Augen. Er wäre gern gegangen, aber in der Tür stand der betreßte Polizist, schwang ein quadratisches Stück Papier vor Dunjaschas Gesicht und knurrte verhalten. Er schritt auf Samgin zu und stellte gleich vier Fragen: »Sind Sie Russe? Ist das ein Verwandter von Ihnen? Hat er das geschrieben? Was steht hier?«

Samgin nahm ihm den Briefumschlag aus der Hand, dort, wo man die Adresse zu schreiben pflegt, stand in kräftigen und aufrechten Buchstaben: »Verzeih, lieber Freund, Alja, daß ich einen Skandal mache, aber, verstehst du, ich kann nicht mehr. Wlad. L.«

Er übersetzte dem Polizisten mechanisch die Worte des Zettels und bewegte sich zur Tür, er wäre sehr gern gegangen, aber der Polizist stand in der Tür und knurrte immer lauter, zornig, während Dunjascha auf ihn einredete: »So scher dich doch weg!«

Die Zeit verstrich langsam und immer langsamer, Samgin fühlte sich in die Kälte irgendeiner Leere versinken, in einen Zustand der Gedankenlosigkeit, doch da verschwand der goldblonde Kopf Dunjaschas, und an ihre Stelle trat majestätisch Alina, ganz in Weiß, wie aus Marmor. Ein paar Sekunden lang stand sie neben ihm – atmete laut, schien immer größer zu werden. Samgin sah, wie ihr bildschönes Gesicht weiß wurde, die Augen sich unschön vorwölbten, mit unnatürlich tiefer Stimme sagte sie: »Oh, nein, nein ... Wolodka!«

Sie sank in die Knie, und während sie mit den behandschuhten Händen nach Ljutows Gesicht, Händen, Brust griff, seinen Kopf auf dem bunten Kissen hin und her wandte, ihn schüttelte – begann sie zu heulen, wie Bauernweiber heulen.

Auch Dunjascha begann zu heulen, Samgin sah, wie Tränen von ihrem Gesicht auf Alinas Schulter tropften. Dann trat Makarow neben ihn und murmelte: »Davongemacht hat sich Wolodja . . .«

Ljutows rechte Hand hing von der Chaiselongue herab, die Finger waren unschön gekrümmt, gespreizt, als wollten sie etwas ergreifen, der Zeigefinger war gestreckt und deutete auf den Boden, berührte ihn fast. Alina riß sich die Handschuhe von den Händen und jammerte: »Du meine liebe Seele, meine zarte Seele . . . Du Kluger.«

Dunjascha nahm ihr schluchzend den Hut von dem üppigen Haar, und als sie ihn entfernt hatte – stand Alina auf und war so zerzaust, als wäre sie lange gegen starken Wind gegangen.

»Ich habe ihn vernachlässigt«, stöhnte sie. »Seine Unrast ermüdete mich. Wolodja – ist das möglich? Was ist mir nun geblieben?«

Ihre Stimme klang immer kräftiger, in ihr machte sich aufkommender Zorn bemerkbar. Ohne den Hut war ihr Gesicht, über das die Haare herabhingen, klein und kläglich geworden, auch die feuchten Augen waren jetzt kleiner.

»Er hat sich selbst nicht gemocht«, vernahm Samgin. »Die Menschen jedoch – alle, wie eine Kinderfrau. Er verstand alle. Schämte sich für alle. Spielte sich als Narr auf, nur damit man nicht errate, daß er alles begriff . . .«

Makarow faßte Alina an den Schultern.

»Nun – genug! Hör auf. Hier mag man keinen Lärm.«

»Schweig, du!« rief sie, den Kragen der Bluse aufknöpfend und dabei irgendwelche Bänder zerreißend.

»Die Polizei bittet, die Leiche beschleunigt fortzuschaffen. Werden wir ihn in Moskau beerdigen?«

»Um keinen Preis!« schrie die Frau wütend auf. »Hier. Auch ich selbst werde hierbleiben. Für immer. Verflucht sei es, dies Moskau, und ihr, alle!«

Dunjascha legte Ljutows Hand auf seine Brust, aber die Hand glitt wieder herab, und der Zeigefinger berührte das Parkett. Der Eigensinn der toten Hand gefiel Samgin nicht, ließ ihn sogar zusammenzucken. Makarow drängte Alina wortlos in eine Ecke des Zimmers, stieß dort mit dem Fuß die Tür auf, sagte zu Dunjascha: »Geh zu ihr!« und wandte sich an Samgin: »Gib acht, daß die Frauen keine Dummheiten machen, ich gehe für eine halbe Stunde weg, zur Polizei.«

Samgin zuckte mit den Achseln, dann ging er hinter ihm in den Garten hinaus, setzte sich auf eine gußeiserne Bank, nahm eine Zigarette heraus. Auf ihn zu kam sofort ein dicker Mann mit Zylinder, er glich einem Berliner Droschkenkutscher, er stellte sich als Agent eines »Bestattungsbüros« vor.

Wie unnötig das alles ist: Ljutow, Dunjascha, Makarow . . ., dachte Samgin, sich des Agenten erwehrend. Geradezu lächerlich eng ist es auf der Welt. Und die Wege der Menschen sind gleichartig.

Er zündete die Zigarette an. Blickte auf die Uhr – bis zum Zug nach Paris waren es noch über zwei Stunden. Die fahle Mondscheibe begann kräftiger zu leuchten, der Nebel über dem See wurde auch heller, von den Bergen krochen Wolken herab, hinter ihnen zogen Schatten her. An zwei Punkten der Stadt erklang Musik, an dem einen stach besonders das Klapphorn, an dem anderen das Cello hervor. Die Musik half Samgin nicht, in seinem Gedächtnis einen traurigen Aphorismus zu finden, der dem Vorfall angemessen gewesen wäre, und das Gefühl der Leere verstärkte sich dadurch. Immerhin erinnerte er sich, daß Warwara, als Spiwak im Sterben lag und über der Esse des Seitenbaus das Säulchen erwärmter Luft aufstieg, dieses dem Auge kaum wahrnehmbare, durchsichtige Flimmern bemerkt und ihn dazu gebracht hatte, auch etwas nicht in Worte zu Fassendes zu empfinden. Vor seinen Augen schwebte das graue Gesicht, mit dem schiefen Lächeln der schmalen, dunklen Lippen, der Zeigefinger, der den Boden berührte. Rasch nacheinander erinnerte er sich der Begegnungen mit Ljutow, seiner unruhigen Augen, seiner schalkhaften, doppelsinnigen Äußerungen. Was verbarg sich hinter alledem? Hatte Alina wirklich die Wahrheit gesagt: Er schämte sich für alle, spielte sich als Narr auf, damit man nicht errate, daß er alles begriff? Ihm fiel der traurige Scherz von Peter Altenberg ein: Ebenso wie ein gutes Buch, das man bis zur letzten Zeile gelesen hat, gestattet ein Mensch manchmal, ihn erst nach seinem Tode zu verstehen.

Da kam Dunjascha heraus, blickte Samgin mit blinzelnden, verweinten Augen an, setzte sich neben ihn und sagte halblaut: »Sie hat mich hinausgejagt. Oh, ich habe Angst um sie! Was wird sie anfangen? Wolodja war für sie Vater und Freund . . .«

»Und Makarow Liebhaber?« fragte Samgin, sich erhebend.

»Nein, nein – was denkst du? Er! Dieser . . . Eiskalte . . . Wohin willst du? Bitte – geh nicht weg! Makarow muß zur Polizei, ich bin stumm, man darf Alina nicht allein lassen, man darf es nicht!«

Sie ergriff ihn bei der Hand und zwang ihn, sich neben sie zu setzen.

»Bist du Emigrant?«

»Nein.«

»Inokow hingegen ist emigriert.«

»Ist er hier?«

»Ja. Ich lebe mit ihm.«

»Sieh mal an. Schon lange?«

»Schon über ein Jahr. Er ist gut.«

»Gratuliere«, sagte Samgin und fügte unerwartet hinzu: »Sieh dich vor, daß er dich nicht ins Gefängnis bringt.«

»Oh, was soll das? Bist du eifersüchtig?« fragte sie verwundert. Samgin wunderte sich auch, denn er fühlte, daß ihr Verhältnis mit Inokow ihn kränkte. Aber er sagte eilig: »Selbstverständlich nicht! Vielleicht – ein wenig.«

Jetzt kam Makarow heraus, deutete mit der Zigarette auf das Fenster und sagte zu Samgin: »Sie möchte mit dir sprechen ...«

Samgin betrat mit innerem Protest das Haus. Alina saß mit aufgeknöpfter Bluse, Hals und Schulter tief entblößt, in einem Sessel und hatte den Mund mit dem Taschentuch verdeckt, ihr Adamsapfel bewegte sich krampfhaft. In der rechten Hand hielt sie einen Kamm, die Hand hing über die Armlehne des Sessels herab und zuckte sacht, auch ihr ganzer Körper schien leicht zu zittern, nur die Augen waren reglos auf Ljutows Gesicht gerichtet, sein buschiges Haar war mit irgend etwas eingefettet, glattgekämmt, und das Gesicht sah jetzt schöner aus. Samgin stand eine Minute lang schweigend da, im Begriff, etwas Originelles zu sagen, kam aber nicht dazu. Alina begann zu sprechen, ihre dunkle, tiefe Stimme klang dumpf, ausdruckslos und stockte.

»Trotz allem ist es Egoismus, die Beziehungen zu den Menschen ... in solch schrecklicher Weise abzubrechen!«

»Ja«, stimmte Samgin bei.

»Er hat dich nicht gemocht.«

»Wirklich?«

»Er sagte, alle Menschen seien dir gleichgültig, du verachtetest die Menschen. Du trügest – wie Sand in der Tasche – so einen Verstand zweiter Wahl mit dir herum und würfest ihn, nach und nach, in Prisen, den Menschen in die Augen, deinen wirklichen Verstand jedoch verbärgest du vorläufig, bis man dich zum Minister ernennen werde ...«

»Das ist ... geistreich«, sagte Samgin halblaut und fragte sich: Phantasiert sie etwa?

Dann rüttelte er das von ihr Gesagte rasch im Gedächtnis auf und fand an Ljutows Worten nichts für sich Kränkendes.

»Er sprach von Menschen immer im Ernst, doch von sich selbst im Scherz«, sie erhob sich hastig, warf das zusammengeknüllte Taschentuch auf den Boden, ging ins Nebenzimmer, zog dort eine quietschende Schublade heraus, ein Schlüsselbund fiel zu Boden, Samgin kam es vor, als hätte Ljutow gezuckt, ja sogar die Augen ein wenig geöffnet.

Das war ich, der gezuckt hat, beruhigte er sich, rückte die Brille zurecht und warf einen Blick in das Zimmer, in das Alina gegangen war. Sie kniete am Boden und warf irgendwelche Lappen, Schachteln und Futterale aus einer Kommodenschublade.

Sucht sie nach einem Revolver?

Aber sie stand auf, schüttelte etwas Schwarzes aus, taumelte und setzte sich aufs Bett.

»Wie schrecklich«, murmelte sie, Samgin ins Gesicht blickend, ihre feuchten Augen waren weit geöffnet und der Mund halb offen, aber ihr Gesicht drückte nicht Angst, sondern eher Verwirrung, Erstaunen aus. »Ich höre immerfort seine Worte.«

Samgin fragte, ob er ihr nicht Wasser geben solle. Sie schüttelte verneinend den Kopf.

»Ich wollte von dir erfahren ... ich habe vergessen, was. Ich werde mich entsinnen. Geh, ich muß mich umziehen.«

Samgin konnte sich nicht entschließen zu gehen.

Gehe ich, so wird auch sie ... Sie ist unzurechnungsfähig ...

Er erinnerte sich, wie sie, ein hübsches junges Mädchen, Gedichte von Brjussow deklamiert, wie sie sich später über die schwere Bürde ihrer Schönheit beklagt hatte, erinnerte sich ihres Triumphes im Götzentempel Aumonts und ihres hysterischen Benehmens bei der Beerdigung Turobojews.

»Geh, schick Dunjascha zu mir«, wiederholte sie beharrlich und begann, die Bluse auszuziehen.

Er ging hinaus vor die Haustür, von der Bank stürzte ihm Dunjascha entgegen: »Läßt sie mich rufen?«

Auf der Bank blieb ein Mann mit Strohhut zurück, er saß, die Ellenbogen auf die Banklehne gestützt, mit ausgestreckten Beinen da, sein vom Mond beschienener Hut leuchtete, als wäre er aus Kupfer, auf dem Weg ruhte sein kopfloser Schatten.

»Guten Tag«, sagte er halblaut, ohne sich zu erheben, streckte nur die Hand aus und fragte, Samgin zu sich heranziehend: »Wir begegnen uns immer unter sonderbaren Umständen, wie?«

Er hatte einen neuen, noch faltenlosen grauen Anzug an, der metallisch glänzte. Samgins Hand drückte er schmerzhaft fest.

Jetzt wird er sich seiner Heldentaten erinnern und sich wahrscheinlich bei mir bedanken, dachte Samgin ärgerlich, doch Inokow sagte halblaut, nachdenklich: »Der Kaufherr hat den Markt beendet. Sonderbar: Gestern noch war er der lustige, wie immer interessante, sympathische Streichemacher ... Das Wort nehme ich vom Verb hin und her streichen.«

Klim Iwanowitsch musterte Inokow von der Seite und fand, daß er gealtert, abgemagert war, seine Backenknochen ragten spitz vor, in den Augenhöhlen lagen schwarze Schatten.

»Sind Sie krank gewesen?«

»Ja, man hat mich mißhandelt. Mit welchem Eifer man bei uns aufhängt, wie? Sie sind in Wut geraten, die Schweine. Ich bin auch nur mit knapper Not dem Galgen entgangen. Es kam sogar zu einem Kampf, der Begleitmann wollte mich mit dem Säbel spalten. Jetzt erhole ich mich, spitze die Ohren, beobachte. Russen sammeln sich hier nicht wenig an. Sie reden in allen Tonarten: Die einen bereuen, die anderen stammeln, im großen und ganzen – amüsieren sie sich.«

Er begann lauter und scheinbar lustiger zu sprechen, lachte sogar nach einem Kalauer, hielt aber sofort die Hand vor den Mund und erstickte beinahe am Lachen – weil aus dem Fenster Dunjascha herausschaute und vorwurfsvoll den Kopf schüttelte.

»Verzeihung, Verzeihung«, flüsterte Inokow und nahm sogar den Hut ab. Unter dem Haar hervor verlief schräg zur linken Braue eine flammendrote Narbe, er berührte sie mit dem Finger.

Er zeigt seine Kampfauszeichnung, dachte Samgin, der an einem alten Bekannten leicht Neues und Unangenehmes entdeckte. Er stellte sich Dunjascha in den Armen dieses Menschen vor.

Es sind wahrscheinlich harte, grobe Arme.

Er dachte an Ljutow: Er war scharfsinnig, kannte sich in den Menschen aus.

Aus dem Fenster quoll wie Rauch das beschwörende Murmeln Dunjaschas, Inokow erzählte auch halblaut irgend etwas, von unten aus der Stadt, drang ein schweres, aber weiches, sonderbar schmatzendes Geräusch herauf, als schlurrten riesengroße Schuhsohlen über Pflastersteine. Samgin nahm die Uhr, blickte auf das Zifferblatt – die Zeit verstrich langsam.

»Sind Sie Anarchist?« fragte er aus Höflichkeit.

»Ich habe Kropotkin, Stirner und andere Väter dieser Kirche gelesen«, antwortete Inokow leise und gleichsam widerstrebend. »Aber ich bin kein Theoretiker, ich habe kein Vertrauen zu Worten. Entsinnen Sie sich – Tomilin lehrte uns: Die Erkenntnis ist der dritte Trieb. Das mag bei einigen zutreffen, die so wie ich sind und das Leben emotional auffassen.«

Wie ein Wilder, setzte Samgin, der sich eine Zigarette anzündete, in Gedanken hinzu.

»Tomilin ist mit seinem Trieb auf Gott gestoßen, nun – er ist ein

Feigling, der rothaarige Eber. Ich aber habe mal darüber nachgedacht: Aus welchen Motiven handle ich? Es stellte sich heraus: Aus Motiven persönlicher Kränkung über das Schicksal und – aus Prahlerei. Es gibt so ein Theoriechen: Theater für sich selbst, nun, ich spielte mich also wahrscheinlich vor mir selbst auf. Das ist langweilig. Und – verantwortungslos.«

»Wem gegenüber?« entschlüpfte es Samgin unwillkürlich.

»Na wieso denn – wem gegenüber? Sie scherzen . . .«

Er zündete sich auch eine Zigarette an, dann schaute er ein paar Sekunden lang das zusammengeschmolzene Mondstückchen an und begann von neuem: »Im Ural machte ein Grüppchen junger Burschen Expropriationen und beauftragte nach einer geglückten einen ihrer Kameraden, das Geld, einige zehntausend, in Ufa, sei es den Soris, sei es den Sozis, zu übergeben, wie sie die Sozialrevolutionäre und die Sozialdemokraten nannten. Doch die Stiefel des Burschen waren gänzlich aus dem Leim gegangen, und so nahm er von den Tausenden drei Rubel und kaufte sich Stiefel. Er übergab auftragsgemäß das Geld, erklärte, daß er sich drei Rubel angeeignet habe, kehrte zu seinen Leuten zurück, doch sie erschossen ihn wegen der Aneignung des Dreirubelscheins. War das roh? Es war richtig! Treffliche Burschen. Sie verstanden, daß die Revolution eine redliche Sache ist.«

Im Begriff, ihm scharf zu widersprechen, warf Samgin die noch nicht zu Ende gerauchte Zigarette weg, trat auf sie und zerrieb sie mit der Schuhsohle.

»Die Revolution richtet sich gegen die Verantwortungslosen«, sagte Inokow halblaut, aber bestimmt. Samgin kam nicht dazu, ihm zu widersprechen, Makarow trat auf sie zu, brummte zornig vor sich hin, daß die Polizei in allen Ländern gleich dumm sei, und bat um eine Zigarette. Elegant gekleidet, stattlich, grauhaarig, riß er ein Streichholz an, hielt es wie eine Kerze mit der Flamme nach oben, löschte es, ohne die Zigarette angezündet zu haben, und riß, den leisen Stimmen der Frauen lauschend, ein zweites an.

»Wie faßt du das auf?« fragte Samgin mit einer Kopfbewegung zum Fenster hin. Makarow setzte sich, scharrte mit dem Fuß und seufzte.

»Einen Brief an mich unterzeichnete Ljutow einmal mit den Worten: ›Ein Moskauer, erster Gilde, ein überflüssiger Mensch.‹ Rußland ist, wie du weißt, reich an überflüssigen Menschen. Es hat unter den Adeligen überflüssige gegeben, diese – bereuten, jetzt sind reumütige Kaufleute aufgetaucht. Sie erschießen sich. Vor kurzem in Moskau gleich drei – zwei Männer und die unverheiratete Gribowa.

Alle aus reichen Kaufmannsfamilien. Der eine – Tarassow – war sehr begabt. Unsere Bourgeoisie ist im großen und ganzen ungebildet und irgendwie nicht von der Dauerhaftigkeit ihres Daseins überzeugt. Es gibt viel Nervenkranke . . .«

Makarow sprach langsam und gleichsam ohne rechte Lust. Samgin warf einen Seitenblick auf sein scharf umrissenes Profil. Noch gar nicht so lange her hatte dieser Mensch nur gefragt, ausgefragt, jetzt jedoch entschloß er sich zu erklären, zu belehren. Und seine Schönheit war im Grunde unangenehm, etwas banal.

»Ein unsympathischer, aber interessanter Mensch«, begann Inokow leise. »Wenn ich ihn ansah, dachte ich manchmal: Woher kommen bei ihm diese Geisteskrämpfe? Hat er Angst vor dem Leben, oder schämt er sich? Jetzt denke ich, daß er sich seines Reichtums, seiner Schicksalslosigkeit und des Romans mit diesem tollen Weib schämte . . . Er war klug.«

»Tja . . . Es gibt bei uns solche Geister: arbeitsam, aber unfruchtbar«, sagte Makarow und wandte sich an Samgin: »Entsinnst du dich, wie wir den Wels fingen? Vor kurzem, in Paris, sagte mir Ljutow plötzlich, daß gar kein Wels dagewesen sei und daß er mit dem Müller verabredet hatte, sich mit uns einen Scherz zu leisten. Und, stell dir vor, diesen Scherz halte er aus irgendeinem Grunde für sehr übel. War das etwa eine Allegorie? Erklären – konnte er es nicht.«

Samgin fühlte, daß diese zwei ihn durch ihre Ansichten empörten. Bei ihm entstand das Bedürfnis, sich an etwas Gutes bei Ljutow zu erinnern, aber ihm fiel nur ein abgedroschenes lateinisches Sprichwort ein, das ein zehrendes Gefühl von Ärger erweckte. Dennoch begann er: »Ich habe keine Sympathie für ihn empfunden, aber ich muß sagen, daß er ein eigenartiger, vielleicht einzigartiger Mensch gewesen ist. Er hat seine eigene, originelle Note in den Lärm des Lebens hineingetragen . . .«

Makarow warf die Zigarette in einen Strauch und murmelte: »Na ja, das ist bekannt: Es gibt praktisch nutzlose Dinge, die aber kunstvoll hergestellt sind und Schönheit imitieren.«

»Ich spreche nicht von Dingen . . .«

»Es gibt auch unter den Menschen Imitationen ungewöhnlicher . . .«

Aus dem Hause trat Dunjascha.

»Kommt in die Küche hinunter, dort gibt es Tee und Wein.«

»Was macht Alina?« fragte Makarow.

»Sie hat sich hingelegt, flüstert irgend etwas . . . Welch eine herrliche Nacht«, sagte sie seufzend zu Samgin. Die zwei gingen weg, während sie ihm unverwandt ins Gesicht blickte und mit Flüsterstimme sagte: »So gehen Menschen zugrunde. Kommst du?«

Samgin dachte, er werde sich zum Zug verspäten, folgte ihr aber. Ihm schien, daß Makarow in kränkendem Ton mit ihm gesprochen und über Ljutow irgendwie verräterisch geurteilt hatte. Und sicherlich hatte er einen Roman mit Alina, und Ljutow hatte sich aus Eifersucht erschossen.

In der Küche herrschte säuerlicher Gasgeruch, auf dem Herd, in einem großen Teekessel, kochte laut das Wasser, an den weißgekachelten Wänden strahlte würdig das Kupfer der Pfannen, in einer Ecke verbarg sich inmitten getrockneter Blumen die grell bemalte Statuette einer Madonna mit Kind. Makarow hatte sich an den Tisch gesetzt und, die Ellenbogen aufstützend, den Kopf zwischen die Hände gepreßt; Inokow, der Wein in die Gläser einschenkte, sagte halblaut: »Das stimmt: Er ist kein Fanatiker, sondern Mathematiker. Wenn in Moskau der Gouverneur Dubassow befiehlt, ›die Aufrührer mit Waffengewalt auszurotten, weil es unmöglich ist, über Tausende Gericht zu halten‹, wenn in Petersburg Trepow den Befehl erteilt, ›keine blinden Salven abzugeben und mit Patronen nicht zu sparen‹ – so bedeutet dies, daß die Regierung dem Volk den Krieg erklärt hat. Lenin sagt daher zu den Arbeitern über die Schweinsköpfe der Liberalen, der Menschewiki und anderer hinweg: Bewaffnet euch, organisiert euch zum Kampf um eure Macht gegen den Zaren, die Gouverneure, die Fabrikanten, zieht die arme Bauernschaft mit, andernfalls wird man euch vernichten. Einfach und klar.«

Dunjascha schenkte sich Tee ein, hörte Inokow bis zum Schluß zu und ging mit den Worten: »Seid nicht zu laut.«

Inokow reichte Samgin ein Glas Wein, stieß mit ihm an, wollte etwas sagen, aber statt seiner ergriff Klim Samgin das Wort: »Ist das, was Ihnen einfach und klar erscheint, nicht zu sehr vereinfacht?«

Dann wandte er sich herausfordernd an Makarow: »Du unterschätzt die Macht der Bourgeoisie . . .«

Makarow trank einen Schluck Wein und antwortete widerwillig, ohne die andere Hand vom Kopf wegzunehmen, in sein Glas blikkend: »Ich behandle sie ärztlich. Mir scheint, ich kenne sie. Jawohl. Ich behandle sie. Siehst du – ich habe eine Arbeit geschrieben: ›Die sozialen Ursachen der Hysterie bei Frauen‹. Ich zeigte sie Forel, er lobt sie, schlägt mir vor, sie zu veröffentlichen, das Manuskript ist von einem Kollegen ins Deutsche übersetzt worden. Doch zum Veröffentlichen – habe ich keine Lust. Nun, veröffentliche ich, so werden sieben oder siebzig Personen sie lesen, und was dann? Zum ärztlichen Behandeln habe ich auch keine Lust.«

Irgendwo in der Nähe des Hauses stapfte ein Pferd über das Pflaster. Eine Baßstimme sagte auf deutsch: »Hier.«

Das Pferd war auf einmal wie vom Erdboden verschlungen, und einen Augenblick lang wurde es im Haus, in dem sich fünf lebende Menschen befanden, und rings um das Haus unangenehm still, dann rasselte etwas Metallisches.

»Man hat den Sarg gebracht«, meinte Inokow unnötigerweise, blies kräftig in die Zigarettenspitze und schoß ein rotes Glutklümpchen in die Küchenecke, während Makarow mürrisch sagte: »Das ist ein Zinkkasten, in den Sarg werden sie ihn dort, bei sich im Büro legen. Die Polizei hat verlangt, daß die Leiche vor Tagesanbruch weggeschafft wird. Alina wird schreien. Geh zu ihr hin, Inokow, auf dich hört sie . . .«

Am Fenster kamen zwei gleich dicke, schwarzgekleidete Männer vorbei.

»Die Ärzte sollen populäre Broschüren darüber schreiben, wie häßlich die Lebensweise ist. Ja. Den Medizinern wird dieses Häßliche besonders deutlich sichtbar. Die Ökonomie allein genügt nicht, um den Arbeitern Widerwillen und Haß gegen diese Lebensweise einzuflößen. Die Bedürfnisse der Arbeiter sind primitiv gering. Ihre Frauen sind zufrieden mit zehn Kopeken mehr Arbeitslohn. Bei uns gibt es wenig Menschen, die sich des ganz tiefen Sinns der sozialen Revolution bewußt wären, es sind alles nur . . . mechanisch in ihren Prozeß Hineingezogene . . .«

Makarow sprach abgehackt, immer zorniger und lauter.

Das sind Gedanken Kutusows, stellte Samgin fest, der unwillkürlich dem Lärm und den Stimmen oben lauschte.

»Wo, worin erblickst du die soziale . . .«, begann er, aber in diesem Augenblick ertönte oben ein rasender, erschütternder Schrei Alinas.

»Na, da haben wir's«, murmelte Makarow, aus der Küche laufend; Samgin ging nach ihm hinaus und blieb vor dem Hauseingang stehen.

»Ich lasse es nicht zu, ich erlaube es nicht«, schrie Alina tief und heiser. In den Garten kamen von oben, durch den Körper Ljutows miteinander verbunden, die zwei schwarzen dicken Männer herunter, der eine hatte Ljutows Beine unter die Achsel geklemmt, der andere sich in die Schultern der Leiche verkrallt, während der unnatürlich zur Seite gewandte Kopf pendelte und nickte. Alina, riesengroß, zerzaust, neigte sich vor, griff mit dem einen Arm nach dem Kopf, an ihrem anderen Arm hing schluchzend Dunjascha. Makarow und Inokow suchten Alina zu packen, sie wehrte sich gegen sie mit Stößen, traf Inokow mit ihrem Hinterkopf, über ihrem weißen Gesicht wallte das Haar hoch empor.

»Untersteht euch«, schnaubte sie ganz außer Atem; ihr Mund war geöffnet und ließ zusammen mit den dunklen Flecken der Augen ihr Gesicht wie zerschlagen erscheinen.

»Hör auf«, sagte Makarow laut. »Wohin willst du denn?«

Sie schnaubte wie ein Pferd und entwand sich seinen Händen, während Inokow hinter ihr herging, prustete, sich schneuzte und mit dem Taschentuch das Kinn abwischte. Alle vier zu einem Körper vereint, gingen sie wankend und mit den Füßen scharrend vor die Umzäunung hinaus. Samgin folgte ihnen, ging aber, als er merkte, daß sie sich bergab bewegten, bergauf. Ihn erreichten ein eisernes Dröhnen, die hysterischen Ausrufe: »Eine Blechkiste ... welche Gemeinheit ... In eine Blechkiste ... Gehen Sie weg!«

Samgin schritt eilig aus und stolperte immer wieder in der Dunkelheit.

Ich muß mir einen Stock kaufen, dachte er und lauschte. Dort unten stapfte wieder schwerfällig das Pferd über das Pflaster, doch es war kein Räderlärm zu hören.

Gummibereifung.

Dann entsann er sich, daß die Leute aus dem Bestattungsbüro, als sie Ljutow trugen, zu dritt den Buchstaben H gebildet hatten.

Er fühlte jedoch, daß die kleinen Gedanken ihm diesmal nicht halfen, den soeben erst erlebten Eindruck zu verwischen. Während er vorsichtig und langsam bergauf schritt, lauschte er, wie etwas Unbekanntes in ihm wuchs. Das war nicht die gewohnte Denktätigkeit, die Worte automatisch zu bekannten Sätzen verbindet, das war das Zunehmen einer sehr seltsamen Empfindung: Irgendwo tief unter der Haut reifte, pulsierte, wie ein Geschwür, das Wort: Tod.

Die Verbindung der drei unangenehmen Laute dieses Wortes schien zu verlangen, daß man es flüsternd ausspreche. Klim Iwanowitsch Samgin fühlte, daß eine klägliche und trübselige Unruhe sich in seinem ganzen Körper ausbreitete und ihn entkräftete. Er blieb stehen, wischte mit dem Taschentuch den Schweiß von der Stirn und blickte sich um. Die schwarzen Bäume vor ihm sahen im mondbeschienenen Nebel wie Hügel aus, die weißen Villen erinnerten an Kapellen eines vornehmen Friedhofs. Der Weg, der sich zwischen diesen Villen hindurchschlängelte, führte irgendwohin aufwärts ...

Es war unhöflich von mir, mich von ihnen nicht zu verabschieden, entsann sich Samgin und ging rasch zurück. Er glaubte schon, unterhalb des Hauses angelangt zu sein, in dem Alina und ihre Freunde sich befanden, aber da ertönte hinter dem Gartenzaun, hinter der dichten Hecke in der Stille deutlich die Stimme Makarows: »Diese Idioten, sie klammern sich an ihre Macht über die Menschen, fürchten sich aber, Kinder in die Welt zu setzen. Was? Frag doch.«

Samgin blieb stehen, fächelte sich mit dem Taschentuch das Gesicht und hielt Ausschau nach der Gartentür.

»Nein, niemals«, sagte Makarow. »Kinder kann sie keine bekommen, sie hat sich durch Abtreibungen ruiniert. Einen Mann braucht sie nicht als Gatten, sondern als Diener.«

»Als Ernährer«, fügte Inokow hinzu.

Da Samgin keine Tür fand, begriff er, daß er sich dem Haus von der anderen Seite genähert hatte. Das Haus lag hinter Bäumen versteckt, Inokow und Makarow befanden sich weit von ihm entfernt und sehr nahe an der Umzäunung. Er wollte ihnen schon etwas zurufen, aber da fragte Inokow: »Und was denkst du über Samgin?«

Makarow antwortete undeutlich, und Inokow lächelte wahrscheinlich, denn seine Stimme klang vergnügt, als er sagte: »Ja eben! Ein Apparat, der weniger denkt als räsoniert . . .«

Samgin entfernte sich eilig, bergab, und rief sich ins Gedächtnis: Ich habe ihm zweimal geholfen. Übrigens – der Teufel möge sie holen. Man soll die Seele vor der Verunreinigung mit dem Unrat kleiner Kränkungen und Kümmernisse schützen.

Der Satz gefiel ihm, brachte ihn aber wieder zu dem großen Kummer zurück, den er dort oben erlebt hatte.

Er verbrachte eine sehr schwere Nacht: Er konnte nicht einschlafen, ihn beunruhigten irgendwelche unbekannten, unklaren und zusammenhanglosen Gedanken, der Kopf Wladimir Ljutows pendelte, seine Arme pendelten, und der eine war bedeutend kürzer als der andere. Am Morgen ging er halbkrank zur Post, erhielt dort ein Bündel Briefe aus Berlin, kehrte ins Hotel zurück und fand in dem Bündel, als er es geöffnet hatte, zwischen Briefen und Dokumenten ein kleines und leichtes Kuvert, das mit Marinas Handschrift beschrieben war. Auf einem dünnen Blättchen fliederblauen Papiers teilte sie mit, daß sie in zwei Tagen nach Paris abreisen, im »Terminus« absteigen und dort etwa zehn Tage zubringen werde. Das erregte ihn dermaßen, daß er sogar in Verwirrung geriet, und als er sein Spiegelbild anblickte, wurde er noch verwirrter und war bereits bestürzt.

Das ist kindisch, warf er sich mit mürrischem Gesicht vor, aber seine Augen lächelten. Mich zieht nur die Neugier zu ihr hin, suchte er, in den Spiegel blickend und den Schnurrbart zwirbelnd, sich einzureden. Nun, es mag auch ein Körnchen Romantik dabeisein, die nicht der Ironie entbehrt. Was ist sie? Der Typ der von Natur nicht dummen, belesenen bürgerlichen Frau von heute . . .

Aber die Freude erlosch nicht. Da fragte er sich: Was verwirrt mich denn und weshalb?

Eine Antwort auf diese Frage zu finden, fehlte es ihm an Zeit – er mußte feststellen, wo Marina jetzt war. Er errechnete, daß Marina sich schon drei Tage in Paris befinde, und begann seinen Koffer zu packen.

In Paris stieg er in dem gleichen Hotel wie Marina ab, brachte sich sorgfältig in Ordnung, und nun stand er – voller Ärger über sich selbst wegen der Erregung, die er empfand – vor der Tür ihres Zimmers, während hinter der Tür deutlich die bekannte kräftige Stimme erklang: »Nein, nein, Sachar Petrowitsch, darauf lasse ich mich nicht ein.«

Ihr antwortete ein dünnes und pfeifendes Stimmchen: »Sie werden es bedauern! Leben Sie wohl.«

Die Tür ging weit auf, aus ihr stürzte ein feister, kurzbeiniger Mann mit großem Bauch und scharfen Äugelchen in einem gelben, aufgedunsenen Gesicht. Schwer atmend, durchbohrte er Samgin mit einem zornigen Blick, stieß ihn mit dem Bauch und krähte, weich mit einem Fuß aufstampfend, gleichsam drohend: »Immerhin rate ich Ihnen – überlegen Sie es sich! Oh, überlegen Sie es sich!«

Dann schwebte er, die kurzen Beinchen behende vorschnellend, geräuschlos über den Teppich des Korridors.

»Ah, du bist angekommen«, sagte Marina unnötig laut und erhob, während sie in der linken Hand irgendwelche Papiere schüttelte, die rechte rasch zu Klims Kinn empor. Sie hatte ihm früher nie die Hand zum Kuß gereicht, und in dieser Gebärde spürte Samgin irgend etwas.

»Nun – ist Marischa nicht schön?« fragte sie und warf die Papiere auf den Tisch.

»Sehr.«

»Du geizt mit deinem Lob.«

»Allzu schön.«

»Nun, allzu Schönes gibt es nicht«, bemerkte sie lässig. »Setz dich, erzähle, wo bist du gewesen, was hast du gesehen ...«

Sie ist aufgeregt, stellte Samgin fest. Sie schien noch jünger und schöner, als sie es in Rußland gewesen war. Das einfache, hellgraue Kleid unterstrich die Schlankheit ihrer Figur, die hohe Frisur, die sie größer machte, krönte gleichsam ihr gebieterisches und markantes Gesicht.

Sie ist übermäßig groß, kaufmännisch gesund, stellte Samgin mit Verdruß fest, der Verdruß wurde zu einer Befriedigung darüber, daß er die Mängel dieser Frau sah. Und das Kleid ist geschmacklos, ergänzte er und sagte: »Du hast dich vortrefflich gerüstet für Siege über die Franzosen.«

»Hier – hat man mich nur frisiert, das Kleid ist in Moskau gemacht, und zwar schlecht, wenn du es wissen willst«, sagte sie, während sie die Papiere in einen kleinen, schwarzen Koffer legte, ihn unter den Tisch schob, und nachdem sie ihm noch einen Stoß versetzt hatte, fragte sie: »Verfolgst du, wie bei uns die Banken wachsen und das Kapital sich organisiert? Es ist schon eine ›Gesellschaft für den Verkauf von Eisenerz‹ entstanden – die Prodarud. Das Syndikat ›Kupfer‹.«

»Was war da für ein Ungeheuer bei dir?«

»Das war Sachar Berdnikow.«

In ihrer dunklen Stimme klangen ständig zornige Untertöne. Sie zündete sich eine Zigarette an, warf das Streicholz weg, traf aber nicht in den Aschenbecher und wartete, wann Samgin das brennende Streichholz vom Tischtuch nehmen und sich dabei die Finger verbrennen werde.

»Heute hat er – unter anderem – gesagt, daß ein Bankier gegen gute Zinsen selbst für die Herbeiführung eines Erdbebens Geld hergeben würde. Ob ein Bankier das täte – weiß ich nicht, aber Sachar würde welches geben. Zum Essen ist es noch zu früh«, sagte sie nach einem Blick auf die Uhr. »Möchtest du Tee? Du hast noch keinen getrunken? Ich schon längst...«

Sie klingelte und fuhr fort: »Ich habe mich eine Weile in Moskau und Petersburg unterhalten. Habe in einem Kaufmannshaus einen neuen Propheten und geistigen Führer gesehen und gehört. Ich entsinne mich, du hast mir von ihm erzählt: Tomilin, er ist dick, rothaarig, ganz voller Fettflecke, wie ein Plinsenbäcker aus einer Garküche. Ihm hörten Dichter, Anwälte, junge Damen aller Sorten, überreizte Geister und wirre Seelen zu. Ein belesenes Mannsbild und sehr verbittert: Wahrscheinlich ist sein Ehrgeiz nicht befriedigt.«

Unten, vor den Fenstern, schrie und lärmte irgendwie besonders mannigfaltig und lustig die Riesenstadt und störte beim Anhören der zornigen Reden, das Stubenmädchen mit gestärkter Schürze, einem Vogelgesicht und verwundertem Blick weit geöffneter, schwarzer Augen störte auch.

»Er sprach davon, daß die wirtschaftliche Betätigung der Menschen ihrem Sinn nach religiös und aufopfernd sei, daß in Christus die Seele Abels gestrahlt habe, der von den Früchten der Erde gelebt hatte, während von Kain die ruchlosen Menschen, die Gewinnsüchtigen, die vom Satan verführten Ingenieure und Chemiker abstammten. Dieser Blödsinn begeisterte aus irgendeinem Grunde Tugan-Baranowskij, er krümmte sich auf seinen langen Beinen und schnarrte: ›Wir sind ein Agrarland, ja, ja!‹ Dann trug ein stupsnasiger Dichter etwas Komisches vor: ›Im Kahn der Illusion werden wir uns trösten, die Träume werden unsern Kummer lindern‹ – irgend etwas in dieser Art.«

Sie lächelte hämisch, aber das Lächeln glättete nur die Falte zwischen ihren zusammengezogenen Brauen, während die Augen streng, zornig funkelten. Ihre gepflegten Hände bewegten sich, als hätten sie ihre Geschmeidigkeit verloren, ungestüm, eckig, sie stießen an das Geschirr auf dem Tisch.

»Es ist überhaupt etwas langweilig. Man räumt auf nach dem häuslichen Fest, die Leutchen haben Katzenjammer, sie putzen an sich herum, alles bißchen Hübsche, das sie zum Fest aus ihrem Inneren hervorgeholt hatten, verstecken sie verlegen. Sie sind darauf gekommen, daß sie sich gestern nicht ihrem Stand und ihrer Position gemäß benommen haben. Die Obrigkeit indessen bemüht sich immerfort um Beruhigung, hängt Missetäter auf. Sie sollte mit dem Würgen warten, ihnen selbst wird die Luft ausgehen. Überhaupt, wenn man in der Provinz lebt, stellt man sich die Menschen in den Zentren . . . nun, sagen wir, gehaltreicher, mit einer interessanteren Füllung vor . . .«

Was will sie nur? überlegte Samgin, der fühlte, daß Marinas Stimmung ihn bedrückte. Er versuchte, sie auf ein anderes Thema zu lenken, indem er fragte: »Und wie steht es mit Besbedow?«

»Er hat mir aus Nishnij Nowgorod einen Brief geschrieben, er treibt sich auf der Messe herum. Er schimpft, bittet um Geld und um Verzeihung. Ich antwortete: Verzeihen könnte ich, Geld gäbe ich ihm keins. Es sieht danach aus, daß es zwischen mir und ihm zu einem schlimmen Ende kommen wird.«

Samgin entschlüpften unwillkürlich die Worte: »Mir scheint – du bist kaum fähig zu verzeihen.«

Er erwartete, daß die Frau ihm eine scharfe Antwort geben werde, aber sie zuckte mit den Achseln und sagte lässig: »Warum nicht fähig? Verzeihen bedeutet auf etwas pfeifen, und ich bin sehr wohl fähig, jedem beliebigen in die Fresse zu spucken.«

Niemals hat sie so grob gesprochen, stellte Samgin fest, der eine wachsende Unruhe empfand und etwas Unangenehmes erwartete. Ihre Bewegungen und Gebärden waren ungestüm, eckig, was gar nicht ihre Art war.

Sie ist durch irgend etwas verstimmt . . .

Er fragte rasch, wo sie gewesen sei, was sie gesehen habe. Sie hatte zweimal den Louvre besucht, übermorgen werde sie ins Parlament gehen, um sich Briand anzuhören.

»Gestern war ich im Bois de Boulogne und sah mir die Kokottenparade an. Es waren natürlich nicht lauter Kokotten, aber alle sahen so aus. Richtige ›articles de Paris‹ und – zum Vergnügen.«

Dann kniff sie schelmisch das rechte Auge zu und sagte: »Versorge dich mit Geld! Du mußt dich zerstreuen, denn du bist, wie ich sehe, mißmutig!«

»Und mir scheint, du bist es . . .«

»Ich? Ja! Ich – ärgere mich. Ärgere mich, daß ich kein Mann bin.«

Sie zündete sich eine Zigarette an, dann stand sie auf, warf einen Blick in den Spiegel und blies den Rauch gegen ihr Spiegelbild.

»Ich war bei der Generalin Bogdanowitsch, von ihr habe ich dir schon erzählt: Ihr Mann ist General, Kirchenältester der Isaakskathedrale, ein halber Idiot, aber – ein Gauner. Sie ist ein nicht dummes Frauenzimmerchen, beobachtet sehr gut, hilft in Geldangelegenheiten gleichermaßen menschenfreundlich allen Nächsten, ohne Unterschied der Nationalitäten. Ich bin auch früher schon bei ihr gewesen, doch diesmal hatte sie mich zu einem Gespräch mit Berdnikow eingeladen – von diesem Gespräch werde ich dir später erzählen.«

Sie schritt, während sie sprach, von einer Ecke zur anderen, rauchend, die Brauen bewegend und ohne Klim anzusehen.

»Ich naive Provinztrutschel habe es sehr gern, wenn man mir Sinn und Verstand beibringt, und die Generalin liebt dieses fruchtlose Handwerk. Jetzt weiß ich, daß es mit Rußland sehr schlimm steht, niemand liebt es, der Zar und die Zarin auch nicht. Ehrliche Patrioten gibt es in Rußland nicht, sondern nur ehrlose. Stolypin ist doppelzüngig, ein heimlicher Liberaler, bereit, den Zaren an jeden beliebigen zu verraten, und will Diktator werden, das Vieh! Übrigens: Das Landhaus Stolypins haben nicht die Sozialrevolutionäre in die Luft gesprengt, sondern Maximalisten, eine kleine Gruppe, die sich von den Orthodoxen abgespalten hat, bei denen anscheinend in der Zentrale nicht alles in Ordnung ist, man verdächtigt irgendeinen von den Zentralisten der Freundschaft mit dem Polizeidepartement.«

Nachdem sie das lässig mitgeteilt hatte, sprach sie weiter von der Generalin.

»Dort verkehren lauter titulierte Leute, mit Orden oder mit Brieftaschen vom Umfang einer Bibel. Sie alle – glauben an Gott und wollen einander etwas verkaufen, das ihnen nicht gehört.«

Samgin schaute auf ihr markantes Profil, auf die kleinen, rosigen Ohren, die schöne Rückenlinie, er sah hin und hätte gern die Augen fest geschlossen.

Sie blieb vor ihm stehen, ihre goldgelben Augen funkelten gespannt.

»Wenn ich zu heiraten wünschte, könnten sie mir für ein- bis zweihunderttausend Rubel einen sehr reichen Tattergreis verkaufen ...«

Klim Iwanowitsch Samgin, der sich durch eine unerwartet aufblitzende, beunruhigende Vermutung geblendet fühlte, schloß für eine Sekunde die Augen.

Was könnte sie hindern, in Diensten des Polizeidepartements zu stehen? Ich sehe nicht, was ...

Er nahm die Brille ab und begann die Gläser mit einem Stück Wildleder zu putzen – das half ihm in schwierigen Fällen.

»Warum bist du gekrümmt, als hättest du Magenschmerzen?« fragte sie, und ihm schien, Marinas Stimme klänge ohrenbetäubend.

»Du erweckst bedrückende Gedanken«, murmelte er.

Sie begann wieder umherzuschreiten und sagte halblaut und sanfter: »Ja. Es ist sehr unerfreulich. Jetzt, wo gierige Dummköpfe und Faulpelze beginnen werden, Gesetze zu machen, werden sie Rußland ausverkaufen. Sie dringen schon nach Mittelasien vor, und das ist unsere nackte Flanke! Und die Engländer wissen vortrefflich, daß sie nackt ist ...«

Sie behandelte ermüdend lange dieses Thema, wobei sie irgendwessen Geldbesitz errechnete, Namen bekannter Industrieller, Grundbesitzer und Ministernamen nannte. Samgin hörte ihr fast nicht zu, ihn bedrängten seine eigenen Gedanken.

Sektierertum war nur ein vorübergehendes Spiel. Patriotismus? Ist kaufmännisch. Vielleicht auch ein Spiel. Die Begünstigung Kutusows ... Das läßt sich am schwersten erklären. Das Departement ... Es ist alles möglich. Welche Ideen würden ihr Grenzen setzen? Sie ist nicht dumm, belesen. Eine Abenteurerin. Sie glaubt nur an die Macht des Geldes, alles übrige ist nur da, um kritisiert, um negiert zu werden ...

Und Klim Iwanowitsch Samgin freute es beinahe, daß er über diese Frau feindselig denken konnte.

»Jedoch – es ist Zeit zum Frühstücken!« sagte sie. »Hier ißt man um diese Zeit zu Mittag. Gehen wir.«

Sie ging in das kleine Schlafzimmer, und Samgin fiel auf, daß sie sich beim Gehen in den Hüften wiegte, wie sie das früher nicht getan hatte. Nicht zu sehen, mit irgendwelchen Schlössern schnappend, sagte sie: »Ich habe Stepan gesehen, seine Frau hat man ins Krestygefängnis gesperrt. So ein kleines, farbloses Püppchen ...«

»Somowa.«

»So heißt sie, glaube ich. Er schickte sie einmal zu mir. Seine Stimmung ist unerschütterlich. Starrköpfig. Ich schätze Starrköpfige.«

Sie kam heraus. Auf den Schultern einen blauen Umhang mit Polarfuchsbesatz, das kastanienbraune Haar mit goldgelben Spitzen bedeckt, am Hals glitzerten imposant Smaragde.

»Nun – ist Marischa nicht schön?« fragte sie.

»Ja.«

»Na eben.«

Sie frühstückten im Hotelrestaurant, dann fuhren sie in einem Wagen über die Boulevards, waren auf der Place de la Concorde, besichtigten die Notre-Dame – der dicke Kutscher mit grauem Schnurrbart und komischem Wachstuchhut sagte belehrend und nicht ohne Stolz: »Das muß man bei Mondschein sehen.«

»Ein Moskauer Droschkenkutscher sagt nicht, wann man den Kreml am besten ansieht«, bemerkte Samgin halblaut, Marina hüllte sich in Schweigen, doch er erinnerte sich sofort: Etwas Ähnliches war ihm am Benehmen der Berliner Pensionswirtin aufgefallen. Wir Russen haben keinen Patriotismus, kein Gefühl der Solidarität mit unserer Nation, der Achtung vor ihr, vor ihren Verdiensten gegenüber der Menschheit, das hatte Katkow gesagt. Ihm fiel ein, daß zu Katkows Beerdigung Paul Déroulède gekommen war und ihn einen großen russischen Patrioten genannt hatte. Samgins bemächtigten sich bunte, kleine Gedanken, er verscheuchte sie ärgerlich und wartete ungeduldig, was Marina von Paris sagen werde, aber sie bemerkte nur kärglich Belangloses: »Ein Bummlerstädtchen, welch eine Menge Menschen in den Straßen. Und die Männer sind etwas mickrig – merkst du das? Wie bei uns in Wjatka . . .«

Samgin, der ab und zu einen Seitenblick auf sie warf, dachte, sie sage absichtlich unaufrichtig triviale Dinge, um etwas zu verbergen.

Sie schlug vor, sich die »Revue« in der Folies-Bergères anzusehen. Sie fuhren hin, kauften Parterrekarten, aber bald sagte Marina lächelnd: »Wir hätten eine Loge nehmen sollen.«

Ja, das Publikum musterte Marina sehr unverfroren, es erhob sich von den Plätzen, tuschelte. Samgin fand, daß die Augen der Frauen neidisch oder geringschätzig blickten, daß die Männer süßliche Grimassen schnitten, und irgendein Geck mit dunklem Gesicht, halbergrautem Lockenhaar und üppigem Schnurrbart riß seine schwarzen Augen so gespannt auf, als hätte er Marina schon einmal gesehen und besänne sich jetzt, wann und wo.

»Was meinst du: ein Marquis oder ein Friseur?« raunte sie.

»Ein unverschämter Kerl. Und anscheinend betrunken«, antwortete Samgin ärgerlich.

Auf der Bühne spielte sich etwas Unbegreifliches ab: Ein kleiner, gewandter Artist stellte einen Boxer mit groteskem Riesenbizeps dar, an seinem Jungengesichtchen klebte ein graues, gestutztes Bärtchen, er schlug Purzelbäume auf einem Teppich und suchte einen rotgesichtigen Riesen im Frack ununterbrochen und hastig von irgend etwas zu überzeugen.

»Das soll, wie es scheint, Lépine sein, der Bürgermeister von Paris oder der Polizeipräfekt«, sagte Marina. »Es ist uninteressant, irgendwelche interne Angelegenheiten.«

Es erschienen und verschwanden Sängerinnen, Exzentriker, tanzende Neger. Marina bemerkte brummig, auf der Messe in Nishnij Nowgorod werde das alles »in besserer Form« geboten. Aber nun hüpften unter rasendem Dröhnen und Heulen des Orchesters etwa dreißig kunstvoll entblößte junge Mädchen hinter den Kulissen hervor und begannen, im Takt einer herausfordernden Musik ihre nackten Beine aus ganzen Bergen von Spitzen und bunten Bändern hochzuwerfen; jede von ihnen sah wie eine riesengroße, gefüllte Blüte aus, ihre Beine zuckten wie die Stempel in der Blumenkrone, die Mädchen jagten mit solcher Geschwindigkeit auf der Bühne umher, daß es schien, als hätten sie alle ein und dasselbe grell geschminkte, verführerische lächelnde Gesicht und als triebe sie ein wütender Wind auf der Bühne herum. Dann, mitten im stürmischen Tanzgewirbel, durchbrach eine hochgewachsene, geschmeidige Frau den Kreis der Mädchen und stürmte zur Rampe vor, wobei sie einen Soldaten in roten Hosen, mit zerbeultem Käppi und dummem, rotnasigem Gesicht hinter sich herzog. Hunderte von Händen begrüßten sie mit Applaus und Zurufen, schlank, geschmeidig, in kurzem, kniefreiem Rock, rief auch sie irgend etwas, lachte, zwinkerte zur Seitenloge hinüber, der Soldat machte Kratzfüße, verneigte sich, warf jemandem Kußhände zu – die Frau kreischte schrill auf, packte ihn, und sie begannen, einen Bogen auf der Bühne beschreibend, im Profil zum Publikum einen tollen Machiche zu tanzen.

»Oho! Das ist anschaulich«, sagte Marina etwas leise, und Samgin sah, daß ihre Wange sich tief gerötet hatte, auch ihr Ohr war rot angelaufen. Er stellte sie sich entblößt vor, wie er sie in der »Fabrik künstlicher Mineralwässer« gesehen hatte, und dachte befremdet: Dieser Zynismus brauchte sie nicht verlegen zu machen.

Die Tänzerin kreischte, der Soldat lachte aus vollem Halse, die dreißig halbnackten Frauen hatten sich umarmt und wiegten sich im Takt der Musik, ununterbrochenes Händeklatschen, Paukenschläge, Singsang des Blas- und Streichorchesters, der bunte Lichtstrahl eines Scheinwerfers beleuchtete unablässig die Tänzer, und das alles zusammen schuf einen seltsamen Eindruck – als kreiste, hüpfte der ganze Saal, als kippte er dabei um, versänke irgendwohin.

»Ja, die können was«, sagte Marina langsam und nachdenklich, als der Vorhang fiel. »Sie servieren in schöner Weise dieses . . . Fleisch des Götzenopfers.«

Der überraschende Schluß des Satzes empörte Samgin, er wollte sagen, daß Moral nicht immer angebracht sei, fragte aber statt dessen: »Bist du mal in Moskau bei Aumont gewesen?«

»Ja. Einmal. Warum?«

»Dort war alles interessanter, prunkvoller.«

»Ich erinnere mich nicht.«

Nach Hause gingen sie zu Fuß. Die herrliche Stadt lärmte festlich, ließ Lichter blinken, die Läden prahlten mit einer Fülle schöner Dinge, auf den Boulevards herrschte fröhliches Stimmengewirr, Gelächter, von den Kastanien fielen die gefingerten Blätter herab, aber der Wind war fast nicht zu spüren, und es schien, als würden die Blätter durch die heitere Kraft des Stimmengewirrs, des Gelächters und der Musik heruntergerissen.

»Die ehemaligen Meister der Revolution haben es sich angenehm gemacht«, sagte Marina und fügte nach ein paar Sekunden hinzu: »Jetzt – sind sie unsere Gläubiger.«

Auf die Menschen, die vor ihnen gingen, fiel der gemusterte Schatten der Kastanien.

»Schau: als wäre alles in Lumpen gehüllt«, bemerkte Marina.

Mit ihr Arm in Arm zu gehen war unbequem: Man konnte schwer mit ihr Schritt halten, sie stieß mit der Hüfte an. Die Männer sahen sich nach ihr um, das erregte Samgin. Er erinnerte sich der Aufregung, die er gestern beim Lesen ihres Briefes empfunden hatte, und dachte: Weshalb war ich erfreut? Wie kam ich auf den Gedanken, daß sie im Dienst der politischen Polizei stehen könnte? Wie sonderbar ist doch alles . . .

Marina erklärte, daß sie etwas essen möchte. Sie betraten ein Restaurant, einen runden Saal, der hell, aber sanft beleuchtet war, auf einem kleinen Podium spielte ein Streichquartett, die Musik entsprach sehr gut dem schnarrenden Stimmengewirr, dem Lachen der Frauen und dem Klingen der Gläser, es waren sehr viele Gäste da, und alle schienen sich schon seit langem zu kennen; die Tischlein schienen so aufgestellt zu sein, daß man bequem die Garderobe der Damen genießen konnte; im Mittelpunkt des Kreises tranzten ein hochgewachsener blonder Mann im Frack und eine schlanke Dame im roten Kleid Walzer, auf ihrem Kopf ragte wie der Schopf eines ungewöhnlichen Vogels ein großer Kamm, an dem bunte Steine glitzerten. Links von Samgin saß einsam, einen Brief lesend, ein bejahrter Mann mit Resten lockigen Haars auf dem glänzenden Schädel, mit gutmütigem, weichem Gesicht; als er die Augen von dem Papierbogen hob, blickte er Marina an, lächelte und bewegte die Lippen, seine schwarzen Augen hefteten sich unverwandt auf Marinas Gesicht. Das Porträt dieses Mannes hatte Samgin in Zeitschriften gesehen, doch er konnte sich nicht entsinnen, wer das war. Er sagte zu Marina, daß einer der Prominenten Frankreichs sie ansehe.

»Weißt du nicht, wer?«

Sie musterte ungeniert den Franzosen und sagte gleichgültig: »Die Verkörperung leiblicher und geistiger Sattheit.«

Samgin preßte die Lippen fest zusammen. Ihm gefiel ihr Benehmen immer weniger. Ihre goldgelben Augensterne hatten sich verdunkelt, sie machte, die Brauen zusammenziehend, ein mürrisches Gesicht und wischte die Lippen so kräftig mit der Serviette ab, als wünschte sie, daß alle begriffen: ihre Lippen seien nicht geschminkt ... Drei Paare tanzten einen unangenehmen manierierten Tanz, in Marinas Nähe stolzierte wie ein Gockel ein schieläugiger, krummbeiniger Mann, der mit einer Menge Orden und einem totstarren Lächeln auf dem gelben Gesicht geschmückt war, jedesmal, wenn er sich Marinas Stuhl näherte, wandte sie sich angewidert ab und raffte den Saum ihres Kleides hoch.

»Wie haben sie das Menuett entstellt«, sagte sie. »Erinnerst du dich an Maupassant? ›Der König der Tänze und der Tanz der Könige.‹«

Samgin schien es, daß alle Männer und Damen Marina anblickten, als warteten sie, wann sie tanzen werde. Er fand, daß sie diese Blicke allzu geringschätzig beantwortete. Marina schälte eine Birne, indem sie dicke Schichten herunterschnitt, während neben ihr eine rothaarige Dame mit Brillanten am Hals und an den Fingern die Schale geschickt in fast papierdünnen Schichten von der Birne entfernte.

Spielt sie etwa – die russische Nihilistin? Doch an ihr ist wohl etwas davon – vom Nihilismus ...

Er stieß wieder auf die brennende Frage: Wie war er auf den Gedanken einer Beziehung Marinas zum Polizeidepartement gekommen?

Wenn sie dort im Dienst stände, hätte man sie, solch eine Frau, wahrscheinlich nicht in der Provinz, sondern in Petersburg, in Moskau eingesetzt ...

Dann suchte er festzustellen, welches Gefühl dieser sonderbare Gedanke in ihm erweckt hatte.

Unruhe? Ich habe keinen Grund, mich meinetwegen zu beunruhigen.

Nach einigem Nachdenken fand er, daß der Gedanke an die Möglichkeit einer Beziehung Marinas zur politischen Polizei in ihm nichts als Verwunderung erweckt habe. Bei Gelächter und Musik hierüber nachzudenken war unangenehm, ärgerlich, aber diese Gedanken auszulöschen, vermochte er nicht. Zudem hatte er mehr getrunken als gewohnt, fühlte, daß der Rausch ihn lyrisch stimmte, Lyrik und Marina waren jedoch unvereinbar.

»Die Franzosen denken wahrscheinlich, wir seien verheiratet und hätten uns verzankt«, sagte Marina angewidert, wobei sie mit dem Obstmesser die zurückbekommenen Francs auf dem Teller herumwarf, sie nahm nicht einen von ihnen und nickte auf das leise »Merci, madame!« und die tiefe Verbeugung des Garçon nicht einmal mit dem Kopf. »Ich bin uneins, uneins mit mir selbst«, fuhr sie fort, als sie sich bei Samgin eingehakt hatte und das Restaurant verließ. »Aber weißt du, so plötzlich aus einem Land, in dem gehenkt wird, in ein Land hinüberzuspringen, das den Henkern Geld gibt und in dem getanzt wird ...«

Samgin empfand das Verlangen, sie anzuschreien: Ich glaube dir nicht, ich glaube dir nicht!

Aber er wagte es nicht und sagte leise: »Ich verstehe dich nicht ganz.«

Sie fuhr fort: »Man kommt sich ... ungewöhnlich vor. Als wäre man unglücklich. Doch ich mag das Unglück nicht ... Ich hasse das Leiden, unsere russische Lieblingsbeschäftigung ...«

Sie verstummte. Das Hotel befand sich in der Nähe, in fünf Minuten erreichten sie es zu Fuß.

Samgin ging in sein Zimmer, trat, ohne Mantel und Hut abzunehmen, ans Fenster, riß zornig beide Flügel auf und blickte hinunter ...

Das Unbegreiflichste, Dunkelste an ihr sind ihre revolutionären Reden. Gewiß, Reden sind noch keine Überzeugungen, keine Sympathien, aber bei ihr ... Er wußte nicht zu bestimmen, worin er die Eigentümlichkeit der Reden dieser Frau erblickte. Mit leichtem Schwindelgefühl sah er zu, wie dort unten, über den schwach beleuchteten kleinen Platz, lautlos die dunklen Menschenfigürlein glitten, gedämpft die Wagenräder ratterten. Man konnte meinen, alles dort sei im Lauf des Tages müde geworden, wolle stehenbleiben, ausruhen, stehenbleiben in der nächsten Sekunde, an dem Punkt, an dem sie es antreffen werde. Samgin warf Mantel und Hut auf einen Sessel, setzte sich, zündete eine Zigarette an.

In jenem Winkel der Erinnerung, wo sich die Gedanken an Marina abgelagert hatten, war es noch dunkler, aber, wie es schien, leichter geworden.

Was habe ich gefunden, was verloren? fragte er sich und antwortete: Ich habe dadurch, daß ich die Neigung zu ihr eingebüßt habe, gewonnen, aber – eine gewisse Hoffnung ist verschwunden. Worauf hatte ich gehofft? Ihr Geliebter zu werden?

Er stellte sich Marina nochmals entkleidet vor und entschied: Nein. Natürlich nicht. Aber es schien, sie sei ein Mensch aus einer anderen Welt, verfüge über etwas Starkes Unerschütterliches. Doch auch sie ist tief mit Kritizismus infiziert. Eine Hypertrophie kritischen Verhaltens zum Leben, wie bei allen. Bei allen Bücherwürmern, denen das Gefühl des Glaubens fehlt, die nichts außer Rede- und Gedankenfreiheit schützt. Nein, es sind Ideen notwendig, die diese Freiheit . . . diese Anarchie des Denkens einschränken.

Dann dachte er, sie sei trotz allem ein origineller Charakter.

Der Typ der urrussischen Frau.

Sie hält das Pferd im Galopp an
Und tritt in die brennende Hütte . . .

Schließlich und endlich, weiß der Teufel, was an ihr ist, dachte er müde und fast erbost. Es kann nicht sein, daß sie im Dienst der Polizei steht . . . Das habe ich erfunden, um von ihr loszukommen. Weil sie zu mir über die Sprengung von Stolypons Landhaus sprach und ich mich an die Ljubimowa erinnerte . . .

Ein paar Sekunden brachte er es fertig, nicht zu denken, dann gestand er sich ein: Du hast viele Frauen gesehen und möchtest eine Frau, das ist es, mein Freund! Aber trinke lieber Wein. Es ist spät, sie werden keinen mehr hergeben . . .

Dennoch klingelte er, es erschien der diensttuende Kellner, und fünf Minuten später betrachtete Samgin, nachdem er ein Glas von dem wohlschmeckenden Wein getrunken hatte, das Zimmer mit den Augen eines Menschen, der es eben erst betreten hat. Die weichen Plüschmöbel, der dicke Teppich, die Draperien an den Fenstern und Türen – das alles machte das Zimmer sonderbar flauschig. Womit ließ es sich vergleichen? Es fand sich kein Vergleich. Er zog sich langsam bis auf das Nachtzeug aus, trank noch Wein und spürte, als er auf dem Bett saß, daß sich das Gefühl eines reifenden Geschwürs erneuerte, das er in Genf empfunden hatte. Aber jetzt war das kein unangenehmes Gefühl, im Gegenteil – ihm schien, daß etwas sehr

Ernstes in ihm heranreife und daß er kurz vor einer wichtigen Entdeckung an sich selbst stehe. Er vergaß, das Fenster zu schließen, und ins Zimmer drang plötzlich von dem Platz eine Lachsalve, dann ein schriller Pfiff und Geschrei.

»Idioten«, schimpfte Samgin und trat ans Fenster. »Sie lachen ... dann – sterben sie ...«

Ihm schien, daß er die letzten fünf Worte flüsternd gedacht habe.

Unsinn. Man denkt nicht flüsternd. Man denkt lautlos, nicht einmal in Wörten, sondern einfach so ... in Wortschatten.

In diesem Augenblick hatte er das Gefühl, in ihm wäre irgend etwas geplatzt, und seine Gedanken schrien beharrlich, eigenmächtig, betrübt: Einsamkeit. Allein in der ganzen Welt. Eingezwängt in irgendeine idiotische Höhle. Allein in der Welt meiner bildlich und linear gestalteten Empfindungen, in der Welt des bösen Spiels meiner Gedanken. Leonid Andrejew hat recht: Denken ist vielleicht eine Krankheit der Materie ...

Samgin saß vorgeneigt, die Hände auf die Knie gestützt, ihm war, als brächte ihn das Ungestüm des Denkens in Schwung wie die Schläge des Klöppels den ehernen Leib einer Glocke.

»Prometheus – eine Maske des Satans«, das stimmt ... Hieronymus Bosch hat seine Weltauffassung kühn geformt, wie es keiner vor ihm gewagt hat ...

In dem flauschigen Zimmer schwankte, kreiste alles, Samgin wollte aufstehen, konnte es aber nicht und vergrub den Kopf im Kissen, ohne die Füße vom Boden hochzunehmen. Er erwachte spät, klingelte und beauftragte das Stubenmädchen, Madame Sotowa zu fragen, ob sie ins Parlament ginge. Es stellte sich heraus, sie geht. Das war nicht sehr angenehm; er trachtete nicht danach, sich anzusehen, wie das gesetzgebende Organ Frankreichs arbeitete, er liebte keine großen Versammlungen, hatte auch deswegen keine Lust hinzugehen, weil er sich bereits überzeugt hatte, daß er die Sprache der Franzosen sehr schlecht kannte. Aber aus irgendeinem Grund mußte er sehen, wie Marina sich benehmen werde, und – so saß er nun Schulter an Schulter mit ihr in der Publikumsloge.

»Da ist sie, die regierende Demokratie«, sagte Marina halb flüsternd.

Samgin sah unverwandten Blickes auf die Reihen kahler, schwarzhaariger, grauer Köpfe, von oben wirkten die Köpfe im Vergleich zu den an den Sesseln haftenden Rümpfen unverhältnismäßig groß. Mechanisch kam der Gedanke, daß die Urgroßväter und Großväter dieser Kaulquappen die »Große Revolution« gemacht, einen Napoleon hervorgebracht hatten. Er erinnerte sich des über die Jahre 1830, 1848 und 1871 in diesem Land Gelesenen.

»Liberté, égalité – aber Weiber lassen sie nicht als Abgeordnete ins Parlament«, bemerkte Marina brummig.

Ein Mann mit dem Gesicht des Kardinals Mazarini verlas in süßlichem Tenor und stark schnarrend irgendein Schriftstück, man hörte ihm schweigend zu, nur auf den Bänken der Linken ertönten ab und zu mürrische Zwischenrufe.

»Da ist auch der Verräter Aristide«, sagte Marina.

Auf der Tribüne stand ein lustiger Mann, auch großköpfig, braunhaarig, mit nachlässig zerzauster Frisur, eine stämmige, etwas schwerfällige und anscheinend ein wenig gebeugte Gestalt. Die dikken Wangen des breiten Gesichts hingen schlaff herab und gaben sehr lebhafte, stets lächelnde Augen frei. Die Augen zusammenkneifend, streckte er den Hals vor und nickte einem der Abgeordneten in der vordersten Sesselreihe bejahend zu, bleckte die Zähne und begann in zwanglosem, freundschaftlichem Ton zu sprechen, wobei er mit der linken Hand über den Rockaufschlag und den Pultrand strich, während die rechte langsam durch die Luft schwebte, als verscheuchte sie unsichtbaren Rauch. Er sprach flüssig, mit kräftiger, etwas heiserer Stimme, seine deutlichen Worte jagten scherzend und freundlich, pathetisch und mit einer Traurigkeit einander nach, aus der Ironie zu klingen schien. Man hörte ihm sehr aufmerksam zu, viele Köpfe nickten beifällig, es waren kurze, gedämpfte Zwischenrufe zu vernehmen, man spürte, daß die Zuhörer in Antwort auf sein freundschaftliches Lächeln ebenfalls lächelten, und ein ganz kahlköpfiger Abgeordneter bewegte seine grauen Ohren wie ein Hase. Dann begann Briand mit stärkerer Stimme und hoch hinaufgezogenen Brauen zu sprechen, seine Augen wurden größer, die Wangen röteten sich, und Samgin fing einen besonders leidenschaftlich ausgesprochenen Satz auf: »Unser Land, unser herrliches Frankreich, das wir bis zur Selbstvergessenheit lieben, dient der Sache der Befreiung der Menschheit. Aber man muß daran denken, daß Freiheit durch Kampf erreicht wird ...«

»Bewilligt also die Mittel zur Aufrüstung«, sagte Marina, auf ihre Uhr blickend.

Man applaudierte Briand, aber es waren auch Protestrufe zu hören.

»Nun, mir langt es! Ich habe noch vierzig Minuten Zeit, um zu frühstücken – magst du?«

»Mit Vergnügen.«

»Ja, so ist das«, sagte sie, als sie die Straße betraten. »Sohn eines kleinen Schankwirts, Sozialist gewesen, wie auch sein Freund Millerand, aber im Herbst des Jahres sechs ließ er auf Streikende schießen.«

In dem kleinen Restaurant schräg gegenüber dem Parlament bestellte sie ein Frühstück und fuhr fort: »Geschmeidige Leute sind das. Sie steigen an Ideen hinauf wie an Leitern. Es ist möglich, daß Briand Präsident wird.«

Sie seufzte auf und dachte eine Weile nach, während sie Schnaps in die Gläser einschenkte.

»Ein ungemein zählebiges, gewandtes Volk. Irgendwann werden sie die plumpen, dicken Deutschen schlagen. Laß uns auf Frankreichs Wohl trinken.«

Sie tranken, dann begann sie schweigend ihren Hunger zu stillen, und als sie mit dem Frühstück fertig war, sagte sie beim Weggehen: »Am Abend gehen wir auf den Montmartre, in irgendeine lustige kleine Kneipe – einverstanden?«

»Vortrefflich.«

Doch am Abend, als Samgin an Marinas Tür klopfte, riß ein stämmiger, breitschultriger Mann die Tür vor ihm auf, wandte ihm den Rücken zu und sagte in heiserem Tenor: »Und er, dieser Schurke, lacht ...«

»Komm herein, komm herein«, forderte Marina lächelnd auf. »Das ist Grigorij Michailowitsch Popow.«

»Ja«, bestätigte Popow und streckte Samgin lässig den langen Arm entgegen, umfaßte mit langen, heißen Fingern seine Hand und stieß sie wieder von sich, ohne sie gedrückt zu haben; dadurch legte er sofort Samgins Verhalten zu ihm fest. Marina stellte ihm Klim Iwanowitsch vor.

»Aha«, sagte Popow gleichmütig, wobei er mit den Füßen stampfte und scharrte, als zöge er Gummiüberschuhe an.

»Fahr fort«, forderte Marina ihn auf. Sie war schon zum Ausgehen angezogen – sie hatte den Hut auf, die linke Hand stak bis zum Ellenbogen in einem Handschuh, und in der rechten hielt sie eine lederne Aktentasche, die röhrenförmig zusammengerollt war; Popow stand vor ihr und formte mit den Fingern in der Luft verschiedenartige Zeichen, als unterhielte er sich mit einer Taubstummen.

»›Wenn in der Residenzstadt‹, sagte er, ›in der ein Gardekorps untergebracht ist, ein Polizeidepartement und noch vieles dergleichen existiert, das sechswöchige Bestehen eines revolutionären Arbeiterdeputierten-Sowjets möglich war, wenn in Moskau Barrikaden, in der Flotte Meutereien und im ganzen Land ein teufliches Durcheinander möglich sind, so ist das als eine Probe für die Revolution aufzufassen ...‹«

»Der ist aber scharfsichtig«, sagte Marina und blickte auf die Uhr.

»Ich sage zu ihm: ›Sie – ihr Geld, wir – unsere Kenntnisse‹, doch er bleibt bei dem Seinen: ›Garantieren Sie mir, daß es keine Revolution geben wird!‹«

»Nun ja, das ist begreiflich! Geldgeschäfte zu machen ist leichter, geruhsamer, als Werke, Fabriken zu bauen und sich mit den Arbeitern herumzuplacken«, sagte Marina aufstehend und schlug sich mit der Aktentasche aufs Knie. »Nein, Grischa, hier ist ein Bankier wenig, man braucht einen hohen Beamten oder jemanden, der dem Hof angehört ... Nun, jetzt muß ich gehen, wenn ich in einer Stunde nicht zurückkehren kann, rufe ich Sie an ... und Sie sind frei ...«

Popow begleitete sie bis zur Tür, kehrte zurück, zwängte sich ungeschickt in einen Sessel, holte einen ledernen Tabaksbeutel und eine Pfeife hervor und fragte, während er sie stopfte, lässig, und ohne Samgin anzublicken: »Sind wir uns nicht schon begegnet?«

»Nein«, antwortete Samgin entschieden.

»Hm ... Also habe ich mich getäuscht. Ich habe ein schlechtes Personengedächtnis, doch ich war mit einem Mann Ihres Namens bekannt, wir gingen zusammen in die Verbannung. Es war ein Ethnograph.«

Mein Bruder, wollte Samgin sagen, enthielt sich aber und sagte: »Dieser Familienname ist nicht häufig.«

Popow, der sich bemühte, die Pfeife anzuzünden, und ein Streichholz nach dem anderen abbrach, erwiderte: »Auf der Oka gibt es eine Dampfschiffahrt Katschkow und Samgin, und es hatte einen Montanindustriellen Sofron Samgin gegeben.«

Sein Gesicht verschwand in einer dichten Rauchwolke. Es war ein unangenehmes Gesicht: breitstirnig, straff mit dunkler Haut bespannt und reglos, wie aus Stein. Auf den Wangen – blaue Flecke von dem abrasierten Bart, der dichte, schwarze Schnurrbart war kurz gestutzt, die Lippen waren dick und von der Farbe rohen Fleisches, die Nase groß, verunstaltet, die Brauen buschig, über ihnen befand sich eine dichte Bürste graumelierten schwarzen Haars. Popows Bewegungen und Gesten waren schwerfällig, ungeschickt, alles rings um ihn zitterte und knarrte. Er hatte eine dunkelblaue Jacke von ungewöhnlichem Schnitt an, wie eine Jägerjoppe. Unangenehm war auch sein heiserer Tenor, in ihm spürte man zornige Spannung, die Bereitschaft, loszuschreien, etwas Grobes, Böses zu sagen, und besonders unangenehm waren die kleinen, wie Kirschen vorgewölbten, dunklen Augen.

Ein Flegel, und anscheinend dumm, urteilte Samgin und stand auf, da er in sein Zimmer gehen wollte, setzte sich aber wieder, weil ihm der Gedanke kam, daß dieser Mensch vielleicht etwas Interessantes über Marina sagen werde.

»Eine tolle Bestie, dieser Sofron. Ich begegnete ihm in Barnaul und bot ihm meine Dienste als Geologe an. ›Ich traue den Gelehrten nicht‹, sagt er, ›ich mache selber welche. Mein Geschäft leitet ein ehemaliger Kellner aus einer Schenke in Tomsk. Vor etwa dreißig Jahren saß ich einmal, über irgend etwas nachdenkend, in einem Restaurant, doch der Kellner, so ein scharfäugiger, junger Bursche, ließ mich nicht in Frieden: »Was befehlen Sie zu bringen?« – »Ein Glas Vogelmilch!« – »Verzeihung«, sagte er, »die Vogelmilch ist uns ausgegangen!« Er sagte es ehrerbietig, ohne zu lächeln. Da sage ich zu ihm: »Gib den Kellnerberuf auf, mein Junge, und tritt bei mir in Dienst.« Elf Jahre später machte ich ihn zum Geschäftsführer. Jetzt ist er Hausbesitzer, Abgeordneter in der Stadtduma, besitzt ein hübsches Kapital, sicherlich etwa hunderttausend Rubel. Ich habe noch drei solche Leute. Sie dienen mir treu. Mit den Gelehrten dagegen lassen sich keine Geschäfte machen, sie kennen den Wert eines Rubels nicht. Sich mit ihnen zu unterhalten – ist interessant, manchmal sogar nützlich.‹«

Popow hatte träge zu sprechen begonnen, schloß jedoch erregt schnaubend und in einem Ton, als wäre er selbst die tolle Bestie.

»Das von der Vogelmilch ist ein alter Witz«, sagte Samgin.

»Alles ist alt, alles!« erwiderte Popow mürrisch und fuhr fort: »Er, dieser Sofron, war dreiundsiebzig Jahre alt, dabei pflegte er zwanzig bis dreißig Werst weit zu reiten und ohne jegliche Vorsicht Wodka zu trinken.«

Samgin hörte gleichmütig zu und wartete auf einen passenden Augenblick, in dem er sich nach Marina erkundigen könnte. An sie dachte er ununterbrochen, immer beharrlicher und unruhiger: Was machte sie in Paris? Wohin war sie gefahren? Wer war für sie dieser Mann?

Ist das etwa Eifersucht? fragte er sich lächelnd und fühlte plötzlich, ohne geantwortet zu haben, daß er gern etwas sehr Gutes, Ungewöhnliches über Marina gehört hätte.

»In unserem versumpften Vaterland sind wir, die Intellektuellen, in eine schwierige Lage versetzt, wir müssen der industriellen Bourgeoisie die Binsenwahrheiten vom Wert der Wissenschaft einflößen«, sagte Popow. »Doch wir haben vom falschen Ende angefangen. Sind Sie Sozialdemokrat?«

Samgin nickte stumm.

»Auch ich habe der Zeit meinen Tribut gezollt«, fuhr Popow fort, wobei er die Asche aus der Pfeife in den Aschenbecher herausstocherte. »Fünf Monate Gefängnis, drei Jahre Verbannung. Ich beklage mich nicht, die Verbannung war eine gute Ergänzung der Studentenjahre.«

Er steckte die Pfeife in die Tasche, stand auf, reckte sich, irgend etwas krachte an ihm, er betastete besorgt seine Achselhöhlen, schob die schwarzen Brauenbüschel zur Nasenwurzel zusammen und begann zornig: »Lenin hat Verwirrung angerichtet, er hat das Spiel verdorben, die Sozialdemokratie in Rußland kompromittiert. Das ist keine Politik, sondern Bluff, jawohl! Man muß sich die Deutschen zum Vorbild nehmen, bei ihnen verläuft das Wachstum des Sozialismus normal, auf dem Weg der Auslese aus der Arbeiterklasse und ihrer Aufnahme in die regierende Klasse«, sagte Popow, machte einen Schritt und blieb mit dem Fuß an einem Bein des Sessels hängen, dann stieß er ihn mit dem Knie weg und stellte ihn schließlich, ihn an der Lehne fassend, beiseite. »Wir kennen unser Land schlecht, daher kommen auch die Verirrungen ins Phantastische. Ein chaotisches Land! Seine Bevölkerung besteht durchweg aus Nihilisten, Symbolisten, Maximalisten, überhaupt aus Phantasten. Wir brauchen jedoch eine kulturell gebildete Bourgeoisie und eine technisch hochqualifizierte Intelligenz – andernfalls verspeisen uns die Deutschen, jawohl! Außerdem werden die Engländer die Japaner aufhetzen, und sie selbst werden zu uns nach Mittelasien und in den Kaukasus eindringen . . .«

Samgin hielt es nicht länger aus und fragte, wohin Marina gefahren sei.

»Ich weiß nicht«, sagte Popow. »Irgend jemand hat sie angerufen, anscheinend der Konsul.«

»Kennen Sie sie schon lange?«

»Seit meiner Studentenzeit. Warum?«

Samgin schien es, als hätten Popows Krebsaugen ihre Farbe geändert, Popow beugte sich vor und fragte: »Haben Sie die Absicht, sie zu heiraten!«

»Gibt es denn keine anderen Motive«, begann Samgin, aber Popow unterbrach ihn und fuhr mit pfeifender Stimme fort: »Ich habe sie schon vor ihrer Heirat gekannt, wir lernten im gleichen Zirkel Weisheiten, jetzt sind wir uns wieder begegnet, vor anderthalb Jahren etwa. Eine interessante Dame. Sie wäre sicherlich noch interessanter, doch ein . . . Phantast hat sie aus dem Gleis gebracht. Erste Liebe und dergleichen mehr . . .«

Er verstummte, nahm wieder die Pfeife aus der Tasche. Sein Ton ließ Samgin Kränkung für Marina empfinden und verstärkte seine feindselige Einstellung gegen den Ingenieur, aber trotzdem begann er sich noch eine Frage über Marina auszudenken.

»Im allgemeinen ist sie eine Gestalt ihrer eigenen Erfindung«, sagte Popow plötzlich, wobei er die Pfeife zärtlich mit seinen langen Fingern streichelte. »Wie die meisten Intellektuellen. Wir sind nicht imstande, in der historisch gegebenen Geraden zu denken, und gleiten immerfort nach links ab. Schwenken wir aber nach rechts, dann gleich bis zum Verfassen von Büchern über die religiöse Bedeutung des Sozialismus und sogar bis zur Vereinigung mit der Kirche ... Ich bin der Ansicht, daß Plechanow recht hat: Die Sozialdemokraten können – bis zu einem gewissen Punkt – mit den Liberalen in ein und demselben Wagen fahren. Lenin proklamiert Pugatschowtum.«

Er stopfte lächelnd die Pfeife, so daß sich sein fleckiges Gesicht unnatürlich vergrößerte, während die Augen sich unter den Brauen verbargen.

»Darüber, wie Menschen sich selbst erfinden, will ich Ihnen einen sehr interessanten Vorfall erzählen. Eine Gesellschaft von Studenten erging sich in Erinnerungen darüber, unter welchen Umständen jeder von ihnen zum erstenmal eine Frau erkannt habe. Der eine prahlte, der andere bedauerte, ein dritter log, und ein vierter erklärte: ›Bei mir war es die eigene Schwester.‹ Und er erdichtete ein Geschichtchen, das alle durch seine Ungereimtheit in Verwunderung versetzte. Er war ein Bürschchen aus reicher Kaufmannsfamilie, sehr bescheiden, nicht dumm, ein vortrefflicher Musiker, seine Schwester kannte ich auch – ein sehr nettes, sittenstrenges Mädchen, besuchte die Gerierschen Kurse und arbeitete ernsthaft über die Geschichte der Renaissance in Frankreich. Ich sage zu ihm: ›Du hast gelogen!‹ – ›Ja‹, gestand er. ›Weshalb?‹ – ›Ich schämte mich vor den Kameraden, siehst du, ich bin noch unschuldig!‹ Was sagen Sie dazu?«

»Amüsant«, erwiderte Samgin.

Popow erhob sich und krächzte wütend: »Spüren Sie denn nicht den tieferen Sinn dieser Anekdote? Amüsant!«

»Entschuldigen Sie bitte«, sagte Samgin, »aber ich dachte gerade an etwas anderes. Ich möchte Sie nach der Sotowa fragen.«

Popow stand mit dem Rücken zur Tür, in dem kleinen Vorzimmer war es dunkel, und Samgin erblickte Marinas Kopf hinter Popows Schulter erst in dem Augenblick, als sie sagte: »Warum steht denn bei euch die Tür offen?«

»Oho, wie rasch du wieder hier bist«, wunderte sich Popow.

Sie ging schweigend ins Schlafzimmer, klirrte dort mit Schlüsseln, ein Schloß schnappte, sie rief: »Grigorij! Hilf mir doch mal ...«

Er ging weg, man hörte Gurte klatschen, das Leder eines Koffers knirschen, und es war ein rasches, bis zum Flüstern gesenktes Sprechen zu vernehmen. Dann sagte Marina entschieden: »Sag es ihm auch so.«

Sie kam, noch den Hut auf dem Kopf, vor Popow heraus und sagte: »Nun, ich fahre mit euch nirgendshin; ich begebe mich sofort zum Bahnhof und – nach London! Dort bleibe ich nicht länger als eine Woche, kehre hierher zurück, und dann – bummeln wir!«

Popow erklärte etwas grob, daß er nicht gern jemanden zur Bahn begleite, zudem wolle er essen und – bitte daher, ihn zu entschuldigen. Er reichte Samgin die Hand, blickte ihn aber nicht an und ging. Samgin stand auf und fragte: »Darf ich dich begleiten?«

»Nein, nicht nötig.«

»Dann – auf Wiedersehen!«

Sie gab ihm nicht die Hand und sagte lächelnd, in unschönem Ton: »Du hast hier Popow über mich ausgefragt, ja?«

»Ich habe ihn nur gefragt, ob ihr euch schon lange kennt.«

Marina wischte sich mit dem Taschentuch das Lächeln von den Lippen und seufzte.

»Das war natürlich eine Frage, auf die weitere gefolgt wären. Weshalb könnte man sie nicht an mich richten? Auf jeden Fall mache ich dich darauf aufmerksam: Grigorij Popow ist noch lange kein Lump, nur weil er träge und dumm ist . . .«

»Hör mal«, fiel Samgin ihr ins Wort und sagte leise, eilig und die Worte sehr sorgfältig wählend: »Du bist eine ausnehmend interessante, ungewöhnliche Frau – das weißt du. Ich bin noch keinem Menschen begegnet, der in mir ein solch starkes Verlangen erweckt hätte, ihn zu verstehen . . . Sei mir nicht böse, aber . . .«

»Ich bin dir nicht im geringsten böse, ich verstehe sehr gut«, begann sie ruhig und gleichsam ihren eigenen Worten lauschend. »In der Tat: Da lebt ein gesundes Weib ohne einen Geliebten – das ist unnatürlich. Sie scheut sich nicht, Geld zu erwerben, und spricht vom Primat des Geistes. Über die Revolution urteilt sie nicht ohne Skepsis, jedoch – wohlwollend, das ist bereits ganz teuflisch!«

Sie reichte ihm die Hand.

»Ich muß jetzt zur Bahn. Bei der nächsten Begegnung hier, in den Mußestunden, sprechen wir noch miteinander . . . Falls wir Lust dazu haben sollten. Auf Wiedersehen, geh nun!«

Samgin hielt ihre Hand in der seinen fest, weil er noch etwas sagen wollte, fand aber keine fertigen Worte, während sie lächelnd fragte: »Scheint dir etwa, daß du in mich verliebt bist?«

Dann schüttelte sie seine Hand von der ihren ab und sagte eilig:

»Es ist alles sehr einfach, mein Freund: Wir interessieren uns füreinander und brauchen uns darum. In unserem Alter muß man das Interesse für einen Menschen schätzen. Oh, so geh doch schon!«

Es erschien ein Diener mit der Rechnung, Samgin küßte Marina die Hand, ging, und dann, als er, mitten in seinem Zimmer stehend, beschlossen hatte, auf die Boulevards zu gehen, zündete er sich eine Zigarette an. Aber er rauchte die ganze Zigarette, ohne sich vom Fleck zu rühren, in die trübgraue Leere über den Dächern vor dem Fenster blickend, und sagte sich, daß es sicherlich regnen werde, hierauf klingelte er, verlangte eine Flasche Wein und nahm das neue Buch von Mereshkowskij, »Der Anmarsch des Pöbels«, zur Hand.

Am Morgen stand er, nachdem er Kaffee getrunken hatte, am Fenster wie am Rand einer tiefen Grube und betrachtete die rasche Bewegung der Wolkenschatten und trüben Sonnenflecke an den Hauswänden und auf dem Pflaster des Platzes. Dort unten liefen geschäftig, als gehorchten sie dem Spiel von Licht und Schatten, verkürzte Menschen umher, von oben wirkten sie fast kubisch, wie platt an den Erdboden gedrückt, der dicht mit schmutzigem Steinpflaster bedeckt war.

Klim Samgin fühlte sich so, als hätte er eine gewohnte Last von den Schultern geworfen und müßte jetzt alle Bewegungen seines Körpers ändern. An seinem Schnurrbart zwirbelnd, dachte er an die Schädlichkeit hastiger Erklärungen. Ihn verlangte deutlich danach, daß die Vorstellung von Marina in jenen grellen Farben, mit jener die Neugierde reizenden Kraft wiedererstände, wie sie in Rußland gewesen war.

Was beunruhigt mich? überlegte er. Die Furcht vor Leere an der Stelle, wo Gefühl und Einbildungskraft eine originelle Gestalt erschaffen hatten?

Hinter ihm schnappte die Türklinke. Er zuckte zusammen und blickte über die Schulter nach hinten – zur Tür drängte sich ein dikker Mann herein, legte keuchend den Hut auf den Tisch, öffnete den obersten Rockknopf und kam, den Bauch vom Ausmaß eines kleinen Fasses vorgewölbt, behende auf Samgin zu, wobei er den langen rechten Arm schwang, als wollte er damit schlagen.

»Berdnikow, Sacharij Petrow«, sagte er mit hoher, fast weiblicher Stimme. Seine gedrungene, sehr warme Hand drückte kräftig Samgins Rechte und zog sie abwärts, dann setzte sich Berdnikow mit hochgehobenen Rockschößen fest in den Sessel, nahm ein Taschentuch heraus und wischte damit kräftig sein großes, schlaffes Gesicht ab, als wollte er es dadurch sichtbarer machen.

»Verzeihen Sie, daß ich hier eindringe«, sagte er und blies, die

Wangen aufblähend, einen kräftigen Luftstrom gegen Samgins Brust.

An seinem höckerigen Schädel klebten glatt schüttere Strähnen lichtroter Haare, das Gesicht war – wie bei einem Kastraten – ganz kahl, nur an dem Platz der Brauen waren gelbe Börstchen spärlich verstreut, darunter lagen vorgewölbte Krebsaugen, bläulich-kalt, mit unbestimmtem Ausdruck, aber anscheinend vergnügt. Unter den Augen hingen bläuliche Faltensäcke auf die gedunsenen, weizenteigfarbenen Wangen herab, zwischen den Pölsterchen der mürben Wangen stak eine nicht große, knorpelige und spitze Nase, die zu diesem großen Gesicht nicht paßte. Der Mund war groß, ein Froschmaul, die Oberlippe war fest an die Zähne gepreßt, während die Unterlippe übermäßig dick, geschwollen war, als hätte eine Fliege hineingestochen, und verächtlich herabhing.

Ein Komiker, definierte Samgin, der an dem Gesicht und der Gestalt des Dickwanstes etwas Sympathisches fand.

»Sie studieren mich?« fragte Berdnikow und fügte mit leichtem Kopfnicken hinzu: »Ja, ich sehe nicht berückend aus. Wir stießen schon just in Marinuschkas Tür zusammen – entsinnen Sie sich noch?«

Er brachte das so streng in Erinnerung, daß Samgin, ohne zu antworten, dachte: Er scheint ein Flegel zu sein.

»Auch heute wollte ich zu ihr«, fuhr der Gast seufzend fort. »Aber sie war nicht da. Nun, da ging ich zu Ihnen.«

»Womit kann ich dienen?« fragte Samgin.

Berdnikow schloß das rechte Auge, schüttelte, sich im Zimmer umschauend, den Kopf und seufzte tief, so daß die Zeitung auf dem Tisch sich bewegte.

»Ein Gläschen Wasser hätte ich gern, Apollinarisbrunnen«, sagte er. Seine scharfen Augen lächelten vergnügt.

Ein interessantes Tier, fuhr Samgin in seinen Definitionen fort.

Auf das Wasser wartend, beklagte sich Berdnikow über das unangenehme Wetter, über Herzschwäche, dann trank er gemächlich Wasser und begann, mit dem Zeigefinger auf den Tisch klopfend, sachlich, aber wie es schien auch lässig: »Nun, lassen Sie uns keine Zeit verlieren. Ich bin just ein kommerzieller Mensch, also ein direkter. Ich bin gekommen, um Ihnen einen beiderseits vorteilhaften Vorschlag zu machen. Sie können gut verdienen, wenn Sie mir in einer wichtigen Angelegenheit helfen. Und nicht nur mir, sondern auch Ihrer Mandantin, der ehrbaren Witwe meines Herzensfreundes . . .«

Hier wäre einer, der mir von ihr erzählen könnte, dachte Samgin, während der Gast seinen wabbeligen Körper vorneigte und mit einem Seufzer sagte: »Das ist eine Frau, wie? In einem Lied möchte man sie besingen.«

»Von seltener Schönheit«, bestätigte Samgin.

»Just so ist es: von seltener!« stimmte Berdnikow mit zweimaligem Kopfnicken bei, und es war seltsam zu sehen, daß der Kopf an einem so dicken, kurzen Hals leicht wackelte. Dann rückte Berdnikow mit dem Sessel etwas weiter von Samgin weg, und sein hohes Weiberstimmchen ertönte wieder geringschätzig und energisch, freundlich und, wie es schien, hoffnungslos: »Nun, kommen wir zur Sache! Ich bitte um geduldige Aufmerksamkeit. Die Sache ist die: Marinuschka ist just in die Gesellschaft gewisser Scharlatane geraten – Sie verstehen natürlich, daß die Reichsduma Scharlatanen große Aussichten für die Zukunft eröffnet und so weiter. Man redet Marinuschka zu, mit irgendwelchen Engländern einen Vertrag über den Verkauf irgendwelcher Grundstücke im Ural abzuschließen . . . Das ist Ihnen natürlich bekannt?«

»Nein«, sagte Samgin.

»Wirklich?« rief Berdnikow vergnügt aus, faltete die Hände auf dem Bauch und fuhr, Samgin durch die schillernde Unbestimmtheit seiner Stimmung und durch seine Zungenfertigkeit in Erstaunen versetzend, fort: »Wie kann das Ihnen denn unbekannt sein, wenn Sie ihr Anwalt sind? Sie scherzen . . .«

In Samgins Gesicht blickten, bläulich lächelnd, runde, kühle Äugelchen, die dicke Unterlippe bewegte sich angewidert und entblößte den gelben Glanz goldener Hauer, die schwammigen Finger der rechten Hand spielten mit der Platinkette auf dem Bauch, der Zeigefinger der linken tippte geräuschlos gegen den Tisch. Das ganze Benehmen dieses Mannes, seine Worte, das geschmeidige Spiel seiner Stimme hatten etwas beleidigend Unseriöses. Samgin fragte trocken: »Angenommen, ich kennte den Vertrag, der Sie interessiert. Was folgt weiter?«

»Gestatten Sie mir des weiteren, Ihnen mitzuteilen, daß es sich bei dieser Sache um eine hohe Summe handelt und daß ich den Vertrag in allen seinen Einzelheiten kennenlernen muß. Und so schlage ich Ihnen vor, mich einzuweihen . . .«

Samgin sprang vom Stuhl auf und rief eilig: »Ich bitte Sie, damit aufzuhören! Wie konnten Sie es wagen, mir solch einen Vorschlag zu machen?«

Er stieß unwillkürlich noch ein paar Worte hervor und hatte dabei das Gefühl, daß sein Zorn verfrüht sei, daß er ihn zu laut bekunde, vor allem aber – daß der Vorschlag dieses Dickwanstes ihn nicht so sehr beleidigt als erschreckt oder verwundert hatte. Er stand vor Berdnikow und fragte zornig: »Weshalb halten Sie mich für fähig ... kennen Sie mich denn?«

»Nein, ich kenne Sie just nicht«, sagte Berdnikow sanft und sogar gleichsam trübsinnig, wobei er sich an den Armlehnen des Sessels festhielt und seinen schlappen, unförmigen Körper hin und her wiegte. »Doch es bedarf gar keines besonderen Mutes. Ich schlage Ihnen eine vorteilhafte Sache vor, wie ich sie auch jedem beliebigen anderen Anwalt vorgeschlagen hätte ...«

»Ich bin für Sie kein beliebiger!« rief Samgin.

»Was denn sonst?« fragte Berdnikow neugierig, und seine sinnlose Frage kühlte Samgin noch mehr ab.

Flegelig bis zur Komik, stellte er fest und sagte, sich eine Zigarette anzündend, in strengem Ton: »Ich wiederhole: Von dem Vertrag, der Sie interessiert, ist mir nichts bekannt.« Das habe ich unnötigerweise gesagt, und es war nicht ganz das Richtige! fiel ihm sofort auf; das Streichholz in seiner Hand zitterte, und es ärgerte ihn, das zu sehen.

Die Hände auf die Armlehnen des Sessels gestützt, hob Berdnikow langsam seinen schlaffen Körper und stellte ihn auf die Beine, seine blinzelnden Vogelaugen sprühten bläuliche Fünkchen. Er murmelte: »Was heute unbekannt ist, kann man morgen erfahren. Marina zahlt Ihnen sicherlich nur sehr wenig, hier aber ...«

»Genug davon«, bat Samgin nun schon beinahe.

»Na, na, schon gut, machen Sie keinen Klamauk«, entgegnete Berdnikow, leicht mit den Beinen zappelnd, um die hinaufgerutschte Hose hinunterzuschütteln, und kreischte trübsinnig auf: »Für welchen Teufel arbeitet sie nur? Wenn ein Mann ihr Herz erobert hätte, aber es ist ja kein Mann in ihrer Nähe zu sehen«, sagte er mit weinerlichem Kreischen, den Blick starr auf Samgin gerichtet und den Rock zuknöpfend. »Sie greift nach Millionen, nach schweren Millionen«, fuhr er fort und schwang dazu drohend den langen Arm hoch. »Das sind Zeiten, Herr Samgin! Wegen Kleinigkeiten, wegen des Erlöses aus Schnapsläden morden die Menschen, werfen Bomben, bringen sich an den Galgen, wie?«

Berdnikow brach in ein sonderbar blubberndes Gelächter aus: »Ppu-bu-bu-bu!«

Sich wiegend, wölbte er die Lippen, sie vereinten sich mit der Nase und bildeten eine komische Beule auf seinem Gesicht.

»Sagen Sie ihr nicht, daß ich bei Ihnen gewesen bin und zu welchem Zweck. Sie wird sich vielleicht geschäftlich just noch mit mir einigen«, sagte er, zur Tür schwimmend. Er verschwand leicht und lautlos, wie Rauch. Seine letzten Worte hatten sehr unbestimmt geklungen, sie ließen sich als Drohung wie auch als eine freundschaftliche Warnung auffassen.

Eine freundschaftliche, Klim lächelte innerlich, im Zimmer umherschreitend und auf die Uhr blickend. Wie lange hat dieser Mensch hier gesessen: zehn Minuten, eine halbe Stunde? Sein unverfrorener und dummer Vorschlag hat mich nicht beleidigt, denn ich kann mich doch nicht verdächtigen, zu einer meine Ehre verletzenden Handlung fähig zu sein ...

Dann, als er sich beruhigt hatte, fiel ihm ein, daß er Berdnikow hätte aufhalten und über Marina ausfragen sollen. Es ist töricht von mir, solche Begegnungen und Gespräche nicht aufzuschreiben. Aufschreiben bedeutet von sich schieben, vergessen; auf jeden Fall, einen Eindruck formulieren, umreißen. Mein Gedächtnis ist übermäßig mit sozialem Plunder überlastet.

Die Worte »sozialer Plunder« gefielen ihm sehr. Er blieb stehen, schloß die Augen, und mit einer Geschwindigkeit, wie sie nur die Gedächtnistätigkeit erreichen kann, begann vor ihm ein bunter Wirbel von Erlebnissen, ein ermüdender Regen unvereinbarer Menschen zu kreisen. Besonders sichtbar waren Warawka und Kutusow, den er schon längst hätte vergessen haben sollen, Ljutow und Marina – war an ihnen nicht etwas Verwandtes? –, Mitrofanow und die Ljubimowa, der rothaarige Tomilin, als grünlicher Schatten huschte Warwara vorüber, und ebenso, für den Bruchteil einer Sekunde, erstanden die in ihr Los ergebene Kulikowa, Anfimjewna, dann immer weitere und weitere bekannte Gestalten. Unbegreiflich, unfaßbar war der Sinn ihres Daseins.

In diesem Augenblick der Rückkehr in die Vergangenheit empfand Samgin zum erstenmal etwas Neues: Alles, was das Gedächtnis ihm vor Augen führte, schien außerhalb von ihm, in einem fernen, aber dennoch ihm feindlichen Nebel zum Leben erwacht zu sein. Er selbst stand im Mittelpunkt eines dichten Kreises von Schatten, die von seinem Denken, von seinem Gedächtnis beleuchtet wurden. Unter den vielen Menschen befand sich kein einziger, mit dem er sich erlaubt hätte, freimütig über das für ihn Wichtigste, über sich selbst, zu sprechen. Kein einziger außer Marina. Als er die Augen öffnete, erblickte er im Spiegel sein von Zigarettenrauch umgebenes Gesicht; der Gesichtsausdruck war peinlich unklug, trübsinnig und entsprach nicht dem Ernst des Augenblickes: Da steht ein Mensch, die Schultern hochgezogen, als wolle er den Kopf verstecken, und blickte mit zusammengekniffenen Augen, über die Brille hinweg, ängstlich sich selbst an wie einen Fremden. Er schüttelte sich zornig, machte ein mürrisches Gesicht, begann wieder im Zimmer umherzugehen und dachte:

Die Wahrheit ist bei denen, die behaupten, daß die Wirklichkeit den Menschen entpersönliche, ihm Gewalt antue. Es ist etwas ... Unzulässiges in meiner Beziehung zur Wirklichkeit. Beziehung setzt Wechselwirkung voraus, aber wie kann ich ... richtiger: will ich auf die Umwelt anders einwirken als zum Zweck der Notwehr gegen ihre einschränkenden und verderblichen Einflüsse?

Ihm fielen die Worte Marinas ein: Die Welt setzt dem Menschen Schranken, wenn der Mensch keine Stütze im Geist hat. Etwas Ähnliches hatte Tomilin behauptet, als er von der Erkenntnis als einem Trieb sprach.

Ja, die Erkenntnis ist automatisch und fast sinnlos, wie der Geschlechtstrieb, sagte sich Samgin streng und erinnerte sich wieder Marinas; sie hatte lächelnd gesagt: Zum freien Bürger, mein Freund, machen den Menschen nicht Verfassungen, nicht Revolutionen, sondern die Selbsterkenntnis. Nimm mal Schopenhauer zur Hand, lies ihn fleißig, und danach Sextus Empirikus über die »Pyrrhonischen Grundzüge«. In russischer Sprache scheint es dieses Buch nicht zu geben, ich habe es auf englisch gelesen, es gibt auch eine französische Ausgabe. Über Pessimismus und Skepsis hat sich das menschliche Denken nicht hinausgeschwungen, und wenn man diese zwei Höhenflüge von ihm nicht kennt, wird einem nichts klar, glaub es mir!

Samgin blieb stehen, lehnte sich an die Wand und zündete eine Zigarette an. Ihm schien, daß er noch nie so angespannt nachgedacht hatte und noch nie irgend etwas ungemein Wichtigem so nahe gewesen war, das im nächsten Augenblick sich ihm offenbaren, explodieren und alles zerstreuen würde, was ihn bedrückte und ihn hinderte, das Wesentliche in ihm, einem mit »sozialem Plunder« überlasteten Menschen, zu finden. Er rauchte langsam die Zigarette, stand lange an der Wand, aber es geschah nichts, explodierte nichts, sondern er empfand einfach Müdigkeit und die Notwendigkeit, irgendwohin zu gehen. Er machte sich auf den Weg, sah sich die Bilder im Luxembourg-Museum an und aß in einem kleinen, gemütlichen Restaurant zu Mittag. Bis zum Abend ging und fuhr er durch die Straßen von Paris und merkte sich alles, wovon er in Zukunft jemandem erzählen könnte. Auf den Boulevards der schmucken Stadt, unter dem freundlichen Schatten der Kastanien, an den prahlerisch reichen Schaufenstern der Läden und Restaurants vorbei, von wo Gelächter und Musik sich auf die Bürgersteige ergossen, bewegten sich fröhliche Herren, Damen, junge Männer und junge Mädchen lärmend aufeinander zu; sie schienen alle nach ein und demselben zu suchen – nach einer Möglichkeit, harmlos zu lachen, zu schreien und sich damit zu brüsten, wie leicht sie zu leben verstanden. Der lebensfreudige Lärm regte angenehm an, wie guter alter Wein. Samgin ließ sich von der Menge treiben und dachte daran, daß die Franzosen bedeutend weniger philosophierten als die Engländer und die Deutschen. Immanuel Kant und Schopenhauer oder Hobbes konnte man sich schwerlich auf den Boulevards von Paris vorstellen. Es war kaum anzunehmen, daß in dieser Stadt ein Mann wie Dostojewskij geboren werden könnte. Unmöglich war auch der Kanonikus Jonathan Swift an einem Tischchen eines der Restaurants. Sehr begreiflich aber waren das dröhnende, fette Lachen des Mönches Rabelais, und der unerschöpfliche Scharfsinn Voltaires, und vollkommen am Platze war der kahlköpfige Dicke, Béranger – der Anakreon des 19. Jahrhunderts. Ob es einen französischen Fanatiker geben konnte? Samgin suchte rasch in seinem Gedächtnis nach einem solchen und – fand keinen. Ihm fielen die Verse von Poleshajew ein:

Franzos, du Kind,
Bald stürzt geschwind
Du einen Thron,
Bald treibst geschwind
Legislation . . .

Diese Verse stimmten vollkommen mit dem Rhythmus der Schritte Samgins überein. In seiner Erinnerung leuchtete für einen Augenblick der Name Baudelaires auf und – erlosch wieder, ohne einen Gedanken erzeugt zu haben. Er dachte: Die Bourgeoisie Frankreichs hat das Blut und die Schrecken der Revolution gerechtfertigt, denn sie hat gezeigt, daß sie leicht und klug zu leben versteht, und hat ihre wunderschöne, uralte Stadt wirklich zu einem Athen der Welt gemacht . . .

Am Abend saß er im Theater und genoß, wie die berühmte Lavallière in der Rolle der Frau eines sozialistischen Abgeordneten und komischen Bourgeois tapfer tanzte, wobei sie dem Publikum ihre kurzen, schwarzen Spitzenhöschen zeigte, und wie geschickt sie irgendeinen exotischen König belustigte, der als Gast in Paris weilte. Den Heimweg trat er zu Fuß an, es verlockte ihn, eine Frau mitzunehmen, aber – er entschloß sich nicht dazu.

Ich habe ihre geheimnisvollen Geschäfte und sonderbaren Bekanntschaften satt, dachte er, als er sich schlafen legte, böse von Marina, als wäre sie seine Frau. Er ärgerte sich auch über sich selbst; seine gestrigen Gedanken kamen ihm naiv, fruchtlos vor, sie hatten seine gewohnte Stimmung nicht geändert, obwohl ihm ein paar haltlose Gedanken gekommen waren, die ihm durch ihre Abstraktheit angenehm waren.

Die Welt ist eine Hypothese, hat ein »erklärender Herr« gesagt, ich glaube, es war Petrashizkij. Er hatte recht: Die Welt ist für mich ein ununterbrochener Strom widersprüchlicher Erscheinungen, die sich im Wirbel irgendwohin aufwärts oder abwärts auf einer Spirale bewegen, welche es ermöglicht, an eine Ähnlichkeit, eine Wiederholbarkeit der Geschehnisse zu denken. Der Blick aus der Vergangenheit – von unten nach oben – oder aus einer gewünschten Zukunft – vom hypothetischen oberen Bogen der Spirale nach unten – in die Gegenwart, ist im Grunde ein Spiel, das die Gedanken dogmatisiert. Weiter nichts. Das Denken dogmatisiert stets, es kann nicht anders. Eine Formel, eine Form – das ist bereits ein Dogma, eine Einschränkung. Das Denken ist eines von den Phänomenen der Welt, ein Teil, der das Ganze in sich einzubeziehen strebt. Die Seele? Die Seele eines halbwilden Dorfbauern, der »Geist« Marinas. Es erhebt sich die Frage, ob man das Recht hat, zu Ende zu denken, das Recht, Dogmen, Hypothesen, Theorien aufzustellen und zu bejahen. Die »erklärenden Herren« stellen sich diese Frage nicht. Den Geistesaristokraten, den Schönheitsrittern ist dieses Recht nicht abzuleugnen, hier ist eine ästhetische Rechtfertigung durchaus zulässig. Maßt sich aber dieses Recht der Dorfmüllerssohn Kutusow an, ein Schüler des mit seinem Studium nicht fertig gewordenen Studenten Uljanow . . . Und es muß eine Verantwortlichkeit für das Denken geben. Wer hat das behauptet? Ich glaube, Joseph de Maistre. Bei uns – Konstantin Pobedonoszew . . . Unmerklich und zwangsläufig führte das Denken in einen Winkel, in dem die höchst unangenehme Wirklichkeit verdichtet war. Samgin schaute finster drein, rauchte und trommelte, während er dem engen Kreis fruchtloser Betrachtungen zu entrinnen suchte, zornig mit den Fingern auf einem Bändchen Erzählungen von Maupassant herum. Er kam sich im Bereich des Gelesenen immer öfter wie in einem Konfektionsladen vor, in dem er jedoch keinen zu seiner Figur passenden Anzug fand. Und die Eigenliebe prägte ihm immer beharrlicher ein, daß er sich solch einen bequemen, leichten und dauerhaften Anzug selbst zuschneiden und nähen müsse.

Gegen drei Uhr saß er, in die Lektüre der Speisekarte vertieft, auf der Terrassse des Restaurants im Bois de Boulogne.

»Hören Sie mal, Samgin«, ertönte über seinem Kopf die heisere, gesenkte Stimme Popows, »hier sitzt mein Schwiegervater, eine interessante Persönlichkeit, ein steinreicher Mann! Ich habe ihm gesagt, daß Sie der Anwalt der Sotowa sind, und sie ist eine alte Bekannte von ihm. Er will Sie kennenlernen ...«

Popow sprach bittend, auf seinem Gesicht war eine Verlegenheitsgrimasse erstarrt, er zog die Schultern hoch, als fröre ihn, und glich überhaupt sonderbar wenig dem schwungvollen Mann, als den Samgin ihn bei Marina beobachtet hatte.

»Ich bin gerade im Begriff, zu Mittag zu essen«, sagte Klim, den Popows Gebärden interessierten, und überlegte: Er scheint nicht sehr zu wünschen, daß sein Schwiegervater mich kennenlernt.

»Wir könnten ja gemeinsam zu Mittag essen«, murmelte Popow, und Samgin beschloß, sich diesem kleinen Gewaltakt der Wirklichkeit zu fügen.

Sie gingen in eine Ecke der Terrasse; dort saß hinter einem Blumenspalier, unter einem Lorbeerbaum, ein großer, massiver Mann am Tisch. Samgins Kurzsichtigkeit erlaubte ihm erst in dem Augenblick, als er dicht auf den Dickwanst zugetreten war, Berdnikow zu erkennen. Berdnikow saß, die Ellenbogen auf den Tisch gestützt, da und hatte den Kopf vorgestreckt, soweit sein dicker Hals das erlaubte. In dieser Stellung erinnerte er sehr an eine Kröte. Samgin schien es, daß Berdnikows Vogeläuglein prüfend glänzten, als fragten sie: Nun, wie werden Sie sich benehmen?

Irgendein unklarer Verdacht durchzuckte Samgin, er blickte erzürnt auf Popow, doch der Ingenieur, der einen Stuhl heranrückte, streifte Samgin schmerzhaft am Fuß und sagte, ohne sich zu entschuldigen: »Samgin ... Klim Iwanowitsch – nicht wahr?«

»Sachar Petrow«, erwiderte Berdnikow mit fröhlichem Stimmchen und reichte Samgin, ohne sich zu erheben, seine weiche Pfote. »Bitte ergebenst, nehmen Sie Platz.«

Wenn er es wagen sollte, von dem Vertrag zu reden – fahre ich ihm übers Maul! beschloß Samgin.

»Wir, mein Schwiegersohn und ich, erörterten gerade zur Anregung des Appetits einige Fragen, und plötzlich sah ich: Da kommt just ein Russe, also – auch ein Redseliger, und dann stellte sich heraus, daß Grigorij Sie kennt.« Er sprach mit einem wohlwollenden Lächeln, seine Augen hatten sich dadurch freundlich und ölig getrübt. »Nun, bestellen Sie! Für mich, Grigorij, etwas mehr Spargel und Schweizer Käse – das ist der reinste und gesündeste Käse. Ich bin just ein Liebhaber von Vegetabilien und Milchprodukten, schwärme auch für Obst. Wofür die Franzosen ein wahrhaft künstlerisches Verständnis haben, das sind Frauen und Gemüse. Die Frau haben sie so kunstvoll erzogen, daß sie sich ihnen sogar gleichsam musikalisch darbietet, und das französische Gemüse ist das beste der

Welt, das wird allgemein anerkannt. Sind Sie noch nicht morgens auf dem Zentralmarkt gewesen? Besuchen Sie ihn mal. Er ist nicht weniger erstaunlich als der Louvre.«

Samgin hörte schweigend und mit gespitzten Ohren zu. In ihm wuchs der Verdacht, daß dieser Schwiegervater und auch Popow sicherlich versuchen würden, ihn über Marinas Angelegenheiten auszufragen, und ihn nur deshalb eingeladen hatten. Im Grunde war es kränkend, daß sie ihre Angelegenheiten vor ihm verbarg ...

Berdnikow rückte beim Sprechen die Krawatte mit der großen schwarzen Perle daran zurecht, unter der Krawatte hervor blinkte ein großer brillantener Hemdknopf, an einem dicken Platinring funkelte bös flammendgrün ein Smaragd. Die scharfen Pupillen des Dickwanstes glänzten heute auch grünlich.

»Papachen ist, was Frauen anbelangt, ein großer Schlingel«, murmelte Popow, das sachliche Gespräch mit dem Kellner unterbrechend.

»Glauben Sie ihm nicht«, sagte Berdnikow mit einer schwachen Bewegung seines schwerfälligen Körpers, schürzte die Unterlippe, sog an ihr und fuhr nach einem Seufzer immer noch ebenso getragen und wohlwollend fort: »Er wird Ihnen meinen Lebenslauf so verfassen, daß Sie entsetzt sein werden.«

Wahrscheinlich ein Sonderling wie Ljutow, dachte Samgin, als er der glatten Rede des Dickwanstes zuhörte, sie beschwichtigte seinen Verdacht. Aber Popow, der den aufgetragenen Imbiß aufmerksam musterte, fragte unvermittelt und etwas plump: »Ist die Sotowa nach England abgereist?«

Samgin richtete sich auf, blickte Berdnikow über die Brille hinweg streng ins Gesicht – es zerschwamm und zerrann gleichsam in einem gutmütigen Lächeln. Der Dickwanst schien Popows Frage überhört zu haben. Er neigte sich zu Samgin hinüber und sagte vergnügt: »Er nennt mich Papachen, hat aber das Recht dazu verloren, denn seine Frau ist ihm davongelaufen, auch war sie nicht meine Tochter, sondern eine Nichte von mir. Ich habe keine Kinder gehabt: Trotz großer Auswahl fand ich keine Frau, die für die Mutterschaft geeignet gewesen wäre, so daß ich mit wechselndem Vorspann reisen mußte ...« Dann fragte er unerwartet: »Gehören Sie irgendeiner politischen Partei an?«

»Nein, ich befasse mich nicht mit Politik«, antwortete Samgin etwas trocken.

»Eine große Seltenheit in unseren Zeiten, in der just sogar Knaben und Mädchen sich in die Politik eingemischt haben«, sagte Berdnikow mit tiefem Seufzer und fuhr komisch kummervoll fort: »Besonders um die Mädchen ist es schade, sie sind vollständig ungenießbar geworden wie beispielsweise Fruchtpaste mit Essig. Auch Popow ist den Anfechtungen der Politik erlegen, er ist dem Marxismus zugetan, droht, den Bauern zum Sozialisten zu machen, obwohl der russische Bauer, sogar der allerärmste, dennoch kein Proletarier ist . . .«

Popow, der gerade Schnaps in die Gläser einschenkte, zog mürrisch die buschigen Brauen zur Nasenwurzel zusammen, schnalzte mit den Lippen, leckte sie ab und sagte halblaut und heiser: »Und wozu seid ihr da? Ihr, solche Rundlichen wie du, werdet ihn zum Proletarier umerziehen, darin besteht ja eure Aufgabe . . .«

»Na, schon gut, ich bestreite es nicht, mag es so sein und sogar vollkommen so!« entgegnete Berdnikow lebhaft und fuhr, Samgin zublinzelnd, fort: »Was nicht zu meinen Lebzeiten geschieht, beunruhigt mich nicht, und die gesegneten Zeiten, die Tschechow verheißen hat, werde ich nicht mehr erleben. Nun, trinken wir auf die schöne Zukunft!«

Er hob das Gläschen zur Nase und roch daran, sein Gesicht schrumpfte zu einem komischen, fast formlosen weichen Klümpchen, zu schrägen Falten speckiger Haut zusammen, die runden Augen versteckten sich, erloschen. Samgin sah diese Grimasse zum zweitenmal auf dem schwammigen Weibergesicht Berdnikows, sie erweckte in ihm den Gedanken: Ein spaßiger Schwätzer. Und anscheinend nicht dumm.

Ihn wunderte besonders die Beweglichkeit des Dicken, seine Zungenfertigkeit. Er suchte sich sogar zu erinnern, ob ein so lebensfreudiger und komischer Typ in der russischen Literatur dargestellt sei. Unterdessen bestrich Berdnikow in besonders kunstvoller Weise ein Radieschen mit Butter, verzehrte es, fächelte sich mit der Serviette vor dem Gesicht herum und sagte dabei in singendem Tonfall mit dünner Stimme: »Ich wetze gern meine Zunge an allerhand hohen Weisheiten! Man wirft uns Russen vor, wir redeten viel, nun, ich halte das just für keine Sünde. Die Kirche warnt uns: ›Wer viel redet, wird nicht erlöst‹, redet aber selber unermüdlich, obwohl es für sie Zeit wäre, einzusehen, daß ihre Reden uns buntscheckiges Volk nicht einfarbig machen, sondern just das Gegenteil bewirken. Für uns, Herr Samgin, gibt es allerhand zu reden. Die Europäer unterhalten sich untereinander nicht über unsere Themata, sie sind bereits wohlgeordnet: sie trinken, essen, lieben, verwerten unsere Rohstoffe, essen unser liebes Brot, leben gemächlich dahin, und zum Gespräch wählen sie die ehrgeizigeren, dümmeren unter ihren Nachbarn in die Parlamente. Die Sozialisten werden für diese Rolle aufgezogen, sie sind es auch, die über die Erweiterung der Bedingungen für das Essen, das Trinken und das Familienleben öffentlich sprechen. Über die Seele sprechen sie nicht in den Parlamenten, das wäre geradezu anstößig, und sogar komisch. Wir hingegen reden alle just von der Seele. Wir sind ein Hirtenvolk, in den geistigen Gefilden weideten wir vor noch gar nicht so langer Zeit bei Lawrow und Michailowskij, gestern bei Friedrich Nietzsche, und heute kauen wir das Gräslein von Karl Marx und käuen es wieder.«

Popow schnitt ungeschickt und erbarmungslos an der Ente herum, Knochen krachten, Stücke entglitten dem Messer, er brummte: »Oh, Teufel . . .«

Samgin sah, während er sich sättigte und aufmerksam zuhörte, wie in der Ferne, hinter den Baumstämmen, in endloser Reihe Wagen sich langsam fortbewegten, in ihnen auffallende Gestalten eleganter Frauen, neben ihnen wiegten sich Reiter auf schönen Pferden; über kleinem Gesträuch schwebten in der bläulichen Luft die Köpfe von Fußgängern mit Strohhüten und steifen Hüten, irgendwo weit weg spielte ein Orchester deutlich »Carmen«; die lustige, kecke Musik harmonierte sehr gut mit dem Stimmengewirr, alles war angenehm bunt, aber nicht aufdringlich, alles war festlich und schön wie eine gut inszenierte Oper. Und über diesem Fest schlängelte sich, seinen Lärm leicht durchdringend, die dünnstimmige, zugespitzte Rede Berdnikows; er sog an Spargeln und sagte: »Wir sind kein Volk starken Willens, sondern ein denkendes, wir streben nicht so sehr danach, etwas zu vollbringen, als etwas zum allgemeinen Wohlbefinden auszudenken. Messianismus, nichts anderes als just Maulafferei. Entschuldigen Sie. Der Wille ist bei uns nicht ausgebildet, sondern unterdrückt worden, von außen – durch den Staat, und von innen zersetzte ihn die Gedankenfreiheit. Um das Volk hat man sich eifrig gekümmert, man fragte es immerzu: ›Wirst erwachen du, von Kraft erfüllt?‹ Und nun ist es erwacht, wie wir es wünschten, und hat dem Staat Riesenverluste zugefügt, indem es die höchst kultivierten Höfe der Gutsbesitzer zerstörte, in Trümmer, Staub und Asche verwandelte.«

»Man hat ihm sein liebes kleines Gut niedergebrannt«, sagte Popow, Champagner einschenkend, gleichmütig.

»Und das Vieh abgeschlachtet«, ergänzte Berdnikow. »Nun, ich beklage mich jedoch nicht. Da ich ein Stoiker bin, sage ich: ›Schlag mich, aber belehre mich auch!‹ O-ho-ho! Wohlan, trinken wir Champagner auf unser Wohl! Außer diesem unschädlichen Getränk erlaube ich mir sonst nichts, ich bin ein Mensch, der sich Schranken auferlegt.« – Er goß ein Gläschen Kognak in seinen Pokal, stieß mit

Samgin an und fragte freundlich: »Sind Sie meines Geschwätzes überdrüssig?«

»Ich höre Ihnen mit großem Interesse zu«, antwortete Samgin ganz aufrichtig.

»Sie schweigen jedoch immerzu.«

»Ich rede nicht gern.«

»Vorsicht ist eine gute Eigenschaft«, sagte Berdnikow, und Samgin sah von neuem, wie sein Gesicht komisch zusammenschrumpfte. Dann begann der Dickwanst unvermittelt und gleichsam ohne Grund zu lachen. Er lachte mit dem ganzen Körper, das Lachen bewegte sich in Wellen in ihm fort, sein Bauch wogte, Hals und Wangen blähten sich auf, die dicken Weiberschultern schüttelten sich, aber das Lachen war fast lautlos, es schluchzte irgendwo im Leib, brach aus den aufgeblähten Wangen und den Lippen in blubbernden Lauten hervor: »Ppu-bu-bu-bu . . .«

Samgin dachte: Eigentlich müßte er schrill lachen.

»Er ist ein großer Meister müßigen Geredes«, sagte Popow träge, jedoch mit sichtlichem Ärger, während er Klim Rotwein einschenkte. »Behalten Sie im Auge: Er legt nicht darauf Wert, was er sagt, sondern darauf, wie er es sagt!«

»Hören Sie?« fiel Berdnikow ihm ins Wort. »Er hat mich zum Ästheten befördert. Und sonst schimpft er mich einen Nihilisten. Jedoch, inwiefern bin ich schuld, wenn bei uns die Gedankenfreiheit eben auf leeres Gerede und auf nichts anderes hinausläuft? Nun, sagen Sie mir doch, wo liegt bei uns eine mustergültige Gedankenfreiheit vor? Tschaadajew? Bakunin und Kropotkin? Herzen, Kirejewskij, Danileskij und andere dieser Brut?«

»Da zeigt dieser kokette Mann Ihnen die gute Seite seiner Ware, schauen Sie, sozusagen, wie dick belesen ich bin«, sagte Popow immer noch ebenso träge und nun bereits hänselnd. Berdnikows Körper geriet ins Wanken, schwamm gleichsam, sich auf den Tisch legend, davon, die runden Äugelchen loderten wütend grünlich auf, er begann rascher, unter Zischen und Aufkreischen zu reden: »Nein, warte! Zeige mir doch mal statt der Bakunins und Kropotkins die russischen Owens, Fouriers und Saint-Simons, zeige sie, na? Herzchen, bei uns sind an ihrer Stelle die gottverzückten Sjutajews, die Bondarews und der verschrobene Graf, der wegen der Dürftigkeit seines Verstandes von ihnen verführt wurde. Au, das war häßlich, war frech von mir gesagt«, rief er aus, wobei er sich linkisch erschrocken verstellte. »Aber denken Sie sich nichts dabei, Herr Samgin, denn ich bestreite ja nicht das Genie, verhimmle gemeinsam mit allen den universellen Künstler. Dennoch halte ich mich für berechtigt zu sagen: Dumm wie ein Genie! Und das betrifft nicht nur irgendeinen einzelnen, sondern überhaupt das Genie in der Kunst . . .«

»Tschernyschewskij . . .«, begann Popow mit zornig zusammengezogenen Brauen.

Der Schwiegervater machte eine abwehrende Handbewegung: »Hör auf! Dieser Absolvent des Priesterseminars war ein fleißiger Schüler, doch zu einem Wundertäter haben ihn die Literaten wegen seiner Bauernfreundlichkeit gemacht. Ich sage dir, daß der Burjäte Schtschapow just ein tieferer Denker war als er, jawohl! Es gibt noch einen Denker – Fjodorow, aber seine ›Philosophie der gemeinsamen Sache‹ kennt niemand.«

Er neigte sich mit ganzem Körper zu Samgin hinüber und entblößte lächelnd seine goldenen Hauer: »Werter . . . Kirill Iwanytsch, wir sind Altgläubige, verschimmelt, bemoost! Unsere Slawophilen, die Volkstümler jeglicher Art sind lauter Altgläubige! Und es braucht nur irgendein Peter, ein großer oder kleiner, den Versuch zu machen, uns europäisch zu orientieren, so brüllen wir schon: ›Ein Antichrist! Selig sind die Sanftmütigen . . .‹«

»Mir scheint, Sie unterschätzen die Ereignisse, die soeben erst . . .«, begann Samgin, aber Berdnikow ergriff ihn am Rockärmel und fuhr rasch und bereits erbost fort: »Ich ertrage die Sanftmütigen nicht! Wenn man mich zu einem universellen Herodes machte, würde ich just eine allgemeine Ausrottung der Sanftmütigen, Unglücklichen und Leidensfreunde anordnen. Ich schätze die Sanftmütigen nicht! Es steht schlecht um sie, sie sind unfähig, man kann mit ihnen nichts anfangen. Ich bin kein humaner Mensch, ich produziere just Eisen, doch – wozu braucht es ein Sanftmütiger? Entsinnen Sie sich an Tolstois Märchen von den ›Drei Brüdern‹? Wozu braucht ein Dummkopf das Eisen, wenn er sich nicht wehren will? Die Hütte deckt er mit Stroh, die Erde pflügt er mit dem Hakenpflug, sein Wagen hat ein hölzernes Gestell, und an Nägeln verbraucht er jährlich ein halbes Pfund.«

Samgin, der einen kleinen Rausch bekommen hatte, ermüdete es, dieser dünnen, schrillen Stimme zuzuhören. Es war interessant, aber – zuviel . . . Ja, so sahen also die Gedanken aus, die solch ein Mensch in sich trug.

Was für ein Mensch? fragte sich Samgin, mochte aber nicht nach einer Antwort suchen, und sein argwöhnisches Verhalten Berdnikow gegenüber verschwand. Samgin fühlte sich ungewöhnlich guter Stimmung, als ruhte er aus nach einem langwierigen kasuistischen Streit mit einem hartnäckigen Gegner in einem Zivilprozeß.

Es war angenehm, hinter den Bäumen das ruhige Defilieren der festlichen Menge in der Allee zu beobachten. Die Menschen gingen in den schrägen Sonnenstrahlen einander entgegen, wobei sie sich gleichsam prahlerisch zur Schau stellten, einander mit Wohlgefallen betrachteten. Die durch Stimmengewirr gedämpfte Musik begleitete sie lyrisch freundlich. Oft hallte ein fröhliches Lachen, das Wiehern eines Pferdes herüber, hinter der Ecke des Restaurants wurde flott auf einer Geige gespielt, erklang schmalzig ein Cello, sang eine Frauenstimme einen »Machiche«, und Popow, der grimmig das Gesicht verzogen hatte und mit seinem behaarten Finger am Glase den Takt schlug, deklamierte halblaut und deutlich:

»Sous votre jupe blanche
Brille la hanche . . .«

Berdnikow trank fortwährend, wobei er Kognak zum Champagner hinzugoß, wurde aber nicht betrunken, nur seine Stimme hatte sich gesenkt, war matter geworden, als wäre sie angelaufen, auch seufzte der Dickwanst immer öfter, schwerer. Er fuhr fort, die Buntheit seines Wortgefieders zur Schau zu stellen, doch bereits weniger vergnügt und allzu offenkundig bemüht, seine Zuhörer zum Lachen zu bringen.

Samgin dachte, daß der Augenblick gekommen sei, an dem er mit Berdnikow über Marina sprechen könnte, aber es störte Popow – seine Stimmung hatte etwas Gespanntes, Lauerndes, man konnte meinen, daß er irgendein geschäftliches Gespräch anzuknüpfen beabsichtige, während Berdnikow das nicht wolle und darum so viel, fast ununterbrochen rede. Nun murmelte Popow mürrisch irgend etwas von Verantwortungslosigkeit – der Dickwanst strich sich mit den Händen über sein knochenloses Gesicht und begann heller, sogar gleichsam boshaft: »Vor wem soll man sich denn verantworten? Du weißt selbst: Ich mache Geschichte, vielleicht schlecht, aber dennoch mache ich es, wobei ich es den Intellektuellen freistelle, über mich zu urteilen und mich zu tadeln. Aber – sie dürfen sich in meine Angelegenheiten nicht anders einmischen als nur mündlich! Dir ist von der Geschichte die Rolle des Koch-Moralisten zugeteilt worden, mir – die Rolle des Katers Waska, während der Proletarier selbst in Deutschland noch nicht für die Sache reif ist, Geschichte zu fabrizieren. Ich sehe jedoch ein: Die Revolution ist nicht einfach an einem Ast aufzuhängen, und Stolypin ist ein rechter Provinzdummkopf Er sollte zuerst nachgeben und dann allmählich wegnehmen, wie das kluge Herren tun. Er jedoch will das Dorf durch Sonderland zersplittern, wobei er annimmt, daß er auf den russischen

Feldern amerikanische Farmer schaffen wird, doch er kann nur Millionen bettelarmer Rebellen schaffen, für die Schaffung von Farmern fehlt es ihm just an landwirtschaftlichem Inventar, selbst wenn er halb Rußland den französischen Bankiers verpfänden würde.«

»Sprachgewandtheit in Verbindung mit der Naivität oberflächlichen Denkens – da gehört nicht viel dazu«, begann Popow schulmeisterlich und sogar zornig, aber der Schwiegervater unterbrach ihn: »Meinst du damit mich? Danke schön.«

Dann trank er ein Glas Champagner mit Kognak und fuhr, zu Samgin gewandt, fort: »Der Aufstand hat die Schwäche der Regierung, die Möglichkeit einer wirklichen Revolution gezeigt, die Kadettchen haben sich durch ihre Reise nach Wyborg in den Augen vernünftiger Menschen bis an ihr Lebensende kompromittiert. Wenn jetzt unser Proletarier sich entschließt, Lenin zu folgen, und es fertigbringt, den lieben Bauern – die mächtigste Figur im Spiel – mitzureißen, so platzt Rußland wie eine Blase.«

Er brach in ein Gelächter aus: »Ppu-bu-bu-bu.«

Und während er seinen Riesenbauch streichelte, der sich fast bis zum Kinn aufgebläht hatte, mit der Hand auf ihn patschend und mit dem Smaragd am Finger und dem Augenlächeln funkelnd, schloß er: »Unsere einzige Rettung, Kirill Iwanytsch, liegt im Gold, im ausländischen Gold! Es müßten viele Milliarden Francs, Mark und Pfund in unser Land hineingeschüttet werden, damit die Eigentümer des Goldes sich im Augenblick der Gefahr zu seinem Schutz erheben, sehen Sie, das ist just mein Gedanke!«

»Unsinn«, sagte Popow mit fest geschlossenen Augen und wiegte den Kopf von der einen Schulter zur anderen.

»Ein Patriot!« entgegnete Berdnikow und blinzelte Samgin zu. »Patriot und Sozialist, weil er im Leben Pech gehabt hat. Er machte eine Erfindung, man hat sie ihm gestohlen, die Frau ist ihm davongelaufen, und beim Kartenspiel hat er kein Glück.«

»Genug damit! Fahren wir spazieren«, schlug Popow müde vor, während Berdnikow Samgin besonders freundlich ins Gesicht blickte und sagte: »Ich necke gern! Als ich noch ein kleiner Junge war, neckte ich den Vater, mein Vater war Steiger, dann brachte er es zu einem eigenen Geschäft und wurde ein steinreicher Mann. Er prügelte mich erbarmungslos, aber das hat mir, wie Sie sehen, nicht geschadet. Tschechow hat recht: Wenn man einen Hasen schlägt, lernt er Streichhölzer anzünden. Was halten denn Sie von Tschechow?«

»Ein hervorragender und sehr wahrheitsliebender Dichter«, sagte Samgin und merkte, daß dies in unangebracht strengem Ton gesagt war und komisch geklungen hatte. Er warf einen Blick auf Popow, aber der Ingenieur wählte gerade sorgfältig eine Zigarre, während Berdnikow die Krawatte zurechtrückte und beifällig den Kopf vorstreckte, das war offenbar seine Manier, sich zu verneigen.

»Ein höchst eleganter Schriftsteller«, sagte er. »Einige beklagen sich, er sei traurig. Doch es wäre ja unvernünftig, sich über den Oktober zu beklagen, weil da schlechtes Wetter herrscht. Jedoch auch im Oktober gibt es sehr schöne Tage . . .«

»Wenn Oktobristen geboren werden«, fügte Popow mürrisch ein.

»Na, gratuliere, du hast einen Witz gemacht!« sagte Berdnikow beifällig, und seine Froschlippen verzogen sich zu einem breiten Grienen. »Die Sonnenuntergänge sind schön im Oktober. Und die Morgenröte. Ich bin ja bis zum vierzigsten Lebensjahr Jäger gewesen, habe elf Bären erlegt . . .«

Popow ließ einen Wagen holen, der Dickwanst redete Samgin zu, »das gesellige Beisammensein nicht abzubrechen«, aber Samgin hatte diese Absicht auch nicht gehabt. Berdnikow forderte ihn liebenswürdig auf, sich neben ihn zu setzen. Popow nahm mit der Zigarre zwischen den Zähnen breitbeinig auf dem Vordersitz Platz. Er war offenbar betrunken, rauchte mit komisch aufgeblähten Wangen, verzog das Gesicht, bewegte die Brauen, blies Samgin den Rauch ins Gesicht, und Samgin fühlte immer deutlicher, daß der Ingenieur ihm lästig war. Der Wagen fuhr auf die breite Allee hinaus und ordnete sich als Glied in die endlose Kette der in verschiedener Hinsicht merkwürdigen Karossen ein. Samgin fühlte sich angenehm angeregt durch das Defilieren der festlich vergnügten, schmuck gekleideten Menschenmenge, durch den spiegelblanken Glanz des verschiedenfarbigen Lacks, der Metallverzierungen der Wagen und des Geschirrs an den gepflegten Pferden, die gleichsam im Bewußtsein ihrer Schönheit langsam und feierlich einherschritten, so daß man die kraftvolle Grazie ihrer Bewegungen bewundern konnte. Grell glänzte das Livreengold der götzengleich reglosen Kutscher und Grooms, ihre Köpfe mit den lackierten Hüten sahen aus, als wären sie aus Metall, auf den Gesichtern war strenge Würde erstarrt, als lenkten sie nicht nur die Pferde, sondern diese ganze Bewegung im Kreis, über dem kleinen See; auf dem stillen, in Sonnenstrahlen immer noch zartrosa schimmernden Wasser schwammen inmitten der darin widergespiegelten Wolken Schwäne, deren Hälse stolz und wie Fragezeichen geschwungen waren, während am Ufer grell gekleidete Kinder umhertollten und den Vögeln Brot zuwarfen. Hie und da blinkten Bronzegesichter von Negern auf, die durch weißes

Lächeln, den Glanz ihrer Zähne und das bläuliche Porzellan ihrer lustigen Augen auffielen, es schien, als phosphoreszierten diese matten Augen. Hinter den Wagen her und ihnen entgegen bewegte sich eine dichte Männermenge, über ihnen wiegten sich, hüpften in den Sätteln Militärs, die schön waren wie Spielzeug, Zivilisten in Zylindern, Amazonen mit phantastischen Hüten, die dünnbeinigen Gäule warfen stolz die Köpfe hoch. Das rhythmische Pferdegetrappel war in dem bunten und schallenden Stimmengewirr, in dem ununterbrochenen Lachen kaum zu hören, zuweilen ertönte unerwartet und sehr sonderbar ein Pfiff, aber dennoch schien es, daß die Fußgängermenge sich dem dumpfen Rhythmus des Hufschlags unterwarf. Eine dichte Männergruppe applaudierte einmütig, in ihrer Mitte schritten würdig Schwarzbärtige, mit Bronzegesichtern, in weißen Turbanen und Kapuzen, sie wurden begleitet von Zuaven in weiten roten Hosen. Fortwährend erklang, bald über den Lärm der Menge siegend, bald in ihm untergehend, die Musik einer Militärkapelle. Die Sonne, die auf den Staub in der Luft schien, färbte ihn zartrosa, auf dem zartrosa Spiegel des Sees zeigten sich zwei Reihen Federwolken, die sich wie Riesenflügel eines unsichtbaren Vogels am Himmel ausbreiteten, und die Schwäne, die in das Spiegelbild dieser Wolken hineinschwammen, wurden fast unsichtbar. Das war sehr schön, wehmütig, es erinnerte Samgin an irgendwelche Märchen, an Gedichte von Schwänen, an ein trauriges Lied von Grieg. Er hätte sich gern schläfriger Gedankenlosigkeit hingegeben, sich in Betrachtung dieses farbenfreudigen Lebens vergessen. Es hinderte das mürrische Gesicht Popows, der stumpfe, betrunkene Blick seiner Augen, es hinderte die süßlich freundliche Stimme Berdnikows.

»Welch ein malerisches Stückchen Welt, wie?« sagte er, als dächte er Samgins unklare Gedanken zu Ende. »Leichtigkeit, Freude am Dasein, das ist wahrhaft demokratisch und anspruchslos.«

»Ja«, sagte Samgin zu seiner eigenen Überraschung. »Sie verstehen es, sich von den Alltagssorgen und der Gewalt der Wirklichkeit zu erholen.«

Durch diese Worte erfreute er Berdnikow sehr.

»Ja eben! Just so ist es! Hier lebt die klügste Bourgeoisie Europas. Bei uns, in Petersburg, auf der Strelka, herrscht monumentale Langeweile, Aufgeblasenheit – sie fahren, als gäben sie einem vornehmen Toten das Geleit ...«

Sich hin und her wiegend, stieß er Samgin mit seiner warmen, weichen Schulter. Samgin warf ab und zu einen Seitenblick auf ihn und nickte. Er betrachtete mit Wohlgefallen die Frauen, wollte nicht, daß man dies merkte, und wollte sogar sich selbst nicht eingestehen, daß er sie mit Wohlgefallen betrachtete. Während er zusah, wie sie, in grelle Stoffe gehüllt, mit Spitzen, Blumen und Straußenfedern geschmückt, auf den Polstern der bizarren Karossen halb liegend, auf die Menschen gleichgültig oder hochmütig, freundlich oder herausfordernd lächelnd blickten, dachte er an die herben Romane Zolas, die pikanten Erzählungen Maupassants und suchte festzustellen, welche von diesen Frauen mit Nana oder Renée Sacchar, mit Madame de Burne oder den Heldinnen Oktave Feuillets, Georges Ohnets, den Heldinnen der modischen Stücke Bernsteins verwandt sein mochte. Es war vollkommen klar, daß diese unerhört eleganten Frauen, die majestätisch in den Karossen dahinschwebten, sich der Macht ihres Liebreizes tief bewußt waren und daß die Hunderte von Frauen, die sie um ihren Wohlstand beneideten, das Bewußtsein der Macht und Kraft dieser sich siegesbewußt und schamlos zur Schau stellenden schönen Frauen, wenn dies überhaupt möglich war, noch mehr vertieften.

Ja, sagte Samgin zu irgendwelchen in ihm noch nicht ausgeformten Gedanken. Ja, ja. Und dachte an Alina neben der Leiche Ljutows.

Das Stimmengewirr der Menge schien leiser zu werden, wenn besonders originelle Karossen auftauchten. Neben dem Wagen, den es auf Berdnikows Seite überholte, schritt tänzelnd und mit dem Zaumgebiß spielend ein mäßig großes, weißes Pferd, dessen üppige, lange Mähne fast bis zu den Hufen herabreichte; es war vor eine strahlend fliederblau lackierte Spielzeugschachtel auf zwei hohen Rädern gespannt; in der Schachtel saß, die weißen Zügel fest gestrafft, eine kleine üppige Frau mit bräunlicher Gesichtsfarbe, dunklen Augen und grell geschminktem Mund. Sie lächelte, das Pferd lenkend und anfeuernd, freundlich und neckisch, sie hatte ein silberbesticktes blaues Jäckchen an, die Radspeichen des Wagens waren auch versilbert und sprühten, sich drehend, gleichsam weiße Funken, ebenso funkelte auch das Silber der Stickerei an den Ärmeln des Jäckchens. An der Rückseite der Karosse, auf einem hohen, schmalen Bänkchen, wiegte sich, die Arme auf der Brust verschränkt, ein kleiner Neger, ganz in Weiß, mit einem komischen Mützchen auf dem kraushaarigen Kopf, mit kindlichem Gesichtchen und würdig oder gekränkt aufgeworfenen Lippen. Berdnikow lüftete respektvoll den Hut und streckte den Kopf vor, wobei er das Gesicht zu einem Lächeln verzog; die Frau blickte ihn an, zog die schwarzen Brauen hoch und gab dem Pferd einen Schlag mit dem Zügel. Berdnikow setzte mit einem Seufzer den Hut wieder auf.

»Ein Rabenaas«, sagte er, vor sich hin pfeifend. »Sie ist sehr in

Mode ... Steht hoch im Preis. Zur Zeit hält sie ein Finanzier aus, ein Kandidat für den Posten des Handelsministers ...«

In einem schwarzen Wagen von bootsähnlicher Form, vor den ein Paar sehnige Graue gespannt waren, saß halb liegend eine langbeinige Frau; ihr üppiges rötliches Haar, das mit schwarzen Spitzen bedeckt war, machte ihr Gesicht klein wie das eines Backfischs. Ihre goldblonden Brauen waren zusammengezogen, die Augen von den Wimpern verdeckt, die fest zusammengepreßten, grellen Lippen verliehen ihrem Gesicht einen Ausdruck von Müdigkeit und Widerwillen. Unter einem schwarzen Spitzenschaum war deutlich ihr langer Fischleib zu sehen, der straff von perlmuttfarbener Seide umspannt war, der Wagen wiegte sich auf weichen Federn, der Körper der Frau hob sich sanft und sank wieder in sich zusammen, als schmölze er. Die Pferde wurden von einem großen, blauwangigen Kutscher mit dickem schwarzem Schnurrbart gelenkt, neben ihm saß ein Mann im Schottenkostüm, glattrasiert, mit nackten Waden, an der Jacke eine Menge goldener Knöpfe, die aussahen, als wären sie die Kuppen von Nägeln, die man in seinen dicken Körper hineingetrieben habe.

»Was ist denn das? Eine Allegorie etwa?« fragte Popow schmunzelnd.

Berdnikow entgegnete sofort: »Man verwendet Häßliches, um die Schönheit zu unterstreichen, verstehst du? Die wissen, mein Bester, womit man sich jemanden zu Willen machen kann. Wegen dieses Herzchens hat es schon zwei Duelle gegeben ...«

»Nadelduelle?«

Berdnikow wollte etwas sagen, pfiff aber nur durch die Zähne: Den Wagen überholte ein kleiner aus Korbgeflecht, darin saß eine Frau in Rot, neben ihr wackelte, die lange Zunge herausgestreckt, ein großer Hund mit dem Kopf in scheckigem, glattem Fell, seine gestutzten Ohren waren aufmerksam gespitzt, über dem zähnegefletschten Maul hingen altersschwach blutunterlaufene Lider, matt glänzten die rotbraunen, versteinerten Augen.

»Hunde, Neger – schade, daß es keine Teufel gibt, sonst würden sie auch die Teufel spazierenfahren«, sagte Berdnikow und lachte sein sonderbares, schnaubendes Lachen. »Manche stellen sich furchtbar dar, na, und um Furcht einzuflößen, muß man just übertreiben. In dieser Hinsicht erlauben sie sich eine derartige liberté, daß für die moralité kein Platz mehr bleibt!«

Popows Gesicht wurde tief blutrot, seine Augen wölbten sich vor, es schien, als bemühte er sich angestrengt, nicht einzunicken, doch seine behaarten Finger trommelten nervös auf den Knien, und sein

Kopf drehte sich so schnell hin und her, als suchte er nach jemandem in der Menge und fürchtete, ihn zu übersehen. Auf den Schwiegervater warf er ab und zu zornige Blicke, hieß dessen Geschwätz offensichtlich nicht gut, und Samgin erwartete, daß dieser unangenehme Mensch nun gleich beginnen werde, dem Schwiegervater zu widersprechen, und daß ein endloser, vergeblicher und bei dieser Parade schöner Frauen unangebrachter humoristischer Dialog zweier Russen losknattern werde, die über alles Bescheid wußten.

Über alles, außer über sich selbst, dachte Samgin. Ich ziehe Monologe vor, man kann ihnen zuhören, ohne zu widersprechen, wie man dem Rauschen von Wind zuhört. Das verpflichtet mich nicht, irgendwelche Wahrheiten im Vorrat zu haben und mich anzustrengen, ihre zweifelhafte Heiligkeit zu verteidigen . . .

Ein Zweigespann dunkel bronzefarbener, monumental großer Pferde zog würdig einen soliden Landauer: In ihm saß eine alte Frau in schwarzer Seide, mit schwarzen Spitzen auf dem grauhaarigen Kopf und einem langen, dürren Gesicht; den Kopf hielt sie aufrecht, hochmütig, die grauen Flecken ihrer Augen blickten auf den breiten, blauen Rücken des Kutschers, die behandschuhte Rechte hielt eine goldene Lorgnette. Neben ihr lächelte gutmütig, mit dem Kopf nikkend, eine dicke Dame, ihnen gegenüber saßen zwei Jungen, auch reglos und unpersönlich, wie Puppen.

»Die de La Rochefoucauld«, erklärte Berdnikow, nahm den Hut ab und verdeckte damit sein Gesicht. »Marquise oder Gräfin . . . irgend etwas dieser Art. Eine Moralistin. Frömmlerin. Die Alte ist auch eine Aristokratin – wie heißt sie doch? Ich habe ihren Namen vergessen . . . Bouillon, Cotillon . . . Crillon? Sie ist geschäftstüchtig, hat Krallen und scharfe Zähne, ist von großem Gewicht in Industriekreisen, der Teufel soll sie . . . Sie macht in Philanthropie . . . Speist die Armen . . . Sind Sie, Herr Samgin, Moralist?« fragte er, sich mit seinem ganzen Gewicht an Samgin lehnend.

»Ich ziehe es vor, Enthaltsamkeit zu üben«, antwortete Klim und machte sich Vorwürfe wegen der unüberlegten Antwort.

»Angenehm, das zu hören«, vernahm er einen beifälligen Ausruf. »Ich verurteile diese Frauen just nicht. Mehr noch, wenn man ausrechnet, welche Einkünfte die Kokotten Paris verschaffen, kann man vor ihnen sogar just Achtung haben. Ich scherze nicht! Das Textil-, Juwelier-und Schneidereigewerbe, die Herstellung von Möbeln und von allerhand articles de Paris – das alles halten die Kokotten in Gang, glauben Sie mir! Zuerst kommt die Kokotte und erst nach ihr jede andere femme. Und beachten Sie, daß die Kokotte hauptsächlich nicht den Franzosen schröpft, sondern den Ausländer. Nun haben die hiesigen Bankiers uns eine kleine Anleihe zur Begleichung der Unruhen gewährt – doch ein ernst zu nehmendes Teilchen dieser Anleihe entfällt auf die Einnahmen der Kokotten . . .«

»Weiß der Teufel, was Sie da reden«, brummte Popow.

»Ich rede die Wahrheit, Grigorij«, antwortete bissig der Dickwanst und stieß dabei den Schwiegersohn mit dem Fuß im weichen Wildlederschuh. »Hier verbraucht manche Frau in einem Jahr Waren von nicht geringerer Summe als bei uns in der gleichen Zeitspanne die Bevölkerung eines ganzen Bezirks. Das muß man begreifen. Bei uns hingegen bemüht sich die durch die Literatur verdorbene Dame, in Wunschtraumgewändern zu leben, bald bildet sie sich ein, eine Anna Karenina, bald eine Verrückte aus Dostojewskijs Romanen oder eine Madame Roland zu sein oder – eine Sofja Perowskaja. Langweilig ist bei uns die Dame!«

Samgin hörte zerstreut zu und suchte endgültig sein Verhältnis zu Berdnikow zu bestimmen. Popow hat sicherlich recht: Ihm ist es einerlei, wovon er redet. Samgin mochte sich nicht eingestehen, daß einige Gedanken Berdnikows neu und beneidenswert originell waren, aber er fühlte das. Es war sonderbar, sich zu erinnern, daß dieser Mann versucht hatte, ihn zu bestechen, aber es tauchten bereits Motive auf, die seine Schuld milderten.

Er ist den Verkehr mit bestechlichen Beamten gewohnt . . . Ihm entging irgendeine Bemerkung Popows, Berdnikow schrie den Schwiegersohn geringschätzig an: »Was weist du mich immerzu darauf hin, von wem dies und von wem jenes stammt? Ich nehme überall alles, was mir gefällt. Suworin ist kein Dummkopf. Für wen philosophieren die Leute? Für den Bauern etwa? Für mich!«

Es entbrannte ein Streit, wie Samgin es schon erwartet hatte. Die Karossen und die schönen Frauen schienen immer zahlreicher zu werden. Sie wurden von einem Zweigespann stattlicher Füchse überholt, in dem Wagen saßen lachend zwei Frauen, ihnen gegenüber ein feister, kahlköpfiger Mann mit grauem Schnurrbart; den Zylinder leicht über dem Kopf erhoben, sagte er irgend etwas zu der Menge, blähte die roten Wagen auf und bewegte komisch den Schnurrbart, man applaudierte ihm. Ein Wind kam auf, vermengte das Reden, das Lachen, den Applaus, das Schnauben der Pferde und verlieh dem Lärm die Stärke eines Chors.

Es ist ein doppelt so genialer Bosch notwendig, um solch eine Wirklichkeit in eine alptraumhafte Groteske zu verwandeln, dachte Samgin, mit irgend jemandem streitend, der noch nichts hatte sagen können, das einer Widerrede bedurft hätte. Die Traurigkeit, die er zu überwinden suchte, verschärfte sich, ihm fielen auf einmal aus unerfindlichem Grund die Frauen ein, die er gekannt hatte. Für diese Beziehungen verdient das Schicksal keinen Dank ... Und im allgemeinen muß ich sagen, daß mein Leben ...

Er suchte eine Definition und fand keine. Popow berührte mit dem Finger sein Knie und sagte: »Ich steige hier aus. Auf Wiedersehen.«

»Und wir fahren noch ein wenig in der Stadt spazieren«, schrie Berdnikow vergnügt und dünnstimmig. »Dann – in irgendein Vergnügungslokal; Sie haben doch nichts dagegen?«

»Vortrefflich«, sagte Samgin. Endlich bot sich ihm eine Möglichkeit, über Marina zu sprechen. Er blickte Berdnikow an, dieser lächelte, verzog das Gesicht, stieß ihn mit der Schulter an und fragte: »Sind Sie müde?«

»Nicht im geringsten.«

»Sie sind geduldig. Dennoch sind Sie blaß geworden. Wissen Sie: Man lebt und lebt, redet und redet, und doch bleibt just irgend etwas unausgesprochen, irgendein kleines, aber das allerwichtigste Wort. Stimmt das?«

»Ja«, gab Samgin gern zu, »das stimmt.«

Berdnikow schmatzte lächelnd mit den Lippen, als küßte er die Luft.

»Und so stirbt man, ohne dieses Wort ausgesprochen zu haben«, fuhr er seufzend fort. »Werde ich Ihnen durch mein Geschwätz lästig?« fragte er, wartete aber nicht auf eine Antwort. »Ich bin alt, und im Alter ist das Gespräch unser einziger Trost, man redet, als wühlte man in der Seele den Staub des Erlebten auf. Es gelingt einem ja auch selten, aufrichtig zu plaudern, wir sind einander unaufmerksame Zuhörer ...«

Samgin stellte fest: Dieser Mann hatte ernster und sympathischer zu sprechen begonnen, seit Popow weg war.

Wahrscheinlich ist er ein sehr einsamer Mensch und der Einsamkeit müde, dachte er, während er Berdnikow aufmerksamer zuhörte.

»Zudem ist die wirkliche Aufrichtigkeit stets zynisch, anders kann es just auch nicht sein, denn der Mensch ist ja ein Nichtsnutz, ein Betrüger, sein Leben besteht darin, daß er sich selbst in Worten angenehme Kunststücke vormacht, das unglückliche Kind.«

Dann lehnte sich Berdnikow bereits mit dem ganzen Gewicht seines wabbligen Körpers an Samgin und rief mit gesenkter, gleichsam feucht gewordener Stimme: »Wie unglücklich sind doch wir Menschen, mein bester Iwan Kirillowitsch ... Verzeihung! ... Klim Iwanowitsch, ja, ja ... Das begreift man erst am Vorabend des Endes, wenn irgendeine Krankheit leise heranschleicht und einem nachts wie eine Kupplerin zuraunt: ›Ach, Sachar, mit welch einem Dämchen ich dich bekannt machen möchte!‹ Damit meint sie den Tod ...«

Berdnikow brach in sein sonderbares Lachen aus, während Samgin dieses Lachen ganz unangebracht fand und unangenehm überrascht dachte: Welch ein ... Chamäleon ... Das Wort Chamäleon kam ihm unverdient beleidigend vor. Welch eine Geschmeidigkeit ... Zügellosigkeit?

Aber auch diese Worte charakterisierten Berdnikow nicht. Der Wagen rollte durch eine sehr schöne Straße, zu beiden Seiten schwebten elegante Villen gemächlich vorüber, die durch eiserne Gitter verbunden waren. Auf dem Eisen strahlte eine reiche Vergoldung, auf den Gehsteigen schritten Menschen und überholten die schwerfällige Bewegung der Gebäude. Samgin hatte Durst, er sehnte sich nach Ruhe und Stille, um im stillen die regen, bunten Gedanken Berdnikows aufmerksam abzuwägen, zu überdenken, um ihn zu verstehen, mit ihm über Marina zu sprechen. Ihm schien, daß noch nie jemand so freimütig, im Ton einer solch unbegrenzten Intimität mit ihm gesprochen habe, und er mußte zugeben, daß einige Sätze des Dickwanstes ihm gefielen. Nein, er besitzt mehr Tiefe, ist origineller als Ljutow ...

»Es wäre schön, Tee zu trinken«, schlug er vor.

»Tee? Es ist just die richtige Zeit dafür!«

»Irgendwo an einem stillen Fleck ...«

»Ganz recht, an einem stillen!« rief Berdnikow, blähte die Wangen auf und atmete befriedigt einen Luftstrom aus. »Auf russische Art, am lieben kleinen Samowar! Ich lade Sie zu mir ein! Ich wohne in einer Pension, einem vortrefflichen Unterschlupf für Waisenkinder des Lebens, die Inhaberin ist eine russische Dame, unsere Botschaftsangehörigen besuchen sie gern ...«

Ohne Samgins Zustimmung abzuwarten, nannte er dem Kutscher die Adresse und bat ihn, schneller zu fahren. Sein Unterschlupf lag, wie sich herausstellte, in der Nähe, und nun stieg er, von Stufe zu Stufe hüpfend, als wäre er aus Gummi, die Treppe hinauf und versetzte dabei Samgin von neuem durch die Behendigkeit seines kugelförmigen Körpers in Erstaunen. Auf einem engen Treppenabsatz befanden sich drei Türen. Berdnikow stemmte sich mit dem Bauch gegen die mittlere, trat zur Seite und forderte Samgin auf: »Bitte ergebenst.«

Gleich danach rollte er irgendwohin in ein rötliches Halbdunkel und rief: »Anna Denissowna! Annettotschka-a?«

Samgin putzte die Brille und schaute sich währenddessen um: Ein kleines, fensterloses Zimmer, das wie der Warteraum eines Zahnarztes aussah, mit Polstermöbeln in grauen Leinenüberzügen, in der Mitte ein runder Tisch, auf dem Tisch ein Album, an den Wänden die grauen Vierecke von Stichen. Durch die bordeauxroten Draperien an der Tür zum Nebenraum strömten rötliches Dämmerlicht und Parfümgeruch ins Zimmer, und irgendwo weit weg ertönte in der Stille die gedämpfte Stimme Berdnikows: »Den lieben kleinen Samowar und so weiter. Ja, ja. Werotschka und Georgette? Sie sollen nicht weggehen. Klar! Nun ja, just so . . . Ppu-bu-bu-bu . . .«

Eine Minute später kam er hinter den Draperien vorgerollt und rief freudig: »Kommen Sie, Klim Iwanowitsch!«

Dann ging er neben Klim her und sagte halblaut: »Das sieht hier wie ein kleiner Puff aus, ist aber sehr gemütlich und ›fern vom Lärm der Stadt‹.«

Sie gingen in der Stille durch drei Zimmer, das eine war groß und leer wie ein Tanzsaal, die zwei anderen waren etwas kleiner, dicht mit Möbeln und Zimmerpflanzen gefüllt; dann traten sie in einen Korridor hinaus, er machte einen rechtwinkligen Knick und stieß auf eine Tür, Berdnikow öffnete sie durch einen Fußtritt.

»Nun sind wir am Ankerplatz! Wenn es Ihnen zu heiß ist, können Sie das Überflüssige ausziehen«, sagte er und streifte dabei ungeniert den Rock von den Schultern. In Hemdsärmeln sah er noch dicker aus, und der Brillantknopf an seinem weichen Hemd funkelte jetzt noch stärker. Er riß auch die Krawatte herunter und warf sie nachlässig auf den Spiegeltisch, auf dem eine Vase mit Blumen stand; mit dem Taschentuch das Gesicht fächelnd, beugte er sich zum offenen Fenster hinaus und sagte befriedigt: »Das tut wohl!«

Seine hausherrliche Ungezwungenheit berührte Samgin etwas unangenehm. Er verzog das Gesicht, als er aber im Spiegel seine eigene Gestalt erblickte, die neben Berdnikows rundem Riesenleib komisch dürr aussah, lächelte er unwillkürlich, und ihm drängte sich der unvermeidliche Vergleich auf: Don Quichotte und Sancho . . .

Gleich danach vernahm er die scherzhaften Worte: »Sie und ich stecken in diesem Zimmerchen wie ein Rubel und ein Zehnkopekenstück in ein und demselben Geldbeutel . . .«

Dann ertönten sofort die gleichsam erschrockenen Worte: »Au, verzeihen Sie, das war ein dummer Scherz, Sie mit einem Zehnkopekenstück zu vergleichen! Sie können mir aufs Wort glauben, Klim Iwanytsch: Ich weiß Sie just sehr zu schätzen! Ich bin in tiefster Seele froh, in Ihnen nicht einem Schwätzer und Quaßler begegnet zu sein, nicht einem Tunichtgut wie, sagen wir, mein Schwiegersöhnchen, sondern einem Mann mit konzentriertem Verstand, der das, was er sieht und tut, philosophisch durchdenkt. Solche Menschen sind selten wie beispielsweise ... zweiköpfige Fische, die es ja überhaupt nicht gibt. Für mich ist die Bekanntschaft mit Ihnen ein Glücksfall, ein Fest ...«

Er wäre, wie es scheint, fähig, in Versen zu sprechen, dachte Samgin und sagte, sich mit dem Dickwanst versöhnend, lächelnd: »Aber erlauben Sie, ich bin doch berechtigt zu meinen, Sie hätten nicht mich, sondern sich selbst mit der kleinen Münze verglichen ...«

Berdnikow streckte den Kopf vor, schnappte laut mit den Lippen, als hätte er irgendein unpassendes und verfrühtes Wort in den Mund geschlossen; er schwieg ein paar Sekunden lang, wobei er Samgin verwundert anblickte, dann wand sich sein Stimmchen schrill empor: »Herr, du mein Gott, natürlich! Sie sind just voll dazu berechtigt. So ist das nun mal mit diesen kleinen Scherzen! Ich hatte doch nur auf den umfangmäßigen, körperlichen Unterschied zwischen uns angespielt. Aber Sie wissen ja: ›Der Scherz nimmt keine Rücksicht auf die Wahrheit ...‹«

Es erschien eine stattliche Frau mit schwarzen Brauen, in einer halbdurchsichtigen weißen Bluse, mit Brüsten wie zwei kleine Wassermelonen und mit einem übermäßig freundlichen Lächeln auf dem geschminkten Gesicht – besonders betont waren darin die giftig roten Lippen. In den Händen ihrer bis zu den Ellenbogen entblößten Arme trug sie ein Tablett mit Teegeschirr, Flaschen und Schälchen, ihr folgte ein kraushaariges, schnurrbärtiges Kerlchen mit dicken Lippen wie bei einem Neger; es schien, als wäre sein bräunliches Gesicht sehr dunkel gewesen, aber dann abgeblaßt. Er brachte einen kleinen silbernen Samowar herein. Berdnikow kommandierte auf französisch: »Tun Sie den Benediktiner weg, bringen Sie Cointreau ... Licht ...«

Samgin schaute sich um. Das Zimmer war eingerichtet wie in einem teuren Hotel, ein Drittel war durch eine dunkelblaue Draperie abgeteilt, dahinter stand ein breites Bett, von dort drang sehr starker Parfümgeruch. Die zwei geöffneten Fenster gingen in einen kleinen alten Garten hinaus, der von einer dicht mit Efeu berankten Mauer umgeben war, die Baumwipfel ragten bis zu den Fenstern herauf, süßlich duftende Feuchtigkeit strömte in das Zimmer, in dem es dunkel und schwül war. Und in dieser Schwüle schlängelte sich das dünne Weiberstimmchen und zeichnete Muster aus Worten: »Ja-a, der Scherz nimmt keine Rücksicht auf die Wahrheit, das ist just so! Vor zwei Jahren lernte ich zufällig, so nebenbei, wissen Sie, in Moskau einen berühmten Schriftsteller kennen, einen Pessimisten, jedoch nicht ohne Humor. Sie wissen natürlich, wer das war? Wir tranken. Ich frage ihn: ›Wie kommt es, daß Sie so düster schreiben?‹ Und er antwortet: ›Ich schreibe, ohne die Wahrheit zu schonen.‹ Wir lachten beide sehr viel und tranken ein ganz klein wenig Kognak auf das schonungslose Verhalten der Wahrheit gegenüber. Er ist interessant: Ein Idealist und neigt sogar zur Mystik, in der Alltagspraxis jedoch ein grausamer, ganz gerissener Patron, ich hatte damals mit Papier zu tun und nebenbei in das Verlagswesen Einblick bekommen. Dieser Mystiker handelte ohne den geringsten Fehler mit den Produkten seines seelischen Erbrechens. Au«, er lachte und blubberte. »Wie unschön habe ich mich verplappert! Das Wörtchen ›Erbrechen‹ müssen Sie im Sinne von Eifer und Versuch der Seele auffassen, über die Grenzen des Realen . . .«

Samgin hörte gleichmütig zu und wartete auf einen geeigneten Moment, um seine Frage zu stellen. Auf dem Tisch, der von einer Spirituslampe beleuchtet war, strahlte selbstzufrieden und prahlerisch der Samowar, glänzte das Porzellan des Geschirrs, blinkten im Kristall der Schälchen weißliche Funken und in den Gläsern der goldgelbe Kognak.

Ich würde gern hören, wie er mit Marina spricht, dachte Samgin. Ihm entgingen ein paar Worte.

»Wie im Zirkus üben sie sich im Kopfbrecherischen, sie sind von Dostojewskij verführt«, sagte Berdnikow. »Hier jedoch ist der Intellektuelle just satt genug, die Bourgeoisie ernährt ihn recht schmackhaft. Maupassant besitzt eine Jacht, France ein Häuschen, Loti ein Museum. Nun, es ist zu hoffen, daß auch bei uns in zehn bis zwanzig Jahren der Intellektuelle die Nahrungsnorm erhalten wird, und dann wird er fühlen, daß sein Weg und der des Proletariers sich scheiden . . .«

»Kennen Sie die Sotowa schon lange?« fragte Samgin, nachdem er einen Schluck Kognak getrunken hatte.

Berdnikow antwortete nicht sofort. Er nahm die Teekanne vom Samowaraufsatz herunter, deckte das Abzugsrohr zu, öffnete die Teekanne, roch an dem Tee und begann ihn in die Tassen einzuschenken.

»Hier riecht es nach Kohlendunst«, erläuterte er seine besorgten Manipulationen. Dann fragte er: »Ein bemerkenswertes Persönchen? Tja, ich kenne sie. Habe sogar um ihre Hand angehalten. Sie hat mir nicht die Gnade erwiesen. Ich denke, sie bewahrt sich für einen Adeligen auf. Möglicherweise träumt sie auch von einem Titulierten. Sie wäre eine vortreffliche Gouverneursgattin!«

Er schwieg eine Weile und fuhr dann, während er in die Tasse blickte und die Zitronenscheibe darin mit dem Löffel zerdrückte, nachdenklich, ohne Übereilung fort: »Ich kenne sie seit etwa sieben Jahren. Ich begegnete ihrem Mann in London. Das war auch ein Kerlchen mit drolligen Eigenschaften. Nicht ohne Ideal. Er handelte mit Hanffaser, doch hätte er sich gern zum Trost seiner Seele mit irgend etwas Feinem befaßt. Er gehörte zu jenen Leuten, deren Seele einer Geschwulst gleicht und – juckt. Er pflegte immerzu Umgang mit Quäkern und überhaupt mit englischen Pfaffen. Sie zogen sogar mich mit hinein, aber mir schienen die englischen Pfaffen just von nichts etwas zu verstehen außer von Portwein, von Gott aber redeten sie nur von Amts wegen, anstandshalber.«

Er deutete mit einem Augenzwinkern auf Samgins Glas, goß aus dem seinen den Kognak in den Tee, füllte ein zweites, trank es aus und nahm hinterher einen Schluck Tee. Samgin, der beobachtete, wie leicht und sicher seine Bewegungen waren, wartete ungeduldig.

»Er, Sotow, gehörte zu solcher Menschensorte, zu den Reinlichen, es gibt solche in unserer Kaufmannschaft. Sie sind wie Pilatus, sie suchen immerzu, mit welchem Wässerchen sie nicht nur ihre Hände, sondern überhaupt ihr ganzes Fleisch von Sünden reinwaschen könnten. Doch ich liebe just nicht die Leute, die nach Heiligkeit streben. Ich selbst bin ein großer Sünder, bin von jung auf mit Sünde durchräuchert, alle Teufel der Hölle haben sicherlich eine hohe Achtung vor mir. Die Menschen achten mich nicht. Ich sie auch nicht . . .«

Samgin sah, daß Berdnikows schwammiges, fast formloses Gesicht auf einmal feste Formen angenommen hatte, es schien kleiner, eckiger geworden zu sein, an den Backenknochen waren Wülste zutage getreten, die Nase hatte sich gespitzt, das Kinn sich gehoben, die Lippen waren fest zusammengepreßt, verschwunden, und in den Augen zeigte sich irgendein kupfergrüner Glanz. Seine rechte Hand, die über die Armlehne des Sessels herabhing, war vom Blutdruck angeschwollen.

Er scheint betrunken zu werden, überlegte Samgin, doch sein Gesprächspartner fuhr mit gesenkter, feucht gewordener Stimme fort: »Ich bin ein Geschäftsmann, und das ist dasselbe wie ein Militär. Sündlose Geschäfte gibt es nicht in der Welt. Männer wie Proudhon und Marx haben das weit gründlicher bewiesen als allerhand Kirchenväter, Humanisten und dergleichen mehr . . . unwissende Seelen. Lenin behauptet völlig richtig, daß unser Stand samt und sonders ausgerottet werden sollte. Ich sage – sollte, glaube jedoch nicht, daß dies möglich ist. Wahrscheinlich glaubt es auch Lenin nicht, sondern will damit nur bange machen. Wie denken denn Sie über Lenin?«

»Das ist ein unernster Denker«, sagte Samgin.

Berdnikow schien sich zu wundern und blickte Samgin ein paar Sekunden lang schweigend und blinzelnd ins Gesicht.

»Ist das Ihre aufrichtige Meinung?«

»Ja. Alles, was ich bei ihm gelesen habe, ist äußerst primitiv.«

»So-o«, sagte Berdnikow unbestimmt gedehnt und lächelte. »Sawwa Morosow hingegen – haben Sie von einem Mann dieses Namens gehört? – hält Lenin für eine sehr ... ernsthafte Persönlichkeit, er scheint sogar seine destruktive Tätigkeit materiell zu fördern.«

»Ist er auch ein Pilatus?« fragte Samgin ironisch.

»Ich weiß n-nicht. Für einen Pilatus scheint er zu klug zu sein. Und denken Sie denn, in der Primitivität läge keine Gefahr? Das Christentum ist in seinen Anfängen auch primitiv gewesen und hat dennoch die Menschen für mehr als ein Jahrtausend blind gemacht. Ich urteile ja auch primitiv, dennoch bin ich ein gefährlicher Mensch«, sagte er gelangweilt, während er von neuem Kognak in die Gläser einschenkte.

Sie schwiegen eine Weile. Der zartrosa-staubige Himmel vor dem Fenster hatte sich entfärbt, leicht graue Wolken erschienen am Himmel. Stockend und dünn summte der Samowar.

Er möchte nicht von Marina sprechen, dachte Samgin, er hat zuviel getrunken. Ich scheine auch einen Rausch zu bekommen. Ich muß gehen ...

Aber Berdnikow begann zu sprechen, ohne rechte Lust und mit einem Lächeln auf dem Gesicht, das wieder seine festen Formen verloren hatte.

»Die Sotowa interessiert Sie also? Das begreife ich. Sie ist ein fetter Happen. Aber ich sage Ihnen offen, ohne Sie damit in irgendeiner Hinsicht verletzen zu wollen, ich kann von ihr erst sprechen, wenn ich weiß, ob sie für Sie nur eine vorteilhafte Mandantin oder noch etwas anderes ist.«

»Nur eine Mandantin, und ich kann nicht sagen, eine vorteilhafte«, antwortete Samgin sehr entschieden.

»Aha«, rief Berdnikow lebhaft aus. »Ja, ja, sie ist geizig, sie ist gierig! In geschäftlichen Angelegenheiten ist sie ein Henker. Sie ist klug. Gröbster Bauernverstand, mit einer Kleidung aus Büchern verziert. Für mich – ist sie – ein Feind«, sagte er in drei Stößen und klatschte sich dazu dreimal mit der Hand aufs Knie. »Für das Wachstum der russischen Industrie ist sie auch ein Feind. Sie ruft die Waräger herbei – verstehen Sie? Sie verkauft den Engländern ein Riesenunternehmen. Eine Wucherin. Sie hat in Moskau einen Handlanger, irgendein Geißler oder Skopze, er befaßt sich damit, von ihrem Geld

Wechsel zu diskontieren, ein sehr schlauer Räuber! Er ist ihr Sklave, der Hundsfott ...«

Er geriet in unschöne Erregung. Seine Schultern zuckten, er streckte den Kopf vor, sein gelbliches, schwammiges Gesicht versteinerte von neuem, die Augen blinzelten wie geblendet, die Lippen schwollen an, bewegten sich, waren rot und unangenehm feucht. Seine dünne Stimme kreischte, stockte, in seinen Worten kochte Wut. Samgin, der sich abscheulich fühlte, senkte sogar den Kopf, um das widerliche Zittern dieses wabbeligen Körpers nicht vor sich zu sehen.

»Ein krimineller Typ«, vernahm er. »Sie werden sehen, sie wird im Gefängnis enden! Und sie wird Sie noch in irgendein Kapitalverbrechen verwickeln. Eine Anstifterin, sie zeigt Dieben den Weg.«

Er sprang unnatürlich rasch vom Stuhl auf, wodurch er den Tisch ins Wanken brachte, daß alles auf ihm klirrte, und während Samgin die Lampe festhielt, stemmte sich Berdnikows Bauch gegen seine Schulter, und über seinem Kopf schrillten die hastigen Worte: »Hören Sie ... Ich erneuere mein Angebot. Verschaffen Sie mir den Entwurf des Vertrags. Ich gehe bis zu fünftausend, verstehen Sie?«

Samgin versuchte aufzustehen, aber Berdnikows Hand drückte schwer auf seine Schulter, während er die andere Hand erhob, als schwüre er oder als wollte er Samgin auf den Kopf schlagen.

»Warten Sie!« sagte Berdnikow ruhiger und nüchterner, sein Gesicht bedeckte sich mit Schweißperlen wie mit Tränen und zerrann. »Sie können dem Ausverkauf Ihres Heimatlandes nicht wohlwollend gegenüberstehen, wenn Sie ein redlicher russischer Mensch sind. Wir selber werden es auf die Beine bringen, wir, die Starken, Talentierten, Furchtlosen ...«

»Ich habe schon gesagt: Ich weiß nichts von diesem Vertrag. Die Sotowa weiht mich nicht in ihre Angelegenheiten ein«, fand Samgin gerade noch Zeit zu sagen, während er erfolglos der schweren Hand zu entschlüpfen suchte.

»Das glau-be ich nicht«, rief Berdnikow. »Weshalb halten Sie sich denn in ihrer Nähe auf, na? Sie wissen nicht, ob sie diese Abmachung vor Ihnen verheimlicht? Dann erfahren Sie es! Sie sind doch kein kleiner Junge. Ich werde Ihnen eine Karriere ermöglichen. Treiben Sie keine Possen. Zum Teufel mit der Pilatus-Anständigkeit! Sie sehen doch: Das Leben geht vom Schlechten zum Schlimmeren. Was können Sie dagegen tun, Sie?«

Die letzten Worte hatte Berdnikow sichtlich geringschätzig gesagt und verlieh dadurch Samgin die Kraft, ihn beiseite zu stoßen, sich zu erheben und nach dem Hut auf dem Spiegeltisch zu greifen.

»Ich habe keine Lust, Ihnen zuzuhören«, rief er, vor Entrüstung stotternd. »Sie haben den Verstand verloren ...«

Berdnikow stieß ihn mit dem Bauch, drückte ihn an die Wand und kreischte ihm ins Gesicht: »Und du bist bei Verstand! Wozu, in Teufels Namen, ist dein Verstand da? Welches Loch könnte man denn mit deinem Verstand stopfen? Na! Ihr studiert an Universitäten – an wessen? Geh! Scher dich zum Teufel! Hinaus ...«

Und Berdnikow stieß einen unflätigen Fluch aus. Samgin erinnerte sich nicht, wie er auf die Straße hinausgelaufen war. Zitternd, ganz außer Atem, schritt er, den Hut in der Hand, dahin und schrie innerlich, heulte hysterisch: Ich hätte ihn in die Fratze schlagen sollen. Ich hätte ihn schlagen müssen.

Es dauerte eine ganze Weile, bis er merkte, daß die Passanten ihm allzu schnell aus dem Weg gingen und daß einige stehenblieben und ihn ansahen, als wollten sie erraten, was er jetzt tun werde. Er setzte den Hut auf, bog in eine schmale, schwach beleuchtete Straße ein und ging langsamer.

So ein gemeines Vieh! Er war gar nicht betrunken, dieses Schwein! Solche Leute müßte man ausrotten, erbarmungslos ausrotten.

In der Straße herrschte eine übelriechende Wärme, fast vor jedem Hauseingang saßen oder standen Menschengruppen, ein ununterbrochenes Gemurmel begleitete Samgin. Die Leute lachten, riefen etwas, das vielleicht gar nicht ihm galt, aber das widerliche Gefühl vergällender Kränkung steigerte. Er wäre gern an einen freien Fleck, auf einen Platz oder ein Feld, in Einöde und Einsamkeit gegangen. Als er von Straße zu Straße wanderte, stieß er erst nach einer Weile auf einen ziemlich altersschwachen Wagen: Der dürre, häßlich langleibige Gaul wurde von einem lustigen, redseligen Alten gelenkt, der Wagen fuhr langsam, ratterte und frischte die rundliche Gestalt des wütenden Dickwanstes und seine kreischenden Sätze so deutlich in der Erinnerung auf, daß Samgin geradezu Schwindel und körperlichen Schmerz empfand.

Zu Hause verlangte er Sodawasser, zog sich aus, wobei er die Kleider abwarf, als wären sie mit Schmutz besudelt, dann zündete er sich eine Zigarette an und legte sich auf das Sofa. Das Gefühl der Vergällung wurde beklemmender, in der grauen Rauchwolke schwebte wie eine Blase das wütend aufgeblähte Gesicht Berdnikows, das Denken verlief ungeordnet, verworren, flüsterte widerspruchsvolle Entschlüsse ein und verwarf sie wieder.

Ja, ausrotten, ausrotten sollte man solche ... Welch ein widerlicher, zynischer Verstand. Ich muß von hier wegfahren. Morgen schon. Ich habe meinen Beruf falsch gewählt. Was, wen kann ich aufrichtig verteidigen? Ich selbst bin schutzlos vor solchen wie diesem Schuft. Dann – Marina. Ich werde es ablehnen, bei ihr zu arbeiten, werde nach Moskau oder Petersburg übersiedeln. Dort kann man unauffälliger leben als in der Provinz ...

Ihm schien, daß er einen festen Entschluß gefaßt habe, und das beruhigte ihn ein wenig. Er stand auf und trank noch ein Glas von dem kalten, perlenden Wasser. Dann zündete er sich eine neue Zigarette an und trat ans Fenster. Unten, über den kleinen Platz, der von Hauswänden umgrenzt und von trüben Flecken gelber Lichter erhellt war, glitten, wie in flüssigem Fett, kleine, dunkle Menschen.

Will ich denn unauffällig leben? Unabhängig will ich leben. Dieser ... Bandit hat die Unabhängigkeit des Denkens im Zynismus gefunden.

Ihm fiel mechanisch ein, daß die Griechen den Zyniker Diogenes einen Hund genannt hatten.

Die Griechen haben recht: In einem Faß zu hausen, seine Bedürfnisse einzuschränken – das ist unter der Menschenwürde. Der Zynismus hat etwas mit der christlichen Askese gemein ...

Samgin erwehrte sich zornig der Gewalt von Erinnerungen aus Büchern. Berdnikow hatte auch viel gelesen. Aber bei ihm schien das Gelesene sich mit dem Erlebten, mit der unmittelbaren Erfahrung fest verschweißt zu haben.

Es ist nicht zu leugnen, daß dieses Vieh sehr originell zu denken und zu sprechen versteht. Für ihn ist die Welt nicht bloß ein »System von Sätzen«, wie sie es für Ljutow war. Er handhabt das Denken als Waffe zur Selbstverteidigung besser als ich. Ist er banal? Wohl kaum. Er ist ein leidenschaftlicher Mensch, und Leidenschaften pflegen nicht banal zu sein, sie sind tragisch ... Man könnte meinen, ich rechtfertige ihn. Aber ich will bloß objektiv sein. Ich bin auf einen Angehörigen der Klasse gestoßen, die von der Konkurrenz lebt. Er hat sich mit Recht als einen Militär bezeichnet: Sein Leben verläuft im Angriff auf andere und in der Abwehr gegen ihn gerichteter Angriffe. Er suchte in mir einen Verbündeten ...

Will ich mir vielleicht suggerieren, daß eine Niederlage im Zweikampf mit einem Riesen nicht schmählich sei? Aber habe ich denn eine Niederlage erlitten? Ich begreife den Grund seines schändlichen Ausfalls, aber ich rechtfertige ihn nicht, verzeihe nicht ...

Ihm schwindelte. Samgin zog sich aus, ging zu Bett und suchte im Liegen die Endbilanz von allem zu ziehen, was er an diesem außerordentlich inhaltsreichen Tag erlebt und durchdacht hatte. Er wünschte sich sehr, daß das Ergebnis tröstlich ausfiele.

Ich werde klüger ...

Das Gedächtnis beschäftigte sich, wenn auch bereits müde, immer noch mit den spielerischen Sätzen: Der Mensch ist ein Nichtsnutz, ein Betrüger, sein Leben besteht darin, daß er sich selbst in Worten angenehme Kunststücke vormacht, das unglückliche Kind ...

Und es ertönte das feuchte, blubbernde Lachen.

Ende des von Gorki selbst druckfertig gemachten Teils von Band IV

Er erwachte spät und empfand im Mund einen sauren Rostgeschmack, sein Kopf war mit schwerem Dunst beladen, die Luft im Zimmer war auch dunstgrau, wie vor Tagesanbruch. Ohne rechte Lust erhob er sich und zog die Fenstervorhänge auf – der Wind sprühte lautlos Wasserstaub gegen die Scheiben, blaugraue Wolken wälzten sich auf die Dächer herab. Ebenso wie gestern, wie immer, lärmten, hasteten Menschen auf dem Platz. Es war sehr schwierig, in diesen alles verschlingenden Lärm eine eigene, sichtbare Note hineinzutragen. Gleich aussehende Wagen rollten nach allen Richtungen, und man konnte sich leicht vorstellen, daß es ein und derselbe Wagen sei, der auf der Suche nach einem Ausgang von dem engen, kleinen, mit winzigen Menschengestalten übersäten Platz nach allen Richtungen vorstoße.

Die Stadt lärmte dumpf, erregt, aus einer Straße kamen blaugraue Musikanten auf den Platz heraus, die mit dem matten Kupfer von Trompeten behängt waren, zwei Reiter ritten heraus, der eine dick, der andere klein wie ein Halbwüchsiger, er saß betont stolz auf einem langleibigen, bronzefarbenen, dünnbeinigen Roß. Mechanisch schreitend tauchten kleine, plattgedrückte, bleifarbene Soldaten auf.

Die dem Tode Geweihten grüßen dich, entsann sich Samgin eines lateinischen Satzes, trat ärgerlich vom Fenster weg und überlegte: Soll ich Marina davon erzählen . . . von dem Gestrigen?

Die Frage blieb unbeantwortet. Er klingelte, verlangte Kaffee, russische Zeitungen, begann sich zu waschen, und in seiner Erinnerung klang aufdringlich: Morituri te salutant!

Als Samgin sich mit dem zusammengewundenen nassen Handtuch den Rücken frottierte, dachte er: Möglicherweise hat einer der Cäsaren – Tiberius, Claudius, Vitellius – Berdnikow geähnelt, das dachte er und wunderte sich, daß er es harmlos, gleichmütig gedacht hatte.

Beim Kaffee las er die Zeitungen. Korrekt brummten die »Russkije wedomosti«, vorsichtig frohlockte die »Nowoje wremja«, im »Russkoje slowo« übte sich ein berühmter Feuilletonist abrupt, wie ein alter Köter bellt, langweilig im Spötteln, während in der zweiten Spalte die Zahl der standrechtlich Gehängten errechnet war. Es wurde täglich und eifrig gehängt.

Morituri . . .

Das Zeitunglesen hatte er bald über, es verlangte ihn nach einem

Fazit. Das überfüllte und überlastete Gedächtnis sagte ihm dienstbeflissen wie immer Aphorismen und Verse ein. Am angebrachtesten schienen Samgin die anderthalb Zeilen Shemtschushnikows:

> . . . In unseren Zeiten
> Ein Ehrenmann ist, wer sein Heimatland nicht liebt . . .

Dann fiel ihm der Vorwurf Jakubowitsch-Melschins ein:

> Warum dich lieben? Bist du denn eine Mutter uns?

Die Zeit rückte schon über Mittag hinaus. Samgin nahm Mereshkowskijs Buch »Der Anmarsch des Pöbels«, legte sich aufs Sofa, kam aber bald zu der Überzeugung, der Verfasser habe einige seiner Gedanken vorweggenommen und ihnen eine laxe, entstellende Form verliehen. Das war ärgerlich. Er warf das Buch auf den Tisch und rekonstruierte in der Erinnerung das grelle Bild der Frauenparade im Bois de Boulogne.

Welch ein malerisches Stückchen Welt, erklang in seiner Erinnerung der Satz Berdnikows.

In diesem Augenblick trat das Stubenmädchen ein und fragte, ob es den M'sieu nicht stören würde, wenn sie mit dem Zimmeraufräumen begänne. Nein, das werde ihn nicht stören.

»Merci«, sagte das Stubenmädchen. Sie hatte ein komisches Häubchen auf, war sehr schlank, feingliedrig, unter dem Häubchen quollen rötliche Löckchen hervor, in dem spitznasigen Gesicht lächelten lustig und freundlich bläuliche Augen. Als sie das Bett machte, erweckte sie in Samgin eine gewisse spielerische Absicht.

»Sie sehen wie eine Engländerin aus«, sagte er.

»O nein! Ich bin aus dem Elsaß, M'sieu.«

Sie sah Samgin so sicher an, als hätte sie schon erraten, woran er dachte. Das verwirrte ihn, und er warnte sich: Sie wäre natürlich auch für eine geringe Summe zu allem bereit, aber – ich könnte mir einen Schnupfen holen.

Er stand auf, ging in den Korridor hinaus und dachte: Berdnikow hat dort wahrscheinlich einen kleinen Harem.

Die Hände in den Taschen, ging er lautlos auf dem weichen Teppich hin und her, vergegenwärtigte sich den gewundenen Verlauf seiner Gedanken an diesem Morgen und war mit ihrem Spiel zufrieden. Mit Leichtigkeit fielen ihm die Verse von Fjodor Sologub ein:

> Ich bin der Gott geheimnisvoller Welt,
> Die ganze Welt lebt nur in meinen Träumen.

Samgin setzte sich an den Tisch und begann, nachdem er beim Kellner eine Flasche Wein bestellt hatte, zu schreiben. Er hörte nicht, wie Popow an der Tür klopfte, und hob den Kopf erst, als die Tür aufging. Popow warf den Hut mit Schwung auf einen Stuhl und kam, das feuchte Gesicht mit dem Taschentuch abwischend, mit weit aufgerissenen Augen und blitzenden Zähnen auf den Tisch zu.

»Sie haben sich mit Berdnikow verzankt?« fragte er im Ton eines alten Bekannten und sagte, während er im Sessel Platz nahm, ohne eine Antwort abzuwarten, gleichsam als entschuldigte er sich: »Es sieht so aus, als hätte ich Sie hereingelegt. Aber ich befand mich in einer blödsinnigen Lage: Sie mit diesem Banditen nicht bekannt machen, das konnte ich nicht, zudem war er, wie sich herausstellte, schon bei Ihnen gewesen, dieser Teufelsgevatter . . .«

Durch das unerwartete Erscheinen und die Ungeniertheit des Gastes ein wenig verdutzt, aber auch interessiert, überlegte Samgin: Er ist hergeschickt, um sich zu entschuldigen. Aber ich entschuldige nicht, beschloß er. Und fragte: »Hat er Ihnen gesagt, daß er bei mir gewesen ist?«

»Na ja! Was ist denn: lügt er?«

»Nein.«

»Er lügt nicht? Hm . . .«

Popow brummte, war über irgend etwas erfreut, zog eine Zigarre aus der Westentasche, riß die Augen auf und sagte: »Ist Ihnen aufgefallen, wie ich mich gestern benommen habe? Na, sehen Sie. Darf ich offen reden?«

»Anders – lohnt es nicht«, sagte Samgin trocken.

Popows straffes Gesicht veränderte sich, unter der harten Bürste seines dunklen Haars krochen zwei tiefe Falten auf die Stirn herab, schoben die Brauen über die Augen und verdeckten sie; der Ingenieur biß die Spitze der Zigarre ab, spuckte sie auf den Boden und fragte mit gesenkter, etwas heiserer Stimme: »Verzeihen Sie den Ausdruck – hat er versucht, Sie zu bestechen?«

»Gesetzt den Fall. Nun?«

Der Gast machte mit der Hand, in der er das brennende Streichholz hielt, eine abwehrende Bewegung und krächzte hastig, leidenschaftlich: »Wir befinden uns in der gleichen Lage, mich will man auch kaufen – verstehen Sie? Der Teufel soll all diese Berdnikows in Hosen und Röcken holen, aber wir müssen ja – ob wir nun wollen oder nicht – unsere Kenntnisse verkaufen.«

»Aber nicht die Ehre«, erinnerte ihn Samgin. Popow zog die Brauen hoch, blinzelte verwundert.

»Nun . . . selbstverständlich nicht!«

Dann zündete er unter Saugen und Rauchpaffen die Zigarre an und sagte nachdenklich: »Die Kenntnisse sind von der Ehre zu trennen . . . wenn das möglich ist.«

Meine Äußerung war dumm, überlegte Samgin ärgerlich und beschloß, mit diesem Mann vorsichtiger zu sein.

»Gehören Sie zu den Felsenfesten?« fragte Popow.

Der Kellner brachte den Wein und half dadurch Samgin, die Frage nicht zu beantworten, Popow wartete auch nicht auf eine Antwort, sondern fuhr fort: »Dieser Ausdruck ist übrigens, wie mir scheint, schon außer Gebrauch. Ich bin der Ansicht, daß Plechanow recht hat: Die Sozialdemokraten können sehr gut mit den Liberalen in ein und demselben Wagen fahren. Der europäische Kapitalismus ist gesund genug und wird wohl hundert Jahre lang weitergedeihen. Unser geistig unentwickeltes russisches Muttersöhnchen muß bei den Warägern lernen, wie man leben und arbeiten soll. Unser Land ist groß und reich, aber es ist vom bettelarmen Bauern, einem schwachen Konsumenten, verstopft, und wenn wir uns nicht umstellen, droht uns das Los Chinas. Euer Lenin jedoch will zur Beschleunigung dieses Loses eine Rebellion nach dem Muster Pugatschows organisieren.«

Samgin trank schluckweise Wein und wartete, wann der Ingenieur beginnen werde, sich für Berdnikows Benehmen zu entschuldigen. Er war natürlich im Auftrag des Dickwanstes zu diesem Zweck hergekommen. Popow fing an, ebenso erregt zu reden wie bei der ersten Begegnung. Die Zigarre in der einen Hand, das Weinglas in der anderen, sagte er, Samgin vorwurfsvoll anblickend: »Euch Juristen berühren diese Fragen nicht so wie uns Ingenieure. Grob gesprochen – Ihr wahrt die Rechte jener, die ausplündern, und jener, die ausgeplündert werden, ohne die bestehenden Verhältnisse zu ändern. Unsere Aufgabe ist es, zu bauen, das Land mit Erz, mit Brennstoff zu bereichern, es technisch auszurüsten. Was die Waräger betrifft, so wissen wir besser als der Kaufmann, welcher Waräger dem Lande nützlicher ist, während der Kaufmann nach einem billigen Waräger sucht. Doch wenn man uns Geld gäbe, könnten wir auch ohne Waräger auskommen.«

Er trank das volle Weinglas in einem Zuge aus und fuhr, sich immer mehr erregend, fort: »Wir brauchen einen Industriellen europäischen Typs, einen Organisator, der einen Ministerposten bekleiden könnte wie hier in Frankreich und wie bei den Deutschen. Und ›es ist nicht schlimm, wenn der Bauer leidet‹ oder der halbbäuerliche Arbeiter. Es ist historisch notwendig, daß sie leiden, man soll nicht nachhinken! Unser Industrieller jedoch ist ein ungebildetes Tier, ein

Räuber, ein Kleinkrämer. Er ist erst vor kurzem dem Käfig der Leibeigenschaft entsprungen und ist immer noch ein Sklave . . .«

»Kennen Sie die Sotowa schon lange?« entschlüpfte es Samgin unerwartet.

Popow schloß die Lippen, blähte die Wangen auf und murmelte, nachdem er sein fleckiges Gesicht mit dem Taschentuch abgewischt hatte: »Haben Sie vor, Sie zu heiraten?«

Samgin schien es, als blinkte in den Augen des Gastes ein Lächeln auf . . .

»Berdnikow kennt sie. Er ist ein Zyniker, ein Lügner, er verachtet die Menschen wie das Kupfergeld, durchschaut aber alle und jeden bis aufs letzte. Er hat keine hohe . . . wahrscheinlich übrigens gerade eine hohe Meinung von Ihrer Patronin. Er nennt sie eine dunkle Dame. Zwischen ihr und ihm bestehen offenbar irgendwelche unausgeglichenen Rechnungen, sie hat ihm vermutlich ein Stück Haut vom Leibe heruntergeschnitten . . . Nach meiner Ansicht ist sie eine Gestalt ihrer eigenen Erfindung . . .«

. . . Im Zimmer war es heller geworden. Samgin warf einen Blick auf die Rauchschwaden, stand auf und öffnete das Fenster.

Hinter ihm trommelte der Ingenieur mit den Fingern auf dem Tisch herum, Samgin dachte: Wann wird er endlich anfangen, sich für den Schwiegervater zu entschuldigen?

Und da er noch etwas über Marina zu erfahren wünschte, fragte er: »Kennen Sie Kutusow?«

»Ich habe ihn gekannt. Ich kenne ihn. Als Student gehörte ich seinem Zirkel an, dann brachte er mich mit Arbeitern in Berührung. Er lehrte vortrefflich Marx, ist aber selbst ein Phantast. Das hindert ihn übrigens nicht, im Umgang mit Menschen primitiv zu sein wie eine Axt. Doch im allgemeinen ist er ein rauflustiger Bursche.« Nachdem er diese Charakteristik hastig und irgendwie müde dahingemurmelt hatte, beugte sich Popow plötzlich im Sessel vor, als hätte er einen Schlag ins Genick erhalten, und fragte: »Hören Sie – wieviel hat Berdnikow Ihnen für eine Einsicht in den Vertrag geboten?«

Samgin dachte eine Weile über irgend etwas ihm Unklares nach und antwortete lächelnd: »Ich glaube – fünftausend, dieses Schwein.«

Popow blickte zu Boden und schnalzte mit den Fingern: »Tja . . . dieser Teufelsgevatter! Sicherlich – hätte er auch mehr gegeben.«

Dann lehnte er sich im Sessel zurück, lockerte die Stirnfalten, wölbte die runden Vogelaugen vor und sagte lobend: »Die Sotowa hat ihn mächtig in die Klemme genommen! Er kann se-ehr schwungvoll mit Geld um sich werfen. Er ist ein Sportsmann!«

Popows Blick und Ton waren hinlänglich beredt. Samgin hatte ein Gefühl, das an Schreck grenzte.

»Ich wünsche nicht, über dieses Thema zu sprechen«, sagte er und begriff, daß dies nicht so streng gesagt worden war, wie es hätte sein sollen.

Der Ingenieur arbeitete sich schwerfällig aus dem Sessel heraus, blickte sich um, nahm den Hut und fragte, seitlich zu Samgin stehend, mit einem lauten Seufzer: »Sie wünschen nicht? Keinesfalls?«

»Scheren Sie sich zum Teufel!« schrie Samgin, sich die Brille von der Nase reißend, und stampfte sogar mit dem Fuß auf, während Popow ihm seinen breiten Rücken zuwandte, auf die Tür zuschritt und etwas Unverständliches, aber wahrscheinlich Beleidigendes vor sich hin murmelte.

Samgin zitterten die Knie, er setzte sich auf das Sofa und betrachtete blinzelnd den Bügel seiner Brille.

Halunken. Gauner.

Noch nie hatte er seine Wehrlosigkeit, seine Ohnmacht so bitter empfunden. Ein nervöser Krampf schnürte ihm für einen Augenblick die Kehle zu, und der erwachsene, fast vierzigjährige Mann konnte nur mit Mühe das kleinmütige Verlangen unterdrücken, vor Kränkung zu weinen. Eine Zigarette nach der andern rauchend, lag er lange da und ließ seine Gedanken durch das Kunterbunt des Erlebten schweifen, und die Abendlichter waren schon aufgeflammt, als sich vor ihm in nie dagewesener Schärfe die Frage erhob: Wie konnte er dem unaufhörlichen Strom von Banalität, von Zynismus und dem unaufhörlich brodelnden hinterlistigen Geschwätz entrinnen, das keinerlei Ideen und »erhabene Worte« verschont, sondern sie alle in ätzenden Staub verwandelt, der das Hirn vergiftet?

Er brauchte nicht lange in dieser Richtung nachzudenken. Sehr leicht kam ihm der einfache Gedanke, daß in einer Welt des Kaufens und Verkaufens nur Geld, viel Geld Freiheit gewährleisten könne, daß nur Geld es ermöglichen werde, sich von der Menschenherde abzusondern, in der jeder rasend nach Unabhängigkeit auf Kosten der anderen strebt.

Wenn es Geld für den Angriff gibt, muß es auch Geld für die Selbstverteidigung geben. Die Arbeiter Deutschlands sind in Gestalt ihrer Partei Großbesitzer.

Er stellte sich vor, daß er reich wäre, irgendwo in einem kleinen, wohnlichen Land lebend, vielleicht in einer der Republiken Südamerikas oder – wie Doktor Russel – auf Haiti. Er kenne nur soviel der fremden Sprache, als für den unvermeidlichen Verkehr mit den Eingeborenen nötig sei. Er brauche nicht über alles und so viel zu reden, wie das in Rußland üblich sei. Er besitze eine umfangreiche Bibliothek, lasse sich die interessantesten russischen Bücher kommen und schreibe sein Buch.

Ich bin kein Peter Schlemihl und werde nicht unter dem Verlust meines Schattens leiden. Und ich habe ihn nicht verloren, sondern freiwillig auf die qualvolle Notwendigkeit verzichtet, einen Schatten hinter mir herzuschleppen, der immer schwerer wird. Ich habe schon die Hälfte meiner Lebensfrist hinter mir, ich habe das Recht, mich auszuruhen. Welchen Sinn hatte dieses unablässige Erfahrungsammeln? Ich bin reich genug. Worin besteht der Sinn des Lebens? Es ist lächerlich, in meinem Alter »kindliche Fragen« zu stellen.

Aber er mußte die praktische Frage stellen: Bedeutet das alles, daß ich Berdnikow nachgeben darf?

Er antwortete entschlossen: Nein, ich darf es nicht.

So entschlossen, als wüßte er von dem Vertrag und könnte eine Kopie von ihm anfertigen.

In dieser Stimmung verbrachte er mehrere Schlechtwettertage, indem er Museen oder die lustigen kleinen Kneipen des Montparnasse besuchte, und eines Abends, als er in einem kleinen Restaurant saß, hörte er hinter sich auf russisch: »Man erzählt sich, auch die Frau Lew Tolstois habe Inguschen zum Schutz von Jasnaja Poljana gedungen.«

Das ist Makarow, stellte Samgin fest.

»Die Gutsbesitzer verlassen sich also nicht mehr auf die Kosaken, sie rufen sozusagen Kolonialtruppen herbei? Interessant. Oder sind die Kaukasier vielleicht billiger?« Es war Kutusows Stimme, die das sagte. Da Samgin nicht erkannt werden wollte, neigte er den Kopf noch tiefer über den Teller, aber die Landsleute hatten bereits gezahlt und gingen auf die Tür zu. Samgin warf einen Seitenblick hinter ihnen her, erblickte die stattliche Gestalt und den kraushaarigen Kopf Makarows, den steil abgeschrägten Hinterkopf Kutusows, seine breiten Schauermannsschultern und entsann sich feindselig des säuerlichen Scherzes von irgend jemandem: eine zwar nur episodische, aber unangenehme Gestalt.

Zu Hause erwartete ihn ein Telegramm aus Antwerpen. »Rückkehre nicht Paris reise Petersburg Sotowa.« Er zerriß das Papier in kleine Stücke, legte sie in den Aschenbecher, zündete sie an und wartete, mit dem Bleistift darin herumrührend, bis das Papier sich in Asche verwandelt hatte. Danach wurde ihm so trostlos zumute, als wäre plötzlich das Ziel verschwunden, dessentwegen er sich in dieser Riesenstadt aufhielt. Im Grunde genommen – eine unangenehme, von wohlhabenden Ausländern verwöhnte Stadt, sie lebte nur zur Schau und verpflichtete all ihre Einwohner zu dem gleichen.

Die Kokottenparade im Bois de Boulogne ist auch eine Banalität wie die Folies-Bergères. Der Cocher sieht auf mich wie auf einen Menschen, dem er die Ehre erweisen könnte, ihn in seinem schäbigen Wagen durcheinanderzurütteln. Die Garçons bedienen mich herablassend, wie einen Wilden. Ebenso herablassend sind wahrscheinlich auch die Mädchen.

Dennoch beschloß er, noch etwas dazubleiben, soweit es sein Geld erlaubte, das Moulin-Rouge und das Chat-Noir zu besuchen, nach Versailles zu fahren. Bei einem Antiquar am Seinekai kaufte er das alte, solide Buch »Paris« von Maxim du Kahn, einem Freund Flauberts, las morgens darin und machte sich danach auf den Weg, »das alte Paris« zu besichtigen. Er hatte diese Stadt einmal geschmäht, doch es gefiel ihm sehr, durch ihre historischen Straßen zu gehen, und er fühlte, daß Paris ihn irgend etwas lehrte. Die Schaufensterscheiben, durchsichtiger als die Luft, prahlten mit einer Fülle von reichem Gold, Edelsteinen, Pelzen, mit einer unerschöpflichen Menge von Herbststoffen, mit der verführerischen Duftigkeit von Damenwäsche; die Pariser schrien und lachten, aus den Türen der Restaurants flatterten Bruchstücke von Musik, und das alles zusammen schuf einen Wirbel von Tönen, der Rhythmen und Melodien einsagte, Verse, Aphorismen und Anekdoten ins Gedächtnis rief. Lästig waren die »Freudenmädchen«. In den Straßen von Moskau oder Petersburg baten sie, hier jedoch schienen sie ihres Rechtes auf Beachtung sicher zu sein und verlangten rasche Entscheidungen.

»Komm, Alter«, sagten sie, wobei sie einem kühn ins Gesicht blickten, und gingen vorbei, ohne auf Antwort zu warten.

Sie haben Angst vor der Polizei, dachte Samgin. Aber sie sind dennoch zu streitbar. Alles Amazonen. Ja, hier kommt die Macht der Frau deutlicher, anschaulicher zum Ausdruck. Das wird auch durch die Literatur bestätigt.

Er entsann sich eines vor langer Zeit gelesenen Aufsatzes des Philosophen N. Fjodorow über die Pariser Ausstellung vom Jahre 1889 und fügte hinzu: Und durch die Industrie.

Er empfand das Verlangen nach einer Frau immer deutlicher, und das trieb ihn in ein Abenteuer hinein, das er als komisch bezeichnete. Spätabends geriet er in irgendwelche enge, winkelige Straßen, die dicht mit hohen Häusern bebaut waren. Die Linie der Fenster war unterbrochen, es schien, als versänke das eine Haus vor Enge in die Erde und als würde das banachbarte emporgepreßt. In der Dunkelheit, die mit drückenden Gerüchen geschwängert war, saßen und standen auf den Gehsteigen und an den Türen sehr demokratische Leute, es ertönte gedämpftes Stimmengewirr, verhaltenes Lachen, ein langgezogenes Gähnen. Man spürte eine Stimmung von Müdigkeit.

Samgin merkte, daß seine Gestalt gespanntes Schweigen oder aber feindselige Ausrufe hervorrief. Ein dicker Mann mit großem Kopf und einem Gesicht voll grauer Stoppeln zog den Hosenträger vom Leib weg und ließ ihn wieder los, es knallte so laut, daß Samgin zusammenzuckte, doch der Mann sagte beruhigend: »Nein, nein, M'sieu, das ist kein Revolver!«

Wahrscheinlich der Spaßmacher seines Stadtviertels, entschied Samgin und gelangte, nachdem er seine Schritte beschleunigt hatte, ans Ufer der Seine. Über ihr wurde der Stadtlärm dichter, und der Fluß strömte so langsam dahin, als fiele es ihm schwer, diesen Lärm in den dunklen Spalt fortzuschwemmen, den er sich in der Anhäufung steinerner Häuser gebrochen hatte. Auf dem schwarzen Wasser zitterten, als strebten sie zu zerrinnen, die Spiegelungen der trüben Lichter in den Fenstern. Eine schwarze Barke hatte sich ans Ufer geklebt, an Bord stand ein Mann, der mit einer langen Stange das Wasser abtastete, vom Fluß her sagte irgendein Unsichtbarer dumpf zu ihm: »Weiter rechts, André. Weiter rechts. Noch weiter rechts. Basta. Hoffnungslos.«

Der Mann warf die Stange in die Barke, dann sagte er schallend und erbost: »Zum Teufel! Dieser Bulle wird uns eine Strafe aufbrummen!«

Aus einer Haustür trat rasch, fast gegen Samgin prallend, eine Frau in weißem Kleid, ohne Hut, maß ihn mit einem Blick und ging danach gemächlich vor ihm her. Sie war von mittlerem Wuchs, sehr schlank, leicht.

Die da, beschloß Samgin plötzlich, während er ihr folgte. Sie ging bis zu einem kleinen Restaurant, davor brannte eine Gaslaterne, zu beiden Seiten der Tür standen Tischchen, an einem spielten ein kleiner, durch irgend etwas komisch wirkender Soldat und ein kahlköpfiger Mann mit Raubvogelnase Karten, auf dem dritten Stuhl saß eine beleibte Frau, eine Brille blinkte in ihrem breiten Gesicht, Stricknadeln blinkten in ihren Händen und silbergraue Haare auf ihrem Kopf.

»Du kommst heute spät, Lise!« sagte sie. Die Frau in Weiß setzte sich an einen freien Tisch und antwortete klangvoll: »Die Herren richten sich nach ihrer Uhr.«

»Und ihre Uhr geht stets nach«, ergänzte mit angenehmer Stimme der Soldat.

Samgin bestellte sich ein Glas Wein und nahm Lise gegenüber Platz, während die beleibte Frau ins Restaurant hineinging, wobei sie einem der Spieler vorwarf: »Du riskierst schrecklich viel! Ich habe gezählt: Du hast schon fast einen Franc verspielt.«

Lise war anmutig. Ihr Gesicht war sehr schön durch fein geschwungene, dunkle Brauen, kühne, fröhlich offene, braune Augen, eine kleine, neckisch aufgestülpte Nase und einen fest umrissenen Mund. Sie hatte eine schöne, mäßig hohe Brust.

Sie ähnelt einer Ukrainerin, stellte Samgin fest, als er sich den ersten Satz einer Anrede ausdachte, aber Lise eröffnete selbst das Gespräch: »M'sieu ist Ausländer? Oh, Russe? Was ist denn mit Ihrer Revolution? Sind die Bauern nicht mit den Arbeitern gegangen?«

»Wie viele Fragen«, sagte Samgin lächelnd, doch sie fügte noch zwei hinzu: »Revolutionär? Emigrant?«

»Weshalb meinen Sie das?«

»Oh, Bourgeoisausländer pflegen unser Stadtviertel nicht zu besuchen«, antwortete sie geringschätzig. Der Soldat und der Kahlköpfige hatten aufgehört, Karten zu spielen, und waren verstummt. Ohne sie anzusehen, spürte Samgin – sie warteten, was er sagen werde. Und, wie das nicht selten bei ihm vorkam, sagte er: »Ja, ich habe am Moskauer Aufstand teilgenommen.«

Er konnte sich sogar kaum enthalten, sich nicht Emigrant zu nennen. Die Bekanntschaft bahnte sich leicht und einfach an, festigte gewisse Absichten und gab dadurch Anlaß, sich zu beeilen. Die beleibte Frau stellte eine Karaffe Wein vor ihn hin, vor Lise einen Teller mit Blumenkohl und legte ein Brötchen dazu.

»Setzen Sie sich an meinen Tisch«, schlug Lise vor, und als er das getan hatte, fragte sie: »Nun also? Was macht man jetzt bei Ihnen?«

Samgin begann von dem zu erzählen, was er am Morgen in den Zeitungen Moskaus und Petersburgs gelesen hatte, aber Lise erklärte anspruchsvoll: »Das ist weniger als das, was man in unseren bürgerlichen Zeitungen, geschweige denn in der ›Humanité‹ schreibt. Die fremden Menschen, stören Sie die?«

Auf den Kahlköpfigen deutend, sagte sie rasch und deutlich: »Das ist mein Onkel. Sie haben vielleicht seinen Namen gehört? Er ist es, von dem dieser Tage der Genosse Jaurès geschrieben hat. Mein Bruder«, sie deutete auf den Soldaten. »Er ist kein Soldat, das ist nur sein Kostüm für das Podium. Er ist Chansonnier, schreibt und singt Lieder, ich helfe ihm, die Musik zu machen, und begleite ihn.«

Die Männer drückten Samgin sehr kräftig die Hand, Lise jedoch preßte seine Finger noch stärker zusammen und sagte, ohne sie loszulassen: »In zehn Minuten müssen wir mit unserer Arbeit beginnen. Das ist hier in der Nähe – nur zwei Minuten. Es wird eine halbe Stunde dauern . . .«

»Eine Stunde«, sagte der Soldat.

»Schweig! Wenn wir fertig sind, kommen wir hierher zurück, und Sie erzählen uns dann . . .«

Der Kahlköpfige mischte sich ein. Er sagte abrupt, mit heiserer Stimme: »Zurückzukehren – hat keinen Sinn. Es wäre einfacher, wenn ich dort aufs Podium träte und vorschlüge, die Mitteilung eines Genossen über die gegenwärtigen Ereignisse in Rußland anzuhören.«

Da bin ich in eine witzige Geschichte, in ein Vaudeville hineingeraten, sagte sich Samgin. Und während er mit Betrübnis in die freundlichen Augen, auf die hohe Brust Lises blickte, erklärte er, daß er zu seinem Bedauern in einer Stunde in die Schweiz reisen müsse. Lise ließ seine Hand los und sagte mit sichtlichem Verdruß: »Das kann ich verstehen, dort gibt es viele von Ihnen. Dennoch ist es sonderbar: In Paris gibt es nicht wenig russische Emigranten, aber sie sind . . . nicht aufgeschlossen genug. Als ob der französische Arbeiter euch nicht interessiert . . .«

Samgin schlug sofort vor, auf das Wohl des französischen Arbeiters zu trinken, man tat das, er verabschiedete sich und ging so schnell weg, als fürchtete er, man werde ihn zurückhalten. Er lachte nicht gern über sich selbst, er erlaubte sich das selten, doch jetzt, als er durch die dunkle, stille Straße schritt, lächelte er.

Ein Vorfall, von dem man Freunden nicht erzählt. Wie gut, daß ich keine Freunde habe.

Er dachte noch über vieles nach, wobei er sich bemühte, das unangenehme, säuerliche Gefühl eines Mißerfolgs, einer Ungeschicklichkeit zu unterdrücken, und fühlte sich nicht so sehr vom Wein als von der Frau berauscht. Als er durch den Korridor seines Hotels ging, warf er einen Blick in das Zimmer des diensttuenden Stubenmädchens, das Zimmer war leer, das Mädchen schlief also noch nicht. Er klingelte, und als das Stubenmädchen eintrat, fragte er, ihr die Hände auf die Schultern legend, lächelnd: »Könnten Sie mir ein Vergnügen machen, ja?«

Das Mädchen kniff seine scharfen Augen zusammen und begriff die Frage nicht gleich, doch als sie begriffen hatte, schmiegte sie sich an ihn, und er übersetzte ihre Antwort so: Oh, M'sieu, das ist für den, der sich darauf versteht, immer angenehm!

Ihre raschen Küsse waren auch scharf, sie prickelten irgendwie ungewöhnlich auf Samgins Lippen, und das erregte ihn sehr. Zwischen den Küssen fragte sie flüsternd: »Etwas später, M'sieu, wenn ich meinen Dienst beendet habe, ja? Fünfundzwanzig Francs, M'sieu?«

Sie entglitt seinen Armen und entschwand.

Sachlich, einfach, ohne jegliche Verlogenheit, spendete Samgin ihr innerlich Beifall. Er wartete nicht lange, aber sehr ungeduldig auf sie. Sie erschien und sagte, während sie sich auszog, halblaut: »Für mich ist es sehr schmeichelhaft, daß M'sieu in Paris, wo es so viele schöne Frauen für jeglichen Geschmack gibt, keine Partnerin gefunden hat, die seiner würdiger wäre als ich. Es wird mich sehr freuen, wenn ich beweisen kann, daß dies ein Kompliment für M'sieus Geschmack ist!«

Geschmeidig, kräftig, bewies sie dies mit der Unermüdlichkeit und dem Eifer eines Zauberkünstlers, der noch von seiner Kunst begeistert ist und sie an und für sich schätzt, und nicht bloß als ein Mittel zum Leben.

Samgin verbrachte noch etwa zehn Tage in Paris in der Stimmung eines Menschen, der sich nicht entscheiden kann, was er tun soll. Nun würde er nach Rußland reisen, in eine stille, kleinbürgerliche Kaufmannsstadt, in der die von der Revolution aufgerüttelten Menschen ihre Gewohnheiten, Gedanken und Beziehungen in die gebührende, ihm bekannte, langweilige Ordnung fügten – und in der Marina Sotowa ihre zweifelhafte, ziemlich dunkle Weisheit vor ihm entfalten würde.

Ich bin wahrscheinlich der einzige, den sie mit dieser Weisheit behängt, um sie zu bewundern. Sie ist verführerisch wie das Leben und ebenso unverständlich.

Er dachte daran, daß es, wenn er die Mittel dazu hätte, schön wäre, hier zu bleiben, in einem Land, wo das Leben fest geordnet war, in der Stadt, die als die beste der Welt galt und grenzenlos reich war an Verlockungen . . .

Für Wilde und Halbwilde, von deren Geld sie lebt und sich schmückt, rief er sich die Auffassung von Paris ins Gedächtnis, die er noch vor kurzem gehabt hatte.

Nein, die Menschen hier sind einfacher, dem einfachen, realen Sinn des Lebens näher. Hier gibt es keine Ljutows, Kutusows, keine philosophierenden Räuber wie Berdnikow, wie Popow. Hier sind auch die Sozialisten vernünftige Menschen, ihre Aufgabe läuft auf ein reales Ziel hinaus: eine Verschlechterung der Arbeitsbedingungen für die Arbeiter zu verhindern.

Gedanken dieser Art entwickelten sich mit wohltuender Leichtigkeit, gleichsam von selbst. Das Gedächtnis soufflierte dienstbeflissen Dutzende von Aphorismen: Wahre Freiheit ist die Freiheit in der Auswahl der Eindrücke. In einer Welt, in der alles sich ununterbrochen ändert, ist es dumm, nach Schlußfolgerungen zu streben. Viele trachten danach, die Wahrheit zu erkennen, jedoch – wer hätte sie erlangt, ohne die Wirklichkeit zu verzerren?

In Samgins Hirn war ein gewisser ruhender Punkt, ein kleiner Spiegel entstanden, der ihm stets, wenn er dies wünschte, alles zeigte, woran er dachte, wie er dachte und worin seine Gedanken einander widersprachen. Zuweilen ermüdete ihn diese Eigenschaft seines Verstands sehr, hinderte ihn zu leben, aber immer öfter ergötzte er sich an der Tätigkeit dieses Zensors und gewöhnte sich, diese Tätigkeit für eine sehr originelle Eigenschaft seines Seelenlebens zu halten.

Während der letzten Tage, die er in Paris verbrachte, ging und fuhr er vom Morgen an in der Stadt und der Umgebung herum, kehrte gegen Nacht ins Hotel zurück, ruhte sich aus, nach zehn Uhr erschien dann Blanche und fragte ihn zwischendurch, in den Pausen: wer er sei, ob verheiratet oder ledig, was Rußland sei, fragte, warum dort Revolution herrsche und was die Revolutionäre wollten. Über sich selbst band er ihr dummes Zeug auf, auf die Frage nach der Revolution indessen antwortete er streng, daß man über so etwas nicht mit einer Frau im Bett rede, und ihm schien, daß diese Antwort ihn in Blanches Augen noch mehr gehoben habe. Die sachlich naive Schamlosigkeit dieses Mädchens und daß sie akkurat, wie ein fremder Arzt für seine Visite, von ihm Geld verlangte, erweckte in Samgin Verachtung gegen sie. Aber eines Tages, als sie ermüdet eingeschlafen war, nachdem sie ihm ihren von Strähnen wirren Haars umgebenen Kopf unter die Achsel geschoben hatte, empfand Samgin so etwas wie Mitleid mit ihr. Er wollte auch schlafen, doch neben ihr war zu wenig Platz. Auf den Ellenbogen gestützt, richtete er sich auf und blickte in ihr Gesicht mit dem halboffenen Mund, den schwarzen Schatten in den Augenhöhlen, sie atmete schwer, ungleichmäßig, und es war etwas sehr Trauriges an diesem kleinen Gesicht, das tags angenehm von einer leichten Röte belebt, jetzt aber bis zur Unkenntlichkeit entfärbt war. Er zündete sich eine Zigarette an und dachte: Nun, im Grunde ist sie kein übles Mädchen. Möglicherweise wird sie sich etwas Geld zusammensparen, einen Mann finden, ein kleines Restaurant eröffnen, wie die mit der Brille.

Dann entsann er sich, daß der elegante Held von Maupassants »Unser Herz« ein Stubenmädchen zu seiner Geliebten gemacht hatte. Er weckte Blanche, und das veranlaßte sie, sich bei ihm zu entschuldigen. Bei der Abreise schenkte er ihr ein Armband im Wert von hundertfünfzig Francs und gab ihr noch fünfzig dazu. Das rührte sie sehr, ihre Wangen erglühten, ihre Augen funkelten freudig, und leise, unter Lachen, murmelte sie beglückt: »Oh, Sie sind – großmütig! Ich werde mein ganzes Leben lang an den Russen denken, der so ...«

Und da sie kein Wort fand, sagte sie nochmals: »... großmütig war.«

Samgin klopfte ihr gnädig auf die Schulter.

Drei Tage danach, am Morgen, fuhr er vom Bahnhof zu sich nach Hause. Über der Stadt, zwischen feinflockigen Wolken, strahlte ein blaßblauer Himmel, über die festgefrorene Erde glitten kalte Sonnenstrahlen, der Wind tanzte umher und riß das letzte Laub von den Bäumen, alles seit langem bekannt. Und gut bekannt waren die wie Streichhölzer einander gleichenden russischen Menschen, die, herbstlich warm gekleidet, eilig zum Finanzamt, zum Kriegsgericht, zum Landesamt und anderen Behörden schritten, die grauen Gymnasiasten, die grünlichen Realschüler, die schokoladebraunen Gymnasiastinnen, die ungezogenen Schüler der städtischen Schulen. Alles war bekannt, aber alles war kleiner, nichtiger geworden, die Gebäude der Stadt schienen vom Wind auseinandergerückt, hatten sich voneinander entfernt, und die klare Herbstluft entblößte erbarmungslos die Gebrechlichkeit der Holzhäuser und die schwerfällige Häßlichkeit der steinernen.

Bei der ersten Gelegenheit ziehe ich nach Moskau oder Petersburg, dachte Samgin traurig. Marina? Heute oder morgen werde ich sie sehen, werde herablassende Sentenzen zu hören bekommen. Genug! Wo ist jetzt Besbedow?

An allen vier Fenstern seiner Wohnung waren die Läden geschlossen, und das steigerte sehr seine unbehagliche Stimmung. Die Tür öffnete die dürre, finstere alte Felizata, sie schien noch gebeugter, zusammengesackt. Stets schweigsam, verneigte sie sich auch jetzt wortlos vor ihm, aber ihre trüben Augen blickten ihn wie einen Fremden an, die lappigen Lippen bewegten sich, und sie ruderte mit den Armen, als würde sie gleich fragen: Wen wünschen Sie?

Doch als Samgin sich nach Besbedow erkundigte, sagte sie klanglos: »Man hat ihn ins Gefängnis gesteckt.«

»So? Weswegen denn?«

»Er hat Marina Petrowna umgebracht.«

Samgin hatte gerade erst mit dem einen Arm aus dem Mantel schlüpfen können, der andere sank kraftlos herab, wie ausgerenkt, und der Mantel glitt von ihm zu Boden. In dem halbdunklen Vorzimmer wurde es noch dunkler, stickiger, Samgin lehnte sich mit dem Rücken an die Wand und murmelte: »Erlauben Sie ... Wieso? Wann?«

»Am Tag nach ihrer Ankunft. Mit einer Pistole erschossen.«

Die kleine Alte ging in die Zimmer, polterte dort mit den eisernen Schließbolzen der Fensterläden, ins Zimmer brachen nacheinander zwei schmale Lichtstreifen herein.

»Soll ich den Samowar bringen?« fragte Felizata.

Samgin nickte und betrat vorsichtig das Zimmer, das widerlich leer war, alle Möbel waren in eine Ecke zusammengerückt. Er setzte sich auf das staubige Sofa, strich sich mit den Händen über das Gesicht, die Hände zitterten, und vor seinen Augen stand gleichsam in der Luft der entblößte Körper der Frau, die auf ihre Schönheit stolz gewesen war. Es war schwer, sich vorzustellen, daß sie tot sei.

Umgebracht. Von einem Idioten ...

Das Bild Marinas verdrängte ein plumper, grobschlächtiger Mann mit weißem Gesicht voll gelben Kückenflaums an Wangen und Kinn, blauen, glasigen Äugelchen, dicken Lippen und einem dummen, gierigen Mund. Aber die ernüchternde Tätigkeit des Verstands, der sich auf die ihm gewohnte Arbeit konzentrierte, den Menschen vor Gefahren und unnötigen Aufregungen zu bewahren, ging rasch vonstatten.

Ich werde an der Voruntersuchung und auch an der Hauptverhandlung als Zeuge teilnehmen müssen.

Entrüstung brach in ihm aus, und zum hundertstenmal tauchte die bekannte Frage auf: Weshalb, weshalb muß ich immer wieder an den abscheulichen Geschehnissen teilnehmen?

In der Tür erschien Felizata, die Hände so auf die Brust gelegt, als wäre sie schon tot und läge im Sarg.

»Ich soll Ihre Ankunft der Polizei melden, muß ich das denn?«

»Selbstverständlich.«

»Den Samowar wird Sascha bringen.«

Im Zimmer nebenan patschten schwere Schritte, ertönte der kupferne Klang eines Tabletts, klirrte Geschirr. Samgin begab sich dahin – dort verneigte sich vor ihm, glücklich lächelnd, ein üppiges, rotwangiges Mädchen mit blauen Augen und einem dicken, bis unter die Hüfte herabreichenden blonden Zopf. Samgin sagte ihr, er werde auf den Samowar aufpassen, sie solle unterdessen gehen und ihm die Lokalzeitungen der letzten vierzehn Tage besorgen. Dann fiel ihm ein, daß er im Zug nicht mehr dazu gekommen war, sich zu waschen, er ging in die Toilette, wusch sich lange, vergaß dabei den Samowar und trug ihn dann toll brodelnd und mit Streifen getrockneter Wasserströme bedeckt ins Speisezimmer. Fast eine Stunde lang saß er am Tisch und wartete ungeduldig auf die Zeitungen, während der Samowar ununterbrochen brodelte, ihn durch sein Summen und Pfeifen erregte und das Zimmer mit Dampf füllte.

Wohin, zum Teufel, haben sie die Rohrkappe des Samowars verkramt? entrüstete sich Samgin und wollte, da er fürchtete, daß das ganze Wasser verkochen und die Lötstellen des Samowars schmelzen könnten, den Deckel von ihm abnehmen, um nachzusehen, ob noch viel Wasser in ihm sei. Aber der eine Knopf am Deckel fehlte, der andere wackelte, er verbrannte sich die Finger und mußte daran denken, wie barbarisch nachlässig das Personal mit den Sachen der Herrschaft umgehe. Schließlich kam er auf den Gedanken, Wasser in das Heizrohr zu gießen, um die Kohlenglut zu löschen. Diese Hantierungen hinderten ihn am Nachdenken, der schmackhafte Duft des noch heißen Brotes und des Lindenhonigs erregte seinen Appetit, und er konnte nur an eins denken: Ja, ich muß wegfahren.

Zu seiner Verwunderung standen in den Zeitungen nur zwei Notizen; die eine berichtete:

»Gestern wurde die ganze Stadt durch die Ermordung der bekannten und ehrenwerten M. P. Sotowa erschüttert. Das Verbrechen wurde unter folgenden Umständen aufgedeckt: M. P. Sotowa pflegte ihren Kirchengeräteladen sonntags um zwei Uhr mittags zu schließen, gestern jedoch waren die Händler in der Bolschaja-Torgowaja-Straße äußerst verwundert, daß der Laden zu der gewohnten Zeit nicht geschlossen war, obwohl in ihm weder Käufer noch die Inhaberin zu bemerken waren. Der erste, der sich entschloß, den Dingen nachzugehen, war der Wechselstubeninhaber K. F. Chrapow. Als er den Laden betrat und nach der Inhaberin rief, erhielt er keine Antwort, doch als er sich in das kleine Zimmer hinter dem Laden begab, sah er sie am Boden liegen.«

Diese Idioten, sie können nicht einmal anständig schreiben, stellte Samgin fest.

»In der Meinung, daß die Sotowa ohnmächtig sei, ging er hinaus und machte hiervon dem Galanteriewarenhändler J. P. Perzow Mitteilung, wobei er ihm vorschlug, Perzows Untermieter Doktor Jewgenjew anzurufen. Aber da kam gerade K. G. Bekman, der Arzt der Stadtpolizei, durch die Straße, und dieser stellte fest, daß die Sotowa durch einen Genickschuß getötet wurde und daß seit dem Eintritt des Todes bereits nicht weniger als zwei Stunden verstrichen seien. Weitere Einzelheiten dieser erschütternden Tragödie verschieben wir in Anbetracht der vorgerückten Stunde auf morgen.«

In der nächsten Nummer teilte die Zeitung jedoch nur die Verhaftung »des Neffen der Ermordeten, Besbedow, in berauschtem Zustand« mit. In der übernächsten Nummer berichtete sie kurz von der feierlichen Beerdigung der Ermordeten, »deren Sarg die ganze Stadt zur letzten Ruhestätte das Geleit gab«.

Samgin ließ die Zeitung seinen Händen entgleiten, sie fiel ihm auf den Schoß, worauf er sie angewidert unter den Tisch warf und in Nachdenken versank. Obwohl die Verhaftung Besbedows den Grund der Ermordung erklärte, kamen ihm dennoch irgendwelche unklaren Gedanken.

Dieses Schwein. Dieser Idiot. Wie konnte er ... sich dazu entschließen? Er – fürchtete sie ...

Am Nachmittag saß er beim Untersuchungsrichter in einem Zimmer mit Fenster zum Hof und dem Blick auf einen Stoß Birkenholz. In dem Zimmer herrschte ein kohlendunstähnlicher Geruch von Tabaksrauch und trockenem Moder. Über einem breiten, aber nur mittelhohen Schrank hing ein Öldruck – das Porträt des Zaren Alexander III. mit einer Polizistenmütze auf dem Kopf, die vortrefflich zum Tragen des dichten, schweren Bartes geeignet war. Hinter einem ziemlich alten Schreibtisch saß, eine Zigarette zwischen den Zähnen, in einem Ledersessel mit hoher Lehne ein grauäugiger, kleiner alter Mann, sauber gewaschen, in adrett passender schwarzer Uniformjacke. Seine gelben Wangen waren dicht mit roten Äderchen gemustert, ein graues Spitzbärtchen verlängerte vornehm das Gesicht, der gezwirbelte Schnurrbart verlieh ihm etwas Kampflustiges, auf dem kahlen Schädel, über den Ohren, ragten gleich Hörnern graue Haarschöpfe empor, im ganzen ähnelte der Untersuchungsrichter Gudim-Tscharnowizkij dem Helden eines französischen Melodrams. Er hatte sich in der Stadt den Ruf eines überaus leidenschaftlichen Wintspielers erworben, und Samgin erinnerte sich, wie man im Anwaltszimmer des Kriegsgerichts erzählt hatte: Einmal hatten Gudim und seine Partner ununterbrochen siebenundzwanzig Stunden lang gespielt, und in der achtundzwanzigsten war einer von ihnen, nachdem er »groß Schlemm« gemacht hatte, vor Freude gestorben, wodurch er es Leonid Andrejew ermöglicht habe, eine schöne Erzählung zu schreiben.

»Nun also«, sagte in sanft murmelndem, weichem Baß der Untersuchungsrichter, »ich habe Sie, verehrter Klim Iwanowitsch, in Sachen der geheimnisvollen Ermordung Ihrer Mandantin herbemüht ...«

»Wieso – der geheimnisvollen?« fragte Samgin. »Der Mörder ist doch verhaftet?«

Der Untersuchungsrichter schöpfte Atem, strich sich mit dem

Finger über den Schnurrbart und sagte voll Bedauern: »Da er das Verbrechen nicht eingestanden hat, ist er, wie Ihnen bekannt, bis zur Entscheidung durch das Gericht nur verdächtig.«

Die Augen des Untersuchungsrichters waren farblos, das Augenweiß war trüb, die grauen Pupillen waren wäßrig, aber Samgin schien es, daß sich hinter diesen Augen andere versteckten. Er empfand innere Unruhe, Spannung und war deswegen unwillig über sich selbst.

»Ich vermisse Ihren Schriftführer«, sagte er.

»Sie beliebten völlig richtig zu bemerken«, entgegnete Gudim, geneigten Hauptes sich eine neue Zigarette anzündend, er rauchte ununterbrochen. »Das kommt daher, verehrter Klim Iwanowitsch, weil ich gar nicht beabsichtigte, Ihre vom Gesetz verlangte Aussage aufnehmen zu lassen. Wenn meine Unpäßlichkeit mich nicht hinderte – mir schmerzen die Füße, ich kann nicht gehen –, dann wäre ich selber, persönlich zu diesem Gespräch in Ihrer Wohnung erschienen. Sie werden natürlich mit der ganzen Strenge verhört werden, die in diesem Fall notwendig und vom Gesetz vorgeschrieben ist. Gewisse Momente in den Aussagen Besbedows verlangen das dringend. Unter den obwaltenden Zeitumständen droht diesem Subjekt eine sehr harte Strafe, er fühlt das – und ist, da er sich selbst reinwaschen möchte, natürlich nicht geneigt, andere zu schonen.«

Samgin schien es, der Stuhl unter ihm habe einen Ruck nach hinten gemacht.

Er, Gudim, bohrte sich den Bleistift in den Bart und fuhr, an seinem Kinn kratzend und den Blick irgendwohin in die Ecke, hinter den Schrank gerichtet, zu murmeln fort: »Ich habe Sie sozusagen zur . . . Information hergebeten.«

»Das heißt?« beeilte sich Samgin zu fragen, der verwundert und noch mehr beunruhigt war.

»Das heißt . . . um Sie gewissermaßen über . . . die Sachlage zu unterrichten.«

Der Untersuchungsrichter sprach mit Pausen, und diese waren abscheulich.

»Ich will offen reden, geradeheraus«, fuhr er mit gesenktem Stimmchen fort. »Die Sache ist die, daß Petersburg sich für diesen Fall interessiert, man hat von dort, um die Voruntersuchung zu überwachen, den stellvertretenden Staatsanwalt hergeschickt. Ich habe das Vergnügen gehabt, ihn zu sehen: Unter uns gesagt – er ist ein unverschämter Kerl und würde, wie alle großstädtischen Karrieristen, weder Vater noch Mutter schonen. Unser Staatsanwalt ist, wie Ihnen bekannt, Schwiegersohn des Gouverneurs und Anwärter auf den Posten des Staatsanwalts am Obergerichtshof. Das Erscheinen eines Beobachters verletzt ihn natürlich. Damit ist noch nicht alles gesagt ... So daß hier, wissen Sie, überhaupt vielleicht ...«

Die Telefonglocke schrillte, der Untersuchungsrichter legte den Hörer an den grauen Knorpel seines Ohres. »Hallo? Habe die Ehre. Jawohl. Anordnung des Staatsanwalts. Unterbrechen? Ja, aber – das Motiv ... Hallo? Unverzüglich? Hallo?«

Die roten Äderchen auf den Wangen des Untersuchungsrichters traten schärfer hervor, die Augen röteten sich auch, und der Schnurrbart zuckte. Samgin fühlte deutlich, daß irgend etwas nicht in Ordnung sei.

»Man bittet mich, ins Gericht zu kommen, unverzüglich«, sagte der Untersuchungsrichter und hüstelte trocken. »Und Sie scheinen heute aus dem Ausland eingetroffen zu sein?«

»Aus Paris.«

»Ach, Paris! Ja-a!« Der Untersuchungsrichter wiegte bedauernd den Kopf. »Ich bin als Student dort gewesen, dann, nach der Hochzeit, reiste ich mit meiner Frau hin, wir verbrachten dort einen ganzen Monat. Ist das Leben nicht seltsam, Klim Iwanowitsch? Erst Paris, Florenz, Venedig und dann – siebenundzwanzig Jahre lang – hier! Ein langweiliges Städtchen, nicht?«

»Ja.«

»Eine bedrückende Stadt«, sagte Gudim-Tscharnowizkij überzeugt. »Ist die Sotowa auch dort gewesen?«

»Ein paar Tage. Dann reiste sie nach London.«

»So. In London – bin ich nicht gewesen. Doch – dürfte ich fragen: Wissen Sie nicht, welche Verbindungen sie in Petersburg gehabt hat?«

»Sie sprach davon, daß sie bei General Bogdanowitsch verkehre«, antwortete Samgin, ohne zu überlegen.

»Oh!« sagte der Untersuchungsrichter, die Hände gegen den Tisch gestemmt und mit hochgezogenen Brauen. »Das ist eine Persönlichkeit! Es heißt sogar, er sei gewissermaßen ... ein Hebel! Entschuldigen Sie«, sagte er, »ich kann nicht aufstehen – die Füße!«

Wie wirst du denn aufs Gericht gehen? dachte Samgin trübsinnig, als er dem Alten die kalte Hand drückte, doch der Alte, der seine Augen durch ein flüchtiges Lächeln noch mehr entfärbte, sagte halb flüsternd und im Tone eines Ratschlags: »Gestatten Sie, Klim Iwanowitsch, aus einem Gefühl der Achtung und Sympathie Ihnen gegenüber daran zu erinnern, daß es in unserer Rechtspraxis – und insbesondere heutzutage – Geschehnisse gibt, die in einer sehr ... schädlichen Weise aufgebauscht werden.«

Er sagte irgend etwas von verängstigter Phantasie der Spießbürger, von Voreiligkeit der Provinzkorrespondenten und gewinnsüchtiger Redseligkeit der Presse, aber Samgin hörte ihm nicht zu und unterdrückte nur mit Mühe das Verlangen, seine Hand den kalten Fingern zu entziehen.

Draußen war es sonnig und kalt, die Pfützen, die im Lauf des Tages aufgetaut waren, bedeckten sich von neuem mit einer dünnen Eiskruste, der Wind wehte geschäftig, trieb Hühnerfedern, ledriges Herbstlaub und Zwiebelschalen ins Wasser, riß an Samgins Mantel und schürte seine Unruhe. Und wie als Antwort auf jeden Windstoß tauchte die Frage auf: Was mag Besbedow über mich zusammengeschwatzt haben? Ist er eines Mords fähig? Wenn er es nicht gewesen ist – wer dann?

Hier fiel ihm ein, daß in der Zeitungsnotiz kein Wort über den Zweck des Mords stand. Von Marina dachte er nicht nur gleichmütig, sondern fast feindselig: Eine dunkle Dame.

Ihm kam von neuem der Gedanke, daß sie möglicherweise im Dienst des Polizeidepartements gestanden habe, dann entsann er sich, daß sie ihn zweimal beauftragt hatte, für irgend etwas Strafe zu zahlen: das eine Mal hundertfünfzig Rubel, das andere Mal fünfhundert.

Das waren wahrscheinlich Bestechungsgelder. Was hat Gudim von mir gewollt? Er hat ungesetzlich gehandelt. Sein abschließender Ratschlag war ein sonderbarer Ausfall.

Irgendwelche unangenehmen Hämmerchen klopften im Inneren seines Schädels gegen die Schläfen. Zu Hause betrachtete er etwa eine Minute im Spiegel seine erregt glänzenden Augen, die grauen Fäden in dem gelichteten Haar und stellte fest, daß die Wangen voller, das Gesicht runder geworden waren und daß zu einem solchen Gesicht das Bärtchen nicht mehr paßte, es wäre besser, es abzunehmen. Der Spiegel zeigte, wie im Nebenzimmer das üppige, bildschöne Mädchen mit den roten Wangen, den blauen Augen und dem goldblonden, bis unter die Hüfte herabreichenden Zopf den Tisch deckte.

Sicherlich eine dumme Gans, sagte sich Samgin.

»Ist der gnädige Herr zu Hause?« fragte Felizata sie.

»Er ist zu Hause«, antwortete das Mädchen klangvoll und fröhlich.

Ich habe kein Zuhause, widersprach Samgin innerlich, im Zimmer umherschreitend. Ich habe nicht nur im realen Sinn keins: also Frau und Kinder, einen bestimmten Bekanntenkreis, einen angenehmen Freund, einen klugen Menschen, mir ungefähr ebenbürtig – ich habe auch kein Zuhause im ideellen Sinn, im Sinn innerer Behaglichkeit ... Walt Whitman hat gesagt, der Mensch habe das bescheidene Leben satt, er lechze nach drohenden Gefahren, nach Unerforschtem, Ungewöhnlichem ... Koketterie eines Anarchisten ...

O Lust, in hartem Kampf zu stehn,
In düstern Schlund hinabzusehn.

Romantik von Halbwüchsigen ... Mayne Reid, Flucht aus dem Gymnasium nach Amerika.

Felizata trat ein, steckte ihm wortlos eine Visitenkarte zu, Samgin hielt sie an die Brille und las: Anton Nikiforowitsch Tagilskij.

»Ja, ja«, murmelte Samgin unentschlossen. »Er mag hereinkommen ... Bitte schön!«

Doch auf ihn war bereits auf kurzen Beinchen ein rundliches, einem roten Kupfersamowar ähnliches Männlein in einem kräftig rotbraunen Anzug zugerollt.

»Guten Tag! Oho, Sie sind gealtert! Und ich? Hätten Sie mich nicht erkannt?« rief er mit klangvollem Tenorstimmchen. Samgin sah einen kahlen Schädel, ein rotes, rasiertes Gesicht mit Borsten an den Schläfen, verquollene Schweinsäugelchen und unter einer breiten Nase die dunklen Bürstchen eines kurz gestutzten Schnurrbarts.

»Ich hätte Sie nicht erkannt«, gab er zu.

»Entschuldigen Sie, daß ich so, ohne Förmlichkeiten ... Das ist das Recht alter Bekanntschaft. Wir haben teuflisch viel Rechte, nicht? Man sollte sie einschränken – was meinen Sie?«

Samgin verlieh seinem Gesicht einen sachlichen, abwartenden Ausdruck und forderte ihn etwas trocken auf: »Bitte schön ...«

»Mittagessen? Danke. Ich wollte Sie eigentlich ins Restaurant einladen, Sie haben hier, auf dem Platz, ein nicht übles Restaurant«, sagte Tagilskij rasch und klangvoll, während er vor Samgin her ins Speisezimmer ging und sich an den Tisch setzte. Er glich erstaunlich wenig dem Menschen, als den Samgin ihn in dem strenggehaltenen Studierzimmer von Preiß gesehen hatte, damals wirkte er reserviert, stolz auf seine Kenntnisse, benahm sich anderen gegenüber belehrend, wie ein Professor gegenüber Studenten, jetzt hingegen warf er mit Worten um sich wie der Wind.

Er ist hergekommen wie in eine Schenke. Natürlich um mich über Marina auszufragen.

So war es auch. Tagilskij knöpfte seinen kurzen Rock auf, wobei eine sehr bunte Weste sichtbar wurde, und teilte, während er die Serviette hinter den Kragen steckte, mit, daß er beauftragt sei, das Untersuchungsverfahren in Sachen der Ermordung der Sotowa zu überwachen.

»Es heißt, sie sei eine schöne Frau gewesen?«

»Ja. Sie war sehr schön.«

»Aha. Nun, wennschon. Einen schönen Gegenstand zu verderben – ist angenehm. Schöne Menschen werden häufiger umgebracht als häßliche. Aber zu töten pflegen Ehemänner, Liebhaber und, in der Regel, stets von der Frontseite: durch Kopf-, Brust- oder Bauchschuß, hier jedoch erfolgte die Tötung von der Hofseite – durch Genickschuß. Das ist ebenfalls üblich, aber zum Zweck der Beraubung, während im vorliegenden Fall keine Beraubung festgestellt worden ist. Hierin erblickt man – ein Geheimnis. Doch meiner Ansicht nach ist es kein Geheimnis, sondern es ist ein Feigling!«

Er roch mit geblähten Nüstern am Suppendampf, seine Äugelchen flackerten auf, und er sagte huldvoll: »Kuttelsuppe? Für die schwärme ich!«

Dieses Vieh treibt ein falsches Spiel, dachte Samgin.

»Der Untersuchungsrichter, dieser alte Esel, hat Sie vorgeladen, aber ich habe diese Prozedur abgebrochen. Diese kleine Sache muß nicht an die große Glocke gehängt werden. Sie werden fragen, warum? Ich weiß es nicht. Wahrscheinlich – aus Dummheit, möglicherweise – aus Dummheit, verbunden mit Niederträchtigkeit. Auf Ihr Wohl!«

Er kippte ein Gläschen Wodka in den Mund, schloß, mit der Zunge schnalzend, für eine Sekunde die Äugelchen und begann von neuem mit Worten um sich zu werfen: »Sie haben ein höchst elegantes Äußeres. Das Äußere eines Bräutigams für eine wohlhabende Witwe.«

Halunke, schimpfte Klim innerlich.

»Da sieht man, was ein Aufenthalt in Paris ausmacht! Ich hingegen bin zwar farbenprächtig erblüht, jedoch nicht anziehend für einen wählerischen Blick«, sagte Tagilskij, ab und zu einen Blick auf das Dienstmädchen werfend, und als sie hinausgegangen war, seufzte er: »Welch ein leckeres Mädchen, eine Teufelin . . .«

Und gleich danach fragte er: »Hat die Sotowa einen Geliebten gehabt?«

»Ich weiß nicht.«

»Sie hat einen gehabt«, sagte Tagilskij kopfnickend, trank noch ein Gläschen und fuhr fort: »Es besteht die Ansicht, in letzter Zeit seien Sie ihr Geliebter gewesen.«

»Unsinn«, entgegnete Samgin trocken.

»Unsinn bedeutet: glaubwürdig, aber – nicht wahr. Bei uns, in Rußland, ist Unsinn recht oft die echte Wahrheit.«

Tagilskij aß gemächlich, und der Vorgang der Sättigung hinderte ihn nicht am Reden. Während er, den Blick auf den Teller gerichtet, mit Messer und Gabel geschickt die Knochen eines Hühnchens bloßlegte, fragte er, ob Samgin die Vermögensverhältnisse Marinas kenne. Und nach verneinender Antwort teilte er ihm mit: an Bargeld und in wertbeständigen Aktien seien ungefähr vierhunderttausend vorhanden, an Landbesitz im Ural und hinter der Wolga im Gouvernement Nishnij Nowgorod wahrscheinlich doppelt soviel.

»Vielleicht auch – das Dreifache. Jawohl. Angehörige sind nicht vorhanden. Demnach haben wir es mit erblosem Gut zu tun, das nach den Gesetzen unseres Reichs an den Staat fällt. Das beunruhigt gewisse . . . Leute, die am Leben Geschmack finden, sehr.«

Er ließ das Arbeitswerkzeug – Messer und Gabel – seinen dicken Fingern entgleiten, patschte sich mit den Händen an die Wangen und sagte, während er Wein in die Gläser einschenkte, schon nicht scherzend, sondern ernst: »Ich trinke, Sie jedoch trinken nicht, und Ihre Vorsicht, Ihr mürrisches Gesichtchen . . . genieren mich zwar nicht gerade – ich verstehe mich nicht aufs Genieren –, stören mich aber dennoch. Inmitten des Stammes, der diese Stadt bevölkert, bin ich ein Fremder, die Einheimischen verhalten sich mir gegenüber feindselig. Bei ihnen hier haben sich noch Stammesbeziehungen erhalten und überhaupt . . . hier scheinen Gauner vorzuherrschen.«

Die Ellenbogen auf den Tisch und das Kinn auf die Hand gestützt, streckte er den linken Arm mit dem Weinglas in der Hand über den Tisch aus, und seine farblosen Augen blickten Samgin ungut, gleichsam herausfordernd ins Gesicht. In seiner sonoren Stimme klangen bissige, streitsüchtige Untertöne.

Mit ihm muß man sanfter umgehen, beschloß Samgin, der sich Berdnikows erinnerte, er stieß mit ihm an und sagte: »In meiner Stimmung macht sich wahrscheinlich Müdigkeit bemerkbar, ich komme gerade von der Reise.«

»Nehmen wir es an«, stimmte Tagilskij halb bei. »Und erinnern wir uns, daß zwar gewissermaßen eine Wucherin ermordet worden ist, aber Sie sind ja kein Raskolnikow und ich kein Porfirij. Erinnern wir uns auch, daß wir vor ein paar Jahren über Marx gesprochen haben . . . und so weiter. Auf Ihr Wohl!«

Sie tranken. Tagilskij fuhr fort: »Also: einerseits – reiches, erbloses Gut und alle zu seiner Inbesitznahme berechtigenden Dokumente in Händen spitzbübischer Einheimischer. Verstehen Sie?«

»Ich verstehe«, sagte Samgin.

»Andererseits: In einem der Ladenschränke fand sich eine ansehnliche Menge illegaler Literatur der Sozialdemokraten und freundschaftliche – auf Du geschriebene – Briefe irgendeines Marxisten, Glaubenslehrers und Haarspalters an die Sotowa. Weswegen, zum Teufel, mag ein reiches Weib illegales Material bei sich aufbewahren? Und deshalb wird vermutet, dies sei Ihr Eigentum.«

Samgin richtete sich auf und fragte zornig: »Verhören Sie mich?«

»Ich verhöre nicht und frage nicht, sondern erzähle: Es wird vermutet«, sagte Tagilskij, wobei er die Augen mit fetten Lidpölsterchen verdeckte, während sich auf seiner Stirnhaut leichte Runzeln bewegten. »Die Interessen Ihrer Mandantin sind recht mannigfaltig: Bei ihr ist eine stattliche Anzahl höchst seltener Frühdrucke und Sektiererhandschriften vorgefunden worden«, sagte Tagilskij nachdenklich.

Die Luft auf der Straße schien sich mit grauem Staub angefüllt zu haben, die Fensterscheiben waren angelaufen, im Zimmer war rauchiges Halbdunkel entstanden, Samgin wollte die Lampe anzünden.

»Es lohnt sich nicht«, sagte Tagilskij leise. »Die Dunkelheit bringt die Menschen vortrefflich einander näher ... in gewissen Fällen. Das Recht, Sie zu verhören, hat man mir nicht eingeräumt. Ich bin zu Ihnen nicht als Vertreter der Staatsanwaltschaft gekommen, sondern als Intellektueller zu einem ebensolchen, ich bin gekommen, um Sie in einer recht dunklen Angelegenheit zu konsultieren. Können Sie mir das glauben?«

»Ja«, sagte Samgin, der sehr beunruhigt war, nach kurzem Zaudern. Er erinnerte sich an die Mitteilung des Untersuchungsrichters von den Aussagen Besbedows, und nun auch noch das illegale Material.

»Ja, ich glaube Ihnen«, wiederholte er, und ihm war, als hätten sich sogar seine Muskeln gespannt wie vor einem Sprung über eine Grube.

Will er mich fangen oder was? dachte er, Tagilskij indessen sagte: »Aus diesem Fall läßt sich ein Kriminalprozeß mit politischem Hintergrund zusammenschustern, und dabei kann man viel Geld ergattern. Ich bin dafür, daß das Geld geklaut wird und – daß man sich beruhigt. Dazu ist notwendig, daß Besbedow den Mord gesteht. Was meinen Sie – hat er ein Motiv gehabt?«

»Ja, er hat eins gehabt«, antwortete Samgin überzeugt.

»Welches denn?«

»Rache.«

»Richtig, das wird durch seine Briefe bestätigt«, sagte Tagilskij mit Vergnügen. »Erzählen Sie von ihm«, schlug er vor und zündete sich eine von Samgins Zigaretten an. Samgin zündete sich auch eine an und begann vorsichtig von Besbedow zu erzählen. Er hätte diesem rundlichen Männlein mit den Schweinsäugelchen und dem Gesicht eines Gewohnheitstrinkers sehr gern geglaubt, aber – er glaubte ihm nicht. In allem, was Tagilskij sagte, war eine gewisse Wahrheit zu spüren, doch man spürte auch die Gefahr, in einen aufsehenerregenden Kriminalprozeß verwickelt zu werden, an dem er nicht einmal hätte als Zeuge teilnehmen wollen, doch er konnte auch als Mittäter einbezogen werden. Würde er aus Beweismangel freigesprochen, fiele dennoch auf ihn ein Schatten.

Ich bin kein Iwanow, kein Jefimow, sondern Samgin. Ein seltener Familienname. Samgin? Das ist der, welcher ... Ich bin wehrlos, überlegte Samgin unruhig. Tagilskij unterbrach seine Erzählung: »Im großen und ganzen ist dieser Besbedow ein Idiot, eine Null. Zu einem Alibi fehlen ihm fünfzehn oder zwanzig Minuten. Er verlangt, daß Sie ihn verteidigen ...«

Samgin schwieg und wiederholte für sich: Ich bin wehrlos.

Im Zimmer war es ganz dunkel geworden. Samgin fragte leise: »Soll ich die Lampe anzünden?«

»Zünden Sie die Lampe an«, antwortete im gleichen Ton Tagilskij, und während Klim Streichhölzer anriß, die jedoch abbrachen, sagte der Gast etwas Bedeutsames: »Wir kennen uns wenig und haben, soweit ich mich erinnere, in der Vergangenheit keine Sympathie füreinander empfunden. Mein Besuch erweckt bei Ihnen sicherlich diesen oder jenen Verdacht. Das ist natürlich. Wahrscheinlich werde ich Ihren Verdacht noch stärken, wenn ich sage, daß ich nicht der Verteidiger von irgendwem oder irgend etwas bin. Ich verteidige nur mich selbst, weil ich nicht in eine schmutzige Geschichte hineingeraten will. Diese Möglichkeit droht auch Ihnen. Und darum müssen wir, vorübergehend, ein Verteidigungsbündnis schließen. Wir könnten auch ein Offensivbündnis schließen, das heißt die Presse informieren, aber das wäre vorläufig verfrüht.«

Er sucht mich zu beruhigen, kombinierte Samgin. Er schwindelt. Dann sagte er halblaut: »Ich erinnere mich sehr gut an Sie, kann aber nicht sagen, daß Sie bei mir Antipathie erweckt hätten.«

»Na, dann sagen Sie es eben nicht«, riet ihm Tagilskij.

Im Lampenlicht schien sein Gesicht an Würde gewonnen zu haben: Es war magerer geworden, die Wangen waren eingefallen, die Augen hatten sich weiter geöffnet, und der Schnurrbart hatte sich irgendwie gutmütig gesträubt. Wäre er von höherem Wuchs und nicht so dick gewesen, hätte er einem Offizier irgendeines Ersatzbataillons geglichen, das in einer entlegenen Kreisstadt einquartiert ist.

»Erinnern Sie sich an Stratonow?« fragte er. »Oktobrist. Hat mit Regierungszuschuß eine große Lederfabrik gebaut. Preißens Reden lesen Sie natürlich. Als Redner glänzt er nicht. Der russische Liberale bietet einen trübseligen Anblick. Und unsere Reichsduma ist eine Laienaufführung. Tja. Für die Rolle des Bändigers und Retters hat man den Saratower Gouverneur eingeladen. Ein angesehener Mann, aber – dummkopfähnlich und ein Prahlhans ... Im vergangenen Jahr bin ich mit ihm und anderen auf Jagd gegangen, hörte, wie er von seinem Stammbaum erzählte. Ein Unwissender in der Genealogie ebenso wie in der Ökonomik. Er vergaß seinen Vorfahr, der – ich glaube in den dreißiger Jahren – in Sewastopol von Matrosen erschlagen wurde.«

Er hatte einen Korken auf die Gabel gespießt und schlug damit beim Sprechen an den Glasrand, seine Worte mit gläsernem Klang begleitend, dieses Läuten war Samgin unangenehm, es hinderte ihn festzustellen, ob und inwieweit er an Tagilskijs Aufrichtigkeit glauben konnte. Tagilskij indessen, der mit zusammengekniffenem linkem Auge noch ebenso schnell und bissig weiterredete, dachte offenbar nicht an das, wovon er sprach.

»Er prahlte mit der Weisheit seines Vaters, der gegen die Dorfgemeinde, für das Farmertum – die Einzelhofwirtschaft – schrieb, und nannte ihn einen Verehrer Immanuel Kants, dabei hat sein Papachen Auguste Comte verehrt und sogar ein kleines Werk über die naturwissenschaftlichen Gesetze im sozialen Bereich geschrieben. Ich habe mich, wissen Sie, mit der Genealogie der Adelsfamilien befaßt, mich interessierte die Rolle der Ausländer beim Aufbau des Russischen Reichs ...«

Dann hörte er plötzlich zu läuten auf und sagte: »Besbedow setzt ... großes Vertrauen in Sie. Ich denke, daß Sie ihn überreden könnten, den Mord zu gestehen. Eine Teilnahme des Verteidigers an der Voruntersuchung ist zwar unzulässig, bevor dem Beschuldigten die Anklageschrift eingehändigt ist, aber ... Denken Sie mal hierüber nach.«

Der Gast erhob sich und rief hierdurch beim Gastgeber einen kleinen Seufzer der Erleichterung hervor.

»Um Sie nicht ... mit amtlichen Formalitäten zu belästigen, werde ich in etwa zwei Tagen auf einen Sprung zu Ihnen kommen«, sagte Tagilskij und reichte Samgin die Hand – eine weiche, sehr heiße Hand. »Ich erhebe Anspruch auf Ihr Vertrauen in dieser ... recht garstigen kleinen Sache«, sagte er und lächelte zum erstenmal so breit, daß sein ganzes Gesicht gleichsam zerrann, die Wangen sich zu den Ohren hin ausbreiteten, den Mund auseinanderzogen und seine kleinen Nagezähne bloßlegten. Dieses Lächeln erschreckte Samgin.

Nein, er ist ein Halunke!

Aber der rundliche Mann rollte ins Vorzimmer hinaus und sagte dort halblaut: »Wissen Sie – alles ist möglich! Und wenn Sie irgendwelches illegale Material besitzen, wäre es besser, wenn es verschwände ...«

Samgin, der ein nervöses Zittern empfand, als hätte ihn eine Nadel gestochen, fragte dumpf: »Stand die Sotowa im Dienst des Polizeidepartements?«

»Wie-ie? Ach, verteufelt«, murmelte Tagilskij, die Arme hochwerfend. »Was ist das? Eine Vermutung? Eine Gewißheit? Liegen Tatsachen vor?«

»Eine Vermutung«, sagte Samgin leise.

Tagilskij stieß einen Pfiff aus: »Und Tatsachen liegen keine vor?«

»Nein. Aber mir kam zuweilen der Gedanke ...«

»Eine Vermutung ist ein Urteil, das Tatsachen verlangt. Und nach Kant ist nicht jedes Urteil eine Erkenntnis«, murmelte Tagilskij nachdenklich. »Haben Sie Ihren Verdacht niemandem mitgeteilt?«

»Nein.«

»Parteigenossen?«

»Ich bin parteilos.«

»Tatsächlich? Sehr gut ... das heißt, es ist gut, daß Sie es niemandem mitgeteilt haben«, fügte er hinzu und drückte Samgin nochmals die Hand. »Nun, ich gehe. Haben Sie Dank für die Bewirtung!«

Er ging. Kurz wie ein Axthieb schlug die Haustür zu. Der kurze Dialog im Vorzimmer hatte Samgins Unruhe ein wenig behoben. Von einer Ecke des Zimmers zur andern wandernd, begann er Wortformen zu suchen, um ein sehr kompliziertes und bedrückendes Gefühl in die Sprache des Denkens zu übertragen. Der ermüdende Wirrwarr von Eindrücken verlangte ein exaktes, klares Wort, das diesen Wirrwarr entknotet und ein bestimmtes Verhalten zu dessen Quelle – zu Tagilskij – festgelegt hätte.

Er scheint mir nicht geglaubt zu haben, daß ich parteilos bin. Er hat mich vor der Möglichkeit einer Haussuchung gewarnt. Was will er von mir?

Ihm fiel ein, wie Tagilskij bei Preiß kalt und hart vom Staat als einem Organ zur Unterdrückung der Persönlichkeit gesprochen hatte, und als Preiß ihm schulmeisterlich sagte: »Sie übertreiben«, hatte er lässig geantwortet: »Die Geschichte ist es, die übertreibt.« Stratonow hatte gesagt: »Ihre Ironie ist die Ironie eines Nihilisten.« Ebenso lässig hatte Tagilskij auch ihm geantwortet: »Sie täuschen sich, ich ironisiere nicht. Ich finde jedoch, daß ein Mensch, dem das Leben schmeckt, die Wirklichkeit nicht zerkauen kann, bevor er sie nicht mit dem Salz und Pfeffer der Ironie gewürzt hat. Belehren –

das tut die Skepsis, der Optimismus hingegen zieht Dummköpfe groß.«

Der Tagilskij vergangener Zeit – das war ein selbstbewußter Mann, der schulmeisterlich mit Ziffern und Tatsachen umging, oder ein betrunkener Zyniker.

Ja, er hat sich stark verändert. Er treibt natürlich ein falsches Spiel mit mir. Das muß er. Aber an ihm war jetzt irgend etwas Neues aufgetaucht ... Etwas Anständiges. Das enthebt einen nicht der Vorsicht im Umgang mit ihm. Er ist dick. Die Dicken reden mit hoher Stimme. Julius Cäsar hält – bei Shakespeare – die Dicken für ungefährlich ...

Hier fühlte sich Samgin unangenehm an Berdnikow erinnert.

Ich habe unnützerweise von meinem Verdacht gegen Marina gesprochen. Meiner Zunge entschlüpft nicht selten ... etwas Überflüssiges. Das kommt von meiner Anständigkeit. Von meiner Abneigung ... etwas Dunkles, Unredliches, Schlechtes, von anderen Eingeflüstertes in mir herumzutragen.

Im Spiegel glitt eine Samgin wohlbekannte Gestalt mit bekümmertem, intelligentem Gesicht vorbei. Samgin verfolgte sie mit einem Seitenblick und beschloß: Nein, ich will keine voreiligen Schlüsse ziehen.

Marina? fragte er sich. Und ein paar Minuten später gelangte er zu der Überzeugung, daß jetzt, wo sie nicht mehr da war, die Notwendigkeit, an sie zu denken, nicht mehr so zwingend war.

Ich brauche nicht an sie zu denken, sondern nur im Zusammenhang mit ihr. Marina ... Er erinnerte sich ihrer ungewöhnlichen Stimmung in Paris. Schließlich und endlich ist ihr Tod gar nicht so rätselhaft, irgend etwas ... Ähnliches mußte passieren. »Jedem das Seine«, wie man so sagt. Sie lebte in der Nähe von etwas, das im Strafgesetzbuch vorgesehen ist.

Drei Tage etwa verbrachte er mit eifriger Arbeit – er ordnete drei Gerichtssachen der Sotowa, seine Abrechnungen mit ihr und stellte fest, daß er noch zweihundertdreißig Rubel von ihr zu erhalten hatte. Das war angenehm. Er arbeitete und wartete, daß jeden Augenblick Tagilskij erscheinen könnte, wünschte sich, daß er erschiene. Aber Tagilskij lud ihn zur Staatsanwaltschaft vor und empfing ihn dort in Uniformjacke mit vergoldeten Knöpfen. Er wirkte jetzt größer, schmaler, sein rotes Gesicht schien verblüht, war graubraun geworden, die Augen waren weiter geöffnet, er sprach, seine klangvolle, bissige Stimme zügelnd, träger, matter.

»Der Staatsanwalt ist erkrankt. Krankheit ist sehr nützlich, wenn sie gewissen Unannehmlichkeiten auszuweichen erlaubt, ausgeschlossen von ihnen bleibt der Tod, der bereits von allen Unannehmlichkeiten, abzüglich Höllenqualen, befreit.«

Mitten in dieser Rede sagte er scharf in die Telefonmuschel: »Ich bitte, sich herzubemühen.«

»Nun, Fragen an Sie«, begann er offiziell, wobei er mit dem Finger einen Brief zu Samgin hinüberschob. »Wissen Sie nicht, wer der Verfasser dieses Sendschreibens ist?«

Der Brief war in kleiner, aber leserlicher Handschrift geschrieben, die Worte so dicht aneinandergereiht, als wäre jede Zeile ein einziges Wort. Samgin las:

»Deine Zweifel und Einwände sind naiv, da ich aber weiß, daß Du ein kluger Mensch bist, fühle ich, daß die Naivität gekünstelt ist. Marx wird von den Hofkötern der Bourgeoisie, ihren Stubenhündchen entstellt, die Namen dieser Hunde sind Dir bekannt, ihr Bellen und Heulen ist Dir natürlich verständlich. Gib das Phantasieren auf, lies Lenin. Dich ›stößt seine grobe Ironie ab‹, das kommt daher, weil Du sein Pathos nicht spürst. Und viele sind unfähig, das zu fühlen, weil eine solche Verbindung von Ironie und Pathos äußerst selten ist, und vor Iljitsch fühle ich sie nur bei Marat, aber nicht in solcher Kraft.«

Kutusow, kombinierte Samgin. Das ist sein Stil. Soll ich ihn nennen? Sagen, wer es ist?

Ins Zimmer trat der stellvertretende Staatsanwalt am Ort, Brun-de-Saint-Hippolyte, ein Geck und schöner Mann, Tagilskij streckte die Hand nach dem Brief aus und fragte: »Sie wissen es nicht?« Die Frage klang suggestiv, und das freute Samgin sehr, er drückte dem Gecken fest die Hand und antwortete auf seine Frage: »Wie ist Paris, äh?« mit Leichtigkeit: »Wundervoll!«

Brun lächelte selbstzufrieden, strich sich mit den Fingern über das seidige Schnurrbärtchen, dessen Härchen dicht an dicht gebürstet waren.

»Mein Freund Fürst Urussow hat trefflich gesagt: ›Paris ist ein Becken von Siloah, in ihm werden alle seelischen Krankheiten und Kümmernisse geheilt.‹«

»Das Becken von Siloah ist so ein heilkräftiges Schlammbad, ähnlich dem von Sak«, bemerkte Tagilskij und – fragte streng: »Doch wer ist Berdnikow?«

Von Berdnikow sprach Samgin mit Vergnügen und veranlaßte dadurch den stellvertretenden Staatsanwalt zu der schmeichelhaften Bemerkung: »Oh, Sie haben ja die Begabung eines Belletristen!«

»So«, unterbrach ihn Tagilskij, sich eine Zigarette anzündend. »Also: Ein Geschäftsmann mit Orientierung auf ausländisches Kapital? Französisches, ja?«

»Ich weiß nicht.«

»Und die Sotowa – auf englisches, nach den Dokumenten zu urteilen?«

»In diese Angelegenheit hat sie mich nicht eingeweiht. Die Sachen, die ich führte, sind von mir zur Abgabe ans Gericht bereitgelegt.«

»Vortrefflich«, sagte Tagilskij; Saint-Hippolyte sah ihn gelangweilt an, schnalzte zweimal laut und ging weg, während Tagilskij, in Papieren blätternd, murmelte: »Dieses Bürschchen da wird leicht Karriere machen! Zu Anfang wird er eine Reiche heiraten, das fällt ihm leicht, wie eine Fliege totzuschlagen. An seinem Lebensabend wird er Senator, stellvertretender Minister, Mitglied des Reichsrats, überhaupt – ein großes Tier sein! Doch all seinen Veranlagungen nach ist er ein Dummkopf und Ignorant. Na – der Teufel soll ihn holen!«

Er klopfte mit der flachen Hand auf die Papiere und begann mit einem Unterton von Verwunderung: »Die Sotowa war aber eine Dame mit großem Wirkungsbereich! Und nach dem Widerhall ihrer Unternehmungen zu urteilen – eine Frau von nicht geringem Verstand und von großer Gier. Ich bin geradezu frappiert: Marxisten, Finanzleute, Sektierer. Gründe für Ihre Vermutung einer nahen Beziehung zum Polizeidepartement – spüre, finde ich nicht. Es sei denn, was das Sektierertum anbelangt? Es ist ganz unbegreiflich, zu welchem Zweck sie all diese Büchlein und Handschriften gesammelt hat. Solch ein großer, bildungsloser Unsinn, solch ein armseliger Unverstand ... Neben diesem Plunder – eine Bibliothek russischer und europäischer Klassiker, Bücher von Le Bon über die Entwicklung der Materie, der Kraft. Lester Ward, Oliver Lodge in englischer Sprache, die letzte deutsche Ausgabe von Humboldts ›Kosmos‹, Marx, Engels ... Und alles mit dem Bleistift in der Hand gelesen, es sind Zettel eingelegt mit Hinweis, was wo zu suchen ist. Sie wissen natürlich das alles?«

»Nein«, sagte Samgin. »Bei ihr zu Haus bin ich nur zwei- bis dreimal gewesen ... Geschäftlich trafen wir uns im Laden.«

»Der Laden war eine Tarnung? Wie?«

Samgin zuckte stumm mit den Achseln und sagte plötzlich: »Sie war die Steuerfrau eines Schiffs der Geißler. Die örtliche Gottesmutter.«

»S-sie?« wiederholte Tagilskij stotternd und lachte fast klanglos in kurzen Atemstößen, wobei er auf dem Stuhl hochsprang, sich schüttelte und den scharfzähnigen Mund öffnete. Dann wischte er sich mit dem Taschentuch die Tränen des Lachens von den Wangen und fuhr fort: »Bei Gott, solche Wirrköpfe wie bei uns gibt es nirgends in der Welt. Was bedeutet das? Gottesmutter, wie? Ach, diese Teufel ... Jedoch – gehen wir weiter.«

Er begann rasch bezüglich der Geschäftspapiere Fragen zu stellen, und nach etwa zehn Minuten fragte er schroff: »Wem konnte sie im Wege stehen – was meinen Sie?«

»Besbedow, Berdnikow«, antwortete Samgin.

»Ermordet hat sie – Besbedow«, sagte zornig Tagilskij, sich eine Zigarette anzündend. »Es erhebt sich die Frage der Initiative: Aus eigenem Antrieb oder auf Anstiftung? Ihre Charakteristik Berdnikows ...«

Er verstummte und las irgendein Schriftstück, während Samgin, etwas betreten über die Entschiedenheit der Antwort, sie zu mildern versuchte: »Besbedow kann man sich sehr schwer als Mörder vorstellen ...«

»Warum? Auch Kinder morden. Stiere töten.«

Nachdem er das Schriftstück beiseite geworfen hatte, begann er sehr rasch und zornig zu reden: »An der Wolga, in Stawropol, tötete ein Hammel einen Gymnasiallehrer. Der Lehrer saß als Sommerfrischler auf der Erde und studierte die Lebensweise irgendwelcher kleinen Kräuter oder Käfer, während der Hammel einen Anlauf nahm und – wuppdich! – dem Lehrer die Hörner ins Genick rannte! Und – verwaist waren die Käferchen.«

Er erhob sich, sein Bauch stemmte sich gegen den Tischrand, die Hände knöpften die Uniformjacke zu.

»Die Voruntersuchung ist abgeschlossen, die Anklageschrift fertig, aber noch nicht vom Staatsanwalt unterzeichnet.« Er blieb vor Samgin stehen und fragte, ihn mit dem Bauch fast berührend: »Gab es Juden unter ihren Bekannten, unter den Leuten, mit denen sie geschäftlich zu tun hatte, wie?«

»Nein. Ich weiß es nicht.«

»Gab es keine, oder wissen Sie es nicht?«

»Ich weiß es nicht.«

»Und ich denke: Es gab keine«, schloß Tagilskij und freute sich über irgend etwas. »Hören Sie: Lassen Sie uns zu Besbedow gehen, versuchen Sie ihn zu einem Geständnis zu überreden – einverstanden?«

Der Vorschlag kam unerwartet und gefiel Samgin gar nicht, aber als er sich erinnerte, wie Tagilskij ihn davon abgehalten hatte, die Bekanntschaft mit Kutusow einzugestehen, nickte er stumm.

»Also«, murmelte Tagilskij, ihm mit einigem Zögern die Hand reichend.

Am Morgen des nächsten Tages fuhren er und Tagilskij bei der Pforte des am Stadtrand gelegenen Gefängnisses vor. Kalter, staubfeiner Regen rieselte, vernichtete den nachts gefallenen Schnee und legte den Erdschmutz bloß. Das Gefängnis war ein düsteres Viereck hoher, dicker Backsteinmauern, innerhalb der Mauern war ein seit langem nicht mehr getünchtes Gebäude in der Erde verwurzelt, voll von Flecken wie wundgelegene Stellen, an den Ecken des Gebäudes standen vier Türme, in seiner Mitte ragte auf dem Dach das Kreuz der Gefängniskirche.

»Ein Dingelchen, aus elisabethanischen Zeiten«, sagte Tagilskij. »Vortrefflich, fest hat man die Gefängnisse bei uns gebaut. Wir gehen in die Zelle des Untersuchungsgefangenen, statt ihn ins Büro holen zu lassen. So wird es intimer werden«, brummte er eilig.

Sie wurden vom Gehilfen des Gefängnisdirektors empfangen, einer kleinen, schwarzen Gestalt mit dem verwaschenen Gesicht einer abgegriffenen Puppe aus alten Lappen, mit einem Revolver am Gürtel und einem Säbel an der Seite.

»In die Zelle Besbedows«, sagte Tagilskij. Der kleine Mann blinzelte erschrocken mit seinen Mausaugen und befahl einem Wärter: »Hole den Untersuchungsgefangenen Besbedow aus der . . .«

»Ich habe gesagt – in die Zelle!« erinnerte ihn streng Tagilskij.

»Zu Befehl! Aber er sitzt im Karzer.«

»Weswegen?«

»Er tobt unerträglich, wird handgreiflich.«

»Herauslassen, in die Zelle führen . . .«

»Wir haben keine freien Zellen, Euer Hochgeboren. Herr Besbedow ist in der Massenzelle für Strafgefangene untergebracht. Bei uns ist alles überfüllt . . .«

Die Hand am Mützenschirm, mischte sich vorsichtig der Wärter ein: »Der linke, rückwärtige Turm ist frei, da man gestern abend den Politischen in den Karzer abgeführt hat.«

Dieser Zwischenfall stimmte Samgin trübsinnig. Der scharfe Kommandoton Tagilskijs war unangenehm; sein Gesicht, aufgeblasen, gewölbt wie die Halbkugel eines großen Gummiballs, schien versteinert, die roten Schweinsäugelchen waren zornig aufgerissen. Die kurzen, dicken Beinchen trugen ihn geräuschlos wie Katzenpfoten über das nasse Kopfsteinpflaster des Hofes, über die gußeisernen Stufen der Treppe, über die abgetretenen Läufer des Korridors; als er die Turmzelle betreten hatte, die rund war wie das Innere eines Fasses, schloß er rasch hinter sich die Tür, als versteckte er sich.

»Bring Stühle«, sagte der Gehilfe des Aufsehers zu dem Wärter. Tagilskij hielt ihn zurück.

»Nicht nötig. Bringen Sie den Untersuchungsgefangenen. Sie warten im Korridor.«

Samgin setzte sich auf die Pritsche. Das Licht fiel durch ein quadratisches Fenster unter der Decke in die Zelle herein, es fiel als trüber Streif, ließ die Wände im Halbdunkel. Tagilskij setzte sich neben Samgin und fragte ihn leise: »Haben Sie schon mal im Gefängnis gesessen?«

»Ja. Nicht lange.«

»Und ich – habe andere hineingesetzt«, entgegnete Tagilskij ebenso leise. »Die Intellektuellen sperren sich gegenseitig in Gefängnisse. Sieht das nicht wie ein . . . Mißverständnis aus? Wie ein Witz?«

Samgin kam nicht zum Antworten – Besbedow trat ein. Er schritt wie von einer Stufe herab, deren Höhe er falsch abgeschätzt hatte, machte einen Schritt, und seine Beine knickten ein, er stolperte und sprang gleichsam in den Streif trüben Lichtes hinüber.

»Stellen Sie sich an die Wand«, befahl Tagilskij allzu laut, und Besbedow taumelte gehorsam ins Halbdunkle zurück, lehnte sich an die Wand. Samgin konnte ihn nicht gleich erkennen, er sah zuerst nur eine schwerfällige und fast formlose Gestalt, hörte ihr schweres Keuchen, unartikulierte Ausrufe, die einem Aufstoßen glichen.

»Hören Sie, Besbedow«, begann Tagilskij, ihm antwortete ein dumpfes, heiseres Heulen.

»Man hat mich verprügelt. Mich mit Füßen getreten. Ich will einen Arzt, man soll mich ins Krankenhaus schaffen . . .«

»Wer hat Sie geschlagen?« fragte Tagilskij.

»Die Strafgefangenen, die Wärter, alle. Hier schlagen alle. Weswegen schlägt man mich? Ich werde mich beschweren . . . Wer sind Sie?«

Samgin spannte seine Sehkraft an und blickte mit einem Gefühl heftigen Abscheus auf Besbedow. Das ihm wohlbekannte aufgedunsene, breite Gesicht war unkenntlich eingefallen, die Wangen hatten ihr Fett verloren und hingen herab wie bei einer Bulldogge, und die Ähnlichkeit des Gesichts mit einer Hundeschnauze wurde durch die Wolle an Wangen und Hals und durch die gebleckten Zähne gesteigert; das zerzauste Haar ragte in Büscheln auf dem Kopf wie eine zerfetzte Mütze. Das eine Auge war von einer Geschwulst verdeckt, das andere, geweitet, blinzelte fortwährend. Besbedow wurde von einem Zittern geschüttelt, seine Beine knickten ein, sich mit der einen Hand an die Wand klammernd, zog er mit der anderen den fast ganz abgerissenen Ärmel des zerknitterten Rockes zur Schulter hinauf, das Hemd war auch zerrissen und ließ die Brust sehen, ihre weiße Haut war ganz voller Flecken.

»Wie soll ich, so zerschlagen, vor Gericht erscheinen? Mich kennt die ganze Stadt. Mir fällt das Atmen, das Reden schwer. Ich muß ärztlich behandelt werden ...«

»Sie müssen ein Geständnis ablegen, Besbedow«, begann Tagilskij streng von neuem, und von neuem ertönte ein heiseres Heulen: »Aha, Sie sind das? Wieder Sie? Nein, ich bin kein Dummkopf. Geben Sie mir Papier ... ich werde mich beschweren. Beim Gouverneur.«

»Der Verteidiger ist zu Ihnen gekommen«, sagte Tagilskij laut.

Samgin erinnerte ihn sofort aufgeregt, mit Flüsterstimme: »Ich weigere mich, ich kann nicht ...«

Besbedow indessen kratzte an der Wand herum und schrie: »Ich will ihn nicht! Ich habe erklärt: Samgin – oder ich brauche keinen! Sie üben auf mich Druck aus! Ihren Advokaten traue ich nicht.«

»Er, Samgin, ist hier«, sagte Tagilskij.

»Ja, ich bin nun gekommen«, bestätigte Klim halblaut und fühlte, daß er die Rolle eines stummen Zuschauers vorgezogen hätte.

Besbedow riß sich von der Wand los und machte einen Schritt auf ihn zu, stieß mit dem Knie an eine Ecke der Pritsche, ächzte auf, setzte sich auf den Boden und ergriff Samgin am Bein.

»Klim Iwanowitsch«, keuchte er inbrünstig. »Herrgott ... wie froh ich bin! Nun, jetzt ... Wissen Sie, sie wollen mich aufhängen. Jetzt hängt man alle auf. Man versteckt mich. Man schlägt mich, wirft mich in den Karzer. Haben mich hin und her geschwungen und – hineingeworfen. Sie lieber Mensch, Sie wissen es ... Bin ich denn eines Mordes fähig! Wenn ich dessen fähig wäre, hätte ich schon längst ...«

»Sie reden ... irrsinnig, zu Ihrem eigenen Nachteil«, warnte ihn Samgin und suchte sein Bein, indem er vorsichtig damit zuckte, aus Besbedows Händen zu befreien, während dieser krampfhaft fortfuhr, wie ein Aufstoßen klingende Worte herauszuschreien: »Sie wissen, was für ein Satan sie war ... Eine Hexe mit Kupferaugen. Das habe nicht ich gesagt, sondern die Braut. Meine Braut.«

»Beruhigen Sie sich«, forderte Samgin, völlig bedrückt, ihn auf, und ihm schien, daß Besbedow tatsächlich ruhiger wurde. Tagilskij zog sich schweigend unter das Fenster zurück und quoll dort auf, zerrann im Halbdunkel. Besbedow saß, das eine Bein gekrümmt, da und streichelte mit der Hand das Knie, das andere Bein hatte er unter die Pritsche gesteckt, seine Hand zupfte immerfort am Rockärmel.

»Sie hat mir das ganze Leben verpfuscht, Sie wissen es«, sagte er. »Sie konnte alles. Entsinnen Sie sich – dieser Narr, der Wächter, so ein riesengroßer? Er ist ein Entlaufener. Er war es, der den Wechsler umgebracht hat. Und sie – versteckte ihn, den Mörder.«

»Geben Sie sich Rechenschaft darüber, was Sie reden?« fragte Tagilskij. Besbedow riß den Ärmel ab, schwang ihn in Richtung Tagilskij hoch und steckte sich dann den Ärmel unter die Achsel.

»Ich gebe mir Rechenschaft, ich verstehe, ich habe keine Angst vor Ihnen . . . Ach Sie, Staatsanwalt. Jetzt – habe ich keine Angst. Auch vor ihr – habe ich keine Angst. Sie ist tot, ich kann alles von ihr sagen. Was meinen Sie, Klim Iwanowitsch, meinen Sie, sie habe Sie geschätzt? Die?«

»Ich glaube Ihnen nicht, ich kann Ihnen nicht glauben«, schrie Samgin nahezu und sah dabei mit Abscheu in das zu ihm emporgerichtete zottige, zuckende Gesicht. Er blickte flüchtig zu Tagilskij hinüber – dieser stand mit geneigtem Kopf da, eine Rauchwolke schwebte darüber, sein Gesicht war nicht zu sehen.

Er will mir trotz allem irgendeine Falle stellen, dachte Samgin voller Unruhe, während Besbedow, der nach Samgins Knie und dem Pritschenrand griff, aufzustehen suchte und, wahrscheinlich verwundert, erschreckt, zischte: »Sie glauben mir nicht? Wie wollen Sie mich denn verteidigen? Sie müssen mich verteidigen. Was ist denn mit Ihnen?«

»Ich habe nicht die Absicht, Sie zu verteidigen«, sagte Samgin so fest, als er konnte, und rückte aus dem Bereich seiner Hände weg. »Wenn Sie es getan – wenn Sie den Mord begangen haben . . . Es wird leichter für Sie – legen Sie ein Geständnis ab!« fügte er hinzu.

Besbedow stand auf, wankte, warf die Arme hoch, es war, als hätte er Samgins letzte Worte nicht gehört, er begann leiser zu sprechen, aber seine Rede kam Klim dadurch noch tobender, noch brennender vor.

»Was ist mit Ihnen? Ich – schätze Sie. Sie sind ein schrecklich kluger, weiser Mann, sie aber machte sich über Sie lustig. Mir hat es Mischa erzählt, er – weiß es . . . Sie sagte zu Creigthon, dem Engländer . . .«

»Hören Sie auf«, rief Samgin und schleuderte den Rockärmel beiseite, der ihm auf den Fuß gefallen war. »Das alles haben Sie erfunden. Sie sind ein kranker Mensch.«

»Ich? Nein! Man hat mich übel zugerichtet, aber ich bin gesund.«

»Schreien Sie nicht, Besbedow«, sagte Tagilskij, der auf ihn zutrat.

Besbedow stürzte hinkend zur Tür, stieß mit der Schulter dagegen, die Tür ging auf, auf der Schwelle postierte sich der Gehilfe des Direktors, hinter seiner Schulter ragte das graubärtige Gesicht des Wärters empor.

»Zumachen«, befahl Tagilskij. Die Tür wurde mit eiligem Eisengerassel geschlossen, Besbedow lehnte sich mit dem Rücken daran, drückte wie eine Frau die Arme an die Brust und zupfte an dem zerlumpten Hemd herum.

»Also, Besbedow«, begann der stellvertretende Staatsanwalt klangvoll. »Hören Sie mit Ihrem hysterischen Getue auf, es nützt Ihnen nichts, sondern schadet Ihnen nur. Klim Iwanowitsch und ich – wir wissen, wann einer sich den Anschein eines unschuldigen, erschreckten Jungen gibt, wann er lügt . . .«

Besbedow stieß mit dem Hinterkopf an die Tür und schrie fast mit seiner normalen, Samgin bekannten Stimme: »Ich – lüge nicht! Ich will leben. Ist das eine Lüge? Dummkopf! Lügen denn die Menschen, wenn sie leben wollen? Na? Ich bin jetzt reich, nachdem man sie umgebracht hat. Ich bin ihr Erbe. Sie hat sonst niemanden. Klim Iwanowitsch . . .«, schrie er beklommen und schluchzend.

Tagliskijs Stimme übertönte ihn: »Sagen Sie geradeheraus: Haben Sie selbst den Mord begangen oder ein anderer, den Sie angestiftet haben? Nun?«

Besbedow brüllte auf, machte einen Schritt nach vorne, fiel nach der Seite um und blieb formlos ausgebreitet am Boden liegen.

»Ach, Teufel«, murmelte Tagilskij, der zur Pritsche gesprungen war, dann schritt er über Besbedows Beine hinweg und klopfte mit der Schuhspitze an die Tür.

»Feldscher, Arzt«, befahl er. »Den da – hier, im Turm lassen. Verlangt er Papier, Tinte – ihm geben.«

Als sie durch den Korridor gingen, fragte er halblaut: »Simuliert er?«

»Ich bin nicht sicher.«

»Uff, Teufel, wie schül es ist!« sagte Tagilskij, sein Gesicht mit dem Taschentuch abwischend, als sie auf den Hof hinaustraten, dann nahm er den Hut ab und brummte, den kahlen Kopf schüttelnd, als wehre er feine Regentröpfchen ab: »Drecksmenschlein. Säufer?«

»Nein. Narr und Prasser.«

Tagilskij brummte: »Ein schädliches Subjekt. Er ist imstande, uns eine schöne Suppe einzubrocken . . . der Teufel soll ihn holen!«

Er will mir angst machen, überlegte Samgin.

Tagilskij trocknete mit dem Taschentuch seine Glatze und setzte den Hut auf. Samgin dagegen empfand eine drückende, feuchte

Kälte in der Brust, eine klebrige, fast eisige Nässe im Gesicht. Ihn beunruhigte die Frage, warum dieser Dicke ihm die Zusammenkunft mit Besbedow verschafft hatte. Und als Tagilskij vorschlug, in einem Restaurant zu Mittag zu speisen, lud Samgin ihn zu sich ein, lud ihn liebenswürdig ein, bemühte sich jedoch, zu verbergen, daß er das sehr wünsche.

Dann trommelte eine Zeitlang hartnäckig Regen auf das Lederverdeck des Wagen, das von den Dächern rinnende Wasser murmelte, die Gummireifen glucksten in den Pfützen, der Wagen holperte über die Schlaglöcher des Pflasters, der Nachbar stieß mit der Schulter gegen Samgin, der Kutscher rief: »He, O-bacht!«

Ja, man muß sehr vorsichtig mit ihm sein, dachte Samgin von dem Nachbar, während dieser aus unerfindlichem Grund von Sologub murmelte: »Er ist sowohl talentiert als auch ein Pessimist, aber – kein Baudelaire. Er ist mollig warm und weich, wie ein Kissen.«

Samgin, der vor Kälte schlotterte, fragte sich: Konnte Besbedow einen Mord begehen?

Nach einer Antwort suchte er nicht, ihn hinderte daran die zerzauste, jämmerliche Gestalt, das zerschlagene, von Angst und Entrüstung entstellte Gesicht, ihm fiel die neidische Klage ein: Die Frauen mögen mich nicht, ich bin ihnen gegenüber offenherzig, geschwätzig, schütte sofort mein Herz aus, während die Weiber das Geheimnisvolle lieben. Sie mag das Frauenvolk natürlich gern. Sie sind rätselhaft, verbergen irgend etwas in sich, und das macht neugierig . . .

Bei Samgin zu Haus zündete sich Tagilskij eine Zigarette an, lehnte sich an die weißen Ofenkacheln und stand ein paar Minuten lang schweigend da, wobei er zuhörte, wie der Hausherr bei dem Dienstmädchen eine Vorspeise zum Mittagessen und Wein bestellte.

»Wie nett sie ist«, sagte er, als das Mädchen gegangen war, und seufzte, dann hielt er die Zigarette senkrecht, beobachtete, wie sie gleich einem Fabrikschlot rauchte, und erzählte währenddessen: »Zwei Jahre lang etwa, bis zum Frühling des laufenden, habe ich auch so eine gehabt, eine rundliche, lustige, eine junge Kleinbürgerin aus Pskow. Meine Frau brachte es sogar zu so 'ner Art von familiären Beziehungen mit ihr, gab ihr Bücher zu lesen und . . . befaßte sich überhaupt mit der ›intellektuellen Entwicklung der primitiven Natur‹, wie sie mir erklärte. Meine Frau war ein naives Menschenkind.«

»War?« fragte Samgin.

»Ja. Wir sind auseinandergegangen. Nun also – Polja. In diesem Frühjahr tauchte an ihrer Seite ein wohlanständiger junger Mann auf. Eine vollkommen natürliche Erscheinung:

Das ist nun mal so Brauch:
Damals war es Frühling.
Die Muttergottes auch
Empfangen hat im Frühling.

Meine Frau fuhr mit Polja fort, um das Landhaus herzurichten, ich ging aus Langeweile in den Zirkus, zum Ringkampf, harrte aber nicht bis zum Ringkampf aus, komme nach Hause – im Arbeitszimmer ist, wie ich sehe, Licht, an meinem Tisch sitzt Poljas Kavalier und ist in das Sichten von Papieren vertieft. Ich habe ein Revolverchen bei mir, einen kleinen Browning. Ich frage: ›Haben Sie etwas Interessantes gefunden?‹ Er wollte aufstehen, seine Beine rutschten unter den Tisch, er plumpste in den Sessel, hob die Hände hoch und erklärte: ›Ich bin kein Dieb‹ – ›Sie sind ein Esel‹, sage ich. ›Sie hätten sich gerade für einen Dieb ausgeben sollen, dann hätte ich die Polizei angerufen, die hätte Sie abgeführt und Sie in Frieden zur Erfüllung Ihrer nächsten Aufgaben entlassen, und damit wäre die Geschichte beendet gewesen. Nun erzählen Sie mal, wie es mit Ihnen so weit gekommen ist.‹ Es stellte sich heraus: Er war der Sohn eines Postbeamten, war Sekretär an einem Mädchengymnasium gewesen, hatte den Mädchen illegale Literatur gegeben, das war an den Tag gekommen, man hatte ihn verhaftet, ihm gedroht, ihm einen Vorschlag gemacht – er hatte eingewilligt. Ich frage: ›Und was ist mit Polja?‹ – ›Und sie‹, sagt er, ›steht mit mir zusammen im Dienst.‹ Es blieb mir nichts anderes übrig, als von dem Mädchen Abschied zu nehmen. Ich erzähle danach im Obergerichtshof: Die Dinge stehen offensichtlich schlimm, wenn man schon bei Mitgliedern der Staatsanwaltschaft geheime Haussuchungen vornimmt! Mein unmittelbarer Vorgesetzter lädt mich vor und ermahnt mich: ›Sie erzählen Witze‹, sagt er, ›die die Regierung kompromittieren. Sie vergessen‹, sagt er, ›daß Peter der Große den Staatsanwalt das Auge des Herrschers genannt hat.‹«

Tagilskij sprach langsam, mit müde gurrender Stimme. Samgin suchte zu begreifen: Warum erzählte er das? Und plötzlich unterbrach er die Erzählung, indem er fragte: »Möchten Sie mir nicht erklären, welchen Sinn für Sie mein Besuch . . . im Gefängnis hatte?«

»Ich habe erwartet, daß Sie mich danach fragen werden«, entgegnete Tagilskij, steckte die Hände in die Hosentaschen, zog die Hose etwas hoch, ging auf die Speisezimmertür zu, schloß sie, steckte den schwelenden Zigarettenstummel in die Erde des Gummibaumbottichs. Und während er im Zimmer umherspazierte und die kurzen Beine komisch und gewichtig wie ein Gockel hochwarf, begann er, als läse er ein Schriftstück vor: »Der eines Kriminalverbrechens – eines Mordes – Verdächtige«, erinnerte er, den rechten Arm hochschwingend, »hat den hartnäckigen Wunsch geäußert, gerade Sie möchten ihn vor Gericht verteidigen. Weshalb? Weil Sie sein Untermieter sind? Das ist etwas zu wenig. Vielleicht besteht noch irgendeine andere Beziehung? Von diesem Verdacht hat Besbedow Sie rein gewaschen. So – das wäre der eine Sinn.«

Er trat auf Samgin zu und fuhr, den Bauch fast gegen dessen Knie gestemmt, fort: »Es gibt noch einen anderen. Aber er ist . . . auch mir selbst nicht ganz klar.«

Sein rotes Gesicht erblaßte, seine zusammengekniffenen Augen blitzten ungut auf.

»Ich verstehe Sie; Sie glauben, ich wolle eine gewisse gerichtliche Gemeinheit gegen Sie begehen.«

»Sie täuschen sich . . .«

»Machen Sie mir nichts vor, Samgin.«

Tagilskij fuhr mit der Hand durch die Luft und begann von neuem umherzugehen, wobei er in ironischem Ton sagte: »Es ergibt sich also, daß ich Ihnen als Ware meine Aufrichtigkeit anbiete, während Sie . . . keinen Bedarf nach ihr haben und offenbar überzeugt sind, es sei faule Ware.«

»Sie wissen natürlich, daß die Menschen einen überhaupt nicht zu Vertrauen geneigt machen«, sagte Samgin schulmeisterlich, erfaßte aber sofort, daß er herablassend sprach und dadurch die Ironie des Gastes steigern konnte. Der Gast, der mit dem Rücken zu ihm stand, betrachtete die Buchrücken im Schrank und sagte: »Sogar sich selbst trauen sie wenig.«

Er drehte sich wie ein Ball um und setzte hinzu: »Der russische Intellektuelle lebt in einem ununterbrochenen Zustand der Selbstverteidigung und mit ununterbrochenen Übungen in der Kunst zu streiten.«

»Das ist sehr wahr«, gab Klim Samgin zu, da er fürchtete, daß der Dialog in einen Streit umschlagen könnte. »Sie haben sich sehr verändert, Anton Nikiforowitsch«, begann er so freundlich, als er nur konnte, um dem Gast etwas Schmeichelhaftes zu sagen. Aber das erübrigte sich – das Dienstmädchen rief zu Tisch.

»Essen tue ich gern«, sagte Tagilskij.

Samgin schenkte Wodka ein, sie stießen an und tranken, der Gast schenkte sofort jedem ein zweites Gläschen ein und sagte dazu: »Ich beginne, gemäß einem Vermächtnis meines Vaters, mit dreien. Das war das beste von seinen Vermächtnissen. Mir scheint, ich werde krank. Meine Temperatur klettert, innerlich fröstelt mich eigentümlich, während unter der Haut sich Bläschen bilden und platzen. Das verpflichtet mich, tüchtig zu trinken.«

Samgin, der sich bemühte, liebenswürdiger zu ihm zu sein, bewirtete ihn eifrig und erzählte von Paris, Tagilskij stillte fleißig seinen Hunger, schwieg und sagte dann plötzlich kopfschüttelnd: »In Moskau, als wir uns trafen, begann ich zu trinken.«

Nach einer Pause fügte er hinzu: »Um nicht zu denken.«

»Sind Sie Moskauer«, fragte Samgin.

»Ich bin aus Tula. Mein Vater machte Samoware bei den Brüdern Bataschow.«

Er wischte sich mit der Serviette über den Mund und leckte, da er ihr nicht traute, die Lippen mit der Zunge ab.

»Ich bin ein Intellektueller in erster Generation. Und Sie?« fragte er, die Wangen zu einem Lächeln aufblähend.

»In dritter«, sagte Samgin. Tagilskij, der sich gerade eine Zigarette anzünden wollte, murmelte: »Bereits ein Aristokrat, im Vergleich zu mir.«

Samgin, der sich auch eine Zigarette angezündet hatte, sah ihn fragend an.

»Ein interessantes Thema«, sagte Tagilskij kopfnickend. »Als mein Vater an die dreißig Jahre alt war, las er irgendein Buch über das ausgelassene Leben der Goldgräber, ließ sich verleiten und fuhr in den Ural. Mit fünfzig Jahren war er Inhaber einer Schankwirtschaft und eines Freudenhauses in Jekaterinburg.«

Tagalskij kniff die roten Äugelchen zusammen, schwieg ein paar Sekunden lang und blickte Samgin aufmerksam ins Gesicht, Samgin hielt diesem prüfenden Blick, ohne zu blinzeln, stand.

»Meine Mutter, die nie ein Wort sprach, starb, als ich elf Jahre alt war. Im gleichen Jahr erschien eine Stiefmutter, die Witwe eines Diakons, ein kraftstrotzendes, zynisches und widerlich scheinheiliges Frauenzimmer. Ich wollte sie mit einer Flasche – einer leeren – auf den Kopf schlagen, mein Vater verprügelte mich tüchtig, während sie mich niederknien ließ und selbst hinter mir auch niederkniete. ›Bitte Gott um Vergebung dafür, daß du gegen mich, die dir von Gott gegebene Mutter, die Hand erhoben hast!‹ Ich sollte laut beten, aber ich begann unflätige Verse aufzusagen. Es gab nochmals Prügel, und mein Vater geriet in eine solche Raserei, daß ihm ›das Herz stockte‹ und daß die Stiefmutter erschrak, als er, auch groß und beleibt, umfiel und nach Atem rang. Danach weinten sie beide. Gefühlvolle Menschen . . .«

Samgin hörte zu, beobachtete das Gesicht des Erzählers und glaubte ihm nicht. Die Erzählung, erinnerte an etwas Gelesenes, an eine der von den wenig bedeutsamen Schriftstellern der siebziger Jahre verfaßten Geschichten. Aus irgendeinem Grund war es angenehm, zu erfahren, daß dieser modisch gekleidete Mann der Sohn eines Bordellinhabers war und daß man ihn geprügelt hatte.

»Wir wohnten eng beisammen«, fuhr Tagilskij gemächlich und dem Scheine nach gleichmütig fort. »Ich sah mehrfach . . . sozusagen die Leidenschaftsausbrüche zweier Tiere. Auf dem Hof, in einem großen Anbau der Schankwirtschaft, waren die Dirnen untergebracht. Mit zwölf Jahren begann ich zu onanieren, eine von den Dirnen ertappte mich dabei und lehrte mich, das normale Geschlechtsleben zu bevorzugen . . .«

Samgin verbarg das Gesicht im Zigarettenrauch und überlegte: Weshalb muß er mir diese Abscheulichkeiten erzählen? Wenn ich Ähnliches erlebt hätte, hielte ich es für meine Pflicht, es zu vergessen . . . Die Motive solcher häßlichen Beichten sind nicht zu begreifen.

Tagilskij sprach mit geweiteten Augen und blickte dabei über Samgins Kopf hinweg, dort, vor dem Fenster, im Garten, pfiff der Wind und knarrte irgendein Ast.

»Man schlug mich so, daß ich mich sanft stellen mußte, obwohl ich mehr als einmal meinen Vater oder die Stiefmutter hätte erstechen mögen. Aber trotzdem war ich ihnen im Wege. Mein Vater schätzte den Nutzen der Bildung hoch, da er sie als Unabhängigkeit von der Polizei auffaßte, die ihn ständig belästigte. Er nahm für mich einen Nachhilfelehrer, ich bereitete mich für das Gymnasium vor und absolvierte es mit der Goldenen Medaille. Ich will nicht davon reden, was mich das gekostet hat. Ich wohnte nicht in der Schankwirtschaft, sondern bei der Schwester meiner Stiefmutter, sie vermietete Zimmer mit Beköstigung an Gymnasiasten. Von der Teilnahme an Fortbildungszirkeln drückte ich mich nicht nur, sondern bekundete auf jegliche Weise meine ablehnende, sogar feindliche Haltung ihnen gegenüber. Dort gab es Kinder, die es im Leben leicht hatten – Söhne von Kaufleuten aus den Bezirken, von Ingenieuren, von Fabrikärzten –, Aristokraten. Der Vater verwöhnte mich nicht mit Geld, er verlangte nur, daß ich mich ordentlich kleide. Ich gewann meinen Stubengenossen im Kartenspiel Geld ab und sparte.«

Samgins Stimmung spaltete sich: Es war angenehm, daß ein Mann, den er für gefährlich hielt, sich vor ihm entblößte, entwaffnete, und immer beharrlicher wünschte er zu begreifen, weshalb dieser rundliche, wohlgenährte Mann so vertraulich wurde. Tagilskij indessen gurrte, seine klangvolle Stimme zügelnd, und immer öfter brach hinter dem trübseligen Gurren lautes Schluchzen hervor.

Er erinnert durch irgend etwas an Berdnikow, warnte sich Samgin.

»In der siebten Klasse befand sich der Sohn eines Steigers, der Leiter eines Marxistenzirkels, ein hartnäckiger, langnasiger Bursche ... Im vergangenen Jahr erfuhr ich zufällig, daß man ihn zum drittenmal verbannt habe ... Ich glaube, sogar ins Zuchthaus. Er lehrte mich, daß die Intellektuellen ebensolche Diener der Bourgeoisie seien wie die Köche, die Kutscher und so weiter. Aus einem Gefühl der Abneigung gegen alles, was mich verletzte, beschloß ich, ihm zu beweisen, daß dies nicht stimme. Mein Vater hatte mir befohlen, an der Tomsker Universität zu studieren, um Arzt oder Anwalt zu werden, aber ich fuhr nach Moskau, denn ich hatte beschlossen, Staatsanwalt zu werden. Mein Vater verweigerte mir seine Hilfe. Ich studierte gern, die Professoren waren mir gewogen und schlugen mir vor, an der Universität zu bleiben. Aber im vierten Juristenjahr heiratete ich, meine Frau gehörte einer soliden Juristenfamilie an, ihr Vater war Staatsanwalt in der Provinz, ein Onkel von ihr Professor. Ich hatte einen Sohn, er starb im fünften Lebensjahr. Er war ein rechtschaffenes, offenherziges Kerlchen. Er verbot der Mutter, ihn zu küssen. ›Du hast Seife an den Lippen‹, sagte er. Mit der Seife meinte er den Lippenstift. ›Mama, du schreist Papa an‹, sagte er, ›als wäre er der Koch.‹ Den Koch konnte er nicht ausstehen. Nach seinem Tod gingen meine Frau und ich auseinander.«

Tagilskij schüttelte sich plötzlich heftig auf dem Stuhl, blinzelte mit den Augen und sagte eilig: »Sie verzeihen mir ... diesen Monolog ...«

»Aber ich bitte Sie!« rief Samgin aus, der das sichere Gefühl hatte, ein bedeutenderer und stärkerer Mann zu sein als sein Gast. »Ich höre mit großem Interesse zu. Und es ist für mich, offen und ehrlich gesagt, sehr angenehm, schmeichelhaft, daß Sie so ...«

»Na, und so weiter«, unterbrach ihn Tagilskij und hob das Glas zum Mund. »Auf Ihr Wohl!«

Er trank, schnalzte mit den Lippen, strich sich mit den Händen über die Wangen und seufzte laut.

»Wie Sie sehen, haben Sie einen richtigen Pechvogel vor sich. Weshalb? Ich muß Ihnen sagen, daß meine Fähigkeit, Prozeßknoten zu lösen, den Wirrwarr von Begriffen zu klären, von der Obrigkeit sehr geschätzt wird, und wenn das nicht der Fall wäre, hätte man mich wegen meines störrischen Charakters und meiner Vorliebe, Widersprüche aufzudecken, schon längst aus dem Sattel gehoben. In der Rechtspraxis sind nicht die Menschen, sondern Normen, Dogmen, Begriffe wichtig – das werden Sie wissen. Die Menschen mit ihren Taten braucht man nur, um die Dauerhaftigkeit der Begriffe zu prüfen, und zu deren größerer Festigung.«

Tagilskij stand auf, trat ans Fenster, hauchte die Scheibe an, schrieb mit dem Finger ein X und ein Y darauf und sagte undeutlich: »Die Menschen wiederum haben zwei widerspruchsvolle Grundelemente in sich, das biologische und das soziale. Ersteres diktiert gebieterisch: Behaupte deinen Platz und festige ihn auf jede Weise, sonst – stoßen dich deine Nachbarn in den Staub. Das soziale Element hingegen verlangt engen Kontakt mit den Klassennachbarn. Da haben wir schon die Ursache vieler Skandale. Außerdem gibt es die Gewalt der Klasse und ihre Rache. Sie als Intellektueller in dritter Generation werden wohl kaum begreifen, wo hier der Haken steckt. Ich hingegen begreife vortrefflich, daß mein Weg in zwanzig Jahren im Kassationshof des Senats enden muß, das ist das wenigste, was zu erreichen ich imstande bin. Aber das armselige Milieu des Justizministeriums widert mich an. Ist mir organisch zuwider. Alles an ihm ist mir zuwider: die Menschen, die Begriffe, die Absichten, die Taten.« Er murmelte immer undeutlicher.

Er wird betrunken, entschied Samgin lächelnd und fühlte, daß ihn dieser Mensch ermüdet hatte. Ein Mensch fremden Stils. Der Gestalt nach und danach, wie er ißt und trinkt, muß er ein fideles Haus sein.

Da er fürchtete, der Gast könnte sich plötzlich umwenden und das Lächeln auf seinem Gesicht merken, löschte Samgin es.

Der Sohn eines Freudenhausbesitzers – als Senator.

Erneut fiel ihm ein, als was für ein Puter Tagilskij sich im Kreise von Preiß benommen hatte. Wahrscheinlich hatte er sich auch schon damals seinen Weg in den Senat entworfen. Der etwas ungeschliffene Pojarkow hatte zu ihm gesagt: Rechnen muß man zwar, aber man darf dabei nicht vergessen, daß man mit Buchhaltung keine Revolution macht. Dann hatte er davon gesprochen, daß die Vulgarisierer Marxens eine besondere Vorliebe für Zahlen zeigten und daß Marx nicht bloß ein Ökonom, sondern der Begründer einer wissenschaftlich fundierten Wirtschaftsphilosophie sei.

Der stellvertretende Staatsanwalt rollte in eine Ecke davon, nahm in einem Sessel Platz und redete, sich mit den Fingern die Stirn reibend, weiter.

Samgin, der durch seine Erinnerungen abgelenkt war, hörte unaufmerksam, halb im Schlaf zu und wurde plötzlich durch den sonderbaren Satz geweckt: »Eine Seele, klein wie ein Edelstein.«

»Verzeihen Sie, wer hat die?«

»Die Somowa. Ein Jahr vorher begegnete ich ihr bei einer Theosophin, es gibt da so ein dümmliches, dürres und ehrsüchtiges Frauenzimmerchen, sehr reich und einflußvoll in gewissen Kreisen. Und nun mußte ich ihr in einer Zelle des Kresty-Gefängnisses begegnen – sie hatte eine Beschwerde eingereicht wegen grober Behandlung und der Absage, sie in einem Krankenhaus unterzubringen.«

»Wen, die Somowa?«

»Ja.«

Ich habe sie gekannt, wollte Samgin sagen, enthielt sich aber.

»Eine Akulka«, sagte Tagilskij sehr laut mit normaler Stimme. Als großer Meister im Beobachten von Äußerem stellte Samgin fest, daß Tagilskijs Lächeln so schwerfällig war, als widersetzten sich ihm die Gesichtsmuskeln. Und es verdeckte die kleinen Äugelchen Tagilskijs vollständig.

»Wissen Sie, was eine Akulka ist? Eine aus Holz gedrechselte Bäuerin, ein Spielzeug, und in ihr befinden sich noch eine solche und noch etwa sechs Stück, und in der letzten, der allerkleinsten, steckt ein Holzkügelchen, das sich nicht öffnen läßt. Ich hatte den Auftrag, es zu öffnen. Dieses Mädchen hatte die Flucht eines sehr ansehnlichen Genossen aus der Verbannung organisiert. Und sie war überhaupt ein in der konspirativen Technik bewandertes Mädchen. Man hatte sie in einem Treff verhaftet, und zwar schon zum drittenmal. Ich hatte erwartet, so einer bösen Wölfin zu begegnen, und erblickte ein wirklich krankes Figürchen, eine Monomanin der revolutionären Idee, die sie sogar wohl kaum verstanden, sondern sich gefühlsmäßig, als Glauben zu eigen gemacht hatte.«

Tagilskij seufzte und sagte gleichsam mit Bedauern: »Solche Frauen sind keine Seltenheit, der Teufel soll sie holen. Eine von ihnen – die Wanskok, die Anna Skokowa – wurde von Leskow in dem Roman ›Bis aufs Messer‹ recht gut dargestellt – haben Sie ihn gelesen?«

»Nein«, sagte Samgin, der aufmerksam zuhörte.

»Ein schlecht geschriebenes, aber interessantes Buch. Es erschien zwei bis drei jahre vor den ›Dämonen‹. Pissemkijs ›Aufgewühltes Meer‹ ist doch, glaube ich, auch vor Dostojewskijs Buch erschienen?«

»Ich entsinne mich nicht.«

»Na, der Teufel soll ihn holen, den Dostojewskij, ich mag ihn nicht!«

Er müßte ihn mögen, dachte Samgin.

»Nun also, eine Akulka. Häßlich, klein, hat aber so eine Art von ... innerer Anmut ... Eine kluge Seele, und in den Augen solch eine Zärtlichkeit ... die Zärtlichkeit einer Kinderfrau, für die die Menschen vor allem zu hartem Leben verurteilte kleine Kinder sind. Darum sagte dieses revolutionäre Mädchen zu mir: ›Ich habe Sie kommen lassen, damit Sie anordnen, daß man mich ins Krankenhaus überweise, ich leide an Krebs, Sie jedoch verhören mich. Das ist nicht schön, ist unredlich. Sie wissen doch, daß ich nichts sagen werde. Und – schämen Sie sich denn nicht, Staatsanwalt zu sein in dieser Zeit, in der Stolypin ...‹ na, und so weiter. Aus irgendeinem Grund fügte sie hinzu, ich sei klug, gutherzig und darum – müsse ich mich besonders schämen. Überhaupt – sie hat mir eine Predigt gehalten wie einem Toten. Das war ein äußerst humorvoller Augenblick. Ich sagte ihr natürlich, ein Staatsanwalt sei verpflichtet, klug zu sein, und seine Geste sei die seinem Amt entsprechende Gerechtigkeit. Sie machte ein erstaunlich trauriges Gesicht. Und mir wurde auch traurig zumute. Na, ich verabschiedete mich und ging. Damit ist auch das Märchen beendet.«

»Und sie?« fragte Samgin, der beobachtete, wie Tagilskij im Zigarettenetui nach einer Zigarette fischte.

»Und sie wurde bald danach vom Krebs aufgefressen!«

Tagilskij stand auf und sagte, während er auf den Tisch zuging, halblaut: »Ich habe Sie mit Erzählungen ermüdet. Es gibt solche Gedächtnislaunen«, fuhr er fort, während er Wein in die Gläser einschenkte. »Manchmal erinnert man sich wahrscheinlich, um schneller zu vergessen. Um das Gedächtnis zu entlasten.«

Er reichte Samgin die Hand und trank gleichzeitig aus dem Glas.

»Nun, ich gehe. Haben Sie Dank ... für Ihre Aufmerksamkeit. Geboren wurde ich, noch bevor mein Vater Schankwirt wurde, er war Verlader auf einem Güterbahnhof, als ich geboren wurde. Die Schankwirtschaft legte er sich wahrscheinlich von Geldern dunkler Herkunft zu.«

Als er sich im Vorzimmer anzog, begann er von neuem: »Man erzieht uns als Denkmaschinen, und – nicht anhand von Tatsachen, sondern zur Entstellung der Tatsachen. In Begriffen, aber nicht in denen der Logik, sondern in einer Mystik von Begriffen und entgegen der Logik der Tatsachen.«

Samgin bemerkte vorsichtig: »Man erzieht uns zu Trägern einer Energie, die Kultur schafft ...«

»Ach wo! Die Kultur wird gemäß den Weisungen der Kolonialwarenhändler geschaffen.«

»Bewirtet wird man bei Ihnen gut«, sagte er zum Abschied.

»Es freut mich sehr, daß es Ihnen gefällt. Besuchen Sie mich wieder.«

»Ich werde es nicht versäumen.«

Samgin sah durchs Fenster zu, wie die kleine, gedrungene Gestalt mit raschen und kurzen Schritten die Straße überquerte, und fragte sich, während er die Brillengläser mit einem Stück Wildleder blank rieb: Weshalb mußte dieser auch früher schon unangenehme, jetzt aber verdächtige Mensch mir wieder in den Weg treten?

Gleich danach jedoch dachte er: Mich zu beklagen – habe ich keinen Grund. Er treibt wohl kaum ein falsches Spiel. Er scheint auch nicht einmal sehr klug zu sein. Das von Ljubascha hat er wahrscheinlich erfunden, es ist Literatur. Und zwar schlechte. Schließlich und endlich ist er trotz allem ein unangenehmer Mensch. Hat er sich geändert? Es ändern sich nur Menschen ... ohne inneren Kern. Billige Menschen.

Kurz tauchte die Vermutung auf, Tagilskijs Einstellung habe etwas mit der Einstellung Makarows oder Inokows gemein. Aber er hatte keine Lust mehr, an Tagilskij zu denken, und so entschied Samgin, um rascher mit ihm Schluß zu machen: Wahrscheinlich hat er irgendwelche kleinen Gesetzwidrigkeiten und Gemeinheiten bekämpft und – ist müde geworden. Oder – er hat Angst bekommen.

Ihn übermannten kleine Gedanken, er zündete sich eine Zigarette an, legte sich auf das Sofa und lauschte: Die Stadt lebte still dahin, nur irgendwo bei Nachbarn ertönten Axtschläge, als würde ein Baum gefällt, dieses dumpfe Geräusch hatte eine sonderbare Ähnlichkeit mit dem trägen Bellen eines großen Hundes und dem langsamen, gemessenen Schritt schwerer Füße.

Stillgesta-anden! erinnerte er sich des Kommandogeschreis eines Unteroffiziers, der Soldaten ausbildete. Vor langer Zeit, in der Kindheit, hatte er dieses Geschrei gehört. Dann fiel ihm das bucklige kleine Mädchen ein: Was treiben Sie da? – Vielleicht war gar kein Junge da?

Ja, offensichtlich hat es einen Tagilskij, wie er mir vorkam, gar nicht gegeben. Auch eine Marina hat es nicht gegeben. Ihre Lebenspraxis war sicherlich verbrecherisch, das ist ganz natürlich in einer Welt, in der Berdnikows am Werk sind.

Er schloß die Augen, stellte sich Marina unbekleidet vor.

Kupferaugen ... Ja, an ihr war etwas Metallisches. Ich kann mir nicht denken, daß sie von mir so gesprochen hat ... wie dieser Idiot verkündet hat. Kupferaugen – das Wort ist nicht von ihm.

Und – gleich danach mußte Samgin zugeben, daß Besbedow überhaupt unfähig sei, irgend etwas zu erfinden. Empörung gegen Marina wallte in ihm auf.

Ein Warawka im Weiberrock.

Der Wein, den er beim Essen getrunken hatte, verwirrte seine Gedanken, machte sie zusammenhanglos.

In seiner Erinnerung tauchten die Worte des stellvertretenden Staatsanwalts von der Gewalt der Klasse, von ihrer Rache auf.

Was wollte er sagen?

Hinter den Scheiben des Schranks glänzten die goldenen Aufschriften an den Buchrücken, in ihrem Glas spiegelte Zigarettenrauch. Und da Samgin sich über das an diesem Tag Erlebte zu erheben suchte – erheben durch Sättigung mit literarischer Weisheit –, wiederholte er innerlich Sätze aus einem Feuilleton über die gegenwärtige Literatur, das er vor kurzem in einer liberalen Zeitung gelesen hatte; die Sätze klangen auf neue Art keck, in ihnen wurde von der »geistigen Armut der Leute« gesprochen, »denen das Leben einfach, verständlich scheint«, von »der Größe der Märtyrer des unabhängigen Denkens, die ihre geistige Freiheit mehr schätzen als alle Verlockungen der Welt«. – »Ist der Mensch ein Gesellschaftstier? Ja, wenn er ein Tier ist und nicht ein Schöpfer von Legenden, nicht fähig, in seiner geheimnisvollen Seele Harmonie zu schaffen.«

Darüber schlummerte Samgin ein und versank in Schlaf, er wachte nur noch auf, um sich auszuziehen und ins Bett zu legen.

Den nächsten Tag verbrachte er vom Morgen bis zum Abend in Erwartung irgendwelcher Besuche oder Ereignisse.

In der Stadt redet man wahrscheinlich abgeschmacktes Zeug von meiner Beziehung zu Marina.

Er bedauerte zum erstenmal, daß er, allzusehr von ihr in Anspruch genommen, weder in der Gesellschaft noch in Anwaltskreisen feste Verbindungen geschaffen hatte. Er hatte kein Verlangen gehabt, unter den sechzigtausend Einwohnern der Stadt nach einem oder zwei wenn auch weniger interessanten Menschen als die Sotowa zu suchen. Er war überzeugt gewesen, daß er bei seinen Reisen in Sachen seines Moskauer Patrons und Marinas die Provinzler gut genug kennengelernt habe. Die Anwälte waren meist alte Justizwölfe, leidenschaftliche Spieler, Feinschmecker und Theaterfreunde, sie glichen völlig den Leuten, die Borborykin in dem Roman »Beim Niedergang« dargestellt hatte. Die jungen Anwälte waren Gecken, »Kadetten«, zwei von ihnen verfochten die modernistischen Richtungen in der Kunst, einer spielte nicht übel Cello, und alle drei zusammen waren leidenschaftliche Wintspieler. Samgin hatte sie hin und wieder zu sich eingeladen, und da er selber schlecht spielte, brachten die Spieler einen vierten mit, einen alten Mann mit einem Glasauge, der dem Richterkollegium des Kreisgerichts angehörte. Er war ein langer, dürrer, griesgrämiger, krummnasiger Mann mit langem Spitzbart, hatte etwas mit einem stelzbeinigen Vogel gemein, geschmeidig gemacht, er wackelte fast ununterbrochen mit dem Kopf und genoß den Ruf eines Kenners aller Kartenspiele Europas.

Durch diese Leute wußte Samgin, daß man ihn in der Stadt für eine »Großstadtpflanze«, für einen hoffärtigen und ungeselligen Menschen hielt, der seine Gründe habe, einsam zu leben, daß man in ihm einen Mann mit extremen Überzeugungen vermutete und, geschreckt durch die Ereignisse des Jahres fünf, keine nähere Bekanntschaft mit diesem Mann aus dem damals rebellischen Moskau anstrebte. Das alles rief Samgin sich am Abend ins Gedächtnis, als er in den vertrauten, mehrfach durchstreiften Straßen der Stadt spazierenging. In der kalten, bläulichen Luft erklang das Läuten zum Abendgottesdienst, die Glockenschläge verschmolzen, einander einholend, zu kupfernem Dröhnen, das lyrisch und friedfertig stimmte. Der Mond schien klar auf die Privathäuser der Kaufmannschaft, die durch Höfe und Gärten getrennt und durch dichte Zäune verbunden waren, goldene Kirchenkuppeln und Kreuze strahlten darauf. Hinter den Doppelfenstern schimmerte hie und da gelbliches Licht, aber die Fenster der meisten Häuser waren nicht erleuchtet, das gewohnte, beständige Leben spielte sich geräuschlos in den Hinterzimmern ab. Samgin dachte nicht zum erstenmal daran, daß in diesen dauerhaft gebauten Häusern ziemlich langweilige, aber im Grunde nicht dumme Leute wohnten, daß sie nicht lange, nur etwa sechzig Jahre lebten, erst spät zu denken anfingen und im Laufe ihres ganzen Lebens sich nicht fragten, ob Gottheit oder Menschheit, ob zuverlässiges Wissen, ob ...

Ich entscheide diese Fragen ja auch nicht, rief er sich ins Gedächtnis, fragte aber nicht, warum, sondern dachte daran, daß die französische Provinz nach dem Jahre 1795 wahrscheinlich ebenso ausgeruht hatte. Er kam an dem schäbigen Theater vorbei, das ein Gutsbesitzer noch vor der »Epoche der großen Reformen« erbaut hatte, kam am Adelskasino, am Kaufmannsklub vorbei, bog in eine breite Straße mit Privathäusern des Adels ein und verlangsamte unschlüssig den Gang, als er sich einem zweistöckigen steinernen Haus mit drei Säulen an der Vorderseite und dem Torschild: »Weißnäherei von Madame Larissa Nolde« näherte. Ihm fiel der Zweizeiler ein:

> Dort wurde nicht sehr viel genäht,
> Und nicht das Nähen war dort wichtig.

Dort befand sich bei den anderen Anjuta, die blond, mollig und warm war wie frischgemolkene Milch. Ihre grauen Augen lächelten kindlich lieb und schüchtern, und dieses Lächeln stimmte sonderbar wenig mit ihrer Berufserfahrenheit überein. Ein sehr spaßiges Mädchen. Als sie einmal nachts mit ihm im Bett gelegen hatte, hatte sie ihn gebeten: »Schenken Sie mir doch ein neues Liederbuch! Es ist so ein dickes, wissen Sie, mit einem Bildchen auf dem Umschlag, Mädchen tanzen darauf einen Reigen. Ich habe es in einem Laden gesehen, aber – ich genierte mich, hineinzugehen und es zu kaufen.«

Er hatte gefragt: warum denn ein Liederbuch? Ob sie Gedichte gern möge.

»Nein, Gedichte – mag ich nicht, sie sind sehr schwer zu verstehen. Ich habe einfache Lieder gern.«

Und ganz leise, mit schwacher Stimme, hatte sie zwei Lieder gesungen, ein abgeschmacktes, das Samgin abgelehnt, und ein anderes, das er sich sogar aufgeschrieben hatte. Auf seine Frage, ob Anjuta jemanden geliebt habe, hatte sie geantwortet: »Nein, das ist nicht vorgekommen. Wissen Sie, in unserem Beruf wird einem die Liebe zuwider. Obwohl, manche Mädchen schaffen sich ›Kreditkunden‹, so etwas Ähnliches wie Geliebte, an und verlangen von ihnen kein Geld, aber das machen sie nur so, als Spiel, um sich die Langeweile zu vertreiben.«

Dann hatte er gefragt, ob es vorkäme, daß Männer grob mit ihr umgingen. Sie schien ein wenig gekränkt zu sein.

»Weshalb denn grob sein? Ich bin zärtlich, bin hübsch und – bin nie betrunken. Wir haben ein anständiges Haus, das wissen Sie selbst. Die Gäste sind sehr namhafte Leute, sie genieren sich zu randalieren. Nein, bei uns geht es still zu. Manchmal langweilt das einen sogar.«

Sie hatte, während sie sprach, vor dem Spiegel gestanden und, nackt wie ein Hühnerei, ihr üppiges und weiches Blondhaar zu einem Zopf geflochten.

»Doch zur Zeit der Revolution war es interessant, es kamen neue Gäste, und da, wissen Sie, ging es lebhafter zu. Einer, ein ganz junger Mensch, tanzte ausgezeichnet, richtig wie im Zirkus. Aber er hatte jemandem Geld gestohlen, und die Polizei kam, um ihn zu verhaften, da lief er auf den Hof hinaus und – knack! – erschoß sich. Er war so unbeschwert, so geschickt.«

Ich könnte über dieses Mädchen eine Geschichte schreiben, dachte Samgin. Aber bei uns wurde und wird ja, dank Dostojewskijs Güte, so viel über die Prostituierten geschrieben. »Güte den Gefallenen gegenüber.« Doch die Gefallenen fühlen sich nicht als solche, und unsere Güte – brauchen sie nicht.

Er war an das Ufer des Flusses hinausgekommen, der mit einer grauen Schuppenhaut aus Schlammeis bedeckt war. Das steigende Wasser rieb sich leise an dem verschmutzten Ufer, es knarrte das Steuer einer kleinen Barke, ihr Mast wankte, und irgendwo in der Nähe stöhnten rhythmisch unsichtbare Menschen: »Hau – ruck, noch mal ruck . . .«

Hier wurde der Spätherbst besonders spürbar, die Luft war mit drückender, feuchter Kälte durchsetzt.

Eine halbe Stunde später saß Samgin im Saal des Kaufmannsklubs und hörte einen Vortrag des Privatdozenten Arkadij Pylnikow über »Die kulturellen Aufgaben der Demokratie«. Als Samgin eingetreten war und sich in die sechste Stuhlreihe setzte, sprach der Dozent Pylnikow gerade davon, daß »die fad-grünen Sammelbände des ›Snanije-Verlags‹ ihr kurzes Dasein beendet, jedoch vermocht haben, alles ästhetisch und philosophisch Stümperhafte und politisch Schädliche auszusäen, was sie hätten aussäen können, wodurch sie die weisen, unvergeßlichen Werke der Genies der russischen Literatur, dieser unsterblichen Herzenskenner, die die bezaubernde Magie des Wortes voll und ganz beherrscht hatten, auf einige Zeit verschüttet haben«.

Der Dozent war mittelgroß, wohlgenährt, breithüftig, kahlköpfig, hatte große Ohren und ein Henri-Quatre-Bärtchen.

Mit den Lackschuhen scharrend und den Schenkeln zappelnd, stieß er damit die Frackschöße von sich, und sein Hinterteil sah wie geflügelt aus. Die rechte Hand streckte er dem Publikum entgegen, als wollte er ihm helfen, in der linken Hand hielt er Papierzettel und näherte diese Hand, die er wie ein Taschentuch schwang, ab und zu dem Gesicht. Er sprach leicht, mit sichtlicher Freude, mit einem Lächeln auf dem gutmütigen, flachen Gesicht.

»Ton und Sinn des städtischen, des Kulturlebens, seinen Anstrich verlieh ihm jener Teil der philosophisch bewanderten Intelligenz, der den Weg ging, den Herzen, Belinskij und andere gewiesen haben, deren berühmte Namen Ihnen bekannt sind. Gerade diese Intelligenz, mit Pawel Nikolajewitsch Miljukow an der Spitze, einem Mann von außerordentlichem politischem Weitblick, hat, lange bevor sie sich zu der mächtigen Partei der konstitutionellen Demokraten zusammenschloß, selbstlos die Arbeit der kulturellen Erziehung unseres Landes geleistet. Es wurde das augezeichnete ›Programm für die häusliche Lektüre‹ herausgegeben, eine Ausgabe der Klassiker zeitgenössischen radikal-demokratischen Denkens organisiert, namhafte Professoren bereisten die Provinz und hielten Vorträge über kulturelle Fragen. Der Zweck dieser mannigfaltigen und hartnäckigen Arbeit bestand darin, den russischen Bürger zum Europäer zu erziehen und die Jugend zu befähigen, dem moralisch zerrüttenden Einfluß von Leuten zu widerstehen, die, nachdem sie die strittige Lehre von Marx ungeschliffen als Glauben angenommen hatten, die Studentenschaft mit der Propaganda des Anarchismus in das Arbeitermilieu trieben. Sie wissen, was dieses wahnwitzige Spiel, dieses Spiel von Abenteurern, das Volk gekostet hat ...«

Samgin saß auf dem äußersten Stuhl am Durchgang und sah deutlich vor sich fünf Reihen aufmerksamer Hinterköpfe von Frauen und Männern. Die Leute in den ersten Reihen saßen nicht sehr dicht, sie waren durch Lücken getrennt, hinter Samgin waren ihrer noch weniger. Auf der Empore hörten nicht mehr als ein halbes Hundert stumm zu.

Vor drei Jahren hätte man den Redner von der Empore herab ausgepfiffen, dachte er gelangweilt. Und es war überhaupt langweilig, obwohl der Redner immer freudiger sprach.

»Schöpfer wirklicher Kulturwerte ist stets der Besitztrieb gewesen, und Marx hat das gar nicht geleugnet. Alle großen Geister haben das Eigentum als die Grundlage der Kultur verehrt«, verkündete Dozent Pylnikow, wobei er mit der rechten Hand nach der Wasserkaraffe tastete und immer noch die linke schwang, in der er aber nicht mehr Zettel, sondern irgendein grünes Büchlein hielt.

»Wohin führt uns der unverantwortliche Kritizismus?« fragte er und fuhr, mit den Fingern der rechten Hand an das Buch schnippend, fort: »Dieses Büchlein hat den Titel ›Beichte eines Menschen des zwanzigsten Jahrhunderts‹. Der Verfasser, ein gewisser Ichorow, lehrt: ›Errichte in dir selbst ein Laboratorium und analysiere in dir alle menschlichen Wünsche, die ganze menschliche Erfahrung der Vergangenheit.‹ Er hat ›Die Blinden‹ von Maeterlinck gelesen und daraus den Schluß gezogen: Die ganze Menschheit ist blind.«

Hier ertönten von der Empore, gleichsam von dort herabfallend, die tief, grob und langsam gesprochenen Worte: »Na, das stimmt nicht! Wir stehlen und führen Krieg als Sehende.«

Der Redner warf den Kopf hoch, auch viele aus dem Publikum richteten ihre Köpfe nach oben, im Saal ertönte ein Zischen, als wäre irgend etwas geplatzt, etwa fünf Personen standen auf und gingen zur Tür.

Es kann zu einem Tumult kommen, sagte sich Samgin und ging auch, da er plötzlich Zorn gegen den Redner verspürte, weil er fand, daß seine Sätze ziemlich abgeschmackt waren und sehr ernste, sehr gewichtige Gedanken kompromittierten. Er, Samgin, hätte zu den Themen, die der Dozent Pylnikow angeschnitten hatte, etwas Schärferes und Bedeutsameres sagen können. Besonders erregten ihn: der Ausfall gegen den Kritizismus und das unangebrachte, alberne Zitat aus dem grünen Büchlein.

Ich muß nachlesen, was das ist, beschloß er.

Ihn kränkte der Gedanke, daß kleine Leute ihm zuvorkamen, ihn überflügelten, besessen von der Leidenschaft zu predigen, zu belehren, zu beichten, irgendwelche hohle Leute, irgendwelche Seifenblasen, die die regenbogenfarbige Buntheit des Denkens oberflächlich widerspiegelten. Er ging, sich vor Kälte schüttelnd, und dachte: Ich bin schon bald vierzig Jahre alt. Das ist mehr als die Hälfte des Lebens. Seit meiner Kindheit gestand man mir außergewöhnliche Fähigkeiten zu. Mein ganzes Leben lang empfinde ich eine heilige Unzufriedenheit mit den Geschehnissen, den Menschen und mit mir selbst. Diese Unzufriedenheit kann nur ein Zeichen großer Geisteskraft sein.

Das beruhigte ihn nicht mehr so leicht wie früher.

Mein ganzes Leben ist eine Kette zusammenhangloser Zufälligkeiten, dachte er. Ja eben – eine Kette . . .

Drei Tage etwa verbrachte er in einer ungewohnten Stimmung des Ärgers über sich selbst, in Erwartung von Ereignissen. Marinas Akten wurden vom Gericht nicht angefordert, auch er selbst wurde nicht vorgeladen. Und Tagilskij erschien nicht.

Idioten, schimpfte er und dachte, daß er diese Stadt wohl verlassen müsse.

Die Intelligenz ist ein Nomadenstamm. Gut, daß ich keine Familie habe.

Tagilskij kam zur Mittagszeit, und sein erstes Wort war: »Bekomme ich etwas zu essen?«

Er erschien in einem merkwürdigen grauen Schoßrock, der wie eine Uniform aussah, und dieser Anzug machte ihn größer, würdiger. Gestimmt war er lustig, so hatte Samgin ihn noch nicht gesehen.

»Ich wundere mich, wie Sie in solch ein abgelegenes Nest verschlagen worden sind«, sagte er, während er die Bücher im Schrank betrachtete. »Hier ist sogar der Staatsanwalt dermaßen verwildert, daß er Verhaeren mit Wedekind verwechselt. Er geht an Zucker zugrunde. Der Gouverneur ist überzeugt, daß Korolenko der Stammvater aller Ereignisse des Jahres 1905 sei. Die Direktorin des Gymnasiums sucht zu beweisen, daß das Grammophon und das Kino den Glauben an Gespenster, an ein Leben nach dem Tod und überhaupt an Teufelswerk festigen.«

Dann warf er über die Schulter einen Blick auf den Hausherrn und fragte plötzlich: »Und Besbedow, haben Sie schon gehört?«

»Was?«

»Er ist gestorben.«

»Woran?« rief Samgin beunruhigt aus.

»Herzschlag.«

»Er schien völlig gesund.«

»Das Herz ist ein tückisches Organ«, sagte Tagilskij.

»Ein sehr sonderbarer Tod«, entgegnete Samgin, immer noch ebenso beunruhigt und die Ursache seiner Unruhe nicht begreifend.

»Ein kluger Tod«, erklärte der stellvertretende Staatsanwalt entschieden. »Durch ihn wird der Fall Sotowa ganz bequem und rechtmäßig entschieden. Der einzige Erbe, der zugleich der des Mordes Verdächtige war, hat sich davongemacht. Das erbenlose Gut fällt an den Staat, und jemand wird sich daran die geschickten Hände wärmen. Die Leute, die an aufsehenerregenden Kriminalprozessen interessiert sind, wie zum Beispiel dem Prozeß Talmà, der Ermordung der Generalin Boldyrewa in Pensa, dem Prozeß der Brüder Swjatskije in Poltawa, haben verspielt. Und verspielt haben auch jene, die einen politischen Prozeß auf Grund eines Kriminalverbrechens hätten zusammenschustern wollen.«

Er klopfte mit dem Finger an die Schrankscheibe und sagte lässiger, als scherzte er: »Besbedows Tod ist auch für Sie vorteilhaft, denn Sie hätten doch als Zeuge an der Voruntersuchung teilnehmen müssen, wenn Sie nicht als Verteidiger aufgetreten wären. Und – wissen Sie: Es ist möglich, daß der Staatsanwalt Sie als Verteidiger abgelehnt hätte.«

Er will mich durch irgend etwas einschüchtern, vermutete Samgin und fragte: »Weshalb?«

Tagilskij gähnte ungeniert, erklärte, daß er die Nacht über bis fünf Uhr morgens gearbeitet habe, und fuhr fort, mit Worten um sich zu werfen.

»In der Stadt geht das Gerücht von Ihren intimen Beziehungen zu der Ermordeten. Nebenbei bemerkt: Man erklärt sich damit Ihr zurückgezogenes Leben. Sie hätten sich angeblich geniert, der Günstling einer wohlhabenden Witwe zu sein . . .«

Samgin begriff, daß er sich hier empören mußte, und empörte sich: »Welch eine Idiotie!«

Tagilskij indessen nahm Platz und hämmerte dabei wie ein Specht: »Zudem: Sie dürfen nicht meinen, daß das Polizeidepartement etwas vergessen könnte, nein, diese ehrbare Institution besitzt die Eigenschaft eines ewigen Gedächtnisses.«

»Was wollen Sie damit sagen?« fragte Samgin, nachdem er die Brille zurechtgerückt hatte, obwohl sie dessen gar nicht bedurfte.

»Stellen Sie sich vor, jemand habe, im Gespräch mit einem Freund,

Ihr Verhalten in den Tagen des Moskauer Aufstands gebührend hervorgehoben.«

Er befestigte die Serviette an der Brust und erläuterte: »Ich spreche nicht von einer Denunziation, sondern von einem Lob.«

Gauner, beschimpfte Samgin innerlich den Gast und sah ihm dabei ins Gesicht, aber das Gesicht war so sehr an der Jagd nach einem eingemachten Reizker auf dem Teller interessiert, daß Samgin dachte: Doch vielleicht ist er bloß ein Schwätzer ... Laut sagte er, wobei er den Worten einen lässigen Ton zu verleihen suchte: »Meine Teilnahme am Moskauer Aufstand erklärt sich aus der Topographie des Ortes – ich lebte in einem Haus zwischen zwei Barrikaden.«

Und da er fürchtete, etwas Überflüssiges gesagt zu haben, setzte er hinzu: »Selbstverständlich rechtfertige ich mich nicht, sondern erläutere nur.«

Aber Tagilskij brauchte offenbar weder Rechtfertigungen noch Erläuterungen; den Kopf vorgeneigt, mischte er sorgfältig mit der Gabel Essig und Senf auf dem Teller, dann jagte er mit der Gabel Pilze in dieser Flüssigkeit herum, dann schenkte er Wodka ein, nickte dem Hausherrn zu, krächzte, nachdem er den Schnaps ausgetrunken hatte, genießerisch, beförderte ein paar Pilze in den Mund, zerkaute sie, durch die Nase schnaufend, schluckte die Pilze hinunter und begann, während er jedem ein zweites Gläschen einschenkte, endlich zu reden: »Ich war in München, als dieses ... ungewöhnliche Ereignis begann und die Zeitungen von ihm zu zetern anfingen wie von einer Übersetzung aus dem Französischen.«

Er trank noch ein Gläschen.

»Ich konnte es nicht recht glauben. Moskau? Das satte, dicke, selbstgenügsame, tief provinzielle, zivile Moskau macht Revolution? Phantasterei. Und dennoch erwies es sich als rauheste Wirklichkeit.«

Er füllte sich Suppe in den Teller und fuhr lebhafter fort: »Ich weiß nicht, welche Rolle den Bolschewiki in diesem Akt zukam, aber ich muß zugeben, daß sie Feinde sind, wie sie ... Gott jedem bescheiden möge! Kraft meines Amtes hatte ich das Vergnügen – ich spreche ohne Ironie! – das Vergnügen, die Aussagen einiger von ihnen kennenzulernen und mich mit manchem von ihnen persönlich zu unterhalten. Insbesondere mit Pojarkow, erinnern Sie sich?«

»Ja.«

»Man hat ihn für fünf Jahre irgendwohin weit weg deportiert. Er ist geflohen. Bolschewik – ein entschlossener Typ, der äußerst nützlich ist in einem Land, in dem die Menschen rasch müde werden, zwischen dem Ja und dem Nein herumzupendeln. Die Ästheten und

Freunde anständigen, schulgerechten Denkens finden Lenins politische Lehre primitiv grob. Liest man ihn aber aufmerksam und ehrlich – ach, hol's der Teufel!« Tagilskij brach den Satz ab, weil er das eben erst mit Wodka gefüllte Gläschen umgeworfen hatte. Samgin legte den Löffel hin und nahm die Serviette ab, denn er fühlte, daß ihm der Appetit vergangen war und daß in ihm Zorn gegen diesen Menschen entbrannte.

Er will mich fangen. Er schwindelt. Er macht sich über mich lustig. So ein gemeiner Kerl.

»Sie versetzen mich in Verwunderung, Anton Nikiforowitsch«, begann er, während Tagilskij, der das Gläschen wieder füllte, possenhaft sagte: »Ich hatte nicht erwartet, daß ich Sie in Verwunderung versetzen würde, und wundere mich, daß ich Sie in Verwunderung versetzt habe.«

Samgin hielt seinen Grimm zurück und bereitete die vernichtende Frage vor: Wie können Sie, ein Vertreter des Gesetzes, ruhig und fast lobend von dem Verkünder einer Lehre reden, welche die Grundgesetze des Staates verneint?

Doch Tagilskij hatte die Suppe aufgegessen, schnitt sich ein Stück Käse ab und teilte, während er sich Butter aufs Brot strich, mit: »Hier ist so ein Mitarbeiter irgendeiner Moskauer Zeitung eingetroffen und schnüffelt herum – wie, was, wer – wen? Wahrscheinlich wird er bei Ihnen aufkreuzen: Ich rate Ihnen – empfangen Sie ihn nicht. Mir hat das ein gewisser Pylnikow, Arkaschka, mitgeteilt, ein allwissendes Kerlchen und geschwätzig wie eine Narrenschelle. Anwärter auf den ›Lehrmeister des Lebens‹ – es gibt so eine vom Gewerbeamt nicht registrierte Art der Beschäftigung. Aus dem Nowgoroder Adel, ein Onkel von ihm stellt irgendwo in der Nähe von Nowgorod Klosettspülbecken und Urinmuscheln her.«

Das alles hätte er lachend oder erbost sagen müssen, stellte Samgin fest.

»Der seltene Typ eines vollkommen glücklichen Menschen. Er ist mit der Nichte irgendeines Bischofs verheiratet, seine Frau heißt Agafja, und im Brockhaus steht: ›Agafja – Name einer Heiligen, deren wirkliche Existenz zweifelhaft ist.‹«

Tagilskij, der sich virtuos sättigte, schwatzte immer hastiger, und Samgin fand keine Gelegenheit, seine bissige Frage anzubringen, auch hatte die Mitteilung über den Zeitungsmitarbeiter seinen Grimm gedämpft und das argwöhnische Interesse für Tagilskij von neuem verschärft. Er fühlte, daß dieser Mann ihn immer mehr aus der Fassung brachte.

Menschen waren für Samgin nur interessant, solange er bei genauem Betrachten an ihnen keine Ähnlichkeit mit sich selbst entdeckte. Er fand und definierte ziemlich schnell das grundlegende System von Sätzen, in das dieser oder jener Mensch seine Erfahrung einzuordnen gewohnt war. Er sah, daß die Ideen und Gestalten der Belletristik und die kritischen Bewertungen ihrer Ideen und Gestalten am leichtesten zu erfassen und ins Gedächtnis aufzunehmen waren. Auf Grund dieser Ideen stellte er seinen Unterschied zu jedem fest und suchte seine Unabhängigkeit von allen zu konstatieren. Tagilskij war widerspruchsvoll, ungreifbar, aber manchmal und immer öfter klang in seinen Worten etwas Bekanntes, wenn auch kränkend Entstelltes. Und es war, als fühle auch Tagilskij diese kaum wahrnehmbare Ähnlichkeit und als necke er Samgin mit ihr.

Nun hatte er das Kalbfleisch mit Genuß verzehrt, entfernte sorgfältig wie ein Pariser mit einem Stück Brot die Soßenreste vom Teller, beförderte es in den Mund, schluckte es hinunter, trank etwas Wein nach und patschte sich dankbar mit den Händen an die Wangen. Das alles hinderte ihn fast gar nicht, klingende Wörtchen auszustoßen, und man konnte meinen, die Speisen würden, sobald sie in seinen Magen gelangten, sofort zu Worten verdaut. Die Schultern an der Stuhllehne, die Hände in den Hosentaschen, sagte er: »Weshalb leben Sie hier? Leben muß man in Petersburg oder in Moskau – aber das nur, wenn alle Stricke reißen. Ziehen Sie nach Petersburg. Ich habe dort einen guten Bekannten, ein angesehener Rechtsanwalt, Neoslawophile, das heißt Imperialist, Patriot, ein wenig ein Idiot und im allgemeinen ein Vieh. Er ist mir in mancher Hinsicht verpflichtet, und obwohl er, glaube ich, drei Mitarbeiter hat, würde sich auch für Sie eine schöne Tätigkeit finden. Ziehen Sie um.«

»Ich will es mir überlegen«, sagte Samgin und dachte: Für irgendwen ist es notwendig, daß ich von hier verschwinde.

Dann – fragte er nach der Tätigkeit: »Ist sie schön im Sinne des Honorars?«

»Na, was könnte es denn für einen anderen Sinn geben? Verteidigung der Erniedrigten und Beleidigten, Festigung der Gerechtigkeit? Das wird von den Professoren in den Fakultätsvorlesungen empfohlen, kann aber, wie Sie wissen, keine praktische Bedeutung haben.«

Gleich danach erzählte er: Ein naiver Jurist habe Stolypin ein Memorial vorgelegt, in dem bewiesen wurde, daß die Agrarbewegung von reichen Bauern geleitet worden sei, daß dies ein Krieg der »Kulaken« gegen die Gutsbesitzer gewesen, daß er mit den Kräften der Armen und sehr umsichtig geführt worden sei; bei der Teilung der Beute seien die kleinen Dinge hohen Wertes in die Hände der Kulaken gelangt und spurlos verschwunden, während die Dinge großen Umfangs, die in die Höfe und Hütten der Armen geraten waren, den Führern der Straftrupps als vortrefflicher Hinweis gedient hätten, wer der Verbrecher sei. Als Stolypin von dem Memorial Kenntnis genommen hatte, habe er angeordnet: »Der Humorist ist nach Sibirien zu verbannen, möglichst weit weg.« Aber den Humoristen hatten bereits Feuerwehrpferde zertreten, als er vom Bad heimgefahren war. Samgin hörte sich die Erzählung wie eine von den Anekdoten an, die erfunden werden, um die Dummheit der Administratoren zu veranschaulichen.

Die altherkömmliche Tradition der »kritisch Denkenden«, sagte er sich. Sonderbar, daß auch dieser hier nicht umhinkann, eine Anekdote zu erzählen ...

Sein Verhalten Tagilskij gegenüber schwankte an diesem Tag besonders scharf und ermüdend. Die Erbitterung gegen den Gast war verglommen, bevor sie noch hatte auflodern können, der unangenehme Gedanke, daß Tagilskij irgend etwas Ähnliches zwischen ihm und sich selbst gefunden habe, machte dem Nachdenken darüber Platz, weshalb Tagilskij ihm zuredete, nach Petersburg überzusiedeln. Er demonstriert nicht zum erstenmal wohlwollendes Verhalten zu mir, aber – weshalb? Das beunruhigte ihn dermaßen, daß sogar die Absicht in ihm aufblitzte, diese Frage laut, unumwunden an den stellvertretenden Staatsanwalt zu richten.

Aber die geröteten und trüben, wahrscheinlich trunkenen Augen Tagilskijs waren ungute Augen. Samgins Kurzsichtigkeit hinderte ihn, den Ausdruck dieser Augen mit der nötigen Genauigkeit zu bestimmen. Und sogar ihre Farbe schien sich je nach der Beleuchtung zu verändern, wie die von Perlmutt. Dennoch war an ihnen fast immer etwas Scharfes.

Lügneraugen, stellte Samgin ärgerlich fest und bemerkte: »Sie sind heute gut gelaunt.«

»Merkt man das?« fragte Tagilskij. »Aber ich bin überhaupt ein Mensch, der ... nicht zu gedrückten Stimmungen neigt. Und heute bin ich froh, daß diese kleine Sache zu den Akten gelegt werden wird.«

Er stand auf, breitete die Arme weit aus, und das veranlaßte Samgin, sich des ironischen Ausrufs: So lang ist Ihr Arm nicht! zu erinnern, der durch Prahlerei hervorgerufen zu werden pflegt.

Er benimmt sich ungeniert wie ein Student, fuhr Samgin zu beobachten und zu erwägen fort, während Tagilskij, nachdem er sich von neuem mit den Händen leise und zärtlich an die Wangen gepatscht hatte, im Zimmer umherzukreisen begann und dabei sagte: »Ich widerspreche gern. Das habe ich mir von Kind auf angewöhnt. Manchmal widerspreche ich in Ermangelung eines besseren Objekts mir selbst.«

Ich habe noch nicht gesehen, wie er lacht, erinnerte sich Samgin, den trägen Worten lauschend.

»Zu etwas Gutem wird diese Gewohnheit mich nicht führen. Ich bin bereits ein kompromittierter Mann – ich äußerte ein paar unvorsichtige Bemerkungen über die Absicht Stolypins, Arbeiter, Deputierte der Duma zu verhaften. In unserem Ministerium suchte man, wie dieser Gesetzwidrigkeit ein Anstrich von Legalität zu verleihen sei. Ich erhielt einen Anpfiff mit Verwarnung.«

Tagilskij blieb stehen, nahm eine Zigarette heraus und verstummte, sie zwischen den Fingern knetend.

Offenbar – braucht er irgend etwas von mir, wozu sollte er sonst vertraulich werden? dachte Samgin, als er ihm die Streichhölzer reichte.

Tagilskij nickte und nahm die Streichhölzer, die Zigarette war zerbrochen, er steckte sie in den Aschenbecher, die Streichhölzer in die Tasche und fuhr fort: »Man hat mich hergeschickt, um die Nüchternheit meines Verstands und meine politische Zuverlässigkeit auf die Probe zu stellen. Aber ich habe, wie mir scheint, die Hoffnungen nicht erfüllt. Übrigens sprach ich schon hiervon.«

Nachdem er sich an den Tisch gesetzt hatte, schwieg er wieder eine Weile und zündete sich gemächlich eine Zigarette an.

»Ich gedenke meinen Abschied einzureichen. Zu euch, den Advokaten, werde ich nicht gehen – ich würde mich unbehaglich fühlen mitten unter den vielen . . . professionellen Liberalen – Pardon! Ich ziehe eine private Stellung vor. In der Industrie. Irgendwo im Ural oder hinter dem Ural. Sind Sie im Ural gewesen?«

»Nein.«

»Ach«, seufzte Tagilskij und begann sogar mit einem gewissen Feuereifer von den Schönheiten des Urals zu erzählen. Das Hänselnde an seinen Worten und in seinem Ton war verschwunden, aber Samgin erwartete gespannt, daß es sich von neuem zeigen werde. Der Gast erregte und ermüdete durch seinen Wortschwall. Alles, was er sagte, wurde von dem Hausherrn als unaufrichtig und als ein Vorwort zu etwas Wichtigerem empfunden. Plötzlich erhob sich vor Samgin die Frage: Doch – wie hätte ich mich an seiner Stelle benommen?

Die Frage war ebenso unangenehm wie unerwartet, und Samgin löschte sie sofort aus, indem er streng zu sich selbst sagte: Wir haben nichts miteinander gemein.

Tagilskij indessen rauchte und sagte, mit der Zigarette dirigierend und blaue Rauchmuster in die Luft malend: »Der Ursibirier ist primitiver, er ist ernster und erfolgreicher damit beschäftigt, sich seinen Platz im Leben zu sichern. Tolstojaner und allerhand Reumütige und überhaupt Schwätzer gibt es dort nicht. Dort begreifen die Leute: Wenn das Grundgesetz des Daseins Kampf ist, so hat jedes Ich das Recht zu Unverschämtheit und Grausamkeit.«

»Hm«, machte Samgin.

»Ja, ja, sie begreifen es!«

Jetzt, nachdem Tagilskij von der Landschaft zum Genre übergegangen war, verschärfte sich die Aufmerksamkeit für seine Worte noch mehr und setzte sich bereits ein bestimmtes Ziel: eine Ähnlichkeit im Denken zu bestreiten, einen Unterschied zu finden und zu behaupten.

»›In Sünden hat mich meine Mutter empfangen‹, sie müßt ihr auch zur Verantwortung ziehen – ich jedoch bin verpflichtet zu sündigen«, vernahm er. »Und hier hat gestern Arkaschka Pylnikow . . .«

»Ist er noch hier?«

»Ja. Er ist weniger zur Aufklärung der Köpfe als zur Hochzeit seiner Schwester, einer Hörerin der Frauenhochschule, hergekommen, sie heiratete einen Sohn des reichsten Mannes im Ort, des Jedokow oder Jesdokow . . .«

»Iswekow«, verbesserte Samgin.

»Mag es so sein, falls das noch schlimmer ist«, sagte Tagilskij. »Nun also, nach dem Hochzeitsschmaus schüttete Arkaschka vor der halb betrunkenen Kaufmannschaft sein Herz aus, indem er vor den Rasuwajews das Thema seines künftigen Vortrags: ›Die Religion als Regulator des Verhaltens‹ entwickelte. Er zählte, an Hand eines Referats von Mereshkowskij in der ›Religiös-philosophischen Gesellschaft‹, alle Versündigungen Tolstois gegen die Religion, die Wissenschaft und die Kunst auf, erinnerte an die Äußerung Lews, ›man möge die eingeseifte Schlinge um seinen alten Hals zuziehen‹, und erklärte das alles mit Gewissenskrankheit. Das Gewissen. Dann brachte er die flammende Überzeugung zum Ausdruck, daß Rußland unvermeidlich zu einer theokratischen Staatsordnung gelangen werde, und schwatzte überhaupt weiß der Teufel was zusammen.«

Er stand auf, um den Zigarettenstummel in den Aschenbecher zu stecken, und warf diesen um.

Er ist betrunken, entschied Samgin.

»Die Kaufleute jedoch hörten ihm zu, als erzählte er ihnen von Operationen des Finanzministeriums. Das Staunen von Unwissenden ist natürlich billig, aber die Intelligenz, wie die erschrak, Samgin, he?« fragte er, den Mund in die Breite gezogen und die gelben Zähne entblößend. »Ich meine damit nicht den Arkaschka, der ist ein Dummkopf, und Dummköpfe fürchten sich vor nichts, das kennt man aus den Märchen. Ich meine überhaupt die Intellektuellen. Sie erschraken. Die Literaten, wie die aufheulten, he?«

Er nahm die Uhr aus der Westentasche und fuhr, den Blick auf das Zifferblatt gerichtet, träge fort: »Dostojewskij hielt für die charakteristischste Besonderheit der Intelligenz – und Tolstois – die ungestüme, fanatische Geradlinigkeit des schwerfälligen, unbeholfenen russischen Verstands. Unsinn. Wo ist sie – die Geradlinigkeit? Dort, wo sie vorhanden ist, läßt sie sich gerade aus der Angst erklären. Sie sind erschrocken und – rennen geradeaus, ›immer der Nase nach‹. Nichts weiter.«

Er stand auf, wankte.

»Na, ich habe viel zusammengeredet . . . es langt. Für ein halbes Jahr, wie?« fragte er und klappte dabei laut den Uhrdeckel zu. »Als Zuhörer sind Sie . . . ideal! Wie ist das – verstecken Sie sich hinter dem Schweigen, oder ist es Verachtung?«

»Sie haben interessant gesprochen«, antwortete Samgin, Tagilskij trat dicht auf ihn zu und sagte etwas Unerwartetes: »Es ist möglich, daß ich mehr als andere meinesgleichen für mich selbst schauspielere, mehr als andere, die Gogols, Dostojewskijs und Tolstois mit eingerechnet.«

Er zeigte wieder seine gelben Zähne.

»Das ist schlimm, ich weiß es. Es ist schlimm, wenn ein Mensch um jeden Preis sich selbst gefallen will, weil ihn die Frage beunruhigt, ob er nicht ein Dummkopf sei. Und er ahnt, daß – wenn er kein Dummkopf ist – dieses Spiel mit sich selbst, für sich selbst, ihn noch schlechter machen kann, als er ist. Begreifen Sie, wo da der Hase im Pfeffer liegt?«

»Nicht ganz«, sagte Samgin.

Tagilskij machte eine wegwerfende Handbewegung: »Ich glaube Ihnen nicht. Sie begreifen. Kommen Sie nach Petersburg. Ich rate es Ihnen ernsthaft. Hier ist es öde. Morgen reise ich ab . . .«

Er hinterließ Samgin in einem Zustand noch nie erlebter schwerer Müdigkeit, aufgerieben von der Spannung, in der Tagilskij ihn gehalten hatte. Er warf sich aufs Sofa, schloß die Augen und bemühte sich einige Zeit, ohne an irgend etwas zu denken, aus den überraschenden Worten »ich schauspielere für mich selbst« und »ein Spiel mit sich selbst« den Sinn herauszuhören. Dann versuchte Samgin sich zu beruhigen, indem er nach und nach und schnell alles das im Gedächtnis rekonstruierte, was Tagilskij bei seinen drei Besuchen gesagt hatte: Das stimmt: Er ist ein Schauspieler. Für sich selbst? Natürlich nicht, er schauspielert für mich, um mit mir zu spielen. Und überhaupt – mit jedem, mit dem dieses Spielen interessant ist. Weshalb ist es mit mir interessant?

Vor ihm schwankte fast physisch spürbar die rundliche, gedrungene kleine Gestalt, die rosigen Hände der kurzen Arme, zärtlich das Gesicht streichelnd, das Gesicht indessen war unschön, war prall verfettet, reglos. Und die obszönen, geröteten Säuferäugelchen.

Gestalt und Gesicht eines Komikers, aber an ihm ist nichts Komisches bemerkbar. Er ist böse und verbirgt das nicht. Er ist ein gefährlicher Mensch. Als Samgin jedoch seine Eindrücke überprüft hatte, mußte er zugeben, daß ihm an diesem Mann irgend etwas gefiel.

Ich bin nicht wenigen Schwätzern begegnet, manchmal erweckten sie in mir ein Gefühl, das an Neid grenzte. Worum beneidete ich sie? Um die Fähigkeit, alle Widersprüche des Denkens zu einer Kette zu verknüpfen, sie mit irgendeinem einzigen eigenen Flämmchen zu beleuchten. Im Grunde ist das eine Vergewaltigung der Denkfreiheit, und Neid auf Vergewaltigung ist töricht. Aber dieser ... Samgin war unangenehm überrascht über seine Entdeckung, doch je mehr er über Tagilskij nachdachte, desto mehr kam er zu der Überzeugung, daß der Schankwirtssohn ihm unangenehm war. Wodurch? Als Intellektueller in erster Generation? Wegen seiner Liebe für Widersprüche? Wegen seiner Bosheit? Nein. Das ist es nicht.

An das »Schauspielern für sich selbst«, an das »Spiel mit sich selbst« dachte er nicht mehr.

Sich mit Gedanken abzugeben, die ihn sehr beunruhigten, war Samgin nicht gewohnt, und er wies sie sehr leicht von sich. Aber die Erinnerungen an Tagilskij saßen dauerhaft in ihm fest, er überprüfte gern ihren Wirrwarr und überzeugte sich immer wieder, daß von Tagilskij weit mehr in ihm zurückgeblieben war als von Ljutow und anderen Freunden bunter privater Redebeflissenheit.

Im Laufe der nächsten Tage gelangte er zu der Überzeugung, daß er tatsächlich nicht in dieser Stadt leben sollte. Es war klar: In der örtlichen Anwaltschaft, ja, wie es schien, auch bei einigen Bürgern, hatte sich das argwöhnische und feindselige Verhalten gegen ihn verstärkt. Man grüßte ihn, als ob man, wenn man die Mütze lüftete, ihm damit eine unverdiente Gnade erwiese. Einer von den Antwaltshelfern, die zum Wintspielen zu ihm zu kommen pflegten, beantwortete seine Einladung mit einer trockenen Absage. Und Gudim, der ihm im Gerichtskorridor begegnete, räusperte sich und fragte: »Kennen Sie dieses Staatsanwältchen aus Petersburg schon lange?«

»Ja.«

»Huhu! Ist das heute eine Hundekälte!«

Na – so mag dich der Teufel holen, du alter Esel, dachte Samgin und lächelte: Tagilskij muß ihnen wirklich die Suppe tüchtig versalzen haben.

Den Mitmenschen gegenüber verhielt er sich geringschätzig genug, um sich durch sie nicht sehr beleidigt zu fühlen, aber sie zeigten ihm beharrlich, daß er in dieser Stadt überflüssig war. Besonders demonstrativ verhielten sich die Justizbeamten, indem sie ihm fast Tag für Tag Pflichtverteidigungen in kleinen Strafsachen übertrugen und seine Zivilprozesse verschleppten. Das alles veranlaßte ihn, einige Kleider, Möbel und unnötige Bücher zum Verkauf auszusondern, und als er eines Abends mitten unter den Sachen stand, die im Speisezimmer zusammengetragen waren, deklamierte er, die Hände in die Taschen gesteckt, innerlich:

Ich bin der Gott geheimnisvoller Welt,
Die ganze Welt lebt nur in meinen Träumen.

Von diesen Zeilen flammten eigenmächtig andere auf:

Und was hinderte mich,
Aufzubauen die Welten all,
Die da wünschte sich
Meines Spiels Ritual?

Hier erinnerte sich Samgin der Welt, die auf Hieronymus Boschs Bildern dargestellt war, und danach kam ihm der Gedanke, daß Fjodor Sologub ein vortrefflicher Dichter sei, aber ein »gefangener Denker« – er hat zugelassen, daß eine einzige Idee von ihm Besitz ergreift: die Idee von der Nichtigkeit und Sinnlosigkeit des Lebens.

Diese Gefangenschaft des Denkens setzt seiner Begabung Grenzen, zwingt ihn, sich zu wiederholen, macht seine Gedichte allzu vernünftig, in ihrer Logik langweilig. Diese meine Bewertung will ich aufschreiben. Und – ich müßte Dostojewskijs »Dämonen« mit dem »Kleinen Dämon« vergleichen. Es wird Zeit für mich, ein Buch zu schreiben. Ich werde es »Leben und Denken« betiteln. Ein Buch über die Vergewaltigung des Lebens durch das Denken – ein Buch über die Freiheit des Lebens – ist noch von niemandem geschrieben.

Doch hier verdüsterte sich Samgins Gesicht, denn er erinnerte sich, daß Iwan Karamasow geraten hatte: Das Leben muß man vor aller Logik lieben.

Versuchen wir, nochmals daran zu erinnern, daß der Mensch das Recht hat, für sich und nicht für die Zukunft zu leben, wie die

Tschechows und andere Epigonen der Literatur lehren, beschloß er, in sein Arbeitszimmer hinübergehend. Schon Herzen lachte in den vierziger Jahren über die Positivisten, die das Leben für eine Vorstufe der Zukunft halten. Tschechow mit seiner Verheißung eines herrlichen Lebens in zwei-, dreihundert Jahren, der entkrönte Gorki mit seiner naiven Behauptung, »der Mensch sei zu etwas Besserem auf der Welt« und das Wort Mensch »klinge stolz« – das alles sind Verkünder des trivialen Positivismus von Auguste Comte. Diese Theorie ist zum Marxismus, ihrem noch häßlicheren Extrem, ausgewachsen ...

Samgin fuhr zusammen, ihm schien, es stände jemand neben ihm. Aber da war er selbst, den die kalte Fläche des Spiegels widergab. Ihn blickten aufmerksam die dank der Brillengläser verschwommenen Augen eines Denkers an. Er kniff sie zusammen, die Augen wurden normaler. Er nahm die Brille ab und dachte, während er sie blank rieb, von neuem an die Menschen, die »Friede auf Erden und den Menschen ein Wohlgefallen« herbeizuführen versprechen, dann entsann er sich nebenbei, daß jemand – war es nicht Nietzsche? – die Menschheit eine »vielköpfige Hydra der Banalität« genannt hatte, er setzte sich an den Tisch und begann seine Gedanken aufzuschreiben.

Ein paar Tage später saß er in einem Eisenbahnwagen zweiter Klasse, hatte dreihundertdreiundachtzig Rubel in der Brieftasche, zwei Koffer bei sich und einen im Gepäckwagen. Er saß da und dachte: Stiehlt man mir das Geld oder verliere ich es – komme ich in Petersburg als Bettler an.

Es war kränkend: Da hatte er nun fast vierzig Lebensjahre hinter sich, war etwa zehn Jahre davon beim Gericht tätig gewesen und hatte nur ein paar Groschen zusammengespart. Und kränkend war auch, daß er ein halbes Hundert wertvoller Bücher in sehr guten Einbänden hatte verkaufen müssen.

Er fuhr in einem Wagen zweiter Klasse, es gab nur wenige Mitreisende, und durch das eiserne Dröhnen des Zugs hindurch drang wie ein hell plätscherndes Bächlein die bekannte Stimme Pylnikows.

> »Die ganze Welt muß gerechtfertigt werden,
> Damit man leben kann«,

skandierte deutlich der Privatdozent, während irgendein erboster Mann im Baßton schrie: »Was ist denn das – ist hier Kölnischwasser vergossen worden? Man bekommt ja keine Luft!«

Durch den Wagen spazierten, einander ablösend, die Gerüche von Schinken, Schuhwichse und gebratenem Fleisch, vor dem Fenster, im grauen Halbdunkel des Abends, bewegten sich Schneehügel und schwarze Bäume, schwankten irgendwelche Gerten, als drohten sie den Zug auszupeitschen, während hinter Samgin jemand unter Hüsteln und grimmigem Ausspeien mißmutig erzählte: »Der eine Inguschete wurde getötet, der andere verwundet, die drei übrigen brachten den Verwundeten in die Stadt, ins Krankenhaus und – verschwanden . . .«

»Gnädige Frau«, rief Pylnikow triumphierend. »Immerhin, immerhin – wie entscheiden Sie denn die Frage nach dem Sinn des Daseins? Gottheit oder Menschheit?«

Samgin gegenüber lag, das Gesicht nach oben, die Augen geschlossen, ein langbeiniger Mann mit rotem Spitzbärtchen, er lag, die Arme unter den Nacken geschoben. Pylnikows Geschrei weckte ihn, er schwang die Füße auf den Boden hinunter, setzte sich und ging, nachdem er mit seinen blauen Augen Samgin erschrocken ins Gesicht geblickt hatte, hastig in den Durchgang hinaus, als eilte er jemandem zu Hilfe.

»Der Riß verläuft gerade auf dieser Linie«, schrie Pylnikow. »Verzichten wir auf die geistige Kultur, die auf religiöser, christlicher Grundlage beruht, zugunsten einer Kultur, die durch und durch materialistisch, barbarisch ist – verzichten wir oder nicht?«

Unerklärlicherweise erstickte plötzlich Kölnischwasser alle anderen Gerüche, während Pylnikows Rede von einem schweren Husten und dem barschen, laut ausgesprochenen Satz übertönt wurde: »Nicht prügeln hätte man sie sollen, sondern ihnen die Hände abhacken, die Hände!«

»Na, immerhin hat man ihnen mit den Hanfkrawatten genug Angst eingejagt . . .«

»Und die Verluste? Wer ersetzt mir die Verluste?«

Und von neuem tauchte das siegreiche Stimmchen Pylnikows auf: »Sind Sie denn von der Zuverlässigkeit des Wissens überzeugt? Ja und – was hat überhaupt wissenschaftliche Erkenntnis hiermit zu tun? Eine wissenschaftliche Ethik gibt es nicht, kann es nicht geben, doch die ganze Welt lechzt gerade nach einer Ethik, die nur die Metaphysik schaffen kann, jawohl!«

Ein Chaos, dachte Samgin, der das Gefühl hatte, man vergifte ihn, indem man unnötige Gedanken gewaltsam in sein Hirn hineinpresse. Ein Chaos . . .

Vor kurzem noch hatte es ihm gefallen, dem wirren Gerede der Menschen zu lauschen, er war überzeugt gewesen, daß die geschwätzigen Reisenden in den Zügen, die Gäste in den Restaurants ihn mit Kenntnis wahrer Lebenswirklichkeit bereicherten und dadurch die ziemlich trockenen Systeme von Büchersätzen mit Fleisch und Blut füllten. Doch er fühlte sich bereits übersättigt, müde von der Fülle an Menschenkenntnis und ihm schien, daß es Zeit sei, alles, was er gesehen, gehört und erlebt hatte, in eine feste Form zu bringen, in sein eigenes, originelles System. Nun aber drang, wie der Wind durch die Fugen schlecht geschlossener Fenster und Türen in ein Zimmer, aufdringlich etwas bereits Überflüssiges, Unnötiges, aber gleichsam Unbekanntes herein. Ihm fiel ein, wie Pylnikow, sein rosiges Gesicht mit dem grünen Büchlein verdeckend, vorgelesen hatte: »Ich sah in einem Blindenheim, wie diese Unglücklichen mit vorgestreckten Armen umhergehen, ohne zu wissen, wohin sie gehen. Besteht aber nicht die ganze Menschheit aus ebensolchen Blinden, gehen sie nicht auch tastend durch die Welt?«

Ich weiß, wohin ich gehe, weiß, was ich will, sagte sich Samgin.

Im Durchgang erschien der langbeinige Mann mit dem rötlichen Bärtchen, ihn stieß eine beleibte Frau, die in einen grauen Schal gehüllt war, gleichsam vor sich her.

»Verstehst du?« fragte sie halblaut, aber sehr vernehmlich und mit tiefer Stimme. »Mitten im Zentrum.«

»Es ist nicht zu glauben«, murmelte Samgins Nachbar.

»Ja, ja! Ein Provokateur im Parteizentrum. Tatsache!«

Sie schob den langen Mann mit einer Handbewegung beiseite und ging vorüber ans Ende des Wagens, der Mann jedoch wankte, setzte sich Samgin gegenüber und sah ihm, sich auf die Lippen beißend, ein paar Sekunden lang verständnislos ins Gesicht.

Gleich wird er zu reden anfangen, dachte Samgin, aber da erschien der Schaffner und zündete die Kerze an, vor dem Fenster wurde es dunkel, Blech schepperte, wahrscheinlich hatte jemand einen Teekessel fallen lassen. Dann wurde es stiller im Wagen, und noch deutlicher erklang das bohrende Stimmchen des Dozenten: »Es handelt sich nicht darum, wie das Individuelle mit dem Sozialen zu versöhnen sei, in einer Epoche, in der das letztere betäubt, blendet, die Wachstumsfreiheit unseres Ichs begrenzt – es handelt sich darum, ob man überhaupt versöhnen soll.«

»Geben Sie mir ein Streichholz«, bat Samgins Nachbar kläglich den Schaffner; während er sich unbeholfen eine Zigarette anzündete, wandte Samgin ihm den Rücken zu, streckte sich auf der Polsterbank aus und verspürte das boshafte Verlangen, Pylnikow mit einem Taschentuch den Mund zu stopfen.

Petersburg empfing Samgin mit einem frostigen, kalt strahlenden Morgen. Auf der Bronzemütze und den dicken Schultern von Zar Alexander glitzerte der Reif, die Nadel der Admiralität sah rotglühend aus und deutete gleichsam auf die weiße Wintersonne. Ein paar Tage verbrachte er, indem er in Museen umherirrte und abends im Theater saß, wobei er ein angenehmes Gefühl der Unabhängigkeit von den vielen Menschen empfand, die diese Riesenstadt bevölkerten. Die Gemälde, die altertümlichen Gegenstände, die durch ihre bunten Farben und wunderlichen Formen das Auge erquickten, ermüdeten auch angenehm. Die Schauspieler in den Theatern sprachen irgendwelche nebelhaften, leichten Worte von der Liebe und dem Leben.

Ich muß mir Arbeit suchen, ermahnte er sich und wanderte von neuem durch die zahllosen Säle der Eremitage, betrachtete die Dinge und fühlte sich zufrieden, da das Beobachtete keine Fragen stellte, keine Antworten forderte und erlaubte, an sie nach Belieben zu denken oder – nicht zu denken. Klim Iwanowitsch Samgin dachte leicht und tröstlich nicht an die Kunst, sondern an das Leben, durch das er ging, ohne etwas zu verlieren, sondern im Gegenteil, immer mehr Gewißheit gewinnend, daß sein Weg nicht nur richtig, sondern auch heroisch sei, aber er konnte oder wollte nicht den inneren Sinn von Tatsachen aufdecken, in ihnen Übereinstimmung suchen – befürchtete es vielleicht sogar. Er hatte oft fühlen müssen, daß eine Übereinstimmung, ja sogar die Ähnlichkeit eines Gedanken ihn beleidigte und entwürdigte, da sie ihn in die Reihe von Gewöhnlichen herabsetzte. Seine persönliche Lebenserfahrung hatte noch keine originelle Form erlangt, mußte sie aber erlangen. Er, Klim Samgin, war schon in der Kindheit für außergewöhnlich befähigt erklärt worden, das vergaß er nicht und konnte er nicht vergessen, denn Menschen, die bedeutender gewesen wären als er, hatte er nicht gesehen. Weitaus die meisten Menschen waren Ignoranten, die ganz in der simplen Angelegenheit der Ernährung, der Vermehrung und der Besitzanhäufung aufgingen, über der Masse dieser Menschen und der Masse selbst bewegten sich Leute, die, nachdem sie dieses oder jenes System von Sätzen angenommen und sich zu eigen gemacht hatten, sich Konservative, Liberale oder Sozialisten nannten. Sie spalteten sich in zahllose kleine Gruppen – in Volkstümler, Tolstojaner, Anarchisten und so weiter, aber das machte sie, nicht zu ihrer Zierde, noch kleiner, uninteressanter. Sich einer beliebigen Reihe solcher Menschen anzuschließen, ihre Dogmatik anzunehmen, hätte bedeutet, die Freiheit des eigenen Denkens einzuschränken. Samgin stand rauchend am Fenster, und eine Erregung, die ständig wuchs, trieb, stieß ihn irgendwohin. Vor dem Fenster schneite es immer dichter, über die Fensterscheiben kroch der bläuliche Zigarettenrauch, kitzelte die Augen, reizte die Nase, Samgin stand reglos da und erwartete, daß ihm nun gleich irgendein ungewöhnlicher, neuer und reiner Gedanke kommen werde, den niemand kannte, daß er auftauchen und ihn mit einem Gefühl der Macht über das Chaos erfüllen werde.

Jedes Dogma ist natürlich sinnvoll, aber Dogmatik ist unvermeidlich eine Vergewaltigung der Denkfreiheit. Ljutow war undogmatisch, aber er lebte in Angst vor dem Leben und wurde von der Angst getötet. Der einzige Mensch, der ein unabhängiger Herr seiner selbst war – war Marina.

Doch des Stehens müde, setzte er sich in einen Sessel, und dieser freie, alles entscheidende Gedanke – war nicht gekommen, während die Erregung noch ebenso stark geblieben war und ihn zwang, zu Warwara zu fahren.

Die Fahrt ging lange und langsam durch das kalte, weiße Schneetreiben, das mit dem dumpfen, feuchten Trappen der Pferdehufe und dem Geräusch der Gummireifen auf dem Holzpflaster erfüllt war, die nassen Schneeflocken hefteten sich an die Brillengläser und an die Haut der Wangen – das alles beruhigte nicht.

Weshalb, zum Teufel, fahre ich hin? Wie töricht . . .

Aber er geriet in Verwirrung, als Warwara, die sich vom Sessel erhoben hatte, wankte und, sich an der Lehne festhaltend, erschrokken, mit schwacher Stimme sagte: »Nein, nein, komm mir nicht zu nahe! Setz dich dorthin, etwas weiter weg, ich fürchte, ich könnte dich anstecken. Ich habe Influenza . . . oder etwas Ähnliches.«

Er erkundigte sich nach der Temperatur, nach dem Arzt, sagte ein paar der in solchen Fällen üblichen tröstenden Worte, musterte Warwaras Gesicht und entschied: Ja, sie ist sehr krank. Das mit roten Flecken bedeckte Gesicht sah wie verbrannt aus, die grünlichen Augen glänzten unangenehm, die Stimme klang gesteigert schrill und, wie es schien, aufgeregt, der trockene Husten war von einem pfeifenden Geräusch begleitet.

»Ich trinke immerfort Tee«, sagte sie, das Gesicht hinter dem Samowar verbergend. »Mag das Wasser sieden, doch nicht das Blut. Weißt du, ich bin ein Angsthase, wenn ich krank bin, fürchte ich, daß ich sterben werde. Welch ein widerliches Wort – dieses ›sterben‹.«

»Du bist ein gesunder Mensch«, sagte Samgin.

»Nein«, widersprach sie. »Ich bin krank, schon seit langem. Der Gynäkologe, ein Professor, hat gesagt, mein Leben hinge nur noch an einem Fädchen. Eine Abtreibung ginge nicht spurlos vorüber, sagte er.«

Jetzt beginnt die Durchsicht der Vergangenheit, dachte Samgin mißbilligend und zündete sich, ohne um Erlaubnis zu fragen, eine Zigarette an, worauf Warwara die Hand ausstreckte und sagte: »Gib mir auch eine.«

Nachdem sie sich eine Zigarette angezündet hatte, begann sie öfter zu husten, aber das hinderte sie nicht am Reden.

»So ein widerwärtiger, weicher, glatter Kater, hochmütig und herzlos«, rächte sie sich an dem Gynäkologen, aber da sie wahrscheinlich fand, daß dies noch zu wenig sei, fügte sie hinzu: »Ein Tolstojaner, Moralist und Rigorist. Tolstois Moral nützen Leute einer besonderen Sorte aus . . . Solche, die an einen bösen und kalten Gott glauben. Und kleine Gauner, wie etwa Nogaizew. Glaube bitte Nogaizew nicht: Er ist skrupellos, gierig und überhaupt – ein Schuft.«

»Ich denke, dies stimmt«, gab Klim zu; sie nickte zweimal.

»Es stimmt, es stimmt, ich weiß es . . .«

Der Anblick ihrer Hände wurde immer unangenehmer: Mit dem rosigen Perlmutt der spitzigen, sorgfältig polierten Nägel blitzend, griffen sie unermüdlich und unruhig nach dem Teelöffel, der Zukkerzange, der Tasse, knisterten mit der orangefarbenen Seide des Morgenkleids, das sie unnötig zurechtzupften, betasteten die roten Ohrläppchen, das zerzauste Haar auf dem Kopf. Und das beherrschte Samgins Aufmerksamkeit so sehr, daß er nicht ins Gesicht der Frau sah.

»Welch eine schreckliche Stadt! In Moskau ist alles so einfach . . . Und warm. Der Ochotnyj Rjad, das Künstler-Theater, die Sperlingsberge . . . Moskau kann man aus der Ferne betrachten, ich weiß nicht, ob man Petersburg von einer Anhöhe sehen kann, ob das dort möglich ist. Es ist so flach, riesengroß, steinern . . . Weißt du – Stratonow hat gesagt: ›Wir Politiker wollen das aus Holz erbaute Rußland zu einem steinernen machen.‹«

Redet sie im Fieber? dachte Samgin, um sich blickend und das kleine unaufgeräumte Zimmer betrachtend, das mit dicken Draperien behängt war; in ihm stand ein so starker Apothekengeruch, daß der Tabakrauch ihn nicht verdrängte.

»Nirgends, denke ich, fühlt man sich so einsam wie hier«, sprach die Frau. »Ach, Klim, welch ein quälendes Gefühl – Einsamkeit! Die Revolution hat in den Menschen das Bewußtsein der Einsamkeit schrecklich verschärft und gesteigert . . . Und viele sind dadurch zu Tieren geworden. Wie nennt man sie – die im Kriege plündern? Nach den Schlachten?«

»Marodeure«, half Samgin nach.

»Ja, solche Leute sind Marodeure . . .«

»Du sprachst schon hiervon«, erinnerte er sie.

»Das ist schrecklich, Klim . . .«, sagte sie in pfeifendem Flüstern.

Sie ist ernsthaft krank, dachte er mit Besorgnis, als er die krampfhaften Bewegungen ihrer Hände verfolgte. Es ist, als fiele oder als ertränke sie, verglich er, und dieser Vergleich steigerte seine Besorgnis noch mehr. Warwara sprach unterdessen immer undeutlicher: »Du weißt natürlich – ich war verliebt in Stratonow.«

»Nein, ich wußte es nicht«, entgegnete Samgin und sah sofort ein, daß er dies nicht hätte sagen sollen. Aber – hatte er denn nicht irgend etwas sagen müssen?

»Das behauptest du aus Zartgefühl«, sagte Warwara, nach Atem ringend. »Ach, was für ein gemeines, grobes Tier Stratonow ist . . . Ein Steinhauer. Ein Schurke . . . Einer für reiche Weiber . . . Und du – aus Stolz. Du bist so rein, so redlich. Du hast den Mut . . . mit dem Leben nicht einverstanden zu sein . . .«

Sie war plötzlich verstummt. Samgin erhob sich ein wenig, blickte sie an und richtete sich sofort erschrocken auf – die Gestalt der Frau hatte ihre natürlichen Umrisse verloren, sie war im Sessel zusammengesackt, der Kopf war kraftlos auf die Brust gesunken, ein halb geschlossenes Auge, eine sonderbar dunkel verfärbte Wange war zu sehen, die eine Hand lag auf dem Schoß, die andere hing über die Armlehne des Sessels herab.

Der erste Gedanke, der Samgin vom Schreck eingegeben wurde, war: Ich muß gehen, der zweite: Einen Arzt rufen!

Er lief in den Korridor hinaus, fand einen Kellner, fragte ihn, ob sich nicht ein Arzt im Hotel befände. Es zeigte sich, daß einer da war: Auf Zimmer zweiunddreißig, ein Doktor Makarow, heute aus dem Ausland eingetroffen.

»Holen Sie ihn.«

»Der Herr hat das Haus verlassen.«

»Rufen Sie einen anderen an – unverzüglich!«

Der wohlerzogene Mann mit kleinem Kopf ohne Haare hielt Samgin zurück und schlug ihm halblaut vor, einen Sanitätswagen kommen zu lassen.

»Sie werden zugeben müssen – es ist uns peinlich! Vielleicht handelt es sich um etwas Ansteckendes.«

»Ja, gewiß! Ja, ja«, gab Samgin zu, und als er zu Warwara zurückkehrte, sah er: Sie saß am Boden, hatte die Hände auf ihn gestützt, den Rücken an den Sesselsitz gelehnt und den Kopf weit zurückgeworfen.

»Ich hatte aufstehen wollen und fiel um«, begann sie mit ganz schwacher Stimme, aus ihren Augen rannen Tränen, die Lippen bebten.

Samgin hob sie auf, legte sie aufs Bett, setzte sich neben sie und bemühte sich, ihre Hand streichelnd, ihr nicht ins Gesicht zu sehen, das kindlich rührend und gleichsam schuldbewußt war.

»Mir ist schlecht, Klim«, sagte sie leise und kläglich, »mir ist sehr schlecht. Ich bekomme keine Luft.«

»Makarow ist hier«, sagte Samgin. »Erinnerst du dich an Makarow?«

Sie nickte.

»Ja. Der schöne Mann.«

Er fühlte sich auch schlecht und gedemütigt. Ihn demütigte seine Ohnmacht, die Unfähigkeit, ihr zu helfen, irgendwelche tröstenden Worte zu sagen. Dennoch sagte er: »Laß den Mut nicht sinken. Willensstärke nützt mehr als alle Arzneien.«

Warwara indessen schnappte gierig nach Luft und murmelte: »Beim Notar Selinskij – mein Testament. Ich vermache alles dir ... Sei mir nicht böse, Klim. Du – brauchst es, mein Freund. Du bist redlich. Das Haus und alles ...«

»Das sind Lappalien«, sagte er. »Sprich nicht – ruhe dich aus.«

»Du wirst alles verkaufen. Geld bedeutet Unabhängigkeit, Lieber. Im Handtäschchen. Und in der Mappe, im Koffer. Ach, mein Gott! ... Ist denn wirklich ... nein – werde ich denn wirklich ... Lösch das Licht über dem Bett aus ... Es blendet.«

Sie weinte und rang immer heftiger nach Atem, während Samgin sich auch beengt fühlte, und das Atmen war schwer, als rückten die Zimmerwände zusammen, verdrängten die Luft und hinterließen nur schwüle Gerüche. Und die Zeit schlich so langsam dahin, als wollte sie stehenbleiben. In der Schwüle, im Halbdunkel wurde Warwaras fiebernde Rede immer schwerfälliger, immer stockender: »Erinnerst du dich, wie der Musiker starb? Wir saßen im Garten, und über dem Schornstein flimmerte es silbern ... die Luft. Es war doch bloß Luft? Ja?«

»Ja – bloß Luft«, bestätigte Samgin und dachte, daß es vielleicht besser gewesen wäre, zu sagen: Ich weiß nicht.

»Stratonow ... ist ein Schurke! Er hat mich in den Leib gestoßen ... Wie ein Droschkenkutscher.«

Es trat jemand ins Zimmer, Samgin stand auf und schaute hinter der Portiere hervor.

»Doktor Makarow«, sagte zu ihm ungehalten mit sonderbar bekannter Stimme ein geckenhaft gekleideter Mann, ganz in Schwarz, rasiert, mit gestutztem Schnurrbart, mit Militärgesicht. »Makarow«, wiederholte er sanfter und lächelte.

Kutusow, begriff Samgin und deutete wortlos mit einer Handbewegung auf das Bett. Er ist mit Makarows Paß gekommen. Illegal. Gut, daß ich ihn nicht begrüßt habe.

Der höfliche Kellner, der in der Tür stand, murmelte, daß der Sanitätswagen gleich eintreffen werde, und fragte: »Sind Sie ein Verwandter von Frau Samgina?«

»Ihr Mann.«

»Wo geruhen Sie zu wohnen?«

Klim nannte sein Hotel.

Der Kellner verneigte sich ehrerbietig und verschwand.

»Wie ich da . . . hereingeraten bin!« sagte leise Kutusow, der, das rechte Auge zusammengekniffen und sich mit der Hand das Kinn reibend, hinter der Portiere vortrat. »Weigern – konnte ich mich nicht: Gibst du dich für etwas aus, so trag auch die Folgen. Das ist doch Ihre Frau?« flüsterte er. »Hören Sie, ich bin ja nicht nur dem Paß nach Arzt, habe in der Verbannung sogar ein wenig praktiziert. Mir scheint, sie hat eine Lungenentzündung, zudem – eine kruppöse, und damit ist nicht zu spaßen. Verstehen Sie?«

Dann trat er dicht auf Klim zu und schlug vor: »Lassen Sie uns vereinbaren: Was wäre besser? Wenn wir uns nicht kennen?«

»Ja«, antwortete Klim.

»Richtig. Es gibt einen Makarow – einen Freund von Ihnen, aber dieser Name ist nicht selten. Nebenbei bemerkt: Er hat wahrscheinlich auch schon an einem anderen Punkt die Grenze passiert. Nun, ich gehe. Wir müßten mal miteinander reden, wie? Haben Sie nichts dagegen?«

»Nein. Wenn man sie fortgebracht hat.«

»Vortrefflich.«

Kutusow ging, während Samgin, der horchte, wie Warwara beim Husten fast an ihren Worten erstickte, bei sich dachte: Weshalb habe ich eingewilligt?

»Wein hat er mir vorgesetzt . . . wie einer Prostituierten«, vernahm er, als er sich dem Bett näherte.

Warwara empfing ihn mit heiserem Geschrei: »Wer ist das? Du? Geh weg!«

»Das bin ich, Klim«, sagte er, sich zu ihr niederbeugend.

Aber sie erkannte ihn nicht, betastete aufgeregt mit unruhigen Händen ihre Brust, das Morgenkleid, die Kissen und wiederholte dabei keuchend: »Weg! Du Tier . . .«

Es verstrichen noch etwa fünf Minuten, bis die Sanitäter mit einer

Tragbahre kamen und sie hinaustrugen, sie schwieg bereits, und in ihrem dunkel verfärbten Gesicht leuchteten matt die unangenehm grünen, gleichsam bösen Augen.

Sie liegt im Sterben, entschied Samgin. Sie stirbt gewiß, wiederholte er, als er allein war. Das unangenehm stumpfe Wort »stirbt« hinderte ihn am Denken und war lästig wie eine Herbstfliege. Es wurde verscheucht von dem höflichen, kurzbeinigen und rundlichen Männchen, dessen kleiner Kopf wie eine Billardkugel glänzte. Der kleine Mann kam geräuschlos wie eine Katze herein und hielt leise eine kurze Rede: »Nach dem Gesetz sind wir verpflichtet, die Polizei zu benachrichtigen, weil ja alles möglich sein kann und die Kranke ihre Habe zurückgelassen hat. Wir haben uns aber, entschuldigen Sie, erkundigt und festgestellt, daß Sie der legitime Ehemann sind, demnach scheint alles in Ordnung zu sein. Zur Bestärkung sollten Sie jedoch dem Gehilfen des Reviervorstands etwa fünfzig Rubel schenken . . . Damit man Sie nicht belästigt, das tun sie gern. Zudem sind sie verängstigt – wir haben unsichere Zeiten . . .«

Samgin hatte einen Hundertrubelschein und noch ungefähr zwanzig Rubel bei sich. Er gab hundert.

Darauf erklärte der Kellner mit beglücktem Stimmchen, dieses Zimmer müsse desinfiziert werden, und erbot sich, Warwaras Sachen in ein anderes Zimmer zu tragen, und wenn Herr Samgin hier zu übernachten wünsche, so werde das der Hotelleitung sehr angenehm sein.

Er ging.

Ein Halunke und wahrscheinlich ein Spion, stellte Samgin voller Abscheu fest und dachte sofort, daß das Eindringen von Alltagsperioden in die Dramen des Lebens nicht nur natürlich sei, sondern, indem es den Ablauf der dramatischen Geschehnisse unterbreche, es ermögliche, sie leichter zu überstehen. Dann fiel ihm ein, daß er diesen Gedanken in der Rezension irgendeines Theaterstücks in einer Pariser Zeitung gelesen hatte, und er begann über praktische Dinge nachzudenken.

Worüber will Kutusow reden? Soll ich überhaupt mit ihm reden? Eine Begegnung mit ihm ist nicht ungefährlich. Makarow – riskiert . . .

Er öffnete die Luftklappe des Fensters und bemerkte, als er, eine Zigarette zwischen den Zähnen, im Zimmer umherschritt, auf dem Spiegeltisch die goldene Uhr Warwaras, nahm sie, wog sie auf der Hand. Diese Uhr hatte er ihr geschenkt. Beim Aufräumen des Zimmers konnte sie gestohlen werden. Er steckte die Uhr in seine Hosentasche. Dann öffnete er, nach einem Blick auf sein besorgtes Gesicht im Spiegel, das Handtäschchen. Es enthielt eine Puderdose, Handschuhe, ein Notizbuch, ein Fläschchen Riechsalz, einen Migränestift, ein goldenes Armband, dreiundsiebzig Rubel in Scheinen und eine ganze Handvoll Silbergeld.

Sie mochte Silber, fiel ihm ein. Wenn sie stirbt, habe ich nicht genug Geld, sie zu beerdigen.

Die Tatsache, daß Warwara ihm das Haus vermacht hatte, rührte ihn nicht sonderlich und wunderte ihn nicht, sie besaß keine Angehörigen. Ein Testament wäre gar nicht notwendig gewesen – er, Samgin, war der gesetzliche Alleinerbe.

Er setzte sich, öffnete auf dem Schoß den kleinen, sehr eleganten Handkoffer mit Eckbeschlägen aus patiniertem Silber. Er enthielt ein Necessaire, in der Tasche seines Deckels eine kostbare Mappe, in der Mappe irgendwelche Papiere und in einem ihrer Teile neun Hundertrubelscheine, er steckte die Hundertrubelscheine in die Innentasche seines Rocks und legte statt ihrer die dreiundsiebzig Rubel hinein. Das alles tat er mechanisch, ohne zu erwägen, ob er es tun sollte oder nicht. Er tat es und dachte: Sie hat nicht wenig Menschen gesehen, aber ich bin für sie die lichtvollste Gestalt geblieben. Ihre erste Liebe. Irgend jemand hat gesagt: »Alte Liebe rostet nicht.« Eigentlich hatte ich keine triftigen Gründe, die Verbindung mit ihr abzubrechen. Die Beziehungen spitzten sich zu ... weil alles ringsum sich zugespitzt hatte.

Eine Minute lang suchte er ehrlich, ob es in der Vergangenheit nicht irgend etwas gäbe, woran Warwara ihm hätte die Schuld beimessen können. Aber – er fand nichts.

Als er sich wieder eine Zigarette anzündete, brachten die Geldscheine in der Rocktasche sich durch trockenes Knistern in Erinnerung. Samgin blickte um sich – alles ringsum war unordentlich, unangenehm, von schwülen Gerüchen durchsetzt. Es kamen zwei Zimmerkellner und ein Stubenmädchen, er sagte ihnen, daß er zu dem Arzt auf Zimmer zweiunddreißig ginge, und wenn aus dem Krankenhaus angerufen würde, sollten sie es ihm sagen.

Kutusow saß in Hemdsärmeln, mit aufgeknöpfter Weste am Tisch beim Samowar, eine Zeitung in den Händen, Zeitungen lagen auf dem Sofa und dem Boden herum, er erhob sich, stieß sie mit dem Fuß beiseite und rückte mühelos einen schweren Sessel an den Tisch heran.

»Hat man sie fortgebracht?« fragte er, Samgins Gesicht musternd. »Und ich lese gerade die heimische Presse. Wildes Fieber und liberal-intellektualistische Versuche, ein X für ein U vorzumachen. Das Wesentliche sind die Stolypinschen Einzelhöfe und die Eile der Industriellen, so rasch wie möglich alles zu verkaufen, was das ausländische Kapital kaufen möchte. Und dieses schläft nicht, es drängelt sich sogar ins Textilwesen, das feste Moskauer Geschäft. Alles in allem – Theater. Doch Sie – sind gealtert, Samgin.«

»Von Ihnen kann man das nicht behaupten«, sagte Samgin.

»Um mich – kümmert sich die Obrigkeit, sie schickte mich zur Erholung weit in den Norden, dort habe ich vierzehn Monate lang ausgeruht. Nicht so ganz bequem, aber – sehr gut für die Seele. Dann bin ich ins Ausland gegangen.«

Kutusow sprach halblaut, und in seinen fliederblauen Augen spielte wie immer ein Lächeln. Sein etwas grobgeschnittenes Gesicht wirkte ohne Bart noch markanter und leicht einprägsam.

»Haben Sie Lenin gesehen?« fragte Samgin, sich Tee einschenkend.

»Selbstverständlich.«

»Hält er noch fest an seinen Gedanken von ehemals?«

»Durchaus und sogar noch fester. Der Alte ist bewundernswert. Manchmal fällt es einem sehr schwer, ihm beizustimmen, aber nach einigem Hin und Her stimmt man ihm schließlich bei. Er sieht in die Zukunft durch eine Ritze in der Gegenwart, die nur er kennt. Auf euch Intellektuelle schimpft er überaus heftig . . .«

»Weswegen?«

»Wegen des Menschewismus und aller anderen Sorten von Liberalismus. Lunatscharskij und Bogdanow sollen da irgendeinen Unsinn verfaßt haben?«

»Ich habe es nicht gelesen.«

»Iljitsch sagt, sie polierten den Sozialismus mit bürgerlichem Denken, da sie fänden, man müsse ihn veredeln.«

Kutusow stand auf und ging, die Hände in den Hosentaschen, zur Tür. Klim stellte fest, daß dieser Mann schlanker, leichter geworden zu sein schien.

Er ist abgemagert. Oder es kommt vom Anzug.

Kutusow war unterdessen zum Tisch zurückgekehrt und begann etwas gelangweilt, ohne den üblichen Nachdruck zu sprechen: »Die Frage nach den Wegen der Intelligenz ist klar: Entweder geht sie mit dem Kapital oder gegen dieses – mit der Arbeiterklasse. Doch ihre Rolle als Katalysator bei den Aktionen und Reaktionen des Klassenkampfs ist fruchtlos, eine für sie verderbliche Rolle . . . Und auch lächerlich. Mit der Fruchtlosigkeit und der wahrscheinlich dunkel erkannten Verderblichkeit dieser Position erklärt Iljitsch jenes fürchterliche Geschrei und Gezeter, an dem die gegenwärtige Literatur so reich ist. Er erklärt das richtig. Ich habe einiges gelesen –

Andrejew, Mereshkowskij und andere –, weiß der Teufel, wie die sich nicht schämen? Das ist eine Art kindlicher Angst ...«

Er beugte sich zu Samgin vor, blickte ihn besonders eindringlich an und fragte mit gesenkter Stimme: »Hören Sie mal, Sie waren doch der Anwalt der Sotowa – was war das für eine Geschichte mit ihr? Ist sie tatsächlich ermordet worden?«

Und die knappen, vorsichtigen Antworten Klims wiederholend, stellte er Fragen: »Von wem? Der Neffe wurde verdächtigt. Motive? Ein Dummkopf. Wenig für einen Mörder. Sie unterdrückte ihn – aha! Das sieht ihr ähnlich. Und was ist nun mit dem Neffen? Im Gefängnis gestorben – hm ...«

Er hält sich für berechtigt, mich im Ton eines Untersuchungsrichters zu befragen, dachte Samgin und sagte: »Mir scheint – man hat ihn vergiftet.«

»Ein richtiger Kriminalroman. Sie sind kein Freund von Kriminalromanen? Ich lese gerne Conan Doyle. Ein Spiel mit der Logik. Nicht sehr weise, aber amüsant.«

Während er dies sagte, knetete er mit den Fingern sein Kinn und sah Samgin mit jener Spannung ins Gesicht, der man anmerkt, daß einer nicht an das denkt, was er ansieht. Seine Augen verdunkelten sich.

»Eine dunkle Geschichte«, sagte er leise. »Wenn man sie ermordet hat, war sie also jemandem im Wege. Der Dummkopf ist hier überflüssig. Die Bourgeoisie indessen – ist kein Dummkopf. Aber eine mechanische Rolle konnte natürlich auch ein Dummkopf spielen, dazu ist er ja da.«

Samgin nahm die Brille ab und rieb gesenkten Kopfs ihre Gläser blank.

»Ich habe sie fast zwei Jahre lang näher gekannt«, begann er. »Ich kannte sie, konnte sie aber nicht verstehen. Wissen Sie, daß sie die Steuerfrau eines Schiffs der Geißlersekte war?«

»Wa-as? Sie?« Kutusow fuhr geringschätzig mit der Hand durch die Luft und lächelte. »Das ist Provinzunsinn, Klatsch.«

Er war sehr verwundert, als Samgin ihm von der Feier der Anrufung des Geistes erzählte, runzelte die Brauen, die Igelhaare auf seinem Kopf bewegten sich.

»So ein Theater«, murmelte er und verstummte, sich mit den Händen kräftig die prallen Wangen reibend.

»Welcher Meinung sind Sie denn letzten Endes von ihr?« fragte Samgin.

»Vor allem war sie ehrgeizig«, antwortete Kutusow nach kurzem Zögern. »Sie war durchaus nicht dumm, aber die treibende Kraft ihres Verstands war eben der Ehrgeiz. Sie war von gesundem Fleisch und wählerisch, Widerwillen war vermutlich das hemmende Prinzip ihrer Sinnlichkeit. Kinder mochte sie nicht und wollte sie keine«, sagte er mit gerunzelter Stirn und schwieg wieder eine Weile. »Sie war wißbegierig, belesen. Für das Sektenwesen interessierte sie sich sehr, ja, aber ich kenne diese Bewegung schlecht, meiner Ansicht nach sind alle Sektierer – mit Ausnahme vielleicht der Läufer, das heißt der Anarchisten –, wohlhabende Bauern und sonst nichts weiter. Sektierer sind sie nur auf Zeit, solange sie Bauern sind, wenn sie aber Kaufleute werden, vergessen sie ihre Meinungsverschiedenheiten mit der Kirche, die um die Wahrheit, das heißt um die Macht kämpft. Das Interesse für kirchliche Angelegenheiten hat ihr Mann ihr eingeimpft.«

Kutusow wurde auf einmal sehr lebhaft: »Sehen Sie, das war ein interessanter Typ! Ein Mann von großem Haß gegen die Kirche und gegen jegliche Macht. Er las Pascal französisch, las Jansen und suchte, die Willensfreiheit leugnend, zu beweisen, daß alles, was der Mensch für sich tut – durch und durch sündig sei und daß die Freiheit sich nur auf die Wahl der Sünde beschränke: Krieg führen, Handel treiben, Kinder zeugen . . . Da er es für unmöglich hielt, daß der Mensch der Gnade Gottes teilhaftig werde, befand er sich auf dem Weg zum Satanismus oder zur vollständigen Gottlosigkeit. Ein leidenschaftlicher Mensch war das. Er verstieg sich im Eifer so weit, daß er einmal sagte: ›Gott ist, wenn man ihn kirchlich auffaßt, ein Feind des Menschen.‹«

Nachdem er sich eine Zigarette angezündet hatte, ließ er das Streichholz bis ans Ende ausbrennen, verbrannte sich die Finger und sagte, während er die Hand in der Luft schwenkte: »Jetzt scheint mir, daß Marina gerade durch diese Gedanken auf Abwege gekommen und ins Chlystentum hineingeraten ist . . .«

Doch gleich danach schüttelte er verneinend den Kopf, stand auf und fuhr, im Zimmer umherschreitend, fort: »Aber nein! Das Chlystentum war nur Theater. Dahinter verbarg sich etwas anderes. Das Chlystentum war Tarnung. Sie war gierig, liebte das Geld. Ihr Mann gab mir großzügiger für die Bedürfnisse der Partei. Ich sah in ihm einen künftigen Revolutionär. Ich hatte meine Gründe. Er urteilte auch über das Dorf richtig und taugte nicht zum Sozialrevolutionär. Ja, das ist es, was ich von ihr sagen kann.«

»Sie haben weit mehr von ihm gesagt«, bemerkte Samgin; Kutusow zuckte wortlos mit den Achseln, dann lehnte er sich mit dem Rücken an die Wand und sagte, die Hände in den Taschen, die Zigarette zwischen den Zähnen und vom Rauch das Gesicht verziehend:

»Sie hatte die unsinnige Idee, Geld zusammenzusparen und irgendwo in Sibirien etwas im Geist Robert Owens aufzubauen ... Eine Phalanstère vielleicht ... Im großen und ganzen – Theater. Sie war eine Intellektuelle. Ein gutes, gesundes Gehirn, dessen Entwicklung und freie Äußerung durch die Dogmen und Normen der Klasseninteressen der Bourgeoisie stark eingeschränkt waren. Die Menschheit organisiert sich aktiv für einen weltumfassenden Kampf – für eine Rauferei, wie Iljitsch sagt. Die Türkei, Persien, China, Indien sind von dem nationalen Bestreben erfaßt, sich der eisernen Hand des europäischen Kapitals zu entwinden. Da letzteres sieht, was ihm dadurch droht, stärkt es nicht weniger eilig seine Kräfte, vergrößert die kampflustigen industriell-technischen Kader auf Kosten der begabtesten Arbeiter, indem es aus ihnen hochqualifizierte Arbeiter, Meister, technische Handwerker macht, wie in Deutschland. Durch geschicktes Einwirken auf den Besitztrieb, auf den Ehrgeiz zieht es die Gebildeten unter den Proletariern als Kleinaktionäre zum Geschäft der Massenausplünderung heran. Die Vorbereitung des Kampfs gegen den Orient schließt natürlich nicht den Kampf gegen das Proletariat bei sich daheim aus – die Jahre 1905 und 06 haben die Kapitalisten einiges gelehrt. Die Bourgeoisie ist kein Dummkopf«, wiederholte Kutusow lächelnd.

Während er sprach, blickte er durchs Fenster, in die dichtgraue Dunkelheit draußen und auf einen gelben, öligen Lichtfleck in der Dunkelheit. Und er sprach, als erinnere er sich selbst: »Die Intellektuellen – besonders die unsrigen, sind ausgehungerter als die in Europa, sie spüren dunkel die Tragik des Heranreifenden, und viele erschreckt nicht die Gefahr zeitweiliger Niederlagen des Proletariats, sondern das Unheil eines Sieges, Iljitsch hat recht. Hundertfach recht. Sie erschreckt die Idee einer Macht der Arbeiterklasse. Und so suchen sie Zuflucht im religös-philosophischen Dickicht, bei den Geißlern, in der Unzucht, beim Teufel. Und – besonders – beim Versöhnlertum verschiedener Formen und Arten. Doch wissen Sie, Samgin, es ist sehr gut, daß bei uns die Selbstherrschaft und die Bourgeoisie gleichermaßen unbegabt sind. Aber es ist sehr schlimm, daß wir etwas viel Bauern haben«, schloß er und drückte lächelnd den Zigarettenstummel wie ein Handwerker an der Stiefelsohle aus. Samgin jedoch zündete sich unverzüglich und eilig eine Zigarette an, und diese fast komische Eile bedurfte einer Erklärung.

Er wird mich auszufragen beginnen, wie ich denke. Wird mich zu überzeugen suchen, es sei möglich, daß die Arbeiter die politische Macht ergreifen ...

Solange Samgin Kutusow aufmerksam zugehört hatte, empfand er kein Verlangen, ihm zu widersprechen – trotzdem bereitete er sich auf eine Selbstverteidigung vor, indem er sich glatte Sätze ausdachte: Der Mensch hat das Recht, zu denken, wie es ihm beliebt, aber das Recht, zu belehren – erfordert Begründungen, die mir, dem zu Belehrenden, einleuchten ... Worauf, außer auf den Besitztrieb gestützt, kann man im Proletarier das Gefühl der eigenen Würde wekken? ... Historisch denken kann man nur, wenn man vom bürgerlichen Denken ausgeht, da es die Urquelle des Sozialismus ist ...

Er bereitete noch ein paar Sätze vor, aber sie befriedigten ihn alle nicht, denn jeder von ihnen versprach einen frucht- und nutzlosen Streit zu entfachen.

Er zweifelt nicht an seinem Recht, zu belehren, ich aber will keine Belehrungen hören. Samgins bemächtigte sich eine immer unangenehmere Unruhe: Er begriff, daß es Kutusow, falls ein Streit entbrennen sollte, ein leichtes sein werde, seine Gleichgültigkeit gegen sozialpolitische Fragen zu entlarven und aufzudecken. Er bezeichnete sein Verhalten zu Fragen dieser Art zum erstenmal als gleichgültig und glaubte sogar sich selbst nicht: War das so?

Dann korrigierte er seine Vermutung: Es ist vorübergehend herabgesetzt ...

Kutusow rieb sich mit den Händen die Wangen und sagte: »Die Haut juckt unangenehm. Ich habe sie mir auf dem Rückweg aus der Verbannung erfroren. Und mein Genosse – hat sich die Füße verdorben.«

»Wissen Sie, daß die Somowa gestorben ist?« erinnerte sich Samgin plötzlich.

»Ja, ich weiß es«, entgegnete Kutusow und wiederholte nach dröhnendem Husten: »Natürlich, ich weiß es ...« Er schwieg ein paar Sekunden lang, dann fügte er gedämpft und seltsam hart hinzu: »Sie gehörte zu den Frauen, die aus Heldenverehrung in die Revolution gehen. Aus Romantik. Sie war ein moralisch gebildeter Mensch ...«

»Was heißt das?« fragte Samgin.

Kutusow schnippte zweimal mit den Fingern und antwortete, als ärgerte er sich über jemanden: »Untrügliche Witterung für den Feind. Eine kluge Seele. Erinnern Sie sich an sie? Ein junges Kätzchen. Klein, weich. Und – ein ausgeprägtes Gefühl des Abscheus vor jeglicher Schurkerei. Es kam einmal zu einem Zwischenfall: Man hatte entschieden, jemandem eine sehr schmutzige, aber durch das Zusammentreffen von einigen dramatischen Umständen persönlicher Art erzwungene Tat zu verzeihen. ›Zu verzeihen – habt ihr kein

Recht‹, sagte sie und suchte, wenn auch nicht sehr logisch, so doch hartnäckig zu beweisen, daß dieser Held keine kameradschaftliche Behandlung verdiene. Man entschuldigte. Und das feindliche Lager hatte einen durchaus nicht dummen Schurken gewonnen.«

»Schlug sie vor, ihn zu töten?« erkundigte sich Samgin wißbegierig.

Kutusow lächelte, kam aber nicht zum Antworten: Es wurde an die Tür geklopft, und dann sagte das ehrerbietige Stimmchen: »Telefonisch wurde durchgegeben, daß die Kranke ... Frau Samgina sehr gefährlich krank ist.«

Kutusow blickte Klim stumm an, drückte ihm stumm die Hand.

Klim Iwanowitsch Samgin hielt sich für verpflichtet, ins Krankenhaus zu fahren, beschloß aber auf der Straße, zu Fuß zu gehen.

Die Stadt war prächtig verschneit, und der vom Vollmond beschienene Schnee wirkte angenehm grünlich. Die Schaufeln der Hausknechte scharrten, Besen raschelten, und die Schlitten der Droschkenkutscher glitten fast lautlos über den weißen Schnee. Die Lichtfülle in den Vitrinen und Schaufenstern der Läden, der gelinde, anregende Frost und alles ringsum machte das abendliche Leben sauber, freundlich funkelnd und flößte irgendeine nachsichtige Stimmung ein.

Die Somowa hat er sehr subjektiv geschildert, dachte Samgin, als er sich aber der Erzählung Tagilskijs erinnerte, hörte er auf, an Ljubascha zu denken. Er, Kutusow, ist viel sanfter geworden. Sogar interessanter. Das Leben weiß die Menschen abzuschleifen. Einen sonderbaren Tag habe ich hinter mir, dachte er und vermochte sich nicht eines Lächelns zu enthalten. Ich kann das Haus verkaufen und werde wieder ins Ausland fahren, werde meine Memoiren schreiben oder – einen Roman.

Doch hier erkannte er, daß er von der Straße abkam, in der das Krankenhaus lag, und verlangsamte den Schritt.

Es ist spät, man wird mich wohl kaum zu ... der Kranken lassen. Und – was hat es für einen Sinn, zu ihr zu gehen? Dem Vorgang des Sterbens beizuwohnen ist bedrückend und zwecklos.

Er ging weiter und saß eine halbe Stunde später, die Papiere in Warwaras Mappe sichtend, bei sich im Hotel. Er fand einen Wechsel Dronows über fünfhundert Rubel, einen Safeschlüssel, den Entwurf eines Vertrags mit einer finnischen Fabrik über die Lieferung von Papier, Zeitungsausschnitte mit Besprechungen irgendwelcher Bücher, Notizen Warwaras. Dann ging er ins Restaurant hinunter und aß zu Abend, kehrte in sein Zimmer zurück, zog sich aus und legte sich mit Mereshkowskijs Buch »Nicht den Frieden, sondern das Schwert« ins Bett.

Er erwachte zeitig, in sehr guter Stimmung, er läutete, um sich Kaffee bringen zu lassen, aber der Zimmerkellner trat ein und sagte: »Auf Sie wartet ein Mann aus dem Bestattungsbüro . . .«

Samgin blieb eine Minute lang auf dem Bett sitzen und lauschte, welchen Widerhall die Nachricht von Warwaras Tod in ihm auslösen werde. Er vernahm nichts, verzog, unzufrieden mit sich selbst, das Gesicht und fragte vorwurfsvoll irgend jemanden: Bin ich denn herzlos?

Als er sich anzog, dachte er: Die Arme. So früh. So schnell.

Dann versuchte er, in Worten denkend, sich die Reihe und Menge der unangenehmen Scherereien vorzustellen, die ihn erwarteten. Die Scherereien begannen unverzüglich: Es erschien ein Mann im schwarzen Rock, rotwangig, schnurrbärtig, mit einer dicken Schicht schwarzen Haars auf dem Kopf, das, in den Nacken zurückgekämmt, ihm Ähnlichkeit mit einem Diakon verlieh, während das schwarzbärtige Gesicht an einen Polizisten erinnerte. Groß und stämmig, hätte er im Baß sprechen müssen, aber er sprach in hohem, klangvollem Tenor: »Unser Büro erhielt die Nachricht vom Ableben Ihrer verehrten . . .«

»Wann ist sie gestorben?« erkundigte sich Klim.

»Um halb sieben des heutigen Morgens, und ich bin unverzüglich . . .«

Samgin unterbrach ihn, indem er sagte, er müsse heute um fünf Uhr von Petersburg abreisen, und die Bestattungszeremonie müsse beschleunigt vollzogen werden.

»Dem Büro für Leichenbegängnisse ist Ihr Wunsch Befehl«, sagte der Mann mit ehrerbietiger Verbeugung und nannte den Preis der Zeremonie.

Das ist teuer, überlegte Samgin, finster dreinblickend, unterließ es aber, zu feilschen, da er das für unter seiner Würde hielt.

»Also – ohne priesterliches Geleit«, sagte der Vertreter des Büros. »Wie es Ihnen beliebt«, fügte er hinzu.

Um zwei Uhr mittags schritt Samgin, barhäuptig und sich Wangen und Ohren reibend, hinter dem Leichenwagen her. Es war ein leuchtender Tag mit trockenem Frost, der scharfe Schneeglanz blendete unangenehm die Augen, das Stechen und Zwicken des Frostes reizte Samgin, und er dachte an das dunkel verfärbte, spitznasige Gesicht Warwaras, ihre gekränkt oder verwundert hochgezogenen Brauen, ihre schief geöffneten Lippen. Das Gehen war lästig und beschwerlich, in den Gummiüberschuhen sammelte sich Schnee an, die mit schwarzen Tüchern bedeckten Pferde schritten schnell voran und verdarben die Luft mit dem Hauch ihres Atems und säuerlichem Schweißgeruch, der Schnee knirschte unter den Rädern des Leichenwagens und unter den Füßen der vier Männer in Zylindern, in sonderbaren Kapuzenmantillen und mit brennenden Kerzen in den Händen. Ein fünfter schritt mit einem Kreuz in den Händen vor den Pferden einher. Der Wind blies Schnee von den Dächern, brach über den Weg herein, kreiste, durchsichtige Wirbel hochreißend, vor den Füßen der Menschen und Pferde und schwang sich wieder auf die Dächer hinauf.

Idioten, nannte Samgin sie zornig, unter krauser Stirn hervor um sich schauend. Der Leichenwagen fuhr durch irgendwelche leeren Straßen, fast keine Kaufläden in den Häusern, die seltenen Passanten schienen den Leichenzug nicht zu beachten, aber Samgin dachte dennoch, daß seine einsame Gestalt bei den Leuten einen kläglichen Eindruck machen müßte. Und nicht nur einen kläglichen, sondern wohl sogar einen lächerlichen: Die knochigen, alten Gäule setzten ihre Beine unsicher in den Schnee, die schwarzen Gestalten in Zylindern schwankten auf dem Weiß des Schnees, schwerfällig schleppten sich ihre Schatten über den Schnee, an den Kerzenspitzen flackerten unnötige kraftlose Flammenzungen – und ein einsamer Mann mit Brille, mit entblößtem Kopf und zerzaustem spärlichem Haar. Samgin ahnte, daß an alledem etwas übermäßig abstoßend Düsteres war, das ein Lächeln hervorrufen konnte, wie es eine Karikatur hervorruft. Ihm fielen seine unangenehmsten Eindrücke ein: die Beerdigung Turobojews, der allegorisch zu Boden deutende gelbe Finger Ljutows, der in die Luft gesprengte Gouverneur – Samgin fühlte sich gekränkt und deprimiert. Er war sehr erfreut, als ihn ein eleganter Schlitten einholte, aus dem Dronow heraussprang, auf ihn zukam und sagte: »Zu Fuß werden Sie es nicht schaffen, es ist doch – weit! Fahren wir vor, empfangen wir sie auf dem Friedhof.«

Ohne Samgins Zustimmung abzuwarten, ergriff er ihn am Arm, ließ ihn im Schlitten Platz nehmen und riet ihm: »Setzen Sie doch die Mütze auf . . .«

Der Kutscher rüttelte an den Zügeln, der Fuchs preschte ungestüm in eine Flut scharfer Kälte, Samgin kauerte sich zusammen, verbarg das Gesicht im Mantelkragen und dachte trübsinnig: Ich werde mich erkälten.

In blitzschneller Fahrt gelangten sie rasch zum Friedhof. Dronow sagte dem Kutscher: »Du wartest!« Dann fragte er Samgin: »Frieren Sie?« und schimpfte: »Zum Teufel, ist das ein grimmiger Frost!«

Nachdem er Klim die Eingangsstufen eines kleinen, einstöckigen

Hauses hinaufgeschubst hatte, öffnete er zwanglos, als beträte er ein Restaurant, die Tür, in der Wärme lief Samgins Brille sofort an, doch als er sie abnahm – standen vor ihm Nogaizew und eine hochgewachsene, großnasige Dame männlichen Aussehens, die eine Sealskinmütze aufhatte.

»Mein aufrichtiges Beileid – ich bin auch ungemein betrübt«, bekundete er, Samgin die Hand schüttelnd, während die Dame mit tiefer Stimme sagte: »Orechowa, Marija, eine Freundin Warjas, wir hatten uns fast vier Jahre nicht mehr gesehen, trafen uns zufällig, im September, und nun – bin ich gekommen, sie dorthin zu begleiten, von wo man nicht mehr zurückkehrt.«

Sie zog sich majestätisch in die Zimmerecke zurück, die mit einer Menge Ikonen und drei Öllämpchen geschmückt war, setzte sich an den Tisch, auf ihm brodelte stürmisch ein stark dampfender Samowar und glänzte Geschirr, in dem Zimmer herrschte der Geruch von Lampenöl, von Butterteig und Honig. Samgin nahm mit Genuß am Tisch Platz und umfaßte mit den Fingern ein heißes Glas Tee. Von der Wand herab sah ihn durch eine angelaufene Glasscheibe hindurch das Gesicht des bärtigen Zaren Alexander III. an, und darunter befand sich ein Bildchen, auf dem ein wohlgestalter Christus mit einem langen Stecken in der Hand eine Schafherde hütete.

»Ja, so schleicht sich der Tod an uns heran«, sagte Nogaizew, der seinen Rücken an den Kacheln des Ofens wärmte.

»Es tut mir unerträglich leid um Warja«, sagte die Orechowa, einen Fladen in ein Schälchen mit Honig eintunkend. »Wer hätte das gedacht . . .«

Dronow, der irgend etwas in seinen Hosen- und Rocktaschen suchte, entgegnete laut: »Über den Tod nachzudenken ist zwecklos. Über das Leben – ebenfalls. Man muß leben und – sonst nichts weiter, zum Teufel.«

»Du solltest den Mund halten, Wanja«, riet ihm Nogaizew.

»Warum denn?«

»Du hast einen Rausch«, erklärte Nogaizew. »Und das, mein Lieber, ist im gegebenen außergewöhnlichen Fall nicht ganz angebracht . . .«

»Pah«, sagte Dronow. »Es liegt gar nichts Außergewöhnliches vor. Ein Mensch ist gestorben. Heute werden in dieser Stadt wahrscheinlich Hunderte sterben, in Rußland Hunderttausende, in der Welt Millionen. Und niemandem tut es um irgend jemanden leid . . . Frage mal lieber beim Friedhofswärter nach Wodka«, schlug er vor.

»Das wäre nun doch unschicklich – hier Wodka zu trinken«, bemerkte die Orechowa.

Dronow, der irgendeinen Zettel las, murmelte: »Sogar an den Gräbern wird getrunken . . .«

»Liegt das Grab weit?« fragte Samgin. Die Orechowa antwortete: »Leider sehr weit, in der sechsten Parzelle. Wissen Sie – es ist eine solche Teuerung!«

Samgin seufzte. Er hatte sich erwärmt, seine Stimmung wurde sanfter, der angetrunkene Dronow kam ihm sympathischer vor als Nogaizew und die Orechowa, aber es war unangenehm, daran zu denken, daß er von neuem zwischen Gräbern und Grabmälern irgendwohin weit weg durch den Schnee stapfen und die wehmütigen Grabgesänge anhören mußte. Da öffnete sich die Tür, und jemand sagte: »Man hat sie gebracht.«

Nogaizew nahm Samgin beiseite und raunte ihm zu: »Nun kommt, wissen Sie, so ein . . . Kleinkram. Popen, Bettler, Totengräber, man muß Trinkgeld geben und überhaupt . . . Ihnen wird das zuwider sein, geben Sie also Marija Iwanowna etwa . . . na, fünfzig Rubel! Sie wird schon alles regeln . . .«

Ja, das Grab lag weit entfernt, und es war schwer, auf den launisch gewundenen, von Schnee schlecht geräumten Wegen hinzugelangen. Die Steine und die Bronze der Grabmäler, die Schneehügel auf den Gräbern und die üppigen Hauben auf den Kreuzen strömten eine besonders scharfe und durchdringende Kälte aus. Je weiter, desto niedriger, armseliger wurden die Kreuze, und es wurden weniger, schließlich kam man an eine Stelle, wo es fast gar keine Kreuze gab und nebeneinander vier Gräber ausgeworfen waren. Über einem fünften erhob sich bereits ein länglicher Haufen aus Klumpen gefrorener Erde von schmutziggelber Farbe, und daneben standen, reglos wie ein Grabmal, gesenkten Hauptes zwei Frauen: Eine alte und eine junge. Als der untersetzte, dicke Pope, der den Ornat über den Pelzmantel angezogen hatte, eilig zu reden begann und der Küster ebenso hastig zu singen anfing, rührten sich die Frauen nicht, als wären sie erfroren. Samgin schaute auf den Sarg, die Gruben, den öden Ort und dachte schaudernd: So wird man auch mich . . .

Im Krankenhaus, als man den Sarg hinaustrug, hatte er einen Blick auf Warwaras Gesicht geworfen, und jetzt schwebte es gewissermaßen vor seinen Augen, grau, spitznasig, mit zusammengekniffenen Lippen, sie waren schief zusammengekniffen und ließen an der linken Mundseite einen kleinen Spalt offen, in den Spalt ragte die Goldkrone eines unteren Schneidezahns. So hatte Warwara stets bei Streitigkeiten die Lippen verzogen, wenn sie ausrief: Ach, laß mich!

Er stellte sich sein Gesicht auf dem Sargkissen vor – unnatürlich lang und – ohne Brille.

Man wird, glaube ich, nicht mit Brille beerdigt ...

»Ja, das steht uns allen bevor«, murmelte die Orechowa, während Nogaizew sich laut räusperte und hustete, rings um sich schaute, das Schnupftuch aus der Tasche nahm und hineinspuckte ...

Das war kränkend fast bis zum Weinen. Der Pope schüttelte seine dunkelblonde Mähne und rief laut aus: »In seligem Tod gib uns die ewige Ruhe, o Herr ...«

Die Ketten des Weihrauchfasses klirrten, bläuliche Rauchwölkchen schwebten über dem Schnee, der Küster lamentierte etwas heiser: »E-wiges Gede-enken, e-ewiges ...«

Ja, so wird man auch mich, drängte sich Samgin unablässig ein und derselbe Gedanke in ein und denselben Worten auf, die kalt waren wie die trockene und klingende Frostluft des Friedhofs. Dann warf Nogaizew, lange und gerne, gefrorene Erdklumpen in das Grab, während die Orechowa nur einen, aber einen großen hineinwarf. Dronow stand da, die Mütze unter dem Arm, die Hände in den Manteltaschen, und sah mit geröteten Augen auf seine Füße.

»Na, schon gut, gehen wir!« sagte er, Samgin mit dem Ellenbogen anstoßend. Er war besser gekleidet als Samgin – und als er den Friedhof verließ, umringten ihn die Bettler, etwa zehn alte Männer und Frauen.

»Schert euch zum Teufel!« rief er und murmelte, während er im Schlitten Platz nahm: »Ich kann Bettler nicht leiden. Warzen an der Fresse des Lebens. Dabei ist es schon ohne sie häßlich. Stimmt's?«

Samgin antwortete nicht. Der durchfrorene Gaul raste dem Frost entgegen, daß der Schlitten und alles ringsum hüpfte, unter seinen Hufen flogen Schneeklumpen hervor, die scharfe Kälte schlug ins Gesicht und riß daran, und diese äußere Kälte, die sich mit der inneren vereinte, machte Samgin willenlos. Dronow indessen schob seinen Arm unser Samgins Ellenbogen und murmelte: »Sie klagte über Einsamkeit. Es ist der letzte Schrei der Mode – über Einsamkeit zu klagen. Aber – bei ihr war das Schmerz und keine Mode.«

Das Wort »Einsamkeit« schien auch zu hüpfen, es zerfiel in Silben und drohte ihn aus dem Schlitten zu schleudern. Er schmiegte sich fest an Dronows Schulter und dankte ihm, als Iwan sagte: »Fahren wir zu mir, Tee trinken.«

Sie hielten vor den Eingangsstufen eines zweigeschossigen Hauses und liefen eine gußeiserne Treppe in den ersten Stock hinauf. Dronow schloß mit seinem Schlüssel die Tür auf und schubste Samgin in die dunkle Wärme hinein, half ihm beim Ablegen, sagte: »Nach links« und lief irgendwohin in die Dunkelheit davon.

Mit klammen Händen nahm Samgin die Brille ab, rieb ihre Gläser blank und schaute um sich: Ein kleines Zimmer, ein ovaler Tisch, ein Sofa, drei Sessel und ein halbes Dutzend himbeerroter Polsterstühle an den Wänden, ein Schrank mit Büchern, ein Harmonium, an der einen Wand eine große Reproduktion des Bildes »Die Sünde« von Franz Stuck – eine nackte Frau mit grobem Gesicht in der Umarmung einer Schlange, dick wie ein Wasserrohr, der Kopf der Schlange – auf den Schultern der Frau. Über dem Harmonium eine große Photographie der »Recken« von Wiktor Wasnezow. Neben dem Bücherschrank eine schwere Draperie. Vor den zwei Fenstern – eine hohe, blinde Wand aus roten Backsteinen. Und in dem Zimmer ein sehr starker Parfümgeruch.

Er ist verheiratet, dachte Samgin mechanisch.

Da rasselten unangenehm die Messingringe der Draperie, und mit hoch erhobener Hand an der Draperie zerrend, erschien eine Frau und sagte: »Guten Tag. Ich heiße Tossja. Treten Sie bitte ein ... Ach, Teufel!«

Und sie zerrte so heftig an der Draperie, daß die Ringe quietschten, die Zugschnur hochschnellte und ihr mit der Quaste gegen die Brust schlug.

Samgin betrat ein etwas größeres Zimmer, das mit ungepolsterten Möbeln und einem großen Eßtisch in der Mitte eingerichtet war, auf dem Tisch brodelte ein Samowar. Am Büfett hantierte eine kleine, dürre Alte in schwarzem Kleid und seidenem Häubchen, sie holte Flaschen aus dem Büfett heraus. Den Tisch und das Zimmer beleuchteten von der Decke herab drei himmelblaue Rosetten.

»Petrowna«, sagte Tossja, an der kleinen Alten vorbeigehend, und schwang die Hand, als wollte sie sie schlagen, deutete aber nur über die Schulter mit dem Daumen auf sie. Die kleine Alte, die in jeder Hand eine Flasche hielt, hob den Kopf und nickte, sie hatte ein spitznasiges Vogelgesicht und auch Vogelaugen, rundlich und schwarz.

»Nehmen Sie bitte Platz. Ist es sehr kalt?«

»Ja, sehr.«

»Trinken Sie Wodka.«

... Tossja hatte eine tiefe, etwas dumpfe Stimme, sie sprach langsam, halb gleichmütig, halb träge. Ein glattes, modisches Kleid von aschgrauer Farbe umschloß ihre stattliche Gestalt, das üppige schwarze Haar war auch modisch über die Ohren gekämmt und betonte unschön die hohe Stirn. Ja alles an ihrem Gesicht war betont: Die Brauen waren zu dicht, die dunklen Augen zu groß und vermutlich untermalt, die gerade spitze Nase war unangenehm knorpelig und der kleine Mund übermäßig grell geschminkt.

Ein sonderbares Gesicht. Ungeschickt hergerichtet. Düster. Wahrscheinlich – eine Dekadente. Und schwärmt für Leonid Andrejew. Etwa dreißig bis fünfunddreißig Jahre alt, überlegte Samgin. In dem Zimmer war es warm, die Friedhofsgedanken vergingen nach und nach. Samgin beeilte sich, sie aus der Erinnerung zu verscheuchen, und hatte sehr wenig Lust, zu sich ins Hotel zu fahren, er fürchtete, diese kalten Gedanken würden ihn dort mit neuer Kraft überfallen. In der Stille des Zimmers erklang beruhigend die Bruststimme der Frau, sie sprach, sichtlich bemüht, ihn zu unterhalten, von Lappalien, beklagte sich, daß die Fenster der Wohnung auf den Hof hinausgingen und daß sich vor ihnen eine Wand befände.

»Das erinnert Sie wohl an ›Die Wand‹ von Leonid Andrejew?« fragte Samgin.

»Nein. Ich mag Andrejew nicht«, antwortete sie, ein Gläschen Kognak in der Hand haltend. »Ich lese immerzu die lieben Alten – Gontscharow, Turgenjew, Pissemskij ...«

»Dostojewskij«, half Samgin nach.

»Auch ihn mag ich nicht«, sagte sie so einfach, daß Samgin dachte: Wahrscheinlich unabgeschlossene Gymnasialbildung, dritte Tochter eines kleinen Beamten, er dachte das und fragte: »Und – Gorki?«

»Der ist manchmal ganz interessant, aber auch er schreit sehr. Er ist wahrscheinlich ebenfalls böse. Und kann keine Frauen darstellen. Man merkt, daß er es gern tut, es aber nicht kann ... Jedoch – was ist denn mit Iwan? Ich will mal hingehen und nachsehen ...«

Eine gute Figur, stellte Samgin fest, als er zusah, in wie leichtem Gang sie entschwand. Wodurch mag Dronow sie angezogen haben?

Kurz darauf kehrte sie mit einem Lächeln auf dem markanten Gesicht zurück, aber das Lächeln hatte es fast gar nicht verändert, nur der Mund hatte sich vergrößert, und die Brauen waren hochgezogen, wodurch die Augen größer geworden waren. Samgin dachte daran, daß man Augen von solcher Farbe gewöhnlich Samtaugen mit schmachtendem Blick nennt, doch bei ihr waren sie eigentümlich hart, poliert und glänzten metallisch.

»Stellen Sie sich vor – er schläft!« sagte sie achselzuckend. »Er wollte sich umziehen, fiel aber auf das Liegesofa und – schlief ein, wie ein Kater. Denken Sie bitte nicht, er hätte das aus Respektlosigkeit vor Ihnen getan! Er hat einfach die ganze Nacht durch Karten gespielt, kam um zehn Uhr morgens heim, betrunken, wollte sich schlafen legen, erinnerte sich aber an Sie, rief bei Ihnen im Hotel an, im Krankenhaus ... und fuhr dann zum Friedhof.«

Samgin bat sie höflich, sich keine Sorgen zu machen, und erklärte, daß er gleich gehen werde, aber die Frau sagte, am Tisch Platz nehmend, immer noch ebenso gemächlich: »Nein, ich lasse Sie nicht gehen, bleiben Sie ein bißchen bei mir sitzen, lernen wir uns näher kennen, vielleicht werden wir einander sogar gefallen. Nur – glauben Sie mir: Iwan achtet Sie sehr, er schätzt Sie sehr. Und Ihnen ... wird es allein schwer sein in diesen ersten Stunden nach der Beerdigung.«

Die ersten Stunden, stellte Samgin fest.

»Iwan sagte mir, daß Sie sich schon lange von Ihrer Frau getrennt haben, aber ... trotzdem ... es ist nicht erfreulich, wenn jemand stirbt.«

Nach kurzem Schweigen fügte sie hinzu: »Es ist besser, nicht an etwas zu denken, worüber nachzudenken zwecklos ist, ja?«

»Ja«, stimmte Samgin bei, während sie fortfuhr: »Damit Sie es mit mir einfacher haben, will ich Ihnen von mir erzählen: Ich bin ein Findelkind, wurde in einem Waisenhaus aufgezogen, dann gab man mich in eine Klosterschule, dort erlernte ich die Goldstickerei, drei Jahre lang lebte ich mit einem Maler, war Aktmodell, dann spannte mich ihm ein Schriftsteller aus, aber ich verließ ihn nach einem Jahr, arbeitete als Verkäuferin in einer Konditorei, dort lernte Iwan mich kennen. Wie Sie sehen – ich bin nichts Besonderes. Nun wissen Sie, wie Sie sich mir gegenüber zu verhalten haben.«

»Ein nicht gerade lustiges Leben«, sagte Samgin verlegen, sie entgegnete: »Nein, manchmal war es auch lustig. Der Maler war ein netter Kerl, jetzt gehört er schon zu den Berühmten. Der Schriftsteller dagegen war ein nichtswürdiger Mensch, selbstsüchtig und neidisch. Er ist ebenfalls eine Berühmtheit. Schreibt süßliche kleine Erzählungen über langweilige Menschen, über Leute, die an Gott glauben. Er gibt sich den Anschein, als glaube er selbst auch.«

Wen mag sie damit meinen? dachte Samgin und wollte sie fragen, aber – er kam nicht dazu: Die Frau hatte an einer Tasse, die sie mit dem Handtuch abtrocknete, den Henkel abgebrochen, warf ihn in die kupferne Spülschale und fuhr fort: »Wissen Sie, die Revolution hat uns sehr an Außergewöhnliches gewöhnt. Sie hat uns natürlich einen Schreck eingejagt, lehrte einen aber, daß jeder Tag etwas Außergewöhnliches mit sich bringen müsse. Und jetzt hat sich daraus ergeben, daß Stolypin immerfort Leute aufhängt und aufhängt, und alle sind rasch abgestumpft. Der alte Tolstoi hat erklärt: ›Ich kann nicht schweigen‹, das klang, als hätte auch er gern geschwiegen, aber seine Position ist nun mal so, daß er reden, schreien muß ...«

»Das stimmt wohl kaum«, sagte Samgin.

»Es stimmt nicht?« fragte sie. »Nun, was macht das? Ich verstehe eben alles sehr einfach, grob.«

Samgin suchte, während er zuhörte, zu entscheiden, wie er sich zu dieser Frau, zu ihrer Biographie einstellen sollte, die nicht sehr einer Beichte glich.

Weshalb hat sie das erzählt? Eine sonderbare Methode, einen Gast zu unterhalten ...

Sie fuhr unterdessen fort, ihn zu unterhalten: »Wissen Sie, wenn ein einfacher Mensch sein Elend zu empfinden beginnt – hat man seine liebe Not mit ihm! Er fängt dann an, vor Ihnen zu spielen, sich zu zieren, und für Sie ist das nicht einmal unterhaltsam, sondern nur bedrückend. Sehen Sie, mein Wanetschka ist ein einfacher Mensch, das kränkt ihn sehr, und er möchte immerzu irgend etwas ... Erschütterndes tun! Beim Rennen oder beim Kartenspiel eine Million gewinnen, den Zaren umbringen, die Duma sprengen, ganz einerlei, was. Und alle wollen sehr etwas Außergewöhnliches. Wir Weiber malen uns das Schnäuzchen an, pudern uns, lassen unsere Füßchen, unsere hübschen Brüste sehen, während ihr Männer das Außergewöhnliche in Worten, in Zeitungen, in Büchern suchen müßt.«

Es war unangenehm, das zu hören. Während sie sprach, sah sie Samgin so eindringlich an, daß es ihn verlegen machte, da es ihn noch unangenehmere Worte erwarten ließ. Doch plötzlich veränderte sie sich, schlug einen anderen Ton an.

»Nehmen Sie doch mich selbst: Weshalb zeige ich mich Ihnen wohl so offen? Weil ich möchte, daß wir uns rascher kennenlernen. Sehen Sie, Iwan erzählt von Ihnen als einem wirklich außergewöhnlichen Menschen, als einem von denen, die das Unglück haben, klüger zu sein als ihre Zeit ... Ich glaube, so hat er es gesagt ...«

»Na, das ist allzu ... schmeichelhaft«, entgegnete Samgin.

»Warum denn schmeichelhaft, wenn es ein Unglück ist?« fragte sie.

Samgin wies auf ein paar Fälle persönlichen Unglücks einzelner hin, die sehr viel für das allgemeine Wohl der Menschen getan hatten, und dachte, während er dies sagte: Wie sonderbar sie ist! Es sind Anzeichen eines originellen Verstands vorhanden, doch zugleich ist alles grob, naiv ...

»Das allgemeine Wohl«, wiederholte Tossja. »Es ist schwer zu begreifen, wie das gelingt. Ich habe eine Freundin, sie ist Lehrerin an einer Fabrik in der Provinz, dort herrscht Diphtherie, es sterben schrecklich viel liebe Kinder, aber Lymphe gibt es nicht. Hier in der Stadt gibt es davon, soviel Sie wollen.«

»Ein Zufall«, sagte Samgin. »Mangelhafte Organisation ...«

Er empfand das Verlangen, ihren Satz »... das Unglück, klüger zu sein als ihre Zeit«, laut zu wiederholen, aber – er tat es nicht.

Ja, gerade daraus erklären sich viele schwere Schicksale. Wie sonderbar, daß man Gedanken vergißt, die das Gewicht und die Bedeutung von Axiomen haben.

Alles in allem war es sehr angenehm, in einem kleinen, gemütlichen Zimmer, in warmer, wohlriechender Stille am Tisch zu sitzen und der weichen, tiefen Stimme einer schönen Frau zuzuhören. Sie wäre noch schöner gewesen, wenn ihr Gesicht eine größere Beweglichkeit besessen hätte, wenn ihre dunklen Augen sanfter gewesen wären. Sie hatte auch schöne Hände und sehr geschickte Finger.

Sie ist es gewohnt, Bonbonnieren zuzubinden, kombinierte er und dachte dann, daß er gegen Dronow ungerecht gewesen sei.

Er blieb lange sitzen und hörte ihren sonderbar freimütigen Erzählungen von sich selbst, ihren etwas groben Urteilen über Menschen, Bücher und Ereignisse zu.

»Nun – besuchen Sie uns«, forderte sie ihn auf. »Bei uns versammeln sich allerhand Leute, es gibt interessante darunter. Auch sind ja alle interessant, wenn man sie nicht hindert, von sich selber zu reden . . .«

Als er ging, drückte Tossja mit ihrer weißen Hand sehr fest die seine und sagte: »Nun sind wir auch schon alte Bekannte . . .«

»Stellen Sie sich vor, dieses Gefühl habe ich auch«, entgegnete er, und das entsprach fast der Wahrheit.

Den Rest des Abends verbrachte er in Gedanken an diese Frau, und wenn sie abbrachen, zeigte die Erinnerung ihm das dunkle, spitze Gesicht Warwaras mit den fest geschlossenen Augen, dem schiefen Lächeln auf den Lippen; an der rechten Seite nicht fest geschlossen, entblößten sie drei unangenehm weiße Zähne mit der Goldkrone auf dem einen Schneidezahn. Sie zeigte das öde, mit einer dicken Schneeschicht bedeckte Stück Friedhof, die Haufen rotbrauner Erdklumpen, die zwei reglosen Gestalten an dem eben erst zugeschaufelten Grab.

Warwara klagte über Einsamkeit, dachte er. Sie war nicht klüger als ihre Zeit. Und diese Tossja? Was kann Dronow ihr außer erträglichen Lebensverhältnissen bieten?

Er beschloß, Dronow gleich morgen für seine Anteilnahme zu danken, aber als er am Morgen beim Kaffee saß – erschien Dronow selbst.

»Verzeih, Klim Iwanowitsch, ich habe mich gestern wie ein Schwein benommen«, begann er, Samgin die Hände schüttelnd. »Ich hatte mir vor Freude einen Rausch angetrunken, denn ich hatte beim chemin de fer siebentausenddreihundert Rubel gewonnen – ich habe Glück beim Kartenspiel.«

»Wie es scheint, auch in der Liebe?« fragte Samgin freundschaftlich, ohne auf die Anrede mit dem »Du« zu achten.

»Ist Tossja nicht interessant?« entgegnete Dronow, der sich hatte in einen Sessel fallen lassen, daß dieser knarrte. »Sie ist sehr interessant«, antwortete er eilig sich selbst. »Sie wird von so einem kleinen Bolschewiken bearbeitet, er hat die Schwindsucht, man wird ihn bald zu den Urvätern tragen, aber – er ist großartig! Bist du nur für kurze Zeit hier, oder willst du ganz dableiben? Ich bin gekommen, um dich zu uns einzuladen. Wozu sollst du allein in dieser Rumpelkammer hocken?«

Dronow hatte es sehr eilig und glich wenig dem Menschen, als den Samgin ihn gekannt hatte. Er hatte offenbar etwas eingebüßt, etwas hinzuerworben, im allgemeinen jedoch – gewonnen. Sein plattes, breitnasiges Gesicht war jetzt wohlgenährter und ruhiger, die Bakkenknochen traten nicht mehr so auffällig hervor, die rotbraunen Augen huschten nicht mehr so nervös umher, nur die Goldzähne blinkten noch greller. Den Schnurrbart hatte er abrasiert. Er redete hastiger als früher, aber nicht mehr so unverfroren. Wie ehemals lehnte er Kaffee ab und bat um Weißwein.

»Ich weiß, mein Lieber, daß du keine Sympathie für mich empfindest, aber das stört mich nicht . . .«

»Von Sympathien verstehe ich nicht zu reden«, unterbrach ihn Samgin. »Aber du – hast unrecht. Ich bin tief gerührt über dein Verhalten . . .«

»Schon gut – lassen wir das«, winkte Dronow ab und fuhr fort: »Dort, bei unserer letzten Begegnung, sagte ich, daß ich dir nicht traue. Ich meinte damit, daß ich deinen Worten nicht traue, daß ich dir nicht traue, wenn du in fremden Worten redest. Ich kreise immer noch auf ein und demselben Fleck, wie ein Kalb, das mit einem Strick an einem Baum festgebunden ist.«

Er trank ein ganzes Glas Wein, trocknete sich mit dem Taschentuch rasch die Lippen und schwang es in der Luft, wobei er fortfuhr: »Ich kann reich werden. Jetzt ist die geeignetste Zeit, Reichtum zu erwerben, wie die gestrigen Handelsgehilfen dummer Herren zu Reichtum gelangen: die Wtorow, die Batorin und andere. Die Revolution hat ihr Werk vollbracht: Sie hat das Leben bis auf den Grund erschüttert. Jetzt muß man die Gierigen zufriedenstellen und beschwichtigen, das heißt – sie satt machen. Alle – kann man nicht sättigen. Stolypin hat beschlossen, die Besten zu sättigen. Ich gehöre zu den Besten, weil ich klug bin. Aber ich – wie soll ich mich ausdrücken? Ich möchte gern wissen, und das bringt mich . . . ins Wanken. Das kann mich ins Verderben stürzen – verstehst du? Ich will reich werden, aber nicht, um Kinder zu zeugen und ihnen eine Millionenerbschaft zu hinterlassen. Nein, Kinder der Reichen sind Idioten. Ich will reich werden, um den Leuten, die mich kommandieren, zu zeigen, daß ich nicht schlechter bin als sie, sondern – klüger. Aber ich weiß, weiß gut, daß der Kaufmann auf Kosten der klugen Leute lebt und nicht durch eigene Kraft stark ist, sondern durch jene, die ihm dienen. Ich werde Millionen für die Revolution hergeben. Sawwa Morosow gab Tausende, doch ich – Iwan Dronow – werde Hunderttausende geben.«

»Du phantasierst«, sagte Samgin, der ihm mit großer Neugier zuhörte.

»Ohne Phantasie kommt man im Leben nicht aus, kann man das Leben nicht ordnen. Von der Fehlordnung des Lebens hat man jahrtausendelang geredet, man redet immer mehr, aber – es ist nichts mit Sicherheit festgestellt worden, außer daß das Leben sinnlos ist. Es ist sinnlos, mein Lieber. Das weiß jeder kluge Mensch. Vielleicht sind das ausnehmend widerwärtig kluge Leute, wie zum Beispiel – du . . .«

»Danke für das Kompliment«, sagte Samgin, der immer aufmerksamer zuhörte, lächelnd.

»Keine Veranlassung. Du bist widerwärtig klug, so sehe ich dich seit jeher, von Kind auf. Aber – höre, Klim Iwanowitsch, ich fühle nicht . . . mit meinem ganzen Wesen, daß ich reich werden muß. Manchmal – sogar recht oft – widert es mich an, mich mir als einen reichen Mann vorzustellen, als so einen auf kurzen Beinchen. Wäre ich schön, so wäre ich schon längst ein erstklassiger Schurke. Glaubst du mir?«

»Ich habe kein Recht, dir nicht zu glauben«, sagte Samgin ernst.

»Also dann sage mir: Ist die Revolution zu Ende – oder fängt sie eben erst an?«

Samgin öffnete gemächlich eine neue Schachtel Zigaretten, nahm sich eine – sie erwies sich als zu fest gestopft, er mußte sie weichkneten, doch sie platzte zwischen seinen Fingern, er war gezwungen, eine andere zu nehmen, aber diese erwies sich als zu feucht, wie alles in Petersburg. Während er das tat, kam er auf den Gedanken, daß Dronows Frage sich sowohl mit Ja als auch mit Nein beantworten ließe, daß aber – Dronow in beiden Fällen eine Begründung verlangen würde. Er, Samgin, stellte sich nicht die Frage nach dem Schicksal der Revolution, da er wußte, daß sie faktisch beendet war und nur als Erinnerung lebte. Als eine von den nicht angenehmen. Samgin fühlte, daß er durch Dronows Frage in weit größere Unruhe versetzt worden war als durch das Gespräch mit Kutusow.

Weshalb?

Und während er die Zigarette an der heißen Flanke des Samowars trocknete, begann er vorsichtig: »Deine Frage ist die Frage des Menschen, der feststellen möchte, mit wem er gehen und wie weit er mitgehen soll.«

»Na ja!« rief Dronow, im Sessel hochschnellend, aus. »Das ist die persönliche Frage von Tausenden«, fügte er hinzu, wobei er mit der rechten Schulter zuckte, dann sprang er auf und fing an, beide Hände auf den Tisch gestützt und zu Samgin vorgeneigt, halblaut zu reden, als teilte er ein Geheimnis mit: »Tausende von Intellektuellen sind von der Notwendigkeit an der Gurgel gepackt, rasch eben darüber zu entscheiden: Mit den Herren oder mit den Arbeitern? Viele haben sich schon entschieden, indem sie die Begriffe: Mit der Gottheit oder mit der Menschheit? unterschoben. Verstehst du? Sie entschieden: Mit der Gottheit! Wir pfeifen auf die Menschheit! Mit der Gottheit – ist es bequemer, die Verantwortung ist weiter weg. Aber das, mein Lieber, gleicht Gaunerei, der Heuchelei.«

Er richtete sich, dem Tisch einen Stoß versetzend, auf, schwang den Arm hoch und schrie, mit der Faust drohend, schrill: »Professor Sacharjin hat in Livadia, im Schloß, die Höflinge angebrüllt und mit den Füßen gestampft, weil sie den kranken Zaren in einem schlechten Zimmer untergebracht hatten, siehst du, das verstehe ich! Das ist Macht des Verstandes und des Wissens . . .«

Dieses Geschrei löschte Samgins Unruhe, er sah Dronow lächelnd an, nickte und dachte: Nein, er ist der gleiche geblieben, der er gewesen ist . . .

Dronow wischte sich mit dem Taschentuch die schweißbedeckte Stirn und die roten Wangen, setzte sich, trank von dem Wein und fuhr leiser, ja gleichsam betrübt fort: »Du lächelst. Ich verstehe – du bist irgendwo dort«, er fuchtelte mit der Hand über seinem Kopf. »Du hast dich in philosophische Höhen emporgeschwungen und – bist zufrieden mit dir. Jedoch – erinnere dich mal unserer Kindheit: Von dir – war man entzückt, mich – beleidigte man. Erinnerst du dich noch, wie ich euch beneidete, euch beim Spielen störte, nach dem Kopekenstück suchte?«

»Ja, ich erinnere mich. Du machtest das sehr geschickt und beharrlich.«

Dronow stieß einen Seufzer aus und schüttelte den Kopf.

»Ihr, die Kinder der Intelligenzstämme, verhieltet euch mir, dem Demokraten, dem Emporkömmling gegenüber . . . aristokratisch. Wie die Amerikaner zu einem Neger.«

»Du übertreibst.«

»Mag sein. Aber Kindheitseindrücke behält man ausgezeichnet im Gedächtnis.«

Dronow, der um sich schaute und Samgin fragend anblickte, sagte: »Weißt du, Klim Iwanowitsch, die Zahl der Erniedrigten und Beleidigten ist riesengroß. Sie ist riesengroß und nimmt ständig zu. Es sind keine im Sinne Dostojewskijs, sondern, wie es scheint, bereits welche im Sinne von Marx . . . Nietzsche . . . Und sie werden immer klüger.«

Er glaubt, die Revolution sei noch nicht zu Ende, entschied Samgin.

»Vor kurzem las ich den Roman ›Die Pest‹ von einem gewissen Lopatin«, begann Dronow etwas gelangweilt zu erzählen. »Das Buch ist eben erst erschienen. In ihm wird gesagt, daß die Menschheit dumm, das Leben langweilig sei, daß es nur mit einem Gott, einem Teufel und bei Vorhandensein von etwas Ungewöhnlichem, Unbekanntem, Geheimnisvollem interessant sein könne. Es wird bewiesen, daß die genialen Gelehrten und all ihre Entdeckungen und Erfindungen schädlich seien, daß sie die Phantasie töteten, die Seele mordeten und ein Geschlecht selbstzufriedener Menschen hervorbrächten, denen alles bekannt, klar und verständlich sei. Die Fabel des Buches ist so: Ein häßlicher Mann, aber genialer Gelehrter verseucht Moskau mit der Pest, auf diesen Gedanken hat ihn ein betrunkener Student gebracht. Moskau wird isoliert und stirbt fast aus. Als man zufällig erfährt, daß die Pest künstlich verbreitet worden ist, tötet man den Gelehrten. Da siehst du, mein Lieber, was für Büchlein . . . häßliche Menschen schreiben.«

»Ja«, pflichtete Samgin bei, »es wird sehr viel Schund veröffentlicht.«

»Schund?« Dronow kratzte sich an der Schläfe. »Nein, das ist kein Schund, denn das wird von Tausenden gelesen. Ich muß mich doch als künftiger Buchhändler mit der Ware vertraut machen, ich sehe alle Neuerscheinungen durch – Belletristik, Poesie, Kritik, das heißt alles, was freimütig die Stimmungen und Absichten der Menschen ausplaudert. Ich zähle bereits zu den Buchkennern, Sytin ist äußerst zuvorkommend geworden, und überhaupt – ich bin bemerkt worden!«

Seine Stimme klang jetzt selbstzufrieden, er hielt das leere Glas in der Hand, glättete mit der anderen Hand sein rötliches Haar, und seine Schenkel zuckten abwechselnd, als stiege er eine Treppe hinauf.

»Jetzt wird die Sache so hingestellt: Die wahre und ewige Weisheit sei durch die verdammten Fragen Iwan Karamasows gegeben. Iwanow-Rasumnik behauptet, daß eine Lösung dieser Fragen nicht auf logische oder ethische Normen zurückgeführt werden kann und dadurch zum Glück auch unmöglich ist. Beachte: zum Glück! Hast du die ›Probleme des Idealismus‹ gelesen? Bulgakow fragt darin: Wodurch unterscheidet sich die Menschheit vom Menschen? Und antwortet: Wenn das Leben der Persönlichkeit sinnlos ist, sind auch die Schicksale der Menschheit sinnlos – ist das nicht schön?«

»Ich habe im letzten Jahr wenig gelesen«, sagte Samgin.

»Leonid Andrejew, Sologub, Lew Schestow, Bulgakow, Mereshkowskij, Brjussow und – nach ihnen – Dutzende weniger bedeutender Autoren behaupten, daß das Leben sinnlos sei. Und das sogar etwa so.«

Er zog ein Notizbuch aus der Tasche und las lächelnd, mit weit aufgerissenen Augen und in freudig heulendem Ton vor: »›Die Menschheit ist eine millionenköpfige Hydra der Banalität‹, das ist Iwanow-Rasumnik. Und hier Mereshkowskij: ›Die Menschen sind in ihrer Mehrheit noch nie so klein und nichtig gewesen wie im Rußland des 19. Jahrhunderts!‹ Und Schestow sagt: ›Die persönliche Tragödie ist der einzige Weg, dem Dasein einen subjektiven Sinn zu verleihen!‹«

Er schlug mit dem Buch auf die Hand, steckte es in die Tasche, trank den Rest des Weins aus und sagte: »Ich habe mir etwa hundertfünfzig solcher Aphorismen notiert. Ein ganzes Jahrhundert lang haben sie die Kuh gemolken, und – da hast du die Sahne! Ich will ein Büchlein herausgeben mit dem Titel: ›Wo sind wir nach hundert Jahren hingelangt.‹ Und – ein Fragezeichen. Habe ich dich zerredet? Na – entschuldige.«

Klim Samgin hielt es für notwendig, das letzte Wort zu haben.

»Alles das ist bei dir sehr einseitig, es gibt doch auch andere Erscheinungen«, begann er schulmeisterlich, aber Dronow schwang seine Persianermütze hoch und unterbrach seine Rede: »Tschechow und das allgemeine Wohlergehen in zwei- bis dreihundert Jahren? Das sagt er aus Liebenswürdigkeit, aus Mitleid. Gorki? Mit dem ist es aus, auch ist er ja kein Philosoph, aber heute wird gefordert, daß ein Schriftsteller philosophiert. Es heißt, er sei ein Geschäftsmann, schlau, sei emigriert, obwohl ihm keinerlei Gefahr gedroht habe. Sei aus dem Geplänkel des Idealismus mit dem Realismus davongelaufen. Du solltest mal am Abend auf ein Stündchen zu mir kommen, Klim Iwanowitsch. Mich besuchen immer allerhand Leutchen. Heute werden welche bei mir sein. Was sollst du hier allein hocken? Wie?«

»Ich will es mir überlegen«, sagte Samgin.

Dronow hatte schon den Mantel angezogen, stampfte beim Hineinschlüpfen in die Gummiüberschuhe mit den Füßen, murmelte aber plötzlich: »Diesen ganzen Staub haben die Marxisten aufgewirbelt. Sie haben angst gemacht, sie! Es begann so ein . . . eiskalter Wind zu blasen, und alle kamen sich leicht gekleidet vor. Ich auch. Ich habe zwar etwas Speck am Leib, aber Kälte beunruhigt mich trotzdem. Ich erwarte dich«, sagte er im Weggehen.

Samgin verspürte vor allem die schon mehrfach empfundene Unzufriedenheit mit sich selbst: Es war sehr unangenehm, zugeben zu müssen, daß Dronow interessanter, geistreicher geworden war, daß er die Fähigkeit erworben hatte, Gedanken knapp zusammenzufassen.

Das ist eine gefährliche Fähigkeit, aber – bis zu einem gewissen Grad – ist sie notwendig, um sich gegen die Gewalt feindlicher Ideen zu wehren, dachte er. Es ist schwer zu begreifen, was er anerkennt und was er ablehnt. Und – weshalb lehnt er, während er das eine anerkennt, das andere ab? Was für Leute versammeln sich bei ihm? Und wie benimmt sich ihnen gegenüber diese sonderbare Frau?

Noch unangenehmer war es, sich zu überzeugen, daß viele Gedanken der gegenwärtigen Literatur seinen, Samgins, Eindrücken Form gaben und daß er, wie immer, mit Formulierungen zu spät kam.

Ich lese wenig. Und – unaufmerksam, warf er sich streng vor. Ich lebe in Monologen und Dialogen fast immer mit mir selbst.

Nach einigem Nachdenken fand er, daß er wenig unter Menschen käme, und faßte den Entschluß: Am Abend – zu Dronow.

Als er hinkam, war Dronow nicht zu Hause. Tossja lag halb aufgerichtet im Besuchszimmer auf einer breiten Couch, unter dem Kopf ein Bettkissen mit weißem Bezug, über das Kissen ausgebreitet lagen die üppigen Strähnen ihres dunklen Haars.

»Sieh da – das ist mir lieb«, sagte sie, Samgin ihren bis zur Schulter entblößten Arm entgegenstreckend, wobei die nicht ausrasierte Achselhöhle sichtbar wurde. »Entschuldigen Sie: Ich habe gerade gebadet, bin von Kohlengas benommen und trockne mir jetzt das Haar. Und das ist mein guter Freund und Lehrer, Jewgenij Wassiljewitsch Jurin.«

In einem großen Ledersessel saß tief eingesunken ein Mann, der die spitzen Knie seiner langen Beine weit aus dem Sessel vorragen ließ.

»Verzeihen Sie, ich kann nicht aufstehen«, sagte er, die Hand erhebend,und streckte sie ihm hin. Samgin, der ihm vorsichtig die langen, dürren Finger drückte, erblickte einen kahlen Schädel, der wie an der Sessellehne angeleimt war, ein graues, knochiges, zur Decke gewandtes Gesicht, das mit einem ebensolchen Spitzbart geschmückt war, wie er, Samgin, ihn trug, und unter einer hohen Stirn – sehr helle Augen.

»Setzen Sie sich auf die Couch«, forderte ihn Tossja auf und rückte beiseite. »Jewgenij Wassiljewitsch erzählt gerade so interessant.«

»Ich denke – es genügt?« fragte Jurin, bekam einen Hustenanfall und spuckte in ein blaues Fläschchen mit Metalldeckel aus, doch während er hustete, fand Tossja Zeit, Samgin die Hand zu streicheln und zu sagen: »Es ist sehr schön, daß Sie gekommen sind ... Nein, fahren Sie fort, Shenetschka ...«

»Nun also«, begann Jurin gehorsam, »ich gewann daher den Eindruck: Arbeiter, die besonders gern ernste Musik hören, erweisen sich am empfänglichsten für alle Fragen des Lebens und natürlich besonders – für Fragen der sozialen ökonomischen Politik.«

Er sprach mit der typisch farb- und kraftlosen Stimme des Tuberkulösen, seine offenbar künstlichen, sehr gleichmäßigen und weißen Zähne blinkten matt. Um den Hals trug er ein kariertes seidenes Cachenez, obwohl es im Zimmer warm war.

Tossja war in einen grünen bucharischen Chalat gehüllt, an den Füßen hatte sie schwarze Strümpfe. Samgin stellte fest, daß unter dem Chalat bloß ein Hemd sein mußte und daß ihre Körperformen wohl darum sich so deutlich abhoben.

Sie ist sicherlich sehr leicht zugänglich, entschied er, während er ihr nachdenklich verfinstertes Gesicht betrachtete. Mit aufgelöstem Haar ist ihr Gesicht, wie auch sie überhaupt, schöner. Sie erinnert an irgendein Bild. An das Porträt einer Odaliske, einer Sklavin ... An irgend etwas Derartiges.

»Die Arbeiterklasse birgt in sich eine Unmenge verschiedenartig talentierter Menschen, und alle gehen sie unnötig zugrunde«, sagte Jurin trocken und kalt. »Da ist zum Beispiel ...«

Da traten zwei Damen ein: Die Orechowa und eine mittelgroße Brünette, die sehr stark einer Dohle ähnelte, die Ähnlichkeit mit einem Vogel steigerte sich, als sie mit kleinen Schritten auf Tossja zuhüpfte, sich niederbeugte und, sie küssend, unartikuliert hervorstieß: »M-mütterchen, du meine Schöne.«

Sie richtete sich auf wie von einem Stoß gegen die Brust und sagte munter, schrill, mit offenkundig unnatürlichem und schlecht gespieltem Schrecken: »Jurin? Sie? Hier? Weshalb? Und – die Krim? Hören Sie – das ist Selbstmord! Tossja – wie ist das möglich?«

Tossja, die das geküßte Gesicht ungeniert mit dem Taschentuch abwischte, ließ ihre schwarzen Füße auf den Boden herabgleiten, sagte: »Darf ich bekannt machen: Samgin – Plotnikowa, Marfa Nikolajewna. Ich gehe mich anziehen« und entschwand.

Die Orechowa hatte sie ernsthaft begrüßt, dann Samgin mit teilnahmsvollem Blick die Hand geschüttelt und half nun Jurin, sich aus dem Sessel zu erheben. Er nahm ihre Hilfe wortlos an und ging, groß, mit hängenden Schultern, zum Harmonium; er trug einen Anzug aus dickem Tuch, aber auch der Anzug verbarg nicht die Spitzen seiner knochigen Schultern, Ellenbogen und Knie. Die Plotnikowa erzählte hastig der Orechowa: »Die Wyrubowa gewinnt immer mehr Einfluß bei Hofe, die Zarin ist ganz vernarrt in sie, und es heißt sogar, zwischen ihnen bestünden gewisse Beziehungen . . .«

Sie definierte die Beziehungen mit Flüsterstimme, rief entsetzt aus: »Denken Sie nur! Und das – die Zarin!« und fuhr fort: »Und zu gleicher Zeit hat die Wyrubowa einen Geliebten, irgendein einfacher sibirischer Bauer, ein Hüne, von gigantischem Wuchs, sie bewahrt sein Porträt in ihrem Evangelienbuch auf . . . Nein, denken Sie nur: das Porträt des Geliebten im Evangelienbuch. Weiß der Teufel, was das ist!«

»Das alles, meine Teure, sind Lappalien, aber ich kann Ihnen einige Neuigkeiten mitteilen . . .«

»Was ist es, was?«

»Ich sage es nachher, wenn Dronows kommen.«

Jurin begann etwas Feierliches und Düsteres auf dem Harmonium zu spielen. Die Frauen, die nebeneinander saßen, verstummten. Die Orechowa hörte mit wohlwollendem Kopfwiegen zu, die Lippen gespitzt und sich das Knie streichelnd. Die Plotnikowa puderte sich die Nase, sah eine Minute lang mit ihren runden Vogelaugen in den Rücken des Musikers und sagte dann leise: »Das ist sicherlich schädlich für ihn . . . Das scheint doch etwas Kirchliches zu sein, ja?«

Da erschien Tossja in einem blauen Sarafan, mit dickem Zopf, der über die Schulter auf die Brust herabhing, und mit Glasperlen am Hals – jetzt glich sie einer Gestalt aus dem Bild »Die Bojarenhochzeit« von Makowskij.

»Spielt er nicht gut?« fragte sie Klim, er neigte stumm den Kopf – Harmoniummusik gefiel ihm überhaupt nicht, und jetzt war es ihm aus irgendeinem Grund besonders unangenehm, zu sehen, wie dieser Mann, der zu baldigem Tod verurteilt war, Arme und Beine bewegend, als klömme er irgendwohin empor, dem Instrument tiefe, düstere Töne entlockte.

»Er hat keine Kraft«, sagte Tossja leise. »Doch noch im Sommer hat er bei uns im Landhaus ausgezeichnet gespielt, besonders Klavier.«

»Der Sarafan steht Ihnen sehr gut«, sagte Samgin.

»Ja, das tut er«, bestätigte Tossja mit Kopfnicken, wobei sie mit ihren geschickten Händen das Zopfende zuflocht. »Ich mag die Sarafane, sie sind bequem.«

Sie verstummte, und Samgin vernahm durch die Musik hindurch einen leisen Streit der zwei Damen: »Glauben Sie mir: Dumbadse wurde durch eine Bombe verletzt!«

»Nein. Das stimmt nicht.«

»Doch, doch! Ihm wurde der Mützenschirm weggerissen ... und ...«

»Keinerlei und!«

»Sie heißen Tatjana?« fragte Samgin.

»Taïssja«, antwortete sehr leise die Frau, nachdem sie ihm die Zigarette aus den Fingern genommen hatte: »Aber wenn man mich Tossja nennt, komme ich mir jünger vor. Ich bin doch schon fünfundzwanzig.«

Sie begann zu rauchen und fuhr, den Blick auf Jurins Nacken gerichtet, ebenso leise fort: »Welch eine strenge Musik! Er wählt immer solche. Beethoven, Bach. Etwas Majestätisches und Strenges. Er ist bewundernswert. Und nun – ist er krank, es geht mit ihm zu Ende.«

Samgin blickte ihr ins Gesicht – ihre Brauen waren finster zusammengezogen, sie biß sich auf die Unterlippe, man konnte meinen, sie beginne gleich zu weinen. Samgin fragte eilig, ob sie Jurin schon lange kenne.

Kunstfertige Rauchringe in die Luft blasend, sagte sie mit etwas gelangweilter Flüsterstimme: »Acht Jahre. Er war Telegrafist, erlernte das Geigenspiel. Er war so gut, so zart und klug. Dann wurde er verhaftet, saß neun Monate im Gefängnis und wurde nach Archangelsk verbannt. Ich wollte sogar zu ihm fahren, aber er floh, wurde bald darauf in Nishnij von neuem verhaftet und machte sich schon im Jahre fünf frei. Ende des Jahres sechs verhaftete man ihn wieder. Im Frühjahr entließ man ihn wegen Krankheit, sein Vater hatte sich um ihn bemüht, Wanja – ebenfalls. Er hatte einen Bruder, der Schlosser, dann Matrose war und in Sveaborg getötet wurde. Sein Vater war Baumeister, dann Unternehmer für Erdarbeiten, sehr reich, in diesem Sommer ist er gestorben. Shenja ist nicht einmal zu seiner Beerdigung gegangen. Man hat ihn in seiner Erbschaftsangelegenheit hierher vorgeladen, aber Shenja sagt, man zöge die Sache absichtlich in die Länge und warte darauf, daß er stirbt.«

Warum beeilt sie sich so, mir von sich zu erzählen? dachte Samgin argwöhnisch.

Dieses Geflüster bei dem trübseligen Heulen des Harmoniums anzuhören war sehr unangenehm, Samgin fühlte in dieser Verbindung etwas an düsteren Humor Grenzendes und atmete erleichtert auf, als Jurin zu spielen aufhörte, den gebeugten Rücken aufrichtete und sagte: »Das war Meyerbeers Musik zu Äschylus' Tragödie ›Die Eumeniden‹. Auf dieser Kiste läßt sie sich nicht spielen, auch habe ich einiges vergessen. Gibt es Tee?«

»Komm«, sagte Tossja und erhob sich.

Die schwerfällige, wie ein Mann aussehende Orechowa, die ein schweres Wollkleid in der Farbe rostigen Eisens anhatte, legte die Hand auf die Schulter der Plotnikowa, klopfte mit dem Finger auf irgendein Knöchelchen und sagte entrüstet: »Im ›Café de Paris‹ saß zur Zeit der mi-carême, also mitten in der Fastenzeit, der Großfürst Boris Wladimirowitsch mit Kokotten beim Abendessen, von Papierschlangen umwunden, und die Kokotten hatten ihm eine Blase, die ein Schwein darstellte, ans Ohr gebunden. Denken Sie sich nur, meine Teure, das ist ein Repräsentant der regierenden Dynastie, wie? Da sieht man es, welche Schande sie Rußland machen! Beachten Sie: Das hat Reinbot, der Stadtkommandant von Moskau, erzählt.«

»Gräßlich, gräßlich!« entgegnete in zischenden Lauten die Plotnikowa. »Man sagt, daß Baletta, die Mätresse des Großfürsten Alexej, uns mehr koste als Tsushima!«

»Was denken Sie denn? Das ist so!«

Jurin, der Tossja am Arm führte, erklärte ihr: »Die Eumeniden, auch Erinnyen genannt, sind Rachegöttinnen, majestätische, grimmige Göttinnen. So etwas wie Marja Iwanowna.«

»Wie, wie? Wer ist so etwa wie ich?« reagierte unruhig wie ein erschrecktes Huhn die Orechowa.

Aus dem Vorzimmer erschien Nogaizew, sich mit dem Taschentuch den Bart wischend, seine freundlichen Augen strahlten, ihm folgte würdig ein langhaariger Mann, straff eingeknöpft in einen schwarzen Rock, flachbrüstig und unnatürlich aufrecht. Nogaizew zog sogleich die Brieftasche heraus, schwang sie hoch und verkündete: »Eine außerordentlich interessante Neuigkeit!«

»Ich habe auch eine!« entgegnete eilig die Orechowa.

»Was haben denn Sie für eine?«

»Nein, erzählen Sie erst die Ihre.«

Nogaizew versteckte die Brieftasche hinter seinem Rücken und fragte: »Warum denn? Den Vortritt hat die Dame!«

»Nein, nein! Nicht in diesem Falle!«

Während sie stritten, hob der Mann im schwarzen Rock, ohne sich zu bücken, Tossjas Hand zu seinem Gesicht empor, küßte sie schweigend und lange, dann beugte er die Beine im rechten Winkel, setzte sich neben Klim, reichte ihm seine kleine Hand und sagte halblaut: »Anton Krasnow.«

Als Samgin ihm die Hand drückte, wunderte er sich: Er hatte erwartet, es würden harte Finger sein, fühlte aber, daß sie weich, gleichsam knochenlos waren.

Dann erschien Dronow, nachdem er eine kleine, rundliche Dame mit einem Zwicker, rötlichen Löckchen und hübschem Puppengesicht vorgelassen hatte. Dronow hörte sich den Streit an, zog sein Notizbuch aus der Tasche, zwinkerte aus unerfindlichem Grund Samgin zu und rief: »Aufgepaßt!«

Dann begann er laut und in singendem Ton, einen Diakon nachmachend, vorzulesen: »O vermaledeiter und verachtungswürdiger russischer Judas ...«

»Das ist es, das ist es«, schrie Nogaizew auf. »Ich habe das gleiche! Und Sie?« wandte er sich an die Orechowa.

»Nun, ja«, sagte sie mißmutig mit einem Kopfnicken.

»Aufgepaßt!« sagte Dronow nochmals und begann von neuem: »... Judas, der in seinem Geiste alles Heilige, sittlich Reine und sittlich Edle erstickte, sich wie ein grimmiger Selbstmörder an dem dürren Zweig überheblichen Verstandes und verderbten Talentes erhängte, moralisch verfault ist bis ins Mark seiner Knochen und mit seinem empörenden sittlich-religiösen Gestank die ganze Lebensatmosphäre unserer intelligenten Gesellschaft verpestet! Anathema über dich, du gemeiner, außer Rand und Band geratener Verführer, der du mit dem Gift deines leidenschaftlichen und zersetzenden Talentes viele, viele Seelen deiner unglücklichen und geistesschwachen Landsleute verseucht und in ewige Verderbnis gestürzt hast.«

Während Dronow vorlas, kontrollierten die Orechowa und Nogaizew den Text nach ihren Aufzeichnungen, und kaum hatte er geendet, sagte Nogaizew rasch: »Das ist aus der Rede des Bischofs Germogen über Tolstoi – verstehen Sie? Wie finden Sie das?«

»Ungebildet«, erklärte Krasnow achselzuckend: »Beachten Sie die Wortverbindung – sittlich-religiöser Gestank! Überlegen Sie doch, ist eine solche Wortverbindung in einer Strafpredigt der Kirche zulässig?«

Die Dame mit dem rötlichen Haar schüttelte keck ihre Locken und fragte in einem Ton, als wäre sie bereit, lange und unversöhnlich zu streiten: »Und wenn es Ketzerei ist?«

»Wenn Ketzerei stinkt – wie kann sie dann religiös-sittlich genannt werden? Das ist doppelt ungebildet.«

Die Anwesenden begannen zu lärmen, indem sie eifrig einander ihre Entrüstung über die Rede des Bischofs bekundeten, aber Krasnow klopfte mit dem Teelöffel auf den Tisch, und als die Leute verstummten, räusperte er sich und begann: »Die vulgäre Rede des ungebildeten Bischofs kann uns nicht verletzen, muß uns nicht aufregen. Lew Tolstoi ist eine Erscheinung von zutiefst ethisch-sozialem Sinn, eine Erscheinung, die noch immer keine richtige, für die Mehrheit der denkenden Menschen annehmbare, objektive Bewertung gefunden hat.«

Er hatte Nogaizew und die Frauen offenbar erzogen, ihm zuzuhören, sie tranken still Tee und bemühten sich, keinen Lärm mit dem Geschirr zu machen. Jurin, der den Kopf an die Rückwand des Sofas gelehnt hatte, blickte zur Zimmerdecke, nur Dronow, der neben Tossja saß, murmelte: »Nach Moskau unbedingt morgen. Und du?«

»Nein. Ich mag nicht«, sagte Tossja zeimlich laut, als hätte sie einen Stein in einen ruhig dahinfließenden Bach geworfen.

»In der kleinen, aber hochwertvollen Broschüre von Preobrashenskij ›Tolstoi als Denker und Moralist‹ werden elf Definitionen der Persönlichkeit und Lehre des ehrwürdigen und berühmten Schriftstellers gegeben«, sagte Krasnow mit schläfrig geschlossenen Augen, und Samgin, der sein Gesicht von der Seite beobachtete, dachte: Wahrscheinlich hält er sich so gezwungen aufrecht und ist so straff gekleidet, weil er am ganzen Körper weich und schlaff ist wie seine sonderbaren Hände.

Das schwarze Tuch des Rocks und der weiße, hohe, gestärkte Kragen unterstrichen sehr unvorteilhaft für Krasnow den grauen Hautton seiner Wangen, die Haare an den Wangen lagen glatt, kraftlos, die Enden abwärts gerichtet, ebenso auch auf der Oberlippe, am Kinn vereinigten sie sich zu einem kleinen Keil, und das verlieh dem Gesicht ein sonderbares Aussehen: als ränne es insgesamt nach unten. Die Stirn war von Längsfalten durchfurcht, das lange Kopfhaar war weich, lag fest an und sah darum dicht aus, doch die Haut leuchtete hindurch. Die Augen waren nicht zu sehen, da sie müde von den oberen Lidern verdeckt waren, die Nase war eigentümlich mißraten, übermäßig und trübsinnig lang.

Wahrscheinlich ist er schon über vierzig, stellte Samgin fest, während er zuhörte, wie Krasnow aufzählte: »Pantheist, Atheist, Rationalist, Deist, ein bewußter Lügner, der sich als russischer Renan oder Strauß aufspielt, der größte Denker unserer Zeit, ein kläglicher Dialektiker und so weiter und so weiter, und endlich sogar ein Verkünder der Moral des Egoismus, in der sowohl epikureische und grob utilitaristische Motive als auch sozialistische und kommunistische Tendenzen enthalten sind, auf letzterem bestehen besonders die

Professoren: Gussew, Koslow, Jurij Nikolajew, die angesehene Denker sind.«

»Und das alles ist Unsinn«, sagte Jurin, ungeniert gähnend. »Unsinn und leeres Geschwätz«, fügte er hinzu, während Tossja den Redner lässig fragte: »Möchten Sie Tee?«

Alle begannen gleichzeitig zu reden, ohne aufeinander zu hören, aber als wären sie bestrebt, in die Lücke der langweiligen Rede einzudringen, da sie einmütig wünschten, diese und die Erinnerung an sie mit ihren Worten zuzuschütten. Die Dame mit dem rötlichen Haar erklärte: »Ich bezweifle, daß Germogens Rede richtig aufgeschrieben worden ist . . .«

»Eine zuverlässige Quelle, eine zuverlässige«, schrie, mit dem Fuß stampfend, die Orechowa.

Die Plotnikowa, die mit einer Tasse Tee in der Hand dastand, sagte zu Krasnow: »Ein Anarcho-Kommunist – Sie vergaßen das zu erwähnen! Und das ist das Beste, was über ihn gesagt worden ist.«

Nogaizew redete freundlich auf Jurin ein: »N-nein, Sie urteilen außerordentlich schroff! Man muß doch begreifen, feststellen, ob er für oder gegen uns ist.«

»Für wen ›für uns‹?« fragte Jurin. Dronow holte unterdessen Flaschen und Teller mit Imbiß aus dem Büfett hervor, stellte sie auf den Tisch und lärmte mit dem Geschirr.

»Sehen Sie, so streiten sie immer«, sagte Tossja lächelnd zu Samgin. »Sie streiten wohl nicht gern?«

»Nein«, sagte er, die Frau nickte beifällig: »Das ist gut. Shenja hingegen streitet gern, obwohl das für ihn schädlich ist.«

Eine Wolke bläulichen Rauchs wogte über dem Tisch.

»Morgen reise ich nach Moskau«, sagte Dronow zu Samgin. »Hast du keine Aufträge? Du reist selbst? Morgen? Dann reisen wir also zusammen!«

»Man muß protestieren«, schrie die Rothaarige, während die Plotnikowa vorschlug: »Man sollte die Rede Germogens nach Europa schicken . . .«

»Mein Teurer«, redete Nogaizew, die Hand aufs Herz gedrückt, auf Jurin ein. »Es wird viel erdichtet! Die Philosophen, die Schriftsteller. Gogol erschrak vor der russischen Troika und schrie . . . wie heißt es doch? Wohin strebst du und so weiter. Dabei hat es zu seiner Zeit gar keine Troika gegeben. Und niemand strebte irgendwohin, außer den Petraschewzen, die noch mal das gleiche tun wollten wie die Dekabristen. Doch was waren denn die Dekabristen? Von Ihrem Standpunkt gesehen, waren sie Feudalherren. Doch sie waren ja . . . unter uns gesagt, Komiker.«

Jurin schrie heiser: »Sie sind selbst ein Komiker ...«

»Nun ja, von Ihrem Standpunkt gesehen, sind die Menschen entweder Schurken oder Dummköpfe«, sagte Nogaizew in gutmütigem Ton, aber seine gelben Augen flackerten wie Phosphor auf, und der Bart an seinen Kinnbacken sträubte sich. Auf ihn kam, eine Flasche in der Hand, Dronow zugerollt, über den Flaschenhals war ein Glas gestülpt und klirrte.

»Komm, komm«, sagte er, wobei er Nogaizew unter den Arm griff und ihn in das Besuchszimmer führte. Dort setzten sie sich mit der rothaarigen Dame und der Orechowa zum Kartenspiel, während Krasnow unter bedächtigem Kopfwiegen und mit den Wimpern die Augen verdeckend zu Tossja sagte: »Die Menschen, liebe Taïssja Romanowna, lassen sich einteilen in Kinder der Zeit und Kinder des Lichts. Die ersteren werden von dem Sichtbaren und angeblich Existierenden verschlungen, die letzteren hingegen suchen, von innerem Licht erleuchtet, nach der unsichtbaren Stadt ...«

»Das ist so die Gesellschaft, die sich bei uns versammelt«, unterbrach ihn Tossja, die Rotwein in die Gläser einschenkte. »Ist es nicht interessant?«

»Ja, sehr«, antwortete Samgin liebenswürdig, während Jurin, die Hand nach dem Glase ausstreckend, irgend etwas vor sich hin murmelte.

»Nun – wie steht's? Lesen Sie das Buch von Du Prel?« fragte Krasnow. Tossja antwortete mürrisch: »Ich versuche es. Es ist sehr schwer zu verstehen.«

»Ist das etwa ›Die Philosophie der Mystik‹?« erkundigte sich Jurin und fuhr, ohne eine Antwort abzuwarten, fort: »Lies das nicht, Tossja, es ist dumme Philosophie.«

»Beweisen Sie es«, forderte Krasnow ihn auf, aber Tossja bat sehr streng: »Nein, bitte nicht streiten! Erzählen Sie uns lieber von der Königin, Anton Petrowitsch.«

Krasnow neigte unterwürfig den Kopf, rieb sich mit der Hand die Stirn und begann: »Königin Ulrike Eleonore von Schweden war in ihrem Landschloß verschieden und lag im Sarg. Mittags traf aus Stockholm ihre Freundin, die Gräfin Stenbock-Fermor, ein und wurde vom Wachthabenden an den Sarg geführt. Da sie übermäßig lange von dort nicht zurückkehrte, öffneten der Wachthabende und die Offiziere die Tür, und – was bot sich da wohl ihren Augen?«

Die Leute im Besucherzimmer kündigten laut an: »Herz.«

»Karo«, rief Nogaizew.

»Die Königin saß im Sarg und umarmte die Gräfin. Die erschrokkene Wache schloß die Tür. Man wußte, daß die Gräfin Stenbock auch schwer krank war. Es wurde ein Eilbote zu ihr ins Schloß entsandt, und – es stellte sich heraus, daß sie in dem gleichen Augenblick gestorben war, in dem man sie in den Armen der entschlafenen Königin gesehen hatte.«

»Klar!« sagte Jurin. »Die Wache war stockbesoffen.«

Krasnow hatte von der Königin halblaut und in solchen Hauchlauten erzählt, als fiele ihm das Reden schwer. Das war sehr eindrucksvoll und so unangenehm, daß Samgin protestierend mit den Achseln zuckte. Dann dachte er: Seine Hände sind gar nicht schlaff.

Ja, Krasnow hatte sonderbare Hände, sie bewegten sich die ganze Zeit, ununterbrochen, geschmeidig wie Schlangen, als hätten sie keine Knochen. Sie bewegten sich gleichsam unschlüssig, blind, aber die Finger erhaschten griffig und unfehlbar alles, was sie brauchten: das Weinglas, ein Biskuit, den Teelöffel. Die Bewegungen dieser Hände steigerten bedeutend den unangenehmen Eindruck der Erzählung. Die Worte Jurins beachtete Krasnow nicht, das Glas hin und herwiegend, mit seinen unsichtbaren Augen das Spiel des Lichts im Rotwein betrachtend, fuhr er ebenso halblaut mit Mühe fort: »Über diesen Vorfall wurde ein Protokoll aufgesetzt und von allen unterschrieben, die ihn gesehen hatten. Bei uns ist es im ›Historisch-satirischen Journal‹ vom Jahre 1815 veröffentlicht worden.«

»Da hat man den richtigen Ort gefunden, diesen Unsinn abzudrucken«, fügte Jurin hüstelnd und Wein trinkend ein, während Tossja mit einem Lächeln sagte: »Ich mag alles Derartige sehr gern. Lesen tue ich es nicht gern, aber es anzuhören, bin ich stets bereit. Ich habe gern Angst. Es ist so angenehm, wenn es einem unter der Haut kribbelt. Nun, erzählen Sie noch etwas.«

»Gern«, erklärte sich Krasnow bereit.

»Drei zuwenig«, sagte die Orechowa zornig, mit Baßstimme.

»Warum haben Sie denn die Pique-Dame ausgespielt?« warf Nogaizew ihr vor.

»Iwan Praschtschew, Offizier und Teilnehmer an der Niederwerfung des Polenaufstands vom Jahre 1831, hatte einen Burschen namens Iwan Sereda. Dieser Sereda wurde tödlich verwundet und bat Praschtschew, seinen Angehörigen drei Goldstücke zu übersenden. Der Offizier sagte, daß er sie übersenden und für seinen treuen Dienst sogar noch etwas zulegen werde, schlug aber Sereda vor: ›Komm an dem Tag, an dem ich werde sterben müssen, aus dem Jenseits zu mir.‹ – ›Zu Befehl, Euer Wohlgeboren‹, sagte der Soldat und starb.«

»Und ich habe eine Zehn, ho, ho!« rief Dronow freudig.

»Dreißig Jahre später saß Praschtschew mit seiner Frau, seiner

Tochter und deren Verlobtem spätabends in seinem Garten. Ein Hund schlug an und stürzte ins Gebüsch. Praschtschew folgt ihm und sieht: Im Gebüsch steht Sereda und macht vor ihm eine Ehrenbezeigung. ›Nun, Sereda, ist der Tag meines Todes gekommen?‹ – ›Jawohl, Euer Wohlgeboren!‹«

»Das nenne ich Disziplin!« sagte Jurin entzückt, aber sein ironischer Ausruf unterbrach nicht den beharrlichen Fluß der Erzählung: »Praschtschew ging zur Beichte, empfing das Abendmahl und traf alle notwendigen Anordnungen, und am Morgen warf sich die Frau des Kochs, seine Leibeigene, ihm zu Füßen, ihr setzte mit einem Messer in der Hand der Mann nach. Er durchbohrte mit dem Messer nicht seine Frau, sondern den Leib Praschtschews, wovon dieser unverzüglich verschied.«

»Es ist unheimlich, zu leben, Tossja!« rief Jurin aus.

»Es ist unheimlich, zuzuhören, aber zu leben . . . zu leben ist nicht unheimlich«, antwortete sie und begann, das Teegeschirr vom Tisch abzuräumen.

Im Besuchszimmer beklagte sich Nogaizew laut, melancholisch: »Das ist kein Spiel, sondern ein Verbrechen. Es ist Verrat.«

Dronow lachte mit »o«, während die rothaarige Dame an ihrem schallenden Gelächter schier erstickte, und die Orechowa brummte betrübt.

»Sie, Herr Jurin, ironisieren alles«, begann Krasnow, Tossja die gespülten Tassen hinschiebend. »Ich bin für Sie offenbar ein Idiot . . .«

»Eine annähernd richtige Diagnose.«

»Da sehen Sie es, nun wollen Sie mich schon beleidigen . . .«

»Dadurch, daß ich Ihre Selbstbeurteilung für richtig halte?« fragte Jurin.

»Aha, das Wort ›annähernd‹ haben Sie bereits weggelassen!«

Samgin verzog das Gesicht und dachte:

Mir scheint, sie fangen gleich an, sich zu zanken.

Und wahrhaftig, Krasnow begann mit erhobener und zischender Stimme, als zöge er die Luft durch die Zähne ein: »Sie, ein gefährlich, unheilbar kranker Mensch, sollten . . .«

»Sterben«, beendete Jurin den Satz. »Ich werde auch sterben, warten Sie nur ein wenig. Aber meine Krankheit und mein Tod sind meine persönliche Angelegenheit, eine äußerst, engbegrenzt persönliche, und sie wird niemandem Schaden bringen. Aber Sie sind eine schädliche . . . Person. Wenn man sich dessen erinnert, daß Sie Professor sind und die Jugend vergiften, indem Sie Popen aus ihr machen . . .« Jurin dachte einen Augenblick nach und sagte bittend, mit Humor: »Ich wünsche mir sehr, daß Sie vor mir stürben, heute noch! Auf der Stelle . . .«

»Töten Sie mich doch«, schlug Krasnow vor, wobei er langsam, gleichsam mit Mühe den Hals reckte und das Gesicht hob. Seine schmalen Äugelchen blinkten bläulich auf.

»Die Kräfte fehlen«, antwortete Jurin.

Tossja, die den Samowar in den Händen hielt, sagte leise: »Was habt ihr? Seid ihr verrückt geworden? Ich bitte, mit diesen . . . Scherzchen aufzuhören. Für dich, Shenja, ist es schädlich, dich zu ärgern, du trinkst zuviel Wein. Und rauchst auch.«

Samgin rückte die Brille zurecht und blickte Tossja verwundert an, er hatte nicht erwartet, daß diese Frau in einem so grob gebieterischen Ton zu sprechen vermochte. Noch verwunderlicher war es, daß man ihr gehorchte, Krasnow bat sogar: »Verzeihen Sie . . .«

»Helfen Sie mir mal lieber den Tisch decken, es wird Zeit, daß wir zu Abend essen. Ihr Kartenspieler, kommt ihr bald?«

Sie stellte den Samowar auf das Tischchen neben dem Büfett und wandte sich, während sie die Servietten auf die Gedecke verteilte, an Samgin: »Die einen spielen mit Karten, die anderen mit Worten, Sie indessen schweigen wie ein Ausländer. Doch Ihr Gesicht ist ein übliches, und Sie sind wahrscheinlich ein nüchterner, heftiger, eigensinniger Mensch – ja?«

»Ich weiß nicht. Ich habe mich selbst noch nicht erkannt«, sagte Samgin unerwartet, und ihm schien, er habe die Wahrheit gesagt.

»Wie ein Ausländer«, wiederholte Tossja. »Manchmal, wenn bei uns in der Konditorei die Leute Kaffee tranken, schwatzten und lachten, saß irgendwo in einem Winkelchen ein Engländer und verachtete alle.«

»Das liegt mir fern«, sagte Klim, sie indessen sagte: »Die Engländer kann ich schon gar nicht leiden! Solche . . . Truthähne!« Und ins Besuchszimmer hinein rief sie: »Ihr Kartenspieler, kommt ihr bald?«

Die Kartenspieler erschienen, die einen erfreut, die anderen betrübt. Freude strahlte aus dem Gesicht Dronows und aus den Augen des würdig aufgeblähten Gesichts der Orechowa – die rothaarige Dame zuckte nervös mit der Schulter, Nogaizew hatte die Hände in die Taschen gesteckt und schaute zur Zimmerdeckte hinauf.

Man speiste friedfertig zu Abend, war entzückt von dem Wohlgeschmack des Schnäpels und der riesengroßen Truthenne, verglich die gastronomischen Schätze der Miljutin-Läden mit den Schätzen des Ochotnyj Rjad, und alle, außer der Orechowa, stimmten zu, daß man in Moskau besser, abwechslungsreicher äße. Krasnow, der Nogaizew gegenübersaß, wollte schon anfangen, davon zu reden, daß der ständig zunehmende Verstand der Menschen ihren Geschmack an den irdischen Gütern erweitere und dadurch die Zahl der Leiden vergrößere, was keineswegs dazu beitrage, dem Dasein einen tieferen Sinn zu verleihen.

»Die Wahrheit des Buddhismus besteht in dem Axiom: Jedes Dasein ist Leiden, aber in Leiden verwandelt es sich infolge der Begierde. Die ständige Zunahme der Leiden infolge der Zunahme der Begierden und schließlich der Tod – überzeugen den Menschen, daß sein Bestreben, persönliches Wohl zu erreichen, illusorisch ist.«

»Nein, vom Tod gar bitte ich nicht zu reden«, erklärte Tossja streng, Dronow unterstützte sie: »Ich bin auch dagegen. Der Teufel soll ihn holen!«

»Shenja hat richtig gesagt: Der Tod ist eine persönliche Angelegenheit jedes einzelnen.«

»Dennoch, wenn auch eine persönliche«, wollte Nogaizew gerade beginnen, als aber Tossja ihre dunklen Augen auf ihn richtete, änderte er den Ton und sagte rasch: »Wissen Sie übrigens, es geht das Gerücht, daß bei den Sozialrevolutionären nicht alles zum besten bestellt sei.«

»In ihren Köpfen?« fragte Jurin.

»In der Partei, im Zentrum«, erläuterte Dronow, der offenbar die Ironie der Frage nicht begriffen hatte oder nicht begreifen wollte. »Dieses Gerücht ist nichts Neues.«

»Die letzten Verhaftungen sollen die Folgen einer Provokation sein . . .«

Krasnow teilte mit, daß Iliodor, der rebellische Mönchpriester von Zarizyn, durch Rasputin herbeigerufen, in Petersburg aufgetaucht sei und daß die Wyrubowa den Mönchpriester der Zarin vorgestellt habe.

»Interne Angelegenheiten, Familienangelegenheiten«, sagte Nogaizew, während Dronow den Witz machte: »Ein Mönch ist einer Dame schmackhafter als ein geräucherter Schnäpel . . .«

»Ach, Wanetschka«, seufzte Tossja.

Samgin, der verfolgte, wie Krasnow seinen Hunger stillte, wie rasch und sicher seine geschmeidigen Hände die besten Bissen fanden, dachte: Der wird jederzeit satt werden.

Die rothaarige Dame schüttelte ihre Locken und fing laut zu reden an.

»Es ereignet sich schrecklich viel in unserem Land!« begann sie seufzend, wobei sie ihre bläulichen, runden Augen weit aufriß, und ihr Gesicht wurde davon noch puppenhafter. »So ist es immer gewesen und – ich weiß nicht, wann das ein Ende nehmen wird. Immerzu Ereignisse, Ereignisse, und ein intelligenter Mensch muß sich über alles Gedanken machen. Bauern- und Studentenrevolten, Terror, Krieg mit den Japanern, Terror, Aufstand in der Flotte, von neuem Terror, der 9. Januar, Revolution, Reichsduma und dennoch Terror! Zu guter Letzt fürchtet man sich, die Straße zu betreten. Ich verliere vollständig den Kopf! Womit wird das enden?«

Jurin raunte Tossja lächelnd etwas zu, sie drohte ihm mit dem Finger und sagte: »Nicht nötig! Sei nicht unartig.«

Alle schwiegen. Samgin dachte, diese Frau spräche ironisch, als er aber ihr Gesicht eingehender betrachtete, sah er, daß sie Tränen in den Augen hatte und daß ihre Lippen zuckten.

Zuviel getrunken, entschied er, während die Rothaarige noch erregter und protestierend fortfuhr: »In Frankreich, in England braucht die Intelligenz sich nicht mit Politik zu befassen, wenn sie es nicht mag, wir jedoch – müssen es! Jeder von uns ist verpflichtet, sich über alles, was im Land geschieht, Gedanken zu machen. Weshalb ist er dazu verpflichtet?«

Sie schluchzte leise auf, die Orechowa streichelte ihr die Schulter und riet ihr herzlich, im Baß: »Regen Sie sich nicht auf, liebe Anna Sacharowna – das ist schädlich für Sie.«

»Ich sehne mich so nach Ordnung, nach Ruhe«, schrie Anna Sacharowna, die sich mit einem Taschentüchelchen die Augen wischte, nervös auf.

Samgin sah sie unfreundlich an und dachte: Wie plump kann man doch einen sehr wertvollen Gedanken entstellen!

Krasnow sagte versöhnlich: »Es steht uns frei, vom Bösen abzurücken und Gutes zu tun. Unter Lew Tolstois chaotischen Gedanken gibt es einen christlich richtigen: Sage dich los von dir selbst und von den dunklen Taten dieser Welt! Nimm den Pflug in die Hände und gehe, ohne dich umzuschauen, an die Arbeit auf der Furche, die dir vom Schicksal zugewiesen ist. Unser Ackerbauer, der unser Ernährer ist, befolgt demütig ...«

Man hörte ihm nicht zu. Die Orechowa und die Rothaarige hatten sich vom Tisch erhoben und verabschiedeten sich von Tossja, auch Nogaizew erhob sich. Dronow sagte zu Samgin: »Wir fahren also?«

Als Samgin durch die angenehm vom Mond beleuchteten Straßen heimging und die scharfe, aber erfrischende Luft einatmete, lächelte er innerlich. Er war zufrieden. Er dachte an die Versammlungen rund um die Pasteten der Anfimjewna und an alles, was er vor dem Moskauer Aufstand beobachtet hatte, er dachte daran und sah, wie scharf die Themen der Streitgespräche, die Interessen sich verändert hatten, wie offen von dem gesprochen wurde, was man früher verschwiegen hatte.

Gewiß, das sind andere Leute, rief er sich ins Gedächtnis, dachte aber gleich danach: Jedoch, in irgendeiner Hinsicht sind sie wohl interessanter. Wodurch? Stehen sie dem Alltagsleben näher?

Ohne diese Frage zu entscheiden, fand er, daß es angenehm war, sich als der klügste unter diesen Leuten zu fühlen. Unangenehm war nur der hysterische Ausfall dieser dummen rothaarigen Puppe.

Welch eine dumme Gans.

Im allgemeinen war Samgin, der aufmerksam in sich hineinlauschte, zuzugeben bereit, daß er, wie ihm schien, sich noch nie so guter Dinge und so sicher gefühlt hatte. Seine Grundstimmung war eine Stimmung der Selbstverteidigung, und er hatte bei weitem nicht immer gewisse scharfe Fragen offen an sich gerichtet, die ihn in seiner Selbsteinschätzung hätten herabsetzen können. Diesmal aber fragte er sich: Kommt das denn wirklich daher, weil ich dadurch, daß ich eine Erbschaft gemacht habe, ein unabhängiger Mensch geworden bin? Ein zeitweilig unabhängiger, fügte er hinzu, als ihm einfiel, daß ihm der Wert der Erbschaft noch unbekannt war. Aber diese Frage verlangte aus irgendeinem Grund keine Entscheidung, vielleicht, weil die Gestalt Tossjas mit dem durch den Sarafan kriegerisch gehobenen Busen in seiner Erinnerung erstand. Samgin befand sich in jenem Alter, in dem bei vielen Männern und Frauen mit großer sexueller Erfahrung der normale biologische Trieb sich in physiologische Neugier verwandelt, die den Charakter des beharrlichen Wunsches annimmt, in Erfahrung zu bringen, worin der eine oder die eine sich von einem anderen oder einer anderen unterscheide. In solchen Fällen vermögen Erinnerung und Einbildungskraft, miteinander vereint, einige Menschen ebenso zu tyrannisieren wie leidenschaftliche Liebe. Aber eine Messalina hätte wahrscheinlich die Neugier Don Juans nicht lange befriedigt, ebenso wie er nicht die ihre. Tossja kam Samgin verführerisch und leicht zugänglich vor. Er dachte mit Vergnügen an sie, und wenn er sie sich entkleidet vorstellte, bildete er sich ein, sie habe Ähnlichkeit mit Marina, wie er sie nach der »Anrufung des Geistes« gesehen hatte. Sie blieb immer noch ein wunder Punkt seines Hirns, eines der kränkendsten Momente seines Lebens, und hinderte ihn nachts nicht selten am Einschlafen. Zudem hatte er sich seit einiger Zeit als Ablenkungsmittel gegen unangenehme Eindrücke angewöhnt, in Paris gekaufte Bücher zu lesen, die, indem sie die Aufmerksamkeit auf die Spiele der Sinnlichkeit richteten, leicht die fruchtlose und ermüdende Geschäftigkeit kleiner Gedanken beendeten.

Den ganzen nächsten Tag verbrachte Samgin allein immer noch ebenso guter Dinge in herablassendem Nachdenken über Dronow und dessen Bekannte. Vor dem Fenster wirbelte ungestüm ein Schneesturm, er heulte und pfiff und warf Schnee an die Scheiben; ab und zu zeigte sich und verschwand wieder in den weißen Wirbeln der große, schwarze, bärtige Zar auf dickem, reglosem Roß, er zügelte das Roß, als hätte er den Weg verloren und wüßte nicht, wohin er reiten solle. Samgin schritt rauchend umher, saß oder lag und verteilte, als spielte er Schach, die Figuren seiner Bekannten, wobei er sich bemühte, Ähnlichkeiten zwischen ihnen zu finden. Zunächst schob er die Gruppe von Menschen beiseite, die ihn am wenigsten interessierten und ihm am unangenehmsten waren. Das waren Leute, die durch ein bestimmtes System von Sätzen beschränkt waren, an ihrer Spitze stand Kutusow, und man konnte von vornherein wissen, was jeder von ihnen aus diesem oder jenem Anlaß sagen werde.

Das sind abgeschlossene Menschen, die zu keinem weiteren Wachstum fähig sind. – Pfaffen der sozialistischen Kirche nannte er sie. Sie haben vergessen, daß der Sozialismus von der Bourgeoisie erdacht worden und von der armseligen Phantastik des Christentums hervorgebracht worden ist. Sie sind die Verkünder des Klassenkampfs und der absolut unmöglichen Diktatur des Proletariats, das in jeglicher Hinsicht ungebildet ist. Ich – lehne den Sozialismus in jener Form, wie ihn die Deutschen auffassen, nicht ab. In Deutschland ist er – ein für die bürgerliche Kultur natürlicher Schritt voran. Dort ist er historisch verständlich. Aber bei uns? In einem Land, in dem ein Rasin, ein Pugatschow, Bauernmeutereien, der Moskauer Aufstand möglich sind ... Wahnsinn. Abenteuersucht von Ehrgeizigen, die nichts zu verlieren haben ...

Er war selbst aufrichtig verwundert über die Schärfe und Bestimmheit dieser Bewertung, er hatte noch nie in einem solchen Ton gedacht, und das hob sofort seine Stimmung, richtete ihn auf. Als er in den Spiegel blickte, sah er, daß sein angefeuchtetes Haar getrocknet war, glatt anlag und dadurch zeigte, wie spärlich es war und wie stark es sich gelichtet hatte. Er nahm die Haarbürste und lockerte es sorgfältig, aber selbst als es dadurch üppiger geworden war, brachte es ihn dennoch auf den Gedanken: Ich werde bald eine Glatze bekommen.

Das war sehr unangenehm.

Die Bürste in der einen Hand, glättete er mit den Fingern der anderen die graumelierten Schläfen und betrachtete währenddessen etwa zwei Minuten lang streng sein Gesicht, ohne an irgend etwas zu denken, in sich hineinlauschend. Das Gesicht kam ihm bedeutend und klug vor. Es war das etwas nüchterne, aber feine Gesicht eines Menschen, der sich nicht scheut, frei zu denken, und jeglicher Vergewaltigung des unabhängigen Denkens, allen Versuchen, es einzuschränken, von seinem Wesen her feind ist.

Ein In-tel-lek-tu-el-ler, benannte er sich in Gedanken und voller Achtung, eine neue Kraft der Geschichte, eine Kraft, die sich ihrer Bedeutung und Richtung noch nicht genügend bewußt ist. Dann entfernte er mit dem Kamm die ausgegangenen Haare aus der Bürste, rollte sie zu einem Knäuel zusammen, legte ihn in den Aschenbecher, zündete ein Streichholz an und seufzte, als die Haare knisternd verbrannt waren, auf. Danach begann er, durch sein Opfer an die Zeit etwas abgekühlt, von neuem, die Menschen nach Merkmalen von Charakterähnlichkeit zu gruppieren. Dronow stellte er neben Mitrofanow. Dann gliederte er ihnen Tagilskij an. Nach einigem Nachdenken fügte er zu ihnen als vierten – Makarow hinzu, überlegte aber sofort, daß dies nicht gut, mißglückt sei.

Zu ihnen muß Ljutow. Und Berdnikow. Jawohl, gerade das Vieh Berdnikow.

Aber der schwere Dickwanst Berdnikow wurde in Samgins Spiel zu dem Bären des Märchens, das davon berichtet, wie kleine Tierchen sich zu freundschaftlichem Leben in einem Pferdeschädel niederließen, doch es kam der Bär und fragte: »Wer wohnt da in dem Schädel?« und als die Tierchen sich ihm vorgestellt hatten, sagte er: »Und ich bin der Drücketot von euch allen«, setzte sich auf den Schädel und zerquetschte ihn mitsamt seinen Bewohnern.

Diese unangenehme, demütigende Erinnerung an das kunterbunte, zynische Geschwätz Berdnikows brachte ärgerlicherweise die Anordnung der Figuren durcheinander, machte das Spiel uninteressant. Zudem besaßen diese Figuren an und für sich, wenn auch viele kleine Ähnlichkeiten in ihrem Denken und Reden vorhanden waren, nur eine große und deutliche – Unbestimmtheit ihrer Absichten.

Worauf suchen Makarow, Tagilskij sich zu stützen? Was wollen sie? Weshalb gab Ljutow den Sozialrevolutionären Geld? Wodurch hinderte ihn die Selbstherrschaft zu leben?

Vor dem Fenster, im Schneesturm, sprang auf seinem reglosen Roß der schwarze, bärtige Zar mit der Polizistenmütze – ein Zar, der in nichts, in keiner Weise dem anderen ähnelte, der auf dem Senatsplatz ungestüm dahinjagte und mit den Hufen seines rasenden Rosses die Schlange zerstampfte.

Samgin trat vom Fenster weg, legte sich aufs Sofa und begann über die Frauen, über Tossja, Marina, nachzudenken. Doch am Abend, im Zugabteil, ruhte er sich von sich selbst aus, indem er der ununterbrochenen, erregten Rede Iwan Wassiljewitsch Dronows zuhörte. Dronow saß ihm gegenüber und hielt ein Glas Weißwein in der Hand, die Flasche hatte er zwischen die Knie geklemmt, mit der Handfläche rieb er sich bald das unrasierte Kinn, bald die Wangen, und Samgin kam es vor, als hörte er sogar durch den eisernen Lärm unter seinen Füßen hindurch das Knistern der Bartborsten.

»Verstehst du, was für eine Sache das ist«, sagte Dronow halblaut und hastig, sein Gesicht mit den starken Backenknochen verzog sich, die Augen huschten so wie früher unruhig umher, blickten bald durch das Fenster hinaus in die Dunkelheit, die von Funken und Lichtern durchbrochen wurde, bald Samgin ins Gesicht, bald in das Glas. »Ich habe keine Lust, den kürzeren zu ziehen. Das Leben scheint – weiß der Teufel – plötzlich alt und schrumpelig geworden zu sein, doch zugleich bekommt es etwas Krampfhaftes, so was Überstürztes, weißt du . . . greift zu, Kinder! Na, in der Industrie, im Handel ist das natürlich, hier heißt es – wie die Marxisten lehren – entweder fabriziere Bettelarme, oder du wirst selbst ein Bettler. Jedoch – die Bettelei ist zwar ein nationales Gewerbe, aber keines von den angenehmen, zur Steigerung des Stolzes trägt sie nicht bei. Dabei heißt es: ›Mensch – wie stolz das klingt‹, und er, dieser Teufel, möchte stolz sein. Na, verstehst du . . .«

Er warf den Kopf in den Nacken und schüttete sich den Wein in den Mund, überschwemmte Kinn und Brust, schob das Glas auf das Tischchen und fuhr, während er seine Krawatte aufband, fort: »Mich bringt die Intelligenz in Verlegenheit, mein Lieber. Ich rechne mich ja – wohl oder übel – zu ihr. Doch nun, verstehst du, spaltet sie sich scharf und tief. Die Idealisten, die Mystiker und die Buddhisten studieren den Joga, geben den ›Boten der Theosophie‹ heraus. Sie haben sich der Blavatskys und Annie Besants erinnert . . . In Kaluga hat es nie etwas anderes als Kalugaer Backwerk gegeben, doch jetzt befassen sich die Einwohner mit Okkultismus. Man sollte meinen, daß nach der Revolution . . .«

»Diese Bewegung hat noch vor der Revolution begonnen«, erinnerte ihn Samgin.

»Als Schutzimpfung? Zur Prophylaxe?« fragte Dronow, der die Flasche behutsam in die Ecke des Polstersitzes gestellt hatte.

»Möglicherweise«, gab Samgin zu.

»Tja. Also hat irgendwer irgend etwas vorausgesehen? Wer führt denn darüber das Kommando?«

Samgin zuckte lächelnd und stumm mit den Achseln.

»Die realistischen Schriftsteller sind Pessimisten geworden«, murmelte Dronow, seine nasse Krawatte auf dem Knie glättend, dann schwang er die Krawatte hoch und sagte: »Vor kurzem hörte ich folgende Äußerung über dich: Du habest nicht die allen Russen eigene Angewohnheit, dich in die Seele deines Nächsten einzuschleichen oder, mangels einer Seele, in seine Tasche. Das hat Anton Nikiforowitsch Tagilskij gesagt ...«

»Ich kenne ihn sehr wenig«, beeilte sich Samgin zu bemerken.

»Doch er hat dich, meiner Ansicht nach, richtig ... eingeschätzt«, fuhr Dronow nunmehr kühl und, wie es schien, gekränkt fort. »Du verhältst dich den Menschen gegenüber ... ablehnend. Ja sogar, wie es scheint, verächtlich ...«

»Das stimmt nicht«, sagte Samgin streng. »Er kennt mich ebensowenig wie ich ihn. Kennst du ihn schon lange?«

»Schon seit etwa zwei Jahren. Wir lernten uns auf dem Rennplatz kennen. Er hatte sein Geld verloren oder – es war ihm gestohlen worden. Er borgte sich welches von mir und – gewann sehr viel! Die Hälfte davon bot er mir an. Aber ich lehnte ab, setzte auf das gleiche Pferd und gewann dreimal soviel wie er. Na – wir zechten ... ein wenig. Und lernten uns kennen.«

»Was für ein Mensch ist er?« fragte Samgin, die Ohren spitzend.

»Der Teufel weiß es«, antwortete Dronow nachdenklich und begann, von neuem in Feuer geratend, hastig zu reden: »In ihm steckt alles mögliche. Er ist im Innenministerium angestellt, steht möglicherweise im Dienst des Polizeidepartements, gleicht aber – am allerwenigsten einem Spion. Er ist klug. Vor allem – klug. Er ist voll Sehnsucht. Wie ein hoffnungslos Verliebter, doch man weiß nicht, wonach. Er macht Tossja den Hof, aber – du müßtest sehen, wie. Er sagt ihr Dreistigkeiten. Sie kann ihn nicht ausstehen. Überhaupt – er ist ein in Kursivschrift gedruckter Mensch. Ich liebe solche ... Unvollkommenen. Wenn einer vollkommen ist, paßt zu ihm selbst der Teufel nicht mehr als Kamerad.«

Damit meint er mich, dachte sich Samgin und sagte: »Du hast eine interessante Frau ...«

»Sie gefällt allen«, sagte Dronow mit mürrischer Miene. »Aber einer Ehefrau – gleicht sie wenig. Im Haushalt ist sie nachlässig wie ein Dienstmädchen, Tagilskij kennt sie schon lange, er hat mich auch mit ihr bekannt gemacht. ›Möchten Sie nicht‹, sagte er, ›ein junges Mädchen zu sich nehmen, ein gutes, dem aber sein Schicksal gleichgültig ist?‹ Tagilskij hatte von ihr offenbar einen Korb erhalten, und jetzt nennt er sie eine Reisende durch Schlafzimmer. Aber ich bin nicht eifersüchtig, und sie ist ein redliches Weib. Mit ihr – ist es interessant. Und, weißt du, man hat seine Ruhe: Sie wird einen nicht betrügen, nicht verraten.«

»Und Jurin?« fragte Samgin.

»Ein Bolschewikchen. Ein recht kluges. Aber, wie du siehst, ein abgelegtes Kartenblatt. Dem gilt Tossjas Liebe, aber – eine mütterliche.« Er sprach in so gelangweiltem Ton, daß Samgin dachte: Er verstellt sich.

Etwa zwei Minuten lang schwiegen sie, dann sagte Dronow: »Nun, wie steht's, legen wir uns schlafen?« Als er aber den Rock ausgezogen und auf den Polstersitz geworfen hatte, blickte er auf die Uhr und begann von neuem: »Ich bin unterwegs, um mir die Manuskripte zu einem unerhörten Buch zu beschaffen. – Petja Struve hat es gemeinsam mit seinen Kameraden verfertigt. Man sagt, ein Werk zu dem Thema ›Blas zum Rückzug!‹ Er hat doch schon im Jahre 1901 aufgefordert: ›Zurück zu Fichte‹, na also . . . Und zugleich ist bei den Sozialrevolutionären irgend etwas faul. Überhaupt – ein ziemlicher Verfall. Jurin behauptete, das alles sei gut! Es werde sozusagen die Spreu und allerhand Unrat abgesiebt, so daß das reinste, gute Korn übrigbleiben würde . . . Tja . . .«

»Eine richtige Ansicht«, sagte Samgin, um etwas zu sagen.

»Ich weiß nicht«, entgegnete Dronow und verstummte, aber als er schon in Nachtwäsche auf dem Schlaflager saß und sich das Kinn rieb, murmelte er auf einmal zornig: »Weißt du, das Treffendste und Bedrohendste, was ersonnen wurde – ist trotzdem die Klassentheorie und die Idee von der Diktatur der Arbeiterklasse.«

Samgin neigte den Kopf und blickte Dronow über die Brille hinweg an, aber Dronow hatte sich bereits hingelegt und sich die Decke über den Kopf gezogen.

Er ist gekränkt, entschied Samgin und löschte das Licht. Er ist interessanter und, wie es scheint, klüger geworden. Aber trotz allem habe ich mich unnötig mit ihm auf das Du eingelassen.

»Komisch«, sagte Dronow.

»Was?«

»Daß ein Mann, der von Geburt Deutscher ist, den Russen Patriotismus beibringen will.«

Nach kurzem Schweigen gab Samgin dem Verlangen nach, Dronow eins auszuwischen, und sagte trocken und schulmeisterlich: »Struve hat ganz bestimmte Verdienste um die Intelligenz aufzuweisen: Er hat sie als erster darauf hingewiesen, daß die Rolle der Persönlichkeit in der Geschichte eine Illusion, ein Selbstbetrug ist . . .«

»Und was noch?« fragte Dronow nach kurzem Schweigen.

Außerdem – hat er der Persönlichkeit das Recht zuerkannt, die Erscheinungen leidenschaftslos wissenschaftlich zu beobachten, wollte Samgin sagen, entschloß sich aber nicht dazu und sagte mit schläfriger Stimme: »Es ist schon spät. Schlafen wir . . .«

Dronow gab nicht nach, er lag auf der Seite, rührte mit dem Finger in der Dunkelheit herum und sagte giftig, mit erhobener Stimme: »Die Rolle der Persönlichkeit leugnete er, als er Marxist war, aber dann trat er, wie du wissen wirst, zum Idealismus über, und einen Idealismus ohne Individualismus gibt es nicht, ein Individualismus indessen, der die Rolle der Persönlichkeit im Leben leugnet, ist Unsinn! Er ist unmöglich . . .«

Samgin antwortete ihm nicht, dachte aber im Einschlafen: Ich lese wenig über philosophische Fragen.

»Moskau!« weckte ihn Dronow, der einen dicken, flauschigen, tabakfarbenen Anzug anhatte, sorgfältig frisiert war und stattlich aussah.

»Frühstücken wir im Hotel ›Moskowskaja‹, um ein Uhr?« schlug er vor.

»Wenn ich es schaffe«, sagte Samgin und fuhr, nachdem er beschlossen hatte, nicht im Hotel »Moskowskaja« zu frühstücken, vom Bahnhof direkt zum Notar, um sich mit Warwaras Testament vertraut zu machen. Dort erwartete ihn eine Unannehmlichkeit: Das Haus war einmal für zwanzigtausend Rubel an eine Privatperson verpfändet. Der dürre, flachbrüstige Notar mit gelbem Gesicht, einem spitzen Büschel grauer Haare am spitzen Kinn und rötlichen Barschaugen teilte mit, daß der Hypothekengläubiger bereit sei, das Haus durch Zuzahlung von zehn- bis zwölftausend Rubel zu erwerben.

»Mehr nicht?« fragte Samgin, der begriff, daß er als Alleinstehender von zwölftausend Rubel etwa vier Jahre durchaus standesgemäß leben könnte. Der Notar schüttelte verneinend seinen kahlen Kopf, schnalzte mit den Lippen und wiederholte: »Mehr nicht.«

Der Notar flößte kein Vertrauen ein, und Samgin kam der Gedanke, daß er Dronow zu Rat ziehen sollte, der wisse sicherlich, wie man Häuser verkauft. In Warwaras Haus widerfuhr ihm noch eine Unannehmlichkeit: Die Haustür öffnete ein junges Mädchen – schwarzhaarig, spitznäsig, und schrie, aus unerfindlichem Grund voller Freude, vergnügt auf: »Warwara Kirillowna ist nicht zu Haus, sie ist verreist, nach Petersburg!«

Ihre Freude kam Samgin anstößig vor, er sagte streng: »Warwara Kirillowna – ist gestorben!«

»O Gott«, sagte das Mädchen leise, fragte jedoch, zurücktaumelnd: »Oder lügen Sie vielleicht?« Und gleich danach rief sie schrill: »Felizata Nasar-na!«

Es erschien eine bekannte Gestalt – die flachbrüstige, schmallippige Frau mit einem Spitzenhäubchen auf dem Kopf, sie beugte würdig den Nacken und richtete stumm ihre glasigen Augen auf Samgins Gesicht, während das Mädelchen, mit dem Finger auf ihn deutend, aufgeregt und hastig vorbrachte: »Er sagt – Warwara Kirillowna sei gestorben.«

»Davon weiß ich nichts«, sagte die Frau, ohne Samgin beim Ablegen zu helfen, und als er aus dem Vorzimmer in die Wohnräume gehen wollte, trat sie ihm in den Weg.

»Erlauben Sie mal, wie ist denn das . . .«

»Scheren Sie sich weg«, rief Samgin. »Kennen Sie mich denn nicht?«

»Ich kenne Sie wohl, aber – ich kann doch nicht . . .«

Sie trat einen Schritt zur Seite und kommandierte mit hölzerner Stimme: »Anka, ruf beim Polizeirevier an, daß Miron Petrowitsch herkommen soll.«

»Sie sind ein dummes Frauenzimmer!« erklärte Samgin. »Ich werde Sie davonjagen«, schrie er auf und schämte sich sofort seines Zorns, während die Frau, die ihm auf den Fersen folgte, monoton und todlangweilig sagte: »Wenn Sie das Recht dazu haben – können Sie mich ja davonjagen, aber mich zu beschimpfen, sind Sie nicht berechtigt. Ich bin hier angestellt, mir ist die Habe anvertraut.«

»Aber Sie wissen doch, wer ich bin«, erinnerte Samgin sie friedfertig.

»Ich stehe in Warwara Kirillownas Dienst und habe von ihr keine Weisungen in bezug auf Sie erhalten . . .« Sie ging hinter Samgin her und blieb in der Tür jedes Zimmers stehen, da sie offensichtlich fürchtete, er könnte irgendeinen Gegenstand an sich nehmen und in die Tasche stecken, wodurch sie in dem Hausherrn den Wunsch erweckte, sie mit irgend etwas auf den Kopf zu schlagen. Das dauerte etwa zwanzig Minuten und fiel Samgin immer mehr auf die Nerven. Er rauchte, ging umher, saß herum und fühlte, daß sein Benehmen den Argwohn dieses zweibeinigen Hechts steigerte.

Wenn ich sie auch nur vierundzwanzig Stunden hierbleiben lasse – wird sie mich bestehlen, überlegte er.

Endlich kam der dicke, schwarzbärtige Stellvertreter des Reviervorstehers, hörte schweigend beide Seiten an und sagte in eindringlichem Baß: »Als Jurist sollten Sie wissen, daß man einen vom Arzt oder vom Krankenhaus ausgestellten Totenschein vorweisen muß.«

»Den Schein habe ich beim Notar gelassen, Sie können sich erkundigen.«

»Dazu sind wir nicht verpflichtet«, sagte der Polizeibeamte mit einem tiefen Seufzer und die großen, schwarzen Augen in dem ziegelroten Gesicht mit den Wimpern verdeckend.

»Ich werde Ihre Bemühungen bezahlen«, sagte Samgin und reichte ihm einen Fünfundzwanzigrubelschein.

»Vortrefflich«, entgegnete der Polizeibeamte, machte eine Ehrenbezeigung, indem er seine breite Hand zu dem Plüschschädel erhob, und ging, wobei er Felizata mit dem Finger winkte, ihm zu folgen.

Samgin fühlte sich abscheulich. Ihn übermannten unangenehme Erinnerungen an das Leben in diesem Haus. Unangenehm waren die Zimmer, die mit verschiedenartigen altertümlichen Möbeln überladen, mit Kleinigkeiten überfüllt waren, die von dem ästhetischen Geschmack der Hausherrin zeugen sollten. In Warwaras Schlafzimmer hing an der Wand eine große Photographie von ihm, Samgin, im Frack, mit einem Kopf von der Form des Kürbisses, sie war auch unangenehm.

Hol sie der Teufel, mag dieses dumme Frauenzimmer stehlen, entschied er und ging zu der Verabredung mit Dronow.

Moskau war reich geschmückt mit Schnee, seine dicken Daunenpfühle lagen auf den Dächern, die Laternen waren mit weißen Häubchen bedeckt, überall glitzerte das kalte Silber, auch der eiskalte Schneestaub über der Stadt erinnerte an den sanften Glanz patinierten Silbers. Unter den Füßen der Menschen knirschte wie Knorpel der Schnee, die eisernen Kufen der Schlitten schurrten und kreischten leise.

Eine gemütliche Stadt, dachte Samgin beifällig.

Dronow war noch nicht im Hotel, Samgin fand mit Mühe ein freies Tischchen in dem Saal, der dicht mit Speisenden vollgestopft und mit lautem Stimmengewirr, Klirren von Glas, Metall und Porzellan gefüllt war. Samgin saß nicht zum erstenmal in diesem Tempel Moskauer kulinarischer Kunst, ihm gefiel es, hier zu sein und dem verschiedenstimmigen Gemurmel stattlicher Menschen zu lauschen, ihm schien, sie seien, von Sattheit berauscht, hier wahrscheinlich offenherziger als woanders. Einstmals war ihm sogar der Gedanke gekommen, daß dieses kunterbunte, wirre Gemurmel mit den »Gemeinschaftsbeichten« in der Kathedrale von Kronstadt Ähnlichkeit haben müsse, die von dem berühmten Popen Ioann Sergijew veranstaltet worden waren. Wenn Samgin einzelne Sätze und Bruchstücke erregter Reden auffing, war er überzeugt, dies verhülfe ihm besser, zuverlässiger als Bücher und Zeitungen zur Kenntnis dessen, »worin der Lebensinhalt der Menschen besteht«. So sagte auch jetzt hinter ihm eine angenehm weiche Baßstimme in ermahnendem Ton: »Wir Provinzler leben ruhiger als ihr Moskauer, wir haben Zeit, euch zu beobachten, und – was sehen wir?«

»Nehmen Sie noch von dem Stör«, riet dem Baß eine träge, farblose Stimme.

»Mit Vergnügen nehme ich davon.«

Vor Samgin indessen krümmte sich wellig ein langer, schmaler Rücken, der straff von einem langschößigen altrussischen Überrock umspannt war, und beklagte sich sonor mit leichtem Näseln: »Was sollen wir nun anfangen, mein lieber Pjotr Wassiljitsch? Im Frühjahr erklärte der vereinte Adel, er sei gegen politische Reformen, jetzt hat sich unser, der Moskauer, für die Unantastbarkeit der Selbstherrschaft geäußert, aber – wir, die Industriellen, was sollen wir tun?«

Und der weiche Baß, der wahrscheinlich den Stör aufgegessen hatte, mahnte von neuem: »In dem raschen Wechsel eurer literarischen Geschmäcke bemerken wir dennoch – eine gewisse Einförmigkeit derselben. Die antidemokratischen Ideen Ibsens scheint man zwar schon satt zu haben, aber an seine Stelle ist in den Theatern Hamsun getreten, doch ist ja Meerrettich nicht schmackhafter als gewöhnlicher Rettich. Hamsun ist doch auch Antidemokrat, ein Feind der Politik . . .«

»Aber sein Held, Kareno, sagte sich ohne weiteres los von seinen Ideen zugunsten eines Sitzes im Storting«, fügte die träge Stimme ein.

»Eben, eben! Das ist es ja, daß er sich lossagte, wie auch bei uns viele Rasnotschinzen von heute sich lossagen, dem persönlichen Erfolg zuliebe sich vor gesellschaftlicher Betätigung drücken, wobei sie das Vermächtnis der Väter und die Lehren der Revolution mißachten . . .«

»Ach was: Vermächtnis, Lehren! Uns ist ein neues Vermächtnis gegeben worden: enrichissez-vous – bereichert euch! Da haben Sie das Vermächtnis der Revolution . . .«

»Meinen Sie das ironisch?«

Der Träge begann zornig zu reden: »Äh, wieso denn Ironie? Jedermann möchte fressen.«

»Zum Nachteil seiner Menschenwürde . . .«

»Sie sind ein vorsintflutlicher Mensch, Nifont Iwanowitsch. Doch die Jugend, diese Rasnotschinzen . . . die sind wachsam! Mein Sekretär hat im Jahre sechs irgendwelche dummen Streiche gemacht, man verhaftete ihn. Er ist ein tüchtiger Bursche und nicht dumm, bereitete sich für die Universität vor. Nun, ich half ihm aus der Patsche. Er jedoch – einen Igel wünsche ich ihm unter den Rock, dem Hundsfott – machte bei mir eine Kopie von einem Schriftstück und verkaufte sie an eine interessierte Person. Siebentausend Rubel Honorar büßte ich hierbei ein. Dabei wäre es eine gewinnsichere Sache gewesen.«

»Dort gehört alles uns, bis an den Fluß Balaja alles uns!« sagte jemand an dem Tisch neben Samgin heiser und so laut, daß dieser und noch viele andere sich nach dem Schreienden umsahen. Dort saß ein Rotstirniger, Großäugiger mit sehr dichtem blondem Vollbart und grimmigem Schnurrbart, der die leuchtendroten dicken Lippen nicht verdeckte, und malte mit der einen Hand, in der er die Gabel hielt, Ornamente in die Luft. »Von Birsk bis tief hinein ins Gebirge – gehört alles uns! Und die Einwohner dort sind Baschkiren, Wilde, ein nichtsnutziges, arbeitsscheues Volk, Kehricht auf der Erde, laufen als Bettler auf dem Gold herum, zu faul, das Gold an den Tag zu fördern ...«

Ihm hörten ein kahlköpfiger Mann mit graublauen Ohren und einem Halsbandorden und eine großnasige, lange Frau zu, die ganz in Schwarz gekleidet war und einer Nonne glich.

Der Mann mit dem Orden sagte, sich erhebend: »Wir das alles werden ansehen, ich und mein Ingenieur«, die Frau indes sagte schallend und böse: »Müß man ljange dörthün fahren?«

»Na, wieso denn lange? Vier Tage und Nächte auf dem Dampfer. Wir fahren auf der Wolga, der Kama, der Belaja – dort, an der Belaja, gibt es Stellen von solcher Schönheit, daß man staunen muß, Klarissa Jakowlewna, hundertmal staunen muß.« Er richtete sich in seiner ganzen Riesengröße auf und trompetete erregt: »Ich bin kein Feind des Staates, wenn Sie eine so große Sache vorhaben, gebe ich das Land billig her.« – Der Mann im altrussischen Überrock wandte den Kopf, wobei er Samgin ein dunkles Auge, eine spitze Nase und ein graues Ziegenbärtchen zeigte, sah zu, wie der Bärtige im Gehen die Silbermünzen des herausbekommenen Betrags nachzählte, die ihm auf einem Teller gebracht worden waren, und sagte halblaut zu seinem Gesprächspartner: »Als Trinkgeld hat er drei Fünfkopekenstücke liegenlassen, dieser Eber! Ein Samaraer Kaufherr von den Uralkosaken. Ein steinreicher Mann, er besitzt baschkirisches Land vom Umfang ganz Frankreichs. Ich habe ihn in Nishnij auf der Messe gesehen – der versteht zu prassen! Ein Tier von tollem Wagemut, leidenschaftlicher Kartenspieler, Wüstling und Trunkenbold.«

»Es wird Zeit, daß diese Mammute aussterben.«

»Sie werden aussterben ... Bald.«

Den frei gewordenen Tisch besetzten sofort ein schneidiger Student, der einem Offizier in Zivil glich, und ein bescheiden aussehender Mann mit schütterem Bärtchen, der entfernt Tschechows Jugendporträts ähnelte. Der Student nahm die Speisekarte in die Hände, verdeckte damit sein rotwangiges Gesicht, das ein goldblondes Schnurrbärtchen zierte, und sagte mit dunkler Stimme, als läse er von der Karte ab: »Lies mal ›Der Sozialismus und die Seele des Menschen‹ von Oscar Wilde, Boris.«

»Das habe ich schon gelesen«, antwortete leise, schuldbewußt der Bescheidene.

»Entsinnst du dich an die Stelle bei ihm: ›Die Armen sind eigennütziger als die Reichen‹?«

»Das ist ein Paradox ...«

»Ein Paradox, mein Lieber, ist ein Protest gegen die allgemein übliche Plattheit«, sagte eindringlich der Student, kniff seine grauen, kühlen Augen zusammen, schaute sich um und fügte hinzu: »Ein Paradox muß man nicht als Entstellung, sondern als Widerspiegelung auffassen.«

Er hinderte Samgin, dem interessanten Gespräch hinter ihm zuzuhören, der Mann im langschößigen Überrock sprach vernehmlich, aber das näselnde Bächlein seiner Worte verschwand fortwährend in dem ununterbrochenen Wirbel des Lärms. Dennoch konnte man, wenn man das Gehör anspannte, einige Sätze auffangen.

»Stolypin findet meinen Beifall; er hat ein gutes Werk unternommen, ein weises Werk. Die besten Menschen satt zu machen – das ist bereits europäische Politik. Alles in unserem Leben baut sich ja auf der Auslese der Besten auf – nicht wahr?«

Irgendwer rief spöttisch: »Geplatzt ist euer Syndikat ›Nagel‹, kein einziger Nagel ist übriggeblieben!«

»Du täuscht dich, Stepan Iwanytsch, es ist nicht geplatzt, sondern hat sich erweitert, jetzt heißt es ›Draht‹.«

»Sehen Sie, Pjotr Wassiljitsch – in Deutschland hat man die besten Sozialdemokraten satt gemacht, hat sie in den Reichstag gesetzt: Übt gesetzgebende Gewalt aus, Jungens! Da sitzen sie nun und üben gesetzgebende Gewalt aus, und alles ist ruhig, es gibt keinerlei Eruptionen.«

»Dennoch gibt es Streiks!«

»Was sind denn Streiks? Hat man eine Krankheit nach außen getrieben, so kann man sie bequemer kurieren. Nein, mein Teurer, die ganze Weisheit besteht in der Auslese der Besten. Julius Cäsars Ausspruch über die Dicken, die Satten war richtig.«

»Nach ihm, nach Cäsar, wurde bemerkt, daß der Satte den Hungrigen nicht versteht.«

»Das sind so kleine Scherze!«

»Überlegen Sie doch mal, mein Lieber, als Abgeordneter und Mitglied der Regierung: Jemeljan Pugatschow hätte doch, rechtzeitig festgenommen, neben Grigorij Potjomkin zur nächsten Umgebung Katharinas der Großen gehören können ...«

Die Revolution hat die Menschen gelehrt, originell zu denken, freimütiger, stellte Samgin fest.

Und gleichsam seine Beobachtung bestätigend, brummte irgendwo in der Nähe eine griesgrämige Stimme: »Die Balkanpolitik hat uns nicht wenig Geld und Kräfte gekostet, und – nun hat man die Annexion Bosniens und der Herzegowina anerkannt, wodurch man Österreich bedeutend gestärkt hat und – also auch Deutschland ...«

Jetzt kam Dronow gelaufen, unordentlich, zerzaust, aufgebracht, und rückte mit Gepolter den Stuhl ab.

»Das Buch habe ich verpaßt, es wird bereits gesetzt. Ich habe mir Sonderabzüge der ersten Druckbogen verschafft. Zum Teufel, ich habe es verpaßt! Zwei kleine Sammelbände habe ich herausgegeben, aber der dritte – ist mir entwischt. Jetzt, mein Lieber, sind Sammelbände Mode geworden. Von den Bolschewiki, von Lunatscharskij, Bogdanow, Tschernow bis zu Gringmut, dem Monarchisten, sie alle bieten ihre Ware armseliger Gedanken en gros und en detail an. Eine gängige Ware. Was werden wir essen?«

»Stell dir dich selbst im Sozialismus vor, Boris, was wirst du tun, du?« sagte der Student. »Begreife: Der Mensch ist außerstande, anders zu handeln als nach Maßgabe der Interessen seines Ich.«

Samgin fühlte plötzlich: Er wollte nicht, daß Dronow diese Reden höre, und begann ihm sofort von seinen Angelegenheiten zu erzählen. Sich mit der Hand die Stirn und das widerspenstige Haar auf seinem Schädel streichend, hörte Dronow ihm stumm, ins Wodkaglas blickend, zu und nickte dann mit dem Kopf, als würfe er etwas von ihm herunter.

»Das Haus zu verkaufen ist eine leichte Sache«, sagte er. »Häuser stehen hoch im Preis, Käufer gibt es nicht wenig. Die Revolution hat die Gutsbesitzer aufgescheucht, viele siedeln nach Moskau über. Komm, trinken wir. Hast du bemerkt, was für ein Student da sitzt? Eine Neuauflage. Vervollkommnet. Der wird nicht aus politischen Gründen ins Gefängnis kommen, und wenn er hineinkommt, dann wegen etwas anderem. Ach, Klim Iwanowitsch, ich habe kein Glück«, schloß er unerwartet seine abgehackte, erzürnte Rede.

Es mußte etwas gesagt werden, und so fragte Samgin: »Worüber bist du mißmutig?«

»Darüber, daß ich meinen Platz im Leben nicht habe«, antwortete Dronow seufzend und trank ein Glas Wein.

»Du wirst ihn schon noch finden . . . Das Leben scheint unbeengter, freier zu werden«, fügte er unwillkürlich hinzu.

»Freier? Ich weiß es nicht. Es gibt mehr Unruhe, vielleicht kommt es einem deshalb freier vor.«

Er begann hastig und nachlässig zu essen, Samgin indessen – von neuem zuzuhören. Es wurden weniger Gäste im Saal, die Stimmen klangen deutlicher, irgend jemand schrie erregt: »Die Interessen der Industrie versteht bei uns nur Witte.«

»Und – die Interessen der Landwirtschaft? Aha?«

Anderswo wurde über das Theater gestritten: »Nein – genug mit Ostrowskij und der Verspottung der Kaufleute jenseits des Moskwaflusses. Diese Kaufleute sind die Vergangenheit Moskaus, eine ferne Vergangenheit!«

»Und – die Provinz?«

»Nun, so mag denn das Kleine Theater in die Provinz fahren, doch das richtige, kulturpolitische Theater mag sich von allem Barfüßlertum und Nihilismus säubern – und gebt ihm Platz im Kleinen Theater, das wäre das Richtige! Es hat genug Leute für zwei Bühnen – beunruhigen Sie sich nicht!«

Dronow hatte die Suppe aufgegessen, wischte sich mit der Serviette die Lippen ab und sagte: »Da schweigst du nun. Schweigst monumental, als wärest du aus Bronze. Tust du das nach dem Gebot: ›Ihr sollt eure Perlen nicht vor die Säue werfen, auf daß sie dieselben nicht zertreten mit ihren Füßen‹ – ja?«

»Ich liebe keine Predigten. Auch keine Prediger«, sagte Samgin trocken.

»Dich selbst liebst du natürlich. Prediger mag auch ich nicht. Vielleicht fürchte ich sie sogar.«

Nach kurzem Schweigen sagte er nachdenklich und mit zunehmender Selbstsicherheit: »Jedoch nicht alle. Nein, nicht alle. Sei mir nicht böse, wenn ich das grob gesagt habe. Die Sache ist die, daß ich dich beneide, um deine Ruhe beneide. Mitunter meine ich, du wahrtest deine Weisheit wie Unschuld. Du möchtest sie nicht besudeln.«

Er machte eine wegwerfende Handbewegung.

»Das Leben wird dich vergewaltigen. Komm, trinken wir!«

Samgin sah ihn an und begriff, daß Dronow sich schon gesättigt hatte, er ließ seine unruhigen Äugelchen im Saal umherschweifen und brummte: »Ich kann diesen Mammonstempel nicht leiden. Fahren wir zu dir, ich lese dir dort die Sonderabzüge vor, sie müssen zurückgegeben werden.«

Samgin willigte ein, bestellte sich aber Kaffee, denn er wollte noch etwas sitzen bleiben und zuhören. In dem dichten Wortgestöber fing sein Gehör ständig etwas mit seiner Stimmung Harmonierendes auf. Und wie stets, wenn er diese Harmonie bemerkte, fühlte er mit einem Verdruß, der immer schärfer wurde, daß irgendwelche Schwätzer ihn bestahlen, indem sie seine mannigfaltige und umfangreiche Erfahrung in von ihnen grob vereinfachte Gedanken verwandelten, bevor er selbst dazu kam, ihnen eine unumstößlich exakte, blendend markante Form zu verleihen. In einer solchen Verdrußstimmung fuhr er heim und erzählte unterwegs Dronow von dem anekdotischen Vorfall mit Felizata. Dronow begann zu schnattern.

»Diese dumme Trine? Sie hat eine Unmenge englischer Romane gelesen, hat eine Vorliebe für Humphry Ward und spielt die Rolle einer ergebenen Dienerin. Ich habe ihr den Spitznamen ›Reiher‹ gegeben – sieht sie nicht so aus? Der englische Roman trägt sehr viel zur Konsolidierung der Dummheit bei – findest du nicht?«

»Nicht jeder«, korrigierte ihn Samgin und erinnerte sich an die Anfimjewna.

Als Dronow im Vorzimmer ablegte und in Felizatas langes, würdiges Gesicht blickte, sagte er lächelnd und etwas grob: »Was machst du denn für Hokuspokus, du Reiher, wie?«

Sie schien auch zu lächeln, ihr schmallippiger Mund durchschnitt die grauen Wangen und wurde breiter, die Stimme weicher. Während sie Dronow aus dem Mantel half, begann sie: »Iwan Wassiljewitsch, ich bin verpflichtet . . .«

»Niemand ist verpflichtet, dumm zu sein. Richte den Samowar her und beschaffe zwei Flaschen hellen ›Graves‹ – kennst du den?«

»Gewiß . . .«

»Mach dich ans Werk . . .«

Ein Frechling, stellte Samgin mechanisch fest, als er sah, daß Dronow sich wie der Herr des Hauses benahm.

Dann ging Dronow ins Besuchszimmer, blieb mitten darin stehen, schaute sich um und murmelte, die Stirn reibend: »Warwara Kirillowna hatte allerhand Krimskrams gern, dabei war sie eine ernsthafte Frau und wußte sehr gut, wie Geld schmeckt. Sie hätte reich sein können.«

Nach einem Blick auf die Uhr setzte er sich sofort in einen Sessel, nahm ein Päckchen Korrekturfahnen aus der Tasche und fragte: »Na also, um was geht es?«

Er scharrte im Sitzen rasch, doch leise mit den Schuhsohlen, als schliche er sich an irgend etwas heran; sein Gesicht mit den starken Backenknochen bewegte sich auch, die Brauen zuckten, die Lippen warfen sich auf, wodurch der Schnurrbart sich sträubte, die Schielaugen eilten blinzelnd über das Papier. Samgin, der sich mit dem Rücken an die warmen Kacheln des Ofens gelehnt hatte, zündete sich eine Zigarette an und wartete.

»Aha, da steht es«, murmelte Dronow und las sofort hörbar, sogar feierlich vor: »›Das Innenleben der Persönlichkeit ist die einzige Schaffenskraft menschlichen Daseins, und sie, nicht aber die selbstgenügsamen Prinzipien einer politischen Ordnung ist die einzig sichere Basis für jeglichen gesellschaftlichen Aufbau.‹«

Dronow schloß das linke Auge, schwang die Papierstreifen wie eine Flagge hoch und fragte: »Eine nette geradlinige Formulierung, wie? Das ist ein hübscher Hieb nicht nur gegen die Marxisten . . .«

»Lies weiter«, schlug Samgin vor, der zu rauchen aufgehört hatte, und rief sich nicht ohne ein Gefühl von Stolz ins Gedächtnis: Ich habe stets gegen den Einbruch der Politik in den Bereich des freien Denkens protestiert . . .

»Hier ist viel unterstrichen«, sagte Dronow, mit dem Papier raschelnd, und begann erregt, kreischend zu lesen: »›Die russische Intelligenz mag den Reichtum nicht.‹ Uff! Hast du gehört? Doch vielleicht mag sie ihn nicht wie der Fuchs die Weintrauben? ›Sie schätzt vor allem nicht den geistigen Reichtum, den der Kultur, jener idealen Kraft und schöpferischen Tätigkeit des menschlichen Geistes, die ihn zur Weltbeherrschung und zur Vermenschlichung des Menschen treibt, zur Bereicherung seines Lebens durch die Schätze der Wissenschaft, der Kunst, der Religion . . .‹ Aha, der Religion? ›. . . und der Moral.‹ Nun, natürlich, auch der Moral. Zwecks Zähmung der Widerspenstigen. Ach, diese Teufel . . .«

Er liest abscheulich schlecht, dieser Dummkopf, stellte Samgin, der sehr interessiert war, zornig fest, warf die erloschene Zigarette weg und zündete sich rasch eine neue an, während Dronow vorlas: »›Und, was am bemerkenswertesten ist, sie dehnt diese Abneigung sogar auf den materiellen Reichtum aus, da sie instinktiv dessen symbolischen Zusammenhang mit der allgemeinen Kulturidee erkennt.‹ Den symbolischen?« wiederholte Dronow fragend mit geschlossenen Augen. »Den symbolischen?« sagte er nochmals, die Korrekturfahnen schwingend.

Er las immer aufreizender unangenehm, scharrte fortwährend mit den Füßen, sprang auf dem Stuhl hoch, schaukelte, wobei er die Fahnen in der reglos vorgestreckten Hand hielt, das Gesicht ihnen näherte und aus unerfindlichem Grunde nicht gewillt war oder nicht auf den Gedanken kam, den Arm zu beugen und ihn dem Gesicht zu nähern.

Er ist mit irgend etwas zufrieden, stellte Samgin ärgerlich fest. Aber – womit?

Klim Iwanowitsch hörte dem Vorlesen auch mit einem angenehmen Gefühl zu, aber er hatte keine Lust, in der Beurteilung dieses Buches mit Dronow übereinzustimmen. Er merkte, mit welchem Wohlgefallen das hastige Stimmchen die ungewöhnlichen Sätze aussprach, einzelne Worte langsam im Mund zergehen ließ, sie genoß. Aber die Bemerkungen, mit denen Dronow immer häufiger und reichlicher den Text des Buches unterbrach, die skeptischen Ausrufe und die Mimik Dronows kamen Samgin abgeschmackt, unangebracht vor und ärgerten ihn.

»›Die Intelligenz liebt nur die gerechte Verteilung des Reichtums, aber nicht den Reichtum selbst, sie haßt und fürchtet ihn sogar eher.‹ Fürchtet? Na, das klingt nach Unsinn. Heutzutage fürchtet sie ihn nicht sehr. ›In ihrer Seele verwandelt sich die Liebe zu den Armen in Liebe zur Armut.‹ Hm – davon habe ich nichts gemerkt. Nein, das mutet wie Blödsinn an. Was noch? Zum Teufel, hier ist viel unterstrichen! ›Bis zu den letzten, den Revolutionsjahren haben in Rußland die schöpferischen, talentierten Naturen in irgendeiner Weise die revolutionäre Intelligenz gemieden, da sie deren Hochmut und Despotismus nicht vertrugen . . .‹«

Das stimmt, dachte Samgin und dachte so entschieden, daß er sich sogar aufrichtete und die Brauen zusammenzog: Ihm kam es vor, als hätte er diese zwei Worte laut gesagt und als würde Dronow ihn gleich fragen: Warum stimmt es?

Dronow fuhr hingerissen und eilig fort, das Unterstrichene herauszugreifen: »›Die Liebe zur ausgleichenden Gerechtigkeit, zum gesellschaftlichen Guten, zum Volkswohl hat die Liebe zur Wahrheit paralysiert, das Interesse für sie vernichtet.‹ – Was ist Wahrheit? fragte Mister Pontius Pilatus. Weiter! ›So wie wir sind, dürfen wir nicht nur nicht von einer Verschmelzung mit dem Volk träumen – sondern müssen sie mehr fürchten als alle Hinrichtungen der Zarenmacht und müssen diese Zarenmacht lobpreisen, die uns als einzige mit ihren Bajonetten vor der Volkswut schützt . . .‹«

Dronow schwankte mit einem leisen Pfiff auf dem Stuhl, klatschte sich mit den Korrekturfahnen aufs Knie und murmelte, mit den Augen blinzelnd, verblüfft: »D-das . . . ist stark gesagt! M-mannhaft! Die schreiben, als beschlügen sie ein Faß mit Reifen, der Teufel soll sie schinden! Die sind vor Furcht zur Furchtlosigkeit gelangt, bei Gott! Klim Iwanowitsch, was sagst du dazu, wie? Die haben doch, mein Lieber, eine gewisse Stimmung nett erfaßt, wie?«

Er kniff die Augen fest zusammen und brach in ein Gelächter aus.

Sein Lachen kam Samgin gekünstelt und gleichsam betrunken vor. Samgin wurde von der Notwendigkeit bedrückt, etwas zu antworten, Antworten indessen verlangten Vorsicht, Überlegung.

»Um dieses Buch ernsthaft zu beurteilen, muß man es natürlich ganz durchlesen«, begann er langsam, wobei er die Ornamente des Zigarettenrauchs beobachtete und mit Mühe an das dachte, wovon er sprach. »Mir scheint – es ist polemischer, als es sein sollte. Seine Ideen verlangen ... philosophische Gelassenheit. Und nicht solche scharfen Formulierungen ... Der Verfasser ...«

»Die Verfasser«, verbesserte Dronow. »Es sind sieben! Lauter Rasnotschinzen – Intellektuelle, die gleichen, die ... ach, Teufel! Na ja ... sie sind am Ende ihrer Kräfte! Ein ›Neues Wort‹ – wie?«

Dronow brach von neuem in Gelächter aus. Klim Iwanowitsch Samgin indessen nutzte die Pause und versuchte, noch ein paar kluge Sätze für Dronow zu finden, solche, die keinen Streit hervorrufen könnten. Aber die erforderlichen Sätze fielen ihm nicht ein, und über Dronow nachzudenken, seine Einstellung zu dem Vorgelesenen zu bestimmen – hatte er keine Lust. Es wäre gut, wenn dieser fade Kerl und Frechling ginge, in die Erde versänke, überhaupt – verschwände, und zwar, wenn möglich, auf immer. Seine Anwesenheit hinderte gewisse sehr wichtige Gedanken Samgins über sich selbst am Ausreifen.

Da erschien, denkbar rechtzeitig, Felizata in der Tür.

»Der Tee ist fertig. Wünschen Sie, daß ich ihn herbringe?«

»Scher dich zum Teufel, du Reiher«, sagte Dronow und ging, ohne eine Aufforderung des Hausherrn abzuwarten, ins Speisezimmer.

Der Hausherr warf einen ärgerlichen Blick auf Dronows stämmige Gestalt und schaute rings um sich. Der Tag neigte sich schon dem Ende zu, es herrschte Dämmerlicht im Zimmer, der Zigarettenrauch suchte in der Dämmerung nach einem Platz für sich und breitete sich langsam aus. Die bekannten, von Warwara geliebten Sachen hatten angenehm weiche Umrisse angenommen, in einer Ecke verweilte noch ein matter Widerschein der Sonne, und ein vergoldetes Buddhafigürchen brachte sich in Erinnerung. Es war sonderbar, sich als Herr dieses Figürchens, des Zimmers, dieses Hauses zu fühlen. Allein zu bleiben in dieser warmen Behaglichkeit, frei zu denken ...

Im Speisezimmer flammte Licht auf und beleuchtete deutlich Dronow. Iwan hatte eine Flasche Wein zwischen die Knie geklemmt, krümmte sich zusammen, lief dunkel an vor Anstrengung und keuchte beim Korkenziehen.

Klim Iwanowitsch Samgin fühlte sich in Unruhe versetzt, aber diese Unruhe wurde immer angenehmer. Es kam ein Augenblick, in dem er sich gekränkt wunderte: Warum konnte ich meiner Erfahrung nicht ebenso einfach und klar Form geben?

Aber bald danach stellte er mit einem Gefühl des Stolzes fest: Dieses Buch enthält Gedanken, die mir sehr naheliegen, die vielleicht von mir geboren, ausgesät worden sind.

Dann erinnerte er sich an die Gestalt Pjotr Struves: Es waren noch keine zehn Jahre vergangen, seit er die komische, leicht gebeugte, hagere Gestalt des zerzausten, rothaarigen, krampfhaft redseligen Marxisten, des Bekämpfers der Volkstümler, gesehen hatte. Besonders komisch wirkte dieser Buchgelehrte neben seinem Mitkämpfer, dem schwarzhaarigen Tugan-Baranowskij, einem hochgewachsenen, dünnbeinigen Mann mit dickem Bauch und blubbernder Tenorstimme.

Führer der Jugend, dachte Samgin, als er sich erinnerte, wie die jungen Hörerinnen der Frauenhochschulen und die Studenten diese Männer vergötterten, wie gebannt sie ihren Reden in den Diskussionen der »Freien Ökonomischen Gesellschaft« zuhörten, wie verliebt sie sie empfingen und begleiteten bei den illegalen Abendveranstaltungen, in den engen Wohnungen von Intellektuellen, die mit dem Marxismus sympathisierten, weil ihnen das »sich selbst genügende ökonomische Prinzip« gefiel. Unangenehm war es, daran zu denken, daß Kutusow der erste war, der auf die unsinnige Unvereinbarkeit des Marxismus mit der Propagierung »nationalen Selbstbewußtseins« hingewiesen hatte, die eben damals Struve in dem Artikel »Zurück zu Fichte« eingeleitet hatte. Dann dachte Klim Iwanowitsch Samgin mit einem Gefühl der Selbstzufriedenheit wie einer, der einen großen Fehler hätte begehen können und ihn nicht begangen hatte: Ich habe nie etwas propagiert, für mich besteht keine Notwendigkeit, meine Ansichten zu ändern.

Doch Dronow war aufs neue von krampfhaftem Suchen nach dem »neuen Wort« erfaßt, er wühlte in den Korrekturfahnen und las hastig daraus vor: »›Der Bourgeois des Westens ist ärmer an sittlichen Ideen als der russische Intellektuelle, dafür aber überragen seine Ideen in vielem seine emotionale Struktur, das Wesentliche jedoch ist – er hat ein verhältnismäßig in sich geschlossenes Geistesleben.‹ Na, das grenzt bereits an Pfaffentum! ›Die Eigenheiten des russischen nationalen Geistes weisen darauf hin, daß wir berufen sind, auf dem Gebiet religiöser Philosophie schöpferisch zu sein.‹ Jetzt schlägt's dreizehn! Das ist bereits Blindheit. Wahrscheinlich hat das Berdjajew ausgedacht.«

Er trank schluckweise Wein, knabberte Biskuits, fuhr fortwährend mit den Füßen umher wie ein Dielenbohner und war entzückt.

»Dieses Büchelchen – wird viel Staub aufwirbeln! Es wird wohl fünf Auflagen erleben oder auch mehr. Ach, diese Teufel ...«

Hier erlosch auf einmal sein Entzücken, er strich mit der Hand über die Korrekturfahnen und seufzte betrübt.

»Dieses Büchelchen ist mir durch die Lappen gegangen. Zwei Sammelbände habe ich gemeinsam mit Warjucha geschnappt, doch dieser – ist entwischt! Hast du die ›Beiträge zur Philosophie des Marxismus‹ und den Sammelband mit Aufsätzen von Martow, Potressow, Maslow gesehen?«

Er schloß das rechte Auge und verzog die Lippen zu einem breiten Grinsen, so daß zwei goldene Hauer im Unterkiefer und einer über ihnen sichtbar wurden.

»Man umreißt immerzu Marx. Umreißen – heißt begrenzen, wie? Nur Lenin löckt wider den Stachel, er ist eigensinnig wie der Protopope Awwakum.«

Schließlich steckte er die Korrekturfahnen in die innere Brusttasche und fragte wieder: »Na, was sagst du dazu? Das ist ein Ereignis, mein Lieber! Weißt du, Asef und das hier«, er deutete mit dem Finger auf seine Brust, »sind vernichtende Schnauzenhiebe, nicht wahr?«

Er wartete. Es mußte irgend etwas gesagt werden.

»Ich stellte bereits die unnötige, die polemische Zugespitztheit dieses Buches fest«, begann Samgin schulmeisterlich und ging dabei auf dem Fußboden umher wie auf einer über einen Bach gelegten dünnen Stange. »Es erneuert nochmals den uralten Streit zwischen Idealisten und ... Realisten. Die Leute bekommen den Realismus satt. Und nun ...«

Er fächelte mit der Hand in die Luft, um den Rauch zu verscheuchen, und beobachtete zugleich von der Seite, wie Dronow sich mit Wein vollsog und ihn auch unablässig mit seinen Schielaugen verfolgte. Samgin senkte den Kopf und fuhr fort: »Ja. In solchen ernsten Fällen muß man besonders fest im Auge behalten, daß Worte die tückische Eigenschaft haben, einen Gedanken zu entstellen. Das Wort erlangt eine allzu selbständige Bedeutung – du hast wahrscheinlich gemerkt, daß in letzter Zeit sehr viel vom Logos gesprochen und geschrieben wird und sogar eine Sekte der Logotheisten, der Wortanbeter, aufgetaucht ist. Das Wort hat überhaupt so viel Raum erobert, daß die Philologie sich bereits nicht mehr der Logik zu unterwerfen scheint, sondern nur der Phonetik ... Zum Beispiel: unsere Dekadenten, Balmont, Belyj ...«

»Was murmelst du da für Geschwätz, mein Lieber?« fragte Dronow verwundert. »Als wäre ich ein Gymnasiast oder – schlimmer noch – ein Mensch, mit dem man konspirieren muß. Wenn du nicht reden willst, so sag doch – ich will nicht.«

Er sprach wie ein Nüchterner, aber als er aufstand – wankte er und griff mit der einen Hand nach dem Tischrand, mit der anderen nach der Stuhllehne. Nach dem Vorfall mit Berdnikow fürchtete sich Samgin vor Betrunkenen.

»Warte«, sagte er so sanft, wie er konnte. »Ich wollte dich daran erinnern, daß Plechanow zu beweisen suchte, die Sozialdemokratie könne auf dem Weg von Petersburg nach Moskau mit der Bourgeoisie gemeinsam bis Twer fahren ...«

»Weshalb, zum Teufel, brauche ich mich dessen zu erinnern?« Er riß die Korrekturfahnen aus der Brusttasche und schwang sie hoch in die Luft. »Hier ist nicht von einem zeitweiligen Bündnis mit der Bourgeoisie die Rede, sondern von einer vollständigen, bedingungslosen Übergabe aller Positionen der kritisch denkenden Rasnotschinzen-Intelligenz an die Bourgeoisie – so faßt diese Sache ein Arbeiter, ein Freund von mir, auf, ein Sozialdemokrat, ein Bolschewiklein ... Dunajew. Er versteht sie richtig. ›Die Bourgeoisie‹, sagt er, ›hat ihr Interesse zu wahren gewußt, sie hat eine Verfassung bekommen, jedoch – was hat die Demokratie, was die Staatsintelligenz gewonnen? Die Stellung eines Handelsgehilfen bei den Kaufleuten?‹ Heißt das nicht – das ›Salz der Erde‹ geht unter die Handelsgehilfen?«

Dronow schrie, stampfte mit dem Fuß wie ein Pferd, schwang die Korrekturfahnen. Samgin fiel es bereits schwer, den Zusammenhang seiner Worte, den Sinn seines Geschreis zu verstehen. Klim Iwanowitsch stand an der anderen Tischseite und schwieg, auf das Schlimmste gefaßt. Aber Dronow rief auf einmal aus: »Ich werde unverblümt sprechen, obwohl ich vorhabe, von mir selbst zu reden«, er verstummte sofort, als hätte er sich auf die Zunge gebissen, blinzelte und sagte verwundert, mit seiner normalen Stimme: »Das habe ich fein gesagt, wie? T-teufel! Wie für ein Motto habe ich das gesagt, bei Gott! Mein Natürchen birgt allerhand Pfeffer, wie? Nun also – von mir selbst. Ich bin kein Bourgeois, bin kein Sozialist. Ich bin Gemeiner in der Armee aus Menschen freier Berufe. Bin ein Mann, der für sich selbst kämpfen muß, da er keinerlei Mittel fürs Leben besitzt, keinen Gönner und auch sonst nichts hat – außer dem Wunsch, anständig zu leben. Dieser Wunsch ist die Grundlage aller Talente und Handlungen, solcher, die mit Ruhm belohnt, wie solcher, die vom Gesetz geahndet werden. Ich muß elastisch sein, wendig und so weiter. Zu wem halte ich? Zum Proletariat der körperlichen Arbeit? Dazu tauge ich nicht, ich bin unfähig zu selbstlosen Taten. Ich esse gern gut, trinke gern viel und liebe verschiedene Weiber. Halte ich zu den Herren, zu den Bourgeois? Nein, das ist mir zuwider. Ich bin klüger als ein beliebiger Bourgeois. Ich kann und will nicht mich nett geben.« Er reckte die Schultern, wölbte den Bauch vor und fügte hinzu: »Und klein.«

Er hatte sich an dem letzten Wort verschluckt, hustete, trank rasch ein Glas Wein, blickte auf die Uhr und schlug feurig vor: »Klim Iwanowitsch, laß uns eine Zeitung herausgeben, mein Lieber! Eine einfach und rein demokratische, ohne jegliche Schnörkel aus der Philosophie, jedoch – mit Marx, aber – ohne Lenin, verstehst du, he? Ein Organ des gebildeten Proletariats – verstehtst du? Wir werden nach rechts und nach links Schnauzenhiebe austeilen, wie?«

»Dazu brauchen wir Geld«, sagte Samgin vorsichtig.

»Ein heiliges Wort! Das ist es eben – dazu brauchen wir Geld.«

»Und zwar – viel.«

»Göttlich! Das ist es eben – viel. Na, ich habe mich bereits verspätet, ach Teufel. Die Korrekturfahnen müssen zurückgebracht werden. Ich übernachte bei dir – einverstanden?«

»Bitte schön«, sagte Samgin.

Als Dronow im Vorzimmer die Füße in die schweren Lederüberschuhe hineinzwängte, brach er auf einmal in ein Gelächter aus.

»Nein, überlege mal, wozu fordern die auf? Entsinnst du dich ans Gymnasium, an das Gebet – wie hieß es doch? ›Zum Trost der Eltern, zu Nutz und Frommen von Kirche und Vaterland.‹«

Die Mütze schwingend, sagte er im Ton eines kleinen Jungen, der seinen Kameraden neckt: »Ich aber – ich bin ein Mensch ohne Heimat und Vaterhaus und wünsche niemandem Nutzen außer mir selbst. Nehmt mich so, wie ich bin . . .«

Er stieß einen leisen Pfiff durch die Zähne aus und ging. Klim Iwanowitsch Samgin schüttelte sich wie ein Pudel, der vom Wasser einer Regenpfütze bespritzt worden ist, trat aus dem Halbdunkel des Vorzimmers in die Wärme und das Licht des Besuchszimmers, blieb stehen und zog, während er eine Zigarette hervorholte, die Bilanz: Ein Halunke. Ein trivialer Mensch und Gauner. Eine Zeitung – das ist alles, was er sich ausdenken konnte. Es hat so eine nicht beachtenswerte Zeitung gegeben, »Die Kopeke«. Aber er hat sich sehr gut mit den Worten charakterisiert: »Ich werde unverblümt sprechen, obwohl ich vorhabe, von mir selbst zu reden.«

Klim Iwanowitsch schnippte mit den Fingern, denn er hatte das Gefühl, zusammen mit Dronow sei alles verschwunden, was ihn zur Selbstverteidigung angespannt gehalten hatte. Es meldete sich eine andere Stimmung, sie suchte nicht nach Worten, die Worte stellten sich sehr leicht und, wenn auch ungeordnet, von selbst ein.

Sieben Bischöfe haben Lew Tolstoi exkommuniziert. Sieben Intellektuelle verurteilen, verwerfen die Tradition der russischen Intelligenz – ihr kritisches Verhalten zur Wirklichkeit, die Tradition des Intellekts, seine treibende Kraft.

Hier mußte er aus irgendeinem Grund an die Redewendung denken: »Einer mit dem Hakenpflug, sieben mit dem Löffel« und an das Märchen »Von den sieben Semionen, den leiblichen Brüdern«. Die Zahl Sieben erweckte Dutzende kleiner Gedanken, sie belästigten ihn wie Fliegen, und er mußte sich beträchtlich anstrengen, um zu den »Wechi« zurückzufinden.

Sie ersetzen das eine System von Sätzen durch ein anderes, das schon einmal meine Denkfreiheit einzuschränken suchte. Sie wollen, daß ich glaube, während ich wissen will. Sie wollen mir das Recht nehmen zu zweifeln.

Er ging lautlos auf dem dicken Teppich umher, sein Kopf tauchte immer wieder für einen Augenblick in dem altertümlichen, runden Spiegel auf, den Bronzeputten an der Wand festhielten. Klim Iwanowitsch Samgin blieb vor dem Spiegel stehen und betrachtete aufmerksam sein Gesicht. Das war ihm zur Gewohnheit geworden: sich sein Gesicht in den Augenblicken in Erinnerung zu rufen, wenn ihm wichtige, entscheidende Gedanken kamen. Er wußte, daß dieses Gesicht kalt, in seiner Mimik dürftig und wenig beweglich war wie die Gesichter fast aller Kurzsichtigen, aber er sah es immer öfter als das eindrucksvolle Gesicht eines freien Denkers, der sich auf das Studium seines Geisteslebens, auf die Arbeit seines Ichs konzentrierte. Er nahm die Brille ab und strich, mit der Stirn fast die Scheibe berührend, mit dem Finger über sein graumeliertes Schläfenhaar, zwirbelte den Schnurrbart und zeigte sich die gelben kleinen Zähne, die vom Tabakrauch verfärbt waren.

Die Gedanken dieser Autoren sind mir bekannt, vielleicht sind sie von mir gezeugt und ausgesät worden, dachte Klim Iwanowitsch nicht ohne Stolz. Doch hier erinnerte er sich an Gogols »Briefwechsel«, an die politische Philosophie Konstantin Leontjews, an die »Tagebücher« Dostojewskijs, an K. Probedonoszews »Moskauer Sammelband«, an die kleine Broschüre »Weshalb ich kein Revolutionär mehr bin« von Lew Tichomirow und noch an vieles andere.

In diesem Augenblick ergab sich die Notwendigkeit, die Toilette aufzusuchen, sie befand sich am Ende des Korridors, hinter der Küche, neben der Mädchenkammer. Samgin suchte im Speisezimmer nach einer Kerze, fand aber keine und machte sich, die Streichholzschachtel in der Hand, auf den Weg. Im Korridor hantierte jemand unter Keuchen herum, und das war so überraschend, daß Samgin die Streichhölzer fallen ließ und ausrief: »Wer ist das?«

Ihm antwortete eine gedämpfte, aber tiefe Stimme: »Ich bin es, Klim Iwanowitsch, ich, Nikolai.«

Ein Streichholz flammte auf und beleuchtete ein stoppeliges Gesicht und eine dunkle Hand, die eine Blechlampe hielt.

»Ich mache die Lampe zurecht. Die Klempner haben die gläserne zerschlagen.«

»Ach, Sie sind das? Ich hatte Sie nicht erkannt.«

»Ich habe mir den Bart abgenommen.«

Als Klim Iwanowitsch Samgin in der Toilette saß, kam ihm der beunruhigende Gedanke: Er ist ein Zeuge jener wahnsinnigen Tage und meiner unwillkürlichen Teilnahme an diesem Wahnsinn. Die Polizei erlegt den Hausknechten Spionspflichen auf – es wäre naiv, zu meinen, daß dieser hier eine Ausnahme von der Regel bildet. Er hat einen Soldaten getötet. Mich kann er erpressen.

Als Samgin in den Korridor hinaustrat, brannte an der Wand eine kleine Lampe, während Nikolai mit einem Reisigbesen den weißen Schutt auf dem Fußboden zusammenkehrte, er hatte sich im Korridor quer vorgebeugt und zwang dadurch den Hausherrn stehenzubleiben.

»Wieder in der Stadt?« fragte Samgin.

»Ja, ich bin nun zurückgekehrt. Im Dorf zu leben, Klim Iwanowitsch, ist beschwerlich geworden und auch gefährlich.«

»Weshalb denn?«

»Die Obrigkeit ist wegen des Jahres fünf sehr erzürnt. Man verfolgt die Bauern. Einen Vetter von mir haben sie für vier Jahre ins Zuchthaus getrieben, und einen Nachbarn – er war ein sehr kluger, ruhiger Bauer –, nun, den haben sie sogar aufgehängt. Selbst Weiber holen sie zur Antwort, wegen dem Früheren, jawohl! Ganz außer Rand und Band geraten ist die Obrigkeit, geradezu . . . bis zur Schamlosigkeit! Und die neuen Gutsbesitzer, die mit Sonderland, mit Einzelhöfen, die arbeiten mit der Polizei Hand in Hand. Die armen Bauern sagen von ihnen: ›Einstmals – da haben sie selbst uns geführt, die Güter niederzubrennen, die Herren vom Land zu vertreiben, jetzt aber . . .‹«

Im Korridor herrschte ein drückender Geruch von Petroleum, von Kalkstaub, und die schwerfällige Stimme des Hausknechts verdichtete gleichsam die Stickluft. Um Klim ins Zimmer gelangen zu lassen, hätte Nikolai zur Seite treten müssen, er stand mitten im

Korridor und hielt den Besen in der Hand, während er mit den Fingern der anderen erfolglos das Halsbündchen seines Hemds zuzuknöpfen suchte. Die Lampe, die seine Schulter überragte, beleuchtete die eine Hälfte seines eckigen, knochigen Gesichts. Ohne Bart hatte das Gesicht seine ehemalige hölzerne Gleichgültigkeit verloren, auf den Wangen und am Kinn bewegten sich rötliche Stoppeln, unter den zusammengezogenen Brauen blickten fordernd graue Augen hervor, er sprach halblaut, aber gleichsam vorwurfsvoll und als würde er im nächsten Augenblick schreien.

Ein Mörder, rief Samgin sich ins Gedächtnis.

»Die Bauern leben wie Eroberte, wie in Gefangenschaft, bei Gott! Die jüngeren – gehen weg, der eine hierhin, der andere dorthin, obwohl man jetzt schwer einen Paß bekommt. Und die eine große Familie haben und ein Pferdchen, nun, die bemühen sich, in ihrer Not auszuharren.«

Möglicherweise hält er mich für einen, der an irgend etwas schuld ist, überlegte Samgin.

»Die Fabrikarbeiter und die Handwerker, die ihre Landanteile behalten haben, verkaufen sie jetzt – sie zerstückeln das Dorf wie einen morschen Baum! Sie verkaufen ihr Land wie umsonst. Mein Nachbar, ein Weber, verkaufte anderthalb Deßjatinen für vierhundertachtzig Rubel und machte seinen Sohn dadurch arm, der Bursche ging dann bei einer Stärkefabrik in Arbeit. Und der Ofensetzer aus dem Kirchdorf gegenüber von uns, verlangte vierhundert für eine Deßjatine ...«

»Sind Sie schon lange hier?« fragte Samgin.

»Seit dem Frühjahr. Warwara Kirillowna – ihrer guten Seele sei gedankt! – nahm mich gleich wieder. Hier hört man natürlich ab und zu ein menschliches Wort, hier haben die Menschen ein gutes Gedächtnis, sie vergessen nicht das Jahr fünf. Ich hatte gefürchtet, die Nachbarn könnten sich an irgend etwas, das mich betrifft, erinnern, aber – nein, wie es scheint, nicht. Und die Polizei in diesem Stadtviertel ist ganz neu, aus Petersburg. Sie verlangt natürlich Auskünfte von uns, den Hausknechten, aber da ist nichts zu wissen, die Einwohner leben still. Vor kurzem tauchte der Sohn der Hebamme auf, der Student, entsinnen Sie sich? Er hat neun Monate gesessen, dann wurde er verbannt, nun – seine Mutter hat ihn freibekommen. Neulich traf ich Lawruschka, angezogen wie ein Gauner und mit Schlips; er sagte, daß er irgendwo lernt. Er scheint zu schwindeln.«

Nikolai senkte die Stimme und fragte: »Wissen Sie, ob Genosse Jakow noch da ist?«

»Ich weiß es nicht«, antwortete Samgin entschieden und zwang Nikolai, indem er einen Schritt vorwärts machte, sich an die Wand zu drücken.

Entweder ist er ein Spion – oder er hält mich ... für einen der Seinen, überlegte Klim Iwanowitsch, als er sich eine Zigarette angezündet hatte, im Besuchszimmer umherwanderte und melancholisch die Sachen darin betrachtete. Es waren viele Sachen, wie in einem Laden. An den Wänden schimmerten angenehm kleine grelle Ölstudien, aus einer von ihnen blickte mit zusammengekniffenen Augen ein dicklippiges, rasiertes Gesicht, als fragte es nach irgend etwas. Auf einem eleganten kleinen Regal standen etwa fünfzehn schön in Saffian gebundene Büchlein: von Miropolskij und Konjewskij, Gedichte von Block, Sologub, Balmont, Brjussow und Hippius; Villiers de L'Isle-Adam, Baudelaire, Verlaine, Richard Dehmel, Schopenhauers »Aphorismen«.

Ja, antwortete Klim Iwanowitsch, in Moskau kann ich nicht bleiben.

Und – er seufzte, nicht ohne Verdruß, das Haus schien ihm immer gemütlicher, man hätte sich darin nicht übel einrichten können. Über der breiten Ottomane hing eine Kopie des Bildes »Die Sünde« von Franz Stuck – eine nackte Frau, von einer Schlange umschlungen –, Samgin lächelte, denn er fand dieses beängstigende Bild durchaus angebracht über der Ottomane, die mit einer Unmenge weicher Kissen überhäuft war. Ihm fiel irgendwessen Ausspruch ein: Frauen haben nur für Einzelheiten Verständnis.

Dann kam ihm der Gedanke, daß Warwara ziemlich großzügig, aber nicht sehr geschickt Geld ausgegeben habe, um ihr Heim auszuschmücken. Es gab darin zuviel Krimskrams, Väschen, Porzelanfigürchen, Schächtelchen. Da waren auch die traditionellen sieben Elefanten aus Elfenbein, aus Ebenholz und einer aus Topas. Samgin setzte sich an den kleinen Tisch mit geschweiften vergoldeten Beinen, nahm den kleinen Topaselefanten in die Hände und dachte an die sieben Autoren des Sammelbands »Wechi«.

Dieses kühne Buch wird natürlich viel Staub aufwirbeln. Ein Glockenschlag mitten in der Nacht. Die Sozialisten werden wütend Einwände machen. Und nicht allein die Sozialisten. »Pfiffe und Läuten von allen Seiten.« An der Oberfläche des Lebens wird ein weiteres Dutzend Luftblasen aufsteigen.

Dieser Gedankengang erregte ihn, und so begann Samgin, nachdem er den Elefanten kräftig an seinen Platz zu den anderen sechs gestellt hatte, von neuem im Zimmer umherzuwandern. Wie ein vertrauter Gast stellte sich, schärfer als sonst, das Protestgefühl ein:

Weshalb konnte er sich nicht selbst einen großen Namen machen?

Ein halbes Leben ist verlebt. Weshalb habe ich es nicht auf mich genommen, die Ermordung Marinas in der Presse zu beleuchten? Das hätte sicherlich ebensoviel Aufsehen erregt wie der Brüder-Kritskij-Prozeß von Poltawa, der Generalin-Boldyrewa-Prozeß in Pensa, der Graf-Roniker-Prozeß in Warschau ... »Mysteriöse Verbrechen sind eine scharfe Würze im faden Spießerleben«, entsann er sich eines sarkastischen Satzes aus irgendeiner Zeitung.

Eine Zeitung? Möglicherweise hat Dronow recht – wir brauchen eine Zeitung. Eine unabhängige Zeitung. Wir haben noch keine Demokratie, die ihre Bedeutung als selbständige Klasse, als Sammelpunkt für die Kräfte der Kunst und Wissenschaft versteht, eine Klasse, die von der Gewalt des Kapitals und des Proletariats unabhängig ist.

Klim Iwanowitsch Samgin setzte sich auf die Armlehne eines Sessels und sagte fast laut: Das ist sie, meine Idee!

Im Speisezimmer bewegte sich bei Lampenschein, lautlos, wie durch die Luft, Felizata.

»Der Tee ist fertig«, sagte sie leise.

Samgin schwieg, er lauschte, wie in ihm ein unbekanntes, sanft und angenehm erregendes Gefühl heranreifte.

Die Menschheitsidee ist ebenso naiv wie die Gottheitsidee. Pylnikow ist ein Strohkopf. Niemand wird mich davon überzeugen, daß die Welt sich in Knechte und Herren teilt. Herren werden in der Umwelt von Knechten geboren. Die Knechte befeinden sich untereinander ebenso wie die Herren. Die Welt wird von den Kräften des Verstands, des Talents getrieben.

In dieser Stunde flogen Klim Samgins Gedanken ungewöhnlich rasch, eigenwillig, ja sogar, wie es schien, zusammenhanglos dahin, und jeder von ihnen hinterließ und festigte das Bewußsein, daß Klim Iwanowitsch Samgin bedeutend origineller und klüger sei als viele andere Menschen, darunter auch die Autoren des Sammelbands »Wechi«.

Plötzlich tauchte ein Nebengedanke auf: Hat man vielleicht auch Besbedow getötet, damit er von dem schweige, was er weiß? Vielleicht war Tagilskij nur gekommen, um Besbedow zu beseitigen? Ist aber das Motiv des Mordes Besbedows Rache, dann verliert die Sache ihren mysteriösen und sensationellen Anstrich. Wenn man beweisen könnte, daß Besbedow bei seiner Tat einem fremden Willen gehorchte ...

Nein, ich muß darauf verzichten, die Sache wieder hervorzurufen, beschloß er. Ich muß versuchen, eine Erzählung zu schreiben. Im Geist Edgar Allan Poes. Oder – Conan Doyles.

Das angenehm erregende Gefühl verschwand nicht, sondern wurde gleichsam immer wärmer und half ihm, kühner, lebendiger zu denken als sonst. Samgin begab sich ins Speisezimmer, trank ein Glas Tee und entwarf dabei den Plan einer Erzählung, die in der neuen Zeitung gedruckt werden könnte. Dronow erschien nicht. Und als Klim Iwanowitsch sich schlafen legte, dachte er befriedigt, daß der abgelaufene Tag seines Lebens außerordentlich bedeutsam gewesen sei.

Das ist ein Festtag, wenn ein Mensch sich selbst findet, sagte er sich, als er vor dem Einschlafen die letzte Zigarette anzündete.

Dronow erschien am Nachmittag und hielt seinen Igelkopf so reglos, als fürchtete er, ihm würden gleich die Halswirbel brechen. Seine unruhigen Äugelchen waren in dem geschwollenen, braunroten Gesicht kaum zu bemerken, die lila Ohren standen komisch und unschön ab.

»Mir brummt der Schädel«, sagte er heiser und brüllte grob, als wäre er der Herr des Hauses: »Reiher, ist irgendein Wein da? Her damit, her damit! Ich war gestern auf der Namenstagsfeier eines Gauners, wir haben bis sechs Uhr morgens getrunken. Vierzig Rubel habe ich beim Kartenspiel verloren – ärgerlich!«

Nachdem er aber auf einen Schlag zwei Glas Wein getrunken hatte, begann er weniger heiser und sachlich zu reden. Die Bodenpreise stiegen in Moskau stark, im Stadtzentrum komme ein Quadratsashen bis auf dreitausend Rubel. Chomjakow, einer der »Stadtväter« und Nachkomme von Slawophilen, habe für ein winziges Stück unbebauten Bodens, das die Stadt für die Verbreiterung des Gehsteigs brauchte, hundertzwanzig- oder sogar zweihunderttausend Rubel verlangt, und als man ihm nicht soviel zahlen wollte, habe er das Stück mit einem Eisengitter umzäunt, wodurch der Verkehr noch mehr behindert worden sei.

»Ein netter Stadtvater ist mir das!« rief Dronow, sich die Hände reibend, begeistert und belehrend aus. »In diesem Stadtviertel gibt es natürlich keine derartigen Preise«, fuhr er fort. »Das Haus ist nur ein paar Heller wert, es ist alt, klein, unrentabel. Für das Grundstück kann man fünfundzwanzig- bis dreißigtausend bekommen. Ein Käufer ist vorhanden, der Verkauf kann innerhalb einer Woche vollzogen werden. Das Geschäft muß rasch, wie aus der Pistole geschossen, zum Klappen gebracht werden«, schloß Dronow, trank noch ein Glas Wein und fragte: »Nun, wie stehts's?«

»Ich habe beschlossen, zu verkaufen.«

»Richtig. Ein Intellektueller und zugleich Hausbesitzer – ist bereits kein Intellektueller mehr, sondern ein Hausbesitzer, er gehört folglich nicht zu unsresgleichen.«

Samgin zog die Augenbrauen zusammen und wollte etwas sagen, kam aber nicht dazu, sich auszudenken, was er sagen sollte und wie. Denn Dronow fuhr lebhaft, sachlich und immer eifriger fort: »Wir rufen also gleich an, und als Käufer wird der Notar Shiwotowskij erscheinen, ein Spekulant, sei auf der Hut! Doch zunächst, Klim Iwanowitsch, wozu brauchst du, zum Teufel, so viel Geld? Du brauchst kein Geld, sondern müßtest eine Zeitung besitzen oder – einen Buchverlag. Für eine Zeitung sind Zehntausende wenig, es sind anderthalb- bis zwanzigtausend, und ich verspreche dir, in einem Jahr zweihunderttausend daraus zu machen. Ich verspreche es, aber garantieren – kann ich nicht, ich wüßte nicht, womit. Ich kann Wechsel ausstellen, jedoch – was sind sie wert?«

»Wirst du Karten spielen?« fragte Samgin lächelnd.

»Wir werden an der Börse spielen, du und ich. Ich habe einen zuverlässigen Helfer, einen Mann mit unbegrenzten Möglichkeiten, einen künftigen Zuchthäusler oder – Selbstmörder. Er ist ehrlich, aber verrückt. Er wird uns helfen, zu Geld zu kommen.«

Sich mit der Hand am Tischrand festhaltend, stand Dronow auf. Er hatte sich so sehr in Feuer geredet, daß seine etwas kurzen Beine zitterten, auch seine Hand zitterte und ließ das leere Glas an der Flasche klingen. Samgin unterbrach den feinen Glasklang, indem er das Glas beiseite rückte.

»Geld wird da sein. Und eine Zeitung werden wir haben«, sagte Dronow. Sein Gesicht blähte sich auf wie eine Blase und wurde rot, die Augen blinzelten geblendet, als sähe er in allzu grelles Licht.

»Eine hervorragende Zeitung. Wie es noch nie eine gegeben hat. Wir werden alle Leuchten der Wissenschaft und Literatur, auch Leonid Andrejew hinzuziehen, werden den Realisten des ›Snanije-Verlags‹ den Krieg erklären – der Teufel soll den Realismus holen! Und – mit ihm zusammen die Politik. Ein Jahrhundert lang haben wir politisiert – wir sind es müde, wir haben es satt. Jedermann will jetzt Romantik, Lyrik, Metaphysik, Vertiefung in den Schoß der Geheimnisse, in das Gedärm des Satans. Die Köpfe werden von Dostojewskij, Andrejew, Conan Doyle beherrscht.«

Samgin, der Dronows Glas mit Weißwein füllte, seufzte leise und dachte: Wieviel Energie er hat.

Dronow ergriff eilig das Glas, trank gierig die Hälfte, und seine dicken, feuchten Lippen begannen von neuem zu beben, als sie die Worte hervorstießen: »Wir werden die Neuigkeiten der Wissenschaft, ihre Phantastik bringen, über literarischen Streit und Skandale berichten, werden eine Gerichtschronik führen, wie die Europäer sie sich nicht einmal hätten träumen lassen. Wir werden das Verbrechen von einer neuen Seite zeigen, es an der Wurzel fassen . . .«

Das Glas am Kinn haltend, fuchtelte er mit der rechten Hand, griff mit den Fingern in die Luft, ballte und öffnete die Faust.

»Kultur und Kriminalität – verstehst du?«

»Das wäre Politik«, wandte Samgin ein.

»Nein! Das wäre eine Begründung für das Recht auf Rache«, sagte Dronow und stampfte sogar mit dem Fuß, schien aber sofort vor irgend etwas zu erschrecken, schwieg ein paar Sekunden lang mit offenem Mund, blinzelnd, dann murmelte er hastig und undeutlich: »Na, das kommt erst später! Das ist das Programm. Was sagst du dazu?«

Mit dem Taschentuch die Brille putzend, beeilte sich Samgin nicht, zu antworten. Das Wort von der Rache war so unerwartet entschlüpft und stand so kraß außer Zusammenhang mit allem, was Dronow gesagt hatte, daß sich die Frage erhob: Wer rächt sich, an wem, wofür?

Er ist der typische Abenteurer, energisch, ein Zyniker und kühn. Seine Kühnheit ist natürlich Prinzipienlosigkeit, Amoralismus, definierte Samgin, sich warnend – warnend, weil Dronow ihm bereits in irgendeiner Hinsicht gefiel.

»Im allgemeinen ist das interessant. Aber ich denke, daß in einem Land mit Repräsentativsystem eine Zeitung ohne Politik unmöglich ist.«

Dronow setzte sich und wiederholte verwundert: »Repräsentativ . . .«

Doch nach einem Kopfschütteln fuhr er sogleich fort: »Es steht uns frei, die Politik der Parlamentarier in Form einer objektiven Erzählung oder in der Soße der Kritik zu bringen. Die Soße wird natürlich Politik sein. Die Moral auch. Aber darüber, daß die Schriftsteller einander schlagen und Katzen mit Hunden hetzen, kann man auch ohne Moral reden. Überlassen wir es dem Leser, sich mit ihr zu amüsieren.«

Danach fragte Dronow energisch: »Du hast zugegeben, daß es ein vernünftiges, interessantes Vorhaben ist, und – weiter?«

Und grob fügte er hinzu: »Bist du bereit, Geld dafür herzugeben?«

»Ich muß es mir überlegen.«

»Du mußt? Dir kann es doch nicht um in den Schoß gefallenes Geld leid tun?«

Was für ein Frechling! Ein Flegel, dachte Samgin, die Brille aufsetzend, Iwan Dronow indessen schrie erbittert: »Die Autoren der ›Wechi‹ haben recht: Ein Intellektueller liebt das Geld nicht, er schämt sich, reich zu sein, das ist Tradition, mein Lieber!«

Er redete noch lange und schloß damit, daß er Samgin riet: er solle die Sachen, die er behalten wolle, aussondern und einlagern, alles, was er zu verkaufen beabsichtige, schätzen lassen und den Verkauf in den Zeitungen inserieren oder eine Auktion veranstalten. Er ging und hinterließ den Hausherrn, in dem er das Verlangen erweckt hatte, zu träumen, in einem Zustand angenehmer Erregung. Und zum erstenmal in seinem Leben stellte Klim Iwanowitsch Samgin sich als Redakteur einer großen Zeitung vor, als einen Menschen, der alle Strömungen, alle Winkelzüge, das ganze Denkspiel seiner Zeit studiert, redigiert und korrigiert. Seinem gewichtigen Wort lauschen Politiker aller Parteien, Aufklärer, die um die kulturelle Entwicklung der untersten Volksschichten besorgt sind, Schriftsteller, die von den Widersprüchen der Kritiker konfus gemacht worden sind, Kritiker, die mit der Philosophie nur oberflächlich und mit dem wirklichen Leben schlecht bekannt sind. Er – ist einer von den Diktatoren des intellektuellen Lebens im Lande. Er ist der bedeutendste und ehrlichste Diktator, denn er ist an kein bestimmtes Programm gebunden, verfügt über eine sehr umfangreiche Erfahrung und verfolgt im Grunde keine persönlichen Zwecke. Er ist nicht ehrgeizig. Nicht ruhmgierig, Geld ist ihm gleichgültig. Er ist ein wirklich unabhängiger Mensch.

Den praktischen, den Wirtschaftsteil der Zeitung kann ich Dronow überlassen. Ja, Dronow ist ein Zyniker, er ist unverfroren, ungeschliffen, aber seine Energie ist eine sehr wertvolle Eigenschaft. An ihm ist etwas Sympathisches, irgendein Zug, der mir verwandt ist. Dieser Zug ist noch primitiv, er muß entwickelt werden. Ich werde sein Lehrmeister sein, ich werde aus ihm einen Menschen machen, der mich ergänzt. Ich muß mein Verhalten zu ihm ein wenig ändern.

Samgin rief sich Iwan Dronow ins Gedächtnis, wie er ihn noch in der Kindheit gekannt hatte, und entschied: Ja, er ist im Grunde ein origineller Mensch.

Am Morgen des nächsten Tages erschien Dronow mit dem Käufer. Dieser war ein kleines Männchen von unbestimmtem Alter, fast kahlköpfig, das schüttere graue Haar war von den Schläfen zum Scheitel hinaufgekämmt, auf der massigen roten Nase saß ein rauchfarbener Klemmer, hinter dessen Gläsern trübe, traurige Augen hervorschauten, das Gesichtchen war mit einem Muster roter Äderchen bedeckt und mit einem französischen Spitzbärtchen und einem Schnurrbart geschmückt, dessen Enden kampflustig emporgezwirbelt waren. Er hatte einen dunkelgrauen flauschigen Anzug an, der die wirklichen Ausmaße seines melonenrunden Bäuchleins sehr geschickt verkleinerte. Er sah mollig aus wie ein Teddybär oder Plüschaffe, der aus verschiedenen Stücken, aus Resten hergestellt ist.

»Kosma Iwanowitsch Semidubow«, sagte er und drückte Samgin mit heißen Fingern kräftig die Hand. Samgin waren Menschen von solchem Äußeren wiederholt begegnet, und fast immer waren das Menschen vom Typ Dronows oder Tagilskijs gewesen, sehr beweglich, sogar geschäftig, lustig. Semidubow rollte gemächlich, vorsichtig über den Erdboden dahin, sprach halblaut in müdem Tenor unter häufiger Wiederholung ein und desselben Wortes.

»Ein Haus ist dann ein Haus, wenn es ein rentables Haus ist«, erklärte er und patschte mit dem pelzgefütterten Lederhandschuh an die Wand. »Solche Häuser wie dieses sind das Unglück Moskaus«, fuhr er seufzend fort und zerrieb dabei mit der Sohle des riesengroßen Filzüberschuhs knirschenden Schnee. »Sie haben sich in ganz Moskau ausgebreitet wie Schimmel, ihretwegen hat die Stadt Moskau Trambahnen, Tausende von Droschken, von Laternen und überhaupt – ungeheure Unkosten.«

Seine Stimme klang immer kläglicher, immer freundlicher. »Gegen solche Häuser müßte man geradezu einen Napoleon herholen.«

Dann seufzte er von neuem: »Wir führen ein seichtes Leben, meine Herren, ein seichtes!«

»Richtig«, stimmte Dronow bei.

Semidubow, der im Hof umherging und ihn in Schritten ausmaß, fuhr fort: »Die Engländer sagen: ›Mein Haus ist meine Burg‹, aber die Engländer bauen in Stein, daher haben sie auch einen festen Charakter. Doch aus Holz – was ist das schon für eine Burg? Wie hoch schätzen Sie denn dieses Gut ein, meine Herren?«

»Auf fünfunddreißigtausend«, sagte Dronow rasch.

»Ein Preis, der nicht ernst zu nehmen ist. Das Geld ist mehr wert.«

»Und wieviel bieten Sie?«

»Die Hälfte von dreißig.«

»Sie machen sich über uns lustig.«

»Alsdann auf Wiedersehen«, sagte Semidubow betrübt und ging zum Tor. Dronow räusperte sich zornig, zischte: »S-spitzbube!« und folgte ihm, während Samgin mitten im Hof stehenblieb und das Gefühl hatte, daß diese kurze Szene in ihm irgendwelche unbestimmten Zweifel erweckt habe.

Am Abend nahmen diese Zweifel einen ganz realen Charakter an, den eines kränkenden, unverdienten Schlags. Samgin saß am Tisch und entwarf den Plan für eine Erzählung über den Fall Marina, als Dronow kam, seinen Mantel der langen Felizata in die Arme warf, rasch ins Speisezimmer ging, wobei er vergaß, die Mütze abzunehmen, sich an die Ofenkacheln lehnte und mit mürrischem Hüsteln fragte: »Wußtest du, daß dieses Objekt mit einer Hypothek in Höhe von zwanzigtausend Rubeln belastet ist? Du hast es nicht gewußt? Dann gratuliere ich! – es ist so.« Er nahm die Mütze ab, stülpte sie sich übers Knie und sagte verwundert, voller Empörung: »Wann hat Warwara es nur fertiggebracht, eine Hypothek aufzunehmen?«

»Sie war leichtsinnig«, sagte Samgin zu seiner eigenen Überraschung, hörte, daß er es zu zornig gesagt hatte, und rief sich ins Gedächtnis, daß er kein Recht habe, sich über Warwaras Handlungen zu entrüsten. Dann übertrug er seine Entrüstung auf Dronow.

Er spricht von Warwara wie von seiner Geliebten.

Dronow, der über seine Mütze strich, murmelte unterdessen: »Außerordentlich geschickt hat dieser Stier Stratonow die Frauen ausgeplündert.«

Samgin riß sich die Brille von der Nase und fragte: »Willst du damit sagen ...«

»Ich habe es schon gesagt. Jetzt übt er, wie du siehst, die gesetzgebende Gewalt aus, liebt sein Vaterland. Und fährt mit der Hand bereits nicht mehr in fremde Brustausschnitte, nicht unter Frauenröcke, sondern – in die Tasche des Vaterlands: Er beschäftigt sich mit der Organisation der Banken, vereinigt die Passagierdampfschiffahrt auf der Wolga, ist Mitglied der Kommission für Wasserbau. Tja, Teufel ... Ein rühriger Mann!«

Dronow blickte, während er sprach, in eine Zimmerecke, seine Schieläugelchen suchten dort noch irgend etwas, es war, als befände er sich im Halbschlaf.

»Immerhin ist es eine nützliche Einrichtung – die Duma, das heißt die Verfassung, sie enthüllt vortrefflich die wahren Absichten und Angelegenheiten der solidesten Bürger. Wohingegen ... die nicht soliden, wie du und ich ...«

Er unterbrach seine brummige Rede und begann sachlich zu sprechen: Wenn Warwaras Grundstück und Haus mit einer Hypothek von zwanzigtausend Rubeln belastet seien, hieße das, sie seien sicherlich das Doppelte wert. Das dürfe man nicht vergessen. Die Bodenpreise stiegen rasch. Er entwickelte irgendeinen komplizierten Plan für die Aufnahme einer zweiten Hypothek, aber Samgin hörte ihm unaufmerksam zu, denn er dachte daran, wie leicht und katastrophal kränkend seine gestrigen Träume zerstört worden waren. Steckte Iwan vielleicht mit diesem Semidubow unter einer Decke? Diese Vermutung konnte ihn nicht trösten, der Familienname des Käufers jedoch erinnerte ihn: Wieder – sieben.

Dronow blieb noch etwa fünf Minuten sitzen und verschwand dann plötzlich, ohne sich auch nur zu verabschieden.

Das Haus muß verkauft werden, erinnerte sich Klim Iwanowitsch und begann mit geschlossenen Augen leise durch die Zähne das Lied »Ich grolle nicht« vor sich hin zu pfeifen, wobei er an Warwara und Stratonow dachte: Eine Schweinerei.

Dronow gab sich über einen Monat lang mit dem Verkauf des Hauses ab, Samgin fand unterdessen Zeit, sich das Erbrecht zu sichern und in den Besitz einführen zu lassen, den Plan für die Erzählung zu vollenden und sogar einen Teil der Sachen, die er nicht brauchte, Warwaras Kleider und die Möbel zu verkaufen.

Dronow magerte sogar ab. Fast jeden Tag erschien er halb betrunken, gereizt und erbittert bei Samgin, trank Weißwein und erzählte seltsame Gaunereigeschehnisse.

»Das ist ein Wettstreit der Gauner. Nicht umsonst, mein Lieber, sind die Moskauer Gauner so berühmt. Wie sie Warwara mit ihrer idiotischen Hypothek hereingelegt haben, der Teufel soll ihre Seelen holen! Ich bin nicht wählerisch, bin kein böser Mensch, dennoch würde ich, stände es in meiner Macht, die Hälfte der Moskauer Einwohner nach Sibirien abtransportieren, nach Jakutien, nach Kamtschatka, überhaupt – in entlegene Gegenden. Mögen sie dort einander auffressen, diese Hundsfötter – von dort wird kein Klageschrei nach Europa dringen.«

Samgin hörte diesem betrunkenen Geschwätz fast gleichgültig zu. Er war überzeugt, daß Iwans Entrüstung über die Gauner den Zweck habe, ihn darauf vorzubereiten, sich selbst mit einer Gaunerei Dronows abzufinden. Er war verwundert, als Iwan rot, schweißbedeckt zu ihm kam, sich vor ihn hinstellte und feierlich erklärte: »Gemacht. Für zweiunddreißig. Du bekommst zwölf sechshundert in bar und zwei Wechsel zu drei für ein halbes Jahr und ein Jahr. Mit Gewalt habe ich sie entrissen.«

Er setzte sich keuchend in den Sessel und wischte mit dem Taschentuch sein Gesicht ab.

»Es ist heiß. So ein März! Ich habe an den Hypothekeninhaber verkauft. Man hätte vierzigtausend verlangen können und sogar noch ein halbes Tausend dazu, aber sieh dir mal diese Kopie des Hypothekenbriefs an, was für Knötchen da geknüpft sind.«

Er warf irgendein Papier auf den Tisch, aber der erfreute Samgin hob es mit dem Papiermesser hoch und reichte es ihm zurück.

»Nicht nötig. Ich mag nicht.«

Dronow kniff die Augen zusammen, blickte ihn an und murmelte: »Eine passable Geste, wohlanständig. Na, schon gut. Aber gibst du mir für diese Schererei tausend Rubel?«

»Nimm meinetwegen zwei.«

»Sieh mal an!« lächelte Dronow. »Mir, du Kauz, sind selbst tausend viel, nur in Anbetracht unserer Freundschaft habe ich gleich tausend verlangt. Also: Wir erhalten das Geld und – fahren heim? Ich habe Sehnsucht nach Tossja. Bitte sie doch, für dich eine Wohnung zu finden und einzurichten, sie baut gern Nester. Baut sie erfolglos.«

Er nieste zweimal und fragte sich selbst: »Habe ich mich etwa erkältet?«

Durch das Niesen hatte er offenbar seine Lebhaftigkeit verscheucht, sein Gesicht wurde trübsinnig hohlwangig, er wischte sich kräftig die Nase, räusperte sich und fuhr dann nachdenklich, abschätzend fort: »Semidubow hat mir sehr geholfen. Er ist ins Krankenhaus gegangen, wegen Blinddarmentzündung. Nun liegt er, wartet auf die Operation und philosophiert unterdessen.«

Semidubows Philosophie interessierte Samgin nicht, aber aus Liebenswürdigkeit fragte er, wer Semidubow eigentlich sei.

Dronow wischte plötzlich mit der Hand den Trübsinn von seinem Gesicht und ließ durch ein breites Lächeln seine goldenen Hauer aufblinken.

»Er ist interessant. Er ist – wie nennt man das bei euch Juristen? – Aspirant des Justizdienstes, ist das richtig? Nach Absolvierung der Universität kam er im selben Jahr auf die Anklagebank wegen des rechtswidrigen Verkaufs von Wasserleitungsrohren. Auf dem Theaterplatz hatten Rohre gelegen, er sah, daß sie nutzlos dalagen, na, und verkaufte sie an einen, der Rohre brauchte. Er ist bemerkenswert. Man sperrte ihn ein, für ein halbes Jahr wohl. Als er herauskam – begann er Karten zu spielen. Er hat Glück im Spiel, ist aber kein Falschspieler. Ich lernte ihn vor etwa zwei Jahren kennen, verspielte an ihn tausenddreihundert, alles, was ich hatte. Das verdarb mir natürlich die Laune. Doch er sagte –: ›Nehmen Sie fünfhundert Rubel von mir, spielen wir weiter.‹ – ›Ich habe ja nichts, um zurückzuzahlen‹, sagte ich. ›Weshalb denn zahlen? Ich spiele zu meinem Vergnügen. Ich bin Junggeselle, das Geld hat mich gern, vorgestern habe ich in zweiundvierzig Minuten siebzehntausend Rubel gewonnen.‹ Da nahm ich die fünfhundert, weißt du. Ich gewann das verlorene Geld zurück und sogar noch fünfundsechzig Rubel darüber hinaus. Ich bedankte mich und spiele jetzt mit ihm nur noch niedrig, Préférence oder Wint.«

Dronow hatte mit Vergnügen erzählt, fast ohne auf seinem Gesicht mit den starken Backenknochen das Lächeln zu löschen, und Samgin mußte feststellen, daß dieses Lächeln das grobe Gesicht des Enkels der Kinderfrau weicher, angenehmer machte.

»Wir sind eine bunte Nation, Klim Iwanowitsch, eine verschrobene«, fuhr Dronow nach einigem Schweigen etwas leiser, nachdenklicher fort, nahm die Mütze vom Knie, legte sie auf den Tisch und warf dabei fast die Lampe um, die er gestreift hatte. »Merkwürdige Menschen gibt es bei uns, und viel davon, und alle wissen sie nicht, wohin sie mit sich sollen. In die Revolution? Nun ist sie vorbeigebraust, hat gelächelt und – ist nicht mehr da. Du wirst sagen – sie kommt! Ich bestreite es nicht. Allem Anschein nach – wird sie kommen. Aber das Bäuerlein hat uns einen Schreck eingejagt. Die Organisatoren der Revolution hat man zum Teil ausgerottet, zum Teil im Zuchthaus versteckt, und viele – haben sich selbst versteckt.«

Er blickte Samgin an und – schloß: »Übrigens – was sage ich dir da? Du weißt das selbst alles.«

Samgin neigte stumm den Kopf, während Iwan nach einigem Schweigen wie zur Entschuldigung sagte: »Gewiß, dieser Semidubow – ist eine trübe Gestalt. Weiß der Teufel – wozu braucht es solche zu geben? Manchmal frage ich mich: Gleiche ich ihm nicht?«

Klim Iwanowitsch Samgin verzog voller Abscheu das Gesicht: Anscheinend – noch eine Beichte.

Aber Dronow sagte: »Tossja hat mir beigebracht, wahrheitsgemäß, ohne Beschönigung über mich selbst zu denken.«

Dann schlug er vor: »Fahren wir ins ›Jar‹?«

Samgin lehnte ab.

»Na, dann ins Künstlertheater, heute wird ›Nachtasyl‹ gegeben. Dazu hast du auch keine Lust? Mir aber gefällt dieses höchst naive Ding. Der Baron darin deutet sehr viel an: Er gibt viel an, aber es kommt nichts raus. Na, ich gehe.«

Im Weggehen bemerkte er mißbilligend: »Du rauchst – dem Feind zum Trutz. Wie ein glimmendes Holzscheit qualmst du.«

Klim Iwanowitsch Samgin rückte die Brille zurecht und blickte den Gast mißtrauisch, ja sogar erbost an, doch als Dronow verschwunden war – stellte er ihn in eine Reihe mit Ljutow, mit Tagilskij.

Er ist einer ihresgleichen. Verdorben, doppelzüngig, listig. Ehrlos. Er hat Angst, durchschaut zu werden, und tut so, als wäre er aufrichtig. Er trachtet nach Freundschaft. Vermag aber nur Diener zu sein.

Nach diesem abschließenden Urteil über Dronow rief er wieder den Traum des gestrigen Tages herbei. Das fiel ihm nicht schwer – vor ihm auf dem Tisch lag ein Bogen Briefpapier, und darauf stand in kleiner, aber leserlicher Handschrift:

Die Beziehungen Besbedows zu Marina zuspitzen, seiner Gesinnung den Anstrich vulgären revolutionären Charakters verleihen und ihn dadurch weniger idiotisch machen. Seine Liebelei ausbauen. Die von ihm Geliebte – ein listiges, gegen ihn kaltes Mädel, er interessiert sie nur als einziger Erbe der wohlhabenden Tante. Die Anrufung des Geistes bei den Chlysten darstellen?

Vor ihm stand die wohlbeleibte, entkleidete Frau, und Samgin dachte nochmals erbost, sie habe sicherlich gewollt, daß er sie in Besitz nähme. Dronows Geliebte hatte Ähnlichkeit mit Marina – sie war ebenso gut gebaut und gesund.

Sie hat mir beigebracht, wahrheitsgemäß über mich selbst zu denken. Was bedeutet das? Über sich selbst denkt der Mensch stets wahrheitsgemäß.

Gemächlich rauchend, begann er von neuem den Plan zu lesen und fand: Nein, er dürfe nicht zuviel Beweise gegen Besbedow anführen, aber es sei notwendig, daß er von irgendwelchen Geheimnissen Marinas wisse, durch dieses Wissen wäre dann auch die Ermordung Besbedows als eines Zeugen gerechtfertigt, der auf Personen hätte hinweisen können, denen Marina im Weg gewesen war.

Schon nach Paris hatte er, ohne es selbst zu merken, begonnen, feindselig an Marina zurückzudenken, und die feindselige Einstellung hatte sich allmählich immer mehr verschärft.

Was hat diese Frau in mein Leben hineingetragen? fragte er sich nicht selten und fand, daß sie seine Vorstellung von sich selber untergraben, ins Wanken gebracht habe. Ihr geheimnisvoller Tod hatte ihn nicht zum Teilnehmer eines aufsehenerregenden Kriminalprozesses gemacht, das kam nur daher, weil Besbedow gestorben war. Eine Teilnahme an der Gerichtsverhandlung als Zeuge hätte für ihn äußerst traurig enden können. Der Vertreter der Anklage hätte sich seine Vergangenheit zunutze gemacht, und zu dieser gehörte Verhaftung, Gefängnis, Teilnahme am Moskauer Aufstand, von der das Polizeidepartement natürlich wußte. Der Staatsanwalt hätte natürlich die Gelegenheit wahrgenommen, einen politisch tätigen Intellektuellen in das Kriminalverfahren einzubeziehen – das gebot die Reaktion und die allgemeine Erbitterung gegen die Linken. Als Klim Iwanowitsch Samgin hieran dachte, empfand er irgendwo im Rükken nervöse Kühle und inhalierte gierig den betäubenden Rauch des starken Tabaks.

Ja, diese Riesenfrau hat einen düsteren Wirrwarr in mein Leben gebracht. Mehr noch – sie hätte mich beinahe ins Verderben gestürzt. Wenn es möglich wäre, Berdnikow hineinzubringen ... Ja, über diesen Mord eine Erzählung zu schreiben – das wäre interessant. Man müßte sehr fein, durchdacht schreiben, in solch einer Stille wie hier, in solch einem gemütlichen, warmen Zimmer, inmitten von Dingen, die dem Auge wohltun.

Petersburg empfing ihn nicht sehr freundlich, am trüben Himmel leuchtete unschlüssig eine weißliche Sonne, vom Meer her wehte launisch und zornig in Stößen ein frischer Wind, am Tag zuvor oder in der Nacht hatte es stark geregnet, durch die feuchen Straßen schritten eilig die Einwohner, warm gekleidet, wie im Herbst, das Pflaster strömte den Geruch von morschem Holz aus, die Häuser waren majestätisch langweilig. Der Ton der Zeitung »Nowoje wremja« stimmte nicht mit dem Wetter überein, der Leitartikel frohlockte frühlingsmäßig und berichtete vom Steigen der Sparkasseneinlagen, ferner wurde mitgeteilt, daß die Zahl der ländlichen Hausherren, die ihr Landteil gekauft hatten, fast sechshunderttausend erreicht habe. Als Samgin das gelesen hatte, trommelte er eine Weile mit den Fingern auf dem Tisch herum und pfiff vor sich hin.

Ich muß mir eine Wohnung suchen.

Vor Anbruch des Abends ging er zu Dronow und vernahm dort, als er im Vorzimmer ablegte, die Stimme des schwindsüchtigen Jurin: »Die Perser haben den Schah ›niedergelegt‹, die Türken den Sultan, in Deutschland ist der Hansabund und ein Verband der Industriellen zum Kampf gegen den ›Bund der Landwirte‹ gegründet worden, die deutsche Regierung hat Englands Vorschlag einer Beschränkung der Seestreitkräfte abgelehnt, bei unserer Bourgeoisie macht sich eine Zunahme des Militarismus bemerkbar ... denkst du, daß zwischen diesen Tatsachen kein Zusammenhang besteht? Es besteht einer ... und zwar – ein sichtbarer ...«

»Warte, es ist jemand gekommen. Oh, das ist Klim Iwanowitsch!«

Samgin kam Taïssjas Ausruf freudig, ihr Händedruck besonders kräftig vor, Jurin saß wie immer halb liegend im Sessel, die Beine unter den Tisch gestreckt, den Nacken gegen die Sessellehne gestützt und blickte zur Decke; er reichte Samgin, ohne ihn anzusehen, die kraftlose Hand. Taïssja saß neben ihm auf einem Stuhl, vor ihr lag ein Heft, in der Hand hielt sie einen Bleistift.

»Es ist gut, daß Sie gekommen sind, wir werden Tee trinken, und Sie erzählen uns von Moskau. Sonst belehrt mich Jewgenij immerzu.«

»Wissen ist Macht«, rief Samgin nicht sehr geistreich ins Gedächtnis.

»Ihm schadet das Sprechen ...«

»Mir – schadet alles«, entgegnete Jurin, die Füße bewegend, und trotzdem waren seine kurzen, heiseren Atemzüge zu hören.

»Wohin willst du?« fragte die Frau beunruhigt, er antwortete: »Musizieren.«

Taïssja half ihm beim Aufstehen, und vorsichtig, wie ein Blinder, ging er ins Besuchszimmer.

»Es geht zu Ende mit ihm – sehen Sie es?« flüsterte die Frau. Samgin zuckte stumm mit den Achseln und dachte bei sich: Sie war froh, daß ich seine Belehrung unterbrochen habe.

Ungeformt blitzten in ihm Worte auf: Marxismus ... Tod ... und verschwanden wieder.

Im Besuchszimmer begann das Harmonium langsam und holperig die Melodie irgendeines bekannten Lieds zu singen, Tossja schlug mit dem Bleistift leise den Takt auf dem Heft und fragte halblaut: »Möchten Sie, daß ich Ihnen helfe, eine Wohnung zu finden?«

Die Mauer vor dem Fenster leuchtete im Sonnenschein auf, und es sah aus, als wäre sie etwas weiter weggerückt.

»Wir könnten sogar gleich hingehen, es ist nicht weit von unserer Straße, aber ...«

Sie deutete mit dem Bleistift zum Besuchszimmer hinüber, das Lied war mißglückt und wurde von einem Choral abgelöst.

Ja, sie ist sicher sehr leicht zu haben. Und ist sogar verderbt, dachte Samgin, das Gesicht und den Busen der Frau musternd.

»Woran denken Sie?«

»Ich höre zu.«

»Er spielt stets traurige Sachen.«

»Wie alt sind Sie? Ist das eine indiskrete Frage?«

»Warum denn eine indiskrete? Ich bin vierundzwanzig. Aber ich sehe älter aus, ja?«

»Das finde ich nicht.«

Im Besuchszimmer heulten düster die Bässe.

»Alle finden, ich sähe älter aus. Das kann auch nicht anders sein. Mit siebzehn Jahren hatte ich schon ein Kind. Und ich habe viel gearbeitet. Der Vater des Kindes war ein Maler, jetzt ist er – wie es heißt – schon fast berühmt, er ist irgendwo im Ausland, doch damals lebten wir von Tee und Brot. Meine erste Liebe war die hungrigste.«

Noch eine Beichte, stellte Samgin fest und wiegte teilnahmsvoll den Kopf.

Den Bässen des Harmoniums schlossen sich seine Alt- und Diskantstimmen an, sie sangen etwas Unheilverkündendes, Strafendes, die Töne krochen wie Rauch ins Speisezimmer, und der Rauch von Samgins Zigarette war zu kräftig und schmeckte nicht. Und überhaupt – alles war unangenehm.

»Manchmal konnten wir uns nicht einmal Zucker kaufen. Aber – obwohl arm, war er doch gut, fröhlich. Mach keinen Lärm, Stepanida Petrowna.« Das war zu der Alten gesagt, die ein Tablett mit Geschirr hereinbrachte.

»Die Petrowna ist für mich wie eine Mutter, sie liebt mich, wie man eine Katze liebt. Sie ist sehr klug und ist Revolutionärin – finden Sie das komisch? Dennoch ist es wahr: Die Reichen, den Zaren, Fürsten und Popen kann sie nicht ausstehen. Sie kommt auch aus einem Kloster, war Novizin, aber kurz vor der Nonnenweihe hatte sie einen Roman, und man jagte sie aus dem Kloster. Sie arbeitete als Pflegerin in einem Krankenhaus, war Sanitäterin im Japanischen Krieg und erhielt eine Medaille für die Rettung von Offizieren aus einer brennenden Baracke. Was meinen Sie, wie alt sie ist – sechzig? Dabei ist sie erst dreiundvierzig. So ist das Leben!«

Jurin wiederholte immer wieder die gleichen Akkorde, und die Wiederholung schien sie immer düsterer zu machen, sie bedrückten Samgin und riefen bei ihm ein Gefühl der Müdigkeit hervor. Taïssja indessen warf ihm erbittert vor: »Ach, Klim Iwanowitsch, weshalb schreiben die Schriftsteller so wenig und so schlecht von Frauenschicksalen? Man schämt sich geradezu, es zu lesen: Immerzu Liebe und Liebe . . .«

»Aber erlauben Sie, die Liebe . . .«

»Ja, ja, ich weiß, das sagen alle: Der Sinn des Frauenlebens! Sicherlich denken so nicht einmal Kühe und Pferde. Die lieben ja nur einmal im Jahr.«

»›Liebe und Hunger regieren die Welt‹«, rief Samgin ihr ins Gedächtnis.

»Nein! Ich glaube nicht, daß dies immer so bleiben wird«, sagte die Frau.

Er stellte fest, daß ihre tiefe Stimme grob klang, ihr wenig bewegliches Gesicht hatte sich verfinstert, und die Pupillen waren unangenehm geweitet.

Sie ärgert sich, entschied er und hätte ihr gern irgend etwas Kränkendes gesagt, sie noch mehr erzürnt. Sie reizte nicht dadurch, wie sie sprach, sondern weil sie seine Vorstellung von ihr zerstörte, es war ihm langweilig.

»Sie werden sehen«, sagte sie, »es wird keinen Hunger mehr geben, und Liebe wird ein seltenes Glück sein, nicht eine schlechte Gewohnheit, wie heutzutage.«

»Eine langweilige Zukunft verheißen Sie da«, antwortete er auf ihre lächerliche Prophezeiung.

»Es wird einen Liebesmonat geben, in jedem Jahr – einen Monat des Glücks. Der Mai, ein Fest für alle Menschen . . .«

»Das ist ein Konditortraum, das hat etwas von süßem Kuchen«, sagte Samgin mit einem Lächeln.

Taïssja richtete sich auf, als wollte sie schreien, aber er fuhr fort: »Überlegen Sie mal: Wie wäre den Schwangeren zumute, wenn sie auf den Feldern arbeiten, das Korn schneiden müßten.«

Die Frau stand auf, setzte sich auf einen anderen Stuhl und sagte, ihr Gesicht hinter dem Samowar verbergend: »So ist das? Sie träumen nicht gern? Sie glauben nicht, daß wir besser leben werden?«

»›Wenn auch schlechter, so doch anders‹«, sagte Dronow, der in der Tür erschien. »Das ist unbestreitbar, so weit werden wir kommen. Nacheinander auf beiden Beinen leicht hinkend – heute auf dem linken, morgen auf dem rechten –, aber so weit werden wir noch kommen!«

»Du bist wie eine Maus«, begrüßte ihn Taïssja und ging ins Besuchszimmer.

»Ich belauschte vom Vorzimmer euer Gespräch . . . Und untersuchte meine Manteltaschen. Man hat mir die Handschuhe und den Schlagring geklaut. Der Schlagring war schon der zweite. Wie soll sich da einer bewaffnen? Beidemal haben sie mir den Schlagring in der Duma gestohlen, sie durchsuchen dort wahrscheinlich in der Garderobe die Taschen und – nehmen Überflüssiges weg.«

Jurin hörte auf zu spielen und hustete, Taïssja sagte eindringlich etwas zu ihm, und er antwortete: »Heißes ist für mich schädlich.«

Dronow, der Flaschen aus dem Büfett herausholte und mit Gläsern klirrte, erzählte irgend etwas von der kürzlich gebildeten Fraktion der Oktobristen.

»An ihrer Spitze steht Gololobow, er soll der Verfasser der seinerzeit sehr populären Erzählung ›Der Dieb‹ sein, die von Tolstoi gutgeheißen und vom ›Posrednik-Verlag‹ herausgegeben wurde. Diese kleine Erzählung ist wohl kaum autobiographisch, obwohl besagter Gololobow Vizegouverneur gewesen ist.«

Samgin fand den letzten Satz geistreich, warf lächelnd einen Seitenblick auf Iwan und dachte: Ein boshafter Schuft.

»Tja«, fuhr Dronow fort, der Klim gegenüber Platz nahm. »Die Rechten organisieren sich, und bei den Linken herrscht Demoralisation. Die Sozialrevolutionäre sind durch Asef aufgeflogen, die Sozialdemokraten haben die Gruppe ›Wperjod‹, es gibt die kleine Leningruppe, die Plechanow-Anhänger geben das ›Tagebuch des Sozialdemokraten‹ heraus, die menschewistischen Liquidatoren die ›Stimme des Sozialdemokraten‹, dann ist da noch die außerfraktionäre Gruppe Trotzkis. Ist das Geschichte oder – Kuddelmuddel?«

Samgin hörte ihm unaufmerksam zu, ihn interessierte mehr das sanfte Reden Taïssjas im Vorzimmer.

»Ich bitte dich – komm nicht! Du mußt liegen. Wenn du willst, lasse ich gleich morgen das Harmonium zu dir bringen.«

»Das wäre gut«, murmelte Dronow.

Samgin erkannte immer deutlicher, daß er diese Frau falsch eingeschätzt hatte, und sein Ärger über sie nahm zu.

»Es geht zu Ende mit ihm«, sagte sie, als sie sich an den Tisch setzte und Tee einschenkte. Ihre dichten Brauen hatten sich zu einem Strich zusammengezogen, und ihr Gesicht hatte sich verfinstert, war erstarrt. »Wie schwer das ist: Da geht ein Mensch zugrunde, und man kann ihm nicht helfen.«

»Zugrundezugehen?« fragte Dronow, nachdem er einen Schluck Wein getrunken hatte.

»Reiß keine Possen, Iwan.«

»Aber nein, ich meine das ernst! Ich kenne doch deinen . . . Geschmack. Wenn es in meiner Macht stünde, würde ich speziell für dich eine ganze Reihe von Katastrophen herbeiführen, einen Krieg, ein Erdbeben, eine Hungersnot, eine Seuche, eine Sintflut – bitte, hilf den Menschen, Tossja!«

Taïssja seufzte und sagte leise: »Dummkopf.«

»Nein«, widersprach Dronow. »Dummköpfe haben es leicht im Leben, ich aber habe es schwer.«

»Sei nicht habgierig, dann wirst du es leichter haben.«

»Ich danke für den Rat, obwohl ich ihn nicht nutzen werde.«

Dann schnellte er auf dem Stuhl hoch, als hätte ihn ein Nagel gestochen, und sagte mit pathetischem Grimm: »Klim Iwanowitsch – wir brauchen eine Zeitung! Eine große de-mo-kra-ti-sche Zeitung. Mein Leben will ich dafür hergeben, aber eine Zeitung werden wir haben. Ich redete Semidubow zu: Gewinne für mich zweihunderttausend – dann mache ich dich in der ganzen Welt berühmt. Er brummte nur vor sich hin, der Teufel soll ihn schinden. Aber – ich fühle es – er schwankt bereits.«

»Ich würde bei der Zeitung als Korrektorin oder Kontoristin tätig sein«, schwärmte Tossja.

Doch im allgemeinen war es langweilig, an Samgin nagte leise das bedrückende Gefühl von seiner Überflüssigkeit in diesem Zimmer mit den Fenstern auf die blinde Mauer, die Dummheiten Dronows und seiner Dame.

Weshalb bin ich von ihnen abhängig?

Etwa fünf Minuten später schickte er sich an zu gehen.

»Also – morgen suchen wir eine Wohnung?« sagte Taïssja zuversichtlich.

»Ja«, antwortete er.

Eine Wohnung fanden sie sofort, drei kleine Zimmer im ersten Stock eines dreistöckigen rotbraunen Hauses mit grauen Flecken; Samgin dachte, daß Kühe manchmal so scheckig sind. An den Seiten des Haupteingangs bekundeten Messing- und Emailleschildchen in schwarzen Buchstaben, daß in diesem Haus Leute mit sonderbaren Namen wohnten: Rechtsanwalt Ja. Assikritow, Hebamme Introligatina, Tanzlehrer Wolkow-Wolowik, Klavierstimmer und Reparateur von Musikinstrumenten aus Holz P. E. Skromnyj, »Schule der Kochkunst und fertiges Essen ins Haus, T. P. Fedkina«, »D. Ilke, Schreibmaschinenabschriften, zweiter Stock, Wohnung sechs«, und an der Tür einer Wohnung im ersten Stock besagte ein kleines Rechteck aus Messing, daß hinter der Tür Pawel Fjodorowitsch Nalim wohne.

Demokratie – Samgin verzog das Gesicht, als er diese Schilder gelesen hatte.

Aber die Zimmer waren hell, hatten Fenster zur Straße, hohe Decken und Parkettboden, es war eine Gasküche vorhanden, und so schloß sich Samgin der Demokratie des rotbraunen Hauses an.

Bei den Sorgen um die Einrichtung der Wohnung vergingen unbemerkt einige Wochen. Klim Iwanowitsch stattete sein Junggesellenheim ohne Übereilung, umsichtig und solide aus: Er mußte alles Notwendige um sich haben, und – es durfte nichts Überflüssiges da sein. Petersburg war eine feuchte Stadt, aber das Haus hatte Zentralheizung, und neue Möbel wären im Winter sicherlich ausgetrocknet, hätten nachts geknackt, und außerdem mißfielen ihm die neuen Möbel wegen ihrer Formen. Für sein Arbeitszimmer wählte Samgin einen Schreibtisch, einen Bücherschrank und drei schwere Sessel in Ebenholzimitation, in den achtziger Jahren waren solche Möbel unter den liberal gesinnten Provinzjuristen sehr beliebt gewesen, und der hervorragende Kenner äußerer Lebensdetails P. D. Boborykin hatte sie in einem seiner Romane den Stil der Enttäuschten genannt. Für das Besuchszimmer ließen sich die Möbel aus dem Moskauer Haus verwenden, in das kleine Wartezimmer stellte er einen runden Tisch und ein halbes Dutzend Wiener Stühle und hängte er irgendwessen Federzeichnung nach Goudons Voltaire-Bildnis, den Stich von Mathe, der den gestrengen Saltykow-Schtschedrin darstellt, und die kleine Radierung von Gavarni, auf der ein französischer Advokat eine Rede hält. Diese Einrichtung kam ihm originell genug vor und befriedigte ihn vollkommen.

Während er im Apraksin-Kaufhof und auf dem Alexandermarkt nach Möbeln fahndete, suchte er nach einem Anwalt, von dem er sich gern als Mitarbeiter hätte aufnehmen lassen. Er beabsichtigte nicht, sich der Rechtspraxis zu widmen, hielt es aber dennoch für notwendig, sein Schiff ins Kielwasser von Seefahrern zu lenken, die auf dem Meer des Großstadtlebens erfahrener waren. Er beauftragte Iwan Dronow, einen Anwalt mit großer Zivilpraxis zu finden, keinen allgemeinbekannten Geschäftemacher und – parteilos.

»Ich verstehe!« erriet Dronow. »Du möchtest nicht mit Liberalen und anderen Gaunern aus der Zahl der Schüchternen Arm in Arm gehen. Jawohl. Wir werden ein Murmeltier finden. Ein Tier, das nicht zu den seltenen gehört.«

Iwan Dronow wirbelte umher wie ein Kreisel. Samgin war gewohnt zu denken, daß das Peitschchen, das diesen Menschen antrieb – die gemeine Gier nach einem großen Geschäft sei, bei dem er viel Geld ergattern könne. Je mehr er jedoch den Enkel der Kinderfrau beobachtete, desto öfter kam ihm der Verdacht, daß Dronow in jedem gegebenen Augenblick und in allen seinen Beziehungen zu anderen ein unaufrichtiger Kerl sei. Er verhehle seine Habgier nicht, weil er dahinter etwas verberge, das vielleicht noch weit schlimmer sei. Samgin mußte an die Verdächtigungen denken, die Marina erweckt hatte, mußte an Jewno Asef denken. Er wies diese Verdächtigungen von sich und suchte sie unwillkürlich zugleich zu festigen.

Reorganisation des Lebens. Allgemeines Bestreben, das Chaos zu überwinden, Bedingungen juristischer Gesetzmäßigkeit, Bedingungen für eine freie Entfaltung noch gebundener Kräfte zu schaffen. Für viele ist die Wirklichkeit verführerischer geworden als ein Traum. Taïssja hat von Dronow gesagt: ein Träumer. Er ist einer gewesen, hat sich aber in einen Praktiker verwandelt. Man sollte nicht so oft mit ihm zusammentreffen. Aber Dronow war fast unentbehrlich. Er wußte alles, wovon in den »Couloirs« der Reichsduma, innerhalb der Fraktionen, in den Ministerien, den Zeitungsredaktionen gesprochen wurde, wußte eine Menge anekdotischen Unsinns aus dem Leben der Zarenfamilie, er fand Zeit, die laufende politische Literatur zu lesen, und überfiel Samgin mit Fragen: »Hast du ›Die soziale Bewegung‹ von Martow, Potressow gelesen? Nicht? Der erste Teil des zweiten Bandes ist soeben erschienen. Sieh ihn dir an – du wirst lachen!«

Samgin dachte an die Zeit in Moskau zurück, als er selbst auch Informator und ein Orakel gewesen war, es war ärgerlich, daß diese Position schon besetzt worden war, mühelos, nebenbei besetzt, und von ihrem Eroberer nicht gewürdigt wurde. Und es war äußerst peinlich, die Einwände Dronows zu hören, die er stets schnell, sogar in geringschätziger Weise machte.

Eines Tages stritt Nogaizew, der überhaupt keinen Widerspruch duldete, mit dem langen, sich wie einer aus dem geistlichen Seminar haltenden Landmesser Chotjaïnzew über die Bodenreform Stolypins. Nogaizew – rot, schweißbedeckt – schrie: »Sie urteilen bestialisch falsch! Entweder wird der Bauer wohlhabend, oder wir gehen zugrunde, ›wie die Awaren, die weder Heimat noch Vaterhaus hatten‹.«

Seine großen ungleichmäßigen Zähne entblößend, schlug Chotjaïnzew in kräftigem, aber unangenehm trockenem Baß vor: »Fahren Sie aufs Land, dann werden Sie sehen, wie dort die Dorfschmarotzer sich die Beute teilen.«

Samgin, der merkte, daß Tossja ihn fragend ansah, sagte schulmeisterlich: »Dennoch sind fünfhundertneunundsiebzigtausend neue Grundbesitzer geschaffen worden, und das sind natürlich die besten unter den Landwirten.«

»Da ha-aben Sie's!« griff Nogaizew auf. »Wir verdanken ihnen die prächtige Ernte des vergangenen Jahres.«

Gerade hier nun mischte sich, in seinem Notizbuch blätternd, Dronow ein; ohne jemanden anzublicken, sagte er schrill: »Du quatschst Unsinn, Pan. In diesem Jahr hat sich die Zahl der Stolypinschen Gutsbesitzer auf dreihundertzweiundvierzigtausend verringert! Sie hat sich verringert, weil die wirtschaftlich starken Bauern das Land der schwachen aufkaufen und richtige Großgrundbesitzer entstehen, erstens – das! Und zweitens: Es haben Kampfaktionen der Dorfarmut gegen die Besitzer der Anteilländereien begonnen, Einzelgehöfte werden niedergebrannt! Das muß man wissen, meine Verehrten. Ihr schreit umsonst. Trinkt lieber! Die göttliche Vorsehung beschert uns nicht jeden Tag Benediktiner.«

In Iwans schriller Stimme vernahm Samgin deutlich etwas Erbittertes, Rachsüchtiges. Unbegreiflich war, gegen wen die Erbitterung sich richtete, und das beunruhigte Klim Samgin. Dennoch zog es ihn zu Dronow hin. Dort, in dem ununterbrochenen Wirbel verschiedenartiger Systeme von Sätzen, Gerüchten und Anekdoten, wollte er seinen Platz als Organisator des Denkens, als Orakel und Prophet einnehmen. Ihm schien, daß er in seiner Jugend diese Rolle sehr gut gespielt habe, und er hatte immer geglaubt, gerade für solch ein Spiel wie geschaffen zu sein. Er dachte: Ich habe mich zu sehr der Beobachtung hingegeben und in mir den Willen zur Tat geschwächt. Worauf läßt sich, im allgemeinen und tieferen Sinn, das hauptsächliche Tun des Menschen, des Schöpfers der Geschichte, zurückführen? Auf Selbstbehauptung, auf die Abwehr der von ihm selbst hervorgebrachten Ideen, auf die freie Auslegung des Sinnes der Tatsachen.

Samgin wiederholte in Gedanken den letzten Satz und beschloß, ihn in das Heft einzutragen, worin er seine »Aphorismen und Maximen« sammelte.

In die Wohnung Dronows zog ihn, wie auf eine Theaterbühne, auch Tossja. Im Lauf einiger Wochen hatte er sie aufmerksam beobachtet und fand, das einzig Unangenehme an ihr sei ihre, vielleicht nur äußerliche, Ähnlichkeit mit Marina, sie war ebenso hochgewachsen, gesund und stattlich. Sie war nicht klug, war unerschütterlich ruhig. Aus Dummheit offenherzig, fast bis zur Unschicklichkeit. Wenn man sie nicht nach irgend etwas fragte, konnte sie eine ganze Stunde lang schweigen, aber sie redete gern und zuweilen mit einer komischen Naivität. Von sich erzählte sie schonungslos, wie von einer Fremden, und von Menschen überhaupt – leidenschaftslos, mit einem leichten Lächeln in den Augen, doch dieses Lächeln machte ihr Gesicht nicht weicher. Klim Iwanowitsch Samgin begann zu denken, daß dieses Geschöpf in seiner Wohnung nicht überflüssig und sehr passend wäre.

Sie reizte seine Neugierde immer mehr: eine sonderbare Gestalt. Dumm, aber scheinbar nicht ohne Pfiffigkeit.

Und da er einsah, daß seine Neigung zu dieser Frau leicht zunehmen könnte, verlieh er seinem Verhalten zu ihr eine ironische, halb feindselige Note.

Eines Abends spät klingelte er bei Dronow. Die Tür öffnete sich nicht so rasch wie sonst, die Sperrkette wurde nicht entfernt, und aus dem Spalt ertönte die ungehaltene Frage Taïssjas »Wer ist da?«

Im Vorzimmer zog ein Mann mit knochigem, asketischem Gesicht und schwarzem Bart einen Mantel an, der ihm zu eng war. Er hatte sich vorgebeugt, wand sich und ächzte unter leisen Teufelsflüchen.

»Kommen Sie, ich helfe Ihnen«, schlug Taïssja vor.

»Danke. Fertig«, antwortete ihr der Gast. »Diese Teufel ... Leben Sie wohl.«

Den Hut setzte er so auf, als wünschte er nicht, daß Samgin sein Gesicht sähe.

»Ich kenne diesen Mann«, erklärte Samgin.

»Ja?« fragte Taïssja.

»Er heißt Pojarkow.«

Taïssja fragte nach kurzem Schweigen: »Haben Sie ihn im Ausland kennengelernt?«

»In Moskau. Vor langer Zeit.«

Taïssja nickte stumm.

»Kennt Iwan ihn?«

»Nein«, sagte Taïssja, ihm ins Gesicht blickend, streng. »Ich weiß auch nicht, wer das ist. Shenja hat ihn hergeschickt. Shenja geht es schlecht. Aber Iwan braucht auch nicht zu erfahren, daß Sie hier einen gewissen Posharskij gesehen haben. Ja?«

»Er heißt Pojarkow.«

»Iwan braucht das nicht zu erfahren, verstehen Sie?«

Samgin nickte stumm, er dachte bei sich: Offensichtlich illegal. Was mag er jetzt, hier, in Petersburg, treiben? Und überhaupt in Rußland?

Samgins Gewohnheit, im Umgang mit Frauen nicht viel Umstände zu machen, führte zu folgendem Zwischenfall: Er war mit Tossja aus einem Laden heimgekehrt, in dem sie Geschirr eingekauft hatten; es war ein heißer Tag, Tossja, die halb aufgerichtet auf dem Sofa lag, schloß die Augen und öffnete die oberen Knöpfe ihrer Bluse. Klim Iwanowitsch setzte sich zu ihr und ließ seine Hand in die Bluse gleiten. Tossja fragte: »Was interessiert Sie denn dort?«

Sie hatte so vernichtend ruhig und komisch gefragt, daß Samgin unwillkürlich die Hand zurückzog und ein wenig lachte – das erlaubte er sich sehr selten –, er lachte und sagte: »Mir scheint, Sie haben Talent zur Komik.«

»Wenn ich es habe, dann – nicht dort«, antwortete sie.

Samgin erhob sich, trat von ihr weg und fragte: »Haben Sie nicht versucht, auf der Bühne zu spielen?«

»Man hat mich dazu aufgefordert. Mein Mann malte Bühnendekorationen; bei uns verkehrten scharenweise Schauspieler, na, und ich war ständig im Theater, hinter den Kulissen. Mir gefallen die Schauspieler nicht, sie alle sind Helden. Sowohl in nüchternem Zustand wie auch betrunken. Meiner Ansicht nach sehen sogar Kinder sich selbst richtiger als Leute dieses Handwerks, und besser als Kinder weiß niemand von sich selbst zu träumen.«

Samgin hörte eine Weile zu, dachte nach und sagte dann: »Sie sind sicher eine sehr heißblütige Frau.«

»Man hat mich bereits abgekühlt. Geliebt habe ich nur einen, und ich lebe – mit dem dritten. Sie sagten einmal: ›Liebe und Hunger regieren die Welt‹, nein, der Hunger regiert auch die Liebe. Es gibt allerhand Romane, aber über bettelarme Leute ist noch kein Roman geschrieben worden . . .«

»Das ist sehr treffend«, gab Samgin zu.

Er merkte, daß sich Tossjas Verhalten zu ihm nach seinem lockeren Versuch nicht geändert hatte: Sie kümmerte sich immer noch ebenso ruhig und gelassen um die behagliche Einrichtung seiner Wohnung.

Klim Iwanowitsch Samgin begriff, daß ein solch fürsorgliches Verhalten Taïssja von Dronow geraten worden war, und fand ihre Fürsorge natürlich.

Und sie baut gern Nester, gedachte er der Worte Iwans über Taïssja.

Sie fand für ihn ein Dienstmädchen, ein stämmiges, blatternarbiges, scharfäugiges Frauenzimmer, das sehr geschickt, reinlich, aber etwas übermäßig und verspätet lustig war: ihr Haar war an den Schläfen grau.

Im Herbst erkältete sich Klim Iwanowitsch: Er bekam erhöhte Temperatur, hatte Kopfschmerzen und einen lästigen Husten, ihn plagte schleichende Langeweile, und aus Langerweile fragte er: »Wie alt sind Sie, Agafja?«

»Ich bin, wie mir scheint, noch nicht alt: vierunddreißig«, antwortete sie bereitwillig.

»Sie haben sich früh graue Haare zugelegt.«

Sie lächelte, leckte mit der Zungenspitze ihre Lippen ab, sagte nichts, erwartete aber offenbar noch irgendwelche Fragen.

Samgin erinnerte sich an etwas, was er zufällig im Brockhaus-Wörterbuch gelsen hatte; Agafja, Name einer Heiligen, deren wirkliche Existenz zweifelhaft ist.

»Kennen Sie Frau Dronowa schon lange?«

»Recht lange schon, sieben bis acht Jahre, seit der Zeit, als Taïssja Romanowna noch mit dem Maler lebte. Wir wohnten im gleichen Haus. Die beiden – im Dachgeschoß und ich mit meinem Vater im Keller.«

Sie stand mit der Schulter an den Türpfosten gelehnt, hatte die

Arme auf der Brust verschränkt und maß den Hausherrn mit weit geöffneten Augen.

Samgin lag auf dem Sofa, er hätte Agafja sehr gern ausführlich über Taïssja ausgefragt, aber er dachte, daß er hierbei vorsichtig zu Werke gehen müsse, und so begann er, Agafja über ihr Leben zu befragen. Sie sagte, ihr Vater habe eine Bierschenke gehabt, und ging, da ihr einfiel, daß sie noch irgend etwas in der Küche zu tun hatte, rasch weg, wobei ihre Flucht Samgin etwas verdächtig vorkam.

Gleich bei der nächsten Begegnung bedankte er sich bei Taïssja: »Sie haben ein nettes Dienstmädchen für mich gefunden.«

»Ganka ist sehr gut«, bestätigte Taïssja.

Und auf die Frage, wer sie sei, erzählte Taïssja sehr lebhaft: Agafjas Vater sei Matrose bei der Kriegsmarine und Bootsmann bei der Handelsmarine gewesen, dann habe er eine Bierschenke eröffnet und angefangen, sich mit Schmuggel abzugeben. Er handelte mit Zigarren. Er benahm sich so, daß die Matrosen ihn für einen Sozialrevolutionär hielten. Irgend jemand denunzierte ihn, die Gendarmen nahmen eine Haussuchung vor, fanden die Zigarren, und es stellte sich heraus, daß er viele tausend Rubel auf der Bank liegen hatte. Der alte Mann wurde verhaftet.

Samgin stellte fest, daß sie immer lustiger und mit jenem Vergnügen erzählte, das stets aus Erzählungen von Menschen über Laster und Dummheiten ihrer Bekannten heraustönt.

»Ich erinnere mich noch an ihn: Er war dick, hatte keinen Hals, der Kopf wuchs unmittelbar aus den Schultern heraus, sein Gesicht war rot wie eine aufgeschnittene Wassermelone und gleichsam tätowiert, mit kleinen schwarzen Flecken, er hatte sich verbrannt, irgend etwas war explodiert und hatte ihm die Brauen abgesengt. Er hatte einen Schnauzbart, große Zähne, Augen wie ein Kater, lange Affenarme und einen so riesengroßen Bauch, daß er nicht wußte, wo er die Hände hintun sollte. Er hielt sie ständig im Rücken. Unverschämt war er, grob ... Agafja wohnte nicht bei ihrem Vater, er hatte sie an einen Ober-Hausknecht verheiratet, der fast ein Greis war, aber ihr Mann zwang sie manchmal, in der Bierschenke seines Schwiegervaters Bier zu verkaufen. Sie führte ein sehr unglückliches Leben und ich – ein Hungerdasein, und sie brachte mir und meinem Mann öfter etwas zu essen, sie ist gutherzig! Sie kam immer mal zu uns ins Dachgeschloß heraufgelaufen. Bei uns war es immer sehr lustig, junge Maler, Studenten und Shenja Jurin. Manchmal redete ich mit ihr die ganze Nacht hindurch bis zum Morgen darüber, warum alles so garstig sei. Aber einiges begriffen wir schon.

Als Ganka mit ihrem alten Vater auch wegen Schmuggels verhaftet wurde, bat mich Shenja, ich solle mich für ihre Kusine ausgeben, sie besuchen und ihr Schriften für weibliche politische Gefangene übergeben. Wir machten das sehr geschickt, wurden kein einziges Mal erwischt. Ein paar Monate später wurde sie wieder auf freien Fuß gesetzt, während ihr Vater im Gefängnis starb. Der Hausknecht wurde verurteilt. Nach dem Gefängnis trat Ganka in einen Selbstbildungszirkel ein, lernte dort einen Matrosen kennen, lebte etwa zwei Jahre mit ihm, bekam ein Kind, ein kleines Bübchen. Ihr Mann wurde Ende des Jahres fünf erschossen . . . Vor seinem Dienst bei der Kriegsmarine war er Zirkusakrobat gewesen, er war so geschmeidig, leicht und feurig. Konnte sehr gut lesen und schreiben. War lustig wie ein Star, ein Tänzer. Nach seinem Tod erkrankte Ganka, man behandelte sie im Krankenhaus des heiligen Nikolai, das ist ein Irrenhaus.«

Samgin hörte der Erzählung schweigend und mit innerem Protest zu: Vor solchen Geschichten gab es kein Entrinnen! Doch als Taïssja aufhörte, zwang er sich zu einem Lächeln und sagte: »Also wird mich . . . gewissermaßen eine politische Funktionärin bedienen, die zudem verrückt ist?«

Taïssja schaute finster drein, zog die Brauen zu einer Linie zusammen und entgegnete: »Sie lächeln umsonst. Sie ist gar keine Funktionärin, sondern einfach – eine Revolutionärin, wie alle redlichen Menschen des Armenstandes. Der Klasse«, fügte sie hinzu. »Und – sie ist nicht verrückt, sondern . . . ganz einfach, hätte man einen Menschen getötet, den Sie lieben, so wäre das doch für Sie auch ein harter Schlag.«

Und da Samgin schwieg, sagte sie, als wollte sie ihn trösten: »Dafür haben Sie einen Menschen um sich, der Sie nicht überwachen, nicht zur Polizei laufen wird, um Sie zu denunzieren.«

»Das ist natürlich sehr viel wert. Ich werde versuchen, mich mit Schmuggel zu befassen oder Falschgeld zu drucken«, scherzte Klim Iwanowitsch Samgin. Taïssja blickte ihn mit hochgezogenen Brauen an.

»Sie wollen mich ärgern? Das ist schwierig.«

»Nein«, sagte Samgin eilig, »nein, das will ich nicht. Ich scherzte, weil Sie von traurigen Tatsachen erzählten . . . ohne traurig zu sein. Verhaftung, Gefängnis, ein Mensch wurde erschossen.«

Sie blickte ihn fragend an, da sie noch irgendwelche Worte erwartete, aber sie wartete nicht ab und erklärte: »Weshalb sollte ich traurig sein? Gankas Vater wurde wegen Gaunerei verhaftet und verurteilt, sie wußte nichts von den Geschäften ihres Vaters und ihres Mannes, und das Gefängnis war für sie von Nutzen. Ihr zweiter

Mann wurde nicht wegen Raubes erschossen, sondern wegen seiner Teilnahme an revolutionärer Arbeit.«

Sie fächelte mit dem Taschentuch ihr Gesicht und fügte hinzu: »Ich kenne nicht nur eine solche Geschichte und erinnere mich ihrer sehr gern. Sie stammen bereits – aus einem anderen Leben.«

Samgin erriet, was sie mit dem anderen Leben meinte.

»Sie glauben, daß die Revolution noch nicht zu Ende ist?« fragte Samgin; sie drohte ihm mit dem Finger und sagte: »Sie halten mich wohl für ein dummes Gänschen, ja? Ich weiß doch: Sie sind kein Menschewik. Es ist Iwan, der schwankt und von einem Bündnis der Kleinbourgeoisie mit der Arbeiterklasse träumt. Wenn jedoch die Sozialrevolutionäre morgen wieder zum Terror greifen, wird Iwan sich einbilden, Terrorist zu sein.«

Sie lächelte.

»Ich sagte Ihnen schon, daß er immerzu über sich selbst hinaus will. Er ist überhaupt ... Was ihm das letzte Buch sagt, lagert sich in seiner Seele zuoberst ab.«

Sie kann sehr leicht in eine andere Wohnung umziehen, dachte Samgin und hörte auf, von ihrer Umqartierung zu sich zu träumen. Sie ist eine Bolschewikin. Sicherlich nicht Parteimitglied, sondern eine von den Sympathisierenden. Ob Iwan das wohl begreift?

Das war eine um so unangenehmere Entdeckung, da sie sein Interesse für diese Frau erregte, die berufen zu sein schien, in seinem Leben Marina zu ersetzen.

Wie immer versammelte sich abends eine bunte Gesellschaft, und wie immer entbrannte ein Wortgefecht. Die Orechowa fing an, begeistert von Korolenkos Artikel »Eine alltägliche Erscheinung« zu reden, und Chotjaïnzew, der die Augen hinter den grauen Gläsern seiner Brille verbarg, flocht die Bemerkung ein: »Drei Jahre lang hat er geschwiegen ...«

Die Orechowa brauste auf, fuchtelte mit den Armen: »Sie haben kein Recht, an der Aufrichtigkeit Korolenkos zu zweifeln! Das Recht haben Sie nicht.«

»Ich – bezweifle sie ja nicht, nur hat er etwas spät gemerkt, daß er nicht mehr schweigen kann. Übrigens hat auch Lew Tolstoi es nicht lange gekonnt«, trompetete er, seinen Baß nicht schonend.

»Und es ist gar nicht wahr, daß Korolenko Tolstoi nachgeahmt habe, er hat ihn nie nachgeahmt!«

»Ich sage ja nicht, daß er ihn nachgeahmt habe.«

»Sie sagen es nicht, deuten es aber an! Ach, wie verbissen Sie sind! Korolenko verteidigte die Menschen nicht weniger als Ihr Tolstoi, dieser ... göttliche Wirrkopf. Und Verfasser der unverzeihlichen ›Kreutzersonate‹.«

Sie stritten lange, bis der strahlende Nogaizew erschien und erklärte: »Meine Herrschaften! Ich habe die Abschrift eines erschütternd interessanten Dokuments: ein Brief des Moskauer Stadtkommandanten Reinbot an General Bogdanowitsch.«

Die Anwesenden verstummten, und darauf las er vor: »Bei uns in Moskau ist es still, ruhig. Für die Dumawahlen besteht absolut kein Interesse. Nicht einmal Wahlversammlungen veranstalten die Kadetten. Sie hatten versucht, eine abzuhalten, der Vorsitzende erlaubte sich beleidigende Ausdrücke gegenüber einem höheren Polizeibeamten, worauf dieser die Versammlung aufhob, und ich sperrte den Redner, um ein Exempel zu statuieren, für drei Monate ein. Die Revolutionäre traten vor kurzem zu einem Kongreß zusammen, auf dem sie auch zugaben, daß in Moskau die Dinge sehr schlecht stünden, aber bedauerlicherweise sind sie der Ansicht, in Petersburg stünden sie gut, in den Gouvernements Tschernigow, Charkow und Kiew sehr gut und in den übrigen mittelmäßig. Zur Zeit muß ich hauptsächlich das einfache politische Rowdyunwesen bekämpfen – im revolutionären Lager ist alles so entartet. An der Universität wird studiert, Versammlungen sind ganz unpopulär: Zu der ersten erschienen ungefähr zweieinhalbtausend Studenten (von neuntausend), zu der zweiten siebenhundert, vorgestern hundertfünfzig und gestern zu drei angesagten ungefähr hundert.«

»Sicherlich nimmt er den Mund voll«, bemerkte der magere, spitznasige Student Goworkow, sprang aber plötzlich auf und schrie freudig: »Warten Sie mal! Diesen Brief kenne ich doch. Er bezieht sich auf das Jahr 1907. Na selbstverständlich. Er ging noch im vergangenen Jahr von Hand zu Hand und wurde vorgelesen ...«

Man fing an, über den Brief zu streiten, der Rauch von Zigaretten und Worten wurde sofort dichter. Auf dem Tisch brodelte der Samowar, eine graue Dampfsäule schoß wie kochender Staub unter seinem Deckel hervor. Den Tee schenkte die Hörerin der Frauenhochschule Rosa Greiman ein, sie war dunkelbraun, hatte riesengroße Augen, die tief in ihren Höhlen lagen, und einen grellen Mund, der wie geschminkt aussah.

Goworkow strich mit den Fingern seine schwarzen Haarsträhnen in den Nacken, richtete das hochmütige gelbe Gesicht aufwärts und schlug vor: »Wenden wir uns den Tatsachen zu!«

Man wandte sich ihnen zu – und fand, daß Goworkow recht hatte, während Chotjaïnzew tröstend mitteilte, daß es zur Beurteilung der Ruhe im Land gewichtigere Tatsachen gebe: Der Etat für den Unterhalt von Gefängnissen sei auf neunundzwanzig Millionen erhöht, die Kredite für Geheimausgaben der Regierung seien auch erhöht worden.

»Wie Sie sehen, kümmern sich um unsere Ruhe nicht nur die Reinbots in der Vergangenheit, sondern auch Stolypin in der Gegenwart. Die Ernennung des Erzreaktionärs Kasso zum Minister für Volksbildung . . .«

Aber man hörte ihm nicht zu. Ein Mann im Gehrock, der wie ein Militär aussah, mit gepflegtem, weichem Gesicht und einem dichten blonden Schnurrbart, warf Nogaizew in angenehmem Bariton, aber sonderbar und gleichsam absichtlich stotternd, vor: »Wo kriegen Sie alle die-se-se Ihre Apokryphen und – f-furchterregenden Schriftstückchen her, wem wollen Sie damit – angst machen und warum?«

»Fjodor Wassiljewitsch, ich habe keinerlei Apokryphen . . . Und – ich will niemandem . . .«

»N-nein, man merkt bei Ihnen eine Absicht, Sie wollen nichts anderes als mich erschrecken.«

»Ich? Mein Gott! Ich muß lachen, wenn ich das höre.«

Die glühend rote Orechowa schwang ein weißes Tuch und redete auf Keller und Chotjaïnzew ein: »Lesen Sie Thomas Masaryk, seine ›Philosophischen und soziologischen Grundlagen des Marxismus‹.«

»Miljukows ›Skizzen‹ habe ich gelesen und – gar nichts, ich bin noch am Leben! Sogar Le Bon habe ich gelesen«, brummte Keller.

»Marxismus ist nicht Sozialismus«, beharrte die Orechowa und wippte hin und her, als wankte der Boden unter ihren Füßen.

»Nein«, wiederholte eigensinnig, doch nicht übereilt Fjodor Wassiljewitsch, lächelte sanft und strich sich mit den gepflegten Fingern über den Schnurrbart, seine Fingernägel glänzten wie Perlmutt. »Nein, Sie suchen das Leben zu kompromittieren, Sie bestäuben es mit Unsinn. Das Leben jedoch, mein Werter, muß man lieben, eben – lieben, wie einen strengen, aber weisen Lehrer, ja, ja! Letzten Endes regelt es alles im guten.«

»N-nichts dergleichen«, rief ihm die Orechowa zu, er kniff seine freundlichen, aber etwas wäßrigen Augen zusammen, blickte zu ihr hinüber und sagte halblaut: »Ach, diese gute Frau . . . Was für dumme Worte: ›Nichts dergleichen‹! Alles gleicht doch irgend etwas anderem.«

Dann hob er wieder die Stimme und predigte weiter: »Sie, mein Werter, unterwerfen sich zu leicht den Tatsachen, zum Nachteil der Idee. Doch man muß wissen: Die Akzeptierung oder Nichtakzeptierung dieser oder jener Idee wird durch rein theoretische Erwägungen gerechtfertigt und keineswegs durch den Grad der Tauglichkeit oder Untauglichkeit dieser Idee für die Begründung der praktischen Tätigkeit.«

Die Orechowa hatte sich bereits von neuem in den Streit zwischen Keller und Chotjaïnzew eingemischt, indem sie auf sie einredete: »Marx – ist nicht frei vom Einfluß des Rassengedankens, von der Idee eines Volkes, das zum Leiden verurteilt ist. Er ist Pessimist und Rächer, Marx. Aber ich leugne nicht: Sein Recht auf Rache an der europäischen Menschheit ist nur allzu begründet.«

»Ein richtiger Gedanke.«

»Ich bin völlig einverstanden«, stimmte der schöne Mann zu. Sein angenehmer Bariton klang immer selbstsicherer, in den etwas leeren Augen leuchtete ein leichtes Lächeln, und es schien, als wüchse sein prächtiger Schnurrbart und würde immer prächtiger.

Das Gesicht eines Glückspilzes, stellte Klim Iwanowitsch Samgin fest.

In der Tür stand gleich einer Karyatide Tossja und stützte gewissermaßen den Lärm oder ließ ihn nicht in das benachbarte Zimmer, wo auch geschrien wurde, sie hatte eine Zigarette zwischen den Zähnen, fächelte sich mit der Hand den Rauch aus dem Gesicht und lauschte mürrisch der gemächlichen, selbstsicheren Rede des schönen Mannes.

Klim Iwanowitsch Samgin trank Tee und zwang sich zu einem Gespräch mit Rosa Greiman über die gegenwärtige Literatur, hörte auf das Geschrei der Streitenden, bemerkte bei ihnen das Bestreben, einander zu verletzten, und überlegte: Was verbindet sie denn?

Da erschien Dronow mit Tüten und Paketen unter den Armen und in den Händen; während er, seinen Gästen den Rücken zugewandt, die Einkäufe in die Vertiefung des Büfetts legte, erklärte er ungehalten: »Lew Tolstoi ist aus seinem Haus verschwunden. Man sucht – er ist nirgends zu finden.«

Das wurde mit großem Interesse aufgenommen, es versöhnte alle, der Orechowa traten sogar Tränen in die Augen: »Bis dahin haben sie ihn gequält!«

Man erkundigte sich bei Dronow nach Einzelheiten, aber er antwortete lakonisch: »Ich habe alles gesagt, was ich weiß . . .«

Dronow setzte sich neben Samgin und bat: »Gib mir Wein, Rosa! Weißen.«

Dann seufzte er tief.

»Wer ist dieser schöne Mann?«

»Schemjakin, der Teufel soll . . . Ich erzähle es nachher.«

Und während er zusah, wie die Greiman sich bemühte, den Korken aus dem Flaschenhals zu ziehen, murmelte er: »Ich war in einem geschlossenen Vortrag von Oserow. Dumamitglieder, Redakteure, Papa Suworin und andere Heilige. Industrielle, aus Produktionszweigen, die mit der Landwirtschaft zusammenhängen – sie sind festlich gestimmt. Dabei steht der Weizen im Export auf einundneunzig Kopeken, im Jahr acht wurde er zu einem Rubel zwanzig verkauft.« Er zog sein Notizbuch aus der Tasche und las vor: »›In der Metallurgie macht das Bankkapital dreihundertsechsundachtzig Millionen von der Gesamtsumme vierhundertneununddreißig aus, in der Steinkohlenindustrie hundertneunundvierzig von hundertneunundneunzig.‹ Wie ist das zu verstehen?«

»Ich bin kein Volkswirtschaftler«, entgegnete Samgin und dachte, daß Iwan jetzt an Tagilskij erinnerte, wie dieser bei Preiß gewesen war.

Dronow steckte das Notizbuch ein, trank von dem Wein und lauschte dem Wirrwarr der Worte.

»Der Größte unter den Großen«, schrie Nogaizew hysterisch. »Der Größte! Ich gebe nicht nach, Fjodor Wassiljewitsch, nein!«

»Beweisen Sie es ... Machen Sie mir begreiflich, welche Kraftidee er in sich verkörperte, welche Veränderungen diese Idee im Leben hervorgerufen hat. Kennen Sie die Lehre Guyaus, ja?«

»Ja-a! Tolstoi ... Er rührt mich nicht. Ein fremder Onkel. Ist das schlecht? Du schweigst ...«

»Nun – wer ist denn dieser Schemjakin?«

»Ein unehelicher Sohn irgendeiner angesehenen Persönlichkeit, der Teufel soll ... Er war bei einer Zollbehörde angestellt, machte vor etwa fünf Jahren eine Riesenerbschaft. Ist ein Mäzen. Er hofiert Tossja. Vielleicht wird er Geld für die Zeitung geben. Er hat Tossja im Theater kennengelernt, dachte, sie sei ein leichtes Mädchen. Nogaizew war auch beim Zoll angestellt, kennt ihn schon lange. Nogaizew war es auch, der ihn herbrachte, der Spitzbube. Übrigens: Sag ihm, dem Nogaizew, kein Wort von der Zeitung!«

Man könnte meinen, er benütze seine Geliebte, um Reiche anzulocken, dachte Samgin.

»Guyau?« brummte Goworkow. »Wer liest denn heute noch Guyau!«

»Oh, Gott!« rief verzweifelt Nogaizew. »Wieso denn? Es ist allgemein bekannt: Das Tolstojanertum war ...«

»Tolstoi reicht ihnen noch lange«, sagte Dronow.

»Laute Menschen«, bemerkte Samgin, um nicht zu schweigen.

Dronow, der das Glas wie einen Stock in der Hand hielt und gemächlich Wein trank, verbesserte Samgin: »Leere – wolltest du wohl sagen. Ja, aber diese Leute hier – die Orechowa, Nogaizew – machen das Wetter. Gerade weil sie leer sind, nehmen sie mit einer ungewöhnlichen Geschwindigkeit alles Neue in sich auf: Ideen, Programme, Gerüchte, Anekdoten, Klatsch. Sie sind überzeugt, daß sie ›Vernünftiges, Gutes, Ewiges säen‹. Wenn es notwendig ist, werden sie morgen jene Freuden und Leiden bestreiten, die sie heute bejahen . . .«

»Ganz wie Sie«, sagte unerwartet, halblaut Rosa Greiman.

»Nein, Rosotschka, nicht ganz so«, widersprach Dronow ernst.

»Doch«, sagte sie fest und bereits laut. »Auch Sie gehören zu jenen, die danach suchen, wie sie sich dem anpassen könnten, was radikal geändert werden müßte. Ihr alle hier seid geschäftige, kleinliche Bourgeois und werdet euer ganzes Leben lang solche kleinlichen Menschen bleiben. Ich – weiß es nicht genau auszudrücken, aber ihr redet nur von der Stadt, während bereits von der Welt gesprochen werden müßte.«

Sie sprach mit Akzent, reihte die Worte schwerfällig und langsam aneinander. Ihr Gesicht war blaß geworden, davon waren die Augen noch tiefer eingesunken, und ihr Kinn zitterte. Sie hatte eine farblose Stimme wie eine Lungenkranke, und daher wirkten ihre Worte noch schwerfälliger. Schemjakin, der neben Taïssja in einer Ecke saß, warf einen Blick auf Rosa, verzog das Gesicht, bewegte den Schnurrbart und raunte Taïssja etwas ins Ohr, sie machte böse eine mürrische Miene, hob die Hand und ordnete ihr Haar über dem Ohr.

Die Orechowa fragte schrill: »Was heißt – von der Welt?«

»Wissen Sie das nicht?«

Und Rosa begann aufzuzählen: »Von der Revolution der Türken, von der Auflösung der Medschlis in Persien, von der Aufhebung der finnischen Verfassung, von der Annexion Bosniens und der Herzegowina durch Österreich und Koreas durch Japan, davon, daß die Deutschen Englands Vorschlag einer Beschränkung der Seestreitkräfte abgelehnt und die Sozialdemokraten hierauf nicht reagiert haben. Sehen Sie – das ist die Welt!«

»Und – was befehlen Sie mir, mit ihr anzufangen?« fragte Nogaizew im Scherz.

Ohne ihm zu antworten, fuhr die Greiman fort: »Auch in China ist eine Bewegung. Sie reden von Tolstoi. Was sagten Sie von ihm? Er habe eine böse Frau, mißratene Kinder, und es gebe in ihm viel Widersprüchliches zwischen dem Künstler und dem Denker. Sonst nichts weiter. Doch Tolstoi ist ein Mensch der Welt, ihn lesen alle Völker – das Leben, sagt er, sei unmenschlich, schmachvoll, verlogen. Noch ist er nicht begraben, aber Sie beeilen sich schon, sein

Grab mit Unrat zu überschütten. Das ist empörend! Begreifen Sie doch: Tolstoi überzeugt davon, die Welt zu ändern, und Sie? Sie sind bestrebt, sich vom Leben abzusondern, suchen nach einem Platz über ihm, abseits von ihm, ja, ja. Gerade darauf läuft Ihre Kritik hinaus.«

Samgin hatte sich schon zu Beginn der Rede der Greiman erhoben und war an die Tür zum Besuchszimmer getreten, von wo er Taïssja und Schemjakin bequem beobachten konnte, der schöne Mann bewegte den Schnurrbart und glich dadurch einem sprungbereiten Kater. Taïssja stand seitwärts zu ihm und hörte zu, was Dronow ihr sagte. Als Samgin an den Gesichtern der Gäste erkannte, daß ein neuer Streit auszubrechen drohte, entschied er, daß er für diesmal genug habe, entfernte sich unauffällig ins Vorzimmer, zog sich an und ging nach Haus.

Es war schon sehr spät. In der öden Straße war kalter Nebel geronnen und konnte sich nicht entschließen, ob er sich in Schnee oder Regen verwandeln solle. In dem Nebel hingen die Blasen der Laternen, umgeben von trübem, regenbogenfarbenem Glanz, er war auch geronnen. Hie und da blinkten inmitten der schwarzen Fenster gelbe Lichtflecken.

Demokratie – überlegte Klim Iwanowitsch Samgin, als er an den phantastisch dicken Gestalten der Hausknechte vor den Toren der steinernen Häuser vorbeiging. Verdienen es diese Menschen, daß ich mich an ihre Spitze stelle? Die Rede Rosa Greimans, Pojarkow, das Verhalten Taïssjas – das alles vereinte sich von selbst zu einem Ganzen und Unerwünschten. Samgin fielen die Worte eines Kadetten ein, die er im Vorbeigehen im Vestibül der Reichsduma aufgeschnappt hatte: Anzeichen einer neuen Mobilisierung jener Kräfte, die dem gesunden Menschenverstand feind sind.

Ja, überlegte Samgin. Möglicherweise arbeitet Kutusow irgendwo. Falls er nicht in Moskau als einer der »Sieben« des Zentralkomitees verhaftet worden ist. Diese Jüdin ist offenbar ein böses Geschöpf. Eine Bolschewikin. Wer ist Schemjakin? Taïssja wird natürlich zu ihm gehen. Falls er sie ruft. Nein, es ist vorteilhafter, wenn ich mich mit Literatur befasse. Die Zeitung wird mir nicht entgehen. Wenn ich mir in der Literatur einen Namen gemacht habe, kann ich auch an eine Zeitung denken. Ohne Dronow. Ja, ja, ohne ihn ...

Das war eine von seinen vielen Entscheidungen, mit ihr schlief er auch ein.

Aber am Morgen, als er noch im Bett lag und die erste Zigarette rauchte, kam ihm der Gedanke, daß Dronow – ein nützliches Tier sei. So wußte er zum Beispiel von irgendwoher einen ungemein schmackhaften Tabak zu beschaffen. Zur Einzugsfeier hatte Dronow ihm ein vortreffliches Landschaftsgemälde von Krymow geschenkt, und wahrscheinlich war er es auch, der Taïssja geraten hatte, ihm eine Studie von Shukowskij – Föhren mit blauen Schatten auf dem Schnee – zu schenken. Hier ein prächtiger Sommer und dort ein prächtiger Winter.

Durch den Fenstervorhang schien die Sonne herein, im Zimmer war es frisch, vor dem Fenster strahlte vermutlich der erste Wintertag, in der Nacht war wohl Schnee gefallen. Er hatte keine Lust aufzustehen. Im Nebenzimmer stapfte weich Agafja umher. Klim Iwanowitsch Samgin rief: »Bringen Sie den Kaffee hierher.« – Ja, Dronow ist nützlich. Wie Sancho Pansa. Obwohl ich ja kein Don Quichotte bin. Er ist nicht dumm, der Iwan.

Dronow machte ihn mit dem Rechtsanwalt Anton Sergejewitsch Prosorow in dessen Abwesenheit bekannt: »Eine Leuchte, die nicht zu den Großen gehört und – am Erlöschen ist. Von vielen Krankheiten angenagt, und bald werden sie ihn endgültig aufzehren. Ein Vielfraß und Schürzenjäger. Lebt mit der letzten von zehn. Er hat sie von der Estrade heruntergeholt, ihr eingeredet, daß sie im Drama spielen müsse, doch in der dramatischen Kunst erwies sie sich als gänzlich unbegabt, und nun rächt sie sich an ihm dafür, daß er ihr die Karriere verdorben habe: Hätte er sich nicht eingemischt – wäre sie jetzt berühmt wie Yvette Guilbert. Er fährt mit ihr jährlich nach Paris – ohne Paris kann sie nicht leben. Sein Kanzleibetrieb ist unordentlich, und ich warne dich – er hat keinen guten Ruf: Er nimmt Honorare, hat aber zweimal die Berufungsfrist versäumt, und in einem Fall hat er seinem Mandanten die eingeklagte Summe zahlen müssen: Das Richterkollegium, das die Klage des Mandanten prüfte, hatte die Forderung für begründet anerkannt.«

Prosorow erwies sich als ein langer, dünnbeiniger Mann mit aufgeblähtem Bauch, der aus Weste und Hose hervorquoll und einen weißen Hemdstreifen zeigte. Sein Kopf war unverhältnismäßig groß, und im Profil erinnerte er an einen Nagel, der in der Mitte verbogen ist. Auf dem halb kahlen gelben Schädel waren ergraute Überreste einstmals rostbrauner Locken verstreut. Die Wangen schmückte ein Bart, dessen glatte, spärliche Haare am Kinn in einem spitzen Keil endeten. Ein runzliges Gesicht, graue Säcke zogen die Lider herab und entblößten farblos gewordene feuchte Augen. Auf der Wurzel der langen, rötlichen Nase zitterte ein Klemmer, aber Prosorow blickte über ihn hinweg.

»Warum nicht? Sehr gut. Ich bin froh, einem Kollegen helfen zu können. Iwan Matwejitsch hat mir ausführlich erzählt . . . Ich werde die Akten heraussuchen, bei denen es nötig ist ... Das heißt, die etwas zu lange liegengeblieben sind ... Bitte.«

Er sah Samgin verwirrt, sogar gleichsam erschrocken an, schnaufte durch die Nase, seufzte und wischte sich mit dem Taschentuch die Augen.

»Ich hätte Sie mit meiner Frau bekannt gemacht, aber sie ist nach Nowgorod gefahren, dort befindet sich irgendeine bemerkenswerte Kirche. Meine Frau begeistert sich für Kunst, jetzt ist ja die Kunst in Mode ... Die Jugend möchte sich zerstreuen, sie hat die Demonstrationen, die Verfassung, die Revolution satt.«

Er bewegte sich furchtsam im Sessel, rümpfte die Nase, so daß der Klemmer von ihr herunterfiel, und fügte eilig hinzu: »Ich verhalte mich natürlich nicht ablehnend ... Aber ›alles zu seiner Zeit‹. Jetzt ist die Zeit des Vergnügens gekommen. Das ist normal.«

An ihm, am Anzug und in den Worten, war etwas Unordentliches, Unsicheres, und rund um ihn, in seinem Arbeitszimmer, war es ungemütlich, eng und herrschte der Geruch von Aktenstaub.

»Mein Schriftführer, Mironow, ist ein ganz gescheiter, sehr netter junger Mann, wenn auch ein Faulpelz. So ist das.«

Er stieß einen müden Seufzer aus und blickte Samgin so an, daß dieser begriff: Geh jetzt. Du bist mir lästig.

Als Samgin kam, um sich mit den Rechtsfällen bekannt zu machen, empfing ihn ein elegant gekleideter junger Mann mit langem Haar und einem liebenswürdigen Lächeln auf dem dunkelhäutigen Gesicht. Er kniff die schwarzen Augen zusammen und erklärte, daß sein Chef unpäßlich sei und nicht erscheinen werde, dann deutete er auf zwei Stapel von Schriftstücken in blauen Umschlägen mit der Aufschrift »Akte« und sagte: »Das empfiehlt er Ihrer Aufmerksamkeit. Benötigen Sie mich noch?«

»Nein.«

Der junge Mann machte einen Kratzfuß und verschwand, während Samgin die Akte »Prozeß der Bauern Uchow Iwan und Pelageja gegen den erblichen Ehrenbürger Lewaschow wegen Körperverletzung« aufschlug und sich in das Studium des Falls vertiefte. Es stellte sich heraus, daß der Bürger, als er mit seinen zwei Pferden an einem Bauern vorbeigefahren war, diesem ein Bein gebrochen, Rippen geprellt und eine Gehirnerschütterung zugefügt hatte, was den Tod des Bauern Alexej Uchow, eines Lastfuhrmanns, zur Folge hatte. Der Vater und die Frau des Verstorbenen wollten von dem Bürger fünftausend Rubel haben. Die Sache war im Bezirksgericht verhandelt worden, die Klage war zurückgewiesen, dann war Berufung eingelegt worden. Aus dem Polizeiprotokoll ersah Samgin, daß die Klage aussichtslos war. Auf der Rückseite der Akte las er die Aufstellung über das Honorar, das Prosorow erhalten hatte: hundertvierzig Rubel.

»Akte Fabrikant Keller wegen Vertragsbruch . . .«

Hinter Samgin öffnete sich eine Tür, und starker Parfümgeruch wehte herein. Darauf erschien neben ihm eine Frau von mittlerem Wuchs, in eine bunte Wolke aus Seide und Spitzen gehüllt, mit Pelzumhang um die Schultern und einem schweren Turban rotgefärbten Haars, rotwangig, mit keck aufgestülpter Nase, bläulichen Augen und lustigen Fünkchen darin. Ihr geschminkter Mund lächelte und ließ kleine Mausezähne sehen, sie war überhaupt betörend auffällig.

»Jelena Wikentjewna«, sagte sie, Samgin ihr kurzes molliges Händchen reichend, und lud ihn zu einem Frühstück ein.

Sie frühstückten sehr abwechslungsreich und schmackhaft. Sie tranken Wodka halb und halb mit »Picon«, tranken Wein, und Klim Iwanowitsch Samgin erfuhr mit Vergnügen nicht wenige sehr interessante Neuigkeiten aus dem Leben der höheren Kreise.

Die erste von ihnen war: Der Botschafter der Vereinigten Staaten in Paris hatte dem russischen Botschafter Nelidow erklärt, da die Frau des Grafen Nostitz vor ihrer Vermählung nackt, mit einem Fischschwanz im Aquarium einer Londoner music-hall aufgetreten sei, könne das Diplomatische Korps von Paris diese Dame nicht für würdig befinden, in seinen Kreis aufgenommen zu werden.

»Begreifen Sie, was für ein Skandal das ist? Nostitz ist, glaube ich, Botschaftsattaché. Überhaupt – eine gewichtige Persönlichkeit. Nein, denken Sie an unser Prestige im Ausland, Botschafter heiraten Damen mit Fischschwänzen . . .«

Sie brach in ein schallendes, »tremolierendes« Gelächter aus, das sehr angenehm klang, und teilte dann mit, die junge Zarin neige immer mehr zu Hysterie und – Beingeschwüren.

»Das alles sind Folgen ihrer unnormalen Beziehungen zu der Wyrubowa. Ich verstehe die Lesbierinnen nicht«, sagte sie achselzukkend. »Und dann ist da noch dieser entlaufene Mönch, Rasputin. Obwohl er, wie es scheint, nicht einmal Mönch, sondern ein einfacher Dorfmüller ist.«

Sie sprach mit Behagen, aber auch mit einem Unterton von Geringschätzung die Worte »Hofkreise« und »unsere Aristokratie« aus, und man konnte meinen, sie habe in diesen Kreisen und in der Aristokratie verkehrt. Betont verächtlich sprach sie von den Ministern: »Das sind lauter Emporkömmlinge mit kleinbürgerlichen Familiennamen – Schtscheglowitow, Kasso . . . Sie haben diesen Kasso nicht gesehen? Er hat erstaunlich häßliche Ohren, riesengroß, wie

Überschuhe. Und Chwostow, der Gouverneur von Nishnij Nowgorod, den sie auch zum Minister machen wollen, ist so dick, daß er ein Auto mit Spezialfederung besitzt.«

Sie saßen in einem großen, halbdunklen Zimmer, seinen drei Fenstern gegenüber erhob sich eine graue Hauswand, die ebenfalls von Fenstern durchschnitten war. An den schmutzigen Scheiben, den Balkonen und der eisernen Leiter, die im Zickzack zum Dach hinauf verlief, war zu erkennen, daß es Küchenfenster waren. In einer Ecke des Zimmers stand ein Flügel, darüber hing ein schwarzes Bild mit zwei gelben Flecken, der eine stellte eine Wange und eine massive, dicke Nase, der andere eine offene Hand dar. Eine andere Ecke wurde von einem schweren, schwarzen Büfett mit Perlmuttintarsien eingenommen, das fünf miteinander verbundenen Särgen glich.

In dem Zimmer war es ziemlich stickig, das starke Parfüm der Frau konnte den Geruch des von der Zentralheizung erwärmten Staubs nicht verdrängen.

Das Frühstück dauerte etwa zwei Stunden. Klim Iwanowitsch Samgin aß mit Genuß, trank ein wenig und geriet in gute Stimmung, während er mit liebenswürdigem Lächeln dem wohlklingenden Stimmchen und dem häufigen Lachen der Frau zuhörte und dachte: Sie ist dumm, aber – amüsant.

Unterdessen sprach sie zu ihm mit Begeisterung von der gewaltigen Schönheit der Fresken in der Nerediza-Erlöser-Kirche bei Nowgorod.

Beim Abschied sagte sie: »Sonnabends besuchen mich Schauspieler und Schriftsteller, wir musizieren und debattieren, kommen Sie doch auch!«

Ja, ich muß bei ihr verkehren, beschloß Samgin, es gelang ihm jedoch nicht so bald, sie ein zweites Mal zu sehen, denn die zahlreichen, aber verwickelten Fälle Prosorows beanspruchten viel Zeit, der elegante Schriftführer war sehr schlecht unterrichtet, er faulenzte und träumte von einer Reportertätigkeit bei der »Peterburgskaja gaseta«. Ja und Prosorow selbst, der immer schlapper wurde, rieb sich die Stirn, zupfte sich am Bart und verlor offensichtlich an Gedächtnis. Der Schriftführer wurde entlassen. Dronow ersetzte ihn durch ein mürrisches Bürschchen, das eine Gürtelbluse aus schwarzem Tuch trug, starke Backenknochen hatte und ständig die Zähne bleckte, und schon sein Äußeres ging Samgin auf die Nerven.

Lew Tolstoi war gestorben. Agafja war die erste, die es Samgin am Morgen sagte, als sie ihm die Zeitungen brachte: »Lew Nikolajewitsch ist verschieden.«

Sie hatte das halblaut gesagt und ging, blieb aber in der Tür stehen und fügte hinzu: »Hören Sie, wie bei allen im Haus die Türen schlagen? Als wären die Menschen erschrocken.«

»Haben Sie Tolstoi gelesen?« fragte er.

»›Polikuschka‹ habe ich gelesen, auch ›Das Märchen von den drei Brüdern‹ und ›Wieviel Erde braucht der Mensch?‹ Bei uns auf der Hintertreppe wurde gestern vorgelesen.«

Wie immer wartete sie noch ein wenig, ob ihr Herr nicht noch irgend etwas fragen würde. Der Herr – fragte nicht.

Er hörte nicht, daß irgendwo im Haus die Türen öfter oder lauter schlügen als sonst, und hatte nicht das Gefühl, daß Tolstois Tod ihn betrübt habe. An diesem Tag hatte er am Morgen vor Gericht die Vertretung in einer Beitreibungssache wegen siebentausenddreihundert Rubel, und ihm schien, daß die Klage nur deshalb für begründet gehalten wurde, weil sein Gegner sich schwach verteidigt und die Richter bei der Verhandlung unaufmerksam zugehört und eilig entschieden hatten.

Im Anwaltszimmer unterhielt man sich besorgt über die Form der Teilnahme an der Beerdigung, sollte man eine Delegation nach Jasnaja Poljana entsenden oder sich darauf beschränken, einen Kranz zu schicken. Irgend jemand erinnerte gewichtig daran, daß jetzt nicht das Jahr fünf sei, daß es einen Schtscheglowitow gebe . . .

Zufrieden darüber, daß er die Sache gewonnen hatte, rief Klim Iwanowitsch Samgin bei Prosorow an, am Telefon meldete sich Jelena, hörte seine Mitteilung an und fragte: »Wissen Sie, daß es in der Universität unruhig ist? Die Studenten randalieren, verlangen die Abschaffung der Todesstrafe . . .«

Dumme Gans, beschimpfte Samgin sie innerlich, nachdem er sofort aufgelegt hatte. Sie weiß doch, daß die Polizei die Telefongespräche abhört, aber er teilte die Neuigkeit dennoch einem rotwangigen Mann im Frack mit, worauf dieser die Augen zusammenkniff, zur Decke blickte und sagte: »Na und? Ein guter Vorwand. ›Er hat durch seinen Tod den Tod überwunden.‹ Wenn sie nur nicht auf die Straße gehen . . .«

Es erschienen noch zwei Befrackte mit Aktentaschen, und der eine von ihnen, schwarzhaarig, hochstirnig, mit tief eingefallenen Augen und galligem Gesicht, sagte zornig: »Ich behaupte: Das Bewußtsein der Notwendigkeit sozialer Disziplin, das Gefühl der Klassensolidarität ist nur möglich, wenn eine richtig und einmütig verstandene nationale Idee vorhanden ist. Das habe ich schon immer gesagt . . . Und solange es das nicht gibt, wird unsere Jugend . . .«

»Erlaub mal, erlaub! Die Verfassungsillusionen haben die Jugend drei bis vier Jahre im Zustand der Ruhe gehalten . . .«

»Aber jetzt hat der Tod Tolstois genügt, daß sie von neuem an der Wand hochgehen möchte.«

Der rotwangige Anwalt fragte vergnügt: »Wo haben Sie denn Klassensolidarität beobachtet, Roman Ossipowitsch?«

»In Frankreich, mein Freund. In England. In Deutschland, wo die organisierte Arbeiterklasse aktiv an der Staatsarbeit mitwirkt. Das alles sind Länder, in denen die nationale Idee dominiert . . .«

»Was Sie da sagen – ist Struvismus! Eros in der Politik und dergleichen mehr. Das ist Romantik . . .«

Samgin hörte noch etwa fünf Minuten dem Streit zu, dann ging er auf die Straße, in Wind und feinen Sprühregen. Ihm war, als bemerkte er heute in dem gewohnten Stadtlärm irgendein besonderes dumpfes, beunruhigendes Dröhnen. Die Menschen überholten einander, stürzten aus den Türen der Häuser und Läden oder hinter den Straßenecken hervor, und alle schienen nach Zuflucht vor Regen und Wind zu suchen. Auch Gedanken hasteten zusammenhanglos hin und her. Er mußte daran denken, daß die Anwälte der Hauptstadt sich ihm gegenüber kühl verhielten, mit einer sehr kränkenden Liebenswürdigkeit. In der grauen, feuchten Dämmerung erstand vor ihm die Gestalt des mürrischen Greises mit dem zerzausten Bart.

Er hat die Menschen beschworen, dem Übel nicht zu widerstreben, und ist am Ende seiner Tage vor der Gewalt seiner Frau, der Familie geflohen. Es brechen von neuem Studentenunruhen aus.

Er nahm eine Droschke, verkroch sich unter das Lederverdeck des Wagens und schloß die Augen. Kaum hatte er zu Hause abgelegt – kam Dronow hereingelaufen, der mit dem Taschentuch sein nasses Gesicht abtrocknete.

»Dieser Tolstoi, wie?« begann er. »Die Studenten rühren sich, und in den Fabriken scheinen auch Versammlungen stattzufinden. Eine schöne Geschichte! Zum Teufel . . .«

Er schnalzte mit den Lippen und fuhr fort: »Ich fahre gerade vorbei und sehe – du bist beim Haus vorgefahren. Hör mal: Was meinst du, wenn wir einen Sammelband über Tolstoi herausgäben, wie? Ich habe einige Bekanntschaften in der Literatur. Vielleicht – versuchst auch du, irgend etwas zu schreiben? Da hat nun ein Mensch fast sechs Jahrzehnte gearbeitet, hat Weltruf erlangt – war aber außerstande, Ruhe für seine Seele zu erarbeiten. Das wäre ein Thema! Er predigte: Widerstrebet nicht dem Übel, und rief: Ich kann nicht schweigen, was bedeutet das, wie? Wollte er schweigen, konnte es aber nicht? Aber – warum konnte er es nicht?«

»Ein Sammelband – das ist eine gute Idee«, sagte Samgin und begann, da er sich in die Quellen von Tolstois Moralphilosophie nicht vertiefen wollte, sachlich von dem Plan eines Sammelbandes zu sprechen.

Dronow hörte etwa fünf Minuten lang schweigend zu, rieb dabei die Stirn und die Igelborsten auf seinem Kopf, dann sprang er auf: »Ich fahre in die Duma. Willst du mit?«

»Nein.«

Er zog irgendeine kleine Zeitung aus der Tasche und drückte sie Samgin in die Hand: »Lenins ›Arbeiterzeitung‹, sie ist vor kurzem – erst dieser Tage – erschienen.«

Er verschwand, kam aber gleich, im Mantel, mit Mütze wieder zurück und murmelte: »Es geht das Gerücht, wir hätten vor, Persien zu annektieren. Österreich hat Bosnien und die Herzegowina an sich gerissen, und wir werden uns Persien nehmen. Wenn die Engländer uns nicht den Buckel verhauen – fahre ich zu den Persern, Teppiche einkaufen. Das ist ein stilles, ruhiges Geschäft. Perserteppich-Handlung von Iwan Dronow. Die kleine Zeitung bewahre auf.«

Er murmelte das und verschwand endgültig, ließ Samgin in einem Zustand der Gereiztheit zurück.

Ein Hanswurst. Ein schlauer Hanswurst. Eine verlogene Natur.

Er bemerkte nicht zum erstenmal, daß Iwan beim Weggehen, wie ein Schauspieler vor dem Fallen des Vorhangs, Worte zu sagen suchte, die das Gedächtnis besonders reizten und irgendwie doppeldeutig waren.

Seinen Rücken am Heizkörper wärmend, entfaltete Samgin die stark mitgenommene, zerlesene Zeitung. Sie brachte seine Gereiztheit nicht zum Erlöschen. Als er die einfachen, scharfen Worte ihres Leitartikels ansah, protestierte er verächtlich: Wen wollen sie mit sich ziehen in einem Land, in dem selbst Lew Tolstoi einsam und machtlos war . . .

Am Abend ging er zu Prosorow, der alte Mann empfing ihn im Schlafrock, mit verbundenem Hals, er bewegte sich, mit zitternder Hand nach den Sessellehnen greifend, fort und keuchte wie ein Fagott, als wäre er betrunken.

»›Sorgen und Krankheiten kamen über ihn‹, wie es bei diesem – wie heißt er doch? Der ›Das geistliche Seminar‹ schrieb? – lautet. Richtig, richtig – Pomjalowskij. Den Prozeß haben wir also gewonnen? Sehr angenehm. Sehr.«

Er sprach langsam, gedehnt, strich währenddessen über die linke Seite seines Halses und stieß gleichsam die Kinnlade nach oben, der Blick seiner trüben Augen suchte irgend etwas rings um Samgin, als sähe er ihn nicht.

»Jetzt wollen wir mal die Sache dieser Gräfin voranbringen. Morgen machen wir Berufung ... Dies werden wir auch gewinnen. Nun, wissen Sie, ich muß liegen, bemühen Sie sich doch bitte zu meiner Frau, sie hat nach Ihnen verlangt. Bei ihr sitzt ein Gast ... einer von dieser gewissen Sorte ... Einer von den Modischen ... Kunst, Philosophie und dergleichen mehr. Äh-äh-äh ...«

Er fuhr mit der linken Hand durch die Luft, reichte Samgin die rechte und hielt dessen Hand fest: »Dieser Tolstoi, wie? Zu meiner Zeit ... in meinen Jugendjahren – da rangierten Tschernyschewskij, Dobroljubow, Nekrassow vor ihm. Wir lasen sie wie die Kirchenväter, ich bin doch aus dem Priesterseminar. Die Überzeugungen bauten sich auf ihren Worten auf. Tolstoi war unbemerkt. Damals lernte man, über das Volk nachzudenken und nicht über sich selbst. Er – fing an, über sich selber nachzudenken. Mit ihm begann dieses ... Drehen des Menschen um sich selbst. Hierüber ließe sich ein Kalauer machen: Es ist ein Sichdrehen um einen Teil – Sichwegdrehen vom Ganzen ... Na – auf Wiedersehen ... Mir schmerzt das Ohr ... Bitte ...«

Er wies mit der Hand auf die Tür zum Besuchszimmer. Samgin hob die schwere Portiere, öffnete die Tür, im Besuchszimmer war niemand, in einer Ecke brannte eine kleine Lampe unter einem blauen Schirm. Samgin wischte angeekelt mit dem Taschentuch das Gefühl warmen, klebrigen Schweißes von seiner Hand.

Die Tür zum Speisezimmer war spaltbreit geöffnet, dort saßen am Tisch drei Männer und Jelena. Im Leben Klim Iwanowitsch Samgins kamen unerwartete Begegnungen oft vor und verwunderten ihn nicht mehr, aber jede von ihnen erweckte immer mehr den peinlichen Eindruck, daß das Leben begrenzt, eng und armselig sei.

In dem dicken rothaarigen Mann mit dem aufgedunsenen, bläulichen, glattrasierten Gesicht eines Ertrunkenen und den dicken Lippen erkannte er seinen Lehrer Stepan Andrejewitsch Tomilin, ihm gegenüber saß glückselig lächelnd der Privatdozent Pylnikow.

»Und sie verschweigen einen Verzweiflungsschrei, den Schrei des Physiologen Du Bois-Reymond, mit dem er seine Rede ›Über die Grenzen des Naturerkennens‹ schloß, nämlich: ›Ignorabimus‹ – wir werden es nicht wissen!« sagte streng, gewichtig und gleichsam durch die Zähne Tomilin, der einen Löffel mit Konfitüre an sein rasiertes Kinn hielt.

»Völ-lig richtig«, bestätigte Pylnikow freudig, und gleich nach seinen Worten ertönte eilig ein dünnes Kinderstimmchen: »Ja, die beruflichen Interessen der einen und die gewohnte Leichtfertigkeit der anderen beschränken die Denkfreiheit.«

»Gerade das ist es!« bestätigte von neuem Pylnikow. »Das heißt zunächst das und danach die Politik der Regierung – der Selbstherrschaftsregierung selbstverständlich ...«

»Oh!« schrie Jelena, Samgin begrüßend, auf. »Das ist sehr schön! Machen Sie sich bekannt: Arkadij Kosmitsch Pylnikow, Jurij Nikolajewitsch Twerdochlebow.«

»Wir kennen uns«, sagte Samgin, der auf Tomilin zuging; ohne aufzustehen, die Lippen leckend, hob Tomilin seine rotbraunen Pupillen zu Samgin empor, und nachdem er langsam und wichtigtuend die Hand gehoben hatte, fragte er mißtrauisch: »Wir kennen uns? Wo hatte ich denn die Ehre? ...«

Durch seine Wichtigtuerei gekränkt, half Samgin trocken seinem Gedächtnis nach.

»Aha! Ja, ja, ich entsinne mich. Ich war Ihr Repetitor, und dort gab es noch andere Jungen. Einer von ihnen ertrank, glaube ich, oder so etwas Ähnliches ...«

Er wandte sein Gesicht von Samgin ab und nahm sich von neuem Konfitüre. Klim Iwanowitsch nahm gegenüber von Twerdochlebow Platz, das war ein kleines Männlein von der Größe eines Halbwüchsigen und mit einem Gesichtchen, beweglich wie das eines Affen, das dunkelhäutige Gesichtchen war von einem dunklen Bärtchen umrahmt, die Brauen waren verwundert hochgezogen, die dunklen Augen funkelten aufgeregt. An ihm ist etwas Spielzeughaftes, Unwirkliches, stellte Samgin fest, als er Tomilin feindselig musterte. Die spröden Haare des Lehrers hatten sich wahrscheinlich gelichtet, sie lagen glatt an wie ein Häubchen, unter den Augen waren blaue Säcke geschwollen, die rasierten Wangen waren auch aufgebläht, er strich sich mit den schwammigen Fingern der linken Hand oft über Wangen und Nase, während die rechte ununterbrochen Konfitüre, Biskuits und Konfekt an die dicken Lippen führte. Die Schälchen mit Konfitüre und Biskuits und die Konfektschachteln standen dicht an ihn herangerückt. Er war insgesamt irgendwie blasenartig geworden, sein aufgeblähter Bauch war, wie der von Berdnikow, gegen den Tischrand gestemmt, und wenn der Lehrer sich etwas nehmen mußte, erhob er sich ein wenig vom Stuhl, der Bauch war den Armen im Weg, verkürzte sie. Doch obwohl er so abnorm, krankhaft dick geworden war, konnte Samgin, als er ihn genauer betrachtete, in ihm nicht den schläfrigen, schwerfälligen Menschen erkennen, als der Tomilin in seiner Erinnerung lebte. Er sprach so sicher und gebieterisch, daß man ihn nicht mehr »eine Persönlichkeit unbekannter Bestimmung« nennen konnte, wie Warawka ihn genannt hatte. Und die Pupillen seiner Augen schienen nicht mehr an das Weiß der Augäpfel geklebt, sondern waren gleichsam in dessen milchige Substanz, die mit zartrosa Äderchen gemustert war, eingebettet, sie waren eingebettet, schwammen in ihr und leuchteten eigentümlich unheilverkündend.

Ein schreckliches und widerliches Gesicht, definierte Samgin, während er zuhörte.

»In meinem Vortrag ›Über die Verlockungen des vermeintlichen Wissens‹ wies ich darauf hin, daß die phantastischen, unvorstellbaren Zahlen der Mathematiker irreal sind, keine physikalisch klare Vorstellung vom Weltall, von unserer, der irdischen Natur und vom Leben des menschlichen Körpers vermitteln können, daß die Mathematik der Schatten der Metaphysik des 20. Jahrhunderts ist und diese Wissenschaft zur Scholastik des Mittelalters hinstrebt, in dem der Teufel physisch gespürt wurde und man die Zahl der Teufel auf einer Nadelspitze zusammenzählte. Die Frage nach der Zuverlässigkeit des Wissens, behaupte ich, muß von neuem und streng philosophisch gestellt werden. Es ist zu prüfen: Ist das Wissen nicht eine Falle, die der Teufel uns bei unserem Streben nach Gotteserkenntnis gestellt hat.«

»Verzeihen Sie, daß ich Ihre hochbedeutsame Rede unterbreche«, sagte Samgin mit kühler Höflichkeit. »Aber soweit ich mich erinnere, lehrten Sie, die Erkenntnis als einen Trieb aufzufassen, als dritten Lebenstrieb . . .«

»Ich lehrte, als ich noch lernte, und hörte auf zu lehren, als ich begriff, daß ich falsch gelehrt hatte«, antwortete Tomilin, der ein Konfekt auswickelte und seinen Schüler nicht ansah, und Samgin fühlte, daß er Tomilin gern Grobheiten gesagt hätte.

So ein Flegel!

Und indem er sich bemühte, seiner Stimme einen giftigen Ton zu verleihen, sagte er: »Gestatten Sie dann, die Frage nach der Verantwortlichkeit bei Lehrtätigkeit zu stellen.«

»Richtig. So stellen Sie sie doch an Christus und Pyrrhon, an den heiligen Augustinus und Voltaire . . .«

»Das war ein Hieb!« rief Pylnikow, sich an Twerdochlebow wendend, doch dieser fiel sofort über Samgin her und schrie: »Und denken Sie an den Grund für die Vertreibung unserer Urahnen aus dem Paradies! Und an die bitteren Früchte dieser Welt. Haben Sie Rosanow gelesen?«

Tomilin, der an seinem Konfekt kaute, bemerkte schulmeisterlich: »Rosanow ist ein Schwätzer, Wollüstling und Ketzer, er ist hier nicht am Platze. Für ihn steht ein Platz in der Hölle bereit.« Dann schielte er mit bös aufflackernden Augen zu Samgin hinüber und murmelte lässig: »Es gibt zweierlei Verantwortlichkeit: eine vor

Gott und eine vor dem Teufel. Sie zu einer zu vermengen – ist frevelhaft. Ganz zu schweigen davon, daß es auch unklug ist.«

Er leckte sich die Lippen ab, dann wischte er mit dem Taschentuch darüber und wandte sich an Jelena.

»Um auf Tolstoi zurückzukommen, will ich hinzufügen: Er lehrte denken, wenn man seine laut ausgesprochenen Gedanken über sich selbst als Lehren bezeichnen kann. Aber er lehrte nie leben, er tat dies nicht einmal in seinen sogenannten künstlerischen Werken, in dem Spiel mit Worten, das sich Kunst nennt. Die höchste Kunst ist die, in der Pracht der Einheit von Fleisch und Geist zu leben. Trenne das Gefühl nicht vom Verstand, sonst verwandelt sich dein Leben in eine Kette sinnloser Zufälligkeiten und – du bist verloren!«

Eine Kette sinnloser Zufälligkeiten – das hat er von Lew Schestow, stellte Samgin fest.

Klim Iwanowitsch erinnerte sich nicht, jemals so gereizt und bis zu einem solchen Grad erbost gewesen zu sein, wie er es in diesen Minuten war. Es war aufreizend und erregte sogar Widerwillen, wie Tomilin die Süßigkeiten verzehrte, er beförderte sie fast ununterbrochen und gleichsam automatisch mit seinen schwammigen Fingern in den dicklippigen Mund, wahrscheinlich war es gerade dieses gleichmütige Wiederkäuen, das den Glaubenslehrer zwang, die Worte durch die Zähne zu murmeln. Seine Predigt klang gleichmütig, und aus dieser Gleichmütigkeit tönte, für Samgin deutlich bemerkbar, ein geringschätziges Verhalten gegen ihn heraus. Der Sinn der Predigt seines ehemaligen Lehreres interessierte, berührte Samgin nicht. Klim Iwanowitsch kannte bereits etwas Ähnliches, das Problem der Zuverlässigkeit des Wissens, der Umschwung des Denkens in Richtung zur Religion, zur Metaphysik – das alles war sehr in Mode. Aber es lag etwas Kränkendes darin, daß Tomilin sich so schroff von dem Menschen unterschied, der er in der Jugend gewesen war. Der ehemalige Repetitor, der die knappen Bemerkungen und Einschaltungen Pylnikows und Twerdochlebows kurz abtat, beachtete Samgin nicht, und es sah so aus, als täte er das absichtlich.

Rächt er sich an mir? Weswegen? dachte Samgin, entsann sich, wie dieses rothaarige Leckermaul vor seiner Mutter auf Knien gelegen hatte, und entschied: Das kann nicht sein. Warawka machte sich gern über ihn lustig ...

»›Der Mensch wird zum Unglück geboren wie die Funken, um emporzufliegen‹«, rief der kleine Twerdochlebow begeistert aus, und sein Gesichtchen schrumpfte zusammen, wurde noch kleiner. Tomilin, der eine Praline von ihrer Hülle befreite, indem er mit dem Fingernagel das Papier von ihr herunterkratzte, löschte die Begeisterung dieses Menschleins mit den kalten Worten: »Wir dürfen nicht alles in dem Buch Hiob so direkt auffassen, wie es geschrieben ist, denn dies ist das Buch einer anderen Rasse und anderen Blutes, einer Rasse, die sich unverzeihlich gegen Gott versündigt hat und noch mild bestraft wurde ...«

Er stand auf und glich nun einem Faß, das in etwas Dunkelgraues, aus Tuch Bestehendes gehüllt ist, in ein Mittelding zwischen Gehrock und langschößigem altrussischem Überrock. Er riß die Augen weit auf, warf einen Blick auf die Wanduhr, räusperte sich und strich sich mit der Hand über die Wange: »Für mich wird es Zeit. Ich muß mich noch etwas vorbereiten, um neun Uhr halte ich in einem Hause einen Vortrag über das Schicksal, wie es das Volk auffaßt, und über die Prädestination, wie die Kirche sie lehrt.«

Er küßte der Frau des Hauses die Hand, nickte den übrigen zu und ging auf schwerfällig schlurrenden Füßen davon; die Frau des Hauses folgte ihm.

»Hervorragend!« sagte halblaut Twerdochlebow.

»Ein sehr kluger Mann«, stimmte Pylnikow bei.

»Und – was für eine Gelehrsamkeit!«

Die Frau des Hauses kehrte zurück.

»Ist er nicht originell?« fragte sie und antwortete selbst: »Sehr.«

Pylnikow indessen sagte zu Samgin: »Jelena Wikentjewna hat eine erstaunliche Begabung, ausnehmend interessante Leute zu finden und um sich zu versammeln ...«

»Ich bin glücklich, in ihrer Mitte zu weilen«, sagte Samgin erbost und ohne seine Ironie zu verhehlen. Jelena blickte ihn lächelnd an.

»Oho, Sie sind bissig?«

»Nein, wirklich, er ist kein Dutzendmensch«, begann sie versöhnlich. »Ich lernte ihn vor etwa zwei Jahren kennen, in Nishnij, er konnte dort nicht Wurzel fassen. Eine Handelsstadt, und gerät alljährlich für anderthalb Monate von Sinnen: Lauter Kaufleute und Kaufleute, solche von kolossalem Format, die Verkaufsmesse, Frauen, unerhörte Gelage. Er trank dort stark und zog sich irgendeine Krankheit zu. Ich brachte ihm bei, möglichst viel Süßigkeiten zu essen, das heilt vollständig von der Trunksucht. Denn sonst, wissen Sie, philosophierte er in den Gaststätten und ließ sich dafür freihalten ...«

Samgin hörte ihr mit Vergnügen zu, ihre Worte erfrischten und beruhigten ihn, und als er das Weitere angehört hatte, lachte er sogar etwas leise.

»Sie können sich vorstellen: Kommt da so ein unheimlicher Mensch auf Sie zu und schlägt Ihnen vor: ›Möchten Sie nicht, daß ich Ihnen das Dasein Gottes beweise?‹ Und für eine halbe Flasche Wodka behauptete und leugnete, bewies er es. Sehr amüsant. Man soll ihn sogar geschlagen, ihn zur Polizei gebracht haben ... Aber nun sehen Sie, es hat sich gezeigt, daß er ... etwas bedeutet! Ein Philosoph, ja?«

»Ein recht origineller«, sagte Pylnikow betrübt, während Klim Iwanowitsch Samgin mit Vergnügen die Gesichter Pylnikows und Twerdochlebows ansah, sie schienen etwas fahl geworden zu sein. Pylnikow schmollte und hörte enttäuscht zu, das kleine Männlein indessen zuckte mit den Achseln und murmelte: »Eine Heimsuchung! Ich meine damit den Alkoholismus. So du nicht sündigst, kannst du nicht bereuen, so du nicht bereust, wirst du nicht erlöst.«

»Mein Mann ist ein alter Volkstümler«, fuhr Jelena lebhaft fort. »Er liebt das alles: selbstentwickelte Talente, Selbstgebildete ... Selbstmörder scheint er nicht zu mögen. Die Selbstherrschaft mag er auch nicht, das ist bereits so eine uralte Alltagsgewohnheit wie das Teetrinken. Ich verstehe ihn: Menschen, die vom Gymnasium, der Universtität abgeschliffen wurden, sind ziemlich einförmig, denken nach Büchern, wohingegen solche ... tapfere Leute sich überall auf eigene Gefahr mit Gewalt Zutritt verschaffen. Das sind Barbaren ... Ich bin für die Barbaren, mit ihnen langweilt man sich nicht!«

»Jelena Wikentjewna!« heulte Twerdochlebow auf und schnellte dabei auf dem Stuhl hoch. »Das sagen Sie, Sie, deren Besuchszimmer der Treffpunkt der Elite ...«

»Jelena Wikentjewna scherzt«, machte Pylnikow ihm klar, aber seine Worte klangen fragend.

»Wie leicht er gleich alles merkt«, sagte die Frau zu Samgin; er stand auf, reichte ihr die Hand.

»O nein! Ich lasse Sie nicht gehen, ich habe noch ein Anliegen an Sie ...«

Die zwei anderen begriffen, daß sie überflüssig waren, küßten ihr das mollige Händchen mit den Ringen an den rosigen Fingerchen und gingen. Jelena musterte Samgin ein paar Sekunden lang aufmerksam, mit einem Lächeln in den Augen, dann verzog sie ihr Lärvchen zu einer komisch traurigen Grimasse und fragte mit einem Seufzer: »Wollen wir über Tolstoi reden?«

»Das ist nicht unbedingt notwendig«, sagte Samgin.

»Danke. Über Tolstoi habe ich, Telefongespräche nicht mitgerechnet, schon viermal geredet. Lieber Klim Iwanowitsch – ich habe kein Geld im Haus und ziemlich viel kleine unbezahlte Rechnungen. Könnte ich nicht möglichst bald das Honorar für die Sache bekommen, die Sie gewonnen haben?«

»Ich will mich bemühen.«

»Bitte, bemühen Sie sich! Das wäre alles. Aber dies bedeutet nicht, daß Sie gehen müssen.«

Sie schlug vor, sich ins Besuchszimmer hinüberzubegeben. Sie ging leicht und schwebend, in federndem Tanzschritt, sie trug ein orangefarbenes Kleid, weit, wie ein Umhang. Im Gehen schwang sie, ihr Kleid ordnend, komisch die Arme, doch es sah aus, als stieße sie etwas von sich.

Sie ist angenehm, sagte sich Samgin und dachte: Sie hüllt sich wahrscheinlich in weite Kleider, weil sie eine schlechte Figur hat. Er war ihr sehr dankbar für das, was sie von Tomilin erzählt hatte, und sah sie, soweit ihm das möglich war, freundlich an.

Das Besuchszimmer war von einer Lampe beleuchtet, die von einer Laterne aus durchbrochenem persischem Kupfer umschlossen war, und alles im Zimmer war mit feinem Schattenmuster bedeckt. An den Wänden glänzten matt auf kleinen Regalen kupferne Krüge, Schalen und Vasen, und diese Fülle von Kupfer brachte Samgin auf den Gedanken:

Sie will originell sein.

Jelena lag halb aufgerichtet auf einer Ottomane unter einem großen Bild, das Bild stellte gelbe Sanddünen, eine Kamelkarawane und zwei dürre Palmen dar, deren Blätter zerzaust und vom Wind zerfetzt waren.

»Mein Mann wird wahrscheinlich ernsthaft krank«, sagte Jelena.

Samgin vernahm keinen Kummer in ihren Worten. Er fragte, wer Twerdochlebow sei.

»Nun . . . ein Nichtstuer«, sagte sie, halb auf die Ottomane gestreckt, hob die Arme und ordnete ihr üppiges Haar. Samgin stellte fest, daß sie eine hohe Brust hatte. »Er lebt von Begeisterungen. Er ist der Sohn eines sehr reichen Vaters, der irgend etwas ins Ausland verkauft. Ein Onkel von ihm ist Mitglied der Duma. Er und Pylnikow leben beide von Begeisterungen. Pylnikow hat sich vor kurzem aus der Provinz eine Frau mitgebracht, die auf dem rechten Auge schielt und fünfundzwanzigtausend Rubel Mitgift besaß. Besuchen Sie die Duma?«

»Ich bin einmal dort gewesen und habe es dieser Tage wieder vor.«

»Gehen wir doch zusammen hin. Dort ist es amüsant. Da sitzen sehr gute Bekannte, die ich betrunken bei den Zigeunern, in den Nebenräumen von Restaurants gesehen habe, und verfassen Gesetze.«

Sie kniff die Augen zusammen und fragte: »Dronow hat Ihnen doch sicherlich gesagt, daß ich Sängerin auf der Estrade gewesen bin? Nun also. Als solche hatte ich eine recht umfassende Bekanntschaft mit den besten Leuten Rußlands«, sagte sie mit lustigem Zwinkern. »Und selbstverständlich mußte ich, um gut angezogen zu sein, mich ganz entblößen. Schockiert Sie das?«

»Nicht im geringsten«, sagte Samgin eilig, worauf sie, mit dem Finger drohend, ihn warnte: »Aber lassen Sie es sich nicht einfallen, mich zu bemitleiden, mich zu bedauern und dergleichen mehr. Und – hegen Sie keine amourösen Hoffnungen, ich habe die Liebe schon reichlich satt. Und überhaupt jegliche Schweinerei. Lassen Sie uns gute Freunde sein – gut?«

»Sehr gut. Und ich danke Ihnen sehr für diesen Vorschlag«, sagte Samgin und dachte: Mit ihrem Mann geht es zu Ende, sie braucht einen Stellvertreter, der die Aufgabe ihres Mannes übernehmen könnte – für sie zu arbeiten.

»Nun also. Wir sehen uns zum viertenmal, aber ... Kurz gesagt: Sie gefallen mir. Sie sind ernsthaft. Belehren in keiner Hinsicht. Sie belehren nicht gern? Dafür werden Ihnen viele Sünden vergeben werden. Die Lehrer habe ich auch satt. Ich bin dreißig, Sie können meinen, ich hätte zwei bis drei Jahre abgezogen, aber ich bin wirklich runde dreißig, und fünfundzwanzig Jahre lang hat man mich belehrt.«

Samgin hörte mit liebenswürdigem Lächeln ihrem übermütigen Geschwätz zu und sah: Wenn diese Frau mit den Fingern schnippte, schienen ihre Worte auch metallisch zu schnippen wie eine kleine Schere, und das lustige Glitzern in ihren blauen Augen leuchtete dann greller auf.

Sie ist interessanter als Alina, stellte Samgin fest. Ein abgeschlossener Charakter. Und – nicht dumm. Diese ist wohl kaum fähig, Tragödie zu spielen. Ihr gegenüber muß man sich sehr vorsichtig verhalten, entschied er.

Aber er besuchte Prosorow fast täglich; er arbeitete mit ihm, wenn der alte Mann sich wohler fühlte, und blieb danach zum Tee oder zum Essen da. Bei Tisch erzählte Prosorow ein wenig umständlich, aber doch interessant vom Leben der Intellektuellen in den siebziger und achtziger Jahren, er hatte fast alle bedeutenden Menschen jener Zeit gekannt und sprach von ihnen mit betrübtem Kopfwiegen wie von Leuten, die sich mutig dem Baal der Geschichte geopfert hatten.

»Nadson sang: ›Glaub mir, sterben wird Baal‹, aber nun ist er nicht gestorben. Die Gewalt Europas richtet unser bäuerliches Land immer rascher zugrunde, tja! Sicherlich sind Sie Marxist, wie jedermann heutzutage ... Sogar dieser Flegel ... Stolypin ...«

»Darf ich noch Tee einschenken?« fragte Jelena, sie saß gewöhnlich mit einem Buch in der Hand da, ohne sich in die lyrischen Reden ihres Mannes einzumischen, blätterte rasch die Seiten um und bewegte die Brauen. Sie las französische Romane, die Schipownik-Sammelbände, »Die Fjorde«, war bezaubert von der skandinavischen Literatur. Klim Iwanowitsch Samgin merkte nicht, wie es zwischen ihm und ihr zu einer leichten Freundschaft kam, die ihm keinerlei unangenehme Verpflichtungen auferlegte und nicht den Charakter intimerer und verantwortlicher Beziehungen anzunehmen drohte.

Bei Jelena ruhte er von den Eindrücken aus, die ihn in Dronows Wohnung bedrückten, wohin – gleich trüben Regenbächen in eine Grube – Gerüchte, Gedanken und Tatsachen zusammenströmten, die ebenso unangenehm verschiedenartig waren wie die Leute, die sie mitbrachten. Die Zahl der Gäste wuchs ununterbrochen, sie gebärdeten sich geschäftig wie auf einem Bahnhof, und es war sehr schwer zu begreifen, wohin sie reisten und weshalb.

Samgin war gar nicht verwundert, als Dronow ihm mitteilte: »Vor einigen Tagen lernte ich den früheren Stellvertreter des Staatsanwalts, Tagilskij, kennen, das ist vielleicht ein Hund! Weißt du, die Sache Asef-Lopuchin muß wohl die junge Staatsanwaltschaft aufgerüttelt haben, die Jugend springt ab.«

Dronow wirbelte umher, brodelte und schwitzte, er suchte immer noch erbittert nach Geld für die Herausgabe einer Zeitung, und Tossja sagte lächelnd: »Er sucht hunderttausend Rubel wie eine Nähnadel in einem Heuschober!«

Aber Iwan war optimistisch überzeugt, daß er die Nadel finden werde, und sein Optimismus festigte Samgins dunklen Verdacht: Wovon lebt er?

Iwans gastfreundliches Heim nannte Samgin im stillen »illegales Restaurant«, »Gratisausschank« und hatte das Gefühl, daß er in diesem Heim fehl am Platz sei. Er bemerkte, daß alle Gäste Dronows einen gewissen Zug besaßen, den sie mit Iwan gemein hatten, sie waren ebenso wie Iwan über irgend etwas beunruhigt und säten Unruhe aus. Er sah, daß diese Leute weit umfassender als er, Samgin, über den Lauf der Geschehnisse des gegenwärtigen Lebens unterrichtet waren, und gelangte verletzt zu der Überzeugung, daß sie ihn nicht anhörten und nicht einmal beachteten. Samgin war es gewohnt, die Menschen rasch nach ihren Neigungen zu messen, zu charakterisieren und zu bewerten, sofern die Neigungen in Worten zum Ausdruck kamen, er unterteilte diese Leute in Organisatoren und Desorganisatoren. An der Spitze der ersten Gruppe stand der schönrednerische Nogaizew; fast bis zu Tränen erregt und drei Finger der rechten Hand wie zur Bekreuzigung aneinandergelegt, schüttelte er sie vor seinem Gesicht und redete auf die anderen ein: »Nach überstandener Revolution hat das Land sich beruhigt, es arbeitet, nimmt zu an Wohlstand – europäisiert sich. Stolypin ist schroff vorgegangen, aber dank seiner Agrarreform haben wir eine vortreffliche Getreideernte ...«

»Und auch aufgehängte Revolutionäre und landlose Bauern«, fügte Goworkow ruhig in tiefem Baß ein.

»Richtig!« unterstützte ihn der eben erst von der Universität relegierte Boris Depsames, ein lockiger Brünetter, breitschultrig, gut gebaut, in abgetragener Studentenjacke, deren Metallknöpfe durch schwarze und graue ersetzt waren.

»Sie, Goworkow, sind Mitglied einer Partei, die sich durch ihre moralische Blindheit für immer kompromittiert hat«, entgegnete Nogaizew bissig und begann, die aneinandergelegten drei Finger weiter vor seiner Nase schüttelnd, als röche er an ihnen, von neuem in lyrischem Singsang: »Wir Volkssozialisten sind Demokraten reinsten Wassers, wir denken uns das Wachstum der Kultur nicht ohne Beteiligung des Dorfes. Wir – sind nicht blind und begrüßen die Entwicklung der Metallurgie, denn das Dorf braucht landwirtschaftliche Maschinen. Persönlich begrüße ich die Genehmigung der Regierung, Roheisen zu herabgesetztem Tarif aus dem Ausland einzuführen, um den Roheisenhunger zu überwinden ...«

An der Spitze der Desorganisatoren stand Tagilskij – in einem dunklen Winkel sitzend und schlecht zu sehen, wandte er ohne Übereilung und sogar anscheinend träge ein: »Doch vielleicht wird das Roheisen an die ›Russische Gesellschaft für Geschoßfabrikation‹ und andere Fabriken dieses Typs gehen? Uns fehlt es nicht nur an Roh- und Gußeisen, sondern auch an Zement, an Ziegeln, und wir müssen sehr viel Getreide verkaufen, um das alles kaufen zu können.«

Er versenkte sich wollüstig, mit lächelnden Augen in Zahlen, reihte Millionen Rubel und viele zehn Millionen Pud aneinander.

»Und reden Sie nicht etwas früh von einer Beruhigung angesichts Tausender Brandstiftungen in Einzelgehöften und anderer Aktionen der landlosen Bauernschaft gegen die Besitzer von Sonderland?«

Sich seiner Leidenschaft für Zahlen erinnernd, zählte Tagilskij gemächlich und gemessen auf: Am ersten Dezember hätten sich in der Universität gegen zweitausend Studenten zu einer Versammlung eingefunden, Polizeimeister Hesse habe mit zweihundertfünfzig Polizisten die Universität besetzt, in Serentui und Wologda fänden Gefängnisrevolten statt.

»Fügen Sie noch die zwei legalen Zeitungen der Menschewiki und die bolschewistische ›Swesda‹ hinzu, die hier erscheint. Was bedeutet das?«

»Man will, daß die Sozialisten einander auffressen«, rief Chotjaïnzew zornig.

Am Teetisch begeisterte sich die Orechowa, die ihr rotes, schweißbedecktes Gesicht immer wieder mit dem Taschentuch trocknete, für die Tätigkeit der englischen Suffragetten und erzählte entzückt von ihrer Begegnung mit Lady Pankhurst. Rosa Greiman und Tossja hörten ihr schweigend zu, Schemjakin saß neben Tossja, warf hin und wieder einen Blick auf ihren Busen, zwirbelte am linken Ende seines Schnurrbarts und fügte bisweilen halblaut in grandseigneurhaftem Ton etwas ein wie:

»Sie sprachen von Jesus, dem Herrn,
Von Gänsebraten gern,
Von Politik, von Poesie,
Dann gingen Wodka trinken sie

– das ist, glaube ich, von Tschechow?«

Die Greiman sagte zornig: »Tschechow hat keine Gedichte geschrieben.«

»Er hat keine geschrieben? Zu Unrecht.«

Dieser frischgebackene große Herr reizte Samgin besonders, und wenn Klim Iwanowitsch fähig gewesen wäre zu hassen, hätte er ihn gehaßt. Er reizte durch seine hartnäckige und selbstsichere Art, Taïssja den Hof zu machen. Samgin war es klar, daß dieser korpulente Mann das Gewünschte erreichen werde. Doch Samgin gestand sich nicht ein, daß er Dronows Wohnung fast nur besuchte, um diese ruhige, wohlbeleibte, mollige Frau zu sehen. Noch nie war ihm eine Frau so geeignet vorgekommen, mit ihr zusammen zu leben. Ihm schien, sie sähe ihn immer noch fragend an, als erwartete sie irgend etwas von ihm. Aber jedesmal, wenn er zu ihr davon zu reden begann, daß sie ihm angenehm sei, wurde ihr Gesicht langweilig, hölzern, und sie schwieg gelassen.

»Gefällt Ihnen dieser Schemjakin?« fragte er.

»Nein«, sagte sie, und ihr Wort klang aufrichtig.

»Was tut er?«

Sie zuckte mit den Achseln und sagte: »Er ist reich.«

»Und was sonst noch?«

»Ich weiß nicht. Ja – er spielt Geige.«

»Haben Sie ihn spielen hören?«

»Wo denn? Bei uns – hat er nicht gespielt. Er sagt, er habe das Konservatorium besucht und Konzerte geben wollen.«

»Er macht Ihnen beharrlich den Hof.«

Sie zuckte wieder mit den Achseln.

»Er ist reich – das ist langweilig. Wenn man alles hat – was soll man dann tun?«

Ihre naiven Fragen gefielen Samgin, und fast immer entdeckte er hinter ihren Fragen noch kindlichere Gedanken.

»Gefallen Ihnen reiche Leute?«

»Natürlich nicht.«

»Weshalb?«

»Na – wozu sind sie da? Sie brauchen doch nichts mehr, haben alles gefunden, an nichts zu denken.«

Und dann sagte sie mürrisch: »Sie necken mich immerzu, als wäre ich ein kleines Mädchen.«

Er begann davon zu reden, daß die Reichen in den Armen den Wunsch wecken, auch reich zu werden, aber Taïssja unterbrach ihn mit verdüstertem Gesicht: »Hören Sie auf! Sonst müßte ich meinen, Sie wollten mich dumm machen.«

Nein, das wollte er nicht, er brauchte die Frau, und es lag nicht in seinem Interesse, daß sie dümmer werde, als sie war. Und vor kurzem hatte es einen Augenblick gegeben, in dem er das Gefühl bekam, daß Taïssja ein gefährliches Spiel treibe.

Er hatte fast eine Woche lang Dronow nicht besucht und wußte nicht, daß Jurin gestorben war, er begegnete dem Leichenzug auf der Straße. Im Winter sind Beerdigungen besonders traurig, und hier fiel ihm auch noch Warwaras Beerdigung ein: Es war ein ebenso feindselig kalter Tag, der Wind fauchte, feiner, stechender Schnee rieselte, genauso kamen dem Leichenwagen eilig gleichgültige Menschen entgegen oder überholten ihn, als ob sie ihn nicht bemerkten, und Samgin kam der gleiche trübselige Gedanke: So wird man auch mich . . .

Acht Personen gaben Jurin das Geleit – fünf Männer und drei Frauen: Taïssja, die Greiman und eine kurzbeinige Alte in wattierter Jacke und in einen Schal gehüllt. Taïssja schritt hoch erhobenen Hauptes, mit zornig mürrischer Miene, und man sah, daß es ihr nicht paßte, mit der kleinen Rosa und der Alten Schritt zu halten, sie strebte immerzu voran oder stieß, wenn sie zurückblieb, gegen die Männer. Von diesen verbarg nur einer, der eine Persianermütze trug, sein bärtiges Gesicht hinter dem hochgeklappten Kragen des Pelzmantels, drei waren offenbar Arbeiter, und der fünfte – ein bejahrter Mann, glatt rasiert und mit grauem Schnurrbart – ging, die zottige kaukasische Pelzmütze in den Nacken geschoben, mit entblößter hoher Stirn und stach mit einem knorrigen Stock in den Schnee.

Samgin blieb nur ein paar Sekunden lang stehen und ermöglichte es dadurch Taïssja, ihn zu bemerken, sie nickte ihm zu. Es wäre ungehörig gewesen, nicht auf sie zuzugehen.

»Nun ist er gestorben«, sagte sie leise und begann sofort laut und griesgrämig zu reden: »Neunundzwanzig Jahre. Sechs davon saß er im Gefängnis. Mit siebzehn Jahren das erstemal. Man hat einen elendigen Spion als Begleiter ausgesandt, dort schleppt er sich hin!«

Sie nickte zum Bürgersteig hinüber.

»Laß das, Taïssja Romanowna«, sagte heiser der Mann mit dem Stock.

Samgin warf einen Seitenblick auf den Bürgersteig, konnte aber nicht feststellen, wer dort ein Spion sein sollte.

»Ist das seine Mutter?« fragte er, mit den Augen auf die Alte deutend.

»Seine Wirtin. Er hat keinerlei Angehörige. Außer diesen da.«

Und nach einem Blick über die Schulter auf die Begleiter fragte sie: »Warum sieht man Sie nicht mehr?«

Samgin sagte, er werde am Abend kommen, und entfernte sich.

Hinter äußerer Grobheit – eine gute, sanfte Seele. Der Typ wie Tanja Kulikowa, Ljubascha Somowa, die Anfimjewna. Der Typ eines Menschen, der sich dazu geschaffen fühlt, zu dienen, definierte er, während er eilig dahinschritt und sich unwillkürlich umblickte, ob ihn nicht irgendein Subjekt verfolge. Zu dienen – gleichgültig, wem. Mitrofanow war auch ein Mensch dieser Kategorie. Das Uralte, Knechtische, Christliche ist noch nicht beseitigt. Isaake, wie Vater sagte . . .

Es war etwas ärgerlich, daß er Taïssja mit solchen kleinen Leuten in eine Reihe stellen mußte, aber zugleich festigte das seinen Wunsch, sie aus dem Milieu herauszuholen, in das sie zufällig geraten war. Er ging, sich vor Kälte krümmend, und skandierte Nekrassow:

Als ich durch meiner Worte heiße Rede
Aus der Verirrung düsterem Gehege
Eine gefallne Seele riß . . .

Ja, ich muß mit ihr entschlossen reden . . .

Am Abend ging er dennoch nicht sehr gern zu Dronow – ihn beunruhigte die Möglichkeit, Tagilskij zu treffen. Er konnte nicht vergessen, daß er, als er Tagilskij bei Dronow erblickt hatte, schmählich vor irgend etwas erschrocken war und ein paar abscheuliche Sekunden lang überlegt hatte, ob er auf Tagilskij zugehen solle oder ob das nicht notwendig sei. Aber Tagilskij war selbst auf ihn zugekommen, rundlich, geckenhaft gekleidet, mit einem gutmütigen Lächeln auf seiner roten Fratze.

»Sodom und Gomorrha!« hatte er Samgin schauspielernd begrüßt, schüttelte ihm die Hand und blickte ihm unter die Brille. Lustig gestimmt, teilte er ihm innerhalb fünf Minuten mit, daß man ihn »gebeten« habe, aus der Staatsanwaltschaft auszuscheiden, und daß er jetzt ein »freier Junge« sei.

»Die Verfassung begünstigt mit bemerkenswertem Erfolg das Wachstum der Banken, und so verfasse ich als Freund ökonomischer Kunststücke allerhand Berichte über die Aussichten und Möglichkeiten. Die Banken wachsen wie Eiterbeulen, das heißt – wie Furunkel.«

Sein lustiges Gesicht und der scherzhafte Ton hatten Samgins Unruhe zwar ein wenig beschwichtigt, aber dennoch seine Überzeugung nicht erschüttert, daß Tagilskij ein verdächtiger, gefährlicher Mensch sei.

In der Sache Marina hat er das Spiel mit mir gewonnen, dachte Klim Iwanowitsch verdrossen. Er hat es gewonnen.

Zu Dronow hatte er sich absichtlich etwas früher auf den Weg gemacht, da er hoffte, Taïssja allein anzutreffen, aber dort saßen bereits Chotjaïnzew und Goworkow einer dem anderen gegenüber am Tisch und erfüllten das Zimmer mit Gebrüll und Gekreisch.

»Hören Sie auf, die böswilligen Bankrottierer zu verteidigen«, donnerte Chotjaïnzew, die Ellenbogen auf den Tisch gestützt und sich gegen ihn stemmend. »Ihre Partei ist von Asef mit Pech besudelt worden, die Liquidatoren der Gruppe ›Potschin‹, Awksentjew und Bunakow, haben ihr den Rest gegeben, Stjopa Sljotow, mein ehemaliger Freund und Zimmergenosse in der Verbannung, ist zwar ein guter Kerl, aber – kein Politiker, sondern ein höchst naiver Romantiker. Sie sehen ja, Jegor Sasonow hat sich erschossen, weil er sich der Führer schämte.«

Der Landvermesser hatte seine brüllende Stimme sehr gut in Gewalt, er sprach, als lese er, und neben seinem Baß waren die Entgegnungen und Ausrufe des Studenten nicht zu hören. Zum erstenmal konnte Klim Iwanowitsch die Gesichter dieser Leute betrachten: Chotjaïnzew hatte ein knochiges, langes Gesicht, es war unschön von einem scharfzähnigen Mund durchschnitten, von Pockennarben zerwühlt und mit unordentlichen Büscheln strohblonder Haare besät, Schöpfe ebensolcher farblosen Haare bedeckten wirr seinen aufwärts gestreckten Schädel, der einer Melone glich. Er selbst bezeichnete sich als einen »nicht gut eingerichteten« Menschen, aber sein Gesicht erhellten sehr schöne große Augen von bläulicher Farbe mit einem undefinierbaren leichten Lächeln auf ihrem Grund. Goworkow war von mittlerem Wuchs, wohlgebaut, mit dunkler Gesichtsfarbe, schwarzäugig, er hatte einen dicken Schnurrbart und ein quadratisches Kinnbärtchen, seine dunklen, rasierten Wangen zuckten nervös, er sprach mit hoher Stimme, schrill und als bisse er die Worte ab, sein lockiges Haar lag dem Kopf glatt an, glänzte wie Seide und enthielt nicht wenig graue Haare. Er war Physiklehrer irgendwo in der Provinz gewesen und hatte eine kleine Druckerei besessen, in der eine Lokalzeitung gedruckt worden war. Ende des Jahres sieben war die Zeitung verboten worden, Goworkow wurde verhaftet, aber bald darauf unter »Entzug der Berechtigung, sich pädagogisch zu betätigen«, wieder auf freien Fuß gesetzt. Er war nach Petersburg gekommen, um sich um die Wiedergewinnung seiner Lehrerlaubnis zu bemühen, hatte in der Duma Arbeit bekommen, und obwohl er seine Bemühungen eingestellt hatte, beklagte er sich: »Bedenken Sie, wie barbarisch unsinnig das ist – einem Menschen das Recht zu nehmen, sich mit seiner Lieblingstätigkeit zu befassen, ihn seines Lebens Sinn zu berauben!«

Nervös, jähzornig schrie er, auf dem Stuhl hochschnellend: »Das ist eine Lüge! Sasonow hat sich nicht deswegen erschossen . . .«

»Ich müßte mit Ihnen reden«, sagte Samgin halblaut zu Taïssja, sie sah ihn sehr aufmerksam an und antwortete: »Gut. Ich will erst ein wenig zuhören, wie sie . . .«

»Ich kenne das Dorf, weiß, wie Ihre Leute bei den Dumawahlen geredet haben«, donnerte Chotjaïnzew ohrenbetäubend. »Begreifen Sie, warum sich so viele Popen unter ihnen befinden? Aha!«

Da erschienen Dronow und Schemjakin, beide angeheitert, und schrien wie immer Neuigkeiten aus: Minister Kasso habe die Moskauer Universität auffliegen lassen, man habe die Absicht, von der Petersburger Universität vierhundert Studenten zu relegieren, von der Warschauer hundertfünfzig.

Chotjaïnzew, der sich so auf seine langen Lippen biß, daß das Kinn sich vorschob und sein graues Gesicht sich in Falten legte wie das Gesicht eines alten Mannes, hörte sich die Neuigkeiten an, seufzte laut und sagte düster: »Du, Wanetschka, freust dich wie ein Feuerwehrmann, der schon lange keinen Brand mehr gelöscht hat . . . Bei Gott!«

»Schweig, Mordwine!« schrie Dronow. »Und einen italienisch-türkischen Krieg – wünschen Sie den nicht? Ho-ho-ho! Das alles ist vorteilhaft . . . Die Italiener werden uns mehr Getreide abkaufen . . .«

Schemjakin stellte eine große Bonbonniere vor Tossja hin und sagte, zu ihrem Gesicht vorgebeugt, irgend etwas zu ihr – sie schüttelte verneinend den Kopf.

»Nein, beachten Sie«, brüllte Chotjaïnzew und warf die Arme hoch wie ein Ertrinkender. »In der Armee führen bei uns baltische Barone, die Rennenkampf und Stackelbergs, das Kommando, und überall gibt es beliebig viel dieser -bergs und -kampfs. In der Mittelschule sind Tschechen. Die Donkohle haben die Franzosen erobert. Jetzt kommt der bessarabische Bauer über uns: Kasso, Purischkewitsch, Kruschewan, Krupenskij und – weiß der Teufel, wer noch alles! Und wir Russen – was tun wir? Bastschuhe flechten, wie?«

»Sind Sie denn Russe?« fragte Goworkow boshaft.

»Ich?« Chotjaïnzew sah ihn verwundert an und wandte sich an Dronow: »Wanja, sag ihm, daß Mordwin ein Pseudonym von mir ist. Kindchen«, fuhr er, Goworkow kläglich anblickend, fort, »ein Russe bin ich, Russe, Sohn eines Dorfschullehrers, Enkel eines Popen.«

Samgin, der Schemjakin und Taïssja von der Seite beobachtete, dachte: Verkaufen wird Dronow sie diesem Tölpel.

Einer nach dem anderen erschienen die Leute, und jeder von ihnen brachte, wie die Biene ihre Beute, irgendeine Neuigkeit mit: eine Anekdote, eine Tatsache, einen Klatsch. Die Anekdoten erzählte vortrefflich der eben erst relegierte Student Jeruchimowitsch, Enkel eines jüdischen Kantonisten, ein junger Mann, der so stark behaart war, daß es schien, er sei nicht weniger als dreißig Jahre alt. Mit einer Kappe schwarzen und wahrscheinlich spröden Haars, dunkelblauen Wangen und einem breiten, blauen Streifen an Stelle eines Schnurrbarts, der gleichsam durch die starken Brauen ersetzt wurde, blickte er finster unter zusammengezogenen Brauen hervor, seufzte tief, schmatzte genießerisch mit seinen dicken, grellroten Lippen und erzählte, die Hände auf den Rücken gelegt, ohne zu lächeln, mit klangvoller, aber komisch trübseliger Stimme: »Da gingen auf dem Newskij Prospekt zwei Bürger, und der eine sagte zu dem anderen:

›Ach, so ein Dummkopf!‹

Da trat ein Polizist auf sie zu:

›Kommen Sie gefälligst mit aufs Polizeirevier.‹

›Weswegen?‹

›Wegen Beleidigung Seiner Majestät.‹

›Du hast wohl den Verstand verloren, mein Lieber? Ich habe doch meinen Freund beschimpft!‹

›Ich bitte, keinen Widerstand zu leisten. Es ist allgemein bekannt, wer hierzulande ein Dummkopf ist!‹«

Das belustigte die Gäste sehr, sie lachten mit Vergnügen und baten: »Na, noch etwas, Jeruchimowitsch! Noch was, bitte! Ach – wie begabt!«

Jeruchimowitsch sah alle mit dem starren Blick seiner steinernen Augen an und erzählte noch etwas.

Samgin kamen sämtliche Anekdoten gleichermaßen dumm vor. Er sah, daß es ihm heute nicht gelingen werde, sich mit Taïssja zu unterhalten, und wollte schon gehen, aber da erweckte Rosa Greimans Rede sein Interesse. Rosa war eben erst gekommen und hatte wahrscheinlich auch irgendeine Neuigkeit mitgebracht, die mißtrauisch aufgenommen worden war. Sie saß quer auf einem Stuhl, hielt sich mit der Hand an seiner Lehne fest, drohte Chotjaïnzew und Goworkow mit dem Finger der anderen und sagte: »Ihr benehmt euch wie Gymnasiasten. Ihr glaubt wohl, ihr habt Revolution gemacht, diese eure lächerliche Duma bekommen – und schon seid ihr erwachsene Menschen, schon Europäer, könntet bereits die Schulbücher verbrennen, um zu vergessen, was ihr gelernt habt?«

»Gerb ihnen das Fell, Rosa!« schrie mit Anstrengung Dronow, der zusammengekrümmt den Korken aus einer Flasche zog. »Gerb es ihnen, damit sie sich nicht zuviel einbilden!«

Sie brauchte keine Aufmunterung, ihr nicht starkes, dünnes, aber leidenschaftliches Stimmchen durchdrang den Lärm wie ein Bohrer, und die brummigen, halblauten Repliken Chotjaïnzews konnten sie nicht übertönen.

»Ihr denkt wohl: Wenn man euch nicht aufgehängt hat, so habt ihr gesiegt? Ja?«

»Was wollen Sie damit sagen?« schrie Goworkow.

Schemjakin blickte ihn an und verzog schmerzlich sein Gesicht, das einem riesengroßen rotwangigen Apfel ähnelte.

»Ihr kehrt zu der Selbstzufriedenheit der alten Volkstümler zurück«, sagte Rosa. »Ihr bildet euch ein, ein eigentümliches Land zu sein, das nach irgendwelchen eigenen Gesetzen lebt.«

»Na-na, das stimmt nicht«, sagte Chotjaïnzew mit sichtlichem Bedauern.

»Das stimmt nicht? Doch, es stimmt. Bis zum Jahre fünf – schon mit den achtziger Jahren beginnend – habt ihr dem Leben Europas und überhaupt der Welt mehr Aufmerksamkeit gewidmet. Jetzt interessiert euch Europa und die Außenpolitik der Regierung nicht mehr. Doch das ist eine verbrecherische Politik, verbrecherisch wegen ihrer Dummheit. Was bedeutet die Entsendung von Soldaten nach Persien? Und die dunklen Vorhaben auf dem Balkan? Und die Verstärkung der nationalistischen Politik gegen Polen, Finnland, gegen die Juden? Denkt ihr daran?«

Samgin ging unauffällig, ohne sich von jemandem zu verabschieden, fort. Es war unerträglich zu sehen, wie Schemjakin liebenswürdig tat, wie ölig seine Kateraugen glänzten und wie aufmerksam Taïssja seinen Reden zuhörte.

Dronow wird sich von diesem Kater Geld für die Zeitung erbitten und ihm die Frau abtreten, der Schuft, entschied er endgültig. Er wollte sich nicht eingestehen, daß diese Entscheidung ihn stärker betrübte und empörte, als zu erwarten war. Er bemühte sich sofort, sich von dieser kränkenden Schlappe abzuwenden. Und diese Jüdin – hat recht. Man muß sich mit den Fragen der Außenpolitik befassen. Ja.

Dann kam ihm der Gedanke, daß es bei Jelena bedeutend angenehmer sei als bei Dronow, daß aber ein Zusammenleben mit Jelena, das durchaus möglich war, nicht so bequem wäre wie das mit Taïssja.

Sie ist verwöhnt. Das Leben mit ihr wäre sehr turbulent, chaotisch. Aber – sie ist nicht dumm. Und mit ihr – brauchte ich mir keinen Zwang anzutun . . .

Die Tage, Wochen, Monate verstrichen mit einer Schnelligkeit, die fortwährend zunahm. Dieser Eindruck entstand wahrscheinlich deshalb, weil Prosorows Befinden ihm gar nicht mehr zu arbeiten erlaubte und Klim Iwanowitsch, da Prosorow eine recht große Klientel in der Provinz hatte, oft nach Nowgorod, Pskow und Wologda reiste. Die Provinz war die gleiche geblieben, wie er sie früher beobachtet hatte: Ebensolche umsichtig liberalen Anwälte, ebensolche langweiligen Klienten, linkisch dienstgefällige Kellner in den Gaststätten, langweilige, farblose Spießbürger, im Banne der Kleinigkeiten des Lebens, und ebenso wie früher und überall beklagten sich die Droschkenkutscher im Bezirk des Petersburger Obergerichtshofs über die hohen Haferpreise.

Wenn man von dem hölzernen Knarren und Poltern der Zeitungsblättchen des »Bundes des russischen Volkes« absah, war nicht zu merken, daß die Provinz, nachdem sie die Ereignisse der Jahre 1905 bis 1907 überstanden hatte, sich in irgend etwas verändert hätte, es sei denn, daß in den Menschen das Bewußtsein ihres Rechts, reichlich und abwechslungsreich zu essen, noch mehr erstarkt war.

Im Frühjahr brachte Jelena ihren Mann ins Ausland, und nach sieben Wochen erhielt Samgin von ihr ein Telegramm: »Anton gestorben, beerdige hier.« Ein paar Tage danach kehrte sie zurück, sie hatte sich das Haar noch greller färben lassen, das paßte gar nicht zu dem an ihr ungewohnten einfachen dunklen Kleid, und Samgin dachte, gerade dies ärgere sie. Es stellte sich aber heraus, daß die französische

Lebensversicherung ihr auf den Versicherungsschein Prosorows, der auf ihren Namen lautete, das Geld nicht ausgezahlt hatte.

»Weiß der Teufel, was sie brauchen!« entrüstete sie sich. »Da sieht man, wie sie das Geld lieben, diese netten Franzosen. Ich habe das Testament bei mir, der Konsul hat sich bemüht – sie zahlen nicht!«

Dann, friedfertiger, setzte sie hinzu: »Das heißt – sie zahlen, verlangen aber einen Abzug von fünfzigtausend Francs, ich jedoch möchte die ganzen zweihunderttausend erhalten.«

Und, bereits mit einem beglückten Lächeln: »Zudem werde ich hier sechzigtausend Rubel bekommen. Da läßt es sich leben, nicht?«

Dann schlug sie Samgin vor, alle Rechtssachen zu übernehmen und ihr von den alten Sachen Prosorows ein Viertel des Honorars zu zahlen.

»Ist ein Viertel zuviel?« fragte sie, ihm aufmerksam ins Gesicht blickend. Samgin hatte bisher die Hälfte des Honorars bekommen und sagte, daß ein Viertel genüge.

Sie lachte.

»Ich habe gescherzt, mein lieber Klim Iwanowitsch. Nichts brauche ich. Ich bin nicht gierig. Ich hatte Anton überredet, sich zu meinen Gunsten versichern zu lassen, das wohl! Aber wenn man sich schon verkauft, dann – um hohen Preis. Nicht wahr?«

»Was nennen Sie ›sich verkaufen‹?« fragte er achselzuckend, um zu zeigen, daß ihre Worte ihn empörten, aber sie strich lächelnd mit den Händen rund um sich herum, schüttelte ihre Röcke und sagte: »Das da. Tun Sie nicht liebenswürdig, lieber Freund, verstellen Sie sich nicht, das ist nicht notwendig! Ich bin mir meines Wertes bewußt.«

Ja, mit ihr war es leicht, einfach. Aber das Leben überhaupt begann von neuem durch Überraschungen zu beunruhigen. In Kiew war Stolypin ermordet worden. In Dronows Wohnung entbrannte eine außerordentlich erbitterte Debatte darüber, wer ihn ermordet habe: Die Ochrana? Oder Terroristen der sozialrevolutionären Partei? Die Erbitterung, mit der gestritten wurde, wunderte Samgin: Er hörte in ihr nicht die Freude, die Terrorakte gewöhnlich erweckten, und ihm schien, daß alle Streitenden über die Hinrichtung des Ministers unzufrieden, sogar betrübt seien.

Diese Stimmung wurde von Tagilskij festgehalten: Mit den Fingern über das Haarbürstchen an seinem Kinn streichend, sagte er: »Bekanntlich war nicht nur Asef Vertreter der Sozialrevolutionäre in der Ochrana und Vertreter des Polizeidepartements in der Partei. Es geht das Gerücht, daß der Schütze ein reumütiger Provokateur gewesen sei, auch heißt es, daß er beim Verhör erklärt habe: ›Das Leben ist nicht sinnlos, sondern sein Sinn läuft auf das Verzehren von Schnitzeln hinaus, und es ist doch unwichtig, ob ich noch weitere tausend Schnitzel esse oder sie zu verzehren aufhöre, weil man mich morgen aufhängen wird.‹ Da die Sasonows und Kaljajews nichts dergleichen gesagt haben, erlaube ich mir, die Tat des Herrn Bogrow als eine kleine Panne im Mechanismus des Polizeidepartements zu bewerten.«

Seine kleine Rede, die ruhig und lässig vorgebracht worden war, hatte die Stimmung abgekühlt, und Nogaizew erklärte mit jener Freude, der Samgin stets unaufrichtige Töne anmerkte: »Ganz richtig! . . . Das ist ein offenkundig innerbehördliches Affärchen! Verfall, jawohl. Das Verhalten Lopuchins ist ja, wissen Sie, auch nicht sehr . . . lobenswert!«

Als er dies gesagt hatte, geriet er in Verwirrung und rief sofort: »Doch hören Sie, was Marija Iwanowna über Rasputin erfahren hat.«

Die Orechowa begann unverzüglich, mit der Genauigkeit eines Augenzeugen von einem Gelage des sibirischen Bauern, von dessen Prahlen mit seinen nahen Beziehungen zur Zarenfamilie, von der Macht seines Einflusses auf die Zarin zu erzählen.

»Das alles gleicht sehr wenig einem normal funktionierenden Staat, nicht wahr?« fragte Tagilskij Samgin, mit einem Glas Tee in der einen Hand und einem Stück Gebäck in der anderen auf ihn zutretend.

»Ja, es ist irgendein Blödsinn«, antwortete Samgin.

»Aber – wir vergrößern die Armee, bauen die Flotte neu auf. Jedoch, der kleine junge Mann dort trägt amüsante Verschen vor – hören Sie es?«

Der junge Mann, schwarzhaarig, blaß, in schwarzem Anzug und mit einer Krawatte wie aus Goldbrokat, hatte die hohe Stirn in Falten gelegt und verkündete angespannt:

»Wir flüchten vor der Lebensangst
Zu Trinkgelagen und in Klöster,
Zum Dienst an unsrer Väter Land
Und zu den Tröstungen verlogner Bücher.«

»Er ist, glaube ich, ein Sohn des Permer Gouverneurs, mit hochtrabendem polnischem Familiennamen, oder eines Herrenhofverwalters. Allgemein gesagt – irgendeines angesehenen Bürokraten. Er hat zwei Selbstmordversuche gemacht. Ich und Sie sind dazu bestimmt, solche Leute im Leben zu ersetzen.«

»Eine nicht gerade angenehme Perspektive«, sagte Samgin vorsichtig.

»So? Ich jedoch, wissen Sie, würde gern Minister werden. Witte hat seine Karriere als so etwas wie ein Weichensteller begonnen . . .«

Der Dichter rezitierte mit halbgeschlossenen Augen, wobei er sich auf den Beinen wiegte, die rechte Hand in der Tasche hielt und mit der linken irgend etwas in der Luft zu fangen suchte.

»Da nirgends wir ein Obdach finden,
Wir in der Worte Nebel flüchten . . .«

»Dummkopf«, seufzte Tagilskij, beiseite tretend.

Sein Benehmen war nach wie vor beunruhigend, und es war an diesem Benehmen sogar etwas, das Samgins Eigenliebe verletzte. Dort, in der Provinz, hatte er gegen Klim Iwanowitschs Willen Beziehungen hergestellt, die er offensichtlich hier nicht fortführen wollte. Warum wollte er es nicht?

Dort beichtete er, gebärdete er sich liberal, hier dagegen begnügt er sich mit Begegnungen bei Dronow, er war nicht bei mir und äußert nicht den Wunsch, mich zu besuchen. Ich habe ihn zwar nicht eingeladen. Aber dennoch . . . Und besonders beunruhigte irgend etwas Unausgesprochenes an der dunklen Sache der Ermordung Marinas. Hier scheint er es sogar zu vermeiden, mit mir zu sprechen.

Dem neuen Jahr, neunzehnhundertzwölf, begegnete Samgin bei Jelena.

Es hatten sich nicht weniger als fünfzig Personen versammelt. Es waren Schauspielerinnen, Anwälte, junge Schriftsteller, zwei Offiziere eines Pionierbataillons, auch ein kleiner alter Mann mit Halsbandorden und mit seiner jungen Frau, mollig, rotwangig wie ein Pfannkuchen; die Jugend herrschte vor, Studenten und irgendwelche jungen Männer von kleinem Wuchs, die geckenhaft gekleidet waren. In den drei Zimmern war es eng und laut wie in einem Theaterfoyer während der Pause, aber von Zeit zu Zeit, nach langwierigen Ermahnungen der Hausherrin, die bunt und grell gekleidet war wie ein Fasan, und nach den Rufen: »Achtung, Silentium! Ruhe! Die Kunst hat das Wort!« schlossen die Anwesenden widerstrebend den Mund.

Schauspieler und Redner traten auf. Die kleine, etwas hagere Schauspielerin Krasnochatkina, die in purpurne Seide gehüllt war, unter der ihre Ziegenfüßchen in kleinen roten Halbschuhen komisch hervorsprangen, richtete ihre schwarzen Äugelchen zur Zimmerdecke empor, griff mit den Händen ins Leere wie eine Blinde und trug betrübt vor:

»Wir sind gefangene Tiere,
Wir jammern, so gut wir können.«

Man applaudierte ihr dankbar, sie erklärte sich gern bereit, mit Jeruchimowitsch ein Duett zu singen, es zeigte sich, daß er einen angenehmen, geschmeidigen Bariton hatte, und zu zweit mit der Krasnochatkina flehte er hoffnungslos:

»O Nacht! O decke rasch und lind
Mit deinem Schleier meine Seele zu,
Reich die Phiole ihr mit heilendem Vergessen,
Ach, ihrer Sehnsucht Pein ist unermessen,
Und wie die Mutter ihrem Kind,
So gib ihr Ruh!«

Man klatschte von neuem, aber es ertönten auch protestierende Stimmen: »Meine Herr-schaften! Warum so traurig sein?«

»Richtig!« rief der Klavierbegleiter, ein junger, aber stark kahlköpfiger Mann im Frack, mit einem großen grünen Stein in der Krawattennadel und mit ebensolchen grünen Manschettenknöpfen. »Weg mit der Verzagtheit!«

Der kleine Alte mit dem Orden hielt sich an seinem greisen Spitzbärtchen und belehrte die Jugend: »Wir feiern den Anbruch des Jahres zwölf, in dem sich unser Sieg über Napoleon und die Armeen Europas zum hundertsten Male jährt, wir feiern den Anbruch des siebenten Jahres der Repräsentativregierung – nicht wahr? Wir haben einen beachtenswerten Schritt getan, und schon jetzt . . .«

»Richtig!«

»Lustiger, Kinder.«

»Im Chor!«

»Unsere freundschaftlichen Beziehungen zu Frankreich werden uns hindern, das bedeutungsvolle Datum gebührend zu kennzeichnen«, sprach beharrlich der kleine Alte, die Jugend indessen stieß sich eine Weile herum, dann schloß sie sich zu einer dichten Gruppe zusammen und legte dröhnend los:

»Aus dem Land, dem Land so weit . . .«

Ohne auch nur einen einzigen Zug seines steinernen Gesichts zu bewegen, sang Jeruchimowitsch deutlich:

»R-ruhmvoll an das Werk zu gehen,
Zu ungezwungner Lustigkeit
Wir uns hier versammelt sehen . . .«

»Genug!« rief, vor den Chor springend, ein rothaariger junger Mann mit einem Zwicker auf spitzer Nase. »Fort mit den dummen Liedern! Aus welchem weitentfernten Land haben wir uns denn versammelt? Wir alle sind Russen, und wir befinden uns in der Hauptstadt unseres russischen Landes.«

»R-richtig!«

»Begleitung – das Lied ›Schnell wie die Wellen‹!«

»Bitte ›Die Wellen‹!«

Der mit den grünen Steinen geschmückte Mann warf den Kopf und die Hände hoch und schlug auf die Tasten, während Jeruchimowitsch ein Solo begann, und Samgin dachte, ob er sich nicht über die Leute lustig machte, als er die düsteren Worte sang:

»Stund um Stunde verkürzt sich
Unser Weg zum Grab!«

»Na, wissen Sie«, rief jemand aus dem Zimmer nebenan, »das neue Jahr mit solchen Liedern zu begrüßen . . .«

»›Mehr als originell‹ – wie Zar Nikolai II. gesagt hat«, unterstützte man ihn.

Aber Jeruchimowitsch sang unbeirrt:

»Stirbst du – begräbt man dich; als hättest du nie gelebt.
Wirst vermodern du – und nicht auferstehn . . .«

»Genug!« schrien mehrere Personen zugleich, wobei die Stimmen der Frauen sich besonders scharf abhoben, und von neuem sprang das rothaarige, hagere Kerlchen nach vorn, das einen sonderbar geschnittenen lehmfarbenen Rock mit einer Kordel am Rücken anhatte. Sich auf den Beinen drehend wie eine Wetterfahne an der Stange, legte er eine akrobatische Geschmeidigkeit des Körpers an den Tag, fuchtelte mit den Händen und sagte empört: »Man schämt sich zuzuhören! Drei Generationen junger Leute haben dieses dumme, stümperhafte Lied gesungen. Und – warum hat diese sonderbare Jugend, die an der politischen Bewegung der Demokratie tätigen Anteil nimmt, kein einziges Kampflied geschaffen außer dem ›Nagaikalein‹ – dem Lied der Geschlagenen?«

»Bravo!«

»Vortrefflich gesagt!«

»Richtig-ig«, bestätigte mit sichtlicher Freude der Klavierbegleiter.

»Bravo!«

Dem Redner wurde applaudiert, wodurch man ihn beim Reden

störte, aber sein Geschrei übertönte das Händeklatschen, das wie das Plätschern von Fischen klang.

Da hob sich Jeruchimowitschs Stimme ab: »Du solltest eben die Rolle eines Rouget de l'Isle übernehmen, Aljabjew, statt im ›Satirikon‹ den Spießer zum Lachen zu bringen ...«

»Genug des Streits!«

»Sind Pessimismus und Jugend vereinbar?«

»Ja!« rief man ihm als Antwort zu. »Die meisten Selbstmörder sind junge Leute ...«

»Genug!«

»Kommt, singen wir ›Wohlan, wer Recht und Arbeit achtet‹.«

»Versuch es mal, du Tölpel«, brummte Jeruchimowitsch; seine Kupferaugen in dem schweißbedeckten Gesicht blickten starr und stießen Samgin gleichsam zurück.

Er mußte zu diesem Mann irgend etwas sagen.

»Sie haben eine sehr angenehme Stimme«, sagte Samgin.

»Jedoch einen unangenehmen Charakter«, antwortete der Student.

»Wirklich?«

»Ja.«

Er ist grob und nicht klug, entschied Samgin und versuchte nicht, das Gespräch fortzusetzen.

Die »Arbeitermarseillaise« wurde nicht akzeptiert, man begnügte sich damit, zu singen:

»Bittere Tränen der Bursche vergießt,
Auf seinen samt'nen Kaftan.«

In dem kleinen Zimmer, wo Prosorows Schriftführer immer arbeitete, war ein Büfett eingerichtet, von dort kamen angenehm angeregte Leute herüber und griffen, nachdem sie den Imbiß zerkaut und sich die Lippen abgeleckt hatten, lebhaft in das Wortgefecht ein.

Der Lärm nahm zu, es entstanden mehrere Brandherde, aus denen die Worte heraussprühten wie Funken aus einem Lagerfeuer. Im Nebenzimmer schrie jemand fast hysterisch: »Nieder mit den Verkündern geistiger Armut, den Beschränkern der Freiheit, den Fanatikern des Rationalismus!«

Beim Flügel ließ sich ein bekannter Anwalt und Dichter über etwas aus, ein Mann von hohem Wuchs und der Haltung eines Seigneurs, grauhaarig und lockig, mit dem Gesicht eines Menschen, der vom Leben übersättigt, ermüdet ist.

»Das zwanzigste Jahrhundert ist ein Jahrhundert des Pessimismus, noch nie hat es in der Literatur und Philosophie soviel Pessimisten gegeben wie in diesem Jahrhundert. Niemand hat die Frage zu stellen versucht, worin die Ursache dieser Erscheinung wurzelt. Dabei liegt sie ganz offen zutage: Es ist der Materialismus! Ja, eben er! Materielle Kultur erzeugt kein Glück, sie erzeugt keins. Der Geist gibt sich nicht zufrieden mit einer Menge von Dingen, selbst wenn sie sehr schön sind. Und gerade hier – erhebt sich vor der Lehre von Marx ein unüberwindliches Hindernis.«

Jeruchimowitsch erzählte in ukrainischer Sprache eine neckische Anekdote von einem Zusammenstoß übermäßigen Zartgefühls mit unnötiger Bescheidenheit. Das Zartgefühl besaß ein wohlerzogener Mann von liberaler Denkart, während mit der Bescheidenheit von Jeruchimowitsch die Geschichte eines Landes bedacht wurde. Die Geschichte war eine Dame mittleren Alters, von Beruf – eine Tante der Adelsfamilie Romanow, eine Dame, die gern trank und aß, aber ein redliches Witwendasein führte. Die Beziehungen zwischen der Bescheidenheit und dem Zartgefühl liefen auf Kraftlosigkeit des einen und Mangel an Initiative bei dem anderen hinaus. Es endete damit, daß ein gewisser Dritter und sehr Kecker auftauchte, die Tante vergewaltigte und schwängerte und daß die Tante, die das Gefühl hatte, ein Naturgesetz erfüllt zu haben, zu allen überflüssigen Leuten sagte: »Schert euch weg, ihr Dummköpfe!«

Neben Klim Iwanowitsch schaukelte mit dem Stuhl der lange, hagere, genial zerzauste Schriftsteller Orlow, der »letzte Klassiker der Volkstümlerbewegung«, wie er selbst sich in einer Umfrage der »Börsennachrichten« klassifiziert hatte. Mit der Hand sein Knie streichelnd und mit der Zigarette dirigierend, erzählte er in dumpfem, verhaltenem Baß einer jungen, bescheiden gekleideten und häßlichen Schauspielerin im komischen Fach: »Mit Mohn werden Dummköpfe großgezogen. Das Bauernweib hat keine Zeit, sich mit dem Kind abzugeben, es zu stillen und überhaupt. Sie zerkaut Mohnkörner, macht aus ihnen einen Schnuller, steckt ihn dem Kind in den Mund, es lutscht daran und – schon ist es eingeschlafen. Ja. Mohn ist ein Schlafmittel, aus ihm wird Opium, Morphium hergestellt. Ein Narkotikum.«

»Alles wissen Sie, alles!« bemerkte mit einem Seufzer entzückt die Frau.

»Wohin kämen wir denn sonst? Da reden sie nun dort vom Marxismus, aber fragen Sie sie mal, wie das Bauernweib lebt. Das wissen sie nicht. Bücherwürmer sind sie, Pharisäer.«

Die Bücherwürmer hinter Samgin suchten und fanden eine Ähnlichkeit zwischen James' »Mannigfaltigkeit der religiösen Erfahrung« und Du Prels »Philosophie der Mystik«. Beim Flügel ärgerte sich der berühmte Anwalt: »Erlauben Sie! Die Engländer haben einen Shakespeare erfunden, wir jedoch haben einen Leonid Andrejew.«

Im Nebenzimmer verhieß jemand, der sehr lustig war: »Warten Sie! Die Italiener werden die Türken verhauen, dann werden sie unsere Nachbarn am Schwarzen Meer, öffnen die Dardanellen . . .«

»Nachher – werden wir sie verhauen . . .«

»Was denken Sie denn? Das ist möglich!«

Auf Samgin trat Jelena zu und fragte ihn lächelnd und mit Flüsterstimme: »Langweilen Sie sich nicht?«

»Nein.«

»Sagen Sie das aufrichtig?«

»Vollkommen.«

Sie drohte ihm mit dem Finger und blickte nach der Uhr.

»Es ist Zeit, sich zu Tisch zu setzen.«

Der Anwalt und Dichter faßte sie geschickt unter und sagte über seine Schulter hinweg eindringlich zu irgendwem: »Die Ereignisse am Ende des Japanischen Krieges und in den Jahren fünf bis sieben haben uns gezeigt, daß wir auf einem Vulkan leben, ja, ja, auf einem Vulkan!«

Der Tisch für das Abendessen füllte das Speisezimmer in seiner ganzen Länge aus und setzte sich ins Besuchszimmer fort, außerdem standen noch ein paar Tischchen an den Wänden, jeder mit vier Gedecken. Das kalte Licht der Glühbirnen war vorsorglich durch rote und orangefarbene Papierrosetten gedämpft, davon blinkte das Glas und das Silber auf dem Tisch wärmer, und die Gesichter der Menschen wirkten weicher, jünger. Am Tisch bedienten zwei alte Kellner im Frack und ein hakennasiges Stubenmädchen, das wie eine Zigeunerin aussah. Jelena Prosorowa stand auf einem Stuhl und kommandierte vergnügt: »Die Damen wählen die Plätze und ihre Tischherren.«

»Das ist ungerecht! Auf jede kommen zwei und sogar, wie es scheint, mit Überschuß.«

»Und wohin mit dem Überschuß?«

»Es wird sich schon Platz finden.«

»Unter dem Tisch?«

»Wir haben wenig Bedienung – ich fordere zu eigener Betätigung auf«, rief Jelena, während Samgin überlegte: Die Frauen – schätzen sie nicht: eine kleine Sängerin, die Geliebte eines alten Mannes. Aber sie bewahrt Haltung.

Der metallische Lärm von Messern und Gabeln und das Gläserklirren schienen die Worte und Sätze noch lebhafter und schärfer zu machen. Seinen rothaarigen Kopf hochwerfend, erging sich Aljabjew in einer Rede: »Zugegeben, die Repräsentativregierung ist unvollkommen. Aber das Beispiel Deutschlands, die Zunahme der Zahl von Vertretern der Arbeiterklasse im Reichstag zeugt unwiderleglich von der Entwicklungsfähigkeit dieses Systems.«

»Das läßt sich nicht bestreiten«, rief jemand.

»Deutschland wird der erste sozialistische Staat der Welt werden.«

In Aljabjews Zwickergläsern blinkten rote Flämmchen.

»Die Repräsentativregierung befreit die Jugend von der Notwendigkeit, sich mit Politik zu befassen. Die Politik macht Fausts zu Don Quichottes, doch der Mensch ist seinem Wesen nach ein Faust.«

»Richtig«, sagte der Klavierbegleiter, der Samgin gegenüber saß und sorgfältig ein Stück Schinken bestrich, sagte es und nickte, ein Lächeln auf dem rotwangigen Gesicht, mehrmals beifällig mit seinem glatt frisierten Kopf.

Als Tischnachbarn saßen neben dem Klavierbegleiter: zur Linken der »letzte Klassiker« und die »komische« Schauspielerin, zur Rechten ein riesengroßer dicker Dichter. Samgin erinnerte sich, daß dieser massive Bursche noch vor dem Jahr neunzehnhundertfünf die bekannte, aber vor ihm von niemandem gebilligte Tat des Judas Ischariot in einem Sonett verherrlicht hatte. Das Gedächtnis soufflierte ihm mechanisch die Judastat Asefs und andere Akte politischen Verrats. Und ebenso mechanisch fiel ihm ein, daß Judas im zwanzigsten Jahrhundert sehr oft in Poesie und Prosa als Held auftritt, als ein Held, den man ausdeutet und rechtfertigt.

Tor Hedberg, Leonid Andrejew, Golowanow, eine gewisse Schwedin, der Deutsche Dreiser, dachte er, weil es langweilig war, den Debatten zuzuhören, dachte es und betrachtete eingehend die Gäste.

Neben dem Dichter zappelte nervös, mit der Gabel in einem Stück Schnäpel herumstochernd und als wollte er vom Tisch aufspringen, der rothaarige Aljabjew und stieß dabei gegen eine würdige, straff in fliederblaue Seide gezwängte Dame; sie beschwor ihren Tischnachbarn: »Stoßen Sie mich nicht, Mitja!«

Mit den Lippen schmatzend, sagte Samgins Nachbar ihm nachdenklich ins Ohr: »In unserer Generation herrschte mehr Einmütigkeit . . . Jetzt sind die Menschen . . . verschiedenartiger geworden. Vielleicht freisinniger, wie? Trinken wir einen Englischen Magenbitter . . .«

Sie tranken Magenbitter, tranken noch irgendeinen Chinawein, und ein kahlköpfiger Tischnachbar, ebenfalls Anwalt, mit indifferentem Gesicht, schwarzen Brauen und glattrasiert wie ein Schauspieler, belehrte sie: »Bei Zuckerkrankheit ist Kognak nützlich, bei Darmverstimmung – mit schwarzen Johannisbeeren angesetzter Schnaps.«

Jeruchimowitsch trug Gedichte vor, seine Stimme klang komisch trübselig, und als er mit einem Seufzer sagte:

»Groß, Euer Majestät,
Ist Eurer Dummheit Quantität!«

lachte die Hälfte der Tischgäste freudig.

Sie brauchen nicht viel, dachte Samgin.

»Ruhe!« rief irgend jemand.

Die Uhr über dem Kamin begann gemächlich und trübselig das verflossene Jahr zu Grabe zu läuten. Alle erhoben sich, bemüht, dabei nicht zuviel Lärm zu machen. Und während die zwölf einförmigen Töne der Feder erklangen, dachte Samgin mit Selbstvorwurf: Noch ein Jahr spurlos verstrichen . . .

Man schrie hurra, die Gläser erklangen, und als hätten sie tatsächlich einen schweren Augenblick überstanden, beglückwünschten die Anwesenden einander lebhaft zum neuen Jahr und riefen: »Eine Rede! Meine Herrschaften – wir bitten Platon Alexandrowitsch . . . Eine Rede!«

Der bekannte Anwalt erklärte sich lange nicht bereit, die Anwesenden durch sein rednerisches Talent zu erfreuen, aber schließlich erhob er sich, strich mit der Linken seinen halb ergrauten Haarschopf glatt, legte die Hand in der Herzgegend auf die Weste und begann, die Rechte mit dem Glas darin hoch erhoben, mit einem Satz in Latein – der Satz ging in dem Lärm unter, der noch nicht aufgehört hatte.

». . . hat Mark Aurel gesagt. Das gleiche, aber mit anderen Worten sagte Seneca, und beide zitierten sie Zenon . . .«

»Dann hättest du eben mit Zenon beginnen sollen«, murmelte Jeruchimowitsch.

Platon Alexandrowitschs Augen, groß, schön, wie die einer Frau, waren wunderbar ausdrucksvoll, er beherrschte sie ebenso leicht und geschickt wie die Zunge. Wenn er schwieg, verliehen die Augen seinem gepflegten Gesicht einen Ausdruck von Enttäuschung, und wenn sie Frauen anblickten, öffneten sie sich und flehten gleichsam um Hilfe für einen Menschen, dessen Seele müde, von geheimen Leiden zermartert ist. Er genoß den Ruf, ein Frauenbezwinger, ein Zerstörer ehelichen Glücks zu sein, und wenn er von Frauen sprach, verzog sich sein Gesicht finster, die bläulichen Pupillen verdunkelten sich, und in seinem Blick tauchte etwas Verhängnisvolles auf. Jetzt, als er von den Moralphilosophen sprach, kniff er die Augen zusammen und ließ in ihnen ein hochmütiges kleines Lächeln aufleuchten, das sehr vorteilhaft sein gerötetes Gesicht erhellte.

»Ich bitte, mir diese Abschweifung in das Gebiet der Philosophie der antiken Welt zu verzeihen. Ich tat das, um an den Einfluß der Stoiker auf das Zustandekommen der christlichen Moral zu erinnern.«

Der kleine Vortrag über Philosophie drohte sich zu einem gründlichen auszuwachsen, Samgin wurde es langweilig, zuzuhören, und etwas unangenehm, das Mienenspiel des Redners zu verfolgen. Er wandte seine Aufmerksamkeit den Frauen zu, es waren ungefähr fünfzehn zugegen, und alle waren sie, bezaubert von der Stimme und dem vielsagenden kleinen Lächeln des beredsamen Platon, gleichsam erstarrt.

Alle außer Jelena. Das toll frisierte rötliche Haar, die flinken, scharfen Augen und die grelle Kleidung hoben Jelena hervor wie einen fremdartigen Vogel, der sich zufällig auf einen gewöhnlichen Geflügelhof verflogen hat. Unhörbar mit den Fingern schnippend, lächelnd und zwinkernd, erzählte sie mit Flüsterstimme irgend etwas einem bärtigen, dicken Mann, und dieser blähte sich beim Zuhören auf vor Anstrengung, ein Lachen zu unterdrücken, sein Gesicht war puterrot geworden, und seinen im Bart versteckten Mund hielt er mit der Serviette zu. Sein fast kahler Schädel glänzte, als dränge das Lachen durch Haut und Knochen hindurch.

Sie nimmt keine Rücksicht auf die Mode. Und – auf die Menschen, dachte Samgin beifällig.

»Und nun sehen wir endlich, daß diese jahrhundertelangen Versuche, das freie Wachstum der Seele zu beschränken, uns zum Sozialismus geführt haben und uns mit der furchtbaren Macht der Gleichheit bedrohen. Meine Herrschaften! Wir alle hier sind – Gott sei es gedankt! – ungleich. Ich bin überzeugt, daß keiner von Ihnen eine Wiederholung von mir zu sein wünscht, ebenso wie ich nicht eine Wiederholung irgend jemandes von Ihnen sein möchte, selbst wenn dieser Jemand genial wäre. Wir alle sind verschiedenartig wie die Blumen, die Metalle, die Mineralien, wie alles in der Natur, und jeder von uns bescheidet sich mit seiner Eigenart, jedem ist seine unwiederholbare Individualität teuer. Mein Neujahrstoast gilt der Mannigfaltigkeit der Individualitäten, der Entwicklungsfreiheit des Geistes.«

»Amen«, sagte mit tiefer Stimme Jeruchimowitsch, aber sein ironischer Ausruf wurde von einem wenn auch nicht sehr einmütigen, so doch lauten Hurra ausgelöscht. Der Anwalt trank von dem Wein und blickte danach ab und zu herausfordernd Jeruchimowitsch an, doch dieser goß Rotwein in sein Champagnerglas zu und ging völlig in dieser Beschäftigung auf. Nun sprang Aljabjew auf und begann rasch und schallend: »Ich begrüße die wunderschöne Rede des hochverehrten Lehrers und Kollegen, aber obwohl ich sie begrüße, muß ich . . .«

Es blieb unbekannt, was eigentlich und wem er etwas mußte, denn alle hatten bereits einen Rausch, und alle wollten gern reden.

»Die Komissarshewskaja hat man übermäßig gelobt . . .«

»Mein Gott! Sie sagen etwas Entsetzliches . . . Man hat sie – nicht verstanden und versteht sie – wie ich sehe – immer noch nicht . . .«

»Jaurès ist überzeugt, daß die deutschen Arbeiter keinen Krieg zulassen werden . . .«

»Und – sind die Arbeiter davon überzeugt?«

»Die Komissarshewskaja ist eine Schauspielerin für das romantische Drama und scheiterte, ohne voll zur Geltung gekommen zu sein, weil sie gezwungen war, ihr Talent für realistische Stücke zu vergeuden. Unsere Kunst wird vom Realismus zugrunde gerichtet.«

»Ach, das stimmt! Dies ist das Unglück des Landes . . .«

Jeruchimowitsch sagte, mit der Gabel die Luft durchbohrend, mit finsterer Miene: »Im Makrokosmos – Kometen, im Mikrokosmos – Bakterien, Mikroben, wie sollen wir Menschen leben? He? Ich frage: Wie sollen wir leben?«

»Das ist leeres Geschwätz!« rief ihm Aljabjew zu, während Jeruchimowitsch um sich blickte und fragte: »Wirklich?«

Der Alte mit dem Orden mischte sich ein, indem er im Befehlston fast schrie: »Das stimmt, das stimmt! Die Krankheiten nehmen zu, ja, ja! Bei uns im Finanzministerium – starben im vergangenen Jahr . . .«

Seine Dame erinnerte ihn: »Aber es waren doch alles alte Männer . . .«

Und gleich danach verbesserte sie sich: »Bedeutend älter als du.«

Irgendein semmelblonder junger Mann röchelte wie ein angeschossener Hase: »Mein Gott! Wie ideenarm wir doch sind . . . Wo bleiben bei uns die Aare?«

Und irgend jemand, der den Kopf hinter der Portiere vorgestreckt hatte, erwiderte gekränkt: »Und – Mereshkowskij? Lew Schestow? Wassilij Wassiljewitsch Rosanow?«

»Tja«, murmelte langsam, wie im Schlaf, Samgins Nachbar. »Die Persönlichkeit. Der Motor der Geschichte.«

»Die Engländer haben einen Shakespeare, einen Byron, einen Shelley, schließlich – einen Kipling, wir dagegen haben einen Leonid Andrejew und eine Apologie der Barfüßler«, dozierte der bekannte Anwalt.

»Aber – das kommt von Dostojewskij, von seinen ›Erniedrigten und Beleidigten‹ . . .«

»Unsere Schriftsteller lieben ihre Heimat nicht, sie hassen Rußland . . .«

Allmählich drang durch den Lärm eine weinerliche, schrille Stimme und übertönte ihn, sie kam vom Tischende, von einem Mann, der wankend neben der Frau des Hauses stand, es war ein hagerer Mann im Frack, mit kahlem, eiförmigem Kopf, einer großen Nase und grauem Spitzbärtchen, er schüttelte die eine Hand über Jelenas gefärbtem Haar, schwang in der anderen die Serviette und schrie: »Es ist eine Schmach und eine Schande vor Europa! Irgendein durchtriebener Kerl, der Barfüßler und Gauner Rasputin, prahlt mit einem Brief der Zarin an ihn, und in dem Brief schreibt sie, sie fühle sich nur dann wohl, wenn sie sich an seine Schulter schmiege. Die Zarin von Rußland, wie? Dieser Scharlatan nennt die Familie des Zaren – die Seinen, wie?«

»Über Rasputin gibt es verschiedene Ansichten . . .«

»Nicht allein die russischen Zaren zogen Narren, Sonderlinge und Besessene in ihren Kreis . . .«

»Nein, warten Sie! Bei ihm machen sich Höflinge lieb Kind, ihm gehorchen Minister – wie?«

Er schrie so erregt und weinerlich, als hätte Rasputin ihn persönlich gekränkt, seinen Platz eingenommen. Man zischte bereits, irgend jemand rief: »Zum Teufel mit Rasputin . . .«

Aber er kreischte und brüllte immer noch. Samgin fühlte, daß irgendwessen Hand ihn an der Schulter berührte. Das war – Jelena.

»Lieber Klim Iwanowitsch, sagen Sie etwas. Man kennt Sie wenig und wird Ihnen zuhören. Man muß dieses Durcheinander beenden. Wir werden die Tische wegräumen lassen, ein wenig tanzen . . . Ja? Bitte!«

Samgin hatte, ohne es selbst zu merken, mehr getrunken, als er sich sonst erlaubte. Es rauschte angenehm im Kopf, und noch angenehmer war das Bewußtsein, daß keiner von diesen Leuten mehr gesagt hatte, als er selbst hätte sagen können, keiner etwas gesagt hatte, das ihm nicht bekannt gewesen, von ihm nicht schon durchdacht worden wäre. Er – war reicher. Er – war stärker. Und es bedurfte keiner besonderen Tapferkeit, um vor ihnen aufzutreten. Über dem Tisch schwankte eine graublaue Wolke von Tabakrauch, in dem

Rauch schwammen verschiedenartige Gesichter, leuchteten ein wenig getrübte Augen, und alles ringsum war verschwommen, weich wie ein Traum. Er erhob sich, schlug mit der Gabel ans Glas und begann, ohne abzuwarten, bis die Leute etwas ruhiger würden, trokken und sachlich zu reden, wie er vor Gericht zu reden pflegte.

»Meine Herrschaften! Von allem, was hier gesagt wurde, waren am bedeutsamsten – die Worte über Faust und Don Quichotte. Es ist ein Thema, das wir schon seit langem kennen, ein Thema Turgenjews. Aber hier wurde es anders behandelt, so, wie es schon längst hätte behandelt werden sollen. Ja, man erzieht uns zu Don Quichottes. Von Kindheit an prägt man uns in der Familie, der Schule, der Literatur die Unvermeidlichkeit aufopfernden Dienstes an der Gesellschaft, am Volk, am Staat, an den Ideen des Rechts, der Gerechtigkeit ein. Die einzige Perspektive, die man uns völlig klar und deutlich weist, ist die Perspektive des biblischen Jünglings Isaak: Opfer der Götter unserer Väter, Opfer ihrer Traditionen zu werden . . .«

Als Klim Iwanowitsch Samgin merkte, daß der Lärm immer mehr nachließ, wurde er beseelter und senkte die Stimme, denn er wußte, daß seine etwas schwache Stimme in den höheren Tonlagen allzu trocken und knarrend klang. Durch den Rauchschleier sah er Augen, die reglos auf ihm ruhten und ihn maßen. Er empfand einen Andrang von Kühnheit und begriff zum erstenmal in seinem Leben, wie angenehm Kühnheit war.

»Sie wissen, daß Isaak durch einen Widder ersetzt wurde. In unserer Zeit opfert man die Widder nicht Gott, sondern schert sie oder näht aus dem Schaffell halblange Pelze. Aber zu den alten Idolen ist ein neues hinzugefügt worden – die Arbeiterklasse, und der Glaube an die Unvermeidlichkeit von Menschenopfern besteht weiter. Ich stelle und entscheide nicht die Frage, ob der Sozialismus durch die Diktatur des Proletariats zu verwirklichen ist, wie Lenin lehrt. Diese Frage liegt außerhalb meiner Kompetenz, denn ich bin kein Don Quichotte, aber mir ist natürlich der Gedanke, das Gefühl des verehrten und hochtalentierten Platon Alexandrowitsch sehr begreiflich, ein Gefühl, das er mit den Worten von der furchtbaren Macht der Gleichheit zum Ausdruck gebracht hat. Ich spreche davon, daß unser Verstand – das Organ des Pyrrhonismus, das Organ des Faust, der die Welt kritisch untersucht – gewaltsam in ein Organ des Glaubens umgewandelt wurde. Aber ein Glaube, der, von der Logik entfernt, seiner Stütze im Gefühl beraubt ist, führt zu einer Spaltung im Menschen, zu seiner inneren Zweiteilung. Gerade daraus, aus dieser Spaltung, ergeben sich Eigenschaften, die für die russische Intelligenz charakteristisch sind: Unbeständigkeit, geringe Dauerhaftigkeit ihrer Prinzipien, ein Übermaß an Widersprüchen, rascher Wechsel der Überzeugungen.«

Klim Iwanowitsch Samgin war überzeugt, er sage etwas sehr Originelles und Tiefeigenes, etwas in seinem ganzen bewußten Leben von seinem zähen Verstand Erdachtes, Ausgetragenes. Ihm schien, er lege das Ergebnis »kühler Beobachtungen des Verstandes und schmerzlicher Empfindungen des Herzens« schön, glanzvoll dar. Von seiner Kühnheit hingerissen, verlor er die gewohnte Vorsicht der Aussage und empfand zugleich den Genuß, sich an jemandem zu rächen.

»Aus dieser Unbeständigkeit des Hauptkriteriums ergeben sich solche Tatsachen wie die Ablösung des Marxismus bei Pjotr Struve durch seinen neoslawophilen Patriotismus, die Ablösung seiner ›Kritischen Bemerkungen‹ durch den Sammelband ›Wechi‹, der Zerfall der sozialdemokratischen Partei in zwei feindliche Fraktionen, der Provokateur im Zentralkomitee der Partei der Terroristen und überhaupt die Unmenge politischer Provokateure, die Unmenge von Fällen des Verrats ...«

Er konnte seine Rede nicht fortsetzen, die Anwesenden waren des Zuhörens müde, und es ertönten bereits immer öfter betrunkene Ausrufe: »Ihr Don Quichotte und Faust sind Dostojewskijs Gott und Teufel ...«

»Richtig ...«

»In den siebziger Jahren betrachtete man als wirkende Kraft der Geschichte die Persönlichkeit ...«

»Und als ein halbes Hundert Persönlichkeiten aufgeknüpft waren ...«

»Sie reden abgeschmacktes Zeug!«

»Wieso denn – abgeschmacktes Zeug?«

»Zwanzig Jahre später begann man zu verkünden, daß die Rettung im unpersönlichen Willen der Massen liege ...«

»Richtig!«

»Erlauben Sie: Was ist richtig?«

»Meine Herrschaften! Bedanken wir uns bei dem Redner ...«

Etwa fünfzehn Männer und Frauen mit der Herrin des Hauses an der Spitze applaudierten Samgin einmütig, er verneigte sich, und ihm schien, er wäre so leicht geworden, daß das Händeklatschen ihn in die Luft höbe, ihn schaukelte. Der bekannte Anwalt drückte ihm fest die Hand und sagte freundlich: »Ich bin entzückt. Solche reifen Gedanken ...«

Der großnasige Mann im Frack schrie den Klavierbegleiter fast hysterisch an: »Sie haben fünfzigmal ›richtig!‹ ausgerufen, aber was soll denn richtig sein?«

Das Letzte, woran Samgin sich klar erinnern konnte, war: Die beschwipste Jelena war auf ihn zugetreten, hatte sich bei ihm eingehakt und gesagt: »Von Politik versteh ich keinen Deut, aber Sie, mein Lieber, haben die anderen vortrefflich heruntergeputzt ... Und dieser Platon – glauben Sie ihm nicht. Er ist ein Dummkopf, aber schlau. Und – ein Leckermaul. Kommen Sie, gleich werde ich das Publikum unterhalten.«

Sie stand neben dem Flügel, der Klavierbegleiter spielte etwas Übermütiges, sie aber sang noch übermütiger, wobei sie die Worte mit sehr gewagten Gebärden begleitete, zwinkerte, sich wie eine Katze krümmte und die kleinen Füße unter den grellen Röcken hervor hochwarf.

»Ja, zu leben ich verstand!
Wo bliebst du, Jugend, heißer Brand?
Wo, meine kleine weiße Hand?
Wo, Füßchen mein, als hübsch bekannt?«

»Br-ravo-o!« schrie das Publikum und übertönte damit das wohlklingende, kreuzfidele Stimmchen.

»Piff-paff! Es ertönte
Der Quadrille Ritornell.
Piff-paff! Man entflammte
Von Kopf bis Fuß mich schnell!«

»Gött-lich!« rief jemand mit schluchzender Stimme.

»Piff-paff! Mein Leben!
Piff-paff! So manchen
Ein wenig kenne ich,
Ja, ein wenig kenne ich!«

Der kleine Alte mit dem Orden kicherte schmalzig und murmelte: »Sie ist unverwüstlich! Ach, mein Gott ...«

»Könnt ich, du Modehase,
Dir mit der Schuhspitz schlagen
Den Zwicker von der Nase –
Ich tät es mit Behagen«

und ihr Bein flog bis zur Schulterhöhe.

Unter dem Eindruck dieses spezifisch erregenden Liedchens ging

Samgin heim und erinnerte sich ihrer sofort, als er am Nachmittag erwachte.

Einen Tag später erzählte ihm Jelena im Arbeitszimmer Prosorows, wo Samgin die Mandanten zu empfangen und zu arbeiten pflegte, mit einer Zigarette in der Hand halb aufgerichtet auf dem Ledersofa liegend: »Bei der Neujahrsfeier haben Sie ja tüchtig gepichelt. Sie sind sehr . . . frisch. Und – mutig.«

Er trat auf sie zu, setzte sich zu ihr aufs Sofa und sagte so zärtlich, wie er konnte: »Béranger haben Sie sehr gut gesungen!«

»Ja? Es ist angenehm, daß es Ihnen gefallen hat.«

Sie legte sich bequemer hin, zwinkerte und sagte, mit den Fingern schnippend: »Das ist bei mir – so etwas Ähnliches wie ein Gebet. Wie heißt das auf lateinisch? Credo, qui absurdum, ja? Anton konnte dieses Lied nicht leiden. Er war ein Moralist, der Arme . . .«

Dann geschah etwas, was Samgin ein paar Minuten vorher nicht gedacht und was er nicht gewünscht hatte. Nachdem die Frau eine Weile schweigend, mit geschlossenen Augen dagelegen hatte, seufzte sie, öffnete ein ganz klein wenig die Augen und sagte halblaut: »Verhalten wir uns zu der Tatsache einfach. Sie verpflichtet uns zu nichts, bringt uns in keinerlei Verlegenheit, ja? Wenn wir Lust haben sollten, wiederholen wir sie, wenn wir keine haben, vergessen wir sie. Einverstanden?«

»Vortrefflich«, sagte Samgin eilig.

»Geben Sie mir einen Kuß«, befahl sie.

Ihr Lakonismus gefiel Klim Iwanowitsch sehr und hob diese Frau sehr in seinen Augen.

Ja, das ist nicht Alina. Einfach, ohne einen Schatten von Heuchelei. Ohne Hysterie . . .

Das Bewußtsein, daß die Verbindung mit ihr nicht von Dauer sein könne, betrübte ihn sogar ein wenig, erweckte ein verdrießliches Gefühl, aber diese Gefühle verschwanden rasch, während die Neigung zu der ruhigen, starken Taïssja nicht nur nicht verschwunden war, sondern zugenommen zu haben schien. Aber sich mit Taïssja auszusprechen gelang ihm nicht, sie war aus irgendeinem Grund schweigsamer, menschenscheuer geworden. Samgin merkte, daß sie ihn nicht mehr mit fragendem Blick ansah und es zu vermeiden schien, mit ihm zu zweit zu bleiben. Er war überzeugt, sie entscheide die Frage, ob sie von Iwan Dronow zu ihm, Klim Samgin, übersiedeln solle, und er hatte es nicht mehr sehr eilig, ihr entscheidendes Wort zu hören. Er war auch überzeugt, daß gerade jenes Wort gesprochen werden würde, das er erwartete.

Sie ist eine redliche Frau, dachte er.

Er bemerkte nichts, was seine einfache und klare Vorstellung von Taïssja hätte ändern können: Die Frau war Dronow in irgendeiner Hinsicht verpflichtet, sie diente ihm dankbar, und ihr war es peinlich, ihr fiel es schwer, den Herrn zu wechseln, obwohl sie alle seine Fehler sah und begriff, daß ein Leben mit ihm ihre Zukunft nicht sicher machte.

In den letzten Lebensjahren der Anfimjewna hatte Warwara sie sehr schlecht behandelt, aber die Anfimjewna hatte dennoch keine andere Stellung angetreten, rief er sich ins Gedächtnis, und ihm fiel ein, daß Taïssja das Maschineschreiben erlernen könnte.

Ihn beunruhigte Schemjakin, aber er war völlig überzeugt, daß Dronow ihm keine Hindernisse in den Weg legen werde, und Taïssjas Interesse für Politik regte ihn nicht im geringsten auf.

Das tut sie aus Langeweile. Aus Herzensgüte. Und das ist schon nicht zeitgemäß.

Um so mehr verblüffte ihn Dronow, als er spätabends halb betrunken bei ihm erschien und unter verdutztem Kopfschütteln mit heiserer Stimme murmelte: »Tossja ist weg. Verstehst du?«

Samgin, der ein Gefühl brennender Wut empfand, zuckte zusammen. Er saß am Tisch und las gerade die verworrene Akte über die Beitreibung von fünfzehntausend Rubel Konventionalstrafe, die Fjodor Petlin wegen Nichteinhaltung eines Vertrags an Gottlieb Kunstler zu zahlen hatte, morgen mußte er vor Gericht plädieren, und wenn er die Sache gewänne, brächte das ein ansehnliches Honorar ein. Er blickte Iwan über die Brille hinweg an und fragte zornig und selbstsicher: »Zu Schemjakin, ja?«

Dronow stellte einen Sessel vor sich hin und warf, sich mit der einen Hand an seiner Lehne festhaltend, mit der anderen wortlos einen zerknitterten Briefumschlag auf den Tisch, Samgin schnappte mit den Spitzen einer Schere nach dem Briefumschlag und nahm ihn angewidert in die Hand. Der Briefumschlag war feucht.

»Ist draußen feuchtes Wetter?«

»Es regnet, zum Teufel ... Es regnet«, murmelte Dronow, der immerfort den Kopf schüttelte und die Augen zusammenkniff.

»Iwan, ich verlasse Dich«, las Samgin das in großen Buchstaben Geschriebene, die in irgend etwas Zahlen ähnelten. »Ich habe Deine Bekannten und dieses ganze Geschwätz und Getue satt. Ich begreife nicht, wozu Du das brauchst und überhaupt – wozu? Spitzbuben, Nichtstuer, und es werden immer mehr. Du weißt, daß ich mich Dir gegenüber nett, sehr freundschaftlich und offen verhalten habe, aber ich sehe, daß Du mich nicht mehr brauchst und mich nicht im geringsten achtest. Du siehst, wie Schemjakin mir den Hof macht, dabei ist er ein Halunke, und mir tut es natürlich sehr weh, daß es Dir einerlei ist, wie ein Halunke mit mir umgeht. Gewiß, ich könnte ihn selbst in die Fresse schlagen, aber ich kenne nicht Deine Angelegenheiten mit ihm, und ich möchte mich überhaupt nicht in Deine Angelegenheiten einmischen, aber sie gefallen mir nicht. Und Du trinkst immer mehr. Du bist gut, ich weiß, daß Du im Grunde gut bist, aber ich schäme mich, daß ich Deine Gäste mit Speisen und Getränken bewirten muß und daß darin alles für mich besteht. Ich denke, daß ich vielleicht zu etwas anderem tauge, ich möchte ernsthaft leben. Leb wohl, Iwan. Sei mir nicht böse, Taïssja.«

Samgin hatte den Brief zu Ende gelesen, warf ihn beiseite und betrachtete ein paar Sekunden lang verächtlich Dronow. Iwan machte auch den Eindruck, als wäre er feucht und schlaff geworden, er hielt sich immerfort an der Sessellehne fest und schnaufte unter Blinzeln und Seufzen durch die Nase.

Der Dummkopf. Er scheint dem Weinen nahe zu sein, dachte Samgin, sagte aber laut im Ton eines Richters: »Sie hat recht. Du hast aus deinem Heim eine Schenke gemacht, einen Bahnhof. Einen Klub höchst talentloser Schwätzer. Du glaubst, das sei ein politischer Salon. Sie hat recht . . .«

»Wer ist kein Gesindel?« fragte Dronow plötzlich mit fremder Stimme, hob den Sessel hoch und stieß ihn laut mit den Beinen auf den Boden. »Anfangs gefiel ihr das. Es kommen allerhand Leute, reden über alles . . .«

»Ohne etwas zu begreifen«, ergänzte Samgin.

»Da lügst du, mein Lieber«, entgegnete Iwan, als würde er nüchtern. »Du täuscht dich«, verbesserte er sich. »Alle begreifen, was sie begreifen müssen. Die Küchenschaben, die Mäuse . . . die Fliegen begreifen, die Hunde, die Kühe. Die Menschen – begreifen alles. Gib mir was zu trinken«, bat er, als er aber sah, daß der Hausherr sich nicht beeilte, seine Bitte zu erfüllen, wiederholte er sie nicht, sondern fuhr fort: »Toska begriff alles.«

»Sie ist eine sehr passende Frau für dich«, sagte Klim Iwanowitsch Samgin rachsüchtig.

»Das weiß ich«, gab Dronow, sich die Stirn reibend, zu. »Ja. Sie war für mich soviel wie eine Mutter. Ist das komisch? Nein, es ist nicht komisch. Sie war es«, murmelte er und begann noch nüchterner zu reden: »Sie schätzte dich sehr und erwartete, daß du . . . irgend etwas sagen, erklären würdest. Dann erfuhr sie, daß du am Silvesterabend irgendeine Rede gehalten hast . . .«

Dronow verstummte und betastete seine Brust, als wollte er sich überzeugen, ob seine Brusttaschen noch unversehrt seien.

»Na, und was – ist damit?« fragte Samgin halblaut.

»Womit?«

»Mit der Rede.«

»Ach, ja! Sie war betrübt. Sie erkundigte sich immerzu nach dir: Ist er denn kein Bolschewik?«

»Hattest du mich ihr denn als einen Bolschewiken dargestellt?«

Dronow nickte und nahm irgendein Büchlein aus der Tasche.

»Die Rede hat man ihr natürlich in entstellter Form wiedergegeben«, bemerkte Samgin.

»Ich weiß nicht.«

Dronow schlug sich mit dem Büchlein auf die flache Hand und begann von neuem: »Hier – ich habe zweiundvierzigtausend auf der Bank. Siebzehn- gewann ich beim Kartenspiel, neun- bei einer Spekulation mit Riemenleder für die Armee, vierzehn- sparte ich in kleinen Beträgen zusammen. Schemjakin hat fünfundzwanzig- versprochen. Das ist wenig, aber immerhin ... Semidubow wird was geben. Die Zeitung wird zustande kommen. Meine Seele will ich dem Teufel verkaufen, aber die Zeitung wird zustande kommen! Jeruchimowitsch als Feuilletonist. Er bringt alle Doroschewitsche ins Grab. Ein sehr giftiger Mensch. Die Zeitung – wird zustande kommen, Samgin. Aber diese Toska ... ach, Teufel ... Gehen wir irgendwohin zum Abendessen, wie?«

Samgin lehnte es ab, zu Abend zu essen, doch – er fragte, nicht ohne Hoffnung: »Vielleicht kehrt sie zurück?«

»N-nein, das erwarte ich nicht. Ich weiß doch, wohin sie gegangen ist ... Das war Rosa, die sie gelenkt hat«, murmelte Dronow und steckte das Büchlein in die Tasche.

Er ging, ließ Samgin zurück, unfähig, sich mit der Sache Kunstler und Petlin zu befassen. Klim Iwanowitsch zündete sich eine Zigarette an, trommelte zornig mit den Fingern gegen die dicke »Akte« und schloß die Augen, um die stattliche Gestalt Taïssjas, ihre hohe Brust, ihre ruhigen, sicheren Bewegungen, das wenn auch wenig bewegliche, so doch schöne Gesicht und die aufmerksamen, fragenden Augen besser zu sehen. Ihm fiel ein, wie er, als er ihr die Hand auf die Brust gelegt hatte, durch ihre ruhige und komische Frage: »Was interessiert Sie dort?« entmutigt worden war. Er erinnerte sich, wie ein andermal sie selbst unerwartet seine Hand ergriffen und nach einem Blick auf die Handfläche gesagt hatte: »Sie werden lange leben, die Lebenslinie ist lang.«

Sie ist weniger interessant, aber fast ebenso schön wie Marina. Die Jüdin wird ihr sicherlich Arbeit bei den Bolschewiki verschaffen, doch von ihnen ist nur der Weg ins Gefängnis und in die Verbannung sicher. Eugen Richter, scheint mir, hat gesagt, daß eine schöne Frau, wenn sie nicht dumm sei, sich nicht erlaube, an den Sozialismus zu glauben. Taïssja ist dumm.

Aber diese Überlegung tröstete nicht.

Trotz allem bin ich auch ein Don Quichotte, ein Träumer, neige dazu, das Leben zu erfinden. Sie jedoch – duldet keine Erfindungen – sie duldet es nicht, redete er sich zu und dachte weiter darüber nach, wie ruhig und gemütlich man ein Leben mit Tossja einrichten könnte.

Die Einbildungskraft Klim Iwanowitsch Samgins war nicht reich, doch obwohl er diesen Mangel kannte, zählte er ihn zu seinen Vorzügen. Nach seinem Auftritt am Silvesterabend hielt er sich für verpflichtet, die sozialistische Presse zu lesen, und sah, wenn auch mit Anstrengung, so doch mehr oder weniger genau die Zeitungen »Nascha sarja«, »Delo shisni«, »Swesda« und »Prawda« durch. Die beiden ersten ärgerten ihn durch ihre schwerfällige, plumpe Sprache und durch die kleinliche, scholastische Polemik mit den beiden anderen; Samgin hatte den Eindruck, diese Blättchen seien kraftlos, könnten den Leser nicht so beeinflussen, wie sie es sollten, die Form ihrer Artikel kompromittiere das ideelle Wesen der Polemik, zerstückele und zerstäube das Material, das Pathos des Zorns sei in ihnen durch kleinliche, persönliche Gehässigkeit gegen ehemalige Gesinnungsgenossen ersetzt. Überhaupt waren dies Blättchen einer Gruppe von Intellektuellen, die zwar begriffen, daß ein Land analphabetischer Bauern Reformen brauchte und keine Revolution, die nur als »erbarmungs- und schonungsloser Aufstand« möglich sei, wie es alle »politischen Bewegungen des russischen Volkes« waren, die von Daniil Mordowzew und anderen Volksfreunden geschildert worden waren, deren Bücher er in seiner Jugend gelesen hatte – die aber, obwohl sie das begriffen, nicht einfach, klar und überzeugend davon zu reden verstanden.

Klim Iwanowitsch Samgin war überzeugt, daß er alles, was in diesen langweiligen Blättchen gedruckt wurde, eindrucksvoller, markanter und schärfer hätte sagen können.

Die Zeitungen der Bolschewiki ärgerten ihn noch mehr, sie ärgerten und erregten ihn feindselig. Bei diesen Zeitungen spürte er die offenkundige Absicht, ihn mit sich selbst zu entzweien, ihn von der Ausweglosigkeit der Lage des Landes, von der Unrichtigkeit all seiner Urteile, all seiner Denkgewohnheiten zu überzeugen. Sie bedienten sich der Ironie, des Spotts, empörten ihn durch die Ungeschliffenheit ihrer Sprache, durch die Geradlinigkeit ihres Denkens. Ihr Material wurde von einer Sozialphilosophie beleuchtet, und dies war ein »System von Sätzen«, das anzufechten er außerstande war.

Klim Iwanowitsch war ein Meister kleiner Gedanken, aber er verstand immerhin zu denken und begriff, daß sich diesem »System von Sätzen« allein sein: »Ich will nicht!« entgegensetzen ließ.

Jedesmal, wenn er an die Bolschewiki dachte, verkörperte sich der Bolschewismus vor ihm in der Person des stämmigen, ruhigen Stepan Kutusow. Im Ausland weilte der Begründer dieser Lehre, aber Samgin nannte sie weiterhin ein phantastisches System von Sätzen, und Wladimir Lenin konnte er sich nur als Intellektuellen, als Buchgelehrten, der erbittert ist über den Entzug des Aufenthaltsrechts für die Heimat, und eher als Stimme, denn als realen Menschen vorstellen.

Wahrscheinlich etwas Hysterisches, so etwas wie Garschin oder Gleb Uspenskij. Ein Don Quichotte natürlich.

Kutusow war eine reale, lange bekannte Größe. Er befand sich irgendwo in der Nähe und war als Organisator tätig. Von Begegnung zu Begegnung erweckte er den Eindruck eines Menschen, der von seiner Bedeutung, von seinem Recht, zu lehren, zu handeln, immer mehr überzeugt ist.

Die letzte Begegnung hatte diesen Eindruck sehr verstärkt.

Zwei Tage etwa nach dem Auftreten bei Jelena hatte sie mit wohlwollendem Lächeln gesagt: »Wissen Sie, Klim Iwanowitsch, Ihre Rede hatte großen Erfolg. Von Politik verstehe ich wahrscheinlich nicht mehr als eine Pute, von Don Quichotte weiß ich durch die komischen Bildchen in einem dicken Buch, Faust ist für mich ein einfältiger Mann aus einer Oper, aber mir hat es auch gefallen, wie Sie gesprochen haben.«

Sie lächelte, dachte einen Augenblick nach und definierte: »Genauso wie ein Bäuerlein, das eine Weile in der Stadt gelebt hat, dann seine Dorfbewohner belehrt, wie man denken müsse. Kränkt Sie das nicht?«

»Im Gegenteil: Es ist sehr schmeichelhaft«, entgegnete Samgin.

»Bei uns, auf dem Landhaus, gab es solch ein Bäuerlein, es sagte so drollig: ›In der Stadt machen alle Musik, und jeder seine eigene.‹«

Dann teilte sie mit: »Laptew-Pokatilow lädt Sie ein – wissen Sie, wer das ist? Er ist ein kleiner Dummkopf, aber sehr interessant! Adeliger, Hausbesitzer, reich, und er ist, glaube ich, hier Stadtoberhaupt gewesen. Er hat eine Schwäche für Chansonetten, besonders für die französischen, und hat sie alle gekannt: die Otero, die Fougère, Yvette Guilbert – alle berühmten. Er besitzt ein interessantes Haus, die Decke des Speisezimmers gleicht einem Waschtrog und ist mit Ornamenten bemalt, er nennt das Bojarenstil. Ein ganzes Zimmer ist voll Porzellan, es sind wunderhübsche Sachen darunter.«

»Wozu braucht er mich denn?« hatte Samgin lächelnd gefragt; die Frau hatte geantwortet: »Ihm gefallen originelle Menschen. Gehen wir hin? Ich bin auch eingeladen, aus alter Freundschaft«, hatte sie mit einem Augenzwinkern hinzugefügt.

Und nun befand sich Klim Iwanowitsch Samgin in einem großen Zimmer, unter einem Plafond in Form einer verlängerten Kuppel, die bunt mit einem altertümlichen russischen Ornament bemalt war.

In einer Ecke des Zimmers – an einem Tisch – saßen zwei Männer: ein bekannter Professor mit einem Familiennamen, der einem griechischen ähnelte, seine Vorlesungen hatte Samgin gehört, aber an den schwierigen Familiennamen konnte er sich nicht mehr erinnern. Neben ihm saß ein langer Mann mit hagerem Gesicht und Backenbart, er glich einem Engländer, einem von denen, wie Karikaturisten Engländer darstellen. Sich mit der einen Hand am Tisch, mit der anderen an einem Knopf seines Rocks haltend, stand ein zerzaustes kleines Männlein und sagte hüstelnd, mit dünner Stimme: »Wir sehen also ...«

Er hatte ein graues, runzliges, gleichsam erschrockenes Gesicht, und er sprach, als beklagte er sich über irgend jemanden.

Samgin wußte, daß die Industriellen, besonders die Moskauer, die Adelspolitik der Duma scharf kritisierten, daß bei Konowalow und bei den Rjabuschinskijs Unterhaltungen über Fragen der Ökonomik und Außenpolitik organisiert waren und daß dort Pjotr Struve und irgendein anonymer, aber bedeutender Menschewik Vorträge hielten. In diesem Zimmer war niemand zu bemerken, der wie ein Kaufmann oder Fabrikant ausgesehen hätte. Hier hatten sich Intellektuelle und nicht wenig Gestalten versammelt, die ihm persönlich oder von Pressebildern bekannt waren: Professoren, keine von den bedeutenden, Schriftsteller, der sich am Kinnbärtchen zupfende Leonid Andrejew mit seinem schönen blassen Gesicht und der schweren Kappe schwarzen Haars, der trübsinnige »letzte Klassiker der Volkstümlerbewegung«, der Redakteur der Zeitschrift »Sowremennyj mir«, ferner Nogaizew, die Orechowa, Jeruchimowitsch, Tagilskij, Chotjaïnzew, Aljabjew, ein paar elegant gekleidete Damen mit originellen Frisuren, bei einer von ihnen lag das Haar so an Wangen und Ohren, daß das Gesicht häßlich schmal und spitz wirkte. Alle waren sie mittleren Alters, über dreißig, nur eine von ihnen war eine kleine alte Frau mit Brille, grau, mit launisch schmollenden Lippen und einem Notizbüchlein in der Hand, sie benutzte das Büchlein als Fächer, indem sie sich damit das dunkle kleine Gesichtchen fächelte. Jelena war irgendwohin verschwunden.

Am Ende des Zimmers stand an der Wand eine dichte Gruppe von Männern, die wie Fabrikarbeiter aussahen, Ältere, Bärtige herrschten unter ihnen vor, einer war hochgewachsen, breitschultrig und fast noch ein junger Mann, nicht einmal ein Schnurrbart war in seinem beweglichen Gesicht mit starken Backenknochen zu bemerken, ein anderer reichte ihm nur bis zur Schulter, war krausköpfig und rothaarig.

»Im Land entwickelt sich rasch die Industrie. Die Großbourgeoisie baut ihre Presse auf: ›Slowo‹ – hier, ›Utro Rossii‹ – in Moskau. Die Moskauer, mit dem Finanzminister an der Spitze, verlangen eine Änderung der Handelsverträge mit den ausländischen Staaten, vor allem – mit Deutschland«, beklagte sich der erschrockene Mann und hüstelte immer stärker.

Man hörte ihm sehr aufmerksam zu. Das Zimmer, in dem nicht weniger als ein halbes Hundert Menschen atmeten, füllte sich mit warmer Stickluft. Samgin duckte sich unwillkürlich, neigte den Kopf, als in der Stille die bekannte Stimme Kutusows erklang: »Fügen Sie dem hinzu, daß die Duma die Maßnahmen der Regierung zur Vergrößerung von Flotte und Armee unterstützt.«

Darauf trat Kutusow aus der Arbeitergruppe heraus und sagte: »Da der verehrte Redner sich beim Sprechen Zeit läßt, aber offenbar einen großen Vorrat an Tatsachen besitzt und diese Tatsachen allen bekannt sind, ich jedoch nur über fünf Minuten verfüge und dann gehen muß, so bitte ich, mir zu gestatten, mich zu äußern.«

Samgin betrachtete ihn eingehend über die Schulter hinweg und sah, daß Kutusow eine schwedische Lederjacke anhatte, wie ein Bahnarbeiter aussah, daß er sich wieder einen großen Bart hatte wachsen lassen und schmalschultriger, aber größer geworden zu sein schien. Sein Gesicht jedoch hatte sich nicht im geringsten verändert, die grauen Augen waren immer noch ebenso weit geöffnet und zeigten das altbekannte Lächeln.

Er ist immer noch der gleiche. Erstaunlich, daß die Spitzel ihn nicht fangen können.

Dann stellte er fest, daß Kutusow äußerlich, in der Kleidung, von der Männergruppe um ihn nicht abstach.

Kutusow rauchte, sein Bart schwelte, seine Worte klangen klar und deutlich.

»Es gibt andersartige und nicht weniger interessante Tatsachen«, sagte er, als er Redeerlaubnis erhalten hatte. »Wie beteiligte sich die Regierung an der Organisierung des Balkanbundes? In welcher Beziehung steht sie zum Balkankrieg, der gleich nach dem italienisch-türkischen angezettelt wurde und wahrscheinlich die endgültige Vernichtung der Türkei zum Ziel hat? Will die Bourgeoisie uns nicht einen neuen Krieg bescheren? Gegen wen? Und – weshalb? Das sind Tatsachen und Fragen, über welche die Intelligenz nachdenken sollte.«

Samgin saß neben einer fast unsichtbaren Tür, die ebenso gestrichen und bemalt war wie die Wand und die Decke, die Tür war nicht fest geschlossen, hinter ihr gurrte jemand: »›Mein Freund‹, sage ich zu ihm, ›diese Dinge muß man bis aufs Letzte begreifen, oder man soll sie gar nicht begreifen, leb doch mit halb geschlossenen Augen.‹ – ›Aber – erlaube mal‹, entgegnete er, ›ich bin doch Premierminister!‹ – ›Dann – schließ die Augen ganz!‹«

»Au, das ist gut!« schrie Jelena auf.

Das lustige Gespräch hinter der Tür hinderte Samgin, Kutusow zuzuhören, aber er fing dennoch Stücke seiner Rede auf.

»Eine der Haupteigenschaften der russischen Intelligenz besteht darin, daß sie immer zu spät denkt. Nachdem die Arbeiter Frankreichs in den dreißiger und siebziger Jahren gezeigt hatten, wie stark das proletarische Klassenbewußtsein ist, redete und schrieb man bei uns immer noch darüber, wie gesund bäuerliche Arbeit sei und wie Fabrikarbeit das Wachstum des Verstands schwäche«, sagte Kutusow, während hinter der Tür vergnügt die Stimme Jelenas erklang: »Ich sah ihn ohne Hosen bei einer Freundin von mir ...«

»Offensichtlich war er schon damals im Begriff, sich dem Jupiter Romanow zu präsentieren.«

»Ganz vor kurzem würdigten unsere legalen Marxisten nach ihnen die Menschewiki, wie lehrreich für sie das Beispiel der französischen Advokaten, das verlockende Beispiel der Briand, Millerand, Viviani und anderer geistesverwandter Bürschchen aus der Kleinbourgeoisie ist, die, nachdem sie der Großbourgeoisie mit dem Sozialismus gedroht haben, das Proletariat verraten und zu Waffenträgern der Kapitalisten werden ...«

Samgin dachte: Ein Mann mit einem Bart sollte nicht in solch einem Ton reden.

»Verleumdung!« rief jemand, gleich nach ihm wiederholten zwei bis drei Stimmen dieses Wort, ein paar Personen sprangen auf, schrien und fuchtelten mit den Händen in Richtung von Kutusow.

»Unterstehen Sie sich ...«

»Lüge!«

»Und – die ›Wechi‹? Die ›Wechi‹?«

»Aha!«

»Und die Definition der Demokratie als ›Anmarsch des Pöbels‹?«

»Als Hunnen, vor denen die ›Wächter des Denkens und Glaubens‹ fliehen, sich in Höhlen und Katakomben verstecken müssen.«

»In Rußland gibt es keine Katakomben!«

»Das stimmt nicht! Das Kiewer Kloster hat Katakomben . . .«

»In Odessa sind auch Katakomben.«

»Unter der russischen Intelligenz gibt es keine Verräter.«

»Soviel Sie wollen!«

»Beginnen Sie bei Lew Tichomirow . . .«

»Das heroische Leben der Intelligenz ist von der Geschichte bezeugt . . .«

»Erlauben Sie! Er sprach nicht von der gesamten Intelligenz als einem Ganzen . . .«

Kutusow lachte, sein Bart zitterte, er schrie auch: »Erlauben Sie, ich habe noch nicht geendet . . .«

»Das ist auch nicht nötig.«

»Wir kennen euch Verkleidete!«

Aus der kleinen Tür trat Jelena heraus und fragte: »Was ist los?«

Hinter ihr her rollte, wie ein Gummiball springend, ein rundliches Männlein mit rotwangigem Gesicht und den vergnügten Augen eines Glücklichen heraus.

Kutusow winkte ab und ging auf die Tür unter dem Rundbogen in der dicken Wand zu, ihm folgten noch einige Personen, das Geschrei jedoch nahm zu, wurde noch heißer, gekränkter, und immer öfter, hartnäckiger durchdrang den Lärm das bekannte helle Stimmchen Tagilskijs.

Auch Samgin fühlte sich durch die Rede Kutusows schmerzlich berührt und sogar bedrückt. Ihn bedrückte besonders das Bewußtsein, daß er nicht den Mut aufgebracht hätte, mit Kutusow zu streiten, dieser Mensch würde wohl kaum begreifen, daß ein Faust sich nicht mit einem Don Quichotte versöhnen kann.

»Ein Bolschewik. Die Bolschewiki sind keine Demokraten, nein!«

Jelena blickte mit zusammengekniffenen Augen zur Decke, dann auf die Anwesenden und fragte: »Das gleicht einer Pastete mit Pilzfüllung – nicht wahr?«

Samgin lächelte der Frau stumm zu und lauschte der aufreizenden Stimme Tagilskijs: »Die Bewertungen aller Lebenserscheinungen gehen von der Intelligenz aus, und die hohe Bewertung ihrer eigenen Rolle, ihrer gesellschaftlichen Verdienste stammt auch von ihr. Aber wir, die Intellektuellen, wissen, daß der Mensch sich geniert, von sich selbst schlecht zu reden.«

Zornige Ausrufe brausten auf: »Das ist nicht wahr!«

»Tolstojanertum!«

»Das grenzt an Demagogie!«

Doch Tagilskijs Stimme war schwer zu übertönen, sie durchschnitt den Lärm wie ein Pfiff.

»Seien Sie, bitte, unbesorgt! Ich habe nicht die Absicht, irgendwessen Verdienste zu schmälern, und eigene habe ich noch keine. Ich will nur das sagen, was ich sage: Ein Intellektueller in erster Generation ist etwas sehr Unbestimmtes, Veränderliches, Unbeständiges im Vergleich zum Bauern, zum Arbeiter ...«

»Welch originelle Entdeckung!«

»Vergeuden Sie keine Ironie, wir besitzen wenig davon«, fuhr Tagilskij fort, die anderen zum Zuhören zwingend. »Ich weiß: Bei uns gibt es – wie in Frankreich – eine genügende Anzahl Intellektueller in zweiter Generation. Ihre Großväter waren Popen, Kleinhändler, Schankwirte, Unternehmer, überhaupt – städtisches Kleinbürgertum, aber ihre Väter gingen ins Volk, standen in der Sache der Hundertdreiundneunzig vor Gericht, saßen zu Hunderten im Gefängnis, wurden nach Sibirien verbannt, ihre Kinder können wir unter den Sozialrevolutionären und Menschewiki finden, aber natürlich wesentlich mehr unter der im Staatsdienst stehenden Intelligenz, das heißt jener, die in dieser oder jener Weise die Struktur des immer noch selbstherrschaftlichen Staates festigt, der im kommenden Jahr vorhat, sein dreihundertjähriges Bestehen zu feiern.«

»Kürzer!« befahl jemand, und Tagilskij fragte: »Bezieht sich dieser Befehl auf mich oder auf die Selbstherrschaft?«

Etwa drei Personen lachten.

Der rundliche Laptew-Pokatilow, der hinter Jelena stand und eine sehr wohlriechende Zigarette rauchte, nahm die Bernsteinspitze aus den Zähnen, beugte sich zur Schulter der Frau vor und sagte halblaut: »Es wäre sonderbar, wenn man mich morgen nicht zur Direktion der Geheimpolizei vorlüde.«

»Sie sollten eben keinen Unfug treiben, Pappchen«, entgegnete Jelena. »Ich hätte gar nicht gedacht, daß es bei Ihnen heute so zugehen würde.«

Der für Samgin unsichtbare Tagilskij fuhr fort: »Der bärtige Mann, den man hier beim Reden hinderte, ist ein neuer Typ des russischen Intellektuellen ...«

»Solche hatten wir schon!«

»Ich bin keinem begegnet. Der Bolschewismus hat seine originellen Züge.«

»Welche denn? Es wäre interessant, das zu erfahren.«

»Lesen Sie die ›Prawda‹«, riet Tagilskij.

Hier begannen ungefähr zwanzig Personen zu gleicher Zeit zu reden, Samgin unterschied den hysterischen Ausruf Aljabjews: »Der Rat eines Ignoranten! In dem Jahrhundert, in dem Bergson eine neue Ära in der Geschichte der Philosophie beginnt . . .«

»Mitja zürnt«, sagte Jelena lächelnd zu Laptew, er lächelte auch. »Mitja empfindet den Demos als seinen persönlichen Feind. Wir alten Adeligen sind bedeutend duldsamer als die heutige Jugend . . .«

Irgendwo in der Nähe beklagte sich Nogaizew: »Was ist das denn? Hat man, weil der eigene Verstand nicht ausreicht, vom deutsch-jüdischen zu leben beschlossen? Mein Gott . . .«

Die kleine alte Frau mit der Brille schüttelte drohend ihr Notizbüchlein und rief Tagilskij mit tiefer Männerstimme zu: »Dieser Freund von Ihnen, der sich als Arbeiter verkleidet hat, sucht etwas Nichtexistierendes, ein Hirngespinst von Abenteurern darzustellen. Ich behaupte: Die Klassenlehre ist eine Lüge, es gibt keine Klassen, es gibt nur Menschen, die durch Materialismus und Atheismus, durch die Wissenschaft des Satans, durch Eitelkeit und Ehrsucht verderbt sind.«

»Das ist es! Richtig«, rief Nogaizew. »Die alten Lafargues, die Tochter von Marx und sein Schwiegersohn, begingen Selbstmord – da haben Sie ihn, den Materialismus!«

Trotz allem bohrte sich, sickerte durch den Stimmenlärm das dünne Stimmchen Tagilskijs: »Meine Frage – ist eine Frage an die Intellektuellen von gestern. Das Land befindet sich in einer gefährlichen Lage. Der Massenmord an den Arbeitern der Lena-Goldfelder hat von neuem eine Welle politischer Streiks hervorgerufen . . .«

»Das sind Wirtschaftsstreiks.«

»Nein. An den Wirtschaftsstreiks beteiligten sich nicht mehr als hundertfünfzigtausend, an den politischen über eine halbe Million . . .«

Tagilskij wies auf die Gefahr eines Krieges mit Deutschland hin, man entgegnete ihm: Die Mehrzahl im Reichstag besteht aus Sozialisten, Vizepräsident ist Scheidemann – sie würden der Bourgeoisie nicht erlauben, Krieg zu führen.

»Und wenn die Franzosen anfangen?«

»Denken Sie an die Kundgebung der Arbeiter Berlins wegen Agadir . . .«

»Die Franzosen – werden nicht anfangen!«

»Schon vierzig Jahre lang bereiten sie sich vor und – werden nicht anfangen? Sie scherzen!«

»Zur Ordnung, meine Herrschaften! Ich rufe zur Ordnung«, schrie der Professor, der unhörbar mit dem Bleistift auf den Tisch klopfte, und gleich nach ihm schrie, ja brüllte jemand schrill wie ein Ertrinkender: »Niemand unter den hier Anwesenden hat das heilige Wort ›Vaterland‹ ausgesprochen! Und das ist entsetzlich, meine Herrschaften! Durch dieses Vergessen des Vaterlands stellen wir uns außerhalb seiner, vertreiben wir uns selbst aus dem Land unserer Väter.«

»Nicht alle Väter erwecken Liebe bei ihren Kindern.«

»Sind wir denn nicht in den Fußstapfen unserer Väter dorthin gelangt, wo wir jetzt stehen?«

Aber der Redner, der sich wahrscheinlich durch sein hysterisches Geschrei betäubt hatte, hörte die Einwendungen nicht.

»Meine Herrschaften«, rief er. »Zollen wir . . .«

Es war verständlich, daß die Leute schon müde waren. Sie gliederten sich in kleine Gruppen, sprachen halblaut, hinter Samgin tobte ein leidenschaftliches Geflüster: »Seit fast hundert Jahren machen Advokaten die Geschichte Frankreichs . . .«

»Meine Herrschaften! Zollen wir der Partei der Konstitutionellen Demokraten, was ihr gebührt, denn diese Partei weiß, was ein Vaterland ist, sie hat ein Gefühl für das Vaterland, sie liebt es.«

»Die Anhänger Miljukows sind bereits keine Demokraten«, rief jemand, man entgegnete ihm sofort: »Aber noch keine Bourgeois!«

»Sie werden noch soweit kommen!«

»Das ist aber langweilig«, sagte Jelena und verzog das Gesicht; Laptew unterstützte sie sofort: »Und es ist schon längst langweilig!«

Es war sehr schwül, und die Leute gerieten immer mehr in Eifer, obwohl es merklich weniger wurden. Samgin, der Tagilskij nicht begegnen wollte, bewegte sich nach und nach auf die Tür zu, und als er die Straße betreten hatte, atmete er tief auf.

Es hatte soeben stark geregnet, ein kalter Wind, der Vorbote des Herbstes, trieb Fetzen schwarzer Wolken vor sich her, zwischen ihnen tauchte ab und zu der abnehmende Mond auf und beleuchtete ein paar Sekunden lang das Straßenpflaster, die Pflastersteine glänzten ölig und matt, als wären sie aus Zinn, die Fensterscheiben blinkten, und alles rundum schien zu blinzeln. Samgin wurde von zwei Männern überholt, der eine von ihnen ging, als steckte sein Hals in einem Kummet, auf seiner Schulter funkelte eine Baßtrompete, der andere ging gebeugt, hielt die Hände in den Taschen und hatte einen kleinen schwarzen Kasten unter den Arm geklemmt, er stieß gegen Samgin und murmelte: »Verzeihung«, dann fügte er hinzu: »Rein gar nichts wird's geben! So wird es sein: Wir werden ein bißchen dudeln, essen, trinken, schlafen, sterben . . .«

»Du wirst schon sehen«, sagte laut der Mann mit der Trompete.

Ja, es wird was geben, dachte Samgin. Einen Krieg? Wohl kaum. Aber – besser ein Krieg. Es würde eine einmütige Stimmung entstehen. Die Befugnisse der Duma würden sich erweitern.

Wie immer nach passiver Teilnahme an Zusammenkünften fühlte er sich wie von Worten zerdrückt, von der Buntheit und Unmenge an Widersprüchen erregt. Und wie immer trug er aus der Versammlung bei Laptew die gewohnte Menschenverachtung heim.

Sie sind weder Fausts noch Don Quichottes, dachte er und verlangsamte seinen Gang, nahm eine Zigarette heraus und erwog die Worte Tagilskijs über Kutosow: Ein neuer Typ des russischen Intellektuellen?

Dieser Gedanke regte ihn so auf, daß er sich zwang, nicht an Kutusow zu denken.

Er blieb stehen, zündete die Zigarette an und versuchte, während er langsam weiterging, sich einzureden: Ein solcher Typ wäre vielleicht ein Mensch, der Don Quichotte und Faust harmonisch in sich vereint. Tagilskij ... Was will dieser ... Jesuit? Was er sagte, war sicherlich eine Provokation. Er wollte wissen, wieviel Anhänger des Bolschewismus sich unter den Anwesenden befänden. Die Arbeiter – wenn das wirklich Arbeiter waren – hatten sich nicht geäußert. Vielleicht waren sie die einzigen Bolschewiki in – dieser Pastete mit Pilzfüllung. Jelena ist geistreich.

Dann dachte er schon fast erbost: Das sind farblose, seichte Menschen. Unterdessen bedroht uns das Leben aufs neue mit Ereignissen, denen man sich wird widersetzen müssen. Man wird es müssen, denn sie drohen mit Knechtung, mit einer noch härteren Knechtung der Persönlichkeit. Ja, ja – jeder Gedanke hat das Recht, ausgesprochen zu werden, jede Persönlichkeit besitzt das unbestreitbare Recht, frei, unabhängig vom Zwang der Epoche und des Milieus zu denken – daran erinnerte sich Klim Iwanowitsch Samgin fest. Er hätte einen beliebigen Gedanken, jeden Satz, den ein beliebiger Mensch gesprochen hatte, ebenso frei und mit der gleichen Kraft wiederholen können, aber er fühlte, daß die ganze Flut dieser Gedanken durch eine einheitliche Form eingeschränkt, in Ufer, in ein Strombett geleitet werden mußte. Er sah, daß jeder der Menschen, an irgendeinen eigenen Strohhalm geklammert, an der Oberfläche des Lebens schwamm, und sah, daß die Regengüsse und Wirbel aus Worten, die für ihn, Samgin, nutzlos waren, sein gewohntes halb verächtliches Verhalten zu den Menschen verstärkten, dieses Verhalten zu trockener und scharfer Bosheit zuspitzten. Er hütete sich, in großen Versammlungen aufzutreten, weil er sah: Viele der Menschen beherrschten raffinierter als er die Kunst des Streitens, kannten mehr Tatsachen, hatten mehr Bücher gelesen. Es gab Leute, die talentierter waren als er. Ja, solche gab es leider. Und Klim Iwanowitsch Samgin gedachte des buckligen Mädchens, das mutig, tief überzeugt von seinem Recht den Erwachsenen zugerufen hatte: Was treiben Sie da? Es sind doch nicht Ihre Kinder!

Der Regen begann wieder zu tröpfeln. Samgin nahm eine Droschke, verkroch sich unter das Lederverdeck des Wagens. Der Gaul lief langsam, seine Kruppe hüpfte häßlich auf und ab, irgendein gelockerter Eisenteil klirrte, auf dem Leder über dem Kopf des Fahrgastes trommelte zornig der Regen.

Welch ein kärgliches Leben! dachte Klim Iwanowitsch gekränkt.

Aber diese Stimmung hielt bei ihm nicht lange an. Jelena erwies sich als eine Frau, die in jeder Hinsicht interessanter war, als er vermutet hatte. Geschickt in der Liebestechnik, erregte sie leicht seine Sinnlichkeit, ließ ihn süßeste Verzückungen von noch nie empfundener Intensität erleben, und er befand sich in dem Alter, in dem der Mann bereits einen Ansporn von seiten der Partnerin braucht und der Frau für ihre Initiative dankbar ist.

»Ich liebe gern, wie eine Berauschte«, sagte sie einmal nach einem der Liebesgeplänkel zwischen ihnen, das Samgin verblüfft hatte. »Lieben, mein Freund, muß man virtuos und nicht wie die Tiere oder Gardeoffiziere.«

Interessant war sie durch ihre Kenntnis des lustigen Lebens der Menschen aus der »großen Welt«, von Gardeoffizieren, namhaften Bürokraten, Bankiers. Sie besaß einen unerschöpflichen Vorrat an Tatsachen, Anekdoten, Klatschgeschichten und erzählte das alles mit der Spottlust einer ehemaligen Hausangestellten reicher Herrschaften – einer Hausangestellten, die selbst reich geworden ist und an die Dummköpfe zurückdenkt.

Da sie gerne las und schon viel gelesen hatte, bot sich ihr die Möglichkeit, Lebende mit Toten und wirklich existierende Gestalten mit erdichteten zu vergleichen.

»Ach, wenn man über euch Männer alles schreiben könnte, was ich weiß«, sagte sie, mit den Fingern schnippend, und in ihren Augen leuchteten grüne Funken auf. Behende, stets lebhaft gestimmt, rollte sie, ihren Backfischkörper in grelle chinesische Seide gehüllt, wie eine weiche kleine Kugel lautlos aus einem Zimmer in das andere, trällerte dazu französische Liedchen, stellte die vergoldeten Kupfer- und Bronzegegenstände von einem Platz auf den anderen und schwatzte wie eine Elster – die Leidenschaft für schillernde Dinge war bei ihr auch elsternhaft, und auch sie selbst schillerte bunt von oben bis unten.

Mit den Sachen ging sie ehrfürchtig, liebevoll um, streichelte sie zärtlich mit den Fingern und forderte Samgin auf: »Sieh dir mal an, wie geschickt das gemacht ist!«

»Hervorragend«, stimmte Samgin zu, der durch die Brille auf einen häßlichen chinesischen Götzen sah und den Verdacht hegte, daß sie ihn examiniere, seinen Geschmack kennenlernen wolle.

Wenn sie vom Herumlaufen müde wurde, legte sie sich mit einer Zigarette zwischen den Zähnen aufs Sofa und erzählte sehr gut Anekdoten, wobei sie das klangvolle Spiel ihrer Stimme mit schnellem Aufflimmern kleiner Grimassen begleitete.

»Eine Weltdame kommt mit einer Bekannten nach Hause und schreit das Dienstmädchen an: ›Weshalb haben Sie die Möbel und Sachen im Besuchszimmer so dumm und sinnlos umgestellt?‹ – ›Das war nicht ich, das hat das gnädige Fräulein befohlen.‹ Darauf sagt das Mamachen zu der Dame: ›Meine Tochter hat eine hervorragend witzige Phantasie‹«.

Samgin lächelte liebenswürdig, er fand Anekdoten dieses Typs platt, aus Witzblättern herausgelesen, und er vergaß sie sofort. Aber mitunter hörte er Anekdoten anderer Art: »In einem Sonderzimmer des Restaurants ›Medwed‹ fand ein Gelage statt, und ein Kreisadelsmarschall sagte, daß er für die vollständige Übergabe des Lands an die Bauern sei. ›Man muß ihnen das Land unentgeltlich abtreten!‹ – ›Besitzen Sie denn Land?‹ – ›Na, selbstverständlich! Aber – es ist verpfändet und von neuem verpfändet, so daß die Bank es versauktioniert. Und ich kann in der Duma Karriere machen, ich bin kein übler Redner.‹ Ist das komisch?«

»Ja«, gab Klim Iwanowitsch zu.

»Und weißt du, was der Minister Goremykin zu Suworin gesagt hat? ›Es ist nicht übel, daß die Bauern Gutshöfe niederbrennen. Der Adel muß aufgerüttelt werden, damit er aufhört, sich liberal zu gebärden.‹«

Samgin, den es nicht interessierte, woher sie die Meinung des Ministers kannte, fragte: »Wann war das?«

»Im Jahre fünf. In jenem Jahr fanden sehr viele Gelage statt. Aber der alte Suworin ist nett und klug. Er ist ein hervorragender Kenner des Theaters. Die Schauspieler jedoch – mag er nicht. An ihm ist etwas Bäurisches, Rauhes, die Schauspieler und Schauspielerinnen hält er für törichte Nichtsnutze. ›Der Schauspieler hat kein eigenes Gebet, doch jeder Mensch sollte sein eigenes Gebet haben‹, so drückte er das aus. Ich begegnete ihm ziemlich oft, ich wäre gern an sein Theater gekommen. Aber er sagte: ›Nein, Lena, Sie sind für die Operette geeignet, fürs Vaudeville, aber die Operette – liebe ich nicht, und Vaudevilles werden bei mir nicht aufgeführt.‹ Er ist sonderbar. Übrigens sind alle Russen sonderbar: Es ist nicht zu begreifen, was sie wollen – die Republik oder die Sintflut?«

Wenn Samgin solchen Erzählungen und Betrachtungen zuhörte, rauchte er nachdenklich und stumm und dachte, daß dies alles nicht zu der kleinen Frau, einer ehemaligen Kokotte, passe. Es paßte nicht zu ihr und störte ihn in irgendeiner Hinsicht ein wenig. Aber er überzeugte sich immer mehr davon, daß von allen Frauen, mit denen er zusammen gelebt hatte, diese die für ihn leichteste und bequemste sei. Und daß er durch den Verlust Taïssjas wohl kaum viel verloren habe.

Ihre Lebensgeschichte hatte Jelena sehr kurz erzählt und die Erzählung durch lange Pausen unterbrochen: Ihre Großmutter, Yvonne Dangereau, war Zirkusakrobatin gewesen, hatte sich ein Bein gebrochen und lebte dann mit einem Gutsbesitzer im Gouvernement Tambow zusammen; sie brachte eine Tochter zur Welt, der Gutsbesitzer starb, und die Großmutter eröffnete in Tambow ein Modenhaus. Die Mutter besuchte das Gymnasium, absolvierte es, zu dieser Zeit starb die Großmutter, von einem Löschzug der Feuerwehr überfahren. Die Mutter erteilte französischen und deutschen Sprachunterricht an einem Gymnasium und gab die Tochter in eine Ballettschule, von dort geriet sie in die Hände eines alten Herrn, des Direktors irgendeines Departements im Finanzministerium, Wassilij Iwanowitsch Lanen.

»Und nach ihm – ging es weiter!« schloß sie einfach.

»Und – deine Mutter?« fragte Samgin.

»Sie starb auf der Krim an Schwindsucht. Mein Vater, ein Physiklehrer, verließ sie, als ich fünf oder sechs Jahre alt war.«

Samgin hatte den Eindruck, daß Jelena jetzt anständig lebe und ihre früheren Bekanntschaften zwar noch aufrechterhalte, aber nicht mehr an Gelagen teilnehme und sogar, wie er aus Laptews Verhalten zu ihr bemerkt hatte, sich des Wohlwollens der Zechbrüder erfreue.

Er besuchte mit ihr die Reichsduma an dem Tag, als dort die Interpellation wegen der Ermordung der Arbeiter auf den Lena-Goldfeldern zur Verhandlung stand.

»Der Äußerste links in der Ministerloge ist der Ministerpräsident Makarow – weißt du?« flüsterte Jelena. »Nein, denk dir«, flüsterte sie weiter, »ich habe diesen lockeren Zeisig einmal bei einer Freundin, einer Französin, ohne Hosen gesehen, und ihn hat man mit der obersten Leitung Rußlands betraut ... Das ist wahrhaftig ein Witz!«

Ihr Geflüster hinderte Samgin ärgerlicherweise, das Bild der Pariser Parlamentssitzung mit dem Bild zu vergleichen, das sich in dieser Stunde vor ihm entfaltete. Dort, in Paris, saßen zum größten Teil einförmig schwerfällige, stämmige Gestalten – sie saßen ruhig und ungezwungen, wie bei sich zu Hause, überzeugt, daß sie den Willen des französischen Volkes verkörperten. Unter ihnen gab es nicht wenige Juristen, Kenner des Rechts, und Juristen standen an ihrer Spitze, leiteten sie. Diese Männer lebten auf einem Boden, der unter ihnen nicht wankte. Sie vertraten seit langem bestehende Parteien, jede Partei hatte ihre Geschichte, ihre Traditionen.

Hier mußte Samgin an das in der Versammlung bei Laptew-Pokatilow ausgesprochene Wort »Vaterland« denken.

Diese Leute haben seit dem Jahre 1789 ein Vaterland. Sie haben es sich erkämpft.

»Wenn jemand Anekdoten zu erzählen versteht – dann er, Makarow«, flüsterte Jelena. »Aber schau nur, was für eine widerliche Fratze Makarow hat. Und dieser unfähige Hanswurst Purischkewitsch. Er zappelt, als würde er geschmort. Keine sehr solide Versammlung, wie?«

»Ja«, pflichtete Samgin bei, der angespannt die Männer betrachtete, die Gesetzgeber sein wollten, und dachte: Was kann mir Nogaizew geben?

Nogaizew wand sich in einem Sessel neben einem dicken, rotbärtigen, kahlköpfigen Mann in einem langschößigen, altrussischen Überrock. Samgin kam es vor, daß der Hals dieses Mannes bedeutend breiter sei als der Kopf und daß der Kopf nicht auf dem Hals ruhe, sondern in ihn hineingesteckt sei und auf ihm wackele wie eine Wassermelone auf einem Teller, gegen den jemand stößt. Das Vaterland dieses Mannes reichte wahrscheinlich bis an die Grenzen seines Kreises oder Gouvernements. Markow glich einem Diakon aus der Provinz, er hatte Backenknochen eines Fremdstämmigen, eines Mordwinen. Rodsjanko erinnerte an einen Oberkellner. Es herrschten irgendwelche Leute ohne Gesicht und wahrscheinlich ohne Meinungen vor. Diese Männer, die das Amphitheater füllten und höchst verschiedenartig gekleidet waren, benahmen sich nervös, wie Schüler in einer Klasse, die der Lehrer verlassen hat. Sie tuschelten miteinander, wobei sie sich zueinander vorbeugten und auf den Sesseln hochschnellten. Jetzt hat sich Professor Miljukow zu dem Abgeordneten umgewandt, der hinter ihm sitzt, er ist ein Mann mit einem runden silbernen Köpfchen, dem roten Gesichtchen eines Neugeborenen und einer dichten Reihe scharfer, glänzender Zähne; er lächelt, als wollte er beißen. Der hat eine Vorstellung vom Vaterland. Das – ist eine Größe. Jedoch – wer ist ihm noch gleich in der vielstämmigen Ansammlung von Männern, die miteinander tuscheln, sich umblicken und zuhören, wie einer von ihnen, mit der Hand fuchtelnd, irgendein Schriftstück verliest, mit dem er sein Gesicht verdeckt? Vor ihnen, in einem großen Kasten, glänzen die goldverbrämten Uniformen der Minister, und über einer der Uniformen zittert, wahrscheinlich vor Lachen, der leicht ergraute Bart des Justizministers.

Klim Iwanowitsch Samgin war nicht so ehrgeizig, sich als einen der Abgeordneten oder gar als Parteiführer vorzustellen, aber ihm fiel Ljutows Meinung über ihn ein, und, ohne im geringsten seine Einbildungskraft anzuspannen, sah er sich ganz deutlich in der Loge der Regierungsmitglieder.

Nun wurde schließlich der Satz ausgesprochen: »So war es, und so wird es bleiben!« Er rief zornigen, finsteren Lärm auf den Bänken der Linken, lauten Applaus der Monarchisten hervor. Besonders laut klatschte im Stehen und weit mit den Händen ausholend der Mann im langschößigen altrussischen Überrock, er schüttelte zugleich seinen kleinen Kopf, als suchte er ihn vom Hals abzuwerfen, der unnatürlich dick war. Nogaizew saß mit eingezogenem Kopf, gebeugtem Rücken und auf das Pult gelegten Händen da und sah aus, als setzte er zu einem Sprung an. Alle Leute im Saal waren in Bewegung geraten, als hätte jemand durch einen Stoß den ganzen Saal erschüttert. Den Satz hatte ein Minister ausgesprochen, der das Gesicht eines würdigen Kellners aus einem erstklassigen Restaurant besaß, er hatte ihn mit verzogenem Gesicht und im Ton eines Propheten ausgesprochen.

»Ach, dieser Schwätzer! Das hat er von Leonid Andrejew entlehnt«, raunte Jelena, die sich über irgend etwas freute, und stieß Samgin sogar mit dem Ellbogen in die Seite.

Samgin erinnerte sich des Genusses, den ihm seine Kühnheit bei der Silvesterfeier bereitet hatte, und dachte, daß dieser Minister jetzt sicherlich einen ebensolchen Genuß empfand. Dann erinnerte er sich, wie der Bezwinger der Pariser Kommune, General Galliffet, als er im Parlament mit den Rufen: »Mörder!« empfangen wurde, mit dem Fuß aufstampfend, gesagt hatte: »Der Mörder? Hier ist er!« Oh, wie sie da geschrien hatten!

»Wenn du wüßtest, was für ein Dummkopf er ist, dieser Makarow«, summte Jelena ihm ins Ohr wie eine Wespe. »Und der dort, der sich zu Nabokow gebeugt hat, Schura Protopopow, ist ein amüsantes Kerlchen. Nabokow ist ein sehr eleganter Mann. Doch wie plump und unansehnlich sind im großen ganzen alle anderen ...«

Klim Iwanowitsch nickte zustimmend. Ja, man brauchte wahrscheinlich nicht einmal besondere Kühnheit zu besitzen, um mit diesen Leuten entschieden, im Ton des buckligen Mädchens, zu reden. Vor ihm tauchten nacheinander, als fielen sie irgendwohin, halb vergessene Bilder auf: Die Polizei treibt die Moskauer Studenten in die Manege, Bauern und Bäuerinnen reißen das Schloß vom Getreidespeicher ab, und da ziehen sie die Glocke auf den Kirchturm hinauf; mit Hurrageschrei begrüßen Tausende von Einwohnern Moskaus den blaugrauen Zaren, ebenso begrüßt man ihn in Nishnij Nowgorod, tausend Angehörige aller Stände liegen vor dem Winterpalais auf Knien, singen »Gott schütze den Zaren«, rufen »hurra«. Doch dieser Zar ist nach allgemeiner Meinung eine offenbare Null, ein unfähiger, willenloser Mensch, den seine deutsche Frau und irgendein Gauner, ein Bauer aus Sibirien, vielleicht der Nachkomme eines Schwerverbrechers, zu lenken scheinen. Da schließlich gehen Zehntausende von Moskauern unter roten Fahnen hinter dem roten, blumengeschmückten Sarg des Revolutionärs Nikolai Bauman her, wonach sie erschossen werden.

Hier haben sich die Vertreter jener versammelt, die auf Knien lagen, jener, die man erschoß, und jener, die zu erschießen befahlen. Die Menschen sind als Masse ebenso unfähig und willenlos wie ihr Zar. Sie werden nur dann zu einer geschichtlichen Macht, wenn sich irgendein kühner Mann an ihre Spitze stellt wie der ehemalige Leutnant Napoleon Bonaparte. Ja – »so war es, und so wird es bleiben«.

Jelena flüsterte immerfort, nannte die Namen der Abgeordneten und charakterisierte sie, Klim Iwanowitsch Samgin hatte seinen Kopf zu ihrem Gesicht geneigt, hielt das Ohr hin und gab sich den Anschein, als höre er zu, überlegte jedoch schnell: ... Kühnheit wird gebraucht und – eine einfache, klare Losung: Frankreich, Vaterland, Land der Väter. Diese Losung ist nur der Bourgeoisie verständlich, die ununterbrochen, von Generation zu Generation, Gewerbe und Handel ihres Vaterlandes entwickelt, seine Wirtschaft beherrscht und Afrikaner, Inder oder Chinesen für ihr Vaterland arbeiten läßt. Für jeden Engländer arbeiten fünf Inder. Ist die Losung »Rußland, Vaterland« in einem Land möglich, in dem sich ununterbrochen das Drama der Spaltung zwischen Vätern und Söhnen abspielt? In dem fast jedes Jahrzehnt die Intellektuellen in Menschen der sechziger, der siebziger Jahre, in Volkstümler, Narodowolzen, Marxisten, Tolstojaner, Mystiker scheidet? ...

Klim Iwanowitsch hatte das Gefühl, als wäre irgendwo in seinem Inneren eine Eiterbeule aufgebrochen, die ihn gehindert hatte, leicht zu atmen. In dieser Stimmung von Unbeschwertheit, von Kühnheit verließ er die Reichsduma, und ein paar Tage später sprach er in der gleichen Stimmung im Salon des bekannten Anwalts: »Die Romanows haben vor, in einigen Monaten eine Feier zu ihrer dreihundertjährigen Herrschaft über Rußland zu veranstalten. Die Reichsduma hat für dieses Fest fünfhunderttausend Rubel bewilligt. Wie werden wir, die Intelligenz, uns zu diesem kleinen Fest verhalten? Sollten wir uns nicht ins Gedächtnis rufen, womit diese dreihundert Jahre gefüllt waren?«

Er bemühte sich, nicht sehr laut zu sprechen, da er im Auge behielt, daß seine etwas trockene Stimme von Jahr zu Jahr in den höheren Tonlagen immer schärfer und unangenehmer klang. Er vermied es, pathetisch zu werden, erlaubte sich nicht, in Eifer zu geraten, und wenn er etwas sagte, das ihm besonders bedeutsam vorkam, senkte er die Stimme, da er gemerkt hatte, daß er durch diesen Kunstgriff die angespannte Aufmerksamkeit der Zuhörer steigerte. Wenn er sprach, nahm er die Brille ab, da er vermutete, daß der Glanz und Ausdruck der kurzsichtigen Augen die Kraft seiner Worte sehr vorteilhaft unterstreiche.

Er gab einen kurzen Abriß der Genealogie der Romanows, wies darauf hin, daß das letzte Mitglied dieser russischen Familie die Tochter Peters I., Elisabeth, gewesen sei, während nach ihr den Thron des Russischen Reiches ein Deutscher, ein Herzog aus dem Hause Holstein-Gottorp, bestiegen habe. Er war überzeugt, daß diese historische Tatsache für einige Zuhörer eine Neuigkeit sein werde, und ihm schien, daß er sich nicht getäuscht habe, denn einige unter den Zuhörern waren offenkundig erstaunt. Nachdem er ihre Unkenntnis mit einem verächtlichen Lächeln bewertet hatte, begann Herr Samgin kühner zu sprechen. Er zählte alle Volksaufstände von Rasin bis Pugatschow auf, ohne den Aufstand Kondrat Bulawins zu vergessen, von dem er nur wußte, daß es einen Donkosaken Bulawin und einen Aufstand gegeben hatte, doch was der Donkosak gewollt und in welchen Formen die von ihm organisierte Bewegung sich geäußert hatte, davon wußte er nur soviel wie alle anderen.

»Der junge Michail Romanow wurde von den Bojaren wegen seiner Dummheit zum Zaren gewählt«, teilte Samgin seinen Zuhörern schulmeisterlich mit. »Der einzige kluge Zar aus dieser Familie war Peter der Große, und dies war so ungewöhnlich, daß das gemeine Volk in dem Gesalbten Gottes den Antichristen, einen Diener des Satans erblickte, während einige unter den Bojaren in ihm einen Sohn des Patriarchen Nikon vermuteten, welch letzterer sich an der Zarin vergangen habe.« Er schilderte knapp die Regierung der Zarinnen, Alexanders, Nikolais I. und der beiden anderen Alexander und sagte darauf: »Es sieht sehr danach aus, daß der heute regierende

Nikolai II. mit Michail Romanow nur in bezug auf Dummheit verwandt ist.«

Hier machte er eine Pause, trank einen Schluck Tee, kratzte sich mit dem Nagel des kleinen Fingers an der linken Schläfe und fuhr, nachdem er tief Atem geholt hatte, fort: »Nun also, Rußland, unser Vaterland, wird die dreihundertjährige Macht von Leuten feiern, über die etwas Lobendes zu sagen im höchsten Grade schwierig ist. Unser konstitutioneller Zar begann seine Regierung mit der Chodynka-Katastrophe, setzte sie mit dem Blutsonntag am 9. Januar des Jahres fünf und mit der vor kurzem erfolgten Ermordung von Arbeitern der Lena-Goldfelder fort.«

»Sie haben den Krieg gegen Moskau vergessen«, rief jemand unsichtbar aus einer dunklen Ecke.

»Nein, ich habe ihn nicht vergessen«, entgegnete Samgin. »Ich denke an alles, aber ich verweile bei den effektvollsten Taten der Selbstherrschaft.«

»Was könnte effektvoller sein!«

»Die Moskauer Ereignisse des Jahres fünf kenne ich gut, aber ich habe darüber meine eigene Meinung, und – wollte ich sie jetzt äußern – würde sie uns weit von dem Thema abbringen, das ich gewählt habe.«

»Bitte keine Unterbrechungen«, sagte mißmutig und drohend ein hochgewachsener Mann mit langem, schmalem Kinnbart und geringeltem Schnurrbart. Er saß Samgin gegenüber und suchte vergeblich mit dem Löffel ein Teeblättchen zu angeln, das in seinem Glas mit längst erkaltetem Tee herumschwamm.

Klim Iwanowitsch Samgin sprach weiter. Er äußerte – in Form einer Frage – die Befürchtung: ob das treuuntertänige Volk nicht wie im Jahre 1904 auf den Schloßplatz gehen und anläßlich der Dreihundertjahrfeier vor dem Palais des Zaren niederknien würde.

»Wir Russen knien allzu gern nicht nur vor Zaren und Gouverneuren nieder, sondern auch vor unseren Lehrern. Erinnern Sie sich:

O Lehrer! Vor deinem Namen,
Erlaub mir, demütig das Knie zu beugen.«

»Sie zitieren falsch«, stellte mit Vergnügen der Mann in der Ecke fest.

»Als man merkte, wie leicht wir das Knie beugen, machte sich Japan diese unsere Neigung zunutze, und nach ihm – die Deutschen, indem sie uns zwangen, mit ihnen einen Handelsvertrag zu schließen, der nur für sie vorteilhaft ist. Die Gültigkeit des Vertrages erlischt im Jahre 1914. Die Regierung vergrößert die Armee, verstärkt die Flotte und fördert die Rüstungsindustrie. Das ist umsichtig. In den Balkankriegen hat man noch nie ohne unsere Beteiligung auskommen können . . .«

»Mir scheint es möglich, daß die Selbstherrschaft im Jahr ihres dreihundertjährigen Jubiläums uns – als Geschenk – einen Krieg anbieten wird.«

»Sogar ein kleiner Sieg kann uns großen Schaden bringen«, rief der Mann in der Ecke, unterbrach dadurch rücksichtslos Samgins Rede und zwang ihn zu sagen: »Ich habe Schluß gemacht.«

Die Gäste schwiegen und warteten, was der Herr des Hauses sagen werde. Der Hausherr, majestätisch wie ein Truthahn, erhob sich, schüttelte sein halb ergrautes, lockiges Schauspielerhaupt, strich mit der linken Hand über seine glattrasierte, bläuliche Wange und begann, die Zigarettenasche mit dem Finger in den Aschenbecher abschlagend, in deftigem Bariton: »Eine sehr interessante Rede. Ich möchte mir erlauben, nur einen Mangel an ihr zu unterstreichen: Ein ganz klein wenig zuviel Geschichte. Ach, meine Herrschaften, die Geschichte!« rief er halblaut und müde aus. »Wer kennt sie? Sie ist noch nicht geschrieben, nein! Man hat sie wie einen Roman geschrieben, zum Trost der Leute, die nach dem Sinn des Daseins suchen und ihn nicht finden, ich spreche nicht vom vergänglichen Sinn des Lebens, nicht davon, was das gebieterische Morgen uns diktiert, sondern vom Sinn des Daseins der Menschheit, die unseren Planeten so dicht mit ihrem Fleisch besät hat. Geschichte schreibt man zur Rechtfertigung und Verherrlichung der Taten von Nationen, Rassen, Imperien. Letzten Endes ist die Geschichte ein Gedenkbuch der Mißgeschicke, Leiden und notgedrungenen Verbrechen unserer Vorfahren. Und die aufmerksame Lektüre der Geschichte prägt uns überzeugender als das Evangelium ein: Seid barmherzig zueinander.«

Er schloß müde die Augen, wiegte eine Weile den Kopf, warf mit einer schönen Handbewegung die Zigarette in den Aschenbecher – warf sie wie eine abgelegte Spielkarte beiseite und fuhr nach einem tiefen Seufzer, das schöne Haupt energisch hochreißend, fort: »Die Lebensgeschichte großer Menschen dieser Welt – das ist die wahre Geschichte, die jeder kennen muß, der sich nicht durch Illusionen, durch Träume von der Möglichkeit eines Glücks der ganzen Menschheit betören lassen will. Kennen wir unter den ganz großen Menschen der Welt auch nur einen, der glücklich gewesen wäre? Nein, wir kennen keinen . . . Ich behaupte: Wir kennen keinen und können keinen kennen, weil selbst bei unseren sehr bescheidenen Vorstellungen vom Glück – es von keinem der Großen erlebt worden ist.«

Sein Gesicht hatte einen gramvollen Ausdruck angenommen, und aus seiner saftigen Stimme klang auch Gram. Er spielte mit Stimme und Worten dank der feinen, vortrefflich ausgebildeten Kunst eines talentierten Schauspielers, verblüffte durch eine Menge überraschender Intonationen, durch melodischen Wohlklang der Worte, in die er Ironie und Trauer, stillen Zorn und das lyrische Bewußtsein von der Hoffnungslosigkeit des Daseins in schöner Weise hüllte. Mit einem Gefühl der Ehrfurcht und Vergötterung sprach er die Namen Leonardo da Vinci, Jonathan Swift, Verlaine, Flaubert, Shakespeare, Byron, Puschkin, Lermontow – eine unendliche Anzahl von Namen – aus und nannte alle ihre Träger Großmärtyrer: »Da sind sie, die Großmärtyrer unserer Kirche, einer Kirche der Intellektualisten, Großmärtyrer des Geistes, wie sie die Kirche Christi nicht kennt und nicht hat . . .«

»Meine Herrschaften!« rief er mit einer Begeisterung, die kunstvoll mit Trauer verbunden war. »Was können wir, die Menschen, vom Leben verlangen, wenn selbst unsere Götter tief unglücklich sind? Wenn sogar die Religionen in ihrer Mehrzahl – Religionen leidender Götter sind, solche eines Dionysos, eines Buddha, eines Christus?«

Er verstummte unter Kopfschütteln, strich sich über die breite Stirn, seine rechte Hand senkte sich langsam, er sank auf den Stuhl, und es sah so aus, als schwände er ganz dahin. Ihm wurde einmütig applaudiert, und der Mann in der Ecke sagte: »Amen! Aber – der Teufel soll sie holen, die Wahrheit, ich werde trotz allem leben. Ich werde es, allen Wahrheiten zum Trotz . . .«

»Sie spotten wie gewöhnlich, Charlamow«, sagte betrübt, jedoch, wie es schien, auch böse der Hausherr. »Sie sind ein verspäteter Nihilist, das sind Sie«, fügte er hinzu und forderte zum Abendessen auf, aber Jelena lehnte ab. Samgin begleitete sie. Es war schon spät und einsam, die schlafende Stadt brummte dumpf. Die im Lauf des Tages erwärmten Häuser atmeten nun auskühlend drückende Gerüche aus jedem Tor. In der einen Straße schien der Mond nur auf die obersten Stockwerke der Häuser an der linken Seite, in der nächsten Straße nur auf das Pflaster, und das reizte Samgin.

»Du solltest hören, wie er den Monolog des Hamlet oder Antonius vorträgt. Ein erstklassiger Schauspieler. Es heißt, daß Suworin ihn unter beliebigen Bedingungen an sein Theater rief.«

Samgin war mit sich unzufrieden, denn er fühlte, daß dieser

schöne Mann seine Rede weggewischt hatte, wie man mit einem Lappen eine Kreideaufschrift von einer Schultafel wegwischt. Ihm schien es, daß Jelena das auch begriffen habe, und darum rede sie so, als wollte sie ihn, den Gekränkten, trösten.

Dumme Gans, sagte er innerlich zu ihr und fragte: »Spielt er denn oft den Pessimisten?«

Sie antwortete bereitwillig: »Nein, er ist im allgemeinen lustig, aber zu Hause wahrt er den Stil. Er steht sich schlecht mit seiner Frau, er ist verheiratet. Sie ist sehr wohlhabend, die Tochter eines Fabrikanten. Es heißt, sie gebe ihm kein Geld, und er – ist faul, befaßt sich wenig mit Rechtssachen, schreibt Verslein und kleine Artikel für die Zeitung ›Nowoje wremja‹.«

Samgin hörte ihr nicht mehr zu, er dachte, daß so ein Typ in Frankreich wahrscheinlich keine Gedichte schreiben würde, die niemand kennt, sondern im Parlament säße.

Wir sind faul, sind nicht neugierig, erinnerte er sich und dachte sofort: Er – hat niemanden zitiert. Das ist ein Zeichen von Selbstsicherheit. Das Spiel mit dem Pessimismus ist ein einfaches Spiel. Aber schön sprechen – das kann er. Ich muß mich zusammennehmen, beschloß Klim Iwanowitsch Samgin, denn er fühlte, daß die Zeit mit einer solchen Geschwindigkeit an ihm vorbeiglitt, als rollte alles, womit sie gefüllt war, bergab. Aber der schnelle Wechsel an Ereignissen deckte sich nicht mit der Langsamkeit, die Klim Iwanowitsch zu einer auffälligen Gestalt machte. Ihn grüßten liebenswürdig bedeutende Vertreter der Anwaltschaft, man lud ihn zu allerhand Versammlungen ein, hörte ihm, wenn er sprach, aufmerksam zu, das alles – war so, aber es befriedigte ihn nicht. Er konnte sehr gut fremde Gedanken entwickeln, sie mit einer Menge mitunter origineller Zitate bekräftigen, sein Gedächtnisvorrat war unerschöpflich. Aber er fühlte, daß seine Kenntnisse nicht zu einem harmonischen System gruppiert, nicht von irgendeiner einheitlichen Idee beherrscht waren. Er war von jeher zu denken gewohnt, daß die Idee eine Organisationsform von Tatsachen, ein Ergebnis der mechanischen Tätigkeit des Verstandes sei, und er war überzeugt, daß das grundlegend Menschliche in einer geheimnisvollen Eigenschaft wurzele, die ausnehmend begabte Menschen hervorbringe, einen Kanonikus Jonathan Swift, einen Lord Byron, einen Fürsten Kropotkin und andere dieser Art. Diese Eigenschaft – liege tief im Emotionsbereich verborgen, und sie gewährleiste dem Menschen volle Freiheit, volle Unabhängigkeit des Denkens von der Gewalt der Geschichte, der Epoche, der Klasse. Klim Iwanowitsch Samgin begriff, daß dies bereits eine Idee sei, wenn auch nicht eine neue, so doch – seine, eine von ihm persönlich durchdachte und ausgetragene. Aber er war doch klug genug, um zu sehen: In seinem Besitz war diese Idee wirkungslos. Sie war auch gleichsam ein Erzeugnis oberflächlicher, mechanischer Tätigkeit des Verstands und nicht einmal fähig, die Fakten zu einem harmonischen System von Sätzen zu organisieren – ein Kunststück, welches selbst unbegabten Menschen leicht zugänglich war. Wie alle talentierten Menschen, deren Lebensgeschichte er kannte, war er mit dem Leben unzufrieden, mit den Menschen unzufrieden, und er fühlte, daß in ihm, wie eine Eiterbeule, scharfe Unzufriedenheit mit sich selbst entstand. Sie stellte ihm die beunruhigende Frage: Bin ich denn so gemütsarm, daß ich in meinem ganzen Leben so bleiben werde, wie ich bin?

Er dachte daran zurück, wie man ihn in seiner Kindheit beurteilt hatte, wie auffallend er in seiner Jugend und in den ersten Jahren seines Lebens mit Warwara gewesen war. Das tröstete ihn ein bißchen.

Jelena hatte in irgendwessen Gesellschaft eine Dampferfahrt auf der Wolga angetreten, danach wollte sie nach Kislowodsk reisen und ihn dort erwarten. Ja, er mußte sich auch einer Narsan-Trinkkur unterziehen, mußte sich erholen, er war müde. Aber er wollte die Art seiner Beziehungen zu dieser allzu populären und reichen Dame nicht besonders betonen, das konnte nachteilig für ihn sein. Ihre Vergangenheit war nicht vergessen, und sie sorgte sich nicht im geringsten darum, daß man sie vergäße. Und Samgin, der ihr durch Telegramme die Verschiebung seiner Ankunft mitteilte, wartete so lange, bis Jelena über Odessa nach Alexandria und von dort über Marseille zur Herbstsaison nach Paris gereist war. Dann fuhr er nach Kislowodsk, verbrachte dort fünf Wochen und reiste, sich Zeit lassend, über Tiflis, Baku, das Kaspische Meer nach Astrachan und die Wolga hinauf bis Nishnij, besuchte dort die Messe, sah sich an, wie die Stadt sich für die Feier des dreihundertjährigen Bestehens der Selbstherrschaft putzte, und besuchte zu gleichem Zweck Kostroma. Das alles bereitete ihm viel Vergnügen.

Er arbeitete viel, reiste oft in der Provinz, konnte immer noch nicht von Prosorow übernommene Rechtssachen zu Ende führen, zudem besaß er schon eine eigene Klientel, er hatte sogar als juristischen Gehilfen Iwan Charlamow herangezogen, einen Mann mit Absonderlichkeiten: Er pfiff fast ununterbrochen durch die Zähne und führte mitunter halblaut in sehr freundlichem Ton Selbstgespräche: »Schwant dir nicht, Wanja, wo hier ein Anlaß für eine Kassationsklage steckt?«

Er war breitschultrig und großköpfig, sein schwarzes Haar war in den Nacken gekämmt, lag dicht an, wie in sich verklebt, und ließ eine hohe Stirn frei, er hatte dichte Brauen und kirschrunde dunkle Augen in tiefen Höhlen. Die Haut auf seinem knochigen Gesicht war leicht grau, auf der linken Wange saß ein samtenes Muttermal von der Größe eines Zwanzigkopekenstücks, die knorpelige Nase war hakenförmig nach unten gebogen, während die Lippen dick und leuchtend waren.

Zur Zahl seiner Absonderlichkeiten gehörte das Interesse für konterrevolutionäre Literatur, er kannte eine Menge verschiedener Broschüren und Romane und klärte aus irgendeinem Grund seinen Chef beharrlich auf: »Hier, Klim Iwanowitsch, ist eine bemerkenswerte kleine Sache unserer Tage – ›Die Pest‹, ein Roman von Lopatin. Sie brauchen ihn nicht ganz zu lesen, ich habe ein paar Seiten angemerkt, Sie werden lächeln!«

Da Klim den Mann begreifen wollte, las er: »Die alten Fabrikarbeiter, die sich an den Aufstand auf der Presnja erinnerten, parodierten das Standgericht und erschossen jeden, der Uniform trug.«

»Hören Sie, Charlamow, das ist doch eine Lüge!« rief Samgin in das Zimmer hinüber, in dem vor sich hin pfeifend sein juristischer Gehilfe arbeitete.

»Bei ihm, diesem Lopatin, ist alles Lüge.«

»Weshalb interessieren Sie solche Bücher?«

»Ich lerne daraus«, antwortete Charlamow. »Haben Sie ›Unser Verbrechen‹ von Rodionow, ›Das kranke Rußland‹ von Mereshkowskij, ›Die Rechtfertigung des Nationalismus‹ von Lokot, die ›Reden‹ Stolypins gelesen? . . .«

Charlamow nannte, als brüstete er sich damit, Dutzende von Büchern. Samgin lag, rauchte, hörte zu und dachte daran, daß hohle, nichtige Menschen sich Absonderlichkeiten zulegen, damit man sie bemerke, ihnen das Almosen der Beachtung spende.

Almosen der Beachtung – das hat Nikolai Konstantinowitsch Michailowskij gesagt.

An der Erzählung arbeitete Samgin nicht, er hatte siebzehn Seiten Briefpapier großen Formats mit Notizen vollgeschrieben, mit Charakteristiken von Marina und Besbedow, hatte sich entschlossen, Berdnikow zum Anstifter, Besbedow zum faktischen Vollstrecker des Mordes zu machen und hinter sie als geheimnisvolle Figur Creighton zu stellen, dann hatte er begonnen, die Stadt zu schildern, aber es hatte sich ein trockenes Artikelchen ergeben, von der Art, wie sie im Brockhauslexikon üblich sind.

Hin und wieder erschien Dronow, fast immer angeheitert, erregt, nachlässig gekleidet, seine Augen waren gerötet, die Lider geschwollen.

»Toska haben sie nach Bui ausgewiesen, im Gouvernement Kostroma«, erzählte er. »Dorthin scheint man früher niemanden verbannt zu haben, weiß der Teufel, was für eine Stadt das ist, sie hat zweitausenddreihundert Einwohner. Toska ist allein dort, nur irgendein Pole ist dort hängengeblieben, er ist versimpelt, befaßt sich mit Bienenzucht. Ihr geht es einigermaßen, sie langweilt sich nicht, bittet um Bücher. Ich schickte ihr alle Neuerscheinungen – tat ihr aber damit keinen Gefallen! Sie schreibt: ›Du machst dich wohl über mich lustig?‹ Da haben wir's . . . Wahrscheinlich ist sie ernsthaft in die Politik hineingeschlittert . . .«

Von der Herausgabe der Zeitung sprach er nicht mehr, und auf Samgins Frage murmelte er: »Was für eine Zeitung jetzt, zum Teufel! Mit dem Geld, mein Lieber, wollte ich einen großen Schlag machen und habe mich verhauen.«

Er scheint zu lügen, dachte Samgin und erkundigte sich: »Hast du am Kartentisch verspielt?«

»Ich habe Zement gekauft, Ziegel . . . Es besteht eine große Nachfrage nach Baumaterialien . . . Ich hatte gehofft, mit Profit zu verkaufen. Mit dem Zement hat man mich hereingelegt . . .«

Wenn er von Taïssja erzählte, bemerkte Samgin, daß Agafja im Speisezimmer aufhörte, mit dem Teegeschirr zu lärmen, und als Dronow gegangen war, fragte Samgin die blatternarbige Frau: »Haben Sie von Tossjas Los gehört?«

»Ja.«

Der Hausherr sah sie an, in Erwartung, was sie noch sagen werde. Und da sie ihn verstand, sagte sie schlagfertig: »Nun ja – es läßt sich überall leben, wenn nur die Seele lebendig bleibt . . . Ein Landsmann von mir konnte kaum lesen und schreiben, als er in die Verbannung ging, doch als er zurückkehrte – ließ er Artikel drucken . . .«

Das ist keine Anfimjewna, dachte Samgin.

Ihre Pflichten als »Alleinmädchen« erfüllte sie einwandfrei: Sie kochte schmackhaft, hielt die Wohnung sauber und ordentlich und benahm sich selbst geschickt, kam dem Hausherrn nicht zu oft vor die Augen. Überhaupt, sie gab keinen Anlaß, sie durch eine andere Frau zu ersetzen, Samgin hätte das jedoch gern getan – er fühlte in seinem Heim die Anwesenheit eines fremden Menschen – eines sehr fremden und nicht dummen, der fähig war, Tatsachen und Worte selbständig zu beurteilen.

Eines Abends erschien Dronow mit Tagilskij, beide waren nicht ganz nüchtern. Samgin hatte Tagilskij seit etwa einem halben Jahr nicht mehr gesehen und war unangenehm überrascht durch seinen Besuch, doch als er seine Gestalt genauer betrachtet hatte – empfand er hämische Neugier: Tagilskij hatte sich zum Schlechten verändert, war fast nicht wiederzuerkennen. Seine rundliche, robuste Gestalt hatte ihre Elastizität und Gewandtheit verloren, das graue, raffiniert geschnittene Jackett war zu weit und ließ eine früher nicht auffallende Eckigkeit in den Bewegungen zutage treten, das runde Gesicht war abgemagert, schlaff, und weit geöffnet waren die Samgin unbekannten jammervollen Hundeaugen. Er hatte auch früher äußerlich etwas Ähnlichkeit mit Dronow gehabt, war ebenso rundlich, stämmig und laut gewesen, aber früher hatte diese Ähnlichkeit nur Iwans Plumpheit hervorgehoben, jetzt jedoch schien Dronow besser auszusehen.

Mit den Lippen schnalzend, erzählte Tagilskij angetrunken, mit sinnlosen Pausen zwischen den Worten: »In Kiew wird allen Ernstes ein Prozeß aufgezogen wegen der Verwendung von Christenblut durch Juden.« Tagilskij brach in ein Gelächter aus und schlug sich mit den Händen auf die Knie. »Das ist sehr angebracht kurz vor dem Jubiläum der Romanows. Sind Sie Antisemit, Samgin? Es ist also notwendig, daß Sie sich als Philosemit ausgeben – verstehen Sie? Dronow ist anti, Sie jedoch – philo. Ich aber gehöre weder zu jenen noch zu diesen oder – je nach den Umständen und je nachdem, was vorteilhafter ist.«

»Er denkt, daß dies zu dem Zweck angezettelt worden sei, um noch einen Riß in der Gesellschaft herbeizuführen«, erläuterte Dronow, mit dem Stuhl schaukelnd.

»Ganz recht!« schrie Tagilskij. »Isolieren, trennen. Das ist dumm. Eine Gesellschaft gibt es nicht. Wen wollen sie trennen?«

»Zu trinken – ist wohl nichts da?« fragte Dronow, und als der Hausherr bestätigend und streng sagte: »Nichts!«, sagte Dronow: »Gleich wird etwas dasein! . . .« Und er ging in die Küche.

Samgin kam nicht dazu, gegen Dronows Eigenmächtigkeit zu protestieren, zudem war sie nichts Neues. Iwan ließ Agafja nicht zum erstenmal seinen Lieblingswein holen.

Lippenschnalzend, das schlaffe Gesicht zu Grimassen aufblähend, murmelte Tagilskij mit zusammengekniffenen Augen: »Gesellschaft, Volk – sind Fiktionen! Bei uns zulande – sind sie Fiktionen. Kennen Sie ein anderes Land, wo die Minister das Parlament – das heißt die Volksvertretung – sabotieren können, wie? Bei uns – sabotieren sie es. Schon seit einigen Monaten besuchen die Minister nicht mehr die Duma. Diese Beamtenfrechheit versetzt niemanden in Empörung. Niemanden. Auch Sie empört sie nicht, dabei sind Sie doch . . .«

Tagilskij lachte schrill auf und drohte Samgin mit dem Finger;

dann fuhr er keuchend fort: »Doch wissen Sie, ich hatte gedacht, Sie seien klug und versteckten sich darum. Aber Sie verstecken sich in zurückhaltendem Schweigen, weil Sie nicht klug sind und das zu zeigen fürchten. Ich jedoch habe begriffen, wie Sie sind ...«

»Ich beglückwünsche Sie hierzu«, sagte Samgin, nicht sehr berührt durch die betrunkenen Worte.

»Seien Sie nicht beleidigt, ich bin auch ein Dummkopf. Mit der Sache Sotowa hätte ich auf einen Schlag Karriere machen können.«

»Auf welche Weise?« fragte Samgin, der unwillkürlich näher an ihn heranrückte und sogar die Stimme senkte.

»Ich hätte es können. Und hätte Geld grapschen können«, sagte Tagilskij wie im Fieber.

»Haben Sie erfahren, wer sie ermordet hat?«

Tagilskij saß, die Hände auf die Armlehnen des Sessels gestützt, vorgeneigt da, als wollte er aufstehen; er leckte sich die Lippen, sah mit seinen getrübten Augen Samgin ins Gesicht und murmelte.

»Ich habe es gewußt«, sagte er, den Kopf schüttelnd. »Das ist einfach. Beraubung als Zweck ist ausgeschlossen. Was bleibt? Eifersucht? Ist ausgeschlossen. Was noch? Konkurrenz. Man mußte den Konkurrenten suchen. Klar?«

»Ja, aber – wer denn?«

Samgin hatte es eilig, den Namen zu hören, da er begriff, daß Tagilskij in Gegenwart von Dronow nicht über dieses Thema reden würde.

»Der faktische Mörder ist sicherlich Besbedow, dem Straffreiheit zugesichert worden war, Anstifter ist eine Bande von Schurken, die übrigens ganz ehrbare Leute sind.«

»Sprichst du – von dieser Sache?« sagte Dronow, der ins Zimmer trat und seufzte, als er, sich die Stirn reibend, neben dem Hausherrn Platz nahm. »Diese kleine Sache – ist sein Sparren«, sagte er, mit dem Finger gegen Tagilskijs Schulter stoßend, während dieser sagte: »Besbedows Haus hat der Untersuchungsrichter gekauft. Er erwarb es verdächtig billig. Das erzhaltige Land irgendwo hinter dem Ural wurde an den Ingenieur Popow verpachtet oder verkauft, aber das ist nur ein Strohmann.«

In Klim Iwanowitschs Erinnerung erstand die schlaffe Gestalt Berdnikows, ertönte sein schmalziges, geiferndes Auflachen: P-fu-bu-bu-bu.

Sich dieses Menschen zu erinnern war natürlich, aber Samgin wunderte sich: Wie weit war Berdnikow in die Vergangenheit gerückt, und wie ruhig, lässig dachte er an ihn zurück! Samgin lächelte und distanzierte sich noch mehr von der Vergangenheit, als er dachte: Und diese ganze Geschichte mit Marina ist gar nicht so wichtig, wie ich mir angewöhnt habe zu meinen.

»Hör doch damit auf«, sagte Dronow mit geringschätziger Handbewegung. »Wen interessiert das alles? Es war einmal eine alleinstehende, reiche Witwe, man brachte sie wegen ihres Reichtums um, das erblose Gut fiel an die Krone, die Krone wird es verkaufen, das ist alles, und – zum Teufel damit!«

»Du bist dumm, Dronow«, entgegnete Tagilskij, als würde er nüchtern, schlug mit der Hand auf die Armlehne des Sessels und fuhr fort: »Wenn man neben den mittelalterlich anmutenden Prozeß wegen der Ermordung des kleinen Gauners Juschinskij durch Juden, obwohl er sicherlich von der Gaunerin Tscheberjakowa ermordet worden ist, den Prozeß wegen der Ermordung der Sotowa stellen würde und zunächst als Zeugen den Staatsanwalt, den Schwiegersohn des Gouverneurs, hinzuzöge – könnte ich garantieren, daß besagter Zeuge sich in einen Angeklagten verwandeln würde ...«

»Das ist ein Märchen«, sagte durch die Zähne Dronow, der voller Erwartung ab und zu auf die Speisezimmertür blickte. »Ein Hirngespinst«, setzte er hinzu.

»... wegen der widerrechtlichen Einstellung des Untersuchungsverfahrens, das wegen Ablebens des Verdächtigten nicht eingestellt werden durfte, denn unter den Prozeßakten befanden sich Dokumente, dic deutlich von Personen sprachen, welche an der Ermordung mehr interessiert waren als Besbedow ...«

»So scher dich doch zum Teufel!« rief Dronow und sprang auf. »Ich habe dich satt ... mit deinem Gänsegeschnatter! Go-go-go ... Wir wollen Krieg führen – das ist ein Verbrechen, ja-a! Schon Iswolskij sagte zu Suworin im Jahre acht, daß wir einen erfolgreichen Krieg brauchen, gleichgültig, gegen wen, und heute ist das die Überzeugung der Mehrzahl von Ministern, Monarchisten und anderen ... Nihilisten.«

Während er mit kurzen Schritten rasch das Zimmer durchmaß und ins Speisezimmer blickte, sagte er unter zornigem Schnauben und mit den Händen seine Hüften reibend: »Wir bereiten das Hinterland vor, zum Teufel ... Weshalb wird denn das dreihundertjährige Jubiläum gefeiert? Um die treuen Untertanen, diese Hundsfötter, an die großen Verdienste der Zaren zu erinnern. In Kiew wird eine gesamtrussische Handels- und Industrieausstellung stattfinden.«

»Ein Krieg? Das ist sehr schön«, sagte Tagilskij matt. »Wir brauchen etwas Katastrophales. Einen Krieg oder eine Revolution ...«

»Nein, eine Revolution sage mal nicht voraus! Das stimmt ja nicht, daß ›von einem Wort nichts passiert‹. Wenn hinter dem Wort Tatsachen stehen, ›passiert‹ unvermeidlich was. Ja . . . Na los, Hausherr, lade uns zum Wein ein . . .«

»Ich möchte Tee«, sagte Tagilskij.

»Es gibt auch Tee, komm!«

Tagilskij rührte sich im Sessel, stand aber nicht auf, während Dronow den Hausherrn unterfaßte und diesen ins Speisezimmer führte, wo die Lampe über dem Tisch den zornig brodelnden, blankgeputzten Samowar, den goldgelben Wein in zwei Flaschen, das Glas und Porzellan des Geschirrs beleuchtete.

»Entschuldige, daß ich ihn mitgebracht habe und überhaupt hier schalte und walte«, sagte Dronow leise, während er Wein einschenkte.

»Du brauchst dich nicht zu entschuldigen«, genehmigte Klim Iwanowitsch.

»Hochmütig bist du geworden, eine bedeutende Person«, seufzte Dronow. »Offenbar . . . hast du deinen Weg gefunden. Ich jedoch zapple immer noch in meiner Schlinge. Vorläufig – ist sie weit, sie drückt noch nicht. Dennoch – ist das beunruhigend. ›Du willst auf den Berg, aber der Teufel packt dich am Bein.‹ Toska antwortet nicht auf meine Briefe – was ist nur los? Sie ist doch nicht geflüchtet? Oder gestorben?«

Samgin hörte ihm unaufmerksam zu, er dachte: Es wäre natürlich schön, Berdnikow als Anstifter zum Mord auf der Anklagebank zu sehen! Er dachte an seine Gäste, wie leicht sie den kleinen Stößen des Lebens, dem Einfluß von Tatsachen, von Ideen unterlagen. Um wieviel stand er höher und war er unabhängiger als sie und überhaupt – als Leute, die Ideen und Tatsachen unnormal, krankhaft aufnahmen!

»›Wir ertragen das Leben wie einen Schmerz‹ – wer hat das gesagt?«

Dronow warf einen Blick in das Nebenzimmer und sagte lächelnd: »Er schläft. Es wird mit ihm ein schlimmes Ende nehmen, er wird sich wahrscheinlich zuschanden trinken. Mit diesem Mordprozeß hat er sich die Karriere verpatzt.«

»Verpatzt?«

»Na ja. Man hat ihm sogar wegen irgendwelcher dienstlichen Fehlgriffe mit einem Gerichtsverfahren gedroht. Mit der Bank hat es auch nicht geklappt: Er ist irgendwem auf die Hühneraugen oder auf die Zunge getreten. Aber – er kann einem leid tun, er ist klug! Nun kommt er immerfort zu mir, sich seinen Kummer von der Seele zu reden. Wie ist das: Pflegt man sich in anderen Ländern auch den Kummer von der Seele zu reden – oder nicht?«

»Ich weiß nicht.«

»Das wird wohl nur bei uns so sein. Merkwürdig.«

Dronow sprach gleichsam mit zwei Stimmen – sowohl zornig als auch kläglich, zupfte mit den Fingernägeln an den spröden Haaren seines kurz gestutzten Schnurrbarts, zog sich am Ohr, seine Augen glitten verwirrt über den Tisch, schauten ins Weinglas.

»Gestern war ich in einem Vortrag über die Ursachen des nächsten Krieges. Der Redner war irgendein anonymer Mann, er hatte große Zähne, wie in aller Eile eingesetzt, schief und krumm. Der Vortrag war . . . ungewisser Bestimmung. Ein informativer, sozusagen: Hier habt ihr die Tatsachen, die Schlußfolgerungen zieht selbst. Es wurde über unsere Politik in Persien und auf dem Balkan, über die Dardanellen, den Persischen Golf und die Mongolei gesprochen. Meiner Ansicht nach wurde die Folgerung suggeriert: Wenn wir keine Kolonie Europas sein wollen, müssen wir uns eifrig mit der Erweiterung unserer Grenzen, das heißt mit Kolonialpolitik befassen. Tja, zum Teufel . . .«

Das Weinglas in der einen Hand vor dem Gesicht haltend und mit der anderen den Rauch von Samgins Zigarette vertreibend, schwieg er eine Weile, seufzte und trank den Wein aus.

»Gurko war dort, düster und erbittert gestimmt, er prophezeite eine Katastrophe, redete wie ein künftiger Napoleon. Nach der Geschichte mit Lidwal und dem Haferdiebstahl freut ihn, Gurko, natürlich das Leben nicht mehr. Dieser Idiot, der Oktobrist Stratonow, blies in das gleiche Horn wie er und verlangte: Gebt uns einen starken Mann! Nogaizew trat plötzlich als Monarchist auf. Das nennt man: Die Fahne nach dem Wind drehen. So ein Schurke.«

Er goß beim Einschenken den Wein am Glas vorbei, stieß einen unflätigen Fluch aus und fuhr mit ständig zunehmender Erbitterung fort: »Er hielt eine ganze Rede. Die Aristokratie, sagte er, sei von Gott erschaffen, er habe die frömmsten Menschen auserwählt und sie mit seiner Weisheit ausgestattet. Der Sozialismus jedoch sei von der Bourgeoisie, von den Krämern erfunden worden, um den Arbeiteraristokraten angst zu machen und sie zu betrügen, und darum sei der Sozialismus eine Lüge. Es waren Kadetten da, Maklakow – der Bruder des Ministers, er gleicht einem verschnittenen Kater, Schingarjow, Nabokow. Gutschkow war da. Langeweile war da, in rauhen Mengen. Dann fuhren ungefähr zwanzig Personen zum Abendessen, und nach dem Essen entbrannte eine Schlacht unter Schriftstellern, der Katzenschinder Kuprin raufte mit Leonid Andrejew, Muishel weinte, und es gab überhaupt ein großes Tohuwabohu ...«

Er schwieg von neuem eine Weile, dann schnellte er plötzlich auf dem Stuhl hoch und kreischte: »Du hüllst dich in Schweigen ... du Säule und Bestätigung der Wahrheit! Na, was schweigst du ... Ach, Samgin ... Geh zum Teufel ...«

»Komm zur Besinnung! Du bist betrunken«, sagte Klim Iwanowitsch streng.

»Geh zum Teufel«, wiederholte Dronow, der mit dem Fuß den Stuhl wegstieß und wankte. »Na ja, ich bin betrunken ... Und du – bist nüchtern ... Na – bleib nur nüchtern ... in Teufels Namen.«

Sich an den Stuhllehnen festhaltend, gelangte er mit Mühe in das Nebenzimmer und schrie dort, Tagilskij wachrüttelnd: »Komm ... he! Wach auf ... wir gehen!«

Samgin saß, die Zähne fest zusammengebissen, am Tisch und wartete, wann die Betrunkenen gehen würden, und kaum waren sie wie zwei Köter knurrend verschwunden, klingelte er Agafja und befahl: »Wenn Dronow das nächste Mal kommt, sagen Sie ihm, daß ich ihn nicht zu sehen wünsche.«

Das Gesicht der Frau, das wie von Vögeln zerhackt war, schien zu erröten, die von den Blattern gelichteten Brauen zuckten, ihre Augen öffneten sich weit, aber die Lippen kniff sie fest zusammen.

Sie ist ungehalten. Sie protestiert, begriff Klim Iwanowitsch Samgin und fragte streng: »Haben Sie gehört?«

»Natürlich.«

»Sie hätten antworten sollen: Zu Befehl oder – gut.«

»Zu Befehl«, antwortete Agafja nach kurzem Zögern und ging.

Ja, ich muß sie entlassen, beschloß Klim Iwanowitsch Samgin. Dieser Halunke wird wahrscheinlich morgen kommen, sich zu entschuldigen. Er ist familiärer geworden, als das für einen Sancho statthaft ist.

Aber Dronow kam nicht, und es verging mehr als ein Monat, bis Samgin ihn im Restaurant »Wien« erblickte. Dieses Restaurant teilte dem Publikum in Zeitungsinseraten mit, daß man nach dem Theater alle berühmten Schriftsteller im »Wien« sehen könne. Samgin hatte schon seit langem vor, dieses äußerst originelle Restaurant zu besuchen, denn man zeigte in ihm keine Chansonetten, Tänzer, Anekdotenerzähler und Zauberkünstler, sondern eben Schriftsteller.

Und nun saß er in einem Winkel des rauchigen Saales an einem Tischchen, das durch eine dürre Palme überdacht war, saß da und beobachtete unter einem breiten, fächerförmigen Blatt hervor. Das

Beobachten war schwierig, über den Tischen schwankte ein Schleier aus bläulichgrauem Rauch, und die Gesichter der Gäste waren schlecht zu unterscheiden, sie schwammen und zerrannen gleichsam in dem Rauch, alle Augen waren entfärbt, trübe. Aber der Stimmenlärm war gut zu hören, deutlich hoben sich laute, an alle gerichtete Sätze ab, und als Samgin ihnen zuhörte, mußte er an die Szene von dem Souper bei dem Bankier denken, die Balzac in seinem Roman »Das Chagrinleder« geschrieben hatte.

»Meine Herrschaften! Hier wird eine ketzerische Behauptung aufgestellt . . .«

»Ich schlage vor, auf Lew Tolstoi zu trinken.«

»Er ist tot.«

»Und hat durch seinen Tod den Tod bezwungen.«

»Man behauptet, daß Kuprin talentierter ist als unser teurer . . .«

»Hör auf! Sein Tod hat nichts bezwungen.«

»Und du – solltest nicht mit deiner Unwissenheit prahlen: Bezwingen bedeutet besiegen, töten!«

»Sieh mal an! Da danke ich dir! Doch ich hatte nicht geglaubt, daß du dumm seist.«

»Den Ketzern einen Fluch – Maran atha!«

»Gut! Dann auf das Wohl unseres teuren Leonid . . .«

»Nieder mit den Toasten!«

»Meine Herrschaften! Die Weisheit der Kinder des Lichts ist stets gegen die Klugheit der Söhne des Jahrhunderts. Wir – sind Kinder des Lichts.«

»Nieder mit der Weisheit!«

»Weisheit – das ist Freude!«

»Freuen wir uns!«

»Und preisen wir den Ruhm derer, die ihn verdient haben . . .«

»Ich schlage vor, auf das Wohl von Alexander Block zu trinken!«

»Wa-arum denn? Mag er selber trinken.«

»Erlaube! Die Wissenschaft . . .«

»Ist nur als Technik von Nutzen.«

»Richtig! Die Gelehrten sind Illusionisten . . .«

»Worin besteht der Unterschied zwischen Mystik und Atomistik? In dem Ato!«

»Bei uns im Gymnasium konnte der Physiklehrer nicht beweisen, daß Gegenstände von ungleichem Gewicht im luftleeren Raum mit der gleichen Geschwindigkeit fallen.«

»Und die Machtlosigkeit der Medizin?«

»Meine Herrschaften! Wir alle – sind gefallene Engel, die zur Ansiedlung ins Weltall verbannt wurden.«

»Schlecht! Nieder!«

»Ich bitte ums Wort! Ich möchte etwas über die Liebe sagen ...«

»Zu Papa, zu Mama?«

»Zu einer fremden Mama, nicht älter als dreißig.«

Ein feuriger kleiner Baß sprudelte: »Die Beilis-Affäre wie auch die Dreyfus-Affäre ...«

»Nieder mit der Kiewer Politik – wir haben die eigene bis oben hinauf satt.«

»Sät das Vernünftige, Kleine – Ewige!«

»Aber – erlauben Sie! Wozu haben wir denn Revolution gemacht?«

»Um Kaliban zu vermenschlichen ...«

»Millionen – sind nicht vernünftig.«

»Richtig.«

»Vernünftig – ist der Fünfer, das Fünfkopekenstück ...«

»Ich rede nicht vom Geld, sondern von den Menschen.«

»Achtung!«

»Richtig, eine Million ist übervernünftig.«

»Das Große ist unvernünftig.«

»Bravo-o!«

»Wie Gott.«

»Ja! Das Große ist unvernünftig, wie Gott. Das Große berauscht. Was ist vernünftig? Das Wirkliche, ja?«

»Ho-ho-ho! Zum Teufel mit dem Wirklichen.«

»Es ist unvernünftig. Man schafft es künstlich.«

»Die Minister machen es in der Duma.«

»Die Minister sollte man unangetastet lassen.«

»Vermenschlicht erst den Kaliban.«

»Wenn man sie antastet, fallen sie um.«

»Deutschland wird ein sozialistisches Land.«

»O Herr! Laß diesen bitteren Kelch an uns vorübergehen.«

»Damit darf man nicht scherzen!«

»Wir scherzen nicht, sondern beten.«

»Wir weinen ...«

»Nieder mit der Politik!«

»Meine Herrschaften! Wenn ...«

»Das Leben wird immer teurer ...«

»Und immer kribbliger ...«

»Vernichten Sie doch die Menge! Vernichten Sie dieses unpersönliche, schreckliche Etwas ...«

»Den Ka-liban!«

»Und ich behaupte, daß die Komissarshewskaja genial ist ...«

»Hör mal, ich habe eine Gans bestellt, eine Schnatterga-ans! Gogogo – hast du verstanden?«

»Meine Herrschaften – das zeitgemäßeste und tragischste Lied ist: ›Ich habe das Ringlein verloren.‹ Es gibt so ein Ringlein, es verbindet mich, den Menschen, mit einer Kette seinesgleichen ...«

»Man muß die Frage der Honorarerhöhung aufwerfen.«

»Warte ein wenig! Man versteht nichts, sie schreien wie auf dem Jahrmarkt.«

»Ich habe das Ringlein verloren, ich sehe keinen meinesgleichen ...«

Neben Samgins Tischchen skandierte eine grell angemalte Dame:

»Wir gleichen gefangenen Tieren
Und jammern, so gut wir können.
Verriegelt sind die Türen ...«

»Nicht ... nötig«, bat sie ein zerzauster beschwipster junger Mann mit schwarzen Augen und rosigem Gesicht – bat sie und streichelte ihr die Hand. »Keine Gedichte! Wir wollen in einfachen, ehrlichen Worten reden.«

Auf die Dame kam majestätisch ein hochgewachsener kahlköpfiger Mann zu – er bückte sich, sein üppiger Bart legte sich auf ihre dekolletierte Schulter, die Dame wich zurück, und der Kahlköpfige sagte deutlich: »General Bogdanowitsch hat nach Jalta an den Stadtkommandanten Dumbadse geschrieben, er solle Rasputin ertränken. Tatsache!«

»Woher weißt du das?« fragte die Dame, wobei sie das »du« stark betonte.

»Von der Generalin selbst ...«

»Bist du wieder in diesem Provinznest gewesen?«

»Aber Liebste ...«

Der junge Mann erhob sich, kam, nicht sehr sicher mit den Füßen schlurrend, auf Samgins Tisch zu, blieb mit seinen zerzausten Haaren an einem Palmenblatt hängen und sagte lächelnd zu Samgin: »Verzeihen Sie.«

Dann sagte er stirnrunzelnd: »Alles ohne Wert – sein ist das Schwert. Der Dichter hat auf der Welt nichts zu tun – verstehen Sie?«

Er sah mit feuchten Augen Samgin ins Gesicht, die Tränen rannen ihm aus den Augen auf die roten Wangen, er versuchte sich eine Zigarette anzuzünden, zerbrach sie aber und murmelte, während er sie betrachtete: »Sein ist das Schwert. Schwert, schwört. Wir schwören den Schwur. Wir schwingen das Schwert. Die Worte vernichten die

Gedanken. Das – hat Tjutschew gesagt. Wir müssen die Gedanken vernichten, sie ausrotten ... Uns im Gedankenlosen läutern ...«

An einem Tisch hinter der Palme nahmen zwei Personen Platz: mit dem Rücken zu Samgin – Dronow; das Gesicht zu ihm – ein wirrhaariger, rotbärtiger, langarmiger Mann mit dünner Stimme. »Eine Flasche Margot, mein Lieber«, befahl er dem Kellner und fragte Dronow: »Und Sie?«

»Graves – hellen.«

»Na also. Und – rasch!«

Dann wandte er sich von neuem an Dronow: »Das ist was für Gymnasiasten, mein Lieber. Er nimmt die Zeit als Maßstab für den Arbeitslohn – nicht wahr? Doch ich sammle da schon das dritte Jahr Materialien über die Musiker des achtzehnten Jahrhunderts, während ein Tischler mit Hilfe einer Maschine in diesen Jahren sechzehntausend Stühle herstellte. Der Tischler wird reich, selbst wenn er für jeden Stuhl nur zehn Kopeken erhält, und ich? Und ich – bin ein armer Schlucker, schreibe kleine Rezensionen für Zeitungen. Ich muß ins Ausland fahren – habe aber kein Geld. Nicht einmal Bücher kann ich mir kaufen ... So ist das, mein Lieber ...«

»Dennoch, die Arbeiterfrage muß gelöst werden«, sagte Dronow mürrisch.

»Muß? – Dann lösen Sie sie doch«, riet der Rotbärtige. »Trinken Sie Wein und – lösen Sie sie. Entscheiden, mein Lieber, soll man in Trunkenheit ... oder – mit geschlossenen Augen ...«

Dronow drehte sich auf dem Stuhl um und blickte um sich, seine Augen stießen auf Samgins Brille, er erhob sich, streckte dem alten Freund die Hand entgegen, sagte gutmütig, mit sichtlicher Freude: »Pah! Du bist hier?«

Samgin reichte ihm stumm die Hand, wonach Dronow seinen Stuhl umdrehte, Platz nahm und fragte: »Dieser Tagilskij! Hast du gelesen? Vorgestern stand es im ›Börsenblättchen‹ – er hat sich erschossen!«

»Er ist tot?«

»Na selbstverständlich! Schade, er war unsympathisch, aber klug. Die Klugen sind ja überhaupt unsympathisch.«

Samgin lauschte ehrlich in sich hinein: Welches Gefühl weckte der Selbstmord Tagilskijs, welche Gedanken rief er in ihm hervor? Er konnte nur eines feststellen: Ein unangenehmer und sogar in irgendeiner Hinsicht gefährlicher Mensch war für immer verschwunden. Das war gar nicht übel. Und Dronow hob seine Stimmung noch mehr, er sagte halblaut mit breitem Grinsen: »Du bist ja auch nicht sehr sympathisch, aber – sehr klug.«

Ich habe mich umsonst über ihn geärgert, dachte Samgin, während er Dronow betrachtete. Er ist ein Flegel, aber er ist aufrichtig. Diese Aufrichtigkeit von ihm wird auf einer gewissen Ebene zur Flegelei. Und – er war betrunken ... damals ...

Auf den Rothaarigen kam irgendein Dicker zu und nahm ihn mit. Der betrunkene junge Mann war verschwunden, auf die Dame trat ein hochgewachsener, hagerer, großnasiger Mann mit bleichem Gesicht zu, der einen Zwicker trug und einen schütteren Bart von unbestimmter Farbe hatte, er schubste ein rotwangiges junges Mädchen mit einem dickem Zopf goldblonden Haars an der Schulter: »Hier, Liebste, gestatten Sie vorzustellen. Sie schwärmt brennend und glühend für die Bühne ...«

Seine Worte wurden von irgendwessen Geschrei übertönt: »›Ein Nichtiger für die Zeiten – bin ein Ewiger ich für mich‹ – das hat Baratynskij gesagt, ein vortrefflicher Dichter, den Sie nicht kennen. Ein Dichter, der wie keiner vor ihm die tragische Poesie des Sterbens tief empfunden hat.«

Dronow hatte bereits begonnen, die Pflichten des Sancho zu erfüllen, indem er Namen und Titel der Anwesenden nannte.

»Die meisten hier sind ›Troßgesindel‹, wie Andrej Belyj sie in der Presse genannt hat. Aber gerade sie machen den Lärm in der Literatur. Sie bestimmen hier über den Ruf eines jeden, mein Lieber.«

Dronow sprach geringschätzig, ohne rechte Lust, als spräche er nur aus Langerweile, und seinen Worten war kein Grimm gegen die halb betrunkenen, lärmenden Menschen anzumerken. Er charakterisierte die Schriftsteller nicht mit seinen Worten, sondern mit ihren Meinungen voneinander, die sie in Rezensionen, Parodien, Epigrammen und Anekdoten geäußert hatten.

Samgin hörte sich diese Charakteristiken an, die ihm zum Teil schon bekannt waren, er hörte schadenfroh zu, es behagte ihm immer mehr, die Menschen nichtig, klein zu sehen.

»Wenn ein Krieg ausbricht – werden sie zeigen, wer sie sind!« äußerte Dronow mürrisch.

»Weshalb bist du überzeugt, daß ein Krieg unvermeidlich ist?« fragte Samgin nach kurzem Schweigen.

Dronow blickte ihn an und zuckte mit den Achseln.

»Denkst du, die deutschen Sozialdemokraten verhindern ihn? Gewiß, sie sind eine Macht. Aber nicht nur die Deutschen wollen ja Krieg führen ... sondern auch die Franzosen und wir ... Das ist Demokratie«, sagte er lächelnd. »Erinnerst du dich noch, wie wir uns über Demokratie unterhielten?«

»Ja.«

Er erhob sich ein wenig vom Stuhl, blickte um sich und sagte gereizt: »Sie quaken wie die Frösche im Sumpf. Ist dir aufgefallen, daß schon seit Jahren das Hauptthema literarischer Gespräche der Tod ist?«

Samgin senkte den Kopf und sagte: »Ein gewichtiges Thema.«

Dronows wenig anziehendes Gesicht verzog sich zu einer häßlichen Grimasse.

»Na wieso denn ein gewichtiges? Spitzbüberei. Der Tod auferlegt uns keinerlei Pflichten – lebe, wie du willst! Das Leben jedoch ist eine gestrenge Dame: Wollt ihr Hundsfötter nicht gefälligst darüber nachdenken, wie ihr lebt? Darum handelt es sich.«

»Komisch, daß du ein Moralist bist«, bemerkte Samgin feindselig.

»Mit grober Schnauze darf man also nicht auf den Feinbäckermarkt?« fragte Dronow harmlos und lächelte. »Ach du . . . Aristokrat! Nein, dieses Spiel mit dem Tod – empört mich. Bei Gott, ein niederträchtiges Spiel. Andrejewskij, ein Dichter, aus den Reihen der Anwälte, las vor kurzem Abschnitte aus seinem ›Buch vom Tod‹ vor – er schreibt ein ganzes Buch – denk dir nur! Da hat er was gefunden. Er schildert alle Beerdigungen, die er gesehen hat. Stolypin, der ›verwitwete Bruder‹ des Ministers, hörte der Lesung zu, er sagte – das ist Unsinn und Abgeschmacktheit. Klim Iwanowitsch, was wirst du denn tun, wenn ein Krieg ausbricht?« fragte er unvermittelt, und sein Gesicht blähte sich in knapp zwei bis drei Sekunden wieder häßlich auf, die Augen wurden reglos, sein ganzer Körper spannte sich an, erstarrte.

»Ich werde das tun, was anständige Menschen anfangen«, antwortete Samgin ruhig.

»Ja-a . . . Natürlich«, brummelte Dronow unbestimmt, fuhr aber sogleich und sehr energisch fort: »Das ist keine Antwort! Der Teufel weiß, was anständige Menschen sind. Bin ich anständig? Na, sag doch!«

»Selbstverständlich«, sagte Samgin beschwichtigend, der ungehalten war über die Wendung des Gesprächs und darüber, daß Dronow ihn hinderte, die Worte der betrunkenen Gäste aufzufangen; es waren nur noch wenige da, aber sie lärmten stärker, und irgendwessen scharfe Stimme, die den Lärm übertönte, schrie: »Erinnern Sie sich noch an Mereshkowskijs Prophezeiung:

Unverständlich unsre Reden
Und dem Tod sind wir geweiht,
Allzu frühe erste Boten
Allzu zager Frühlingszeit.«

»Da – hörst du?« fragte Dronow.

»Ja. Aber das sind Verse, und den Sinn des Verses beherrschen Rhythmus und Reim. Ich muß jetzt heim . . .«

Dronow erhob sich ebenfalls stumm, blieb mit gesenktem Kopf stehen, legte seine Streichholzschachtel bald hierhin, bald dahin und sagte dann: »Ich bleibe noch etwas sitzen.«

Eine Miniaturverkörperung Kalibans, dachte Samgin, als er auf dem Gehsteig dahinschritt. Ein Emporkömmling. Er findet seinen Platz nicht, daher all dieser Hokuspokus von ihm. Seine Rolle ist die eines Schlossers und Klempners. Wasserklosetts reparieren. Na, schließlich noch Verkäufer in einem Kolonialwarenladen. Er aber will in Politik spielen.

Es hatte stark geregnet, und es war sehr angenehm, die frische Luft einzuatmen, der Regen schien den unnatürlichen, aber für diese Stadt charakteristischen Modergeruch beseitigt zu haben. Der Mond schien hell, die Pflastersteine auf dem Platz schimmerten seidig, zwischen den Steinen schlängelten sich wie gläserne Würmer kleine Bäche.

Das blaue Silber des Mondes – erinnerte sich Samgin, verlangsamte seinen Gang und sah herablassend die Reiterfigur des Zaren mit dem goldenen Helm an.

Das ist nicht die schlechteste unter den Geschichten vom Kampf der Könige mit dem Adel. Der König und der Adel, wiederholte er und suchte nach einer Analogie. Er errang den Thron, indem er die besten Vertreter des Adels ausrottete. Dreißig Jahre regierte er. Hatte Puschkins Schicksal in der Hand.

Nachdem er im Lauf einer Stunde so viele Dummheiten angehört hatte, kam er sich wie ein Weiser vor und war ungewöhnlich guter Laune. All die zu Staub zermahlenen Ideen, über die man im Restaurant laut geschrien hatte, waren ihm bekannt, und er fühlte sich im Mittelpunkt aller Ideen, als ihr Gebieter. Er hatte das Gefühl, die Dummheit und Plattheit erhöben ihn und verliehen ihm das Recht, nicht über das Los der Menschen nachzudenken. Er besuchte immer lieber allerhand Versammlungen und hielt, den Debatten fernbleibend und ohne sich in Meinungsverschiedenheiten einzumischen, kurze ernsthafte Reden, in denen er darauf hinwies: Wenn jedem das Recht auf Meinungsfreiheit zuerkannt werde, mache es diese Freiheit jedem zur Pflicht, die Meinung des Gegners zu achten.

Gegenüber der Wirklichkeit ist jeder von uns ein Kläger, jeder verteidigt die Interessen seines »Ich« vor einer Vergewaltigung. Im Kampf um materielle Interessen sind die Menschen manchmal persönliche Feinde, aber das Leben läuft ja nicht ganz und gar auf einen

Kriminal- und Zivilprozeß hinaus, die Theorie vom Kampf ums Dasein darf nicht die höheren Interessen des Geistes verschlingen und verschlingt sie auch nicht, sie löscht den heiligen Drang des Menschen nach Selbsterkenntnis nicht aus.

Indem er diesen Gedanken mannigfach variierte und mit einer Menge von Zitaten schmückte, verbarg er dessen Abgenutztheit, dessen Hinfälligkeit geschickt hinter den Worten und gewann die Überzeugung, daß man aufmerksam zuhöre und vor ihm Achtung habe. Er war »ehrlich gegen sich selbst«, begriff, daß er für die Aufmerksamkeit, für die Achtung billig, in kleinen Kupfermünzen zahle, dadurch bekam sein Verhalten zu den Menschen, das noch geringschätziger wurde, den Anflug jener Leutseligkeit, wie sie für einen reifen, erwachsenen Menschen in seinen Gesprächen mit Halbwüchsigen natürlich ist. Im allgemeinen führte er ein recht ruhiges, behagliches Leben, und alles, was andere in verschiedenem Grad aufrichtig beunruhigte, diente ihm als Mittel, um das Anwachsen seiner Bedeutung und Popularität zu steigern.

Ende Januar kehrte Jelena zurück und sagte zu ihm gleich bei der ersten Begegnung, ohne ihre Verwunderung zu verhehlen: »Kannst du dir das vorstellen – ich langweilte mich ohne dich! Ja, ja. Du bist für mich ein so herzig salziges ... säuerliches, erfrischendes Kerlchen«, sagte sie, ihn küssend. »Du hast dich an alle menschlichen Dummheiten gewöhnt und verstehst es sehr gut, einen nicht zu stören, wo ich es doch so gar nicht leiden kann, wenn mich jemand stört.«

Sie ist klug, rief sich Klim Iwanowitsch warnend und nicht zum erstenmal ins Gedächtnis; ihr Kompliment kam ihm nicht besonders schmeichelhaft vor, aber er freute sich, Jelena zu sehen. Wie gewöhnlich in irgend etwas Buntes, Wollenes, Weiches gekleidet, gewandt wie ein junges Kätzchen, mit einer Zigarette zwischen den Zähnen, halb aufgerichtet auf dem Sofa liegend, erzählte sie lebhaft und schnippte mit den Fingern der rechten Hand: »In Paris interessiert man sich sehr für uns, stimmt uns aber nicht zu. Dieser dumme Judenprozeß in Kiew erregt Mißfallen. Kokowzow sagte in Berlin, daß die Duma und die Presse durchaus noch nicht das Volk seien, und man tadelt überhaupt das Verhalten der Minister zur Duma. Ich geriet dort in einen Kreis von Politikern, eine alte Freundin von mir hat einen Advokaten geheiratet, er sitzt im Parlament, ist ein schrecklicher Patriot und haßt die Deutschen. Er ist dick, gerät furchtbar leicht in Zorn und wird so rot, daß man erwartet, er würde gleich vor Wut platzen. Und sie ist auch so eine Scharteke, sie ist aus Kostroma, Französisch spricht sie wie ein Schaf, ihr Mann lacht darüber wie verrückt. Er beklagte sich mir gegenüber, wie schwierig und schrecklich die russische Sprache sei. Er versteht sehr gut Russisch. Er lobte sehr, daß wir in der Duma nur dreizehn – ein Teufelsdutzend – Sozialisten haben und auch die sich nicht vertrügen, während alle übrigen in Sibirien oder Emigranten seien.«

»Wird von Krieg gesprochen?« fragte Samgin.

»Die Franzosen sprechen immer von Krieg«, antwortete sie überzeugt und erläuterte lächelnd, ihre Finger in die dürren Finger Samgins verflechtend: »Es gibt sehr viel Rechtsanwälte, und euer Beruf besteht darin, anzugreifen und zu verteidigen. Der Franzose jedoch hat außer der gewohnten Klientel noch sein Belle France, la patrie . . .«

»Das Vaterland ist kein Scherz«, bemerkte Samgin schulmeisterlich.

Seinen Arm hin und her schwingend, als prüfte sie dessen Gewicht, fuhr sie fort: »Es gibt wahrscheinlich Leute, denen es einerlei ist, was sie verteidigen. Bevor wir in diese Wohnung zogen, hatte ich mit meinem Mann eine in der Bassejnaja, in einem Haus, in dem eine Gräfin oder Fürstin wohnte, an ihren Familiennamen erinnere ich mich nicht mehr, so etwas Ähnliches wie Meyendorff, Meyenberg, jedenfalls etwas mit Meyen. Diese Gräfin also verteidigte das Recht ihres Hündchens, sein Geschäftchen auf der Haupttreppe zu besorgen . . .«

Klim Iwanowitsch Samgin hörte ihrem lustigen Geplauder mit Vergnügen zu, aber er mochte keine Anekdoten, in denen sich leicht ein allegorischer Sinn finden ließ. Und darum zwang er die Frau, von Worten zu dem überzugehen, was für sie, ebenso wie für ihn, stets angenehm war.

Er begriff, daß irgendwelche neuen und großen Ereignisse heranrückten. Für ihn war die Tatsache von Bedeutung, daß die Feier des dreihundertjährigen Jubiläums der regierenden Dynastie in den Hauptstädten mehr als bescheiden verlaufen war, gefeiert hatte die Provinz, die aktivste Teilnehmerin an den Ereignissen des Jahres 1613 – Jaroslawl, Kostroma, Nishnij Nowgorod. Aber auch in der Provinz feierte man geschraubt, ungern, man beschränkte sich auf kurze Gottesdienste und Paraden und fügte sich dem Terror des monarchistischen »Bundes des russischen Volkes« und des »Erzengel-Michael-Verbandes« – es war gut bekannt, daß die herrschende Rolle in diesen Verbänden der Polizei, der Geistlichkeit und mancherorts den Stadtoberhäuptern zufiel, meist namhaften Vertretern der kaufmännischen, aber nicht der industriellen Bourgeoisie. Man konnte meinen, das »Volk« habe die Unfähigkeit Nikolais II. richtig eingeschätzt und erinnere sich an die Hauptereignisse seiner Regierung – an Chodynka, den 9. Januar, den Krieg gegen Moskau, die Erschießung an der Lena, die zahllosen Massenmorde unter den Bauern und Arbeitern. Die europäischen Könige, Verwandte der Romanows, verhielten sich diesem Jubiläum gegenüber ebenfalls sehr vorsichtig, da sie anscheinend die Beziehungen zwischen dem Zaren und der Duma, die die Interessen der Großbourgeoisie vertrat, berücksichtigten. Im allgemeinen war es klar, daß die Selbstherrschaft sich nicht nur politisch und moralisch, sondern auch physisch überlebt hatte, der Thronfolger litt an einer unheilbaren Degenerationskrankheit. Und offensichtlich stand ein Krieg bevor, der den Zarismus endgültig vernichten und durch eine Republik ersetzen würde.

Klim Iwanowitsch Samgin war nicht realistisch genug, um sich eine klare Vorstellung von sich in der Zukunft zu machen. Er versuchte das auch nicht zu tun. Aber er hatte sich schon mehr als einmal gefragt, ob es nicht Zeit sei, in eine Partei einzutreten. Unter den bestehenden Parteien sah er jedoch keine einzige, die straff genug organisiert und fähig gewesen wäre, ihm einen seiner würdigen Platz zu sichern. Das konnten sie nicht, aber sie waren imstande, ihn durch irgendeinen Akt zu kompromittieren, wie etwa die Reise der Kadetten nach Wyborg.

Er verfolgte aufmerksam die Tätigkeit der Duma, besuchte sie, und ihm schien, daß alle Parteien sich reorganisierten, indem sie im allgemeinen nach links rückten. Die Konferenz der Kadetten erkannte für notwendig: das Wahlrecht zu demokratisieren, den Reichsrat zu reformieren, ein verantwortliches Ministerium zu verlangen. Die »Oktobristen« spalteten sich in »linke«, »Semstwoleute«, und »rechte«. Der »Oktobrist« Gutschkow erklärte öffentlich, daß »die Regierung das Land in eine Katastrophe führt«. Von nicht geringerer Bedeutung waren die Kongresse: der Handelsgehilfen, der zehntägige der Lehrer, der Kommunalbeamten und der landwirtschaftliche. Dronow frohlockte: »Die Demokratie rührt sich!«

Er wurde immer wohlhabender, das war aus der Vielfalt und Güte seiner Anzüge, aus seiner geschäftsmännischen Haltung und seinen Erzählungen zu ersehen.

»Es hat sich herausgestellt, daß Tagilskij eine Frau hatte, und – was für eine!« Er schloß das eine Auge und stieß einen gedehnten Pfiff aus. »Style moderne, keine einzige natürliche Bewegung, sie spricht mit der Stimme einer Sterbenden. Ich geriet durch das Inserat zu ihr: Bücher zu verkaufen. Hervorragende Büchlein, mein Lieber. Alle unsere Klassiker, gebunden von Schell oder Schnell, weiß der Teufel! Siebenhundert Rubel hat sie mir dafür abgeknöpft. Ich sagte ihr, daß ich ihren Mann gekannt habe, sie fragte: ›Ja?‹ Und ließ keinen Ton mehr über ihn verlauten, das Aas!«

»Du solltest heiraten«, riet ihm Samgin.

Dronow wunderte sich: »Wieso? Und – Toska? Ich werde sie bald freibekommen, mein Lieber. Man hat es mir schon kategorisch zugesichert.«

»Sie wird zu den Bolschewiki gehen«, neckte ihn Samgin. Dronow, der ihm nicht glaubte, sah ihn fragend an, schwieg eine Weile und sagte dann plötzlich: »Na, was wäre denn dabei? Ich auch mit ihr zusammen. Wir werden Literatur herausgeben. Dicke Literatur.«

Er hatte vor kurzem angefangen zu rauchen, und das paßte sehr schlecht zu ihm – klein, rundlich, erinnerte er mit einer Zigarette zwischen den Zähnen an einen Samowar. Und während er in diesem Augenblick mit verzerrtem Gesicht sich linkisch eine Zigarette anzündete, fuhr er fort: »Weißt du, ich denke, daß bei uns die Arbeiter mit Lenin gehen werden, er beweist doch so verführerisch klar die Notwendigkeit einer Diktatur des Proletariats ...«

Samgin pflegte sich vorsorglich einer Meinungsäußerung über brennende Fragen zu enthalten, aber Iwan reizte ihn durch irgend etwas, und so vermochte er nicht länger an sich zu halten und sagte durch die Zähne: »Der Notwendigkeit ist die Unmöglichkeit entgegengestellt – das ist sehr nützlich für die Erziehung des gesunden Menschenverstands ...«

Dronow heftete von neuem seine unruhigen Augen fragend auf Samgins Gesicht, und dieser ergänzte zu seiner eigenen Überraschung seinen Gedanken: »Lenin verurteilt seine Fraktion zu illegalem Dasein.«

»M-m«, brummte Dronow, verschluckte sich am Rauch und begann mit einem pfeifenden Nebengeräusch zu husten.

An die Arbeiterklasse dachte Klim Iwanowitsch Samgin fast ebensowenig wie an das Leben der verschiedenen Volksstämme, die dem Reich angehörten, diese Volksstämme brachten sich zuweilen durch solche Tatsachen wie den »Andishaner Aufstand« in Erinnerung, an die Arbeiter dachte er natürlich öfter: jedesmal, wenn welche erschossen wurden. Diese Gedanken hatten die Eigenschaft, flüchtig zu sein, sie passierten das Bewußtsein, ohne in ihm die Idee der Verantwortlichkeit für ein Leben wachzurufen, das auf Unterdrückung von Menschen, auf ihrer Ermordung beruhte. Aber seit die deutsche Sozialdemokratie die Mehrheit im Reichstag errungen und Scheidemann sich in den Sessel des ersten Vizepräsidenten gesetzt hatte, erinnerte sich Klim Iwanowitsch Samgin, daß er in einer Epoche lebte, in der Gestalten wie Jaurès, Vandervelde, Branting, Pablo Iglesias, Eugen Debs, Bebel und noch viele andere möglich waren, deren Namen bereits eine Errungenschaft der Geschichte darstellten. Wenn er sich dessen erinnerte, empfand er kein Verlangen, seinen Namen in eine Reihe mit diesen zu stellen, fühlte aber, daß bei Urteilen über die Arbeiterklasse jene Vorsicht geboten sei, die in der althergebrachten Binsenweisheit vorausgesehen ist: »Spucke nicht in den Brunnen – er könnte noch einen Trunk spenden müssen.« Er begriff, daß in diesem Sprichwort die Worte »dir selbst« ausgelassen waren und daß es nicht in einen Brunnen zu spucken verbot, aus dem andere trinken würden. Als er zu Dronow gesagt hatte, daß Lenin das revolutionäre Proletariat zu illegalem Dasein verurteile, hatte er gleichsam eine von ihm selbst gehegte Hoffnung angedeutet und warf sich deswegen Unvorsichtigkeit vor.

Gegen Sommer des Jahres vierzehn war Klim Iwanowitsch Samgin eine recht bedeutende Persönlichkeit unter jenen Leuten, deren Haupteigenschaft ein streng kritisches Verhalten zur Wirklichkeit war, die immer rascher und stürmischer verlief. Man sagte von ihm recht einmütig: »Ein kluger Mensch.«

Er begriff, daß sich bei diesen Leuten hinter der Kritik der Wunsch verbarg, alle Versuche und Absichten einzudämmen oder aber zu unterbinden, den Hals der Wirklichkeit nach rechts oder links zu verdrehen, so scharf zu verdrehen, daß die Kritiker irgendwo abseits, im Leeren bleiben, wo es keine Hoffnung gibt und Träumereien keinen Platz haben. Das Milieu, in dem er verkehrte, waren Anwälte mit starkem Selbstgefühl und armseliger Praxis, Pädagogen der Mittelschule, die von ihrer Tätigkeit ermattet und gereizt waren, wohlgenährte, aber lebensüberdrüssige Ästheten vom Typ Schemjakins, Frauen, welche die Geschichte der Französischen Revolution und die Memoiren von Madame Roland lasen und Politik entzückend mit Koketterie verflochten, junge Schriftsteller, die noch nicht von der Kritik, diesem Hund des Ruhmes, angebellt und gebissen worden waren, aber in ihrem Verhalten zur Frage nach der sozialen Verantwortung der Kunst schon Anzeichen von Tollwut zeigten, Vertreter der sogenannten »Boheme«, irgendwelche schweigsame Dumaabgeordnete, die dieser oder jener Partei angehörten, aber offenbar nicht überzeugt waren, daß die Programme ausreichten, um die Vielfalt ihrer Wünsche zu befriedigen. Einer von ihnen, ein breitstirniger, hagerer Mann mit dem Gesicht eines Asketen, brachte seine Beziehung zur Politik sehr deutlich zum Ausdruck, als er erklärte: »In ihren jetzigen Formen geht die Politik an den Grundfragen des Lebens vorbei. Ihre Grundlage ist die Statistik, aber die Statistik kann zum Beispiel nicht die Sexualverhältnisse, die Lage und Erziehung der Kinder bei einer Scheidung ihrer Eltern und überhaupt Fragen des Familienlebens beeinflussen.«

Und fast alle pflegten sie ihre Reden mit den Worten zu beginnen: »Wir Demokraten ... Wir, die russische Demokratie ...«

Der Rasnotschinze ist entartet, überlegte Samgin. Er war gut neben dem Adeligen, aber nicht neben dem Kaufmann. Um Gleichheit mit dem Adeligen zu erlangen, muß man Land besitzen. Gleichheit mit dem Bourgeois zu erlangen ist bedeutend leichter.

Unter ihnen befanden sich nicht wenige Neurastheniker, sie lasen Freud und, sicher, daß sie sich schon »selbst erkannt« hatten, waren sie besonders fest völlig von ihrer Außergewöhnlichkeit überzeugt. Die soziale Selbsteinschätzung dieser Leute wurde von Aljabjew zum Ausdruck gebracht: »Wir sind die letzte Reserve des Landes«, sagte er, und man widersprach ihm nicht. Alle diese Menschen wollten über der Wirklichkeit stehen, sie waren fast alle parteilos, denn sie fürchteten, die Partei- und Programmdisziplin könnte auf die Eigenart ihrer persönlichen »geistigen Konstitution« einen unheilvollen Einfluß ausüben.

Auf einer von den Versammlungen dieser Leute erinnerte sich Samgin: Als er in seiner Jugend illegale Epigramme, Karikaturen und von der Zensur verbotene Artikel gesammelt hatte, besaß er eine Korrekturfahne, auf der das Wort »soplemenniki« – was »Stammesbrüder« bedeutet – verkürzt »sopleki« gesetzt war, der aufmerksame oder ironisch gestimmte Zensor hatte das »e« gestrichen und deutlich in roter Schrift den russischen Buchstaben »ja« darüber geschrieben, so daß das Wort nun »sopljaki«, »Rotznasen«, lautete. Samgin begann zu merken, daß sich in ihm eine Vorliebe für das Komische und zugleich das Verlangen entwickelte, das Komische noch mehr zu karikieren.

Der Anblick menschlicher Nichtigkeit betrübte Klim Iwanowitsch Samgin nicht, aber erfreute ihn auch nicht, er hatte sich schon seit langem suggeriert, daß dieser Anblick normal sei. Es betrübte ihn auch nicht, als im Juli eine riesige und dichte Demonstrantenmenge über den Newskij Prospekt zum Winterpalais strömte, um ihr Vertrauen zum Zaren und ihr Entzücken über die gelassene Tapferkeit zu bekunden, mit der er im Lauf seiner ganzen Herrschaftszeit das Blut seiner Untertanen so freigebig vergeudet hatte. Der schwere, malmende Tritt Tausender von Menschen auf dem Holzpflaster des Newskij Prospekts erzeugte ein eigenartiges, unrhythmisches Geräusch, als würden in das Pflaster des Prospekts Holzpfähle gerammt. Das Straßenpflaster dröhnte dumpf, über den entblößten Köpfen der Menschen erhob sich ein vielstimmiges Heulen.

»Rette, o Herr, dein Volk ...«

»Hur-ra-a-u-u!«

»Sieg unserem rechtgläubigen Herrscher ...«

»Hur-ra-a-u-u!«

An der Spitze der Menge schritten, die beglückt strahlenden Gesichter zum Himmel erhoben, bekannte Gestalten von Dumaabgeordneten, Männer in goldverbrämten Uniformen, rotbeinige Generale, langhaarige Popen, Studenten in weißen Uniformjacken mit Goldknöpfen, Studenten in Uniformen, elegante Damen, irgendwelche Dickwänste sprangen herum, als wären sie aus Gummi, und neben ihnen wankten ärmlich gekleidete alte Leute mit einem Stock in der Hand, Frauen mit bunten Kopftüchern, viele von ihnen bekreuzigten sich, und die meisten gingen mit offenem Mund, blickten irgendwohin über die Köpfe der vorderen und füllten die Luft mit Geschrei und Geheul. In den Fenstern der Häuser und auf den Balkonen waren Frauen und Kinder, sie schrien auch, winkten mit den Händen, photographierten aber wohl mehr.

Morituri te salutant, dachte Samgin und zweifelte: Nein, das paßt nicht.

»Da ist sie, die Einigung des Zaren mit dem Volk«, sagte jemand hinter ihm.

»Auch das paßt wohl kaum ... Aber völlig klar ist – das ist eine spontane Bewegung ...«

Jelena sprach halblaut von irgend etwas, aber er hörte ihr nicht zu, und erst als er die Worte aufschnappte: »Jeder ist gewohnt, irgend etwas zu verteidigen«, warf er einen Seitenblick auf sie. Sie hatte sich bei ihm eingehakt, und ihr geschminktes Gesicht war bekümmert, mit einem Schatten von Traurigkeit bedeckt, als hätte sich auf ihm der graue Staub abgelagert, den die Menge aufgewirbelt hatte und der als undurchsichtige Wolke über ihr schwankte.

»Ach, ich bin umsonst nicht nach Paris abgereist«, seufzte sie. »Hier beginnt jetzt weiß der Teufel was ...«

»Das kann die Wirkung einer heilsamen Erschütterung haben«, sagte Samgin schulmeisterlich. »Weißt du, so wie bei einer gesättigten Salzlösung: Sie bildet keine Kristalle, wenn man sie nicht schüttelt ...«

»Nein, ich bin kein Salz und wünsche nicht geschüttelt zu werden«, sagte sie ärgerlich.

Samgin verstummte und stellte Bekannte fest: Nogaizew lief, fast die Leute beiseite stoßend, in einem Rock aus Rohseide, mit einem Gesicht, auf dem Begeisterung und Schweiß glänzten; unschlüssig schritt der lange Ieronimow; sich mit den Fingern der linken Hand ans Ohr fassend und den Kopf geneigt, ging Arm in Arm mit einer hochgewachsenen Dame in Weiß, die ein ungewöhnliches Hütchen trug, Pylnikow; gravitätisch stolzierte Stratonow mit einem dicken Stock in der Hand, neben ihm zappelte Purischkewitsch, fast kahlköpfig, mit farblosem Bärtchen, und es schritt Markow mit seiner dicken Fratze daher, der wie ein festlich gekleideter Schlachthoffleischer aussah. Sehr auffällig waren die Arbeitergruppen.

Sie sind nicht nachtragend, dachte Samgin und fragte dann irgend jemanden ironisch: Hat das Proletariat kein Vaterland?

Es kamen ungefähr dreißig Maurer vorbei, die in der Straße, in der Samgin wohnte, fast gegenüber den Fenstern seiner Wohnung, ein fünfstöckiges Haus errichteten, sie hatten alle, wie es bei Brjussow lautet, »weiße Schürzen um«. Er erkannte sie an der Gestalt ihres Artel-Meisters, eines dürren kleinen alten Mannes mit kahlem Schädel, dem Plüschschnäuzchen eines Affen und gellender Dulderstimme.

»Ihr Schmarotz-er«, hatte er gebrüllt und unflätig geschimpft, deswegen war er, nach einer Beschwerde der Einwohner, zur Polizei vorgeladen worden, hatte aber, nachdem er drei Tage gesessen hatte, am frühen Morgen des vierten wieder gellend gebrüllt: »Ihr Schmarotz-er – ihr Teufelspack . . .« Und von neuem waren die verbotenen Worte erschallt.

Hinter ihm schritt ein ebenfalls sehr auffallender Maurer, hochgewachsen, breitschultrig, mit einem Turban goldblonden Lockenhaars und großem, adrettem Bart, mit einem angenehmen, gutmütigen Lächeln auf seinem rotwangigen Gesicht und in den klaren himmelblauen Augen – er arbeitete näher zu Samgins Fenstern als die anderen, und Samgin hatte des öfteren seine bildschöne Gestalt bewundert.

Jungen und Mädchen in einförmig aschgrauer Kleidung trippelten vorüber, Waisenhauskinder, es kamen Briefboten, Gepäckträger, Wärterinnen irgendeines Krankenhauses, Zollbeamte, unbewaffnete Soldaten, und je weiter die Menge sich fortbewegte, desto offensichtlicher wurde, daß an ihrem Ende schon ein Element wirkte, welches die Spontaneität organisierte. Ganz deutlich trat es in einer Abteilung berittener Polizei zutage.

»Gehen wir ins Restaurant ›Medwed‹«, sagte Jelena anspruchsvoll. »Ich habe Staub geschluckt, möchte aber dennoch essen.«

Im »Medwed« wurde hurra geschrien, man stieß an, das Glas der Pokale klirrte, Pfropfen, die aus den Flaschen gezogen wurden, knallten, und das Ganze sah aus, als hätten sich Leute auf einem Bahnhof versammelt, um jemanden zu begleiten. Samgin lauschte dem ungestümen Lärm, nahm rasch die Brille ab und neigte, ihre Gläser putzend, den Kopf über den Tisch.

»Eine bekannte Stimme«, sagte Jelena und schnippte mit den Fingern.

Auch Samgin kannte dieses gellende und süßliche Stimmchen – es war Sachar Petrowitsch Berdnikow, der sein Gehör verletzte: »Wir führen menschenfreundlich Krieg, wir siegen dadurch, daß wir Zusatznahrung geben. Ganz Mittelasien haben wir ja durch Zuckerchen und Kattunchen erobert ...«

Samgin blickte mürrisch durch die Brille in eine Ecke, dort ragte, als schwänge sie sich zur Decke empor, zwischen Lorbeerbäumen und Palmen die unvergeßliche, kugelförmige Gestalt, strahlte das rötliche, blasenförmige Gesicht, glänzten die scharfen Äugelchen, in der rechten Hand hielt Berdnikow ein Glas Wein, mit der Linken patschte er sich an die Brust – die Schläge klangen weich, wie auf Teig.

»Der Deutsche führt Krieg mit Eisen, mit Stahl – mit der Maschine und – vor allem – mit Verstand! Mit Ver-stand!«

»Jetzt erinnere ich mich – das ist Berdnikow«, sagte Jelena. »Ein Geschäftemacher, ein Wüstling, wie es wenige gibt ...«

Samgin hörte nicht ihr zu, sondern dem leisen Dialog zweier Männer, die an einem Tisch neben ihm saßen; der eine war hager, glatzköpfig, hatte einen langen Schnurrbart und Goldzähne, der andere, auf dessen dicker Nase eine blaue Brille saß, war graubärtig und hochstirnig.

»Sachar ist in eine Schlinge geraten«, sagte der Goldzähnige.

»Der wird sich ihr entwinden. Er hat Beziehungen.«

»Na, was nützen denn Beziehungen! Unsere Minister wechseln jede Woche. Und in der Duma – wirken Neidhammel.«

»Das macht nichts. Krieg ruiniert den Handel nicht.«

Sie verstummten, während neben Berdnikow jemand wütend rief: »Stellen Sie den Bauern zufrieden!«

»Sie meinen also: abwarten?« fragte gedämpft der Goldzähnige, der Alte blickte auf die Uhr und antwortete noch leiser: »Es hat keine Eile. Gleich muß Mitja eintreffen, hören wir, was er erfahren hat.«

»Warum bist du so zerstreut?« fragte Jelena ungehalten.

»Ich höre zu«, erklärte ihr Samgin und vernahm: »Unsere humanitäre, radikale Intelligenz suchte ihr ganzes Leben lang die Geschichte zu überflügeln«, schrie Berdnikow höhnisch. »Geschichte machen lernte sie nicht bei Karl Marx, sondern bei Jemelka Pugatschow . . .«

»Die Duma auflösen!« brüllte jemand.

»Sie sind bereits betrunken«, entschied Jelena. »Nein, ich kann hier nicht bleiben – ich ersticke! Ich will an die Luft, auf die Inseln«, erklärte sie launisch.

Samgin wäre auch gern gegangen, ihn beunruhigte die Möglichkeit, mit Berdnikow zusammenzutreffen, aber Jelena störte ihn. Bevor er noch dazu kam, ihr die Gründe darzulegen, warum er nicht auf die Inseln fahren könne, kam auf den Tisch nebenan eilig ein blondlockiger, rotwangiger junger Mann zu und sagte halblaut irgend etwas.

»Sehen Sie mal an, dieser Sachar«, sagte voller Lob der Alte. »Sie sagen, in der Schlinge, er aber ist uns schon zuvorgekommen . . .«

Der goldzähnige Mann erblaßte, sank in sich zusammen und zuckte ratlos mit den Achseln.

»Wer hätte das gedacht . . .«

»Ja, das ist ein Schlag! Er wird nicht weniger als 300000 verlangen . . .«

»Aber – erlauben Sie, Miron Wassiljewitsch, wer kann es ihm nur gesagt haben?«

»Er hat überall die Hand im Spiel . . .«

Der goldzähnige Mann sprang vom Stuhl auf und rief: »Du hast es ihm gesagt, du Schuft! Du!«

Er machte sich mit lautem, unflätigem Schimpfen Luft, und durch sein Geschimpfe begann sich in dem Saal Stille auszubreiten.

»Gehen wir doch«, sagte Jelena sehr ungeduldig.

Auf der Straße verabschiedeten sie sich. Samgin begab sich zu Fuß nach Hause. An ihm jagten fesche Droschken vorbei, Offiziere saßen darin, es schien, als säßen sie alle in der gleichen Pose wie der erste, den er bemerkt hatte: den Kopf stolz erhoben, den Säbel zwischen die Knie gestellt und die Hände auf dem Degengriff.

Berdnikow, dachte Samgin und versah diese Gestalt mit den tadelnden Worten: Ein Schuft, ein krimineller Typ . . .

Er merkte, daß er den Dickwanst mechanisch und deshalb beschimpfte, weil man Beleidigung mit Beleidigung zu beantworten pflegt. Aber in ihm war keine Erbitterung gegen Berdnikow, es war nur ein Gefühl leichten Ekels zurückgeblieben.

»Das ist schon lange her. Und – es hat viel Ähnlichkeit mit einer Anekdote.«

An der Seite des Isakijeskaja-Platzes dröhnte und heulte das Blech einer Militärkapelle, dorthin gingen eilig Gruppen von Leuten, eine Abteilung berittener Gendarmen galoppierte vorüber, eine Unmenge von Polizisten in weißen Waffenröcken fiel auf, bei der Kasaner Kathedrale drängte sich das treuuntertänige Volk, Samgin näherte sich einer Gruppe, um zu hören, was die Leute sprachen, aber ein Polizeioffizier riet, wenn auch höflich, so doch entschieden: »Gehen Sie auseinander, meine Herrschaften!«

»Guten Tag«, sagte Schemjakin, der einen Panamahut auf seinem Kopf hatte und Samgins Ellenbogen berührte. »Wie steht's, wollen wir diesen Punkt übler Erinnerungen verlassen? Da haben Sie den Krieg . . .«

»Ich brauche ihn nicht«, sagte Samgin trocken.

»So? Nein, ich halte den Krieg für sehr zeitgemäß, für außerordentlich nützlich – er individualisiert die Völker, einigt sie . . .«

Schemjakin sprach laut, mit deftiger Stimme, und er roch so stark nach Parfüm, daß es schien, als wären auch seine Worte parfümiert. Auf der Straße wirkte er noch schöner als im Zimmer, aber weniger solide, zu stutzerhaft war sein hell fliederblauer Anzug, der keck eingedellte Panamahut, der Spazierstock mit Elfenbeingriff in Form einer Hand, die einen schwarzen Stein zwischen den Fingern hielt.

»Der Krieg beseitigt die Standesunterschiede«, sagte er. »Die Menschen sind nicht klug und heroisch genug, um friedlich leben zu können, aber angesichts des Feindes muß ein Gefühl der Freundschaft, der Brüderlichkeit entbrennen, muß das Bewußtsein erwachen, daß im Spiel mit dem Schicksal und um es zu besiegen, Einigkeit notwendig ist.«

Hinter einem Eisengitter marschierte in einem kleinen, staubigen Gärtchen eine Gruppe Kinder – Jungen und Mädchen – mit Schaufeln und Stöcken auf den Schultern, vor ihnen her schritt, auf einer Mundharmonika spielend, ein etwa zehnjähriger Musikant, neben ihnen ging eine Frau mit Brille und gestreiftem Rock.

»Serjosha – Schritt halten!« schrie sie. »Eins, zwei, eins, zwei!«

»Die deutschen Sozialisten sind unsere Lehrer«, gurrte Schemjakin, »schon im vergangenen Jahr stimmten sie für neue Steuern speziell für die Rüstung . . .«

Aus einer Seitengasse quollen, wie Rauch aus einem Schornstein, rasch nacheinander Menschengruppen mit Ikonen in den Händen, mit dem Porträt des Zaren, der Zarin, des Thronfolgers, dann ritt, die Menschen mit seinem Pferd beiseite drängend und sie mit geschwungener Peitsche bedrohend, ein schwarzbärtiger Offizier der berittenen Polizei heraus und schrie: »Man hat euch doch gesagt: Einstellen! Zurü-ück! Marsch, zurück!«

»Rußland rührt sich«, erläuterte unermüdlich Schemjakin, der von Männern in Jacketts, in Kattunhemden an die Wand gedrängt worden war, einer von ihnen, ein graubärtiger, breitschultriger, mit dickem Stock, musterte Samgin und sagte gekränkt: »Der eine befiehlt dies, der andere das, man kann nichts begreifen! Und die Zeit – vergeht!«

»Wohin wollen Sie denn?« fragte Schemjakin.

»Das ist es ja eben, wir wissen es nicht.«

»Und wer sind Sie?«

»Verschiedene.«

»Vom städtischen Fuhrpark.«

»Wir sind Pflasterer.«

»Und weshalb gibt es Krieg, Herr?« fragte der Alte mit dem Stock Samgin.

»Im Manifest steht es.«

Samgin machte sich das Gedränge auf dem Gehsteig zunutze und entfernte sich von Schemjakin, unterdessen begannen irgendwo in der Nähe Trommeln zu wirbeln, eine Schalmei begann giftig zu pfeifen; die Zivilisten aus der Straße verdrängend, wie der Kolben den Dampf verdrängt, trappten hochgewachsene Gardisten, ihrer Regimentsfahne folgend, über das Straßenpflaster.

»Preobrashenzen«, sagte ehrerbietig irgend jemand, und eine andere Stimme: »Die Semjonowzen.«

»Tolle Jungs! Dem rechtgläubigen . . . christlich gesinnten Heer – ein Hur-ra!«

Diesen Aufruf erwiderten nicht mehr als etwa zehn Stimmen. Eine Frau in grauem Kittel, mit der Armbinde des »Roten Kreuzes«, die Samgin überholte und ihn anstieß, sagte laut: »Unter den Soldaten sind ja Juden, Tataren . . .«

Und sogleich rief neben Samgin ein kurzbeiniger Mann mit weißer Schürze und einem Strohhut auf dem Kopf hinter der Frau her: »In der Garde gibt es nur Getaufte, du dummes Frauenzimmer!«

»Bist selber ein dummer Kerl!« entgegnete die Frau, die ihm ihr weißes, mehliges Gesicht zuwandte. »Hast du sie etwa getauft?«

»Halt, halt! Wie unterstehst du dich . . .«

Samgin bog in eine Nebenstraße ein, nahm den Hut ab und dachte, während er mit dem Taschentuch seine schweißbedeckten Schläfen abwischte:

Ungebildete Menschen . . . Wegen solcher Leute . . .

Der Gedanke fand kein Ende, ihn störte düstere Gereiztheit.

Ihm fiel ein, wie etwa drei Wochen vor diesem Tag die Polizei die Straße, in der er wohnte, für die Durchfahrt des Präsidenten der Französischen Republik in Bereitschaft versetzt hatte. Die Hausknechte der ganzen Straße wurden zur Polizei befohlen, dann gingen zwei Tage lang Polizisten von Haus zu Haus und kontrollierten irgend etwas, in drei Häusern hielten sie Haussuchung, in einem verhafteten sie irgendeinen Studenten, ein Polizist führte am hellichten Tage aus der Werkstatt, in der Musikinstrumente aus Holz repariert wurden, Agafjas Freund Benkowskij ab, einen kahlköpfigen, glattrasierten Mann unbestimmten Alters, der sehr viel Ähnlichkeit mit einem katholischen Priester hatte. Früh am Morgen strich man den Zaun um den Neubau mit bläulicher Farbe, dann wusch man die Straße mit Wasser und trieb einige Dutzend anständig gekleidete, stattliche, meist bärtige Männer dorthin zusammen. Unter ihnen befanden sich auch junge Leute, und diese unternahmen ein lustiges Spiel: Sie hielten Passanten an, drängten sie an den Zaun, die Farbe war noch nicht getrocknet, und der Passant beschmutzte seine Kleidung an der Seite oder am Rücken.

Gegen Mittag ertönte am Ende der Straße ein Alarmpfiff, und als gehorchte es ihm, glitt rasch ein glänzendes Auto vorüber, in ihm saß ein dicker Mann mit Zylinder auf dem Kopf, ihm gegenüber saßen zwei goldbetreßte Militärs, ein dritter saß neben dem Fahrer. Ein Teil der Ochrana-Agenten markierte Passanten, ein Teil Schaulustige, die sich für die Zuschauer in den Fenstern der Häuser interessierten, während Klim Iwanowitsch Samgin, der hinter einem Fensterpfosten hervorblickte, der Gedanke kam, daß der dicke Herr Poincaré ein Jahr früher – zum Jubiläum der Romanows – hätte kommen sollen.

Im Nebenzimmer befand sich Agafja, und als er in Schlafrock und Pantoffeln dorthin kam – empfing sie ihn, die bis zu den Ellenbogen nackten Arme auf der Brust verschränkt, mit einem vergnügten Lächeln.

»Freuen Sie sich, daß Sie das Haupt der Französischen Republik gesehen haben?«

»An ihm ist ja gar kein Haupt zu sehen, es ist alles nur Bauch, vom Zylinder bis zu den Stiefeln«, antwortete die Frau. »Es ist komisch, daß dieser Zar ein Zivilist ist, so etwas wie ein Kaufmann«, sagte sie. »Und der schwarze Eimer auf dem Kopf – für seine Würde brauchte er irgend etwas anderes, meinetwegen eine Kappe, wie sie die Oberpriester tragen, bei uns ist ja ein Polizeimeister schöner gekleidet.«

Samgin erlaubte es sich selten, mit ihr zu reden, doch diese Blatternarbige wurde immer familiärer, aufdringlicher. Aber sie arbeitete immer noch ebenso einwandfrei und gab keine Veranlassung, sie durch eine andere zu ersetzen. Er hätte gern in der Küche einen Mann angetroffen, aber außer Benkowskij sah er keinen, obwohl bei ihr irgendwelche Männer verkehren mußten: Agafja rauchte nicht, Benkowskij auch nicht, in der Küche war jedoch stets Tabakgeruch zu spüren.

Zwei Tage später zeigte ihm Jelena eine Karikatur, die grob mit der Feder gezeichnet war: In einem Quadrat aus Säbeln und Bajonetten befand sich eine Bombe mit dem Gesicht Poincarés, an den Ecken des Quadrats oben ein Rubelstück mit dem halb abgewetzten Gesicht Nikolai Romanows und der Eberkopf des Königs von England, unten die Könige von Belgien und Rumänien, und die Unterschrift »Der Punkt im Quadrat«, das heißt auf französisch: Poincaré.

»Das gab mir Charlamow zum Anschauen«, sagte sie. »Er hat immer irgendwelche interessante Sächelchen.«

»In meiner Jugend sammelte ich auch zum Zeitvertreib dergleichen . . . Streiche von Feder und Bleistift«, sagte Samgin abfällig, fügte aber nicht hinzu, daß derartiger Unfug jetzt in ihm ein fast feindseliges Gefühl gegen die Unfugtreiber hervorrief. Ein ebensolches Gefühl erweckte allmählich auch Charlamow durch sein betontes Interesse für die verschiedenen Erscheinungen von spießbürgerlichem Konservativismus und konterrevolutionären Gesinnungen. Sein leises Vorsichhinpfeifen und seine halblauten Selbstgespräche, sogar die glatte, schwarze, gleichsam gußeiserne Haarkappe auf seinem Kopf, alles an ihm ließ irgendwelche sonderbaren, geradezu unsinnigen Verdächtigungen wach werden: Man konnte meinen, er färbe sich das Haar, lebe mit fremdem Paß, sei Sozialrevolutionär, Terrorist, ein Maximalist, der aus der Verbannung geflohen ist. Aber Jelena wußte, daß Charlamow ein Neffe zweiten Grades von Prosorow war, daß sein Vater Veterinär war und in Kursk lebte, die Mutter jedoch, die im Jahre sieben verhaftet worden war, im Gefängnis gestorben war.

Ein paar Tage vor der Vernichtung der Armee Samsonows bot Charlamow Samgin ein Blättchen Seidenpapier an: »Könnte Sie das interessieren?«

Samgin las das mit Schreibmaschine Getippte:

»Ihr Freunde, weg von dem Marxismus,
Der großen, heiligen Doktrin.
Viel teurer ist uns Götze Chauvinismus,
Den Klassenkampf – was brauchen wir ihn!

Steh auf und erheb dich, du Sozi-Patriot,
Führe Krieg mit dem äußeren Feind
Und schlag den deutschen Proleten.

Auf zu unseren neuen Brüdern,
Auf in Gutschkows Komitee,
Was soll Stöhnen hier und Fluchen,
Was das große Vermächtnis von Marx?

Steh auf und so weiter.

So schreit selbst Georgij Plechanow,
Scheidemann, Vandervelde und Guesde,
In der Duma wiederholt dann Burjanow
Von der Tribüne ihr Fiebergered.

Steh auf und so weiter.

Statt der Fahne der Freiheit, der roten,
greift zur Zarenfahne getrost;
Unsre Proletarierkolonnen
Auf den deutschen Arbeiter los!«

»Schlecht«, sagte Samgin.

»Schlechter ist es wohl kaum möglich!« entgegnete Charlamow.

»Roh«, setzte Samgin hinzu.

»Primitiv«, erklärte, als entschuldigte er sich, mit Achselzucken Charlamow.

Macht er sich lustig? fragte sich Klim Iwanowitsch und stellte zum erstenmal fest, daß Charlamows Unterlippe dicker war als die obere, was seinem Gesicht einen Ausdruck von Ekel verlieh, und seine Augen waren wenig beweglich und blickten unverfroren geradeaus. Sofort fiel ihm ein, daß Charlamows Sätze oft zweideutig klangen.

Von der Demolierung der Deutschen Botschaft erzählte er folgendermaßen: »Man zerstörte ein Steinhaus unangenehmen Stils. Sie hätten auch die Nachbarhäuser zerstören können. Und – hätte die Polizei es zugelassen, so hätten sie auch das Winterpalais zertrümmert. Ein mir bekannter Gehilfe eines Revieraufsehers beklagte sich mir gegenüber: ›Der Krieg hat eben erst begonnen, und schon wird von Diebstahl geredet: Soeben haben wir einen Mann festgenommen, der dem Publikum versicherte, es werde ein Haus mit Genehmigung der Obrigkeit zertrümmert, weil der Hausbesitzer, ein Intendant, vierzigtausend Soldatenstiefel gestohlen und an die Deutschen verkauft habe.‹ Und als vom Dach der Botschaft die

Bronzegruppe heruntergeworfen wurde, erklärte irgendein kleiner alter Mann: ›Man sollte auch die kupfernen nackten Burschen auf der Anitschkowbrücke beseitigen.‹«

Samgin fragte trocken: »Leugnen Sie, daß sich in dieser Handlung der Zorn des Volkes kundtut?«

»Ich habe keinen Zorn bemerkt«, antwortete schuldbewußt Charlamow, der sich bereits unverhohlen lustig machte, und fügte hinzu: »Einfach – die Leute machen sich mit Genehmigung der Obrigkeit ein Vergnügen.«

»Das stimmt natürlich nicht, das ist Übertreibung!« erklärte Samgin, und Charlamow fügte noch hinzu: »Nun, die Presseleutchen – die zürnen: Man hat ihnen verboten, ihre Gefühle öffentlich zum Ausdruck zu bringen, hat sie der Gabe des Wortes beraubt – sogar die wohlgesinnte Kupplerin ›Retsch‹ – auch die hat man kaltgemacht.«

Für Samgin war völlig klar, daß das ganze Land von einem Ausbruch patriotischer Gefühle erfaßt worden war, zu Beginn des Krieges gegen die Japaner hatte er nichts dergleichen beobachtet. Jetzt jedoch hatte die liberale Bourgeoisie einmütig die Parole »Einigung des Zaren mit dem Volk« angenommen. Die Reichsduma hatte alle ihre Meinungsverschiedenheiten mit der Regierung feierlich gestrichen, die Studenten veranstalteten patriotische Kundgebungen, aus der Provinz kamen zu Hunderten Telegramme für den Zaren angeflattert, in ihnen war von Kampfbereitschaft und Siegeszuversicht die Rede, von den Zeitungen wurden Fälle von »Grausamkeit der Teutonen« gemeldet, Schriftsteller drohten in Prosa und Versen den Deutschen mit dem Untergang, und überall sprach man voller Lob vom Heldentum des Donkosaken Kosma Krjutschkow, der elf deutsche Kavalleristen niedergesäbelt und mit der Pike durchbohrt habe.

»Sicherlich hat er zehn hinzugefügt, um die Zivilisten in eine Hochglut kriegerischer Tapferkeit zu versetzen«, sagte Charlamow.

Er spielt den Skeptiker, weil er sich selbst hervorheben will, definierte Samgin. Es war unangenehm, daß Jelena immer öfter von Charlamow sagte: »Er ist interessant. Er ist amüsant. Ein Sonderling.«

»Sonderlinge gibt es bei uns zu viele, man wird ihrer müde«, bemerkte Samgin, doch ein paar Tage später bekam er zu hören: »Er ist begabt! Gestern las er mir so etwas Ähnliches wie eine Operette vor – es war zum Totlachen! Ein Chor frommer Bankiers sang darin urkomisch:

Oh, welch ein Behagen
An den Knochen des Nächsten zu nagen!«

»In diesen Tagen ist es wohl kaum angebracht, Possen zu reißen«, sagte Samgin, worauf sie unbeirrt erwiderte: »Nein, gerade an solchen Tagen sollte man lustiger leben als sonst! Nebenbei bemerkt: Verstehst du was vom Börsenspiel? Ich habe am Donnerstag achttausend Rubel gewonnen, aber man warnt mich, das sei unsicher, und es sei besser, Gold oder Goldsachen zu kaufen . . .«

»Ja, natürlich Gold«, bestätigte Klim Iwanowitsch gleichgültig.

Die Handlungen dieser Frau interessierten ihn nicht, ihre Lobreden auf Charlamow erweckten keine Eifersucht. Ihm machte die Lösung der Frage Sorgen: Welche Aussichten und Wege eröffnete ihm der Krieg? Der Krieg hatte eine solche Menge Menschen ans Gewehr gerufen, daß er gewiß nicht lange dauern konnte, jahrelang Krieg zu führen, dazu würden die Mittel nicht reichen. Die Entente würde selbstverständlich die Deutschen und Österreicher besiegen. Rußland würde Zugang zum Mittelmeer erlangen, sich auf dem Balkan festsetzen. Das alles war zwar so, aber – was würde er dadurch gewinnen? So fest wie er konnte, beschloß er, sich an einen sichtbaren Platz zu stellen. Es war längst Zeit.

Ich bin verpflichtet, das aus Achtung vor meiner Lebenserfahrung zu tun. Sie ist eine Kostbarkeit, die vor der Welt, vor den Menschen zu verbergen ich kein Recht habe.

Aber diese Formeln befriedigten ihn nicht. Er fühlte, daß er nicht vor den Menschen, sondern vor sich selbst etwas zu verbergen suchte, das ihn sein ganzes Leben lang beunruhigt hatte. Er hielt sich nicht für ehrsüchtig und fühlte sich nicht verpflichtet, den Menschen zu dienen, er war kein Misanthrop, betrachtete aber die meisten Menschen als nichtswürdig und empfand einige – als in ihrem Wesen feindlich. Man schlug ihm vor, in den Städteverband einzutreten, er – willigte ein, da er diesen Verband als bunte Vereinigung von Vertretern verschiedener Parteien und von Parteilosen ansah, doch als sich die düsteren Gerüchte von der Vernichtung der Armee Samsonows in Ostpreußen nach und nach verbreiteten, warf Samgin sich vor, seinen Beschluß übereilt zu haben. Und ein paar Tage später zeigte ihm Jelena, mit den Fingern schnippend, eine Photographie: »Schau mal, was für ein Kuriosum!«

Die Aufnahme war undeutlich, man konnte nicht gleich erkennen, was sie darstellte – es war ein Stück Straße, zwei Steinhäuschen, die Fensterrahmen waren zertrümmert, die Scheiben eingeschlagen, aus dem Hauseingang ragten auf den steinernen Vorplatz irgendwessen

Beine heraus, die ganze Straße war mit zerbrochenen Möbeln besät, ein Klavier mit abgerissenem Deckel lag umgekippt da, quer über die Straße lag ein gefällter Baum, ein Ahorn oder eine Kastanie, vor dem Baum ein Scheiterhaufen, aus dem ein Klavierdeckel herausragte, und vor dem Scheiterhaufen saß in einem großen Voltaire-Lehnstuhl, die Füße auf eine Schreibmaschine gestellt und das Gewehr zwischen den Beinen, ein russischer Soldat und blickte ins Feuer. Im Hintergrund waren verschwommen noch zwei Soldaten zu sehen, die ein unförmiges Pferd ein- oder ausspannten.

»Darunter könnte man schreiben: Der Sieger – nicht wahr?« fragte Jelena. Samgin sagte zornig: »Ich bin überzeugt, daß dieser ganze ... Unfug absichtlich aufgebaut wurde, um ihn zu photographieren. Das waren irgendwelche Fähnriche oder Korrespondenten«, sagte Samgin. Jelena widersprach: »Nein, das hat Doktor Malinowskij aufgenommen. Er hat noch einen anderen Namen – Bogdanow. Praktiziert hat er nicht, aber er ist, weißt du, so ein – Gelehrter. Im ersten Jahr meines Lebens mit meinem Mann hielt er bei uns irgendwelche Vorlesungen. Er ist sehr bescheiden und zerstreut.«

Sie schüttelte die Schultern und die Brust, schnippte mit den Fingern und sagte mit Vergnügen: »Aber – weißt du, Krieg, das ist sehr interessant, er reißt sehr mit! Wacht man am Morgen auf, so denkt man: wer – wen? Und man wartet auf die Zeitung wie auf einen amüsanten Bekannten.«

»Für die Geschlagenen ist das wohl kaum amüsant«, bemerkte Samgin schulmeisterlich, worauf Jelena philosophisch entgegnete: »Soll man es doch so einrichten, daß man sich nicht schlägt.«

Und ein paar Tage später teilte sie verwundert mit: »Stell dir vor – Charlamow zieht als Freiwilliger in den Krieg!«

Es war unbegreiflich, warum in ihrer Verwunderung Freude klang.

Er fragte: »Weshalb ist dir das angenehm?«

Und erhielt die Antwort: »Du vergißt, daß ich ein bißchen Französin bin.«

Und es war sehr ärgerlich: Samgin hatte eben erst entschieden, Charlamow in einen Bezirk des Gouvernements Nowgorod zu schicken, und zwar in der Sache: Widerrechtlicher Besitz von Akkerland und Wiesen, die der Gutsbesitzerin Lewaschowa gehört hatten, durch Bauern des Kirchdorfs Pessotschnoje. Die Gutsbesitzerin war gestorben, ihr Erbe, der Abgeordnete der Reichsduma Nogaizew, hatte irgendeinen alten Gutsplan gefunden und Prosorow beauftragt, gegen die Dorfgemeinde zu klagen. Prosorow hatte geklagt und beim Kreisgericht gewonnen. Aber der Obergerichtshof hatte das Urteil aufgehoben, und zu gleicher Zeit hatte ein Kloster geklagt und sein Recht auf den Besitz eines Teils des strittigen Landes laut Schenkungsurkunde der Lewaschowa geltend gemacht, wobei es bewies, daß die Bauern über drei Jahre das Land bei ihm gepachtet hätten.

Der Wirrwarr war auf den Gipfel getrieben worden, als der Bauer Anissim Frolenkow erklärte, daß Nogaizew die Wiesen, die das Kloster nicht streitig machte, gleich nach der Entscheidung des Kreisgerichts an ihn verkauft habe und daß das Kloster das Heu von diesen Wiesen als Zahlung auf einen Wechsel verwendet habe, den Frolenkow ausgestellt hatte. Klim Iwanowitsch Samgin hatte auch früher schon begriffen, daß dies eine dunkle Sache war und daß Prosorow, als er sie übernahm, unvorsichtig gehandelt hatte, vor kurzem indes war Nogaizew bei ihm erschienen und hatte ihn endgültig überzeugt, der Prozeß müsse eingestellt werden. Nogaizew hatte Angst bekommen und verhehlte das nicht.

»Ich gestehe, mein Werter, ich habe in erster Erregung gehandelt. Ich bin kein Geschäftsmann und kenne mich in den Feinheiten der Gesetze nicht aus. Die überraschende Erbschaft, wissen Sie, dabei bin ich ein Mann mit beschränkten Mitteln und – mit Familie! Eine Familie – verpflichtet . . . Der Plan verwirrte mich. Jetzt begreife ich, daß der Plan noch . . . sozusagen – eine Hypothese war.«

Er war irgendwie besonders sauber gewaschen, gebügelt, bescheiden gekleidet und straff zugeknöpft, als hätte er vor einer Stunde das Bad besucht. Beim Sprechen streichelte er seinen Bart, die Schenkel, die Revers des dicken Rocks, sein gutmütiges Gesicht drückte Verwirrung, Bedauern aus, und in den Augen spiegelte sich ein spitzbübisches Lächeln.

Samgin fragte ungehalten, was er denn wolle.

»Frieden!« erklärte Nogaizew entschieden und etwas schrill und errötete tief. »Es ist peinlich, wissen Sie, es entspricht nicht dem gegenwärtigen Augenblick, wenn ein Abgeordneter der Duma mit den Bauern Krieg führt in diesen Tagen, wo . . . Sie verstehen? Und ich bitte Sie inständig, zu den Bäuerlein hinzufahren und ihnen eine gütliche Beilegung vorzuschlagen. Sonst, wissen Sie, erfahren es die Zeitungen und greifen es auf. So aber – still, friedlich . . .«

Das ist kein übler Vorschlag, überlegte Samgin. Und das ist die letzte von den Sachen, die ich von Prosorow übernommen hatte.

Es war sehr angenehm, sich zu vergegenwärtigen, daß er nach Abschluß dieser Sache von der Unvermeidlichkeit häufiger Begegnungen mit Jelena befreit war, die ihm durch ihre Nähe bereits etwas zur Last wurde und ihn manchmal durch ihr zu rücksichtsloses, zu familiäres Verhalten zu ihm auch kränkte.

Und nun rumpelte er in einer klapprigen Kalesche auf der ausgefahrenen Poststraße von Borowitschi nach Ustjushna. Durch den Nebel hindurch sprühte manchmal feiner, kalter Regen auf seine Knie, das Lederverdeck der Kalesche zitterte und berührte seinen Kopf, Samgin steckte den Schirm nach vorne hinaus und öffnete ihn, die Schirmspitze stemmte sich bei Stößen gegen den Rücken des alten Fuhrmanns, und der Alte schrie heiser: »No-o, vorwärts, vorwärts!«

Der Gaul war gut, lief flott, er brauchte keinen Ansporn, und es war sehr unsinnig zu sehen, daß man ihn gezwungen hatte, einen so abgenützten Wagen zu ziehen.

An beiden Straßenseiten schwebten im Nebel Bäume vorbei, schwankten schwarze Zweige, die vom Herbstwind kahl geworden waren, weißflankige Elstern flogen geschäftig herum und schwatzten, ein starker Geruch von Sumpfschlamm wehte der polternden Kalesche entgegen und begleitete sie, die Feuchtigkeit, die in die Haut eindrang, rief bedrückende Niedergeschlagenheit und ungewöhnliche Gedanken hervor. Wie nichtig waren die Sächelchen der Nogaizews, der Frolenkows und der Bauern des Kirchdorfs Pessotschnoje im Vergleich zu dem Drama, das sich im Norden Frankreichs abspielte und Paris – das »Athen der Welt« – mit dem Untergang bedrohte! Wenn die Deutschen siegten, würden die Franzosen nicht nur von neuem wirtschaftlich ausgeplündert, sondern von einem Volk in die Knie gezwungen werden, das unbegabter war als sie. Ja, das wäre ein Schlag, der die Schicksale ganz Europas und natürlich auch das Los der ganzen Menschheit beeinflussen würde. Möglicherweise würden die Deutschen, einer Revolution entgehend, einen eigenen Napoleon hervorbringen und sich das Ziel setzen, ganz Europa zu erobern. Und Japan würde unterdessen beginnen, Asien zu unterwerfen. Weiterhin drohten der Menschheit Kollisionen und Kämpfe der Rassen. Und wenn man sich vergegenwärtigte, daß dies alles auf einem kleinen Planeten vor sich ging, der sich in der Unendlichkeit des Weltalls, unter Tausenden von grandiosen Gestirnen, unter Millionen Planeten verloren hat, im Vergleich zu denen die Erde vielleicht ein Staubkörnchen ist, das einzige, auf dem der Mensch entstand und lebt, ein Wesen, dem nur fünf bis sechs Jahrzehnte zu leben beschieden ist . . .

Gedanken dieser Art kamen Samgin nicht oft und stets durch Bücher, die den »Weltschmerz« um den Menschen im Kosmos behandelten, durch das System von Sätzen dieses oder jenes Helden, der aus Gründen, die nur seinem Schöpfer klar waren, pessimistisch dachte. Klim Iwanowitsch liebte diese Gedanken nicht und hütete sich, bei ihnen zu verweilen, da er fühlte, daß sie ihn ebenso unterwerfen könnten, wie jedes programmatische Denken die Menschen unterwirft. Aber er hielt sie in Reserve, da er ihnen eine recht wertvolle Eigenschaft zuerkannte – die Fähigkeit, den Menschen weit von der Wirklichkeit wegzuführen, ihn über sie zu erheben. Er sah deutlich, daß die Menschen einander klüger erschienen, wenn sie von der Relativitätstheorie sprachen, von der Temperatur im Sonneninneren, davon, ob die Milchstraße die Gestalt einer unendlichen Spirale oder eines Bogens habe, und davon, ob der Erdball verbrennen oder erfrieren werde. Ohne es selbst zu merken, bestimmte er in irgendeinem Augenblick den Wert dieser eleganten Gedanken ein für allemal mit den Worten: »Es läßt sich annehmen, daß dies alles so, vielleicht aber auch nicht so ist. Aber man kann leben, auch ohne diese Fragen gelöst zu haben.«

In diesen Stunden, in der Nebelwolke, die den Raum armselig begrenzte, dachte Samgin beim Quietschen und Klirren der Eisenteile der Kalesche zum erstenmal und sehr gern darüber nach, daß das Sein des Menschen rätselhaft sei und daß diese Rätselhaftigkeit sehr nach Sinnlosigkeit aussehe. In einem Zustand körperlicher Müdigkeit und Niedergeschlagenheit kam er gegen Abend in einem kleinen, dicht zusammengedrängten Städtchen an, es schien, als wäre es mit den Glockentürmen seiner fünfzehn Kirchen wie mit Nägeln an der Erde befestigt. Der schweigsame Fuhrmann trieb den Gaul entschlossen an ein paar kleinen Schmieden vorbei, im Dunklen glühten die Kohlen der Schmiedeöfen, klopften im Takt die Hämmer, am Ufer eines grauen Flusses herrschte auch Arbeitslärm, Balken wurden zersägt, Äxte hackten, irgend etwas knarrte, und in raschem Tempo erklang eilig das Lied:

»Ej, Dubinuschka, eja!
Ej, du grünes – das von selbst geht!
Hau-ruck, hau-ruck
Und vo-ran!«

»Es geht, es geht, es geht! Ganz schnell geht es, eja!«

Im Dämmerlicht zogen etwa zwanzig Männer ein gelbes, eben erst gebautes Schiff – eine »Tichwinka« – vom Ufer in den Fluß.

Immer noch das altüberkommene, primitive Leben, dachte Samgin. Wir sind hinter Europa zurückgeblieben. Sind ihm im Wege. Erschrecken es durch unseren Menschenüberfluß, erwecken seinen Neid durch unseren Reichtum.

Ihm fiel der Soldat im Sessel ein, der die Füße auf die Schreibmaschine gestellt hatte.

Wilde sind wir. Wilde.

»Zum Gasthof«, sagte Samgin, der durch den Lärm etwas ermuntert worden war. Der Fuhrmann antwortete gelassen: »Warum? Ich weiß, wohin wir müssen!«

Er hielt den Gaul vor der Außentreppe eines zweigeschossigen Hauses an, es hatte fünf Fenster zur Straße, ihre Einfassungen waren mit feinem Schnitzwerk verziert, die hellblauen Läden waren mit Blumen bemalt und sahen aus, als wären sie mit Tapeten überklebt. Auf die Außentreppe trat ein großer bärtiger Mann heraus und sagte freundlich unter Verneigungen: »Seien Sie willkommen! Sie werden sicher müde sein? Olka! Rasch . . .«

Der Mann verschwand, es erschien Olka, ein hochgewachsenes, stattliches junges Mädchen mit starkem Zopf und einem Gesicht, das so rotwangig war, daß ihre üppigen Lippen fast gar nicht auffielen. Sie erwies sich auch als wortkarg und antwortete auf die Frage: »Wem gehört dieses Haus?« nur: »Dem Hausherrn.«

Und nun saß Klim Iwanowitsch Samgin am Tisch in einem hellen, sauberen Zimmer, das mit Wiener Stühlen ausgestattet und mit hellblauen geblümten Tapeten tapeziert war, deren Blumen sehr viel Ähnlichkeit mit Reizkerpilzen hatten. An der einen Wand stand ein Glasschrank, sein oberes Fach war dicht mit Teegeschirr gefüllt, mitten unter diesem stand eine gläserne Karaffe, in deren Innerem kunstvoll auf bemalten Holzspänchen eine Kirche errichtet war. An der Rückwand hingen Ostereier aus Zucker und ein riesengroßes rotes aus Holz, um das ein grünes Bändchen gebunden war. In den zwei übrigen Fächern standen irgendwelche Kästchen, Schachteln, Teller, Platten und leere Flaschen, eine in der Form eines Bären. An der anderen Wand hingen zwei Lithographien: »Die Heilige Familie« und Zar Nikolai II. mit seiner Frau, dem Thronfolger und den Töchtern, ein Bildchen, das zur Feier der dreihundertjährigen Regierung des Hauses Romanow herausgegeben worden war. Zwischen den Bildern pendelte lautlos in einem sargartigen Mahagonikasten das Perpendikel einer altertümlichen englischen Uhr. In der vorderen Ecke befanden sich fünf Ikonen, zwei in Silber und in Holzschreinen mit Weintraubenverzierung. Auf dem Tisch brodelte ein Samowar, aber es erschien niemand, um Tee einzuschenken, und in dem Haus war es still, als schliefen alle.

Samgin war verdutzt: Das war kein Gasthof, was bedeutete das nur?

Aber da erschien wieder dieser große Mann mit dem überaus

prächtigen hellblonden dichten Riesenbart, um den Warawka ihn hätte beneiden können.

»Trinken Sie bitte Tee«, forderte er mit klangvoller Stimme auf und setzte sich dem Samowar gegenüber an den Tisch.

»Verzeihen Sie, ich begreife nicht: Weshalb hat man mich zu Ihnen gebracht?« fragte Samgin.

»Man hat Sie richtig, der Depesche gemäß hergebracht«, beruhigte ihn der schöne Mann. »Herr Nogaizew schickte eine Depesche, Sie mit dem Wagen abzuholen und Ihnen überhaupt behilflich zu sein. Unsere Gegend ist ziemlich entlegen. Die guten Pferde hat man für den Krieg weggeholt. Ich heiße Anissim Jefimowitsch Frolenkow – um es Ihnen bequemer zu machen.«

Er sprach ungezwungen, fließend, hatte eine Altstimme wie eine Frau, aber das paßte sehr gut zu seiner schönen, stattlichen Figur und dem bildschönen Gesicht. Die Einmischung Nogaizews hatte in Samgin irgendwelchen Verdacht erweckt, aber Frolenkow hatte ihn gelöscht.

»Ich bin Schiffbauer, ich baue Mokschanen, Tichwinki und überhaupt allerhand kleine Flußfahrzeuge. Ich bitte vielmals um Entschuldigung: Meine Frau ist zu ihren Eltern gefahren, gerade nach Pessotschnoje, wohin auch wir morgen fahren müssen. Sie ist meine zweite, ich habe sie erst im Frühjahr geheiratet. Sie ist mit meiner Mutter gefahren, mit ihrer Schwiegermutter also. Der eine Sohn von mir – wurde als Schreiber zum Kriegsdienst eingezogen, der andere hilft mir hier. Mein Schwager, ein ehemaliger Lehrer, saß im Branntweinmonopol – ihn haben sie auch in den Krieg geschickt, na, und seine Tochter mit ihm zusammen als Rotkreuzschwester. Den Branntweinverkauf hat man gesperrt. Wie es heißt, hatte die Zarenkasse durch ihn eine Einnahme von anderthalb Milliarden Rubel?«

»Ich glaube – eine Milliarde ...«

»Das ist auch eine hübsche Summe ... Der Krieg wird sicherlich viel Geld kosten?«

Ohne eine Antwort abzuwarten, fuhr er fort: »Es ist sehr gut, daß man sich bereit erklärt hat, diesem langwierigen Prozeß ein Ende zu machen, er ruinierte die Bauern von Pessotschnoje. Der Dorfschulze von Pessotschnoje sitzt hier im Gefängnis, der Ordnungsrichter des Semstwo hat ihm einen Monat aufgebrummt, der Alte hat wenig Umsicht. Machen Sie sich keine Sorgen, Euer Wohlgeboren, ich bin in Pessotschnoje ein allgemein bekannter Mann.«

Wie sympathisch er ist, dachte Samgin. Und offenbar nicht dumm ...

»Die Politik ist uns, den einfachen Leuten, etwas unverständlich.

Wie ist das: Der Krieg steigert die Ausgaben, aber die Einnahmen hat man verringert? Und überhaupt, wissen Sie, ohne Branntwein ist die Arbeit nicht mehr die gleiche! Wenn früher die Leute müde wurden, versprach man ihnen ein Eimerchen, und schon wurden sie wieder munter. Nach dem Sieg werden wir ja alles Verlorene zurückholen. Wenn es bloß rascher ginge! Wir sollten einmal losschlagen, dann noch einmal und danach verlangen: Ersetzt uns unsere Schäden und Verluste, sonst langen wir euch noch mal eins.«

Samgin erinnerte an den Untergang der Armee Samsonows.

»T-ja, er hat danebengehauen. Na – das macht nichts, wir haben genug Leute.« Er dachte einen Augenblick nach und zwinkerte: »Dennoch braucht man sich nicht besonders zu beeilen. Der Krieg hat ja auch seine Qualitäten. Das ist immer so: Einerseits Schaden, andrerseits Nutzen.«

»Und – worin sehen Sie den Nutzen?« fragte Samgin.

»Es ist ja schwer zu sagen! Jedoch – wie könnte ich es verschweigen? Volk haben wir viel zuviel, liebes Land jedoch – wenig. Für ein auskömmliches Leben reicht das Land nicht. Nach Sibirien gehen die Bauern nicht freiwillig, und sie mit Gewalt umzusiedeln, fehlt der Obrigkeit . . . ja wohl der Mut? Verzeihen Sie! Ich rede, wie ich denke.«

»Bitte schön«, sagte Samgin lebhaft und aufmunternd. »Je aufrichtiger, desto besser.«

»Zudem unterhalten wir uns ja unter vier Augen«, fuhr Frolenkow mit breitem Lächeln fort. »Was wir einander sagen, bleibt auch unter uns, so ist es doch?«

»Ganz recht«, stimmte Samgin bei und dachte: Er ist sehr klug.

Alles an diesem Mann gefiel ihm: seine klaren blauen Augen, das breite, sanfte Lächeln, die straffe, lebhaft rote Haut seiner Wangen. Die vier schwachen Stirnfalten waren akkurat gelegt, wie Notenlinien.

Da sieht man, was ein offenes Gesicht bedeutet, entschied er.

Ihm gefiel der üppige Bart, der durch den blauen Satin des Hemds vorteilhaft hervorgehoben wurde, ihm gefiel es, daß Frolenkow den Tee gleich aus dem Glas trank, ihn nicht in die Untertasse goß. Als Klim Iwanowitsch Samgin voller Wohlgefallen diesen Mann betrachtete, fühlte er, wie leicht neue Gedanken wie Bläschen in ihm aufperlten: Ein Bauernaristokrat. Ein Nachfahr von alten Flußpiraten, von weit herumgekommenen Leuten. Ein Sadko. Ein Wassilij Buslajew. Ein Deshnjow. Er gehört einer Rasse an, welche die Teutonen unterjochen, vernichten wollen . . .

»Ich sage das deshalb, weil die Bauernschaft infolge ihrer Armut rebelliert, man peitscht sie deswegen mit Ruten, schießt, pfercht sie in Gefängnisse. Dazu – haben sie den Mut. Aber den Überschuß nach Sibirien oder nach Asien auszusiedeln – dazu langt der Mut nicht! Sehen Sie – das ist nicht zu begreifen! Wie ist das möglich? Zu schlagen tut es ihnen nicht leid, aber umzusiedeln – entschließt man sich nicht. Hier macht, nach meinem Bauernverstand, die Politik Unsinn. Die Politik treibt Unfug. Was sagen Sie dazu?«

Frolenkows Augen schienen sich zu verengen, dunkel zu werden.

»Der Gedanke einer Zwangsumsiedlung ist ein sehr origineller Gedanke«, sagte Klim Iwanowitsch, der sich beeilte, weiter zuzuhören.

»Das Jahr fünf hat auch den Bauern denken gelehrt«, bemerkte Frolenkow mit einem leichten Lächeln und belehrend. »Denken haben wir gelernt, aber einer, mit dem man ein wenig reden könnte – der fehlt uns, und so ein Gast wie Sie ist für mich natürlich ein Fest. Unser Städtchen ist von alters her eine Gewerbestadt: Wir bauen kleine Schiffe, fördern Sumpferz, schmieden Nägel und allerhand Kleinigkeiten, sind berühmt durch unsere Zimmerleute.« Er verstummte, atmete auf, dann strich er mit beiden Händen seinen Bart auseinander, als wollte er ihn vom Gesicht abnehmen, und fuhr fort: »Überhaupt, Interesse am Leben – ist vorhanden. Aber es ist eine entlegene Gegend, Sümpfe, Seen, kleine Flüsse, Nebenarme der Mologa, die Tschagodoschtscha, Kowsha und Pes, es gibt einige Wälder – das alles ernährt einen natürlich leidlich. Zum Leben jedoch ist es etwas eng, und die Enge – die ist in der Kirche wie im Bad die gleiche. Im Vertrauen gesagt: Das Volk hier ist roh. Besonders die Jugend. Im Ausland schickt man, wie ich hörte, die überzähligen jungen Leute zu den Negern, zu den Indianern, nach Amerika, bei uns jedoch treiben sie sich in Mengen daheim herum . . . Jetzt hat man sie in den Krieg geholt, na, da ist es etwas stiller geworden . . .«

»Und – hat es bei Ihnen Streiks gegeben?« fragte Samgin.

»Nein, Streiks kommen jetzt bei uns nicht vor, wohl aber Trunksucht, Schlägereien, das ist es, was alles durcheinanderbringt!«

Frolenkow weitete seine klaren Augen und blickte nach der Uhr, dann stand er auf und sagte: »Ich bitte um Verzeihung! Sie brauchen Ruhe nach der Reise, hier in dem Zimmer nebenan ist alles bereit. Wenn Sie etwas benötigen – rufen Sie Olka.«

Und mit breitem Lächeln, bei dem er seine dichten, gelben Zähne zeigte, sagte er: »Bei uns ist ein öffentlicher Prediger eingetroffen, Bruder Demid, haben Sie nicht von einem Mann dieses Namens gehört? Er soll hervorragend sein. Ich gehe ihn mir anhören.«

Samgin, der sich ausgeruht fühlte, fragte: »Dürfte ich mitgehen?«

»Ja – seien Sie so gut!« antwortete Frolenkow erfreut. »Es ist gleich hier in der Nähe, fast nebenan!«

Ein paar Minuten später befand sich Samgin in einem Zimmer, in dem sich ein paar Dutzend Menschen versammelt hatten, etwa dreißig saßen auf Stühlen und Bänken und auf den drei Fensterbrettern, die übrigen standen so dicht Schulter an Schulter, daß Frolenkow nur mit Mühe sich nach vorne durchdrängte, wobei er wie einer, der die Macht hat, streng flüsterte: »Platz da! Laß mich durch ...«

Das Zimmer diente sonst wahrscheinlich als Kanzlei irgendeiner Art, unter der Decke hingen zwei Lampen und beleuchteten die Köpfe der Anwesenden, an den Wänden befanden sich gerahmte Urkunden, an der rückwärtigen Wand ein Zarenporträt.

Frolenkow führte Samgin zur ersten Reihe. Er raunte einem kahlköpfigen alten Mann irgend etwas ins Ohr, worauf dieser devot seinen Stuhl frei machte. Samgin nahm Platz, putzte die angelaufene Brille blank, setzte sie auf und senkte sofort den Kopf. Durch einen kleinen Tisch an die Wand gedrückt, mit den Händen auf ihn gestützt und als schickte er sich an, über den Tisch hinwegzuspringen, stand vorgebeugt der grauhaarige Diomidow in weißem Hend, mit aufgeknöpftem Kragenbund und mit einem schwarzen gestickten Kreuz an der Brust. Über dem Tisch schaukelte, den schmalen grauen Bart streifend – er war noch länger geworden –, ein großes, ungefähr drei Werschok langes, vergoldetes oder kupfernes Kreuz, das an einer silbernen Halskette hing.

Mit dumpfer, farbloser Stimme sagte er traurig: »Ihr Leute Jesu Christi, unseres Königs und Gottes, des Friedenspenders, des Friedliebenden, der für uns auf sich genommen hat den Tod unter Pontius Pilatus, und gelitten hat, und begraben wurde, und auferstanden ist ...«

Das Weiß des Hemds unterstrich stark die erdfarbene Haut des hageren, knochigen Gesichts und das runde, schwarze Loch des zahnlosen Mundes, der durch die grauen Haare des schütteren Schnurrbarts hervorgehoben wurde. Die himmelblauen Augen des Predigers hatten ihre ehemalige Klarheit verloren und wirkten klein, wie die Augen eines Halbwüchsigen, aber das kam wahrscheinlich daher, weil sie tief in ihre Höhlen eingesunken waren.

Erkennt er mich? überlegte Samgin, der nicht wünschte, daß Diomidow ihn erkenne, dann dachte er, daß dieser Mensch sich sicherlich bewußt Ähnlichkeit mit der Ikone Wassilijs des Seligen verleihe.

»Und von Christus haben wir, seine Knechte, die wir in irdischer Eitelkeit umherirren, uns abgewandt, ihn verleugnet. Was hat uns denn dazu gezwungen?«

Diomidow richtete sich auf und begann, seine Arme schüttelnd, von den »kläglichen Verlockungen der Welt«, dem »Hochmut des Verstands«, der »Pseudoweisheit der Wissenschaft«, vom schmählichen und tödlichen Triumph des Fleisches über den Geist zu sprechen. Seine Rede war reich mit Gebetworten, Psalmenversen und Zitaten aus der klerikalen Literatur geschmückt, aber zuweilen und fremd erklangen in ihr auch Sätze weltlicher Prediger der klerikalen Philosophie:

»Der Verstand, der Mörder der Liebe zum Nächsten ...
Hält nicht das Wort sein Echo für die Wahrheit?«

Samgin stellte fest, daß Diomidow ebenso leidenschaftslos, mit Routine und gewohnheitsmäßig sprach, wie die Anklagevertreter vor Gericht in kleinen Strafsachen ihre Reden halten.

Immerhin ist er sich selbst treu. Und seinem Gott, dachte Samgin.

In dem Zimmer herrschte ein drückender Geruch irgendeiner sauren Feuchtigkeit. Neben Samgin saß, die Augen halb geschlossen, ein großer dicker Mann in langschößigem, altrussischem Überrock und mit rotem Gesicht, fast nach jedem in erhobenem Ton gesprochenen Satz des Predigers räusperte er sich leise und hatte schon zweimal gemurmelt: »Was du nicht sagst ...«

Diomidow begann jetzt unter zornigem Aufkreischen zu reden: »Die Deutschen gelten als das gelehrteste Volk der Welt. Sie sind erfinderisch – sie haben das Wasserklosett erfunden. Sie sind Christen. Und nun haben sie uns den Krieg erklärt. Weswegen? Niemand weiß das. Wir Russen führen nur zum Schutze der Menschen Krieg. Bei uns hat nur Peter der Große gegen Christen Krieg geführt, um sein Land zu erweitern, aber dieser Zar war ein Feind Gottes, und das Volk erblickte in ihm den Antichristen. Unsere Zaren führten stets gegen Heiden, gegen Mohammedaner Krieg – gegen die Tataren, die Türken ...«

Aus irgendeinem Winkel, aus der Dunkelheit erklang ein lustiges, schallendes Stimmchen: »Gegen das Volk auch ...«

Die Zuhörer bewegten sich schweigend, als erwarteten sie noch etwas, und – es kam. Eine mürrische Stimme sagte: »Jedoch auch der Türke will ruhig leben.«

Ein Dritter brachte in Erinnerung: »Und weswegen begannen wir mit den Japanern eine Schlägerei?«

Samgins dicker Nachbar stand auf und sagte, mit der Hand winkend, heiser mit wuchtiger Stimme: »Ruhe, Publikum!«

Aber in einer Ecke wurde bereits gerufen: »Na was denn? Er hat es eben gesagt! Die Wahrheit hat er gesagt ...«

»Die Schmiede machen Radau, die Nagelschmiede«, teilte Frolenkow mit, der hinter Samgin aufgetaucht war. »Wollen Sie vielleicht gehen?«

»Ja, das würde ich gern ...«

»Der Alte spricht langweilig«, sagte geradeheraus der dicke Mann und wandte sich an Diomidow, der, die Hände auf den Tisch gestemmt, dastand, sich hin und her wiegte und abwartete, bis der Lärm sich legen würde. »Ich habe dich, Ehrwürdiger, in Pskow reden hören, im Jahre drei, na, damals hast du – giftig gesprochen!«

Diomidow blickte ihn von der Seite an, schüttelte den Bart und wandte sich an die Frauen, die ihn umringten, und eine von ihnen, eine hochgewachsene, hagere, bestürmte ihn schrill: »Sag uns doch, Vater, wer ist da neben dem Zaren aufgetaucht, ein rühriges Bäuerlein?«

In einer Ecke wurde zornig gerufen: »Statt uns Dummköpfe zu belehren, sollte er in den Krieg ziehen, in den Kugelregen, und ihnen zureden, nicht zu raufen ...«

»Richtig!«

»Alle guten Pferde haben sie uns weggenommen ...«

Samgin beeilte sich zu gehen, es schien, Diomidow betrachtete ihn aufmerksam, erkenne ihn. Aber es gelang ihm nicht zu gehen. Denissow und Frolenkow waren von großen, bärtigen Männern umringt, und Diomidow, der irgendwelche Zettel schwang, die er in der linken Hand festhielt, streckte Samgin die rechte entgegen und murmelte: »Guten Tag, Klim. Du bist doch Klim, und du bist – du selbst? Jeder ist er selbst, jede – sie selbst. Nei-ein, ich lasse mich nicht verführen ... nein!«

Irgend jemand rief: »Er predigt nach Zettelchen, schaut mal! Papierzettel ... A-ach, du Scheinheiliger!«

Mit breitem Lächeln wandte sich Frolenkow an Samgin: »Gestatten Sie vorzustellen: Das ist unser Stadtoberhaupt, der Vieh- und Gänsezüchter Denissow, Wassilij Petrowitsch.«

Sie traten zu dritt auf die Außentreppe hinaus, in eine angenehme mondhelle Kälte, der Mond schien prächtig auf den samtenen, dikken Schmutz, auf das trübe Glas der zahlreichen Pfützen, auf eine Reihe zweigeschossiger Backsteinhäuser, auf eine bunt bemalte Kirche. Denissow drückte mit seiner breiten, weichen und heißen Hand Samgins Rechte und fragte: »Sagen Sie bitte – wären Sie nicht bereit, bei mir zu Abend zu essen?«

»Sich ein wenig zu unterhalten«, unterstützte ihn Frolenkow.

Samgin stimmte zu, worauf Denissow ihn unterfaßte, ihm seine dicke Hand unter die Achsel schob und nach der Mitteilung: »Es fängt an zu frieren!« den Gast über die Straße führte, wobei er ihn fast vom Erdboden hob.

Auf der Straße sah Denissow noch größer aus und erweckte in Samgin den Gedanken: Aus ihm könnte man zwei solche machen wie ich.

Frolenkow patschte mit den Stiefeln durch den Schmutz und brummte: »Die Nagelschmiede wollten wieder aus der Haut fahren! Was wirst du mit ihnen machen?«

»Wir werden schon was machen«, versprach zuversichtlich das Oberhaupt.

Dann saßen sie etwa zehn Minuten in einem halbdunklen Zimmer, das mit Truhen und Geschirrschränken vollgestellt war. Denissow hatte einen Blick in dieses Zimmer geworfen – hatte sich geräuspert und war verschwunden, Frolenkow indessen sah den Gast aus der Hauptstadt freundlich an und sagte: »Davon leben nun Menschen, unter anderem. Bei uns gibt es sehr viele Prediger: Einen Bruder Iwanuschka Tschurikow, einen Vater Ioann Kronschtadtskij hat es gegeben ...«

Nachdem er eine Weile nach einem dritten gesucht hatte, fügte er vorsichtig hinzu: »Und auch Lew Tolstoi. Jetzt heißt es allgemein, Grigorij Rasputin, ein sibirischer Bauer, sei eine große Kraft, haben Sie nicht davon gehört?«

»Rasputins Bedeutung – wird übertrieben«, sagte Samgin und erfreute dadurch sehr den schönen Mann.

»Auch wir hier sind der Meinung, daß man lügt! Die Wahrheit übertreiben – das tut man bei uns gern. Zum Beispiel – die Nagelschmiede: Sie beklagen sich über ihr kärgliches Leben, dabei verdienen sie mehr als die Zimmerleute. Die Zimmerleute jedoch – verweisen auf sie und sagen: Die Schmiede leben besser als wir. Geheimbünde gründen sie ... Wissen Sie, es ist schwer mit dem Arbeitervolk. Es müßte für jede Arbeit ein Einheitspreis festgesetzt werden ...«

In die Tür trat, sie ganz ausfüllend, Denissow und forderte auf: »Kommen Sie bitte!«

Sie gingen in ein großes Zimmer, es war von dem weißen Licht zweier Spirituslampen erleuchtet, die inmitten zahlreicher Teller, Platten und Flaschen auf dem Tisch standen. Denissow nahm Samgin bei der Schulter und schob ihn auf eine kleine, rundliche Frau zu, die ein rotes Kleid mit schwarzen Schleifen anhatte.

»Meine Gattin, Marja Nikanorowna, und das ist meine Tochter Sofja.«

Die Tochter war um einen Kopf größer als ihre Mutter und in den

Schultern breiter als sie, sie war üppig, hatte einen sehr dicken Zopf und rote Wangen, ihre großen freundlichen Augen erinnerten Samgin an das Stubenmädchen Sascha.

»Mein Patenkind«, erklärte Frolenkow und wandte sich an Denissows Frau: »Wohlan, Gevatterin, übernimm das Kommando!«

Samgin wurde neben die Tochter gesetzt, und sie fragte ihn sofort: »Hat Ihnen der Alte gefallen?«

»Ich bin kein Verehrer von Leuten dieses Berufs.«

»Ich auch nicht. Und er spricht schlecht . . .«

»Nein, warte«, sagte zu ihr der Vater. »Zuerst trinken wir was . . .«

Aber sie wartete nicht, sondern fuhr mit wohlklingender, deftiger Stimme fort: »Ach, wie hervorragend spricht man in Petersburg! Selbst wenn man nicht alles versteht, ist es angenehm zuzuhören.«

Die Eltern und der Pate blickten, die Gläser in der Hand haltend, voller Stolz auf den Gast, aber – nicht lange. Denissow sagte kurz entschlossen: »Wohlan, schaffen wir in Gottes Namen eine Grundlage mit einem Kräuterschnäpschen!«

Der Kräuterschnaps erwies sich als so brennend stark, daß es Samgin den Atem benahm und ihm vor den Augen schwarz wurde. Es stellte sich heraus, daß man auf diesen Kräuterschnaps in Essig eingelegte Paprikaschoten essen mußte. Danach mußte man »als Dämpfer« ein Glas einfachen Wodkas mit »Rigaer Balsam« trinken und Weißmeerhering nachessen.

»Das ist der zarteste und in seinem Geschmack beste Hering der ganzen Welt«, erklärte Denissow. »Bei den Deutschen gibt es den Bismarckhering – na, der ist Bast neben diesem! Und jetzt muß man den Nachgeschmack unbedingt durch einen Englischen Magenbitter benehmen.«

Sie tranken einen Bitteren. Auf dem Tisch erschien Suppe mit Gänseklein, Frolenkow wiegte sich genießerisch hin und her, rieb mit den Händen seine Knie und sagte: »Das ist meine Lieblingssuppe!«

Und Denissow sagte: »Bei uns ist nach altüberkommenem Brauch das Abendessen reichlich, wie ein Mittagsmahl. Wir essen nicht aus Notwendigkeit, sondern aus Vergnügen.«

Nach den drei Gläsern stattlichen Umfangs empfand Samgin eine wohlige Wehmut. Er hätte gern etwas Ungewöhnliches gesagt, aber das Gedächtnis soufflierte ihm nur sonderbare, unbestimmte Worte.

Ja, so ist es . . .

Und ihn störte das junge Mädchen Sofja, das ihn fragte: »Haben Sie Mereshkowskijs Roman über den Kaiser Julian gelesen? Und

Kingsleys ›Hypatia‹? Ich liebe schrecklich das Historische: ›Ben Hur‹, ›Quo vadis‹, ›Die letzten Tage von Pompeji‹ . . .«

Das hinderte sie nicht, zu essen, und Samgin dachte, wenn sie ebenso leicht und mit dem gleichen Genuß lese, lese sie wirklich viel. Ihr Mamachen aß mit einer solchen Hingabe, daß es klar war: Ihre Interessen, ihre Gedanken gingen in dieser Stunde nicht über die Grenzen des Tellers hinaus. Frolenkow und Denissow sättigten sich rasch, tranken oft und wechselten ab und zu ein paar Worte, und es war deutlich, daß Denissow sich beklagte und Frolenkow ihn tröstete: »Der Soldat wird alles aufessen.«

»Gans wird man ihm nicht geben.«

»Auch für die Gans wird sich ein Bauch finden.«

Eine freundliche, wohlriechende Wärme füllte das Zimmer, Honigduft umschmeichelte den Geruchssinn, und man hätte sich gerne ganz und gar in diese Wärme versenkt, sie überall eingeatmet. Klim Iwanowitsch Samgin betrachtete die großen Menschen rings um sich, und ihm fielen irgendwessen Lobesworte ein: Unser Rußland ist ein Land von unerschöpflicher Kraft . . . Nein, nicht wir, die Bücherwürmer, Träumer, Gefangene des schönen Worts, nicht wir entscheiden über die Schicksale unserer Heimat – es gibt eine andere, unsichtbare Kraft, die Kraft derer, die einfachen Sinnes und Herzens sind . . .

Die junge Denissowa fragte bekümmert: »Wissen Sie nicht, ob Reproduktionen des Bildes ›Die drei Recken‹ im Handel zu haben sind?«

Samgin kam nicht zum Antworten – der Vater des jungen Mädchens wandte sich an ihn: »Nun murren wir über den Krieg, beklagen uns über ihn. Der Krieg untergräbt unsere Geschäftchen. Ich hätte im Dezember etwas an die Deutschen liefern sollen, zehntausend Gänse . . .«

»Und mir – hat man die Pferde weggenommen. Ich habe nichts, um das Holz herzuholen, dabei habe ich eilige Bestellungen. Da sehen Sie, wie die Dinge stehen«, teilte Frolenkow freudig lächelnd mit.

»Gott hat keinen Gefallen an uns«, seufzte Denissow tief. »Du willst auf den Berg, aber der Teufel packt dich am Bein. Es ist nicht zu begreifen, wozu dieser Krieg angezettelt wurde.«

»Es ist schwer zu begreifen«, stimmte Frolenkow bei. »Was wollen die Deutschen? Wohin drängeln sie sich? Wir werden sie doch verdreschen. Sie trieben Handel – das war gut. Freiheit hatte er, der Deutsche, bei uns, soviel er wollte! Er mochte General sein, Verwalter, Bäcker, mochte sein, was er wollte, und leben, wie es ihm gefiel.

Sagen Sie uns: Was ist die Ursache des Krieges? Ist der König unzufrieden mit dem Zaren oder was?«

»Darf ich rauchen?« fragte Samgin die Herrin des Hauses, statt ihrer, und sogar gleichsam gekränkt, antwortete die Tochter: »Bitte sehr, wir sind keine Altgläubigen.«

»Wir sind aufgeklärte Leute«, sagte Frolenkow lächelnd. »Ich rauchte in meiner Jugend auch, aber meine Zähne fingen an darunter zu leiden, da ließ ich es.«

In dem runden, ebenfalls roten Gesicht der Gattin Denissows schossen blitzschnell scharfe, alles sehende Äugelchen umher, die bläulich waren wie Eis. Ihre etwas kurzen Arme huschten sicher und schnell über den Tisch, sie schienen die Gabe der Allgegenwart zu besitzen und sich über die ganze Länge des Tisches ausdehnen zu können, als wären sie aus Gummi.

»Essen Sie bitte«, redete sie dem Gast halblaut zu. »Essen Sie, ich bitte Sie.«

Nachdem Samgin sich eine Zigarette angezündet hatte, begann er, die Ursachen des Krieges darzulegen. Er war zwar noch nicht dazu gekommen, über diese Ursachen ernsthaft nachzudenken, fing jedoch bereitwillig an zu reden.

»Die Deutschen beneiden uns schon lange um die weiten Räume unseres Landes, um die Fülle unserer Naturschätze . . .«

»Was für Räume sind das denn schon? Sümpfe und Wälder«, warf, sich laut räuspernd, Denissow ein, der Gevatter unterstützte ihn vergnügt: »Und die Naturschätze brauchen wir selbst.«

Samgin, der diese Sätze überhörte, begann vom Verhältnis der Germanen zu den Slawen zu reden und merkte, während er sprach, auf einmal, daß in ihm schnell ein feindliches Gefühl gegen die Deutschen entbrannte. Er hatte noch nie solch ein Gefühl empfunden und war sogar darüber verwirrt, daß es irgendwo in ihm verborgen geglommen hatte und nun plötzlich aufgeflammt war.

»Ihre Gelehrten, ihre Historiker erklärten mitunter, die Slawen seien der Dünger, grob gesagt – der Mist der Deutschen, und man könne uns behandeln wie die Amerikaner die Neger.«

»Schau mal an!« rief Frolenkow erstaunt aus und stieß mit dem Ellenbogen den Gevatter an. Denissow räusperte sich und brummte: »Ja, wie können sie denn, die Gelehrten . . .«

»Nein! Mich kränkt das! Ich bin damit nicht einverstanden.«

Klim Iwanowitsch Samgin sprach, und während er seiner Rede zuhörte, überzeugte er sich davon, daß er an das, was er sagte, glaube, er machte Pausen und überlegte rasch: Ist eine Zeit angebrochen, in der es notwendig ist zu glauben, und gehorche ich einer

Notwendigkeit? Nein, so ist es nicht, sondern es gibt Worte, die keinen Schatten besitzen, keine Widersprüche nach sich ziehen. Zu ihnen gehören: Heimat, Vaterland ... Das Vaterland ist in Gefahr ...

Durch seine eigenen Worte und Gedanken hindurch hörte er das hartnäckige Gemurmel Denissows: »Im Handel zeigt der Deutsche keine Feindschaft, im Handel ist er korrekt.«

»Wie unverständig du bist, Gevatter!« erwiderte Frolenkow, der einen nach Honig duftenden hellgelben Likör in die Gläser einschenkte. »Du möchtest immerzu Handel treiben! Du wärst bereit, die ganze Stadt zu verkaufen ...«

»Städte – lassen sich nicht verkaufen«, entgegnete mürrisch Denissow, während seine Tochter Samgin zu beweisen suchte, daß Henryk Sienkiewicz historischer sei als Dumas der Ältere.

Nach zwei Gläsern des goldgelben Likörs fühlte Klim Iwanowitsch, daß seine Zunge schwer wurde, seine Beine wie gelähmt waren und sich nicht bewegen ließen.

Wie soll ich denn aufstehen und gehen? überlegte er, während er das unentwegte Stimmchen hörte: »Dumas ignoriert völlig die Landschaft ...«

Denissow schrie dumpf: »Es ist gesagt: ›Du sollst nicht töten!‹«

»Wer hat das gesagt?« fragte Frolenkow vergnügt. »Das ist eben die Frage – wer hat das gesagt?«

»Gott!«

»Er – hat unterschiedlich gesprochen. Zu Josua, Nuns Sohn, sprach er anders: ›Schlag zu, ich werde die Sonne stillstehen lassen am Himmel.‹«

»Gott hat ni-ichts dergleichen gesagt!«

»Ich werde die Sonne stillstehen lassen, damit du sehen kannst – wen du zu schlagen hast!«

»Pate, Sie bringen alles durcheinander«, beschwor ihn Sofja.

Dann verblaßte alles, zerrann, verschwand.

Zum bewußten Sein fand Klim Iwanowitsch Samgin erst wieder zurück, als er durch einen schneidenden Schmerz im Leib geweckt wurde, er hätte meinen können, daß sich in seinem Gedärm Glasscherben bewegten und knirschten. Er lag auf einem höchst weichen, heißen Federbett, in dem er wie in Teig ertrank, vor dem Fenster strahlte die Sonne und schien prächtig auf reifgeschmückte Bäume, während im Haus eine reglose Stille herrschte, außer dem Schmerz – war nichts zu merken. Samgin stöhnte auf – außer dem Schmerz empfand er auch noch Verwirrung. Gleich danach knackte an der Wand die Tapete, ein viereckiges Stück von ihr flog zur Seite, eine Tür wurde sichtbar, und ins Zimmer drang Denissow ein.

»Aha!« sagte er und leitete damit einen neuen schwierigen Tag ein. Er führte den Gast auf die Toilette, die das Anrecht auf den Rang eines Wasserklosetts hatte, denn ihr Steingutbecken besaß Wasserspülung. Neben dieser Vorrichtung befand sich eine nicht weniger kultivierte – eine Badewanne, und das Wasser in ihr war schon vorsorglich erwärmt.

Der große, schwere Mann erwies sich als sehr geschickt, er füllte rasch die Wanne mit Wasser, brachte Badelaken, Handtücher und Unterwäsche und teilte nebenbei mit: »Es ist Frost von elf Grad, Gott sei gedankt!«

Und er versuchte sogar, den verwirrten Gast zu beruhigen: »Der Honigschnaps wirkt. Man kann essen, soviel man will, er putzt wie ein Besen durch. Die Deutschen vertragen nicht mehr als vier Gläser davon, schon werden sie blau. Im allgemeinen besänftigt der Honigschnaps. Er ist ein Geheimnis meiner Frau, das sich in ihrer Familie schon ungefähr hundert Jahre behauptet oder auch länger. Selbst ich weiß nicht, wodurch das kommt, außer durch die Stärke – die ist gar nicht so erheblich, bloß fünfundsechzig bis siebzig Prozent.«

Als Samgin zum Tee erschien – saß beim Samowar nur das Stadtoberhaupt in blauem Hemd, rotbrauner Wollweste, unbändig weiten Pluderhosen aus schwarzem Tuch und Pelzpantoffeln. Sein rotes, von Fett gedrungenes Gesicht zierte nicht sonderlich ein schütterer grauer Bart, auf dem knorrigen Schädel wuchs spärlich ebenfalls graues Haar. Die verquollenen gelben Äugelchen strahlten gutmütig.

»Die Ihren schlafen wohl noch?« fragte Samgin.

»Die Meinen? N-nein, es ist ja schon spät, bald elf. Meine Tochter ist zur Probe gegangen, hier gibt es Theaterliebhaber, die Frau des Kreispolizeichefs führt das Kommando. Und die Mutter ist irgendwo im Haus, in seiner anderen Hälfte.«

»Ich kann mir nicht vorstellen, wie ich mit meinem verdorbenen Magen nach diesem Kirchdorf fahren soll«, sagte Samgin betrübt.

»Nun – Sie brauchen gar nicht hinzufahren! Der Gevatter hat richtig überlegt: Sie sind müde, wie könnten Sie da fahren? Er läßt die Bevollmächtigten mit dem Wagen holen, gegen Abend werden sie hier sein. Und Sie hätten gegen sechs Uhr morgens fahren müssen. Wie wollen Sie es halten: Bleiben Sie bei mir, oder gehen Sie zu Frolenkow hinüber?«

Der Zustand seines Magens erlaubte Samgin nicht, umherzuwandern, und so sagte er, daß er zu bleiben vorzöge.

»Tun Sie mir den Gefallen! Ich werde es als eine Ehre betrachten«, entgegnete Denissow mit Freude und verneigte sich sogar, sich vom Stuhl erhebend, vor dem Gast. Danach begann er: »Einigen von uns hier ist die Ursache des Krieges unverständlich. Gewiß, das liegt – wie Sie gestern sagten – an den Deutschen, sie lieben die Russen nicht, aber – welche Deutschen sind das denn? Der Händler, besonders der Grossist, der Großhändler ... der braucht das doch nicht – jemanden zu lieben. Der Händler – entschuldigen Sie unsere Auffassung – liebt den Handel, der Fabrikant – die Fabrikation. Gevatter Frolenkow liebt Schiffe zu bauen. Sehen Sie, er trägt sich mit dem Gedanken, eine Barke für Flachwasser zu bauen, so eine, die ohne Tiefgang über das Wasser gleitet, verstehen Sie? Jeder muß seine Sache lieben ... Jawohl. Ich zum Beispiel handle mit Gänsen. Meine Gänse leben und werden gefüttert bei den Minskern, bei den Litauern, das ist nahe bei den Deutschen.«

Er sprach mit Pausen, blähte in den Pausen die Wangen auf und zischte durch die gespitzten Lippen, wobei er einen langen Luftstrom ausstieß.

»Mich plagt Sodbrennen«, erklärte er das Zischen. Seine wuchtige, farblose Simme klang angestrengt, und es schien, als verließe sich das Stadtoberhaupt nicht auf den Sinn der Worte, sondern nur auf die Stärke seiner Stimme. »Bei uns hier sagt man, es sei Absicht des Zaren, den Deutschen ihre Störung im Türkischen Krieg zu vergelten. Sein Großvater soll damals schon die Hand ausgestreckt haben, sich Konstantinopel zu nehmen, aber die Deutschen hätten es nicht gegeben. Die Engländer machten damals mit den Deutschen gemeinsame Sache, aber jetzt sind sie gegen sie und sagten dem Zaren: Nimm dir Konstantinopel, wir haben nichts dagegen, nur mußt du die Deutschen schlagen. Und die Franzosen auch, die Franzosen sagten geradeheraus: Nimm dir, was du willst, aber – erlöse uns von den Deutschen ...«

Es war langweilig, Denissow zuzuhören, und Klim Iwanowitsch Samgin, der Qualen litt, wartete ungeduldig auf irgend etwas, das die zähe, schwerfällige Rede unterbräche. Im Haus herrschte eine reglose, warme Stille, nur einmal ertönte irgendwo beredt eine Frauenstimme: »Geh, sag ihm, dem Hundsfott ...«

»Meine Frau zankt«, erklärte Denissow. »Man hat seine liebe Not mit den Arbeitern, eine wahre Not!«

Dann seufzte er tief und fügte hinzu: »Mein Vater selig lehrte mich: Der Arbeiter muß dir gehorchen wie der Mönch dem Abt. T-ja ... Heutzutage ist er, der Arbeiter, ein Räuber, immerzu alles zerschlagen und zertrümmern tut er, und außerdem – nur fressen und schlafen.«

Hier fiel es Samgin ein, daß er einen guten Vorwand hatte, sich dem Hausherrn zu entziehen, und so sagte er ihm, daß er bis zur Ankunft der Bevollmächtigten noch einiges in den Akten nachlesen müsse.

»Bitte sehr, bitte sehr«, erwiderte Denissow eilig. »Ihr Köfferchen hat der Gevatter hergeschickt . . .«

Das war umsichtig, dachte Samgin, als er sich in dem hellen Zimmer mit zwei Fenstern zum Hof und zur Straße, einem Riesengummibaum in einer Ecke und einem Bild von Jacobi umsah. Das Bild war eine Prämie der Zeitschrift »Niwa«, es stellte die Zarin Katharina II. und einen schwedischen Prinzen dar und hing über einem breiten grünen Sofa; an den Fenstern hingen Vogelbauer, in dem einen wirtschaftete ein würdiger rotbrüstiger Dompfaff herum, in dem anderen saß traurig auf einer kleinen Stange ein adrettes graues Vögelchen.

Wahrscheinlich eine Nachtigall, entschied Samgin.

Er setzte sich auf das Sofa, zündete sich eine Zigarette an und versank mit zusammengekniffenen Augen in Nachdenken. Aber der Magen gab keine Ruhe, er störte beim Nachdenken, und die Gedanken kleideten sich träge in unbestimmte Worte: Ja, so sind sie . . .

Das Gedächtnis zeigte ihm etwa zwanzig Kreisstädte, in denen er gewesen war. Solche Städte gab es zu Hunderten. Menschen wie Denissow und Frolenkow gab es sicherlich Hunderttausende. Sie bildeten auch die Mehrheit der Bevölkerung in den Gouvernementsstädten. Ungebildete, aber kluge, arbeitsame Leute waren das . . . In ihren Händen lagen die Gewerbe, der Kleinhandel. Ja, auch das Dorf befand sich in ihren Händen, sie belieferten es mit Waren.

Von ihnen gibt es natürlich bedeutend mehr als Fabrik- und Betriebsarbeiter. Das muß man genau erkunden, beschloß Klim Iwanowitsch, während er geängstigt horchte, wie in seinem Magen irgend etwas bullerte und einen Donner nachahmte. Es war erniedrigend, alle halbe Stunde auf die Toilette zu rennen und den Lauf wichtiger Gedanken zu unterbrechen. Aber sobald er auf das Sofa zurückkehrte, kehrten auch die Gedanken zurück.

Ihm kam der Gedanke, daß das Gymnasium und besonders die Universität solche Menschen ihrer Eigenart beraube, dabei mache doch im Grunde gerade diese Eigenart der Sprache, des Denkens, der Lebensweise, alles, worin sich noch Nachklänge der historischen Vergangenheit erhalten haben, das wahre Antlitz der Nation aus.

Unsere Literatur, die negative Charaktere und Erscheinungen darstellt, ist an diesen Leuten vorbeigegangen. Das ist die Hauptsünde der kritischen, moralisierenden Kunst. Unsere Kunst ist durch und durch moralistisch.

In diesem Augenblick trat mit einem Tablett in den Händen die rundliche Hausherrin ein und sagte mit trockener, durch die Zähne pfeifender Stimme, die gar nicht mit ihrer Figur übereinstimmte, denn diese sah aus wie ein gut aufgegangener Pfannkuchen: »Hier, trinken Sie mal das Bouillonchen – es wird Sie unbedingt stärken!«

Er trank es und fühlte sich bereits zehn Minuten danach weniger unruhig, wie innerlich gesalbt.

Es dämmerte bereits, als der fröhliche, rotwangige Frolenkow erschien und drei Bauern mitbrachte: Der eine war auch hochgewachsen, war breitstirnig und rothaarig, er hatte ein Holzbein und hielt ein Stöckchen in der stark behaarten Pratze, sein strenges, großnasiges Gesicht war von einem sorgfältig gestutzten Bart umgeben, die Augen lagen unter dichten Brauen versteckt, seine gewaltige Gestalt stak in einem blauen Kaftan; der zweite war von etwas kleinerem Wuchs, kahlköpfig, graubärtig und stumpfnasig, er hatte einen halblangen wattierten Kaftan an und trug Stiefel aus irgendeinem ungeschmeidigen Leder, wie aus Dachblech gemacht.

Solche gibt es viele, stellte Samgin fest, wobei er aufmerksam den dritten betrachtete.

Der dritte trug eine kurze wattierte Frauenjacke, die mit einem strickartig zusammengedrehten Schal umgürtet war, und hatte Filzstiefel an den Füßen. Auf den ersten Blick sah er kleiner aus als seine Kameraden, aber das kam daher, weil er sehr breitschultrig war. Auf seinem Kopf saß eine Kappe grauen Lockenhaars, mit ebensolchen Haaren war sein Gesicht dicht bewachsen, aus dem Bart ragte eine Nase heraus, die groß und gerade war wie ein Spechtschnabel, seine schwarzen Augen glänzten. Vom Kopf beginnend, verblüffte dieser Mann durch seine Zottligkeit, aus der löchrigen Jacke ragten Wattebäusche, auf dem Bauch hingen die Fransen des Schals – er sah aus, als hätte man versucht, ihn mit dem Beil zu behauen, ihn abzuhobeln, ihn weniger breit und eckig zu machen, das wäre aber nicht gelungen, und so sei er voller Beilkerben und Hobelspäne geblieben.

»Nun sind wir also da«, teilte Frolenkow mit. »Das hier sind sie – die Bevollmächtigten, meine ich . . .«

Die schwarzen Augen des zerzottelten Bauern liefen kurz auf Samgins Gesicht umher und machten, als sie seine Augen gefunden hatten, in unangenehmer Weise an ihnen Halt, als hafteten sie an ihnen.

»Dies ist der Held des Japanischen Krieges Stepan Dudorow, das – unser Weiser Michailo Stepanowitsch Jegerew . . .«

»Und ich bin Maxim Lowzow«, sagte klangvoll der Zerzottelte. »Diese zwei waren bevollmächtigt, zu prozessieren, und mich hat die Gemeinde bevollmächtigt, auf einen Vergleich einzugehen.«

Seine Kameraden tat er mit einer verächtlichen Handbewegung ab; sie standen zu beiden Seiten der Tür wie eine Wache.

»Setzt euch«, sagte Denissow widerwillig zu ihnen, sie setzten sich gehorsam, während Lowzow zwei Schritte vortrat, mit den Füßen auf dem Boden herumscharrte, als prüfte er seine Haltbarkeit, und fortfuhr: »Und um nicht lange drumrum zu reden, um kein falsches Spiel zu treiben, will ich gleich ...«

»Warte doch – warum hast du's so eilig!« schrie Frolenkow.

»Ich verlange also sofort: Geben Sie bekannt, wie Ihre Bedingungen sind.«

»Ach, du mein Gott!« rief Frolenkow aus.

»Du, Anissim, bist kein gefangener Hecht, drum zapple nicht! Nimm dir den Gevatter zum Vorbild – er sitzt da wie ein gußeisernes Grabmal auf dem Friedhof.«

»Und du solltest nicht Händel anfangen, Lowzow!« riet mürrisch das Stadtoberhaupt.

»Wieso fange ich Händel an? Ich – erklärte einfach dem Herrn Advokaten, weswegen ich hergeschickt worden bin ...«

In den höheren Tonlagen versagte Lowzows Stimme und schnarrte. Dieser Bauer stand ungezwungen da, er hatte die Hände hinter den Schal gesteckt, der ihm als Gürtel diente, und die Ellenbogen abgespreizt. Die Haare auf seinem Gesicht bewegten sich unschön, als wüchsen sie, sein unverwandter Blick ärgerte Samgin.

»Mein Vollmachtgeber schlägt vor: Er werde seine Klage gegen die Bauerngemeinde des Kirchdorfs Pessotschnoje zurücknehmen, und die Gemeinde solle auf die Widerklage gegen ihn, Nogaizew, verzichten.«

»Ist das alles?« fragte Lowzow.

»Ja. Alles.«

»Das ist billig. Und – wie steht es mit unseren Verlusten? Wer ersetzt uns die Verluste?«

»Was nennen Sie Verluste?« erkundigte sich Samgin und bekam das auf der Stelle ausführlich erklärt: »Als Verluste bezeichnet man Geldzahlen. Der Advokat, der vor Ihnen die Sache mehr als drei Jahre lang verschleppte und seine schamlosen Augen auch hinter einer Brille versteckte ...«

»Wie er redet, der Aufrührer!« unterstrich Frolenkow belustigt.

»Er knöpfte uns nach und nach elfhundertsechzig Rubel ab – erstens! Über neunhundertfünfzig Rubel haben wir Quittungen.«

»Er ist gestorben«, erinnerte ihn Samgin.

»Wir werden uns an die Erben heranmachen«, teilte der zerzottelte Bauer mit. »Wir wollen für die vierjährige Nutzung der Wiesen eine Summe haben – zweitens. Der Pächter der Wiesen – ist der da!«

Lowzow deutete mit dem Kopf auf Frolenkow – der lustige schöne Mann zeigte ihm die Faust, zwischen deren Mittel- und Zeigefinger der Daumen herausschaute, aber Lowzow schüttelte nur den Kopf und fuhr rasch und ruhig fort: »Wir haben alles zusammengerechnet.«

»Ich auch«, sagte Frolenkow.

»Von Herrn Nogaizew wollen wir fünfhundert Rubel haben, für unsere Unkosten, für seinen ungesetzlichen Prozeß, für die heimliche Vereinbarung mit den Mönchen, für die gefälschten Pläne.«

»Das alles, Ihre sämtlichen Forderungen . . . sind naiv und unbegründet«, unterbrach ihn Samgin, der fühlte, daß er die Erregung nicht zügeln konnte, die der unverwandte, starre Blick der schwarzen Augen in ihm hervorrief. »Nogaizew zieht die Klage zurück und ist bereit, Ihnen zweihundert Rubel zu zahlen. Ich mache Sie aufmerksam: Er kann auch nicht zahlen . . .«

»Er wi-ird zahlen!« erwiderte Lowzow ruhig. »Auch Frolenkow wird zahlen.«

»Glaubst du wirklich?« fragte Frolenkow schalkhaft.

»Du wirst bestimmt zahlen, Anissim! Neunzehnhundertdreißig Rubel. Obwohl du uns das Heu mit Unterstützung der Polizei wegnahmst, ist es dennoch gestohlen . . .«

»Bitte – nun haben Sie gesehen, wie er redet«, beklagte sich Frolenkow. »Ach, Maxim, wann wirst du endlich Ruhe geben, du verrückte Küchenschabe?«

Samgin stand auf und sagte zornig, es handele sich ausschließlich darum, daß Nogaizew die Klage zurücknimmt und zweihundert Rubel zahlt.

»Mehr kann und werde ich nicht sagen«, erklärte er entschieden.

»Und ihr – warum schweigt ihr?« schrie Frolenkow streng den Lahmen und Jegerew an.

»Nun, wir – was sollten wir schon? Wir sind nur so Zeugen«, antwortete leise Jegerew, und Dudorow fügte hinzu: »Uns – trauen sie nicht, darum schickten sie Maxim her.«

»Mich schickten sie her, weil ihr Feiglinge seid, ich jedoch brauche niemanden zu fürchten, ich bin schon genug geschreckt«, sagte Lowzow.

Denissow versuchte auch aufzustehen, winkte aber nur mit der Hand: »Geht in die Küche, Jegerew, trinkt Tee.«

Lowzow indessen wandte den würdigen Männern den Rücken zu und sagte: »Sie – können nicht? Ich verstehe: Sie sind die gegnerische Seite. Wir werden gegen Sie unseren eigenen Advokaten aufstellen.«

Sie gingen. Frolenkow schloß hinter ihnen fest die Tür und wandte sich an Samgin: »Bitte, da sehen Sie es ...«

Aber Denissow unterbrach ihn mürrisch.

»Du hast sie unnützerweise zu mir hergebracht, Gevatter. Ich habe kein Interesse an dieser Sache. Jetzt wird man sagen, ich hätte mich auch in diesen Unsinn verwickeln lassen ...«

»Als ob du nicht in ihn verwickelt wärst?« fragte Frolenkow lächelnd. »Nun, Klim Iwanowitsch, haben Sie gesehen, was für ein charaktervolles Bäuerlein das ist? Er hat weder Haus noch Hof, es ist ihm um nichts leid, wenn er nur aufwiegeln kann! Und fast in jedem Dorf gibt es ein bis zwei dergleichen herzlose Leute. Dieser hat sogar mehrmals im Gefängnis gesessen und wurde in Etappen abgeschoben, jetzt ist er durch die Polizei verpflichtet worden, ständig in seinem Heimatort zu leben. Dabei versteht er überhaupt nicht zu leben, sondern bringt nur Schaden. Die Dörfer haben ihre liebe Not mit solchen Leuten.«

»All das hat das Jahr fünf versündigt ... Moskau hat Unrat verstreut«, fügte Denissow verdrossen hinzu.

»Richtig!« stimmte Frolenkow bei. »Moskau hat viel Schuld uns gegenüber, Rußland gegenüber ... bei Gott, wirklich!«

»Man sollte mal hören, was er dort sagt«, schlug Denissow vor, der sich schwerfällig erhob, und ging vorsichtig aus dem Zimmer hinaus, nachdem er noch die brummige Klage hinterlassen hatte: »Dennoch, Anissim, hast du sie unnützerweise zu mir hergebracht ...«

»Na, das macht nichts, du wirst es schon aushalten«, murmelte der schöne Mann hinter ihm her und setzte sich neben Samgin auf das Sofa. »T-ja, Moskau ... Im Jahre sechs kehrte der hiesige Bauer Sergej Postnikow zurück, er hatte drei Jahre als Hausknecht in Moskau gelebt, war früher ein stiller, sanftmütiger Arbeiter gewesen ... Und nun fing er an, hier solche Sachen anzustellen, daß man ihn festnahm, nach Nowgorod transportierte und dort aufhängte. Das ging sehr rasch: Um ein Uhr mittags wurde er verurteilt und am nächsten Morgen – hingerichtet. Ich war Zeuge in seiner Sache und wunderte mich sehr! Da stand er, so ein Kerl, ungekämmt, redete aber zu den Richtern wie ein Machthaber.«

Frolenkow erzählte sanft, strich sich ruhig mit beiden Händen über den Bart, breitete ihn auf der Weste aus, sein rotwangiges Gesicht lächelte wohlwollend.

Er belehrt mich wie einen jungen Mann, stellte Samgin, ebenfalls wohlwollend, fest.

»Freilich – Moskau. Es hat die Duma erstritten. Die Duma, gewiß ... sie kann Nutzen bringen. Alles hängt von den Menschen ab. Von uns ist Nogaizew in die Duma geraten. Ihm haben im Jahre fünf die Bauern ein wenig mitgespielt, er bekam Angst, verkaufte sein bißchen Land an Denissow, und ich kaufte das Wäldchen. Jetzt jedoch hat es Nogaizew wieder zu den Gutsbesitzern gezogen ... Und – er hat sich geirrt. Er ist weise und demütig, glaubt an den Grafen Tolstoi, ist aber habsüchtig. So habsüchtig, daß es uns sogar komisch vorkommt, er ist habsüchtig, aber ungeschickt.«

Die Tür öffnete sich leise, das Stadtoberhaupt blickte herein und winkte mit dem Finger – Frolenkow stand auf und zwinkerte Samgin lächelnd zu.

»Er ruft uns. Kommen Sie.«

Sie betraten den Korridor und blieben in der Ecke neben einem großen Schrank stehen, hoch oben in der Wand war ein quadratisches Fenster ausgesägt, durch das auf die Schranktüren Licht fiel und deutlich Lowzows Stimme zu hören war: »Du, Jegerew, bist um gut zehn Jahre älter als ich, scheinst aber dümmer zu sein. Verstellst du dich vielleicht, um es im Leben leichter zu haben, wie?«

»Hör auf, Maxim, wir kennen deine Reden ...«

»Kann denn ein Bauer ihnen trauen? Hast du jemals gesehen, daß sie sich um uns sorgen? Sie kennen nur eine Sorge – dem Bauern das Fell abzuziehen. Was für einen Vorteil hast du durch sie gehabt? Für uns gibt es durch sie keinen Vorteil, sondern nur Kraftverlust.«

Samgin sah ein, daß es nicht lobenswert war, an einem Fenster zu horchen, aber Frolenkow hatte ihn mit seinem breiten Rücken in die Ecke zwischen Wand und Schrank gedrückt. Es war zu hören, wie sie den Tee aus den Untertassen schlürften und ein Messer an einem Ziegel wetzten, die Stimme einer alten Frau sagte brummig: »So trink doch, trink, du Plappermaul! Paß auf, sie werden dich wieder auf die Polizei bringen.«

Fette, stickige Küchengerüche strömten dicht durch die Fensteröffnung.

»Siehst du, Dudorow schnitten sie das Bein ab, ›der Kirche und dem Vaterland zum Ruhme‹, wie die Kinder in der Schule singen. Jetzt reißen sie wieder den Bauern die Köpfe, die Arme und die Beine ab, doch wozu? Zu wessen Vorteil zettelten sie den Krieg an? Für dich, für Dudorow?«

»So ein Hund!« flüsterte Frolenkow freudig. Klim Iwanowitsch Samgin schlüpfte hinter seinem Rücken hervor und dachte auf dem

Rückweg ins Zimmer: Ja, ein schädliches Bäuerlein. In diesen Tagen, wo sich von neuem die Frage erhebt, »ob die slawischen Bäche sich im russischen Meer vereinen werden oder ob es versiegt . . .«

Mitten im Zimmer stand Denissow, er blickte zu Boden, hatte die Hände auf dem Bauch gefaltet und drehte langsam die Daumen; er warf einen Blick auf den Gast und schüttelte den Kopf.

»Dabei wird nichts herauskommen – mit Maximka läßt sich die Sache nicht regeln!«

»Ich gedenke, nach Pessotschnoje zu fahren und direkt mit den Bauern zu reden«, erklärte Samgin. Da kam Leben in Denissow, er löste die Hände voneinander, rieb sich die Hüften und sagte überzeugt: »Dabei wird auch nichts herauskommen. Die Bauern verstehen das Gesetz nicht, sie sind gewohnt, ungesetzlich zu leben. Und Nogaizew hat Sie vergebens bemüht, bei Gott, vergebens! Urteilen Sie doch selbst, was bedeutet – sich einigen? Das bedeutet: Die eigenen Interessen verraten. Klim Iwanowitsch, überlassen Sie diese Sache mir und meinem Gevatter, wir werden ein Mittel zu einem Friedensschluß finden.«

Hier erschien Frolenkow und sagte lächelnd: »Sie zanken sich. Ein Fläschchen war getrunken, und schon ging das Geschimpfe los.«

»Da ist auch noch der Branntwein: Man hat ihn verboten – und schon gibt es überall Selbstgebrannten, es werden allerhand Destillate gebraut, Holzgeist wird getrunken«, begann wieder Denissow zornig. Frolenkow ergänzte lustig, aber nicht ohne Neid: »Und das Kloster verkauft in aller Stille Wodka zu fünf Rubel das Fläschchen.«

»Tee trinken, Tee trinken!« forderte die elegant aufgeputzte Sofja auf, hakte sich bei Samgin ein und fragte bekümmert: »Sind Sie auch der Ansicht, daß die Hinwendung der Intelligenz zum religiösen Denken sie aus dem Nebel der Philosophie von Hegel und Marx herausführt, sie patriotischer macht und daß dies ein Verdienst Mereshkowskijs ist?«

»Es ist nicht einmal zu verstehen, wonach sie fragt!« knurrte Denissow entzückt und patschte seiner Tochter mit der Hand auf den Rücken. Frolenkow unterstützte sein Entzücken durch ein schallendes Lachen und fügte hinzu: »Zuweilen versammeln sie sich, die jungen Leute, und dann fangen sie an aufzutrumpfen! Man sitzt dabei, hört zu, und – wirklich! Es sind lauter russische Worte, aber ihr Sinn – läßt sich nicht erfassen!«

Klim Iwanowitsch Samgin sah, daß die Entzückungen der beiden Väter – des leiblichen und des geistigen – dem jungen Mädchen nicht gleichgültig waren, ihr rotwangiges Gesicht loderte selbstzufrieden, die runden Äugelchen waren wonnevoll zusammengekniffen. Menschen, die viel fragten, liebte er nicht. Ihm mißfiel dieses üppige Mädchen, das weich war wie ein Daunenkissen, und er war froh, daß die Väter, die ihn am Antworten gehindert hatten, dadurch Sofja dazu brachten, ihre Frage zu vergessen und eine andere zu stellen: »Kennen Sie Professor Pylnikow? Ja? Wie geistreich und talentiert er ist – nicht wahr? Im Herbst kam er zu uns zur Jagd ... hier bei uns auf dem See gibt es eine Unmenge Wildgänse ...«

»T-ja, wilder«, flocht Denissow skeptisch ein. Die Tochter erzählte: »Sie waren zu dritt: Der eine war ein Dichter, er war so riesengroß und aß gern, wer der andere war – ist unbekannt.«

»Es ist bekannt«, sagte Frolenkow. »Irgendein aus dem Dienst entlassener Beamter, er hieß Tagilskij.«

Ein Namensvetter, dachte Samgin, fragte aber dennoch: »Wie sah er aus?«

»Unangenehm«, sagte das Mädchen und rümpfte die Nase. Samgin nickte unwillkürlich und bestätigend.

»Er war nicht sehr groß und kränklich. Hatte graues Haar. War schweigsam«, fügte Frolenkow zu dem Wort seines Patenkindes hinzu.

Das junge Mädchen begann wieder kluge Fragen zu stellen, und Samgin, genug durch sie gereizt, hielt eine kleine Rede: »Sie interessiert sehr vieles«, fing er an, wobei er sich bemühte, sanft zu reden. »Aber mir scheint, daß in unseren Tagen das Interesse aller und eines jeden sich auf den Krieg richten sollte. Wir führen nicht sehr erfolgreich Krieg. Unser Kriegsminister verkündete mit lauter Stimme in der Presse, wir seien für den Krieg vorbereitet, aber es stellte sich heraus, daß dies – nicht wahr ist. Hieraus folgt, daß der Minister von dem Zustand der ihm anvertrauten Wirtschaft keine klare Vorstellung hatte. Das gleiche kann man vom Verkehrsminister sagen.«

Nachdem er darauf hingewiesen hatte, daß der Straßenbau nicht mit den Zwecken der Landesverteidigung übereinstimmte, sprach er vorsichtig ein wenig über die Tätigkeit des Finanzministeriums.

»Wir leben auf Pump, von den Darlehen französischer Bankiers, und schulden ihnen schon bald an die zwanzig Milliarden Francs.«

Er hatte seine Rede begonnen, um dem gebildeten jungen Mädchen den Mund zu stopfen, überzeugte sich aber bald, daß er eine Probe hielt, und mit Erfolg. Hiervon überzeugte ihn die gespannte Aufmerksamkeit Frolenkows und Denissows, die Gevattern saßen reglos da, sie waren so in Bewegungslosigkeit erstarrt, daß Frolenkow, der in der einen Hand einen Teelöffel voll Honig und in der anderen das Teeglas hielt, sich nicht entschloß, den Teelöffel in den

Mund zu stecken, der Honig zerrann und tropfte auf die Tischdecke, und als seine stille Gattin ihm irgend etwas zuraunte, fletschte er böse die Zähne. Denissow saß angelehnt auf dem Stuhl, hatte die Augen aufgerissen, seine schwere Hand auf die runde Schulter der Tochter gelegt und atmete schnaufend. Die Aufmerksamkeit, welche die stämmigen Einwohner der kleinen, in Sümpfen verlorenen Stadt so anschaulich zum Ausdruck brachten, regte die Beredsamkeit an und flößte Klim Iwanowitsch, während er seine Gastgeber beobachtete, durch irgend etwas Hoffnung ein, er rief sich nebenbei ins Gedächtnis, daß es Millionen solcher Menschen gebe, und sprach kühner, sicherer weiter.

»Fügen Sie hinzu, daß bei uns etwas Phantastisches, Häßliches möglich ist, das in Europa undenkbar wäre. Ich meine hiermit Rasputin. Wahrscheinlich ist die Hälfte von allem, was von seinem Einfluß auf die Zarin und den Zaren geredet wird, Erfindung und Klatsch. Aber es bleibt dennoch die Tatsache: In der Zarenfamilie spielt ein . . . dunkler, halbgebildeter, käuflicher Mensch eine gewisse Rolle. Sie hörten gestern einen Prediger, den ich als jungen Mann kannte, als er noch Tischler war. Dieser Mann . . . ist ein bedauernswerter Mensch, dessen Verstand sozusagen verstopft ist. Aber er ist ehrlich, glaubt aufrichtig an Gott und hat die Menschen in sein Herz geschlossen. Rasputin ist offensichtlich kein solcher Mensch.«

Frolenkow konnte nicht länger schweigen, er steckte den Löffel ins Glas, faßte sich mit der Hand in der Nähe des Kinns am Bart und neigte sich mit einem Ruck vor, der Stuhl unter ihm knarrte.

»Da sieht man mal, wie die Wahrheit klingt!«

»Was soll man da anfangen?« fragte Denissow betrübt. »Ach, du mein Gott . . .«

»Man muß die Aufmerksamkeit für das Leben erweitern«, riet Klim Iwanowitsch schulmeisterlich. »Ihr, die Einwohner der zahlreichen Gouvernements, Kreise und gewerbetreibenden Dörfer – ihr seid das wahre Rußland . . . seine wirklichen Herren, ihr seid eine Kraft, ihr seid Millionen. Nicht die Millionäre, nicht die Beamten, sondern gerade ihr solltet das Land regieren, ihr, die Demokratie . . . Ihr solltet nicht Nogaizews in die Duma schicken, sondern selbst hineingehen.«

»Und – die Geschäfte? Was wird mit den Geschäften?« fragte Frolenkow in jammerndem Ton.

»Bei den Geschäften ist man beengt!« knurrte Denissow mürrisch. »Dieser Krieg . . . Man hat keine Ruhe! Die Geschäfte verlangen Ruhe.«

»Ach, da sind ja noch die Bauern, in der Küche«, erinnerte sich Frolenkow.

»So schick sie doch zu des Teufels Großmutter«, knurrte Denissow finster. »Sie mögen in eine Herberge gehen. Morgen, sag ihnen, morgen werden wir miteinander reden! Klim Iwanowitsch, überlassen Sie das alles uns. Wir werden es Nogaizew sagen . . . ihm schreiben. Die ganze Sache ist nicht der Rede wert. Sie sollten – sich nicht beunruhigen. Den Bauern kennen wir durch und durch.«

Frolenkow schickte seine Frau zu den Bauern, stand selbst auf und rief, während er in das Nebenzimmer ging: »Gevatter, komm doch mal her!«

Die junge Sofja machte sich das Weggehen der Väter zunutze und fragte sofort: »Haben Sie Rodionows Buch ›Unser Verbrechen‹ gelesen?«

»Nein«, sagte Samgin trocken.

Ihr war es heiß. Von der Wärme und dem Tee stark gerötet, fächelte sie mit einem Spitzentaschentuch ihr dickes Gesichtchen, ihr molliges Händchen huschte vor Samgins Augen hin und her.

Wie ein Stubenmädchen, stellte er fest, während das junge Mädchen munter und flott weitersprach: »Ein hervorragendes Buch. Er ist Semstwochef in Borowitschi. Seine Bauern hat er als so schrecklich dargestellt, daß Professor Pylnikow – er ist auch aus Borowitschi – sagte: ›Das alles stimmt, aber Rodionow möchte schon die Leibeigenschaft wiederherstellen.‹ Sagen Sie: Die Leibeigenschaft läßt sich doch nicht wiedererrichten?«

»Möchten Sie denn, daß man sie wieder einführt?«

»Ich verstehe nichts von Politik, liebe sie nicht. Aber man muß doch irgend etwas mit den Bauern tun, wenn sie so sind . . .«

Frolenkow blickte zur Tür herein und fragte: »Spielen Sie Poch?«

»Nein.«

»Und Ramsch?«

»Ich glaube schon.«

»Dann kommen Sie bitte! Bis zum Abendessen messen wir uns miteinander und spielen ein bißchen.«

Klim Iwanowitsch war von seiner Rede befriedigt, die Gevattern gefielen ihm immer mehr, er setzte sich gern an den Spieltisch und hatte Glück im Spiel, er gewann dreiundachtzig Rubel, und als er das Geld einsteckte, kam ihm sogar für einen Augenblick der Verdacht: Das ist, als hätten sie mich bestochen. Übrigens – weswegen? Ich bin manchmal ungerecht gegen andere.

Dann aßen sie reichlich zu Abend, tranken tüchtig. Samgin legte sich besinnungslos zu Bett und wurde gegen Mittag von Denissow geweckt.

»Sie müssen aufstehen, sonst verpassen Sie den Zug«, warnte er ihn. »Oder wollen Sie vielleicht noch ein Täglein mit uns verbringen? Sie sind ein Mensch ganz und gar nach unserem Herzen! Zum Abendessen würden wir diesen und jenen einladen, fünf bis sechs Leute etwa, zur Unterhaltung, wie?«

Samgin sagte, daß er sich auch sehr freue, so ehrbare Leute kennengelernt zu haben, daß er aber nicht bleiben könne, weil er nach Riga fahren müsse.

»Alles in Kriegsangelegenheiten? A-ach, der Krieg, der Krieg . . .«

Auf der ungefähr dreistündigen Fahrt bis Borowitschi wiegte er sich in einem bequemen, weich gefederten Tarantas, einem Reisewagen mit Verdeck, in Borowitschi erreichte er gerade rechtzeitig den Zug, und in Nowgorod wiederholte sich schon Erlebtes, jedoch in konzentrierterer Form.

In der Bahnhofsrestauration, die von Offizieren in Beschlag genommen worden war, hatte ein kleiner alter Kellner, glattrasiert und mit einem Gesicht wie ein katholischer Mönch, für Samgin noch einen Platz in einer Ecke gefunden, an einem Tisch, der durch einen Lorbeerbaum verdeckt war; zwei Drittel des Tisches waren von aufeinandergestapelten Tellern eingenommen, auf die frei gebliebene Fläche stellte der Kellner ein Gedeck; während er dies tat, sagte er, daß der Zug nach Riga Verspätung habe und man noch nicht wisse, wann er eintreffen werde, der Bahnhof sei mit Transportzügen voll sibirischer Soldaten verstopft, die eilig an die Front befördert würden, dadurch seien zwei nach Petrograd fahrende Sanitätszüge aufgehalten worden.

»Zudem treiben sich hier noch die Flüchtlinge aus Polen herum . . .«

Er weiß, daß er zu einem Mitglied des Städteverbands spricht, stellte Samgin fest und fragte: »Es herrscht Unordnung, wie?«

»Die Leute wissen nicht mehr, wo mit sich hin – es ist schwer, das mit anzusehen«, sagte der kleine Alte.

Der übliche Lärm des friedlichen Arbeitens von Messern und Gabeln klang neu, da er kriegerisches Säbelgerassel einbezog. Vor den Fenstern, auf dem Bahnsteig sang, heulte und ächzte das Blech einer Militärkapelle, durchdringende Pfiffe rangierender Lokomotiven und Alarmsignale der Weichensteller zerrissen die Musik, irgendwo in der Nähe ertönte ein Soldatenlied. Das Offizierskorps, straff gegürtet mit den Riemen des Degengehenks, benahm sich undiszipliniert und sehr auffallend. Es gab viele Frauen und Blumen, Sektpfropfen knallten, an einem großen Tisch in der Mitte des Restaurants stand ein Mann im Frack, mit zweigeteiltem Vollbart, hochstirnig, kahlköpfig, er hielt ein Glas Wein hoch, fast über dem Kopf, und sagte irgend etwas. Zu Samgin drangen nur einzelne Worte:

»Unser Fehler ... Wir hätten nicht ... Und im Jahr 71 hätten wir ... Und statt einer Gruppe von Kleinstaaten – bekamen wir Deutschland.«

»Be-ruhige dich, Papa!« schrie eine junge, helle Stimme. »Wir werden die Preußen in den Urzustand zu-rückversetzen. Auf unsere Armee – hur-ra!«

Hurra rief man mit Vergnügen, wenn auch ungeordnet. Irgend jemand schlug vor: »Auf das Wohl Seiner Majestät ...«

»Einstellen!«

»Wa-arum?«

»Wer hat das gewagt?«

»Eine Schenke ist nicht der Ort, unseren Herrscher hochleben zu lassen!«

»Richtig!«

»Nein, erlauben Sie ...«

Glückselig lächelnd trat ein kleiner, hagerer Offizier auf den Lorbeerbaum zu und schickte sich an, einen Zweig davon abzubrechen. Seine Uniform war nagelneu, die Riemen und Schnallen glänzten. Seine großen Augen strahlten. Sein gebräuntes, spitznasiges Gesicht mit dem kleinen schwarzen Spitzbärtchen brachte Samgin auf den Gedanken: Ein d'Artagnan.

Er war stark betrunken und wankte, seine Hände bewegten sich unsicher, der Zweig ließ sich nicht abreißen – darauf begann der Offizier, den Säbel aus der Scheide zu ziehen. Samgin stand vom Stuhl auf, denn er sagte sich, wenn der Krieger beginnen würde, an dem Lorbeerbaum herumzusägen oder herumzuhacken, dann wird der Säbel zuschlagen. Samgin entfernte sich eilig und stellte sich ans Fenster.

Der alte Kellner kam herbeigelaufen: »Gestatten Sie – ich werde mit dem Taschenmesser ...«

Der Offizier blickte ihn lächelnd an und murmelte: »Scher dich weg!« Dann holte er mit dem Säbel aus, wankte zurück und hieb gegen den Baum – ein paar Blätter flogen zur Seite, der Säbel traf die Teller auf dem Tisch.

Seitlich von Klim Iwanowitsch brüllte und johlte es, er blickte durch das Fenster, nur durch die doppelten Scheiben von ihm getrennt, schnitten bärtige, zähnebleckende Gesichter unheimliche Grimassen. Der Säbel des Offiziers hatte ihn nicht erschreckt, aber diese zwei Gesichter ließen ihn zusammenzucken. Nun waren es schon nicht nur zwei, sondern fünf, zehn und noch mehr, sie bleckten die Zähne und vermehrten sich unglaublich schnell. Zwei redeten, fuchtelten dabei mit den Händen und erweckten das unhörbare Gelächter einer Gruppe dicht aneinandergedrängter unförmiger Männer, die grau waren wie Pflastersteine. Sie stemmten sich immer fester gegen das Fenster, konnten die Scheiben eindrücken, ins Restaurant eindringen.

Ein paar Sekunden lang hatte Samgin das Gefühl, er wäre einer Ohnmacht nahe. Ihm kam es sogar vor, als hörte er ein johlendes, nicht mehr menschliches Gelächter und als hätte dieses Gelächter das eherne Heulen und Ächzen der Orchestertrompeten, das Pfeifen der Lokomotiven und die Signale der Weichensteller gelöscht.

Zwei beleibte Gendarmen führten den Haudegen ab, ein dicker Offizier begleitete sie; der kleine Alte las die Tellerscherben auf und erzählte brummig: »Jeden Tag stellen sie irgend so etwas an. Das war heute der zweite, einen brachten sie auf die Kommandantur: Er war in die Damentoilette eingedrungen und fing an, den Frauen seine Besonderheit vorzuzeigen.«

»Bringen Sie mir einen Kaffee«, bat Samgin, der ab und zu einen Seitenblick auf das Fenster warf und sich mit dem Taschentuch den Schweiß von Gesicht und Hals wischte.

An dem großen Tisch stimmten Militärs und Zivilisten, Männer und Frauen im Stehen mit Gläsern in den Händen, fürchterlich laut und einander betäubend die Nationalhymne »Gott schütze den Zaren« an, wobei sie wahrscheinlich nicht hörten, daß sie falsch und mißtönend sangen. Der ungestüme Gesang brach bei den Worten »der kraftvollen Macht« ab – irgend jemand schrie gellend: »Wie unterstehen Sie sich, an der Stärke der zaristischen Armee zu zweifeln?«

»Man sollte die Fenster verhängen«, sagte Samgin, als der Alte ihm den Kaffee brachte.

»Die Vorhänge wurden für ein Lazarett requiriert. Doch natürlich sollte man es. Die Soldaten bekommen keinen Wodka, aber die Offiziere, bitte, da sehen Sie's . . . Sie trinken ja nicht nur Champagner, sondern konsumieren auch stärkere Getränke . . .«

Samgin blickte hin und wieder zum Fenster hinüber. Auf dem Bahnsteig befanden sich weniger Soldaten als vorher, aber etwa drei Mann standen dicht vor den Scheiben, ihre undeutlichen, verschwommenen Gesichter waren jetzt reglos, hatten jedoch von dem lautlosen Lachen, das sie eben erst entstellt hatte, etwas Unheimliches beibehalten.

Sie sind eingezogen worden, das Vaterland zu verteidigen, dachte Samgin. Wie stellen sie sich das Vaterland vor?

Diese interessante Frage erhob sich sofort und mit noch nie dagewesener Schärfe vor ihm, richtete sich an ihn, und Klim Iwanowitsch fand eilig eine Antwort: Die Vorstellung: Vaterland – ist dem Massenmenschen unzugänglich. Wir sind keine Russen, wir sind Samaraer. Vaterland – das ist ein Begriff intellektueller Stärke. Für den, der die Geschichte seines Vaterlandes nicht kennt – existiert es nicht.

Es wurden immer weniger Gäste in dem Restaurant, die Frauen verschwanden eine nach der anderen, aber der Lärm nahm zu. Er konzentrierte sich in einer von Samgin abgelegenen Ecke, in der sich würdige Zivilisten, drei Offiziere und ein hochgewachsener, kahlköpfiger Mann in Intendantenuniform versammelt hatten, der eine Zigarre zwischen den Zähnen hielt und ein kreuzförmiges Pflaster auf der linken Wange hatte.

»Lernen sollten wir, lernen, und nicht uns schlagen«, sagte er in dröhnendem Baß. »Schlagen können wir uns nur mit den Türken, und auch die läßt man uns nicht schlagen . . .«

»Bismarck sagte . . .«

»Und – starb.«

»Sterben – werden wir alle.«

Die Geschichte ist das Ergebnis der kulturellen Tätigkeit der Intelligenz. Gewiß – das trifft zu. Die Lehre von der Rolle der Klassen in der Geschichte? Das ist einer von den fruchtlosen Versuchen, die sozialen Widersprüche theoretisch zu erklären. Nicht der Bourgeois, nicht die Proletarier schreiben die Geschichte, sondern jemand Drittes.

Der graue Mann? raunte ihm unangebrachterweise das Gedächtnis zu.

Er sah in den kleinen schwarzen, vom Tassenrand begrenzten Kreis aus Kaffee und suchte mit immer größerer Eile die Frage zu lösen, wobei er aus dem Lärm verschiedene Sätze auffing.

»Für mich ist das Vaterland etwas, ohne das ich nicht voll leben kann.«

»Meine Herrschaften! Gestatten Sie, Ihnen ins Gedächtnis zu rufen: Hier ist nicht der richtige Ort für politische Streitereien«, rief jemand eindringlich.

Und für Streitereien mit sich selbst, ergänzte Samgin, der den Streit automatisch fortsetzte. Das stimmt nicht: Es ist interessanter und angenehmer, in Paris zu leben als in Petersburg . . .

»Wir haben in Polen verloren, weil die Juden uns verraten. Hiervon wird noch nicht in den Zeitungen geschrieben, aber hiervon wird bereits geredet.«

»Die Zeitungen befinden sich in den Händen von Juden ...«

»Die verräterische Haltung dieser Rasse, die von Gott ihres Vaterlandes beraubt worden ist, wurde bereits festgestellt«, schrie gellend und unter Aufkreischen in den höheren Tonlagen ein Mann mit kahlem Kopf in Form eines Hühnereis, mit rotem Gesicht und schütterem grauem Kinnbärtchen.

»Zum Teufel! Aber erlauben Sie doch: Habe ich als Grundbesitzer das Recht, von den Interessen meiner Wirtschaft zu reden?«

»Sie haben es nicht. In Kriegszeiten usurpiert alle Rechte der Staatsbürger gesetzlich Seine Majestät der Kaiser.«

Ein schrilles Glöckchen erklang, und es ertönte der Ruf: »Der Zug nach Riga fährt ein ...«

In einem allgemeinen Durcheinander knarrten umhergeschobene Stühle und Tische, Geschirr klirrte, irgend jemand brüllte hysterisch: »Meine Herrschaften! In dieser verhängnisvollen Stunde ...«

»Warum – verhängnisvoll, zum Teufel?«

Zehn Minuten später saß Samgin in einem Wagen zweiter Klasse. Der Wagen war alt, zuschanden gefahren, er knarrte, rasselte und holperte so stark, als wollte er aus den Schienen springen. Sein Krachen und krampfhaftes Beben erweckten in Samgin den Eindruck von Leichtigkeit, von Unzuverlässigkeit des prall mit Menschen beladenen Wagens. Drei Lämpchen – je eins an den Türen, eins in der Mitte des Wagens – beleuchteten trübe die Menschen auf den Polsterbänken, auf jeder drei Gestalten, die Leute wippten hin und her, und man konnte meinen, sie wären es, die den Wagen ins Schlingern brächten. Gegen Samgin stieß, sich mit ganzem Gewicht auf seine Schulter wälzend, eine große dicke Frau in rotbrauner Lederjacke mit rotem Kreuz auf der Brust und einer rotbraunen Baskenmütze auf dem Kopf; sie schlief, hielt mit beiden Händen einen kleinen Koffer auf dem Schoß, rollte den Kopf auf der Polsterlehne hin und her und pfiffelte durch die Nase, ihr gewaltiger Körper wabbelte schlaff, die Stöße des Wagens weckten sie, und wenn sie erwachte, murmelte sie halblaut kläglich: »Ach, du mein Gott, Pardon ...«

Am Fenster saß und rauchte ein Mann in langschößigem altrussischem Überrock, mit einem seidenen Käppchen auf dem Kopf, sein grauer Bart schwelte, er sah mit vorgewölbten Augen auf einen Mann ihm gegenüber, das Gesicht dieses Mannes erinnerte an die vornehme Schnauze einer dänischen Dogge – seine untere Partie ragte zu weit vor, und die Stirn floh in den Nacken zurück, neben ihm schlummerten noch zwei, der eine lautlos, der andere unter bedauerndem und ungehaltenem Schmatzen. Das Dämmerlicht machte alle Leute häßlich, und das stimmte sehr mit Samgins Stimmung überein – er fühlte sich müde, zerschlagen, in Unruhe versetzt und in den Unsinn von Hieronymus Bosch hinabsinken. Voller Wehmut gedachte er des kleinen Städtchens, das durch ein Dutzend Kirchen am Erdboden befestigt war, des warmen, freundlichen Hauses von Denissow, des klugen schönen Frolenkow.

Der Mann mit dem Doggengesicht, der in eine karierte Reisedecke gehüllt war, sagte halblaut: »Verstehst du – der Herr des Hauses muß in der Wirtschaft Bescheid wissen, er ist jedoch ein Ignorant, er weiß nichts. Als der Grundstein zu den Kasernen zaristischer Schützen gelegt wurde, war er natürlich zugegen. ›Wie merkwürdig‹, sagte er, ›man legt allerhand Dreck an eine Stelle, gießt irgend etwas drauf, und daraus wird etwas Festes.‹«

»Halt, warte mal«, rief im Baß und freudig der Graubärtige halblaut aus. »Das ist doch bemerkenswert, das ist eine Vorstellung vom Staat!«

»Na, er ist wohl kaum der Ironie fähig!«

Sie reden vom Zaren, entschied Samgin, die Augen schließend. In der völligen Dunkelheit wurden die Laute irgendwie deutlicher. Jetzt war zu hören, wie vorne, auf der nächsten Polsterbank, bei der Tür, ein schwaches Stimmchen plätscherte, das von trockenem, halblautem Husten unterbrochen wurde, es plätscherte und sprach deutlich.

»Wir sind schon fast eine Kolonie. Unsere Metallurgie befindet sich zu siebenundsechzig Prozent in Händen Frankreichs, im Schiffbau ist das französische Kapital mit siebenundsiebzig Prozent beteiligt. Das Grundkapital aller unserer Banken beträgt fünfhundertfünfundachtzig Millionen, vierhundertvierunddreißig davon sind ausländisches Kapital; von dieser letztgenannten Summe sind zweihundertzweiunddreißig Millionen französisches Geld.«

Wahrscheinlich irgendein armer Schlucker, dachte Samgin. Noch ein zahlenbesessener Tagilskij.

»Wir führen Krieg, weil Herr Poincaré für das Jahr einundsiebzig Revanche haben will, er will die erzhaltige Gegend zurückhaben, die den Franzosen vor dreiundvierzig Jahren von den Deutschen weggenommen worden ist. Unsere Armee ist ein Söldnerheer ...«

Die halblaute Rede wurde durch den entrüsteten Ausruf unterbrochen: »Ach, so verhält sich das! Sie legen die Ansichten des Anarchisten Lenin dar, ja? Sie sind ein sogenannter Bolschewik?«

»Nein, ich bin kein Bolschewik.«

»Oh, schon gut! Ich kenne mich in diesen Dingen aus ...«

»Aber Lenin ist ein Mann, der vortrefflich zu rechnen versteht ...«

»Warte, Igor«, mischte sich eine dritte Stimme ein, und eine vierte sagte im Baß: »Zum Streiten – werden wir noch Zeit haben.«

»Sie sagen also – Lenin?«

»Man rechnet bei uns schlecht«, sagte mit Kopfnicken der Graubärtige.

»Unsere Hauptindustrie – das Textilwesen – befindet sich ganz in unseren Händen!«

»Das heißt in Händen der Wtorows und Rjabuschinkskijs.«

»Na, was denn sonst?«

Von neuem und anfangs undeutlich drang durch die lebhaften Stimmen hindurch die schwache Stimme, dann vernahm Samgin: »Wenn man von der phantastischen Idee einer Diktatur des Proletariats absieht – könnten unsere Minister viel von Lenin lernen, er ist ein Ökonom von außerordentlicher Sachkenntnis und Begabung ... Zudem ist meiner Ansicht nach auch eine Diktatur der Arbeiterklasse ...«

Die Lokomotive pfiff schrill, und gleich danach war es, als stieße sie auf ein Hindernis, die Wagen dröhnten, irgend etwas krachte wie ein Schuß, die Bremsen knirschten, die Frau in der Lederjacke mit dem roten Kreuz sprang auf, stieß Samgin mit dem Koffer gegen die Schulter und schrie: »Au, mein Gott, mein Gott – was, was ist das?«

Alle Leute erwachten, sprangen auf, stießen aneinander, liefen an die Türen.

»Ein Eisenbahnunglück«, sagte Samgin und preßte sich fest an die Lehne des Polstersitzes, völlig entkräftet durch die Erschütterung, das Krachen und durch die Panik unter den Leuten. Irgend jemand beschwichtigte bereits die Aufgeregten.

»Kurz vor der Station wurde die Einfahrt durch ein Signal gesperrt. Der Lokomotivführer ist ein tüchtiger Kerl ...«

»Da, sehen Sie?« warf die Dame Samgin vor. »Und Sie schreien: Ein Eisenbahnunglück!«

»Ich habe nicht geschrien.«

»Na – wieso denn? Ich hörte es! Sind Sie vom Städteverband?«

Und dann begann sie sofort entrüstet davon zu reden, daß der Städteverband eine Organisation sei, die nicht wisse, wozu sie existiere, was sie zu tun und welche Rechte sie habe.

Samgin erklärte zornig, daß eine Kritik an dem Verband verfrüht sei, daß er eben erst mit seiner Tätigkeit beginne, aber die Frau entgegnete überzeugt: »Sie sind uns, dem ›Kreuz‹, bereits im Weg, sind der Intendantur im Weg ...«

Und der Mann mit dem Doggengesicht flocht lässig ein: »Die Verbände, der Semstwo- und Städteverband, wissen sehr gut, was sie wollen: Sie sind die Reserve der Armee Miljukows, das sind sie. Wenn die Duma aufgelöst wird – werden sie als politische Organisation auftreten, jawohl!«

Samgin erhob widerwillig Einspruch, durch Ausrufe, Achselzukken, Fragen. Er hatte selbst keine klare Vorstellung von den Zielen des Verbands, und ihm gefiel jetzt der Gedanke, daß eine großangelegte Vereinigung der Demokratie außerhalb der Dumaparteien möglich wäre. Sofort und ohne daß er es wollte, soufflierte ihm sein verderbtes und dienstbeflissenes Gedächtnis ironisch: Man legt allerhand Dreck an eine Stelle, gießt irgend etwas drauf, und daraus wird etwas Festes ... Aber über solch eine Organisation zu streiten und nachzudenken, störte ihn ein unangenehmer, sogar lästiger Eindruck: Er war überzeugt, daß vor fünf Minuten Tagilskij an ihm vorbeigegangen sei. Ja, das war zweifellos Tagilskij gewesen, aber in verringerten Maßen. Er ging langsam und blickte sich vor die Füße, man stieß ihn, er wankte, sich an die Wände des Wagens schmiegend, und stand ein paar Sekunden lang gesenkten Kopfes da, sein breites rasiertes Kinn fast auf die Brust gestützt.

Der Zug stand, die Stimmen der aufgeweckten Leute klangen deutlicher und fast alle gereizt, zornig; besser hörbar plätscherte die gemächliche Rede Tagilskijs: »Das Nationalvermögen Rußlands beläuft sich, wenn ich mich nicht irre, auf hundertzwanzig Milliarden. Zu diesem Vermögen sind auch die heruntergekommenen Werke im Ural und solche Gegenstände zu rechnen, wie zum Beispiel die Bohrmaschine vom Jahre 1845 und der Dampfhammer vom Jahre 1837, die in den Jekaterinburger Eisenbahnwerkstätten in Betrieb sind ...«

»Die staatliche, verbürokratisierte Wirtschaft ...«

»In der Textilindustrie haben wir noch mechanische Webstühle aus den siebziger Jahren. Zum Nationalvermögen ist auch das aus Holz hergestellte Arbeitsinventar der Bauernschaft zu rechnen – die Hakenpflüge, die Eggen ...«

Er rechnet und rechnet ... Ein sonderbarer Lebenszweck – zu rechnen, dachte Klim Iwanowitsch gereizt und gab es auf, dem trokkenen Rascheln der Worte Tagilskijs, die wie Sand rieselten, weiter zuzuhören. Gerade da stieß die Lokomotive einen kurzen Pfiff aus, zog mit einem Ruck an und rollte den Zug eine Minute lang gemächlich weiter, dann hielt sie wieder, und zwischen den Wagen, im Gepolter, Knirschen und Pfeifen, ertönte schrill ein Hornsignal und der gellende Schrei: »Ha-alt!«

Und nochmals rief das zornige Stimmchen des buckligen Mädchens Samgin ins Gedächtnis: Was treiben Sie da? Es sind doch nicht Ihre Kinder!

Jetzt stieß die Lokomotive wieder einen Pfiff aus und zog wie erbittert die Wagen an, so daß die Dame in der Lederjacke Samgin am Knie packte und der graubärtige Reisende sich an seiner Schulter festhielt.

«Ach, du mein Gott . . . Pardon. Es ist schrecklich, wie unsere Lokomotivführer fahren«, sagte sie und erläuterte nach kurzem Nachdenken: »Wie auf einem Feldweg.«

»Der Zug fährt in zwei Minuten weiter«, verkündete der Schaffner, der durch den Wagen ging.

Noch nie waren Klim Iwanowitsch Samgin Minuten so qualvoll lang vorgekommen. Später dachte er nicht selten an diese schlaflose unruhige Nacht zurück – ihm schien, daß seine Einstellung zum Leben, zu den Menschen gerade seit dieser Nacht Gestalt gewonnen habe.

Der scharfe Ruck, der den Zug weitergerissen hatte, veranlaßte ihn, über den Lokomotivführer nachzudenken: Einem halbgebildeten Menschen, irgendeinem Schlosser, ist das Leben Hunderter Menschen anvertraut. Er fährt sie Hunderte von Werst weit. Er kann den Verstand verlieren, von der Lokomotive abspringen, davonlaufen, am Herzschlag sterben. Er kann, ohne sein Leben zu schonen, aus Bosheit gegen die Menschen ein Eisenbahnunglück anrichten. Seine Verantwortung mir gegenüber, anderen gegenüber – ist ganz gering. Im Jahre fünf fuhr ein Lokomotivführer der Nikolai-Bahn vor den Augen eines Exekutionstrupps mit revolutionären Arbeitern davon . . .

Die Macht des Menschen, die Macht des einzelnen – ist auf immer gegeben. Schließlich und endlich wird die Welt trotz allem von einzelnen bewegt. Die Massen haben angefangen, einander im Interesse eben einzelner zu vernichten. So ist die Welt. So war es – und so wird es bleiben.

Ich sollte mein Gedächtnis von der Verunreinigung durch den . . . Bücherstaub befreien. Dieser Staub schillert regenbogenfarbig nur in den Strahlen meines Verstands. Nicht der ganze Staub natürlich. Er enthält Körnchen von wahrhaft Schönem. Die Musik des Wortes ist wertvoller als die Musik des Tones, die mechanisch, durch die mannigfaltigen Kombinationen der sieben Töne auf mein Gefühl einwirkt. Das Wort ist vor allem eine Verteidigungswaffe des Menschen, sein Panzerhemd, Harnisch, sein Schwert oder Degen. Überflüssige Sätze erschweren die Bewegung des Verstands, sein Spiel. Fremdes Wort löscht mein Denken, entstellt mein Gefühl.

An diesen Gedanken war nichts Neues, aber sie stellten sich in festerem Zusammenhang und mit größerer Sicherheit ein als je vorher.

Bei Tagesanbruch rollte der Zug langsam in ein Schneegestöber, in das Pfeifen und Heulen des Windes, in das Durcheinander des Lebens einer Stadt hinein, die dicht mit Soldaten gefüllt war. Sie drängten sich auf dem Bahnhof, der Wind trieb sie durch die Straßen, in Gruppen und einzeln, sie gingen zu Fuß, ritten auf Pferden und fuhren auf grünen Wagen, fuhren Geschütze, und überall in der dichten, kalt brodelnden Schneemasse bewegten sich, huschten graue Gestalten, unbewaffnete und mit dem Gewehr auf der Schulter, bucklige, mit Säcken auf dem Rücken. Der Schnee wehte ihnen vom Straßenpflaster herauf entgegen, rieselte ihnen von den Hausdächern auf die Köpfe, an den Straßenkreuzungen kreisten und pfiffen Schneewirbel.

Klim Iwanowitsch Samgin war warm und bequem angezogen und mannhaft gestimmt, wie sich das für einen Menschen gehört, der berufen ist, an einem historischen Geschehen teilzunehmen. Ein verschneiter ungewöhnlicher Droschkenkutscher mit blauem Kapuzenmantel und finnischer Ledermütze, mit rotem Gesicht und Schnurrbart – er hatte sehr viel Ähnlichkeit mit dem Porträt irgendeines historischen Generals – erklärte Samgin gleichmütig mit lettischem Akzent, daß es in den Hotels keine freien Zimmer mehr gebe.

Sein grauer Schnurrbart wuchs aufwärts auf die Ohren zu, der Kutscher war sehr groß und dick, auch der Wagen war groß, der Gaul jedoch war klein, dürr und lief mit kleinen Schritten wie eine alte Frau, und der Droschkenkutscher rief ab und zu wütend: »Ojö, ojö!« – er wurde kräftig beschimpft, ein Soldat stieß den Gaul sogar mit dem Gewehrkolben in die Flanke.

In drei Hotels war tatsächlich kein Platz mehr, im vierten erklärte man, daß sie jedes Zimmer an zwei Personen abgeben. In dem Zimmer, das Samgin angewiesen wurde, war nachlässig die Kleidung eines Militärs verstreut, auf dem Tisch lag ein Säbel und ein Feldstecher, in einem Sessel ein Revolver, der an einem Gurt befestigt war, hinter einem Wandschirm schnarchte jemand wie eine Handsäge. Samgin blieb eine Weile vor dem trüben Spiegel stehen, brachte seinen zerknitterten Anzug und sein zerzaustes Haar in Ordnung, fand, daß sein Gesicht genügend eindrucksvoll sei, und ging ins Restaurant hinunter Kaffee trinken. Auf ihn kam sofort ein hochgewachsener Mann mit verbundener Backe zu und fragte durch die Zähne, ob nicht er irgendein Werk evakuiere. Und zusammen mit dem Kellner, der den Kaffee brachte, erschien ein Rotblonder, setzte sich ohne weiteres an den Tisch und fragte, während er nachdenklich seine Fingernägel betrachtete, mit langweiliger Stimme: »Was beabsichtigen Sie denn mit Ihrem Zucker zu machen? Au, Entschuldigung, Sie sind es ja nicht. Das heißt, Sie . . . sind nicht der . . . Weswegen sind Sie hier? Aha! Die Flüchtlinge. Na, sehen Sie, ich auch. Ich bin aus Orjol abkommandiert. Die Flüchtlinge müssen zu uns dirigiert werden, überhaupt – ins Landeszentrum. Aber – Eisenbahnwagen gibt man dazu nicht, und zu Fuß werden sie, denke ich, wie die Gänse erfrieren. Was sollen wir nur anfangen?«

Er redete so, daß deutlich war: Er dachte nicht an das, wovon er sprach. Samgin musterte sein rundes Gesicht mit einer Warze über der rechten Braue, und ihm kam der Gedanke, daß mit einem solchen Gesicht Schauspieler in der Oper »Boris Godunow« die Rolle des Dmitrij sängen.

Samgin stellte fest, daß nur er allein an einem Tisch saß, alle übrigen saßen zu zweit, zu dritt, und alle sprachen halblaut, mit gedämpfter Stimme, sich über die Tische zueinander beugend. An der Tür zum Billardzimmer, in dem schon die Kugeln klapperten, frühstückten an einem runden Tisch fünf Militärs, sie lachten ungeniert; das Lachen rief ein beleibter, schwarzbärtiger Intendant mit Seidenkäppchen auf dem Kopf hervor, er erzählte irgend etwas, sein tiefer Baß klang monoton, es stach nur das oft wiederholte: »Ich sage, Euer Ex-lenz . . .« hervor.

»Ein ungeheurer Wirrwarr«, sagte der Mann mit der Warze. »Alle verlieren etwas, suchen irgend etwas. Aus Jaroslawl traf in Orjol ein Waggon Leinwand ein, er wurde unverzüglich hierher weitergeleitet und – verschwand hier unverzüglich.«

»Seife«, sagte irgend jemand hinter Samgin.

»Wie?« fragte geringschätzig Samgins Nachbar, der ihm über die Schulter blickte.

»Seife ist auch gestohlen worden.«

»Warum hat man gestohlen?«

»Warum gestohlen wird? Offensichtlich – aus Sport . . .«

»Warum denken Sie, daß man sie gestohlen hat?«

»Wie belieben Sie zu denken?«

Klim Iwanowitsch Samgin war durch die Eindrücke der schlaflosen Nacht ermüdet. Während er gleichmütig dem gedämpften Gerede der Leute zuhörte, sah er durchs Fenster, vor den Scheiben schäumte dichter Schnee, unförmige graue Gestalten huschten in ihm umher, und es schien, als würden sich ihre bärtigen, bissigen Fratzen gleich lautlos lachend an die Scheiben drücken.

»Hören Sie mal«, wandte er sich an den Kellner, »könnten Sie mir nicht ein Glas Wodka verschaffen?«

»Nicht nötig – gib uns zwei Tassen«, sagte der Mann mit der Warze und holte aus der Innentasche seines Rocks eine flache Flasche hervor: »Kognak, Martell. Die würden Ihnen vergällten Spiritus vorsetzen.«

»Danke, aber . . .«

»Na, warum denn nicht? Wir haben Krieg.«

Dann, als er den Kognak in die Tassen einschenkte, stellte er sich vor: »Jakow Petrowitsch Palzew.«

Er sah mit einem ernsten verwirrenden Blick etwas trüber Augen von unbestimmter Farbe Samgin ins Gesicht, warf den Kopf zurück, kippte den Kognak in den Mund und rümpfte, nachdem er sich ein Stück Zucker in die Backe gesteckt hatte, schmerzlich seine dicke Nase. Die Ungezwungenheit Palzews, sein lässiges Reden, der teilnahmslose Blick seiner trüben Augen – das alles erweckte stark Samgins Neugier; während er der langweiligen Stimme zuhörte, definierte er: Er ist ungefähr vierzig Jahre alt. Ein Pechvogel. Wahrscheinlich ist ihm »alles egal, alles seit langem schal«.

»Hier gibt es eine Unmenge Spekulanten und Gauner«, erzählte Palzew, während er sich eine Zigarette anzündete, die in einem ungewöhnlich langen Mundstück steckte. »Einige von ihnen sind als Verbandshusaren gekleidet, so wie Sie. Ich habe es nicht geschafft, mir eine Uniform zu nähen. Der Mann, der hinter Ihnen saß, war Isakson; Isakson und Berman ist ein technisches Kontor, Import von Maschinen, Werkbänken, Elektrozubehör und so weiter und dergleichen mehr. Beides Spitzbuben, stehen vor Gericht.«

Er holte wieder die Flasche heraus und schenkte Kognak in die Tassen ein, Samgin bedankte sich, trank und hatte das Gefühl, daß Kognak etwas mit Eau de Cologne Verwandtes habe. Palzew, der sich mit der Hand über sein rotes, kurz geschorenes und wie Persianerpelz gekräuseltes Haar strich und die Brauen bewegte, warnte: »Isakson wird sich natürlich anbieten, Ihnen eine Gefälligkeit zu erweisen – das bedeutet: Sie hereinzulegen. Mich hat er schon um zweitausend Rubel betrogen.«

»Und wie können sie das machen?« fragte Samgin.

»Die wissen schon, wie. Spielen Sie Karten? Nicht. Das ist gut. Denn gestern hat irgendein Dummkopf drei Waggons Bretter verspielt: Er hatte sie als Geschenk für das ›Rote Kreuz‹ hergebracht, für Särge, und – verspielte sie . . .«

In dem Restaurant vibrierte fortwährend ein gedämpftes, besorgtes Stimmengewirr, im Billardzimmer klapperten die Kugeln, im Büfett klirrte eilig das Geschirr, und plötzlich fegte diesen ganzen Lärm mit einem Schlag ein hell frohlockender Tenor hinweg:

»Hur-ra!

Hei, die Verwegenen aus Busuluk
Sind treuer Worte eingedenk . . .«

Etwa zehn Stimmen fielen einmütig nach einem Tanzmotiv in das Lied ein:

»Rußland, unser Mütterchen,
Ist das Haupt der ganzen Welt!«

Und unter Pfeifen und Stimmengebrüll trappelten harte Absätze über den Parkettboden des Billardzimmers.

»Wahrscheinlich sind die Zeitungen gekommen«, murmelte Palzew, stand auf und ging eilig davon. Samgin stellte fest, daß diese Eile nicht mit der stämmigen schwerfälligen Gestalt und dem Benehmen dieses Mannes übereinstimmte. Klim Iwanowitsch warf sich vor, daß er es versäumt hatte, Palzew rechtzeitig zu fragen, wo die Flüchtlinge untergebracht seien, wie ihre Evakuierungsordnung und -technik aussähe, und sich überhaupt mit den Methoden dieser Arbeit bekannt zu machen. Er hätte das alles gern gewußt, bevor er mit den lokalen Vertretern des Städteverbands zusammentraf, wäre gern als ein wohlinformierter Mann bei ihnen erschienen, der fähig ist, unabhängig von irgendwelchen Leuten zu arbeiten, die vermutlich ihm ähnlich waren. Er blieb noch etwa zehn Minuten sitzen und hörte zu, wie im Billardzimmer das Lied ungestüm emporstieg und perlte, wie ein verwegenes Pfeifen es durchschnitt, wie das Lachen dröhnte, die Füße der Tänzer trommelten, und es war ihm bereits peinlich, allein dazusitzen, als protestiere er gegen die Lustigkeit der Helden. Er hätte gern einen Blick ins Billardzimmer geworfen, aber die Tür war dicht verstopft, fast alle im Restaurant hatten sich an ihr zusammengedrängt.

Er stand auf, wollte auf sein Zimmer gehen, aber im Vestibül hielt ihn ein sonderbarer Mann mit offenem pelzgefüttertem Mantel und einer Persianermütze in der Hand an, in seinem großen wulstigen Gesicht glotzten gierig runde, vorgewölbte Augen, auf dem Kopf hatte er Büschel halb ergrauten Schaffells, der Kopf war groß und saß auf den Schultern, ein Hals war nicht zu sehen, der Mann schien bucklig.

»Entschuldigen Sie«, sagte er leise, eilig und etwas heiser. »Ich heiße – Mark Isakson, jawohl! Eine recht bekannte Persönlichkeit in dieser Stadt. Ich möchte Sie warnen: Mit Ihnen hat ein Gauner gesprochen, jawohl. Der hier ansässige Friseur Jaschka Palzew, jawohl. Ein Betrüger und Spieler. Ein Spekulant. Überhaupt – ein Schurke, jawohl! Sie sind hier fremd ... Ich hielt es für meine Pflicht ... Hier ist meine Visitenkarte ... Entschuldigen Sie ...«

Er kehrte Samgin den Rücken und fragte oder teilte irgend jemandem heiser mit: »Fertig.«

Auf der Karte las Samgin die bekannten Worte: M. Isakson und K. Berman, technisches Kontor.

Dieser – ist ein offenkundiger Gauner, entschied Klim Iwanowitsch. Ein paar Minuten später saß er in einem Wagen, und es schneite stark auf ihn herab. Der Schneesturm toste immer noch ebenso wütend, die Schneewolken schienen schwerer, dichter, wahrscheinlich, weil der Tag heller geworden war. Durch diese rasch dahineilenden Wolken gingen endlos, Abteilung hinter Abteilung, Soldaten, die Bajonette durchkämmten die Schneewolken wie Zähne eines Kammes. Der Schnee rieselte von den Dächern auf sie herab, warf sich ihnen vor die Füße, kam von den Seiten geflogen, doch die Soldaten gingen und gingen, die Schneehaufen feststampfend, sie gingen stumm, in unhörbarem Gang, in dem tiefen steinernen Kanal zwischen den Häusern, deren zahllose Fenster vom Schnee blind gemacht waren. Es war etwas sehr Unheimliches, Bedrückendes an dieser lautlosen Bewegung der Tausende grauer Gestalten, die Rükken und Schultern der Soldaten waren mit weißem Moos bewachsen, und es war, als bemühte sich der Schneesturm, die roten Flekken der Gesichter wegzuwischen. Samgin kam es vor, als hätte er den Wind noch nie so wütend, so pausenlos pfeifen und heulen hören.

Dann saß Klim Iwanowitsch eine ganze Stunde lang in einem warmen und solide eingerichteten Herrenzimmer und hörte den Klagen eines großen, schwammigen Mannes zu, der ein Doppelkinn und das gutmütige Gesicht einer bejahrten Amme hatte. Dieses gepflegte, nackte Gesicht mit seiner straff gespannten, glänzenden, glacéledernen Haut, bläulich in der Bartgegend, sonst rosig durchblutet, mit kleinem, schwellendem Mund und einer Oberlippe, die launisch zu einer kleinen, weichen Nase hochgezogen war, die freundlichen bläulichen Äugelchen und das graue, gekräuselte Haar, ja das ganze Äußere dieses Mannes machten einen ganz bestimmten Eindruck – daß dies eine alte Frau in Männerkleidung sei.

Er ruderte hilflos mit den Armen über den Tisch und sagte in lyrischem Sopran, sanftmütig, wenn auch gekränkt: »Meine Verbandskameraden sind alle an der Front, ich jedoch kann kraft meiner Pflichten als Leiter der hiesigen Filiale der Russisch-Asiatischen Bank die Stadt nicht verlassen, zudem erlaubt mir das auch mein Gesundheitszustand nicht. Diese Flüchtlinge sind etwa vierzig Werst weit weg von hier in leeren Landhäusern untergebracht, aber es hat sich herausgestellt, daß diese Landhäuser vom ›Roten Kreuz‹ für Verwundete gemietet waren, und das ›Kreuz‹ verlangt, daß wir die Landhäuser unverzüglich räumen.«

Seine Rede floß glatt und ruhig dahin, und es war zu merken, daß er am Reden Gefallen fand.

»Es ist gar nicht zu begreifen, wer die Flüchtlinge hierher dirigiert hat. Und es sind, wissen Sie, lauter Juden, Arme und solche hysterische Leute, sie zetern. Sie haben eine Unmenge Kinder, die Kinder sterben, es ist kalt, und sie haben nichts zu essen! Und dann sind da noch irgendwelche Zimmerleute, man hatte sie nach Brest-Litowsk kommen lassen und jagte sie von dort davon; ihr Arbeitgeber ist davongelaufen, ohne sie bezahlt zu haben, und jetzt sind sie auch aufgeregt, verlangen Geld und Brot, fällen dort Bäume, heizen damit die Öfen, sie haben irgendwelche Nebengebäude abgerissen, machen Särge, treiben damit Handel – die Sterblichkeit unter den Flüchtlingen ist hoch! Und überhaupt – sie handeln eigenmächtig. Die Letten indessen sind ein hartherziges Volk, und dieses Fällen von Bäumen, die Beschädigung von Nebengebäuden auf den Grundstücken ... das nimmt natürlich nicht nur ein Lette übel! Ich möchte Sie also bitten, verehrter Klim Iwanowitsch ... diesen ... gordischen Knoten zu entwirren! Die Hauptsache sind die Zimmerleute! Die haben dort so einen Fürsprecher, einen höchst unangenehmen jungen Mann, aber – er kennt diese ganze Geschichte. Ich werde telefonieren, er soll Sie an der Bahn abholen. Er heißt – Lossew.«

Als er mit diesen Klagen fertig war, begann er in einem weit muntreren Ton vom Warenmangel, Preisanstieg und von der Entwertung des Rubels zu reden.

»Zu Kriegsbeginn – stand der Rubel auf achtzig Goldkopeken, und jetzt steht er nur noch auf zweiundsechzig und zeigt die Tendenz, auf fünfzig Kopeken zu sinken. Gewiß, ›wo Unglück, ist auch Glück‹, der entwertete Rubel kann sich auch wohltuend auswirken ... aber immerhin, wissen Sie ... Die Finanzpolitik unseres Ministeriums ... zeichnet sich nicht durch besondere Weisheit aus. Die Rolle der Privatbanken wurde zu sehr eingeschränkt.«

Dann senkte er nach und nach die Stimme und rief plötzlich aus: »Aber wir sind uns doch schon begegnet! Entsinnen Sie sich? Irgendwo in der Provinz – in Nishnij, in Samara? Ich trug damals einen Bart, und mich interessierte das Sektenwesen ...«

»Kormilizyn!« erinnerte sich Klim Samgin, und ihm fiel ein, daß dieser Mann ihm schon damals wie eine Frau vorgekommen war.

»Ganz richtig!« bestätigte der Finanzier freudig lächelnd. »Aber das ist mein Pseudonym.«

Für Samgin war diese Begegnung keine von denen, die einen freuen, ja er kannte überhaupt keine Begegnungen, die ihn hätten freuen können. In dieser Stunde jedoch fühlte er deutlich: Wenn Begegnungen mit Menschen in ihm so etwas wie Neid, wie Kränkung auf Grund der Leichtigkeit erweckten, mit der andere ihren Standpunkt, ihr System von Sätzen änderten, so war das sein Fehler.

Falsche Selbsteinschätzung, Mangel an Selbstvertrauen. Diese Tatsachen müssen mich nicht in Verlegenheit bringen. Im Gegenteil: Ich bin berechtigt, auf meine Standhaftigkeit stolz zu sein, überlegte er, als er im Eisenbahnzug Richtung Warschau saß.

Der Schneesturm tobte immer noch, man hätte meinen können, er sei es, der den Wagen rüttele und schüttele, ihn aus den Schienen zu heben suche. Die Lokomotive pfiff eine Weile angestrengt und schleppte dann den Zug vorsichtig zum Bahnsteig einer Siedlung von Landhäusern. Samgin trat aus dem Wagen in brodelnden kalten Schaum hinaus, er verklebte ihm sofort die Brille und zwang ihn, sie abzunehmen.

»Stillgesta-anden!« brüllte ein hochgewachsener Militär, der mit der einen Hand eine Ehrenbezeigung machte, mit der anderen den Säbel festhielt, dann aber rief er sofort erschrocken: »Rührt euch!«

Hinter ihm standen ungefähr dreißig mit Holzschaufeln bewaffnete Soldaten, ein Schaffner lief vorbei und befahl: »Laß sie einsteigen, einsteigen! Der Wagen neben dem Postwaggon! Rasch!«

»Im Laufschritt – marsch, marsch!«

Die Soldaten verschwanden, auf dem Bahnsteig blieben die rotköpfige Gestalt des Stationsvorstehers und ein großer bärtiger Gendarm zurück, aus dem Gepäckwagen sprangen und fielen unförmige Säcke heraus, alles geschah sehr schnell, der Schneesturm stieß den Zug, die Wagenkupplungen klirrten, die Schienen kreischten. Samgin stand da und schützte mit der behandschuhten Hand sein Gesicht vor dem Schnee, er erwartete irgendeinen jungen Mann, ihm schien, die Zeit schliche ungewöhnlich langsam dahin, ja sie schliche nicht einmal dahin, sondern drehe sich an einer Stelle. Und er kam darauf, daß er sich nicht klar darüber war, was er hier zu tun habe. Der Stationsvorsteher kam auf ihn zu und fragte mit heiserer Stimme: »Sind Sie vom Verband und wollen zu den Flüchtlingen?

Dann kommen Sie, bitte: Sie befinden sich gleich hier hinter dem Bahnhof, in dem grauen Haus.«

»Mich sollte hier ein gewisser Lossew abholen.«

»Loktew wahrscheinlich. Michail Iwanow Loktew«, sagte sehr laut der Stationsvorsteher, und der bisher reglos dastehende Gendarm kam mit großen, aber unhörbaren Schritten auf Samgin zu.

»Loktew ist vorübergehend verreist. In dem grauen Haus befinden sich Russen«, teilte der Gendarm mit, deutete mit weit ausholender Hand auf die schneebedeckten Säcke und fragte: »Ist das Ihr Brot?«

»Nein. Begleiten Sie mich?«

»Bitte sehr«, erklärte sich der Gendarm bereit und brummte: »Für tausenddreihundert Personen haben sie vier Säcke geschickt, darin sind zehn Pud, nicht mehr. Praktiker sind das . . . Den dritten Tag haben die Leute kein Brot.«

Sie gingen durch den Bahnhof, dann stapften sie weiter durch Berge von Schnee.

Loktew, überlegte Samgin und vergegenwärtigte sich den unangenehmen jungen Mann, dem er so gern Verweise erteilt hatte. Mischa. Ich glaube, ich kenne schon die halbe Bevölkerung des Landes.

Ihm kam ein sehr sonderbarer und sogar kränkender Gedanke: Überall an seinem Weg seien Bekannte von ihm aufgestellt, gewissermaßen, damit sie beobachten, wohin er gehe. Der Wind wehte von einem Dach einen Haufen Schnee auf den Kopf des Gendarmen herab, hinter Klim Iwanowitschs Kragen geriet auch Schnee, er sammelte sich in seinen Überschuhen an. Aus der Front eines zweigeschossigen Holzhauses drang weißer Rauch, in dem Haus heulte und knarrte irgend etwas.

»Hier wohnen Polen und Juden«, sagte der Gendarm böse. »Bei den Juden ist jemand gestorben. Sie heulen immerzu – hören Sie?«

Das Zimmer hatte außer der Tür, durch die Samgin es betrat, noch zwei weitere, und aus dem ersten Stock führte eine breite, zwei Stiegen hohe Treppe zu ihm herab. Aus beiden Türen stürzten, als hätten sie sich an irgend etwas verbrannt, Halbwüchsige, Mädchen und Jungen, heraus, die Treppe herunter kamen würdevoll, sie beiseite drängend, bärtige, hagere Greise in langen Gewändern, mit Käppchen und zerknüllten Samtmützen, mit grauen Locken an den Wangen oberhalb des Bartes, und alte Frauen in weiten Mänteln und Überwürfen, sie murmelten alle, schrien, stöhnten, verneigten sich dabei und fuchtelten mit den Händen. In dem hysterischen Chaos polnischer und jiddischer Worte fing Samgin die russischen auf: »Und was sollen wir machen mit die Kindär . . .«

»Wir sterben.«

»Geben Sie uns ein bißchen Brot!«

»Und wo ist dieser Mischa, der versteht . . .«

Von der Treppe herunter rief hell eine junge Stimme: »Ihr tragt Brillen, um nichts zu sehen.«

Zu einem dichten, vielköpfigen Körper zusammengedrängt, bewegten sich die Leute immer näher auf Samgin zu, sie strömten einen starken, scharfen Geruch von Salzfisch, von Kinderwindeln aus, sie schrien: »Warum läßt man uns nicht in die Stadt?«

»Sind wir schuld, daß Krieg ist?«

»Man beraubt uns.«

»Hier kann man nichts kaufen . . .«

»Wir sind arme Leute.«

»Man sagte uns: Geht, und es wird sich schon alles regeln . . .«

»Man trieb uns mit Schlägen hierher . . .«

»Ihr lehrt, man solle Vernünftiges, Gutes säen, und macht Krieg«, schrie von der Treppe herab die junge Stimme, und irgendwoher aus der Tiefe des Hauses ergoß sich über die Köpfe der Leute auf der Treppe herab ein gedehnter Trauergesang, der an das Wehklagen der Bauernfrauen über einen Toten erinnerte.

»Na-na, wissen Sie, das ist . . . weiß der Teufel, was das ist!« murmelte Klim Iwanowitsch, sich an den Gendarmen wendend.

»Ein Irrenhaus«, entgegnete verdrossen der Gendarm und warf ihm vor: »Schlecht ist es bei Ihnen im Verband organisiert.«

»Aber – wohin ist nur dieser Dummkopf Loktew verschwunden? Er hätte mich abholen, mich aufklären sollen.«

Der Gendarm sagte nach kurzem Schweigen sehr leise: »Loktew ist nach Pskow gebracht worden, auf Verlangen der dortigen Gendarmeriedirektion.«

Durch den aufrührerischen Stimmenlärm, das erbitterte, schluchzende Geschrei der Frauen drang hartnäckig ein dumpfer, aber vernehmlicher Baß: »Da stirbt nun schon der siebente Mensch infolge der entsetzlichen Dummheit . . .«

Es sprach ein sehr großer Greis mit einem langen, spitz zulaufenden Bart, der Bart hing von einem dunklen, knochigen Gesicht herab, in dem runde, schwarze Augen funkelten und eine spitze Nase zitterte.

»Wir bitten: Gestatten Sie denen von uns, die ein bißchen Geld haben, nach Orjol oder in die Ukraine zu fahren. Hier plündert man uns aus, und wir sind so schon ruiniert.«

Neben ihm tauchte ein kleiner Alter auf, der in eine rote Bettdecke gehüllt war, er hielt sie mit der einen Hand am Hals zusammen und hob die andere, aber die Hand fiel kraftlos herab. In seinem runzeligen, tränenfeuchten Gesicht blinzelten kläglich trübe, gleichsam verräucherte Augen, und die Lider waren rot, als wären sie versengt.

Samgin bemühte sich, ihn nicht anzusehen, tat es aber doch und erwartete, der kleine Alte werde irgend etwas Ungewöhnliches sagen, dieser murmelte jedoch stockend, leise und getragen jiddische Worte, und seine roten Lider zitterten. Es waren noch mehr alte Männer und Frauen mit ebensolchen nackten Augen da. Eine kleine Frau, die mit der einen Hand ein schwarzes Netz über ihr zerzaustes rotes Haar zog und mit der anderen vor Samgins Gesicht fuchtelte, schrie: »Weswegen leiden die Kinder? Weswe-egen?«

Der Greis fing ihre Hand, warf sie beiseite und sagte: »Die Kinder müssen diese Tage vergessen . . . Scha!« fuhr er die Frau an, sie bedeckte mit den Händen ihr Gesicht und brach in ein schrilles Weinen aus. Es weinten viele. Von der Treppe herab wurde auch geschrien, man zeigte die Fäuste, das Holz des Geländers knarrte, Füße traten fehl, das Aufschlagen der Absätze und Schuhsohlen auf die Treppenstufen knallte wie Schüsse. Samgin schienen die Augen und Gesichter der Kinder besonders erbittert, keines von ihnen weinte, nicht einmal die kleineren, nur die Säuglinge weinten.

»Ein unglückliches Volk«, murmelte Samgin.

»Schmuggler und Spione . . .«

»Was läßt sich denn hier machen?« erkundigte sich Samgin. Der Gendarm sah ihn von der Seite an und antwortete: »Sie nach Orjol befördern, dort wird man das klären. Diese hier sind noch wohlhabend, sie essen jeden Tag, aber in den anderen Landhäusern . . .«

Das Geschrei und das Weinen reizten Samgin, der Geruch, der immer schwerer wurde, benahm ihm den Atem, doch am qualvollsten war es, zu fühlen, wie die Kälte an den Füßen brannte, die Zehen wurden wie mit glühenden Zangen zusammengepreßt.

Er sagte das dem Gendarmen, dieser riet ihm: »Gehen Sie in den Hof hinunter, dort in der Backstube wohnen warm russische Zimmerleute.«

»Gibt es denn keinen Gasthof?«

»Die Gasthöfe sind für die Verwundeten reserviert.«

In der geräumigen Backstube herrschte eine angenehme säuerliche Wärme. Drei quadratische, vom Schnee blind gemachte Fenster ließen wenig Licht unter die niedrige Decke herein, und in dem grauen Halbdunkel schien es Samgin, auch die Backstube wäre dicht mit Menschen gefüllt. Es waren aber nur ungefähr zwanzig, fünf von ihnen saßen an einem großen Arbeitstisch beim Kartenspiel, etwa sieben standen um die Spieler herum, zwei zerzauste Köpfe ragten über den Rand des niedrigen Ofens, ein Unsichtbarer sang in einer Ecke leise in sanftem Tenor ein schwermütiges Lied, ihn begleitete eine Ziehharmonika, auf der Brottruhe lag, die Hände im Nacken, ein großer lockiger Mann und pfiff zu dem Lied. In dem Ofenrohr seufzte rauh, heulte und pfiff der Wind. Die Kartenspieler riefen: »Ich habe einen Ganoven, mit Ärger!«

»Pik-Acht und zwei Nutten!«

»Treff-König und lauter Zehnen, zum Teufel . . .«

»Ruhe«, sagte ein kleiner Alter, der irgendein Kleidungsstück, das er ausbesserte, von seinem Schoß warf, steckte die Nähnadel an die Brust seines gelben Hemds und grüßte vergnügt: »Guten Tag, Semjon Gawrilytsch! Einen solchen Tag sollten wir den ganzen Winter über haben, damit die Deutschen alle erfrieren.«

»Immer macht man Spaß«, brummte zornig der Gendarm, blickte sich um und fragte: »Die Zwischenwand habt ihr wohl verheizt?«

»Das Zwischenwändchen haben wir für kleine Särge verwendet.«

»Ihr werdet euch wegen der Vernichtung fremden Eigentums zu verantworten haben.«

»Wir werden schon antworten. Diese offensichtliche Frage läßt sich leicht beantworten – der Krieg erlaubt jegliche Vernichtung.«

»Ein Schwätzer, so etwas wie ihr Ältester«, sagte der Gendarm verdrießlich. »Ich gehe auf den Bahnhof«, fügte er, auf die Uhr blikkend, hinzu: »Wenn Sie mich brauchen sollten – lassen Sie mich holen.«

Samgin setzte sich auf eine Bank und versuchte, die Überschuhe auszuziehen, sie schienen an den Schuhen festgefroren, und die Zehen schmerzten unerträglich. Der kleine Alte im gelben Hemd beobachtete mit freundlichem Lächeln seine Bemühungen. Die Daumen hinter den Gürtel, einen mit Silber verzierten kaukasischen Gurt, gesteckt, stand er soldatisch, »Hacken zusammen, Fußspitzen auseinander«, da, ganz und gar ordentlich, freundlich, mit adrett gestutztem grauem Kinnbärtchen, spitznasig und flinkäugig.

Die Kartenspieler hörten auf zu spielen, auch sie sahen Samgins Hantieren zu, nur das Stimmchen des Sängers und die Ziehharmonika jaulten einmütig und trist.

»Gehn sie nicht runter?« fragte teilnahmsvoll der Alte.

In dieser Frage vernahm Samgin etwas Spöttisches, ja der kleine Alte kam ihm überhaupt unaufrichtig, listig vor. Er sah sich jedoch gezwungen, zu murmeln: »Könnten Sie mir nicht helfen?«

»Lexej, komm mal her«, rief der Alte. Von der Truhe sprang geräuschlos der Lockige auf den Boden herab, kauerte sich hin, zog Klim Iwanowitsch am Bein und ließ ihn, da er die Hose mitgefaßt hatte, aufspringen.

»Etwas sachter, Lexej, so reißt du ihm das Bein ab«, sagte der kleine Alte immer noch ebenso freundlich und reizte dadurch Samgin noch mehr. Die Überschuhe waren ausgezogen, Samgin stand auf.

»Ich danke Ihnen.«

»Wohl bekomm's«, sagte Alexej mit Trompetenstimme; er war etwa zwei Meter groß, breitschultrig, hatte ein rundes, rotwangiges Gesicht und lockiges Haar wie ein Engel auf einem mittelalterlichen Bild.

Welch ein schöner Mann, stellte Samgin, der auf dem Zementboden umherschritt, mißbilligend fest.

»Sie kommen wohl vom Verband?« erkundigte sich der Alte.

»Ja.«

»Der vierte«, sagte der Alte zu den Seinen und zeigte sogar vier Finger seiner linken Hand. »Sind Sie als Ersatz für Michail Loktew hergeschickt worden? Wegen der Flüchtlinge, sagen Sie? Nun also, wir sind eben diese, offensichtlich Flüchtlinge. Und sogar – noch schlimmer als das.«

Er sprang behende hoch, setzte sich rittlings auf die Tischecke und begann sehr flüssig, redegewandt zu sprechen: »Schlimmer, denn die Juden darf man veralbern, die Polen sind so etwas wie Gefangene, wir jedoch – sind Russen, zum Staat gehörende Leute.«

Samgin schritt vor ihm auf und ab, trat mit dem Absatz auf, schlug mit den Schuhsohlen gegen den Boden, um die Füße zu erwärmen, und fühlte, daß sich die Kälte über den ganzen Körper ergoß. Der Alte erzählte: Sie hatten in Polen für das »Rote Kreuz« gearbeitet, Baracken gebaut, der Bauunternehmer hatte Unterschlagungen gemacht, war davongelaufen, sie hatte man gedungen, die Arbeit gegen einen Tageslohn von anderthalb Rubel fortzusetzen.

»Bei Selbstverpflegung ist das wenig. Na, man sagte uns vorsorglich: Es ist Krieg, eure Brüder kämpfen offensichtlich, also seid mal nicht so gierig. Schon gut – wo hätte unsereins nicht schon den kürzeren gezogen?«

Neben den Erzähler trat ein anderer, der größer war als er, großäugig, kahlköpfig, in dicker wattierter Jacke und grauen Filzstiefeln bis ans Knie und mit einem langen knochigen Gesicht, das von einem rötlichen, ausgeblichenen Bart umgeben war. Der adrette kleine Alte operierte begeistert mit Zahlen: »Dreiundvierzig Tage, das macht zwölfhundertfünfundzwanzig Rubel, doch man zahlte uns für die

Verpflegung während der ganzen Zeit nur dreihundertfünf Rubel aus. Und – kommandierte: Fahrt nach Libau, dort werdet ihr entlohnt werden und Arbeit bekommen. In Libau jedoch nahm man uns vorsorglich die Lohnliste weg, betrachtete uns als Flüchtlinge und beförderte uns hierher.«

»Man ist nicht gut mit uns umgegangen, Euer Wohlgeboren«, sagte in dumpfem Baß der kahlköpfige Alte, der seine Arme auf der Brust gekreuzt und die breiten Hände auf die Schultern gelegt hatte, seine wuchtige Stimme rief mannigfaltiges Echo hervor; irgend jemand murmelte: »Man kränkt die Werktätigen, wie Gefangene . . .«

»Erbarmen mit dem Volk gibt es nicht.«

Und irgendwessen schrilles Stimmchen rief: »Das Volk ist eine Kartoffel!«

»He, ihr dort!« fuhr sie der Kahlköpfige, die rechte Hand hochschwingend, an. »Schweigt, wenn von der Arbeit gesprochen wird. Auch die Ziehharmonika sollte nicht jaulen.«

Aber man hörte nicht auf ihn, unter den Zimmerleuten, die am Tisch saßen, entbrannte rasch ein Streit, das schrille Stimmchen wiederholte beharrlich: »Das Volk ist eine Kartoffel, alle essen sie: Der Herr ißt sie, auch der Hase frißt sie.«

»Der Hase frißt keine, der Wurm frißt sie.«

»Erzähle mir keine Märchen! Auch der Hase nagt an ihr.«

»Der Käfer – ebenfalls.«

»Das Volk frißt mehr als alle anderen sich selbst auf.«

Während der adrette kleine Alte von den Mißgeschicken des Artels erzählte, gelang es Klim Iwanowitsch Samgin, zu der Einsicht zu kommen, daß er ja nicht wegen dieser Leute unter der Kälte und allerhand Unbequemlichkeiten leiden mußte und daß er nicht ihretwegen die Pflicht auf sich genommen hatte, dem Vaterland in seinem Kampf gegen einen starken Feind zu helfen. An der gewandten Erzählung des kleinen Alten, in seiner sichtlich geheuchelten Freundlichkeit waren ihm bissige Untertöne aufgefallen, die häufige Wiederholung der Worte »offensichtlich« und »vorsorglich« bewertete er als etwas Gekünsteltes, wie aus ehemaligen Volkstümlererzählungen Entlehntes. Da hatten nun diese Männer einen närrischen Streit begonnen, der an die Dialoge in den Skizzen von Gleb Uspenskij erinnerte.

Ein verdächtiges altes Kerlchen . . .

Die Füße hatten sich erwärmt, die feuchte Wärme der Backstube erlaubte ihm, den Mantel aufzuknöpfen. Samgin setzte sich auf eine Bank und fragte streng: »Was macht ihr denn hier? Weshalb fahrt ihr nicht irgendwohin arbeiten?«

Seine Fragen unterbrachen sofort den Streit, in der Stille ertönte deutlich und spöttisch nur eine einzige halblaute Stimme: »Nun ist es ihm endlich eingefallen, uns zu fragen ...«

»Das werde ich Ihnen, Euer Wohlgeboren, mit Verlaub erklären«, begann der Adrette, der auf dem Tisch wie auf einem Roß hochschnellte. »Da wir gewohnt sind, täglich zu essen, sorgen wir dafür, daß wir etwas zu essen haben. Auf drei Grundstücken rissen wir Nebengebäude, allerhand kleine Schuppen ab, um Holz zu haben. Wir fällten ein paar Bäume. Unser Vorgehen war offensichtlich rechtswidrig, wie der Gendarm sagte. Jedoch, hier gibt es viele Kinder, und sie leiden unter der Kälte, manche sterben sogar, und so zimmern wir für sie kleine Särge. Dadurch ernähren wir uns auch. Vorgestern hat eine Polin vorsorglich nicht entbunden, sondern ist gestorben, heute verschied am Morgen ein alter Mann ... Und so schlagen wir uns nach und nach durch.«

Er sprach bereits, ohne seinen Hohn zu verhehlen, und Samgin fühlte, daß sein Gesicht vor Empörung rot wurde und daß die Empörung ihn erwärmte. Er zündete sich eine Zigarette an, hörte zu und wartete ab, wann es am passendsten wäre, dem Erzähler für seine Beredsamkeit die gebührende strenge Abfuhr zu erteilen. Doch der kleine Alte schöpfte Atem und fuhr fort: »Und wir halten uns hier auf, Euer Wohlgeboren, weil wir, nachdem man uns zu Flüchtlingen erklärt hat, keine Bewegungsfreiheit haben. Wir könnten natürlich wegfahren, aber dazu müßten wir erst das von uns verdiente Geld erhalten. Hierher hat man uns unentgeltlich befördert, aber weiter, von Riga an, beginnt der Schwarzhandel. Für die Erlaubnis, in die Wagen nach Orjol einzusteigen, verlangt man von uns fünfzig Rubel. Das ist nicht wenig Geld, jedoch auch ein Fünfer ist viel, wenn man ihn nicht hat.«

»Das ist nicht möglich«, sagte Samgin streng. »Flüchtlinge werden unentgeltlich transportiert.«

»Sehen Sie, Ihr Vorläufer, Mischa, war der gleichen Meinung, er fing wegen dieser Unstimmigkeit sogar einen Streit an, darum holte ihn die Gendarmerie weg und sperrte ihn wohl in einen Keller; und uns – verhörten sie: Wiegelte Loktew euch auf? Da sehen Sie, wie vorsorglich die Sache gedeichselt wurde ...«

»Wahrscheinlich hat er euch ... irgendwelchen Unsinn erzählt.«

»Davon haben wir nichts gemerkt«, entgegnete der kleine Alte.

Aber der gewaltige schöne Alexej rief ihm in vorwurfsvollem Ton ins Gedächtnis: »Er sagte, daß der Krieg eine Dummheit aller Völker ist und daß die Deutschen auch Dummköpfe sind ...«

»Das hat dir geträumt, Aljoscha«, sagte freundlich der Alte. »Keiner hat solche Worte von ihm gehört.«

»Das hat der Bursche vorsorglich selbst erfunden«, wandte er sich an Samgin, wobei er seine Augen in den Runzeln eines Lächelns versteckte. »Und Mischa – ist unbestreitbar ein tüchtiger Mann! Wir hauten also dem ›Roten Kreuz‹ eine Beschwerde hin: Zahlt uns unser Geld aus, achthundert Rubel und etliches. Das ›Kreuz‹ verlangte schriftliche Unterlagen. Wir erklärten uns bereit, aber Mischa sagte: Nein, wir können nur Kopien davon geben ... Er kennt sich vortrefflich in den bürokratischen Spitzfindigkeiten aus ...«

Sein munteres Stimmchen konnte den zornigen Baß des kahlköpfigen Alten nicht übertönen: »Du Dummkopf solltest schweigen und dich nicht in die Gespräche der Älteren einmischen. Der Krieg – ist keine Dummheit. Wir haben ja gesehen, wie er im Jahre fünf das Volk aufgewühlt hat. Und jetzt, paß auf, wird das gleiche geschehen ... Krieg – ist eine furchtbare Sache ...«

Klim Iwanowitsch Samgin sagte sich, daß es Zeit sei, dem allem ein Ende zu machen.

»Krieg – ist eine historisch unvermeidliche Erscheinung«, begann er schulmeisterlich, wobei er die Brille abnahm und mit dem Taschentuch ihre Gläser blank rieb. »Der Krieg zeugt vom quantitativen und qualitativen Wachstum eines Volkes. Der Krieg beruht auf Konkurrenz. Jeder von uns will besser leben, als er lebt, ebenso will jeder Staat, jedes Volk ...«

»Das Volk – ist eine Kartoffel«, murmelte das schrille Stimmchen.

»Aber es kommt vor, daß der Mensch sich täuscht, sich irrtümlicherweise für besser, für wertvoller hält als andere«, fuhr Samgin fort, überzeugt, daß es diesen Leuten nicht viel Mühe kosten würde, eine ihrem Verstand zugängliche Wahrheit anzuerkennen. »Die Deutschen gehören unglücklicherweise zu den Leuten, die überzeugt davon sind, daß gerade sie die besten Menschen der Welt seien und daß wir, die Slawen, ein wertloses Volk seien und uns ihnen unterwerfen müßten. Zu diesem Selbstbetrug wurden die Deutschen vierzig Jahre lang erzogen, durch ihre Schriftsteller, ihren Kaiser, ihre Zeitungen ...«

»Wir lesen die Zeitungen«, flocht der adrette kleine Alte ein. »Gewiß, die Zeitungen schreiben vorsorglich ...«

Diesmal sprach der Alte langsam, als wäre er müde oder – als hätte er keine Lust dazu. Und neben seinen Worten fing Samgin die irgendeines anderen auf: »Nein, dieser Brillenmensch ist etwas wäßriger als Loktew ...«

»Sie verwenden unnützerweise die Worte ›vorsorglich‹ und ›offensichtlich‹«, sagte Klim Iwanowitsch Samgin gereizt. »Ihre Bedeutung ist Ihnen nicht ganz klar.«

»Was sind schon Worte?« entgegnete mit einem Seufzer der Alte. »Ein Wort bleibt, wie man es auch sagen mag, doch nur ein Wort. Und da wir schon, Euer Wohlgeboren, von unserer Sache abgeschweift sind und Sie bis morgen noch viel Zeit haben . . .«

»Wieso – bis morgen?« erkundigte sich Samgin besorgt.

Der Alte erklärte ihm, daß es nur einen Zug nach Riga gebe, am Morgen. Damit betäubte er Samgin gleichsam, zerstörte sein Verlangen zu belehren und rief eine Reihe wesentlich wichtiger Fragen hervor: »Wo soll ich denn trinken, essen, schlafen?«

»Zum Schlafen – braucht man nicht viel Platz«, beruhigte ihn der Alte. »Wir können Sie mit Tee bewirten, wenn Sie das nicht verschmähen. Oljoscha, Foma«, rief er, »vorwärts, facht die Samoware an, es wird Zeit!«

Er stand vor Samgin, drückte ihn fast an den Ofen und erzählte, Unwillen und Mißtrauen in ihm weckend: »Wir ziehen wie Zigeuner umher, besitzen jedoch alles notwendige Haushaltsgerät: Zwei Samoware haben wir uns bei den Juden verdient, auch einigen weichen Plunder . . . Diese Flüchtlinge legen keinen Wert auf Besitz, wenn sie nur mit dem nackten Leben davonkommen . . .«

Der Ofen atmete Klim Iwanowitschs Rücken an, hüllte ihn in trockene und wohlige Wärme, die Wärme machte ihn schläfrig, besänftigte ihn, versöhnte ihn mit der Notwendigkeit, unter diesen Leuten zu bleiben, weckte irgendwelche schnellen, kleinlichen Gedanken. Unter den Windböen durch den knietiefen Schnee zum Bahnhof zu stapfen – hatte er keine Lust, obwohl er dort hätte bei einem der Angestellten übernachten können.

Allerhand Unbequemlichkeiten zu ertragen gehört zu der Reihe von Pflichten, die ich auf mich genommen habe, dachte er, innerlich lächelnd. Und zu alledem kam hinzu, daß Ossip seine Neugier erregte, in ihm das Verlangen weckte, die Autorität des freundlichen kleinen Alten zu untergraben.

Was kann solch ein listiges, halbgebildetes Menschlein dem Leben geben? Er ist im Artel eine Autorität, er ist auf seine Art auch ein »erklärender Herr«. Er baut Häuser für andere – interessant: Ob er selbst eins besitzt? Im allgemeinen leben »erklärende Herren« für die anderen als »Lehrmeister des Lebens«. Selbstverständlich ist das nicht immer Schmarotzertum, aber immer – Gewalt, irgendeinem Christus, einem System von Sätzen zuliebe.

In der Backstube hatte ein lebhaftes Treiben begonnen, der lokkige Aljoscha und der spitzgesichtige, magere Halbwüchsige Foma richteten in der Ofengrube zwei Samoware her, scharrten Holzkohlen aus dem Ofen heraus, in einer Ecke klirrten Emaillebecher, der kahlköpfige Alte schnitt einen Brotlaib in Scheiben von gleichem Gewicht, der Tisch wurde abgewischt, Bänke wurden herangeschoben, über den Asphalt des Fußbodens patschten laut bloße Füße, vom Ofen kletterten zwei Männer in rosa Hemden, ohne Leibriemen, herunter, beide gleichermaßen zerzaust, sie schlüpften gleichzeitig wie mit ein und denselben Bewegungen in die Stiefel und halblangen Pelze und – gingen durch die Tür auf den Hof. Das alles geschah in bläulichem Dämmerlicht, das mit Machorkarauch gefüllt war, die Dämmerung wurde dunkler, das Seufzen, Heulen und Pfeifen des Winds im Ofenrohr vernehmlicher.

Samgin beobachtete das laute Hin und Her der Männer und dachte daran, daß es für sie Schulen, Kirchen, Krankenhäuser gab, daß Lehrer, Priester, Ärzte für sie tätig waren. Veränderten sich diese Menschen zum Besseren? Nein. Sie waren die gleichen wie vor zwanzig, vor dreißig Jahren. Eine ganze Ecke der Backstube war bis zur Decke hinauf mit kleinen Truhen gefüllt, in denen sich das Handwerkszeug der Zimmerleute befand. Für sie wurden Beile, Sägen, Scharfhobel, Stemmeisen hergestellt. Wagen, Landwirtschaftsmaschinen, Geschirr, Kleider. Für sie wurde Glas gemacht. Schließlich und endlich hatten ja auch die Kriege den Zweck, diesen Menschen Land und Arbeit zu verschaffen.

Natürlich wird dieser Gedanke sowohl für naiv wie auch für ketzerisch gehalten werden. Er verstößt gegen alle liberalen und sozialistischen Grundsätze. Aber es läßt sich durchaus annehmen, daß dieser Gedanke für den Verstand der Intelligenz leitend werden wird. Die hierarchische Struktur der menschlichen Gesellschaft beruht auf der Biologie. Sogar die Würmer sind ungleich ...

Sein Denken verlief lustlos, automatisch und düster.

In der feuchten und dämmerigen Stickluft war außer dem starken Machorkarauch der Oxydgasgeruch der Holzkohlen zu spüren. Die Gedanken hinderten Samgin nicht, sich einzubilden, er befände sich in einem Gasthofzimmer, sie hinderten ihn nicht, dem Reden der Zimmerleute zuzuhören.

Zornig dröhnte der tiefe Baß des kahlköpfigen Alten: »Du, Ossip, spielst mit Worten, das ist es! Er jedoch – hat richtig gesagt: Der Krieg ist notwendige Geschichte, er wird von Gott gesandt.«

»Von Gott – war nicht die Rede«, widersprach der Adrette.

»Es gibt allerhand, wovon wir nicht reden, aber denken. Auch du sprichst nicht jegliche Wahrheit aus, jeder hat eine – die ihm selber schön, anderen dunkel scheint. Das Volk ...«

»Eine Kartoffel ist das Volk!« kreischte das Stimmchen eines Mannes von mittlerem Alter mit Eulenaugen auf, der ein rundes rotes Gesicht voller goldroter Stoppeln hatte.

»Der Teufel soll dich holen! Du leierst immer nur das eine Wort. Wie ein Verrückter bist du, Semjon!« fuhr ihn der Kahlköpfige erbost an.

»Warte, Grigorij Iwanytsch«, bat Ossip.

»Wozu denn warten? Hör zu, du: Was schärfte Gott den Juden ein? Vernichte den Feind bis ins siebte Glied, das ist es. Das heißt also – vernichte alle samt und sonders. Sie taten es. Die Völker, von denen die Bibel erzählt, gibt es nicht mehr auf Erden . . .«

»Und dennoch, Grigorij, sind wir eine Kartoffel! Was man will, kann man mit uns machen . . .«

»Jedoch im Jahre fünf hat das Volk . . .«

». . . den Pferden die Schwänze abgeschnitten.«

»Na, hör auf, Semjon! Sie rebellierten tüchtig . . .«

»Hast du rebelliert?«

»Ich? Nein, ich war damals . . .«

»Warum hast du nicht rebelliert?«

»Ich hatte eben einen Grund . . .«

»Versteck dich nicht hinter einem Grund, sondern sag geradeheraus, warum du nicht rebelliert hast.«

»Laß es mich erklären!«

»Eh, du Kartoffelding!«

In der Ofengrube zu Füßen von Samgin unterhielten sich halblaut Alexej und Foma.

»Wäre Mischa da, er würde es erklären . . .«

Und am Tisch wurde weitergeschrien: »Aufstände waren auch vor dem Jahre fünf üblich. Die reichen Bauern waren sehr erbost gegen die Herren.«

»Sie wollten selbst Herren werden.«

»Das hat Mischa euch von den Reichen eingeblasen . . .«

»Stimmt es etwa nicht?«

»Nein, Mischa hat zuverlässig gesprochen«, mischte sich Ossip ein, der einen blauen Emaillebecher mit dem Handtuch abtrocknete.

»Ein ruhiger Bursche, aber mit kühnem Verstand . . .«

»T-ja. Als ich ihm zuhörte, dachte ich: Du Schelm bist zwanzig Jahre alt, und auch das ist noch hoch geschätzt, ich jedoch bin fünfundvierzig!«

»Er ist gebildet!«

»Das ist es eben. Er – versteht alles, wir beide jedoch haben keine Zeit gefunden, über unser Schicksal nachzudenken . . .«

»Wir hinken nach ...«

Die Zimmerleute setzten sich an den Tisch, und die Reihe bärtiger Gesichter erinnerte Samgin an die zähnebleckenden, bärtigen Fratzen vor den Fensterscheiben des Bahnhofsrestaurants in Nowgorod.

Sie reden in meiner Gegenwart so kühn, als sähen sie mich nicht. Dabei bin ich wie ein Militär gekleidet ...

Ossip kam auf ihn zu und bat ihn höflich: »Kommen Sie bitte zu Tisch ...«

Und er machte sogar eine Handbewegung, als führte er ein Roß am Zaum. An den Bewegungen seines stattlichen Körpers, den Gesten seiner geschickten Hände beobachtete Samgin etwas ebenso Einschmeichelndes wie an seiner geschmeidigen Stimme und seinen freundlichen Reden, aber ungeachtet dessen erinnerte er durch irgend etwas an den ungeschliffenen und barschen Lowzow und überhaupt an Leute dreisten Denkens.

Auf dem Tisch standen zwei Samoware, die Dampf ausströmten, neben jedem flackerten Stearinkerzen und erhellten sehr schwach das bläuliche Halbdunkel.

»Lassen Sie es sich wohlschmecken«, sagte Ossip, als er einen Becher Tee vor Samgin hinstellte und zwei Zuckerstücke und eine Scheibe Brot dazulegte. »Wir sind es gewohnt, wenn wir arbeiten, viermal zu essen: am Morgen, mittags, das hier ist so etwas wie ein Vorabendessen, und zwischen sieben und acht Uhr gibt es Abendessen.«

Der kahlköpfige Grigorij Iwanowitsch, der als Brot- und Wasserkenner auftrat, brummte, das Brot sei sauer, das Wasser salzig, am entgegengesetzten Tischende krakeelte der rothaarige Semjon, er bewies mit schriller Stimme seinem Nachbarn, einem breitschultrigen Mann, der auf dem rechten Auge starblind war: »In Bastschuhen kommst du nicht ins Paradies, nei-ein!«

»Mich interessiert eine Frage, Euer Wohlgeboren, wie denken Sie darüber: Was ist der Mensch auf Erden – Gast oder Herr?« fragte Ossip unerwartet und laut. Diese Frage unterbrach sofort die Gespräche der Zimmerleute, und Samgin, der merkte, daß die Mehrzahl der Zimmerleute ihn voller Erwartung ansah, begriff, daß diese Frage ihnen bekannt war, sie interessierte. Er umfaßte mit den Händen den Teebecher und sagte: »Das Leben des Menschen auf Erden ist so kurzfristig, daß man ihn natürlich als Gast auf Erden ansehen muß.«

»Was nun?« stieß der kahlköpfige Grigorij triumphierend hervor. »Ich sagte dir doch ...«

»Halt, warte mal!« bat ihn Ossip mit vergnügter Stimme und einer leichten Handbewegung. »Na, wenn man aber den Menschen in den Grenzen seines kurzen Lebens nimmt – was dann? Was ist er dann? Sehen Sie, einige sagen zuverlässig, daß die Menschen die Herren auf der Erde seien . . .«

»Dabei sind sie ihre Gäste bis ins Grab«, flocht Grigorij ein und wandte sich an Samgin: »Er, Euer Wohlgeboren, will darauf hinaus, die Rebellion zu rechtfertigen, das ist es! Sehen Sie, er ist so etwas wie ein Ketzer, ein Raskolnik. Er denkt nicht gottbefohlen, sondern aus sich selbst heraus. Ist so etwas wie ein Aufwiegler . . . Er ist erst seit kurzem bei uns, alles in allem ungefähr zwei Monate.«

»Laß doch die Antwort hören, Grigorij Iwanytsch!« bat Ossip ihn sanft. »Wie ist es nun, was ist der Mensch in den Grenzen seines Lebens?«

»Der Herr seiner Kraft«, antwortete Samgin nach einigem Zögern und überzeugte sich mit Vergnügen, daß diese Antwort den Philosophen sehr verwirrte, den Kahlköpfigen jedoch freute.

»Aha?« stieß er hervor und lachte laut, mit dem Finger auf Ossip deutend. »Hast du verstanden? Jeder Mensch ist Herr seiner selbst, und über ihm – stehen der Zar und Gott. Da hast du's!«

Alle schwiegen, Ossip bewegte sich, als wolle er von der Bank aufstehen, könne es aber nicht.

»Das heißt also – so«, begann er gedämpft. »Wer seine Kraft mehren kann, wer durch Wissenschaften gelehrt ist, der ist Herr, alle übrigen sind Gäste.«

Doch gleich danach erklang seine Stimme laut und energisch: »Also bin ich Gast. Und wir alle, liebe Brüder, sind Gäste. So. Na, und was für eine Bewirtung erhalten wir denn? Wir sind Gäste, jedoch keine Bettler, nicht wahr? Wir – und Bettler? Niemals! Wir selbst geben den Bettlern Almosen, wenn wir Geld haben. Wir sind Arbeiter, Arbeitskraft . . . Jetzt bewirtet man uns mit Krieg . . .«

Durch die Worte von der Wissenschaft fühlte Samgin sich persönlich verletzt.

»Es ist nicht wahr, daß die Wissenschaften die Gelehrten reicher machen. Unternehmer leben in größerem Reichtum als Professoren, aus der halbgebildeten Bauernschaft gehen reiche Fabrikanten hervor und so weiter. Erfolg im Leben ist eine Sache der Fähigkeiten.«

Ossip atmete laut auf und sagte: »Uns, möchte ich vorsorglich sagen, steht es natürlich nicht zu, mit Ihnen zu streiten. Wir sind offensichtlich ungelehrte Menschen, und, das stimmt, wir denken aus uns selbst heraus . . .«

»Was jaulst du immerzu – wir, wir?« schrie Grigorij Iwanytsch streng. »Wer ist hier mit dir einverstanden? Wo ist er?«

»Hier, ich bin mit ihm einverstanden«, antwortete vom Tischende ein Mann von kleinem Wuchs und stand auf, damit man ihn sähe; Samgin kam er von weitem wie ein Jugendlicher vor, aber von seinen Ohren hingen zum Kinn die schütteren glatten Haare eines Bartes herab, der am Kinn dicht war und im Dämmerlicht auch bläulich aussah.

»Da, ich sage es in Gegenwart des Herrn: Ich bin mit ihm, mit Ossip, einverstanden und nicht mit dir. Und dich halte ich für schädlich, weil du mit dem Gendarmen unter einer Decke steckst und Mischa verleumdet hast ... Äh, du alter Teufel!«

Der rothaarige Semjon streckte seinen Kopf hinter dem Samowar hervor und rief schrill: »Ich sage es dir auch, du gemeiner Wurm ...«

Es brummten noch ein paar Stimmen, und irgend jemand sagte barsch: »Wir haben dich Grigorij, nicht zum Ältesten gewählt, doch du – kommandierst ...«

»Ossip Kowaljow ist gebildeter als du und haushälterischer.«

Der große, kahlköpfige Alte beugte sich über den Tisch, ergriff mit den Fingern beider Hände den Becher und knurrte, seinen spitzbärtigen Kopf nach rechts und nach links wiegend, undeutlich und zornig wie ein Köter, dem man einen Knochen wegnehmen will.

Kowaljow stand auf, erhob mit einer Dirigentengeste die Hände und begann hell: »Halt, liebe Brüder! Ich sage es zuverlässig: Ich dränge mich euch nicht als Vorgesetzter auf, das brauche ich nicht, ich habe eine andere Bestimmung ... Und laßt uns das nebensächliche Gespräch abbrechen. Kommen wir zur Sache.«

Er entfernte sich ein wenig von seinem Nachbarn, von Samgin, verneigte sich vor ihm und bat höflich: »Euer Wohlgeboren – helfen Sie uns, vom ›Kreuz‹ das Geld zu erhalten und von hier wegzukommen ...«

Alle Männer am Tisch rückten dichter zusammen, einige standen auf und sahen Seine Wohlgeboren erwartungsvoll an. Klim Iwanowitsch Samgin erklärte überzeugt und herrisch, daß er morgen alles tun werde, was möglich sei, jetzt aber würde er sich gern ausruhen, er habe in der Nacht schlecht geschlafen und bekomme Kopfschmerzen.

»Hier riecht es nach Kohlengas. Und es ist stickig.«

»Vorwärts, Jungs, ans Werk!« forderte Ossip Kowaljow auf.

Etwa fünf Minuten später lag Samgin in einer Ecke, in die sie die Brottruhe geschoben hatten, auf den Deckel der Truhe hatten sie einen halblangen Pelz gelegt und irgendwelchen weichen Plunder in saubere Handtücher gewickelt, so daß ein Kissen daraus entstanden war.

Klim Iwanowitsch war zufrieden, daß er sich nun abseits von diesen Leuten, ihren kleinen Sorgen und ungebildeten Streitereien befand.

Das Leben der meisten Menschen wird von Hoffnungen gelenkt, die durch Versprechungen erweckt werden. So war das schon immer, und es läßt sich schwer vorstellen, daß es jemals anders sein wird, dachte er.

Er lag hart, der Truhendeckel knarrte, seine eine Ecke stieß leise gegen irgend etwas.

So muß man nun leben, dachte er, sich selbst bemitleidend, fühlte sich durch irgend jemanden benachteiligt und war zugleich ein wenig stolz darauf, daß er Unbequemlichkeiten erduldete, und durch diesen Stolz wurde das Gefühl eines mißlungenen Anfangs seines Dienstes am Vaterland gemildert.

In der Backstube fluteten gedämpfte Geräusche hin und her, ein Teil der Zimmerleute legte sich zum Schlafen auf den Fußboden, Grigorij Iwanowitsch kletterte auf den Ofen, in der Ofengrube wurde ein Samowar angefacht, ein paar Mann saßen am Tisch und hörten einer bohrenden Stimme zu.

»Einmütigkeit ist nötig, und die Kartoffel zeigt dann Einmütigkeit, wenn man sie, die Kartoffel, in die Erde eingräbt. Wir haben in unserem Dorf dreiundsechzig Gehöfte, doch reich lebt nur Jewsej Petrow Koshin, ein Bauer mit bodenlosem Bauch, langem Arm und umfassendem Verstand. Es gibt noch dreie, na, die sind so etwas wie seine Handlanger, wie Unteroffiziere für einen Oberst. Er, der Jewsej, weiß schon im Frühling, was im Herbst sein wird, wie das Leben verlaufen und wie die Preise sein werden. Bittest du ihn: Gib mir Geld für Saatgut – so gibt er dir welches . . .«

»Diese Kunststücke – kennen wir.«

»Das ist es eben. Mein Onkel ist siebenundachtzig Jahre alt, er sagt: In der Leibeigenschaft, unter dem gnädigen Herrn, hatte der Bauer ein leichteres Leben . . .«

»So reden viele alte Leute . . .«

»Na, siehst du. Woher, Ossip, soll denn die Einmütigkeit kommen?«

Ein vernünftiger Mann, billigte Samgin die hoffnungslose Rede.

Die eine Kerze wurde gelöscht, die andere beleuchtete den kupferfarbenen Kopf des rothaarigen Zimmermanns, die steinernen Gesichter seiner Zuhörer und das kleine, silberbärtige Gesicht Ossips, es schaute hinter dem Samowar vor und war von der Kerzenflamme greller beleuchtet als die übrigen, Ossip kaute Brot, trank Tee dazu und bewegte sich, alle anderen saßen reglos da. Samgin sah ihn ein paar Sekunden lang an, dann schloß er die Augen, aber das halblaute deutliche Reden Ossips hinderte ihn am Einschlummern, machte ihn wieder wach.

Samgin konnte nicht schlafen, obwohl er sich müde fühlte. In der Backstube herrschte ein abgestandener Geruch von Sauerteig, Schaffell und Darmwind. Irgend jemand redete im Schlaf, sich an seinen eigenen Worten verschluckend, jemand schnarchte unter leisem Wimmern und Pfeifen, als äffte er das Wimmern des Winds im Schornstein nach, während die noch nicht schlafenden Zimmerleute sich halblaut unterhielten, und Samgin fing die verirrten Worte auf: »Gesetz ... Beute ... Der Waldteufel ist kein Tier.«

Ossips wohlklingendes Stimmchen: »Der eine hat Land nötig, und der andere hat seine liebe Not damit ...«

»Er hält ihn an den Beinen fest.«

»Na ja ...«

Samgins Haut wurde gestochen, und er hegte den Verdacht, daß das Ungeziefer war.

Was gehen ihn diese Zimmerleute und Juden an? Weshalb muß er Zeit und Kräfte vergeuden? Dienst am Volk! Bolschewik!

Sein Kopf war wirklich mit Lärm gefüllt, auf der Zunge spürte er metallischen säuerlichen Staub.

»Ich bin ein hochbetagter Greis, bin erst einundfünzig Jahre alt, und grauhaarig bin ich nicht von der Zeit, sondern – vom Leben.«

Verlief denn dein Leben außerhalb der Zeit? entgegnete ihm Samgin in Gedanken.

»Mein Vater war Schmied, ein Mann von schroffem Charakter, ungesellig, und man wies ihn durch Rechtsspruch der Gemeinde nach Sibirien aus, es gab so eine Ordnung: Verträgt sich der Bauer nicht mit der Dorfgemeinde – nach Sibirien mit ihm als Schädlichem. Na, in Sibirien ist mein Vater dann für immer verschwunden. Als man ihn umsiedelte, war ich schon groß, hatte die Semstwoschule beendet. Mich nahm eine Tante zu sich und steckte mich in ein Kloster in Arsamas, sie hatte dort eine Freundin, eine Nonne. Aus dem Kloster lief ich vorsorglich weg, schlängelte mich wie eine Ringelnatter nach Nishnij und nagelte mich dort an den Zimmermann Asaf Andrejitsch an – das war ein alter Mann von großer Weisheit und ein Meister in seinem Handwerk, wie man ihn selten findet, obwohl er ein Erztrunkenbold war. Bis zu meinem siebzehnten Lebensjahr prügelte er mich so, daß ich mich sogar vorsorglich ertränken wollte, man zog mich aber aus dem Wasser, brachte mich wieder ins Leben.

Erst prügelte er, dann tröstete er mich: ›Das tat ich nicht aus Bosheit, sondern als Beispiel. Ich sage dir zuverlässig, Oska, außer dem Betrübtsein habe ich kein Mittel, dich zu belehren, jedoch – es muß ein Mittel geben, such du es selbst!‹ Ich war dumm, wie sich das geziemt, und ich war lange dumm, arbeitete, trank Wodka, trieb mich mit Mädchen herum und überlegte nichts.«

In der Backstube wurde es immer stiller, auf dem Ofen schnarchte und wimmerte bereits jemand, als wiederholte er das laute Heulen des Winds im Schornstein. Die sieben Männer am Tisch rückten dichter zusammen, zwei legten den Kopf auf den Tisch, der bauchige Samowar ragte majestätisch und komisch über ihnen empor. Hin und wieder glommen rote Zigarettenfeuerchen auf und beleuchteten das schöne Gesicht Alexejs, die kupferroten Wangen Semjons und irgendwessen lange Vogelnase.

»Zu denken begann ich in Paris, man hatte uns zu siebenundachtzig Mann vorsorglich zur Weltausstellung geschickt, ihren russischen Teil zu bauen. Vier starben sogar dort, an allerhand Krankheiten, vor allem jedoch – an Wein. Ungefähr fünf Mann blieben für immer dort wohnen. Paris, Brüder, ist eine glaubwürdig wunderschöne Stadt, es stellt alle unseren in den Schatten, auch sogar Petersburg. Vor allem ist es eine lustige Stadt, und die Arbeiterleute dort – sind auch lustig. Eine äußerst seltene Stadt, in Schönheit und Riesengröße sicherlich die erste in der Welt. Und nun kam dort ab und zu ein Mann zu uns, ein Russe, sein Familienname war Jean, er kam und fragte uns aus, wie Rußland lebe. Ich konnte damals nicht einmal das Wort ›Pavillon‹ richtig aussprechen, sagte immer ›Polivion‹. Nun also, dieser Jean. Er war auch wie mein Vater auf Befehl der Obrigkeit aus Rußland ausgewiesen worden. Ein großer Kenner des Lebens war das!«

Klim Iwanowitsch Samgin lächelte.

»Später begegnete ich solchen Männern auch bei uns in Rußland, sie sind leicht zu erkennen: Von sich selbst reden sie gar nicht, sondern nur vom Los des Arbeitervolks.«

»Manche schätzen Kartoffeln mehr als Brot . . .«

»Sie haben einen solchen Gedanken, daß das Volk der gesamten Welt, die Bauernschaft und die Arbeiter, die ganze Macht in ihre Hand nehmen sollten. Alle Menschen: die Franzosen, die Deutschen, die Finnen . . .«

»Das ist ein kindlicher Gedanke . . .«

»Warte, Semjon Pawlytsch.«

»Na – was gibt es da zu warten? Das ist geradezu ärgerlich. Jede Nation hat einen Zaren, einen König, ihr Land, ein Vaterland . . .

Bist du Soldat gewesen? Kennst du den Fahneneid? Aber ich – bin Soldat gewesen. Ich fuhr in den Krieg gegen die Japaner – zu meinem Glück kam ich zu spät zum Kämpfen. Siehst du, wenn alle Menschen Juden wären, die keinen Vaterlandsboden haben, dann wäre es eine andere Sache. Die Menschen, mein lieber Mann, laufen auf dem Boden herum, er hält sie an den Beinen fest, man kann seinen Boden nicht verlassen.«

»Das stimmt«, sagte jemand mürrisch.

»Er ist weder dein noch mein, und doch sind du und ich in ihm Kartoffeln . . .«

Wie klug er ist, dachte Samgin wieder beifällig im Einschlafen, und die letzten Worte, die er vernahm, waren die Worte Ossips: »Was ist das denn schon für ein Vaterland, wenn es für dich ein Zuchthaus ist?«

Klim Iwanowitsch schlief fest und lange, er erwachte erfrischt, geweckt hatte ihn Ossip: »Es wird Zeit, zur Bahn zu gehen. Hier habe ich etwas Schnee für Sie bereitgestellt – waschen Sie sich. Auch der Tee ist fertig. Ich fahre auch mit Ihnen, ich habe dort etwas zu erledigen.«

»Vortrefflich«, sagte Samgin, der sich die Schultern und Hüften rieb, die er auf dem harten Lager lahmgelegen hatte.

Bis Riga fuhren sie in verschiedenen Wagen, in Riga erstattete Samgin Kormilizyn eindringlich Bericht, machte ihm damit angst, daß allerhand Skandale und Unglücksfälle möglich, ja sogar unvermeidlich seien, überredete ihn, die Flüchtlinge unverzüglich nach Orjol bringen zu lassen, übergab ihm Ossip und fuhr, sich alles ins Gedächtnis rufend und abwägend, was ihm diese Reise gegeben hatte, noch am gleichen Abend nach Petrograd ab.

Unter den Menschen, die er in diesen Tagen gesehen hatte, stach besonders die monumentale Gestalt des schönen Frolenkow hervor. Es war angenehm, an seine gewandten, sicheren Bewegungen zurückzudenken, für jede von ihnen verausgabte dieser Mann nur gerade so viel Kraft, wie sie erforderten. Vielsagend war die Geringschätzung, mit der Frolenkow von den Schmieden gesprochen und die Frechheiten Lowzows angehört hatte.

Ein mutiger und kluger Mann. In Frankreich wäre er Abgeordneter seiner Stadt im Parlament. Lowzow ist ein Dorfrowdy. Das schlaue Dorf schickt ihn vor, stellt ihn an schwierige Stellen, weil er ein Mann ist, den es nicht braucht, um den es ihm nicht leid ist.

Das Gedächtnis reproduzierte unangebracht, als einen Widerspruch dazu, die Episode des Einbruchs in den Getreidespeicher, dann den Ofensetzer Kubassow; da Klim Iwanowitsch fürchtete, daß neben den Ofensetzer noch ebensolche Gestalten treten könnten, dachte er »vorsorglich«: Es gibt in einem Dorf wohl kaum Leute, um die es ihm leid ist ... Vielleicht schiebt es Menschen nur nach vorne, um sie loszuwerden ... Es spielt mit ihrem Ehrgeiz. Spielt bewußt und unbewußt. Trostbringend kamen ihm die Bauernerzählungen von Tschechow und Bunin in Erinnerung.

Aber das übersättigte Gedächtnis arbeitete mechanisch weiter, es reproduzierte den Hausknecht Nikolai, den adretten, schlauen Ossip, den rothaarigen Semjon, die Schauerleute im sibirischen Hafen von Nishnij Nowgorod und Dutzende nebenbei bemerkter dreister Menschen, deren lange Reihe die bärtigen, zähnebleckenden Fratzen der Soldaten auf dem Bahnsteig in Nowgorod abschlossen. Und es war ganz natürlich, sich des düsteren Buches »Unser Verbrechen« zu erinnern. Das alles verstimmte, erboste sogar, Samgin jedoch war nicht gern erbost.

Das Leben umströmt mich wie ein Fluß eine Insel, es umströmt mich und will mich unterspülen, sagte er sich traurig, und das kam so unerwartet, als hätte nicht er gesprochen, sondern jemand es ihm zugeraunt. Die Menschen, die das Gedächtnis ihm vor Augen geführt hatten, standen feindlich vor ihm.

Gerade mit solchen Leuten rechnen Kutusow, Pojarkow, der Genosse Jakow ... Brjussow nannte sie Hunnen. Lenin ist ein Attila ...

Seine Erbitterung nahm zu.

Eine Revolution mit Hilfe von Wilden. Ein Wahnsinn, wie ihn die Menschheit angesichts des Feindes noch nie erlebt hat. Ein Kosakentraum. Rasin, Pugatschow – waren Kosaken, sie waren Gegner Moskaus als einer staatlichen Organisation, die ihre anarchische Eigenwilligkeit einschränkte. Katharinas Gedanke, das Saporoshje zu vernichten, war richtig, dachte er rasch und fühlte, daß diese Gedanken ihn nicht trösten konnten.

Petrograd empfing ihn mit Tauwetter und Nebel, alles war in einen feuchten Schleier gehüllt, er erschwerte das Atmen, löschte die Gedanken aus, erweckte ein Gefühl der Ohnmacht. Zu Hause erwartete ihn eine Unannehmlichkeit: Agafja erklärte, wie immer die Arme auf der Brust gekreuzt, daß sie als Krankenwärterin in ein Lazarett ginge.

»Sehr schade«, murmelte Samgin ärgerlich. Diese blatternarbige Frau hatte die Arbeit eines »Alleinmädchens« sehr gut verrichtet und das Haushaltsgeld so bescheiden ausgegeben, daß anzunehmen war, sie habe, ohne ihn zu bestehlen, sich nur mit dem Rabatt der Händler begnügt.

»Wieviel wird dort, im Lazarett, gezahlt«, fragte er. »Ich kann Ihnen ebensoviel zahlen.«

»Ich tue es nicht wegen des Geldes«, sagte Agafja lächelnd und streichelte mit den Händen ihre Schultern. »Sie arbeiten doch auch nicht wegen des Geldes für den Krieg«, fügte sie hinzu.

Er hätte ihr gern etwas Kränkendes in ihr nicht dummes Gesicht gesagt und das Lächeln in ihren grünlichen Augen ausgelöscht. Ihm fiel die Anfimjewna ein, und es blitzte der scharfsinnige Gedanke auf: Bei der heutigen Gesellschaftsstruktur müßte es Menschen geben, denen das Recht auf persönliche Initiative, das Recht zu selbständigem Handeln entzogen ist.

»Ich habe für Sie ein junges Mädchen aus einer Kochschule ausfindig gemacht«, sagte Agafja, immer weiter lächelnd.

Sie ging und ließ den Hausherrn verwirrt über die Schärfe seines Denkens zurück. Er mußte es deuten, es abstumpfen.

Worauf läuft die soziale Rolle einer Hausangestellten hinaus? Selbstverständlich auf eine Befreiung der Nerven- und Hirnenergie des Intellektes von der Notwendigkeit, die Wohnung sauberzuhalten: Staub, Abfälle und Schmutz zu beseitigen. Ihrem Sinn nach ist das eine recht ehrbare Mitarbeit körperlicher Energie ...

Es müßte ein gewisser sozialer Katechismus geschaffen werden, ein Buch, das einfach und klar von der Notwendigkeit verschiedener Zusammenhänge und Rollen im Kulturprozeß, von der Unvermeidlichkeit von Opfern erzählt. Jeder Mensch bringt in irgendeiner Hinsicht Opfer ...

Aber hier fielen ihm die Worte seines Vaters von Abrahams Opfer ein, und er zündete sich voller Unwillen eine Zigarette an.

Agafja kehrte mit ihrer Stellvertreterin zurück. Das junge Mädchen war rundlich, rotwangig und stumpfnasig, ihre runden Augen waren trübe, wie mit bläulichem Staub bedeckt; beim Sprechen strich sie sich oft mit der Zungenspitze über die molligen Lippen, ihr Stimmchen war sanft und weich. Sie gefiel Samgin.

Am nächsten Tag berichtete Klim Iwanowitsch in einer kleinen Versammlung in der Wohnung eines Verbandsmitglieds von seiner Reise. In dem großen Speisezimmer mit einer Unmenge von Fayencesachen an den Wänden hörten ungefähr zwanzig Männer und Frauen Samgin zu, Leute stattlichen Umfangs, nur einer von ihnen war sehr mager, hatte aber ein Bäuchlein, rund wie ein Globus, er stand auf langen Beinen, hatte die Hände in die Taschen gesteckt, wiegte seinen schwarzhaarigen Kopf hin und her und hatte sein blasses, aufgedunsenes Gesicht in einem breiten Rahmen aus schwarzem Bart in Falten gelegt. Er lenkte die Aufmerksamkeit auch noch dadurch auf sich, daß er etwas mit dem hohen, bauchigen Krug gemein hatte, der über seiner Schulter emporragte.

An dem langen Tisch gegenüber von Samgin saß, ihn freundlich anblickend, Nogaizew und strich mit den Fingern über seinen Bart, neben ihm hatte ein rotwangiger Mann mit langem Haar wie ein Diakon und ziemlich unverfrorenem Blick seine dicken Ellenbogen auf den Tisch gestützt und die dicken Schultern hochgezogen – Samgin kamen diese kleinen Iltisaugen und das etwas schmutzige, rotgeäderte Weiß der Augen bekannt vor.

Nachdem Klim Iwanowitsch Samgin sachlich die Lage der Zimmerleute geschildert hatte, spürte er, daß dies eine zu belanglose Tatsache sei und daß er ihre Bedeutung stärker hervorheben müsse.

»Irgendein junger Propagandist hat bereits versucht, ihren berechtigten Unwillen zu entfachen, man hat ihn verhaftet.«

»Wahrscheinlich ein Fähnrich«, sagte Nogaizews Nachbar. »Alle Fähnriche sind Sozialisten.«

»Das ist eine Übertreibung!« rief entschieden eine Dame mit Brille. »Mein Sohn ist Fähnrich.«

»Sie gehören zu den Kadetten, doch die Kinder von Intellektuellen sind stets linker als ihre Eltern, und folglich . . .«

Der lange Mann, der wie ein Krug aussah, neigte sich vor und sagte in dumpfem Baß: »Wir wollen den Redner nicht unterbrechen . . .«

Samgin erzählte nun von den jüdischen Flüchtlingen und, sich auf seine nicht sehr reiche Einbildungskraft verlassend, von ihren Lebensbedingungen in den kalten Landhäusern, mit Kindern, alten Leuten, ohne Brot. Er erinnerte sich an den alten Mann mit den roten Augen und an den altersschwachen Greis, der stumm seinen kraftlosen Arm zu heben versucht hatte und ihn nicht hatte heben können. Er merkte sofort, daß man ihm nicht mehr zuhörte, und das zwang ihn, mit erhobener Stimme weiterzureden, aber nach ein bis zwei Minuten räusperte sich der Mann mit dem Diakonshaar laut und erklärte: »Zum Philosemiten werden Sie mich nicht machen.«

Irgendein Kahlköpfiger mit einem Bärtchen, das unordentlich über das graue Gesicht verstreut war, sagte, sich ans Ohr fassend, hastig und gekränkt mit saurer Stimme: »Ja, bitte, lassen Sie das! Weshalb denn reizen? Von der Front kommen beunruhigende Nachrichten über sie, über die Juden.«

»Spione sind sie«, sagte im Baß eine dicke Dame.

»Ja, da sehen Sie es, nicht wahr? Wir müssen auf die liberale Schablone verzichten . . .«

»Vor dem Krieg waren sie Schmuggler, und jetzt sind sie Spione. Unsere Schlappheit ist durchaus noch nicht die Menschenliebe

Christi«, sagte aufgeregt, eilig und irgendwie schmalzig der Kahlköpfige. »Als das Wort gesagt wurde: ›Hier ist kein Jude noch Grieche‹, bedeutete das ja: alle sollen Christen sein . . .«

»Die Beilis-Affäre hat bewiesen, wie fest diese Leute zusammenhalten . . .«

»Und – die Dreyfus-Affäre?«

Samgin war frappiert über diesen unerwarteten und vielstimmigen, aber einmütigen Wutausbruch und begriff außerdem, daß er, noch bevor er die Schlacht begonnen, sie schon verloren hatte. Er stand da und sah zu, wie die Leute einander immer mehr aufstachelten, seine Finger spielten mit dem Bleistift, um ihr Zittern zu verbergen. Man begann bereits, einander anzuschreien, und der stumpfnasige Mann mit den Iltisaugen schlug so ohrenbetäubend mit der Handfläche auf den Tisch, daß die Gläser im Büfett klirrten.

Irgendwessen junge Stimme rief schrill: »Ihr selbst habt sie durch die Ansiedlungsgrenze verdorben.«

»In Rom gab es ein Getto . . .«

Die Leute stritten weiter, warfen einander Worte hin wie Trümpfe beim Kartenspiel.

»Asef!«

»Rasputin!«

»Heine!«

»Disraeli!«

»Die Schmach der Judenmassaker . . .«

»Auch in Deutschland hat es Judenmassaker gegeben.«

»Ich schlage vor, dieses . . . Durcheinander zu beenden«, sagte laut und gebieterisch der Mann, der wie ein Krug aussah. Er neigte sich zum Tisch vor, richtete sich aber, nachdem er die Hände aus den Hosentaschen genommen und auf den Rücken gelegt hatte, sofort wieder auf. »Wir haben uns nicht versammelt, um unsere Einstellung zur Judenfrage zu überprüfen. Es ist nicht der richtige Augenblick, dieses . . . Problem zu lösen, vor uns erhebt sich ein anderes, wichtigeres, tragischeres, es ist unser Problem, das Problem unserer schwergeprüften Heimat. Wenn wir daran denken, es zu lösen suchen, müssen wir objektiv sein . . . Gewiß, unter Juden kann es Spione ebenso geben wie unter Russen. Angenommen, es gibt prozentual zur blutsverwandten Masse mehr jüdische Spione als russische, das läßt sich geographisch erklären – die Juden leben an der Grenze. Aber ich möchte an den sarkastischen Scherz von Baudouin de Courtenay erinnern: Wenn ein Russe etwas gestohlen hat, sagt man: ›Ein Dieb hat gestohlen‹, wenn jedoch ein Jude etwas gestohlen hat, sagt man: ›Ein Jude hat gestohlen.‹«

Samgin hörte jemanden flüstern: »Hören Sie? Die Beimischung jüdischen Blutes macht sich bemerkbar.«

»Bei ihm? Ist das möglich? Er ist ein Fürst ...«

»Ein Titel sichert nicht vor Ansteckung. Die Mutter des Großfürsten Alexander Michailowitsch lebte mit einem Juden ...«

Irgendwo in der Nähe klirrte hin und wieder eine Klingel, eine Tür schlug gedämpft zu, in das Speisezimmer kamen vorsichtig Leute herein.

Die Stimme des langen Mannes klang ruhig und sicher, sie erinnerte immer mehr an das Brummen einer Hummel.

»Und man muß im Auge behalten, daß es bei uns in der Armee wahrscheinlich mehrere zehntausend Juden gibt. Wenn die unvorsichtigen, taktlosen Gerüchte in die Presse dringen, können sie in der Armee einen sehr schädlichen Widerhall hervorrufen.«

»Geschickt gedreht ...«

»Ein Liberaler! Ihre Taktik ist: einschüchern.«

»Man darf auch nicht vergessen: Wenn fünf sozialistische Abgeordnete zu Zwangsarbeit verurteilt worden sind, bedeutet das noch nicht, daß das Übel mit der Wurzel ausgerottet wäre. Die Institution, die zum Kampf gegen den inneren Feind berufen ist, hat sich zwar erlaubt, die technischen Methoden ihrer Tätigkeit durch die Fälle Asef und Bogrow etwas zu kompromittieren, ist aber dennoch über die Bewegung und die Absichten der feindlichen Kräfte genügend informiert, und diese Kräfte rufen Proteste und Streiks der Arbeiter hervor, propagieren die anarchistische Idee des Defätismus. Ich halte die Mitteilung des Redners, daß unter den Flüchtlingen auch Propaganda festgestellt wurde, für sehr wertvoll ...«

Klim Iwanowitsch Samgin fühlte sich etwas verlegen.

Das hätte ich verschweigen können. Aber ich habe ja den Propagandisten nicht genannt.

Und gleich danach fragte er sich: Doch – weshalb hätte ich schweigen sollen?

Er kam nicht dazu, eine Antwort zu suchen. Hinter Samgin, in einer Ecke des Zimmers, wurde geflüstert: »Au, wie er einschüchtert ...«

»Ja-a ... Aber dennoch, wissen Sie ...«

Der Redner holte seine Hände langsam hinter dem Rücken hervor und verschränkte die Arme auf der Brust, wobei er mit brummender Stimme fortfuhr: »Was sollen wir denn tun? Einige von den hier Anwesenden sind bereits mit der Idee vertraut, die ich proklamiere. Sie ist sehr einfach. Die Städte- und Semstwoverbände sollten sich straff zu einer Organisation zusammenschließen, der durch die Macht des historischen Augenblicks die Pflicht auferlegt ist, die Reichsduma während der Dauer ihrer Lähmung zu ersetzen. Dieser Einheitsverband fortschrittlich gesinnter Menschen hätte vor der Duma den Vorzug der Breite und sozusagen des Allumfassenden. Er bezieht in seinen Bereich alles Wertvolle, Vernünftige ein, was außerhalb der Dumatüren geblieben ist. Kurz gesagt: eine breite demokratische Vereinigung, der kleine Angestellte, gebildete Arbeiter und so weiter angehören. Wenn wir solch eine Organisation schaffen, entziehen wir, wie Miljukow sich ausdrückte, den ›Eseln der Linken‹ den Boden und erhalten die breite Möglichkeit, im ganzen Land eine Auslese der Besten vorzunehmen.«

»Also – von Linken?« fragte der Dicke mit den Iltisaugen. Der Redner würdigte ihn keines Blicks und fragte, ohne den Ton zu ändern: »Rechnen Sie denn sich und Ihre Parteigenossen zu den Schlechtesten?«

Er verstummte, als aber zwei bis drei Personen zu applaudieren versuchten, hob er die Hand zu einer verbietenden Geste.

»Noch ein paar Worte. Es ist sehr wohl bekannt, daß die Juden geschickte Propagandisten sind. Darum muß die Umsiedlung der Juden über die Ansiedlungsgrenze einer Isolierung gleichkommen, das heißt, man muß sie in Gegenden mit bäuerlicher und nicht dichter Bevölkerung schicken.«

»Und was werden sie dort tun?« fragte ungehalten die junge Stimme.

»Die – werden schon was zu tun finden«, sagte der Stumpfnasige.

»Es ist eine Legende, daß die Juden verhungern ...«

Die Idee des langen Redners und seine Art zu sprechen gefiel Samgin sehr. Sein besorgtes Hummelgebrumm ließ den festen Glauben eines Menschen daran spüren, daß er die schwierige Pflicht eines Verkünders unerschütterlicher Wahrheit erfülle und daß jedes seiner Worte ein sehr wertvolles Geschenk an die Zuhörer sei. Klim Iwanowitsch bedauerte sogar, daß das Äußere des Redners nicht mit seinem Glauben übereinstimmte, er hätte feuerrotes Haar, ein asketisches, blutleeres Gesicht, glühende Augen und weite Gestik haben müssen.

Der schmalzige, kahlköpfige kleine Alte kündigte eine Pause an, die Leute standen vom Tisch auf und bildeten sofort kleine Gruppen. Samgin stellte fest, daß ihre Zahl sich fast verdoppelt hatte. Auf ihn kam der rotwangige Dickwanst zu.

»Erkennen Sie mich nicht? Stratonow. Sie, mein Werter, sind auch alt geworden. Aber ich bin krank – ich leide an Zucker.«

Den Namen der Krankheit sprach er mit Genuß, mit Wichtigkeit aus und leckte mit der Zunge seine vorstehenden bläulichen Lippen ab. Stumpfnasig sah er deshalb aus, weil seine Wangen geschwollen, straff aufgebläht waren, und die Nase in ihnen ertrank.

»Es war angenehm zu hören, daß auch Sie auf die Illusionen des Jahres fünf verzichtet haben«, sagte er und tastete dabei mit dem eindringlichen Blick seiner unverfrorenen, aber schon etwas trüben Augen Samgins Gesicht ab. »Wir werden nüchterner. Den Deutschen sei gedankt – sie schlagen uns. Lehren. Wir träumten von Klassenrevolution, den feindlichen Nachbarn jedoch vergaßen wir, und nun hat er sich in Erinnerung gebracht.«

Auf ihn kam eine Dame mit goldener Brille zu, schob ihre Hand unter seinen Arm und führte ihn wortlos irgendwohin.

»Na, wohin willst du, wohin?« murmelte er, schwerfällig davonschreitend.

Die nächste unangenehme Begegnung war Tagilskij. Es war ärgerlich, ihn in einer ebensolchen Militärbeamtenuniform zu sehen, mit goldenen Achselstücken.

»Und ich las in den Zeitungen, daß Sie . . .«

»In welchen Zeitungen?« fragte Tagilskij.

»Das weiß ich nicht mehr.«

»In Petersburg war das nur in einer gedruckt. Die Zeitung hatte es eilig, mich sterben zu lassen.«

»Wie kam das?«

»Bei einer Sauferei. Wir führen Krieg, was?« fragte er, seinen kurzgeschorenen Igelkopf hochreißend. »Ein Alptraum! Im Jahre zwölf sagte Wannowskij, die Armee befände sich in einem erbärmlichen Zustand: Die Einkleidung sei schlecht und ungenügend, die Gewehre seien veraltet. Geschütze gebe es wenig. Maschinengewehre gar keine, die Soldaten würden durch Unternehmer verpflegt, und zwar schlecht, Geld für bessere Verpflegung sei nicht vorhanden, die Kredite kämen zu spät, die Regimenter seien verschuldet. Und trotz alledem haben wir uns in die Rauferei eingemengt, um Frankreich vor einer zweiten Zerschmetterung durch die Deutschen zu bewahren.«

Tagilskij, der ziemlich laut sprach, stieß dabei mit dem Finger an Klim Iwanowitschs Gurt und drängte ihn, indem er ihn zum Zurückweichen zwang, an die Wand, wo der schmalzige kleine Alte und Nogaizew sich im Flüsterton und beide lächelnd unterhielten.

Er hatte sich seit seiner Begegnung mit Samgin hier in Petrograd stark verändert: Sein Gesicht war gleichsam ausgetrocknet, eingeschrumpft und hatte sich mit einem grauen Spinnengewebe kleiner

Runzeln bedeckt. Man konnte meinen, er habe eine Halsverletzung, er hielt den Kopf zur linken Schulter geneigt, als lauschte er auf irgend etwas wie ein aufgescheuchter Vogel. Aber der scharfe Glanz der Augen und die trotzige, schrille Stimme erinnerten Samgin an Tagilskij als stellvertretenden Staatsanwalt, der mit irgendeiner besonderen Untersuchung der dunklen Sache der Ermordung Marina Sotowas beauftragt war.

Suchte er mich in diese Sache hineinzuverwickeln und in ihr zu ertränken oder – wollte er mich retten? dachte Klim Iwanowitsch, während er der unverfrorenen Rederei zuhörte.

»Erinnern Sie sich noch an Struves ›Eros in der Politik‹?« fragte Tagilskij und deutete zähneblinkend mit einer weit ausholenden Geste auf die Anwesenden. »Erotomanen, wie?«

»Sie haben ein ungerechtes Züngelchen, Anton Nikiforowitsch«, sagte seufzend Nogaizew.

»Ist es zur Mitarbeit bei der ›Nowoje wremja‹ geeignet?« fragte Tagilskij – der schmalzige kleine Alte nickte zweimal mit dem Kopf nach oben und nach unten, maß mit seinen Schlitzäugelchen Tagilskij und sagte kurz: »In unserem Organ arbeiten keine Sozialisten mit.«

»Weshalb? Der Sozialismus ist nicht mehr beängstigend, nachdem er Geld für den Krieg gegeben hat. Er ist besonders bei uns nicht beängstigend, wo Plechanow Arm in Arm mit Miljukow in die Geschichte eingegangen ist.«

Der kleine Alte löste sich in aller Ruhe von der Wand und entfernte sich wortlos.

»Menschikow«, nannte Tagilskij ihn lächelnd beim Namen. »Einer der Bedeutendsten im Lager der Federfuchser und Pressefälscher, wie Sie natürlich wissen. Im Brockhaus heißt es von ihm, als sittlich feinfühliger Mann sei er von dem aufrichtigen Bestreben besessen, die Wahrheit zu erkennen.«

Nogaizew sagte, mit den Fingern an seinem Bart spielend, halblaut unter wohlwollendem Lächeln: »Man merkt ihm die Heuchelei an, ein Pharisäer!«

»Ein Tolstojaner«, fügte Tagilskij hinzu.

Nogaizew prustete in den Bart hinein und entfernte sich, nachdem er Samgin ermöglicht hatte festzustellen, daß er Samtstiefel mit weichen Sohlen trug.

»Vor kurzem begegnete ich in einer ebensolchen Versammlung Struve«, wandte sich Tagilskij von neuem an Samgin. »Dieser ist seiner Natur gemäß immer noch blind wie ein Käuzchen bei Tage. Er erkundigte sich bei mir, wie ich dächte. Ich sagte: ›Wenn man Ideen loskaufen könnte wie Pferde, die sich im herrschaftlichen Hafer herumgetrieben haben, gäbe ich Ihnen für jede Idee von mir, die der Sammelband »Wechi« benutzt hat, fünf Kopeken.‹«

Da Klim Iwanowitsch Samgin schon lange gemerkt hatte, daß würdige Leute mißmutig zu Tagilskij hinübersahen, begriff er, daß auch er diesen Mann meiden sollte. Er machte schon einen Schritt von ihm weg, aber Tagilskij hielt ihn am Arm fest.

»Wohin wollen Sie? Warten Sie, hier wird zu Abend gegessen, und zwar sehr schmackhaft. Es gibt ein kaltes Abendessen und gar nicht üblen Wein. Die Besitzer dieses alten Geschirrs«, er deutete mit einer weit ausholenden Geste auf den bunten Wandschmuck, »sind gute Menschen und haben großzügige Ansichten. Ihnen ist es einerlei, wer bei ihnen ißt und was er redet, sie sind reich genug, um an der Geschichte teilzunehmen; den Krieg fassen sie als den Hauptsinn der Geschichte auf, als Heldenfabrikation und überhaupt als etwas, das das Leben sehr verschönt.«

Er erweckte in Samgin Regungen von Verdacht, die nicht neu waren.

Er benimmt sich unverschämt und scheint einen Skandal verursachen zu wollen, weil er durch Mißerfolge verbittert ist. Und vielleicht ist das seine Art, sich in den Augen der Gesellschaft zu rehabilitieren.

Aber neben dieser Vermutung und ohne sie zu verdrängen, lebte eine andere auf: Er ist Kundschafter. Ein Späher. Er schlägt die Laufbahn eines Radikalen ein, um die Rolle eines Asef zu spielen. Wie dem aber auch sei, sein Spott über das schöne Leben – ist der Spott des Pöbels, von dem Mereshkowskij geschrieben hat, es ist die Ablehnung der Kultur durch den Sohn eines Schankwirts und Freudenhausbesitzers.

»Aha, da ist unser Weiser erschienen, der unerschrockene Weise, hören wir uns die Offenbarungen an«, sagte Tagilskij, ohne die Stimme zu senken.

Als Weisen bezeichnete er einen kleinen Mann mit einem Gesicht in schwarzem Bart. Er saß auf einem Stuhl und stieß, während er hochschnellte, mit den Händen fuchtelte und sich betastete, eilig und laut die Worte hervor: »Wenn sich aber plötzlich herausstellt, daß er – der besagte dumme Iwanuschka, der Zarewitsch Iwan, von dem das Volk seit alters mit Vorliebe als von einem gerechten Zaren träumte – nur ein frommer Traum ist?«

Sein Gesicht, das aus kleinen Zügen modelliert und dicht mit schwarzem Haar bedeckt war, seine umherhuschenden Augen und die krampfhaften Körperbewegungen verliehen ihm Ähnlichkeit mit einem Affen, und er sprach, als glaubte er, zweifelte und empfände gleichzeitig brennende Angst.

»›Volkes Stimme ist Gottes Stimme‹? Nein, nein! Das Volk spricht nur vom Stofflichen, vom Materiellen, aber der geheimnisvolle Gedanke des Volkes, der Traum vom Königtum Gottes – ja! Das ist ein heiliger Gedanke und Traum! Heiligkeit verlangt Verstellung – ja, ja! Heiligkeit verlangt eine Maske. Kennen wir denn nicht Heilige, die sich als Narren in Christo, als religiös Verzückte, als Schwachsinnige verstellten? Sie taten das, damit wir sie nicht ablehnten, ihre Heiligkeit nicht mit unserem gemeinen Gelächter verspotteten . . .«

Ihm hörten stumm etwa zehn Personen zu, sie hörten, warfen einander Seitenblicke zu und warteten, wer als erster sich entschließen werde zu widersprechen, doch er sprach ununterbrochen, schnellte hoch, zappelte, legte flehend die Hände aneinander, breitete die Arme aus, umarmte die Luft, schöpfte sie mit kleinen hohlen Händen, und es sah aus, als ob seine schwarzen Äugelchen bald bis zu den Ohren rollten, bald zu den Nasenlöchern sänken und sich im Bart versteckten.

An ihm ist etwas von Bosch, etwas Groteskes, fand Samgin, der aufmerksam dem beunruhigenden Klang seiner Worte zuhörte.

»Und vielleicht ist alles Schändliche, das wir über dieses sibirische Bäuerlein hören, nur ein Narrenspiel und bezweckt nur, daß wir ihm nicht vorzeitig auf die Schliche kommen, ihn nicht in unsere jämmerlichen Streitereien, in unsere Parteien und Zirkel hineinziehen, ihn nicht im Sumpf unserer Gottlosigkeit ertränken . . . Meine Herrschaften – es entsteht eine Legende . . .«

»Schön singt er, der Hund,
Er singt überzeugend!«

sagte Tagilskij, und in der gleichen Sekunde ertönte die brummende Stimme des langbeinigen Mannes mit dem Bäuchlein: »Am allerwenigsten, mein Teurer und Verehrter, am allerwenigsten ist in unseren Tagen eine Märchenmystik angebracht, so schön auch Märchen sein mögen. Gestatten Sie, Sie daran zu erinnern, daß die Reichsduma seit Januar entschlossen begonnen hat, Handlungen der Regierung zu kritisieren, Handlungen, die in den tragischen Zeiten unseres Kampfes gegen einen Feind, dessen Macht unser nationales Dasein bedroht, ganz unzulässig sind, ja, so und nicht anders ist das! Er droht uns zu verknechten. Sie wissen natürlich von der Zunahme des Machtmißbrauchs bei den Verwaltungsbehörden der Provinz – Arten von Mißbrauch, die Revisionen durch den Senat hervorgerufen haben, von dem Pogrom gegen die Deutschen in Moskau, vom Verhalten Goremykins, der Auflösung der Freien Ökonomischen Gesellschaft und anderen Maßnahmen dieser Art, die den peinlichen Eindruck unserer Mißerfolge an den Fronten noch mehr verstärken.«

Er sprach immer aufgebrachter, und seine Stimme glich jetzt dem kalten pfeifenden Zischen eines Wasserstrahls, der unter starkem Druck aus einer Feuerspritze hervorschießt.

»Sie wissen auch, daß es uns, nicht ohne Mühe, gelungen ist, sechs Fraktionen der Duma zu einem progressiven Einheitsblock zusammenzuschließen, und daß die Notwendigkeit akut wird, den Semstwo- und den Städteverband zu einer Organisation zu verschmelzen. Das Dorf und die Stadt, der Gutsbesitzer und der Fabrikant haben ein und denselben Feind vor sich. Als Patrioten sind wir zu der Hoffnung berechtigt, daß alle wahrhaft fortschrittlichen Kräfte des Landes die Bedeutung dieses Blocks begreifen werden. Wir sind nicht nur berechtigt, dies zu hoffen, sondern halten uns für berechtigt, es zu verlangen. Darum hörte ich mit tiefer Betrübnis Ihrem literarisch geistreichen, aber politisch unbedingt schädlichen Versuch zu, Rasputin in irgendeiner Weise gerade in einer Zeit zu rechtfertigen, in der sein schändlicher, zersetzender Einfluß zunimmt.«

»Dir werde ich es zeigen!« knurrte Tagilskij, leckte sich die Lippen, steckte die Hände in die Taschen und ging vorsichtig wie ein Kater, der einen Vogel beschleicht, mit kleinen Schritten auf den Redner zu, während Samgin sich »vorsorglich« ins Vorzimmer begab, um, nachdem er Tagilskij zugehört hatte, in jedem beliebigen Augenblick gehen zu können. Aber Tagilskij kam nicht dazu, auch nur ein Wort zu sagen, denn die dicke Dame rief: »Ich bitte zu Tisch, meine Herrschaften! Nehmen Sie vorlieb mit dem, was Gott uns beschert hat . . .«

Nicht nur Tagilskij hatte auf diesen Augenblick gewartet – alle Anwesenden gingen sehr einmütig ins Speisezimmer. Samgin begab sich nach Hause, er dachte unterwegs an den progressiven Block und versuchte, sich seinen Platz in ihm vorzustellen, dachte an Tagilskij und an alles, was er an diesem Abend gehört hatte. Das alles mußte in Übereinstimmung gebracht, dicht nebeneinander verstaut werden, die Körnchen des Nützlichen mußten herausgelesen, das Nutzlose vergessen werden.

Die Zeit verging mit verblüffender Schnelligkeit. Ihre Nichtstofflichkeit offenbarend, verschwand sie spurlos in Strömen feuriger Reden, im Rauch von Worten, ohne eine Spur von Asche zu hinterlassen. Klim Iwanowitsch Samgin sah viel, hörte viel und blieb er selbst, als schwebte er in der Luft über dem breiten Strom der Geschehnisse. Die Tatsachen gingen an ihm vorbei und durch ihn hindurch, streiften ihn, kränkten ihn, manchmal – jagten sie ihm einen Schreck ein. Aber – alles verging, und er blieb unentwegt ein Zuschauer im Leben. Er merkte, daß das Gefühl der Achtung vor seiner Standhaftigkeit, das Bewußtsein seiner Unabhängigkeit immer mehr in ihm erstarkte. Er hätte sich nicht als einen gleichgültigen Menschen bezeichnen können, denn alles, was unmittelbar seine Person betraf, regte ihn sehr auf. So wiederholte sich zum Beispiel etwas, was er schon vor zehn Jahren erlebt hatte.

Auf der Fahrt an die Front entgleiste auf den ausgeleierten Schienen ein Güterzug, zu ihm gehörten drei Waggons mit Zucker, Buchweizen und Geschenken für die Soldaten. Diese Waggons befanden sich nicht unter den zertrümmerten, aber auch nicht unter denen, die bei der Entgleisung unversehrt geblieben waren. Klim Iwanowitsch Samgin wurde beauftragt, dieses Wunder zu untersuchen, weil das Gericht die Anfragen des Verbandes nicht beantwortete, der diese Waggons einem Regiment zum hundertsten Jahrestag seines historischen Lebens geschickt hatte.

Die Untersuchung führte ein Provinzbeamter, ein Weiser von sehr originellem Äußeren, er war hochgewachsen, hatte einen krummen Rücken und einen großen schweren Kopf voll Büschel grauer Haare, die zerzaust waren wie nach einer Rauferei, seine hohe Stirn, die durch Falten liniert war, zierten düster sehr dichte silberne Brauen und verdeckten Augen von der Farbe rostigen Eisens, die krumme Habichtsnase lag in einem dichten und dicken, wie gegossenen Schnurrbart versteckt, die grauen Schnurrbarthaare waren sehr auffällig vom Tabakrauch vergilbt. Er glich einem Militär im Rang nicht unter dem eines Obersten.

»Jewtichij Ponormow«, stellte er sich vor und reichte Samgin irgendwie widerstrebend oder unschlüssig die Hand, doch als er erfuhr, weswegen der Besucher gekommen war, sagte er: »Ich kann Sie nicht erfreuen: Weiß der Teufel, wohin diese verdammten Waggons verschwunden sind.«

Er hatte eine grobe, farblose Stimme von unbestimmtem Ton, sprach mit Bedauern, als hielte er es für seine Pflicht, den Menschen gerade Freude zu bereiten, und wäre betrübt, daß er diese Pflicht im gegebenen Fall nicht zu erfüllen vermochte.

»Es wurde festgestellt, daß die Bauern des Dorfes, in dessen Nähe der Zug entgleiste, die Waggons geplündert, sogar den Schaffner verprügelt, ihm den Schädel eingeschlagen haben und daß der Heizer eins in die Fresse bekommen hat, aber die Waggons können sie doch nicht gestohlen haben. Sie haben sie irgendwohin zum Teufel weggerollt. Sieben Personen sind verhaftet, darunter vier Frauenzimmer. Die Bauernweiber, mein Herr, sind außerordentlich erbittert über die Geschehnisse! Das ist zuviel, wissen Sie ... Sozusagen unerfreulich.«

Samgin fragte, ob der Zug von Soldaten eskortiert gewesen sei.

»Was denn sonst? Von elf Mann. Die Soldaten wurden vom Militäruntersuchungsrichter verhaftet, nachdem er festgestellt hatte, daß sie die Plünderung begünstigt hatten. Wissen Sie: die Weiber, es geschah in der Nacht und so weiter. T-ja. Der Diebstahl gedeiht so recht, in allen Formen. Diebstahl und Betrug.«

Samgin sah, daß dieser von der mühevollen Arbeit, Diebe und Betrüger zu entlarven, gebeugte Mann schon seit langem müde war und sich seinem Beruf gegenüber zutiefst gleichgültig verhielt.

»Dürfte ich die Vernehmungsprotokolle einsehen?«

»Im allgemeinen ist das nicht üblich, aber – der Krieg und Ihre öffentliche Stellung ... Ich denke – es geht.« Er begann lebhafter zu sprechen: »Übrigens: Wo sind Sie abgestiegen? Noch nirgends – t-ja! Ihr Koffer ist auf dem Bahnhof? Aha.«

Und bereits mit einem Unterton vom Triumph in der Stimme teilte er mit: »Absteigen – können Sie hier nirgends. Die Stadt ist mit Flüchtlingen vollgepfropft, mit Verwundeten, die von ihren Kriegsstrapazen ausruhen, mit Spekulanten, Betrügern und allerhand Marodeuren und nichtsnutzigem Pack. Aber ich kann Sie erfreuen: Hier verdienen sich alle Einwohner etwas, sogar die wohlhabenden, indem sie Zimmer vermieten. Die wertvollen kleineren Sachen verstecken sie und ziehen selbst in Schuppen, Badstuben, Gartenlauben. Meine Wirtin gehört auch zu dieser Sorte. Sie können bei ihr absteigen, aber in einem Zimmer, das bereits von einem Militär besetzt ist; einem Leutnant, er ist verwundet und – ein Dummkopf. Mit Mittagstisch, Tee oder Kaffee und Abendessen verlangt sie fünfundzwanzig Rubel – das Geld ist entwertet.«

Als Samgin sagte, er sei einverstanden, schien sich der Untersuchungsrichter zu wundern: »Obwohl, im Grunde genommen, was wollen Sie hier anfangen? Übrigens – geht mich das nichts an. Rufen wir die Wirtin.«

Er schob mit der Zunge die Zigarette vom rechten Mundwinkel in den linken und nahm den Telefonhörer ab: »Ja. Sofort.«

Die Wirtin erschien, eine kleine, gewandte, rothaarige Person mit grüner Schürze, rotwangigem Puppengesichtchen und naiven Augen von grauer Farbe.

»Polina Petrowna Witowt«, stellte der Untersuchungsrichter sie vor.

Sie lächelte sehr freundlich und führte Samgin in ein Zimmer mit Fenstern zum Hof, der mit Fässern vollgestellt war. Klim Iwanowitsch hatte in der Nacht schlecht geschlafen, der Zug aus Petersburg war langsam, mit Stockungen gefahren, hatte lange auf den Stationen gestanden, fast auf jeder drängelten sich Soldaten, Bäuerinnen, struppige alte Männer, kreischten widerlich Ziehharmonikas, erklangen johlende Lieder und Tanzgetrappel, und zum Fenster des Abteils blickten bärtige Fratzen von Reservisten herein. Es war ermüdend, sich an diesen Tag ganz mit Dröhnen und Knirschen von Eisen, mit Pfiffen, Liedergeheul, mit Geschrei, Schimpfworten und aufdringlichem, eintönigem Jaulen der Ziehharmonikas auch nur zu erinnern. Klim Iwanowitsch zog den Militärrock aus, legte sich auf das Sofa, schlief fast sofort ein und erwachte von einem sonderbaren Gefühl – ihm war, als wollte ihn irgendeine Kraft auf den Kopf stellen. Samgin hob den Kopf und erblickte zu seinen Füßen einen anderen; er war schwarz und stak zwischen zwei Offiziersachselstücken auf sehr dicken, breiten Schultern. Es war leicht zu erkennen, daß der Offizier, der das Sofa hochhob und schüttelte, sich offenkundig bemühte, ihn vom Sofa herunterzuwerfen. Samgin zog die Beine weg, indem er sie auf den Boden herunterließ, und erkundigte sich eilig: »Was tun Sie? Was wünschen Sie?«

»Das Buch, hier muß ein Buch liegen«, erklärte der Offizier, laut schmatzend, und richtete sich auf. Seine Stimme war heiser, erkältet oder zerrissen; seine Figur war stämmig und breitschultrig, an seiner Brust baumelte ein weißes Kreuzchen, über der niedrigen Stirn standen bürstenartig schwarze Haare hoch.

»Leutnant Walerij Nikolajewitsch Petrow«, sagte er, vor Samgin hintretend.

Klim Iwanowitsch stellte sich auch vor, streckte ihm die Hand hin, aber der Offizier warf den Kopf hoch und fügte hinzu: »Ich kann Ihnen nicht die Hand drücken.«

»Weshalb nicht?«

»Sie sitzen, und ich stehe. Ist es zulässig, daß ein Offizier vor einem Zivilisten, der ihm die Hand hinhält, steht?«

»Ich bin kurzsichtig und zudem eben erst erwacht«, erklärte Samgin friedfertig, der ein glattrasiertes Gesicht mit dicken Lippen, Mongolenäugelchen und einer breiten Nase vor sich sah.

»Sie hätten mich darüber aufklären sollen«, sagte der Offizier, nachdem er seine Hände auf den Rücken gelegt hatte.

»Das tue ich ja.«

»Zu spät. Sie gaben mir das Recht, zu denken, daß Ihr Benehmen das übliche Benehmen von zivilen Liberalen, Sozialisten und überhaupt jenen sei, die sich im Semstwo- und Städteverband verstecken und uns vor den Füßen herumquirlen . . .«

Mit erhobener Stimme krächzte und pfiff er immer lauter: »Sie lächelten sogar, wodurch Sie Ihre Respektlosigkeit gegenüber einem Verteidiger der Heimat und der Ehre der Armee unterstrichen, eine Respektlosigkeit, die ich mit einer Revolverkugel zu beantworten berechtigt bin.«

Der – wäre dazu imstande, dachte Samgin und sagte friedfertig, wobei er sich bemühte, ein beunruhigendes Gefühl zu unterdrükken: »Ja, die Armee verdient es in den heutigen Tagen . . .«

Petrow schnalzte genießerisch mit den Lippen.

»In den heutigen Tagen? Und in den Jahren sechs bis sieben, als sie die Revolutionäre vernichtete, verdiente sie es nicht, wie?«

»Selbstverständlich auch damals«, pflichtete Samgin ihm eilig bei.

»Das freut mich zu hören«, sagte Leutnant Petrow. »Es freut mich«, wiederholte er. »Andernfalls . . . Ich bin für Duelle. Und Sie?«

»Ich war noch nicht genötigt, diese Frage zu entscheiden«, antwortete Samgin vorsichtig. »Aber im Krieg sind ja Duelle, glaube ich, verboten?«

»Ja. Doch – warum?« fragte der Leutnant hartnäckig.

»Das ist se-ehr begreiflich«, sagte Samgin, der fühlte, daß ihm Schweiß auf die Schläfen getreten war. »Stellen Sie sich vor, ein Zivilist fordert Sie, und Sie . . . ein Mann von sehr hohem Wert, stellen sich seiner Kugel . . .«

Leutnant Petrow blinzelte geblendet, schmatzte, verzog seine dicken Lippen zu einem breiten Lächeln, streckte Samgin die kurzfingerige Hand hin und krächzte beifällig, ja sogar freudig: »Bravo! Ihre Hand . . . Es ist angenehm, einem vernünftigen Menschen zu begegnen . . . Wir – trinken was! Bier, ja? Vorzügliches Bier.«

Er klopfte mit dem Finger an die Wand, worauf eine dicke semmelblonde Frau erschien.

»Bier«, sagte Petrow auf deutsch und zeigte ihr zwei Finger. »Zwei Bier! Sie versteht nichts, diese Kuh. Weiß der Teufel, wer sie braucht, diese kleinen Völker. Man sollte sie nach Sibirien aussiedeln, das wäre das Richtige! Überhaupt – man sollte Sibirien mit Fremdstämmigen besiedeln. Denn sonst, wissen Sie, leben sie an der Grenze, all diese Letten, Esten, Finnen, und fühlen sich zu den Deutschen hingezogen. Und alle sind sie Revolutionäre. Wissen Sie, im Jahre fünf hat in Riga die Unteroffiziersschule die Letten vorzüglich durchkämmt, sie schossen sie ab wie tolle Hunde. Prächtige Kerle sind die Unteroffiziere, vortreffliche Schützen . . .«

Die gräßliche Bekanntschaft wurde immer enger und bedrückender. Leutnant Petrow saß Schulter an Schulter neben Klim Samgin, schlug ihm mit der Hand aufs Knie, stieß ihn mit dem Ellenbogen, mit der Schulter an, freute sich über irgend etwas, und Samgin kam zu der Überzeugung, daß neben ihm ein nicht normaler, unzurechnungsfähiger Mensch sitze. Seine schmalen Mongolenaugen hüpften irgendwie unnatürlich in den Augenhöhlen und glitzerten wie Fischschuppen. Samgin erinnerte sich des Oberleutnants Trifonow, der war weniger gefährlich, vertrauensvoller gewesen als dieser.

Jener war ein Trunkenbold, ein Pechvogel, dieser jedoch ist ein Nervenkranker. Ein Geistesgestörter. Ein Held.

Die dicke Frau brachte das Bier und ein Schälchen Salzzwieback. Petrow legte, mit dem Säbel rasselnd, schnell Koppel und Waffenrock ab, verblieb in einem gestreiften Seidenhemd, krempelte den linken Ärmel hoch und fragte Samgin, ihm seinen Bizeps zeigend: »Ist das nicht tröstlich? Trinken wir auf die Armee! Na, erzählen Sie mal, was dort, in Petrograd, los ist. Was ist das – Rasputin und überhaupt all diese Klatschgeschichten?«

Aber er wartete nicht auf die Erzählung, sondern zog das Hemd aus der Hose heraus, entblößte die linke Hüfte und erklärte, während er mit dem Finger gegen eine rote Narbe schnippte, voller Stolz: »Von einem Bajonett! Um einen Bajonettstich zu erhalten, muß man dicht an den Feind heranlaufen. Nicht wahr? Ja, wir an der Front schonen uns nicht, ihr jedoch, im Hinterland . . . Ihr seid schlimmere Feinde als die Deutschen!« rief er, mit dem Boden des Glases auf den Tisch schlagend, und stieß einen unflätigen Fluch aus, wobei er vor Samgin stand und mit seinen kurzen Armen wie ein Schwimmer ruderte. »Ihr Zivilisten habt das Hinterland zum Feind der Armee gemacht. Ja, ihr habt das gemacht. Was verteidige ich? Das Hinterland. Aber wenn ich meine Leute zum Sturmangriff führe, denke ich daran, daß ich eine Kugel ins Genick oder ein Bajonett in den Rücken bekommen kann. Verstehen Sie?«

»Ich habe von Fällen gehört, bei denen Offiziere von Soldaten getötet worden seien«, begann Samgin, weil der Leutnant auf eine Antwort wartete.

»Aha, Sie haben davon gehört?«

»Ja, aber ich glaube nicht daran . . .«

»Es ist naiv, nicht daran zu glauben. Sie verstellen sich wahrscheinlich, heucheln. Stellen Sie sich jedoch vor, daß unter den Soldaten, die ein Offizier gegen den Feind führt, vier sind, die dieser

Offizier im Jahr 1907 hat auspeitschen lassen. Und fast in jeder Kompanie kann es Verwandte von Bauern oder Arbeitern geben, die in den Revolutionsjahren ausgepeitscht oder erschossen worden sind.«

Der Gedanke an so heimtückische Möglichkeiten war Klim Iwanowitsch völlig neu, und er verblüffte ihn.

Leute wie Kutusow hätten natürlich der Nemesis gedacht, überlegte er sofort und sagte danach: »Hieran habe ich nie gedacht.«

»Sie haben nicht daran gedacht? Und was denken Sie jetzt?«

Klim Iwanowitsch Samgin zuckte mit den Achseln und sagte ganz aufrichtig: »Diese Situation erhöht die Tapferkeit und das Heldentum des Offizierskorps um das Doppelte. Das Vaterland zu verteidigen ...«

»Unter der Voraussetzung – eine Kugel in die Stirn, die andere ins Genick – nicht wahr? Ja? Nicht wahr?«

»Ja-a«, entgegnete Samgin gedehnt auf das pfeifende Flüstern.

Leutnant Walerij Nikolajewitsch Petrow sah ihm ins Gesicht, legte ihm die Hände auf die Schultern und sagte gerührt: »Kommen Sie, mein Lieber, ich gebe Ihnen einen Kuß!«

Seine dicken Lippen sogen sich so dicht und lange fest, daß Samgin fast erstickt wäre, das widerliche Gefühl des Festsaugens wurde durch den stechenden Schmerz verschärft, den ihm der harte, gestutzte Schnurrbart zufügte. Der Leutnant rieb sich mit dem kleinen Finger der linken Hand die Tränen aus den Augen, lachte ein schluchzendes Lachen, schnalzte mit den Lippen und sagte: »Ich danke Ihnen, mein Lieber! Das ist eine Situation, zum Teufel, wie? Und dabei hat mein Regiment sehr tätig am Kampf gegen die Revolution des Jahres fünf teilgenommen – verstehen Sie?«

In der rechten Hand hielt er das Glas, die Hand zitterte und vergoß das Bier, Samgin versteckte die Füße unter dem Stuhl und hörte dem heiseren Brodeln der Worte zu: »Aber der Oberst riet uns, dem Offizierskorps, noch in Tambow, in den Kompanien das Vorhandensein und die Zahl von Ausgepeitschten und anderen politisch Unzuverlässigen festzustellen – sie festzustellen und sie zuallererst für Erkundungen und überhaupt zu verwenden – ist das klar? Er ist, wissen Sie, ein richtiger Kommandeursvater! Er beendet den Krieg sicher als Divisionskommandeur.«

Er erzählte sehr lange vom Kommandeur, von dessen Frau und dem Regimentsadjutanten; der Abend kam, durch das offene Fenster drangen, zusammen mit den Fliegen, irgendwelche unbestimmte Laute herein, irgendwo weit weg spielte ein Orchester »Carmen«, und hinter einem Berg von Fässern im Nachbarhof brachte ein zorniger Mann Soldaten das Singen bei und schrie wütend: »Du Idiot! Hör zu – so geht der Takt! Eins, zwei, links, links! Los – eins, zwei!«

Und ein schrilles Tenorstimmchen sang:

»Zu leben der allein ist würdig,
Wer z-zu sterben stets bereit.«

»Im Chor – los!«

Der Chor legte laut, aber disharmonisch los nach dem Motiv »Es war ein Treffen bei Poltawa«:

»Rußlands Krieger rechten Glaubens
Schlägt die Feinde, sonder Zahl . . .
  Darum lauter, o Musik,
  Blas das Siegeslied . . .«

»Einstellen, ihr Idioten!«

»Ich habe zweihundertdreißig geführt, geblieben sind sechzig«, erzählte der Leutnant, mit dem Fuß aufstampfend.

Samgin hörte ihm zu und versuchte sich vorzustellen, ob dieses Gespräch bald enden werde und womit.

»Hundertsechsundachtzig . . . siebzehn . . .«, vernahm er. »Den Krieg führen wir, die jüngeren Offiziere. Wir stehen an der Spitze von Bauern, die uns, den Adel, hassen, an der Spitze von Arbeitern, die ihr, die Intellektuellen, gegen den Zaren, den Adel und Gott aufhetzt . . .«

Er wankte, als wäre sein eines Bein plötzlich kürzer geworden, rieb sich kräftig die Stirn, schnalzte mit den Lippen und dachte eine Weile nach.

»Ich rede nicht von Ihnen persönlich, sondern – im allgemeinen von Zivilisten, von Intellektuellen. Eine Kusine von mir war mit einem Revolutionär verheiratet. Student der Bergakademie, ein kluger Kopf. Im Jahre sieben deportierte man ihn irgendwohin . . . wo sich die Füchse gute Nacht sagen. Hören Sie: Was denken Sie vom Zaren? Von diesem Gauner Rasputin, von der Zarin? Ist dieser ganze Unsinn wahr?«

»Zum Teil offenbar wohl . . .«

»Zum Teil«, brummte Petrow. »Und – wie groß ist dieser Teil?«

»Das läßt sich schwer sagen.«

Leutnant Petrow setzte sich auf das Sofa, nahm den Säbel, zog die Klinge halb aus der Scheide heraus und schob sie wieder hinein, der Stahl schnalzte genießerisch, Petrow wiederholte es und erzielte einen noch klangvolleren Schnalzer, warf den Säbel beiseite und sagte:

»Trotz allem ist es langweilig. Spielen Sie Karten? Aha! Diese Type, der Untersuchungsrichter, spielt ebenfalls. Seine Frau auch ... Gehen wir zu ihnen, sie werden uns viel Geld abgewinnen.«

Samgin entschloß sich, nicht abzusagen, und hatte auch keinen Grund dazu – er langweilte sich auch. Sie spielten lange und langweilig Karten, zuerst Preference und dann Poch. Während des ganzen Spiels sagte der Untersuchungsrichter nur einen Satz: »Letzten Endes ist nicht zu begreifen, ob man selbst spielt oder ob die Karten mit einem spielen.«

»Ebenso ist es mit den Lebensumständen«, fügte der Leutnant hinzu.

Als die Rothaarige eine Menge Briefmarken und Papiergeld gewonnen hatte, erklärte sie mit verlegenem Lächeln: »Ich kann nicht mehr.«

»Dann – gib uns noch Bier«, sagte der Untersuchungsrichter. Sie ging, die anderen begannen Chemin de fer zu spielen. Petrow trank ununterbrochen Bier, wurde aber nicht betrunken, sondern knurrte, schnurrte nur:

»Z-zu leben der allein ist würdig
Wer stets, ja-ja-ja-ja ...
Weder dorthin noch hierher, noch sonstwohin –
Alles Blödsinn ...«

Er spielte gleichmütig, riskierte unsinnig, verlor viel. Sie saßen mitten in einem Zimmer, das mit schweren ungepolsterten Möbeln aus imitiertem Mahagoni eingerichtet war, auf dem Bücherschrank ragte fast bis zur Decke eine Gipsbüste, über dem breiten, mit gemustertem Plüsch bezogenen Sofa hing ein Stich: Jan Sobieski vor Wien. Das eine der zwei Fenster zum Garten stand offen, vor ihm bewegten sich kaum bemerkbar und lautlos die Zweige einer Linde, ihr Apothekengeruch strömte ins Zimmer, unbestimmte Geräusche, die sich in der nächtlichen Dunkelheit verirrt hatten, drangen herein. Samgin hatte es abgelehnt, Chemin de fer zu spielen, er rauchte und versuchte, während er das wenig bewegliche Gesicht des Leutnants beobachtete, ihn sich im Augenblick eines Angriffs vorzustellen: vorn die Deutschen, hinten die Bauern, und er allein zwischen ihnen. Es war traurig, über den Leutnant nachzudenken.

Allein zwischen zwei Toden, und – er bleibt am Leben.

»Sagen Sie«, fragte er, »wenn Sie zum Angriff vorgehen, zücken Sie dann den Säbel, wie das die Schlachtenmaler darstellen?«

»Ich zücke ihn, ich zücke ihn«, murmelte der Leutnant, Geld zählend. »Und ich gehe nicht, sondern renne. Und – schreie. Und schwinge vor allem den Säbel. Die Hauptsache: Man muß ihn schwingen, sich bewegen! Wissen Sie, ich habe im Schützengraben wunderbare Worte aufgeschnappt, ein Soldat schrie einen anderen so richtig brutal an: ›Was bewegst du Esel dich wie ein Lebender?‹«

Der Leutnant lachte heiser und schaukelte auf dem Stuhl: »Ein hübsches Bonmot? Das ist es! So wirken die Umstände . . .«

Der Untersuchungsrichter, der mit seinem tief krächzenden Lachen in Petrows Gelächter einstimmte, kündigte an: »Va banque!«

Und sprengte die Bank.

Leutnant Petrow stand auf, schüttelte die Hände über dem Tisch und sagte: »Das ist alles.«

Dann pfiff er leise durch die Zähne, ging zum Sofa, setzte sich, gähnte und fiel nach der Seite um.

»So geht das schon die zweite Woche«, sagte halb flüsternd der Untersuchungsrichter, der die Karten zusammenlas. »Er erholt sich nach dem Lazarett. Er war verwundet und verschüttet.«

Petrow schnarchte.

»Ist hiesiger Hausbesitzer, Sohn eines Gouvernementsregierungsrats, eines geachteten Mannes. Seine Familie hat er an die Wolga geschickt, das Haus ist vorteilhaft an eine Militärbehörde vermietet. Den Krieg wird er nicht überleben – er hat sich einen Herzfehler geholt.«

Das pfeifende Schnarchen des Leutnants hatte etwas Unheimliches, das durch das halblaute Flüstern des Untersuchungsrichters gesteigert wurde.

»Das ist Mickiewicz«, sagte er. »Meine Frau ist Polin.«

Es tagte bereits. Samgin wünschte ihm gute Nacht, ging auf sein Zimmer, zog sich aus und legte sich hin, er dachte müde an die übermäßig redseligen und langweiligen Menschen, an die einsamen Menschen, die, eng von Feinden umringt, heldenhaft ihre Pflicht erfüllten, und an sich selbst, an sich konnte er nur mit Bedauern denken, voller Verärgerung über die Menschen, welche die Bürde ihrer Eindrücke rücksichtslos und sogar gleichsam rachsüchtig aufeinander abwälzten. Er, Klim Iwanowitsch Samgin, erlaubte sich nie Klagen über das Leben, Offenheit, Intimitäten. Sogar Marina gegenüber hatte er sie sich nicht gestattet. Er schlummerte bereits, als Petrow eintrat, laut gähnte, sich mit rücksichtslosem Lärm auszog und, im Nachtzeug dasitzend, sich mit beiden Händen an der behaarten Brust kratzte.

»Schlafen Sie?« fragte er.

»Nein.«

»Jedoch – unter uns gesagt – das Leben, mein Teurer, ist sinnlos.

Völlig sinnlos. So liberal wir uns auch gebärden mögen. Ja-ja-ja. Gute Nacht.«

»Danke«, sagte Samgin leise, den die Äußerung des Leutnants über das Leben ungemein verwunderte, dieser Satz stimmte nicht mit dem Beruf des Helden, seiner Gesinnung und seinem Äußeren überein und erweckte, da er so unerwartet kam, den Eindruck, als hätte ein Schlag gegen eine Kupferglocke einen hölzernen Ton hervorgerufen. Klim Iwanowitsch erlaubte sich seit einiger Zeit, zuweilen, in Stunden der Müdigkeit und Mißerfolge, dem Leben vorzuwerfen, daß sein Sinn unklar sei, aber das glich den übertriebenen Vorwürfen, die er sich bei Streitigkeiten mit Warwara gestattet hatte, um sie zu kränken. Seit Tagilskij die Rolle und den Platz Samgins im Leben als die eines Aristokraten der Demokratie definiert hatte, konnte er, Samgin, natürlich nicht mehr ernstlich denken, daß sein Leben sinnlos sei. Der Leutnant jedoch dachte im Ernst so.

»Die Hauptsache ist, mein Lieber, daß es keinen Gott gibt!« murmelte der Leutnant, nachdem er sich eine Zigarette angezündet hatte, wobei er, wie um einer alten Gewohnheit Genüge zu tun, sich sorgfältig bald an der Brust, bald an den ebenso stark behaarten Beinen kratzte. »Verstehen Sie – es gibt keinen Gott. Nicht laut Voltaire oder laut diesem . . . wie heißt er doch? Na – der Teufel soll ihn holen! Ich sage: Es gibt keinen Gott, nicht gemäß der Logik, nicht auf Grund irgendwelcher Beweise, sondern – es gibt wirklich keinen, gefühlsmäßig, physisch, physiologisch und – wie heißt das doch noch? Kurz gesagt . . . In der Kindheit bildete sich bei mir so ein fester Glaube heraus: In Nishnij Nowgorod stände ein berühmtes Minin- und Posharskij-Denkmal. Eines stände in Moskau, ein zweites, besseres, in Nishnij. Ich kam dorthin, um das Kadettenkorps zu besuchen, doch das Denkmal – gab es nicht! War eins dagewesen? Es war nie eins dagewesen . . . So ist es auch mit Gott.«

Als Samgin, von eisernem Dröhnen geweckt, erwachte, war der Leutnant nicht mehr im Zimmer. Die Artillerie dröhnte, die auf dem Kopfsteinpflaster vorbeitrabte, mit dem Eisengepolter wetteiferte ein Glockengeläut, das so gewaltig war, daß es schien, es brächte sogar im Zimmer die Luft ins Wallen. Beim Kaffee erklärte der Untersuchungsrichter, in der Stadt sei eine Artillerieparade anberaumt, die aus Petrograd eingetroffen war, und man läute, weil Sonntag sei, die Kirchen riefen zum Spätgottesdienst.

»Meine Frau ist in die Kirche gegangen«, teilte er unnötigerweise mit, dann erzählte er sachlich, daß man die verschwundenen Waggons nicht hier suchen müsse, sondern näher zur Front.

»Doch Sie werden sie wahrscheinlich auch dort nicht finden«, fügte er gleichmütig hinzu, »Verpflegungsmaterial wird erstaunlich geschickt gestohlen, es stehlen Spekulanten, Heeresintendanten, Soldaten, überhaupt alle, die Gefallen daran finden.«

Dennoch stellte er einige Erwägungen an, aus denen folgte, daß man die Waggons irgendwohin nach Litauen verschoben habe. Samgin schien es, dieser Mann habe Gründe, zu wünschen, daß er, Samgin, verschwände. Aber der Untersuchungsrichter bekräftigte die Argumente zugunsten einer Reise durch das Angebot, ihm einen Brief an den Bruder seiner Frau, einen Rittmeister der Feldgendarmerie, mitzugeben.

»Er kann Ihnen sehr helfen.«

Die erste Reise in Sachen des Verbandes hatte auf Samgin einen hinlänglich unangenehmen Eindruck gemacht, aber er hielt es dennoch für seine Pflicht, einmal der Front näher zu kommen und, wenn möglich, die Soldaten bei ihrer Tätigkeit im Kampf, zu sehen.

Und nun saß er auf einem Stapel alter Eisenbahnschwellen, im Schatten eines riesengroßen Baums mit kleinen Blättern, die an der Oberseite hellgrün, an der Unterseite zinnfarben waren. Diese sonderbaren, leichten Blätter waren völlig reglos, obwohl alles rundum in Bewegung war: An dem trüben Himmel gleißte blendend und heiß die Sonne und schien auf eine weite, mit Erdhöckern bedeckte Ebene. Diese war an der einen Seite von einem mäßig hohen, sandigen Bahndamm, an der anderen von einem dichten Kleingehölz begrenzt, es hatte noch vor kurzem bis dicht an den Bahndamm gereicht, und von ihm waren eine Menge Baumstümpfe verschiedener Höhe übriggeblieben, die auf der ganzen Ebene hochragten.

Ungefähr hundert Schritt von Samgin entfernt wurde der Bahndamm von einem Fluß durchschnitten, der Fluß war von dem eisernen Gitterwerk einer Brücke überspannt, unter ihr strömte, wie Quecksilber glitzernd, rasch der Fluß heraus, versumpft und nicht breit, das eine Ufer war dicht mit Schilf und Riedgras zugewachsen, an dem anderen befanden sich Sandbänke, und längs der ganzen sichtbaren Uferstrecke wuschen sich Soldaten, gingen und schwammen umher oder wuschen Pferde, an drei Stellen fingen sie mit dem Schleppnetz Fische, rieben einander die Brust, die Beine, den Rükken mit dem warmen, dicken Schlamm des Flusses ab. Soldaten waren noch mehr da als Baumstümpfe und Erdhöcker, es waren so viele, daß es schien: Wenn sie sich auf die Erde legten, würde die Erde unter ihnen unsichtbar. An einer Stelle wurde im Sand gerungen wie im Zirkus, an einer anderen bedeckte man das Dach einer Baracke mit grünen Zweigen, in der Ferne, fast am Waldrand, wurde eine aus runden Stangen gebaute Baracke zerlegt. Da und dort Zelte, die mit Baumzweigen beworfen waren, grünen und verdorrten, herbstlich gefärbten; es gab viele solche Zweige, sie waren in die feuchte Erde gestampft, mit ihnen waren die Wege zwischen den Baumstümpfen und Erdhöckern ausgelegt. Die Schornsteine von Feldküchen rauchten, es rauchten Lagerfeuer. Samgin zählte acht Lagerfeuer, dann elf und hörte auf zu zählen, es waren auch noch kleinere Lagerfeuer da, über ihnen kochten Teekessel, neben ihnen saßen zu zweit und zu dritt Soldaten. Sie hatten weiße und leicht graue Hemden an, sehr viele ganz nackte flickten Wäsche. Es fiel auf, daß viele Soldaten allein umherschlenderten, als mieden sie das Zusammensein. Der Rauch, der schwerfällig und langsam aufstieg, vermischte sich mit heißer, feuchter Luft, dicht über den Menschen hing eine graue Wolke, der Rauch war mit dem Geruch von Sumpf und menschlichem Kot geschwängert. Die Leute schrien, ihr undeutliches Geschrei bildete auch gleichsam eine Wolke verschiedenartigen Lärms, ein soldatisches Marschlied hüpfte gleichmäßig auf und ab, ein Bauernlied zog sich trübselig in die Länge, Ziehharmonikas schnarrten metallisch und winselten, Äxte hämmerten, irgendwo übten unsichtbare Trommler, dreißig Schritt vom Bahndamm entfernt hatte sich ein dicker Ring angesammelt, in seiner Mitte tanzten zwei, und der Chor brüllte wie toll das altüberkommene Lied:

»Die Bauern in der Regel
Sind Schurken, Schweine, Flegel.
  Hei – Schneeballstrauch, hei, Himbeerstrauch.
Die Finger sie kappen, die Zähne sie reißen,
Drücken sich vorm Dienst beim Zaren.
  Sie wolln nicht!
Schneeballstrauch, hei – Himbeerstrauch.«

Den Chor dirigierte der Fähnrich Charlamow. Samgin hatte ihn schon gesehen und mit ihm gesprochen. Der geckenhafte Leser konterrevolutionärer Literatur und Freund gepfefferter oppositioneller Anekdoten war sehr abgemagert, hatte sich gestreckt und sich einen Bart von unbestimmter Farbe wachsen lassen, aber seine Neigung zu kleinen Scherzen und Clownerien nicht eingebüßt.

»Ich übe mich in Patriotismus«, antwortete er auf die Frage, wie es ihm ginge.

»Waren Sie schon im Kampf?«

»In unmittelbare Nähe zum Feind bin ich noch nicht gekommen. Wir sitzen in einer langen, feuchten Grube und stehen durch Gewehrschüsse in Verbindung. Der Feind bevorzugt Maschinengewehre und eindrucksvollere Waffen zur Vernichtung des Lebens. Er trachtet auch nicht nach dem heroischen Kampf mit Bajonetten und Gewehrkolben oder mit den Fäusten.«

Während er in solch einem höhnischen und abgeschmackten Ton sprach, kniff er in einem fort die Augen zusammen und biß sich auf die Lippen. Doch zuweilen erklangen zwischen den platten Sätzen seiner feuilletonartigen Rede unangebracht, zu ihnen nicht passend, Sätze in anderem Ton.

»Meine Aufgabe läuft darauf hinaus, die Leute zu beobachten, daß sie ihre Pflichten streng erfüllen: keine Dummheiten reden, schießen, wenn sie schießen sollen, und nicht desertieren.«

»Desertieren sie denn?«

»Stellen Sie sich vor – sehr gern, und obwohl sie wissen, daß man deswegen erschossen wird.«

Er war der erste, der Samgin sagte, daß man ihn nicht näher zur Front vorlassen werde.

»Es findet eine Umgruppierung der Truppenteile statt, um die Front zu begradigen. Sie verstehen natürlich, was das bedeutet. Der Frontabschnitt, an dem mein Regiment stand, wird weiter ins Hinterland zurückverlegt.«

Er deutete mit einer weit ausholenden Handbewegung auf die Ebene, die von Soldaten wimmelte.

»Das ist Hinterland. Hier – wird ausgeruht. Das Bataillon, zu dem ich gehöre, ist zur Erholung hierhergeschickt worden, aber es sieht danach aus, daß auch wir zusammen mit anderen Ausruhenden uns noch weiter in die Sümpfe werden zurückziehen müssen.«

Samgin fragte, warum eine so feuchte, langweilige Gegend ausgesucht worden sei.

»Das – weiß ich nicht. Wie Sie sehen, ist es jenseits des Bahndamms trocken, der Boden ist sandig, früher stand dort Nadelwald, und hinter den Überresten des Waldes befanden sich Lazarette des ›Roten Kreuzes‹ und allerhand Wirtschaftsgebäude von ihm. Auf dem Fluß konnte man Stücke von rosa Verbandstoff, Wattebäusche und überhaupt einige Intimitäten der Chirurgen schwimmen sehen, aber die Soldaten protestierten gegen eine so originelle Verunreinigung des Flusses, dessen Wasser sie trinken.«

Charlamow schwieg ein paar Sekunden, dann fragte er: »Kennen Sie nicht einen gewissen Anton Tagilskij?«

»Ich bin ihm begegnet.«

»Hat er auch irgendwelche Beziehung zum Städteverband? Sie wissen es nicht? Er trägt nicht die ihm zugeteilte Uniform, hat irgend etwas mit Verpflegungsfragen zu tun und ist überhaupt so etwas wie ein Geheiminspekteur. Er weiß alles, rechnet immerfort.«

»Er liebt Zahlen«, teilte Samgin mit.

»Ganz recht! Ein außerordentlich interessanter und kluger Mann. Das Offizierskorps kann ihn nicht leiden und spricht sogar davon, daß er etwas mit dem Polizeidepartement zu tun zu haben scheine. Nach seinen Gesprächen mit den Soldaten zu urteilen, sieht es nicht danach aus.«

»Werden denn solche Gespräche geduldet?«

»Was für welche?« fragte Charlamow naiv, aber Klim Iwanowitsch begriff, daß die Naivität gekünstelt war.

»Gespräche mit Zivilisten.«

»Je nachdem, worüber«, sagte Charlamow lächelnd. »Zum Beispiel: Gespräche über den Sozialismus sind verboten. Über den Zaren – ebenfalls.«

»Ach, sieh mal an! Spricht er darüber?«

»Nein«, entgegnete Charlamow ernst und rasch. »Ich sagte nicht, daß er gerade über diese Fragen spräche. Er redet von verschiedenen Kleinigkeiten des Lebens, für die sich die Soldaten interessieren.«

»Und die Offiziere verhalten sich ihm gegenüber ablehnend?« fragte Samgin.

»Ja. Wie überhaupt Zivilisten gegenüber.«

»Jedoch, nicht jeder wird der Spionage verdächtigt«, sagte Samgin trocken und fügte – unwillkürlich – ebenso trocken hinzu: »Ich kannte ihn, als er noch stellvertretender Staatsanwalt war.«

»Sieh mal an!« sagte Charlamow halblaut.

Zwei Stunden nach diesem Gespräch sah Samgin, wie Tagilskij getötet wurde. Samgin trank Tee in einer Baracke – dem Speiseraum der Offiziere. In diesem langen Schuppen waren etwa zehn Männer, zwei waren an einem Fenster ins Schachspiel vertieft, einer schrieb einen Brief und blickte ab und zu lächelnd zur Decke, zwei weitere sahen in einer Ecke Illustrierte und Zeitungen durch, an einem Tisch trank ein dicker alter Mann mit Orden am Hals und an der Brust Kaffee, neben ihm saßen die übrigen, und einer von ihnen, mit schwarzem Schnurrbärtchen und Katzengesicht, erzählte halblaut irgend etwas, wodurch er den Alten zum Lachen brachte. Er hatte eben erst ein Gespräch mit dem Rittmeister Ruschtschiz-Stryjskij beendet, einem Mann von solch hünenhaftem Umfang, daß man sich kein Pferd vorstellen konnte, auf dem dieser riesengroße, schwere Mann hätte reiten können. Sein Schädel war mit einer äußerst dichten Masse grauen Kraushaars bedeckt, sein rundes, rotwangiges Gesicht zierten Schafaugen, eine rote Nase und ein dichter, dicker, schwarzer Schnurrbart, der schön von silbernen Fäden durchsteppt war. Als er Samgin angehört hatte, sagte er gutmütig und liebenswürdig mit tiefster Grabesstimme: »Geben Sie's auf, mein Guter! Das ist eine faule Sache. Noch zwei, drei Tage früher, dann vielleicht ... Jetzt jedoch tanzen wir ein bißchen rückwärts, das Material der Verpflegungszüge wird abgeschoben, wohin es sich nur abschieben läßt, alles ist durcheinandergeraten, und wir können selbst nichts finden. Die Munition muß weggeschafft werden, das ist es. Einiges werden wir wohl den Flammen übergeben müssen.«

Gerade in diesem Augenblick erschien Tagilskij. Er trat durch die offene Tür ein und schlug sie mit solcher Kraft hinter sich zu, daß die dünnen Barackenwände hinter Samgin erzitterten und die Scheiben in den Fensterrahmen dröhnten und klirrten, aber die Tür wurde mit der gleichen Kraft wieder aufgerissen, und gleich nach Tagilskij trat ein hochgewachsener, rothaariger Offizier mit einer Reitgerte in der rechten Hand ein.

»Antworten Sie gefälligst«, schrie er mit hoher Stimme und stampfte so mit den Füßen, daß sogar durch den Lärm des Kasinos hindurch, das wie ein Faß widerhallte, das Klirren seiner Sporen zu hören war.

»Ich bitte, mich in Ruhe zu lassen«, schrie ebenfalls Tagilskij, der sich an einen Tisch setzte und mit den Händen das Geschirr beiseite schob. Samgin merkte, daß Tagilskijs Hände zitterten. Ein dicker Offizier mit grauem Bärtchen im aufgedunsenen Gesicht, mit Orden an Hals und Brust, sagte streng: »Ich bitte, keinen Radau zu machen! Was ist los?«

Der rothaarige Offizier hatte ein graues Gesicht mit einem Stich ins Bläulichleichenhafte, das Gesicht wurde durch krampfhafte Grimassen entstellt, er versuchte, wie es schien, vor Schmerz, die Augen zu schließen, aber sie quollen vor.

»Gestern suchte dieser Herr uns einzureden, die sibirischen Butterhändler verkauften Butter an die Japaner, obwohl sie gut wüßten, daß sie von dort nach Deutschland weitergeht«, sagte er, sich mit der Reitgerte an den Stiefel schlagend. »Heute beschuldigte er mich und Hauptmann Saguljajew, wir hätten Unschuldige verurteilt ...«

»Ja«, schrie Tagilskij, auf dem Stuhle hochschnellend. »Sie haben Geistesgestörte erschießen lassen und nicht Deserteure.«

»Halten Sie den Mund!« rief wütend der dicke Offizier. »Wer hat Sie berechtigt ...«

»Solche Deserteure gibt es hier zu Dutzenden, dort gehen sie herum! Das sind Kranke. Sie haben den Verstand verloren. Sie wissen nicht, wohin ...«

Nur die Schachspieler waren sitzen geblieben, alle übrigen Offiziere, ungefähr sechs, kamen allmählich an den Tisch und traten an seine andere Seite, gegenüber von Tagilskij, neben den Dicken. Samgin merkte, daß sie alle Tagilskij mürrisch und zornig ansahen, nur einer stocherte gleichmütig mit einem Zahnstocher in seinen Zähnen herum. Der rothaarige Offizier stand neben Tagilskij und überragte ihn um eine halbe Körperlänge ... Er sagte irgend etwas – Tagilskij antwortete laut: »Ja. Ich bin Jurist und mir darüber im klaren, was ich sage. Nämlich das: Ermordung geistig Unzurechnungsfähiger ...«

Der Offizier holte mit der Reitgerte aus, aber Tagilskij sprang auf, kreischte: »Unterstehen Sie sich!« und – stieß ihn mit großer Kraft von sich, der Offizier wankte, die Reitgerte schlug laut gegen den Tisch, der Alte war aufgesprungen und rief keuchend: »Rittmeister Ruschtschiz ...«

In diesem Augenblick krachte ein Schuß. Samgin sah deutlich, wie Tagilskijs Gesicht zuckte und sich entfärbte, sah, wie er wuchtig auf den Stuhl herabsank und mit dem Stuhl zusammen zu Boden fiel, und in der Stille, die der Schuß herbeigeführt hatte, knarrte und zerbrach ein Stuhlbein. Dann sagte der Dicke gedämpft: »Äh, Hauptmann Weljaminow, immer wieder Sie ...«

Der rothaarige Offizier legte den Revolver auf den Tisch, schnallte das Koppel auf, nahm den Säbel ab und legte ihn auf den Tisch, worauf er halblaut zu Ruschtschiz sagte: »Zu Ihren Diensten, Rittmeister ...«

»Wie konnten Sie sich nicht zurückhalten!« fragte gedämpft, aber zornig der Dicke.

»Verzeihung«, sagte Ruschtschiz, der ebenfalls die Stimme senkte, wovon sie noch mehr dröhnte. Das letzte, was Samgin in Erinnerung blieb, war Tagilskijs Körper in zerknittertem Anzug, mit dem Kopf unter dem Tisch, und sein gelbes Gesicht mit zusammengezogenen Brauen ...

Samgin kam es vor, daß er, wenn er sich vom Stuhl zu erheben versuchte, ebenfalls umfallen würde.

Ich sehe nicht zum erstenmal, wie getötet wird, rief er sich ins Gedächtnis, aber das half nichts, und so beugte er sich über den Tisch, trank den ausgekühlten, widerlichen Tee und hörte den gesenkten Stimmen zu.

»Ist denn das Feldkriegsgericht für Zivilisten zuständig?«

»Daß Sie so etwas fragen können, mein Freund! Wie wurden denn die Revolutionäre in den Jahren sechs und sieben abgeurteilt?«

»Ach ja! Das hatte ich vergessen.«

»Die Hauptsache ist, daß es publik werden könnte ...«

»Die Soldaten ...«

Ohne daß Samgin es bemerkt hatte, waren zwei Offiziere an ihn herangetreten, und der eine von ihnen sagte: »Wir alle, mit dem General an der Spitze, bitten Sie, diesen traurigen Vorfall nicht auszuplaudern.«

»Ja. Ich – verstehe.«

Sie begannen beide zugleich zu reden: »Wenigstens – hier.«

»Und besonders – unter den Gemeinen.«

»Ich habe keinen Umgang mit Soldaten«, sagte Samgin.

»Man kann es als Selbstmord auslegen«, sagte freundlich der eine Offizier, und der andere fragte: »Haben Sie diesen Mann gekannt?«

»Ja, ich kannte ihn.«

»Er war doch in dem gleichen Verband wie Sie?«

»Kannten Sie ihn näher?«

»Nein, das nicht«, antwortete Samgin und fügte mechanisch hinzu: »Vor anderthalb oder zwei Jahren machte er tatsächlich einen Selbstmordversuch. Es stand in den Zeitungen.«

»Das ist ausgezeichnet!« sagte mit stiller Freude der eine, während der andere im gleichen Ton hinzusetzte: »Großartig! Erinnern Sie sich nicht, in welcher Zeitung und wann?«

»Nein, das weiß ich nicht mehr.«

»Das ist schade! Also – Ihr Ehrenwort?«

»Ja, ja«, sagte Klim Iwanowitsch.

Dann schlug der eine von ihnen die Hacken zusammen und sagte: »Habe die Ehre!«

Der andere – schlug auch die Hacken zusammen, sagte aber nichts, und beide entfernten sich sehr rasch an ihren Tisch.

Samgin stand auf, verließ die Baracke und ging auf dem Fußpfad an dem Bahngleis entlang; als er sich ungefähr anderthalb Werst von der Station entfernt hatte, setzte er sich auf die Eisenbahnschwellen und saß nun, den Blick auf das Soldatenlager gerichtet, das über die Ebene verstreut war. Dann erhob sich die für Klim Iwanowitsch nicht leichte Frage: Wer ist mehr ein Held – Leutnant Petrow oder Anton Tagilskij?

Die Ermordung Tagilskijs hatte ihn als die fast augenblickliche und erschreckende Verwandlung eines lebenden, gesunden Menschen in eine Leiche erschüttert und in Aufregung versetzt, der Tod dieses Sohns eines Schankwirts und Freudenhausinhabers jedoch erweckte kein Mitleid oder irgendwelche »guten Gefühle«. Klim Iwanowitsch erinnerte sich noch gut an die höchst unangenehmen Stunden seiner Gespräche mit Tagilskij im Zusammenhang mit Marinas Ermordung.

Er trieb damals irgendein sehr dunkles und verletzendes Spiel mit mir. Er ist der typische Abenteurer, aber ein Pechvogel, und es ist ganz natürlich, daß er in seinem Streben nach einer heroischen Pose so sinnlos ums Leben kam.

Er mußte daran denken, wie Tagilskij nach der Zerschlagung der Armee Samsonows in einer kleinen Versammlung in der Wohnung eines sehr bekannten Schriftstellers gesagt hatte: »Ich gehöre zu jener Zahl von Intellektuellen, die mehr proletarisiert sind als jeder beliebige Arbeiter. Selbst wenn ein Arbeiter keine sehr hohe technische Qualifikation besitzt, ist er nicht nur Herr über seine physische Energie, sondern auch ein Mensch, der seine technischen Kenntnisse als eine gewisse Wahrheit, als etwas offensichtlich Nützliches schätzen kann. Ich bin als Jurist qualifiziert, als Verteidiger der Gesellschaft gegen Anschläge auf ihre sozialpolitische Ordnung, auf das Eigentum, auf das Leben ihrer Mitglieder. Aber stellen Sie sich vor, bei mir ist das Bewußtsein, daß ich diese Ordnung zu schützen habe, verschwunden, stellen Sie sich vor, daß ich diese Ordnung als etwas mir Feindliches empfinde. Als etwas, das mich zum Krüppel macht.«

»Nun – ja! Dann sind Sie ein Anarchist«, hatte geringschätzig sein Opponent, Alexej Gogin, gesagt; ein ebensolcher Geck, wie er acht Jahre früher gewesen war, hatte er den lustigen Glanz seiner flinken Augen bewahrt, doch jetzt lag in diesem Glanz etwas Hochmütiges, Ironisches, und seine schöne weiche Stimme klang selbstzufrieden, entschieden. Gogin hatte auffallend zugenommen, und die schön zusammengezogenen Brauen machten sein gepflegtes Gesicht auf besondere Weise bedeutend.

»Möglicherweise bin ich Anarchist, aber nicht, weil ich mit dieser Theorie vertraut wäre, die nebenbei bemerkt sehr platt, primitiv und sogar ein wenig banal ist . . .«

»So?« hatte sich Gogin mißtrauisch gewundert.

»Ja, so. Sie sind ein Patriot, Sie verurteilen scharf die Defätisten. Ich verstehe Sie sehr gut: Sie arbeiten in einer Bank, Sie sind ihr künftiger Direktor und sogar der eventuelle Finanzminister einer künftigen Russischen Republik. Sie haben etwas zu verteidigen. Ich bin, wie Sie wissen, der Sohn eines Schankwirts. Selbstverständlich steht es mir ebenso wie Ihnen und jedem anderen Bürger unseres glorreichen Vaterlandes frei, noch eine Schankwirtschaft oder ein Freudenhaus zu eröffnen. Aber ich will nichts eröffnen. Ich – bin ein Mensch, der aus der Gesellschaft herausgefallen ist, verstehen Sie? Ich bin aus der Gesellschaft herausgefallen.«

»Wie ein Milchzahn bei einem Kind? Oder?« hatte Gogin gefragt.

»Wie Sie wünschen«, hatte Tagilskij müde gesagt, während der

Schriftsteller, die Brauen seines schönen, aber wenig beweglichen Gesichts zusammenziehend, kundig und prophetisch ausgesprochen hatte: »In Ihren Worten ist die Stimme des Todes zu vernehmen, Sie gehen dem Selbstmord entgegen.«

Tagilskij hatte nur stumm mit den Achseln gezuckt.

Nein, Tagilskij ist natürlich kein Held, entschied Klim Iwanowitsch Samgin. Sein Verhalten war eine Geste der Verzweiflung. Er hatte einen Selbstmordversuch gemacht – der war mißlungen, nun richtete er es so ein, daß man ihn tötete . . . Einen Intellektuellen in erster Generation hatte er sich genannt. Ein Intellektueller? Aber – wie viele Menschen sind schon vor meinen Augen getötet worden! entsann er sich, worauf er eine Zeitlang dasaß und ganz abwesend zu ergründen suchte, ob er mit Stolz oder nur mit Verwunderung daran dachte.

Ich habe das Recht, auf die Vielfalt meiner Erfahrungen stolz zu sein, dachte er weiter, den Blick auf die Ebene gerichtet, auf der sich ununterbrochen, unermüdlich Hunderte von grauen Gestalten bewegten, während über ihnen eine Wolke vielstimmigen, bunten Lärms schwebte. Man konnte auf dieses sinnlose Getümmel sehen, seinem Tönen zuhören und – durch das flimmernde Netz der eigenen Gedanken und Erinnerungen nichts sehen, nichts hören.

Er hatte tatsächlich nicht gehört, wie ein hochgewachsener Soldat im Mantel und mit einem Stöckchen in der Hand auf ihn zugekommen war, er war auf ihn zugekommen und fragte halblaut: »Euer Wohlgeboren – haben Sie nicht eine Zeitung zum Lesen?«

Samgin blickte eilig um sich – ringsum war niemand, aber etwa hundert Schritt weit entfernt bewegten sich langsam noch drei.

»Nein«, antwortete er trocken.

Der Soldat seufzte laut und fragte, während er mit dem Stock in einer morschen Schwelle herumstocherte, von neuem: »Sie sind wohl vom Semstwoverband?«

»Ja.«

Und da er einsah, daß er beleidigend kurz geantwortet hatte, fragte er: »Sind Sie verwundet?«

»Das Rheuma plagt mich. In den Schützengräben greift es erbarmungslos um sich. Das ist hier eine feuchte Gegend. Sumpfig«, murmelte der Soldat, dann wartete er eine Weile auf eine weitere Frage, da aber keine kam, schwang er den Stock hoch und sagte teilnahmsvoll: »Ich beobachte Sie schon lange, von dort drüben – da sitzt nun ein Mann ganz allein und denkt über unsere mißlichen Dinge nach . . .«

Samgin schwieg. Der Soldat seufzte nochmals langgezogen und

noch lauter, dann entfernte er sich, den Stock auf den Boden setzend, in Richtung zur Station.

Er hinterließ dumpfe Erregung, und an dieser Erregung entzündeten sich, erglommen sonderbare Gedanken:

Wieviel an höchst wertvollen Kräften, wieviel hartnäckige Belehrung wird für diese halbwilde, halbanalphabetische Menschenmasse vergeudet. Im Grunde sind sie nicht so sehr eine Hilfe als ein Hindernis im Leben.

Mit irgendeinem Zipfel seines Gehirns begriff Klim Iwanowitsch die komische Paradoxie dieser Gedanken, aber er ließ sie gewähren, und sie glommen in ihm, wie Zunder oder morsche Holzstückchen glimmen, und riefen in seiner Erinnerung die Bilder von der Plünderung des Kornspeichers, vom Hochziehen der Glocke und eine Menge ähnlicher hervor, bis hin zu den bärtigen Zähnebleckenden auf dem Bahnhof in Nowgorod, bis zu diesem Getümmel Hunderter von Soldaten hier inmitten der Stümpfe in aller Eile gefällter Bäume und zertretenen Bruchholzes.

Die drei Soldaten kamen immer näher. Samgin stand auf und ging schnell dem ersten Soldaten nach, und dieser dachte wahrscheinlich, daß der Herr ihn einholen wolle – blieb stehen und wartete. Hierauf verließ Klim Iwanowitsch, nachdem er die geeignetste Stelle gewählt hatte, den Bahndamm und ging auf die Stadt zu. Auf dieser Seite des Bahndamms war die Landschaft ordentlicher und nicht so dicht mit Menschen besät: Das Flüßchen schlängelte sich durch ein hügeliges, mit Grasnarben bedecktes Feld, das mit kleinen Birkengruppen geschmückt war, hie und da ragten bronzefarbene Föhrenstämme, unter dem dichten Grün ihrer Kronen standen weiße Zelte, gelbe Baracken und Stapel irgendwelcher Kisten, die mit Planen bedeckt waren, überall waren rote Kreuze, huschten die weißen Gestalten von Krankenschwestern umher, vor den Fenstern eines Bretterhäuschens saß ein Priester in lilafarbenem Talar – ein sehr angenehmer Farbfleck. Die Straße von der Station zur Stadt war mit kleinen Feldsteinen gepflastert, sie verlief am Ufer des Flusses entlang stromaufwärts und verbarg sich in dichtem Gestrüpp oder zwischen kleinen Gruppen engstehender Birken. Eine halbe Werst vor der Stadt trat aus dem Gesträuch ein Soldat in blauem Hemd ohne Gürtel, mit einer langen, biegsamen Eisenstange auf der Schulter, und gleich nach ihm – Charlamow.

»Haben Sie gehört?« sagte er halblaut und aufgeregt zu Samgin. »Hauptmann Weljaminow hat Tagilskij erschossen . . .«

»Zufällig?« fragte Klim Iwanowitsch mit einem Seitenblick auf das schmierige Gesicht des Soldaten.

»Aber nein! Sie stritten sich ...«

Der Soldat bewegte den Schnurrbart, dann schüttelte er kaum bemerkbar und verneinend den Kopf.

Das ist Jakow, Samgin erinnerte sich an Moskau, an das Jahr fünf, an die Barrikade. Genosse Jakow ...

Unterdessen sagte Charlamow voller Vorwurf gegen irgend jemanden: »Tagilskij hat mit Recht behauptet, daß man Kranke verurteilt und erschossen habe und nicht Deserteure, und dieser Weljaminow war der Richter.«

»Waren Sie ... dabei zugegen?« fragte Samgin streng.

Genosse Jakow fragte ebenfalls Charlamow: »Darf ich gehen, Euer Wohlgeboren?«

»Ja, geh nur, geh ...«

Jakow überquerte die Straße, die Eisenstange, die hinter ihm schaukelte, trieb ihn gleichsam. Charlamow, der die Mütze abgenommen hatte und sich mit ihr das Gesicht fächelte, sagte eilig und bedrückt, wie es sonst nicht seine Art war: »Fast jedes Artilleriegefecht schafft Menschen mit psychischem Trauma, der betäubte Mann geht immer der Nase nach, einige legen weite Strecken zurück, man fängt sie – ein Deserteur! Doch er begreift nichts, hat sogar verlernt, klar zu reden, und ist völlig unzurechnungsfähig!«

Samgin hörte zu und überlegte: Er hatte den Offizieren sein Wort gegeben, die näheren Umstände des Mordes nicht auszuplaudern, aber nun waren sie schon bekannt, und die Offiziere konnten denken, er bringe sie unter die Leute.

»Kennen Sie diesen ... Soldaten schon lange?« fragte er und fühlte, wie kalte Wut ihm die Kehle zuschnürte.

Charlamow, der Samgin nicht ohne Verwunderung und fragend ins Gesicht blickte, sagte, daß er Jakow als den Schlosser kenne, der die Reparaturwerkstätte für den Nachschub, für Feldküchen und so weiter leite.

»Er ist ein sehr gescheiter Mann, kann lesen und schreiben. Warum?«

»Gehört es sich denn, daß Sie in seiner Gegenwart von diesem ... Vorfall mit Tagilskij reden?« fragte Samgin und sah sofort ein, daß die Form der Frage ungeschickt war.

»Ein hüb-scher Vorfall!« rief Charlamow mit aufgerissenen Augen aus. »Aber – er wußte davon früher als ich, er arbeitet dort.«

Klim Iwanowitsch sagte sehr streng: »Wenn er es schon wußte, dann ... ist das etwas anderes! Im allgemeinen bin ich der Ansicht, daß wir an diesen für uns traurigen Tagen die Autorität des Offizierskorps in den Augen der Gemeinen nicht untergraben sollten ...«

»Aha-a«, sagte Charlamow gedehnt, langsam und lächelnd. »Sind Sie ein Vaterlandsverteidiger?«

»Ja«, sagte Samgin mutig und bedauerte es sofort.

»Dann ist das ... tatsächlich etwas anderes!« bemerkte Charlamow, ohne seine Ironie zu verhehlen. »Aber sehen Sie: Ich weiß genau, daß Hauptmann Weljaminow im Jahre 1905 Leutnant beim Pskower Regiment und Chef der Kompanie war, die am Alexandergarten die Erschießungen vornahm. Das Pskower Regiment hat noch ein historisches Verdienst dem Vaterland gegenüber: Im Jahre 1831 bezwang es die polnischen Aufrührer ...«

Klim Iwanowitsch Samgin unterbrach seine Erzählung durch die Frage: »Was folgt denn daraus? Daß man die Armee zersetzen muß, ja?«

Charlamow wölbte mit sichtlicher Verblüffung die Augen vor, sein krummnasiges Gesicht errötete tief, er schwieg ein paar Sekunden lang und leckte sich die Lippen, dann zeigte er seine gewohnte Vorliebe für leichte Clownerien: Er schlug die Hacken zusammen, verzog das Gesicht zu einem häßlichen Lächeln, verneigte sich und sagte: »Wage nicht, Sie länger aufzuhalten!«

Er machte vor Samgin scharf linksum kehrt und ging davon.

Unverschämter Kerl, gab Samgin ihm stumm zum Geleit. Ein Clown. Operettenclown. Nihilist natürlich. Anarchist.

Er sah, sich eine Zigarette anzündend, hinter dem schnell Davongehenden her und dachte daran, daß in der Zeit, in der »dem Staat unter den Schlägen des Feindes die Vernichtung droht und sich alle einmütig, als unüberwindliche Granitmauer dem Feind entgegenstellen müssen«, daß in diesen furchtbaren Tagen solche verantwortungslosen Menschen wie dieser Geck und die Jakows, wie der Zimmermann Ossip oder Tagilskij zersetzende Gedanken und Ideen unter den Menschen aussäten. Es war ganz natürlich, sich des Rittmeisters Ruschtschiz-Stryjskij zu erinnern, aber hier erschrak Klim Iwanowitsch, da er sich in Gefahr fühlte.

Er hätte sagen können, daß die Wirklichkeit seit einiger Zeit begonnen habe, sich ihm gegenüber feindlich zu verhalten. Sie schüttelte ihn wie einen Sack und brachte dadurch alles, was er gesehen hatte, woran er sich erinnerte, in den Zustand eines kunterbunten und ermüdend widerspruchsvollen Chaos. Für kurze Zeit, eine Stunde, sogar nur zehn Minuten lang, empfand er plötzlich und beunruhigend, wie zusammenhanglos seine Lebenserfahrung war, daß eine verfestigende Übereinstimmung von Denken und Ziel in ihr fehlte, und hinter dieser Empfindung verbarg sich die Ahnung von der Sinnlosigkeit des Lebens. Vieles schien ihm überflüssig, ja sogar ohne jeglichen Sinn zu sein und zu verhindern, daß etwas anderes, Festeres und Klareres entstände. Klim Iwanowitsch Samgin enthielt sich exakter Definitionen, war sich aber bewußt, daß dieses Neue, Klare eine Einstellung verlangte, die seinem Wesen fremd war, eine Entschlossenheit, die er noch nicht besaß. Er begriff, daß die plötzlich aufgeblitzte Absicht, Rittmeister Ruschtschiz-Stryjskij von Charlamow und Jakow Mitteilung zu machen, sich nicht viel von der Mitteilung an Charlamow unterschied, daß Tagilskij stellvertretender Staatsanwalt gewesen war. Solche vorübergehenden Absichten tauchten immer öfter auf, sie ließen sich nicht mit persönlicher Antipathie erklären, für sie mußte es eine andere Erklärung geben. Klim Iwanowitsch Samgin fand sie nicht, weil er sich hütete zu suchen.

Im Schatten einer Gruppe junger Birken stand auf hohen Beinen ein langleibiges Pferd mit durchgebogenem Rücken, das vor einen Bauernwagen gespannt war, sein Fell war einstmals weiß gewesen, jetzt aber mit Staub durchsetzt, hatte ein schmutziges Grau angenommen und gelbliche Flecken bekommen, der große, knochige Kopf war kraftlos und tief zu Boden gesenkt, in der eingefallenen Augenhöhle glänzte trübe ein mattes, feuchtes Auge.

Samgin blieb stehen und betrachtete die groteske, aber traurige Gestalt des Tiers, erinnerte sich der Geschichte »Der Leinwandmesser« von L. Tolstoi, der Erzählung »Smaragd« von Kuprin und entschied, daß es besser wäre, wenn er mit dem nächsten Zug von hier wegführe.

Das Offizierskorps wird wahrscheinlich denken, von dem Vorfall mit Tagilskij habe ich erzählt . . .

Hinter den Birkenstämmen kam vorsichtig ein alter Mann hervor, der ebenso grotesk aussah wie das Pferd: Er war hochgewachsen, gebeugt, hatte ein vom Staub graues Hemd aus grober Bauernleinwand und ebensolche Hosen an, die fast bis an die Knie hochgekrempelt waren und Beine von der Farbe rostigen Eisens frei ließen. Sein grauer Bart bestand aus starken und sonderbar glatten Haaren, sie hingen vom Gesicht herab wie Fäden, die Augen waren unter den grauen Brauen fast unsichtbar. Er zeigte Samgin eine große Tabakspfeife und sagte langsam, gedämpft, gleichsam widerwillig: »Ham Se keine Streichhölzer, Euer Wohlgeboren?«

Er nahm die Schachtel aus Samgins Hand entgegen, setzte mit zwei Streichhölzern sorgfältig die Pfeife in Brand und steckte die Schachtel in die Hosentasche.

»Geben Sie die Streichhölzer zurück«, forderte Samgin ihn auf – der Alte betastete mit den Fingern die Tasche, ob sie drin waren, und schüttelte den Kopf: »Schenken Sie sie mir doch.«

Und nachdem er Samgin von Kopf bis Fuß gemustert hatte, sagte er auf einmal: »Na – bei diesem Krieg wird nischt rauskommen ... Nein. Sehen Sie, bei uns, in Staryj Jassen, haben sie das Korn geschnitten und dann restlos verbrannt, ebenso in Chalomery, auch in Udroje – restlos! Damit es nicht dem Deutschen in die Hände fällt. Der Bauer weint, das Weib – weint. Wozu weinen? Mit Tränen löscht man das Feuer nicht.«

Während er nachdenklich sprach, sah er zu Boden, vor Samgins Füße, ein scharfer grünlicher Rauch umhüllte seine Worte.

»Man fällt den Wald. Man fällt ihn so sorglos, als würden hundert Jahre lang keine Menschen mehr in dieser Gegend leben. Man kränkt die Erde, Euer Wohlgeboren! Die Menschen – tötet man, die Erde kränkt man. Wie soll man das verstehen?«

Dem Alten mußte etwas gesagt werden, und so fragte Samgin: »Was tun Sie hier?«

»Ich fahre Stroh für die Verwundeten. Nun warte ich auf mein Weib, sie bekommt das Geld ... Dabei brauchen wir es gar nicht mehr, das Geld ... Es steht schlimm, Euer Wohlgeboren. Das Leben ist traurig geworden ...«

»Man muß durchhalten«, riet Samgin ihm einsichtsvoll. »Alle haben es schwer«, fügte er streng hinzu, worauf er überzeugt prophezeite: »Bald wird das alles ein Ende haben, und wir werden wieder ruhig leben ...«

Er berührte mit dem Finger die Mütze und ging weg, wobei er irgend jemandem zornig widersprach: Das Land wird wohl kaum dadurch gewinnen, daß Analphabeten nachzudenken beginnen.

Er ging eilig, hätte sich gern umgewandt und einen Blick auf den Alten geworfen, tat es aber nicht, als fürchtete er, daß der Alte ihm nachgehen würde. Die Gedanken tauchten auch eilig auf, sie verschwanden, indem sie einander verjagten.

Charlamow sorgt wahrscheinlich dafür, daß die Leute nachdenken. Aus welchen Beweggründen tut er das?

Man kann der Ansicht sein, daß das Bestreben, die Bauernschaft und die Arbeiter zu politischem Denken zu bringen – eine Verzweiflungsgeste ehrgeiziger Leute sei. Nachdem sie den einen Einsatz verloren haben, wollen sie Revanche nehmen.

Eine Stunde später fuhr er in einem Sanitätszug, stand auf der Plattform eines Wagens und blickte auf die Felder hinaus, die mit Zelten wie mit weißen Blasen besät waren. Er fühlte sich sehr schlecht, der Nervenschock hatte körperliche Schwäche hervorgerufen, es rumorte in seinem Gedärm, in seinen Ohren war ein sonderbares Sausen, vor seinen Augen flimmerte das verwundert zukkende Gesicht Tagilskijs, die Erinnerung an Charlamow regte ihn auf. Das alles endete mit einem heftigen Durchfall, Samgin fürchtete, er bekäme die Ruhr, lag fünf Tage in irgendeinem Bahnhofslazarett und hütete, nach Petrograd zurückgekehrt, ein paar Wochen lang das Haus.

Die erfolglosen Fahrten an die Front hatten in ihm eine dumpfe, düstere Gereiztheit gegenüber bärtigen Soldaten, Zimmerleuten und Juden hervorgerufen. In dieser Gereiztheit lag etwas bereits Feindseliges gegen die Menschen, wie auch immer sie gekleidet sein mochten – in olivgrüne Hemdblusen oder in grobe Leinwand und Kattun. Früher hatte er sich Juden gegenüber gleichgültig verhalten, der Beilis-Prozeß war für ihn eine Affäre, die das Land kompromittierte, und das Antlitz des Landes – das war seine Intelligenz. Er war überzeugt gewesen, daß er sich dem Antisemitismus der Regierung gegenüber ebenso verhalte wie die Mehrheit der Intellektuellen und daß dies das richtige Verhalten sei. Als jedoch von der Front eine tolle, vergiftende Woge animalischen Judenhasses hereinbrach, dachte er: Wahrhaftig – weshalb nehmen die Juden bei uns eine so einflußreiche Stellung ein? Weshalb nicht die Tataren oder Georgier, die Armenier?

Ihm fiel ein, daß Georgier und Armenier im aktiven Herresdienst standen und bis zum Generalsrang aufrückten. In Rußland gab es keine jüdischen Generale, in England jedoch erlangten Juden zuweilen die Lordschaft, sogar einer der Vizekönige von Indien war Jude.

In Gestalt von Christus war das Judentum der Begründer einer Religion, zu der sich ganz Europa bekannte und die durch die katholische Kirche in der ganzen Welt verbreitet wurde. In der Person von Karl Marx säte das Judentum auf der Erde die zersetzende Lehre von der Unversöhnbarkeit der Interessen des Kapitals und der Arbeit, von der unvermeidlichen Zunahme des Klassenhasses, von einer unabwendbaren sozialrevolutionären Katastrophe.

Schließlich und endlich ist die Frage nach den Quellen des Antisemitismus eine äußerst dunkle Frage, aber ich bin nicht im geringsten verpflichtet, sie zu lösen. Und – überhaupt: Was bedeutet soziale Verpflichtung der Persönlichkeit, wo beginnt diese Verpflichtung, wo liegen ihre Grenzen?

In Petrograd fühlte er sich weit mehr am richtigen Platz, in Petrograd brodelte das Leben immer stärker, unruhiger, es peitschte die menschlichen Leidenschaften zu einem dichten Schaum von Raserei auf, und besonders wütete die Sucht nach Gewinn. In diesem Schaum schwamm, überschlug sich und tauchte ab und zu Iwan Dronow auf, stets berauscht, offenbar nicht so sehr vom Wein als von den Erfolgen seiner Tätigkeit. Samgin war ihm seit ein paar Monaten nicht mehr begegnet, hatte nicht einmal an ihn gedacht, aber eines Abends, im Theater der Granowskaja, während einer Pause, schoß Dronow auf ihn zu, packte ihn am Ellenbogen und schüttelte ihm die Hand, brachte, Samgin mit lustigen Augen hinter die Brille blickend und Weingeruch ausatmend, rasch seine Freude über die Begegnung zum Ausdruck und erzählte, daß er am Morgen aus Petrosawodsk zurückgekehrt und mit Lieferungen für die Murmanbahn beschäftigt sei.

»Wir arbeiten zu viert: zusammen mit Nogaizew, dem Ingenieur Popow – er kennt dich – und Saussailow, er ist auch Ingenieur, ›Technisches Büro Saussailow und Popow‹. Fabelhafte Leute! So eine Industrieboheme, weißt du, ein lustiges Völkchen! Und du – bist Verbandshusar? Na, wie steht's an der Front, wie? Hör mal – gehn wir Abend essen! Plaudern wir ein wenig, wie?«

Dronow war angeheitert. Er hatte sich den Kopf kahlrasieren und den Schnurrbart abnehmen lassen, sein rotes Gesicht war aufgedunsen, aufgebläht wie eine Blase, die Nase wie abgewetzt, fast nicht zu bemerken, während die dicken, fleischigen Lippen vorgeschoben waren, gierig zuckten und das Gold der Zähne zeigten, das unzerkauter, noch nicht geschluckter Nahrung glich. Und unter den rothaarigen Brauen glänzten umherrollend und springend die flinken Schieläugelchen. Es mußte interessant sein, sich mit ihm ein wenig zu unterhalten. Sie gingen ins »Hotel d' Europe«. Dort war es eng und laut, es waren viele schöne, reich gekleidete Frauen da, und ein kleines Streichorchester spielte. Zwischen den Tischen geisterten zwei Paare umher, und man konnte nicht gleich erkennen, daß sie tanzten. Neben dem Podium stand mit einem Weinglas in der Hand der Duma-Abgeordnete Woljai-Markow, der wegen seiner Ähnlichkeit mit Zar Peter dem Großen »der eherne Reiter« genannt wurde, er stand da, stach mit dem Finger in die Luft über seine Schulter und sagte irgend etwas, aber nicht seine Worte waren zu hören, sondern die eines kleinen Mannes, der neben Markow stand.

»Wir haben die materielle Kultur verachtet«, rief er, und es schien, daß er die unhörbaren Worte Markows wiederholte. »Uns machte es weit mehr Spaß, Weltliteratur, anarchische Theorien, ein unnachahmlich großartiges Ballett zu schaffen, Gedichte zu schreiben, Bomben zu werfen. Da wir nicht zu leben verstanden, lernten wir, uns zu amüsieren ... und bezogen den Terror unter die Belustigungen ein ...«

»Das scheint Schulgin zu sein«, murmelte Dronow ungeduldig. »Es heißt, er sei klug ... Jedoch – was heißt klug sein in unseren Tagen? Das ist die Frage!«

»Ein ganzes Jahrhundert lang kämpften wir gegen die Selbstherrschaft«, rief jemand mit angeheiterter Stimme, und eine Frau mit unnatürlich langem Rücken, die aussah, als hätte sie kein Gesäß, zitierte laut, aber falsch:

»Der Schreckensjahre Rußlands Kinder wir,
In finstren Zeiten die geboren wir ...«

Und plötzlich fing Samgin das ihm gut erinnerliche hohe Stimmchen Berdnikows auf: »Das ist ja Unsinn, Unsinn!« krähte er, auf irgend jemanden einredend, ihn beschwichtigend. »Wir besitzen eine Division, die man ›Rennverein‹ genannt hat, sie rennt just immer vor den Deutschen davon. Aber nein doch, wieso denn Verleumdung? Fragen Sie Militärs – sie werden es bestätigen!«

»Siehst du, das ist ein Wolf!« teilte Dronow ehrfurchtsvoll mit. »Das ist Berdnikow, eine Berühmtheit, ein völlig krimineller Typ von ungewöhnlichem Verstand. Ihn ziehen selbst die Minister in Betracht.«

Samgin beugte sich über den Tisch und hörte mit hochgezogenen Schultern zu.

»Na – was wollen Sie denn? Anfang des Krieges trieben sie eine ganze Armee in den Sumpf, ließen sie von den Deutschen gefangennehmen. Es gibt zuwenig Gewehre, keine Kanonen, keine Flugzeuge ... Die Soldaten wissen das alles besser als wir ...«

»Ich fordere Sie auf, dieses nichtswürdige Gerede einzustellen«, schrie Markow wütend.

»Aber bitte schön«, willigte Berdnikow ein, und Samgin, der nach links hinüberschielte, sah, wie leicht Berdnikow seinen Riesenbauch dahintrug, als er sich erhobenen Hauptes zwischen den Stühlen durcharbeitete und sein schwammiges Gesicht durch ein wohlwollend strahlendes Lächeln erhellte.

Ein hochgewachsener schwarzbärtiger Mann in langschößigem altrussischem Überrock sagte zu Markow laut über die Köpfe der Gäste hinweg: »Wir müssen die Wahrheit wissen! Die Soldaten – die wissen: Um einen Deutschen zu töten, verlieren wir drei von unseren ...«

»Lüge!«

»Sie verlieren die Nerven«, sagte Dronow seufzend. »Aber Berdnikow – siehst du? – bleibt ruhig. Wir brauchen vier Millionen Soldatenstiefel, das Leder jedoch befindet sich in seiner Hand. Ich hasse solche Menschen, aber – ich habe Achtung vor ihnen. Und solche wie dich, die mag ich, aber – ich habe keine Achtung vor ihnen. Wie bei den Frauen. Nimm es mir nicht übel, ich habe auch vor mir selbst keine Achtung.«

Samgin blickte streng in das schwammige Gesicht, wollte ihm etwas Ernüchterndes sagen, fragte aber statt dessen: »Und – Tossja, wo ist sie?«

»Vor Tossja habe ich Achtung. Vor ihr allein. Sie ist in Rostow am Don. Vor kurzem war ein Bote mit einem Briefchen von ihr hier, sie schrieb, ich solle ihm ihre Moneten übergeben, hundertdreißig Rubel. Ich gab ihm dreihundert. Ich habe viel davon, von dem Geld. Der Bote jedoch war so ein . . . ungeschlachter Kerl. Ein Dörrfisch. Er übernachtete bei mir. Er besuchte Tossja auch früher schon. Irgendein Tyrkow oder Toltschkow . . .«

»Pojarkow«, verbesserte Samgin mechanisch.

»Kann sein. Sie verbarg ihn vor mir. Ich dachte sogar: Ein alter Liebhaber. Aber er ist ein Dörrfisch. Ein Protopope Awwakum.«

Wie immer hörte Samgin gespannt den Stimmen der Menschen – einer Quelle der Weisheit – zu. Die Zahl der Gäste hatte sich verringert, in dem Saal war jetzt mehr Platz, es tanzten bereits drei Paare, und obwohl die Geigen und das Cello einschmeichelnd, armselig aufdringlich wimmerten, klangen die Stimmen der Gäste immer lauter und leidenschaftlicher.

Samgin beobachtete, wie verführerisch der schmale Körper einer hochgewachsenen Frau mit bis zur Taille entblößtem Rücken sich in den Armen eines Offiziers wand, der einen schwarzen Verband an der rechten Wange hatte, er sah zu und fing gewohnheitsmäßig Bruchstücke menschlicher Weisheit auf. Er war schon seit langem davon überzeugt, daß die Weisheit, deren man unmittelbar an ihrer Quelle, aus dem Mund des Menschen habhaft wird, wahrheitsgetreuer, aufrichtiger sei als jene, welche Bücher und Zeitungen bieten. Er war berechtigt zu denken, die Weisheit der Betrunkenen sei besonders aufrichtig, und in letzter Zeit schien ihm, daß alle Menschen nicht ganz nüchtern seien.

»Meine Herrschaften!« rief ein kleiner Mann mit rundem Gesicht, spärlichem, aber langem Katerschnurrbart und einem Zwicker, der auf seiner krummen Nase zitterte. »Meine Herrschaften«, rief er noch inständiger in bebendem dünnem Tenor. »Wir suchen nach der Ursache der Krankheit und finden sie in einem ihrer Symptome – Rasputin! Aber das ist doch lächerlich, meine Herrschaften, das ist lächerlich! Rasputin ist eine kleine Pustel, eine geringfügige Entzündung des Zellgewebes.«

»Das ist Pessimismus!«

»Hörst du?« fragte Dronow. Klim Iwanowitsch nickte bestätigend.

»Wir stehen vor einem Dilemma: entweder ein Sonderfrieden oder eine vollständige Vernichtung der Armee und eine Revolution, eine Bauernrevolution, ein Aufstand nach Pugatschow!« sagte der Redner mit gesenkter Stimme, und sofort schrien ihn zwei an: »Na, wissen Sie, ein Frieden . . .«

»Das ist empörend!«

»Sie verlieren die Nerven«, sagte Dronow wieder lächelnd und hob das Weinglas an seine dicken Lippen. »Doch weißt du, die Möglichkeit einer Revolution ahnen viele! Das steht fest. Nogaizew ist sogar nach Norwegen gefahren und hat sich dort auf alle Fälle ein Haus gekauft. Was meinst du: Ist sie möglich?«

»Nein«, antwortete Samgin streng und entschieden und forderte ihn auf: »Störe mich nicht beim Zuhören.«

»Ich jedoch, Bruderherz, werde auf die Revolution trinken«, murmelte Dronow. »Sie ist eine Lösung. Die Lösung des Wirrwarrs . . . meines persönlichen . . . Und – überhaupt . . .«

Auf den kleinen Redner kam eine hochgewachsene Dame zu, neigte sich, mit der Hand auf seine Schulter gestützt, elegant zu ihm herab und raunte ihm irgend etwas ins Ohr, er stand auf, reichte ihr den Arm und ging zu einem Offizier. Dronow sah zwinkernd hinter ihm her und schlug vor: »Fahren wir zu den Mädchen?«

Samgin lehnte ab, er übernachtete bei Jelena, bei der sich fast jeden Abend allerhand Leute versammelten und herumschrien, die über die Geschehnisse betrübt und durch sie ermüdet waren. Auffällig wuchs die Zahl derer, die wehmütig sagten: »Oh, wann wird nur dieser Krieg ein Ende nehmen?«

Unter ihnen befand sich Nogaizew, er warf freigebig mit freundlichen Worten und Lächeln um sich und sagte zustimmend: »Ja, ja! Die Kanonen schießen weit, aber das Ende des Krieges ist nicht abzusehen. Da haben Sie die deutsche Technik!«

Nogaizew bemühte sich zu trösten, während der Privatdozent Pylnikow die Unruhe steigerte. Er arbeitete an der Front als Zensor der Soldatenkorrespondenz, war wegen einer Blinddarmoperation hergekommen, hatte ungefähr einen Monat im Krankenhaus gelegen, war stark abgemagert und hatte sich ein frommes hellblondes Bärtchen zugelegt, sein weiches Gesicht war abgemagert und hart geworden, die Augen hatten sich geweitet, und in ihnen war etwas

Scheinheiliges, Trübseliges geronnen. Wenn er schwieg, preßte er die Kinnbacken zusammen, und sein Bart an den Ohren bewegte sich ununterbrochen, unangenehm, aber er schwieg wenig, er zog es vor zu reden.

»Sie können sich nicht vorstellen, wie die Briefe der Soldaten in ihr Dorf und die Briefe aus dem Dorf an die Front aussehen«, sagte er halblaut, als teilte er ein Geheimnis mit. Ihm hörte ein Professor der Zoologie zu, ein griesgrämiger Mann, der Jelena mürrisch und mit offensichtlichem Befremden ansah, als bereite es ihm Schwierigkeiten, ihren Platz unter den Tieren festzustellen. Es waren noch zwei Bekannte von Samgin da – ein kahlköpfiger, gepflegter alter Herr mit Orden und langem priesterlichem Familiennamen und eine träumerische üppige Dame, Schauspielerin am Theater Suworins.

»Über die Lage an der Front zu schreiben ist natürlich verboten, und die Briefe lassen sich ungefähr folgendermaßen einteilen: Die überwiegende Mehrheit verliert überhaupt kein Wort über den Krieg, als nähmen die Verfasser der Briefe an ihm nicht teil, die übrigen schreiben so, daß ihre Briefe vernichtet werden ...«

»Und einige müssen wahrscheinlich an die Staatsanwaltschaft weitergeleitet werden?« fragte, die Augen zusammenkneifend, überzeugt ein Verbandshusar mit langem Gesicht und ungleichmäßigen Zähnen.

»Ja, auch das kommt vor«, bestätigte Pylnikow und fuhr mit noch tiefer gesenkter Stimme fort: »Meine Herrschaften, unser Volk ist grauenhaft! Grauenhaft ist seine Gleichgültigkeit gegen das Schicksal des Landes, sein Angekettetsein an das Dorf, an das Land und an seine tierische, unerschütterliche Feindschaft gegen den Herrn, das heißt den kultivierten Menschen. Auf diese Feindschaft spekulieren natürlich, mit ihr spekulieren bereits die Germanophilen, die Defätisten, die Bolschewiki, et cetera, et cetera ...«

Pylnikow nahm ein Notizbuch aus der Rocktasche und bat, nachdem er es allen gezeigt hatte, um die Erlaubnis, Muster von Soldatenbriefen vorzulesen.

»Wir bitten darum«, sagte mit dünnem Stimmchen und sehr wohlwollend der alte Herr.

»›Daß man den Onkel Jegor ins Zuchthaus steckte, hat er auch verdient aber weil man ihm das Besitzrecht entzogen hat paß du auf‹«, las Pylnikow, nachdem er darauf aufmerksam gemacht hatte, daß in dem Brief außer Punkten keinerlei Satzzeichen vorkämen.

»›Und kümmer dich um die Erbschaft von Großvater Wassilij, umschmeichle ihn, wie's nur geht, sei lieb zu ihm, solange er am Leben ist und gib acht, daß Saschka nichts klaut. Die Kinder sind beide gestorben da können wir sage ich nichts dafür, Gott hat sie gegeben, Gott hat sie genommen, du jedoch erhalte vor allem die Mühle und bessere unbedingt zum Herbst die Flügel aus und nicht mit Schindeln, sondern mit Leinwand. Gegen den Gefangenen sei nicht nachsichtig, der Hundsfott soll nur arbeiten wenn der Teufel ihn gegen uns getrieben hat.‹ Da haben Sie's!« sagte Pylnikow und schwang wieder das Notizbuch hoch.

»Ich verstehe nicht, was Sie beunruhigt«, sagte der alte Herr achselzuckend. »Das hat ein sehr haushälterischer Bauer geschrieben.«

»Und sehr treuherzig«, bestätigte Jelena, die übrigen schwiegen abwartend, während Pylnikow auf dem Stuhl hochschnellte und traurig lächelte.

»Der Briefschreiber ist draußen Koch, er bedient eine Feldküche. Aber hier, als Pendant, ein anderer Brief eines Gemeinen«, sagte er und begann in erhobenem Ton zu lesen: »›Der Krieg zieht sich in die Länge, wir weichen immerfort zurück, und wohin das führen wird – weiß man nicht. Es wird jedoch davon geredet, daß die Soldaten selbst dem Krieg ein Ende machen müssen. Unter den Gefangenen gibt es welche, die russisch sprechen. Ein Arbeiter, der vier Jahre lang in Piter in einer Fabrik war, bewies direkt, daß es kein anderes Mittel gibt, den Krieg zu beenden, wenn sie diesen beenden, werden sie sowieso einen neuen anfangen. Krieg zu führen ist vorteilhaft, die Militärs werden befördert, die Zivilisten verdienen Geld. Und es müssen alle Regierungen entwaffnet werden, damit das ganze Volk einträchtig sich selbst von dem Elend erlösen kann.‹«

Pylnikow steckte das Notizbuch in die innere Rocktasche, und der alte Herr sagte lächelnd: »Ja, das . . . ist ein anderer Ton! Das muß bekämpft werden.« Und mit seinem rosigen Fäustchen drohend, an dessen einem Finger ein Rubin funkelte, fügte er hinzu: »Vor allem aber darf die Duma den Zaren nicht ärgern.«

»Euer Exzellenz«, stöhnte Pylnikow auf, wobei er mit seinem ganzen Gesicht und sogar mit seiner Gestalt den Zustand eines Menschen darstellte, der zufällig ein Glas Essig ausgetrunken hat. »Aber wie steht es mit den germanophilen Tendenzen seiner Gattin und diesem Schandfleck Rasputin?«

»Professor, Sie glauben wahrscheinlich nicht an das Dasein Gottes, und für Sie – gibt es keinen Gott!« sagte der alte Herr sanft und fragte, durch eine Geste einen Einwand Pylnikows verhindernd: »Wie, wenn Sie versuchten, nicht an Rasputin zu glauben?«

»Ausgezeichnet gesagt!« rief die Schauspielerin und verdeckte sofort mit dem Taschentuch den Mund, ihre Augen lachten.

»Wir sprechen zuviel vom Bösen – und übertreiben dadurch die Macht des Bösen, begünstigen seine Zunahme.«

Jelena, die halb ausgestreckt in einem Sessel saß, rauchte und blies geschickt Rauchringe in die Luft. Pylnikow stand vor dem alten Herrn und hörte ungeduldig seiner langsamen Rede zu.

»Die Selbstherrschaft hat eine dreihundertjährige Tradition. Vergessen Sie nicht, daß noch keine drei Jahre verflossen sind, seit ganz Rußland einmütig dieses Jubiläum gefeiert hat, und daß es in Europa keinen zweiten Staat gibt, der sich der Festigkeit dieser Regierungsform rühmen könnte.«

Samgin wußte, daß der alte Herr eine wesentliche Rolle im Finanzministerium spielte, Jelena hatte ihm mitgeteilt, er habe vor kurzem bei irgendeiner Operation mit den Banken eine Menge Geld verdient und biete ihr an, sich von ihm aushalten zu lassen.

»Mich von ihm aushalten lassen – werde ich nicht, aber ich werde ihn ein wenig schröpfen. Er hat es gern, wenn man nett zu ihm ist, und zahlt gut ...«

Diese Wort Jelenas fielen ihm ein, als der alte Herr belehrend sagte: »Der Zar ist einsam, Freunde hat er keine, seine Angehörigen verhalten sich feindselig gegen ihn, er ist jedoch ein weicher Mensch und hat es gern, wenn man nett zu ihm ist ...«

Samgin, der neben Jelena saß, hörte zu und lächelte.

Als er heimkehrte, fand er einen Zettel von Jelena vor: »Fahre in Gesellschaft Murmanbahn besichtigen, von dort vielleicht auf Seeweg nach Archangelsk, Jaroslawl und Nishnij – die gepriesene Wolga ansehen. Tatarinow hat endlich Honorar gezahlt. Küsse Dich. Jel.«

Samgin verzog das Gesicht und beschimpfte sie in Gedanken: Gaunerin, denn das Geld hatte sie zwar für eine Sache erhalten, die noch von ihrem Mann übernommen worden war, die aber er, Samgin, zum Abschluß gebracht hatte, und die Hälfte des Honorars gehörte laut Verabredung ihm, aber er wußte genau, daß Jelena es nicht mit ihm teilen werde, wie das schon mehrfach vorgekommen war.

Die Verbindung mit dieser Frau war ihm auch früher schon lästig gewesen, während des Krieges jedoch begann Jelena ein ausgesprochen feindseliges Gefühl in ihm zu erwecken, in ihr war eine ängstliche Geldgier erwacht, sie beteiligte sich an irgendwelchen umfangreichen Spekulationen, war nervös, sagte Grobheiten, hatte Launen, legte – was Samgin besonders aufregte – immer deutlicher ein verächtliches Verhalten allem Russischen – der Armee, der Regierung, der Intelligenz, ihren Hausangestellten – gegenüber an den Tag und äußerte immer öfter, in verschiedenen Formen, ihre Besorgnis um das Schicksal Frankreichs.

»Der Teufel soll sie holen, die Deutschen, mit ihren langen Kanonen! Wenn sie Paris zerstören – wo soll ich dann leben? Eure Armee hätte die Deutschen in einem Sumpf ertränken sollen, statt selbst zu ertrinken. Prächtig sind eure Generale, die nicht wissen, wo es trokken ist und wo sumpfig ...«

Samgin hielt es für überflüssig ihr zu widersprechen, aber diese Reden Jelenas stießen ihn ab. Eines Tages jedoch bemerkte er: »Ist Frankreich für dich nur Paris?«

»Ja, natürlich. Und wer das nicht begreift, hat keinen Begriff von Frankreich. Nur bei euch sind solche am Rande angehefteten Städte möglich wie diese hier. Ich begreife nicht: Was stellt Petersburg dar? Ihr seid deshalb alle solche Wirrköpfe, weil ihr kein Zentrum, kein eigenes Paris habt. Darum ist bei euch alles unklar, verworren, zusammenhanglos. So zum Beispiel – du. Du bist klug, kenntnisreich, aber – wo ist, worin besteht dein Ehrgeiz?«

So etwas zu hören, war bereits dermaßen unangenehm, daß ein feindseliges Gefühl gegen Jelena entstand. Aber er hielt es für nützlich, sie zu besuchen, weil sich bei ihr abends immer mehr Leute versammelten, die über die Ereignisse an den Fronten erschrocken waren, ihre Besorgnis wuchs, und nach und nach kam zu der Angst vor der Stärke des äußeren Feinds die Angst vor der Möglichkeit einer Revolution hinzu. Unter diesen Leuten kam Samgin sich wie ein Teufel vor – klüger, bedeutender als sie. Igendwoher tauchten immer mehr Ausländer von der »Entente cordiale« auf. Besonders viel Engländer, sie verkehrten überall, belehrten alle und benahmen sich überhaupt wie die »Ältesten im Hause«. Samgin wunderte sich nicht, als er bei Jelena einen Mann in englischer Offiziersuniform traf, zwischen seinen Zähnen rauchte eine Pfeife, der Rauch umhüllte als bläulicher Schleier das Gesicht, man konnte sich nicht gleich erinnern, daß dies Mister Creighton war. Samgin hatte sein Gesicht als rund, von einem gesunden Rot erhellt im Gedächtnis, jetzt war es lang geworden, der Unterkiefer schien schwerer, die Nase größer geworden zu sein, die Haut war verwittert, gebräunt, und die Augen, die früher ruhig, aufmerksam waren, strahlten jetzt ein müdes, lässiges und ironisches Lächeln aus. Er benahm sich würdevoll wie ein General, sprach ohne Gesten. Beim Anblick seiner stattlichen Gestalt kam Samgin der Gedanke, daß Creighton wahrscheinlich auch vor dem Krieg Offizier gewesen sei. Der Engländer sah ihn lächelnd an, kam aber nicht zu ihm, als erwartete er, daß der Russe zu ihm kommen müsse.

»Haben Sie mich erkannt?« fragte er gebieterisch, wobei er zwischen kräftigen, dichten Zähnen zwei mit Platinkronen zeigte, und nach den üblichen Redensarten über Gesundheit, Wetter und Krieg stellte er – aus unerfindlichem Grund halblaut – die Frage, die Klim Iwanowitsch erwartet hatte.

»Weiß man immer noch nicht, wer Frau Sotowa ermordet hat? Ihre Polizei arbeitet schlecht. Unser Scotland Yard hätte es herausbekommen, o ja! Sie war eine hervorragende russische Frau«, sagte er beifällig. »Sie war ein bißchen – wie sagt man doch? – überla-den mit Kenntnissen, die keine praktische Bedeutung haben, besaß aber dennoch einen starken praktischen Verstand. Das bemerke ich bei vielen: Die Russen scheinen sich der Praxis zu schämen und verbergen sie, ornamentieren sie mit Religion, Philosophie, Ethik . . .«

Er sprach sehr laut, sprach mit der Überzeugung, daß die verschiedenartigen Leute, die in diesem Zimmer für chinesische Götzen versammelt waren, noch nie einen Europäer hätten reden hören, er bemühte sich, die Worte deutlich auszusprechen, und achtete auf die Betonungen.

»Vor kurzem las ich das sehr interessante Werk ›Die Philosophie der Wirtschaft‹, das ist ein beachtenswerter und phantasievoller Versuch, die Lehre von Marx theologisch auszulegen. Ein normaler Brite würde seinen Humor nicht für dieses Thema verschwenden . . . Es ist möglich, daß ein Teutone sich auch durch die Aufgabe der Theologisierung des Materialismus verführen lassen würde, die Deutschen sind nicht weniger irrational als die Russen, aber die gewohnheitsmäßige Beschäftigung mit Philosophie hindert sie nicht, die Franzosen nochmals auszuplündern. Sie haben einen Kant, einen Hegel, aber am nächsten liegt ihnen die Philosophie Fichtes, Stirners, Nietzsches. Und sie wissen gut: Praxis – das ist Kampf ums Leben, um die Freiheit des Lebens.«

»Ein extremer Europäer«, sagte Pylnikow ehrfurchtsvoll halblaut zu Jelena. »Ein geographisch und intellektuell extremer.«

»Ich neige nicht dazu, die Verdienste Englands in der europäischen Geschichte der Vergangenheit zu übertreiben, aber jetzt sage ich ganz überzeugt: Wenn England nicht an Frankreichs Seite in den Kampf eingegriffen hätte, hätten die Deutschen es schon geschlagen, würden es ausrauben, bestialisch quälen und täten das gleiche bei Ihnen . . . mit Ihnen.«

Er hörte auf, seine Weisheit zu entfalten, weil zu Tisch gebeten wurde, doch nach einiger Zeit erklang bei Tisch von neuem seine eindringliche Stimme, und seine Sätze prägten sich leicht dem Gedächtnis ein.

Man hörte Creighton widerspruchslos zu, Samgin dachte, das geschehe aus Höflichkeit gegen den Verbündeten und Gast. Der Engländer erregte Samgin so sehr, daß Klim Iwanowitsch seine Gewohnheit, sich nicht an Streitgesprächen zu beteiligen, aufgab und bereits nach dem geeignetsten Augenblick, nach der passendsten Form suchte, Creighton zu widersprechen.

Aber plötzlich begann Jelena keck und spöttisch: »Sie halten die Deutschen – für Räuber, für Tiere, aber es war doch Ihre Regierung, die den Preußen half, Frankreich zu zerschlagen, Sie haben sie gegen Österreich unterstützt, haben Bismarck unterstützt.«

Sich vorneigend, kniff sie ein wenig die Augen zusammen, wodurch ihr Blick stechender wurde, und fuhr fort: »Ich hatte einen Bekannten, einen gelehrten Araber; er sagte: ›Der Engländer ist in Europa ein Fuchs, in den Kolonien – ein Tier, für das es keinen Namen gibt . . .‹

Nehmen Sie es nicht übel, Mister Creighton, Sie wissen doch natürlich, daß die Engländer nicht sehr beliebt sind, und das haben sie verdient. Vor hundertundzwei Jahren haben Ihre Soldaten bei Waterloo das Feuer der Französischen Revolution endgültig gelöscht. Sie sind stolz auf dieses zweifelhafte Verdienst Europa gegenüber, durch das Sie es gehindert haben, zu Vereinigten Staaten zu werden, ich glaube, daß Napoleon das gewollt hat. Vor hundert Jahren haben Sie, eine ›aristokratische Rasse‹, Kompromißmenschen, Menschen von unübertroffener Heuchelei und Gleichgültigkeit den Schicksalen Europas gegenüber, haben Sie, lächerlich hochmütige Menschen, es fertiggebracht, so viele Völker zu versklaven, daß, wie es heißt, für jeden Engländer fünf Inder arbeiten, die anderen von Ihnen Versklavten nicht mitgerechnet.«

Samgin hörte verblüfft zu und verfolgte das Mienenspiel Jelenas. Ihr geschminktes Gesicht war tiefrot geworden, so tiefrot, daß die Puderschicht sichtbar wurde, der Hals war auch blutrot, und das Blut nahm Jelena offensichtlich den Atem, sie zuckte nervös und sonderbar mit dem Kopf, ihre Finger, an denen die Steine der Ringe glitzerten, zogen die Zuckerzange auseinander. Samgin hatte sie noch nie so erbost, so erregt gesehen, und, neben ihr sitzend, duckte er sich, zog den Kopf ein und fragte sich: Womit wird das enden?

Es endete mit Schweigen. Creighton, der sich anschickte, eine Zigarette anzuzünden, musterte fragend die Gäste und wartete offenbar, wer widersprechen würde.

»Lassen Sie uns das Gespräch über Politik abbrechen, solange es uns noch nicht entzweit hat«, sagte Jelena mit einem müden Seufzer.

Creighton, der mit dem Stuhl schaukelte, lachte. Pylnikow sah Jelena erschrocken an, die übrigen fünf, sechs Personen warteten, was kommen werde.

»Ja«, sagte tief seufzend die Schauspielerin. »Irgend jemand tut irgendwo irgend etwas, und plötzlich – bricht ein Krieg aus! Grauenhaft. Und wissen Sie, es ist, als gäbe es nichts mehr, worüber sich nicht streiten ließe. Alle streiten über alles und – bis zu gegenseitigem Haß.«

Samgin hörte diese traurigen Worte wie im Schlaf. Er warf ab und zu einen Seitenblick auf Jelenas geschminktes Gesicht und überlegte: Wie konnte Creightons Prahlerei sie, eine Tingeltangelsängerin, berühren, die nur deshalb keine Kokotte geworden war, weil sie es vorgezogen hatte, sich von einem alten Mann aushalten zu lassen? Er hatte sie geküßt, wann er wollte, hatte aber von ihr Urteile über Politik nie anders zu hören bekommen als in Form von Anekdoten oder Klatsch. Er glaubte fest an seine scharfe Beobachtungsgabe, glaubte an die Exaktheit seiner Beobachtungen, an die Richtigkeit seiner Urteile. An Jelena hatte er irgend etwas übersehen, und es war sehr unangenehm, sich davon zu überzeugen: Da er sie für einfältig gehalten hatte, war er ihr gegenüber möglicherweise offenherziger gewesen, als er es hätte sein dürfen. Während er beobachtete, wie sorgfältig Mister Creighton mit einer Art von Löffelchen die Asche aus der Pfeife in den Aschenbecher herausstocherte, hörte er seine deutlichen Worte: »Im Grunde habt ihr Russen den Krieg angefangen. Wenn sich in die Verhandlungen nicht euer Temperament eingemischt hätte . . .«

Die Äußerungen des Vertreters der »aristokratischen Rasse« interessierten ihn nicht. Creighton war ein Fremder, ein zufälliger Gast, wenn er sich den Herren Rußlands anschlösse, bekämen seine Reden Gewicht und Bedeutung, aber jetzt mußte Samgin sein Verhältnis zu Jelena überprüfen: Vielleicht sollte er die Verbindung zu ihr nicht abbrechen? Diese Verbindung besaß eine unbestreitbar angenehme Seite, sie erweiterte immer mehr den Kreis von Menschen, die sich in Zukunft als nützlich erweisen könnten. Jelena war, wie sich gezeigt hatte, fähig anzugreifen und zu verteidigen.

Samgin, der gern verschiedene Zusammenkünfte besuchte, fischte aus dem Chaos von Sätzen jene heraus, die ihm am vernünftigsten vorkamen, und fand, daß diese Sätze sich bei ihm zu etwas Wohlgegliedertem, Festem zusammenfügten. Er sah, daß die düsteren Ereignisse an den Fronten unter den Menschen eine immer stürmischere Unruhe erregten und daß die Menschen immer aufrichtiger wurden in ihrer Feigheit und Unverfrorenheit, in ihrem Zynismus, in ihrer Erkenntnis, daß es unmöglich sei, die Geschehnisse zu beeinflussen. Er kam sich unter ihnen wie ein Teufel vor, aber wie ein Teufel, der ihnen helfen will zu leben und es auch kann. Zurückhaltend und wortkarg wie immer, fischte er gewohnheitsmäßig gängige Sätze heraus, fand geschickt den geeigneten Augenblick für seine Reden und erteilte etwas trocken, schulmeisterlich Ratschläge.

»Unsere Tage sind nicht die Zeit, um Begriffe zu erweitern. Wir drehen uns vor der Notwendigkeit exakter, allgemeingültiger, objektiver Formulierungen. Selbstverständlich müssen wir die Gefahr einer Vulgarisierung der Begriffe vermeiden. Wir sind einmütig in dem Bewußtsein der Notwendigkeit eines Regierungswechsels, das ist schon viel. Aber die Wirklichkeit verlangt etwas noch Schwierigeres – Einigkeit, denn die Summe der gegebenen Umstände gebietet uns, gerade das auszusondern und zu festigen, was uns einigen könnte.«

Solche Bekundungen befriedigten, das heißt beschwichtigten die Besorgnisse jener Leute, die unbedingt fühlen wollten, daß sie, wenn sie sprachen, etwas Nützliches und sogar historisch Notwendiges täten. Zuweilen richtete man an ihn die Frage: »Worin und wie soll denn diese Einigkeit zum Ausdruck kommen?«

»Das ist gerade das Thema, das wir zu erörtern haben«, antwortete er, und wenn er sah, daß der Fragesteller nicht befriedigt war, blickte er danach auf die Uhr und ging weg.

In einer von den Zusammenkünften trat gegen ihn ein hochgewachsener Mann auf, er hatte einen krausen, fein geringelten Bart von grauer Farbe, unter seinen starken, zusammengezogenen Brauen blickten streng klare blaue Augen hervor, er trug einen zusammengewürfelten, zu kurzen und zu engen Anzug, eine braunschwarz karierte Hose, einen gestreiften grauen Rock und darunter eine blaue Gürtelbluse aus Satin. An diesem Mann war etwas Komisches und Naives, das für ihn einnahm.

»Hören Sie mal«, begann er, »Sie reden da immerfort von einer Vereinigung der Intellektuellen, doch mit wem sollen sie sich denn vereinigen? Da haben wir die Bolschewiki und die Menschewiki, die einen gehen mit Lenin, die anderen mit Plechanow, mit Martow – also: mit wem gehen Sie?«

Samgin, der eine Gefahr spürte, antwortete nicht sofort. Er sah, daß nicht nur dieser eine mit dem krausen Bart auf eine Antwort wartete, sondern alle dreißig bis vierzig Personen, die in irgendeinem herrschaftlichen Zimmer zusammengedrängt saßen, das mit verschlossenen Mahagonischränken vollgestellt war und wie eine Garderobe aussah, zwischen der ein langer Tisch stand. Samgin zündete sich in aller Ruhe eine Zigarette an und sagte: »Für mich persönlich liegt die Wurzel dieser Frage, ihr Sinn in dem Gegensatz von Internationalismus und Nationalismus. Sie wissen, daß die deutsche Sozialdemokratie durch ihre Zustimmung zu den Kriegskrediten den internationalen Sozialismus kompromittiert hat, daß Vandervelde diese Kompromittierung verstärkt hat und daß schon vorher das Verhalten solcher Sozialisten wie Viviani, Millerand, Briand et cetera auch gezeigt hat, wie kraftlos und zugleich traurig biegsam die Ethik der Sozialisten ist. Es ist noch nicht geklärt, ob diese Biegsamkeit eine Eigenschaft der Menschen oder der Lehre ist.«

Klim Iwanowitsch Samgins Praxis als Redner vor Gericht hatte ihn hinreichend gelehrt, gefährliche Stellen durch Ausweichen zu umgehen. Er war belesen genug, um einen beliebigen Terminus gerade mit dem Inhalt zu füllen, den der Tag und der Augenblick verlangten. Und schließlich wußte er gut, daß die Menschen immer ungebildeter sind als die Gedanken und Sätze, mit denen sie operieren, er wußte das, weil er sich sehr oft selbst so vorkam.

»Wenn man vom Internationalismus sprechen will, muß man sich erst darüber klar sein, was der Inhalt des Begriffs ›Nation‹ ist. Nehmen wir England. Die Engländer entsprechen am meisten dem Begriff einer Nation, sie sind ein Volk ein und desselben Blutes, ein Volk, das durch diese Einheit fest zu einer monolithischen Macht verschmolzen ist, die Hunderte Millionen Menschen anderen Blutes für sie zu arbeiten zwingt. Man kann annehmen, daß England deshalb ein Land ist, in dem der Sozialismus nur schwer Wurzel faßt. Dort gibt es die Fabier-Sozialisten, aber die braucht man nicht zu erwähnen, sie haben ihren Namen von dem römischen Feldherrn Fabius Cunctator genommen, das heißt der Zauderer, man weiß von ihm, daß er ein stumpfer, schlapper, konservativer Mann war und, indem er es anderen Feldherren überließ, mit den Feinden Roms zu kämpfen, den Feind erst dann schlug, wenn dieser seine Kräfte erschöpft hatte. Nach dem Vorbild benahmen sich die Engländer Anfang des 19. Jahrhunderts . . .«

Der Mann mit dem krausen Bart warf einen verlegenen Blick auf die aufmerksamen Zuhörer und murmelte: »Ich begreife wirklich nicht – warum erzählen Sie das?«

Samgin mißfiel sehr der eindringliche Blick der klarblauen Augen – der Glanz des Blicks erinnerte an das bläuliche Flackern glühender Kohlen, im Bart des Mannes regte sich ein unangenehmes, lauerndes Lächeln.

»Die Amerikaner der Vereinigten Staaten sind noch keine Nation«, fuhr er fort. »Sie sind eine mechanisch vereinigte und noch nicht zu einem einheitlichen Konglomerat zusammengepreßte Ansammlung von Engländern, Deutschen, Juden, Italienern, Slawen und so weiter. Zwischen Amerika und Rußland gibt es viel Gemeinsames, aber Rußland ist ein noch weniger geschlossener, ein noch schärfer und tiefer zersplitterter Staat. Die Bevölkerung der Vereinigten Staaten besteht – in ihrer weit überwiegenden Mehrheit und mit Ausnahme der Neger – aus Europäern. Die Bevölkerung unseres Landes umfaßt siebenundfünfzig Nationalitäten, die ganz und gar nichts miteinander verbindet: die Polen verstehen nicht die Georgier, die Ukrainer nicht die Baschkiren und Kirgisen, die Tataren nicht die Mordwinen und so weiter und so weiter. Es gibt keinen einzigen Staat, der in solchem Maß eine kulturelle Zentralmacht, das Vorhandensein einer wohlwollenden, energischen intellektuellen Kraft brauchte . . .«

»Na also, jetzt ist es verständlich«, sagte der Krausbärtige und erhob sich langsam vom Stuhl. Er nahm eine zerknitterte Mütze aus der Rocktasche, schlug sich damit aufs Knie und sagte griesgrämig zu irgend jemandem: »Gehn wir, Mitja!«

Hierauf erhob sich ein mittelgroßer stämmiger Mann mit rundem, gutmütigem Gesicht und zerzaustem Kopf, in schwarzem Tuchhemd und Schaftstiefeln bis ans Knie, als er an Samgin vorbeikam, sagte er sonor: »Sie wissen ja so viel, daß . . .«

». . . man sich schämen muß, Ihnen zuzuhören«, ergänzte griesgrämig der Krausbärtige.

»Ja-a! Sie wissen viel, aber verstehen wenig!« sagte der Schwarzhemdige, und beide gingen, wie Pferde über das Parkett stapfend, zur Tür.

»Sie hätten bis zu Ende zuhören sollen«, sagte Samgin hinter ihnen her. Mitja entgegnete: »Wir haben gehört. Wir lesen.«

»Die kenne ich«, erklärte drohend der rothaarige Leutnant Aljabjew, mit seinem Stock auf den Boden klopfend, auf seiner olivgrünen Feldbluse glänzte ein weißes Kreuzchen, es glänzten die neuen Achselstücke, die Goldzähne, die Schnalle des Leibriemens, er war gleichsam ganz durchsetzt vom Glanz verschiedener Metalle, und sogar seine Stimme klang metallisch. Er erhob sich, schwer auf den Stock gestützt, glättete seinen kupferfarbenen, langen Schnurrbart und fuhr anklägerisch fort: »Das sind Arbeiter von der Wyborger Seite, dort sind alle Bolschewiki, verflucht sollen sie sein!«

»Die Arbeiter soll man nicht reizen«, flocht Marja Iwanowna Orechowa versöhnlich, aber bestimmt ein.

»Wie? Nicht reizen? So?« schrie Aljabjew und musterte die Anwesenden, als wollte er im voraus feststellen, wer sich entschließen würde, ihm zu widersprechen. »Man sollte sie an die Front schicken, in die vordersten Stellungen – das sollte man. In den Kugelregen sollten sie! Jawohl! Genug mit der Gefühlsduselei, mit dem liberalen Getue und überhaupt dem Spielen mit Worten. Worte zähmen Widerspenstige nicht . . .«

»Warum denn gleich schreien?« fragte, traurig seinen kahlen Schädel schüttelnd und schwer seufzend, der Rechtsanwalt Wischnjakow, ein Theaterfreund und Schachspieler. »Das Geschrei kommt zu spät«, antwortete er sich selbst und breitete weit die Arme aus. »Alles geht zugrunde, alles! Klim Iwanowitsch hat äußerst treffend darauf hingewiesen, daß Rußland ein tönerner Topf ist, und in ihm brodeln, ohne gar werden zu können, verschiedenartige, unvereinbare . . .«

»Ein Koloß auf tönernen Füßen«, teilte die Orechowa mit, als wäre das eine Neuigkeit, drei Damen stimmten ihr einmütig bei, und eine vierte fragte mit sichtlicher Angst: »Würden denn all diese Burjäten, Kalmüken und Wilden in einer Republik das Recht erhalten, Russinnen zu heiraten?«

Sie war hochgewachsen und hatte ein langes Gesicht, das in ein grotesk spitzes Kinn auslief, auf ihrer knorpeligen Nase zitterte ein Zwicker, auf ihrer Brust glänzte das Abzeichen der Zöglinge des Smolnyj-Instituts.

Nun begannen etwa zehn Personen zugleich zu reden. Aljabjew schrie immer wütender, er wand sich wie ein Gepfählter, klopfte mit dem Stock, rückte einen Stuhl hin und her, schüttelte ihn, als zerrte er jemanden an den Haaren, und ließ die Metallteile an sich blinken.

»Fanatismus, Awwakumtum«, schrie er.

Ein dicker Mann in altmodischem Rock, der sich mit den Händen den Bauch hielt, dröhnte in dumpfem, fettem Baß: »Ein bastbeschuhter, stroherner Staat hat sich in eine Rauferei mit einem stahlgepanzerten Feind eingelassen, wie? Ist das nicht dumm, wie? Allein deswegen muß die Regierung gestürzt werden, obwohl ich durchaus kein Liberaler bin. Du Dummkopf, bau mal erst steinerne Hütten und decke sie mit Eisen, na, danach darfst du auch Krieg führen . . .«

Irgend jemand schrie: »Wir bewegen uns wie Lebende, sind aber schon . . .«

Und schließlich übertönte das ganze Geschrei die gellende Stimme Aljabjews: »Ich bin kein Kaufmann, ich bin Adeliger, aber ich weiß: Unsere Kaufmannschaft hat sich als völlig fähig erwiesen, die Kultur des Adels, die Traditionen der Aristokratie zu übernehmen und weiterzuführen. Die Kaufleute haben begonnen, die Kunst zu fördern, Sammlungen anzulegen, vortreffliche Bücher herauszugeben, schöne Häuser zu bauen . . .«

»N-na, wissen Sie! Chomjakow wollte Moskau für sein Stück Boden zweihunderttausend Rubel abknöpfen«, rief jemand.

»Ich bitte, mich nicht mit Lappalien zu unterbrechen«, brüllte Aljabjew wütend, und da die Anwesenden die Möglichkeit eines Skandals spürten, begannen sie leiser zu sprechen, das veranlaßte auch Aljabjew, seine Weisheit ruhiger darzulegen.

»Der Sozialismus ist seiner Idee nach eine uralte, barbarische Form zur Unterdrückung der Persönlichkeit.« Er schrie, in höheren Tonlagen aufheulend, warf den Kopf zurück, die glatten Strähnen seines schwarzen Haars entblößten für eine Sekunde die kantige Stirn, fielen dann auf die Ohren, auf die Wangen herab, sein Gesicht wurde schmal, die Lippen zuckten, das Kinn zitterte, aber Samgin fand dennoch an dieser kleinen dürren Gestalt etwas Spielzeughaftes und Komisches.

»Der Sozialismus setzt Rechtsgleichheit voraus, aber das bedeutet: Alle Menschen als gleichermaßen befähigt anerkennen, wir wissen jedoch, daß der ganze Prozeß der europäischen Kultur auf dem Unterschied der Fähigkeiten beruht ... Ich würde auch den Sozialismus begrüßen, wenn er den naiven, trägen, aber gierigen Heiden, unseren Bauern vermenschlichen könnte, aber ich glaube nicht daran, daß der Sozialismus auf dem Agrargebiet anwendbar ist, insbesondere bei uns.«

Als Samgin sah, daß dieser Mann dauerhaft seine, Samgins, Position eingenommen hatte, ging er; wenn es eine Versammlung zu verlassen galt, fand er – wie ihm schien – stets einen Augenblick, der unter den Anwesenden Bedauern hervorrufen mußte: Nun geht der Mensch von uns, ohne das Wichtige, was er weiß, gesagt zu haben. Er war völlig überzeugt, daß er in den Augen der Leute gewinne, merkte, daß sie ihn immer verlangender ansahen, ihm immer aufmerksamer zuhörten. Diese Überzeugung, die in ihm ein Gefühl von Stolz erweckte, beunruhigte ihn zugleich immer spürbarer: Dieses »Wichtige« mußte er haben, doch es bildete sich noch immer nicht aus seiner bunten Erfahrung. Er fühlte immer öfter, daß es äußerst schwer war, aus der Menge Rohmaterial, das er gesammelt hatte, einen geschlossenen Sinn herauszupressen, ihm eine eigenartige Form zu verleihen, um vor den Menschen als Urheber einer neuen Entdekkung dazustehen, die alle fortschrittlichen Kräfte des Landes vereinen wird.

Vor kurzem hatte Dronow, zerzaust, unrasiert und wie immer halb betrunken, sich ihm gegenüber beklagt: »Meine Kompagnons haben mich um zweihundertachtundsiebzigtausend Rubel behumbst. Nogaizew ist ein echter Gauner, der Teufel soll ihn holen!

Aber – um Saussailow und Popow tut es mir leid, sie sind nette Leutchen, weißt du, so kleine Räuber. Saussailow lebt gemäß Sologub: Das Leben ist ›das Gesetz meines Spiels‹. Popow – ist eine Schlafmütze, ein knochenloser Kerl, ein unglücklicher Spieler, aber ein sympathischer Hund. Im großen und ganzen – ist es langweilig. Hauptsächlich weiß ich nicht, was ich anfangen soll. Man muß ein klares, reales Ziel haben. Aber ich habe ja kein Ziel. Geld? Geld besitze ich, aber – das Geld schmilzt: Heute steht der Rubel auf dreiundvierzig Kopeken. Ja, und überhaupt ist Geld für mich kein Ziel. Wenn Toska da wäre, würde ich sie vergolden und mit Brillanten spicken – amüsiere dich!«

»Ist sie Bolschewikin?« fragte Samgin.

»Es sieht so aus«, antwortete Dronow, der Anstalten machte, etwas zu trinken. In der inneren Brusttasche des Rocks, in der würdige Leute die Brieftasche aufbewahren, trug Dronow eine flache Glasflasche, die mit einem silbernen Netz verziert war, und darin befand sich irgendein seltener Kognak. Während er behutsam ein Becherchen vom Flaschenhals losschraubte, mumelte er: »Dieses Fläschchen hat mir Tagilskij geschenkt. Es war eine Zeitungsente, daß er sich erschossen habe, vor einem Monat erzählte der Bruder Chotjaïnzews, ein Offizier, er sei irgendwo an der Front zufällig ums Leben gekommen. Er war interessant. Er hatte ausgerechnet, was der Apparat unserer Selbstherrschaft und der Französischen Republik kostet, es stellte sich heraus: Der Unterschied ist nicht groß, in dieser Hinsicht ist der Franc nicht weit hinter dem Rubel zurückgeblieben. Bei einer Republik läßt sich nichts einsparen.«

Soll ich erzählen? fragte sich Samgin. Doch wozu? Durch die zweite Frage war die erste gelöscht, und mit ihr zusammen schwand die Erinnerung an Anton Tagilskij. Aber es blitzte der Gedanke auf: Dronow ist ein Intellektueller in erster Generation.

Dronow zeigte Samgin bei jeder Begegnung eine beliebige Menge belanglosen Unsinns, den er aus der Tiefe des aufgerührten Lebenssumpfs schöpfte. Er schüttelte diesen Unsinn wie Staub von seiner stämmigen Figur, aber fast immer fand sich darin etwas für Samgin Wertvolles.

»Tossja hat da einen Burschen zu mir geschickt, einen Studenten der Odessaer Universität, Jurist, im dritten Studienjahr wegen Nichtbezahlung der Gebühren exmatrikuliert. Er arbeitete im Hafen als Schauermann, verkorkte Flaschen in einer Bierbrauerei, fing Fische bei Otschakow. Ein gescheiter, lustiger Kerl. Ich habe ihn zu meinem Sekretär gemacht.«

Er streichelte mit der rechten Hand die Flasche, kratzte sich mit dem Finger nachdenklich an der Braue und fuhr fort: »Siehst du, das ist ein rechtgläubiger Bolschewik! Er – hat ein Ziel. Bürgerkrieg, schlag die Bourgeoisie, mach Sozialrevolution in vollem, mustergültigem Sinn des Wortes, und sonst nichts weiter!«

»Glaubst du denn, daß so etwas möglich ist?« fragte Samgin gleichmütig.

»Ich? Ich – glaube an die Menschen. Nicht überhaupt an die Menschen, sondern an solche wie dieser Kantonistow. Ich komme zuweilen mit Bolschewiki zusammen. Denen, mein Lieber, ist es Ernst! Unter den Arbeitern herrscht Unruhe, es gibt schon Streiks mit Losungen gegen den Krieg, am Don schlugen sich die Grubenarbeiter mit der Polizei, der Bauer ist kriegsmüde, die Desertionen nehmen zu – die Bolschewiki haben jemanden, zu dem sie reden können.«

Er seufzte schwer und stand plötzlich auf, wobei er zornig sagte: »Du forschst mich immerwährend aus, Klim Iwanowitsch! Dabei weißt du natürlich selbst alles besser als ich. Weshalb dann ausforschen? Was für ein Dummkopf ich bin, weiß ich selbst, hilf mir begreifen, weshalb ich ein Dummkopf bin.«

»Du bist betrunken«, sagte Samgin.

Er war beleidigt und ging schmollend weg. Samgin, der ihn mit düsterem Blick verfolgt hatte, warf sogar einen Zigarettenrest hinter ihm her.

Charlamow ist sicher auch Bolschewik, dachte er, dann fiel ihm Chotjaïnzew ein, der vor kurzem auf einer Versammlung in einer Redaktion ohrenbetäubend laut verkündet hatte: »Schon Saint-Simon hat prophezeit, daß die Bankiers die Herren des Lebens sein würden. Sie werden in jedem Staat alle Kapitalien in ihre Geldbeutel fegen, sie danach in einen einzigen Beutel tun, ferner die konzentrierten Kapitalien aller Staaten aller Nationen in einem einzigen Sack vereinen und dann in der ganzen Welt die Produktion und den Konsum großmütig nach dem Gesetz strengster und sogar heiliger Gerechtigkeit organisieren, wie das gewisse, sehr kluge Deutsche, mit Ausnahme der verrückten Phantasten – wie Karl Marx und andere, die zu ihm halten – voraussagen. Also: Wovor haben wir Angst, und weshalb zittern wir? Wäre es nicht vernünftiger, zuversichtlich und ruhig die segensreichen Ergebnisse der energischen Tätigkeiten der Banken, der reformatorischen Arbeit der Bankiers zu erwarten? Es wäre naiv, zu fürchten, der Bankier werde uns Hemd und Hose ausziehen! Er wird sie uns ausziehen – jawohl! –, aber nur für kurze Zeit, zum Zweck der Konzentration, der Monopolisierung, dann jedoch wird er uns zwingen, Schuhwerk und Kleidung, Brot und Wein organisiert herzustellen, wird uns kleiden und mit Schuhwerk versorgen, wird uns zu trinken und zu essen geben. Weshalb sollen wir uns wegen der Meerengen und der Umwandlung von Balkanstaaten in russische Gouvernements Sorgen machen, weshalb?«

Klim Iwanowitsch Samgin schien es, daß sich hinter dem groben Humor dieser Rede ein gewisser gesunder Kern verberge, aber er liebte den Humor nicht, Satire stieß ihn ab, und besonders zuwider waren ihm Menschentypen wie Chotjaïnzew, wie Charlamow. Er sah in ihnen Sonderlinge, Unfugstifter, die hinter ihrem Wortunfug eine nihilistische Leidenschaft für Zerstörung verbargen. Charlamow gab sich den Anschein, als studierte er ernsthaft die konterrevolutionäre Literatur, als wäre er ein Verehrer von Leontjew, Katkow, Pobedonoszew. Chotjaïnzew spielte einen Sonderling, dem es gefällt, die Leute, ohne sich selbst zu schonen, durch Unsinn zu belustigen, aber seit einiger Zeit hüllte er immer beharrlicher sehr ernste Gedanken in höchst unsinnige sprachliche Formen. Ebenso wie Charlamow war er ein »Defätist«, ein Kriegsgegner, ein gegen das Schicksal seines Vaterlands gleichgültiger Mensch, dieses Schicksal jedoch wurde an den Fronten entschieden.

Die Zeit, gefüllt mit Zeitungslärm, mit Streitgesprächen in Versammlungen, düsteren Nachrichten von den Fronten und Gerüchten darüber, daß die Zarin sich um einen Separatfrieden mit den Deutschen bemühe, verging schnell, die Tage sprangen unmerklich rasch über die Nächte hinweg, immer öfter wiederholten sich die Worte Vaterland, Heimat, Rußland, die Menschen auf den Straßen gingen eiliger, unruhiger, wurden mitteilsamer, machten sich leicht miteinander bekannt, und das alles erregte Klim Iwanowitsch Samgin sehr und auf neue Art. Er erinnerte sich gut, wann eigentlich diese unbekannte Erregung in ihm ausgebrochen war.

Er hatte bei Jelena übernachtet, sie war beschwipst, sehr herausfordernd und launisch gewesen und hatte ihn ermüdet, er hatte schlecht und wenig geschlafen, war am frühen Morgen mit Kopfschmerzen erwacht und ging zu Fuß heim.

Schon seit langem wurden auf den Straßen und Plätzen der Stadt von morgens bis abends Soldaten ausgebildet, ertönte das Kommando: »Still-gesta-anden!«

Er hatte dieses Kommando seit seiner Kindheit im Gedächtnis, in der es sicher und gebieterisch in der Stille der Provinzstadt erklungen war, obwohl es aus der Ferne, vom Truppenfeld kam. Hier, in der Stadt, die alle Kräfte des Riesenlandes, das Leben von hundertfünfzig Millionen Menschen befehligte, klang dieser Ausruf gereizt und hoffnungslos oder trübsinnig und kraftlos, wie eine Bitte oder wie ein Verzweiflungsschrei.

Samgin, der seinen Ohren nicht traute, schüttelte den Kopf und blieb stehen. Vor ihm schritten über das Kopfsteinpflaster der Straße kleine Männer in schmutzfarbenen, nicht passenden Soldatenuniformen, und einige trugen noch ihre Zivilkleidung. Sie schritten gleichsam widerwillig und ohne zu glauben, daß sie, um zum Töten auszuziehen, besonders zackig auf die Kopfsteine oder auf das Holzpflaster auftreten müßten.

»Links! Links!« riet ihnen heiser ein hochgewachsener Soldat mit einem Kreuz an der Brust und mit Litzen am Ärmel, er hinkte ein wenig und stützte sich auf einen dicken Stock. Die verschiedenartigen Gesichter der kleinen Männer waren gleichermaßen straff gespannt vor düsterer Langeweile, und ihre verschiedenfarbigen Augen waren gleichermaßen leer.

»Still-gesta-anden!« schrien die Soldaten, die es müde waren, einen lebendigen, aber unbeholfenen Menschenhaufen zu kommandieren, auf sie ein; Samgin kamen sie zerknittert und leer vor wie ramponierte Gummibälle. Über den grabenartigen Straßen, über den Plätzen hing ein sumpfiger, höckeriger Himmel in zerfetzten Wolken, irgendwo tief hinter den Wolken stand aufgedunsen die fahle Sonne und warf trübes Licht aus.

»Still-gestanden!« kommandierten die Offiziere.

Die Stadt war schon erwacht, sie lärmte, von einem nicht fertiggebauten Haus wurden die Gerüste entfernt, ein Löschzug der Feuerwehr kehrte von der Arbeit zurück, die zerknautschten, nassen Feuerwehrmänner blickten gleichgültig auf die Leute, denen man beibrachte, Schulter an Schulter herumzumarschieren, hinter einer Hecke kam hoch auf scheckigem Gaul ein Offizier hervorgeritten, hinter ihm her krochen, den Feuerwehrleuten den Weg abschneidend, mit ihrem Eisen polternd, kleine Geschütze, dann kamen Soldaten in Stahlhelmen, und es kam ein kleiner Haufen verschiedenartig gekleideter Menschen vorbei, an seiner Spitze trug ein schwarzbärtiger Riese eine Ikone, und neben ihm schleppte ein Halbwüchsiger eine Stange mit der Nationalflagge auf der Schulter wie ein Gewehr.

Samgin stand auf dem Gehsteig, rauchte und beobachtete, er spürte dabei, daß dies alles ihn, wenn auch nicht bedrückte, so doch irgendwie störte, da es ein Gefühl der Verzagtheit, der Trauer hervorrief. Der Soldat mit dem Kreuz und den Litzen kommandierte gedämpft: »Rührt euch! Rauchen erlaubt . . .«

Ein wenig hinkend, den Stock auf das Holzpflaster aufsetzend, ging er vom Fahrdamm auf den Gehsteig, setzte sich auf einen Prellstein, zog eine Zeitung aus der Tasche und verdeckte mit ihr sein Gesicht. Samgin stellte fest, daß der Soldat nach einem Blick auf ihn hatte eine Ehrenbezeigung machen wollen, es sich aber aus irgendeinem Grund anders überlegt hatte.

»Bilden Sie aus?« fragte er. Der Soldat blickte ihn über die Zeitung hinweg an und antwortete halblaut und widerstrebend: »Ja, ich ... stutze sie zurecht. Jedoch – in einem Monat kann man einen Menschen nicht zum Soldaten machen. Das sehen Sie selbst.«

Samgin entfernte sich, aber danach blieb er, wenn er sah, wie Soldaten ausgebildet wurden, jedesmal für ein paar Minuten stehen, schaute zu, horchte auf die Bemerkungen der Passanten und ebensolcher Beobachter wie er selbst – die Bemerkungen klangen spöttisch, zornig, trostlos, verdrossen.

»Kleinkalibriges Volk ...«

»Die großen sind offenbar alle getötet.«

»Von derartigen Helden werden die Deutschen wohl kaum besiegt werden.«

Die Frauen seufzten: »O Gott, wann wird das ein Ende nehmen!«

Klim Iwanowitsch Samgins Beobachtungen formten sich immer deutlicher und fester zu kurzen Sätzen: Der Bürger verhält sich der Armee, den Soldaten gegenüber skeptisch. Das Land hat offenbar seinen ganzen Vorrat an auserlesener lebendiger Kraft erschöpft. Man hat den Krieg satt, er muß beendet werden.

Die Gerüchte von den Versuchen der Zarin, mit Deutschland einen Separatfrieden zu schließen, bestätigten seine Schlußfolgerungen, noch mehr aber wurden sie durch Tatsachen anderer Art bestätigt. Die Zahl gesunder junger Männer verringerte sich auffällig, was besonders deutlich an den Soldaten zu sehen war, die mit ihren Füßen auf allen Plätzen der Stadt herumstampften.

Die großen Ansammlungen kleiner Männer wurden unter ekelerfülltem Grimassenschneiden und hysterischem Geschrei von Offizieren kommandiert, die im Krieg gewesen, halb krank, wahrscheinlich verwundet oder verschüttet gewesen waren ... Die Schwerfälligkeit, die Begriffsstutzigkeit der Gemeinen erregte sie krankhaft, sie schimpften obszön, halblaut und blickten sich dabei nach den Zuschauern um. Samgin kam es vor, als hätten sie die künftigen Soldaten gern mit Stöcken geschlagen, und diese überanstrengten, verbrauchten Menschen erweckten in ihm Mitgefühl.

Die Intelligenz der Armee, dachte er. Die Intelligenz, welche die Masse für die Verteidigung des Vaterlands organisiert.

Das Gedächtnis zeigte ihm das Bild von der Ermordung Tagilskijs, die effektvolle Geste des Hauptmanns Weljaminow, – die Geste, mit der er seinen Säbel vor dem General auf den Tisch gelegt hatte.

Seit einiger Zeit konnte er, ohne seine Wohnung zu verlassen, sehen, wie Soldaten gemacht wurden, ihre Ausbildung fand fast vor seinen Fenstern statt, und wenn er es öffnete, vernahm er: »Stillgesta-anden! He, du Blatternarbiger, zieh den Bauch ein! Bist du ein schwangeres Weib? Die Fußspitzen, die Fußspitzen, der Teufel soll euch holen! Ich hab es doch gesagt: Hacken zusammen, Fußspitzen auseinander. Du Teufelsschnauze – wie stehst du da? Warum hältst du die eine Schulter höher als die andere? Ach, ihr Tölpel, ihr dummes Volk. Stillgesta-anden! Nach links richt't euch, im Gleichschritt . . . Wohin schiebt dich der Teufel, du Tambower Schwein, wohin? Still-gesta-anden! Rechts richt't euch, im Gleichschritt . . . marsch! Eins-zwei, eins-zwei, links, links . . . Halt! Na – ihr gottverlassenes Teufelspack, was soll ich nur mit euch anfangen, he?«

Es kommandierte ein großer, stämmiger Soldat mit breitem Gesicht und stumpfer Nase, rotem Schnurrbart und einem schwarzen Verband, der sein rechtes Auge verdeckte. Etwa zwei Stunden lehrte er Marschieren und nach einer kurzen Ruhepause – Bajonettfechten. Aus dem Hof des Hauses gegenüber von Samgins Wohnung wurde ein Holzgerüst herausgetragen, an dem ein mit Stroh gefüllter Bastsack hing. Die Soldaten schrien einer nach dem anderen »hurra!« und stachen, heranstürmend, die Augen weit aufgerissen, mit dem Bajonett in den Sack – es war unangenehm und komisch, dies mitanzusehen. Samgin hatte viel von der Leistungsfähigkeit der deutschen Artillerie, von der Stärke ihres Sperrfeuers gehört, er konnte sich nicht vorstellen, wie man den Feind mit dem Bajonett erreichen könnte, der Fechtunterricht an dem Strohsack schien ihm ein schmachvoller Unsinn. Er war überzeugt, daß die Passanten und die Bürger, die aus den Fenstern schauten, diese täppischen Sprünge ebenso einschätzten.

An einem feuchten Herbsttag nach nächtlichem Regen begann während einer Ruhepause, nach ein paar Minuten Stille, auf der Straße eine Balalaika zu klimpern, es ertönte gedämpftes Lachen. Samgin trat ans Fenster und blickte hinaus: Etwa zehn Soldaten, die dicht einen Laternenpfahl umgaben, hörten zu, wie ein kraushaariger junger Mann, dunkelhäutig wie ein Zigeuner, in olivgrüner Feldbluse und gewichsten Stiefeln, schmal und adrett, sang und sich auf der Balalaika begleitete. Er sang halblaut, und die Worte des flotten Tanzliedchens waren schwer zu verstehen, die Balalaika, das Scharren der Füße und das verhaltene Lachen hinderten dabei. Aber als Samgin genauer hinhörte, fing er den Vers auf:

»Wodurch unterscheidet, sagen wir mal,
Von einem Hund sich ein Korporal?«

»Ho, du«, rief einer der Zuhörer und trappelte sogar mit den Füßen den Takt. Die künftigen Soldaten lachten halblaut und um sich blickend, und in dieses verhaltene Lachen hinein bohrten sich gleichsam die lustigen Worte:

»Wir verstehn's, einander zu schlagen,
Doch bei dem, der uns schlägt – wir es nicht wagen!«

Samgin war empört.

Die Ohren langziehen sollte man dem Bengel, entschied er. Er mußte sowieso gerade ins Gericht gehen, er zog sich an, nahm die Aktentasche und stand zwei bis drei Minuten später verwundert und bereits etwas abgekühlt vor dem Jungen. In dem dunkelhäutigen Gesicht des Brünetten glänzten lustig sonderbar bekannte blaue Augen. Der Junge stand mit gesenkter Balalaika da, die er am Griffbrett hielt und hin und her pendeln ließ, in der Nähe erwies er sich noch kleiner und schmaler. Er sah, ebenso wie die Soldaten, Samgin fragend, abwartend an.

»Darf ich wissen, warum Sie Soldatenuniform tragen?« fragte Samgin streng. Der Junge antwortete klangvoll: »Bin Freiwilliger, gehöre zum Spielmannszug.«

»Ach so! Wie heißen Sie?«

»Spiwak, Arkadij«, sagte der Junge und fragte, finster dreinschauend, selbst: »Doch – wozu müssen Sie wissen, wer ich bin? Und was für ein Recht haben Sie, mich zu fragen? Sind Sie Verbandshusar?«

»Verbandshusar«, wiederholte Samgin mechanisch. »Heißt Ihre Mutter Jelisaweta Lwowna?«

»Ja.«

»Ist sie hier?«

»Sie ist tot. Kannten Sie sie?« fragte Spiwak weich.

»Ja, ich habe sie gekannt«, sagte Samgin und fügte, noch näher an ihn herantretend, halb mit Flüsterstimme hinzu: »Ich habe gehört, was Sie singen. Das war sehr gewagt von Ihnen . . .«

»Wirklich?« fragte Spiwak, der die Balalaika stimmte, scherzhaft und laut. Samgin merkte, daß die Soldaten ihn feindselig ansahen wie einen, der stört. Und besonders eindringlich schauten zwei: Ein stämmiger, dicklippiger, großäugiger Soldat mit gesetztem, rötlichem Schnurrbart, und neben ihm kniff ein Mann in blauer Bluse mit einem Gesicht jüdischen Typs die Augen zusammen und biß sich auf die Lippe. Samgin berührte mit dem Finger die Mütze und entfernte sich, ihn begleitete der Ausruf: »Husar ohne Säbel, Lamettaflegel.«

Danach ertönten zwei halblaute Pfiffe.

Er wird nicht älter als sechzehn Jahre sein. Hat die Augen seiner Mutter. Ein hübscher Junge, überlegte Samgin, der ein Gefühl auszulöschen suchte, das so schmerzhaft war wie eine Brandwunde.

Was hat mich durcheinandergebracht? dachte er nach. Weshalb habe ich dem Jungen nicht gesagt, was ich hätte sagen müssen? Er ist natürlich von den Defätisten, den Bolschewiki instruiert und geschickt. Möglicherweise leitet ihn auch ein persönliches Gefühl – Rache für seine Mutter. So wird die Zimmerwalder Losung verwirklicht, den Krieg gegen den äußeren Feind in einen Bürgerkrieg im Inneren des Landes zu verwandeln. Das bedeutet: Das Land verraten, es zugrunde richten . . . Natürlich, so ist es. Ein Bengel, ein halbes Kind – eine Null. Aber es handelt sich nicht um den Menschen, sondern um das Wort. Was muß ich tun, und was kann ich tun?

Eine Antwort auf diese Frage begann er nicht zu suchen, denn er verstand, daß die Antwort von ihm eine Tat verlangen würde, zu der er nicht die Kraft hatte. Er beschleunigte seinen Gang und bog um eine Ecke.

Aber – wie sinnlos ist doch das Leben! rief er innerlich aus. Dieser empörte Ausruf beruhigte ihn, ihm fiel wieder Arkadij ein, er stellte ihn sich unter Soldaten vor, das lustige Lächeln auf seinem braunen Gesicht, und erinnerte sich plötzlich: Und der mit den Sommersprossen, in der blauen Bluse, das ist . . . ein Moskauer – wie hieß er doch? Der Lehrling des Kupferschmieds? Ja, das war er. Natürlich. Muß ich denn wirklich allen wieder begegnen, die ich einmal gekannt habe? Und – was bedeuten diese Begegnungen? Bedeuten sie, daß diese Menschen ebenso selten sind wie die großen Sterne oder – so zahlreich wie die kleinen?

Er weidete sich an der Verbindung der Dutzend Worte, in die er einen Gedanken und ein Bild gefaßt hatte.

Eine nicht große Menschengruppe versperrte ihm den Weg, sie nahm den ganzen Gehsteig ein, Samgin trat, um die Menge zu umgehen, ebenso wie die anderen Passanten auf den Fahrdamm hinunter und blieb dort horchend stehen: »Wir zogen uns aus Galizien zurück, und in einem fort brannte unterwegs das Korn: Mehl, Graupen, Proviantlager brannten, Dörfer – alles brannte! Auf den Feldern zerstampften wir unabsehbar viel Korn! Herr, du unser Gott! Was ist der Grund für diese Zerstörung des Lebens?«

Samgin stellte sich auf die Zehen, reckte sich und über die Köpfe der Menschen hinweg sah er: An die Wand gelehnt, stand ein hochgewachsener Soldat mit verbundenem Kopf und einer Krücke unter der Achsel, neben ihm – eine dicke Krankenschwester mit dunkler Brille im großen, weißen Gesicht, sie schwieg und wischte sich mit einem Zipfel des Kopftuchs die Lippen.

»Meine Herrschaften, meine guten«, flehte der Soldat, der an seinem Mantelkragen zerrte und dabei seinen spitzen Adamsapfel entblößte. »Man muß nach der Ursache dieses Zerstörungswerks suchen, man muß begreifen, was seine Ursache ist. Und was das bedeutet – Krieg.«

Samgin bewegte sich eilig weiter und dachte: Wie, wenn die Leute, die so oder anders durch den Krieg zu Schaden gekommen waren, seine Ursache dort erblickten, wohin die Bolschewiki wiesen?

Im 20. Jahrhundert ist ein Aufstand in der Art Pugatschows selbst in unserem bäuerlichen Land wohl kaum möglich. Aber man muß immer das Schlimmste erwarten und sich mit der Vereinigung aller fortschrittlichen Kräfte des Landes beeilen. Rußland braucht keine Revolution, sondern Reformen. Die Revolution kann man nicht anders denn als Krankheit, als Entzündung des gesellschaftlichen Organismus auffassen . . . England, die Geburtsstätte der Repräsentativregierung und des sozialen Kompromisses, ist ohne Revolution groß geworden und hat die halbe Welt erobert. Das sind keine neuen Gedanken, aber man erinnert sich ihrer wenig. Die Rolle des englischen Liberalismus in der europäischen Geschichte der letzten zwei Jahrhunderte. Ich muß über dieses Thema einen Vortrag halten.

Hier warnte sich Klim Iwanowitsch Samgin: Ich denke wie ein gewöhnliches Mitglied der Kadettenpartei.

Er wußte, daß seine persönliche Lebenserfahrung sich in fremde Worte kleidete; als er jünger war, hatte ihn das gekränkt, aufgeregt, aber allmählich hatte er sich daran gewöhnt, diese Gewalt der Worte nicht zu beachten, die – so schien es ihm – seine eigenen Gedanken verflachten, sie daran hinderten, sich in vortrefflicher Form, mit origineller Kraft und eigenartigem Glanz darzubieten. Er hatte sich unbemerkt eingeredet, daß er, wenn die Umstände es verlangten, die fremden Sprachgewänder mit Leichtigkeit von allem abwerfen würde, was er erlebt und durchdacht hatte. Aber nun waren Tage angebrochen, in denen er fühlte, daß es bereits Zeit sei, sich des Ballasts zu entledigen, unter dem sich sein Wahres, Unwiederholbares verbarg.

Ich habe nicht dazu ein halbes Jahrhundert gelebt, um die Heilsamkeit des englischen Liberalismus anzuerkennen, dachte er mit düsterer Ironie. Er ging schnell, ihm schien, daß ihm beim Gehen die Gedanken freier kämen und leichter irgendwo hinter ihm zurückblieben. In den Straßen herrschte griesgrämige Unrast, vor den Lebensmittelläden drängten sich unter erregtem Geschrei zornige, zerzauste Frauen, an den Ecken standen kleine Männergruppen dicht beisammen, sie murmelten über irgend etwas, ein Droschkenkutscher, der auf dem Bock seines Wagens saß und sein behaartes Gesicht verzogen hatte, las, ab und an zum trüben Himmel emporblickend, eine Zeitung, und überall wimmelte es von Soldaten ... Sie marschierten mit blinkenden Bajonetten zur Ausbildung, gingen, vom ehernen Geheul der Militärkapellen begleitet, zu den Bahnhöfen, lange Reihen von Verwundeten zogen in Begleitung von Krankenschwestern irgendwohin.

Wenn ich mir selbst gegenüber aufrichtig sein will – muß ich zugeben, daß ich ein schlechter Demokrat bin, überlegte Samgin. Der Demos ist der Pöbel, seine Herrschaft bezeichneten die Griechen als Ochlokratie. Dem Volk dienen – bedeutet das Volk lenken. Nichts anderes. Als Individualist darf ich nur die hierarchische, aristokratische Gesellschaftsordnung für rechtmäßig und natürlich halten.

Irgend etwas Eigenes war gefunden, und als Klim Iwanowitsch Samgin beim Bezirksgericht stand, blickte er finster den Litejnyj Prospekt entlang und über die Newa hinaus, wo unschlüssig, spärlich die Fabrikschlote rauchten. Im Anwaltszimmer war ein vielstimmiger Streit entbrannt, etwa fünf Anwälte hatten einen breitgesichtigen, bärtigen Mann in eine Ecke gedrängt und schrien ihm ins Gesicht: »Sprechen Sie zu Ende!«

»Ja, ja!«

»Nei-ein, das ist ein gefährlicher Gedanke!«

Unter dichten Brauen hervor und aus einem breiten hellblonden Bart lächelten verlegen und freundlich große blaue Augen, der Bärtige sagte schuldbewußt mit hoher Stimme, fast im Sopran: »Ich sage das doch nur in Form einer Frage, ich behaupte es nicht. Mir scheint, daß gegen einen organisierten Gegner, wie es die Armee ist, leichter zu kämpfen ist als beispielsweise gegen Partisanentrupps von Sozialrevolutionären.«

Der sehr würdige Anwalt Wischnjakow, Syndikus einer der größten Banken, erklärte im Bariton entschieden: »Die Deutschen haben das internationale Prinzip der Lehre von Marx auf immer kompromittiert, indem sie zeigten, daß Sozialdemokraten durchaus gute Patrioten sein können ...«

»Jedoch – Zimmerwald ...«

»Ein Krampf ...«

An dem Tisch in der Mitte des Zimmers saß ein schlapper, schwammiger alter Herr mit rauchgrauer Brille, er kratzte sich unter der Achsel und sagte aufschnarchend, als zöge er seine langsamen Worte aus der Brusttasche: »Kareno, der Held der Trilogie von Hamsun, ein Anarchist, Nietzscheaner und Anhänger der Ideen Ibsens, verzichtete ohne weiteres auf all dies zugunsten eines Sitzes im Storting. Und, wissen Sie, hier sind nicht so sehr Ideen als Beispiele ... Frankreich, mein Werter, Frankreich, wo die Rechtsgelehrten, die Juristen regieren ...«

»Und es verstehen, Ideen so zu kleiden wie Frauen«, ergänzte sein Gesprächspartner, ein großnasiger brünetter Mann, der sein Haar wie Gogol trug; er hörte auf, mit Schriftstücken zu rascheln, drückte seine Hand darauf und sagte, ohne auf den Gesprächspartner zu hören, zornig und laut: »Nein, bedenken Sie: Das neunzehnte Jahrhundert begannen wir mit Karamsin, Puschkin, Speranskij, und im zwanzigsten haben wir – Gapon, Asef, Rasputin ... Ein entarteter Jude zerstörte die stärkste und sozusagen nationale politische Partei des Landes, ein entarteter Bauer, der Dummkopf der Bauernmärchen, zerstört den Thron ...«

»Na – er ist wohl kaum ein Dummkopf ...«

Samgin, der nochmals die Akten durchsah, die er für die Gerichtsverhandlung vorbereitet hatte, lauschte dem Stimmengewirr, fischte Sätze heraus, die ihm am geschicktesten formuliert vorkamen. Er hatte immer noch nicht die Fähigkeit verloren, Meister des schönen Worts zu beneiden, und warf sich vor: Wie war er nicht auf den Gedanken gekommen, Gapon, Asef und Rasputin in eine Reihe zu stellen? Die ersten zwei boten die Möglichkeit sehr weitgehender Deutungen ...

Der schlappe alte Herr riß sich die Brille von der Nase, schwang sie in der Luft und rief, sich aufblähend und aufschnarchend: »Nein, entschuldigen Sie. Wenn Plechanow die Defätisten verspottet und Kautsky und Vandervelde das ebenfalls tun, so sage ich: Man soll den Defätisten den Kopf rasieren! Jawohl. Den halben Kopf rasieren, wie man es mit den Zuchthausverurteilten tat! Damit ich sehe ... damit alle sehen: Das ist ein Defätist, das heißt – ein Feind!«

Irgend jemand lachte, worauf der Alte noch hysterischer schrie: »Nein, entschuldigen Sie, das ist nicht lächerlich, das ist eine Schutzmaßnahme gegen den inneren Feind ...«

»Kasimir Bogdanowitsch hat recht: Diese Leute müssen durch ein Kainsmal gekennzeichnet werden.«

»Die bolschewistischen Dumaabgeordneten hat man zu Zuchthaus verurteilt ... aber wen hat das zufriedengestellt?«

»Es ist nur das Prinzip der Immunität der Abgeordneten verletzt worden.«

»Gestern – sie, morgen – wir.«

»Denken Sie an Wyborg.«

»Sie brauchen eine Niederlage Rußlands, um den Wahnsinn der Pariser vom Jahre 1871 zu wiederholen.«

»Na ja, natürlich! Sie verhehlen das nicht ...«

»Wir – brauchen eine Niederlage der Selbstherrschaft ...«

»Nicht wir, sondern das ganze russische Volk!«

»Der Internationalismus ist eine Lehre von Leuten mit atrophiertem Heimatgefühl und Vaterlandssinn ...«

Die Zahl der Befrackten nahm zu, schon ungefähr fünfzehn, die rund um den Tisch standen, schrien – der Alte, der seine Arme über den Tisch ausgebreitet hatte, bewegte sie in der Luft, als schwämme er, und schrie mit emporgerichtetem, blutrotem Gesicht: »Ich bin kein Kaufmann, kein Adliger, ich gehöre zu keinem Stand. Ich leiste schwere Arbeit, indem ich die Rechte der Persönlichkeit in einem Staat verteidige, der immer noch nicht begreift, von welcher kulturellen Bedeutung der Umfang dieser Rechte ist.«

»Die soziale Revolution ist eine Utopie von Abenteurern.«

»Von Russen, von Russen ...«

»Und – von Juden. Marx ist ein Jude.«

»Lenin ist Russe. Die europäischen Sozialisten träumen nicht von einer sozialen Revolution.«

Samgin vernahm nicht zum erstenmal, daß in den Stimmen der Menschen Angst vor einer Revolution klang, und gestern noch hätte er sagen können, daß er von dieser Angst gänzlich frei sei. Eine skeptische und sogar feindselige Einstellung zu den Menschenmassen hatte sich schon seit langem bei ihm gebildet. Die Gespräche und Bücher über das unglückliche, unterdrückte, leidende Volk hatte er schon in seiner Jugend satt gehabt. Er hatte sich mehrfach davon überzeugt, daß Demonstrationen und überhaupt Massenaktionen fruchtlos waren. Die unwillkürliche Teilnahme an den Ereignissen des Jahres 1905 hatte ihm eine skeptische Einstellung zu der Kraft der Massen eingeflößt, den Moskauer Aufstand wertete er seit langem als Laienaufführung. Den Anforderungen der Epoche gehorchend, hatte er natürlich einen Blick in die Bücher von Marx geworfen, hatte Plechanow, Lenin gelesen. Er hatte ungern und nicht sehr viel Zeit für diese Arbeit verwendet, aber sie erwies sich als vollauf genügend, um die Geschichtsphilosophie, die den Entwicklungsprozeß der Weltkultur in neuem Licht darstellte, entschieden abzulehnen. Nein, die Geschichte trieben natürlich nicht Klassen voran, nicht blinde Menschenhaufen, sondern einzelne, Helden, und der Engländer Carlyle kam der Wahrheit näher als der deutsche Jude Marx. Der Marxismus schränkte die Bedeutung der Persönlichkeit in der Geschichte nicht nur ein, sondern hob sie fast auf. Diese Denkweise hatte sich in Klim Iwanowitsch Samgin kompakt, dauerhaft gefestigt, und er faßte die Aufgabe seines Lebens darin zusammen, daß er in sich die Eigenschaften eines Führers, eines Helden, eines Menschen ausbilden müsse, der nicht von den Gewaltakten der Wirklichkeit abhängig ist.

Aber nun empfand er schon seit mehr als einem Jahr eine unbestimmte Unruhe, deren Ursachen er nicht festzustellen wagte. Und heute, in dem unruhigen Lärm der Reden seiner Kollegen, ertappte er sich plötzlich dabei, wie er, während er dem tollen Geschrei der Frackträger zuhörte, die neuen Personen aufzählte, die für ihn unannehmbar, ihm feind waren: Arkadij Spiwak, Genosse Jakow, Charlamow – ja, offensichtlich auch Charlamow. Wahrscheinlich war auch Tagilskij, ebenfalls ein Beschützer des unterdrückten Volkes, so eine überreizte Gestalt von der Art Ljutows. Makarow, der Bandit Inokow, Pojarkow, Tossja. Und noch viele andere. Und – schließlich Kutusow, ein alter Bekannter. Kutusow – ein harter, bedrückender Mensch. Das alles waren Leute, die an die Notwendigkeit einer sozialen Revolution glaubten, sie in den Fabriken propagierten, politische Streiks anzettelten, in der Armee Propaganda trieben, von einem Bürgerkrieg träumten.

Geschichte wird von Helden gemacht ... Wahnwitz der Tapferen ... Charlamow ...

Auf ihn zu kam, von einer Wolke starken Parfüms umgeben, sein Prozeßgegner Nifont Jermolow, ein schöner, reicher Mann, gepflegt wie eine Frau, rotwangig, mit verträumtem Blick brauner Augen, mit einem freundlichen Lächeln unter dem hochgezwirbelten Schnurrbart und über dem grauen Spitzbart.

»Mein lieber Klim Iwanowitsch, könnten Sie mir nicht den großen Gefallen tun, den Termin verschieben zu lassen, wie? Ich werde gleich eine kleine Sache führen, und dann habe ich eine sehr verantwortungsvolle Konsultationssitzung – ich bitte Sie sehr!«

Er reichte Samgin die Hand mit rosigen polierten Fingernägeln.

Samgin willigte mit Vergnügen ein, da er keinerlei Verlangen empfand, die Rechte seiner Mandanten zu verteidigen. Er steckte seine Akten in die Mappe und machte sich auf den Heimweg.

In der Zeit, die er im Gericht verbracht hatte, war das Wetter umgeschlagen: Von der See wehte ein feuchter Wind, der Vorbote des Herbsts, er jagte schmutziggraue Wolken über die Hausdächer, als bemühte er sich, sie in den Korridor des Litejnyj Prospekts hineinzupressen, der Wind stieß die Menschen gegen die Brust, das Gesicht, den Rücken, aber die Leute gingen, ohne seine Bemühungen zu beachten, schnell aneinander vorbei, verschwanden in Höfen und Haustoren. Samgin überholte eine Gruppe von ungefähr dreißig Häftlingen, die von einer Eskorte Gefängniswächtern mit blankem Säbel umringt waren, einer von den Häftlingen, ein kleiner, ging auf Krücken wie auf Stelzen. Er schien bucklig, der Wind raschelte und pfiff, als schliffe er die bläulichen Säbelklingen und flüstere: »Stillgesta-anden!«

Dann erschien auf dem Prospekt ein Leichenzug, man trug einen Helden zu Grabe, Trompeten bliesen die Melodie eines Trauermarsches, langsam schritten schwarze Pferde dahin und Soldaten, grünlich wie Sumpffrösche, der Leichenwagen wedelte mit seinen Quasten und Fransen; sich mit der Hand an ihm festhaltend, schritt hölzern eine hochgewachsene Frau, ganz in schwarzem Flor, der Flor flatterte über ihr, rund um sie, es war, als risse der Wind die Frau in Stücke oder als wollte er sie zu den Wolken hochwerfen. Es kam ein Zug von Verwundeten, an ihrer Spitze eine große, dicke Krankenschwester mit goldener Brille. Samgin hatte sie schon einmal gesehen. Die Passanten gingen eilig, besorgt ihren Tageszielen nach, ohne die Beerdigung des Helden, die Häftlinge und einander zu beachten.

Charlamow, dachte Klim Iwanowitsch Samgin, und in seiner Erinnerung erklangen die scherzhaften, ironischen Worte Charlamows, mit denen er Jelena die Absichten der Bolschewiki erklärt hatte: Alles, was brennen kann, brennt nur dann, wenn es bis zu einer bestimmten Temperatur erhitzt wird, und nur unter der Bedingung, daß genügend Sauerstoff zuströmt. Sind diese zwei Bedingungen nicht erfüllt, bekommen wir Fäulnis, aber kein Brennen. Die Fäulnis ist laut Marx ein Prozeß, den die Arbeiterklasse in ein Brennen, in einen Weltbrand verwandeln muß. In unseren Tagen sind die Arbeiter und Bauern genügend erhitzt, die Rolle des Sauerstoffs erfüllen vortrefflich die Bolschewiki, und darum muß das Arbeitervolk in Brand geraten. Er, Charlamow, ist nicht der einzige, der so denkt. Spaßmacher, Ironiker seines Typs sind den Bolschewiki verwandt. Er ist wahrscheinlich ein Intellektueller in erster Generation, wie Tagilskij. Wie Dronow. Menschen ohne Traditionen, die durch nichts außer der Schule mit der Geschichte ihres Vaterlands verbunden sind. Zufallsmensehen.

Ihm fiel sogar der Minister Deljanow ein, der »Kinder von Köchinnen« nicht hatte zum Gymnasium zulassen wollen, aber hier verwirrte ihn ein wenig die allzu schroffe Wendung seines Denkens, und während er seine Wohnungstür öffnete, versuchte er, sich zu rechtfertigen:

Ich bin ja nicht darüber beunruhigt, daß mich die Nihilisten des 20. Jahrhunderts überholen ...

Aber sein Denken glitt von selbst gleichsam eine schiefe Ebene hinab: Rom wurde von Barbaren zugrunde gerichtet, die von Römern erzogen worden waren.

Dann fielen ihm zum zehntenmal die Verse von Brjussow über die »kommenden Hunnen« ein und irgendwessen Worte anläßlich der Verurteilung der sozialistischen Abgeordneten zu Zuchthaus: Fünf – hat man zu Zuchthaus verurteilt, fünfhundert werden dieses Urteil als eine Herausforderung auffassen ...

Am Tisch sitzend, den Kopf auf die Hand gestützt, sah Samgin zu, wie die blauen Rauchwölkchen seiner Zigarette sich auf dem grünen Tuch ausbreiteten, wenn er sie anhauchte – verschwanden sie. Seine Gedanken krochen hintereinanderher wie dieser leichte Rauch und verschwanden ebenso schnell, wenn Gedanken anderer Art über ihnen auftauchten.

Ich müßte eine Spindel haben, die meine Gedanken zu einem festen, gleichmäßigen Faden zusammenspönne ... Die Spinne webt ihr Netz und verfolgt damit einen ganz bestimmten Zweck.

Diese unangenehmen Gedanken bargen einen gewissen kränkenden Vorwurf in sich, als raunten sie ihm zu, daß das Leben sinnlos sei, und Samgin löschte sie rasch aus wie die Flämmchen eines Streichholzes und kehrte zu seinen Gedanken über die Zufallsmenschen zurück.

Gapon, Asef, Rasputin. Irgendein Mönch Iliodor. Als Anwärter auf den Posten des Innenministers wird Protopopow genannt.

Er rief sich alles ins Gedächtnis, was über Protopopow geredet wurde: Ein politisch unbestimmter und nicht einmal sehr gebildeter Mann, aber geschickt, wendig, rührig, an seiner Rührigkeit fällt etwas Ungesundes auf. Provinzler, aus den Reihen kleiner Simbirsker Adliger, Besitzer einer Tuchfabrik, er hat sie nach dem Tod des Gendarmeriegenerals Silwerstow geerbt, der in Paris von dem polnischen Revolutionär Podlewski ermordet worden war. Im großen und ganzen – ein verschwommener, ganz unbedeutender Mann.

Offensichtlich hat das Land alle seine gesunden Kräfte verbraucht ... Die Partei Miljukows – das ist alles, was sich im 19. Jahrhundert gesammelt hat und die Bourgeoisie zu organisieren sucht ... In diese Partei eintreten? Mich durch ihr Programm einschränken, mich der Leitung von Machern unterwerfen, in ihrer Mitte mein Gesicht verlieren ...

An den Eintritt in eine Partei dachte er zum erstenmal, unerwartet für ihn selbst, und das steigerte seine Erregung noch mehr.

Die Parteien verfallen wie alles ringsum, entschied er, den Zigarettenrest im Aschenbecher erbittert ausdrückend.

Wenn er in letzter Zeit seine Gedanken inspizierte, begegnete er unter ihnen immer öfter solchen ernüchternden, wie es die Gedanken an die Spindel, an das Spinnengewebe waren, dann fühlte er, daß der Gipfel, auf den er sich erhoben hatte, ein schwankender Gipfel war und daß er, um sich auf dieser Position zu halten, sie durch irgendwelche Handlungen festigen mußte. Er mußte den Menschen unanfechtbare Beweise seiner Kraft und seines Rechts auf ihre Aufmerksamkeit vorweisen. Aber jedesmal, wenn er an Versammlungen teilnahm, fühlte er, daß die gereizten Reden, die zornigen Streitigkeiten der Menschen fast in jedem von ihnen eine ebensolche brodelnde Unruhe, eine ebensolche Angst vor dem morgigen Tag, ebensolche Absichten, ihre Kräfte zu entfalten, und mangelnden Glauben an sie entlarvten. Er sah rings um sich Leute, die zum größten Teil parteilos waren, sah, daß diese Leute ebenso wie er auf ihre Unabhängigkeit stolz waren, unterstrichen, daß sie sich an Politik nicht beteiligten und in weitem Umfang von ihrem Recht Gebrauch machten, sie zu kritisieren. Die Zahl solcher Leute nahm zu. Manchmal kam es ihm vor, daß es allzuviel von solchen wie er, Samgin, gäbe, aber er überzeugte sich leicht, daß er der Vollkommenste und Hervorragendste unter ihnen sei. Besonders charakteristisch war eine Versammlung, die vor kurzem in der Wohnung von Leonid Andrejew stattgefunden hatte und in die er von Dronow mitgeschleppt worden war.

Iwan Dronow war stets ein wenig betrunken und stets bereit, noch mehr zu trinken, er war reich, aber nachlässig gekleidet, zerzaust, seine bunte Krawatte war nach links verrutscht, das rote Haar ragte hoch, das Gesicht mit den starken Backenknochen zuckte. Seine Stimmung schwankte unnatürlich schroff, im letzten Jahr war er noch unruhiger, geschäftiger geworden, aber manchmal erschien er völlig bedrückt, trübsinnig, heruntergekommen. Klim Iwanowitsch Samgin war es gewohnt, ihn als einen Informator, als ein Meßinstrument für den Ton der Ereignisse, als einen Apparat zu betrachten, der die Temperatur der laufenden Wirklichkeit registriert, und sah, daß Iwan diese Fähigkeit verlor, da er mit krampfhaften Versuchen beschäftigt war, über ein für Samgin unsichtbares und unverständliches Hindernis irgendwohin hinüberzuspringen, und überhaupt ausschließlich in sich selbst aufging. In dieser Stimmung war er um so unangenehmer, da er mürrisch um sich blickte, als würfe er einem irgend etwas vor.

»Bist du verkatert?« fragte Samgin.

»N-nein, so . . . Ich bin müde.«

Aber manchmal erschien er im Zustand eines gleichsam lustigen Entsetzens – wenn ein solches Entsetzen überhaupt möglich ist. Redselig, ab und zu lächelnd und irgendwie humoristisch an sich herumzupfend, herumziehend, mit den Fingernägeln an den Westenknöpfen schnippend, schüttete er Neuigkeiten aus, wie aus einem Sack.

»Nein, Klim Iwanowitsch, denk dir nur!« jaulte er voller Wonne, sich im Zimmer herumtreibend. »Wann hat es das gegeben, daß der Premierminister, bei uns, eine öffentliche Schwatzbude, unter Leitung von Gakebusch, eingerichtet hat, und mit Beteiligung von Leonid Andrejew, Korolenko, Gorki? Gakebusch bekommt hunderttausend, Andrejew sechzigtausend, außer dem Zeilenhonorar, Korolenko und Gorki je einen Rubel für die Zeile. Das gibt es dir nicht in Europa! Das ist eine Weltattraktion und – gibt eine Unmenge Gelächter!«

Dann erzählte er eine sonderbare Geschichte: Bei Leonid Andrejew hatte sich ein paar Tage lang irgendein illegaler Bolschewik versteckt, er überwarf sich mit dem Hausherrn, und Andrejew hatte mit einem Revolver auf ihn geschossen; sofort danach und ohne Zusammenhang mit dem Vorhergehenden teilte Dronow mit, daß Gardeoffiziere in einer Modekneipe Rasputin verprügelt hätten und daß Gerüchte von einer Verschwörung der Hofaristokratie in Umlauf seien, sie habe beschlossen, den Zaren Nikolai zu entthronen und statt seiner Michail einzusetzen.

»Mich sollten sie einsetzen!« sagte er vergnügt und sang mißtönend, indem er Schaljapin parodierte:

»Ich täte ihnen das Reich regieren!
Ich täte ihnen den Staatsschatz dezimieren!
Nach Herzenslust würd ich leben,
Dazu wär mir ja die Macht gegeben . . .«

»Worüber freust du dich?« fragte Samgin.

»Ja, ich . . . weiß nicht!« sagte Dronow, sich in einen Sessel zwängend, und fuhr etwas ruhiger, nachdenklicher fort: »Vielleicht freue ich mich nicht, sondern habe Angst. Weißt du, ich bin ein versoffener und zu rein gar nichts tauglicher Mensch, und dennoch – bin ich nicht dumm. Das ist sehr kränkend, mein Lieber – kein Dummkopf, doch zu nichts nütze. Ja. Na also, weißt du, ich sehe allerhand Leute, die einen machen Politik, die anderen – Gemeinheiten, die Diebe haben sich dermaßen vermehrt, daß, wenn die Deutschen kommen, sie nichts mehr zu plündern finden! Die Deutschen – tun mir nicht leid, das geschähe ihnen ganz recht, denen gönne ich als Strafe – Napoleonisches Glück. Aber Rußland tut mir leid.«

Er sprang wie ein Ball aus dem Sessel und sagte überzeugt, während er sich Wein ins Glas einschenkte: »Wir werden eine gewaltige Revolution bekommen, Klim Iwanowitsch. Jetzt – haben die Arbeiter Streiks gegen den Krieg begonnen – weißt du das? Mit dem Essen ist es schwierig geworden, das ganze Brot ist an die Armee verfüttert. O weh, das alles wird damit enden, daß die Europäer auf unsere Kosten unter sich Frieden schließen, Rußland in kleine Stücke schneiden und beginnen werden, das Fleisch von seinen Knochen zu nagen.«

Nachdem er noch ungefähr drei Minuten über dieses Thema geredet hatte, schlug er Samgin vor, zu einer Beratung über die Gründung einer Ministerialzeitung zu gehen. Klim Iwanowitsch lehnte ab, ihn ermüdeten diese fast täglichen Zusammenkünfte, bei denen die Menschen eilig und nervös versuchten, ihre Unruhe loszuwerden, sie zu löschen. Er sah, daß die Quelle dieser Unruhe die allen gemeinsame Überzeugung von ihrem politischen Weitblick und das Vorgefühl einer unvermeidlichen und vernichtenden Katastrophe war. Er stellte fest, daß die Treffen in ihrer Zusammensetzung immer bunter wurden, und ihn befriedigte besonders die Tatsache, daß sich zu dem wesentlichen, parteilosen Kern solcher Treffen immer mehr Mitglieder von Reformparteien gesellten und immer öfter Leute öffentlich auftraten, die revolutionär gesinnt waren. Samgin kam es vor, als zerbröckelten, zerfielen die Parteien, und es vollzöge sich der Prozeß irgendeiner selbsttätigen Organisierung. Menschewiki waren aufgetaucht, die Dronow die »Goz-Liber-Dans« nannte und die Charlamow schon längst »bescheidene Schüler der deutschen Verrats-Orthodoxen« getauft hatte, Leute aus der Konstitutionell-Demokratischen Partei waren erschienen, sogar Oktobristen wie Stratonow, Aljabjew tauchten auf, in den Ecken versteckte sich Professor Platonow, die grauen Gestalten Mjakotins, Peschechonows huschten umher, es hüstelte, sich krank stellend, der Mitarbeiter der Zeitung »Nowoje wremja«, Menschikow, und noch viele andere namhafte Gestalten waren zu sehen. Es herrschte volle Meinungsfreiheit. Der provinzielle Kadett Adwokatow stellte die Frage: »Haben wir eine Demokratie im europäischen Sinne des Wortes?« und bewies in einer halben Stunde, daß es in Rußland keine Demokratie gebe. Man hörte ihm ebenso aufmerksam zu wie allen anderen, man merkte, daß jeder gern etwas Sicheres, Beruhigendes gesagt oder gehört, irgendein historisches, einigendes Wort gefunden hätte, für Samgin indessen erklang in dem Gestöber von Reden, von Worten nur das einfache soldatische: »Still-gestanden!«

Besonders bedrückend blieb ihm ein Gespräch dieser Art in der Wohnung von Leonid Andrejew in Erinnerung.

In einem großem Zimmer, dessen Fenster auf das Marsfeld hinausgingen, hatten sich ungefähr zwanzig Personen versammelt – interessante Damen mit über die Ohren gekämmtem Haar, schicke junge Männer in Anzügen, die für die Schneiderkunst Reklame zu machen schienen, würdige Anwälte, Schriftsteller. Das Zimmer war ungemütlich, als hätte man es eben erst bezogen und noch keine Zeit gehabt, es mit Einrichtungsgegenständen zu füllen. Samgin setzte sich ans Fenster. Vor den Fenstern herrschte herbstliche Finsternis und eine solche Stille, als stände das Haus auf einem Feld, weit vor der Stadt. Und wie immer gab es, um die Stille hervorzuheben, ein Geräusch – ein Draht kratzte ab und zu am Blech der Regenrinne.

In dem ziemlich leeren Zimmer klangen die Stimmen unnatürlich laut und zornig, die Gäste saßen rund um einen Tisch, aber getrennt, in Grüppchen von zwei oder drei Personen aufgeteilt. Auf dem Tisch stand in einer Dampfwolke ein großer Samowar, Kohlengeruch war zu spüren, den Tee schenkte hastig und linkisch eine schwarzhaarige Frau mit großem hartem Gesicht ein, und es schien, als ginge von ihr der Kohlenoxydgeruch aus.

Der Wohnungsinhaber in einer Samtjacke, mit schönem, aber wenig beweglichem Gesicht, sagte unter martialischem Kopfschütteln, die eine Hand auf den Tisch gelegt und mit der anderen eine Strähne seines langen Haars hinter das Ohr werfend: »Ich will kein Zeisig sein, der gelogen hat und fortfährt zu lügen. Nur Feiglinge oder Geistesgestörte können in der Nacht, in der Feinde ihr Haus in Brand gesteckt haben, Völkerverbrüderung predigen.«

»Aber das predigen ja Leute, die kein Zuhause haben«, sagte ein am Tischende sitzender hellblonder Mann, der gleichsam von der Tischecke an die Wand unter den schweren Rahmen irgendeines dunklen Bildes gedrückt war.

Der Schriftsteller hob und senkte seine dichten dunklen Brauen, wahrscheinlich weil er sich bemühte, dadurch sein Gesicht zu beleben.

»Das Vaterland ist in Gefahr – das ist es, was man vom Morgen bis zum Abend hinausschreien sollte«, schlug er vor und fuhr fort zu reden, wobei er mit Leichtigkeit interessante Wortverbindungen fand. »Das Vaterland ist in Gefahr, weil das Volk es nicht liebt und es nicht verteidigen will. Wir haben kunstvoll vom Volk geschrieben, innig von ihm gesprochen, haben es aber schlecht gekannt und lernen es erst jetzt kennen, wo es sich am Vaterland rächt durch Gleichgültigkeit gegenüber seinem Los.«

»So ein Unsinn«, sagte unhöflich der in die Ecke gedrückte Mann, seine Worte übertönte sofort die Frage eines Samgin bekannten Anwalts: »Und was sagen Sie zu den Juden, die an den Fronten fallen aus Liebe zu Rußland, dem Land der Judenpogrome?«

»Mich wundert nicht, daß Andersgläubige, Fremdstämmige die Interessen ihrer Unterdrücker verteidigen, die Römer eroberten die Welt mit Hilfe von Sklaven, so war es, so ist es und so wird es bleiben!« sagte schulmeisterlich der Schriftsteller.

»Oh, keine Prophezeiungen! Begreifen Sie doch, der Jude kämpft für die Interessen eines Menschen, der ihn, den Juden, für den Rassenfeind hält.«

Ihm entgegnete der Redakteur Jerusalimskij, ein großer, zur Wohlbeleibtheit neigender Mann mit blassem Gesicht, das durch ein schüchternes Kinnbärtchen geziert war.

»Schreien sollte man natürlich«, sagte er träge und langweilig. »Wir begannen mit Hurra, und jetzt müssen wir Zeter und Mordio schreien. Doch während wir schreien, werden die Deutschen uns beim Schlafittchen packen und uns gegen unsere Verbündeten führen. Oder die Verbündeten werden auf unsere Kosten mit den Deutschen Frieden schließen und sagen: ›Nehmt euch Polen, die Ukraine, und – der Teufel soll euch holen, hinein in den Sumpf mit euch! Uns jedoch laßt in Ruhe.‹«

Ein stämmiger Mann mit stoppligem Gesicht, ebenfalls Schriftsteller, teilte, sich räuspernd, hüstelnd und seinen Nacken, der mit grauem Flaum bedeckt war, mit der Hand reibend, mit: »Im Sommer wurden mit den Deutschen bereits Verhandlungen über einen Separatfrieden geführt.«

Das Gespräch zog sich langsam, unlustig dahin, die Leute schienen vorsichtig zu sein, hielten sich zurück, vielleicht waren sie müde, voreinander ein und dieselben Gedanken wiederholen zu müssen. Die meisten von ihnen gaben sich den Anschein, als interessierten sie sich für die Reden des berühmten Schriftstellers, der, um die Richtigkeit und Tiefe seiner Gedanken zu bekräftigen, Sätze aus seinen Büchern zitierte, wobei er die Zitate stets ungeschickt wählte. Eine grauhaarige alte Dame erzählte halblaut einer hochgewachsenen dicken Frau mit Klemmer und über die Ohren gekämmtem

Haar: »Mein Sohn ist sehr nervös. Nächtelang schläft er nicht, denkt immerzu, dichtet immerfort und trinkt starken Tee.«

Und nur zuweilen, aber immer öfter und stets in der Ecke unter dem dunklen Bild flackerte Gereiztheit auf, erklangen ungute Stimmen, stichelnde Wörtchen und spulte sich wie ein seidenes Band ein etwas trockenes Tenorstimmchen ab: »Das ist ja, wissen Sie, geradezu lächerlich, daß für Sie das Schicksal eines Hundertfünfzigmillionenvolkes vom Benehmen eines einzelnen, dazu noch so eines wie Grischka Rasputin, abhängt . . .«

Auf solche Stimmen aus den Ecken horchte Samgin immer aufmerksamer, er vernahm sie immer öfter, aber diesmal hinderte ihn am Zuhören der Wohnungsinhaber – während er Zucker in einem Glas sehr starken Tees verrührte, sagte er prophetisch laut und selbstsicher: »Die Menschen werden sich erst dann als Brüder fühlen, wenn sie die Tragik ihres Daseins im Kosmos begreifen, das Entsetzliche ihrer Einsamkeit im Weltall verspüren und mit den Stäben des eisernen Käfigs unlösbarer Geheimnisse des Lebens in Berührung kommen, eines Lebens, aus dem es nur einen Ausweg gibt – den Tod.«

Er trank ein Löffelchen Tee, und da er fand, daß der Tee nicht heiß genug oder nicht süß sei, goß er die Hälfte der Flüssigkeit aus dem Glas in die Spülschale, rückte sein Glas unter den Hahn des Samowars und ermahnte dabei feierlich, sanft und einschmeichelnd: »Die Sozialisten, die Bolschewiki träumen davon, die Menschen auf der Grundlage allgemeiner Sattheit zu einigen. Nein, nein! Das ist naiv. Wir sehen, daß die Satten in gegenseitiger Feindschaft leben, nun führen sie Krieg! Sie haben immer Krieg geführt und werden es weiterhin! Zu meinen, die Menschen könnten durch Sattheit besänftigt werden, das ist beleidigend für die Menschen.«

»Das ist, wissen Sie, eine Art von Fischphilosophie, bei Gott!« schrie der Mann in der Ecke, er stand auf, schwang die Hand hoch und glättete mit den Fingern seine zerzausten rötlichen Haare. »Das hört sich, wissen Sie, geradezu lächerlich an . . .«

»Gestatten Sie mir zu enden«, sagte sehr höflich der Schriftsteller.

»Nein, Schluß machen werde schon ich . . . das heißt nicht ich, sondern die Arbeiterklasse«, erklärte noch lauter und entschiedener der Rothaarige, bewegte sich, gleichsam sich von den Leuten abstoßend, die rund um ihn saßen, auf den Hausherrn zu und sagte: »Mit Ihnen ist es schon aus! Ihre gelehrte oder, was weiß ich, irgendwelche literarische Qualifikation ist beim letzten Ende angelangt, beim Tod. Machen Sie einen Punkt. Wort und Tat werden dem vor kurzem in die Geschichte Eingetretenen übergeben, ja, ja!«

»Du meine Güte, was für ein unangenehmer Mensch«, murmelte die grauhaarige Dame, sich an Samgin wendend. »Und Leoniduschka hat es nicht gern, wenn man sich mit ihm streitet. Er ist sehr nervös, schläft nächtelang nicht, dichtet immerzu, denkt immerfort nach und trinkt starken Tee.«

»Die Arbeiterklasse will satt werden und will das Recht auf Qualifikation erlangen, und deswegen, entschuldigen Sie, muß sie die Macht den Händen der Satten entreißen. Sie entreißen. Im Kampf! So ist das. Man hat es dahin kommen lassen, daß ein geringfügiges Stückchen Papier mit dem Aufdruck, es sei ein Rubel oder auch hundert Rubel, den gleichen Wert hat wie ein Mensch. Sogar Briefmarken sind als Geld im Umlauf. Es heißt: Herrschaft der Banken über die Industrie, das bedeutet – Monopol des Finanzkapitals, bedeutet – die ganze Arbeit verwandelt sich in Geld, in Sinnlosigkeit, in Idiotie. Es herrscht der Bankier, der Millionär, der Teufel soll seine Seele holen, er hat das werktätige Volk in feindliche Nationen gespalten ... sehen Sie doch, was für einen Riesenkrieg er angezettelt hat, Sie aber trinken gemütlich Tee und entwickeln eine Fischphilosophie ... Daß Sie sich nicht schämen!«

Man sah den Redner zornig verfinstert, geringschätzig lächelnd an, während ein vor Samgin sitzender glattrasierter und eigentümlich durch und durch grauer Mann murmelte, als hätte er einen Barsch geangelt: »Aha, da ist er, da ist er ...«

Der Schriftsteller hatte sich vor ihm auf dem Stuhl zurückgelehnt, sein schönes Gesicht hatte sich verdüstert, mit grauem Schatten bedeckt, die Augen schienen eingesunken zu sein, er biß sich auf die Lippe, und das hatte seinen Mund schief gemacht; er nahm aus der Schachtel auf dem Tisch eine Zigarette, die Frau am Samowar erinnerte ihn halblaut: »Du hast das Rauchen aufgegeben!«, worauf er die Zigarette auf das nasse Messingtablett warf, eine andere nahm und sie anzündete, wobei er mürrisch und durch den Rauch auf den Redner blickte. Der Redner war von kleinem Wuchs, schmalbrüstig, trug einen grauen Rock über dunkler Gürtelbluse und einen breiten Leibriemen, das wirre, zerzauste Haar machte seinen Kopf unverhältnismäßig groß, sein Gesicht war dicht mit Sommersprossen gesprenkelt. Samgin erkannte ihn in Sekundenschnelle: Lawruschka. Der Lehrling des Kupferschmieds.

»Der Ruhe und dem Wohlleben dieser Geldbesitzer, dieser Geldhändler zuliebe wollen Sie, daß ich mich irgendwohin in den Kosmos verkrieche, ins Innere des Weltalls, zu des Teufels Großmutter ...«

»Erlauben Sie, daran zu erinnern – hier sind Frauen zugegen«, erklärte beleidigt die dicke Dame mit dem übers Ohr gekämmten Haar.

»Ich sehe es! Was ist denn?«

»Sie müssen sich anständiger ausdrücken . . .«

»Ich habe nichts Unanständiges gesagt und habe es auch nicht vor«, erklärte ziemlich grob der Redner. »Doch wenn ich kühn spreche, so ist das, wissen Sie, auch notwendig, heutzutage versuchen sogar die Kadetten, kühn zu reden«, fügte er, die linke Hand hochschwingend, hinzu, den Daumen der rechten Hand hatte er hinter den Leibriemen gesteckt, und die übrigen vier Finger bewegten sich rasch, ballten sich zur Faust und öffneten sich wieder, auch der kleine kupferrote Schnurrbart in seinem scheckigen Gesicht bewegte sich.

»Ich bin nicht von selbst zu Ihnen gekommen, man hat mich aufgefordert, kluge Reden anzuhören.«

»Wer hat Sie aufgefordert, wer?« murmelte ein Mann mit klobigem Hinterkopf.

»Doch statt kluger – höre ich unsinnige, entschuldigen Sie! In der Klassengesellschaft spricht man nur zur Einschüchterung des Verstands von Kosmossen und Geheimnissen, einen anderen Grund gibt es nicht, weil die Kosmosse und Geheimnisse den Profit der Bourgeoisie nicht steigern. Diese kosmischen Fragen werden wir lösen, nachdem wir die sozialen gelöst haben. Und lösen werden sie nicht einzelne, die durch das Bewußtsein ihrer Einsamkeit, ihrer Schutzlosigkeit in Schrecken versetzt sind, sondern Millionen von Hirnen, die von der Sorge um die Beschaffung eines Stücks Brot befreit sind – so ist das! Und von dem irdischen Kerker, davon, daß ›der Tod durch die Welt schleicht‹ und daß wir ›gefangene Tiere‹ unter der Sonne sind, davon, wissen Sie, von dem allem schreibt Fjodor Sologub schöner als Sie, jedoch ebensowenig überzeugend.«

Er verstummte, beleckte seine Unterlippe, schwang wieder die Hand hoch und ging auf die Tür zu mit den Worten: »Na, und damit – leben Sie wohl!«

Bis zur Tür verfolgte man ihn mit Schweigen, nur der klobige Hinterkopf flüsterte nach einem lauten Seufzer: »Aha, er ist gegangen.«

Die Gäste warteten, was der Hausherr sagen würde. Er stellte die noch nicht zu Ende gerauchte Zigarette wie eine Kerze auf eine Untertasse und sagte, das Rauchsäulchen beobachtend, beifällig, mit der Lässigkeit eines Weisen: »Ein interessanter Bursche. Einer von denen, die davon träumen, in der ganzen Welt ein gleich angenehmes Wetter herzustellen . . .«

Ein Journalist, Bruder eines Revolutionärs, der seinerzeit der Provokation verdächtigt worden war, unterstützte ihn: » . . . wobei sie den Menschen aus dem anderen, tieferen Kellerloch vergessen, den Menschen, der sich für berechtigt hält, dem Wohlergehen einen Fußtritt zu versetzen, wenn er seiner überdrüssig wird.«

»Ja – wobei sie den Menschen Dostojewskijs vergessen, den freiesten Menschen, den die Literatur darzustellen gewagt hat«, sagte der Schriftsteller, mit seinem schönen Haupt nickend. »Aber man muß über Dostojewskij hinausgehen – bis zur äußersten Freiheit, zu jener, die nur durch das Gefühl für die Tragik des Lebens ermöglicht wird . . . Was bedeutet schon Einsamkeit in Moskau im Vergleich zu der Einsamkeit im Weltall? In der Leere, wo nur Materie und kein Gott ist?«

Samgin hatte den Eindruck, man höre dem Hausherrn nur aus Höflichkeit, unaufmerksam, unter leisem Knurren und Vorsichhinsummen zu. Der Hausherr hatte das wahrscheinlich auch gemerkt, er brach kopfschüttelnd seine Rede ab, und darauf brausten gereizte Stimmen auf.

»War das so einer?« fragte der graue Mann mit dem quadratischen Hinterkopf. »Ein Bandit vom Jahre 1906! Aha?«

Besonders empörten sich die Damen, die dicke sagte mit schmerzlich verzogenem Gesicht: »Und die Sprache! Haben Sie beachtet, welche vulgäre Sprache?«

Ihr sekundierte eine Dame von geringerem Umfang, sie zog die Schultern bis zu den Ohren hoch und beklagte sich: »Das Gift des Materialismus greift mit erstaunlicher Schnelligkeit um sich . . .«

Sie redeten alle zugleich, hörten einander wie immer unaufmerksam zu, unterbrachen sich gegenseitig, bestrebt, ihre Gedanken zur allgemeinen Kenntnis zu bringen. Eine Brünette, straff in ein rotes Kleid gezwängt, das glatt anlag wie ein Trikot, mit dicken Lippen und einem Zwicker auf der großen Nase, bewies mit angenehmer Bruststimme: »Wir verdanken das dem Realismus, er hat das Leben kühl werden lassen, die Menschen platt an die Erde gedrückt. Die grüne Schwermut und der Schimmel all dieser Sammelbände realistischer Literatur hat die Menschen geistig verarmt. Der Mensch muß zu sich selbst zurückgeführt werden, zu der Quelle tiefer Gefühle, erhabener Eingebungen . . .«

Der Hausherr hörte zu, rauchte und nickte im Takt zu der Rede.

Samgin war über das Erscheinen Lawruschkas nicht verwundert, ihm fiel nur ein, wie er solche Begegnungen mit Sternen verglichen hatte: Gibt es ihrer viele oder wenige? Wie es scheint – bereits viele . . .

»Mein Gott – wer war das, von wo kam er?« fragte mit ekelerfülltem Befremden theatralisch die dicke Dame, der stoppelige Schriftsteller antwortete unter Geräusper und Gehüstel: »Ein Poet, er schreibt Gedichte, veröffentlicht sie sogar, glaube ich, in kleinen bolschewistischen Zeitungen. Ich war es, der ihn mitgebracht hat – um zu zeigen . . .«

Andrejew nickte bestätigend: »Ja, ich wollte mal sehen, wer den zarten Dichter der ›Schönen Dame‹, den Dichter der ›Ungeahnten Freude‹ ablöst. Und nun – habe ich ihn gesehen. Aber – nicht gehört. Es hat sich kein passender Augenblick gefunden, ihn seine Gedichte vortragen zu lassen.«

»Mein Gott, mein Gott! Wohin treiben wir?« fragte dramatisch eine Dame.

Samgin hörte wie immer zu, rauchte und schwieg, er enthielt sich sogar kurzer Repliken. Über die Scheiben des Fensters kroch der Zigarettenrauch, vor dem Fenster, in der Finsternis, versteckten sich irgendwelche kalten Lichter, ab und zu flammte ein neues Lichtchen auf, glitt dahin und verschwand, es erinnerte an Kometen und an ein Leben nicht mehr am Rande einer Stadt, sondern am Rande irgendeines tiefen Abgrunds, einer unergründlichen Finsternis. Samgin kam sich vor, als wäre er mit einer dicken, warmen und säuerlichen Flüssigkeit gefüllt, die in ihm hin und her schwankte und nach einem Ausweg suchte.

»Wir treiben nirgendwohin«, sagte er. »Wir treten bestürzt auf der Stelle, während sich unser riesengroßes, buntes, schweres Vaterland unablässig mit seiner ganzen Masse auf einer schiefen Ebene hinabbewegt, knarrt, zerfällt. Was bevorsteht – ist eine Katastrophe.«

Er verstummte und blickte um sich, ob man ihm zuhörte. Man hörte zu. Da er selten als Redner auftrat, sprach er nicht laut, etwas trocken und vermied Zitate oder Berufungen auf fremde Gedanken, er gab diese Gedanken mit anderen Worten wieder und war überzeugt, daß er durch dies alles die Zuhörer zwinge, die Originalität seiner Ansichten und Meinungen zu erkennen. So schien es auch zu sein: Man hörte Klim Iwanowitsch Samgin aufmerksam und fast widerspruchslos zu.

»Wir, die Intellektuellen, die Aristokraten, die Aristokratie des Demos, sollten vornean, am Steuer stehen, einmütig, nicht in Parteien zersplittert, sondern als einheitliche kulturpolitische Kraft und vor allem als kulturelle Kraft. Wir – sind keine Besitzer, wir sind nicht eigennützig, jagen nicht dem Gewinn nach . . .«

»Nicht dem großen«, fügte jemand halblaut ein, aber eine andere, etwas lautere Stimme sagte sofort streng: »Das ist nicht wahr!«

Samgin fuhr fort, da er fühlte, daß er freimütiger sprach als sonst. »Ich bin nicht gegen das Eigentum, nein! Eigentum ist die Grundlage des Individualismus, die Kultur ein Ergebnis individuellen Schaffens, das wird durch die ganze Kraft der positiven Wissenschaften und die ganze Schönheit der Kunst bestätigt. Man braucht kein Bolschewik, kein Marxist russischer Art, kein Anarcho-Marxist zu sein, um zu sehen: Die Macht der Großbesitzer wird zu einer verderblichen, zerstörenden und nicht schöpferischen. Der Krieg zeigt uns den Wahnsinn dieser Leute. Aber es gibt noch eine andere Gruppe von Besitzern, sie bilden die Mehrheit, sie leben in unmittelbarer Nähe zum Volk, sie wissen, was die Umwandlung des ungeformten Stoffs der Marterie in Gegenstände der materiellen Kultur, in Dinge, kostet, ich spreche von dem Kleinbesitzer unserer abgelegenen Provinz, von den bescheidenen Arbeitenden unserer Kreisstädte, Sie wissen, daß wir Hunderte von ihnen haben.«

Er umriß diese Gestalten und fuhr, einem Gefühl der Feindschaft gehorchend, fort: »Unsere Schriftsteller, die aus diesem gesunden Milieu hervorgegangen sind, stellen, nach Ruhm strebend, das provinzielle, kreisstädtische Rußland leichtsinnig, karikiert dar . . .«

»Dort leben alte Tunten, wilde Fratzen, alptraumhafte Abbilder von Menschen«, sagte unerwartet und sehr zornig Andrejew. »Reden Sie mir nicht zu, in ihren Dienst zu treten – ich werde es nicht! ›Der Mensch wird zu Unglück geboren wie der Funken, um emporzustreben‹ – aber ich ziehe es vor, mit Napoleon zugrunde zu gehen, der Herrscher von ganz Europa werden wollte, nicht mit dem ungebildeten Jemjolka Pugatschow.« Und als er das gesagt hatte, rief er das lateinische: »Dixi!«

Seine Worte lösten die Zungen, die Anwesenden erwachten gleichsam aus einem Schlummer, als erster meldete sich der Redakteur zu Wort, er rieb sich mit der Hand das angegraute Kinnbärtchen und sagte: »Das ist zu verstehen. Die Demokratie scheint den rechten Augenblick versäumt zu haben, ja! Wir stehen kurz vor einem Zusammenstoß des Proletariers mit dem Kapitalisten.«

»Für uns, in unserem Land ist das verfrüht . . .«

»Aber es scheint bereits unvermeidlich zu sein . . .«

Der graue Mann sprach zu dem Schriftsteller vorgeneigt, er hatte ihn am Knie ergriffen und blickte wie ein Hund in das schöne, düster umwölkte Gesicht: »Sie müßten, mein Teurer, den Klügsten, Genialsten kennenlernen . . .«

Die Brünette im roten Kleid stritt mit der dicken Dame.

»Wir brauchen einen Führer«, schrie die Brünette, und die Dicke, die mit dem Taschentuch ihr rotes Gesicht fächelte: »Jeder muß der Führer seiner Gefühle und Gedanken sein . . .«

»Ja – ganz richtig: der Führer! Sachar Petrowitsch Berdnikow . . .«

»Ich begegnete ihm . . .«

»Er ist für ein Bündnis mit den Deutschen, mit ihnen verbündet, würden wir ganz Europa an der Gurgel packen! Was muß man begreifen?«

»Man soll nicht an der Gurgel packen . . .«

»Nein – was muß man begreifen? Der Entente gehören über sechzig Prozent unseres Bankkapitals und den Deutschen nur siebenunddreißig! Bedauerlich, wie?«

Gegenüber von Samgin stand der Redakteur, er zupfte sich am Westenknopf und sagte: »Der Bolschewismus ist die Verzweiflungsgeste eines Bankrotteurs, der Sozialdemokratie. Wissen Sie, was Vandervelde gesagt hat?«

»Bitte zum Essen, nehmen Sie mit dem vorlieb, was Gott uns beschert hat«, rief die alte Dame. »Die Lebensmittel sind jetzt – oh, so knapp geworden! Und teuer, teuer . . .«

Die Gäste begaben sich in das Nebenzimmer, während Samgin es ablehnte, von den teuren, aber knappen Lebensmitteln zu essen, und, ohne sich von jemandem zu verabschieden, nach Hause ging. Er fühlte sich nicht gut, war gekränkt, daß man ihn gehindert hatte, Gedanken auszusprechen, die er für besonders wertvoll und für seine ureignen hielt. Man hatte ihn gehindert, als er gerade ganz offen hatte sprechen wollen. Früher pflegte es so zu sein: Wenn er seine Gedanken laut ausgesprochen, sie wie auf einer Parade an sich hatte vorbeiziehen lassen, sah er, welche von ihnen die gespannteste Aufmerksamkeit erweckten und welche unklar, unbemerkt blieben, und das hatte ihm erlaubt, das Korn von der Spreu abzusieben. Diesmal jedoch hatte er bei aufmerksamem Hinhören gedacht: Mit der Macht der Ideen ist es offensichtlich zu Ende, jetzt sind die empörten Gefühle an der Reihe . . .

Als er aus dem Haus auf den Platz hinaustrat, verschwand der Eindruck der Leere, durch die Finsternis und die in ihr versteinerten Bäume des Sommergartens hindurch waren der trübe Fleck eines weißen Gebäudes und gelbe Lichter jenseits der Newa zu sehen.

Die Stadt schwieg, als lauschte auch sie gleichsam in die Zukunft. Es war eine kalte, feuchte Nacht, die Schritte hallten dumpf, die weißen Flammen der Laternen zuckten und wurden rot, als wären sie im Begriff zu erlöschen.

Wo es Gefühle gibt – da gibt es Tragödien . . . Alle diese Leute sind kraftlos, jämmerlich. Was können sie tun? Sie sind nicht für Tragödien geschaffen. Andrejew – faßt die Tragik des Daseins zu physiologisch, zu äußerlich auf; er vulgarisiert das Gefühl des Tragischen, vereinfacht es abstoßend. Das Tragische kann und darf nicht Eigenschaft der Demokratie sein, das Tragische war immer Eigenschaft der Ausnahmemenschen und wird es immer sein. Er wies Andrejew einen Platz in der Reihe der »erklärenden Herren« zu, die den Menschen eigensinnig ihre Gedanken und Überzeugungen aufdrängen. Es gab Gesinnungen, Gedanken, es gab Ideen, die Iwan Dronow gar nicht brauchte. Auch Tagilskij. Als er Tagilskij neben Dronow gestellt hatte, verlangsamte er sogar seinen Gang, da er fühlte, daß er auf eine gewisse Entdeckung gestoßen war.

Beide sind Intellektuelle in erster Generation. Ebenso Kutusow ...

Unter den »erklärenden Herren« war Kutusow ihm besonders feind. Er war hier, in Petrograd, tätig, und Samgin hatte vor kurzem seine Reden gehört. Das war bei Schemjakin gewesen, der einen Buchverlag plante und Samgin gebeten hatte, ihm einen Vertrag mit dem Papierfabrikanten aufzusetzen. Schon als er im Vorzimmer ablegte, vernahm er die bekannte, an ironischen Intonationen reiche Stimme. Kutusow sprach im Empfangszimmer des Verlegers, dort standen ein Flügel, ein breites, mit Stoff bespanntes Sofa, Ledersessel und sehr viele Blumentöpfe mit Geranien. Kutusow saß am Flügel, hinter ihm zeigte die Tastatur ihre Zähne, sein Kopf hob sich deutlich von dem hochgeklappten schwarzen Deckel ab, der aussah, als hätte er zum Schlag gegen ihn ausgeholt. Außer Kutusow befanden sich in dem Zimmer noch ein paar Personen.

»Unsere Armee ist bereits zerschlagen, und wir stehen kurz vor einer Revolution. Man braucht kein Prophet zu sein, um das zu behaupten, man braucht nur die Fabriken, die Arbeiterkasernen zu besuchen. Wenn nicht morgen, wird die Revolution übermorgen ausbrechen. Das Auftreten der Arbeiter nutzend, wird die Bourgeoisie die Selbstherrschaft stürzen, und gerade hiermit wird etwas Neues beginnen. Wenn es die Bourgeoisie, mit Hilfe der Soldateska, der Generale, fertigbringt, sich zu organisieren – wird das Proletariat einen Feind vor sich haben, der gefährlicher ist als der Zar und seine Umgebung.«

Samgin beugte sich über den Tisch und beobachtete mürrisch den Redner. An Kutusow empörte ihn alles: Die alberne demokratische Joppe, die bis an den Hals zugeknöpft war und an den Schultern und auf der Brust straff spannte, verlieh Kutusow Ähnlichkeit mit einem Lokomotivführer, während der dichte, spröde Bart, die kurz geschnittenen Haare und das große, grobe, wettergebräunte Gesicht ihn einem Viehhändler ähnlich machten. Aber besonders empörten Samgin die ironischen Augen, in denen unauslöschlich das seit langem bekannte und beleidigende Lächeln leuchtete, und diese selbstsichere, kräftige Stimme, diese Worte eines Menschen, dem alles klar war, der sich für berechtigt hielt zu prophezeien.

»Das Proletariat hat seine Aufgabe. Seine führenden Männer begreifen, daß bürgerliche Reformen der Arbeiterklasse nichts geben können und daß seine Aufgabe nicht darin besteht, die wütende Selbstherrschaft – durch eine Republik zur größeren Lebensbequemlichkeit der Satten und Fetten zu ersetzen.«

Er streichelte mit der einen Hand seinen Bart, strich sich mit der anderen von der Stirn zum Hinterkopf hin über den Schädel.

»An mich wurde die Frage gerichtet: Was soll die Intelligenz tun? Klar ist: Eine Dienerin des Kapitals bleiben und sich mit Reformen begnügen, die den Kapitalisten volle Rede- und Handlungsfreiheit gewähren. Ebenso klar ist: Mit dem Proletariat zur sozialen Revolution schreiten. Ja oder nein, die Logik schließt eine dritte Lösung aus, aber die Psychologie läßt sie zu, und darum gibt es entgegen den Gesetzen der Logik Menschewiki, Sozialrevolutionäre, sogar so etwas wie Volkssozialisten.«

Man hörte ihm schweigend zu, und Samgin war überzeugt, daß man voll Feindseligkeit zuhörte. Die Frau des Verlegers sagte leise: »Geradezu entsetzlich einfach . . . Dabei heißt es von ihm, er sei einer von den bedeutenden Bolschewiki . . . So etwas wie ein Oberst bei ihnen. Mein Mann wird gleich kommen – man erwartet ihn, ich habe ihn angerufen«, sagte sie mit ruhiger, farbloser Stimme nach einem Blick auf die Tür zum Empfangszimmer ihres Mannes und überlegte offenbar, ob sie die Tür schließen solle oder nicht. Von kleinem Wuchs, aber sehr gut gebaut, wirkte sie groß, ihr schönes Gesicht hatte etwas kindlich Unbestimmtes, ihre bläulichen Augen blickten fragend.

Ungefähr achtzehn Jahre, dachte Samgin und beschimpfte in Gedanken Schemjakin: So ein Vieh.

»Weshalb wird es dem Intellektuellen leichter sein, mit der Arbeiterklasse zu leben?« fragte jemand unvermittelt und leidenschaftlich.

Kutusow antwortete: »Sehen Sie, das – ist eine klare, merkantile Fragestellung! Aber ich denke nicht, daß das Proletariat die Intellektuellen mit Mormolade füttern wird. Jedoch – folgendes steht fest: Es sind bereits die technischen Voraussetzungen gegeben, unter denen sich die Arbeits-, die Produktionspraxis der Arbeiterklasse außerordentlich breit und vielartig entfalten läßt. Die Klassenidiotie der Bourgeoisie kommt unter anderem darin zum Ausdruck, daß das Kapital an der Entwicklung der Kultur nicht interessiert ist, der Fabrikant stellt Ware her, kümmert sich aber nicht im geringsten um die kulturelle Erziehung des Warenkonsumenten im eigenen Land, der für ihn ideale Konsument – lebt in Kolonien ... Das Proletariat als Herr des Landes – insbesondere jedoch unser Proletariat – wird eine höchst umfassende Tätigkeit auf dem Gebiet der industriell-technischen Organisation seiner riesengroßen Wirtschaft entfalten müssen. Hierzu werden Zehntausende, ja sogar Hunderttausende von Menschen hoher wissenschaftlicher, intellektueller Qualifikation erforderlich sein. Die Mormoladenfrage lasse ich offen.«

»Mormolade? Wie mir scheint, muß man doch ›Marmelade‹ sagen«, murmelte die Gattin des Verlegers. »Wünschen Sie Tee?« bot sie an.

Die Gäste verschwanden aus dem Empfangszimmer, sie verschwanden und ließen einen blauen Rauchschleier zurück. Samgin verzichtete auf Tee und fragte: »Dieser, der da gesprochen hat, bietet wohl irgendwelche Bücher zur Veröffentlichung an?«

»Ja, mein Mann sagt, es seien gängige Bücher, ich glaube, er hat sie bereits erworben ... Rasputin, die Bolschewiki ... die bessarabischen Gutsbesitzer«, sagte sie und sah dabei Samgin fragend ins Gesicht. »Das alles quillt gleichsam aus der Erde hervor als ... Wie nennt man das doch? Woraus besteht Lava?«

»Magma?«

»Ja, Magma. Schrecklich sonderbar ist alles.«

Sie saß mit übereinandergeschlagenen Beinen da, wippte mit dem linken und rauchte ein dünnes Zigarettchen, das in einer langen Spitze stak, ihre frablose Stimme klang leise und fast kläglich.

»Ich bin erst das zweite Jahr hier, ich lebte in Kischinjow, das war auch schrecklich, Kischinjow. Aber hier ... Es ist schwer, sich einzugewöhnen. So ein widerlicher, böser Fluß. Und alle wollen eine Revolution.«

Dann kam Schemjakin. Samgin schien er noch schöner, gepflegter als früher, ihn begleitete Dronow, wie um die Eleganz der Gestalt Schemjakins hervorzuheben. Während er nach Art des Hauptheldens eines Dramas die Handschuhe auszog, sagte er: »Die letzte Neuigkeit: Völlige Zerrüttung des Transportwesens! Völligste«, fügte er hinzu und zeichnete, die Hand schwingend, ein Kreuz in die Luft. »Ein Viertel aller Lokomotiven benötigt eine Generalreparatur, vierzig Prozent bedürfen ständig kleiner Reparaturen.«

Seine Frau glättete die zu einem Knäuel gedrückten Handschuhe und sah ihn mit zusammengezogenen Brauen an, eine tiefe Falte durchschnitt ihre Stirn, und ihr Gesicht hatte sich so verändert, daß Samgin dachte, sie sei sicher an die Dreißig.

»Wer lärmt dort?« fragte Dronow sie freundschaftlich, sie antwortete: »Ein paar Schriftsteller und noch jemand.« Sie wandte sich an ihren Mann: »Dieser, der Bolschewik . . .«

»Aha! Na – mit ihm wird es nichts. Und überhaupt wird aus allem nichts! Der Drucker und der Papierlieferant sind verrückt geworden, sie stellen so vernichtende Bedingungen, daß es einfacher wäre, ihnen gleich mein ganzes Geld zu geben und nicht erst abzuwarten, bis sie es mir hundertrubelweise aus der Tasche ziehen. Nein, ich fahre, glaube ich, nach Japan.«

»Fahr nur«, sagte Dronow beifällig. »Gib mir Geld, ich werde den Verlag in Gang bringen, und du – kannst dich zurückziehen und ein Sybaritenleben führen. Ich werde das Geschäft in Gang, das Vaterland in Ordnung bringen – dann telegrafiere ich dir: Kehr zurück, alles bereit für ein süßes Leben, der Teufel soll dich holen!«

»Du Narr«, sagte Schemjakin lächelnd. »Also, Klim Iwanowitsch, die Besprechung über die Verträge mit der Druckerei und dem Papierlieferanten – wird verschoben . . .«

»Gehen wir Tee trinken«, schlug seine Frau vor. Samgin lehnte ab, weil er Kutusow nicht begegnen wollte, und ging auf die Straße, in die dämmerige Kälte des kurzen Wintertags hinaus. Gereizt durch den fruchtlosen Besuch bei dem reichen Herrn, schritt er rasch dahin, vor ihm flammten, gleichsam die Passanten einholend, die Laternen auf.

»Vor wem läufst du davon?« fragte Dronow, der ihn eingeholt hatte, nahm die Sealskinmütze ab und wischte sich damit das Gesicht. »Kehren wir in ein Restaurant ein, trinken wir etwas, ich muß mit dir reden!« schlug er auffordernd vor und sagte, ohne auf Zustimmung zu warten: »Nach Japan will er. Er wird wegfahren und eine Menge Geld mitnehmen, dieser Stier! Stratonow hat Geld zusammengekratzt und – nach dem Altai, angeblich zur Kur, aber wahrscheinlich auch nach Japan. Einige Leute – fahren nach Schweden.«

»Du redest immerfort von Geld«, bemerkte Samgin ungehalten.

»Ja, ja, immerzu davon! Es klingt angenehm: don-din-don-bumm – gegen den Schädel. Mir scheint, ich habe es verpaßt – das Geld verliert seinen Wert, wenn es nicht Gold ist . . . Hast du den Bruder gesehen?«

»Welchen Bruder?«

»Dmitrij. Du hast ihn nicht gesehen? Gehen wir hier hinein . . .«

Sie betraten ein Restaurant, setzten sich an einen Tisch in einer

Ecke, Samgin schwieg geduldig in Erwartung einer Erzählung und überlegte: Wieviel Jahre hatte er seinen Bruder nicht gesehen, was für ein Mensch ist er jetzt? Dronow wählte in aller Ruhe einen Wein und bestellte Käse, dann fragte er: »Möchtest du Glühwein? Er wird hier hervorragend zubereitet.«

Samgin, der sich eine Zigarette anzündete, nickte und fragte, da er nicht länger an sich halten konnte: »Wo hast du Dmitrij gesehen?«

»Er übernachtete bei mir, Tossja hatte ihn geschickt. Er ist stark gealtert, sehr stark! Ihr – standet nicht im Briefwechsel?«

»Nein. Was treibt er?«

Dronow lächelte.

»Ich weiß nicht, ich habe ihn nicht gefragt. Im Jahre neun wurde er in Tomsk verhaftet und für drei Jahre ausgewiesen, wegen eines Fluchtversuchs brummte man ihm noch zwei Jahre auf und – ab nach Berjosow.«

»Er hatte zu fliehen versucht?« fragte Samgin, ein Fluchtversuch stimmte nicht mit seiner Vorstellung von dem Bruder überein.

»Du – glaubst es wohl nicht?«

Samgin hüllte sich in Schweigen.

»Er fragte nach deiner Adresse, ich gab sie ihm.«

»Natürlich.«

»Und Tossja ist in Jaroslawl tätig«, sagte Dronow nachdenklich.

»Mit den Bolschewiki?«

»Anscheinend – ja.«

Das Gespräch kam nicht in Fluß. Samgin fielen keine Fragen ein, da er sich durch die ironische Kontinuität seiner Begegnungen mit der Vergangenheit bedrückt fühlte.

Dmitrij ... Farblos, unbegabt ... Weshalb? Der Bruder. Die Mutter.

Er mußte daran denken, wie völlig einsam der Mensch sei: Mit zunehmendem Alter verglommen sogar die verwandtschaftlichen Beziehungen, verloren sie ihre Kraft.

Dronow trank schweigend Wein, verzog hin und wieder die Lippen, kniff die Augen zusammen und fragte halblaut, mit einem Lächeln: »Hörst du?«

Ja, Samgin hörte. »Ich behaupte: Die Kunst wird erst dann ihre providentielle Bestimmung erfüllen, wenn sie beginnt, eine unverständliche Sprache zu sprechen, die fähig ist, einen ebensolchen heiligen Schauder vor dem Geheimnis zu erwecken, wie er bei uns durch die kirchenslawische Sprache, bei den Katholiken durch die lateinische hervorgerufen wird.«

Das sagte mit hoher, aber matter Stimme ein dandyhaft gekleideter Mann von kleinem Wuchs, sein schwarzes Haar war in den Nakken gekämmt und ließ eine eckige hohe Stirn frei, er hatte dunkle Augen in tiefen Höhlen, eine gelbliche Wangenhaut, einen schmallippigen Mund mit schwärzlichen Streifen vom abrasierten Schnurrbart und ein spitzes Kinn. Er sprach im Stehen, hielt sich mit den Händen an der Lehne eines Stuhls fest, den er hin und her schaukelte, und schaukelte selbst mit. Seine Zuhörer, die an zwei zusammengerückten Tischen saßen, waren drei junge Mädchen, zwei Studenten, ein Zögling der Kriegsschule, ein breitschultriger Athlet in der Uniform der Marineschule und ein dicker, hellblonder junger Mann mit rotwangigem Gesicht und glücklichem Lächeln in den grauen Augen. Sie hörten nervös, uneinig zu und unterbrachen seine Rede durch Ausrufe des Beifalls und des Protests.

»Ja, ja – ich behaupte: Die Kunst muß aristokratisch und abstrakt sein«, sagte beharrlich der Redner. »Wir müssen begreifen, daß der Realismus, der Positivismus, der Rationalismus Masken ein und desselben Teufels – des Materialismus – sind. Ich begrüße den Futurismus – er ist immerhin ein Seitensprung von der bedrückenden Banalität der Vergangenheit weg. Von dieser Banalität vergiftet, haben unsere Väter den Symbolismus nicht begriffen . . .«

»Auch Tossja hält irgendwo Reden«, murmelte Dronow, den Weißwein im Glas schüttelnd. »Morgen fahre ich zu ihr. Ich weiß, wie ich sie finden kann«, sagte er gleichsam drohend. »Dmitrij Iwanowitsch erzählte interessant«, fuhr er mit einem Seufzer fort und störte Samgin beim Zuhören.

Samgin trank die letzten Tropfen des heißen Weins aus, stand auf und ging, nachdem er Dronow stumm zugenickt hatte.

Dmitrij erschien zwischen neun und zehn Uhr morgens, Klim Iwanowitsch war noch nicht mit dem Anziehen fertig. Damit beschäftigt, warf er durch den Spalt der angelehnten Tür einen Blick auf die Gestalt des Bruders. Dmitrij stand, die Hände auf dem Rükken, vor dem Bücherschrank, auf seinen etwas vorgebeugten Schultern hing ein langer, bis an die Knie herabreichender, blauer Rock, die schwarze Hose stak in Schaftstiefeln.

Ein Lokomotivführer. Wagenkuppler . . .

Es erforderte Überwindung – wenn auch keine große – auf den Bruder zuzugehen. Der Teppich und die weichen Winterpantoffeln dämpften die Schritte, und Dmitrij wandte sich erst um, als sein Bruder ihm guten Tag sagte.

Dmitrij umarmte ihn stürmisch, küßte ihn auf die Wange, und – ihn von sich stoßend, nieste er. Das war peinlich, Dmitrijs graues

Gesicht errötete, er murmelte: »Entschuldige ... Das Eau de Cologne.« Er nieste noch zweimal und sagte: »Es riecht sehr stark.«

»Wir sind alt geworden!« sagte Klim Samgin, während er sich an den Tisch setzte und das Spirituslämpchen unter der Kaffeekanne anzündete.

»Das macht nichts, wir werden noch eine Weile leben!« antwortete Dmitrij munter und lobte ihn lächelnd: »Doch du bist noch ein Prachtkerl!«

Klim Samgin fand, daß ihm eine solche Begegnung von Brüdern bekannt war, sie war in irgendeinem Roman geschildert, wenn auch dort nicht geniest wurde, geschah aber auch dort irgend etwas Peinliches, Unangenehmes.

»Na, erzähle«, schlug er vor und musterte aufmerksam den Bruder. Dmitrij hatte sich offenbar eben erst die Haare schneiden lassen und sich rasiert, er hatte ein Gesicht wie ein Mann aus dem einfachen Volk, der borstige graue Schnurrbart verlieh ihm Ähnlichkeit mit einem Soldaten, auch war sein Gesicht wettergebräunt, wie bei Soldaten am Sommerende, im Lager. Dieses etwas grobe Gesicht erhellten Augen von graublauer Farbe, in der Kindheit hatte Klim sie Schafaugen genannt.

»Ein ungemütlicher Ort. Trübsinnig. Man schaut um sich«, sagte Dmitrij, »und ist empört über die Idiotie der Behörden, ihre blödsinnigen Methoden, das Leben zu ersticken. Na, und dann, wenn man dieses öde Land eingehender betrachtet, ist es, als fühlte man dessen Sehnsucht nach dem Menschen, wahrhaftig! Und es kommt einem so vor, als raunte einem der Wind zu: ›Aha, du bist erschienen? Na, dann fang mal an ...‹«

Er phantasiert, poetisiert immer noch, dachte Klim. Dmitrij sprach mit sehr schallender Stimme, aber lispelnd, in undeutlichen Worten, als schmerzte ihn die Zunge.

»Wie sonderbar du sprichst«, bemerkte er.

»Das kommt von den Zähnen«, erklärte ihm Dmitrij, »ich habe mir in Jaroslawl zwei Prothesen einsetzen lassen, fast meinen ganzen Verdienst habe ich für diese Reform ausgegeben ... Die echten Zähne hat mir der Skorbut zerstört. Dort ist es mit dem Gemüse schlecht bestellt, auch Fleisch ist eine Seltenheit, sogar Rentierfleisch. Immerzu Fisch, Fisch. Auch das Wetter dort kann nur einem Fisch zusagen, für eine Landratte ist das kränkend: Auf der Erde ist Sumpf, von oben regnet es. Und Pilze, Pilze ... Das Flüßchen Soswa ist geradezu ein Fischbehälter. Und vierzig Werst weit entfernt fließt der Ob, auch ein Reich der Fische«, sagte Dmitrij, der mit sichtlichem Genuß Kaffee trank und aus unerfindlichem Grund mit der zur Faust geballten linken Hand fest auf die Tischplatte drückte.

Er erzählte, knapp und als hackte er die Gestalten mit einem Beil zurecht, von dem Sohn eines Kaufmanns in dem Ort, dem Kapitän eines Kama-Dampfers, der wegen seiner Beziehungen zu den Sozialrevolutionären in seine Heimat ausgewiesen worden war.

»Groß, eine Riesenmähne, rot, eine Stimme, dröhnend wie ein Diakon, einen Bart fast bis zum Gürtel herab, Augen wie ein Stier und ebensolche Kraft, so eine richtige Märchengestalt, weißt du. Bei einem Streit mit seinem Vater, einem alten Mann von sieben Pud, fesselte er ihn mit Handtüchern, schleppte ihn über eine Leiter aufs Dach, löste die Fesseln und setzte ihn rittlings auf den Dachfirst. Ein Trinker natürlich. Jedoch – mit Maßen. Dort trinken alle, es bleibt nichts anderes übrig. Von der über dreitausendköpfigen Bevölkerung sind nur fünf in Tomsk gewesen, und bloß einer wußte, was ein Theater ist, so ist das!«

Dmitrij verstummte, da er sich anscheinend an etwas Aufregendes erinnert hatte, ein Schatten legte sich auf sein Gesicht, er senkte die Augen und schob seine Tasse dem Bruder hin.

Er füllt die leeren Jahre seines Lebens mit Erfindungen, stellte Klim fest, während er Kaffee in die Tasse einschenkte, und fragte: »Na, was war denn mit diesem . . . Hünen?«

»Skorbut hat ihn aufgefressen, in einem halben Jahr«, antwortete der Bruder. »Eine sonderbare Sache«, fuhr er mit ratlosem Achselzucken fort, »aber ich habe beobachtet, je kräftiger ein Mensch ist, desto unerbittlicher zehrt an ihm der Skorbut, während die Schwächlichen ihn leichter überstehen. Wahrscheinlich stimmt das nicht, aber ich gewann diesen Eindruck. Man begegnet dort Aussätzigen, der Veitstanz ist keine Seltenheit . . . überhaupt – eine Gegend, die nicht zu den erfreulichen zählt. Und dennoch, weißt du, Klim – ein wunderbares Volk lebt im Staat der Romanows, der Teufel soll sie holen! Die Ostjaken zum Beispiel, und besonders – die Wogulen . . .«

Er erzählte lange und mit Leidenschaft von den Wogulen, von ihrer Stammesverwandtschaft mit den Madjaren, von den Ostjaken, von dem alljährlichen Jahrmarkt, auf dem die Ortskrämer die Fremdstämmigen unverschämt ausplünderten.

»Ausplündern – das verstehen sie, ja! Nur durch diese Fähigkeit sind sie den Einheimischen überlegen. Aber ihre Habgier ist kurzsichtig, kleinlich – töricht und sogar irgendwie ziellos. Letzten Endes sind diese Kulaken nichtsnutzige Leute, ein Pack, das vorübergehend das Amt ausübt, Mensch zu sein.«

Klim Iwanowitsch Samgin musterte seinen Bruder immer aufmerksamer. Unter dem Rock von Dmitrij schaute gleich einem Harnisch eine bis zum Kinn hinauf zugeknöpfte Weste aus Rentier- oder Elchleder hervor, das blaue Halsbündchen seines Kittelhemds war zu sehen. Seine Hände waren breit wie die eines Ruderers. Und obwohl seine Haare grau waren, erinnerte er an einen Studenten, der in Marina verliebt gewesen war und allen als Nachschlagebuch bei allerhand Fragen gedient hatte.

Er hat an einem leeren Ort gelebt und füllt ihn nun mit seinen Hirngespinsten aus, wiederholte Klim Samgin beharrlich, während er zuhörte.

»Irgendwelche einzelligen Organismen ohne Funktion«, sagte Dmitrij und lachte gutmütig auf. »Das ist, weißt du, mein Titel, ihn hat mir ein Genosse in Poltawa verliehen, ein Marxist. Ich war damals – entsinnst du dich noch? – reformatorisch gesinnt, mit den Bolschewiki nicht einig. Und einmal sagte er im Streit zu mir: ›Ihr Wissen, Samgin, ist groß, aber es ist ein steriles Wissen, es funktioniert bei Ihnen nicht. Sie haben sich einen guten Stoff für einen Anzug angeschafft, verstehen jedoch nicht, einen Anzug zu nähen, und sind überhaupt ein einzelliger Organismus, ohne Funktion.‹ Ich widersprach: ›Einen Organismus ohne Funktion gibt es nicht!‹ Er ließ nicht locker: ›Es gibt einen, und der – sind Sie!‹ Ich mußte lachen, aber – ich wurde nachdenklich, und darauf beschäftigte ich mich ernsthaft mit Marx und begriff, daß seine Geschichtsphilosophie alle bürgerlichen Soziologien und dergleichen Haarspaltereien mehr gänzlich aus dem Felde schlägt. Dann – Lenin, er ist, weißt du, ein ganz hervorragender politischer Denker . . .«

Er verstummte, den Zigarettenrauch von sich abwehrend, und bemerkte: »Du rauchst viel!«

Dann fragte er: »Man sagt von dir, du hättest dich von der Partei zurückgezogen?«

Klim Samgin antwortete mit der Frage: »Wer sagt das?«

»Tossja, Antonida . . .«

Ich bin nie Mitglied . . . irgendeiner Partei gewesen und habe mich mit dieser Dame nie über Politik unterhalten.«

»Na, sie ist keine Dame, nein«, murmelte Dmitrij, während Klim, um eine weitere Unterhaltung über dieses Thema zu vermeiden, fragte: »Weißt du, daß Marina ermordet worden ist?«

»Ja, selbstverständlich weiß ich das! Stepan sagte es mir. Weiß man immer noch nicht, von wem, weswegen?«

»Nein.«

»Interessant«, sagte Dmitrij halblaut, steckte die Hände in die

Rocktaschen und sah über den Kopf des Bruders hinweg durchs Fenster – vor dem Fenster verstreute der Wind pfeifend Schnee.

»Du hast doch Familie?« fragte Klim.

»Nein, nein«, antwortete rasch der Bruder und schüttelte sogar verneinend den Kopf.

»Aber du sagtest doch, glaube ich ...«

»Daraus ist nichts geworden. Es stellte sich heraus, daß sie, das heißt meine Frau, eine Menge Verwandte hatte, ihre Onkel waren Gutsbesitzer, ihre Brüder Beamte, Liberale, aber auch das, weil sie Separatisten waren, während ich ein Repräsentant der unterdrükkenden Nation war, und so setzten sie mir zu ... wie Hummeln und lagen mir immerfort mit ihrem Gebrumm in den Ohren! Na, und sie auch. Im allgemeinen war sie eine nette Frau. In der ersten Zeit schrieb sie mir sogar betrübte Briefe nach Tomsk. Immerhin hatte ich fast drei Jahre mit ihr gelebt. Ja. Um die Kinder tut es mir leid. Sie hat einen Jungen und ein Mädchen, prächtige Kinder! Der Junge ist jetzt fünfzehn und Julia schon siebzehn. Sie vertrugen sich gut mit mir ...«

Er hatte das alles sehr rasch vorgebracht, doch als er verstummt war, rückte er Klim nochmals die Tasse hin und sagte, während er beobachtete, wie sein Bruder Kaffee einschenkte, leiser und – mit Erstaunen oder Bedauern: »Und ich, weißt du, war es gewohnt, in dir ein Parteimitglied zu sehen. Und als du mir im Jahre fünf sagtest, du seist kein Bolschewik, dachte ich mir, du konspiriertest ...«

Vor Weiterem wurde Klim durch Dronow gerettet – er kam ins Zimmer hereingelaufen, als hätte man ihm einen kräftigen Stoß in den Rücken versetzt, schwang die Mütze hoch und verkündete schrill: »Heute nacht haben Purischkewitsch, Fürst Jussupow und einer von den kleinen Romanowfürsten, Dmitrij Pawlowitsch, Rasputin umgebracht.«

Ein paar Sekunden lang schwiegen sie alle drei, dann blickte Dronow die Brüder an, rieb sich mit der Mütze den Schnee vom Mantel und drang in sie: »Na – was sagt ihr dazu, wie?«

Zufrieden darüber, daß Iwan in einem unangenehmen Augenblick und dazu noch mit solch einer Neuigkeit erschienen war, lächelte Klim Iwanowitsch Samgin: »Du schreist das heraus, als handelte es sich um ein Ereignis von Weltbedeutung.«

»Interessant«, Dmitrij sagte dieses Wort auch zum zweitenmal halblaut, während Dronow, der den Mantel auszog, gekränkt murmelte: »Meinst du denn, dies sei das Finale einer Operette? Überlege mal: Gestern Rasputin, und morgen – Zar Nikolai.«

Dmitrij fuhr wegwerfend mit der Hand durch die Luft, nahm eine silberne Uhr ohne Kette aus der Hosentasche und sagte, während er auf ihr Zifferblatt blickte, langsam und gelangweilt: »Es gibt viele Romanows, man schafft es nicht, sie alle auszurotten, irgendeiner von ihnen wird einen Schreck bekommen und den Gutschkows-Miljukows vorschlagen: Setzt mich auf den Thron, ich werde euren Weisungen gehorchen.«

»Das ist natürlich ein außergewöhnliches Ereignis«, bemerkte Klim versöhnlich, Dronow rieb sich erregt die Hände, sprang herum, verdrehte die Augen, als bemühte er sich, sie zu verbergen, Samgin beobachtete ihn, da er nicht begriff, worüber Iwan erschrokken war oder was ihn befriedigte.

Dmitrij reichte seinem Bruder die Hand und sagte: »Ich muß jetzt gehen.«

Dronow folgte ihm auf dem Fuß und gab Klim Samgin Zeit, zu überlegen: Ich hätte ihm sagen sollen: Besuche mich, oder irgend etwas Ähnliches. Aber – es ist unsinnig, einem Bruder zu erlauben, seinen Bruder zu besuchen. Wir haben uns nicht gestritten, beschwichtigte er sich, während er dem Gespräch im Vorzimmer lauschte.

»Wie soll ich sie denn finden?« fragte Dronow.

Dmitrij antwortete widerwillig: »Ich sage Ihnen doch: Doktor Isakson wird Ihnen einen Hinweis geben.«

»Aha . . .«

Als Dronow zurückkehrte, fragte er rasch: »Wie findest du ihn, he?«

Und noch bevor es Samgin eingefallen war, was er antworten sollte, murmelte Dronow, der von der einen Wand zur anderen hin und her lief wie eine Maus in der Mausefalle, sich die Hände reibend: »Ich habe ihn als so . . . bescheiden in Erinnerung. Alles kracht, bricht zusammen. Die Revolution quillt aus allen Fugen. Die Revolution . . . macht mobil. Die Rechten rücken nach links, merkst du, wie einflußreich der progressive Block wird?«

Er stieß wie ein Blinder an einen Sessel, setzte sich und heftete seine Augen, während er sich mit den Händen auf die Knie klopfte, fragend und unangenehm auf Samgins Gesicht – dadurch veranlaßte er Klim Iwanowitsch, ihm ins Gedächtnis zu rufen: »Die Kongresse des Semstwo- und Städteverbands sind auseinandergejagt worden.«

»Und – die Kleinbürger? Die Arbeiter?«

»Die Kleinbürger machen keine Revolution. Die Arbeiter sind an den Fronten.«

Dronow seufzte schwer und schnalzte mit den Lippen.

»An den Fronten steht es auch schlecht. Dmitrij Iwanowitsch erzählte mir fast die ganze Nacht durch. Die Anzeichen sind bedrohlich. Und die Ermordung Rasputins ist auch kein kleiner Scherz! Nein . . .«

»Wovor hast du Angst?« fragte Samgin lächelnd.

»Ich weiß nicht«, sagte Dronow. »Vielleicht habe ich gar keine Angst.«

Er stand auf, blickte sich um, nahm die Mütze vom Sofa, blickte in sie hinein und teilte, die Schultern hochgezogen, mit: »Morgen fahre ich nach Jaroslawl. Ich will Tossja sehen. Ist das komisch?«

»Nicht sehr.«

»Ja. Sie war die Erste und Einzige. Ich lebte mit ihr . . . hervorragend gut. Fast drei Jahre lang, dabei bin ich bald fünfzig. Und ungefähr vierzig Jahre lebte ich . . . erniedrigend!«

»Ich hatte nicht erwartet, daß du in einem so . . . weinerlichen Ton zu reden anfangen würdest«, bemerkte Samgin spöttisch und trokken.

»Dmitrij Iwanowitsch hat mich ganz durcheinandergebracht«, murmelte Dronow, der den Mantel anzog, räusperte sich und sagte deutlicher: »Weißt du, Klim Iwanowitsch, es ist nicht leicht, einen Sinn im Leben zu finden.«

Schließlich ging er und hinterließ Samgin ermüdet und böse gestimmt. Er begab sich in sein Arbeitszimmer, setzte sich hin, um die Berufungsschrift in einer Sache aufzusetzen, die er beim Bezirksgericht verloren hatte, aber die Arbeit ging nicht recht vorwärts. Vor dem Fenster pfiff der Wind, er wirbelte immer dichteren Schnee herum, der Schnee scharrte an den Scheiben, als raunte er kalte, beunruhigende Gedanken zu.

Ja, es ist nicht leicht, einen Sinn im Leben zu finden . . . Die Wege zum Sinn sind mit Worten verstopft, mit ganzen Schneehaufen von Worten. Kunst, Wissenschaft, Politik – Trimurti, Santa Trinità – die Heilige Dreieinigkeit. Der Mensch lebt immer zu irgendeinem Zweck und vermag nicht, für sich selbst zu leben, niemand hat ihn diese Weisheit gelehrt. Ihm fiel ein, über das Thema Mensch an sich hatte Kumow sehr interessant gesprochen: Ihm bin ich noch nicht begegnet.

Dmitrij hat den Sinn in der Politik, im Bolschewismus gefunden. Das kann man als letzte Zuflucht für Menschen seines Typs – für unbegabte Menschen – auffassen. Für Pechvögel. Die Unmenge von Pechvögeln ist für die russische Intelligenz charakteristisch. Sie hat sich immer als ein Mittel betrachtet, niemand hat sie gelehrt, Selbstzweck zu sein, sich als eine höchst wertvolle Erscheinung der Welt zu betrachten.

Er saß da und rauchte; wenn er des Sitzens müde wurde – wanderte er von Zimmer zu Zimmer und trieb dabei einen Gedanken zum anderen, so verbrachte er die Zeit bis zur Abenddämmerung und ging dann zu Jelena. Auf den Straßen war es still und nicht kalt, der weiche Schnee dämpfte die Geräusche, es war nur ein Rascheln zu hören, das einem Flüstern glich. Allerhand Leute gingen eilig nach verschiedenen Richtungen, und es schien, als bemühten sie sich alle, möglichst wenig zu sprechen und leiser aufzutreten.

Bei Jelena waren, wie immer zum Abendtee, Gäste: Professor Pylnikow und irgendein hochgewachsener, hagerer Mann mit grauem Ziegenbärtchen in einem dunklen, gleichsam verräucherten Gesicht. Jelena empfing Samgin mit dem vergnügten Ausruf: »Haben Sie von Rasputin gehört? Das war ein Kunststück! Machen Sie sich bekannt.«

»Woïnow«, stellte sich in tiefem Baß widerwillig der Kahlköpfige vor; als Samgin ihm die kalte, harte Hand drückte, sah er über sich runde Ochsenaugen, es waren sonderbare, mit einem bläulichen Schleier bedeckte Augen, ihr trüber Blick war auf die Spitze der knorpeligen, langen Nase gerichtet. Er knickte in der Mitte zusammen, setzte sich und streckte seine langen Beine so vorsichtig aus, als fürchtete er, sie könnten sich lostrennen. Seine schmalen Schultern umspannte ein Militärrock, die Beine staken in einer Reithose und dicken Sportstrümpfen, an den Füßen trug er häßliche Halbschuhe mit dicker Sohle.

Pylnikow, der einen Zivilanzug aus flauschigem grünem Stoff anhatte, war gleichsam mit Baumflechte bewachsen, er war stark abgemagert; er schwang ein schwarzes, in Silber gefaßtes Notizbuch und sagte aufgeregt zu Jelena: »Ich war fast drei Jahre lang Zensor der Soldatenkorrespondenz, mir ist vortrefflich bekannt, wie sich die Stimmung in der Armee entwickelt hat, und ich behaupte: Eine Armee besitzen wir nicht mehr.«

»Ich habe keine Zitrone«, sagte Jelena, die Samgin mit zusammengekniffenen Augen ein Glas Tee hinrückte, zwischen ihren Zähnen rauchte eine Zigarette. »Es heißt, daß nur der italienische Gesandte mit Zitronen handle. Also?«

Pylnikow fuhr, vom Stuhl aufspringend, eilig fort: »Wassilij Kirillowitsch zensiert ein Jahr lang und kann es auch bestätigen: Es gibt einzelne Truppenteile, die kampffähig sind, aber eine Armee als Ganzes – nicht mehr!«

»Ja«, sagte Woïnow kopfnickend, steckte einen Finger hinter den Kragen des Militärrocks und verzog schmerzlich das Gesicht.

»Die machen mir angst«, wandte sich Jelena, die Zigarette in die

Spülschale werfend, an Samgin. »Sie kamen und sagten: Die Soldaten dächten an nichts als an Ackerland, wollten nicht Krieg führen und bei uns würde eine Revolution ausbrechen!«

»Meine Teure, Sie – übertreiben!«

»Nicht im geringsten. Ich habe bereits Angst. Ich will keine Revolution, sondern will nach Paris. Aber ich weiß nicht, wem ich sagen muß: He, ihr, ich bitte, keinerlei Revolution zu machen, und – hört auf, Krieg zu führen!«

Sie scherzte, aber Samgin wußte, daß sie sich ärgerte, ihr kunstvoll geschminktes Gesicht lächelte, aber die Augen funkelten trocken, und ihre kleinen, prall mit violettem Blut gefüllten Ohren wirkten geschwollen.

Nicht groß, gewandt, in einem sonderbaren Kleid aus verschieden großen roten Stoffstückchen, erinnerte sie an irgendeinen seltenen Vogel.

»Sie scherzen sehr nett«, unterbrach Pylnikow sie unnachgiebig, aber sie ließ ihn nicht zum Sprechen kommen.

»Sie möchten, daß ich ernst rede? Es geschehe!«

Dann drückte sie die Finger der Hände zu einer Faust zusammen, legte sie auf den Tischrand und sagte mit fester Stimme: »Soviel ich weiß, machen Soldaten nicht Revolution. Als die Franzosen gegen die Preußen zogen, sangen sie:

Wir gehen, gehen, gehen
Wie Hammel auf den Schlachthof.
Man wird uns erschlagen wie Ratten,
Und Bismark wird lachen!«

Sie wiederholte das Lied auf französisch und fuhr fort: »So geschah es auch: Die Preußen gaben ihnen Dresche. Aber als sie nach Paris zurückkehrten, erschlugen sie unverzüglich die Kommunarden. So sind die Soldaten! Wahrscheinlich wird es auch bei uns so kommen. Ob es so kommen wird oder nicht – werden wir sehen. Vorläufig jedoch bin ich teuflisch müde von diesen fast täglichen Klagen über die Soldaten, von der Angst vor einer Revolution, mit der man mich anstecken will. Ich bin eine Optimistin oder – wie nennt man das? – eine Fatalistin. Es wird eine Revolution geben? Also ist es notwendig, daß es eine gibt. Und daß sie euch aufrüttelt. Euch zwingt, irgend etwas für die Revolution oder gegen die Revolution zu tun – je nachdem, was euch besser gefällt. Verstanden?«

Samgin klatschte ihr lautlos Beifall, daß man hätte meinen können, es jucke ihn an den Handflächen.

Das ist nicht Alina, sie gibt sich nicht als Opfer oder Märtyrerin aus ...

»Ja«, begann trübsinnig Pylnikow, sich an der Schläfe kratzend. »Aber, sehen Sie ...«

Woïnow zog seine Beine ein, krümmte und streckte sie wieder, richtete sich in seiner ganzen Größe auf und begann langsam, als stotterte er, dickflüssige, schwerfällige Worte aus sich herauszupressen: »Der Krieg hat grausam einen fundamentalen, unversöhnlichen Widerspruch der Geschichte aufgedeckt, den man uns verkehrt aufzufassen lehrt. Es gibt eine Minderheit, die Kultur schafft, und eine Mehrheit, die in diesem Prozeß eine untergeordnete, mechanische Rolle spielt. Automaten. Eine physische Kraft. Aber zugleich – Spartakus. Stenka Rasin. Fast durchgehend Rasin. Ein Wilder, der sich und seine Frau mit Gold schmücken will. Nur das will er. Ja, das. Nietzsche, der geniale Denker, der Prometheus Ende des neunzehnten Jahrhunderts, hat als erster die Unrichtigkeit unserer Auffassung der Logik tief begriffen und sie uns aufgezeigt. Auch der Geschichtsphilosophie. Des Sinnes des Lebens.«

Woïnow steckte die Zeigefinger hinter den Kragen seines Militärrocks und schloß, nachdem er den Kragen nach verschiedenen Seiten geweitet hatte, für eine Sekunde die Augen, er tat das, ohne seine schwerfällige Rede zu unterbrechen.

»Der revolutionäre Intellektuelle gilt als Held. Er wird verherrlicht und gepriesen. Jedoch dem Sinn seiner Tätigkeit nach ist er ein Verräter an der Kultur. Seinen Absichten nach ist er ihr Feind. Ein Feind der Nation. Der Heimat. Er behauptet natürlich sich auch als Persönlichkeit. Er fühlt: Die Grundlage der Welt, der archimedische Stützpunkt ist die Dominanz der Persönlichkeit. Ja. Doch er denkt falsch. Die Persönlichkeit muß wachsen und sich erheben, nicht indem sie sich auf die Masse stützt, sondern indem sie sie niedertritt. Aristokratie und Demokratie. Das ist immer so. Und – auf immer.«

Er schritt auf Jelena zu, beugte sich nieder und drückte, mit der Hand auf den Tisch gestützt, die strengen Worte auf sie herab: »Wir stehen kurz vor einer Katastrophe. Zu scherzen ist geradezu verbrecherisch ...«

»Sogar verbrecherisch?« fragte die Frau lächelnd.

»Sogar. Und verbrecherisch ist die Kunst, wenn sie das Leben der Demokratie in düsteren Farben darstellt. Echte Kunst ist tragisch. Das Tragische entsteht durch Vergewaltigung der Masse im Leben, wird aber von ihr in der Kunst nicht empfunden. Shakespeares Kaliban ist die Tragödie nicht zugänglich. Die Kunst muß aristokratischer und unverständlicher sein als die Religion. Genauer gesagt: als der Gottesdienst. Es ist gut, daß das Volk die lateinische und kirchenslawische Sprache nicht versteht. Die Kunst muß eine unverständliche und furchterregende Sprache sprechen. Darin stimme ich Leonid Andrejew zu.«

»Na, und ich kann ihn nicht ausstehen und lese ihn nicht«, erklärte ziemlich schroff Jelena. »Und überhaupt alles, was Sie sagen, ist für mich eine verteufelt hohe Weisheit. Ich bin keine Revolutionärin, schreibe keine Romane oder Dramen, ich habe einfach Freude am Leben, sonst nichts weiter.«

»Ich kann dem auch nicht zustimmen«, erklärte Pylnikow, jedoch nicht sehr entschieden, und fragte: »Und Sie, Klim Iwanowitsch?«

»Da so oft von Marx gesprochen wird, liegt es nahe, sich Nietzsches zu erinnern«, antwortete Samgin nach kurzem Zögern und schlug danach vor: »Hören wir weiter.«

Er konnte seine Einstellung zu dem Sinn des von Woïnow Gesagten nicht bestimmen, aber er fühlte, daß seine Gedanken verschiedentlich und immer öfter in der Nähe dieses Sinns kreisten.

Ihm fiel die Moral der Fabel »Der Einsiedler und der Bär« ein: Ein dienstfertiger Dummkopf ist gefährlicher als ein Feind.

Woïnow zwang die anderen wieder, ihm zuzuhören, die Art und Weise, wie dieser Mann sprach, erweckte die Hoffnung, daß er vielleicht doch etwas noch nicht Gehörtes sagen würde, aber vorläufig wiederholte er griesgrämig bereits Gesagtes. Pylnikow, der einverstanden mit dem Kopf nickte, mengte einschmeichelnd kurze Repliken in Woïnows schwerfällige Worte, mit der deutlichen Absicht, die ungeschliffene Rede zu glätten, sie zu mildern.

»Wer ist das?« fragte Samgin leise Jelena, sie blickte ihr Spiegelbild im Silber des Samowars an, glättete mit dem Finger ihre Brauen und antwortete halblaut: »Ich glaube, ein Semstwovorsteher, er hat ein Buch geschrieben oder schreibt eins, ein neuer Stern, wie man sich beim Ballett ausdrückt. Pylnikow schleppt allerhand . . . solche Leute zu mir, weil seine Frau ihm verbietet, sich mit Politik zu befassen, und er meint, mir bereite es Freude, es zu dulden, daß . . .«

Sie brach ihre Worte mit einem Lächeln ab, dann beendete sie den Satz mit einem nicht sehr geistreichen, aber gepfefferten Kalauer über Freudenhäuser und ging sofort zu einer wichtigen Frage über: »Hören Sie, mein Herr, was wird denn mit dem Geld? Man muß Gold kaufen. Verstehst du etwas von antiken Goldsachen?«

Nein, Samgin verstand davon nichts, aber heute gefiel ihm Jelena sehr, und da er ihr eine Annehmlichkeit bereiten wollte, sagte er, daß er einen Mann zu ihr schicken werde, der ihr in diesem Fall sicherlich helfen könnte.

»Iwan Dronow, ich schicke ihn morgen oder übermorgen her ...«

Majestätisch, wie auf der Theaterbühne, trat eine Dame in pelzbesetztem Kleid ins Zimmer, ihr folgte ein dandyhafter Student mit blutleerem Gesicht. Die Dame begann sofort von der Knappheit der Lebensmittel und von den hohen Preisen jener zu reden, die noch nicht aufgebraucht waren.

»Zwölf Rubel das Pfund!« rief sie mit Entsetzen in ihren schönen Augen. »Achtzehn Rubel! Und man kann überhaupt nur bei Jelissejew einkaufen, noch besser jedoch in dem ausgezeichneten Geschäft der Gardeoffiziere ...«

Pylnikow verhörte bereits streng den Studenten: »Wer sind Ihre Lehrmeister des Lebens? Nicht persönlich die Ihren ...«

Der Student antwortete knapp, in hohem Tenor: »Am liebsten werden gelesen: Rosanow, Lew Schestow, Mereshkowskij ... Von den Ausländern – Bergson, wie mir scheint.«

Woïnow zog gedehnt Worte von der Dominanz der Persönlichkeit hin, wodurch er Samgin von neuem an die Reden Kumows erinnerte, die Dame erzählte mit Begeisterung: »Es gibt eine Frau, die Wein und Pralinen aus den Vorräten des Winterpalais verkauft, wahrscheinlich die Frau irgendeines Schloßdieners. Sie geht mit einem Korb von Wohnung zu Wohnung und – bitte schön! Die Pralinen taugen nichts, aber der Wein ist vortrefflich! Bordeaux und Bourgogne. Ich schicke sie zu Ihnen.«

»Ist dieser – Andronow oder Antonow – nicht ein großer Gauner?« fragte Jelena, Samgin sagte beschwichtigend: »Nein, nein.«

Woïnow dröhnte: »Die Sozialisten proklamieren die Notwendigkeit eines Aufgehens der Persönlichkeit in der Masse. Das ist Mystik. Alchimie.«

Ihm zu Hilfe und hinter ihm her lief eilig das muntere Stimmchen Pylnikows: »Die Rückkehr des Menschen in den Urzustand, die Verwandlung eines durch Jahrhunderte kulturellen Lebens fein organisierten Geschöpfs in organische Substanz, als welche die Kulturgeschichte und die Soziologie uns die Horden der Urmenschen vor Augen führen ...«

Klim Iwanowitsch Samgin fühlte sich als Mensch, der wußte, was von weisen Buchgelehrten der ganzen Welt ausgesprochen und von Pylnikow und Woïnow des mehrfachen in zerstückelter Form wiederholt worden war. Er war überzeugt, auch alles zu wissen, was ein Mensch zum Schutz vor den Gewalttaten des Lebens gegen ihn sagen könne, alles zu wissen, was jene Leute gesagt hatten und zu sagen vermochten, die behaupteten, daß nur eine radikale Veränderung der Klassenstruktur der Gesellschaft den Menschen befreien könne.

Dmitrij Samgin, ein Befreier der Menschheit, dachte Klim Iwanowitsch Samgin im Ton der Reden Woïnows, Pylnikows und – lächelte, als er sah, wie der Student, der den Reden der Weisen zuhörte, sein unnatürlich weißes Gesicht bald dem einen, bald dem anderen zuwandte.

Ihm schien, daß die Menschen immer seichter, nichtiger würden, der Krieg erdrückte sie, walzte sie platt. Im Vergleich zu jedem beliebigen Menschen kam er sich wie ein Reicher vor, wie ein Mensch mit ungeheurer Erfahrung, diese Erfahrung erforderte andere Verhältnisse, um aufflammen und die Gestalt ihres Trägers grell beleuchten zu können. Aber es war zwecklos, mit Leuten zu reden, die nicht zuzuhören verstanden und selbst – er sah das – besser, mutiger redeten als er. Die Erfahrung fiel ihm zur Last, sie zerfiel fruchtlos, und obwohl das Leben ereignisreich war – lebte es sich für Samgin langweilig. Ihm war alles bekannt, er hatte alles satt. Er sehnte sich nach irgendeinem Schlag, einem Sturmläuten, einem Alarm, der die Menschen aufgeschreckt, aufgestachelt, in eine andere Stimmung versetzt hätte. Er sehnte sich nach dem Ende der Ungewißheit.

Das Ende schien sich zu nähern, aber mit wechselnder Geschwindigkeit, in Sprüngen, einen Sprung vor und gleich wieder zurück. Ende November trat die Duma ziemlich einmütig in Opposition, aber gleich danach erfolgte eine Spaltung des »progressiven Blocks«, dann löste die Regierung den Städte- und Semstwoverband auf. Als Registrierapparat für das Schwanken der Ereignisse diente Samgin Iwan Dronow. Er wohnte in der Nähe und erschien fast täglich, wenn er morgens auf die Jagd nach Geld ging, bei Samgin, er bombardierte ihn gleichsam mit Neuigkeiten, Gerüchten und Klatschgeschichten. Eines Tages fragte ihn Samgin: »Was machst du eigentlich, Iwan?«

»Geld.«

»Und – was ist damit?«

»Nichts.«

»Das heißt?«

»Na, was soll dieses ›das heißt‹?« entgegnete Dronow ungehalten. »Na – ich spekuliere, mal hiermit, mal damit. Ich zwacke jemandem fünf- bis zehntausend Rubel ab, dann zwackt man sie mir ab. Ein Spiel. Ein Glücksspiel. Was sollte ich sonst noch tun? Auch das ist durchaus angenehm.«

Er war stark gealtert, auf seinem Gesicht mit den hervorstehenden Backenknochen, neben den Ohren, auf den Schläfen waren Runzeln entstanden, unter den Augen hatten sich dicke graublaue Säcke gebildet, die Wangen, die noch vor kurzem dick, prall gewesen waren, schlabberten welk. Aus Jaroslawl kehrte er mißmutig zurück.

»Na, erzähle, wie geht es Tossja?«

Den Blick zu Boden gerichtet, sagte Dronow: »Sie läuft in zerrissenen Schuhen herum. Arbeitet in einer Machorka-Fabrik. Wohnt mit einer Freundin in einer armseligen Hütte bei irgendeiner Hexe.«

Er zupfte sich, während er sprach, an den Westenknöpfen und den Rockaufschlägen, als tastete er sich ab, und bemühte sich, komisch zu sprechen.

»Die Hexe fragte mich in der fünften Minute unserer Bekanntschaft streng: ›Warum macht ihr nicht Revolution, worauf wartet ihr noch?‹ Dann brüstete sie sich damit, daß ihr Mann erst im vergangenen Jahr aus der Verbannung wegen des Jahres sieben zurückgekehrt sei, vier Monate daheim verbracht habe und im Lauf einer Stunde gestorben sei, an der Beerdigung habe ein gutes Tausend vom Arbeitervolk teilgenommen. Sie unterhielt sich ungefähr zwei Stunden mit mir, ich brummte allerhand vor mich hin und hatte das Gefühl, daß sie mich verprügeln, davonjagen werde. Dann kam Tossja, sie ist finsterer geworden, wie aus Gußeisen, doch im allgemeinen ist sie die gleiche, die sie war. Die Freundin ist kraushaarig, langnasig, wahrscheinlich Jüdin, Intellektuelle. Um die beiden kreist der einbeinige Sohn der Hexe, ganz aus Knochen, Soldat, hat am Vormarsch und Rückzug teilgenommen und das Georgskreuz erhalten. Alle sind einmütig, beabsichtigen, den Krieg einfach in einen Bürgerkrieg zu verwandeln, wie in Zimmerwald geboten.«

Er verstummte und ließ seine Taschenuhr am goldenen Kettchen hin und her pendeln. Samgin wartete eine Weile, dann fragte er: »Was sagt denn Tossja?«

»Wahrscheinlich das, was sie denkt.« Dronow steckte die Uhr in die Westentasche, die Hände in die Hosentaschen. »Du möchtest wissen, wie sie zu mir war? Eines Gesprächs unter vier Augen hat sie mich nicht gewürdigt. Ihren Leuten empfahl sie mich einmal derart: Ein nicht ganz schlechter, aber völlig verständnisloser Mensch. Das gefiel dem Sohn der Hexe sehr, er erstickte fast vor Lachen.«

Dann versuchte er blinzelnd, seine umherirrenden Augen auf Samgins Gesicht zu heften, und begann leiser zu sprechen: »Ich glaube, ich tat ihr leid und sie mir. Die zerrissenen Schuhe . . . Sie hat wunderschöne Füße, die Zehchen sind so adrett . . . Jedes in seiner Art ein Prachtkerl. Und insgesamt ist sie schön, oh, so schön! Wäre sie eine Kokotte, sie hätte Hunderttausende verdient«, schloß er unerwartet und wunderte sich wahrscheinlich sogar selbst, wie er dazu gekommen war, etwas so Abscheuliches zu sagen. Er blickte Samgin mit offenem Mund an, aber Klim Iwanowitsch fragte mit düsterer Miene: »Erinnerst du dich an Alina Telepnjowa? Sie war auch eine schöne Frau . . .«

»Ja. Wo ist sie?«

»Ich weiß nicht. Sie war eine Kokotte, war bei Aumont angestellt, lebte mit einem reichen . . . Monstrum zusammen, er erschoß sich . . .«

»Weiß der Teufel, was das alles ist«, murmelte Dronow, fest über das ausgeblichene rote Haar auf seinem Schädel streichend. »Ich erinnere mich – die Kinderfrau erzählte die Legenden von allerhand heiligen Einsiedlerinnen, Großmärtyrerinnen, sie verließen ihre reichen Familien, ihre geliebten Männer, Kinder, dann wurden sie von den Römern gemartert, mit Raubtieren gehetzt . . .«

Klim Iwanowitsch Samgin mußte an die biblische Legende vom Opfer Abrahams denken, die ihm sein Vater erzählt hatte, er mußte an sich als Don Quichotte und Dronow als Sancho Pansa denken und sagte schulmeisterlich: »Es gab und wird immer Leute geben, die, da sie sich unfähig fühlen, der Gewalttätigkeit über ihre Innenwelt zu widerstehen, von selbst ihrem Schicksal entgegengehen, sich selbst opfern. Dafür gibt es den Fachausdruck Masochismus, und dadurch entstehen Sadisten, Leute, denen das Leiden anderer angenehm ist. Grob schematisch gesagt, sind die Sadisten und die Masochisten die zwei wesentlichen Menschentypen.«

Er verstummte, da er spürte, daß das Gesagte zweideutig sei und ihn, Samgin, irgendwohin von sich selbst abbringe. Aber er fand sofort einen Ausweg zu sich: »Stellen wir die Frage: Wer leidet mehr? Selbstverständlich jener, der stärker leidet. Byron hat natürlich tiefer, stärker gelitten als die Weber, für die er sich im Parlament einsetzte. Ebenso Hauptmann, als er das Drama von den Webern schrieb.«

Ab und zu vom Kaffee trinkend, fuhr er fort: »Man muß zwischen Opferfreudigkeit und Heroismus unterscheiden. Der Römer Curtius sprang in den Abgrund, der sich in Rom auftat – das ist der am meisten gepriesene Akt von Heroismus und ein völlig gerechtfertigter Akt von Selbstmord. Nichts hindert mich anzunehmen, daß Curtius von der Angst in den Abgrund getrieben wurde, die durch das Gefühl unvermeidlichen Untergangs hervorgerufen war. Ihn konnte auch der ehrgeizige Wunsch in den Abgrund gestoßen haben, als erster von den Römern unterzugehen, und der Ekel vor einem Untergang mit der Sklavenmenge.«

»T-ja«, sagte Dronow gelangweilt, »manchmal möchte man irgendwohin springen ...«

Er hat nichts begriffen, dachte Klim Iwanowitsch entrüstet und sagte tadelnd: »Du scheinst bereits übermäßig viel umherzuspringen und herumzulaufen.«

Dronow murmelte, im Weggehen seinen Rock zuknöpfend: »In meiner Kindheit habe ich mich nicht ausspielen können. Die Kinder vornehmer Eltern nahmen mich nicht zu ihren Spielen. Und so hole ich das Spielen jetzt nach ...«

Fühlt er sich etwa beleidigt? dachte Samgin und vergaß ihn sofort, wie man einen Diener vergißt, wenn er seine Pflichten geschickt erfüllt. Dronow existierte für ihn nur in den Stunden, wo er vor ihm erschien und von seinen verschiedenartigen Geschäften erzählte, davon, daß er eine Partie Leinwand oder Druckpapier vorteilhaft gekauft und weiterverkauft habe, er kaufte überhaupt und verkaufte, hatte auch zusammen mit Nogaizew in irgendeinem düsteren Keller ein kleines Theater »der Satire und des Humors« aufgezogen – als Samgin einmal einen Blick in dieses Theater warf, überzeugte er sich, daß der Humor sich auf einen Vorfall mit einem Notar beschränkte, der vor den Augen seiner Frau in seiner Aktenmappe das Höschen irgendeiner Dame entdeckte. Das Theater verwandelte sich, nachdem es nicht einmal einen Monat bestanden hatte, in ein Kabarett. Samgin fragte Dronow: »Hast du hierdurch Verlust gehabt?«

»Nein – Nogaizew hat Verlust gehabt. Es ist nicht das erstemal, daß er Verlust hat. Er ist dumm und gierig, ich möchte ihn ruinieren, damit dieser Hundsfott Straßenbahnschaffner oder Briefträger werden muß. Ich kann Tolstojaner nicht ausstehen.«

Dronow schüttelte energisch und voller Ekel den Kopf, dann fragte er: »Brauchst du nicht Geld?«

»Wozu?«

»Ganz allgemein. Bei mir hat sich viel angesammelt. Es wird bald viel Geld geben, man hat vor, eine Milliarde oder zwei zu emittieren ...«

Geld brauchte Klim Samgin nicht, doch er schätzte Dronow sehr als Informator. Zerzaust, unausgeschlafen, mit entzündeten Augen pflegte er morgens zu erscheinen und mitzuteilen: »Die Führer des progressiven Blocks unterhalten sich mit der Schwarzhundertschaft, mit den Bundesleuten über eine Palastrevolution, sie wollen Zar Nikolai durch einen anderen ersetzen. Feinde werden zu Freunden! Wie denkst du darüber?«

»Ich glaube nicht daran«, sagte Samgin, womit er die einfachste

Antwort gewählt hatte, aber er wußte, daß alle Gerüchte, die Dronow mitbrachte, sich gewöhnlich bewahrheiteten; von den Verhandlungen des Innenministers Protopopow mit einem Vertreter Deutschlands über einen Separatfrieden hatte Iwan ihm Mitteilung gemacht, bevor noch in der Duma und der Presse die Rede davon war.

»Woher weißt du das?« fragte er. Dronow zog die Schultern bis zu seinen abstehenden Ohren hoch und sagte lässig: »Die Damen. Sie begreifen wenig, aber – sie wissen alles.«

Klim Iwanowitsch Samgin lebte etwas langweilig, fühlte aber mit jedem Tag deutlicher, daß sich ihm schon bald die breite Möglichkeit eines anderen Lebens bieten werde, das seiner, eines ausnehmend originellen Menschen, würdiger wäre.

Die Lebensmittelknappheit in der Stadt nahm den Charakter einer Katastrophe an, die die Arbeiter aufwiegelte, aber im Januar wurde die Arbeitergruppe des »Zentralen Kriegsindustriekomitees« verhaftet, und die am 6. Februar erlassene Proklamation des Petrograder Komitees der Bolschewiki, die zum Streik und zu einer Demonstration am 10. des Monats, dem Jahrestag des Gerichtsverfahrens gegen die sozialdemokratische Dumafraktion, aufrief – hatte keinen Erfolg.

Alles verläuft richtig, die Logik der Geschichte arbeitet, zerstört das eine, festigt das andere, dachte Klim Samgin.

Aber am 14. Februar, dem Tag der Eröffnung der Reichsduma, begannen Arbeiterstreiks, zehn Tage später – brach ein Generalstreik aus, und durch die Straßen der Stadt ergossen sich stürmisch wie die Frühjahrsfluten eines Flusses revolutionäre Demonstrationen.

Klim Iwanowitsch Samgin wartete tapfer ab und beobachtete. Da er nicht wollte, daß die dunklen Wogen der Demonstranten ihn mit sich fortrissen, in ihr Gedränge einsögen, beobachtete er von weitem, hinter Ecken hervor. Es hatte keinen Sinn, sich mit dieser bedrohlich brüllenden Menschenmasse zu vereinigen – er entsann sich noch sehr gut, wie die Gestalten und Gesichter der Arbeiter aussahen, er hatte genug Demonstrationen in Moskau gesehen, hatte hier auch den 9. Januar gesehen, den Sonntag, der den Namen »Blutsonntag« erhalten hatte.

Er sah zu, wie die von vieläugigen Steinwänden zusammengepreßte, endlose, ungewöhnlich dichte, graue, zottige Masse von Männern, Frauen, Jugendlichen an ihm vorbeiströmte, und hörte den taktfesten Gesang:

Wacht auf, Verdammte dieser Erde,
Die stets man noch zum Hungern zwingt ...

»Brot! Brot!« schrien schallend die hohen Frauenstimmen. Manchmal verlangsamten die Menschen den Gang, traten sogar auf der Stelle, wenn sie irgendwelche Hindernisse auf ihrem Weg zu überwinden hatten, und es ertönten schrille Pfiffe und Geschrei: »Was ist dort? Weg damit! Genossen – vorwärts!«

Völker, hört die Signale!
Auf zum letzten Gefecht!

Der Chor war groß, er sang ununterbrochen. Samgin stellte fest, daß die Demonstranten wohl zum erstenmal so im Takt, harmonisch sangen und der bedrohliche Sinn der Arbeiterhymne so unerschrokken von ihnen enthüllt wurde. 1905, am 9. Januar, hatten sie nicht gesungen. Wahrscheinlich hätten sie auch nicht so singen können wie jetzt. Es war jedoch nicht ausgeschlossen, daß jener Sonntag sich wiederholen könnte ... Das war nicht ausgeschlossen. Von der Masse der Demonstranten lösten sich einzelne Stücke, Gestalten, sie gingen verlegen lächelnd oder mit griesgrämig verdüsterter Miene an Samgin vorüber, aber ihnen entgegen kamen Dutzende neuer Menschen gelaufen, vereinigten sich mit der Masse.

Samgin blickte ab und zu auf die trüben Fensterscheiben, sah aber hinter ihnen nichts als graublauen Nebel und irgendwelche formlosen Flecken darin. Schließlich verschwand die Menge, und es war zu sehen, wie glatt der Schnee auf dem Straßenpflaster von ihr festgestampft worden war.

Neue Besen kehren gut, erinnerte sich Samgin, als er sich nach Hause begab, und ließ seinen Gedanken, deren Naivität er verstand, freien Lauf.

Es gibt weit mehr Menschen, die im Leben stören, als solche, die ich brauche und die mir angenehm sind. Es ist leicht, eine beliebige Denkrichtung zu wählen, aber schwierig, sich aus Mitmenschen eine befriedigende Umgebung zu schaffen.

Zu Hause empfing ihn das festliche Gesicht des Mädchens. Sie hatte stark zugenommen, lächelte lieblich, hatte sehr grelle, mollige Lippen, und in ihren Augen leuchtete unversiegliche Freude. Sie war sehr widerwärtig, wurde immer familiärer, aber Klim Iwanowitsch ertrug sie – sie war tüchtig, kochte billig und nicht schlecht, hielt die Zimmer tadellos sauber. Ab und zu fragte er sie: »Worüber freuen Sie sich?«

»Es ist sehr interessant geworden, Klim Iwanowitsch.«

»Was ist interessant? Der Krieg?«

»Der Krieg wird bald ein Ende nehmen.«

»Wer wird ihm denn ein Ende machen?«

»Die Arbeiter und die Bauern wollen nicht länger Krieg führen.«

»So? Wer wird ihnen denn erlauben, Schluß zu machen?«

»Na, sie selbst.«

»Ach, sieh mal an ...«

Es war zwecklos, mit ihr zu reden. Samgin sah das, aber ihre »Freude am Dasein« regte ihn immer mehr auf. Und als er am Tag vor dem 27. Februar von der Straße zum Mittagessen heimkam, konnte er nicht länger an sich halten und fragte: »Na, was sagen Sie dazu?«

»Die Revolution hat angefangen, Klim Iwanowitsch«, sagte sie, fragte jedoch, nachdem sie mit der Zungenspitze ihre Lippen geleckt hatte: »Stimmt das?«

»Möglicherweise. Aber ebensogut ist das möglich, was am 9. Januar des Jahres fünf geschah. Wissen Sie, was damals geschah?«

»Ja, man hat es uns vorgelesen.«

»Was hat man vorgelesen? Wer und wo?«

»Unten im Speisezimmer, Arkascha, dort erklärt ein junger Mann die Zeitungen, er heißt Arkascha ...«

»Bringen Sie das Essen«, sagte Samgin streng.

Er erinnerte sich gut an das Experiment Moskaus vom Jahre fünf und ging am 27. Februar nicht auf die Straße. Allein, in einem ungeheizten Zimmer, das von dem kümmerlichen Flämmchen eines Stearinkerzenstümpfchens erhellt wurde, stand er am Fenster und blickte in die Finsternis des späten Abends hinaus, sie war an zwei Stellen unheilverkündend glutrot von Feuerscheinen und schien zu schmelzen, die Feuerscheine wuchsen, breiteten sich aus und drohten, die ganze Luft über der Stadt zum Glühen zu bringen. Irgendwo in der Ferne krochen gemächlich bunte Feuerkugeln von Raketen empor und sanken ebenso langsam auf die Dächer der Häuser herab.

Das lustige Mädchen hatte am Morgen den Kaffee zubereitet und – war verschwunden. Er ernährte sich den ganzen Tag von Sardinen und Käse, aß alles auf, was er in der Küche fand, war hungrig und erbost. Die ungewohnte Dunkelheit im Zimmer verstärkte das Gefühl der Verlassenheit, die Dunkelheit zuckte, als suchte sie die Flamme der Kerze auszulöschen, die ohnehin nur noch höchstens für eine Viertelstunde reichte. Der Teufel soll euch holen ...

Die Sprünge der Leuchtraketen in die Finsternis nahm er als etwas Banales, aber auch Unheilverkündendes auf. Er glaubte Schüsse zu hören – vielleicht schlugen auch nur Türen zu. Durch die Straße fuhren, die Fensterrahmen erschütternd, mit Gepolter zwei Lastkraftwagen, der vordere war vermutlich mit Eisen beladen, ihm folgte einer, auf dem ungefähr zwanzig Männer standen, einige von ihnen mit Gewehren, matt blinkten Bajonette auf.

Wen verhaften sie? überlegte Klim Iwanowitsch, der schon lange die Brille abgenommen hatte, aber immer noch ihre Gläser mit einem Stück Wildleder blank rieb, er lauschte angespannt und konnte nicht begreifen, warum keine Schüsse zu hören waren.

Klim Iwanowitsch war sehr verstimmt: Am vorhergehenden Abend hatte er sich mit Jelena schwer überworfen; ein von Dronow benannter Mann hatte ihr Goldmünzen aus der römischen Kaiserzeit verkauft, die Münzen hatten sich als moderne Imitation und die Bescheinigung über ihre Echtheit und ihr hohes Alter als gefälscht erwiesen; irgendein antiker Pokal war nicht aus Gold, sondern nur vergoldet. Jelena stampfte mit den Füßen, schrie hysterisch und behauptete, Dronow stecke mit dem Verkäufer unter einer Decke.

»Er hat ein Gaunergesicht, Ihr Freund!« schrie sie und forderte, daß er Dronow gerichtlich belange. Sie legte eine solche Wut an den Tag, daß Samgin einen Schreck bekam.

Wenn sie die Sache vor Gericht bringt – bleibt es mir nicht erspart, mit hereingezogen zu werden, sagte er sich und begann sie zu beschwichtigen, und hier nun hatte Jelena ihn so angeschrien und ihm so beleidigende Worte an den Kopf geworfen, daß er, vor Beleidigung ganz kalt, sie auch kräftig beschimpft hatte und gegangen war.

Als ein eiliges Klopfen an der Tür ertönte, entschloß sich Samgin nicht gleich, ins Vorzimmer zu gehen, er nahm den Leuchter in die Hand, wartete, das unruhige Flämmchen mit der Hand schützend, bis nochmals geklopft wurde, und konnte gerade noch denken, daß kein Grund vorliege, ihn zu verhaften, und daß wahrscheinlich Dronow anklopfe, denn sonst konnte es niemand sein. So war es auch.

»Hast du schon geschlafen?« fragte Dronow heiser, ganz außer Atem, hustend; häßlich dick, mit vorgewölbtem Bauch, begann er, den Mantel aufknöpfend, nachdem er ein schweres Paket vor seine Füße gestellt hatte, irgendwelche Päckchen aus den Taschen zu ziehen und Samgin in die Hände zu drücken. »Nahrung«, erklärte er, seinen Mantel aufhängend. »Mir hat diese – deine dicke Närrin gesagt, du hättest kein Krümchen zu essen.«

»Was geht in der Stadt vor sich?« fragte Samgin ungehalten.

»Die Revolution geht vor sich!« antwortete Iwan, sich mit dem Taschentuch den Schweiß von der Stirn wischend, und stieß sich mit dem Finger gegen die linke Wange.

»Das Pawlowskij-Regiment und – wie es heißt – auch andere Regimenter der Garnison haben sich auf die Seite des Volkes, das heißt der Duma gestellt. Das Volk jedoch – handelt: Polizeireviere sind demoliert, sie stehen in Flammen, das Kreisgericht, das Stadtgefängnis ebenfalls, Minister, Generale werden verhaftet ...«

Samgin stand mitten im Zimmer, hörte zu und glaubte es nicht, während Dronow sich mit der Hand die Wange streichelte und, ohne sich zu beeilen, sagte: »Ein Tohuwabohu und Durcheinander. Zu mir drangen sie mit Gewehren in die Wohnung ein und fragten: ›Sind Sie General Golombijewskij?‹ – so einen gibt es sicherlich überhaupt nicht.«

»Polizei? Gendarmen?« fragte Samgin, der sich am Kinnbärtchen zupfte und begriff, daß der Krach mit Jelena gelöscht war.

»Welche Polizei, zum Teufel? Die Polizei hat sich versteckt. Es heißt, sie säße auf Dachböden und habe vor, mit Maschinengewehren zu schießen ... Bist du ... krank?«

»Der Kopf ...«

»Na, der Kopf, der ... dreht sich allen. Mir, Bruderherz, auch ... Ich möchte bei dir übernachten, denn sonst, weißt du ...«

Dann schlug sich Dronow mit der Hand aufs Knie und sagte betrübt: »Um es ohne Fisimatenten zu sagen – ich habe einen Schreck bekommen. Fünf Mann hoch – zwei Studenten, ein Soldat, noch irgendwer, eine Weibsperson mit Revolver ... Ich sagte irgend etwas, machte einen Scherz, und da haute sie mir – bums – eins in die Fratze!«

Samgin setzte sich, denn er fühlte, daß nicht das vor sich ging, was er erwartet hatte. Mit Dronows Erscheinen war es im Zimmer kälter und vor den Fenstern dunkler geworden.

»Verhaftung der Minister – das ist verständlich. Aber – warum Generale, wenn die Truppen ... Was heißt – auf seiten des Volkes? Die Truppen haben die Macht der Duma anerkannt – nicht wahr?«

Dronow neigte den Kopf zur Schulter und blickte ihn mit einem Auge an, das andere war durch die Geschwulst fast verdeckt.

»Morgen werden wir alles erfahren«, sagte er. »Paß auf – die Kerze brennt ab, gib eine andere her ...«

Er öffnete die Päckchen, breitete Brot, Wurst, geräucherten Fisch auf dem Tisch aus, ließ Samgin einen Korkenzieher holen, entkorkte eine Flasche und redete dabei ununterbrochen: »Im allgemeinen herrscht eine gutmütige Stimmung, die Leute sind zwar hungrig, atmen aber erleichtert, lachen gern, mißmutige Gesichter sind nicht zu sehen, die tatfreudigen überwiegen. Überhaupt, der Anfang ... war schroff. Die Redner versichern überall, daß ›das Vaterland in Gefahr sei‹, daß ›Einigkeit stark mache‹ – und rufen sogar ›nieder mit dem

Zaren!‹ Soldaten, Verwundete treten auf, reden gegen den Krieg, und zwar sehr zündend. Sehr.«

Samgin wollte eine Kerze in den Leuchter stecken, aber das gelang ihm nicht, der Leuchter war stark erwärmt, die Kerze schmolz und fiel um. Dronow kam ihm zu Hilfe, sich einander behindernd, befestigten sie lange und ohne ein Wort zu verlieren, die Kerze, dann sagte Dronow: »Na, essen wir Abendbrot. Ich habe seit dem Morgen nichts gegessen.«

Und wieder schweigend tranken sie Kognak, aßen etwas Schinken, Sardinen und Schnäpel. Samgin trank einen Schluck Wein und sagte: »Ein bekannter Wein.«

»Aus den Weinkellern des Zaren«, murmelte Dronow. »Deine Dame hat mich mit der Frau bekannt gemacht, die mit dieser angenehmen Ware handelt.«

»Hast du für sie Gold gekauft?«

»Weshalb sollte ich einkaufen? Ich habe einen Antiquar geschickt.«

»Er hat sie – betrogen«, teilte Samgin mit. Dronow wunderte das nicht: »Na, wie sollte es auch anders sein? Alle Antiquare sind Gauner . . .«

Dronow hörte auf zu essen, schob den Teller von sich und trank ein großes Schnapsglas Kognak.

»Na, nun – haben wir doch noch die Revolution erlebt«, sagte er unangenehm laut – so laut, daß er sich sogar umblickte, als glaubte er nicht, daß das von ihm gesagt worden war. »Ich brauche die Revolution nicht, aber selbstverständlich werde ich auch gegen sie keinen Finger rühren. Es ist jedoch so gekommen, daß – vielleicht – die erste Ohrfeige der Revolution in meine Fratze geraten ist. Ein Geschenk nicht von der Art, auf die man stolz ist. Weißt du, Klim Iwanowitsch, als sie gegangen waren, diese . . . Generalshäscher, als sie gegangen waren, wurde mir sehr . . . traurig zumute. Ein verrücktes Leben. Du wohntest im ersten Stock, ich – im Kellergeschoß, in der Küche. Ihr vornehmen Kinder verhieltet euch gemein zu mir. Als wäre ich ein Neger, ein Jude, ein Chinese . . .«

Klim Samgins Gedächtnis raunte ihm Tagilskijs Worte vom Intellektuellen in dritter Generation zu, dann führte es ihm die Bilder des Pariser Lebens vor Augen, wie er es vom dritten Stock herab beobachtet hatte. Er lächelte, und um das Lächeln vor Dronows Blick zu verbergen, neigte er den Kopf, nahm die Brille ab und begann ihre Gläser zu putzen.

»Nur ein Mensch im Lauf von fast einem halben Hundert Lebensjahre – nur Tossja allein . . .«

Ich könnte ihm von Marina erzählen, dachte Samgin, der Dronow nicht zuhörte. Es wäre doch möglich, daß Marina sich auch als Bolschewikin entpuppt hätte. Wie viele Menschen gibt es, die nicht ins Leben hineingewachsen sind, in ihm keinen fest bestimmten Platz einnehmen.

Iwan Dronow klagte unterdessen, und es war bereits deutlich, daß er betrunken wurde.

»Mein Freund Dunajew, ein Metteur, redete mir zu: ›Hören Sie auf herumzutrödeln, lesen Sie, lernen Sie, widmen Sie sich der Sache der Arbeiterklasse, unserer bolschewistischen Sache.‹«

»Hast du dich nicht verführen lassen?« fragte Samgin, nur um irgend etwas zu sagen.

»Ich habe mich nicht verführen lassen, nein! Aber du – hast dich gedrückt . . . Warum?«

»Warte«, bat Samgin, stand auf und trat ans Fenster. Es war schon gegen Mitternacht, und gewöhnlich trat zu dieser Zeit auf der Straße, die sogar tags still war, tiefste provinzielle Stille ein. Aber in dieser Nacht ließen die Doppelfenster fast ununterbrochen gedämpfte, weiche Geräusche des Straßenverkehrs ins Zimmer, Menschengruppen gingen vorbei, ein Auto hupte, ein Löschzug der Feuerwehr fuhr vorüber. Anlaß dafür, daß Samgin ans Fenster trat, war ein ungewöhnlich schweres Getöse, von dem die Fensterscheiben leise dröhnten und sogar das Geschirr im Büfett klirrte.

Samgin sah, daß in der Dunkelheit zwei Ungeheuer von kubischer Form sich langsam über das Straßenpflaster bewegten, sie waren von einem lockeren Ring bewaffneter Menschen umgeben, Bajonette schwankten, durchstachen die Finsternis, schlitzten sie auf.

Panzer – begriff er sofort. »Es kommen Panzer gefahren«, sagte er laut, von einer sonderbaren Freude erwärmt.

»Du meinst – sie werden schießen« murmelte Dronow schläfrig. »Sie werden es nicht, sie haben es satt . . .«

Die Panzer waren vorbeigefahren. Dronow rekelte sich im Sessel und murmelte: »Nichts wird passieren. Sie haben Iwan Dronow eins in die Schnauze gegeben, und – Schluß!«

Samgin blickte ihn an und dachte: Er wird sich zuschanden trinken.

Dann ging er ins Schlafzimmer, holte ein Kissen, warf es aufs Sofa und sagte: »Leg dich hin.«

»Das geht. Das kann ich.«

Dronow erhob sich, machte einen Schritt auf das Sofa zu, und die Arme ausgestreckt wie ein Blinder, warf er sich darauf, als spränge er ins Wasser, legte sich hin und murmelte:

»Eine tiefe Grube ist gegraben mit dem Spaten ...
Das Leben ... ist sinnlos, das Leben ... ist einsam ...

Samgin, von wem sind diese Verse?«

»Von Nikitin.«

»Zum Teufel. Du – weißt alles. Alles.«

Er schlief ein. Klim Iwanowitsch Samgin fühlte sich auch benommen von der Sättigung und dem Wein, von den Ereignissen. Er zündete sich eine Zigarette an, stand eine Weile am Fenster und blickte hinunter in die Dunkelheit, dort schwammen, rasch und lautlos wie Fische, grob umrissene Menschengestalten umher, die man nur deshalb sehen konnte, weil sie dunkler waren als die Dunkelheit.

Also – Revolution. Die zweite in meinem Leben.

Er beschloß, am kommenden Tag gleich morgens hinauszugehen, um sich die Revolution anzusehen und seinen Platz in ihr zu bestimmen.

Am Morgen kochten sie sich Kaffee, vertilgten die restlichen Nahrungsmittel und verließen das Haus. Es war kalt, ein heftiger Wind wehte und streute feinen, trockenen Schnee, er stob ungestüm ein, zwei Minuten lang hin und her und erstarb, als sähe er ein, daß er sich mit seinem Schneestreuen bereits verspätet habe.

Samgin schritt vor Dronow her, blickte aufmerksam um sich und bemühte sich, irgend etwas Ungewöhnliches, aber gleichsam schon Bekanntes zu erhaschen. Dronow raunte ihm zu: »Merkst du, wie verarmt die Stadt ist?«

»Ja«, stimmte Samgin bei und erinnerte sich: Ebenso war es in Moskau im Herbst des Jahres fünf gewesen, verschwunden waren die Beamten, die Droschkenkutscher, die Gymnasiasten, die Polizisten, verschwunden die soliden, wohlanständig gekleideten Leute, die Straßen waren mit grauem Volk verstopft, aber dort war es schwer zu begreifen gewesen, wohin es durch die krummen Straßen ging, während hier ganz deutlich zu erkennen war, daß die meisten in einer Richtung gingen, daß sie eilig und sicher gingen. Es eilten Arbeiter mit dunklen Gesichtern, unbewaffnete Soldaten, irgendwelche zerzausten Frauen – Leute, die besser gekleidet waren, gingen nicht so schnell, mitunter kamen kleine Abteilungen von Soldaten mit Gewehren, aber ohne Offiziere vorbei, schwer bewegten sich Lastkraftwagen, die mit Soldaten und Arbeitern gefüllt waren. Es schimmerten rote Brustschleifen, Armbinden.

»He, he – Knjasew«, rief Dronow und lief einem Radfahrer nach, der einen langen Bart über die linke Schulter hängen hatte.

Samgin wartete einen Augenblick auf Dronow und ging dann weiter.

Ein Lastwagen fuhr vorbei, riesengroß, geschickt mit Wiener Stühlen beladen, die mit Stroh zusammengebunden waren, sie ragten fast bis zum ersten Stockwerk empor, der dicke Fuchs und der rotgesichtige Lastfuhrmann waren im Vergleich zu der Größe des Wagens lächerlich klein, neben dem Fuhrmann schritt ein Student mit offenem Mantel und der Mütze im Nacken, er fuchtelte mit den Händen und schrie: »Denk doch mal: das Volk . . .«

»Wir denken uns unser Teil«, brummte der Fuhrmann im Baß wie ein Diakon. »Rede du mal mit meinem Herrn, er wird dir alle Rätsel lösen. Er wird dir auch über das Volk etwas vorlügen.«

Der Lastfuhrmann lachte glücklich auf, Klim Iwanowitsch ging langsam weiter, weil er hören wollte, was der Fuhrmann weiter sagen würde. Aber auf dem Gehsteig standen vor einem Waffenschaufenster ungefähr zehn Personen, aus dem Laden trat ein stämmiger Mann mit glattrasiertem Gesicht unter einer Biberfellmütze und in einem Mantel mit Pelzstulpen, schwang die Hand hoch, sagte laut: »Auf den Zahnarzt!« und schoß. An einem weißen emaillierten Schild im Durchgang zum Hof verschwand der Buchstabe »a«, der Schütze blickte mit selbstzufriedenem Lächeln das Publikum an, und irgend jemand lobte ihn: »Gut gezielt!«

Ein schnurrbärtiger Mann in einer dicken, mit Ölflecken bedeckten Joppe streckte die Hand aus und bat: »Gestatten Sie, einen Blick darauf zu werfen!«

Er warf einen Blick auf die Waffe, stellte fest: »Ein Colt!«, steckte sie in die Tasche der Joppe und ging davon.

»W-wohin?« brüllte der Schütze und wollte dem Dieb nachlaufen, aber vor ihm pflanzten sich zwei Männer auf, der eine mit dem Gesicht, der andere mit dem Rücken zu ihm.

»Haben Sie es gesehen?« fragte er zornig.

»Wozu brauchen Sie dieses Spielzeug?« antwortete ihm friedfertig der junge Bursche, während der, welcher mit dem Rücken zu ihm stand, rief: »Gordejew, komm zurück!«

Dann wandte er sich an den Schützen: »Gehen Sie mal Ihres Wegs, mein Herr, Sie haben hier nichts zu suchen. Und Sie – was ist mit Ihnen?« fragte er Samgin und maß ihn mit einem Blick seiner bläulichen Augen. »Der Laden ist geschlossen, gehen Sie.«

Samgin entfernte sich gehorsam und gerne, ihn holte sofort der Schütze ein und sagte: »Ich begreife nichts! Was sind das für Leute? Das weiß der Teufel!«

Als er auf die andere Seite der Straße hinüberging, blickte er sich um, am Laden war ein Lastkraftwagen vorgefahren, die Leute, die vor dem Schaufenster gestanden hatten, trugen Kisten aus dem Laden heraus.

»Beraubung am hellichten Tag«, murmelte der Schütze, Samgin hüllte sich in Schweigen, er brauchte keinen Gesprächspartner. Der Gesprächspartner begriff das, und als sie an der nächsten Straßenecke angelangt waren, sagte er spöttisch: »Sie scheinen auch ... irgend etwas ...«

Danach verschwand er um die Ecke.

Näher zum Taurischen Garten hin gingen die Menschen in nicht dichter, aber fast geschlossener Menge, auf dem Litejnyj Prospekt, irgendwo neben der Brücke, vielleicht aber auch hinter der Brücke auf der Wyborger Seite, knallten ein paar Gewehrschüsse, das Kreisgericht war ausgebrannt, von ihm standen nur noch die Mauern, aber in deren riesigem Kasten knisterte immer noch gierig das Feuer, nagte an den letzten Holzresten, ab und zu seufzte irgend etwas schwer im Feuer, und dann lösten sich Rudel kleiner Flämmchen von ihm los, sie flogen flatternd in die Luft gleich Schmetterlingen oder Blumen und verwandelten sich rasch in dunkelgraue Papierasche. Gegenüber der Brandstätte hatte sich ungefähr ein halbes Hundert Menschen auf dem Gehsteig angesammelt, fast lauter bejahrte, viele ganz alte Leute, sie weideten sich am Spiel der Flammen und unterhielten sich gleichmütig wie gewohnheitsmäßige Zuschauer, die durch nichts mehr in Erstaunen zu setzen sind.

»Das Feuer haben Spitzbuben gelegt.«

»Na, selbstverständlich.«

»Das Stadtgefängnis – das waren auch sie.«

»Wer denn sonst! Auch die Polizeireviere sind ihr Werk!«

»Die Politischen haben sicherlich auch Hand angelegt ...«

»Denen sind die Gendarmen ein Dorn im Auge.«

»Das Polizeidepartement ...«

»Es ist nicht in Brand gesteckt.«

»Sie werden es in Brand stecken.«

Samgin bog in die Sergijewskaja ein, ging langsamer. Hier, auf dieser Straße, hatten noch vor kurzem kontusionierte, verwundete Soldaten Rekruten ausgebildet, hatten geschrien: »Stillgestanden!«

Am Gitter des Taurischen Gartens entlang ging eine Menschengruppe, ungefähr zwanzig, im Mittelpunkt schritten, von drei Soldaten eskortiert, zwei: der eine barhäuptig, hochgewachsen, hochstirnig, kahlköpfig, mit breitem Bart von kupfernem Glanz, der Bart war zerzaust, das breite Gesicht mit Blut beschmiert, die Augen waren halb geschlossen, er ging mit gebeugtem Nacken, neben ihm hinkte, wankte ein ebenfalls sehr hochgewachsener Mann mit über die Brauen geschobener Mütze, in schwarzem halblangem Schafpelz und Filzstiefeln. Die Leute gingen schweigend, ernst, wie bei einer Beerdigung, während hinter ihnen, als eskortierte er alle, hüpfend, mit kurzen Schritten ein kleiner Mann ging, mit doppelläufigem Gewehr auf der Schulter, in einem schäbigen Übergangsmantel, der straff mit einem roten Leibriemen umgürtet war, unter finnischer Mütze verbarg sich ein kleines, scharfäugiges Gesichtchen, das in den Rahmen eines dunklen, nicht sehr dichten, aber adretten Bartes gezwängt war. Samgin fragte, wen man da verhaftet habe und weswegen.

»Der größere ist ein Gendarm, der andere ein Unbekannter. Und festgenommen wurden sie, weil sie auf das Volk schossen«, sagte laut, mit angenehmer Stimme der kleine Mann und fügte, seinen Gang dem von Samgin anpassend, klar hinzu: »Diese Manier, auf die eigenen zu schießen, wird jetzt sogar beim Heer abgeschafft.«

»Wohin führt man sie denn?«

»In die Reichsduma, zur Abrechnung. Wie Sie natürlich wissen, hat Seine Majestät, der Herrscher, der Duma die Macht verliehen, Ordnung herzustellen, und so strömt also nun zu ihr . . . alles Gute und Schlechte, wie ich es auffasse.«

Samgin warf einen Blick auf sein Gesicht – das knochige, scharfäugige, spitznasige Gesicht war angenehm durch lustige Runzeln gemildert.

»Sind Sie Jäger?« fragte Samgin. Der angenehme Mann hielt bereits mit ihm Schritt und stieß leicht mit dem Ellenbogen an ihn.

»Nein, ich übe ein Handwerk aus – ich bin Tapezierer und Dekorateur. Fjodor Prachow, eine nicht unbekannte Person. Die Jagd ist kein Handwerk, sie ist Zeitvertreib.«

Klim Iwanowitsch Samgin empfand keine Sympathie für die Menschen, aber ihm gefielen Leute mit gesundem Menschenverstand wie Mitrofanow, ihm schien, daß Menschen dieses Typs völlig dem Charakterbild des Großrussen entsprachen, wie es der Historiker Kljutschewskij entworfen hatte. Er hörte mit Vergnügen dem redseligen Begleiter zu, und der Begleiter sagte belehrend und leicht, wie etwas seit langem Durchdachtes: »Die Jagd ist eine tierische, vernichtende Tätigkeit. Der Fuchs vernichtet Birkhähne und allerhand Vögel, der Wolf – Lämmer, Kälber und fügt uns Schaden zu. Na, da muß der Mensch, auf sich selbst bedacht, die Wölfe ausrotten – so fasse ich es auf . . .«

Am Gittertor des Taurischen Palais trennte die Menge Samgin von seinem Begleiter, schob ihn mit dem Rücken am steinernen Pfeiler des Tors vorbei, preßte ihn hinter das Gitter und drängte ihn in eine Ecke, wo mehr Platz war. Samgin atmete auf, prüfte die Vollzähligkeit seiner Mantelknöpfe, blickte um sich und stellte fest, daß die Menge auf dem Schloßhof nicht so dicht war wie auf der Straße, sie drückte sich an die Wände und ließ vor der Freitreppe des Palais Platz frei, aber es kamen dennoch keine Menschen von der Straße in den Schloßhof herein, als hielte sie irgendein Hindernis davon ab.

Und wie leer und still war es noch gestern in den Straßen.

Ihn umgaben Leute, die zum größten Teil wohlanständig gekleidet waren, hinter ihm stand auf einem steinernen Vorsprung des Gitters eine rundliche blauäugige Dame mit weißem Mützchen, unter dem Lammfell des Mützchens hingen schwarze Locken auf ihre rosige Stirn herab, neben Klim Iwanowitsch stand ein hochgewachsener alter Mann mit schwarzen Brauen, er trug eine graue, mit grüner Kordel besetzte Joppe, einen sonderbar kuchenförmigen Hut und hatte einen krausen, angegrauten Bart. Ein großer Mann mit einer Sealskinmütze, rundem Gesicht, roten Wangen und einem lustigen goldblonden Schnurrbärtchen drängte sich durch und sagte mit zischenden Worten zu der Dame: »Ganz richtig: Schidlowskij, Schingarjow, Schulgin, natürlich Miljukow, Lwow, Polowzew und dein Onkel. Das eben ist das Büro des ›Progressiven Blocks‹. Sie haben beschlossen, gegen die Regierung zu kämpfen und alle Maßnahmen zu ergreifen, damit die Armee sich ruhig schlagen kann.«

»Sich ruhig schlagen – kann man nicht!« bemerkte jemand.

»Pardon! Es wurde gesagt: Damit die Armee ruhig an der Front ihre Pflicht erfüllt und die Arbeiter sie ruhig mit Munition beliefern können.«

»Und womit soll man sie ernähren?« fragte ein kleiner, gelbgesichtiger Nachbar Samgins.

»Die Duma verantwortet den Kampf.«

»Und womit soll man die Soldaten ernähren?« fragte lauter, eindringlicher der Gelbgesichtige; der Mann mit dem Kordelbesatz beugte sich vor und flüsterte irgend etwas.

»Mir ist es einerlei, wer, jetzt wird darauf keine Rücksicht genommen«, erklärte der Gelbgesichtige, nahm die Mütze ab und schwang sie über seinem kahlen Kopf.

Dem Mann mit dem lustigen Schnurrbart hörten viele zu, er sagte: »Miljukow . . . hat sehr klug . . .«

»Miljukow ist kein Soldat, sondern Sanitäter, außerdem . . .«

»Es ist notwendig, daß das Land schweigt, reden werden statt seiner wir, die Duma. Soeben hat eine Beratung der Senioren unter dem Vorsitz von Rodsjanko begonnen . . .«

Das rotwangige Gesicht des Mannes mit dem Schnurrbart erbleichte, er wandte sich an den Kahlköpfigen: »Hören Sie – was wünschen Sie, zum Teufel?«

»Gehen wir, gehen wir«, sagte eilig die Dame, die auf die Erde herabgesprungen war, sie war kräftig gegen Samgin gestoßen und zerrte, ohne sich entschuldigt zu haben, den Schnurrbärtigen, ihn am Ärmel ziehend, zum Eingang des Palais weg.

»Wer war das?« fragte Samgin den kordelbesetzten Alten, der Alte antwortete nachdrücklich: »Herrschaften. Seine Erlauch . . .«, der Alte sprach das Wort nicht voll aus, es endete mit einem leisen, verwunderten Pfiff durch die Zähne. Heiser nach Bärenart brüllend, rollte ein Lastkraftwagen in den Hof, als Fahrer saß darin ein Soldat mit verbundenem Hals, seine Mütze war über das rechte Ohr geschoben, neben ihm saß ein Student, auf dem Auto standen zwei Arbeiter mit Gewehren in den Händen, ein Zivilist, dessen Hut über das eine Auge geschoben war, ein dicker, graubärtiger General und noch ein Student. Auf der Straße wurde es lauter, man rief sogar hurra, innerhalb der Umzäunung jedoch wurde es stiller.

»Was bedeutet denn das?« fragte der graue Alte leise Samgin.

»Sie sind verhaftet worden«, antwortete Klim Iwanowitsch unsicher und fügte, während er zusah, wie die Arbeiter den Zivilisten vom Auto herunterholten, hinzu: »Der Zivilist scheint der Justizminister zu sein . . .«

»Wer . . . ordnet denn das an?«

»Die Duma«, sagte laut der Gelbgesichtige. »Man wollte sie schließen, aber sie besteht noch . . .«

Samgin beobachtete. Der Minister erwies sich als leicht, als wäre er hohl, er ergriff rasch die entgegengestreckte Hand des Studenten und sprang selbst vom Auto herab, lief ebenso rasch die Stufen hinauf und verschwand hinter einer Säule, mit dem General mühte man sich lange ab, er war rund wie ein Faß, ächzte laut, ließ, auf dem Rand des Autos sitzend, behutsam das eine Bein mit dem roten Hosenstreifen herunter, zog es wieder hoch, ließ das andere herunter, und schließlich rief ihm der eine Arbeiter zu: »So springen Sie doch tapfer! Es geht ja nicht ins Meer . . .«

Neben Samgin trat Dronow und sagte, als stotterte er, sich räuspernd halblaut: »Eine Menschenmenge rückt an . . . ungefähr zwanzigtausend . . . vielleicht noch mehr, bei Gott! Ehrenwort. Arbeiter. Soldaten, mit Musik. Matrosen. Höchste Gefahr . . . zum Teufel . . . Hie und da wird geschossen – Tatsache! Von den Dächern herab . . .«

Es war deutlich – Dronow war erschrocken, sogar seine Schultern zitterten, er drehte den Kopf hin und her und musterte die Leute, als suchte er unter ihnen einen Bekannten, und murmelte: »Und dieser ... Markow-Woljai, der feurige Dummkopf, führt, wie es heißt, aus Oranienbaum ein Maschinengewehrregiment herbei. Hör mal – wer ist hier der Starke?«

»Das kann ich auch nicht begreifen«, mischte sich der mit grünen Kordeln besetzte Alte ein.

»Wir müssen ins Palais hineingehen«, sagte Samgin.

Dronow stimmte sofort zu.

»Richtig! Dort können wir gesetzten Falls ...«

Er ging vor Samgin her und bahnte sich rücksichtslos einen Weg, aber auf der Freitreppe hielt sie ein Offizier an, erklärte, er sei der Kommandeur der Dumawache, und ließ sie nicht ins Palais hinein. Sie blieben jedoch dessenungeachtet am Eingang des Vestibüls, hinter den Säulen, stehen, von hier, von der Höhe, konnte man sehr bequem die Revolution beobachten. Neben ihnen stand plötzlich der hochgewachsene Alte.

»Wenn eine Wache da ist, gibt es also eine Regierung«, sagte er in beschwichtigendem Ton. Dronow sah ihn von der Seite an und fragte: »Sind Sie ein herrschaftlicher Diener?«

»Jawohl, ich stand siebenundzwanzig Jahre in Diensten von Seiner Durchlaucht Mecklenburg-Strelizkij und bei anderen Herrschaften.«

Er war sichtlich erfreut, daß man ihn beachtet hatte, beugte sich über Dronows Kopf und zählte auf: »Graf Kapnist oder zum Beispiel Michail Wladimirowitsch Rodsjanko ...«

Plötzlich stimmte irgendwo in der Nähe ein Blasorchester wuchtig die Marseillaise an, alle Menschen auf dem Schloßhof und auf der Straße gerieten in Bewegung, als wäre der Boden unter ihnen erbebt, und irgend jemand rief hysterisch, voll Freude oder Verzweiflung: »Es kommen Soldaten!«

Samgin verspürte so etwas Ähnliches wie einen Stoß gegen die Brust, und ihm war, als hätten sich die Steinplatten unter seinen Füßen bewegt, das war so unangenehm, daß er sich dieses beschämende, kleinmütige Gefühl physisch zu erklären versuchte und zu Dronow sagte: »Sei vorsichtiger, stoß nicht.«

»Ich bin es nicht, der stößt«, murmelte Dronow, sein verkatertes Gesicht zog sich in die Länge, der Mund öffnete sich halb, und das Kinn zitterte. Samgin stellte das fest und dachte: Wahrscheinlich hält er auch eine Wiederholung des 9. Januar nicht für ausgeschlossen.

Die Menschen auf der Straße verteilten sich schnell, die Mehrzahl ging unter nicht sehr überzeugtem Hurrarufen der Musik entgegen, die Minderheit setzte sich rasch nach rechts, vom Palais weg in Bewegung, während die Leute auf dem Schloßhof sich eng an die Wände des Gebäudes drückten und vor dem Palais eine Fläche frei machten, die mit zu grauem Staub zerstampftem Schnee bedeckt war.

Finster dreinschauend dachte Klim Iwanowitsch Samgin, daß diese kleine Fläche gleichsam absichtlich frei gemacht worden sei, damit er sehe, wie sie eilig, schweigend, zu zweit, zu dritt, besorgt von Leuten überquert wurde, in denen man untrüglich Arbeiter erkennen konnte. Auf der obersten Stufe hielt sie ein Offizier an, Soldaten versperrten ihnen mit gekreuzten Bajonetten den Weg, aber sie sagten, sie seien Abgeordnete aus den Fabriken, und er gab ihnen unter fröstelndem Achselzucken den Weg frei. Immer lauter erklang die eherne Melodie der Hymne Frankreichs, in der Luft wogte verdrossenes Stimmengewirr, und darauf legten sich ironisch unnötig die Worte des Dieners: »Wirkliche Herrschaften sind am Geruch zu erkennen, sie haben einen warmen Geruch, Hunde spüren das ... Die Herrschaften – befaßten sich seit ihren Vorfahren jahrhundertelang mit den Wissenschaften, um die Ursachen zu begreifen, und sind zum Verständnis gelangt, und nun hat der Herrscher ihnen die Duma gegeben, doch es hat sich unwürdiges Volk hineingedrängt.«

Der krause Bart des Dieners war einmal ebenso schwarz gewesen wie seine dichten Brauen, jetzt war er durch graue Haare entfärbt, als wäre er mit grobem Salz bestreut; seine Stimme klang laut, aber eintönig, blechern, und die ganze mattgraue Gestalt des Dieners sah aus, als wäre sie aus Zinn gegossen.

Dem Diener hörten stumm etwa sechs Personen zu, eine von ihnen, in einem pelzgefütterten Mantel mit hochgeschlagenem Kragen, einer Biberfellmütze und rotem, prallem Nacken, strich sich mit der behandschuhten Hand über den Schnurrbart und sagte seufzend: »Ach, Alterchen, du bist zu spät auf die Welt gekommen ...«

»Darum bin ich ja betrübt ... Studenten verhaften einen General – ist denn so etwas möglich?«

Samgin hörte den Reden des Dieners zu und dachte: Das gleicht der Stimme gesunden Menschenverstands.

Vor dem Gitter erschien eine ungewöhnlich dichte Menschenmenge, in der Mitte der ersten Reihe schritt mit einer roten Fahne in den Händen ein hochgewachsener, breitschultriger Mann mit schwarzem Schnurrbart, in halblangem Schafpelz, barhäuptig, der rechte Ärmel war an der Schulter eingerissen. Das war offenbar ein sehr starker Mann: Die Fahnenstange war dick, zwei Manneshöhen lang, das Fahnentuch war aus Samt, aber der Mann hielt sie leicht vor sich hin, wie eine Kerze. An seinen beiden Seiten ging je ein Soldat mit Gewehr, hinter ihm noch zwei, die ersten Menschenreihen waren fast durchweg bewaffnet, sogar Arkadij Spiwak, der kleine Flügelmann im ersten Glied, trug irgendein Gewehr ohne Bajonett auf der Schulter. Diese Menge füllte im Nu die Straße, strömte auf den Schloßhof, und der Mann mit der Fahne postierte sich vor den Eingangsstufen. Irgend jemand rief: »Senk doch nicht die Fahne, he, senk sie nicht!«

Durch die Menge zwängten sich wie durch ein Sieb Soldaten, sie schleppten Maschinengewehre auf den Schultern, irgendwelche Blechkästen, Kisten und riefen: »Platz machen!«

Niemand befehligte sie, und ohne den Offizier, den Kommandanten der Wache, zu beachten, ja sogar gleichsam ohne ihn zu sehen, gingen sie in die Tür des Palais hinein.

Mit nahendem Alter hatte Klim Iwanowitsch Samgin seine Kurzsichtigkeit verloren, seine Sehkraft war fast normal geworden, er trug die Brille bereits nicht so sehr aus Notwendigkeit als aus Gewohnheit; als er von oben das Antlitz der Menge genau betrachtete, sah er deutlich genug über der dunkelgrauen Masse unter zerknitterten Schirmmützen und Kappen die knochigen, schmierigen, rußigen, struppigen Gesichter und suchte aus ihnen ein Gesicht zu modellieren. Das gelang ihm nicht und fesselte ihn, da es ihn ärgerte, immer mehr. Unangebrachterweise fielen ihm die verzerrte, zerschlagene Welt von Hieronymus Bosch, die Masken Leonardo da Vincis, die schreckenerregenden Fratzen der Weisen um das Jesuskind auf dem Bild von Dürer ein.

Nein, das alles ist nicht so, nicht das Richtige. Alle Gesichter zu einem zusammenpressen, alle Köpfe zu einem, auf einem Hals . . .

Ihm fiel ein, daß irgendeiner der römischen Herrscher das gewollt hatte, um dann den Kopf abzuhacken.

Menschenhaß, gesteigert bis zum Wahnsinn. Nein – von welcher Art muß der Führer, der Napoleon dieser Leute sein? Dieser Leute, die das Lebensglück nur im Sattsein erblicken?

»Rodsjanko-o!« brüllten Hunderte von Kehlen. »Her mit Rodsjanko-o!«

Klim Iwanowitsch hatte sich von dem Prozeß der Erschaffung einer Führergestalt so hinreißen lassen, daß er nur mechanisch merkte, was rings um ihn vorging: Nun stürzte aus der Tür des Palais der irgend jemandem ähnelnde Advokat Kerenskij den Soldaten entgegen und rief: »Bürger Soldaten! Ich beglückwünsche euch zu der hohen Ehre – die Reichsduma zu bewachen. Ich erkläre euch zur ersten revolutionären Wache . . .«

In der Menge wurde hurra gerufen, und ein junger Soldat, der mit Blechkästen beladen war, rief Kerenskij zu: »Geh mir mal aus dem We-eg!«

»Wozu schleppen sie denn Maschinengewehre hinein? Wollen sie etwa aus den Fenstern schießen?« fragte bestürzt der Diener.

»Sie werden nicht schießen, Alterchen, sie werden nicht«, sagte der Mann mit Handschuhen und riß von dem, den er von der rechten Hand abgenommen hatte, den Daumen ab.

»Rassjanko-o!« schrie Fjodor Prachow, er stand an der untersten Stufe der Treppe, man stieß ihn voran, er kehrte den Nachdrängenden die Seite, den Rücken zu, brachte es fertig, am Fleck stehenzubleiben, und rief, jemandem zuzwinkernd: »Rassjanko-o!«

Aus der Tür des Palais trat ein riesengroßer, dicker Mann und rief wütend mit schallender, ohrenbetäubender Stimme: »Bürger!«

Er war so groß, daß es Samgin vorkam, dieser Mann wäre, aus der Nähe betrachtet, nicht mit einem Blick zu erfassen, wie ein Glokkenturm. Auf dem Schloßhof vor dem Palais und sogar außerhalb des Gitters, auf der Straße, wurde es immer stiller, während Rodsjanko sich immer mehr aufblähte, sein dickes Gesicht vom Blutandrang anschwoll und seine unerschöpfliche fette Stimme brüllte: »Ein Chaos . . .«

Die zwei Laute »a« und »o« verschmolzen zu einem einzigen unmenschlichen Schrei, zu einem »Posaunenstoß«.

Samgin kam es vor, daß der Tapezierer Prachow sogar zusammenknickte, die Leute, die fast dicht bei dem Redner, aber eine Stufe tiefer standen als er, wankten, der behandschuhte Mann klappte den Mantelkragen hoch, verbarg den Kopf, und seine Schultern bebten, als lachte er.

»Der Feind steht vor den Toren von Petrograd«, brüllte Rodsjanko. »Wir müssen Rußland retten, unser teures, geliebtes, heiliges Rußland. Ruhe. Geduld . . . ›Wer aber beharret bis an das Ende, der wird selig.‹ Wir müssen arbeiten . . . kämpfen. Höret nicht auf die Leute, die da sagen . . . Das große russische Volk . . .«

Klim Iwanowitsch Samgin sah Rodsjanko zum erstenmal, ihm gefiel der große, donnerstimmige, vortrefflich herausgefütterte Nachkomme der Saporosher Kosakenaristokratie. Wahrscheinlich, weil er lange sprach, ging dem russischen Volk die Geduld aus, ihm zuzuhören, ein tausendstimmiges Hurra übertönte seine schallende Rede, der Redner kehrte dem großen Volk den Rücken und den roten Nacken.

»Ihn, Rodsjanko, muß man nackt sehen, wenn er badet«, sagte befriedigt und, wie es schien, sogar mit Stolz der Diener. »Oder, zum Beispiel, wenn er speist – dann ist er sein eigener Zar und Gott.«

Die unvermeidliche Mischung von Dummheit und Banalität, stellte Samgin ruhig und sogar mit einem Gefühl der Befriedigung fest.

Der Mann mit den Handschuhen zerriß den rechten, nahm mit einer schroffen Bewegung das Taschentuch heraus, wischte damit sein nasses Gesicht ab und tappte, zu den Türen des Palais vordringend, wie ein Blinder auf die Menschen zu. Er stieß Samgin mit der Schulter, entschuldigte sich aber nicht, sein Gesicht war knochig, in dunklem Bart, er biß sich fest auf die Unterlippe, während die obere hochgezogen war und ungleichmäßige, große Zähne entblößte.

Unter wildem Röhren, Dröhnen und Knattern fuhren mitten ins Menschengewühl Lastkraftwagen hinein, die Generale und Zivilisten mitbrachten, sie wurden behutsam vor der Treppe ausgeladen, und jede dieser Ladungen schien die Stimmung der Menge herabzusetzen, der Lärm wurde schwächer, die Gesichter der Menschen nachdenklicher oder zorniger, spöttischer, düsterer. Samgin fing die halblauten Worte auf: »Was werden sie denn mit ihnen tun?«

»Uns wird man nicht fragen.«

»Sie werden sie bis zu leichteren Zeiten in Gewahrsam nehmen . . .«

»Natürlich. Nachher wird man sie freilassen . . .«

»Dann wird man sie für die Unruhe . . . entschädigen!«

»In Klöster sollte man sie sperren, bei trocken Brot.«

»Was du dir nicht ausdenkst!«

»Deportieren sollte man sie irgendwohin . . .«

»Oder – an den Ladogasee bringen und ertränken«, sagte unter deutlicher Aussprache des »o« ein Mann mit schäbiger finnischer Mütze, in abgenutzter schwarzer Lederjoppe, die Mütze war über die Brauen geschoben, unter ihr blähten sich bläuliche Wangen, die mit grauen Stoppeln bedeckt waren; seine Atemnot überwindend, wiederholte der Mann: »Die Klöster . . . Bei uns – machten sich vorgestern die Weiber auf den Weg zum Alexander-Newskij-Kloster, um Brot für die Kinder zu bitten, die Kinderchen krepieren geradezu vor Hunger, man kann es nicht länger ertragen, sie anzusehen. Na, sie gingen also hin. Dort nahm irgendein Mönch, der Vorsteher, sogar Anstoß daran, der Hundsfott: ›Wir haben hier‹, sagte er, ›keinen Laden, wir handeln nicht mit Brot.‹ – ›Na, dann gebt es uns unentgeltlich, um Himmels willen. Wenn auch nur einen Sack Roggenmehl . . .‹ – ›Was denkt ihr denn, ihr Frauen‹, sagte er, ›wir leben selbst von weltlichen Almosen‹, sagte er. So ein Gesindel! Dabei haben sie ganze Lager voll. Versteht ihr? Lager. Zucker, Mehl, Buchweizen, Kartoffeln, Sonnenblumenöl und Hanföl, gedörrte Fische – fuhrenweise! Sie dienen Gott, wie?«

Ihn unterstützten griesgrämige Stimmen: »Ja-a, alle dienen Gott, aber dem Menschen – keiner!«

»Na, dem Menschen, dem dienen wir, wir arbeiten ...«

»Putilow ist immerhin ein Mensch.«

»Parwiainen ...«

»Es gibt ihrer viele ...«

»Dem Volk – dient keiner, das ist es!« sagte laut eine hochgewachsene, magere Frau in einem Männermantel. »Keiner, außer der Partei der Sozialrevolutionäre.«

»Und die Bolschewiki?«

»Die sind selbst Arbeiter, die Bolschewiki.«

»Gibt es viele?«

»Das sind Bengel, Kleinzeug ...«

»Das Kleinkörnige pflegt stark zu sein: der Pfeffer, das Pulver ...«

»Seht – es werden noch mehr Verhaftete gebracht.«

Als die Verhafteten, ein General und zwei Zivilisten, die Stufen des Eingangs hinaufgegangen waren und die Menschen wie eine Woge hinter ihnen her ins Palais fluteten – überließ sich der frierende Samgin der Macht der Menge, wurde sofort in die Türen des Palais hineingepreßt, zur Seite gedrängt und stieß mit dem Knie gegen den Rücken eines Soldaten – der Soldat saß am Boden, hielt ein Maschinengewehr zwischen den Beinen und stocherte mit irgendeinem Werkzeug daran herum.

»Entschuldigen Sie«, sagte Samgin.

»Macht nichts, macht nichts – mach nur weiter!« entgegnete der Soldat, ohne sich umzusehen. »Ein bissel eng ist's, mein Lieber«, murmelte er, mit dem Stahl am Eisen herumkratzend. »Macht nichts, das sind die letzten Tage, an denen es uns so eng ist ...«

Auf dem Boden rings um den Soldaten türmten sich Maschinengewehre, Patronengurte, Patronengurtkästen, Tornister, Gewehre, Bündel von Ausrüstungsgegenständen, Säcke, die mit irgend etwas gefüllt waren, das Pflastersteinen oder Wassermelonen glich. Mitten in diesem Chaos von Gegenständen und auf ihm schliefen zusammengekrümmt Soldaten, ungefähr zehn Mann.

»Wikentjew!« murmelte der Soldat, der nicht aufhörte, an dem Maschinengewehr herumzustochern, und stieß mit dem Fuß an die Schulter eines Schlafenden. »Wach auf, du Teufel! He, wo ist der Schraubenschlüssel?«

Auf ihn trat ein Arbeiter in rotbrauner Weste über schwarzer Tuchbluse zu, eckig, mit tief eingefallenen Augen im rußigen Gesicht, er bekam einen Hustenanfall, schaute sich um, wohin er ausspucken könnte, schluckte den Auswurf, da er keinen geeigneten Platz fand, hinunter und sagte heiser, gedämpft: »Sawjol, gib mir einen Laib Brot, mein Lieber! Für die Deputierten ...«

»Nein, ich habe nicht das Recht«, sagte der Soldat, ohne auch ihn anzublicken.

»Du wunderlicher Kauz, für die Deputierten der Fabriken, für die Arbeiter ...«

»Ich habe nicht ...«

In diesem Augenblick jedoch hatte der Restaurator des Maschinengewehrs irgend etwas entdeckt und freute sich: »Aha, der Abzug? So-so-so ...«

Er kniete sich hin, erhob sein rundes, lustiges, grauäugiges Gesicht, das mit spärlich über die Wangen verstreuten goldblonden Haaren verziert war, und – genehmigte: »Nimm dir eins.«

»Und – zwei?«

»Da – siehst du's?«

Er hob den langen Arm, an seinem Ende befand sich eine große, schwarze, ölige Faust. Der Arbeiter band einen Sack auf, nahm einen Brotlaib heraus, steckte ihn sich unter die Achsel und sagte: »Ich sollte ihn verbergen, man wird mich darum beneiden.«

»Und da verlangst du – zwei! Hier hast du eine Zeitung, wickle ihn ein ...«

Klim Iwanowitsch Samgin stellte sich in den ununterbrochenen Menschenstrom, der durch die Türen hereinflutete, und trieb rasch mit ihm zusammen ins Innere des Palais, in den dröhnenden Lärm Hunderter von Stimmen, er bewegte sich fort und fing die interessantesten Worte, mit den Augen die auffallendsten Gestalten und Gesichter auf. Er geriet in irgendeinen endlosen Korridor, der vermutlich das ganze Dumagebäude durchschnitt. Hier war man unbehinderter, und je weiter, desto mehr – zu beiden Seiten des Korridors schlugen ununterbrochen Türen, die gleichsam nacheinander Menschen aus der Menge herausbissen. Sonderbarerweise endete dieser Korridor mit einem elegant eingerichteten Restaurant, in ihm hatten sich ungefähr dreißig griesgrämige, verzagte, aufgebrachte Menschen versammelt und unter ihnen ein vergnügter – Stratonow, in irgendeinem sehr saloppen, zerknitterten Anzug und weichen Stiefeln.

»Oh, guten Tag!« sagte er zu Samgin und breitete die Arme aus, als wollte er ihn umarmen.

Samgin trat einen Schritt zurück, fing seine Hand und drückte sie, während er der lebhaften, halblauten Rede Stratonows zuhörte: »Und mich, mein Guter, haben sie auf einem Lastkraftwagen hergebracht, ja-ja! Verhaftet haben sie mich, zum Teufel! Ich sagte: ›Hören Sie mal, das ist . . . das ist eine Gesetzesverletzung, als Abgeordneter bin ich unantastbar.‹ Irgendein miserabler Student lachte: ›Aber nun‹, sagte er, ›tasten wir Sie an!‹ Nicht ohne Humor hat er das gesagt, wie? Mit ihm war ein Matrose gekommen, solch eine Schnauze, wissen Sie: ›Unantastbar bist du?‹ schrie er. ›Und unsere Abgeordneten, die sie ins Zuchthaus geschickt haben – sind antastbar?‹ Na, was willst du so einem antworten? Er ist doch ein Bauer, er begreift nichts . . .«

Auf sie zu trat ein würdiger, warm gekleideter, glatt frisierter und außerordentlich blitzsauber gewaschener, geradezu ausgebleichter Mann mit farblosem und gleichsam verwischtem Gesicht, die Flügel seiner kleinen Nase aufblähend, die graublauen Lippen träge bewegend, fragte er mit sanfter Stimme: »Wie sieht es in den Straßen aus? Die Truppen – kommen sie?«

»Nein, keinerlei Truppen!« rief ein kleiner Mann und schlug dabei mit dem Teelöffel gegen ein leeres Glas. »Die Truppen haben uns verraten. Daß Sie das nicht begreifen!«

»Ich glaube es nicht!« sagte Stratonow lächelnd. »Ich kann es nicht glauben.«

»Man wird Sie dazu zwingen . . .«, sagte der Würdige, mit seinen dicken Schultern zuckend.

»Soldaten machen nicht Revolution.«

»Es gibt keine Armee! Ich bin an der Front gewesen . . . Eine Armee gibt es nicht mehr!«

»Glauben Sie das?« fragte Stratonow. Samgin blickte sich um und sagte: »Es gibt kein Brot. Verschaffen Sie Brot – dann wird es eine Armee geben.«

Er kam sofort darauf, daß er nicht hätte so sprechen sollen, und fügte unbestimmt hinzu: »Und dann wird überhaupt alles . . . seinen natürlichen Verlauf nehmen.«

»Maschinengewehre brauchen wir, Maschinengewehre und nicht Brot!« sagte gedämpft, aber deutlich ein elegant gekleideter Mann.

Dann trat noch jemand ein und – tröstete sie: »Die Maschinengewehre – sind in Gang! In der Admiralität hat irgendein General den Widerstand organisiert. Polizei und Gendarmen schießen von den Dächern.«

Irgendwo hinter einer Ecke hervor erschien ein alter Herr, dem Samgin hin und wieder bei Jelena begegnet war, an dessen Namen er sich aber aus irgendeinem Grund nicht mehr genau erinnerte: Lossew, Brossow, Barsow? Der alte Herr lenkte die Aufmerksamkeit auf sich, indem er mit dem Knauf seines Stocks auf den Tisch klopfte, und sagte belehrend: »Meine Herrschaften! Erlauben Sie, daran zu erinnern, daß wir zur Zeit unsere persönlichen Sympathien und Ansichten nur in besonders vorsichtiger Form zum Ausdruck bringen dürfen ...« Er verstummte, klopfte mit der Gummizwinge seines Stocks gegen den Boden und nickte traurig mit seinem grauen Kopf. »... wenn wir nicht wollen, daß sich unser Persönliches in der Bewertung unseres Parteiprogramms durch unsere Feinde, in böswilliger Entstellung des edlen, russischen nationalen Ziels unserer Partei niederschlage. Ich rate natürlich nicht: ›Wer unter Wölfen ist, muß mit den Wölfen heulen‹, wie ein uraltes und politisch weises Sprichwort rät. Aber Sie wissen, daß den Ton ändern noch nicht bedeutet, den Sinn zu ändern, und daß Nachgeben in Worten nicht immer den Erfolgen einer Sache schadet.«

Samgin, der keinen weiteren Umgang mit Stratonow wünschte, verließ rasch das Büfett, er war unzufrieden mit sich selbst und hatte vor, nach Haus zu gehen und dort alles, was er gesehen und gehört hatte, zu überdenken.

Durch den Korridor ging mit offenem Mantel Dronow, er hatte die Mütze in die Tasche gesteckt und fuchtelte mit den Händen.

»Warte, wohin willst du?« hielt er Samgin an und begann sofort: »Ein provisorisches Dumakomitee hat die Macht übernommen, und es hat sich – wie im Jahre fünf – ein Sowjet der Arbeiterdeputierten gebildet. Was wird das denn: eine Doppelherrschaft?« fragte er und versuchte seine zuckenden Augen auf Samgins Gesicht zu heften.

Samgin antwortete eindringlich: »Wieso denn? Der Arbeitersowjet hat seine eigenen beruflichen Interessen ...«

ANHANG

ANMERKUNGEN

5 *An der Universität wurde geschossen* – Nach der Rückkehr der Demonstranten von der Beerdigung Baumanns wurde aus der Manege von Schwarzhundertern auf sie geschossen, so daß viele den Tod fanden.

32 *Schanjawskij-Universität* – Mit den Mitteln des Generals a. D. Alfons Leonowitsch Schanjawskij (1837–1905) war in Moskau eine »Volksuniversität« gegründet worden, an der liberale namhafte Wissenschaftler arbeiteten und an der auch junge Menschen aus dem Volk ohne Gymnasialabschluß studieren konnten. Sie war deshalb auch als populäre »freie Hochschule« bekannt.

34 *Haus der Russischen Versicherungsgesellschaft* – In diesem Haus – heute Kalininstraße, gegenüber der Lenin-Bibliothek – wohnte im Dezember 1905 Gorki, der aktiv am Moskauer Aufstand teilnahm.

Genosse Teufel – Parteipseudonym des Bolschewiken Walerian Iwanowitsch Bogomolow (1881–1935), Mitglied der militär-technischen Gruppe des ZK der Partei.

36 *»Verband vom 17. Oktober«* – Im Oktober 1905 sah sich der Zar auf Grund der anwachsenden revolutionären Bewegung gezwungen, das Oktobermanifest zu erlassen, das viele Versprechungen enthielt. Als Zugeständnisse wurden Rede- und Versammlungsfreiheit, Koalitionsfreiheit, Unantastbarkeit der Person, die Bildung eines »russischen Parlaments« und einer gesetzgebenden Reichsduma genannt. Das Bürgertum war durch dieses Manifest vollauf befriedigt, stellte sich auf die Seite der Regierung und bildete den »Verband vom 17. Oktober«, die reaktionäre Partei der Oktobristen. Führer waren der Großindustrielle Alexander Iwanowitsch Gutschkow (1862 bis 1936) und der Latifundienbesitzer Michail Wladimirowitsch Rodsjanko (1859–1923).

97 *Haben ... Ihre Pissarew-Anhänger keinen Puschkin-Pogrom veranstaltet?* – Der revolutionär-demokratische Literaturkritiker Dmitrij Iwanowitsch Pissarew (1840–1868) trat in den sechziger Jahren gegen die einseitige Verherrlichung Puschkins als Dichter der »reinen« Kunst auf und kam in seiner Polemik zu einer ungerechtfertigten Beurteilung des Dichters.

119 *Familie Lordugin* – Pjotr Danilowitsch Lordugin (2. Hälfte des 19. Jh.) war der Führer einer religiösen, den Geißlern (Chlysten) nahestehenden Sekte.

150 *Hedonist* – Anhänger des Hedonismus, einer altgriechischen Lebensauffassung, nach der Genuß und Vergnügen als Ziel und Motiv des menschlichen Handelns, als höchstes Gut gewertet wurden.

162 *Blavatsky* – Helene Petrowna Blavatsky (1831–1891) gilt als die Be-

gründerin der Theosophie, einer Mischung aus idealistischer Philosophie und Theologie. Sie schuf die theosophische Gesellschaft mit Zentren in New York, Indien und London.

Besant – Annie Besant (1847–1933) war eine englische Publizistin und übernahm nach dem Tod von Helene Petrowna Blavatsky die Leitung der theosophischen Gesellschaft.

180 *Gnostiker* – Anhänger des Gnostizismus, einer mystisch-religiösen Strömung im 1. und 2. Jahrhundert, die den religiösen Glauben und die kirchliche Autorität durch eine Erkenntnis Gottes und seiner Ziele ersetzen wollte. Der Gnostizismus wurde so zu einer spekulativen Religionslehre, die griechisch-orientalische und vorchristliche Elemente eklektisch miteinander verband.

195 *der Kalender von Brjus* – Jakow Wilimowitsch Brjus (1670–1735) war Staatsmann, Generalfeldmarschall und einer der engsten Mitkämpfer von Peter I. Er befaßte sich neben seiner militärischen und diplomatischen Tätigkeit auch mit wissenschaftlichen Arbeiten. Ihm wird die Zusammenstellung eines Kalenders zugeschrieben, der 1709 bis 1715 in Moskau gedruckt wurde und verschiedene astronomische Angaben, kirchliche Auskünfte und astrologische Vorhersagen enthielt. Vorhersagen »nach Brjus« wurden später in vielen vorrevolutionären Kalendern veröffentlicht, ohne jedoch mit denen des Brjusschen Kalenders irgend etwas gemein zu haben.

204/205 *Leutnant Schmidt* – Im Oktober 1905 fand in Sewastopol eine Demonstration für die Befreiung politischer Häftlinge statt, die von der Ochrana zerschlagen wurde. Bei der Beerdigung der Erschossenen hielt Leutnant Pjotr Petrowitsch Schmidt (1867–1906) eine leidenschaftliche Rede, die ihn ungewöhnlich populär unter den Arbeitern und Matrosen werden ließ, so daß diese ihn beim Aufstand der Schwarzmeerflotte im November 1905 zu ihrem Führer machten. Gemeinsam mit den Hauptorganisatoren des Aufstands wurde er durch ein Kriegsgericht zum Tode verurteilt und 1906 hingerichtet.

227 *Stolypin* – Pjotr Arkadjewitsch Stolypin (1862–1911) wurde im April 1906 Innenminister und Vorsitzender des Ministerrats in der Regierung von Nikolai II. Mit seinem Namen verbindet sich eine Zeit grausamsten Terrors, die »Stolypinsche Reaktion«. Stolypin wurde 1911 von dem Ochranaagenten und Sozialrevolutionär Bogrow ermordet.

237 *Die Sonderländer sind ein geschickter Schachzug* – Die 1906 erlassenen Stolypinschen Agrargesetze gaben im Unterschied zu den bisher gültigen Regeln der Dorfgemeinde jedem Bauern das Recht, den ihm von der Dorfgemeinde zur Nutzung zugewiesenen Boden käuflich zu erwerben, ihn zu bewirtschaften oder aber auch zu verkaufen. Mit dem Erwerb des Bodens schied der Bauer aus der Dorfgemeinde aus, das Stück Land, das in seinen Besitz überging, war das Sonderland. Viele der Ärmsten nutzten diese Möglichkeit, ihren Boden spottbillig zu verkaufen und in die Stadt zu fliehen. Nur wohlhabenden Bauern war es möglich, bei Aufkauf des Bodens der Verarmten und unter Ausnutzung von deren Ab-

hängigkeit gute eigene Sonderland-Wirtschaften zu errichten. Die Forderung der Bauern nach eigenem Boden schien somit durch die Stolypinsche Agrarreform erfüllt, in Wirklichkeit jedoch bedeutete sie Fortbestehen des Großgrundbesitzes, des Kulakentums als Stütze der Regierung auf dem Land und zunehmende Verelendung der Masse der Bauern.

246 *Ich habe in Berlin das Theater Stanislawskijs gesehen* – Gemeint ist das Moskauer Künstlertheater, das 1906 unter der Leitung von Stanislawskij mit den Stücken »Nachtasyl« von Gorki, »Onkel Wanja« von Tschechow u. a. m. in Berlin gastierte.

287 *Preobrashenzen* – Angehörige des Preobrashenskij-Regiments, eines der bekanntesten Garderegimenter. 1687 von Peter I. geschaffen, nach seinem Standort bei Moskau benannt, dienten in ihm im 18. Jahrhundert vorwiegend Adlige, die sich an der Palastrevolution 1762, durch die Katharina II. an die Macht kam, beteiligten. Auch 1917 verteidigten sie den Zarismus.

297 *Maximalisten* – Kleinbürgerliche, halbanarchistische Gruppierung, die sich 1904 innerhalb der Sozialrevolutionäre entwickelt und 1906 verselbständigt hatte. Sie forderten wie die Sozialrevolutionäre die »Sozialisierung des Bodens«, darüber hinaus jedoch auch die schnelle »Sozialisierung« von Fabriken und Werken. Sie lehnten jede Form des legalen Kampfes ab und hielten den individuellen Terror für das entscheidende Kampfmittel.

301 *Arzybaschew* – Der russische Schriftsteller Michail Petrowitsch Arzybaschew (1878–1927) verherrlichte in seinem Roman »Sanin« (1907) Zynismus und Verrat.

308 *Montanistin* – Anhängerin einer von Montanus (gest. 180) begründeten asketisch-christlichen Bewegung, die bald zur Sekte geworden war. Die Montanisten wandten sich gegen die Verweltlichung von Kirche und Priesterherrschaft und hofften auf die baldige Wiederkehr Jesu.

377 *Bosch* – Hieronymus Bosch (1450–1516), niederländischer Maler, der seine Beobachtungen der Natur und des Menschen in phantastischen, höchst suggestiven Formen mit einer Unzahl symbolischer Einzelheiten und mit satirisch-grotesken oder naturgebundenen Zügen zum Ausdruck brachte.

380 *Trudowiki* – Angehörige einer Gruppe kleinbürgerlicher Demokraten, die im April 1906 entstand und sich aus Bauernabgeordneten der I. Reichsduma zusammensetzte. Die Trudowiki forderten die Abschaffung aller nationalen und ständischen Beschränkungen, die Demokratisierung der ländlichen und städtischen Selbstverwaltung und die Verwirklichung des allgemeinen Wahlrechts bei den Wahlen zur Reichsduma. In der Reichsduma schwankten sie zwischen Kadetten und Sozialdemokraten.

400 *Dubassow* – Fjodor Wassiljewitsch Dubassow (1845–1912) wurde 1905, nach grausamer Niederschlagung von Bauernaufständen in verschiedenen Bezirken, zum Moskauer Generalgouverneur ernannt und leitete

die Niederschlagung des Moskauer Dezemberaufstands 1905. *Trepow* – Dmitrij Fjodorowitsch Trepow (1855–1906) unterstützte als Moskauer Polizeichef die Subatowmethode und wurde, in Moskau durch Brutalität und Grausamkeit bekannt geworden, zwei Tage nach dem Blutsonntag 1905 zum Generalgouverneur von Petersburg mit diktatorischen Vollmachten und zum Chef der Petersburger Garnison ernannt. Er war »einer der in ganz Rußland meistgehaßten Diener des Zarismus« (Lenin).

409 *Katkow* – Michail Nikiforowitsch Katkow (1818–1887), Publizist und Journalist. Ab 1856 gab er die Zeitschrift »Russkij westnik« (Russischer Bote) heraus und war Redakteur der Zeitung »Moskowskije wedomosti« (Moskauer Nachrichten). Beides waren seit Beginn der sechziger Jahre systemfreundliche Presseorgane, in denen Katkow einen erbitterten Kampf gegen jeglichen Fortschritt in der gesellschaftlichen Entwicklung und in der Literatur führte. Dabei scheute er keinerlei Verleumdung und verteidigte leidenschaftlich monarchistische und chauvinistische Ansichten.

416 *der Verräter Aristide* – Gemeint ist Aristide Briand (1862–1932), französischer Staatsmann und Diplomat.

433 *die gesegneten Zeiten, die Tschechow verheißen hat* – In mehreren Werken Tschechows träumen die Helden von einem wunderbaren Dasein in ferner Zukunft.

434 *Lawrow* – Pjotr Lawrowitsch Lawrow (1823–1900) war ein bedeutender Ideologe der Volkstümlerbewegung. Er vertrat die subjektivistische Schule in der Soziologie und schuf die reaktionäre Volkstümlertheorie vom »Helden« und der »Masse«.

Michailowskij – Nikolai Georgijewitsch Michailowskij (1842–1904) war vorwiegend als Publizist, Literaturkritiker und Philosoph tätig und führte seit 1892 als Redakteur der Zeitschrift »Russkoje bogatstwo« (Russischer Reichtum) einen erbitterten Kampf gegen den Marxismus.

435 *die gottverzückten Sjutajews* – Wassilij Kirillowitsch Sjutajew (1820 bis 1892) schuf als Bauer eine der Kirche feindliche religiös-sittliche Lehre, nach der das wahre Christentum in der Liebe der Menschen zueinander bestand. Zur Verwirklichung dieses Ideals wollten er und seine Anhänger durch Selbstvervollkommnung gelangen.

die Bondarews – Timojej Michailowitsch Bondarew (1820–1898) erhob in seinen Schriften die Landarbeit zum religiösen Grundgesetz des Lebens und forderte von jedem Menschen körperliche Arbeit.

der verschrobene Graf – Gemeint ist Lew Tolstoi, der mit Sjutajew bekannt war und mit Bondarew korrespondierte. Tolstoi betonte aus vielerlei Anlässen, daß er diesen zwei einfachen russischen Bauern mehr verdanke als allen Wissenschaftlern und Schriftstellern.

438 *die Kadettchen haben sich durch ihre Reise nach Wyborg ...* – Gemeint ist das Verhalten der Kadetten bei der Beratung der I. Reichsduma im Juli 1906 in Wyborg. Im Wahlkampf zur I. Reichsduma hatten die Kadetten versichert, in der Duma ein Gesetz zur Aufteilung allen Gutsbe-

sitzerlandes durchzusetzen. Das von ihnen dann vorgelegte Projekt war weit von dieser Forderung entfernt. Aus Furcht vor neuen Bauernunruhen löste die Regierung die I. Duma auf, was die Kadetten mit einem erfolglosen Aufruf an die Bevölkerung beantworteten, keine Steuern mehr zu zahlen und keinen Mann als Soldaten zu stellen.

444 *Suworin* – Alexej Sergejewitsch Suworin (1834–1912) war ein reaktionärer Journalist und Schriftsteller, von 1876 bis 1912 Redakteur der Petersburger Tageszeitung »Nowoje wremja« (Neue Zeit).

456 *»Russkije wedomosti«* – (Russische Nachrichten); Tageszeitung der rechten Kadetten.

»Nowoje wremja« – (Neue Zeit); eine von der zaristischen Regierung gekaufte Tageszeitung, die gegen jegliche Revolution und auch gegen die liberal-bürgerliche Bewegung kämpfte.

»Russkoje slowo« – (Das russische Wort); verbreitete bürgerliche Tageszeitung liberaler Prägung.

462 *Ich bin kein Peter Schlemihl* – Adelbert von Chamisso (1781–1838) schuf in seiner Märchennovelle »Peter Schlemihls wundersame Geschichte« (1814) die Gestalt eines Menschen, der seine Seele dem Teufel als Schatten verkauft, um dafür ein langes Leben in Reichtum und Wohlstand zu erwerben. Doch er kann ohne seinen Schatten nicht leben und leidet sehr.

Inguschen – Angehörige eines nordkaukasischen Volksstammes; sie wurden in den Jahren 1905 und 1906 von vielen Gutsbesitzern zum Schutz ihrer Höfe gedungen.

478 *Raskolnikow . . . Porfirij* – Hauptgestalten aus Dostojewskijs Roman »Schuld und Sühne« (1866).

481 *Saratower Gouverneur* – Gemeint ist Pjotr Arkadijewitsch Stolypin, der von 1903 bis 1906 Gouverneur des Saratower Gouvernements, ab 1906 Ministerpräsident unter Nikolai II. war.

499 *Leskows Roman »Bis aufs Messer« . . . Dostojewskijs »Dämonen«, Pisemksijs »Aufgewühltes Meer«* – Alle drei Romane, 1871, 1871/72 und 1863 erschienen, zeigen, daß die Autoren nicht an eine revolutionäre Veränderung der Welt glaubten. Die Gestalt des Revolutionärs wird verzerrt, seine Tätigkeit entstellt geschildert.

505 *die fad-grünen Sammelbände des »Snanije-Verlages«* – Der Verlag »Snanije« war 1898 von einer Literatengruppe auf Initiative von Konstantin Petrowitsch Pjatnizkij (1864–1938) gegründet worden. Gorki trat dieser Gemeinschaft 1900 bei, leitete sie seit 1902 und machte sie zum Zentrum des Realismus und fortschrittlichen Denkens in der Literatur. Besonders populär waren die Sammelbände, die in hellgrüner Ausstattung erschienen und von denen von 1904 bis 1913 vierzig verschiedene Titel herausgegeben wurden.

Miljukow – Pawel Nikolajewitsch Miljukow (1859–1943) war Historiker und Publizist. Er gehörte 1905 zu den Begründern der liberalmonarchistischen Partei der Kadetten, der stärksten bürgerlichen Partei Rußlands, und war als Vorsitzender ihres ZK und Redakteur ihres

Zentralorgans »Retsch« (Die Rede) ein bedeutender Ideologe der russischen Bourgeoisie.

520 *Ein Provokateur im Parteizentrum* – Gemeint ist die Partei der Sozialrevolutionäre und Jewno Fischelewitsch Asef (1869–1918), einer der Organisatoren dieser Partei und langjähriges Mitglied ihres ZK. Er arbeitete seit 1892 als Spitzel im Auftrag des Polizeidepartements. Um sich das Vertrauen der SR-Führung zu erwerben, organisierte er einige Terrorakte, gab dabei jedoch laufend Mitteilungen über die Zusammensetzung der Parteiführung, über Pläne, Sitzungen oder Vorhaben an die Polizei weiter. 1906 verhütete er einen Anschlag auf den Innenminister und 1907 ein Attentat auf Nikolai II. (1868–1918). 1908 wurde Asef als Agent der Ochrana entlarvt.

529 *Lunatscharskij und Bogdanow sollen da irgendeinen Unsinn verfaßt haben* – Gemeint ist der 1908 von beiden herausgegebene Sammelband »Beiträge zur Philosophie des Marxismus«, der nach Lenin richtiger »Beiträge gegen die Philosophie des Marxismus« hätte heißen müssen und den Lenin in seinem Werk »Materialismus und Empiriokritizismus« (1908) heftig kritisiert. – Anatolij Wassiljewitsch Lunatscharskij (1875–1933) war Publizist, Literaturkritiker und Philosoph. Seit Anfang der neunziger Jahre in der revolutionären Bewegung, wurde er nach der Gründung der revolutionären marxistischen Arbeiterpartei 1903 Bolschewik und übernahm verschiedene Funktionen. In den Jahren der Reaktion wich er vom Marxismus ab, vertrat revisionistische Ansichten, korrigierte sie jedoch bald wieder und wurde nach 1917 besonders als Kulturpolitiker aktiv. – Alexander Alexandrowitsch Bogdanow (1873–1928) war Arzt, Philosoph und Ökonom. Seit den neunziger Jahren an der Arbeit marxistischer Zirkel beteiligt, wurde er 1903 Bolschewik. In den Jahren der Reaktion versuchte er, den Marxismus zu revidieren und sein eigenes System zu schaffen, den »Empiriomonismus«.

548 *Sytin* – Iwan Dmitrijewitsch Sytin (1861–1934) war ein russischer Verleger.

548/549 *Iwanow-Rasumnik* – Rasumnik Wassiljewitsch Iwanow, später Iwanow-Rasumnik (1878–1946), war ein subjektiv-idealistischer Kritiker, Literaturwissenschaftler und Soziologe.

549 *Gorki? Mit dem ist es aus . . . er sei emigriert, obwohl ihm keinerlei Gefahr gedroht habe* – So lauteten die Angriffe reaktionärer Kritiker, die bald nach der Veröffentlichung der »Mutter« vom Ende Gorkis als Künstler sprachen, da er sein Leben und Schaffen mit der Partei der Bolschewiki verbunden habe. Von gleicher Seite stammten die Verleumdungen im Zusammenhang mit seiner Auslandsreise im Jahre 1906.

552 *Die Wyrubowa* – Anna Alexandrowna Wyrubowa (1884–?) war eine der Zarenfamilie sehr nahestehende Hofdame mit großem Einfluß auf die Zarin Alexandra Fjodorowna.

irgendein einfacher sibirischer Bauer – Gemeint ist Grigorij Jefimowitsch Rasputin (1872–1916), ein Bauernsohn und Abenteurer, der nach 1905 Günstling der Zarenfamilie von Nikolai II. wurde. Zunächst als Wundertäter und »Prophet« von Kloster zu Kloster pilgernd, wurde er dann bei Hof vorgestellt und vermochte der Zarenfamilie vorbehaltlosen Glauben an seine göttliche Berufung und an die schicksalhafte Verbindung seines Lebens mit dem ihrigen einzuflößen. Dadurch gelang es ihm, das Leben am Hof und die Politik weitgehend zu bestimmen, selbst eine Ministerernennung war von seinem Willen abhängig. Entscheidend war sein Einfluß besonders in den Jahren des ersten Weltkriegs, den letzten Jahren des Zarenregimes. Seine reaktionäre Politik und die Mißerfolge im ersten Weltkrieg führten 1916 in Petersburg zu seiner Ermordung durch eine Gruppe radikaler Monarchisten.

554 *die Mätresse des Großfürsten Alexej uns mehr koste als Tsushima* – Bei Tsushima wurde im Russisch-Japanischen Krieg 1904/05 die russische Flotte von der japanischen vernichtend geschlagen. Das bedeutete nach den vorangegangenen Niederlagen den militärischen Zusammenbruch Rußlands.

569 *Petja Struve* – Pjotr Bernhardowitsch Struve (1870–1944) war einer der Herausgeber und Autoren des 1909 in Moskau erschienenen Sammelbandes »Wechi« (Marksteine), dessen Artikel die Abkehr der Intelligenz von der Revolution zum Ausdruck brachten. Lenin setzte sich ausführlich damit auseinander (s. Über die »Wechi«, Lenin, Ges. Werke Bd. 16, S. 17ff.) Die von Dronow anhand der Korrekturfahnen vorgelesenen Zitate stammen alle aus Artikeln dieses Buches.

573 *Rasnotschinzen* – Die Rasnotschinzen waren Intellektuelle im zaristischen Rußland, die aus verschiedenen sozialen Schichten wie Kaufmannschaft, Kleinbürgertum, Geistlichkeit, niederem Beamtentum, niederem Adel oder auch Bauernschaft stammten. Sie vertraten meist demokratische und liberale Ideen und waren in der revolutionären Bewegung von 1861 bis etwa 1895 eine bestimmende fortschrittliche politische Kraft. Hervorragende Vertreter waren z. B. Belinskij, Tschernyschewskij, Dobroljubow u. a.

576 *Potjomkin* – Fürst Grigorij Alexandrowitsch Potjomkin (1739–1791) war Staatsmann und Generalfeldmarschall, der als Teilnehmer der Palastrevolution 1762 Katharina II. zur Macht verhalf, ihr Günstling wurde und großen Einfluß auf die Staats- und Regierungsangelegenheiten gewann.

605 *Die Gruppe »Wperjod«* – Alexander Alexandrowitsch Bogdanow (1873–1928), ursprünglich Sozialdemokrat und Bolschewik, gründete im Dezember 1909 nach dem Zerfall der Fraktionsgruppe der Otsowisten und Ultimativisten die antibolschewistische Gruppe »Wperjod« (Vorwärts), die gegen Lenins Linie des weiteren revolutionären Kampfes unter veränderten Bedingungen auftrat. Die Gruppe verbündete sich bald mit den Trotzkisten, bald mit den Menschewiki; sie hatte keinen großen Einfluß auf die russische Arbeiterbewegung. Sie stützte sich hauptsächlich auf Emigranten und einige schwache Vereinigungen. Ohne Resonanz in der Arbeiterbewegung, zerfiel die Gruppe faktisch 1913/14, formal nach der Februarrevolution 1917.

614 *Korolenkos Artikel »Eine alltägliche Erscheinung«* – Der 1910 von Wladimir Galaktinowitsch Korolenko (1853–1921) veröffentlichte Artikel richtete sich gegen die Militärgerichte, die wegen angeblicher Anstiftung zu Bauernunruhen unzählige Todesurteile gegen Revolutionäre und Bauern aussprachen und vollstreckten.

637 *Volkssozialisten* – Mitglieder der kleinbürgerlichen Volkssozialistischen Arbeitspartei, die sich 1906 beim Zerfall der Sozialrevolutionäre aus dem rechten Flügel gebildet hatte. Sie schwankten in ihrer Position zwischen den Kadetten und den Sozialrevolutionären, traten jedoch meist gemeinsam mit den Kadetten auf. Lenin charakterisierte sie als kleinbürgerliche Opportunisten, die sich in allen Fragen, den Fragen der Landaufteilung, der Republikbildung, der Kampfmittel und -methoden, den Interessen des tüchtigen Mittelbauern anpaßten.

641 *die Liquidatoren der Gruppe »Potschin«* – Liquidatoren erstrebten die Auflösung einer illegal arbeitenden Partei, um sich zu diesem Preis bei der Polizei das Recht für legale politische Tätigkeit zu erkaufen. Die Gruppe »Potschin« (Initiative) war eine Liquidatorenströmung bei den Sozialrevolutionären, die für die Beendigung des Terrors und für die Entfaltung legaler Tätigkeit eintrat, der sie die Hauptbedeutung im politischen Kampf beimaß.

647 *die Sasonows und Kaljajews . . . die Tat des Herrn Bogrow* – Es geht um die von der Regierung bzw. der Ochrana gelenkte Tätigkeit von Ochraagenten als Provokateure und die Aufdeckung dieser Regierungsmethode. Der Mörder Stolypins, D. Bogrow, war Ochranaagent und handelte im Auftrag der Ochrana. Die Sozialrevolutionäre Jegor Sergejewitsch Sasonow und Iwan Platonowitsch Kaljajew dagegen waren zwar Attentäter, jedoch keine Ochranaagenten.

Das Verhalten Lopuchins – Alexej Alexandrowitsch Lopuchin (1864 bis 1927) war von 1902 bis 1905 Direktor des Polizeidepartements. Er informierte die Öffentlichkeit über die von der Regierung organisierten Pogrome, entlarvte auch Asef 1908 als Agenten der Ochrana in der Partei der Sozialrevolutionäre und wurde deswegen nach Sibirien verbannt.

666 *die Zeitungen »Nascha sarja«, »Delo shisni«, »Swesda« und »Prawda«* – »Nascha sarja« (Unser Morgenrot) und »Delo shisni« (Sache des Lebens) waren legale Monatszeitschriften der menschewistischen Liquidatoren in Petersburg 1910–1914 bzw. 1911; die »Swesda« (Stern) und »Prawda« (Wahrheit) waren legale Zeitungen der Bolschewiki 1910–1912 bzw. ab 1912 in Petersburg.

668 *Unterhaltungen bei Konowalow und bei den Rjabuschinskijs* – Alexander Iwanowitsch Konowalow (1875–1948) war ein bedeutender Textilfabrikant, der auch politisch sehr aktiv war. Pawel Pawlowitsch Rjabuschinskij (1872–1924) war ein namhafter Moskauer Bankier und Industrieller. Sie schufen die Organisation »Ökonomische Gespräche«, bei deren Zusammenkünften vorwiegend bürgerliche Professoren, Ökonomen und Publizisten, auch z. B. Autoren des Sammelbandes »Wechi«, auftraten.

672 *Sache der Hundertdreiundneunzig* – Der »Prozeß der 193« war eines der größten Gerichtsverfahren der zaristischen Regierung gegen die Volkstümler. 1877/78 verurteilte das Gericht in diesem Prozeß 193 schon längere oder kürzere Zeit inhaftierte Volkstümler zu Zuchthaus, Verbannung, Ausweisung in abgelegene Gebiete u. ä. Der Prozeß wirkte sich stark auf die russische Gesellschaft aus und verschärfte den Kampf der Revolutionäre gegen die Zarenmacht.

673 *Der Massenmord an den Arbeitern der Lena-Goldfelder* – Auf den Goldfeldern an der Lena, die vorwiegend britischen Kapitalisten, aber auch Angehörigen des Zarenhauses und hohen zaristischen Würdenträgern gehörten, begannen am 1. 3. 1912 die Arbeiter einen Streik gegen die unmenschlichen Arbeitsbedingungen. Der zunächst spontane Streik wurde, von den Bolschewiki gelenkt, allmählich zum Generalstreik aller 6000 Arbeiter. Am 4. 4. 1912 ging das zaristische Militär gegen die Streikenden vor; die Aktion forderte 270 Tote und 250 Verletzte. Dieses Blutbad rief politische Massenstreiks im ganzen Land hervor und bewirkte einen neuen revolutionären Aufschwung in Rußland.

die Kundgebung der Arbeiter Berlins wegen Agadir – Im Juli 1911 entsandte die deutsche Regierung als Antwort auf die Besetzung der marokkanischen Hauptstadt Fes durch Frankreich das Kanonenboot »Panther« nach Agadir, dem Haupthafen im Süden Marokkos. Diese politische Provokation verschärfte die 2. Marokkokrise und vergrößerte die Gefahr eines imperialistischen Krieges. In Berlin sprachen auf einer von mehreren Protestkundgebungen im Treptower Park linke sozialdemokratische Führer, unter ihnen Karl Liebknecht, zu etwa 200000 Werktätigen.

682 *die Feier der Romanows zu ihrer dreihundertjährigen Herrschaft* – Dieses Jubiläum fand im Jahre 1913 statt.

690 *In Kiew wird ... ein Prozeß aufgezogen wegen der Verwendung von Christenblut durch Juden* – Gemeint ist der provokatorische Prozeß gegen den Juden Mendel Beilis (1873–1934), der 1913 in Kiew von der zaristischen Regierung inszeniert wurde. Wider besseres Wissen wurde Beilis des Mordes aus rituellen Gründen an einem christlichen Jungen beschuldigt; in Wirklichkeit war der Mord von Schwarzhunderten organisiert worden. Dieser Prozeß sollte Antisemitismus entfachen und die Massen von der immer stärker werdenden revolutionären Bewegung ablenken. Der Prozeß rief starke Erregung in der Öffentlichkeit hervor; Beilis mußte freigesprochen werden.

694 *Gurko* – Wladimir Josifowitsch Gurko (1863–1927) war 1906 stellvertretender Innenminister.

Geschichte mit Lidwal – W. J. Gurko hatte Ende 1906 dem Kaufmann Lidwal Staatsgelder zur Verfügung gestellt, die dieser nicht zur Erledigung der übernommenen Aufträge, sondern in eigenem Interesse verbrauchte. Gurko wurde deswegen vor Gericht gestellt und seines Amtes enthoben.

697 *die Dreyfus-Affäre* – Gemeint ist der im Jahre 1894 von monarchisti-

schen Kreisen des französischen Militärs inszenierte provokatorische Prozeß gegen den französischen Generalstabsoffizier jüdischer Abstammung Alfred Dreyfus (1859–1935), gegen den falsche Anklage wegen Spionage und Landesverrat erhoben wurde. Das Kriegsgericht verurteilte Dreyfus zu lebenslänglicher Deportation; die Überprüfung des Falles führte 1906 zur Rehabilitierung von Dreyfus.

716 *Vernichtung der Armee Samsonows* – Die 2. Armee unter General Samsonow gehörte im ersten Weltkrieg zur russischen Nordwestfront und erlitt schon im August 1914 eine schwere Niederlage in Ostpreußen.

717 *Gutschkows Komitee* – Alexander Iwanowitsch Gutschkow (1862 bis 1936), einer der politischen Führer der russischen Bourgeoisie, Organisator und Führer der Partei der Oktobristen, war während des ersten Weltkriegs Vorsitzender des Zentralen Kriegsindustriekomitees. Die Kriegsindustriekomitees wurden 1915 mit behördlicher Genehmigung von der russischen Großbourgeoisie geschaffen, um den Zarismus in seiner Kriegführung zu unterstützen. Sie selbst organisierte sich dabei lohnende Rüstungsaufträge. Um Einfluß auch auf die Arbeiter zu gewinnen und sie für den Krieg zu begeistern, ließen die Vertreter des Kapitals, die alle Komitees leiteten, in ihnen „Arbeitergruppen" bilden. Sie sollten Einigkeit zwischen Bourgeoisie und Proletariat im Kampf gegen den gemeinsamen Feind demonstrieren. Die Bolschewiki riefen zum Boykott der Kriegsindustriekomitees auf und führten ihn mit Unterstützung der Mehrheit der Arbeiter auch erfolgreich durch.

Demolierung der deutschen Botschaft – Am 4. Tag des Krieges wurde in Petersburg die Deutsche Botschaft demoliert. Hier wie auch bei späteren Pogromen gegen Ausländer in Moskau griff weder die Polizei noch das Militär ein.

719 *Städteverband* – Der Gesamtrussische Städteverband war eine 1914 geschaffene Organisation der Stadtbourgeoisie. Er stellte sich die Aufgabe, den Militärbehörden bei der Organisierung von Krankenhaus- und Hospitalplätzen oder Pflegestätten für Verwundete, bei Evakuierungen, der Beschaffung warmer Kleidung für die Armee u. ä. zu helfen. Er erhielt dazu staatliche Subsidien und führte auch Spendensammlungen durch. Er war eng mit dem Gesamtrussischen Semstwoverband (»Gesamtrussischer Semstwoverband zur Hilfe für kranke und verwundete Krieger«) verbunden, in dem sich 1914 Bourgeoisie und Gutsbesitzer zum gleichen Zweck organisiert hatten. Auch er erhielt finanzielle Mittel aus der Staatskasse und führte Spendensammlungen durch. Beide Verbände vereinigten sich 1915; ihre Mitglieder nannten sich Verbandshusaren. Der Kriegsverlauf ließ die Opposition gegen Zarismus und Krieg im Verband wachsen; er erhob politische Forderungen nach Mitspracherecht in der Regierung, so daß die Regierung dem Verband gegenüber immer mißtrauischer wurde und seine Tätigkeit 1916 verbot.

725 *Den Branntweinverkauf hat man gesperrt* – Gemeint ist das Branntweinmonopol, das S. J. Witte 1895 einführte. Es untersagte jegliche Form der Herstellung, der Verwertung und des Handels von und mit

Branntwein auf privater Ebene und sicherte diese Finanzquelle allein dem Staat.

751 *Der graue Mann* – Symbol des Schicksals in dem populären Drama »Anathema« des russischen Schriftstellers Leonid Andrejew.

782 *das Saporoshje zu vernichten* – Die Saporosher Kosaken organisierten sich im Kampf gegen die Türken und später gegen die Polen schon früh zu einer sich selbst verwaltenden Einheit. Sie behielten ihre staatliche Selbständigkeit mit eigener Verfassung, eigenem Heer, eigener Verwaltung u. ä. bis zu ihrer Aufhebung durch Katharina II. im Jahre 1775.

785 *die Ansiedlungsgrenze* – Unter dem Zarismus lebten die Juden nur auf dem ihnen in den westlichen Teilen Rußlands zugewiesenen Territorium. Der Krieg brachte es mit sich, daß die Grenze ihrer Ansiedlung von ihnen überlaufen wurde; er machte auch Umsiedlungen von Juden erforderlich. Darin sahen antisemitische Kreise eine Gefahr.

789 *Plechanow Arm in Arm mit Miljukow* – Georgij Walentinowitsch Plechanow (1856–1918) war ein hervorragender Vertreter der russischen Arbeiterbewegung, der erste Propagandist des Marxismus in Rußland, Begründer der ersten russischen marxistischen Organisation 1883 in Genf und Verfasser vieler bedeutender marxistischer Arbeiten. Nach dem II. Parteitag der SDAPR 1903 jedoch gehörte er zu den Menschewiki, und in den Jahren des ersten Weltkriegs vertrat er, ähnlich wie der Ideologe der Kadetten, Pawel Nikolajewitsch Miljukow, sozial-chauvinistische Ansichten.

792 *Pogrom gegen die Deutschen in Moskau* – Gerüchte über angebliche Spionage und feindseliges Auftreten ausländischer Einwohner während des Krieges sowie das Verhalten zaristischer Staatsorgane – die Moskauer Stadtduma empfahl auf ihrer ersten Sitzung nach Kriegsausbruch, alle Angehörigen einer feindlichen Staatsmacht aus den Stadtämtern u. ä. zu entlassen; die Polizei und das Militär griffen bei der Demolierung der Deutschen Botschaft in Petersburg nicht ein – ermunterten reaktionär-chauvinistische Gruppen zu Pogromen gegen Ausländer, ihre Geschäfte und ihre Wohnungen. Diese Ausschreitungen erreichten im Mai 1915 in Moskau ihren Höhepunkt.

Verhalten Goremykins – Gemeint ist das Verhalten von Iwan Loginowitsch Goremykin (1839–1917), der von 1914 bis 1916 Vorsitzender des Ministerrats war und als Monarchist die Spannungen in der Reichsduma derart schürte, daß diese im August 1915 aufgelöst wurde.

zu einem progressiven Einheitsblock zusammenzuschließen – Als 1915 das Vertrauen der bürgerlichen Parteien und Organisationen zur Zarenregierung auf Grund des Kriegsverlaufes nachließ, beschlossen sechs Dumafraktionen, sich zu einem »Progressiven Block« mit gemeinsamem Programm, gemeinsamem Sekretariat u. ä. zusammenzuschließen. Sein Ziel war, eine Übereinstimmung der verschiedenen Dumafraktionen mit dem Reichsrat zu schaffen, um so den Sieg zu gewährleisten. Der Block forderte u. a. die Ablösung der Militärführung, eine Aktivierung der Industrie für die Front und eine Verstärkung des dafür zuständigen Ministeriums unter Beteiligung der Bourgeoisie. Diesem Block gehörten weder die Rechten an, die grundsätzlich eine Vereinigung ablehnten, noch die Linken, die mehr forderten als im Programm der Blocks enthalten war. Der »Block« zerfiel 1916.

830 *Fabier-Sozialisten* – Die 1883/84 in England gegründete »Gesellschaft der Fabier« war eine sozialreformerische Gesellschaft bürgerlicher Intellektueller. Ihre Anhänger vertraten die Theorie vom friedlichen Hineinwachsen in einen bürgerlichen Sozialismus und lehnten jeden Klassenkampf oder andere revolutionäre Aktionen des Volkes ab.

841 *die Zimmerwalder Losung* – Gemeint ist Lenins Forderung nach Umwandlung des imperialistischen Krieges in einen Bürgerkrieg, nach Umwandlung des Kampfes für die Sache Fremder in einen Kampf für die eigene Sache. Schon früher von Lenin vertreten, forderte er dies auch auf der Internationalen Sozialistischen Konferenz 1915 in Zimmerwald. Da die Mehrzahl der Delegierten jedoch Zentristen waren, kam Lenin mit seiner Forderung nicht durch, und das Manifest enthält als Hauptforderung nur die, für den Frieden zu kämpfen.

846 *Carlyle* – Thomas Carlyle (1795–1881) war ein schottisch-englischer Philosoph, Historiker und Publizist. Der Kern seiner Philosophie besteht in einer Heroentheorie, nach der die Geschichte ausschließlich von Leistungen großer Einzelpersönlichkeiten bestimmt wird.

850 *eine öffentliche Schwatzbude* – Gemeint ist die reaktionäre Zeitung »Russkaja wolja« (Russischer Wille), die im Herbst 1916 vom Innenminister A. D. Protopopow ins Leben gerufen wurde und die Einheit zwischen den Großindustriellen und der Ochrana verkörperte. Redakteur war Michail Michailowitsch Gakkebusch (1874–1929); Leonid Andrejew war für die Belletristik, die Kritik und die Theaterspalte zuständig. Gorki und Korolenko beteiligten sich nicht daran.

851 *Goz-Liber-Dans* – Die bolschewistische Presse jener Zeit nannte die konterrevolutionären Menschewiki nach dem Namen ihrer Führer Liber und Dan verächtlich die »Liber-Dans«. Goz war einer der Gründer der Partei der Sozialrevolutionäre.

891 *der Taurische Garten* – Das Taurische Palais im Taurischen Garten war der Sitz der Reichsduma.

NACHWORT

»Klim Samgin« – historischer Roman als Bewußtseinsroman

Seinem letzten und weitaus umfangreichsten Roman hat Gorki in der endgültigen Fassung einen doppelten Titel gegeben: »Das Leben des Klim Samgin.[1] Vierzig Jahre.« Mit diesem Titel stellt Gorki zwei unterschiedliche Anliegen und Zielsetzungen einfach nebeneinander, ohne sie verklammern zu wollen.[2] Welches sind die beiden Anliegen Gorkis? Das eine ist die Aufarbeitung des Zeitabschnitts der russischen Geschichte von 1880 bis 1917, einer nicht nur für den Historiker bis heute besonders wichtigen und interessanten Periode. Gorki ist 1869 geboren, er schildert hier also die vorrevolutionäre russische Geschichte, die er selbst kennt. Das andere Anliegen, das zunächst eng an das erste anschließt, ist die Schilderung der russischen Intelligenz, die aus der Sicht eines ihrer Vertreter, also »von innen heraus«, erfolgen soll.

Im Jahre 1926 hat Gorki nach der Fertigstellung des ersten Buches des Romans eine Notiz »für die ausländische Presse« verfaßt, in der er seine Zielsetzung selbst so benennt: »In seinem neuen Roman stellte sich M. Gorki die Aufgabe, vierzig Jahre russischen Lebens möglichst in ihrer ganzen Fülle zu schildern, und zwar von den 80er Jahren bis zum Jahr 1918. Der Roman soll den Charakter einer Chronik haben, die alle wichtigen Ereignisse dieser Jahre bringt, besonders aber die Regierungszeit Nikolais II. Ort der Romanhandlung ist Moskau, Petersburg und die Provinz; im Roman wirken Vertreter aller Klassen mit. Der Autor will eine Reihe von russischen Revolutionären, Sektierern, deklassierten Menschen usw. zeichnen. Im Mittelpunkt des Romans steht die Gestalt eines ›Revolutionärs wider Willen‹, eines ›Revolutionärs‹ aus Furcht vor der unvermeidlichen Revolution, die Gestalt eines Menschen, der sich als ›Opfer der Geschichte‹ fühlt. (Durch das Prisma seiner Lebensauffassung werden die Ereignisse gezeigt.) Diese Gestalt hält der Autor für typisch. Im Roman sind viele Frauen, eine Reihe kleiner persönlicher

[1] Der Titel der Übersetzung gibt dies leider nicht vollständig wieder.

[2] Die Entstehungsgeschichte des Romans zeigt, daß die Konzeption der Lebensgeschichte älter ist als der Untertitel »Vierzig Jahre«.

Dramen, Bilder der Chodynka-Katastrophe, der 9. Januar 1905 in Petersburg, der Moskauer Aufstand usw. hin bis zum Marsch des Generals Judentisch auf Petersburg. Zu den episodisch auftretenden Gestalten gehört Zar Nikolai II., Sawwa Morosow, einige Künstler, Literaten, was dem Roman auch nach der Meinung des Autors teilweise den Charakter einer Chronik verleiht.«[3]

Die Gestaltung aus der Sicht des Helden ist auf der thematischen Ebene der Ausgangspunkt dafür, daß »Klim Samgin« ein Bewußtseinsroman wird. Die Darstellung subjektiver Bewußtseinszustände tritt an die Stelle der Abbildung von realer Welt aus der Perspektive eines objektiven Erzählers. Durchaus im Sinne des »modernen« Romans des 20. Jahrhunderts korrespondiert mit der Brüchigkeit von Welt die Auflösung der traditionellen Kompositionsform des Romans. Gorki überwindet mit diesem Roman seine eigene bisherige Romankonzeption. Gorkis Spätwerk mit dem »Klim Samgin« ist in dieser Hinsicht nicht mit Werken wie »Die Mutter« und der autobiographischen Trilogie, die bis heute die bekanntesten sind, gleichzusetzen. Aus rezeptionsgeschichtlichen Gründen, auf die noch einzugehen sein wird, ist »Klim Samgin« bisher stärker als historischer denn als Bewußtseinsroman rezipiert worden. Wir werden zu zeigen haben, wie die doppelte Zielsetzung sich in den Verfahren und der gesamten Komposition des Romans niederschlägt.

Entstehungsgeschichte und Textgeschichte

»Klim Samgin« wird gerne als »Quintessenz«, »Krönung und Abschluß«[4] des Gesamtwerkes bezeichnet. Das liegt daran, daß sich zum einen frühe Entwürfe zu nicht geschriebenen Werken als Vorarbeiten zu diesem Roman bezeichnen lassen und daß es zum anderen in diesem umfangreichsten Werk Gorkis eine Reihe von thematischen wie strukturellen Bezügen zu verschiedenen früheren Werken gibt. Gorki hat selbst auf die weit zurückreichende Entstehungsgeschichte verwiesen: »Dieses Buch habe ich schon vor langer Zeit geplant, und zwar nach der ersten Revolution von 1905–1906.«[5]

[3] Maxim Gorki, Unveröffentlichtes Material und Abhandlungen zum »Klim Samgin«, Weimar 1954, S. 40.

[4] H. Jünger (Leitung), Geschichte der russischen Sowjetliteratur 1917–1941, Berlin (Ost) 1973, S. 273.

[5] Eine Äußerung Gorkis aus dem Jahre 1911, zitiert nach M. Gor'kij, Polnoe sobranie sočinenij, Chudožestvennye proizvedenija, Moskau 1976, Bd. 25, S. 41.

Zwei Entwürfe belegen dies und können als Vorstufen zu »Klim Samgin« betrachtet werden. Der erste Entwurf wird sogar auf die Jahre zwischen 1900 und 1905 datiert und skizziert nur den »Plan eines Romans«, dessen Kompositionsform die Lebensgeschichte ist, der aber weder die spätere Realisierung als historischen noch als Bewußtseinsroman andeutet. Wir können folgern, daß die Form der Lebensgeschichte wie die Darstellung eines Intellektuellen die am weitesten zurückzudatierenden Elemente des Romans »Klim Samgin« sind. Der ganze Entwurf lautet: »Roman. ›Das Leben des Herrn Platon Iljitsch Penkin.‹ Der Held ist ein Intellektueller-Rasnotschinez. Von durchschnittlicher Begabung. Herkunft und Erziehung flößen ihm eine hohe Meinung von der Kraft und Originalität seines Intellekts ein und, seinen Dilettantismus verdeckend, wecken sie in ihm ehrgeizige Wünsche, im Leben etwas zu bedeuten. Das Mißverhältnis zwischen Kräften und Wünschen soll stark hervorgehoben werden. Radikalismus – Volkstümlerbewegung – Opportunismus – Konservativismus – Dekadenz. Vollständiger moralischer Zusammenbruch. Erkenntnis. Reue. Tod.«[6]

Der zweite Entwurf sind die »Aufzeichnungen des Dr. Rjachin« aus dem Jahre 1911. Dieses Fragment ist in der Ich-Form geschrieben, der Held führt ein Tagebuch. Interessant mit Blick auf den Bewußtseinsroman »Klim Samgin«, der ja in der Er-Form geschrieben ist, ist die Verbindung von Ich-Form mit Selbstironie[7], die uns in »Klim Samgin« als Ironie wiederbegegnet. Gorki hat außer seiner späteren Autobiographie niemals einen Roman in der Ich-Form geschrieben, offensichtlich aber dies zur Darstellung der Innensicht eines Helden doch erwogen. In dem Fragment erinnert das Motiv des »Sich selbst Erfindens«, einzelne Handlungselemente und die Tatsache, daß der Held auch ein Intellektueller ist, an »Klim Samgin«. Auch die Verbindung von Ich-Form und Ironie macht die »Aufzeichnungen des Dr. Rjachin« zu einer Vorstufe des »Klim Samgin«. Weniger als eine Vorstufe denn als ein Werk mit einigen thematischen Parallelen ist die Erzählung »Immer dasselbe« aus dem Jahre

[6] Maxim Gorki, Unveröffentlichtes Material und Abhandlungen zum »Klim Samgin«, Weimar 1954, S. 46.

[7] »Ich habe viel Papier verbraucht mit den Versuchen, meine Aufzeichnungen mit irgendwelchen besonderen, runden und schönen Worten zu beginnen. Ich wollte sie so wählen, daß sie dem Leser gleich Interesse an mir einflößen sollten. Er sollte denken, daß ich ein ungewöhnlicher, besonderer Mensch bin.« (M. Gor'kij, Zapiski d-r'a Rjachina, in Polnoe sobranie sočinenij, Chudožestvennye proizvedenija, Moskau 1971, Bd. 10, S. 661 bis 684; S. 661.)

1915 zu bezeichnen, deren Held den Namen Samgin trägt.[8] Der wichtigste thematische Bezug zwischen »Klim Samgin« und den übrigen Werken Gorkis ist das Thema der Intelligenz, das Gorki in einigen Erzählungen und dann in Dramen mehrfach gestaltet hat.[9] Strukturelle Bezüge ergeben sich zu den späten Erzählungen, in denen Gorki deutlich erkennbar die spezifische Erzählweise des »Klim Samgin« entwickelte.[10]

Gorki beginnt den Roman »Klim Samgin« im Frühjahr 1925, bei seinem Tod im Jahre 1936 ist der Roman noch unvollendet. Die ersten drei Bücher erscheinen 1927, 1928 und 1930 beim Verlag »Kniga« in Berlin (in russischer Sprache) und in Auszügen gleichzeitig in verschiedenen sowjetischen Zeitschriften. Nach Gorkis Tod erscheint im Jahre 1937 eine Zusammenstellung des vierten Buches, von dem nur die ersten 82 Seiten den Vermerk des Autors »Endgültige Fassung« tragen. In dem Vorwort der Redaktionskommission heißt es unter anderem: »Der vierte Teil des Romans beginnt, was die Zeit der Handlung betrifft, im Sommer 1906, während der dritte Teil mit den Ereignissen des Sommers 1907 oder sogar im Jahre 1908 endet. Das erklärt sich daraus, daß der Autor das dritte Buch überarbeiten und einen Teil des Materials des vierten Buches in das dritte übertragen wollte.«[11] Das bedeutet, daß auch das dritte Buch in seiner vorliegenden Gestalt als nicht endgültig zu betrachten ist. An die Textgeschichte dieses Romans knüpfen sich eine Fülle von Fragen, die die Entwicklung der einzelnen Themen und Verfahren betreffen. Schließlich hat Gorki insgesamt elf Jahre an dem Roman gearbeitet. Jahre, in denen in der Sowjetunion viele Veränderungen vor sich gingen, die der Schriftsteller mit großer Aufmerksamkeit verfolgte und an denen er im Bereich der Kulturpolitik auch aktiv beteiligt war. Die verschiedenen Fassungen sämtlicher Bücher waren lange Zeit nicht zugänglich und wurden erst kürzlich publiziert. Dieses außerordentlich umfangreiche Material[12]

[8] M. Gor'kij, Vse to že, in Polnoe sobranie sočinenij, Chudožestvennye proizvedenija, Moskau 1971, Bd. 11, S. 354–445.

[9] Hier sind vor allem »Sommergäste« (1904), »Kinder der Sonne« (1905) und »Barbaren« (1905) zu nennen. Außerdem der Aufsatz »Die Zerstörung der Persönlichkeit« aus dem Jahre 1909. Vgl. Nachwort zu Band 8 (Wie ich schreibe) dieser Ausgabe, S. 740ff.

[10] Zum »neuen Ton« des Spätwerks, vgl. Nachwort zu Band 4 (Der Vagabund und andere Erzählungen) dieser Ausgabe, S. 716ff.

[11] M. Gor'kij, Polnoe sobranie sočinenij, Chudožestvennye proizvedenija, Moskau 1975, Bd. 24, S. 579.

[12] In der neuen Gesamtausgabe Gorkis sind bisher neben dem 25. Band der Reihe Werke (Chudožestvennye proizvedenija), der frühe Entwürfe und

ist daher von der Wissenschaft überhaupt noch nicht erschlossen. Es ist zu hoffen, daß schon in den nächsten Jahren mehrere zur Zeit in der Sowjetunion laufende Forschungsvorhaben neue Ergebnisse bringen werden.

»Klim Samgin« als historischer Roman

Aus den verschiedenen Äußerungen Gorkis zu seinem Roman wird deutlich, daß er den zeitlichen Rahmen des Romans wie die Bewußtseinsdarstellung erst im Verlaufe des Schreibens zu der heute vorliegenden Gestalt entwickelt hat und daß die Ausformung *beider* Stränge zu seinem enormen Umfang führte, über den Gorki selbst gar nicht glücklich war. »Den zweiten Band des Samgin habe ich beendet. Ich bin froh. Ob der Leser sich auch freuen wird, weiß ich nicht. Ich möchte es ihm aber raten. Sonst schreibe ich nämlich noch einen Band.«[13]

Wenn Gorki Mitte der zwanziger Jahre beginnt, einen historischen Roman zu schreiben, so verbirgt sich dahinter keinesfalls die mangelnde Bereitschaft, über das nachrevolutionäre Rußland zu schreiben.[14] Es liegt nahe, daß Gorki, der ein sehr am Material[15]

eine besonders umfangreiche Kommentierung enthält, im Jahre 1978 die Bände 6 und 7 der Reihe Varianten (Varianty) erschienen. Diese beiden Bände enthalten nur Fassungen des ersten (!) Buches des Romans, die Fassungen der folgenden Bücher werden in den Bänden 8 (in zwei Teilen), 9 und 10 der Reihe Varianten erscheinen. Trotz des Umfangs dieser Veröffentlichungen ist angesichts des literarischen und literaturwissenschaftlichen Interesses an diesem Werk und der Bedeutung, die Gorki nicht nur für die sowjetische Literatur hat, der Hoffnung Ausdruck zu geben, daß diese Publikationen möglichst vollständig sein werden, damit den bis heute um Gorki und seine Werke sich rankenden Spekulationen durch Informationen begegnet wird. – Übrigens scheint es in der Sowjetunion ein neues Leserinteresse an Gorki zu geben, der doch schon zu einem Klassiker und Schulbuchautor geworden war.

[13] Gorki an Gruzdev am 21. 2. 1928, zitiert nach Polnoe sobranie sočinenij, Chudožestvennye proizvedenija, Moskau 1976, Bd. 25, S. 68.

[14] »Ihre Frage, warum ich nicht über die Gegenwart schreibe, ist leicht zu beantworten: ich darf mir nicht gestatten, über etwas zu schreiben, was ich nicht sehe, was ich nur fühle und errate.« (M. Gorki an F. Gladkov am 2. 10. 1927, in Gor'kij i sovetskie pisateli. Neizdannaja perepiska, Moskau 1963, S. 103.)

[15] »Ich kann nicht anders, als ›Das Leben des Klim Samgin‹ zu schreiben. Ein phantastisch umfangreiches Material hat sich bei mir angesammelt (. . .) Ich habe kein Recht zu sterben, solange ich das nicht getan habe . . . Es gibt ein Buch von Mendeleev mit dem durchaus gewichtigen Titel ›Zum Erken-

orientierter Schriftsteller war, nicht über die junge Sowjetunion schreiben wollte, solange er – seit 1924 – in Sorrent lebte. Mit der Darstellung der Zeit von 1880 bis 1917, eines nicht nur besonders interessanten, sondern bis heute in der Historiographie besondes umstrittenen Zeitabschnitts der russischen Geschichte[16], nimmt Gorki an einer nach 1917 aktuell gewordenen Diskussion um die Interpretation der russischen Geschichte teil. Es geht dabei um Legitimation und historische Ableitung der siegreichen Revolution.[17] Um die Mitte der zwanziger Jahre gab es in der sowjetischen Literatur Tendenzen nicht nur zu epischer Breite, sondern im Zusammenhang damit zur Behandlung historischer Stoffe. Die enormen politischen und sozialen Umwälzungen, die die Revolution mit sich gebracht hatte, verlangten nach Darstellung, ob nun Schreckensbilder der Revolution oder ihre Apologie daraus entstanden. Um nur einige Werke zu nennen: A. Serafimowitsch, Der eiserne Strom (1924), M. Scholochow, Der stille Don (1929–34), A. Tolstoi, Der Leidensweg (1922–41) und Peter der Große (1929–45). Gorkis letzter Roman, der übrigens von allen seinen Romanen am ehesten als historischer Roman zu bezeichnen ist, geht dabei am weitesten zurück in die Vergangenheit.

Im Zentrum von Gorkis Interesse steht zweifellos die Rolle der Intelligenz in diesen vierzig Jahren. Die Rolle der Intelligenz vor, während und nach der Revolution war nicht nur ein aktuelles Thema

nen Rußlands‹. Ich wäre glücklich, wenn man meine Chronik auch so nennen könnte.« »(. . .) seit dem Jahre 1907 habe ich fleißig gewühlt im Staub und Abfall der Literatur und Publizistik jener Intelligenz, die sich von der Arbeiterklasse abgewandt hat und in die Dienste der Bourgeoisie getreten ist. Das ist eine schwere Arbeit, aber ich muß sie machen, um möglichst alles zu kennen, was das Wachsen des revolutionären Rechtsbewußtseins des Proletariats aufhalten und vergiften kann. Wieviel Gemeines und Dummes ich gelesen habe!« (Polnoe sobranie sočinenij, Chudožestvennye proizvedenija, Moskau 1976, Bd. 25, S. 46 und 43.)

16 »Die Auffassungen vom Charakter und den treibenden Kräften der drei russischen Revolutionen gehen weit auseinander. Sie werden auch heute noch weitgehend von den Vorstellungen derjenigen gesellschaftlichen Gruppen und Parteien bestimmt, die an ihnen selbst teilgenommen haben.« (R. Lorenz, Sozialgeschichte der Sowjetunion 1, 1917–1945, Frankfurt/Main 1976, S. 47.)

17 »Auch ohne die gesamte Geschichte Rußlands als geradlinige Entwicklung zur Oktoberrevolution hin zu betrachten oder schlicht ›Erfolgsbeurteilungen von Siegern post festum‹ abzugeben, wird man davon ausgehen müssen, daß sich die Bolschewiki an die Spitze dieser revolutionären Massenbewegung stellten.« (Ebenda.)

der zwanziger Jahre[18], sie beschäftigte Gorki, der seiner Herkunft nach Vertreter der neuen, nicht bürgerlichen Intelligenz war, schon seit langem. Bekanntlich hatte Gorki nach 1917 ideologische Differenzen mit Lenin und gab die gegen die Bolschewiki polemisierende Zeitschrift »Neues Leben (Novaja žizn')« (1917–1918) heraus, die als »Irrtum« Gorkis eingestuft leider bis heute in der Sowjetunion nicht nachgedruckt wurde. Bezeichnenderweise geht es gerade hier wiederholt um die Intelligenz. »Wenn ich ›russisches Volk‹ sage, verstehe ich darunter keineswegs nur die werktätigen Massen der Arbeiter und Bauern; nein, ich spreche ganz allgemein vom Volk, von allen seinen Klassen, denn Unwissenheit und Unkultiviertheit sind der ganzen russischen Nation eigen. Aus dieser viele Millionen zählenden Masse ungebildeter Menschen, die vom Wert des Lebens keine Vorstellung haben, kann man nur die unbedeutenden paar Tausend der sogenannten Intelligenz aussondern, d. h. Menschen, die sich der Bedeutung des intellektuellen Elements im historischen Prozeß bewußt sind. Diese Menschen sind, ungeachtet ihrer Fehler, das Bedeutendste, was Rußland im Laufe seiner ganzen schwierigen und widerwärtigen Geschichte hervorgebracht hat; diese Menschen waren und bleiben wirklich das Hirn und Herz unseres Landes. Ihre Fehler erklären sich durch den Boden Rußlands, der für intellektuelle Begabungen unfruchtbar ist.«[19] Später wird Gorki sich von dieser hohen Einschätzung der russischen Intelligenz distanzieren[20], wird wieder stärker differenzieren[21] zwischen den Kräften, die sich

[18] Vgl. A. V. Lunačarskij, Ob intelligencii, Moskau 1923.

[19] Maxim Gorkij, Unzeitgemäße Gedanken über Kultur und Revolution, Frankfurt/Main 1972, S. 248/249.

[20] Schon 1918 rückt Gorki von den in »Novaja žizn'« vertretenen Positionen wieder ab. 1930, als die ersten drei Bücher von »Klim Samgin« schon vorlagen, die ja auch seine weitere Auseinandersetzung mit dieser Frage belegen, nimmt Gorki noch einmal zu dem Konflikt mit den Bolschewiki Stellung: »Ich teilte nicht die Meinung der Kommunisten hinsichtlich der Rolle, die die Intelligenz in der russischen Revolution spielte; eben die Intelligenz hatte die Revolution vorbereitet, und zu ihr gehörten alle ›Bolschewiki‹, die Hunderte von Arbeitern im Geiste des sozialen Heldentums und hoher Intellektualität erzogen hatten. Die russische Intelligenz, sowohl die wissenschaftliche als auch die Arbeiterintelligenz, war, ist und wird noch lange das einzige Zugpferd vor dem schweren Wagen der russischen Geschichte sein.« »So dachte ich vor dreizehn Jahren, und so – irrte ich mich.« (Ebenda, S. 304.)

[21] Zur klassenmäßigen Differenzierung der Intelligenz durch Lenin, der Gorki in seinen frühen Dramen weitgehend folgte, vgl. das Nachwort von Helene Imendörffer in M. Gorki, Sommergäste, Stuttgart 1975, S. 130–133.

der Revolution angeschlossen, und denjenigen, die andere Positionen eingenommen haben.[22] Gorkis Anliegen unmittelbar nach der Revolution aber war der Aufbau des neuen Sowjetrußland, und er wollte die Intelligenz für diese Aufgabe gewinnen.[23] »In einem Land, das reich beschenkt ist mit natürlichen Reichtümern und Begabungen, trat als Folge seiner geistigen Nichtigkeit die Anarchie auf allen Gebieten der Kultur offen zutage. Industrie und Technik sind in einem rudimentären Zustand und ohne feste Verbindung zur Wissenschaft; die Wissenschaft selbst findet sich irgendwo auf Hinterhöfen, in der Finsternis und unter der feindseligen Aufsicht eines Beamten; die Kunst, durch die Zensur eingeschränkt und entstellt, hat sich von der Allgemeinheit losgelöst, hat sich in das Suchen neuer

[22] Eine wie auch immer »fortschrittliche« Einstellung wurde schon im 19. Jahrhundert der Intelligenz insgesamt zugeschrieben. »Doch schon in den neunziger Jahren genügte es nicht mehr, wenn man Bildung besaß und eine Rolle im öffentlichen Leben spielte; man mußte in unerschütterlicher Gegnerschaft zum gesamten politischen und wirtschaftlichen System des Alten Regimes stehen und zur aktiven Teilnahme am Kampf zu seinem Sturz bereit sein. Anders ausgedrückt, der Intelligenz anzugehören bedeutete, daß man ein Revolutionär war.« (S. weiter zur Geschichte der russischen Intelligenz bei R. Pipes, Rußland vor der Revolution. Staat und Gesellschaft im Zarenreich, München 1977, S. 256.) Vgl. auch V. R. Lejkina-Svirskaja, Intelligencija v Rossii vo vtoroj polovine XIX veka, Moskau 1971.

[23] »Seit den Dramen von 1905, wo es darum ging, die kleinbürgerlichen Intelligenzler satirisch zu zeichnen, und diejenigen, die sich dem Proletariat angeschlossen hatten, dagegen abzuheben, hatte sich die Situation der Intelligenz in Rußland mehrfach verändert.« »(...) die Zeit von 1905 bis 1917 erscheint, im Ganzen gesehen, als eine Periode der allgemeinen Diffamierung des Stichwortes (sc. Intelligencija), ähnlich den Achtziger Jahren.« »Die alte (bourgeoise) Intelligencija mußte nach dem Sieg der Oktoberrevolution entpolitisiert und der Herrschaft der in der Partei verkörperten Arbeiterklasse unterworfen werden. Soweit sie dazu nicht bereit war, hatte sie in bolschewistischer Sicht als eine feindliche und schädliche ›reaktionäre‹ Intelligencija zwangsläufig keine Daseinsberechtigung mehr.« »Der Begriff der ›Intelligencija‹ selbst war daher unter den neuen Machtverhältnissen neu zu überdenken.« Nicht nur Gorki allein war klar, daß die bürgerliche Intelligenz gewonnen werden mußte: »Nach der Oktoberrevolution sieht sich die Führung der Partei jedoch veranlaßt, jene ideologisch falsch eingestellte (charakterlos-dekadente, undisziplinierte usw.) bourgeoise *Intelligencija der Spezialisten* für den sozialistischen Aufbau des Landes zu gewinnen. Die Identifikation von wahrer Intelligencija und revolutionärem Klassenkampf wird zunehmend verdrängt durch die Gleichsetzung von Intelligencija und beruflichem Fachwissen.« (O. W. Müller, Intelligencija. Untersuchungen zur Geschichte eines politischen Schlagwortes, Frankfurt/Main 1971, S. 386 und 387.)

Formen vertieft und den lebendigen, bewegenden und veredelnden Gehalt verloren.« »Die Revolution hat die Monarchie gestürzt, das ist wahr!« »Der Prozeß der intellektuellen Bereicherung des Landes verläuft äußerst langsam; um so notwendiger ist dieser Prozeß für uns, und die Revolution muß jetzt durch ihre führenden Kräfte unbedingt die Verpflichtung auf sich nehmen, Institutionen und Organisationen zu schaffen, die sich beharrlich und unverzüglich mit der Entwicklung der intellektuellen Kräfte des Landes befassen. Die intellektuelle Kraft ist qualitativ die wichtigste Produktivkraft. Die Sorge um ihr schnellstmögliches Wachstum muß die brennende Sorge aller Klassen sein. Wir müssen die Arbeit einer allseitigen Entfaltung der Kultur gemeinsam auf uns nehmen.«[24]

1917/18 nahm Gorki also generell für Angehörige der Intelligenz Partei, auch wenn diese seine Ansichten nicht teilten[25], er machte sich zum Anwalt der Intelligenz. Im »Klim Samgin« aber setzte er sich noch einmal wie in seinen frühen Dramen kritisch mit der Intelligenz auseinander. Diese Auseinandersetzung hat nun auch einen ganz persönlichen und aktuellen Anlaß, insofern als Gorki noch einmal klar macht, daß er sich von den Emigranten der zwanziger Jahre distanziert.[26] Einige der historischen Personen, die laut einer Notiz Gorkis Prototypen zu der Figur Samgins waren, hatten Gorki in früheren Jahren durchaus nahe gestanden.[27] Erst die Äußerungen

[24] Maxim Gorkij, Unzeitgemäße Gedanken über Kultur und Revolution, Frankfurt/Main 1972, S. 13/14.

[25] »Ohne die Beschlüsse des Soldatenrates in der Frage der Abkommandierung von Schauspielern, Malern und Musikern an die Front abzuwarten, schickte das Bataillonskomitee des Izmajlovschen Regiments 43 Schauspieler, darunter außerordentlich begabte und für die Kultur sehr wertvolle Menschen, in die Schützengräben.« »Nein, ich protestiere aus tiefster Seele dagegen, daß man aus begabten Menschen schlechte Soldaten macht.« (Ebenda, S. 32/33).

[26] »Ich brauche Sie offenbar nicht daran zu erinnern, daß die Intelligenz, die in der Emigration im Ausland lebt, die die Sowjetunion verleumdet, Verschwörungen organisiert und sich überhaupt mit Gemeinheiten beschäftigt – diese Intelligenz besteht in der Mehrzahl aus Samgins.« (M. Gor'kij, Beseda s pisateljami-udarnikami po voprosam, predložennym rabočim redakcionnym soventom VCSPS, in Sobranie sočinenij v tridcati tomach, Moskau 1953, Bd. 26, S. 72–95; S. 93.)

[27] M. Gor'kij, Polnoe sobranie sočinenij, Chudožestvennye proizvedenija, Moskau 1976, Bd. 25, S. 20/21. Das gilt wohl vor allem für K. P. Pjatnickij (1864–1938), der um 1905 einer der Redakteure des Verlags »Znanie«, der Gruppe von »Realisten« um Gorki, war. Später war es allerdings zu Differenzen zwischen Gorki und Pjatnickij gekommen.

Gorkis zur russischen Intelligenz in der Zeitschrift »Neues Leben« einerseits, wie andererseits seine kritische Auseinandersetzung mit ihr im Frühwerk, machen eigentlich verständlich, warum Gorki sich in den zwanziger und dreißiger Jahren in seinem letzten Roman erneut mit dieser Frage beschäftigt.[28] Vor allem aber wird so unseres Erachtens auch verständlich, warum die Intelligenz so sorgfältig, in der Form des Bewußtseinsromans von innen, und auch keineswegs *nur* ablehnend dargestellt wird[29], wie von der sowjetischen Forschung oft behauptet wurde.[30] Daher ist auch die Bezeichnung Samgins als »negativer« Held unzutreffend.[31]

[28] Auch Rühle hat bei der Interpretation von »Klim Samgin« die »Unzeitgemäßen Gedanken« herangezogen. Seinen Schlüssen können wir jedoch keineswegs zustimmen, wenn er folgert: »In den vier Bänden des Romans steht die Abrechnung Gorkis mit sich selbst.« »Nach 1800 Seiten kommt der Roman zu dem Punkt, um dessentwillen er geschrieben wurde: zur Auseinandersetzung zwischen Humanität und Bolschewismus.« »Klim steht freier und unangreifbarer denn je in der Welt, und Kutusow hat ihm nichts entgegenzusetzen als ein System von Phrasen.« Allerdings ist es Rühles Verdienst, in der Bundesrepublik zu einem Zeitpunkt auf diesen Roman aufmerksam gemacht zu haben, als die Rezeption Gorkis noch nicht wieder neu eingesetzt hatte: »Ich hingegen halte dieses Buch, das wie ein Granitblock unbewältigt inmitten der Sowjetliteratur liegt, für eines der großen Werke unseres Jahrhunderts, einen Schlüsselroman zum Verständnis des modernen Rußland und überhaupt der Menschen unserer Zeit.« (J. Rühle, Literatur und Revolution, Köln-Berlin 1960, S. 37, 44, 30.)

[29] Lunatscharskijs Einstellung zu dieser Frage aus dem Jahre 1932 ist in sich schon ein Dokument für die Brisanz des Themas: »In welchem Maße hat Gorki die Intelligenz in diesem Werk verurteilt? Setzt Gorki die Intelligenz insgesamt mit der Figur Samgins in eins?« »In ›Das Leben des Klim Samgin‹ unternimmt Gorki keinesfalls eine Verurteilung der Intelligenz in Bausch und Bogen. Das konnte man von ihm aber auch nicht erwarten. Natürlich hat Gorki keine Sympathien für die Masse der Kleinbürger und Spießer, auch wenn sie über ein Diplom verfügen. Eigentlich greift das neue Werk Gorkis das gebildete Kleinbürgertum, das früher so manchen Hieb hatte einstecken müssen, verhältnismäßig wenig an. Jedenfalls kommt an Heftigkeit nichts hinzu zu dem, was Gorki in ›Warenka Olessowa‹, in ›Sommergäste‹ oder ›Barbaren‹ schon gesagt hat.« (A. V. Lunačarskij, Samgin, in Sobranie sočinenij v vos'mi tomach, Moskau 1964, Bd. 2, S. 170–202; S. 185.)

[30] Noch in jüngsten Arbeiten werden negative Charaktereigenschaften Samgins gerne betont: »Samgin wird mit der Zeit zum Verräter, und dies ist die einzige durchgängige Linie seines Verhaltens, die einzige beständige Eigenschaft seines Charakters.« (A. Volkov, Chudožestvennyj mir Gor'kogo. Sovetskie gody, Moskau 1978, S. 298.)

[31] Vgl. D. Zatonskij, Iskusstvo romana i XX vek, Moskau 1973, S. 308.

Offenbar besteht ein enger Zusammenhang zwischen Gorkis Auseinandersetzung mit der Intelligenz und der Tatsache, daß er von seiner Geschichtskonzeption her mit »Klim Samgin« ein umfangreiches Kapitel russischer Philosophiegeschichte, Literatur- und Kunstdiskussion, also Ideengeschichte und nicht etwa Sozialgeschichte vorlegt. »Im Zusammenhang mit dem ökonomischen und industriellen Aufschwung und der sozialen Umgestaltung Rußlands durch das Entstehen einer Bourgeoisie ist auch ein Neuansatz politischer und geistiger Interessen der Gesellschaft zu bemerken. Diesen Prozeß kann man seit etwa Mitte der neunziger Jahre des 19. Jahrhunderts verfolgen. Im gesamten Kulturbereich – in Philosophie, Literatur, bildender Kunst, Musik, Theater, Ballett – fand ein bemerkenswerter Aufschwung statt, der oft als ›Geistige Renaissance‹ oder ›Silbernes Zeitalter der russischen Kultur‹ bezeichnet wird.«[32] Gorki war Zeitgenosse dieser Entwicklungen, mit denen er sich kritisch auseinandersetzte und die er in »Klim Samgin« noch einmal in großem Überblick darstellt. Es ist zu betonen, daß Gorki keineswegs die historische Epoche in toto zu schildern versucht, wie dies in manchen sowjetischen Arbeiten den Anschein hat. Der »permanenten« Diskussion in den Kreisen der Intelligenz auf nahezu zweitausend Romanseiten sind als Kontrast bestimmte historische Ereignisse gegenübergestellt, die nach der leninistischen Konzeption Hauptetappen auf dem Wege zur Revolution waren. Dazu gehören u. a. die Darstellung der die Entwicklung des Kapitalismus im Rußland der neunziger Jahre repräsentierenden Allrussischen Industrie- und Kunstausstellung von 1896 in Nishnij Nowgorod (Buch I, 486–509) und des Massenunglücks auf dem Chodynkafeld, ebenfalls im Jahre 1896, bei der Krönung des Zaren Nikolaus II. (Buch I, 415–450), das antimonarchistischen Stimmungen starken Auftrieb gab. Auch an der Revolution von 1905 nimmt Samgin als »Augenzeuge« teil (Buch II, 1002–1093). Weniger geht es Gorki um einen Kontrast zwischen dem Leben der Intelligenz und der Geschichte der Arbeiterbewegung oder der bolschewistischen Partei. Die Figur des Bolschewiken Kutusow ist nur deshalb von der sowjetischen Forschung vielfach überbewertet worden, weil sie auf der Suche nach dem »positiven Helden«, einem der Postulate des sozialistischen Realismus, in Kutusow diesen »positiven Helden« zu finden meinte.

32 J. Scherrer, Die russischen religiös-philosophischen Vereinigungen als Ausdruck des religiösen Suchens der Intelligencija zwischen Jahrhundertwende und 1917, in Forschungen zur osteuropäischen Geschichte, Bd. 20, Berlin 1973, S. 57–75; S. 57.

Wir können das Verhältnis zwischen Bewußtsein und Wirklichkeit als das zentrale Thema dieses Romans bezeichnen. Ein wichtiges Motiv im ersten Buch ist das des »Erfindens, Erdenkens«.[33] Wirklichkeit ist dabei in einer im historischen Roman üblichen Weise sowohl fiktionale als auch historische Wirklichkeit. Anders als in der Gattung des historischen Romans sonst üblich ist das Ausmaß der Bewußtseinsdarstellung, ja allein die Tatsache, daß *ein* Held nicht nur im Mittelpunkt des Romans steht, sondern daß dieser ständig im Text anwesend ist. Welcher Held kann geeignet sein, ein so breites historisches Panorama zu erleben? Gorki wählt den »mittleren« Helden, und er macht ihn nicht zum Gestalter, sondern zum – manchmal nur stummen – Augenzeugen[34] historischer Ereignisse. Seit dem Erscheinen des ersten Buches des Romans bewegte Kritiker, Leser und Forscher die Frage nach der »Geeignetheit« des Helden Klim Samgin. Man hat festgestellt, daß Gorki ihm einen »geeig-

[33] Im Russischen klarer erkennbar in der Verwendung immer desselben Wortes: »vydumyvat'«: »Da mußte er (sc. Klim) erfinden, daß sein Name rund wie ein Fäßchen sei. Es kam ihm der Einfall, der Großvater spreche in lila Worten.« (Buch I, 15) »Das Erdenken war nicht leicht, aber er begriff, daß gerade deswegen alle im Hause, mit Ausnahme des ›richtigen alten Mannes‹, ihn dem Bruder Dmitrij vorzogen.« (Buch I, 15) »Klim begann ziemlich früh zu merken, daß die Wahrheit der Erwachsenen etwas Unwahres, Erdachtes enthielt.« (Buch I, 18). »Er ist eben ein ›richtiger alter Mann‹, er stützt sich sogar im Sitzen mit beiden Händen auf seinen Stock, wie die alten Männer auf den Bänken im Stadtpark. ›Das alles ist sehr schädlicher Unsinn‹, brummte er. ›Ihr verderbt das Kind (sc. Klim), ihr erdenkt es euch.‹ Sofort begann zwischen dem Großvater und dem Vater ein Streit. Der Vater suchte ständig zu beweisen, daß alles Schöne auf Erden erdacht sei (. . .)« (Buch I, 14). Später äußert sich Klims also schon von Kindheit an stark reflektiertes Verhältnis zur Wirklichkeit auch in der Abwehr konkreter historischer Wirklichkeit: »Sein ganzes Leben lang hatte diese verdammte phantastische Wirklichkeit ihn gehindert, sich selbst zu finden, indem sie in ihn hineinsikkerte und ihn zwang, über sie nachzudenken, ihm jedoch nicht erlaubte, als ein von ihren Gewalttaten freier Mensch über ihr zu stehen. Er fühlte sich erschüttert, als er las, daß in Petersburg ein Sowjet der Arbeiterdeputierten gebildet worden war.« (Buch II, 1094)

[34] Samgin nimmt als Augenzeuge an den blutigen Unruhen des 9. Januar 1905 in Petersburg teil. Diese Rolle wird in seinen Reflexionen folgendermaßen formuliert: »Nach einem Vorfall, der sich plötzlich am Zugang zur Dworanskaja-Straße abspielte, fühlte sich Samgin endgültig als Teilnehmer eines sehr wichtigen historischen Ereignisses – als Teilnehmer und nicht als Zeuge.« (Buch II, 1010)

neten« Beruf gibt: er ist Jurist und daher als freier Rechtsanwalt häufig auf Reisen. So kann er Augenzeuge revolutionärer Ereignisse in Moskau und Petersburg wie in der Provinz sein. Wenn wir »Klim Samgin« als Bewußtseinsroman bezeichnen, so meint dies, daß im gesamten Roman nur Wahrnehmungen und Reflexionen des Helden dargestellt werden.[35] Damit verbindet sich jegliche Darstellung im Roman, Personendarstellung, Großstadtschilderung, Massenszenen etc. Mit dem Begriff Bewußtseinsroman meinen wir also den dargestellten Gegenstand und die daraus resultierenden Verfahren. Man kann nachweisen, daß die Wahl der Erzählperspektive die gesamte Struktur des Romans bestimmt.[36] Der Leser nimmt jedoch dank des reichen Wechsels der Verfahren die Präsenz des Helden in unterschiedlich starkem Maße wahr. In manchen Szenen wird die Anwesenheit Samgins auch nur nachträglich erwähnt. Gorki stellt also eine Flut von Wahrnehmungen und vor allem Reflexionen dar, ohne daß allerdings hier schon von einem »Bewußtseinsstrom« mit seiner Auflösung grammatischer Normen gesprochen werden kann. Die Reflexionen Samgins mit den darin eingebetteten Leitmotiven, Erinnerungen, Zitaten und thematischen Motiven bilden eine eigene Welt. Es gibt in »Klim Samgin« drei Leitmotive, die in diesem Roman ihren Ort alle nur in der Reflexion des Helden haben und thematisch mit seiner Auseinandersetzung mit der Wirklichkeit verknüpft sind. Das wichtigste und häufigste Leitmotiv lautet: *»Ja – ist denn ein Junge dagewesen, vielleicht war gar kein Junge da?«* (Buch I, 77). Die beiden anderen Leitmotive beziehen sich stärker auf die historische und politische Wirklichkeit: *»Stillgesta-anden!* erinnerte er sich des Kommandogeschreis eines Unteroffiziers, der Soldaten ausbildete. Vor langer Zeit, in der Kindheit, hatte er dieses Geschrei gehört. Dann fiel ihm das bucklige kleine Mädchen ein: *Was treiben Sie da?* – Vielleicht war gar kein Junge da.«[37]

Die gedankliche Welt des Helden befindet sich in ständiger Auseinandersetzung mit der Außenwelt. Manchmal kontrastieren beide miteinander, die Sicht Samgins wird also relativiert. »Eines Tages

[35] Ausführlicher dazu s. Helene Imendörffer, Die perspektivische Struktur von Gor'kijs Roman »Žizn' Klima Samgina«, Berlin-Wiesbaden 1973.

[36] Die einzige Abweichung am Anfang des ersten Buches zeugt davon, daß die Beschränkung auf das Wahrnehmungszentrum Samgin für Gorki vermutlich keineswegs von Anfang an fest stand. Ein raffender Überblick des Erzählers ist in einem historischen Roman ein besonders naheliegendes Verfahren. »Klims erste Lebensjahre fielen in die Zeit des verzweifelten Kampfes um Freiheit und Kultur (...).« (Buch I, 8).

[37] Buch IV, 501. Kursivsatz der Leitmotive H. Imendörffer.

stand Samgin im Kreml und betrachtete das Häuserchaos der Stadt, das von der winterlichen Mittagssonne festlich beleuchtet wurde. (. . .) man konnte meinen, unter diesen Dächern wohnten einträchtig in lichter Wärme lauter liebe Menschen.« Diomidows direkt anschließende Äußerung über Moskau kontrastiert mit den Empfindungen Samgins: »Eine entsetzliche Stadt.« (Buch I, 386/387). Damit setzt der Autor Akzente, ohne sich allerdings selbst als Erzähler einzumischen. Das bedeutet, daß etwa im vierten Buch die Diskrepanz zwischen der Haltung Samgins und der sich zuspitzenden revolutionären Situation im Lande nicht eindeutig bewertet wird. Es wird vielmehr die Diskrepanz zwischen bestimmten Kreisen der Intelligenz und den revolutionären Gruppen deutlich, die Beurteilung dieser Diskrepanz jedoch dem Leser überlassen. »Samgin, der sich eine Zigarette anzündete, nickte und fragte, da er nicht länger an sich halten konnte: ›Wo hast du Dmitrij gesehen?‹ ›Er übernachtete bei mir, Tossja hatte ihn geschickt. Er ist gealtert, sehr stark! Ihr – standet nicht im Briefwechsel?‹ ›Nein. Was treibt er?‹ Dronow lächelte. ›Ich weiß nicht, ich habe ihn nicht gefragt. Im Jahre neun wurde er in Tomsk verhaftet und für drei Jahre ausgewiesen, wegen eines Fluchtversuchs brummte man ihm noch zwei Jahre auf und – ab nach Berjosow.‹ ›Er hatte zu fliehen versucht?‹ fragte Samgin, ein Fluchtversuch stimmte nicht mit seiner Vorstellung von dem Bruder überein. ›Du – glaubst es wohl nicht?‹ Samgin hüllte sich in Schweigen. ›Er fragte nach deiner Adresse, ich gab sie ihm.‹ ›Natürlich.‹ ›Und Tossja ist in Jaroslawl tätig‹, sagte Dronow nachdenklich. ›Mit den Bolschewiki?‹ ›Anscheinend – ja.‹ Das Gespräch kam nicht in Fluß. Samgin fielen keine Fragen ein (. . .).« (Buch IV, 864). Die Sicht Samgins kann in Kontrast zur Anordnung des Materials, zu den geschilderten Ereignissen und vor allem zu den im Dialog von anderen Personen geäußerten Meinungen treten. Insgesamt nimmt der Dialog, gesteigert auch zum Polylog[38], im Roman einen besonders großen Raum ein. Wie Samgin als Intellektuellem, was die psychologische Motivierung betrifft, die dauernde Reflexion zugeordnet wird, so den Kreisen der Intelligenz das dauernde Gespräch.

In der russischen Literatur gilt Dostojewskij als Vertreter des dialogischen Prinzips. Seine Romane sind gekennzeichnet durch den

[38] Mit Polylog wird das »Stimmengewirr« bezeichnet, bei dessen Wiedergabe der Held als Gesprächsteilnehmer wie als Wahrnehmungszentrum stark zurücktritt. »Es ergab sich ein Gestöber von Worten, ein spaßiges Durcheinander von Sätzen: ›In England kann selbst ein Jude Lord sein!‹ ›Um einen Birkhahn ganz der Qualität seines Fleisches angemessen zu braten (. . .)‹ ›Plechanowtum!‹« (Buch I, 383 f.)

Verzicht auf den auktorialen Erzähler, also auf die monologische Position, als deren bedeutendster Vertreter Tolstoi gilt. »Dostoevskij ist der Schöpfer des polyphonen Romans.«[39] Neuere Arbeiten haben »Klim Samgin« mit Dostojewskijs Romanen verglichen. Inwieweit »Klim Samgin« ein »polyphoner Roman« genannt werden kann, ist allerdings eine heute überhaupt noch nicht erforschte Frage. Genauer als bisher wären dabei vor allem die Erzählstrukturen zu untersuchen. Erst im zweiten Schritt ist das Ergebnis zu der weltanschaulich-ideologischen Ebene in Beziehung zu setzen. Dies muß deshalb betont werden, weil man sich bisher zu oft mit dem reinen Nachzeichnen der polemischen Absetzung Gorkis gegenüber dem weltanschaulichen Kontrahenten begnügte. Denn gewisse Gemeinsamkeiten liegen auf der Hand: »Die Romane Dostojewskijs beeindrucken uns damit, daß sie stark philosophisch ausgerichtet sind. Hier werden die schwierigsten und brennendsten Probleme des menschlichen Daseins aufgeworfen.« »Dadurch erklärt sich, daß in den Kompositionen der Romane Dostojewskijs die Alltagsdarstellung stark zurücktritt, der Liebeskonflikt nur noch eine untergeordnete Rolle spielt, die Landschaftsdarstellung und vieles andere fast gar nicht mehr vorkommt, was die Romane Turgenjews und Gontscharows ausmachte«.[40] Es ist richtig, daß all dies auch in »Klim Samgin« zurücktritt und zwar nicht nur zugunsten der Bewußtseinsdarstellung, sondern auch der Auseinandersetzung, in die der Träger dieses Bewußtseins gestellt ist, nämlich der Auseinandersetzung mit den Ideen und geistigen Strömungen wie den historischen Ereignissen seiner Zeit. »In ›Das Leben des Klim Samgin‹ treten einige hundert Personen auf und sie alle geraten in der einen oder anderen Weise in den Strudel des Kampfes der verschiedenen Ideen dieser Epoche. Im Roman finden ununterbrochen Streitgespräche, Dis-

[39] M. Bachtin, Probleme der Poetik Dostoevskijs. München 1971, S. 10. »Die Vielfalt selbständiger und unvermischter Stimmen und Bewußtseine, die echte Polyphonie vollwertiger Stimmen ist tatsächlich die Haupteigenart der Romane von Dostoevskij.« (Ebenda, S. 9.) Vgl. auch als weiterführende Arbeit: W. Schmid, Der Textaufbau in den Erzählungen Dostoevskijs, München 1973. »Dostoevskijs Erzählungen markieren in der russischen Literatur die Wende zu einem neuen ästhetischen Kanon. Deshalb mußten sie bei den Zeitgenossen, die sich an der traditionellen Poetik orientierten und Dostoevskijs Vorläufer ausschließlich durch das Prisma dieser (von jenen bereits destruierten) Poetik wahrnahmen, auf Unverständnis und Ablehnung stoßen.« (S. 282.)

[40] M. Ja. Ermakova, Romany Dostoevskogo i tvorčeskie iskanija v russkoj literature XX veka (L. Andreev, M. Gor'kij), Gor'kij 1973, S. 303 und 304.

kussionen zu Fragen der Logik, der Geschichte, der Moral, der Ästhetik, der Religion etc. statt. Ausführlichst werden die geistigen Kämpfe der Marxisten mit den Narodniki (Volkstümler), der legalen Marxisten mit den orthodoxen Marxisten, der Bolschewiki mit den Menschewiki und der Revolutionäre mit den Konterrevolutionären beschrieben. In diesen Streitgesprächen werden nicht nur die sozialen und politischen Positionen der Gesprächspartner, sondern immer auch ihre philosophische Ausgangsbasis bloßgelegt. Es werden zahllose Namen von Philosophen der Vergangenheit und ›modischer‹ Philosophen der Gegenwart genannt, es wird das ganze Arsenal der geistigen Auseinandersetzung aufgeboten.«[41]

Wir hatten eingangs die These aufgestellt, daß Gorki mit seinem letzten, durchaus »modern« zu nennenden Roman »Klim Samgin« seine bisherige Romankonzeption überwindet. Diese Überwindung liegt zentral im Verzicht auf die auktoriale Position[42] des allwissenden Erzählers und zieht die Änderung der gesamten Struktur des Romans nach sich. Diese einschneidende Wendung vollzieht sich im russischen wie im westeuropäischen Roman. Die Arbeiten der letzten zehn Jahre zu »Klim Samgin« haben sich daher – endlich – zunehmend den verschiedenen Wechselbeziehungen zwischen »Klim Samgin« und dem Roman des 20. Jahrhunderts zugewandt.[43] Insge-

[41] Ebenda, S. 305.

[42] So konstatiert neuerdings Kluge zu Gorkis frühem Roman »Die Mutter«: »Die lineare, eindimensionale Struktur des Romans ›Die Mutter‹, von der die Rede war, korrespondiert mit einer einheitlichen ideellen Konzeption, die in der Forschung und Kritik einhellig im revolutionären marxistischen Sozialismus gesehen wird. Sie bestimmt alle Darstellungsfaktoren. Und insofern erscheint dieser Roman auch als der erklärte Gegentyp zur ›polyphonen‹ Struktur der Romane Dostoevskijs, in denen es keinen einheitlichen Standpunkt gibt, von dem aus die Komplexität des Geschehens einer abschließenden Lösung zugeführt wird. Diese bleibt offen; das Ergebnis der Diskussion ist eine Frage.« (R.-D. Kluge, Gorkij. Die Mutter, in Der russische Roman, hsg. von B. Zelinsky, Düsseldorf 1979, S. 242–264; S. 256.)

[43] Es gibt hier die verschiedensten Ansätze. Eigentlich die erste komparativistische Arbeit zu »Klim Samgin« stammt von Ralf Schröder, ihm kommt das Verdienst zu, in dieser Hinsicht bahnbrechend gewesen zu sein. Schröder arbeitet zunächst die Faust-Rezeption Gorkis in »Klim Samgin« auf und zeigt eine Vielzahl von Motiven. »Die Gestalten in Gorkis ›Samgin‹ ziehen zur Klärung ihrer eigenen ideologischen und geschichtlichen Problematik wiederholt Goethes ›Faust‹ zum Vergleich heran. Klim Samgin wird schon in seiner Jugend sowohl mit Faust als auch mit Mephisto verglichen. Auf dem Höhepunkt seines Ruhms als Ideologe der ›dritten Kraft‹ bezeichnet Samgin sich selbst und seine soziale Schicht als ›faustisch‹ und versucht, im Sinne sei-

samt ist dieses Thema noch keineswegs erschöpfend behandelt. Ein Autor, der bei Vergleichen mit »Klim Samgin« häufig untersucht wurde, ist Thomas Mann.

Neuerdings hat Kiseleva in einer sehr sorgfältigen Arbeit die Erzählstruktur von »Klim Samgin« untersucht und mit Thomas Manns »Doktor Faustus« verglichen. Sie bringt eine Reihe wichtiger Beobachtungen insbesondere zur Kompositionsform der Reihung, die nicht einer vorgegebenen Kausalität folgt, sondern thematisch oder assoziativ verfährt. In der Tat tritt hier die äußere Handlung und damit die Intrige als Träger von Spannung vollkommen zurück. Die Komposition folgt auch nicht eigentlich einer Logik, die sich aus dem Ablauf der historischen Ereignisse oder aber aus dem Ablauf

ner Faustrezeption zu handeln. Vor der Revolution von 1905 fühlt er sich bei seiner ihm selbst nicht völlig bewußten provokatorischen Tätigkeit innerhalb der Arbeiterbewegung und unter den Liberalen fast wie ein provozierender Teufel, und vor der Revolution von 1917 als kluger, bedeutender und helfender Teufel seiner Schicht. Ferner gibt die stark autobiographische Züge tragende Romangestalt Inokow unter dem Eindruck der alten russischen Heldenepen – von der Volkssängerin Fedossowa 1896 auf der Messe in Nishnij-Nowgorod vorgetragen – eine revolutionäre Umdeutung des allegorischen Bildes der ›Mütter‹ aus Goethes ›Faust‹. In der schöpferischen Kraft und Schönheit des Volkes, die in dem Gesang der Volksepen zum Ausdruck kommt, sieht er – man vergleiche Gorkis bekannte Worte über das Volk als Schöpfer aller materiellen und geistigen Werte – die wahren ›Mütter‹. Samgins erste Geliebte heißt Margarita (Margarete) und seine letzte Jelena (Helena).« (R. Schröder, Die dialektische sozialgeschichtliche Auflösung der Faust-Problematik in Gorkis Roman-Epopöe »Klim Samgin«, in Weimarer Beiträge, 1965, 5, S. 659–731; S. 672.) In einer späteren Arbeit hat Schröder am Beispiel der Faust-Thematik das Romanschaffen Gorkis mit dem Th. Manns verglichen. (R. Schröder, Maxim Gorki, Thomas Mann und die Überwindung der spätbürgerlichen Romankrise, in Weimarer Beiträge, 1967, 2, S. 246–314; S. 247.)

Von einem anderen Ansatz, der nicht eigentlich komparativistisch genannt werden kann, geht das letzte Buch Ovčarenkos aus, der sich bei der Materialauswahl an der Lektüre Gorkis in den zwanziger Jahren orientiert und dabei »Klim Samgin« erstmalig auch mit einer Reihe von amerikanischen und französischen Romanen vergleicht. Diese Darstellung ist entstehungsgeschichtlich interessant, kann aber eine strukturell und thematisch vergleichende Darstellung nicht ersetzen. Sie zeigt allerdings erstmalig in diesem Umfang, wie sehr Gorki nicht nur die russische, sondern auch die westeuropäische und amerikanische Literatur seiner Zeit zur Kenntnis nahm und auch, welche Fülle von Quellenmaterial er durcharbeitete, um seinen historischen Roman »Klim Samgin« zu schreiben. (A. I. Ovčarenko, M. Gor'kij i literaturnye iskanija XX stoletija, Moskau 1978^3.)

der Lebensgeschichte des Helden ergeben könnte. Sie verläuft eher sprunghaft, ausschnitthaft in bezug auf diese beiden Stränge, reiht oft scheinbar völlig übergangslos aneinander.[44] Gorki geht also in der Überwindung der in seinem Romanwerk so häufigen Form der Lebensgeschichte noch einen Schritt weiter als in dem zuvor geschriebenen Roman »Das Werk der Artamonows«, wo er mehrere Helden nacheinander ins Zentrum stellte und jeweils deren Sichtweise folgte.[45] In »Klim Samgin« kehrt Gorki nur teilweise zur Lebensgeschichte zurück. Diese gerät zunächst in Konflikt mit dem Ablauf von Geschichte.[46] Beide jedoch, also Lebensgeschichte und Ablauf von Geschichte, vermögen für das aufnehmende Bewußtsein das Material nicht zu organisieren. Die Komposition folgt dem Fortgang der Reflexion des Helden, die gelegentlich sprunghaft ver-

[44] Manchmal stehen zwei Szenen nebeneinander, die erst nachträglich verknüpft werden: »Es schien, als hätte sie nicht viel Haar, aber wenn sie den Zopf auflöste, bedeckte es den Rücken oder die Brust fast bis zu den Hüften, und sie bekam Ähnlichkeit mit der büßenden Magdalena. / Als Antwort auf die grausame Abrechnung mit den Bauern im Süden ertönte der Schuß Kotschuras auf den Charkower Gouverneur. Samgin sah, daß sogar Leute, die den Terror ablehnten, diesen wenn auch mißglückten Racheakt insgeheim wieder guthießen.« (Buch II, 931) Eine Liebesszene mit der Nikonowa und ein politisches Ereignis stehen hier zunächst unvermittelt nebeneinander. Es folgt kurz eine Stellungnahme Mitrofanows zu diesem politischen Ereignis, danach kommt die Verknüpfung wieder zu Nikonowa: »Als Samgin diese Anekdote der Nikonowa erzählt hatte, brüstete er sich (...)«. (Buch II, 932) Wir können solche Verknüpfungen als assoziativ oder thematisch bezeichnen, hierin unterscheidet sich »Klim Samgin« auch von der reinen Assoziationskette des »stream of consciousness«.

[45] Vgl. Nachwort zu Bd. 6 (Foma Gordejew. Eine Beichte. Das Werk der Artamonows) dieser Ausgabe, S. 832.

[46] Bedeutsam in dieser Hinsicht ist der Schluß des Romans. In der posthumen Fassung des vierten Buches von 1937 sind über den Schluß der vorliegenden Übersetzung hinaus einige kurze Fragmente enthalten, in einem von ihnen wird Samgin während der Revolutionsereignisse 1917 auf der Straße zu Tode getrampelt. Daraus ist oft der Schluß gezogen worden, daß Samgin von der Geschichte überrollt wird. Das hieße, daß hier die Lebensgeschichte in den allgemeinen Gang der Geschichte einmündet und von diesem in letzter Radikalität bestimmt wird. Allerdings liegen uns mehrere Schlußvarianten vor. Deshalb können sie auch nicht in eine Reihenfolge gebracht werden, die dem Leser einen dieser Schlüsse dann als den vom Autor gemeinten nahelegt. Es gibt auch Varianten, die Samgin erst 1919 sterben lassen, möglicherweise in der Emigration, möglicherweise indem er Selbstmord begeht. Alle Fragmente und Äußerungen des Autors sehen, dem Konzept der Lebensgeschichte folgend, den Tod Samgins vor.

läuft und Wirklichkeit, die über die Sinneswahrnehmung in den Roman eindringt, nicht immer zu gliedern und nicht entsprechend in den Griff zu bekommen vermag.[47]

In Widerspruch zu ihren eigenen Ergebnissen legt die Autorin Kiseleva Wert darauf, Gorki wie auch Thomas Mann nicht als »Modernisten« bezeichnet zu haben: »Die ständige Bewegung des Textes ohne Kapitelunterteilung, oft sogar ohne die Hervorhebung neuer Ereignisse durch Absätze, d. h. äußere (Absätze, Kapitel, Unterkapitel) und innere Pausen; der durchgehende Bewußtseinsstrom des Helden; die assoziative, manchmal abgehackte, sprunghafte Verknüpfungstechnik; die Verdinglichung des Bewußtseins und der Gedankenwelt, die äußerliche Verdrängung des Autors und anderes, es scheint, als ob alle diese an der Oberfläche von Gorkis Roman und in der Struktur des Romans von Thomas Mann liegenden Eigenschaften manchmal die kühnsten formalen Experimente des zeitgenössischen Romans im Ausland vorwegnehmen (den Bewußtseinsstrom, die Verdinglichung des Bewußtseins, absurde Literatur, den Antiroman und ähnliches) oder auch manchmal in ihren Bahnen verlaufen. Aber die Position der Autoren Gorki und Mann ist grundsätzlich unterschieden von der Position der Modernisten. Diese Position markiert die Grenze zwischen Realismus und Modernismus, obwohl ›Doktor Faustus‹ und ›Das Leben des Klim Samgin‹ zweifellos, was die Neuheit ihrer Erzählverfahren betrifft, zur Weltliteratur des 20. Jahrhunderts gehören.«[48] Kiseleva erkennt aber die Spezifik von »Klim Samgin« und benennt den Unterschied zu dem in der sowjetischen Literatur vorherrschenden Romantypus. »Allerdings nimmt Gorkis Roman ›Das Leben des Klim Samgin‹, so merkwürdig das auch ist, in der sowjetischen und wohl auch in der ausländischen Literatur des sozialistischen Realismus bisher eine Sonderrolle ein.« »Die Romane M. Scholochows, A. Tolstois, L. Leonows, K. Fedins, A. Fadejews und schließlich Gorkis selbst (vor dem ›Klim Samgin‹) tendieren ihrer Struktur nach zum alten Roman des 18. und 19. Jahrhunderts, zur ›ursprünglichen Erzählordnung‹.«[49]

[47] Zahlreiche Ergebnisse Kiselevas bestätigen die Dissertation von Helene Imendörffer (s. Fußnote 35). Nicht zustimmen können wir Kiseleva darin, daß sie das zusammenhanglose Nebeneinander von Szenen nicht auf das Zentrum des Ganzen, das aufnehmende und reflektierende Bewußtsein des Helden bezieht. (L. F. Kiseleva, Vnutrennjaja organizacija proizvedenija, in Problemy chudožestvennoj formy socialističeskogo realizma, Moskau 1971, Bd. 2, S. 98–170; S. 107.)

[48] Ebenda, S. 100/101. – [49] Ebenda, S. 169.

Die Gattungsbestimmung von »Klim Samgin« hat von Anfang an die Aufmerksamkeit von Kritikern und Forschern auf sich gelenkt. Wir meinen, daß das Wesentlichste in der Kombination von historischem Roman und Bewußtseinsroman liegt. Mit eben dieser Kombination werden auch die in »Klim Samgin« enthaltenen Elemente eines Bildungsromans überwunden. Steht das Konzept der Lebensgeschichte diesem noch nahe, so ist der Bildungs- und Entwicklungsgedanke im »Klim Samgin« nicht mehr tragend. »Das entscheidende Kriterium, das den Bildungsroman von anderen Formen des Entwicklungsromans abhebt, ist seine Tendenz zum ausgleichenden Schluß: Der Bruch zwischen idealerfüllter Seele und widerständiger Realität, der dem Helden zum existentiellen Problem wird, soll am Ende überwunden werden.« »Das Konzept des Bildungsromans ist historisch nur begreifbar aus seinem Zusammenhang mit der optimistischen Mentalität des aufsteigenden Bürgertums: Die Welt erscheint ihm als Objekt handelnder Besitzergreifung und als Medium aktiver Selbstverwirklichung.«[50] Der »klassische« Roman des sozialistischen Realismus mit seiner stark ausgeprägten sozialpädagogischen Dimension vertritt in gewisser Weise wieder diesen Typus des Bildungsromans. Allerdings ist »Klim Samgin« auch nicht als Antibildungsroman zu bezeichnen, daher ist auch der Begriff des »negativen Helden« nicht angemessen. Die Auseinandersetzung zwischen Bewußtsein und Wirklichkeit vollzieht sich hier eher in konzentrischen Kreisen: »Charakteristisch für diesen Roman ist auch eine andere Art von ›Zyklisierung‹, nicht nur der Situationen auf der Ebene der Handlung, sondern der Empfindungen und Eindrücke des Helden. Es geht hier nicht um das für die Komposition von literarischen Werken übliche Zurückkehren der Reflexion des Helden zu etwas Vergangenem, sondern um eine sozusagen besondere Anhäufung neuer und immer neuer Eindrücke im Lichte der Reflexion des Helden«.[51]

Die Rezeption von »Klim Samgin«

Die Rezeption von Gorkis »Klim Samgin« durchläuft in der Sowjetunion einen weiten Weg von krasser Ablehnung bis zu höchstem Lob, in der Bundesrepublik ist dieser Roman bis heute so gut wie gar nicht zur Kenntnis genommen worden. Wie immer ist die Re-

[50] J. Jacobs, Wilhelm Meister und seine Brüder. Untersuchungen zum deutschen Bildungsroman, München 1972, S. 271 und 274.

[51] I. Novič, Chudožestvennoe zaveščanie Gor'kogo »Žizn' Klima Samgina«, Moskau 1965, S. 374.

zeption Gorkis ein Streit um ihn; nicht nur seine Person, auch sein Werk wird politisch verstanden. So stößt er entweder auf schärfste Kritik oder wird verteidigt um jeden Preis. In den zwanziger Jahren, als Gorki von den Vertretern der verschiedenen literarischen Gruppen in der Sowjetunion teilweise recht heftig kritisiert wird, trifft das erste Buch von »Klim Samgin« zunächst überwiegend auf Unverständnis und Ablehnung. Der Roman wird »lang und ermüdend« genannt, wobei Gorki schon die Wahl seines Gegenstandes zum Vorwurf gemacht wird. »(. . .) daß der Autor es hier mit ihm zutiefst fremden Figuren zu tun hat, führte zu einer Reihe von unerfreulichen Eigenschaften dieses Romans.« Diese Frage, ob nämlich Gorki als Autor mit seinem Helden identifiziert werden kann oder nicht, wird wie ein roter Faden die weitere Rezeption durchziehen: »Und es stellt sich uns die Frage, ob Gorki nicht übertrieben hat bei der Wiedergabe dieser endlosen Diskussionen, die er selbst nach eigenem Eingeständnis so haßte.«[52] Solche Äußerungen, so interessant sie im Hinblick auf die literaturpolitische Position des Autors sind, werfen auch ein Licht auf die Besonderheiten des Werkes und bestätigen, daß Gorki seine Schreibweise verändert und weiterentwickelt hat. Insofern können wir Krasunov zustimmen, wenn er schreibt: »Den Zeitgenossen Gor'kijs fiel es nicht leicht, sich gleich mit den neuartigen Absichten des Autors zurechtzufinden. Sie betrachten ›Das Leben des Klim Samgin‹ entweder mit den Maßstäben der gewohnten Vorstellung von der Gattung des historischen Romans oder aber behandeln es wie Memoiren, wie einen autobiographischen Roman.« »Was die künstlerische Seite des Romans betrifft, so ist der eigentliche Grund für die Bemerkungen der Kritiker, daß die Handlung schwach, die nicht endenden Dialoge ermüdend, der Roman überfüllt sei mit Personen usw., unserer Meinung nach in den spezifischen Besonderheiten des Werkes selbst zu suchen.«[53]

Eben diese Spezifika von »Klim Samgin« erfaßt ein Hinweis Michajlovs auf die Bewußtseinsdarstellung im Roman aus dem Jahre 1929 schon eher: »(. . .) die psychologische Ausrichtung des Romans, die die Bilder des realen Lebens, der Natur und überhaupt die Handlung herausdrängt, schafft viel Freiraum für analysierende und psychologisierende Verfahren.« »Die Komposition des Romans ist nicht durchgearbeitet. Die einzelnen Szenen in ihm sind nicht real

52 M. Poljakova, »Žizn' Klima Samgina«, in Pečat' i revoljucija, 1928, 1, S. 102–105; S. 102 und 103.

53 V. K. Krasunov, Načal'naja stranica kritičeskoj letopisi (»Žizn' Klima Samgina« v kritike 20-ch godov), in Vorposy gor'kovedenija (»Žizn' Klima Samgina« M. Gor'kogo), vyp. 2, Gor'kij 1976, S. 82–88; S. 85/86.)

in der Wirklichkeit, sondern nur durch Klims Bewußtsein verbunden.« Michajlov aber kritisiert etwas anderes am Roman: die Darstellung des Proletariats und der Revolutionäre. »Kutusow ist ein Schema. Ebenso schematisch sind die Arbeiter dargestellt.« Von diesem Ansatzpunkt her polemisiert er nun dagegen, daß der ganze Roman nur die Sichtweise Samgins wiedergibt, die lediglich durch die Äußerungen anderer handelnder Personen, nicht aber die eines allwissenden Erzählers ergänzt wird. Diese Kritik gilt auch der Darstellung historischer Ereignisse: »Der 9. Januar wird nach den Empfindungen Klims und Turobojews geschildert, er wird nicht als Ganzes, sondern außerhalb einer allgemeinen Dynamik erfaßt. Die Schilderung hält sich streng an die Grenzen der Beobachtungen Samgins.«[54]

Die Reaktionen von Emigranten sind noch ablehnender, lassen aber auch Betroffenheit spüren: »Als ein Sittengemälde ist ›Das Leben des Klim Samgin‹ recht farbenfroh und zum Bekanntmachen mit den Stimmungen der vorrevolutionären Intelligenz nützlich. Aber es ist traurig und bezeichnend, daß Gorki im Alter, nach so vielem Suchen und so vielen Fragen, in diesen Jahren heute, da all dieses Suchen und alle diese Fragen einer so entsetzlichen Überprüfung unterzogen werden, nur ein ›nützliches‹ Buch schrieb und nichts mehr.«[55] In der Sowjetunion wird in den dreißiger Jahren der allgemeine Tenor hingegen freundlicher und damit auch einheitlicher. Jetzt versucht man man, den Roman auf den inzwischen geprägten Begriff des sozialistischen Realismus zu beziehen. Gestützt auf Gorkis eigene Äußerungen wird erstmalig darauf hingewiesen, daß der Polylog in »Klim Samgin« von Balzac übernommen ist. Val'be geht es aber vor allem um etwas anderes: »Die vergleichende Untersuchung der Methode und Meisterschaft von Gorkis ›Klim‹ im Lichte der künstlerischen Verfahren des französischen realistischen Romans macht uns all das deutlich, was das Schaffen des großen proletarischen Künstlers von den Klassikern des Realismus unterscheidet.«[56] Schon dieser Aufsatz aus dem Jahre 1933 beginnt mit der sich in der sowjetischen »Klim Samgin«-Forschung lange und allzu lange haltenden Tendenz, die Bewußtseinsdarstellung aus dem

[54] A. Michajlov, »Žizn' Klima Samgina« M. Gor'kogo, in Na literaturnom postu, 1929, 6, S. 30–41 und 7, S. 46–54; Nr. 7, S. 54 und 6, S. 35 und 36.

[55] G. Adamovič, Maksim Gor'kij, in Sovremennye zapiski, Pariž 1936, LXI, S. 389–393; S. 393.

[56] B. Val'be, O »Klime Samgine«, in Literaturnaja učeba, 1933, 6–7, S. 58–70; S. 59.

Roman nachgerade eliminieren zu wollen. »Die Versuche, die Methode des ›Klim‹ als psychologisch zu bezeichnen, sind nicht stichhaltig.«[57] Folgerichtig wird so getan, als gäbe es eine auktoriale Instanz: »Der Bericht des Autors ist, soweit er die einen oder anderen Ereignisse beleuchtet, den Urteilen Klims völlig entgegengesetzt (...).«[58] Die Debatte um das Vorhandensein einer Stimme des Autors – die Kategorie des Erzählers wird vielfach gar nicht eingeführt und so trägt mangelnde Begrifflichkeit zu sachlicher Vewirrung bei – resultiert aus einem Postulat des sozialistischen Realismus, das zwar niemals explizit formuliert, aber darum nicht weniger wirksam lange verfochten wurde. »Hinsichtlich der Erzählerperspektive wird ein überlegener allwissender Erzähler bevorzugt, der das Geschehen überblicken, ordnen und entsprechend der marxistischen-leninistischen Weltanschauung ausdeuten kann«[59] Abzuleiten ist dieses Postulat aus der Orientierung der literarkritischen Kriterien am auktorialen, »monologischen« Roman, dem Roman des 19. Jahrhunderts, als dessen wichtigsten Repräsentanten wir Tolstoi nannten.

Die sowjetische Literaturkritik und Forschung hatte noch ein weiteres Problem bei der Interpretation von »Klim Samgin« zu überwinden. Zum einen ist konsequente Bewußtseinsdarstellung, die wir in »Klim Samgin« wie in zahlreichen anderen Romanen des 20. Jahrhunderts vorfinden, ohnehin unlösbar mit dem Verzicht auf den auktorialen Erzähler verknüpft. Zum anderen waren bedeutende Repräsentanten des Bewußtseinsromans, nämlich James Joyce und Marcel Proust, auf dem ersten sowjetischen Schriftstellerkongreß von 1934 auch noch ausdrücklich scharf kritisiert worden. Bis heute ist der »Ulysses« nicht vollständig ins Russische übersetzt und in der Sowjetunion auf dieses Verdikt hin praktisch nicht rezipiert worden. Die Abgrenzung gegenüber der Literatur des Auslands, die mindestens bis zum Jahre 1954 dauern sollte, beginnt hier: »Sollen wir von großen Schriftstellern wie Proust die Kunst lernen, jede kleinste Regung im Menschen zu skizzieren, zu schildern? Nicht darum handelt es sich. Es handelt sich darum, ob wir unseren eigenen Weg haben oder ob uns die Experimente des Auslands den Weg weisen sollen.« »Was ist das Bemerkenswerteste an Joyce? Das Bemerkenswerteste an ihm ist die Überzeugung, daß es im Leben nichts Großes gibt – keine großen Ereignisse, keine großen Men-

[57] Ebenda, S. 69.
[58] Ebenda, S. 66.
[59] H. Günther, Sozialistischer Realismus, in Reallexikon der deutschen Literaturgeschichte, Berlin – New York 1979, Bd. 4, S. 57–64; S. 59.

schen, keine großen Ideen.«[60] »Aber selbst wenn man sich einen Augenblick lang vorstellen wollte, daß Joyces Methode sich für die Beschreibung kleiner, unbedeutender, banaler Leute, ihrer Handlungen, Gedanken und Gefühle eigne, so braucht man doch nur daran zu denken, daß diese selben Menschen schon morgen an großen Taten beteiligt sein könnten, um zu erkennen, daß diese Methode sich als absolut unbrauchbar erwiese, wollte der Autor mit seiner Filmkamera die großen Ereignisse des Klassenkampfes aufnehmen, die titanischen Auseinandersetzungen der modernen Welt.« Radeks pauschale Verdammung der Bewußtseinsdarstellung ist schon gefährlich nah an einer Verdammung des »Klim Samgin«: »Es versteht sich von selbst, daß der Versuch, nach der Joyceschen Methode ein Bild der Revolution zu malen, dem Versuch gleichkäme, ein Schlachtschiff mit einem Kescher zu fangen.«[61]

Diese Ausgangsposition hat die Erforschung von »Klim Samgin« verzögert. Auf dem Schriftstellerkongreß 1934 wird dieser Roman nicht erwähnt, der Roman »Die Mutter« hingegen zum literarischen Exemplum für den sozialistischen Realismus statuiert. Ein weiterer Hinweis darauf, daß sich die Strukturelemente des frühen Werkes in Gorkis Spätwerk nicht ohne weiteres wiederfinden lassen. Den entscheidenden Durchbruch für die sowjetische Rezeption hat noch Lunatscharskij geleistet, der vor allem die Darstellung der Epoche[62] sowie den Kontrast zwischen der Sicht Samgins und der der anderen Personen oder dem Fortschreiten der historischen Ereignisse herausgearbeitet hat.[63] Erst in den sechziger Jahren setzt eine breite Erforschung dieses Romans ein.[64] Fußend auf den zuerst von Vajn-

[60] K. Radek, Die moderne Weltliteratur und die Aufgaben der proletarischen Kunst, in Sozialistische Realismuskonzeptionen. Dokumente zum 1. Allunionskongreß der Sowjetschriftsteller, hsg. von H.-J. Schmitt und G. Schramm, Frankfurt/Main 1974, S. 140–213; S. 203 und 205.

[61] Ebenda, S. 206.

[62] »Der mehrbändige Roman ›Das Leben des Klim Samgin‹ (erschienen sind bisher die ersten drei Bände) ist eines der bedeutendsten und vielschichtigsten Werke Gorkis.« »Wie wir schon sagten, ist das letzte Werk Gorkis nur zum Teil eine Art negativer ›Bildungsroman‹; hauptsächlich ist er wohl eine künstlerische Chronik oder, wie wir es formulierten, das bewegliche Panorama der Jahrzehnte.« (A. V. Lunačarskij, Samgin, in Sobranie sočinenij v vos'mi tomach, Moskau 1964, Bd. 2, S. 170 und S. 197.)

[63] Zu der Frage, ob von Satire in »Klim Samgin« gesprochen werden kann, s. Helene Imendörffer, Die perspektivische Struktur von Gor'kijs Roman »Žizn' Klima Samgina«, Berlin-Wiesbaden 1973, S. 151ff.

[64] Um nur die umfangreichsten Arbeiten zu nennen: P. Strokov, Ėpopeja M. Gor'kogo »Žizn' Klima Samgina«, Moskau 1962; I. Novič, Chudožest-

berg[65] unternommenen Untersuchungen zum literarischen Zitat in »Klim Samgin« und weiteren Arbeiten anderer Forscher enthält der 25. Band der neuen Gorki-Gesamtausgabe nun auch einen ausführlichen Kommentar, der die vielen historischen Realien erläutert. In den Arbeiten der siebziger Jahre geht es, nachdem eine Reihe grundlegender Fragen bearbeitet sind, mehr um Detailfragen[66] und um die besonders wichtige Frage der Einordnung von »Klim Samgin« in die Weltliteratur.[67] Dieser Schritt ist auf dem Hintergrund der einstigen nationalen Abgrenzung besonders erfreulich, weil er die internationale Rezeption und Wirkung dieses Romans zu begünstigen vermag. Wie schon ausgeführt, ist nun das Problem der »Psychologisierung« bzw. Bewußtseinsdarstellung ein auch von der sowjetischen Forschung behandeltes Thema.[68] Inzwischen vorliegende Ergebnisse zur Untersuchung der Romanstruktur von »Klim Samgin« zu berücksichtigen, fällt jedoch offenbar manchmal noch schwer: »Über Gorki spricht man manchmal als über einen Schriftsteller, dem *angeblich* wenn nicht alle, so doch viele ›Entdeckungen‹ der modernistischen Prosa nicht fremd gewesen seien, so die Sujetlosigkeit, eine merkwürdige Kompliziertheit der Komposition, eine Vermengung der Zeitebenen, Montage und das, was man das ›kinematographische Gefühl‹, den ›Bewußtseinsstrom‹ nennt.« Wenn Gorki mit Proust

vennoe zaveščanie Gor'kogo »Žizn' Klima Samgina«, Moskau ..65, 1968²; L. Ja. Reznikov, Povest' M. Gor'kogo »Žizn' Klima Samgina«. Problemy žanra i stilja, Petrozavodsk 1964; N. Žegalov, Roman M. Gor'kogo »Žizn' Klima Samgina«. Osnovnye problemy i obrazy, Moskau 1965; Al. Ovčarenko, Roman-epopeja M. Gor'kogo »Žizn' Klima Samgina« Moskau 1965; B. Val'be, »Žizn' Klima Samgina« v svete istorii russkoj obščestvennoj mysli, Moskau – Leningrad 1966.

65 I. Vajnberg, »Žizn' Klima Samgina« M. Gor'kogo. Istoriko-literaturnyj kommentarij, Moskau 1971; I. Vajnberg, Za Gor'kovskoj strokoj. Real'nyj fakt i pravda iskusstva v romane »Žizn' Klima Samgina«, Moskau 1972.

66 G. P. Prudnikova, Priemy metaforičeskogo upotreblenija glagolov v romane A. M. Gor'kogo »Žizn' Klima Samgina«, in Studii z movoznavstva, Kiiv 1975, S. 247–252; E. F. Mišina, Slovo vydumat' (vydumyvat') v romane M. Gor'kogo »Žizn' Klima Samgina«, in Leksika, terminologija, stili. Mežvuzovskij sbornik, vyp. 4, Gor'kij 1975, S. 32–43.

67 N. T. Nefedov, Maksim Gor'kij – čitatel' Tomasa Manna, in Voprosy russkoj literatury, vyp. 1(21), L'vov 1973, S. 36–42; I. A. Bernštejn, O nekotorych kriterijach sopostavlenija sovetskogo i zarubežnogo romana, in Idejno-estetičeskie problemy, Moskau 1975, S. 95–102.

68 L. Dement'eva, Iz nabljudenij nad masterstvom Gor'kogo-psichologa (»Žizn' Klima Samgina«), in Problemy psichologizma v sovetskoj literature, Leningrad 1970, S. 197–222.

und Joyce verglichen wird, so werden die Unterschiede betont: »Klim Samgin spinnt sein intellektuelles Spinngewebe nicht weniger kunstvoll und eifrig als der Held Marcel Prousts. Ähnlich ist auch dessen Aufgabe: sich abzukapseln gegen das Leben, gegen alles Neue, gegen den Fortschritt, gegen alles Unbekannte und Ungewohnte.« »(. . .) genauso wie der Held Marcel Prousts, mit dem einzigen, allerdings wesentlichen Unterschied, daß Proust seinen Helden vergöttert, sich mit ihm identifiziert und in ihm ein verfeinertes intellektuelles Geschöpf unserer Zeit erblickt, für Gorki sich hingegen hinter solchen Typen die äußerste Stufe des bürgerlichen Individualismus, das niederträchtige Streben, die Wirklichkeit zu verleumden, den Menschen jeden Nimbus zu nehmen und hinter den Handlungen und Worten eines jeden von ihnen ›irgend etwas ganz Einfaches‹ zu finden.«[69] Wenn wir auch dieser Darstellung schon deshalb nicht zustimmen können, weil sie zu oberflächlich und schematisch verfährt, so liegt die Besonderheit des Verhältnisses zwischen Gorki und seinem Helden Klim Samgin natürlich in der kritischen Distanz des Autors. Die Identifikation, die zur Bewußtseinsdarstellung und zur ausführlichen Darstellung – satirische Personendarstellung ist eher gekennzeichnet durch Kürze und Prägnanz – dennoch nötig ist, bringt es mit sich, daß Samgin dem Leser streckenweise durchaus sympathisch zu erscheinen vermag. Dies ist wohl besonders im dritten Buch des Romans der Fall. Der Leser wird es unterschiedlich einschätzen, weil der Autor ihm eben den Freiraum läßt, die Personen nicht und schon gar nicht Samgin satirisch eindeutig festlegt. Was das Verhältnis zu Proust und Joyce angeht, so ist vor allem zu betonen, daß dazu keine ausführlichen Untersuchungen vorliegen und ein Urteil darüber daher auch noch nicht gefällt werden kann. Die ideologische Abgrenzung sollte allerdings eine solche Untersuchung nicht weiterhin verhindern.

Das erste Buch von »Klim Samgin« ist schon im Jahre 1929 von Rudolf Selke ins Deutsche übersetzt worden. Dieser Übersetzung lag nur ein Manuskript und nicht die spätere überarbeitete Fassung des ersten Buches zugrunde. Sie enthält außerdem eine Reihe von Veränderungen und Auslassungen, mit denen der Übersetzer einem deutschen Publikum offenbar entgegenkommen zu müssen glaubte.

[69] I. Kuzmičev, M. Gor'kij i chudožestvennyj process, Gor'kij 1975, S. 146 und 141 (Kursivsatz H. I.). Kuzmičev spielt hier offenbar auf folgende Stelle an: »Klim Samgin machte sich leicht fremde Gedanken zu eigen, wenn sie den Menschen vereinfachten. Vereinfachende Gedanken erleichterten ihm sehr die Notwendigkeit, über alles eine eigene Meinung zu haben.« (Buch I, 81)

So ist etwa die Ausführung über Dostojewskij am Anfang des Romans um einen nicht unwesentlichen Nebensatz gekürzt: »Ein äußerst genialer Künstler, der die Macht des Bösen so erstaunlich scharf empfand, daß es schien, als wäre er dessen Schöpfer, *der sich selbst entlarvende Satan* – dieser Künstler rief in einem Land, in dem die Mehrzahl der Herren ebensolche Sklaven waren wie ihre Diener (...).« (Buch I, 10)[70] Die Rezeption dieser Übersetzungen geriet in die Abwertung und Diffamierung Gorkis im Dritten Reich hinein, d. h. es herrschte außer wenigen eher negativen Rezensionen einfach Stillschweigen. Dabei ist zu betonen, daß die Werke Gorkis gerade in den zwanziger Jahren in Deutschland viel aufgelegt worden waren. Sie erschienen in russischer Sprache bei Ladyshnikow in Berlin, in deutscher Sprache im Malik-Verlag als Gesammelte Werke in Einzelausgaben (1923–1930) und bei Reclam als Ausgewählte Erzählungen in sieben Bänden (1929). Der Roman »Klim Samgin« erscheint erst seit 1952 und nun vollständig in der bis heute einzigen vorliegenden Übersetzung von Hans Ruoff. Das Spätwerk Gorkis ist in der Bundesrepublik nicht nur wenig untersucht, sondern offenbar überhaupt kaum zur Kenntnis genommen bzw. gelesen worden, so daß wir seit Jahrzehnten überholte Einschätzungen tradiert finden: »Gorki stand allem Suchen in der Form zu Beginn des 20. Jahrhunderts verständnislos gegenüber, sein romantisch-pathetischer Realismus leitet vom 19. Jh. zur Literatur des sozialistischen Realismus über.«[71]

Die angeführten Rezeptionsbeispiele in der Sowjetunion wie in der Bundesrepublik zeigen, wie die Reduktion auf nur eine der beiden Zielsetzungen Gorkis es verhinderte, daß das Spezifische des Romans, das in der Verbindung von historischem und Bewußtseinsroman liegt, zur Kenntnis genommen wurde.

Oldenburg Helene Imendörffer

[70] (Der kursive Satzteil fehlt in der Übersetzung). Rasskazov hat neuerdings diese Übersetzung untersucht und zeigt noch eine Reihe ähnlich auffälliger »Fehler«. (V. Rasskazov, O nekotorych osobennostjach perevoda romana A. M. Gor'kogo »Žizn' Klima Samgina« (I č.) v Germanii (Vejmarskoj respubliki) i otklikach na nego nemeckoj kritiki, in M. Gor'kij i voprosy literaturnych žanrov. Mežvuzovskij sbornik, Gor'kij 1978, S. 101–114.)

[71] W. Kasack, Lexikon der russischen Literatur ab 1917, Stuttgart 1976, S. 130.

INHALT

Mit freundlicher Genehmigung des Eulenspiegel Verlages Berlin, DDR, wurde als Abbildung auf der Kassette das Plakat »Es lebe die Rote Armee« von Wladimir Fidman aus dem Band »Rußland wird rot« von Georg Piltz (1977) verwendet.

Zu dieser Ausgabe

»Ich kann nicht anders, als ›Das Leben des Klim Samgin‹ zu schreiben. Ein phantastisch umfangreiches Material hat sich bei mir angesammelt. Ich habe kein Recht zu sterben, solange ich das nicht getan habe.« Eindrucksvoll dokumentiert diese Notiz Maxim Gorkis (1868–1936) den Stellenwert, den der Autor selbst seinem letzten, unvollendet gebliebenen Roman gibt, der erstmals zwischen 1927 und 1937 in vier Büchern erschienen ist. Diese Bilanz der reichen literarischen und gesellschaftspolitischen Arbeit des Autors umfaßt vierzig Jahre russischen Lebens – von den achtziger Jahren bis 1918. Der Leser bekommt einen nachhaltigen Eindruck, läßt ihn doch Gorki diese Zeit mit den Augen Klim Samgins miterleben. Der Held, ein Kleinbürger mit einem fadenscheinigen intellektuellen Mäntelchen, kokettiert zwar mit den Ideen der Revolution, steht ihr aber letztlich aufgrund seiner egoistischen Grundeinstellung verständnis- und hilflos gegenüber.
»In diesem Sinn hat noch niemand die Epoche angepackt«, schrieb Boris Pasternak bereits 1927 bewundernd an Gorki; die Literaturkritik brauchte bedeutend länger, ehe sie dieses monumentale Epos der Moderne als Hauptwerk Gorkis, als Schlüsselroman für das Verständnis des modernen Rußland anerkannte.

Maxim Gorki

Klim Samgin

Vierzig Jahre

Buch 1

Deutscher Taschenbuch Verlag

Aus dem Russischen übersetzt von Hans Ruoff.
Dem Text der Vollständigen Gorki-Ausgabe, Moskau 1974/75,
entsprechend bearbeitet und mit Anmerkungen versehen
von Eva Kosing. Mit einem Nachwort von
Helene Imendörffer.
Titel der Originalausgabe:
»Žizn' Klima Samgina« (Moskau 1927–1937)

Von Maxim Gorki
sind im Deutschen Taschenbuch Verlag erschienen:
Autobiographische Romane (2007)
Drei Menschen · Die Mutter (2017)
Foma Gordejew · Eine Beichte · Das Werk
der Artamonows (2029)
Konowalow und andere Erzählungen (2035)
Der Vagabund und andere Erzählungen (2052)

April 1982
Deutscher Taschenbuch Verlag GmbH & Co. KG, München

ISBN 3-538-05260-3
Übersetzungsrechte beim Aufbau-Verlag, Berlin und Weimar
Umschlaggestaltung: Celestino Piatti unter Verwendung
einer »Klim-Samgin«-Illustration von 1934.
Gesamtherstellung: Friedrich Pustet,
Graphischer Großbetrieb, Regensburg
Printed in Germany · ISBN 3-423-02100-4

Marija Ignatjewna Sakrewskaja
gewidmet

ERSTES BUCH

ERSTES KAPITEL

Iwan Akimowitsch Samgin liebte das Originelle. Daher saß er, als seine Frau mit dem zweiten Sohn niedergekommen war, am Bett der Wöchnerin und redete auf sie ein: »Weißt du, Wera, wollen wir ihm nicht einen seltenen Namen geben? Man hat sie schon satt, diese zahllosen Iwans, Wassilijs ... Nicht wahr?«

Die von den Qualen der Entbindung erschöpfte Wera Petrowna antwortete nicht. Ihr Mann versank einen Augenblick in Nachdenken, wobei er seine Taubenaugen durchs Fenster zum Himmel richtete, dessen vom Wind zerzauste Wolken an den Eisgang auf dem Fluß oder an struppige Mooshöcker im Moor erinnerten. Dann begann Samgin, mit dem kurzen und dicklichen Zeigefinger in die Luft stechend, besorgt aufzuzählen: »Christophor? Kirik? Wukol? Nikodim?«

Jeden Namen strich er mit einer Geste gleich wieder aus, doch als er anderthalb Dutzend ungewöhnlicher Namen durchgenommen hatte, rief er befriedigt: »Samson! Samson Samgin – jetzt haben wir's! Das wäre nicht übel! Der Name eines biblischen Helden und dazu mein Familienname, der auch schon seine eigene Note hat!«

»Stoß nicht immer ans Bett«, bat seine Frau leise.

Er entschuldigte sich, küßte ihr die Hand, die kraftlos und sonderbar schwer war, und lauschte lächelnd dem bösen Pfeifen des Herbstwindes, dem kläglichen Quäken des Kindes.

»Ja, Samson! Das Volk braucht Helden. Doch ... ich will es mir noch überlegen. Vielleicht auch – Leonid.«

»Sie ermüden Wera mit Lappalien«, bemerkte streng Marija Romanowna, die Hebamme, die das Neugeborene wickelte.

Samgin warf einen Blick auf das blutleere Gesicht seiner Frau, ordnete ihr das über das Kissen ausgebreitete, ungewöhnlich mondgoldene Haar und verließ lautlos das Schlafzimmer.

Die Wöchnerin genas langsam, das Kind war schwächlich; die beleibte, stets kranke Mutter Wera Petrownas fürchtete, daß es nicht am Leben bleiben werde, und drängte zur Taufe; das Kind wurde getauft, und Samgin sagte mit schuldbewußtem Lächeln: »Werotschka, ich habe in letzter Minute beschlossen, ihn Klim zu nennen. Klim! Ein volkstümlich einfacher Name, der zu nichts verpflichtet. Was meinst du?«

Wera Petrowna, die die Verlegenheit ihres Mannes und die allgemeine Unzufriedenheit der Verwandten bemerkte, stimmte zu: »Mir gefällt er.«

Ihre Worte waren Gesetz in der Familie, und an überraschende Handlungen des Samgin waren alle gewöhnt; er verblüffte oft durch sein eigenartiges Verhalten, genoß jedoch sowohl in der Familie als auch bei Bekannten den Ruf eines glücklichen Menschen, dem alles leicht gelang.

Der etwas ungewöhnliche Name des Kindes rückte es gleich von seinen ersten Lebenstagen an merklich in den Vordergrund.

»Klim?« fragten immer wieder die Bekannten, wobei sie den Knaben besonders aufmerksam betrachteten, als ob sie zu erraten suchten: Weshalb gerade Klim?

Samgin erklärte: »Ich wollte ihn Nestor oder Antipa nennen, aber wissen Sie, diese alberne Zeremonie, die Pfaffen mit ihrem: ›Sagst du dich los vom Satan? – Blas her! – Spuck aus!‹ . . .«

Auch die Verwandten hatten, jeder auf seine Art, ihre Gründe, sich dem Neugeborenen gegenüber aufmerksamer zu verhalten als zu seinem zweijährigen Bruder Dmitrij. Klim war ein anfälliges Kind, und dies steigerte die Liebe der Mutter; den Vater bedrückte es, dem Sohn einen mißglückten Namen gegeben zu haben, die Großmutter, die den Namen »bäurisch« fand, war der Ansicht, man habe das Kind gekränkt, und der kinderliebe Großvater, Organisator und Ehrenprokurator einer Handwerksschule für Waisenkinder, begeistert für Pädagogik und Hygiene, belastete den schwächlichen Klim, den er offenkundig dem gesunden Dmitrij vorzog, ebenfalls durch gesteigerte Sorge.

Klims erste Lebensjahre fielen in die Zeit des verzweifelten Kampfes um Freiheit und Kultur, den die wenigen Menschen führten, die sich mutig und schutzlos »zwischen Hammer und Amboß« stellten, zwischen die Regierung des unfähigen Nachkommen einer talentierten deutschen Prinzessin und das ungebildete, im Sklavenleben der Leibeigenschaft stumpf gewordene Volk. Diese ehrlichen Menschen, die mit Recht die Zarenherrschaft haßten, liebten von ferne mit großer Aufrichtigkeit das »Volk« und zogen aus, es aufzuwecken und zu erretten. Damit es leichter war, den Bauern zu lieben, dachten sie ihn sich als ein Wesen mit einzigartiger seelischer Schönheit, schmückten ihn mit der Krone des unschuldigen Dulders, mit dem Nimbus eines Heiligen, und stellten seine physischen Qualen höher als jene moralischen, mit denen die erschreckende russische Wirklichkeit die Besten des Landes freigebig bedachte.

Die zornerfüllten Aufschreie des feinnervigsten Dichters der

Epoche wurden zur Trauerhymne jener Zeit, und wie ein Alarm ertönte seine Frage über die vielen Klagen an das Volk:

Rufen sie auf, zu enden die Nacht?
Wird man euch rühmen in künftigen Tagen,
Wenn ihr nur Klagelieder vollbracht?
Grüßen die Lieder das Morgenrot,
Oder, Brüder, seid ihr schon tot?

Unübersehbar waren die Leiden derer, die um die Freiheit der Kultur kämpften. Doch Verhaftungen, Einkerkerungen und Verbannung Hunderter von jungen Menschen nach Sibirien schürten und verschärften nur noch ihren Kampf gegen den riesenhaften, seelenlosen Mechanismus der Zarenmacht.

In diesem Kampf litten auch die Samgins: Iwans ältester Bruder Jakow war, nachdem er fast zwei Jahre im Gefängnis gesessen hatte, nach Sibirien verschickt worden, hatte versucht, aus der Verbannung zu fliehen, war festgenommen und irgendwohin nach Turkestan gebracht worden; auch Iwan Samgin war der Verhaftung und dem Gefängnis nicht entgangen und danach von der Universität relegiert worden; ein Vetter Wera Petrownas und der Mann Marija Romanownas starben auf dem Transport in die Verbannung nach Jalutorowsk.

Im Frühjahr 1879 fiel der verzweifelte Schuß Solowjows; die Regierung beantwortete ihn mit asiatischen Repressalien.

Da nahmen einige Dutzend entschlossener Leute, Männer und Frauen, den Zweikampf mit dem Selbstherrscher auf, machten zwei Jahre lang Jagd auf ihn wie auf ein wildes Tier, töteten ihn schließlich und wurden sogleich von einem ihrer Genossen verraten; dieser hatte selbst versucht, Alexander II. zu töten, dann aber anscheinend das Kabel der Mine zerrissen, die den Zug des Zaren in die Luft sprengen sollte. Alexander III., der Sohn des Ermordeten, belohnte den Mann, der seinem Vater nach dem Leben getrachtet hatte, mit der Ernennung zum Ehrenbürger.

Als die Helden hingerichtet waren, erwies sich – wie das immer zu sein pflegt – als ihre Schuld, daß sie die Hoffnungen, die sie erweckt hatten, nicht hatten erfüllen können. Leute, die den ungleichen Kampf von weitem wohlwollend beobachtet hatten, waren durch die Niederlage stärker bedrückt als die am Leben gebliebenen Freunde der Kämpfer. Viele schlossen unverzüglich und wohlüberlegt ihre Türen vor den Übriggebliebenen jener Gruppe von Helden, die gestern noch Begeisterung erregt hatten, heute aber nur kompromittieren konnten.

Nach und nach setzte eine skeptische Kritik der »Bedeutung der Persönlichkeit für den Entwicklungsgang der Geschichte« ein, eine Kritik, die zehn Jahre später maßloser Begeisterung für den neuen Helden, für Friedrich Nietzsches »blonde Bestie«, Platz machte. Die Menschen lernten schnell dazu, und Spencer zustimmend, daß »aus bleiernen Instinkten keine goldenen Handlungen erwüchsen«, richteten sie all ihre Kräfte und Talente auf die »Selbsterkenntnis«, auf Fragen des individuellen Seins. Schnell nahm man die Parole an: »Unsere Zeit ist keine Zeit großer Aufgaben.«

Ein äußerst genialer Künstler, der die Macht des Bösen so erstaunlich scharf empfand, daß es schien, als wäre er dessen Schöpfer, der sich selbst entlarvende Satan, – dieser Künstler rief in einem Land, in dem die Mehrzahl der Herren ebensolche Sklaven waren wie ihre Diener, in hysterischem Ton: »Demütige dich, stolzer Mensch! Dulde, stolzer Mensch!«

Und gleich danach erklang nicht weniger gewaltig die Stimme eines anderen Genies, die gebieterisch und beharrlich behauptete, daß nur ein Weg zur Freiheit führe, der Weg, »dem Übel nicht zu widerstreben«.

Das Haus der Samgins war eines der in jenen Jahren bereits seltenen, in denen man sich nicht beeilte, alle Lichter zu löschen. Es kamen, wenn auch nicht oft, irgendwelche unfrohen, ungeselligen Leute zu Besuch; sie setzten sich in die Zimmerecken, ins Halbdunkel, sprachen wenig und lächelten unangenehm. Von unterschiedlicher Größe und unterschiedlich gekleidet, sahen sie einander dennoch alle sonderbar ähnlich, wie Soldaten ein und derselben Kompanie. Sie waren »keine Hiesigen«, sie fuhren irgendwohin, kamen auf der Durchfahrt zu Samgin und blieben zuweilen über Nacht. Auch darin waren sie einander ähnlich, daß sie alle Marija Romanownas aufgebrachte Worte ergeben anhörten und sich offenbar vor ihr fürchteten. Vater Samgin aber fürchtete diese Menschen; der kleine Klim sah, daß der Vater sich fast vor jedem schuldbewußt die weichen, lieben Hände rieb und mit dem Bein zappelte. Einer von diesen Leuten, schwarzhaarig, bärtig und wahrscheinlich sehr geizig, sagte ärgerlich: »Bei dir im Hause, Iwan, geht es dumm wie in einer armenischen Anekdote zu: Es ist alles zehnmal da. Ich habe zur Nacht aus irgendeinem Grunde zwei Kissen und zwei Kerzen bekommen.«

Samgins städtischer Bekanntenkreis war bedeutend kleiner geworden, dennoch versammelten sich bei ihm aus Gewohnheit abends einige Leute, die über die Stimmung von gestern noch nicht hinweg waren. Und jeden Abend erschien aus dem Seitengebäude hinten im Hof majestätisch Marija Romanowna, hochgewachsen und knochig, mit schwarzer Brille, gekränktem, lippenlosem Gesicht, schwarzem Spitzenhäubchen auf dem graumelierten Haar und steif aus dem Häubchen hervorragenden großen, grauen Ohren. Vom ersten Stock kam breitschultrig und rotbärtig der Mieter Warawka herunter. Er glich einem plötzlich wohlhabend gewordenen Lastfuhrmann, der fremde Kleidung gekauft und sich in sie hineingezwängt hat. Er bewegte sich schwerfällig, vorsichtig, schlurrte jedoch sehr geräuschvoll mit den Schuhsohlen; seine Füße waren oval wie Fischschüsseln. Wenn er sich an den Teetisch setzte, prüfte er vorher sorgfältig den Stuhl, ob er auch fest genug sei. Alles an ihm und um ihn herum knackte, knarrte, zitterte, die Möbel und das Geschirr fürchteten ihn, und wenn er am Flügel vorbeiging, dröhnten die Saiten. Dann erschien Doktor Somow, schwarzbärtig und düster; er pflegte an der Türschwelle stehenzubleiben, musterte mit hervorstehenden, steinernen Augen unter Brauen wie ein Schnurrbart alle Anwesenden und fragte heiser: »Alle wohlauf? Gesund?«

Dann schritt er ins Zimmer, und hinter seinem breiten, gebeugten Rücken erschien immer die Doktorsfrau, mager, gelbgesichtig, mit riesengroßen Augen. Nachdem sie Wera Petrowna wortlos geküßt hatte, verneigte sie sich vor allen Anwesenden im Zimmer wie vor den Heiligenbildern in der Kirche, nahm möglichst abseits von ihnen Platz und blieb dort, das Taschentuch vor dem Mund, wie im Wartezimmer des Zahnarztes sitzen. Sie schaute in die dunkle Ecke und schien darauf zu warten, daß jeden Augenblick eine Stimme aus dem Dunkeln riefe: Komm!

Klim wußte, daß sie auf den Tod wartete, Doktor Somow hatte einmal in ihrer Gegenwart gesagt: »Es ist mir noch nie ein Mensch begegnet, der sich so töricht vor dem Tod fürchtet wie meine Frau.«

Unauffällig und unerwartet tauchte irgendwo in der Ecke, im Halbdunkel, ein rothaariger Mann auf, Klims und Dmitrijs Lehrer Stepan Tomilin; dann rannte das stets aufgeregte Fräulein Tanja Kulikowa ins Zimmer, ein schmächtiges Mädchen mit komischer blatternarbiger Nase; sie brachte Bücher oder mit lilafarbenen Worten vollgeschriebene Hefte mit, stürzte sich auf alle Anwesenden und drängte mit beklommener, halblauter Stimme: »Lesen wir, lesen wir!«

Wera Petrowna beschwichtigte sie: »Erst trinken wir mal Tee, lassen die Dienstboten gehen, und dann ...«

»Vorsicht mit den Dienstboten!« warnte Doktor Somow, er wiegte den Kopf, auf dem inmitten von Haarbüscheln eine leere graue Rundung prangte. Die Erwachsenen tranken ihren Tee an einem runden Tisch in der Mitte des Zimmers, unter der Lampe mit dem von Samgin erfundenen weißen Schirm: Der Schirm warf das Licht nicht nach unten auf den Tisch, sondern zur Decke; daher herrschte ein langweiliges Halbdunkel im Zimmer, und in drei Ekken war es fast so finster wie in der Nacht. In der vierten, von einer Wandlampe erleuchteten Ecke stand neben einem Bottich mit riesengroßem Philodendron der Kindertisch. Die schwarzen lappigen Blätter der Pflanze bedeckten die Wände, und von den Stengeln, die an Nägeln festgebunden waren, hingen Luftwurzeln herab wie lange graue Würmer.

Der stramme, rundliche Dmitrij saß stets mit dem Rücken zum Tisch der Großen, während der schlanke, schmächtige Klim mit seinem »bäurisch« rund um den Kopf gestutzten Haar sich den Erwachsenen zukehrte, aufmerksam ihr Gespräch verfolgte und darauf wartete, daß der Vater ihn präsentierte.

Fast jeden Abend rief der Vater Klim herbei, klemmte ihn zwischen seine weichen Knie und fragte: »Nun, wie steht es, Bäuerchen: Was ist das Allerschönste?«

Klim antwortete: »Wenn ein General begraben wird.«

»Und warum?«

»Weil dabei die Musik spielt.«

»Und was ist das Allerschlimmste?«

»Wenn Mama Kopfschmerzen hat.«

»Wie gefällt Ihnen das?« erkundigte sich Samgin triumphierend bei den Gästen, und sein komisches, rundes Gesicht strahlte zärtlich. Die Gäste lobten Klim lächelnd, ihm aber gefiel dieses Zurschaustellen seiner Klugheit schon nicht mehr, er fand seine Antworten selber einfältig. Vor zwei Jahren hatte er zum erstenmal so geantwortet. Jetzt ließ er sich ergeben und fast wohlwollend zu diesem Scherz herab, da er sah, daß es dem Vater Spaß machte, aber er empfand ihn bereits kränkend – als sei er ein Spielzeug; wenn man drauf drückt, quiekt es.

Aus dem, was Vater, Mutter und Großmutter den Gästen erzählten, erfuhr Klim nicht wenig Erstaunliches und Wichtiges über sich: Es stellte sich heraus, daß er sich, als er noch ganz klein gewesen war, schon auffällig von seinen Altersgenossen unterschieden hatte.

»Einfaches, grobes Spielzeug gefiel ihm mehr als kostspieliges und kompliziertes«, sagte der Vater hastig, und seine Stimme überschlug sich dabei; die Großmutter wiegte würdevoll ihren greisen, prachtvoll frisierten Kopf und bestätigte seufzend: „Ja, ja, er liebt das Einfache.«

Dann erzählte sie ihrerseits mit gewichtigen Worten, wie Klim einmal als fünfjähriges Kind in rührender Weise eine schwächliche Blume gepflegt habe, die in einer schattigen Ecke des Gartens mitten im Unkraut gewachsen war; er habe sie begossen, ohne die Blumen auf den Beeten zu beachten, und als die Blume dennoch einging, habe Klim lange und bitterlich geweint.

Ohne der Schwiegermutter zuzuhören, sagte der Vater mitten in ihre Rede: »Mit dem Enkel der Kinderfrau spielt er viel lieber als mit Kindern seines Standes . . .«

Der Vater erzählte besser als die Großmutter, und immer solche Dinge, die dem Jungen an sich selbst nicht aufgefallen waren, die er selbst nicht empfunden hatte. Zuweilen kam es Klim sogar vor, als habe der Vater die Reden und Taten, von denen er sprach, selbst erdacht, um mit seinem Sohn zu prahlen, so wie er sich mit der erstaunlichen Genauigkeit seiner Uhr, seiner Überlegenheit beim Kartenspiel und vielem anderen brüstete.

Zuweilen jedoch wunderte sich Klim, wenn er dem Vater zuhörte: Wieso hatte er selber Dinge vergessen, an die der Vater sich noch erinnerte? Nein, der Vater erdachte nichts, sagte doch auch die Mutter, daß an ihm, Klim, viel Ungewöhnliches sei, und sie erklärte sogar, woher das käme.

»Er ist in einem unruhigen Jahr geboren, da waren ein Brand und Jakows Verhaftung und noch vieles andere. Ich trug ihn mit Beschwerden, und die Geburt war etwas zu früh, daher kommen wohl seine Eigentümlichkeiten.«

Klim merkte, daß sie das wie zu ihrer Entschuldigung sagte oder als wollte sie fragen: Stimmt das? Die Gäste pflichteten ihr bei: »Ja, das ist verständlich.«

Eines Tages fragte Klim, durch eine mißglückte Zurschaustellung seiner Klugheit vor Gästen erregt, den Vater: »Warum bin ich ein außergewöhnlicher Mensch und Mitja ein gewöhnlicher? Er ist doch auch geboren, als alle aufgehängt wurden?«

Der Vater erklärte es ihm sehr lang und ausführlich, doch Klim blieb nur das eine in Erinnerung: Es gebe gelbe Blumen und rote; er, Klim, sei eine rote Blume; die gelben Blumen seien langweilig.

Die Großmutter, die den Schwiegersohn unfreundlich von der Seite ansah, sagte eigensinnig, der lächerliche, bäurische Name des Enkels beeinflusse ungünstig seinen Charakter; die Kinder nennen Klim »Klin«, das kränke den Jungen, darum ziehe es ihn auch zu den Erwachsenen hin.

»Das ist sehr nachteilig«, sagte sie.

Einer aber war nie einverstanden mit alledem, das war der »richtige alte Mann«, Großvater Akim, ein Feind seines Enkels und aller Menschen, hochgewachsen, gebeugt und langweilig wie ein verdorrter Baum. Er hat ein längliches Gesicht mit einem von den Ohren bis zu den Schultern reichenden Bart, während das Kinn ebenso wie die Oberlippe glatt rasiert ist. Die Nase ist wuchtig, bläulich, die Augen des Großvaters sind von grauen Brauen überwuchert. Seine langen Beine sind steif, die langen Hände mit den krummen Fingern bewegen sich widerstrebend, unangenehm; er trägt stets einen langen braunen Rock und pelzgefütterte Samtstiefel mit weichen Sohlen. Er geht wie ein Nachtwächter mit einem Stock herum, an dessen Ende ein Lederball sitzt, damit der Stock nicht auf den Boden aufstößt, sondern patscht und schlurrt wie die Stiefelsohlen. Er ist eben ein »richtiger alter Mann«, er stützt sich sogar im Sitzen mit beiden Händen auf seinen Stock, wie die alten Männer auf den Bänken im Stadtpark.

»Das alles ist sehr schädlicher Unsinn«, brummte er. »Ihr verderbt das Kind, ihr erdenkt es euch.«

Sofort begann zwischen dem Großvater und dem Vater ein Streit. Der Vater suchte ständig zu beweisen, daß alles Schöne auf Erden erdacht sei, schon die Affen, von denen der Mensch abstamme, hätten damit angefangen. Der Großvater scharrte aufgebracht mit dem Stock, malte lauter Nullen auf die Diele und rief mit knarrender Stimme: »Ist ja Unsinn . . .«

Doch im Streit mit dem Vater vermochte niemand das letzte Wort zu behalten, seinen appetitlichen Lippen entströmten die Worte so rasch und reichlich, daß Klim schon wußte: Gleich wird der Großvater mit dem Stock abwinken, sich hoch aufrichten wie ein sich bäumendes Zirkuspferd und in sein Zimmer gehen, und der Vater wird ihm nachrufen: »Du bist ein Misanthrop, Papa!«

So kam es immer.

Klim fühlte sehr wohl, daß der Großvater ihn auf jegliche Weise herabzusetzen suchte, während alle anderen Erwachsenen ihn sorgsam herausstellten. Der »richtige alte Mann« behauptete, Klim sei einfach ein schwächlicher, schlapper Junge und habe gar nichts Außergewöhnliches an sich. Er spiele nur deshalb mit schlechtem Spielzeug, weil die flinken Kinder ihm das gute wegnähmen, und halte Freundschaft mit dem Enkel der Kinderfrau, weil Iwan Dronow dümmer sei als die Kinder Warawkas und der von allen verwöhnte, selbstsüchtige Klim die besondere Beachtung, die er beanspruchte, nur bei Iwan finde.

Es war sehr kränkend, das zu hören, es erweckte Feindseligkeit gegen den Großvater und Schüchternheit. Klim glaubte dem Vater:

Alles Schöne war erdacht, erfunden – die Spielsachen, das Konfekt, die Bilderbücher, die Verse, alles. Sagte doch die Großmutter beim Bestimmen der Speisefolge oft zur Köchin: »Laß mich in Frieden! Erfinde selbst etwas.«

Man mußte ja immerzu etwas erfinden, sonst beachteten einen die Erwachsenen nicht, und man würde leben, als wäre man gar nicht da oder als wäre man nicht Klim, sondern Dmitrij.

Klim entsann sich nicht, wann er eigentlich gemerkt hatte, daß man ihn erdachte, und er daraufhin selbst angefangen hatte, sich zu erdenken, aber er erinnerte sich gut an seine besten Einfälle. Vor langer Zeit einmal hatte er Warawka gefragt: »Warum hast du so einen Insektennamen? Bist du kein Russe?«

»Ich bin Türke«, hatte Warawka geantwortet. »Mein wirklicher Name ist Bej Nepalkoi Akopejkoi. Bej – das ist türkisch, auf russisch bedeutet es ›Herr‹.«

»Das ist ja gar kein Familienname, sondern eine Redensart der Kinderfrau«, hatte Klim gesagt.

Warawka hatte ihn gepackt und ihn mehrmals leicht wie einen Ball zur Decke hochgeworfen. Bald danach rückte ihm der unangenehme Doktor Somow auf den Leib, dessen Atem nach Schnaps und Salzfisch roch; da mußte er erfinden, daß sein Name rund wie ein Fäßchen sei. Es kam ihm der Einfall, der Großvater spreche in lila Worten. Als er jedoch sagte, daß die Menschen verschiedenartig, »sommerlich« oder »winterlich« in Zorn gerieten, rief Lida, die aufgeweckte Tochter Warawkas, ärgerlich: »Das habe ich zuerst gesagt, nicht er!«

Klim wurde verlegen, errötete.

Das Erdenken war nicht leicht, aber er begriff, daß gerade deswegen alle im Hause, mit Ausnahme des »richtigen alten Mannes«, ihn dem Bruder Dmitrij vorzogen, selbst Doktor Somow. Denn einmal, als sie zum Bootfahren gingen und Klim ihn mit dem Bruder überholte, sagte der mürrische Doktor, der Arm in Arm mit der Mutter träge dahinschritt: »Schau, Wera, da gehen zwei, doch sie sind eine zehn, denn der eine ist eine Null, der andere – eine Eins.«

Klim erriet sofort, daß die Null das rundliche, langweilige Brüderchen war, das dem Vater so lächerlich ähnelte. Von dem Tage an nannte er den Bruder »gelbe Null«, obwohl Dmitrij rosig und blauäugig war.

Als Klim gemerkt hatte, daß die Erwachsenen von ihm stets etwas erwarteten, was die anderen Kinder nicht hatten, suchte er nach dem Abendtee möglichst lange mit den Erwachsenen an deren Redestrom zu sitzen, aus dem er seine Weisheit schöpfte. Er verfolgte aufmerksam die endlosen Debatten, lernte gut, jene Worte aufzuschnappen, die sein Ohr besonders reizten, und dann fragte er den Vater nach ihrer Bedeutung. Iwan Samgin erklärte ihm freudig, was ein Misanthrop, ein Radikaler, ein Atheist, ein Kulturträger sei, streichelte ihn hinterher und lobte: »Du bist ein kluger Junge. Immer frage, frage, das ist nützlich.«

Der Vater war sehr angenehm, doch nicht so interessant wie Warawka. Was der Vater sagte, war schwer zu verstehen, er redete so viel und schnell, daß seine Worte einander erdrückten, und seine ganze Redeweise erinnerte an Bier- und Kwaßschaum, der aus dem Flaschenhals sprudelte. Warawka redete wenig und in wuchtigen Worten, wie sie auf Ladenschildern standen. In seinem roten Gesicht funkelten lustig kleine, grünliche Äugelchen, sein rötlicher Bart war üppig wie ein Fuchsschwanz, und in dem Bart regte sich ein breites, rotes Lächeln; nach dem Lächeln pflegte Warawka sich genießerisch mit seiner langen, ölig glänzenden Zunge die Lippen zu lecken. Er war zweifellos der Klügste von allen, stimmte nie jemandem zu und belehrte jeden, sogar den »richtigen alten Mann«, der ebenfalls in Zwietracht mit allen lebte, da er verlangte, daß alle den gleichen Weg gehen sollten.

»Für Rußland gibt es nur einen Weg«, pflegte er, mit dem Stock klopfend, zu sagen.

Warawka indes rief ihm zu: »Sind wir Europa oder nicht?«

Er sagte immer, mit den Bauern komme man nicht weit, es gebe nur ein Pferd, das den Karren vom Fleck bringen könne – die Intelligenz. Klim wußte: Die Intelligenz, das waren der Vater, der Großvater, die Mutter, alle Bekannten und selbstverständlich auch Warawka selber, der jeden beliebig schweren Karren vom Fleck bringen konnte. Seltsam war nur, daß der Doktor, der doch ebenfalls ein starker Mann war, Warawka nicht beistimmte; mit zornig rollenden schwarzen Augen rief er: »Das ist ja weiß der Teufel was!«

Marija Romanowna straffte sich wie ein Soldat und sagte gestreng: »Schämen Sie sich, Warawka!«

Zuweilen jedoch rauschte sie im hitzigsten Moment des Streitens feierlich davon, blieb aber in der Tür noch einmal stehen und rief, rot vor Zorn: »Kommen Sie zu sich, Warawka! Sie befinden sich an der Grenze des Verrats!«

Warawka, der auf dem festesten Stuhl saß, lachte, daß der Stuhl knarrte.

Jetzt rieb sich der Vater die warmen, weichen Hände und fing an: »Erlaube mal, Timofej! Da sind einerseits natürlich die Intelligenzpraktiker, die ihre Energie in die Sache der Industrie stecken und in den Machtapparat eindringen . . . andererseits das Vermächtnis der jüngsten Vergangenheit . . .«

»Du redest einerseits und andererseits schlecht«, rief Warawka, und Klim war der gleichen Meinung: Ja, der Vater spricht schlecht und rechtfertigt sich immer wie einer, der etwas angestellt hat. Auch die Mutter pflichtete Warawka bei. »Timofej Stepanowitsch hat recht!« erklärte sie entschieden. »Das Leben ist verwickelter, als man gedacht hat. Vieles, was wir gutgläubig hingenommen haben, muß überprüft werden.«

Sie sagte nicht viel, sprach ruhig und ohne ungewöhnliche Worte, wurde sehr selten zornig und dann nie »sommerlich« geräuschvoll und drohend wie Lidijas Mutter, sondern »winterlich«. Ihr schönes Gesicht erbleichte, die Brauen senkten sich; sie warf den schweren, prachtvoll frisierten Kopf zurück, blickte ruhig über denjenigen hinweg, der sie erzürnt hatte, und sagte irgend etwas Kurzes, Einfaches. Wenn sie in dieser Weise den Vater ansah, kam es Klim vor, als vergrößere sich der Abstand zwischen ihr und dem Vater, obwohl beide sich nicht vom Fleck rührten. Eines Tages ärgerte sie sich sehr »winterlich« über den Lehrer Tomilin, der endlos und langweilig von zwei Wahrheiten sprach, von der Tatsachen-Wahrheit und der Gerechtigkeits-Wahrheit.

»Genug!« sagte sie leise, aber so, daß alle verstummten. »Genug der vergeblichen Opfer. Großmut ist naiv . . . Es ist Zeit, daß wir klüger werden.«

»Du bist ja von Sinnen, Wera!« entsetzte sich Marija Romanowna und verließ unter lautem Trampeln mit Absätzen, breit wie Pferdehufe, rasch das Zimmer. Klim konnte sich nicht entsinnen, daß die Mutter jemals verlegen gewesen wäre, wie das beim Vater häufig vorkam. Ein einziges Mal nur war sie ganz unbegreiflicherweise verlegen geworden; sie hatte Taschentücher gesäumt, und Klim hatte sie gefragt: »Mama, was bedeutet das: ›Du sollst nicht begehren deines Nächsten Weib‹?«

»Frag den Lehrer«, hatte sie gesagt und errötend hastig hinzugefügt: »Nein, frag den Vater.«

Wenn über Interessantes und Verständliches gesprochen wurde, war es für Klim vorteilhaft, daß die Erwachsenen ihn vergaßen, doch wenn die Debatten ihn ermüdeten, machte er sich bemerkbar, und die Mutter oder der Vater wunderten sich: »Wie, du bist noch hier?«

Über die zwei Wahrheiten stritten sie langweilig. Klim fragte: »Woran erkennt man denn, ob etwas wahr oder unwahr ist?«

»Ha?« rief der Vater zwinkernd. »Seht mal an!«

Warawka legte seinen Arm um Klim und antwortete ihm: »Die

Wahrheit, mein Lieber, erkennt man am Geruch, sie riecht scharf.«

»Wonach denn?«

»Nach Zwiebeln, nach Meerrettich . . .«

Alle lachten, Tanja Kulikowa indes sagte traurig: »Ach, wie treffend! Die Wahrheit ruft auch Tränen hervor, nicht wahr, Tomilin?«

Der Lehrer rückte stumm und behutsam von ihr ab, während Tanjas Ohren rot wurden und sie mit geneigtem Kopf lange regungslos vor sich hin zu Boden blickte.

Klim begann ziemlich früh zu merken, daß die Wahrheit der Erwachsenen etwas Unwahres, Erdachtes enthielt. In ihren Gesprächen war besonders häufig vom Zaren und vom Volk die Rede. Das kurze, kratzige Wort »Zar« erweckte in ihm keinerlei Vorstellung, bis Marija Romanowna dafür einmal ein anderes Wort gebrauchte: »Vampir«.

Sie warf dabei so heftig den Kopf zurück, daß ihre Brille bis über die Brauen emporschnellte. Alsbald erfuhr Klim und gewöhnte sich unbewußt an die Vorstellung, der Zar sei eine hinterhältige, böse Militärperson und habe vor kurzem »das ganze Volk betrogen«.

Das Wort »Volk« war erstaunlich umfassend, es nahm die mannigfaltigsten Gefühle mit auf. Vom Volk wurde mit Ehrfurcht und Mitleid, mit Freude und Besorgnis gesprochen. Tanja Kulikowa beneidete das Volk offensichtlich um irgend etwas, der Vater nannte es einen Märtyrer, für Warawka hingegen war es ein Maulheld. Klim wußte: Das Volk – das waren die Bauern und Bäuerinnen, die in den Dörfern wohnten und mittwochs in die Stadt gefahren kamen, um Holz, Pilze, Kartoffeln und Kohl zu verkaufen. Doch dieses Volk hielt er nicht für das wahre, über das so viel und fürsorglich gesprochen und gedichtet wurde, das alle liebten und bedauerten und dem alle einmütig Glück wünschten.

Das wirkliche Volk stellte Klim sich als eine zahllose Menschenmenge vor aus lauter so riesengroßen, unglücklichen und unheimlichen Leuten wie der Bettler Wawilow, der wie ein Ungeheuer aussah. Das war ein hochgewachsener Greis, sein krauses Haar wirkte wie eine Lammfellmütze, ein schmutziggrauer Bart umwucherte das Gesicht von den Augen bis zum Hals, die bläuliche Nasenknolle war kaum, der Mund überhaupt nicht zu sehen, und an Stelle der Augen blinkten matt Scherben trüben Glases. Doch wenn Wawilow vor dem Fenster jaulte: »Herr Jesus Christus, Sohn Gottes, erbarme dich unser!«, dann tat sich im Dickicht seines Bartes eine dunkle Grube auf, in der bedrohlich drei schwarze Zähne aufragten und dick und rund wie ein Stößel sich schwerfällig die Zunge bewegte.

Die Erwachsenen sprachen von ihm voller Mitleid, gaben ihm ehrerbietig Almosen, und Klim schien es, als seien sie diesem Bettler gegenüber irgendwie schuldig und als fürchteten sie ihn sogar ein wenig, wie auch Klim es tat. Der Vater war entzückt. »Das ist ein Unrecht leidender Ilja Muromez, die stolze Kraft des Volkes!« sagte er.

Die Kinderfrau Jewgenija jedoch, die rund und dick wie eine Tonne war, pflegte die Kinder, wenn sie allzu ungezogen waren, anzuschreien: »Ich rufe gleich den Wawilow!«

Nach ihren Erzählungen war dieser Bettler ein großer Bösewicht und Sünder, der im Hungerjahr den Leuten mit Sand und Kalk gemischtes Mehl verkauft hatte, vor Gericht gekommen war, sein ganzes Geld für die Bestechung der Richter ausgegeben hatte und nun, obwohl er in bescheidener Armut hätte leben können, bettelte.

»Er tut es aus Bosheit, um die Menschen zu ärgern«, sagte sie, und Klim glaubte ihr mehr als den Erzählungen des Vaters.

Es war sehr schwer zu verstehen, was das Volk war. Im Sommer fuhren Klim, Dmitrij und der Großvater eines Tages ins Kirchdorf zum Jahrmarkt. Klim war sehr erstaunt über die ungeheure Menge festlich gekleideter Bäuerinnen und Bauern, über die vielen angeheiterten, sehr fröhlichen und gutmütigen Menschen. Mit den Worten eines Gedichtes, das der Vater ihn hatte lernen und den Gästen aufsagen lassen, fragte Klim den Großvater: »Wo ist denn das wirkliche Volk, das da stöhnt auf dem Feld, auf den Straßen, in den Kerkern, den Gefängnissen, bei nächtlichem Lagern im Steppengras unter den Wagen?«

Der alte Mann lachte und sagte, seinen Stock in Richtung der Leute schwingend: »Da ist es doch, du Närrchen!«

Klim glaubte ihm nicht. Doch als die Häuser am Rande der Stadt brannten und Tomilin Klim hinführte, um dem Brand zuzusehen, wiederholte der Junge seine Frage. Keiner aus der dichtgedrängten Zuschauermenge wollte Wasser pumpen, die Polizisten griffen ärmlich gekleidete Leute aus der Menge heraus, packten sie am Kragen und trieben sie mit Faustschlägen zu den Pumpen.

»So ein Volk«, brummte der Lehrer, das Gesicht verziehend.

»Ist das denn das Volk?« fragte Klim.

»Wer denn sonst nach deiner Meinung?«

»Sind die Feuerwehrleute auch Volk?«

»Selbstverständlich. Engel sind es nicht.«

»Warum löschen denn nur die Feuerwehrleute das Feuer, das Volk aber nicht?«

Hierauf redete Tomilin endlos und langweilig von Zuschauern

und Tätigen, doch Klim, der nichts verstanden hatte, fragte: »Wann stöhnt denn das Volk?«

»Davon erzähle ich dir später«, versprach der Lehrer und vergaß, es zu erzählen.

Das Bedeutsamste über das Volk, das zugleich sehr unangenehm war, hörte Klim vom Vater. In der Dämmerung eines Herbstabends lag der Vater behaglich, halb bekleidet und mollig wie ein Kücken auf dem Diwan – er verstand sich darauf, wunderbar behaglich zu liegen. Klim, der seinen Kopf auf die behaarte Brust des Vaters gelegt hatte, streichelte seine Wangen, die sich wie Glanzleder anfühlten und prall wie ein neuer Gummiball waren. Der Vater fragte, wovon die Großmutter an diesem Tag in der Religionsstunde erzählt habe.

»Von Abrahams Opfer.«

»Aha. Wie hast du denn das aufgefaßt?«

Klim erzählte, Gott habe Abraham befohlen, Isaak zu schlachten, doch als Abraham ihn schlachten wollte, habe Gott gesagt: Nicht doch, schlachte lieber einen Widder. Der Vater lachte ein wenig, dann umarmte er den Sohn und setzte ihm auseinander, daß man diese Geschichte »sinn-bild-lich« verstehen müsse: »Gott ist das Volk, Abraham – der Führer des Volkes; er opfert seinen Sohn nicht Gott, sondern dem Volk. Siehst du, wie einfach das ist?«

Ja, das war sehr einfach, aber es gefiel dem Jungen nicht. Nach einigem Überlegen fragte er: »Du sagst doch, das Volk ist ein Märtyrer?«

»Na ja! Darum fordert es auch Opfer. Alle Märtyrer fordern Opfer, alle und immer.«

»Warum?«

»Närrchen! Um nicht leiden zu müssen. Das heißt, damit man das Volk lehrt, zu leben, ohne zu leiden. Christus war auch ein Isaak, Gottvater opferte ihn dem Volk. Verstehst du: Das ist die gleiche Legende von Abrahams Opfer.«

Klim dachte von neuem nach und kniff dabei ein Auge zu. Doch er überlegte nicht lange. »Siehst du, wir alle sind Isaaks. Ja. Zum Beispiel Onkel Jakow, der verbannt wurde, Marija Romanowna und überhaupt – unsere Bekannten. Nun, nicht alle, aber die Mehrzahl der Intellektuellen ist verpflichtet, ihre Kräfte dem Volk zu opfern . . .«

Der Vater redete lange, doch der Sohn hörte gar nicht mehr zu. Von diesem Abend an erschien ihm das Volk in einem neuen, nicht weniger nebelhaften, jedoch noch etwas unheimlicheren Licht als vorher.

Es wurde überhaupt immer schwieriger, die Erwachsenen zu verstehen, schwieriger, ihnen zu glauben. Der »richtige alte Mann« war sehr stolz auf seine Waisenschule und erzählte interessant von ihr. Doch dann nahm er die Enkel zur Weihnachtsfeier in diese gepriesene Schule mit, und Klim erblickte einige Dutzend magere Jungen, die in blauweißgestreifter Kleidung steckten, wie sie weibliche Häftlinge tragen. Sämtliche Jungen waren kahlgeschoren, viele von ihnen hatten skrofulösen Ausschlag im Gesicht, und alle sahen wie lebendig gewordene Zinnsoldaten aus. In drei hufeisenförmig angeordneten Reihen rund um den unansehnlichen Tannenbaum angetreten, blickten sie diesen gierig, erschreckt und traurig an. Es erschien ein dickes Männchen mit kahlem Schädel, gelbem Gesicht ohne Bart und Brauen, das auch wie ein häßlich aufgedunsener Junge aussah; es schwang die Arme hoch, und alle Blauweißgestreiften brüllten los:

»Ach, du Freiheit, meine Freiheit,
Meine goldne Freiheit du!«

Sie rissen den Mund auf wie Fische auf dem Trocknen und priesen den Zaren:

»Väterchen hat wohl gesehen
Unsres Lebens karges Brot,
Hat gesehen, der Ernährer,
Kummervoller Tränen Not.«

Das klang dröhnend, und als die Jungen zu singen aufhörten, wurde es sehr drückend. Der »richtige alte Mann« trocknete sich sein schweißbedecktes Gesicht mit dem Taschentuch. Klim kam es vor, als rännen außer dem Schweiß auch Tränen an seinen Wangen herab. Sie warteten nicht die Verteilung der Geschenke ab, Klim hatte Kopfschmerzen bekommen.

Unterwegs fragte er den Großvater: »Haben sie den Zaren gern?«

»Selbstverständlich«, antwortete der Großvater, fügte jedoch sogleich ärgerlich hinzu: »Pfefferminzlebkuchen haben sie gern.«

Und nach kurzem Schweigen ergänzte er: »Sie essen gern.«

Es schickte sich zwar nicht, den Großvater für einen Schwadroneur zu halten, aber Klim tat es.

Die Großmutter, dick und würdig, in einem rostroten Hauskleid aus Kaschmirwolle, betrachtete alles durch die goldene Lorgnette und pflegte mit gedehnter, vorwurfsvoller Stimme zu sagen: »Früher, in meinem Hause . . .«

Alles in ihrem Hause war nach ihren Worten ausgezeichnet, märchenhaft schön gewesen, doch der Großvater glaubte ihr nicht, er fuhr mit den dürren Fingern durch seinen grauen Backenbart und brummte spöttisch: »Sie haben anscheinend ein paradiesisches Leben geführt, Sofja Kirillowna.«

Die massive Nase der Großmutter errötete vor Kränkung, und sie selber entschwebte langsam, wie eine Wolke bei Sonnenuntergang. In ihrer Hand befand sich stets ein französisches Büchlein mit einem grünseidenen Lesezeichen, auf das in Schwarz die Worte gestickt waren:»Gott allein weiß. Der Mensch kann nur ahnen.«

Keiner mochte die Großmutter. Als Klim das merkte, kam er auf den Gedanken, daß er nicht schlecht daran täte, wenn er zeigte, daß er allein der alten einsamen Frau zugetan war. Er hörte gern ihren Erzählungen von dem geheimnisvollen Haus zu. Doch an ihrem Geburtstag nahm die Großmutter Klim zu einem Spaziergang mit und zeigte ihm in einer Straße tief hinten in einem großen Hof ein plumpes, graues, altersschwaches Gebäude mit fünf, durch drei Säulen getrennten Fenstern, verfallener Freitreppe und einem zweifenstrigen Mezzanin.

»Das ist mein Haus.«

Die Fenster waren mit Brettern vernagelt, der Hof war mit einer Unmenge halbzerschlagener Fässer und Körbe für Bierflaschen vollgestellt und mit Flaschenscherben übersät. In der Mitte des Hofes saß ein Hund, der sich eine Klette aus dem Schwanz biß. Auf den Stufen der Freitreppe indes hockte das alte Männlein aus dem Klim schon bis zum Überdruß bekannten »Märchen vom Fischer und dem Fischlein« – eben das alte Männlein, ebenso struppig wie der Hund – und kaute Brot mit Zwiebellauch.

Klim wollte der Großmutter sagen, sie habe ihm doch nicht von einem solchen Haus erzählt, aber als er sie ansah, fragte er: »Worüber weinst du denn?«

Die Großmutter wischte sich mit einem kleinen Spitzentüchlein die Tränen aus den Augen und antwortete ihm nicht.

Ja, es war alles nicht so, wie die Erwachsenen es erzählten. Klim schien es, als verstünden diesen Unterschied nur zwei: er und Tomilin, die »Person unbekannter Bestimmung«, wie Warawka den Lehrer bezeichnete.

In dem Lehrer sah Klim etwas Geheimnisvolles. Von niederem Wuchs, eckig, mit rotem, gespaltenem Kinnbärtchen und kupferfarbenem Haar bis zu den Schultern, betrachtete der Lehrer alles sehr aufmerksam und gleichsam aus der Ferne. Seine Augen waren ungewöhnlich: In dem matten, milchigen Augenweiß saßen wie aufgeleimt die vorgewölbten, goldgelben Pupillen. Tomilin trug ein blaues, aufgeblähtes Kittelhemd aus steifem Stoff, schwere Bauernstiefel und schwarze Hosen. Sein Gesicht erinnerte an ein Heiligenbild. Das Interessanteste waren die unangenehm roten, ängstlichen Hände des Lehrers. In den ersten Tagen der Bekanntschaft mit ihm meinte Klim, Tomilin sei halb blind, sehe alle Gegenstände nicht, wie sie wirklich sind, sondern größer oder kleiner, und berühre sie daher auch so behutsam, daß es einen geradezu komischen Eindruck machte. Doch der Lehrer trug keine Brille, und gerade er las immer aus den lila Heften vor, wobei er unentschlossen die Seiten umblätterte, als fürchte er, das Papier könnte von der Berührung seiner glühendheißen Finger auflodern. Er wohnte schon das zweite Jahr in Samgins Mezzanin, ohne sich irgendwie zu verändern, so wie sich auch der Samowar in dieser Zeit nicht verändert hatte.

Nach dem Tee, wenn das Hausmädchen Malascha abdeckte, stellte der Vater vor Tomilin zwei Kerzen auf, alle nahmen rund um den Tisch Platz, Warawka verzog das Gesicht und fragte brummig: »Wie, werden wieder die hohen Weisheiten des erlauchten Grafen vorgelesen?«

Hierauf verkroch er sich hinter dem Flügel, nahm dort in einem Ledersessel Platz, zündete sich eine Zigarre an, und in dem Rauch klangen dumpf seine Worte: »Kindereien. Der Herr scherzt.«

»Ein D. . .denker«, brummte, ebenfalls mißbilligend, der Doktor und schlürfte sein Bier.

Der Doktor war unangenehm, als hätte er lange in einem Keller gelegen, wäre dort feucht geworden, mit schwarzem Schimmel überwachsen und sei nun auf alle Menschen wütend. Er war wohl nicht sehr klug, hatte nicht einmal eine gute Frau zu finden vermocht; seine Frau war klein, häßlich und böse. Sie sprach wenig, knauserig; sie sagte zwei, drei Worte und verstummte dann, den Blick in eine Ecke gerichtet, auf lange. Man stritt nicht mit ihr und vergaß sie überhaupt, als existierte sie gar nicht; zuweilen schien es Klim: man vergißt sie absichtlich, weil man sie fürchtet. Doch ihre schrille Stimme beunruhigte Klim stets, da man gewärtig sein mußte, daß die spitznasige Frau irgendwelche ungewöhnlichen Dinge sagte, wie sie es schon getan hatte.

Eines Tages geriet Warawka plötzlich in Zorn, schlug mit seiner schweren Hand auf den Flügel und sagte im Tonfall eines Diakons: »Unsinn! Jede Vernunftshandlung des Menschen wird unvermeidlich eine Gewalttat gegen seine Nächsten oder gegen sich selber sein.«

Klim erwartete, Warawka würde noch »Amen!« sagen, aber er kam nicht mehr dazu, denn der Doktor brummte bereits: »Der Graf spielt den Naiven, als hätte er Darwin nicht gelesen.«

»Darwin ist ein Satan«, sagte seine Frau laut; der Doktor zuckte, als hätte man ihm einen Schlag in den Nacken versetzt, und knurrte leise: »Bileams Eselin . . .«

Marija Romanowna fiel über Warawka her, doch neben ihrem erbosten Gezeter vernahm Klim die eigensinnige Stimme der Doktorsfrau: »Er flüsterte den Menschen ein, das Gesetz des Lebens sei das Böse.«

»Hör auf, Anna«, brummte der Doktor, während der Vater mit dem Lehrer über irgendeine Hypothese, über Malthus, zu streiten anfing; Warawka erhob sich und verließ, einen Streifen Zigarrenrauch hinter sich herziehend, das Zimmer.

Warawka war für Klim der Interessanteste und Verständlichste. Er machte kein Hehl daraus, daß er viel lieber Preference spielte als beim Vorlesen zuhörte. Klim fühlte, daß auch der Vater lieber Karten spielte als beim Vorlesen zuhörte, aber er gestand es nicht ein. Warawka konnte so schön reden, daß seine Worte im Gedächtnis blieben wie silberne Fünfkopekenstücke in der Sparbüchse. Als Klim ihn fragte: »Was ist eine Hypothese?«, antwortete er auf der Stelle: »Das ist ein Hündchen, mit dem man Jagd auf die Wahrheit macht.«

Er war fröhlicher als die anderen Erwachsenen und gab allen komische Spitznamen.

Klim wurde zu Bett geschickt, bevor das Vorlesen oder das Preferencespiel anfing, doch der Junge war stets eigensinnig und bat: »Noch ein Weilchen, ein ganz kleines Weilchen!«

»Nein – wie er die Gesellschaft der Erwachsenen liebt!« wunderte sich der Vater. Nach diesen Worten ging Klim ruhig auf sein Zimmer, weil er erreicht hatte, was er wollte: die Aufmerksamkeit der Erwachsenen noch einmal auf sich zu lenken.

Doch manchmal bat ihn der Vater: »Sag doch mal die ›Gedanken‹ auf, von der Zeile an: ›Fühlst du von simplen Schmeicheleien . . .‹.«

Klim streckte die rechte Hand in die Luft, hielt die linke an den Hosenbund und deklamierte mit finsterem Blick weiter:

»Schamloser Kriecher dich wirklich geehrt?
Freut es dich, faul auf der Haut zu liegen?
Reizt dich nur Völlerei noch und Spiel?«

Warawka lachte Tränen, die Mutter lächelte gezwungen, während Marija Romanowna prophetisch mit halblauter Stimme zu ihr sagte: »Er wird einmal ein ehrlicher Mensch werden.«

Klim sah, daß die Erwachsenen ihn immer mehr den anderen Kindern vorzogen; das tat wohl. Ab und zu jedoch fühlte er schon, daß die Aufmerksamkeit der Erwachsenen störte. Es gab Stunden, in denen er ebenso selbstvergessen spielen wollte und konnte wie der strubbelige, höckernasige Boris Warawka, wie dessen Schwester, wie der Bruder Dmitrij und die flachsblonden Töchter des Doktors Somow. So wie sie alle wurde Klim trunken vor Erregung und verlor sich im Spiel. Doch sobald er merkte, daß einer von den Großen ihm dabei zusah, ernüchterte ihn sofort die Angst, seine Begeisterung für das Spiel setze ihn herab in den Rang gewöhnlicher Kinder. Es schien ihm immer, als beobachteten ihn die Erwachsenen und erwarteten von ihm besondere Worte und ein besonderes Verhalten.

Zugleich merkte er, daß die Kinder ihn immer offenkundiger nicht mochten. Sie betrachteten ihn mit Neugier, wie einen Fremden, und erwarteten von ihm wie die Erwachsenen irgendwelchen Hokuspokus. Doch seine altklugen Wörtchen und Phrasen erweckten in ihnen spöttische Kühle, Mißtrauen und zuweilen auch Feindseligkeit. Klim ahnte, daß sie ihn um seinen Ruhm, den Ruhm eines Jungen mit außerordentlichen Fähigkeiten, beneideten, aber es kränkte ihn trotzdem und machte ihn bald niedergeschlagen, bald regte es ihn auf. Er wollte die Unfreundlichkeit seiner Gefährten überwinden, doch er versuchte das, indem er die ihm von den Erwachsenen aufgezwungene Rolle noch eifriger spielte. Er versuchte zu kommandieren, zu belehren und – rief den zornigen Widerstand Boris Warawkas hervor. Dieser geschickte, hitzige Junge erschreckte Klim und stieß ihn durch seinen herrschsüchtigen Charakter ab. Seine Streiche waren stets schwierig und gefahrvoll, doch er zwang die anderen, sich ihm unterzuordnen, und übernahm in allen Spielen die erste Rolle. Er versteckte sich an unzugänglichen Stellen, kletterte wie eine Katze auf Dächer und Bäume; geschickt, wie er war, ließ er sich nie fangen, und wenn er die gegnerische Partei zur Erschöpfung, zum Verzicht auf die Fortsetzung des Spiels gebracht hatte, hänselte er die Besiegten: »Na – habt ihr verspielt, ergebt ihr euch? Ach, ihr . . .!«

Klim schien es, als denke Boris nie über etwas nach, da er von vornherein wisse, was er zu tun habe. Nur einmal, über die Schlappheit seiner Kameraden verärgert, träumte er: »Im Sommer werde ich mir tüchtige Gegner bei den Waisenhausjungen oder aus der Werkstatt der Ikonenmaler suchen und mit ihnen kämpfen, und von euch gehe ich weg . . .«

Klim fühlte, daß der kleine Warawka ihn betonter und offenkundiger als die anderen Kinder nicht mochte. Sehr gut gefiel ihm Lida Warawka, ein schmales Mädchen, bräunlich, großäugig, mit einem dichten Wust wirren, schwarzen Kraushaares. Sie lief erstaunlich gut, indem sie ganz leicht vom Boden hochschnellte, als berührte sie ihn gar nicht; außer dem Bruder vermochte keiner sie zu fangen oder zu überholen. Und ebenso wie der Bruder wählte sie sich stets die führenden Rollen aus. Wenn sie sich irgendwo stieß, das Bein oder die Hand aufschürfte oder die Nase verletzte, weinte sie nie, flennte nicht, wie es die Somow-Mädchen taten. Doch war sie fast krankhaft empfindlich gegen Kälte, mochte Schatten und Dunkelheit nicht und war bei schlechtem Wetter unerträglich launisch. Im Winter schlief sie wie eine Fliege, hockte, fast ohne an die Luft zu gehen, in der Stube und beklagte sich zornig über Gott, der ihr unnützerweise Kummer bereite, indem er Regen, Wind und Schnee auf die Erde herabsende.

Von Gott redete sie wie von einem gütigen und ihr wohlbekannten alten Mann, der irgendwo in der Nähe wohnte und alles, was er wollte, tun könnte, oft aber nicht so handelte, wie es sein sollte.

»Es gibt überhaupt keinen Gott«, erklärte Klim. »Nur alte Männer und Weiber denken, es gebe einen.«

»Ich bin kein altes Weib, und Pawlja ist auch noch jung«, erwiderte Lida gelassen. »Pawlja und ich lieben ihn sehr, Mama aber ärgert sich, weil er sie ungerecht bestraft hat, und sie sagt, er spiele mit den Menschen wie Boris mit seinen Zinnsoldaten.«

Lida stellte ihre Mutter als eine Märtyrerin dar, der man den Rükken mit glühendem Eisen brenne, Medikamente unter die Haut spritze und die man auf jegliche Weise marterte.

»Papa will, daß sie ins Ausland fährt, aber sie mag nicht, sie hat Angst, Papa geht ohne sie zugrunde. Papa kann natürlich nicht zugrunde gehen. Aber er streitet nicht mit ihr, er sagt, Kranke erfinden immer irgendwelche schrecklichen Dummheiten, weil sie sich vor dem Sterben fürchten.«

Der Umgang mit diesem Mädchen war für Klim leicht und angenehm, ebenso angenehm wie die Märchen der Kinderfrau Jewgenija. Klim begriff, daß Lida in ihm keinen Wunderknaben sah, in ihren Augen wuchs er nicht, sondern blieb immer der gleiche, der er vor zwei Jahren gewesen war, als die Warawkas die Wohnung gemietet hatten. Es verwirrte und ärgerte ihn zwar, wenn er sah, daß das Mädchen ihn ins Kindliche, Einfältige zurückversetzte, aber er brachte es nicht fertig, sie von seiner Bedeutsamkeit zu überzeugen; das war schon allein deshalb schwierig, weil Lida eine ganze Stunde lang ununterbrochen reden konnte, ihm aber nicht zuhörte und seine Fragen nicht beantwortete.

Nicht selten wurde sie abends, wenn sie vom Spielen müde war, ganz still und ging, ihre zärtlichen Augen weit offen, in Hof und

Garten umher, wobei sie den Boden behutsam mit ihren federnden Füßen abtastete und gleichsam etwas Verlorenes zu suchen schien.

»Komm, setzen wir uns«, schlug sie Klim vor.

In der Hofecke, zwischen dem Stall und der Brandmauer des vor kurzem errichteten Nachbarhauses, stand eine hohe Ulme, die keine Sonne bekam und langsam abstarb. An ihrem Stamm lagen gestapelt alte Bretter und Balken, und auf ihnen stand, in Höhe des Stalldachs, Großvaters aus Weidenruten geflochtenes Wägelchen. Klim und Lida kletterten in dieses Wägelchen, saßen darin und plauderten. Das fröstelnde Mädchen schmiegte sich an Samgin, und ihm war es traumhaft angenehm, ihren festen, sehr warmen Körper zu fühlen und ihrem nachdenklichen und brüchigen Stimmchen zu lauschen.

Sie hatte eine dürftige, zwei Töne umfassende Stimme, Klim hatte den Eindruck, als bewege sie sich nur zwischen den Noten f und g. Und wie seine Mutter fand auch Klim, das Mädchen wisse für ihr Alter zuviel.

»Das vom Storch und dem dicken Bauch vom Kohlessen ist erfunden«, sagte sie. »Das sagen sie, weil sie sich schämen, Kinder zu kriegen, und doch werden sie von den Mamas zur Welt gebracht, wie bei den Katzen, ich habe es selber gesehen, und Pawlja hat es mir auch erzählt. Wenn meine Brust so groß ist wie die von Mama und Pawlja, werde ich auch Jungen und Mädchen kriegen, solche wie ich und du. Es müssen Kinder geboren werden, sonst würde es ja immer nur ein und dieselben Menschen geben, und dann sterben die, und es gibt niemanden mehr. Dann sterben auch die Katzen und Hühner – wer sollte sie dann füttern? Pawlja sagt, Gott verbietet nur den Nonnen und den Gymnasiastinnen, Kinder zu kriegen.«

Besonders oft, viel und immer wieder Neues erzählte Lidija von der Mutter und dem Dienstmädchen Pawlja, einem rotwangigen, lustigen, dicken Frauenzimmer.

»Pawlja weiß alles, sogar mehr als Papa. Wenn Papa nach Moskau fährt, singt Pawlja mit Mama zusammen leise Lieder, und sie weinen alle beide, und Pawlja küßt Mamas Hände. Mama weint sehr viel, wenn sie Madeira getrunken hat, weil sie krank und böse ist. Sie sagt: ›Gott hat mich böse gemacht.‹ Und ihr gefällt nicht, daß Papa mit anderen Damen und mit deiner Mama bekannt ist; sie mag überhaupt keine Damen, nur Pawlja hat sie gern, die ist ja keine Dame, sondern die Frau eines Soldaten.«

Beim Erzählen preßte sie die Finger zur Faust zusammen, wiegte sich hin und her und schlug sich im Takt dazu mit dem Fäustchen auf die Knie. Ihre Stimme klang. immer leiser, immer weniger lebhaft, zuletzt sprach sie wie im Schlaf und weckte dadurch in Klim ein Gefühl der Traurigkeit.

»Bevor Mama krank wurde, war sie Zigeunerin, und es gibt sogar ein Bild von ihr im roten Kleid, mit einer Gitarre. Ich werde ein wenig im Gymnasium lernen und auch zur Gitarre singen, nur in einem schwarzen Kleid.«

Zuweilen verspürte Klim den Wunsch, dem Mädchen zu widersprechen, mit ihr zu streiten, aber er konnte sich nicht dazu entschließen, da er fürchtete, Lida werde sich ärgern. Da er sie für das interessanteste von allen bekannten Mädchen hielt, war er stolz darauf, daß Lidija ihn besser behandelte, als die anderen Kinder es taten. Und wenn Lida ihn aus Laune plötzlich im Stich ließ und Ljubow Somowa ins Wägelchen einlud, fühlte Klim sich gekränkt, verlassen und war eifersüchtig bis zu zornigen Tränen.

Die Somow-Mädchen erschienen ihm ebenso unangenehm und dumm wie ihr Vater. Kinder von einem Jahr Altersunterschied, waren sie beide klein, dick, mit Gesichtern rund wie Untertassen. Warja, die ältere, unterschied sich von ihrer Schwester nur dadurch, daß sie ständig krank war und Klim nicht so oft wie Ljubow vor die Augen kam. Warawka nannte die jüngere »weiße Maus«, und bei den Kindern hieß sie Ljuba Clown. Ihr weißes Gesicht schien wie mit Mehl bestäubt, die blaugrauen, wäßrigen Augen verbargen sich hinter den rosa Pölsterchen der geschwollenen Lider, die farblosen Brauen waren auf der Haut der stark gewölbten Stirn kaum zu sehen, das flachsblonde Haar lag wie angeleimt am Schädel, sie flocht es zu einem komischen Zöpfchen mit einer gelben Schleife am Ende. Sie war fröhlich, doch Klim vermutete, ihre Fröhlichkeit sei eine Erfindung dieses Mädchens, das weder hübsch noch klug war. Sie erfand sehr viel und stets erfolglos. So erfand sie das langweilige Spiel: »Was wird mit wem geschehen?« Auf kleine, quadratisch geschnittene Zettel schrieb sie verschiedene Wörter, rollte die Quadrate zu Röhrchen zusammen und ließ die Kinder je drei Röhrchen aus ihrem Rockschoß nehmen.

»Ring, Klang, Wolf«, las Lidija ihre Lose vor, worauf Ljuba ihr mit der näselnden Altweiberstimme einer Wahrsagerin verkündete: »Du wirst einen Priester heiraten, liebes Fräulein, und wirst auf dem Lande leben.«

Lidija wurde böse: »Du kannst nicht wahrsagen! Ich kann es auch nicht, aber du noch weniger.«

Auf Klims Zetteln standen die Worte: »Mond, Traum, Zwiebel.«

Ljuba Clown nahm die Zettel in die Faust, biß sich in die dicken Lippen, dachte eine Weile nach und rief dann: »Du wirst träumen, du hast den Mond geküßt, dich dabei verbrannt und dann geweint – das wirst du träumen!«

»Unsinn, aber gut ausgedacht!« sagte Boris beifällig.

Von Andersens Märchen gefiel der Somowa besonders »Die Hirtin und der Schornsteinfeger«. In stillen Stunden bat sie Lidija, dieses Märchen vorzulesen, und beim Zuhören weinte sie leise und hemmungslos. Boris Warawka verzog das Gesicht und brummte: »Hör auf. Ein Glück, daß sie nicht zerbrochen sind.«

Der lächerliche Kummer um den Schornsteinfeger aus Porzellan und überhaupt alles an diesem Mädchen schien Klim unaufrichtig. Er vermutete dunkel, sie wolle sich als etwas ebenso Besonderes zeigen, wie er, Klim Samgin, es war.

Eines späten Abends kam Ljuba aufgeregt von der Straße auf den Hof gelaufen, wo die Kinder lärmend spielten, blieb stehen, deutete mit der Hand hoch in die Luft und rief hinauf: »Hört nur, hört . . .«

Alle wurden still, blickten aufmerksam zum bläulichen Himmel, aber keiner vernahm etwas. Klim freute sich, daß Ljuba ein Kunststück mißlungen war, und begann sie, mit dem Fuß aufstampfend, zu necken: »Hast nicht gut genug geschwindelt, hast niemanden hereingelegt!«

Doch das Mädchen stieß ihn zur Seite, verzog angespannt ihr mehliges Gesicht und deklamierte hastig:

»Gestern setzte einen Hut auf mein Papa
Und sah plötzklich wie ein Steinpilz aus,
Ich erkannt ihn gar nicht, als ich ihn so sah . . .«

Sie verstummte, schloß die Augen und warf dann Klim ärgerlich vor: »Du hast mir alles durcheinandergebracht . . .«

»Er drängt sich immer vor, wie ein Blinder«, sagte Boris barsch und begann, ihr Reime vorzusagen: »Laus? Maus? Haus?«

Klim sah, daß alle unzufrieden waren, er mochte die Somowa noch weniger und fühlte erneut, daß er es bei den Kindern schwerer hatte als bei den Erwachsenen.

Warja war langweiliger als die Schwester und ebenso häßlich. An den Schläfen hatte sie bläuliche Äderchen, ihre Eulenaugen blickten verzagt, die Bewegungen ihres schlappen Körpers waren linkisch. Sie sprach halblaut, vorsichtig und gedehnt, in irgendwelchen zerknitterten Worten; es war schwer zu verstehen, wovon sie redete. Klim wunderte sich sehr, daß Boris so aufmerksam den Somows den Hof machte und nicht der schönen Alina Telepnjowa, der Freundin seiner Schwester. An Schlechtwettertagen versammelten sich die Kinder in Warawkas Wohnung, in einem großen, unordentlichen

Zimmer, das ein Tanzsaal sein konnte. In ihm standen ein riesengroßes Büfett, ein Harmonium, ein sehr breiter Lederdiwan und in der Mitte ein ovaler Tisch und schwere Stühle mit hoher Lehne. Warawkas wohnten schon das dritte Jahr in dieser Wohnung, aber es schien, als wären sie erst gestern eingezogen, alle Möbel standen an falscher Stelle, es waren zu wenig, und das Zimmer wirkte öde, ungemütlich.

Meistens spielten die Kinder Zirkus, als Manege diente der Tisch, und die Ställe befanden sich unter dem Tisch. Zirkus war Boris' Lieblingsspiel, er war Direktor und Pferdedresseur, sein neuer Kamerad Igor Turobojew stellte einen Akrobaten und Löwen dar, Dmitrij Samgin war ein Clown, die Schwestern Somow und Alina waren Panther, Hyäne und Löwin, und Lidija Warawka spielte die Rolle der Tierbändigerin. Die Raubtiere erfüllten ihre Pflichten ehrlich und ernst, packten Lidija am Rock und an den Beinen, suchten sie umzuwerfen und zu zerfleischen, und Boris brüllte: »Nicht wie die Ferkel quietschen! Lidka, hau sie mehr!«

Klim wurden meist die entwürdigenden Obliegenheiten eines Stallwärters aufgezwungen, er holte die Pferde, die Raubtiere unter dem Tisch hervor und vermutete, daß man ihm diesen Dienst absichtlich auferlegte, um ihn zu erniedrigen. Das Zirkusspielen gefiel ihm überhaupt nicht, wie auch andere mit viel Geschrei verbundene Spiele, die man schnell über hatte. Wenn er aufs Mitspielen verzichtete, begab er sich unter das »Publikum« auf dem Diwan, wo Pawlja und die Krankenschwester saßen, während Boris brummte: »Ach, du launischer Kerl! Pawlja, ruf Dronow, der Teufel soll ihn holen . . .«

Klim verfolgte vom Diwan aus das Spiel, doch mehr als die Kinder beschäftigte ihn Mutter Warawka. In einem Zimmer, das von einer großen Hängelampe hell erleuchtet war, lag halb aufgerichtet, in einem breiten Bett, in einer Unmenge von Kissen wie in einem Schneehaufen, eine schwarzhaarige Frau mit großer Nase und riesenhaften Augen im dunklen Gesicht. Von weitem ähnelte der zottige Kopf der Frau dem knorrigen Wurzelstock eines Baumes, der verkohlt war und noch glomm. Glafira Issajewna rauchte ununterbrochen dicke, gelbe Zigaretten, dichter Rauch entströmte ihrem Mund, den Nasenlöchern und auch ihre Augen schienen zu rauchen.

»Klim!« rief sie mit Männerstimme. Klim hatte Angst vor ihr; er näherte sich behutsam, machte einen Kratzfuß, neigte den Kopf und blieb zwei Schritte vom Bett entfernt stehen, damit die dunkle Hand der Frau ihn nicht erreiche.

»Nun, wie steht es bei euch?« fragte sie, mit der Faust ins Kissen stoßend. »Was macht die Mutter? Ist sie im Theater? Warawka ist wohl mitgegangen? Aha!«

Das Aha sprach sie drohend aus, und der bohrende Blick ihrer schwarzen Augen stieß den Knaben ab.

»Du bist schlau«, sagte sie. »Man lobt dich nicht umsonst, du bist schlau. Nein, ich werde dir Lidija nicht zur Frau geben.«

In dem großen Zimmer schrie Boris, mit den Füßen stampfend: »Orchester! Mama, hör doch – Orchester!«

Glafira Issajewna nahm die Gitarre oder ein anderes Instrument, das einer Ente mit langem, widerlich gestrecktem Hals ähnelte; die Saiten dröhnten toll, Klim fand diese Musik bösartig wie alles, was Glafira Warawka tat. Zuweilen fing sie plötzlich mit tiefer Stimme an zu singen, durch die Nase und auch bösartig. Die Worte ihrer Lieder waren seltsam abgerissen, ihr Zusammenhang war unverständlich, und von diesem heulenden Singen wurde es im Zimmer noch düsterer, ungemütlicher. Die Kinder verkrochen sich auf den Diwan, hörten schweigend und ergeben zu, und Lidija flüsterte schuldbewußt: »Sie kann es besser, aber heute ist sie nicht bei Stimme.«

Und sie fragte sehr freundlich: »Bist du heute nicht bei Stimme, Mama?«

Die Antwort der Mutter war undeutlich, brummig.

»Ihr seht ja«, sagte Lidija, »sie ist nicht bei Stimme.«

Klim dachte, diese Frau werde, wenn sie gesund wird, etwas Furchtbares anstellen, aber Doktor Somow beruhigte ihn. Er hatte den Doktor gefragt: »Wird Glafira Issajewna bald aufstehen?«

»Mit allen zusammen, am Tag des Jüngsten Gerichts«, hatte Somow träge geantwortet.

Wenn der Doktor etwas Schlimmes, Düsteres sagte, glaubte ihm Klim.

Wenn die Kinder allzusehr lärmten und trampelten, kam von Samgins unten Vater Warawka herauf und rief in der Tür: »Leiser, ihr Wölfe! So kann man ja nicht leben. Wera Petrowna hat Angst, die Decke stürzt ein.«

»Entern!« kommandierte Boris, und alle stürzten sich auf seinen Vater, kletterten ihm auf den Rücken, auf die Schultern, auf den Nacken.

»Alles fest?« fragte er.

»Fertig.«

Warawka verlangte von den Kindern das Ehrenwort, daß sie ihn nicht kitzeln würden, und darauf begann er um den Tisch zu traben, wobei er so aufstampfte, daß das Geschirr im Büfett schepperte und die Kristallanhänger der Lampe kläglich klirrten.

»Vernichtet ihn!« rief Boris, und nun begann der beliebteste Teil des Spiels: Warawka wurde gekitzelt, er jaulte, kreischte, lachte, seine kleinen, scharfen Äuglein quollen erschreckt vor, er schüttelte ein Kind nach dem andern ab und warf sie auf den Diwan, doch sie stürzten sich von neuem auf ihn und fuhren ihm mit den Fingern zwischen die Rippen und in die Kniekehlen. Klim beteiligte sich nie an diesem rohen und gefährlichen Spiel, er stand abseits, lachte und hörte die tiefstimmigen Zurufe Glafiras: »So, so ist's recht!«

»Ich ergebe mich«, jaulte Warawka und warf sich, seine Gegner erdrückend, auf den Diwan. Man nahm von ihm Lösegeld in Form von Kuchen und Konfekt, Lida kämmte ihm das zerzauste Haar und den Bart, sie glättete mit ihrem feuchten Finger die buschigen Brauen des Vaters, während er, vom Lachen ganz erschöpft, komisch prustete, sich mit dem Taschentuch über das schweißbedeckte Gesicht fuhr und den Kindern kläglich vorwarf: »Nein, ihr seid keine ehrlichen Menschen ...«

Danach ging er ins Zimmer seiner Frau. Sie zischte ihn mit verzerrten Lippen an, ihre schwarzen Augen weiteten sich zornig, wurden tiefer und noch unheimlicher; Warawka sagte gezwungen und gedämpft: »Wie? – Na, das ist erfunden. Hör auf. Schon gut. Ich bin kein alter Mann.«

Das Wörtchen »Erfindungen« war Klim sehr verständlich und verschärfte seine Abneigung gegen die kranke Frau. Ja, sie erfand natürlich irgend etwas Böses. Klim sah, daß Glafira Issajewna zu den Kindern acht- und lieblos, oft grob war. Man konnte meinen, Boris und Lidija wären für sie nur dann interessant, wenn sie irgendwelche gefährlichen Übungen machten, bei denen sie Gefahr liefen, sich Arme und Beine zu brechen. In solchen Augenblicken richtete sie ihre Augen unverwandt auf die Kinder, wobei sie die Brauen zusammenzog, die lila Lippen fest zusammengepreßt, die Arme kreuzte und die Finger in die knochigen Schultern krampfte. Klim war überzeugt, daß die Mutter, wenn ihre Kinder zu Fall kämen, sich verletzten, in ein Freudengelächter ausbrechen würde.

Boris lief in zerrissenen Hemden herum, zerzaust und ungewaschen. Lida war schlechter gekleidet als die Somows, obwohl ihr Vater reicher war als der Doktor. Klim schätzte die Freundschaft mit dem Mädchen immer mehr – es gefiel ihm, ihrem lieben Geschwätz lauschend, zu schweigen, zu schweigen und dabei seine Pflicht zu vergessen, etwas Kluges, nicht Kindliches zu sagen.

Als jedoch der hübsch wie ein Bilderbuchknabe gekleidete Zierbengel Igor Turobojew erschien, der unangenehm höflich, aber ebenso gewandt und flink war wie Boris – wandte sich Lida von Klim ab und lief dem neuen Gefährten willfährig wie ein Hündchen nach. Das war unbegreiflich, um so mehr, als Boris und Turobojew sich gleich am ersten Tag ihrer Bekanntschaft zankten und ein paar Tage danach heftig bis aufs Blut und bis zu Tränen prügelten. Hier sah Klim zum erstenmal, wie grimmig Jungen sich raufen können, er beobachtete ihre wutverzerrten Gesichter, ihr unverhülltes Bestreben, sich so schmerzhaft wie möglich zu schlagen, hörte ihr Kreischen und Ächzen – und das erschütterte ihn dermaßen, daß er ihnen noch mehrere Tage nach der Schlägerei ängstlich aus dem Wege ging und sich, der er sich aufs Raufen nicht verstand, erneut als ein besonderer Jungen vorkam. Igor und Boris wurden bald gute Freunde, obwohl sie sich ständig stritten, zankten und jeder von ihnen eigensinnig, ohne sich zu schonen, zu beweisen suchte, daß er mutiger und stärker sei als der andere. Boris benahm sich wie einer, der sich verbrannt hat, er bekam etwas Krampfhaftes, als spute er sich, alle Spiele noch einmal zu spielen, fürchte jedoch, es nicht zu schaffen.

Als Turobojew erschien, fühlte sich Klim noch mehr zurückgesetzt, man stellte ihn neben seinen Bruder, neben Dmitrij. Doch der gutmütige, plumpe Dmitrij war deshalb beliebt, weil er sich kommandieren ließ, nie stritt, nie gekränkt war und geduldig und ungeschickt die unscheinbarsten, unvorteilhaftesten Rollen spielte. Man mochte Dmitrij auch deshalb gern, weil er in einer überraschenden Art, die Klim neidisch machte, die Aufmerksamkeit der Kinder zu fesseln wußte, indem er ihnen von Vogelnestern, von Höhlen und Schlupfwinkeln der Tiere, vom Leben der Bienen und Wespen erzählte. Er pflegte halblaut, geheimnisvoll zu erzählen, und auf seinem breiten Gesicht, in seinen gütigen grauen Augen leuchtete ein frohes Lächeln.

»Wood ist besser als Mayne Reid«, sagte er und seufzte. »Und dann gibt es noch den Brehm . . .«

Turobojew und Boris verlangten, daß Klim sich ihrem Willen ebenso unterwürfig füge wie sein Bruder; Klim gab nach, erklärte aber mitten im Spiel: »Ich spiele nicht mehr weiter.«

Dann ging er weg. Er wollte zeigen, daß seine Unterwürfigkeit nur die Nachsicht eines Klugen war, daß er unabhängig und über alle netten Dummheiten erhaben sein wollte und konnte. Doch das begriff niemand, und Boris rief stürmisch: »Scher dich zum Teufel, wir haben dich satt!«

Sein blatternarbiges, spitznasiges Gesicht bedeckte sich mit roten

Flecken, die Augen funkelten zornig; Klim fürchtete, Warawka werde ihn schlagen.

Lidija sah ihn schief an und verzog das Gesicht, die Somows und Alina, die Lidijas Verrat bemerkt hatten, zwinkerten sich zu und tuschelten, und das alles erfüllte Klims Seele mit beißender Trauer. Doch der Junge tröstete sich mit der Vermutung, man möge ihn nicht, weil er klüger sei als alle, und hinter diesem Trost erstand wie dessen Schatten Stolz, tauchte der Wunsch auf, zu belehren und zu kritisieren; er fand die Spiele langweilig und fragte: »Kann man denn nicht etwas Lustigeres erfinden?«

»Erfinde doch was, aber störe nicht immer«, sagte Lida böse und wandte sich von ihm ab.

Wie grob sie geworden ist, dachte Klim bitter.

Er schuf sich einen Gang, der ihm, wie er meinte, Würde verleihen mußte, schritt mit steifen Beinen, die Hände auf dem Rücken, einher, wie es der Lehrer Tomilin tat. Auf die Kameraden blickte er mit leicht zugekniffenen Augen.

»Was plusterst du dich denn so auf?« fragte ihn Dmitrij. Klim lächelte verächtlich und antwortete nicht, er mochte den Bruder nicht und hielt ihn für einen Dummkopf.

Wenn Turobojew, kühl, reinlich und höflich, Klim ansah, kniff auch er seine schwarzen, unfreundlichen Augen zu – er sah ihn herausfordernd an. Sein allzu schönes Gesicht verzog sich besonders grimmig, wenn Klim zu Lidija ging, doch das Mädchen sprach mit Klim nachlässig und hastig, wobei sie mit den Füßen aufstampfte und nach der Seite schaute, wo Igor stand. Sie schloß sich immer enger an Turobojew an, sie gingen Hand in Hand umher; Klim schien es, als spielten sie sogar mitten im Eifer des Spiels nur füreinander, ohne sonst noch irgend jemanden zu sehen oder zu spüren.

Wenn Blindekuh gespielt wurde und Lida die Kinder fangen mußte, ließ Igor sich absichtlich von ihren blinden Händen fassen.

»Das gilt nicht!« rief Klim, und alle stimmten ihm zu: »Nein, das gilt nicht.« Turobojew jedoch zog seine schönen Brauen hoch und sagte überzeugend: »Aber sie ist doch so schwach, meine Herrschaften.«

»Nein!« entrüstete sich Lida. »Gar nicht!«

»Ich bin auch schwach«, erklärte Ljuba Clown gekränkt, doch Turobojew hatte sich bereits die Augen zugebunden und begann schon zu haschen.

Einmal geschah es, daß Dmitrij Samgin, der sich vor Lidas Händen retten wollte, ihr vor den Beinen einen Stuhl umwarf; das Mädchen stieß mit dem Knie an das Stuhlbein und schrie auf – Igor erbleichte und packte Dmitrij an der Gurgel. »Dummkopf! Du spielst unehrlich.«

Als jedoch bemerkt worden war, daß Iwan Dronow den Mädchen aufmerksam unter die Röcke schaute, verlangte Turobojew entschieden, daß Dronow nicht mehr zum Mitspielen aufgefordert werde.

Iwan Dronow nannte sich nicht nur selber beim Familiennamen, sondern ließ sich auch von seiner Großmutter Dronow nennen. Krummbeinig, mit vorstehendem Bauch, plattgedrücktem Schädel, breiter Stirn und großen Ohren, war er irgendwie betont und doch anziehend häßlich. In seinem breiten Gesicht, in dem das rötliche Beulchen von Nase kaum auffiel, funkelten schmale, milchig blaue, sehr flinke und gierige Äugelchen. Gier war die auffälligste Eigenschaft Dronows; mit ungewöhnlicher Gier sog er mit feuchter Nase die Luft ein, als müsse er aus Mangel an ihr ersticken. Er aß gierig und mit erstaunlicher Geschwindigkeit, wobei er mit seinen dicken, hellroten Lippen laut schmatzte und mampfte. Er sagte zu Klim: »Ich bin arm, ich muß viel essen.«

Auf Großvater Akims nachdrücklichen Wunsch bereitete sich Dronow mit Klim zusammen auf das Gymnasium vor, und in den Unterrichtsstunden Tomilins legte er ebenfalls eine fiebrige Hast an den Tag, die Klim auch wie Gier erschien. Wenn er den Lehrer etwas fragte oder ihm antwortete, sprach Dronow sehr rasch und sog die Worte gewissermaßen so ein, als wären sie heiß und versengten ihm Lippen und Zunge. Klim suchte den ihm von dem »richtigen alten Mann« aufgezwungenen Gefährten auszuforschen: »Warum bist du so gierig?«

Dronow schnaufte, verdrehte seine unruhigen Äugelchen und antwortete nicht.

Doch in einem günstigen Augenblick sagte er, seine hohe scharfe Stimme geheimnisvoll senkend: »Man hat mir einen hungrigen Wrum eingesetzt.«

»Einen Wurm«, verbesserte ihn Klim.

»Ein Wurm ist was anderes, das ist ein Wrum.«

Und rasch tuschelnd berichtete er, seine Tante, eine Hexe, habe ihn verzaubert, indem sie ihm einen Bauchwurm in den Leib gejagt habe, damit er, Dronow, sein ganzes Leben lang von unersättlichem Hunger gepeinigt würde. Er erzählte auch, daß er in dem Jahr geboren sei, als sein Vater gegen die Türken gekämpft habe, dann in Gefangenschaft geraten sei, den türkischen Glauben angenommen habe und jetzt in hohem Wohlstand lebe; die Tante, diese Hexe, habe, als sie davon erfuhr, die Mutter und die Großmutter aus dem Hause gejagt, und die Mutter wäre sehr gern in die Türkei gegangen, aber die Großmutter habe sie nicht fortgelassen.

Als Klim merkte, das Dronow den hungrigen Wurm Wrum, Bauchwurm oder auch Bauchfresser nannte, glaubte er ihm nicht. Doch während des geheimnisvollen Geflüsters sah er zu seinem Erstaunen einen anderen Jungen vor sich: Das platte Gesicht des Enkels der Kinderfrau wurde schöner, seine Augen huschten nicht mehr hin und her, und in den Pupillen flackerte das blaue Flämmchen einer Freude, die Klim nicht verstand. Beim Abendessen berichtete Klim Dronows Erzählung dem Vater – auch der Vater freute sich unbegreiflicherweise. »Hörst du, Wera? Welch eine Phantasie, was? Ich habe schon immer gesagt, daß es ein sehr befähigter Bengel ist . . .«

Doch die Mutter, die, wie sie es oft tat, dem Vater nicht zuhörte, sagte Klim knapp und trocken, Dronow habe das alles erfunden: eine Hexentante habe er nicht; der Vater sei gestorben, er sei beim Brunnengraben verschüttet worden, die Mutter habe in einer Zündholzfabrik gearbeitet und sei gestorben, als Dronow vier Jahre alt war, und nach deren Tod habe sich seine Großmutter als Kinderfrau für den Bruder Mitja verdingt; das sei alles.

»Ja, Wera«, sagte der Vater, »aber bedenke doch . . .«

Dmitrij Samgin verzog das Gesicht zu einem breiten Lächeln und sagte: »Klim lügt auch gern.«

Der Vater wandte sich ihm zu: »Das hast du grob gesagt, Mitja. Man muß zwischen Lüge und Phantasie unterscheiden . . .«

In diesem Augenblick kam Warawka, nach ihm erschien der »richtige alte Mann«, man begann zu streiten, und Klim hörte wieder einiges von dem, was ihn in dem Recht und der Notwendigkeit bestärkte, sich selbst zu erdenken, und was zugleich sein Interesse für Dronow wachrief, ein Interesse fast wie Eifersucht. Gleich am nächsten Tag fragte er Iwan: »Warum hast du mir von einer Tante vorgelogen? Du hast ja gar keine.«

Dronow warf ihm einen zornigen Blick zu, verdrehte die Augen und erwiderte: »Und du, schwatz nicht von Dingen, von denen du nichts verstehst. Deinetwegen hat mich die Großmutter an den Ohren gezogen. Du Petzklingel!«

Jeden Morgen um neun Uhr gingen Klim und Dronow zu Tomilin ins Mezzanin hinauf und saßen bis Mittag in dem Zimmer, das einer Rumpelkammer glich, in die man liederlich drei Stühle, einen Tisch, einen eisernen Waschtisch, ein knarrendes Holzbett und eine Unmenge Bücher geworfen hatte. In diesem Zimmer war es immer heiß, es roch beklemmend nach Katze und nach Taubendreck.

Durch das halbrunde Fenster sah man die Wipfel der Bäume im Garten, die mit Reif oder Schnee wie mit Wattebäuschen geziert waren; hinter den Bäumen ragte der graue Wachtturm der Feuerwehr, auf dem langsam und stur ein Mann in grauem Pelz die Runde machte, hinter dem Wachtturm war der leere Raum des Himmels.

Der Lehrer empfing die Kinder mit wortlosem, unklarem Lächeln; er machte zu jeder Tageszeit den Eindruck, als wäre er soeben aufgewacht. Er legte sich sogleich rücklings auf das Bett, das trübselig knarrte. Die Finger in die roten, ungekämmten Zotteln seines spröden und strähnigen Haars vergraben, den gespaltenen, kupferfarbenen Bart emporgerichtet, fragte und erzählte er, ohne die Schüler anzusehen, mit leiser Stimme, doch vernehmlichen Worten; aber Dronow fand, der Lehrer spreche »hinter dem Ofen hervor«.

Zuweilen, meist in der Geschichtsstunde, erhob sich Tomilin und ging umher, sieben Schritte vom Tisch bis zur Tür und wieder zurück, ging mit gesenktem Kopf, den Blick zum Boden, schlurrte mit den ausgetretenen Pantoffeln und versteckte die Hände hinter dem Rücken, wobei er die Finger so zusammenpreßte, daß sie knallrot wurden.

Klim Samgin sah, daß Tomilin Dronow lieber und eifriger unterrichtete als ihn.

»Nun also, Wanja, was tat Alexander Newskij?« fragte er, an der Tür stehenbleibend und das Kittelhemd zurechtzupfend. Dronow antwortete schnell und deutlich: »Der heilige, rechtgläubige Fürst Alexander Newskij rief die Tataren herbei und begann mit deren Hilfe die Russen zu schlagen ...«

»Halt mal, was soll das? Woher hast du das?« wunderte sich der Lehrer, zog die buschigen Brauen hoch und machte komisch den Mund auf.

»Das haben Sie gesagt.«

»Ich? Wann denn?«

»Am Donnerstag.«

Der Lehrer schwieg eine Weile, strich sich mit den Händen das Haar glatt, ging dann auf den Tisch zu und sagte streng: »Das braucht ihr nicht zu behalten.«

Er hatte die Angewohnheit, laut mit sich selber zu sprechen. Nicht selten, wenn er aus der Geschichte erzählte, versank er auf ein, zwei Minuten in Nachdenken und begann, nachdem er eine Weile geschwiegen hatte, sehr leise und unverständlich zu reden. In solchen Augenblicken stieß Dronow Klim mit dem Fuß an und lächelte schief, wobei er mit dem linken Auge, das unruhiger war als das rechte, zum Lehrer hinüberzwinkerte; Dronows Lippen waren wie ein Fischmaul, stumpf und hart wie Knorpel. Nach der Stunde fragte Klim: »Warum hast du mich angestoßen?«

»Hihi«, kicherte Dronow schier erstickend. »Das stimmte nicht, was er über Newskij gesagt hat – ein Heiliger wird sich doch nicht mit Tataren anfreunden, so ein Quatsch! Darum sollen wir es auch nicht behalten, weil er etwas Falsches gesagt hat. Ein schöner Lehrer: erst lehrt er etwas, und dann verbietet er, es zu behalten.«

Wenn Iwan Dronow von Tomilin sprach, senkte er stets die Stimme, schaute sich vorsichtig um und kicherte, und Klim spürte beim Zuhören, es machte Iwan Spaß, daß er den Lehrer nicht mochte, und es gefiel ihm, ihn nicht zu mögen.

»Was meinst du, mit wem er spricht? Er redet mit dem Teufel.«

»Es gibt keinen Teufel«, erklärte Klim streng.

Dronow blickte ihm verächtlich in die Augen, spuckte über die linke Schulter, begann aber nicht zu streiten.

Samgin, der ihn eifersüchtig beobachtete, sah, daß Dronow ihn in seinen Erfolgen zu überflügeln suchte und daß es ihm leicht gelang. Er sah, daß der aufgeweckte Junge alle Erwachsenen samt und sonders nicht leiden mochte, mit dem gleichen Vergnügen nicht mochte wie den Lehrer. Seine dicke, sehr gütige Großmutter, die ihn geradezu unsinnig verhätschelte, brachte er bis zu Tränen, indem er ihr Asche oder Pfeffer in die Schnupfdose schüttete, die Nadeln aus dem Strickstrumpf zog, sie verbog, das Wollknäuel den jungen Kätzchen zuwarf oder die Wolle in Öl und Leim tauchte. Die Alte schlug ihn, hinterher aber bekreuzigte sie sich vor den Heiligenbildern in der Zimmerecke und flehte unter Tränen: »Mutter Gottes, vergib mir um Christi willen, daß ich dem Waisenkind Leid zugefügt habe!«

Dann schob sie dem Enkel ein Stück Kuchen oder Konfekt hin und sagte seufzend: »Nimm, Dronow, iß, finstrer Bube. Du mein Quälgeist!«

»Du hast einen komischen Vater«, sagte Dronow zu Klim. »Ein richtiger Vater ist zum Fürchten, hihi!«

Um Wera Petrowna wand sich Dronow wie ein zutunliches Hündchen, es fiel Klim auf, daß der Enkel der Kinderfrau sie ebenso fürchtete wie den Großvater Akim und daß er vor Warawka besonders Angst hatte.

»Satanskerl« nannte er den Ingenieur und erzählte von ihm, Warawka sei anfangs Kutscher gewesen und dann Pferdedieb, daher sei er so reich geworden. Über diese Erzählung war Klim sprachlos, wußte er doch, daß Warawka als Sohn eines Gutsbesitzers in Kischinjow geboren war, in Petersburg und Wien studiert hatte, dann hierher in die Stadt gekommen war und nun schon das siebte Jahr hier lebte. Als er das Dronow empört erzählte, murmelte der kopfschüttelnd: »Wien – das gibt es, da sind die Stühle her, aber Kischinjow, das gibt es wohl nur in der Geographie.«

Klim hatte nicht selten das Gefühl, bei Dronows seltsamen Geschichten, bei seinen offenkundigen groben Lügen zu verdummen. Zuweilen schien es ihm, als löge Dronow nur, um sich über ihn lustig zu machen. Seine Altersgenossen konnte Dronow kaum mehr leiden als die Erwachsenen, besonders nachdem die Kinder es abgelehnt hatten, mit ihm zu spielen. Beim Spielen hatte er viele spitzfindige Einfälle, war aber feige und grob zu den Mädchen, zu Lidija mehr als zu den anderen. Er nannte sie verächtlich eine Zigeunerin, kniff sie und suchte sie so zu Fall zu bringen, daß sie sich schämen mußte.

Wenn die Kinder im Hof spielten, saß Iwan Dronow, die Ellbogen auf die Knie, die Kinnbacken in die Handflächen gestützt, wie ein Ausgestoßener auf den Stufen des Kücheneingangs und beobachtete mit verschwommenen Augen die Spiele der Herrschaftskinder. Er kreischte freudig auf, wenn jemand hinfiel oder sich stieß und vor Schmerz das Gesicht verzog.

»Drück ihn runter!« rief er aufmunternd, wenn er sah, daß Warawka mit Turobojew rang. »Stell ihm ein Bein!«

Wenn im Garten gespielt wurde, stand Dronow am Gitterzaun, drückte den Bauch dagegen und zwängte das Gesicht in einen der Zwischenräume, er stand da und rief: »Pack sie! Dort hinter dem Kirschbaum hat sie sich versteckt. Lauf von links ran . . .«

Er suchte die Spielenden auf alle Art zu stören, ging absichtlich langsam, den Blick nach unten, im Hof herum. »Habe eine Kopeke verloren«, klagte er, auf seinen krummen Beinen wankend, wobei er es darauf absah, mit den Spielenden zusammenzustoßen. Sie schossen auf ihn los und stießen ihn um, und dann heulte Dronow, am Boden hockend, und drohte: »Ich werde es sagen . . .«

Zwei bis drei Wochen lang war Ljuba Somowa mit Dronow sehr befreundet, sie gingen zusammen spazieren, versteckten sich in irgendwelchen Winkeln, wo sie geheimnisvoll und lebhaft über etwas sprachen, doch bald kam Ljuba abends weinend zu Lidija gelaufen und rief zornig: »Dronow ist ein Dummkopf!«

Sie warf sich in die Diwanecke, bedeckte das Gesicht mit den Händen und sagte nochmals: »Ach, ist das ein Dummkopf!«

Ohne jemandem zu sagen, was vorgefallen war, lief Lidija tief errötet in die Küche und erklärte, von dort zurückgekehrt, siegreich und wütend: »Er hat es!«

Etwa drei Tage lang lief Dronow danach mit einer Beule über dem linken Auge herum.

Ja, Iwan Dronow war ein unangenehmer, sogar widerlicher Junge, aber Klim, der sah, daß der Vater, Großvater und Lehrer von seinen Fähigkeiten entzückt waren, empfand ihn als Rivalen, war eifersüchtig, neidisch und gekränkt. Trotz alledem zog Dronow ihn an, und oft wurden die feindlichen Gefühle gegen diesen Jungen von einem Aufflackern an Interesse und Sympathie für ihn verdrängt.

Es gab Augenblicke, in denen Dronow plötzlich aufblühte und ein ganz anderer wurde. Er verfiel in Nachdenklichkeit, seine ganze Gestalt löste, streckte sich, und mit weicher Stimme erzählte er Klim leise erstaunliche Dinge, halb Traum, halb Märchen. Er erzählte, aus dem Brunnen in der Hofecke sei ein riesengroßer, aber leichter Mann gestiegen, durchsichtig wie ein Schatten, er sei über das Tor hinweggeschritten und die Straße hinuntergegangen, und als er am Kirchturm vorbeigekommen sei, habe dieser, sich verdunkelnd, nach rechts und links geschwankt wie ein dünner Baum bei einem Windstoß.

»Und neulich ist, bevor der Mond aufging, am Himmel ein ganz großer schwarzer Vogel herumgeflogen, ist auf einen Stern zugeflogen und hat ihn abgepickt, ist auf einen anderen zugeflogen und hat ihn auch abgepickt. Ich schlief nicht, ich saß auf dem Fensterbrett, dann wurde es mir unheimlich, ich legte mich ins Bett und zog die Decke über die Ohren, und weißt du, die Sterne taten mir so leid, denn morgen, dachte ich, wird der ganze Himmel ganz leer sein . . .«

»Das erfindest du«, sagte Klim nicht ohne Neid.

Dronow widersprach nicht. Klim verstand, daß Dronow das erfand, doch er erzählte von seinen Visionen so überzeugend ruhig, daß Klim den Wunsch spürte, die Lüge für Wahrheit zu nehmen. Letzten Endes konnte Klim nicht begreifen, wie er eigentlich zu diesem Jungen stand, der ihn immer stärker anzog und abstieß.

Die Aufnahmeprüfung für das Gymnasium bestand Dronow glänzend, Klim fiel durch. Das kränkte ihn so sehr, daß er, nach Hause gekommen, den Kopf in den Schoß der Mutter preßte und schluchzte. Die Mutter beschwichtigte ihn zärtlich, sagte ihm viele liebe Worte und lobte ihn sogar: »Du bist ehrgeizig, das ist gut.«

Am Abend stritt sie sich mit dem Vater, Klim hörte ihre zornigen Worte: »Du solltest endlich begreifen, daß ein Kind kein Spielzeug ist . . .«

Einige Tage später fühlte der Junge, daß die Mutter aufmerksamer, liebevoller geworden war, sie fragte ihn sogar: »Hast du mich lieb?«

»Ja«, sagte Klim.

»Sehr?«

»Ja«, wiederholte er überzeugt. Sie drückte seinen Kopf fest an ihre weiche, duftende Brust und sagte streng: »Du sollst mich auch sehr liebhaben.«

Klim erinnerte sich nicht, ob die Mutter ihn früher schon danach gefragt hatte. Und sich selbst hätte er nicht so überzeugt antworten können wie ihr. Von allen Erwachsenen war die Mama am schwierigsten, über sie hatte man fast nicht nachzudenken, wie bei einer Heftseite, auf der noch nichts geschrieben stand. Alle im Hause fügten sich ihr widerspruchslos, sogar der »richtige alte Mann« und die eigensinnige Marija Romanowna, die »Tyrannomaschka«, wie Warawka sie hinter ihrem Rücken nannte. Die Mutter lacht selten und spricht wenig, sie hat ein strenges Gesicht, nachdenkliche bläuliche Augen, dichte dunkle Brauen, eine lange spitze Nase und kleine rosa Ohren. Sie flicht ihr Mondhaar zu einem langen Zopf und legt ihn auf dem Kopf in drei Kränze, das macht sie sehr groß, bedeutend größer als der Vater. Ihre Hände sind stets heiß. Es ist ganz klar, daß ihr von allen Männern Warawka am besten gefällt, sie spricht am liebsten mit ihm und lächelt ihm viel häufiger zu als den anderen. Alle Bekannten sagen, sie werde erstaunlich hübscher.

Der Vater hat sich auch unmerklich, aber bedeutend verändert, er ist noch unruhiger geworden, zupft sich an seinem dunklen Schnurrbart, was er früher nicht getan hat; seine Taubenaugen blinzeln geblendet und schauen so nachdenklich drein, als hätte er etwas vergessen und könnte sich nicht mehr daran erinnern. Er redet jetzt noch mehr und lärmender, betäubender. Er spricht von Büchern, Dampfern, Wäldern und Bränden, von einem dummen Gouverneur und von der Seele des Volkes, von Revolutionären, die sich bitter geirrt haben, von dem erstaunlichen Mann Gleb Uspenskij, der »alles durchschaut«. Er spricht immer von etwas Neuem, und zwar so, als befürchte er, morgen werde ihm jemand zu sprechen verbieten. »Erstaunlich!« ruft er. »Ausgezeichnet!«

Warawka gab ihm den Spitznamen »Festtagswanja«.

»Du bist ein Meister im Erstaunen, Iwan!« sagte Warawka und spielte mit seinem üppigen Bart.

Er brachte seine Frau ins Ausland, schickte Boris nach Moskau in eine ausgezeichnete Schule, in der Turobojew lernte, und zu Lidija kam von irgendwoher eine großäugige Alte mit grauem Schnurrbart und nahm das Mädchen auf die Krim zur Traubenkur mit. Aus dem Ausland kehrte Warawka verjüngt, noch spöttischer vergnügt zurück; er schien leichter geworden zu sein, trat aber beim Gehen mit den Beinen kräftiger auf und blieb oft vor dem Spiegel stehen, um seinen Bart zu bewundern, den er sich so hatte schneiden lassen, daß die Ähnlichkeit mit einem Fuchsschweif noch mehr auffiel. Er redete jetzt sogar in Versen, Klim hörte, wie er zur Mutter sagte:

»Ich hoffte, aus des Lasters Ketten,
Verirrte Seele, dich zu retten.
Als zu dir sprach mein heißes Herz ...

Ja, damals war ich natürlich ein Idiot ...«

»Das stimmt wohl kaum und klingt sehr grob, Timofej Stepanowitsch«, sagte die Mutter. Warawka stieß einen Pfiff aus wie ein Junge, dann sagte er deutlich: »Zarte Wahrheit gibt es nicht.«

Fast jeden Abend stritt er sich mit Marija Romanowna, worauf auch Wera Petrowna mit ihr zu streiten begann; wenn dann die Hebamme aufgestanden war, richtete sie sich auf, streckte sich und sagte mit finsterem Gesicht: »Besinne dich, Wera!«

Der Vater lief unruhig auf sie zu und schrie: »Beweist England denn nicht, daß der Kompromiß eine notwendige Voraussetzung der Zivilisation ist?«

Die Hebamme sagte barsch: »Hören Sie auf, Iwan!«

Dann rollte der Vater auf Warawka zu. »Du wirst mir zustimmen, Timofej, daß die Evolution in einem bestimmten Moment einen entschiedenen Stoß erfordert ...«

Warawka schob ihn mit seinem kurzen, kräftigen Arm beiseite und rief lächelnd: »Nein, Marja Romanowna, nein!«

Der Vater ging an den Tisch, um mit Doktor Somow Bier zu trinken, und der angetrunkene Doktor brummte: »Nadson hat recht: Abgebrannt sind die Feuer und ... wie heißt es doch noch?«

»Verblüht sind die Blumen«, ergänzte der Vater, nickte teilnahmsvoll mit dem etwas kahlen Schädel, trank nachdenklich sein Bier, schwieg und wurde unauffällig.

Marija Romanowna war auch irgendwie plötzlich ergraut, abgemagert und gekrümmt; ihre Stimme hatte sich gesenkt, sie klang dumpf, zerschlagen und schon nicht mehr so gebieterisch wie früher. Stets schwarz gekleidet, erweckte ihre Figur Trostlosigkeit; wenn sie an sonnigen Tagen über den Hof schritt oder mit einem Buch in der Hand im Garten umherging, schien ihr Schatten schwerer und dichter als die Schatten anderer Menschen, wie eine Verlängerung ihres Rocks schleifte er hinter ihr her und entfärbte Blumen und Gräser.

Die Streitigkeiten mit Marija Romanowna endeten damit, daß sie eines Morgens hinter einer Fuhre mit ihren Sachen den Hof verließ; sie ging fort, ohne sich von jemandem zu verabschieden, majestätisch schreitend wie immer, in der einen Hand trug sie die Tasche mit ihren Instrumenten, mit der anderen drückte sie den schwarzen, grünäugigen Kater an ihre flache Brust.

Klim, der es gewohnt war, die Erwachsenen zu beobachten, sah, daß bei ihnen etwas Unbegreifliches, Beunruhigendes begann, als setzten sie sich alle nicht mehr auf die Stühle, auf denen zu sitzen sie gewohnt waren. Auch der Lehrer war nicht mehr der alte. Wie früher blickte er auf alle mit den komischen Augen eines eben erst aufgeweckten Menschen, doch jetzt schaute er beleidigt, mürrisch drein und bewegte die Lippen, als wollte er schreien, könnte sich aber nicht dazu entschließen. Klims Mutter aber schaute er genauso an wie Großvater Akim einen falschen Zehnrubelschein, den ihm irgendwer untergeschoben hatte. Auch begann er mit ihr unehrerbietig zu reden. Eines Abends, als die Mutter sich gerade anschickte, auf dem Flügel zu spielen, trat Klim ins Wohnzimmer und vernahm die groben Worte Tomilins: »Das ist nicht wahr, ich sah, wie er . . .«

»Was willst du, Klim?« fragte die Mutter rasch. Der Lehrer versteckte die Hände hinter dem Rücken und ging hinaus, ohne den Schüler angesehen zu haben.

Ein paar Tage darauf jedoch sah Klim, als er nachts aus dem Bett gestiegen war, um das Fenster zu schließen, den Lehrer und die Mutter auf einem Gartenweg gehen; die Mama wehrte mit einem Zipfel ihres blauen Schals die Mücken ab, der Lehrer rauchte, wobei er sein kupferrotes Haar schüttelte. Der Mondschein war so butterdick, daß selbst der Rauch der Zigarette einen goldgelben Ton bekam. Klim wollte rufen: »Mama, ich schlafe noch nicht«, doch plötzlich sank Tomilin, der über irgend etwas gestolpert war, in die Knie, hob die Hände und fuchtelte wie drohend herum, stöhnte dumpf und umfaßte die Beine der Mutter. Sie wankte, stieß seinen zotteligen Kopf zurück und ging rasch fort, wobei sie ihren Schal zerriß. Der Lehrer erhob sich schwerfällig aus den Knien in die Hocke, stand auf, fuhr sich mit den Händen durch das spröde Haar, glättete es und schritt gestikulierend hinter der Mama her. Da rief Klim erschreckt: »Mama!«

Sie blieb stehen, hob den Kopf und ging, dem Lehrer wie einem Laternenpfahl ausweichend, zum Haus. Dann trat sie mit ungewöhnlich strengem, fast unbekanntem Gesicht an Klims Bett und begann ihn zornig zu schelten: »Sieh mal an, du schläfst noch nicht, obwohl es schon zwölf ist, morgens aber kann man dich nicht wachkriegen. Du wirst jetzt früher aufstehen müssen, Stepan Andrejewitsch wird nicht mehr bei uns wohnen.«

»Weil er deine Beine umarmt hat?« fragte Klim.

Die Mutter fuhr sich mit dem Schal über das Gesicht und sprach nun nicht mehr zornig, sondern mit jener sicheren Stimme, mit der sie, wenn sie Klim Musikunterricht gab, unverständlichen Wirrwarr in den Noten erklärte. Sie sagte, der Lehrer habe von ihrem Rock eine Raupe entfernt und weiter nichts, ihre Beine jedoch habe er nicht umarmt, das hätte sich doch nicht gehört. »Ach, Junge, mein Junge! Du erfindest immerzu etwas«, sagte sie seufzend.

Klim schloß die Augen, denn seine Mutter sollte in ihnen nicht sehen, daß er ihr nicht glaubte. Aus Büchern und Gesprächen der Erwachsenen wußte er bereits, daß ein Mann nur dann vor einer Frau in die Knie sinkt, wenn er in sie verliebt ist. Man braucht gar nicht in die Knie zu sinken, um eine Raupe vom Rock zu entfernen.

Die Mutter streichelte zärtlich mit ihrer heißen Hand sein Gesicht. Er sagte nichts mehr von dem Lehrer, bemerkte nur: »Warawka kann den Lehrer auch nicht leiden.« Und er fühlte, daß die Hand der Mutter zusammenzuckte und dann seinen Kopf fest ins Kissen drückte. Doch als sie fortgegangen war, dachte er im Einschlafen: Wie sonderbar das ist! Die Erwachsenen meinen immer gerade dann, wenn er die Wahrheit sagt, daß er etwas erfindet.

Tomilin zog in eine Sackgasse, ein kleines, schmales, durch ein blaues Häuschen verstopftes Gäßchen; über dem Hauseingang hing ein Schild:

KOCH UND KONDITOR
NIMMT BESTELLUNGEN FÜR HOCHZEITEN,
BÄLLE UND TOTENFEIERN AN

Bei dem Koch ließ sich Tomilin ebenfalls im Mezzanin nieder, nur war es hier heller und sauberer. Doch er beschmutzte das Zimmer innerhalb weniger Tage mit seinen Bergen von Büchern; es schien, als wäre er mit seiner ganzen früheren Behausung, mit ihrem Staub, ihrer Stickluft, dem leisen Knarren der durch die Sommerhitze ausgedörrten Dielenbretter hierher übergesiedelt. Unter den Augen des Lehrers hatten sich bläuliche Säcke gebildet, die Goldfunken in seinen Pupillen waren erloschen, und er war jämmerlich heruntergekommen. Jetzt erhob er sich während des Unterrichts überhaupt nicht mehr von seinem unordentlichen Bett. »Mir tun die Beine weh«, sagte er.

Er hat sich die Knie gestoßen, damals im Garten, mutmaßte Klim.

Beim Unterricht war Tomilin jetzt ungeduldig, in seiner leisen Stimme klang Gereiztheit. Manchmal schloß er seine langweiligen Augen, schwieg lange und fragte dann plötzlich wie von ferne: »Na, verstanden?«

»Nein.«

»Denk nach.«

Klim dachte nach, aber nicht darüber, was ein Gerundium ist und wohin der Fluß Amu-Darja fließt, sondern darüber, warum, weswegen man diesen Mann nicht mochte. Weshalb sprach der kluge Warawka von ihm stets spöttisch und beleidigend? Der Vater, der Großvater Akim, alle Bekannten außer Tanja gingen Tomilin wie einem Schornsteinfeger aus dem Weg. Tanja allein fragte dann und wann: »Was meinen Sie dazu, Tomilin?«

Er antwortete ihr knapp und nachlässig. Er dachte über alles anders als die übrigen, und besonders eigenwillig klang das Metall seiner Worte, wenn er mit Warawka stritt.

»Im Grunde genommen . . .«, sagte er.

»Im Grunde genommen, im Grunde genommen«, äffte Warawka ihn nach. »Der Teufel hole Ihr ›im Grunde genommen‹! Weit wichtiger ist die Tatsache, daß Karl der Große Gesetze über Hühnerzucht und Eierhandel erlassen hat.«

Der Lehrer erwiderte mit der Stimme eines Vorlesenden: »Für die Sache der Freiheit sind die Laster eines Despoten weit weniger gefährlich als seine Tugenden.«

»Fanatismus«, schrie Warawka, doch Tanja freute sich: »Ach nein, das ist erstaunlich wahr! Das schreibe ich mir auf . . .«

Sie notierte diese Worte auf dem Umschlag eines Heftes von Klim, vergaß aber, sie von dort abzuschreiben, und so verbrannten sie, ehe sie in die Grube ihres Gedächtnisses geraten waren, im Ofen. Sagte doch Warawka: »Nun, Tanja, wühlen Sie mal in der Müllgrube Ihres Gedächtnisses.«

Über vieles mußte Klim nachdenken, und diese Obliegenheit wurde immer schwieriger. Alles ringsum erweiterte sich, wuchs in die Breite, drängte sich ebenso eigensinnig und grob in seiner Seele wie die Kirchengänger in der Himmelfahrtskirche, in der sich ein wundertätiges Muttergottesbild befand. Vor kurzem noch hatten Dinge, an die das Auge gewöhnt war, auf ihrem Platz gestanden, ohne sein Interesse zu erwecken, jetzt aber zogen sie ihn durch irgend etwas an, während andere, interessante und geliebte Dinge ihren Zauber verloren. Sogar das Haus erweiterte sich. Klim war überzeugt gewesen, es gäbe im Hause nichts Unbekanntes für ihn, doch plötzlich tauchte Neues auf, das er vorher nicht bemerkt hatte. In dem halbdunklen Korridor, über dem Kleiderschrank, blickten ihn jetzt von einem Bild, das früher nur ein dunkles Quadrat gewesen war, die nachdenklichen Augen einer in Finsternis versunkenen, grauhaarigen alten Frau an. Auf dem Dachboden entdeckte er in einer altertümlichen eisenbeschlagenen Truhe eine Menge interessanter, wenn auch zerbrochener Dinge: Porträtrahmen, Porzellanfiguren, eine Flöte, ein riesengroßes französisches Buch mit Bildern, die Chinesen darstellten, ein dickes Album mit Porträts komisch und schlecht frisierter Leute, das eine Gesicht war vollständig mit Blaustift verschmiert.

»Das sind die Helden der Großen Französischen Revolution, und dieser Herr ist Graf Mirabeau«, erklärte der Lehrer und erkundigte sich lächelnd: »Unter Gerümpel hast du das gefunden, sagst du?«

Und in dem Album blätternd, wiederholte er nachdenklich: »Ja, ja – die Vergangenheit . . . nutzloses Gerümpel . . .«

Klim entdeckte im Hause sogar ein ganzes Zimmer, das fast bis zur Decke mit zerbrochenen Möbeln und einer Menge von Dingen vollgestellt war, deren ehemalige Bestimmung bereits unverständlich, sogar geheimnisvoll war. Als ob all diese staubigen Dinge plötzlich, vielleicht durch einen Brand erschreckt, in dichten Scharen in das Zimmer gerannt wären; als hätten sie sich, in ihrem Entsetzen zerbrechend und zersplitternd, aufeinandergetürmt, sich gegenseitig zertrümmert und wären gestorben. Es war traurig, dieses Chaos anzuschauen, die zerbrochenen Sachen taten einem leid.

Ende August erschien an einem frühen Morgen ungewaschen und unfrisiert Ljuba Clown; mit den Füßen stampfend, schluchzend und nach Atem ringend, rief sie: »Kommt schnell zu uns, aber schnell – Mama hat den Verstand verloren!«

Darauf sank sie am Diwan in die Knie und verbarg den Kopf in einem Kissen.

Klims Mutter ging gleich hinauf, Ljuba aber warf das Kissen vom Kopf, kauerte sich auf den Boden und fing an, Klim zu berichten, wobei sie ihn kläglich mit ihren feuchten Augen anschaute: »Ich sah schon gestern, als sie sich zankten, daß sie den Verstand verloren hat. Warum nicht der Papa? Er ist immer betrunken . . .«

Sie sprang auf und ergriff Klim am Ärmel. »Laß uns hinaufgehen . . .«

Klim erinnerte sich nicht, wie er, von Ljuba fortgezogen, bis zur Wohnung der Somows gelaufen war. In dem halbdunklen Schlafzimmer – die Fensterläden waren geschlossen – wand sich Anna Nikolajewna in Krämpfen auf dem zerwühlten, zerfetzten Bettzeug, ihre Arme und Beine waren mit Handtüchern gefesselt, sie lag mit aufwärts gerichtetem Gesicht da, zuckte mit den Schultern, zog die Knie hoch, schlug mit dem Kopf in das Kissen und brüllte: »Nein!«

Ihre grauenhaft vorquellenden Augen hatten sich geweitet bis zur Größe der Fünfkopekenmünzen, sie blickten ins Lampenlicht, waren rot wie glühende Kohlen, und unter dem einen Auge glänzte eine Schramme, aus der Blut floß.

»Nein!« schrie die Doktorsfrau dumpf.

Dann, mit etwas höherer Stimme: »Nein! Nein!«

Ihre Krämpfe wurden immer heftiger, die Stimme klang grimmiger und schärfer, der Doktor stand, an die Wand gelehnt, am Kopfende des Bettes und biß, kaute an seinem schwarzen, borstigen Bart. Er war unschicklich aufgeknöpft, zerzaust, seine Hose wurde durch ein Trägerband gehalten, das andere hatte er sich um die linke Hand gewickelt und zog es immer wieder hoch, die Hose hüpfte, die Beine des Doktors zitterten wie bei einem Betrunkenen, und seine trüben Augen zwinkerten dermaßen, daß es aussah, als klapperten seine Lider wie die Zähne seiner Frau. Er schwieg, als wäre sein Mund für immer durch den Bart überwachsen.

Ein anderer Doktor, der alte Williamson, saß am Tisch, er blinzelte in die Kerzenflamme und schrieb behutsam etwas auf, Wera Petrowna rührte in einem Glas trübes Wasser, das Dienstmädchen lief mit einem Stück Eis auf einem Teller und mit einem Hammer herum.

Plötzlich krümmte sich die Kranke bogenförmig empor, warf die Arme hoch, stürzte zu Boden, schlug mit dem Kopf auf und kroch davon, wobei sie den Körper wie eine Eidechse bewegte und mehrmals triumphierend aufschrie: »Aha! Nein . . .«

»Haltet sie fest, was macht ihr denn?« schrie Klims Mutter. Der Doktor löste sich schwerfällig von der Wand, hob seine Frau auf, legte sie aufs Bett, setzte sich ihr auf die Beine und sagte jemandem: »Geben Sie mir noch Handtücher.«

Seine Frau schnellte hoch und stieß mit dem Kopf gegen seinen Backenknochen, er sprang vom Bett auf, sie fiel wieder auf den Boden, suchte ihre Beine zu befreien und schnaubte: »Aha! Aha! . . .«

Klim hielt sich in dem Winkel zwischen Tür und Schrank versteckt, Warja Somowa stand, das Kinn auf seiner Schulter, hinter ihm und flüsterte: »Das wird doch vergehen? Es geht vorüber, nicht wahr?«

Ljuba lief mit Handtüchern an ihnen vorbei und winselte: »O Gott, o Gott . . .«

Und plötzlich fragte sie, mit dem Fuß aufstampfend, die Schwester: »Warja, was ist denn mit dem Tee?«

Klims Mutter sah sich nach dem Lärm um und rief streng: »Kinder – hinaus!«

Sie befahl ihnen, Tanja Kulikowa zu holen – alle Bekannten dieses

Mädchens machten es ihm zur Pflicht, aktiv an ihren Dramen teilzunehmen.

Die Kinder gingen eilig an den Rand der Stadt, Klim, der hinter den Schwestern herschritt, schwieg bedrückt, hörte aber bei seinem schweren Schreck, wie die ältere Somowa der Schwester vorwarf: »Mama hat den Verstand verloren, und du schreist nach Tee.«

»Schweig, dumme Pute.«

»Du bist gierig und schamlos ...«

»Bist du denn eine Heilige?«

Sie blieb stehen und sagte zu Klim: »Ich mag nicht mit ihr gehen – komm, wir machen einen Spaziergang.«

Klim ging willenlos neben ihr her und fragte nach einigen Schritten: »Hast du deine Mama lieb?«

Ljuba bückte sich, hob ein gelbes Pappelblatt auf und sagte seufzend: »Ich – weiß nicht. Vielleicht habe ich noch niemanden lieb.«

Sie rieb mit dem staubigen Blatt ihre geschwollenen Lider und fuhr, blind stolpernd, fort: »Vater klagt, es sei schwer, zu lieben. Er hat Mama sogar angeschrien: ›Begreif doch, du Närrin, ich liebe dich ja.‹ Siehst du?«

»Was?« fragte Klim, aber Ljuba mußte seine Frage nicht gehört haben.

»Und sie sind vierzehn Jahre verheiratet ...«

Klim fand, Ljuba rede dummes Zeug, und hörte ihr nicht mehr zu, sie jedoch redete langweilig wie eine Erwachsene immerzu weiter und schwang dabei einen Birkenzweig, den sie vom Trottoir aufgehoben hatte. Unerwartet waren sie am Flußufer angelangt; sie setzten sich auf ein paar Balken, doch die Balken waren grau und schmutzig. Ljuba beschmutzte sich den Rock, sie ärgerte sich, stieg über die Balken zu einem festgemachten Boot und setzte sich ins Heck, Klim folgte ihr. Lange saßen sie schweigend da. Ljuba betrachtete das verzerrte Spiegelbild ihres Gesichts und schlug mit dem Zweig danach, wartete, bis es erneut in dem grünlichen Wasser entstand, schlug wieder danach und wandte sich ab.

»Wie häßlich ich bin ... Ich bin häßlich, nicht?«

Als sie keine Antwort erhielt, fragte sie: »Warum schweigst du?«

»Ich mag nicht reden.«

»Davon, daß ich häßlich bin?«

»Nein, ich mag von nichts reden.«

»Du schämst dich einfach, die Wahrheit zu sagen«, erklärte Ljuba. »Aber ich weiß, daß ich eine Mißgeburt bin, und dazu habe ich noch einen schlechten Charakter, das sagen auch Papa und Mama. Ich sollte Nonne werden ... Ich mag nicht länger hier sitzen.«

Sie sprang auf, lief schnell über die Balken und verschwand, während Klim noch lange im Heck des Bootes sitzen blieb und auf das träge Wasser schaute, bedrückt von einer ihm bisher noch unbekannten Wehmut; er wünschte nichts, erriet jedoch in seiner Wehmut, daß es nicht gut war, den Menschen, die er kannte, zu ähneln.

Als er nach Hause kam, empfing ihn die Mutter mit dem erregten Ausruf: »Mein Gott, wie hast du mich erschreckt!«

Klim schien es, als bezögen sich diese Worte nicht auf ihn, sondern auf Gott.

»Hast du einen Schreck bekommen?« forschte die Mutter. »Es war überflüssig, daß du hingegangen bist. Wozu das?«

»Was hat man mit ihr gemacht?« fragte Klim.

Die Mutter sagte, Somows hätten sich gezankt, die Frau des Doktors habe einen heftigen Nervenanfall bekommen, und man habe sie ins Krankenhaus schaffen müssen. »Das ist nicht gefährlich. Sie sind beide keine gesunden Menschen, sie haben viel durchgemacht, sind früh gealtert . . .«

Aus dem, was sie erzählte, ging hervor, der Doktor und seine Frau seien zerbrochene Menschen, und Klim fiel das mit nutzlosen Sachen vollgepfropfte Zimmer ein.

»Das ist nicht weiter gefährlich«, wiederholte die Mutter.

Doch Klim glaubte ihr aus irgendeinem Grund nicht und hatte damit recht: Zwölf Tage später starb die Frau des Doktors, und Dronow teilte ihm im Vertrauen mit, sie sei aus dem Fenster gesprungen und dabei ums Leben gekommen. Am Morgen des Beerdigungstages traf der Vater ein, er hielt eine Rede am Grab der Doktorsfrau und weinte. Es weinten alle Bekannten außer Warawka, er stand abseits, rauchte eine Zigarre und schimpfte mit den Bettlern.

Doktor Somow kam vom Friedhof zu Samgins, betrank sich rasch und rief in seinem Rausch: »Ich habe sie geliebt, sie aber haßte mich und lebte nur, damit es mir schlecht ging.«

Klims Vater tröstete den Doktor mit vielen Worten, er aber hob seine haarige und große Faust zum Ohr, schüttelte sie und sagte unter Tränen des Rausches: »Fünfzehn Jahre habe ich mit einem Menschen gelebt, ohne mit ihm einen einzigen Gedanken gemein zu haben, und habe ihn geliebt, geliebt, nicht wahr? Und ich liebe sie noch. Sie aber haßte alles, was ich las, dachte und sagte.«

Klim hörte, wie Warawka halblaut zur Mutter sagte: »Sehen Sie nur, was er da erdacht hat.«

»Darin ist ein Körnchen Wahrheit«, entgegnete die Mutter ebenso leise.

Man führte den Doktor zum Schlafen ins Mezzanin hinauf, wo

Tomilin gewohnt hatte. Warawka stützte ihn unter den Achseln und schubste ihn durch Kopfstöße in den Rücken voran, während der Vater mit einer brennenden Kerze vorausging. Doch eine Minute später kam er, den Leuchter schwenkend, die Kerze hatte er verloren, ins Speisezimmer gerannt und sagte aus irgendeinem Grund halblaut: »Wera, komm, Großmutter ist schlecht geworden!«

Es stellte sich heraus, daß die Großmutter gestorben war. Sie hatte am Kücheneingang gesessen, die Kücken gefüttert und war plötzlich, ohne einen Laut, tot umgefallen. Es war sehr seltsam, aber nicht unheimlich, ihren großen, breithüftigen Körper, der sich vor der Erde verneigte, ihren zur Seite gedrehten Kopf und das wie lauschend an den Boden gepreßte Ohr zu sehen. Klim betrachtete ihre blaue Wange, das offene, ernste Auge und wunderte sich, ohne Schrecken zu empfinden. Ihm schien, die Großmutter wäre es so gut gewohnt gewesen, mit einem Buch in der Hand, einem geringschätzigen Lächeln auf dem dicken, würdigen Gesicht und ihrer unveränderlichen Vorliebe für Hühnerbouillon dahinzuleben, daß sie dieses Leben unendlich lange hätte leben könne, ohne jemanden zu stören.

Als man den formlosen, einem riesengroßen Bündel abgetragener Kleider gleichenden Körper ins Haus trug, sagte Dronow: »Famos ist sie gestorben.«

Und er fügte sogleich, sich an seine Großmutter wendend, hinzu: »Da kannst du was lernen, Kinderfrau!«

Die Kinderfrau war der einzige Mensch, der am Sarg der Entschlafenen stille Tränen vergoß. Nach der Beerdigung hielt Iwan Akimowitsch Samgin beim Mittagsmahl eine kurze Rede, in der er den Menschen dankte, die zu leben wissen, ohne ihre Nächsten zu stören. Akim Wassiljewitsch Samgin äußerte nach kurzem Überlegen: »Ich glaube, auch für mich wird es Zeit, zu den Stammvätern zu gehen.«

»Er ist nicht sehr überzeugt davon«, flüsterte Warawka in das rosa Ohr Wera Petrownas. Das Antlitz der Mutter war nicht traurig, sondern irgendwie ungewöhnlich freundlich, ihre strengen Augen leuchteten milde. Klim saß an ihrer anderen Seite, er hörte dieses Geflüster und sah, daß der Tod der Großmutter niemandem naheging und sich für ihn sogar als nützlich erwies: Die Mutter überließ ihm Großmutters gemütliches Zimmer mit dem Gartenfenster und dem milchweißen Kachelofen in der Ecke. Das war sehr gut, denn in einem Zimmer mit dem Bruder zu wohnen wurde unruhig und unangenehm. Dmitrij arbeitete lange und störte ihn beim Schlafen, zudem besuchte ihn seit kurzem der flegelhafte Dronow, und sie murmelten und raschelten oft fast bis Mitternacht.

Dronow, der eng in eine lange, bis über die Knie hinabreichende Uniform eingeknöpft war, war abgemagert, hatte den Bauch eingezogen und sah kahlgeschoren wie ein Liliputsoldat aus. Wenn er mit Klim sprach, schlug er die Schöße der Uniform zurück, steckte die Hände in die Hosentaschen, stellte sich breitbeinig hin, rümpfte sein rosa Nasenstümpfchen und fragte: »Warum lernst du denn so schlecht, Samgin? Ich bin bereits Drittbester in der Klasse . . .«

Er warf sich in die Brust, ruderte mit den Ellenbogen und sagte selbstsicher: »Du wirst sehen – ich werde es noch weiter bringen als Lomonossow.«

Großvater Akim hatte es eingerichtet, daß Klim doch noch ins Gymnasium aufgenommen wurde. Aber der Junge fühlte sich bei der ersten wie bei der nochmaligen Prüfung von den Lehrern beleidigt und war schon voreingenommen gegen die Schule. Gleich in den ersten Tagen nach Klims Einkleidung in die Gymnasiastenuniform durchblätterte Warawka seine Schulbücher und legte sie geringschätzig beiseite: »Ebenso dumm wie die Bücher, nach denen man uns unterrichtet hat.«

Dann erzählte er lange und komisch von der Dummheit und Bosheit der Lehrer, und in Klims Gedächtnis blieb besonders fest sein Vergleich des Gymnasiums mit einer Zündholzfabrik sitzen: »Die Kinder werden wie Hölzchen mit einer Substanz bestrichen, die leicht entflammt und schnell verbrennt. Das ergibt überaus schlechte Zündhölzer, längst nicht alle brennen an, und man kann bei weitem nicht mit jedem etwas anzünden.«

Klim ging der Ruf voran, ein Junge mit außergewöhnlichen Fähigkeiten zu sein; dieser Ruf weckte eine verschärfte und mißtrauische Aufmerksamkeit der Lehrer und die Neugier der Schüler, die sich den neuen Gefährten als kleinen Zauberkünstler vorstellten. Klim fühlte sich sogleich in der ihm bekannten, aber gesteigert schwierigeren Lage eines Menschen, der so zu sein verpflichtet ist, wie man ihn sehen will. Doch er hatte sich an diese Rolle fast schon gewöhnt, sie war für ihn offenbar ebenso unvermeidlich, wie das morgendliche Abreiben des Körpers mit kaltem Wasser, das Einnehmen von Lebertran, die Suppe beim Mittagessen und das lästige Zähneputzen vor dem Zubettgehen.

Der Selbstverteidigungstrieb gab ihm einige Verhaltensregeln ein. Er erinnerte sich, wie Warawka den Vater belehrt hatte: »Vergiß nicht, Iwan, daß ein Mensch, der wenig spricht, klüger scheint.«

Klim beschloß, möglichst wenig zu sprechen und sich von dem rasenden Rudel kleiner Ungeheuer fernzuhalten. Ihre zudringliche Neugier war erbarmungslos, und Klim kam sich in den ersten Tagen wie ein gefangener Vogel vor, den man rupft, bevor man ihm den Hals umdreht. Er spürte die Gefahr, sich unter den gleichförmigen Jungen zu verlieren; kaum voneinander zu unterscheiden, sogen sie ihn auf, suchten, ihn zu einem unauffälligen Teilchen ihrer Masse zu machen.

Das erschreckte ihn, und er verbarg sich hinter dem Schild der Langenweile, mit der er sich wie mit einer Wolke umgab. Er ging gesetzten Schrittes, hatte die Hände wie Tomilin auf den Rücken gelegt und besaß die Miene eines Jungen, der mit etwas sehr Ernstem, von mutwilligen Streichen und wilden Spielen weit Entferntem beschäftigt ist. Von Zeit zu Zeit half ihm das Leben, aufrichtig nachzudenken: Mitte September, in einer regnerischen Nacht, erschoß sich Doktor Somow auf dem Grab seiner Frau.

Seine gekünstelte Nachdenklichkeit erwies sich in zweierlei Hinsicht als nützlich: Die Jungen ließen das langweilige Menschlein bald in Ruhe, während die Lehrer sich damit die Tatsache erklärten, daß Klim Samgin in den Unterrichtsstunden oft unaufmerksam war. Diese Ansicht teilten alle Lehrer mit Ausnahme eines tückischen kleinen alten Mannes mit Chinesenschnurrbart. Er unterrichtete Russisch und Geographie, die Jungen hatten ihm den Spitznamen »der Unfertige« gegeben, weil das linke Ohr des alten Mannes kleiner war als das rechte, wenn auch so unauffällig, daß Klim, selbst als man ihn darauf aufmerksam machte, sich nicht sofort von der Ungleichheit der Ohren des Lehrers überzeugte. Der Junge fühlte von den ersten Stunden an, daß der alte Mann ihm nicht glaubte, ihn bei irgend etwas ertappen und ihn auslachen wollte. Jedesmal, wenn er Klim aufrief, strich sich der Alte über den Schnurrbart und zog die lilaroten Lippen so zusammen, als wollte er pfeifen, dann musterte er Klim ein paar Sekunden durch die Brille und fragte schließlich freundlich: »Also, Samgin, woran ist ein Seengebiet reich?«

»An Fischen«

»Ja? Gibt es dort vielleicht Wälder?«

»Jawohl.«

»Demnach sitzen also die Fische auf den Bäumen!«

Die Klasse lachte, der Lehrer lächelte, wobei er dunkle Zähne in Gold zeigte. »Wie kommt es, mein Genialer, daß du dich so schlecht auf die Stunde vorbereitet hast?«

Wenn Klim dann auf seinen Platz zurückging, sah er Reihen kugelförmiger, kahlgeschorener Köpfe mit grinsendem Mund und verschiedenfarbigen Augen, die vor Lachen funkelten. Es war zum Weinen kränkend, dies zu sehen.

Die Jungen waren der Ansicht, »der Unfertige« unterrichte lustig,

Klim jedoch fand ihn dumm, bösartig und kam zu der Überzeugung, im Gymnasium zu lernen sei langweiliger und schwieriger als bei Tomilin.

»Warum spielst du nicht mit?« fiel in den Pausen Iwan Dronow über Klim her, glühendrot, strahlend und glücklich. Er war in der Tat in die Reihen der Besten der Klasse und der größten Wildfänge des ganzen Gymnasiums gelangt, es schien, als beeilte er sich, alle Spiele nachzuspielen, von denen ihn Turobojew und Boris Warawka ausgeschlossen hatten. Wenn er mit Klim und Dmitrij vom Gymnasium heimging, pfiff er, die Mißerfolge der Brüder rücksichtslos verspottend, selbstbewußt vor sich hin, fragte aber Klim nicht selten: »Gehst du heute zu Tomilin? Ich komme mit.«

Und, bei dem rothaarigen Lehrer angelangt, sog er sich an ihm fest und überschüttete ihn mit Fragen nach dem göttlichen Gesetz, was für Klim das langweiligste Thema war. Tomilin hörte sich seine Fragen lächelnd an, antwortete vorsichtig, und wenn Dronow fortgegangen war, schwieg er ein bis zwei Minuten und fragte Klim dann mit den Worten Glafira Warawkas: »Nun, wie steht es bei euch zu Hause?«

Er fragte so, als erwartete er, etwas Ungewöhnliches zu hören. Er versank immer mehr hinter Büchern; in der Ecke am Fußende des Bettes türmten sie sich fast bis zur Decke. Auf dem Bett ausgestreckt, belehrte er Klim: »Edelmetalle nennen wir jene, die kaum oder gar nicht oxydieren. Merk dir das, Klim. Edle, geistig standhafte Menschen oxydieren ebenfalls nicht, das heißt, sie geben den Schlägen des Schicksals nicht nach, dem Unglück und überhaupt . . .«

Solche Ergänzungen zur Wissenschaft gefielen dem Jungen mehr als die Wissenschaft selbst und prägten sich ihm leichter ein, und Tomilin war mit Ergänzungen sehr freigebig. Er sprach, als läse er etwas von der Zimmerdecke ab, die mit weißem, doch schon stark vergilbtem, rissigem Glanzpapier beklebt war. »Eine komplizierte Substanz verliert beim Erwärmen einen Teil ihres Gewichts, eine einfache bewahrt oder vermehrt es.«

Nach kurzem Schweigen fügte er hinzu: »Du zum Beispiel bist schon nicht mehr einfach genug für dein Alter. Dein Bruder ist noch mehr Kind, obwohl er älter ist als du.«

»Aber Mitja ist dumm«, erinnerte Klim.

Mechanisch ruhig wie immer sagte der Lehrer: »Ja, er ist dumm, aber – seinem Alter gemäß. Jedem Alter entspricht eine bestimmte Dosis von Dummheit und Verstand. Was man in der Chemie Kompliziertheit nennt – ist völlig gesetzmäßig, was man aber im Charakter eines Menschen für Kompliziertheit hält, ist oftmals nur seine Erfindung, seine Spielerei. Zum Beispiel – die Frauen . . .«

Er schwieg von neuem, als wäre er mit offenen Augen eingeschlafen. Klim sah von der Seite das porzellanartige, glänzende Weiß seiner Augen, es erinnerte ihn an das tote Auge von Doktor Somow. Er verstand, daß der Lehrer, als er über die Erfindung redete, mit sich selbst sprach und ihn, den Schüler, vergessen hatte. Und nicht selten erwartete Klim, der Lehrer werde sogleich etwas von der Mutter sagen, davon, wie er im Garten ihre Beine umarmt hatte. Doch der Lehrer sagte: »Ein nützlicher Einfall wird als Frage, als Vermutung formuliert: Vielleicht ist das so? Es wird von vornherein ehrlich angenommen, daß es vielleicht nicht so ist. Schädliche Einfälle haben stets die Form einer Behauptung: Das ist eben so und nicht anders. Daher die Irrtümer, die Fehler und . . . überhaupt. Ja.«

Klim hörte diesen Reden aufmerksam zu und war eifrig bestrebt, sie sich einzuprägen. Er empfand Dankbarkeit seinem Lehrer gegenüber: Ein Mensch, der niemandem glich, den niemand mochte, sprach mit ihm wie mit einem Erwachsenen und seinesgleichen. Das war sehr nützlich: Klim merkte sich die etwas ungewöhnlichen Sätze des Lehrers, verwendete sie, als stammten sie von ihm selbst, und festigte dadurch seinen Ruf als Schlaukopf.

Zuweilen jedoch erschreckte ihn der Rothaarige: Er vergaß die Anwesenheit des Schülers, sprach so viel, lange und unverständlich, daß Klim erst sich räuspern, mit dem Absatz auf den Boden klopfen oder ein Buch fallen lassen und den Lehrer hierdurch an sich erinnern mußte. Doch auch Lärm weckte Tomilin nicht immer, er redete weiter, sein Gesicht versteinerte, die Augen traten angespannt hervor, und Klim meinte, Tomilin werde sogleich schreien wie die Frau des Doktors: »Nein! Nein!«

Besonders unheimlich war es, wenn der Lehrer beim Sprechen die rechte Hand in Gesichtshöhe hob und mit den Fingern irgend etwas Unsichtbares aus der Luft rupfte – wie der Koch Wlas Haselhühner oder anderes Wild zu rupfen pflegte.

In solchen Augenblicken sagte Klim laut: »Es ist schon spät.«

Tomilin blickte in die Dunkelheit hinter dem Fenster und stimmte zu: »Ja, soviel für heute.«

Und er reichte dem Schüler die behaarten Finger mit den schwarzen Nagelrändern. Der Junge ging fort, nicht so sehr mit Kenntnissen als mit Überlegungen beladen.

An Winterabenden war es angenehm, auf dem knirschenden Schnee hinzuschreiten und sich dabei vorzustellen, wie daheim am Teetisch Vater und Mutter über die neuen Gedanken des Sohnes erstaunt sein würden. Schon lief der Laternenanzünder mit der Leiter auf der Schulter behende von Laterne zu Laterne, gelbe Lichter in der blauen Luft aufhängend, und das Laternenglas klang angenehm in der winterlichen Stille. Die zottigen Köpfe schüttelnd, liefen die Droschkenpferde vorüber. An der Straßenkreuzung stand wie eine Steinsäule ein Polizist und verfolgte mit seinen grauen Augen den kleinen, aber würdigen Gymnasiasten, der ohne Eile von der einen Ecke zur anderen hinüberging.

Jetzt, da Klim einen großen Teil des Tages außer Haus verbrachte, entging vieles seinen Augen, die zu beobachten gewohnt waren, aber er sah dennoch, daß es im Hause immer unruhiger wurde, alle gingen jetzt anders umher, und sogar die Türen schlugen lauter zu.

Der »richtige alte Mann«, der seine versteiften Beine behutsam bewegte, stieß mit seinem Stock zu kräftig auf den Boden und hustete so heftig, daß seine Ohren zitterten und Gesicht und Hals die Farbe einer reifen Pflaume annahmen; mit dem Stock aufklopfend und verärgert hustend, sagte er zur Mutter: »Unter Ausnutzung seines weichen Charakters, meine Gnädige . . . unter Ausnutzung der kindlichen Vertrauensseligkeit Iwans haben Sie, meine Gnädige . . .«

Die Mutter warnte ihn halblaut: »Sprechen Sie nicht so laut, im Speisezimmer ist jemand . . .«

»Es ist meine Pflicht, Ihnen zu sagen, Wera Petrowna . . .«

»Bitte sehr, ich höre.«

Die Mutter ging zur angelehnten Tür des Speisezimmers und schloß sie.

Der Vater fuhr immer häufiger in den Wald, ins Werk oder nach Moskau, er war zerstreut und brachte Klim keine Geschenke mehr mit. Sein Haar hatte sich stark gelichtet, seine Stirn war größer geworden, sie drückte auf die Augen, die Augen wölbten sich jetzt stärker vor und waren langweilig farblos geworden, ihre bläuliche Wärme war erloschen. Er hatte einen komisch hüpfenden Gang bekommen, hielt die Hände in den Taschen und pfiff Walzer vor sich hin. Die Mutter sah ihn immer häufiger wie einen Gast an, den man schon über hat, der aber nicht merkt, daß es für ihn Zeit zu gehen ist. Sie kleidete sich jetzt schöner, festlicher, hielt sich noch stolzer aufrecht, war stärker, fülliger geworden, sie sprach weicher, obwohl sie ebenso selten und sparsam lächelte wie früher. Klim war sehr erstaunt und dann beleidigt, als er merkte, daß der Vater von ihm auf die Seite Dmitrijs übergelaufen war und daß er mit Dmitrij irgendwelche Geheimnisse hatte. An einem heißen Sommerabend traf Klim den Vater und den Bruder im Garten, in der Laube; der Vater saß neben Dmitrij, drückte ihn fest an sich und lachte ein ungewöhnliches, schluckendes Lachen; Dmitrijs Gesicht war verweint; er sprang sofort auf und ging fort, während der Vater die Tränen auf seiner Hose mit dem Taschentuch abwischte und zu Klim sagte: »Er ist ganz verstört.«

»Worüber hat er geweint?«

»Er? Er . . . über die Dekabristen. Er hat Nekrassows ›Russische Frauen‹ gelesen. Ja. Und ich habe ihm nun von den Dekabristen erzählt, und das hat ihn sehr bewegt.«

Nachdem er noch ungern und wenig von den Dekabristen gesprochen hatte, sprang der Vater auf und ging fort, vor sich hin pfeifend, und hatte in Klim den eifersüchtigen Wunsch geweckt, seine Worte zu prüfen. Klim ging sogleich in das Zimmer des Bruders und traf Dmitrij auf dem Fensterbrett sitzend an.

Die Arme um die Beine gelegt, stützte er das Kinn auf die Knie, bewegte den Unterkiefer und hörte den Bruder nicht eintreten. Als Klim ihn um das Buch Nekrassows bat, stellte sich heraus, das Dmitrij es nicht besaß, der Vater jedoch versprochen hatte, es ihm zu schenken.

»Du hast über die russischen Frauen geweint?« vernahm ihn Klim.

Dmitrij war sehr erstaunt. »Wa-a-as?«

»Worüber hast du geweint?«

»Ach, scher dich zum Teufel«, sagte Dmitrij kläglich und sprang vom Fensterbrett in den Garten.

Dmitrij war stark gewachsen und abgemagert, in seinem runden, dicken Gesicht waren die eckigen Backenknochen hervorgetreten, und wenn er nachdachte, bewegte er wie Großvater Akim unangenehm den Unterkiefer. Er war oft nachdenklich, betrachtete die Erwachsenen mißtrauisch, mürrisch. Obwohl er ebenso häßlich aussah wie früher, war er doch geschickter, gewandter geworden, aber in ihm zeigte sich etwas Grobes. Er hatte sich sehr mit Ljuba Somowa angefreundet, hatte ihr Schlittschuhlaufen beigebracht, fügte sich gern ihren Launen, und als Dronow einmal Ljuba durch irgend etwas beleidigte, zog Dmitrij ihn heftig, aber ruhig und gutmütig an den Haaren. Klim beachtete er nicht mehr, so wie Klim ihn früher nicht beachtet hatte, während er die Mutter gekränkt anblickte, als wäre er von ihr schuldlos bestraft worden.

Die Schwestern Somow wohnten bei Warawka, unter der Aufsicht von Tanja Kulikowa: Warawka war in Bahnangelegenheiten nach Petersburg gefahren und mußte von dort ins Ausland reisen, um seine Frau zu beerdigen. Fast jeden Abend ging Klim nach oben und traf dort immer den Bruder an, der mit den Mädchen spielte.

Wenn sie das Spielen über hatten, setzten sich die Mädchen auf den Diwan und verlangten, daß Dmitrij ihnen etwas erzähle.

»Etwas zum Lachen«, bat Ljuba.

Er setzte sich in die Ecke, auf die Seitenlehne des Diwans, an die Wand, und belustigte die Mädchen, vorsichtig lächelnd, mit Erzählungen über Lehrer und Gymnasiasten. Zuweilen wandte Klim ein: »Das war nicht so!«

»Nun, meinetwegen war es nicht so!« stimmte Dmitrij gleichgültig zu, und Klim kam es vor, als glaubte der Bruder, selbst wenn er wahrheitsgemäß erzählte, dennoch nicht an das, was er sagte. Er kannte eine Unmenge alberner und komischer Anekdoten, erzählte sie aber nicht lachend, sondern sich sogar irgendwie genierend. Überhaupt zeigte sich in ihm jetzt eine Klim unverständliche Besorgtheit, und er betrachtete die Menschen auf der Straße mit einem so prüfenden Blick, als hielte er es für notwendig, jeden der sechzigtausend Einwohner in der Stadt zu verstehen.

Dmitrij besaß ein dickes Heft mit schwarzem Wachstuchdeckel, in das er aus Zeitungen ausgeschnittene spaßige Notizen, Witze und kurze Verse einklebte oder schrieb, die er dann den Mädchen, ebenfalls irgendwie mißtrauisch, unentschlossen, vorlas:

»Auf dem Odojewsker Stadtfriedhof lenkt folgendes Epitaph auf dem Grabmal der ›Kaufmannsfrau Polikarpowa‹ die Aufmerksamkeit auf sich:

Geschehen ist's, daß fern von Mann und Sohn sie
  sterben mußte.
Dort, in Krapiwno, war ein großer Ball;
Und niemand etwas von ihr wußte.
Doch dann erhielten sie ein Telegramm,
Von ihrem Tode haben sie erfahren,
Sind von der Hochzeit schnell davongefahren.
Die Gattin, Mutter Olga ruhet hier,
Wie helfen ihrer Seele wir,
Mit welchem Wort hienieden?
Gott schenk ihr ewigen Frieden.«

»Wie albern das ist!« empörte sich Lidija.

»Aber komisch ist es«, rief Ljuba. »Es gibt nichts Schöneres als was zum Lachen . . .«

Auf dem breiten Gesicht ihrer Schwester zerfloß langsam ein träges Lächeln.

Manchmal kam Wera Petrowna und fragte gelangweilt: »Spielt ihr?«

Lidija sprang vom Diwan auf, machte vor ihr betont höflich einen Knicks, die Somows liebkosten sie lebhaft, Dmitrij schwieg verlegen und versuchte ungeschickt, sein Heft zu verstecken, aber Wera Petrowna fragte: »Hast du etwas Neues aufgeschrieben? Lies es mal vor.« Dmitrij las, das Gesicht mit dem Heft verdeckend:

»Es steht ein Polizist am blauen Meer,
Das blaue Meer, es rauscht und rauscht so sehr,
Den Polizisten frißt die Wut, er denkt daran,
Daß er das Rauschen nicht verhindern kann.«

»Streich das!« befahl die Mutter und ging majestätisch, etwas rechnend, ausmessend, aus dem einen Zimmer in das andere. Klim sah, daß Lida Warawka sich auf die Lippen biß und sie mit feindseligem Blick verfolgte. Ein paarmal schon hatte er das Mädchen fragen wollen: »Warum magst du meine Mama nicht?«

Aber er entschloß sich nicht dazu; nachdem Turobojew fortgefahren war, hatte Lida sich ihm von neuem freundlich genähert.

Eines Tage kam Klim von der Stunde bei Tomilin nach Hause, als der Abendtee schon vorüber war. Im Speisezimmer war es dunkel und im ganzen Haus so ungewöhnlich still, daß der Junge, nachdem er abgelegt hatte, in dem von einer kleinen Wandlampe trist erleuchteten Vorzimmer stehenblieb und ängstlich in die verdächtige Stille hineinlauschte.

»Laß das, es scheint, jemand ist gekommen«, hörte er das trockene Flüstern der Mutter; irgendwessen Füße schlurrten schwer über den Boden, dann erklang das vertraute scheppernde Geräusch des Messingtürchens am Kachelofen, und von neuem trat eine Stille ein, die zum Lauschen herausforderte. Das Flüstern der Mutter verwunderte Klim, sie duzte niemanden außer den Vater, der Vater aber war gestern ins Sägewerk gefahren. Der Junge bewegte sich behutsam auf die Tür des Speisezimmers zu, ihm entgegen seufzten die leisen, müden Worte: »O Gott, wie unersättlich, wie ungeduldig du bist . . .«

Klim blickte durch den Türspalt: Vor dem quadratischen, mit glutroten Kohlen gefüllten Rachen des Ofens streckte sich in dem niedrigen Lieblingssessel der Mutter Warawka, die Arme um der Mutter Hüfte, sie aber saß auf seinen Knien und schaukelte hin und her wie ein kleines Mädchen. In Warawkas bärtigem, vom Widerschein der Kohlen erleuchtetem Gesicht war etwas Unheimliches, seine kleinen Äugelchen glühten auch wie Kohlen, während vom Kopf der Mutter über den Rücken hinab prächtig in goldenen Bächen ihr Mondhaar rieselte.

»Oh, du«, seufzte sie leise.

In dieser Pose lag etwas, das Klim verwirrte, er tapste zurück, trat auf einen Gummi-Überschuh, der Gummischuh schnellte in die Höhe und fiel klatschend um.

»Wer ist dort?« rief die Mutter zornig und befand sich unglaublich rasch in der Tür. »Du? Bist du durch die Küche hereingekommen? Warum so spät? Ist dir kalt? Willst du Tee ...«

Sie sprach schnell, freundlich, scharrte aus irgendeinem Grund mit den Füßen und knarrte mit einem Türflügel, den sie auf- und wieder zumachte; dann nahm sie Klim bei der Schulter, schubste ihn heftiger als nötig ins Speisezimmer und zündete eine Kerze an. Klim schaute sich um, im Speisezimmer war niemand, in der Tür zum Nebenzimmer ballte sich dicht die Finsternis.

»Was schaust du?« fragte die Mutter, nachdem sie ihn kurz angesehen hatte. Klim antwortete zaghaft: »Mir schien, hier wäre jemand ...«

Die Mutter zog erstaunt die Brauen hoch und blickte sich ebenfalls im Zimmer um. »Nun, wer hätte denn hier sein können? Vater ist nicht da. Lidija ist mit Mitja und den Somows auf der Eisbahn, Timofej Stepanowitsch ist oben bei sich – hörst du es nicht?«

Ja, oben stapfte jemand wuchtig herum. Die Mutter setzte sich an den Tisch vor den Samowar, betastete mit den Fingern seine Seiten, goß Tee in eine Tasse und fuhr, sich das üppige Haar ordnend, fort: »Ich saß hier am Ofen, habe nachgedacht. Bist du eben erst gekommen?«

»Ja«, log Klim, der begriffen hatte, daß man lügen mußte.

Die Mutter spielte mit der Zuckerzange und verstummte, sie blickte leise lächelnd in die unruhige Kerzenflamme, die vom Kupfer des Samowars widergespiegelt wurde. Dann warf sie die Zange beiseite, glättete den Spitzenkragen ihres Hauskleides und erzählte unnötig laut, Warawka kaufe ihr Großmutters Gutshof ab, er wolle ein großes Haus bauen. »Er ist offensichtlich eben erst heimgekommen, aber ich will trotzdem hinaufgehen, um mit ihm darüber zu sprechen.«

Sie küßte Klim auf die Stirn und ging. Der Junge stand auf, trat an den Ofen, setzte sich in den Sessel, strich die Asche von der Lehne.

Mama möchte den Mann wechseln, aber sie schämt sich noch, mutmaßte er, während er zuschaute, wie auf den roten Kohlen blaue, durchsichtige Flämmchen aufflackerten und wieder erloschen. Er hatte gehört, daß die Frauen den Mann und die Männer die Frau recht oft wechseln. Warawka gefiel ihm von jeher besser als der Vater, doch es war peinlich und traurig, zu erleben, daß die Mama, solch eine ernste, würdige, von allen verehrte und gefürchtete Mama, die Unwahrheit sagte und so ungeschickt redete. Da er das Bedürfnis empfand, sich zu trösten, wiederholte er: »Sie schämt sich noch.«

Das war die einzige Erklärung, die er finden konnte, doch da soufflierte ihm das Gedächtnis die Szene mit Tomilin, er durchdachte sie, grübelte sinnlos und schlief ein.

Die Geschehnisse im Haus, die Klim vom Lernen ablenkten, beunruhigten ihn nicht so stark wie das Gymnasium, wo er keinen seiner würdigen Platz fand. Er unterschied in der Klasse drei Gruppen: Etwa zehn Jungen, die musterhaft lernten und sich musterhaft benahmen; dann bösartige und ausgelassene Wildfänge, von denen einige, wie Dronow, ebenfalls vortrefflich lernten; die dritte Gruppe bestand aus armen, kränklichen Jungen, die eingeschüchtert und verängstigt waren, aus Pechvögeln, die von der ganzen Klasse ausgelacht wurden. Dronow hatte Klim gesagt: »Mit denen freunde dich nicht an, das sind lauter Feiglinge, Flenner, Angeber. Der dort – der Rothaarige – ist ein Judenbengel, und der dort – der Schieläugige – wird bald ausgeschlossen, er ist arm und kann nicht zahlen. Der ältere Bruder von dem da hat Überschuhe gestohlen und sitzt jetzt in einer Verbrecherkolonie, und der dort drüben, der Iltis, ist unehelich.«

Klim Samgin lernte eifrig, aber nicht sehr erfolgreich, dumme Streiche hielt er für unter seiner Würde, und er konnte auch nicht ausgelassen sein. Er merkte bald, daß irgendwelche nicht spürbaren Stöße ihn gerade zu dieser Ausschußgruppe drängten. Aber unter ihnen fühlte er sich noch weniger am Platz als in der dreisten Gesellschaft der Jungen um Dronow. Er sah in sich den Klügsten der Klasse, er hatte bereits eine Reihe Bücher gelesen, von denen seine Altersgenossen keine Ahnung hatten, er fühlte, daß sogar ältere Jungen kindlicher waren als er. Wenn er von den Büchern erzählte, die er gelesen hatte, hörten sie ihm mißtrauisch, ohne Interesse zu und begriffen vieles gar nicht. Zuweilen verstand auch er selber nicht: Warum verliert ein interessantes Buch, das er gelesen hatte, in seiner Wiedergabe alles das, was ihm gefallen hatte?

Eines Tages fragte der uneheliche, knochenwangige und mürrische Junge, der Inokow hieß, Klim: »Hast du Iwangoä gelesen?«

»Ivenhoe«, korrigierte Klim. »Das hat Walter Scott geschrieben.«

»Dummkopf«, sagte Inokow verächtlich. »Was korrigierst du alle?« Und dann lächelte er gezwungen und prophezeite ihm: »Paß auf, wenn du groß bist, wirst du Lehrer.«

Die Jungen lachten. Sie verehrten Inokow, er war zwei Klassen weiter als sie, aber mit ihnen befreundet und trug den Indianernamen »Feuerauge«. Vielleicht flößte er ihnen durch sein mürrisches Wesen, seinen scharfen und durchdringenden Blick auch Angst ein.

Durch die zärtliche Aufmerksamkeit daheim verwöhnt, bedrückte Klim die geringschätzige Mißgunst der Lehrer. Einige waren ihm physisch unangenehm: Der Mathematiker litt an chronischem Schnupfen, er nieste, die Schüler ansprühend, ohrenbetäubend und bedrohlich, kniff das linke Auge zu und stieß pfeifend die Luft durch die Nase; der Geschichtslehrer betrat die Klasse vorsichtig wie ein Halbblinder und schlich stets mit einem Gesicht an die Bänke, als wollte er alle Schüler der ersten zwei Reihen ohrfeigen, trat näher und sagte mit dünnem, gedehntem Stimmchen: »N-nu-us . . .«

Sie nannten ihn »Gnus«.

Fast an jedem Lehrer entdeckte Klim etwas Unsympathisches und ihm Feindseliges, all diese schmuddeligen Menschen in den schäbigen Uniformröcken schauten ihn an, als hätte er sich ihnen gegenüber etwas zuschulden kommen lassen. Und obwohl er sich bald überzeugte, daß die Lehrer sich nicht nur zu ihm, sondern zu fast allen Jungen so sonderbar verhielten, erinnerten ihn ihre Grimassen an die angewiderte Miene, mit der die Mutter in der Küche auf die Krebse gesehen hatte, als ein betrunkener Händler den Korb umgekippt und die schmutzigen Krebse, trocken raschelnd, auf dem Boden auseinandergekrochen waren.

Doch schon im Frühjahr merkte Klim, daß Xaverij Rshiga, der Schulinspektor und Lehrer für alte Sprachen, und nach diesem noch einige Lehrer ihm milder begegneten. Das geschah, nachdem in der großen Pause jemand zweimal Steine ins Fenster des Inspektorkabinetts geworfen, die Scheiben zertrümmert und eine seltene Blume auf dem Fensterbrett abgebrochen hatte. Man fahndete eifrig nach dem Schuldigen, konnte ihn aber nicht finden.

Am vierten Tag fragte Klim den allwissenden Dronow: »Wer hat die Scheibe eingeschlagen?«

»Wozu brauchst du das?« erkundigte sich Dronow mißtrauisch.

Sie standen an der Biegung des Korridors, hinter der Ecke, und Klim erblickte plötzlich den an der Wand langsam entlangkriechenden Schatten des gehörnten Inspektorkopfes. Dronow stand mit dem Rücken zum Schatten.

»Du weißt es nicht?« begann Klim den Gefährten zu reizen. »Du brüstest dich doch sonst immer: Ich weiß alles.« Der Schatten stellte seine Bewegung ein.

»Natürlich weiß ich es: Inokow«, sagte Dronow halblaut, als Klim ihn genügend gereizt hatte.

»Er sollte es ehrlich eingestehen, sonst haben seinetwegen andere zu leiden«, sagte Klim belehrend.

Dronow blickte ihn an, blinzelte und sagte, nachdem er auf den Boden gespuckt hatte: »Gesteht er es – dann schließt man ihn aus.«

Da schepperte ungeduldig die Glocke und rief in die Klassen.

Doch am nächsten Tag auf dem Heimweg teilte Dronow Klim mit: »Weißt du, irgend jemand hat ihn verraten.«

»Wen?« fragte Klim

»Wen, wen – was kakelst du? Inokow.«

»Ach, das habe ich vergessen.«

»Gleich nach der Pause gestern haben sie ihn geschnappt. Rausschmeißen wird man ihn. Man müßte herauskriegen, wer es hinterbracht hat, der Schuft.«

Klim hatte tatsächlich sein Gespräch mit Dronow vergessen, jetzt aber, da er begriffen hatte, daß er es war, der Inokow verraten hatte, machte er sich erschrocken Gedanken: Warum hatte er das getan? Er dachte nach und kam zu dem Schluß, daß der verzerrte Schatten des Inspektorkopfes in ihm, Klim, den jähen Wunsch erweckt hatte, dem prahlerischen Dronow etwas Unangenehmes zuzufügen.

»Du bist daran schuld, du hast den Mund nicht gehalten«, sagte er zornig.

»Wann soll ich den Mund nicht gehalten haben?« entgegnete Dronow bissig.

»In der Pause, mir gegenüber!«

»Du hast ihn doch nicht verraten! Du hattest gar keine Zeit dazu. Inokow ist doch gleich aus der Klasse herausgerufen worden.«

Sie standen einander wie rauflustige Hähne gegenüber. Doch Klim fühlte, daß man sich mit Dronow nicht verzanken sollte.

»Vielleicht hat man uns belauscht«, sagte er friedfertig, und ebenso friedfertig entgegnete Dronow: »Es war niemand da. Ein Klassenkamerad Inokows wird es verraten haben . . .«

Schweigend gingen sie weiter. Klim, der seine Schuld empfand, dachte darüber nach, wie sie wieder gutzumachen war, doch da ihm nichts einfiel, wurde er in dem Wunsch bestärkt, Dronow etwas Unangenehmes zuzufügen.

Im Frühjahr hörte die Mutter auf, Klim mit Musikstunden zu plagen, und fing selber eifrig zu spielen an. Abends kam zu ihr mit einer Geige der rotgesichtige, glatzköpfige Rechtsanwalt Makow, ein unfroher Mensch mit dunkler Brille; dann traf in einer ratternden Droschke Xaverij Rshiga mit einem Cello ein, dürr, krummbeinig, mit Eulenaugen im knochigen, rasierten Gesicht, und über seine gelben Schläfen ragten wie Hörner zwei graue Haarschöpfe heraus. Wenn er spielte, schlüpfte irgendwie seine Zunge heraus und ruhte, zwei Goldzähne im Oberkiefer entblößend, auf der welken Lippe. Er redete mit der hohen Stimme eines Küsters, sagte stets etwas besonders Denkwürdiges und so, daß man nicht herausbekommen konnte, ob er ernst sprach oder spaßte. »Ich muß sagen, daß die Schüler weit besser wären, wenn sie keine lebenden Eltern hätten. Ich sage das deshalb, weil Waisen gefügig sind«, äußerte er, den Zeigefinger bis zur bläulichen Nase hebend. Von Klim sagte er, seine dürre Hand auf dessen Kopf, Wera Petrowna zugewandt: »In Ihrem Sohn schlägt ein ritterlich, ehrlich Herz. So ist es!«

Klim selbst jedoch belehrte er: »Um Wissen zu erlangen, muß man beobachten, vergleichen, erst dann legt man den Kern alles Bestehenden bloß.«

Aufs Beobachten verstand sich Klim. Er hielt es für notwendig, an den Gefährten Mängel zu suchen; er war sogar beunruhigt, wenn er keine fand, doch er mußte sich selten beunruhigen, denn bei ihm hatte sich ein genauer Maßstab herausgebildet: alles, was ihm nicht gefiel oder ihn neidisch machte, war schlecht. Er hatte nicht nur schon gelernt, das Lächerliche und Dumme an den Menschen scharfsichtig zu bemerken, sondern verstand auch geschickt, die Mängel des einen in den Augen des anderen hervorzuheben. Als Boris Warawka und Turobojew in den Ferien heimkamen, merkte Klim als erster, daß Boris etwas sehr Schlimmes getan haben mußte und daß er fürchtete, man könnte davon etwas erfahren. Er war abgemagert, hatte blaue Schatten unter den Augen, sein Blick war zerstreut und unruhig. Nach wie vor unermüdlich beim Spielen, erfinderisch in Streichen, geriet er zu leicht in Erregung, in seinem blatternarbigen Gesicht flammten kleine, rote Flecke auf, seine Augen funkelten herausfordernd und boshaft, und wenn er lächelte, entblößte er die Zähne so, als wollte er jemanden beißen. In seinem hitzigen und ungestümen Hin und Her spürte Klim etwas Gefährliches, und so ging er den Spielen mit ihm bald aus dem Wege. Auch merkte er, daß Igor und Lidija Boris' Geheimnis kannten, die drei verkrochen sich oft in eine Ecke und tuschelten besorgt.

Und dann wurde eines Abends, kurz nachdem der Briefträger die Post gebracht hatte, mit Krach das Fenster von Vater Warawkas Zimmer aufgerissen, und es ertönte der zornige Ruf: »Boris, komm rauf!«

Boris und Lidija saßen am Kücheneingang und knüpften aus Fäden ein Netz, Igor schnitzte aus einer Holzschaufel einen Dreizack

– sie wollten einen Gladiatorenkampf veranstalten. Boris erhob sich, zupfte den unteren Saum seiner Hemdbluse zurecht, zog den Leibriemen straff und bekreuzigte sich hastig.

»Ich gehe mit«, sagte Turobojew.

»Ich auch?« brachte Lidija fragend hervor, aber der Bruder stieß sie sacht zurück und sagte: »Untersteh dich!«

Die Jungen gingen fort. Lidija blieb zurück, warf die Fäden beiseite und hob, auf etwas horchend, den Kopf. Kurz vorher war der Garten reichlich vom Regen besprengt worden, bunte Tropfen glitzerten lustig auf dem erfrischten Laub in den Strahlen der untergehenden Sonne. Lidija fing an zu weinen, sie wischte die Tränen mit dem Finger von den Wangen, ihre Lippen zitterten, und das ganze Gesicht verzog sich schmerzlich. Klim sah es, er saß auf dem Fensterbrett seines Zimmers. Er fuhr erschreckt zusammen, als über seinem Kopf der wütende Schrei von Boris' Vater ertönte: »Du lügst!«

Der Sohn antwortete ebenfalls mit einem gellenden Schrei: »Nein. Er ist ein Schuft!«

Hierauf erklang die wie immer ruhige Stimme Igors: »Erlauben Sie, ich erzähle es.«

Das Fenster oben wurde geschlossen. Lidija stand auf und ging durch den Garten, wobei sie absichtlich die Zweige des Buschwerks so streifte, daß ihr die Regentropfen auf Kopf und Gesicht fielen.

»Was hat Boris getan?« fragte Klim sie. Es war schon nicht mehr das erste Mal, daß er sie danach fragte, aber Lidija antwortete ihm auch diesmal nicht, sondern blickte ihn nur wie einen Fremden an. Er wäre am liebsten in den Garten hinabgesprungen und hätte sie an den Ohren gezogen. Jetzt, da Igor zurückgekehrt war, hörte sie wieder auf, Klim zu beachten.

Nach diesem Zwischenfall begann Warawka wie auch die Mutter sich so um Boris zu sorgen, als hätte er eben eine gefährliche Krankheit überstanden oder eine heroische und geheimnisvolle Tat vollbracht. Das reizte Klim, machte Dronow neugierig und schuf im Haus die unangenehme Stimmung von Geheimniskrämerei.

»Zum Teufel«, murmelte Dronow und rieb mit dem Finger seine Nase, »ich gäbe einen Zehner, um zu erfahren, was er angestellt hat. Hu, ich kann diesen Burschen nicht leiden ...«

Als Klim die Mutter, nachdem er sich lieb Kind gemacht hatte, fragte, was mit Boris vorgefallen sei, antwortete sie: »Man hat ihn schwer gekränkt.«

»Wodurch?«

»Das brauchst du nicht zu wissen.«

Klim sah auf ihr strenges Gesicht und verstummte hoffnungslos, er fühlte, daß seine alte Feindseligkeit gegen Boris sich noch mehr verschärfte.

Eines Tages konnte er heimlich beobachten, wie Boris in einer Ecke hinter dem Schuppen stand, das Gesicht mit den Händen bedeckte und lautlos weinte, so stark weinte, daß es ihn hin und her schüttelte, während seine Schultern bebten wie bei der weinerlichen Warja Somowa, die lautlos und wie ein Schatten ihrer munteren Schwester lebte. Klim wollte auf Warawka zutreten, entschloß sich aber nicht dazu, denn es war ja auch angenehm zu sehen, daß Boris weinte, es war nützlich zu erfahren, daß die Rolle eines Gekränkten doch nicht so beneidenswert war, wie es schien.

Auf einmal wurde das Haus leer; Warawka hatte seine Kinder, Turobojew und die Somows unter der Aufsicht von Tanja Kulikowa zu einer Dampferfahrt auf der Wolga fortgeschickt. Man hatte natürlich auch Klim vorgeschlagen mitzufahren, aber er hatte gewichtig gefragt: »Wie soll ich mich denn da auf die Prüfung vorbereiten?«

Durch diese Frage wollte er nur an seine ernste Einstellung zur Schule erinnern, aber die Mutter und Warawka hatten sich aus irgendeinem Grund beeilt zuzustimmen, daß er nicht fahren mußte. Warawka hatte ihn sogar am Kinn gefaßt und lobend gesagt: »Braver Junge! Beunruhige dich aber trotz allem nicht zu sehr dadurch, daß das Wissen dir zwischen den Zähnen steckenbleibt – alle talentierten Menschen haben schlecht gelernt.«

Die Kinder fuhren fort, Klim indes weinte vor Kränkung fast die ganze Nacht. Einen Monat lang verbrachte er mit sich allein, wie vor einem Spiegel. Dronow verschwand vom Morgen an aus dem Haus auf die Straße, wo er gebieterisch eine Schar kleiner Kinder kommandierte; er ging mit ihnen baden, führte sie zum Pilzesuchen in den Wald, sandte sie zu Raubzügen in Gärten und Gemüsefelder aus. Dann erschienen irgendwelche schreienden Leute, um sich bei der Kinderfrau über ihn zu beschweren, doch sie war schon völlig taub geworden und starb, ohne sich zu beeilen, in dem kleinen, halbdunklen Zimmerchen hinter der Küche dahin. Wenn sie die Kläger hörte, rollte sie den Kopf auf dem speckigen Kissen hin und her und versprach wohlwollend: »Nun ja, der Herr sieht alles, der Herr wird alle strafen.«

Die Kläger forderten, die Herrin des Hauses zu sprechen; streng, aufrecht trat die Mutter auf die Freitreppe, und nachdem sie schweigend die schüchternen, verworrenen Reden angehört hatte, versprach sie ebenfalls: »Gut, ich werde ihn bestrafen.«

Aber sie bestrafte ihn nicht. Ein einziges Mal nur hörte Klim, wie sie zum Fenster hinaus auf den Hof rief: »Iwan, wenn du Gurken stiehlst, werden sie dich aus dem Gymnasium jagen.«

Sie und Warawka waren für Klim immer weniger zu sehen, es schien, als spielten sie Versteck miteinander; mehrmals am Tage hörte Klim die an ihn oder Malascha, das Dienstmädchen, gerichtete Frage: »Weißt du nicht, wo die Mutter ist – ist sie im Garten?«

»Ist Timofej Stepanowitsch heimgekommen?«

Wenn sie sich trafen, lächelten sie einander zu, und das Lächeln der Mutter war Klim fremd, sogar unangenehm, obwohl ihre Augen dunkler und dadurch noch schöner geworden waren. Und bei Warawka fiel irgendwie gierig und häßlich die schwere, fleischige Unterlippe aus dem Bart hervor. Neu und unangenehm war es auch, daß die Mutter jetzt übermäßig viel so starkes Parfüm gebrauchte, daß es Klim, wenn er ihr vor dem Zubettgehen die Hand küßte, in die Nase stach und fast Tränen hervorrief, wie der scharfe Geruch von Meerrettich. Manchmal, an den Abenden, wenn nicht musiziert wurde, ging Warawka Arm in Arm mit der Mutter im Speisezimmer oder im Wohnzimmer umher und schnurrte in den Bart hinein: »O-o-oh! O-o-oh!«

Die Mutter lächelte.

Wenn musiziert wurde, setzte sich Warawka an seinen Platz in den Sessel hinter dem Flügel, zündete sich eine Zigarre an und betrachtete aus den schmalen Schlitzen halb geschlossener Augen durch den Rauch Wera Petrowna. Er saß regungslos da, es schien, als schlummerte er, er qualmte und schwieg.

»Schön?« fragte ihn Wera Petrowna lächelnd.

»Ja«, antwortete er leise, als fürchtete er, jemanden zu wecken. »Ja.«

Und einmal sagte er: »Das ist das Allerschönste, denn das ist immer Liebe.«

»Aber nicht doch!« widersprach Rshiga. »Nicht immer.«

Und er hob die Hand mit dem Bogen hoch und redete so lange von Musik, bis der Rechtsanwalt Makow ihn unterbrach: »Meine verstorbene Frau wiederum mochte keine Musik.«

Er seufzte und fügte halblaut, brummig hinzu: »Ich bin völlig außerstande, eine Frau zu verstehen, die Musik nicht liebt, wo sogar die Hühner, die Wachteln . . . hm.«

Die Mutter fragte ihn: »Sind Sie schon lange verwitwet?«

»Neun Jahre. Ich war siebzehn Monate verheiratet. Ja. Darauf begann ich von neuem, Geige zu spielen.«

Klim, der den Gesprächen der Erwachsenen über Ehemänner, Ehefrauen und Familienleben aufmerksam zuhörte, bemerkte im

Ton dieser Gespräche etwas Unklares, zuweilen Schuldbewußtes, oftmals Spöttisches, als spräche man von bedauerlichen Fehlern, von Dingen, die man nicht hätte tun sollen. Und wenn er die Mutter ansah, fragte er sich: Wird auch sie so reden?

Sie wird es nicht, antwortete er sich überzeugt und lächelte.

In einem zärtlichen Augenblick fragte Klim sie: »Hast du einen Roman mit ihm?«

»O Gott, für dich ist es noch zu früh, an solche Dinge zu denken!« sagte die Mutter erregt und zornig. Dann wischte sie sich die roten Lippen mit dem Taschentuch ab und fügte sanfter hinzu: »Du siehst doch: Er ist allein, und ich auch. Wir langweilen uns. Langweilst du dich auch?«

»Nein«, sagte Klim.

Doch er langweilte sich bis zum Stumpfsinn. Die Mutter beobachtete ihn so wenig, daß Klim vor dem Frühstück, dem Mittagessen, dem Tee sich jetzt auch versteckte, so wie sie und Warawka sich versteckten. Er hatte ein wenig Vergnügen daran, wenn er hörte, wie das Dienstmädchen, in Hof und Garten herumlaufend, ihn rief.

»Wohin verschwindest du immer?« fragte die Mutter erstaunt, zuweilen jedoch voller Unruhe. Klim antwortete: »Ich habe nachgedacht.«

»Worüber?«

»Über alles. Auch über die Unterrichtsstunden.«

Tomilins Stunden wurdem immer langweiliger, immer weniger verständlich, während der Lehrer selbst unnatürlich in die Breite gegangen und in sich zusammengesunken war. Er trug jetzt ein weißes Kittelhemd mit gesticktem Kragen, an seinen bloßen, bronzefarbenen Füßen glänzten Pantoffeln aus grünem Saffian. Wenn Klim etwas nicht begriff und ihm dies sagte, blieb Tomilin, ohne ungehalten zu werden, aber mit offenkundigem Erstaunen mitten im Zimmer stehen und sagte fast immer dasselbe: »Begreif vor allem eines: Hauptziel allen Wissens ist, eine Reihe ganz einfacher, leicht verständlicher und tröstlicher Wahrheiten exakt festzustellen. So ist es.«

Er trommelte mit den Fingern auf das Kinn, betrachtete mit vorstehenden Augen die Decke und fuhr eintönig fort: »Eine von diesen Wahrheiten ist Darwins Theorie vom Kampf ums Dasein – erinnerst du dich, ich erzählte dir und Dronow von Darwin. Diese Theorie stellt die Unvermeidlichkeit des Bösen und der Feindschaft auf Erden fest. Das, mein Lieber, ist der am besten geglückte Versuch des Menschen, sich selbst vollkommen zu rechtfertigen. Ja ... Erinnerst du dich an die Frau des Doktor Somow? Sie haßte Darwin bis zum

Wahnsinn. Es ist anzunehmen, daß gerade bis zum Wahnsinn gesteigerter Haß allumfassende Wahrheit schafft ...«

Im Stehen redete er am unverständlichsten, am wortreichsten und erweckte Verdruß. Jetzt hörte Klim dem Lehrer nicht sehr aufmerksam zu, er hatte seine eigene Sorge: Er wollte den Kindern so begegnen, daß sie sogleich sahen, er ist nicht mehr der, als den sie ihn zurückgelassen hatten. Er dachte lange darüber nach, was er tun müsse, und kam zu dem Schluß, daß er sie am stärksten verblüffen würde, wenn er eine Brille trüge. Nachdem er der Mutter gesagt hatte, daß seine Augen ermüden und daß man ihm im Gymsasium geraten habe, sich eine Schutzbrille zu kaufen, belud er gleich am nächsten Tag seine spitze Nase mit dem Gewicht zweier rauchgrauer Gläser. Durch diese Gläser erschien alles auf Erden wie mit einer leichten Schicht schwarzgrauen Staubs bedeckt, und sogar die Luft wurde etwas grau, ohne ihre Durchsichtigkeit zu verlieren. Der Spiegel überzeugte Klim, daß die Brille sein schmales Gesicht sowohl imponierend als auch noch klüger machte.

Kaum waren jedoch die Kinder zurückgekehrt, da sagte Boris, als er Klim die Hand drückte und mit seinen kräftigen Fingern festhielt, spöttisch: »Schaut her: Hier habt ihr den Affen im Greisenalter.«

Ljuba Somowa rief mitleidig: »Oh, was für ein Eulchen du geworden bist!«

Turobojew lächelte höflich, doch sein Lächeln war ebenfalls kränkend, noch kränkender aber war Lidijas Gleichgültigkeit; die Hand auf Igors Schulter, sah sie Klim an, als wollte sie ihn nicht erkennen. Dann seufzte sie müde und fragte: »Tun dir die Augen weh? Warum tut dir immer irgend etwas weh?«

»Mir tut nie etwas weh«, sagte Klim entrüstet und fürchtete, gleich in Tränen auszubrechen.

Doch von diesem Tage an erkrankte er an einer heftigen Feindschaft gegen Boris, der aber fing schnell dieses Gefühl auf und begann es beharrlich zu schüren, indem er fast jeden Schritt, jedes Wort Klims verspottete. Die Spazierfahrt auf dem Dampfer hatte Boris offensichtich nicht beruhigt, er war ebenso nervös, wie er aus Moskau gekommen war, seine dunklen Augen funkelten ebenso mißtrauisch und böse, und manchmal bemächtigte sich seiner eine sonderbare Zerstreutheit, eine Müdigkeit, er hörte auf zu spielen und ging irgendwohin fort.

Um zu weinen, mutmaßte Klim mit wohltuender Bosheit.

Noch immer umsorgten die Schwester und Turobojew Boris schonend und aufmerksam, liebkoste ihn Wera Petrowna, brachte ihn der Vater zum Lachen, ertrugen alle geduldig seine Launen und plötzlichen Zornausbrüche. Klim quälte sich ab mit dem Bemühen, durch Ausfragen Boris' Geheimnis zu enträtseln, doch Ljuba sagte sehr doktorenhaft: »Das kommt von den Nerven, verstehst du? Das sind solche weißen Fädchen im Körper, und die zittern.«

Turobojew erklärte es nicht besser. »Er hat eine Unannehmlichkeit gehabt, aber ich möchte nicht darüber sprechen.«

Schließlich schlug ihm Lidija mit finsterer Miene und verzogenem Mund vor: »Schwöre bei Gott, daß Boris nie erfahren wird, daß ich es dir gesagt habe!«

Klim schwor aufrichtig, das Geheimnis für sich zu behalten, und hörte mit Gier den angsterfüllten, zusammenhanglosen Bericht an: »Boris ist aus der Kriegsschule ausgeschlossen worden, weil er sich geweigert hat, Kameraden zu verraten, die irgendeinen Streich angestellt hatten. Nein, nicht deshalb!« berichtigte sie, sich umschauend, hastig. »Dafür setzten sie ihn in den Karzer, aber ein Lehrer hat trotzdem gesagt, Borja sei ein Anschwärzer und habe die anderen verpetzt; da haben die Jungen ihn, als man ihn aus dem Karzer gelassen hatte, in der Nacht verprügelt, und er hat in der Stunde dem Lehrer einen Zirkel in den Bauch gestoßen, und da hat man ihn ausgeschlossen.«

Sie schluchzte auf und fügte hinzu: »Er wollte auch sich selber umbringen. Ihn hat sogar ein Irrendoktor behandelt.«

Aus ihren schwarzen Augen kam eine Menge Tränen, und diese Tränen schienen Klim ebenfalls schwarz. Er geriet in Verwirrung – Lidija weinte so selten, aber jetzt, in Tränen, glich sie den anderen Mädchen, verlor ihre Unvergleichlichkeit und weckte in Klim ein dem Mitleid nahes Gefühl. Was sie vom Bruder erzählte, rührte und wunderte ihn nicht, er hatte von Boris immer ungewöhnliche Taten erwartet. Er setzte die Brille ab, spielte mit ihr und sah Lidija mürrisch an, ohne Worte des Trostes für sie zu finden. Doch er hätte sie gern getröstet – Turobojew war bereits zur Schule abgefahren.

Sie stand mit dem Rücken an einen dünnen Birkenstamm gelehnt und stieß mit der Schulter daran; von den halbkahlen Zweigen fielen langsam gelbe Blätter herab, Lidija trat sie in den Boden, wobei sie die ungewohnten Tränen mit den Fingern von den Wangen wischte, und es lag etwas wie Ekel in den schnellen Bewegungen ihrer sonnengebräunten Hand. Auch ihr Gesicht war bronzefarben getönt, an ihr schlankes, schmales Figürchen schmiegte sich hübsch ein mit roten Borten besetztes blaues Kleid; an ihr war etwas Ungewöhnliches, Erstaunliches, wie an Zirkusmädchen.

»Er – schämt sich wohl?« fragte Klim schließlich.

Lidija nickte mit dem Kopf und sagte halblaut: »Nun, ja! Bedenke doch: wenn er sich in irgendein Mädchen verliebt, muß er ihr doch alles von sich erzählen, wie kann man aber erzählen, daß man verprügelt worden ist?«

Klim stimmte ihr leise zu: »Ja, darüber kann man nicht . . .«

»Er hat sogar die Freundschaft mit Ljuba abgebrochen und geht jetzt immer mit Warja, denn Warja schweigt wie eine Melone«, sagte Lidija nachdenklich. »Wir aber, Papa und ich, haben solche Angst um Boris. Papa steht sogar nachts auf und sieht nach, ob er schläft. Und gestern kam deine Mutter, als es schon spät war und alle schliefen.«

Sie senkte nachdenklich den Kopf und entfernte sich, die gelben Blätter mit den Absätzen in die Erde drückend. Und kaum war sie verschwunden, fühlte Klim sich gut gewappnet gegen Boris, in der Lage, ihm alle seine Spöttereien reichlich heimzuzahlen; das zu fühlen machte froh. Schon am nächsten Tag konnte er sich nicht enthalten, Warawka diese Freude zu zeigen. Er begrüßte ihn nachlässig, indem er ihm die Hand hinhielt und sie gleich wieder in die Tasche steckte; er lächelte dem Feind herablassend ins Gesicht und entfernte sich, ohne ein Wort zu sagen. Doch als er sich in der Tür des Speisezimmers umblickte, sah er, wie Boris, die Hände auf den Tischrand gestützt, ihn mit zurückgeworfenem Kopf und zusammengepreßten Lippen erschreckt anstarrte. Da lächelte Klim nochmals, doch Warawka war mit zwei Sätzen bei ihm, packte ihn an den Schultern, schüttelte ihn und fragte halblaut, heiser: »Warum lachst du?«

Sein pockennarbiges Gesicht wurde scheckigrot, er entblößte die Zähne, und seine Hände auf Klims Schultern zitterten.

»Laß mich los«, sagte Klim, der schon fürchtete, Boris werde ihn schlagen, doch dieser wiederholte ganz leise und gleichsam bittend: »Worüber lachst du? Sprich!«

»Nicht über dich.«

Er entwand sich Boris' Händen und ging, ohne sich umzuschauen, mit eingezogenem Kopf fort.

Dieser Auftritt, der ihm einen Schreck eingejagt hatte, gab ihm ein vorsichtigeres Verhalten zu Warawka ein, dennoch konnte er es sich nicht versagen, Boris ab und zu mit dem Blick eines Menschen in die Augen zu sehen, der sein schmähliches Geheimnis kennt. Er sah deutlich, daß seine grinsenden Blicke den Jungen aufregten, und das tat ihm wohl, wenn auch Boris noch ebenso frech spöttelte, ihn immer argwöhnischer beobachtete und ihn wie ein Habicht umkreiste. Und dieses gefährliche Spiel brachte Klim sehr bald dazu, daß er seine Vorsicht vergaß.

An einem jener warmen, aber traurigen Tage, an denen die

Herbstsonne von der arm gewordenen Erde Abschied nimmt und irgendwie an ihre sommerliche, lebenspendende Kraft erinnern möchte, spielten die Kinder im Garten. Klim war lebhafter als sonst, und Boris war gutmütiger gestimmt. Lidija und Ljuba tollten vergnügt herum, das ältere der Somow-Mädchen machte einen Strauß aus grellen Ahorn- und Ebereschenblättern. Klim, der einen verspäteten Käfer gefangen hatte, reichte ihn mit zwei Fingern Boris und sagte: »Da hast du einen Kä-Verprügelter.«

Das Wortspiel hatte sich ganz von selbst, unerwartet ergeben, und Klim mußte darüber lachen, während Boris unnatürlich aufschnaubte, ihn weit ausholend einmal, zweimal ins Gesicht schlug, dann mit einem Fußtritt zu Boden stieß und Hals über Kopf, wild heulend davonrannte.

Klim schrie auch, weinte, drohte mit den Fäusten, die Schwestern Somow redeten ihm zu, doch Lidija sprang vor ihm herum und sagte außer Atem: »Wie konntest du es wagen? Du bist gemein, du hattest geschworen. Ach, ich bin auch gemein ...«

Sie lief davon. Die Somows führten Klim in die Küche, um von seinem zerschlagenen Gesicht das Blut wegzuwaschen; mit zornig zusammengezogenen Brauen trat Wera Petrowna ein, rief jedoch sofort erschreckt: »Mein Gott, was hast du? Ist das Auge heil?«

Nachdem sie das Gesicht des Sohnes rasch abgewaschen hatte, führte sie ihn ins Zimmer, zog ihn aus, legte ihn ins Bett, tat einen feuchten Umschlag auf sein geschwollenes Auge, nahm auf einem Stuhl Platz und sagte eindringlich: »Einen Gekränkten zu hänseln – das paßt nicht zu dir. Man muß großmütig sein.«

Klim, der fühlte, daß alle ihm feindselig gesinnt, daß alle auf Boris' Seite waren, murmelte: »Du hast doch gesagt, das sei nicht notwendig, das sei Dummheit.«

»Was soll Dummheit sein?«

»Großmut. Du hast es gesagt. Ich erinnere mich.«

Die Mutter neigte sich zu ihm herab, blickte streng in das rechte, offene Auge und sagte: »Du darfst nicht meinen, du verstündest alles, was die Erwachsenen reden ...«

Klim fing zu weinen an und beklagte sich: »Mich hat niemand lieb.«

»Das ist Unsinn, mein Lieber. Das ist Unsinn«, wiederholte sie und versank, mit ihrer leichten, wohlriechenden Hand seine Wange streichelnd, in Nachdenken. Klim war verstummt, er erwartete, sie würde sagen: »Ich habe dich lieb«, doch ehe sie dazu kam, trat, die Hand am Bart, Warawka ein, setzte sich auf das Bett und sagte scherzhaft: »Weshalb rauft ihr euch denn, ihr grimmigen Spanier?«

Doch obwohl er scherzhaft sprach, waren seine Augen traurig, sie blinzelten unruhig, und sein gepflegter Bart war zerzaust. Er bemühte sich sehr, Klim aufzuheitern, und trug ihm mit dünner Stimme ein Verschen vor:

»Dramen, Damen, Namen, Rahmen,
Ameisen, Hippopotamen,
Nachtigallen und Karossen –
Unsinn alles, Possen, Possen!«

Die Mutter sah ihn an und lächelte, aber auch ihre Augen blickten betrübt. Schließlich schob Warawka die Hand unter die Bettdecke, kitzelte Klim an Fersen und Fußsohlen, brachte ihn zum Lachen und ging sogleich mit der Mutter fort.

Am nächsten Abend veranstalteten sie ein üppiges Versöhnungsfest – es gab Tee mit Kuchen und Konfekt, Musik und Tanz. Vor Beginn der Feier veranlaßten sie Klim und Boris, sich zu küssen, aber Boris biß beim Küssen fest die Zähne zusammen und schloß die Augen, während Klim ihn am liebsten gebissen hätte. Dann forderte man Klim auf, Nekrassows Gedicht »Die Holzfäller« vorzutragen, und Lidijas hübsche Freundin Alina Telepnjowa erbot sich, auch etwas zu rezitieren, trat an den Flügel, verdrehte entzückt die Augen und begann halblaut aufzusagen:

»Die Menschen schlafen, laß uns in des Gartens Schatten gehn,
Die Menschen schlafen, nur die Sterne können uns noch sehn,
Auch sie, inmitten dichter Zweige, sehen uns nicht mehr
Und hören nicht, es hört allein die Nachtigall.«

Schelmisch lächelnd, sprach sie die nächsten Zeilen noch leiser:

»Ach sie hört nicht, so laut ist ihres Liedes Schall,
Vielleicht hört nur das Herz, die Hand,
Wieviel der Erdenlust uns ward gesandt,
Und wieviel Glück wir trugen her ...«

Sie war lieblich, wie das Bildchen einer Konfektschachtel. Ihr rundes, von schokoladenbraunen Löckchen umwuscheltes Gesichtchen glühte hell, ihre bläulichen Augen strahlten nicht kindlich schelmisch, und als sie sich nach beendetem Vortrag elegant verneigt hatte und schwebend auf den Tisch zukam, empfingen sie alle mit erstauntem Schweigen, worauf Warawka sagte: »Unvergleichlich, nicht? Wera Petrowna – was sagen Sie dazu?«

Er hob den Bart mit der Hand hoch, verdeckte mit ihm sein Gesicht und fügte durch das Barthaar hinzu: »Wie früh doch die Frau beginnt, nicht?«

Wera Petrowna zischte, ihm mit dem Finger drohend: »Pssst!«

Sie raunte ihm ein paar Worte zu, die Warawka zu einem schuldbewußten Achselzucken veranlaßten, dann fragte sie: »Wo hast du gelernt, so vorzutragen?«

Das Mädchen, das vor Stolz errötete, sagte, im Hause ihrer Eltern wohne eine alte Schauspielerin und die erteile ihr Unterricht.

Sogleich erklärte Lidija: »Papa, ich möchte auch bei der Schauspielerin lernen.«

Klim saß betrübt da, man hatte vergessen, ihn für sein Gedicht zu loben, er hielt Alina für einfältig und ungeachtet ihrer Schönheit für ebenso nutzlos und uninteressant wie Warja Somowa.

Es verlief alles sehr gut. Wera Petrowna spielte auf dem Flügel Boris' und Lidijas Lieblingsstücke: »Die musikalische Schnupfdose« von Ljadow, die »Troika« von Tschaikowskij und noch einige dieser einfachen und netten Sachen, dann setzte sich Tanja Kulikowa an den Flügel und begann, verzückt auf dem Klavierstuhl hüpfend, einen Walzer zu trommeln. Warawka tanzte mit Wera Petrowna rund um den Tisch; Klim sah zum erstenmal, wie leicht dieser breite, schwere Mann tanzte, wie geschickt er die Mutter vom Boden löste und in der Luft kreisen ließ. Alle Kinder applaudierten einmütig und begeistert den Tänzern, und Boris rief: »Papa, du bist wunderbar!«

Klim merkte, daß sein Feind durch die Musik, das Tanzen, die Gedichte besänftigt war, auch er selbst fühlte sich ungewöhnlich leicht, er war gerührt durch die allgemeine Stimmung stiller und heller Freude.

»Eine Quadrille, Kinder!« kommandierte die Mutter und trocknete sich die Schläfen mit einem Spitzentüchlein.

Lidija, die immer noch auf Klim böse war und ihn nicht ansah, schickte ihren Bruder nach oben, etwas zu holen – eine Minute später folgte Klim ihm, getrieben von dem plötzlichen Wunsch, Boris etwas Gutes, Freundschaftliches zu sagen, sich vielleicht wegen seines dummen Scherzes zu entschuldigen.

Als er die Treppe bis zur Mitte hinaufgelaufen war, erschien Boris, ein Paar Halbschuhe in der Hand, am oberen Treppenende; er blieb stehen, duckte sich so, als wollte er auf Klim zuspringen, schritt dann aber langsam Stufe um Stufe herab, und Klim vernahm sein schnaubendes Flüstern: »Wage nicht, mir nahe zu kommen, du!«

Klim erschrak, als er das vorgeneigte und gleichsam auf ihn zu fahrende Gesicht mit den spitzen Backenknochen und dem wie bei einem Hund vorgeschobenen Kinn sah; mit der Hand nach dem Geländer greifend, begann auch er langsam treppab zu gehen, gewärtig, daß Warawka sich auf ihn stürze, aber Boris ging an ihm vorbei, indem er lauter, durch die Zähne, wiederholte: »Wage es nicht!«

Starr vor Schrecken, stand Klim auf der Treppe, es würgte ihn in der Kehle, Tränen rollten ihm aus den Augen, er wollte in den Garten, auf den Hof laufen und sich verstecken; er trat an die Haustür – der Wind warf den Herbstregen gegen die Tür. Er schlug mit der Faust an die Tür, kratzte mit den Nägeln und fühlte, daß in seiner Brust irgend etwas zerbrochen, verschwunden war und ihn leer gemacht hatte. Als er, seiner wieder Herr geworden, ins Speisezimmer trat, wurde dort bereits Quadrille getanzt, er lehnte es ab zu tanzen, stellte einen Stuhl an den Flügel und spielte mit Tanja vierhändig zur Quadrille auf.

Nun brachen schwere, harte Tage für ihn an; er lebte in Angst vor Boris und in Haß gegen ihn. Er hielt sich von den Spielen fern, drückte sich mürrisch in den Ecken herum, folgte Boris mit gieriger Spannung und wartete wie auf eine große Freude darauf, daß Boris hinfiele und sich verletzte. Warawka indes warf spielerisch seinen geschmeidigen Körper hin und her, krampfhaft, wie ein Betrunkener, doch stets so, als wäre jede Bewegung, jeder Sprung vorher fehlerlos berechnet. Alle waren entzückt von seiner Geschicklichkeit, Unermüdlichkeit und von der Fähigkeit, Begeisterung und Leben ins Spiel zu tragen. Klim hörte, wie die Mutter halblaut zu Boris' Vater sagte: »Welch talentierter Körper!«

In diesem Jahr verspätete sich der Winter, erst in der zweiten Novemberhälfte beschlug ein trockener, grimmiger Wind den Fluß mit graublauem Eis und kratzte tiefe Risse in die nicht mit Schnee bekleidete Erde. An dem verblaßten, frostklaren Himmel beschrieb die weiße Sonne hastig einen kurzen Bogen, und es schien, als ergösse sich gerade von dieser farblos gewordenen Sonne erbarmungslose Kälte auf die Erde.

Eines Sonntags begaben sich Boris, Lidija, Klim und die Schwestern Somow auf die Eisbahn, die soeben erst am Stadtufer des Flusses freigelegt worden war. Rings um das große Oval bläulichgrauen Eises waren Tannen aufgestellt, und ein Strick aus Lindenbast verband ihre Stämme. Die Wintersonne versank glühend in dem schwarzen Wald jenseits des Flusses, lila Glanzlichter legten sich auf das Eis. Viele Schlittschuhläufer waren da.

»Das ist ja ein Sack Kartoffeln, aber keine Eisbahn«, erklärte Boris launisch. »Wer geht mit mir hinaus auf den Fluß? Du, Warja?«

»Ja«, sagte die wohlbeleibte, farblose Somowa.

Sie krochen unter dem Strick durch, faßten sich an den Händen und jagten quer über den Fluß auf die Wiesen zu. Hinter ihnen her bliesen die Messingtrompeten der Militärkapelle laut und mißtönend einen Bravourmarsch. Ljuba Somowa wurde von ihrem Bekannten, dem vom Gymnasium ausgeschlossenen Inokow gepackt und fortgezogen – ein Kavalier, der unansehnlich und dürftig mit einem Tuchhemd bekleidet war, das er in die viel zu weite Hose gestopft hatte; auf seinem Kopf saß, schief übers Ohr geschoben, eine zottige Lammfellmütze. Lidija, die eine Weile auf den Fluß hinausgeschaut hatte, wo die Somowa und Boris ungestüm und wie in der Luft schwebend liefen und zur aufgedunsenen, roten Sonne pendelten, schlug Klim vor, ihnen nachzulaufen, aber als sie unter dem Strick durchgekrochen waren und gemächlich dahinglitten, rief sie plötzlich: »Oh, sieh . . .«

Doch Klim hatte schon gesehen, daß Boris und die Somowa verschwunden waren.

»Sie sind hingefallen«, sagte er.

»Nein –«, flüsterte Lidija, wobei sie Klim so mit der Schulter stieß, daß er aufs Knie fiel. »Sieh hin – sie sind eingebrochen . . .«

Und sie lief schnell weiter, dorthin, wo nahe am Ufer, vor dem roten Grund des Sonnenuntergangs krampfhaft zwei schwarze Kugeln hüpften.

»Rasch«, schrie Lidija, sich immer mehr entfernend. »Den Gürtel! Wirf ihnen den Gürtel zu! Schrei . . .!«

Klim überholte sie schnell, er lief mit solcher Geschwindigkeit, daß ihm die weitaufgerissenen Augen schmerzten.

Ihm entgegen kroch unbegreiflich, unnatürlich, sich immer mehr erweiternd, eine mit wogendem Wasser gefüllte schwarze Grube, er hörte das kalte Platschen des Wassers und sah zwei knallrote Hände; die Finger gespreizt, griffen diese Hände an den Rand des Eises, das Eis brach ab und krachte,. Die Hände schimmerten wie die gerupften Flügel eines seltsamen Vogels, zwischen ihnen sprang ein glatter und glänzender Kopf mit riesengroßen Augen im blutigen Gesicht hervor; er sprang hoch, verschwand wieder, und von neuem zappelten über dem Wasser die kleinen, roten Hände. Klim hörte ein röchelndes Heulen: »Laß mich los! Laß mich los, du Dumme . . . Laß mich doch los!«

Nicht mehr als fünf oder sechs Schritte trennten Klim vom Rand des Eislochs, er machte eine scharfe Wendung und fiel, mit dem Ellbogen heftig aufschlagend, auf das Eis. Auf dem Bauch liegend, sah er zu, wie das Wasser, das eine ungewöhnliche Farbe hatte, dickflüssig und wahrscheinlich sehr schwer war, Boris auf die Schultern, auf den Kopf klatschte. Es riß seine Hände vom Eis los, platschte ihm spielend über seinen Kopf, schlug ihm ins Gesicht, in die Augen, Boris' ganzes Gesicht heulte wild, es schien sogar, als schrien auch seine Augen: »Die Hand ... gib mir die Hand ...«

»Gleich, gleich«, murmelte Klim, während er die stechend kalte Schnalle des Gürtels zu öffnen suchte. »Halt dich fest, gleich ...«

Es gab einen Augenblick, in dem Klim dachte: Wie schön wäre es, Boris mit so verzerrtem, angstvollem Gesicht, so hilflos und verzweifelt nicht hier, sondern zu Hause zu sehen. Und daß ihn alle sähen, wie er in dieser Minute war.

Doch dachte er dies nur in dem Schreck, der ihn mit entkräftender Kälte umklammerte. Als er den Gürtel mühevoll mit dumpf schmerzender Hand abgeschnallt hatte, warf er ihn ins Wasser, Boris fing das Ende auf, zog daran und treckte Klim leicht über das Eis zum Wasser hin. Klim kreischte auf, schloß die Augen und ließ den Gürtel aus der Hand rutschen. Doch als er die Augen wieder öffnete, sah er, daß das schwarzviolette, schwere Wasser Boris immer öfter, stärker auf die Schultern und den entblößten Kopf klatschte und daß die kleinen, nassen, rot glänzenden Hände, das Eis abbröckelnd, immer näher rückten. Mit einer krampfhaften Bewegung seines ganzen Körpers kroch Klim vor diesen gefährlichen Händen zurück, doch kaum war er zurückgekrochen, da verschwanden Boris' Hände und Kopf, und auf dem wogenden Wasser schaukelte nur die schwarze Persianermütze, schwammen bleigraue Eisstückchen und erhoben sich kleine, von den Strahlen des Sonnenuntergangs gerötete Wasserbuckel.

Klim atmete tief, erleichtert auf, all dies Furchtbare hatte qualvoll lange gedauert. Doch obwohl er vor Angst abgestumpft war, wunderte es ihn, daß Lidija erst jetzt herbeikam, ihn an den Schultern packte, mit den Knien in den Rücken stieß und gellend schrie: »Wo – wo sind sie?«

Klim sah zu, wie das Wasser, ruhiger werdend, nach einer Seite floß und mit Boris' Mütze spielte, er sah zu und murmelte: »Sie hat ihn ertränkt ... Er schrie – laß mich los! und schimpfte auf sie. Den Gürtel hat er mir weggerissen ...«

Lidija kreischte auf und fiel auf das Eis.

Das Eis knirschte unter vielen Schlittschuhen, schwarze Menschengestalten jagten auf das Eisloch zu, ein Mann in halblangem Pelzmantel stieß eine lange Stange ins Wasser und brüllte: »Auseinandergehen! Sie brechen ein. Es ist tief hier, meine Herrschaften, hier hat der Bagger gearbeitet, wissen Sie denn das nicht?«

Klim stand auf und wollte Lidija aufheben, aber er wurde umgerannt, fiel wieder auf den Rücken und schlug mit dem Hinterkopf auf, ein schnurrbärtiger Soldat packte ihn am Arm, zog ihn über das Eis und schrie: »Alle auseinanderjagen!«

Der Bauer aber, der mit der Stange im Wasser rührte, schrie etwas anderes: »Gebildete Herren, befehlen könnt ihr, aber das Gesetz kennt ihr nicht . . .«

Und besonders überraschte Klim irgendwessen ernste, mißtrauische Frage: »Ja – ist denn ein Junge dagewesen, vielleicht war gar kein Junge da?«

»Er war da!« wollte Klim rufen und vermochte es nicht.

Zu Hause kam er wieder zu sich, im Bett, mit hohem Fieber. Verschwommen neigte sich das Gesicht der Mutter über ihn, mit fremden Augen, klein und gerötet.

»Haben sie sie herausgezogen?« fragte Klim, nachdem er eine Weile geschwiegen und einen grauhaarigen Mann mit Brille angeschaut hatte, der mitten im Zimmer stand. Die Mutter legte ihm die angenehm kühle Hand auf seine Stirn und antwortete nicht.

»Herausgezogen?« wiederholte er.

Die Mutter sagte: »Er flüstert irgend etwas.«

»Fieber«, stieß ohrenbetäubend der grauhaarige Mann aus.

Klim hatte eine Lungenentzündung und lag sieben Wochen im Bett; im Laufe dieser Zeit erfuhr er, daß Warwara Somowa beerdigt, Boris aber nicht gefunden worden war.

ZWEITES KAPITEL

In seinem siebzehnten Lebensjahr war Klim Samgin ein schlanker junger Mann von mittlerem Wuchs, er bewegte sich bedächtig und gesetzt, sprach nicht viel und bemühte sich dabei, seine Gedanken treffend und einfach auszudrücken und seine Worte durch gemessene Gesten seiner weißen Hände zu unterstreichen, die lang und feinfingerig waren wie bei einem Musiker. Sein schmales, spitznasiges Gesicht zierte eine rauchfarbene Brille, welche den mißtrauischen Glanz der bläulichen, kalten Augen verdeckte, während das spröde und spärliche, nach Vorschrift kurz geschorene Haar und die peinlich saubere Uniform seine Gewichtigkeit betonten. Ohne sich durch Erfolge im Lernen auszuzeichnen, bestach er die Lehrer durch Wohlerzogenheit und Sittsamkeit. Er saß in der sechsten Klasse, verhielt sich jedoch seinen Klassenkameraden gegenüber zurückhaltend; Freunde hatte er in der siebenten und achten Klasse.

Es war bekannt, daß Vater Tichon, der wegen seines scharfsinnigen Verstandes berühmte Religionslehrer, auf einer Sitzung des pädagogischen Rates über Klim gesagt hatte: »Die Saite seines Verstandes ist wohltönend und hoch gestimmt. Insbesondere jedoch schätze ich an ihm das vorsichtige und sogar skeptische Verhalten zu jenen Nichtigkeiten, für die sich unsere Jugend zu ihrem eigenen Schaden so gern begeistert.«

Xaverij Rshiga, der nicht zu altern schien, bloß noch mehr zusammengeschrumpft war, flößte Klim ein: »Ohne an deiner Einsicht zu zweifeln, möchte ich dir doch sagen, daß du Kameraden hast, die dich kompromittieren könnten. Ein solcher ist, ich will ihn beim Namen nennen, Iwan Dronow, und ein solcher ist Makarow Dixi.«

Klim verneigte sich korrekt und schweigend vor dem Inspektor. Er kannte seine Kameraden selbstverständlich besser als Rshiga, und obwohl er keine besondere Sympathie für sie hegte, setzten sie ihn beide in Erstaunen. Dronow sog immer noch ebenso unermüdlich und gierig alles in sich ein, was einzusaugen war. Er lernte vortrefflich, man betrachtete ihn als eine Zierde des Gymnasiums, aber Klim wußte, daß die Lehrer Dronow ebenso haßten, wie Dronow sie insgeheim haßte. Nicht nur im Umgang mit den Lehrern, sondern sogar mit einigen Schülern, Söhnen einflußreicher Personen, verhielt sich Dronow offen schmeichlerisch, doch entschlüpften ihm bei seinen

Schmeichelreden und seinem buhlenden Lächeln ständig die bald bissigen, bald geringschätzigen Wörtchen eines Menschen, der sehr gut um seinen wahren Wert weiß.

Vater Tichon charakterisierte ihn folgendermaßen: »Selbiger Dronow, Iwan, benimmt sich gleich einem Kundschafter im Lande Kanaan.«

Der plattgedrückte Schädel hinderte Dronow augenscheinlich daran, in die Länge zu wachsen, er wuchs in die Breite. Er blieb ein kleines Menschlein, wurde breitschultrig, und seine Knochen ragten plump nach rechts und links, die Krümmung seiner Beine war auffälliger geworden, und die Ellenbogen bewegte er so, als dränge er sich immer durch eine dichte Menschenmenge. Klim Samgin fand, daß ein Buckel die seltsame Gestalt Dronows nicht nur nicht verdorben, sondern ihr sogar Vollendung verliehen hätte.

Dronow wohnte in dem Mezzanin, in dem einst Tomilin gehaust hatte, und das Zimmer lag voller Schachteln, Herbarblätter, Mineralproben und Bücher, die Iwan von dem rothaarigen Lehrer heimschleppte. Er hatte die Neigung zum Phantasieren nicht eingebüßt, aber sie paßte jetzt nicht mehr zu ihm. Klim schien es sogar, als täte sich Dronow Gewalt an, wenn er phantasierte. Er hatte seine Absicht, »es weiter zu bringen als Lomonossow«, nicht vergessen und erinnerte bisweilen prahlerisch daran. Klim fand, daß Dronows Kopf eine ebenso alles verschlingende Müllgrube geworden war wie der Kopf Tanja Kulikowas, und er wunderte sich über Dronows Fähigkeit, unersättlich »geistige Nahrung« zu verschlingen, wie der im Seitenbau wohnende Schriftsteller Nestor Katin sich ausdrückte. Doch mischte sich Klims Staunen zuweilen ein seltsames Gefühl bei, als würde er von Dronow bestohlen. Dronow schnaufte nicht mehr, er grunzte jetzt irgendwie sorgenvoll, fassungslos. »Chrumm ... Was meinst du, wie ist das Auge entstanden?« fragte er. »Das erste Auge! Da kroch irgend so ein blindes Wesen, ein Wurm vielleicht, herum – wie wurde es sehend, hm?«

»Das weiß ich nicht«, antwortete Klim, den andere Gedanken beschäftigten, Dronow jedoch mutmaßte krampfhaft: »Sicherlich – durch Schmerz. Es stieß mit dem vorderen Ende, mit dem Kopf an allerhand Hindernisse, empfand Schmerz dabei, und an der Stoßstelle entstand ein Sehfühler, was?«

»Mag sein«, stimmte ihm Klim halb bei.

»Das werde ich entdecken«, versprach Dronow.

Er las Buckle, Darwin, Setschenow, die Apokryphen und die Werke der Kirchenväter, las die »Genealogische Geschichte der Tataren« von Abdulghasi Bahadur Chan und wiegte den Kopf beim

Lesen auf und nieder, als picke er von den Seiten des Buches seltsame Fakten und Gedanken ab. Samgin schien es, als würde seine Nase dadurch immer größer, das Gesicht indes noch platter. In den Büchern standen jene seltsamen Fragen, die Iwan beunruhigten, nicht, Dronow erdachte sie selbst, um die Originalität seines Verstandes zu unterstreichen.

»Pferd« nannte ihn Makarow.

Auch Makarow war eine Zierde des Gymnasiums und dessen Held: seit zwei Jahren schon führte er mit den Lehrern einen hartnäckigen Kampf wegen eines Knopfes. Er hatte die Angewohnheit, an den Knöpfen seiner Uniform herumzudrehen; wenn er die Aufgaben aufsagte, hielt er die Hand unter dem Kinn und drehte am obersten Knopf; der baumelte bei ihm stets herab, und nicht selten riß er ihn vor den Augen des Lehrers ab und steckte ihn in die Tasche. Er wurde dafür bestraft, man sagte ihm, wenn ihn der Rockkragen am Halse drücke, müsse der Kragen erweitert werden. Es nützte nichts. Er hatte überhaupt viele Fehler: er willigte nicht ein, sich die Haare kurz schneiden zu lassen, wie es die Vorschrift verlangte, und auf seinem verbeulten Schädel ragten nach allen Seiten Schöpfe von zweierlei Farbe, dunkelblonde und helle; es schien, als bekäme er ungeachtet seiner achtzehn Jahre schon graues Haar. Es war bekannt, daß er trank, rauchte und auch in schmutzigen Schenken Billard spielte.

Er war aus einer anderen Stadt in die fünfte Klasse gekommen; das dritte Jahr schon bezauberte er die Lehrer durch seine Erfolge im Lernen, beunruhigte und reizte sie jedoch durch sein Benehmen. Mittleren Wuchses, wohlgebaut und kräftig, hatte er einen leichten, gleitenden Gang wie ein Artist. Sein Gesicht war nicht russisch, es hatte eine Höckernase und war scharf umrissen, doch es wurde gemildert durch braune, fraulich zärtliche Augen und ein unlustiges Lächeln schöner, ausgeprägter Lippen; die Oberlippe war bereits mit dunklem Flaum bedeckt.

Klim war die Freundschaft dieser zu verschiedenen Menschen unbegreiflich. Dronow wirkte neben Makarow noch abstoßender und fühlte es offensichtlich. Er sprach mit Makarow hitzig, kreischend und in dem Ton eines Menschen, der irgend etwas befürchtet und zur Verteidigung bereit ist; er streckte hochmütig die Brust heraus, warf den Kopf in den Nacken, und seine umherhuschenden Äugelchen kamen wachsam und mißtrauisch zum Stillstand, als erwarteten sie etwas Ungewöhnliches. Im Verhalten Makarows zu Dronow dagegen beobachtete Klim eine scharfe Neugier, die mit der kränkenden Geringschätzung eines Erfahreneren und Sehenden zu einem halb Blinden verbunden war; ein derartiges Verhalten hätte Klim sich gegenüber nicht zugelassen.

Dronow steckte Makarow Drapers Buch »Katholizismus und Wissenschaft« zu und kreischte herausfordernd: »Hier wird bewiesen, daß die Mönche Feinde der Wissenschaft waren, während doch Giordano Bruno, Campanella, Morus ...«

»Scher dich zum Teufel mit alldem«, rief Makarow, der eine Zigarette anrauchte.

»Ich will die Wahrheit wissen«, erklärte Dronow und sah Makarow mißtrauisch und feindselig an.

»Dann erkundige dich bei Tomilin oder bei Katin, die werden sie dir sagen«, bemerkte Makarow gleichgültig, Rauch wegblasend.

Eines Tages fragte Klim: »Gefällt dir Dronow?«

»Ob er mir gefällt? Nein«, antwortete Makarow entschieden. »Aber er hat etwas für mich aufreizend Unbegreifliches an sich, und das will ich begreifen.«

Dann, nach kurzem Nachdenken, sagte er nachlässig: »Mit einer Fratze, wie er sie hat, ist es schwer zu leben.«

»Warum?«

»N-un ... Er muß sich gut kleiden, einen besonderen Hut tragen. Mit einem Spazierstöckchen herumgehen. Denn sonst – wie wird es mit den Mädchen? Die Hauptsache, mein Lieber, sind die Mädchen. Die aber sehen es gern, wenn man mit einem Spazierstöckchen, mit einem Säbel, mit Gedichten ankommt.«

Nach diesen Worten begann Makarow leise durch die Zähne zu pfeifen.

Klim Samgin machte sich leicht fremde Gedanken zu eigen, wenn sie den Menschen vereinfachten. Vereinfachende Gedanken erleichterten ihm sehr die Notwendigkeit, über alles eine eigene Meinung zu haben. Er hatte es gelernt, seine Meinung geschickt zwischen ja und nein zu stellen, und das festigte seinen Ruf als Mensch, der unabhängig zu denken und auf Kosten seines Verstandes zu leben weiß. Nach Makarows Äußerung über Dronow kam er endgültig zu dem Schluß, Dronows Suchen nach der Wahrheit sei das Bestreben einer Krähe, sich mit Pfauenfedern zu schmücken. Da er selber in der beunruhigenden Strömung dieses Strebens lebte, kannte er gut dessen Stärke und zwingende Kraft.

Er hielt die Kameraden für dümmer als sich, sah aber zugleich, daß sie beide talentierter, interessanter waren als er. Er wußte, daß der weise Pope Tichon von Makarow gesagt hatte: »Ein glänzender junger Mann. Immerhin aber sollte man den sinnigen Ausspruch des berühmten Hans Christian Andersen nicht vergessen:

Goldschnitt vergeht,
Schweinsleder besteht.«

Klim hatte große Lust, die Vergoldung von Makarow wegzuwischen, sie blendete ihn, obwohl er merkte, daß der Kamerad oft in eine unbegreifliche, ihn bedrückende Unruhe verfiel. Iwan Dronow hingegen schien ihm ein Hasardspieler, der sich beeilt, alle zu schlagen, indem er mit falschen Karten spielt. Bisweilen war Klim ehrlich verlegen, wenn er sah, daß die Kameraden sich zu ihm besser, vertrauensvoller verhielten, als er zu ihnen, offensichtlich anerkannten sie ihn als klüger, erfahrener als sich selbst. Doch stellte sich diese ehrliche Verlegenheit nicht für lange und nur in den seltenen Minuten ein, wenn er, der ständigen Selbstbeobachtung müde, spürte, daß er einen schwierigen und gefährlichen Weg ging.

Makarow aber wischte die Vergoldung selber von sich weg; das geschah, als sie auf der Mauer der Kirche »Mariä Himmelfahrt auf dem Berge« saßen und den Sonnenuntergang bewunderten.

Es war einer jener märchenhaften Abende, an denen der russische Winter mit bezwingender, fürstlicher Freigebigkeit alle seine kalten Schönheiten entfaltet. Der Rauhreif an den Bäumen glitzerte wie blaßrosa Kristall, der Schnee funkelte wie buntschillernder Edelsteinstaub, hinter den lila Blößen des vom Wind blankgefegten Flüßchens ruhte auf den Wiesen eine prunkvolle Brokatdecke, und über ihr lag blaue Stille, die, so schien es, nie durch irgend etwas erschüttert werden könnte. Diese feinnervige Stille umfing alles Sichtbare, als erwarte, als fordere sie sogar, daß etwas besonders Bedeutsames gesagt werde.

Makarow blies ein blaues Fähnchen Zigarettenrauch in die frostige Luft und fragte auf einmal: »Schreibst du keine Gedichte?«

»Ich?« wunderte sich Klim. »Nein. Du?«

»Habe angefangen. Sie geraten nicht.«

Und ganz plötzlich begann er gekränkt, roh und schamlos zu erzählen: »Schon seit fast zwei Jahren kann ich an nichts anderes denken als nur an Mädchen. Zu Prostituierten kann ich nicht gehen, so weit bin ich noch nicht. Es drängt mich zur Onanie, die Hände möchte ich mir abhacken. Dieser Trieb, mein Lieber, hat etwas bis zu Tränen, bis zum Ekel vor dir selbst Kränkendes. Bei Mädchen komme ich mir wie ein Idiot vor. Da erzählt sie mir etwas von Büchern, von verschiedenen Dichtungen, ich aber denke daran, was für Brüste sie hat und daß ich das Mädchen küssen möchte und dann gleich sterben wollte.«

Er warf die nicht zu Ende gerauchte Zigarette fort, sie blieb mit aufwärts gerichteter Glut wie eine Kerze im Schnee stecken und zierte die kalte glasklare Luft mit einem krausen Fähnchen blauen Rauches. Makarow betrachtete sie und sagte halblaut: »Dumm, wie zwei Lehrer. Und vor allem kränkend, weil es unüberwindlich ist. Hast du das noch nicht empfunden? Du wirst es bald empfinden.«

Er erhob sich, drückte die Zigarette mit der Schuhsohle aus und sprach, das rot blinkende Kreuz auf der Kirche mit zugekniffenen Augen betrachtend, im Stehen weiter: »Dronow hat irgendwo gelesen, daß hier der ›Geist des Geschlechts‹ am Werk sei, daß das ›die Venus wünscht‹. Der Teufel soll sie holen, das Geschlecht und die Venus, was gehen sie mich an? Ich will mich nicht wie ein Rüde fühlen, ich werde schwermütig davon und bekomme Selbstmordgedanken, so sieht es aus!«

Klim hörte mit gespanntem Interesse zu, es tat ihm wohl, zu sehen, daß Makarow sich als ohnmächtig und schamlos darstellte. Makarows Unruhe war Klim noch nicht bekannt, obwohl er bisweilen nachts, wenn er verwirrende Anforderungen des Körpers empfand, sich darüber Gedanken machte, wie sich sein erster Roman abspielen werde, und schon wußte, daß die Heldin dieses Romans Lidija sein würde.

Makarow pfiff eine Weile, steckte die Hände in die Manteltaschen und krümmte sich fröstelnd. »Ljuba Somowa, das stupsnasige Dummchen, mag ich nicht, das heißt, sie gefällt mir nicht, und doch fühle ich mich von ihr abhängig. Du weißt ja, die Mädchen sind mir sehr gewogen, aber . . .«

Nicht alle, beendete Klim in Gedanken den Satz, und er erinnerte sich, wie feindselig sich Lidija Warawka gegen Makarow verhielt.

»Gehen wir, es ist kalt«, sagte Makarow und fragte mürrisch: »Warum schweigst du?«

»Was kann ich sagen?« Klim zuckte die Achseln. »Eine Banalität: das Unvermeidliche ist unvermeidlich.«

Ein paar Minuten gingen sie stumm auf dem knirschenden Schnee.

»Warum fängt das so früh an? Hier steckt irgendeine Schikane dahinter, mein Lieber . . .«, sagte Makarow leise und nachdenklich. Klim antwortete ihm nach einer Weile: »Schopenhauer hat wahrscheinlich recht.«

»Aber vielleicht hat Tolstoi recht: ›Wende dich von allem ab und schau in eine Ecke.‹ Wenn du dich aber vom Besten in dir abwendest, wie?«

Klim Samgin schwieg, es wurde ihm immer angenehmer, die traurigen Reden des Kameraden anzuhören. Es tat ihm sogar leid, als Makarow sich plötzlich von ihm verabschiedete und, nachdem er sich umgesehen hatte, den Hof einer Schenke betrat.

»Ich will etwas Billard spielen«, sagte er und schlug die Zauntür ärgerlich zu.

Die verflossenen Jahre hatten keine Ereignisse in Klims Leben gebracht, die ihn besonders tief bewegt hätten. Alles ging sehr einfach vor sich. Allmählich und ganz natürlich verschwanden einzelne Menschen, einer nach dem anderen. Der Vater fuhr immer häufiger irgendwohin fort, er wurde irgendwie immer weniger, schmolz dahin und verschwand schließlich ganz. Zuvor hatte er angefangen, weniger zu reden, sprach nicht mehr so sicher und sogar so, als fiele ihm die Wahl der Worte schwer; er hatte sich einen Vollbart stehenlassen, doch das rötliche Haar in seinem Gesicht wuchs horizontal, und als die Oberlippe wie eine Zahnbürste aussah, genierte sich der Vater, rasierte die Haare ab, und Klim sah, daß das Vatergesicht jämmerlich schlaff geworden, gealtert war. Warawka sprach mit ihm in antreibendem Ton. »N-nun, Iwan Akimytsch, wie steht es denn, he? Haben Sie das Sägewerk verkauft?«

Die Ohren des Vaters färbten sich dunkelrot, wenn er Warawka anhörte, und wenn er antwortete, blickte er ihm auf die Schulter und tappte mit dem Fuß wie ein Scherenschleifer. Nicht selten kam er betrunken nach Hause, ging ins Schlafzimmer der Mutter, und dort hörte man noch lange sein wimmerndes Stimmchen. Am Morgen seiner letzten Abreise kam er, ebenfalls betrunken, in Klims Zimmer, begleitet von den halblauten Geleitworten der Mutter: »Ich bitte dich – keine dramatischen Monologe.«

»Nun, lieber Klim«, sagte er laut und tapfer, obwohl seine Lippen zitterten und die geschwollenen, geröteten Augen geblendet blinzelten. »Geschäftliche Angelegenheiten zwingen mich, auf lange Zeit zu verreisen. Ich werde in Finnland, in Wyborg wohnen. Ja, so ist es. Mitja kommt auch mit. Nun, leb wohl.«

Er umarmte Klim, küßte ihn auf Stirn und Wangen, klopfte ihm auf den Rücken und fügte hinzu: »Großvater kommt auch mit. Ja, leb wohl. A . . . achte die Mutter, sie ist würdig . . .«

Ohne gesagt zu haben, wessen die Mutter eigentlich würdig sei, hob er die Hand und kratzte sich am Kinn. Klim hatte den Eindruck, als wolle er mit der Hand seinen geschwollenen Mund verdecken.

Als der Großvater, der Vater und der Bruder, der sich grob und feindselig von Klim verabschiedet hatte, abgereist waren, war das Haus nicht leer geworden, doch ein paar Tage später fielen Klim plötzlich die ungläubigen Worte ein, die auf dem Fluß gesagt worden waren, als Boris Warawka ertrunken war: »Ja – ist denn ein Junge dagewesen, vielleicht war gar kein Junge da?«

Das Entsetzen, das Klim in jenen Minuten empfunden hatte, als sich die roten, anklammernden Hände aus dem Wasser reckten und auf ihn zukamen, hatte Klim fast vergessen; an die Szene von Boris' Tod erinnerte er sich immer seltener und nur wie an einen unangenehmen Traum. Doch in den Worten des skeptischen Mannes lag etwas Aufdringliches, als wollten sie als spaßige, zwinkernde Redewendung Fuß fassen: »Vielleicht war gar kein Junge da?«

Klim liebte solche Redewendungen, da er ihre schlüpfrige Zweideutigkeit unklar empfand und merkte, daß gerade sie gern für Weisheit gehalten wurden. Nachts im Bett, vor dem Einschlafen, rief er sich alles in Erinnerung, was er am Tag gehört hatte, siebte das Unverständliche und Unscheinbare wie Spreu heraus und bewahrte die größten Körner verschiedener Weisheiten sorgfältig im Gedächtnis auf, um sie bei Gelegenheit zu verwenden und seinen Ruf, ein nachdenklicher junger Mann zu sein, weiter zu festigen. Er verstand sich darauf, das Fremde so vorsichtig, so nebenher und zugleich so nachlässig zu sagen, als wäre es nur ein ganz nichtiges Teilchen der Schätze seines Verstandes. Und es gab glückhafte Minuten des Erfolgs, wenn er an diese dachte, ergötzte er sich an sich selbst mit dem gleichen Erstaunen, mit dem sich die anderen an ihm ergötzten.

Doch fast immer dachte Klim hinterher bestürzt, mit einem an böse Mutlosigkeit grenzenden Ärger an Lidija, die ihn nicht so sehen konnte oder wollte, wie die anderen ihn sahen. Sie ging tage- und wochenlang an ihm vorbei, als ob sie ihn überhaupt nicht sähe, als wäre er für sie körperlos, farblos und gar nicht vorhanden. Je mehr sie heranwuchs, ein desto sonderbareres und schwierigeres Mädchen wurde sie. Warawka lächelte ein breites, rotes Lächeln in seinen Fuchsbart und sagte: »Sie ist nach der Mutter geraten. Die war auch eine Meisterin im Erfinden. Sie erdenkt etwas – und glaubt daran.«

Das Verb »erdenken« und das Wort »Erfindung« verwendete Lidijas Vater häufiger als alle anderen Bekannten, und dieses Wort beruhigte, stärkte Klim immer. Immer, außer bei einem Vorfall mit Lidija, einem Vorfall, der in ihm ein sehr verwickeltes Gefühl zu diesem Mädchen weckte.

Im Sommer, im zweiten Jahr nach Boris' Tod, als Lidija zwölf Jahre alt geworden war, hatte Igor Turobojew sich geweigert, in der Kriegsschule zu lernen, und er mußte in eine andere nach Petersburg fahren. Und da hatte Lidija ein paar Tage vor seiner Abreise beim Frühstück ihrem Vater entschieden erklärt, sie liebe Igor, könne nicht ohne ihn leben und wolle nicht, daß er in einer anderen Stadt zur Schule gehe.

»Er muß hier wohnen und lernen«, sagte sie, mit ihren kleinen, aber kräftigen Fäustchen auf den Tisch schlagend. »Und wenn ich fünfzehn Jahre und sechs Monate alt bin, werden wir uns trauen lassen.«

»Das ist Unsinn«, sagte der Vater streng. »Ich verbiete . . .«

Lidija wollte nicht wissen, was er verbot, stand vom Tisch auf und ging fort, bevor Warawka sie zurückhalten konnte. In der Tür sagte sie noch, sich am Türpfosten festhaltend: »Das liegt in Gottes Hand . . .«

»So ein exaltiertes Mädchen«, bemerkte die Mutter, wobei sie Klim beifällig ansah – er lachte. Auch Warawka lachte auf.

Doch noch bevor sie mit dem Frühstück fertig waren, erschien Igor Turobojew, bleich, mit blauen Ringen unter den Augen, machte vor Klims Mutter korrekt einen Kratzfuß, küßte ihr die Hand, blieb vor Warawka stehen und erklärte mit tönender Stimme, er liebe Lida, könne nicht nach Petersburg fahren und bitte Warawka . . .

Warawka hörte seine Rede gar nicht bis zu Ende an, sondern begann zu lachen, wobei er seinen riesigen Körper hin und her wiegte und mit dem Stuhl knarrte; Wera Petrowna lächelte herablassend, Klim sah Igor unangenehm erstaunt an, Igor indes stand regungslos da, aber es schien, als strecke er sich immer mehr, als wüchse er. Er wartete ab, bis Warawka sich satt gelacht hatte, und sagte dann ebenso tönend: »Ich bitte Sie, meinem Papa zu sagen, daß ich mich, falls das nicht geschieht, umbringen werde. Ich bitte Sie, mir zu glauben. Papa glaubt es mir nicht.«

Ein paar Sekunden schwiegen der Mann und die Frau und wechselten Blicke, dann wies die Mutter Klim mit den Augen zur Tür; Klim zog sich verwirrt zurück, er wußte nicht, wie er sich bei diesem Vorfall verhalten sollte. Vom Fenster seines Zimmers aus sah er: Warawka führte, erbittert seinen Bart schüttelnd, Igor an der Hand auf die Straße, und dann kehrte er zusammen mit dem kleinen, schmächtigen Vater Igors zurück, einem glatzköpfigen Mann in grauer Uniformjacke und grauer Hose mit roten Streifen.

Sie gingen lange auf einem Gartenweg auf und ab, Turobojews grauer Schnurrbart zitterte ununterbrochen, er sagte etwas mit heiserer, abgehackter Stimme, Warawka gab dumpf unartikulierte Laute von sich, fuhr mit dem Taschentuch häufig über das rote Gesicht und nickte. Dann kam die Mutter und befahl Klim streng: »Es ist Zeit für dich, zu Tomilin zur Stunde zu gehen, du wirst ihm natürlich von diesen Dummheiten nichts erzählen.«

Als Klim von der Stunde zurückkehrte und Lidija aufsuchen wollte, sagte man ihm, das gehe nicht, Lidija sei in ihrem Zimmer eingesperrt. Es war ungewöhnlich langweilig und angespannt still im Hause, doch es schien Klim, als werde gleich irgend etwas mit furchtbarem Gepolter zu Boden fallen. Aber es fiel nichts. Die Mutter und Warawka waren fortgegangen, und Klim begab sich in den Garten und schaute zu Lidijas Fenster hinauf. Doch das Mädchen erschien nicht am Fenster, nur der Strubbelkopf Tanja Kulikowas tauchte ab und zu auf. Klim setzte sich auf eine Bank und saß lange da, dachte an nichts, sah nur die Gesichter Igors und Warawkas vor sich und wünschte, man möge Igor tüchtig verprügeln, Lidija indes . . . Er überlegte lange, wie man sie bestrafen sollte, und fand für das Mädchen keine Strafe, die nicht auch für ihn kränkend gewesen wäre.

Die Mutter und Warawka kehrten spät zurück, als er schon schlief. Er wurde von ihrem Lachen und dem Lärm wach, den sie im Speisezimmer machten, sie lachten, als wären sie betrunken. Warawka versuchte immer zu singen, die Mutter jedoch rief: »Doch nicht so! So doch nicht! . . .«

Dann gingen sie ins Wohnzimmer hinüber, die Mutter begann etwas Lustiges zu spielen, aber plötzlich brach die Musik ab. Klim schlummerte wieder ein, wurde durch dröhnendes Herumlaufen im oberen Stock geweckt und hörte dann ein Geschrei: »So eine verteufelte Komödie! Lidija ist nicht da. Tatjana schläft, Lidija aber ist nicht da! Verstehst du das, Wera?«

Klim sprang aus dem Bett, zog sich rasch an und lief ins Speisezimmer, aber dort war es dunkel, nur im Schlafzimmer der Mutter brannte eine Lampe. Warawka stand in der Tür und hielt sich an beiden Türpfosten wie ein Gekreuzigter, er war im Schlafrock und hatte Pantoffeln an den bloßen Füßen, die Mutter warf sich hastig den Morgenrock über.

Sie ließen Klim Dronow wecken und Lidija im Hof und im Garten suchen, wo Tanja Kulikowa bereits schuldbewußt mit gedämpfter Stimme rief: »Lida! Was sind das für Dummheiten! Liduscha!«

Klim fühlte sich ganz seltsam, diesmal schien es ihm, als nähme er an einer Erfindung teil, die unvergleichlich interessanter war als alles, was er kannte, interessanter und schrecklicher. Auch die Nacht war seltsam, es sauste ein heißer Wind, der die Bäume schüttelte und alle Gerüche durch trockenen, warmen Staub erstickte; über den Himmel krochen Wolken, die alle Augenblicke den Mond auslöschten, alles wankte, zeigte eine erschreckende Unbeständigkeit und flößte Unruhe ein. Verschlafen und erbost ging Dronow auf seinen krummen Beinen umher, stolperte, gähnte, spie aus; er hatte gestreifte Zwillichunterhosen und ein dunkles Hemd an, seine Gestalt verschwand vor dem Grund des Buschwerks, während sein Kopf wie eine Blase in der Luft schwebte.

»Sie ist wahrscheinlich zu Turobojews in den Garten gelaufen«, vermutete er.

Ja, sie war dort. Sie saß auf der Lehne einer gußeisernen Bank unter überhängenden Büschen. Das durch die Dunkelheit zerdrückte schmale Figürchen des Mädchens hatte sich formlos zusammengekrümmt, und es war etwas an ihr, das entfernt an einen großen weißen Vogel erinnerte.

»Lida!« schrie Klim auf.

»Was brüllst du wie ein Polizist«, sagte Dronow mit gedämpfter Stimme, stieß Klim grob mit der Schulter beiseite und schlug Lidija vor: »Wozu denn hier herumsitzen, kommen Sie mit nach Hause.«

Klim war empört über Dronows Grobheit, erstaunt über seine zärtliche Stimme und darüber, daß er Lidija wie eine Erwachsene siezte.

»Sie haben ihn geschlagen, ja?« fragte das Mädchen, ohne sich zu rühren, ohne Dronows ausgestreckte Hand zu ergreifen. Ihre Worte klangen gebrochen, so reden Mädchen, wenn sie sich ausgeweint haben.

»Ich bin hingefallen wie eine Blinde, als ich über den Zaun kletterte«, sagte sie aufschluchzend. »Wie eine dumme Trine. Ich kann nicht gehen . . .«

Klim und Dronow hoben sie herunter und stellten sie auf die Erde, aber sie stöhnte auf und fiel um wie eine Puppe, die Jungen konnten sie gerade noch stützen. Als sie Lidija nach Hause führten, erzählte sie ihnen, sie sei nicht beim Überklettern des Zaunes, sondern bei dem Versuch gefallen, an dem Regenrohr zu Igors Fenster hochzuklettern.

»Ich wollte wissen, was er tut . . .«

»Er schläft«, sagte Dronow.

Lidija hob die Hand zum Mund, sog das Blut unter den abgebrochenen Fingernägeln fort und verstummte.

Auf dem Hof knurrte Warawka in Schlafrock und Tatarenkäppchen die Tochter an: »Was machst du nur?«

Doch plötzlich nahm er sie erschrocken auf die Arme und hob sie hoch. »Was hast du?«

Da sagte das Mädchen mit einer Stimme, deren Klang Klim lange nicht vergessen konnte: »Ach, Papa, du verstehst das gar nicht! Das kannst du nicht . . . Du hast ja Mama nicht geliebt!«

»Pssst! Du bist wohl von Sinnen«, zischte Warawka und lief mit ihr ins Haus, wobei er einen seiner Saffianpantoffeln verlor.

»Die Ziege ist außer sich«, sagte Dronow leise und lächelte gezwungen. »Na ja, ich gehe schlafen ...«

Doch er ging nicht, sondern setzte sich auf eine Stufe des Kücheneingangs, kratzte sich an der Schulter und murmelte: »Da hat sie sich ein Spiel ausgedacht ...«

Klim schritt im Hof umher und grübelte: Sollte das alles nur Spiel und Erfindung sein? Aus einem offenen Fenster des ersten Stocks klangen die brummigen Stimmen Warawkas und der Mutter herüber; Tanja Kulikowa kam eilig die Treppe heruntergerannt.

»Macht das Tor nicht zu, ich gehe den Doktor holen«, sagte sie und lief auf die Straße.

Dronow murmelte ärgerlich und spöttisch: »Rshiga hat mich die ›Ilias‹ und die ›Odyssee‹ lesen lassen. So ein Unsinn! Die Achillesse und Patroklosse sind alle Dummköpfe. Langweilig! Die ›Odyssee‹ ist besser, da hat Odysseus alle ohne Rauferei reingelegt. Ein Spitzbube, wie für heute.«

»Klim, schlafen gehen!« rief Wera Petrowna streng aus dem Fenster. »Dronow, weck den Hausknecht und geh auch schlafen.«

Nach ein paar Tagen wurde dieser Roman in der Stadt bekannt, und die Gymnasiasten fragten Klim: »Was ist das für ein Mädchen?«

Klim antwortete zurückhaltend, er mochte nicht erzählen, Dronow jedoch schwatzte lebhaft: »Sie ist nicht hübsch, darum hat sie sich auch verliebt, eine Hübsche – Quatsch –, die verliebt sich nicht!«

Klim hörte sein Geschwätz mit Verdruß an, erwartete jedoch, daß Dronow vielleicht etwas sagen würde, was die Ungewißheit, die ihn sehr beunruhigte, beseitigen könnte.

»Ich sagte zu ihr: Du bist noch ein kleines Mädchen«, erzählte Dronow den Jungen. »Und auch ihm sagte ich das ... Na, für ihn war das natürlich interessant; es ist für jeden interessant, wenn man sich in ihn verliebt.«

Es war ärgerlich zu hören, wie Dronow log, da Samgin aber sah, daß diese Lüge Lidija zur Heldin der Gymnasiasten machte, störte er Iwan nicht. Die Jungen hörten ernst zu, und einige blickten mit jenem seltsamen Kummer um sich, der Klim bereits von den Porzellanaugen Tomilins her bekannt war.

Lidija hatte sich den Fuß verstaucht und lag elf Tage zu Bett. Auch ihre linke Hand war verbunden. Bevor Igor abreiste, führte die dicke Frau Turobojew, die keine Luft bekam und ihre Augen unheimlich aufriß, ihn zu Lidija, um sich zu verabschieden, die Verliebten umarmten sich und weinten, auch Igors Mutter brach in Tränen aus.

»Das ist lächerlich, aber schön«, sagte sie und trocknete sich mit dem Taschentuch vorsichtig die aufgerissenen Augen. »Es ist schön, weil es von gestern ist.«

Warawka knurrte finster irgendein hartes und unbekanntes Wort.

Man beruhigte die Kinder, indem man ihnen sagte: Ja, sie seien Braut und Bräutigam, das sei entschieden; sie würden getraut werden, sobald sie erwachsen seien, und bis dahin erlaube man ihnen, sich Briefe zu schreiben. Klim überzeugte sich bald davon, daß man sie betrog. Lidija schrieb täglich an Igor, übergab die Briefe Igors Mutter und wartete ungeduldig auf Antwort. Doch Klim merkte, daß Lidijas Briefe in Warawkas Hände gerieten, der las sie der Mutter vor, und beide lachten. Lidija begann wütend zu werden, worauf man ihr sagte, Igor sei in eine ganz strenge Schule gekommen, deren Leitung es den Jungen nicht einmal erlaubte, mit ihren Angehörigen in Briefwechsel zu stehen.

»Das ist wie ein Kloster«, log Warawka, Klim aber hätte Lidija am liebsten zugerufen: »Deine Briefe stecken in seiner Tasche.«

Klim sah jedoch, daß Lidija, die die Erzählungen des Vaters mit verkniffenen Lippen anhörte, ihm nicht glaubte. Sie zog an ihrem Taschentuch oder an einem Zipfel ihrer Gymnasiastinnenschürze und sah zu Boden oder zur Seite, als schämte sie sich, in das breite, blutrote, bärtige Gesicht zu sehen. Klim sagte dennoch: »Weißt du, daß sie dich betrügen?«

»Schweig!« rief Lidija, mit dem Fuß aufstampfend. »Das geht dich nichts an, nicht du wirst betrogen. Und Papa betrügt nicht; weil er aber Angst hat, daß . . .«

Sie errötete, war böse und lief fort.

Im Gymnasium galt sie als einer der ersten Wildfänge, und sie lernte nachlässig. Wie ihr Bruder trug sie viel Leben in die Spiele und, wie Klim aus Klagen über sie wußte, viel irgendwie Launisches, Fragendes und sogar Böswilliges. Sie war noch frommer geworden, besuchte eifrig den Gottesdienst, und in Minuten der Nachdenklichkeit betrachteten ihre schwarzen Augen alles mit einem so durchdringenden Blick, daß Klim ihr gegenüber schüchtern wurde.

Zu ihm verhielt sie sich fast ebenso geringschätzig und spöttisch wie zu allen anderen Jungen, und schon schlug nicht mehr sie Klim, sondern er ihr vor: »Wollen wir ein Stück gehen und was erzählen?«

Sie erklärte sich selten und nicht besonders gern dazu bereit und erzählte Klim schon nicht mehr von Gott, den Katzen, von Freundinnen, sondern hörte nachdenklich seine Berichte vom Gymnasium, seine Meinung über Lehrer und Jungen und über die von ihm gelesenen Bücher an. Als Klim ihr die Neuigkeit verkündete, daß er nicht an Gott glaube, sagte sie geringschätzig: »Das ist Dummheit. Wir haben auch ein Mädchen in der Klasse, die sagt, daß sie nicht glaubt, aber das kommt daher, weil sie bucklig ist.«

Drei Jahre lang kam Igor Turobojew kein einziges Mal in den Ferien heim. Lidija schwieg über ihn. Als Klim jedoch versuchte, mit ihr über den untreuen Geliebten zu sprechen, bemerkte sie kühl: »Über Liebe kann man nur mit einem Menschen reden . . .«

Mit fünfzehn Jahren war Lidija in die Höhe geschossen, aber sie war noch immer schmal und leicht und hatte ihren federnden Gang behalten. Sie war eckig geworden, an ihren Schultern und Hüften ragten die Knochen hervor, und obwohl sich die Brüste schon scharf abzeichneten, waren sie spitz wie Ellenbogen und stachen Klim unangenehm in die Augen; die Nase hatte sich zugespitzt, die dichten und strengen Brauen waren dunkler, die dicken Lippen indes erregend rot geworden. Ihr Gesicht war Klim gut bekannt, um so mehr wunderte er sich beunruhigt, als er sah, daß hinter den Zügen dieses Gesichtes, die er sich eingeprägt hatte, geheimnisvoll ein anderes, ihm fremdes Gesicht erschien. Von Zeit zu Zeit war es so deutlich sichtbar, daß Klim nahe daran war, das Mädchen zu fragen: »Sind Sie das?«

Manchmal fragte er: »Was hast du?«

»Nichts«, antwortete sie mit leichtem Erstaunen. »Wieso?«

»Ihr Gesicht hat sich verändert.«

»Ja? Wie denn?«

Auf diese Frage wußte er nicht zu antworten. Er siezte sie bisweilen, ohne es zu merken, und sie merkte es auch nicht.

Besonders verwirrte ihn der Blick ihres verborgenen Gesichts, er verwandelte sie in eine Fremde. Dieser scharfe und durchdringende Blick erwartete, suchte, ja forderte sogar irgend etwas, und plötzlich wurde er geringschätzig und stieß kühl zurück. Es war sonderbar, daß sie alle ihre Katzen davongejagt hatte und daß sich überhaupt in ihrem Verhalten zu Tieren ein krankhafter Ekel zeigte. Wenn sie ein Pferd wiehern hörte, fuhr sie zusammen, verzog das Gesicht und hüllte ihre Brust fest in den Schal; Hunde erweckten bei ihr Widerwillen; sogar Hähne und Tauben waren ihr offenkundig unangenehm.

Auch ihre Gedanken waren jetzt ebenso scharf umrissen, ebenso eckig wie ihr Körper.

»Lernen ist langweilig«, sagte sie. »Wozu muß ich denn wissen, was ich selber nicht machen kann oder was ich nie sehen werde?«

Einmal sagte sie zu Klim: »Du weißt viel. Das muß doch sehr unbequem sein.«

Tanja Kulikowa, die Haushälterin Warawkas, die allem auf der Welt wohlwollend und ergeben zulächelte, sprach von Lidija wie Klims Mutter von ihrem üppigen Haar: »Meine Qual.«

Doch sie sagte es ohne Ärger, zärtlich und liebevoll. An ihren Schläfen zeigten sich graue Haare und in ihrem zerknitterten Gesicht das Lächeln eines Menschen, der begreift, daß er unglücklich, zur Unzeit geboren ist, niemanden interessiert und an alldem in sehr hohem Maße selbst schuld ist.

In dem Seitengebäude war der fröhliche Schriftsteller Nestor Nikolajewitsch Katin mit seiner Frau, deren Schwester und einem schlappohrigen Hund eingezogen, den er »Traum« nannte. Der richtige Familienname des Schriftstellers war Pimow, aber er hatte ein Pseudonym gewählt und erklärte das scherzhaft folgendermaßen: »Man sagt ja bei uns nicht Nestor, sondern Nester, und so hätte ich meine Erzählungen mit dem Namen Nesterpimow unterzeichnen müssen. Fürchterlich. Zudem sind jetzt Pseudonyme nach dem Vornamen der Ehefrau Mode: Werin, Walin, Saschin, Maschin . . .«

Er war ein zottiges Männlein, trug ein gekräuseltes Kinnbärtchen, sein Hals war mit geringeltem schwarzem Haar umsäumt, und sogar auf den Handrücken und auf den Fingergelenken wuchsen Büschel dunklen Haares. Als lebhafter, sehr beweglicher, sogar etwas allzu geschäftiger Mensch und unermüdlicher Schwätzer erinnerte er Klim an den Vater. In seinem behaarten Gesicht funkelten lebhaft kleine Äugelchen, aber Klim hegte irgendwie den Verdacht, dieser Mann wolle lustiger scheinen, als er war. Wenn er sprach, neigte er den Kopf zur linken Schulter, als lausche er seinen eigenen Worten, und seine Ohrmuschel zitterte ein wenig.

Er gebrauchte kirchenslawische Wörter wie: sintemal, dieweil und so weiter; dadurch wollte er offensichlich, wenn auch mit wenig Erfolg, die Leute zum Lachen bringen. Er erzählte begeistert von der Schönheit der Wälder und Felder, vom patriarchalischen Wesen des Dorflebens, von der Zähigkeit der Bäuerinnen und dem Verstand der Bauern, von der schlichten, weisen Seele des Volkes und davon, wie die Stadt diese Seele vergiftet. Er mußte seinen Zuhörern oft ihnen unbekannte Worte erklären und verkündete nicht ohne Stolz: »Ich kenne die Volkssprache besser als Gleb Uspenskij, er verwechselt Bäuerliches und Kleinbürgerliches, mich aber ertappt man nicht bei so etwas, o nein!«

Nestor Katin trug ein Russenhemd, das mit einem schmalen Riemen umgürtet war, steckte die Hosenbeine in die Stiefelschäfte und ließ sich das Haar rundum scharf abgesetzt »à la Muschik« schneiden: er ähnelte einem Handwerker, der gut verdient und gern ein lustiges Leben führt. Fast jeden Abend kamen zu ihm ernste, nachdenkliche Leute. Sie schienen Klim alle sehr stolz und über irgend etwas gekränkt. Sie tranken Tee und Wodka und aßen dazu Salzgurken, Wurst und eingelegte Pilze, der Schriftsteller schrumpfte zusammen und entfaltete sich wieder, lief im Zimmer umher und redete: »Ja, ja, Stjopa, die Literatur hat sich vom Leben gelöst, sie verrät das Volk; man schreibt jetzt niedliche Nichtigkeiten zum Vergnügen der Satten; der Spürsinn nach der Wahrheit ist verlorengegangen . . .«

Stjopa, ein breitschultriger, graubärtiger, blauäugiger Mann, saß immer abseits von den anderen, rührte melancholisch mit dem Löffel im Teeglas und schwieg, beifällig mit dem Kopfe wackelnd, eine Stunde, zwei Stunden. Dann jedoch sprach er plötzlich gemessen, mit matter Stimme von den Bedürfnissen der Volksseele, den Pflichten der Intelligenz und besonders viel von dem Verrat der Kinder an dem heiligen Vermächtnis der Väter. Klim bemerkte, daß der Kenner der Intelligenzpflichten nie das Weiche des Brotes aß, sondern nur die Rinde, daß er Tabakrauch nicht mochte und daß er mit unverhohlenem Widerwillen und gleichsam nur pflichtgemäß Wodka trank.

»Du hast recht, Nestor, man vergißt, daß das Volk die Substanz, das heißt der Urgrund ist, und man stellt jetzt die Lehre von den Klassen in den Vordergrund, eine deutsche Lehre, hm . . .«

Makarow fand, an diesem Menschen sei etwas, das an eine Amme erinnere, er wiederholte das so oft, daß es auch Klim bald schien: Ja, Stjopa hatte ungeachtet seines Bartes eine gewisse Ähnlichkeit mit einem starkbrüstigen Weib, dessen Pflicht darin besteht, mit ihrer Milch fremde Kinder zu stillen.

Sonntags versammelte sich bei Katin die Jugend, und dann traten Gesang und Tanz an die Stelle der ernsten Gespräche über das Volk. Der blatternarbige Absolvent des Priesterseminars Saburow, der seine Arme langsam in der verqualmten Luft ausbreitete, schwamm irgendwie im Stehen und erteilte in angenehmem Bariton den inständigen Rat: »Komm an die Wo-o-lga . . .«

»Wessen Stöhnen . . .«, fiel der Chor nicht sehr harmonisch ein. Die Erwachsenen sangen feierlich, reumütig, der schrille Tenor des Schriftstellers klang scharf, das langsame Lied hatte etwas Kirchliches, Totenmessenhaftes. Fast immer wurde nach dem Singen geräuschvoll Quadrille getanzt, und den meisten Lärm machte der Schriftsteller, der zugleich Kapelle und Tanzordner war. Mit seinen kurzen, dicken Beinen aufstampfend, spielte er geschickt auf einer kleinen, billigen Ziehharmonika und kommandierte verwegen: »Kavaliere zwischen den Damen durch! Die eigene lassen, die fremde fassen!«

Das brachte alle zum Lachen, und der Schriftsteller, der noch mehr in Feuer geriet, sang zur Harmonika im Takt der Quadrille:

»Hin zum Haus die Kinder springen,
Ziehn den Vater an der Hand.
›Vater, unsre Netze fingen
Einen Toten! Komm zum Strand!‹«

Warawka nannte diese Belustigung ärgerlich »Fischquadrille«.

Klim schien es, als amüsiere sich der Schriftsteller mit großer Anstrengung und sogar verzweifelt; er hüpfte, zappelte und schwitzte. Wenn er den verwegenen Mann spielte und Worte schrie, die gar nicht zu ihm paßten, war er ehrlich bemüht, die Tanzenden zum Lachen zu bringen, und sobald er das erreicht hatte, seufzte er erleichtert: »Hu!«

Dann ulkte er von neuem mit albernen Worten und komischen Sprüngen herum und zwinkerte seiner Frau zu, die selbstvergessen mit einem schlaftrunkenen Lächeln auf dem Puppengesicht eine Quadrillenfigur ausführte.

»Ach, du Mollige!« rief er ihr zu.

Seine Frau, rundlich, rosig und schwanger, war unbegrenzt freundlich zu allen. Mit kleinem, aber liebem Stimmchen sang sie zusammen mit ihrer Schwester ukrainische Lieder. Die Schwester, schweigsam, mit langer Nase, lebte mit geschlossenen Augen, als fürchte sie, etwas Erschreckendes zu sehen, sie schenkte schweigend sorgfältig Tee ein, reichte den Imbiß, und nur ab und zu hörte Klim ihre tiefe Stimme: »Das – ja!« Oder: »Das ist kaum zu glauben.«

Sie brachte selten etwas anderes heraus als diese zwei Sätze.

Klim fühlte sich nicht schlecht bei den unterhaltsamen und für ihn neuen Menschen in dem hell und lustig tapezierten Zimmer. Alles rundum war unordentlich wie bei Warawka, aber niedlich. Ab und zu erschien Tomilin, er schritt langsam, feierlichen Schrittes durch den Hof, ohne die Fenster der Samgins anzublicken; wenn er bei dem Schriftsteller eingetreten war, drückte er jedem wortlos die Hand und setzte sich in die Ecke neben den Ofen, neigte den Kopf und hörte sich die Debatten und Lieder an. Hastig kam Tanja Kulikowa hereingelaufen; ihr unbedeutendes, schwer einprägsames Gesicht verdunkelte sich beim Anblick Tomilins, wie Fayenceteller vom Alter dunkel werden.

»Wie geht es Ihnen?« fragte sie.

»Es geht«, antwortete Tomilin leise und anscheinend ärgerlich.

Zwei- bis dreimal kam auch Warawka, sah und hörte ein wenig zu, daheim jedoch sagte er zu Klim und der Tochter mit einer wegwerfenden Handbewegung: »Die übliche russische Kwaßbrauerei. Eine Jahrmarktsbude, in der aus der Mode gekommene Kunststücke gezeigt werden.«

Klim fand das treffend gesagt, und seitdem schien es ihm, als wäre all das, wovon man vor zehn Jahren im Hause Aufhebens gemacht hatte, von dort in den Seitenbau gefegt worden. Dennoch begriff er, daß es für ihn nützlich war, bei dem Schriftsteller zu verkehren, wenn er sich auch manchmal langweilte. Einiges ähnelte dem Gymnasium, nur mit dem Unterschied, daß sich hier die Lehrer nicht aufregten, die Schüler nicht anschrien, sondern die Wahrheit mit unanfechtbarem und glühendem Glauben an ihre Kraft lehrten. Dieser Glaube klang fast in jedem Wort, und obwohl Klim sich von ihm nicht hinreißen ließ, trug er doch aus dem Seitengebäude nicht nur etliche Gedanken und treffende Ausdrücke davon, sondern noch etwas, das ihm nicht ganz klar war, dessen er aber bedurfte; er betrachtete es als Menschenkenntnis.

Makarow trank aufmerksam Wodka, aß knirschende Salzgurken dazu und flüsterte Klim zuweilen etwas Boshaftes ins Ohr: »Das Vermächtnis der Väter! Mein Vater hat mir vermacht: Lerne ordentlich, du Halunke, sonst setze ich dich auf die Straße, dann kannst du unter die Barfüßler gehen. Na, so lerne ich denn. Doch glaube ich nicht, daß man hier etwas lernen kann.«

Man bemühte sich um die jungen Leute, aber das war ihnen lästig. Makarow, Ljuba Somowa, sogar Klim saßen schweigend und bedrückt da, und Ljuba bemerkte einmal seufzend: »Sie sprechen so, als ob ich bei starkem Regen unter einem Schirm ginge und nicht hören könnte, was ich denke.«

Nur Iwan Dronow stellte fordernd und übermäßig kreischend Fragen nach der Intelligenz, nach der Bedeutung der Persönlichkeit im Verlauf der Geschichte. Sachverständiger in diesen Fragen war jener Mann, der einer Amme glich; von allen Freunden des Schriftstellers schien er Klim der am tiefsten Gekränkte.

Bevor er eine Frage beantwortete, betrachtete dieser Mann alle im Zimmer mit seinen hellen Augen, räusperte sich vorsichtig, beugte sich vor und streckte den Hals, wobei sich hinter seinem linken Ohr eine kahle, knochige Beule vom Ausmaß einer kleinen Kartoffel zeigte.

»Das ist eine Frage von sehr tiefer, allgemeinmenschlicher Bedeutung«, begann er mit hoher, etwas müder und matter Stimme; der Schriftsteller Katin hob vorbeugend die Hand und die Brauen und betrachtete ebenfalls alle mit einem Blick, der ausdrucksvoll kommandierte: »Achtung! Stillgestanden!«

»Doch nirgends in der Welt wird diese Frage mit einer solchen Schärfe gestellt wie bei uns, in Rußland, denn bei uns gibt es eine Kategorie von Menschen, die selbst der hochkultivierte Westen nicht hervorbringen konnte – ich meine die russische Intelligenz, jene Menschen, deren Los Gefängnis, Verbannung, Zuchthaus, Folter, Galgen ist«, sagte dieser Mann bedächtig, und im Ton seiner Rede spürte Klim stets etwas Sonderbares, als suchte der Redner nicht zu überzeugen, sondern rede hoffnungslos. Die Worte Zuchthaus, Folter, Galgen gebrauchte er so häufig und einfach, als wären es gewöhnliche, gängige Ausdrücke; Klim gewöhnte sich daran, sie zu hören, ohne den furchtbaren Inhalt dieser Worte zu empfinden. Makarow, der alle immer skeptischer anblickte, flüsterte: »Er redet, als wäre das alles dreihundert Jahre vor uns gewesen. Die Milch der Amme ist sauer geworden.«

Aus der Ecke sah Tomilin aufmerksam, mit weißen Augen die Amme an und fragte ab und zu halblaut: »Sie beschuldigen Marx, die Persönlichkeit aus der Geschichte gestrichen zu haben, aber hat denn nicht Lew Tolstoi, der als Anarchist gilt, in ›Krieg und Frieden‹ das gleiche getan?«

Man hatte Tomilin auch hier nicht gern. Man antwortete ihm karg, nachlässig. Klim fand, daß das dem rothaarigen Lehrer gefiel und er absichtlich alle reizte. Einmal warf der Schriftsteller Katin, nachdem er einen Artikel irgendeiner Zeitschrift heruntergemacht hatte, die Zeitschrift auf das Fensterbrett, doch der Band fiel zu Boden; Tomilin sagte: »Sehen Sie, eine Ikone hätten Sie, ein Ungläubiger, nicht so hingeschmissen, ein Buch hat aber doch mehr Seele als eine Ikone.«

»Seele?« fragte der Schriftsteller bestürzt und aufgebracht und fügte unbeholfen, aber noch aufgebrachter hinzu: »Was hat die Seele damit zu tun? Das ist ein publizistischer Artikel, der auf Daten der Statistik beruht. Seele!«

Der Schriftsteller war ein leidenschaftlicher Jäger und begeisterte sich gern für die Natur. Blinzelnd, lächelnd, seine Worte mit einer Menge kleiner Gesten untermalend, erzählte er von keuschen Birklein, von der nachdenklichen Stille der Waldschluchten, von den bescheidenen Blumen der Felder und dem klingenden Singen der Vögel, er erzählte davon so, als hätte er das alles als erster gesehen und gehört. Er bewegte die Hände in der Luft wie ein Fisch die Flossen und sagte voll Rührung: »Und überall ist unbesiegbares Leben, alles strebt, das Gesetz der Schwerkraft durchbrechend, nach oben, zum Himmel.«

Tomilin rieb sich die Hände und fragte: »Wie kommt es, daß Sie, der Sie so beredt Ihre Liebe zum Lebendigen bekunden, nur aus Freude am Töten Hasen und Vögel umbringen? Wie läßt sich das vereinbaren?«

Der Schriftsteller wandte sich ihm halb zu und sagte brummig: »Turgenjew und Nekrassow sind auch auf Jagd gegangen. Auch Lew Tolstoi in seiner Jugend, und überhaupt – viele. Sie sind Tolstojaner, was?«

Tomilin lächelte und rief bei Klim ein verständnisvolles Lächeln hervor; für ihn wurde dieser unabhängige Mensch immer lehrreicher, der ruhig und eigensinnig, ohne jemandem beizupflichten, treffende Worte zu sagen verstand, die sich gut dem Gedächtnis einprägten. Krampfhaft mit den Händen fuchtelnd, mehr und mehr errötend, erzählte der Schriftsteller die russische Geschichte, die er als schwere und endlose Kette lächerlicher, gemeiner und dummer Anekdoten darstellte. Über das Lächerliche und Dumme lachte er selbst als erster, und wenn er von den gemeinen Grausamkeiten der Zarenmacht sprach, drückte er die Faust an seine Brust und fuhr sich über das Herz. Es war immer peinlich, zu sehen, daß er nach seiner flammenden Rede ein Gläschen Wodka leerte und dazu ein dick mit Senf bestrichenes Stückchen Brotrinde aß.

»Lesen Sie die ›Geschichte der Stadt Glupow‹ – das ist die wahre und ehrliche Geschichte Rußlands«, mahnte er.

Makarow hörte die Reden des Schriftstellers, ohne ihn anzusehen, die Lippen verkniffen, und sagte danach zu seinem Kameraden: »Was brüstet er sich damit, daß er unter Polizeiaufsicht lebt? Als wäre das eine Eins in Betragen.«

Ein andermal, als er beobachtete, wie der Schriftsteller sich wand und krümmte, sagte er zu Lidija: »Sehen Sie, mit welchen Mühen die Wahrheit geboren wird?«

Lidija verzog das Gesicht und rückte von ihm ab.

Sie war selten im Seitenbau, gleich nach dem ersten Besuch, bei dem sie den ganzen Abend neben der freundlichen und stummen Frau des Schriftstellers gesessen hatte, erklärte sie befremdet: »Warum schreien sie so? Man hat den Eindruck, als würden sie gleich aufeinander losschlagen, doch dann setzen sie sich an den Tisch, trinken Tee und Wodka und schlucken Pilze . . . Die Frau des Schriftstellers streichelte mir fortwährend den Rücken, als ob ich eine Katze wäre.«

Lidija fuhr auf, runzelte die Stirn und fügte fast mit Ekel hinzu: »Und dann der Bauch bei ihr . . . ich vertrage keine schwangeren Frauen!«

»Ihr alle seid böse!« rief Ljuba Somowa. »Mir gefallen diese Leute; sie sind wie die Köche in der Küche vor einem großen Fest – vor Ostern oder vor Weihnachten.«

Klim warf einen mißbilligenden Blick auf das häßliche Mädchen, er merkte in letzter Zeit, daß Ljuba klüger wurde, und das war irgendwie unangenehm. Doch gefiel es ihm sehr, zu beobachten, daß Dronow weniger selbstsicher wurde und daß sich Niedergeschlagenheit in seinem abgemagerten, besorgten Gesicht zeigte. Seinen kreischenden Fragen mischte sich jetzt ein Ton von Gereiztheit bei, und er lachte zu lange und laut, als Makarow ihm einmal etwas erklärte und dabei scherzte: »Na, Iwan, fühlst du, wie die Wissenschaft am Jüngling zehrt?«

»Dennoch, Freunde, was ist denn die Intelligenz?« forschte er.

Klim dozierte mit den Worten Tomilins: »Intelligenz – das sind die Besten des Landes, Leute, die alles Schlechte im Land verantworten müssen . . .«

Makarow griff das sogleich auf: »Das sind also jene Gerechten, derentwegen Gott bereit war, Sodom, Gomorrha oder irgend etwas anderes, Verdorbenes zu verschonen? Das ist keine Rolle für mich . . . Nein.«

Gut gesagt, dachte Klim, und um das letzte Wort zu behalten, erinnerte er sich der Worte Warawkas. »Es gibt noch einen anderen Gesichtspunkt: Der Intellektuelle ist ein hochqualifizierter Arbeiter – und nichts weiter.«

Doch auch hier erriet es Makarow. »Das hört sich nach Warawka an.«

Das Gefühl heimlicher Feindseligkeit gegen Makarow wuchs in Klim. Makarow sah, laut und frech vor sich hin pfeifend, alles mit den Augen eines Menschen an, der eben aus einer großen Stadt in eine kleine gekommen ist, wo es ihm nicht gefällt. Er sagte oft und mühelos Sätze und Worte, die nicht weniger interessant waren als die von Warawka und Tomilin. Klim war eifrig bemüht, in sich die Fähigkeit zu entwickeln, eigene Worte zu schaffen, aber er empfand fast immer, daß seine Worte wie ein fernes Echo von fremden klangen. Es wiederholte sich das gleiche wie bei den Büchern: Was Klim über Gelesenes erzählte, war genau und ausführlich, aber das Markante ging verloren. Makarow hingegen wußte sogar auch Fremdes zur rechten Zeit und geschickt zu sagen.

Eines Tages ging er mit Makarow und Lidija zu einem Klavierkonzert. Aus der Tür des Gouverneurpalastes führten zwei Gecken feierlich die widerlich dicke alte Gouverneurin heraus und hoben sie nicht besonders geschickt, mit vieler Mühe in den Wagen.

Makarow seufzte und sagte zu Lidija: »Puschkin hat recht: ›Die Wonne, von den Frauen beachtet zu werden, ist fast das einzige Ziel unserer Bemühungen.‹«

Lidija lächelte vorsichtig oder widerstrebend, während Klim wieder fühlte, wie ihn der Neid stach.

Ihn erregten die undurchsichtigen Beziehungen zwischen Lidija und Makarow, hier gab es etwas Verdächtiges; Makarow, verwöhnt durch die Aufmerksamkeit der Gymnasiastinnen, betrachtete Lidija mit einem ihm nicht eigenen Ernst, obwohl er mit ihr ebenso spöttisch sprach wie mit seinen Verehrerinnen, Lidija indes betonte offen und zuweilen sehr schroff, daß Makarow ihr unangenehm sei. Zugleich merkte Klim Samgin jedoch, daß ihre zufälligen Begegnungen immer häufiger wurden, es kam ihm sogar der Gedanke: Sie besuchen auch das Seitengebäude des Schriftstellers nur, um sich zu sehen.

Besonders bestärkte ihn darin ein sonderbarer Vorfall im Stadtpark. Er saß mit Lidija auf einer Bank in einer Allee alter Linden; die struppige Sonne versank in einem Chaos bläulicher Wolken, deren schwere Pracht sie mit ihrer purpurnen Glut entflammte. Auf dem Fluß tanzten kupferrote Glanzlichter, es rötete sich der Rauch einer Fabrik jenseits des Flusses, grell wie lichtrotes Gold erglühten die Scheiben eines Kioskes, in dem Eis verkauft wurde. Eine herbstliche, traurige Kühle streichelte Samgins Wangen.

Klim fühlte sich unbehaglich, verwirrt; der in Farben getauchte Fluß erinnerte ihn an Boris' Tod, in seinem Gedächtnis erklangen aufdringlich die Worte: Ja – ist denn ein Junge dagewesen? Vielleicht war gar kein Junge da?

Er wollte Lidija so gern etwas Bedeutsames und Angenehmes sagen, er hatte es schon ein paarmal versucht, aber es war ihm nicht gelungen, das Mädchen aus ihrer tiefen Nachdenklichkeit herauszubringen. Ihre schwarzen Augen schauten unablässig auf den Fluß, auf die purpurnen Wolken. Klim fiel irgendwie eine Legende ein, die Makarow ihm erzählt hatte.

»Weißt du«, fragte er, »daß Clemens von Alexandrien behauptete, die Engel wären vom Himmel herabgestiegen und hätten mit Menschentöchtern Romane gehabt?«

Ohne den Blick von der Ferne abzuwenden, sagte Lidija gleichgültig und leise: »Das Kompliment eines Heiligen ist nicht viel wert, meine ich . . .«

Ihre Gleichgültigkeit machte Klim verlegen, er verstummte und machte sich Gedanken: Warum verwirrte dieses häßliche, launische Mädchen ihn so oft? Nur sie verwirrte ihn.

Plötzlich erschien Makarow in zerschlissenem Mantel, die Mütze in den Nacken geschoben, mit abgetretenen Stiefeln. Er sah aus wie ein Mensch, der eben irgendwo davongelaufen, der sehr müde und dem jetzt alles gleichgültig ist.

Er verläßt sich auf seine freche Fratze, dachte Klim.

Nachdem Makarow dem Kameraden schweigend die Hand gegeben hatte, fuhr er kurz damit durch die Luft und erwies Lidija unerwartet, doch nicht lächerlich, die Ehre, indem er die Hand militärisch an die Mütze legte. Er zündete sich eine Zigarette an und fragte dann Lidija, mit einem Kopfruck auf die Glut des Sonnenuntergangs deutend: »Schön?«

»Wie gewöhnlich«, entgegnete sie, stand auf und ging fort mit den Worten: »Ich gehe zu Alina . . .«

Sie hatte sich mit ihrem federnden Gang etwa zwanzig Schritte entfernt. Makarow sagte halblaut: »Wie dünn sie ist. Wie eine Nadel. Sonderbarer Familienname – Warawka . . .«

Auf einmal machte Lidija schroff kehrt und setzte sich erneut auf die Bank, direkt neben Klim.

»Ich habe es mir anders überlegt.«

Makarow rückte die Mütze zurecht, lächelte, krümmte den Rükken.

Und nun begann etwas, das Klim sehr peinlich überraschte: Makarow und Lidija fingen zu reden an, als hätten sie sich heftig gezankt und freuten sich über die Gelegenheit, sich noch einmal zu zanken. Sie sahen sich zornig an und sprachen, ohne die Absicht zu verbergen, einander zu verletzen, zu beleidigen.

»Schön ist das, was mir gefällt«, sagte Lidija hochmütig, worauf Makarow spöttisch entgegnete: »Was Sie nicht sagen! Ist das nicht ein bißchen wenig?«

»Zum Schönsein genügt das vollkommen.«

Klim, der zwischen ihnen saß, sagte: »Spencer definiert die Schönheit . . .«

Aber sie hörten ihn nicht. Sie fielen sich gegenseitig ins Wort und stießen ihn dabei. Makarow, der die Mütze abgenommen hatte, schlug Klim zweimal mit dem Mützenschirm schmerzhaft aufs Knie. Sein zweifarbiges Büschelhaar hatte sich aufgerichtet und verlieh seinem höckernasigen Gesicht einen Klim unbekannten, fast raubgierigen Ausdruck. Lidija zerrte an Klims Mantelärmel und zeigte die Zähne in einem bösen Lächeln. Auf ihren Wangen entbrannten rote Flecken, ihre Ohren waren auch rot angelaufen, die Hände zitterten. Klim hatte sie noch nie so böse gesehen.

Er fühlte sich in der erniedrigenden Lage eines Menschen, der übersehen wird. Ein paarmal schon wollte er aufstehen und fortgehen, blieb aber sitzen und hörte Lidija erstaunt zu. Sie las ungern Bücher – woher wußte sie das, wovon sie sprach? Sie war überhaupt wortkarg, vermied Auseinandersetzungen, und nur mit der üppigen Schönheit Alina Telepnjowa und mit Ljuba Somowa plauderte sie stundenlang, wobei sie ihnen halblaut und mit angewidert verzogenem Gesicht von irgend etwas wahrscheinlich Geheimnisvollem erzählte. Ihr Verhalten zu den Gymnasiasten war ebenfalls voll Abscheu, und sie machte kein Hehl daraus. Klim schien es, sie hielt sich für zehn Jahre älter als ihre Altersgenossen. Mit Makarow jedoch, der sich nach Klims Ansicht unverschämt gegen sie verhielt, stritt sie sich mit einer an Wut grenzenden Erregung, wie man mit einem Menschen streitet, der bezwungen und erniedrigt werden muß.

»Es wird Zeit zum Heimgehen, Lida«, sagte er und brachte sich ungehalten in Erinnerung.

Lidija erhob sich sofort und richtete sich kampflustig auf.

»Es mißlingt Ihnen, den Originellen zu spielen, Makarow«, sagte sie hastig, aber wohl etwas weicher.

Makarow hatte sich ebenfalls erhoben, er verneigte sich und streckte die Hand mit der Mütze zur Seite, wie es schlechte Schauspieler tun, wenn sie einen französischen Marquis spielen.

Als Antwort zog das Mädchen die Brauen hoch und entfernte sich rasch, wobei sie sich bei Klim einhakte.

»Warum bist du so zornig geworden?« fragte er. Sie ordnete das Haar, das über das Ohr gefallen war, und sagte empört: »Ich kann solche ... wie nennt man sie doch? ... solche Nihilisten nicht ausstehen. Er spielt sich auf, er raucht ... Sein Haar ist scheckig, seine Nase krumm ... Er soll ein sehr schmieriger Bengel sein?«

Doch ohne eine Antwort abzuwarten, hob sie gleich die Vorzüge des abfällig Beurteilten hervor.

»Schlittschuh läuft er großartig.«

Nach diesem Vorfall empfand Klim so etwas wie Achtung vor diesem Mädchen, vor ihrem Verstand, den er unerwartet entdeckt hatte. Dieses Gefühl wurde gesteigert durch die kleinen Stöße, die Lidija ihm durch ihr Mißtrauen, durch die Nachlässigkeit versetzte, mit der sie ihm zuhörte. Ab und zu dachte er ängstlich, Lidija könnte ihn bei irgend etwas ertappen, ihn irgendwie bloßstellen. Es war ihm schon längst aufgefallen, daß die Altersgenossen gefährlicher waren als die Erwachsenen, sie waren schlauer, mißtrauischer, während der Eigendünkel der Erwachsenen unerklärlicherweise mit Naivität verbunden war.

Doch obwohl er vor Lidija Angst hatte, empfand er keine Feindseligkeit gegen sie, im Gegenteil, das Mädchen erweckte in ihm den Wunsch, ihr zu gefallen, ihr Mißtrauen zu überwinden. Er wußte, daß er in sie nicht verliebt war, und erfand nichts in dieser Hinsicht. Er war noch frei von dem Wunsch, jungen Mädchen den Hof zu machen, und sexuelle Emotionen beunruhigten ihn nicht sehr. Die üblichen zahlreichen Romane, die Gymnasiasten mit Gymnasiastinnen hatten, riefen bei ihm nur ein herablassendes Lächeln hervor; für sich hielt er einen solchen Roman für unmöglich, denn er war überzeugt, daß ein junger Mann, der eine Brille trägt und ernste Bücher liest, in der Rolle eines Verliebten lächerlich sein muß. Er hörte sogar auf zu tanzen, da er fand, Tänze seien unter seiner Würde. Den bekannten jungen Mädchen gegenüber verhielt er sich trocken, mit kühler Höflichkeit, die er von Igor Turobojew übernommen hatte, und als Alina Telepnjowa begeistert erzählte, wie Ljuba Somowa und der Telegraphist Inokow sich auf der Eisbahn geküßt hatten, schwieg Klim aufgeblasen, da er fürchtete, man könnte ihn der Neugier für Romanbagatellen verdächtigen. Um so bestürzter war er, als er sich verliebt fühlte.

Das begann, als Klim Samgin sich eines Tages zum Unterricht verspätet hatte, hastig durch die dichte Trübe eines Februar-Schneesturms dahinschritt und plötzlich, nicht weit von dem gelben Gebäude des Gymnasiums, auf Dronow stieß – Iwan stand auf dem Bürgersteig, hielt mit der einen Hand den Riemen des über den Rükken geworfenen Schulranzens und ließ die andere mit der Mütze herunterhängen.

»Man hat mich ausgeschlossen«, murmelte er. Auf seinem Kopf, auf seinem Gesicht zerging der Schnee, und es schien, als sickerten aus der Haut seines ganzen Gesichts, von der Stirn bis zum Kinn, Tränen.

»Weswegen?« fragte Klim.

»Diese Schufte.«

Klim riet ihm: »Setz die Mütze auf.«

Iwan hob langsam die Hand, als wäre die Mütze aus Eisen; sie war vollgeschneit, er setzte sie so, mit dem Schnee darin, auf, nahm sie aber nach einer Minute wieder ab, schüttelte sie und machte sich auf den Weg, wobei er mit stockender Stimme sagte: »Das war Rshiga. Und der Pope. Schädlicher Einfluß angeblich. Und überhaupt – sagt er – bist du, Dronow, eine zufällige und unerwünschte Erscheinung im Gymnasium. Sechs Jahre haben sie mich unterrichtet – und nun ... Tomilin beweist, daß alle Menschen auf Erden eine zufällige Erscheinung sind.«

Klim schritt Schulter an Schulter mit Dronow nach Hause und hörte ihm aufmerksam zu, wunderte sich aber nicht, empfand kein Mitleid, während Dronow immerzu murmelte, nur mit Mühe Worte fand, sie aus sich herauskratzte.

»Erledigt haben sie mich, diese Schufte! Schädlicher Einfluß! Ganz einfach – Rshiga hat mich erwischt, als ich mich mit Margarita küßte.«

»Mit ihr?« fragte Klim dazwischen, seine Schritte verlangsamend.

»Na ja ... Er selber aber, Rshiga ...«

Doch Klim hörte schon nicht mehr zu, jetzt war er erstaunt, sowohl unangenehm als auch feindselig. Er erinnerte sich an Margarita, die Näherin mit dem runden, blassen Gesicht, mit dichten Schatten in den Höhlen der tiefliegenden Augen. Sie hatte Augen von unbestimmter gelblicher Farbe, einen etwas schläfrigen, müden Blick, sie war wohl schon an die dreißig. Sie nähte und flickte die Wäsche der Mutter, Warawkas und seine; sie ging in die Häuser.

Es war kränkend, zu erfahren, daß Dronow ihn auch im Umgang mit Frauen bereits überflügelt hatte.

»Wie ist denn das mit ihr?« fragte Klim und stockte, da er nicht wußte, wie er das weitere sagen sollte.

»Wenn sie mir nur kein Wolfsbillett ausstellen«, brummte Dronow.

»Erlaubt sie es dir?«

»Wer?«

»Margarita.«

Dronow ruckte mit der Schulter, als stieße er jemanden fort, und sagte: »Na, welches Weibsbild erlaubt es denn nicht?«

»Hast du es schon lange mit ihr?« forschte Klim.

»Ach, laß mich«, sagte Dronow, bog scharf um die Ecke und verschwand sofort im weißen Schneegestöber.

Klim ging nach Hause. Er wollte nicht glauben, daß diese bescheidene Näherin Dronow gern geküßt haben konnte, glaubwürdiger war, daß er sie gewaltsam geküßt hatte. Und natürlich – mit Gier. Klim zuckte sogar zusammen, als er sich vorstellte, wie Dronow beim Küssen schmatzte.

Als er sich zu Hause auszog, hörte er die Mutter im Wohnzimmer ein Musikstück üben, das ihm unbekannt war.

»Warum so früh?« fragte sie. Klim erzählte ihr von Dronow und fügte hinzu: »Ich bin nicht zur Schule gegangen, dort sind sie sicher sehr aufgeregt. Iwan hat ausgezeichnet gelernt, hat vielen geholfen, er hat nicht wenig Freunde.«

»Es ist vernünftig, daß du nicht hingegangen bist«, sagte die Mutter; heute war sie, in einem neuen, himmelblauen Hauskleid, besonders jung und imposant schön. Sie biß sich auf die Lippen, blickte in den Spiegel und schlug dem Sohn vor: »Setz dich ein bißchen zu mir.«

Mit leichtem, schwebendem Gang im Zimmer auf und ab gehend, begann sie sehr sanft: »Rshiga hat mich rechtzeitig davon unterrichtet, daß mit Iwan streng verfahren werden müsse. Er hat irgendwelche verbotenen Bücher und unanständige Photographien in die Klasse mitgebracht. Ich sagte Rshiga, daß es in den Büchern wahrscheinlich nichts Ernsthaftes gäbe, das wäre bloß die Wichtigtuerei Dronows.«

Klim fügte in gesetztem Ton hinzu: »Ja, Wichtigtuerei oder die bei Kindern und Halbwüchsigen übliche Vorliebe für Pistolen . . .«

»Sehr treffend«, lobte ihn die Mutter lächelnd. »Aber die Verbindung schädlicher Bücher mit unanständigen Bildern, das zeigt bereits eine verdorbene Natur. Rshiga sagt sehr schön, die Schule sei die Anstalt, in der die Auswahl von Menschen vorgenommen wird, die befähigt sind, das Leben in dieser oder jener Weise zu verschönern, zu bereichern. Nun und: Wodurch könnte Dronow das Leben verschönern?«

Klim lächelte.

»Es ist etwas Seltsames, daß Dronow und dieser ruppige, verrückte Makarow deine Freunde sind. Du gleichst ihnen so wenig. Du mußt wissen, daß ich an deine Vernunft glaube und um dich keine Angst habe. Ich denke, daß dich ihre scheinbare Begabung anzieht. Aber ich bin überzeugt, diese Begabung ist nichts weiter als Aufgewecktheit und Schlauheit.«

Klim nickte zustimmend, die Worte der Mutter gefielen ihm sehr. Er gab zu, daß Makarow, Dronow und noch einige Gymnasiasten in Worten klüger waren als er, war aber selbst überzeugt, daß er klüger war als sie, nicht in Worten, sondern irgendwie anders, solider, tiefer.

»Gewiß, auch Schlauheit ist ein Vorzug, aber ein zweifelhafter, sie verwandelt sich oft in, milde gesagt, Gewissenlosigkeit«, fuhr die Mutter fort, und ihre Worte gefielen Klim immer. Er stand auf, umarmte sie fest an der Hüfte, ließ sie aber sogleich wieder los, da er plötzlich und zum erstenmal in der Mutter die Frau fühlte. Das verwirrte ihn dermaßen, daß er die zärtlichen Worte vergaß, die er ihr sagen wollte, er trat sogar ein wenig zurück, aber die Mutter legte ihm selber den Arm um die Schultern und zog ihn an sich, wobei sie irgend etwas vom Vater, von Warawka und von den Motiven ihrer Trennung vom Vater sagte.

»Ich hätte dir das alles schon längst sagen sollen«, vernahm er. »Doch, um es noch einmal zu sagen, da ich wußte, wie du beobachtest und nachdenkst, hielt ich es für überflüssig.«

Klim küßte ihr die Hand.

»Ja, Mama – es erübrigt sich, davon zu reden. Du weißt ja, ich verehre Timofej Stepanowitsch sehr.«

Er spürte eine Erregung, die ihm neu war. Vor dem Fenster brodelte lautlos dichte, weiße Trübe, in dem weichen, farblosen Dämmerlicht des Zimmers schienen alle Dinge wie in Nachdenken versunken, wie verblaßt. Warawka liebte Bilder und Porzellan, und seit der Vater fort war, hatte sich alles im Haus geändert und war nicht wiederzuerkennen, es war gemütlicher, schöner, wärmer geworden. Die schlanke Frau mit dem kühlen, stolzen Gesicht stand dem jungen Mann plötzlich nahe wie nie zuvor. Sie sprach mit ihm wie mit ihresgleichen, bestechend freundschaftlich, und ihre Stimme klang ungewöhnlich sanft und deutlich.

»Mich beunruhigt Lidija«, sagte sie, mit dem Sohn im gleichen Schritt gehend. »Sie ist ein anormales Mädchen, mit schwerer erblicher Belastung mütterlicherseits. Erinnere dich an die Geschichte mit Turobojew. Gewiß, das war kindlich, aber . . . Auch habe ich zu ihr nicht das Verhältnis, wie ich es wünschte.«

Sie blickte dem Sohn in die Augen und fragte lächelnd: »Bist du – nicht in sie verliebt? Ein klein wenig, nicht wahr?«

»Nein«, erwiderte Klim entschieden.

Nachdem sie noch etliches in mißbilligendem Ton über Lidija gesagt hatte, fragte die Mutter ihn, vor dem Spiegel stehenbleibend: »Du kommst sicherlich mit deinem Taschengeld nicht aus?«

»Es reicht vollkommen . . .«

»Du mein Lieber«, sagte die Mutter, ihn umarmend und auf die Stirn küssend. »In deinem Alter braucht man sich gewisser Wünsche nicht mehr zu schämen.«

Nun begriff Klim den Sinn ihrer Frage wegen des Geldes, wurde tiefrot und wußte nicht, was er ihr sagen sollte.

Nach dem Essen ging er zu Dronow ins Mezzanin, dort stand bereits, an den Ofen gelehnt, Makarow, blies Rauchfahnen zur Decke und glättete mit einem Finger die dunklen Schatten auf der Oberlippe, während Dronow im Schneidersitz auf dem Bett saß und irgendwem kreischend drohte: »Ihr irrt euch! In die Universität werde ich mich trotzdem einschleichen.«

Gleich nach Klim wurde die Tür nochmals geöffnet, auf der Schwelle stand Lidija, kniff die Augen zusammen und fragte: »Werden hier Fische geräuchert?«

Dronow rief grob: »Schließen Sie die Tür, es ist nicht Sommer.«

Makarow indes verneigte sich schweigend vor dem Mädchen und zündete am Stumpf der Zigarette eine neue an.

»Welch abscheulicher Tabak«, sagte Lidija, trat an das mit Schnee verpappte Fenster, blieb dort mit der Seite zu allen stehen und begann Dronow auszufragen, weswegen man ihn ausgeschlossen habe; Dronow antwortete ihr ungern, zornig. Makarow bewegte die Brauen, blinzelte und musterte durch den Rauchschleier eingehend die dunkelbraune Gestalt des Mädchens.

»Warum gibst du dumme Bücher zu lesen, Iwan?« hub Lidija an. »Du hast Ljuba Somowa ›Was tun?‹ gegeben, aber das ist doch ein dummer Roman! Ich habe versucht, ihn zu lesen, und – brachte es nicht fertig. Das ganze Buch ist keine zwei Seiten von Turgenjews ›Erste Liebe‹ wert.«

»Junge Mädchen lieben Süß-Säuerliches«, sagte Makarow und pustete, da ihn sein fehlgeschlagener Auftritt wohl verlegen machte, angestrengt die Asche von der Zigarette. Lidija antwortete ihm nicht. In dem, was sie gesagt hatte, hörte Klim ihren Wunsch, jemanden zu treffen, und unerwartet fühlte er sich selbst getroffen, als sie hitzig fortfuhr: »Ein Mann, der eine Frau einem anderen überläßt, ist natürlich ein Waschlappen.«

Klim rückte die Brille zurecht und sagte belehrend: »Betrachtet man jedoch die Geschichte der Beziehungen Herzens . . .«

»Des Schwätzers ›Vom anderen Ufer‹?« fragte Lidija. Makarow lachte, drückte die Zigarette an einer Ofenkachel aus und warf den Stummel schwungvoll zur Tür hinüber.

»Wie denn, das belustigt Sie?« fragte das Mädchen herausfordernd, und binnen weniger Minuten wiederholte sich vor Klim der gleiche Auftritt, den er schon im Stadtpark beobachtet hatte, doch jetzt spielten ihn Makarow und Lidija in schärferem Ton.

Klim, der ihrem Streit aufmerksam zuhörte, merkte, daß sie zwar gewöhnliche, ihm bekannte Worte schrien, aber der Zusammenhang dieser Worte war unfaßbar, und ihr Sinn wurde von jedem der Streitenden auf seine Art entstellt. Es schien, daß sie im Grund gar nichts zu streiten hatten, doch sie stritten erregt, mit roten Köpfen und fuchtelnden Händen; Klim erwartete, daß sie im nächsten Augenblick einander beleidigen würden. Makarows schnelle, schroffe Gesten erinnerten Klim unangenehm an das verkrampfte Auftauchen der Hände des ertrinkenden Boris Warawka. Lidijas großäugiges

Gesicht hatte sich in jenes neue, fremde Gesicht verwandelt, das dumpfe Unruhe hervorrief.

Nein, sie sind nicht verliebt, überlegte Samgin. Sie sind nicht verliebt, das ist klar!

Dronow saß auf dem Bett, betrachtete die Streitenden mit umherhuschenden Augen und wippte leise; sein plattes Gesicht wurde ab und zu von einem herablassenden Lächeln verzogen.

Da gab sich Lidija plötzlich einen Ruck und ging hinaus, die Tür laut hinter sich zuschlagend, Makarow wischte sich mit der Hand über die schweißbedeckte Stirn und sagte gelangweilt: »Sie ist böse.«

Er zündete sich eine Zigarette an und setzte hinzu: »Klug ist sie. Na, auf Wiedersehen . . .«

Dronow lächelte hinter ihm her und ließ sich seitlich auf das Bett fallen.

»Sie machen Faxen, sie verstellen sich«, sagte er leise mit geschlossenen Augen. Dann fragte er Klim, der sich an den Tisch gesetzt hatte, etwas grob: »Die Lidija – hast du's gehört? Wie hitzig sie das gesagt hat: In der Liebe gibt es keine Barmherzigkeit! Hm? Hu, die wird vielen das Genick brechen.«

Dronows grober Ton empörte Klim nicht mehr, seit Makarow einmal gesagt hatte: »Wanka ist im Grunde eine gute Seele, er ist nur deshalb grob, weil er sich nicht traut, anders zu sprechen, weil er Angst hat, daß es dumm wirkt. Die Grobheit ist bei ihm ein Zeichen des Berufs, wie der blöde Helm beim Feuerwehrmann.«

Dronow lauschte dem Heulen des Schneesturms im Ofenrohr und fuhr noch immer mit der gleichen langweiligen Stimme fort: »Ich kenne einen Telegraphisten, der bringt mir Schachspielen bei. Glänzend spielt er. Er ist noch nicht alt, vierzig etwa, aber kahl ist er wie der Ofen hier. Der sagte mir von den Weibern: ›Aus Höflichkeit da sagt man Weib, doch Sklavin hieß es mit Ehrlichkeit! Als Mutter schuf sie die Natur, doch sie erstrebt die Hure nur!‹«

Plötzlich sprang er auf, als hätte ihn etwas gestochen, und sagte, mit der Faust gegen die Hand hämmernd: »Ihr irrt euch, ihr Teufel! Auf die Universität komme ich trotzdem. Tomilin hat versprochen, mir zu helfen . . .«

Nachdem Klim geduldig zugehört hatte, wie Dronow auf Rshiga und die anderen Lehrer schimpfte, fragte er beiläufig: »Wie ist das denn bei dir mit Margarita gekommen?«

»Was ist gekommen?« entgegnete Dronow nach einer Pause.

»Na das – die Liebe.«

»Die Liebe«, wiederholte Dronow nachdenklich und mit gesenktem Kopf. »Das kam so: Zuerst küßten wir uns, und dann kam das übrige. Das ist eine Kleinigkeit, mein Lieber . . .«

Er begann wieder vom Gymnasium zu reden. Klim hörte ihm noch eine Weile zu und ging dann fort, ohne das erfahren zu haben, was er hatte wissen wollen.

Er fühlte sich wie angeleimt, wie festgebunden an die Gedanken um Lidija und Makarow, um Warawka und die Mutter, um Dronow und die Näherin, doch ihm schien, diese aufdringlichen Gedanken lebten nicht in ihm, sondern außer ihm, sie würden nur durch Neugier und durch nichts anderes erweckt. Es lag etwas unerträglich Kränkendes darin, daß es Beziehungen und Stimmungen gab, die ihm unverständlich waren. Die Gedanken über die Frauen wurden für ihn das Wesentlichste, in ihnen konzentrierte sich alles Wirkliche und das Wichtigste, während alles übrige irgendwohin zurücktrat und die sonderbare Eigenart annahm, halb Traum, halb Wirklichkeit zu sein.

Halb wie im Traum schien ihm auch das ganze laute Treiben im Seitengebäude. Dort war ein langhaariger Mann mit schmalem, blassem und unbeweglichem Gesicht aufgetaucht, er glich auf keine Weise, durch nichts einem Bauern, trug aber wie die Bauern einen grauen Kittel aus hausgewebtem Tuch, schwere, bis ans Knie reichende Filzstiefel, ein stark mitgenommenes blaues Hemd und ebensolche Hosen. Er fuchtelte mit den schmalen Händen, drückte sie an die eingefallene Brust und hielt dabei den Kopf so sonderbar, als hätte man ihm einmal kräftig gegen das Kinn geschlagen und er könnte den Kopf, seitdem er ihn unwillkürlich zurückgeworfen hatte, nicht mehr vorneigen und müßte nun immer aufwärts schauen. Er redete den Menschen zu, auf das lasterhafte Stadtleben zu verzichten, aufs Land zu gehen und zu pflügen.

»Das ist alt!« sagte der Mann, der einer Amme glich, abwehrend; der Schriftsteller sekundierte ihm: »Haben wir versucht. Und uns dabei die Finger verbrannt.«

Der Mann, der als Bauer verkleidet war, sprach im Ton eines Predigers in der Kirche: »Ihr Blinden! Ihr ginget dorthin aus Eigennutz, um das Böse und die Gewalt zu predigen, ich aber rufe euch auf zu Taten des Guten und der Liebe. Ich spreche in den geheiligten Worten meines Lehrers: Werdet einfach, werdet Kinder der Erde, werfet von euch all die Flitterlüge, welche ihr selbst erfunden habt, welche euch verblendet.«

Aus der Ecke, vom Ofen her, ertönte die Stimme Tomilins: »Sie wollen, daß die Juweliere Pflugscharen schmieden? Jedoch, wäre eine solche Vereinfachung nicht – Verwilderung?«

Klim hörte, daß die Stimme des Lehrers lauter geworden war, seine Worte klangen überzeugter und schärfer. Er wurde immer behaarter und offenbar immer ärmer, sein Rock war an den Ellenbogen fast durchgewetzt, in die Hose war hinten ein dunkelgraues Dreieck eingesetzt, die Nase hatte sich zugespitzt, sein Gesicht war hungrig geworden. Schief lächelnd schüttelte er oft den Kopf, das rote Haar fiel über die Wangen und geriet zwischen den Bart, er warf es mit beiden Händen geduldig hinter die Ohren zurück. Er stritt ruhiger als alle mit dem bäuerlich verkleideten Mann und mit einem anderen, einem glatzköpfigen Rotgesichtigen, der behauptete, die für das Volk wahre, rettende Beschäftigung seien Käsebereitung und Bienenzucht.

Klim erdrückten die Fülle der Widersprüche und die Hartnäckigkeit, mit der jeder dieser Leute seine Wahrheit verfocht. Der als Bauer gekleidete Mann sprach streng und apostolisch zuversichtlich von Tolstoi und von den zwei Antlitzen Christi, dem kirchlichen und dem volkstümlichen, von Europa, das aus Übermaß an Sinnlichkeit und aus Armut an Geist zugrunde gehe, von den Irrtümern der Wissenschaft – die Wissenschaft verachtete er besonders.

»In ihr liegen alle Ursachen unserer Verirrungen, sie birgt das Gift, das die Seele zerstört.«

Vom Diwan, aus dessen zerrissenem Polsterbezug ein Büschel Bast wie ein Bart herausragte, sprang ein kleiner, strubbeliger Mann mit Klemmer auf und rief mit einem alle Stimmen übertönenden Baß: »Barbarei!«

»Genau«, bestätigte der Schriftsteller. Tomilin erkundigte sich neugierig: »Halten Sie etwa eine Rückkehr zu der Weltanschauung der chaldäischen Hirten für möglich und für uns heilsam?«

»Bäuerlicher Gewerbebetrieb! Die Schweiz – jawohl!« redete der glatzköpfige Mann mit heiserer Stimme auf die Frau des Schriftstellers ein. »Viehzucht. Käse, Butter, Leder, Honig, Holz und – fort mit den Fabriken!«

Das Chaos des Geschreis und der Reden wurde stets von dem gewaltigen Baß des Mannes mit dem Klemmer übertönt; er war ebenfalls Schriftsteller, verfaßte populärwissenschaftliche Broschüren. Er war sehr klein, deshalb schien sein riesiger Kopf mit dem strubbeligen dunklen Haar fremd auf den schmalen Schultern, das vom Haar umbuschte Gesicht war kaum zu sehen, und überhaupt gab es an ihm, an seiner ganzen Gestalt etwas Unfertiges. Doch sein tiefer Baß war unglaublich kräftig und löschte, wie Wasser Kohlen, mühelos alles Geschrei. Er sprang mitten ins Zimmer, wankte wie ein Betrunkener, beschrieb mit den Händen Kreise und Ellipsen in der

Luft und sprach von Affen, vom prähistorischen Menschen, vom Mechanismus des Weltalls so sicher, als hätte er selbst das Weltall erschaffen, die Milchstraße hineingesät, die Sternbilder verteilt, die Sonnen angezündet und die Planeten in Bewegung gesetzt. Ihm hörten alle aufmerksam zu, und Dronow sah, den Mund gierig geöffnet und ohne zu blinzeln, mit solcher Spannung in das unklare Gesicht des Redners, als erwarte er, daß gleich etwas gesagt würde, was alle Fragen für immer entschied.

Das Gesicht des als Bauer gekleideten Mannes blieb unbeweglich, es war sogar noch mehr versteinert, jedoch nachdem er die Rede angehört hatte, begann er sogleich in hoher Tonlage und wie ein Prediger in der Kirche zu reden: »Wenngleich die Astronomen von alters her berühmt sind durch ihre Mutmaßungen über die Geheimnisse des Himmels, flößen sie doch nur Entsetzen ein, gar nicht davon zu reden, daß von ihnen das Sein des Geistes geleugnet wird, der alles Bestehende erschaffen hat . . .«

»Nicht von allen«, warf Tomilin ein. »Nehmen Sie zum Beispiel Flammarion.«

Doch ohne auf die Einwände zu hören oder auf sie einzugehen, entwarf der Tolstojaner geschickt – wie Klim fand – ein unheimliches Bild: Grenzenlose, lautlose Finsternis, worin gleich goldenen Würmchen Milchstraßen zittern, sich winden, Welten entstehen und vergehen.

»Und inmitten dieser zahllosen Anhäufung von Sternen, die in die unbesiegbare Finsternis eingestreut sind, verliert sich unsere winzige Erde, die Heimstatt der Trauer und Leiden; und nun stellen Sie sich diese Erde vor und den Schrecken Ihrer Einsamkeit auf ihr, den Schrecken Ihrer Nichtigkeit in der schwarzen Leere, inmitten grimmig lodernder Sonnen, die zum Erlöschen verurteilt sind.«

Klim hörte sich diese Schrecknisse ziemlich ruhig an, nur ab und zu lief ihm eine unbehagliche Kälte den Rücken hinunter. Wie sie sprachen, interessierte ihn mehr als das, wovon sie sprachen. Er sah, daß der großköpfige, unfertige Schriftsteller vom Mechanismus des Weltalls mit Begeisterung sprach, und auch der Mann, der sich als Bauer schöngemacht hatte, schilderte den Schrecken der Einsamkeit der Erde im Weltall mit Genuß.

Dronow beeindruckten diese Reden sehr stark. Er krümmte sich, wurde immer kleiner und fragte, sich umschauend, Klim oder Makarow ganz leise: »Welcher hat deiner Meinung nach recht, he?«

Er kratzte sich krampfhaft mit dem Nagel die linke Braue und brummte: »Ja, zum Teufel . . . Man muß lernen. Von den Groschen des Gymnasiums kann man nicht leben.«

Makarow befriedigten die hitzigen Debatten bei Katin auch nicht.

»Sie wissen viel, können es auch sagen, und das alles ist von Bedeutung, doch obwohl es leuchtet, wärmt es nicht. Und es ist nicht das Wesentliche ...«

Dronow fragte schnell: »Was ist denn das Wesentliche?«

»Du fragst dumm, Iwan!« erwiderte Makarow ärgerlich. »Wenn ich das wüßte, wäre ich der Weiseste unter den Weisen ...«

Spät in der Nacht, nach einem langwierigen Wortgefecht, begleiteten sie zu dritt Tomilin heim, und Dronow richtete seine Fragen an ihn: »Wer hat recht?«

Tomilin, der langsam dahinschritt und mit seinen Porzellanaugen zu den Sternen emporblickte, sagte unwillig: »Diese Frage ist fehl am Platz, Iwan. Dies ist der unvermeidliche Zusammenstoß zweier Gewohnheiten, die Welt zu betrachten. Diese Gewohnheiten bestehen seit alters und sind völlig unversöhnbar, sie werden die Menschen immer in Idealisten und Materialisten teilen. Wer recht hat? Der Materialismus ist einfacher, praktischer und optimistischer, der Idealismus ist schön, aber unfruchtbar. Er ist aristokratisch, fordert vom Menschen mehr. In allen Systemen der Weltbetrachtung sind, mehr oder weniger geschickt, Elemente des Pessimismus verborgen; im Idealismus mehr als in dem ihm entgegengesetzten System.«

Er schwieg eine Weile, verlangsamte seinen trägen Schritt noch mehr und sagte dann: »Ich bin kein Materialist. Aber auch kein Idealist. Alle diese Leute jedoch ...«, er deutete mit der Hand über die Schulter, »... sind ungebildet. Darum sind sie gläubig. Grob, ungeschickt wiederholen sie alte Gedanken. Gewiß, jeder Gedanke hat unbedingten Wert. Bei ernsthafter Einstellung zu ihm kann er, selbst wenn er falsch formuliert ist, zum Erreger einer endlosen Reihe anderer Gedanken werden, wie ein Stern wirft er seine Strahlen nach allen Seiten. Doch der absolute, reine Wert eines Gedankens geht unverzüglich verloren, sobald der Prozeß seiner praktischen Ausbeutung beginnt. Hüte, Schirme, Nachtmützen, Brillen und Klistierspritzen – das ist es, was kraft unserer Neigung zu Ruhe, Ordnung und Gleichgewicht aus dem reinen Gedanken hergestellt wird.«

Er blieb stehen und wies wieder mit der Hand über die Schulter: »Byron hat zwar Gedichte geschrieben, aber man stößt bei ihm nicht selten auf tiefe Gedanken. Einer von ihnen lautet: ›Der Denkende ist weniger real als sein Gedanke.‹ Die dort kennen das nicht.«

Er schloß brummig, ungehalten: »Der Mensch ist das Denkorgan der Natur, eine andere Bedeutung hat er nicht. Durch den Menschen sucht die Materie sich selbst zu erkennen. Darin liegt alles.«

Als sie Tomilin bis vor seine Wohnung gebracht und sich von ihm verabschiedet hatten, sagte Dronow: »Er fängt an, wichtig zu tun, als sei er zum Bischof geweiht. Dabei hat er einen Flicken auf der Hose.«

All diese Gedanken, Worte, Eindrücke gelangten durch anderes bis zu Klims Bewußtsein. Das Gedächtnis, als ob es versuche, sich von dem überflüssigen Ballast einförmiger Bilder zu befreien, belebte sie aufdringlich immer wieder. Es war, als wuchere das Gedächtnis mit geheimnisvoller Kraft wie ein Strauch, der Blüten entfaltet, die zu betrachten ein wenig schamerregend, doch sehr interessant und angenehm ist. Es wunderte ihn, wieviel er von dem gesehen hatte, was als unanständig, als schamlos galt. Er brauchte nur einen Augenblick die Augen zu schließen, und schon sah er die wohlgeformten Beine der auf der Eisbahn ungeschickt hingefallenen Alina Telepnjowa, sah er die nackten, melonengleichen Brüste des schlafenden Dienstmädchens, die Mutter auf dem Schoß Warawkas, den Schriftsteller Katin, der seiner Frau, die halb bekleidet auf dem Tische saß, die rundlichen Knie küßte.

Stumm und weich, wie eine Katze, schenkte die Frau des Schriftstellers abends ununterbrochen Tee ein. Sie war jedes Jahr in anderen Umständen, und früher hatte es Klim abgestoßen, da es in ihm ein Gefühl von Abscheu erregte; er war der gleichen Meinung gewesen wie Lidija, die schroff gesagt hatte, schwangere Frauen hätten etwas Unsauberes an sich. Jetzt aber, nachdem er ihre nackten Knie und ihr freudetrunkenes Gesicht gesehen hatte, erweckte diese Frau, die alle eintönig freundlich anlächelte, seine Neugier, in der für das Gefühl des Abscheus schon kein Platz mehr war.

Sogar die langnasige Schwester, die die Gäste so besorgt bediente wie ein Dienstmädchen, das sich etwas hatte zuschulden kommen lassen und nun der Herrschaft wieder gefallen muß, – sogar dieses Mädchen, das unauffällig war wie Tanja Kulikowa, lenkte Klims Aufmerksamkeit durch ihren Busen auf sich, um den sich ihr buntes Kattunjäckchen straffte. Klim hatte gehört, wie der Schriftsteller Katin sie anschrie: »Ich kann nichts dafür, daß die Natur Mädchen erschafft, die nichts können, nicht einmal Pilze einzulegen verstehen . . .«

Damals war Klim dieses Gockelgeschrei komisch vorgekommen, doch jetzt schien ihm das langnasige Mädchen mit den Mitessern im Gesicht ungerecht gekränkt und sympathisch, und das nicht nur, weil stille, unauffällige Menschen überhaupt angenehm waren: Sie fragten nach nichts, verlangten nichts.

Eines Abends brachte Klim dem Schriftsteller das neue Heft einer

Zeitschrift. Katin empfing ihn, einen zerknitterten Brief schwingend, mit Freudengeschrei: »Wissen Sie schon, junger Mann, daß in zwei bis drei Wochen Ihr Onkel aus der Verbannung hier eintrifft? Jetzt fliegen endlich nach und nach die alten Adler zusammen!«

An der Wand platzte raschelnd die Tapete, in dem Spalt der ein wenig geöffneten Tür zeigte sich das erschreckte Gesicht der Schwägerin des Schriftstellers.

»Es hat angefangen«, sagte sie und verschwand sofort wieder.

»Meine Frau kommt nieder, warten Sie etwas, das geht bei ihr schnell!« murmelte Katin hastig, nahm eine billige Messinglampe vom Tisch und verschwand in der schmalen Tapetentür. Klim blieb in Gesellschaft eines halben Dutzend Wiener Stühle an einem mit Büchern und Zeitungen überhäuften Tisch zurück; ein anderer Tisch füllte die Mitte des Zimmers aus, auf ihm ragte ein erloschener Samowar, stand ungewaschenes Geschirr, lag auseinandergenommen ein doppelläufiges Gewehr. An der Wand lehnte ein schwarzer Diwan, aus dem Bastbüschel herausschauten, und über ihm hingen Porträts von Tschernyschewskij und Nekrassow, im goldenen Rahmen saß der massige Herzen mit übergeschlagenem Bein, neben ihm das strenge, bärtige Gesicht Saltykows. Aus all dem wehte Klim trostlose Armut entgegen, nicht die, die den Schriftsteller hinderte, die Miete pünktlich zu zahlen, sondern irgendeine andere, unheilbare, beängstigende, doch zugleich rührende Armut.

Nach etwa zehn Minuten schnellte der Schriftsteller aus der Wand heraus, setzte sich auf die Tischecke und brüstete sich: »Sie gebiert bemerkenswert leicht, aber die Kinder bleiben nicht am Leben!«

Und sich vorneigend, mit der Hand auf den Tisch gestützt, begann er halblaut, hastig: »Jakow Samgin ist einer von jenen Matrosen auf dem Schiff der russischen Geschichte, die die Segel mit ihrer Energie füllen, um die Fahrt des Schiffes zu den Gestaden der Freiheit und Wahrheit zu beschleunigen.«

Nacheinander bezeichnete er Jakow Samgin als Steuermann, Schmied und Apostel und wiederholte erregt: »Sie fliegen zusammen, sie fliegen zusammen, die Adler!« – sprang auf und verschwand hinter der Tür, von wo immer lauteres Stöhnen ertönte. Klim ging eilig fort, da er fürchtete, der Schriftsteller frage ihn nach seiner in der Zeitschrift gedruckten Erzählung; die Erzählung war nicht besser als die anderen Werke Katins, in ihr waren kindlich gutmütige Bauern dargestellt, sie erwarteten wie immer das Kommen der göttlichen Wahrheit, das hatte ihnen der Dorflehrer, ein redlich denkender Mann, verheißen, der von zwei Feinden verfolgt wurde: dem hartherzigen Kulaken und dem schlauen Popen.

Zu Hause teilte Klim der Mutter mit, daß der Onkel zurückkehre, sie warf stumm und fragend einen Blick auf Warawka, doch der neigte den Kopf über den Teller und sagte gleichmütig: »Ja, ja, diese Leute, denen die Geschichte befohlen hat, in den Ruhestand zu treten, kehren allmählich ›von ferner Fahrt‹ zurück. In meinem Kontor sind drei von dieser Sorte beschäftigt. Ich muß zugeben, daß sie gut arbeiten . . .«

»Aber?« fragte die Mutter. Warawka antwortete: »Davon später.«

Klim begriff, daß Warawka in seiner Gegenwart nicht reden wollte, er fand das taktlos, blickte die Mutter fragend an, begegnete aber ihren Augen nicht, sie sah zu, wie der müde, zerzauste Warawka ärgerlich seinen Schinken verzehrte. Dann kam Rshiga und nach ihm der Rechtsanwalt, sie spielten mit der Mutter sehr schön fast bis Mitternacht, die Musik berauschte und rührte Klim, wie er es noch nie erlebt hatte, sie stimmte ihn so lyrisch, daß er, als er der Mutter beim Gutenachtsagen die Hand küßte, dem Drang irgendeines neuen Gefühls zu ihr nachgebend, flüsterte: »Meine Liebe, Gute.«

Die Mutter umarmte ihn fest, streichelte ihm schweigend die Wange, küßte ihn mit heißen Lippen auf die Stirn.

Als er zu Bett gegangen war, ergriff ihn gleich das Unüberwindbare, mit dem er lebte. Ihm fiel ein Gespräch ein, das er vor kurzem mit Makarow geführt hatte; als Klim ihm von Dronows Roman mit der Weißnäherin berichtete, hatte Makarow gemurmelt: »Sieh mal einer an! So ein Vieh . . .«

Er hatte diese Worte ohne Ärger und Neid, nicht verächtlich, nicht verwundert, sondern so vorgebracht, daß die letzten drei Worte überflüssig klangen. Dann hatte er gelächelt und erzählt: »Mein Zimmerwirt – ein Briefträger – lernt Geige spielen, weil er seine Mama liebt und sie nicht durch eine Heirat betrüben will. ›Die Ehefrau ist eben doch ein fremder Mensch‹, sagt er. ›Selbstverständlich werde ich einmal heiraten, aber erst, wenn meine Mamà gestorben ist.‹ Jeden Sonnabend besucht er das Freudenhaus und hinterher das Bad. Er spielt schon das fünfte Jahr, aber nur Übungen, und ist überzeugt, es ›schade dem Gehör und den Händen‹, Musikstücke zu spielen, solange man nicht alle Übungen durchgespielt hat.«

Makarow war verstummt, hatte ein finsteres Gesicht gemacht.

»Wozu erzählst du das?« hatte Klim gefragt.

»Ich weiß nicht«, hatte Makarow geantwortet und aufmerksam den Zigarettenrauch betrachtet. »Hier besteht irgendein Zusammenhang mit Wanka Dronow. Obwohl Wanka schwindelt, er hat sicherlich gar keinen Roman. Aber mit unzüchtigen Photographien hat er gehandelt, das stimmt.«

Er hatte den Kopf geschüttelt und dann halblaut und erbost weitergesprochen: »Eine Eselsstimmung. Alles ist unwichtig, außer dem einen. Man fühlt sich nicht als Mensch, sondern nur als eines der menschlichen Organe. Kränkend und widerlich. Als wenn ein Aufseher ermahnte: Du bist ein Hahn, geh also zu deinen Hennen. Ich aber will eine Henne und will auch wieder nicht. Ich will keine Übungen spielen. Du braver Junge, spürst du irgend etwas Derartiges?«

»Nein«, hatte Klim entschlossen gelogen.

Sie hatten eine Weile geschwiegen. Makarow saß gekrümmt, mit übergeschlagenem Bein. Klim hatte ihn scharf angesehen und gefragt: »Wie stehst du denn zur Frau?«

»Gottesfürchtig«, hatte Makarow mürrisch gesagt, sich erhoben und nach seiner Mütze gegriffen. »Ich gehe.«

Als Klim sich an diesen Vorgang erinnerte, verfiel er gereizt in Gedanken über Tomilin. Dieser Mann mußte etwas Beruhigendes, Klärendes kennen, das Scham und Angst beseitigen würde, und mußte es einem sagen können. Ein paarmal schon hatten Klim vorsichtig und Makarow ungestüm und schroff versucht, mit dem Lehrer ein Gespräch über die Frau anzuknüpfen, doch Tomilin war gegen dieses Thema so sonderbar taub, daß er bei Makarow die zornige Bemerkung hervorrief: »Er verstellt sich, der rothaarige Teufel!«

»Er wird sich die Finger verbrannt haben«, hatte Dronow lächelnd gesagt, und dieses Lächeln rief Klim den Vorfall im Garten ins Gedächtnis und brachte ihn zu dem Verdacht: Sollte er es gesehen haben, davon wissen?

Einmal nur hatte der Lehrer, dem hartnäckigen Drängen Makarows nachgebend, im Gehen und ohne die jungen Männer anzusehen, gesagt: »Von der Frau muß man in Versen sprechen; ohne Würze ist diese Kost ungenießbar. Ich mag Verse nicht.«

Die Augen zur Decke emporrichtend, hatte er geraten: »Lest Schopenhauers ›Metaphysik der Liebe‹, darin findet ihr alles, was ihr wissen müßt. Eine ganz gescheite Illustration dazu ist Tolstois ›Kreutzersonate‹.«

Sie, die drei, besuchten Tomilin seltener. Sie trafen ihn gewöhnlich bei einem Buch an, er las, die Ellenbogen auf den Tisch gestützt, die Ohren mit den Händen zugedrückt. Manchmal lag er auf dem Bett mit angezogenen Beinen, ein Buch auf den Knien haltend, in seinen Zähnen steckte ein Bleistift. Wenn sie an die Tür klopften, antwortete er nie, selbst wenn sie drei- bis viermal anklopften. »Ich bin doch keine Frau«, erklärte er und ergänzte, »ich bin nicht nackend.«

Und nach kurzem Nachdenken setzte er weiter hinzu: »Bin nicht verheiratet.«

Im Zimmer auf und ab schreitend, belehrte er sie: »In der Welt der Ideen muß man zwischen jenen Subjekten unterscheiden, die suchen, und solchen, die sich verstecken. Die ersteren wollen um jeden Preis den Weg zur Wahrheit finden, wohin er auch führen mag, selbst wenn in einen Abgrund, zur Vernichtung des Suchenden. Die letzteren wünschen nur sich selbst zu verbergen, ihre Angst vor dem Leben, ihr Nichtverstehen seiner Geheimnisse, sie wollen sich in einer angenehmen Idee verstecken. Der Tolstojaner ist ein komischer Typ, doch er gibt uns in vollendeter Weise die Vorstellung von Menschen, die sich verstecken.«

Klim sah, daß Makarow, in sich zusammengekrümmt, die Füße des Lehrers verfolgte, als warte er, wann Tomilin stolpere. Er wartete ungeduldig. Anspruchsvoll und laut stellte er Fragen, als wollte er einen Eingeschlafenen wecken, bekam aber keine Antwort.

Während Klim der ruhigen, nachdenklichen Stimme des Erziehers lauschte und ihn genau betrachtete, riet er: Was müßte das für eine Frau sein, die Tomilin lieben könnte? Wahrscheinlich eine unschöne, unbedeutende, wie Tanja Kulikowa oder wie die Schwägerin Katins, die jede Hoffnung auf Liebe verloren hat. Doch diese Überlegungen hinderten Klim nicht daran, metallene Paradoxe und Aphorismen aufzufangen.

»Der Weg zu wahrem Glauben führt durch die Wüste des Unglaubens«, vernahm er. »Glaube als bequeme Gewohnheit ist unvergleichlich schädlicher als Zweifel. Es ist anzunehmen, daß der Glaube in seinen stärksten Ausprägungen ein unnormales Gefühl, vielleicht sogar eine psychische Krankheit ist: wir sehen Gläubige als Hysteriker, als Fanatiker, wie Savonarola oder den Protopopen Awwakum; bestenfalls sind es Schwachsinnige, wie zum Beispiel Franz von Assisi.«

Bisweilen stellte Dronow Fragen sozialer Art, aber der Lehrer antwortete ihm entweder nicht oder redete widerwillig und unverständlich. Von all seinen Reden blieb Klim nur ein Urteil gut in Erinnerung. »Es ist falsch, zu denken, die Energie von Menschen, die in einer Organisation, in einer Partei vereint sind, steigere sich in ihrer Kraft. Im Gegenteil: Indem die Menschen ihre Wünsche, ihre Hoffnungen, ihre Verantwortung Führern auferlegen, mindern sie die Temperatur und das Wachstum ihrer persönlichen Energie. Die ideale Verkörperung von Energie ist Robinson Crusoe.«

Als erster ermüdete Makarow von diesen Offenbarungen. »Na, für uns wird es Zeit«, sagte er etwas grob. Tomilin gab ihnen seine warme und feuchte Hand, lächelte träge und lud sie nie zu sich ein.

Makarow verhielt sich zu Tomilin immer weniger ehrerbietig, und eines Tages sagte er, als er die Treppe von ihm hinunterging, anscheinend absichtlich laut: »Der Rothaarige erinnert mich an eine Tarantel. Ich habe das Insekt nie gesehen, aber in der altertümlichen ›Naturgeschichte‹ von Gorisontow heißt es: ›Taranteln sind dadurch nützlich, daß sie, mit Öl angesetzt, als bestes Medikament gegen die von ihnen zugefügten Stiche dienen.‹«

Sein boshafter Scherz veranlaßte Dronow zu einem unangenehm schluckenden Gelächter.

Als Klim an all dies zurückdachte, vernahm er plötzlich im Wohnzimmer ein unerklärliches, hastiges Rascheln und ein leises Saitendröhnen, als wenn Rshigas Cello, nachdem es ausgeruht, an sein abendliches Spiel zurückdachte und es jetzt für sich selbst zu wiederholen suchte. Dieser für Klim ungewöhnliche Gedanke machte, nachdem er kurz aufgetaucht war, dem Schreck vor Unverständlichem Platz. Er horchte aufmerksamer hin: Es war klar, daß die Töne im Wohnzimmer und nicht oben entstanden, wo Lidija zuweilen sogar spät in der Nacht die Saiten des Klaviers in Unruhe versetzte.

Klim zündete eine Kerze an, nahm eine Hantel in die rechte Hand und ging ins Wohnzimmer, wobei er fühlte, daß seine Beine zitterten. Das Cello tönte lauter, das Rascheln war deutlicher. Augenblicklich erriet er, daß eine Maus im Instrument saß, er legte es vorsichtig mit der Rückseite nach oben auf den Fußboden und sah, wie ein Mäuschen herauspurzelte, klein wie eine schwarze Küchenschabe.

Ein heller Lichtstreif, der aus dem Schlafzimmer kam, durchschnitt senkrecht und straff das dunkle Zimmer der Mutter.

Sie schläft nicht. Ich will ihr von dem Mäuschen erzählen.

Als er sich jedoch der Tür des Schlafzimmers näherte, fuhr er zurück: Das Licht des Nachtlämpchens fiel auf das Gesicht der Mutter und auf einen nackten Arm, der Arm lag um Warawkas behaarten Hals, sein strubbeliger Kopf schmiegte sich an die Schulter der Mutter. Die Mutter lag mit dem Gesicht nach oben, ihr Mund war leicht geöffnet, sie schlief anscheinend fest; Warawka schnarchte feucht und wirkte aus irgendeinem Grunde kleiner, als er bei Tage war. Das alles hatte etwas Schamerregendes, Verwirrendes, aber auch Rührendes.

In sein Zimmer zurückgekehrt, legte Klim sich tief erregt ins Bett.

An ihm vorüber schwebten in der Finsternis nacheinander die Gestalten der dicklichen Ljuba Somowa und der schönen Alina mit ihrer launisch hochgezogenen Lippe, dem kühnen Blick der bläulichen Augen, den trägen Bewegungen und der tiefen, gebieterischen Stimme. Die ihm am besten bekannte Gestalt Lidijas stellte ihre Freundinnen in den Schatten; als Klim an sie dachte, verlor er sich in einem sehr komplizierten und ihm unverständlichen Gefühl. Er begriff, daß Lidija nicht schön, oft sogar unangenehm war, aber er fühlte sich unwiderstehlich zu ihr hingezogen. Seine nächtlichen Gedanken über die jungen Mädchen wurden spürbar, indem sie in seinem Körper eine beunruhigende, fast krankhafte Spannung erweckten, die Klim das beängstigende Buch von Professor Tarnowskij über den verderblichen Einfluß der Onanie in Erinnerung rief, ein Buch, das die Mutter ihm schon längst vorsorglich und unauffällig zugesteckt hatte. Er sprang aus dem Bett, zündete die Lampe an und ergriff das gelbe Büchlein Menschikows »Über die Liebe«. Das Buch erwies sich als langweilig und handelte nicht von jener Liebe, die Samgin beunruhigte. Vor dem Fenster schüttelte der Wind die Bäume, ihr Rauschen erweckte die Vorstellung von einem vorbeifliegenden riesigen Vogelschwarm, vom Rascheln der Röcke bei den Tänzen auf den Gymnasialabenden, die Rshiga veranstaltete.

Klim schlief bei Tagesanbruch ein, er erwachte spät, fühlte sich müde und unbehaglich. Es war Sonntag, der vormittägliche Spätgottesdienst ging bereits zu Ende, die Glocken läuteten, ein Aprilregen schlug gegen das Fenster, eintönig klang das Blech der Dachtraufe. Klim dachte gekränkt: Sollte ich etwa dasselbe ausstehen müssen wie Makarow?

An Makarow konnte er schon nicht mehr denken, ohne an Lidija erinnert zu werden. In Lidijas Gegenwart wurde Makarow erregt, sprach lauter, frecher und spöttischer als sonst. Doch sein scharfes Gesicht wurde weicher, seine Augen glänzten fröhlicher.

»Stimmt es, daß Makarow wegen Trunksucht aus dem Gymnasium ausgeschlossen werden soll?« hatte Lidija gleichgültig gefragt, und Klim begriff, daß ihre Gleichgültigkeit unecht war.

Die Tür wurde vorsichtig geöffnet, das neue Dienstmädchen trat ein, dick, einfältig, mit einer Stupsnase und farblosen Augen. »Die Mama läßt fragen, ob Sie Kaffee trinken werden. Denn bald wird gefrühstückt.«

Die weiße Schürze umspannte straff ihre Brust. Klim kam der Gedanke, ihre Brüste müßten ebenso fest und rauh sein wie ihre Waden.

»Nein«, sagte er ungehalten.

Er fand plötzlich, Lidijas Roman mit Makarow wäre alberner als alle Romane zwischen Gymnasiasten und Gymnasiastinnen, und fragte sich: Vielleicht bin ich gar nicht verliebt, sondern bin nur, ohne es selbst zu merken, der Atmosphäre der Verliebtheit unterlegen und habe alles erdacht, was ich fühle?

Doch diese Überlegung beruhigte ihn nicht, sondern erinnerte ihn aus irgendeinem Grund nur an das verrückte Geschwätz des betrunkenen Makarow; auf dem Stuhl hin und her schaukelnd, bemüht, die störrischen, zweifarbigen Haarbüschel mit den Fingern glattzustreichen, hatte er mit schwerer, trunkener Zunge gesagt: »Die Physiologie lehrt, daß nur neun von unseren Organen sich im Zustand der Weiterentwicklung befinden und daß wir absterbende, rudimentäre Organe besitzen – verstehst du? Vielleicht lügt die Physiologie, doch vielleicht haben wir auch absterbende Gefühle. Stell dir vor, der Hang zur Frau wäre ein agonisierendes Gefühl, daher wäre es so schmerzlich, so beharrlich, wie? Stell dir vor, der Mensch wollte nach Tomilins Theorie leben, was? Das Gehirn als Behälter des forschenden, schöpferischen Geistes – der Teufel soll ihn holen – begänne bereits die Liebe als Vorurteil aufzufassen? Und die Onanie, die Päderastie wären im Grunde ein Streben nach Freiheit von der Frau? Nun? Wie denkst du darüber?«

Das war damals, als diese Fragen Klim noch nicht beunruhigten, und die trunkenen Worte des Kameraden hatten in ihm nur ein Gefühl von Abscheu hervorgerufen. Jetzt aber schienen ihm die Worte »Freiheit von der Frau« nicht dumm. Und es war fast angenehm, sich in Erinnerung zu bringen, daß Makarow immer mehr trank, obwohl er anscheinend ruhiger und zuweilen so tief nachdenklich wurde, als wäre er plötzlich von Blindheit und Taubheit geschlagen. Klim beobachtete, daß Makarow, wenn er sich eine Zigarette anzündete, das Streichholz nicht auslöschte, sondern sorgsam im Aschenbecher ausbrennen ließ oder abwartete, bis es in seinen Fingern verbrannte, indem er es vorsichtig am abgebrannten Ende festhielt. Die mehrfach versengte Haut an den zwei Fingern war dunkel und hart geworden wie bei einem Schlosser.

Klim fragte nicht, warum er das tat, er zog es überhaupt vor, zu beobachten und nicht zu fragen, eingedenk der mißglückten Versuche Dronows und der treffenden Worte Warawkas: »Dummköpfe fragen häufiger als wißbegierige Menschen.«

Jetzt trug Makarow das Buch irgendeines anonymen Verfassers mit dem Titel »Die Triumphe der Frauen« bei sich. Er lobte es so feurig und beredt, daß Klim sich das ziemlich dicke Büchlein bei ihm auslieh, es aufmerksam durchlas, aber nichts darin fand, was des Entzückens wert gewesen wäre. Der Verfasser erzählte langweilig von der Liebe Ovids und Corinnas, Petrarcas und Lauras, Dantes und Beatrices, Boccaccios und Fiamettas; das Buch war mit Prosaübersetzungen von Elegien und Sonetten gefüllt. Klim dachte lange und mißtrauisch nach: Was an alldem begeisterte den Kameraden so? Und da er nichts entdeckte, fragte er Makarow.

»Du hast es nicht begriffen?« wunderte sich dieser, schlug das Buch auf und las ihm einen der ersten Sätze aus dem Vorwort des Verfassers vor: »›Der Sieg über den Idealismus war zugleich ein Sieg über die Frau.‹ Da ist die Wahrheit! Die Höhe der Kultur wird an der Einstellung zur Frau gemessen – verstehst du?«

Klim nickte zustimmend, doch dann, als er in das scharfe Gesicht Makarows, in seine schönen, kecken Augen gesehen hatte, begriff er sofort, daß Makarow »Die Triumphe der Frauen« wegen der zynischen Freiheiten Ovids und Boccaccios, nicht aber wegen Dante und Petrarca brauchte. Es bestand kein Zweifel, daß er dieses Buch nur dazu brauchte, um Lidija in die erwünschte Stimmung zu versetzen.

Wie einfach im Grunde alles ist, dachte er und sah Makarow mürrisch an, der mit Feuereifer von Troubadouren, Turnieren und Duellen redete.

Als Klim ins Speisezimmer trat, erblickte er die Mutter, sie versuchte vergeblich, das Fenster zu öffnen, und mitten im Zimmer stand ein ärmlich gekleideter Mann in schmutzigen und langen, bis ans Knie reichenden Stiefeln, er stand da mit zurückgeworfenem Kopf, offenem Mund und schüttete sich auf die herausgestreckte, zu einem Schiffchen geformte Zunge ein weißes Pulver aus einem Papierchen.

»Das ist Onkel Jakow«, sagte die Mutter hastig. »Mach doch bitte das Fenster auf!«

Klim ging zum Onkel, verneigte sich, streckte die Hand aus und ließ sie wieder sinken: Jakow Samgin, der in der einen Hand ein Glas Wasser hielt, mit den Fingern der anderen das Papier zu einem Kügelchen zusammenrollte und sich die Lippen leckte, schaute den Neffen mit einem unnatürlich glänzenden Blick grauer, geschwollener Augen ins Gesicht. Nachdem er einen Schluck Wasser genommen hatte, stellte er das Glas auf den Tisch, warf das Papierkügelchen auf den Boden, drückte dem Neffen mit seiner dunklen, knochigen Rechten die Hand und fragte dumpf: »Das ist doch der zweite? Klim? Und Dmitrij? Aha. Student? Naturwissenschaftler selbstverständlich?«

»Sprich lauter, ich werde vom Chinin allmählich taub«, machte Jakow Samgin Klim aufmerksam, setzte sich an den Tisch, schob das

Gedeck mit dem Ellenbogen beiseite und zeichnete mit dem Finger einen Kreis auf das Tischtuch.

»Einen geheimen Treffpunkt gibt es also nicht? Auch keine Zirkel? Sonderbar. Was machen sie denn jetzt?«

Die Mutter zuckte die Achseln und zog die Brauen zu einer Linie zusammen. Ohne ihre Antwort abzuwarten, sagte Samgin zu Klim: »Du wunderst dich wohl? Hast du solche Menschen noch nicht gesehen? Ich habe zwanzig Jahre in Taschkent und im Semipalatinskaja-Gebiet verbracht, mein Lieber, unter Menschen, die man wohl als Wilde bezeichnen kann. Ja. Mich nannte man, als ich in deinem Alter war, ›l'homme qui rit‹.«

Klim merkte, daß der Onkel l'homme wie ljom aussprach.

»Habe Kanäle gegraben. Aryks. Dort ist das Fieber, mein Junge.«

Der Onkel blickte sich im Speisezimmer um und rieb sich dann kräftig die Backe.

»Hm, Iwan ist reich geworden. Wie macht er das? Treibt er Handel?«

Und nachdem er das Zimmer nochmals mit seinem tastenden Blick genau angesehen hatte, machte er es für Klims Augen farblos: »Genau wie ein Bahnhofsbüfett.«

Er hatte in das Speisezimmer den Geruch fauligen Leders und noch einen anderen, ebenso muffigen Geruch gebracht. Auf den Knochen seiner Schultern hing ein weiter, eisenfarbener Rock, auf der Brust aufgeknöpft, zeigte er ein graues Hemd aus grober Leinwand; um den runzligen Hals, unter dem spitzen Adamsapfel, hatte sich ein rotseidenes Tuch zum Strick zusammengedreht, das Tuch war uralt und in den Falten zerschlissen. Die erdige Gesichtsfarbe, die grauen, spärlichen Borsten des gestutzten Schnurrbarts, der kahle, verräucherte Schädel mit Resten lockigen Haars am Hinterkopf, hinter dunklen, ledernen Ohren – das alles verlieh ihm Ähnlichkeit mit einem alten Soldaten oder einem ausgestoßenen Mönch. Doch seine Zähne glänzten weiß und jung, und der Blick seiner grauen Augen war klar. Dieser etwas zerstreute, aber nachdenklich sich erinnernde Blick unter dichten Brauen und tiefen Stirnfalten hervor erschien Klim wie der Blick eines halbwahnsinnigen Menschen. Überhaupt war der Onkel irgendwie erschreckend zufällig und fremd, durch seine Anwesenheit hatten die Möbel des Speisezimmers ihr solides Aussehen verloren, waren die Bilder verblaßt, war vieles schwer und dadurch überflüssig und störend geworden. Die Fragen des Onkels klangen wie Fragen eines Examinators, die Mutter war aufgeregt, antwortete kurz, trocken und wie schuldbewußt.

»Nun, wie steht's, was habt ihr im Gymnasium für Zirkel?« vernahm Klim, und da er schlecht unterrichtet war, antwortete er unsicher, aber ehrerbietig, als spräche er mit Rshiga: »Tolstojaner. Dann – Ökonomisten . . . nicht viele.«

»Erzähle!« befahl der Onkel. »Sind die Tolstojaner eine Sekte? Ich habe gehört, sie bilden Kolonien in den Dörfern.«

Er nickte.

»Das war einmal. Wir haben das auch gemacht. Ich kenne doch die Sektierer, bin Propagandist unter den Molokanen im Saratower Gouvernement gewesen. Über mich, heißt es, hat Stepnjak geschrieben, der Krawtschinskij, weißt du? Der Gussew – das bin ich.«

Es war gut, daß er, wenn er fragte, auf die Antworten nicht wartete. Doch nach den Tolstojanern forschte er hartnäckig weiter: »Nun, was machen sie denn? Kolonien, ja, aber was noch?«

Klim warf einen Seitenblick zur Mutter, die am Fenster saß; er hätte sie fragen wollen: Warum wird kein Frühstück aufgetragen? Doch die Mutter schaute zum Fenster hinaus. Da teilte er, aus Angst, in Verlegenheit zu geraten, dem Onkel mit, daß im Seitenbau ein Schriftsteller wohne, der ihm von den Tolstojanern und von allem besser erzählen könne als er, er selbst sei nämlich so sehr mit dem Lernen beschäftigt, daß . . .

»Uns hat das Lernen nicht gehindert«, bemerkte der Onkel vorwurfsvoll und zog die graue Lippe hoch. Dann begann er ihn über den Schriftsteller auszufragen. »Katin? Kenne ich nicht.«

Ihm gefiel sehr, daß der Schriftsteller unter polizeilicher Aufsicht stand, er lächelte. »Aha, also einer von den Ehrlichen. Zu meiner Zeit schrieben ehrlich: Omulewskij, Nefjodow, Bashin, Stanjukowitsch, Sassodimskij, einen Lewitow gab es, das war ein Schwätzer. Slepzow – mit allerhand Krimskrams . . . Uspenskij ebenfalls. Es gab zwei Uspenskijs, der eine war etwas tapferer, der andere ging gerade noch. Mit etwas Spott.«

Er versank in Nachdenken und fragte plötzlich die Mutter: »Ich habe ganz vergessen: Iwan schrieb mir, er sei mit dir auseinander. Mit wem lebst du denn, Wera? Mit einem Reichen offenbar? Ein Rechtsanwalt, was? Aha, ein Ingenieur. Ein Liberaler? Hm . . . Und Iwan ist in Deutschland, sagst du? Weshalb denn nicht in der Schweiz? Er ist zur Kur? Nur zur Kur? Er war doch gesund. Aber in den Prinzipien war er nicht fest. Das wußten alle.«

Er sprach laut, als wäre er taub, seine heisere Stimme klang gebieterisch. Die kurzen Antworten der Mutter wurden auch immer lauter, es schien, nur noch ein paar Minuten, und auch sie beginnt zu schreien.

»Wie alt bist du – fünfunddreißig, siebenunddreißig? Du siehst noch jung aus«, sagte Jakow Samgin und holte, plötzlich verstummend, ein Pulver aus der Rocktasche hervor, nahm es ein, trank Wasser nach, stellte das Glas fest auf den Tisch und befahl Klim: »Führe mich doch mal zu dem Schriftsteller. Zu meiner Zeit haben Schriftsteller einiges bedeutet . . .«

Über den Hof ging Jakow Samgin langsam und schaute sich um wie einer, der sich verirrt hat, der sich an etwas längst Vergessenes erinnert. »Ist das Iwans Haus? Gehört es ihm?«

»Dem Großvater. Aber Warawka hat es gekauft . . .«

»Wer?«

Klim wußte nicht, wie er antworten sollte, da sah der Onkel ihm ins Gesicht und antwortete selbst: »Ich verstehe – Mutters Hausfreund. Warum bist du denn verlegen? Das ist eine gewöhnliche Sache. Die Frauen lieben das – Prunk und dergleichen. Wie aufgeblasen du aussiehst, mein Lieber«, schloß er plötzlich.

Katin empfing Samgin ehrerbietig wie einen Vater und begeistert wie ein junger Mann. Lächelnd, sich verneigend, schüttelte er ihm mit beiden Händen die dunkle Hand und sagte hastig: »Ich erblickte Sie vom Fenster aus und fühlte sofort: Das ist er! Mir hat Sarachanow aus Saratow geschrieben . . .«

Onkel Jakow betrachtete lächelnd die ärmliche Behausung, und Klim merkte sofort, daß sein dunkles, runzliges Gesicht sich erhellte, irgendwie verjüngte. »Nun, nun«, sagte er, auf dem altersschwachen Diwan Platz nehmend. »So ist das. Ja. In Saratow sind einige. In Samara auch . . . ich verstehe das nicht. Simbirsk ist wie eine unbewohnte Hütte.«

Er zählte noch einige an der Wolga gelegene Städte auf und fragte schließlich: »Nun, und wie steht es bei Ihnen? Sprechen Sie lauter und nicht schnell, ich höre schlecht, das Chinin macht taub«, bemerkte er vorsorglich, und als zweifelte er, daß man ihn verstehen werde, hob er die Hände und zupfte sich mit den Fingern an seinen Ohrläppchen; Klim dachte, diese von der Sonne versengten, dunklen Ohren müßten knacken, wenn man sie berührte.

Der Schriftsteller begann vom Leben der Intelligenz im Ton eines Menschen zu erzählen, der befürchtet, man könnte ihn in irgendeiner Hinsicht beschuldigen. Er lächelte verlegen, bewegte sich beschämt, nannte Klim kaum bekannte Namen seiner Freunde und fügte bekümmert hinzu: »Er arbeitet auch im Semstwo, als Statistiker.«

»Im Semstwo – das ist gut«, sagte Onkel Jakow beifällig, setzte jedoch hinzu: »Aber das genügt noch nicht.«

Dann sagte er, den Adamsapfel vorwölbend, mit einem Seufzer: »Verwildert seid ihr.«

»Das heißt jetzt ›klüger werden‹«, erläuterte Katin schuldbewußt. »Es gibt sogar eine Erzählung zum Thema des Verrates an der Vergangenheit, die heißt auch so: ›Klüger geworden‹. Boborykin hat sie geschrieben.«

»Boborykin ist ein Schwätzer!« erklärte der Onkel, die Hand hebend, entschieden. »Ahmen Sie ihn nicht nach, Sie sind jung. Boborykin darf man nicht nachahmen.«

Leise ging die Tür auf, schüchtern trat die Frau des Schriftstellers ein, er sprang auf, ergriff sie bei der Hand. »Das ist meine Frau, Jekaterina, Katja.«

Jakow Samgin betrachtete die Frau freundlich und lächelte. »Eine Popentochter, nicht wahr?«

»Ja!«

»Die Gesichtszüge! Unverkennbar. Sind auch Kinder da?«

»Sie sterben immer wieder.«

»Hm . . . Und was liest die Jugend jetzt?«

Katin begann leiser, weniger lebhaft zu reden. Klim schien es, als ob der Schriftsteller trotz der Freude, mit der er den Onkel empfangen hatte, Angst vor ihm hätte wie ein Schüler vor seinem Lehrer. Die heisere Stimme des Onkel Jakow hingegen war kräftiger geworden, in seinen Worten klang eine Unmenge dröhnender Laute auf.

Klim wäre gern fortgegangen, aber er fand, es wäre unpassend, den Onkel allein zu lassen. Er saß in der Ecke am Ofen und beobachtete, wie die Frau des Schriftstellers um den Tisch herumging, geräuschlos das Teegeschirr aufstellte und bisweilen den Gast mit erschrockenen Augen ansah. Sie fuhr sogar zusammen, als Onkel Jakow sagte: »Revolution wird nicht mit Pausen gemacht.«

Klim freute sich, als das Dienstmädchen kam und ihn zum Frühstück rief. Onkel Jakow lehnte die Aufforderung mit einer Handbewegung ab. »Ich lebe nur von gekochtem Reis, Tee und Brot. Und wer frühstückt denn um zwei Uhr?« fragte er, auf die Wanduhr blikkend.

Daheim im Speisezimmer schritt Warawka mit düsterer Miene auf und ab und kämmte mit einem schwarzen Kamm seinen Bart; er empfing Klim mit der Frage: »Und der Onkel?«

»Er lebt nur von gekochtem Reis.«

Schweigend setzten sie sich zu Tisch. Die Mutter seufzte und fragte: »Wie gefällt er dir?«

Klim, der die Stimmung erriet, antwortete: »Er ist sonderbar . . .«

Die Mutter lehnte sich auf dem Stuhl zurück, kniff die Augen zu und sagte: »Wie ein Gespenst.«

»Ein hungernder Inder«, unterstützte sie der Sohn.

»Er ist nicht älter als fünfzig«, dachte die Mutter laut. »Er war lustig, ein Tänzer, ein Spaßvogel. Doch plötzlich ging er ins Volk, zu den Sektierern. Es scheint, er hatte eine unglückliche Liebe.«

Warawka wischte sich den Bart ab und schenkte allen freigebig Wein ein. »Sie haben alle einen unglücklichen Liebesroman mit der Geschichte. Die Geschichte ist eine Messalina, Klim, sie liebt Verhältnisse mit jungen Leuten, aber – kurzfristige. Noch ehe die junge Generation dazu kommt, nach Herzenslust zu schwärmen, ihr den Hof zu machen, treten schon neue Liebhaber an ihre Stelle.«

Er wischte sich den Bart kräftig mit der Serviette ab und begann dann energisch zu belehren, daß nicht die Herzens, nicht die Tschernyschewskijs die Geschichte machten, sondern die Stephensons und Arkwrights, und daß in einem Land, wo das Volk an Hausgeister, an Zauberer glaube und die Erde mit einem hölzernen Hakenpflug aufstochere, mit Gedichtchen nichts zu machen sei.

»Vor allem braucht man einen guten Pflug, danach erst ein Parlament. Kecke Reden sind billig. Man muß in Worten reden, die die Instinkte bändigen und den Verstand wecken«, stieß er irgendwie immer gereizter hervor, und sein Gesicht lief rot an. Die Mutter schwieg besorgt, und Klim verglich unwillkürlich ihr Schweigen mit dem Schreck der Schriftstellersfrau. Warawkas plötzliche Gereiztheit hatte auch etwas mit dem erregten Ton Katins gemein.

»Ich denke, ihn im Mezzanin unterzubringen«, sagte die Mutter leise.

»Und Dronow?« fragte Warawka.

»Ja . . . Ich weiß nicht . . .«

Warawka zuckte die Achseln. »Wie du willst.«

Doch Onkel Jakow lehnte es ab, im Mezzanin zu wohnen.

»Treppensteigen ist nicht gut für mich, mir schmerzen die Füße«, sagte er und ließ sich beim Schriftsteller in dem kleinen Zimmer nieder, wo die Schwester seiner Frau gewohnt hatte. Die Schwester wurde in einer Kammer untergebracht. Die Mutter fand, es wäre taktlos von Onkel Jakow, nicht bei ihnen zu wohnen, Warawka stimmte ihr zu: »Eine Demonstration . . .«

Onkel Jakow benahm sich in der Tat etwas ungewöhnlich. Er kam nicht ins Haus, grüßte Klim zerstreut und wie einen Unbekannten; er ging über den Hof wie auf der Straße und blickte hocherhobenen Hauptes, den mit grauen Stoppeln gezierten Adamsapfel vorgereckt, mit den Augen eines Fremden in die Fenster. Er verließ den Seitenbau fast immer zur Mittagszeit, in den heißen Stunden, und kehrte gegen Abend zurück, den Kopf nachdenklich gesenkt, die Hände in die Taschen seiner dicken, kamelhaarfarbenen Hose gesteckt.

»Ein altes Beil«, sagte Warawka von ihm. Er verhehlte nicht, daß ihm Jakow Samgins Anwesenheit im Seitenbau nicht gefiel. Täglich sagte er in grobem Ton etwas Spöttisches über ihn, was die Mutter offensichtlich bedrückte und sogar auf das Dienstmädchen Fenja wirkte, es betrachtete die Mieter des Seitenbaus und ihre Gäste so ängstlich und feindselig, als wären diese Leute imstande, das Haus in Brand zu stecken.

Beunruhigt durch das Verlangen nach einer Frau, fühlte Klim, daß er abstumpfte, die Farbe verlor, besessen wurde wie Makarow, und er beneidete bis zum Haß Dronow, der zwar das Wolfsbillett erhalten hatte, aber irgendwie zur Ruhe gekommen war und, nachdem er in Warawkas Kontor eine Stellung gefunden hatte, fortfuhr, sich bei Tomilin unbeirrt auf die Reifeprüfung vorzubereiten.

Da er nicht wußte, was er mit sich anfangen sollte, ging Klim zuweilen in den Seitenbau, zum Schriftsteller. Dort waren neue Leute aufgetaucht: die starknasige Heilgehilfin Isaakson; ein kleiner alter Mann, dessen Augen hinter einer dunklen Brille versteckt waren, der sich alle Augenblicke die dicklichen Hände rieb und dabei rief: »Ich unterschreibe!«

Zuweilen erschien ein Handwerker, nach den Händen zu urteilen ein Schlosser; auch er sagte meist ein und dasselbe: »Das brauchen wir wie der Hund das fünfte Bein.«

Die Fensterläden waren geschlossen, die Scheiben verhängt, aber die Frau des Schriftstellers trat trotzdem ab und zu an die Fenster, hob den Vorhang hoch und schaute auf das schwarze Quadrat. Und ihre Schwester lief auf den Hof, blickte zum Tor hinaus, auf die Straße, und Klim hörte, wie sie halblaut, beruhigend zur Schwester sagte: »Es ist niemand da, keine Menschenseele.«

Klim gab auf die ihm bereits bekannten Reden und Debatten fast nicht mehr acht, sie berührten, sie interessierten ihn nicht. Der Onkel sagte auch nichts Neues, er war wohl weniger gesprächig als die anderen, seine Gedanken waren einfach und liefen auf das eine hinaus: »Man muß das Volk in Bewegung bringen.«

Klim ging dann in den Seitenbau, wenn er erfuhr oder sah, daß Lidija hingegangen war. Das bedeutete, daß auch Makarow dort sein würde. Wenn er jedoch das Mädchen beobachtete, kam er zu der Überzeugung, daß sie noch etwas anderes als Makarow hinzog. Sie saß in einer Ecke, hüllte sich trotz der rauchigen Schwüle in ein orangefarbenes Tuch und sah die Leute, die Lippen fest zusammengekniffen, mit einem strengen Blick ihrer dunklen Augen an. Klim schien es, als zeigte sich in diesem Blick und überhaupt in Lidijas ganzem Benehmen etwas Neues, fast Komisches, irgendein gekünstelter, witwenhafter Ernst und Kummer.

»Was sagst du zum Onkel?« fragte er und war sehr erstaunt, als er die sonderbare Antwort hörte: »Er ähnelt Johannes dem Täufer.«

Als sie einmal in einer Frühlingsnacht nach Verlassen des Seitenbaus mit Klim im Garten spazierenging, sagte sie: »Sonderbar, daß es Menschen gibt, die nicht nur an sich selbst denken können. Mir scheint, darin liegt etwas Unsinniges. Oder – etwas Gekünsteltes.«

Klim sah sie fast ärgerlich an; sie hatte gerade das gesagt, was er empfand, wofür er aber noch keine Worte gefunden hatte.

»Und dann«, fuhr das Mädchen fort, »ist bei ihnen alles irgendwie auf den Kopf gestellt. Mir scheint, sie sprechen von der Liebe zum Volk mit Haß, vom Haß gegen die Zarenmacht aber mit Liebe. Wenigstens höre ich das so.«

»Aber es ist natürlich nicht so«, sagte Klim, wobei er hoffte, daß sie fragen werde: Wie denn? – und dann hätte er vor ihr glänzen können, er wußte schon, wie und wodurch. Doch das Mädchen schwieg, schritt nachdenklich weiter und schlug ihr Tuch fest um die Brust; Klim entschloß sich nicht, ihr das zu sagen, was er wollte.

Er fand, daß Lidija zu ernst und zu klug für ihr Alter sprach, das war unangenehm, aber sie versetzte ihn dadurch immer häufiger in Erstaunen.

Ein paar Tage später fühlte er von neuem, daß Lidija ihn bestahl. Nach dem Abendessen im Speisezimmer begann die Mutter aus irgendeinem Grund Lidija sehr beharrlich darüber auszufragen, was im Seitenbau gesprochen würde. Das Mädchen, das am offenen Gartenfenster seitwärts von Wera Petrowna saß, antwortete widerstrebend und nicht sehr höflich, plötzlich aber wandte sie sich schroff auf dem Stuhl um und sagte nun schon etwas gereizt: »Vater fürchtet auch, daß mich diese Leute mit irgend etwas anstecken. Nein. Ich denke, all ihr Reden und Debattieren ist nur ein Versteckspielen. Diese Leute verstecken sich vor ihren Leidenschaften, vor Langerweile; vielleicht – vor Lastern . . .«

»Bravo, meine Tochter!« rief Warawka, sich im Lehnstuhl rekelnd, und steckte sich eine Zigarre in den Bart. Lidija fuhr leiser und ruhiger fort: »Man muß sich selbst vergessen. Das wollen viele, meine ich. Natürlich nicht solche wie Jakow Akimowitsch. Er . . . ich weiß nicht, wie ich das ausdrücken soll . . . er hat sich ein für allemal einer Idee als Opfer hingeworfen . . .«

»Ist wie ein Blinder in eine Grube gefallen«, flocht Warawka ein, während Klim, der fühlte, daß er vor Ärger erbleichte, sich darüber Gedanken machte: Weshalb ergab es sich immer so, daß alle ihm zuvorkamen? Tomilins Worte, daß die Menschen sich in Ideen voreinander versteckten, hatten ihm besonders gefallen, er hielt sie für richtig.

»Das sagt Tomilin«, äußerte er ärgerlich.

»Ich habe nicht behauptet, daß das von mir erdacht sei«, erwiderte Lidija.

»Du hast es von Makarow gehört«, beharrte Klim.

»Na und?«

»Onkel Jakow ist ein Opfer der Geschichte«, sagte Klim hastig. »Er ist kein Jakob, sondern ein Isaak.«

»Das verstehe ich nicht«, sagte Lidija und zog die Brauen hoch, aber Klim ärgerte sich über sich selber wegen der Worte, die niemand beachtete, und murmelte zornig: »Wenn Makarow betrunken ist, redet er schrecklichen Unsinn. Er nennt sogar die Liebe ein rudimentäres Gefühl.«

Warawka brach, die Zigarre schwenkend, in heftiges Gelächter aus. Wera Petrowna bemerkte nachsichtig lächelnd: »Er weiß nicht, was ›rudimentär‹ bedeutet.«

Lidija warf einen Blick auf sie und ging leise zur Tür. Klim schien es, als wäre sie vom Lachen des Vaters gekränkt, Warawka indes ächzte, sich die Tränen abwischend: »Oh, oh . . . ach, diese Kinder, diese Kinder!«

Klim wäre Lidija gern nachgegangen, um sich mit ihr zu streiten, doch da wandte sich Warawka, des Lachens müde, ihm zu und fing an, mit satter Stimme über die Schule zu reden: »Man lehrt euch nicht das, was ihr wissen müßt. Vaterlandskunde – das ist die Wissenschaft, die von den ersten Klassen an gelehrt werden sollte, wenn wir eine Nation sein wollen. Die Russen sind noch immer keine Nation, und ich fürchte, Rußland wird noch einmal so durcheinandergeschüttelt werden müssen wie Anfang des siebzehnten Jahrhunderts. Dann werden wir eine Nation sein – wahrscheinlich.«

Er wurde lebhafter und sprach davon, daß die Stände sich ironisch und feindselig gegeneinander verhielten, wie Stämme unterschiedlicher Kulturen, daß jeder von ihnen überzeugt sei, alle anderen könnten ihn nicht verstehen, und sie fänden sich ruhig damit ab, daß aber alle miteinander der Ansicht seien, die Bevölkerung der drei benachbarten Gouvernements bestehe, was ihre Gepflogenheiten, Gebräuche, sogar die Sprache anbelange, aus anderen Menschen, aus schlechteren als sie, die Einwohner dieser Stadt.

Klim langweilte das. Er konnte nicht über Rußland, das Volk, die

Menschheit, die Intelligenz nachdenken, das alles berührte ihn kaum. Von den sechzigtausend Einwohnern der Stadt kannte er einige sechzig oder hundert, und er war überzeugt, die ganze stille, staubige, zu drei Vierteln aus Holzhäusern bestehende Stadt gut zu kennen. Vor der Stadt floß träge ein trüber Fluß, auf der Seite des Klosterfriedhofs ging die Sonne auf und gemächlich, nach Vollendung ihrer Bahn hinter dem Schlachthof, in den Gemüsefeldern unter. Ohne Hast, demütig lebten die Adligen, Kaufleute, Bürger und Handwerker, von der Geistlichkeit und den Beamten betreut.

Je mehr er die Liebhaber von Debatten und Meinungsverschiedenheiten beobachtete, desto argwöhnischer verhielt er sich zu ihnen. Es entstand bei ihm ein unklarer Zweifel an dem Recht und den Versuchen dieser Leute, die Aufgaben des Lebens zu lösen und die Lösungen ihm aufzudrängen. Hierzu mußte es andere Menschen geben, solidere, weniger hitzige und auf jeden Fall keine halbverrückten wie den abgehetzten Onkel Jakow.

Tomilin wurde für Klim zum einzigen außer Zweifel stehenden und zum menschlichsten Menschen. Er hatte sich dazu verurteilt, über alles nachzudenken, und konnte oder wollte nichts tun. Er suchte nicht den Zuhörer in seine Gedanken einzuspannen, sondern erzählte nur, was er dachte, und interessierte sich offenbar wenig dafür, ob man ihm zuhörte. Er lebte, ohne jemanden zu stören, ohne zu verlangen, daß man ihn besuche, wie es die familiäre Liebenswürdigkeit und das Lächeln des Schriftstellers Katin verlangten. Man konnte zu ihm hingehen oder nicht hingehen; er erweckte weder Sympathie noch Antipathie, während die Leute im Seitenbau ein beunruhigendes Interesse und zugleich unklare Feindseligkeit hervorriefen. Man mußte schließlich zugeben, daß Makarow recht hatte, als er von diesen Leuten sagte: »Hier ist jeder bestrebt, mich wie einen Jagdhund abzurichten.«

Klim fühlte dieses Bestreben auch, und da er es für eigennützig, für eine Bedrohung seiner persönlichen Freiheit hielt, gewöhnte er sich an, jedesmal, wenn er sich dem Druck dieses oder jenes Glaubenslehrers aussetzte, höflich zu schweigen oder halb beizustimmen.

Seine sexuellen Emotionen, geschürt durch Dronows glückliches Lächeln, wirkten sich immer lästiger aus. Das hatte Warawka bereits bemerkt; als Klim einmal durch den Korridor ging, hörte er ihn zur Mutter sagen: »In seinem Alter war ich in meine leibliche Tante verliebt: Beunruhige dich nicht, er ist kein Romantiker und ist nicht dumm. Schade, daß unser Dienstmädchen so eine Vogelscheuche ist . . .«

Der Zynismus, das Dienstmädchen zu erwähnen, berührte Klim unangenehm, peinlich war ihm auch, daß sein Schmachten bemerkt worden war, immerhin aber gestatteten Warawkas ruhig gesprochene Worte etwas. Zwei Tage später gingen die Mutter und Warawka ins Theater, Lidija und Ljuba Somowa begaben sich zu Alina, Klim lag in seinem Zimmer, er hatte Kopfschmerzen. Im Haus war es still, dann ertönte ganz plötzlich im Speisezimmer ein halblautes Lachen, irgend etwas patschte schallend wie eine Ohrfeige, ein Stuhl wurde gerückt, und zwei Frauenstimmen begannen gedämpft zu singen. Klim stand lautlos auf, öffnete behutsam die Tür: Das Dienstmädchen und die Weißnäherin Rita tanzten einen Walzer rund um den Tisch, auf dem gleich einem kupfernen Götzen der Samowar glänzte.

»Eins, zwei, drei«, lehrte Rita halblaut. »Stoß nicht mit den Knien. Eins, zwei . . .« Das Dienstmädchen sah mit geneigtem Kopf besorgt auf die Füße, doch Rita, die über ihre Schulter hin Klim in der Tür erblickte, stieß sie von sich, grüßte ihn, ordnete mit beiden Händen ihr zerzaustes Haar und sagte munter und betäubend laut: »Oh, entschuldigen Sie . . .«

»Bitte schön, bitte schön«, sagte Klim hastig, während er die Hände in die Taschen steckte. »Ich kann Ihnen sogar etwas spielen – wollen Sie?«

Das verwirrte Dienstmädchen ergriff den Samowar und lief davon, die Näherin begann, das Geschirr vom Tisch auf ein Tablett abzuräumen, wobei sie sagte: »Nein, wozu denn . . .«

Klim erinnerte sich unklar an all das, was geschah. Er handelte in einem Zustand von Angst und plötzlicher Trunkenheit; er ergriff Rita bei der Hand und zerrte sie in sein Zimmer, indem er sie flüsternd anflehte: »Bitte . . . bitte . . .«

Sie entriß ihm leise lachend ihre heiße Hand und ging neben ihm her, indem sie ebenfalls flüsterte: »Was ist mit Ihnen? Darf man das?«

Doch nachher, als sie vom Bett aufgesprungen war, beugte sie sich über ihn, küßte ihn, seine Wangen in ihre Hände pressend, dreimal auf die Lippen und flüsterte ganz außer Atem: »Ach, Sie, Sie, Sie!«

Als Klim zu sich gekommen war, wunderte er sich: Wie einfach das alles war. Er lag auf dem Bett, und es wiegte ihn sacht hin und her; ihm schien, sein Körper wäre leichter und stärker geworden, obwohl er mit angenehmer Müdigkeit gesättigt war. Es kam ihm vor, als lägen in dem glühenden Flüstern Ritas, in ihren letzten drei Küssen sowohl Lob als auch Dankbarkeit.

Dabei habe ich doch gar nichts versprochen, dachte er und fragte sich sogleich: Womit zahlt ihr Dronow?

Die Erinnerung an Dronow kühlte ihn etwas ab, hier war etwas Dunkles, Doppeldeutiges und zwiefach Komisches. Als ob er sich vor jemandem rechtfertige, sagte sich Klim Samgin fast laut: Das werde ich mir natürlich nicht mehr erlauben mit ihr. Doch nach einer Minute entschied er anders: Ich werde ihr sagen, daß sie sich nicht mehr unterstehen soll, mit Dronow ...

Er wollte aufstehen, die Lampe anzünden und sich im Spiegel betrachten, aber die Gedanken um Dronow fesselten ihn, da sie mit irgendwelchen Unannehmlichkeiten drohten. Doch Klim unterdrückte diese Gedanken mühelos, indem er sich an Makarow erinnerte, an seine düstere Unruhe, an die nichtigen »Triumphe der Frauen«, das »rudimentäre Gefühl« und den übrigen lächerlichen Unsinn, von dem dieser Mensch lebte. Es bestand kein Zweifel – Makarow hatte das alles zur Beschönigung seiner selbst erfunden und führte sicher insgeheim ein ausschweifenderes Leben als andere. Wenn er schon trank, mußte er auch ein ausschweifendes Leben führen, das war klar.

Diese Überlegungen erlaubten Klim, an Makarow mit einem verächtlichen Lächeln zu denken, er schlief bald ein, und als er erwachte, fühlte er sich als ein anderer Mensch, als wäre er in der Nacht gewachsen und als wäre in ihm das Gefühl seiner Bedeutsamkeit, der Selbstachtung und des Selbstvertrauens gewachsen. Etwas Fröhliches gärte in ihm, er hätte sogar singen mögen, und die Frühlingssonne schaute irgendwie wohlwollender als gestern in sein Fenster. Dennoch zog er es vor, seine neue Stimmung vor allen zu verbergen, er benahm sich zurückhaltend wie immer und dachte an die Weißnäherin zärtlich, dankbar.

Nach etwa fünf Tagen, die er in dem angenehmen Bewußtsein durchlebt hatte, den ernsthaften Schritt so einfach vollbracht zu haben, drückte ihm das Dienstmädchen Fenja vorsichtig einen kleinen zerknitterten Briefumschlag in die Hand; ihm war in der einen Ecke ebenso wie beim Briefbogen ein blaues Vergißmeinnicht aufgeprägt. Klim las nicht ohne Stolz: »Wenn Sie mich nicht vergessen haben, kommen Sie morgen, wenn die Glocken zum Abendgottesdienst zu läuten aufhören. Stumpfe Ecke, Haus Wesjolyj, fragen nach Marg. Waganowa.«

Margarita empfing ihn, als käme er nicht zum ersten-, sondern zum zehntenmal. Als er eine Schachtel Konfekt auf den Tisch legte, einen Korb mit Gebäck und eine Flasche Portwein dazustellte, fragte sie mit verschmitztem Lächeln: »Sie wollen also – Tee trinken?«

Klim umarmte sie und sagte: »Ich will, daß du mich liebst.«

»Das – verstehe ich doch nicht!« erwiderte die Frau mit gutherzigem Lachen.

Erstaunlich einfach war es mit ihr und um sie herum in dem kleinen, sauberen, von einem sonderbar berauschenden Duft erfüllten Zimmer. In der einen Ecke an der Wand stand, das Kopfende zum Fenster, mit einer weißen Pikeedecke bedeckt, das Bett. Das Fenster ging auf ein niedriges Dach hinaus, ein weißer Vorhang verhüllte die Scheiben; hinter dem Dach ragten blaßrosa Zweige blühender Apfel- und Kirschbäume hervor. Eine Wespe schlug gegen die Fensterscheibe. Auf der Kommode, die mit einer Häkeldecke belegt war, stand ein ungerahmter Spiegel und waren sorgsam Kästchen und Döschen aufgebaut; in der einen Ecke blinkte die silberne Einfassung einer Ikone, und die Ecke an der Tür war mit einem hellgrauen Stück Kaliko verhängt. Alles war ungemein ruhig, still, das Summen der Wespe gehörte dazu, alles schien der Wirklichkeit und Klims gewohnter Welt unermeßlich weit entrückt.

Margarita sprach halblaut, sie zog die leeren Worte träge auseinander, ohne nach etwas zu fragen. Auch Klim fand nichts, worüber er mit ihr hätte reden können. Da er sich dumm vorkam und dadurch etwas befangen wurde, lächelte er. Margarita, die Schulter an Schulter mit dem Gast auf einem Stuhl saß, schaute ihm ab und zu mit zehrendem Blick ins Gesicht, als erinnere sie sich an etwas; das beunruhigte Klim sehr, er streichelte ihr behutsam ihre Schulter, die Brust und konnte sich zu nichts Weiterem entschließen. Sie tranken zwei Gläschen Portwein, dann fragte Margarita: »Nun, ins Bettchen?«

Sie stand gleich auf und riet ihm beim Ausziehen besorgt: »Zieh dich auch ganz aus, so wird es besser sein . . .«

Eine Stunde später, als sie mit herabhängenden Beinen nackt auf dem Bett saß, betrachtete sie Klims Socke und sagte mit müdem Gähnen: »Das muß gestopft werden.«

Klim schlummerte.

Nach fünf, sechs Zusammenkünften fühlte er sich bei Margarita mehr zu Hause als in seinem Zimmer. Bei ihr brauchte er nicht auf sich zu achten, sie verlangte von ihm weder Verstand noch Zurückhaltung, überhaupt – sie verlangte nichts und bereicherte ihn unauffällig mit vielem, das er als für sich wertvoll entgegennahm.

Er begann jetzt, die bekannten Mädchen mit anderen Augen zu betrachten. Er sah, daß Ljuba Somowa wie mit der Axt behauene Hüften hatte, daß der Rock flach an ihnen herunterhing und sich hinten zu sehr blähte und daß Ljubas Gang spatzenhaft hüpfend war. Dicklich und unförmig, redete sie oft von Liebe, erzählte von Romanen, ihr hübscher gewordenes Gesichtchen rötete sich erregt, in den gütigen, grauen Augen leuchtete die sanfte Rühung einer alten Frau, die von Wundern, vom Leben der Heiligen und großen Märtyrern erzählt. Das klang bei ihr naiv, manchmal sogar so rührend, das Klim es notwendig fand, sie auf jeden Fall durch ein freundliches Lächeln zu ermuntern, doch dabei dachte er: Ein glückseliges Närrchen. Ein Dummchen.

Ihre Geschichten reizten Lidija fast immer, zuweilen aber brachten sie sie auch zum Lachen. Lidija lachte vorsichtig, unsicher und schrill und blickte gleich darauf finster um sich, als sei sie eines unangebrachten Verhaltens schuldig. Die Somowa brachte Romane mit und gab sie Lidija zu lesen; als Lidija jedoch »Madame Bovary« gelesen hatte, sagte sie zornig: »Alles, was da wahr ist – ist Gemeinheit, und was gut ist – ist gelogen.«

Zu »Anna Karenina« verhielt sie sich noch schärfer: »Das sind alles Pferde; diese Anna und der Wronskij und alle anderen.«

Die Somowa empörte sich: »Mein Gott, was für ein ungebildetes Geschöpf, was für ein Scheusal du bist! Du bist irgendwie nicht normal!«

Auch Klim fand an Lidija etwas Unnormales; er begann sogar, ihren allzu unverwandten, forschenden Blick etwas zu fürchten, obwohl sie nicht nur ihn, sondern auch Makarow so ansah. Doch Klim merkte, daß ihr Verhalten zu Makarow freundschaftlicher wurde und daß Makarow mit ihr nicht mehr so spöttisch und zänkisch sprach.

Sehr erstaunt war Klim über Lidijas Freundschaft zu Alina Telepnjowa, die, während sie betörend schön wurde, offenkundig immer mehr verdummte, wie Klim dies, den Worten der Mutter entsprechend, fand, die gesagt hatte: »Dieses Mädchen wäre netter und klüger, wenn sie nicht so schön wäre.«

Klim hatte sofort erkannt, daß das zutraf. Die Schönheit war die Quelle ständiger Beunruhigung für das Mädchen, Alina behandelte sich wie eine Kostbarkeit, die ihr jemand für kurze Zeit und unter der Drohung gegeben hatte, sie ihr sofort wieder wegzunehmen, sobald sie nur ihr bezauberndes Gesicht durch irgend etwas verdürbe. Ein Schnupfen war für sie eine ernsthafte Krankheit, sie fragte erschrocken: »Ist meine Nase sehr rot? Meine Augen sind trübe, was?«

Eine winzige Pustel im Gesicht brachte sie zur Verzweiflung, ebenso ein Niednagel oder ein Mückenstich. Sie hatte Angst, zu dick, und Angst, zu dünn zu werden, sie hatte Angst vor dem Donner.

»Mag es blitzen«, sagte sie. »Das ist sogar schön, aber ich kann es nicht ertragen, wenn über mir der Himmel kracht.«

Sie hatte sich einen vorsichtigen, gleitenden Gang zugelegt und hielt sich so gerade, als stünde auf ihrem Kopf ein Gefäß mit Wasser. Auf der Eisbahn lief sie, aus Angst, zu fallen, allein, abseits und langsam oder aber mit sehr erfahrenen Schlittschuhläufern, von deren Geschicklichkeit und Kraft sie überzeugt war. Der einzige Zug, der Klim an diesem Mädchen gefiel, war ihre Fähigkeit, es sich ruhig und bequem zu machen. Sie wählte sich immer den vorteilhaftesten Platz, einen für sie besonders zärtlichen Sonnenstrahl. Etwas komisch war ihre übertriebene Reinlichkeit, ihr fast krankhafter Abscheu vor Staub, Kehricht, Straßenschmutz; bevor sie sich hinsetzte, musterte sie aufmerksam den Stuhl oder Sessel, wedelte unauffällig mit dem Taschentüchlein den Sitz ab; wenn sie irgendeinen Gegenstand in der Hand gehalten hatte, wischte sie sich sofort die Finger ab. Sie aß so akkurat und andächtig, daß Makarow zu ihr sagte: »Sie essen religiös, Alinotschka! Sie essen nicht wie wir Sterbliche, Sie kommunizieren.«

Ohne ihn anzusehen, entgegnete Alina ruhig: »Der Arzt hat mir geraten, sorgfältig zu kauen.«

Zuweilen riefen Alinas Ängste um ihre Schönheit bei ihr Zustände von Gereiztheit, ja fast Groll hervor, wie bei einem Dienstmädchen mit allzu anspruchsvoller Hausfrau. Und wahrscheinlich diesen Ängsten zufolge blickten Alinas unwiderstehlich freundliche bläuliche Augen fragend, während die langen Wimpern zuckten und ihrem Blick einen flehenden Ausdruck verliehen.

Sie war langweilig, redete nur von Kleidern, vom Tanzen und von Verehrern, aber auch davon sprach sie ohne Begeisterung, wie von einer etwas langweiligen Pflicht. Ihr machte bereits ein greiser Artilleriegeneral, ein stattlicher und schöner Witwer mit klugen Augen, den Hof; auch der Staatsanwaltsadjunkt Ippolitow hofierte sie, ein kleines Männchen mit schwarzem Schnurrbart im braunen Gesicht, lustig und gewandt. »Nein, ich will nicht heiraten«, sagte sie mit tiefer Bruststimme, »ich werde Schauspielerin.«

Sie trug nicht schlecht klingend, aber etwas zu süßlich, Gedichte von Fet und Fofanow vor und sang verträumt Zigeunerromanzen; aber die Romanzen klangen bei ihr seelenlos, die Gedichte unlebendig, undeutlich, von ihrer Samtstimme zerknetet. Klim war überzeugt, daß sie den Sinn der langsam dahingesungenen Worte nicht verstand.

»Eine Puppe, die zum Spielen zu schade ist«, sagte Makarow von ihr, achtlos, wie er immer von jungen Mädchen redete.

Klim sah ihn schief an, er empfand immer schärfere Neidstiche, wenn er hörte, wie treffend die Menschen einander beurteilten, und Makarow machte bedauerlich oft kleine, treffende Äußerungen.

Wie an allen Menschen hätte Klim auch an Alina gern etwas Künstliches, Erfundenes bemerkt. Zuweilen fragte sie ihn: »Ich bin heute blaß, nicht wahr?«

Er begriff, daß Alina nur fragte, um erneut die Aufmerksamkeit auf sich zu lenken, aber das schien ihm natürlich, berechtigt und erweckte in ihm sogar Mitgefühl für das Mädchen. Es verstärkte sich noch nach den Worten der Mutter, die ihn auf den Gedanken brachten, daß man Alinas Schönheit als eine Strafe auffassen könne, die sie zu leben störe, sie fast alle fünf Minuten zum Spiegel treibe und zwinge, alle Menschen als Spiegel zu betrachten. Manchmal kam er dunkel darauf, daß er mit ihr etwas gemein hätte, da er aber diese Vermutung als für sich erniedrigend ansah, suchte er nicht ernsthaft darüber nachzudenken.

Er sah, daß Makarow und Lidijas Urteile über Alina sich scharf voneinander unterschieden. Lidija verhielt sich zu ihr fürsorglich, sogar mit Zärtlichkeit, einem Gefühl, das Klim an Lidija früher nicht beobachtet hatte. Makarow verspottete Alina nicht sehr boshaft, aber hartnäckig. Lidija zankte sich mit ihm. Die Somowa, die sich mit Stundengeben durchschlug, versöhnte sie, indem sie ihnen lange, interessante Briefe ihres Freundes Inokow vorlas, der den Telegraphendienst aufgegeben hatte und mit einer Gemeinschaft Sergatscher Fischer an das Kaspische Meer gefahren war.

Im allgemeinen lebte es sich zu Hause bedrückend, langweilig, zugleich aber auch unruhig. Die Mutter und Warawka pflegten an den Abenden, mit Papieren raschelnd, besorgt und ärgerlich irgend etwas nachzurechnen. Warawka schlug mit der Handfläche auf den Tisch und schalt: »Idioten, nicht einmal zu stehlen verstehen sie!«

Klim zog jene Langeweile vor, die er bei Margarita empfand. Diese Langeweile bedrückte ihn nicht, sondern beruhigte ihn, da sie das Denken abstumpfte und alles Erfinden überflüssig machte. Er erholte sich bei der Näherin von der Notwendigkeit, sich wie ein Soldat bei der Parade zu verhalten. Margarita rief in ihm durch die Einfachheit ihrer Gefühle und Gedanken ein eigenartiges Interesse hervor. Manchmal sang sie, weil sie wahrscheinlich den Verdacht hegte, daß er sich langweile, mit kleiner, miauender Stimme noch nie gehörte Lieder:

»Kann nicht träumen, kann nicht liegen,
Und an Schlaf es mir gebricht,
Würde Rita gern besuchen,
Wo sie wohnt, das weiß ich nicht.

Den Kameraden tät ich bitten,
Mich zu führen in ihr Haus,
Doch der Kamerad ist schmucker,
Spannt mir nur die Rita aus.«

»Ein dummes Lied«, sagte Klim gähnend, doch die Sängerin entgegnete belehrend: »Das ist ja das Schöne daran, mein kleiner Freund. Alle Lieder sind dumm, alle Lieder von der Liebe, das ist das Schöne an ihnen.«

Sie belehrte Klim überhaupt gern, und das machte ihm Spaß. Er sah, daß das Mädchen sich mütterlich fürsorglich zu ihm verhielt, das machte auch Spaß, rührte ihn aber auch ein wenig. Klim wunderte sich über Margaritas Uneigennützigkeit, es hatte sich in ihm unmerklich die Meinung herausgebildet, alle Mädchen dieses Gewerbes seien habsüchtig. Doch wenn er Rita Süßigkeiten und Geschenke mitbrachte, warf sie ihm vor: »Du wunderliches Kerlchen! Für das Geld, das du für mich ausgibst, könntest du ein schöneres und jüngeres Mädchen finden als mich!«

Sie sagte das so schlicht und überzeugend, das Klim sie keiner Lüge verdächtigen konnte.

Doch wenn sie von einem Mädchen sprach, das schöner war als sie, prahlte sie, sich mit den Händen Brust und Hüften streichelnd: »Siehst du, was ich für eine Haut habe? Nicht jedes Herrentöchterchen hat so eine.«

An der Wand über der Kommode war mit zwei Nägeln eine kleine ungerahmte, in der Mitte geknickte Photographie befestigt, sie stellte einen jungen Mann dar, glatt frisiert, mit buschigen Brauen, kräftigem Schnurrbart und üppiger Krawattenschleife. Die Augen waren ausgestochen.

»Wer ist das?« fragte Klim.

Margarita sah die Photographie aufmerksam, mit zugekniffenen Augen ein paar Sekunden an, als erinnere sie sich, dann sagte sie: »Ein Ikonenmaler.«

»Warum sind ihm denn die Augen ausgestochen?«

»Er ist erblindet, der Dummkopf«, antwortete Rita, seufzte und wollte auf weitere Fragen nicht mehr antworten, sondern schlug vor: »Nun, ins Bettchen?«

In einer zärtlichen Minute entschloß er sich endlich, sie nach Dronow zu fragen; er begriff, daß er verpflichtet war, sie danach zu fragen, obwohl er fühlte, daß diese Frage je länger desto mehr an Notwendigkeit und Bedeutung verlor. Es verbarg sich dahinter etwas Beunruhigendes, Unreines. Als er gefragt hatte, zog Rita erstaunt die Brauen hoch: »Wer ist denn das?«

»Verstell dich nicht!« Klim hatte es streng sagen wollen, aber er brachte es nicht fertig und lächelte sogar.

Rita richtete sich vom Kissen auf, setzte sich hin und sagte teilnahmsvoll, während sie das Hemd anzog und dabei das Gesicht verdeckte: »Ach, das ist der Wanja, der bei euch im Mezzanin wohnt! Du denkst, ich hätte mich mit ihm eingelassen, mit so einem häßlichen Menschen? Das hast du dir schlecht ausgedacht!«

Die Strümpfe über ihre blau geäderten weißen Beine ziehend, fuhr sie hastig, unklar und oft seufzend fort: »Er tut mir leid. Der Pope hat ihn doch in meinem Beisein davongejagt, ich arbeitete an dem Tage beim Popen. Wanja unterrichtete seine Tochter und hatte irgend etwas angestellt, ich glaube, er hat das Dienstmädchen gezwickt. Er hat es auch bei mir versucht. Ich drohte ihm, mich bei der Popenfrau zu beklagen, da ließ er mich in Frieden. Er ist trotzdem ein spaßiger Junge, wenn auch ein böser.«

Dann sprach sie leiser und in anderem Ton zu Ende: »Man hat ihn aus dem Gymnasium gejagt. Man hätte ihm die Ohren lang ziehen sollen – das hätte genügt!«

Klim glaubte ihr nur zu gern; und Dronows Schatten, der ihn bis dahin trotz allem etwas gestört hatte, verschwand.

Der junge Mann hatte schon längst begriffen, daß das saubere Bettchen an der Wand für dieses Mädchen ein Opferaltar war, auf dem Rita unermüdlich und fast andächtig eine heilige Handlung vollzog. Nach dem beruhigenden Gespräch über Dronow kam Klim der Wunsch, Rita möglichst oft eine Freude zu bereiten, doch sie freute sich nur über Malzhonigkuchen und Küsse, die ihn bisweilen ermüdeten. Und schon kam der Tag, an dem ihre Aufforderung: »Nun, ins Bettchen« plötzlich dumpfe Gereiztheit, irgendeine unbegreifliche Kränkung in ihm hervorrief. Er begann sie fast zornig auszufragen, warum sie keine Bücher läse, nicht ins Theater ginge und nichts Besseres wüßte als das Bettchen, aber Rita, der offenbar der Ton seiner Fragen entgangen war, fragte ruhig, während sie ihr Haar löste: »Was soll man denn sonst mit dem Leben anfangen? Denk mal nach. Nichts.«

Dann erzählte sie, daß sie wohl ins Theater gehe.

»Wenn dort lustige Komödien, Vaudevilles gespielt werden.

Dramen mag ich nicht. Ich gehe in die Kirche, in die Mariä-Himmelfahrtskirche, dort ist der Chor besser als in der Kathedrale.«

Zuweilen, wenn er müde und mit sich selber unzufrieden war, machte Klim sich vorsichtig Gedanken: Ist das nun – Liebe?

Aus irgendeinem Grund war es unmöglich zuzugeben, daß Lidija Warawka für solch eine Liebe geschaffen sei. Und es war schwer sich vorzustellen, nur diese Liebe läge den Romanen und Gedichten zugrunde, die er gelesen hatte, sie wäre die Wurzel der Qualen Makarows, der immer trauriger wurde, weniger trank und weniger redete, ja selbst leiser pfiff.

Dann kamen für Klim Tage, an denen er nach den Zusammenkünften mit Margarita sich so verwüstet, so abgestumpft fühlte, daß er erschrak; da zwang er sich dann, zu den Quellen der Weisheit – zu Tomilin oder in das Seitengebäude – zu gehen.

Mit Tomilin war igend etwas geschehen; er trug jetzt bunte »Phantasiehemden«, statt einer Krawatte eine Schnur mit Bommeln, einen grauen Rock und eine fliederfarbene, sehr weite Hose. Das alles wirkte fremd an ihm und betonte noch stärker das flammende Rot des gestutzten Haars, das über den Ohren waagerecht abstand und sich über seiner weißen Stirn emporsträubte. Besonders auffällig waren die Durchsteckknöpfe an den Ärmelaufschlägen – große, schwere Mondsicheln. Tomilin sprach jetzt lauter, aber anscheinend weniger sicher, er machte häufig Pausen, guckte in den Rockärmel hinein und drehte an den Manschettenknöpfen. Es schien, als hätte Tomilin gleichzeitig mit dem Anzug auch neue Gedanken bekommen. Klim spürte, daß diese Gedanken ihn sogar beängstigten durch ihre grobe Blöße, die man als Kühnheit und als Schamlosigkeit auffassen konnte. Bisweilen stellte Klim sich diese nackten Gedanken als Schwaden beißenden Rauchs, als Wolkenfetzen vor; sie breiteten sich in der warmen Luft des engen Zimmers aus und bedeckten die Bücher, die Wände, die Fensterscheiben und den Denker selbst mit grauem, schmuddeligem Staub.

Er wog einen der fünf Riesenbände von Moritz Carrières »Die Kunst im Zusammenhang der Kulturentwicklung« auf der Handfläche und sagte: »Ein gewisser Italiener behauptet, Genialität sei eine der Wahnsinnsformen. Möglich. Menschen mit übersteigerten Fähigkeiten sind überhaupt schwer für normal zu halten. Nehmen wir die Gefräßigen, die Wollüstlinge und . . . die Denker. Ja, auch die Denker. Es ist durchaus anzunehmen, daß ein übermäßig entwickeltes Gehirn eine ebensolche Mißbildung ist wie ein erweiterter Magen oder ein übermäßig großer Phallus. Dann erkennen wir etwas Gemeinsames zwischen Gargantua, Don Juan und dem Philosophen Immanuel Kant.«

Diese Zusammenstellung gefiel Klim, wie ihm vereinfachende Gedanken immer gefielen. Er merkte, daß Tomilin selbst über seine offenbar zufällige Entdeckung erstaunt war. Er warf das schwere Buch aufs Bett, legte die Hände in den Nacken unter seinen flachen Hinterkopf und sah zum Fenster hinaus, wobei er die Brauen bewegte. »Ja«, sagte er zwinkernd. »Ich muß hinuntergehen, zum Tee. Hm . . .«

Immer häufiger und seltsam mürrisch redete Tomilin jetzt von den Frauen, vom Weiblichen überhaupt, und zuweilen nahm es skandalöse Formen an. Als im Seitenbau der Schriftsteller Katin hitzig behauptete, Schönheit sei Wahrheit, sagte der Rothaarige in dem üblichen Ton eines Menschen, der das echte Antlitz der Wahrheit genau kennt: »Nein, Schönheit ist gerade Unwahrheit, sie ist voll und ganz vom Menschen zu seinem Trost erdacht, ebenso wie Barmherzigkeit und noch vieles andere . . .«

»Und die Natur? Und die Schönheit der Formen in der Natur? Nehmen Sie Haeckel«, schrie der Schriftsteller triumphierend, und als Antwort krochen ihm die gleichmütigen Worte entgegen: »Die Natur ist eine chaotische Ansammlung von allerhand Häßlichkeiten und Mißgestalten.«

»Die Blumen!« beharrte der Schriftsteller.

»In der Natur gibt es keine solchen Rosen und Tulpen, wie sie von den Menschen in England, Frankreich, Holland gezüchtet worden sind.«

Der Streit wurde immer gereizter, immer grimmiger, und je lauter die Stimmen der Streitenden wurden, desto eigensinniger und mürrischer sprach Tomilin. Schließlich sagte er: »Am meisten brauchen wir die Schönheit, wenn wir uns der Frau nähern wie ein Tier dem anderen. Hier ist die Schönheit aus dem Schamgefühl entstanden, weil der Mensch keinem Bock, keinem Kaninchen gleichen will.«

Er sagte ein paar noch derbere Worte und erstickte den Streit, nachdem er allgemeine Verlegenheit, boshaftes Lächeln und ironisches Geflüster hervorgerufen hatte. Onkel Jakow, der krank in einem Berg von Kissen auf dem Diwan ruhte, fragte halblaut, erstaunt: »Ist er verrückt geworden?«

Der Schriftsteller raunte ihm lächelnd etwas zu, doch der Onkel schüttelte seinen kahlen Schädel und sagte: »Er kommt zu spät. Die Nihilisten haben klüger argumentiert.«

Der Onkel war sichtlich zufrieden. Sein sonnenversengtes Gesicht wurde blasser und knochiger, aber die Augen schauten gutmütiger drein, er lächelte oft. Klim wußte, daß er nach Saratow fahren und dort leben wollte.

Im Seitenbau fühlte sich Klim immer weniger am richtigen Platz. Alles, was dort vom Volk, von der Liebe zum Volk geredet wurde, war ihm von Kind auf bekannt, alle Worte klangen leer, sie berührten ihn in keiner Weise. Sie waren ihm drückend langweilig, und Klim hatte sich angewöhnt, sie nicht zu hören.

Ihn interessierten sehr die unverhohlen bösen Blicke Dronows zum Lehrer. Auch Dronow war ganz plötzlich ein anderer geworden. Trotz seiner Fähigkeit, Menschen zu beobachten, schien es Klim immer, die Menschen veränderten sich plötzlich, sprunghaft, wie der Minutenzeiger der spaßigen Uhr, die Warawka vor kurzem gekauft hatte: er bewegte sich nicht kontinuierlich fort, sondern sprang von Strich zu Strich. So war es auch beim Menschen: Gestern war er noch der gleiche wie vor einem halben Jahr, heute aber zeigte sich in ihm plötzlich ein neuer Zug.

In dunkelblauem Rock, schwarzer Hose und stumpf zulaufenden Schuhen hatte Dronows Gestalt eine komische Solidität erlangt. Doch sein Gesicht war eingefallen, die Augen waren unbeweglicher, die Pupillen trüber geworden, während das Augenweiß sich wie bei einem Menschen, der an Schlaflosigkeit leidet, mit rötlichen Äderchen durchsetzte. Er fragte nicht mehr so gierig und viel wie früher, redete weniger, hörte zerstreut zu und drehte, die Ellenbogen an die Hüften gepreßt, mit gefalteten Händen wie ein alter Mann die Daumen. Er sah alles von der Seite an, keuchte häufig und müde und redete, wie es schien, nicht von dem, woran er dachte.

Nach jeder Zusammenkunft mit Rita wollte Klim Dronow der Lüge überführen, doch das hätte bedeutet, das Verhältnis zu der Näherin zu verraten, und Klim begriff, daß er sich mit seinem ersten Roman nicht brüsten konnte. Zudem ereignete sich etwas, das ihn tief bestürzte: Eines Abends trat Dronow ganz formlos in sein Zimmer, setzte sich müde hin und begann mürrisch: »Hör mal, Warawka will mich dienstlich nach Rjasan versetzen, aber das, mein Lieber, paßt mir nicht. Wer wird mich dort für die Universität vorbereiten? Und dazu noch unentgeltlich wie Tomilin?«

Er nahm den Briefbeschwerer, einen gläsernen Rhombus, vom Tisch, hielt ihn in einen schrägen Sonnenstrahl, beobachtete die regenbogenfarbenen Lichtflecke an der Wand und an der Decke und fuhr fort: »Dann – Margarita. Es wäre unvorteilhaft für mich, sie zu verlassen, ich werde von ihr, wie man so sagt, benäht und bewaschen. Ich hänge auch an ihr. Und ich weiß, daß ich ihr nicht viel geben kann.«

Er verzog das Gesicht und richtete den regenbogenfarbenen Lichtfleck auf die Photographie von Klims Mutter, auf ihr Gesicht; darin empfand Klim etwas Beleidigendes. Er saß am Tisch, doch als er Ritas Namen gehört hatte, sprang er rasch und unvorsichtig auf.

»Laß den Unsinn«, sagte er trocken und blinzelte, als hätte der Sonnenstrahl sein Auge getroffen; Dronow warf den Beschwerer nachlässig auf den Tisch, Klim indes, der sich bemühte, gleichmütig zu sprechen, fragte ihn: »Lebst du immer noch mit ihr?«

»Warum denn nicht?«

Klim setzte sich auf den Tischrand und faßte Dronow genau ins Auge; der ruhige Ton, in dem er von Rita sprach, kam Klim verdächtig vor. Darauf begann er, sehr freundschaftlich und sich naiv stellend, ihn ausführlich über das Mädchen auszufragen, Dronow bekam wieder seine Prahlsucht, und nach einer Minute hatte Klim den Wunsch, ihn anzuschreien: Scher dich weg!

»Sie ist gut!« sagte Dronow.

Klim kehrte ihm den Rücken, da sprang Dronow plötzlich mit finsterem Gesicht zu einem anderen Thema über. »Tomilin werde ich bald hassen, ich habe auch schon jetzt manchmal Lust, ihm eine Ohrfeige zu geben. Ich will etwas wissen, er aber lehrt, nichts zu glauben, sucht einen zu überzeugen, Algebra sei willkürlich, und kein Teufel kennt sich darin aus, was er eigentlich will! Er schärft einem ständig ein, der Mensch müsse das vom Verstand gewobene Spinnennetz der Begriffe zerreißen und irgendwohin springen, in die Grenzenlosigkeit der Freiheit. Es ergibt sich so etwas wie: Spaziere nackt herum! Welcher Satan dreht denn diese Kaffeemühle?«

Klim sagte zwischen den Zähnen hindurch: »Ein sehr kluger Mensch.«

»Klug?« zweifelte Dronow offen. Er sah ärgerlich auf die Uhr und erhob sich. »Sprich also mal mit Warawka.«

Ohne ihn wurde es erträglicher im Zimmer. Klim stand am Fenster, zupfte an den Begonienblättern und verzog das Gesicht, bedrückt von Groll, Erniedrigung. Als er im Vorzimmer die Stimme Warawkas vernahm, ging er sofort zu ihm; Warawka stand vor dem Spiegel, kämmte seinen Fuchsbart und schnitt Grimassen.

»Nach Rjasan, nach Rjasan!« antwortete er zornig auf Klims Frage. »Oder – hinaus mit ihm. Versuche nicht zu bitten!«

»Ich beabsichtige gar nicht, für ihn zu bitten«, sagte Klim mit Würde.

Warawka legte seinen Arm um ihn und führte ihn in sein Arbeitszimmer, wobei er sagte: »Ich habe diesen Burschen satt. Er arbeitet schlecht, ist zerstreut und frech. Und er schwatzt zu gern mit den Leuten, die unter polizeilicher Aufsicht stehen.«

»Ja«, sagte Klim gesetzt. »Es zieht ihn zu ihnen hin, er ist so oft im Seitenbau.«

Warawka ließ ihn in einem Sessel an dem riesigen Schreibtisch Platz nehmen und fuhr fort: »Ich verstehe nicht, was dich zu solchen Typen wie Dronow und Makarow hinzieht. Du studierst sie wohl?«

Der stets spöttische, oft schroffe Warawka konnte auch einschmeichelnd, freundschaftlich inständig sprechen. Klim hatte schon mehr als einmal gefühlt, wie leicht dieser Mann ihn veranlaßte, manches Überflüssige zu äußern, und suchte ausweichend, vorsichtig mit seinem Stiefvater zu sprechen. Doch wie immer brachte ihn Warawka auch diesmal unmerklich dazu, daß er sagen mußte, Lidija träfe sich allzu häufig mit Makarow und die Beziehungen der beiden sähen sehr nach einem Roman aus. Das sagte sich ganz von allein, sehr einfach: Zwei ernste, geistig ebenbürtige Menschen unterhielten sich bekümmert über junge und unausgeglichene Leute, deren Zukunft ihnen Sorge bereitet. Es wäre sogar ungehörig gewesen, die sonderbaren Beziehungen Lidijas und Makarows zu verschweigen.

Warawka schloß für ein paar Sekunden seine Bärenäuglein, schob die Hand unter den Bart und plusterte ihn durch eine rasche Geste fächerförmig auseinander. Dann sagte er mit fleischigem Lächeln: »Romantik. Die Krankheit dieses Alters. Du wirst von ihr verschont bleiben, davon bin ich überzeugt. Lidija ist auf der Krim, im Herbst fährt sie nach Moskau, zur Theaterschule.«

»Aber Makarow wird doch auch in Moskau die Universität besuchen«, erinnerte Klim.

Warawka antwortete nicht, er schnitt sich die Nägel, die Schnipsel hüpften auf den mit Papieren überhäuften Tisch. Dann nahm er ein Notizbuch aus der Tasche, trug mit Bleistift irgendwelche Zeichen ein und versuchte etwas zu pfeifen, aber es gelang nicht.

»Du bist doch auch manchmal im Seitenbau?« fragte er, schlug Klim dann freundschaftlich aufs Knie und begann: »Ich rate dir, geh nicht hin! Gewiß, die Leute dort sind arglos, harmlos, und ihr vieles Reden läuft darauf hinaus, daß sie die Haut wechseln wollen. Aber – es gibt auch eine andere Meinung über sie. Wenn es in einem Staat eine politische Polizei gibt – muß es auch politische Verbrecher geben. Politik ist zwar, wie die Turnüren, jetzt nicht Mode, aber es gibt ja das Beharrungsvermögen, und es gibt Altgläubige. Eine Revolution ist in Rußland nur möglich als Bauernaufstand, das heißt als eine kulturell fruchtlose, zerstörende Erscheinung ...«

Darauf sprach er lange vom Dekabristenaufstand, wobei er ihn einen »eigentümlichen, tragischen Mummenschanz«, die Sache der Petraschewzen eine »Verschwörung professioneller Schwätzer« nannte, doch noch ehe er zu den Volkstümlern übergehen konnte, trat majestätisch die Mutter ins Zimmer, in fliederblauem, spitzenbesetztem Kleid, mit einer langen Perlenschnur auf der Brust.

»Es ist Zeit!« sagte sie streng. »Und du hast dich noch nicht umgezogen.«

»Verzeih!« rief Warawka schuldbewußt, indem er aufsprang und hastig davonlief. »Wir haben uns so interessant unterhalten.«

Klim tat es stets wohl, zu sehen, daß die Mutter diesen Mann wie ein unterlegenes Geschöpf, wie ein Pferd lenkte. Sie blickte hinter Warawka her und holte tief Atem, dann glättete sie mit duftendem Finger die Brauen des Sohnes und erkundigte sich: »Worüber habt ihr gesprochen?«

»Ich glaube, ich habe taktlos gehandelt«, gestand Klim, der an Dronow dachte, doch von Lidija und Makarow erzählt hatte.

»Was hättest du anderes tun sollen?« wunderte sich die Mutter leicht. »Es war deine Pflicht, ihren Vater darauf aufmerksam zu machen.«

»Fertig«, sagte Warawka von der Tür her; im schwarzen Rock wirkte er besonders stämmig.

Sie gingen fort. Klim blieb in der Stimmung eines Menschen zurück, der nicht weiß, muß er eine Aufgabe, der er sich plötzlich gegenüberstehen sieht, lösen oder nicht. Er öffnete das Fenster, die satte Luft eines Sommerabends strömte ins Zimmer. Eine kleine, blaugraue Wolke verhüllte die Mondsichel. Klim beschloß: Ich gehe zu ihr.

Er hatte es beschlossen – doch er wurde nachdenklich; der plötzliche Wunsch, zu Margarita zu gehen, wurde durch ein peinliches Gefühl gestört, durch die Befürchtung, er würde sich nicht enthalten können, sie nach Dronow zu fragen, und plötzlich würde sich herausstellen, daß Dronow die Wahrheit gesagt hatte. Diese Wahrheit wollte er nicht.

Aus dem Seitenbau traten, einer nach dem anderen, dunkle Gestalten mit Bündeln und Koffern in den Händen, der Schriftsteller führte Onkel Jakow am Arm. Klim wollte auf den Hof hinaus, um Abschied zu nehmen, aber er blieb am Fenster stehen, da ihm einfiel, daß der Onkel ihn schon lange nicht mehr beachtete. Der Schriftsteller half dem Onkel in den Wagen des schwarzen Droschkenkutschers, der Onkel rief: »Wo ist denn das Paket?«

»Hier«, antwortete der Schriftsteller laut.

Der Wagen rollte schwerfällig ins Halbdunkel der Straße hinaus.

Der Onkel setzte seinen Hut straffer auf, ohne sich nach dem Tor umzuschauen, wo die Frau des Schriftstellers, ihre Schwester und noch zwei Leute Taschentücher und Hüte schwenkten und freudig riefen: »Leben Sie wohl!«

All dies – auch das Halbdunkel – erinnerte Klim an eine Szene aus einem langweiligen Roman: Der Abschied eines jungen Mädchens, das sich entschlossen hat, Gouvernante zu werden, um ihre verarmte Familie zu unterstützen.

Klim holte tief Atem und horchte, wie das Dröhnen des Wagens in der Stille verhallte, er wollte über den Onkel nachdenken, seine Existenz in bedeutsame Worte fassen, doch in seinem Kopf summte wie eine Mücke die kränkende Frage: Wenn aber Dronow die Wahrheit gesagt hat?

Diese Frage, die ihn abhielt, zu Margarita zu gehen, ließ ihn zugleich an nichts anderes als nur an sie denken. Nachdem er eine öde Stunde im Dunkeln gesessen hatte, ging er in sein Zimmer, zündete die Lampe an, sah in den Spiegel, und der zeigte ihm ein fast fremdes, ein gekränktes, durch ratlose Miene zerknirschtes Gesicht. Er löschte sofort das Licht, entkleidete sich im Dunkeln, legte sich ins Bett und zog das Laken über den Kopf. Doch ein paar Minuten später schon kam er zu der Überzeugung, daß er noch heute, sofort, Margarita der Lüge überführen müsse. Ohne wieder Licht zu machen, kleidete er sich an und ging in kampflustiger Stimmung, festen Schrittes, zu ihr. Wie immer empfing ihn Margarita mit dem gewohnten: »Aha, da bist du ja!«

Schon längst bedrückten ihn diese Worte, nie hörte er aus ihnen Freude oder Vergnügen. Und immer beschämender waren ihre gleichförmigen Zärtlichkeiten, die sie wohl für ihr ganzes Leben eingeübt hatte. Zuweilen bedrückte Klim das Bedürfnis nach diesen Zärtlichkeiten schon etwas, es erschütterte sogar seine Selbstachtung.

Diesmal aber klangen die bekannten Worte auf neue Weise farblos. Margarita war eben erst aus dem Dampfbad gekommen, sie saß an der Kommode vor dem Spiegel und kämmte ihr feuchtes Haar, das dunkler war als sonst. Ihr rotes Gesicht wirkte zornig.

Ausholend, mit spöttischem Lächeln auf den Lippen, aber mit wutzitternder Hand klatschte Klim ihr auf die heiße, dampfgerötete Schulter, doch sie wich ihm aus und sagte ungehalten: »Das tut weh. Was hast du?«

Dann fuhr sie sogleich in sachlichem Ton fort: »Hör zu, eine Neuigkeit: Ich trete eine gute Stellung an, in einem Kloster, in der

Schule; ich werde den Mädchen dort das Nähen beibringen. Auch Unterkunft bekomme ich in der Schule. Leb also wohl! Männer dürfen dort nicht hin.«

Sie ließ das Hemd bis zu den Knien herunter, trocknete sich Hals und Brust mit dem Handtuch ab und bat dann nicht, sondern befahl: »Reib mir mal den Rücken ab.«

Als der junge Mann sie nackt erblickte, fühlte er seinen Vorrat an Kampflust schwinden. Doch der Befehl des Mädchens, ihr den Rükken abzureiben, verblüffte und empörte ihn. Niemals hatte sie sich mit Bitten um dergleichen an ihn gewandt, und er erinnerte sich nicht, daß er ihr aus Höflichkeit je eine ähnliche Gefälligkeit erwiesen hatte. Er saß da und schwieg. Das Mädchen fragte: »Zu faul dazu?«

Da gab er der aufflackernden Wut nach und sagte leise und verächtlich: »Du hast mich angelogen. Dronow ist dein Geliebter . . .«

Er begriff sogleich, daß er es nicht so gesagt hatte wie nötig, nicht mit den richtigen Worten. Margarita saß vorgebeugt, mit dem Rükken zu ihm und zog ein Paar neue Schuhe an. Sie antwortete nicht sofort, aber ruhig: »Sieh mal an, wie einfach das gegangen ist«, und fragte: »Hat Fenka dir das gesagt?«

Klim fühlte sich durch diese Frage wie vor die Brust gestoßen. Er trommelte krampfhaft mit den Fingern auf der Messingschnalle seines Gürtels und wartete ab: Was wird sie noch sagen? Doch Margarita, die jetzt mit einem Haken die Schuhe zuknöpfte, sagte nichts weiter.

»Dronow selbst hat es mir gesagt«, erklärte Klim grob.

Sie stand auf, hob den Rock ein wenig hoch und blickte kritisch auf ihre Füße. Dann setzte sie sich wieder auf den Stuhl, atmete erleichtert auf und wiederholte: »Sieh mal an, wie gut das gegangen ist. Und ich denke hier eine Woche lang nach: Wie sage ich es bloß, daß ich nicht mehr mit dir kann?«

Klim fühlte, daß sie ihn um den Verstand brachte, fast kopflos fragte er: »Warum hast du gelogen?«

Das Mädchen sah zum Fenster hinaus, als dächte sie an etwas ganz anderes, und antwortete mit ruhiger Stimme: »Deine Mutter hat mir nicht deshalb Geld gegeben, damit ich dir die Wahrheit sage, sondern damit du dich nicht mit Straßenmädchen herumtreibst, dich nicht ansteckst.«

Klim war, als hätte man ihn verbrannt, er schrie: »Du lügst! Niemals würde Mutter . . .«

»Es drückt«, sagte Rita leise und schob den Fuß unter dem Rocksaum vor. Dann bezeichnete sie jemanden als »Schuft« und fuhr belehrend und teilnahmslos fort: »Auf deine Mama sei nicht böse, sie ist um dich besorgt. In der ganzen Stadt kenne ich nur drei Mütter, die sich so um ihre Söhne kümmern.«

Klim vernahm ihre unsinnigen Worte durch ein Dröhnen im Kopf, ihm zitterten die Knie, und hätte Rita nicht so gleichmütig gesprochen, so hätte er gedacht, sie mache sich über ihn lustig.

Mutter hat sie also gedungen, überlegte er. Sie zahlte ihr, daher war dieses Luder so uneigennützig.

»Sie ist zwar eine hochmütige Frau und hat mich beleidigt, aber ich muß doch sagen: Sie ist eine Mutter wie selten eine. Aber jetzt, nachdem sie mir meine Bitte abgeschlagen hat, Wanka nicht nach Rjasan zu schicken, komm du nicht mehr zu mir. Und ich komme nicht mehr zu euch arbeiten!«

Den letzten Satz brachte sie drohend hervor, als dächte sie, Samgins und Warawkas werden ohne ihre Arbeit unglücklich sein.

Klim hätte gern seinen Gurt abgeschnallt und dem Mädchen damit in das rote und schweißfeuchte Gesicht geschlagen. Aber er fühlte sich durch diese dumme Szene entkräftet, fühlte, daß er vor Kränkung, vor Scham ebenfalls bis an die Ohren errötet war. Er ging fort, ohne Margarita anzusehen, ohne ihr ein einziges Wort zu sagen, während sie ihn mit dem vorwurfsvollen Ausruf begleitete: »Pfui, wie häßlich, warst doch sonst höflich . . .«

Er ging lange in den Straßen umher, saß dann im Stadtpark und dachte nach, was er tun sollte. Er hatte Lust, Dronow zu verprügeln oder ihm zu erzählen, daß Margarita als Prostituierte gedungen werde, wollte der Mutter etwas sehr Kräftiges sagen, das sie verlegen machen würde. Doch diese Wünsche glitten nur oberhalb der hartnäckigen, beharrlichen Gedanken um Margarita dahin. Er war gewohnt, sich ihr gegenüber herablassend, ironisch zu verhalten, und dachte nun zum erstenmal mit allem Ernst, dessen er fähig war, über das Mädchen nach. Das Bild Margaritas spaltete sich unbegreiflich. Er erinnerte sich ihrer zweifellos ehrlichen Zärtlichkeiten, ihrer ungekünstelten und oft komischen, doch aufrichtigen Worte, jener törichten, zarten Worte der Liebe, die einen Helden Maupassants benötigten, sich von seiner Geliebten loszusagen. Mit was für Zärtlichkeiten aber mochte sie Dronow bedenken, welche Worte flüsterte sie ihm zu? Mit dumpfem Befremden erinnerte er sich ihrer Sorgen um die Freuden seines Leibes, und dann fragte er sich: Wie konnte sie so unauffällig und geschickt lügen? Als er sich jedoch ihrer Bemerkung über die drei fürsorglichen Mütter erinnerte, dachte er, daß vielleicht außer ihm noch zwei ebensolche wie er Margaritas

Fürsorge anvertraut seien. Es kam ihm plötzlich der seltsame, fremde Gedanke: Prostituierte oder Barmherzige Schwester?

Dieser Gedanke verflüchtigte sich jedoch sogleich wieder, als er sich erinnerte, daß Rita offensichtlich nur den vierten, den häßlichen, unangenehmen Dronow liebte.

Diese Überlegungen erregten immer heftiger ein Gefühl von Abscheu, von Kränkung, sie bedrückten ihn unerträglich, doch Klim fehlte die Kraft, sie von sich zu stoßen. Er saß auf der eisernen Bank, das Gesicht dem dunklen, öden Fluß zugekehrt, dessen Wasser matt wie ein riesengroßes Dachblech blinkte, er floß träge, lautlos und schien weit entfernt. Es war eine dunkle, mondlose Nacht, im Wasser spiegelten sich wie gelbe Fettpünktchen die Sterne. Hinter seinem Rücken vernahm Klim Schritte, Gelächter und Stimmen, ein verschmitzter Tenor sang nach der Melodie von »La donna e mobile«:

»Deine Stimme hör ich,
Süß, voll Zärtlichkeit,
Für die Stimme, heißt es,
Halt das Geld bereit . . .«

Eine bedrückende Abgeschmacktheit klang siegreich in diesem Gesang. Klim erschrak plötzlich, sprang auf und ging schnell nach Hause.

Die Mutter und Warawka waren nach dem Landhaus unweit der Stadt gefahren, Alina war auch im Landhaus, und Lidija und Ljuba Somowa waren auf der Krim. Klim war daheimgeblieben, um die Instandsetzung des Hauses zu beaufsichtigen und mit Rshiga Latein zu machen. Allein mit sich, brauchte Klim nicht die gewohnte Rolle zu spielen, und so erholte er sich sehr langsam von dem Schlag, der ihm zugefügt worden war. Er mußte immerzu an Margarita denken, und diese Gedanken, die allmählich ihre Schärfe verloren, wurden weniger kränkend, aber immer unverständlicher. Sie stellten das Mädchen in ein anderes Licht. Klim hielt Margarita schon nicht mehr für einfältig, er hatte ihre belehrenden Worte wieder im Ohr, und es schien ihm, als seien sie meist von Erbitterung gegen die Frauen gefärbt gewesen. So war Margarita einmal vom Bett aufgesprungen, hatte sich den schweißnassen Körper mit einem Schwamm abgerieben und beifällig gesagt: »Das ist sehr gut für dich, daß du nicht hitzig bist. Unsereins hat Vergnügen daran, die Hitzigen zu entflammen und bald zu Asche zu verbrennen. Viele gehen durch uns zugrunde.«

Ein andermal hatte sie ihn zärtlich beschworen: »Der Weiberliebe darfst du nicht trauen. Vergiß nicht, daß das Weib nicht mit der Seele, sondern mit dem Leibe liebt. Die Weiber sind schlau, oh! sie sind böse. Sie haben sich selbst untereinander nicht gern, schau mal auf der Straße, wie boshaft und neidisch sie einander ansehen, das alles kommt von der Gier: Jede ärgert sich, daß außer ihr noch andere auf der Welt sind.«

Sie hatte sogar begonnen, ihm einen Roman zu erzählen, aber Klim war eingeschlummert, und von dem ganzen Roman waren ihm nur ein paar Worte in Erinnerung geblieben: »Worauf aber war sie aus? Nur darauf, ihn mir auszuspannen. Um sagen zu können: Siehst du wohl, wieviel geschickter ich bin als du.«

Jetzt, da ihm ihre Belehrungen wieder einfielen, wunderte er sich über ihre Menge und Gleichförmigkeit und wollte meinen, Rita habe mit ihm unter dem Druck ihres Gewissens so gesprochen, um ihm ihren eigenen Betrug anzudeuten.

Will ich sie rechtfertigen? fragte er sich. Doch sogleich tauchte Dronows flaches Gesicht, sein prahlerisches Lächeln vor ihm auf, hörte er dessen schamlose Worte über Margarita.

Wenn ich mit ihr in den Fluß fiele, würde sie mich ertränken wie Warja Somowa den Boris, dachte er erbost.

Doch wenn er auch erbost an Rita dachte, fühlte er, daß der erniedrigende Wunsch, zu ihr zu gehen, immer stärker in ihm wurde, und das erboste ihn noch mehr. Einen Ausweg für seinen Grimm fand er in den Arbeitern.

Schräg über der Straße rissen die Maurer ein altes, zweistöckiges kasernenartiges Gebäude mit kleinen, düsteren Fenstern ab, das einmal gelb angestrichen gewesen war; Warawka hatte dieses Haus für den Kaufmannsklub erworben. Es waren wohl zwanzig staubbedeckte Männer an der Arbeit, unter denen zwei besonders auffielen: ein kraushaariger, wulstlippiger Bursche mit runden Augen in dem behaarten, staubig-grauen Gesicht und ein kleines altes Männchen in blauem Hemd und langer Schürze. Die stählernen Hände des Burschen zerstückelten ohne Sinn und Verstand mit einer Brechstange die fest verwachsenen Backsteine des alten Gemäuers; der Bursche hatte große Kraft, er spielte und prahlte damit, während der Alte ihn kreischend anspornte: »Hau zu-u, Motja! Zerschlag sie, Motja – bald ist Feierabend!«

Der Vorarbeiter, ein rotbärtiger, stämmiger Bauer, mahnte: »Treib keinen Unfug, Nikolajitsch! Wozu denn die Steine zerschlagen?«

Der Alte witzelte: »Tu ich es denn? Das ist doch Motja! Ach Motja, ein Ast treff dich ins Ohr – eine Kraft hast du!«

Auch er selbst war darauf aus, mit seiner Brechstange nicht auf den Mörtel zwischen die Ziegel, sondern wahllos aufs Ganze zu schlagen. Der Vorarbeiter rief von neuem in gewohntem, aber gleichmütigem Ton, die alten Ziegel seien noch verwendbar, seien größer, fester als die neuen – und der Alte kreischte zustimmend: »Ri-ichtig! Unsere Väter und Großväter haben besser gearbeitet als wir! Ach – Motja!«

Sämtliche Arbeiter rissen das Gebäude mit Begeisterung ein, der Alte jedoch, so schien es Klim, hatte eine gewisse Grenze überschritten und war widerlich in seiner Raserei. Motja indes arbeitete blind, maschinenartig, und wenn es ihm gelang, mehrere Ziegel auf einen Schlag wegzubrechen, schrie er ohrenbetäubend auf, die Arbeiter lachten, pfiffen, und der Alte kreischte rasend und schauerlich: »Hau zu-u!«

Idioten! dachte Klim. Er erinnerte sich der stillen Tränen der Großmutter vor den Ruinen ihres Hauses, erinnerte sich an Straßenszenen, an Raufereien von Handwerkern, an die Tollheiten betrunkener Bauern vor den Türen der Basarschenken auf dem Stadtplatz gegenüber dem Gymnasium und von neuem an die Tränen der Großmutter, an die zornig-spöttischen Äußerungen Warawkas über das trunksüchtige, verschlagene und faule Volk. Es schien ihm sogar, nach der Geschichte mit Margarita wären alle Menschen schlechter geworden: sowohl der gottesfürchtige, ehrwürdige alte Hausknecht Stepan als auch die schweigsame, dicke Fenja, die unersättlich alles Süße verschlang.

Das Volk, dachte er, innerlich lächelnd, und lauschte in Erinnerung an die glühenden Reden über die Liebe zum Volk und über die Notwendigkeit, für seine Aufklärung zu arbeiten.

Klim ging zu Tomilin, um mit ihm über das Volk zu sprechen, er ging mit der geheimen Hoffnung, seine Antipathie zu rechtfertigen. Doch Tomilin schüttelte den kupferroten Kopf und sagte: »Aufrichtiges Interesse für das Volk können nur Industrielle, Ehrgeizige und Sozialisten empfinden. Volk ist ein Thema, das mich nicht interessiert.«

Tomilin wurde offenbar wohlhabender, er kleidete sich nicht nur sauberer, sondern darüber hinaus bedeckten sich die Wände seines Zimmers schnell mit neuen Büchern in drei Sprachen: in deutsch, französisch und englisch.

»Russisch gibt es nichts zu lesen«, erklärte er. »Auf russisch wird zwar interessant empfunden, aber erfolglos, abhängig, unoriginell gedacht. Das russische Denken ist zutiefst gefühlsmäßig und darum grob. Das Denken ist nur dann fruchtbar, wenn es vom Zweifel bewegt wird. Dem russischen Verstand ist der Skeptizismus ebenso fremd wie dem des Inders und des Chinesen. Bei uns streben alle zum Glauben. Völlig gleichgültig, woran, sei es an die rettende Kraft des Unglaubens, an Christus, an die Chemie, an das Volk. Dabei ist das Streben zum Glauben ein Streben nach Ruhe. Es gibt bei uns keine Menschen, die sich zu der Unrast unabhängiger Denkarbeit verurteilt haben.«

Nicht alle von diesen Aussprüchen gefielen Klim, viele von ihnen waren seiner Natur zuwider. Doch bemühte er sich ehrlich, alles zu behalten, was Tomilin im Takte seiner schlürfenden Filzpantoffeln oder nackten Fußsohlen redete.

»Es gibt keine Menschen, welche die Wahrheit um ihrer selbst willen, wegen der Freude an ihr benötigen. Ich wiederhole: Der Mensch will die Wahrheit, weil er nach Ruhe dürstet. Dieser Durst wird vollkommen durch die sogenannten wissenschaftlichen Wahrheiten gestillt, deren praktische Bedeutung ich nicht leugne.«

Eines Tages wurde er, als er zum Lehrer kam, durch die Witwe des Hauswirts – der Koch war an Lungenentzündung gestorben – angehalten. Die Frau saß auf den Flurstufen und verscheuchte mit einem Akazienzweig die Fliegen von ihrem runden, ölig glänzenden Gesicht. Sie war schon an die Vierzig, war schwerfällig und hatte einen Ammenbusen. Sie erhob sich vor Klim, versperrte die Tür mit ihrem breiten Rücken, lächelte mit Schafsaugen und sagte: »Entschuldigen Sie, er schreibt und hat befohlen, niemanden hereinzulassen. Sogar Vater Innokentij habe ich abgewiesen. Es kommen doch jetzt Priester zu ihm: der vom Seminar und der von der Himmelfahrtskirche.«

Sie sprach mit gedämpfter Stimme und verschluckte sich an ihren Worten, ihre Schafsaugen strahlten vor Freude, und Klim sah, daß sie bereit war, lange von Tomilin zu erzählen. Aus Höflichkeit hörte er ihr drei Minuten zu und verabschiedete sich von ihr, als sie mit einem Seufzer sagte: »Anfangs tat er mir leid, aber jetzt fürchte ich ihn.«

Oft und stets irgendwie zur Unzeit erschien Makarow, staubig, in einer Segeltuchbluse mit breitem Leibriemen und mit Sandalen an den nackten Füßen. Das zweifarbige Haar war lang geworden, hing in Strähnen herab, das verlieh ihm Ähnlichkeit mit einem Klosterbruder. Das Gesicht war von Wind und Sonne gebräunt; an Ohren und Nase blätterte die Haut wie Fischschuppen ab, und in seinen Augen saß Trauer. Doch zuweilen glühten sie fremdartig auf und flößten Klim dunkle Befürchtung ein. Er verhielt sich vorsichtig zu Makarow, verhehlte seine Empörung über die vagabundenhafte

Schlampigkeit der Kleidung und verbarg die herablassende Ironie, mit der er Makarows Reden anhörte, deren er längst überdrüssig war. Makarow wanderte von Dorf zu Dorf, von Kloster zu Kloster und erzählte davon wie von einer Reise durch ein fremdes Land, doch wovon auch immer er sprach, aus allem hörte Klim, daß sein Denken und Reden den Frauen, der Liebe galt.

»Du studierst wohl das Volk?«

»Mich selbst natürlich. Mich selbst, nach dem Gebot der alten Weisen«, antwortete Makarow. »Was heißt: Das Volk studieren? Lieder aufzeichnen? Die Mädchen singen schändlichen Unsinn. Die alten Leute denken an irgendwelche Seelenmessen. Nein, mein Lieber, auch ohne diese Lieder ist man nicht froh«, schloß er und fuhr, eine zerknitterte Zigarette, die mit Staub gefüllt schien, zwischen den Fingern glättend, fort: »Mir kommt es zuweilen vor, als hätten die Tolstojaner am Ende recht: Das Klügste, was man tun kann, ist, wie Warawka sagte, zu den Dummköpfen zurückzukehren. Vielleicht ist die wahre Weisheit hundsmäßig einfach, und wir versteigen uns vergeblich wer weiß wohin?«

Klim wußte, daß er diese Fragen nur mit Tomilins Worten beantworten konnte, die Makarow kannte. Er schwieg und dachte, wenn Makarow sich zu einem Verhältnis mit einem Mädchen wie Rita entschlösse, so würden alle seine Ängste verschwinden. Noch besser jedoch wäre, wenn dieser zerzauste, schöne Junge Dronow die Näherin ausspannte und aufhörte, sich um Lidija zu bemühen. Makarow fragte zwar nie nach ihr, aber Klim sah, daß er beim Erzählen zuweilen den Kopf zur Seite legte und lauschend zur Zimmerdecke hinaufsah.

Er denkt, sie ist zurück, mutmaßte Klim spöttisch, aber auch ärgerlich.

Makarow indes murmelte nachdenklich: »Manchmal scheint es einem, daß verstehen dumm ist. Ich nächtigte ein paarmal auf freiem Feld; man liegt auf dem Rücken, kann nicht schlafen, schaut zu den Sternen hinauf, denkt an Bücher, und plötzlich, verstehst du, durchfährt es einen bedrückend: Was aber, wenn die Großartigkeit und Unermeßlichkeit des Weltalls nur eine Dummheit und irgendwessen Unfähigkeit ist, die Welt verständlicher und einfacher einzurichten?«

»Das scheint von Tomilin zu stammen«, erinnerte sich Klim.

Makarow dachte kurz nach und stieß den Rauch der Zigarette aus.

»Einerlei, woher. Aber daraus folgt, daß der Mensch für seinen eigenen Verstand nicht faßbar ist.«

Makarows Unzufriedenheit mit der Welt erregte Klim, er fand,

Makarow spiele sich töricht als Philosoph auf, ahme ungeschickt Tomilin nach. Er sagte ungehalten und ohne den Gefährten anzusehen: »In zwei, drei Jahren denken wir nicht mehr an diese ...«

Er hatte »Dummheiten« oder »Lappalien« sagen wollen, beherrschte sich aber und sagte: »So naiv ...«

Die Zigarette an der Sohle seiner Sandale ausdrückend, fragte Makarow: »Gehen wir zu den Dummköpfen?«

Dann bat er Klim um drei Rubel und verschwand. Klim sah ihm vom Fenster aus nach, wie er leicht und behende über den Hof ging, und hätte ihm gern die Faust gezeigt.

Am Sonnabend fuhr er zum Landhaus, und als er ihm näher kam, erblickte er schon von weitem auf der Terrasse die Mutter, die im Sessel saß, und an einer Säule der Terrasse sah er Lidija im weißen Kleid, mit einem himbeerroten Schal um die Schultern. Er zuckte unwillkürlich zusammen, nahm straffe Haltung an, und obwohl das Pferd im Schritt ging, sagte er zum Fuhrmann: »Langsamer.«

Er erschrak sogar ein wenig, als Lidija, nachdem sie ihm ohne ein Lächeln die Hand gegeben hatte, ihm rasch und unfreundlich ins Gesicht blickte. Sie hatte sich in den zwei Monaten stark verändert, ihr braunes Gesicht war noch dunkler geworden, ihre hohe, etwas scharfe Stimme klang voller.

»Das Meer ist gar nicht so, wie ich gedacht hatte«, sagte sie zur Mutter. »Es ist einfach eine große, flüssige Langeweile. Die Berge sind eine steinerne, vom Himmel begrenzte Langeweile. Nachts bildet man sich ein, die Berge kröchen auf die Häuser zu und wollten sie ins Wasser stoßen, und das Meer wäre schon bereit, die Häuser zu verschlingen ...«

Wera Petrowna blickte zur Straße am Wald und mahnte: »Nachts denkt man nicht, nachts schläft man.«

»Dort schläft es sich schlecht, die Brandung stört. Die Steine knirschen wie Zähne. Das Meer schmatzt wie eine Million Schweine ...«

»Du bist immer noch so ... nervös«, sagte Wera Petrowna; an der Pause erriet Klim, daß sie etwas anderes hatte sagen wollen. Er sah, daß Lidija ein ganz erwachsenes Mädchen geworden war, ihr Blick war regungslos, man konnte meinen, sie warte gespannt auf etwas. Sie redete in einer ihrem Wesen nicht entsprechenden, hastigen Art, als wolle sie schnell alles Nötige sagen.

»Ich begreife nicht, warum alle übereingekommen sind zu sagen, die Krim sei schön.«

Ihr Eigensinn erregte die Mutter offensichtlich. Klim merkte, daß sie die Lippen zusammenkniff, während ihre Nasenspitze errötete und zitterte.

»Die meisten Menschen suchen nur nach Schönheit, aber wenige schaffen sie«, hub er an. »Womöglich gibt es in der Natur gar keine Schönheit, so wie im Leben keine Wahrheit; Wahrheit und Schönheit schafft der Mensch selbst.«

Ohne ihm bis zum Schluß zuzuhören, sagte Lidija: »Du bist alt geworden. Das heißt, du bist jetzt ein Mann.«

Wera Petrowna stand auf und ging ins Haus, indem sie unterwegs übermäßig laut sagte: »Das von der Schönheit hast du sehr originell gesagt, Klim . . .«

Allein mit Lidija zurückgeblieben, fühlte er erstaunt, daß er nicht wußte, worüber er mit ihr sprechen sollte. Das Mädchen machte ein paar Schritte auf der Terrasse, sah hinüber zum Wald und fragte: »Ist Vater auf die Jagd gegangen?«

»Ja.«

»Allein?«

»Mit einem Bauern, einem von den sieben, die der Gouverneur im Frühjahr auszupeitschen befahl.«

»Ja?« fragte Lidija. »Dort haben auch irgendwo die Bauern rebelliert. Auf sie wurde sogar geschossen . . . Nun, ich gehe, ich bin müde.«

Sie schritt die Terrasse hinab zu einem kleinen Hain dünnstämmiger Birken und sagte, ohne Klim anzusehen: »Ljuba hat eine Stellung als Gesellschafterin für ein schwindsüchtiges junges Mädchen angenommen.«

Sie trat in das Birkengehölz und ließ Klim, entrüstet über ihre Gleichgültigkeit ihm gegenüber, allein. Er setzte sich in den Sessel, in dem die Mutter gesessen hatte, griff nach einem gelben französischen Buch, Maupassants Roman »Stark wie der Tod«, schlug damit auf sein Knie und versank in einen Strom ungeordneter Gedanken. Gewiß, dieses Mädchen war nicht für dieselbe Liebe wie Rita geschaffen. Es war unmöglich, sich ihren zerbrechlichen, schlanken Körper nackt und in stürmischen Krämpfen vorzustellen. Dann dachte er an die errötende Nase der Mutter und erinnerte sich der Sätze, die sie bei seinem letzten Besuch im Landhaus hier auf der Terrasse mit Warawka gewechselt hatte.

Klim hatte in seinem Zimmer gesessen und gehört, wie die Mutter anscheinend erfreut sagte: »Mein Gott, du bekommst eine Glatze.«

Warawka hatte geantwortet: »Ich bemerke die grauen Haare an deinen Schläfen nicht. Meine Augen sind höflicher.«

»Bist du mir böse?« hatte die Mutter erstaunt gefragt.

»Nein, gewiß nicht. Aber es gibt Worte, die aus dem Munde einer Frau nicht sehr erfreulich zu hören sind. Zumal von einer Frau, die sehr gut über die Gepflogenheiten der französischen Galanterie unterrichtet ist.«

»Warum sagst du nicht – einer geliebten Frau?«

»Und einer geliebten Frau«, hatte Warawka hinzugefügt.

Klim erinnerte sich der Worte Margaritas über die Mutter, schleuderte das Buch zu Boden und blickte hinüber in den Hain. Lidijas weiße, schlanke Gestalt war zwischen den Birken verschwunden.

Interessant: Wie wird ihre Begegnung mit Makarow sein? Und – wird sie begreifen, daß ich bereits das Geheimnis der Beziehungen zwischen Mann und Frau kennengelernt habe? Und wenn sie es errät – wird mich das in ihren Augen heben? Dronow hat gesagt, Mädchen und Frauen merken einem jungen Mann unfehlbar auf Grund irgendwelcher Anzeichen die verlorene Unschuld an. Mutter hat von Makarow gesagt: Man sieht es seinen Augen an, daß er ein liederlicher junger Mann ist. Mutter fängt ihre trockenen Sätze immer häufiger mit Gott an, obwohl sie nur aus Anstand gottesfürchtig ist.

Klim wippte mit dem Sessel, er fühlte sich durcheinandergeschüttelt und unfähig, die Unruhe zu ergründen, die Lidijas Ankunft in ihm hervorgerufen hatte. Dann begriff er plötzlich, daß er Angst hatte, Lidija könnte durch das Dienstmädchen Fenja von seinem Roman mit Margarita erfahren.

Wenn Mutter Margarita nicht gedungen hätte, so hätte diese Dirne mich zurückgewiesen, dachte er und preßte die Finger so fest zusammen, daß sie knackten. Eine Mutter wie selten eine ...

Lidija war unbemerkt von ihrem Spaziergang zurückgekehrt, und als man sich zum Abendessen setzte, stellte sich heraus, daß sie schon schlief. Auch am nächsten Tag tauchte sie vom Morgen bis zum Abend immer seltsam unruhig auf, wobei sie auf Wera Petrownas Fragen nicht sehr höflich antwortete, als suche sie Streit.

»Hast du das gelesen?« erkundigte sich Wera Petrowna und zeigte ihr das Buch von Maupassant.

»Ja. Es ist langweilig.«

»So? Das finde ich nicht.«

»Eine sonderbare Angewohnheit, das Lesen«, hub Lidija an. »Es ist dasselbe wie auf fremde Kosten leben. Und alle fragen einander: Hast du gelesen, habt ihr gelesen, haben Sie gelesen?«

»O Gott, was redest du da«, rief Wera Petrowna leicht gekränkt, während Lidija lächelnd weitersprach: »So ein Spatzengeschwätz. Es stimmt doch gar nicht, daß die Liebe ›stark wie der Tod‹ ist.«

Nun lachte sogar Wera Petrowna: »Sieh mal an! Das – weißt du?«

»Ich sehe es doch. Man liebt fünfmal hintereinander und – lebt dennoch weiter.«

Klim schwieg voll Besorgnis, da er erwartete, daß sie sich zanken würden, und da er fühlte, daß er vor Lidija schüchtern wurde.

Spät am Abend fuhr er in die Stadt. Der reichlich alte, ausgeleierte Wagen der Kleinbahn schuckelte und holperte wie ein Bauernwagen. Am Fenster floß gleich einem schwarzen Strom langsam der Wald vorbei, es wetterleuchtete. Klim beunruhigte die Vorahnung irgendwelcher Unannehmlichkeiten. In seine Gedanken über sich selbst hatte sich das sonderbare Mädchen eingedrängt und zwang ihn gebieterisch, sich mit ihr zu beschäftigen, doch das war schwierig. Er bemühte sich, das Spiel ihrer Gefühle und Gedanken zu verstehen, aber sie gab dem nicht nach. Doch sie und alle andern Menschen sollten ihm verständlich sein, wie Zahlen. Man mußte gewisse feste Grenzen finden und in ihnen einen Platz einnehmen, nachdem man auf dem Weg dahin alles Erdachte, das einen daran hinderte, leicht und einfach zu leben, entlarvt und beiseite geworfen hatte – das war es, was not tat.

Einen Tag später traf Lidija mit dem Vater ein. Klim ging mit ihnen über Schutt und Späne rund um das Haus, das mit Gerüsten umgeben war, auf denen die Stukkateure arbeiteten. Das Dachblech dröhnte unter den Hammerschlägen der Dachdecker; Warawka schüttelte zornig den Bart, schimpfte, und seine stets ungewöhnlichen Ausdrücke prägten sich Klim fest ein.

»Wie die Sargmacher arbeiten sie, hastig, nachlässig.«

Lidija ging Arm in Arm mit dem Vater, schmiegte sich an ihn, was man gar nicht bei ihr kannte, und sagte: »Du wärest imstande, eine ganze Stadt zu bauen, Papa.«

»Das wäre ich!« stimmte Warawka bei. »Zehn Städte würde ich bauen. Eine Stadt, meine Liebe, ist ein Bienenstock, in einer Stadt speichert sich der Honig der Kultur. Wir müssen die Hälfte vom Dorfrußland in Städte aufsaugen, dann werden wir zu leben anfangen.«

Als er eine Weile mit der Tochter und Klim geplaudert hatte, schalt er die Arbeiter, gab ihnen dann reichlich Trinkgeld und fuhr weg. Lidija ging in ihr Zimmer, verbarg sich dort, und beim Abendtee hänselte sie Tanja Kulikowa mit Fragen: »Wieso ist das interessant?«

Tanja Kulikowa wurde immer grauer, dürrer, farbloser, als wollte sie ganz unsichtbar werden.

»Wie wenig ihr junges Volk lest, wie wenig ihr wißt!« grämte sie sich. »Meine Generation dagegen . . .«

»Generation – leitet sich das von ›degenerieren‹ ab?« fragte Lidija.

Die Grobheit, die Klim seit der Kindheit an ihr kannte, nahm jetzt Formen an, die ihn durch ihre Schärfe verwirrten. Es war fast unmöglich, mit Lidija zu reden, sie richtete auch an ihn solche Fragen: »Warum soll mich das denn interessieren? Warum muß man das wissen?«

Bei Tisch wurde sie auf einmal nachdenklich und saß minutenlang wie eine Taubstumme da, dann zuckte sie plötzlich zusammen, wurde unnatürlich lebhaft und hänselte Tanja von neuem, indem sie behauptete, Katin ziehe, wenn er Erzählungen aus dem Bauernleben schreibe, Bastschuhe an.

»Das braucht er zur Inspiration.«

Klim beobachtete sie scharf, er sah ihre zusammengezogenen Brauen, den konzentriert suchenden Blick ihrer dunklen Augen, hörte ihre allzu stürmisch gespielte lyrische Musik Chopins und Tschaikowskijs und ahnte, daß sie an irgend etwas Erregendem hängengeblieben war, buchstäblich hängengeblieben wie an einem Hagebuttenstrauch.

Ist sie verliebt? fragte er sich und wollte nicht daran glauben. Nein, als Verliebte würde sie sich sicher nicht so benehmen.

An einem trüben Abend im August traf Klim, vom Landhaus zurückgekehrt, Makarow bei sich an. Er saß mitten im Zimmer vornübergebeugt auf einem Stuhl, die Ellenbogen auf die Knie gestützt, die Finger in das zerzauste Haar vergraben; zu seinen Füßen lag die zerknüllte, verschossene Mütze. Klim öffnete leise die Tür, Makarow rührte sich nicht.

Er ist betrunken, dachte Klim und sagte vorwurfsvoll: »Du bist mir einer!«

Makarow hob schwer den Kopf, ohne die Finger aus dem Haar zu nehmen; sein Gesicht war aufgelöst, die Backenknochen wie geschwollen, die Augäpfel waren gerötet, aber der Blick glänzte nüchtern.

»Katzenjammer?« fragte Klim.

Makarow hob die Mütze auf, legte sie aufs Knie und stützte den Ellenbogen darauf, dann senkte er wieder den Kopf, als müßte er etwas zu Ende denken.

Klim fragte, ob er schon lange aus Moskau zurückgekehrt, ob er in die Universität aufgenommen worden sei. Makarow betastete seine Hosentasche und antwortete gedämpft: »Vorgestern. Bin aufgenommen.«

»In der medizinischen?«

»Laß mich.«

Er blieb noch eine Minute sitzen, dann stand er auf und ging nicht in seinem Gang, sondern träge schlürfend zur Tür.

»Zu ihr?« fragte Klim, mit den Augen zur Decke deutend. Makarow blickte ebenfalls nach oben und antwortete, nach dem Türpfosten greifend: »Nein. Leb wohl.«

Als Klim sah, wie langsam und unsicher er schritt, dachte er mit einem gemischten Gefühl aus Angst, Mitleid und Schadenfreude: Hat er sich angesteckt?

Da kam Fenja ins Zimmer gelaufen und sagte ängstlich: »Das gnädige Fräulein bittet, Obacht auf ihn zu geben, ihn nicht fortgehen zu lassen.«

Mit albern aufgerissenen Augen sang sie: »Was gewe-esen i-ist!«

Klim ging nach oben, doch Lidija kam ihm auf der Treppe entgegengelaufen und fauchte: »Warum hast du ihn fortgelassen, warum?«

Im Schein der Wandlampe, die den Kopf des jungen Mädchens dürftig beleuchtete, sah Klim, daß ihr Kinn zitterte, daß die Hände krampfhaft ein Tuch über der Brust hielten und wie sie, vorgebeugt, nahe daran war, zu fallen.

»Lauf ihm nach, bring ihn her!« rief sie, mit dem Fuß aufstampfend.

Erschreckt und wie im Traum rannte Klim davon, lief zum Tor hinaus und horchte; es war schon dunkel und sehr still, aber kein Geräusch von Schritten war zu hören. Klim lief in Richtung der Straße, wo Makarow wohnte, und bald erblickte er im Halbdunkel, unter den Linden an der Kircheneinfriedung Makarow – er stand, hielt sich mit der einen Hand an einem Holzpfeiler fest, die andere war bis zum Kopf erhoben, und obwohl Klim in ihr keinen Revolver sah, begriff er doch, daß Makarow im nächsten Augenblick abdrükken würde, und rief: »Untersteh dich!«

Er war nur noch zwei Schritte von Makarow entfernt, als dieser mit trunkener Stimme sagte: »Halleluja! Zum – Teufel mit allem . . .«

Klim konnte ihm gerade noch einen Stoß geben und prallte, durch das trockene Knacken des Schusses erschreckt, zurück, während Makarow die Hand mit dem Revolver sinken ließ und leise ächzte.

Wenn Klim sich diesen Vorfall später vergegenwärtigte, erinnerte er sich, wie Makarow hin und her getaumelt war, als hätte er sich entscheiden wollen, nach welcher Seite er umfallen sollte, wie er, langsam den Mund öffnend, erschreckt aus den seltsam runden Augen geschaut und dazu gemurmelt hatte: »Da . . . da haben wir's . . .«

Klim legte den Arm um ihn, hielt ihn aufrecht und führte ihn. Es war sonderbar: Makarow hinderte ihn beim Gehen, er stieß ihn, schritt aber rasch, er lief fast, und doch gingen sie qualvoll lange bis zum Tor des Hauses. Er knirschte mit den Zähnen, flüsterte pfeifend: »Laß, laß mich.«

Auf dem Hof indes, an der Vortreppe, auf der drei weibliche Gestalten standen, murmelte er undeutlich: »Ich weiß – es war dumm . . .«

Tanja Kulikowa schüttelte vorwurfsvoll ihren glattgekämmten Kopf und jammerte weinerlich: »Man sollte sich schämen . . .«

»Schweig!« befahl Lidija, »Fjokla, hol den Doktor!«

Dann faßte sie Makarow unter und fragte halblaut: »Wohin hast du geschossen – du Gymnasiast . . .«

Klim hörte, daß sie erbost, sogar verächtlich fragte.

Bei sich im Zimmer, bei Licht, sah Klim, daß sich Makarows Bluse auf der linken Seite dunkel gefärbt hatte und feucht glänzte, während vom Stuhl schwarze Tropfen auf den Boden fielen. Lidija stand schweigend vor ihm und hielt seinen Kopf, der auf die Brust gefallen war, Tanja, die schnell Klims Bett zurechtmachte, schluchzte.

»Zieh ihn aus«, befahl Lidija. Klim trat herzu, ihn schwindelte von dem süßlichen, tranigen Geruch.

»Nein, leg ihn zuerst aufs Bett«, kommandierte Lidija. Klim schüttelte den Kopf, ging halb ohnmächtig ins Wohnzimmer und sank dort in einen Sessel.

Als er wieder zu sich gekommen war und in sein Zimmer zurückkehrte, lag Makarow bis zu den Hüften entblößt auf seinem Bett; ein fremder, grauhaariger Arzt beugte sich über ihn und stocherte, die Ärmel aufgekrempelt, mit einer langen glänzenden Nadel in seiner Brust herum, wobei er sagte: »Was macht ihr jungen Leute nur immerzu für dumme Sachen? Schießen!«

An den Schläfen, auf der gewölbten Stirn Makarows glänzte der Schweiß, die Nase war spitz geworden wie bei einem Toten, er biß sich auf die Lippen und hielt die Augen fest geschlossen. Am Fußende des Bettes standen Fenja mit einem Kupferbecken in der Hand und die Kulikowa mit Mullbinden und anderem Verbandzeug.

»Männer wie Puschkin und Lermontow haben anders geschossen«, murmelte der Arzt.

Klim ging ins Speisezimmer, dort saß Lidija am Tisch, die Arme auf der Brust verschränkt, die Beine von sich gestreckt, und sah ins Kerzenlicht.

»Besteht Gefahr?« fragte sie zwischen den Zähnen hindurch und ohne Klim anzusehen.

»Ich weiß auch nicht.«

»Der Doktor scheint grob zu sein?«

Klim antwortete nicht, goß sich Wasser in ein Glas, und als er es ausgetrunken hatte, sagte er: »Da haben wir's. Deinetwegen erschießen sie sich schon.«

Lidija bat leise, aber streng: »Hör auf.«

Sie verstummten und lauschten. Klim stand am Büfett und rieb sich mit dem Taschentuch kräftig die Hände ab. Lidija saß regungslos da, sie starrte auf das goldene Lanzenspitzchen der Kerze. Kleinliche Gedanken überwältigten Klim: Der Arzt hat mit Lidija ehrerbietig gesprochen, wie mit einer Dame. Das kommt natürlich daher, weil Warawka in der Stadt eine immer bedeutendere Rolle spielt. Man wird in der Stadt erneut von ihr reden, so wie man von ihrem Kindheitsroman mit Turobojew geredet hat. Es ist unangenehm, daß sie Makarow auf mein Bett gelegt haben. Es wäre besser, ihn in die Dachkammer zu schaffen. Auch er hätte dann mehr Ruhe.

Die Gedanken waren unpassend. Klim wußte das, aber er konnte an nichts anderes denken.

Der Arzt kam herein und verkündete, sich die Hände reibend: »N. . .nun, es steht alles so günstig wie nur möglich. Es war ein ziemlich schlechter Revolver, die Kugel schlug gegen eine Rippe, scheint sie etwas verletzt zu haben, drang durch den linken Lungenlappen und blieb unter der Rückenhaut stecken. Ich habe sie herausgeschnitten und dem Helden überreicht.«

Beim Sprechen sah er aufmerksam, mit schwachem Lächeln, Lidija an, aber sie merkte es nicht, denn sie kratzte mit dem Griff eines Teelöffels heruntergeronnenes Stearin von einer Kerze. Der Arzt erteilte ein paar Ratschläge, verneigte sich vor ihr, doch sie merkte auch das nicht, und als er fort war, sagte sie, den Blick in die Zimmerecke gerichtet: »Nachts werden ich und Tanja bei ihm wachen. Du geh schlafen, Klim.«

Klim war froh, fortgehen zu dürfen; er wußte nicht, wie er sich verhalten sollte, was er hätte sagen müssen, und fühlte, daß seine schmerzliche Miene sich in eine Grimasse nervöser Müdigkeit verwandelte.

Makarow lag vier Tage in Klims Zimmer, am fünften bat er, man möchte ihn heimbringen. Diese Tage voll schwerer und aufregender Eindrücke waren für Klim eine sehr harte Zeit. Gleich am Morgen des ersten Tages traf er, als er zum Kranken ging, Lidija dort an – ihre Augen waren gerötet und glänzten fieberhaft, wenn sie in das graue, zerquälte, hohläugige Gesicht Makarows blickten; seine dunkel gewordenen Lippen flüsterten trocken irgend etwas, zuweilen schrie er auf und knirschte mit den gefletschten Zähnen.

»Er phantasiert«, sagte sie flüsternd und gab Klim ein Zeichen. »Geh!«

Doch Klim blieb einen Augenblick in der Tür stehen und hörte die erstickte, heisere Stimme: »Ich – bin nicht schuld . . . Ich – kann nicht.«

Lidija wiederholte, in befehlendem Ton: »Geh hinaus!«

Gegen Abend ging es Makarow besser, und am dritten Tag sagte er mit mattem Lächeln zu Klim: »Verzeih, mein Lieber! Ich habe dir hier alles schmutzig gemacht . . .«

Er war betreten und sah Klim aus den dunklen Augenhöhlen unangenehm eindringlich an, als erinnere er sich an etwas und glaube nicht daran. Lidija benahm sich offen unaufrichtig, und sie schien es selbst zu wissen. Sie redete Nichtigkeiten, lachte unpassend, verblüffte durch eine ihr sonst nicht eigene Ungezwungenheit und begann dann plötzlich, Klim gereizt zu verspotten: »Du hast einen Geschmack wie ein alter Mann; nur alte Männer und alte Frauen hängen so viel Photographien auf.«

Makarow schwieg, sah zur Decke und schien irgendwie neu, fremd. Er hatte auch ein fremdes Hemd an, eins von Klim.

Als Wera Petrowna und Warawka, vom Landhaus zurück, Klims ausführlichen Bericht angehört hatten, begannen sie sogleich halblaut zu streiten. Warawka stand seitlich zur Mutter am Fenster, hielt seinen Bart in der Faust und verzog das Gesicht, als hätte er Zahnschmerzen, die Mutter saß vor dem Wandspiegel, warf den Kopf zurück und kämmte ihr üppiges Haar.

»Lidija ist allzu kokett«, sagte sie.

»Na, das ist erfunden! Keine Spur von Koketterie.«

»Es gibt verschiedene Formen von Koketterie.«

»Das weiß ich, aber . . .«

»Makarow ist ein lockerer junger Mann, Klim weiß das.«

»Du bist ungerecht zu Lida . . .«

Klim hörte zu, ohne ein Wort zu sagen. Die Mutter sprach immer hochmütiger. Warawka geriet in Zorn, begann zu schmatzen, zu brüllen und ging fort. Da sagte die Mutter zu Klim:

»Lidija ist verschlagen. Ich spüre in ihr etwas Raubtierhaftes. Aus solchen, den kalten Mädchen, entwickeln sich Abenteurerinnen. Sei vorsichtig mit ihr.«

Klim wußte längst, daß die Mutter Lidija nicht leiden konnte, aber so entschieden sprach sie zum erstenmal von ihr.

»Ich verstehe selbstverständlich deine kameradschaftlichen Gefühle, doch es wäre vernünftiger, den ins Krankenhaus zu schaffen. Ein Skandal, bei unserer gesellschaftlichen Position . . . du verstehst schon . . . O mein Gott!«

Oben trampelte Warawka wie ein Elefant herum, und man hörte ihn dumpf schreien: »Ich verbiete es. Blö-ödsinn!«

Dann lief Lidija die Innentreppe herunter, Klim stand am Fenster und sah, daß sie in den Garten rannte. Nachdem er geduldig noch einige Bemerkungen der Mutter angehört hatte, ging auch er in den Garten, überzeugt, Lidija dort gekränkt, in Tränen vorzufinden, so daß er sie trösten müsse.

Doch sie saß mit übergeschlagenem Bein auf einer Bank bei der Laube und empfing Klim mit der Frage: »Du würdest dich nicht aus Liebe erschießen, nicht wahr?«

Sie fragte so ruhig und grob, daß Klim dachte: Sollte Mutter doch recht haben?

»Je nachdem«, antwortete er mit Achselzucken.

»Nein, du würdest es nicht tun!« wiederholte sie überzeugt und schlug ihm, wie in der Kindheit, vor: »Laß uns ein bißchen hier sitzen.«

Dann warf sie ihm von der Seite einen Blick zu und sagte nachdenklich: »Du wirst wahrscheinlich ein Wüstling werden. Ich glaube, du bist es schon. Ja?«

Der verblüffte Klim kam gar nicht zum Antworten – Lidijas Gesicht zuckte, verkrampfte sich, sie schüttelte den Kopf, nahm ihn zwischen die Hände und flüsterte verzweifelt: »Wie entsetzlich das ist! Und – wozu? Da bin ich nun auf die Welt gekommen, du bist auf die Welt gekommen – wozu? Wie denkst du darüber?«

Klim nahm eine würdevolle Haltung an, wollte viel und klug reden, aber sie sprang auf und entfernte sich mit den Worten: »Nicht nötig. Schweig.«

Als sie verschwunden war, zog es Klim zu ihr hin, schon nicht mehr, um etwas Kluges zu sagen, sondern einfach, um neben ihr herzugehen. Dieser Drang war so stark, daß Klim aufsprang und hinterherlief, doch da ertönte auf dem Hof der halblaute, aber klingende Ausruf Alinas: »Ist es denn möglich! Nun, ich hab es ja gesagt.«

Klim blieb eine Weile stehen, setzte sich dann wieder und dachte: Ja, wahrscheinlich kennt Lidija, und vielleicht auch Makarow, eine andere Liebe – eine Liebe, auf die die Mutter und Warawka offenbar neidisch und eifersüchtig waren. Weder sie noch er hatten den Kranken besucht. Warawka hatte einen Wagen vom Roten Kreuz kommen lassen, und als die Sanitäter, die wie Köche aussahen, Makarow über den Hof trugen, stand Warawka, die Hand um den Bart gelegt, am Fenster. Er hatte Lidija nicht erlaubt, den Kranken zu begleiten, und die Mutter schien absichtlich fortgegangen zu sein.

Auf dem Hof hellte sich Makarows Gesicht sogleich auf, es kam Leben in ihn, und er sagte, zu dem klaren, kühlen Himmel emporblickend, leise: »Wunderbar.«

Im Wagen verzog er wegen der heftigen Stöße das Gesicht und streichelte mit der rechten Hand Klims Knie.

»Nun, mein Lieber, ich danke dir. Dieser Aderlaß wird vielleicht von Nutzen sein, er beruhigt.«

Und er lächelte schwach, indem er hinzufügte: »Nur solltest du es – nicht versuchen: es tut weh, und man schämt sich auch ein wenig.«

Er schloß die Augen, und mit seinen dunklen Augenhöhlen sah er aus wie blind, unheimlicher als ein Blindgeborener. Auf dem grasbedeckten kleinen Hof vor einem Spielzeughäuschen, das seine drei Fenster kokett hinter einem Vorgärtchen versteckte, wurde Makarow von einem ungeheuerlich großen, dürren Mann mit einem Clownsgesicht begrüßt. Er warf den Besen, den er in der Hand hielt, fort, kam zur Trage gerannt, knickte über ihr zusammen und begann, Klim und die Sanitäter beiseite stoßend, mit komischer Stimme zu lamentieren: »Ach, Kostja, ei-jei-jei! Als Lidija Timofejewna es uns sagte, waren wir ganz starr vor Schreck. Dann waren wir wieder froh, als sie sagte, es sei ungefährlich. Na, Gott sei Dank! Wir haben gleich alles gescheuert und saubergemacht. – Mamachen!« rief er und stellte sich, Klim mit seinen langen Fingern am Ellenbogen packend, vor: »Slobin, Pjotr, Posttelegraphist, sehr erfreut.«

Aus der Tür eines kleinen Schuppens kroch eine kräftige, rotwangige Alte in grauem Kleid, das wie ein Priestergewand aussah, bückte sich mühevoll, küßte Makarow auf die Stirn, brach in Tränen aus und sagte brummig: »Na, du bist mir ein Närrchen!«

Klim war gerührt. Es war spaßig zu sehen, daß ein so langer Mann und eine so gewaltige Alte in einem Spielzeughaus wohnten, in sauberen Zimmerchen, in denen viele Blumen standen, wo an der einen Wand auf einem kleinen, ovalen Tisch eine Geige feierlich in ihrem Kasten ruhte. Man bettete Makarow in einem gemütlichen, sonnigen Zimmer. Slobin setzte sich linkisch auf einen Stuhl und sagte: »Und ich, weißt du, habe mir aus diesem Anlaß erlaubt, ein Musikstückchen einzuüben: ›Souvenir de Vilna‹ – es ist sehr nett! Habe mich drei Abende damit geplagt.«

Stupsnasig, blauäugig, mit halbergrauter Bürste, kam er Klim immer mehr wie ein Clown vor. Sein wuchtiges Mamachen indes ging, wackelnd wie eine Kuh, zwischen den Zimmern hin und her, wobei sie Karaffen und Gläser für den Tisch vor Makarows Bett herbeitrug, und brummte dabei: »Wozu soll das nun gut sein? Ihr haltet euch selbst zum besten, ihr jungen Leute, und dann müßt ihr euch grämen.«

Sie bot Klim Tee an, doch Klim lehnte höflich ab und verabschiedete sich von Makarow, der mit stummem Lächeln die Slobins ansah.

»Besuche mich, bitte«, bat Makarow, und die Slobins wiederholten einstimmig: »Bitte.«

Klim ging fort, er wurde traurig. Makarows spaßige Freunde hatten ihn wohl sehr gern, und mit ihnen zu leben war gemütlich, einfach. Ihr einfaches Wesen ließ ihn an Margarita denken – ja, bei ihr hätte er sich gut von den unsinnigen Aufregungen dieser Tage erholen können. Und während er über sie nachdachte, fühlte er plötzlich, daß dieses Mädchen in seinen Augen unmerklich gewachsen war, doch abseits von Lidija und ohne diese in den Schatten zu stellen.

Wenn Lidija in den Kreis seiner Überlegungen einbrach, konnte er an nichts anderes mehr denken als an sie. Im Grunde dachte er gar nicht, sondern stand vor ihr und betrachtete das Mädchen ebenso verständnislos wie zuweilen ziehende Wolken oder einen strömenden Fluß. Die Wolken und Wellen versetzten ihn, indem sie jegliche Gedanken wegwischten, fortschwemmten, in den gleichen gedankenlosen, stummen Zustand einer Halbhypnose wie dieses Mädchen. Wenn er sie jedoch nicht mehr in Gedanken, sondern leibhaftig vor sich sah, erwachte in ihm ein fast feindseliges Interesse für sie; es verlangte ihn dann, jedem ihrer Schritte zu folgen, zu wissen, was sie dachte, worüber sie mit Alina, mit dem Vater sprach, es verlangte ihn, sie bei irgend etwas zu ertappen.

Ein paar Tage später fragte Lidija ganz beiläufig, aber herausfordernd, wie es Klim schien: »Warum besuchst du Makarow nicht einmal?«

Er sagte, er sei beunruhigt über das Verhalten des Lehrerkollegiums zu ihm; einige Mitglieder konnten sich nicht entschließen, ihm das Reifezeugnis auszustellen, und verlangten eine Nachprüfung.

»Nun, Rshiga wird das schon in Ordnung bringen«, sagte Lidija nachlässig, dann aber lachte sie, die Augen zukneifend, leise vor sich hin und fügte hinzu: »Tu doch nicht so, als ob du bedauerst, deinen Kameraden daran gehindert zu haben, sich das Leben zu nehmen.«

Sie ging, noch ehe er ihr etwas entgegnen konnte. Sie hatte natürlich nur gescherzt, das hatte Klim an ihrem Gesicht gesehen. Doch selbst als Scherz erregten ihn ihre Worte. Wieso, auf Grund welcher Beobachtungen konnte dieser beleidigende Gedanke bei ihr entstanden sein? Klim suchte lange, angespannt in seinem Innern: Gab es bei ihm dieses Bedauern, das Lidija vermutete? Er fand es nicht und beschloß, sich mit Lidija auszusprechen. Zwei Tage lang konnte er jedoch keine Zeit für die Aussprache wählen, und am dritten begab er sich, von einer ihm nicht ganz klaren Absicht bedrückt, zu Makarow.

Auf der Schwelle eines der kleinen Zimmer in dem Spielzeughaus blieb er mit unwillkürlichem Lächeln stehen: Auf dem Diwan an der Wand lag Makarow, bis zur Brust mit der Bettdecke bedeckt, der offene Hemdkragen zeigte seine verbundene Schulter; an dem kleinen, runden Tisch saß Lidija; auf dem Tisch stand eine Schale mit Äpfeln; ein schräger Sonnenstrahl, der durch die oberen Fensterscheiben kam, fiel auf die blutroten Früchte, auf Lidijas Haar und die eine Hälfte von Makarows höckernasigem Gesicht. Das Zimmer duftete und war sehr heiß, wie es Klim schien. Der Kranke und das Mädchen aßen Äpfel.

»Eine Paradiesbeschäftigung«, murmelte Klim.

»Der dritte im Paradies war der Teufel«, sagte Lidija sogleich und rückte mit dem Stuhl etwas vom Diwan ab, während Makarow Klim die Hand drückte und ihren Scherz aufgriff: »Samgin ähnelt aber mehr dem Faust als Mephisto.«

Beide Scherze gefielen Klim nicht und ließen ihn aufhorchen, aber Makarow und Lidija fuhren fort mit ihren Scherzen und verletzten ihn damit immer häufiger. Er parierte ungeschickt, verlegen, und glaubte aus ihren Worten den Ärger und die Gereiztheit von Menschen zu hören, die gestört werden. Kränkung und noch irgendein verzagtes Gefühl stiegen in ihm auf. Der Mensch, den er daran gehindert hatte, sich das Leben zu nehmen, war allzu fröhlich, und er war sogar schöner geworden. Die Blässe des Gesichts unterstrich günstig das feurige Funkeln seiner Augen, der Schatten auf der Oberlippe war dichter, sichtbarer geworden, und überhaupt war Makarow in diesen paar Tagen ungewöhnlich viel männlicher geworden. Er sprach sogar, wenn auch mit schwacher, so doch tieferer Stimme.

Lidija verhielt sich unangehm einfach zu ihm, nicht hochmütig und aufgeblasen wie sonst. Und obwohl Klim merkte, daß sie auch zu ihm heute gütiger war als sonst, kränkte ihn auch das.

»Wie hübsch es hier ist, nicht wahr?« wandte sie sich, mit der Hand einen Kreis beschreibend, an Samgin.

Klim entgegnete: »Wie bei Kleinbürgern üblich ...«

»Sieh mal an, so ein Aristokrat«, sagte Makarow und verbarg das Gesicht vor der Sonne. Auch Lidija lächelte, Klim indes stellte sich in diesem Augenblick die Zukunft des Mädchens vor: Sie ist mit dem Gymnasiallehrer Makarow verheiratet, der natürlich ein Trinker ist; sie trägt schon das dritte Kind, läuft in Pantoffeln herum, die Ärmel ihrer Jacke sind bis zu den Ellenbogen hochgekrempelt, in der einen Hand hält sie einen schmutzigen Lappen, mit dem sie wie ein Dienstmädchen Staub wischt, auf dem Boden kriechen kleine Kinder mit rotem Hintern herum und quietschen. Dieses rasch vor ihm erstehende Bild hob ein wenig seine gedrückte Stimmung, da blickte die alte Slobina zur Tür herein und lud ein: »Ich bitte zum Tee! Heute gibt es Ihre Lieblingsplätzchen, Lidija Timofejewna!«

Lidija lief zu ihr hin und sprach auf sie ein, wobei sie eine Strähne grauen Haars, die auf die bläulichrote Wange der Alten herabgefallen war, mit ihren schmalen Fingern streichelte. Die Slobina schüttelte sich mit einem tiefen Lachen. Klim hörte gar nicht, was Lidija sprach, er zuckte nur mit den Schultern auf Makarows Frage: »Was guckst du wie ein Kauz?«

Sieh mal einer an! dachte er. Sie kommt also schon seit langem und häufig hierher, sie ist hier zu Hause! Doch warum wollte Makarow sich erschießen?

Mit hartnäckiger Aufdringlichkeit drehte sich in seinem Kopf der Gedanke, Makarow lebe mit Lidija, wie er mit Margarita gelebt hatte, und indem er die beiden mürrisch betrachtete, schrie er in Gedanken: Ihr Lügner! Ihr falschen Menschen!

Neben ihm saß Slobin, stieß ihn mit seiner knochigen Schulter an und redete davon, daß er nur die Musik und sein Mamachen liebe.

»Wegen dieser Liebe habe ich auch nicht geheiratet, denn wissen Sie, ein dritter Mensch im Hause – das ist bereits störend! Auch kann nicht jede Ehefrau das Üben auf der Geige aushalten. Ich übe nämlich jeden Tag. Mamachen hat sich so daran gewöhnt, daß sie es schon nicht mehr hört ...« Klim verließ die Leute in so bedrückter Stimmung, daß er Lidija nicht einmal anbot, sie heimzubegleiten. Aber sie lief selbst mit bis ans Tor, hielt ihn an und bat ihn freundlich, mit einem pfiffigen Lächeln in ihren Augen: »Sag daheim nicht, daß ich hier war – nein?«

Er nickte bestätigend. Heimzugehen hatte er keine Lust, er ging zum Flußufer und dachte, langsam dahinschreitend: Ich sollte anfangen zu rauchen, man sagt, das beruhigt.

Über der glattgefegten Erde wölbte sich jenseits des Flusses wie eine umgekippte runde Schüssel eine blaßrosa Leere und erinnerte ihn aus irgendeinem Grund an das saubere Spielzeughäuschen und an die Menschen darin.

Wie dumm das alles ist!

Daheim traf er Warawka und die Mutter im Speisezimmer an, der riesengroße Tisch war mit einer Unmenge von Papieren überhäuft, Warawka klapperte mit den Kugeln seines Rechenbretts und summte in den Bart: »Die-se Spitzbuben!«

Die Mutter übertrug eilig irgendwelche Zahlen von einförmigen quadratischen Zetteln auf einen großen, sauberen Bogen; vor ihr stand ein Teller mit einer riesigen Wassermelone, vor Warawka eine Flasche Jerezwein.

»Na, was macht dein Schütze?« fragte Warawka. Als er Klims Antwort angehört hatte, musterte er ihn mißtrauisch, schenkte sich ein Glas Wein ein, trank andächtig die Hälfte aus, leckte sich die fleischigen Lippen, lehnte sich im Stuhl zurück und sagte, mit dem Finger auf den Tischrand klopfend: »Die Welt zerfällt in zweierlei Menschen. Die einen sind klüger als ich – die liebe ich nicht, die anderen sind dümmer als ich – die verachte ich.«

Die Mutter blickte ihn prüfend an und fragte: »Weshalb sagst du das . . . jetzt auf einmal?«

»Weil es nötig ist«, antwortete Warawka, spießte mit der Gabel ein würfeliges Stück Wassermelone auf und schob es in den Mund. »Doch dann gibt es noch eine Kategorie von Menschen, die ich fürchte«, fuhr er laut und energisch fort. »Das sind die echten russischen Menschen, die glauben, man könne mit der Logik der Worte die Logik der Geschichte beeinflussen. Ich gebe dir, Klim, den freundschaftlichen Rat: Hüte dich, dem echten russischen Menschen zu trauen. Er ist ein sehr lieber Mensch, ja! Über die Zukunft mit ihm zu plaudern ist ein Genuß. Aber die Gegenwart versteht er überhaupt nicht. Und er sieht nicht, wie traurig seine Rolle ist. Er ist ein Kind, das verträumt mitten auf der Straße geht und unter die Pferde kommen wird, denn den schweren Karren der Geschichte ziehen Pferde, die wohl von erfahrenen, aber undelikaten Kutschern gelenkt werden. Unsere echten Menschen sind an der ganzen Sache gar nicht beteiligt. Sie dienen bestenfalls als Stuck an der Fassade eines Gebäudes, das sich im Bau befindet; da das Gebäude aber erst errichtet wird, so . . .«

Die Mutter unterbrach ihn widerspenstig: »Du solltest dich erinnern, daß Christus . . .«

». . . ebenfalls eine vorzeitige und darum schädliche Erscheinung ist«, setzte Warawka fort, indem er mit seinem dicken Finger den Takt zu seiner Rede schlug. »Die sogenannte christliche Kultur ist so etwas wie ein regenbogenfarbener Ölfleck auf einem breiten, trüben Fluß. Kultur, das sind vorläufig Bücher, Bilder, ein wenig Musik und sehr wenig Wissenschaft. Die Kultiviertheit eines Häufchens von Menschen, die sich als das ›Salz der Erde‹, als ›Ritter des Geistes‹ und so weiter bezeichnen, kommt nur darin zum Ausdruck, daß sie nicht laut und unflätig fluchen und daß sie mit Ironie vom Wasserklosett reden. Alle, die ›in Christo‹ leben, sind nach meiner Kulturauffassung höchst kulturfeindlich. Kultur, meine Teure, das ist Liebe zur Arbeit, und zwar ebenso unbezähmbar gierig wie die Liebe zur Frau . . .«

Warawka, der sich hastig eine Zigarette angezündet hatte, redete, redete und stieß blauen Rauch aus. Seine Saffianstirn glänzte rötlich, die scharfen Äuglein funkelten erregt, der Fuchsbart rauchte, selbst seine Worte schienen zu rauchen.

Warawkas Ausbrüche von Beredsamkeit waren Klim schon lange und gut bekannt, sie überkamen ihn besonders heftig, wenn er vom Geschäftsleben ermüdet war. Klim sah, daß Warawka von den Leuten auf der Straße immer ehrerbietiger gegrüßt wurde, und wußte gleichzeitig, daß man in den Häusern immer schlechter, immer böser von ihm sprach. Auch fiel ihm folgendes sonderbare Zusammentreffen auf: je mehr und je schlechter von Warawka in der Stadt geredet wurde, desto hemmungsloser und reichlicher philosophierte er zu Hause.

Heute dauerte der Ausbruch unerträglich lange. Warawka knöpfte sogar die unteren Westenknöpfe auf, wie er es zuweilen beim Mittagessen tat. In seinem Bart funkelte ein rotes Lächeln, der Stuhl unter ihm knackte. Die Mutter hörte zu, sie hatte sich über den Tisch gebeugt, und zwar so ungeschickt, daß ihre mädchenhaften Brüste auf dem Tischrand lagen. Klim war dieser Anblick peinlich.

»Erlaube mal, erlaube mal«, schrie Warawka ihr zu, »diese Menschenliebe – die, nebenbei bemerkt, von uns erdacht worden ist und unserer Natur, die nicht nach Liebe zum Nächsten, sondern nach Kampf mit ihm lechzt, zuwider ist –, diese unglückliche Liebe hat nichts zu bedeuten und ist nichts wert ohne Haß, ohne Ekel vor dem Schmutz, in dem der Nächste lebt. Schließlich darf man auch nicht vergessen, daß sich das geistige Leben nur auf der Grundlage materiellen Wohlergehens erfolgreich entfalten kann.«

Klim lauschte in sich hinein, er spürte in der Brust, im Kopf eine stille, stumpfe Langeweile, fast einen Schmerz; das war für ihn eine neue Empfindung. Er saß neben der Mutter, aß träge von der Wassermelone und konnte nicht fassen: warum philosophieren sie alle? Es schien ihm, als würde in letzter Zeit mehr und hastiger philosophiert. Er war froh gewesen, als man im Frühjahr den Schriftsteller Katin unter dem Vorwand einer Instandsetzung des Seitenbaus gebeten hatte, die Wohnung zu räumen. Wenn er jetzt über den Hof ging, betrachtete er mit Vergnügen die geschlossenen Fensterläden am Seitenbau.

Zuweilen kam es ihm vor, als wäre er dermaßen von fremden Worten überschüttet, daß er sich selbst nicht mehr sah. Es war, als hätte jeder vor irgend etwas Angst, suchte in ihm einen Bundesgenossen und wäre deswegen bestrebt, ihm etwas Eigenes ins Ohr zu schreien; alle hielten ihn für einen Empfänger ihrer Ansichten, begruben ihn im Sand ihrer Worte. Das bedrückte, erbitterte ihn. Heute war er in einer solchen Stimmung.

Da trat Fenja ins Zimmer und meldete, der Bauunternehmer sei gekommen.

»Aha!« rief Warawka zornig, sprang auf und ging rasch, aber schwerfällig wie ein Bär fort. Klim stand auch auf, doch die Mutter faßte ihn am Arm und führte ihn zu sich hinüber, wobei sie fragte: »Diese Geschichte mit Lidija hat dich offenbar sehr aufgeregt?«

Sie ging auf dem Teppich des Wohnzimmers umher und wiederholte mit gedämpfter Stimme, langweilig, all die Klim bekannten Ansichten über Lidija und Makarow, wobei sie sichtlich darauf bedacht war, nichts Überflüssiges zu sagen. Der Sohn hörte schweigend ihrer Rede zu, der Rede eines Menschen, der überzeugt ist, stets das Klügste und Notwendigste zu sagen, und plötzlich dachte er: Wodurch unterscheidet sich ihre und Warawkas Liebe von der, die Margarita kennt und lehrt?

Er begriff sofort das ganze Gewicht, den ganzen Zynismus dieser Nebeneinanderstellung, fühlte sich schuldig vor der Mutter, küßte ihr die Hand und bat sie, ohne ihr in die Augen zu sehen: »Beunruhige dich nicht, Mama! Und – verzeih, ich bin so müde.«

Sie küßte ihn auch fest auf die Stirn und sagte: »Ich verstehe, daß du es bei deiner außergewöhnlichen Tiefsinnigkeit schwer hast.«

In seinem Zimmer warf er den Rock ab und dachte, daß es schön wäre, ebenso all diese Tiefsinnigkeit, den Wirrwarr von Gefühlen und Gedanken abzuwerfen und so einfach zu leben wie die andern, unbefangen alle Dummheiten auszusprechen, die einem gerade auf die Zunge kamen, alle hohen Weisheiten Tomilins, Warawkas zu vergessen . . . Und Dronow zu vergessen.

Er schlief schlecht, stand früh auf, fühlte sich halb krank, ging zum Kaffeetrinken ins Speisezimmer und erblickte dort Warawka, der sich auf den Tageskampf vorbereitete, indem er geröstetes Brot knabberte und dazu Portwein trank.

»Hör zu«, sagte er, die Brauen zusammengezogen, leise, wobei er Klims Hand festhielt und so den jungen Mann etwas Unangenehmes erwarten ließ. »Gestern habe ich dir das von Dronow nicht sagen wollen, um Wera nicht aufzuregen, und hatte auch keine Zeit dazu. Der Friedensrichter Kosmin hat mich, ohne zu wissen, daß dieses Individuum bereits nicht mehr bei mir angestellt ist, darauf aufmerksam gemacht, daß Dronow sich das Sparkassenbuch irgendeines Mädchens angeeignet hat und angezeigt worden ist. Es steckt eine verzwickte Geschichte dahinter. Obwohl der Richter den Ausdruck ›angeeignet‹ gebrauchte, ist es klar, daß es sich um Diebstahl handelt, für den ein Friedensrichter zudem nicht zuständig ist, da es ein Diebstahl von mehr als 300 Rubel ist. Also – Kreisgericht. In welchen Beziehungen stehst du zu diesem Burschen? Aha, du bist mit ihm auseinander? Das freut mich sehr.«

Klim war ebenfalls froh darüber und senkte, um es zu verbergen, den Kopf. Es kam ihm vor, als hörte er auch in seinem Innern ein triumphierendes Aha, als flammte in ihm wie ein Spektrum ein Band vielfältiger Gedanken auf, inmitten derer die Linie der Anteilnahme für Margarita leuchtete. Warawka faßte Klims Freude anscheinend als Schreck auf und sagte ein paar tröstende Aphorismen: »Na, was denn – für die Anständigkeit eines Menschen kann man nie garantieren. Wir wählen Freunde nachlässiger aus als Schuhe. Merk dir, ein Mensch ohne Freunde – ist mehr Mensch.«

Selbstzufrieden schloß er: »Ich – habe keine Freunde.«

Nun ließ ein Gefühl der Dankbarkeit für die Freude Klim sagen, daß Lidija häufig Makarow besuche. Zu seinem Erstaunen geriet Warawka nicht in Zorn, sondern warf nur einen ängstlichen Blick zum Zimmer der Mutter und sagte gedämpft: »Ja, ja, ich weiß. Romantik, zum Teufel noch mal! Obwohl Romantik immerhin, weißt du, besser ist ...«

Er machte mit der Rechten eine unbestimmte Geste, schob die dicke Aktentasche unter den Arm und fragte ganz leise: »Du hast doch der Mutter nichts davon gesagt? Nein? Sag ihr auch bitte nichts. Sie haben sich schon ohnedies nicht besonders gern. Ich – gehe jetzt.«

Kaum war er verschwunden – schwand auch Klims Freude, sie war ausgelöscht durch das Bewußtsein, daß er häßlich gehandelt hatte, als er Warawka das von der Tochter gesagt hatte. Dann ging er, der im allgemeinen zu raschen Entschlüssen unfähig war, nach oben, immer zwei Stufen auf einmal nehmend.

Lidija saß unfrisiert, in orangefarbenem Schlafröckchen, die Schuhe an den bloßen Füßen, mit einem Notenheft in der Hand in der Diwanecke. Sie deckte ohne Eile die nackten Beine mit dem Schlafrock zu, blickte Klim unfreundlich an und fragte ihn: »Was ist geschehen? Warum machst du so ein Gesicht?«

Er nahm auf dem Rand des Diwans Platz und sagte sofort, als befürchte er, daß er das, was er sagen wollte, nicht sagen werde: »Verzeih mir, ich habe mich versehentlich verplappert ...«

Lidija warf die Noten auf die Knie und unterbrach ihn: »Ich weiß. Ich hatte mir schon gedacht, daß du es Vater sagen würdest. Ich hatte dich vielleicht gerade gebeten, nichts zu sagen, um dich auf die Probe zu stellen. Aber ich habe es ihm gestern selber gesagt. Du bist – zu spät gekommen.«

Ihre Stimme und ihre Augen hatten etwas tief Kränkendes. Klim schwieg, er fühlte, wie die Wut in ihm anschwoll, das Mädchen jedoch sagte erstaunt, traurig: »Ich verstehe dich nicht. Du machst den Eindruck eines anständigen Menschen, aber ... immer wieder greifst du zu Schlechtem. Was heißt das?«

Klim fühlte den Ekel in ihren Worten, er sprang vom Diwan auf, und mit unglaublicher Schnelle entbrannte zwischen ihnen ein Streit. Klim sagte im Ton des Älteren: »Das heißt, daß ich in deinem Benehmen nichts Gutes sehe ...«

»Wie lächerlich du bist«, entgegnete das Mädchen und rückte in die Diwanecke, die Füße unter sich ziehend.

»Dein Roman mit Makarow ...«

Verblüfft, zornig, mit weit aufgerissenen Augen sagte Lidija halblaut: »Mein Benehmen? Ein Roman? Du wagst es, du Bengel – du stellst dir wohl vor ...«

Ihr versagte die Stimme, sie war offenbar außerstande, ein bestimmtes Wort auszusprechen, ihr braunes Gesicht war rot und sogar heiß geworden, in den Augen zeigten sich Tränen; sie hob ihren leichten Körper nach vorn in die Knie und flüsterte: »Du denkst wohl ...«

Klim erschrak plötzlich vor ihrem Zorn, er verstand kaum, was sie sagte, und wollte nur eins: den Strom ihrer Worte aufhalten, die immer schärfer und zusammenhangloser wurden. Sie stemmte den Finger gegen seine Stirn, zwang ihn, den Kopf zu heben, und fragte, ihm in die Augen blickend: »Denkst du denn ernsthaft, daß ich ... daß ich mit Makarow ein solches Verhältnis habe? Und begreifst du nicht, daß ich das nicht will ... und daß er sich deswegen erschießen wollte? Begreifst du das nicht?«

Klim fühlte an seiner Stirn einen scharfen Stoß von dem Finger des Mädchens, und ihm schien, daß er zum erstenmal in seinem Leben eine derartige Beleidigung erlitt. Lidija redete ziemlich einfältig und kindlich, benahm sich aber wie eine Erwachsene, wie eine Dame. Er sah in ihr ernstes Gesicht, in ihre traurigen Augen, er wollte ihr sehr böse Worte sagen, doch sie gingen ihm nicht von der Zunge. Da lief er wortlos fort in sein Zimmer, und dort trat er mit bitterer Trockenheit im Mund und einem zusammenhanglosen Tosen böser Worte im Kopf ans Fenster und sah zu, wie der Wind das Laub von den Bäumen riß. In der Scheibe spiegelte sich sein Gesicht, und obwohl die Züge verschwommen waren, erinnerte es an das trockene und würdevolle Gesicht der Mutter.

Mit aller Entschlossenheit, zu der Klim in diesem Augenblick fähig war, fragte er sich: Was war an seinen Gefühlen zu Lidija echt, nicht erdacht? Nicht ohne Mühe und langsam nur entwirrte er den festen Knäuel dieser Gefühle: Das wehmütige Empfinden des Verlustes von etwas sehr Wichtigem, bittere Unzufriedenheit mit sich selbst, der Wunsch, sich an Lidija für die Kränkung zu rächen, geschlechtliche Neugier gerade auf sie, und neben dem allen der angespannte Wunsch, das Mädchen von seiner Bedeutsamkeit zu überzeugen – aus alldem ergab sich die Gewißheit, daß er letztlich Lidija mit echter Liebe, gerade mit jener Liebe liebe, von der in Versen und Prosa geschrieben wird und an der nichts Jungenhaftes, Komisches, Erdachtes ist.

Er atmete erleichert auf und dachte weiter nach: Wenn Lidija Makarow liebte, müßte sie aus Dankbarkeit ihr hochmütiges Verhalten zu dem Menschen, der ihrem Geliebten das Leben gerettet hatte, ändern. Aber er hatte von ihr kein Wort der Dankbarkeit zu hören bekommen. Das war sonderbar. Heute hatte sie etwas Unverständliches gesagt: Makarow wollte sich aus Angst vor der Liebe erschießen, so waren ihre Worte zu verstehen. Doch war wohl eher anzunehmen, daß diese Angst in Lidija selbst lebte. Klim erinnerte sich rasch an eine Reihe von Anzeichen, die ihn davon überzeugten, daß es so war: Lidija fürchtete sich vor der Liebe, sie hatte Makarow mit ihrer Angst angesteckt, und darum traf sie die Schuld, daß ein Mensch sich das Leben nehmen wollte. Es war angenehm, durch Nachdenken zu solch einem Ergebnis zu gelangen; Klim überprüfte noch einmal seinen Gedankengang, hob den Kopf und lächelte: Was für ein gefestigter Mensch war er, der Unannehmlichkeiten so rasch zu überwinden wußte!

Er beschloß, sich zu Lidija großmütig zu verhalten, wie es die höchst seltenen und edlen Romanhelden tun, die, liebend, alles verzeihen. Schon zum zweitenmal geriet er in diese Lage. Doch diesmal begriff er schnell, daß er durch diese Rolle in Lidijas Augen nur verlor. Er betrachtete sich im Spiegel und sah, daß die lyrische, traurige

Miene sein Gesicht bedeutungslos machte. Er war überhaupt mit seinem Gesicht unzufrieden, fand seine Züge kleinlich, da sie die ganze Kompliziertheit seiner Seele nicht wiedergaben. Die Kurzsichtigkeit zwang ihn, die Augen zuzukneifen, die Pupillen kamen ihm, durch die Brillengläser gesehen, unangenehm groß vor. Die Nase mißfiel ihm, sie war gerade und dürftig und nicht groß genug, die Lippen waren schmal, das Kinn zu spitz, der Schnurrbart sproßte in zwei hellen Büscheln nur über den Mundwinkeln. Wenn er finster dreinblickte, die spärlichen Brauen zusammenzog, wurde sein Gesicht interessanter und klüger. Auf die lyrische Miene mußte er verzichten.

Er begann Lermontow zu lesen, die strenge Herbheit dieser Verse schien ihm nützlich, er zitierte immer häufiger die bissigsten Zeilen des düsteren Dichters.

Er versuchte auch, mit Lidija wie mit einem Mädchen zu reden, deren Verirrungen ihm, obwohl er sie für etwas lächerlich hielt, verständlich waren. In Gegenwart der Mutter oder Warawkas gelang es ihm, diesen Ton zu bewahren, doch sobald er mit ihr allein war, verlor er ihn.

Lidija war im Begriff, nach Moskau zu fahren, aber sie machte sich ohne besondere Eile ungern reisefertig. Wenn sie Warawkas Gesprächen mit Klims Mutter zuhörte, betrachtete sie beide mit prüfendem Blick wie unbekannte Menschen und schüttelte, offenbar mit dem, was sie hörte, nicht einverstanden, schroff den Kopf mit seinem krausen Haar.

Makarow war gesund geworden und schon zur Universität gefahren, das geschah etwas verdächtig hastig; als er sich von Klim verabschiedete, hatte er diesem fest die Hand gedrückt, aber nur die zwei Worte gesagt: »Danke, Bruder.«

Nach seiner Abreise kam es Samgin vor, als vermiede Lidija noch auffälliger eine Begegnung mit ihm unter vier Augen. Ihr Blick hatte einen starren, nonnenhaft trostlosen und bösen Ausdruck angenommen, doch es schien, als sei sie jetzt noch mehr Kind als ein paar Wochen vorher. Klim merkte, daß sie mit seiner Mutter nicht mehr so trocken und fremd redete wie früher und daß auch die Mutter milder zu ihr war. Es war etwas Beunruhigendes daran, daß sie zuweilen in das Zimmer der Mutter ging, wo sie in leisem Gespräch beisammensaßen. Gegen Mitternacht, nach einem langweiligen Preferencespiel mit Warawka und der Mutter, ging Klim in sein Zimmer, doch ein paar Minuten später trat die Mutter, bereits in lila Schlafrock und Pantoffeln, bei ihm ein, setzte sich aufs Sofa und fing, mit den Quasten ihres Gürtels spielend, besorgt zu sprechen an.

»Du bist in diesem Sommer irgendwie blaß, schlapp geworden und gleichst dir überhaupt nicht mehr.«

Er schwieg, zupfte an den Büscheln seines Schnurrbarts, ahnte, daß dies die Einleitung zu einem ernsten Gespräch war, und täuschte sich nicht. Mit fast grober Einfachheit sagte die Mutter, ihn mit ihren immer ruhigen Augen anblickend, daß sie seine Begeisterung für Lidija sähe. Klim, der fühlte, daß er tief errötet war, fragte lächelnd: »Irrst du dich auch nicht?«

Als hätte sie seine Frage nicht gehört, fuhr sie in lehrhaftem Ton fort: »Liebe in deinem Alter, das ist noch nicht die Liebe, die . . . Das ist noch nicht Liebe, nein!«

Nachdem sie ein paar Sekunden geschwiegen hatte, seufzte sie.

»Ich bin mit deinem Vater getraut worden, als ich achtzehn Jahre alt war, und ich begriff schon zwei Jahre später, daß das ein Fehler war.«

Sie verstummte von neuem, hatte offenbar nicht das gesagt, was sie hatte sagen wollen, während Klim, der verwirrt nur einzelne Sätze auffing, zu begreifen suchte, weshalb ihn die Worte der Mutter empörten.

»Meine Beziehungen zu ihrem Vater . . .«, vernahm er, während er überlegte, mit welchen Worten er sie daran erinnern könnte, daß er schon ein erwachsener Mensch sei. Und plötzlich sagte er nachlässig, mit finsterer Miene: »Ich verhalte mich freundschaftlich zu Lidija, und mich erschreckt natürlich ein wenig ihre Geschichte mit Makarow, einem Menschen, der ihrer einfach nicht würdig ist. Es mag sein, daß ich mit ihr etwas zu hitzig, unbeherrscht über ihn gesprochen habe. Ich denke, das ist alles, das übrige ist Einbildung.«

Während er so sprach, war er überzeugt, nicht zu lügen, und fand, daß er gut sprach. Es schien ihm, er müßte noch etwas Gewichtiges hinzufügen, und so sagte er: »Du weißt doch: Existieren tut nur der Mensch, alles übrige besteht nur in seiner Vorstellung. Das hat, glaube ich, Protagor . . .«

Die Augen ein wenig zukneifend, entgegnete die Mutter: »Das stimmt zwar nicht ganz, ist aber sehr klug. Du hast ein vortreffliches Gedächtnis. Und du hast natürlich recht: Die Mädchen greifen immer ein wenig vor, indem sie sich das Unvermeidliche einbilden. Du hast mich beruhigt. Ich und Timofej legen so großen Wert auf die Beziehungen, zu denen es zwischen uns gekommen ist und die sich immer mehr festigen . . .«

Klim, verwirrt durch den offenen Egoismus der Mutter, senkte den Kopf, da er begriff, daß sie in diesem Augenblick nur eine von der Angst um ihr Glück beunruhigte Frau war.

Er fragte: »Du scheinst gütiger zu Lidija geworden zu sein?«

»Meine Ansicht ist dir bekannt, sie ändert sich nicht«, antwortete die Mutter, küßte ihn und erhob sich. »Schlaf nun!«

Sie ging, den erregenden Duft eines starken Parfüms und ein leichtes Lächeln auf den Lippen des Sohnes hinterlassend.

Die Gespräche mit ihr festigten Klim stets in sich selbst, nicht so sehr durch die Worte als durch ihren unerschütterlich selbstsicheren Ton. Wenn er sie eine Weile angehört hatte, fand er, daß alles im Grunde sehr einfach sei und daß man leicht und behaglich leben könne. Die Mutter lebte nur aus sich selbst und – nicht schlecht. Sie erdachte nichts.

Selbstverständlich mußte einiges erdacht werden, um das Leben zu salzen, wenn es zu fade, es zu versüßen, wenn es bitter war. Aber man mußte das richtige Maß finden. Und es gab Gefühle, die zu schüren gefährlich war. Das war zum Beispiel die bis zu mißlungenen Schüssen aus einem schlechten Revolver geschürte Liebe zu einer Frau. Die Liebe war bekanntlich ein Instinkt wie Hunger, Durst, Scham – wer aber nimmt sich denn aus Hunger oder Durst oder deshalb, weil er keine Hose besitzt, das Leben?

In den Minuten solcher Betrachtungen, allein mit sich selbst, fühlte Klim sich klüger, stärker und eigenartiger als alle Menschen, die er kannte. Und in ihm erwuchs allmählich ein herablassendes Verhalten zu ihnen, dem es nicht an lächelnder Ironie mangelte, an der er sich insgeheim ergötzte. Schon erweckte auch Warawka zuweilen dieses neue Gefühl in ihm, der zwar ein geschäftstüchtiger Mann, aber dennoch ein wunderlicher Schwätzer war.

Klim erhielt schließlich das Reifezeugnis und stand vor seiner Reise nach Petersburg, als Margarita ihm noch einmal über den Weg lief. An einem nebligen Abend ging er zu Tomilin, sich verabschieden, da trat plötzlich von den Flurstufen eines unansehnlichen Kaufmannshauses eine Frau auf den Gehsteig – er erkannte in ihr sogleich Margarita. Er wunderte sich nicht über diese Begegnung, er begriff, daß er der Näherin schließlich einmal begegnen mußte, er hatte diese zufällige Begegnung erwartet, aber seine Freude darüber verbarg er selbstverständlich.

Sie wechselten vorsichtig ein paar bedeutungslose Worte. Margarita erinnerte ihn daran, daß er unhöflich mit ihr umgegangen war. Sie gingen langsam nebeneinander her, sie sah ihn schmollend, mit finsterer Miene, von der Seite an; er bemühte sich, gutherzig mit ihr zu reden, schaute ihr zärtlich in die Augen und überlegte, wie er sie dazu bringen könnte, daß sie ihn zu sich einlud.

Ihn zog sowohl der Wunsch zu ihr, noch einmal ihre Zärtlichkeiten zu erleben, als auch eine plötzlich auftauchende wichtige Idee. Als er sie teilnahmsvoll nach Dronow fragte, entgegnete sie: »Nichts dergleichen, er hat das Buch gar nicht gestohlen.«

Und sie teilte ihm ruhig, kurz mit: »Er genierte sich, Geld zu sparen, und zahlte es bei der Sparkasse auf mein Buch ein. Als wir uns aber verzankten ...«

»Weswegen?«

»Nun, weswegen zanken sich Männer mit Frauen? Wegen Männern und Frauen natürlich. Er bat mich um sein Geld, und ich zog ihn auf und gab es ihm nicht. Da stibitzte er das Buch, und ich mußte das dem Friedensrichter melden. Da gab Wanka mir das Buch zurück; das ist alles.«

An der Ecke einer dunklen, nebligen Gasse schlug sie vor: »Kommst du ein wenig mit? Ich habe eine neue Wohnung. Trinken wir zusammen Tee.«

In einem engen Zimmerchen, das sich in nichts von dem früheren, Klim bekannten, unterschied, verbrachte er bei ihr an die vier Stunden. Sie küßte anscheinend heißer, hungriger als früher, doch ihre Zärtlichkeiten vermochten Klim nicht dermaßen zu berauschen, daß er vergessen hätte, was er erfahren wollte. Er nutzte einen Augenblick ihrer Müdigkeit und fragte sie, von fern her sich dem Ziele nähernd, nach dem, was ihn nie interessiert hatte: »Wie hast du gelebt?«

Die Frage erstaunte sie: »Ich habe gelebt, wie alle leben.«

Doch Klim fragte beharrlich weiter, sie rückte ein wenig von ihm ab, gähnte, schlug ein Kreuz vor ihrem Mund und sagte dann: »Ich habe gelebt wie alle Mädchen, habe anfangs nichts gewußt, dann begriffen, daß man euresgleichen lieben muß, nun, und so gewann ich einen lieb. Er wollte mich heiraten, überlegte es sich aber anders.«

Als sie dies ruhig und arglos gesagt hatte, schloß sie die Augen, während Klim, ihre Wange, Hals und Schultern streichelnd, zärtlich seine Hauptfrage stellte: »Wie bist du Frau geworden?«

»Wie alle anderen«, antwortete sie achselzuckend, ohne die Augen zu öffnen.

»Hattest du Angst?«

»Wieso?«

»Beim erstenmal ... in der ersten Nacht.«

Margarita dachte kurz nach, als müßte sie sich erinnern, und leckte sich die Lippen.

»Das war bei Tage, nicht in der Nacht; am Allerheiligentag, auf dem Friedhof.«

Sie machte die Augen auf und warf das Haar zurück, das ihr über

Ohren und Wangen gefallen war. An ihren Gesten fiel Klim eine sinnlose Hast auf. Es ärgerte ihn, daß sie ihm den eigentlichen Vorgang nicht schildern wollte oder konnte, obwohl Klim sich bei seinen Fragen nicht in der Wahl der Worte genierte.

»Das ist sehr einfach: Man wird schwindlig, und dann – ade, Mädchen.«

Sie sagte sonst nichts weiter über die Technik und begann, ihn wohlwollend mit der Theorie vertraut zu machen. Um bequemer reden zu können, richtete sie sich sogar im Bett auf.

»Ich habe gehört, daß dein Kamerad mit einer Pistole auf sich geschossen hat. Wegen Mädchen und Weibern erschießen sich viele. Die Weiber sind niederträchtig, launisch. Und sie haben einen Eigensinn – ich kann nicht sagen, was für einen. Da ist ein Mann gut und gefällt ihnen, und doch ist er nicht der rechte. Nicht, weil er arm oder häßlich wäre – er ist gut und doch nicht der rechte!«

Sie flocht ihr Haar zu einem Zopf und sprach immer nachdenklicher: »Wenn du einmal heiratest, wähle ein Mädchen mit Charakter; die charaktervollen sind dumm, sie sind leichter zu erkennen, sie verplappern selbst alles. Vor den sanften aber, den bescheidenen – vor denen hüte dich, solche betrügen zweimal in einer Stunde.«

Ihr Gesicht veränderte sich plötzlich, die Pupillen verengten sich wie bei einer Katze, auf das gelbliche Augenweiß legte sich der Schatten der Wimpern, sie starrte mit fremden Augen etwas an und schien sich rachsüchtig zu erinnern. Klim schien, sie hätte früher von den Frauen nicht so boshaft, sondern nur wie von fernen Verwandten gesprochen, von denen sie nichts, weder Gutes noch Schlechtes, erwartete; sie waren ihr nicht interessant, schon halb vergessen. Und während er ihr zuhörte, dachte er wieder einmal bange, alle ihm bekannten Menschen hätten sich wohl mit dem Ziel verschworen, ihn zu übertreffen; alle wollten klüger sein als er, undurchsichtig für ihn, wandten List an und versteckten sich hinter Worten. Alle wollten vielleicht gerade deshalb immer undurchsichtiger sein, weil sie fürchteten, Klim Samgin könnte sie rasch enträtseln.

Margarita sagte unterdessen: »Ich glaube nicht einmal, daß es heilige Frauen gegeben hat, das waren sicherlich alte Jungfern – die Heiligen, meine ich – oder vielleicht Jungfrauen.«

Klim, der neben seinen Gedanken Margaritas Geplapper zuhörte, wartete noch darauf, daß sie ihm sagen würde, wodurch ihre Mädchenangst vor dem ersten Liebhaber besiegt worden sei. Seltsam blinkte, außerhalb und abseits von ihm, der Gedanke auf: Die Worte dieses Mädchens haben irgend etwas mit den flotten Reden Warawkas und sogar mit den weisen Worten Tomilins gemein.

Müde des Zuhörens, sagte Klim schließlich gelangweilt: »Du bist heute in philosophischer Stimmung.«

Rasch an sich heruntersehend, fragte Margarita: »In was?«

Als er seine Worte erklärt hatte, sagte sie: »Ach, ich dachte schon, du hättest Blut gesehen; es wäre wieder Zeit bei mir . . .«

Angewidert fuhr Klim zusammen und sprang vom Bett auf. Die Einfältigkeit dieses Mädchens hatte er auch früher schon bisweilen als schamlos und unsauber empfunden, doch er hatte sich damit abgefunden. Jetzt hingegen verließ er Margarita mit einem Gefühl heftiger Abneigung und mit Selbstvorwürfen für diesen nutzlosen Besuch. Er war froh, daß er am übernächsten Tag nach Petersburg fahren mußte. Warawka hatte ihn überredet, das Ingenieurinstitut zu besuchen, und hatte alles geregelt, daß Klim dort aufgenommen wurde.

Die Nacht war feuchtkalt, schwarz; die Laternen brannten trübe und traurig, als hätten sie die Hoffnung aufgegeben, die dichte, klebrige Finsternis zu durchdringen. Klim war bedrückt, er konnte an nichts denken. Doch plötzlich belebte ihn von neuem der Gedanke, daß sich zwischen Warawka, Tomilin und Margarita etwas Verwandtes spüren ließ, sie alle belehrten, warnten, wollten bange machen, und hinter ihren tapferen Worten schien sich Angst zu verbergen. Wovor? Vor wem? Vor ihm etwa, einem Menschen, der einsam und furchtlos durch die nächtliche Finsternis schritt?

DRITTES KAPITEL

Von Petersburg war bei Klim Samgin unmerklich die unter Provinzlern durchaus übliche mißgünstige und sogar etwas feindselige Vorstellung entstanden: Diese Stadt habe keine Ähnlichkeit mit anderen russischen Städten, sei eine Stadt harter, mißtrauischer und sehr scharfsinniger Menschen; dieses Haupt des Riesenleibes Rußland berge kaltes und böses Hirn. Nachts, im Eisenbahnwagen, dachte Klim an Gogol, an Dostojewskij.

Er traf in der Hauptstadt ein, entschlossen, sich den Menschen gegenüber vorsichtig zu verhalten, überzeugt, sie würden ihn sogleich auf die Probe stellen, ihn studieren und mit ihren Ansichten anstekken.

Dichter Nebel hüllte die Stadt ein, und obwohl es erst drei Uhr nachmittags war, suchten die Straßenlaternen wie gigantische Pusteblumen den Newskij Prospekt mit regenbogenfarbenem Licht zu erhellen. Klebrige Feuchtigkeit benetzte das Gesicht, herber Rauchgeruch kitzelte die Nase. Klim krümmte den Nacken, zog die Schultern hoch, blickte rechts und links in die feuchten Schaufenster der Läden, die innen so hell erleuchtet waren, als würde darin mit den Sonnenstrahlen der Sommertage gehandelt. Ungewohnt war der gedämpfte Lärm der Stadt, zu weich und stumpf das Aufschlagen der Pferdehufe auf dem Holzpflaster, das Geräusch der Gummi- und Eisenbereifung an den Rädern der Equipagen unterschied sich kaum, auch die Stimmen der Menschen klangen dumpf und eintönig. Es war seltsam, nicht mehr das klingende Getrappel der Hufe auf dem Kopfsteinpflaster, das Rattern und Dröhnen der Wagen, das kecke Ausrufen der Straßenhändler zu hören. Und es fehlte das Glockengeläut.

Auf wäßrig-schmutzigen Trottoirs gingen die Menschen überaus hastig dahin und waren unnatürlich einfarbig. Die ebenfalls einfarbigen grauen Steinhäuser, die nicht durch Zwischenräume getrennt und dicht aneinandergedrängt waren, sahen aus wie ein einziges und endloses Gebäude. Die grell erleuchtete unterste Etage war platt an den Erdboden und in ihn hineingedrückt, während die oberen dunkel in den grauen Nebel ragten, hinter dem kein Himmel zu spüren war.

Inmitten dieser Häuser schienen die Menschen, die Pferde, die

Polizisten kleiner und unbedeutender als in der Provinz, sie waren stiller und unterwürfiger. Etwas Fischartiges, Gleitendes fiel Klim an ihnen auf, es schien, als trachteten sie alle krampfhaft danach, so rasch wie möglich aus dem tiefen Kanal zu entkommen, der voll Wasserstaub und Geruch faulenden Holzes war.

Die Menschen blieben für Sekunden in kleinen Gruppen unter den Laternen stehen und wandten einander unter schwarzen Hüten und Schirmen hervor die gelben Flecke ihrer Gesichter zu.

Die rasche Gangart der Menschen erweckte in Klim einen trostlosen Gedanken: All diese Hunderte und Tausende kleiner Willen rennen, sich begegnend und wieder auseinandergehend, zu ihren Zielen, die wahrscheinlich unwesentlich, aber jedem von ihnen klar sind. Man konnte sich einbilden, der herbe Nebel sei der warme Atem der Menschen und nur durch ihr Herumlaufen sei alles in der Stadt mit Feuchtigkeit beschlagen. Er hatte auf einmal Angst, sich in dieser Masse kleiner Menschen zu verlieren, und erinnerte sich an einen der zahllosen Aphorismen Warawkas – den bedrohlichen Ausspruch: »Die Mehrzahl der Menschen ist dazu da, sich demütig ihrer Bestimmung zu fügen, Rohstoff der Geschichte zu sein. Sie brauchen, ebenso wie die Hanffaser, nicht darüber nachzudenken, wie dick und wie fest das Seil werden soll, das aus ihnen gedreht wird, und wozu es gebraucht wird.«

Vergebens habe ich dem Drängen der Mutter und Warawkas nachgegeben, vergebens bin ich in diese erstickende Stadt gefahren, dachte Klim voll Zorn gegen sich selbst. Sollte sich hinter den Ratschlägen der Mutter der Wunsch verbergen, mich nicht in einer Stadt mit Lidija leben zu lassen? Wenn das zutrifft, ist es töricht; sie haben Lidija Makarow ausgeliefert.

Die opalfarbenen Bläschen rund um die Laternen, die angespannt zitterten und jeden Augenblick zu platzen drohten, störten ihn beim Denken. Sie bildeten sich aus kleinen Nebelstäubchen, die, ununterbrochen in die Laternensphäre eindringend, ebensoschnell aus ihr heraussprangen, ohne den Umfang der Sphäre zu vergrößern oder zu verkleinern. Dieses seltsame Spiel regenbogenfarbenen Staubs war fast unerträglich für das Auge und ließ den Wunsch entstehen, es mit irgend etwas zu vergleichen, durch Worte auszulöschen und nicht mehr zu sehen.

Klim nahm die beschlagene Brille ab, da entfärbten sich die Riesenkugeln flüssigen Opals, verdichteten sich, aber wurden noch unangenehmer, während das Licht verblaßte und tiefer in ihre Zentren rückte. Warawkas abgedroschener Vergleich, eine Stadt sei ein Bienenstock, paßte nicht dazu. Diese gespenstischen Lichter ließen sich besser auslöschen durch Worte des großköpfigen Verfassers populärwissenschaftlicher Bücher; der hatte einmal im Seitenbau bei Katin feurig zu beweisen gesucht, das Denken und der Wille des Menschen seien elektrochemische Erscheinungen und die Konzentrierung des Willens um eine Idee könne Wunder wirken, gerade aus solch einer Konzentration seien die höchst dynamischen Epochen, die Kreuzzüge, die Renaissance, die Große Revolution und ähnliche Explosionen der Willensenergie zu erklären.

Auf dem Senatsplatz beleuchteten ebensolche opalfarbenen Blasen die dunkle, ölig glänzende Gestalt des stürmischen Zaren, der mit seiner Bronzehand über den breiten Fluß hinweg den Weg nach dem Westen wies; über dem Fluß war der Nebel noch dichter und kalt. Klim fühlte sich verpflichtet, sich an Puschkins »Ehernen Reiter« zu erinnern, es fielen ihm aber nur Zeilen aus »Poltawa« ein:

> Und mit gestrengem Winke seiner Hand
> Hat gegen Schweden er das Heer gewandt.

Dann raunte es ihm aus Goethes »Erlkönig« zu:

> Wer reitet so spät durch Nacht und Wind?

Die Hufe des Droschkengauls trappelten auf der Holzbrücke über dem schwarzen, unruhigen Fluß. Dann brachte der Kutscher das galoppierende Pferd in einer der Linienstraßen der Wassilij-Insel vor einem unpersönlichen Haus zum Halten und bat in rauhem Ton: »Eine Zulage sollten Sie geben, Herrchen!«

Warum denn Herrchen? dachte Klim und gab dem Kutscher keine Zulage.

Ein alter Portier mit Chinesenschnurrbart, Medaillen auf der eingefallenen Brust und einem schwarzen Käppchen auf dem kahlen Schädel sagte offiziell: »Wohnung der Frau Premirowa, erster Stock, vier.«

Er wackelte mit den roten Ohren und stach mit dem Finger irgendwohin in eine Ecke. Dann kam ein zierliches Dienstmädchen mit weißer Schürze die rostrot gestrichene, mit einem grauen, rot umrandeten Läufer belegte Steintreppe heruntergeflattert. Die Treppe erinnerte Klim an das Gymnasium, das Dienstmädchen an eine Schäferin aus Porzellan.

Sie sagte mit leichter Stimme: »Ihr Zimmer ist im Korridor rechts die erste Tür, das Ihres Bruders ist rechts das Eckzimmer.«

»Meines Bruders?« fragte Klim verblüfft.

»Dmitrij Iwanowitschs«, sagte das Dienstmädchen gleichsam

entschuldigend, indem es die zwei Koffer ergriff und sich straff zwischen ihnen aufrichtete. »Sie sind doch Herr Samgin?«

»Ja«, antwortete Klim mürrisch und überlegte: Weshalb hatte die Mutter nichts davon gesagt, daß er in der gleichen Wohnung wie sein Bruder wohnen würde?

Ohne erst in sein Zimmer zu gehen, klopfte er zornig und herausfordernd an Dmitrijs Tür. Drinnen rief jemand vergnügt: »Bitte!«

Dmitrij lag auf dem Bett, sein linker Fuß war verbunden; in blauer Hose und gesticktem Hemd sah er wie ein Schauspieler einer ukrainischen Truppe aus. Er hob den Kopf und stützte sich mit dem Arm auf das Bett, verzog das Gesicht und stammelte: »Das ... das ist ja Klim! Du?«

Er streckte dem Bruder die Hand entgegen und rief vergnügt: »Aha, da ist sie also, die Überraschung!«

Samgin sah einen fremden Menschen vor sich; nur Dmitrijs Augen erinnerten an den jungen Mann vor vier Jahren, sie lächelten immer noch das gleiche Lächeln, das Klim weibisch nannte. Dmitrijs rundes und weiches Gesicht war jetzt von einem hellen Bärtchen bewachsen; sein langes Haar lockte sich an den Enden. Er erzählte munter, er sei vor fünf Tagen hierher gezogen, weil er sich den Fuß verletzt habe; Marina habe ihn hergebracht.

»Sie hat mich schon lange auf die Folter gespannt: Es steht Ihnen eine Überraschung bevor! Wer Marina ist? Die Nichte der Premirowa. Auch die Tante ist ein lieber Mensch, eine Liberale; sie ist eine ferne Verwandte Warawkas.«

Dmitrijs gehobene Stimmung sank, als er sich nach der Mutter, Warawka und Lidija erkundigte. Klim hatte einen bitteren Geschmack im Mund und Druck im Kopf. Es war ermüdend und langweilig, die ehrerbietig gleichgültigen Fragen des Bruders zu beantworten. Der gelbliche Nebel vor dem Fenster, von Telegraphendrähten akkurat liniert, erinnerte an altes Notenpapier. Durch den Nebel schimmerte die dunkelbraune Mauer eines Hauses, die mit den Flicken zahlreicher Schilder bepflastert war.

»Nun, und wie geht es Onkel Jakow? Er ist krank? Hm ... In einer Abendgesellschaft kürzlich hat ein Schriftsteller, ein Volkstümler, vortrefflich von ihm erzählt. Du weißt sicher, daß er in Saratow wieder verhaftet worden ist?«

Klim wußte es nicht, aber er nickte.

»Die Volkstümler rühren sich von neuem«, sagte Dmitrij so beifällig, daß Klim am liebsten gelächelt hätte. Er betrachtete den Bruder gleichgültig, wie einen Fremden, während der Bruder vom Vater ebenfalls wie von einem fremden, aber doch spaßigen Menschen sprach.

»Du würdest ihn nicht wiedererkennen, er ist jetzt solide geworden und versucht sogar, im Bariton zu sprechen. Er liefert eichene Faßdauben an Franzosen und Spanier, fährt in Europa spazieren und ißt schrecklich viel. Im Frühjahr ist er hier gewesen, jetzt ist er in Dijon.«

Er hüpfte auf einem Bein im Zimmer herum, wobei er sich an den Stuhllehnen festhielt und sich das Haar aus dem Gesicht schüttelte, und seine weichen, dicken Lippen lächelten leutselig. Dann schob er eine Krücke unter die Achsel und sagte: »Gehen wir Tee trinken. Umkleiden? Nicht notwendig, bist auch so auf Hochglanz.«

Klim ging dennoch in sein Zimmer, der Bruder begleitete ihn, mit der Krücke aufklopfend, und redete immerzu mit einer Klim unverständlichen und ihn verwirrenden Freude. »Na, das langt, siehst bezaubernd aus, komm!«

In dem warmen, angenehmen Halbdunkel eines mittelgroßen Zimmers saß am Tisch neben dem Samowar ein kleines, glattfrisiertes altes Frauchen mit goldener Brille auf dem spitzen rosa Näschen; sie reichte Klim ihr graues Affenpfötchen mit einem roten Wollfädchen um das Handgelenk und sagte, wobei sie wie ein kleines Mädchen das r vernachlässigte: »Seh' e'f'eut.«

Als Klim ihre Hand drückte, ächzte sie und erklärte, sie leide an Rheumatismus. Hastig, mit kleinen, knappen Worten begann sie sich nach Warawka zu erkundigen, doch da trat ein üppiges Mädchen ins Zimmer, das sich mit dem Ende des dicken goldblonden Zopfes wie mit einem Fächer ins Gesicht wedelte, und sagte mit tiefer Altstimme: »Marina Premirowa.«

Sie setzte sich neben Dmitrij und verkündete: »In den Straßen herrscht selbstherrlichster und gewaltigster Dreck.«

Klim wurde es eng im Zimmer. Marina nahm mit schroffer Geste von dem Teller dicht vor seiner Nase einen Zwieback, bestrich ihn reichlich mit Butter und Konfitüre und begann zu essen, wobei sie den Mund weit öffnete, um ihre prallen, himbeerroten Lippen nicht zu beschmieren; in ihrem Mund glänzten bedrohlich große, dichtstehende Zähne. Sie war hochrot, als käme sie nicht von der Straße, sondern aus einem heißen Bad, und sie war übertrieben, fast häßlich massiv. Klim fühlte sich erdrückt von dieser Körpermasse, die straff von gelbem Jersey umspannt war. Sie erinnerte ihn an Tolstois »Kreutzersonate«. Innerhalb fünf Minuten erfuhr Klim, daß Marina ein ganzes Jahr die Hebammenschule besucht habe, daß sie jetzt Gesangunterricht nehme, daß ihr Vater, ein Botaniker, nach den Kanarischen Inseln entsandt worden und dort gestorben sei und daß es eine sehr komische Operette, »Die Geheimnisse der Kanarischen Inseln«, gebe, die bedauerlicherweise nicht aufgeführt werde.

»Ulkige Generäle sind darin – Patakes, Bombardos . . .«

Mitten im Satz abbrechend, sagte sie zu Dmitrij: »Heute kommt Kutusow und dieser . . .«

Sie deutete mit den Augen zur Decke; sie hatte hervorstehende, bernsteinfarbene Augen, ihr Blick war unangenehm gerade und zudringlich.

»Du wirst einen Bekannten zu sehen bekommen«, warnte Dmitrij zwinkernd.

»Wen?«

»Das sage ich nicht.«

Auf dem Tisch huschten die Affenpfötchen des alten Frauchens hin und her, verteilten sicher und geschickt das Geschirr und schenkten Tee ein, und unaufhörlich raschelten die r-losen Wörtchen, denen niemand zuhörte. In mausgraues Tuch gekleidet, sah sie ganz und gar wie ein Äffchen aus. Über die Runzeln ihres dunklen Gesichts glitt ab und zu rasch ein leichtes Lächeln. Klim fand das Lächeln hinterlistig und die ganze Alte geziert. Ihr Geplapper ertrank in der groben und dummen Stimme Dmitrijs.

»Die Rasseneigenschaften werden durch das Blut der Frauen bestimmt, das ist bewiesen. So sind zum Beispiel die Autochthonen von Chile und Bolivien . . .«

Die junge Premirowa wurde böse. »Was heißt das: die Autochthonen? Warum gebrauchen Sie unverständliche Worte?«

Neben der gewaltigen Marina wirkte der breitknochige, plump muskulöse Dmitrij klein, ungeraten. Er fühlte sich Schulter an Schulter neben Marina offenkundig glücklich, während sie mit abstoßendem Blick fortwährend Klim musterte, und in der Tiefe ihrer Pupillen blitzten rote Funken auf.

Sie ist verwöhnt und launisch, entschied Klim.

»Tante hat recht«, sagte Marina mit tönender Stimme, laut und im Tonfall eines Bauernmädchens. »Die Stadt ist morsch, und die Menschen darin sind trocken. Und geizig sind sie, sie zerschneiden die Zitrone zum Tee in zwölf Scheiben.«

Klim wählte einen günstigen Augenblick, klagte über Müdigkeit und verließ das Zimmer. Der Bruder, der ihn begleitete, fragte aufdringlich: »Nette Leute, nicht?«

»Ja.«

»Na, ruh dich aus.«

Klim zog ärgerlich Jacke und Schuhe aus, ließ sich aufs Bett fallen und schlief ein, fest entschlossen, nicht hier zu bleiben, sondern aus Höflichkeit ein bis zwei Wochen hier zu wohnen und dann in eine andere Wohnung zu ziehen.

Drei Stunden später etwa weckte ihn der Bruder, hieß ihn sich waschen und führte ihn abermals zu den Premirows. Klim ging willenlos mit, nur darauf bedacht, seine Gereiztheit zu verbergen. Im Speisezimmer war es eng, es erklangen Klavierakkorde. Marina stampfte mit dem Fuß und schmetterte:

»Das arme Roß im Felde fiel . . .«

Ein Universitätsstudent in einem langen, kaftanartigen Rock, grauäugig, mit breitem, bäuerlichem Bart, stand mitten im Zimmer einem elegant schwarzgekleideten, stattlichen, blaßgesichtigen Herrn gegenüber; der wippte mit der Lehne eines Stuhls und redete mit betonter Liebenswürdigkeit, aus der Klim sogleich Ironie heraushörte.

»Ich kann mir keinen freien Menschen vorstellen, der nicht das Recht und den Wunsch zur Macht über seine Nächsten hätte.«

»Zum Teufel, wozu braucht man Macht, wenn das Privateigentum abgeschafft ist?« rief mit wohltönendem Bariton der bärtige Student. Sein Blick streifte Klim, er streckte ihm die breite Hand entgegen und nannte mit unverhohlener Verdrossenheit seinen Namen: »Kutusow.«

Der Herr in Schwarz indes fragte lächelnd: »Erkennen Sie mich nicht, Samgin?«

Dmitrij lachte albern und rief: »Das ist doch Turobojew! Da staunst du wohl?«

Klim kam nicht zum Staunen, denn Marina ergriff ihn und bugsierte ihn durch das Zimmer, indem sie ihn wie einen kleinen Jungen vor sich her stieß.

»Noch ein Samgin, Klim, ein schrecklich ernster«, sagte sie zu einer hochgewachsenen Dame mit Katzengesicht. »Sie heißt Jelisaweta Lwowna, und das hier ist ihr Mann.«

Am Flügel saß, über die Noten geneigt, ein kleines, stark gebeugtes Männchen mit einem Turban krausen Haars. Das Haar hatte einen bläulichen Schimmer, während das Gesicht grau und an den Backenknochen rosafleckig war.

»Spiwak«, sagte er dumpf. »Singen Sie?«

Die verneinende Antwort erstaunte ihn, er nahm den rauchgrauen Klemmer von der trostlosen Nase herunter und blickte Klim hüstelnd und blinzelnd mit geschwollenen Augen ins Gesicht, als wollte er fragen: Warum denn nicht?

»Kommen Sie, er hat für nichts Verständnis außer für Noten.«

Auf dem Diwan saß halb hingestreckt ein dürres junges Mädchen in dunklem Reformkleid wie ein Nonnengewand, und über sie gebeugt brummte Dmitrij: »Ercilla, ein Freund des Cervantes, der Verfasser des Epos ›Araucana‹ . . .«

»Schluß mit den Spaniern«, rief Marina. »Samgin – Serafima Nechajewa. Jetzt haben wir alle!«

Sie ließ Klim allein und lief zum Flügel, während die Nechajewa nachlässig nickend die dünnen Beine an sich zog und sie mit dem Saum des Kleides bedeckte. Klim faßte dies als Aufforderung auf, sich neben sie zu setzen.

Klim war erbost. Die geräuschvolle Lebhaftigkeit Marinas erregte ihn, und die Begegnung mit Turobojew war ihm aus irgendeinem Grund unangenehm. Es war kaum zu fassen, daß gerade dieser Mann mit dem blutleeren Gesicht und den eigentümlich schreienden Augen der Junge war, der vor Warawka gestanden und mit tönender Stimme von seiner Liebe zu Lidija gesprochen hatte. Unangenehm war auch der bärtige Student.

Er stimmte jetzt mit Jelisaweta Spiwak ein Duett an, das Klim nicht kannte. Der kleine Musiker begleitete sie vortrefflich. Musik beruhigte Klim stets, genauer gesagt: sie machte ihn leer, indem sie alle seine Gedanken und Gefühle vertrieb. Wenn er Musik hörte, empfand er nur zarte Wehmut. Die Dame sang begeistert, mit kleiner, aber sehr durchgebildeter Sopranstimme, ihr Gesicht hatte das Katzenhafte verloren, es war durch Trauer veredelt, ihre schlanke Gestalt war noch höher und schmaler geworden. Kutusow sang mit sehr schönem Bariton, leicht und gekonnt. Besonders ergreifend sangen sie das Finale:

»O Nacht! O decke rasch und lind
Mit deinem Schleier meine Seele zu,
Reich die Phiole ihr mit heilendem Vergessen,
Ach, ihrer Sehnsucht Pein ist unermessen,
Und wie die Mutter ihrem Kind,
So gib ihr Ruh!«

Klim glaubte diese Seelenpein, von der sie sangen, schon längst zu kennen, aber erst jetzt fühlte er sich bis zum Ersticken, fast bis zu Tränen von ihr gefüllt.

Nach beendetem Gesang trat die Dame an den Tisch, nahm einen Apfel aus der Obstschale, streichelte ihn nachdenklich mit ihrer kleinen Hand und legte ihn wieder zurück.

»Haben Sie gesehen?« flüsterte die Nachbarin Klim zu.

»Was?« fragte er mit einem Blick auf ihren glatten Dohlenkopf und in ihr kindliches, kleines Vogelgesicht.

»Haben Sie gesehen, wie sie den Apfel . . .?«

»Ja, ich habe es gesehen.«

»Welch eine Grazie, nicht wahr?«

Klim senkte zustimmend den Kopf und dachte: Ein Institutsmädchen wahrscheinlich.

Der eigentümliche, gleichsam flehende Blick der schmalen grünlich-grauen Augen ging ihm nicht aus dem Sinn.

Dmitrij ergriff seine Krücke und begann schwerfällig zu rumoren. Er neckte: »Ihr Verlaine ist dennoch schlechter als Fofanow.«

Am Flügel tönte die angenehme Stimme Kutusows: »Schon Galen wußte, daß die Seele ihren Sitz im Gehirn hat . . .«

»Singen Sie mit dem Gehirn so innig?« fragte Turobojew.

Wie überall, dachte Klim. Es gibt nichts, worüber nicht gestritten würde.

Marina packte Kutusow am Ärmel und schleppte ihn zum Flügel, dort begannen sie mit »Führ mich nicht in Versuchung«. Klim fand, der Bärtige sänge allzu gefühlvoll, das harmoniere nicht mit seiner stämmigen Gestalt und dem bäuerlichen Gesicht, das harmoniere nicht und wirke sogar etwas komisch. Marinas starke und reiche Stimme betäubte, sie beherrschte sie schlecht, die oberen Noten klangen schrill, scharf. Klim war sehr zufrieden, als Kutusow nach beendetem Duett unumwunden zu ihr sagte: »Nein, Mädchen, das ist nichts für Sie.«

Marina und Dmitrij mit seiner Krücke nahmen in dem Zimmer am meisten Platz ein. Dmitrij bewegte sich hinter dem Mädchen her wie ein Lastkahn hinter dem Schleppdampfer, und das rastlose Umhergehen Marinas hatte etwas Beunruhigendes, man spürte einen Überschuß an animalischer Energie, und das erregte Klim, da es in ihm unbescheidene und für das Mädchen wenig schmeichelhafte Gedanken erweckte. Selbst von weitem ließ sie ihn erwarten, daß sie ihn mit dem hohen, prallen Busen anstieße oder mit der Hüfte streifte. Es schien, als wäre es ihrem Körper nicht nur im Kleid, sondern auch im Zimmer sehr eng. Klim beobachtete sie mißgünstig und dachte, sie röche sicherlich nach Schweiß, nach Küche und Bad. Jetzt drängte sie sich gerade mit ihrem Busen an Kutusow heran und sagte schrill und anscheinend gekränkt: »Ja doch, ich trage Jersey, weil ich Lew Tolstois Predigten nicht ausstehen kann.«

»Hu!« rief Kutusow und schloß die Augen so fest, daß sein Gesicht sich greisenhaft in Falten legte.

Die Frau des Pianisten irrte ruhelos im Zimmer umher, wie eine

Katze, die zum erstenmal und zufällig in eine fremde Wohnung geraten ist. Ihr wiegender Gang, der zerstreute Blick der bläulichen Augen, ihre Art, Gegenstände zu berühren, das alles lenkte Klims Aufmerksamkeit auf sich, das Lächeln des schönen Mundes mit den straffen Lippen schien ihm gezwungen, die Schweigsamkeit verdächtig.

Sie ist hinterlistig, dachte Klim.

Die Nechajewa war ihm unangenehm. Sie saß eckig zusammengekrümmt da und strömte einen betäubenden Geruch starken Parfüms aus. Man konnte meinen, die Schatten ihrer Augenhöhlen wie auch die Röte ihrer Wangen und das übermäßige Leuchten ihrer Lippen wären künstlich. Das über die Ohren gekämmte Haar machte ihr Gesicht schmal und spitz, doch fand Samgin dieses Mädchen schon nicht mehr so häßlich, wie sie ihm auf den ersten Blick vorgekommen war. Ihre Augen sahen die Menschen traurig an, und sie schien sich irgendwie ernster als alle anderen in diesem Zimmer vorzukommen.

Plötzlich erinnerte sich Klim, wie empörend sich Lidija bei ihrer Abreise nach Moskau von ihm verabschiedet hatte. »Ich erwarte, daß du mit einem Schild und nicht auf einem Schild zurückkehrst«, hatte sie mit einem boshaften Lächeln gesagt.

Da trat der Bruder heran, ließ sich dicht neben der Nechajewa nieder, und kurz darauf vernahm Klim, wie sie andächtig, als läse sie den Heiligenkalender herunter, aufzählte:

»Mallarmé, Rollinat, René Ghil, Péladan . . .«

»Max Nordau hat sie vortrefflich heruntergemacht«, sagte Dmitrij in hänselndem Ton.

Kutusow zischte und drohte mit dem Finger, da Spiwak mit Mozart angefangen hatte. Turobojew kam vorsichtig heran und setzte sich, Klim zulächelnd, auf die Diwanlehne. In der Nähe wirkte er älter, als er tatsächlich war, seine auffallend weiße Gesichtshaut sah wie gepudert aus, unter den Augen hatte er bläuliche Schatten, die Mundwinkel hingen müde herab. Als Spiwak zu spielen aufgehört hatte, sagte Turobojew: »Sie haben sich sehr verändert, Samgin. Ich habe Sie als kleinen Pedanten in Erinnerung, der jedermann gern belehrte.«

Klim biß die Zähne aufeinander, er überlegte, was er diesem Menschen entgegnen könnte, dessen durchdringender Blick ihn bedrückte. Dmitrij begann unangebracht und allzulaut vom Konservativismus der Provinz zu reden, Turobojew sah ihn mit verkniffenen Augen an und sagte lässig: »Mir hingegen gefällt die Beharrlichkeit im Geschmack und in den Ansichten.«

»Das Dorf ist noch beharrlicher«, bemerkte Klim.

»Ich finde nicht, daß das übel ist«, sagte Turobojew, sich eine Zigarette anzündend. »Hier hingegen hat man den Eindruck, alle Erscheinungen und selbst die Menschen seien kurzlebiger, ich möchte sogar sagen – sterblicher als woanders.«

»Sehr richtig!« stimmte ihm die Nechajewa zu.

Turobojew lächelte. Er hatte ganz verschiedene Lippen, die untere war bedeutend dicker als die obere, seine dunklen Augen waren hübsch geschlitzt, aber ihr Blick war unangenehm zweideutig, unerhaschbar. Samgin fand, das seien die schreienden Augen eines Kranken, der seinen Schmerz verbergen will, und Turobojew sei ein vorzeitig verbrauchter Mensch. Der Bruder stritt mit der Nechajewa über den Symbolismus, sie redete etwas gereizt auf ihn ein: »Sie bringen alles durcheinander, an den Symbolismus muß man von Platons Ideen aus herangehen.«

»Erinnern Sie sich noch an Lidija Warawka?« fragte Klim. Turobojew antwortete nicht sofort, den Rauch seiner Zigarette betrachtend: »Gewiß. Das flotte Zigeunermädel. Was . . . wie geht es ihr? Sie will Schauspielerin werden? Eine echt weibliche Tätigkeit«, schloß er, lächelte Klim ins Gesicht und blickte zu der Spiwak hinüber; die beugte sich über die Schulter ihres Mannes zu den Klaviertasten und fragte Marina: »Hörst du? Mi, b-Moll . . .«

Und das ist alles? wandte Klim sich in Gedanken an Lidija; er hätte es gern schadenfroh getan, doch er dachte es traurig.

Es wurde wieder gesungen, und Samgin wollte wieder nicht recht glauben, daß der bärtige Mann mit dem groben Gesicht und den roten Fäusten so gekonnt und schön zu singen verstand. Marina sang inbrünstig, aber etwas falsch, sie riß den Mund weit auf, zog die goldenen Brauen zusammen, ihre Brüste spannten sich anstößig.

Gegen Mitternacht ging Klim unauffällig in sein Zimmer, zog sich sofort aus und legte sich betäubt und müde hin. Aber er hatte vergessen, die Tür abzuschließen, und ein paar Minuten später kam Dmitrij herein, setzte sich auf das Bett und begann glücklich lächelnd zu schwatzen: »Das ist bei ihnen jeden Sonnabend so. Sieh dir diesen Kutusow an, er ist ein hervorragend kluger Mensch! Turobojew ist ebenfalls ein Original, aber auf andere Art. Er ist von der Juristenhochschule zur Universität hinübergewechselt, hört aber keine Vorlesungen und trägt keine Uniform.«

»Trinkt er?«

»Er trinkt auch. Hier leben überhaupt viele in unruhiger Stimmung. Umbruch der Seele!« fuhr Dmitrij immer noch munter fort. »Ich selber aber scheine jetzt Dronow zu ähneln: Möchte alles wissen und erreiche nichts, bin sowohl Naturwissenschaftler als auch Philologe . . .«

Klim erkundigte sich nach der Nechajewa, obwohl er nach der Spiwak hatte fragen wollen.

»Die Nechajewa? Sie ist komisch, aber übrigens auch interessant. Die französischen Dekadenten haben es ihr angetan. Aber die Spiwak, mein Lieber, das ist was! Sie ist schwer zu verstehen, Turobojew macht ihr den Hof, und, wie es scheint, nicht hoffnungslos. Aber ich weiß natürlich nicht . . .«

»Ich möchte schlafen«, sagte Klim unfreundlich, und als der Bruder fort war, erinnerte er sich: Ich muß mir morgen gleich ein anderes Zimmer suchen.

Doch dazu kam er nicht, denn er geriet gleich am Morgen in die festen Hände Marinas.

»Na, gehen wir die Stadt besichtigen.« Es war mehr ein Befehl als ein Vorschlag. Klim hielt es für unhöflich abzulehnen und lief mit ihr etwa drei Stunden im Nebel über glitschige Trottoirs, die mit besonders widerlichem Schmutz bedeckt waren, der keine Ähnlichkeit mit dem Matsch in der Provinz hatte. Marina marschierte schnell und fest wie ein Soldat, ihr Gang war von derselben Unbändigkeit wie ihr Reden, doch ihre Aufrichtigkeit bestach Klim ein wenig. »Petersburg ist eine Stadt mit vielen Gesichtern. Sehen Sie: heute hat es ein geheimnisvolles und beängstigendes Gesicht. In den weißen Nächten ist die Stadt bezaubernd luftig. Es ist eine lebendige, tief empfindsame Stadt.«

Klim sagte: »Gestern dachte ich, Sie lieben sie nicht.«

»Gestern hatte ich mich mit ihr verzankt; zanken bedeutet nicht: nicht lieben.«

Samgin fand diese Antwort nicht dumm.

Klim sah durch den Nebel den bleiernen Glanz des Wassers, die eisernen Geländer der Kais, die plumpen Lastkähne, die in dem schwarzen Wasser versanken wie Schweine im Schmutz. Diese Lastkähne wirkten beleidigend neben den prächtigen Gebäuden. Die zahllosen trüben Fensterscheiben erweckten einen sonderbaren Eindruck: Es schien, als wären die Häuser mit unsauberem Eis vollgestopft. Die nassen Bäume waren erstaunlich häßlich, jämmerlich kahl; die Spatzen waren unlustig, fast stumm; die Glockentürme der wenigen Kirchen ragten schweigend gen Himmel, es schien, als seien sie ganz überflüssig in dieser Stadt. Durch den Nebel über der Newa zwängte sich träge der schwarze Rauch der Dampfer; die Fabrikschlote durchstießen den Nebel wie steinerne Finger. Traurig war der dumpfe Lärm der sonderbaren Stadt, die grauen Menschen in der

Masse riesiger Häuser waren erniedrigend klein, und alles zusammen setzte das eigene Daseinsgefühl erschreckend herab. Klim schritt willenlos in einem Zustand der Selbstvergessenheit dahin, ohne an irgend etwas zu denken, und vernahm die tiefe Altstimme Marinas: »Der verrückte Paul wollte ein Monument errichten, das besser sein sollte als das von Falconet, aber es gelang ihm nicht. Es ist schlecht.«

Das Mädchen ging so schnell, als wollte es unbedingt müde werden, während Klim sich gern in einen trockenen, hellen Winkel zurückgezogen hätte, um dort über alles nachzudenken, was bleiern und vergoldet, kupferrot und bronzeglänzend an seinen Augen vorbeiwanderte.

»Warum schweigen Sie?« fragte Marina streng, und als Samgin entgegnete, daß ihn die Stadt in Erstaunen versetze, rief sie triumphierend: »Aha!«

Ein paar Tage führte sie ihn durch die Museen, und Klim sah, daß ihr das Vergnügen bereitete wie einer Hausfrau, die sich mit ihrem Haushalt brüstet.

Als Samgin am Abend das Zimmer des Bruders betrat, traf er dort Kutusow und Turobojew an, sie saßen wie Damespieler einander am Tisch gegenüber, und Turobojew, der gerade eine Zigarette anrauchte, sagte: »Wenn sich nun plötzlich herausstellt, daß der Zufall ein Pseudonym des Satans ist?«

»Ich glaube nicht an Teufel«, sagte Kutusow ernst, während er Klim die Hand drückte.

Turobojew hatte die Zigarette mit dem Stummel der vorherigen zum Glimmen gebracht und stellte diesen in die Reihe zu sechs anderen, bereits erloschenen. Turobojew hatte getrunken, sein dünnes, welliges Haar war zerzaust, die Schläfen feucht, das blasse Gesicht war dunkel angelaufen, aber die Augen, die den rauchenden Zigarettenrest beobachteten, funkelten stechend. Kutusow betrachtete ihn mit abfälligem Blick. Dmitrij, der halb hingestreckt auf dem Bett saß, dozierte: »Der Gedanke von dem schädlichen Einfluß der Wissenschaft auf die Sitten ist uralt und längst überholt. Zum letztenmal wurde er von Rousseau im Jahre 1750 in seiner Antwort an die Akademie von Dijon sehr geschickt dargelegt. Ihr Tolstoi hat ihn wahrscheinlich aus Jean-Jacques ›Discours‹ herausgelesen. Sie sind ja auch gar kein Tolstojaner, Turobojew! Sie sind einfach ein launischer Mensch.«

Turobojew entgegnete ihm nichts, er lächelte, während Kutusow Klim fragte: »Wie stehen Sie denn zum Tolstojanertum?«

»Es ist ein Versuch, zur Einfalt zurückzukehren«, antwortete

Samgin tapfer. Er hatte im Gesicht, in den Augen Turobojews etwas entdeckt, was auch Makarow vor dem Selbstmordversuch gehabt hatte.

Kutusow brach in ein Gelächter aus, wobei er den großzahnigen Mund weit aufriß und sich die Hände rieb. Turobojew äußerte nachdenklich und eigensinnig mit farbloser Stimme: »Zur Einfalt zurückkehren – das ist nicht übel gesagt. Ich denke, daß das für uns unvermeidlich ist, ob wir nun von Lew Tolstoi oder von Nikolai Michailowskij ausgehen.«

»Wenn man aber von Marx ausgeht?« fragte Kutusow belustigt.

»An den Fabrikkessel als Rettungsmittel für Rußland glaube ich nicht.«

Klim sah Kutusow ratlos an: Sollte dieser als Student verkleidete Bauer ein Marxist sein? Kutusows schöne Stimme harmonierte nicht mit dem Leseton, in dem er langweilige Worte und Zahlen vorbrachte. Dmitrij hinderte Klim am weiteren Zuhören: »Ich habe eine Karte für die Oper übrig – willst du gehen? Ich habe sie für mich besorgt, kann aber nicht hin. Marina und Kutusow gehen.«

Dann erzählte er empört, die Zensur habe die Aufführung der Oper »Kaufmann Kalaschnikow« endgültig verboten.

Turobojew erhob sich, er schaute, die Stirn an die Scheibe gedrückt, zum Fenster hinaus und ging plötzlich fort, ohne sich zu verabschieden.

»Ein kluger Bursche«, sagte Kutusow irgendwie mit Bedauern und fügte mit einem Seufzer hinzu: »Er ist giftig!«

Er schnippte die in einer Reihe stehenden Zigarettenstummel einen nach dem andern mit dem Fingernagel vom Tisch auf den Fußboden und begann Klim ausführlich auszufragen, wie man in seiner Heimatstadt lebe, erklärte aber bald, indem er sich den Bart kraulte und das Gesicht verzog: »Es ist dasselbe wie bei uns in Wologda.«

Samgin merkte, daß Kutusow ihn um so freundlicher und aufmerksamer ansah, je zurückhaltender er antwortete. Er beschloß, sich bei dem bärtigen Marxisten ein wenig ins gute Licht zu setzen, und äußerte bescheiden: »Im Grunde haben wir wohl kaum das Recht, so entschiedene Schlüsse über das menschliche Leben zu ziehen. Bei Zehntausenden wissen wir bestenfalls, wie hundert von ihnen leben, reden aber, als hätten wir das Leben aller erforscht.«

Der Bruder stimmte ihm bei: »Ein richtiger Gedanke.«

Kutusow jedoch fragte: »Wirklich?«

Hierauf begann er wieder vom Prozeß der Klassenspaltung, von der entscheidenden Rolle des ökonomischen Faktors zu reden. Er sprach nicht mehr so langweilig wie zu Turobojew und, was Klim besonders wunderte, mit bestechender Feinfühligkeit und mit Takt. Samgin hörte seinen Worten aufmerksam zu, machte geschickt vorsichtige Zwischenbemerkungen, die Kutusows Argumentation bestätigten, er gefiel sich selbst und fühlte, daß sich in ihm irgendwie Sympathie für den Marxisten regte.

Als er in sein Zimmer ging, war er überzeugt, den ersten Stein gelegt zu haben zu dem Sockel, auf dem er, Samgin, einmal monumental dastehen würde. Im Zimmer roch es stark nach Öl, am Morgen hatte der Glaser die Winterfenster eingekittet. Klim schnupperte, öffnete die Luftklappe und sagte herablassend, halblaut: »Am Ende könnte man auch hier wohnen.«

Zwei Wochen später war er dann endgültig überzeugt, daß es interessant war, bei den Premirows zu wohnen. Man schien ihn hier seinem Wert entsprechend zu schätzen, und er war sogar ein wenig verwundert darüber, wie wenig Mühe ihn das gekostet hatte. Aus all dem Bissigen, das er sich aus den Aphorismen Warawkas und den Betrachtungen Tomilins zu eigen gemacht hatte, baute er gut abgerundete Sätze, die er mit dem Lächeln eines Menschen vorbrachte, der Worten nicht recht glaubt. Er sah bereits, daß die etwas flegelige Marina sich ihm gegenüber ehrerbietig verhielt, daß Jelisaweta Spiwak ihn mit schmeichelhafter Neugier ansah und daß die Nechajewa sich mit ihm bereitwilliger und vertrauensvoller unterhielt als mit allen anderen. Es war klar, daß auch der ständig in dicke Bücher vertiefte Dmitrij auf seinen klugen Bruder stolz war. Klim war ebenfalls bereit, auf die ungeheure Belesenheit Dmitrijs stolz zu sein und wäre es auch gewesen, wenn er nicht hätte sehen müssen, wie der Bruder ihn dadurch in den Schatten stellte, daß er jedermann als Lexikon für die verschiedensten Wissensgebiete diente. Er belehrte die alte Premirowa, wie man Eier »auf Björneborger Art« zubereite, erklärte Spiwak den Unterschied zwischen dem echten Volkslied und den süßlichen Imitationen Zyganows, Weltmanns und anderer ; sogar Kutusow fragte ihn: »Samgin, wer war das doch, der den Grafen Jakow Tolstoi der Spionage überführt hat?«

Worauf Dmitrij ausführlich von einem allerseits unbekannten, im Jahre 1846 erschienenen Buch eines Iwan Golowin erzählte. Er sprach gern sehr ausführlich und wie ein Professor, aber immer so, als erzählte er es sich selber.

Die größte Autorität bei den Premirows war Kutusow, doch selbstverständlich nicht, weil er oft und heftig über Politik sprach, sondern weil er künstlerisch vollendet sang. Er besaß einen unerschöpflichen Vorrat von etwas grober Gutmütigkeit, war bei den endlosen Disputen mit Turobojew nie gereizt, und Klim sah oft, wie dieser ungeschickt zugeschnittene, aber fest genähte Mensch alle mit einem seltsam nachdenklichen und irgendwie bedauernden Blick seiner hellgrauen Augen betrachtete. Klim wunderte sich über Kutusows geringschätziges, bisweilen schroffes Verhalten Marina gegenüber, als wäre dieses Mädchen ein untergeordnetes Geschöpf. Eines Abends beim Tee sagte sie zornig: »Wenn Sie singen, Kutusow, möchte man meinen, Sie könnten auch empfinden, aber ...«

Kutusow ließ sie den Satz nicht beenden. »Wenn ich singe, kann ich nichts falsch machen, wenn ich aber mit jungen Damen rede, fürchte ich, daß es bei mir zu einfach klingt, und aus Angst wähle ich den falschen Ton. Das wollten Sie doch sagen?«

Marina wandte sich schweigend von ihm ab.

Mit Jelisaweta Spiwak sprach Kutusow selten und wenig, verkehrte aber in freundschaftlichem Ton mit ihr. Er duzte sie und nannte sie zuweilen zärtlich Tante Lisa, obwohl sie wahrscheinlich nur zwei bis drei Jahre älter war als er. Die Nechajewa beachtete er nicht, hörte aber aufmerksam und stets aus einiger Entfernung ihren Disputen mit Dmitrij zu, der das sonderbare Mädchen unermüdlich neckte.

Kutusows leichte Grobheit faßte Klim als die Naivität eines wenig kultivierten Menschen auf und verzieh sie ihm, da er in ihr nichts »Erdachtes« sah. Es war ihm angenehm, zu sehen, wie das bärtige Gesicht des Studenten nachdenklich wurde, wenn er Musik hörte. Klim gefiel das bedauernde Lächeln, der traurige, auf irgendeinen Punkt hinter den Menschen, hinter der Wand gerichtete Blick. Wie Dmitrij ihm erzählt hatte, war Kutusow der Sohn eines unbegüterten und ruinierten Dorfmüllers, hatte zwei Jahre als Dorfschullehrer gearbeitet und sich in dieser Zeit für die Kasaner Universität vorbereitet, von der er nach einem Jahr wegen Beteiligung an Studentenunruhen relegiert worden war. Doch es war ihm schon nach einem weiteren Jahr durch Hilfe von Jelisaweta Spiwaks Vater, des Kreisadelsmarschalls, gelungen, wieder auf die Universität zu gelangen.

Turobojew gegenüber verhielt man sich unbestimmt, bald voll Sorge, wie bei einem Kranken, bald irgendwie ängstlich verärgert. Klim begriff nicht, weshalb Turobojew bei den Premirows verkehrte. Marina betrachtete ihn mit unverhohlener Feindseligkeit, die Nechajewa stimmte kurz, aber widerstrebend seinen Worten bei, während die Spiwak sich selten und fast immer halblaut mit ihm unterhielt. Im allgemeinen war das alles sehr interessant, und er hätte gern gewußt, was diese so verschiedenartigen Menschen miteinander verbinden mochte. Wozu bedurfte die grobe und allzu körperliche

Marina der fast körperlosen Nechajewa, und weshalb kümmerte sie sich so aufrichtig und komisch um sie?

»Iß! Du mußt mehr essen!« redete sie auf sie ein. »Selbst wenn du nicht magst, mußt du essen. Du hast deshalb so trübe Gedanken, weil du dich schlecht ernährst. Samgin der Ältere, wie heißt das auf lateinisch? Hörst du? In einem gesunden Körper wohnt ein gesunder Geist . . .«

Marinas Fürsorge zwang die Nechajewa zu einem verlegenen Lächeln und rührte sie, Klim erkannte es an den dankbar glänzenden Augen des mageren und bedauernswerten Mädchens. Die Nechajewa streichelte mit ihrer durchsichtigen Hand die rosige Wange der Freundin, und die dunklen Äderchen auf der blassen Haut ihres Handrückens verschwanden.

Klim fand, daß die Nechajewa und Turobojew hier die zufälligsten und fremdesten Menschen waren, ja daß sie beide wahrscheinlich in allen Häusern, unter den verschiedensten Menschen den Eindruck von Verirrten machen müßten. Er fühlte, daß seine Antipathie gegen Turobojew ständig zunahm. Dieser Mensch hatte etwas Verdächtiges, sehr Kaltes, der unverwandte Blick seiner schreienden Augen war der Blick eines Beobachters, der Verborgenes entdecken will. Seine Augen blickten zuweilen tückisch; Klim fing diesen aufreizenden und sogar unverschämten Blick oft auf, wenn er auf ihn selbst gerichtet war. Turobojews Worte bestärkten Klim in seinem Verdacht: Dieser Mensch war zweifellos über irgend etwas erbost, verbarg seine Wut hinter spöttischer Nachlässigkeit und redete nur, um den Gesprächspartner zu reizen. Zuweilen schien ihm Turobojew ganz unerträglich, am häufigsten bei seinen Gesprächen mit Kutusow und Dmitrij. Klim begriff nicht, wie Kutusow über die skeptischen Äußerungen dieses Gecken gutmütig lachen konnte.

»Sie, Kutusow, prophezeien ständig. Meiner Ansicht nach reden die Propheten nur von der Zukunft, um die Gegenwart zu tadeln.«

Kutusow lachte schallend, während Dmitrij Turobojew an eine Reihe von Fällen erinnerte, in denen soziale Prophezeiungen in Erfüllung gegangen waren.

Mit Marina sprach Turobojew in spöttischer Weise.

»Das ist nicht wahr!« rief sie, über irgend etwas aufgebracht. Er antwortete ernst: »Möglich. Aber ich bin kein Souffleur, nur Souffleure sind verpflichtet, die Wahrheit zu sagen.«

»Wieso denn die Souffleure?« fragte Marina, ihre ohnehin schon großen Augen weit aufreißend.

»Natürlich! Wenn der Souffleur lügt, verdirbt er Ihnen das Spiel.«

»So ein Unsinn!« sagte das Mädchen ärgerlich und kehrte ihm den Rücken.

Ja, das alles war interessant, und Klim fühlte, wie er immer mehr danach dürstete, die Menschen zu verstehen.

Die Universität ließ Samgin völlig ungerührt. Die Einführungsvorlesung des Historikers erinnerte ihn an seinen ersten Tag im Gymnasium. Die großen Menschenansammlungen bedrückten ihn, in der Menge schrumpfte er innerlich zusammen und vernahm die eigenen Gedanken nicht; mitten unter den gleichförmig gekleideten und irgendwie gleichgesichtigen Studenten fühlte er sich auch entpersönlicht.

Unten, am Katheder, ragte, den Arm eintönig hin und her bewegend, die Oberhälfte des dürren Professors hervor, schaukelte sein bärtiger Glatzkopf, blinkten die Gläser und das Gold der Brille. Voll Feuereifer sprach er mit lauter Stimme eindringliche Worte.

»Vaterland. Volk. Kultur. Ruhm«, vernahm Klim. »Die Errungenschaften der Wissenschaft. Eine Armee von Arbeitern, die im Kampf mit der Natur immer leichtere Lebensbedingungen schaffen. Ein Triumph des Humanismus.«

Klims Nachbar, ein magerer Student mit großer Nase im pockennarbigen Gesicht, murmelte stotternd: »Ni-nicht dick.«

Dann sah er mit seinen stark vorstehenden und trüben Augen lange und aufmerksam auf das Zifferblatt der Wanduhr. Schließlich verschwand der Professor, nachdem er den Kopf wie ein Stier nach vorn geworfen hatte. Der Stotterer hob die langen Arme, klatschte dreimal gemessen mit den Händen, aber wiederholte: »Nicht di-ick. Dabei heißt es, er sei ein R-radikaler. Sind Sie nicht aus Nowgorod, Kollege? Nein? Na, einerlei, machen wir Bekanntschaft – Popow, Nikolai.«

Dann schüttelte er Samgin die Hand und lief hastig davon.

Die Wissenschaften interessierten Klim nicht sonderlich, er wollte die Menschen kennenlernen und fand, daß ein Roman ihm in dieser Hinsicht mehr gäbe als ein wissenschaftliches Buch und eine Vorlesung. Er sagte Marina sogar, die Kunst wisse vom Menschen mehr als die Wissenschaft.

»Na, selbstverständlich«, stimmte ihm Marina bei. »Man beginnt das jetzt zu begreifen. Hören Sie mal der Nechajewa zu.«

Spätabends kam Dmitrij, durchnäßt und müde, nach Hause; er rieb sich den Hals und fragte heiser: »Na, wie war's? Was hast du für einen Eindruck?«

Als Klim gestand, daß er im Tempel der Wissenschaft keinen

heiligen Schauer empfunden habe, räusperte sich der Bruder und sagte: »Ich war in der ersten Vorlesung sehr aufgeregt.«

Und offenbar nicht an das denkend, wovon er sprach, fügte er ohne Zusammenhang hinzu: »Jetzt sehe ich, daß Kutusow recht hat: Die Studentenunruhen sind wahrhaftig nutzlose Kraftvergeudung.«

Klim lächelte, schwieg aber. Es war ihm schon aufgefallen, daß alle Studenten, die mit dem Bruder und Kutusow bekannt waren, von den Professoren und der Universität fast ebenso feindselig sprachen, wie die Gymnasiasten von den Lehrern und vom Gymnasium geredet hatten. Er suchte nach den Gründen für dieses Verhalten und entdeckte, daß so unterschiedliche Menschen wie Turobojew und Kutusow den Ton angaben. Turobojew äußerte sich mit der ihm eigenen, etwas lässigen Ironie: »An der Universität studieren Deutsche, Polen, Juden und von den Russen nur Pfaffensöhne. Alle übrigen Russen studieren nicht, sie begeistern sich für die Poesie unbewußter Handlungen und leiden an plötzlichen Anfällen spanischen Stolzes. Gestern noch ist so ein Bursche von seinem Papa an den Haaren gezogen worden, heute jedoch ist ihm die geringschätzige Antwort oder der schiefe Blick eines Professors Anlaß zum Duell. Gewiß, dieses hochnäsige Benehmen kann man als ungewöhnlich rasche Entwicklung der Persönlichkeit betrachten, aber ich bin geneigt, anders zu urteilen.«

»Ja«, sagte Kutusow und nickte mit dem schweren Kopf, »man kann beobachten, daß die Kälber die Schwänze recken. Aber man muß auch sagen: man führt die Jugend sehr ungeschickt an der Nase herum, indem man versucht, die Sturmdenkart aus ihr zu vertreiben . . .«

»Die Sturmsprechart«, verbesserte ihn Turobojew.

Klim bemühte sich eifrig zu erraten, was diese Menschen miteinander verbinden mochte. Als er einmal, in Erwartung des üblichen Konzerts, bei den Premirows neben dem Gecken auf dem Diwan saß, machte Kutusow diesem den Vorwurf: »Sie verzetteln sich in Ironie, das ist billig!«

»Unvorteilhaft«, gab Turobojew zu. »Ich verstehe, daß es vorteilhafter wäre, sich dem Leben von links anzupassen, aber – o weh! – dazu bin ich nicht fähig.«

Mit einem ansteckenden Lachen schrie Kutusow: »Sie haben sich ja bereits von links angepaßt!«

Am gleichen Abend noch fragte Klim ihn: »Was gefällt Ihnen eigentlich an Turobojew?«

Worauf der Bärtige ihm in väterlichem Ton antwortete: »In bestimmter Dosis sind Säuren für den Organismus ebenso unentbehrlich wie Salz. Ich ziehe Tschaadajewsche Gesinnung der süßlichen hohen Weisheit gewisser literarischer Glöckner vor.«

Das wurde im Beisein Dmitrijs gesagt, der hastig erläuterte: »Turobojew ist interessant als Vertreter einer absterbenden Klasse.«

Kutusow blickte ihn lächelnd an und spendete ihm Beifall: »Richtig, Mitja!«

Samgin fand das Lächeln nicht schmeichelhaft für den Bruder. Dieses herablassende und etwas pfiffige Lächeln erhaschte Klim nicht selten auf dem bärtigen Gesicht Kutusows, aber es erweckte in ihm kein Mißtrauen gegen den Studenten, sondern steigerte nur sein Interesse für ihn. Immer interessanter wurde auch die Nechajewa, doch machte sie Klim verlegen durch ihr aufrichtiges und hastiges Bestreben, einen Gleichgesinnten in ihm zu finden. Wenn sie ihm unbekannte Namen französischer Dichter aufzählte, sprach sie, als teile sie ihm Geheimnisse mit, die nur er, Klim Samgin, zu erfahren würdig wäre.

»Haben Sie ›Illusion‹ von Jean Lahor gelesen?« fragte sie.

Der allwissende Dmitrij erläuterte: »Pseudonym von Doktor Cazalis.«

»Er ist Buddhist, dieser Lahor, aber er ist so bissig, so bitter.«

Dmitrij erinnerte sich, zur Decke blickend: »Da ist auch noch Cazotte, der Verfasser des albernen Romans ›Der verliebte Teufel‹.«

»Wie schade, daß Sie so viel Überflüssiges wissen«, sagte die Nechajewa verdrießlich zu ihm und wandte sich von neuem dem jüngeren Samgin zu, dem sie Rostands »Die Prinzessin im Morgenland« pries.

»Das ist ein Meisterwerk der neuen Romantik. Rostand wird in allernächster Zukunft als Genie erkannt werden.«

Klim sah, daß alle verwirrt waren durch die Unmenge von Namen und Büchern, die niemand kannte außer Dmitrij, daß man Nechajewas Ansichten über Literatur mißtrauisch anhörte und nicht ernst nahm und daß dies das Mädchen kränkte. Sie tat ihm ein wenig leid. Turobojew aber, der Feind der Propheten, suchte ihre Begeisterung mit vorsätzlicher Erbarmungslosigkeit zu löschen, indem er sagte: »Das ist aufzufassen als Anzeichen einer Übersättigung der Kleinbürger mit billigem Rationalismus. Das ist der Anfang vom Ende einer sehr unbegabten Epoche.«

Klim begann die Nechajewa für ein phantastisches Wesen zu halten. Sie war irgendwie weit über die Wirklichkeit hinausgeschossen und lebte in Gedanken, die Dmitrij als Friedhofsideen bezeichnete. Dieses Mädchen hatte etwas bis zur Verzweiflung Gespanntes, in manchen Augenblicken schien es, als sei sie imstande, aus dem Fenster zu springen. Am meisten wunderte Klim, daß sie gar nichts Weibliches hatte, daß man sie körperlich kaum wahrnahm: sie erweckte in ihm keinerlei männliche Emotionen.

Sie aß und trank fast mit Widerwillen, als müßte sie sich dazu zwingen, und man sah, daß es kein Spiel, keine Koketterie war. Ihre dünnen Finger hielten sogar Messer und Gabel ungeschickt, sie brach mäkelig kleine Stückchen Brot ab, und ihre Vogelaugen blickten die Flocken des weichen Brotes fragend an, als dächte sie: Ist das auch nicht bitter oder giftig?

Immer häufiger dachte Klim, die Nechajewa sei gebildeter und klüger als alle anderen in dieser Gesellschaft, aber das brachte ihm das Mädchen nicht näher, sondern erweckte in ihm die Befürchtung, die Nechajewa könnte in ihm das verstehen, was sie nicht zu verstehen brauchte, und dann mit ihm ebenso herablassend, geringschätzig und verdrießlich reden, wie sie mit Dmitrij sprach.

Wenn Samgin nachts im Bett lag, lächelte er bei dem Gedanken, wie rasch und einfach er die Sympathie aller gewonnen hatte, er war überzeugt, es sei ihm vollkommen geglückt. Doch obwohl er das Zutrauen der Nächsten wahrnahm, verlor er nicht die Vorsicht des Menschen, der weiß, daß sein Spiel gefährlich ist, und empfand sehr wohl die Schwierigkeit seiner Rolle. Es gab Augenblicke, in denen diese Rolle ihn ermüdete und in ihm das vage Bewußtsein schuf, von einer feindlichen Kraft abhängig zu sein, Augenblicke, in denen er sich als Diener eines unbekannten Herrn vorkam. Einer der zahllosen Aussprüche Tomilins fiel ihm ein: »Auf die meisten Menschen wirken übermäßig viel Eindrücke zersetzend, da sie ihre Moral gefährden. Der gleiche Reichtum an Eindrücken schafft jedoch bisweilen ausnehmend interessante Menschen. Man sehe sich die Biographien berühmter Verbrecher, Abenteurer, Dichter an. Und überhaupt sind alle mit Erfahrung überladenen Menschen amoralisch.«

Diese Worte des rothaarigen Lehrers hatten für Klim etwas Beängstigendes und zugleich Verführerisches. Ihm schien, er wäre schon mit Erfahrung überladen, doch fand er manchmal, daß er all die Eindrücke, all die Gedanken, die er in sich gesammelt hatte, gar nicht brauchte. Sie enthielten nichts, das in ihm Wurzel schlagen konnte, das er als sein eigenes, persönliches Denkergebnis, als sein Glaubensbekenntnis hätte bezeichnen können. Dies alles lebte in ihm irgendwie gegen seinen Willen und – nicht tief, sondern dicht unter der Haut, tief innen aber war eine Leere, die eines anderen Inhalts harrte. Diese Unstimmigkeit und Feindschaft zwischen seinem Ich und dem, was er in sich behielt, empfand Klim immer häufiger und beunruhigender. Er beneidete Kutusow, der gelernt hatte, an etwas zu glauben, und ruhig seinen Glauben predigte, aber er beneidete auch Turobojew. Er, der offenkundig an nichts glaubte, besaß den Mut, den Glauben der anderen zu verspotten. Wenn Turobojew sich mit Kutusow und Dmitrij unterhielt, erinnerte er Klim an den alten Maurer, der den dummen, kräftigen Burschen so listig und schadenfroh angespornt hatte, die brauchbaren Ziegelsteine sinnlos zu zerschlagen.

Samgin war überzeugt, alle Menschen seien ehrgeizig, jeder wolle sich von den anderen nur absondern, um selbst mehr aufzufallen, und daher kämen alle Meinungsverschiedenheiten, alle Streitigkeiten. Doch er begann zu vermuten, es sei an den Menschen außerdem noch etwas, das er nicht verstand. Und es wuchs in ihm das unbezwingliche Verlangen, das Innere der Menschen bloßzulegen, die Triebfeder zu verstehen, die einen Menschen gerade so und nicht anders zu reden und zu handeln zwang. Für den ersten Versuch wählte Klim Serafima Nechajewa. Sie erschien ihm am geeignetsten, da sie über keine weiblichen Reize verfügte und man sie studieren, entlarven, bei irgend etwas ertappen konnte, ohne Gefahr zu laufen, in die dumme Lage Greslous zu geraten, des Helden in dem aufsehenerregenden Roman »Der Schüler« von Bourget. Marina stieß ihn durch ihre animalische Energie ab, auch war so gar nichts Rätselhaftes an ihr. Wenn Klim zufällig mit ihr allein im Zimmer blieb, fühlte er sich unter dem Blick ihrer vorstehenden Augen in Gefahr, er kam ihm herausfordernd, schamlos vor. Die Nechajewa aber hatte seine Neugier ganz besonders gesteigert, als sie Dmitrij fast hysterisch ins Gesicht schrie: »Verstehen Sie doch, ich vertrage Ihre normalen Menschen nicht, ich vertrage keine vergnügten Leute. Sie sind geradezu entsetzlich dumm und banal.«

Ein andermal hatte sie zornig gesagt: »Nietzsche war ein Laffe, bemühte sich aber, eine tragische Rolle zu spielen, und wurde dabei wahnsinnig.«

Wenn sie sich ärgerte, verschwanden die roten Flecke auf ihren Wangen, das Gesicht wurde aschgrau und starr, und in den Augen glitzerten grüne Funken.

An einem grellen Wintertag schritt Samgin langsam den Newa-Kai entlang und ordnete eindrucksvolle Sätze einer Vorlesung ins Gedächtnis ein. Schon von weitem sah er die Nechajewa, sie trat aus der Tür der Akademie der Künste, ging über die Straße, kreuzte seinen Weg, blieb bei der Sphinx stehen und betrachtete den Fluß, der mit blendend weißem Schnee bedeckt war. Stellenweise hatte der Wind die Schneedecke zerrissen und kahle bläuliche Eisflächen bloßgelegt. Die Nechajewa begrüßte Klim mit einem freundlichen Lächeln und sagte mit ihrer schwachen Stimme: »Ich komme von der Ausstellung. Lauter Anekdoten in Farben. Tödlich unbegabt. Gehen Sie in die Stadt? Ich auch.«

In grauem, herbsthimmelfarbenem Pelzmantel, ein sonderbares Fehfellmützchen auf dem Kopf, die Hände in einem Muff aus gleichem Fell vergraben, war sie betont auffällig. Ihr Gang war ungleichmäßig, es war schwierig, mit ihr Schritt zu halten. Die blitzblaue, strahlende Luft zwickte ihr die Nase, sie versteckte sie im Muff.

»Wenn doch das ganze Leben zum Stillstand käme wie dieser Fluß, damit die Menschen Zeit hätten, ruhig und tief über sich nachzudenken«, sagte sie undeutlich in den Muff hinein.

Unter dem Eis fließt der Fluß doch weiter, wollte Klim sagen, aber nach einem flüchtigen Blick auf ihr Vogelgesicht sagte er: »Leontjew, der berühmte Konservative, war der Ansicht, man sollte Rußland ein wenig gefrieren lassen.«

»Warum Rußland allein? Die ganze Welt sollte erstarren, für einige Zeit – um auszuruhen.«

Ihre Augen blinzelten vom stechenden Gleißen des Schnees ringsumher. Leise, etwas trocken hüstelnd, sprach sie mit der Gier eines Menschen, der lange geschwiegen hat, als wäre sie soeben aus der Einzelhaft im Gefängnis entlassen worden. Klim antwortete ihr wie einer, der überzeugt ist, daß er nichts Originelles zu hören bekommen wird, hörte aber sehr aufmerksam zu. Von einem Thema zum anderen übergehend, fragte sie: »Wie gefällt Ihnen Turobojew?«

Und antwortete selbst: »Ich verstehe ihn nicht. Er ist so etwas wie ein Nihilist, der zu spät geboren ist, gleichgültig gegen alles und gegen sich selbst. Sonderbar, daß die kalte, engherzige Spiwak sich für ihn begeistert.«

»So?«

»O ja!«

Nach kurzem Schweigen fragte sie, wie Klim über Marina denke, und erklärte wieder, ohne eine Antwort abzuwarten: »Sie wird sehr glücklich werden in dem bekannten weiblichen Sinn des Begriffes Glück. Sie wird viel lieben; dann, wenn sie dessen müde ist, wird sie Hunde und Kater lieben, mit jener Liebe, wie sie mich liebt. Sie ist so satt, so russisch. Ich komme mir nicht als Russin vor, ich bin Petersburgerin. Moskau entpersönlicht mich. Ich kenne Rußland überhaupt wenig und verstehe es nicht. Mir scheint, das ist das Land von Menschen, die niemand braucht und die sich selbst nicht brauchen. Die Franzosen und Engländer dagegen – braucht die ganze Welt. Und – die Deutschen, obwohl ich die Deutschen nicht mag.«

Sie redete ununterbrochen und verblüffte Samgin durch ihre ungewöhnlichen Urteile, doch spürte er hinter der überraschenden Freimütigkeit keine Aufrichtigkeit und wurde darum noch vorsichtiger in seinen Worten. Auf dem Newskij Prospekt schlug sie vor, Kaffee zu trinken, und im Restaurant benahm sie sich, wie es Klim schien, zu frei für ein junges Mädchen.

»Sie sind mein Gast«, sagte sie, als sie Kaffee, Likör, Biskuit bestellt hatte, und knöpfte ihren Pelzmantel auf; Klim schlug der Duft eines unbekannten Parfüms entgegen. Sie saßen am Fenster; hinter den Eisblumen an den Scheiben bewegte sich ein dunkler Menschenstrom vorüber. Die Nechajewa nagte mit ihren Mäusezähnen am Biskuit und fuhr fort: »In Rußland spricht man nicht von dem, was wichtig ist, man liest nicht die Bücher, die man lesen müßte, man tut nicht das, was man tun sollte, und man tut nicht etwas für sich, sondern um sich damit sehen zu lassen.«

»Das ist wahr«, sagte Klim. »Es gibt sehr viel Erdachtes. Und alle examinieren einander.«

»Kutusow ist beinahe ein fertiger Opernsänger, studiert jedoch politische Ökonomie. Ihr Bruder hat ein unglaubliches Wissen, nichtsdestoweniger ist er – verzeihen Sie! – ein ungebildeter Mensch.«

»Auch das stimmt«, gab Klim zu, wobei er dachte, daß es langsam Zeit würde zu widersprechen. Aber die Nechajewa schien ohnehin plötzlich müde geworden zu sein; auf ihren Wangen, die vom Frost Farbe bekommen hatten, waren nur noch rosige Flecke zu sehen, die Augen hatten den Glanz verloren, sie begann träumerisch davon zu sprechen, daß man nur in Paris aus voller Seele leben könne, daß sie diesen Winter eigentlich hätte in der Schweiz verbringen sollen, aber wegen eines langweiligen Prozesses um eine kleine Erbschaft nach Petersburg hätte kommen müssen. – Sie hatte alle Biskuits aufgegessen, zwei Gläschen Likör getrunken, und als sie den Rest des Kaffees ausgetrunken hatte, bekreuzigte sie schnell, mit einer fast unmerklichen Geste, ihre schmale Brust.

»In zwei, drei Wochen werde ich wahrscheinlich wegfahren.«

Sie zog den einen Handschuh an und seufzte, sich auf die Lippen beißend: »Vielleicht – auf immer.«

Auf der Straße fragte sie: »Kennen Sie Maeterlinck? Oh, lesen Sie unbedingt den ›Tod des Tintagiles‹ und ›Die Blinden‹. Das ist ein Genie! Er ist noch jung, aber erstaunlich tief . . .«

Plötzlich blieb sie auf dem Gehsteig wie vor einer Mauer stehen und reichte ihm die Hand. »Leben Sie wohl. Besuchen Sie mich einmal . . .«

Sie nannte ihre Adresse und setzte sich in einen Schlitten. Als der durchfrorene Gaul scharf anzog, wurde sie so stark zurückgeworfen, daß sie beinahe über die niedrige Rückenlehne des Schlittens gekippt wäre. Klim nahm sich ebenfalls einen Schlitten und versank, hin und her geschaukelt, in Nachdenken über dieses Mädchen, das keine Ähnlichkeit hatte mit allen, die er bisher kannte. Einen Augenblick schien ihm, als hätte sie etwas mit Lidija gemein, aber er wies diese Ähnlichkeit unverzüglich zurück, da er sie wenig schmeichelhaft für sich fand, und erinnerte sich der brummigen Äußerung Vater Warawkas: »Wo man nicht versteht, bildet man sich ein und irrt sich.«

Das hatte Warawka zur Tochter gesagt.

Diese Begegnung hatte ihm die Nechajewa nicht angenehmer gemacht, doch Klim fühlte: Das Mädchen hatte seine Neugier besonders dadurch geweckt, daß es sich im Restaurant so ungezwungen benommen hatte, als wäre es dort ein gewohnter Gast.

An dem Tage, da Klim Samgin zu ihr ging, fiel beklemmend dichter Schnee auf die verdrießliche Stadt herab; er fiel rasch, senkrecht herunter, die Flocken waren ungewöhnlich groß und raschelten wie nasse Papierfetzchen.

Die Nechajewa wohnte in einem Logierhaus mit möblierten Zimmern, die letzte Tür am Ende eines langen Korridors. Der Gang wurde schwach erhellt durch ein Fenster, das halb von einem Schrank verdeckt war; das Fenster wies unmittelbar auf eine dunkelbraune, glatte Hauswand. Zwischen den Fensterscheiben und der Mauer fiel schwer der Schnee, grau wie Asche.

In was für einem schmutzigen Loch sie haust, dachte Klim. Als er jedoch in dem kleinen, spärlich beleuchteten Vorraum den Mantel abgelegt hatte und das Zimmer betrat, fühlte er sich märchenhaft weit fortgerückt von dem unsichtbaren, langsam zu Schnee zerkrümelnden Himmel, von der im Schnee unsichtbaren Stadt. Das Zimmer, warm erleuchtet von der starken Flamme einer Lampe mit orangefarbenem Schirm, war geschmückt mit orientalischen Stoffen in den fahlen Tönen verlöschenden Abendrots. Auf dem Tisch und auf dem Sofa waren wie Blätter einer seltsamen Pflanze die gelben Bändchen französischer Literatur verstreut. Die Nechajewa, in goldgelbem, von einem breiten grünlichen Gurt zusammengehaltenem Schlafröckchen, begrüßte ihn erschreckt: »Entschuldigen Sie, ich bin ganz häuslich gekleidet.«

»Es ist hübsch bei Ihnen«, sagte Klim.

»Gefällt es Ihnen?«

Sie zündete hastig den Spirituskocher an, stellte einen eigenartig geformten kupfernen Teekessel darauf und sagte: »Ich kann Samoware nicht leiden.«

Sie stieß ein paar zu Boden gefallene Bücher erbarmungslos mit dem Fuß im grünen Saffianpantoffel unter den Tisch, schob die Sachen auf dem Tisch alle auf eine Seite, an das dunkel verhängte Fenster, und tat das alles sehr flink. Klim setzte sich auf das Sofa und sah sich um. Die Zimmerecken waren durch Drapierungen ausgeglichen, ein Drittel des Raums war durch einen chinesischen Wandschirm abgeteilt, hinter dem Schirm zeigte sich ein Stück Bett, das Fenster am Fußende des Bettes war mit einem dicken mattroten Teppich verhängt, ein ebensolcher Teppich bedeckte den Fußboden. Die warme Luft des Zimmers war mit Parfüm gesättigt.

»Ich mag keine grellen Farben, keine laute Musik, keine geraden Linien. Das alles ist zu real und darum – verlogen«, hörte Klim.

Bei den eckigen Bewegungen des Mädchens flatterten die Ärmel des Schlafrocks wie Flügel, die umherirrenden Hände erinnerten Klim an die blinden Hände Tomilins, und die Nechajewa sprach in dem launischen Ton Lidijas, als sie dreizehn bis vierzehn Jahre alt war. Klim hatte den Eindruck, das Mädchen sei durch irgend etwas aus der Ruhe gebracht und benehme sich wie auf frischer Tat ertappt. Sie vergaß, sich umzukleiden, der Schlafrock rutschte ihr immer wieder von den Schultern, entblößte das Schlüsselbein und die vom Lampenlicht unnatürlich gefärbte Haut der Brust.

Beim Tee bekam Klim zu hören, das Wahre und Ewige liege in der Tiefe der Seele verborgen, alles Äußere dagegen, die ganze Welt, sei nur eine verwickelte Kette von Mißerfolgen, Irrtümern, abstoßenden Ungeschicklichkeiten und kläglichen Versuchen, die ideale Schönheit jener Welt zum Ausdruck zu bringen, die in den Seelen auserwählter Menschen existiere.

»Oh, ich habe ganz vergessen . . .«, rief sie, vom Sofa hochschnellend, holte aus einem Schränkchen eine Flasche Wein, Likör, eine Schachtel Schokolade und Biskuits, verteilte alles auf dem Tisch, dann stützte sie die Ellenbogen auf die Tischplatte, wobei sie die dünnen Arme entblößte, und fragte: »Können Sie über die Nutzlosigkeit des Daseins nachdenken?«

Klim hätte lächeln mögen, er beherrschte sich aber und antwortete gesetzt: »Das ist manchmal sehr aufregend.«

Als er merkte, daß die Augen der Nechajewa aufleuchteten, fügte er hinzu: »Es kommt vor, daß man am Morgen aufwacht und meint, vergebens erwacht zu sein.«

Die Nechajewa nickte zustimmend. »Ja, gewiß, gerade so müssen Sie empfinden. Ich erkannte das an Ihrer Zurückhaltung, an Ihrem immer ernsten Lächeln und daran, wie schön Sie schweigen, wenn alle schreien. Und worüber schreien sie?«

Sie kreuzte die Arme auf der Brust, legte die Hände auf ihre spitzen Schultern und fuhr empört fort: »Volk, Arbeiterklasse, Sozialismus, Bebel – ich habe ›Die Frau‹ von ihm gelesen, mein Gott, wie langweilig das ist! In Paris und Genf traf ich Sozialisten, das sind Menschen, die sich bewußt beschränken. Sie haben etwas mit Mönchen gemein, beide sind nicht frei von Heuchelei. Sie ähneln alle mehr oder weniger Kutusow, doch ohne seine komische, bäuerliche Nachsicht gegen Leute, die er nicht verstehen kann oder will. Kutusow selber ist nicht dumm und scheint aufrichtig an alles, was er sagt, zu glauben, aber das Kutusowtum, all diese nebelhaften Dinge wie: Volk, Massen, Führer – wie tötend das alles ist!«

Sie zuckte zusammen, ihre Hände glitten leblos von den Schultern. Sie hob ein kleines Glas wie eine Blüte an langem Stiel gegen das Licht der Lampe und betrachtete eine Weile die giftiggrüne Farbe des Likörs, trank ihn aus und hustete, den ganzen Körper schüttelnd, mit dem Taschentuch vor dem Mund.

»Das ist schädlich für Sie«, sagte Klim, der mit dem Fingernagel an sein Glas tippte. Die Nechajewa hustete noch immer, schüttelte aber den Kopf und erzählte dann, schwer atmend, mit Pausen zwischen den einzelnen Sätzen, von Verlaine, den der Absinth, die »grüne Fee« zugrunde gerichtet habe.

»Liebe und Tod«, hörte Klim ein paar Minuten später, »hinter diesen zwei Mysterien verbirgt sich der ganze furchtbare Sinn des Daseins, alles übrige – auch das Kutusowtum – sind nur mißlungene, feige Versuche, sich mit Lappalien zu betrügen.«

Klim fragte: »Ist denn der Humanismus eine Lappalie?« und spitzte die Ohren in Erwartung, was sie über die Liebe sagen würde; erschien es ihm doch spaßig, sich anzuhören, was dieses leiblose Mädchen über die Liebe vorbrächte. Doch nachdem sie den Humanismus als eine »kleinbürgerliche Träumerei von der allgemeinen Sattheit« bezeichnet hatte, als einen Traum, »dessen Undurchführbarkeit von Malthus bewiesen worden« sei – begann sie vom Tod zu sprechen. Zunächst hörte Klim in ihrem Ton etwas Kirchliches, sie sprach sogar ein paar Verse aus den liturgischen Gesängen der Seelenmesse, die düsteren Verse klangen trübselig. Klim putzte unterdessen seine Brillengläser sorgfältig mit Sämischleder, er fand, die Nechajewa rede wie ein altes Weib. Er senkte den Kopf und sah das Mädchen nicht an, denn er fürchtete, sie könnte irgendwie sehen, daß sie ihn langweilte. Sie hatte es anscheinend schon begriffen oder war müde geworden, ihre Worte klangen immer leiser. Klim hob den Kopf und wollte die Brille aufsetzen, vermochte es aber nicht, seine Hände sanken langsam auf den Tischrand herab.

»Nein, stellen Sie sich das nur vor«, sagte fast flüsternd die Nechajewa, neigte sich zu ihm vor und hielt die zitternde Hand mit den schmalen Fingerknöcheln nach oben; ihre Augen hatten sich unnatürlich geweitet, das Gesicht wirkte noch spitzer als sonst. Er lehnte sich an die Rückenlehne des Stuhls und lauschte dem einschmeichelnden Geraune.

»Irgendeine geheimnisvolle Macht wirft den Menschen hilflos, ohne Verstand und Sprache, in diese Welt hinein, reißt ihm dann in der Jugend seine Seele vom Fleische los und macht sie zur kraftlosen Zuschauerin der qualvollen Leidenschaften des Leibes. Dann verseucht dieser Satan den Menschen mit krankhaften Lastern und hält ihn, nachdem er ihn zermartert hat, noch lange in der Schmach der Leidenschaft, löscht in ihm noch immer nicht den Liebesdurst, nicht die Erinnerung an die Vergangenheit, an die Fünkchen Glückes, die für Minuten einmal trügerisch vor ihm aufgeleuchtet waren, er erlaubt ihm nicht, erlebtes Leid zu vergessen und quält ihn mit Neid auf die Freuden der Jungen. Schließlich, nachdem sie also an dem Menschen Rache dafür genommen hat, daß er sich erkühnte zu leben, tötet ihn die erbarmungslose Macht. Was hat das für einen Sinn? Wohin verschwindet jenes sonderbare Wesen, das wir Seele nennen?«

Sie flüsterte bereits nicht mehr, ihre Stimme klang ziemlich laut und war mit zornigem Pathos erfüllt. Ihr Gesicht war greulich verzerrt, es erinnerte Klim an die Hexe auf einem Bild zu Andersens Märchen. Der trockene Glanz ihrer Augen umstrich brennend sein Gesicht, ihm schien, in ihrem Blick brenne ein böses und rachsüchtiges Gefühl. Er senkte den Kopf, er erwartete, das sonderbare Geschöpf werde im nächsten Augenblick verzweifelt wie die wahnsinnige Doktorsfrau Somowa schreien: »Nein, nein, nein!«

Wenn Klim Samgin Bücher und Gedichte über Liebe und Tod gelesen hatte, erregten sie ihn nicht. Doch jetzt, da die Gedanken von Liebe und Tod die zornigen Worte eines kleinen, fast häßlichen Mädchens waren, fühlte Klim plötzlich, daß diese Gedanken ihn heftig sowohl im Herz als auch im Kopf trafen. Alles in ihm verwirrte sich und wirbelte umher wie Rauch. Er hörte den erregten Worten der Nechajewa schon nicht mehr zu, er sah sie an und dachte: Warum ist gerade dieses unscheinbare, flachbrüstige, gefährlich kranke Wesen dazu verurteilt, solche unheimlichen Gedanken in sich herumzutragen? Das ist abscheulich ungerecht. Er bedauerte dieses mit krankem Leib und kranker Seele gestrafte Menschenkind. Es war das erste Mal, daß er so starkes Mitleid empfand, denn dieses Gefühl war ihm überhaupt kaum bekannt.

Er nahm ein Glas vom Tisch, das wie eine Blüte aussah, aus der die Farben herausgesogen waren, und sagte, den dünnen Stiel zwischen den Fingern pressend, mit einem Seufzer: »Sie müssen ein schweres Leben haben mit solchen Gedanken . . .«

»Aber Sie doch auch? Sie nicht auch?«

Sie brachte diese Worte so sonderbar hervor, als fragte sie nicht, sondern bat darum. Ihr errötetes Gesicht wurde wieder blasser, schmolz – es schien, sie würde immer schöner.

Klim hätte ihr gern etwas Freundliches gesagt, doch er zerbrach den Fuß des Glases.

»Haben Sie sich geschnitten?« schrie das Mädchen, sprang auf und stürzte zu ihm.

»Ein wenig«, antwortete er schuldbewußt, indem er den Finger mit dem Taschentuch umwickelte, während die Nechajewa, nachdem sie mit ihrer unnatürlich heißen Hand die seine gestreichelt hatte, dankbar, halblaut, sagte: »Wie tief Sie empfinden!«

Sie begann im Zimmer umherzulaufen, zerriß ein Taschentuch, goß etwas Beißendes auf die Schnittwunde und schlug dann, als sie den Finger fest verbunden hatte, vor: »Trinken Sie etwas Wein.«

Darauf schenkte sie sich Likör ein und setzte sich wieder an den Tisch.

Ein, zwei Minuten schwiegen sie, ohne einander anzusehen. Klim fand es unschicklich, noch länger zu schweigen, auch wollte er noch mehr von der Nechajewa hören. Er fragte: »Mögen Sie Schopenhauer?«

»Ich – habe ihn gelesen«, entgegnete das Mädchen nach kurzem Zögern. »Aber sehen Sie – allzu unverhüllte Worte gelangen nicht bis zu meiner Seele. Denken Sie an Tjutschew: ›Ein ausgesprochener Gedanke ist eine Lüge.‹ Für mich ist Maeterlinck mehr Philosoph als dieser grobe und böse Deutsche. Das gesungene Wort ist tiefer, bedeutsamer als das gesprochene. Sie werden mir beistimmen, daß nur die erhabenste Kunst – die Musik – die Tiefen der Seele zu berühren vermag.«

Sie seufzte, dann drehte sie die Lampe schwächer. Das Zimmer wurde enger, alle Dinge und die Nechajewa selbst rückten näher an Samgin heran. Er nickte zustimmend mit dem Kopf. »Maeterlinck ist die Ethik des Mitleids auch nicht fremd, und er hat sie vielleicht von Schopenhauer entlehnt ... Aber – wozu brauchen zum Tode Verurteilte Mitleid?«

Klim blickte in das orange Halbdunkel über dem Kopf des Mädchens und fragte sich: Weshalb hat sie das Licht heruntergedreht?

Die Nechajewa bückte sich, stieß mit dem Fuß die gelben Bücher unter dem Tisch hervor und sprach unter den Tisch: »Wir leben in einer Atmosphäre der Grausamkeit ... das berechtigt uns, in allem ... im Haß, in der Liebe ... grausam zu sein.«

Ehe noch Samgin auf den Gedanken kam, ihr zu helfen, hob sie ein Buch auf, schlug es auf und sagte streng: »Hier, hören Sie zu ...«

Halblaut, die Vokale dehnend, begann sie Verse zu lesen; sie las angespannt, pausierte unerwartet und dirigierte mit dem bis zum Ellenbogen entblößten Arm. Die Verse waren sehr musikalisch, hatten aber einen unfaßlichen Sinn; es war in ihnen von Jungfrauen mit goldenen Binden um die Augen und von drei blinden Schwestern die Rede. Nur aus den zwei Zeilen:

»Erbarme dich mein, so ich zaudre
An der Grenze meines Sehnens ...«

hörte Klim etwas halb Verständliches, etwas wie eine Herausforderung oder eine Andeutung heraus. Er sah das Mädchen fragend an, aber sie blickte ins Buch. Ihre rechte Hand irrte in der Luft herum. Mit dieser Hand, die im Halbdunkel bläulich und unkörperlich wirkte, berührte die Nechajewa ihr Gesicht, die Brust, die Schulter, als ob sie sich unvollständig bekreuzigte oder als wollte sie sich davon überzeugen, daß sie existierte.

Klim fühlte, daß der Wein, das Parfüm und die Verse ihn ungewohnt berauschten. Er ergab sich allmählich einer unbekannten Langeweile, die alles farblos machte und dabei den Wunsch erweckte, sich nicht zu bewegen, nichts zu hören, an nichts zu denken. Er dachte auch nicht. Er lauschte nur, wie der lastende Eindruck von den Reden des Mädchens langsam in ihm verschwand.

Als sie zu lesen aufhörte, das Buch auf das Sofa warf und sich mit zitternder Hand wieder Likör einschenkte, sah sich Samgin, die Stirn reibend, um wie einer, der soeben erwacht ist. Er fühlte mit Staunen, daß er die wohlklingenden, aber wenig verständlichen fremdsprachigen Verse noch lange hätte anhören können.

»Verlaine, Verlaine«, seufzte die Nechajewa. »Er ist wie ein gefallener Engel ...«

Dann warf sie sich mit großer Leichtigkeit vom Stuhl und legte sich auf das Sofa.

»Sind Sie müde geworden?« fragte Klim.

Er erhob sich, blickte dem Mädchen in das graue, an den Schläfen rot gefleckte Gesicht.

»Ich danke Ihnen«, sagte er hastig. »Es war ein wunderbarer Abend. Bleiben Sie, bitte liegen . . .«

»Kommen Sie recht bald wieder«, bat sie und drückte ihm mit den heißen Knöcheln ihrer Finger die Hand. »Ich werde ja bald verschwinden.«

Mit der anderen Hand reichte sie ihm ein Buch. »Und dies hier lesen Sie . . .«

Draußen fiel immer noch Schnee, er fiel so dicht, daß es sich nur schwer atmen ließ. Die Stadt war vollständig verstummt, unter dem weißen Flaum verschwunden. Mit dicken Hauben bedeckt, standen die Laternen in ihren Lichtpyramiden. Den Mantelkragen hochgeklappt, die Hände in den Taschen vergraben, schritt Klim gemächlich, die Eindrücke des Abends abwägend, auf dem lautlosen Schnee dahin. Die weiße Asche fiel ihm ins Gesicht, zerschmolz rasch und erfrischte die Haut. Klim blies ärgerlich die Wassertröpfchen von der Oberlippe und von der Nase fort, er hatte die Empfindung, eine drückende Last, ein unheimliches Traumgesicht mit sich herumzutragen, das er nie vergessen würde. Vor ihm im Schnee flimmerte das Gesicht einer alten Zauberin; wenn er die Augen schloß, um es nicht zu sehen, wurde es deutlicher, und der finstere Blick forderte beharrlich irgend etwas. Doch der Schnee und der vortrefflich ausgebildete Selbsterhaltungstrieb erweckten in Klim bald Gedanken des Protestes. Das Äußere des Mädchens und ihre großen Worte stimmten mit der Schönheit der Verse, die sie vorgetragen hatte, auf verdächtige Weise nicht überein. Man konnte meinen, dieser klägliche Leib beherberge eine fremde Seele. Dann dachte Samgin, die Nechajewa trinke zu viel Likör und esse zu viel Rumpralinen.

Ein kranker Mensch. Es ist ganz natürlich, daß sie an den Tod denkt und davon spricht. Gedanken dieser Art – vom Zweck des Daseins und dergleichen – sind nichts für sie, sondern für gesunde Menschen. Für Kutusow zum Beispiel, für Tomilin . . .

Bei der Erinnerung an die ziemlich langweiligen Reden Kutusows lächelte Klim: Kutusowtum, das ist nicht schlecht gesagt.

Als Klim Samgin sich seiner Wohnung näherte, hatte er sich bereits davon überzeugt, daß das Experiment mit der Nechajewa beendet sei. Die in ihr wirkende Triebfeder war die Krankheit. Und es hatte keinen Sinn, sich ihre von der Todesangst hervorgerufenen hysterischen Reden anzuhören.

Im Grunde ist alles sehr einfach . . .

In der Nacht las er »Die Blinden« von Maeterlinck. Die eintönige

Sprache dieses Dramas ohne Handlung hypnotisierte ihn, erfüllte ihn mit dunkler Trauer, doch den Sinn des Stücks erfaßte Klim nicht. Er warf das Buch ärgerlich auf den Boden, versuchte einzuschlafen und konnte es nicht. Seine Gedanken kehrten zu der Nechajewa zurück, doch er beurteilte sie jetzt milder. Als ihm ihre Worte einfielen vom Recht des Menschen, in der Liebe grausam zu sein, fragte er sich: Was hat sie damit sagen wollen? – Dann seufzte er mitfühlend: »Es wird sich wohl kaum ein Mensch finden, der sie liebt.«

Seine müden Augen sahen im finsteren Zimmer eine Schar gespenstischer, grauer Schatten und mitten darin das kleine Mädchen mit Vogelgesicht und glattfrisiertem Kopf ohne Ohren, weil das Haar sie verdeckte.

Die Angst hat sie blind gemacht . . .

Die Schatten schwankten wie die kaum erkennbaren Widerspiegelungen von Herbstwolken auf dem dunklen Wasser eines Flusses. Die eingebildete Bewegung der Dunkelheit im Zimmer wurde real und vertiefte seine Traurigkeit. Die Phantasie hinderte Klim zu schlafen und auch zu denken, sie füllte die Dunkelheit mit eintönigen Geräuschen, mit dem Echo fernen Läutens oder mit jammernden Tönen einer gedämpften Geige. Die schwarzen Fensterscheiben verblichen langsam und wurden zinnerngrau.

Klim erwachte nach zwölf Uhr mittags in der Stimmung eines Menschen, der am Vorabend etwas Bedeutsames erlebt hat und nicht weiß, ob er dadurch gewonnen oder verloren hat. Das sonst leichte Nachdenken über sich selbst war schwierig, schwerfällig geworden. Er vernahm seine eigenen Gedanken schlecht, und diese Taubheit erregte ihn. Sein Gedächtnis war von einem Chaos sonderbarer Worte und Verse, den Klagen der »Blinden«, dem einschmeichelnden Flüstern, den zornigen Ausrufen der Nechajewa verstopft. Während des Ankleidens hob er zornig das Buch vom Boden auf; im Stehen las er eine Seite, schleuderte das Buch aufs Bett und zuckte die Achseln. Vor dem Fenster schneite es immer noch, doch war der Schnee bereits trockner und feiner.

Klim Samgin beschloß, das Zimmer nicht zu verlassen, aber das Stubenmädchen sagte, als sie den Kaffee brachte, die Dielenbohnerer würden gleich kommen. Er nahm das Buch und ging ins Zimmer des Bruders hinüber. Dmitrij war nicht da, am Fenster stand Turobojew im Studentenrock; er trommelte mit den Fingern gegen die Scheibe und sah zu, wie eine zottige Rauchwolke träge in den Himmel hineinkroch.

»Ein Brand«, sagte er, als er Samgin matt und achtlos wie immer die Hand gab.

In der unebenen Linie all der Dächer, die mollig in Schnee gehüllt waren, stieg von einem Dach dünner, grauer Rauch auf; messingbehelmte Männer, auch grau wie der Rauch, krochen schwerfällig auf der dicken Schneedecke herum.

In diesem Bild sah Klim etwas erschütternd Langweiliges.

»Es will nicht brennen«, sagte Turobojew und entfernte sich vom Fenster. Hinter sich vernahm Klim seinen leisen Ausruf: »Ah, Maeterlinck . . .«

Klim wollte den unangenehmen Menschen gern empfindlich treffen und suchte nach einem scharfen, kränkenden Ausdruck. Aber er fand keinen und murmelte nur: »Unsinn.«

Turobojew war nicht gekränkt. Er trat wieder neben Klim und begann, auf irgend etwas lauschend, leise, gleichmütig zu reden: »Nein, warum denn Unsinn? Recht geschickt gemacht ist das – eine Allegorie zur Belehrung von Schülern der Oberstufe. Die Blinden sind die heutige Menschheit, unter den Blindenführern kann man – je nach Wunsch – Verstand oder Glauben verstehen. Ich habe die Sache übrigens gar nicht zu Ende gelesen.«

Klim ging, ungehalten über sich selbst, vom Fenster weg. Wie war es möglich, daß er den Sinn des Stückes nicht erfaßt hatte?

Turobojew, der sich auf einen Stuhl gesetzt hatte, zündete sich eine Zigarette an, warf sie aber nervös gleich wieder in den Aschenbecher.

»Ist es die Nechajewa, die sich um Ihre Bildung bemüht? Sie hat auch mich zu entwickeln versucht«, sagte er, nachdenklich in dem Buch blätternd. »Sie liebt das Spitze. Offenbar hält sie ihr Gehirn für so etwas wie ein Nadelkissen – wissen Sie, es gibt solche mit Sand gefüllten Kissen.«

»Sie ist sehr belesen«, sagte Klim, nur um irgendwas zu sagen, während Turobojew ganz leise hinzufügte: »Eine Herbstfliege . . .«

Von oben wurde mit etwas Schwerem, mit einem Stuhlbein wahrscheinlich, dreimal gegen die Decke geklopft. Turobojew erhob sich, blickte Klim wie einen leeren Fleck an und verließ, nachdem er ihn mit diesem Blick ans Fenster geheftet hatte, das Zimmer.

Er ist zu der Spiwak gegangen, sie war es, die geklopft hat, kombinierte Klim. Er blickte auf das Dach, auf dem die Feuerwehrleute den Schnee breittraten, so daß der graue Rauch noch dichter strömte.

Er ist selbst eine Herbstfliege, dieser Turobojew.

Nun trat, ohne anzuklopfen, wie in ihr eigenes Zimmer, Marina ein.

»Möchten Sie Tee?«

»Ja, bitte.«

Sie sah Klim zornig ins Gesicht und fragte: »Wo ist Ihr Bruder?«

»Ich weiß nicht.«

Sie wandte sich zur Tür, trat aber, die Tür anlehnend, nochmals einen Schritt auf Samgin zu.

»Er hat nicht zu Hause übernachtet«, sagte sie streng.

Klim lächelte. »Das kommt bei jungen Leuten vor.«

Marina fragte, tief errötend: »Sie wollen Plattheiten sagen, wie? Ist Ihnen aber bekannt, daß er sich mit Arbeitern abgibt und daß dafür . . .«

Sie ließ den Satz unbeendet und ging hinaus, noch bevor Samgin, empört über ihren Ton, ihr sagen konnte, daß er nicht Dmitrijs Erzieher sei.

»Du Dumme«, schimpfte er, im Zimmer auf und ab gehend. »Dumm und primitiv.«

Er mußte daran denken, wie er eines Tages beim Betreten des Speisezimmers Kutusow und Marina in ihrem Zimmer erblickt hatte, sie stand vor ihm, schlug mit der Faust der rechten Hand in die offene linke und sagte dem bärtigen Studenten ins Gesicht: »Ich – bin Weib! Wei-ei-b!«

Zunächst schienen Klim ihre Ausrufe verwundert oder gekränkt. Sie stand mit dem Rücken zu ihm, er konnte ihr Gesicht nicht sehen, aber in den nächsten Sekunden begriff er, daß sie voll Wut redete und daß sie, wenn sie auch nur halblaut sprach, imstande gewesen wäre, ohrenbetäubend zu schreien und mit den Füßen zu stampfen.

»Verstehen Sie?« hatte sie gefragt, wobei sie jedes Wort mit einem klatschenden Faustschlag in die weiche Handfläche begleitete. »Er hat seinen eigenen Weg. Er wird ein Gelehrter werden, jawohl! Ein Professor.«

»Maulen Sie nicht«, hatte Kutusow gesagt.

Er überragte Marina um eine halbe Kopfhöhe, und man konnte sehen, wie seine grauen Augen neugierig das Gesicht des Mädchens musterten. Mit der einen Hand strich er sich den Bart, in der anderen, die herabhing, glomm eine Zigarette.

Marinas Zorn wurde immer heftiger, auffälliger.

»Er ist vertrauensselig, ehrlich, aber er hat keinen Willen . . .«

»Oh, ich habe Ihnen wohl ein Loch in den Rock gebrannt«, hatte Kutusow gerufen und war etwas von ihr zurückgetreten. Marina hatte sich umgewandt, hatte Klim erblickt und war mit einem Gesicht, ebenso hochrot wie jetzt, ins Speisezimmer gegangen.

Das Leben des Bruders interessierte Klim nicht, doch nach dieser Szene hatte er begonnen, Dmitrij aufmerksamer zu beobachten. Er überzeugte sich bald, daß der Bruder sich Kutusows Einfluß unterwarf und bei ihm die fast erniedrigende Rolle eines Werkzeugs im Dienste seiner Interessen und Ziele spielte. Klim sagte das Dmitrij einmal, so brüderlich liebevoll und ernst er konnte. Doch der Bruder starrte ihn erstaunt mit seinen Schafsaugen an und lachte auf. »Du bist wohl verrückt!«

Doch dann patschte er Klim mit der Hand aufs Knie und sagte: »Wie dem auch sei – danke schön! Gut hast du das gesagt, du komischer Kauz!«

Klim verstummte, da er sein Erstaunen, das Lachen und die Geste dumm fand. Zweimal sah er auf dem Tisch des Bruders illegale Broschüren; die eine handelte davon, »Was der Arbeiter wissen und im Auge behalten muß«, die andere »Von den Strafen«. Beide waren schmuddelig, zerknittert, die Schrift war stellenweise mit schwarzen Flecken bedeckt, die an Fingerabdrücke erinnerten.

Es ist klar, daß er sich mit Arbeitern abgibt. Und wenn man ihn verhaftet, kann das auch mich berühren: wir sind Brüder, wohnen unter ein und demselben Dach ...

Erregt schritt er immer rascher im Zimmer auf und ab, so daß das Fenster an der Wand von rechts nach links entlang zu wandern begann.

Unter all den Menschen, die Klim begegnet waren, machte der Müllerssohn auf ihn den Eindruck eines in seiner Vollkommenheit ganz ungewöhnlichen Wesens. Samgin bemerkte an ihm nichts Überflüssiges, Erfundenes, nichts, das zu denken erlaubt hätte: Dieser Mensch ist nicht so, wie er scheint. Seine etwas grobe Sprechweise, die schwerfälligen Gesten, das herablassende und gutmütige Lächeln in den Bart hinein, die schöne Stimme – das alles war gediegen aufeinander abgestimmt und jedes einzelne unentbehrlich wie die Bestandteile für eine Maschine. Klim erinnerte sich sogar an die Verszeile eines jungen, aber schon recht bekannten Dichters:

Es liegt Schönheit in der Lokomotive.

Doch Kutusows Predigten wurden immer aufdringlicher und gröber. Klim fühlte, daß Kutusow imstande war, nicht nur den weichen Dmitrij, sondern auch ihn selbst sich geistig untertänig zu machen. Kutusow zu widersprechen war schwierig, er schaute einem gerade in die Augen, sein Blick war kalt, in seinem Bart regte sich ein beleidigendes Lächeln. Er sagte: »Sie denken naiv, Samgin. In Ihrem Kopf herrscht ein Durcheinander. Man kann nicht klug werden: Was sind Sie? Ein Idealist? Nein. Ein Skeptiker? Sie sehen nicht danach aus. Na, und wann hätten Sie Jüngling auch Skepsis erwerben sollen? Der Skeptizismus Turobojews, ja, der ist erklärlich; das ist die Weltauffassung eines Menschen, der deutlich spürt, daß seine Klasse ihre Rolle ausgespielt hat und auf einer schiefen Ebene rasch hinabgleitet ins Nichts.«

Dann begann Kutusow langweilig von Agrarpolitik, von der Adelsbank, vom Wachstum der Industrie zu sprechen.

Klim fühlte bedrückt, daß Kutusow sein Selbstvertrauen allzu leicht ins Wanken brachte, daß dieser Mensch ihn vergewaltigte, indem er ihn zwang, sich mit Schlußfolgerungen einverstanden zu erklären, denen er, Klim Samgin, nur die Worte ›Ich will nicht‹ hätte entgegenstellen können.

Aber es fehlte ihm der Mut, diese Worte auszusprechen.

Er blieb plötzlich mit verschränkten Armen mitten im Zimmer stehen und lauschte aufmerksam, wie in ihm eine tröstliche Vermutung wuchs: Alles, was die Nechajewa sagte, könne ihm als gute Waffe zu seiner Verteidigung dienen. Das alles stand sehr fest dem »Kutusowtum« entgegen. Die sozialen Fragen waren nicht der Rede wert neben der Tragödie des individuellen Seins.

Gerade hieraus erklärt sich meine Gleichgültigkeit gegen Kutusows Predigten, entschied Klim, von neuem im Zimmer auf und ab schreitend. Das hat mir niemand eingeflüstert, ich habe es selbst und schon lange begriffen ...

Er ging ins Speisezimmer hinüber, trank Tee und saß dort einsam eine Weile, sich daran ergötzend, wie leicht ihm immer neue Gedanken kamen. Dann brach er zu einem Spaziergang auf und befand sich, ehe er es sich versah, am Eingang des Hauses, in dem die Nechajewa wohnte.

Die Gespräche mit ihr sind nützlich, dachte er, sich gleichsam vor jemandem entschuldigend.

Das Mädchen begrüßte ihn freudig. Sie lief wieder so ungeschickt und geschäftig von einer Ecke zur anderen und erzählte dabei jammernd, daß sie nachts nicht schlafen könne, die Polizei sei dagewesen, es sei irgendwer verhaftet worden, eine betrunkene Frau habe geschrien, im Korridor sei getrampelt und umhergelaufen worden.

»Gendarmen?« fragte Klim finster.

»Nein, Polizei. Ein Dieb wurde verhaftet ...«

Beim Tee sprach Klim zurückhaltend von Maeterlinck wie einer, der seine Meinung hat, sie dem Gesprächspartner aber nicht aufdrängen möchte. Dennoch sagte er, die Allegorie der »Blinden« sei allzu durchsichtig und Maeterlinck nähere sich in seiner Einstellung zum Verstand Lew Tolstoi. Es war ihm angenehm, daß die Nechajewa ihm zustimmte.

»Ja«, sagte sie, »aber Tolstoi ist gröber. Vieles bei ihm ist eben dem

Verstand, der trüben Quelle entnommen. Und ich glaube, daß ihm das Gefühl der inneren Freiheit organisch zuwider ist. Tolstois Anarchismus ist eine Legende und wird nur dank der Großzügigkeit seiner Verehrer zu seinen Vorzügen gerechnet.«

An diesem Abend stach ihre physische Dürftigkeit Klim besonders ins Auge. Das schwere Wollkleid von undefinierbarer Farbe machte sie alt und hinderte ihre Bewegungen, sie bewegte sich langsamer und gezwungen. Das frischgewaschene Haar hatte sie nachlässig zu einem Knoten gesteckt, wodurch ihr Kopf unvorteilhaft vergrößert wurde. Klim empfand auch heute leichte Regungen von Mitleid mit diesem Mädchen, das sich in einem dunklen Winkel unsauberer, möblierter Zimmer versteckte, wo sie sich dennoch ein wohnliches Nest einzurichten verstanden hatte.

Sie sagte das gleiche wie gestern, sprach von den Geheimnissen des Lebens und des Todes, nur mit anderen Worten, ruhiger, auf etwas lauschend und irgendwie auf Einwendungen gefaßt. Ihre sanften Worte lagerten sich als dünne Schicht in Klims Gedächtnis wie Stäubchen auf einer lackierten Fläche.

Von der Liebe will sie nicht reden, sie würde es sicherlich gern, aber sie wagt es nicht.

Er selbst hatte kein Verlangen, das Gespräch auf dieses Thema zu lenken. Der gesenkte Lampenschirm füllte das Zimmer mit orangefarbenem Nebel. Die dunkle, von vielen Rissen durchfurchte Zimmerdecke, die stoffverkleideten Wände, der rötliche Teppich auf dem Boden – das alles erweckte in Klim ein sonderbares Gefühl: Es kam ihm vor, als säße er in einem Sack. Es war sehr warm und unnatürlich still. Nur hin und wieder ließ sich ein dumpfes Dröhnen vernehmen, dann zitterte das ganze Zimmer und schien sich gleichsam zu senken. Wahrscheinlich fuhr auf der Straße ein schwer beladener Wagen vorbei.

Während Klim unaufmerksam der leisen Stimme der Nechajewa zuhörte, dachte er: Ich bin nicht auf die Welt gekommen, um zu entscheiden, wer recht hat: die Volkstümler oder die Marxisten.

Er merkte nicht, wann und weshalb die Nechajewa von sich selbst zu erzählen begann.

»Mein Vater war Professor, Physiologe, er war schon über vierzig, als er heiratete, ich bin sein erstes Kind. Es kommt mir vor, als hätte ich zwei Väter gehabt: bis zum siebenten Lebensjahr den einen – er hatte ein gütiges, rasiertes Gesicht mit großem Schnurrbart und lustige, helle Augen. Er spielte sehr gut Cello. Dann bekam er einen grauen Bart, wurde unordentlich und böse, verbarg die Augen hinter einer rauchgrauen Brille und betrank sich oft. Das kam daher, weil

Mutter, nachdem sie ein totes Kind geboren hatte, gestorben war. Ich habe sie in Weiß oder Hellblau in Erinnerung, mit einem dicken kastanienbraunen Zopf auf der Brust oder auf dem Rücken. Sie sah nicht wie eine Dame aus, sie war bis zu ihrem Tode wie ein Mädchen, klein, mollig und sehr lebhaft. Sie starb im Sommer, als ich mich auf dem Lande in der Sommerfrische aufhielt, ich war damals noch nicht ganz sieben Jahre alt. Ich erinnere mich, wie sonderbar das war: Ich kam nach Hause, doch Mama war nicht mehr da, und Vater war nicht mehr der gleiche.«

Die Nechajewa erzählte langsam, leise, doch ohne Trauer, und das war eigentümlich. Klim warf einen Blick auf sie; sie kniff oft die Augen zu, ihre nachgezogenen Brauen zuckten. Sie fuhr mit der Zunge über die Lippen und machte mitten im Satz unangebrachte Pausen, noch unangebrachter aber war das Lächeln, das über ihre Lippen glitt. Klim sah zum erstenmal, daß sie einen schönen Mund hatte, und dachte mit jungenhafter Neugier: Wie mag sie nackt aussehen? Wahrscheinlich komisch.

Im nächsten Augenblick tadelte er sich wegen dieser Neugier, machte ein finsteres Gesicht und begann aufmerksamer zuzuhören.

»Auf meine kindlichen Fragen: woraus der Himmel gemacht sei, wozu die Menschen lebten, weshalb sie stürben, antwortete der Vater: ›Das ist noch niemandem bekannt. Schau, Fima, du bist dazu geboren, um es zu erfahren.‹ Er nahm mich auf die Knie, atmete mir Biergeruch ins Gesicht, und sein rauher Bart stach mich unangenehm am Hals und an den Ohren. Er trank entsetzlich viel Bier, sein Leib war aufgeschwemmt, die Backen bläulich aufgedunsen, seine Augen ertranken in Fett. Er war mir unangenehm. Er erweckte in mir ein ablehnendes Gefühl, weil er keine einzige meiner Fragen zu beantworten wußte oder – wie ich damals meinte – beantworten wollte. Mir schien, er verberge absichtlich vor mir märchenhafte Geheimnisse, die er enträtselt hatte, und zwinge mich, sie selbst zu lösen, so wie er mich die Aufgaben aus dem Rechenbuch lösen ließ. Er half mir nie bei den Schulaufgaben und verbot allen, mir zu helfen. Ich mußte alles selber machen. Ganz besonders aber stieß er mich ab, wenn er immer wieder sagte: ›Das weiß niemand. Versuche selbst, dahinterzukommen.‹ Diese Worte wiederholte er sehr oft.«

»Mein Vater beantwortete alle Fragen«, fügte Klim plötzlich und unwillkürlich ein.

»Ja? Er beantwortete sie?« fragte die Nechajewa. »Es ist aber doch . . .«

Mitten im Satz abbrechend, schwieg sie ein paar Sekunden, und dann begann ihre Stimme von neuem zu rascheln. Klim hörte nachdenklich zu, er fühlte, daß er das Mädchen heute mit anderen Augen sah; nein, sie ähnelte Lidija in keiner Weise, aber sie hatte eine entfernte Ähnlichkeit mit ihm selbst. Er konnte sich nicht klarwerden, ob ihm das angenehm oder unangenehm war.

»Nachts, wenn er betrunken war, spielte Vater Cello. Die heulenden Töne weckten mich. Mir schien, als spielte er nur auf den Baßsaiten und nicht mehr so gut, wie er früher gespielt hatte. Dunkelheit, Stille, und in der Finsternis die langen Klangstreifen, die noch schwärzer waren als die Finsternis. Mich ängstigte dieses schwarze Heulen nicht, aber mir war so traurig zumute, daß ich weinte. Vater starb nach vier Tagen Krankheit. Wie mir Ziffern, Zahlen zuwider sind! Vier Tage lag er, nach Atem ringend, blau angelaufen, aufgequollen da, sah aus feuchten Augenschlitzen zur Decke und schwieg. Am Tage seines Ablebens versuchte er – es war das einzige Mal! – mir etwas zu sagen, sagte aber nur: ›Schau, Fima, du wirst nun selbst . . .‹ Er konnte den Satz nicht vollenden, aber ich begriff natürlich, was er hatte sagen wollen. Ich beklagte ihn nicht besonders, obwohl ich viel weinte, aus Angst wahrscheinlich. Im Sarg sah er unheimlich aus, so riesengroß und – blind.«

Die Nechajewa senkte den Kopf und verstummte, mit den Handflächen den Rock auf ihrem Knie glättend. Ihre Erzählung hatte Klim lyrisch gestimmt, er seufzte: »Ja, unsere Väter . . .«

»›Die Väter aßen saure Weintrauben, und die Zähne der Söhne wurden stumpf.‹ Welcher von den Propheten hat das doch gesagt? Ich habe es vergessen.«

»Ich erinnere mich auch nicht«, sagte Klim, obwohl er die Propheten gar nicht gelesen hatte.

Die Nechajewa hob langsam, unentschlossen die Arme und schickte sich an, ihre nachlässige Frisur zu ordnen, doch das Haar fiel ihr plötzlich aufgelöst über die Schultern herab, und Klim war erstaunt, wie reich und locker es war. Das Mädchen lächelte. »Entschuldigen Sie.«

Klim verneigte sich leicht, er beobachtete, wie sie sich erfolglos bemühte, das Haar zu bändigen. Er schwieg. Es fielen ihm keine bedeutsamen Worte ein, für einfache, alltägliche Worte jedoch war dieses Mädchen nicht zugänglich. Er war verlegen, da er einer peinlichen Situation oder einer Gefahr gewärtig war.

»Ich muß nun gehen.«

»Weshalb?«

»Es ist schon spät.«

»So?«

Sie senkte die Arme, das Haar fiel ihr wieder über Wangen und Schultern; ihr Gesicht wurde noch kleiner.

»Kommen Sie recht bald wieder«, sagte sie in einem sonderbaren Ton, gleichsam befehlend.

Es war um Mitternacht, als Klim heimkam. Vor der Zimmertür des Bruders standen Dmitrijs Schuhe, er selbst schien schon zu schlafen; er antwortete nicht auf das Klopfen, obwohl in seinem Zimmer noch Licht brannte und das Schlüsselloch ein gelbliches Lichtband in den dunklen Korridor fließen ließ. Klim wollte noch etwas essen. Er schaute vorsichtig ins Speisezimmer, dort schritten Marina und Kutusow Schulter an Schulter auf und ab; Marina hatte die Arme verschränkt und den Kopf gesenkt, Kutusow, der mit der Zigarette vor seinem Gesicht herumfuchtelte, sagte halblaut: »Wir verfügen nur über eine Kraft, die uns wirklich umwandeln kann, das ist die Kraft der Wissenschaft . . .«

Mit tiefer, aber seltsam kläglicher Stimme brummte Marina: »Und die Kunst?«

»Sie tröstet, aber sie erzieht nicht . . .«

Klim verzog spöttisch das Gesicht, ging ärgerlich in sein Zimmer und legte sich schlafen mit dem Gedanken, wieviel interessanter als dieser Mensch doch die Nechajewa war.

Zwei Tage darauf saß er am Abend wieder bei ihr. Er war zeitig gekommen und hatte sie zu einem Spaziergang aufgefordert, doch auf der Straße hatte das Mädchen langweilig geschwiegen und nach einer halben Stunde geklagt, ihr sei kalt.

»Fahren wir zu mir.«

»Im Schlitten werden Sie noch mehr frieren.«

»Nein, so geht es schneller«, hatte sie entschieden gesagt.

Zu Hause zeigte sie beim Sprechen und bei allem, was sie tat, eine nervöse Hast und Gereiztheit, sie krümmte den Hals wie ein Vogel, der den Kopf unter dem Flügel versteckt, und sagte, den Blick nicht auf Samgin, sondern irgendwohin unter die Achsel gerichtet: »Ich kann festliche Straßen und Menschen, die am siebenten Tag der Woche einen sauberen Anzug, die Maske der Glücklichen anlegen, nicht ertragen.«

Klim erzählte ihr spöttisch von Kutusows Ausspruch über die Kraft der Wissenschaft. Die Nechajewa zog die Schultern hoch und sagte fast zornig: »Solche Menschen wie er können wohl kaum besser werden davon, daß überall das blutlose elektrische Licht aufflammt.«

Klim, der etwas mehr als sonst getrunken hatte, benahm sich ungezwungener und redete kecker: »Ich begreife, daß das Leben übermäßig kompliziert ist, aber Kutusow beabsichtigt nicht, es zu vereinfachen, sondern zu verunstalten.«

Er spielte mit einem Messer zum Bücheraufschneiden, einer kapriziös geschwungenen Bronzeklinge mit dem vergoldeten Kopf eines bärtigen Satyrs als Griff. Das Messer entglitt seinen Händen und fiel dem Mädchen vor die Füße; Klim bückte sich, es aufzuheben, kippte ungeschickterweise mit dem Stuhl nach vorn und griff, um sich festzuhalten, nach dem Arm der Nechajewa, das Mädchen riß sich los, und Klim sank, der Stütze beraubt, ins Knie. Er erinnerte sich schlecht, wie sich alles weiter abgespielt hatte, erinnerte sich nur an die heißen Handflächen auf seinen Wangen, an den trockenen, raschen Kuß auf die Lippen und an die hastig geflüsterten Worte: »Ja, ja . . . oh, mein Gott . . .«

Dann empfand er mehr Verwunderung als Freude und hörte, wie die Nechajewa, neben ihm liegend, in sich hinein schluchzte und leidenschaftlich flüsterte: »Lieben, lieben . . . Das Leben ist so furchtbar. Es ist entsetzlich, wenn man nicht liebt.«

Klim nahm ihren Kopf, legte ihn auf seine Brust und drückte ihn mit der Hand fest an sich. Er wollte ihre Augen nicht sehen, es war ihm peinlich, ein Schuldbewußtsein diesem sonderbar heißen Körper gegenüber machte ihn verlegen. Sie lag auf der Seite, ihre kleinen, schlaffen Brüste hingen unschön beide nach einer Seite herab.

»Liebster«, flüsterte sie, und warme Tränentröpfchen streichelten seine Brust. »Du bist so lieb, so einfach wie der Tag. So unheimlich, so vertraut.«

Er schwieg und strich ihr über den Kopf. Durch die mit silbernen Vögeln bestickte Seide des Wandschirms betrachtete er den orangefarbenen Fleck der Lampe und dachte voll Unruhe: Wie wird das weitergehen? Wird sie am Ende in Petersburg bleiben und nicht zur Kur fahren? Er hatte ja ihre Zärtlichkeiten nicht gesucht und nicht gewollt. Er hatte sich bloß des Mädchens erbarmt.

Während er aber so dachte, empfand er zugleich Stolz auf sich selbst: Von allen Männern, die sie kannte, hatte sie gerade ihn gewählt. Dieser Stolz wurde noch gesteigert durch ihre neugierigen Zärtlichkeiten und ihre glühenden, naiv schamlosen Worte.

»Oh, ich weiß, daß ich nicht schön bin, aber ich habe so großes Verlangen zu lieben. Ich bereite mich darauf vor wie eine Gläubige auf das Abendmahl. Und ich verstehe zu lieben, nicht wahr?«

»Ja«, sagte Klim sehr aufrichtig. »Du bist wunderbar. Aber dennoch ist es schädlich für dich, und du solltest fahren . . .«

Sie hörte nicht zu; hustend und nach Atem ringend, beugte sie sich über sein Gesicht, blickte ihm mit Augen, aus denen immerzu kleine und warme Tränen herabfielen, in seine verlegenen Augen und flüsterte: »Liebster! Verurteilter!«

Ihre Tränen schienen unangebracht: Worüber hatte sie denn zu weinen? Er hatte sie doch nicht gekränkt, hatte ihre Liebe nicht verschmäht. Das unbegreifliche Gefühl, das diese Tränen hervorrief, ängstigte Klim. Er küßte die Nechajewa auf die Lippen, damit sie schwiege, und verglich sie unwillkürlich mit Margarita – die war schöner und hatte ihn nur physisch ermüdet. Diese hier aber flüsterte indessen: »Bedenk: Die Hälfte aller Frauen und Männer des Erdballs lieben einander in dieser Minute wie wir beide, Hunderttausende werden zur Liebe geboren, Hunderttausende sterben, die ausgeliebt haben. Liebster, Unerwarteter . . .«

Selbst ihre Worte waren überflüssig, ja sogar irgendwie unwahr.

Unerwarteter? Stimmte das?

Der orangefarbene Fleck auf dem Wandschirm erinnerte an die Abendsonne, die eigensinnig nicht in den Wolken verschwinden wollte. Die Zeit schien in unschlüssiger und an Langeweile grenzender Verlegenheit stehengeblieben zu sein.

»Wir bringen uns demütig und leidenschaftlich dem furchtbaren Geheimnis zum Opfer, das uns erschaffen hat.«

Klim umschlang sie und schloß den glühenden Mund des Mädchens fest mit einem Kuß. Dann schlummerte sie plötzlich ein, indem sie ermattet die Brauen hochzog und den Mund öffnete, ihr mageres Gesicht nahm einen Ausdruck an, als wäre sie stumm geworden, als hätte sie schreien wollen und dies nicht vermocht. Klim erhob sich vorsichtig und kleidete sich an.

Als er sie verließ, war es sehr spät. Der Mond schien mit jener durchdringenden Klarheit, die vieles auf Erden als überflüssig entlarvt. Gläsern knirschte der Schnee unter seinen Füßen. Die riesigen Häuser sahen sich mit den Glotzaugen der vereisten Fenster an; an den Türen hockten als schwarze Kolosse die wachhabenden Hausknechte; in der Leere des Himmels blinkten verloren ein paar Sterne. Alles ringsum war klar.

Klim, der körperlich ermüdet war, ging ohne Eile, er fühlte, wie die helle Nachtkälte ihm die unklaren Gedanken und Empfindungen ausfror. Im Innern sang er sogar nach einem Operettenmotiv:

Ja, ist denn ein Junge dagewesen, vielleicht war gar kein Junge da?

Er rieb sich die frierenden Hände und atmete erleichtert auf. Die Nechajewa spielte sich also nur als ein pessimistisch angehauchter Mensch auf, um sich in ein ungewöhnliches Licht zu setzen und dadurch die Aufmerksamkeit der Männer auf sich zu lenken. So verfahren die Weibchen irgendwelcher Insekten. Klim Samgin fühlte, daß sich zu seiner Entdeckungsfreude ein starker Ärger über jemanden gesellte. Es war schwer zu sagen, ob über die Nechajewa oder über sich selbst. Oder über das Unfaßbare, das ihm nicht erlaubte, einen Halt zu finden?

Dann fiel ihm ein, daß in der Tasche ein Brief der Mutter steckte, den er tags erhalten hatte; dieser wortkarge, mit algebraischer Genauigkeit geschriebene Brief teilte ihm mit, kultivierte Menschen seien verpflichtet zu arbeiten, sie wolle in der Stadt eine Musikschule eröffnen, während Warawka die Absicht habe, eine Zeitung herauszugeben und Stadtoberhaupt zu werden. Lidija wird also Tochter des Stadtoberhaupts. Er wird ihr vielleicht einmal von seinem Roman mit der Nechajewa erzählen. So etwas erzählt man am besten in humorvollem Ton.

Er zwang sich, weiter über die Nechajewa nachzudenken, doch ließ sich das jetzt schon wohlwollend tun. Was sie getan hatte, war im Grunde nichts Ungewöhnliches: Jedes Mädchen will ja Frau sein. Ihre Fußnägel waren schlecht geschnitten, sie schien ihm die Haut am Knöchel zerkratzt zu haben. Klim schritt immer sicherer und schneller. Der Tag brach an, der Himmel, grün verfärbt im Osten, war noch kälter geworden. Klim Samgin machte ein verdrossenes Gesicht: es war peinlich, am Morgen heimzukommen. Das Stubenmädchen würde natürlich erzählen, daß er nicht zu Hause übernachtet hatte.

Er erwachte in munterer Stimmung. Das unerwartete Erlebnis gab ihm Auftrieb und bestärkte seinen Verdacht, daß, wovon auch immer die Menschen reden mochten, sich hinter den Worten eines jeden etwas ganz Simples verbarg, wie es sich bei der Nechajewa gezeigt hatte. Er hatte keine Lust, am Abend zu ihr zu gehen, aber er begriff, daß sie dann selber erscheinen und ihn möglicherweise durch irgend etwas in den Augen des Bruders, der Tischgäste oder Marinas kompromittieren würde. Er wollte aus irgendeinem Grund besonders nicht, daß Marina von seiner Beziehung zu der Nechajewa höre, doch hatte er nichts dagegen, daß die Spiwak das wüßte.

Er lag im Bett und dachte mit Besorgnis an die hungrigen, gierigen Liebkosungen der Nechajewa zurück, und es kam ihm vor, als hätten sie etwas Krankhaftes, das an Verzweiflung grenzte. Sie hatte sich so an ihn geschmiegt, als wollte sie in ihm aufgehen. Doch besaß sie auch etwas kindlich Zärtliches und weckte bisweilen auch in ihm Zärtlichkeit.

Ich muß hingehen, beschloß er und machte sich am Abend auf den Weg, nachdem er dem Bruder gesagt hatte, er ginge in den Zirkus.

Im Zimmer der Nechajewa stand eine mollige, rundliche alte Frau am Tisch, sie nahm geräuschlos einen Gegenstand und ein Buch nach dem anderen in die Hand und staubte es mit einem Lappen ab. Bevor sie etwas in die Hand nahm, nickte sie höflich und wischte es dann vorsichtig ab, als wäre das Väschen oder das Buch lebendig und empfindlich wie ein Kücken. Als Klim das Zimmer betrat, zischte sie: »Schtscht – sie schläft!«

Die Alte schien ebenso erfunden wie das ganze Zimmer und seine Inhaberin selbst.

»Sagen Sie ihr, Samgin sei dagewesen.«

Hinter dem Wandschirm ertönte eine schwache Stimme: »Sind Sie es? Oh, bitte ...«

Klim trat in das gelbliche Halbdunkel hinter dem Wandschirm, seine einzige Sorge war, der Nechajewa zu verbergen, daß sie enträtselt war. Doch er fühlte gleich, wie ihm Stirn und Schläfen erkalteten. Die Decke auf dem Bett war so glatt und straff gespannt, daß es aussah, als sei kein Körper darunter, als läge nur ein Kopf auf dem Kissen, und unter dem grauen Streifen der Stirn glänzten unnatürlich die Augen.

Theater, sagte er sich, doch fiel ihm dieses Wort erst nach einer Weile ein.

»Ich habe achtunddreißig sechs«, vernahm er eine leise, schuldbewußte Stimme. »Nehmen Sie Platz. Ich freue mich so. Tante Tasja, machen Sie Tee, ja?«

»Aber gern«, antwortete eine piepsige Spielzeugstimme.

Die Nechajewa holte den bloßen Arm unter der Plüschdecke hervor und wickelte sich mit der anderen Hand wieder bis zum Kinn ein; ihre Hand war feuchtheiß und unangenehm leicht: Klim zuckte zusammen, als er sie ergriff. Doch das Gesicht, das sich lebhaft gerötet hatte und von einem freudigen Lächeln belebt war, schien Klim im Schatten des aufgelösten Haars plötzlich so lieb, wie er es nie gesehen hatte, während die leuchtenden Augen Stolz und Trauer zugleich in ihm erweckten. Hinter dem Wandschirm raschelte und schwebte ab und zu, den orangefarbenen Lichtfleck der Lampe verdeckend, eine dunkle Wolke vorüber; das Gesicht des Mädchens veränderte sich, indem es bald aufflammte, bald wieder erlosch.

An diesem Abend zitierte die Nechajewa keine Verse, nannte keine Dichternamen, sprach nicht von ihrer Angst vor dem Leben und vor dem Tod, sie sprach in Worten, die Klim nie gehört und nie gelesen hatte, nur von der Liebe. Lächelnd spielte sie mit den Fingern seiner Hand, sog gierig die Luft ein und flüsterte ihre ungewöhnlichen Worte, und Klim, der ihre Aufrichtigkeit nicht bezweifelte, dachte: Nicht jeder kann sich rühmen, solche Liebe erweckt zu haben! Zugleich war sie so kindlich bedauernswert, daß auch er gern aufrichtig gesprochen hätte. In ihren Worten fühlte er so viel trunkenes Glück, daß sie auch ihn trunken machten und in ihm das Verlangen weckten, ihren unsichtbaren Körper zu umarmen und zu küssen. In ihm blitzte der seltsame Gedanke auf: Man könnte sie kneifen, beißen und allerart quälen, sie würde auch das als Liebkosung aufnehmen. Sie flüsterte: »Ich gefalle dir doch? Liebst du mich ein wenig?«

»Ja«, antwortete Klim im Glauben, nicht zu lügen. »Ja!«

Er blickte in die erweiterten Pupillen ihrer halb wahnsinnigen Augen, und sie offenbarten ihm in ihrer Tiefe etwas, wovon er unwillkürlich dachte: Das also ist Liebe? – Und sogleich dachte er an Lidijas Augen, dann an den stummen Blick der Spiwak. Er begriff dunkel, daß wahre Liebe ihn lieben lehrte, und begriff, was das für ihn bedeutete. Unmerklich fühlte er an diesem Abend, daß das Mädchen ihm nützlich war: Mit ihr allein erlebte er eine Reihe mannigfaltiger, neuer Empfindungen und wurde sich selbst interessanter. Er verstellte sich nicht vor ihr, schmückte sich nicht mit fremden Worten, und die Nechajewa sagte zu ihm: »Wieviel aristokratischer du mit deiner Zurückhaltung im Vergleich zu anderen bist! Es ist so angenehm zu sehen, wie du mit deinen Gedanken, deinen Kenntnissen nicht sinnlos und nutzlos um dich wirfst, wie die andern das voreinander paradierend tun! Du hast Achtung vor den Geheimnissen deiner Seele, das kommt selten vor. Ich kann Menschen, die wie im Walde verirrte Blinde schreien, nicht vertragen. Ich, ich, ich! schreien sie.«

Klim stimmte ihr bei: »Ja, wovon auch immer sie schreien, sie schreien letzten Endes doch nur von ihrem Ich.«

»Weil es farblos ist, sehen sie es nicht«, griff sie seine Worte auf.

Besonders wertvoll an der Nechajewa war, daß sie die Menschen von weitem und von oben her zu betrachten verstand. In ihrer Darstellung wurden sogar Leute, von denen man ehrerbietig sprach und lobend schrieb, klein und unbedeutend irgend etwas Geheimnisvollem gegenüber, das sie empfand. Dieses Geheimnisvolle beunruhigte Klim nicht sonderlich, doch es tat ihm wohl, daß das Mädchen große Menschen vereinfachte und ihm dadurch das Bewußtsein seiner Gleichheit mit ihnen einflößte.

Er ging nun jeden Abend zu ihr und fühlte, wie er, sich an ihren Reden sättigend, wuchs. Sein Roman wurde natürlich bemerkt, und Klim sah, daß ihn das vorteilhaft hervorhob. Jelisaweta Spiwak sah ihn neugierig und gleichsam aufmunternd an, Marina sprach noch freundlicher mit ihm, der Bruder schien ihn zu beneiden. Dmitrij war trübsinniger, schweigsamer geworden und sah Marina mit gekränktem Blinzeln an.

Klim spürte in sich das Spiel fröhlicher Nachsicht zu jedermann, das prickelnde Verlangen, Kutusow, der mit unveränderter Hartnäckigkeit die Notwendigkeit des Marx-Studiums und die Genialität Mussorgskijs bewies, auf die Schulter zu klopfen. Kutusow beugte sich mit seinem ganzen Gewicht über den stillen, schweigsamen Spiwak, der stets am Flügel saß, und sagte: »Die schwächste Oper von Rimskij-Korsakow ist talentierter als die beste Oper Verdis . . .«

»Schreien Sie mir nicht ins Ohr«, bat Spiwak.

Zu Hause war es ziemlich langweilig, es wurden immer wieder die gleichen Romanzen, Duette und Trios gesungen. Kutusow ärgerte sich unverändert über Marina, weil sie falsch sang, und unverändert stritt er zusammen mit Dmitrij gegen Turobojew, wodurch sie auch in Klim den Wunsch erweckten, ihnen herausfordernd etwas Spöttisches zuzurufen.

Die Nechajewa war wieder auf den Beinen, die roten Flecke auf ihren Wangen glühten noch greller, unter ihren Augen lagen Schatten, die ihre Backenknochen spitzer erscheinen ließen und dem Blick einen fast unerträglichen Glanz verliehen. Marina begrüßte sie zornig: »Du bist ja von Sinnen! Wozu hast du einen Arzt? Das ist doch Selbstmord!«

Die Nechajewa lächelte sie an, fuhr mit der Zunge über die trokkenen Lippen, setzte sich in die Diwanecke, und bald erklang dort aufdringlich ihr Stimmchen, das dozierend auf Dmitrij Samgin einredete: »Das Bestreben des Gelehrten, die Naturerscheinungen zu analysieren, entspricht in seinem Wert dem Spiel eines Kindes, das die Spielsachen zerbricht, um zu sehen, was sich in ihrem Innern befindet . . .«

»Ist das nicht banal, gnädiges Fräulein?« fragte von weitem mit zusammengezogenen Brauen Kutusow, wobei er sich am Bart zupfte. Sie antwortete ihm nicht, das übernahm Turobojew, der träge sagte: »Im Innern zeigt sich dann gewöhnlich etwas Unerkennbares oder irgend so ein Zeug wie der Kampf ums Dasein . . .«

Nachdem sie eine bis anderthalb Stunden dagesessen hatte, pflegte die Nechajewa wieder aufzubrechen, und Klim begleitete sie, was er nicht immer gern tat.

Sie schenkte ihm gern Bücher, Reproduktionen moderner Bilder, schenkte ihm eine Schreibunterlage, in deren Leder ein Faun eingeprägt war, und ein unglaublich verschnörkeltes Tintenfaß. Sie kannte viele komische Wahrzeichen, kleine Vorurteile, und schämte sich ihrer, schämte sich offensichtlich auch ihres Glaubens an Gott.

Als sie mit Klim in der Kasaner Kathedrale der Ostermesse beiwohnte, zuckte sie zusammen, als das »Christ ist erstanden« angestimmt wurde, wankte und schluchzte ganz leise.

Als sie dann mit ihm unter schwarzem Himmel und im kalten Wind, der den trockenen Schnee zornig zerstäubte und die spärlichen Glockenklänge zerfetzt über die Stadt sandte, durch die Straßen ging, hustete sie und sagte schuldbewußt: »Ist es komisch, daß ich geweint habe? Mich erschüttert eben das Geniale, und die russische Kirchenmusik ist genial . . .«

Dunkle Menschengestalten lösten sich aus der steinernen Umklammerung der Kathedrale und eilten nach allen Richtungen auseinander. Im schwachen Licht der dürftigen Illumination erschienen sie dunkler als sonst; nur unter den Mänteln der Frauen schauten Streifen hellen Stoffs hervor.

Während er ihr zuhörte, dachte Klim, daß die Provinz feierlicher und freudvoller war als diese kalte Stadt, die akkurat und langweilig zweimal in der Längsrichtung durchschnitten war: von dem in Granit gezwängten Fluß und von dem endlosen, auch wie aus Stein gehauenen, kanalähnlichen Newskij Prospekt. Wie lebendig gewordene Steine bewegten sich auf dem Prospekt die Menschen, rollten die Equipagen, von maschinenhaften Pferden gezogen, dahin. Das kupferne Läuten hatte inmitten der steinernen Mauern nicht den Wohlklang wie in der hölzernen Provinz.

Die Nechajewa, die sich bei Klim eingehängt hatte, sprach von der düsteren Poesie der Totenliturgie und brachte ihren Weggefährten so dazu, daß er sich mit Unwillen an das Märchen von dem Narren erinnerte, der auf einer Hochzeit Begräbnislieder sang. Sie gingen gegen den Wind, das Reden fiel ihr schwer, sie keuchte. Klim sagte streng, im Ton des Älteren: »Schweig, schließ den Mund und atme durch die Nase.«

Als sie jedoch eine Droschke genommen hatten und zu Premirows fuhren, hielt sie sich den Muff vor den Mund und fing von neuem zu reden an.

»Du betrachtest das alles natürlich als Vorurteil, doch ich liebe die Poesie der Vorurteile. Irgendwer hat gesagt: ›Vorurteile sind Überreste alter Wahrheiten.‹ Das ist ein sehr kluges Wort. Ich glaube, daß die alten Wahrheiten herrlicher denn je wiedererstehen werden.«

Klim hörte schweigend zu, er fühlte, daß in dem Mädchen der Wunsch heranwuchs, ihn zum Streit herauszufordern, ihm zu widersprechen. Er merkte das nicht zum erstenmal und verbarg nur mit Mühe vor der Nechajewa, daß sie ihn ermüdete. Ihre hysterischen Zärtlichkeiten waren zu etwas Gewohntem geworden, sie waren eintönig, ihre Worte wiederholten sich ständig. Und immer öfter beunruhigten ihn ihre sonderbaren Anwandlungen fragenden Schweigens. Es war ihm unbehaglich, mit einem Menschen zusammen zu sein, der ihn schweigend betrachtete, als erriete er irgend etwas. Der trockene Husten der Nechajewa erinnerte ihn an die Ansteckungsgefahr der Tuberkulose.

Das Speisezimmer bei Premirows war hell erleuchtet, auf dem blumengeschmückten Tisch glänzten verschiedenfarbige Flaschen, Becher und Pokale, blinkte der Stahl der Messer; an dem breiten, blauen Rand einer Fayenceschale spiegelte sich freundlich das Lampenlicht und beleuchtete grell einen kleinen Berg buntgefärbter Eier. Mitten auf dem Tisch lag quer auf einer Platte im Schaum saurer Sahne und geriebenen Meerrettichs vergnügt lächelnd ein Spanferkel, an drei Seiten umgeben von einer goldgelb gebratenen Gans, einer Truthenne und einer soliden Schinkenkeule.

»Ich bitte zu Tisch!« verkündete die alte Premirowa; ganz in Seide gekleidet, mit einem Spitzenhäubchen auf dem grauen Haar, nahm sie als erste Platz und rühmte sich bescheiden: »Bei mir ist alles wie in alten Zeiten.«

Neben sie setzte sich Marina, in einem prächtigen, fliederfarbenen Kleid mit Puffen an den Schultern und einer Unmenge von Fältchen und Falbeln, die ihren kräftigen Körper noch breiter machten; in der Herzgegend war wie ein Orden eine kleine emaillierte Uhr festgesteckt. An der anderen Seite der alten Frau nahm Dmitrij Samgin Platz, er hatte einen weißen Kittel an und war so frisiert, daß er einem Verkäufer aus dem Mehlladen glich. Der Geck Turobojew kam weit weg von Klim ans andere Tischende zu sitzen, und Kutusow zwischen Marina und die Spiwak. In einem abgetragenen und engen Rock saß er krumm, mit hochgezogenen Schultern da, was nicht zu seiner breiten Gestalt passen wollte. Er sagte sogleich zu Marina: »Sie sehen wie ein Sturmbock aus.«

»Was ist denn das wieder?« fragte sie zornig.

Kutusow erklärte liebenswürdig: »Eine Vorrichtung, die in alten Zeiten bei der Belagerung von Städten verwendet wurde.«

Marina bewegte die dichten Brauen, überlegte kurz, erinnerte sich an irgend etwas und entgegnete errötend: »Sehr grob.«

Dmitrij Samgin klopfte mit dem Löffel an den Tischrand und tat den Mund auf, sagte aber nichts, sondern schnalzte nur mit den Lippen, während Kutusow der Spiwak schmunzelnd etwas ins Ohr raunte. Sie trug ein hellblaues Kleid ohne alberne Schulterballons, und dieses glatte Gewand ohne jegliche Verzierung und das glattfrisierte kastanienbraune Haar machten ihr Gesicht noch ernster und steigerten den unfreundlichen Glanz ihrer ruhigen Augen. Als sie Kutusow bestätigend zunickte, sah Klim Turobojew schief lächeln.

Die Nechajewa, in einem weißen und irgendwie kindlichen Kleid, wie niemand es trug, rümpfte die Nase beim Anblick des beladenen Tisches und hüstelte vorsichtig ins Taschentuch. Sie erinnerte an eine aus Barmherzigkeit zu Tisch geladene arme Verwandte. Das ärgerte Klim, seine Geliebte hätte farbiger, auffälliger sein sollen. Auch aß sie mit noch größerem Widerwillen als sonst, man konnte meinen, sie täte es demonstrativ, den anderen zum Ärger.

Man aß fleißig, war rasch gesättigt, und es begann eines jener zusammenhanglosen Gespräche, die Klim schon von Kind auf kannte. Einer beklagte sich über die Kälte, und sogleich begann zu Klims Erstaunen die schweigsame Spiwak begeistert die Natur des Kaukasus zu loben. Turobojew hörte ihr ein, zwei Minuten zu, gähnte und sagte dann betont träge: »Das Interessanteste im Kaukasus ist das tragische Brüllen der Esel. Offenbar begreifen nur sie, wie sinnlos diese Anhäufung von Steinen, Gletschern und Schluchten und die ganze gepriesene Großartigkeit der Gebirgsnatur ist.«

Er sog beim Sprechen nervös an seiner Zigarette, stieß den Rauch wieder aus und blickte das Zigarettenende an. Die Spiwak antwortete ihm nicht, während die alte Frau Premirowa mit einem Seufzer sagte: »Im Kaukasus ist mein Vater getötet worden . . .«

Auch ihr antwortete niemand, worauf sie rasch hinzusetzte: »Er sah Lermontow ähnlich.«

Aber auch das wurde überhört. Die mancherlei Leid gewohnte alte Frau wischte den silbernen Becher, aus dem sie Wein getrunken hatte, mit der Serviette aus, bekreuzigte sich und verschwand schweigend.

Klim, der wußte, daß Turobojew in die Spiwak verliebt war, und zwar – wenn er an das dreimalige Klopfen an der Zimmerdecke des Bruders dachte – nicht ohne Erfolg, wunderte sich. Turobojew verhielt sich dieser Frau gegenüber spöttisch und gereizt. Er machte sich über ihre Äußerungen lustig und wünschte wohl überhaupt nicht, daß sie in seiner Gegenwart mit anderen spräche.

Sie haben sich offensichtlich verzankt, überlegte Klim und spürte, daß ihm das angenehm war.

Er hatte einen kleinen Rausch, und es entstand der übermütige Wunsch, sich bemerkbar zu machen; er schritt im Zimmer auf und ab, beobachtete die Anwesenden, hörte ihren Gesprächen zu und fand fast an jedem etwas, das ihn belustigte: Marina beispielsweise drückte einen blonden, langnasigen jungen Mann beinahe an die

Wand und redete auf ihn ein: »Sie sollten Prosa schreiben, mit Prosa verdienen Sie mehr Geld und kommen schneller zu Ruhm.«

»Wenn ich aber Lyriker bin?« fragte der junge Mann erstaunt und rieb sich die Stirn.

»Reiben Sie nicht Ihre Stirn, Sie bekommen rote Augen davon«, sagte Marina.

Turobojew erklärte einem hochgewachsenen Mann mit jüdischem Gesicht: »Nein, ich bin nicht von dem Bestreben angesteckt, Geschichte zu machen, Professor Kljutschewskij befriedigt mich völlig, er macht vortrefflich Geschichte. Ich habe gehört, er hat Ähnlichkeit mit dem Zaren Wassilij Schuiskij: er schreibt die Geschichte, wie sie dieser schlaue Zar geschrieben hätte . . .«

Seine Worte wurden von Dmitrijs zorniger Stimme übertönt: »Das ist nichts Neues. Die Ähnlichkeit zwischen Dionysos und Christus ist schon längst festgestellt.«

Wie früher ertönte streitsüchig das Stimmchen der Nechajewa: »In Rußland kennt man nur Lyrismus und das Pathos der Zerstörung.«

»Sie kennen Rußland ziemlich schlecht, gnädiges Fräulein.«

»Liebe, kalt wie Schnee, Barmherzigkeit wie Eis.«

»Oho! Was für Worte!«

»Erfundene Seelen . . .«

Die Nechajewa schrie zu laut, Klim dachte, sie habe wahrscheinlich zu viel getrunken, und suchte sich von ihr fernzuhalten; die Spiwak saß auf dem Diwan und fragte: »Gibt es in Ihrer Heimatstadt noch mehr Samgins?«

»Ja, meine Mutter.«

»Offenbar ist sie es, die meinen Mann auffordert, dort eine Musikschule einzurichten?«

Dmitrij, ziemlich betrunken und rot im Gesicht, sagte lachend: »Das haben Sie mich doch schon einmal gefragt!«

»Wirklich?« rief die Spiwak erstaunt. »Ich habe ein schlechtes Gedächtnis.«

Sie erhob sich leicht vom Diwan und begab sich wankend in Marinas Zimmer, woher das Schreien der Nechajewa kam; Klim blickte ihr lächelnd nach, es schien ihm, als wollten ihre Schultern und Hüften den Stoff abwerfen, der sie umgab. Sie verwendete ein sehr starkes Parfüm, und Klim erinnerte sich plötzlich, daß es ihm zum erstenmal vor zwei Wochen aufgefallen war. Da ging sie an ihm vorbei und sang aus der Romanze »An den Hügeln Georgiens« die erregende Stelle: »Dir, nur dir allein!«

Er ging schnell in Marinas Zimmer, wo Kutusow, die Rockschöße zurückgeschlagen und die Hände in den Taschen, wie ein Denkmal mitten im Zimmer stand und mit hochgezogenen Brauen den Reden Turobojews zuhörte. Klim sah Turobojew zum erstenmal sprechen ohne das übliche Lächeln und die Grimassen, die sein schönes Gesicht entstellten.

»Es ist ganz klar, daß die Kultur zugrunde geht, denn die Menschen haben sich angewöhnt, auf Kosten fremder Kraft zu leben, und diese Gewohnheit hat alle Klassen, alle menschlichen Beziehungen und Handlungen durchdrungen. Ich verstehe durchaus: diese Gewohnheit rührt von dem Wunsch des Menschen her, sich die Arbeit zu erleichtern. Aber sie ist ihm zur zweiten Natur geworden und hat nicht nur abscheuliche Formen angenommen, sondern untergräbt den tiefen Sinn der Arbeit, ihre Poesie.«

Kutusow lächelte freundlich: »Sie sind ein Idealist, Turobojew. Und ein Romantiker. Das ist aber schon ganz unzeitgemäß.«

Marina zerrte ärgerlich an der Schnur der Luftklappe. Die Spiwak trat zu ihr, um zu helfen, aber Marina hatte die Schnur bereits abgerissen und auf den Boden geworfen.

»Die Männer gehen jetzt!« kommandierte sie. »Serafima, du schläfst bei mir; alle sind betrunken, es ist niemand da, der dich heimbegleiten könnte.«

»Ich bin nicht betrunken!« erklärte Klim.

Die Spiwak stand auf einem Stuhl und bemühte sich hartnäckig, die Luftklappe zu öffnen. Kutusow trat heran, hob sie wie ein Kind vom Stuhl herunter, stellte sie auf den Boden, machte die Luftklappe auf und sagte: »Gehen wir zu Samgin . . . dem Älteren. Ja, Tante Lisa?«

Sie gingen. Im Speisezimmer nahm Turobojew mit der Geste eines Zauberkünstlers eine Flasche Wein vom Tisch, doch die Spiwak nahm sie ihm aus den Händen und stellte sie auf den Fußboden. In Klim brannte plötzlich die Frage: Warum warf ihm das Leben solche Frauen wie die käufliche Margarita oder die Nechajewa vor die Füße? Er betrat das Zimmer des Bruders als letzter und unterbrach ein paar Minuten später das ruhige Gespräch Kutusows und Turobojews. Hastig brachte er vor, was er schon lange hatte sagen wollen.

»Seit meiner Kindheit höre ich vom Volk, von der Notwendigkeit einer Revolution, von alledem, wovon die Menschen sprechen, um sich einander klüger zu zeigen, als sie es in Wirklichkeit sind. Wer – wer spricht davon? Die Intelligenz.«

Als Samgin dunkel empfand, daß er zu hitzig begonnen hatte und daß die Worte, an denen er schon lange Gefallen gefunden hatte, ihm nur mit Mühe wieder einfielen und nicht leicht genug von der Zunge gingen, verstummte er für einen Augenblick und sah sich alle genau an. Die Spiwak stand am Fenster und zerrann als blauer Fleck an den trüben Scheiben. Der Bruder stand am Tisch, hielt eine Zeitung vor dem Gesicht und sah über sie hinweg Kutusow an, der lächelnd etwas zu ihm sagte.

Sie hören mir nicht zu, begriff Klim und wurde ärgerlich.

Turobojew saß vornübergebeugt in einer Ecke und blies Rauchringe ins Zimmer. Er sagte leise: »Ihr Onkel ist, wie ich hörte ...«

Klim schrie: »Was wollen Sie sagen? Mein Onkel ist ebensolch ein Zerfallsprodukt der obersten Gesellschaftsschichten wie Sie selbst ... wie die ganze Intelligenz. Sie findet keinen Platz im Leben und ist darum ...«

Turobojew sagte aus seiner Ecke: »Sie scheinen Marxist geworden zu sein, Samgin, aber ich glaube, das kommt nur daher, weil Sie bei Tisch unvorsichtigerweise Weißwein mit Rotwein gemischt haben ...«

Dmitrij lachte laut auf, Kutusow sagte zu ihm: »Misch dich nicht ein.«

Klim wollte, daß man mit ihm stritt, er sprach noch herausfordernder in Warawkas Worten: »Das Volk selbst macht nie Revolution, es wird von den Führern dazu getrieben. Es fügt sich ihnen eine Zeitlang, aber bald beginnt es, sich den Ideen, die ihm von außen aufgezwungen worden sind, zu widersetzen. Das Volk weiß und fühlt, daß sein einziges Gesetz die Evolution ist. Die Führer suchen auf alle mögliche Art, dieses Gesetz zu verletzen. Das ist die Lehre, die uns die Geschichte erteilt ...«

»Eine interessante Geschichte«, sagte Turobojew.

»Eine sehr alte«, setzte Kutusow hinzu und erhob sich. »Nun, es wird Zeit, daß ich gehe.«

Klims Gedanken rissen plötzlich alle ab, die Worte entschwanden. Ihm schien, die Spiwak, Kutusow und Turobojew seien gewachsen und in die Breite gegangen, nur der Bruder war unverändert geblieben; er stand mitten im Zimmer, hielt sich an den Ohren und wankte.

»Sie haben die unangenehme Angewohnheit, Kutusow, mit vorgestelltem linkem Bein dazustehen. Das bedeutet: Sie halten sich schon für einen Führer und denken an Ihr Standbild ...«

»Um in Schnee und Regen zu stehen«, murmelte Dmitrij Samgin, den Arm um den Bruder legend. Klim stieß ihn mit der Schulter zurück und fuhr kreischend fort: »Doch bei Ihrem Glauben, Kutusow, können Sie nicht auf die Rolle eines Führers Anspruch erheben. Marx gestattet das nicht, es gibt keine Führer, die Geschichte wird von den Massen gemacht. Lew Tolstoi hat diese irrtümliche Idee verständlicher und einfacher als Marx entwickelt, lesen Sie mal ›Krieg und Frieden‹.«

Klim Samgin stieß den Bruder von neuem zurück. »Lesen Sie es! Nebenbei bemerkt haben Sie denselben Familiennamen wie der Heerführer, der die Armee kommandierte.«

Überzeugt davon, etwas Bissiges, Scharfsinniges gesagt zu haben, lachte Klim mit geschlossenen Augen, und als er sie wieder öffnete, war niemand mehr im Zimmer außer dem Bruder, der aus einer Karaffe Wasser in ein Glas goß.

An alles Weitere konnte Klim sich nicht erinnern.

Er erwachte mit schwerem Kopf und der verworrenen Erinnerung an einen Fehler, eine Unvorsichtigkeit, die er am vorhergehenden Abend begangen hatte. Im Zimmer herrschte das unangenehm diffuse, weißliche Licht der Sonne, die in der farblosen Leere vor dem Fenster versteckt war. Dmitrij kam zu ihm, sein feuchtes, glattfrisiertes Haar schien stark geölt und entblößte häßlich die geröteten Augen und das weibische, ein wenig geschwollene Gesicht. Schon an seinem verzagten Blick erkannte Klim, daß er gleich etwas recht Schlimmes zu hören bekommen würde.

»Was war denn gestern mit dir los?« begann der Bruder. Er blickte nach unten und verkürzte seine Hosenträger. »Bisher hast du geschwiegen, immer geschwiegen . . . Man hat dich für einen ernst denkenden Menschen gehalten, und nun bringst du auf einmal so etwas Kindisches vor. Man weiß nicht, was man von dir halten soll. Gewiß, du hattest getrunken, aber es heißt doch: Was der Nüchterne im Sinn hat, liegt dem Betrunkenen auf der Zunge.«

Dmitrij sprach nachdenklich und gehemmt. Als er mit den Hosenträgern zurechtgekommen war, setzte er sich auf einen knarrenden Stuhl.

»Weißt du, das war so, als wenn sich in ein Orchester ein fremder Musiker eingeschlichen und aus Mutwillen nicht das mitgespielt hätte, was alle anderen spielen.«

Was für ein öder, unbegabter Mensch, dachte Klim. Genau wie Tanja Kulikowa.

Er fuhr ihn an: »Na, genug! Du bist doch nicht mein Hofmeister. Du solltest dich lieber darum bemühen, deine albernen Kalauer zu lassen . . .«

In seiner Erregung sprach er zum Bruder auch von dem, wovon er nicht hatte sprechen wollen: Als er einmal nachts aus dem Theater kam und leise die Treppe hinaufging, hatte er plötzlich auf dem Treppenabsatz über sich die gedämpften Stimmen Kutusows und Marinas vernommen: »Wann wirst du es denn Samgin sagen?«

»Ich habe keinen Mut . . . Und er tut mir leid, er ist ja so . . .«

»Ich bin auch so . . .«

Dann schmatzte man einen Kuß, und Marina sagte ziemlich laut: »Untersteh dich!«

Kutusow hatte irgendwas gebrummt, während Klim geräuschlos die Treppe hinuntergegangen und von neuem, diesmal hastigen und festen Schrittes hinaufgestiegen war. Als er den Treppenabsatz erreichte, war dort niemand mehr. Es hatte ihn sehr gelüstet, diesen Dialog unverzüglich dem Bruder zu erzählen, doch war er nach einigem Überlegen zu dem Schluß gekommen, es sei verfrüht: der Roman versprach interessant zu werden, seine Helden waren alle so fleischlich, so robust. Ihre Fleischlichkeit erweckte Klims Neugier ganz besonders. Kutusow und der Bruder würden sich wahrscheinlich verzanken, und das wäre für den Bruder, der sich Kutusow allzusehr unterordnete, von Nutzen.

Als er Dmitrij jetzt das belauschte Gespräch erzählte, fügte er hänselnd hinzu: »Sie wird ihn natürlich bevorzugen . . .«

Er blickte beim Sprechen zur Decke und sah nicht, was Dmitrij tat; zwei schwer klatschende Schläge ließen ihn zusammenfahren und sich ruckartig im Bett aufrichten. Der Bruder stand in der festen Pose Kutusows mitten im Zimmer und schlug sich mit einem Buch auf die Hand. Mit fremder Stimme, stotternd, sagte er: »S-solche D-dinge pflegen Dienstmädchen zu erzählen. So etwas ist nur im Katzenjammer verzeihlich.«

Er schleuderte das Buch auf den Tisch und ging. Klim war so geschlagen, daß er erst zwei Minuten später auf den Gedanken kam: Er hätte es nicht wagen dürfen, in diesem Ton mit mir zu reden. Ich muß mich mit ihm auseinandersetzen.

Er beschloß, zum Bruder zu gehen und ihn zu überzeugen, daß sein Bericht über Marina durch das natürliche Gefühl der Kränkung veranlaßt worden war, die er für einen Menschen, den man hinterging, empfand. Als er sich jedoch gewaschen und angezogen hatte, stellte sich heraus, daß der Bruder und Kutusow unterdessen nach Kronstadt gefahren waren.

Jelisaweta Spiwak hatte sich erkältet und lag zu Bett. Marina lief übermäßig besorgt treppauf und treppab, schaute oft zum Fenster hinaus und fuchtelte unsinnig mit den Händen, als finge sie Motten, die niemand sah außer ihr. Als Klim den Wunsch äußerte, die Kranke zu besuchen, sagte Marina trocken: »Werde sie fragen.«

Doch Klim war überzeugt, daß sie nicht gefragt hatte, er wurde nicht nach oben gerufen. Er langweilte sich. Nach dem Frühstück kam wie immer der kleine Spiwak ins Speisezimmer herunter. »Störe ich auch nicht?« fragte er und ging an den Flügel. Es schien, er würde so fragen, selbst wenn niemand im Zimmer wäre. Aber auch wenn man ihm geantwortet hätte: »Ja, Sie stören«, wäre er wohl an das Instrument geschlichen.

Klim konnte ihn sich nicht anders vorstellen als am Flügel sitzend, angekettet daran wie ein Sträfling an die Schubkarre, die er nicht vom Fleck zu bringen vermag. Mit seinen Fingern in dem zweifarbigen Gebein der Tasten herumwühlend, entlockte er dem schwarzen Bauwerk dumpfe Töne, ungewöhnliche Akkorde, und lauschte, den tief zwischen die Schultern gezogenen Kopf zur Seite geneigt, mit verdrehten Augen den Klängen. Er sprach wenig und ausschließlich von zwei Dingen: mit geheimnisvollem Blick und stiller Begeisterung von der chinesischen Tonleiter und jammernd, mit Betrübnis von der Unvollkommenheit des europäischen Ohrs.

»Unser Ohr ist durch den Lärm der steinernen Städte, durch die Droschken abgestumpft, ja, ja, ja! Wahre, reine Musik kann nur aus vollkommener Stille entstehen. Beethoven war taub, aber Wagners Ohr hörte unvergleichlich schlechter als Beethoven, deshalb ist seine Musik nur chaotisch gesammeltes Material für Musik. Mussorgskij mußte sich mit Wein betäuben, um in den Tiefen der Seele die Stimme seines Genius zu vernehmen, verstehen Sie?«

Klim Samgin hielt diesen Menschen für einen Irren. Bisweilen jedoch erweckte die kleine Gestalt des Musikers, die vor dem schwarzen Koloß des Flügels hockte, den unheimlichen Eindruck einer Grabfigur: ein großer, schwarzer Stein, und an seinem Fuß trauert still ein Mensch.

Für Klim begann eine schwere Zeit. Die Haltung der anderen zu ihm veränderte sich schroff, und niemand machte ein Hehl daraus. Kutusow hörte nicht mehr auf seine spärlichen, sorgfältig überlegten Sätze und begrüßte ihn gleichgültig, ohne zu lächeln. Der Bruder verschwand am Morgen und zeigte sich erst spät und müde wieder. Er magerte ab, wurde ungesprächig und lächelte verlegen, wenn er Klim begegnete. Als Klim den Versuch machte, sich mit ihm auszusprechen, sagte Dmitrij leise, aber bestimmt: »Laß das.«

Turobojew schnitt noch mehr Grimassen als zuvor, übersah Klim und blickte zur Decke.

»Warum schauen Sie immerzu nach oben?« fragte ihn die alte Premirowa.

Er antwortete durch die Zähne: »Ich warte, wann die Fliegen wiederkommen.«

Die Nechajewa reiste nicht ab. Klim fand, daß ihr Gesundheitszustand sich besserte, sie hustete weniger und schien sogar etwas zugenommen zu haben. Das beunruhigte ihn sehr, hatte er doch gehört, daß Schwangerschaft das Fortschreiten der Tuberkulose nicht nur aufhalte, sondern sie zuweilen sogar heile. Und der Gedanke, durch dieses Mädchen Vater zu werden, erschreckte Klim.

Sie war jetzt schweigsamer und sprach nicht mehr so leidenschaftlich, nicht mehr so farbig wie früher. Ihre Zärtlichkeit wurde süßlich, ihr vergötternder Blick bekundete etwas von Glückseligkeit. Dieser Blick weckte in Klim den Wunsch, den halbirren Glanz durch ein spöttisches Wort auszulöschen. Aber er konnte keinen dafür geeigneten Augenblick erhaschen; jedesmal, wenn er dem Mädchen etwas Unfreundliches oder Spitzes sagen wollte, änderten die Augen der Nechajewa sofort ihren Ausdruck und blickten ihn fragend, forschend an.

»Worüber lachst du?« fragte sie.

»Ich lache nicht«, leugnete Klim schüchtern.

»Ich sehe es doch«, beharrte sie. »Du hast Eisstückchen in den Augen.«

Er wurde noch schüchterner, erwartete, daß sie ihn gleich fragen werde, wie er über ihre weiteren gegenseitigen Beziehungen denke.

Petersburg wurde noch unangenehmer, weil die Nechajewa hier lebte.

Der Frühling rückte langsam näher. Zwischen den trägen Wolken, die fast jeden Tag trostlos Regen ausgossen, zeigte sich für kurze Zeit die Sonne und entblößte lustlos und gleichgültig den Schmutz in den Straßen, den Ruß an den Hauswänden. Vom Meer her blies ein kalter Wind, der Fluß war bläulich angeschwollen, schwere Wellen leckten gierig am granitenen Ufer. Von seinem Fenster aus sah Klim über die Dächer hinweg die drohend zum Himmel erhobenen Finger der Fabrikschlote; sie erinnerten ihn an die geschichtlichen Voraussagen und Prophezeiungen Kutusows, erinnerten ihn an den spitzgesichtigen Arbeiter, der feiertags geheimnisvoll über die Hintertreppe zu seinem Bruder Dmitrij kam, und auch an die geheimnisvolle junge Dame mit dem Tatarengesicht, die bisweilen den Bruder besuchte. Die junge Dame war irgendwie lautlos und blinzelte kurzsichtig mit den pechschwarzen Augen.

Zuweilen schien es, als besäße der drückende Rauch der Fabrikschlote eine sonderbare Eigenschaft, als wollte er die Stadt, über die er aufstieg und zerrann, zerfressen. Die Dächer der Häuser schmolzen, sie schwebten in die Höhe, verschwanden und senkten sich dann wieder aus dem Rauch herab. Die gespenstische Stadt wankte, als wollte sie sich auflösen, und das erfüllte Samgin mit einer eigentümlichen Schwere, es erinnerte ihn an die Slawophilen, die Petersburg, den »Ehernen Reiter« und die krankhaften Erzählungen Gogols nicht gemocht hatten.

Ihm mißfiel die Nadel der Peter-Pauls-Festung und der Engel, den sie durchbohrte; sie mißfiel ihm deshalb, weil man von dieser Festung mit ehrerbietigem Haß sprach, aus dem jedoch bisweilen so etwas wie Neid herausklang. Der Student Popow nannte die Festung begeistert: »Das P-antheon.«

Das P kam heraus wie der Schuß aus einer Spielzeugpistole, während er die übrigen Laute mit gedämpfter Stimme aussprach.

»B-akunin«, sagte er, und dann, einen Finger nach dem anderen einbiegend: »Netsch-schajew, Fürst Krop-potkin . . .«

Es lang etwas Unsinniges in der Granitmasse der Isaakskathedrale, in den grauen Stäbchen und Bretterchen ihrer Gerüste, auf denen Klim nie auch nur einen einzigen Arbeiter sah. Durch die Straßen marschierten im Maschinenschritt ungewöhnlich große Soldaten; einer von ihnen, der vorneweg schritt, pfiff durchdringend auf einer kleinen Flöte, ein anderer schlug heftig die Trommel. In dem spöttischen, arglistigen Pfeifen dieser Flöte, dem vielstimmigen Heulen der Fabriksirenen, das am frühen Morgen den Schlaf zerriß, hörte Klim etwas, das ihn aus der Stadt trieb.

Er merkte, daß in ihm Gedanken, Bilder und Vergleiche entstanden, die seinem Wesen nicht entsprachen. Wenn er über den Schloßplatz oder daran entlang ging, sah er nur wenige Passanten über das kahle Pflaster eilen, während er sich gewünscht hätte, daß eine bunte, freudig lärmende Menschenmenge den Platz füllte. Die Alexandersäule erinnerte unangenehm an einen Fabrikschornstein, aus dem ein bronzener Engel herausgeflogen und sinnlos in der Luft erstarrt war, als überlegte er, wohin er sein Kreuz werfen solle. Das Zarenpalais, immer stumm, mit leeren Fenstern, machte den Eindruck eines unbewohnten Hauses. Zusammen mit dem Halbkreis langweiliger, rostbrauner Gebäude, die den öden Platz umschlossen, erweckte das Palais ein Gefühl der Trostlosigkeit. Klim fand, es wäre besser, wenn das Haus des Herrn von Rußland durch die furchterregenden Säulenfiguren der Ermitage gestützt würde.

Beim Anblick dieses Platzes dachte Klim an die lärmreiche Universität und an die Studenten seiner Fakultät, die Verbrecher anzuklagen und zu verteidigen lernten. Sie erhoben schon jetzt Anklage gegen Professoren, Minister und gegen den Zaren. Die Selbstherrschaft des Zaren wurde unglücklich und schüchtern von wenig markanten Leuten verteidigt; es waren nur wenige, und sie verschwanden neben den Anklägern.

Klim hatte die endlosen Diskussionen zwischen den Volkstümlern und den Marxisten über, und ihn erregte, daß er nicht verstehen konnte, wer von beiden sich mehr irrte. Er war fest, grundsätzlich davon überzeugt, daß sich sowohl die einen wie die anderen irrten, er konnte nicht anders denken, doch er begriff nicht, für welche Gruppe das Gesetz der allmählichen und friedlichen Entwicklung des Lebens besonders bindend war. Manchmal schien ihm, die Marxisten erfaßten tiefer als die Volkstümler, daß das Gesetz der Evolution nicht zu zerstören war, dennoch betrachtete er sowohl die einen wie die anderen als Vertreter des ihm schon fast verhaßten »Kutusowtums«. Es war unerträglich, diese geschwätzigen Leutchen zu sehen, denen ihre jugendliche Dummheit den vermessenen Wunsch eingab, den in Jahrhunderten festgelegten, gleichmäßigen Fortlauf des Lebens anzutreiben, anzupeitschen.

Ganz besonders beschäftigte ihn der Streit, ob die Führer den Willen der Massen beherrschen oder ob die Masse, nachdem sie einen Führer hervorgebracht hat, ihn zu ihrem Werkzeug, zu ihrem Opfer macht. Der Gedanke, daß er, Samgin, das Werkzeug eines fremden Willens sein könnte, erschreckte und empörte ihn. Er gedachte der biblischen Legende vom Brandopfer Abrahams und der erregenden Worte der Nechajewa: »Das Volk ist der Feind des Menschen! Das bezeugen uns die Biographien fast aller großen Menschen.«

Klim stimmte dem bei: Der Rachen irgendeines Ungeheuers verschlingt nacheinander die besten Menschen der Erde und speit dafür Feinde der Kultur aus wie Bolotnikow, Rasin, Pugatschow.

Klim wurde immer wieder von dem Studenten Popow belästigt; dieser ewig hungrige Mensch rannte unermüdlich durch die Gänge und Hörsäle, seine Arme zuckten wie ausgerenkt krampfhaft in den Schultergelenken; wenn er auf Kameraden stieß, holte er aus den Taschen seiner abgetragenen Uniformjacke Briefe, Zigarettenpapierbögen mit hektographiertem Text hervor und murmelte, den S-Laut einziehend: »S-amgin, hören Sie mal: aus Od-dessa schreiben sie ... Die S-tudentenschaft ist die Avantgarde ... Die Un-niversität ist der Organisierungspunkt der K-ulturkräfte ... Die Landsmannschaften sind die Keimzellen des Gesamtrussischen Verbandes ... Aus K-asan wird mitgeteilt ...«

Solche geschäftigen und verrenkten Leute wie Popow gab es mehrere. Klim konnte insbesondere diese Menschen nicht leiden, er fürchtete sie sogar und sah, daß sie nicht nur für ihn, sondern für fast alle ernsthaft Studierenden ein Schrecken waren.

Sie drängten einem ständig Eintrittskarten auf für Abendveranstaltungen zugunsten von Landsmannschaften, für irgendwelche Konzerte, die zu einem geheimnisvollen Zweck veranstaltet wurden.

Die Vorlesungen, die Diskussionen, das Geflüster, der ganze chaotische Lärm Hunderter von Lebensgier und Tatendrang berauschter junger Menschen – das alles betäubte Samgin dermaßen, daß er nicht einmal seine eigenen Gedanken vernahm. Es schien, als wären alle diese Menschen vom Spielwahn befallen, dem sie sich um so mehr hingaben, je gefährlicher das Spiel war.

Er faßte plötzlich, aber fest den Entschluß, in eine der Provinzuniversitäten zu wechseln, wo man wahrscheinlich stiller und einfacher lebte. Er mußte die Nechajewa loswerden. Neben ihr kam er sich wie ein Reicher vor, der einer Bettlerin freigebig Almosen spendet und sie zugleich verachtet. Als Vorwand für die plötzliche Abreise diente ihm ein Brief seiner Mutter, der ihn benachrichtigte, daß sie erkrankt war.

Als er zu der Nechajewa ging, um sich zu verabschieden, erwartete er griesgrämig Tränen und Worte des Bedauerns, doch war er dann selbst fast zu Tränen gerührt, als das Mädchen seinen Hals fest mit ihren dünnen Armen umschlang und flüsterte: »Ich weiß, du hast mich nicht sehr . . . nicht gar zu innig geliebt. Ja, ich weiß! Aber ich bin dir unendlich, mit ganzer Seele dankbar für diese Stunden zu zweit . . .«

Sie schmiegte sich mit aller Kraft ihres armseligen, dürren Körpers an ihn und schluchzte inbrünstig: »Gott möge verhüten, daß du solch grenzenlose Einsamkeit auszustehen habest, wie ich sie auszustehen hatte.«

Sie legte die drei ersten ihrer schmalen, spitzen Finger aneinander und bekreuzigte Klim, wobei sie seine Stirn, Brust und Schultern berührte; sie zitterte, vermochte sich kaum auf den Beinen zu halten und wischte hastig die Tränen mit der Hand aus dem Gesicht.

»Mit meinem Glauben an Gott ist es, wie mir scheint, schlecht bestellt, für dich aber werde ich zu jemandem beten, das werde ich! Ich möchte, daß du ein schönes, leichtes Leben hast . . .«

Sie weinte in einer Weise, daß ihr Anblick nicht bedrückte, sondern fast wohltuend, wenn auch ein wenig traurig war; sie vergoß heiße Tränen, aber nicht mehr als nötig.

Klim reiste mit der Überzeugung ab, sich von der Nechajewa gut, für immer verabschiedet zu haben und durch diesen Roman bedeutend bereichert worden zu sein. Nachts im Bahnwagen dachte er:

Nun, Lidija Timofejewna, ich kehre mit dem Schild zurück.

Er beschloß, sich etwa zwei Tage in Moskau aufzuhalten, um sich bei Lidija zu zeigen, und scherzte in Gedanken:

Universitätsprüfungen können aufgehoben werden, diese jedoch will ich sofort ablegen.

Beim Einschlafen fiel ihm ein, daß Lidija seine sorgfältig humoristisch abgefaßten Briefe nur zweimal, sehr kurz und uninteressant beantwortet hatte; in einem der Briefe hieß es:

»Es gefällt mir nicht, daß Du Deine Bekannte Smertjaschkina nennst, das ist gar nicht komisch.«

Sie ist unbegabt. Ihre Schulaufgaben hat immer die Somowa verbessert, erinnerte er sich und schlief, hierdurch getröstet, fest ein.

Über Moskau strahlte prahlerisch ein Frühlingsmorgen; auf dem Kopfsteinpflaster schlugen klingend die Hufe auf, polterten die Lastwagen; in der warmen, hellblauen Luft dröhnte festlich das Kupfer der Glocken; auf den ausgetretenen Gehsteigen der mäßig breiten, krummen Straßen schritten munter unbeschwerte Menschen; ihr Gang war beschwingt, das Trappeln der Füße klang deutlich, sie schlurften nicht mit den Sohlen wie die Petersburger. Es war hier überhaupt mehr Lärm als in Petersburg, und der Lärm klang anders, nicht so feucht und behutsam wie dort.

Im Moskauer Lärm vernimmt man den Menschen mehr, dachte Klim, und es berührte ihn angenehm, daß die Worte sich wie zu einer Redewendung fügten. Hin und her geschüttelt in dem ratternden Gefährt eines zotteligen Droschkenkutschers, sah er sich um wie ein aus einem fremden Lande Heimgekehrter.

Ob ich nicht an die hiesige Universität wechsle? fragte er sich.

Im Gasthof empfing man ihn mit der kunstvoll eingespielten gefälligen Gutherzigkeit der Moskauer, die Klim im Grunde unbekannt war und jetzt in ihm den Eindruck von Schlichtheit und Klarheit bestärkte. Mittags begab er sich zu Lidija.

Es ist Sonntag. Sie müßte zu Hause sein.

Durch die wohlig warmen, mutwillig verworrenen Gassen schreitend, überlegte er, was er Lidija sagen, wie er sich im Gespräch mit ihr verhalten solle; er betrachtete die bunten, gemütlichen Häuschen mit den freundlichen Fenstern und den Blumen auf den Fensterbrettern. Über den Zäunen reckten sich Baumzweige in die Sonne, der feine, süßliche Duft frisch entfalteter Blattknospen lag in der Luft.

Um eine Ecke kamen Arm in Arm, einmütig einen Marsch pfeifend, zwei Studenten. Der eine von ihnen blieb breitbeinig auf den Backsteinfliesen des Trottoirs stehen und knüpfte ein Gespräch mit einer Frau an, die Fensterscheiben putzte, der andere zog ihn weiter und redete auf ihn ein: »Hör auf, Wolodka! Komm!«

Klim Samgin verließ den Gehsteig, um an den Studenten vorbeizukommen, wurde aber sogleich von einer festen Hand an der Schulter gepackt. Er wandte sich rasch und zornig um, da blickte ihm freudig Makarow ins Gesicht und rief: »Klimuscha? Woher? Macht euch bekannt: Samgin – Ljutow . . .«

»Kaufmannssohn vom sechsten Semester der humoristischen Fakultät«, stellte sich närrisch, den Kopf zur Seite geneigt, der halb betrunkene, schielende Student vor.

»Wolodka! Das ist der, der verhindert hat, daß ich mich erschoß.«

»Sie bekommen eine goldene Medaille, Kollege! Denn indem Sie diesem jungen Mann das Leben retteten, trugen Sie sehr viel zur Mehrung der russischen Blödianistik bei . . .«

Sie benahmen sich beide so laut, als wäre außer ihnen niemand auf der Straße. Makarows Freude schien verdächtig; er war nüchtern, redete aber so erregt, als wollte er den wirklichen Eindruck der Begegnung verbergen, überschreien. Sein Kamerad drehte unruhig den Kopf hin und her, indem er sich bemühte, seine schielenden Augen auf Klims Gesicht zu richten. Sie gingen langsam, Schulter an Schulter, ohne entgegenkommenden Passanten auszuweichen. Klim, der Makarows rasche Fragen zurückhaltend beantwortete, erkundigte sich nach Lidija.

»Hat sie dir denn nicht geschrieben, daß sie die Schauspielschule aufgegeben hat und zur Frauenhochschule gehen will? Sie ist vor etwa zwei Wochen nach Hause gefahren . . .«

Er sah Klim erstaunt ins Gesicht.

»Sie fand, daß sie sich nicht verstellen kann.«

»Richtig: Das kann sie nicht!« bestätigte Ljutow und schüttelte den Kopf so heftig, daß ihm die Mütze in die Stirn rutschte.

»Die Telepnjowa verläßt ebenfalls die Schule, sie heiratet, das hier ist ihr Bräutigam!«

Ljutow stieß sich mit dem Zeigefinger gegen die Brust, in die Herzgegend, und drehte ihn wie einen Korkenzieher. Seine stark glänzenden Augen von unbestimmbarer Farbe sahen Klim mit unangenehm tastendem Blick ins Gesicht; das eine Auge versteckte sich an der Nasenwurzel, während das andere zur Schläfe lief. Beide zuckten spöttisch, als Klim sagte: »Gratuliere. Ein ausnehmend schönes Mädchen.«

»Sinnbetörend«, verbesserte Ljutow und nahm Klim ohne weitere Umstände beim Arm. »Moskau lebt ja, um zu essen.«

Ein paar Minuten später saßen sie in einer halbdunklen, aber gemütlichen Ecke einer kleinen Gastwirtschaft; Ljutow bestellte im Tonfall eines Betenden bei dem greisen Kellner: »Gib uns, Vater, zum Wodka etwas westfälischen Schinken und etwas spanische Zwiebel, selbige dick aufgeschnitten ...«

»Ich weiß, Herr.«

»Das bezweifle ich nicht, ich erinnere nur daran ...«

»Es freut einen, dich zu sehen!« sagte Makarow, der an einer Zigarette zog, mit rauchigem Lächeln. »Sonderbar, mein Lieber, daß wir uns nicht schreiben, nicht? Wie steht's, bist du Marxist?«

Er stellte hastig eine Frage nach der anderen und veranlaßte Klim dadurch zu noch größerer Vorsicht.

»Marxist?« rief Ljutow aus. »Solche Leute verehre ich!«

Er stützte die Ellenbogen auf den Tisch und begann mit etwas heiserer Stimme zu reden, wobei er ab und zu kreischende Laute ausstieß, die Klim an Dronow erinnerten.

»Ich verehre sie nicht als Vertreter jener Klasse, welcher von Karl Marx die Dynamik des Kapitals und ihre kulturelle Kraft erschöpfend klargemacht worden ist, sondern verehre sie als Russe, der den aufrichtigen Wunsch hegt: Schluß mit jeglicher Bummelei! Denn in Marx haben wir endlich einen Glaubenslehrer, stark wie neunzigprozentiger Wodka. Das ist nicht unser, nicht russisches Gebräu, das lyrische Seelenkrätze erregt, nicht die Brühe des Fürsten Kropotkin, des Grafen Tolstoi, des Oberst Lawrow und der zu Sozialisten umgetauften Absolventen des Priesterseminars, mit denen sich angenehm plaudern läßt, nein! Mit Marx quasselt man nicht! Bei uns ist das doch so: Man leckt ein wenig an der galligen Leber Seiner Exzellenz Michail Jewgrafowitsch Saltykows, schwemmt den bitteren Geschmack weg mit etwas Ikonenöl aus der Fabrik Seiner Erlaucht von Jasnaja Poljana und – ist vollkommen zufrieden! Bei uns ist die Hauptsache, daß es etwas zu quasseln gibt, leben kann man auf jede Weise, selbst wenn man gepfählt wird – lebt man doch!«

Ljutows Rede floß leicht, ohne Pausen dahin; dem Inhalt nach hätte sie ironisch oder boshaft klingen müssen, doch Klim merkte ihr keine Ironie und Bosheit an. Das wunderte ihn. Noch verwunderlicher war jedoch, daß hier ein vollkommen nüchterner Mensch sprach. Klim betrachtete ihn aufmerksam und dachte:

Habe ich mich denn geirrt? – Vor fünf Minuten war er doch betrunken.

Irgend etwas an Ljutow kam ihm unecht vor. Seine verdrehten Augen hatten eine unreine Farbe; nicht etwas Trübes, sondern geradezu etwas Unreines lag im Weiß seiner Augen, das wie von innen her mit dunklem Staub durchsetzt schien. In den Pupillen jedoch glommen listige, besorgniserregende Fünkchen auf.

Die Augen sind das nach außen gewendete Gehirn, fielen Klim irgendwessen Worte ein.

Ljutows gelbblondes Haar war à la Capoule frisiert, es paßte so wenig zu seinem länglichen Gesicht, daß eine Absicht darin zu liegen schien. Zu dem Gesicht hätte ein Vollbart gehört, Ljutow jedoch rasierte die Wangen und ließ sich einen Spitzbart stehen. Darüber quollen negerhaft dicke Guttaperchalippen vor, die obere war kaum mit einem spärlichen Schnurrbärtchen bedeckt. Seine Hände waren rot und sehnig, ebenso der Hals, während an den Schläfen die bläulichen Venen hervortraten. Es schien, als kleide er sich auch absichtlich nachlässig: Unter dem abgetragenen, offenstehenden Rock aus sehr teurem Tuch trug er ein seidenes Kittelhemd. Er mußte an die siebenundzwanzig, sogar dreißig Jahre alt sein und glich in nichts einem Studenten. Makarow, der sich äußerlich zu seinem Vorteil verändert hatte, schien diesen Menschen absichtlich, um sich selbst hervorzutun, zum Kameraden gewählt zu haben. Warum jedoch hatte die schöne Alina gerade ihn auserwählt?

Während er von dem Wodka, der so kalt war, daß die Zähne schmerzten, ein Gläschen nach dem anderen leerte und dazu dicke Zwiebel auf dünnen Schinkenscheiben aß, fragte Ljutow: »Die nichtkanonischen Schriften, will sagen: die Apokryphen – schätzen Sie die?«

»Er ist ein Erzketzer«, sagte Makarow mit einem gutmütigen Lächeln und einem zärtlichen Blick auf Ljutow.

»Die ›Offenbarung des Adam‹ – haben Sie die gelesen?«

Die Hand mit dem Messer erhebend, zitierte er: »›Und es sprach Satan zu Adam: »Mein ist die Erde, und Gottes ist der Himmel; so du mein sein willst, bebaue die Erde!« Und Adam sagte: »Wessen die Erde ist, dessen sind auch ich und meine Kinder.«‹ Da haben wir's! Das ist die Formulierung unseres bäuerlichen, verinnerlichten Materialismus!«

In seinem Bestreben, Unverständliches zu vereinfachen, gelangte Klim Samgin nach einer Stunde zu der Überzeugung, daß Ljutow in der Tat ein spitzbübischer Mensch war und sich gänzlich verfehlt als Narr aufspielte. Alles an ihm war gekünstelt, in allem zeigte sich das Gemachte; besonders verriet dies seine geschnörkelte Sprache, die von altslawischen Ausdrücken, lateinischen Zitaten und bissigen Heine-Versen durchsetzt und mit dem groben Humor ausgeschmückt war, mit dem die Schauspieler von Provinztheatern paradieren, wenn sie in den »Divertissements« Witze erzählen.

Ljutow schien wieder betrunken. Er hielt Klim das Champagnerglas hin und schrie errötend: »Wünschen Sie mir weder Daune noch Feder – trinken wir auf die Gesundheit der ausnehmend schönen Jungfrau Alina Markowna!«

Seine Stimme klang verzückt. Makarow stieß mit Ljutow an und sagte streng: »Jetzt hast du genug getrunken.«

Ljutow leerte das Glas in einem Zug und zwinkerte Klim zu. »Er erzieht mich. Ich verdiene es, denn ich bin oft betrunken und ergehe mich um der Bezähmung des Fleisches willen in unzüchtigen Reden. Ich fürchte mich vor der Hölle und vor dem da«, er beschrieb mit der Hand einen Halbkreis in der Luft, »und vor dem Jenseits. Aus jüdischer Angst halte ich Freundschaft mit der Geistlickeit. Ach, Kollege, ich werde Ihnen einen Diakon zeigen ...«

Ljutow schloß die Augen, schüttelte den Kopf, dann zog er aus der Hosentasche eine stählerne Schlüsselkette, an deren Ende eine schwere goldene Uhr baumelte.

»Hu! Ich muß aufbrechen! Kostja, sag, sie sollen's aufschreiben.«

Er reichte Samgin die Hand. »Freue mich, Ihre Bekanntschaft gemacht zu haben. Habe viel Gutes über Sie gehört. Vergessen Sie nicht: Ljutow, Daunen- und Federhandel ...«

»Kokettiere nicht«, riet Makarow, aber der Schieläugige quetschte Samgins Hand und sagte mit einem Lächeln in seinem susdalischen Gesicht: »Wissen Sie, es gibt so eine Sorte Mädchen mit kleinen Unvollkommenheiten. Eine kleine Unvollkommenheit würde ja keinem auffallen, aber das Mädchen macht einen selbst darauf aufmerksam: Sehen Sie, mein Näschen ist mißraten, aber alles übrige ...«

Er schob Klim sanft beiseite und wandte sich zum Gehen, blieb mit dem Fuß am Stuhlbein hängen und entfernte sich, dem Stuhl mit der Hand drohend.

»Ein ... wunderlicher Kauz«, sagte Klim. Makarow stimmte ihm nachdenklich bei: »Ja, er ist etwas wunderlich.«

»Ich verstehe Alina nicht – was mag sie veranlaßt haben ...«

Makarow zuckte die Achseln und begann hastig, als wollte er sich rechtfertigen: »Nein – wieso denn? Ihre Schönheit bedarf eines würdigen Rahmens. Wolodka ist reich. Interessant. Und geradezu lachhaft gütig. Er hat sein juristisches Studium abgeschlossen, ist jetzt an der historisch-philologischen Fakultät. Übrigens, er studiert nicht – ist verliebt, aufgeregt und steht überhaupt kopf.«

Makarow zündete sich eine Zigarette an, ließ das Streichholz ganz ausbrennen und warf die Zigarette auf einen Teller. Er hatte sichtlich einen Rausch, an seinen Schläfen zeigte sich Schweiß. Klim sagte, er wolle sich Moskau ansehen.

»Fahren wir auf die Sperlingsberge«, schlug Makarow lebhaft vor.

Sie verließen die Gastwirtschaft und nahmen eine Droschke; den Blick auf den krummen, vom blauen Kaftan straff umspannten Rükken des Kutschers gerichtet, sagte Makarow: »Moskau bringt einem den Kopf etwas durcheinander. Ich bin hingerissen, bezaubert von ihm und merke, daß ich hier verdummt bin. Findest du das nicht? Du bist liebenswürdig.«

Er nahm die Mütze ab, an seiner Schläfe klebte unbeweglich eine Haarsträhne, während das übrige Haar sich in Büscheln sträubte und durcheinanderfiel. Klim holte tief Atem. Dieser Makarow war ansehnlich und gut. Er sollte die Telepnjowa heiraten. Wie dumm das alles war. Durch den betäubenden Straßenlärm vernahm Klim: »Phantastisch talentiert sind hier die Menschen. Solche hat es wahrscheinlich zur Zeit der Renaissance gegeben. Ich werde nicht daraus klug, wer hier ein Heiliger und wer ein Gauner ist. Fast jeder ist eine Mischung von beiden. Und eine Unmenge von Leuten gibt es, die sich als Gottesnarren aufspielen – aber warum nur? Das weiß der Teufel. Du solltest das ergründen . . .«

Klim warf einen mißtrauischen Seitenblick auf den Kameraden. »Warum denn ich?«

»Du bist doch ein Philosoph, betrachtest alles in Ruhe . . .«

Wie offenherzig er ist, dachte Klim. »Du hast ein gutes Gesicht«, sagte er, nachdem er Makarow mit Turobojew verglichen hatte, der jeden Menschen wie ein alle Zivilisten verachtender Oberleutnant ansah. »Zudem bist du ein guter Bursche, wirst dich aber, wie mir scheint, dem Trunk ergeben.«

»Kann sein«, stimmte ihm Makarow ruhig bei, als wäre nicht von ihm die Rede. Doch danach verstummte er und versank in Nachdenken.

Auf den Sperlingsbergen kehrten sie in einem öden Wirtshaus ein; ein dicker Kellner führte sie auf eine Terrasse, wo gerade die Fensterrahmen gestrichen wurden, brachte ihnen Tee und befahl in geschwinder Rede dem Glaser: »Märe dahier nicht herum, versperr den Herrschaften den schönen Ausblick nicht!«

»Einer aus Kostroma«, stellte Makarow fest und blickte in die diesige Ferne, auf die brokatene, mit den Goldflecken der Kirchenkuppeln reich bestickte Stadt.

»Ja, das ist schön«, sagte er leise. Samgin nickte zustimmend, bemerkte aber gleich: »Ein relativer Begriff.«

Ohne zu antworten, schob Makarow das Glas mit dem Sonnenstrahl in dem rotbraunen, von einem Zitronenscheibchen bedeckten

Naß beiseite und stützte, die Finger in seine dichten, zweifarbigen Haarbüschel vergrabend, die Ellenbogen auf den Tisch.

Bei Klim Samgin erweckte Moskau kein Entzücken; in seinen Augen glich die Stadt einem ungeheuerlich großen, bunt bemalten, mit opalfarbenem Staub gepuderten, mürben Lebkuchen. Wenn von Schönheit gesprochen wurde, zog Klim es vor, vorsichtig zu schweigen, obwohl er längst gemerkt hatte, daß man immer mehr von ihr redete und daß sie zu einem ebenso gewohnten Gesprächsstoff wurde wie das Wetter und die Gesundheit. Er verhielt sich den allgemein anerkannten Schönheiten der Natur gegenüber gleichgültig, fand Sonnenuntergänge ebenso eintönig wie den scheckigen Himmel von Frostnächten. Er fühlte, daß Schönheit für ihn unerfaßbar war, und erkannte das als einen Mangel. In letzter Zeit begannen Lobreden auf die Schönheiten der Natur ihn sogar zu erregen und weckten die Befürchtung, ob nicht Lidija ihm mit ihrer Naturfeindschaft diese Gleichgültigkeit eingeflößt habe.

Turobojew hatte ihn in große Unruhe versetzt, als er einmal, um Jelisaweta Spiwak und Kutusow zu reizen, mit einem spöttischen Lächeln gesagt hatte: »Wenn aber nun plötzlich unsere ganze Schönheit nur ein Pfauenschweif des Verstandes ist, dieses Vogels, der einfältig ist wie ein Pfau?«

Die Frechheit dieser Worte hatte Klim verblüfft, und sie hatten sich seinem Gedächtnis um so fester eingeprägt, als Turobojew den Streit fortsetzte: »Je bunter, schöner ein Vogel ist, desto dümmer ist er, doch je häßlicher ein Hund ist, desto klüger ist er. Das ist auch bei den Menschen so: Puschkin sah wie ein Affe aus, und auch Tolstoi und Dostojewskij sind, wie überhaupt alle gescheiten Leute, keine schönen Männer.«

Makarows lyrisches Schweigen ärgerte Klim. Er fragte: »Erinnerst du dich an Puschkins Vers: ›Moskau, wehes Trauerbild!‹?«

Makarow blickte ihn mit nüchternen Augen an und entgegnete nichts. Das mißfiel Klim, es schien ihm unhöflich. Er nippte an seinem Tee und sagte in einem Aufmerksamkeit heischenden Ton: »Wenn von Schönheit gesprochen wird, kommt es mir vor, als ob man mich betrügen will.«

Makarow zog die Finger aus dem Haar, nahm die Ellenbogen vom Tisch und fragte erstaunt: »Was hast du gesagt?«

Klim wiederholte seinen Satz und fuhr fort: »Was ist denn Schönes an einer Wassermasse, die fruchtlos sechzig Werst weit aus einem See ins Meer fließt? Die Newa gilt als schön, während ich sie langweilig finde. Das berechtigt mich zu der Annahme, daß man sie schön nennt, um die Langeweile zu verbergen.«

Makarow trank rasch von dem erkalteten Tee und sah Klim mit verkniffenen Augen ins Gesicht.

»Den gleichen Wunsch, die Kärglichkeit der Natur vor sich selbst zu verbergen, erblicke ich in den Landschaften Lewitans und den lyrischen Birkchen Nesterows mit ihren hellblauen Schatten auf dem Schnee. Der Schnee glänzt wie der Beschlag von Mädchensärgen, er beißt ins Auge, blendet, es gibt in der Natur keine blauen Schatten. Das alles wird zum Selbstbetrug erfunden, damit wir behaglicher leben.«

Als Klim sah, daß Makarow ihm aufmerksam zuhörte, redete er wohl zehn Minuten. Er erinnerte sich der düsteren Klagen der Nechajewa und vergaß nicht, Turobojews Ausspruch über den Pfauenschweif des Verstands zu wiederholen. Er hätte noch mancherlei sagen können, aber Makarow murmelte: »Es ist erstaunlich, wie sehr das alles mit Lidijas Gedanken übereinstimmt.«

Er rieb sich die Stirn und fragte: »Hast du denn ...«

Und lächelte. »Ich weiß nicht, wie ich es sagen soll ... Das ist so sonderbar ...«

Er wurde plötzlich hochrot, sogar seine Ohren liefen rot an. Seine Augen funkelten zornig, als er halblaut zu sprechen begann: »Mich berühren diese Fragen nicht, ich betrachte die Dinge von einer anderen Seite und sehe: Die Natur ist ein unsinniges, böses Schwein! Vor kurzem präparierte ich die Leiche einer bei der Niederkunft gestorbenen Frau – wenn du gesehen hättest, mein Lieber, wie zerfleischt, wie verstümmelt sie war! Bedenke: der Fisch laicht, das Huhn legt schmerzlos ein Ei, eine Frau jedoch gebiert in teuflischen Qualen. Warum?« Die Organe mit ihren lateinischen Namen bezeichnend und ihre Umrisse in die Luft malend, entwarf Makarow schnell und zornig vor Klims Augen ein dermaßen widerliches Bild, daß Klim ihn bat: »Hör doch auf.«

Makarow jedoch sagte, immer entrüsteter, indem er mit dem Finger auf den Tisch klopfte: »Nein, denk einmal nach: Weshalb ist das so, wie?«

Klim fand die Entrüstung des Freundes naiv, ermüdend, auch wollte er Makarow die Erwähnung Lidijas vergelten. Und so sagte er lächelnd: »Verlege dich doch auf die Gynäkologie, werde Frauenarzt. Hast ja zum Glück das richtige Äußere dazu.«

Makarow stutzte plötzlich, sah ihn fassungslos an und sagte nach kurzem Schweigen mit einem Seufzer: »Du hast eine sonderbare Art zu scherzen.«

»Und du scheinst immer noch über die Frauen zu philosophieren, statt sie zu küssen.«

»Das klingt wie ein Satz aus einem Offizierslied«, sagte Makarow unschlüssig, strich sich mit beiden Händen kräftig über das Gesicht und schüttelte den Kopf. Sein Gesicht hatte einen erstaunten, verlegenen Ausdruck angenommen, als wäre er für einen Augenblick eingeschlummert, dann wachgerüttelt worden und sei nun sehr bestürzt über sein Einschlummern.

Er kommt zur Besinnung, dachte Klim Samgin und empfand zugleich das Verlangen, ihm auch das Offizierslied heimzuzahlen.

Dabei kamen ihm zwei Fliegen zu Hilfe; sie ließen sich auf dem Rücken eines Teelöffels nieder, vergnügten sich hastig aneinander, dann entschwebte die eine, während die andere ihr nach zwei bis drei Sekunden folgte.

»Hast du gesehen? Das ist alles!« sagte Klim.

»Nein!« antwortete Makarow beinahe schroff. »Ich glaube dir nicht«, fuhr er, unter zusammengezogenen Brauen hervorblickend, mit Protest fort. »Du kannst nicht so denken. Meiner Ansicht nach ist Pessimismus nichts anderes als Zynismus.«

Er trank den erkalteten Tee aus und fuhr leiser fort: »Ich bin wahrscheinlich ein wenig Dichter, vielleicht bin ich auch einfach dumm, aber ich kann nicht ... Ich habe Achtung vor Frauen und – weißt du – zuweilen ist mir, als hätte ich Angst vor ihnen. Lächle nicht, warte! Vor allem – Achtung, sogar vor denen, die sich verkaufen. Und nicht Angst, sich anzustecken, nicht Abscheu – nein! Ich habe viel darüber nachgedacht ...«

»Aber du sprichst nicht gut«, bemerkte Klim.

»Ja?«

»Unklar.«

»Du wirst es schon verstehen!«

Makarow schüttelte wieder den Kopf, schaute in den bunten Himmel, preßte beide Hände zu einer Faust zusammen und schlug sich damit aufs Knie.

»Dieses Gefühl hat Lidija mir eingeflößt – weißt du?«

»So?« sagte Klim unbestimmt und horchte auf.

»Wir sind Freunde«, fuhr Makarow fort, und seine Augen lächelten dankbar. »Sind nicht verliebt, stehen uns aber sehr nahe. Ich habe sie geliebt, aber das ist vorbei. Es ist unbeschreiblich schön, daß ich gerade sie liebgewann, und es ist gut, daß es vorüber ist.«

Er lachte, sein Gesicht strahlte.

»Verzwickt?« fragte er mitten im Lachen. »Es scheint nur so beim Reden, in der Seele ist mir alles klar. Begreife doch: Sie hat mich am äußersten Rand zurückgehalten ... Aber wichtig ist selbstverständlich nicht, daß sie mich zurückgehalten hat, sondern daß sie da ist!«

Samgin dachte nicht ohne Stolz:
Ich hätte mir nie erlaubt, mit einem fremden Menschen so zu sprechen. Und warum »sie hat mich zurückgehalten«?
»Sie so lieben, wie allgemein geliebt wird – das darf man nicht«, sagte Makarow streng.
Klim lächelte. »Warum denn nicht?«
»Lache nicht. Das fühle ich: Man darf es nicht. Sie ist ein wunderbarer Mensch, mein Lieber!«
Er schloß die Augen und dachte eine Weile nach.
»In der Bibel hat sie gelesen: ›Und ich will Feindschaft setzen zwischen dir und dem Weibe.‹ Sie glaubt daran und fürchtet die Feindschaft, die Lüge. Ich denke mir, daß sie sich davor fürchtet. Weißt du, Ljutow sagte zu ihr: ›Warum sollten Sie in Theatern schauspielern, wenn Ihr Weg der Natur Ihrer Seele gemäß ins Kloster führt?‹ Mit ihm ist sie ebenso befreundet wie mit mir.«
Klim hörte gespannt zu, aber er begriff nicht, und er glaubte Makarow nicht: die Nechajewa hatte auch philosophiert, bevor sie sich nahm, was sie brauchte. Ebenso mußte das bei Lidija sein. Er glaubte auch nicht, was Makarow von seiner Einstellung zu den Frauen, von seiner Freundschaft mit Lidija sagte.
Auch das ist ein Pfauenschweif. Es ist klar, daß er Lidija liebt.
Samgin hörte nun den wirren, unklaren Reden Makarows weniger aufmerksam zu. Die Stadt wurde leuchtender, prächtiger; wie ein mit rosigem Nagel gezierter Finger ragte der Glockenturm Iwans des Großen zum Himmel. In der Luft schwebte ein sanftes Tönen, die Kirchenglocken läuteten vielstimmig den Abendgottesdienst ein. Klim blickte auf seine Taschenuhr.
»Ich muß zum Bahnhof. Begleitest du mich?«
»Selbstverständlich.«
»Du hast zu Anfang sehr richtig gesagt, daß sich die Menschen selbst erfinden. Es ist möglich, daß es so sein muß, damit der bittere Gedanke von der Zwecklosigkeit des Lebens versüßt wird ...«
Makarow sah ihn erstaunt an und erhob sich. »Wie sonderbar, daß du, du das sagst! Ich habe sogar damals, als ich mir das Leben nehmen wollte, nichts dergleichen gedacht ...«
»Du warst damals nicht normal«, erinnerte ihn Klim ruhig. »Der Gedanke von der Zwecklosigkeit des Daseins beunruhigt die Menschen immer hartnäckiger.«
»Fällt dir das Leben schwer?« fragte Makarow leise und freundlich. Klim entschied sich dafür, daß es bedeutsamer wäre, weder ja noch nein zu sagen, und schwieg, indem er die Lippen fest zusammenpreßte. Sie gingen zu Fuß, ohne zu eilen. Klim fühlte, daß Ma-

karow ihn mit traurigen Augen von der Seite ansah. Die widerspenstigen Haarbüschel mit den Fingern unter die Mütze schiebend, erzählte er leise: »Nach den Prüfungen werde ich auch heimfahren, ich habe dort Stunden zu geben und werde Repetitor des Pflegekinds von Radejew – dem Dampferbesitzer, weißt du? Ljutow kommt auch mit.«

»Soso. Und wo ist die Somowa?«

»Sie ist Lehrerin an einer Dorfschule.«

Aus einer Wolke regenbogenfarbenen Staubs rollte ein bärtiger Droschkenkutscher, die beiden setzten sich in den Wagen und fuhren ein paar Minuten später dicht am Bürgersteig einer Straße der Innenstadt entlang. Klim betrachtete die Menschen; es gab hier mehr Dicke als in Petersburg, und die Dicken sahen trotz ihrer Bärte wie Weiber aus.

Wahrscheinlich beunruhigt keinen von ihnen der Gedanke an den Zweck des Daseins, dachte er halb verächtlich und erinnerte sich an die Nechajewa.

Sie ist doch ein liebes, ja sogar ein ganz außergewöhnliches Mädchen. Wie sich wohl Lidija zu ihr verhalten hätte?

Makarow schwieg. Sie fuhren am Bahnhof vor; Makarow, dem irgend etwas eingefallen war, beeilte sich, umarmte Klim und ging. »Wir sehen uns bald wieder!«

Klim sah ihm eine Weile nach, ging dann in den Wartesaal und setzte sich in einer Ecke an einen Tisch. Bis zur Abfahrt des Zuges hatte er noch über eine Stunde Zeit. Über Makarow nachzudenken, hatte er keine Lust; er hatte ihm alles in allem den Eindruck eines farblos gewordenen Menschen gemacht, und klug war er noch nie gewesen. Den Eindruck des Verblassens, als verlören sie ihre Farbe, erweckten in Klim alle Bekannten, er faßte das als Zeichen seines geistigen Wachstums auf. Dieser Eindruck wurde durch die Hast hervorgerufen und gefestigt, mit der alle sich mit den Pfauenfedern eines Nietzsche, eines Marx zu schmücken suchten. Klim ärgerte sich, als er daran dachte, daß auch Turobojew diese Hast empfand und zu verspotten wußte. Ja, der eilte nirgendwohin und wurde nicht farblos. Seine gestickten Brauen hochziehend, pflegte er mit funkelnden Augen zu sagen: »Das Bestreben eines jeden Junggesellen, sich diese oder jene Pute zur Gattin zu erküren und bis ans Ende seiner Tage in gutem Einvernehmen mit ihr zu leben, erkenne ich als durchaus berechtigt an – ich persönlich jedoch ziehe es vor, ledig zu bleiben.«

Klim beneidete Turobojew um seine Sprechweise fast bis zum Haß. Turobojew nannte Ideen »Jungfrauen aus dem geistigen

Stand«, er behauptete, daß »die humanistischen Ideen bedeutend mehr Glaubensgefühl erheischen als die kirchlichen, weil der Humanismus eine verdorbene Religion ist«. Samgin fragte sich betrübt: Warum vermag ich die Bücher, die ich gelesen habe, nicht ebenso blendend auszulegen?

Es kam ihm vor, als beobachte ihn Turobojew allzu aufmerksam, als studiere er ihn schweigend, als suche er ihn bei Widersprüchen zu ertappen. Er hatte Klim einmal unverschämt angesehen und geringschätzig gesagt: »Auf alle Fragen, Samgin, gibt es nur zwei Antworten: ja und nein. Sie wollen anscheinend eine dritte ausdenken? Das ist der Wunsch der meisten Menschen, doch bis jetzt ist es noch niemandem gelungen, ihn zu verwirklichen.«

Es war kränkend, diese Worte zu hören, und unangenehm, sich einzugestehen, daß Turobojew nicht dumm war.

Das Läuten eines Glöckchens und das Ausrufen des Bahnhofsdieners kündigten die Abfahrt des Zuges an und unterbrachen Samgins Gedanken über den Menschen, der ihm so unangenehm war. Er sah sich um, der Saal wimmelte von Reisenden, die in dichtem Gedränge dem Ausgang zum Bahnsteig zustrebten.

Klim stand auf und fragte sich achselzuckend: Wozu brauche ich Turobojew, wozu Kutusow?

VIERTES KAPITEL

Sonnenlicht, das durch das feine Netz der Musselinvorhänge gemildert wurde, füllte das Wohnzimmer mit der duftigen Wärme eines Frühlingsmittags. Die Fenster standen offen, doch der Musselin rührte sich nicht, die Blätter der Blumenstöcke auf den Fensterbänken standen reglos. Klim Samgin spürte, daß er eine solche Stille nicht mehr gewohnt war und daß sie ihn den Worten der Mutter anders lauschen ließ als früher.

»Du bist viel, viel männlicher geworden«, sagte Wera Petrowna nun wohl schon zum drittenmal. »Du hast sogar dunklere Augen bekommen.«

Sie hatte den Sohn mit einer ihn überraschenden Freude empfangen. Klim war seit seiner Kindheit ihre etwas trockene Zurückhaltung gewohnt und hatte sich angewöhnt, die Kühle der Mutter mit ehrerbietigem Gleichmut zu beantworten, jetzt jedoch mußte ein anderer Ton gefunden werden.

»Nun, und Dmitrij?« fragte sie. »Er studiert die Arbeiterfrage? O Gott! Übrigens hatte ich mir schon gedacht, daß er sich mit so etwas befassen würde. Timofej Stepanowitsch ist überzeugt, daß diese Frage künstlich aufgebauscht wird. Es gibt Leute, die meinen, Deutschland befürchte ein Anwachsen unserer Industrie und importiere darum zu uns den Arbeitersozialismus. Was sagt Dmitrij vom Vater? In den letzten acht Monaten – nein, länger schon! – hat Iwan Akimowitsch mir nicht geschrieben ...«

Sie war in großer Aufmachung, als erwartete sie Gäste oder als wollte sie zu Besuch gehen. Das lila Kleid, das an Brust und Hüften straff anlag, verlieh ihrer Figur etwas Gespanntes und Herausforderndes. Sie rauchte eine Zigarette, das war neu. Als sie sagte: »Mein Gott, wie die Zeit verfliegt!«, hörte Klim aus dem Ton ihrer Worte eine Klage; das war auch nicht ihre Art gewesen.

»Du weißt ja, in der Fastenzeit mußte ich nach Saratow reisen, wegen Onkel Jakow; es war eine sehr schwere Reise! Ich kenne dort niemanden und geriet in die Hände der ortsansässigen ... Radikalen, sie haben mir vieles verdorben. Ich vermochte nichts auszurichten, nicht einmal ein Zusammentreffen mit Jakow Akimowitsch hat man mir bewilligt. Ich gestehe, daß ich nicht sehr darauf bestanden habe. Was hätte ich ihm auch sagen können?«

Klim senkte zustimmend den Kopf. »Ja, mit ihm ist es schwer.«

Die Gesprächigkeit der Mutter verwirrte ihn ein wenig, doch machte er sie sich zunutze und fragte, wo Lidija sei.

»Sie ist mit Alina Telepnjowa ins Kloster gefahren, zu deren Tante, einer Äbtissin. Du weißt ja, sie hat eingesehen, daß sie kein Talent für die Bühne hat. Das ist gut. Aber sie sollte einsehen, daß sie überhaupt keine Talente hat. Dann wird sie sich nicht mehr für etwas Außergewöhnliches halten und wird vielleicht lernen ... die Menschen zu achten.«

Wera Petrowna blickte auf die Uhr, seufzte und horchte auf.

»Hast du gehört, daß die Telepnjowa einen reichen Bräutigam gefunden hat?«

»Ich habe ihn in Moskau gesehen.«

»Ja? Wer ist es?«

»Irgend so ein Narr«, sagte Klim achselzuckend.

»Ich glaube, Timofej Stepanowitsch ist gekommen ...«

Die Mutter erhob sich, ging zur Tür, doch diese tat sich bereits weit auf, von Warawkas gebieterischen Händen geöffnet.

»Aha, der Jurist ist eingetroffen, sei gegrüßt; na also, laß dich mal ansehen!«

Er füllte sofort das Zimmer mit dem Knarren seiner neuen Schuhe und dem Poltern umhergeschobener Sessel, während draußen auf der Straße ein Pferd schnaubte, Jungen schrien und ein wohlklingender Tenor sich hoch emporschwang: »Zwiebeln gibt's, Zwiebeln, Zwie-beln, Zwie-beln!«

»Wera – Tee, bitte. Um halb acht ist Sitzung. Die Stadt will dir einen Zuschuß für die Schule gewähren, hörst du?«

Aber sie war bereits nicht mehr im Zimmer. Warawka sah nach der Tür, fuhr mit der Hand durch seinen Bart und zwängte sich wuchtig in einen Sessel.

»Na, wie steht's, Jurist? Nach deinem Gesicht zu urteilen, haben die Wissenschaften dich nicht schlecht genährt. Erzähle!«

Er blickte Klim mit seinen Bärenäuglein in die Augen, patschte ihm aufs Knie und begann indessen selbst zu erzählen: »Eine Zeitung will ich herausgeben. Ha, eine Zeitung, mein Lieber! Wollen mal versuchen, den Küchenklatsch durch eine organisierte öffentliche Meinung zu ersetzen.«

Ein paar Minuten später, nachdem er seinen runden Leib ins Speisezimmer gewälzt hatte, rührte er den Tee im Glas behende mit dem Löffel um und lamentierte: »Was ist für uns, die Russen, die soziale Evolution? Sie ist der Prozeß der Vertauschung unserer hanfleinenen Hose gegen anständige Beinkleider ...«

Klim schien es, als sorge die Mutter für Warawka mit demonstrativer Unterwürfigkeit, mit einer Gekränktheit, die sie nicht verbergen konnte oder wollte. Als Warawka eine halbe Stunde gelärmt und drei Gläser Tee getrunken hatte, verschwand er, wie eine nebensächliche Gestalt von der Theaterbühne verschwindet, nachdem sie das Stück belebt hat.

»Er arbeitet erstaunlich viel«, sagte die Mutter mit einem Seufzer. »Ich bekomme ihn fast nicht zu sehen. Er ist unbeliebt, wie alle kulturell tätigen Menschen.«

Wera Petrowna erging sich lange in Betrachtungen über die Unwissenheit und stumpfe Bosheit der Kaufmannschaft, über die kurzsichtigen Urteile der Intelligenz; es war langweilig, ihr zuzuhören, und es schien, als suchte sie sich zu betäuben. Als Warawka fortgegangen war, wurde es im Haus wie auch auf der Straße wieder still, es erklang nur die trockene Stimme der Mutter, die sich eintönig hob und senkte. Klim war froh, als sie ermattet sagte: »Ich glaube, du bist müde?«

»Ich würde gern etwas spazierengehen. Möchtest du nicht auch?«

»O nein«, sagte sie, wobei sie das graue Haar an den Schläfen mit den Fingern glättete oder zu verstecken suchte.

Klim betrat die Straße, als es bereits dunkel war. Die hölzernen Wände und Zäune der Häuser strahlten noch Wärme aus, irgendwo links ging der Mond auf, und auf die grauen Pflastersteine fielen die kühlen Schatten der Bäume. Die Fensterscheiben waren wie mit gelbglänzendem Fett bestrichen, auch die spärlichen Sterne glichen Tröpfchen fetten Schweißes. Die Häuser waren platt an die Erde gedrückt, sie schienen unmerklich zu schmelzen, zu Schatten auf der Straße zu zerfließen; von Haus zu Haus rannen als dunkle Bäche die Zäune. Im Stadtpark, auf dem Weg rund um den Teich, schritten langsam Menschen, über dem gläsernen Kreis des schwarzen Wassers schwebten träge gedämpfte Stimmen. Klim erinnerte sich der Bücher Rodenbachs, dachte an die Nechajewa; sie hätte hier leben sollen, in dieser Stille, inmitten der schwerfälligen Menschen.

Er setzte sich auf eine Bank, unter das dichte Laubdach eines Strauchs; die Allee bog scharf nach rechts ab, um die Ecke saßen irgendwelche Leute, zu zweit; der eine von ihnen brummte dumpf, der andere scharrte mit einem Stock oder mit der Stiefelsohle auf dem lockeren, knirschenden Kies. Klim lauschte dem monotonen Gebrumm und vernahm längst bekannte Gedanken.

»Er ringt wie Tolstoi um Glauben, nicht um Wahrheit. Frei über die Wahrheit nachzudenken ist nur dann möglich, wenn die Welt geleert ist. Entferne aus ihr alles – alle Dinge, Erscheinungen und alle deine Wünsche außer dem einen: das Denken in seinem Wesen zu erkennen. Sie denken beide über den Menschen, über Gott, über das Gute und das Böse nach, das aber sind nur Ausgangspunkte für das Suchen nach der ewigen, alles entscheidenden Wahrheit ...«

»Hätten Sie nicht einen Rubel?« fragte die säuerliche Stimme Dronows.

Klim Samgin erhob sich, er wollte unauffällig weggehen, sah aber an der Bewegung der Schatten, daß Dronow und Tomilin ebenfalls aufgestanden waren und auf ihn zukamen. Er setzte sich, beugte sich vor und versteckte das Gesicht.

»Ich habe keinen Rubel«, sagte Tomilin in dem gleichen Ton, in dem er von der ewigen Wahrheit gesprochen hatte.

Klim blickte ihnen nach, ohne den Kopf zu heben. Dronow hatte reichlich alte Stiefel mit schiefgetretenen Absätzen an und eine Wintermütze auf, während Tomilin einen langen, bis zu den Fersen herabreichenden schwarzen Mantel und einen breitkrempigen Hut trug. Klim lächelte, er fand, daß dieses Kostüm die seltsame Gestalt eines Provinzweisen sehr charakteristisch unterstrich. Da er sich hinreichend von dessen Philosophie gesättigt fühlte, empfand er kein Verlangen, Tomilin zu besuchen, und dachte mit Unbehagen an die unvermeidliche Begegnung mit Dronow.

Im Park wurde es stiller, die Menschen waren verschwunden, wie zerronnen; das schwarze Wasser des Teichs reflektierte einen grünlichen Streifen Mondlicht und füllte den Park mit schläfriger, unbelastender Langeweile. Mit raschen Schritten näherte sich ein Mann in gelbem Anzug, setzte sich neben Klim, seufzte schwer, nahm den Strohhut ab, wischte mit der Hand über seine Stirn, warf einen Blick auf die Handfläche und fragte ärgerlich: »Spielen Sie Billard, Student?«

Als er ein kurzes Nein vernahm, stand er auf und ging, den Hut schwenkend, ebenso rasch wieder fort. Als er sich etwa fünfzehn Schritte entfernt hatte, rief er laut: »Schmarotzer, Grünschnabel!«

Dann lachte er teuflisch auf und verschwand. Klim lächelte auch, blieb noch ein paar Minuten gedankenlos sitzen und ging dann nach Hause.

Am vierten Tag erschien Lidija.

»Oh, du bist da!« sagte sie und hob erstaunt die Brauen. Ihr Erstaunen, die unschlüssig gereichte Hand und der Blick, der Klims Gesicht rasch streifte, das alles veranlaßte ihn, sich mürrisch von ihr zurückzuziehen. Sie war voller geworden, aber ihre umschatteten Augen lager tiefer, und ihr Gesicht schien kränklich. Sie trug ein graues Kleid mit Gürtel und einen Strohhut, der durch einen weißen

Schleier festgehalten wurde; so pflegten englische Damen auszusehen, die Ägypten bereisen. Sie begrüßte auch Wera Petrowna nachlässig, jammerte fünf Minuten lang launisch über das langweilige Kloster, über Staub und Schmutz der Reise und ging sich umkleiden, was alles Klims unangenehmen Eindruck noch verstärkte.

»Wie findest du sie?« fragte die Mutter, die vor dem Spiegel ihre Frisur ordnete, und sagte ihm sogleich die Antwort vor: »Sie schauspielert schon etwas, das ist der Einfluß der Schule.«

Zum Abendtee kam Alina. Sie hörte sich Samgins Komplimente wie eine Dame an, die mit allen Kombinationen schmeichlerischer Worte gut vertraut ist, ihre trägen Augen sahen Klim mit einem leichten Lächeln ins Gesicht.

»Man stelle sich vor – er siezt mich!« rief sie. »Das ist was wert. Ach, du hast meinen Bräutigam gesehen? Er ist zum Totlachen, nicht wahr?« Und mit den Fingern schnipsend, fügte sie genießerisch hinzu: »Ein Schlaukopf! Schieläugig, eifersüchtig. Es ist ergötzlich mit ihm, bis zur Gehirnerschütterung!«

»Und reich ist er ...«

»Das ist natürlich das Allerbeste!«

Sie leckte ein flüchtiges Lächeln von ihren üppigen Lippen und fragte: »Verurteilst du das?«

Sie hatte sich eine singende Sprechweise, schwungvolle, aber weiche und sichere Gesten angewöhnt, jene Ungezwungenheit der Bewegungen, die man in Kaufmannskreisen als Gediegenheit bezeichnet. Mit jeder Wendung des Körpers betonte sie geschickt und stolz die bezwingende Macht seiner Schönheit. Klim sah, daß die Mutter Alina mit wehmütigen Augen bewunderte.

«Die Freundinnen machen mir den Vorwurf, ich hätte mich durch das Geld verlocken lassen«, sagte Telepnjowa, während sie mit einer kleinen Zange Konfekt aus der Schachtel nahm. »Am meisten stichelt Lidija, nach ihren Gesetzen muß man mit dem Liebsten zusammen leben, und zwar in einer elenden Hütte. Aber ich bin ein Alltags- und Vaudevillegeschöpf, ich brauche ein hübsches Häuschen und eigene Pferde. Mir wurde erklärt: ›Ihnen, Telepnjowa, fehlt gänzlich das Verständnis für Dramatik.‹ Das hat nicht irgendwer gesagt, sondern er selbst, der Dramen schreibt. Lebt man jedoch mit dem Liebsten zusammen, bleibt das Drama nicht aus, wie dies in Versen und Prosa bewiesen ist ...«

Die ist von der Schule noch mehr verdorben als Lidija, dachte Klim. Die Mutter hatte sich, nachdem sie ihre Tasse Tee getrunken hatte, unauffällig entfernt. Lidija hörte der tönenden Stimme der Freundin zu, wobei ihre schmalen, sicherlich heißen Lippen sich zu einem kaum merklichen Lächeln verzogen. Alina erzählte belustigend von dem dramatischen Roman einer Gymnasiastin, die sich in einen intelligenten Buchbinder verliebt hatte.

»Ein richtiger Intellektueller, mit Brille, Spitzbart, an den Knien ausgebeulter Hose, der die säuerlichen Gedichtchen Nadsons rühmte! Da siehst du, Lidotschka, wie furchtbar das ist, ein Intellektueller und eine elende Hütte! Mein Ljutow hingegen ist ein Altgläubiger, ein Kaufherrnsöhnchen, er verehrt Puschkin; das ist auch Altgläubigentum, Puschkin zu lesen. Jetzt ist doch dieser – wie heißt er doch: Witebskij? Wilenskij – in Mode.«

Mit rosigen Fingern, deren Nägel wie Perlmutt glänzten, ergriff sie das Konfekt und biß, die weißen Zähne stolz zur Schau stellend, kleine Stückchen ab. Ihre Stimme klang gutmütig, die schimmernden Augen glitzerten freundlich.

»Ljutow und ich haben nichts übrig für drohende Verse wie:

Glaub mir, auferstehn wird Baal,
Wird verschlingen das Ideal . . .

Na, wohl bekomm's, mag er es verspeisen!«

Sie erglühte plötzlich, schnellte sogar ein wenig auf dem Stuhle hoch. »Oh, Lidotschka, was für Gedichtchen ich heute aus Moskau erhalten habe! Von irgendeinem neuen Dichter, Brussow oder Brossow – wunderbar! Sie sind etwas – frei, aber diese Musik, diese Musik!«

Sie wühlte hastig in den Falten des Rocks nach der Tasche, fand sie und schwang einen zerknitterten Briefumschlag hoch. »Hier sind sie . . .«

Geräuschvoll kam die rundliche Somowa in das Speisezimmer gelaufen, hinter ihr her schritt vorsichtig, als wate er auf schlüpfrigen Steinen durch den Fluß, ein hochgewachsener junger Mann in blauer Hose, einem Kittelhemd aus ungebleichtem Leinen und mit so etwas wie Sandalen an den bloßen Füßen.

»Liebe Freundinnen, das ist unerhört!« schrie die Somowa. »Ihr seid angekommen – und schweigt, obwohl ihr wißt, daß ich ohne euch nicht leben kann.«

»Und ohne mich«, sagte der junge Mann mit dem wilden Aussehen in dumpfem Baß.

»Und ohne dich, du Strafe Gottes, ohne dich, ja! Macht euch bekannt, ihr Mädchen: Inokow, das Kind meiner Seele, ein Vagabund, angehender Schriftsteller.«

Nachdem sie die Freundinnen abgeküßt hatte, setzte sich die Somowa neben Klim, trocknete sich das schweißnasse Gesicht mit einem Zipfel des Kopftuchs und musterte Samgin mit fröhlichem Blick.

»Was für ein Püppchen du geworden bist!«

Sie rollte sogleich zu Lidija hinüber und sagte: »Na, als Lehrerin haben sie mich an die Luft gesetzt, wie gefällt dir das?«

Auf ihren Platz setzte sich wuchtig Inokow; er rückte den Stuhl ein wenig von Klim fort, fuhr mit den Fingern durch das lange, rötliche Haar und heftete schweigend die blauen Augen auf Alina.

Klim hatte die Somowa mehr als drei Jahre nicht gesehen; in dieser Zeit hatte sie sich aus einem lymphatischen, ungelenken Backfisch in ein kattunberocktes Landmädel verwandelt. Um das an den Schläfen ausgebleichte Haar hatte sie ein weißes Kopftuch gebunden, die Wangen waren rund und prall geworden, die Augen glänzten lebhaft. Sie sprach laut, gebrauchte reichlich viel volkstümliche Ausdrücke und lächelte rosig. Sie hatte etwas Vulgäres an sich, das Klim innerlich abstieß. Inokow glich einem einfältigen Dorfhirten. Auch an ihm war nichts mehr von dem Gymnasiasten geblieben, als den Klim ihn in Erinnerung hatte. Aus seinem sommersprossigen Gesicht mit starken Backenknochen ragte häßlich eine stumpfe Nase, die breiten Nasenlöcher blähten sich nervös, auf der Oberlippe sproßte zaghaft ein spärlicher tatarischer Schnurrbart. Der Blick seiner blauen Augen änderte sich oft und gegensätzlich, war bald weiblich weich, bald ungerechtfertigt streng. Die stark vorgewölbte Stirn war schon von Falten durchfurcht.

»Machorka darf man hier wohl nicht rauchen?« fragte er Klim leise; Samgin schlug ihm vor, ans Fenster zu gehen, das nach dem Garten hin geöffnet war, und begleitete ihn. Dort holte Inokow einen Tabaksbeutel und Papier aus der Tasche, drehte sich ein Hundepfötchen, zündete es an, schwenkte das Streichholz, um es auszulöschen in der Luft herum und sagte aufseufzend: »Ein Teufelsmädel ...«

»Wer?«

Inokow deutete mit den Augen auf Alina.

»Die da. Wie ein Traum.«

Klim unterdrückte ein Lächeln und fragte: »Womit beschäftigen Sie sich?«

Inokow bewegte die eine Schulter. »So ganz allgemein ... Ich arbeite. Im Herbst habe ich im Kaspischen Meer Fische gefangen. Interessant. Schreibe für Zeitungen. Ab und zu.«

»Wird es gedruckt?«

»Wenig. Schreibe wohl zu selten.«

Wenn Inokow stand, wirkte er keilförmig: Die Schultern waren breit, das Becken schmal, die Beine dünn.

»Ich gedenke, mich ernsthaft mit der Fischsache, der Ichthyologie zu befassen.«

Die jungen Mädchen am Tisch lärmten sehr, aber die Somowa schnappte dennoch Inokows Worte auf.

»Schreiben wirst du«, rief sie.

Inokow warf die nicht zu Ende gerauchte Zigarette zum Fenster hinaus, blies den scharfen Rauch kräftig aus und ging auf den Tisch zu, indem er sagte: »Schreiben muß man wie Flaubert oder gar nicht. Bei uns wird nicht geschrieben, sondern werden Bastschuhe für die Seele geflochten.«

Er ergriff mit beiden Händen die Lehne eines schweren Stuhls und begann mit Feuereifer: »Wir sind, was den Fischreichtum anbelangt, das erste Land Europas, doch die Fischzucht ist bei uns barbarisch, den Fischfang betreiben wir gewinnsüchtig, wie Räuber. In Astrachan traf Professor Grimm ein, ein Ichthyologe, ich begleitete ihn durch die Fischereien, aber er ist blind, vorsätzlich blind . . .«

»Braucht denn das Volk Heringe?« rief die Somowa, ihre prallen Wangen mit einem unangenehm gelblichen Taschentuch abwischend.

Alina lachte ungeniert, wobei sie abwechselnd die Somowa anblickte und zu Inokow hinüberschielte; Lidija sah ihn mit zugekniffenen Augen an, wie man etwas weit Entferntes und Unverständliches betrachtet, doch er schlug den schweren Stuhl im Takt auf den Boden und dozierte selbstvergessen: »Der Aralsee, das Kaspische Meer, das Asowsche, das Schwarze Meer, dann die nördlichen Meere und die Flüsse . . .«

»Wenn sie doch austrocknen wollten!« erbitterte sich die Somowa. »Ich kann das nicht hören.«

Lidija stand auf und lud alle nach oben ein. Klim blieb einen Augenblick am Spiegel stehen und betrachtete einen Pickel auf seiner Lippe. Da trat die Mutter aus dem Wohnzimmer; sie verglich Inokow und die Somowa treffend mit Dilettanten der dramatischen Kunst, die ein mißglücktes Vaudeville spielen, legte Klim die Hand auf die Schulter und fragte: »Was sagst du zu Alina?«

»Eine blendende Erscheinung.«

»Und sie ist nicht dumm, obwohl sie sich . . . etwas plump aufspielt.« Ihm die Schulter streichelnd, sagte sie leise: »Wäre das nicht eine Braut für dich, wie?«

»Aber das ist doch ein Idol, Mama!« antwortete der Sohn lächelnd. »Man müßte zehntausend im Jahr haben, um es würdig schmücken zu können.«

»Das ist wahr!« sagte die Mutter ernst und seufzte. »Du hast recht.«

Klim ging zu Lidija. Dort saßen die Mädchen wie in der Kindheit auf dem Diwan. Der Bezug war zwar stark verschossen, die Sprungfedern knarrten vor Altersschwäche, aber er war noch ebenso breit und weich wie früher. Die kleine Somowa hockte mit den Beinen auf dem Diwan; als Klim herantrat, machte sie neben sich für ihn Platz, aber Klim setzte sich auf einen Stuhl.

»Er ist immer noch der gleiche, der Außenseiter«, sagte die Somowa zu den Freundinnen und stieß mit ihrem plumpen Schuh an seinen Stuhl. Alina forderte Klim auf, von Petersburg zu erzählen.

»Ja, was für Menschen leben dort?« murmelte Inokow, der mit einer dicken Zigarre Warawkas zwischen den Zähnen auf der Seitenlehne des Diwans saß.

Klim begann ohne Hast, vorsichtig die Worte wählend, von den Museen, den Theatern, den literarischen Abenden und den Schauspielern zu erzählen, merkte aber bald zu seinem Verdruß, daß er uninteressant sprach und daß man ihm unaufmerksam zuhörte.

»Die Menschen dort sind nicht besser, nicht klüger als überall«, fuhr er fort. »Man trifft selten einen, für den die Grundfragen des Seins Liebe oder Tod sind . . .«

Lidija strich eine Haarsträhne zurück, die ihr auf Ohr und Wange herabgefallen war. Inokow nahm die Zigarre aus dem Mund, schüttelte die Asche in die linke Hand, ballte sie zur Faust zusammen und bemerkte vorwurfsvoll: »Das sucht Lew Tolstoi uns einzureden . . .«

»Er weniger als andere.«

»Gibt es denn noch andere?«

»Verhalten Sie sich ablehnend gegen Fragen dieser Art?«

Inokow steckte die linke Hand in die Tasche und wischte sie dort ab.

»Ich weiß nicht.«

Klim spürte, daß dieser Bursche ihn erregte, da er ihn daran hinderte, die Aufmerksamkeit der Mädchen zu fesseln.

Er ist wahrscheinlich Propagandist und sicherlich dumm, dachte er.

Er begann kecker zu reden, bemühte sich aber, daß seine Worte weich und überzeugend klängen. Er erzählte von Maeterlinck, von dem Stück »Die Blinden«, von Rodenbachs »Spinnrad der Nebel«

und ging dann, ab und zu einen Blick auf Inokow werfend, dazu über, streng von Politik zu reden: »Unsere Väter befaßten sich allzu eifrig mit der Lösung von Fragen materieller Art, während sie die Rätsel des geistigen Lebens vollkommen irgnorierten. Die Politik ist das Gebiet der Selbstsicherheit, die die tiefsten Gefühle der Menschen abstumpft. Der Politiker ist ein beschränkter Mensch, er hält die Unruhe des Geistes für so etwas wie eine Hautkrankheit. All diese Volkstümler, Marxisten – sie sind nichts als Leute des Handwerks, aber das Leben fordert Künstler, schöpferische Menschen . . .«

Inokow, der die Zigarre wie eine Kerze hielt, zerhackte mit einem Finger der Linken die blauen Rauchspiralen.

»Da sind nun Menschen einer anderen Denkart erschienen, sie offenbaren uns die geheimnisvolle Grenzenlosigkeit unseres Innenlebens und bereichern die Welt des Gefühls, der Phantasie. Indem sie den Menschen über die häßliche Wirklichkeit hinausheben, zeigen sie sie nichtiger, weniger entsetzlich, als sie einem scheint, wenn man sich auf gleicher Höhe mit ihr befindet.«

»In der Luft kann man nicht leben«, sagte Inokow gedämpft und steckte die Zigarre in die Erde eines Blumentopfes.

Klim verstummte. Es kam ihm vor, als hätte er etwas Falsches, ja sogar ihm selbst Unbekanntes ausgesprochen. Er traute den zufälligen Gedanken nicht, die zuweilen von außen her, ohne Zusammenhang mit einer bestimmten Person oder einem Buch, bei ihm auftauchten. Was von anderen Menschen stammte, mit seiner Grundstimmung im Einklang stand und sich dem Gedächtnis leicht zu eigen machen ließ, schien ihm zuverlässiger als diese plötzlich aufflackernden, vagabundierenden Gedanken, die etwas Gefährliches an sich hatten, als wollten sie ihn von dem Vorrat schon dauerhaft angeeigneter Ansichten losreißen und entführen. Klim Samgin ahnte unklar, daß die Angst vor unerwarteten Gedanken irgendeinem Gefühl in ihm widersprach, aber dieser Widerspruch war ihm ebenfalls nicht klar und wurde aufgesogen durch das Bewußtsein, daß er sich gegen den Ansturm von Ansichten wehren müsse, die ihm organisch zuwider waren.

Ein wenig aufgeregt blickte er die Zuhörer an, ihre Aufmerksamkeit beruhigte ihn, während der unverwandt auf ihn gerichtete Blick Lidijas ihm sehr schmeichelte.

Die Somowa löste nachdenklich das Ende ihres Zopfes und flocht es wieder zusammen. »Dronow philosophiert auch, der Unglückliche.«

»Ja, er ist bedauernswert«, bestätigte Inokow und nickte mit seinem Krauskopf. »Dabei war er im Gymnasium ein munterer Bursche. Ich rede ihm zu: Geh doch als Lehrer aufs Land.«

Die Somowa empörte sich: »Was ist er denn für ein Lehrer! Er ist böse . . .!«

Inokow trat wiegenden Schrittes ans Fenster und sagte von dort aus: »Ich kenne ihn wenig. Und ich mag ihn nicht. Als man mich aus dem Gymnasium hinauswarf, dachte ich, das hätte ich Dronow zu verdanken, er hätte mich denunziert. Ich fragte ihn sogar vor kurzem: ›Hast du mich damals denunziert?‹ – ›Nein‹, sagte er. ›Na, schon gut. Wenn du es nicht warst, dann warst du es eben nicht.Ich habe nur aus Neugier gefragt.‹«

Inokow lächelte beim Sprechen, obwohl seine Worte keines Lächelns bedurften. Dabei legte sich die ganze Haut auf dem Gesicht mit den breiten Backenknochen weich und strahlenförmig in Fältchen, die Sommersprossen rückten einander näher, und das Gesicht wurde dunkler.

Natürlich, er ist dumm, entschied Klim.

»Ja, Dronow ist böse«, sagte Lidija nachdenklich. »Aber er ist so langweilig böse, als wäre Bosheit sein Handwerk und als hätte er es satt . . .«

»Du bist klug, Liduscha«, seufzte die Telepnjowa.

»Ein Mädchen mit Pfeffer«, stimmte die Somowa zu, indem sie Lidija umarmte.

»Hören Sie«, wandte sich Inokow an sie. »Die Zigarre riecht nach Kirgise. Dürfte ich Machorka rauchen? Ich werde ans Fenster gehen.«

Klim erhob sich plötzlich, trat auf ihn zu und fragte: »Erinnern Sie sich nicht an mich?«

»Nein«, antwortete Inokow, während er, ohne ihn anzublicken, an seiner Zigarette zog.

»Wir haben zusammen die Schule besucht«, beharrte Klim.

Inokow stieß einen langen Rauchstrahl aus und schüttelte den Kopf.

»Ich erinnere mich nicht. Waren wir vielleicht in verschiedenen Klassen?«

»Ja«, sagte Klim und wandte sich von ihm ab.

Was habe ich nur, wozu das? dachte er.

Lidija war aus dem Zimmer gegangen, auf dem Diwan stritten laut die Somowa und Alina.

»Durchaus nicht jede Frau ist dazu bestimmt, Kinder in die Welt zu setzen«, rief Alina gekränkt. »Die Häßlichsten und die Schönsten brauchen das nicht zu tun.«

Die Somowa erwiderte lachend: »Närrchen! Dann sollte man mich wohl in ein Kloster stecken oder zur Zwangsarbeit schicken und dich anbeten wie eine Göttin?«

Klim schritt im Zimmer umher und dachte, wie schnell und unmerklich sich doch alle veränderten. Während er, wie die Somowa sagte, »immer noch der gleiche, der Außenseiter« war.

Darauf sollte ich stolz sein, ermahnte er sich. Dennoch war ihm traurig zumute.

Still und flach wie ein Schatten betrat Tanja Kulikowa mit einer brennenden Lampe in der Hand das Zimmer.

»Schließt das Fenster, sonst flattert das graue Dreckzeug herein«, sagte sie. Dann hörte sie zu, wie die Mädchen auf dem Diwan stritten, musterte mit zugekniffenen Augen den breiten Rücken Inokows und seufzte: »Ihr solltet in den Garten gehen.«

Man antwortete ihr nicht. Sie schlug mit dem Fingernagel gegen die milchige Lampenglocke, lauschte mit seitlich geneigtem Kopf dem Klingen des Glases und verschwand geräuschlos, nachdem sie Klims Traurigkeit durch irgend etwas noch mehr vertieft hatte.

Er ging in den Garten. Dort war es schon bläulich dunkel; die weißen Fliederblüten schienen blaßblau. Der Mond war noch nicht aufgegangen, am Himmel schimmerte matt eine Unmenge von Sternen. Gemischter Blütenduft stieg von der Erde auf. Blätter wie Atlas streiften kühl bald den Hals, bald die Wange. Klim ging über den knirschenden Sand, das laute Stimmengewirr, das aus dem Fenster schallte, hinderte ihn am Denken, auch hatte er keine Lust zum Nachdenken. Der starke Blütenduft berauschte, und Klim schien es, als ginge er, auf dem Gartenweg kreisend, irgendwohin von sich selbst fort. Plötzlich erschien Lidija und ging, die Brust fest in einen Schall gehüllt, neben ihm her.

»Du hast gut gesprochen. Als ob nicht du das gewesen wärst.«

»Danke«, entgegnete er ironisch.

»Ich habe heute einen Brief von Makarow erhalten. Er schreibt, du habest dich sehr verändert und habest ihm gefallen.«

»So? Das ist schmeichelhaft.«

»Laß diesen Ton. Weshalb solltest du dich nicht freuen, wenn du jemandem gefällst? Du gefällst doch gern, ich weiß es . . .«

»Das habe ich an mir noch nicht bemerkt.«

»Bist du schlechter Laune? Warum bist du von denen da drin fortgegangen?«

»Und du?«

»Ich habe sie satt. Aber es ist peinlich, laß uns wieder hineingehen.«

Lidija hängte sich bei ihm ein und sagte nachdenklich: »Ich war überzeugt, dich zu kennen, doch heute schienst du mir unbekannt.«

Klim Samgin drückte ihren Arm behutsam und dankbar an sich, er fühlte, daß sie ihn wieder zu sich zurückgeführt hatte.

Im Zimmer wurde erregt debattiert. Alina stand am Flügel und wehrte die Somowa von sich ab, die wie ein Huhn auf sie zusprang und dabei rief: »Schamlosigkeit! Zynismus!«

Inokow sagte etwas hilflos lächelnd: »Im Grunde werde ich stets den Zynismus der Heuchelei vorziehen, Sie jedoch verteidigen die Poesie der Familienbadestuben.«

»Alina, man kann doch nicht . . .«

»Man kann wohl!« schrie die Telepnjowa, mit dem Fuß aufstampfend. »Ich werde es beweisen. Lida, hör zu, ich werde die Gedichte vorlesen. Auch Sie, Klim. . . Übrigens sind Sie . . . Na, einerlei . . .«

Ihr Gesicht loderte, die trägen Augen funkelten zornig, die Nasenlöcher blähten sich, aber ihre Empörung kam Klim gekünstelt und komisch vor. Als sie ein Blatt Papier aus der Tasche zog und es kampflustig in der Luft schwenkte, mußte Samgin unwillkürlich lächeln – auch Alinas Geste war kindlich komisch.

»Ich kann es auch so«, erklärte sie, sich beruhigend, und steckte das Blatt behutsam wieder ein. »Also, hört zu.«

Sie schloß die Augen, stand ein paar Sekunden schweigend und sich aufrichtend da, und als sich ihre dichten Wimpern langsam hoben, schien es Klim, als wäre das Mädchen plötzlich um einen Kopf gewachsen. Mit halblauter Stimme sagte sie in einem Atemzug:

»Wollüstige Schatten auf dunklem Pfühle, ringsum gelagert, lauerten, lockten . . .«

Sie stand da mit erhobenem Kopf und hochgezogenen Brauen, blickte verwundert in die bläuliche Finsternis vor dem Fenster, ihre Arme hingen am Körper herab, die offenen rosa Handflächen waren ein wenig von den Hüften abgespreizt.

»Ich sehe im Schimmer gemeißelter Knie weißmarmorne Schenkel, hauchzartes Haar . . .«, vernahm Klim.

Die Nechajewa hatte ihm oftmals solche krankhaft sinnlichen Verse zugeraunt, und sie hatten in Klim stets bestimmte Emotionen erweckt. Alina erweckte keine Emotionen dieser Art; sie erzählte verwundert und schlicht mit den Worten eines anderen irgendwessen Traumgesicht. In Klims Gedächtnis tauchte die Gestalt eines Mädchens auf, das vor langer Zeit einmal Verse von Fet, die sie liebte, verschmitzt rezitiert hatte. Hier dagegen klang aus den wollüstigen Versen nicht einmal Verschmitztheit, sondern nur Verwunderung. Gerade dieses Gefühl vernahm Klim in den tiefen Lauten der schönen Stimme, sah er in dem vielleicht vor Scham oder vor Angst erblaßten Gesicht und den geweiteten Augen. Die Stimme senkte sich immer mehr unter der Last der Worte dieses Fiebertraums. Alina, die jetzt langsamer und kraftloser vortrug, als läse sie etwas undeutlich Geschriebenes, sprach plötzlich eine Zeile laut, mit erleichtertem Aufatmen:

»O ferner Morgen am schäumenden Strand, fremdartig purpurne Töne der schamhaften Morgenröte . . .«

Es war, als bereite es ihr Schwierigkeiten, die Worte des Dichters nachzusprechen, der, unsichtbar neben ihr stehend, unhörbar für die anderen, ihr die scharfen Worte zuraunte.

Klim stand an die Wand gelehnt, er verstand die Worte schon gar nicht mehr, sondern lauschte nur den rhythmischen Schwingungen der Stimme und sah wie gebannt Lidija an, die sich auf dem Stuhl wiegte und in die gleiche Richtung blickte wie Alina.

». . . Chaos«, sprach Alina das letzte Wort des Gedichts und ließ sich, das Gesicht mit den Händen bedeckend, auf den Klaviersessel nieder.

»Unerhört gut«, murmelte Inokow.

Die Somowa trat leise zu der Freundin, streichelte ihr den Kopf und sagte mit einem Seufzer: »Du brauchst nicht zu heiraten, du bist eine Schauspielerin.«

»Nein, Ljuba, nein . . .«

Inokow verfiel in mürrische Eile. »Wir müssen jetzt gehen, Ljuba.«

»Ich auch«, sagte Alina, sich erhebend.

Sie trat auf Lidija zu, küßte sie wortlos und innig und fragte Inokow: »Nun, was sagen Sie dazu?«

»Ich bin überwältigt – es war unerhört gut!« antwortete er, ihr kräftig die Hand schüttelnd.

Sie waren gegangen. Der Mond schien zum offenen Fenster herein. Lidija schob einen Stuhl heran, setzte sich und legte die Ellenbogen auf das Fensterbrett. Klim trat zu ihr. In dem bläulichen Halbdunkel hob sich deutlich das Profil des Mädchens ab, ihr dunkles Auge glänzte.

»Alles, was von Liebe handelt, trägt sie unnachahmlich vor«, fing Lidija an, »aber ich meine, sie schwärmt nur, sie empfindet nicht. Auch Makarow spricht feierlich von der Liebe, und auch er . . . redet daran vorbei. Wer empfindet – das ist Ljutow. Ein erstaunlich interessanter Mensch, aber er ist wie ein gebranntes Kind, er scheut sich vor irgend etwas . . . Er tut mir manchmal leid.«

Sie sprach, ohne Klim anzusehen, leise und als überprüfe sie ihre

Gedanken. Sie richtete sich auf, legte die Arme in den Nacken; ihre spitzen Brüste hoben den leichten Blusenstoff. Klim schwieg abwartend.

»Wie seltsam das alles ist . . . Weißt du – in der Schule wurde mir mehr und beharrlicher der Hof gemacht als ihr, dabei bin ich doch im Vergleich zu ihr fast ein Scheusal. Und ich war sehr gekränkt – nicht meinetwegen, sondern wegen ihrer Schönheit. Ein . . . sonderbarer Mensch, er heißt Diomidow, nicht einfach Demidow, sondern Diomidow, sagt, Alina sei abstoßend schön. Ja, so hat er es gesagt. Aber . . . er ist ein ungewöhnlicher Mensch, man hört ihm gern zu, doch fällt es einem schwer, ihm zu glauben.«

Ehe noch Samgin sagen konnte, daß er sie nicht verstünde, fragte Lidija mit einem Blick hinter seine Brille: »Hast du gesehen, wie sie beim Deklamieren Ähnlichkeit mit einem Fisch bekommt? Sie hält die Hände wie Flossen.«

Klim stimmte ihr bei: »Ja, eine hölzerne Pose.«

»Man hat es ihr in der Schule nicht abgewöhnen können. Du denkst, ich verleumde, ich beneide sie? Nein, Klim, das tu ich nicht«, fuhr sie mit einem Seufzer fort. »Ich glaube, es gibt Schönheit, die keine . . . rohen Gedanken erweckt – nicht wahr?«

»Gewiß«, sagte Klim. »Aber du sprichst sonderbar. Weshalb sollte Schönheit gerade rohe . . .«

»Ja, ja«, unterbrach ihn Lidija, »widersprich nicht! Wenn ich schön wäre, würde ich gerade rohe Gefühle erwecken.«

Sie sprach das entschieden und hastig aus und fragte gleich darauf: »Wie hieß er doch, der ›Die Blinden‹ geschrieben hat? Maeterlinck? Verschaff mir das Buch. Wie sonderbar, daß du gerade heute auf das Allerwichtigste zu sprechen kamst!«

Ihre Stimme klang zärtlich, weich und erinnerte Klim an die halb vergessenen Tage, als sie, ein kleines Mädchen, müde vom Spielen, ihm vorgeschlagen hatte: »Komm, setzen wir uns ein wenig.«

»Diese Fragen beunruhigen mich«, sagte sie, zum Himmel emporblickend. »In der Christwoche nahm Dronow mich zu Tomilin mit; er ist in Mode, dieser Tomilin. Man lädt ihn in Intelligenzkreise ein, damit er dort predigt. Mir aber scheint, er verwandelt alles auf der Welt in Worte. Ich war noch ein zweites Mal bei ihm, allein; er warf mich in diese kalten Worte hinein wie ein Kätzchen in den Fluß, das war alles.«

Obwohl sie dies spöttisch, ohne Klage gesagt hatte, fühlte sich Klim gerührt. Er hätte offenherzig mit ihr sprechen, ihr die Hand streicheln mögen.

»Erzähl etwas«, bat sie.

Er fing an, von Turobojew zu erzählen, und dachte: Wie wäre es, wenn ich ihr etwas von der Nechajewa andeuten würde?

Lidija hörte seinem ironischen Reden kaum eine Minute zu und unterbrach ihn: »Das ist uninteressant.«

Und gleich darauf fragte sie nachlässig: »Ist er sehr krank?«

»Ich weiß nicht«, antwortete Klim erstaunt. »Weshalb fragst du? Das heißt, wie kommst du darauf?«

»Ich hörte, er habe die Schwindsucht.«

»Man merkt nichts davon.«

Lidija war verstimmt, sie strich mit dem Taschentuch kräftig über Lippen und Wange, dann sagte sie aufseufzend: »In der Schule hatten wir einen Kameraden Turobojews, er war ein ganz unerträglicher Flegel, aber außergewöhnlich talentiert. Und plötzlich . . .«

Sie zuckte nervös zusammen, sprang auf, ging zum Diwan, hüllte sich in ihren Schal und flüsterte empört: »Stell dir vor, wie entsetzlich das ist – sich mit zwanzig Jahren von einer Frau eine Krankheit zu holen. Das ist abscheulich! Das ist schon eine Gemeinheit! Liebe, und dann – das . . .«

Sie wich vor Klim zurück und wäre fast in die Diwanecke gefallen.

»Was hat das denn mit Liebe zu tun?« murmelte Samgin.

Lidija unterbrach ihn zornig: »Ach, hör auf! Das verstehst du nicht. Dabei darf es keine Krankheiten, keine Schmerzen, nichts Unreines geben . . .«

Sie wiegte sich mit gebeugtem Rücken hin und her und sprach durch die Zähne: »Alles ist so entsetzlich! Du weißt es gar nicht: Vater begeisterte sich im Winter für eine Vaudeville-Schauspielerin; sie war dicklich, rotbackig, ordinär, wie ein Marktweib. Ich stehe nicht sehr gut mit Wera Petrowna, wir mögen uns nicht, aber – mein Gott! Wie schwer sie es hatte! Ihre Augen sind wie irr geworden. Hast du gesehen, wie sie ergraut ist? Wie roh und furchtbar das alles ist. Die Menschen treten einander mit Füßen. Ich möchte leben, Klim, aber ich weiß nicht, wie.«

Die letzten Worte brachte sie so schroff hervor, daß Klim schüchtern wurde. Sie indes forderte: »Nun, so sag mir doch, wie soll ich leben?«

»Du mußt lieben«, antwortete er leise. »Wenn du liebst, wird alles klarwerden.«

»Weißt du das? Hast du es erprobt? Nein. Und – es wird auch dann nicht klarwerden. Bestimmt nicht. Ich weiß, daß man lieben muß, aber ich bin überzeugt – es wird mir nicht gelingen.«

»Weshalb?«

Lidija biß sich auf die Lippen und schwieg, die Ellenbogen auf die

Knie gestützt. Ihr bräunliches Gesicht war errötet und noch dunkler geworden, sie hatte wie geblendet die Augen halb geschlossen. Klim wollte ihr gern etwas Tröstliches sagen, aber er kam nicht dazu.

»Nun bin ich in der Schauspielschule gewesen, um nicht zu Hause zu leben und weil ich die Hebammenwissenschaften, die Mikroskope und das alles nicht mag«, begann Lidija nachdenklich, halblaut. »Ich habe eine Freundin, die ein Mikroskop besitzt und daran glaubt wie eine alte Frau an das heilige Abendmahl. Aber durch das Mikroskop kann man weder Gott noch den Teufel sehen.«

»Man kann sie auch durch ein Teleskop nicht sehen«, scherzte Klim zaghaft.

Lidija kauerte sich in die Diwanecke.

»Ich glaube«, begann Klim entschlossen, »ich bin sogar überzeugt, daß Menschen, die ihrer Phantasie freien Lauf lassen, leichter leben können. Schon Aristoteles sagte, das Erdachte käme der Wahrheit näher als die Wirklichkeit.«

»Nein«, widersprach Lidija entschieden. »Das stimmt nicht.«

»Ist denn die Poesie nicht etwas Erdachtes?«

»Nein«, sagte das Mädchen noch schroffer. »Ich verstehe nicht zu debattieren, aber ich weiß, daß es nicht stimmt. Ich bin nichts Erdachtes.«

Und indem sie Klims Ellenbogen mit der Hand berührte, bat sie: »Sprich doch nicht so in Zitaten wie Tomilin . . .«

Das verwirrte Klim dermaßen, daß er von ihr abrückte und hilflos murmelte: »Wie du willst . . .«

Ein bis zwei Minuten schwiegen sie beide. Dann mahnte Lidija leise: »Es ist schon spät.«

Als Klim sich in seinem Zimmer auskleidete, empfand er heftige Unzufriedenheit. Weshalb war er schüchtern geworden? Er merkte nicht zum erstenmal, daß er sich allein mit Lidija bedrückt fühlte und daß dieses Gefühl nach jeder Begegnung zunahm.

Ich bin doch kein in sie verliebter Gymnasiast, bin nicht Makarow, sagte er sich. Ich sehe wohl ihre Mängel, doch ihre Vorzüge sind mir im Grunde nicht klar, redete er sich zu. Was sie über die Schönheit sagte, war dumm. Sie spricht überhaupt ausgeklügelt . . . unnatürlich für ein Mädchen ihres Alters.

Als er zu begreifen suchte, was ihn zu diesem Mädchen hinzog, empfand er weder Verliebtheit noch jene physische Neugier, die durch die sachlichen Zärtlichkeiten Margaritas und durch die Gier der Nechajewa in ihm erweckt worden war. Doch zog es ihn immer unwiderstehlicher zu Lidija hin, und er befürchtete unbestimmt, daß in dieser Neigung eine Gefahr für ihn läge. Manchmal schien ihm, als zeige Lidija ihm gegenüber jetzt denselben Eigendünkel, den er in der Kindheit gehabt hatte, als er alle Mädchen außer Lidija für niedrigere Wesen als sich selbst gehalten hatte. Bei der Erinnerung daran, daß seine schlanke, geschmeidige Freundin schon immer den Trieb zum Kommandieren gehabt hatte, gelangte Klim zu der Vermutung, daß dieser Trieb sich jetzt abscheulich ausgewachsen habe, gewichtiger geworden sei und daß Lidija dadurch einen Druck auf ihn ausübe. Dieser Trieb war nicht in Lidijas Worten, er versteckte sich hinter den Worten und forderte gebieterisch, daß Klim Samgin ein anderer Mensch werde, anders denke, rede. Sie belehrte ihn: »Du sprichst zu schulmeisterlich und verhältst dich anderen gegenüber wie ein Beamter mit Sonderauftrag. Warum lächelst du so gezwungen?«

All das erweckte in Klim ein Gefühl des Protestes, das Bewußtsein, daß er sich wehren müsse, und dieses Bewußtsein, das ihn an Makarow erinnerte, diktierte ihm:

Ich werde ihr keine Beachtung schenken, und fertig. Ich will ja nichts von ihr.

Er versuchte, sich unabhängig zu verhalten, wollte Lidija davon überzeugen, daß sie ihm gleichgültig sei, suchte ihr ständig unter die Augen zu kommen und wünschte sich sehr, daß sie seine Unabhängigkeit merke. Als ihr dies auffiel, fragte sie nachlässig: »Wem gilt denn dein Schmollen?«

Dann forschte sie wieder: »Wieso gefällt dir ›Unser Herz‹? Das ist unnatürlich; einem Mann darf so ein Buch nicht gefallen.«

Es war nicht immer leicht, ihre Fragen zu beantworten. Klim spürte, daß sich hinter ihnen der Wunsch verbarg, ihn auf Widersprüchen zu ertappen, und spürte außerdem noch etwas, das in der Tiefe der dunklen Augen, in ihrem zäh forschenden Blick versteckt lag.

Als ihm einmal die Geduld riß, sagte er ärgerlich: »Du examinierst mich wie einen kleinen Jungen.«

Lidija fragte erstaunt: «So?«

Dann sah sie ihm mit einem unverständlichen Lächeln in die Augen und sagte ziemlich weich: »Nein, dich kann man auch nicht als jungen Mann bezeichnen, du bist so ein . . .«

Sie suchte ein Wort und fand nur das sehr unbestimmte: ». . . eigenartig.«

Und wie gewöhnlich begann sie ihn zu verhören: »Was findest du an Rodenbach? Das ist meiner Ansicht nach schlechter Seifenschaum.«

Eines Abends, als ein strömender Frühlingsregen gegen die Fenster peitschte, Klims Zimmer blau aufloderte und die Fensterscheiben unter den Donnerschlägen bebten, dröhnten und klirrten, küßte Klim, lyrisch gestimmt, dem Mädchen die Hand. Sie nahm diese Geste mit Ruhe auf, als hätte sie sie gar nicht wahrgenommen, doch als Klim den Kuß wiederholen wollte, zog sie ihre Hand behutsam zurück.

»Du glaubst mir nicht, aber ich ...«, begann Klim, doch sie unterbrach ihn.

»Du gleichst am allerwenigsten dem Chevalier des Grieux. Ich bin auch keine Manon.«

Kurz darauf sagte sie schaudernd: »Am widerlichsten, glaube ich, lieben die Schauspieler.«

Klim fragte beunruhigt: »Weshalb denn gerade die Schauspieler?«

Sie antwortete nicht.

Solche Gedanken kamen ihr ganz unerwartet, ohne Zusammenhang mit dem Vorhergehenden, und Klim spürte in ihnen immer etwas Verdächtiges, eine Andeutung. Hielt sie etwa ihn für einen Schauspieler? Er war schon darauf gekommen, daß Lidija, wovon auch immer sie sprach, an Liebe dachte wie Makarow an das Los der Frauen, Kutusow an den Sozialismus, und wie die Nechajewa anscheinend an den Tod gedacht hatte, bis es ihr gelungen war, Liebe zu erzwingen. Klim Samgin bekam eine immer stärkere Abneigung gegen Menschen, die von einer Idee besessen waren, und fürchtete sie immer mehr, sie waren allesamt Bedrücker, sie waren alle mit dem Trieb behaftet, andere zu knechten.

Nicht selten kam es ihm vor, als spielte Lidija mit ihm; das vertiefte seine Mißgunst gegen sie, es steigerte auch seine Schüchternheit. Doch stellte er mit Erstaunen fest, daß ihn nicht einmal das an dem Mädchen abstieß.

Am unbehaglichsten war es ihm, wenn sie auf einmal mitten im Gespräch in eine seltsame Erstarrung versank. Die Lippen fest zusammengepreßt, die Augen weit geöffnet, starrte sie ihn an, als wollte sie ihn mit ihrem Blick durchbohren; über ihr bräunliches Gesicht huschte der Schatten unergründlicher Gedanken. In solchen Augenblicken schien sie ihm plötzlich älter, scharfsichtig und gefährlich weise. Klim senkte den Kopf, da er ihren Blick nicht ertrug und gewärtig war, daß sie sich sogleich etwas Ungewöhnliches, Unnormales ausdenken und von ihm verlangen werde, er solle diesen Einfall ausführen. Er fürchtete, daß er es ihr nicht abschlagen könnte. Ein einziges Mal nur fand er den Mut zu fragen: »Was hast du?«

»Nichts«, antwortete sie mit dem allgemein üblichen leeren Wort.

Dann jedoch sagte sie, ihr Gesicht gewaltsam durch ein langsames Lächeln aufhellend: »Der Schweigerich hat mich gepackt. Die Pawla – erinnerst du dich, das Dienstmädchen, das uns bestahl und spurlos verschwand? – erzählte mir, es gebe so ein Wesen, den Schweigerich. Ich verstehe das – ich sehe ihn fast: als Wolke, als Nebel. Er umschlingt den Menschen, dringt in ihn ein und verheert ihn. Das ist eine Art kalter Schauer. In ihm verschwindet alles, alle Gedanken, Worte, das Gedächtnis, der Verstand – alles! Es bleibt im Menschen nur noch eins: die Angst vor sich selbst. Verstehst du?«

»Ja«, antwortete Klim, sah zu, wie ihr gemachtes Lächeln erlosch, und dachte: Das ist gespielt. Natürlich ist das gespielt!

»Aber ich – verstehe es nicht«, fuhr sie mit einem neuen, spitzen Lächeln fort. »Weder bei mir noch bei anderen – ich begreife es nicht. Ich kann nicht denken . . . scheint mir. Oder ich denke nur über meine eigenen Gedanken nach. In Moskau machte man mich mit einem Sektierer bekannt, einem ganz einfachen Menschen, er hatte ein Gesicht wie ein Hundeschnäuzchen. Er wiegte sich hin und her und murmelte:

›Das Bein, das singt: Wohin gehe ich?
Die Hand, die singt: Warum nehme ich?
Das Fleisch aber singt: Wozu lebe ich?‹

Sonderbar, nicht wahr? So ein einfacher magerer Mensch. So etwas brauchte es nicht zu geben, meine ich.«

Klim stimmte ihr zu: »Das brauchte es nicht zu geben.«

Doch Lidija fragte plötzlich sehr streng: »Wenn es das aber doch geben muß? Woher weißt du, ob ja oder nein?«

Ständig machte sie es so: Sie zwang ihn, ihr beizustimmen, und bestritt dann sogleich ihre eigene Behauptung. Klim fiel es leicht, ihr beizustimmen, doch er wollte nicht mit ihr streiten, denn er hielt es für fruchtlos, da er sah, daß sie den Einwänden kein Gehör schenkte.

Auch sah er, daß seine Zwiegespräche mit Lidija der Mutter nicht gefielen. Warawka blickte gleichfalls finster drein, kaute mit den roten Lippen am Bart und sagte, die Vögel bauten erst dann Nester, wenn sie flügge seien. Von ihm strömte staubige Langeweile, Müdigkeit, Erbitterung aus. Wenn er heimkam, war er zerknirscht wie nach einer Rauferei. Seinen schweren Leib in einen Ledersessel zwängend, trank er Selterswasser mit Kognak, benetzte damit seinen Bart und beklagte sich über die Stadtverwaltung, das Semstwo, den Gouverneur. Er sagte: »In Rußland gibt es zwei Menschenstämme: Die einen können nur über die Vergangenheit nachdenken und reden, die anderen – nur über die Zukunft, und zwar unbedingt über eine – sehr ferne. Die Gegenwart, der morgige Tag, interessiert fast niemanden.«

Die Mutter saß ihm gegenüber, als säße sie einem Porträtmaler. Lidija war zu ihrem Vater auch früher nicht sehr zärtlich gewesen, jetzt indessen sprach sie geradezu nachlässig mit ihm, betrachtete ihn gleichgültig, wie einen Menschen, den sie nicht benötigte. Die bedrückende Langeweile trieb Klim auf die Straße hinaus. Dort sah er, wie ein betrunkener Bürger bei einer dicken, einäugigen Bäuerin Hühnereier kaufte, sie Stück für Stück aus dem Spankorb herausnahm, prüfend gegen das Licht hielt und dann in die Tasche steckte, wobei er tatarisch vor sich hin sagte: »Jakschi. Schtochjakschi.«

Ein Ei steckte er neben die Tasche und zertrat es, es schmatzte als Rührei unter der Sohle des schmutzigen Stiefels. Vor einem Gasthaus saßen auf einem abgebrochenen Schild mit der Aufschrift »Moskau mit mö . . .« ein paar Tauben und guckten ins Fenster, dort stand ein schwarzbärtiger Mann in Hemdsärmeln, der, vor sich hin pfeifend, mit sorgenvollem Gesicht ein Paar blaue Hosenträger betrachtete und in die Länge zog. Eine alte Frau mit freundlichem Gesicht schob ein Wägelchen vor sich her, aus dem zwei puppenhafte rosa Händchen in die Luft griffen, streifte Klim mit einem Rad des Wägelchens und rief ärgerlich: »Sehen Sie denn nicht? Noch dazu mit Brille!«

Dann blieb sie stehen, um Tabak zu schnupfen, und redete laut und lange irgend etwas von den gottlosen Studenten. Klim ging weiter und dachte an den Sektierer, der »Das Bein, das singt: Wohin gehe ich?« murmelte, dachte an den betrunkenen Bürger, an die gestrenge Alte, an den schwarzbärtigen Mann, der sich für seine Hosenträger interessierte. Welcher Sinn lag im Leben dieser Menschen?

In einer schmalen Sackgasse spielten zwischen morschen Zäunen an die zwanzig Jungen geräuschvoll ein Wurfspiel mit Knütteln und Klötzen. Etwas abseits lag, barfuß und ohne Mütze, Inokow bäuchlings auf der Erde; sein zerzaustes Haar glänzte seidig in der Sonne, das scheckige Gesicht war zu einem glücklichen Lächeln verzerrt, die Sommersprossen zitterten. Er rief erregt, in flehendem Ton: »Keine Hast, Petja! Ruhig! Hau den Pfaffen um . . .! Den Pfaffen . . . ach, verfehlt!«

Inokow kam Klim oft ganz plötzlich zu Gesicht. Mal geht er irgendwohin, weit ausschreitend, auf die Erde blickend, die geballten Hände hinter dem gebeugten Rücken, als trage er eine unsichtbare Last auf den Schultern. Mal sitzt er auf einer Bank im Stadtpark und beobachtet mit offenem Mund, hingerissen, die launischen Spiele der Kinder. Aus dem Kellergewölbe des Hauses der Kaufherren Sinew sind Tausende von Würmern auf die Straße gekrochen, sie wimmeln, kriechen an den grauen Steinen des Fundaments hoch, es mit einem lebendigen, schwarzen Spitzenmuster bedeckend, kriechen über den Bürgersteig den Passanten unter die Füße, die Menschen weichen vor ihnen zurück, ängstlich die einen, angeekelt die andern, und brummen, unheilvoll die einen, schadenfroh die anderen: »Nichts Gutes, nichts Gutes hat das zu bedeuten.«

»Unsinn«, ruft Inokow, lacht, entblößt seine unregelmäßigen, bösen Zähne und erläutert: »Da ist irgendwas verfault . . .«

Die Menschen weichen vor ihm, dem Langen und Dürren, ebenso zurück wie vor den Würmern.

Klim war ihm einmal auf der Straße begegnet und hatte ihn begrüßen wollen, aber Inokow war mit starrem Blick wie ein Blinder und mit verkniffenen Lippen an ihm vorbeigegangen.

Ein-, zweimal war Inokow gemeinsam mit Ljuba Somowa zu Lidija gekommen, und Samgin hatte gesehen, daß der keilförmige Bursche sich bei Lidija wie ein ungebetener Gast vorkam. Er schoß ohne Sinn und Verstand, wie ein einschlafender Barsch in einem Kübel Wasser, umher, schüttelte den langhaarigen Kopf, verzog das schekkige Gesicht, seine Augen betrachteten die Dinge im Zimmer mit fragendem Blick. Es war klar, daß Lidija ihm unsympathisch war und daß er sich über sie Gedanken machte. So trat er plötzlich auf sie zu und fragte mit hochgezogenen Brauen und weitgeöffneten Augen: »Mögen Sie Turgenjew?«

»Ich lese ihn.«

»Was soll das heißen – Sie lesen ihn? Haben Sie ihn schon gelesen?«

»Na schön, ich habe ihn gelesen«, willigte Lidija lächelnd ein, während Inokow sie belehrte: »Die Bibel, Shakespeare liest man eben, Turgenjew jedoch muß man durchlesen, um die Pflicht der Höflichkeit gegenüber der russischen Literatur zu erfüllen.«

Dann begann er dumm und dreist zu schwatzen: »Turgenjew ist ein Konditor. Was er hervorbringt, ist nicht Kunst, sondern Zuckergebäck. Wahre Kunst ist nicht süß, sie ist stets ein wenig bitter.«

Sagte es und wandte sich ab. Ein andermal fragte er sie ebenso unerwartet, indem er von hinten an sie herantrat und sich über ihre Schulter beugte: »Haben Sie Tschechows ›Eine langweilige Geschichte‹ gelesen? Spaßig, nicht? Da hat ein Professor sein ganzes Leben lang etwas gelehrt und ist zu guter Letzt auf den Gedanken gekommen: Es gibt keine allgemeine Idee. An welche Kette war er denn sein ganzes Leben lang geschmiedet? Was hat er denn – ohne eine allgemeine Idee – die Menschen gelehrt?«

»Eine allgemeine Idee, ist das nicht soviel wie ein Gemeinplatz?« fragte Lidija.

Inokow blickte sie erstaunt an und murmelte: »Ach so? Hm ... darüber habe ich nicht nachgedacht. Das weiß ich nicht.«

Und er fuhr beharrlich fort: »Tschechow hat ja auch keine allgemeine Idee. Er fühlt Mißtrauen gegen den Menschen, gegen das Volk. Leskow hat an den Menschen geglaubt, an das Volk aber auch nicht sehr. Er nannte es ›slawisches Dreckzeug, heimischer Mist‹. Leskow hat ganz Rußland durchschaut. Tschechow hat ihm sehr viel zu verdanken.«

»Davon merke ich nichts«, sagte Lidija, Inokow mit Neugier betrachtend.

»Lesen Sie einen nach dem anderen, dann werden Sie es merken ...«

Er berührte mit dem Finger die Schulter des Mädchens, daß sie zurückfuhr: »Sagen Sie, wo ist denn dieses schöne Mädchen, Ihre Freundin?«

»Wahrscheinlich bei sich zu Hause. Wollen Sie etwas von ihr?«

Lidija lächelte, die Sommerprossen in Inokows Gesicht zitterten gleichfalls, seine Lippen gingen kindlich in die Breite, in seinen Augen schimmerte ein weiches Lachen.

»Habe ich komisch gefragt? Na, das macht nichts! Ich will selbstverständlich nichts von ihr, doch bin ich neugierig, wie sie leben wird. Wenn man so schön ist, ist das schwer. Und dann meine ich immer, daß bei uns unter dem neuen Zaren mal eine Lola Montez auftauchen müßte.«

»Er hat sich in sie verliebt, das ist es«, sagte die Somowa mit einem zärtlichen Blick auf ihren Freund. »Mein Lieber ist auf das Grelle versessen ...«

»Verliebt, das ist Unsinn! Aufs Verlieben verstehe ich mich nicht. Dieses Fräulein hetzt mich einfach zu großen Gedanken. Sie ist gar zu sehr am unrechten Platz. Darum bin ich traurig, wenn ich an sie denke.«

»Versuchen Sie, nicht an sie zu denken«, riet Lidija.

Inokow wunderte sich und zog die Brauen hoch. »Ist denn das möglich: sehen und nicht daran denken?«

Als er und die Somowa fortgegangen waren, fragte Klim Lidija: »Weshalb sprichst du mit ihm wie eine Gnädige?«

Lidija lachte leise und erklärte ihm, die Arme verschränkend, mit einem Achselzucken: »Ich habe auch das Gefühl, daß das albern ist, aber ich kann keinen anderen Ton finden. Mir ist, als würde er mich, wenn ich anders mit ihm spräche, auf die Knie nehmen, mich umarmen und anfangen mich auszufragen: »Was sind Sie eigentlich?«

Klim dachte nach und sagte: »Ja, von ihm kann man allerhand Dreistigkeiten erwarten.«

Eines Abends kam die Somowa allein, sehr müde und offensichtlich erregt.

»Ich übernachte bei dir, Liduscha«, erklärte sie. »Mein Liebster ist irgendwo in den Bezirk, er muß sehen, wie die Bauern rebellieren werden. Gib mir etwas zu trinken, aber nur keine Milch. Hast du Wein?«

Klim ging hinunter und holte eine Flasche Weißwein, sie setzten sich zu dritt auf den Diwan, und Lidija begann die Freundin auszufragen, was für ein Mensch Inokow sei.

»Ja, das weiß ich selbst nicht, meine Freunde!« erklärte die Somowa, wobei sie mit einer Ratlosigkeit, die Klim für aufrichtig hielt, die Arme von sich breitete.

»Ich kenne ihn seit sechs Jahren, lebe mit ihm das zweite Jahr, sehe ihn aber selten, da er immerzu nach allen Seiten davonspringt. Er kommt hereingeflogen wie eine Hummel, kreist und summt ein wenig herum und sagt plötzlich: ›Ljuba, morgen fahre ich nach Cherson.‹ Merci, monsieur. Mais – pourquoi? Meine Lieben – es ist schrecklich unsinnig und sogar traurig, in unserem Dorf französisch zu sprechen, und doch möchte man es! Man möchte es wahrscheinlich, um die Unsinnigkeit zu verstärken, vielleicht aber auch, um sich etwas anderes, ein anderes Leben in Erinnerung zu bringen.«

Sie hatte scherzhaft, in humoristischem Ton zu sprechen begonnen, fuhr nun aber nachdenklich, wenn auch nicht ohne wehmütigen Humor, fort: »›Man muß Rußland kennen‹, sagt er. ›Man muß alles wissen.‹ Das ist ein Tick. So heißt es bei ihm sogar in einem Gedicht:

Doch sprengen werd ich diese Fessel,
Hab ich den Willen doch in mir,
Die Seele weckte mir dafür
Satan, Fanatiker des Wissens!

Ja, und dann ist er wieder weg. Briefe kommen auch keine, und es ist, als wäre ich nicht da. Und plötzlich kommt er, freundlich, schuldbewußt zur Tür herein. ›Erzähl, wo du warst, was hast du gesehen?‹ Er erzählt irgend etwas nicht allzu Erstaunliches, aber immerhin . . .«

Der Somowa traten Tränen in die Augen, sie holte ihr Taschentuch heraus, trocknete sich verlegen die Augen und lächelte. »Die

Nerven. Nun also. ›In Mariupol‹, sagt er, hat eine Kaufmannswitwe einen Matrosen, einen Neger, geheiratet, der Neger hat den russischen Glauben angenommen und singt in der Kirche, auf dem linken Chor, als Tenor.‹«

Die Somowa schluchzte laut auf und bedeckte von neuem die Augen mit dem Taschentuch.

»An den Neger glaube ich nicht, den Neger hat er erfunden. Das ist auch so ein Steckenpferd von ihm, Ungereimtheiten zu erfinden. Er streitet sich mit dem Leben wie mit einer launenhaften Ehefrau herum. ›Ach, so machst du das? Na, ich bin noch spitzfindiger.‹ Oh, Kinder das erschreckt mich an ihm. Wir hatten in unserem Dorf den durchtriebenen Flegel Mikeschka Bobyl, der machte allen mit seinen Streichen das Leben sauer. Als nun Inokow dort wohnte, beobachtete er ihn eine Weile und machte dann bei jeder Begegnung mit ihm einen Handstand, die Beine nach oben. Alle lachten – was hat das zu bedeuten? Auch Mikeschka lachte. Doch die Mädchen und Burschen begannen ihn zu hänseln: ›Du kannst das nicht, Bobyl!‹ Der wurde zornig, und fing mit Inokow zu raufen an. Aber Inokow war stärker, warf ihn zu Boden und zog ihn an den Ohren wie einen kleinen Jungen, dabei ist Bobyl schon an die Vierzig. Er zog ihn an den Ohren und rief dabei: ›Mach keinen Unfug, mach keinen Unfug! Unfug machen kann jeder, ja noch besser als du!‹«

Die Somowa verzog das Gesicht, seufzte und fuhr leise fort: »Offen gestanden war es nicht schön zu sehen, wie er da rittlings auf Bobyls Rücken saß. Wenn Inokow wütend ist, macht er ein . . . unheimliches Gesicht! Hinterher weinte Mikeschka. Wenn man ihn bloß geschlagen hätte, wäre er nicht so gekränkt gewesen, nun aber hatte man ihn an den Ohren gezogen. Man verspottete ihn, und so ging er als Knecht auf den Meierhof der Shadowskijs. Ich muß gestehen – ich war froh, daß er fortging, denn er warf mir immer allerhand Schmutz durchs Fenster ins Zimmer – tote Mäuse, Maulwürfe, lebendige Igel, dabei habe ich doch schreckliche Angst vor Igeln!«

Die Somowa zuckte zusammen, trank etwas Wein, leckte sich die Lippen und sagte, als erinnerte sie sich an etwas sehr weit Zurückliegendes: »Die Bauern liebten Inokow. Er erzählte ihnen alles, was er wußte. Auch war er stets bereit, ihnen bei der Arbeit zu helfen. Er ist ein guter Zimmermann. Er besserte ihnen die Wagen aus. Er versteht sich auf jede Arbeit.«

Sie schwieg eine Weile trübsinnig, dann setzte sie mit einem Seufzer hinzu: »Er arbeitet fröhlich.«

Nachdem Klim diesen Bericht gehört hatte, entschied er, Inokow sei in der Tat ein unnormaler und gefährlicher Mensch. Am nächsten Tag teilte er seine Schlußfolgerung Lidija mit, doch sie sagte sehr bestimmt: »Solche Leute gefallen mir.«

»Du scheinst ihm aber nicht besonders zuzusagen.«

Lidija schwieg und warf ihm einen Seitenblick zu.

Zwei Tage darauf kam die Somowa sehr erregt angerannt.

»Der Gouverneur hat befohlen, Inokow aus der Stadt auszuweisen, er fühlt sich durch den Zeitungsbericht über die Lotterie gekränkt, die seine Frau zugunsten der Brandgeschädigten veranstaltet hat. Die Polizei ist gekommen, ich sollte sagen, wo er ist. Aber ich weiß es doch nicht! Sie wollen mir nicht glauben.«

Auf dem Stuhl sitzend, nahm sie den Kopf in die Hände und wiegte sich hin und her. »Ich kann doch nicht sagen: er ist dahin gegangen, wo die Bauern rebellieren! Und ich ... weiß ja auch gar nicht, wo sie rebellieren.«

Lidija suchte sie zu beruhigen, aber sie sagte schluchzend: »Du verstehst das ja nicht. Er ist doch blind gegen sich selber. Er sieht sich nicht. Er braucht einen Blindenführer, braucht eine Kinderfrau, und das bin ich eben ... Lida, bitte doch deinen Vater ... aber – nein, es nicht nötig!«

Sie sprang vom Stuhl auf, küßte hastig die Freundin, ging zur Tür, hielt aber im Gehen inne und sagte: »Ich denke, daß Dronow über den Zeitungsbericht geplappert hat, denn außer ihm hat niemand davon gewußt. Und so haben sie es zu schnell erfahren. Sicherlich war es Dronow... Lebt wohl!«

Sie war fortgegangen und nun schon über drei Wochen nicht mehr in der Stadt zu sehen.

An dies alles dachte Klim, als er im Stadtpark am Teich saß und auf dem grünlichen Wasser sein verzerrtes Spiegelbild betrachtete. Er tauchte den Spazierstock ins Wasser, zerstörte den hellen Fleck, indem er ihn bespritzte, und beobachtete, wie dann von neuem Kopf und Schultern entstanden und die Brille glänzte.

Wozu muß es solche Menschen wie die Somowa oder Inokow geben? Das Leben ist doch erstaunlich verworren, voll Unrat, dachte er und redete sich ein, das Leben wäre leichter, einfacher auch ohne Lidija, die ihm wahrscheinlich nur deshalb rätselhaft erschien, weil sie ängstlich war – ängstlicher als die Nechajewa, doch ebenso gespannt auf eine Gelegenheit wartete, ihren Trieben freien Lauf zu lassen. Es ließe sich ruhiger leben ohne Tomilin, Kutusow, ja sogar ohne Warawka, überhaupt ohne all diese Weisen und Gaukler. Es gibt zu viele Menschen, die ihr Erdachtes, ihre Mutmaßungen anderen aufzudrängen suchen und darin ihr Lebensziel erblicken. Turobojew hatte nicht übel gesagt: »Jeder von uns läuft wie eine Schweizer Kuh mit einer Schelle am Hals herum.«

Wenn Samgin Gedanken solcher Art und Färbung kamen, fühlte er deutlich, daß das seine ureigenen Gedanken waren, solche, durch die er sich wahrhaftig von allen anderen Menschen unterschied. Doch fühlte er zugleich, daß diesen Gedanken etwas Unentschlossenes, Unentschiedenes und Schüchternes anhaftete. Sie laut zu äußern widerstrebte ihm. Er wußte sie sogar vor Lidija zu verbergen.

Auf dem Wasser des Teiches, neben dem weißen Fleck seiner Uniformjacke, tauchte plötzlich ein dunkler Fleck auf, und im selben Augenblick fragte ihn eine weibische Stimme in gekränktem Ton: »Nun, Samgin, hochmütig geworden?«

Klim fuhr zusammen, schwang den Stock hoch und erhob sich – neben ihm stand Dronow. Die zerknüllte Mütze war ihm in die Stirn gerutscht und drückte auf die Ohren, so daß sie noch stärker abstanden, unter dem Mützenschirm hervor blinkten die umherhuschenden Äugelchen.

»Ich habe dich doch gebeten mich einmal zu besuchen. Hat die Somowa es dir nicht gesagt?«

»Ich hatte keine Zeit«, sagte Samgin und drückte ihm die rauhe, harte Hand.

»Aber am fauligen Wasser zu sitzen, hast du Zeit?«

Dronow spuckte unter anhaltendem Husten und Schneuzen in den Teich; Klim merkte, daß er dabei genau immer wieder denselben Punkt oder ganz dicht daneben traf, und dieser Punkt war seine, Klims weiße Mütze, die sich im Wasser spiegelte. Er rückte etwas zur Seite und betrachtete aufmerksam Iwan Dronows Gesicht. In dem stark abgemagerten Gesicht bewegte sich zornig das rote, geschwollene Näschen, die Augen glitzerten gereizt, sie waren heller, kälter geworden und huschten schon nicht mehr so krampfhaft umher, wie Klim es in Erinnerung hatte. Mit fremder, näselnder Stimme erzählte Dronow abgerissen und schnell, daß es ihm schlecht gehe, daß er keine Arbeit habe, daß er zwei Wochen im Keller eines Bierlagers Flaschen gespült und sich dabei erkältet habe.

»Hast du keine Zigaretten?«

»Ich rauche nicht.«

»Ja, das habe ich vergessen. Wirst du nie rauchen?«

»Das weiß ich nicht«, antwortete Klim achselzuckend.

»Natürlich, du wirst nie rauchen.«

Dronow holte tief, mit pfeifendem Geräusch, Atem, bekam einen Hustenanfall und sagte dann: »Du studierst also! Und mir haben sie den Mund wäßrig gemacht und mich – rausgeschmissen. Hätte man mich nicht ins Gymnasium gesteckt, so würde ich Schilder oder Ikonen malen oder Uhren reparieren. Oder irgendeine leichte Arbeit verrichten. So aber muß ich jetzt als halbfertiger Mensch dahinleben.«

Klim dachte mit einem Blick auf die abstehenden Ohren: Du hättest eben keine verbotenen Bücher ins Gymnasium schleppen sollen.

Er wollte es ihm sogar sagen, doch Dronow fing, als hätte er seinen Gedanken erraten, selber an: »Als diese Idioten mich aus dem Gymnasium jagten, hatten nur drei aus der siebenten Klasse die Tolstoi-Broschüren gelesen, und jetzt . . .«

Er fuhr mit der Hand durch die Luft.

»Es kribbelt einem immer mehr im Hirn. Da ist ein Prophet Jesaja von der Art deines Onkelchens aufgetaucht, der redet den Leuten zu: ›Liebe Kinder, seid Helden, jagt den Zaren davon.‹«

»Nun – bist du bereit, ihn davonzujagen?«

»Bei diesem Spiel mache ich nicht mit. Ich traue weder Onkeln noch Tanten, mein Lieber.«

Mit leichtem Lächeln auf den schiefen Lippen begann Dronow, den dunklen Flaum auf dem Kinn streichelnd, freimütiger zu reden: »Tomilin traue ich. Der verlangt nichts von mir und treibt mich nirgendwohin. Er hat in seiner Dachkammer eine Art Welttribunal errichtet und ist zufrieden. Er wühlt in Büchern, in Ideen herum und beweist sehr einfach, daß alles auf Erden mit weißem Faden genäht ist. Er lehrt eins, mein Lieber – Mißtrauen. Das ist gewiß uneigennützig, wie?«

Er blickte Klim in die Augen und wiederholte: »Das ist doch uneigennützig?«

»Ja . . .«

Dronow nahm die Mütze ab, schlug sich damit aufs Knie und fuhr noch ruhiger fort: »Ein prächtiger Mensch. Lebt dahin, ohne das Gesicht zu verziehen. Dieser Tage wurde hier jemand beerdigt, und einer aus dem Trauergefolge witzelte: ›Neununddreißig Jahre hat er gelebt und das Gesicht verzogen, dann hat er es nicht länger ertragen – und ist gestorben.‹ Tomilin kann viel ertragen.

Hart ist der Tatar – er zerbricht nicht!
Sehnig der Hund – er zerreißt nicht!«

Hinter den Bäumen stiegen graue Wolken auf, das Wasser verlor seinen öligen Glanz, ein Atemstoß kühlen Windes kräuselte den Teich, ließ das Laub der Bäume weich aufrauschen und schwand dahin.

Wird er noch lange reden? dachte Klim, indem er Dronow mit einem Seitenblick musterte.

»Er hat ein Werk geschrieben, ›Über den dritten Trieb‹; ich weiß nicht, wovon es handelt, habe aber das Motto gelesen: ›Ich suche keinen Trost, nur die Wahrheit.‹ Er hatte das Manuskript an irgendeinen Professor in Moskau geschickt; der antwortete ihm mit grüner Tinte auf der ersten Manuskriptseite: ›Ketzerei und zensurwidrig.‹«

Er lachte mit sichtlichem Vergnügen, nicht allzu laut und etwas linkisch auf, wobei er die Mütze mit den Fingern auseinanderzog.

»Er wäre natürlich verhungert, aber die Kochswitwe hat ihn gerettet. Sie hält ihn für einen Heiligen. Läßt ihn die Sachen des Mannes anziehen und gibt ihm zu essen und zu trinken. Und schläft sogar mit ihm. Na ja!

Geschenkt wird uns nichts. Das Schicksal,
Es fordert sühnende Opfer.

Die Kochswitwe ist für ihn, den Philosophen, das Schicksal.«

Dronow redete abgerissen und hastig, da er zwischen zwei Hustenanfällen möglichst viel sagen wollte. Ihm zuzuhören war schwierig und langweilig. Klim versank in Nachdenken über seine eigenen Angelegenheiten, wobei er beobachtete, wie Dronow seine Mütze mißhandelte.

»Der Literat Pissemskij hatte auch eine Köchin zum Schicksal; er ging nie ohne sie aus dem Haus. Mein Schicksal aber hat immer noch nicht zu mir gefunden.«

Samgin wollte ihn plötzlich nach Margarita fragen, doch er unterdrückte das Verlangen, da er fürchtete, daß Dronows Geschwätz dadurch noch mehr in die Länge gezogen und sein familiärer Ton gesteigert würde. Es fiel ihm ein, wie dieser unangenehme Bursche Makarows Qualen herablassend und zynisch verspottet hatte: »Dieser Krüppel. Wovor hat er Angst? Er sollte beim erstenmal die Augen schließen, als nähme er Rhizinusöl ein, weiter nichts.«

»Dein Onkel lärmt von der Liebe . . .«

»Er ist verhaftet worden.«

»Ich weiß. Doch für ihn ist die Liebe um der Rauferei willen da . . .«

Das mag stimmen, dachte Klim.

»Tomilin hingegen schließt aus seinen Operationen sowohl die Liebe als auch alles übrige aus. Das ist nicht übel, mein Lieber. Ohne Betrug. Warum besuchst du ihn nicht mal? Er weiß, daß du hier bist. Er lobt dich. ›Das ist ein junger Mensch von unabhängigem Verstand‹, sagt er.«

»Natürlich werde ich ihn besuchen«, sagte Klim. »Ich muß erst noch aufs Landhaus fahren und etwas erledigen; morgen werde ich gleich fahren.«

Er hatte gar nichts zu erledigen und brauchte auch nicht aufs Land zu fahren, doch er hatte keine Lust, zu Tomilin zu gehen, und Dronows familiärer Ton beunruhigte ihn immer mehr. Klim fühlte sich unabhängiger, wenn Dronow ihm zornige Vorwürfe machte, jetzt aber weckte seine Redseligkeit die Befürchtung, daß er nach häufigen Begegnungen trachten und ihm überhaupt lästig werden würde.

»Brauchst du vielleicht Geld, Iwan?«

Er begriff im selben Augenblick, daß er schon vorher oder erst später hätte danach fragen sollen.

Dronow stand auf, sah sich um, stülpte langsam die Mütze auf seinen platten Schädel, setzte sich wieder und sagte: »Ja.«

Nachdem er das Geld genommen hatte, streckte er mit einer schroffen Geste das eine Bein aus, schob das Geld in die Tasche der zerdrückten Hose und schloß den einzigen Knopf seines grauen, an den Ellenbogen durchgewetzten Rockes.

»Ich werde mir die Stiefel flicken lassen.«

Dann spuckte er in das dunkle Wasser des Teiches und erzählte: »Im vergangenen Sommer hat sich hier der Landhauptmann Mussin-Puschkin vor den Augen der Spaziergänger vollständig ausgezogen und gebadet. Und ein paar Tage darauf hat er in seinem Dorf mit Wolfskartätschen aus dem Fenster auf eine Herde geschossen, die von der Weide kam. Die Bauern fesselten ihn, brachten ihn in die Stadt, und hier stellten die Ärzte fest, daß er schon lange, zwei bis drei Monate etwa, verrückt war. In diesem Zustand hatte er sich mit den laufenden Geschäften befaßt, hatte er über Menschen zu Gericht gesessen. Und Bronskij, auch ein Landhauptmann, erhebt von den Bauern eine Geldstrafe von einem halben Rubel, wenn sie vor seinem Pferd, das der Stallknecht zur Schwemme führt, die Mütze nicht abnehmen.«

Klim blieb noch zwei Minuten sitzen, verabschiedete sich dann und trat den Heimweg an. An der Wegbiegung blickte er sich noch einmal um: Dronow saß noch immer auf der Bank, vorgebeugt, als wollte er kopfüber in das dunkle Wasser des Teiches springen. Klim Samgin stieß ärgerlich mit dem Stock auf und beschleunigte seine Schritte.

Er war sehr unzufrieden mit diesem Treffen und mit sich selbst wegen der Farblosigkeit und Schlappheit, die er im Gespräch mit Dronow an den Tag gelegt hatte. Während er mechanisch das Gerede anhörte, hatte er zu erraten gesucht, was Lidija und Alina nun schon seit drei Tagen miteinander zu tuscheln haben mochten und warum sie heute plötzlich aufs Land gefahren waren. Die Telepnjowa war voller Unruhe gewesen, sie schien geweint zu haben, sie hatte müde Augen; Lidija, die sich besorgt um sie kümmerte, hatte sich zornig auf die Lippen gebissen.

Er ging gegen den Wind durch die Hauptstraße, die schon vom Licht der Laternen und Läden bunt erleuchtet war; Papierfetzen flogen ihm vor die Füße, das erinnerte ihn an den Brief, den Lidija und Alina gestern im Garten gelesen hatten, es erinnerte ihn an den Ausruf Alinas: »Nein, so einer! So ein gemeiner Kerl!«

Sollte sie damit Ljutow gemeint haben? überlegte Klim. Sie hat sicherlich nicht nur den einen Roman.

Der Wind spritzte ihm Regentropfen ins Gesicht, lauwarm wie die Tränen der Nechajewa. Klim nahm eine Droschke, und als er geborgen unter dem Lederverdeck des Wagens saß, dachte er voll Empörung, daß Lidija für ihn ein Alptraum, eine Krankheit werde, die ihn ungehindert zu leben störe.

Kaum war er zu Hause angelangt und hatte abgelegt, da erschienen Ljutow und Makarow. Makarow, zerknittert, aufgeknöpft, strahlte lächelnd und sah sich im Wohnzimmer um, als wäre es sein Lieblingsrestaurant, das er lange nicht mehr besucht hatte. Ljutow, ganz in Flanell gekleidet, mit grellgelben Schuhen, sah unvergleichlich albern aus. Er hatte sich das Bärtchen abrasiert, nur einen spärlichen Katerschnurrbart übriggelassen, sein Gesicht war unangenehm entblößt, es kam Klim jetzt wie ein Mongolengesicht vor! Ljutows dicklippiger Mund war unangemessen groß, durch ein krampfhaftes und schiefes Lächeln hindurch blinkten kleine Fischzähne.

Klim verblüffte die hastige Nachlässigkeit, mit der Ljutow der Mutter die Hand küßte und seinen Hals hin und her drehte, um mit seinen verrenkten Augen ihre Gestalt zu mustern.

Ist er schüchtern oder unverschämt? fragte sich Klim, während er feindselig beobachtete, wie Ljutows Augen schnell über das rotblaue Gesicht Warawkas wanderten, und noch mehr war er verblüfft, als er sah, daß Warawka den Moskauer mit Vergnügen und sogar ehrerbietig begrüßte.

»Mein Onkel, Radejew, hat Ihnen mitgeteilt . . .«

»Gewiß, gewiß«, rief Warawka und schob dem Gast einen Sessel hin.

»Sie wollen das Land eines gewissen Turobojew kaufen . . .«

»Jawohl.«

»Dazu gehört eine Parzelle, deren rechtmäßiger Besitz Turobojew durch die Tante meiner Braut, Alina Markowna Telepnjowa, der Freundin Ihrer Tochter, streitig gemacht wird . . .«

Klim merkte, daß Ljutow die Stimme des Gerichtsschreibers aus den »Kaschirischen Altertümern« nachahmte, daß er absichtlich näselnd wie ein Prozeßsüchtiger sprach.

Natürlich, er war es, den Alina als gemeinen Kerl bezeichnet hatte . . .

». . . die, wie ich hoffe, bei guter Gesundheit ist.«

»Vollkommen. Sie ist heute mit Ihrer Braut aufs Landhaus gefahren . . .«

»Heute?« fragte Ljutow mit einem leisen Pfiff und erhob sich halb, mit den Händen auf die Seitenlehnen des Sessels gestützt. Doch er setzte sich sogleich wieder und sagte: »Ungeachtet des schlechten Wetters?«

Klim spürte in dieser Bewegung etwas Sonderbares, und er begann ihn aufmerksamer zu betrachten, doch Ljutow hatte bereits den Ton gewechselt und sprach mit Warawka über den Grundbesitz geschäftsmäßig und ruhig, ohne Hokuspokus.

Verdächtig war die gespielte Lebhaftigkeit, mit der die Mutter Makarow empfing; sie pflegte nur Leute zu begrüßen, die ihr unangenehm waren, die sie aber aus irgendeinem Grund brauchte. Als Warawka Ljutow in sein Arbeitszimmer geführt hatte, begann Klim die Mutter zu beobachten. Sie saß, mit der Lorgnette spielend, freundlich lächelnd, auf der Chaiselongue, Makarow auf einem weichen Hocker ihr gegenüber.

»Klim sagte mir, Sie seien bei den Professoren beliebt.«

Makarow lächelte. »Es ist leichter, die Wissenschaften zu lehren, als sie sich anzueignen.«

Weshalb erfindet sie das? fragte sich Klim. Ich habe ihr doch nie dergleichen gesagt.

Das Stubenmädchen trat ein und sagte zu Wera Petrowna: »Der gnädige Herr läßt Sie zu sich bitten . . .«

Als die Mutter hastig das Zimmer verlassen hatte, fragte Makarow erstaunt: »Alina ist heute weggefahren? Sonderbar.«

»Wieso?«

»Ach . . . nur so.«

Klim lächelte.

»Ein Geheimnis?«

»Nein, Unsinn . . . Fühlst du dich nicht wohl, oder bist du böse?«

»Ich bin müde.«

Klim blickte zum Fenster hinaus. Vom Himmel lösten sich graue Wolkenfetzen und fielen hinter die Dächer, hinter die Bäume.

Es ist unhöflich, daß ich ihm den Rücken zugewandt habe, dachte Klim matt, fragte aber, ohne sich umzudrehen: »Haben sie sich verzankt?«

Statt der Antwort Makarows ertönte die strenge Frage der Mutter: »Meinen Sie denn nicht, daß die Vereinfachung ein sicheres Anzeichen von normalem Verstand ist?«

Ljutow, der sich eine Zigarette anzündete, die schief in einer Bernsteinspitze steckte, schmatzte mit den Lippen, blinzelte und murmelte: »Von naivem . . . naivem Verstand!«

Er, die Mutter und Warawka standen dicht beisammen in der Tür, als könnten sie sich nicht entschließen, ins Zimmer zu treten; Makarow ging auf sie zu, zog Ljutow die Zigarette aus der Spitze, steckte sie sich in den Mundwinkel und sagte munter: »Wenn er Ihnen gegenüber irgend etwas Furchtbares geäußert haben sollte – glauben Sie ihm nicht! Das tut er nur, um zu verblüffen.«

Ljutow indes nahm die Uhr aus der Tasche, klopfte mit der Zigarettenspitze auf das Glas und fragte: »Gehen wir, Konstantin?«

Dann wandte er sich an Warawka: »Sie werden also Turobojew zur Eile treiben?«

Neben dem massiven Warawka wirkte er wie ein Halbwüchsiger, er stand mit hängenden Schultern, zusammengekrümmt da, hatte sogar etwas Schwächliches, Gedrücktes an sich.

Als die unerwarteten Gäste fort waren, sagte Klim: »Ein sonderbarer Besuch.«

»Ein geschäftlicher Besuch«, verbesserte Warawka und begann sofort, Klim mit seinem Bauch an die Wand drückend und mit dem Bart spielend, zu kommandieren: »Morgen früh fährst du aufs Landhaus und richtest dort unten für diese zwei ein Zimmer ein und oben eins für Turobojew. Kapiert? Na also!«

Wie ein junger Mann sprang er die Treppe hinauf in seine Wohnung; die Mutter blickte ihm nach, seufzte, verzog das Gesicht und sagte: »Mein Gott! Wie unsympathisch dieser Ljutow ist! Was mag Alina nur an ihm gefunden haben?«

»Geld«, antwortete Klim unwillig und setzte sich an den Tisch.

»Wie gut, daß du nicht rigoros bist«, sagte die Mutter nach kurzem Schweigen. Auch Klim schwieg, da er nicht wußte, worüber er mit ihr reden sollte. Sie fing zu sprechen an, nicht laut und offensichtlich an etwas anderes denkend: »Ein unheimliches Gesicht hat dieser Makarow. Aufreizend, wenn man es im Profil betrachtet. Von vorn aber ist es das Gesicht eines anderen Menschen. Ich will nicht sagen, er sei doppelgesichtig in einem für ihn wenig schmeichelhaften Sinn. Nein, er ist . . . unglücklich doppelgesichtig . . .«

»Wie ist das zu verstehen?« fragte Klim höflich.

Wera Petrowna antwortete achselzuckend: »Der Eindruck.«

Sie sagte noch irgend etwas von Turobojew. Klim dachte, ohne hinzuhören: Sie wird alt. Ist geschwätzig.

Als sie gegangen war, hatte er das Gefühl, ihn ergreife wie Zugluft eine bisher ungekannte schmerzhafte Empfindung: Er war voll bitteren Rauchs, und der zerfraß alle Gedanken und Wünsche und verursachte eine fast physische Übelkeit. Als wären plötzlich in Kopf und Brust die menschlichen Fähigkeiten zu denken und zu sprechen, die Fähigkeit des Erinnerns sanft aufgeflammt, brennten aber nicht, sondern verglömmen wieder langsam. Darauf meldete sich zehrend wie Schmerz ein Widerwille gegen die Umgebung, gegen diese Wände mit den bunten Vierecken der Bilder, gegen die schwarzen Fensterscheiben, die die Finsternis durchbrachen, gegen den Tisch, von dem der betäubende Geruch aufgebrühten Tees und verglimmender Holzkohle aufstieg.

Klim starrte in das leere Teeglas, lauschte dem leisen Summen des erlöschenden Samowars und wiederholte innerlich mechanisch das eine Wort: Schwermut.

Der untätige Verstand verlangte und erweckte kein anderes Wort. In diesem Zustand inneren Stummseins ging Klim Samgin in sein Zimmer hinüber, öffnete das Fenster und setzte sich davor, blickte in die feuchte Finsternis des Gartens und lauschte, wie das zweisilbige Wörtchen pochte und pfiff. Nebelhaft kam ihm der Gedanke, daß wohl in diesem Zustand der Depression durch Sinnlosigkeit die Landhauptleute verrückt geworden waren. Mit welcher Absicht hatte Dronow von ihnen erzählt? Weshalb erzählte er fast immer derartig haarsträubende Anekdoten? Antworten auf diese Fragen suchte er nicht.

Als ihn zu frieren begann, glitt er aus der Leere der Selbstvergessenheit heraus. Es kam ihm vor, als wären mehrere Stunden verstrichen, doch als er sich träge entkleidete, um zu Bett zu gehen, vernahm er den fernen Klang der Kirchenglocke und zählte nur elf Schläge.

Erst? Sonderbar. . .

Er legte sich schlafen, fühlte sich zerschlagen, zerknirscht und erwachte, aus dem Schlaf gerissen durch ein Klopfen an der Tür, mit dem das Stubenmädchen ihn zum Zug weckte. Er sprang schnell aus dem Bett und stand, geblendet von dem wunderbar grellen Glanz der Morgensonne, ein paar Sekunden mit geschlossenen Augen da. Auch das nasse Laub der Bäume vor dem offenen Fenster glänzte blendend, in den kristallklaren Regentropfen, die daran hafteten, brachen sich bunte, kurze und spitze Strählchen. Genesung spendender Geruch von feuchter Erde und Blumen füllte das Zimmer; die Morgenfrische prickelte ihm auf der Haut. Klim Samgin dachte mit einem leichten Kälteschauer: Gestern war ich in einer abscheulichen Stimmung.

Als er jedoch in sich hineinlauschte, fand er, daß von dieser Stimmung ein leichter Schatten zurückgeblieben war.

Wachstumskrankheit der Seele – entschied er und zog sich hastig an.

Am Abend saß er auf einem Sandhügel am Saum eines Birken- und Kiefernwaldes; hundert Schritte entfernt strömte buntschillernd in den Strahlen der Sonne lieblich der Fluß vorbei, glühte das brokatene Dach der Mühle, versteckt in krüppeligen Weiden, sträubte sich lustig das Korn auf den Feldern hinter dem Fluß. Klim sah die Landschaft wie ein koloriertes Bildchen aus einem Kinderbuch, obwohl er wußte, daß dieser Fleck als landschaftliche Schönheit gepriesen wurde. Auf der Kuppe des Hügels, der aussah wie der Galahut eines Friedensrichters, hatte Warawka ein großes, zweistöckiges Landhaus errichten lassen, während an den Hängen noch sechs bunte, mit russischem Schnitzwerk verzierte kleine Häuser zum Fluß hinabkrochen. In dem äußersten rechts wohnte Alinas Vormund, ein mürrischer, alter Mann, Mitglied des Bezirksgerichts, die übrigen Häuschen waren nicht vermietet.

Es war sehr still, nur die Käfer summten in dem feinen Laub der Birken, und der warm atmende Abendwind säuselte in den Nadeln der Kiefern. Schon mehr als einmal hatte Klim in der Stille die volle Stimme und das weiche Lachen Alinas vernommen, doch wollte er aus Eigensinn nicht zu den Mädchen hinübergehen. An dem Rauch, der aus den Schornsteinen von Warawkas Landhaus aufstieg, an den geöffneten Fenstern und dem Herumlaufen der Dienstboten mußten Lidija und Alina erkannt haben, daß jemand eingetroffen war. Klim trat ein paarmal auf den Balkon des Landhauses hinaus und blieb dort lange stehen, da er hoffte, daß die Mädchen ihn bemerken und herkommen würden. Er sah Lidijas schmale Gestalt in orangefarbener Bluse und blauem Rock und Alina im roten Kleid. Es war kaum anzunehmen, daß sie ihn nicht bemerkt hatten.

Es wäre schön, plötzlich vor ihnen aufzutauchen und irgend etwas Ungewöhnliches, Verblüffendes zu sagen oder zu tun, sich beispielsweise in die Luft zu erheben oder über den schmalen, aber tiefen Fluß wie über festen Boden ans andere Ufer zu schreiten.

Wie dumm das ist, warf Klim sich vor und erinnerte sich, daß solche kindlichen Gedanken in letzter Zeit nicht selten wie Schwalben an ihm vorbeiflogen. Sie waren fast immer mit Gedanken an Lidija verknüpft, und immer meldete sich danach leise Unruhe, das unbestimmte Vorgefühl einer Gefahr.

Es dunkelte schnell. In der Bläue über dem Fluß hingen an dünnen Strahlenfäden drei Sterne und spiegelten sich wie Öltröpfchen in dem dunklen Wasser. In dem Landhaus Alinas wurden zwei Fenster hell, und da kam im Fluß ein häßlich großes, viereckiges Gesicht mit gelben, verschwommenen Augen zum Vorschein, das mit einer spitzen Kappe bedeckt war. Ein paar Minuten später kamen aus dem Hauseingang die Mädchen ans Ufer gelaufen, und Alina rief jammernd: »O Gott, diese Langeweile! Das überlebe ich nicht.«

»So komm doch«, sagte Lidija mit offensichtlichem Ärger.

Klim erhob sich und ging schnell zu ihnen hin.

»Du?« wunderte sich Lidija. »Warum so geheimnisvoll? Wann bist du angekommen? Um fünf?«

Außer der Verwunderung hörte Klim in ihren Worten auch Freude. Alina war gleichfalls erfreut.

»Wunderbar! Wir wollen eine Bootsfahrt machen. Du wirst rudern. Nur bitte keine klugen Gespräche, Klim. Ich kenne schon alle klugen Dinge, von den Ichthyosauriern bis zu den Flammarionen, mein Verlobter hat mir alles erzählt.«

Eine halbe Stunde wohl ruderte Klim gegen die Strömung, die Mädchen schwiegen und lauschten, wie das dunkle Wasser spröde unter den Schlägen der Ruder plätscherte. Der Himmel schmückte sich immer reicher mit Sternen. Die Ufer atmeten berauschende Frühlingswärme. Alina sagte mit einem Seufzer: »Du und ich, Lidok, sind Gerechte, und Klim, dieser weiße Engel, fährt uns darum als Lebende ins Paradies.«

»Charon«, sagte Klim leise.

»Was? Charon ist grauhaarig und hat einen Mordsbart, du aber kannst noch lange warten, ehe du auch nur ein Bärtchen hast. Du hast mich gestört«, fuhr sie launisch fort. »Ich hatte mir etwas Komisches ausgedacht und wollte es sagen, und du. . . Es ist erstaunlich, wie gern alle Menschen lenken und verbessern! Die ganze Welt ist eine Art Besserungsanstalt für Alina Telepnjowa. Lidija hat mir den ganzen Tag mit den trostlosen Werken eines Metjolkon oder Metalkin den Atem benommen. Mein Vormund versichert mir ganz ernsthaft, die Großherzogin von Gerolstein sei keine historische Gestalt, sondern nur von Offenbach für die Operette erfunden worden. Mein verdammter Bräutigam sieht in mir ein Notizbuch, in das er seine Gedanken zur Aufbewahrung eintragen kann . . .«

Lidija lachte still, auch Klim lächelte.

»Nein, allen Ernstes«, fuhr das Mädchen fort. Sie umarmte die Freundin und wiegte sich mit ihr zusammen hin und her. »Er wird mich bald ganz vollgeschrieben haben! Und wenn er in seinen lyrischen Ton verfällt, redet er wie ein Küster.«

Ljutows Stimme nachahmend, sang sie näselnd: »O wunderschöne Tochter! Entbinde des Schweigens meine Lippen, sintemal ich mich brünstiglich sehne, Worte dir zu sagen, die deine Seele rühren werden. – Seht ihr, er ist überzeugt, das klinge komisch – sein ›sintemal‹ und ›brünstiglich‹ . . .«

Nachdenklich ertönte Lidijas Stimme: »Du verhältst dich leichtfertig zu ihm. Er ist schüchtern, verlegen, wegen der Augen . . .«

»So? Leichtfertig?« fragte Alina streitsüchtig. »Wie aber würdest du dich zu einem Bräutigam verhalten, der dir immer nur von Materialismus, Idealismus und dergleichen Schrecknissen des Lebens erzählt? Klim, hast du eine Braut?«

»Noch nicht.«

»Stell dir mal vor, du hättest eine. Worüber würdest du mit ihr reden?«

»Über alles selbstverständlich«, sagte Samgin, der begriff, daß ihm ein verantwortungsvoller Augenblick bevorstand. Mit durchaus natürlichen und den Ruderschlägen angepaßten Pausen begann er umsichtig davon zu reden, daß ein Glück mit einer Frau nur unter der Voraussetzung vollkommener Aufrichtigkeit im geistigen Umgang möglich sei. Doch Alina machte eine abwehrende Handbewegung und unterbrach ihn ironisch: »Das habe ich alles schon gehört. Das quaken wahrscheinlich schon die Frösche . . .«

Klim sagte unbeirrt: »Aber jede Frau hält sich einmal im Monat für verpflichtet zu lügen, sich zu verstecken.«

»Warum nur einmal?« fragte Alina ebenso ironisch, während Lidija dumpf sagte: »Das ist erschreckend wahr.«

»Was ist wahr?« fragte Alina ungeduldig und entrüstete sich: »Schämen Sie sich nicht Samgin?«

»Nein, ich bin traurig«, antwortete Klim, ohne sie und Lidija anzublicken. »Mir scheint, es gibt . . .«

Er hatte sagen wollen: Mädchen – vermied es aber.

». . .Frauen, die sich aus falscher Scham verachten, weil die Natur bei ihrer Erschaffung eine arge Dummheit begangen hat. Und es gibt Mädchen, die Angst haben zu lieben, weil sie meinen, die Liebe erniedrige sie, setze sie zu den Tieren herab.«

Er sprach vorsichtig, da er fürchtete, Lidija könnte seine Worte als Echo von Makarows Gedanken auffassen, die ihr sicherlich gut bekannt waren.

»Möglicherweise befleißigen sich einige gerade deshalb. . . einer unsauberen Lebensführung, weil sie es eilig haben, sich auszulieben, weil sie in sich das Weibliche – nach ihrer Bewertung: das Animalische – schnell überwinden und, von den Gewaltsamkeiten des Triebes befreit, ein Mensch sein wollen . . .«

»Das ist erstaunlich wahr, Klim«, sagte Lidija nicht laut, aber vernehmlich.

Klim fühlte, daß seine Worte in der Stille, über dem lautlosen Dahinströmen des Wassers, eindringlich klangen.

»Kennen Sie solche Frauen? Wenn auch nur eine?« fragte Alina leise und irgendwie ärgerlich.

Ja oder nein? erkundigte sich Klim bei sich selbst. »Nein, ich kenne keine. Aber ich bin überzeugt, daß es solche Frauen gibt.«

»Natürlich«, sagte Lidija.

Klim verstummte. Die Mädchen schwiegen ebenfalls; in einen Schal gehüllt, schmiegten sie sich dicht aneinander. Nach einigen Minuten schlug Alina vor: »Wird es nicht Zeit heimzufahren?«

Das Boot begann schaukelnd und geräuschlos in der Strömung zu treiben. Klim ruderte nicht mehr, er steuerte nur noch mit den Rudern. Er war zufrieden. Wie leicht hatte er Lidija dahin gebracht, sich zu enthüllen! Jetzt war es ganz klar, daß sie Angst hatte zu lieben, und diese Angst war alles, was ihm an ihr rätselhaft erschienen war. Seine eigene Schüchternheit ihr gegenüber indessen erklärte sich daraus, daß Lidija ihn ein wenig mit ihrer Angst ansteckte. Alles ist erstaunlich einfach, wenn man es richtig zu sehen weiß. Während Klim dies dachte, hörte er Alina zornig klagen: »Nun ist uns das kluge Gespräch doch nicht erspart geblieben! Oh, diese Gespräche werden mich noch dahin bringen, ›wo weder Trauer noch Seufzen, sondern das Leben ist‹ . . . das so schnell verstreicht.«

Alina lachte, schaukelnd, und sagte immer wieder, indem sie mit den Händen auf die Knie schlug: »O Gott, das so schnell verstreicht!«

Klim fand sowohl ihr Lachen als auch ihre Gesten plump.

Lidija hängte ihren Arm über den Bootsrand und brachte den Kahn so stark ins Schwanken, daß ihre Freundin erschrak.

»Du bist wohl nicht gescheit!«

Lidija spritzte ihr Wasser ins Gesicht, strich sich mit der nassen Hand über die Wangen und sagte: »Feigling.«

An einer Seite des schwarzen Wasserstreifens erhoben sich rostbraune Sandhügel, an der anderen starrten unbeweglich borstige Sträucher. Alina deutete mit der Hand nach dem Ufer: »Schau, Lida, die Erde hat ihren Kopf zum Wasser geneigt, um zu trinken, und die Haare stehen ihr zu Berge.«

»Ein Schweinskopf«, sagte Lidija.

Als sie sich verabschiedeten, fühlte Klim, daß sie ihm die Hand sehr fest drückte und ungewöhnlich weich fragte: »Bist du für den ganzen Sommer gekommen?«

Alina blickte zu den Sternen und überlegte: »Morgen erscheint also mein Verlobter.«

Sie legte den Arm um Lidija und ging langsam zum Landhaus, Klim kletterte, sich an den Zweigen der jungen Kiefern festhaltend, den steilen Hang des Hügels hinauf. Durch das Rascheln der Nadeln und das Knirschen des Sandes hindurch vernahm er das Lachen der Telepnjowa und dann ihre Worte: ». . . Turobojew. Wie willst du denn zwischen zwei Feuern leben, Herzchen?«

Ja, dachte Klim. Wie?

Er blieb stehen und lauschte, konnte jedoch die Worte nicht mehr verstehen. Dann blickte er lange, bis ihn die Augen schmerzten, auf den in der Finsternis vollständig regungslosen Fluß und auf das trübe Spiegelbild der Sterne.

Am Morgen des nächsten Tages kamen Ljutow und Makarow zu Fuß von der Bahnstation, hinter ihnen her fuhr ein Bauernwagen, der beträchtlich mit Koffern, Kisten, irgendwelchen Bündeln und Säcken beladen war. Noch ehe Klim sie mit Tee bewirten konnte, erschien ein Bekannter Warawkas, der Doktor Ljubomudrow, ein langer, dürrer, glatzköpfiger, glattrasierter Mann mit kleinen goldgelben Äugelchen, die sich unter den schwarzen Büscheln der zusammengezogenen Brauen versteckten. Klim verbrachte mit diesem Doktor fast den ganzen Tag, indem er ihm die Landhäuser zeigte. Der Doktor betrachtete alles ringsum mit dem trübseligen Blick eines Menschen, der sich mit einem Ort vertraut macht, an dem er gegen seinen Willen wohnen muß. Er biß sich auf die Lippen, neben seinen Ohren bewegten sich eigentümliche Kügelchen, und während er von einem Landhaus zum anderen ging, murmelte er: »So. Na was denn? S. . . sehr schön.«

Schließlich sagte er in entschiedenem Ton mit Baßstimme zu Klim: »Reservieren Sie also dieses Haus für mich.«

Doch nachdem er den grauen, verbeulten Hut auf dem Kopf zurechtgeschoben hatte, korrigierte er: »Oder – das dort.«

Klim war ermüdet durch den Doktor und durch die Neugier, die ihn den ganzen Tag gequält hatte. Er hätte gern gewußt: Wie begegnen sich Lidija und Makarow, was tun sie, worüber sprechen sie? Er beschloß gleich, zu Lidija zu gehen, doch als er an seinem Landhaus vorbeikam, hörte er Ljutows Stimme: »Nein, warte, Kostja, laß uns noch etwas beisammensitzen . . .«

Ljutow sprach ganz in der Nähe, hinter einer dichten Birkengruppe etwas unterhalb des Fußpfades, auf dem Klim ging, aber er war nicht zu sehen, er lag wahrscheinlich, sichtbar war nur die Mütze Makarows und ein blaues Rauchwölkchen darüber.

»Ich möchte mich mit jemandem zanken, streiten«, erklang deutlich die Klarinettenstimme Ljutows. »Mit dir, Kostja, geht das nicht. Wie sollte man sich mit einem Lyriker zanken?«

»Versuch es doch mal.«

»Nein, das tue ich nicht.«

»Man sagt, Fet sei boshaft. Aber er ist ein Lyriker.«

Klim blieb stehen. Er wollte weder Ljutow noch Makarow sehen, doch der Pfad führte abwärts, ginge er weiter, würden sie ihn unvermeidlich erblicken. Und hügelaufwärts zu gehen, hatte Klim auch keine Lust, er war müde, außerdem würden sie das Geräusch seiner Schritte sowieso hören. Dann könnten sie meinen, er habe ihr Gespräch belauscht. Klim Samgin stand da und hörte mit mürrischer Miene zu.

»Weshalb trinkst du in ihrer Gegenwart?« fragte Makarow gleichmütig.

»Damit sie es sieht. Ich bin ein ehrlicher Bursche.«

»Ein Hysteriker bist du. Und du grübelst zuviel. Wenn du liebst, so liebe ›ohne Überlegungen, ohne Schwermut, ohne Schicksalsgedanken.«

»Dazu müßte man das Gehirn aus meinem Kopf herausschütteln.«

»Dann laß von ihr ab.«

»Dazu muß man den Willen haben.«

Makarow sprach an die zwei Minuten halblaut und so rasch, daß Klim nur einzelne Fetzen hören konnte: »Geschlechtsegoismus . . . Simulation . . .«

Dann begann Ljutow von neuem, auch nicht sehr laut, aber irgendwie durchdringend in die Stille zu reden: »Sehr reif und äußerst interessant. Doch du vergißt, daß ich ein Kaufmannssohn bin. Das verpflichtet, mit aller erdenklichen Genauigkeit abzumessen und abzuwägen. Alina Markowna entbehrt auch nicht der Lebensweisheit. Sie sieht, daß der künftige Gefährte ihrer ersten Lebensschritte nur sehr entfernt und sogar überhaupt nicht dem Adonis gleicht. Doch sie weiß und hat in Betracht gezogen, daß er Alleinerbe der Firma ›Gebrüder Ljutow, Daunen und Federn‹ ist.«

Ljutows Rede wurde für einige Sekunden durch Makarows Gebrummel unterbrochen.

»Mein Freund, du bist dumm wie ein Zündholz«, fuhr Ljutow fort. »Ich kaufe doch nicht ein Bild, sondern werfe mich einer Frau zu Füßen, mit der nicht nur mein irdischer Leib, sondern auch meine hungrige Seele sich zu verschmelzen lechzt. Und so liebkose ich denn die wunderschöne Hand dieser Frau und sage: ›Werkzeug der Werkzeuge!‹ – ›Was ist denn das wieder?‹ fragt sie. ›So weise‹, antworte ich, ›hat ein alter Grieche die menschliche Hand benannt.‹ – ›Sie sollten‹, sagt sie, ›mit Ihren eigenen Worten reden, das würde vielleicht spaßiger klingen.‹ Hör nur, Kostja, spaßiger! Und das ist alles. Ich kann es nicht begreifen: Bin ich denn zum Spaß erschaffen?«

»Na, genug, Wladimir. Geh schlafen!« sagte Makarow laut und ungehalten. »Ich habe dir schon mehrmals gesagt, daß ich diese ... Verrenkungen nicht verstehe. Ich weiß nur das eine: Die Frau gebiert den Mann für die Frau.«

»Höchster Unsinn ...«

»Das Matriarchat ...«

Ljutow stieß einen leisen Pfiff aus, und die Worte der Freunde wurden undeutlich.

Klim atmete erleichtert auf. Ihm war ein Käfer zum Hemdkragen hereingekrochen und spazierte unerträglich juckend auf seinem Rücken herum. Er hatte ein paarmal versucht, den Rücken vorsichtig an einem Birkenstamm zu reiben, aber der Baum hatte geknarrt und laubraschelnd gewankt. Er schwitzte vor Aufregung, als er sich vorstellte, Makarow werde sich gleich erheben, sich umblicken und sehen, daß er sie belauschte.

Ljutows Klagen hatte er mit Vergnügen angehört, er hatte sogar zweimal gelächelt. Er fand, daß er an Makarows Stelle klüger gesprochen und auf Ljutows Frage: Bin ich denn zum Spaß erschaffen? geantwortet hätte: Wozu denn sonst?

An der Stelle, wo Makarow gesessen hatte, stieg immer noch ein blaues Rauchwölkchen auf. Klim ging hinunter; in einer kleinen Sandkule wanden sich, rostbraune Kiefernnadeln und kleine Stückchen seidiger Birkenrinde verzehrend, goldene und bläuliche Flammenwürmchen.

So eine Kinderei, dachte Klim Samgin, streute Sand auf die züngelnden Flammen und trat ihn sorgfältig mit dem Fuß fest. Als er an dem Landhaus Warawkas vorbeikam, rief ihm Makarow aus einem Fenster leise zu: »Wohin willst du?«

Die unvermeidliche Zigarette zwischen den Zähnen und ein Blatt Papier in der Hand, stand er sehr malerisch da und sagte: »Die Mädchen befinden sich in gereiztem Gemütszustand. Alina fürchtet, sich erkältet zu haben, und hat schlechte Laune. Lidija ist unversöhnlich gestimmt, sie hat Ljutow angeschrien, weil er das ›Tagebuch der Baschkirzewa‹ abfällig beurteilt hat.«

Da Samgin fürchtete, Makarow werde ebenfalls zu den Mädchen gehen, beschloß er, sie später zu besuchen, und ging ins Zimmer. Makarow setzte sich auf einen Stuhl, knöpfte den Hemdkragen auf, schüttelte den Kopf, legte ein dünnblättriges Heft auf das Fensterbrett und stellte den Aschenbecher darauf.

»Alle langweilen sich irgendwie aufgeregt, mein Lieber«, sagte er, verzog das Gesicht und wühlte mit der Hand im Haar. »Aus der Literatur ist nicht zu ersehen, daß die Menschen in der Vergangenheit solch sonderbare Langeweile empfunden hätten. Vielleicht ist das gar keine Langeweile?«

»Das weiß ich nicht«, antwortete Klim, der eben gerade Langeweile empfand. Dann setzte er träge hinzu: »Es heißt, es mache sich eine Belebung bemerkbar . . .«

»In Büchern.«

Klim verharrte in Schweigen, er beobachtete, wie in einem rötlichen Sonnenstrahl die seltsam entfärbten Fliegen umherschossen; einige von ihnen schwirrten, als sähen sie in der Luft einen ruhenden Punkt, lange über diesem umher, ohne sich zum Setzen zu entschließen, ließen sich dann fast bis zum Boden fallen und flogen von neuem zu diesem unsichtbaren Punkt hinauf. Klim deutete mit den Augen auf das Heft. »Was ist das?«

»Der Programmentwurf des ›Bundes der Sozialrevolutionäre‹. Darin wird behauptet, die Dorfgemeinde habe unseren Bauern für den Sozialismus empfänglicher gemacht, als es der Bauer des Westens ist. Ljutow interessiert sich dafür.«

»Aus Langerweile?«

Makarow zuckte mit den Schultern.

»N . . . nein, er hat ein eigenes Verhältnis zur Politik. Darin verstehe ich ihn nicht.«

»Und in allem übrigen, außer diesem, was ist er da eigentlich?«

Makarow zog die Brauen hoch, zündete sich eine Zigarette an, wollte das brennende Streichholz in den Aschenbecher werfen, steckte es aber in ein Glas Milch.

»Oh, Teufel noch mal!«

Er schüttete die Milch zum Fenster hinaus, blickte dem weißen Guß nach und bemerkte ärgerlich: »Auf die Blumen. Gibt es hier ein Klavier?«

Er hatte offenbar Klims Frage vergessen oder wollte nicht antworten.

»Wozu brauchst du ein Klavier? Spielst du denn?« fragte Klim trocken.

»Ja, stell dir vor, ich spiele Klavier!« sagte Makarow und knackte mit den Fingern. »Ich fing nach dem Gehör an und nahm dann Stunden. . . Das war noch im Gymnasium. In Moskau jedoch redete mir mein Lehrer zu, das Konservatorium zu besuchen. Ja. Ich sei befähigt, sagte er. Ich glaube ihm nicht. Ich bin gar nicht befähigt. Aber es ist schwer, ohne Musik zu leben, das ist es, mein Lieber.«

»Drüben in Mutters Zimmer steht ein Klavier«, sagte Klim.

Makarow erhob sich, steckte nachlässig das Heft in die Tasche und ging händereibend hinaus.

Kaum erklangen die ersten Klavierakkorde, trat Klim auf die Terrasse, blieb eine Minute dort stehen und betrachtete die Landschaft jenseits des Flusses, die rechts von einem schwarzen Halbkreis Wald, links von einem Berg blaugrauer Wolken begrenzt wurde, hinter denen die Sonne bereits untergegangen war. Ein sanfter Wind trieb das Korn in graugrünen Wogen zärtlich zum Fluß. Es ertönte die wohlklingende Melodie eines unbekannten Stückes in Moll. Klim begab sich zu dem Landhaus der Telepnjowa. Ein bärtiger Bauer mit einem Holzbein vertrat ihm den Weg. »Möchten Sie nicht Jagd machen auf einen Wels, Herr?«

Klim lehnte wortlos mit einer Handbewegung ab.

»Ein Welslein von gut zwei Pud Gewicht«, sagte der Bauer verzagt hinter ihm her.

Alinas Dienstmädchen sagte Klim, das gnädige Fräulein fühle sich nicht wohl und Lidija sei spazierengegangen. Samgin ging an den Fluß hinunter, blickte stromaufwärts und -abwärts, aber Lidija war nicht zu sehen. Makarow spielte etwas sehr Stürmisches. Klim ging heim und stieß wieder auf den Bauern; der stand auf dem Pfad, hielt sich an einem Kiefernzweig fest, stocherte mit dem Holzbein im Sand herum und bemühte sich, einen Kreis zu zeichnen. Er blickte Klim nachdenklich ins Gesicht, trat ihm aus dem Weg und sagte ihm leise, fast ins Ohr: »Auch eine Soldatenfrau ist da . . . eine leckere!«

Als Klim die Terrasse betrat, hatte Makarow zu spielen aufgehört, und hastig rann Ljutows bohrendes Stimmchen dahin: »Das Volk hat über alles nachgedacht, liebe Lidija Timofejewna, über das Paradies der Unwissenheit wie auch über die Hölle der Erkenntnis.«

Im Zimmer brannte kein Licht, das Halbdunkel entstellte Ljutows Gestalt und nahm ihr die klaren Umrisse, während Lidija weiß gekleidet am Fenster saß, wo sich vom Musselin des Vorhangs nur ihr kraushaariger, schwarzer Kopf abhob. Klim blieb in der Tür hinter Ljutow stehen und hörte zu.

»Als Adam sich bei seiner Vertreibung aus dem Paradies nach dem Baum der Erkenntnis umblickte, sah er, daß Gott den Baum bereits vernichtet hatte: er war verdorrt. ›Und es nahete sich Adam der Teufel und sprach: »Kein anderer Weg bleibet dir, du verstoßenes Kind, denn der in die irdische Qual.« Und er führte Adam in die irdische Hölle und zeigte ihm alle Herrlichkeit und alles Elend, die der Same Adams erschaffen hat.‹ Über dieses Thema hat der Madjare Imre Madách eine recht bedeutende Sache geschrieben. So also ist das aufzufassen, Lidotschka, Sie aber . . .«

»Das meine ich nicht«, sagte Lidija. »Ich glaube nicht . . . Wer ist da?«

»Ich«, antworte Klim.

»Weshalb tauchst du so geheimnisvoll auf?«

Klim hörte in ihrer Frage Unwillen, er war gekränkt, ging an den Tisch und zündete die Lampe an. Dann trat blinzelnd und zerzaust Makarow ins Zimmer, warf einen scheelen Blick auf Ljutow und sagte, indem er sich mit den Händen auf Ljutows Schultern stützte und ihn in einen Korbsessel drückte: »Kannst wohl nicht schlafen und treibst die andern in den Schlaf?«

Lidija fragte: »Weshalb hast du die Lampe angezündet? Es wetterleuchtete so schön.«

»Das ist kein Wetterleuchten, sondern Gewitter«, korrigierte Klim und wollte die Lampe auslöschen, aber Lidija sagte: »Laß.«

Makarow schritt, leise vor sich hinpfeifend, auf der Terrasse umher, wo er, von dem lautlosen Glanz der Blitze beleuchtet, bald auftauchte, bald verschwand.

»Begleiten Sie mich«, wandte sich Lidija an Ljutow und erhob sich von ihrem Stuhl.

»Mit Vergnügen.«

Als sie auf die Terrasse hinaustraten, erklärte Makarow: »Ich gehe auch mit.«

Aber Lidija sagte: »Danke, nicht nötig.«

Makarow legte die Hände in den Nacken und sah ein paar Minuten zu, wie Ljutow Lidija behilflich war, indem er die Zweige der jungen Kiefern vor ihrem Kopf beiseite bog, dann lächelte er Klim zu. »Hast du gehört? Nicht nötig. Häufiger als alle anderen Worte, die ihr Verhalten zur Welt, zu den Menschen kennzeichnen, gebraucht sie: Nicht nötig.«

Makarow zündete sich eine Zigarette an, ließ das Streichholz ausbrennen und fuhr, mit der Schulter an den Türpfosten gelehnt, im Ton eines Arztes, der einem Kollegen eine interessante Krankengeschichte erzählt, fort: »Wenn sie sich mit dem einen unterhält, sorgt sie stets dafür, daß kein anderer zuhört, daß keiner weiß, wovon die Rede ist. Es ist, als fürchte sie, die Menschen würden unaufrichtig, sich gegenseitig anpassend, miteinander reden, denn obwohl Widersprüche sie interessieren, erweckt sie sie nicht gern. Meint sie vielleicht, jeder Mensch besäße ein Geheimnis, das er nur dem jungen Mädchen Lidija Warawka mitteilen kann?«

Klim fand zutreffend, was Makarow sagte, und war ungehalten. Warum sagte das Makarow und nicht er? Und während er den Kameraden durch die Brille betrachtete, dachte er: Die Mutter hat recht, Makarows Gesicht ist zwiespältig. Wenn seine dümmlichen Kinderaugen nicht wären – dann wäre es das Gesicht eines lasterhaften Menschen. Klim sagte lächelnd: »Dennoch bist du in sie verliebt.«

Makarow blies so auf die Zigarette, daß aus ihrer Glut Funken stoben.

»Dabei ist sie nicht eitel. Mir scheint sogar, sie unterschätzt sich. Sie fühlt sehr wohl, daß das Leben eine sehr ernste Sache und nicht bloß zum Vergnügen da ist. Manchmal ist es, als gäre in ihr eine Feindschaft gegen sich selbst, gegen die Lidija von gestern.«

Makarow verstummte, dann lachte er leise und sagte: »Ein Naturwissenschaftler, ein Bekannter von mir, ein sehr begabter Bursche, aber ein Vieh und ein Kerl, der sich aushalten läßt – er lebt offen mit einem reichen, alten Weib –, hat das gut gesagt: ›Wir lassen uns alle nur von der Vergangenheit aushalten.‹ Ich machte ihm einmal Vorwürfe, und da sagte er das so. Da ist was dran, mein Lieber ...«

»Ich sehe darin nichts als Zynismus«, sagte Samgin.

Ein Gewitter zog auf. Eine schwarze Wolke hüllte alles ringsum in undurchdringlichen Schatten. Der Fluß verschwand, und nur an einer Stelle erhellte das Licht aus einem Fenster des Landhauses der Telepnjowa das dickflüssige Wasser.

Makarow glich sehr wenig dem jungen Mann in blutüberströmter Segeltuchbluse, den Klim einst voller Schrecken durch die Straße geführt hatte. Diese Veränderung erweckte sowohl Neugier als auch Ärger.

»Du hast dich verändert, Konstantin«, bemerkte Samgin mißbilligend.

Makarow fragte lächelnd: »Zum Guten?«

»Ich weiß nicht.«

Makarow nickte mit dem Kopf und fuhr sich mit der Hand über das wirr herabfallende Haar.

»Mir scheint, ich bin ruhiger geworden. Weißt du, mir ist der Eindruck hinterblieben, als hätte ich auf ein reißendes Tier Jagd gemacht und hätte nicht auf mich, sondern auf dieses Tier geschossen. Und noch etwas: Ich habe um die Ecke geblickt.«

Nach kurzem Schweigen begann er nachdenklich und leise zu erzählen: »In der Kindheit hatte ich vor nichts Angst, weder vor der Dunkelheit noch vor dem Donner, weder vor Raufereien noch vor dem Feuer nächtlicher Brände; wir wohnten in einer Säuferstraße, dort brannte es oft. Vor Ecken jedoch – hatte ich sogar am Tage Angst; wenn ich so auf der Straße ging und um eine Ecke biegen mußte, war es mir immer, als wartete dort etwas auf mich – nicht Jungen, die mich hätten verprügeln können, und überhaupt nichts Reales, sondern irgend so etwas aus einem Märchen. Vielleicht war das auch gar keine Furcht, sondern ein allzu gieriges Warten auf etwas, das keine Ähnlichkeit hat mit dem, was ich schon gesehen hatte und kannte. Mit zehn Jahren, mein Lieber, kannte ich schon vieles . . . fast alles, wovon ich in diesem Alter nichts hätte zu wissen brauchen. Wahrscheinlich wartete ich auf das, was ich noch nicht kannte, einerlei, ob es schlimmer oder besser, wenn es nur etwas anderes wäre.«

Er blickte Klim mit lachenden Augen an und seufzte tief auf: »Jetzt blicke ich ruhig um alle Ecken, denn ich weiß: Selbst hinter der Ecke, die als die furchtbarste gilt, lauert nichts.«

»Ich meine, das Furchtbarste im Leben ist die Lüge!« sagte Klim Samgin in unerbittlichem Ton.

»Ja. Und die Dummheit. . . Meiner Ansicht nach leben die Menschen sehr dumm.«

Beide verstummten.

»Ich will gehen und noch etwas spielen«, sagte Makarow.

Über dem Tisch, rund um die Lampe, schwirrten unnütze, graue Geschöpfe, versengten sich, fielen auf das Tischtuch und bedeckten es mit Asche. Klim schloß die Terrassentür, löschte das Licht und ging schlafen.

Während Klim hörte, wie der Donner grollend näher kam, versank er in Gedanken über irgend etwas Gegenstandsloses, das sich weder in Worte noch in Bilder fassen ließ. Er fühlte sich in einem Strom von Unfaßbarem, einem Strom, der ihn langsam durchflutete, anscheinend aber auch außerhalb seines Gehirns in dem dumpfen Grollen des Donners, in dem Aufschlagen vereinzelter Regentropfen auf das Dach und in dem Stück von Grieg dahinfloß, das Makarow spielte. Die Wolke zog, nachdem sie spärlich ein paar schwere Tropfen hatte fallen lassen, vorüber, der Donner wurde leiser, entfernter, der Mond schien grell zum Fenster herein, und sein Licht versetzte allem ringsum irgendwie einen Stoß, die Möbel rührten sich, die Wand wankte. In der Mühle schlug ängstlich der Hund an, Makarow hörte zu spielen auf, eine Tür fiel laut zu, gedämpft ertönte Ljutows Stimme. Dann verstummte alles, und in der erstarrten Stille empfand Klim noch stärker das Strömen ungeformter Gedanken.

Das hatte keine Ähnlichkeit mit der Schwermut, die er vor kurzem empfunden hatte, es war das traumhafte, beunruhigende Gefühl des Hinabstürzens in einen bodenlosen Abgrund und an den gewohnten Gedanken vorbei irgendeinem neuen, ihnen feindlichen Gedanken entgegen. Die eigenen Gedanken waren noch in ihm, aber auch wortlos und machtlos wie Schatten. Klim Samgin spürte dunkel, daß er sich irgend etwas eingestehen müsse, doch er vermochte nicht zu erkennen, was es denn war, und fürchtete sich davor.

Es war windig geworden, die Kiefern rauschten, auf dem Dach pfiff es gedämpft; Mondschein fiel ins Zimmer ein und verschwand wieder, und von neuem füllten es die Geräusche und das Raunen der Finsternis. Der Wind zerstreute rasch die kurze Frühlingsnacht, der Himmel ergrünte kalt. Klim wickelte den Kopf in die Bettdecke, er dachte plötzlich: Im Grunde bin ich doch unbegabt.

Doch dieser Gedanke verflog, ohne ihn gekränkt zu haben, und er lauschte von neuem, wie das Verheerende, Formlose ihn durchströmte.

Er stand früh auf, hatte die Empfindung, als wäre sein Kopf inwendig verstaubt, und dachte: Woher und weshalb kommen mir solche Stimmungen?

Als er ganz allein Tee trank, erschienen grau, in Staubmänteln, Warawka und Turobojew; Warawka glich einem Faß, während Turobojew sogar in dem weiten, grauen Sack seine Schlankheit nicht eingebüßt hatte; als er jedoch den Segeltuchumhang abgeworfen hatte, kam er Klim noch gestreckter und betont dürr vor. Seine kalten Augen lagen tief in bläulichem Schatten, und Klim gewahrte in ihrem regungslosen Blick etwas sehr Trauriges, Böses.

Warawka schüttelte sich den Staub aus dem Bart und sagte zu Klim, die Mutter bitte ihn, noch morgen abend in die Stadt zurückzukehren. »Diese Musiker kommen zu ihr, du kennst sie doch, na und . . .«

Er machte eine vage Bewegung mit seiner roten Hand. Klim indes dachte fast erbost: Warawka und Mutter scheinen mich absichtlich herumzujagen, sie wollen, daß ich möglichst wenig mit Lidija zusammen bin.

Er fand, seine Bekannten versammelten sich um ihn mit verdächtiger Schnelligkeit, wie sie nur in einem Theaterstück oder bei einem

Unfall auf der Straße natürlich war. Er hatte keine Lust, in die Stadt zu fahren, ihn stach die Neugier: Wie wird Lidija Turobojew empfangen?

Warawka holte aus seiner dicken Aktentasche Pläne und Papiere hervor und sprach von den Hoffnungen, die die liberalen Semstwo-Abgeordneten in den neuen Zaren setzten; Turobojew hörte ihm mit undurchdringlichem Gesicht zu, wobei er aus einem Glas Milch schlürfte. In der Terrassentür erschien Ljutow, naßhaarig, mit gerötetem Gesicht, und erklärte, mit den Schielaugen blinzelnd: »Ich jedoch ... ich habe gebadet!«

»Etwas vor-r-zeitig, etwas r-riskant«, sagte Warawka vorwurfsvoll. »Hier, gestatten Sie, bek ... vorzustellen ...«

Klim merkte, daß Turobojew Ljutow sehr nachlässig die Hand gab, sie gleich wieder in die Tasche steckte, sich dann über den Tisch beugte und ein Brotkügelchen rollte. Warawka schob rasch das Geschirr beiseite, entfaltete einen Plan und begann, mit dem Griff eines Teelöffels auf die grünen Flecken des Plans klopfend, von Wäldern, Sümpfen und Sandflächen zu reden, Klim jedoch erhob sich und ging fort, denn er fühlte, daß in ihm Haß gegen diese Menschen entbrannte.

Auf einem Hügel im Wald wählte er einen Platz, von wo gut alle Landhäuser, das Flußufer, die Mühle und die nach dem kleinen, in der Nähe von Warawkas Landhäusern gelegenen Kirchdorf Nikonowo führende Straße zu sehen waren. Dort setzte er sich unter die Birken in den Sand und schlug Brunetières Büchlein »Symbolisten und Dekadente« auf. Doch am Lesen hinderte ihn die Sonne, und mehr noch als die Sonne – die Notwendigkeit, zu sehen, was dort unten vorging.

Neben der Mühle dichtete ein spielzeughaft kleiner bärtiger Bauer in rotem Hemd den Boden eines Kahns ab, die dröhnenden Schläge des Holzhammers schallten deutlich durch die Stille. Eine ebenso spielzeughafte Bauersfrau trieb, den Rocksaum schwenkend, Gänse zum Fluß. Zwei kleine Jungen, gelb der eine, blau der andere, gingen mit Angelruten auf der Schulter am Ufer entlang. An den Steg der Badehütte trat, ein Handtuch schwingend, Makarow, hängte den bloßen Fuß ins Wasser, zog ihn wieder heraus und schüttelte ihn wie ein Hund. Dann legte er sich bäuchlings auf den Steg, wusch sich Kopf und Gesicht und ging langsam zum Landhaus zurück, wobei er sich im Gehen das Haar abtrocknete. Es sah aus, als wickelte er sich das Handtuch um den Kopf, um ihn abzureißen.

Von der Sonne erwärmt, von den berauschenden Düften des Waldes betäubt, schlummerte Klim ein. Als er die Augen wieder öffnete, stand Turobojew am Ufer und drehte sich mit dem Hut in der Hand wie in einem Scharnier in Richtung zu Alina Telepnjowa, die zur Mühle ging. Linker Hand, in der Ferne, auf der Straße zum Kirchdorf, schwebte das schmale, weiße Figürchen Lidijas.

Ob sie ihn gesehen hat? Ob sie miteinander gesprochen haben?

Er erhob sich und wollte zum Fluß hinuntergehen, doch ein Gefühl tiefer Abneigung gegen Turobojew, gegen Ljutow, gegen die sich verkaufende Alina, gegen Makarow und Lidija – gegen sie alle, die nicht gewillt waren, oder es nicht fertigbrachten, Alina auf ihre Schamlosigkeit hinzuweisen, hielt ihn zurück.

Wenn ich ihr so nahestünde wie sie . . . Ach, soll sie doch alle der Teufel holen . . .

Er ließ sich träge in den Sand nieder, der von der Sonne schon stark erwärmt war, und begann die Brillengläser zu putzen, wobei er Turobojew beobachtete, der noch immer dastand, sein Bärtchen zwischen zwei Finger geklemmt, und mit dem grauen Hut in sein Gesicht fächelte. Jetzt trat Makarow auf ihn zu, und die beiden gingen still zur Mühle.

Im Grunde sind alle diese Schlauköpfe langweilig. Und – unaufrichtig, zwang sich Samgin zu denken, wobei er fühlte, wie ihn von neuem die Stimmung der hinter ihm liegenden Nacht überkam. In der Seele eines jeden von ihnen, hinter ihren Worten liegt sicherlich etwas ganz Simples. Der Unterschied zwischen ihnen und mir besteht nur darin, daß sie sich darauf verstehen, gläubig oder ungläubig zu scheinen, während ich vorläufig weder einen festen Glauben noch einen beharrlichen Unglauben habe.

Klim Samgin stellte sich nicht zum erstenmal vor, wie eine Unmenge scharfer, gleichwertiger Gedanken von außen her mechanisch in ihn eindrang. Doch wenn er alles, was er gehört und gelesen hatte, ordnen wollte, um einen Kreis von Ansichten zu schaffen, der ihm als Schild gegen die Gewaltsamkeit der Schlauköpfe dienen und zugleich mit hinreichender Klarheit seine Persönlichkeit hervorheben sollte, so gelang ihm das nicht. Er fühlte, daß in ihm ein langsamer Strudel unterschiedlicher Ansichten, Ideen, Theorien kreiste, doch dieser Strudel schwächte ihn nur, ohne ihm etwas zu geben, ohne bis in die Seele, in den Verstand zu dringen. Manchmal beängstigte ihn bereits dieses Empfinden seiner selbst als einer Leere, in der ununterbrochen Worte und Gedanken brodelten, ohne zu erwärmen. Er fragte sich sogar: Ich bin doch nicht dumm?

An diesem heißen Tag, da er, im Sand sitzend, zusah, wie Turobojew und Makarow mit Alina in der Mitte von der Mühle zurückkehrten – entstand in seinem Kopf die tröstliche Vermutung:

Ich rege mich vergebens auf. Im Grunde ist alles sehr einfach: Meine Stunde, zu glauben, ist noch nicht gekommen. Ich bin noch keinen Ideen begegnet, die mir »chemisch verbunden« sind. Kutusow sagt richtig, daß es für jede soziale Einheit einen Kreis ihr chemisch verbundener Ansichten und Meinungen gibt.

Die Erinnerung an Kutusow verwirrte Klim ein wenig, er fühlte sich innerlich über einen Widerspruch stolpern, doch er umging ihn schnell, indem er sich sagte: Hier besteht ein Wirrwarr, der beweist jedoch nur, daß es gefährlich ist, fremde Ideen zu gebrauchen. Es gibt einen Korrektor, der diese Fehler merkt.

Er lächelte vorsichtig, von seiner Entdeckung erfreut, erhob sich und trat guten Muts den Heimweg an.

Warawka und Ljutow saßen am Tisch, Ljutow mit dem Rücken zur Tür; als Klim das Zimmer betrat, vernahm er seine Worte: »Die erste Geige spielt in der Zeitung nicht der Leitartikelschreiber, sondern der Feuilletonist . . .«

Warawka empfing Klim brummig.

»Wo warst du denn? Man suchte dich zum Frühstück und fand dich nicht. Und wo ist Turobojew? Bei den Mädchen? Hm . . . so! Also, Klim, sei so gut, mach eine Abschrift von diesen zwei Papierchen.«

Ljutow blickte Klim mit krauser Stirn argwöhnisch an, dann sagte er, indem er sich über ein Papier beugte und irgend etwas mit dem Bleistift unterstrich: »Mein Onkel wird wahrscheinlich auf Ihre Bedingungen nicht eingehen.«

Er griff nervös nach einer Flasche auf dem Tisch und schenkte sich Bier ein. Drei Flaschen waren schon leer. Klim ging in sein Zimmer und lauschte beim Abschreiben den undeutlichen Stimmen Warawkas und Ljutows. Beide Stimmen bewegten sich fast auf gleicher Höhe und schlugen bisweilen in ein sonderbares Winseln um, als ärgerten sich zwei in einem Zimmer eingesperrte Hündchen vor Langerweile.

Turobojew, Makarow und die jungen Mädchen erschienen erst zum Abendtee. Klim bemerkte sofort, daß Lidija unlustig, nachdenklich gestimmt war, doch er erklärte es sich aus ihrer Müdigkeit. Makarow sah aus wie ein eben erst aufgewachter Mensch, ein zerstreutes Lächeln zuckte um seine schön gezeichneten Lippen, er rauchte wie üblich ununterbrochen, die Zigarette schwelte in seinem Mundwinkel, und der Rauch veranlaßte Makarow, das linke Auge zuzukneifen. Es war sonderbar, wie unverwandt und erstaunt Alina Turobojew anblickte, während die kalten Augen des Herrensohns Besorgnis zeigten, das gewohnte spitze Lächeln jedoch fehlte. Sie kamen in dem Augenblick, als Klim Samgin gerade ein stürmisches Wortgefecht zwischen Warawka und Ljutow beobachtete.

Es lag etwas Hungriges, Wollüstiges und schließlich sogar Lächerliches in dem Grimm, mit dem diese Menschen stritten. Es war, als hätten sie schon lange nach einer Gelegenheit gesucht, zusammenzutreffen, um einander ironische Ausrufe ins Gesicht zu schleudern, mit spöttischen Grimassen zu wetteifern und einander in jeder Weise zu zeigen, daß gegenseitige Achtung fehlte. Warawka saß nachlässig in einen Korbsessel gelümmmelt, die kurzen Beine von sich gestreckt, die Hände in den Hosentaschen vergraben – es schien, als hätte er sie in seinen Bauch hineingesteckt. Beim Zuhören blies er die glutroten Backen auf und kniff die Bärenäuglein zu, wenn er jedoch sprach, wölbte sich sein Riesenbart wellig auf dem Batisthemd wie eine riesige Zunge, die bereit ist, alles fortzulecken.

»Erlauben Sie mal, erlauben Sie mal!« schrie er durchdringend. »Sie haben zugegeben, daß die Industrie des Landes sich in einem rudimentären Zustand befindet, und halten es trotzdem für möglich, sogar für notwendig, den Arbeitern Feindschaft gegen die Industriellen einzuflößen?«

»Hä-hä-hä!« lachte Ljutow sein aufreizendes, näselndes Lachen.

»Nehmen Sie hinzu, daß der Klassenhaß unvermeidlich die Kulturentwicklung aufhält, wie das an dem Beispiel Europas ersichtlich ist . . .«

Klim überraschte dieses Lachen, an dem nichts Komisches war, aus dem jedoch deutlich aufreizende Unverschämtheit hervorklang. Ljutow saß mit gebeugtem Rücken, die Hände auf die Knie gestützt, auf der Stuhlkante. Klim sah, wie seine Schielaugen in dem Bestreben zitterten, auf Warawkas Gesicht haltzumachen, aber sie vermochten es nicht, sprangen hin und her und zwangen Ljutow, seinen Kopf hin und her zu drehen. Klim sah auch, daß dieser Mensch bei allen Mißgunst erweckte, außer bei der Tee einschenkenden Lidija. Makarow blickte zur offenen Terrassentür hinaus, klopfte mit einem Löffel auf die Fingernägel der linken Hand und hörte offensichtlich nichts.

»Aber die Motive? Ihre Motive?« schrie Warawka. »Was veranlaßt Sie, die Feindschaft anzuerkennen . . .«

»Mein Familienname«, kreischte Ljutow. »Ich hasse grimmig die Langeweile des Lebens . . .«

Turobojew verzog das Gesicht. Alina beugte sich, als sie das gesehen hatte, zu Lidija hinüber, raunte ihr etwas zu und versteckte das errötete Gesicht hinter ihrer Schulter. Lidija schob, ohne sie anzublicken, ihre Tasse beiseite und setzte eine finstere Miene auf.

»Wladimir Iwanowitsch!« rief Warawka aus. »Wir führen hier ein ernstes Gespräch, nicht wahr?«

»Durchaus!« rief Ljutow erregt.

»Was wollen Sie also?«

»Freiheit!«

»Anarchismus?«

»Wie es Ihnen beliebt. Wenn bei uns Fürsten und Grafen eigensinnig Anarchismus predigen – so gestatten Sie auch einem Kaufmannssohn, gutmütig über dieses Thema zu plaudern! Erlauben Sie einem Menschen, alle Wonne und allen Schrecken – ja, Schrecken! – der Freiheit des Handelns auszukosten. Erlauben Sie es ohne Einschränkung . . .«

»Und dann?« fragte Turobojew laut.

Ljutow wippte mit dem Stuhl auf seine Seite und wies mit dem Arm auf ihn.

»Und dann wird er sich kraft seines eigenen Willen selber beschränken. Er ist ein Feigling, der Mensch – er ist gierig. Er ist klug, weil er ein Feigling ist, ja gerade deshalb. Erlauben Sie ihm, sich selbst zu erschrecken. Gestatten Sie dies, und Sie werden ganz vortreffliche, sanftmütige Menschen, tüchtige Menschen vor sich haben, die sich selbst und einander unverzüglich beschränken, bändigen und sich dem Gott eines Lebens in Frieden und Wohlstand hingeben werden . . .«

Warawka riß empört die Hand aus der Tasche und machte eine abwehrende Bewegung.

»Verzeihen Sie, das ist . . . nicht ernst!«

»Dürfte ich ein paar Worte sagen?« fragte Turobojew. Und ohne eine Erlaubnis abzuwarten, fing er, ohne Ljutow anzusehen, zu reden an: »Wenn ich bei Debatten zuhöre, entsteht bei mir der etwas beschämende Eindruck: Wir Russen verstehen nicht, den Verstand zu beherrschen. Bei uns regiert nicht der Mensch seine Gedanken, sondern er läßt sich von seinen Gedanken knechten. Entsinnen Sie sich, Samgin, Kutusow nannte unsere Debatten eine ›Parade der Paradoxe‹?«

»Na und? Was folgt daraus?« kreischte Ljutow streitsüchtig.

»Bei uns gibt es erstaunlich viele Leute, die, wenn sie einen fremden Gedanken übernommen haben, außerstande sind, sogar anscheinend Angst haben, ihn zu überprüfen, von sich aus Korrekturen an ihm vorzunehmen, im Gegenteil, sie sind nur bestrebt, ihn geradezumachen, ihn zuzuspitzen und über die Grenzen der Logik, über die Grenzen des Möglichen hinauszutragen. Es scheint mir überhaupt, daß das Denken für den Russen etwas Ungewohntes und sogar Beängstigendes, wenn auch Verlockendes ist. Diese Unfähigkeit, den Verstand zu gebrauchen, erweckt bei den einen Angst vor ihm oder Feindschaft gegen ihn und bewirkt bei den anderen ein sklavisches Sichfügen in sein Spiel, ein Spiel, das die Menschen sehr oft verdirbt.«

Ljutow rieb sich kräftig die Hände und lächelte, Klim indessen dachte, daß er meist, ja fast immer gute Gedanken aus dem Mund unangenehmer Menschen zu hören bekam. Ljutows Geschrei von der Notwendigkeit der Freiheit hatte ihm gefallen, Turobojews Hinweis auf die Unfähigkeit der Russen, das Denken zu beherrschen, schien ihm richtig. In Nachdenken versunken, überhörte er, was Turobojew weiter sagte, und wurde aufgeschreckt durch den lauten Zwischenruf Ljutows: »Ihr redet sehr stolz!«

»Bei uns gibt es eine barbarische Gier nach Gedanken, insbesondere nach glänzenden, das erinnert an die Gier der Wilden nach Glasperlen«, fuhr Turobojew, ohne Ljutow angesehen zu haben, die Finger seiner rechten Hand betrachtend, fort. »Ich denke, daß sich allein hieraus solche Kuriositäten wie Voltairianer, die Leibeigene besitzen, darwinistische Pfaffenkinder, Idealisten aus den Reihen der Kaufmannschaft erster Gilde und Marxisten aus dem gleichen Stand erklären lassen.«

»Dieser Stein galt wohl meinem Garten«, zeterte Ljutow.

»Nein, ich möchte niemanden kränken; ich suche ja nicht zu überzeugen, ich erzähle nur«, erwiderte Turobojew mit einem Blick zum Fenster hinaus. Klim wunderte sehr der weiche Ton seiner Antwort. Ljutow wand sich, hüpfte auf dem Stuhl umher und wollte Einwände machen, er musterte alle im Zimmer, da er aber sah, daß man Turobojew aufmerksam zuhörte, lächelte er und schwieg.

»Ich weiß nicht, ob man diese Gier nach Fremdem daraus erklären kann, daß unser Land organisierende Ideen benötigt«, sagte Turobojew, sich erhebend.

Ljutow sprang gleichfalls auf. »Und die Slawophilen? Die Volkstümler?«

»›Die einen sind nicht mehr, die andern fern‹ der Wirklichkeit«, antwortete Turobojew, wobei er zum erstenmal während des ganzen Streits lächelte.

Auf ihn zuspringend, schrie Ljutow: »Aber auch Sie, auch Sie denken nicht selbständig. O nein: Tschaadajew . . .«

». . . sah auf Rußland mit den Augen eines klugen und Rußland liebenden Europäers.«

»Nein, warten Sie, soufflieren Sie mir nicht . . .«

Ljutow sprang auf Turobojew zu, drängte ihn auf die Terrasse hinaus und rief dort: »Ein standesgemäßes Denken . . .«

»Es wird behauptet, ein anderes sei unmöglich . . .«

»Ein sonderbarer Typ«, murmelte Warawka, und an seinem Seitenblick auf Alina erkannte Klim, daß er damit Ljutow gemeint hatte.

An die zwei Minuten schwiegen die vier im Zimmer und lauschten dem Streit auf der Terrasse; der fünfte, Makarow, schlief bedenkenlos in einer Ecke auf dem niedrigen Sofa. Lidija und Alina saßen Schulter an Schulter, Lidija hatte den Kopf geneigt, ihr Gesicht war nicht zu sehen, die Freundin flüsterte ihr etwas ins Ohr. Warawka rauchte mit halbgeschlossenen Augen eine Zigarre.

»Jetzt, nachdem sie einander die Flaggen ihrer Originalität gezeigt haben . . . Aber was ist denn da?«

Eine dritte Stimme, etwas heiser und verzagt, sagte: »Wünschen die Herrschaften vielleicht, auf einen Wels Jagd zu machen? Hier haust zu Ihrem Vergnügen ein Wels, an die drei Pud schwer . . . Es wäre ein interessanter Zeitvertreib . . .«

Klim trat auf die Terrasse hinaus, unten stand der Bauer mit dem Holzbein, er hob das fellige Gesicht und sagte, inständig bittend: »Ich würde Ihnen für fünfundzwanzig Rubelchen etwa den Fang trefflich vorbereiten. Ein gefährlicher Riesenfisch ist das. Hernach könnten Sie sich vor den Angehörigen, vor den Bekannten schön damit brüsten . . .«

Turobojew trat zur Seite, Ljutow reckte den Hals und musterte aufmerksam den Bauern, einen breitschultrigen Mann mit üppigem schwarzgrauem Haar, in rotem Kittelhemd ohne Gürtel; seine anderthalb Beine waren mit einer blauen Hose bekleidet. In der einen Hand hielt er ein Messer, in der anderen eine hölzerne Kelle, beim Sprechen schnitzelte er mit dem Messer an dem schartigen Rand der Kelle herum und blickte ab und zu mit seinen hellen Augen zu den Herrschaften empor. Er hatte ein beschäftigtes, fast düsteres Gesicht, seine Stimme klang hoffnungslos, und als er zu reden aufhörte, zogen sich seine Brauen finster zusammen.

Ljutow eilte zu ihm hinunter und sagte: »Komm.«

Er ging zum Fluß, der Bauer humpelte unbeholfen hinter ihm her. Im Zimmer lachte Alina auf.

»Wie gefällt Ihnen Ljutow?« fragte Klim Turobojew, der sich auf das Terrassengeländer gesetzt hatte. »Originell, nicht wahr?«

»Er gehört nicht zu denen, die mir Achtung einflößen, aber er ist interessant«, antwortete Turobojew nach kurzem Nachdenken und leise. »Er hat sich sehr boshaft über Kropotkin, Bakunin, Tolstoi und über das Recht des Kaufmannssohns geäußert, gutmütig zu plaudern. Das war das Klügste, was er gesagt hat.«

Aus dem Zimmer traten nacheinander Lidija und Alina. Lidija setzte sich auf die Terrassenstufen. Alina schritt, nachdem sie mit vorgehaltener Hand die untergehende Sonne betrachtet hatte, gleitenden Ganges wie über Eis geräuschlos auf Turobojew zu.

»Das hätte ich nie gedacht, daß auch Sie gern streiten!«

»Ist das ein Fehler?«

»Ja, natürlich. Das ist greisenhaft . . .«

»›Unsere Generation kennt keine Jugend‹«, sagte Turobojew.

»Ach, Nadson!« rief Alina verächtlich und schnitt eine Grimasse. »Ich glaube, nur erfolglose, unglückliche Menschen streiten gern. Die glücklichen – leben schweigend.«

»So?«

»Ja. Den unglücklichen fällt es schwer einzugestehen, daß sie nicht zu leben wissen, und deshalb reden und schreien sie. Und zwar fortwährend vorbei, fortwährend nicht von sich selbst, sondern von der Liebe zum Volk, an die doch niemand glaubt.«

»Oho! Sie sind tapfer«, sagte Turobojew und lachte leise, weich.

Sein zärtlicher Ton wie auch das Lachen erregten Samgin. Er fragte ironisch: »Sie nennen das Tapferkeit? Wie würden Sie denn Narodowolzen, Revolutionäre, nennen?«

»Auch das sind tapfere Menschen. Insbesondere die, die selbstlos, aus Neugier Revolution machen.«

»Sie sprechen von Abenteurern.«

»Nein, wieso? Ich spreche von Menschen, denen das Leben zu eng ist und die die Ereignisse zu beschleunigen suchen. Cortez und Kolumbus sind doch auch Verkünder des Volkswillens, Professor Mendelejew ist nicht weniger Revolutionär als Karl Marx. Neugier ist eben Tapferkeit. Wenn Neugier jedoch eine Leidenschaft wird, dann ist es Liebe.«

Lidija blickte Turobojew über die Schulter hinweg an und fragte: »Sprechen Sie aufrichtig?«

»Ja«, antwortete er nach kurzem Zögern.

Klim fühlte, daß dieser Mensch ihn immer mehr erregte. Er hätte gern der Gleichstellung von Neugier und Tapferkeit widersprochen, fand aber keinen Einwand. Wie immer, wenn in seiner Gegenwart Paradoxien als Wahrheit vorgetragen wurden, beneidete er die Menschen, die das zu tun verstanden.

Ljutow kehrte zurück und rief, das Taschentuch schwenkend: »Bei Tagesanbruch werden wir den Wels fangen! Wir haben uns auf 13 Rubel geeinigt.«

Er kam auf die Terrasse gelaufen und fragte Alina: »Erkorene! Haben Sie nie einen Wels zu fangen versucht?«

Sie ging an ihm vorbei und sagte: »Weder Fische noch Tauben auf dem Dach . . .«

»Ich verstehe!« schrie Ljutow. »Sie ziehen den Spatzen in der Hand vor! Das billige ich!«

Klim sah, daß Alina sich schroff umwandte und einen Schritt auf den Verlobten zu machte, aber dann ging sie zu Lidija und nahm neben ihr Platz, wie ein Huhn vor dem Regen an sich herumzupfend. Ljutow stand da, rieb sich die Hände, verzog die Lippen, betrachtete alle Anwesenden mit erregt umherhuschenden Augen, und sein Gesicht schien wie betrunken.

»Wir leben in Sünden«, murmelte er. »Der Bauer jedoch . . . jawohl!«

Alle schienen gemerkt zu haben, daß er in noch grimmigerer Stimmung zurückgekehrt war – daraus erklärte sich Samgin das unhöfliche, abwartende Schweigen, mit dem man Ljutow antwortete. Turobojew lehnte auf der Terrasse mit dem Rücken an einer der gedrechselten Säulen; die Arme auf der Brust verschränkt, seine gestickten Brauen zusammengezogen, verfolgte er aufmerksam Ljutows umherhuschenden Blick, als erwartete er einen Angriff.

»Ich bin einverstanden!« sagte Ljutow, indem er mit kleinen Schritten dicht an ihn herantrat. »Es stimmt: Wir irren im Dickicht der Vernunft herum oder fliehen vor ihr als erschreckte Dummköpfe.«

Er fuchtelte so rasch mit der Hand, daß Turobojew, um einem Schlag auszuweichen, blinzelnd zur Seite wich und erbleichte. Ljutow hatte seine Bewegung offenbar nicht bemerkt und das zornige Gesicht nicht gesehen; mit der Hand fuchtelnd wie der ertrinkende Boris Warawka, fuhr er fort: »Aber das kommt daher, weil wir ein metaphysisches Volk sind. Bei uns steckt in jedem Statistiker des Semstwo ein Pythagoras, und unser Statistiker nimmt Marx auf wie Swedenborg oder Jakob Böhme. Auch die Wissenschaft vermögen wir nicht anders denn als Metaphysik aufzufassen, für mich beispielsweise ist die Mathematik eine Zahlenmystik, einfacher gesagt – eine Zauberei.«

»Nicht neu«, warf Turobojew leise ein.

»Es ist leeres Geschwätz, daß der Deutsche ein geborener Philosoph sei. Das ist Unsinn!« redete Ljutow mit gesenkter Stimme und sehr rasch, und seine Beine knickten dabei ein. »Der Deutsche philosophiert maschinell, gewerbsmäßig, feiertags. Wir hingegen tun es leidenschaftlich, selbstmörderisch, Tag und Nacht und im Schlaf und am Busen der Geliebten und auf dem Sterbebett. Eigentlich philosophieren wir nicht, weil das bei uns, müßt ihr wissen, nicht aus dem Verstand, sondern aus der Phantasie kommt, wir denken nicht, sondern träumen mit aller Kraft der Naturbestialität. Wobei Bestialität nicht im tadelnden, sondern im maßstäblichen Sinn zu verstehen ist.«

Er schwang die Arme hoch und beschrieb einen weiten Kreis in der Luft.

»So müßt ihr das verstehen. Grenzenlosigkeit und Unersättlichkeit. An klugen Köpfen mangelt es uns, wir haben irrsinnige Talente. Und uns allen geht die Luft aus, allen – von unten bis oben. Wir fliegen und fallen. Der Bauer steigt zum Präsidenten der Akademie der Wissenschaften empor, die Aristokraten sinken hinab zu Bauern. Wo findet man denn noch eine solche Mannigfaltigkeit und Unmenge von Sekten wie bei uns? Dazu noch die fanatischsten: Skopzen, Geißler, Roter Tod. Selbstverbrenner sind wir, brennen im Traum, von Iwan dem Schrecklichen und dem Protopopen Awwakum bis zu Michail Bakunin, bis Netschajew und Wsewolod Garschin. Schließt Netschajew nicht aus, das darf man nicht! Er ist ein prachtvoll russischer Mensch! Dem Geist nach ein leibliches Brüderchen des Konstantin Leontjew und des Konstantin Pobedonoszew.«

Ljutow hüpfte, fuchtelte mit den Armen, sprach aber immer leiser, zuweilen flüsterte er fast nur noch. In ihm zeigte sich etwas Unheimliches, Rauschhaftes und wirklich Leidenschaftliches, durch und durch Sinnliches. Turobojew fiel es sichtlich schwer, seinem Flüstern und Gewimmer zuzuhören und das erregte rote Gesicht mit den verdrehten Augen anzusehen.

Wie wird Alina bloß mit ihm leben? dachte Klim mit einem Blick auf das Mädchen; sie saß, den Kopf auf Lidijas Knie gelegt, Lidija spielte mit Alinas Zopf und hörte aufmerksam zu.

»Sie scheinen in vielem mit Dostojewskij übereinzustimmen?« fragte Turobojew. Ljutow prallte zurück.

»Nein! Worin? Bin schuldlos. Ich mag ihn nicht.«

In der Tür zeigte sich Makarow und fragte ärgerlich: »Wladimir, möchtest du Milch? Sie ist kalt.«

»Dostojewskij ist vom Zuchthaus verzaubert. Was ist sein Zuchthaus? Eine Parade. Er ist als Parade-Inspekteur im Zuchthaus gewesen. Und in seinem ganzen Leben hat er nichts anderes als Zuchthäusler darzustellen vermocht, der Gerechte hingegen ist bei ihm ein ›Idiot‹. Das Volk hat er nicht gekannt, an das Volk hat er nicht gedacht.«

Makarow trat aus der Tür, reichte Lidija ein Glas Milch und setzte sich neben sie, wobei er laut brummte: »Geht dieser Redestrom nun bald zu Ende?«

Ljutow drohte ihm mit der Faust.

»Unser Volk ist das freieste auf Erden. Es ist innerlich durch nichts gebunden. Die Wirklichkeit – liebt es nicht. Es liebt Kunststückchen. Zauberer und Wundertäter. Heilige Narren. Es ist selber so ein heiliger Narr. Es könnte morgen den mohammedanischen Glauben annehmen – probeweise. Ja, probeweise! Es könnte alle seine Hütten verbrennen und geschlossen in die Wüste, in die Sandöden ziehen, um das Oponische Reich zu suchen.«

Turobojew steckte die Hände in die Taschen und fragte kalt: »Was folgt nun daraus zu guter Letzt?«

Ljutow blickte sich um, offenbar, um die Aufmerksamkeit noch mehr auf sich zu lenken, und antwortete, sich hin und her wiegend: »Nun, daß das Volk Freiheit haben will. Nicht die, die ihm die Politiker verheißen, sondern jene, wie sie die Popen geben könnten, die Freiheit, furchtbar und auf jegliche Weise zu sündigen, um darüber zu erschrecken und – für dreihundert Jahre in sich selbst zur Ruhe zu kommen. Das ist es! Getan ist getan! Sämtliche Sünden sind begangen! Wir haben reinen Tisch gemacht!«

»Eine seltsame . . . Theorie«, sagte Turobojew achselzuckend und ging von der Terrasse in die nächtliche Dämmerung hinunter. Als er sich jedoch zehn Schritte entfernt hatte, sagte er laut: »Dennoch ist das Dostojewskij. Wenn auch nicht den Gedanken, so doch dem Geist nach . . .«

Ljutow kniff die stark schielenden Augen zu und murmelte: »Wir leben, um zu sündigen und um in Versuchung zu fallen. . . Wer nicht sündigt, kann nicht bereuen, wer nicht bereut, wird nicht die Seligkeit erlangen . . .«

Alle schwiegen und blickten zum Fluß hinunter: Auf der schwarzen Bahn bewegte sich geräuschlos ein Boot, an seinem Bug brannte und rauchte kraus ein Feuer in eisernem Behälter, eine schwarze Gestalt bewegte behutsam die Ruder, während eine andere, mit einer langen Stange in den Händen, vorgebeugt am Bootsrand stand und mit der Stange nach dem Spiegelbild des Feuers im Wasser zielte; das Spiegelbild änderte wundervoll seine Form, bald glich es einem goldenen Fisch mit einer Unmenge Flossen, bald einer tiefen, bis zum Grund des Flusses hinabreichenden roten Grube, in die der Mann mit der Stange hinabspringen wollte, sich jedoch nicht dazu entschloß.

Ljutow blickte zum Himmel empor, der üppig mit Sternen besät war, zog die Uhr aus der Tasche und sagte: »Es ist noch nicht spät. Möchten Sie etwas spazierengehen, Alina Markowna?«

»Schweigend – wohl.«

»Vollkommen schweigend?«

»Armenische Witze könnte ich allenfalls gestatten.«

»Nun ja, auch das nehme ich mit Dank an!« sagte Ljutow, indem er der Verlobten beim Aufstehen behilflich war. Sie nahm seinen Arm.

Als sie sich ein Stück entfernt hatten, sagte Lidija leise. »Er tut mir leid.«

Makarow brummte etwas Unverständliches, Klim indes fragte: »Leid – warum?«

Lidija antwortete nicht, Makarow jedoch sagte halblaut: »Hast du gemerkt, wie er schreit? Er möchte sich selber überschreien.«

»Ich verstehe nicht.«

»Na, was ist denn da zu verstehen?«

Lidija erhob sich. »Begleite mich, Konstantin.«

Auch sie gingen fort. Der Sand knirschte. In Warawkas Zimmer klapperten deutlich und rasch die Kugeln des Rechenbretts. Das rote Feuer auf dem Boot leuchtete in der Ferne, am Mühlenwehr. Klim, der auf einer Treppenstufe der Terrasse saß, sah zu, wie die weiße Gestalt des Mädchens in der Dunkelheit verschwand, und überredete sich: Ich bin ja nicht in sie verliebt!

Um nicht nachdenken zu müssen, ging er zu Warawka und fragte, ob er ihn nicht brauche. Er brauchte ihn. Zwei Stunden wohl saß er am Tisch, machte eine Abschrift von dem Entwurf über den Bau eines neuen Theaters, schrieb und lauschte angespannt in die Stille. Doch alles ringsum schwieg steinern. Weder Stimmen noch das Geräusch von Schritten waren zu vernehmen.

Bei Sonnenaufgang stand Klim unter den Weiden am Mühlenwehr und hörte den Bauern mit dem Holzbein halblaut, beseligt erzählen: »Der Wels – ißt gern Grütze! Hirsebrei oder, sagen wir, Buchweizengrütze, das ist seine Lieblingsnahrung. Einen Wels kann man durch Grütze zu allem bringen.«

Das Holzbein des Bauern war in den Sand eingesunken, er stand zur Seite geneigt da und hielt sich mit kräftiger, knorriger Hand an dem Stumpf eines Weidenastes fest, dann zog er die Schultern hoch, hob das Holzbein aus dem Sand und stellte es an einen anderen Fleck; es versank von neuem in dem lockeren Grund, und der Bauer neigte sich wieder zur Seite.

»Wir haben ihm Grütze gegeben, dem Tier«, sagte er, die Stimme noch mehr senkend. Sein felliges Gesicht war feierlich, in den Augen glänzten Würde und Freude. »Die Grütze haben wir so heiß wie möglich gekocht und in einen Topf getan, der Topf aber ist angeschlagen, das ist die Sache, verstehen Sie?«

Er zwinkerte Ljutow zu und wandte sich an Warawka, der in kirschrotem Schlafrock, grünem, goldgesticktem Käppchen und bunten Saffianstiefeln fast majestätisch wirkte.

»Der Wels verschluckt also den Topf, und der Topf, der ja angeschlagen ist, fällt in seinem Bauch auseinander, und nun fängt die Grütze an, ihm die Därme zu verbrennen, das ist die Sache, verstehen Euer Gnaden? Dem Wels tut das weh, er schlägt um sich, er springt, und da packen wir ihn . . .«

Die Sonnenstrahlen trafen Warawka ins Gesicht, er blinzelte selig und strich sich mit den Händen über seinen kupfernen Bart.

Ljutow, in einem zerknitterten, mit rostroten Kiefernnadeln besäten Anzug, sah aus, als wäre er eben nach einem starken Gelage erwacht. Sein Gesicht war gelb, das Weiße seiner verrückten Augen war rot unterlaufen; leise und heiser sagte er schmunzelnd zu seiner Verlobten: »Er schwindelt natürlich! Aber kein Teufel, nur ein russischer Bauer kann solch einen Unsinn erfinden!«

Die unausgeschlafenen jungen Mädchen standen neben ihnen, gähnten um die Wette und schlotterten in der Morgenkühle. Ein leicht rosiger Nebel stieg vom Fluß auf, und durch ihn hindurch schienen Klim die bekannten Gesichter der Mädchen auf dem hellen Wasser ununterscheidbar ähnlich; Makarow saß in weißem Hemd mit offenem Kragen, mit entblößtem Hals und zerzaustem Haar zu Füßen der Mädchen im Sand. Er erinnerte an eine überall vorhandene Reproduktion des Porträts eines italienischen Knaben, eine Prämienbeilage zu der Zeitschrift »Niwa«. Samgin sah zum erstenmal, daß die breitbrüstige Gestalt Makarows ebenso keilförmig war wie die Gestalt des Vagabunden Inokow.

Abseits stand, straff und gespannt, Turobojew, er blickte unverwandt auf Ljutows knorrigen, gewölbten Hinterkopf und schien, die Zigarette langsam aus dem einen Mundwinkel in den anderen schiebend, lautlos etwas zu flüstern.

»Na, was ist denn, wird's bald?« fragte Ljutow ungeduldig.

»Sprechen Sie ein ganz klein wenig leiser, Herr«, flüsterete der Bauer streng. »Es – das Tier – ist schlau, es hört!«

Und sich zur Mühle wendend, rief er: »Mikola! He!«

Unwillig antworteten zwei Stimmen, eine männliche und eine weibliche: »Ho! Was ist?«

»Sieh nach – hat er ihn gefressen?«

»Hab nachgesehn.«

»Nun?«

»Er hat ihn gefressen.«

Ljutow warf dem Bauern einen zornigen Blick zu und versetzte ihm einen Stoß gegen die Schulter. »Was soll denn das: Ich darf nicht reden, und du brüllst aus vollem Hals!«

Der Bauer blickte ihn erstaunt an und lächelte so, daß alle Haare seines Gesichts sich sträubten.

»Mein Gott – er, dieser Wels, kennt mich doch, Sie aber sind für ihn ein fremder Mensch. Ein jedes Geschöpf übt seine eigene Vorsicht im Leben.«

Diese Worte sprach der Bauer flüsternd. Dann blickte er mit vorgehaltener Hand auf den Fluß und sagte ebenfalls sehr leise: »Jetzt – schauen Sie! Jetzt wird's ihn zu brennen anfangen, und er wird springen. Gleich . . .«

Er sagte das derart überzeugend, mit so beseligtem Gesicht, daß alle lautlos näher ans Ufer herantraten, und sogar das rosig goldene Wasser schien sein langsames Strömen anzuhalten. Mit seinem Holzbein tief in den Sand stechend, humpelte der Bauer zur Mühle. Alina zuckte zusammen und flüsterte erschreckt: »Seht nur, seht! Dort am anderen Ufer, das Dunkle . . . unter dem Strauch . . .«

Klim sah nichts Dunkles. Er glaubte nicht an einen Wels, der Buchweizengrütze mochte. Aber er sah, daß alle ringsum an ihn glaubten, sogar Turobojew und anscheinend auch Ljutow. Es mußten einem die Augen schmerzen vom Hinausblicken auf das glitzernde Wasser, aber alle schauten hartnäckig hin, als wollten sie bis auf den Grund des Flusses blicken. Das verwirrte Samgin für einen Augenblick: wie – wenn doch?

»Da ist er . . . er schwimmt, er schwimmt!« flüsterte Alina von neuem, Turobojew jedoch sagte laut: »Das ist der Schatten einer Wolke.«

»Pschsch«, zischte Warawka.

Alle blickten zum Himmel. Ja, dort zerschmolz einsam ein weißes Wölkchen, nicht größer als ein Lammfell. Aus dem dichten Gestrüpp von Sträuchern und Schilf am Wehr kam jetzt behutsam ein Boot hervor, mitten darin stand, auf den Bootshaken gestützt, der lahme Bauer und winkte den Zuschauern mit der Hand. Ein breitschultriger, flachshaariger Bursche in grauem Hemd tauchte die Ruder lautlos ins Wasser und trieb das Boot voran. Er saß regungslos, wie versteinert, nur seine Hände bewegten sich, es schien, als arbeiteten die Ruder, das Wasser mit seidigem Gekräusel bedeckend, von selber. Der Lahme hörte auf zu winken, streckte, unablässig ins Wasser blickend, den Arm über den Kopf aus und erstarrte ebenfalls.

Das Boot beschrieb einen Winkel von Ufer zu Ufer, dann noch einen Winkel, der Bauer senkte langsam den linken Arm und hob ebenso langsam den rechten mit dem Bootshaken.

»Hau ihn!« brüllte er und stach wuchtig mit dem Bootshaken in den Fluß.

Klim stand ganz hinten und höher als die anderen, er sah gut, daß der Lahme ins Leere gestoßen hatte. Als der Bauer, unbeholfen wankend, sich über den Bootsrand flach auf die Brust ins Wasser fallen ließ, dachte Klim überzeugt: Das hat er mit Absicht getan!

Doch der Lahme erschütterte sogleich diese Überzeugung.

»Nicht getro-offen!« heulte er, im Fluß strampelnd, mit weinerlichem Wolfsgeheul. Sein rotes Hemd blähte sich im Rücken als mißförmige Blase, das Holzbein mit dem blankgescheuerten Eisenring am Ende blinkte krampfhaft über dem Wasser, er schnaubte, wakkelte mit dem Kopf, aus dem Haupt- und Barthaar sprühten gläserne Spritzer, er klammerte sich mit der einen Hand an das Heck des Bootes, während er mit der anderen Faust verzweifelt gegen die Bootswand hämmerte und brüllte, stöhnte: »A-ach, nicht getro-offen! Mikolka, du Satan, warum hast du nicht mit dem Ruder zugehauen, he? Mit dem Ruder, du Dummkopf! Auf den Schädel, he? Hast mir Schande gemacht, du Fratze!«

Der Bursche fischte, ohne sich zu übereilen, den Bootshaken ein, verstaute ihn an der Bootswand, half wortlos dem Lahmen ins Boot und trieb es mit kräftigen Ruderschlägen zum Ufer. Als der Bauer naß und schlüpfrig sich auf den Sand herausgewuchtet hatte, beteuerte er, die Arme von sich breitend, verzweifelt: »Nicht getroffen, meine Herrschaften! Hab mich mit Schmach bedeckt, verzeihen Sie mir um Christi willen! Hab mich ein wenig geirrt, habe nach seinem Kopf und Rückgrat gezielt und daneben! Verstehen Sie die Sache! Ach, heilige Väter!«

Vor Betrübnis hatte sich sogar seine Stimme verändert, sie war hoch geworden und klang jämmerlich, während das aufgedunsene Gesicht schmal geworden war und aufrichtigen Kummer ausdrückte. An den Schläfen, über die Stirn, unter den Augen hervor rannen Wassertropfen, als schwitze sein ganzes Gesicht Tränen, seine hellen Augen blinkten verlegen und schuldbewußt. Er drückte mit der hohlen Hand das Wasser aus dem Kopf- und Barthaar, bespritzte den Sand, die Kleidersäume der Mädchen und rief wehmütig: »Ein riesengroßer war's, wohl über vier Pud schwer! Ein Stier und nicht ein Wels, bei Gott! Der Bart – so lang!«

Und er maß mit den Händen in der Luft an die zwölf Werschok ab.

Ich habe mich geirrt, dachte Klim. Er hat einen Wels gesehen.

»Er steht ganz unten am Grund; ich sehe – er ist nachdenklich, der Riesenbart bewegt sich«, erzählte der Lahme betrübt und begeistert zugleich.

»Wie gefällt er euch, he?« rief Ljutow ebenfalls mit Begeisterung.

»Er spielt vortrefflich«, bestätigte Turobojew lächelnd und holte eine kleine Brieftasche aus gelbem Leder hervor.

Ljutow fiel ihm in den Arm. »Verzeihen Sie, das – war ein Einfall von mir!«

Lidija betrachtete den Bauern mit angewidert verkniffenen Lippen, mürrisch, Warawka mit Neugier, Alina fragte die andern verwirrt: »Es war aber doch ein Wels da? Ist einer dagewesen oder nicht?«

Klim ging beiseite, er kam sich doppelt betrogen vor.

»Komm«, sagte Lidija zur Freundin, aber Ljutow rief: »Wartet ein Augenblickchen!«

Dann fragte er den Bauern mitten ins Gesicht: »Betrogen?«

»Er hat uns betrogen, der Satan«, gab der Lahme, traurig die Arme von sich breitend, zu.

»Nein, nicht der Satan, sondern du! Hast du betrogen?«

»Das heißt – wieso denn? Wen denn?« fragte der Bauer verwundert, indem er vor Ljutow zurückwich.

»Du brauchst keine Angst zu haben! Ich werde das Geld sowieso bezahlen und noch etwas für Schnaps drauflegen. Aber sage offen: Hast du betrogen?«

»Lassen Sie ihn«, bat Turobojew, während der Lahme, nachdem er alle mit ratlosen Augen gemustert hatte, mit großartiger Naivität fragte: »Wie könnte ich Herrschaften betrügen?«

Ljutow klatsche ihm schwungvoll und laut mit der Hand auf die nasse Schulter und brach plötzlich in ein kreischendes, weibisches Gelächter aus. Auch Turobojew fing an zu lachen, ganz leise und irgendwie verlegen, ja sogar Klim lächelte – so spaßig war der kindliche Schreck in den lichten, verwirrt blinzelnden Augen des bärtigen Bauern.

»Herrschaften darf man doch nicht betrügen«, murmelte er, indem er von neuem alle musterte, doch der Schreck in seinen Augen, verwandelte sich rasch in Wißbegier, sein Kinn zitterte.

»Teufel!« rief Warawka aus, fuhr mit der Hand durch die Luft und lächelte ebenfalls.

Ljutow lachte wie toll, mit geschlossenen Augen und zurückgeworfenem Kopf, er schüttelte sich vor Lachen; es war, als klirrte Glas in seinem hervortretenden Adamsapfel.

Der Lahme indessen warf einen Blick auf Warawka und schmunzelte breit, verdeckte jedoch sogleich den Mund mit der Hand. Das nützte aber nichts, er prustete laut in die Hand, schlenkerte sie beiseite und rief mit dünner Stimme: »Sü-ün-den!«

Auch er fing zu lachen an, unsicher zunächst, nicht sehr laut, dann immer lustiger, ungezwungener, und schließlich verfiel er in solch ein Gelächter, daß er das wimmernde, gedämpfte Lachen Ljutows vollkommen übertönte. Den bärtigen Mund weit geöffnet, stach er mit dem Holzbein in den Sand, wankte und ächzte, den Kopf schüttelnd: »O Himmel ... o-ho-ho, Sünden sind das, bei Gott ...«

Naß wie er war, glänzte seine ganze Gestalt, und es schien, als hätte auch sein gesundes Lachen einen öligen Glanz.

»G-gauner!« schrie Ljutow. »Wo ... wo ist der Wels?«

»Und – ich habe ihn ...«

»Den Wels?«

»Verfehlt ...«

»Wo ist der Wels?«

»Er – lebt ...«

Von neuem schüttelten sich beide, einander anblickend, in einem Lachanfall, und Klim sah, daß jetzt über das zottige Gesicht des Lahmen echte Tränen rannen.

»Na, das ist ja bereits ... über alle Maßen«, sagte Turobojew achselzuckend und eilte den Mädchen und Makarow nach. Darauf ging auch Samgin, begleitet von Lachen und Ächzen: »O H-immel, ja ...«

Vorn jedoch rief Alina entrüstet: »Ihn müßte man wegen Betrug bestrafen!«

»Das ist dumm, Alina«, wies Lidija sie streng zurecht.

Sie gingen schweigend, doch bald holte Ljutow sie ein.

»Verstehen Sie die Sache?« rief er, wischte mit dem Taschentuch den Schweiß und die Tränen aus dem Gesicht, hüpfte, zappelte, suchte den Blick der anderen zu erhaschen. Er behinderte sie beim Gehen. Turobojew sah ihn von der Seite an und blieb zwei Schritte zurück.

»Er hat uns geschickt zum Narren gehalten, wie?« schrie er aufdringlich. »Ein Talent! Eine Kunst ist das! Echte Kunst hält einen immer zum Narren.«

»Nicht dumm«, sagte Turobojew und lächelte Klim zu. »Er ist überhaupt nicht dumm, aber – wie verkrampft!«

»Genug, Wolodja«, rief Makarow zornig. »Was wirbelst du Staub auf? Warte ab, bis man dich zum Professor irgendeiner Beredsamkeit ernannt hat, dann kannst du andere bedrängen und Staub aufwirbeln.« Ljutow drohte ihm mit dem Finger.

»Du bist ein leichtsinniger Vogel, Kostja! Versteh doch die Sache!«

»Nein, allen Ernstes, hör auf.«

»Sie schreien entsetzlich viel«, jammerte Alina.

»Na – ich will es nicht mehr tun.«

»Wie ein Verrückter.«

»Ich schweige schon!«

Er verstummte tatsächlich, aber Lidija nahm seinen Arm und fragte ihn: »Warum sind Sie nicht empört über den Bauern?«

»Ich? Weshalb denn?« rief Ljutow erstaunt und leidenschaftlich. »Im Gegenteil, Lidotschka, ich habe ihm noch drei Rubel dazugegeben und ihm Dankeschön gesagt. Er ist klug. Unser Bauer ist ein erstaunlich Kluger. Er – lehrt. Er?«

Ljutow blieb stehen, streichelte Lidijas Arm, der in dem seinen ruhte, und lächelte glücklich. »Jetzt würden Sie doch nicht mehr an den Wels glauben, nicht wahr? Dieses Flüsselchen ist nichts für Welse, Sie lieber Mensch . . .«

Er lachte von neuem. Makarow und Alina gingen schneller. Klim blieb zurück, warf einen Blick auf Turobojew und Warawka, die langsam auf das Landhaus zuschritten, und versank auf einer Bank am Steg des Badehauses in zornige Gedanken.

Er erinnerte sich, wie Makarow gestern unter anderem gesagt hatte: »Du hast eine gesunde Psyche, Klim! Du lebst wie ein Monument auf einem Platz, ringsum ist Lärm, Geschrei, Geratter, du indessen schaust auf alles herab, und nichts bringt dich aus der Ruhe.«

Diese Worte zeugen nur davon, daß ich es verstehe, mich nicht zu verraten. Aber die Rolle eines aufmerksamen Zuhörers und Beobachters irgendwoher von der Seite, hinter einer Ecke hervor, ist meiner nun nicht mehr würdig. Es ist Zeit, daß ich aktiver werde. Wenn ich vorsichtig anfangen werde, anderen ihre Pfauenfedern auszurupfen, wird das für sie sehr nützlich sein. Ja. In irgendeinem Psalm heißt es: »Lüge bringt Rettung.« Es wäre ja möglich, daß sie, wenn auch nur zuweilen, »Rettung bringt« und nicht bloß zum Spiel miteinander dient.

Er dachte lange in dieser Richtung nach, und da er sich streitbar gestimmt und zum Kampf bereit fühlte, wollte er zu Alina gehen, zu der alle außer Warawka sich schon begeben hatten, doch ihm fiel ein, daß es Zeit für ihn war, in die Stadt zu fahren. Auf dem Weg zur Bahnstation, auf der schlechten, sandigen Straße, zwischen Hügeln mit krummem Kiefernwald, verlor Klim Samgin, ohne es zu merken, seine Kampfstimmung und dachte, seinen langen Schatten vor sich her schiebend, bereits darüber nach, wie schwer es ist, in dem Chaos fremder Gedanken, hinter denen sich unverständliche Gefühle verbergen, sich selbst zu finden.

Klim traf eine halbe Stunde vor dem Ehepaar Spiwak zu Hause ein.

Die Mutter empfing sie majestätisch wie eine Gouverneursfrau die von höherer Stelle zu ihrer persönlichen Verfügung beorderten Beamten. Sie sagte etwas trocken und stark näselnd französische Phrasen, wobei sie vor ihrem dick gepuderten Gesicht mit der Lorgnette spielte, und setzte sich, noch bevor sie die Gäste zum Platznehmen aufgefordert hatte, selbst bequem hin. Klim merkte, daß die Mutter durch dieses Gehabe in den bläulichen Augen der Spiwak spöttische Fünkchen entfachte. Jelisaweta Lwowna wirkte in ihrer weiten, dunklen Mantille gealtert, nonnenhaft bescheiden und nicht so interessant, wie sie in Petersburg gewesen war. Doch der Duft bekannten Parfüms kitzelte angenehm seine Nasenlöcher, und in seiner Erinnerung erklang der schöne Satz: Von dir, von dir allein!

Der kleine Pianist glich in seinem seidenen Umhang einer Fledermaus. Er schwieg, als wäre er taub, und wippte im Takt zu den Worten der Frauen mit seiner trübseligen Nase. Samgin drückte ihm leutselig die heiße Hand, es war so wohltuend, zu sehen, daß dieser Mann mit dem wie aus gelbem Horn ungeschickt geschnitzten Gesicht durchaus nicht der schönen Frau würdig war, die neben ihm saß. Als die Spiwak und die Mutter zehn liebenswürdige Phrasen gewechselt hatten, sagte Jelisaweta Lwowna mit einem Seufzer: »Es bedrückt mich sehr, Wera Petrowna, daß ich Ihnen gleich bei der ersten Begegnung etwas Trauriges mitteilen muß: Dmitrij Iwanowitsch ist verhaftet worden.«

»O mein Gott!« rief die Samgina und lehnte sich im Sessel zurück, ihre Wimpern zuckten, und die Nasenspitze errötete.

»Ja!« sagte der Spiwak laut. »Sie kamen nachts und holten ihn fort.«

»Und – Kutusow?« fragte Klim erbost.

Die Spiwak antwortete, Kutusow sei drei Wochen vor Dmitrijs Verhaftung heimgefahren, um den Vater zu beerdigen.

Die Mutter drückte behutsam, um den Puder nicht von den Wangen fortzuwischen, ein miniaturenhaftes Tüchlein an ihre Augen, doch Klim sah, daß sie keines Tuches bedurfte, die Augen waren vollkommen trocken.

»Mein Gott! Weswegen denn?« fragte sie dramatisch.

»Ich denke, es ist nichts Ernstes«, sagte die Spiwak sehr freundlich und tröstlich. »Ein Bekannter von Dmitrij Iwanowitsch, ein Lehrer an einer Fabrikschule, war verhaftet worden, auch dessen Bruder, der Student Popow – der, glaube ich, auch ein Bekannter von Ihnen ist?« fragte sie Klim.

Samgin sagte trocken: »Nein.«

Nachdem die Mutter diesem Ereignis eine Viertelstunde gewidmet hatte, fand sie offenbar, daß ihre Betrübnis überzeugend genug zum Ausdruck gebracht worden sei, und lud die Gäste zum Teetrinken in den Garten ein.

Fröhlich tummelten sich die Vögel, üppig blühten die Blumen, der samtartige Himmel füllte den Garten mit lichtblauem Glanz, und es wäre unschicklich gewesen, im Licht der Frühlingsfreude von etwas Traurigem zu reden. So begann Wera Petrowna, Spiwak über Musik auszufragen. Er wurde sogleich lebhaft und erklärte ihr, blaue Fäden aus seiner Krawatte herauszupfend und mit den Fingern kleine Kommas in die Luft schreibend, daß es im Westen keine Musik gebe.

»Dort gibt es nur Maschinen. Dort ist man – vom Menuett und der Gavotte – zu dem hier gelangt . . .«

Und er spielte mit den Fingern irgendein abgeschmacktes Motiv auf seinen Lippen.

»Zupf nicht an der Krawatte«, bat ihn seine Frau.

Gehorsam legte er die Hände wie auf eine Klaviatur auf den Tisch, wobei er das Ende der Krawatte in das Teeglas eintauchte. Das brachte ihn in Verlegenheit, er wischte die Krawatte mit dem Taschentuch ab und sagte: »In Norwegen haben wir Grieg. Er ist sehr interessant. Man sagt, er sei ein zerstreuter Mensch.«

Dann verstummte er. Die Frauen lächelten, sie plauderten immer lebhafter, doch Klim fühlte, daß sie einander nicht gefielen. Spiwak fragte ihn etwas verspätet: »Wie geht es Ihnen gesundheitlich?«

Als Klim ihm Walderdbeeren anbot, lehnte er heiter ab: »Ich bekomme davon Nesselfieber.«

Die Mutter bat Klim: »Zeig doch Jelisaweta Lwowna das Seitengebäude.«

»Eine sonderbare Stadt«, sagte die Spiwak, die Klims Arm genommen hatte und irgendwie sehr vorsichtig auf dem Gartenweg dahinschritt. »Sie ist so gutherzig brummig. Dieses Gebrumme war das erste, was mich erstaunte, sobald ich nur den Bahnhof verließ. Es ist wahrscheinlich höllisch langweilig hier. Kommen oft Brände vor? Ich habe Angst vor Bränden.«

Der Papierunrat in den Zimmern des Seitenbaus erinnerte Klim an den Schriftsteller Katin, die Spiwak indes sagte, nachdem sie die Räume flüchtig besichtigt hatte: »Man könnte sich sehr gemütlich einrichten. Auch ein Gartenfenster ist da. Sicherlich werden haarige Räupchen von den Apfelbäumen in die Zimmer kriechen, ja? Die Vögelchen werden früh am Morgen singen. Sehr früh!«

Sie seufzte.

»Gefällt es Ihnen nicht?« fragte Klim mit Bedauern und ging in den Garten hinaus; sie wandte wunderschön den Hals und lächelte ihm über die Schulter zu. »Doch, warum nicht? Es würde sich indessen besonders für zwei Schwestern eignen, für zwei alte Jungfern. Oder – für Jungvermählte. Setzen wir uns«, schlug sie bei der Bank unter dem Kirschbaum vor und machte ein liebes Grimäßchen. »Mögen sie dort ... verhandeln.«

Sich umschauend, fuhr sie nachdenklich fort: »Ein herrlicher Garten. Auch der Seitenbau ist schön. Namentlich – für Jungvermählte. Um in dieser Stille zu lieben, soviel einem beschieden ist, und dann ... Aber das werden Sie, ein junger Mann, nicht verstehen«, schloß sie plötzlich mit einem Lächeln, das Klim durch seine Unklarheit ein wenig verwirrte. Verbarg sich Spott dahinter oder eine Herausforderung?

Nach einem Blick zum Himmel fragte die Spiwak, indem sie Blätter von einem Kirschzweig pflückte: »Wie lebt es sich denn hier im Winter? Theater, Kartenspiel, kleine Romane aus Langerweile, Klatsch – ja? Ich würde es vorziehen, in Moskau zu leben, an das man sich wahrscheinlich nicht so rasch gewöhnt. Haben Sie sich noch keine Angewohnheiten zugelegt?«

Klim wunderte sich. Er hatte nicht geahnt, daß diese Frau so einfach und scherzhaft reden konnte. Gerade Einfachheit hatte er bei ihr nicht erwartet; in Petersburg schien ihm die Spiwak verschlossen, gehemmt durch schwierige Gedanken. Es war angenehm, daß sie mit ihm wie mit einem guten alten Bekannten sprach. Nebenbei fragte sie, ob der Seitenbau mit oder ohne Brennholz vermietet werde, stellte dann noch ein paar sehr praktische Fragen, und das alles leicht, wie nebenher.

»Das Porträt über dem Flügel – ist das Ihr Stiefvater? Er hat einen Bart wie ein sehr reicher Mann.«

Klim blickte ihr forschend ins Gesicht und sagte, daß Turobojew bald eintreffen werde.

»Ja?«

»Er verkauft seinen Landbesitz.«

»Soso.«

Klim fühlte, daß ihr ruhiger Ton ihn freute, es freute ihn auch, daß sie, als sie ihn mit dem Ellenbogen streifte, sich nicht entschuldigt hatte.

Jetzt kam die Mutter auf sie zu, neben ihr ging Spiwak mit flatternden Flügeln des Umhangs, als wollte er sich vom Boden aufschwingen, und sagte: »Das wird sehr dicht, in Nonen geschrieben sein: tumtumm . . .«

Seine Frau unterbrach die Musik rücksichtslos und begann mit Wera Petrowna über den Seitenbau zu sprechen; sie gingen fort, während Spiwak sich neben Klim setzte und mit ihm ein Gespräch anfing mit Sätzen wie aus einem Grammatiklehrbuch: »Ihre Mutter ist ein angenehmer Mensch. Sie kennt sich in der Musik aus. Ist es weit bis zum Friedhof? Ich liebe alles Elegische. Das Beste sind bei uns die Friedhöfe. Alles, was mit dem Tod zu tun hat, ist bei uns vortrefflich.«

In die Pausen zwischen seinen Sätzen fielen die Stimmen der Frauen ein.

»Nicht wahr?« fragte eindringlich die Spiwak.

»Ich werde es für Sie einrichten.«

»Haben wir alles besprochen?«

»Ja.«

Ein paar Minuten später, nachdem er die Spiwaks hinausbegleitet hatte und in den Garten zurückgekehrt war, erblickte Klim die Mutter immer noch am gleichen Fleck, unter dem Kirschbaum, sie saß dort, den Kopf auf die Brust gesenkt, die Arme auf der Rückenlehne der Bank.

»Mein Gott, das scheint keine sehr angenehme Dame zu sein!« sagte sie mit müder Stimme. »Jüdin? Nein? Wie seltsam, sie ist so praktisch. Handelt wie auf dem Basar. Sie sieht übrigens nicht wie eine Jüdin aus. Schien es dir nicht, als hätte sie die Mitteilung über Dmitrij mit einem Unterton von Vergnügen gemacht? Manche Leute überbringen sehr gern schlechte Nachrichten.«

Sie schlug sich ärgerlich mit der kleinen Faust aufs Knie.

»Ach, Dmitrij, Dmitrij! Jetzt werde ich nach Petersburg fahren müssen.«

Blaßrosa Nebel füllte den Garten und verfärbte die weißen Blumen. Die Düfte wurden berauschender. Die Stille verdichtete sich.

»Ich will mich umziehen gehen, warte hier auf mich. In den Zimmern ist es schwül.«

Klim blickte mißgünstig hinter ihr her: Was die Mutter über die Spiwak gesagt hatte, widersprach böse seinem Eindruck. Doch sein Mißtrauen gegen die Menschen, das immer leichter zu erregen war, klammerte sich zäh an die Worte der Mutter, und Klim dachte nach, indem er rasch die Worte, die Gesten, das Lächeln der angenehmen Frau überprüfte. Die zärtliche Stimme stimmte ihn lyrisch, sie verwehrte ihm, an dem Benehmen der Spiwak etwas zu finden, das der Mutter recht gegeben hätte. Andere Gedanken drängten sich leicht ins Blickfeld: Jelisaweta werde in den Seitenbau einziehen, er werde ihr den Hof machen und von der unbegreiflichen, bedrückenden Neigung zu Lidija geheilt werden.

Die Mutter kehrte in einem sonnengelben Hauskleid mit silbernen Schnallen und in weichen Halbschuhen zurück; sie schien wunderbar verjüngt.

»Meinst du nicht, daß die Verhaftung des Bruders sich auch für dich auswirkt?« fragte sie leise.

»Weshalb?«

»Ihr habt zusammen gewohnt.«

»Das bedeutet noch nicht, daß wir solidarisch sind.«

»Ja, aber . . .«

Sie verstummte und strich mit den Fingern über die Fältchen an den Schläfen. Und plötzlich sagte sie mit einem Seufzer: »Die Spiwak hat keine üble Figur, sogar die Schwangerschaft entstellt sie nicht.«

Klim zuckte überrascht zusammen und fragte schnell: »Ist sie schwanger? Hat sie es dir gesagt?«

»Mein Gott, ich sehe es doch. Bist du gut mit ihr bekannt?«

»Nein«, sagte Klim, nahm die Brille ab und neigte, die Gläser putzend, den Kopf. Er wußte, daß er ein böses Gesicht machte, und wollte nicht, daß die Mutter es sähe. Er kam sich betrogen, bestohlen vor. Alle betrogen ihn: die gedungene Margarita, die schwindsüchtige Nechajewa; auch Lidija betrog ihn, indem sie sich anders gab, als sie in Wirklichkeit war; betrogen hatte ihn schließlich auch die Spiwak, er konnte jetzt schon nicht mehr so gut von ihr denken wie noch eine Stunde zuvor.

Wie erbarmungslos muß man sein, welch kaltes Herz muß man haben, um einen kranken Ehemann zu betrügen, dachte Klim entrüstet. Und Mutter – wie unverfroren, wie roh mischt sie sich in mein Leben ein.

»Oh, mein Gott!« seufzte die Mutter.

Klim warf einen Seitenblick auf sie. Sie saß angespannt aufrecht da, ihr trocknes Gesicht hatte sich trostlos in Falten gelegt, es war das Gesicht einer alten Frau. Die Augen weit geöffnet, biß sie sich auf die Lippen, als unterdrückte sie einen Schmerzensschrei. Klim war gegen sie aufgebracht, doch ein Teilchen seines Mitleids mit sich selbst übertrug sich auf diese Frau, und er fragte ganz leise: »Bist du traurig?«

Sie zuckte zusammen und schloß leicht die Augen.

»In meinem Alter gibt es wenig Fröhliches.«

Dann lockerte die Mutter den Kragen des Hauskleids mit zitternder Hand um den Hals herum und flüsterte dabei: »Schon wartet irgendwo hier eine Frau auf dich ... ein Mädchen, das du lieben wirst.«

In ihrem Flüsterton hörte Klim etwas Ungewöhnliches, ihm kam der Gedanke, sie, die stets stolze, beherrschte Frau werde gleich zu weinen anfangen. Er konnte sie sich nicht weinend vorstellen.

»Nicht davon reden, Mama.«

Sie rieb ihre Wange krampfhaft an seiner Schulter und flüsterte, von trockenem Husten oder mißglücktem Lachen, unterbrochen: »Ich verstehe nicht davon zu reden, aber – es muß sein. Von der Großmut, von der Barmherzigkeit der Frau gegenüber! Ja! Von Barmherzigkeit. Die Frau, die Mutter ist das einsamste Geschöpf auf der Welt. Einsam bis zum Wahnsinn. Ich meine nicht nur mich, nein ...«

»Soll ich dir ein Glas Wasser holen?« fragte Klim und begriff sofort, wie dumm das war. Er wollte sie sogar umarmen, aber sie wich bebend aus und suchte ein Schluchzen zu unterdrücken. Und immer heftiger, verbitterter klang ihr Flüstern.

»Nur Stunden als Lohn für Tage, Nächte, Jahre der Einsamkeit.«

Davon sprach die Nechajewa, erinnerte sich Klim.

»Stolz, der so grausam niedergetreten wird. Der gewohnte - begreif! –, der gewohnte mangelnde Wille, zart, freundschaftlich in die Seele hineinzublicken. Ich sage nicht das Richtige, aber davon läßt sich nicht reden ...«

Es ist auch nicht nötig! hätte Klim gern gesagt. Nicht doch, das erniedrigt dich. Das hat mir schon ein schwindsüchtiges, häßliches Mädchen gesagt.

Doch für seine Großmut fand sich kein Platz, die Mutter flüsterte, nach Atem ringend: »Man muß heulen. Dann wird man ein hysterisches Weib genannt, sie raten, zum Arzt zu gehen, Brom zu nehmen, Wasser zu trinken.«

Der Sohn streichelte fassungslos der Mutter die Hand und schwieg, fand keine Trostworte; er fand immer noch, daß sie dies alles unnützerweise sage. Sie jedoch lächelte in der Tat hysterisch, und ihr Flüstern war so unheimlich trocken, als knisterte und risse die Haut ihres Körpers.

»Du mußt wissen: Alle Frauen leiden unheilbar an Einsamkeit. Daher all das, was euch, den Männern, unverständlich ist, plötzliche Untreue und ... alles! Keiner von euch sucht, dürstet so sehr nach der Nähe zu einem Menschen wie wir.«

Klim fand, er müsse versuchen sie zu beruhigen, und murmelte: »Weißt du, über die Frauen urteilt Makarow sehr eigenartig . . .«

»Unser Egoismus ist keine Sünde«, fuhr die Mutter fort, ohne ihn zu hören. »Der Egoismus kommt von der Kälte des Lebens, kommt daher, daß alles schmerzt: die Seele, Leib und Knochen . . .«

Dann sah sie den Sohn plötzlich an, rückte von ihm ab, verstummte und blickte in das grüne Netz der Bäume. Kurz darauf erhob sie sich von der Bank, ordnete eine Haarsträhne, die ihr ins Gesicht gefallen war, und verließ den durch diese Szene zerknirschten Sohn.

Das kommt natürlich daher, weil sie altert und eifersüchtig ist, dachte er, mürrisch nach der Uhr schauend. Die Mutter hatte nicht länger als eine halbe Stunde bei ihm gesessen, doch es schien, als seien zwei Stunden vergangen. Das Gefühl, daß sie in dieser halben Stunde in seinen Augen irgendwie verloren hatte, war unangenehm. Und wieder einmal fand Klim Samgin, daß sich in jedem Menschen ein ganz einfaches Stänglein entdecken lasse, an dem dieser die Flagge seiner Originalität hißt.

Am nächsten Tag, morgens, erschien unerwartet Warawka, lebhaft, mit funkelnden Augen, unschicklich zerzaust. Wera Petrowna fragte ihn gleich bei den ersten Worten: »Hat dieses junge Fräulein oder diese Dame das Landhaus gemietet?«

»Welches Fräulein?« wunderte sich Warawka.

»Ljutows Bekannte?«

»Habe keine solche gesehen. Zwei Mädchen sind da: Lidija und Alina. Und drei Kavaliere, der Teufel soll sie holen!«

Der wuchtige, dicke Warawka glich dem ins Ungeheuerliche vergrößerten chinesischen »Gott der Bettler«. Das häßliche Figürchen dieses Gottes stand im Wohnzimmer auf dem Spiegeltisch, und das Karikaturenhafte seiner Formen verband sich unerklärlich mit einer eigenartigen Schönheit. Hastig und gierig wie ein Enterich schlang Warawka Schinkenstücke herunter und murmelte: »Turobojew ist ein entarteter Mensch. Wie sagt man da? Ein Dekadenter. Fin de siècle und dergleichen. Er versteht nicht zu verkaufen. Das Stadthaus habe ich ihm abgekauft, werde es zu einer technischen Schule umbauen. Er hat es billig hergegeben, als wäre es gestohlen. Überhaupt – ein Idiot hochgeborener Herkunft. Ljutow wollte ihn beim Bodenkauf für Alina ausräubern und hätte es auch getan, wenn ich es nicht verhindert hätte. Das mache ich lieber selbst . . .«

»Was redest du da«, rügte ihn Wera Petrowna sanft.

»Ich sage es ehrlich. Man muß zu nehmen verstehen. Besonders bei Dummköpfen. So wie Sergej Witte das macht.«

Warawka hatte sich gesättigt, er holte tief Atem, trank mit wonnig geschlossenen Augen ein Glas Wein und fing von neuem an, wobei er sich mit der Serviette das Gesicht wedelte: »Dieser Ljutow ist eine ganz schlaue Kanaille, sieh dich vor, Klim . . .«

Nun teilte ihm Wera Petrowna, den Kopf aufrecht und reglos wie eine Blinde haltend, die Verhaftung Dmitrijs mit. Klim fand, daß sie dies unangebracht und sogar irgendwie herausfordernd tat. Warawka hob mit der flachen Hand den Bart, schaute ihn eine Weile an und blies ihn von der Hand herunter.

»Ist das etwa ein erblicher Hang der älteren Samginlinie zum Gefängnis?«

»Ich werde nach Petersburg fahren müssen.«

»Selbstverständlich«, sagte Warawka brummig, legte die Hand auf Klims Schulter und begann, während er ihn hin und her schaukelte, auf ihn einzureden: »Du solltest das Institut für Zivilingenieure besuchen, mein Lieber. Advokaten haben wir reichlich, und an Gambettas besteht vorläufig kein Bedarf. Mit den Staatsanwälten ist es dasselbe, in jeder Zeitung findet man fünfundzwanzig Stück. Architekten aber gibt es keine, wir verstehen nicht zu bauen. Studiere Architektur. Dann bekommen wir ein gewisses Gleichgewicht: der eine Bruder baut, der andere zerstört, und ich als Unternehmer habe den Vorteil!«

Er fing an zu lachen, daß sein Bauch wackelte. Dann schlug er Klim vor, zum Landhaus zu fahren. »Von uns muß jemand dort sein. Ich glaube, ich werde Dronow als Verwalter hinnehmen. Nun, ich fahre jetzt zum Notar . . .«

Nachdem die Mutter ihn hinausbegleitet hatte, sagte sie aufseufzend: »Welche Energie, wieviel Verstand!«

»Ja«, stimmte Klim höflich bei, dachte aber: Er wirft mich umher wie einen Ball.

Abends kam er beim Landhaus an und ging von der Bahnstation am Rand des Kiefernwaldes, um nicht auf der sandigen Straße gehen zu müssen: hier hatte man kürzlich Glocken ins Kirchdorf gefahren, und Menschen und Pferde hatten die Straße tief zerwühlt. Es war angenehm, in der Stille zu gehen, die Kerzen der jungen Kiefern schwelten harzigen Duft, zwischen die gewaltigen Säulen des uralten Waldes fielen durch die flimmernde Luft rote Bänder der Sonnenstrahlen, und die Borke der Kiefern glänzte wie Bronze und Brokat.

Plötzlich zeigte sich am Waldrand hinter einer kleinen Anhöhe, gleich einem riesengroßen Fliegenpilz, ein roter Schirm, wie Lidija und Alina ihn nicht besaßen, dann erblickte Klim unter dem Schirm den schmalen Rücken einer Frau in gelber Jacke und den unbedeckten, zerzausten, spitzen Kopf Ljutows.

Ist das die Frau, nach der die Mutter gefragt hat? Ljutows Geliebte? Ein letztes Stelldichein?

Er war so nahe herangekommen, daß er bereits das fließende Stimmchen der Frau und die knappen dumpf klingenden Fragen Ljutows vernahm. Er wollte in den Wald abbiegen, doch Ljutow rief ihm zu: »Ich sehe Sie! Verstecken Sie sich nicht.«

Der Zuruf klang spöttisch, und als Klim dicht herankam, empfing Ljutow ihn mit einem unangenehmen Lächeln, das die Zähne entblößte.

»Warum meinen Sie, ich verstecke mich?« fragte Klim zornig, indem er vor der Frau beabsichtigt langsam den Hut abnahm.

»Aus Takt«, sagte Ljutow. »Machen Sie sich bekannt.«

Die Frau reichte Klim die Hand, die eine sehr harte Innenfläche hatte. Ihr Gesicht war eins von denen, die schwer zu behalten sind. Aufmerksam, mit einem photographierenden Blick heller Augen sah sie Klim ins Gesicht und nannte undeutlich einen Namen, den er gleich wieder vergaß.

»Erweisen Sie uns eine Gefälligkeit«, sagte Ljutow, schaute sich um und verzog das Gesicht. »Sehen Sie, sie hat den Zug versäumt ... Verschaffen Sie ihr in Ihrem Haus eine Unterkunft für die Nacht, aber so, daß niemand davon erfährt. Man hat sie hier schon gesehen, sie ist hergefahren, um ein Landhaus zu mieten, aber – man braucht sie nicht noch einmal zu sehen. Insbesondere nicht dieser lahme Teufel, das witzige Bäuerchen.«

»Vielleicht sind diese Vorsichtsmaßnahmen überflüssig?« fragte gedämpft die Frau.

»Das finde ich nicht«, sagte Ljutow aufgebracht.

Die Frau lächelte eigenartig: Bevor sie die fest zusammengepreßten Lippen des kleinen Mundes öffnete, preßte sie sie noch fester zusammen, so daß sich an den Mundwinkeln strahlenförmige Fältchen zeigten. Das Lächeln wirkte gezwungen, etwas hart, und veränderte schroff das Gesicht.

»Nun, spazieren Sie los«, kommandierte Ljutow, zu ihr gewandt, indem er sich erhob, nahm Klim beim Arm und ging mit ihm auf die Landhäuser zu.

»Sie sind nicht sehr höflich zu ihr«, bemerkte Klim mürrisch, empört über Ljutows formloses Benehmen gegen ihn.

»Macht nichts«, murmelte Ljutow.

»Ich muß Sie darauf aufmerksam machen, daß mein Bruder in Petersburg verhaftet worden ist ...«

Ljutow fragte rasch: »Volksrechtler?«
»Marxist. Was ist das – ein Volksrechtler?«
Ljutow nahm den Hut ab und fächelte sich damit ins gerötete Gesicht.
»Es erfolget offs neue eine Anhäufung revolutionärör Kraft«, äffte er jemanden nach. »Eine Anhäufung . . . diese Teufel!«
Samgin ärgerte sich über Ljutow, weil er ihn in ein unangenehmes und anscheinend gefährliches Abenteuer hineingezogen hatte, und er ärgerte sich über sich selbst, weil er ihm so leicht nachgegeben hatte, doch überwogen Verwunderung und Neugier seinen Ärger. Er hörte schweigend Ljutows erregtem Gebrumm zu und schaute sich über die Schulter um: Die Dame mit dem roten Schirm war verschwunden.
»Es erfolget offs neue . . . Diese da ist hier erschienen, um mir mitzuteilen, daß in Smolensk ein Bekannter von mir verhaftet worden ist . . . Er hat dort eine Druckerei . . .. der Teufel soll ihn holen! Verhaftungen in Charkow, in Petersburg, in Orjol. Eine Anhäufung!«
Er brummte wie Warawka über die Zimmerleute, Maurer und Büroangestellten. Klim staunte über diesen seltsamen Ton, und noch mehr staunte er über Ljutows Bekanntschaft mit Revolutionären. Als er eine Minute und eine weitere zugehört hatte, riß ihm die Geduld.
»Aber – was geht Sie das, die Revolution, denn an?«
»Richtige Fragestellung«, erwiderte Ljutow lächelnd. »Bedaure, daß man Ihren Bruder geschnappt hat, er hätte sie Ihnen wahrscheinlich beantwortet.«
Schwätzer, schimpfte Samgin innerlich und zog seinen Arm unter dem Ellenbogen des Gefährten hervor, der aber bemerkte es wohl nicht, er ging mit nachdenklich gesenktem Kopf weiter und schleuderte mit dem Fuß die Kienäpfel zur Seite. Klim ging schneller.
»Wohin laufen Sie so? Dort«, Ljutow deutete mit dem Kopf zu den Landhäusern hinüber, »ist niemand, sie sind im Boot irgendwohin zu einem Fest, zum Jahrmarkt gefahren.«
Er hängte sich wieder bei Samgin ein, und als sie bei einem verstreuten Holzstoß angelangt waren, kommandierte er: »Setzen wir uns.«
Und sofort fing er mit gedämpfter Stimme an zu spotten: »Wozu, hol's der Teufel, brauchen wir unsere Intelligenz, bei einem solchen Bauern? Das ist dasselbe wie Dorfhütten mit Perlmutt verzieren. Edelmut, Herzlichkeit, Romantik und dergleichen Pepermente, die

Fähigkeit, in Gefängnissen zu sitzen, in todbringenden Verbannungsorten zu leben, rührende Erzählungen und Artikelchen zu schreiben. Märtyrer, Heilige und so weiter. Im großen und ganzen – ungebetene Gäste.«

Er roch nach Wodka und knirschte beim Sprechen mit den Zähnen, als zerbisse er Fäden.

»Die Narodowolzen beispielsweise. Das ist doch eine Übersetzung aus dem Mexikanischen, das ist Gustave Aimard und Mayne Reid. Die Pistolen schießen am Ziel vorbei, die Minen explodieren nicht, von zehn Bömbchen platzt nur eine und – zur unrechten Zeit.«

Ljutow packte ein krummes, astiges Holzscheit und suchte es im Sand aufzustellen. Es gelang ihm nicht, das Scheit fiel immer wieder träge um.

»Es ist sonnenklar, daß man Rußland mit dem Beil behauen muß, es läßt sich nicht mit Taschenmessern anspitzen. Was meinen Sie?«

Samgin, der durch die unverhoffte Frage überrascht war, antwortete nicht gleich.

»Das vorige Mal haben Sie vom russischen Volk ganz anders gesprochen.«

»Vom Volk sage ich immer das gleiche: Ein vorzügliches Volk! Ein unvergleichliches! Aber . . .«

Mit unerwarteter Kraft warf er das Holzscheit hoch in die Luft, packte es, als es sich überschlagend zu seinen Füßen niederfiel, und steckte es in den Sand.

»Aus diesem Ding kann man die verschiedensten Sachen machen. Ein Künstler schnitzt sowohl einen Teufel als auch einen Engel daraus. Doch wie Sie sehen, ist dieses ehrenwerte Holzscheit, während es hier herumlag, bereits morsch geworden. Aber man kann es noch im Ofen verbrennen. Vermodern ist nutzlos und schändlich, Verbrennen hingegen liefert eine gewisse Menge Wärme. Ist Ihnen diese Allegorie verständlich? Ich bin dafür, das Leben mit Wärme und Licht zu bereichern, um es erglühen zu lassen.«

Du lügst, dachte Klim.

Er saß ein Arschin höher als Ljutow und sah sein verkrampftes, zerklüftetes Gesicht nicht nach außen, sondern nach innen gewölbt wie ein Teller – ein unsauberer Teller. Die Schatten in einer kleinen Kiefer zitterten auf dem Gesicht, und wie zwei Nüsse rollten die schielenden Augen darin umher. Die Nase bewegte sich, die Nüstern waren gebläht, die Gummilippen schlabberten, wobei sie eine böse obere Zahnreihe entblößten und die Zungenspitze sehen ließen, es hüpfte der spitze, unrasierte Adamsapfel, und hinter den Ohren kreisten knochige Kügelchen. Ljutow fuchtelte mit den Händen, die Finger der rechten Hand bewegten sich rasch wie die eines Taubstummen, er zappelte insgesamt wie eine Marionette an Schnürchen, und es war widerlich, ihn anzusehen. Er erweckte in Samgin eine beklemmende Wut, ein Protestgefühl.

Wie aber, wenn ich ihm sage, er sei ein Schauspieler, ein Gaukler, ein Verrückter, und all sein Reden sei ein krankhaftes, verlogenes Geschwätz? Doch weswegen, wem zuliebe spielt und lügt dieser Mensch, der reich ist, verliebt ist und in Bälde der Mann einer schönen Frau sein wird?

»Stellen Sie sich vor«, vernahm Klim die vor Erregung trunkene Stimme Ljutows, »stellen Sie sich vor, daß von hundert Millionen russischer Hirne und Herzen zehn, na, sagen wir, fünf mit aller Wucht der ihnen innewohnenden Energie arbeiten?«

»Ja, gewiß«, sagte Klim widerstrebend.

Der dunkle Himmel wimmelte schon von Sternen, die Luft war mit feuchter Wärme getränkt, es schien, als schmelze der Wald und löse sich auf in öligen Dampf. Man fühlte den Tau fallen. In der dichten Dunkelheit jenseits des Flusses flackerte ein gelbes Flämmchen auf, wuchs rasch zu einem Feldfeuer an und beleuchtete ein kleines, weißes Menschenfigürchen. Das gleichmäßige Plätschern des Wassers durchbrach die Stille.

»Da kommen die Unseren«, bemerkte Klim.

Ljutow schwieg lange, ehe er antwortete: »Es ist Zeit.«

Er erhob sich und faßte irgend etwas scharf ins Auge.

»Der elende Bauer treibt sich dort herum. Ich werde ihn aufhalten, gehen Sie unterdessen und besorgen Sie eine Unterkunft für die dort . . .«

Samgin schritt auf das Landhaus zu, wobei er hörte, wie vergnügt und munter Ljutows Stimme klang.

»Fängst du auch im Wald Welse?«

»Sie spotten, Herr, er war aber da, der Wels!«

»War da?«

»Was denn sonst?«

»Wo?«

»Wo hätte er sein sollen, wenn nicht im Fluß?«

»In diesem hier?«

»Warum denn nicht? Das ist ein beachtlicher Fluß.«

Ein Schauspieler, dachte Klim und lauschte.

»Haben Sie, Herr, nicht an Weiblichkeit Bedarf? Hier ist eine Soldatenfrau . . .«

»Von derselben Art wie der Wels?«

»Sie härmt sich sehr . . .«

Warawka hat recht, das ist ein gefährlicher Mensch, entschied Samgin.

Zu Hause ordnete Samgin an, das Dienstmädchen solle das Abendbrot auftragen und zu Bett gehen, dann trat er auf die Terrasse hinaus, schaute auf den Fluß, auf die goldenen Lichtflecke der Fenster am Landhaus der Telepnjowa. Er wäre gern hingegangen, aber er durfte nicht, solange die geheimnisvolle Dame oder das Fräulein nicht gekommen war.

Ich habe keinen Willen, absagen hätte ich sollen.

Während Klim auf das Geräusch von Schritten im Sand wartete, versuchte er sich vorzustellen, wie Lidija sich mit Turobojew und Makarow unterhielt. Ljutow war wohl hingegangen. In der Ferne donnerte es. Abgerissene Klaviertöne klangen heran. In den Wolken jenseits des Flusses versteckte sich der Mond, der ab und zu die Wiesen mit trübem Licht erhellte. Nachdem Klim Samgin bis Mitternacht auf den unerwünschten weiblichen Gast gewartet hatte, schlug er die Tür laut zu und legte sich schlafen, wobei er erbost dachte, Ljutow sei am Ende gar nicht zu seiner Braut gegangen, sondern vertreibe sich angenehm die Zeit im Wald mit dieser Frau, die nicht zu lachen verstand. Und vielleicht hatte er alles erfunden – das von den »Volksrechtlern«, der Druckerei und den Verhaftungen. Die Sache ist viel einfacher: Das war ein letztes Stelldichein.

Damit schlief er ein. Am Morgen weckte ihn das Pfeifen des Windes, die Kiefern vor dem Fenster rauschten trocken, die Birken raschelten erregt; auf der bläulichen Leinwandbahn des Flusses kräuselten sich gleich einem Muster kleine Wellen. Hinter dem Fluß schob sich eine dunkelblaue Wolke heran, der Wind zerzauste ihren Rand, flockige Fetzen wurden schnell über den Fluß getrieben und streichelten ihn mit ihren rauchigen Schatten. In der Badehütte lärmte Alina. Als Samgin sich gewaschen, angezogen und zum Frühstück an den Tisch gesetzt hatte – prasselte plötzlich ein Platzregen nieder, und eine Minute später trat, die Regentropfen aus dem Haar schüttelnd, Makarow ins Zimmer.

»Wo ist denn Wladimir?« fragte er besorgt. »Er hat nicht hier geschlafen, sein Bett ist unberührt.«

Klim suchte lächelnd nach möglichst scharfen Worten, er hätte gern etwas sehr Boshaftes über Ljutow gesagt, doch er kam nicht dazu – Alina stürzte ins Zimmer.

»Klim, schnell – Kaffee!«

Das nasse Kleid klebte ihr so fest am Leib, daß sie wie nackt aussah; sie spritzte, das Haar ausdrückend, mit Wasser um sich und schrie: »Die verrückte Lidka ist zu mir hinübergestürzt, um ein Kleid zu holen, der Blitz wird sie erschlagen . . .«

»Ist Ljutow gestern abend bei Ihnen gewesen?« fragte Makarow mürrisch.

Alina, die vor dem Spiegel stand, machte mit den Armen eine Bewegung der Verzweiflung. »Na, da haben wir's! Der Bräutigam ist verschwunden, und ich werde Schnupfen und Bronchitis bekommen. Klim, unterstehe dich, mich mit schamlosen Augen anzusehen!«

»Der Lahme hat Ljutow gestern aufgefordert, in die Mühle zu kommen«, sagte Klim zu dem Mädchen. Sie saß bereits am Tisch und schlürfte hastig den Kaffee, verbrühte sich und prustete, während Makarow, nachdem er ein halb ausgetrunkenes Glas auf den Tisch gestellt hatte, an die Terrassentür trat und leise vor sich hin zu pfeifen begann.

»Werde ich mich erkälten?« fragte Alina ernst.

Dann trat Turobojew ins Zimmer, streifte sie mit abmessendem Blick, verschwand, kam erneut wieder und legte ihr seinen Staubmantel um die Schultern, wobei er sagte: »Ein schöner Regen, gut für die Ernte.«

Blitze leuchteten auf, der Donner dröhnte, die Fensterscheiben klirrten, jenseits des Flusses jedoch lichtete es sich bereits.

»Ich gehe zur Mühle«, murmelte Makarow.

»Seht ihr – das ist ein Freund!« rief Alina. Klim indes fragte: »Weil er keine Angst hat, sich einen Schnupfen zu holen?«

»Wenn auch nur deshalb.«

Der Mantel rutschte dem Mädchen von den Schultern, wobei er die vom nassen Batist der Bluse straff umspannte Brust entblößte; das beunruhigte sie nicht, doch Turobojew bedeckte von neuem ihre schön gemeißelten Schultern, und Samgin sah, daß ihr das gefiel, sie blinzelte vergnügt, bewegte die Schultern und bat: »Lassen Sie, mir ist heiß.«

Ich hätte nicht gewagt, mich wie dieser Geck zu benehmen, dachte Samgin neidisch und fragte Turobojew herausfordernd: »Gefällt Ihnen Ljutow?«

Er merkte, daß Turobojews Wange wie unter einem Fliegenstich zuckte; Turobojew holte das Zigarettenetui hervor und antwortete sehr höflich: »Ein interessanter Mensch.«

»Ich finde die interessanten Menschen am wenigsten aufrichtig«, begann Klim und fühlte plötzlich, daß er die Gewalt über sich verlor. »Die interessanten Menschen ähneln Indianern in Kriegsbemalung, in Federschmuck. Ich möchte sie immer abwaschen und ihnen die

Federn ausrupfen, um unter der Bemalung den Menschen zu sehen, der er in Wirklichkeit ist.«

Alina trat vor den Spiegel und sagte mit einem Seufzer: »Oh, so eine Vogelscheuche!«

Turobojew zog an seiner Zigarette, er blickte Klim fragend an, und Samgin dachte, er ziehe so langsam und sorgfältig an der Zigarette, weil er nicht reden wolle.

»Hör mal, Klim«, sagte Alina. »Könntest du dich heute nicht der hohen Weisheit enthalten? Der Tag ist auch ohne dich schon verdorben.«

Sie sagte das in einem so naiv flehenden Ton, daß Turobojew leise auflachte. Aber das kränkte sie; sie wandte sich rasch Turobojew zu und schaute mürrisch drein. »Warum lachen Sie? Klim hat doch die Wahrheit gesagt, ich mag nur nicht zuhören.« Und mit dem Finger drohend, fuhr sie fort: »Sie haben das doch wahrscheinlich auch gern – Kriegsbemalung, Federschmuck?«

»Bin sündig«, sagte Turobojew, den Kopf neigend. »Sehen Sie, Samgin, es ist bei weitem nicht immer passend und fast immer nutzlos, den Menschen alles in ehrlicher Kupfermünze zu zahlen. Ja und, ist es denn so ehrlich, dieses Kupfer der Wahrheit? Es gibt einen altertümlichen Brauch: Bevor man eine Glocke gießt, die uns ins Gotteshaus ruft, verbreitet man irgendwas Erdachtes, eine Lüge; das Kupfer wird davon angeblich klangvoller.«

»Sie verteidigen also die Lüge?« fragte Samgin streng.

»Ganz so ist es nicht, aber ...«

»Alina, komm, zieh dich um«, rief Lidija, die in der Tür erschienen war. Im bunten Kleid mit einem Handtuchturban glich sie einer tscherkessischen Odaliske von irgendeinem Bild.

Alina ging singend hinaus, Klim indes stand auf und öffnete die Tür zur Terrasse, eine Welle frischer Luft und Sonnenschein strömte ins Zimmer. Turobojews weicher, aber ironischer Ton hatte in ihm das wiederholt empfundene Gefühl scharfer Mißgunst gegen diesen Menschen mit dem Spitzbart, wie ihn sonst keiner trug, erweckt. Samgin begriff, daß er außerstande war, mit ihm zu streiten, doch er wollte das letzte Wort behalten. Zum Fenster hinausblickend, sagte er: »Swift, Voltaire und noch viele andere haben die Wahrheit nicht gefürchtet.«

»Der heutige deutsche Sozialist, Bebel zum Beispiel, ist noch tapferer. Mir scheint, Sie kennen sich schlecht in der Frage der Einfachheit aus. Es gibt die Einfachheit des Franz von Assisi, die des Bauernweibes und die des Negers in Zentralafrika – und die Einfachheit des Anarchisten Netschajew, die für Bebel unannehmbar ist.«

Klim trat auf die Terrasse hinaus. Die in der heißen Sonne trocknenden Dielenbretter dampften unter seinen Füßen, und er fühlte, daß in seinem Kopf Bosheit dampfte.

»Sie selbst sprachen einmal von den Pfauenfedern des Verstandes – entsinnen Sie sich?« fragte er, den Rücken Turobojew zugewandt, und vernahm die leise Antwort: »Das ist etwas anderes.«

Turobojew hob die Arme, legte die Hände in den Nacken und verschränkte die Finger so fest, daß sie knackten. Dann streckte er die Beine von sich und glitt kraftlos vom Stuhl. Klim wandte sich ab. Als er jedoch kurz darauf ins Zimmer blickte, sah er, daß Turobojews bleiches Gesicht sich krampfhaft verändert hatte, es war breiter geworden, er hatte wohl die Kiefer fest zusammengepreßt, während seine Lippen sich schmerzlich verzogen. Mit hochgezogenen Brauen blickte er zur Zimmerdecke, und Klim sah zum erstenmal seine schönen, kalten Augen so düster demütig. Als hätte sich über diesen Menschen ein Feind gebeugt, mit dem zu kämpfen er nicht die Kraft fand und der ihm sogleich einen vernichtenden Schlag versetzen würde. Da kam Makarow auf die Terrasse herauf und sagte zornig: »Wolodka hat, wie sich herausstellte, die ganze Nacht mit dem Lahmen getrunken und schläft jetzt wie ein Toter.«

Klim wies mit den Augen auf Turobojew, doch dieser erhob sich und ging, gebeugt wie ein alter Mann, aus dem Zimmer.

»Er ist krank«, sagte Klim leise und nicht ohne Schadenfreude.

Doch Makarow bat, ohne nach Turobojew zu sehen: »Sag es Alina nicht.«

Samgin war froh über die Gelegenheit, seine Bosheit anzubringen. »Du mußt es ihr sagen. Verzeih, aber deine Rolle in diesem Roman scheint mir sonderbar.«

Er hatte beim Sprechen Makarow den Rücken zugekehrt, so war es bequemer. »Ich verstehe nicht, was dich mit diesem Säufer verbindet. Er ist ein hohler Mensch, in dem widerspruchsvolle, fremde Worte und Gedanken umherrutschen. Er ist ebenso degeneriert wie Turobojew.«

Er redete lange, und es gefiel ihm, daß seine Worte ruhig, sicher klangen. Als er über die Schulter auf den Kameraden blickte, sah er Makarow mit übergeschlagenen Beinen dasitzen, wie gewöhnlich eine brennende Zigarette zwischen den Zähnen. Er hatte eine Streichholzschachtel zerbrochen, in den Aschenbecher gelegt und angezündet. Nun legte er die Streichhölzer auf einen kleinen Scheiterhaufen und beobachtete aufmerksam, wie sie aufflammten.

Als Klim verstummte, sagte er, ohne die Augen vom Feuer abzuwenden: »Moralprediger zu sein ist einfach.«

Der Scheiterhaufen erlosch, die halbverbrannten Streichhölzer qualmten. Es war nichts mehr da, um sie wieder in Brand zu setzen, und so schöpfte Makarow mit einem Teelöffel Kaffee aus einem Glas und löschte unter offenkundigem Bedauern die Reste des Feuers.

»Weißt du, Klim: Alina ist nicht dümmer als ich. Ich spiele gar keine Rolle in ihrem Roman. Ljutow mag ich. Turobojew gefällt mir. Und schließlich wünsche ich nicht, daß mein Verhalten zu den Menschen von dir oder sonstwem korrigiert wird.«

Makarow sprach nicht beleidigend, sondern in sehr überzeugendem Ton, und Klim sah ihn verwundert an: Er erschien ihm plötzlich nicht als der Mensch, als den er, Samgin, ihn bis zu diesem Augenblick gekannt hatte. Vor ein paar Tagen hatte auch Jelisaweta Spiwak als neuer Mensch vor ihm gestanden. Was hatte das zu bedeuten? Makarow war für ihn ein Mensch, der wegen seines mißglückten Selbstmordversuchs verlegen war, ein bescheidener, eifrig lernender Student und ein komischer junger Mann, der die Frauen immer noch fürchtete.

»Ärgere dich nicht«, sagte Makarow und stolperte im Vorgehen über ein Stuhlbein, Klim aber blickte auf den Fluß hinaus und suchte angestrengt zu erraten: Was bedeuten diese immer häufiger zu beobachtenden Veränderungen der Menschen? Er fand ziemlich bald eine Antwort, einfach und klar: Die Menschen probieren verschiedene Masken, um die passendste und vorteilhafteste zu finden. Sie schwanken, werfen sich hin und her, streiten miteinander auf der Suche nach diesen Masken, in dem Bestreben, ihre Farblosigkeit, ihre Leere zu verbergen.

Als die Mädchen auf die Terrasse hinaustraten, begrüßte Klim sie mit wohlwollendem Lächeln.

»Siehst du, Lida«, sagte Alina und stieß die Freundin an, »er ist unversehrt. Du aber hast mir Hartherzigkeit vorgeworfen. Nein, das ist kein Abgrund für ihn, sondern für mich, er ist es, der mich in den Abgrund der Superklugheit hineintreiben wird. Makarow, kommen Sie! Es ist Zeit zum Lernen . . .«

»Wie . . . unbeugsam sie ist«, sagte Lidija leise, während sie die Freundin und Makarow mit nachdenklichem Blick begleitete. »Sie hat es schwer in ihrem Leben . . .«

Lidija saß auf dem Sims des offenen Fensters mit dem Rücken zum Zimmer, dem Gesicht zur Terrasse; der weiße Fensterstock umgab sie wie ein Rahmen. Ihr Zigeunerhaar war aufgelöst, es fiel ihr über Wangen, Schulter und die auf der Brust gekreuzten Arme. Unter dem grellbunten Rock schauten ihre nackten, dunkelbraunen Beine hervor. Sie biß sich auf die Lippen und sagte: »Ljutow ist schwierig. Es ist, als liefe er vor etwas davon, er lebt im Laufschritt, weißt du. Auch um Alina läuft er irgendwie immer herum.«

»Er hat die ganze Nacht in der Mühle getrunken und schläft jetzt dort«, sagte Klim betont streng.

Lidija sah ihn aufmerksam an und fragte: »Weshalb ärgerst du dich? Er trinkt, aber das ist doch nur sein Unglück. Weißt du, mir scheint, wir alle sind unglücklich, und zwar unheilbar. Ich empfinde das besonders, wenn viele Menschen um mich sind.«

Sie klopfte mit den Fersen an die Wand und lächelte. »Gestern auf dem Jahrmarkt hat Ljutow den Bauern Gedichte von Nekrassow vorgetragen, er trägt wunderbar vor, nicht so schön wie Alina, aber – ausgezeichnet! Sie hörten ihm sehr ernst zu, dann fragte ein glatzköpfiges altes Männchen: ›Kannst du auch tanzen? Ich dachte‹, sprach er, ›ihr seid Komödianten vom Theater!‹ Makarow sagte: ›Nein, wir sind einfach Menschen!‹ – ›Wie denn einfach? Einfach Menschen – das gibt es nicht.‹«

»Der Bauer war nicht dumm«, bemerkte Klim.

»Er sagte: ›Gibs nicht.‹ Warum verstümmeln sie die Worte? ›Gibs nicht‹, ›is‹ statt ›ist‹, ›redt‹ statt ›redet‹?«

Klim antwortete nicht. Er hörte zu, ohne an das zu denken, wovon das Mädchen sprach, und gab sich einem Trauergefühl hin. Ihre Worte: »Wir alle sind unglücklich!« hatten ihm einen leisen Stoß versetzt, hatten ihn daran erinnert, daß auch er unglücklich war, einsam, und daß niemand ihn verstehen wollte.

»Am Abend und in der Nacht, als wir heimfuhren, erinnerten wir uns an die Kindheit ...«

»Du und Turobojew?«

»Ja. Und Alina. Wir alle. Konstantin erzählte schreckliche Dinge von seiner Mutter. Und von sich, als er noch klein war. Es war so sonderbar: Jeder erinnerte sich seiner selbst wie eines Fremden. Wieviel Unnötiges die Menschen doch erleben!«

Sie sprach leise, sah Klim zärtlich an, und ihm schien, die dunklen Augen des Mädchens erwarteten irgend etwas, fragten nach etwas. Plötzlich spürte er, wie er von einem ihm unbekannten, wonnigen Gefühl der Selbstvergessenheit überflutet wurde, er sank in die Knie, umschlang die Beine des Mädchens, schmiegte das Gesicht fest daran.

»Untersteh dich!« rief Lidija streng, indem sie die Hand gegen seinen Kopf stemmte und ihn zurückstieß.

Klim Samgin sagte laut und sehr einfach: »Ich liebe dich.«

Von der Fensterbank herunterspringend, sprengte sie den Ring seiner Arme und stieß mit den Knien so heftig gegen seine Brust, daß er fast umgefallen wäre.

»Mein Ehrenwort, Lida.«

Sie trat entrüstet zur Seite.

»Das kommt daher, weil ich fast nackt bin.«

Sie blieb auf einer Stufe der Terrasse stehen und rief gekränkt: »Daß du dich nicht schämst! Ich war ...«

Ohne zu Ende zu sprechen, lief sie die Treppe hinunter.

Klim lehnte sich an die Wand, er war erstaunt über die Sanftmut, die ihn plötzlich überkommen und ihn dem Mädchen zu Füßen geworfen hatte. Er hatte noch nie etwas Ähnliches empfunden wie die Freude, die ihn in jenem Augenblick erfüllte. Er fürchtete sogar, in Tränen auszubrechen vor Freude und Stolz darüber, daß er nun, endlich, ein erstaunlich starkes und wahrscheinlich nur ihm eigenes, anderen unzugängliches Gefühl in sich entdeckt hatte.

Er verbrachte den ganzen Tag unter dem Eindruck seiner Entdekkung, schweifte im Wald umher, wollte niemanden sehen und sah die ganze Zeit sich auf Knien vor Lidija, umschlang ihre heißen Beine, fühlte ihre seidige Haut an den Lippen, an den Wangen und vernahm seine Stimme: Ich liebe dich.

Wie einfach ich das gesagt habe. Ich habe dabei sicher ein gutes Gesicht gehabt.

Er dachte in diesem ungewöhnlichen Augenblick nur an sich, dachte so angespannt, als fürchtete er, das Motiv eines Lieds zu vergessen, das er zum erstenmal gehört und das ihn sehr gerührt hatte.

Lidija traf er am Morgen des nächsten Tages, sie ging zur Badehütte, als er schon gebadet hatte und zum Landhaus zurückkehrte. Das Mädchen stand plötzlich vor ihm, als wäre es aus der Luft gefallen. Nachdem sie ein paar Sätze über den heißen Morgen und die Wassertemperatur gewechselt hatten, fragte sie: »Bist du – gekränkt?«

»Nein«, antwortete Klim aufrichtig.

»Du brauchst nicht gekränkt zu sein. Mit solchen Dingen spielt man ja nicht«, sagte Lidija leise.

»Ich weiß«, erklärte er ebenso aufrichtig.

Ihr zärtlicher Ton wunderte ihn nicht, noch erfreute er ihn – sie hatte ja irgend etwas Derartiges sagen müssen, hätte auch etwas Lieberes sagen können. Wenn Klim an sie dachte, hatte er das sichere Gefühl, daß Lidija ihm jetzt, wenn er beharrlich wäre, nachgeben würde. Er durfte aber nicht eilen. Er mußte abwarten, bis sie das Ungewöhnliche, das in ihm entstanden war, fühlte und gebührend schätzte.

Dann kam Makarow, der mit Ljutow in der Mühle übernachtet hatte, und fragte, ob Klim nicht ins Kirchdorf mitgehen wolle, dort würden neue Glocken aufgehängt.

»Selbstverständlich gehe ich mit«, antwortete Samgin vergnügt und schritt eine halbe Stunde später im grellen Sonnenschein am Flußufer entlang. Die Sonne und das schlichte Kleid aus Bauernleinen betonten herausfordernd die schamlose Schönheit von Alinas meisterhaft geformtem Körper. Alina und Makarow sangen ein Duett aus »Mascotte« und hielten Schritt mit Turobojew, der ihnen beim Text half. Ljutow ging Arm in Arm mit Lidija und flüsterte ihr etwas Komisches zu. Klim Samgin kam sich reifer vor als die fünf vor ihm, fühlte sich aber durch seine Absonderung etwas bedrückt. Er dachte, es wäre schön, Lidijas Arm zu ergreifen, wie Ljutow das gelungen war, und Schulter an Schulter mit ihr, die Augen geschlossen, dahinzugehen. Er sah, wie Lidijas schmale, in perlmuttfarbenen Batist gehüllt Gestalt sich wiegte, und es war ihm unbegreiflich, daß er nichts von dem empfand, worüber er bei den Künstlern des Wortes gelesen hatte.

Ich bin kein Romantiker, erinnerte er sich.

Ihn beunruhigte ein wenig die komplizierte Stimmung, die das Mädchen heute in ihm erweckt hatte und die mit dem, was er gestern empfunden hatte, nicht übereinstimmte. Gestern – und sogar noch vor einer Stunde – hatte er sich nicht abhängig von ihr gefühlt und keine unklaren Hoffnungen gehabt. Gerade diese Hoffnungen verwirrten ihn. Lidija wird seine Frau werden, natürlich kann ihre Liebe nicht den hysterischen Krämpfen der Nechajewa gleichen, davon war er überzeugt. Doch außerdem regten sich in ihm noch irgendwelche nicht in Worte zu fassende Erwartungen, Wünsche, Bedürfnisse.

Sie hat es hervorgerufen, sie wird dem auch Genüge leisten, beschwichtigte er sich.

Als sie in das Kirchdorf kamen, das sich in einem Bogen um die Krümmung des hohen und steilen Flußufers erstreckte, war er bei dem Gedanken angelangt: Man sollte kein Analytiker sein.

In der sonnigen Dorfstraße stand dichtgedrängt eine bunte Menge von Einheimischen und von Bauern aus den umliegenden Dörfern. Die Männer hatten die kahlen, zotteligen und stark eingeölten Köpfe entblößt und standen schweigend da, während unter den bunten Baumwollkopftüchern der Bauersfrauen hervor wie unsichtbarer Rauch wimmerndes Gebetsgeflüster aufstieg. Es schien, als ob gerade dieses hundertstimmige, gedämpfte Wimmern mit dem Grundlaut O, gemischt mit dem herben Geruch von Teer, Schweiß und in der Sonne schmorenden Strohdächern, die Luft erwärmte und sie in unsichtbaren Dunst, in Nebel verwandelte, der einem den Atem nahm. Die Menschen stellten sich auf die Zehenspitzen, reckten die Hälse; ihre Köpfe, die sich bald hoben, bald senkten, wankten hin und her. Zwei- bis dreihundert weit geöffnete Augen blickten alle in die gleiche Richtung – auf die blaue Zwiebelkuppel des plump gebauten Glockenturms, durch dessen leere Ohren ein Stück des fernen Himmels leuchtete. Klim kam es vor, als wäre dieses Stück blauer und greller als der übrige Himmel über dem Kirchdorf. Das leise Stimmengewirr der Menge verdichtete sich und schuf die gespannte Erwartung, es müsse jeden Augenblick ein donnerndes Geschrei losbrechen.

Turobojew ging vorneweg, drängte sich durch die nachgebende Menge, hinter ihm her schritten im Gänsemarsch die anderen, und je näher sie der wuchtigen Masse des Glockenturms kamen, desto dumpfer wurde das klagende Raunen der Frauengebete, desto vernehmlicher die eindringlichen Stimmen der zelebrierenden Geistlichkeit. Im Mittelpunkt eines nicht sehr großen Kreises von bunten Gestalten, die wie angewurzelt auf dem zerwühlten, ausgetretenen Rasen standen, ruhte auf dicken Balken die zweihundert Pud schwere Glocke und neben ihr noch drei, eine immer kleiner als die andere. Die große Glocke erinnerte Klim an den Kopf des Recken aus »Ruslan«, während das bucklige Pfäfflein in hellem, österlichem Priesterrock, grauhaarig, mit bronzefarbenem Gesicht dem Zauberer Finn ähnelte. Das Pfäfflein schwebte um die Glocken herum, sang mit klarem Tenorstimmchen und besprengte das Kupfer mit Weihwasser; drei Stränge dicker Seile lagen am Boden, der Pfaffe stolperte über einen von ihnen, schwang ungehalten den Wedel und bespritzte die Seile mit regenbogenfarbenen Perlen.

Turobojew setzte sich an den Aufgang der kürzlich errichteten Pfarrschule, der noch die Fensterstöcke fehlten. Auf den Stufen des Eingangs wimmelte, schrie und weinte eine Schar von zwei- und dreijährigen Kindern, und dieses lebendige Häuflein schmuddeliger, skrofulöser Körper wurde von einem grauäugigen, buckligen Mädchen im Backfischalter regiert, sie regierte mit gedämpften Zurufen, Hände und Füßte betätigend. Auf der obersten Stufe stand breitbeinig eine blinde Alte mit hochrotem Gesicht, ihre Waden waren blau angelaufen und mit dicken, knotigen Krampfadern bedeckt, ihr Atem rasselte.

»Hau sie mit dem Stecken, mit dem Stecken, Gaschka«, riet sie schläfrig und wackelte mit dem schweren Kopf. In ihren grauen, blinden Augen spiegelte sich die Sonne wie in den Scherben einer

Bierflasche. Aus der Tür der Schule trat, über seinen graumelierten Schnurrbart und den adrett gestutzten Kinnbart streichend, der Landpolizist, musterte mit einem scharfen Blick seiner rotbraunen Augen die Sommerfrischler, hob, als er Turobojew gewahrte, rasch die Hand an die nagelneue Mütze und befahl streng irgendwem hinter seinem Rücken: »Jag die Kinder fort.«

»Nicht nötig.«

»Das geht wirklich nicht, Igor Alexandrowitsch, sie beschmutzen das Gebäude . . .«

»Ich habe gesagt: Es ist nicht nötig«, erinnerte ihn Turobojew leise, indem er ihm in das reichlich zerfurchte Gesicht blickte.

Der Landpolizist nahm stramme Haltung an, wölbte die Brust vor, daß die Medaillen klirrten, und wiederholte mit einer Ehrenbezeigung wie ein Echo: »Nicht nötig.«

Er schritt über die Kinder hinweg die Stufen hinunter, und in der Tür erschien der Lahme von der Mühle, bis zu den Ohren grinsend. »Guten Tag.«

»Begreifen Sie?« flüsterte Ljutow Klim zu und zwinkerte zu dem Lahmen hinüber.

Klim hatte nichts begriffen. Er und die Mädchen sahen gespannt zu, wie die kleine Bucklige die Kinder hastig und geschickt von den Stufen herunterzerrte, indem sie sie mit den griffigen Fängen eines Raubvogels packte und die halbnackten Körper auf den mit feinen Holzspänen besäten Erdboden fast herunterwarf.

»Hör auf!« rief Alina und stampfte mit dem Fuß auf. »Sie werden sich an den Spänen kratzen.«

»O Jungfrau Muttergottes!« röchelte die Blinde. »Was für welche sind da gekommen, Gaschka?«

Mit zitternden Händen scharrte sie um sich. »Wessen Stimmchen ist das? Wo hast du den Stock gelassen, du Hündin?«

Die kleine Bucklige hörte weder auf Alina noch auf die Alte, sie schleppte immerzu die Kinder wie ein Hund seine Welpen. Lidija zuckte zusammen und wandte sich ab. Alina und Makarow begannen, die Kinder wieder auf die Stufen zu setzen, aber das Mädchen blickte sie kühn mit klugen Augen an und rief: »Was treiben Sie da? Es ist doch nicht Ihr Nachwuchs!«

Dann schleppte sie die Kinder von neuem von den Stufen herunter, und der Lahme murmelte entzückt: »Schau nur, wie eigensinnig dies Mißgebürtchen ist, wie?«

Der Anschnauzer des Mädchens hatte Makarow verlegen gemacht, er lächelte und sagte zu Alina: »Lassen Sie es . . .«

Samgin kam es vor, als wären auch alle anderen durch die kleine

Bucklige eingeschüchtert, alle schienen vor ihr stiller geworden zu sein. Ljutow sagte Lidija irgend etwas in tröstendem Ton. Turobojew hatte einen Handschuh ausgezogen und zündete sich eine Zigarette an. Alina zupfte ihn am Ärmel und fragte zornig: »Wie ist so etwas möglich?«

Er lächelte sie zärtlich an.

Zwei Burschen in neuen Kittelhemden wie aus rosa Blech, einander ähnelnd wie zwei Hammel, blieben am Eingang stehen, der eine von ihnen warf einen Blick auf die Sommerfrischler, trat auf die Blinde zu, nahm sie am Arm und sagte unerbittlich: »Großmutter Anfissa, räume den Platz für die Herrschaften.«

»O Gott! Wird die Glocke hochgezogen?«

»Gleich. Komm.«

»Hab's noch erlebt, gepriesen seist du ... heilige Mutter ...«

»Das ist ja, als wenn wir eine ansteckende Krankheit hätten«, protestierte Alina.

Ljutow fragte begeistert den Lahmen aus: »Was hast du denn für einen Glauben?«

Der Lahme lächelte in seinen zerzausten Bart hinein und wiegte den Kopf.

»N-nein, unser Glaube ist anders.«

»Christlich?«

»Natürlich. Nur – strenger.«

»Sag mir doch, du Teufel: Worin ist er strenger?«

Der Lahme seufzte schwer auf: »Das läßt sich nicht sagen. Nur einem Gleichgläubigen kann man das klarmachen. Die Glocken erkennen wir an und die ganze Kirchlichkeit, und trotzdem ...«

Klim Samgin schaute, horchte und fühlte, daß in ihm eine Empörung heranwuchs, als hätte man ihn absichtlich deswegen hierher geführt, um ihm den Kopf mit schwerer und vergiftender Trübe zu füllen. Alles ringsum war ihm unversöhnlich fremd. Es trieb ihn in irgendeine dunkle Ecke und vergewaltigte ihn, indem es ihn zwang, an das bucklige Mädchen, an die Worte Alinas und an die Frage der blinden Alten zu denken: Was für welche sind da gekommen?

In seinem Kopf rauschte noch das andächtige Flüstern der Bauersfrauen und hinderte ihn am Nachdenken, hinderte ihn aber nicht daran, sich all der Dinge, die er gesehen und gehört hatte, zu erinnern. Der Gottesdienst war beendet. Ein häßlich langer und dünner graubärtiger Greis mit gelbem Gesicht und kahlem, kürbisförmigem Kopf legte sein Wams ab, bekreuzigte sich dreimal mit himmelwärts gerichtetem Blick, kniete vor der Glocke nieder, küßte dreimal ihren Rand und umkreiste sie auf den Knien, wobei er sich bekreuzigte und die Darstellungen der Heiligen mit den Lippen berührte.

»Sieh da!« sagte der Lahme beifällig. »Das ist Panow, Wassil Wasiljitsch, der Wohltäter des Kirchdorfs. Gießt rühmlich Glas, Bierflaschen für das ganze Gouvernement.«

Auf dem Platz wurde es etwas stiller. Alle beobachteten aufmerksam Panow, der auf der Erde herumkroch und den Rand der Glocke küßte. Selbst auf Knien war er noch groß.

Einer rief: »Leute! Teilt euch zu dritt!«

Eine andere Stimme fragte: »Wo ist denn der Schmied?«

Panow stand auf, betrachtete eine Weile schweigend das Volk und sagte dann mit Baßstimme: »Fanget an, Rechtgläubige!«

Die Menge teilte sich unter Geschrei langsam in drei Gruppen: Zwei wichen schräg nach rechts und nach links vom Glockenturm zurück, die dritte bewegte sich gerade von ihm fort, alle drei trugen behutsam wie Perlenketten die Seile und schienen daran aufgereiht. Die Seile gingen von der Krone der großen Glocke aus, und es war, als ließe sie sie nicht los und spannte sie immer straffer.

»Halt! Halten!«

»Da ist er!«

»Na, Nikolai Pawlytsch, erweise Gott einen Dienst«, sagte Panow laut.

Auf ihn zu kam langsam auf krummen Beinen ein breitschultriger, stämmiger Bauer mit ledernem Schurz. Sein rotes Haar stand zu Berge, den flockigen Bart hatte er hinter das bunte hanfleinene Hemd gesteckt. Mit schwarzen Händen krempelte er die Ärmel bis zu den Ellenbogen hoch und verneigte sich, nachdem er sich vor der Kirche bekreuzigt hatte, vor den Glocken, ohne den Rücken zu beugen, vielmehr so, als wollte er mit der Brust zu Boden fallen, wobei er seine langen Arme zurückwarf und zur Wahrung des Gleichgewichts ausstreckte. Darauf verneigte er sich in der gleichen Weise nach allen vier Seiten vor dem Volk, nahm den Schurz ab, legte ihn sorgfältig zusammen und gab ihn einer großen Bauersfrau in roter Jacke. Das alles tat er wortlos, langsam, und alles geschah feierlich.

Man reichte ihm ein paar Mützen, er nahm zwei von ihnen, legte sie dicht über der Stirn auf den Kopf, hielt sie mit der Hand fest und ging in die Knie. Fünf Bauern hoben eine kleine Glocke vom Boden und stülpten sie dem Schmied so über den Kopf, daß die Ränder auf die Mützen und auf die Schultern, wo die Bauersfrau den zusammengerollten Schurz angebracht hatte, zu liegen kamen. Der

Schmied riß wankend das Knie vom Boden los, richtete sich auf und ging ruhig mit breiten Schritten zum Eingang des Glockenturms, fünf Bauern begleiteten ihn.

»Da schiebt er los, der Götze!« sagte der Lahme neidisch und seufzte, sich am Kinn kratzend. »Dieses Glöckchen soll an die siebzehn Pud wiegen, er muß es die Treppe hinauftragen. Hier im Umkreis kommt gegen diesen Schmied keiner auf. Er schlägt alle. Sie haben versucht, auch ihn einmal zu schlagen – das müßte natürlich ein Haufen Leute tun –, doch es ist nicht geglückt.«

Auf dem Platz wurde es immer stiller, gespannter. Alle Köpfe hoben sich, die Augen blickten erwartungsvoll auf das halbrunde Ohr des Glockenturms, aus dem drei dicke Balken mit Blockrollen schräg herausragten, von denen die Seile herabhingen, die an der Krone der Glocke befestigt waren.

Der Landpolizist trat an die große Glocke heran, beklopfte sie mit der Hand, wie man ein Pferd beklopft, nahm die Mütze ab, hielt die andere Hand schützend über die Augen und sah nun ebenfalls nach oben.

Immer stiller, gespannter wurde es ringsum, sogar die Kinder liefen nicht mehr umher, sondern standen wie angewurzelt mit aufwärts gerichteten Köpfen.

Da rührte sich etwas Ungeformtes in dem blauen Ohr des Glokkenturms, eine Mütze flog heraus, dann eine zweite, es flog der zusammengerollte Schurz heraus – die Menschen auf der Erde schüttelten sich krampfhaft, heulten auf, brüllten; wie Bälle hüpften die Jungen, und das kahlköpfige Bäuerchen mit dem grauen Schnurrbart durchschnitt den Lärm mit dünnem Kreischen: »Nikolai Pawlytsch, Gevatter! Imperatür ...«

Der Landpolizist setzte die Mütze auf, rückte die Medaillen auf der Brust zurecht und schlug dem Bauern auf den kahlen Hinterkopf. Der Bauer sprang zur Seite und lief davon, dann blieb er stehen, strich sich über den Kopf und sagte, zum Schuleingang hinüberblickend, traurig: »Nicht mal einen Scherz darf man machen ...«

Vom Glockenturm kam der Schmied herunter, er bekreuzigte sich mit langem Arm in Richtung der Kirche. Panow umarmte ihn, den Körper in rechtem Winkel vornübergebeugt, und küßte ihn. »Du Recke!«

Und rief: »Rechtgläubige! Packt einmütig an! Mit Gott!«

Die drei Menschenhaufen kamen in Bewegung, sie wogten, indem sie sich mit den Füßen gegen die Erde stemmten und sich zurücklehnten wie Fischer, die ein Netz ziehen, drei graue Saiten spannten sich in der Luft; auch die Glocke bewegte sich ein wenig, wankte unentschlossen und löste sich widerstrebend vom Boden.

»Gleichmäßiger, gleichmäßiger, Kinder Gottes!« rief der Bierflaschenfabrikant mit Bruststimme beunruhigt und begeistert.

In der Sonne matt blinkend, schwebte die schwere, kupferne Glocke langsam in die Luft empor, und die Menschen, die Zuschauer richteten sich auch auf, als wollten sie sich vom Boden lösen. Lidija fiel das auf.

»Seht, wie sie sich alle strecken, als ob sie wüchsen«, sagte sie leise. Makarow stimmte ihr bei: »Ja, ich fühle mich auch emporgehoben . . .«

Du lügst, dachte Klim Samgin.

Auf dem Platz ging es nicht sehr laut zu, nur Kinder schrien, und Säuglinge weinten.

»Gleichmäßiger, ihr Rechtgläubigen!« trompetete Panow, und der Landpolizist wiederholte weniger ohrenbetäubend, aber sehr streng: »Gleichmäßiger, he, die Rechten!«

Die drei Menschengruppen, welche die Glocke hochzogen, ächzten, seufzten und schrien. Eine Blockrolle kreischte, und irgend etwas knackte ganz leise auf dem Kirchturm, aber es schien, als erstürben alle Laute und als würde gleich eine feierliche Stille eintreten. Klim wünschte das aus irgendeinem Grund nicht, er fand, daß hier heidnischer Jubel, wildes Geschrei und sogar irgend etwas Komisches am Platz wären.

Er sah, daß Lidija nicht auf die Glocke, sondern auf den Platz, auf die Menschen blickte, sie biß sich auf die Lippen und verzog ungehalten das Gesicht. Alinas Augen zeigten kindliche Neugier. Turobojew langweilte sich, er stand mit geneigtem Kopf da und blies still die Zigarettenasche vom Ärmel, während Makarow ein dummes Gesicht machte wie immer, wenn er nachdachte. Ljutow reckte den Hals seitwärts, sein Hals war lang und sehnig, die Haut war rauh wie Chagrinleder. Er hatte den Kopf zur Schulter geneigt, um die ungehorsamen Augen auf einen Punkt zu richten.

Plötzlich, in zwei Drittel Höhe des Kirchturms, erbebte die Glocke, ein gerissenes Seil pfiff figurenhaft geschlängelt durch die Luft, die linke Menschengruppe kam ins Wanken, die zuhinterst Stehenden fielen im Haufen um, es ertönte ein einsames, hysterisches Wimmern: »Du mein He-errgott . . .«

Die Glocke schaukelte, schlug träge mit dem Rand gegen die Ziegel des Kirchturms, Mörtel und Kalkstaub rieselten herunter. Samgin blinzelte heftig, ihm schien, er erblinde von dem Staub. Alina stampfte mit den Füßen und kreischte verzweifelt.

»Ach, diese Teufel«, murmelte Ljutow und schnalzte mit den Lippen.

»Festhalten, Rechtgläubige!« brüllte Panow, sprang auf und fuchtelte mit den Armen.

Der krummbeinige Schmied lief hinter jene Gruppe, die vom Kirchturm gerade wegzog, und wickelte das Ende des Seils rund um den dicken Stamm einer Weide dicht an der Wurzel; einer von den Burschen im rosa Hemd half ihm. Das Seil straffte sich immer mehr, es zitterte wie eine Saite; die Leute sprangen von ihm zurück, der Schmied knurrte: »Festhalten! Ich erschlag euch!«

Klim schloß die Augen in Erwartung des Augenblicks, da die Glocke herabstürzen würde, und hörte, wie die Leute schrien und kreischten, wie der Schmied brüllte und Panow trompetete.

»Festbinden!«

»Keine Angst, Rechtgläubige! La-angsam! A-alle! Vor-orwärts!«

Die Glocke schwebte von neuem unmerklich aufwärts, aus einem Fenster des Kirchturms reckten sich Bauernköpfe heraus.

»Kommt nach Hause«, sagte Lidija schroff. Ihr Gesicht war grau, in ihren Augen lagen Entsetzen und Abscheu. Irgendwo im Korridor der Schule schluchzte Alina laut und murmelte Ljutow, vom Platz her tönte das wimmernde Klagen zweier Bauersfrauen. Klim Samgin erriet, daß ein Moment aus seinem Leben verschwunden war, ohne das Bewußtsein beschwert zu haben.

Der Lahme kam die Stufen herunter, hielt einen erschrockenen Halbwüchsigen an der Schulter fest und forschte: »Was ist denn mit ihm – lebt er?«

»Ich weiß nicht. Laß mich, Onkel Michailo . . .«

»Idiot. Siehst – und begreifst es nicht . . .«

Unter der Weide stand Turobojew und prägte dem Landpolizisten etwas ein, wobei er ihm den weißen Finger vor die Nase hielt. Über den Platz schritt eilig der Priester mit dem Kreuz in der Hand auf die Weide zu, das Kreuz strahlte, zerrann, erhellte sein dürres, dunkles Gesicht. Rings um die Weide hatten sich Bauersfrauen dicht zusammengeschart; als der Pope herangekommen war, begann der Landpolizist, sie auseinanderzudrängen – Samgin erblickte unter der Weide einen Burschen im rosa Hemd und bei ihm kniend Makarow.

»Wie ist das geschen?« fragte Klim leise und schaute sich um. Lidija stand schon nicht mehr auf den Eingangsstufen.

Sie hatte Arm in Arm mit Alina das Schulhaus verlassen, hinter ihnen verzog Ljutow sein Gesicht. Alina sagte schluchzend: »Ich hatte so wenig Lust, hierher zu gehen, aber ihr . . .«

Sie gingen rasch durchs Dorf, ohne sich umzusehen, hinter den Viehweiden holten sie den Lahmen ein, er begann sogleich mit der Bestimmtheit des Augenzeugen zu erzählen: »Das Seil schlang sich um seinen Hals, na, und da knackten die Wirbel ...«

Ljutow zeigte dem Lahmen die Faust und raunte ihm zu: »Schweig.«

Der Lahme sah ihn, dann Klim fragend an und fuhr fort: »Vielleicht hat der Schmied gescherzt und ihm das Seil absichtlich um den Hals gelegt... Vielleicht war es auch ein Versehen ... Es kommt allerhand vor.«

Ljutow, der ihn am Ärmel hielt, ging langsamer, aber auch die Mädchen verlangsamten am Flußufer ihren Schritt. Dann begann Ljutow den Lahmen von neuem nach seinem Glauben auszufragen.

Grillen, die nicht zu sehen waren, zirpten so laut, daß es schien, als knisterte der von der Sonne ausgedörrte Himmel. Klim Samgin war zumute, als sei er nach einem schweren Traum erwacht, müde und gleichgültig gegen alles. Vor ihm humpelte der Lahme und sprach belehrend zu Ljutow: »Zum Beispiel – unser Glaube erkennt das von Menschenhand Geschaffene nicht an. Das nicht von Menschenhand erschaffene Erlöserbild erkennen wir an, bei allem anderen aber können wir das nicht. Woraus besteht denn das Erlöserbild? Aus dem Schweiß – dem Blute Christi. Als Jesus Christus das Kreuz auf den Wolchowberg hinauftrug, da wischte ihm der ungläubige Apostel Thomas das Antlitz mit einem Handtüchlein ab – er wollte sich versichern, daß es Christus sei. Das Antlitz blieb auf der Leinwand zurück – also war er es! Jegliche andere Ikone aber ist eine Fälschung, etwa so wie eine Photographie von Ihnen ...«

Ljutow kreischte verhalten: »Hör mal, warum soll meine Photographie eine Fälschung sein?«

»Was denn sonst? Von wem kommt sie denn, wenn nicht von Ihnen? Der Bauer – was macht er? Schüsseln, Löffel, Schlitten und dergleichen mehr, Ihr aber – Photographien, Nähmaschinen ...«

»Aha, so ist das!«

In Ljutows Lachen hörte Klim ein wonnevolles Winseln wie bei einem verwöhnten Hündchen, das man hinter den Ohren krault.

»Das Brot, sagen wir mal, ist auch nicht von Menschenhand erschaffen, es wird von Gott, von der Erde erzeugt.«

»Womit aber wird der Teig geknetet?«

»Das ist Weibersache. Das Weib ist Gott fern, es ist für ihn zweite Sorte. Nicht das Weib hat Gott als erstes erschaffen ...«

Lidija warf einen Blick über die Schulter auf den Lahmen und begann schneller zu gehen, und Klim dachte von Ljutow: Er muß sich sehr langweilen, wenn er sich mit solchen Dummheiten zerstreut.

»Woher hast du das? Woher? Du hast das doch nicht selbst ausgedacht, nicht?« forschte Ljutow lebhaft, beharrlich, mit unbegreiflichem Vergnügen, und von neuem sprach gemessen und gesetzt der Lahme: »Nicht ich selbst – das stimmt; wir lernen alle beieinander den Verstand. Im vergangenen Jahr wohnte hier ein erklärender Herr . . .«

Klim dachte: Ein erklärender Herr? Sehr gut!

»Er pflegte an den Abenden, an Feiertagen mit den Leuten aus der Umgebung Gespräche zu führen. Ein Mann von großem Verstand! Er sagte geradeheraus: Wo ist die Wurzel und der Ursprung? Das, sagte er, ist das Volk, und für dieses, sagte er, sind alle Mittel . . .«

»Du müßtest eine Seelenmesse für ihn bestellen. Hast du das getan?«

»Sie scherzen. Wir vergessen ja sogar für unsere eigenen Toten eine Seelenmesse lesen zu lassen.«

»Ist er denn gestorben?«

»Das weiß ich nicht . . .«

Zu Hause angelangt, legte Samgin sich hin. Er hatte Kopfschmerzen, konnte über nichts nachdenken und hatte keinen anderen Wunsch als den einen: Dieser schwüle, dumme Tag möge bald vergehen, die unsinnigen Eindrücke, die ihn kennzeichneten, sich verwischen. Eine drückende Schläfrigkeit befiel ihn, aber er konnte nicht schlafen, in den Schläfen pochten kleine Hämmer, in seinem Ohr hatten sich alle Stimmen des Tages bedrückend verdichtet: das Geflüster und Seufzen der Bauersfrauen, die Kommandorufe, das ängstliche Geschrei, die Klagen um den Toten. Das bucklige Mädchen fragte empört: »Was treiben Sie?«

Es dunkelte schon, als Turobojew und Ljutow kamen; sie setzten sich auf die Terrasse und führten ein Gespräch fort, das sie offenbar schon vor längerer Zeit begonnen hatten. Samgin lag da und lauschte dem Zwieklang der beiden Stimmen. Es war eigentümlich zu hören, daß Ljutow ohne die Aufschreie und Kreischer sprach, die für ihn charakteristisch waren, und Turobojew ohne Ironie. Teelöffel schlugen klirrend gegen Glas, Wasser schoß zischend aus dem Hahn des Samowars, und das erinnerte Klim an die Kindheit, an die Winterabende, an denen er vor der Teestunde einschlief und durch ebendiesen Klang von Metall und Glas geweckt wurde.

Auf der Terrasse wurde von den Slawophilen und Danilewskij, von Herzen und Lawrow gesprochen. Klim Samgin kannte diese Schriftsteller, fand, daß sie alle im Grunde die Persönlichkeit nur als

Material für die Geschichte betrachteten, der Mensch war für sie alle ein zur Opferung verurteilter Isaak.

Man muß einen Kopf und ein Herz besonderer Art haben, um anzuerkennen, daß der Mensch einem unbekannten Gott der Zukunft geopfert werden müsse, dachte er und lauschte aufmerksam der ruhigen Rede, den gemessenen Worten Turobojews: »Unter den herrschenden Ideen gibt es keine einzige, die für mich annehmbar ist . . .«

Ljutow begann hastig zu murmeln, zunächst war nicht zu verstehen, was er sagte, doch dann hoben sich die Worte ab: »Die Volkstümler haben einen starken Vorzug: Das Dorf ist gesünder und praktischer als die Stadt, es kann standhaftere Menschen hervorbringen – das stimmt doch?«

»Möglicherweise«, sagte Turobojew.

Klim dachte, daß er sicher bei der Antwort die linke Schulter hochgezogen hatte, wie er es immer tat, wenn er einer direkten Antwort auswich.

»Dennoch ist es – eine Halbheit!« schrie Ljutow. »Dennoch sind sie die Nachfahren jener Tölpel, die in die Wälder und Sümpfe des Nordens flohen und den gesegneten Süden den Nomaden überließen.«

»Mir scheint, Sie widersprechen sich . . .«

»Erlauben Sie mal! Und Sie, Sie? Das sind doch Ihre Vorfahren . . .«

Schwer stapfte das Dienstmädchen daher, Teegeschirr klirrte. Klim erhob sich, öffnete lautlos ein wenig das Fenster zur Terrasse und vernahm die trägen, kühlen Worte: »Ich bin natürlich nicht der Ansicht, daß meine Vorfahren in der Geschichte des Landes so viel durcheinandergebracht haben und so dumm verbrecherisch gewesen sind, wie es gewisse . . . Wahrheitsfabrikanten aus der Reihe der radikalen Publizisten darstellen. Ich halte die Vorfahren nicht für Engel, neige auch nicht dazu, sie für Helden zu halten, sie haben einfach mehr oder weniger ergeben die Befehle der Geschichte vollstreckt, die, wie Sie selbst sagten, von Anfang an schiefgelaufen ist. Meiner Ansicht nach ist sie heute bereits derart, daß sie mir persönlich das Recht verleiht, auf eine Fortsetzung der Linie der Vorfahren zu verzichten, einer Linie, die vom Menschen gewisse Eigenschaften verlangt, die ich nicht besitze.«

»Was soll denn das?« kreischte Ljutow. »Ist das Resignation? Tolstojanertum?«

»Ich erinnere mich, Ihnen schon gesagt zu haben, daß ich mich für einen psychisch deklassierten Menschen halte . . .«

Es ertönten patschende Schritte.

»Nun – ist er gestorben?« fragte Turobojew, und Makarows Stimme antwortete ihm: »Versteht sich. Schenk mir Tee ein, Wladimir. Sprechen Sie, Turobojew, noch mit dem Landpolizisten; er beschuldigt jetzt den Schmied schon nicht mehr des vorsätzlichen Mords, sondern der Unvorsichtigkeit.«

Samgin trat vom Fenster zurück, kämmte sich und trat auf die Terrasse hinaus, da er annahm, daß wahrscheinlich gleich die Mädchen kommen würden.

Das Lampenlicht wurde vom Kupfer des Samowars gleichsam aufgezehrt, es erhellte dürftig drei in schwüles Halbdunkel gehüllte Gestalten. Ljutow schaukelte mit dem Stuhl, bewegte die Kiefer, schnalzte mit den Lippen und sah zu Turobojew hinüber, der über den Tisch gebeugt etwas auf einen zerknitterten Briefumschlag schrieb.

»Warum bist du barfuß?« fragte Klim Makarow; der antwortete, mit einem Glas Tee in der Hand auf der Terrasse umhergehend: »Die Stiefel sind blutig. Dieser Bursche . . .«

»Na, genug!« sagte Ljutow, verzog das Gesicht und seufzte geräuschvoll: »Wo bleiben denn die Geschöpfe zweiter Sorte?«

Er hörte auf, mit dem Stuhl zu schaukeln, und begann, Makarow in neckendem Ton die Ansicht des lahmen Bauern über die Frauen zu erzählen.

»Der Bauer sprach einfacher, kürzer«, bemerkte Klim. Ljutow zwinkerte ihm zu, Makarow aber blieb stehen, setzte sein Glas so auf den Tisch, daß es von der Untertasse herunterkippte, und redete schnell und erregt auf ihn ein: »Da – siehst du? Ich sage ja: Das ist organisch! Schon in der Mythe von der Erschaffung der Frau aus der Rippe des Mannes ist die ungeschickt und feindselig erdachte Lüge zu erkennen. Als man diese Lüge schuf, wußte man ja schon, daß die Frau den Mann gebiert und daß sie ihn für die Frau gebiert.«

Turobojew hob den Kopf, blickte Makarow aufmerksam in das erregte Gesicht und lächelte. Ljutow sagte, indem er auch ihm zuzwinkerte: »Eine höchst interessante Hypothese russischer Fabrikation!«

»Ausgerechnet du sprichst von der Feindschaft gegen die Frau?« fragte Klim mit ironischem Staunen.

»Ja«, sagte Makarow, sich mit dem Finger an die Brust klopfend, und wandte sich an Turobojew: »Die gleiche Feindschaft verbirgt sich hinter der Mythe von der Vertreibung der ersten Menschen aus dem Paradies des Nichtwissens durch die Schuld der Frau.«

Klim Samgin lächelte und wünschte sich sehr, daß Turobojew sein ironisches Lächeln sähe, der aber blickte, die Ellenbogen auf den Tisch gestützt, die gestickten Brauen hochgezogen, anscheinend fassungslos Makarow ins Gesicht.

»Du bist ein glückliches Kindchen, Kostja«, murmelte Ljutow kopfschüttelnd und fuhr mit dem Finger durch das Wasser auf dem Kupfertablett. Makarow indessen sprach hastig, mit gesenkter Stimme und ein wenig stotternd vor Erregung: »Die Feindschaft gegen die Frau begann in dem Moment, als der Mann fühlte, daß die von der Frau geschaffene Kultur seinen Instinkten Zwang anlegt.«

Was lügt er so? dachte Samgin, ließ das ironische Lächeln erlöschen und spitzte die Ohren.

Makarow stand mit geschlossenen Beinen da, und das betonte sehr die Keilförmigkeit seiner Gestalt. Er schüttelte den Kopf, das zweifarbige Haar fiel ihm in die Stirn und auf die Wangen, er warf es mit einer schroffen Handbewegung zurück, sein Gesicht wurde noch schöner und schärfer.

»Das seßhafte und damit das kultivierte Leben begann die Frau«, sagte er. »Sie war es, die haltmachen, sich und ihr Kind vor den Tieren und dem Unwetter schützen mußte: Sie entdeckte die eßbaren Grasarten, die Heilkräuter, sie zähmte Tiere. Dem noch halb tierischen und umhervagabundierenden Mann wurde sie allmählich ein immer geheimnisvolleres und weiseres Wesen. Das Staunen über die Frau und die Furcht vor ihr sind bis auf unsere Zeit in dem Tabu der wilden Stämme erhalten geblieben. Sie beängstigte den Mann durch ihre Kenntnisse, Hellseherei und insbesondere durch den geheimnisvollen Akt des Gebärens – der jagende Mann konnte nicht beobachten, wie die Tiere gebären. Sie war Priesterin, schuf Gesetze, die Kultur ist aus dem Matriarchat entstanden . . .«

Rings um die Lampe flatterten graue Falter, ihre Schatten huschten über Makarows weiße Jacke, seine ganze Brust und sogar sein Gesicht waren mit kleinen dunklen Flecken bedeckt, wie Schatten seiner hastigen Worte. Klim Samgin fand, daß Makarow langweilig und naiv redete.

Er legt seine Prüfung zum »erklärenden Herrn« ab.

Einer alten Gewohnheit eingedenk, drehte Makarow mit der rechten Hand am obersten Knopf seiner Jacke, während die linke unentschlossen die Falter abwehrte.

»Übrigens, Turobojew, hat mich schon von jeher das bekannte zynische Schimpfwort verletzt. Woher stammt es? Ich glaube, daß es in uralten Zeiten ein Gruß war, durch den die Blutsverwandtschaft festgestellt wurde. Es konnte auch eine Art von Selbstschutz sein. Ein alter Jäger pflegte einem jungen, stärkeren zu sagen: Ich habe deine Mutter erkoren. Erinnern Sie sich der Begegnung des Ilja Muromez mit dem Prahler . . .«

Ljutow lächelte vergnügt und krächzte.

»Wo hast du das herausgelesen?« fragte Klim und lächelte ebenfalls.

»Es ist eine Vermutung von mir, anders kann ich es mir nicht erklären«, antwortete Makarow ungeduldig, während Turobojew sich erhob und, auf irgend etwas lauschend, leise sagte: »Eine geistreiche Vermutung.«

»Sind Sie meiner überdrüssig?« fragte Makarow.

»O nein, wo denken Sie hin!« entgegnete Turobojew sehr freundlich und rasch. »Mir schien es, die jungen Damen kämen, aber ich habe mich getäuscht.«

»Das ist der Lahme«, sagte Ljutow leise, sprang vom Stuhl auf und ging behutsam von der Terrasse in die Finsternis hinunter.

Klim war es unangenehm zu hören, daß Turobojew Makarows Vermutung geistreich genannt hatte. Jetzt schritten sie beide auf der Terrasse umher, und Makarow drehte an seinem Knopf, schwang den Arm und fuhr mit noch tieferer Stimme als bisher fort: »Als der halb wilde Adam mit dem Recht des Stärkeren Eva die Macht über das Leben nahm, erklärte er alles Weibliche für böse. Es ist sehr bemerkenswert, daß es im Orient geschah, woher alle Religionen kommen. Von dorther stammt nämlich die Lehre: Der Mann ist der Tag, der Himmel, die Kraft, das Gute; die Frau ist die Nacht, die Erde, die Schwäche, das Böse. Die Juden beten: Herr, ich danke dir, daß du mich nicht als Frau erschaffen hast. Unser abscheuliches Reinigungsgebet nach einer Geburt – das ist zweifellos etwas Männliches, Priesterhaftes. Als der Mann jedoch die Frau besiegt hatte, vermochte er nicht mehr das von der Frau erweckte Verlangen nach Liebe und Zärtlichkeit in sich zu besiegen.«

»Was willst du letzten Endes sagen?« fragte Samgin streng und laut.

»Ich?«

»Worauf willst du hinaus?«

Makarow blieb vor ihm stehen und blinzelte geblendet.

»Ich möchte begreifen: Was ist denn die Frau unserer Zeit, die Frau bei Ibsen, die vor der Liebe, vor der Familie flieht? Spürt sie die Notwendigkeit und die Kraft, sich ihre einstige Bedeutung als Mutter der Menschheit, als Erweckerin der Kultur zurückzuerobern? Einer neuen Kultur?«

Er machte eine wegwerfende Handbewegung in die Dunkelheit. »Denn die heutige Kultur ist ja schon altersschwach, überlebt, sie hat sogar etwas Wahnsinniges. Ich kann mir nicht vorstellen, daß die kleinbürgerliche Banalität unseres Lebens die Frau endgültig verkrüppelt hat, obwohl man aus ihr ein Gestell für teure Kleider, Tand und für Gedichte gemacht hat. Aber ich sehe Frauen, die keine Liebe wollen – begreif! –, sie nicht wollen oder sie wie etwas Unnötiges verschleudern.«

Klim lächelte ihm ins Gesicht.

»Ach, du Romantiker«, sagte er, sich reckend und seine Muskeln streckend, und ging an Turobojew vorbei, der nachdenklich das Zifferblatt seiner Uhr betrachtete, zur Treppe. Samgin war der Sinn dieser langen Predigt auf einmal völlig klargeworden.

Schafskopf, dachte er, während er behutsam den sandigen Pfad hinunterging. Ein kleiner, doch sehr greller Mondsplitter zerriß die Wolken; zwischen den Nadeln der Zweige zitterte silbriges Licht, die Schatten der Kiefern hatten sich an den Wurzeln zu schwarzen Klumpen geballt. Samgin ging auf den Fluß zu und redete sich ein, daß er ehrlichen Widerwillen gegen Wortflitterglanz empfinde und erklügelte Schönheit menschlicher Reden gut zu verstehen wisse.

So leben sie nun, alle diese Ljutows, Makarows, Kutusows – sie packen irgendein Ideechen und poltern, lärmen . . .

Am Morgen wehte ein heißer Wind, schüttelte die Kiefern, wirbelte den Sand und das graue Wasser des Flusses auf. Als Warawka, den Hut in der Hand, von der Bahnstation kam, wehte ihm der Wind den Bart über die Schulter und zauste daran. Der Bart verlieh Warawkas rotgesichtigem, zottigem Kopf Ähnlichkeit mit der mißförmigen Darstellung eines Kometen in einem populären Astronomiebuch.

Dann saß er ohne Hose, in einem bis zu den Fersen hinabreichenden Nachthemd, mit Pantoffeln an den bloßen Füßen beim Tee, erstickte schier vor Hitze, rieb sich den öligen Schweiß vom Gesicht und knurrte: »So ein Sommer, zum Teufel noch mal! ›Afrikanisch feierlich!‹« ergänzte er auf deutsch. »In der Stadt rebelliert die Musikerfrau, sie braucht Vorratskammern, Scheidewände, und überhaupt ist der Teufel los. Fahr hin, mein Lieber, und beruhige sie. Ein leckeres Weibchen.«

Er seufzte geräuschvoll und wischte das Gesicht mit dem Bart ab.

»Bei Wera Petrowna in Petersburg klappt irgend etwas nicht mit Dmitrij, man hat ihn offenbar kräftig in die Enge getrieben. Ein Tribut an die Zeit . . .«

In Warawkas Abwesenheit pflegte Klim über ihn unehrerbietig, sogar sarkastisch zu denken, aber im Gespräch mit ihm fühlte er stets, daß dieser Mann ihn durch seine unbändige Energie und die

Gradlinigkeit seines Verstands fesselte. Er begriff, daß es ein zynischer Verstand war, dachte aber daran, daß auch Diogenes ein ehrlicher Mensch gewesen war.

»Wissen Sie«, sagte er, »Ljutow sympathisiert mit den Revolutionären.«

Warawka bewegte die Brauen und überlegte kurz.

»So. Man sollte meinen, das sei nicht Sache eines Kaufmanns. Aber das kommt anscheinend in Mode. Man sympathisiert.«

Dann schüttete er einen Hagelschauer rascher Worte aus: »Auch ein Revolutionär ist nützlich, wenn er kein Dummkopf ist. Selbst wenn er dumm ist, ist er nützlich, wegen der abscheulichen Verhältnisse des russischen Lebens. Da erzeugen wir nun immer mehr Ware und haben keinen Käufer, obwohl er potentiell in Höhe von hundert Millionen vorhanden ist. Je ein Streichholz am Tag – macht hundert Millionen Streichhölzer, je ein Nagel – hundert Millionen Nägel.«

Er raffte mit den Händen den Bart zusammen, schob ihn hinter den Kragen des Hemds und saugte sich an einem Glas Milch fest. Dann prustete er, schüttelte den Kopf und fuhr fort: »Wenn der Revolutionär dem Bauern einschärft: Nimm dem Gutsbesitzer bitte das Land fort, du Dummkopf, und lerne bitte zu leben, menschlich vernünftig zu arbeiten – so ist der Revolutionär ein nützlicher Mensch. Was ist Ljutow? Ein Volkstümler? Hm. . . Narodowolze. Ich habe gehört, die sind schon durchgefallen . . .«

»Gibt er Ihnen Geld für die Zeitung?«

»Sein Onkel zahlt, der Radejew . . . Ein gottgefälliger alter Mann . . .«

Nach kurzem Schweigen fragte er mit verkniffenen Augen: »Ist Ljutow denn ein Mensch mit Überzeugung?«

»Das weiß ich nicht. Er ist so . . . unfaßbar.«

»Man wird ihn schon fassen«, versprach Warawka und erhob sich. »Na, ich gehe baden und du roll mal in die Stadt.«

»Baden?« wunderte sich Klim. »Sie haben so viel Milch getrunken . . .«

»Und werde noch mehr trinken«, sagte Warawka und goß sich aus dem Krug kalte Milch ins Glas.

Als Klim in der Stadt angekommen war und den Hof betrat, erblickte er auf den Eingangsstufen des Seitenbaus die Spiwak in langer grauer Kalikoschürze; sie winkte grüßend mit dem bis zum Ellenbogen entblößten Arm und rief: »Ah, der junge Herr des Hauses! Kommen Sie doch herüber!«

Sie drückte ihm kräftig die Hand und begann sich zu beklagen:

Man dürfe eine Wohnung nicht vermieten, in der die Türen knarrten, die Fenster nicht dicht schlössen, die Öfen rauchten.

»Hier hat ein Schriftsteller gewohnt«, sagte Klim – und erschrak, da er begriff, wie töricht diese Äußerung war.

Die Spiwak blickte ihn verwundert an, wodurch sie ihn noch mehr verwirrte, und lud ihn ins Zimmer ein. Dort machte sich ein blatternarbiges Mädchen mit frechen Augen zu schaffen; mitten im Zimmer stand nachdenklich, mit einem Hammer in der Hand, Spiwak, er war in Hemdsärmeln, auf seiner Brust glänzten wie zwei Orden die Schnallen der Hosenträger.

»Wir richten uns ein«, erklärte er, Klim die Hand mit dem Hammer entgegenstreckend.

Er nahm die Brille ab, und in seinem kleinen, kindlichen Gesicht entblößten sich kläglich die blind vorgewölbten rotbraunen Augen in bläulich geschwollenen Pölsterchen. Seine Frau führte Klim durch die mit Möbeln vollgestellten Zimmer, sie verlangte, daß Tischler und ein Ofensetzer kämen; die nackten Arme und der Kaliko der Schürze machten sie schlichter. Klim schielte mißgünstig auf ihren gerundeten Leib.

Ein paar Minuten später jedoch schlug er, nachdem er die Studentenjacke ausgezogen hatte, besorgt Nägel in die Wände, hängte Bilder auf und stellte Bücher in die Schrankfächer. Spiwak stimmte den Flügel, Jelisaweta sagte: »Er stimmt ihn immer selbst. Das ist sein Altar, er läßt sogar mich ungern ans Instrument.«

Die Baßsaiten dröhnten, das Dienstmädchen schepperte mit dem Geschirr, in der Küche rasselte die Raspel des Klempners.

»Finden Sie nicht, daß im Leben so manches überflüssig ist?« fragte unerwartet die Spiwak, doch als Klim ihr mit Vergnügen beistimmte, sagte sie, mit leicht zugekniffenen Augen in eine Ecke blikkend: »Mir indessen gefällt gerade das Überflüssige. Das Notwendige ist langweilig. Es – knechtet. All diese Truhen und Koffer – sie sind entsetzlich!«

Dann erklärte sie, sie liebe altes Porzellan, gute Bucheinbände, die Musik Rameaus und Mozarts und die Augenblicke vor einem Gewitter: »Wenn man fühlt, daß alles in einem und rund um einen gespannt ist, und wenn man eine Katastrophe erwartet.«

Klim hatte sie noch nie so lebhaft und herrisch gesehen. Sie war nicht mehr so hübsch, ihr Gesicht hatte gelbliche Flecke bekommen, aber in ihren Augen lag etwas Selbstzufriedenes. Sie erweckte ein gemischtes Gefühl von Vorsicht und Neugier und natürlich jene Hoffnungen, die einen jungen Mann erregen, wenn eine schöne Frau ihn freundlich ansieht und freundlich mit ihm spricht.

»Habe ich Ihnen gesagt, daß Kutusow ebenfalls verhaftet worden ist? Welch wunderbare Stimme er hat, nicht wahr?«

»Er sollte zur Oper gehen, statt Revolution zu machen«, sagte Klim gesetzt und merkte, daß die Lippen der Spiwak spöttisch zuckten.

»Er wollte es. Aber zuweilen muß man wohl einem starken Wunsch zuwiderhandeln, damit er nicht alle anderen erstickt. Wie denken Sie darüber?«

»Ich weiß nicht«, sagte Klim.

Es war klar, daß sie ihn auf die Probe stellte, aushorchte. In ihren Augen leuchtete etwas Abwägendes, ihr Blick verursachte ein Prikkeln im Gesicht und beunruhigte ihn immer mehr. Mit unschön vorgewölbtem Leib betrachtete sie ein zerfledertes Buch mit abgerissenem Einband. »Sie wissen nicht? Haben Sie nicht darüber nachgedacht?« verhörte sie ihn. »Sie sind ein sehr zurückhaltender Mensch. Sind Sie es aus Bescheidenheit oder aus Geiz? Ich möchte gern wissen: Wie verhalten Sie sich zu den Menschen?«

Nein, sie hat gar keine Ähnlichkeit mit der Frau, als die ich sie in Petersburg gesehen habe, dachte Samgin, ihren beharrlichen Fragen nur mit Mühe ausweichend.

Nachdem er sich über eine Stunde betätigt hatte, ging er fort und trug das erregende Bild einer Frau mit, die in ihren Gedanken unfaßbar war und gefährlich wie alle Menschen, die einen ausfragen. Sie fragen aus, weil sie sich eine Vorstellung von einem Menschen bilden wollen, und um das schneller zu erreichen, begrenzen sie seine Persönlichkeit, entstellen sie sie. Klim war überzeugt, daß es so war; da er selber die Menschen zu vereinfachen suchte, verdächtigte er sie des Wunsches, ihn zu vereinfachen, ihn, einen Menschen, der keinerlei Grenzen für seine Persönlichkeit empfand.

Mit ihr muß man vorsichtig sein, entschied er.

Am nächsten Tag jedoch half er ihr vom Morgen an wieder beim Einrichten der Wohnung. Er ging mit den Spiwaks in das Restaurant des Stadtparks zum Mittagessen, trank abends mit ihnen Tee, dann kam zu Spiwak ein schnurrbärtiger Pole mit Cello und stolz aufgerissenen Karpfenaugen, die unermüdliche Spiwak schlug Klim vor, ihr die Stadt zu zeigen, doch als er sich umkleiden ging, rief sie ihm aus dem Fenster nach: »Ich habe es mir anders überlegt: ich gehe nicht. Setzen wir uns ein wenig in den Garten – haben Sie Lust dazu?«

Klim hatte keine Lust, entschloß sich aber nicht zu einer Absage. Eine halbe Stunde gingen sie langsam im Kreis auf den Gartenwegen und sprachen von unbedeutenden Dingen, von Kleinigkeiten. Klim empfand eine seltsame Spannung, als suche er, am Ufer eines tiefen Bachs entlangschreitend, nach einer Stelle, wo er am bequemsten hinüberspringen könnte. Aus einem Fenster des Seitenbaus erklangen Flügelakkorde, das Heulen des Cellos, scharfe Zwischenrufe des kleinen Musikers. Der Wind seufzte, das Halbdunkel verdichtete sich, es war, als rieselte warmer, bläulicher Staub von den Bäumen und färbte die Luft immer dunkler.

Die Spiwak ging langsam, mit wiegendem Leib, in ihrem Gang lag etwas Prahlerisches, und Klim dachte wieder, daß sie selbstzufrieden war. Sonderbar, daß er das in Petersburg nicht gemerkt hatte. In den einfachen, trägen Fragen über Warawka und über Wera Petrowna erblickte Klim nichts Verdächtiges. Doch von ihr ging ein unbestimmter, aber deutlich spürbarer Druck aus, der Klim eine eigentümliche Schüchternheit ihr gegenüber einflößte. Ihre runden Katzenaugen sahen ihn gebieterisch mit bläulichem, beengendem Blick an, als wüßte sie, woran er dachte und was er sagen könnte. Und noch etwas: Sie ließ ihn Lidija vergessen.

»Setzen wir uns«, schlug sie vor und fing nachdenklich zu erzählen an, daß sie vorgestern mit ihrem Mann bei seinem alten Bekannten, einem Rechtsanwalt, zu Gast gewesen sei.

»Er ist offenbar der örtliche Schirmherr der Künste und Wissenschaften. Ein rothaariger Mann hielt dort so etwas wie eine Vorlesung. ›Über den Erkenntnistrieb‹, glaube ich. Nein, ›Über den dritten Trieb‹, aber das ist ja der Erkenntnistrieb. Ich habe keine Ahnung von Philosophie, aber es hat mir gefallen: Er wies nach, daß die Erkenntnis ebenso eine Macht ist wie die Liebe und der Hunger. Ich habe das noch nie in dieser Form gehört.«

Es war, als lausche die Spiwak beim Reden ihren eigenen Worten, ihre Augen verdunkelten sich, und man fühlte, daß sie nicht von dem sprach, woran sie dachte, während sie auf ihren Leib sah.

»Ein erstaunlich unordentlicher und häßlicher Mensch. Doch wenn solche ... mißlungenen Menschen von Liebe sprechen, glaube ich sehr an ihre Aufrichtigkeit und ... an die Tiefe ihres Gefühls. Das Beste, was ich über die Liebe und die Frau gehört habe, äußerte ein Buckliger.«

Sie seufzte und sagte: »Je schöner ein Mann ist, desto unzuverlässiger ist er als Gatte und als Vater.«

Und lächelnd fügte sie hinzu: »Schönheit ist unzüchtig. Das ist wohl ein Naturgesetz. Die Natur geizt mit der Schönheit und ist daher, nachdem sie sie erschaffen hat, bestrebt, sie so weit wie möglich auszunützen. Warum schweigen Sie?«

Samgin schwieg, weil er auf irgend etwas wartete. Ihre Anrede ließ ihn zusammenzucken, er sagte hastig: »Der rothaarige Philosoph ist mein Lehrer.«

»Ja? Sieh mal an!«

Sie blickte Klim neugierig ins Gesicht, er jedoch sagte unwillkürlich: »Vor etwa zwölf Jahren ist er in meine Mutter verliebt gewesen.«

Er ärgerte sich über sich selbst, kam sich wie ein geschwätziger kleiner Junge vor und wartete fast mit Angst, was diese Frau ihn jetzt fragen werde. Aber sie sagte nach kurzem Schweigen nur: »Es ist feucht. Gehen wir hinein.«

Auf dem Weg zum Seitenbau indessen bemerkte sie gedämpft: »Sie sind gewiß ein sehr einsamer Mensch.«

Diese Worte klangen nicht wie eine Frage. Samgin empfand einen Augenblick Dankbarkeit gegen die Spiwak, war aber gleich darauf noch mehr auf der Hut.

Der schnurrbärtige Pole war verschwunden, das Cello hatte er am Flügel zurückgelassen. Spiwak spielte eine Fuge von Bach; er blickte die Eintretenden mit den dunklen Kreisen seiner Gläser an, hüstelte und sagte: »Das ist kein Musiker, sondern ein Klempner.«

»Der Cellist?«

»Ein richtiger Verbrecher«, sagte der Musiker überzeugt.

Er fing von neuem zu spielen an, aber so eigenartig, daß Klim ihn ratlos ansah. Er spielte in verlangsamtem Tempo, wobei er bald die eine, bald die andere Note des Akkords betonte, dann hob er die linke Hand mit gestrecktem Zeigefinger und lauschte, wie der Ton allmählich zerrann. Es war, als zerbräche und zerrisse er die Musik, als suchte er etwas tief Verborgenes in der Klim bekannten Melodie.

»Spiel doch mal Rameau«, bat ihn seine Frau.

Gehorsam erklangen die naiven und galanten Akkorde, sie machten das gemütlich eingerichtete Zimmer noch gemütlicher.

Von dem dunklen Hintergrund der Wände hoben sich deutlich die Porzellanfigürchen ab. Samgin kam der Gedanke, daß Jelisaweta Spiwak hier eine Fremde sei, daß dies ein Zimmer für eine schwärmerische, sehr lyrische, in ihren Mann und in Gedichte verliebte Blondine wäre. Diese hier jedoch erhob sich, stellte Noten vor ihrem Mann auf und sang ein bravouröses Liedchen in französischer Sprache, das Klim nicht kannte, und endete mit dem frohlockenden Ausruf: »A toi, mon enfant!«

Er freute sich, als das Dienstmädchen erschien und aus irgendeinem Grund ebenfalls mit frohlockendem Lächeln verkündete: »Die Frau Mama ist eingetroffen!«

Klim dachte, die Mutter sei sicherlich müde, gereizt angekommen, um so angenehmer war es ihm, sie munter gestimmt und nach diesen paar Tagen sogar irgendwie verjüngt zu sehen. Sie fing gleich an, von Dmitrij zu erzählen: Man würde ihn bald aus der Haft entlassen, aber es würde ihm sicher die Berechtigung entzogen, an der Universität zu studieren.

»Meiner Ansicht nach ist das kein Unglück für ihn; es schien mir schon immer, daß er ein schlechter Arzt würde. Seiner Natur nach ist er Lehrer oder Bankbuchhalter, überhaupt etwas sehr Bescheidenes. Der Offizier, der seinen Fall leitet – ein sehr liebenswürdiger Mensch – beklagte sich bei mir, Dmitrij benehme sich bei den Verhören unhöflich und habe nicht sagen wollen, wer ihn in dieses ... Abenteuer hineingezogen hat, er habe sich dadurch sehr geschadet. Der Offizier ist der Jugend sehr wohlgesinnt, sagt aber: ›Versetzen Sie sich in unsere Lage, wir können doch nicht Revolutionäre aufziehen!‹ Und er erinnerte mich, daß im Jahre einundachtzig gerade die Revolutionäre die Verfassung unmöglich gemacht haben.«

Die Augen der Mutter leuchteten hell, man hätte meinen können, sie habe mit Schminke nachgeholfen oder Atropin eingeträufelt. In dem neuen, schön geschneiderten Kleid, mit einer Zigarette zwischen den Zähnen, sah sie aus wie eine Schauspielerin, die nach einer erfolgreichen Aufführung ausruht. Von Dmitrij sprach sie nur nebenher, als vergesse sie ihn immer wieder und als sage sie nicht alles.

»Man gewährte mir ein Wiedersehen mit ihm, er sitzt in einem Gefängnis, das ›Kresty‹ heißt, er ist gesund, bekommt allmählich einen Bart, ist ruhig, sogar froh und kommt sich anscheinend wie ein Held vor.«

Dann redete sie wieder von etwas anderem.

»Petersburg belebt einen erstaunlich. Ich habe doch vom neunten bis zum siebzehnten Lebensjahr dort gelebt, und nun erinnerte ich mich an so vieles Schöne.«

Sie erinnerte sich ein bis zwei Minuten in einem lyrischen Ton, wie er ihr sonst nicht eigen war, an Petersburg und veranlaßte Klim, unehrerbietig zu denken, daß Petersburg vierundzwanzig Jahre vor diesem Abend eine kleine und langweilige Stadt gewesen war.

»Es hat sich herausgestellt, daß ich mit der alten Frau Premirowa gemeinsame Bekannte habe. Ein prächtiges altes Frauchen. Aber ihre Nichte ist schrecklich! Ist sie immer so grob und düster? Sie spricht ja nicht, sondern schießt aus einem schlechten Gewehr. Ach, ich vergaß: Sie hat mir einen Brief für dich gegeben.«

Dann erklärte sie, sie ginge jetzt ins Badezimmer, blieb aber mitten im Zimmer stehen und sagte: »O mein Gott, kannst du dir das vorstellen: Marja Romanowna – du erinnerst dich doch ihrer? –

wurde ebenfalls verhaftet, hat lange gesessen und ist jetzt unter Polizeiaufsicht irgendwohin verschickt worden! Bedenke nur: Sie ist sechs Jahre älter als ich, und immer noch ... Mir kommt es wahrhaftig so vor, als spiele in diesem Kampf mit der Regierung bei solchen Leuten wie Marja die Hauptrolle ihr Wunsch, sich für das verdorbene Leben zu rächen.«

»Möglicherweise«, stimmte Klim zu.

Alles, was die Mutter sagte, hatte ihn in keiner Weise berührt, es war, als säße er am Fenster, vor dem ein feiner Regen niederging. In seinem Zimmer öffnete er den Briefumschlag, der mit Marinas großer Handschrift beschrieben war, im Umschlag aber befand sich kein Brief von ihr, sondern einer von der Nechajewa. Auf dickem bläulichem Papier, das mit einer ungewöhnlichen Blume verziert war, schrieb sie, daß sich ihre Gesundheit bessere und daß sie vielleicht Mitte des Sommers nach Rußland käme.

Das fehlte noch, dachte Samgin ärgerlich.

Die Nechajewa schrieb in schönen Worten, sie machten den Eindruck eines Dichtwerks.

Sie bildet sich ein, eine Marija Baschkirzewa zu sein.

Klim zerriß den Brief, zog sich aus und legte sich hin, wobei er dachte: Ja, es ist Zeit, irgendeine Idee anzunehmen, wie das Tomilin, Makarow, Kutusow getan haben. Man muß einen gewissen Kern in der Seele haben, und dann wird sich rings um ihn alles das bilden, was die Persönlichkeit von allen anderen abgrenzt, sie mit einem scharfen Strich zeichnet. Die Bestimmtheit einer Persönlichkeit wird dadurch erreicht, daß der Mensch immer ein und dasselbe sagt – das ist klar. Die Persönlichkeit ist ein Komplex fest eingeprägter Ansichten, das ist ein Originalwortschatz.

Er beendete das ermüdende Suchen nach einem bequemen Talar und machte sich Gedanken über die Spiwak und Lidija. Beide waren ihm fast gleichermaßen unangenehm dadurch, daß sie in ihm irgend etwas suchten. Er fand, daß ihr Verhalten zu ihm darin vollständig übereinstimmte. Aber beide zogen ihn an. Mit gleicher Stärke? Diese Frage vermochte er nicht zu beantworten. Das schien von ihrer Lage im Raum, von ihrer physischen Nähe zu ihm abzuhängen. In Gegenwart der Spiwak verschwamm und zerrann Lidijas Bild, wenn er aber Lidija vor Augen hatte – schwand die Spiwak. Und das Schlimmste dabei war, daß Klim keine klare Vostellung davon hatte, was er eigentlich von der schwangeren Frau und von dem unerfahrenen Mädchen wollte.

Er hatte das Gefühl nicht vergessen, mit dem er Lidijas Beine umschlungen hatte, doch erinnerte er sich dessen wie eines Traums. Es waren noch nicht viele Tage seitdem vergangen, aber er hatte sich schon mehr als einmal gefragt: Was hatte ihn veranlaßt, gerade vor ihr niederzuknien?

Überhaupt erschien vor ihm immer häufiger irgend etwas Traumhaftes und etwas, was er nicht zu sehen brauchte. Wozu war die alberne Szene mit dem Fangen des vermeintlichen Welses nötig gewesen, welchen Sinn hatte das dumme Lachen Ljutows und des lahmen Bauern gehabt? Er hätte den lästigen Glockenrummel und vieles andere, das keinen Sinn hatte und nur das Gedächtnis belastete, nicht zu sehen brauchen.

»Was treiben Sie da?« erklang in seinem Gedächtnis die empörte Stimme des buckligen Mädchens, und in seinem Kopf rauschte das schluchzende Geflüster der Bauersfrauen.

Wahrhaftig, ich werde, wie mir scheint, von alledem noch krank ...

Es tagte schon, die Mondschatten auf dem Fußboden waren verschwunden, die Fensterscheiben hatten ihren bläulichen Schimmer verloren und waren auch irgendwie zerronnen. Klim war eingeschlummert, wurde aber bald durch die trappelnden Schritte vieler Menschen und durch das Klirren von Eisen geweckt. Er sprang auf und trat ans Fenster: Durch die Straße zog die gewohnte Prozession – ein großer Schub Häftlinge, von einer spärlichen Kette Soldaten des Dampferbegleitkommandos umgeben. Ein spitzbärtiger Hausknecht kratzte mit dem Besen auf den Pflastersteinen herum und wirbelte dem Schub grauer Menschen Wolken von Staub entgegen. Die Soldaten waren klein, mit blauen Schnüren geziert, ihre gezückten Säbel blinkten auch bläulich, wie Eis, und an der Spitze des Zuges schritten, mit den Fesseln klirrend, zu zweit mit den Händen aneinandergeschmiedet, graue, kahlgeschorene Leute, auserlesen groß und fast durchweg bärtig. Einer hatte einen schwarzen Verband quer über das Gesicht, er blickte mit dem unverdeckten buschigen Auge ins Fenster zu Klim und sagte zu seinem bärtigen Kameraden, der ihm wie ein Bruder glich: »Schau – Lazarus ist auferstanden!«

Doch der andere sah nicht nach Klim, er sah in die Ferne, zum Himmel und spie aus, nach dem Stiefel eines Soldaten zielend. Das waren die einzigen Worte, die Klim auffing aus dem dumpfen Trappeln Hunderter von Füßen und dem hellen Klirren des Eisens, das die blaßrosa, laue Stille der schläfrigen Stadt erschütterte.

Hinter den Zuchthäuslern gingen in ungleichem Schritt verschiedenartig gekleidete dunkle Leute mit Bündeln unter dem Arm und Säcken auf dem Rücken; dort ging ein hochgewachsener alter Mann in Priesterrock und Käppchen mit einem Teekessel und einem Eßnapf am Gürtel; sein Geschirr schepperte im Takt zu den Fesseln.

Die politischen Häftlinge, an die zwanzig Leute, gingen in dichter Gruppe, zwei trugen eine Brille, der eine war rothaarig, unrasiert, der andere grauhaarig und ähnelte dem Heiligenbild des Nikolaus von Myra; hinter ihnen wankte ein bejahrter Mann mit langem Schnurrbart und roter Nase; lächelnd sagte er etwas zu einem krausköpfigen Burschen, der neben ihm ging, und deutete mit dem Finger auf die Fenster der verschlafenen Häuser. Vier Frauen beschlossen den Zug: eine dicke, mit welkem Nonnengesicht; eine junge und schlanke, mit dünnen Beinen, und dann kamen noch zwei Arm in Arm, die eine hinkte und wankte; hinter ihr hob ein stubsnasiger Soldat schläfrig die schweren Füße, und die blaue Klinge seines Säbels berührte fast ihr Ohr.

Als die Spitze des Zugs an dem Hausknecht vorbeizog, hörte er auf zu fegen, aber als die Zuchthäusler vorbei waren, begann er schnell, die politischen Häftlinge mit dem Besen anzustauben.

»Warte doch, du Tölpel!« rief laut ein Soldat, stolperte und nieste.

Der Zug bog in die Straße ein, die zum Fluß hinunterführte; der Hausknecht jagte den Häftlingen eifrig Staubwolken nach. Klim wußte, daß auf dem Fluß ein roter Dampfer mit weißem Streifen am Schornstein und eine rote Barke auf die Häftlinge warteten; ihr Deck war mit einem eisernen Dachgitter versehen und glich einer Mausefalle. Vielleicht würde auch sein Bruder Dmitrij in solch einer Mausefalle fahren. Weshalb war er, der Bruder, ein Revolutionär geworden? In der Kindheit war er farblos gewesen, obwohl er den Erwachsenen gegenüber einen etwas trägen, aber unbeugsamen Eigensinn, beim Spielen mit den Kindern indes die Gutmütigkeit eines Hofhunds an den Tag gelegt hatte. Die Nechajewa hatte richtig gesagt, daß er ein ungebildeter Mann sei. Sein Körper war schwer, nicht klug. Ein Revolutionär muß gewandt, klug und böse sein.

In der Ferne waren immer noch das Klirren der Fesseln und schweres Getrampel zu hören. Der Hausknecht hatte seinen Abschnitt rein gefegt, klopfte mit dem Besenstiel gegen das Pflaster, bekreuzigte sich und blickte in die Ferne, wo bereits die Sonne glänzte. Es wurde still. Man konnte meinen, der spitzbärtige Hausknecht habe die Häftlinge von der Straße, aus der Stadt fortgefegt. Und das war ebenfalls ein unangenehmes Traumgesicht.

Gegen Abend, in dem dunklen Laden eines Buchantiquars, stieß Klim an einen Mann im Übergangsmantel.

»Entschuldigung.«

»Sie sind es, Samgin!« sagte der Mann überzeugt.

Sogar nach dieser Anrede erkannte Klim in dem staubigen Halbdunkel des mit Büchern vollgepfropften Ladens Tomilin nicht gleich. Der Philosoph saß auf einem niedrigen Stuhl mit verkürzten Beinen, er reichte Samgin die Hand, hob mit der anderen den Hut vom Boden auf und sagte zu jemandem Unsichtbaren in der Tiefe des Ladens: »Ein Rubel dreißig – das ist genug. Kommen Sie mit zu mir, Samgin.«

Verwirrt durch die unerwünschte Begegnung, kam Klim nicht dazu, die Einladung abzulehnen, während Tomilin eine bei ihm sonst nicht übliche Hast an den Tag legte.

»Wenn man in Büchern wühlt, vergeht unmerklich die Zeit, und nun komme ich zu spät nach Hause zum Tee«, sagte er, als er die Straße betrat, und blinzelte in die Sonne. Mit verquollenem, verbeultem Hut, in einem zu weiten und zu langen Mantel, glich er einem bankrotten Kaufmann, der nach langer Haft eben aus dem Gefängnis kommt. Er schritt gewichtig, wie ein Gänserich, hielt die Hände in den Taschen, die langen Mantelärmel drückten sich in tiefe Falten. Die rötlichen BackenTomilins waren satt gerundet, seine Stimme klang selbstsicher, und in seinen Worten hörte Klim die Strenge des Erziehers.

»Nun, befriedigt dich die Universitätswissenschaft?« fragte er mit skeptischem Lächeln.

»Warwara Sergejewna«, stellte er die Kochswitwe vor, als sie ins Vorzimmer trat und ihm ehrerbietig aus dem Mantel half.

Als er den Mantel abgelegt hatte, kam er in einem Rock und einem gestärkten Hemd mit gelben Flecken auf der Brust zum Vorschein; unter dem knapp gestutzten Bart ragte eine lilafarbene Schmetterlingskrawatte hervor. Auch das Haar hatte er sich kurz schneiden lassen, er trug es wie ein mittendurch geteiltes Käppchen, und sein Gesicht hatte die Ähnlichkeit mit dem Heiligenbild von Christus eingebüßt. Nur die porzellanartigen Augen waren regungslos geblieben, und wie immer zogen sich die stachligen, rotbraunen Brauen zusammen.

»Essen Sie, bitte«, redete die Frau mit schmalziger Stimme Klim zu, indem sie ihm ein Glas Tee, Rahm, eine Schale Honig und einen Teller Lebkuchen hinschob, die rostfarben aussahen.

»Ausgezeichnete Lebkuchen«, versicherte Tomilin. »Sie bäckt sie selber mit Malz und Honig.«

Klim aß, um nicht reden zu müssen, und musterte unauffällig das sauber aufgeräumte Zimmer mit Blumen auf den Fensterbänken, mit

Heiligenbildern in der vorderen Ecke und einem Öldruck an der Wand; der Öldruck stellte eine satte Frau dar, die mit einem Tambourin in der Hand an einer Säule stand. Auch die lebendige Frau am Tisch bei dem Samowar schien für ihr ganzes Leben gesättigt: Ihr großer, von gutem Essen in die Breite gegangener Leib ruhte monumental auf dem Stuhl, ununterbrochen bewegten sich die himbeerroten Lippen, die purpurnen Saffianwangen blähten sich, das Doppelkinn und der Hügel der Brust wogten leise. Die wäßrigen Augen leuchteten zufrieden, und wenn sie zu kauen aufhörte, zog sich ihr Mündchen zu einem Stern zusammen. Ihre rosigen Hände mit den Würstchenfingern schienen magnetisch: Sie brauchten sich nur nach der Zuckerdose oder dem Milchkännchen auszustrecken, und schon bewegten sich die Dinge von selbst wie dressiert den weichen Fingern entgegen. Der Samowar lächelte ein kupfernes, verstehendes Lächeln, und alles im Zimmer schien zum Körper der Frau hingezogen zu werden und ihrer weichen Berührung zu harren. Etwas Unvereinbares, bedrückend und sogar phantastisch Seltsames lag darin, daß in Gegenwart dieser Frau, in diesem mit Geranien- und Speisenduft gesättigten Zimmer, verächtlich und spöttisch die Worte ertönten: »Die Materialisten behaupten, die Psyche sei eine Eigenschaft der organisierten Materie, der Gedanke eine chemische Reaktion. Das unterscheidet sich jedoch nur terminologisch vom Hylozoismus, von der Stoffbeseelung«, sprach Tomilin und dirigierte dabei mit einem Lebkuchen in der Hand. »Von allen unzulässigen Vereinfachungen ist der Materialismus die abscheulichste. Und es ist vollkommen klar, daß er aus der Verzweiflung entspringt, die durch Unwissenheit und Ermüdung bei dem erfolglosen Suchen nach einem Glauben hervorgerufen wird.«

Er warf den Lebkuchen auf den Teller, drohte mit dem Finger und rief feierlich: »Ich wiederhole: Man sucht Trost und Glauben, nicht aber die Wahrheit! Ich hingegen fordere: Mache dich frei nicht nur von jeglichem Glauben, sondern selbst von dem Wunsch zu glauben!«

»Der Tee wird kalt«, mahnte die Frau. Tomilin warf einen Blick auf die Wanduhr und verließ hastig das Zimmer, sie jedoch sagte beruhigend zu Klim: »Er ist gleich wieder da, er ist den Kater holen gegangen. Seine gelehrte Beschäftigung erfordert Stille. Ich habe sogar den Hund meines Mannes mit Arsenik vergiftet, er heulte in den hellen Nächten gar zu sehr. Jetzt haben wir einen Kater, wir nennen ihn Nikita, ich habe gern ein Tier im Haus.«

Sie schob die Nadeln in dem schweren Turban ihres schwarzen Haars zurecht und seufzte: »Schwierig ist seine gelehrte Beschäftigung! Wie viele tausend Worte muß man da kennen! Er schreibt und schreibt sie schon heraus aus allen Büchern, die Bücher aber nehmen kein Ende!«

Ein zahmer Zeisig, grau mit gelben Stellen, flog im Zimmer umher, gleichsam die Seele des Hauses, er setzte sich auf die Blumen, zupfte an den Blättern, schaukelte, mit den Flügeln schlagend, auf einem dünnen Zweig; erschreckt durch eine Wespe, die böse summend gegen die Scheibe schlug, flog er in den Käfig und trank Wasser, wobei er sein komisches Näschen hoch emporreckte.

Tomilin brachte behutsam einen schwarzen Kater mit grünen Augen herein, setzte ihn in den breiten Schoß der Frau und fragte: »Muß er nicht Milch bekommen?«

»Es ist noch zu früh«, sagte die Frau mit einem Blick auf die Uhr.

Eine Minute später hörte Klim wieder: »Die frei denkende Welt wird mir folgen. Glauben – ist ein Verbrechen angesichts des Denkens.«

Beim Sprechen machte Tomilin weit ausholende, auseinanderstoßende Gesten, seine Stimme klang gebieterisch, die Augen funkelten streng. Klim beobachtete ihn mit Verwunderung und Neid. Wie schnell und schroff sich die Menschen veränderten! Er aber spielte immer noch die erniedrigende Rolle eines Menschen, den alle als einen Müllkasten für den Kehricht ihrer Ansichten betrachteten. Als er ging, sagte Tomilin ihm mit Nachdruck: »Kommen Sie öfter!«

Die Frau drückte ihm mit ihren warmen Fingern die Hand und tat, als nähme sie mit der Linken etwas von seinem Jackenschoß. Sie versteckte sie hinter dem Rücken und sagte mit einem breiten Lächeln: »Jetzt wird der Herr wiederkommen, ich habe ihm ein Katerspitzchen aufgesetzt.«

Auf Klims Frage, was ein Katerspitzchen sei, erläuterte sie: »Das ist, sehen Sie, ein Härchen vom Katzenfell. Die Kater gewöhnen sich sehr ans Haus und haben die Kraft, Menschen anzuziehen. Und wenn ein dem Haus angenehmer Mensch ein Katerspitzchen mit sich forträgt, so zieht es ihn unbedingt zu diesem Haus hin.«

Was für ein Unsinn! dachte Klim, als er die Straßen entlangging, sah sich aber doch die Jackenärmel und die Hose an, wo wohl das Katerspitzchen haften mochte. Wie abgeschmackt, wiederholte er, da er dunkel spürte, daß er sich davon überzeugen mußte, daß dieses Wohlleben wirklich nichts anderes als abgeschmackt sei. Im Grunde predigt Tomilin die gleiche Vereinfachung wie die Materialisten, die er bekämpft, dachte Klim und suchte erbost etwas Gemeinsames zwischen dem Philosophen und dem schwarzen, grünäugigen Kater zu finden. »Der Kater müßte den Zeisig auffressen«, er lächelte spöttisch. Es rauschte in seinem Kopf. »Ich glaube, ich habe mich mit diesen eisernen Lebkuchen vergiftet ...«

Daheim traf er die Mutter in lebhaftem Gespräch mit der Spiwak an, sie saßen im Speisezimmer an dem zum Garten geöffneten Fenster; die Mutter reichte Klim das blaue Quadrat eines Telegramms und sagte hastig: »Hier – Onkel Jakow ist verschieden.« Sie warf die Zigarette zum Fenster hinaus und setzte hinzu: »So ist er nun gestorben, ohne aus dem Gefängnis herausgekommen zu sein. Entsetzlich.« Dann ergänzte sie: »Das ist nun schon erbarmungslos von seiten der Zarenmacht. Sie sehen, daß ein Mensch am Sterben ist, und halten ihn dennoch im Gefängnis fest.«

Klim fühlte, daß die Mutter sich beim Sprechen Gewalt antat und vor dem Gast irgendwie verlegen war. Die Spiwak sah sie mit dem Blick eines Menschen an, der, obwohl er mitempfindet, es nicht für angebracht hält, sein Mitgefühl auszudrücken. Nach ein paar Minuten ging sie fort, und nachdem die Mutter sie hinausbegleitet hatte, sagte sie herablassend: »Diese Spiwak ist eine interessante Frau. Und – tüchtig. Mit ihr ist es einfach. Die Wohnung hat sie sehr nett, mit viel Geschmack eingerichtet.«

Klim war der Ansicht, sie habe sich allzu schnell mit Onkel Jakows Tod abgefunden, er fand das nicht schicklich und fragte: »Ist er schon beerdigt?«

Die Mutter antwortete erstaunt: »In dem Telegramm steht doch: ›Am dreizehnten verschieden und gestern beerdigt‹ ...«

Sie betrachtete mit verdrehten Augen im Spiegel eine Pustel am Ohr und seufzte: »Ich will es gleich Iwan Akimowitsch schreiben. Du weißt wohl nicht, wo er ist? In Hamburg?«

»Ich weiß es nicht.«

»Ist es schon lange her, daß du ihm geschrieben hast?«

Mit einer Gereiztheit, deren Ursprung ihm unklar war, antwortete Klim: »Es ist lange her. Ich muß gestehen, daß ich ... ihm selten schreibe. Er antwortet mir mit Belehrungen, wie man leben, denken, glauben soll. Er empfiehlt mir Bücher ... wie etwa das talentlose Werk Prugawins ›Die Bedürfnisse des Volkes und die Pflichten der Intelligenz‹. Seine Briefe scheinen mir äußerst naive Rhetorik, die mit Faßdaubenhandel unvereinbar ist. Er möchte, daß ich die Denkgewohnheiten übernehme, von denen er sich wahrscheinlich bereits losgesagt hat.«

»Ja«, sagte die Mutter, die Pustel überpudernd, »er hat die Rhetorik schon immer geliebt. Die vor allem. Aber – warum bist du heute so nervös? Du hast auch ganz rote Ohren ...«

»Ich fühle mich nicht wohl«, sagte Klim.

Am Abend lag er mit einem Umschlag auf dem Kopf im Bett, doch der Arzt sagte beruhigend: »Irgend etwas Gastritisches. Morgen werden wir sehen.«

Im Laufe ganzer fünf Wochen vermochte Doktor Ljubomudrow die Krankheit des Patienten nicht recht festzustellen, während der Patient nicht begreifen konnte, ob er physisch krank sei oder ob ihn der Abscheu vor dem Leben, vor den Menschen umgeworfen habe. Er war nicht wehleidig, doch schien es ihm zuweilen, als wirke in seinem Körper eine scharfe Säure, die die Muskeln erhitzte und die Lebenskraft aus ihnen auskochte. Ein schwerer Dunst füllte seinen Kopf, er sehnte sich nach tiefem Schlaf, aber ihn quälten Schlaflosigkeit und ein stilles, böses Brodeln seiner Nerven. In seinem Gedächtnis tauchten zusammenhanglose Erinnerungen, bekannte Gesichter und Sätze auf.

»Ja, ist denn ein Junge dagewesen? Vielleicht war gar kein Junge da?«

»Was treiben Sie da?«

»Das Weib ist für Gott zweite Sorte.«

All diese Wörtchen standen ihm vor Augen wie in die Luft geschrieben, standen regungslos, in ihnen lag etwas Totes, und obwohl sie ihn erregten, weckten sie doch keine Gedanken, sondern verstärkten nur die Unpäßlichkeit.

Bisweilen schwand diese Versäuerung plötzlich, Klim Samgin hielt sich für gesund, fuhr aufs Landhaus, aber unterwegs oder dort fiel er wieder in einen Schwächezustand. Er hatte keine Lust, Menschen anzusehen, es war ihm unangenehm, ihre Stimmen zu hören, er wußte von vornherein, was die Mutter, Warawka, der unentschlossene Arzt und dieser gelbgesichtige Flanellmensch da, sein Nachbar im Abteil, und der schmierige Achsenöler mit dem langstieligen Hammer in der Hand sagen würden. Die Menschen erregten ihn schon allein dadurch, daß sie existierten, sich bewegten, umherblickten und redeten. Jeder von ihnen tat seiner Einbildungskraft Gewalt an, indem er ihn zwang, darüber nachzudenken, wozu er nötig sei. Es erhoben sich unsinnige Fragen: Weshalb rasiert sich dieser Mann mit den starken Backenknochen den Bart, weshalb geht jener mit einem Stock, obwohl er kräftige, ebenmäßige Beine hat? Eine Frau hat sich die Lippen grell angemalt und um die Augen herum geschminkt, dadurch scheint ihre Nase blutlos, grau und zum Gesicht nicht passend häßlich klein. Niemand will ihr sagen, daß sie ihr Gesicht verunstaltet hat, und Klim will es auch nicht. Er vermerkte mit Scharfblick und Gier das Häßliche, Lächerliche und Abstoßende an den Menschen, was ihm gestattete , über jeden boshaft und geringschätzig zu urteilen. Zugleich jedoch fühlte er dunkel, daß diese seine aufdringlichen Grübeleien krankhaft, unsinnig und kraftlos waren, und fühlte daß ihre Einförmigkeit ihn immer mehr ermüdete.

Manchmal kam es Samgin vor, als wäre der Raum für seine Eindrücke – das, was man die Seele nennt – verstopft durch diese Grübeleien und durch alles, was er wußte und gesehen hatte, verstopft fürs ganze Leben und so, daß er bereits nichts mehr von außen aufzunehmen vermochte, sondern nur den festen Knäuel des Erlebten abwickeln konnte. Es müßte ein Glück sein, diesen Knäuel bis ans Ende abzuwickeln. Gleich darauf jedoch entbrannte der Wunsch, diesen Knäuel bis zum Äußersten zu vergrößern, derart, daß er, wenn er alles in ihm, die ganze Leere ausgefüllt und irgendein starkes, dreistes Gefühl erzeugt hatte, Klim Samgin gestattete, den Menschen zuzurufen: »He, ihr! Ich weiß nichts, begreife nichts, glaube an nichts und – sage es euch ehrlich! Aber ihr alle stellt euch gläubig, ihr seid Lügner, seid Lakaien simpelster Wahrheiten, die gar keine Wahrheiten sind, sondern Gerümpel, Kehricht, zerbrochene Möbel, durchgesessene Stühle.«

Als er über diese Heldentat nachdachte, die zu vollbringen es ihm sowohl an Keckheit als auch an Kraft mangelte, erinnerte sich Klim, wie er in der Kindheit im Hause unerwartet ein Zimmer entdeckt hatte, in dem chaotisch Dinge abgestellt waren, die ihre Frist abgelebt hatten.

Schon in den ersten Tagen von Klims undefinierbarer Krankheit hatte Ljutow mit seiner Verlobten, mit Turobojew und Lidija eine Dampferfahrt auf der Wolga angetreten, um den Kaukasus zu besuchen und nach einem Aufenthalt auf der Krim zum Herbst nach Moskau zurückzukehren. Klim verhielt sich dieser Reise gegenüber gleichgültig und dachte sogar: Ich bin nicht eifersüchtig. Ich fürchte Turobojew nicht, Lidija ist nichts für ihn.

In Warawkas Landhäusern hatten sich fremde Leute mit einer Unmenge krakeelender Kinder niedergelassen; morgens plätscherte der Fluß laut gegen das Ufer und die Wände des Badehauses; auf dem bläulichen Wasser hüpften wie Korken die Menschenköpfe, schwangen sich ölig glänzende Arme durch die Luft; abends sangen im Wald Gymnasiasten und Gymnasiastinnen Lieder, täglich um drei Uhr spielte eine flachbrüstige, dürre junge Dame im rosa Kleid und mit rundgläseriger, dunkler Brille auf dem Klavier das »Gebet der Jungfrau«, ging um vier Uhr am Ufer entlang in die Mühle zum Milchtrinken, und auf dem Wasser schleppte sich schräg ein rosa Schatten hinter ihr her. Von dieser jungen Dame ging erstickender

Tuberosenduft aus. Ein langbeiniger Realschullehrer lief herum und schwang wie toll ein Schmetterlingsnetz; der lahme Bauer humpelte durch die Gegend und schien die unglaubliche Fähigkeit zu besitzen, sich gleichzeitig an verschiedenen Stellen zu zeigen. Buntgekleidete Zigeunerinnen gingen umher, boten allen an, die Zukunft zu prophezeien, und stahlen dabei Wäsche, Hühner und Spielsachen.

Etwas unterhalb des Landhauses von Warawka wohnte Doktor Ljubomudrow; feiertags, gleich nach dem Mittagessen setzte er sich mit seiner dicken Frau zu dem Lehrer und dem Vormund Alinas an den Tisch. Alle drei Männer verhielten sich still, während die Doktorsfrau mit scharfer Stimme rief: »Ich sage: Herz! Und ich behaupte – Karo! Ich halte: Herz zwei!«

Ab und zu ließ sich die unentschlossene Stimme des Doktors vernehmen, er sagte immer irgend etwas Ernstes: »Nur die Engländer haben das Ideal politischer Freiheit erreicht . . .«

Oder er riet auch: »Essen Sie mehr Gemüse und insbesondere solche, die Salpeter enthalten, als da sind: Zwiebel, Knoblauch, Meerettisch, Rettich . . . Von Nutzen ist auch die rote Rübe, obwohl sie keinen Salpeter enthält. Sie sagten – Treff zwei?«

Feiertags erschienen aus dem Kirchdorf Scharen von Jungen, sie setzten sich wie seltsame Vögel ans Ufer des Flusses und beobachteten schweigend und konzentriert das sorglose Leben der Sommerfrischler. Einer von ihnen, flinkäugig, mit einem Kopf voll schwarzer Ringellöckchen, hieß Lawruschka, er war ein Waisenjunge und fiel nach Berichten der Dienstboten dadurch auf, daß er junge Vögel bei lebendigem Leibe verzehrte.

Warawka hielt seine bekannten und tönenden Reden und sättigte die geduldige Luft mit Paradoxen. Auch die Mutter kam herausgefahren, zuweilen mit Jelisaweta Spiwak. Warawka machte der Gattin des Musikers offen und stürmisch den Hof, sie lächelte ihm liebenswürdig zu, doch ihre Freundschaft mit der Mutter wurde, wie Klim sah, immer enger.

Warawka klagte ihm: »Sie ist zu neugierig. Alles muß sie wissen: Schiffahrt, Forstwirtschaft. Sie ist ein Bücherwurm. Bücher verderben die Frauen. Im Winter lernte ich eine Vaudevilleschauspielerin kennen, die fragte mich plötzlich: ›Inwieweit ist Ibsen von Nietzsche abhängig?‹ Das weiß doch der Teufel, wer von wem abhängt! Ich – von den Dummköpfen. Dieser Tage sagte mir der Gouverneur, ich kompromittierte mich, indem ich politischen Leuten, die unter Beobachtung stehen, Arbeit gäbe. Ich sagte ihm: ›Exzellenz! Diese Leute arbeiten ehrlich!‹ Hierauf er: ›Gibt es denn bei uns in Rußland schon keine unbescholtenen ehrlichen Menschen mehr?‹«

Warawka schmerzten die Füße, er ging jetzt mit einem Stock. Mit krummen Beinen schritt Iwan Dronow durch den Sand, warf menschenscheue Blicke auf Erwachsene und Kinder, schimpfte mit Dienstmädchen und Köchinnen herum. Warawka hatte ihm die schwierige Pflicht auferlegt, die endlosen Launen und Forderungen der Sommerfrischler anzuhören. Dronow hörte sie an und erschien allabendlich bei Warawka, um Bericht zu erstatten. Wenn der Landhauseigentümer die mürrische Aufzählung von Klagen und Beschwerden angehört hatte, fragte er, fleischig in den Bart hinein lächelnd: »Nun, hast du ihnen versprochen, alles zu tun?«

»Ja«.

»Davon werden sie auch satt. Vergiß nicht, daß dieses Volk nicht für ewig hierbleibt, es vergehen fünf, sechs Wochen, und sie verschwinden. Versprechen kann man alles, aber sie werden diese Zeit auch ohne Reformen verleben!«

Warawka lachte dröhnend, daß sein Bauch wackelte. Dronow aber ging zur Mühle und trank dort bis Mitternacht mit lustigen Weibern Bier. Er versuchte mit Klim zu sprechen, aber Samgin verhielt sich diesen Versuchen gegenüber unzugänglich.

Inmitten dieser ganzen Trübe und drückenden Langeweile tauchte wohl zweimal mit hungrigem, strengem Gesicht Inokow auf. Er erzählte den ganzen Abend lang grob und zornig von den Klöstern, schimpfte mit dumpfer Stimme auf die Mönche: »Die Katholiken haben einen Campanella, einen Mendel, überhaupt eine Menge von Gelehrten hervorgebracht, unsere Mönche hingegen sind erzdumm, sie können nicht einmal eine erträgliche Geschichte der russischen Sekten schreiben.«

Und die Spiwak fragte er: »Warum gibt es nur bei uns und bei den Madjaren judaisierende Sekten?«

»Ein origineller Bursche«, sagte die Spiwak, und Warawka bot ihm an, in seinem Kontor zu arbeiten, doch Inokow lehnte, ohne zu danken, ab.

»Was lernen Sie denn?«

Inokow antwortete ungereimt und ohne zu lächeln: »Das Durchlaufen des Lebens.«

Und noch am gleichen Abend verschwand er, wie ein Stein, der ins Wasser gefallen ist.

Klim Samgin konnte über seine Beziehung zu der Spiwak durchaus nicht ins klare kommen, und das ärgerte ihn. Zuweilen schien ihm, sie kompliziere den Aufruhr in ihm und verschlimmere seinen krankhaften Zustand. Er fühlte sich zu ihr hingezogen und abgestoßen zugleich. In der Tiefe ihrer Katzenaugen, im Mittelpunkt der

Pupille, hatte er ein kühles, helles Nädelchen gesehen, es schien ihn spöttisch, vielleicht aber auch boshaft zu stechen. Er war überzeugt, daß diese Frau mit dem hohen Leib etwas in ihm suchte, etwas von ihm wollte.

»Sie haben einen kritischen Verstand«, sagte sie freundlich. »Sie sind ein belesener Mensch, warum sollten Sie nicht zu schreiben versuchen, wie? Zuerst Buchbesprechungen und dann, wenn Sie die Fertigkeit erlangt haben . . . Übrigens wird Ihr Stiefvater ab Neujahr eine Zeitung herausgeben . . .«

Was hat sie davon, daß ich Rezensionen schreibe? fragte sich Klim, doch der Gedanke verlockte ihn.

In diesen Tagen saß er, wenn die unüberwindliche Langeweile ihn vom Land in die Stadt trieb, abends im Seitenbau und hörte dem musizierenden Spiwak zu, von dem Warawka gesagt hatte: »Ein Mensch für ein Vaudeville.«

Die langsamen Finger des kleinen Musikers erzählten eigentümlich von den tragischen Erregungen der genialen Seele Beethovens, von den Gebeten Bachs, von der erhebend schönen Traurigkeit Mozarts. Jelisaweta Spiwak nähte aufmerksam spielzeughafte Kinderhemdchen und feste Wickelbänder für den künftigen Menschen. Berauscht von der Musik, sah Klim zu ihr hin, vermochte aber nicht, in sich die fruchtlosen Grübeleien darüber zu ersticken, was wäre, wenn alles umher nicht so wäre, wie es war.

Bisweilen überkam ihn glühend der Wunsch, sich an der Stelle Spiwaks und an Stelle seiner Frau – Lidija zu sehen. Jelisaweta hätte auch bleiben können, wenn sie nicht schwanger gewesen wäre und das empörende Ausfragen gelassen hätte.

Manchmal stellte sie Fragen wie im Ton eines Vorwurfs. Zum erstenmal fühlte Klim das, als sie fragte: »Sie stehen mit Ihrem Bruder nicht in Briefwechsel?«

»Woher wissen Sie das?«

»Ich – frage.«

»Aber so, als wüßten Sie schon, daß es nicht der Fall ist.«

»Und – weshalb nicht?«

Klim sagte: »Wir sind sehr verschieden. Unsere Interessen sind auch verschieden.«

Die Spiwak blickte ihn mit einem Lächeln an, in dem er ein wenig schmeichelhaftes Moment erhaschte, und fragte: »Was haben Sie denn für Interessen?«

Ihr Lächeln hatte Klim verletzt; da er das verbergen wollte, antwortete er etwas hochtrabend: »Ich nehme an, daß es vor allem notwendig ist, zu sich selbst ehrlich zu sein, man muß mit aller erdenklichen Genauigkeit die Grenzen seiner Persönlichkeit festsetzen. Nur dann kann man die wahren Bedürfnisse seines Ichs verstehen.«

»Ein löbliches Vorhaben«, sagte die Spiwak, einen Faden durchbeißend. »Möglicherweise erfordert es von Ihnen, wenn auch nicht Ihr ganzes Leben, so doch sehr viel Zeit.«

Klim fragte nach kurzem Überlegen: »Ist das Ironie?«

»Weshalb? Nein.«

Er glaubte ihr nicht, war gekränkt und ging fort, auf dem Hof jedoch, auf dem Weg nach Hause, begriff er, daß es einfältig von ihm war, gekränkt zu sein, und daß er sich ihr gegenüber dumm benahm.

Mit ihr zu streiten, konnte Klim sich nicht entschließen, er vermied überhaupt Streitigkeiten. Ihr beweglicher Verstand und ihre vielseitige Belesenheit erstaunten und befremdeten ihn. Er sah, daß ihre allgemeine Denkstruktur mit dem »Kutusowtum« verwandt war, und zugleich schien ihm alles, was sie sprach, die Rede eines fremden Menschen, der die Lebenserscheinungen aus der Ferne, als Abseitsstehender beobachtet. Hinter diesen fremdartigen Ansichten argwöhnte Samgin irgendwelche festen Entschlüsse, doch in ihr spürte er nichts, das an die kaltblütige Neugier Turobojews erinnert hätte. Schließlich war es nicht ohne Nutzen, ihr zuzuhören, doch Samgin freute sich, wenn Inokow kam und die Hälfte ihrer Aufmerksamkeit auf sich ablenkte.

Mit einer Art Kadettenjacke bekleidet, die aus Sackleinen genäht war, grüßte Inokow stumm und setzte sich aus irgendeinem Grund immer ungemütlich hin, indem er seinen Stuhl mitten ins Zimmer rückte. Er saß da, hörte der Musik zu und betrachtete mit strengem Blick die Gegenstände, als zählte er sie. Wenn er die Hand hob, um das schlechtgekämmte Haar zu ordnen, las Klim an seiner Jacke den halb ausgewaschenen Stempel: »Erste Sorte, Dampfmühle J. Baschkirow.«

Solange Spiwak spielte, rauchte Inokow nicht, doch sobald der Musiker die ermüdeten Hände von den Tasten riß und unter die Achseln legte, steckte sich Inokow eine billige Zigarette an und fragte mit etwas dumpfer, farbloser Stimme: »Wodurch unterscheidet sich eigentlich eine Sonate von einer Suite?«

Spiwak schielte mißgünstig zu ihm hinüber. »Das brauchen Sie nicht zu wissen, Sie sind kein Musiker.«

Jelisaweta legte ihre Näharbeit beiseite, setzte sich an den Flügel und begann, nachdem sie den Unterschied im Aufbau einer Sonate und einer Suite erklärt hatte, Inokow nach seinem »Durchlaufen des Lebens« auszufragen. Er erzählte gern von sich, ausführlich und mit

Erstaunen, wie von einem Bekannten, den er schlecht verstand. Klim war es, als fragte Inokow beim Reden: Ist es so?

Vor Samgin erstand das Bild eines sinnlosen und rastlosen Hinundherjagens. Es schien, als rollte Inokow auf der Erde herum wie eine Nuß auf einem Teller, der von irgendeiner ungeduldigen Hand gehalten und geschüttelt wird.

Dieser Bursche mißfiel Samgin immer mehr, mißfiel ihm insgesamt. Man konnte meinen, er paradiere mit seiner Grobheit und wolle unangenehm sein. Jedesmal, wenn er von seinem anekdotischen Leben zu erzählen anfing, hörte Klim zwei bis drei Minuten zu und ging dann demonstrativ fort. Lidija hatte an den Vater geschrieben, sie werde von der Krim nach Moskau fahren, und sie habe beschlossen, wieder die Schauspielschule zu besuchen. In einem zweiten, kurzen Brief an Klim teilte sie mit, Alina habe ihre Verlobung mit Ljutow gelöst und werde Turobojew heiraten.

FÜNFTES KAPITEL

Die Krankheit und die durch sie entstandene Trägheit hatten Samgin gehindert, sich rechtzeitig um seine Immatrikulation an der Moskauer Universität zu kümmern, und so beschloß er, sich auszuruhen und in diesem Jahr nicht zu studieren. Daheim zu bleiben war ihm aber zu langweilig, er war doch nach Moskau gereist und schritt nun an einem windigen Tag Ende September auf der Suche nach Lidijas Wohnung durch die Gassen dieser Stadt.

Blätter, vom Winde abgerissen, huschten wie Fledermäuse durch die Luft, es sprühte ein feiner Regen, von den Dächern fielen schwere Tropfen und hämmerten auf die Seide des Regenschirms; in den durchgerosteten Regenrinnen gluckste zornig das Wasser. Nasse, mürrische Häuserchen blickten Klim mit verweinten Fenstern an. Er dachte, solche Häuser müßten eine passende Unterkunft für Falschmünzer, Hehler und unglückliche Menschen sein. Inmitten dieser Häuser ragten wie vergessen kleine Kirchlein empor.

Nicht Gotteshäuser sind das, sondern Hundehütten, dachte Klim, und das gefiel ihm sehr.

Lidija wohnte im Hof eines dieser Häuser, im ersten Stock des Seitenflügels. Den Wänden des Hauses fehlte jegliche Verzierung, die Fenster hatten keine Verkleidung, der Putz war abgebröckelt, der Seitenflügel sah verprügelt, ausgeraubt aus.

Lidija begrüßte Klim lebhaft, freudig, ihr Gesicht war erregt, die Ohren gerötet, die Augen lachten, sie sah aus, als wäre sie beschwipst.

»Samgin, Landsmann und Freund meiner Kindheit!« rief sie und führte Klim in ein ziemlich leeres Zimmer mit einem gestrichenen, gegen die Fenster zu absinkenden Fußboden. Aus dem Rauch erhob sich ein kleiner junger Mann, ergriff hastig Klims Hand, zerrte sie hin und her und sagte leise, schuldbewußt: »Simeon Diomidow.«

Ein spitznasiges junges Mädchen mit üppiger, dramatisch zerzauster Frisur stellte sich vor: »Warwara Antipowa.«

»Pjotr Marakujew«, sagte ein lockiger Student mit dem Gesicht eines Sängers oder Tänzers im Wirtshauschor.

Von den blauen Kacheln des Ofens löste sich hinkend ein glatzköpfiger Mann in rohseidenem Kittelhemd, lang bis über die Knie, mit einer dicken Quastenkordel um den Leib, und sagte mit einem

Aufschnarchen, die Worte in sich einsaugend: »Onkel Chrysanth, Warja, walte deines Amtes! Ehre und Platz dem Gaste!«

Er faßte Klim unter und setzte ihn behutsam wie einen Kranken auf den Diwan.

Fünf Minuten später konnte Samgin meinen, Onkel Chrysanth habe ihn schon lange ungeduldig erwartet und sei schrecklich froh, daß Klim endlich erschienen war. Das Gesicht des Onkels strahlte vor entzücktem Lächeln. Dieses Lächeln, das auf den wulstigen Lippen entsprang, erweiterte die stumpfen Nasenlöcher, blähte die Wangen, schloß die kindlich kleinen Augen von unbestimmbarer Farbe und leuchtete auf seiner Stirn und der polierten rosa Schädelhaut. Das bot einen sonderbaren Anblick, es war, als könnte das ganze Gesicht des Onkels Chrysanth nach oben rutschen und auf dem Hinterkopf landen, während an Stelle des Gesichts nur ein blindes, rundes Stück roter Haut bleiben würde.

»Wir haben gerade den ›Tartüff‹ analysiert«, sagte Onkel Chrysanth, als er neben Klim Platz genommen hatte, und scharrte mit seinen bunten Pantoffeln auf dem Fußboden herum.

Zwei Lampen erhellten das Zimmer; die eine stand auf dem Spiegeltischchen zwischen zwei grauen, schweißig angelaufenen Fenstern, die andere hing an einer Kette von der Decke herab, und unter ihr stand, wie ein Erhängter, die Arme am Körper herabgelassen und den Kopf zur Schulter geneigt, Diomidow; er stand da und starrte unverwandt, mit verwirrendem Blick Klim an, der von der singenden, enthusiastischen Rede des Onkels Chrysanth betäubt wurde: »Ich vergöttere Moskau! Bin stolz, ein Moskauer zu sein! Ehrfurchtsvoll – jawohl! – gehe ich durch die gleichen Straßen wie unsere berühmtesten Schauspieler und Gelehrten! Fühle mich glücklich, den Hut zu ziehen vor Wassilij Ossipowitsch Kljutschewskij, bin Tolstoi, Lew – Lew! – zweimal begegnet. Wenn jedoch Marija Jermolowa zur Probe fährt, bin ich mitten auf der Straße hinzuknien bereit – Hand aufs Herz!«

Im Nebenzimmer hantierten Lidija in roter Bluse und schwarzem Rock und Warwara in dunkelgrünem Kleid. Der unsichtbare Student Marakujew lachte. Lidija wirkte kleiner und glich mehr denn je einer Zigeunerin. Sie schien etwas voller geworden zu sein, und ihr schmales Figürchen hatte die Körperlosigkeit verloren. Das beunruhigte Klim; und während er unaufmerksam den begeisterten Ergüssen des Onkels Chrysanth zuhörte, betrachtete er unauffällig, unter krauser Stirn hervor den geräuschlos von einer Zimmerecke zur anderen schreitenden Diomidow.

Diomidows Gesicht hatte Klim gleich auf den ersten Blick durch seine festliche Schönheit in Erstaunen versetzt, doch sehr bald erinnerte er sich, daß man solch eine süßliche Schönheit engelhaft nennt. Das von saphirfarbenen Mädchenaugen erhellte runde und weiche Gesicht schien künstlich bemalt; die prallen Lippen waren zu grell, die goldblonden Brauen zu groß und dicht, insgesamt war es wie das regungslose Gesicht einer Porzellanpuppe. Das blondlockige, bis auf die Schultern herabfallende Haar erweckte den komischen Wunsch nachzusehen, ob Diomidow nicht weiße Flügel am Rücken habe. Während er im Zimmer umherschritt, strich er oft und behutsam mit beiden Händen das Haar hinter die Ohren und schien, indem er die Hände an die Schläfen preßte, seinen Kopf abzutasten, ob er noch da sei. Dabei zeigten sich kleine, schön geformte Ohren.

Diomidow war mittleren Wuchses und sehr schlank, er trug eine schwarze Bluse mit breitem Gürtel; an den Füßen hatte er geräuschlose, blankgeputzte Stiefel. Klim merkte, daß dieser junge Mann ihn zwei- bis dreimal anblickte und sich dabei jedesmal auf die Lippen biß, als könnte er sich nicht entschließen, ihn etwas zu fragen.

»Nikolai Nikolajewitsch Slatowratskij persönlich zu kennen, habe ich die Ehre«, erklärte Onkel Chrysanth begeistert.

Als Lidija zum Tee bat, erzählte er auch da noch lange von Moskau, das so reich an berühmten Leuten sei.

»Hier ist sowohl das Hirn Rußlands als auch sein weites Herz«, rief er und wies mit der Hand zum Fenster hinaus, an das sich die feuchte Dunkelheit des Herbstabends schmiegte.

Die spitznasige Warwara saß mit stolz erhobenem Kopf da, ihre grünlichen Augen lächelten den Studenten Marakujew an, der ihr etwas ins Ohr raunte und lachlustig die Backen blähte. Lidija schenkte mürrisch Tee ein.

Diese Lobpreisungen können ihr nicht gefallen, dachte Klim, während er den über das Glas gebeugten Diomidow beobachtete. Onkel Chrysanth ermüdete; mit der Bewegung eines Katers wischte er Schweiß von Stirn und Glatze und dann die feuchte Handfläche an seiner Schulter ab und fragte Klim: »Ihnen sagt Petersburg wohl mehr zu?«

Klim kam es vor, als klänge die Frage ironisch. Aus Höflichkeit wollte er die alte Stadt nicht anders bewerten als der Moskauer, doch noch ehe er sich anschickte, Onkel Chrysanth zu trösten, sagte Diomidow, ohne den Kopf zu heben, laut und überzeugt: »In Petersburg schläft man schwerer; in feuchten Gegenden ist der Schlaf immer schwer. Und die Träume sind in Petersburg von besonderer Art, so Furchtbares wie dort träumt man in Orjol nicht.«

Mit einem Blick auf Klim setzte er hinzu: »Ich bin aus Orjol.«

Lidija sah Diomidow mit erwartungsvollem Blick an, aber er duckte sich wieder und verbarg sein Gesicht.

Klim begann nun im Ton des Onkels Chrysanth von Moskau zu reden: Von der Poklonnaja-Anhöhe wirke es wie ein Haufen bunter, aus ganz Rußland zusammengefegter Schutt, doch die goldenen Kuppeln seiner zahlreichen Kirchen zeugten beredt davon, daß es kein Schutt, sondern kostbarste Erze seien.

»Sehr schön gesagt!« ermunterte Onkel Chrysanth und erstrahlte in glücklichem Lächeln.

»Rührend sind diese kleinen, inmitten der Menschenhäuser verloren dastehenden Kirchlein. Gotteshüttchen . . .«

»Hand aufs Herz! Trefflich!« rief Onkel Chrysanth und sprang auf dem Stuhl hoch.

Dann brodelte er wieder vor Begeisterung.

»Eben die Hüttchen des russischen, Moskauer, volkstümlichsten Gottes! Einen bemerkenswerten Gott haben wir – die Einfachheit! Nicht im Talar, nicht in einer Prachtmantille, sondern im Bauernhemd, ja, ja! Unser Gott ist wie unser Volk – der ganzen Welt ein Rätsel!«

»Sind Sie gläubig?« fragte Diomidow Klim leise, aber Warwara zischte ihn an.

Onkel Chrysanth schwang beim Reden die Hand, suchte seine kleinen Augen möglichst weit zu öffnen, erreichte aber nur, daß seine greisen Brauen zitterten, während die Augen trübe blinkten wie zwei Zinnknöpfe in roten Ösen.

Als habe ihn etwas gestochen oder als sei ihm plötzlich irgend etwas Aufregendes eingefallen, sprang Diomidow plötzlich vom Stuhl auf und reichte schweigend allen die Hand. Klim fand, daß Lidija diese allzu weiße Hand ein paar Sekunden länger festhielt, als es sich gehörte. Der Student Marakujew verabschiedete sich ebenfalls; er setzte noch im Zimmer die Mütze burschenhaft auf den Hinterkopf.

»Willst du dir ansehen, wie ich mich eingerichtet habe?« schlug Lidija freundlich vor.

In dem schmalen und langen Zimmer stand, zwei Drittel seiner Breite einnehmend, ein schweres Bett; sein hohes, geschnitztes Kopfende und die Anhäufung üppiger Kissen ließen Klim denken: Wie bei einer alten Frau.

Eine bauchige Kommode und ein leierförmiger Spiegel darauf, drei plumpe Stühle, ein recht alter kurzbeiniger Sessel beim Tisch am Fenster – das war die ganze Einrichtung des Zimmers. Die weißtapezierten Wände wirkten kalt und kahl, nur gegenüber dem Bett hing das dunkle Viereck einer kleinen Photographie: Das Meer, glatt und leer, das Heck einer Barkasse und darauf standen umschlungen Lidija und Alina.

»Asketisch«, sagte Klim und dachte an das gemütliche Nest der Nechajewa.

»Ich mag nichts Überflüssiges.«

Lidija setzte sich in den Sessel, schlug ein Bein über das andere, verschränkte die Arme auf der Brust und begann sogleich irgendwie ungeschickt von der Reise auf der Wolga, durch den Kaukasus und von der Seereise von Batumi zur Krim zu erzählen. Sie sprach, als habe sie es eilig, über ihre Eindrücke Rechenschaft abzulegen, oder als erinnere sie sich einer uninteressanten Beschreibung von Dampfern, Städten und Straßen, die sie einmal gelesen hatte. Nur hin und wieder fügte sie ein paar Worte ein, die Klim als ihre eigenen empfand.

»Wenn du gesehen hättest, wie entsetzlich das ist, wenn Millionen Heringe in geschlossener, blinder Masse zum Laichen ausziehen! Das ist so dumm, daß es direkt entsetzlich ist.«

Vom Kaukasus sagte sie: »Eine Höllenlandschaft mit schwärzlichen, nicht ganz zu Ende geschmorten Sündern. Eiserne Berge, und auf ihnen kümmerliches Gras, wie grüner Rost. Weißt du, ich mag die Natur immer weniger«, schloß sie ihren Bericht, wobei sie lächelte und das Wort »Natur« mit einer Grimasse des Abscheus unterstrich. »Diese Berge, Gewässer, Fische – das ist alles erstaunlich bedrückend und dumm. Und – es zwingt einen, die Menschen zu bedauern. Aber – ich vermag nicht zu bedauern.«

»Du bist alt und weise«, scherzte Klim, der spürte, daß ihm die Übereinstimmung zwischen ihren Ansichten und seinen fruchtlosen Grübeleien angenehm war.

Vor dem Fenster rauschte leise der Regen und streichelte die Scheiben. Eine Gaslaterne war aufgeflammt, ihr fahles Licht beschien die kleinen, grauen Perlen der Regentropfen. Lidija verstummte und blickte, die Arme verschränkt, zerstreut zum Fenster hinaus. Klim fragte sie, wie Onkel Chrysanth einzuschätzen sei.

»Vor allem – ist er ein sehr gütiger Mensch. Weißt du, geradezu unerschöpflich gütig. Unheilbar, möchte ich sagen.«

Sie lächelte mit ihren dunklen Augen und begann so lebhaft und warm zu sprechen, daß Klim sie erstaunt ansah: Es war, als hätte nicht sie vor ein paar Minuten so trocken Bericht erstattet.

»Ich glaube, daß er Moskau, das Volk und die Menschen, von denen er spricht, aufrichtig liebt. Übrigens, Menschen, die er nicht liebt, gibt es auf Erden nicht. Solch ein Mensch ist mir noch nicht begegnet. Er kann unerträglich sein, er besitzt eine außergewöhnliche Fähigkeit, mit Begeisterung Plattheiten zu sagen, und dennoch ... Man kann einen Menschen beneiden, der das Leben so ... feiert.«

Sie erzählte, Onkel Chrysanth habe sich in der Jugend politisch kompromittiert, dadurch sei es zu einem Streit zwischen ihm und dem Vater, einem reichen Gutsbesitzer, gekommen, er sei Korrektor geworden, dann Souffleur gewesen, und nach dem Tod des Vaters habe er in der Provinz ein Theaterunternehmen gegründet. Er habe bankrott gemacht und sogar im Gefängnis gesessen. Dann sei er als Regisseur an Privattheatern tätig gewesen, habe eine wohlhabende Witwe geheiratet, diese sei gestorben und habe ihr ganzes Vermögen ihrer Tochter Warwara vermacht. Jetzt wohne Onkel Chrysanth mit seiner Stieftochter zusammen und erteile Rezitationsunterricht an einer privaten Schauspielschule.

»Und diese – Warwara?«

»Warwara ist talentiert«, antwortete Lidija nach kurzem Zögern, und ihre Augen hefteten sich fragend auf Klims Gesicht.

»Was hast du, daß du so schaust?« fragte Klim verwirrt.

»Ich frage mich, ob du talentiert bist?«

»Ich weiß nicht «, antwortete Klim bescheiden.

»Irgendein Talent mußt du doch haben«, sagte sie und betrachtete ihn nachdenklich.

Klim nützte ihr Schweigen und erkundigte sich nach dem Wichtigsten, das ihn interessierte, nach Diomidow.

»Er ist sonderbar, nicht wahr?« rief Lidija und wurde wieder lebhaft. Es stellte sich heraus, daß Diomidow eine Waise war, ein Findling; bis zu neun Jahren war er von einer alten Jungfer, der Schwester eines Geschichtslehrers, aufgezogen worden, dann war sie gestorben, der Lehrer wurde Säufer und war zwei Jahre später ebenfalls gestorben. Diomidow wurde als Lehrling von einem Holzschnitzer, der Ikonostase herstellte, aufgenommen. Nachdem er fünf Jahre bei ihm gearbeitet hatte, ging Diomidow zu dessen Bruder, einem Requisiteur, Junggesellen und Trunkenbold, und lebt jetzt bei ihm.

»Chrysanth drängt ihn zur Bühne, aber ich kann mir keinen Menschen vorstellen, der weniger theatralisch wäre als Semjon. Oh, was für ein reiner junger Mann das ist!«

»Und verliebt in dich«, bemerkte Klim lächelnd.

»Und verliebt in mich«, wiederholte Lidija automatisch.

»Und du?«

Sie antwortete nicht, doch Klim sah, daß ihr bräunliches Gesicht sich besorgt verdunkelte. Sie zog die Beine auf den Sessel, umschlang die Schultern und schrumpfte zu einem Klümpchen zusammen.

»Sonderbare Menschen bekomme ich zu sehen«, sagte sie mit einem Seufzer. »Sehr sonderbare. Und überhaupt, wie schwer ist es doch, Menschen zu verstehen!«

Klim nickte zustimmend. Wenn er sich von einem Menschen nicht gleich eine Meinung bilden konnte, empfand er ihn als gefährlich für sich. Solcher gefährlicher Menschen wurden es immer mehr, und unter ihnen stand Lidija ihm am nächsten. Diese Nähe spürte er jetzt besonders stark, und plötzlich verlangte es ihn, ihr alles über sich zu sagen, keinen einzigen Gedanken zu verheimlichen, ihr nochmals zu sagen, daß er sie liebe, sie aber nicht verstehe und vor irgend etwas in ihr Angst habe. Von diesem Wunsch beunruhigt, erhob er sich und verabschiedete sich von ihr.

»Komm bald wieder«, sagte sie. »Komm morgen schon, morgen ist Feiertag.«

Draußen fiel immer noch in kleinen Tröpfchen herbstlich hartnäckiger Regen. Das Wasser gluckerte langweilig in den Rinnsteinen; die Häuser, dicht aneinandergeschmiegt, schienen zu fürchten, sie könnten zerrinnen, wenn sie auseinanderrückten; selbst das Laternenlicht schien flüssig. Klim nahm eine Droschke mit einem schwarzen, mißgestimmten Kutscher, das nasse Pferd trappelte kopfwackelnd über das Pflaster. Klim kauerte sich zusammen, bedrängt von der kalten Feuchtigkeit und von verdrießlichen Gedanken über die Leute, die begeistert unbeschreibliche Dummheiten zu sagen vermochten, und über sich selbst als einen Menschen, der sich immer noch kein eigenes System von Sätzen hatte schaffen können.

Der Mensch ist ein System von Sätzen und nichts weiter. Das von den Gotteshüttchen habe ich dumm gesagt. Dumm. Noch dümmer aber war der Moskauer Gott im Bauernhemd. Und warum sollen die Träume in Orjol angenehmer sein als die in Petersburg? Es ist klar, daß die Menschen all diese Plattheiten nur gebrauchen, damit sich einer vor dem anderen hervortun kann. Im Grunde ist alles Schwindel.

Ein paar Abende bei Onkel Chrysanth überzeugten Samgin vollständig, daß Lidija unter wahrhaft sonderbaren Leuten lebte. Jedesmal sah er dort Diomidow, und dieser bildschöne junge Mann erweckte in ihm ein kompliziertes Gefühl von Neugier, Befremden und unentschlossener Eifersucht. Der Student Marakujew verhielt sich zu Diomidow feindselig, Warwara herablassend und gönnerhaft, während Lidija unbeständig und launisch war. Zuweilen beachtete sie ihn einen ganzen Abend nicht, unterhielt sich mit Makarow oder verspottete Marakujew mit seiner Volksliebe; ein andermal jedoch sprach sie halblaut den ganzen Abend nur mit ihm oder hörte seinen leise dahinrieselnden Reden zu. Diomidow sprach immer lächelnd und so langsam, als fände er nur mit Mühe die richtigen Worte.

»Es gibt gezähmte Menschen und wilde, ich bin ein wilder!« sagte er schuldbewußt. »Die gezähmten Menschen verstehe ich zwar, aber mir fällt es schwer mit ihnen. Mir ist immer, als könnte jemand auf mich zutreten und sagen: Komm mit! Ich würde auch mitgehen, ohne zu wissen, wohin.«

»Das werde ich sein, der dich führt!« rief Onkel Chrysanth. »Du wirst bei mir ein erstklassiger Schauspieler werden. So einen Romeo, so einen Hamlet wirst du spielen . . .«

Diomidow glättete sein Haar und schmunzelte mißtrauisch, und sein Mißtrauen war so offenkundig, daß Klim dachte: Lidija hat recht. Dieser Mensch kann kein Schauspieler sein, er ist zu dumm, sich zu verstellen.

Doch eines Tages ließ Onkel Chrysanth Diomidow und seine Stieftochter ein paar Szenen aus »Romeo und Julia« lesen. Klim, den das Theater gleichgültig ließ, war verblüfft über die erhabene Wucht, mit der der blonde junge Mann die Worte der Liebe und Leidenschaft sprach. Er hatte einen weichen Tenor, zwar nicht reich abgestuft, aber klangvoll. Als Samgin die schönen Worte Romeos hörte, fragte er sich: Warum stellt sich dieser Mensch so bescheiden, nennt er sich wild? Weshalb verheimlichte Lidija, daß er talentiert ist? Da sieht sie ihn nun mit geweiteten Augen an, durch die bräunliche Haut ihrer Wangen ist leuchtendes Rot hervorgetreten, und die Finger auf ihrem Knie zittern.

Onkel Chrysanth, der mit erhobener Hand, Lippe und Brauen hochgezogen, rittlings auf dem Stuhl saß, hüpfte unter Anspannung seiner dicken kurzen Waden, warf den massigen Körper hoch, er erhob seine Stimme, sein Gesicht strahlte vor Begeisterung, und er blinzelte vor Wonne.

»Vorzüglich!« rief er und klatschte dreimal in die Hände. »Ausgezeichnet, aber nicht richtig! Das sagte kein Italiener, sondern ein Mordwine. Das ist eine Betrachtung, keine Leidenschaft, eine Beichte und keine Liebe! Die Liebe erfordert eine Geste. Wo ist deine Geste? Dein Gesicht lebt nicht! Du hast die ganze Seele nur in den Augen, das ist zuwenig! Nicht alle Zuschauer sehen durchs Opernglas auf die Bühne . . .«

Lidija trat ans Fenster und sagte, während sie mit dem Finger auf der angelaufenen Scheibe malte, mit etwas dumpfer Stimme: »Mir scheint auch, daß es . . . allzu weich war.«

»Das zündet überhaupt nicht«, bestätigte Warwara, wobei ihre grünlichen Augen Diomidow zornig streiften. Und erst jetzt erinnerte sich Klim, daß sie Diomidow die Entgegnungen Julias mit farbloser Stimme gegeben und beim Sprechen häßlich den Hals gereckt hatte.

Diomidow hatte den Kopf gesenkt und die Daumen hinter den Gürtel gesteckt, er sah aus wie ein O und sagte schuldbewußt: »Ich glaube nicht ans Theater.«

»Weil du nicht das geringste davon verstehst«, brüllte Onkel Chrysanth wie rasend. »Lies einmal das Buch ›Die politische Rolle des französischen Theaters‹ von diesem ... wie heißt er doch? Boborykin!«

Er fuhr auf Diomidow los, drängte ihn in die Ecke, an den Ofen, und redete dort auf ihn ein: »Dir sollte man mit dem Evangelium auf den Kopf klopfen, mit dem Gleichnis von den Talenten!«

»An dieses Gleichnis glaube ich auch nicht«, hörte Klim leise Worte.

Natürlich, er ist dumm, entschied Klim, Lidija indes lachte auf, und er hielt ihr Lachen für eine Bestätigung seines Urteils.

Später, als er bei ihr im Zimmer saß, sagte er: »Entsinnst du dich, dein Vater sagte, jeder Mensch sei an sein eigenes Schnürchen gebunden und das Schnürchen sei stärker als er selbst?«

»Er hängt selbst am Schnürchen«, entgegnete Lidija gleichgültig, ohne ihn anzublicken.

»Wenn du das von Semjon behauptest, so stimmt es nicht«, fuhr sie fort. »Er ist frei. Er hat etwas ... Beschwingtes an sich.«

Sie sprach ohne Lust, wie eine Ehefrau, die es langweilt, sich mit ihrem Mann zu unterhalten. An diesem Abend wirkte sie fünf Jahre älter. In einen Schal gehüllt, der ihre Schultern straff umspannte, fröstelnd im Sessel zusammengekauert, war sie, Klim spürte das, irgendwo weit weg von ihm. Doch das hinderte ihn nicht zu denken, dieses Mädchen dort ist nicht schön, fremd, und doch möchte man zu ihr hingehen, den Kopf auf ihr Knie legen und noch einmal das Ungewöhnliche empfinden, das man schon einmal empfunden hat. In seiner Erinnerung klangen die Worte Romeos und der Ausruf von Onkel Chrysanth: »Die Liebe erfordert eine Geste!«

Doch er fand in sich nicht die Entschlossenheit zu einer Geste, verabschiedete sich bedrückt und ging fort, wobei er wohl zum zehntenmal zu erraten suchte: Warum zog es ihn gerade zu ihr hin? Warum?

Ich erdenke sie. Sie kann mir doch nicht die Tür zu einem Märchenparadies öffnen!

Dennoch fühlte er, daß irgendwo tief in ihm sich die Überzeugung festsetzte, Lidija sei für ein Leben und eine Liebe besonderer Art geschaffen. Aber ein breiter Strom von Eindrücken, ein Strom, in dem Samgin willenlos und immer schneller kreiste, hinderte ihn, sich in seinen Gefühlen zu ihr zurechtzufinden.

Sonntag abends versammelten sich bei Onkel Chrysanth seine Freunde, Menschen gesetzten Alters und alle in der gleichen Stimmung; sie aßen und tranken gern, und Onkel Chrysanth verfügte über die riesengroße Köchin Anfimjewna, die überraschend gute Pasteten buk. Unter diesen Leuten befanden sich zwei Schauspieler, die überzeugt waren, all ihre Rollen gespielt zu haben, wie keiner zuvor sie je gespielt hatte und keiner nach ihnen sie spielen würde.

Der eine von ihnen war würdevoll: weißhaarig, zerzaust, mit hängenden Backen und dem alles verachtenden Blick streng vorstehender, etwas trüber Augen eines ruhmesmüden Menschen. Prachtvoll trug er einen samtenen Besuchsrock und weiche Wildlederschuhe; unter seinem Bulldoggenkinn war eine himmelblaue Krawatte zu einer üppigen Schleife gebunden; da er an Podagra litt, ging er so vorsichtig, als ob er auch die Erde verachtete. Er aß und trank viel, sprach wenig, und wessen Name auch immer in seiner Gegenwart genannt wurde, er winkte mit der schweren, bläulichen Hand ab und verkündete mit dröhnendem Herrenbaß: »Den kenne ich.«

Mehr sagte er nicht, da er offenbar annahm, daß seine drei Worte ein hinreichend vernichtendes Urteil über den Menschen enthielten. Er war Anglomane, vielleicht deshalb, weil er nur »Englischen Bittern« trank, er trank ihn mit fest zugedrückten Augen und zurückgeworfenem Kopf, als wollte er, daß der Schnaps in den Hinterkopf ränne.

Der andere Schauspieler war nicht würdevoll: glatzköpfig, mit lippenlosem Mund und einem Klemmer auf der Habichtsnase; er hatte Hasenohren, groß und hellhörig. In grauem Röckchen, eine graue Hose über den dünnen Beinen und spitzen Knien, lief er ständig hin und her, erzählte Anekdoten, trank wollüstig Wodka, aß dazu nichts als Roggenbrot und ergänzte das Urteil des würdevollen Schauspielers mit boshaft verzogenem Mund ebenfalls durch drei Worte: »Er war Alkoholiker.«

Er versicherte, an den »Memoiren eines Nachtvogels« zu schreiben, und erläuterte: »Der Nachtvogel, das bin ich, ein Schauspieler. Schauspieler und Frauen leben nur nachts. Ich liebe bis zur Selbstvergessenheit alles Historische.«

Als Bestätigung seiner Liebe zur Geschichte erzählte er nicht schlecht, wie der äußerst talentierte Andrejew-Burlak vor der Aufführung das Kostüm vertrank, in welchem er den Juduschka Golowljow spielen sollte, erzählte, wie Schumskij trank und wie die Rinna Syrowarowa im Rausch nicht erkennen konnte, welcher von drei Männern ihr Gatte war. Die Hälfte dieser Erzählung wie auch die meisten anderen brachte er mit Flüsterstimme vor, wobei er sich an den Worten verschluckte und mit dem linken Bein zappelte. Das Zittern dieses Beins bewertete er ziemlich hoch: »Solch einen Krampf hat Napoleon Bonaparte in den besten Augenblicken seines Lebens gehabt.«

Klim Samgin war gewohnt, die Menschen mit dem Maß zu messen, das ihm am verständlichsten war, und diese zwei Schauspieler färbten für ihn auf alle Freunde des Onkels Chrysanth ab.

Als einen Menschen, der seine Rolle bereits gespielt hatte, sah er einen bekannten Schriftsteller, einen langbärtigen, stämmigen Greis mit kleinen Augen. Dieser Literat, der in den siebziger Jahren durch die Idealisierung des Bauerntums zu Ruhm gelangt war, hatte, obwohl er nicht besonders begabt war, durch seinen lyrischen Glauben an das Volk und seine Liebe zu ihm das aufrichtige Entzücken der Leser erweckt. Seinen Ruhm hatte er überlebt, die Liebe indessen war immer noch lebendig, obwohl dadurch verbittert, daß der Leser sie nicht mehr schätzte, sie nicht mehr empfand. Gekränkt schimpfte der Greis auf die jungen Literaten und warf ihnen Verrat am Volk vor: »Das sind alles Lejkins, sie schreiben allein zur Unterhaltung. Korolenko geht noch, aber – auch er gehört dazu! Er hat etwas über die Küchenschaben geschrieben. In der Stadt ist die Küchenschabe eine Lappalie, aber beobachte sie mal in den Dörfern und schreibe dann von ihr. Tschechow – den lobt man, doch er ist ein seelenloser Gaukler, er schmiert mit grauer Tinte – wenn man ihn liest, sieht man nichts vor sich. Das sind alles unausgewachsene Menschen.«

Am meisten, zuweilen bis zu einem bösen Glänzen in den Augen, erregten ihn die Marxisten. Er zupfte sich am Bart und sagte finster: »Vor kurzem sagte ein Dummkopf mir mitten ins Gesicht: ›Ihr Einsatz für das Volk ist verloren, Volk gibt es nicht, es gibt nur Klassen.‹ Ein Jurist, aus dem vierten Semester. Jude. Klassen! Er hat vergessen, wie klassisch seine Stammesbrüder vor kurzem massakriert worden sind . . .«

Zufrieden über das anspruchslose und düstere Wortspiel, schmunzelte er, daß sein Bart bis zu den Ohren wich und die gutmütige, stumpfe Nase entblößte.

Er bewegte sich schwerfällig, wie ein Bauer hinter dem Hakenpflug, und in seiner Gestalt, seinen Gesten und seinen Worten war überhaupt viel Bäuerliches. Samgin dachte an den bäuerlich gekleideten Tolstojaner und sagte zu Makarow: »Er schauspielert gut.«

Doch Makarow verzog das Gesicht und entgegnete: »Ich finde nicht, daß er schauspielert. Möglicherweise hat er sich einmal, als es Mode war, diese Manieren angewöhnt, doch jetzt sind sie bei ihm echt. Gib acht – er spricht zuweilen naiv, unklug, und trotzdem kann man über ihn nicht lachen, nein! Der Alte ist echt! Eine Persönlichkeit!«

Wenn der alte Schriftsteller Wodka getrunken hatte, erzählte er gern von der Vergangenheit, von den Menschen, mit denen er zu arbeiten begonnen hatte. Die jungen Leute bekamen die Namen unbekannter Literaten zu hören und wechselten ratlos Blicke. »Naumow, Bashin, Sassodimskij, Lewitow . . .«

»Hast du sie gelesen?« fragte Klim Makarow.

»Nein. Von den zwei Uspenskijs habe ich Gleb gelesen, daß es aber noch einen Nikolai gegeben hat, höre ich zum erstenmal. Gleb ist ein hysterischer Schriftsteller. Übrigens verstehe ich die Belletristen, Romanprosaisten und sämtliche Isten schlecht. Ich bin ein Un-ist«, sagte er lächelnd, setzte jedoch sofort mürrisch hinzu: »Ich fürchte, sie werden Lidija in die Politik hineintreiben.«

Makarow war oft bei Lidija, blieb aber nicht lange dort sitzen; mit ihr sprach er brummig wie ein älterer Bruder, mit Warwara unaufmerksam und zuweilen sogar spöttisch, Marakujew und Pojarkow nannte er »Choristen« und Onkel Chrysanth – den »Moskauer Gerechten«. Das alles war Klim angenehm, er erinnerte sich schon nicht mehr an den Makarow auf der Terrasse, barfuß, müde und Naivitäten predigend.

Es war noch ein Schriftsteller da, Verfasser fader Erzählungen über das Leben geringer Leute mit ihren kleinen Mißgeschicken. Makarow nannte diese Erzählungen »Berichterstattungen an Nikolai, den Wundertäter«. Der Schriftsteller selbst war auch von kleinem Wuchs, gedrungen, mit unreiner Gesichtshaut, schwärzlichem, spärlichem Bärtchen und unguten Augen. Um ihren harten Blick zu mildern, lächelte er verkrampft und undurchsichtig, und dieses Lächeln, bei dem sein dunkles Gesicht sich in Falten legte, machte ihn alt. In nüchternem Zustand sprach er wenig und vorsichtig, betrachtete mit großer Aufmerksamkeit seine bläulichen Nägel und hüstelte trocken in den Ärmel seines Rocks hinein; wenn er jedoch getrunken hatte, äußerte er, fast immer an falscher Stelle, bedeutsame Sätze: »›Bin Zar – bin Knecht – bin Wurm – bin Gott!‹ Die Substanz ist ja – ob Wurm, ob Goethe – immer die gleiche.«

Er erfand Wortspielereien und schob sie ebenfalls unerwartet und unpassend ins Gespräch: »Ein Gogol ist nun mal Gogol, doch gibt es ihrer viele wohl?«

Er hieß Nikodim Iwanowitsch, und Klim hörte ihn einmal mit geheimnisvollem Lächeln zu Diomidow sagen: »Warten wir und schauen hin, was uns sagt der Nikodim.«

Wenn er etwas in volkstümlicher Art und im Alltagston gesagt hatte, hustete er besonders lange und nachdenklich in seinen Ärmel. Fünf Minuten später aber sprach er wieder ganz anders, indem er die Worte innerlich gleichsam auf ihre Gediegenheit abtastete.

»Von innen her ist alles nicht so, wie wir es sehen, das haben schon die Griechen gewußt. Das Volk erwies sich nicht als solches, wie es die Generation der siebziger Jahre gesehen hat.«

Er benahm sich überhaupt rätselhaft und zerstreut und ließ Samgin annehmen, diese Zerstreutheit sei gekünstelt. Nicht selten brach er seine Rede mitten im Satz ab, zog ein ledernes Büchlein aus der Seitentasche seines kümmerlichen, dunklen Rocks, legte es verstohlen auf sein Knie unter dem Tisch und notierte etwas mit einem dünnen Bleistift.

Dadurch wurde der Eindruck erweckt, als lebte Nikodim Iwanowitsch ständig im Zustand unermüdlichen Schaffens, und deshalb war Diomidow dem Schriftsteller nicht wohlgesonnen.

»Er notiert schon wieder etwas, sehen Sie?« sagte er ängstlich und leise zu Lidija.

Nikodim Iwanowitsch aß viel und unangenehm, und da er das wahrscheinlich wußte, suchte er unauffällig zu essen, schlang die Speisen, ohne zu kauen, hastig hinunter. Doch hatte er einen schwachen Magen, er litt an Sodbrennen, und wenn er sich satt geschlungen hatte, blinzelte er verlegen und hielt sich die Hand vor den Mund, dann zog er sich, die Nase im Ärmel, hüstelnd ans Fenster zurück, wandte allen den Rücken zu und rieb sich heimlich den Leib.

In solch einem Augenblick trat einmal der lustige Student Marakujew, nachdem er Warwara zugezwinkert hatte, auf ihn zu und fragte: »Was betrachten Sie da, Nikodim Iwanowitsch?«

Der Schriftsteller antwortete zusammenzuckend: »Ja, sehen Sie: Dort glüht ein Stern, der mir und Ihnen keinen Nutzen bringt; er ist Zehntausende von Jahren, bevor wir da waren, aufgeflammt und wird noch Zehntausende von Jahren fruchtlos glühen, während wir alle nicht einmal mehr ein halbes Jahrhundert zu leben haben . . .«

Diomidow, der Pflaumenschnaps getrunken hatte und daher etwas angeregt war, erklärte laut und protestierend: »Das haben Sie aus der Astronomie. Vielleicht aber ruht das ganze Weltall gerade auf diesem Stern als seinem letzten Ankerpunkt, und Sie wollen nun . . . was wollen Sie eigentlich?«

»Das ist nicht Ihre Sache, junger Mann«, sagte der Schriftsteller gekränkt.

Bei Onkel Chrysanth verkehrte ein rotglatziger, rotgesichtiger Professor, Verfasser eines programmatischen Artikels, den er vor etwa zehn Jahren geschrieben hatte; in diesem Artikel wies er nach, daß eine Revolution in Rußland nicht durchführbar sei, daß alle oppositionellen Kräfte des Landes allmählich zu einer Reformpartei verschmelzen müßten und daß diese Partei allmählich beim Zaren die Einberufung einer Ständeversammlung erwirken müsse. Doch sogar wegen dieses Artikels hatte man ihn von der Universität ausgeschlossen, und er verbrachte seitdem seine Tage als »Märtyrer im Kampf um die Freiheit«, suchte nicht mehr den Lauf der Geschichte zu ändern, war selbstzufrieden, geschwätzig und trank, allen Getränken den Rotwein vorziehend, wie alle in Rußland, ohne auf das Maß zu achten.

Der flotte Marakujew und ein anderer Student, der vorzügliche Gitarrespieler Pojarkow, blatternarbig, lang und irgendwie einem Küster ähnelnd, machten einmütig Warwara den Hof; sie starrte die beiden mit ihren grünlichen Augen tragisch an, warf ihr rötliches Haar zurück und bemühte sich, in tiefer Stimmlage zu sprechen wie die Schauspielerin Jermolowa; manchmal aber vergaß sie sich und sprach wie die Sawina durch die Nase.

Makarow und Diomidow hielten sich standhaft in Lidijas Nähe, sie störten einander auch nicht. Makarow benahm sich dem Requisiteurgehilfen gegenüber sogar liebenswürdig, obwohl er hinter seinem Rücken ärgerlich sagte: »Weiß der Teufel – ist er etwa Mystiker? Ein Halbverrückter. Auch Lidija scheint nach dieser Seite zu neigen. Überhaupt – die ganze Gesellschaft ist nicht gerade glanzvoll . . .«

Klim Samgin, gänzlich von seinen Beobachtungen in Anspruch genommen, fand sich abseits von allen, aber das kränkte ihn nicht mehr besonders. Er spürte, daß die bescheidene Zuschauerrolle nützlich war, angenehm, und sie brachte ihn Lidija näher. Sie verhielt sich an diesen Abenden wie eine Ausländerin, die die Sprache ihrer Umgebung schlecht versteht, angespannt den verworrenen Reden lauscht und, während sie sie entwirrt, keine Zeit hat, selbst zu sprechen. Ihre dunklen Augen glitten über die Gesichter und blieben bald auf dem einen, bald auf dem anderen ruhen, doch nicht für lange und mit einem Blick, als hätte sie diese Gesichter eben erst bemerkt. Klim suchte mehrmals zu erfahren, was sie von den Menschen dächte. Doch sie zuckte stumm die Achseln, und nur einmal, als Klim sie besonders aufdringlich ausfragte, sagte sie, als wollte sie ihn beiseite stoßen: »Ich weiß es nicht. Wahrscheinlich kann ich nicht denken.«

Bisweilen erschien das unscheinbare Männchen Sujew, glatt frisiert, mit einem kleinen Gesichtchen, in dessen Mittelpunkt ein zerdrücktes Näschen saß. Der ganze Sujew, platt, in einem zerknitterten Anzug, wirkte zerdrückt, zerkaut. Er war an die Vierzig, doch alle nannten ihn Mischa.

»Na, was gibt's, Mischa?« fragte ihn der alte Schriftsteller. Mit leiser Stimme, als spräche er ein Gebet für das Seelenheil verstorbener Angehöriger, antwortete er: »In Marjina Roschtscha Verhaftungen. In Twer. In Nishnij Nowgorod.«

Manchmal nannte er die Namen der Verhafteten, und alle hörten diese Aufzählung schweigend an. Dann sagte der alte Literat griesgrämig: »Die schwindeln. Sie werden nicht alle fangen. Ach, schade, den Natanson haben sie verhaftet, er ist ein ausgezeichneter Organisator. Sie arbeiten ohne Zusammenhalt, daher geht es oft schief. Führer sind erforderlich, alte Leute. Die Welt, die bäuerliche Welt, hat ihren Halt in den alten Leuten.«

»Ein Zusammenschluß aller Kräfte ist notwendig«, erinnerte der Professor. »Zurückhaltung ist erforderlich, Konsequenz . . .«

Nikodim Iwanowitsch stimmte ihm bei mit dem Sprichwort: »Wenn man hastet, kann man keine Bastschuhe flechten.«

»Immerhin, wenn Verhaftungen stattfinden, glimmt das Spänchen immer noch!« tröstete der nicht würdevolle Schauspieler.

Onkel Chrysanth rannte erregt, glutrot und in Schweiß gebadet unermüdlich vom Zimmer in die Küche und zurück, und nicht selten geschah es, daß in dem traurigen Moment, da man der Menschen im Gefängnis und in Sibirien gedachte, seine frohlockende Stimme ertönte: »Ich bitte zu einem Schnäpschen!«

Bemüht, auf ihren Gesichtern den Ausdruck von Nachdenklichkeit und Trauer zu wahren, begaben sich alle in die Ecke an den Tisch; dort blinkten verführerisch die Flaschen verschiedener Schnäpse, machten sich herausfordernd Imbißplatten breit. Der würdige Schauspieler gestand mit einem Seufzer: »Im Grunde genommen schadet mir das Trinken.«

Er schenkte sich einen Schnaps ein und fügte hinzu: »Aber ich bleibe dem ›Englischen Bittern‹ treu. Und ich verstehe sogar nichts anderes außer . . .«

Ins Zimmer trat wie aus rotem Kupfer gegossen die monumentale Anfimjewna, auf ihren ausgestreckten Armen trug sie eine gut ein halbes Pud schwere Pastete, und nachdem sie sich an den geräuschvollen Äußerungen allgemeinen Entzückens über die gediegene

Schönheit ihres Werks erquickt hatte, verneigte sie sich, die Arme an den Leib gedrückt, vor allen und sagte wohlwollend: »Lassen Sie es sich gut schmecken!«

Onkel Chrysanth und Warwara stellten die Flaschen vom Imbißtisch auf die Speisetafel, und der nicht würdevolle Schauspieler rief: »Karthago muß zerstört werden!«

Einmal legte er nach dem ersten Bissen wie gelähmt Messer und Gabel hin, preßte die Hände an die Schläfen und fragte mit stiller Freude: »Hören Sie mal, was ist denn das?«

Alle richteten ihre Blicke auf ihn und nahmen an, er habe sich verbrannt, seine Augen wurden feucht – da sagte er kopfwiegend: »Das ist wahrhaftig eine Götterspeise! Herr des Himmels – wie begabt ist doch die russische Frau!«

Er schlug vor, die Anfimjewna einzuladen und auf ihr Wohl zu trinken. Das wurde einmütig angenommen und getan.

Samgin vergaß nicht die Osternacht in Petersburg, er trank vorsichtig und wartete auf den interessantesten Moment, an dem die Anwesenden, nachdem sie gründlich gegessen und hinlänglich getrunken hatten, noch ehe sie berauscht waren, alle zugleich zu reden pflegten. Es ergab sich ein Gestöber von Worten, ein spaßiges Durcheinander von Sätzen:

»In England kann selbst ein Jude Lord sein!«

»Um einen Birkhahn ganz der Qualität seines Fleisches angemessen zu braten . . .«

»Plechanowtum!« rief der alte Literat, während der Student Pojarkow ihm eigensinnig mit Grabesstimme entgegnete: »Die deutschen Sozialdemokraten sind durch legale Mittel mächtig geworden . . .«

Marakujew behauptete, zwei Drittel der Reichstagsmitglieder seien Pfaffen, während Onkel Chrysanth bewies: »Christus ist dem russischen Volk in Fleisch und Blut eingewachsen!«

»Überlassen wir Christus Tolstoi!«

»N-niemals! Um keinen Preis!«

»Molière? Das ist bereits ein Vorurteil.«

»Sie bevorzugen Sardou, ja?«

»Du, ja!«

»Ins Theater geht man jetzt gewohnheitsmäßig wie in die Kirche, ohne überzeugt zu sein, daß man ins Theater gehen muß.«

»Das stimmt nicht, Diomidow!«

»Essen Sie möglichst viel Buchweizengrütze, mein Lieber, dann vergeht es!«

»Wir alle leben um Christi willen . . .«

»Bravo! Das ist traurig, aber wahr!«

»Ich aber behaupte, daß die Engländer Europa regieren werden ...«

»Er hat sich schon in der Astyrewsache engagiert ...«

»Bei Kissilewskij saß das ganze Talent in der Stimme, in der Seele aber hatte er kein Körnchen.«

»Reichen Sie bitte den Essig herüber ...«

»Nein, Sie müssen schon entschuldigen! In Nishnij Nowgorod, in dem Kirchdorf Podnowje, werden die Gürkchen besser eingesalzen als in Neshin!«

»Hinaus aus Europa mit den Türken! Hinaus!«

»Sie haben Dostojewskij vergessen!«

»Und Saltykow-Schtschedrin!«

»Er hatte in jener Saison die Korojedowna-Smijewa zur Geliebten – wissen Sie, so eine ... das kann man nicht laut sagen ...«

»Jetzt wird Witte ganz Rußland drehen ...«

»Monopol. Da soll man nun existieren!«

Man lachte. Nikodim Iwanowitsch fing plötzlich an zu deklamieren:

»Der Dichter, wär er eine Woge,
Und Rußland wär der Ozean,
Kann nicht umhin, sich zu empören,
Wenn sich empört das Element ...«

»Vor allem halten Sie die Füße warm.«

»Rußland fängt an zu brodeln. Es fängt wieder an ...«

»Die Studentenschaft ... Bundesrat ...«

»Nein, die Marxisten werden die Volkstümler nicht wegkratzen ...«

»Ich werde doch wissen, was Kunst ist, ich bin Requisiteur ...«

In diesen Wirbel hinein warf auch Klim bisweilen Äußerungen Warawkas hinein, und sie gingen darin zusammen mit den Worten aller anderen spurlos unter.

Mit einem Glas Rotwein in der Hand erhob sich der Professor, streckte die Arme hoch und verkündete laut: »Meine Herrschaften! Ich schlage vor, die Gläser zu füllen! Trinken wir ... auf SIE!«

Auch alle anderen erhoben sich und tranken schweigend, denn sie wußten, sie tranken auf das Wohl der Verfassung; der Professor sagte, als er sein Glas geleert hatte: »Möge SIE kommen!«

Er wählte für seinen Toast fast immer unfehlbar den Moment, da die Älteren schwer und traurig wurden, die Jugend jedoch entflammte. Pojarkow spielte virtuos auf der Gitarre, dann sang man im Chor die vermaledeiten russischen Lieder, die einem das Herz stocken und das ganze Leben tränenvoll erscheinen lassen.

Schön, selbstvergessen sang in hohem Tenörchen Diomidow. An ihm zeigten sich unerwartete Eigenschaften, die Klims Sympathie weckten. Es war klar, daß der junge Requisiteur sich verstellte, wenn er von seiner Schüchternheit gegenüber den Hausgenossen sprach. Marakujew tadelte einmal erregt den jungen Zaren, weil er zu dem Bericht über die Studenten, die sich geweigert hatten, sich auf ihn vereidigen zu lassen, gesagt hatte: »Ich werde auch ohne sie auskommen.«

Fast alle stimmten ihm zu, daß das nicht klug gesprochen sei. Nur der weichherzige Onkel Chrysanth, der verwirrt mit der Handfläche Luft in seine Glatze rieb, suchte den neuen Volksführer zu rechtfertigen: »Er ist jung und hitzig.«

Der nicht würdevolle Schauspieler unterstützte ihn und entfaltete seine geschichtlichen Kenntnisse: »In der Jugend sind alle hitzig, zum Beispiel – Heinrich der Vierte ...«

Diomidow sagte mit einem Lächeln, das sein bildschönes Gesicht kaum bewegte, freudig und anscheinend neidvoll: »Ein sehr kühner Zar!«

Und mit dem gleichen Lächeln wandte er sich an Marakujew: »Da schafft ihr nun einen allgemeinen Studentenbund, er aber fürchtet euch gar nicht. Er weiß schon, daß das Volk die Studenten nicht mag.«

»Heiliger Knabe Simeon! Schwatzen Sie keinen Unsinn«, unterbrach ihn Marakujew zornig. Warwara brach in ein Gelächter aus, auch Pojarkow lachte, so metallisch, als klapperte in seiner Kehle die Schere eines Haarschneiders.

Als jedoch der Zar erklärt hatte, alle Hoffnungen auf eine Beschränkung seiner Macht seien unsinnig, sagte sogar Onkel Chrysanth trübsinnig: »Er schenkt Schurken Gehör, das ist schlimm!«

Doch der Requisiteur blickte auf die Anwesenden wie ein Erwachsener auf Kinder und wiederholte beifällig und eigensinnig: »Nein, er ist ehrlich. Er hat Mut, weil er ehrlich ist. Einer gegen alle ...«

Marakujew, Pojarkow und ihr Kamerad, der Jude Preiß, schrien: »Wieso einer? Und die Gendarmen? Die Bürokraten?«

»Das ist Personal!« sagte Diomidow! »Niemand fragt sein Personal, wie er zu leben hat.«

Sie suchten ihn dreistimmig zu überzeugen, aber er verstummte eigensinnig, senkte den Kopf und blickte unter den Tisch.

Klim Samgin begriff, daß Diomidow ungebildet war, aber das festigte nur seine Sympathie für den jungen Mann. So einen konnte Lidija nicht lieben. Sie verhielt sich zu ihm bestenfalls großmütig, bedauerte ihn wie ein zugelaufenes Kätzchen interessanter Rasse. Er beneidete Diomidow sogar ein wenig um seinen beharrlichen Eigensinn und um seinen lächelnden Blick auf die Studenten. Es erschienen ihrer immer mehr in dem gemütlichen, im Hof verborgenen Heim Onkel Chrysanths. Sie hielten ernsthafte Sitzungen in Warwaras Zimmer ab, das mit einer Unmenge von Photographien und Gravüren geschmückt war, auf denen berühmte Mitglieder der Bühne abgebildet waren; sie besaß seltene Porträts von Hogarth, von Alridge, von der Rachel, von Mademoiselle Mars, von Talma. Die Studentensitzungen beunruhigten Makarow sehr und rührten Onkel Chrysanth, der sich als Teilnehmer heranreifender großer Ereignisse fühlte. Er war unerschütterlich davon überzeugt, daß nach der Thronbesteigung Nikolais II. die großen Ereignisse unvermeidlich folgen würden.

»Nun – ihr werdet sehen, werdet sehen!« sagte er geheimnisvoll zu der erregten Jugend und tat die Knöpfchenaugen verschmitzt in die roten Ösen seiner Lider. »Er – wird alle hinters Licht führen, laßt ihn sich nur erst mal umschauen! Seine Augen, den Spiegel der Seele, die beachtet ihr nicht. Schaut euch einmal das Gesicht genauer an!«

Und er scherzte: »Ach, Diomidow, wenn du dir ein Bärtchen wachsen und die Locken ein wenig scheren ließest – so wärst du wie geschaffen für die Rolle eines Impostors. Wie geschaffen!«

Klim Samgin war sehr zufrieden, daß er beschlossen hatte, in diesem Winter nicht zu studieren. In der Universität ging es unruhig zu. Die Studenten hatten den Historiker Kljutschewskij ausgepfiffen und noch einige andere Professoren beleidigt, die Polizei sprengte Zusammenkünfte; zweiundvierzig liberale Professoren schmollten, zweiundachtzig dagegen erklärten sich zu Anhängern der festen Macht. Warwara lief von einem Althändler und Buchantiquar zum andern, suchte nach Porträts von Madame Roland und bedauerte sehr, daß es kein Porträt von Théroigne de Mericourt gab.

Das Leben wurde überhaupt sehr unruhig, und Klim Samgin war bereit zuzugeben, daß Onkel Chrysanth mit seinen Vorgefühlen recht gehabt habe. Ein paar Gestalten, denen er im Lauf dieses Winters begegnete, prägten sich in Klims Gedächtnis besonders kräftig ein.

Eines Tages stand Samgin im Kreml und betrachtete das Häuserchaos der Stadt, das von der winterlichen Mittagssonne festlich beleuchtet wurde. Ein leichter Frost zwickte mutwillig an den Ohren, die gleißenden Schneekristalle blendeten die Augen; die sorgsam in dicke Schichten silbrigen Flaums gehüllten Dächer verliehen der Stadt ein gemütliches Aussehen; man konnte meinen, unter diesen Dächern wohnten einträchtig in lichter Wärme lauter liebe Menschen.

»Guten Tag«, sagte Diomidow und faßte Klim am Ellenbogen. »Eine entsetzliche Stadt«, seufzte er. »Im Winter sieht sie noch gefällig aus, im Sommer aber ist sie ganz unmöglich. Man geht durch eine Straße, und es ist einem, als kröche von hinten etwas Schweres heran und stürzte auf einen. Die Menschen hier sind rauh. Und – Angeber.«

Er seufzte wieder und sagte: »Ich mag das Geächze nicht – ach, Moskau!«

Diomidows frostrotes Gesicht schien noch lieblicher als sonst. Die alte Seehundsmütze war zu klein für seinen Lockenkopf. Der Mantel war abgeschabt, hatte ungleiche Knöpfe, die Taschen waren eingerissen und standen ab.

»Wohin gehen Sie?« fragte Klim.

»Zum Mittagessen.«

Dann deutete er mit einer Kopfbewegung zur Kirche des Tschudowklosters hinüber und sagte: »Ich setze hier einen Ikonostas instand.«

»Sieh mal an! Sie arbeiten sowohl im Theater als auch in der Kirche . . .«

»Was ist denn dabei? Es ist doch Arbeit. Ein Schnitzer und Vergolder, den ich kenne, hat es mir angeboten. Ein bemerkenswerter Mann . . .«

Diomidow runzelte die Stirn, schwieg eine Weile und schlug dann vor: »Gehen wir in ein Gasthaus, ich werde Mittag essen, und Sie trinken Tee. Speisen werden Sie dort nicht, das Essen ist zu schlecht für Sie, doch man bekommt einen guten Tee.«

Es wäre interessant gewesen, sich mit Diomidow ein wenig zu unterhalten, aber eine Wanderung mit diesem zerlumpten Burschen lockte Klim nicht; ein Student neben einem Handwerker – ein verdächtiges Paar. Klim lehnte es ab, in ein Gasthaus zu gehen, Diomidow indes sagte, während er mit der Handfläche erbarmungslos sein frierendes Ohr rieb: »Ich arbeite immerzu. Ich will viel Geld sparen.«

Dann fragte er plötzlich: »Finden Sie es richtig, daß Lidija Timofejewna sich für die Bühne ausbilden läßt?«

Ohne eine Antwort abzuwarten, enthüllte er sogleich den Sinn seiner Frage: »Das ist doch dasselbe, als wenn einer nackt auf der Straße herumliefe.«

»Lidija Timofejewna ist ein erwachsener Mensch«, erinnerte ihn Klim trocken.

Diomidow nickte.

»Meiner Ansicht nach täuschen sich Kluge öfter als andere über sich selbst.«

»Weshalb meinen Sie das?«

»Ich lese doch Bücher, und ich sehe es selbst ...«

Das fand Samgin dreist: Ein ungebildeter Mensch, kann nicht einmal richtig sprechen und will dastehen wie unsereins ...

»Was lesen Sie denn?«

»Allerhand. Es wird immer von Mängeln geschrieben.«

Er stampfte mit dem Fuß auf und fragte: »Befassen Sie sich mit der Revolution?«

»Nein«, antwortete Klim, Diomidow gerade in die Augen blikkend. Sie waren heute besonders tiefblau.

»Ich denke doch, Sie befassen sich damit, Sie sind so verschlossen.«

»Weshalb interessiert Sie das?«

»Wenn ich davon sprechen höre, so weiß ich, daß es wahr ist«, murmelte Diomidow nachdenklich. »Natürlich ist es wahr, weil – was ist es denn?«

Er machte eine wegwerfende Handbewegung in Richtung der Stadt.

»Ich weiß es zwar, aber ich glaube es nicht. Ich habe ein anderes Gefühl.«

»Von der Revolution spricht man nicht auf der Straße«, bemerkte Klim.

Diomidow sah sich um.

»Das ist keine Straße. Wenn Sie wollen, nehme ich Sie mit zu einem Mann«, schlug er vor.

»Was für einem Mann?«

»Sie werden sehen. Ein bemerkenswerter. Er predigt sonnabends.«

»Revolution?«

»Meiner Ansicht nach – noch Schlimmeres«, antwortete Diomidow nicht sogleich. Klim lächelte.

»Sie sind ein spaßiger Mensch!«

»Kommen Sie!« drang Diomidow leise, aber beharrlich in ihn. »Heute ist Sonnabend. Sie müssen sich nur etwas einfacher kleiden. Aber – es ist einerlei, es kommen zuweilen auch solche. Sogar der Revierpolizist kommt manchmal. Und der Diakon.«

An dem schmeichelnden Blick des spaßigen Menschen war klar

zu erkennen: Er wünschte sich sehr, daß Samgin mitkäme, und er war schon überzeugt, daß er es tun werde.

»Es ist unheimlich interessant. Das muß man wissen«, sagte er. »Nehmen Sie die Brille ab, Brillenträger sind dort unbeliebt.«

Klim wollte es ablehnen, zusammen mit dem Revierpolizisten etwas Schlimmeres als Revolution predigen zu hören, aber die Neugier entkräftete seine Vorsicht. Außerdem meldeten sich noch einige nicht ganz klare Erwägungen und ließen ihn sagen: »Geben Sie mir die Adresse, vielleicht komme ich.«

»Es ist besser, ich hole Sie ab . . .«

»Nein, bemühen Sie sich nicht . . .«

Am Abend irrte Klim in den Gassen beim Sucharewturm herum. Der Mond schien hell, der Frost hatte zugenommen; dunkle Gestalten huschten schnell umher, gebeugt, die Hände in Ärmel und Taschen gesteckt; ihre verzerrten Schatten hüpften über die Schneehaufen. Die Luft zitterte kristallen vom Klang zahlloser Glocken, es wurde zur Abendmesse geläutet.

Interessant – in was für einem Milieu mag dieser Verrückte wohl leben? dachte Klim. Wenn etwas passiert, so ist das Schlimmste, was ich zu erwarten habe, daß ich aus Moskau ausgewiesen werde. Was ist dabei? Ich werde leiden. Das ist jetzt Mode.

Da, endlich, über einem alten Tor ein bogenförmiges Schild: »Kwaßbrauerei«. Samgin betrat den Hof, der dicht vollgestellt war mit Bergen schneebedeckter Körbe; hier und da ragten Flaschenhälse und -böden aus dem Schnee; der Mondschein spiegelte sich in dem dunklen Glas wie eine Unmenge formloser Augen.

Tief im Hof erhob sich ein langes, in die Erde gesunkenes Backsteingebäude, es war einmal zweistöckig gewesen oder hatte es werden wollen, aber zwei Drittel des Obergeschosses waren abgebrochen oder nicht vollendet worden. Die Tür im Erdgeschoß war breit wie ein Tor und machte das untere Stockwerk einem Pferdestall gleich; in den Überresten des oberen Stockwerks leuchteten trübe zwei Fenster, während unten ein quadratisches Fenster so grell flakkerte, als brenne hinter der Scheibe ein offenes Feuer.

Klim Samgin klopfte mit dem Fuß gegen die Tür, hätte am liebsten den Hof wieder verlassen, aber in der Tür öffnete sich schon ein unauffälliges, schmales Pförtchen, und ein unsichtbarer Mensch sagte dumpf: »Vorsicht! Vier Stufen.«

Dann kam Samgin an die Schwelle einer zweiten Tür und war geblendet von der grellen Flamme eines Herds; der Herd war riesengroß und in ihn waren zwei Kessel eingemauert.

»Was ist denn? Kommen Sie doch herein«, sagte eine dicke Frau mit schwarzem Schnurrbart und wischte ihre Hände so kräftig an der Schürze ab, daß sie knackten.

In dem kellerartigen Raum mit gewölbter Decke war es dunkel und es herrschte eine feuchte, mit dem erstickenden Geruch von verdorbenem Fleisch und Dünger durchsetzte Wärme. Neben dem Herd weichten Kuhmägen in einem hölzernen Waschtrog, ein anderer Trog war mit den blutigen Klumpen von Lebern und Lungen gefüllt. An der einen Wand standen sechs irdene Töpfe, und hinter ihnen saß auf einer Kiste, Kopf und Rücken an die Wand gelehnt und die langen dünnen Kamelbeine von sich gestreckt, ein Mann in grauer Priesterkleidung. Er löste den Kopf von der Wand, streckte seinen langen Hals und fragte mit halblautem Baß: »Apotheker?«

»Weshalb denken Sie, ich sei Apotheker?« fragte Klim ungehalten.

»Wegen des Äußeren natürlich ... Nehmen Sie Platz hier.«

Klim setzte sich ihm gegenüber auf eine breite, plump aus vier Brettern zusammengenagelte Pritsche; in einer Ecke der Pritsche lag ein Haufen Lumpen, irgendwessen Bettzeug. Der große Tisch vor der Pritsche roch betäubend nach ranzigem Fett. Hinter einer Bretterwand, die ungestrichen und rissig war, brannte Licht, dort hüstelte jemand und raschelte mit Papier. Die bärtige Frau zündete eine Blechlampe an, stellte sie auf den Tisch und sagte nach einem Blick auf Klim zu dem Diakon: »Ein Fremder.«

Der Diakon schwieg. Darauf fragte sie Samgin: »Wer hat Sie herbestellt?«

»Diomidow.«

»Aha! Senja. Demidow.«

Sie ging, ihre Hände beschnuppernd, zum Herd, hielt aber im Gehen inne und fragte: »Sagte er nicht – mit Brille?«

»Die Brille habe ich mit.«

»Na, schon gut ...«

Klim holte die Brille aus der Tasche, setzte sie auf und sah, der Diakon war schon über Vierzig und hatte ein Gesicht, wie es heilige Einsiedler auf einer Ikone erhielten. Häufiger noch begegnete man solchen Gesichtern bei Altwarenhändlern, Verleumdern und Geizhälsen, zu guter Letzt jedoch schuf die Erinnerung an eine Vielzahl derartiger Gesichter das aufdringliche Antlitz eines gleichsam unsterblichen russischen Menschen.

Zwei Männer traten ein: der eine breitschultrig, mit wirrem Haar, krausem Bart und mit einem darin erstarrten unbestimmten Lächeln, halb betrunken, halb spöttisch. Jemand Großes mit schwarzem Schnurrbart und spitzem Kinnbart blieb am Herd stehen und wärmte sich. Geräuschlos erschien eine junge Frau mit einem Kopftuch, das bis zu den Brauen herabgeschoben war. Dann kamen nacheinander noch etwa vier Leute, sie drängten sich, ohne erst an den Tisch zu treten, am Herd zusammen, im Halbdunkel waren sie nur schwer zu erkennen. Alle schwiegen und trappelten und scharrten mit den Füßen auf dem Ziegelboden, nur der lächelnde Mann sagte zu jemandem: »Sogar ein Herr ist gekommen ... ein Antilligent ...«

Klim drohte zu ersticken in dieser modrigen Luft, dieser alptraumhaften Umgebung, er wäre gern fortgegangen. Schließlich kam Diomidow hereingerannt, warf einen Blick rundum und fragte Klim: »Aha, Sie sind gekommen?« und ging hastig hinter die Bretterwand.

Nach einer Minute trat dort würdig ein kleines Männchen mit struppigem Bärtchen und grauem, unbedeutendem Gesicht hervor. Er trug eine wattierte Frauenjacke und Filzstiefel bis an die Knie, das graue Haar auf seinem Kopf war eingeölt und lag glatt an. In der einen Hand hielt er ein schmales und längliches Buch, wie es die Kaufleute zum Anschreiben benützen. Als er an den Tisch trat, sagte er zu dem Diakon: »Fang nicht an, mit mir zu streiten ...«

Er setzte sich, schlug das Buch auf und fragte Diomidow nach einem Blick auf Samgin: »Dieser da?«

»Ja.«

»Nun – seid gegrüßt!« wandte sich der unbedeutende Mann an alle. Er hatte eine helltönende Stimme, und es war sonderbar zu hören, daß sie gebieterisch klang. Die Hälfte seiner linken Hand fehlte, sie hatte nur noch drei Finger: Daumen, Zeige- und Mittelfinger. Diese Finger hielt er flach aneinandergelegt wie zur Nikonianischen Bekreuzigung. Während er mit der rechten Hand in seinem Buch die schmalen Seiten umblätterte, die mit großer Schrift beschrieben waren, zeichnete er mit der linken ununterbrochen Schnörkel in die Luft. In diesen Gesten lag etwas Krampfhaftes, das mit seiner ruhigen Stimme nicht in Einklang stand.

»An diesem Abend wollte ich in meiner Belehrung für euch fortfahren, da aber jemand neu hinzugekommen ist, so muß ich ihm in knappen Worten sagen, wovon ich ausgegangen war«, sprach er, die Zuhörer mit farblosen, irgendwie trunkenen Augen musternd.

»Leg los, wir hören zu«, sagte der lächelnde Mann und setzte sich neben Klim.

Der Prediger blickte in das Buch und begann sehr ruhig, als erzählte er etwas Gewöhnliches, das allen längst bekannt war: »Ich lehre, mein Herr, in vollkommener Übereinstimmung mit der Wissenschaft und dem Werk Lew Tolstois, meine Lehre enthält nichts Schädliches. Alles ist sehr einfach: Diese unsere Welt ist ganz das Werk von Menschenhänden; unsere Hände sind klug, unsere Köpfe jedoch sind töricht, und daher kommt das Leid des Lebens.«

Klim sah sich die Leute an, sie saßen alle schweigend da; sein Nachbar drehte vornübergebeugt eine Zigarette. Diomidow war verschwunden. Das Wasser in den Kesseln fing an zu kochen, zu brodeln; die bärtige Frau spülte im Trog Kuhmägen, im Herd zischte das feuchte Holz. Die Flamme der Lampe zitterte und hüpfte, der geborstene Zylinder rauchte. Im Halbdunkel schienen die Menschen unförmig, unnatürlich wuchtig.

»Was ist das – die Welt, wenn man es richtig ansieht?« fragte der Mann und zeichnete mit den drei Fingern eine Schlinge in die Luft. »Die Welt ist die Erde, die Luft, das Wasser, der Stein, der Baum. Ohne den Menschen aber ist das alles zu nichts nütze.«

Klims Nachbar zündete seine Zigarette an und fragte: »Woher weißt du denn, Jakow Platonytsch, was zu etwas nütze ist und was nicht?«

»Wenn ich es nicht wüßte, so würde ich es nicht behaupten. Und – unterbrich mich nicht. Wenn ihr alle hier anfangen wolltet, mich zu belehren – das wäre etwas Wertloses. Etwas Lächerliches. Ihr seid viele, Schüler wäre jedoch nur einer. Nein, es ist schon besser, ihr lernt, lehren aber werde ich.«

»Geschickt?« raunte der lächelnde Nachbar Klim zu, seine Wange mit warmem Rauch anpustend.

Der Lehrer indessen sprach weiter gemessen und ruhig ins Halbdunkel: »Der Stein ist dumm. Auch der Baum ist dumm. Und jegliches Wachsen ist zwecklos ohne den Menschen. Wenn jedoch unsere klugen Hände dieses dumme Material berühren, so entstehen Häuser zum Wohnen, Straßen, Brücken und allerhand Sachen, Maschinen und Spielereien wie Damespiele oder Karten und Trompeten. So ist das. Ich war früher Sektierer, ein Anhänger Sjutajews, dann jedoch begann ich in die wahre Philosophie des Lebens einzudringen und – bin ganz tief in sie eingedrungen, mit Hilfe eines unbekannten Menschen.«

Ein »erklärender Herr«, erinnerte sich Klim.

Aus dem Halbdunkel reckte sich ein pockennarbiges Gesicht, und eine erkältete Stimme bat heiser: »Etwas über Gott . . .«

Jakow Platonowitsch hob mit der dreifingrigen Hand die Lampe ein wenig hoch, blickte mit verkniffenen Augen den Bittenden an und sagte: »Hier lehre ich. Ich weiß, wann Gott an die Reihe kommt.«

Darauf wandte er sich von neuem an Samgin: »Die Gelehrten haben bewiesen, daß Gott vom Klima, vom Wetter abhängt. Wo das Klima gleichmäßig ist, dort ist Gott gütiger, in heißen und in kalten Gegenden hingegen ist Gott grausam. Das muß man verstehen. Heute werde ich darüber nicht sprechen.«

»Er hat Angst vor Ihnen«, flüsterte der Nachbar Klim zu und spuckte auf den Zigarettenrest.

Der Philosoph zog mit der verstümmelten Hand auf dem Tisch einen energischen Strich und vertiefte sich in das Buch, indem er eine Seite nach der anderen umblätterte.

Samgin fühlte sich krank, leer im Kopf, ein Àlp saß ihm auf der Brust. Wenn man ihm das erzählt hätte, was er sah und hörte, so hätte er es nicht geglaubt. Immer zorniger kochte das Wasser in den Kesseln und füllte den Keller mit bedrückend riechendem Dampf. Die bärtige Frau patschte mit den schwarzen Leber- und Lungenstücken in den Trögen herum und spülte die Kuhmägen, die sie wie schmutzige Strümpfe umwendete. Sie rumorte vornübergebeugt und glich einer Bärin. Am Herd schnarchte irgend jemand auf, fuhr mit den Füßen über den Boden und schlug mit dem Kopf dumpf gegen die Bretterwand. Der Prediger hielt die Hand über die Augen und blickte hinüber, dann sagte er ohne ein Lächeln, aber auch nicht böse: »Schone den Kopf, vielleicht ist er noch zu gebrauchen.«

Seine dreifingrige Hand, die wie eine Krebsschere aussah, baumelte über dem Tisch umher und rief ein unheimliches Ekelgefühl hervor. Es war unangenehm, das flache Gesicht undeutlich im Halbdunkel zu sehen, die Augenschlitze, aus denen trübe, berauschte Augen schimmerten. Es empörte der selbstsichere Ton, es empörte seine offenkundige Verachtung für seine Zuhörer und deren ergebenes Schweigen.

»Lasset uns nun hinabsteigen vom himmlischen König zum irdischen . . .«

Der Lehrer verstummte für eine Sekunde, kraulte sich am Bart – und schloß: ». . . Tun.«

Klims mitteilsamer Nachbar flüsterte freudig: »Jetzt fängt er gleich vom König Hunger an . . .«

»Wir alle leben nach dem Gesetz des gegenseitigen Wettkampfs, und darin zeigt sich die größte Dummheit von uns.«

Diese plumpen Worte ließen Klim ironisch denken: Wenn das Kutusow hören würde!

Und doch war es beleidigend zu hören, wie dieses Kellermenschlein den bekannten, wenn auch feindlichen Gedankengang Kutusows entstellte und dreist hier aufrollte.

»Nehmen wir mal mit Auge und Verstand solch ein Ereignis aufs Korn: Da kommen zu dem jungen Zaren ein paar treuherzige Leute und schlagen ihm vor: ›Wie wäre es, Majestät, wenn du aus dem Volk einige kluge Leute zum freien Gespräch darüber aussuchtest, wie man das Leben besser einrichten könnte.‹ Er jedoch antwortet ihnen: ›Das ist ein sinnloses Unterfangen.‹ Der Schnapshandel aber befindet sich gänzlich in seinen Händen. Und – die Steuern alle. Das ist es, worüber man nachdenken müßte.«

»Geschickt?« fragte Klims Nachbar mit heißem Flüstern. Und die Hände kräftig reibend: »Der Minister, der Hundsfott!«

»Glauben Sie ihm?«

»Warum sollte man ihm denn nicht glauben? Er nimmt kein Blatt vor den Mund.«

Nachdem der Prediger noch zehn Minuten gesprochen hatte, nahm er mit seiner Krebsschere eine schwarze Uhr aus der Tasche, wog sie in der Hand, schloß das Buch, schlug damit auf den Tisch und erhob sich.

»Für heute – reicht das! Denkt nach.«

Alle rührten sich, und der Pockennarbige sagte: »Danke schön, Jakow Platonytsch.«

Jakow nickte ihm zweimal zu, hob die Nase, schnupperte und verzog das Gesicht. »Glafira! Ich hatte dich doch gebeten: weiche die Kuhmägen nicht in heißem Wasser ein. Es entspringt daraus kein Nutzen, sondern nur Gestank.«

Als Samgin auf dem Weg zur Tür neben ihn geriet, ergriff der Mann mit der Krebsschere seinen Ärmel und sagte spöttisch: »Sehen Sie, Herr, meine Schwester fabriziert Nahrung für die Armen – eine wohlriechende Nahrung, wie? Das ist es eben. In Testows Gasthaus indessen . . .«

»Verzeihen Sie, ich muß gehen«, unterbrach ihn Klim.

Aufgetaucht in die eisige Kälte der Straße, atmete er, so tief er nur konnte; ihn schwindelte, und es wurde ihm grün vor Augen. Die niedrigen, alten Häuserchen und die Berge von Schnee, der öde Himmel darüber und der eisige Mond, alles schien ihm für einen Augenblick grünlich, wie mit Schimmel bedeckt, moderig. Samgin schritt rasch aus und schüttelte sich, um den ekelerregenden Geruch von verdorbenem Fleisch loszuwerden. Es war noch nicht spät, die Abendmesse war gerade erst zu Ende. Klim beschloß, Lidija zu besuchen, ihr von allem, was er gesehen und gehört hatte, zu erzählen und sie mit seiner Empörung anzustecken. Sie sollte wissen, in welcher Umgebung Diomidow lebte, mußte begreifen, daß die Bekanntschaft mit ihm nicht ungefährlich für sie war. Als er jedoch in ihrem Zimmer saß und ironisch und angewidert von seinen Eindrücken zu berichten begann – unterbrach das junge Mädchen leicht verwundert seine Rede: »Aber ich weiß das ja alles, ich war doch schon dort. Ich glaube, ich habe dir erzählt, daß ich bei Jakow gewesen bin. Diomidow wohnt ja dort oben bei ihm. Entsinnst du dich: ›Das Fleisch aber singt: Wozu lebe ich?‹«

Sie bog eine Haarnadel auseinander und wieder zusammen und fuhr nachdenklich fort: »Gewiß, das ist alles sehr primitiv, widerspruchsvoll. Aber das ist doch meiner Ansicht nach nur ein Echo auf jene Widersprüche, die du hier beobachtest. Und es scheint überall dasselbe zu sein.«

Sie zerbrach die Haarnadel und fügte ganz leise hinzu: »Oben wird geschrien, und unten hören sie es und legen es auf ihre Weise aus. Es ist nicht ganz zu verstehen, worüber du dich empörst.«

Ihr ruhiger Ton kühlte Klims Empörung bedeutend ab.

»Ich kann nicht recht begreifen, was dich an Diomidow begeistert«, murmelte er.

Lidija blickte ihn mit zusammengezogenen Brauen an.

»Er gefällt mir.«

Klim verstummte, er lauschte und wartete, wann sich in ihm die Eifersucht zu Worte melden würde. Er dachte: Manchmal bedaure ich, daß er zwei Jahre älter ist als ich; ich wollte, er wäre fünf Jahre jünger. Ich weiß selbst nicht, warum.

»Du siehst, ich schweige immer«, hörte er eine nachdenkliche und gleichmäßige Stimme. »Ich glaube, wenn ich ausspräche, was ich denke, das wäre . . . entsetzlich! Und lächerlich. Man würde mich hinausjagen. Bestimmt würde man mich hinausjagen. Mit Diomidow kann ich über alles reden, wie ich will.«

»Und – mit mir?« fragte Klim.

Lidija seufzte und schloß die Augen. »Du bist klug, aber irgend etwas verstehst du nicht. Jene, die nicht verstehen, gefallen mir im allgemeinen besser als die, die verstehen, aber du . . . Bei dir ist es anders. Du kritisierst gut, aber das ist zu deinem Handwerk geworden. Mit dir ist es langweilig. Ich glaube, du wirst dich selbst bald langweilen.«

Die Eifersucht meldete sich nicht, doch Samgin fühlte, daß die Schüchternheit Lidija gegenüber, das Gefühl der Abhängigkeit schwand. Gesetzt, im Ton des Älteren, erklärte er: »Es ist durchaus verständlich, daß es für dich an der Zeit ist, zu lieben, aber die Liebe ist ein reales Gefühl, während du dir diesen Burschen erdenkst.«

»Du hast einen Schulmeistercharakter«, sagte Lidija mit offenkundigem Unwillen und sogar, wie es Samgin schien, mit Spott.

»Wenn du sagst: ich liebe dich, so klingt es, als hättest du gesagt: ich liebe es, dich zu belehren.«

»Sieh mal an«, murmelte Klim und lächelte etwas gewaltsam. »Mir dagegen scheint, du neigst zu der Ansicht, du könntest vor Diomidow Lehrerin spielen.«

Lidija schwieg. Samgin blieb noch ein paar Minuten sitzen, verabschiedete sich dann trocken und ging fort. Er war erregt, dachte jedoch, es wäre ihm vielleicht angenehmer gewesen, wenn er noch stärkere Erregung gespürt hätte.

Daheim auf dem Tisch fand Klim einen dicken Brief ohne Marke, ohne Adresse, der Umschlag trug nur die kurze Aufschrift: »An K. I. Samgin.« Da schrieb ihm sein Bruder Dmitrij, daß er nach Ustjug überführt worden war, und bat, ihm Bücher zu schicken. Der Brief war kurz und trocken, das Bücherverzeichnis dagegen umfangreich und mit langweiliger Genauigkeit geschrieben, Titel, Verleger, Jahr und Ort des Erscheinens ausführlich genannt; die Mehrzahl der Bücher war deutschsprachig.

Rechnungsführer, dachte Klim feindselig. Er sah in den Spiegel und löschte sofort das Lächeln auf seinem Gesicht. Da fand er sein Gesicht trübsinnig und abgemagert. Er trank ein Glas Milch, zog sich sorgfältig aus, legte sich zu Bett und fühlte plötzlich, daß er sich selbst leid tat. Er sah im Geist den »bildschönen« Jungen und erinnerte sich an dessen ungeschickte Worte: »Ich habe ein anderes Gefühl.«

Vielleicht hat er auch hier ein anderes Gefühl, dachte Samgin und suchte sich zu trösten. Ich bin kein Romantiker, fuhr er fort, wobei er das unbestimmte Gefühl hatte, die Quelle des Trostes befände sich irgendwo in der Nähe. Es wäre töricht, dem Mädchen übelzunehmen, daß sie meine Liebe nicht zu schätzen gewußt hat. Sie fand einen schlechten Helden für ihren Roman. Er wird ihr nichts Gutes bieten. Es ist durchaus möglich, daß sie ihre Neigung einmal grausam büßen muß, und dann werde ich ...

Er dachte seinen Gedanken nicht zu Ende, da er plötzlich einen leichten Zug von Verachtung gegen Lidija empfand. Das tröstete ihn sehr. Er schlief mit der Überzeugung ein, daß der Knoten, der ihn mit Lidija verband, sich gelöst hatte. Schon halb im Schlaf dachte Klim sogar: Ja – ist denn ein Junge dagewesen? Vielleicht war gar kein Junge da?

Doch schon am nächsten Morgen begriff er, daß dem nicht so war. Draußen strahlte prächtig die Sonne, die Glocken dröhnten festlich, aber das alles war langweilig, denn der »Junge« existierte. Das war ganz deutlich zu fühlen. Mit verblüffender Stärke sah er Lidija Warawka mitten in der Sonne auf der Fensterbank sitzen, während er vor ihr kniete und ihre Beine küßte. Welch ein strenges Gesicht hatte sie damals gehabt, und wie wunderbar hatten ihre Augen geleuchtet. In manchen Augenblicken konnte sie unwiderstehlich schön sein. Es kränkte ihn, daran zu denken, daß Diomidow ...

Mit diesen unerwarteten und schmerzlichen Gedanken verbrachte er die Zeit bis zum Abend, und abends erschien Makarow, aufgeknöpft, zerzaust, mit geschwollenem Gesicht und geröteten Augen. Klim schien, sogar Makarows schöne, feste Ohren wären schlapp geworden und hingen herab wie bei einem Pudel. Er roch nach Kneipenluft, war aber nüchtern.

»Wolodka ist aus dem Kubangebiet gekommen und trinkt schon den dritten Tag wie ein Feuerwehrmann«, erzählte er, rieb sich mit den Fingern die Schläfen und glättete seinen zweifarbigen Schopf. »Ich hatte Mitleid mit ihm, aber nun kann ich nicht mehr! Gestern ist sein Freund, der Diakon, zu ihm gekommen und da bin ich geflüchtet. Ich gehe gleich wieder hin, Wladimir beunruhigt mich, er ist ein Mensch mit überraschenden Einfällen. Hast du Lust mitzukommen? Ljutow wird sich freuen. Er nennt dich einen Doppelpunkt, auf den etwas Unbekanntes, aber Originelles folgt. Du wirst den Diakon kennenlernen – ein interessanter Typ! Vielleicht kannst du auch Wolodka ein wenig abkühlen. Gehen wir?«

Klim reizte es, zu sehen, wie der unangenehme Mensch litt.

Ich werde mich betrinken, dachte er, Makarow wird es Lidija erzählen.

Eine Stunde später schritt er über den glänzenden Fußboden eines leeren Zimmers, an Spiegeln vorbei, die zwischen fünf Fenstern hingen, an Stühlen vorbei, die manierlich und langweilig an den Wänden aufgestellt waren, während von den Wänden zwei Gesichter mißbilligend auf ihn herabblickten; das eine war ein finstrer Mann mit einer roten Schärpe um den Hals und dem Eidotter einer Medaille im Bart, das andere eine rotwangige Frau mit fingerdicken Brauen und verächtlich herunterhängender Lippe.

Über eine zwei Stiegen hohe, schmale und dunkle Innentreppe gelangten sie in ein düsteres Zimmer mit niedriger Decke und zwei Fenstern, in der Ecke des einen kreischte das Blechrädchen einer Lüftungsklappe und trieb einen krausen Strahl Winterluft ins Zimmer.

Mitten im Zimmer stand Wladimir Ljutow in einem langen Nachthemd bis zu den Knöcheln, stand da, hielt eine Gitarre am Griff, stützte sich auf sie wie auf einen Regenschirm und wankte. Er musterte die Eintretenden und atmete schwer, unter dem offenen

Hemd hoben und senkten sich die Rippen, es schien sonderbar, daß er so knochig war.

»Samgin?« rief er fragend mit geschlossenen Augen und breitete die Arme aus; die Gitarre fiel zu Boden und dröhnte, die Lüftung anwortete mit einem Kreischen.

Ehe Klim ausweichen konnte, hatte Ljutow ihn schon umarmt, drückte ihn, hob ihn hoch und murmelte, ihn mit seinen feuchten, heißen Lippen küssend: »Hab Dank . . . Ich bin sehr . . . sehr . . .«

Er zog ihn an einen Tisch, der mit Flaschen und Tellern beladen war, und rief, mit zitternder Hand Wodka einschenkend: »Diakon – komm her! Das ist einer von den Unseren.«

In einer Ecke öffnete sich eine unauffällige Tür, mürrisch lächelnd trat der graue Diakon von gestern ein. Beim Licht der zwei großen Lampen sah Samgin, daß er drei Bärte hatte, einen langen und zwei kürzere; der lange wuchs auf dem Kinn, während die zwei anderen von Ohren und Backen herunterhingen. Sie fielen auf dem grauen Priestergewand kaum auf.

»Ipatewskij«, sagte er unentschlossen und drückte Samgin mit den knochigen Fingern schmerzhaft fest die Hand, dann bückte er sich langsam, um die Gitarre aufzuheben.

Makarow schloß die Lüftungsklappe und schrie den Hausherrn an: »Du willst dir wohl eine Lungenentzündung holen?«

»Kostja, ich ersticke!«

Ljutows eilige Augen liefen um Samgin herum, außerstande, auf ihm ruhen zu bleiben, und huschten zum Diakon, der sich langsam aufrichtete, als fürchtete er, sein langer Körper ließe sich in dem Zimmer nicht unterbringen. Ljutow hüpfte wie verbrüht um den Tisch herum und verlor die Pantoffeln von seinen bloßen Füßen; er setzte sich auf einen Stuhl, beugte den Kopf bis zu den Knien vor und zog schwankend einen Pantoffel an, und es war nicht zu begreifen, wieso er nicht kopfüber auf den Boden fiel. Er zauste das graue Haar des Diakons und kreischte: »Samgin! Das hier ist ein Mensch! Das ist sogar kein Mensch, sondern ein Gotteshaus. Beten Sie dankbar zu der Kraft, die solche Menschen erschafft.«

Der Diakon stimmte andächtig die Gitarre. Als er sie fertig gestimmt hatte, stand er auf und trug sie in die Ecke, und Klim sah einen Hünen mit breiter, flacher Brust, Affenhänden und dem knochigen Gesicht eines Narren in Christo, aus den tiefen Höhlen dieses Gesichts blickten abwesend riesengroße, wäßrige Augen.

Ljutow füllte vier große Likörgläser mit goldgelbem Schnaps und verkündete: »Polnischer Wodka! Schmeißt ohne Ausnahme um. Ich schlage vor, auf das Wohl von Alina Markowna Telepnjowa, meiner ehemaligen Braut, zu trinken. Sie hat mich ... sie hat mir eine Absage erteilt, Samgin! Hat sich geweigert, mit Leib und Seele zu lügen. Meine tiefe, aufrichtige Hochachtung – hurra!«

»Hurra«, wiederholte der Diakon mit Grabesstimme.

Nach zwei Gläsern des außerordentlich schmackhaften Schnapses erschienen Klim sowohl der Diakon als auch Ljutow weniger abscheulich. Ljutow war nicht einmal sehr betrunken, sondern nur lyrisch gestimmt und bis zur Raserei erregt. In seinen Schielaugen leuchtete etwas an Verzückung Grenzendes, er sah sich fragend um, und bisweilen senkte sich seine hohe Stimme plötzlich, wie vor Schreck, bis zu einem Flüstern.

»Kostja!« schrie er. »Man muß doch eine gute Seele haben, um auf große Gelder zu verzichten?«

Makarow schubste ihn lächelnd zum Diwan und redete ihm liebevoll zu: »Setz dich, sitz ruhig.«

»Halt! Ich bin großes Geld und – nichts weiter! Und dann bin ich ein Opfer, das die Geschichte sich selbst bringt für die Sünden meiner Väter.«

Er blieb mitten im Zimmer stehen, schwang die Arme hoch und hielt sie über dem Kopf wie ein Schwimmer, der ins Wasser springen will.

»Irgendwann einmal wird auf Erden eine gerechte Menschheit leben, und sie wird auf den Plätzen ihrer Städte Denkmäler von erstaunlicher Schönheit errichten und draufschreiben ...«

Er keuchte, blinzelte und kreischte auf: »Und wird draufschreiben: ›Unseren Vorfahren, die für die Sünden und Fehler der Väter zugrunde gingen‹. Das wird sie draufschreiben!«

Klim sah, wie Ljutows Beine unter dem Hemd zitterten, und erwartete, daß aus seinen verdrehten Augen Tränen kämen. Doch das geschah nicht. Nach seinem tollen Begeisterungsausbruch schien Ljutow auf einmal ernüchtert, er wurde ruhiger, setzte sich, Makarows Drängen nachgebend, auf den Diwan und wischte mit dem Ärmel sein Gesicht ab, das sich plötzlich und stark mit Schweiß bedeckt hatte. Klim fand, der Kaufmannssohn leide recht komisch. Er erweckte keinerlei gute Gefühle, auch kein nachsichtiges Bedauern, im Gegenteil, Klim hätte ihn gern gereizt und gesehen, wohin dieser Mensch sich noch stürzen könnte. Er nahm neben ihm auf dem Diwan Platz. »Das von den Denkmälern haben Sie sehr gut gesagt ...«

Ljutow drehte den Kopf hin und her, musterte ihn mit flackerndem Blick, wiegte sich und strich sich mit den Händen über die Knie.

»Man wird Denkmäler errichten«, sagte er überzeugt. »Nicht aus Barmherzigkeit – wenn es unsere Hautleiden nicht mehr gibt, braucht man keine Barmherzigkeit mehr –, man wird Denkmäler errichten aus Liebe zu der ungewöhnlich schönen Wahrheit der Vergangenheit; man wird sie verstehen und schätzen, diese Herrlichkeit ...«

Am Tisch sagte der Diakon, der Makarow das Gitarrespielen beibrachte, im tiefsten Baß: »Krümmen Sie die Finger mehr, hakenförmig ...«

»Verzeihen Sie«, begann Klim. »Aber ich habe gesehen, daß Alina ...«

Ljutow hörte auf, seine Knie zu streichen, und saß gebückt da.

»Sie ist im Grunde nicht sehr klug ...«

»Das Weibliche in ihr ist klug.«

»Mir scheint, sie ist nicht fähig zu begreifen, warum man liebt ...«

»Wieso ›warum‹?« fragte Ljutow, lehnte sich schroff zurück und sah Samgin mit stechendem Blick ins Gesicht. »Das Warum kommt aus dem Verstand. Der Verstand ist gegen die Liebe ... gegen jegliche Liebe! Wenn die Liebe ihn überwindet, entschuldigt er sich: Ich liebe wegen der Schönheit, wegen der hübschen Augen, die Dumme – wegen der Dummheit. Die Dummheit kann man nämlich umtaufen ... Die Dummheit hat viele Namen ...«

Er sprang auf, trat an den Tisch, packte den Diakon an den Schultern und bat: »Jegor, trag doch das vom Heckrubel vor, ja? Bitte!«

»In Gegenwart eines fremden Menschen?« sagte der Diakon mit einem fragenden und verlegenen Blick auf Klim. »Aber wir scheinen uns schon begegnet zu sein ...«

Klim lächelte liebenswürdig.

»Bin von jung auf mit der Leidenschaft des Dichtens behaftet, geniere mich aber vor gebildeten Menschen, da ich meine Armseligkeit wohl einsehe.«

Der Diakon tat alles langsam, mit schwerfälliger Behutsamkeit. Er streute reichlich Salz auf ein Stückchen Brot, legte ein Scheibchen Zwiebel drauf, und dann hob er eine Flasche Wodka mit solcher Anstrengung vom Tisch, als wäre sie zwei Pud schwer. Beim Einschenken kniff er das eine riesengroße Auge zu, während das andere vorquoll und einem Taubenei ähnlich wurde. Als er den Schnaps ausgetrunken hatte, öffnete er den Mund und sagte schallend laut: »H-ho!«

Bevor er jedoch das Zwiebelbrot in den Mund steckte, roch er daran mit den zusammengezogenen Nüstern seiner langen Nase wie an einer Blume.

Ljutow stand da mit warnend vorgestreckter Rechten, während

er sich mit der Linken kräftig das ungleichmäßig gewachsene Bärtchen rieb. Makarow, der am Tisch saß, bestrich bedächtig einen Kringel mit Kaviar. Klim Samgin auf dem Diwan lächelte, da er etwas Ungehöriges und Komisches erwartete.

»Na, also«, sagte der Diakon und begann schleppend, nachdenklich, nicht besonders laut:

»Keinen Schlaf fand der Herr Jesus,
Und so wandelte er auf den Sternen,
Auf der goldnen Himmelsstraße,
Schritt von einem Stern zum andern.
Es begleiteten den Herrn Jesus
Nikolaus, der Bischof von Myra,
Und Apostel Thomas – nur die zweie.«

Es war schwer, ihm zuzuhören, die Stimme tönte dumpf, kirchlich, er knetete und dehnte die Worte und machte sie dadurch undeutlich. Ljutow dirigierte, die Ellbogen an die Hüften gedrückt, mit beiden Händen, als wiegte er ein Kind, manchmal aber auch, als würfe er etwas zu Boden.

»Tief in Gedanken ist der Herr versunken,
Schaut hinunter – unten kreist die Erde,
Dreht sich rund und schwarz wie ein Kreisel,
Den der Teufel peitscht mit eiserner Kette.«

»Ha?« fragte Ljutow, Klim zuzwinkernd; sein Gesicht zuckte krampfhaft.

»Störe nicht«, sagte Makarow.

Klim lächelte immer noch, da er zuversichtlich etwas Komisches erwartete, während der Diakon mit seinen vorstehenden Augen an der Wand eine dunkle Gravüre in Goldrahmen anstarrte und brummte:

»›Dort war ich einst‹, sprach Christus traurig,
Doch da lächelte der Apostel Thomas
Und sagte: ›Von dort sind wir ja alle.‹
Christus sah hinab in die Finsternis der Erde
Und fragte den Knecht Gottes, Nikola:
›Wer liegt denn dort am Straßenrande,
Ein Betrunkener, ein Schläfer oder ein Toter?‹
›Nein‹, sprach der Knecht Gottes, Nikola,
›Das ist bloß der Waska aus Kaluga,
Der von einem schönen Leben träumet.‹«

Ljutow hatte die Augen geschlossen, schüttelte den zerzausten Kopf und lachte lautlos. Makarow schenkte zwei Gläschen Schnaps ein, trank das eine selbst und reichte das andere Klim.

»Da schwebte Christus träumerisch voll Nachsicht
Einer Taube gleich hinunter auf die Erde,
Trat vor Waska hin und fragte Waska:
›Ich bin Christus, erkennst du mich, Wassilij?‹
Waska fiel vor Gott dem Herrn auf die Knie,
War tief gerührt und nahe dem Weinen.
›O Herr!‹ stammelte er, ›ei der Tausend!
Wir hatten dich heute gar nicht erwartet!
Warum hast du's mich nicht vorher wissen lassen?
Hätte das Volk zusammengerufen, dich zu begrüßen,
Mit Glockenklang hätten wir dich empfangen, wir alle,
Die da leben in unserem Shisdrinsker Kreise!‹
Nun lächelte Jesus in sein Bärtchen
Und sprach liebevoll zu dem Bauern:
›Ich bin ja nur auf kurze Zeit gekommen,
Zu erfahren, was du, Waska, dir wünschest!‹«

Nachdem Ljutow den linken Arm auf Samgin zu ausgestreckt hatte, flüsterte er, während er mit dem rechten weiter dirigierte, mit pfeifender Stimme: »Jetzt hören Sie zu!«

»Waska aus Kaluga stand da mit offenem Maule,
Starr vor Freude war Wassilij,
Dann flüsterte er mit wäßrigem Munde:
›Gib mir, o Herr, einen Silberrubel,
Solch ein Heckrubelchen, weißt du,
Das immer bleibt, soviel man's auch ausgibt,
Das nicht zu zerwechseln, soviel man's auch wechselt!‹«

»Genial!« rief Ljutow und schüttelte die Hände, als würfe er dem Diakon etwas vor die Füße, während dieser mit kummervoll gekrümmten Brauen das dreifache Bärtchen bewegte und weitersprach:

»›Geld führe ich keines bei mir,
Das Geld hat der Schatzmeister Thomas,
Er ist jetzt Judas' Stellvertreter . . .‹«

Ljutow konnte gar nicht mehr zuhören. Er hüpfte, wand sich, verlor die Pantoffeln, patschte auf den nackten Fußsohlen umher und schrie: »Wie findet ihr das? Wie? Wie fin-det ihr das?«

Das Gesicht und die geballten Fäuste zur Decke erhoben, sang er mit der näselnden Stimme eines alten Küsters: »Schenk mir, o Herr, ein Heckrubelchen! Nein, dieser Thomas, wie? Der Skeptiker Thomas an Stelle des Judas, wie?«

»Hör mit dem Krampf auf, Wolodka«, sagte Makarow grob und laut und goß Schnaps ein. »Genug mit der Raserei«, fügte er ungehalten hinzu.

Ljutow riß sich von dem Diakon los, den er umarmt hatte, stürzte auf Makarow zu und umhalste ihn. »Bist du immer noch um meine Würde besorgt? Nicht nötig, Kostja! Ich weiß, es ist wirklich nicht nötig. Welcher Teufel braucht meine Würde, was soll ich damit? Bind dem Ochsen, der da drischt, das Maul nicht zu, Kostja!«

Samgin war erstaunt und verwirrt. Er sah, wie Makarows schönes Gesicht sich verfinstert hatte, er hatte die Zähne fest zusammengepreßt, seine Augen waren feucht.

»Du weinst wohl?« fragte er mit unschlüssigem Lächeln.

»Was denn sonst? Soll ich etwa lachen? Das ist gar nicht zum Lachen, mein Lieber«, sagte Makarow schroff. »Das heißt – zum Lachen ist es wohl ... Trink, du Fragesteller! Weiß der Teufel ... Wir Russen können anscheinend nur Schnaps trinken, alles mit unsinnigen Worten zerbrechen, entstellen und unheimlich über uns selbst lachen, und überhaupt ...«

Er fuhr verzweifelt mit der Hand durch die Luft.

Klim wurde es unangenehm. Nach dem Schnaps und den sonderbaren Versen des Diakons empfand er plötzlich eine Anwandlung von Wehmut: Durchsichtig und leicht wie die blaue Luft eines sonnigen Spätherbsttages, erweckte sie, ohne ihn zu bedrücken, das Verlangen, allen angenehme Worte zu sagen. Und so sagte er, mit dem Schnapsglas in der Hand vor dem Diakon stehend, der zusammengekrümmt ihm vor die Füße sah: »Das haben Sie sehr originell gemacht. Und überraschend. Ich gestehe, ich hatte etwas Komisches erwartet ...«

Der Diakon richtete sich auf, ein Lächeln in seinen fast farblosen Augen erhellte das tief gerötete Gesicht.

»Auch Komisches ist darin enthalten; es ist ja ein umfangreiches Werk, hat sechsundachtzig Verszeilen. Ohne etwas Komisches geht es bei uns nicht – sonst wird es unwahr. Ich habe sicherlich schon mehr als tausend Menschen beerdigt, erinnere mich aber an keine einzige Beerdigung ohne komischen Zwischenfall. Richtiger gesagt, nur solche sind mir erinnerlich. Selbst auf dem bittersten Weg stolpern wir über das Komische, so sind wir eben!«

Ljutow, der zusammengeknickt auf den Diwan gefallen war,

schrie und bettelte: »Laß mich, Kostja! Ich habe das Recht zu rebellieren, Kostja!«

»Weibische Rebellion. Hysterie. Geh, gieß dir kaltes Wasser über den Kopf.«

Makarow stellte den Freund leicht auf die Beine und führte ihn fort, während der Diakon auf Klims Frage, was denn Waska aus Kaluga mit dem Heckrubel getan habe, nachdenklich erzählte: »Christus kehrte in den Himmel zurück, bat Thomas um einen Silberrubel und warf ihn Waska hinunter. Wassilij fing natürlich zu trinken und zu bummeln an, was hätte er auch anderes tun können?

Wasjaga ißt und trinkt, verdirbt die Mädchen,
Schenkt den jungen Burschen Ziehharmonikas,
Zerrt die alten Männer an den Bärten,
Brüllt, daß man es hört weitum im Land Kaluga:
›Ich pfeif auf euch, ihr Erdenmenschen!
Bin Sünder oder Büßer, wie es mir gefällt!
Ganz gleich: Des Paradieses Pforte steht mir offen,
Denn Christus selber ist mein bester Freund!‹

Als jedoch Nikita, der gefürchtete Räuber aus dem Wolgaland, erfuhr, woher Waska den Heckrubel bekommen hatte, stahl er ihm die Münze, stieg wie ein Dieb in den Himmel und sagte zu Christus: ›Das war nicht recht von dir, Christus, um eines Rubels willen begehe ich jede Woche große Sünden, du aber hast ihn einem Faulpelz geschenkt, einem Bummler – das ist nicht recht!‹«

Mit nassem, glattfrisiertem Kopf, bekleidet mit Hose und Russenhemd, trat Ljutow ins Zimmer.

»Den Schluß, sag den Schluß auf!« schrie er.

Der Diakon lächelte. »Den erzähle ich doch schon! Christus stimmte Nikita bei. ›Richtig‹, sagte er, ›ich habe in meiner Einfachheit einen Fehler gemacht. Ich danke dir, daß du die Sache wiedergutgemacht hast, obwohl du ein Räuber bist. Bei euch auf Erden ist alles so verworren, daß man sich gar nicht mehr auskennt, und ihr habt wohl recht mit dem, was ihr sagt. Es paßt dem Satan, daß Güte und Einfachheit schlimmer sind als Diebstahl.‹ Dennoch beklagte er sich, als er von Nikita Abschied nahm. ›Ihr lebt schlecht‹, sagte er, ›ihr habt mich gänzlich vergessen.‹ Nikita indes sagte:

›Nimm uns unser Tun nicht übel, Christus.
Wir vergessen dich nicht, Jesus,
Weil wir auch im Haß – dich lieben,
Weil wir selbst mit unserm Haß dir dienen.‹«

Der Diakon holte tief, geräuschvoll Atem und sagte: »Das ist der Schluß.«

»Niemand kann das begreifen!« schrie Ljutow. »Niemand! Das ganze europäische Mordwinenpack wird nie den russischen Diakon Jegor Ipatewskij verstehen, der wegen Gotteslästerung und Schändung aus Liebe zu Gott vor Gericht gestellt worden ist! Das begreifen sie nicht!«

»Das ist wahr, Gott liebe ich sehr«, sagte der Diakon schlicht und überzeugt. »Nur stelle ich an ihn hohe Anforderungen: Er ist ja kein Mensch, es liegt also kein Grund vor, ihn zu schonen!«

»Halt! Wenn es ihn aber gar nicht gibt?«

»Wer solches behauptet – irrt sich.«

Nun mischte sich Makarow ein.

»Es gibt keinen Gott, Vater Diakon«, sagte auch er sehr überzeugt. »Es gibt keinen, weil – so dumm ist alles!«

Ljutow kreischte, hetzte die Streitenden aufeinander und sagte zu Samgin: »Wissen Sie, weshalb er vor Gericht gekommen ist? In seinen Versen unterhält sich die Mutter Gottes mit dem Satan und wirft ihm vor: ›Weshalb hast du mich, als ich noch Eva war, an den schwachen Adam verraten – weshalb? Wenn ich mit dir leben würde, hätte ich die Erde mit Engeln bevölkert!‹ Wie finden Sie das?«

Klim hörte seine erregte, bohrende Stimme und zugleich den dumpfen Baß des Diakons: »Das klingt freilich wie das Dröhnen eherner Posaunen, wenn so ein kleines Menschlein das Weltall eine Torheit nennt, aber komisch ist es doch.«

»Die Frau ist auf dumme Weise erschaffen worden . . .«

»Darin bin ich mit Ihnen einverstanden. Überhaupt scheint der Leib auf Widersprüchen zu beruhen, aber vielleicht nur deshalb, weil uns die Wege, auf denen er mit dem Geist verschmilzt, noch unbekannt sind . . .«

»Ihr Diener der Kirche verspottet die Frau . . .«

Ljutow stieß Klim an, er schrie verzückt: »Wer würde es wagen, so wie wir von Gott zu reden?«

Klim Samgin hatte noch nie ernsthaft über die Existenz Gottes nachgedacht, er hatte kein Bedürfnis danach. Jetzt aber war er angenehm berauscht, er wünschte sich Musik, Tanz, Heiterkeit.

»Wir sollten irgendwohin fahren«, schlug er vor. Ljutow ließ sich auf den Diwan fallen, zog die Beine dicht an sich heran und fragte lächelnd: »Zu leichten Mädchen? Aber Sie sind doch, denke ich, verlobt? Wie?«

»Ich? Nein«, sagte Samgin und setzte, ihm selbst unerwartet, hinzu: »Es ist die gleiche Geschichte wie bei Ihnen . . .«

Er glaubte auch selbst sogleich, daß dies so sei, irgend etwas riß in ihm und erfüllte ihn mit dem Rauch beißender Trauer. Er brach in Tränen aus. Ljutow umarmte ihn und sagte ganz leise etwas Tröstliches, wobei er zärtlich Lidijas Namen nannte; das Zimmer wankte wie ein Boot, das Zifferblatt der Moseruhr leuchtete silbrig wie der Wintermond und kroch im Bogen über die Wand wie ein Pendel.

»Zuerst hast du mir sehr mißfallen«, sagte Klim schluchzend.

»Ich mißfalle allen.«

»Du bist ein Revolutionär!«

»Wir alle sind Revolutionäre . . .«

»Konstantin Leontjew hat also recht: Rußland muß man einfrieren lassen.«

»Dummkopf!« sagte Ljutow erschreckt. »Dann würde es platzen, wie eine Flasche.«

Dann rief er: »Ach – der Teufel soll es holen! Mag es platzen, und dann soll Ruhe sein!«

Schließlich saßen sie alle vier auf dem Diwan. Im Zimmer war es eng geworden. Makarow hatte es mit Zigarettenrauch und der Diakon mit seinem tiefen Baß gefüllt, man konnte kaum atmen.

»Die Seelen sind voller Kränkung, der Verstand ist recht verworren . . .«

»Halt ein, Diakon!«

»Das Leben ist kein Feld, keine Wüste, man kann nirgends haltmachen.«

Die Worte hämmerten Samgin gegen die Schläfen, sie stießen ihn.

»Ich dulde nicht, daß man die Wissenschaft tadelt«, schrie Makarow.

Der Diakon geriet in Bewegung und begann sich langsam aufzurichten. Als er, lang und dunkel wie ein unheimlicher Schatten, mit dem Kopf die Decke erreicht hatte, knickte er ein und fragte von oben herab: »Hört zu – habt ihr das schon vernommen?«

Hin-und herschwingend wie ein Glockenklöppel, fing er zu heulen, zu dröhnen an: »Die da zwei-eifeln . . . am Dasein Go-ottes . . . seien verflu-ucht!«

»Verflu-ucht! Verflu-ucht!« sang Ljutow durchdringend, mit Begeisterung, während der Diakon begräbnisfeierlich sekundierte.

»Ruhe!« brüllte Makarow.

Das Heulen des Diakons betäubte Klim und stieß ihn in eine dunkle Leere; Makarow holte ihn daraus hervor.

»Steh auf! Es ist schon fünf.«

Samgin erhob sich langsam und setzte sich auf den Diwan. Er war angekleidet, nur Rock und Stiefel waren ausgezogen. Das Chaos und die Gerüche im Zimmer riefen ihm sofort die vergangene Nacht ins Gedächtnis. Es war dunkel. Auf dem Tisch zwischen den Flaschen brannte mit zweifarbiger Flamme eine Kerze, das Spiegelbild der Flamme war unsinnig im Inneren einer leeren, weißen Glasflasche eingeschlossen. Makarow zündete Streichhölzer an, sie flammten auf und erloschen wieder. Er beugte sich über die Kerzenflamme, stieß mit der Zigarette hinein, löschte die Flamme aus und fluchte: »Teufel noch mal!«

Dann fragte er: »Meinst du nun, Lidija habe sich in diesen Idioten verliebt?«

»Ja«, sagte Klim, fügte aber nach zwei, drei Sekunden hinzu: »Wahrscheinlich ...«

»Na ... Geh, wasch dich.«

Es war ihm gelungen, die Kerze wieder anzuzünden. Klim merkte, daß seine Hände stark zitterten. Im Fortgehen blieb Makarow an der Schwelle stehen und sagte leise: »Dort hat der Diakon eben Verse über die Mutter Gottes, über den Satan und den schwachen Menschen Adam vorgetragen. Es war gut! Eine kluge Bestie, dieser Diakon.«

Er zog mit der Zigarette Striche durch die Luft und deklamierte:

»Die Menschen brauchen nicht Christus noch Abel.
Sie brauchen – Prometheus-Antichrist.«

»Das ist ... geschickt gesagt!«

Er schleuderte die Zigarette zu Boden und ging.

Ein glatzköpfiger alter Mann mit einer Beule an der Stirn half Klim beim Waschen und führte ihn wortlos nach unten; dort, in einem kleinen Zimmer, saßen an einem Tisch um den Samowar drei Verkaterte. Der Diakon, der im Lauf der Nacht noch magerer geworden war, sah wie ein Gespenst aus. Seine Augen schienen Klim nicht mehr so riesengroß wie am Vortag, nein, es waren die ganz gewöhnlichen, wäßrigen und trüben Augen eines bejahrten Säufers. Auch sein Gesicht war im Grunde mittelmäßig, solchen Gesichtern begegnet man häufig. Hätte er den dreiteiligen Bart abrasiert und sich den welligen Schafspelz vom Kopf scheren lassen, hätte er einem Handwerker geglichen. Er war ein Mensch für Anekdoten. Er redete auch so, in der Sprache von Gorbunows Erzählungen.

»Die Gitarre erfordert einen träumerischen Charakter.«

»Kostja, hör auf, die Gitarre zu quälen«, befahl Ljutow mehr als daß er bat.

Klim trank gierig den starken Kaffee und überlegte: Makarow

spielte bei Ljutow die häßliche Rolle eines Gnadenbrotempfängers. Dieser zerfahrene und liebedienerische Schwätzer vermochte wohl kaum in irgendwem ein Gefühl aufrichtiger Freundschaft zu erwekken. Jetzt begann er schon wieder seine gelangweilte Zunge zu wetzen: »Na – wie soll man das begreifen, Diakon, wie soll man das begreifen, daß du, ein urrussischer Mensch, ein Geschöpf von äußerst ungewöhnlicher seelischer Vielfalt – dich langweilst?«

Der Diakon, der gerade ein Stück Roggenbrot mit Salz bestreute, hustete dumpf und antwortete: »In der Langenweile liegt nichts Urrussisches. Alle Menschen werden von Langerweile geplagt.«

»Aber von welcher?«

»Auch Voltaire langweilte sich.«

Und sogleich flammte ein Streit auf wie ein Berg Hobelspäne. Ljutow hüpfte auf dem Stuhl herum, schlug mit der flachen Hand auf den Tisch und kreischte, der Diakon erdrückte sein Geschrei gelassen mit schweren Worten. Er verteilte mit dem Messer das Salz auf dem Brot und fragte: »Ja, gibt es denn solch ein Rußland? Ein solches, wie du es siehst, Wladimir, gibt es meiner Ansicht nach nicht.«

»Ach, wie ich euch satt habe«, sagte Makarow und ging mit der Gitarre ans Fenster, während der Diakon hartnäckig wiederholte: »Gotteshäuser haben wir, aber eine Kirche fehlt. Die Katholiken glauben alle römisch, wir hingegen synodisch, uralisch, taurisch und weiß der Teufel was noch alles . . .«

»Doch warum? Warum, Samgin?«

Klim steckte die Hände in die Taschen und begann: »Wie jegliche Ideologie sind auch die religiösen Ansichten . . .«

»Haben wir schon gehört«, sagte der Diakon etwas grob. »Mein Sohn ist auch Marxist. Er versprach, ein Dichter, ein Nekrassow zu werden, und jetzt behauptet er, der landlose Bauer sei außerstande, an den Gott des wohlhabenden Bauern zu glauben. Nein, nicht hierin liegt der Kern der Sache. Das ist wahrhaftig das Elend der Philosophie. Die wahre Philosophie des Elends haben wir, der Herr Samgin und ich, vorgestern zu hören bekommen. Der Philosoph war unansehnlich, doch muß man sagen, daß er das eigentliche Wesen aller und jeglicher Beziehungen sehr geschickt aufdeckte, indem er den verborgenen Mechanismus unseres Daseins als ununterbrochene Blutsaugerei darstellte. Dreimal schon habe ich ihm zugehört und mit ihm gestritten, habe jedoch gegen die Standhaftigkeit seines Denkens nichts auszurichten vermocht. Meinen Sohn – den kann ich bei all seinen Schachzügen in die Enge treiben, dort aber – vermag ich es nicht.«

Der Diakon lächelte breit und zufrieden.

»Ich sage das nicht umsonst. Ich bin ein wißbegieriger Mensch. Wenn ich einem von jenen begegne, die einfältig sind, jedoch besorgt aufs Leben blicken, gebe ich ihm zwei bis drei Stöße in die Richtung, die meinem Sohn lieb ist, in die marxistische. Und es zeigt sich immer, daß die Grundelemente dieser Lehre gerade bei diesen Einfältigen gewissermaßen schon irgendwo unter der Haut liegen.«

»Der Marxismus – eine Hautkrankheit?« schrie Ljutow erfreut.

Der Diakon lächelte.

»Nein, ich habe gesagt: unter der Haut. Können Sie sich die Freude meines Sohnes vorstellen? Dabei bedarf er sehr der geistigen Freuden, denn er entbehrt der Kraft zur Ergötzung an den leiblichen. Er leidet an Schwindsucht, und die Beine versagen ihm den Dienst. Er war in der Astyrew-Sache verhaftet worden und opferte im Gefängnis seine Gesundheit. Vollständig hat er sie geopfert. Tödlich.«

Der Diakon seufzte geräuschvoll und schlug mit dem Unterton leiser Verwegenheit vor: »Wolodka, sollten wir nicht einen Bären trinken?«

Ljutow sprang auf und lief fort, wobei er rief: »Ich weiß, Diakon, weshalb wir ein uneiniges und einsames Volk sind!«

Der Diakon glättete mit beiden Händen das Haar, zupfte sich am Bart und sagte etwas leiser: »Der Frühling klopft an, meine Herren Studenten.«

Er sagte es, weil vom Dach ein Stück abgetautes Eis heruntergefallen und laut auf das Fensterblech aufgeschlagen war.

Ljutow kam mit einer Flasche Sekt in der Hand hereingerannt, nach ihm kam mit weiteren Flaschen ein rosiges, üppiges Stubenmädchen.

»Fang an!« sagte er zum Diakon. Doch weshalb die Russen das einsamste Volk der Welt seien – das vergaß er zu sagen, und keiner fragte ihn danach. Alle drei beobachteten aufmerksam den Diakon, der seine Ärmel hochgekrempelt hatte und unter seinem nicht sehr sauberen Hemd sonderbar weiße, frauenhaft glatte Arme zeigte. Er mischte in vier Gläsern Porter, Kognak und Sekt, bestreute das trüb schaumige Naß mit Pfeffer und forderte auf: »Kommunizieret!«

Klim trank tapfer das Glas aus, obwohl er gleich beim ersten Schluck gemerkt hatte, daß das Getränk abscheulich schmeckte. Doch er wollte in nichts hinter diesen Leuten zurückstehen, die sich so schlecht selbst erdacht, so aufregend in Gedanken und Worten verirrt hatten. Von dem beißenden Geschmack erbebend, dachte er flüchtig zum zweitenmal, Makarow würde sicher den Mund nicht halten können und Lidija erzählen, wie er trinke, und Lidija müßte sich schuldig fühlen. Soll sie!

Eine Viertelstunde später flog er, während er auf dem Stuhl saß, wie eine Schwalbe im Zimmer herum und sprach mitten in das dreibärtige Gesicht mit den riesengroßen Augen: »Ihre Gedanken scheinen Ihnen regenbogenfarbig, originell und so weiter. Aber – es sind ganz banale Gedanken.«

»Halt, Samgin!« schrie Ljutow. »Dann ist ganz Rußland eine Banalität! Ganz Rußland!«

»Und Christus, den wir angeblich lieben und hassen. Sie sind ein sehr schlauer Mensch. Aber Sie sind ein naiver Mensch, Diakon. Und ich – glaube Ihnen nicht. Ich – glaube niemandem.«

Klim war zumute, als stünde er in Flammen. Er wollte eine Menge kränkender, doch unwiderlegbar wahrer Worte sagen, er wollte diese Leute zum Schweigen bringen, er bat sogar, als er des Zürnens müde war: »Wir sind alle sehr einfache Menschen. Laßt uns einfach leben. Ganz einfach . . . wie Tauben. Sanftmütig!«

Sie lachten und schrien, Ljutow fuhr ihn in einem breiten Schlitten mit schnellen Pferden durch die Straßen, und Klim sah, wie die Telegraphenstangen in den Himmel fuhren und die Sterne wie Apfelsinenschalenstückchen in einer Bowlenschale mischten. Das dauerte vier Tage und vier Nächte, danach rief sich Klim, zu Hause im Bett liegend, die einzelnen Momente dieses langen Alptraums ins Gedächtnis.

Am tiefsten und dauerhaftesten hatte sich das Bild des Diakons seinem Gedächtnis eingeprägt. Samgin fühlte seine Reden an sich kleben wie Harz. Einmal war Ljutow plötzlich auf den Diwan gefallen und eingeschlafen, wobei er den Mund so toll aufgerissen hatte, als schriee er lautlos und nur noch unheimlicher, da hatte der Diakon, die Gitarre in den Händen, mitten im Zimmer gestanden und von Ljutow gesagt: »Er trinkt selbstmörderisch. Marx ist schädlich für ihn. Mein Sohn zwingt sich auch gewaltsam, an Marx zu glauben. Bei ihm ist das verzeihlich. Er tut es aus Erbitterung gegen die Menschen wegen seines zugrunde gerichteten Lebens. Manche glauben aus dummer, kindlicher Tapferkeit. Da fürchtet sich ein kleiner Junge vor der Dunkelheit, geht aber, weil er sich vor den Gefährten schämt, erst recht hinein und tut sich Gewalt an, um zu zeigen: Ich bin kein Feigling! Manche glauben aus Eilfertigkeit, die meisten jedoch aus Angst. Die letzteren . . . achte ich nicht besonders!«

Als er aufhörte, Makarow das Gitarrespielen beizubringen, fragte er Klim: »Und Sie, haben Sie keine Berührung mit der Musik?«

Und ohne die Antwort abzuwarten, verfiel er, mit den Fingern auf die Knie trommelnd, in Träumereien: »Wenn man mich meines geistlichen Amts enthebt – gehe ich in eine Glashütte arbeiten und befasse mich mit der Erfindung eines gläsernen Instruments. Sieben Jahre lang wundere ich mich schon: Weshalb wird Glas nicht in der Musik angewandt? Haben Sie einmal im Winter, in stürmischen Nächten, wenn man nicht schlafen kann, gelauscht, wie die Fensterscheiben singen? Ich habe vielleicht tausend Nächte dieses Singen gehört und bin auf den Gedanken gekommen, daß gerade Glas und nicht Messing oder Holz uns eine vollkommene Musik bieten müßte. Man müßte alle Musikinstrumente aus Glas machen, dann würden wir ein Paradies von Tönen erhalten. Ich werde mich unbedingt damit befassen.«

Ein träumerisches Lächeln milderte das knochige Gesicht des Diakons, und Klim Samgin kam es vor, als hätte der Diakon sich das alles eben erst ausgedacht.

Nach zwei bis drei weiteren Begegnungen mit dem Diakon stellte Klim ihn in eine Reihe mit dem dreifingrigen Prediger, mit dem Mann, dem es gefiel, wenn man »kein Blatt vor den Mund nimmt«, mit dem lahmen Welsfänger, dem Hausknecht, der den Häftlingen Straßenstaub und Kehricht absichtlich vor die Füße fegte, und mit dem mutwilligen alten Maurer.

Klim Samgin dachte, es wäre gut, wenn irgendein imposanter, ja sogar unheimlicher Geselle diese Leute anschriee: »Was treiben Sie da?«

Nicht nur sie bedurften eines strengen Anschnauzers, auch Ljutow brauchte ihn, und viele Studenten verdienten einen Verweis, aber diese schauderhaften Straßen-, Keller- und Alptraummenschen empörten Samgin durch ihre Treibereien ganz besonders. Wenn bei Onkel Chrysanth der lustige Student Marakujew und Pojarkow mit ihrem Freund Preiß, einem kleinen und eleganten Juden mit feinem Gesicht und Samtaugen, einen lärmenden Disput über die Wahrheit der Volkstümlerbewegung und des Marxismus anfingen, hörte Samgin diesem Streit fast gleichgültig, manchmal mit Ironie zu. Nach Kutusow, der keine langen Reden liebte und knapp, aber unwiderleglich zu sprechen verstand, kamen ihm diese hier wie kleine Jungen vor, ihr Streit wie ein Spiel und ihr Feuereifer darauf gerichtet, Warwara und Lidija zu überreden.

»Jedes Volk ist die Verkörperung einer unwiederholbaren geistigen Eigenart!« schrie Marakujew, und in seinen nußbraunen Augen glühte wilde Begeisterung. »Sogar die der romanischen Rasse unterscheiden sich scharf, jedes hat seine besondere psychische Individualität.«

Pojarkow, der sich bemühte, eindrucksvoll und ruhig zu sprechen, ließ sein gelbliches Augenweiß, in dem die dunklen Pupillen regungslos erstarrt waren, blitzen, er bedrängte mit seinem Bauch den kleinen Preiß, trieb ihn in eine Ecke und bedrückte ihn dort mit den kurzen zornigen Sätzen: »Der Internationalismus ist eine Erfindung denationalisierter, deklassierter Menschen. In der Welt herrscht das Gesetz der Evolution, das eine Vereinigung des Unvereinbaren verneint. Der amerikanische Sozialist erkennt den Neger nicht als Genossen an. Im Norden wachsen keine Zypressen. Ein Beethoven ist in China unmöglich. In der Pflanzen- und Tierwelt gibt es keine Revolution.«

All diese Reden waren mehr oder weniger bekannt und gewohnt; sie erschreckten und erregten nicht, und in Preißens Antworten lag sogar etwas Tröstliches. Er antwortete sachlich in Zahlen, und Samgin wußte, daß exakte Berechnung eine Grundregel der Wissenschaft ist. Im allgemeinen erweckten Juden bei Samgin keine Sympathie, Preiß jedoch gefiel ihm. Er hörte Marakujews und Pojarkows Reden ruhig an, er hielt sie offenbar für unvermeidlich, wie langwierigen Herbstregen. Er sprach reinstes Russisch, etwas trocken wie ein Professor, der es schon ein wenig über hat, Vorlesungen zu halten. In seinen festgefügten Sätzen fehlten völlig die bei Russen beliebten überflüssigen Worte, sie enthielten nichts Farbenreiches, keine Prahlerei und hatten fast etwas Greisenhaftes, das nicht zu seiner wohlklingenden Stimme und dem festen Blick der samtenen Augen paßte. Wenn Marakujew, wie ein Feuerwerk aufprasselnd, ausgebrannt war und Pojarkow, nachdem er den ganzen Vorrat seiner zu Kleinholz zerhackten Sätze erschöpft hatte, Preiß mit seinen buntschillernden Augen anstarrte, sagte Preiß: »Das alles ist möglicherweise schön, aber die Wahrheit ist es nicht. Die unwiderlegbare Wahrheit bedarf keiner Verzierungen, sie ist einfach: Die ganze Geschichte der Menschheit ist die Geschichte von Klassenkämpfen.«

Klim Samgin empfand kein Bedürfnis, Preißens Wahrheit zu prüfen, und dachte nicht darüber nach, ob sie zu akzeptieren oder abzulehnen sei. Doch da er sich im Zustand der Selbstverteidigung fühlte und sich etwas beeilte, aus allem, was er hörte, seine Schlüsse zu ziehen, entdeckte Klim schon an dem ihm unangenehmen »Kutusowtum« eine wertvolle Eigenschaft: das »Kutusowtum« vereinfachte das Leben sehr, da es die Menschen in einförmige Gruppen einteilte, die durch die Linien durchaus verständlicher Interessen streng abgegrenzt waren. Wenn jeder Mensch nach dem Willen einer Klasse, einer Gruppe handelte, so konnte man, wie geschickt auch immer er seine wahren Wünsche und Ziele hinter verschnörkelten, schlau erdachten Worten verbarg, doch sein wahres Wesen aufdecken – die Kraft der Gruppen- und Klassengebote. Möglicherweise würde gerade und allein das »Kutusowtum« gestatten, die verschiedenen schauderhaften Menschen, wie den Diakon, Ljutow, Diomidow und ähnliche, zu verstehen und sie, was sogar noch besser wäre, gänzlich aus dem Leben auszuschalten. Doch hier erstand eine Reihe beunruhigender Fragen und Erinnerungen: Für welche Gruppe oder Klasse lebt der saubere, solide Preiß?

Er erinnerte sich der recht tückischen Frage von Turobojew an Kutusow: »Was aber, wenn die Klassenphilosophie sich nicht als Schlüssel zu allen Rätseln des Lebens, sondern nur als ein Dietrich erweist, der alle Schlösser verdirbt und zerbricht?«

Es dröhnte die beängstigende Stimme des Diakons: »Es bleibt nichts anderes, als meinem lahmen Sohne beizustimmen, der da sagt: ›Früher glich eine Revolution einem spanischen Abenteurerroman, einem gefährlichen, aber recht angenehmen Zeitvertreib wie beispielsweise eine Bärenjagd, heute aber wird sie zu einem äußerst ernsten Unterfangen, zur Ameisenarbeit einer Unmenge einfacher Menschen.‹ Dies ist natürlich eine Prophezeiung, allerdings nicht ohne Sinn. In der Tat: Sie haben mit ihrem Atem die ganze Luft verpestet, und als Beweis dafür, daß sie verpestet ist, dienen nicht nur wir Trunkenbolde hier.«

Die Anzahl solcher Erinnerungen und Fragen stieg, sie wurden immer widerspruchsvoller, verwickelter. Klim, der sich außerstande fühlte, sich in diesem Chaos zurechtzufinden, dachte entrüstet: Ich bin doch nicht dumm?

Daß er nicht dumm war, bewies ihm seine Fähigkeit, das Unechte, Nichtsnutzige und Komische an den Menschen zu beobachten. Er war überzeugt, fehlerlos und scharf zu sehen. Die Moskauer Studenten trinken mehr als die Petersburger und begeistern sich feuriger für das Theater. Im Wolgagebiet gibt es die meisten revolutionär gesinnten Menschen. Pojarkow ist zweifellos sehr boshaft, da er aber seine Bosheit nicht zeigen will, lächelt er unnatürlich und ist zu jedermann gezwungen liebenswürdig. Preiß verhält sich zu den Russen wie Turobojew zu den Bauern. Wenn Marakujew nicht so lustig wäre, würden alle sehen, daß er dumm ist. Warwara trinkt sogar ihren Tee tragisch. Onkel Chrysanth ist unverhohlen dumm, das weiß er selbst.

»Ich bin ein guter Mensch, aber ich habe kein Talent«, sagte er. »Das ist mir ein Rätsel! Einem guten Menschen sollte auch ein Talent verliehen sein, aber ich habe keins.«

Die Anzahl solcher Betrachtungen wuchs schnell, Samgin hegte keinen Zweifel an ihrer Richtigkeit, er fühlte, daß sie ihn sehr, immer fester mitten unter die Menschen stellten. Das Schlimme war nur, daß beinahe jeder Mensch etwas sagte, was Samgin selbst hätte sagen müssen, jeder bestahl ihn. Diomidow beispielsweise hatte gesagt:

»Die Welt ist des Menschen Feind.«

In diesen sechs Worten hörte Klim seine Wahrheit. Er hatte ihm zornig geraten: »Gehen Sie ins Kloster.«

»Du hast nichts verstanden«, hatte Lidija mit strengem Blick gesagt, während Diomidow, die Hände vor dem Gesicht, durch die Finger murmelte: »Das Kloster ist auch ein Käfig.«

Klim begann zu merken, daß Lidija den Requisiteur wie ein Kind behandelte, achtgab, daß er mehr aß und trank und sich wärmer anzog. In Klims Augen erniedrigte sie diese Fürsorglichkeit.

Diomidow aber war deutlich unnormal. Ein sonderbarer Zwischenfall überzeugte Samgin endgültig davon: Der Tischler und Requisiteur hatte sich von Lidija verabschiedet und zog seinen alten Mantel an, er hatte den linken Ärmel schon an, konnte aber den rechten nicht finden und kämpfte lächelnd mit dem Mantel, schüttelte ihn hin und her. Klim wollte ihm helfen.

»Danke, nicht nötig«, bat Diomidow, er streifte ihn wieder ab, streichelte zärtlich den eigensinnigen Ärmel, zog den Mantel schnell und geschickt an und erklärte, während er die verschiedenartigen Knöpfe schloß: »Er liebt keine fremden Hände. Wissen Sie, auch die Dinge haben ihren Charakter.«

Er knetete die Mütze zwischen den Händen und sagte: »In hohem Maße sogar. Besonders die kleinen und jene, die man oft in die Hand nimmt. Werkzeuge zum Beispiel: die einen lieben Ihre Hand, die andern nicht. Wegwerfen möchte man sie. Da hat mir eine Schauspielerin, die ich nicht leiden kann, eine altertümliche Schatulle zum Ausbessern gegeben, eine ganz lächerliche Reparatur. Sie werden es nicht glauben: Ich habe mich lange herumgeplagt und konnte nicht damit fertig werden. Die Schatulle wollte nicht. Bald schnitt ich mich in den Finger, bald quetschte ich mir die Haut, bald verbrannte ich mich am Leim. Ich habe sie nicht reparieren können. Weil die Schatulle wußte, daß ich ihre Herrin nicht leiden kann.«

Als er gegangen war, fragte Klim Lidija, wie sie darüber denke.

»Er ist ein Dichter«, sagte das Mädchen in einem Ton, der jeden Widerspruch ausschloß.

Vom Widerstand der Dinge gegen den Menschen sprach Diomidow nicht selten.

»Kleine Dinge sind unfügsamer als große. Einen Stein kann man umgehen, man kann ihm ausweichen, dem Staub aber kann man nicht entgehen, man muß durch ihn hindurch. Ich mache ungern kleine Sachen«, seufzte er mit einem schuldbewußten Lächeln, und man konnte meinen, das Lächeln glimme nicht im Innern seiner Augen, sondern spiegele sich nur von außen. Er machte komische Entdeckungen: »Wenn man sich nachts von einer Laterne entfernt, wird der Schatten immer kürzer und verschwindet zuletzt ganz. Dann scheint es mir, als wäre auch ich nicht mehr vorhanden.«

Wenn Samgin ihn neben Lidija beobachtete, empfand er ein kompliziertes Gefühl von Ratlosigkeit und Ärger. Eifersucht aber kam dennoch keine auf, obwohl Klim weiterhin hartnäckig dachte, er liebe Lidija. Gleichwohl entschloß er sich, ihr zu sagen: »Deine Romantik wird zu nichts Gutem führen.«

»Was ist denn das Gute?« fragte sie halblaut und sah ihm mürrisch in die Augen. Während er noch achselzuckend nach einer Antwort suchte, sagte sie: »Ich finde, daß die Beziehungen zwischen Männern und Frauen überhaupt nichts Gutes sind. Sie sind unvermeidlich, aber Gutes enthalten sie nicht. Kinder? Du bist ein Kind gewesen und ich auch, aber ich kann immer noch nicht begreifen, wozu wir beide nötig sind.«

Zu guter Letzt schien es Samgin, daß er alle und alles außer sich selbst vortrefflich verstehe. Und schon ertappte er sich nicht selten dabei, daß er sich selbst wie einen ihm wenig bekannten und gefährlichen Menschen beobachtete.

Moskau schickte sich an, den jungen Zaren zu begrüßen, es bemalte sich asiatisch grell und überschminkte seine allzu häßlichen Runzeln, wie eine bejahrte Witwe, die sich zu neuer Heirat rüstet. Es lag etwas Ungestümes und Krampfhaftes in dem Bestreben der Menschen, den Schmutz ihrer Behausungen zu übertünchen; die Moskauer schienen, plötzlich sehend geworden, beim Anblick der Risse, Flecke und anderen Anzeichen des schmutzigen Alters an den Häusermauern einen Schreck bekommen zu haben. Hunderte von Anstreichern tünchten mit langen Pinseln die Fassaden der Gebäude, schwankten an Seilen, die von weitem wie dünne Fäden aussahen, akrobatisch furchtlos hoch oben in der Luft. Auf den Balkons und an den Fenstern arbeiteten Tapezierer, sie hingen bunte Teppiche und Kaschmirschals auf, schufen damit prunkvolle Umrahmungen für zahllose Zarenporträts und schmückten die Gipsbüsten von ihm mit Blumen. Überall sprangen einem Rosetten, Girlanden, Initialen und Kronen ins Auge, strahlten in Gold die Worte: »Gott erhalte den Zaren« und »Gepriesen, gepriesen sei unser russischer Zar«. Tausende von Nationalflaggen hingen von den Dächern herab, ragten aus allen Fugen, in die sich eine Fahnenstange hineinstecken ließ.

Ein aufreizend grelles Rot herrschte vor; durch das unpersönliche, nachgiebige Weiß wurde es noch mehr geschürt, und auch die freudlosen blauen Bahnen vermochten das blendende Lodern des Rots nicht zu mildern. Hie und da hingen aus den Fenstern Stücke roten Tuchs auf die Straße herab, und dies verlieh den Fenstern einen seltsamen Ausdruck, als foppten sich viereckige Münder mit roten Zungen. Einige Häuser waren so reich geschmückt, daß es schien, als hätten sie ihr Innerstes nach außen gekehrt und ihre fleischigen, fetten Eingeweide in patriotischer Prahlsucht zur Schau gestellt. Von Sonnenaufgang bis Mitternacht liefen die Menschen auf den Straßen umher, doch noch aufgeregter waren die Vögel. Scharen von Dohlen und Tauben schwirrten den ganzen Tag über Moskau, flogen unruhig von der Stadtmitte nach den Randgebieten und wieder zurück; es war, als schössen Tausende von schwarzen Weberschiffchen ungeordnet durch die Luft und webten ein unsichtbares Gewebe. Die Polizei wies eifrig unverläßliche Leute aus der Stadt und besichtigte Dachböden der Häuser in den Straßen, durch die der Zar fahren sollte. Marakujew, der nur schlecht verbergen konnte, daß er seinen eigenen Worten nicht glaubte, berichtete: Kobosew habe den Auftrag übernommen, den Kreml zu illuminieren; das war der Käsehändler von der Sadowaja-Straße in Petersburg, von dessen Laden aus damals die Mine unter dem Wagen Alexanders II. angesteckt werden sollte. Kobosew sei als Vertreter einer ausländischen pyrotechnischen Firma nach Moskau gekommen und werde am Krönungstag den Kreml in die Luft sprengen.

»Das gleicht freilich einem Märchen«, sagte Marakujew lächelnd, blickte jedoch alle an wie einer, der glaubt, das Märchen könnte Wirklichkeit werden. Lidija warnte ihn unwillig: »Lassen Sie es sich nicht einfallen, in Gegenwart von Onkel Chrysanth davon zu schwatzen.«

Onkel Chrysanth sah äußerst parademäßig aus: Seine polierte Glatze strahlte feierlich, und ebenso strahlten die blankgeputzten Stiefel mit den Lackschäften. Auf seinem flachen Gesicht wechselten ein Lächeln der Begeisterung und ein Lächeln der Verlegenheit; auch die Äuglein schienen blankgeputzt, sie leuchteten, als hätte der Onkel in seiner geräumigen Seele zwei Ikonenlämpchen angezündet.

»Moskau jubelt«, murmelte er, unruhig mit den Quasten des Gürtels spielend, »es hat sich wie eine Bojarin geschmückt! Moskau versteht es zu jubeln! Man bedenke: Es sind über eine Million Ellen roten Tuches verbraucht worden!«

Aber da ihm einfiel, daß eine zu starke Begeisterung unziemlich sei, rechnete er aus: »Das wären zweihundertfünfzigtausend Hemden; eine Armee könnte man damit einkleiden!«

Er suchte der Jugend zu zeigen, daß er sich zu der bevorstehenden Feier ironisch verhalte, doch das gelang ihm schlecht, er hielt den Ton nicht durch, die Ironie machte dem Pathos Platz.

»Zum zweitenmal werde ich nun sehen, wie das große Volk seinen jungen Führer begrüßt«, sprach er, seine feuchten Augen trocknend, dann besann er sich und verzog spöttisch die Lippen.

»Abgötterei, natürlich. ›Kommt, laßt uns anbeten und niederfallen vor unserem König und Gott‹ – tja! Na, ansehen muß man es sich trotzdem. Nicht der Zar ist interessant, sondern das Volk, für das er die Verkörperung allen Sehnens und Hoffens ist.«

Er forderte Diomidow auf, mit ihm auf die Straße zu gehen, doch dieser lehnte unentschlossen ab: »Wissen Sie, Volksansammlungen liebe ich nicht.«

»Was sind das für Dummheiten!« empörte sich Onkel Chrysanth. »Wieso – liebe ich nicht?«

»Sehen Sie, das bringe ich in mir nicht unter, die Liebe zum Volk«, gestand Diomidow schuldbewußt. »Wenn ich ehrlich sagen soll – wozu brauche ich das Volk? Ich bin im Gegenteil ...«

»Du bist wohl von Sinnen!« schrie Onkel Chrysanth. »Was ist denn mit dir los, du wunderlicher Kauz? Wieso – bringe ich nicht unter? Was soll das heißen – bringe ich nicht unter?«

Und entschlossen schleppte er den jungen Mann mit hinaus auf die lärmvollen Straßen. Klim ging auch mit, ein wenig ratlos lächelnd schloß sich Marakujew auch an.

In den Fenstern und auf Balkons stand häufig das blinde Gipsgesicht des Zaren. Marakujew fand, der Zar habe eine Stupsnase.

»Er ähnelt dem jungen Sokrates«, bemerkte Onkel Chrysanth.

Durch die Straßen schritten sorgenvoll nagelneue Polizeibeamte und schrien die Anstreicher und Hausknechte an. Auf stämmigen Gäulen ritten ungewöhnlich große Reiter mit Helm und Harnisch umher; ihre einförmig runden Gesichter schienen steinern, ihre Leiber, von Kopf bis Fuß, erinnerten an Samoware, und die Beine schienen für Reiter überflüssig. Schwärme von Straßenjungen begleiteten, unermüdlich Hurra schreiend, die ehernen Zentauren. Auch die Erwachsenen schrien betäubend beim Anblick der geschniegelten Chevaliergardisten, Ulanen, Husaren, die bunt bemalt waren wie die hölzernen Spielsachen der Handwerker von Segijew Possad.

Mit Hurra begrüßte man auch vier in Brokat gekleidete, götzenhaft reglose Mongolen; in einem Landauer sitzend, blickten sie einander mit ihren schrägen Äugelchen an; der eine von ihnen, mit aufgestülpten Nasenlöchern, offenem Mund und weißen Zähnen, lächelte ein totes Lächeln, sein gelbes Gesicht sah aus, als wäre es aus Messing.

»Da schau«, redete Onkel Chrysanth auf Diomidow wie auf einen kleinen Jungen ein, »ihre Vorfahren sengten und plünderten Moskau, und die Nachkommen beugen den Rücken.«

»Sie beugen ja gar nicht den Rücken, sie sitzen da wie Eulen bei Tage«, murmelte der zerzauste, schmuddelige Diomidow, dessen Hände von Bronze vergoldet waren; er hatte seine Arbeit an der Ausschmückung des Kremls erst am Morgen beendet.

Besonders begeistert grüßten die Einwohner von Moskau den französischen Gesandten, als er mit glanzvollem Gefolge zum Poklonnyj-Berg fuhr.

»Siehst du?« sagte lehrhaft Onkel Chrysanth. »Die Franzosen. Auch sie zerstörten Moskau, brannten es nieder, jetzt aber . . . Wir sind nicht nachtragend . . .«

Man begrüßte eine Gruppe englischer Offiziere, an ihrer Spitze schritt ein unnatürlich hochgewachsener Mann mit einem Gesicht wie aus drei Knochen, einem weißen Turban auf dem langen Kopf und einer Unmenge von Orden auf der schmalen und flachen Brust.

»Die Briten mag ich nicht«, sagte Onkel Chrysanth.

Es jagte, die Hand am Gurt des Kutschers, der Oberpolizeimeister Wlassowskij vorbei, und nach ihm fuhr feierlich, von einer Eskorte umgeben, der Onkel des Zaren, Großfürst Sergej, vorüber, Chrysanth und Diomidow entblößten die Köpfe. Auch Samgin hob unwillkürlich die Hand zur Mütze, Marakujew jedoch wandte sich ab und sagte vorwurfsvoll zu Chrysanth: »Daß Sie sich nicht schämen, einen Homosexuellen zu grüßen!«

»Hurra-a!« schrien die Moskauer. »Hur-ra!«

Dann galoppierten wieder die schaumbedeckten Pferde Wlassowskijs vorbei, der Kutscher brachte sie aus dem Galopp zum Halten, der Polizeimeister fuchtelte im Stehen mit den Händen, schrie zu den Fenstern der Häuser hinauf, schnauzte Arbeiter, Polizisten und Straßenjungen an, ließ sich, nachdem er genug auf die Leute eingeschrien hatte, ermüdet auf den Wagensitz fallen und trieb durch einen Stoß in den Rücken des Kutschers die Pferde von neuem an. Sein langer Schnauzbart sträubte sich grimmig und bog sich bis ins Genick.

»Hur-ra!« schrie das Volk hinter ihm her, während Diomidow,

zu Klim gewandt, mit erschrockenem Blinzeln klagte: »Wie ein Wahnsinniger. Alle sind von Sinnen. Als ob sie den Weltuntergang erwarten. Die Stadt ist wie ausgeplündert, alles hängt zu den Fenstern heraus. Und alle sind erbarmungslos. Warum brüllen sie denn? Das soll ein Feiertag sein? Ein Wahnsinn ist das.«

»Ein märchenhafter, zauberhafter Wahnsinn, du wunderlicher Kauz«, verbesserte ihn der mit weißer Farbe bespritzte Onkel Chrysanth und lachte glücklich.

»Es müßte feierlich zugehen, still«, murmelte Diomidow.

Samgin stimmte ihm schweigend zu, er fand, in dem prahlerischen Lärm des ruhmsüchtigen Moskau fehlten irgendwelche wichtigen Noten. Zu oft und sinnlos schrien die Menschen hurra, sie waren zu geschäftig, und man konnte viele unangebrachte kleine Scherze, viel Lächeln beobachten. Marakujew, der mit scharfem Blick das Komische und Alberne bemerkte, sprach davon zu Klim mit solchem Vergnügen, als hätte er, Marakujew, das Komische selbst geschaffen.

»Sehen Sie nur«, er deutete auf ein Transparent, an dessen goldene Worte: »Möge dir dein Weg leicht werden zum Ruhm und Glück Rußlands« sich das Stück Ladenschild »und Co.« aus den gleichen goldenen Buchstaben anschloß.

In den letzten Tagen hatte Marakujew aufdringlich recht abgeschmackte Anekdoten über die Verwaltung, die Stadtduma und die Kaufmannschaft erzählt, doch man konnte den Verdacht hegen, daß er die Anekdoten selbst erfand, man spürte in ihnen die Karikatur, hinter ihrer Plumpheit erschien hier und da etwas Geschraubtes und Trostloses.

»Ja,« sagte er zu Lidija, »das Volk freut sich. Aber ist das überhaupt das Volk? Das Volk ist dort!«

Er schwang den Arm und wies nach Norden und strich dann mit der Hand kräftig sein lockiges Haar glatt.

Doch obwohl Klim Samgin viel Unangenehmes, Beleidigendes sah und hörte, entstand in ihm die unruhige Erwartung, daß jeden Augenblick aus einer der zahllosen, dichtgedrängten Straßen etwas Außergewöhnliches, Wunderbares erscheinen müsse. Er schämte sich, sich zu gestehen, daß er den Zaren sehen wollte, doch der Wunsch steigerte sich gegen seinen Willen immer mehr, geschürt durch die Arbeit Tausender von Menschen und durch den prahlerischen Millionenaufwand. Diese Mühe und diese Freigebigkeit flößten den Gedanken ein, es müsse ein außergewöhnlicher Mensch erscheinen, nicht nur, weil er der Zar war, sondern weil Moskau irgendwelche besonderen Kräfte und Eigenschaften in ihm ahnte.

»Katharina die Große ist im Jahre 1796 gestorben«, erinnerte sich Onkel Chrysanth. Samgin war klar, daß der Moskauer an die Möglichkeit irgendwelcher großen Ereignisse glaubte, und klar war auch, daß dies der Glaube vieler Tausender war. Auch er fühlte sich in der Lage zu glauben: Morgen wird ein außergewöhnlicher und vielleicht grimmiger Mann erscheinen, auf den Rußland schon ein ganzes Jahrhundert wartet und der vielleicht imstande sein wird, zu den geistig verworrenen, verwilderten Menschen zu sagen: »Was treiben Sie da?«

An dem Tag, da der Zar aus dem Petrowsker Schloß in den Kreml zog, wurde Moskau angespannt still. Sein Volk hatte man durch zwei Glieder Soldaten und eine Schutzgarde aus zwei Reihen erlesen untertäniger Bürger dicht an die Häusermauern gedrängt. Die Soldaten standen unerschütterlich, wie aus Eisen gegossen, während die Angehörigen der Schutzgarde meist ehrwürdige, bärtige Männer mit sehr breiten Rücken waren. Sie standen Schulter an Schulter, drehten ihre steifen Hälse und blickten argwöhnisch und streng auf die Menschen hinter sich.

»Ru-hä!« sagten sie.

Es kam häufig vor, daß ein durch die Erwartung oder irgend etwas anderes erregter Mensch sich, von ihren Ellenbogen gestoßen, in einen Hof zurückgedrängt fand. Dies widerfuhr auch Klim. Ein schwarzbärtiger Mann sah ihn mit einem mürrischen Blick seiner schwarzen Augen an und trat ihm eine Minute später mit dem Absatz auf die Zehen. Klim riß den Fuß zurück und stieß dabei dem Schwarzbärtigen mit dem Knie ins Gesäß – der Mann war gekränkt. »Was benehmen Sie sich so ungebührlich, Herr? Und dabei noch mit Brille!«

Noch zwei andere fühlten sich gekränkt, und sie drängten, ohne Erklärungen anzuhören, Klim, geschickt und schnell manövrierend, in einen Hof, wo drei Polizisten saßen, während neben dem Hauseingang am Boden ein unscheinbar gekleideter Mann, wahrscheinlich ein Betrunkener, laut schnarchte. Ein paar Minuten später stieß man noch einen auf den Hof, einen jungen Mann in hellem Anzug, mit pockennarbigem Gesicht, und sagte zu den Polizisten: »Nehmt ihn fest, ein Taschendieb.«

Zwei von den Polizisten führten den Pockennarbigen in den Hintergrund des Hofes, der dritte sagte zu Klim: »Heute haben die Diebe einen guten Tag!«

Dann trieb man einen Mann mit einer Mappe in den Hof, er stampfte mit dem Fuß, klopfte dem Polizisten mit einem Bleistift an die Brust und schrie empört: »Sie haben kein Recht dazu!«

Er schrie in deutscher Sprache, in französischer, in rumänischer, doch der Polizist scheuchte ihn durch eine Handbewegung von sich wie Rauch, zog den nagelneuen Handschuh von seiner Rechten und ging, sich eine Zigarette anzündend, fort.

»Also – gut!« sagte drohend der Mann, begann mit dem Bleistift rasch in seiner Mappe zu schreiben und lehnte sich breitbeinig mit dem Rücken an die Wand.

Man trieb einen alten Mann, der rote Luftballons verkaufte, mit einer Riesentraube über seinem Kopf in den Hof; dann kam ein adrett gekleideter Mann, dessen Wange mit einem schwarzen Tuch verbunden war; sehr verlegen verzog er sich, ohne jemanden anzusehen, in den Hintergrund des Hofes, hinter die Hausecke. Klim verstand ihn, auch er fühlte sich verlegen und dumm. Er stand im Schatten hinter einem Berg von Kisten mit Lampengläsern und lauschte dem trägen Gespräch der Polizisten mit dem Taschendieb.

»Podolsk ist weit von hier«, erzählte der Taschendieb seufzend.

Auf dem Hof hüpften Spatzen herum, über den Fenstern saßen Tauben und blickten gelangweilt bald mit dem einen, bald mit dem anderen Fischauge nach unten.

So stand Samgin nun herum bis zu dem Augenblick, da der festliche Klang zahlloser Glocken ertönte. Aus Tausenden von Kehlen erschallte ein überwältigendes Hurra, schrill schmetterten Fanfaren, die Trompeten einer Militärkapelle dröhnten, die Trommeln rasselten, und ununterbrochen schallte das betäubende Geschrei: »Hurra-a!«

Als dieses Besessene sich gelegt hatte, betrat der elegante Gehilfe eines Polizeikommissars in Begleitung eines glattrasierten Mannes mit dunkler Brille den Hof, er trat ein, fragte Klim nach seinen Ausweispapieren, übergab sie dem bebrillten Mann, der die Papiere ansah und, mit dem Kopf zum Tor hin deutend, trocken sagte: »Sie können gehen.«

»Ich – verstehe nicht«, begann Samgin empört, aber der Mann mit Brille, der ihm den Rücken zugewandt hatte, sagte: »Es hat Sie auch niemand gebeten zu verstehen.«

Klim trat gekränkt auf die Straße, die Menge nahm ihn in sich auf, zog ihn mit und trieb ihn bald darauf Ljutow in die Arme.

Wladimir Petrowisch Ljutow hatte einen schweren Kater, er ging unnatürlich aufrecht, wie ein Soldat, wankte aber ein wenig, stieß Entgegenkommende an, lächelte den Frauen ziemlich dreist zu und redete, nachdem er sich bei Klim eingehängt und dessen Arm fest an seine Hüfte gedrückt hatte, reichlich laut: »Gehen wir zu mir Mittag essen. Trinken wir was. Man muß trinken, mein Lieber. Wir sind ernste Menschen, wir müssen trinken, was vier Fünftel der Seele herhalten. Aus voller Seele in Rußland zu leben wird einem von allen streng verboten. Allerseits – von der Polizei, den Pfaffen, den Lyrikern, den Epikern. Und wenn wir die vier Fünftel versoffen haben – dann werden wir pornographische Bildchen sammeln und uns schlüpfrige Anekdoten aus der russischen Geschichte erzählen. Das sind unsere Lebensaussichten.«

Ljutow hatte es offenbar darauf abgesehen, öffentliches Ärgernis zu erregen, das beunruhigte Klim sehr, er versuchte ihm den Arm zu entziehen, aber es gelang ihm nicht. Darauf zog er Ljutow in eine Seitengasse der Twerskaja, und dort trafen sie eine schnelle Droschke. Als sie jedoch in dem Wagen Platz genommen hatten, begann Ljutow, während er die dichte Menge lebhaften, festlich gekleideten Volks betrachtete, hinter dem blauen Rücken des Kutschers noch lauter zu reden: »Wir freuen uns, wie? Wir grüßen den Gottgesalbten. Er hat anständige Menschen zu Idioten hochgesalbt – macht nichts! Wir jubeln! Da hast du's! Juble nur, Jesaja!«

»Hör auf«, bat Klim leise und streng.

»Mir ist schwer ums Herz, mein Lieber! Sieh: Das gottergebene russische Volk wälzt sich wie eine Mauer heran und läßt sich auf Kosten des Zaren mit Bonbons bewirten. Rührend. Die Nachkommen des Moskowiter Trabevolks, das hinter Bolotnikow, dem Dieb aus Tuschino, Otrepjew, hinter Kosma Minin und danach hinter Michail Romanow hertrabte, lutschen Bonbons. Es lief hinter Stepan Rasin und Pugatschow her . . . und es war bereit, auch hinter Bonaparte herzutraben . . . Ein Trabevolk! Nur den Dekabristen und – den Leuten des 1. März folgte es nicht . . .«

Klim sah den steinernen Rücken des Droschkenkutschers an und überlegte: Hört der Kutscher diese trunkene Rede? Der Kutscher jedoch wiegte sich beharrlich auf dem Bock und warnte oder rügte nur zuweilen die Leute, die seinen Weg kreuzten: »Obacht, he! Obacht! . . . Wohin rennst du denn, alter Bursche!«

Daheim warteten Gäste auf Ljutow: die Frau, die ihn auf dem Land besucht hatte, und ein schöner, solide gekleideter blonder Mann mit Brille und einem kleinen Kinnbart.

»Kraft«, sagte er und drückte Samgin ungemein liebenswürdig die Hand; die Frau lächelte gezwungen und nannte Vor-und Vatersnamen Tausender russischer Frauen: »Marja Iwanowa.«

»Wir begegneten uns, glaube ich, schon«, erinnerte Klim, doch sie antwortete ihm nicht.

Ljutow schien auf einmal ernüchtert, er setzte eine mürrische Miene auf und lud die Gäste nicht sehr freundlich zum Mittagessen ein. Die Gäste lehnten nicht ab, und Ljutow wurde noch nüchterner. Als Klim begriffen hatte, wer diese Leute waren, beobachtete er unauffällig den Blonden; das war ein sehr wohlerzogener Mann. Von seinem blassen, etwas kühlen Gesicht verschwand fast nie ein Lächeln, das gleichermaßen liebenswürdig Ljutow, dem Dienstmädchen und dem Aschenbecher galt. Er zog die roten Lippen so eingelernt exakt unter dem hellen Schnurrbart in die Breite, daß es schien, als bewegte sich sein Schnurrbart gleichmäßig Härchen für Härchen. In diesem Lächeln lag etwas Panpsychisches, der Mann lächelte wohlwollend sowohl das Brot als auch das Messer an; doch Samgin hegte den Verdacht, hinter diesem Lächeln verberge sich Verachtung für alles und alle. Der Mann aß wenig, trank vorsichtig und sprach in den alltäglichsten Worten, von denen nichts in Erinnerung blieb – er sagte, daß viel Volk auf den Straßen sei, daß die Unmenge von Fahnen die Stadt sehr verschönere und daß die Bauern und Bäuerinnen aus den umliegenden Dörfern in Scharen auf das Chodynka-Feld gingen. Er war dem Hausherrn anscheinend sehr lästig. Ljutow verzog als Antwort auf sein Lächeln zwar auch verbindlich und angestrengt den Mund, sprach aber mit ihm nur kurz und trocken. Die Frau sagte während des ganzen Essens dreimal: »Ich danke Ihnen!« und zweimal: »Danke.«

Und hätte sie dabei nicht ihr sonderbares Lächeln gelächelt, so hätte man übersehen können, daß auch sie wie alle Menschen ein Gesicht besaß.

Kaum war man mit dem Essen fertig, sprang Ljutow vom Stuhl auf und fragte: »Nun?«

»Bitte«, sagte der Blonde galant. Sie gingen im Gänsemarsch hinaus: vornweg der Gastgeber, hinter ihm der Blonde und geräuschlos, wie über Eis gleitend, die Frau.

»Ich komme bald wieder!« versprach Ljutow und überließ Klim seinen Gedanken: Wie bringt es Ljutow fertig, auf einmal nüchtern zu sein? Stellt er sich etwa nur betrunken? Und wozu, aus welchen Gründen pflegte er Umgang mit Revolutionären?

Ljutow kehrte nach zwanzig Minuten zurück, rannte im Speisezimmer herum, wobei er die Hände in den Taschen bewegte, mit seinen Schieläugelchen funkelte und den Mund verzog.

»Volkstümler?« fragte Klim.

»So etwas Ähnliches.«

»Du . . . unterstützt sie?«

»Notwendigerweise. Die Väter opferten für die Kirche, die Kinder – für die Revolution. Ein halsbrecherischer Sprung, aber . . . was läßt sich da machen, mein Lieber ? Das Leben der Kruste des ungenießbaren Brotlaibs, genannt Rußland, kann man folgendermaßen betiteln: ›Geschichte der halsbrecherischen Sprünge der russischen Intelligenz.‹ Nur die Herren patentierten Historiker sind doch verpflichtet, kraft ihres Fachwissens zu beweisen, daß es gewisse Aufeinanderfolgen, Reihenfolgen und andere Hexereien gibt, aber was gibt es bei uns für eine Aufeinanderfolge? Spring, wenn du nicht ersticken willst.«

Er war mitten im Zimmer stehengeblieben, riß die Hände aus den Taschen, griff sich an den Kopf und brach in ein Gelächter aus.

»Mit ihrem Atem haben sie die ganze Luft verdorben! Der Diakon hat recht, der Teufel! Doch trinken wir was. Ich werde dir einen Bordeaux vorsetzen – da wirst du zittern! Dunjascha!«

Er setzte sich an den Tisch, rieb sich die Hände und biß sich auf die Lippen. Er sagte dem Dienstmädchen, welchen Wein es bringen solle, dann saß er da, die dunklen Haare auf den Wangen reibend, Hände und Haare im Gesicht, und schnatterte: »Ich hab den Diakon gern – er ist klug. Und tapfer. Er tut mir leid. Vorgestern hat er seinen Sohn ins Krankenhaus geschafft und weiß, daß er ihn von dort nur noch auf den Friedhof tragen kann. Er liebt ihn. Ich habe den Sohn gesehen . . . Ein sehr feuriger junger Mann. So ein Mensch war vermutlich Saint-Just.«

Klim hörte ihm zu und spürte mit Erstaunen – er wollte es sich selbst nicht glauben –, daß ihm Ljutow heute sympathisch war.

Vielleicht, weil ich gekränkt bin? fragte er sich, innerlich lächelnd, und fühlte noch immer die Kränkung bei der Erinnerung an den Hof und die geringschätzigen, genehmigenden Worte des Agenten der Schutzgarde: »Sie können gehen.«

Dann kam Makarow herein, müde und mürrisch, er setzte sich an den Tisch und schüttete gierig ein Glas Wein hinunter.

»Habe eine Jungfer seziert, ein Dienstmädchen«, erzählte er und blickte auf den Tisch. »Sie schmückte das Haus und stürzte aus dem Fenster. Merkwürdige Brüche am Beckenknochen. Vollkommen zerschmettert.«

»Nicht von Toten reden«, bat Ljutow. Und zum Fenster hinausblickend, sagte er: »Gestern habe ich im Traum den Odysseus gesehen, wie er auf dem Titelblatt zur Erstausgabe von Gneditschs ›Ilias‹ dargestellt ist; er hat den Sand aufgepflügt und sät Salz. Mein Vater, Samgin, war Soldat, hat vor Sewastopol gekämpft und ist in die Franzosen verliebt, er liest die ›Ilias‹ und lobt sie: Da sieht man, wie nobel in alten Zeiten Krieg geführt wurde! Ja . . .«

Mitten im Zimmer stehenbleibend, schwang er den Arm hoch, wollte noch etwas sagen, doch da erschien der Diakon, komisch gekleidet in ein altes, viel zu kurzes Wams und deshalb sehr verlegen. Makarow machte sich über ihn lustig, der Diakon lächelte trübsinnig und dröhnte: »Ich habe den Rock der kämpferischen Kirche ablegen müssen. Muß mich an ein anderes Sein gewöhnen. Bewirte mich mit Tee, Herr des Hauses.«

Nach dem Tee tranken sie Kognak, dann setzte sich der Diakon mit Marakow zum Damespiel hin, während Ljutow achselzuckend im Zimmer herumlief und keinen Platz für sich fand; er lief ans Fenster, schaute vorsichtig auf die Straße hinaus und murmelte: »Sie gehen. Immer weiter.«

Er setzte sich an den Tisch, schraubte die Lampe kleiner und schloß die Augen. Samgin fühlte, daß Ljutows Stimmung ihn ansteckte, und wollte gehen, doch Ljutow überredete ihn aus irgendeinem Grund sehr beharrlich, über Nacht dazubleiben.

»Morgen früh gehen wir dann alle zusammen auf die Chodynka, es ist immerhin interessant. Wir könnten allerdings auch vom Dach aus zusehen. Kostja, wo haben wir das Fernrohr?«

Klim blieb da, sie tranken Rotwein, dann war Ljutow mit dem Diakon auf einmal verschwunden, Makarow begann auf der Gitarre zu üben, und Klim, der einen Rausch bekommen hatte, ging nach oben und legte sich schlafen. Am Morgen weckte ihn Makarow mit einem Fernrohr in der Hand.

»Auf der Chodynka ist irgendwas passiert, das Volk kommt von dort gelaufen. Ich gehe aufs Dach, kommst du mit?«

Samgin hatte nicht ausgeschlafen, er hatte keine Lust, auf die Straße zu gehen, auch aufs Dach kletterte er nur ungern. Von dort erblickten sogar die bloßen Augen über dem Feld eine graugelbe Dunstwolke. Nachdem Makarow durchs Fernrohr geschaut hatte, gab er es Klim, blinzelte schläfrig und sagte: »Kaviar.«

Ja, das Feld, über dem eine unerklärliche Wolke stand, schien mit einer dicken Schicht Kaviar bestrichen, und in der dunklen Masse kleiner, runder Körner leuchteten hier und da weiße, rote Flecke und Äderchen.

»Rote Hemden, wie Wunden«, murmelte Makarow und gähnte heulend. »Da hat wohl einer geschwindelt, es ist gar nichts passiert«, fuhr er nach kurzem Schweigen fort. »Ein langweiliger Anblick, diese konzentrierte Dummheit.«

Er glättete sein ungekämmtes Haar, setzte sich neben einen Schornstein und sagte: »Wladimir hat nicht zu Hause geschlafen; er ist eben erst gekommen. Er ist aber nüchtern . . .«

Die große, bunte Stadt dröhnte und heulte, ununterbrochen läuteten Hunderte von Glocken, hart und ratternd polterten Wagen über das höckrige Pflaster, alle Laute verschmolzen zu einem einzigen gewaltigen Orgelton. Ein schwarzes Netz von Vögeln flatterte lärmend über der Stadt, doch kein einziger flog in Richtung der Chodynka. Dort in der Ferne auf dem riesengroßen Feld, unter der schmuddeligen Haube des Dunstes, hatte sich eine dichte Kaviarmasse von Menschen zusammengeballt. Sie wirkte wie ein einziger Leib, nur bei sehr angespanntem Hinsehen waren kaum merkliche Bewegungen der Körnchen zu erkennen; bisweilen schien über ihnen etwas hochzuquellen, doch in dem zähen Gedränge ging es rasch wieder unter. Auch Lärm drang von dort auf das Dach, doch es war kein frohlockender Stadtlärm, sondern irgendein Wintergeräusch, wie Schneesturm, es schwebte langsam, ununterbrochen herüber, ertrank jedoch leicht in dem Läuten, Poltern und Schreien.

Das Auge unablässig an der Messingfassung des Fernrohrs, stand Samgin wie gebannt. Die unzählbare Menge erinnerte ihn an die Kirchenprozessionen, die ihn in der Kindheit so beängstigt hatten, an die Gottesdienste vor der Wundertätigen Ikone der Oransker Mutter Gottes mit Tausenden von Menschen; durch den Strom des Lärms hörte er in seiner Erinnerung den Ausruf Onkel Chrysanths: »Kommt, laßt uns niederknien und beten . . .«

Er sah den Erdboden unter der Last der Menge wellenförmig schwanken, die Kopfkügelchen sprangen hoch wie Kaffeebohnen auf einer heißen Pfanne; in diesen krampfhaften Bewegungen lag etwas Unheimliches, während der Lärm allmählich dem melancholischen, aber drohenden Gesang eines unabsehbar großen Chores zu gleichen begann.

Er stellte sich vor, die Straßen würden, wenn diese Masse plötzlich in die Stadt hineinfluten sollte, den Andrang der dunklen Menschenströme nicht fassen können, die Menschen würden die Häuser umwerfen, ihre Ruinen zu Staub zerstampfen und die ganze Stadt wegfegen, wie ein Besen Kehricht wegfegt.

Klim begann die unübersehbare Anhäufung der mannigfaltigen Gebäude Moskaus zu betrachten. Die Luft über der Stadt war rein, die goldenen Kreuze der Kirchen spiegelten die Sonne wider, durchschnitten die Luft mit spitzen Strahlen und warfen sie auf die roten und grünen Vierecke der Dächer. Die Stadt erinnerte an eine alte, schmuddelige, stellenweise zerrissene Bettdecke mit bunten Kattunflicken. In ihren langen Rissen wimmelten kleine Menschengestalten, und es schien, als würde ihre Bewegung immer unruhiger, immer sinnloser; sie blieben stehen, wenn sie sich begegneten, sammelten sich zu kleinen Gruppen, gingen dann alle in einer Richtung weiter oder liefen wie erschreckt schnell auseinander. In einem der

Löcher zeigte sich eine blaue Abteilung Berittener, sie hüpften mit ihren Gäulen wie Gummipuppen über das Pflaster, dünne Holzschäfte schwankten über ihnen wie Angelruten, Lanzenspitzen blinkten in der Luft wie Fische.

»Im Grunde ist die Stadt schutzlos«, sagte Klim, doch Makarow war schon nicht mehr auf dem Dach, er war unauffällig hinuntergegangen. Durch die Straße galoppierten schwarze Pferde vor grünen Wagen mit Getöse über die grauen Pflastersteine, die behelmten Köpfe von Feuerwehrleuten blinkten, und all das war seltsam, wie ein Traum. Klim Samgin stieg vom Dach herunter und ging ins Haus, in die kühle Stille. Makarow saß mit der Zeitung in der Hand am Tisch, las und schlürfte starken Tee.

»Na, was gibt's?« fragte er, ohne die Augen zu heben.

»Ich weiß nicht, aber es scheint ...«

»Eine Schlägerei wahrscheinlich«, sagte Makarow und schnippte mit dem Finger gegen die Zeitung. »Was für banales Zeug sie schreiben ...«

Fünf Minuten tranken sie schweigend Tee. Klim lauschte dem Schlurren und Stapfen auf der Straße, den fröhlichen und erregten Stimmen. Plötzlich war es, als hätte ein unhörbarer, aber starker Wind den ganzen Straßenlärm fortgetragen und nur das schwere Poltern eines Lastwagens und das Läuten von Pferdeschellen zurückgelassen. Makarow erhob sich, trat ans Fenster und sagte von dort laut: »Na, da ist des Rätsels Lösung. Sieh her.«

Die fahnengeschmückte Straße entlang schritt im Takt ein dicker, brauner Gaul mit üppiger Mähne und zottigen Beinen; er schritt und wiegte betrübt den großen Kopf, schüttelte den langen Schopf. Neben ihm ging, das kahle Haupt entblößt, ein breitschultriger, bärtiger Fuhrmann, ein Teil der Zügel hing ihm über die Schulter, er blickte auf seine Füße, und alle Menschen blieben stehen und zogen Hüte und Mützen. Ein bis zur Schulter entblößter, blau und rot verfärbter Arm ragte unter der neuen Wagenplane hervor, bebend, in bettlerhaft flehender Gebärde, an einem Finger glänzte ein goldener Ring. Neben dem Arm schaukelte ein rötlicher, zerzauster Zopf, während an der Rückseite des Wagens, widernatürlich verrenkt, ein Bein in staubigem Stiefel zitterte.

»Sechs Personen ungefähr«, murmelte Makarow. »Natürlich, eine Schlägerei.«

Er sagte noch etwas, doch obwohl es im Zimmer und auf der Straße still war, verstand Klim seine Worte nicht, er sah dem Wagen nach, der langsam weiterfuhr, während die Menschen auf dem Bürgersteig wie angewurzelt stehenblieben und den Kopf entblößten.

Graue Schatten des Schreckens zeigten sich auf den Gesichtern und machten sie fast gleichförmig.

Es fuhr noch ein altersschwacher, ausgeleierter Wagen vorüber, der mit zerquetschten Menschen beladen war. Sie lagen unbedeckt, ihre Kleider waren in Fetzen gerissen, die entblößten Körperteile voll Staub und Schmutz. Dann kamen nach und nach immer größere, dichtere Gruppen von Menschen, die wie Bettler aussahen, zerfetzt, mit zerzaustem Haar und geschwollenen Gesichtern; sie gingen still und beantworteten die Fragen der Entgegenkommenden knapp und widerwillig; viele von ihnen hinkten. Ein Mann mit abgerissenem Bart und dem blauen Gesicht eines Erdrosselten hatte die rechte Hand auf die Schulter gelegt, wie der Fuhrmann die Zügel, und stützte mit der linken den Ellenbogen; er redete anscheinend, die Reste seines Barts zitterten. Die Mehrzahl der verstümmelten Menschen ging auf der Schattenseite der Straße, als schämten sie sich oder fürchteten sich vor der Sonne. Und sie alle schienen flüssig, mit einem trüben Naß gefüllt; Klim erwartete, daß einige von ihnen beim nächsten Schritt hinfallen und auf der Straße zu Schmutz zerrinnen würden. Aber sie fielen nicht, sie gingen, gingen, und bald konnte man beobachten, wie die entgegenkommenden, unverletzten Menschen kehrtmachten und neben ihnen weitergingen. Samgin spürte, daß ihn das besonders bedrückte.

»Für eine Schlägerei sind es zu viele«, sagte Makarow mit fremder Stimme. »Ich will gehen und mich erkundigen ...«

Samgin ging mit. Als sie die Straße betraten, schritt ein großer Mann mit vorgewölbtem Bauch wankend am Tor vorbei; er trug eine rotbraune Weste, die Hose war bis zu den Knien abgerissen, in den Händen hielt er einen zerknitterten Hut und glättete ihn gesenkten Hauptes mit zitternden Fingern. Makarow faßte ihn am Ellenbogen, hielt ihn an und fragte: »Was ist geschehen?«

Der Mann machte den haarigen Mund auf, sah Makarow und dann Klim mit trüben Augen an, machte eine wegwerfende Handbewegung und ging weiter. Doch nach drei Schritten wandte er sich wie ein Wolf um und sagte laut: »Alle sind schuld. Alle.«

»Die Antwort eines Verbrechers«, brummte Makarow und spie wie ein Handwerker durch die Zähne.

Es kamen irgendwelche erregten und mitteilsamem, einfältigen Leute, sie schrien und jammerten, aber es war schwer zu verstehen, was sie sagten. Einige lachten sogar, ihre Gesichter waren listig und glücklich.

Dann fuhr ein höckerförmig beladener grüner Wagen der Feuerwehr vorbei, unter dem Krummholz schaukelte und bimmelte fröhlich ein Glöckchen. Ein rotgesichtiger Feuerwehrmann in blauem Kittel lenkte die beiden Füchse, sein eherner Kopf blendete. Das lustige Glöckchen und dieser festlich strahlende, eherne Kopf machten auf Samgin einen höchst sonderbaren Eindruck. Diesem Wagen folgte ein zweiter, ein dritter und noch weitere, und über jedem erhob sich feierlich ein ehernes Haupt.

»Trojaner«, murmelte Makarow.

Klim verfolgte erschüttert einen der Wagen mit den Augen. Man hatte einen Menschen zuviel aufgeladen, er lag auf den Leichen, die man sorgfältig in der Längsrichtung des Wagens verstaut hatte, man hatte ihn nachlässig schräg, fast quer hinaufgeworfen, und er streckte die nackten, ungleich langen Arme unter der Plane hervor. Der kürzere ragte hölzern mit sternförmig gespreizten Fingern heraus, der andere, der lange, war offenbar im Ellenbogengelenk gebrochen; er hing vom Wagen herab und schwankte frei in der Luft, und die Hand, an der zwei Finger fehlten, sah aus wie eine Krebsschere.

Der Stein ist dumm. Der Baum ist dumm, erinnerte sich Klim.

»Ich kann nicht mehr«, sagte er und ging in den Hof. Hinter dem Tor blieb er stehen, nahm die Brille ab, blinzelte den Staubschleier von den Augen und dachte: Weshalb ist denn er . . . gerade er hingegangen? Das hätte er nicht tun sollen . . .

Vor dem Tor rief Makarow erstaunt und fragend: »Halt, wohin wollen Sie denn?«

Gleich darauf schob er Marakujew in den Hof, barhäuptig, mit zerzaustem Haar, düsterem Gesicht und einer verschorften, roten Schramme vom Ohr bis zur Nase. Marakujew hielt sich unnatürlich aufrecht, sah Makarow mit einem trüben Blick blutunterlaufener Augen an und fragte heiser zwischen den Zähnen hindurch: »Wo waren Sie? Haben Sie es gesehen?«

Seine reglosen Augen, seine hölzerne Gestalt hatten etwas Unheimliches, Wahnsinniges an sich. Er hatte einen fremden, weiten grauen Rock umgehängt, der zerknittert war und ausgerissene Taschen hatte, das bunte Baumwollhemd war an der Brust zerrissen; die billige Lüsterhose war mit grüner Farbe beschmiert. Am unheimlichsten schien Klim die steife Haltung Marakujews, er stand so straff und angespannt da, als fürchtete er, wenn er die Hände aus den Taschen nähme, den Kopf neigte oder den Rücken beugte, werde sein Körper zerbrechen, auseinanderfallen. Er stand da und fragte immer wieder mit den gleichen Worten: »Wo waren Sie?«

Makarow führte ihn nicht, er trug ihn fast ins Haus, schob ihn ins Badezimmer, entkleidete ihn rasch bis zum Gürtel und begann ihn zu waschen. Es war schwierig, seinen Nacken über den Waschtisch zu beugen, der lustige Student stieß Makarow immer wieder mit der Schulter fort, sträubte sich eigensinnig, sich zu bücken, streckte federnd den Rücken und stöhnte: »Warten Sie ... ich will es selbst tun! Nicht nötig ...«

Es schien, als fürchtete er das Wasser wie einer, den ein toller Hund gebissen hat.

»Such das Stubenmädchen und verlang Wäsche«, kommandierte Makarow.

Klim ging gehorsam fort, er war froh, den plattgedrückten Menschen nicht mehr zu sehen. Auf der Suche nach dem Stubenmädchen ging er von Zimmer zu Zimmer und erblickte Ljutow; barfuß, in Nachtwäsche, stand Ljutow am Fenster und hielt sich den Kopf. Er hörte die Schritte und wandte sich um, blinzelte fassungslos und fragte, mit einer sinnlosen Geste beider Hände auf die Straße deutend: »Was ist das?«

»Es ist irgendein ... Unglück geschehen«, antwortete Klim. Das Wort Unglück sprach er nicht sofort, nicht fest aus, er fand, daß man ein anderes Wort finden müßte, doch in seinem Kopf lärmte, zischte etwas, und die Worte kamen ihm nicht auf die Zunge.

Als er mit Ljutow ins Speisezimmer trat, lag Marakujew bereits nackt auf dem Diwan ausgestreckt, und Makarow massierte ihm mit hochgekrempelten Ärmeln krächzend Brust, Leib und Hüften. Marakujew, der vorsichtig den Hals drehte und den feuchten Kopf auf dem Lederpolster rollte, sprach halblaut, sich räuspernd, zusammenhanglos wie im Fieber: »Sie haben sich gegenseitig erdrückt. Es war furchtbar. Haben Sie es gesehen? Teuflisch ... Die Leute krochen von dem Feld und hinterließen lauter Leichen, Leichen. Haben Sie gesehen: Die Feuerwehrleute fahren mit Glocken, fahren – und läuten! Ich sage: ›Man muß die Glocke festbinden!‹ Sie antworten: ›Das geht nicht.‹ Idioten mit Glöckchen ... Überhaupt muß ich sagen ...«

Er verstummte und schloß die Augen, dann fing er wieder an: »Der Eindruck ist so, als erdrückten sie sich noch immer, sie zertrampeln einen Menschen und gehen fort, ohne sich nach ihm umzusehen. Sie gehen fort ... das ist erstaunlich! Sie gehen wie über Steine ... Über mich ...«

Marakujew hob den Kopf und setzte sich, mit den Händen auf den Diwan gestützt, vorsichtig hin, er lächelte mit einer ganz unglaublichen Grimasse, bei der sich der Mund sichelförmig bog, das zerschundene Gesicht häßlich in die Breite ging und die Ohren in den Nacken geschoben wurden, und sagte: »Auf mich hat man getreten, verstehen Sie? Nein, das ... muß man erleben. Ein Mensch liegt da, und man setzt den Fuß auf ihn wie auf einen Dreckhöcker! Zertritt ihn einfach ... wie? Einen lebendigen Menschen. Unvorstellbar.«

»Ziehen Sie sich an«, sagte Makarow, der ihn aufmerksam musterte, und reicht ihm Wäsche.

Marakujew hatte den Kopf in das Hemd gesteckt und sah daraus hervor wie aus einem Schneehaufen, er sprach weiter: »Leichen – zu Hunderten. Einige liegen wie gekreuzigt am Boden. Und der Kopf einer Frau ist in ein Erdloch hineingestampft worden.«

»Weshalb sind Sie hingegangen?« fragte Klim streng, da er plötzlich erriet, weshalb Marakujew als Handwerker gekleidet auf dem Chodynka-Feld gewesen war.

»Ich – zu reden ... zu erfahren«, antwortete der Student hüstelnd und immer mehr zu sich kommend. »Habe viel Staub geschluckt ...«

Er stand auf, blickte unsicher auf den Fußboden und verzog wieder den Mund wie eine Sichel. Makarow führte ihn an den Tisch und setzte ihn hin, während Ljutow ihm ein halbes Glas Wein einschenkte. »Trinken Sie.«

Das waren seine ersten Worte. Bis dahin hatte er schweigend dagesessen, hatte die Ellenbogen auf den Tisch gestützt, die Hände an die Schläfen gepreßt und Marakujew blinzelnd angesehen, als blickte er in grelles Licht.

Marakujew nahm das Glas und schaute hinein, er stellte es wieder auf den Tisch und sagte: »Die Frau lag neben einem Balken, doch ihr Kopf ragte über das Balkenende hinaus, und man trat ihr mit den Füßen auf den Kopf. Und stampfte ihn in die Erde. Geben Sie mir Tee ...«

Er sprach immer bereitwilliger und weniger heiser.

»Ich kam um Mitternacht hin ... und wurde hineingesogen. Sehr tief. Einige standen schon ohnmächtig da. Eingekeilt standen sie da. Wie Tote. Es war alles ein Schlamm und Morast ... Und eine bleierne Luft, man konnte nicht atmen. Gegen Morgen sind manche wahnsinnig geworden, glaube ich. Sie schrien. Es war ganz unheimlich. Solch einer stand neben mir und wollte immerzu beißen. Da stieß einer dem andern mit dem Hinterkopf gegen die Stirn, mit der Stirn gegen den Hinterkopf. Mit den Knien. Traten sich auf die Füße. Das half natürlich alles nichts, nein! Ich weiß es. Ich habe selbst um mich geschlagen«, sagte er erstaunt blinzelnd und tippte sich mit dem Finger auf seine Brust. »Wohin dann? Von allen Seiten mit Menschen beklebt. Ich schlug zu ...«

Da kam der Diakon, der sich gerade erst gewaschen hatte, sein Bart war noch naß. Er tat den Mund auf und wollte etwas fragen –

Ljutow zischte ihn mit einem Blick auf Marakujew an. Doch Marakujew beugte sich stumm über den Tisch und rührte in seinem Tee, während Klim Samgin laut dachte: »Wie entsetzlich muß dem Zaren zumute sein.«

»Da hast du den Rechten zum Bedauern gefunden«, fiel ihm Ljutow ironisch ins Wort, die übrigen drei ließen Klims Worte unbeachtet. Makarow erzählte dem Diakon mit finsterer Miene halblaut von der Katastrophe.

»Menschlich gesehen ist er zu bedauern«, fuhr Klim, zu Ljutow gewandt, fort. »Stell dir vor, bei deiner Hochzeit geschähe ein Unglück ...«

Das war noch taktloser. Klim, der fühlte, daß seine Ohren sich röteten, schalt sich innerlich, verstummte und wartete, was Ljutow sagen würde. Doch Marakujew sprach.

»Empört waren nur wenige!« sagte er, den Kopf hochwerfend. »Empörte habe ich nicht gesehen. Nein. Irgend so ein sonderbarer Mann mit einem weißen Hut sammelte Freiwillige zum Gräberschaufeln. Mich forderte er auch auf. Ein sehr – sachlicher Mann. Er forderte auf, als hätte er schon lange auf die Gelegenheit gewartet, ein Grab zu schaufeln. Und zwar ein großes, für viele.«

Er trank Tee, aß und trank dann Kognak; seine kastanienbraunen Locken waren trocken und locker geworden, die trüben Augen hatten sich aufgehellt.

»Ungeheuerliche Kräfte legten manche an den Tag«, erinnerte er sich, konzentriert in das leere Glas blickend. »Man kann doch nicht mit der Hand, Makarow, mit den Fingern die Haut vom Schädel herunterreißen, nicht die Haare, sondern die Haut?«

»Das kann man nicht«, wiederholte Makarow finster und überzeugt.

»Aber ein – Mensch, der tat es, er verkrallte sich mit den Nägeln in den Nacken des Dicken neben mir und riß ein Stück heraus ... Der Knochen war zu sehen. Er war auch der erste, der mich schlug ...«

»Sie müssen schlafen«, sagte Makarow. »Kommen Sie ...«

»Eine erstaunliche Kraft legten sie an den Tag«, murmelte der Student und folgte Makarow gehorsam.

»Wie war denn das alles?« fragte vom Fenster her der Diakon.

Niemand antwortete. Klim dachte: Wie wird sich der Zar verhalten? und fühlte, daß er zum erstenmal an den Zaren wie an ein reales Wesen dachte.

»Was werden wir nun tun?« fragte von neuem der Diakon, wobei er das wir stark betonte.

»Gräber schaufeln«, brummte Ljutow.

Der Diakon sah ihn an, sah Klim an, preßte seinen dreiteiligen Bart in die Faust und sagte: »›Der Herr ist ein eifriger Gott und Rächer, ja, ein Rächer ist der Herr und zornig; der Herr ist ein Rächer wider seine Widersacher, der seine Feinde selbst vernichtet . . .‹«

Klim blickte ihn erstaunt an. Der Diakon konnte und wollte doch nicht etwa rechtfertigen?

Doch dieser fuhr, den Kopf wiegend, fort: »Grausame, satanische Worte hat da der Prophet Nahum gesprochen. Dorthin, Jünglinge, richtet euren Blick: Strafe und Rache sind bei uns vortrefflich ausgebildet, die Belohnungen jedoch? Von den Belohnungen wissen wir nichts. Die Dantes, Miltons und die anderen bis zu unserem Volk einschließlich haben die Hölle ausführlichst und gar schrecklich geschildert, das Paradies jedoch? Vom Paradiese ist uns nichts gesagt worden, wir wissen nur das eine: dort singen die Engel dem Herrn Zebaoth Hosianna.«

Plötzlich schlug er mit der Faust auf den Tisch, füllte das Zimmer mit gläsernem Zittern des Geschirrs und schrie, die Augen grimmig vorrollend, mit trunkener Stimme: »Wofür Hosianna? Ich frage: Wofür Hosianna? Das ist die Frage, ihr Jünglinge: Wofür Hosianna? Und wem soll denn der Bannfluch gelten, wenn dem Schöpfer der Hölle Hosianna gesungen wird, ha?«

»Hör auf«, bat Ljutow mit abwehrender Handbewegung.

»Nein, warte: Wir haben zwei Kritiken, die eine – aus Sehnsucht nach Wahrheit, die andere – aus Ehrsucht. Christus ist aus Sehnsucht nach Wahrheit geboren, aber Zebaoth? Wenn nun im Garten von Gethsemane nicht der Herr Zebaoth, sondern der Satan Christo den Kelch des Leidens gezeigt hat, um sich über ihn lustig zu machen? Vielleicht war es gar nicht der Kelch, sondern nur eine Gebärde des Hohns? Das, Jünglinge, habt ihr zu entscheiden . . .«

Makarow trat sehr eilig ins Zimmer und sagte zu Klim: »Er sagt, er hat dort Onkel Chrysanth gesehen und diesen . . . Diomidow, verstehst du?«

Makarow schlug sich mit der Faust schallend in die Hand, sein Gesicht erbleichte.

»Wir müssen uns erkundigen, wir müssen hinfahren . . .«

»Zu Lidija«, ergänzte Klim.

»Fahren wir gemeinsam. Wladimir, laß einen Arzt holen. Marakujew bricht Blut.«

Auf dem Weg ins Vorzimmer teilte er aus irgendeinem Grund mit: »Er heißt Pjotr.«

Auf der Straße ging es laut und lebhaft zu, und als sie auf die

Twerskaja kamen, wurde es noch lauter. Endlos bewegte sich mit dumpfem Gemurmel eine Menge zerlumpter, zerschundener, schmutziger Menschen dahin. Ein ununterbrochenes gedämpftes Murren lag in der Luft und wurde ab und zu von hysterischen Frauenstimmen durchschnitten. Die Menschen schritten müde gegen die Sonne, sie gingen mit geneigten Köpfen, als fühlten sie sich schuldig. Doch oft, wenn einer den Kopf hob, erblickte Samgin in dem erschöpften Gesicht den Ausdruck stiller Freude.

Samgin war durch die Eindrücke ermüdet, und all die gramvollen, erschreckten, neugierigen und glückselig stumpfen Gesichter, die unter den dreifarbigen Fahnen auf der reichgeschmückten Straße für Augenblicke vor ihm auftauchten, beunruhigten ihn nicht mehr. Die Eindrücke ließen Klim seine eigene Gewichtigkeit, seine Realität gut empfinden. Über die Ursache der Katastrophe machte er sich keine Gedanken. Die Ursache war ja im Grunde aus dem, was Marakujew erzählt hatte, zu ersehen: Die Menschen hatten sich auf die »Bonbons« gestürzt und gegenseitig erdrückt. Das ließ Klim von der Höhe des Wagens gleichgültig und verächtlich auf sie hinabblicken.

Makarow saß neben ihm, hatte den einen Fuß auf den Wagentritt gestellt, als ob er sich vorbereite, auf die Straße zu springen. Er brummte: »Weiß der Teufel, diese blöden Fahnen brennen einem richtig in den Augen!«

Vermutlich wird der Zar die Familien der Getöteten reich beschenken, überlegte Klim, doch Makarow, der den Kutscher gebeten hatte, schneller zu fahren, erinnerte daran, daß auch bei Marie-Antoinettes Hochzeit irgendein Unglück passiert war.

Das sieht ihm ähnlich, dachte Klim. Auch hier steht bei ihm an erster Stelle die Frau, als hätte es keinen Ludwig gegeben.

Die Wohnung von Onkel Chrysanth war zugeschlossen, auch an der Küchentür hing ein Schloß. Makarow befühlte es, nahm die Mütze ab und trocknete sich den Schweiß von der Stirn. Für ihn war die verschlossene Wohnung anscheinend ein schlimmes Vorzeichen; als sie aus dem dunklen Hausflur in den Hof traten, sah Klim, daß Makarows Gesicht blaß geworden und eingefallen war.

»Wir müssen uns erkundigen, wohin die . . . Verletzten gebracht werden. Wir müssen von einem Krankenhaus zum andern fahren. Komm.«

»Du meinst . . .«

Doch Makarow ließ Klim nicht ausreden.

»Komm«, sagte er grob.

Bis zum Abend hatten sie, im Wagen und zu Fuß, rund zehn Krankenhäuser aufgesucht und waren zweimal zu Chrysanths kleiner verschlossener Küchentür zurückgekehrt. Es war schon dunkel, als Klim halblaut vorschlug, zum Friedhof zu fahren.

»Unsinn«, sagte Makarow schroff. »Halt den Mund.«

Und nach einer Weile fügte er empört hinzu: »Das kann nicht sein.«

Seine Backenknochen hatten sich ganz unnatürlich zugespitzt, er bewegte den Unterkiefer, als knirschte er mit den Zähnen, und wandte, das Getümmel der aufgeregten Menschen betrachtend, den Kopf hin und her. Die Menschen wurden immer stiller, redeten mürrischer, der Abend verwischte ihre Umrisse.

Makarows Stimmung flößte Sorge um Lidija ein und bedrückte Klim. Er war körperlich ermüdet und fühlte sich nach dem Anblick Hunderter von geschlagenen, verletzten Menschen vergiftet, abgestumpft.

Sie gingen zu Fuß, als aus einer Nebengasse eine Droschke herausgefahren kam, in der zerzaust, Schirm und Hütchen auf den Knien, Warwara saß.

»Mein Stiefvater ist erdrückt worden«, rief sie und stieß den Kutscher in den Rücken; Samgin schien es, als hätte sie es mit Stolz gerufen.

»Wo ist Lidija?« fragte Makarow, noch ehe Klim es tun konnte. Das Mädchen sprang auf das Trottoir herab, drückte dem Droschkenkutscher mechanisch, aber doch mit einer schönen Geste, das Geld in die Hand, und ging dann auf das Haus zu, wobei sie nun schon wenig anmutig den Schirm in der einen, den Hut in der anderen Hand schwang; hysterisch laut erzählte sie: »Er ist nicht wiederzuerkennen. Ich erkannte ihn an den Stiefeln und am Ring, entsinnen Sie sich? Der Karneolring? Entsetzlich. Er hatte kein Gesicht mehr . . .«

Sie sah verweint aus, ihr Kinn zitterte, doch Klim war es, als funkelten ihre grünlichen Augen boshaft.

»Wo ist Lidija?« wiederholte Makarow beharrlich und kam Klim abermals zuvor.

»Sie sucht Diomidow. Ein Schauspieler hat ihn in der Nähe des Alexanderbahnhofs gesehen und sagt, er hat den Verstand verloren, Diomidow . . .«

Warwaras laute Stimme lockte ein paar festlich gekleidete Menschen an; ein Mann mit Spazierstöckchen und Strohhut stieß Samgin beiseite, schaute dem Mädchen ins Gesicht und fragte: »Sind es wirklich zehntausend? Und viele, die irrsinnig geworden sind?«

Er nahm den Hut ab und rief fast entzückt: »Welch ein ungewöhnliches Unglück!«

Klim blickte sich um: Warum verjagt Makarow diesen Idioten nicht? Doch Makarow war verschwunden.

In ihrem Zimmer warf Warwara Schirm und Hut, den nassen Knäuel des Taschentuchs und das Portemonnaie mit schroffen Gesten auf Tisch und Bett und sagte abgerissen: »Die Wange zwar zerfetzt, die Zunge hing aus einer Wunde heraus. Ich habe nicht weniger als dreihundert Leichen gesehen ... Mehr noch. Was ist denn das, Samgin? Es ist doch undenkbar, daß sie sich selbst ...«

Rasch und leicht, wie vom Wind getragen, ging sie im Zimmer umher, rieb sich das Gesicht mit einem nassen Handtuch ab und suchte immerfort irgend etwas, nahm Kämme und Bürsten vom Toilettentisch und warf sie gleich wieder an ihren Platz. Sie befeuchtete ihre Lippen und zerbiß sie.

»Trinken, Samgin, ich möchte furchtbar gern trinken ...«

Ihre Pupillen hatten sich geweitet und waren trübe, die geschwollenen Lider blinzelten müde und röteten sich immer mehr. Und in Weinen ausbrechend, das tränennasse Taschentuch in Stücke reißend, schrie sie: »Er stand mir näher als die Mutter ... war so komisch, so lieb. Und seine zärtliche Liebe zum Volk ... Und die auf dem Friedhof sagen, die Studenten hätten Gruben gegraben, um das Volk gegen den Zaren aufzuwiegeln. O mein Gott ...«

Samgin wußte nicht, was er tun sollte, er verstand sich nicht darauf, weinende junge Mädchen zu trösten, und fand, Warwara weine zu schön, als daß ihr Weinen ehrlich sein könne. Doch sie beruhigte sich von selber, kaum daß die kräftige Anfimjewna erschienen war und zutunlich, aber sachlich zu erzählen begann: »Man hat ihn in die kleine Kapelle getragen und wollte ihn nicht nach Hause lassen. Sie baten sehr darum, Chrysanth Wasselijewitsch nicht mit nach Hause zu nehmen. ›Urteilen Sie selbst‹, sagten sie, ›wie sollte denn jetzt, wo doch die Feiern sind, ein Begräbnis stattfinden?‹«

Ganz niedergeschlagen sagte die Köchin: »Und es stimmt ja auch, Warja, wozu den Zaren aufregen? Gott verzeihe ihnen allen; es ist ihre Sünde, und sie haben es zu verantworten.«

Warwara nickte stumm, ging, nachdem sie um Tee gebeten hatte, in ihr Zimmer und erschien ein paar Minuten später in schwarzem Kleid, frisiert, mit zwar traurigem, aber doch beruhigtem Gesicht.

Beim Tee fragte Klim nach einem Blick auf die Uhr unruhig: »Was meinen Sie: Wird Lidija diesen Diomidow finden?«

»Wie kann ich das wissen?« antwortete sie trocken und sagte prophetisch wie ein sehr lebenserfahrener Mensch: »Ich mißbillige ihr Verhalten ihm gegenüber. Sie unterscheidet nicht zwischen Liebe und Mitleid, und ihr steht ein entsetzlicher Irrtum bevor. Diomidow bringt einen in Erstaunen, er tut einem leid, aber kann man denn einen solchen Menschen lieben? Die Frauen lieben die Starken und Kühnen, diese lieben sie ehrlich und lange. Sie lieben natürlich auch Menschen mit Absonderlichkeiten. Irgendein deutscher Gelehrter hat einmal gesagt: ›Um Beachtung zu finden, muß man in Absonderlichkeiten verfallen.‹«

Fünf Minuten lang sprach sie, als hätte sie den Tod des Stiefvaters vergessen, kritisch und händelsüchtig von Lidija, und Klim begriff, daß sie die Freundin nicht liebte. Er wunderte sich, wie gut sie ihre Antipathie gegen Lidija bis zu diesem Augenblick verborgen hatte – und diese Verwunderung hob das grünäugige Mädchen in den Augen Samgins ein wenig. Dann dachte sie daran, daß man vom Stiefvater sprechen müßte, und sagte, Menschen seines Typs gehörten zwar der Vergangenheit an, besäßen aber doch eine eigentümliche Schönheit.

Klim fühlte sich immer unruhiger, unbehaglicher, er fand, daß es Lidija gegenüber anständiger und taktvoller wäre, wenn er durch die Straßen ginge und sie suchte, statt hier zu sitzen und Tee zu trinken. Doch jetzt konnte er auch nicht gut fortgehen.

Es war schon dunkel, als Lidija hereingelaufen kam, und Makarow führte Diomidow am Arm. Samgin schien es, als erzitterte alles im Zimmer und als senkte sich die Decke. Diomidow hinkte etwas, seine linke Hand war mit Makarows Mütze umwickelt und hing in einer Schlinge aus irgendeinem Lappen am Hals. Er sprach, nach Atem ringend, mit fremder Stimme: »Ich wußte doch – ich wollte nicht . . .«

Sein helles Haar hatte sich wie Schafwolle auf dem Kopf zusammengeballt; das eine Auge war angeschwollen und dunkel unterlaufen, während das andere weit hervortrat. Er war ganz zerlumpt, das eine Hosenbein hatte einen Querriß, in dem Loch zitterte das nackte Knie, und dieses Zittern des runden, mit schmutziger Haut umspannten Knochens war widerlich.

Makarow half ihm behutsam, sich auf den Stuhl an der Tür niederzulassen – Diomidows gewohnter Platz in diesem Zimmer. Der Requisiteur setzte das zitternde Bein fest auf, schüttelte mit der Hand den Staub vom Kopf und schrie heiser: »Ich habe gesagt: teilen, verteilen muß man sie, damit sie sich nicht gegenseitig erdrükken. O Gott!«

»Und was wird nun?« fragte Makarow Lidija schroff. »Wir brauchen heißes Wasser und Wäsche. Er gehört ins Krankenhaus, aber nicht hierher . . .«

»Schweigen Sie! Oder – gehen Sie fort«, schrie Lidija und lief in die Küche. Auf ihren bösen Ausruf hin heulte Warwara auf wie ein epileptisches Bauernweib: »Verurteilt sie, verdammt sie, bestraft sie ...!«

Sie sah zu Diomidow und griff sich an den Kopf, wiegte sich auf dem Stuhl hin und her und stampfte mit den Füßen. Diomidow starrte sie ebenfalls an und schrie: »Raum für jeden! Untersteht euch! Keinerlei Lockmittel! Wir brauchen keine Bonbons! Wir brauchen keinen Schnaps!«

Sein Bein begann wieder zu zucken, er stampfte auf, das Knie sprang aus dem Loch heraus; ein schwerer Kotgeruch ging von ihm aus. Makarow hielt ihn an der Schulter und sagte laut und mürrisch zu Warwara: »Holen Sie Wäsche und Handtücher ... Was soll das Schreien? Sie werden bestraft, beruhigen Sie sich.«

»Jeder für sich allein«, stieß Diomidow hervor, während aus seinen Augen ununterbrochen zwei Bächlein Tränen rannen.

Dann kam Lidija hereingelaufen; sie stieß Makarow beiseite, half Diomidow leicht auf die Beine und führte ihn dann in die Küche.

»Sie wird ihn doch nicht etwa selber waschen?« fragte Klim, wobei er angewidert das Gesicht verzog und erbebte.

Warwara warf den Kopf zurück, daß ihr üppiges rötliches Haar über die Schulter fiel, und ging rasch in das Zimmer des Stiefvaters; Samgin, der sie mit seinen Blicken verfolgte, fand, sie hätte das Haar früher, nicht erst in diesem Augenblick auflösen sollen, und Makarow hatte die Fenster geöffnet und murmelte: »Ich fand die beiden auf der Chaussee. Dieser da steht und brüllt, predigt: ›Auseinandergehen, zerstreuen‹ – während Lidija ihm zuredet mitzukommen ... ›Ich hasse all deine Leute‹, schrie er ...«

In der Stadt war ein Knattern und Heulen, als ob in einem riesengroßen Ofen feuchtes Holz anbrenne.

»Interessant, ob das Feuerwerk stattfinden wird?« erwog Klim.

»Es ist selbstverständlich abgesagt – wo denkst du hin?« sagte Makarow ungehalten.

»Weshalb denn?« entgegnete Klim. »Das lenkt ab. Es wäre unklug, wenn man es absagte.«

Makarow schwieg, er hatte sich auf die Fensterbank gesetzt und zupfte sich am Schnurrbart.

»Diomidow scheint den Verstand verloren zu haben?« fragte Samgin, nicht ohne auf eine bestätigende Antwort zu hoffen; Makarow antwortete nicht sogleich und wenig tröstlich: »Wohl kaum. Er gehört zu den Typen, die ihr ganzes Leben an der Grenze des Wahnsinns zubringen ... scheint mir.«

In der Tür erschien Lidija. Sie stockte, als wäre sie über eine Schwelle gestolpert, hielt sich mit der einen Hand am Türpfosten fest und bedeckte mit der anderen die Augen.

»Ich kann nicht«, sagte sie und wankte, als suchte sie den Platz, wohin sie fallen könnte. »Ich kann nicht«, wiederholte sie in sehr sonderbarem Ton, schuldbewußt und sichtlich erstaunt. Ihre Blusenärmel waren bis zum Ellenbogen aufgerollt, von dem nassen Rock fielen Wassertropfen auf den Boden.

»Geht, wascht ihn«, bat sie, das Gesicht mit den Händen bedekkend.

»Komm, du hilfst mir«, sagte Makarow zu Klim.

In der Küche auf dem Fußboden saß vor einer großen Waschschüssel der nackte Diomidow, hatte den linken Arm an die Brust gedrückt und stützte ihn mit dem rechten. Von seinem nassen Haar rann Wasser herab, und es schien, als schmölze, als zerfiele er. Seine sehr weiße Haut war mit Kot beschmutzt, mit blauen Flecken bedeckt und von Schrammen zerkratzt. Mit einer unsicheren Bewegung seiner rechten Hand schöpfte er eine Handvoll Wasser und schwappte es in sein Gesicht, auf das geschwollene Auge; das Wasser rann an der Brust herab, ohne die dunklen Flecke wegzuwaschen.

»Jeder hat einen Raum«, murmelte er. »Fort voneinander . . . Ich bin kein Spielzeug . . .«

»Ein Isaak«, erinnerte sich Klim Samgin nicht ganz angebracht, und er verbesserte sich gleich: »Götzenopferfleisch«.

Die Köchin Anfimjewna stand am Herd und beobachtete, wie das Wasser aus dem Hahn fauchte und in den Kessel spritzte.

»Übergeschnappt ist das Bürschchen«, sagte sie mißbilligend mit einem schiefen Blick auf Diomidow. »Er ist von den Einfachen – und so verzärtelt. Launen hat er. Begießt Lidotschka mir nichts, dir nichts mit einer Kelle Wasser . . .«

Samgin vernahm irgendein sonderbares Geräusch, als hätte Makarow mit den Zähnen geknirscht. Er hatte die Jacke ausgezogen, war vor Diomidow niedergekniet und begann, ihn vorsichtig und geschickt zu waschen, wie eine Frau ein Kind.

Und plötzlich fühlte Samgin, wie ihn Empörung übermannte: Diesen erbärmlichen Körper wird Lidija umarmen, hat ihn am Ende schon umarmt? Dieser Gedanke trieb ihn sofort aus der Küche. Er ging schnell in Warwaras Zimmer hinüber, um Lidija irgendwelche vernichtenden Worte zu sagen.

Lidija saß, den einen Arm um Warwara gelegt, auf dem Bett und ließ sie an einem Kristallflakon riechen, der im Lampenlicht regenbogenfarben schillerte.

»Was ist?« fragte sie.

»Er wäscht ihn«, antwortete Klim trocken.

»Tut es ihm weh?«

»Anscheinend nicht.«

»Warja«, sagte Lidija, »ich verstehe nicht zu trösten. Und muß man überhaupt trösten? Ich weiß nicht . . .«

»Gehen Sie, Samgin«, rief Warwara und ließ sich seitlich auf das Bett fallen.

Klim ging fort, ohne Lidija ein Wort gesagt zu haben.

Sie hat ein so zerquältes Gesicht. Vielleicht ist sie nun . . . geheilt.

Tranpfannen loderten und rauchten auf hohen Pfosten. Samgin fand die Beleuchtung kläglich, und sogar die Flammen hatten etwas Unentschlossenes, während der Lärm der Stadt wenig festlich, eher ungehalten, brummig war. Auf dem Twerskoi-Boulevard hatten sich kleine Gruppen gebildet, in der einen stritt man sich erbittert, ob das Feuerwerk stattfinden werde oder nicht. Einer behauptete hitzig: »Es wird stattfinden!«

Ein hochgewachsener Mann mit grauem Hut sagte überzeugt und streng: »Seine Majestät der Herrscher duldet keine Scherze.«

Eine dritte Stimme jedoch suchte die Meinungsverschiedenheit beizulegen: »Das Feuerwerk ist auf morgen verschoben.«

»Seine Majestät der Herrscher . . .«

Von irgendwoher hinter den Bäumen kam es schallend: »Er schwingt jetzt in der Adelsversammlung das Tanzbein, Seine Majestät, der Herrscher!«

Alle blickten sich um, und zwei gingen sehr entschlossen auf die Stimme zu, was Klim veranlaßte, sich zu entfernen.

Wenn es wahr ist, daß der Zar zum Ball gefahren ist, dann ist er ein Mann von Charakter. Ein mutiger Mensch. Diomidow hat recht . . .

Er schritt durch ein Chaos von Gesprächen, mechanisch einzelne Sätze aufschnappend, zum Strastnoi-Platz. Eine verwegene Stimme rief: »He, denke ich, ich will doch nicht zugrunde gehn!«

Der ist wahrscheinlich auf einen Menschen getreten, vielleicht auf Marakujew, dachte Klim. Aber das Denken fiel ihm schwer, wie es stets zu sein pflegt, wenn man mit Eindrücken überladen ist und ihre Last das Denken niederhält. Zudem war er hungrig und durstig.

Beim Puschkin-Denkmal sprach jemand zu einem Häuflein Menschen: »Nein, denken Sie doch mal über die ganze Ordnung unseres Lebens nach, wie werden wir beispielsweise regiert?«

Samgin warf einen Blick auf den Redner und erkannte an dem

krausen Bart und dem Lächeln in dem struppigen Gesicht seinen redseligen Nachbarn im Keller von Jakow Platonow.

Der Stein ist dumm . . .

Auf dem Platz überholte ihn Pojarkow, der wie ein Kranich dahinstelzte. Samgin rief ihm, ohne es recht zu wollen, nach: »Wohin?«

Pojarkow paßte sich seinen Schritten an und sagte matt, halblaut: »Seit dem Morgen laufe ich herum, sehe und höre. Habe zu erklären versucht. Sie begreifen nicht. Dabei ist es so einfach: In geschlossener Masse geradeswegs vom Feld zum Kreml marschieren und – fertig! In Brüssel, glaube ich, marschierte das Theaterpublikum nach dem ›Propheten‹ los und – bekam die Verfassung . . . Man gab sie.«

Er blieb vor der Tür eines kleinen Restaurants stehen und schlug vor: »Kehren wir in diesen ›Hafen kummerbeladener Herzen‹ ein. Ich bin oft mit Marakujew hier . . .«

Als Klim ihm von Marakujew erzählte, seufzte Pojarkow: »Es hätte schlimmer kommen können. Man sagt, es seien an die Fünftausend umgekommen. Wie bei einer Schlacht.«

Pojarkow redete dumpf, er machte ein unnatürlich langes Gesicht, und Samgin schien, er bemerke heute zum erstenmal unter Pojarkows trübsinniger, langer Nase den rötlichen Schnurrbart.

Er rasiert sich das Kinn ganz unnötig, dachte Klim.

»Dieser Tage sagte ein Kaufmann, in dessen Haus ich Stunden gebe: ›Ich möchte so gern Pfannkuchen essen, doch keiner von meinen Bekannten stirbt.‹ Ich fragte ihn: ›Weshalb sollen sie denn sterben?‹ – ›Nun‹ sagte er, ›Pfannkuchen schmecken besonders gut bei einer Totenfeier.‹ Jetzt wird er vermutlich Pfannkuchen essen . . .«

Klim aß kalten Braten und trank Bier dazu. Unaufmerksam hörte er Pojarkows trägen Reden zu, die im Gasthauslärm untergingen, und fing Sätze aus der Umgebung auf. Ein dicker bärtiger Mann in schwarzem Anzug zeterte: »Es geht nicht an, daß man unter Ausnützung des Volksunglücks heimlich Falschgeld loszuwerden sucht.«

»Gut gesagt«, lobte Pojarkow. »Wir sprechen gut, aber wir leben schlecht. Vor kurzem las ich bei Tatjana Passek: ›Friede der Asche der Dahingeschiedenen, die im Leben nichts getan haben, weder Gutes noch Böses.‹ Wie gefällt Ihnen das?«

»Sonderbar«, antwortete Klim mit vollem Munde.

Pojarkow schwieg eine Weile, trank etwas Bier und sagte dann mit einem Seufzer: »Es liegt stille Verzweiflung darin . . .«

Dann erschien Marakujew am Tisch, seine Wange war mit einem weißen Tuch verbunden, aus dem lockigen Haar ragte ulkig der Knoten mit den zwei weißen Zipfeln hervor.

»Ich war überzeugt, daß du hier bist«, sagte er zu Pojarkow und setzte sich an den Tisch.

Sie steckten die Köpfe zusammen und flüsterten.

»Störe ich?« fragte Samgin. Pojarkow blickte ihn schräg von der Seite an und murmelte: »Wobei sollten Sie uns denn stören?«

Er holte tief Atem und fuhr fort: »Ich sagte gerade, die Marxisten wollten Flugblätter verbreiten, aber wir . . .«

Marakujew unterbrach sein Gebrumm: »Kennen Sie Ljutow gut, Samgin? Eine interessante Type. Der Diakon auch. Aber wie bestialisch sie trinken! Ich habe bis nachmittag um fünf geschlafen, dann stellten sie mich auf die Beine und fingen an, mich vollzupumpen. Ich lief davon und treibe mich die ganze Zeit in der Stadt herum. Bin schon zweimal hier gewesen . . .«

Er bekam einen Hustenanfall, verzog das Gesicht und hielt sich die Hüfte.

»Ich habe Staub geschluckt – fürs ganze Leben«, sagte er.

Marakujew war im Gegensatz zu dem niedergeschlagenen Pojarkow in lebhafter und geschwätziger Stimmung. Er schaute umher wie einer, der eben erst aufgewacht ist und noch nicht begreift, wo er sich befindet, griff aus den Tischgesprächen einzelne Sätze, Wörtchen auf und erzählte zu dem aufgegriffenen Thema spöttisch oder nachdenklich etwas Witziges. Er hatte einen kleinen Rausch, aber Klim sah, daß seine ungewöhnliche und sogar ein wenig beängstigende Stimmung nicht allein hiermit zu erklären war.

Wenn er froh ist, am Leben geblieben zu sein, so freut er sich auf recht alberne Weise . . . Schwatzt er vielleicht nur, um nicht zu denken?

»Die Luft hier ist zum Ersticken, Kinder, gehen wir hinaus auf die Straße«, schlug Marakujew vor.

»Ich gehe heim«, sagte Pojarkow griesgrämig. »Mir langt's.«

Klim hatte keine Lust zu schlafen, er hätte sich gerne aus der düsteren Unrast dieses Tages in ein Gebiet anderer Eindrücke begeben. So schlug er Marakujew vor, nach den Sperlingsbergen zu fahren. Marakujew nickte stumm.

»Wissen Sie«, sagte er, als er im Wagen Platz genommen hatte, »die Mehrzahl der Erstickten und Zertrampelten gehörte dem sogenannten besseren Publikum an . . . Stadtleute und – Jugend. Ja. Ein Polizeiarzt hat es mir gesagt, ein Verwandter von mir. Die Kollegen, Mediziner, sagen das gleiche. Ich habe es auch selbst gesehen. Ich habe es gesehen. Im Kampf ums Leben siegen die einfacheren Menschen. Die Menschen, die instinktiv handeln . . .«

Er murmelte noch irgend etwas, das beim Scheppern und Rattern des altersschwachen, ausgeleierten Wagens schlecht zu hören war. Er hustete und schneuzte sich, das Gesicht zur Seite gewandt, und als sie aus der Stadt heraus waren, schlug er vor: »Wollen wir nicht zu Fuß gehen?«

Vorn, auf den schwarzen Hügeln, blinkten die zähnebleckenden Lichter der Restaurants; weiter hinten, über der Masse der Stadt, die sich auf der unsichtbaren Erde hingerekelt hatte, wogte rosagelbes Abendrot. Klim fiel plötzlich ein, daß er Pojarkow nichts von Onkel Chrysanth und Diomidow erzählt hatte. Das erregte ihn sehr. Wie hatte er es vergessen können? Doch sofort überlegte er, daß ja auch Marakujew sich nicht nach Chrysanth erkundigt hatte, obwohl er selbst gesagt hatte, daß er ihn in der Menge gesehen habe. Samgin suchte nach irgendwelchen eindrucksvollen Worten, und als er keine fand, sagte er: »Onkel Chrysanth ist erdrückt worden, Diomidow wurde schwer verletzt und scheint nun den Verstand gänzlich verloren zu haben.«

»Nein!« rief Marakujew leise, blieb stehen und sah Klim ein paar Sekunden stumm mit ängstlichem Blinzeln ins Gesicht. »Zu ... zu Tode?«

Klim nickte. Da ging Marakujew zur Seite unter einen Baum, drückte sich an den Stamm und sagte: »Ich komme nicht mit.«

»Ist Ihnen schlecht?« fragte Klim.

»Wundern Sie sich nicht. Lachen Sie mich nicht aus«, antwortete Pjotr Marakujew bedrückt und nach Atem ringend. »Die Nerven, wissen Sie. Ich habe soviel gesehen ... Unbegreiflich! Welch ein Zynismus! Welch eine Gemeinheit ...«

Es schien Klim, als knickten dem lustigen Studenten die Beine ein; er stützte ihn am Ellenbogen, doch Marakujew riß sich mit einer schroffen Bewegung den Verband vom Gesicht, wischte sich damit Stirn, Schläfe und Wange ab und betupfte seine Augen.

»Zum Teufel noch mal – sie sind ja beide noch Kinder«, schrie er auf.

Er weint? Er weint, wiederholte Klim innerlich. Das war unerwartet, unbegreiflich und wunderte ihn dermaßen, daß es ihm die Sprache nahm. Dieser begeisterte Schreihals, unermüdliche Streiter und Meister im Lachen, dieser schöne und kräftige Bursche, wie ein verwegener Ziehharmonikaspieler vom Dorf, schluchzte wie eine Frau, am Straßengraben, unter einem verkrüppelten Baum, vor den Augen endlos vorübergehender schwarzer Gestalten mit Zigaretten zwischen den Zähnen. Ein struppiger Mann, der um eines kleinen Bedürfnisses willen einen Augenblick stehengeblieben war, musterte Marakujew und rief vergnügt: »Das Feuerwasser treibt dir wohl die Tränen in die Augen, Student! Jaja, auch ich wollte mal soviel ...«

»Ich weiß, es ist lächerlich zu heulen«, murmelte Marakujew. Nicht weit weg ging zischend eine Rakete hoch und platzte, begeistertes Kinderhurra übertönend, mit scharfem Geknatter. Dann flammte bengalisches Feuer auf, seine Schimmer zerflossen und färbten Marakujews Gesicht unnatürlich weiß, quecksilbern, leichengrün und schließlich purpurrot, als hätte man ihm die Haut abgezogen.

»Es ist natürlich lächerlich«, wiederholte er und fuhr sich flink wie ein Hase über die Wangen. »Aber hier wird Feuerwerk gemacht, und die Kinder freuen sich. Keiner begreift, keiner begreift auch nur das geringste ...«

Der struppige Mann stand plötzlich neben Klim und zwinkerte ihm zu.

»O nein, die begreifen vortrefflich, daß das Vollk dumm ist«, begann er halblaut und lächelte in ein krauses Bärtchen, das Klim bekannt war. »Das sind unsere Apotheker, sie verstehen es, mit Kleinigkeiten zu kurieren.«

Marakujew trat so rasch auf ihn zu, als wollte er ihn schlagen.

»Kurieren? Wen?« sagte er laut, wie in Onkel Chrysanths Speisezimmer, und schon nach zwei, drei Minuten umringten ihn an die sechs dunkle Gestalten. Sie standen schweigend da und wandten mechanisch die Köpfe bald dorthin, wo die Restaurants im Feuerwirbel hochhüpften und herunterfielen, neu erschienen und wieder verschwanden, bald dorthin, wo Marakujew stand, und sahen auf seinen Mund.

»Der spricht kühn«, bemerkte jemand hinter Klim, während eine andere Stimme gleichgültig entgegnete: »Ein Student, was macht es dem aus! Gehen wir.«

Klim Samgin entfernte sich, denn er hatte überlegt, daß ein beliebiger Zuhörer von Marakujew ihn am Kragen nehmen und zur Polizei führen konnte.

Samgin fühlte sich fest auf den Füßen. Marakujews Tränen hatten ihn tief befriedigt, diese Tränen waren echt und gaben eine gute Erklärung für die Niedergeschlagenheit Pojarkows, der seine akkurat bemessenen und festgefügten Sätze vergessen hatte, für das erstaunte und schuldbewußte Gesicht Lidijas, die eine Grimasse des Ekels mit den Händen verdeckt hatte, und für Makarows Zähneknirschen – Klim zweifelte nun nicht mehr daran, daß Makarow mit den Zähnen geknirscht hatte, er mußte mit den Zähnen geknirscht haben.

All diese plötzlichen und unwillkürlichen Verhaltensweisen waren die volle Wahrheit, und diese Wahrheit zu kennen war ebenso nützlich, wie es nützlich gewesen war, den nackten, übel zugerichteten, schmutzigen Körper Diomidows zu sehen.

Klim ging rasch in die Stadt zurück, muntere Gedanken beschwingten ihn und trieben ihn vorwärts. Ich bin stärker, ich würde mir nicht erlauben, mitten auf der Straße zu weinen ... und überhaupt – zu weinen. Ich weine nicht, weil ich mich nicht dazu zwinge. Sie knirschen mit den Zähnen, weil sie sich dazu zwingen. Gerade deshalb machen sie auch Grimassen. Das sind sehr schwache Menschen. In allen und in jedem einzelnen verbirgt sich etwas Nechajewsches ... Ja, das ist Nechajewtum!

Der Feuerschein über Moskau beleuchtete die goldenen Kirchenkuppeln, sie blinkten wie Helme gleichmütiger Feuerwehrleute. Die Häuser glichen Erdschollen, aufgepflügt von einem Riesenpflug, der tiefe Furchen durch die Erde gezogen und goldenes Feuer bloßgelegt hatte. Samgin hatte das Empfinden, auch in ihm arbeite ein gradliniger Pflug, der dunkle Zweifel und Unruhen aufwühlte. Ein Mann mit einem Stock in der Hand stieß ihn beiseite und rief: »Bist wohl blind? Laufen hier herum, diese Teufel ...«

Der Stoß und der Anranzer verwirrten oder verjagten Samgins munteren Gedankengang nicht.

Marakujew wird sich bestimmt mit dem kraushaarigen Arbeiter anfreunden. Wie töricht es ist, in einem Land von Revolution zu träumen, dessen Bewohner einander im Kampf um ein Tütchen billiger Bonbons und Lebkuchen zu Tausenden erdrücken. Selbstmörder.

Dieses Wort erklärte Samgin völlig befriedigend die Katastrophe, an die er nicht denken mochte.

Haben Menschen erdrückt und – ergötzen sich am Feuerwerk, an falschem Feuer. Makarow hat recht: Die Menschen sind Kaviar. Warum habe nicht ich das gesagt, sondern er? ... Auch Diomidow hat recht, wenn er auch dumm ist: Die Menschen sollten sich voneinander absondern, dann würden sie einander besser sehen und verstehen. Und ein jeder sollte Platz haben zum Zweikampf. Mann gegen Mann sind die Menschen wohlbesieglicher ...

Samgin gefiel das Wort, er wiederholte es halblaut: »Wohlbesieglicher ... ja!«

In seiner Erinnerung erstand für eine Sekunde ein unangenehmes Bild: Eine Küche, mittendrin kniet ein betrunkener Fischer, und auf dem Fußboden kriechen blind und sinnlos Krebse nach allen Seiten auseinander, der kleine Klim drückt sich erschrocken an die Wand.

Die Krebse, das sind die Ljutows, der Diakon und überhaupt die unnormalen Menschen . . . die Turobojews, Inokows. Sie erwartet natürlich das Los des Kellermenschen Jakow Platonowitsch. Sie müssen ja zugrunde gehen . . . wie sollte es anders sein?

Samgin empfand die Menschen dieses Typs heute besonders als Feinde. Mit ihnen mußte Schluß gemacht werden. Jeder von ihnen verlangte eine besondere Bewertung, jeder trug etwas Unsinniges, Unklares in sich. Sie waren wie astreiche Holzscheite, sie ließen sich nicht so dicht aufeinanderschichten, wie es notwendig war, um sie zu überragen. Ja, man müßte sie an einem einzigen, irgendeinem sehr festen Faden aufreihen. Das war ebenso nötig wie die Beherrschung jedes einzelnen Zugs beim Schachspiel. Von diesem Punkt glitten Samgins Gedanken zum »Kutusowtum«. Er beschleunigte seine Schritte, denn ihm fiel ein, daß er nicht zum erstenmal darüber nachdachte, ja sogar immer nur darüber nachdachte.

Diese verworrenen, verrenkten Menschen fühlen sich ziemlich wohl in ihrer Haut . . . in ihrer Rolle. Auch ich habe ein Anrecht auf einen bequemen Platz im Leben . . . überlegte Samgin und fühlte sich erneuert, unabhängig.

Mit diesem Gefühl der Unabhängigkeit und Festigkeit saß er am Abend des nächsten Tages in Lidijas Zimmer und erzählte ihr im Ton leichter Ironie von allem, was er in der Nacht gesehen hatte. Lidija war unpäßlich, sie fieberte, Schweißperlen glänzten an ihren bräunlichen Schläfen, dennoch hüllte sie sich, die Hände um die Schultern gelegt, fest in ihren flauschigen Pensaer Schal. Ihre dunklen Augen blickten ratlos, erschreckt. Zuweilen und als müßte sie sich dazu zwingen, richtete sie den Blick auf ihr Bett, wo Diomidow auf dem Rücken lag und mit hochgezogenen Brauen zur Zimmerdecke sah. Seine heile Hand lag unter dem Kopf, und die Finger wühlten krampfhaft in dem Kranz des goldblonden Haars. Er schwieg, doch sein Mund war geöffnet, und es sah aus, als schriee sein mißhandeltes Gesicht. Er hatte ein weites Nachthemd an, dessen Ärmel wie zerknitterte Flügel um die Schultern lagen, der offene Kragen zeigte die Brust. Sein Körper hatte etwas Kaltes, Fischhaftes, die tiefe Schramme am Hals erinnerte an Kiemen.

Ab und zu erschien Warwara, unfrisiert, in Pantoffeln und zerknitterter Bluse; mit düster funkelnden Augen hörte sie ein, zwei Minuten dem zu, was Klim erzählte, verschwand und erschien von neuem.

»Ich weiß nicht, was ich tun soll«, sagte sie. »Mein Geld reicht nicht für die Beerdigung . . .«

Diomidow hob den Kopf und fragte röchelnd: »Werde ich denn sterben?«

Und schrie, mit der Hand fuchtelnd: »Ich sterbe nicht! Geht fort . . . geht alle fort!«

Warwara und Klim gingen, Lidija blieb da und suchte den Kranken zu beruhigen; vom Speisezimmer aus war sein Schreien zu hören: »Bringt mich ins Krankenhaus . . .«

»Ich glaube nicht, daß er den Verstand verloren hat«, sagte Warwara laut. »Ich mag ihn nicht, und ich glaube nicht daran . . .«

Dann kam Lidija und setzte sich, die Hände an den Schläfen, schweigend ans Fenster. Klim fragte, was der Arzt festgestellt habe.

Lidija sah ihn verständnislos an; die blauen Schatten ihrer Augenhöhlen ließen die Augen heller erscheinen. Klim wiederholte seine Frage.

»Die Rippen sind geprellt. Die eine Hand ist ausgerenkt. Das Schlimme ist der Nervenschock . . . Er hat die ganze Nacht phantasiert: ›Drückt mich nicht!‹ Hat verlangt, daß man die Menschen auseinandertreibe. Sag – was ist das nur?«

»Eine fixe Idee«, sagte Klim.

Das Mädchen sah ihn wieder verständnislos an, dann sagte sie: »Das meine ich nicht. Ich spreche nicht von ihm. Ach, ich weiß nicht, was ich eigentlich meine.«

»Er ist auch früher schon unnormal gewesen«, bemerkte Samgin hartnäckig.

»Was ist hier normal? Daß die Menschen einander erdrücken und hinterher Ziehharmonika spielen? Dicht neben uns wurde bis zum Morgen Ziehharmonika gespielt.«

Jetzt trat, mit Paketen behängt, Makarow ins Zimmer und blickte Lidija mürrisch an. »Haben Sie geschlafen?«

Sie schaute ihn nicht an und antwortete nicht, sondern fuhr mit gesenkter Stimme fort: »Normal, das ist – wenn es ruhig ist, ja? Aber das Leben wird doch immer unruhiger.«

»Ein normaler Organismus verlangt die Beseitigung ungesunder und unangenehmer Reize«, brummte Makarow ungehalten und öffnete die Pakete mit Binden und Watte. »Das ist ein biologisches Gesetz. Wir aber begrüßen aus Langerweile und aus Mangel an Betätigung die ungesunden Reize wie ein Fest. Darin, daß gewisse Halbidioten . . .«

Lidija sprang auf und stieß gepreßt hervor: »Unterstehen Sie sich, in meiner Gegenwart so zu reden!«

»Und in Ihrer Abwesenheit – darf ich es?«

Sie lief davon in Warwaras Zimmer.

»Sie hat Neigung zur Hysterie«, brummte Makarow ihr nach. »Komm, Klim, hilf mir einen feuchten Verband anlegen.«

Diomidow wandte sich unter ihren Händen stumm, gehorsam hin und her, doch Samgin merkte, daß die leeren Augen des Kranken Makarows Gesicht nicht sehen wollten. Und als Makarow ihm nahelegte, einen Löffel Brom einzunehmen, kehrte Diomidow sein Gesicht zur Wand.

»Das tu ich nicht. Geht fort.«

Makarow redete ihm ohne rechte Lust zu, wobei er zum Fenster hinausblickte und nicht merkte, daß die Flüssigkeit von dem Löffel auf Diomidows Schulter tropfte. Da hob Diomidow den Kopf und fragte, sein geschwollenes Gesicht verzerrend: »Weshalb quälen Sie mich?«

»Sie müssen es einnehmen«, sagte Makarow gleichgültig.

In den Augen des Kranken blinkten blaue Fünkchen auf. Er schluckte die Mixtur und spuckte an die Wand.

Makarow blieb eine Minute bei ihm stehen, er sah sich gar nicht ähnlich, er hatte die Schultern hochgezogen, den Rücken gekrümmt, knackte mit den Fingern, dann holte er tief Atem und bat Klim: »Sag Lidija, daß ich die Nacht bei ihm wache . . .«

Er ging hinaus. Diomidow lag mit geschlossenen Augen da, doch sein Mund war geöffnet, und das Gesicht schrie wieder lautlos. Man konnte meinen, er habe den Mund absichtlich geöffnet, weil er wußte, daß dieses Gesicht ihn tot und unheimlich machte. Draußen auf der Straße dröhnte betäubend lauter Trommelschlag, der Gleichschritt Hunderter von Soldatenstiefeln erschütterte die Erde. Ein erschreckter Hund jaulte hysterisch. Das Zimmer war ungemütlich, es war unaufgeräumt, und der Spiritusgeruch benahm einem den Atem. Und auf Lidijas Bett lag ein Schwachsinniger.

Vielleicht hat er auch als Gesunder darin gelegen . . .

Klim zuckte zusammen, als er sich Lidijas Körper in diesen kalten, ungewöhnlich weißen Armen vorstellte. Er stand auf und begann ungeniert laut im Zimmer auf und ab zu gehen; er trat noch kräftiger auf, als er sah, daß Diomidow ihm seine bläuliche Nase zuwandte und die Augen öffnete, wobei er sagte: »Ich will nicht, daß er bei mir wacht, Lidija soll kommen . . . Ich kann ihn nicht leiden . . .«

Klim trat zu ihm hin, streckte den Hals und sagte, mit der Faust drohend, leise: »Schweig, du schwachsinnige Laus!«

Klim empfand zum erstenmal im Leben den berauschenden Genuß von Bosheit. Er weidete sich an dem erschreckten Gesicht Diomidows, an seinen vorquellenden Augen und dem krampfhaften Bemühen der Hand, das Kissen unter dem Kopf hervorzuziehen, während der Kopf das Kissen immer mehr zusammendrückte.

»Schweig! Hörst du?« wiederholte er und ging hinaus.

Lidija saß im Speisezimmer auf dem Diwan, sie hielt eine Zeitung in den Händen, blickte aber darüber hinweg zu Boden.

»Was macht er?«

»Er phantasiert«, sagte Klim findig. »Er hat vor irgend jemandem Angst, spricht von Läusen und Wanzen . . .«

Samgin, der einem Menschen, wenn auch nur einem armseligen, einen Schreck eingejagt hatte, kam sich stark vor. Er setzte sich neben Lidija und begann kühn: »Liebste Lidija, all das mußt du aufgeben, das ist alles erdacht, du brauchst das nicht, und es wird dich nur zugrunde richten.«

»Psch . . .«, machte sie ganz leise, hob die Hand und blickte ängstlich auf die Tür, während er, die Augen auf ihrem müden Gesicht, mit gesenkter Stimme fortfuhr: »Verlaß diese kranken, theatralischen, verdorbenen Menschen und wende dich dem einfachen Leben, der einfachen Liebe zu . . .«

Er sprach lange und ohne ganz klar zu begreifen, was er sagte. An Lidijas Augen sah er, daß sie ihm vertrauensvoll und aufmerksam zuhörte. Sie nickte sogar irgendwie unwillkürlich mit dem Kopf, auf ihren Wangen flammte Röte auf und erlosch wieder, zuweilen senkte sie schuldbewußt die Augen, und das alles steigerte seine Kühnheit.

»Ja, ja«, flüsterte sie. »Aber sprich leiser! Er schien mir so außergewöhnlich. Aber gestern, in seinem Schmutz . . . Ich hatte ja nicht gewußt, daß er feige ist. Er ist ein Feigling. Er tut mir leid, aber . . . das ist nicht das Richtige. Auf einmal. Ich schäme mich sehr . . . Ich bin natürlich schuld . . . das weiß ich!«

Sie legte ihm unentschlossen die Hand auf die Schulter. »Ich irre mich immerzu. Auch du bist nicht so, wie ich immer gedacht habe . . .«

Klim versuchte sie zu umarmen, aber sie wich aus, erhob sich und ging, die Zeitung mit dem Fuß beiseite schleudernd, an Warwaras Zimmertür und lauschte.

Vom Hof kam aufdringlich das trübselige Gedudel eines Leierkastens durch das offene Fenster. Ein neidischer und spöttischer Ausruf schwirrte herein: »Ha, da werden die Sargtischler ein schönes Stück Geld verdienen!«

»Er scheint zu schlafen«, sagte Lidija leise und trat von der Tür zurück.

Klim begann sachlich davon zu reden, daß man Diomidow in ein Krankenhaus bringen müsse.

»Und du, Lida, solltest die Schule aufgeben. Du lernst ja doch nicht. Besuche lieber die Hochschule. Wir brauchen keine Schauspieler, sondern gebildete Menschen. Du siehst ja, in was für einem wilden Land wir leben.«

Er wies mit der Hand auf das Fenster, vor dem der Leierkasten träge ein neues Lied dudelte.

Lidija schwieg nachdenklich. Als Klim sich von ihr verabschiedete, sagte er: »Denke daran, daß ich dich liebe. Das bringt dir keinerlei Verpflichtungen, aber es ist tief und ernst.«

Klim schritt munter durch die Straßen, ohne den Entgegenkommenden auszuweichen. Zuweilen streiften Zipfel dreifarbigen Fahnentuchs seine Mütze. Überall lärmten die Menschen festlich, denen eine glückliche Natur erlaubte, die Mißgeschicke ihrer Nächsten rasch zu vergessen. Samgin warf ab und zu einen Blick auf ihre angeregten, frohlockenden Gesichter und ihre feiertägliche Kleidung, und seine Verachtung gegen sie wurde noch fester.

In Diomidows tierischer Angst vor den Menschen liegt etwas Richtiges . . .

In einer menschenleeren und schmalen Gasse kam Klim der Gedanke, daß es sich mit Lidija und den Ansichten von Preiß sehr ruhig und einfach leben ließe.

Doch einige Zeit später erzählte Preiß Klim vom Streik der Weber in Petersburg, er sprach davon mit einem Stolz, als hätte er den Streik selbst organisiert, und mit einer Begeisterung, als spräche er von seinem persönlichen Glück.

»Haben Sie schon etwas vom ›Kampfbund‹ gehört? Nun, das ist sein Werk. Es beginnt eine neue Ära, Samgin, Sie werden sehen!«

Er blickte Klim mit seinen samtenen Augen freundlich an und fragte: »Und Sie studieren immer noch die Länge der Wege, die zum Ziel führen? Glauben Sie mir, der Weg, den die Arbeiterklasse geht, ist der kürzeste. Der schwerste, aber der kürzeste. Soweit ich Sie kenne, sind Sie kein Idealist, und Ihr Weg ist dieser, schwierig, aber gerade!«

Samgin kam es vor, als spräche Preiß, der sich stets eines einwandfreien und reinen Russisch bediente, diesmal mit Akzent und als wäre in seiner Freude die Feindseligkeit des Menschen einer anderen Rasse zu hören, eines gekränkten Menschen, der Rußland rachsüchtig Unannehmlichkeiten und Mißgeschicke wünschte.

Es war stets so, daß einem gleich nach Preiß auch Marakujew vor die Augen kam. Diese zwei gingen gleichsam in Kreisen durchs Leben, sie beschrieben Achterschleifen, jeder bewegte sich in seinem Kreis von Sätzen, doch an einem Punkt trafen sie sich. Das war verdächtig, ließ die Vermutung entstehen, daß die Gesprächszusammenstöße zwischen Marakujew und Preiß demonstrativer Art waren, ein Spiel zur Belehrung und Verführung der anderen. Pojarkow hingegen war schweigsamer geworden, er stritt weniger, spielte seltener Gitarre und war insgesamt irgendwie ausgedörrt, steif. Das kam wahrscheinlich daher, daß Marakujew Warwara merklich nähergekommen war.

Bei der Beerdigung ihres Stiefvaters führte er sie am Arm zwischen den Gräbern, neigte den Kopf zu ihrer Schulter und raunte ihr etwas zu, während sie umherblickte und wie ein hungriges Pferd den Kopf schüttelte. Ihr Gesicht war zu einer finsteren, drohenden Grimasse erstarrt.

Daheim bei Warwara saß Marakujew neben ihr am Teetisch, aß die Fruchtpastete, die sie gern mochte, klopfte mit der Handfläche auf das zerfledderte Buch Krawtschinskij-Stepnjaks »Das Untergrundrußland« und sagte schneidig: »Wir brauchen Hunderte von Helden, um das Volk zum Freiheitskampf zu erheben.«

Samgin beneidete Marakujew um die Fähigkeit, mit Feuer zu reden, obwohl es ihm schien, dieser Mensch erzähle stets nur ein und dieselben schlechten Verse in Prosa. Warwara hörte ihm stumm, mit zusammengepreßten Lippen zu, ihre grünlichen Augen blickten auf den kupfernen Samowar, als säße dort jemand und sähe sie mit Wohlgefallen an.

Sehr unangenehm war es, Lidijas Aufmerksamkeit für Marakujews Reden zu beobachten. Die Ellenbogen auf den Tisch gestützt, die Hände an die Schläfen gedrückt, schaute sie mit lesendem Blick in das runde Gesicht des Studenten, als wäre es ein Buch. Klim fürchtete, dieses Buch interessiere sie mehr, als gut sei. Zuweilen, wenn er von Sofija Perowskaja und Wera Figner erzählte, öffnete Lidija sogar ein wenig den Mund; dabei entblößte sie eine Reihe kleiner Zähne und verlieh ihrem Gesicht einen Ausdruck, der Klim manchmal raubtierhaft, manchmal einfältig schien.

Erziehung von Heldinnen, dachte er und hielt es von Zeit zu Zeit für notwendig, in Marakujews flammende Rede abkühlende Sätze einfließen zu lassen.

»Makkabäer können sterben, ohne zu siegen, wir aber müssen siegen ...«

Doch das kühlte Marakujew nicht im geringsten ab, im Gegenteil, er loderte noch heller auf.

»Ja, siegen!« schrie er. »Aber – in welchem Kampf? Im Kampf um ein Fünfkopekenstück? Damit die Menschen satter leben, ja?«

Den jungen Mädchen zugewandt, deutete er mit strafender Geste auf Klim und explodierte wie ein Feuerwerk.

»Er gehört zu denen, die glauben, die Welt werde nur vom Hunger regiert, nur das Gesetz des Kampfes um das tägliche Stück Brot beherrsche uns und für die Liebe sei kein Platz. Materialisten verstehen die Schönheit der selbstlosen Tat nicht, lächerlich erscheint ihnen der heilige Wahnwitz eines Don Quichotte, lächerlich die Vermessenheit eines Prometheus, die der Welt Schönheit verleiht.«

Bei den Namen Fra Dolcino, Johannes Hus, Masaniello heulte Marakujews lyrischer Tenor aufreizend.

»Vergessen Sie ja nicht Herostrat«, sagte Samgin zornig.

Wie es bei ihm nicht selten vorkam, äußerte er das unerwartet für sich selbst und – wunderte sich, und hörte auf, das entrüstete Gezeter des Gegners zu beachten.

Am Ende sind all diese berühmten Tollköpfe nicht frei von Herostratentum? sann er. Vielleicht zerstören viele nur deshalb Tempel, um in den Ruinen ihren Namen zu verewigen? Gewiß, es gibt auch solche, die einen Tempel zerstören, um ihn – wie Christus – in drei Tagen wiederaufzubauen. Aber zum Aufbauen kommen sie nicht.

Marakujew schrie: »Sie sollten mal hören, wie und was der Arbeiter spricht, dem wir damals begegneten, erinnern Sie sich?«

»Ich erinnere mich«, sagte Klim, »das war damals, als Sie . . .«

Bis an die Ohren errötend, sprang Marakujew vom Stuhl auf. »Ja, ganz recht! Als ich weinte, ja! Denken Sie, ich schämte mich dieser Tränen? Dann denken Sie schlecht.«

»Was soll ich denn machen?« erwiderte Klim achselzuckend. »Ich suche ja nicht, mit meinen Gedanken hier zu prunken . . .«

Nachdem sie einander noch eine Weile mit Steinchen beworfen hatten, verstummten sie, weil die friedliebenden Bemerkungen der Mädchen sie dazu zwangen. Dann gingen Marakujew und Warwara irgendwohin fort, und Klim fragte Lidija: »Will sie denn eine Perowskaja werden?«

»Ärgere dich nicht«, sagte Lidija, nachdenklich zum Fenster hinausblickend. »Marakujew hat recht: Um zu leben, sind Helden nötig. Das begreift sogar Konstantin, er sagte kürzlich: ›Nur auf der Grundlage eines Kristalls kann sich etwas kristallisieren.‹ Also bedarf selbst das Salz eines Helden.«

»Er liebt dich immer noch«, sagte Klim und trat auf sie zu.

»Ich verstehe nur nicht – weshalb? Er ist so . . . er ist nicht dazu da . . . Nein, rühr mich nicht an«, sagte sie, als Klim sie zu umarmen suchte. »Rühr mich nicht an. Konstantin tut mir so leid, daß ich ihn manchmal deswegen hasse, weil er nur Mitleid erweckt.«

Lidija trat vor den Spiegel, sie betrachtete ihr Gesicht mit einem Blick, den Klim nicht verstand, und fuhr leise fort: »Auch die Liebe verlangt Heldentum. Ich aber kann keine Heldin sein. Warwara kann es. Für sie ist auch die Liebe Theater. Irgendwer, irgendein unsichtbarer Zuschauer weidet sich daran, wie qualvoll die Menschen lieben, wie sie lieben wollen. Marakujew sagt, der Zuschauer – ist die Natur. Das verstehe ich nicht ... Auch Marakujew scheint nichts zu verstehen außer dem, daß man lieben muß.«

Klim empfand kein Verlangen mehr, ihren Körper zu berühren, das beunruhigte ihn sehr.

Es war noch nicht spät, die Sonne war eben erst untergegangen, und der rötliche Widerschein auf den Kuppeln der Kirchen war noch nicht erloschen. Im Norden zog Gewölk heran, es donnerte gedämpft, als ob ein Bär mit seinen weichen Tatzen träge auf den Blechdächern herumginge.

»Weißt du«, vernahm Klim, »ich glaube schon lange nicht mehr an Gott, doch jedesmal, wenn ich etwas Kränkendes empfinde, etwas Böses sehe, denke ich an ihn. Ist das nicht eigentümlich? Ich weiß wirklich nicht, was aus mir noch werden wird.«

Dazu wußte Klim absolut nichts zu sagen. Aber er begann so überzeugend wie nur möglich: »Unsere Zeit erfordert einfache, tapfere Arbeit, um der kulturellen Bereicherung des Landes willen ...«

Und er hielt inne, als er bemerkte, daß ihn das Mädchen, die Hände im Nacken, mit einem Lächeln in den dunklen Augen ansah, mit einem Lächeln, das ihn verwirrte, wie es ihn schon lange nicht mehr verwirrt hatte.

»Weshalb siehst du mich so an?« murmelte er.

Lidija antwortete ruhig: »Mir scheint, du glaubst selbst nicht an das, was du sagst.«

»Weshalb denn?«

Sie antwortete nicht und sagte nach einer Weile: »Es wird regnen. Sehr.«

Klim erriet, daß er gehen sollte, und als er sich am nächsten Tag auf dem Wege zu ihr befand, begegnete er auf dem Boulevard Warwara in weißem Rock und rosa Bluse, mit einer roten Feder am Hut.

»Wollen Sie zu uns?« fragte sie, und Klim sah spöttische Fünkchen in ihren Augen. »Ich will nach Sokolniki. Kommen Sie mit? Lida? Aber sie ist doch gestern nach Hause abgereist, wissen Sie das denn nicht?«

»Schon?« fragte Samgin und verbarg geschickt seine Verlegenheit und seinen Ärger. »Sie wollte doch erst morgen fahren.«

»Mir scheint, sie wollte überhaupt nicht fahren, aber sie hat Diomidow mit seinen Briefchen und Klagen über.«

Klim vernahm nur mit Mühe ihr Gezwitscher, das vom Wagenrattern und vom Kreischen der Straßenbahnen in den Kurven übertönt wurde.

»Sie reisen wahrscheinlich auch bald ab?«

»Ja, übermorgen.«

»Kommen Sie vorbei, um sich zu verabschieden?«

»Selbstverständlich«, sagte Klim und dachte: Könnte ich doch von dir, du scheckige Gans, für ewig Abschied nehmen.

In der Tat, es war Zeit, nach Hause zu fahren. Die Mutter schrieb ungewöhnlich lange Briefe, beklagte sich über Müdigkeit, lobte vorsichtig die Umsicht und Energie der Spiwak und berichtete, daß Warawka sehr mit den Vorarbeiten für die Zeitung beschäftigt sei. Am Schluß eines der Briefe beklagte sie sich wieder: »Auch die häuslichen Scherereien haben zugenommen, seit Tanja Kulikowa gestorben ist. Das geschah ganz unerwartet und unerklärlich. So zerbricht manchmal, man weiß nicht, warum, etwas Gläsernes, obwohl man es nicht angerührt hat. Beichte und Abendmahl wollte sie nicht. Menschen wie sie haben sehr tiefe Vorurteile. Gottlosigkeit halte ich für ein Vorurteil.«

Vor Klim erstand die kleine farblose Gestalt dieses Menschen, der, ohne zu klagen, ohne zu fordern, sein ganzes Leben lang ergeben Menschen gedient hatte, die ihm fremd waren. Es war sogar ein wenig traurig, an Tanja Kulikowa zu denken, dieses sonderbare Geschöpf, das, ohne zu philosophieren, ohne sich mit schönen Worten zu zieren, uneigennützig nur dafür gesorgt hatte, daß andere ein angenehmes Leben führen konnten.

Das war eine christliche Natur, dachte er, eine ideal christliche.

Aber er erwog sogleich, daß er es bei diesem Epitaph nicht bewenden lassen durfte, dienen doch auch Tiere – Hunde zum Beispiel – vorbehaltlos den Menschen. Gewiß sind Menschen wie Tanja nützlicher als die Leute, die in schmutzigen Kellern von der Dummheit des Steins und des Baumes predigen, notwendiger als schwachsinnige Diomidows, aber . . .

Er kam nicht mehr dazu, diesen Gedanken zu Ende zu führen, denn im Korridor ertönten schwere Schritte, Lärm und die gurrende Stimme seines Zimmernachbarn. Der Nachbar war ein robuster Mann von etwa dreißig Jahren. Er ging immer in Schwarz, hatte schwarze Augen und blaue Backen, sein dichter schwarzer Schnurrbart war kurz geschnitten und durch dicke, sehr grellfarbige Lippen betont. Er nannte sich selbst einen »Virtuosen auf Holzinstrumenten«, doch Klim hatte noch nie gehört, daß dieser Mensch Klarinette, Oboe oder Fagott spielte. Der schwarze Mann führte ein geheimnisvolles Nachtleben; bis zum Mittag schlief er, bis zum Abend patschte er Karten auf den Tisch und sang mit seiner gurrenden Stimme halblaut immer ein und dieselbe Romanze:

»Warum folgt er mir nach,
Sucht mich allüberall?«

Abends ging er mit einem dicken Stock in der Hand, die Melone in die Stirn gedrückt, aus dem Haus, und wenn Samgin ihm im Korridor oder auf der Straße begegnete, dachte er, so wie dieser müßten Agenten der Geheimpolizei und Falschspieler aussehen.

Als Klim jetzt durch den Spalt der angelehnten Tür in den Korridor blickte, sah er, wie der schwarze Mann die mollige kleine Schwester der Wirtin wie ein Kissen in einen Koffer in sein Zimmer zwängte und dabei vor sich hin gurrte: »Was laufen Sie denn vor mir davon, wie? Warum laufen Sie denn weg vor mir?«

Klim Samgin schlug protestierend die Tür zu, setzte sich lächelnd aufs Bett, und plötzlich erleuchtete, durchwärmte ihn ein glücklicher Einfall. »Was läufst du denn vor mir davon?« wiederholte er die überredenden Worte des »Virtuosen auf Holzinstrumenten«.

Einen Tag später fuhr er nach Hause, in der festen Überzeugung, sich Lidija gegenüber dumm wie ein Gymnasiast benommen zu haben.

Die Liebe erfordert eine Geste.

Kein Zweifel, Lidija war vor ihm weggelaufen, nur so ließ sich ihre plötzliche Abreise erklären.

Manchmal souffliert einem das Leben Vermutungen sehr zur rechten Zeit.

Die Mutter empfing ihn mit hastigen Zärtlichkeiten und fuhr sogleich mit der schmucken Spiwak weg, wie sie erklärte, um den Gouverneur zum Gottesdienst anläßlich der Eröffnung der Schule einzuladen.

Warawka saß im Speisezimmer beim Frühstück. Er trug einen blauen, goldbestickten, chinesischen Schlafrock und ein lila Tatarenkäppchen, saß da, spielte mit dem Bart, schnaufte sorgenvoll und sagte: »Wir leben in einem Dreieck von Extremen.«

Ihm gegenüber saß steif, mit aufgestützten Ellenbogen, ein bejahrter, kahlköpfiger Mann mit großem Gesicht und einer sehr starken Brille auf der weichen Nase, in grauem Rock und buntem Phantasiehemd mit einer schwarzen Kordel statt einer Krawatte. Er war ins Essen vertieft und schwieg. Warawka nannte einen langen Doppelnamen und fügte hinzu: »Unser Redakteur.«

Dann fuhr er fort, wie immer in der Wahl von Worten nicht verlegen: »Die Seiten des Dreiecks sind: Der Bürokratismus, die wiederauflebende Volkstümlerbewegung und der Marxismus mit seiner Darlegung der Arbeiterfrage ...«

»Vollkommen einverstanden«, sagte der Redakteur und neigte den Kopf; die Quasten seiner Kordel hüpften aus der Weste und hingen über dem Teller, der Redakteur stopfte sie mit seinen kurzen, roten Fingern hastig an ihren Platz zurück.

Er aß sehr bemerkenswert und mit großer Behutsamkeit. Aufmerksam wachte er darüber, daß die Scheiben kalten Bratens und Schinkens gleich groß waren, beschnitt mit dem Messer sorgfältig den überstehenden Rand, spießte beide Stücke auf die Gabel, hob, ehe er das Fleisch in den Mund auf die breiten, stumpfen Zähne legte, die Gabel vor die Brille und betrachtete prüfend die zweifarbigen Stückchen. Sogar Gurke aß er mit großer Vorsicht wie Fisch, als sei er gewärtig, in der Gurke auf eine Gräte zu stoßen. Er kaute langsam; die grauen Haare auf seinen Backenknochen sträubten sich, am Kinn bewegte sich ein kräftiger, akkurat gestutzter, etwas kurzer Bart. Er erweckte den Eindruck eines standhaften, zuverlässigen Mannes, der alles ebenso behutsam und selbstsicher zu tun vermochte und zu tun gewohnt war, wie er aß.

Die lustigen Bärenäuglein in Warawkas krebsrotem Gesicht betrachteten wohlwollend die hohe, glatte Stirn, die solide strahlende Glatze, die dichten, grauen und reglosen Augenbrauen. Am bemerkenswertesten in dem umfangreichen Gesicht des Redakteurs fand Klim die gekränkt herabhängende lila Unterlippe. Diese seltsame Lippe verlieh dem plüschartigen Gesicht einen launischen Ausdruck, mit solch einer gekränkten Lippe pflegen Kinder unter Erwachsenen zu sitzen, überzeugt, daß sie ungerecht bestraft worden sind. Der Redakteur sprach bedächtig, sehr vernehmlich, mit leichtem Stottern, vor die Vokale setzte er irgendwie einen Apostroph. »Das h'eißt: d'ie ›Russ'isch'en N'achr'icht'en‹ ohne ihren Akademismus und, wie Sie sagten, mit einem Maximum an lebendigem Verhalten zu den wahrhaft kulturellen Bedürfnissen des Landes?«

»Richtig, se-ehr richtig!« sagte Warawka und schnupperte die Luft ein.

Irgendwo ganz in der Nähe dröhnte und krachte es ohrenbetäubend, als würde aus einer Kanone auf ein Holzhaus geschossen – der Redakteur blickte mißbilligend nach dem Fenster und erklärte: »Ein allzu regnerischer Sommer.«

Klim stand auf und schloß das Fenster, ein Gußregen prasselte gegen die Scheiben; durch das Rauschen hörte Klim die deutlichen

Worte: »Wir werden einen erfahrenen Journalisten haben – den Robinson, eine Berühmtheit. Wir brauchen einen Literaturkritiker, einen Menschen mit gesundem Verstand. Wir müssen gegen die krankhaften Störungen in der zeitgenössischen Literatur kämpfen. Aber solch einen Mitarbeiter – finde ich nicht.«

Warawka zwinkerte Klim zu und fragte: »Wie wäre es, Klim?«

Samgin zuckte stumm die Achseln, ihm schien, die Lippe des Redakteurs hinge noch gekränkter herab.

Es wurde Kaffee aufgetragen. Durch das Dröhnen des Donners und das wütende Platschen des Regens ertönten von oben Klavierklänge.

»Na, probier es doch mal!« sagte Warawka.

»Ich will es mir überlegen«, antwortete Klim leise. Alles – Warawka, der Redakteur, der Regen und der Donner –, alles schien ihm auf einmal uninteressant und überflüssig. Irgendeine Kraft zog, trieb ihn nach oben. Als er ins Vorzimmer hinaustrat, zeigte ihm der Spiegel ein bleiches, hartes und böses Gesicht. Er nahm die Brille ab, rieb sich mit den Handflächen kräftig die Wangen und stellte fest, daß sein Gesicht weicher, lyrischer geworden war.

Lidija saß am Flügel und spielte »Solvejgs Lied«.

»Oh, du bist gekommen?« sagte sie und reichte ihm die Hand. Sie war ganz in Weiß, wirkte sonderbar klein und lächelte. Samgin fühlte, daß ihre Hand unnatürlich heiß war und zitterte, ihre dunklen Augen blickten zärtlich. Der Kragen ihrer Bluse stand offen und entblößte tief die bräunliche Brust.

»Bei Gewitter erregt Musik besonders«, sagte Lidija und ließ ihre Hand in der seinen. Sie sagte noch etwas, aber Klim hörte es nicht mehr. Er hob sie ungemein leicht vom Stuhl hoch und umarmte sie, wobei er dumpf und streng fragte: »Warum bist du so plötzlich abgereist?«

Er hatte etwas anderes fragen wollen, aber er fand nicht die Worte dazu, er handelte wie in tiefer Finsternis. Lidija fuhr zurück, er umarmte sie kräftiger und küßte sie auf die Schultern und auf die Brust.

»Untersteh dich«, rief sie und stieß ihn mit den Händen und Knien von sich. »Untersteh dich ...«

Sie entwand sich ihm. Klim setzte sich taumelnd an den Flügel, beugte sich über die Tasten, ein Zittern durchwogte ihn, er meinte, ohnmächtig zu werden. Lidija war irgendwo weit hinter ihm, er hörte ihre empörte Stimme, ihre Hand schlug auf den Tisch.

Ich liebe sie wahnsinnig, beteuerte er sich. Wahnsinnig, beharrte er, als stritte er mit jemandem.

Dann fühlte er ihre leichte Hand auf seinem Kopf und hörte die bange Frage: »Was hast du?«

»Ich weiß nicht«, antwortete er, umschlang von neuem mit beiden Armen ihre Taille und schmiegte die Wange an ihre Hüfte.

»O mein Gott«, sagte Lidija leise und versuchte schon nicht mehr, von ihm loszukommen; im Gegenteil, sie schien sich noch näher an ihn zu schmiegen, obwohl das kaum möglich war.

»Was soll nun werden, Lida?« fragte Klim.

Sie löste vorsichtig seine Arme und ging fort. Samgin verfolgte sie mit trunkenen Augen wie durch einen Nebel. In dem Zimmer, das ihre Mutter bewohnt hatte, blieb sie stehen, mit herabhängenden Armen und geneigtem Kopf, als bete sie. Der Regen schlug immer wütender gegen die Fenster, man hörte die glucksenden Laute des Wassers, das durch die Regenrinne abfloß.

»Geh, bitte«, sagte Lidija. Samgin erhob sich und trat auf sie zu, als hätte sie ihn nicht gebeten fortzugehen.

»Ich bitte dich doch, geh!«

Was nach diesen Worten geschah, war leicht, einfach und beanspruchte erstaunlich wenig Zeit, Sekunden nur. Am Fenster stehend, vergegenwärtigte sich Samgin mit Staunen, wie er das Mädchen auf die Arme gehoben hatte und wie sie, rücklings auf das Bett fallend, seine Ohren und Schläfen zwischen ihren Händen zusammengepreßt, irgend etwas gesagt und ihm mit einem blendenden Blick in die Augen gesehen hatte.

Jetzt stand sie vor dem Spiegel, ordnete ihr Kleid und die Frisur, ihre Hände zitterten, ihre Augen waren im Spiegelbild weit geöffnet, reglos und schreckerfüllt. Sie biß sich auf die Lippen, als unterdrückte sie einen Schmerz oder Tränen.

»Liebste«, flüsterte Klim in den Spiegel, er empfand weder Freude noch Stolz, fühlte nicht, daß Lidija ihm jetzt näherstünde, und wußte nicht, wie er sich verhalten, was er sagen sollte. Er sah, daß er sich geirrt hatte – Lidija schaute sich nicht erschreckt, sondern fragend, erstaunt an. Er trat zu ihr und umarmte sie.

»Laß«, sagte sie und machte sich daran, die zerdrückten Kissen zu glätten. Da trat er wieder ans Fenster und sah durch den dichten Regenschleier zu, wie das Laub an den Bäumen zitterte und wie auf dem Dachblech des Seitenbaus graue Kügelchen hüpften.

Ich bin beharrlich, ich habe es gewollt und erreicht, sagte er sich, da er das Bedürfnis hatte, sich irgendwie zu trösten.

»Geh nun«, sagte Lidija, sie blickte immer mit dem gleichen sorgenvollen und fragenden Blick auf das Bett. Samgin küßte ihr stumm die Hand und ging.

Alles hatte sich nicht so abgespielt, wie er es sich vorgestellt hatte. Er fühlte sich betrogen.

Aber was habe ich denn erwartet? fragte er sich. Nur, daß es dem nicht gleichen würde, was ich bei Margarita und bei der Nechajewa erlebt habe?

Und er tröstete sich: Vielleicht wird es noch so ...

Doch der Trost währte nicht lange, schon im nächsten Augenblick kam ihm der kränkende Gedanke: Sie hat mir gleichsam ein Almosen gegeben ...

Und zum zehnten Mal erinnerte er sich der Worte: »Ja – ist denn ein Junge dagewesen, vielleicht war gar kein Junge da?«

In seinem Zimmer angelangt, schloß er die Tür ab, legte sich hin und blieb bis zum Abendtee liegen, als er dann ins Speisezimmer trat, schritt dort wie ein Wachtposten die Spiwak auf und ab, schmal und schlank nach der Entbindung, mit üppig gewordener Brust. Sie begrüßte ihn mit der freundlichen Gelassenheit einer alten Bekannten, fand, daß Klim stark abgemagert sei, und wandte sich dann wieder an Wera Petrowna, die beim Samowar saß: »17 Mädchen und 9 Jungen, wir brauchen aber 30 Schüler ...«

Von ihren Schultern wallte ein duftiges, perlmuttfarbenes Gewebe bis zu den Händen herab, die durchschimmernde Haut der Arme wirkte ölig. Sie war unvergleichlich schöner als Lidija, und das erregte Klim. Auch ihr dozierender und sachlicher Ton erregte ihn, ihre Buchsprache, und daß sie, obwohl sie gut fünfzehn Jahre jünger war als Wera Petrowna, wie eine Ältere mit ihr sprach.

Als die Mutter Klim fragte, ob Warawka ihm angeboten habe, die Sparte für Kritik und Bibliographie in der Zeitung zu übernehmen, sagte sie, ohne Klims Antwort abzuwarten: »Erinnern Sie sich? Das war auch meine Idee. Sie haben alle Voraussetzungen für diese Rolle: kritischen Geist, im Zaum gehalten durch Vorsicht beim Urteilen, und guten Geschmack.«

Sie hatte es freundlich und ernst gesagt, aber im Bau ihres Satzes schien Klim etwas Spöttisches zu liegen.

»Gewiß«, stimmte die Mutter bei, sie nickte und fuhr mit der Zungenspitze über ihre welken Lippen, während Klim das verjüngte Gesicht der Spiwak betrachtete und dachte: Was will sie von mir? Weshalb hat die Mutter sich so mit ihr angefreundet?

Eine rosige Flut Sonnenlicht wogte durchs Fenster, die Spiwak schloß die Augen, warf den Kopf zurück und verstummte lächelnd. Man hörte, daß Lidija Klavier spielte. Auch Klim schwieg, er betrachtete durch das Fenster die rauchig roten Wolken. Alles war unklar, außer dem einen: Er mußte Lidija heiraten.

Ich glaube, ich habe mich übereilt, sagte er sich plötzlich, denn er fühlte etwas Gezwungenes in seinem Entschluß zu heiraten. Fast hätte er gesagt: Ich habe mich geirrt.

Er hätte es sagen können, denn er empfand schon nicht mehr das Verlangen nach Lidija, das ihn so lange und, wenn auch nicht stark, so doch beharrlich bewegt hatte.

Lidija kam nicht zum Tee und erschien auch nicht zum Abendessen. Zwei Tage lang saß Samgin zu Hause und erwartete gespannt, daß Lidija jeden Augenblick zu ihm käme oder ihn rufen ließe. Die Entschlossenheit, zu ihr zu gehen, brachte er nicht auf, und er hatte auch einen Vorwand, es nicht zu tun: Lidija hatte sagen lassen, sie fühle sich nicht wohl, Essen und Tee wurden ihr nach oben gebracht.

»Diese Unpäßlichkeit ist wahrscheinlich ein gewohnter Anfall von Misanthropie«, sagte die Mutter mit einem Seufzer.

»Sonderbare Charaktere beobachte ich unter der heutigen Jugend«, fuhr sie fort, während sie die Erdbeeren mit Zucker bestreute. »Wir haben einfacher, lustiger gelebt. Diejenigen von uns, die sich in den Dienst der Revolution stellten, taten es mit Gedichten, aber nicht mit Ziffern ...«

»Na, Muttchen, Ziffern sind nicht schlechter als Gedichte«, brummte Warawka. »Mit Gedichtchen kann man keinen Sumpf trockenlegen ...«

Er kniff die Augen etwas zu und nippte am Wein, behielt ihn eine Weile im Mund und schluckte ihn dann hinunter. Nach einer Weile sagte er: »Aber unsere Jugend ist in der Tat ... etwas säuerlich! Bei den Musikern, im Seitenbau, verkehrt dieser Bekannte von dir, Klim, wie heißt er doch?«

»Inokow.«

»Ja, der. Ein sonderbarer Bursche. Ich habe noch nie einen Menschen gesehen, der sich in solchem Maße allem und allen gegenüber so fremd fühlt. Ein Ausländer.«

Und forschend, mit einem spitzen Lächeln in seinen Augen, musterte er Klim. »Aber du fühlst dich doch nicht wie ein Ausländer?«

»In einem Staat, wo ein Chodynka möglich ist«, begann Klim ungehalten, denn er war der Mutter wie auch Warawkas überdrüssig.

In diesem Augenblick erschien Lidija in einem eigenartigen, goldgelben Schlafröckchen, das Klim an die Frauengewänder auf den Bildern Gabriel Rossettis erinnerte. Sie war ungewöhnlich lebhaft gestimmt, scherzte über ihre Unpäßlichkeit, schmiegte sich zärtlich an den Vater und erzählte Wera Petrowna sehr bereitwillig, das Schlafröckchen habe ihr Alina aus Paris gesandt. Ihre Lebhaftigkeit schien Klim verdächtig und steigerte den Spannungszustand, in dem er die letzten zwei Tage verbracht hatte, er erwartete, daß Lidija irgend etwas Ungewöhnliches, vielleicht Skandalöses sagen oder tun würde. Sie beachtete ihn jedoch wie immer fast gar nicht, und erst beim Hinausgehen raunte sie ihm zu: »Schließ die Tür nicht ab.«

Es war demütigend für Klim, sich gestehen zu müssen, daß dieses Raunen ihn erschreckt hatte, aber er war in der Tat so heftig erschrocken, daß ihm die Knie zitterten, er wankte sogar, wie von einem Schlag. Er war überzeugt, daß es in der Nacht zwischen ihm und Lidija zu etwas Dramatischem, ihn Vernichtendem kommen würde. Mit dieser Gewißheit ging er wie ein zur Folter Verurteilter in sein Zimmer.

Lidija ließ lange auf sich warten, fast bis zum Morgengrauen. Die Nacht war anfangs hell, aber schwül, durch die geöffneten Fenster fluteten Ströme feuchter Düfte von Erde, Gräsern und Blumen herein. Dann verschwand der Mond, die Luft wurde noch feuchter und verfärbte sich dunstig blau. Klim Samgin saß halb entkleidet am Fenster, lauschte in die Stille und zuckte zusammen bei den unverständlichen Geräuschen der Nacht. Ein paarmal sagte er sich voll Hoffnung: Sie kommt nicht. Sie hat es sich überlegt.

Doch Lidija kam. Als die Tür sich geräuschlos auftat und eine weiße Gestalt auf der Schwelle erschien, erhob er sich, ging ihr entgegen und hörte ein ungehaltenes Flüstern: »Mach doch das Fenster zu!«

Das Zimmer füllte sich mit undurchdringlicher Finsternis, und Lidija verschwand in ihr. Samgin suchte sie eine Weile mit vorgestreckten Händen, aber er fand sie nicht und zündete ein Streichholz an.

»Nicht! Untersteh dich! Kein Licht machen!« vernahm er.

Er hatte gerade noch erkennen können, daß Lidija auf dem Bett saß und hastig den Schlafrock auszog. Ihre Arme huschten vage hin und her. Er trat zu ihr und sank in die Knie.

»Rasch! Rasch!« flüsterte sie.

Unsichtbar in der Dunkelheit, gab sie sich toll und schamlos. Sie biß ihn in die Schultern, stöhnte und forderte mit erstickender Stimme: »Ich will es spüren ... spüren ...«

Sie weckte seine Sinnlichkeit wie eine erfahrene Frau, gieriger als die sachliche und mechanisch sichere Margarita, rasender als die hungrige, aber kraftlose Nechajewa. Zuweilen glaubte er, er verlöre sogleich das Bewußtsein oder das Herz setze vielleicht aus. Es kam ein Augenblick, in dem es ihm schien, als weinte sie, ihr unnatürlich heißer Körper bebte minutenlang wie unter verhaltenem und lautlosem Schluchzen. Doch war er nicht überzeugt, daß dem wirklich so war, obwohl sie danach aufhörte, ihm unablässig in die Ohren zu raunen: »Spüren ... spüren ...«

Er erinnerte sich nicht, wann sie fortgegangen war, er war eingeschlafen wie tot und verbrachte den ganzen folgenden Tag wie im Traum, glaubend und nicht glaubend an das, was gewesen war. Er begriff nur eins: In dieser Nacht hatte er etwas Außergewöhnliches, Erstmaliges erlebt – aber nicht das, was er erwartet, und nicht so, wie er es sich vorgestellt hatte. Nach einigen ebenso stürmischen Nächten war er davon überzeugt.

In seinen Armen vergaß sich Lidija keinen Augenblick. Sie sagte ihm nicht ein einziges jener lieben Worte des Entzückens, an denen die Nechajewa so reich gewesen war. Margarita hatte zwar die Liebkosungen nur grob genossen, hatte aber auch etwas Klingendes, Dankbares an sich gehabt. Lidija liebte mit geschlossenen Augen, unersättlich, aber freudlos und finster. Eine Falte des Unmuts durchschnitt ihre hohe Stirn, sie entzog sich seinen Küssen mit zusammengepreßten Lippen und abgewandtem Gesicht, und wenn sie ihre langen Wimpern aufschlug, sah Klim in ihren dunklen Augen einen versengenden, unangenehmen Glanz. Aber das alles befremdete ihn nicht mehr, es kühlte seine Wollust nicht ab, sondern schürte sie bei jedem Wiedersehen nur noch mehr. Doch immer mehr verwirrte und störte ihn Lidijas aufdringliche Wißbegier. Anfangs belustigten ihn ihre Fragen durch ihre Naivität, Klim lächelte, denn er dachte an die grobe Würze der Novellen des Mittelalters. Doch allmählich bekam die Naivität einen Anstrich von Zynismus, und Klim fühlte hinter den Worten des Mädchens das eigensinnige Bestreben, etwas zu ergründen, was ihm unbekannt und gleichgültig war. Er hätte gern gedacht, Lidija habe ihre unschickliche Neugier aus den französischen Büchern und sie werde bald ermüden und verstummen. Aber Lidija ermüdete nicht, sie sah ihm fordernd in die Augen und forschte hitzig: »Was empfindest du? Du kannst nicht leben, ohne dich danach zu sehnen, nicht wahr?«

Er riet ihr: »Lieben muß man wortlos.«

»Um nicht zu lügen?« fragte sie.

»Schweigen ist keine Lüge.«

»Dann ist es Feigheit«, sagte Lidija und begann erneut ihn auszufragen. »Wenn du genießt – hilft dir das, mich irgendwie besonders zu verstehen? Hat sich in mir dann irgend etwas für dich verändert?«

»Gewiß«, antwortete Klim, um es gleich zu bedauern, denn nun fragte sie: »Was denn? Und wie?«

Diese Fragen wußte er nicht zu beantworten, und da er fühlte, daß diese Unfähigkeit ihn in den Augen des Mädchens herabsetzte, dachte er unwillig: Vielleicht fragt sie nur, um mich zu sich herunterzuziehen!

»Bitte hör auf«, sagte er schon nicht mehr zärtlich. »Solche Fragen sind unangebracht. Und – kindisch.«

»Was schadet das? Wir sind beide einmal Kinder gewesen.«

Klim begann an ihr etwas zu beobachten, das den fruchtlosen Grübeleien glich, an denen er selbst einmal gekrankt hatte. Es gab Augenblicke, wo sie plötzlich in einen Zustand halber Ohnmacht sank und ein, zwei, fünf Minuten reglos und stumm dalag. In diesen Minuten ruhte er aus und bestärkte sich in dem Gedanken, daß Lidija nicht normal sei, daß ihre Tollheit nur als Einleitung zu den Gesprächen diene. Sie liebkoste ihn leidenschaftlich, zuweilen schien es sogar, als martere, foltere sie sich selbst. Doch nach diesen Anfällen sah Klim, daß ihre Augen ihn feindselig oder fragend anblickten, und immer öfter bemerkte er in ihren Pupillen böse Funken. Um diese Funken auszulöschen, begann Klim dann auch ein wenig gewaltsam und bewußt, sie von neuem zu liebkosen. Zuweilen jedoch regte sich in ihm der Wunsch, ihr weh zu tun und sich für diese bösen Funken zu rächen. Es war peinlich, sich daran zu erinnern, daß sie ihm einmal unfleischlich, körperlos erschienen war. Er begann daran zu denken, daß er gerade mit diesem Mädchen eine ganz besondere, eine reine und tiefe Freundschaft hatte schließen wollen und daß gerade sie und nur sie allein ihm helfen sollte, sich selbst zu finden und festen Boden unter den Füßen zu gewinnen. Ja, nicht ihre sonderbare und unheimliche Liebe hatte er gesucht, sondern ihre Freundschaft. Und nun war er betrogen. Antwort auf seine Versuche, sie für seine Empfindungen und Gedanken zu interessieren, war nichts als Schweigen und manchmal ein Lächeln, das ihn kränkte und seine Rede im Keim erstickte.

Ihm schien, Lidija fürchte selbst ihr Lächeln und das böse Feuer in ihren Augen. Wenn er Licht anzündete, verlangte sie: »Mach aus.«

Und in der Dunkelheit hörte er sie flüstern: »Und das ist alles? Für alle das gleiche: für Dichter, für Droschkenkutscher, für Hunde?«

»Hör mal«, sagte Klim. »Du bist ein dekadentes Mädchen. Das ist krankhaft bei dir . . .«

»Aber Klim, es ist doch nicht möglich, daß dich das befriedigt! Es ist doch nicht möglich, daß deswegen Romeo, Werther, Ortis, Julia und Manon zugrunde gingen!«

»Ich bin kein Romantiker«, brummte Samgin und wiederholte: »Das ist Degeneriertes an dir . . .«

Darauf fragte sie: »Ich bin kümmerlich, nicht wahr? Fehlt mir etwas? Sag, was mir fehlt!«

»Die Einfachheit«, antwortete Samgin, der nicht anders zu antworten wußte.

»Jene, die die Katzen haben?«

Er getraute sich nicht, ihr zu sagen: Das, was die Katzen haben, besitzt du im Überfluß.

Während er sie rasend, fast wuterfüllt liebkoste, suggerierte er ihr in Gedanken: Weinen sollst du, weinen!

Sie stöhnte, aber sie weinte nicht, und Klim bezwang wieder nur mit Mühe den Wunsch, sie bis zu Tränen zu beleidigen, zu demütigen.

Einmal im Dunkeln fragte sie ihn hartnäckig aus, was er empfunden habe, als er zum erstenmal eine Frau besaß. Klim dachte nach und antwortete: »Furcht. Und Scham. Und du? Dort, oben ...«

»Schmerz und Abscheu«, antwortete sie sofort. »Das Furchtbare empfand ich hier, als ich selbst zu dir gekommen war.«

Sie rückte von ihm ab und schwieg eine Weile, dann sagte sie: »Das war wie sterben. So muß man in der letzten Minute des Lebens empfinden, wenn kein Schmerz mehr da ist, nur noch ein Fallen. Ein Fall ins Unbekannte, Unbegreifliche.«

Wieder schwieg sie und flüsterte dann: »Es kam ein Augenblick, wo etwas in mir starb, zugrunde ging. Irgendwelche Hoffnungen? Ich weiß es nicht. Dann die Verachtung meiner selbst. Nicht Mitleid, nein. Verachtung. Deshalb weinte ich, erinnerst du dich?«

Klim bedauerte, daß er ihr Gesicht nicht sah, er schwieg auch lange, ehe er gescheite Worte fand und ihr sagte: »Das ist bei dir nicht Liebe, sondern Erforschen der Liebe.«

Sie flüsterte still und ergeben: »Umarme mich. Kräftiger.«

Ein paar Tage benahm sie sich demütig, fragte nach nichts und war anscheinend sogar in ihren Liebkosungen zurückhaltender, doch dann vernahm Samgin wieder in der Dunkelheit ihr heißes, kratziges Flüstern: »Du wirst aber zugeben müssen, daß dies für einen Menschen wenig ist!«

Was willst du denn noch? wollte Klim fragen, aber er unterdrückte seine Empörung und unterließ die Frage.

Er fand, daß ihm »dies« vollkommen genügte und daß alles gut wäre, wenn Lidija schwiege. Ihre Liebkosungen übersättigten nicht. Er wunderte sich selbst, daß er Kraft hatte zu einem so stürmischen Leben und begriff, daß Lidija, ihr immer seltsam heißer und unermüdlicher Körper ihm diese Kraft gab. Er begann schon, auf seine physiologische Ausdauer stolz zu sein, und dachte, wenn er Makarow von diesen Nächten erzählte, so würde der sonderbare Kauz ihm nicht glauben. Diese Nächte nahmen ihn vollkommen in Anspruch. Von dem Wunsch beherrscht, Lidijas Wortmeuterei zu zügeln, Lidija einfacher, bequemer zu machen, dachte er an nichts anderes als nur an sie und wollte nur das eine: Sie sollte endlich ihre unsinnigen Fragen vergessen und seine Flitterwochen nicht mit bösem Gift trüben.

Aber sie ließ sich nicht zügeln, wenn auch das böse Feuer in ihren Augen nicht mehr so oft aufzuflackern schien. Sie fragte ihn auch nicht mehr so aufdringlich aus, aber in ihr kam eine neue Stimmung auf. Es überkam sie ganz plötzlich. Mitten in der Nacht sprang Lidija vom Bett auf, lief ans Fenster, öffnete es und setzte sich, halbnackt, auf die Fensterbank.

»Du wirst dich erkälten, es ist frisch«, warnte Klim.

»Welch eine Schwermut!« antwortete sie ziemlich laut. »Welche Schwermut liegt in diesen Nächten, im Schweigen der schlafenden Erde und in dem Himmel. Ich komme mir vor wie in einer Grube ... in einem Abgrund.«

Nun hält sie sich für einen gefallenen Engel, dachte Samgin.

Ihn quälte das Vorgefühl schwerer Bedrängnisse, zuweilen flammte plötzlich die Angst auf, Lidija könnte seiner überdrüssig werden und ihn von sich stoßen, manchmal aber wollte er es selbst. Mehr als einmal schon hatte er gemerkt, daß seine Schüchternheit Lidija gegenüber wiederkehrte, und fast immer wollte er daraufhin mit ihr brechen, wollte sich an ihr dafür rächen, daß er vor ihr schüchtern war. Er kam sich verdummt vor und begriff schlecht, was rings um ihn vorging. Es war ja auch nicht leicht, die Bedeutung des Tumults zu verstehen, den Warawka unermüdlich entfachte und schürte. Fast jeden Abend füllten für Klim neue Leute das Speisezimmer, und Warawka, der mit seinen kurzen Armen fuchtelte und mit dem ergrauenden Bart spielte, suggerierte ihnen: »Die taktlose Einmischung Wittes in den Weberstreik hat dem Streik politischen Charakter verliehen. Die Regierung überzeugte die Arbeiter gewissermaßen davon, daß die Theorie des Klassenkampfes ein Faktum und keine Erfindung der Sozialisten ist – verstehen Sie?«

Der Redakteur nickte stumm und einverstanden mit dem polierten Schädel, und seine lila Lippe hing noch gekränkter herab.

Ein Mann in einer Samtjacke, mit einer üppigen Bandschleife unter dem Kinn, großer Spechtnase und hektischen Flecken auf den gelben Wangen brummte nicht sehr laut: »Klassenkampf ist keine Utopie, wenn der eine ein eigenes Haus und der andere nur die Schwindsucht hat.«

Als er sich Klim vorstellte, reichte er ihm die feuchte Hand, sah ihm mit fiebrigen Augen ins Gesicht und fragte: »Narokow, Robinson – schon mal gehört?«

Er konnte nicht stillsitzen; oft und ungestüm sprang er hoch; mit finsterer Miene schaute er auf seine schwarze Uhr, drehte das dünne Kinnbärtchen zu einem Korkenzieher, schob es zwischen die schadhaften Zähne, dann schloß er die Augen, zog das Gesicht krankhaft zu einem ironischen Lächeln zusammen und blähte die Nasenlöcher weit, als wehrte er einen unangenehmen Geruch ab. Bei der zweiten Begegnung teilte er Klim mit, wegen der Robinson-Feuilletons habe eine Zeitung ihr Erscheinen einstellen müssen, eine andere sei für drei Monate verboten worden, mehrere hätten »Verweise« erhalten, und in allen Städten, wo er gearbeitet habe, seien die Gouverneure immer seine Feinde gewesen.

»Mein Kollege, ein Statistiker – er ist kürzlich im Gefängnis an Typhus gestorben –, nannte mich ›Geißel der Gouverneure‹.«

Nur schwer war zu erkennen, ob er im Scherz oder im Ernst sprach.

Klim fand gleich einen unangenehmen Zug an ihm: Dieser Mensch betrachtete alle Menschen durch die Wimpern, spöttisch und feindselig.

Tief im Sessel saß der Mitherausgeber von Warawkas Zeitung, Pawlin Saweljewitsch Radejew, Besitzer zweier Dampfmühlen, ein rundlicher Mann mit einem Tatarengesicht, das in ein akkurat gestutztes Bärtchen eingefügt war, mit freundlichen und klugen Augen unter einer gewölbten Stirn. Warawka schätzte ihn offenbar sehr und blickte fragend und erwartungsvoll in das Tatarengesicht. Auf Warawkas Empörung über den politischen Zynismus Konstantin Pobedonoszews antwortete Radejew: »Die Wanze ist ja glücklich, daß sie stinkt.«

Das war der erste Satz, den Klim aus Radejews Mund vernahm. Er versetzte ihn um so mehr in Erstaunen, als er so sonderbar herauskam, daß er gar nicht mit dem gedrungenen, soliden Figürchen des Mühlenbesitzers und seinem straffen, wachsgelben oder, richtiger, honiggelben Gesicht übereinstimmte. Sein Stimmchen war farblos, schwach, er sprach mit einer gewissen Anstrengung, wie man nach langwieriger Krankheit zu sprechen pflegt.

»Hat Boborykin in dem Speicher-Sokrates, den ›Wassilij Tjorkin‹, etwa Sie porträtiert?« fragte Robinson ihn ungeniert.

»Ein schlechtes Buch, doch nicht ohne Wahrheit«, antwortete Radejew. Er hielt seine dicklichen Händchen auf dem Bauch und drehte die Daumen. »Ich bin es natürlich nicht, doch nehme ich an, daß er es aus dem Leben nahm. Auch unter der Kaufmannschaft fangen einige an nachzudenken.«

Samgin glaubte anfangs, dieser Kaufmann müsse schlau und unbarmherzig sein. Als man auf die Reliquien des Seraphim von Sarow zu sprechen kam, sagte Radejew mit einem Seufzer: »O weh, dieses Erfinden von toten Gerechten wird uns zu nichts Gutem führen, um so weniger noch das von lebenden. Wir erfinden sie nicht aus Vergnügen, nicht aus Notwendigkeit, sondern aus Gewohnheit, so ist es wirklich! Wir sollten lieber zugeben, daß wir alle Sünder sind und alle dasselbe sündige Erdenleben führen.«

Er sprach gern und brüstete sich offensichtlich damit, daß er über alles frei mit eigenen Worten reden konnte. Als Samgin sich in sein farbloses Stimmchen, seine leisen, abgewogenen Worte hineingelauscht hatte, entdeckte er in Radejew etwas Angenehmes, das ihn versöhnte.

»Sie, Timofej Stepanowitsch, bemerken richtig: In unserer jungen Generation reift eine große Spaltung heran. Soll man darüber ungehalten sein?« fragte er, mit seinen Bernsteinäugelchen lächelnd, und antwortete gleich selbst, zum Redakteur gewandt: »Das braucht man wohl nicht. Mir scheint es recht nützlich für unseren Staat, wenn jene, die an Alexander Herzen und die Slawophilen glauben und sich dabei auf Nikolai den Wundertäter in Gestalt des Bäuerleins stützen, mit denen zusammenstoßen, die an Hegel und Marx glauben wollen und sich dabei auf Darwin stützen.«

Er schöpfte Atem, spielte mit den Fingerchen noch schneller und bedachte den Redakteur mit einem freundlichen Lächeln; der Redakteur zog die Unterlippe ein und schob die obere waagrecht vor, wodurch sein Gesicht kürzer, aber breiter wurde und auch irgendwie lächelte, während sich hinter den Brillengläsern formlose, trübe Flecke bewegten.

»Das ist natürlich die Hauptlinie der Spaltung«, fuhr Radejew noch klingender und weicher fort. »Doch man kann noch eine zweite feststellen, die ebenfalls nützlich ist: Man trifft junge Leute, die nicht nur über die Nöte des Volkes, sondern auch über die Geschicke des russischen Staates, über die große sibirische Eisenbahn zum Stillen Ozean und über andere, ebenso interessante Dinge nachzudenken lernen.«

Nach einer Pause, die er wohl zu dem Zweck machte, damit die anderen die Bedeutsamkeit des von ihm Gesagten erfassen könnten, scharrte der Müller ein wenig mit seinen kurzen Beinchen auf dem Boden und fuhr fort: »Die individualistische Gesinnung einiger ist auch nicht ohne Nutzen, vielleicht verbirgt sich dahinter eine sokratische Vertiefung in sich selbst und eine Abwehr gegen die Sophisten. Nein, unsere Jugend wächst interessant und verspricht viel. Es ist sehr bemerkenswert, daß Lew Tolstois verbohrte Lehre unter den jungen Leuten keine Jünger und Apostel findet, absolut nicht findet, wie wir sehen.«

»Ja«, sagte der Redakteur, nahm die Brille ab und zeigte darunter sanfte Augen mit verschwommenen, fliederfarbenen Pupillen.

Man hörte Radejew stets aufmerksam zu, besonders Warawka verschlang mit seinem Blick das honigfarbene Gesicht des Müllers, seine kräftigen, saugenden Lippen.

»Prachtvoll, wie der Müller uns die Leviten liest«, sagte er mit einem öligen Lächeln. »Eine tierisch kindliche Seele!«

Klim Samgin stellte bei Warawka und Radejew etwas Gemeinsames fest: Warawka hatte kurze Arme, der Müller hatte lächerlich kurze Beinchen.

Inokow sagte von Radejew: »Es wäre interessant, ihn im Dampfbad zu sehen; nackt gleicht er wahrscheinlich einem Samowar.«

Inokow kam eben erst irgendwoher aus der Gegend von Orenburg, aus dem Turgaigebiet, er war in Krasnowodsk und in Persien gewesen. Seltsam in Segeltuch gekleidet, grau, ganz verstaubt bis auf die Knochen, mit Sandalen an den bloßen Füßen, einem breitkrempigen Strohhut und langhaarig, glich er dem lebendig gewordenen Porträt Robinson Crusoes vom Umschlag einer wohlfeilen Ausgabe dieses Evangeliums der Unbesiegbaren. Wie ein Kranich stelzte er im Speisezimmer auf und ab, zupfte mit dem Fingernagel weiße Hautschuppen von der sonnenverbrannten Nase und sagte entschieden: »All diese Baschkiren und Kalmücken belasten unnütz die Erde. Arbeiten können sie nicht, zum Lernen sind sie nicht fähig. Überlebte Leute. Die Perser auch.«

Radejew sah ihn wohlwollend an und bewegte die glattgebürsteten Brauen, während Warawka ihn aufstachelte: »Und wohin mit ihnen nach Ihrer Meinung? Totschlagen? Aushungern?«

»Herbstlaub«, beharrte Inokow und schnaubte durch die Nase, als bliese er heißen Steppenstaub heraus.

Herbstlaub, wiederholte Klim in Gedanken, betrachtete die ihm unverständlichen Menschen und fand, daß sie durch irgend etwas von ihren natürlichen Stellungen verdrängt worden waren. Jeder von ihnen bedurfte, um klarer zu erscheinen, gewisser Ergänzungen, Korrekturen. Immer mehr solcher Leute traten in sein Blickfeld. Es wurde völlig unerträglich, im Reigen so übermäßig und ermüdend kluger Menschen umherzustampfen.

Von oben kam Lidija herunter. Sie setzte sich in eine Ecke, hinter den Flügel, hüllte sich in ein Voiletuch und schaut mit fremden Augen herüber. Der Schal war blau, er warf unangenehme Schatten auf die untere Gesichtshälfte. Klim war zufrieden, daß sie schwieg, er fühlte, daß er ihr widersprechen würde, sobald sie den Mund auftäte. Am Tage und im Beisein anderer mochte er sie nicht.

Die Mutter verhielt sich würdevoll gegen die Gäste, sie lächelte nachsichtig, ihr Verhalten hatte etwas Fremdartiges, etwas Gezwungenes und Trauriges.

»Langen Sie zu«, forderte sie den Redakteur, Inokow und Robinson auf und schob ihnen mit einem Finger die Teller mit Brot, Butter, Käse, die Schälchen mit eingemachten Früchten hin. Sie redete die Spiwak mit Lisa an und wechselte mit ihr Blicke von Gleichgesinnten. Die Spiwak indessen stritt lebhaft mit allen, häufiger als die anderen mit Inokow, wahrscheinlich deshalb, weil er wie ein angepflocktes Kälbchen um sie herumging.

Die Spiwak fühlte sich eher als Herrin des Hauses denn als Gast, und das veranlaßte Klim, sie argwöhnisch zu beobachten.

Wenn alle Fremden fort waren, ging die Spiwak mit Lidija im Garten spazieren oder saß oben bei ihr. Sie sprachen erregt von irgend etwas, und Klim gelüstete es stets, unauffällig zu horchen, wovon sie sprachen.

»Schauen Sie, das ist interessant!« sagte sie zu Klim und drückte ihm gelbe Bändchen von René Doumic, Pellissier und France in die Hand.

Will sie mich etwa erziehen? überlegte Samgin und erinnerte sich daran, wie auch die Nechajewa ihm Reproduktionen von Bildern der Präraffaeliten, Rochegrosses, Stucks, Klingers und Gedichte der Dekadenten geschenkt hatte.

Jeder sucht dir etwas von sich aufzudrängen, damit du ihm ähnlich und dadurch verständlicher wirst. Ich dagegen dränge niemand etwas auf, dachte er stolz, lauschte aber sehr aufmerksam den Urteilen der Spiwak über Literatur, und es gefiel ihm, wie sie von der neuen russischen Dichtung sprach.

»Diese jungen Leute haben es sehr eilig, sich von der humanitären Tradition der russischen Literatur freizumachen. Im Grunde übersetzen und kopieren sie vorläufig nur die Pariser Dichter, dann kritisieren sie einander wohlwollend, um anläßlich kleiner literarischer Diebstähle von großen Ereignissen in der russischen Literatur zu reden. Mich dünkt es etwas ungebildet, sich nach Tjutschew für die Dekadenten vom Montmartre zu begeistern.«

Bisweilen kam behutsam wie ein verprügelter Kater Iwan Dronow in Warawkas Arbeitszimmer, eine Aktentasche unter dem

Arm, reinlich gekleidet und in unnatürlich knarrenden Schuhen. Er begrüßte Klim wie ein Untergebener den Sohn eines strengen Vorgesetzten, indem er seinem stupsnasigen Gesicht eine heuchlerisch-bescheidene Miene verlieh.

»Wie geht es dir?« fragte Samgin.

»Nicht übel, ich danke Ihnen«, antwortete Dronow, wobei er die Anrede stark betonte und Klim dadurch verlegen machte. Weiterhin siezten sie sich, und als Dronow sich verabschiedete, teilte er Klim mit: »Margarita läßt Sie grüßen. Sie gibt jetzt Handarbeitsunterricht in der Klosterschule.«

»Ja?« sagte Samgin.

»Ja. Ich treffe mich oft mit ihr.«

Wozu hat er mir das gesagt? dachte Samgin beunruhigt, während er ihm mürrisch über die Brille nachsah.

Er vergaß Dronow gleich wieder. Lidija nahm all sein Denken in Anspruch und flößte ihm immer stärkere Unruhe ein. Es war klar, daß sie nicht das Mädchen war, als das er sie sich vorgestellt hatte. Nein. Physisch immer berauschender, begann sie bereits, sich ihm gegenüber mit kränkender Herablassung zu verhalten, und aus ihrer Fragerei hörte er mehr als einmal Ironie heraus.

»Sag doch, was hat sich in dir verändert?«

Er wollte sagen: Nichts.

Er hätte sagen können: Ich habe begriffen, daß ich mich geirrt habe.

Aber ihm fehlte die Entschlossenheit, die Wahrheit zu sagen, und er war auch nicht überzeugt, daß dies die Wahrheit sei und daß er sie aussprechen müsse. Er antwortete: »Es ist noch zu früh, davon zu sprechen.«

»In mir hat sich nichts verändert«, flüsterte Lidija ihm zu, und ihr Flüstern wurde in der schwülen, nächtlichen Dunkelheit ein Alp für ihn. Etwas besonders Bedrückendes lag darin, daß sie ihre unangebrachten Fragen immer im Flüsterton stellte, als schämte sie sich ihrer, doch ihre Fragen klangen immer schamloser. Einmal, als er ihr etwas Beruhigendes sagte, unterbrach sie ihn: »Warte mal, woher ist das?«

Sie dachte nach und fand: »Das ist aus Stendhals Buch ›Über die Liebe‹.«

Sie sprang aus dem Bett und ging rasch durchs Zimmer, über die dichten und schweren Schatten der Bäume auf dem Fußboden. Ihre Beine in den schwarzen Strümpfen verschmolzen seltsam mit den Schatten, und über das Hemd, das vom Mondschein bläulich gefärbt war, glitten ebenfalls Schatten; es schien, als hätte sie keine Beine und schwebe durch den Raum. Sie warf einen Blick aus dem Fenster und blieb dann mit streng gefurchten Brauen vor dem Spiegel stehen. Sie betrachtete sich so oft und eingehend im Spiegel, daß Klim dies sowohl sonderbar als auch lächerlich fand. Sie stand da mit verkniffenen Lippen, hochgezogenen Brauen und fuhr sich über Brust, Leib und Schenkel. Außer ihrem nackten Körper reflektierte der Spiegel die Wand mit dunkler Tapete, und es war sehr unangenehm, Lidija verdoppelt zu sehen: die eine, lebendige, wiegte sich auf dem Fußboden, die andere glitt über die reglose Leere des Spiegels.

Klim fragte sie lieblos: »Du glaubst wohl, du bist schon schwanger?«

Ihre Arme sanken am Körper herab, sie wandte sich rasch um und fragte erschreckt: »Wi-ie?«

Sie sank auf einen Stuhl und flüsterte kläglich: »Man bekommt aber doch nicht immer ein Kind! Und es sind ja noch nicht einmal sechs Wochen . . .«

»Was hast du denn? Fürchtest du dich, ein Kind zu bekommen?« fragte Klim und reizte sie mit Vergnügen. »Und was haben die Wochen damit zu tun?«

Sie antwortete nicht und begann hastig, sich anzukleiden.

»Erinnerst du dich nicht, du wolltest einen Jungen und ein Mädchen haben?«

Sie kleidete sich so rasch an, als wollte sie sich so schnell wie möglich verbergen.

»Wollte ich das?« murmelte sie. »Ich entsinne mich nicht.«

»Du warst damals zehn Jahre alt.«

»Jetzt mag ich keine Jungen und Mädchen mehr.«

Sie bückte sich, um die Schuhe anzuziehen, und sagte: »Nicht alle haben das Recht, Kinder in die Welt zu setzen.«

»Hu, welch eine Philosophie!«

»Jawohl«, fuhr sie fort, während sie sich dem Bett näherte. »Nicht alle. Wenn man schlechte Bücher schreibt oder schlechte Bilder malt, so ist das nicht so schädlich, für schlechte Kinder jedoch sollte man bestraft werden.«

Klim empörte sich: »Woher hast du diese greisenhaften Einfälle? Es ist lächerlich, so etwas zu hören. Sagt das die Spiwak?«

Sie ging in ihrem leichten Gang, behutsam auf den Zehen auftretend, fort. Es fehlte nur noch, daß sie den Rock raffte, dann hätte es ausgesehen, als ginge sie über eine schmutzige Straße.

Klim sah, daß es zwischen ihm und Lidija immer öfter und überraschend schnell zu unangenehmen Gesprächen kam, doch das zu verhindern, vermochte er nicht.

Einmal riet er ihr lässig auf eine ihrer üblichen Fragen: »Lies mal ›Die Hygiene der Ehe‹, es gibt so ein Buch, oder nimm dir ein Lehrbuch der Geburtshilfe vor.«

Lidija setzte sich im Bett auf, umschlang ihre Knie, legte das Kinn darauf und fragte: »Deiner Meinung nach läuft wohl alles auf Geburtshilfe hinaus? Weshalb gibt es dann Gedichte? Was ruft die Gedichte hervor?«

»Das mußt du schon Makarow fragen.«

Lächelnd fügte er hinzu: »Marakujew hat Makarow sehr treffend einen ›Provence-Troubadour aus der Hintergasse‹ genannt.«

Lidija wandte sich zu ihm und sagte, seine Brauen mit dem spitzen Nagel ihres kleinen Fingers glättend: »Schlecht sprichst du. Und immer so, als ob du ein Examen ablegst.«

»So ist es auch«, antwortete Klim. »Weil du mich immerfort verhörst.«

Ihre Stimme klang in zwei Lagen, wie in der Kindheit: »Ich gebe dir oft recht, aber nur, um nicht zu streiten. Mit dir kann man über alles streiten, aber ich weiß, daß es nutzlos ist. Du bist glitschig ... Und du hast keine Worte, die dir teuer wären.«

»Ich verstehe nicht, weshalb du das sagst«, brummte Samgin, der erriet, daß irgendein entscheidender Moment kam.

»Weshalb ich es sage?« fragte sie nach einer Pause. »In einer Operette wird gesungen: ›Liebe? Was ist denn Liebe?‹ Ich denke seit meinem dreizehnten Lebensjahr darüber nach, seit dem Tag, da ich mich als Frau fühlte. Das war sehr kränkend. Ich kann an nichts anderes mehr denken als daran.«

Samgin schien es, als spräche sie fassungslos, schuldbewußt. Er hätte gern ihr Gesicht gesehen. Er zündete ein Streichholz an, aber Lidija verdeckte, wie immer, ihr Gesicht mit den Handflächen und sagte gereizt: »Kein Licht machen.«

»Du liebst das Spiel im Dunkeln«, scherzte Klim und – bereute es: Es war dumm.

Im Garten toste der Wind, das Laub scheuerte an den Scheiben, die Zweige schlugen an die Fensterläden, und noch irgendein unerklärlicher, seufzender Laut war zu vernehmen, als winselte ein kleiner Hund im Schlaf. Dieser Laut floß in Lidijas Geflüster ein und verlieh ihren Worten einen kummervollen Ton.

»Man soll sich nicht anlügen«, vernahm Klim. »Man lügt, um bequemer zu leben, aber ich trachte nicht nach Bequemlichkeit, begreif das! Ich weiß nicht, was ich will. Vielleicht hast du recht: ich habe etwas Greisenhaftes an mir, daher liebe ich auch nichts, und alles scheint mir nicht richtig, nicht so, wie es sein sollte.«

Zum erstenmal während ihres Zusammenseins hörte Klim in ihren Worten etwas ihm Verständliches und Verwandtes.

»Ja«, sagte er. »Vieles ist erdacht, das weiß ich.«

Und zum erstenmal wäre er zu Lidija gern irgendwie besonders zärtlich gewesen, hätte er sie gern zu Tränen gerührt, zu außergewöhnlichen Geständnissen gebracht, daß sie ihre Seele ebenso leicht entblößte, wie sie ihren rebellierenden Körper zu entblößen gewohnt war. Er war überzeugt, daß er gleich etwas verblüffend Einfaches und Weises sagen, aus allem, was er erlebt hatte, für sich und sie einen bitteren, aber heilsamen Saft herauspressen würde.

»Mir scheint, die glücklichen sind nicht die jungen, sondern die trunkenen Menschen«, flüsterte sie weiter. »Niemand von euch hat Diomidow verstanden, ihr habt gedacht, er sei wahnsinnig, er aber sagte wunderbar: ›Vielleicht ist Gott erdacht, aber die Kirchen gibt es, doch es sollte nur Gott und den Menschen geben, steinerne Kirchen sind nicht nötig. Das Existierende beengt‹, hat er gesagt.«

»Anarchismus eines Schwachsinnigen«, sagte Klim hastig. »Ich kenne das, ich habe gehört: ›Der Baum ist dumm, der Stein ist dumm‹ und dergleichen mehr . . . Das ist Unsinn!«

Er fühlte, daß höchst bedeutsame Gedanken in ihm aufstiegen. Doch als er sie aussprechen wollte, gab ihm das Gedächtnis arglistig nur fremde Worte ein, die Lidija vermutlich schon kannte. Als Samgin eigene Worte suchte und Lidijas Flüstern zu unterbrechen wünschte, legte er seine Hand auf Lidijas Schulter, doch sie senkte die Schulter so rasch, daß seine Hand zum Ellenbogen hinabglitt, und als er den Ellenbogen drückte, forderte Lidija: »Laß mich.«

»Warum?«

»Ich will gehen.«

Und sie ging und ließ ihn, wie immer, in Dunkelheit und Stille zurück. Es kam nicht selten vor, daß sie plötzlich ging, als wäre sie durch seine Worte erschreckt, diesmal aber war ihre Flucht besonders kränkend, denn sie nahm alles, was er ihr hatte sagen wollen, wie einen Schatten mit sich fort. Klim sprang aus dem Bett und öffnete das Fenster, ein Windstoß fuhr herein, brachte Staubgeruch, blätterte zornig die Seiten eines Buches auf dem Tisch um und half Samgin, sich zu empören.

Morgen werde ich mich mit ihr aussprechen, beschloß er, nachdem er das Fenster zugemacht und sich wieder ins Bett gelegt hatte. Genug der Launen, des Schwatzens . . .

Ihm schien, Lidijas Stimmung werde geradezu unberechenbar, und er nannte sie schon zwiespältig. Zum zweitenmal fiel ihm auf, daß Lidija sich sogar auch physisch spaltete: hinter den vertrauten Zügen ihres Gesichts trat ein anderes, ihm fremdes Gesicht hervor. Sie bekam plötzlich Anfälle von Zärtlichkeit für ihren Vater und Wera Petrowna und war ab und zu backfischhaft verliebt in Jelisaweta Spiwak. Es gab Tage, an denen sie alle Menschen nicht mit den ihr eigenen Augen ansah, weich, teilnahmsvoll und so trübsinnig, daß Klim voller Unruhe dachte: Jetzt gleich wird sie gestehen, sinnlos den Roman mit ihm erzählen und schwarze Tränen weinen. »Schwarze Tränen« gefiel ihm sehr, er hielt das für eine seiner guten Erfindungen.

Besonders stutzig machte es ihn, wenn er beobachtete, wie liebevoll Lidija um seine Mutter bemüht war, die nur ganz mitleidig, lehrerinnenhaft mit dem Mädchen sprach und ihr nicht ins Gesicht, sondern auf die Stirn oder über den Kopf hinweg sah.

Doch diese Bemühungen endeten plötzlich mit einer unerwarteten und fast groben Entgleisung. Eines Abends beim Tee hatte Wera Petrowna Lidija herablassend belehrt: »Das Recht zur Kritik beruht entweder auf festem Glauben oder auf sicherem Wissen. Glauben spüre ich bei dir nicht, und dein Wissen, gib das zu, ist unzulänglich . . .«

Lidija hatte, ehe sie noch zu Ende gehört, nachdenklich gesagt: »Der Kutscher Michail schreit die Leute an und sieht nicht, wohin er fahren muß, man hat immer Angst, er könnte jemanden überfahren. Er sieht schon ganz schlecht. Warum wollt ihr ihn nicht behandeln lassen?«

Wera Petrowna hatte Warawka fragend angesehen und mit den Achseln gezuckt, Warawka murmelte: »Behandeln? Er ist vierundsechzig Jahre alt . . . Dagegen hilft keine Behandlung.«

Lidija war fortgegangen und ein paar Minuten später in lebhaftem Gespräch mit der Spiwak im Garten erschienen, und Klim hatte sie fragen hören: »Weshalb muß ich denn die Fehler anderer wiedergutmachen?«

Zuweilen hatte Klim die Empfindung, Lidija begegne ihm so trokken und gezwungen, als hätte er sich ihr gegenüber etwas zuschulden kommen lassen, und sie habe ihm zwar verziehen, aber es sei ihr nicht leichtgefallen.

Nachdem er sich dies alles hatte durch den Kopf gehen lassen, beschloß er noch einmal: Ja, morgen sprechen wir uns aus.

Am Morgen beim Tee teilte Warawka, sich die Brotkrumen aus dem Bart schüttelnd, Klim mit: »Heute mache ich die Redaktion mit den kulturellen Kräften der Stadt bekannt. Auf siebzigtausend Einwohner kommen vierzehn Leute, ja, mein Lieber! Drei stehen unter öffentlicher Polizeiaufsicht, fast alle übrigen sicherlich unter geheimer. Sehr komisch«, fügte er auf deutsch hinzu.

Er dachte eine Weile nach, preßte eine halbe Zitrone in sein Teeglas und sagte mit einem Seufzer: »Unser Staat, mein Lieber, ist wahrhaftig ein äußerst origineller Staat, sein Köpfchen entspricht dem Korpus nicht – es ist zu klein. Ich habe Lidija aufs Landhaus geschickt, um den Schriftsteller Katin einzuladen. Wie steht's, wirst du Kritik schreiben, he?«

»Ich will es versuchen«, antwortete Klim.

Der Abend mit den vierzehn Leuten erinnerte ihn an die sonnabendlichen Sitzungen rund um die Pastete bei Onkel Chrysanth.

Der stark gealterte Rechtsanwalt Gussew hatte einen Bauch bekommen, und während er Spiwaks zerbrechliches Figürchen damit bedrängte, entrüstete er sich schlapp darüber, daß Balalaikas in der Armee verbreitet wurden.

»Schalmei, Horn, Gusli – das sind wirklich volkstümliche Instrumente. Unser Volk ist lyrisch, die Balalaika entspricht nicht seinem Geist . . .«

Spiwak sah ihm durch die schwarzen Brillengläser auf die Brust und antwortete schüchtern: »Ich glaube, das ist nicht wahr, man ist nur immer gewohnt, ›volkstümlich‹ statt ›schlecht‹ zu sagen.«

Dann wandte er sich an seine Frau: »Ich will gehen und nachsehen, ob es nicht weint.«

Er lief fort, Gussew indes begann, dem Statistiker Kostin, einem Mann mit schwammigem, weibischem Gesicht, zu beweisen: »Ich gebe natürlich zu, daß Alexander III. ein dummer Zar gewesen ist, immerhin aber hat er uns den richtigen Weg zur Vertiefung ins Nationale gewiesen.«

Der Statistiker, in der ganzen Stadt bekannt durch seine Gewohnheit, im Gefängnis zu sitzen, lächelte gutmütig und zählte auf: »Die Pfarrschulen, das Branntweinmonopol . . .«

Robinson mischte sich ein: »Wenn man sich schon ins Nationale vertieft, dann darf man auch die Balalaika nicht ablehnen.«

Kostin rief, Robinson unterbrechend: »Diese ganze Politik, in die Räder der Geschichte Strohhalme zu schieben . . .«

Griesgrämig lächelnd, sagte Inokow zu Klim: »Der Gefängnisstammgast spricht von der Geschichte wie ein treuer Knecht von seiner Herrin . . .«

Inokow trug unheilverkündend ein schwarzes Wollhemd mit einem breiten Gürtel, seine schwarze Hose steckte in den Stiefelschäften, er war sehr abgemagert, sah alle Anwesenden mit bösen Augen an und trat oft, zusammen mit Robinson, an den Tisch mit Schnäpsen. Und immer ging neben ihnen, seitwärts wie eine Krabbe, der Redakteur. Klim hörte ihn zweimal halblaut zu dem Feuilletonisten sagen: »Picheln Sie nicht allzu eifrig, Narokow, das ist schädlich für Sie.«

An diesem Tisch hatte der Schriftsteller Katin das Kommando. Er war nicht gealtert, nur ein paar graue Haarzüngelchen zeigten sich an den Schläfen, und über die prallen Bäckchen liefen Muster aus roten Äderchen. Wie ein kleiner Ball rollte er aus einer Ecke in die andere, fing die Leute, zog sie zum Schnaps und machte sich lebhaft, mit seiner kleinen Tenorstimme, über den Redakteur lustig: »Werden wir die Spießer aufrütteln, Maximytsch? Laß nur keinen Marxismus zu! Du läßt keinen zu, was? Sieh dich vor, ich bin von der alten Sorte . . .«

Er nahm einen Imbiß zum Schnaps und blinzelte vor Vergnügen. »Ach, das ist doch ein in der Fabrik eingelegter Pilz, der beseelt nicht! Aber die Schwester meiner Frau hat Pilze einlegen gelernt – ganz hervorragend!«

Gussews Assessor, der junge Advokat Prawdin, eingeknöpft in einen flott geschneiderten Ausgehrock, frisiert und wohlriechend wie ein Friseur, redete auf Tomilin und Kostin ein: »Die unanfechtbaren Rechtsnormen . . .«

Tomilin lächelte ein kupfernes Lächeln, während Kostin zärtlich über seine unnatürlich starken Oberschenkel strich und mit sanftem Tenor erwiderte: »Hinter diesen Normen verbergen sich ja gerade alle Grundlagen des sozialen Konservatismus.«

Die Notarswitwe Kasakowa, die eine Hochschule besucht hatte und jetzt im außerschulischen Erziehungswesen tätig war, eine Frau mit Kneifer, mit schönem und strengem Gesicht, suchte dem Redakteur zu beweisen, daß die Theorien Pestalozzis und Fröbels in Rußland nicht anwendbar seien. »Wir haben Pirogow, wir haben . . .«

Robinson unterbrach sie, indem er daran erinnerte, daß Pirogow empfohlen habe, die Kinder zu prügeln, und deklamierte Dobroljubows Verse:

»Nicht in jener Art wie üblich,
Wie man Tölpel prügelt oft,
Sondern wie es hielt für ziemlich
Nikolai Iwanytsch Pirogow . . .«

»Die Verse sind schlecht, und in Europa werden die Kinder überall geprügelt«, erklärte die Kasakowa entschieden.

Doktor Ljubomudrow äußerte seine Zweifel: »Überall? Und

wenn ich mich nicht irre, prügelt man nicht, sondern schlägt mit dem Lineal auf die Hände.«

»Man prügelt auch«, beharrte die Kasakowa. »Auch in England prügelt man.«

In einem blauen Rock aus rauhem Drap und schweren Hosen, die tief über die stumpfen Stiefel hingen, ging Tomilin im Speisezimmer wie auf einem Basar umher, trocknete sich mit dem Taschentuch das stark schwitzende, rotbraune Gesicht, beobachtete, horchte und warf nur selten herablassend kurze Sätze dazwischen. Als Prawdin, ein leidenschaftlicher Theaterfreund, jemandem zurief: »Erlauben Sie, es ist ein Vorurteil, daß das Theater eine Schule sei, das Theater ist Schauspiel!« sagte Tomilin lächelnd: »Das ganze Leben ist Schauspiel.«

Hauptmann Gortalow, ein ehemaliger Erzieher im Kadettenkorps, dem die pädagogische Tätigkeit verboten worden war, ein solider Heimatkundler, talentierter Blumenzüchter und Gemüsegärtner, hager, sehnig, mit brennenden Augen, suchte dem Redakteur zu beweisen, die Protuberanzen seien das Ergebnis vom Fall harter Körper auf die Sonne und des Auseinanderspritzens der Sonnenmasse; und am Teetisch thronte Radejew und sprach zu den Damen: »Als einigermaßen belesener – übrigens recht unbeträchtlich belesener Mann – und als Kenner Europas finde ich, daß Rußland in der Gestalt seiner Intelligenz etwas absolut Einzigartiges und etwas von ungeheurem Wert geschaffen hat. Unsere Landärzte, Statistiker, Dorfschullehrer, Schriftsteller und überhaupt die Menschen, die geistig tätig sind, sind ein außergewöhnlicher Schatz . . .«

Scherzt er? Ironisiert er? suchte Klim Samgin zu erraten, während er dem glatten, schwachen Stimmchen zuhörte.

Hauptmann Gortalow ging im Paradeschritt eines Soldaten zu Radejew und reichte ihm seine lange Hand.

»Eine richtige Einschätzung. Eine ausgezeichnete Idee. Ganz meine Idee. Und darum: Die russische Intelligenz muß sich als ein gewisses einheitliches Ganzes verstehen. Das ist es. Wie beispielsweise der Johanniterorden, der Jesuitenorden, ja! Die gesamte Intelligenz muß eine einheitliche Partei werden, sie darf sich nicht spalten! Das lehrt uns der gesamte Verlauf der Gegenwart. Das sollte uns auch der Selbsterhaltungstrieb lehren. Wir haben keine Freunde, wir sind Fremde in diesem Land. Ja. Die Bürokraten und Kapitalisten knechten uns. Für das Volk sind wir Sonderlinge, Fremdlinge.«

»Richtig – Fremdlinge!« rief lyrisch der Schriftsteller Katin, der schon ein wenig angeheitert war.

In den Worten des Hauptmanns war etwas Trommelndes, seine

Stimme betäubte. Radejew nickte, rückte behutsam mit seinem Stuhl vom Tisch ab und murmelte: »Das bedarf einer kleinen Richtigstellung ...«

Spiwak kam herein, beugte sich zu seiner Frau vor und sagte: »Er schläft. Ganz fest.«

All diese Menschen interessierten Klim nicht im geringsten, sie ließen seinen Kindheitseindruck wieder lebendig werden: wie die Krebse von dem betrunkenen Fischer auf dem Küchenfußboden raschelnd nach allen Seiten auseinanderkrochen. Gleichgültig ihren Reden zuhörend und den Debatten ausweichend, richtete er sein Augenmerk auf Inokow. Ihm gefiel nicht, daß Inokow mit Lidija aufs Landhaus gefahren war, um den Schriftsteller Katin einzuladen, ihm gefiel nicht, daß dieser grobe Bursche sich so familiär zwischen Lidija und der Spiwak hin und her wiegte, indem er sich lächelnd bald zu der einen, bald zu der anderen neigte. Zu Beginn des Abends war Inokow mit demselben Lächeln auf ihn zugetreten und hatte gefragt: »Aus der Universität hinausgeschmissen?«

So unerwartet und in dieser Form hatte die Frage Klim vor den Kopf gestoßen, er blickte das mißratene Gesicht des Burschen fragend an.

»Rebelliert?« hatte der weiter gefragt, und als Klim ihm sagte, daß er in diesem Semester nicht studiere, hatte Inokow ungeniert die dritte Frage gestellt: »Vorsichtshalber?«

»Wozu hier Vorsicht?« erkundigte sich Klim trocken.

»Um nicht in eine Geschichte hineinzugeraten«, hatte Inokow erklärt und ihm den Rücken zugekehrt.

Ein paar Minuten später erzählte er Wera Petrowna, Lidija und der Spiwak: »Zwei Monate später kam er aus Paris zurück, begegnete mir auf der Straße und lud mich ein: ›Besuchen Sie uns mal, ich habe mit meiner Frau eine ausgezeichnete Sache gekauft!‹ Ich komme hin und will mich setzen, da rückt er für mich ein sonderbares leichtes Stühlchen heran mit dünnen, vergoldeten Beinchen und Samtpolster. ›Bitte, nehmen Sie Platz!‹ Ich lehne ab, aus Furcht, ich könnte das schöne Stück zerbrechen. ›Nein, nehmen Sie nur Platz!‹ bittet er. Ich setze mich, und plötzlich ertönt unter mir Musik, etwas sehr Lustiges. Ich sitze da und fühle mich erröten, er und seine Frau jedoch sehen mich mit glücklichen Augen an, lachen und freuen sich wie Kinder! Ich stehe auf, die Musik verstummt. ›Nein‹, sage ich, ›das gefällt mir nicht, ich bin gewohnt, Musik mit den Ohren zu hören.‹ Da waren sie gekränkt.«

Die derbe Erzählung belustigte die Mutter und die Spiwak, entlockte auch Lidija ein Lächeln, Samgin jedoch dachte, Inokow spiele zwar geschickt den Offenherzigen, sei aber vermutlich in Wirklichkeit schlau und boshaft. Nun sprach er mit funkelnden kalten Augen: »Da sind nun diese Leute in die herrlichste Stadt Europas gereist, haben dort den banalsten Gegenstand gefunden, gekauft, und – freuen sich. Dies hier aber«, er reichte der Spiwak ein Zigarettenetui, »das hat ein schwindsüchtiger Tischler, verheiratet, vier Kinder, angefertigt und mir geschenkt.«

Sie waren entzückt über das Zigarettenetui. Auch Klim nahm es in die Hand, es war aus Wacholderwurzel, auf den Deckel hatte der Meister kunstvoll einen kleinen Teufel geschnitzt, das Teufelchen saß auf einem Erdhocker und neckte mit einem dünnen Schilfrohr einen Reiher.

»Zwei volle Tage und Nächte hat er daran geschnitzt«, sagte Inokow, rieb sich die Stirn und sah alle fragend an. »Hier, zwischen dem musikalischen Stühlchen und diesem Stück existiert etwas, das ich nicht begreifen kann. Ich begreife überhaupt vieles nicht.«

Er lächelte breit, schüttelte den Kopf und steckte sich eine Zigarette an, drückte das brennende Streichholz mit den Fingern aus und warf es dann auf eine Untertasse.

»Zuerst betrachtest du die Gegenstände und dann sie dich. Du tust es interessiert, sie aber fordern: Rate, was wir wert sind! Nicht in Geld, sondern für die Seele. Na, ich werde mal einen Schnaps trinken gehen . . .«

Samgin folgte ihm. Am Imbißtisch war es eng, Warawka schwang Reden; in der einen Hand hielt er das Weinglas, mit der anderen hatte er den Bart auf die Schulter gelegt und hielt ihn dort fest.

»Studentenunruhen sind der Ausdruck emotionaler Opposition. In der Jugend kommen sich die Menschen talentiert vor, und diese Einbildung erlaubt ihnen zu glauben, sie würden von Nichtkönnern regiert.«

Er nahm einen Schluck Wein und fuhr mit erhobener Stimme fort: »Da aber unsere Regierung tatsächlich unbegabt ist, so ist die emotionale Opposition unserer Jugend sehr gerechtfertigt. Wir wären friedlicher und klüger, wenn unsere Staatsmänner talentierter wären, wie beispielsweise in England. Aber – wir haben keine staatsmännischen Talente. Und so heben wir sogar einen solchen wie Witte auf den Schild.«

Die Leute rücksichtslos auseinanderdrängend, trat Inokow an den Tisch und sagte, während er sich Schnaps einschenkte, halblaut zu Klim: »Aus gutem Holz gemacht, Ihr Stiefvater. Doch wer ist der Rothaarige?«

»Mein ehemaliger Lehrer, ein Philosoph.«

»Ein Dummkopf wahrscheinlich.«

Samgin wollte böse werden, aber als er sah, daß Inokow den Käse kaute wie ein Hammel das Gras, fand er, daß es sinnlos wäre, sich zu ärgern.

»Wo ist denn die Somowa?« fragte er.

»Das weiß ich nicht«, antwortete Inokow gleichgültig. »In Kasan, glaube ich, in der Hebammenschule. Ich bin ja mit ihr auseinander. Sie kümmert sich nur noch um die Verfassung, die Revolution. Ich dagegen, weiß noch gar nicht einmal, ob eine Revolution nötig ist ...«

So ein Flegel, dachte Samgin, während er der dumpfen, brummigen Stimme folgte.

»Wenn man die Revolution will, um satt zu werden, so bin ich dagegen, denn satt komme ich mir schlechter vor als hungrig.«

Klim überlegte: Wie könnte man den schlauen Vagabunden, der so geschickt die Rolle eines offenherzigen Burschen spielte, in Verlegenheit bringen, entlarven. Doch noch ehe er sich etwas auszudenken vermochte, schlug Inokow ihm leicht auf die Schulter und sagte: »Es interessiert mich, Samgin, zu erfahren, woran Sie denken, wenn Sie solch ein Hechtgesicht machen?«

Klim runzelte die Stirn und rückte etwas von ihm ab, doch Inokow strich eine Scheibe Roggenbrot mit Butter und fuhr nachdenklich fort: »Vor einer Woche etwa sitze ich mit einem netten Mädchen im Stadtpark, es ist schon spät, still, der Mond segelt am Himmel, die Wolken eilen, das Laub fällt von den Bäumen auf Schatten und Licht am Boden; das Mädchen, eine Freundin meiner Kindheit, alleinstehende Prostituierte, ist trübsinnig, jammert, bereut, kurzum: ein Roman, wie er sein soll. Ich tröste sie. ›Laß das‹, sage ich, ›hör auf damit! Die Tore der Reue sind leicht geöffnet, doch was nützt das?‹ ... Trinken Sie einen? Ich werde einen trinken.«

Er kniff das linke Auge zu, trank und steckte ein Stückchen Butterbrot in den Mund, was ihn aber nicht am Weiterreden hinderte.

»Plötzlich – kommen Sie vorbei mit solch einem Hechtgesicht wie jetzt. Ach, denke ich, am Ende sage ich Anjuta gar nicht das Richtige, und der da wüßte, was man sagen muß. Was hätten Sie, Samgin, solch einem Mädchen gesagt, wie?«

»Wahrscheinlich dasselbe wie Sie!« antwortete Klim liebenswürdig, da er spürte, daß er die Lust verloren hatte, Inokows Ränke zu entlarven.

»Dasselbe?« fragte Inokow nochmals. »Das glaube ich nicht. Nein, Sie haben noch etwas, was Sie nicht sagen, bestimmt ...«

Klim lächelte, da er fand, ein Lächeln sei in diesem Fall bedeutungsvoller als Worte, Inokow indessen streckte die Hand wieder nach einer Flasche aus, machte jedoch eine wegwerfende Geste und ging zu den Damen.

Ein Weiberfreund, dachte Klim, doch bereits nachsichtig.

Wie früher begegnete er Inokow häufig auf der Straße, am Flußufer, bei den Lastträgern oder abseits von den Leuten. Da stand er dann bis zu den Knöcheln im Sand, kaute an einem Strohhalm, zerbiß ihn und spuckte die Stückchen aus, oder er rauchte und sah mit nachdenklich zugekniffenen Augen der Ameisenarbeit der Menschen zu. Stets war er aus irgendeinem Grund mit Staub bedeckt, und der breite, verbeulte Hut machte ihn dem Beisetzungsfackelträger ähnlich. Er sah ihn auch mit Dronow zusammen aus einer Schenke kommen; Dronow kicherte und machte mit der rechten Hand runde Gesten, als zerrte er einen Unsichtbaren an den Haaren hinterher, und Inokow sagte: »Das ist es eben. Vielleicht kommt es uns nur so vor, als kämen wir nicht vom Fleck, während wir in Wirklichkeit spiralenförmig aufsteigen.«

Auf der Straße sprach er ebenso laut und ungeniert wie im Zimmer und starrte die Entgegenkommenden an wie einer, der sich verlaufen hat und nun sucht, wen er nach dem Weg fragen kann.

Es war unbegreiflich, weshalb die Spiwak Inokow immer hervorhob, weshalb die Mutter und Warawka offensichtlich Sympathie für ihn empfanden und Lidija stundenlang mit ihm im Garten plauderte und ihm freundlich zulächelte. Sie lächelte auch jetzt, während sie am Fenster vor Inokow stand, der sich mit einer Zigarette in der Hand auf die Fensterbank gesetzt hatte.

Ja, ich muß mich mit ihr aussprechen . . .

Er tat es am folgenden Tag; gleich nach dem Frühstück ging er zu ihr hinauf und fand sie in Hut und Mantel, den Schirm in der Hand, zum Weggehen bereit. Ein feiner Regen leckte die Fensterscheiben.

»Wohin gehst du denn?«

»In die Kanzlei des Gouverneurs, nach dem Paß.«

Sie lächelte.

»Wie komisch du dich wunderst! Ich hatte dir doch gesagt, daß Alina mich auffordert, nach Paris zu kommen, und daß Vater mich reisen läßt . . .«

»Das ist nicht wahr!« entgegnete Klim zornig und merkte, wie ihm die Knie zitterten. »Du hast mir kein Wort davon gesagt . . . ich höre es zum erstenmal! Was hast du vor?« fragte er aufgebracht.

Lidija warf den Schirm auf das Sofa und setzte sich auf einen Stuhl;

ihr bräunliches, sehr erschöpftes Gesicht lächelte fassungslos, in ihren Augen sah Klim aufrichtige Bestürzung.

»Wie sonderbar«, sagte sie leise und sah ihm blinzelnd in die Augen. »Ich war überzeugt, es dir gesagt . . . dir Alinas Brief vorgelesen zu haben . . . Hast du es auch nicht vergessen?«

Klim schüttelte den Kopf, und sie erhob sich, ging im Zimmer auf und ab und sagte: »Siehst du, das kam so . . . Ich rede und streite mich so viel mit dir, wenn ich allein bin, daß ich meine, du wüßtest alles . . . verständest alles.«

»Ich wäre mitgefahren«, murmelte Klim, der ihr nicht glaubte.

»Und die Universität? Es wird Zeit für dich, nach Moskau zu fahren. . . Nein, wie sonderbar sich das ergeben hat! Ich sage dir, ich war überzeugt . . .«

»Aber wann lassen wir uns denn trauen?« fragte Klim böse und ohne sie anzusehen.

»Wi-ie?« fragte sie und blieb stehen. »Hast du etwa . . . müssen wir denn?« hörte er sie aufgeregt flüstern.

Sie stand vor ihm mit weit aufgerissenen Augen, ihre Lippen bebten, und ihr Gesicht war rot geworden.

»Weshalb denn trauen lassen? Ich bin doch nicht schwanger . . .«

Das klang so gekränkt, als hätte nicht sie es gesagt. Sie ging fort und ließ ihn in dem leeren, unaufgeräumten Zimmer allein, in einer Stille, die kaum von dem zaghaften Rauschen des Regens gestört wurde. Lidijas plötzlicher Entschluß zu verreisen, vor allem aber ihr Schreck in der Antwort auf die Frage nach der Heirat hatten Klim dermaßen entmutigt, daß er nicht einmal sofort gekränkt war. Und erst als er ein, zwei Minuten völlig niedergeschlagen dagesessen hatte, riß er die Brille von der Nase, begann im Zimmer auf und ab zu schreiten, wobei er sich geradezu schmerzhaft am Schnurrbart zupfte, und empört überlegte: Bruch?

Er rief sich gleich in Erinnerung, daß er ja schon selbst die Möglichkeit des Abbruchs ihrer Beziehung erwogen hatte.

Ja, ich habe es erwogen! Aber nur in den Augenblicken, in denen sie mich mit ihren albernen Fragen quälte. Ich habe daran gedacht, aber ich wollte es nicht, ich will sie nicht verlieren.

Er blieb vor dem Spiegel stehen und rief: »Und wenn es schon zu einem Bruch zwischen uns kommen soll, so muß die Initiative von mir ausgehen, nicht von ihr!«

Er blickte sich um, es kam ihm vor, als hätte er diese Worte hörbar, sehr laut gesagt. Das Stubenmädchen, das in aller Ruhe den Tisch abstaubte, gab ihm die Gewißheit, daß er in Gedanken gerufen hatte. Im Spiegel sah er, daß sein Gesicht bleich war, die kurzsichtigen Augen blinzelten fassungslos. Er setzte hastig die Brille auf, lief schnell in sein Zimmer hinunter und legte sich, die Hände an die Schläfen gepreßt, mit verkniffenen Lippen hin.

Nach einer halben Stunde hatte er sich davon überzeugt, ihn kränkte besonders, daß er Lidija nicht dazu hatte bringen können, vor Begeisterung zu schluchzen, ihm dankbar die Hände zu küssen und voller Staunen zärtliche Worte zu flüstern, wie es die Nechajewa getan hatte. Kein einziges Mal, auch nicht für eine Minute hatte Lidija ihn den Stolz des Mannes genießen lassen, der eine Frau beglückt. Es wäre ihm leichter gefallen, das Verhältnis mit ihr abzubrechen, wenn er diesen Genuß ausgekostet hätte.

Nicht eine einzige aufrichtige Liebkosung hat sie mir geschenkt, dachte Klim und erinnerte sich empört, daß Lidijas Liebkosungen ihr nur als Forschungsmaterial gedient hatten.

Nietzsche hat recht: Dem Weibe soll man sich mit der Peitsche in der Hand nahen. Man müßte hinzufügen: mit einem Bonbon in der anderen.

Allmählich ruhiger werdend, sagte er sich, daß das Verhältnis mit ihr, das schon jetzt aufregend war, künftig unerträglich, haßerfüllt geworden wäre. Wahrscheinlich würde Lidija auf ihrer unsinnigen Suche nach dem, was vermeintlich hinter der Physiologie des Geschlechtslebens verborgen war, ihm untreu werden.

Makarow hat gesagt, Don Juan sei kein Wüstling, sondern auf der Suche nach unbekannten, unempfundenen Gefühlen, und an der gleichen Leidenschaft, der Suche nach dem Unempfundenen, kranken vermutlich viele Frauen, zum Beispiel George Sand, überlegte Samgin. Makarow hat übrigens diese Leidenschaft nicht als Krankheit bezeichnet, Turobojew nannte sie »geistigen Vampirismus«. Makarow sagt, die Frau strebe halbbewußt danach, den Mann bis zum letzten Zug zu ergründen, um die Quelle seiner Macht über sie zu erkennen, um zu verstehen, wodurch er sie in der Urzeit besiegt hat.

Klim Samgin schloß fest die Augen und schimpfte auf Makarow.

Dieser Idiot. Was kann es Dümmeres geben als einen Romantiker, der sich mit Gynäkologie befaßt? Wieviel einfacher und natürlicher ist doch Kutusow, der Dmitrij so leicht und rasch Marina ausspannte, oder Inokow, der auf die Somowa verzichtete, sobald er merkte, daß sie ihn langweilte.

Samgins Gedanken wurden immer kampflustiger. Er bemühte sich eifrig, sie zuzuspitzen, denn im Hintergrund seiner Überlegungen regte sich das vage Bewußtsein, ernsthaft verspielt zu haben. Und nicht nur Lidija war verspielt, verloren, sondern noch etwas für ihn Wichtigeres. Aber daran wollte er nicht denken, und sobald er hörte, daß Lidija zurückgekehrt war, machte er sich entschieden auf den Weg, um sich mit ihr auszusprechen. Wenn sie sich schon von ihm lösen wollte, so sollte sie eingestehen, an dem Bruch schuld zu sein, und um Verzeihung bitten ...

Lidija saß in ihrem kleinen Zimmer am Tisch und schrieb einen Brief. Sie blickte Klim stumm über die Schulter hinweg an und zog fragend die sehr dichten, aber schmalen Brauen hoch.

»Wir müssen miteinander reden«, sagte Klim und setzte sich an den Tisch.

Sie legte die Feder hin, hob die Arme, streckte sich und fragte: »Worüber?«

»Es ist nötig«, sagte Klim, wobei er sich bemühte, ihr streng ins Gesicht zu sehen.

Heute glich sie besonders einer Zigeunerin: üppiges, krauses Haar, das sie nie glattzukämmen vermochte, ein schmales, bräunliches Gesicht mit einem brennenden Blick dunkler Augen und langen, aufwärts gebogenen Wimpern, eine schmale Nase und eine geschmeidige Figur im bordeauxfarbenen Rock, schmale Schultern, in einen blaugeblümten, orangefarbenen Schal gehüllt.

Ehe Samgin genügend gewichtige Worte für den Anfang seiner Rede gefunden hatte, begann Lidija ruhig und ernst: »Wir haben schon so viel geredet ...«

»Erlaube mal! Man darf mit einem Menschen nicht so umgehen wie du mit mir«, sagte Samgin eindringlich. »Was bedeutet dieser plötzliche Entschluß, nach Paris zu fahren?«

Aber sie überhörte seine Frage und fuhr fort in einem Ton, als wäre sie dreißig Jahre alt: »Außerdem habe ich mich mit dir unterhalten, immer wenn ich von dir fortgegangen und allein war. Ich habe auch ehrlich für dich geantwortet ... ehrlicher, als du es selbst hättest sagen können. Ja, glaube mir! Du bist ja nicht sehr ... mutig. Darum hast du auch gesagt, man müsse wortlos lieben. Ich aber will reden, schreien, ich will begreifen! Du hast mir geraten, das ›Lehrbuch der Geburtshilfe‹ zu lesen ...«

»Sei nicht nachtragend«, sagte Samgin.

Lidija lächelte. »Hast du mir etwa aus Bosheit geraten, das Buch ›Hygiene der Ehe‹ zu lesen? Aber ich habe dieses Buch nicht gelesen, dort steht doch sicher nicht, weshalb du gerade mich für deine Liebe brauchst? Ist das eine dumme Frage? Ich habe noch andere, dümmere. Du hast wahrscheinlich recht: Ich bin degeneriert, dekadent und passe nicht zu einem gesunden, ausgeglichenen Menschen. Mir schien, ich fände in dir einen Menschen, der mir helfen würde ... Übrigens weiß ich gar nicht, was ich von dir erwartet hatte.«

Sie stand auf, straffte sich und sah durch das Fenster auf die schmutzig-eisfarbenen Wolken, während Samgin böse sagte: »Und ich habe auch gedacht – du würdest mir ein guter Freund sein ...«

Sie betrachtete ihn nachdenklich und fuhr gedämpfter fort: »Sieh, wie rasch das alles ... wie ein Hobelspan aufflackert ... und schon – weg.«

Ihr bräunliches Gesicht verdunkelte sich, sie wandte den Blick von Klims Gesicht ab, stand auf und richtete sich auf. Kränkender Worte gewärtig, stand auch Samgin auf.

»Es ist nicht schön, ohne etwas zu begreifen, in einem Nebel dahinzuleben, in dem ab und zu für einen Augenblick ein versengendes Flämmchen aufflackert.«

»Du weißt sehr wenig«, sagte er mit einem Seufzer und trommelte mit seinen Fingern auf dem Knie. Nein, man konnte Lidija nichts übelnehmen oder ihr irgendwelche scharfen Worte sagen.

»Was muß man denn wissen?« fragte sie.

»Man muß lernen.«

»Ja? Sich das ganze Leben lang als Schulmädchen vorkommen?« Sie lächelte und blickte durch das Fenster auf den bunten Himmel.

»Mir scheint, all das, was ich schon weiß, braucht man gar nicht zu wissen. Aber trotzdem versuche ich zu lernen«, hörte er sie nachdenklich sagen. »Nicht in dem geschäftigen Moskau, vielleicht in Petersburg. Nach Paris aber muß ich fahren, weil Alina dort ist und es ihr schlecht geht. Du weißt doch, ich habe sie gern ...«

Weshalb? wollte Samgin fragen, doch das Stubenmädchen trat ein und bat Lidija, hinunter zu Warawka zu kommen.

Schweigend gingen sie nebeneinander die Treppe hinab. Im Korridor blieb Klim eine Weile stehen und betrachtete die verschiedenen Mäntel, die an der Wand entlang am Kleiderständer hingen; sie erinnerten an eine Schar Bettler am Kircheneingang, Bettler ohne Kopf.

Nein, das ist noch nicht alles, es ist noch nicht zu Ende gesprochen, entschied er, ging auf sein Zimmer und setzte sich hin, Lidija einen Brief zu schreiben. Er schrieb lange, doch als er die beschriebenen Seiten durchlas, fand er, daß zwei Menschen sein Schreiben verfaßt hatten, die ihm gleichermaßen unähnlich waren: der eine verspottete Lidija töricht und grob, der andere rechtfertigte sich unbeholfen und kläglich.

Ich bin doch vor ihr in nichts schuldig, empörte er sich, zerriß den Brief und faßte auf der Stelle den Entschluß, nach Nishnij Nowgorod zur Messe zu fahren. Er wird überraschend abreisen, wie Lidija, und zwar noch ehe sie sich ins Ausland aufmacht. Das läßt sie verstehen, daß ihn die Trennung nicht schmerzt. Oder vielleicht würde sie sehen, daß es ihm schwerfiel, ihren Entschluß ändern und mit ihm fahren?

Doch als er Lidija mitteilte, daß er übermorgen verreise, bemerkte sie sehr gleichgültig: »Wie gut, daß es nicht zu dramatischen Auftritten zwischen uns gekommen ist. Ich dachte schon, es würde Szenen geben.«

Sie umarmte ihn und küßte ihn fest auf die Lippen.

»Wir gehen doch als Freunde auseinander? Später treffen wir uns wieder, schon klüger geworden, ja? Und vielleicht sehen wir uns dann mit anderen Augen?«

Klim war etwas gerührt oder erstaunt über ihre Worte und die Tränen in ihren Augenwinkeln, er sagte leise, bittend: »Wäre es nicht besser für dich, du führest mit mir?«

»Nein!« sagte sie entschieden. »Nicht nötig! Du wirst mich stören.«

Sie trocknete sich hastig die Augen. Da Klim fürchtete, ihr etwas Unpassendes zu sagen, küßte er ihr auch rasch die trockene, heiße Hand. Später, als er in seinem Zimmer auf und ab ging, überlegte er:

Im Grunde ist sie unglücklich, jawohl. Eine taube Blüte. Seelenlos ist sie. Sinniert, empfindet jedoch nicht . . .

Er blieb mitten im Zimmer stehen, nahm die Brille ab, schwang sie hin und her, sah sich um und dachte fast laut:

Wie schnell sich das alles abgespielt hat. In der Tat, wie wenn Hobelspäne verbrennen.

Er fühlte sich verloren, fühlte jedoch gleichzeitig, daß nun Tage der Erholung für ihn begannen, deren er bedurfte.

Ein paar Tage später war Klim Samgin auf dem Weg nach Nishnij Nowgorod. Drei Werst vor dem Bahnhof verlangsamte der dicht besetzte Zug die Fahrt, als wollte der Lokomotivführer, daß die Fahrgäste die bunte Ansammlung der nagelneuen, verschnörkelten Gebäude auf dem trostlosen Feld inmitten gelber Sandblößen und schmutziggrüner Raseninseln besser betrachten könnten.

Neben den Gleisen, etwas unterhalb des Bahndamms, strahlte im blendenden Sonnenschein der Maschinenpavillon aus Eisen und Glas, er glich einem riesengroßen, umgekippten Waschtrog; durch die Scheiben sah man, wie sich im Innern des Gebäudes langsam eine Schar Metallungeheuer regte, gefangene Eisentiere sich drängten. Der einstöckige Landwirtschaftspavillon war im Halbkreis angelegt, verziert mit Holzschnitzwerk in dem russischen Stil, den der

Deutsche Ropet erfunden hat. In bedrückender Enge ragten noch viele launisch verstreute Gebäude von ungewöhnlicher Architektur empor, einige von ihnen erinnerten an die angenehme Kunst des Konditors, und wie ein gigantischer Zuckerwürfel hob sich aus ihrer bunten Menge der weiße Kunstpavillon hervor. Da funkelte und gleißte in der Sonne der goldene Doppeladler auf der Spitze des Zarenpavillons, der im Stil altertümlicher russischer Paläste erbaut war, wie man sie in Märchenbüchern für Kinder abgebildet sieht. Über dem goldenen Adler blähte sich in der bläulichen Luft die an einem langen Seil angebundene graue Blase eines Luftballons.

Die gemächliche Fahrt des Zuges ließ diese kleine Stadt langsam kreisen; es war, als ob sich all die ungewöhnlichen Bauten um einen unsichtbaren Mittelpunkt drehten, ihre Plätze vertauschten, einander verdeckten und über die Sandwege und kleinen Plätze glitten. Dieser Eindruck eines wirren Reigens, eines trägen, aber gewaltigen Gedränges wurde noch gesteigert durch die spielzeugartigen Menschlein, die vorsichtig auf verschlungenen Wegen zwischen den Gebäuden hin und her trippelten; es waren nicht viele, und nur wenige von ihnen strebten in bestimmte Richtungen, die meisten liefen herum wie Verirrte, Suchende. Die Menschen schienen weniger beweglich als die Gebäude, die sie hinter ihren Ecken bald zeigten, bald verdeckten.

Dieser fast märchenhafte Eindruck eines stillen, aber gewaltigen Reigens verblieb Samgin fast für die ganze Dauer seines Lebens in dieser sonderbaren Stadt, erbaut am Rande eines unfruchtbaren, traurigen Feldes, das in der Ferne von dem bläulichen Stachelpelz eines Kiefernwaldes – der »Sawelowa-Mähne« – und jenseits der unsichtbaren Oka von den »Spechtbergen« eingeschlossen war, wo, inmitten grüner Gärten, die Häuserchen und Kirchen von Nishnij Nowgorod versteckt lagen.

Samgin stieg in einem der hölzernen, in aller Eile zusammengezimmerten Gasthäuser ab, in dem alles knarrte, knackte und bei jedem Geräusch etwas Krampfhaftes zu spüren war, er wusch sich rasch, zog sich um, trank ein Glas heißen Tee und begab sich gleich zur Ausstellung; sie lag keine dreihundert Schritte entfernt.

Gegen Abend kehrte er zurück, geblendet, betäubt wie nach einem Ausflug in ein fernes, ihm unbekanntes Land. Doch dieses Gefühl der Sättigung bedrückte Klim nicht, sondern weitete ihn irgendwie, es verlangte hartnäckig Gestaltung und versprach, ihn mit großer Freude zu belohnen, die er schon vage spürte.

Gestalt gewann es erst eine Zeit später, an einem der regnerischen Tage in diesem nicht sehr freundlichen Sommer. Klim lag im Bett, in eine dünne Decke gewickelt und seinen Mantel darüber gebreitet. Ein böser Regen peitschte gegen die rasselnden Dächer, krachender Donner erschütterte das Gebäude, durch die Fensterfugen pfiff und schnob der nasse Wind. An drei Stellen fielen gleichmäßig schwere Wassertropfen von der Decke und verbreiteten den Geruch von Leimfarbe und Morast.

Klim Samgin sah ein riesengroßes, phantastisch reiches Land vor sich ausgebreitet, dessen Existenz er nicht vermutet hatte; ein Land mannigfaltigster Arbeit hatte hier die Erzeugnisse seines Fleißes gesammelt und zeigte sie, auf seiner Hand ausgebreitet, stolz sich selber. Man konnte meinen, die hübschen Bauten seien absichtlich auf dem öden Feld, nicht neben der armen und schmutzigen Vorstadt errichtet worden, deren häßlich unpersönliche Wohnhäuser langweilig über den von Wolga und Oka angeschwemmten Sand gestreut waren, der an düsteren Tagen, wenn von der Wolga her der heiße »Niederwind« blies, grauen, stechenden Staub herüberschickte.

In dieser Nachbarschaft zwischen dem Reichtum des Landes und der Armut seiner kleinen Leute lag irgendwie die prahlerische Andeutung: Wir leben schlecht, aber arbeiten – seht, wie schön!

Nicht so prunkvoll und prahlerisch, jedoch noch überzeugender kündete die Verkaufsmesse vom Reichtum des Landes. Die niedrigen, einförmig gelben Reihen ihrer gemauerten Kaufläden hatten ihre Türen wie breite Rachen geöffnet und zeigten in ihrem Höhlendunkel Berge mannigfaltig verarbeiteter Metalle, Berge von Leinwand, Kattun und Wollstoffen. Da glänzte buntbemaltes Porzellan, blitzten Spiegel, die alles wiedergaben, was sich an ihnen vorbeibewegte, neben den Ständen mit Kirchengerät gab es kunstvoll geschliffenes Glas, und gegenüber den riesengroßen, dicht mit Gläsern und Pokalen gefüllten Vitrinen glänzte die Fayence der Toiletteneinrichtungen. An dieser Nachbarschaft des Kirchlichen mit dem Häuslichen konstatierte Klim Samgin wohlwollend die schwungvolle Schamlosigkeit des Handels.

Die Verkaufsmesse war stärker besucht als die Pavillons, die Leute benahmen sich hier ungezwungener, lauter und schienen alle mit Freude dem Handel zu dienen. Es verblüffte die Mannigfaltigkeit der Typen, die Fülle von Ausländern, Fremdstämmigen, warm gekleideten Orientalen, das Ohr erhaschte fremde Sprachen, das Auge ungewöhnliche Gestalten und Gesichter. Unter den Russen begegnete man häufig dürren, bärtigen Männern, die unangenehm an den Diakon erinnerten, und dann dachte Samgin nicht lange, einen Augenblick, aber voll Unruhe daran, daß dreifingrige Leute, dispensierte Diakone, hysterische Säufer und lustige Studenten wie Marakujew und andere dieses mächtige Land auf ihre Weise umgestalten wollten; Pojarkow, den Klim für farblos hielt, und der elegante, solide Preiß, der sicherlich Professor werden würde, diese zwei beunruhigten nicht. Der selbstsichere, zahlenliebende Kutusow war in seiner Erinnerung verblaßt, und Klim liebte es auch nicht, an ihn zu denken.

Er blickte zu der hölzernen Lattendecke hinauf und verfolgte, wie das Wasser durch die Ritzen sickerte, sich zu großen, gläsernen Tropfen sammelte und auf den Boden fiel, wo es Pfützen bildete.

Er dachte an den Glanz der kalten Waffen aus Slatoust; die Schilder mit Messern, Gabeln, Scheren und Schlössern aus Pawlow, Watschi und Worsma; im Pavillon der Kriegsmarine, der mit Gewehrpatronen, Säbeln und Bajonetten geschmückt war, wurde eine langrohrige, blankgeputzte Kanone aus Motowilicha gezeigt, glänzend und kalt wie ein Fisch. Ein stämmiger, wie aus Bronze gegossener Matrose erklärte dem Publikum, während er sein blaues Kinn rieb und den schwarzen Schnurrbart zwirbelte, herablassend und komisch: »Dieses Geschütz wird an diesem Ende hier geladen, mit diesem Geschoß, das Sie nicht einmal hochheben könnten, und feuert in der angegebenen Richtung auf das Ziel, das heißt auf den Feind. Mein Herr, stochern Sie nicht mit dem Stöckchen herum, das darf man nicht!«

Goldbrokat glänzte wie ein Roggenfeld bei Sonnenuntergang an einem Juliabend; Bahnen von Silberstoff erinnerten an den bläulichen Schnee winterlicher Mondnächte und die bunten Stoffe an die herbstliche Pracht der Wälder; diese poetischen Vergleiche fielen Klim ein, nachdem er die Gemäldeabteilung besucht hatte, wo der »erklärende Herr«, ein hochstirniger, langhaariger und dürrer Mann mit klapprigem Körper, dem Publikum begeistert von den Landschaften Nesterows und Lewitans erzählte, Rußland ein Land aus Brokat und buntem Kattun nannte und schließlich sagte: »Es ist auf den irdischen Sammet wunderbar mit bunter Seide gestickt von der Hand des größten aller Künstler – von Gottes Hand.«

Klim empfand den Stolz des Patrioten, als er im mittelasiatischen Pavillon die plumpen deutschen Imitationen russischen Brokats für Chiwa und Buchara sah und den leuchtenden Kattun der Firma Morosow und das farbenprächtige Porzellan der Kusnezows betrachtete.

Spielsachen und Maschinen, Glocken und Equipagen, Juwelierarbeiten und Klaviere, bunter Kasaner Saffian, der sich so zart anfühlt, Berge von Zucker, Riesenhaufen von Hanfseilen und geteerten Tauen, eine ganze Kapelle aus Stearinkerzen, wunderbare Sorokoumowsche Pelze und Eisen aus dem Ural, Stapel wohlriechender Seife, vortrefflich gegerbte Häute, Borstenerzeugnisse – vor diesen Bergen unabsehbarer Schätze versammelten sich kleine Menschengruppen, betrachteten die grandiose Arbeit ihrer Heimat und verstimmten Samgin etwas, da sie mit ihrem Schweigen seine gehobene Stimmung abkühlten.

Selten nur hörte er Ausrufe des Entzückens, und wenn sie ertönten, so meist aus dem Mund von Frauen vor den Schaukästen der Textilien- und Geschirrhändler, der Parfümfabrikanten, Juweliere und Pelzhändler. Man konnte meinen, die meisten Menschen hätten bei diesem Überfluß an Eindrücken die Sprache verloren. Doch manchmal schien es Klim, als klänge nur aus den Lobreden der Frauen aufrichtige Freude, aus den Urteilen der Männer dagegen schlecht verhehlter Neid. Er dachte sogar, vielleicht hat Makarow recht: Die Frau versteht besser als der Mann, daß alles in der Welt für sie bestimmt ist.

Sein patriotisches Gefühl stieg ganz besonders, wenn er Gruppen von Fremdstämmigen begegnete, die aus allen Gegenden vom Weißen bis zum Kaspischen und Schwarzen Meer und von Helsingfors bis Wladiwostok zum Fest ihrer herrschenden Nation zusammengeströmt waren. Langsam schritten die Chiwiner, die Bucharen und die dicken Sarten, deren fließende Bewegungen nur jenen Leuten schlaff schienen, die nicht wußten, daß Schnelligkeit eine Eigenschaft des Teufels ist. Verweichlichte Perser mit gefärbten Bärten standen vor einem Blumenbeet, ein hochgewachsener Greis mit orangefarbenem Bart und purpurroten Fingernägeln deutete mit dem langen Finger seiner gepflegten Hand auf die Blumen und sprach gemessen, als trüge er ein Gedicht vor, zu seinem ihn ehrfürchtig umgebenden Gefolge. Ein unförmig großer Rubinring funkelte an seinem Finger und lenkte den gebannten Blick eines mageren Mannes mit einer schwarzen, schräg abgeschnittenen Persianerkappe auf sich. Die schwimmenden, roten Augen unverwandt auf den Rubin gerichtet, bewegte der Mann die dicken Lippen und schien zu fürchten, der Stein könnte aus der schweren Goldfassung herausspringen.

Häufig begegnete man ehrwürdigen Kasaner Tataren und Krimtataren, die rumänischen Musikanten glichen, lärmend liefen Georgier und Armenier umher, gemächlich schritten finstere, flachsblonde Finnen daher, die Erbauer der Straßen- und Drahtseilbahnen in der Stadt. Neben dem Pavillon der Archangelsker Eisenbahn, den Sawwa Mamontow, der Mäzen und Erbauer dieser Bahn, im Stil der alten Kirchen des Nordgebiets errichtet hatte, wohnte eine Familie stülpnasiger Samojeden und zeigte dem Publikum ein Walroß, das in einem an den Pavillon angebauten Becken hauste und angeblich in Minuten großmütiger Stimmung die Worte sprach: »Ich danke dir, Sawwa!«

In einer Filzjurte kauerten neun Kirgisen von gußeiserner Farbe; sieben von ihnen bliesen mit großer Kraft in lange Trompeten aus taubem Holz; ein junger Mann mit unwahrscheinlich breiter Nasenwurzel und schwarzen Augen irgendwo neben den Ohren schlug schläfrig ein Tamburin, während ein spielzeughaftes altes Männchen mit einem Gesicht, das von grünlichem Moos überwuchert war, kindisch auf einem Kessel mit einer Eselhaut trommelte. Bisweilen riß er den zahnlosen Mund auf, der mit spärlichen Schnurrbarthaaren vernäht war, und plärrte zwei, drei Minuten lang mit dünner, schneidender Kehlkopfstimme: »Ijo-o-ui-i-jo-ä-ä-o-ui-i-i . . .«

Wladimirsche Schäferhornisten mit asketischen Heiligengesichtern und Raubvogelaugen spielten auf ihren Hörnern meisterhaft russische Volkslieder, und auf einer anderen Estrade, gegenüber dem Pavillon der Kriegsmarine, dirigierte der schwarzbärtige, schöne Glawatsch sein Streichorchester zu einem sonderbaren Stück, das im Programm »Musik der Himmelssphären« hieß. Dieses Stück spielte Glawatsch etwa dreimal am Tage, es war beim Publikum sehr beliebt, und Leute von neugierigem Verstand liefen in den Pavillon, um sich anzuhören, wie leise Musik in dem Stahlrohr einer langen Kanone klänge.

»Ein bemerkenswertes akustisches Phänomen«, teilte irgendein sehr liebenswürdiger und weibischer Mann mit schönen Augen Klim mit. Samgin glaubte nicht, daß die Kanone die »Musik der Himmelssphären« wiedergeben könnte, aber da er großmütig gestimmt war, ließ er sich verführen und ging hin, die Kanone anzuhören. Da er nicht das geringste in dem kalten Loch hörte, kam er sich sehr dumm vor und beschloß, auf die Stimme des Volkes nicht mehr zu hören, von der eine Orina Fedossowa, eine Erzählerin uralter Nordlandsagen, gepriesen wurde.

Täglich um die Stunde des Abendgottesdienstes näherte sich den Gerüsten, an denen die Glocken von Okonischnikow und anderen Gießereien hingen, ein bejahrter Mann im Kamisol und mit gefütterter Mütze. Nachdem er seinen kahlen Schädel, der wie eine Melone aussah, entblößt hatte, blickte er mit wildaufgerissenen Augen, die weiß und leer waren wie bei einem Blinden, zum Himmel und bekreuzigte sich dreimal. Darauf verneigte er sich tief vor den Zuschauern und Zuhörern, die schon auf ihn warteten, erstieg das Gerüst und brachte den fünf Pud schweren Klöppel der großen Glocke zum Schwingen. Feierlich schwebten die sanft anschwellenden, tiefen Seufzer des empfindsamen Metalls; es schien, als wäre der eiserne, schwarze Klöppel zum Leben erwacht und schwänge selbst, aus eigener Kraft, als leckte er gierig am Kupfer, während der Glöckner erfolglos mit seinen langen Armen nach ihm haschte und, da er ihn nicht fangen konnte, in seiner Verzweiflung mit dem kahlen Schädel an den Glockenrand schlug.

Schließlich glückte es ihm, den schwingenden Klöppel anzuhalten, worauf er zu dem anderen Gerüst, zu kleinen Glocken, hinüberging und, eine schwarze Gestalt, krampfhaft mit den Armen und Beinen zappelnd, das »Gepriesen, gepriesen seist du, unser russischer Zar« zu läuten begann. Der Glöckner zappelte so sehr, daß es aussah, als hinge er in der Schlinge eines unsichtbaren Stricks, wollte sich daraus befreien und schüttelte den Kopf, daß sein dürres, langes Gesicht anschwoll und blutrot wurde, doch je länger, desto wohltönender pries das gehorsame Kupfer der Glocken den Zaren. Wenn er das Läuten beendet hatte, trocknete er den schweißbedeckten Schädel und das nasse Gesicht mit einem großen, blau-weiß karierten Taschentuch, blickte wieder mit den unheimlichen, weißen Augen zum Himmel empor, verneigte sich vor dem Publikum und ging fort, ohne auf Lobreden oder Fragen zu antworten. Man erzählte sich, er sei von einem schweren Leid betroffen und habe das Gelübde abgelegt, bis ans Ende seiner Tage zu schweigen.

Klim Samgin sah sich den Glöckner ein paarmal an und merkte plötzlich, daß er Ähnlichkeit mit dem Diakon hatte. Von diesem Augenblick an begann er zu denken, der Glöckner habe irgendein Verbrechen begangen und büße nun schweigend.

Im allgemeinen jedoch lebte Samgin still gerührt von der Fülle und Vielfalt der Dinge und Waren, geschaffen von den Händen dieser so mannigfaltig einfältigen Menschlein, die gemächlich auf den mit sauberem Sand bestreuten Wegen umhergingen, bescheiden die Erzeugnisse ihrer Arbeit betrachteten, halblaut das Gesehene lobten, meist jedoch nachdenklich schwiegen. Und Samgin begann sich irgendwie schuldig zu fühlen diesen stillen Menschlein gegenüber, er sah sie freundlich, sogar mit einem Unterton von Achtung vor ihrer äußeren Bedeutungslosigkeit an, hinter der sich eine märchenhafte, alles schaffende Kraft verbarg.

Das ist Universität, dachte er, seine Eindrücke abwägend. Rußland kennenzulernen – das ist die wichtigste und eine lebendige Wissenschaft.

Sehr störend war für ihn Inokow, dessen alberne Figur im weiten Umhängemantel, mit dem Fackelträgerhut, schon von weitem die

Aufmerksamkeit auf sich lenkte und wie ein phantastischer und hungriger Vogel auf der Suche nach Atzung überall auftauchte. Inokow war männlicher geworden, seine Wangen begannen sich mit kleinen Ringeln dunklen Haars zu bedecken, was sein knochiges und scheckiges, grobes Gesicht etwas milderte.

Auf Treffen mit Inokow zu verzichten, entschloß sich Klim aber nicht, weil dieser wenig angenehme Bursche ebenso wie sein Bruder Dmitrij viel wußte und verständig vom Handwerk, von der Fischzucht, der chemischen Industrie und vom Schiffahrtswesen erzählen konnte. Das war Samgin von Nutzen, doch dämpften Inokows Reden stets ein wenig seine gutmütige und rührselige Stimmung.

»All diese Herrlichkeiten haben etwas ... Witwenhaftes«, sagte Inokow. »Wissen Sie, eine betagte und vielleicht nicht sehr kluge Witwe von zweifelhafter Schönheit brüstet sich mit ihrer Mitgift und will einen Mann zur Heirat verführen ...«

Er verkniff die Lippen, als löste er eine verwickelte Aufgabe, und sein Mund spannte sich zu einem feinen Strich. Dann schimpfte er brummig: »Diese plumpen Teufel! Lassen sich einfallen, eine Ausstellung ihrer Schätze in Sand und Sumpf aufzubauen. Auf der einen Seite die Ausstellung, auf der anderen die Verkaufsmesse und in der Mitte das kreuzfidele Dorf Kunawino, wo von drei Häusern zwei voller Bettler und Hafendiebe, das dritte voller Dirnen steckt.«

Als Samgin sich über die Entwicklung der Textilindustrie entzückte, wies Inokow darauf hin, daß das Dorf, was die Qualität und die Farbe der Stoffe anbetraf, sich immer schlechter kleide, daß man die Baumwolle aus Mittelasien nach Moskau bringe, um sie zu verarbeiten und wieder nach Mittelasien zurückzuschicken. Er wies darauf hin, daß trotz Rußlands Waldreichtum Millionen Pud Papier in Finnland gekauft würden.

»Zedern gibt es im Ural, soviel du willst, Graphit ebenfalls, aber Bleistifte herzustellen, verstehen wir nicht.«

Noch unangenehmer war es, Inokows Erzählungen von irgendwelchen erfolglosen Erfindern anzuhören. »Sind Sie im Landwirtschaftspavillon gewesen?« fragte er, die Lippen spöttisch verziehend. »Dort hat ein russisches Genie ein Fahrrad ausgestellt, das sieht genauso aus wie die, auf denen die Engländer im achtzehnten Jahrhundert zu fahren versuchten. Ein anderer Esel hat ein Klavier zusammengeschustert, hat alles selbst gemacht, die Tastatur, die Saiten, zwei Drittel davon sind natürlich Darmsaiten. Diese Musik donnert wie ein alter Tarantas. Irgendein abgedankter Notar stellt eine Fliegenklatsche aus, für die Pferdebremsen, die Klatsche wird an der Vorderachse des Wagens befestigt und patscht das Pferd, na, das Pferd wird natürlich wild. In tiefsten Wäldern sollte man diese Dummköpfe verstecken, wir aber zeigen sie aller Welt.«

Samgin frühstückte täglich mit ihm in dem schwedischen Papphäuschen am Eingang zum Messegelände, Inokow aß bescheiden ein Stück Schinken und viel Brot dazu, trank eine Flasche dunkles Bier und erzählte, während er mit der Hand über das Gesicht fuhr, als wollte er die Sommersprossen fortwischen: »Man hat abgelehnt, das Panneau eines gewissen Wrubel, anscheinend ein Maler von großer Kraft, in der Ausstellung aufzunehmen. Ich verstehe nichts von Malerei, aber Kraft verstehe ich überall. Sawwa Mamontow hat für Wrubel einen Extraschuppen außerhalb der Ausstellung errichten lassen, dort drüben – sehen Sie ihn? Der Eintritt ist kostenlos, doch der Schuppen wird nur schwach besucht, selbst an den Tagen, an denen der Chor der Mamontowschen Oper dort singt. Ich sitze oft dort drin und schaue: An der einen Wand die ›Prinzessin Traum‹, an der anderen Mikula Seljaninowitsch und Wolga. Eigenartig. Ein Zeitungsmann sah sich durch die hohle Faust die Prinzessin Traum, dann den Mikula an und sagte: ›Politik. Alliance franco-russe. Mir nicht sympathisch. Kunst muß frei sein von Politik.‹«

Inokow lächelte unwillkürlich, wischte aber das Lächeln gleich wieder mit der Hand fort. Er teilte Klim ständig verschiedene Neuigkeiten mit: »Witte ist eingetroffen. Gestern ging er mit Ingenieur Kasi vorbei und zitierte Quintilian: ›Es ist leichter, mehr als gerade genug zu tun.‹ Ein selbstzufriedener Bauernkerl. Man schafft Arbeiter heran zum Empfang des Zaren. Hier gibt es wahrscheinlich zu wenig, oder man traut ihnen nicht. Man wirbt sie übrigens in Sormowo und in Nishnij, bei Dobrow-Nabholz an.«

»Wie stehen Sie zum Zaren?« fragte Klim.

Inokow sah ihn verwundert an.

»Habe nie darüber nachgedacht.«

Klim Samgin erwartete den Zaren mit einer Unruhe, die ihn geradezu verwirrte, die er aber nicht vor sich verbergen konnte. Er fühlte, daß er den Mann sehen mußte, der an der Spitze dieses riesengroßen, reichen Rußlands stand, eines Landes, das von irgendeinem schlüpfrigen Volk bewohnt wurde, über das sich schwer etwas Bestimmtes sagen ließ, schwer, weil dieses Volk allzu reichlich mit gewissen eigenwilligen Menschen durchsetzt war. Samgin hegte die vage Hoffnung, daß in dem Augenblick, da er den Zaren sähe, alles, was er bisher erlebt und durchdacht hatte, eine abschließende Vollendung finden würde. Vielleicht würde diese Begegnung die Bedeutung des ersten Sonnenstrahls haben, mit dem der Tag beginnt, oder des letzten Strahls, nach dem die warme Sommernacht zärtlich die

Erde umfängt. Vielleicht hatte Diomidow recht: der junge Zar war ein außergewöhnlicher Mensch, anders als sein Vater gewesen war. Er, der so mutig die Hoffnungen der Leute, die seine Macht beschränken wollten, zunichte gemacht hatte, besaß vielleicht einen entschlosseneren Charakter als sein Großvater. Ja, Nikolai II. war vielleicht fähig, allein gegen alle zu stehen, und sein junger Arm stark genug, den Knüppel Peters des Großen zu ergreifen und die Menschen anzuschreien: »Was treiben Sie da?«

Für zwei Tage brachte ihn Inokow von diesen Gedanken ab.

»Sie wollten die Orina Fedossowa nicht anhören?« fragte er erstaunt. »Aber sie ist doch – ein Wunder!«

»Ich bin kein Freund von Wundern«, sagte Samgin, der sich an die Kanone und die »Musik der Himmelssphären« erinnerte.

Aber Inokow fuchtelte mit dem Arm und sagte erregt: »Im Vergleich zu ihr ist das alles hier Plunder!«

Er packte Klim am Rockärmel und fuhr fort: »Erinnern Sie sich der Mütter in ›Faust, Zweiter Teil‹? Aber die dort phantasieren, diese hingegen . . . Nein, Sie müssen mitkommen.«

Klim sah Inokow zum erstenmal in solch einer Stimmung, das weckte sein Interesse, und er ging mit ihm in den Saal, wo Vorträge, Vorlesungen gehalten wurden und wo Glawatsch vortrefflich Orgel spielte.

»Sie werden sehen – das ist ein Wunder!« wiederholte Inokow.

Ein großer, bärtiger Mann in einem langen und wie aus Eisenblech genieteten Rock betrat die Estrade. Mit dröhnender Stimme begann er zu reden, wie Leute reden, die dressierte Affen und Robben vorführen.

»Ich«, sagte er, »ich-ich-ich«, wiederholte er immer öfter und bewegte die Arme wie ein Schwimmer. »Ich habe das Vorwort geschrieben . . . Das Buch wird am Eingang verkauft . . . Sie ist Analphabetin. Weiß dreißigtausend Verse auswendig . . . Ich . . . Mehr als in der ›Ilias‹. Professor Shadnow . . . Als ich . . . Professor Barsow . . .«

»Das hat nichts zu sagen«, sagte Inokow beschwichtigend. »So einer ist immer dumm.«

Auf die Estrade trat wankend, mit kleinen Schritten, ein schiefhüftiges altes Frauchen in einem dunklen Kattunkleid, ein buntes abgetragenes Tuch um den Kopf, eine komische, liebe Hexe, aus Runzeln und Fältchen gebaut, mit rundem Stoffgesicht und lächelnden Kinderaugen.

Klim sah Inokow böse an, überzeugt, daß er sich wieder, wie vor der Kanone, als Dummkopf vorkommen würde. Doch Inokows

Gesicht strahlte vor berauschter Freude, er klatschte rasend und murmelte: »Ach, du Liebe ...«

Das war komisch, Samgin war ein wenig besänftigt, und mit dem Beschluß, zehn Minuten wer weiß was geduldig zu ertragen, neigte er, die Uhr herausziehend, den Kopf. Und sofort warf er ihn wieder hoch – von der Estrade floß eine ungewöhnlich melodische Stimme, ertönten schwere, altertümliche Worte. Es war die Stimme einer Frau, aber man wollte nicht glauben, daß die Verse von einer alten Frau gesprochen wurden. Abgesehen von der gediegenen Schönheit der Worte, lag in dieser Stimme etwas übermenschlich Gütiges und Weises, eine magische Kraft, die Samgin mit der Uhr in der Hand erstarren ließ. Er hätte sich gern umgeschaut, um zu sehen, mit was für Gesichtern die Leute dem schiefhüftigen alten Frauchen zuhörten. Aber er vermochte seinen Blick nicht von dem Spiel der Runzeln in dem zerfurchten, gütigen Gesicht, von dem wunderschönen Glanz der Kinderaugen loszureißen, die, jede Verszeile beredt ergänzend, den uralten Worten lebendigen Glanz und einen bezaubernden, weichen Klang verliehen.

Eintönig das Wattehändchen hin- und herschwingend wie eine häßlich aus Lappen zusammengenähte Puppe, erzählte die alte Frau aus dem Olonezker Gebiet, wie die Mutter des Recken Dobrynja von ihrem Sohne Abschied nahm und ihn zu Heldentaten ins Feld ziehen ließ. Samgin sah diese stattliche Mutter, hörte ihre festen Worte, aus denen trotz alledem Angst und Trauer sprachen, und sah den breitschultrigen Dobrynja, wie er mit dem Schwert auf den ausgestreckten Armen vor der Mutter kniete und ihr mit demütigen Augen ins Gesicht sah.

Einige Augenblicke schien es Klim, als wäre er allein im Saal, sonst niemand, und vielleicht war auch diese gute Hexe gar nicht da, und durch den Lärm außerhalb des Saals drang aus vergangenen Jahrhunderten die zum Leben erwachte Stimme des heldischen Altertums auf wahrhaftig wunderbare Weise zu ihm.

»Na, was sagen Sie?« fragte Inokow triumphierend; sein durch ein freudiges Lächeln breitgezogenes Gesicht war betäubt, seine Augen waren feucht.

»Wunderbar«, antwortete Klim.

»Es kommt noch ganz anders! Geben Sie acht: Sie ist keine Schauspielerin, sie spielt nicht Menschen, sondern spielt mit den Menschen.«

Diese sonderbaren Worte verstand Klim nicht, aber er erinnerte sich ihrer, als die Fedossowa von dem Streit des Rjasaner Bauern Ilja Muromez mit dem Kiewer Fürsten Wladimir zu erzählen begann.

Samgin starrte, von neuem gebannt, von dem weichen Glanz der unauslöschlichen Augen gestreichelt, in das mit allen Runzeln sprechende Zauberinnengesicht. Sein Verstand sagte ihm zwar, daß der gewaltige Recke aus dem Dorf Karatscharow, als ihn der launenhafte Fürst erzürnt hatte, wohl nicht derart, nicht mit dieser Stimme gesprochen hatte und daß seine scharfen Steppenaugen natürlich nicht dieses spitze, ironische Lächeln bergen konnten, das entfernt an die listigen und weisen Fünkchen in den Augen des Historikers Wassilij Kljutschewskij erinnerte.

Doch als er sich an den unerbittlichen Gelehrten erinnerte, da stimmte Samgin plötzlich nicht mehr bloß mit dem Verstand, sondern mit seinem ganzen Wesen zu, daß eben diese schlecht genähte Kattunpuppe doch die völlig echte Geschichte von der Wahrheit des Guten und der Wahrheit des Bösen war, die von der Vergangenheit reden mußte und konnte, wie die Olonezker schiefhüftige Alte gleichermaßen liebevoll und weise vom Zorn und der Zärtlichkeit, vom untröstlichen Kummer der Mütter und von den Reckenträumen der Kinder, von allem, was das Leben ist, erzählte. Und vielleicht wird die Geschichte einmal, die Menschen mit gleichermaßen bezaubernder Stimme umkosend – mag sie von Wahrem oder von Legende berichten –, auch davon erzählen, wie der Mensch Klim Samgin auf Erden gelebt hat.

Danach fühlte Samgin, daß er noch nie so gut, so klug und fast bis zu Tränen unglücklich gewesen war, wie in dieser seltsamen Stunde, mitten unter Menschen, die stumm dasaßen, verzaubert von der alten, lieben Hexe, die aus uralten Märchen in eine prahlerisch aus dem Boden gestampfte und zur Schau gestellte Wirklichkeit getreten war.

Sich hier ungewöhnlich vorzukommen wie noch nie, daran hinderte Klim Inokow. In den kurzen Pausen zwischen den Erzählungen der Fedossowa, wenn sie, sich erholend, mit der Zungenspitze über die dunklen Lippen fuhr, ihre schiefe Hüfte streichelte, an den Zipfeln des Kopftüchleins zupfte, das, unter dem Kinn geknotet, aussah wie ein Pilzhut, wenn sie, sich seitlich wiegend, dem begeistert schreienden Volk zulächelte und nickte – in diesen Augenblikken zerschlug Inokow Klims Stimmung, indem er rasend in die Hände klatschte und mit schluchzender Stimme rief: »Hab Da-ank, Mütterchen, liebes – hab Da-ank!«

Er war berauscht wie ein Betrunkener, hüpfte auf dem Stuhl, schneuzte sich ohrenbetäubend, trampelte mit den Füßen; der Mantel war ihm von den Schultern gerutscht, und er trampelte darauf herum.

Den Rest des Tages verlebte Klim in einem Zustand, entrückt von der Wirklichkeit, das Gedächtnis raunte ihm unablässig die uralten Worte und Verse zu, vor seinen Augen wiegte sich das Puppenfigürchen, schwebte die weiche Wattehand, spielten die Runzeln auf dem gütigen und klugen Gesicht, lächelten die großen, sehr klaren Augen.

Doch drei Tage später stand er am Morgen auf der Verkaufsmesse in der Menge, die sich um die Kapelle drängte, auf der zur Eröffnung der Allrussischen Messe eine Flagge gehißt wurde. Inokow hatte gesagt, er wolle sich bemühen, ihm dann Zutritt in die Ausstellung zu verschaffen, wenn der Zar sie besuche, es werde aber wohl kaum gelingen. Der Zar werde aber sicherlich auch das Hauptgebäude der Verkaufsmesse besuchen, und es sei besser, ihn sich dort anzusehen.

Samgin gegenüber, rechts und links von ihm, standen zwei endlose Reihen kräftiger, hochgewachsener, gutgekleideter Männer, einige in neuen Wämsern und Kaftans, die meisten in Straßenröcken. Hier und da leuchteten wie rote Flecken Kattunhemden, schillerten in der Sonne weite Pumphosen aus Plüsch, glänzten die Schäfte spiegelblank geputzter Stiefel. Klim sah zum erstenmal aus solcher Nähe und in solcher Masse das Volk, über das er von Kind auf so viel hatte streiten hören und über dessen hartes Leben er Dutzende trauriger Erzählungen gelesen hatte. Er betrachtete die Hunderte von strubbeligen, glatt frisierten und kahlen Köpfen, die stülpnasigen, bärtigen, gesunden Gesichter, die so gesetzt aussahen und so gute, freundliche und strenge, gütige und kluge Augen hatten. Diese Leute standen still, dicht aneinander, und ihre breiten Brustkästen verschmolzen zu einer einzigen Brust. Es war klar: Das war das große russische Volk, dessen kluge Hände die unabsehbaren Schätze geschaffen hatten, die dort, auf dem öden Feld, malerisch verstreut lagen. Ja, gerade dieses Volk hatte seine Besten ausgesiebt und nach vorn gestellt, und es war gut, daß alle anderen, die zwar eleganter gekleidet, aber viel kleiner und nicht so ansehnlich waren, bescheiden hinter den Männern der Arbeit standen und ihnen den ersten Platz eingeräumt hatten. Je eingehender Klim die Männer der vordersten Reihe betrachtete, desto höher stieg seine angenehm erregende Achtung vor ihnen. Es war einfach unmöglich, sich vorzustellen, daß diese einfachen, bescheidenen Menschen, die ruhig von ihrer Kraft überzeugt waren, übermütigen Studenten und irgendwelchen ehrgeizigen Schwachköpfen folgen würden.

Diese Leute waren dermaßen bescheiden, daß man einige von ihnen schieben, nach vorn zerren mußte, was ein mächtiger, schnauzbärtiger Polizeibeamter mit goldener Brille und ein hurtiger, dünnbeiniger Mann, der einen Strohhut mit dreifarbigem Band aufhatte, auch besorgten. Sie schritten langsam an der Menschenmauer entlang und riefen abwechselnd in freundlichem Ton: »Glatzkopf, tritt vor!«

»Was versteckst du dich, du Riese? Stell dich hierher.«

»Der mit dem Ohrring – hierher!«

Der hurtige Mann warf einen Blick auf Klim und berührte ihn mit dem Handschuh an der Schulter.

»Ein wenig zurück, junger Mann!«

Der Bursche mit dem silbernen Ohrring schob Samgin leicht, mit einem Stoß seiner Schulter hinter sich und sagte halblaut, heiser: »Mit der Brille wirst du auch von hier sehen können.«

Doch hinter seinem breiten Rücken konnte man unmöglich etwas sehen.

Samgin versuchte, zwischen ihn und den bärtigen Kahlkopf zu treten, doch der Bursche schob seinen unüberwindlichen Ellenbogen vor und fragte: »Wohin?«

Und riet: »Bleib auf deinem Platz!«

Klim fügte sich.

Ja, dachte er. Der kann jeden an seinen Platz stellen.

Und fragte: »Woher sind Sie ?«

Der Mann mit dem Ohrring drehte seinen straffen Hals und neigte das rote Gesicht mit dem schwarzen Schnurrbart.

»Aus der zweiten Abteilung«, sagte er.

»Arbeiter?«

»Feuerwehrmann.«

Samgin schwieg, überlegte eine Weile und fragte wieder: »Weshalb sind Sie denn nicht in Uniform?«

Der Mann mit dem Ohrring antwortete nicht. Statt seiner ergriff der Nebenmann, ein schlanker, schöner Mensch in gelbem Seidenhemd, redselig das Wort: »Arbeiter, Werkstattvolk wird man doch nicht zeigen. Diese Ausstellung ist nicht für ihresgleichen. Wenn ein Werkstättler nicht bei der Arbeit ist, so ist er betrunken, wozu aber soll man dem Zaren Betrunkene zeigen?«

»Richtig«, sagte jemand laut. »Unsere Widerlichkeit interessiert ihn nicht.«

Der glatzköpfige Riese mischte sich zornig ein: »Man muß unterscheiden: wer ist Fabrikarbeiter, wer Werkstattarbeiter. Ich beispielsweise bin Fabrikarbeiter bei Wukola Morosow, wir sind neunzig Mann hier. Auch von der Nikolsker Manufaktur sind welche da.«

Es entspann sich ein gemächliches Gespräch, und Klim erfuhr

bald, daß der Mann im gelben Hemd ein Tänzer und Sänger aus dem Chor Snitkins und an der ganzen Wolga beliebt war, und der Nebenmann des Tänzers, ein schwarzbärtiger, stämmiger Mann mit runden Eulenaugen, Bärenjäger und Waldhüter in Privatwäldern.

Da Samgin fühlte, daß ihn das zufällige Gespräch mit diesen Menschen bedrückte, wollte er den Platz wechseln und schob sich seitlich zwischen dem Feuerwehrmann und dem Tänzer durch. Doch der Feuerwehrmann packte ihn mit seiner schweren Hand an der Schulter, schob ihn zurück und sagte belehrend:: »Herumspazieren darf man nicht, siehst du nicht, daß alle stehen?«

Der Tänzer blickte Klim lächelnd an und erklärte: »Heute wird auf das Publikum keine Rücksicht genommen.«

»He – er kommt!«

Irgendwessen Kommandostimme rief: »Treskin! Daß sich keiner untersteht, auf die Dächer zu klettern!«

Alle verstummten, nahmen stramme Haltung an, lauschten und blickten zur Oka hinüber, auf den dunklen Streifen der Brücke, wo zwei Reihen spielzeughaft kleiner Menschen die dünnen Arme schwangen, als rissen sie ihre Köpfe von den Schultern und spielten Ball mit ihnen. Man vernahm Glockengeläut, besonders eindrucksvoll dröhnte die Glocke der Kathedrale in der Burg, und zugleich mit dem kupfernen Getöse steigerte sich, rasch immer näher rollend, ein anderer, brüllender Lärm. Klim hatte gehört, wie Moskau beim Empfang des Zaren Hurra geschrien hatte, doch damals hatte es ihn, der kränkenderweise zusammen mit dem Betrunkenen und einem Taschendieb auf einen Hof getrieben worden war, nicht erregt. Heute jedoch fühlte er, daß er vor Erregung geradezu wankte und daß ihm schwarz wurde vor Augen.

Man hätte meinen können, die galoppierende Polizeiabteilung zöge dieses gewaltige Brüllen nach sich, denn der laute Hufschlag auf dem Steinpflaster erstickte das Brüllen nicht, sondern steigerte es. Die Abteilung löste sich geschickt auf, alle zehn bis zwanzig Schritt sprengte aus ihr ein Berittener heraus, stellte sein Pferd mit der Seite an die Menschen, drängte sie so auf den Gehsteig oder trieb sie hinter die Kapelle, an das unbebaute Ufer der Oka zurück.

Aus der dichten Menschenmauer jenseits der Straße, hinter einem breiten Pferderücken hervor kroch schwerfällig der Glöckner vom Messegelände und erreichte mit drei Schritten die Straßenmitte. Gleich liefen zwei Männer auf ihn zu, die erschreckt und komisch schrien: »Wohin willst du Fratze? Wohin, du Satan!«

Doch der Glöckner stieß die Leute mit der Linken beiseite, hob die wilden Augen zum Himmel und bekreuzigte mit weit ausholender Rechter dreimal die Straße.

»Schau mal an«, rief der Weber wohlwollend.

Den Glöckner drängte man hastig in die Menge zurück, seine gefütterte Mütze indes blieb auf dem Pflaster liegen.

Samgin kam es vor, als verdunkelte sich die Luft, zusammengepreßt von dem gewaltigen Brüllen Tausender von Menschen, einem Brüllen, das sich wie eine unsichtbare Wolke näherte, alle Geräusche auslöschte und auch das Glockenläuten und die schreienden Trompeten der Militärkapelle auf dem Platz vor dem Hauptgebäude verschlang. Als dieses Heulen und Brüllen zu Klim herangerollt war, betäubte es ihn, hob ihn empor und zwang auch ihn, mit aller Lungenkraft zu schreien: »Hurra!«

Das Volk sprang herum, schwenkte die Arme und warf Mützen und Hüte in die Luft. Es schrie so laut, daß man nicht hören konnte, wie das feurige Gespann des Gouverneurs Baranow mit den Hufen auf das Pflaster aufschlug. Der Gouverneur stand aufrecht im Wagen, er hatte ein Knie auf den Sitz gestützt, blickte rückwärts und schwenkte die Mütze. Er war stahlfarben, verwegen und heroisch, auf seiner gewölbten Brust blinkte das Gold der Orden.

In einigem Abstand hinter ihm lief ein Dreigespann weißer Pferde im Trab. Das silberne Geschirr sprühte weiße Funken. Die Pferde traten lautlos auf, der breite Wagen fuhr unhörbar; es war eigentümlich zu sehen, daß sich die zwölf Pferdebeine bewegten, denn es schien, als glitte der Wagen des Zaren, durch das laute begeisterte Rufen vom Boden gerissen, durch die Luft dahin.

Klim Samgin fühlte, daß für einen Augenblick alles ringsum und auch er selbst sich vom Boden losriß und in einem Wirbel spontanen Gebrülls durch die Luft flog.

Der Zar, klein, kleiner als der Gouverneur, bläulichgrau, wippte sanft auf dem Rand des Wagensitzes, hielt die eine Hand aufs Knie aufgestützt, während er die andere mechanisch zur Mütze hob, nickte mit dem Kopfe gleichmäßig nach rechts und links und lächelte, wobei er in die zahllosen rund geöffneten, zahnigen Münder, in die vor Anspannung geröteten Gesichter blickte. Er war sehr jung, schmuck, hatte ein schönes, weiches Gesicht, lächelte jedoch schuldbewußt.

Ja, er lächelte ausgesprochen schuldbewußt, das sanfte Lächeln Diomidows. Auch seine Augen waren dieselben, Saphiraugen. Hätte man ihm noch das kleine, helle Kinnbärtchen abrasiert, so hätte er ganz wie Diomidow ausgesehen.

Er flog vorbei, begleitet von tausendköpfigem Gebrüll, und dasselbe Gebrüll schallte ihm entgegen. Noch ein paar Wagen rasten vorbei, Uniformen und Orden glänzten, aber man hörte schon wieder, daß die Pferde mit den Hufen aufschlugen, daß die Räder über Steine rollten, und überhaupt ließ sich alles wieder auf die Erde herab.

Auf der Straße stand wieder der Glöckner und bekreuzigte mit wuchtigem Arm die Luft hinter dem Wagen; die Menschen umgingen ihn wie einen Pfosten. Ein rotschnauziger Mann im grauen Rock bückte sich, hob die Mütze auf und reichte sie dem Glöckner. Hierauf schritt der Glöckner, nachdem er sie übers Knie geschlagen hatte, breitbeinig auf der Straßenmitte weiter.

Klims Augen, die den Zaren gierig verschlungen hatten, sahen immer noch seine graue Gestalt und auf dem hübschen Gesicht das schuldbewußte Lächeln. Samgin fühlte, daß dieses Lächeln ihn seiner Hoffnung beraubt und bis zu Tränen betrübt hatte. Auch vorher waren ihm Tränen gekommen, aber – das waren Tränen einer Freude gewesen, die sich aller bemächtigt und alle vom Erdboden emporgehoben hatte. Jetzt jedoch weinte Klim dem Zaren und dem in der Ferne ersterbenden Geschrei Tränen des Kummers und der Kränkung nach.

Es war unmöglich, sich damit auszusöhnen, daß der Zar mit Diomidow Ähnlichkeit hatte, ein schuldbewußtes Lächeln war unzulässig im Gesicht des Herrschers eines Hundertmillionenvolkes. Und unbegreiflich war auch, wodurch dieser junge, hübsche und weiche Mensch ein so erschütterndes Gebrüll auszulösen vermochte.

Willenlos und bedrückt bewegte sich Samgin in der Menge, die aus irgendeinem Grund plötzlich ausgelassen lärmte, und vernahm ihre lebhaften Stimmen: »In alten Zeiten wäre man niedergekniet . . .«

»He, wer zu uns gehört, wir gehen Bier trinken!«

Hinter Klim begeisterte sich eine helle Stimme: »Wie einfach sie sie schlagen!«

»Wen?«

»Alle.«

Eine gesetzte Stimme sagte eindringlich: »Die Kritiker muß man auch schlagen.«

»Roman – wieviel hast du für die Stiefel gegeben?«

Vom Zaren wurde nicht gesprochen, nur einen einzigen Satz schnappte Samgin auf: »Er wird es schwer haben mit uns.«

Das sagte ein stämmiger Bursche, wahrscheinlich ein Textilfärber, denn seine Hände waren dunkelblau von Farbe. Er führte ein adrettes altes Männlein am Arm, stieß die Leute frech beiseite und schrie sie an: »Geht weiter!«

Aber auch der hatte vielleicht gar nicht vom Zaren gesprochen.

Wie aber, wenn alle diese Leute sich auch betrogen fühlen und es nur geschickt verbergen? dachte Klim.

Ein scharfäugiger Mann blickte ihm ins Gesicht und fragte mißtrauisch: »Warum weinen Sie denn, junger Herr? Was haben Sie denn für einen Grund, heute zu weinen?«

Samgin trocknete sich verlegen die Augen, beschleunigte seinen Schritt und bog in eine der Straßen von Kunawino ein, die aus lauter Freudenhäusern bestand. Fast aus jedem Fenster lehnten, wechselnd mit den dreifarbigen Fahnen, halbbekleidete Frauen, die ihre nackten Schultern und Brüste zeigten und sich von Fenster zu Fenster zynische Dinge zuriefen. Und außer den Fahnen sah in dieser Straße alles so alltäglich aus, als wäre nichts geschehen und der Zar und die Begeisterung des Volkes nur ein Traum.

Nein, Diomidow hat sich geirrt, dachte Klim, als er in einer Droschke saß und zum Messegelände fuhr. Dieser Zar wird sich wohl kaum entschließen zu schreien wie jenes bucklige Mädchen.

Am Eingang zur Ausstellung kam ihm Inokow entgegen.

»Man hat Zutritt«, sagte er hastig. »Schade, Sie sind zu spät gekommen.«

Inokow hatte sich das Haar schneiden lassen, die Wangen rasiert und wirkte, nachdem er seinen Umhang gegen einen billigen, mausgrauen Anzug vertauscht hatte, unauffällig wie jeder anständige Mensch. Nur die Sommersprossen im Gesicht waren noch schärfer hervorgetreten, im übrigen jedoch unterschied er sich fast nicht von all den anderen, etwas einförmig anständigen Leuten. Es waren nicht viele hier, in der Ausstellung interessierten sie sich sehr für die Architektur der Gebäude, sahen zu den Dächern hinauf, guckten in die Fenster und um die Ecken des Pavillons und lächelten einander liebenswürdig zu.

»Ochranaleute?« fragte Klim flüsternd.

»Wahrscheinlich, aber nicht alle«, antwortete Inokow ärgerlich und unangebracht laut; er ging mit dem Hut in der Hand und blickte stirnrunzelnd zu Boden.

»Hier haben sie vorhin eine billige Komödie aufgeführt«, sagte er. »Am Eingang zum Zarenpavillon ist der Herr von einer Leibwache empfangen worden, wissen Sie, von diesen bildschönen, russischen Knaben in silberverbrämten weißen Kaftans, mit weißen hohen Mützen und mit Hellebarden in den Händen; es heißt, der alte Literat Dmitrij Grigorowitsch hat sich das ausgedacht. Sie bildeten Spalier, und der Zar fragte einen: ›Wie heißen Sie?‹ – ›Nabholz.‹ Er fragte einen zweiten: ›Eluchen.‹ Er fragte einen dritten: ›Ditmar.‹ Der vierte hieß Schulze. Der Zar lächelte und ging schweigend an mehreren vorbei; da sah er, wie eine stülpnasige Fratze ihn vergötternd anstarrte, und lächelte der Fratze zu: ›Wie heißen Sie denn?‹ Brüllt da nicht die Fratze mit Baßstimme: ›Antor!‹ Mit dieser Abkürzung unterschreibt diese Fratze Wirtshausrechnungen, sein richtiger Name ist Andrej Torsujew.«

Inokow erzählte das mit gedämpfter Stimme, widerstrebend und nachdenklich.

»Ist das wahr?« fragte Samgin mißtrauisch.

»Natürlich. Wenn es schon albern ist, so ist es auch wahr.«

Klim verstummte und erinnerte sich an den Feuerwehrmann und den Tänzer, die er für Arbeiter gehalten hatte.

Die anständigen Leute nahmen plötzlich die Hüte ab und erstarrten. Aus dem Pavillon der chemischen Industrie war der Zar in Begleitung der drei Minister Woronzow-Daschkow, Wannowskij und Witte herausgetreten. Der Zar ging langsam, er spielte mit dem Handschuh und hörte dem Hofminister zu, der ihn leicht am Ärmel zupfte und auf einen niedrigen Rasenhügel deutete, den Weinbaupavillon. Von weitem und zu ebener Erde schien der Zar Klim noch kleiner als im Wagen. Er hatte anscheinend keine Lust, in Woronzows Pavillon hinabzusteigen, wandte das Gesicht zur Seite, lächelte verlegen und sagte etwas zu dem Kriegsminister, der in Zivil war und ein Stöckchen in der Hand hatte.

Die drei standen dicht beisammen, während der breitschultrige Witte von der Höhe seines wuchtigen Körpers auf sie hinunterblickte. Auf seine Schultern war hastig und nachlässig ein kleiner Kopf mit einem winzigen Näschen und spärlichem, mordwinischem Kinnbärtchen aufgesetzt. Er sah mit sorgenvoll geschürzten Lippen, mit den unter den Wülsten seiner Brauen versteckten Augen auf den im Vergleich zu ihm kleinen Zaren und die ebenso kleinen Minister und auf die goldene Uhr, die in seiner Hand glänzte. Samgin fiel auf, wie fest und kräftig Witte die langen und breiten Füße seiner schweren Beine auf die Erde drückte.

Ein paar Schritte von dieser Gruppe entfernt waren ehrerbietig der schneidige, dürre und kantige Gouverneur Baranow und der graubärtige Kommissar der Abteilung für Kunstgewerbe, Grigorowitsch, stehengeblieben, der mit der Hand weite Kreise in der Luft beschrieb und dazu die Finger bewegte, als salze er die Erde oder streue Samen. Stumm und gedrängt standen Abteilungskommissare, irgendwelche gesetzten Leute mit Orden und ein hochgewachsener

Mann mit dem üblichen Bauerngesicht, der einen goldgestickten Kaftan trug.

»Nikolai Bugrow, Millionär«, sagte Inokow. »Man nennt ihn den Teilfürsten von Nishnij Nowgorod. – Und das dort ist, Sawwa Mamontow.«

Aus dem Pavillon des Nordlands kam schnell ein stämmiges, kahlköpfiges Männchen mit weißem Kinnbärtchen und lustigem, rosigem Gesicht – er kam und wehrte im Gehen lachend den hochstirnigen und langhaarigen »erklärenden Herrn« mit Händegefuchtel von sich ab.

»Lappalien, Liebster, reine Lappalien«, sagte er so laut, daß der Gouverneur Baranow streng zu ihm hinübersah. Alle anständigen Leute richteten ihre Aufmerksamkeit auch auf ihn. Auch der Zar blickte, immer noch mit demselben schuldbewußten Lächeln, hinüber, während Woronzow-Daschkow ihn zu Klims Empörung weiterhin am Ärmel zupfte.

Adaschew, dachte er und wünschte dem Minister das Los des Erziehers von Iwan dem Schrecklichen.

Auf dem Messegelände war es still und langweilig wie an einem regnerischen Wochentag. Alltäglich pfiffen die Lokomotiven auf dem Rangiergelände, knirschten die Gleise an den Weichen, schlugen die Puffer laut aneinander, und trübsinnig tönten die Signalhörner der Weichensteller.

Der Tag, der klar begonnen hatte, wurde auch trübe, der Himmel bedeckte sich mit einer gleichmäßigen Schicht durchsichtiger, grauer Wolken, die durch sie verdeckte Sonne wurde winterlich fahlweiß, und ihr zerstreutes Licht ermüdete die Augen. Die Farbenpracht der Bauten verblaßte, regungslos und entfärbt hingen die zahllosen Fahnen herab, und die anständigen Leute gingen schlaff umher. Die blaugraue, bescheidene Gestalt des Zaren schien dunkler als zuvor und wirkte noch unauffälliger vor dem Hintergrund der großen, stattlichen Männer, die schwarz gekleidet waren oder goldgestickte, ordengeschmückte Uniformen trugen.

Der Zar ging langsam an der Spitze dieser Männer zum Kriegsmarinepavillon, doch es sah aus, als stießen sie ihn vor sich her. Jetzt bückte sich der Gouverneur Baranow elastisch, hob vor den Füßen des Zaren etwas vom Boden auf und schleuderte es beiseite.

»Na, genügt Ihnen das?« fragte Inokow lächelnd.

Samgin nickte stumm. Er fühlte sich körperlich müde, hatte Hunger und war traurig. Solch eine Traurigkeit hatte er in der Kindheit empfunden, wenn man ihm vom Weihnachtsbaum nicht den Gegenstand geschenkt hatte, den er haben wollte.

»Wissen Sie, mit wem der Zar Ähnlichkeit hat?« fragte Inokow. Klim blickte ihn stumm an und erwartete eine Grobheit. Doch Inokow sagte nachdenklich: »Mit Balsaminow, in Offiziersuniform.«

»Ein Isaak«, murmelte Samgin.

»Wie?«

»Ein Isaak«, wiederholte Klim lauter und mit einem Unwillen, den er nicht zu unterdrücken vermochte.

»Ach ja, das ist aus der Bibel«, erinnerte sich Inokow. »Wer ist denn dann Abraham?«

»Das weiß ich nicht.«

»Ein merkwürdiger Vergleich«, sagte Inokow lächelnd, seufzte und begann von neuem: »Meine Zeitungsberichte werden nicht gedruckt. Der Redakteur, dieser alte Wallach, schreibt mir, ich höbe die negativen Seiten zu sehr hervor, das gefiele dem Zensor nicht. Er lehrt: Jede Kritik muß von einer gewissen allgemeinen Idee ausgehen und sich darauf stützen. Der Teufel soll sie suchen, diese allgemeine Idee!«

Klim hörte seinem Genörgel nicht weiter zu, er dachte an den jungen Menschen in der blaugrauen Uniform, an sein verlegenes Lächeln. Was würde dieser Mann wohl sagen, wenn man einen Kutusow, einen Diakon, einen Ljutow vor ihn hinstellte? Worte welcher Kraft vermochte er diesen Leuten zu sagen? Und Samgin erinnerte sich, nicht spöttisch wie sonst, sondern mit Bitternis:

Ja, ist denn ein Junge dagewesen, vielleicht war gar kein Junge da?

Doch mit Eindrücken übersättigt, hatte er anscheinend ganz und gar zu denken verlernt; erstorben war das Spinnchen, das das Netz der Gedanken spinnt. Er wäre gern nach Hause, aufs Landhaus gefahren, um sich auszuruhen. Aber er durfte nicht heimreisen, Warawka hatte ihn telegraphisch gebeten, sein Eintreffen abzuwarten.

Und während Klim Samgin auf Warawka wartete, bekam er einen Herrn zu sehen.

Das war ein Mann mittleren Wuchses, gekleidet in weite, lange Gewänder von jener unbestimmbaren Farbe, welche die Blätter im Spätherbst annehmen, wenn sie schon den sengenden Hauch des Frostes erfahren haben. Diese schattenhaft leichten Gewänder umhüllten den dürren, knochigen Körper eines alten Mannes mit zwiefarbigem Gesicht; durch die mattgelbe Gesichtshaut traten braune Flecke irgendeines uralten Rostes zutage. Das steinerne Gesicht war durch ein graues Kinnbärtchen verlängert. Seine Haare waren leicht zu zählen; Büschel desselben grauen Haars sprossen in den Mundwinkeln und bogen sich nach unten, die Unterlippe, ebenfalls rostfarben, hing verächtlich herab und zeigte eine Reihe ungleichmäßiger bernsteingelber Zähne. Seine Augen zogen sich schräg zu den Schläfen hinauf, die Ohren, spitz wie bei einem Tier, waren dicht an den Schädel gedrückt, er trug einen Hut mit Kügelchen und Schnüren; der Hut verlieh dem Mann Ähnlichkeit mit einem Priester irgendeiner unbekannten Kirche. Es schien, als wären die Pupillen seiner Schlitzaugen nicht rund und glatt wie bei allen gewöhnlichen Sterblichen, sondern aus kleinen, spitzen Kristallen geformt. Und wie bei einem Bildnis von Meisterhand sahen diese Augen Klim unablässig an, von welchem Punkt auch immer er das alte, lebendig gewordene Porträt betrachtete. Die stumpfen Samtstiefel mit unförmig dicken Sohlen waren vermutlich sehr schwer, aber der Mann schritt geräuschlos, seine Füße glitten, ohne sich vom Erdboden zu heben, wie über Öl oder Glas.

Hinter ihm her bewegte sich ehrerbietig eine Gruppe von Männern, unter denen sich vier Chinesen in Nationaltracht befanden; gelangweilt ging der schneidige Gouverneur Baranow neben General Fabrizius, dem Kommissar des Zarenpavillons, in dem die Schätze der Nertschinsker und der Altai-Bergwerke, Edelsteine und Goldklumpen, ausgestellt waren. Männer mit und ohne Orden schritten ehrerbietig, dicht gruppiert, ebenfalls hinter dem sonderbaren Besucher her.

In seiner schwebenden Gangart wanderte dieser würdevolle Mann von einem Gebäude zum anderen, sein steinernes Gesicht blieb unbewegt, kaum merklich bebten die breiten Nüstern der mongolischen Nase, und die verächtliche Lippe verkürzte sich, doch die Bewegung war nur deshalb sichtbar, weil die grauen Haare an den Mundwinkeln sich sträubten.

»Li Hung Tschang«, raunten die Leute einander zu. »Li Hung Tschang.«

Und sie traten ehrfürchtig grüßend zurück. Die Menschen würdigte der berühmte Mann aus China keines Blickes, die Gegenstände betrachtete er im Vorbeigehen, und nur vor einigen verweilte er eine Sekunde, eine Minute lang, blähte die Nüstern und bewegte den Schnurrbart.

Seine Hände ruhten, in weiten Ärmeln versteckt, auf dem Leib. Manchmal sprach einer der Chinesen, einer Eingebung oder einem unmerklichen Wink gehorchend, leise mit dem Kommissar der Abteilung und wandte sich dann noch verhaltener, mit geneigtem Kopf, ohne ihm ins Gesicht zu blicken, an Li Hung Tschang.

Im Kriegsmarinepavillon sagte er ihm etwas über die Kanone; der alte Chinese schielte, regungslos und seitwärts zu ihr stehend, ein paar Sekunden zu ihr hinüber – und schwebte weiter.

General Fabrizius strich seinen Kosakenschnurrbart glatt, eilte dem hohen Gast voraus und wies mit Feldherrngeste auf den Zarenpavillon.

Li Hung Tschang blieb stehen. Der chinesische Dolmetscher begann geschäftig herumzuhüpfen, sich zu verneigen und lächelnd etwas mit ausgebreiteten Armen zu flüstern.

»Darf man ihm nicht vorausgehen?« fragte laut ein stattlicher Mann mit einer Unmenge Orden auf der Brust, fragte und lächelte. »Na, aber neben ihm darf man? Wie? Auch nicht? Niemand?«

»Zu Befehl, Euer Exzellenz, nein!« antwortete jemand mit der Stimme eines Luxusdroschkenkutschers.

Der stattliche Mann blähte die Backen auf, daß sie sich röteten, überlegte einen Augenblick und sagte französisch: »Fragen Sie den Dolmetscher, wer denn das Recht hat, neben ihm zu gehen.«

Alle verstummten. Dann sagte die Kutscherstimme, doch schon nicht mehr laut: »Der Dolmetscher sagt, Euer Hohe Exzellenz, er weiß es nicht; vielleicht Ihr – das heißt unser – Herrscher, sagt er.«

Der stattliche Mann berührte die Orden an seiner Brust und murmelte grimmig: »In der Tat . . . Zeremonien!«

General Fabrizius ging nun hinter Li Hung Tschang weiter, auch er war errötet und zupfte sich am Schnurrbart.

Am Altaipavillon blieb Li Hung Tschang vor einer Vitrine mit bunten Steinen stehen, bewegte den Schnurrbart, und sogleich bat der Dolmetscher, man möge die Vitrine öffnen. Als man die schwere Glasscheibe hochgehoben hatte, befreite der alte Chinese gemächlich die Hand aus dem Ärmel, der wie aus eigener Kraft zum Ellenbogen hochglitt, die dünnen, knochigen Finger der greisenhaften, eisernen Hand senkten sich in die Vitrine, klaubten von der weißen Marmorplatte einen großen Smaragdkristall, den Stolz des Pavillons. Li Hung Tschang hob den Stein erst an das eine, dann an das andere Auge und steckte mit kaum merklichem Kopfnicken die Hand mit dem Stein in den Ärmel.

»Er nimmt ihn sich«, erläuterte der Dolmetscher mit liebenswürdigem Lächeln diese Geste.

General Fabrizius stammelte erbleichend: »Aber . . . erlauben Sie! Ich habe doch kein Recht, Geschenke zu machen!«

Der berühmte Chinese war bereits zur Tür des Pavillons hinausgeschwebt und schritt zum Ausgang der Ausstellung.

»Li Hung Tschang«, sagten die Leute leise und verneigten sich tief vor dem Mann, der einem alten Magier glich. »Li Hung Tschang!«

Es war ein unfreundlicher Tag. Unruhig fuhr der Wind aus allen Ecken hervor und wirbelte den Sand vom Weg auf. Am Himmel tummelten sich rastlos kleine Wolkenfetzen, auch die Sonne war voller Unrast, als sorge sie sich darum, wie sie die seltsame Gestalt des Chinesen so vorteilhaft wie möglich beleuchten könne.

INHALT

Mit freundlicher Genehmigung des Eulenspiegel Verlages Berlin, DDR, wurde als Abbildung auf der Kassette das Plakat »Es lebe die Rote Armee« von Wladimir Fidman aus dem Band »Rußland wird rot« von Georg Piltz (1977) verwendet.

Maxim Gorki · Klim Samgin · Buch 2

Maxim Gorki

Klim Samgin

Vierzig Jahre

Buch 2

Mit Anhang zu
Buch 1 und 2

Deutscher Taschenbuch Verlag

Aus dem Russischen übersetzt von Hans Ruoff.
Dem Text der Vollständigen Gorki-Ausgabe, Moskau 1974/75, entsprechend bearbeitet und mit Anmerkungen versehen von Eva Kosing. Mit einem Nachwort von Helene Imendörffer.
Titel der Originalausgabe:
»Žizn' Klima Samgina« (Moskau 1927–1937)

Von Maxim Gorki
sind im Deutschen Taschenbuch Verlag erschienen:
Autobiographische Romane (2007)
Drei Menschen · Die Mutter (2017)
Foma Gordejew · Eine Beichte · Das Werk der Artamonows (2029)
Konowalow und andere Erzählungen (2035)
Der Vagabund und andere Erzählungen (2052)

April 1982
Deutscher Taschenbuch Verlag GmbH & Co. KG, München

ISBN 3-538-05260-3

Umschlaggestaltung: Celestino Piatti unter Verwendung einer »Klim-Samgin«-Illustration von 1934.
Gesamtherstellung: Friedrich Pustet, Graphischer Großbetrieb, Regensburg
Printed in Germany · ISBN 3-423-02100-4

ZWEITES BUCH

Als Klim Samgin der Spiwak von der Ausstellung, der Messe erzählte, fühlte er, daß die Rührung, die er empfunden hatte, nur noch in der Erinnerung bestand, als Gefühl jedoch verschwunden war. Er begriff, daß er uninteressant sprach. Sein Wunsch, zwischen den maßlosen Lobreden der einen Zeitung und dem nörglerischen Skeptizismus der anderen eine eigene Linie zu finden, machte ihn unsicher, und außerdem fürchtete er, in den Ton der gröblichen und spöttischen Artikelchen Inokows zu verfallen.

Selbst für die Fedossowa fand er mit Mühe jene erhabenen Worte, in denen er von ihr zu erzählen gehofft hatte, und als er diese Worte aussprach, hörte er, daß sie trocken, farblos klangen. Aber dennoch ergab es sich irgendwie so, daß den stärksten Eindruck in der Ausstellung allrussischer Arbeit auf ihn das schiefhüftige alte Frauchen gemacht hatte. Es war ihm peinlich, an die Hoffnungen zu denken, die mit jenem jungen Mann zusammenhingen, der in seinem Gedächtnis nur ein schuldbewußtes Lächeln zurückgelassen hatte.

»Er ist ein ganz nichtswürdiger Mensch, die Minister schoben und schleppten ihn dorthin, wo sie ihn hinhaben wollten, wie einen Halbwüchsigen«, sagte er und wunderte sich etwas über die Stärke des rachsüchtigen, persönlichen Gefühls, das er in diese Worte gelegt hatte.

Sie saßen im Garten, im Schatten der Kirschbäume, die reich mit den amethystfarbenen Glasperlen der Früchte geschmückt waren. Es war Abend, drückende Hitze kündigte ein Gewitter an; am Himmel, der die Farbe entrahmter Milch hatte, schäumten bläulichgraue Wolkenflocken; Schatten glitten durch den Garten, und es war seltsam zu sehen, daß das Laub reglos war. Die Spiwak beobachtete, die Ellenbogen auf den in die Erde eingerammten runden Tisch gestützt, die Handflächen an die Wangen gepreßt, ein rotes Käferchen, das wirr auf dem Tisch herumkroch. Ihr Mann lag, halb angekleidet, auf einem Teppich vor dem Fenster, hüstelte trocken und zog einen Kinderwagen hin und her, in dem Wagen regte sich ein großköpfiges Kind, das ruhig, mit dunklen Augen den Himmel studierte.

»Im gleichen Ton, aber noch schärfer schrieb mir Inokow über den Zaren«, sagte die Spiwak und lächelte. »Inokow schreibt seine

Briefe so, als gäbe es in Rußland nur zwei Lesekundige: ihn und mich – Gendarmen jedoch können nicht lesen.«

Das rote Käferchen war dicht auf Samgin zugekrochen, er schnippte es ärgerlich vom Tisch.

»Und – wie ist es denn?« fragte, den Kopf hebend, die Spiwak. »Ist irgend etwas über Chodynka gesprochen worden?«

»Über Chodynka? Nein. Ich – habe nichts gehört«, antwortete Klim, und da ihm einfiel, daß er bei seinem Nachsinnen über den Zaren kein einziges Mal an die Moskauer Katastrophe gedacht hatte, sagte er mit ironischem Lächeln: »Das gutherzige Volk hat das vergessen. Sogar Inokow, der gern von Unangenehmem spricht, hat es vergessen.«

Die Spiwak blickte Klim eindringlich an, sie wollte etwas sagen, doch das Kind begann zu schmatzen, ihr Mann zupfte sie am Kleidersaum: »Es möchte trinken!«

Sie nahm den Sohn, kehrte sich zur Seite und sagte, als sie ihm die Brust gab, aus irgendeinem Grund näselnd: »Welch einen ernsten Sohn ich doch habe! Er ist nicht launisch, ist in sich vertieft, macht sich schweigend mit der Welt vertraut. Ein liebes Kerlchen!«

Vater Spiwak indessen erklärte, seine Finger gegen das Licht betrachtend: »Er meint, die Musik sei in meinen Fingern, unter den Nägeln versteckt.«

Klim spürte eine Flut unerträglicher Langeweile. Alles war langweilig: die Frau, auf deren weißes Kleid alle Augenblicke die Schattenfleckchen der Blätter und Früchte fielen, der schwindsüchtige, grüngesichtige Musiker mit der schwarzen Brille, das reglose Laub des Gartens, der trübe Himmel, der träge, gedämpfte Lärm der Stadt.

Unter der Last dieser Langeweile verbrachte er ein paar schwüle Tage und Nächte, voll Unwillen über Warawka und die Mutter: Sie waren von der Ausstellung auf die Krim gereist, das band ihn für einen Monat an Haus und Stadt. Nachts dachte er, erregt durch den gewohnten Verkehr mit einer Frau, verärgert und gekränkt an Lidija, eines Abends jedoch ging er in ihr Zimmer hinauf und war unangenehm überrascht: auf dem Sprungfedernetz des Bettes lag zusammengerollt die Matratze; Kissen und Bettwäsche waren fortgeräumt, der Spiegel war mit Zeitungspapier verdeckt, der Sessel am Fenster in einem grauen Überzug, alle kleinen Dinge waren verwahrt, Blumen auf den Fensterbrettern gab es nicht. Und es schien, als frage diese unansehnliche Leere ironisch:

Ja – ist denn ein Mädchen dagewesen?

Aber ein Mädchen ist dagewesen, das sagte ihm beharrlich die Leere in seiner Seele, die zerrte wie ein Schmerz.

Er ging in das große Zimmer, die Stätte der Kinderspiele an den Wintertagen, schritt lange von einer Ecke zur anderen und dachte darüber nach, wie leicht alles der Erinnerung entschwindet außer dem, was einen beunruhigt. Da lebt nun irgendwo der Vater, an den er sich, ebenso wie an den Bruder Dmitrij, nie erinnert. An Lidija jedoch wird gedacht, entgegen dem Willen. Es wäre nicht übel, wenn ihr ein Unglück, ein erfolgloser Roman oder irgend etwas in dieser Art widerführe. Es wäre auch für sie von Nutzen, wenn irgend etwas ihren Stolz bräche. Worauf ist sie stolz? Sie ist nicht schön. Und – nicht klug.

Es war sehr staubig im Hause, und diese staubige Leere machte die Gedanken farblos, sog sie aus. In den Zimmern, im Hof ging träge das Personal umher, Klim sah es an, wie man aus dem Fenster eines Eisenbahnwagens Kühe in der Ferne auf den Feldern betrachtet. Die Langeweile überschwemmte ihn, quoll aus allem, aus sämtlichen Menschen, Gebäuden, Dingen, aus der ganzen Masse der Stadt, die sich an das Ufer des stillen, trüben Flusses geschmiegt hatte. Die Bilder der Ausstellung verblichen, gerieten in Vergessenheit wie ein Traum, und ihm schien, sie würden von dem kleinen, graublauen Figürchen des Zaren farblos gemacht, aufgezehrt.

Die Spiwak lebte, ohne ihn zu stören, ohne ihn zu belehren, was angenehm, zugleich aber auch kränkend war. Sie schien sehr um die Angelegenheiten der Schule besorgt zu sein, sprach nur von ihr, von den Schülern, aber auch dies ohne rechte Lust, sie betrachtete vielmehr alles, außer dem Kind und dem Mann, mit dem zerstreuten Blick eines Menschen, welcher ermüdet oder zu sehr in sich vertieft ist. Um neun Uhr morgens ging sie in die Schule, gegen drei erschien sie wieder zu Hause; von fünf bis sieben ging sie mit dem Kind und einem Buch im Garten umher, um sieben ging sie wieder fort, um sich mit Freunden des Chorgesanges zu beschäftigen; sie kam spät zurück. Zuweilen begleitete sie der Dirigent des Kathedralchors, ein langhaariger, stämmiger Geck, mit Panamahut, einem Spazierstock in der Hand und mit dickem Schnurrbart wie zwei Klumpen Pech. Ein- oder zweimal fragte er Klim: »Werden Sie über die Ausstellung schreiben?«

»Ich schreibe schon«, antwortete er, obwohl er noch nicht zu schreiben angefangen hatte, die Langeweile störte.

Morgens, eine Stunde nachdem seine Frau fortgegangen war, kam Spiwak vom Seitenbau zum Tor, er ging unentschlossen, wie ein Kind, das soeben erst die Kunst des Gehens auf der Erde erlernt hat.

Der Respirator, der ihm sein Kinn vorschob, verlieh seinem kraushaarigen Haupt die Form eines Pudelkopfes, während der dunkle, rauhe Anzug die Ähnlichkeit des Musikers mit einem abgerichteten Zirkushund noch unterstrich. Wenn er Klim begegnete, ließ er den Respirator am Hals hinabsinken und redete immer irgend etwas über Musik.

»Da – schauen Sie«, sprach er, seine Hände zu Klims Gesicht emporhebend und ihm sieben Finger zeigend. »Sieben Noten, es sind doch nur sieben, nicht wahr? Was aber haben Beethoven, Mozart, Bach aus ihnen gemacht? Und das ist überall, in allem so: Uns ist sehr wenig gegeben, aber wir haben unendlich viel Schönes geschaffen.«

Er behauptete, die Sprache der Musik sei unvergleichlich reicher als die Sprache der Worte: »Um Ihnen den Inhalt eines Akkords zu erzählen, wären Dutzende von Worten erforderlich.«

Eines Abends im Garten jedoch teilte er, außer Atem vor Hitze, Klim als Neuigkeit mit: »Ich sterbe. Im Herbst wahrscheinlich werde ich tot sein.«

»Hören Sie auf, wo denken Sie hin«, entgegnete Samgin, darauf bedacht, daß seine Worte nicht zu gleichgültig klängen.

»Meine Frau glaubt es auch nicht«, sagte Spiwak und malte ein kompliziertes Muster mit dem Finger in die Luft. »Ich aber – weiß es: im Herbst. Sie meinen, ich fürchtete mich? Nein. Aber – ich bedaure es. Ich erteile gern Musikunterricht.«

Er sah seine elfenbeinfarbenen Finger an und atmete mit pfeifendem Ton.

»Meine Frau unterrichtet auch gern, ja! Sehen Sie, man muß das Leben nach dem Typ des Orchesters gestalten: jeder soll ehrlich seinen Part spielen, dann wird alles gut.«

Er sprach keuchend, in seiner Kehle pfiff irgend etwas; er griff sich plötzlich an den Kopf, nieste und sagte, als er wieder zu Atem gekommen war: »Der Staub in dieser Stadt riecht nach Vogelunrat.«

Samgin nahm seine Reden wie das irre Stammeln Diomidows auf, durch diese Reden wurde es noch langweiliger, und schließlich trieb ihn die Langeweile in die Redaktion.

Die Redaktion befand sich an der Ecke der stillen Dworjanskaja-Straße und einer öden Seitengasse, die im Bogen auf das eiserne Tor eines Altersheims stieß. Das zweistöckige Haus hatte einen Knick: der eine Teil lag an der Straße, der andere, um zwei Fenster breitere, war in der Seitengasse verborgen. Das Haus war alt, sah aus wie eine Mietskaserne, ohne Verzierungen an der Fassade, der gelbe Anstrich ihrer Wände war verstaubt, sie hatten die Farbe ungegerbten Leders angenommen, die Sonne zierte die Fensterscheiben mit violettem Ton, und es war unangenehm, über den halbblinden Fenstern dieses Hauses die goldenen Worte »Unser Land« zu sehen.

Über eine gußeiserne Treppe, die von der Tätigkeit der Druckerpressen im unteren Stockwerk zitterte, gelangte Samgin in ein großes Zimmer; in der Mitte, an einem langen wachstuchbedeckten, mit Tinte bespritzten Tisch, saß Iwan Dronow und schrieb, vor sich hin pfeifend, aus einem Notizbuch etwas auf einen schmalen Papierstreifen.

Unschlüssig und als erkenne er Klim nicht, erhob er sich und ging ihm entgegen, als Klim jedoch lächelte, ergriff er mit beiden Händen seine Rechte und schüttelte sie mit sichtlich übertriebener Freude.

»Du bist gekommen? Schon lange?«

»Nun, wie lebst du?« antwortete Samgin, unangenehm berührt von der stümperhaft übertriebenen Freude wie auch von dem Du.

»Ich lebe von Findlingen«, sagte Iwan sehr rege und laut. »Der Feuilletonist witzelt: Bringen Sie die Findlinge in natura her, das Kontor wird sie abstempeln, denn sonst verkaufen Sie uns fünfmal ein und denselben Findling.«

Er hatte sich das Haar ganz kurz scheren lassen, so daß jetzt sein platter Schädel zutage trat und das Gesicht breiter schien, während das Knöpfchen von Nase gleichsam angeschwollen und konturlos war. Er zupfte sich an seinem straßenstaubfarbenen Schnurrbärtchen und fuhr fort: »Bei uns hier witzeln alle. Aber in der verdammten Stadt gibt es keinerlei Vorfälle! Man möchte geradezu selbst rauben, brandstiften, morden – für die Chronik.«

Beim Sprechen zeichnete er mit dem Federhalter Achten auf das Wachstuch, das wie eine Landkarte aussah, und horchte auf das Rascheln hinter der Tür des Redakteurskabinetts, das so klang, als spielte dort eine Katze mit Papier.

Die weiße, vom Alter vergilbte Tür des Kabinetts wurde weit aufgerissen, und, Papierstreifen in der Hand schwingend, schrie der Redakteur: »Dronow! Was, zum Teufel, haben Sie . . . Ach, guten Tag!« sagte er freundlich und riß die Tür noch weiter auf. »Ich bitte!«

Und eine Minute später saß Klim ihm gegenüber und hörte: »Der Zensor leidet an Logophobie, an zügelloser Wortlust, und jeder sucht dem anderen zu zeigen, daß er der Radikalere sei.«

Er sprach ernst und nicht im Klageton, sondern als diktierte er Klim etwas. Er trocknete sich mit dem Taschentuch die schweißbedeckte Glatze, die gelben Schläfen, und seine gekränkte Unterlippe spreizte sich besonders gewichtig ab, wenn er lateinische Wörter aussprach. Klim wußte bereits, daß das Zeitungslatein eine Schwäche des Redakteurs war, fast jeden seiner Artikel schmückten Wörtchen wie ab ovo, o tempora, o mores!, dixi testimonium paupertatis und andere unter Zeitungsleuten beliebte Worte. Hinter dem Redakteur stand ein Schrank, vollgestopft mit Büchern, in den Schrankscheiben spiegelten sich der graue Rücken, die frauenhaft runden Schultern, glänzte trüb sein kahler Hinterkopf, und es schien, in dem Bücherschrank wäre ein Doppelgänger des Redakteurs eingesperrt.

»Stellen Sie sich doch vor, wie schwierig es ist, unter solchen Verhältnissen eine öffentliche Meinung zu schaffen und sie zu lenken. Und da kommen noch Leute, die überzeugt sagen: Je schlimmer – desto besser. Und zu guter Letzt – die Marxisten, diese Quasi-Revolutionäre ohne Liebe zum Volk.«

Der Geruch von Druckerschwärze füllte das kleine mit Zeitungen übersäte Zimmer. Unter seinem Fußboden dröhnte unaufhörlich mit gleichmäßigem Stampfen ein seltsames Ungetüm.

Der Redakteur seufzte müde: »Ist das über die Ausstellung?« und verscheuchte mit Klims Manuskript eine dreiste Fliege, sie wollte sich eigensinnig auf die Schläfe des Redakteurs setzen und sich an seinem Schweiß satt trinken. »Inokow hat sich als vollkommen unbrauchbarer Korrespondent erwiesen«, fuhr er fort, schlug sich mit dem Manuskript auf die Schläfe und verfolgte mit verzerrtem Gesicht, wie die Fliege außer Rand und Band auf dem Tisch herumflitzte. »Er ist ein Misanthrop, der Inokow, das rührt bei ihm wahrscheinlich von Verstopfungen her. Der Psychiater Kowalewskij sagte mir, Timon von Athen habe an Verstopfung gelitten und das sei überhaupt ein Merkmal . . .«

Als er die Fliege glücklich mit dem Manuskript totgeschlagen hatte, atmete er erleichtert auf, hob die Lippe und zog sie ein wenig in die Breite: Samgin begriff, daß der Redakteur lächelte.

»Und außerdem schreibt Inokow unmögliche Gedichte, wissen Sie, geradezu komische. Übrigens haben sich bei mir einige Arschin Poesie von ortsansässigen Dichtern angesammelt – wollen Sie sie nicht mal ansehen? Vielleicht finden Sie darunter etwas für die Sonntagsnummern. Ich gebe zu, ich verstehe die neue Dichtung schlecht . . .«

Er machte ein ärgerliches Gesicht, zog die Schublade heraus und überreichte Klim ein Päckchen Zettel verschiedener Größe.

»Tja – so ist das! Vor etwa zwei Wochen hingegen lieferte Dronow ein anständiges Gedicht, wir druckten es ab, da stellte sich heraus, es ist von Benediktow! Man lachte uns natürlich aus. Ich frage Dronow: Was soll das heißen? Ein Bekannter aus dem Priesterseminar hat es mir gegeben, sagt er. Hm . . . Muß sagen, ich glaube nicht an den Bekannten.«

Da stürzte der Feuilletonist ins Kabinett, fragte: »Hat man mich wieder abgeschlachtet?«

Und er erklärte, indem er Samgin die Hand drückte: »Das fünfte Feuilleton in diesem Monat.«

Er setzte sich auf die Fensterbank, schüttelte sich und hustete so stark, daß sein gelbes Gesicht anschwoll und glühendrot wurde, während seine dünnen Beine krampfhaft mit den Fersen gegen die Wand schlugen; der rohseidene Rock rutschte von seinen knochigen Schultern, der Kopf zitterte krampfhaft, und Strähnen des ausgeblichenen und wahrscheinlich sehr trockenen Haars fielen ihm ins Gesicht. Als er sich ausgehustet hatte, wischte er den Mund mit einem nicht besonders frischen Taschentuch ab und erklärte Klim: »Habe mich erkältet.«

Dann sagte er, die Zensur habe ihm im Verlauf seiner neunjährigen Arbeit bei Zeitungen elf Bände vernichtet, den Band zu zwanzig Druckbogen und den Bogen zu vierzigtausend Zeichen gerechnet. Samgin hörte, daß Robinson dies nicht mit Verbitterung, sondern mit Stolz sagte.

»Du übertreibst«, murmelte der Redakteur, der mit einem Auge irgendwessen Manuskript las, während er mit dem anderen eine neue zudringliche Fliege verfolgte.

Robinson wollte etwas sagen, sprang von der Fensterbank auf, begann wieder zu husten und spuckte in einen Korb mit zerrissenem Papier aus – der Redakteur schielte nach dem Korb, schob ihn mit dem Fuß beiseite und sagte verdrossen, indem er auf einen Klingelknopf drückte: »Wieder haben sie vergessen, einen Spucknapf hinzustellen.«

Dronow trat ein, der Redakteur hob die Augen über den Brillenrand. »Ich habe nicht nach Ihnen geläutet, nach dem Hauswart.«

»Die Chronik«, sagte Dronow.

»Was denn?«

»Ein Ertrunkener. Zwei kleine Diebstähle. Eine Rauferei auf dem Basar. Eine Körperverletzung . . .«

»Das ist ein Leben, ha?« rief Robinson aus und ergriff Klim am Arm. »Gehen wir ein Bier trinken.«

Dronow, der am Türpfosten stand, sagte, über den Kopf des Redakteurs hinwegblickend: »Der Gefängnisinspektor Toporkow hat gestern in der Stadtverwaltung das Mitglied der Stadtverwaltung

Gratschow einen Idioten und Timofejew einen Dieb genannt ...«

»Aber beide haben ihm nicht geglaubt«, schloß Robinson und nahm Klim mit hinaus.

Samgin wollte sich die Gelegenheit nicht entgehen lassen, einen Menschen näher kennenzulernen, der sich für berechtigt hielt, abfällig zu urteilen und zu belehren. Obwohl Robinson auf der Straße gegen den Wind gehen, vor Staub blinzeln und husten mußte, redete er lebhaft: »Gehen wir in die Walhalla, so nenne ich die ›Wolga‹, denn die Schenke ist die russische Walhalla, wo unsere Helden zur Ruhe eingehen, sowie Leute, die durch verderbliche Leidenschaften erschöpft sind. Welche Leidenschaften, junger Mann, umstürmen Sie?«

Sie gingen durch eine schmucke Straße, an bunten Häuschen vorbei, die hinter Staketenzäunen versteckt und von Gärten umgeben waren.

»Recht bequeme Häuserchen«, murmelte Robinson, gierig die heiße Luft schlürfend. »Festungen allen möglichen Konservativismusses. Konservatismus entsteht auf der Grundlage von Bequemlichkeiten ...«

Solche heimatlosen Menschen ohne Verantwortung haben nichts zu bedauern, dachte Samgin.

»Erinnern Sie sich der ironischen Worte Onkel Akims bei Tolstoi über die bequemen Wasserklosetts, ha?«

Klim lächelte, ohne zu antworten; ihn belustigte plötzlich die unschön gekrümmte Gestalt des dürren Mannes in gelber Rohseide, mit dem gelben Hut in der Hand, mit zerzaustem hanffarbenem Haar; die roten Flecken auf seinen Backenknochen erinnerten an ein Clownsgesicht.

»Ich glaube nicht, daß Sie ein böser Mensch sind«, sagte er unerwartet.

»Das ist es ja, daß ich keiner bin!« rief Robinson aus. »Man muß aber böse sein, das verlangt der Beruf.«

Das Restaurant stand auf einem steil zum Fluß abfallenden Hang, die auf Pfosten ruhende Terrasse hing wie ein Wandbord in der Luft. Über die Gipfel alter Linden hinweg sah man das bläuliche Band des Flusses; geschmolzene Sonne glitzerte auf der Oberfläche des Wassers; an den sandigen Hügeln jenseits des Flusses hafteten graue Hütten eines Dorfes, weiter hinten waren die Hügel mit Wacholdergesträuch bewachsen, und noch weiter fort stiegen üppige Wolken über der Erde auf.

In einer Ecke der Terrasse langweilte sich einsam bei leerem Eisschälchen eine stattliche Frau mit Doppelkinn, melonenförmigem

Gesicht und dunklem Bartanflug unter einer nicht zu einem Menschen passenden Habichtsnase.

»Madame Kaspari, die berühmte Kupplerin«, teilte Robinson flüsternd mit. »Über sie zu schreiben ist von der Zensur verboten.«

In freundschaftlichem Ton sagte er zu dem jungen Kellner: »Etwas Fisch, Mischa, Eier und zwei Fläschchen Bier.«

Nachdem er sich hastig eine Zigarette angezündet hatte, streckte er die müden Beine unter dem Tisch aus, rekelte sich auf dem Stuhl und begann sogleich zu reden, wobei er Samgin unverwandt, mit ungenierter Neugier ins Gesicht sah: »Interessant, was eure vom Menschen enttäuschte Generation tun wird. Der Helden-Mensch ist euch offenbar unsympathisch oder beängstigt euch, obwohl ihr euch die Geschichte trotzdem als Werk August Bebels und seinesgleichen denkt. Mir scheint, ihr seid mehr Individualisten als die Volkstümler, und ihr schiebt die Massen vorwärts, um selbst an der Seite zu bleiben. Unter euch Brüdern spürt man keinen Menschen, der aus Liebe zum Volk, aus Angst um dessen Los den Verstand verlöre, wie Gleb Uspenskij.«

Samgin machte, während er Worte für eine scharfe Entgegnung suchte, ein unwilliges Gesicht, er wollte sich nicht über politische Themen unterhalten, er hätte gern erfahren, auf welchen Glaubenssätzen Robinson sein Recht gegründet hatte, alles und jedermann zu kritisieren. Doch der Feuilletonist, der mit der Zigarette qualmte und häßlich blinzelte, fuhr fort: »Erinnern Sie sich seines tragischen Geschreis, man müsse ›dem Verstand und dem Gewissen ungemeine Gewalt antun, um das Leben auf offenkundiger Lüge, Falschheit und Rhetorik aufzubauen‹?«

Er zerbrockte das Brot, warf große Stücke davon über das Geländer den dickkropfigen, graublauen Tauben hinunter und sah zu, wie gierig sie die Brotrinde einander entrissen und zerpickten. Ein nervöses Zucken entstellte sein knochiges Gesicht.

»Ja, das Leben wird immer schändlicher, und ich bin es müde, darin den Narren zu spielen. Ein Feuilletonist, mein Lieber, ist ein Hanswurst, ein Clown.«

Er erhob sich halb vom Stuhl, warf mit einem Korken nach den Tauben und sagte seufzend: »Ein dummer Vogel. Uspenskij aber ist trotz allem ein Optimist, denn das Leben läßt sich sehr leicht auf Rhetorik und Lüge aufbauen, niemand tut dem Gewissen und dem Verstand ›ungemeine‹ Gewalt an.«

Er sprach schnell und sprang von einem Thema zum anderen, als liefe er auf einem launisch gewundenen Pfad. In diesem Springen fühlte Klim irgend etwas sehr Verworrenes, Widerspruchsvolles und einer Beichte Ähnelndes. Klim verlieh seinem Gesicht einen Ausdruck von Mitgefühl und schwieg; es tat ihm wohl, den Mann bedeutungsloser zu sehen, als er ihn sich vorgestellt hatte.

Nachdem der Feuilletonist achtlos, hastig mit der Gabel in der Fischsülze herumgestochert hatte, aß er die Gallerte und sagte: »Ich ernähre mich ausschließlich von Fisch und Eiern, der phosphorreichsten Nahrung.«

Doch die Eier aß er auch nicht, sondern rollte sie eine Weile zwischen den Handflächen und steckte sie dann in die Tasche.

»Für einen Hund. Ich hege ›eine Art krankhafter Zuneigung‹ zu herrenlosen Hunden, mein Lieber. Ein solch kluges, herzliches Tier und – nicht geschätzt! Beachten Sie, Samgin, keiner vermag den Menschen so zu lieben, wie ihn die Hunde lieben.«

Das Bier trank er in kleinen Schlückchen wie Wein, trank es und verzog das Gesicht, schmatzte.

»Was halten Sie von Anekdoten?« fragte er lebhafter. »Ich – mag sie gern.«

Er schloß das rechte Auge und sprach mit greisenhafter Stimme, jemanden nachäffend, indem er zwischendurch aufschnarchte: »Der Wißbegier des Volksverstandes wird die ganze Wirklichkeit legendär und anekdotisch klar ... Nein, im Ernst! Sehen Sie, ich habe in elf Städten gelebt, bin aber in ihnen nur an Anekdoten reicher geworden. In Kasan erzählte mir mein Hausherr, ein Skopze, Wucherer und sehr pfiffiger kleiner Alter, Gawriil Dershawin habe sich, obwohl er reich war, bis zu seinem vierzigsten Lebensjahr bettelarm gestellt und auf den Straßen weinerliche Lieder gesungen. Der gerechte Landesvater Alexander der Gesegnete habe ihn der Heuchelei überführt, nach Sibirien verbannt und zu seiner Schmach befohlen, ein Standbild von ihm, halbnackt, in Lumpen und die Hand nach Almosen ausgestreckt, anzufertigen und als Denkmal vor dem Theater errichten zu lassen: Verstell dich nicht, du Spitzbube!«

Aus der etwas heiseren Stimme Robinsons klang Traurigkeit, er suchte sie durch spöttisches Lächeln zu verdecken, aber es gelang ihm nicht. Graue Schatten zeigten sich auf dem knochigen Gesicht, als entsprängen sie den Runzeln unter den ausgebrannten Augen, die Augen glänzten bald fiebrig, bald erloschen sie trübsinnig und bedeckten sich mit den Wimpern.

»Der Name Dershawin indessen ist folgendermaßen zu erklären: Der Kasaner Bauer Gawrila war Heizer im Schloß Katharinas der Großen. Sie überwarf sich mit ihrem Liebhaber Potjomkin und schrie: ›Ich laß dir den Kopf abhauen!‹ Er rannte davon, sie jedoch, in ihrer weiblichen Raserei, ihm nach, nackt, wie sie war. Da hielt

Gawrila, nicht dumm, sie zurück. ›Du darfst, Zarin‹, sagte er, ›deinen Liebhabern nicht nachlaufen!‹ Da kam sie zur Besinnung. ›Richtig, Gawrila, und du hast eine Belohnung verdient für die Bewahrung meiner Zarinnen- und Frauenehre, dafür, daß du die Zarenmacht vor einem Skandal bewahrt hast.‹ Danach stand er sieben Jahre lang vor der Tür ihres Schlafzimmers Wache, und es wurde ihm der Familienname Dershawin verliehen. Potjomkin hingegen wurde von ihr als Gouverneur nach Kasan verbannt, und er lief später zu Pugatschow über.«

Robinson nahm ein schwarzes, stählernes Zigarettenetui aus der Tasche, blickte in die rauchblaue Ödnis jenseits des Flusses und seufzte: »Ich habe mehr als hundert solcher Anekdoten über Zaren, Dichter, Bischöfe, Gouverneure und so weiter aufgeschrieben.«

»Das ist interessant«, sagte Samgin in gleichgültigem Ton. Bei den Anekdoten des Feuilletonisten erinnerte er sich an Warawkas geringschätziges Urteil über ihn: »Robinson gehört zu jenen Intellektuellen, in deren Seele die Lebenserfahrung nicht in bestimmte Formen gepreßt wird, keine pädagogische Bosheit ausströmt, sondern ihre Träger nur bedrückt. Er ist ein Zimmerhündchen, dieser Robinson.«

Klim erhob sich und reichte ihm die Hand.

»Ich muß aufbrechen.«

»Ich gehe auch«, sagte Robinson.

Deutlich hörbaren festen Schrittes kam aus dem Restaurant wie aus den Kulissen auf die Bühne der gedrungene, sonnengebräunte Dirigent des Kathedralchors auf die Terrasse heraus. Die Spitzen seines dichten Schnurrbarts waren fast bis an die Augen hochgezwirbelt, die rund und schwarz waren wie die zu großen Knöpfe seines stutzerhaften Röckchens. Der ganze Mann war wie glattpoliert, es glänzte auch der in seiner behaarten Hand überflüssige Stock.

»Korwin«, flüsterte mit gerecktem Hals hüstelnd der Feuilletonist; er steckte die Hände in die Taschen und setzte sich etwas fester hin. »Er hält sich für einen Nachfahren des ungarischen Königs Matthias Korvinus; ein Schuft, er schlägt die Chorknaben erbarmungslos, ich habe über ihn geschrieben; sehen Sie, wie aggressiv er mich anblickt?«

Den Stock schwenkend und die Dame in der Ecke durch Gesten der Hand in gelbem Handschuh grüßend, ging Korwin gewichtig auf die Ecke, auf das Lächeln der Dame zu, blieb aber, als er den Feuilletonisten bemerkt hatte, stehen, zog die Brauen zusammen, und die Spitzen seines Schnurrbarts bewegten sich bedrohlich, während das matte Weiß seiner Augen mit Blut unterlief. Klim stand, die Hand auf der Stuhllehne, und erwartete, daß gleich ein Skandal begänne; an Robinsons Gesicht, an seinem fassungslosen Lächeln erkannte er, daß der Feuilletonist dasselbe erwartete.

Doch aus der Tür des Restaurants sprang wie ein großer schwarzer Vogel Inokow in seinem Umhängemantel auf die Terrasse, in der einen Hand den Hut, die andere vorgestreckt, als hielte sie einen Degen. An einen Degen dachte Samgin deshalb, weil Inokow ihn sowohl durch sein unerwartetes Erscheinen wie auch durch seine ganze Gestalt an den melodramatischen Helden Don César de Bazan erinnerte.

»Bah, Inokow, wann sind Sie . . .«, rief der Feuilletonist, vom Stuhl hochspringend, freudig aus und setzte sich gleich wieder, während Inokow dem Dirigenten, nachdem er ihm wortlos mit dem Hut ins Gesicht geschlagen hatte, den Stock aus der Hand riß, ihn über das Geländer der Terrasse schleuderte, den Dirigenten am Kragen packte, ihn schüttelte und ihm mit schnarrender Stimme etwas in das runde, nunmehr tiefrote glotzäugige Gesicht raunte. Der Dirigent reichte Inokow bis zur Schulter, war aber bedeutend breiter und stämmiger, Klim erwartete, er werde Inokow packen und über das Geländer schleudern, doch der Dirigent wankte auf den Beinen, hielt mit der einen Hand den Panamahut fest, stieß mit der anderen Inokow vor die Brust und schrie mit klangvoller Stimme: »Lassen Sie mich! Was haben Sie? Ich werde mich beschweren.«

Mit einer Leichtigkeit, die Klim erstaunte, drehte Inokow den Dirigenten mit dem Rücken zu sich und brüllte, ihm einen Tritt ins Gesäß versetzend: »Ich schlage Sie zum Krüppel!«

Zwei Kellner kamen herbeigerannt, dann der Büfettier, in der Tür nahm ein dicker Mann mit einer Serviette auf der Brust Aufstellung, die Dame trommelte mit der Faust auf den Tisch und schrie: »So rufen Sie doch die Polizei!«

Doch der Dirigent lief hüpfend ins Restaurant fort und kreischte erst von dort, mit dem Panamahut fuchtelnd, ganz außer Atem: »Sie werden sich zu verantworten haben! Ich werde Sie . . . Gut!«

Samgin war sehr erregt von dem Skandal, dachte aber trotzdem: Wie kläglich und lächerlich doch ein erschreckter Mensch ist.

Die Dame, die jetzt auf die Tür zuschritt, sagte zu ihm: »Schämen Sie sich nicht? Da wird ein Mensch beleidigt, Sie aber sitzen wie im Zirkus da.«

Inokow, der ihr nicht aus dem Wege ging,blickte ihr ins Gesicht und schrie sie wie einen Gaul an: »N-na!«

Sie sprang zur Seite und ging rasch in das Restaurant hinein, indem sie sagte: »Ich bin Zeugin!«

Inokow trat auf Robinson zu, reichte ihm, dann Samgin mit mürrischem Lächeln die Hand, sie war schweißfeucht und zitterte, seine Augen waren sonderbar und unheimlich weiß geworden, die Pupillen verschwammen irgendwie, und das machte sein Gesicht blind. Der Kellner schob ihm einen Stuhl hin, er setzte sich, versteckte die Hand unter dem Tisch und bat: »Bier, Matwej Wassiljewitsch, möglichst kaltes.«

»Was bedeutet das? Weswegen?« fragte Robinson leise, aber entrüstet.

»Er weiß es!« sagte Inokow und schüttelte den Kopf, daß ihm der Hut auf die Knie hinunterfiel.

»Das billige ich nicht«, schnaubte Robinson zornig und zündete sich eine Zigarette an.

Inokow zuckte die Achseln und schwieg.

»Es ist schwül«, sagte Samgin, sich mit einem Taschentuch anfächelnd.

Aus unbestimmtem Grund war es ihm unangenehm, zu erfahren, daß Inokow über eine Kraft verfügte, die ihm gestattete, einen Mann, der bedeutend stämmiger und schwerer war als er, so leicht hinauszuwerfen. Doch Klim erinnerte sich sogleich eines Satzes, den er bei einem Ringkampf gehört hatte: »Er hat durch Tapferkeit gesiegt, nicht durch Kraft.«

Er wäre gern fortgegangen, meinte aber, Inokow werde das als Protest auffassen, und außerdem wollte er erfahren, weswegen dieser Wilde den Dirigenten geschlagen hatte.

»Wann sind Sie angekommen?« fragte er.

»Gestern abend«, antwortete Inokow sehr bereitwillig. Dann lächelte er jenes Lächeln, das sein grobes Gesicht weicher und schöner machte, und fuhr fort: »Aus ist's! Hab mich mit Warawka überworfen und arbeite nicht mehr an der Zeitung mit! Er ist dort in der Ausstellung wie ein gieriger kleiner Junge in einem Spielwarenladen herumgegangen. Und Wera Petrowna – wie die Gouverneurin von Kaluga, die schon nichts mehr in Erstaunen versetzen kann. Sie wissen, Samgin, Warawka gefällt mir zwar, aber nur bis zu einer gewissen Grenze . . .«

»Sie werden sich bald mit der ganzen Welt überwerfen, mein Lieber, Sie sind ein unverträglicher Mensch«, brummte Robinson und bot Inokow eine Zigarette an. »Weswegen haben Sie den Dirigenten so erschreckt?«

Inokow nahm eine Zigarette, sah sie an, zerbrach sie, warf sie aufs Tablett und seufzte, die Schulter zurückwerfend, mit verkniffenen Augen.

»Über den Dirigenten fragen Sie den Dirigenten. Ich hingegen werde, wie mir scheint, nach Kamtschatka reisen, ein paar Schweinekerle haben vor, zum Goldsuchen hinzufahren. Ich habe Ihr Gerede satt, Robinson, habe den ehrwürdigen Redakteur, den Lärm und Geruch der unglückseligen Maschinen in der Druckerei satt – habe alles satt!«

»Sehr konsequent!« bemerkte Robinson ironisch. »Aus der Zeitung heraus nach Kamtschatka zu springen ...«

Samgin fand, man könne jetzt gehen. Als Inokow ihm die Hand drückte, fragte er Klim mit einem Lächeln: »Sie verurteilen mich wohl streng, wie?«

»Ich kann nicht urteilen, wenn ich die Motive nicht kenne«, antwortete Samgin großmütig.

Mit Mißtrauen gegen sich selbst fühlte er, daß dieser Bursche heute in seinen Augen bedeutsamer geworden war, obwohl er ebenso unangenehm blieb wie früher.

Mich besticht doch nicht etwa seine körperliche Kraft und Geschicklichkeit? überlegte er mit finsterer Miene und sah immer klarer, daß ein Mensch größer, ein anderer kleiner geworden war.

Daheim fand er sogleich unter den Gedichten eins mit der Unterschrift »Inokow«. Die Buchstaben der Unterschrift und der unebenen Zeilen waren stark nach links geneigt und entbehrten eines bestimmten Duktus, jeder Buchstabe fiel getrennt vom anderen, alle Konsonanten waren klein, alle Vokale groß geschrieben. Schon darin spürte man Künstelei.

»Gnädigste!« las Klim mit verdrossenem Gesicht.

»Ich bin ein sehr guter Hund!
Das wurde zugegeben von den Herden verschiedenen
Viehs,
Und selbst die Schweine, die mir besonders feindlich
gesinnt,
Leugnen nicht etliche Vorzüge an mir.

Doch kann ich keinen Menschen finden,
Der mich selbstlos liebgewänne.

Ich kenne die Menschen ziemlich gut
Und bin es gewohnt, ihnen alles zu geben, was ich besitze,
Indem ich des Lebens Leiden und Freuden
Mit meinem Herzen schöpfe wie mit kupferner Kelle.

Doch haben die Menschen nichts, was ich brauchen
 könnte,
Ich fresse nichts Süßes und nichts Fettes,
Das Abgeschmackte erregt mir Übelkeit,
Denn als Welpe schon wurde mit Lüge ich überfüttert.

Ich verrecke vor wahnsinnigster Langeweile,
Ich brauche einen Menschen,
Dem ich die Hände freudig und zärtlich lecken könnte,
Weil er auf menschliche Weise gut ist!

Gnädigste!

Wären Sie imstande, ein Gott zu sein
Einem guten Hund, einem ehrlichen Köter,
Wahrhaftig – es würde Sie nicht erniedrigen . . .
Mit nachdenklichem Blick in die Leere des Himmels
Fragte sie: ›Wo bleiben denn die Reime?‹«

Das sind keine Verse, entschied Samgin, der mit ratlosem Blick den zerknitterten Bogen betrachtete. Ist das nun dumm oder originell?

Manchmal war es ihm so vorgekommen, auch Originalität sei Dummheit, nur im Gewand ungewöhnlich zusammengestellter Worte. Diesmal jedoch fühlte er sich ganz irregemacht: Inokows Zeilen klangen nicht dumm, doch sie als originell anzuerkennen – verspürte er keine Lust. Klim setzte mit dem Bleistift in die Kreise der O und A Augen, Nasen und Lippen ein, versah die häßlichen Köpfchen mit Ohren, mit Haarborsten und dachte, daß es schön wäre, Inokow lächerlich zu machen, indem man eine Parodie »Sommersprossen und Gedichte« schriebe. Wer war diese »Gnädigste«? Die Spiwak etwa? Sicherlich. Dann wäre es verständlich, weshalb Inokow den Dirigenten beleidigt hatte.

Am Abend, als es dunkel wurde, ging er ins Seitengebäude, er traf Jelisaweta Lwowna am Tisch bei einer Näharbeit an und las ihr die Verse vor. Die Spiwak hörte ihm zu, ohne den Kopf zu heben, und fragte dann: »Hat Inokow Ihnen erlaubt, mir diese Gedichte vorzulesen?«

»Nein, aber sie werden nicht gedruckt«, antwortete Samgin eilig und verlegen. »Woher wissen Sie denn, daß Inokow der Verfasser ist?«

Die Spiwak hob den Kopf und blickte Klim mit einem Lächeln an, das ihn noch verlegener machte.

»Sagen Sie es ihm nicht«, bat er.

Sie legte die Näharbeit auf den Tisch und fragte: »Inokow gefällt Ihnen nicht?«

»Nein, es gibt irgend etwas Unangenehmes an ihm«, antwortete Samgin nach kurzem Zögern.

»Eine gewisse Rauhbeinigkeit«, half ihm die Frau ein, indem sie den Fingerhut abnahm und damit spielte. »Das kommt bei ihm vom mangelnden Selbstvertrauen. Und von Schiller, von Karl Moor«, setzte sie nach kurzem Nachdenken, mit dem Stuhl schaukelnd, hinzu. »Er ist ein Romantiker, jedoch zu sehr mit der Wahrheit des Lebens belastet, und darum wird er kein Dichter werden. Bei ihm schließt ein Gedicht folgendermaßen:

Verzweiflung vergewaltigt meine Seele,
Aufgeputzt, wie eine Kokotte,
In Papierblumen jämmerlicher Worte.

Das ist sehr unbeholfen gesagt; er ist überhaupt in seinen Worten wie auch in seinen Gedanken unbeholfen, wahrscheinlich deshalb, weil er ein ehrlicher Mensch ist.«

Beim Sprechen ordnete sie mit weichen Gesten das Haar, den Kragen des Kleides, die Falten über der Brust.

Sie zupft an sich herum wie eine Glucke, dachte Klim, der sie mürrisch beobachtete. Sie riecht nach Milch.

Sie sprach im Ton einer Lehrerin, und es war unangenehm, ihr zuzuhören.

»In der Jugend strebt jeder von uns, seinen eigenen Weg zu finden, das hat schon Goethe festgestellt«, vernahm Klim.

Schlecht kenne ich mich in den Frauen aus. Im Grunde ist sie langweilig und eine Spießbürgerin, in Petersburg dagegen kam es mir vor . . .

»Erinnern Sie sich, er trennte die Dichtung von der Wahrheit des Lebens . . .«

»Wer?« fragte Samgin.

»Goethe.«

»Ach, ja! Sind Sie einverstanden mit ihm?«

»Die Frau hat ein sehr begründetes Recht, Dichtung für Lüge zu halten«, sagte die Spiwak nicht laut, aber fest.

Hinter der Tür des Nebenzimmers hustete der Musiker, und die von den Worten seiner Frau hervorgerufene Langeweile verdichtete sich gleichsam durch dieses Husten. Klim wählte einen geeigneten Augenblick und ging fort, fast erbost über die Spiwak, in der Nacht indessen dachte er lange über den Menschen nach, der seinen eigenen

Weg zu finden sucht, und über die Menschen, die sich auf jegliche Weise bemühen, ihm die Kandare anzulegen, ihn auf den von ihnen ausgetretenen Weg zu lenken und sein Originalgesicht zu verwischen. Alina Telepnjowa hatte so komisch gesagt, sie sähe die ganze Welt als eine für sie bestimmte Besserungsanstalt, aber sie hatte recht. Solche Jelisaweta Spiwaks machten die Welt zu einer Besserungsanstalt.

Ein paar Tage später entfaltete Klim Samgin, im Bett liegend, die Zeitung und sah gedruckt seine Reportage über die Ausstellung. Das erregte ihn angenehm, er schloß sogar einen Augenblick die Augen, doch vor den Augen sah er trotzdem die schwarzen Lettern: »Auf dem Fest der russischen Arbeit«. Als er jedoch die sechs Spalten dichter und kleiner Druckschrift gelesen hatte, fühlte er sich so unruhig, als bissen und reizten ihn Fliegen. Ihn regten die Druckfehler auf; es war kränkend, sich zu überzeugen, daß einige Sätze weitschweifig waren und schwerfällig klangen, andere zu hochtrabend, und daß die Reportage, obwohl ihr Ton im allgemeinen sachlich war, irgend etwas Fremdes, etwas von den griesgrämigen Urteilen Inokows hatte. Das war das Unangenehmste und war um so unangenehmer, da an zwei bis drei Stellen Worte Inokows fast buchstäblich wiedergegeben waren. Besonders verwirrte ihn der Satz von der Odysseus erwartenden Penelope und von den glatzköpfigen Freiern.

Wie habe ich das zulassen können? warf er sich ärgerlich vor.

Der Spiegel zeigte ihm ein sorgenvolles und langgezogenes Gesicht mit verkniffener Unterlippe und dem eisigen Glanz der Brille.

Interessant, was wird die Spiwak sagen?

»Mir scheint, dies ist etwas zu sehr verschönert«, sagte sie, tröstete ihn aber auch gleich: »Im allgemeinen jedoch – beglückwünsche ich Sie!«

Dronow beglückwünschte ihn ebenfalls und anscheinend aufrichtig. »Beste Glückwünsche zum Beginn der schriftstellerischen Laufbahn«, rief er, Samgin die Hand schüttelnd, während Robinson das Urteil Jelisaweta Lwownas wiederholte: »Mein Lob, dennoch möchte ich bemerken: Das Artikelchen ähnelt dem Schaufenster eines Delikatessenladens – alles ist schmackhaft, jedoch nicht für breiten Konsum.«

Klim faßte seine Worte als Kompliment auf.

Der interessanteste Mensch in der Redaktion und der für die Zeitung charakteristischste war nach Samgins Urteil, als er sich unter den Mitarbeitern etwas umgesehen hatte, Dronow, und das setzte die Bedeutung des »Presseorgans« in seinen Augen unverzüglich herab. Klim mußte zugeben, daß Dronow sich in der Rolle des Chronisten am richtigen Platz befand. Der scharfe Blick seiner unruhigen Augen drang durch die Häuserwände in der Stadt bis in den mikroskopischen Staub des Alltagslebens, fand darin scharfsichtig die größten und dunkelsten Stäubchen und holte sie geschickt heraus.

»Fast die ganze Zeitung lebt von meinem Material«, brüstete er sich mit schiefem Mund. »Wenn ich nicht wäre, hätte Robinson nichts, worüber er schreiben könnte. Man gibt mir wenig Platz; ich könnte anderthalb hundert verdienen.«

Alles, was Dronow über das Leben der Stadt erzählte, hatte den Beigeschmack ununterbrochen brodelnder Bosheit und des Bedauerns, daß sich aus dieser Bosheit kein Nutzen ziehen lasse, da es unmöglich sei, sie in Zeitungszeilen umzuwandeln. Der böse Staub der Berichte des Chronisten stieß Samgin ab, da er das Leben als langsamen Strom langweiliger Banalität schilderte, zog ihn aber auch an, da er es ihm ermöglichte, jenen Menschen, die diese Banalitäten schufen, nicht ähnlich zu sehen. Dennoch bemerkte er zweimal zu Dronow: »Du fixierst zu tendenziös das Dunkle.«

»Nun, was soll ich denn anderes fixieren?« fragte der Chronist, die Hände aneinanderpressend, daß die Finger knackten, und das Knöpfchen seiner Nase rötete sich. »Der Redakteur führt deinen Stiefvater bei den Stadtoberhäuptern ein und bildet sich ein, ein Reorganisator Rußlands zu sein, der Tölpel. Am liebsten beobachtet er, wie die Korrektorin sich unter dem Knie am Bein kratzt, es juckt sie dort immer, wahrscheinlich ist ihr das Strumpfband zu eng«, erzählte er, ohne zu lächeln, wie von etwas Wichtigem. »Die Korrektorin ist eine Mißgeburt, mit Blatternarben; sie ist Dorfschullehrerin gewesen, man hat sie wegen Unzuverlässigkeit an die Luft gesetzt. Wenn sie nichts zu tun hat – legt sie Patiencen; ich fragte sie mal ›Was wollen Sie denn aus den Karten erfahren?‹ – ›Ob wir bald eine Verfassung haben werden.‹ Sie lügt, natürlich will sie etwas über einen Mann herauslesen.«

Er erzählte, der Vizegouverneur habe eine Operettenschauspielerin beim Umarmen mit einer Nadel in den Arm gestochen; der Arm sei geschwollen, die Geschwulst sei geschnitten worden, und man befürchte eine Blutvergiftung.

»Das wäre etwas für Robinson«, sagte er mit Bedauern und setzte zuversichtlich hinzu: »Aber es wird auch bei ihm nicht durchgehen.«

Dronow kannte erstaunlich viele schmutzige Liebesaffären, klägliche Tragödien, Fälle zynischen Eigennutzes und Gaunereien, die sich nicht entlarven ließen.

»Der Zensor ist ein Hund. Ein alter Mann, den Schmerbauch bis zu den Knien, seine Frau ist ganz jung, Tochter eines Pfaffen, sie ist Schwester beim Roten Kreuz gewesen. Jetzt erzieht sie der Sonderbeauftragte des Gouverneurs, Majewskij, er hat ihr vor kurzem ein halbes Dutzend Spitzenunterhosen geschenkt.«

Nach Dronows Darstellung war die Stadt von Menschen bevölkert, die, einmütig allerhand Abscheulichkeiten begehend, ebenso einmütig einander zum Zwecke gegenseitigen Verrats bespitzelten, während Dronow sie alle belauerte und unendliches Material sammelte, um alle diese Menschen bei jemandem zu denunzieren.

Sonnabends versammelten sich in der Redaktion die Mitarbeiter und Gönner der Zeitung, Menschen, die offenbar gern wo möglich überall und von allem beliebigen redeten. Samgin wurde in seiner Ansicht bestärkt: der Mensch ist ein System von Sätzen. Bisweilen merkte er, daß diese Ansicht nicht den ganzen Menschen beleuchtete, aber: »Keine Regel ohne Ausnahme!« Dieser Ausspruch sah weitsichtig voraus, daß es Menschen gebe, die sich ausnehmend geschickt in Paradeworte kleideten, was sie trotzdem nur zur Schaffung ihres Systems von Sätzen führte, zu nichts weiter. Wahrscheinlich waren auch ganz gescheite Menschen möglich, die eine Festigkeit ihrer Meinungen anstrebten, den Zustand von Gläubigen erreichten und, in ihrer geistigen Entwicklung zurückbleibend, verdummten.

Wenn er zuhörte, wie man in der Redaktion von der Notwendigkeit politischer Reformen sprach, die Werte der europäischen Verfassungen erörterte oder die Entstehung einer sozialistischen Bauernrepublik in Rußland verfocht und bestritt, so dachte Samgin, diese stets hitzigen, manchmal erbosten Gespräche sind ein Spiel mit Worten, mit dem Gelangweilte sich die Zeit vertreiben, oder Handwerkelei von Leuten, die sich berufsmäßig ihr Brot dadurch verdienen, daß sie »das politische und nationale Selbstbewußtsein der Gesellschaft wecken«. Für Spiel und Handwerkelei hielt Klim auch die Urteile über die Zukunft der Großen Sibirischen Bahn, über Rußlands Vorstoß an die Küsten des Ozeans, über die Politik Europas in China, über die Erfolge des Sozialismus in Deutschland und überhaupt über das Leben in der Welt. Seltsam war es, zu sehen, daß die Geschicke der Welt von etlichen zwanzig russischen Intellektuellen entschieden wurden, die in einem abgelegenen Städtchen unter siebzigtausend Einwohnern lebten, für die sich die Welt auf ihre kleinlichen Interessen beschränkte. Diese Leute erweckten ein besonders scharfes Gefühl der Ablehnung gegen sie, wenn sie vom Leben ihrer Stadt zu reden begannen. Sie bekamen dann alle eine gewisse Ähnlichkeit mit Dronow. Jeder von ihnen schien dann auch im Besitz eines unsichtbaren Säckchens voll grauen Staubes zu sein, und, wie die spielenden Jungen auf den ungepflasterten Straßen der Vorstadt, bewarfen sie einander mit ganzen Händen voll von diesem Staub. Dronows Sack war umfangreicher, der Staub jedoch war bei fast allen ebenso beißend und erregte Samgin gleich stark. Morgens beim Zeitunglesen sah er, daß der Staub sich in Gestalt der schwärzlichen Druckschriftfleckchen auf das Papier gelegt hatte und den Geruch von Fett ausströmte.

Diese Erregung dämpften auch nicht die gesetzten Reden des Redakteurs. Wenn er den Debatten zuhörte, ließ der Redakteur die Lippe bald hängen, bald zog er sie wieder hoch, setzte sich, sacht auf dem Stuhl herumrückend, immer fester zurecht, als fürchtete er, der Stuhl könnte unter ihm wegschnellen. Dann sprach er deutlich, in warnendem Ton: »Bei uns entwickelt sich eine gefährliche Krankheit, die ich Hypertrophie kritischen Verhaltens zur Wirklichkeit nennen würde. Die Transplantation der politischen Ideen des Westens auf russischen Boden ist notwendig – das steht außer Zweifel. Doch dürfen wir die ungeheure Bedeutung einiger Besonderheiten des nationalen Geistes und Lebens nicht außer acht lassen.«

Er konnte lange sprechen, sprach, ohne die Stimme zu heben oder zu senken, und schloß seine Rede fast immer mit einer vorsichtigen Prophezeiung der Möglichkeit einer »Explosion von unten«.

»Revolution machen bei uns nicht die Rylejews und Pestels, nicht die Petraschewskijs und Sheljabows, sondern die Bolotnikows, Rasins und Pugatschows – das ist es, was man im Auge behalten muß.«

Samgin fand, der Redakteur spreche klug, aber trotzdem glich sein Reden einem hartnäckigen Herbstregen und erweckte das Verlangen, sich mit einem Schirm zu decken. Man hörte dem Redakteur nicht besonders ehrerbietig zu, und er fand nur einen Gleichgesinnten, Tomilin, der tapfer wie ein Feuerwehrmann die Flammen des Streites mit dem Strahl kalter Worte löschte.

»Von der Naturkraft der animalischen Instinkte des Volkes umgeben, muß die Intelligenz statt politischer Theorien, die nie und nichts geändert haben und ändern können, eine psychische Kraft schaffen, die den Widerstand des durchaus natürlichen Anarchismus der Volksmassen gegen die Staatsdisziplin regulieren könnte.«

Mit Tomilin stritt man ungern, vorsichtig, nur der elegante Advokat Prawdin suchte ihn mit einem Flaum von Worten zu überschütten.

»Wenn ich mich nicht irre, betrachten Sie das Volk mit Nietzsche und Renan solidarisch, der in seinem philosophischen Drama ›Caliban‹ . . .«

Doch Tomilin hörte die Einwände nicht, lächelnd, mit hochgezogenen roten Brauen, sah er den Anwalt mit Porzellanaugen an und drückte ihm die Fragen ins Gesicht: »Sind Sie einverstanden, daß das Leben vernünftig gemacht werden muß? Einverstanden, daß die Intelligenz auch ein Organ der Vernunft ist?«

Klim sah, daß man Tomilin auch hier nicht leiden mochte und daß sogar alle, außer dem Redakteur, ihn irgendwie fürchteten, während Tomilin, der dies fühlte, sichtlich stolz darauf war, wobei der Kupferdraht seines Haars noch stärker abzustehen schien. Es schien sogar, als äußerte er Ketzerphrasen absichtlich, aus Menschenverachtung.

»Der Humanismus war und ist in allen seinen Formen nie etwas anderes als das von den Intellektuellen zum Ausdruck gebrachte Bewußtsein ihrer Ohnmacht angesichts des Volkes. In gleicher Weise, wie wir den erniedrigenden Fluch des Geschlechtlichen mit süßen Gedichtchen zu bemänteln suchen, wollen wir die Tragik unserer Einsamkeit mit den Evangelien von Fourier, Kropotkin, Marx und anderen Aposteln der Ohnmacht und des Entsetzens vor dem Leben bemänteln.«

Mit breitem Lächeln, seine weißen Zähne zeigend, schloß Tomilin: »Aber – es ist schon zu spät. Die irrsinnige Entwicklung der Technik wird uns schnell zum Triumph des gröbsten Materialismus führen . . .«

Rechtsanwalt Prawdin zeterte entrüstet etwas von Widersprüchen, Zynismus, Konstantin Leontjew, Pobedonoszew, während Robinson hüstelnd, lächelnd Klim zuraunte: »Ach, dieser rothaarige Affe! Wie er sie reizt!«

Tomilin schnaufte befriedigt, holte ein Schnupftuch, so groß wie eine Serviette, aus der Rocktasche hervor und rieb sich kräftig Stirn und Schläfen. Sein Gesicht war purpurrot geworden, die Augen waren gequollen, unter ihnen blähten sich bläuliche Schwellungen wie kleine Kissen, er pustete oft wie einer, der allzu reichlich gegessen hat. Klim dachte, wenn Tomilin sich den starken Bart abrasierte, so würde sein Gesicht hart werden wie eine Wassermelone. Klim wurde von Tomilin demonstrativ nicht bemerkt, wenn Samgin ihn jedoch begrüßte, schob er ihm wortlos und lässig seine wollige Hand hin und blickte zur Seite.

»Weshalb grollt er mir?« fragte Klim den allwissenden Dronow.

»Wahrscheinlich ist er beleidigt. Er hat keine Schüler. Er hatte gemeint, du würdest Philologe, Philosoph werden. Juristen kann er nicht ausstehen, er hält sie für ungebildet. Er sagt: ›Um etwas verteidigen zu können, muß man alles wissen.‹«

Dronow verdrehte die Augen und setzte hinzu: »Alle beschnuppern ihn – wie die Ratten bei Gogol – und verlassen ihn dann wieder.«

»Bist du oft bei ihm?«

»Ich besuche ihn«, antwortete Dronow unbestimmt und seufzte: »Er hat eine gute Frau.«

Er spielte mit der Schere und zwickte sich in den Finger, warf die Schere beiseite, steckte den Finger in den Mund und sog daran, besah ihn dann und schob ihn wie einen Bleistift in die Westentasche. Hierauf seufzte er von neuem: »Er weiß viel Richtiges, der Tomilin. Zum Beispiel – über den Humanismus. Die Menschen haben keinerlei Grund, gut zu sein, keinen außer der Angst. Seine Frau indessen ist unsinnig gut ... wie eine Betrunkene. Obwohl er ihr schon beigebracht hat, nicht an Gott zu glauben. Bei sechsundvierzig Jahren.«

Klim Samgin war mit Dronow gleicher Meinung, daß Tomilin vom Humanismus richtig spräche, und Klim fühlte, daß die Gedanken des Lehrers, ebenso wie die des Redakteurs, ihm verwandt waren. Doch beide Männer weckten in ihm keine Sympathie, der eine war lächerlich, der andere hatte irgend etwas Unheimliches. Letztlich erregten auch sie ihn wie alle anderen in der Redaktion durch etwas; manchmal meinte er, dieses »etwas« könne ein »Überfluß an Weisheit« sein.

Ihn interessierte der Lokalhistoriker Wassilij Jeremejewitsch Koslow, ein adrettes weißhaariges, glatt frisiertes altes Männlein mit Iltis-Schnäuzchen und spitzen, rosa Ohren. In seinem gelben, mit roten Äderchen gemusterten Gesicht saß eine starke Brille in Silberfassung, hinter den Brillengläsern verschwammen glanzlose Augen. Unter der großen, trübsinnig herabhängenden und bläulichen Nase hatte er einen kurzgestutzten weißen Schnurrbart, während sich auf den welken Lippen ständig ein höfliches Lächeln regte. Er schien Alkoholiker zu sein, doch an ihm war etwas Angenehmes, Spielzeughaftes, sein adrettes Röckchen, das schneeweiße Oberhemd, das gebügelte Höschen, die blankgeputzten Stiefel und die bei einem alten Mann ungewöhnliche Fähigkeit, schweigend zuzuhören – das alles weckte in Samgin sowohl Sympathie als auch den beunruhigenden Gedanken: Vielleicht werde auch ich im Alter ebenso vergessen inmitten mir fremder Menschen sitzen ...

Koslow brachte der Redaktion Aufsätze über die Geschichte der

Stadt, die in sehr kleiner Schrift im Bürostil auf quadratische Zettelchen geschrieben waren, aber der Redakteur druckte seine Arbeiten selten, da er sie für zensurwidrig oder uninteressant hielt. Der alte Mann rollte das Manuskript höflich lächelnd zu einem Röhrchen, setzte sich bescheiden auf den Stuhl unter der Rußlandkarte und hörte eine halbe Stunde, manchmal jedoch auch länger, dem Gespräch der Mitarbeiter zu, beobachtete alle aufmerksam durch die dicken Brillengläser; man schenkte ihm jedoch einmütig keine Beachtung. Die örtlichen Mitarbeiter und Freunde der Zeitung kannten ihn alle, verhielten sich aber dem alten Mann gegenüber familiär und herablassend, wie man sich gegen Sonderlinge und nicht sehr aufdringliche Schreibwütige zu verhalten pflegt. Klim merkte, daß der Historiker Tomilin besonders aufmerksam betrachtete und vor ihm sogar Angst zu haben schien; das ließ sich vielleicht allein damit erklären, daß der Philosoph beim Betreten der Redaktion sich mit den rostroten Händen das Haar glättete, das an den Seiten waagerecht abstand, und daß man, wenn man Tomilin nicht kannte, diese Geste als Ausdruck der Verzweiflung auffassen konnte: Was habe ich angerichtet!

Dronow hatte erzählt, der Historiker habe im Range eines Oberleutnants bei einem Begleitkommando gedient und sei Ende der fünfziger Jahre »wegen Errettung Gefährdeter« vor Gericht gestellt, degradiert und mit Gefängnis bestraft worden. Häftlinge hätten ein Etappenhaus in Brand gesteckt, und damit sie nicht selbst in den Flammen umkämen, habe Koslow sie herausgelassen, wobei einige entflohen seien. Dafür habe man ihn ins Gefängnis gesetzt. Danach habe er fast vierzig Jahre damit zugebracht, sich mit der Geschichte der Stadt zu befassen, habe ein Buch geschrieben, das niemand verlegen wolle, habe lange bei den »Gouvernements-Nachrichten« gearbeitet, wo er Abschnitte seiner Geschichte veröffentlicht habe, sei aber wegen eines Artikels, in dem er den Streit eines der Gouverneure mit einem Bischof schilderte, aus der Redaktion ausgeschlossen worden; die weltliche Behörde habe in dem Artikel etwas für sie wenig Schmeichelhaftes entdeckt und den Verfasser unter die Unzuverlässigen eingereiht. Koslow lebe vom Handel mit altem Silber und altertümlichen Kirchenbüchern.

»Er stellt sich sanftmütig, ist aber wahrscheinlich bösartig«, sagte Dronow, sich am gelbbehaarten Kinn kraulend. »Und – geizig, aus Geiz hat er sein ganzes Leben als Junggeselle verbracht.«

Dronow sprach über Menschen immer mit einem schiefen Lächeln und zur Seite blickend, als sähe er dort das Bild anderer Menschen, im Vergleich zu denen der, von dem er erzählte, ein Schuft war. Und fast immer meinte er anscheinend, über einen Menschen wenig Schlechtes mitgeteilt zu haben, deshalb bekräftigte er das Ende seiner Erzählung mit einer Handvoll besonders scharfer Worte. Klim, dem diese Gewohnheit schon lange aufgefallen war, spürte diesmal, daß Dronow für den Historiker keine düsteren Farben fand, ja, gleichgültig von ihm sprach, ohne jene Lebhaftigkeit, die in all den Fällen kennzeichnend war, in denen er einen Menschen reichlich mit dem Staub seiner Bosheit einpudern konnte. Hierdurch steigerte Dronow sehr Klims Interesse für das saubere alte Männlein, und Samgin freute sich, als der Historiker, der gleichzeitig mit ihm aus der Redaktion auf die Straße hinaustrat, seufzend zu sprechen begann: »Das Alter deprimiert den Menschen! Da höre ich: die Menschen sprechen bekannte Worte, der Sinn selbiger Worte jedoch ist mir nicht mehr klar.«

Und Samgin ins Gesicht blickend, fuhr er in seltsamem, bittendem Ton fort: »Sie scheinen ein Mensch geweckten Verstandes und für flottes Gerede nicht begeistert zu sein, Sie schweigen immerzu – was meinen Sie nun: Darf man sich über die Geschichte hinwegsetzen?«

»Natürlich nicht«, antwortete Klim mit aller Gesetztheit.

Der alte Mann hob die Hand über die Schulter, drückte vier Finger zur Faust zusammen und deutete mit dem Daumen nach hinten. »Die aber setzen sich über sie hinweg. Jeder meint, die Geschichte habe mit dem Tage seiner Geburt begonnen.«

Sein Stimmchen klang nicht greisenhaft, sondern fest und in gewisser Weise geheimnisvoll.

»Wir sind sehr von uns selbst eingenommen«, sagte Klim.

»Eben! Und – sind hastig in allem. Doch die Erde wird nicht im Galopp gepflügt. Besonders in einem Bauernstaat ist es unmöglich, im Galopp zu leben. Bei uns jedoch treiben alle einander mit der liberalen Reitgerte an, Europa einzuholen.«

Er blieb stehen und berührte Klim am Ellenbogen.

»Denken Sie nicht, ich sei ein Konservativer, keineswegs! Nein, ich lasse auch eine Ständeversammlung zu, und überhaupt . . . Doch ich bezweifle, daß wir Hals über Kopf denselben Weg wie Europa rennen sollten . . .«

Koslow blickte sich um und sagte leiser, als teile er ein großes Geheimnis mit: »Europa ist für uns vielleicht das einäugige Böse, ja, das ist es, dies Europa!«

Und noch leiser, geheimnisvoller riet er: »Gedenken Sie mal jüngstvergangener Zeit, vom Jahre zwölf an etwa, und danach – Sewastopol, und dann – San Stefano, und zu guter Letzt – das stolze Wort des Herrschers Alexander III.: ›Ich habe nur einen Freund, den Fürsten Nikolaus von Montenegro.‹ Dieser Montenegriner ist auf dem Erdball nicht zu sehen, eine Mücke ist er in Europa, eine lächerliche Schnake, jawohl! Dies Europa, es ist, wenn man sich all seiner Sünden gegen uns erinnert, eben das Böse. Den Türken gegenüber übt es Nachsicht, unserem großen Volk hingegen stellt es ein Bein . . .«

Sie gingen bergauf durch eine stille Straße, vorüber an gemütlichen, einstöckigen Häuschen, zu drei, zu fünf Fenstern mit Vorhängen aus Musselin, mit Blumen auf den Fensterbrettern. Die Fensterläden, die Wände der Häuser, die Tore waren mit grüner, blauer, brauner oder weißer Farbe gestrichen; manche Häuser versteckten sich bescheiden hinter Vorgärten, andere wieder traten stolz auf den gepflasterten Gehsteig. Das schaumige Laub der Gärten, vom zweitägigen Regen saubergewaschen, trennte die Häuser, beschattete ihre Dächer; in den Höfen, in den Gärten schrien und lachten Kinder, hie und da zeigten sich für einen Augenblick in den Fenstern Mädchengesichter, in einem Haus war ein Klavierstimmer bei der Arbeit, vom Berg herab und von unten ertönte das vielstimmige Läuten zur Abendmesse; in der feuchten Luft des trüben Tages klang das Kupfer der Glocken gedämpft und schmachtend.

»Vielleicht – erweisen Sie mir die Ehre, bei mir etwas Tee zu trinken?« schlug der Historiker fragend vor. »Als echter Liebhaber des Tees, der ihn ohne jegliche Beimischung trinkt, als da sind: Sahne, Zitrone, eingemachte Früchte, verwende ich nur hochwertige Sorten. Werde Sie mit etwas Hervorragendem bewirten: Ishen-Silbernadeln.«

Koslow blieb vor dem Tor eines einstöckigen, an die Erde geduckten, fünffenstrigen Hauses stehen und sagte, nachdem er einmal nach links und rechts geschaut hatte, befriedigt: »Dies ist die lieblichste und wohnlichste Straße unserer Stadt, eine Straße, in der man sozusagen in sich vertieft leben kann . . .«

Klim war noch nie in dieser Straße, er wollte es dem Historiker mitteilen, aber er schämte sich. Die Flurtür öffnete ihnen eine hochgewachsene, grauhaarige Frau in schwarzem Kleid, mit dichten Brauen, einem Anflug von Schnurrbart und reglosem Gesicht.

»Das ist die verehrte Hauswirtin Anfissa Nikonowna Strelzowa«, stellte der Historiker vor; die Wirtin bewegte ein wenig die Brauen und reichte Samgin steif die Hand, die Hand war hart wie Holz.

»Die Strelzows, die Jamschtschikows, die Puschkarjows, die Satinschtschikows, die Tiunows, die Inosemzews sind die ältesten Familien der Stadt«, erzählte der Historiker und führte den Gast in ein geräumiges Zimmer mit zwei Fenstern – nach dem Hof und nach dem Gemüsegarten. »Unsere Einwohner wissen ihre Familiennamen nicht zu schätzen, in der ganzen Stadt ist nur der modische Schneider Gamirow auf seinen Familiennamen stolz, und dieser bedeutet gar nichts.«

Klim hörte ehrerbietig zu und sah sich in der Wohnung des Historikers um. Der geräumige Winkel zwischen den Fenstern hing dicht voller Ikonen, vor denen drei Ölampeln brannten: eine weiße, eine rote und eine blaue.

Die Farben der Nationalflagge, dachte sich Samgin und fand daran etwas Rührendes, wenn auch Naives.

Es glänzten die goldenen und silbernen Strahlenkronen auf den Ikonen und die opalfarbenen Tränen der Perlen an den Einfassungen. An der Wand stand ein altertümliches, mit Bronzebeschlägen verziertes Bett aus karelischer Birke, vier Stühle der gleichen Art standen mitten im Zimmer rund um den Tisch. In einem dunklen Winkel neben der Tür befand sich ein großer Schrank; durch die Glasscheiben sah Klim Trinkkellen, Humpen, Pokale und die schwarzen Ziegel ledergebundener Bücher. In all dem lag etwas Eindrucksvolles.

»In den Aufzeichnungen des Ortsbewohners Afanassij Djakow, die ich teilweise in den ›Gouvernements-Nachrichten‹ veröffentlicht habe, wird erzählt, der schwedische Kanonier Jegor – es ist anzunehmen, er hieß Ingvar, das ist vereinfacht Georg, Igor –, der sich durch Kühnheit des Charakters und Einfachheit der Seele auszeichnete, habe zu Peter dem Großen gesagt, als dieser gestrenge Herrscher auf der Durchreise einen kurzen Besuch in unserer Stadt machte: ›Du solltest, o Zar, das Handwerk der Schmiede und Gießer erlernen, in deinem Reich des Holzes gibt es auch ohne dich genug Zimmerleute.‹ Im schwedischen Feldzug wurde dieser kecke Jegor aufgehängt, da er des Verrates überführt worden war.«

Während der alte Mann erzählte, legte er behutsam das Ausgehröckchen ab, zog einen gestreiften, wie eine Frauenjacke aussehenden Hausrock an und begann dann, mit seinen Schätzen zu prahlen; er zeigte Samgin zwei vergoldete silberne Trinkkellen, die eine vom Zaren Fjodor, die andere von Alexej.

»Diese Kellen wurden Branntweinverkäufern verliehen für erfolgreichen Handel mit Wein in den Zarenschenken«, erläuterte er, die ziselierten altertümlichen Inschriften liebevoll mit dem Finger streichelnd. Er brüstete sich mit dem vortrefflich in goldgeprägtem, grünem Saffian gebundenen Büchlein Schischkows »Betrachtung über den alten und den neuen Sprachstil« nebst Autogramm von Denis Dawydow und irgendwessen Eintragung in eckiger Handschrift; der Anfang der Eintragung war dick ausgestrichen, verblieben waren nur die Worte: »... für selbiges und wurde in gebührlicher Weise bestraft durch Einreihung ins Heer im Jahre eintausendachthundertundvier.« Und besonders geheimnisvoll zeigte er ein gelbes Blatt einer Handschrift, betitelt: »Freimütige Betrachtung eines Laien über die Schädlichkeit der Einführung von Lesen und Schreiben inmitten der unteren Dienstgrade der Garde mit ausführlicher Aufzählung der vorgekommenen böswilligen Taten derselben seit den Zeiten der Besteigung des Allrussischen Thrones durch Ihre Kaiserliche Majestät, die Herrscherin Jelisaweta Petrowna, und bis zum Dahinscheiden des Höchst gottesfürchtigen Herrschers Paul I., selbiges mit einbegriffen.«

»Ein ganz hervorragendes Werk muß das gewesen sein«, sagte Koslow betrübt, »aber das hier ist alles, was noch von ihm vorhanden ist. Es wurde von mir in dem Buch ›Der Fels des Glaubens‹ gefunden, das ich bei einem Liebhaber von Altertümern zum Lesen entliehen hatte.«

Beim Vorzeigen seiner Raritäten streichelte sie der alte Mann zärtlich mit den trockenen Händen, die mit welker Haut in der Farbe von Entenpfoten bedeckt waren; er bewegte sich rasch und geschmeidig wie eine Eidechse, sein festes Stimmchen jedoch klang immer geheimnisvoller. Das Muster der roten Äderchen auf seinen Backenknochen schien sich zu verändern, bald wurde es dichter, bald floß es zu den Schläfen hin.

»Mich rührt die wunderschöne Nichtigkeit der von Menschenhand geschaffenen Dinge«, sagte er lächelnd. »Unser liebes Städtchen gehört zu den von den Bahnen der neueren Geschichte beiseite geschobenen Dingen, darum liegt hier viel Wichtiges und Wertvolles unberührt, in Kästen, in Truhen, und wartet auf die Berührung durch die geniale Hand eines neuen Karamsin oder auch nur eines Sabelin. Ich bin ja ein Verehrer dieser zwei Dichter der Geschichte, insbesondere jedoch des ersteren, denn keiner hat so herzlich wie er begriffen, daß Rußland eines aufmerksamen Wohlwollens und die Menschen der Barmherzigkeit bedürfen.«

Auch beim Tee – er schmeckte und duftete in der Tat ungemein gut –, auch beim genießerischen Teetrinken fuhr er fort, von alten Zeiten, von der Vergangenheit der Stadt, von ihren Gouverneuren, Bischöfen und Staatsanwälten zu reden.

»Graf Murawjow, der sich durch mangelhafte Erziehung und schroffen Charakter auszeichnete, erlaubte sich einmal folgenden für ihn selber unvorteilhaften Scherz. Er lud den Erzbischof Makarij zum Mittagessen ein und sagte, ihm einen Eberkopf anbietend:

›Nehmen Sie, essen Sie, Euer Hochwürden!‹ Der Erzbischof jedoch, nicht faul, sagte: ›Fahren Sie fort, Euer Exzellenz!‹«

Der alte Mann brach in schallendes Gelächter aus und sprach unter Lachen: »Verstehen Sie? Graf Murawjow wäre gezwungen gewesen, von dem Schweinskopf zu sagen: ›Dies ist mein Leib!‹ Ha! Sehen Sie, so hat man gescherzt!«

Danach erzählte er von einer gutherzigen Kaufmannsfrau, die gewohnt war, jeden Sonnabend den Häftlingen Almosen ins Gefängnis zu schicken, und als sie erfahren hatte, daß der in Ungnade gefallene Würdenträger Speranskij in der Stadt eingetroffen sei, schickte sie ihm durch ihren Verwalter fünf gebackene Eier und zwei Kalatsch-Brötchen. Er lachte von neuem. Samgin bemerkte in dem feinen Lachen des alten Mannes etwas Unbeholfenes und dachte: Er muß wohl nicht oft gelacht haben.

»Wie finden Sie die Einschätzung der staatlichen Arbeit dieses Bonaparte-Verehrers? Fünf gebackene Eier!« entzückte sich Koslow, mit den Fingerchen in der Luft spielend. »Und wie finden Sie die Gutmütigkeit der offenherzigen russischen Frau, wie?«

Die schiefhüftige Alte, die Fedossowa, hatte in erhabenen Worten von märchenhaften Menschen gesprochen und stand dabei irgendwo abseits und über ihnen, dieses saubere alte Männlein jedoch erzählte von gewöhnlichen Leuten, die ebenso klein waren wie er selbst, aber erzählte so, daß die kleinen Leute eine gewisse Bedeutung, zuweilen auch Schönheit erlangten. Dieses liebevolle Ausmalen des Alltäglichen, Gewöhnlichen mit zarten Farben schilderte das Leben als ein stilles Fest mit Gottesdiensten, Fladen, eingemachten Früchten, Taufen und Hochzeitsbräuchen, Beerdigungen und Totenmählern, ein in seiner Einfachheit argloses und rührendes Leben. Koslow erzählte von dem aus tiefem Altertum erhalten gebliebenen Fest zu Ehren des Frühlingsgottes Jarila und von vielen anderen Überbleibseln uralter heidnischer Zeiten.

Samgin war angenehm überrascht von der Fähigkeit des Historikers, mit einem wohlwollenden Lächeln alles das zu verschönern, was kluge Bücher und belesene Menschen einen für abgeschmackt, dumm und schädlich zu halten veranlaßten. Er hatte nie über die ersten Tage der Stadt nachgedacht und wußte nichts von ihnen. Koslow zeigte ihm das »Baubuch« und erzählte kunstvoll, wie der vom Zaren Boris Godunow entsandte Bojarensohn Shadow mit Kriegern und Knechten das Grenzstädtchen gründete, um Moskau vor den Überfällen der Nomaden zu schützen, wie die Krieger und Knechte mit den Mordwinen kämpften, sie gefangennahmen, sie zu arbeiten zwangen, wie die Knechte dem trotzigen Shadow unter der Hand davonliefen und wie er selber, von der Steppenschwermut aufgereizt, tobte.

Und alle: die unglücklichen Mordwinen, die Tataren, die Knechte, die Krieger, Shadows, der Pope Wassilij, der Geheimschreiber Tischka Drosd, die Gründer der Stadt und ihre Feinde, sie alle wurden von dem alten Historiker gleichermaßen freundlich behandelt, sowohl um des Guten als auch um des Schlechten willen, das sie auf Grund offenkundiger Notwendigkeit begangen hatten. Der gleiche Grund hatte die Einwohner der Stadt gezwungen, sich dem Aufstand des Donkosaken Rasin und des Uraler Pugatschow anzuschließen, während die Kosakenaufstände notwendig gewesen seien als Beweis der Macht und Festigkeit des Staates.

»Unser Volk ist demütig, es meutert von selbst nicht gern«, sagte Koslow eindringlich. »Das sind nur allerhand Herrschaften wie der Fremdstämmige Schtschapow oder der Kosakennachfahre Danila Mordowzew, die dem russischen Bauern verleumderisch eine leidenschaftliche Neigung für ›politische Bewegungen‹ und Feindseligkeiten gegen die Herrscherin Moskau zuschreiben. Das stimmt überhaupt nicht, unser Volk ist von den Kosaken in die Aufstände hineingezogen worden. Der Kosak kann Moskau nicht leiden. Masepa hat zwanzig Jahre Peter dem Großen gedient und ist ihm dennoch untreu geworden.«

Jetzt sprach der Historiker streng, schlug sogar mit dem Fäustchen auf den Tisch, und das rote Muster auf seinem Gesicht verschmolz zu einem dichten Fleck. Eine Minute später jedoch fuhr er wieder gerührt fort: »Heute aber ist das, was jene Menschen, von denen nicht einmal die Asche übriggeblieben ist, unter großen Mühen schufen, zu einer bedeutenden Stadt herangewachsen, der man auch ihre Schönheit nicht absprechen kann; sie beherbergt an die siebzigtausend russische Menschen und wächst, wächst ganz im stillen. In stiller Arbeitsliebe liegt mehr Heldentum als in flotten Angriffen. Glauben Sie mir aufs Wort: die Erde wird nicht im Galopp gepflügt«, wiederholte Koslow den Spruch, der ihm offenbar sehr lieb war.

Er war reich an Sprüchen, und sie alle klangen wie die Akkorde ein und derselben Melodie.

»Der Hauptziegel steckt nicht im Gesims, sondern im Fundament. Jeder Stier ist einmal ein Kalb gewesen«, fügte er immerfort in seine Rede ein.

Ihn anzusehen war ebenso wohltuend, wie seine wohlwollende Rede zu hören, die reich war an weichen Worten, deren matter Glanz etwas mit dem Glanz des alten Silbers im Schrank gemein hatte. Die schmalen Hände mit den dunklen Fingern bewegten sich rund, leicht, das gemusterte Gesicht legte sich freundlich in Falten, der weiße Schnurrbart rührte sich, und die leicht grauen Pupillen hinter den Brillengläsern erinnerten an die Perlen in den Einfassungen der Ikonen. Er trank appetitlich Tee, knabberte appetitlich mit den kleinen Zähnen die aus ungesäuertem, mit Rahm angesetztem Teig gebackenen Plätzchen, von ihm ging, wie von einem Obstbaum, ein angenehmer Geruch aus. Klim saß, ohne es zu merken, bis Mitternacht mit ihm beisammen und trat mit einem sanftmütigen Lächeln auf die Straße hinaus. Das Gefühl, das der alte Mann in ihm erweckt hatte, war der Rührung verwandt, die er in der Ausstellung empfunden hatte, aber es war noch berauschender. Die Nacht war warm, doch in den Gärten brauste ein frischer Wind und trieb vermischte Gerüche durch die Straße. Der Mond, gleichmäßig rund wie ein Eigelb, versteckte sich in einer kleinen, durchsichtigen Wolke, unten, über den Dächern, ruhten die goldenen Brotlaibe der Kirchenkuppeln, alles war von der Zärtlichkeit der Sommernacht umhüllt, schien erneuert und, was die Hauptsache war, dem Menschen wohlgeneigt.

So und nicht anders empfand es Samgin: Alles war wohlwollend gesinnt – der Mond, der Wind, die Gerüche, das um Mitternacht gedämpfte Rauschen der Stadt und diese behaglichen Nester friedliebender Nachfahren von Strelitzen, Kanonieren, entflohenen Knechten, mutwilligen Kosaken, von gewaltsam getauften Mordwinen mit starken Backenknochen und von Tataren, die sich in ihr Los ergeben hatten.

Das war nicht jene Stadt, von der Iwan Dronow zwischen den Zähnen hindurch sprach, von der Robinson lächerlich zu schreiben sich bemühte und von der jene Leute geringschätzig erzählten, die durch unbefriedigten Ehrgeiz aufgebracht waren, vielleicht aber auch sich durch die Wirklichkeit benachteiligt fühlten, die ihnen nicht wohlgesinnt war. Doch diesmal dachte Klim an diese Leute ohne Gereiztheit, da er einsah, daß sie ja auch zu der Wirklichkeit gehörten, die der reinliche Historiker so wohlwollend rechtfertigte.

Zwei, drei weitere Gespräche mit Koslow brachten Klim nichts Neues, festigten aber sehr das, womit Koslow ihn beim ersten Besuch gesättigt hatte. Klim bekam noch ein paar Anekdoten über Adelsmarschälle, über reiche Kaufleute, über dünkelhaftes und mutwilliges Benehmen zu hören.

»Unfug treibt man bei uns aus Überschuß an Kraft, der Prahler Sadko reißt Possen, der unbändige Waska Buslajew brüstet sich mit seiner Kraft«, erläuterte der alte Historiker, während er duftigen, bernsteinfarbenen Tee in die Gläser einschenkte.

Samgin begriff, daß Koslow naiv urteilte, hörte aber ehrerbietig und schweigend zu, ohne das Verlangen zu empfinden, Einwendungen zu machen, als genieße er ein Lied, dessen Worte zwar dumm, dessen Melodie aber schön war.

Den Zucker mit der Zange in kleine Stückchen spaltend, belehrte Koslow nachsichtig: »Man kritisiert ja bei uns aus Verlegenheit vor Europa, aus Eigenliebe, aus Unfähigkeit, russisch zu leben. Herr Herzen wollte gern ein Voltaire sein, na, und die anderen Kritiker haben auch jeder einen eigenen Traum. Nehmen Sie sich ein Plätzchen, es ist mit Kirschsaft versetzt; meine Wirtin ist unerschöpflich erfinderisch in bezug auf Gebäck, ein Talent!«

Über dem Tisch flog summend eine Wespe, der Alte beobachtete sie, wartete ab, bis sie mit ihren Beinchen an einem Teelöffel mit Eingemachtem haftenblieb, nahm den Löffel und überbrühte die Wespe mit kochend heißem Wasser aus dem Samowar.

»Ich habe natürlich nichts gegen Kritik«, fuhr er mit noch festerer Stimme fort. »Kritiker hat es bei uns schon immer gegeben, und was für welche! Kotoschichin zum Beispiel, Fürst Kurbskij, selbst Katharina die Große empfand keinen Widerwillen gegen Kritik.«

Er streckte betrübt die Arme von sich und schnalzte: »Aber alles, wissen Sie, ging irgendwie geheimnisvoll aus: Kotoschichin köpften sogar die Schweden, Kurbskij verschwand im Nichts, zerstob in Litauen zu Staub, ohne Nachkommen zu hinterlassen, Katharina indes – für die wäre es von Nutzen gewesen, sich selbst zu kritisieren. Ich will über sie ein indiskretes Anekdötchen berichten, ein diskretes läßt sich ja von ihr nicht erzählen.«

Das Anekdötchen erwies sich als fad und wurde im Ton der Nachsicht gegen weibliche Schwäche erzählt, doch danach fuhr Koslow immer eindringlicher und belehrender fort: »Kritik ist berechtigt. Allein – Silber und Kupfer muß man vorsichtig putzen, bei uns aber putzt man die Metalle mit zerriebenem Ziegelstein, und das ist grobe Unerzogenheit, unter der die Dinge leiden. Europa hat sich ganz großartig aufgebläht und kann natürlich auf viele seiner Erfindungen stolz sein. Aber das europäische Schuhwerk beispielsweise, die verschiedenen Schuhe sind ja nicht so bequem wie unser russischer Schaftstiefel, wir jedoch haben auch begonnen, spitznasige Stiefel zu steppen, wovon wir keinerlei Gewinn haben, nur Hühneraugen auf den Zehen. Fassen Sie dieses kleine Beispiel allegorisch auf.«

Die Stimme des alten Mannes wurde wohlwollend begleitet von

dem Rascheln des Ebereschenlaubs vor dem Fenster und dem nachdenklichen Summen des erlöschenden Samowars. Auf den blinkenden Kacheln des Ofens schwankte das Schattenmuster der Blätter, der Docht einer der drei Öllampeln knisterte. Koslow schob mit dem Teelöffel die zottige kleine Wespenleiche auf dem kupfernen Tablett umher.

»Da versammeln sich nun in der Redaktion etliche Ortsansässige. Europa, Europa! Und erzählen verleumderisch den Fremden, das heißt dem Redakteur und seinem langzüngigen Gefährten, vom Leben unserer Stadt. Ihre Seelen jedoch fühlen sie nicht, die Geschichte der Stadt ist ihnen unbekannt, deshalb regen sie sich ja auf.«

Er blickte Klim über die Brille hinweg an und sagte streng: »Das ist so . . . unschicklich, wie wenn man etwa in betrunkenem Zustand mit Fremden ein schamloses Gespräch über Vorfahren und Eltern führt, jawohl! Herr Tomilin aber versetzt mich völlig in Schrecken. Ganz wie ein wilder Tscheremisse, redet irgend etwas, was man nicht verstehen kann. Und als hätte er keinen Kopf auf den Schultern, sondern eine faule und bittere Zwiebel. Robinson, das ist natürlich ein Possenreißer, Gott möge ihm verzeihen! Aber da lief hier ein junger Mann herum, Inokow, er ist sogar zweimal bei mir gewesen . . . man kann sich nicht vorstellen, zu was allem er fähig wäre!«

Koslow holte die tote Wespe etwas näher zu sich heran, schlug sie mit einem sicheren Löffelhieb platt und seufzte, während er sie unter den Rost des Samowars schob, schwer auf: »Ungute Menschen ziehen neuerdings durch unser Land! Und – wohin gehen sie?«

Einer Gewohnheit gemäß, die Samgin sich schon längst zu eigen gemacht hatte, pflegte er seine Ansichten vorsichtig zu äußern, diesmal jedoch, da er das Gefühl hatte, daß er etwas sehr Wertvolles zu hören bekommen könnte, sagte er unbestimmt, mit einem Lächeln: »Sie träumen von politischen Reformen – von einer Repräsentativregierung.«

»Ich verstehe!« unterbrach ihn der alte Mann mit einem sehr strengen Ausruf. »Jawohl, von einer Republik! Und sogar – vom Sozialismus, der selbst Jesus Christus den Kopf . . . das heißt, der sogar Christus, dem Sohne Gottes, erwiesenermaßen nicht gelungen ist. Wie denken denn Sie hierüber, wenn ich zu fragen mir erlauben darf?«

Bevor jedoch Samgin eine hinreichend vorsichtige Antwort zu finden vermochte, sagte der Historiker mit fremder Stimme, wobei er sich mit dem Löffel auf die Hand klopfte: »Ich aber meine, unser Landesvater wird sich des Beispiels seines Urgroßvaters erinnern und erbarmungslos die ganze Macht der Zarenherrschaft zeigen müssen, wie sie von Nikolai Pawlowitsch am 14. Dezember des Jahres 1825 auf dem Senatsplatz zu Sankt Petersburg vor Augen geführt worden ist!«

Koslow hatte besonders deutlich und sogar bedrohlich warnend die Zahlen ausgesprochen, dann warf er den Kopf kampflustig hoch und richtete sich auf dem Stuhl auf, als säße er hoch zu Roß. Sein Iltisgesicht hatte sich verzerrt, war noch spitzer geworden, die Muster auf den Backen waren zu purpurroten Flecken verschmolzen, während die Ohrläppchen angeschwollen waren und sich wie Kirschen rundeten. Doch sogleich blickte er auf die Ikonen, bekreuzigte sich dann, wurde schlaff und sagte leise: »Ich enthalte mich zwar des Zornes, doch fordert man mich dazu heraus.«

Er knabberte hastig an einem Zwieback, trank etwas Tee nach und erzählte mit dem gewohnten, recht festen Stimmchen: »In meiner Jugend, als Chef eines Begleitkommandos, hatte ich einen Schub Häftlinge von Kasan nach Perm zu bringen, und unterwegs, an einem drückend heißen Tag, starb plötzlich einer von ihnen. Er ging und ging, wissen Sie, und fiel auf einmal kopfüber tot zu Boden . . ., als wäre er von einem Pfeil aus dem Himmel niedergestreckt worden. Dabei war er nicht alt, so an die vierzig, dem Aussehen nach kräftig, mit unangenehmem, geradezu tierischem Gesichtsausdruck. Er war wegen Gotteslästerung, Religionsspötterei und Fälschung von Assignaten zu Zuchthaus verurteilt worden. Bei der Durchsuchung seines Quersacks stellte sich heraus, daß er sich mit dem Malen kleiner Bildchen befaßt hatte und hierin, soweit ich etwas davon verstehe, sehr gewandt gewesen war, was ihn auch, wie anzunehmen, zur Herstellung von Falschgeld veranlaßt hatte. Es fanden sich bei ihm an die fünf Bildchen, und alle mit dem gleichen Gegenstand: wie Mikula Seljaninowitsch, der bäuerliche Recke, mit einer Wagendeichsel gegen den Drachen Gorynytsch kämpft; der Drache war zweiköpfig, der eine Kopf mit Krone, der andere mit Mitra, der eine hatte die Aufschrift ›Petersburg‹, der andere ›Moskau‹. Jawohl. Bitte, nun sehen Sie, wozu man sich versteigen kann!«

Er glättete mit der Hand den ohnehin glatten, silbrigen Kopf und seufzte. »Ich sehe eine große Gefahr in zügellosem Verstand!« fuhr er fort, wobei er zum Fenster hinausblickte, Klim jedoch einen Teil seines Blickes wie einen Kitzel auf seinem Gesicht fühlte. »Es heißt sehr richtig: ›Unausgereifter Verstand ist die Frucht zu kurzen Lernens.‹ Unser Verständlein ist ja ein unerzogenes Hündchen, ihm ist es – Sie verzeihen! – einerlei, wo es hinmacht, auf einen Sessel, auf einen kostbaren Teppich oder auf den Thron des Zaren, und lassen Sie es in einen Altarraum hinein – so wird es auch den verunreinigen.

Es zernagt im Spiel die Möbel, zerreißt Stiefel, eine Hose, gräbt Löcher in die Blumenbeete, ist wegen seiner Dummheit ein Vernichter der Schönheit.«

Doch mit erhobenem Zeigefinger setzte er wohlwollend hinzu: »Ich leugne allerdings nicht, daß man einigen praktischen Köpfen durchaus seinen herzlichen Dank aussprechen kann. Ich bin ja nur gegen die fruchtlose Erfinderei des Verstandes und gegen die blinde Begeisterung für seine weibliche Koketterie, seinen elendigen Wunsch, uns durch seine kecke Anmut zu verführen. Dessen hat ihn ganz erbarmungslos der Schriftsteller Gogol überführt, als er seine betrüblichen Irrtümer reumütig vor aller Welt bekannte.«

Der alte Mann seufzte betrübt und fuhr im Trauerton fort: »Nehmen wir beispielsweise die Frau: Die Frau ist bei uns ausnehmend gut und wäre noch besser, sie wäre eine Präferenz vor Europa, wenn uns Männer die falschen Klügeleien über Marfa Borezkaja und auch über die Zarinnen Elisabeth und Katharina die Zweite nicht beirrt hätten. Gerade auf diesen Beispielen beruht das gefährliche Vorurteil von der Gleichberechtigung der Frau, und es folgt daraus, daß Europa nur eine einzige Louise Michel hat, wir hingegen Tausende solcher Luischen. Hiermit werden Sie natürlich nicht einverstanden sein, aber – warten Sie! Warten Sie, bis Sie ein reiferes Alter erreicht haben, in dem die Natur Sie zwingen wird, sich ein Nest zu bauen.«

»Ganz kann ich mich hiermit nicht einverstanden erklären«, entgegnete Klim, als der alte Mann fragend verstummt war.

»Angenehm zu hören, daß Sie, wenn auch nicht ganz, so doch einverstanden sind«, sagte der Historiker mit einem Lächeln und seufzte von neuem: »Ja, der Verstand hat bei uns in Rußland vieles von seinem natürlichen Platz auf eine falsche, abschüssige Bahn gebracht.«

Samgin verabschiedete sich von dem alten Mann und ging fort, überzeugt davon, daß er ihn gut, bis aufs letzte verstanden habe. Diesmal trug er aus der gemütlichen Höhle des Historikers irgend etwas Unruhiges mit sich fort. Er kam sich vor wie ein Mensch, der sich eines Wortes oder eines Eindrucks, welcher etwas soeben erst Erlebtem verwandt ist, nicht erinnern kann. Durch die eingeschlummerte Straße hinschreitend, blickte er zum Himmel empor, der von einfarbig grauer Wolkenmasse bedeckt war, schnalzte mit den Fingern und dachte angespannt nach: Was beunruhigt ihn?

Der Alte hat natürlich recht. So müssen Millionen arbeitsamer und bescheidener Menschen all die Bausteine denken, aus denen das Fundament des Staates zusammengefügt ist, überlegte Samgin und spürte, daß sein Denken nicht das fange, was er in eine Form bringen mußte.

Drei Tage später etwa stand er abends an seinem Fenster und feilte sorgfältig die soeben geschnittenen Fingernägel. Da öffnete sich geräuschlos die Zauntür, und auf den Hof trat ein breitschultriger Mann im Segeltuchmantel, mit weißer Mütze und einem kleinen Koffer in der Hand. Nachdem er die Zauntür angelehnt hatte, entblößte der Mann den kurzgeschorenen Kopf, streckte ihn auf die Straße hinaus, blickte nach links und ging auf den Seitenbau zu, wobei er das Köfferchen schwenkte und abwechselnd bald die eine, bald die andere Schulter vorschob.

Kutusow – erkannte ihn Klim, erinnerte sich sogleich Petersburgs, der Osternacht, seiner Entgleisung in der Betrunkenheit und entschied, daß er mit diesem Menschen nicht zusammentreffen dürfe. Aber etwas Schärferes als Neugier und sogar ein wenig Trotziges weckten in ihm den Wunsch, sich Kutusow anzusehen, ihn zu hören, vielleicht mit ihm zu streiten.

Kindisch, warnte er sich, betrat jedoch eine Stunde später das Zimmer der Spiwak.

Selbst früher, als Kutusow noch den Studentenrock trug, glich er wenig einem Studenten, jetzt aber, im grauen Straßenrock, der seine breiten Schultern straff umspannte, in gestärktem Hemd mit hohem Kragen, der gegen sein Kinn stieß, mit keilförmigem, unschön gestutztem Bart, sah er niemandem gleich.

»Ah – habe die Ehre!« rief er freundschaftlich aus und streckte Klim die schwere Hand entgegen.

»Zu was für einem Kaufmann Sie sich verkleidet haben«, sagte Samgin; er hatte es neckend sagen wollen, fühlte aber, daß es nicht so herausgekommen war.

»So – als Kaufmann?« fragte Kutusow gutmütig lächelnd. »Und – erlauben Sie mal! – weshalb denn verkleidet? Ich habe einfach Zivil angezogen. Mich hat, sehen Sie, die Obrigkeit aus dem Tempel der Wissenschaft hinausgeschmissen, weil ich angeblich den Gemeindemitgliedern und Kirchengängern irgendwelche Ketzereien gepredigt habe.«

Er steckte einen Finger hinter den harten Kragen, verzog das Gesicht und wackelte mit dem Kopf.

»Das ist ungerecht und sehr betrüblich. Dem Tempel gegenüber verhielt ich mich mit der gebührenden Pietät, den Gemeindemitgliedern gegenüber – recht gleichgültig. Tante Lisa, es wird doch mein Patenkind nicht stören, wenn ich rauche?«

Die Spiwak glich im weißen Morgenkleid, mit dem Kind in den

Armen, der Madonna auf einem Bild des sentimentalen Künstlers Bodenhausen, das gerade in Mode war und dessen Reproduktion in den Schaufenstern aller Schreibwarengeschäfte der Stadt herumstand. Ihr rundes Gesicht war traurig, sie biß sich sorgenvoll die Lippen.

»Ich habe für Sie, Samgin, einen Brief von einem Mädchen erschreckenden Aussehens – nehmen Sie ihn in Empfang!«

Kutusow übergab Klim ein dickes Kuvert, die Spiwak sagte leise: »Erzähle weiter, Stepan.«

»Ja, was soll ich denn weiter erzählen? Ich will nun aufs Land fahren, zu Turobojew, er brüstete sich, daß es dort im Fluß ungewöhnliche Barsche gebe.«

Samgin unterbrach die Lektüre des langen Briefes und erklärte nicht ohne Stolz: »In Moskau ist ein Bekannter von mir, Marakujew, verhaftet worden.«

»Marakujew – ist das ein Volkstümler, so ein Feuerkopf?« fragte Kutusow mit zusammengekniffenen Augen.

»Ja, ein Volkstümler.«

Kutusow machte ein mürrisches Gesicht, stieß einen langen Rauchstrahl zur Decke und sagte etwas scharf: »Weisen Sie doch mal Ihre Korrespondentin darauf hin, daß sie ein unvorsichtiges Mädchen und sogar nicht einmal sehr klug ist. Solche Briefe läßt man nicht durch fremde Menschen überbringen. Sie hätte mir etwas von dem Inhalt dieses Briefes sagen müssen.«

Er warf zornig die ausgerauchte Zigarette in den Aschenbecher, stand auf und begann mit breiten, schweren Schritten im Zimmer herumzustapfen.

»Ich hätte sie natürlich selbst fragen müssen. Aber sie sieht so aus . . . ich dachte, Romantik.«

»Haben Sie den Verhafteten gut gekannt?« fragte die Spiwak, den Blick unverwandt auf Klim gerichtet.

»Ja«, antwortete er. Es kam sehr laut heraus, er dachte: Als wenn ich mich mit dieser Bekanntschaft brüstete. Und er fragte mit Unwillen: »Wann werden denn diese Verhaftungen aufhören?«

Kutusow setzte sich an den Tisch, goß sich Tee ein, steckte wieder einen Finger hinter den Kragen und wackelte mit dem Kopf; er tat dies oft, der Kragen zwickte ihn wahrscheinlich am Bart.

»Eine naive Frage, Samgin«, sagte er in beschwichtigendem Ton. »Weshalb sollten denn die Verhaftungen aufhören? Wenn Sie der Zarenherrschaft Widerstand leisten, dann weigern Sie sich auch nicht, ab und zu ein wenig im Loch zu sitzen, sich von Ihren nützlichen Bemühungen zu erholen. Dann aber, wenn es dank Ihrer Bemühungen zu einer Revolution kommt, werden Sie selbst verschiedene Bürger ins Loch sperren.«

Samgin ärgerte sich über sich selbst wegen der Frage, die solch eine Belehrung herbeigeführt hatte.

Dieser »erklärende Herr« hält mich für einen Gymnasiasten, dachte er einen Augenblick und ohne die gewohnte Gereiztheit, die er stets empfand, wenn man ihn belehrte. Doch sagte er etwas kekker, als er gewollt hatte: »Die Revolution werden wir noch nicht so bald zu erwarten haben.«

»Sie sollten eben nicht warten, sondern zu handeln versuchen«, riet Kutusow, am Tee nippend.

»Es gibt wenig Revolutionäre«, beklagte sich Samgin griesgrämig, zu seiner eigenen Überraschung. Kutusow zog die Brauen hoch, sah ihn unverwandt aus seinen grauen Augen an und begann sehr weich, mit halber Stimme zu reden: »Es sind wohl überhaupt keine da. Ich beobachte nun schon seit etwa vier Jahren Leute, die sich Revolutionäre titulieren – eine billige Ware! Bunt, sogar schön, aber – nicht dauerhaft, so etwa wie unser Kattun für die Bewohner Mittelasiens.«

Nachdem er in einem Zug ein Drittel des Teeglases ausgetrunken hatte, fuhr er, nachdenklich die rosa Händchen des eingeschlafenen Kindes betrachtend, fort: »Revolutionäre aus Langerweile am Leben, aus Verwegenheit, aus Romantik, nach dem Evangelium, das alles ist schlechtes Pulver. Der Intellektuelle, der sich rächen will für die Mißerfolge seines persönlichen Lebens, dafür, daß er nirgends einen Platz für sich finden kann, für eine zufällige Verhaftung und einen Monat Gefängnis – auch der ist kein Revolutionär.«

Aber was denn dann? wollte Samgin fragen und kam nicht dazu. Kutusow sagte, zu der Spiwak geneigt, mit einem Lächeln: »Hast du Wittes Bibel ›Rußlands Produktivkräfte‹ gelesen? Ein prahlerischer Wälzer. Erfreut sich eines großen Erfolgs bei Liberalen, die so tun, als ob sie Marx entsprechend dächten. Eine Offenbarung.«

Klim stellte an ihm etwas Neues fest: eine gewichtige Scherzhaftigkeit; sie schien erzwungen und widersprach dem müden, abgemagerten Gesicht. In allem, was Kutusow sagte, hörte er Enttäuschung, das machte Kutusow sympathischer. Dann fiel Samgin ein, daß er in Petersburg mehrfach die Zwiespältigkeit seines Verhältnisses zu diesem Menschen empfunden hatte: Das »Kutusowtum« war unangenehm, Kutusow selbst aber zog ihn durch irgend etwas an, das es bei anderen Menschen nicht gab. Kutusow indessen sprach, die vermutete Enttäuschung gleichsam bestätigend, indem er sich mit dem Finger am Adamsapfel rieb: »Es ist sehr interessant, Tante Lisa, zu beobachten, mit welcher Gier und Geschicklichkeit sich die

Menschen an die historische Notwendigkeit klammern. In dieser Hinsicht ist der Marxismus vielen außerordentlich angenehm. Nun, eben Evolution, Determinismus sozusagen, die Persönlichkeit ist ohnmächtig. Und – laßt uns in Ruhe.«

Er bewegte die Kopfhaut, wodurch sein kurzgeschorenes Haar sich sträubte, während das Gesicht sich in die Länge zog und versteinte.

»Überhaupt habe ich nicht sehr erfreuliche Eindrücke geschluckt. Unser Rußland ist ein Land ungeschulten Denkens, und insbesondere krankt daran das moskowitische Rußland. Ich war in einer Fabrik, in der ein Vetter von mir arbeitet, ein Meister. Er ist Sektierer; unter den Arbeitern gibt es zwei Sekten: die Theologisten und die Logotheisten. Sie entstanden anhand des ersten Verses des Johannes-Evangeliums; die einen stützen sich auf das: ›Gott war das Wort‹, die andern auf: ›Das Wort war bei Gott.‹ Die einen schreien: ›Das Wort war vor Gott‹, die andern: ›Ihr lügt! Das Wort war in Gott, es ist das Licht, und die Welt ist durch das Licht des Wortes erschaffen.‹ Sie gingen in die Optinsche Einsiedelei zu den Starzen, um zu erfahren, wer recht habe. Diese schwachsinnige Rederei bringt die Menschen bis zum Haß, bis zum In-die-Fresse-Hauen, sie bringt sie dahin, daß im Frühjahr, als es um Lohnerhöhung ging, die Logotheisten sich weigerten, die Theologisten zu unterstützen.«

Da er wahrscheinlich vergessen hatte, daß sein Bart kurzgeschoren war, griff Kutusow unter dem Kinn eine Faust voll Luft und seufzte, indem er die Hand schwer auf das Knie sinken ließ: »Bei Griesinger ist eine seelische Krankheit beschrieben, sie nennt sich, glaube ich, deutsch: ›Grübelsucht‹ – fruchtloses Grübeln. Dann quält den Kranken die Frage, warum das Blaue nicht rot, das Schwere nicht leicht sei und dergleichen mehr. Ab und zu scheint mir schon, daß bei uns Tausende von Geschulten und Ungeschulten von dieser Krankheit infiziert sind.«

Die Spiwak sagte, während sie vom Gesicht des eingeschlafenen Kindes die Fliegen verscheuchte, leise, aber so überzeugt, daß Klim sie mit Erstaunen anblickte: »Das wird vergehen, Stepan, es wird rasch vergehen.«

»Ja, gewiß, wir werden reicher, verkrampfter«, äußerte Kutusow einverstanden. »Ich bedaure, daß ich nicht nach Nishnij auf die Ausstellung gekommen bin. Sie, Samgin, haben in Ihrem Artikel geschickt auf Odysseus angespielt. Die Arbeiterklasse wird den Freiern selbstverständlich das Genick brechen, vorläufig aber – ist es noch nicht lustig!«

Er sah auf die Uhr und sagte: »Ist es nicht Zeit?«

»Ja«, antwortete die Spiwak, erhob sich behutsam und ging mit dem Kind in den Armen fort, Kutusow aber setzte sich lächelnd auf einen Stuhl Klim gegenüber und fragte sehr freundschaftlich: »Sie finden also, daß es wenig Revolutionäre gibt? Wo haben Sie welche gesehen, was für welche?«

Mit einer ihm selbst ungewohnten Redseligkeit erzählte Samgin, dem unklaren Wunsch nachgebend, irgend etwas Wichtiges zu erfahren, rasch von dem dreifingrigen Prediger, von Ljutow, von dem Diakon, von Preiß.

»Ein Diakon? – Ipatjewskij? Serdjukow? Hat er einen Sohn? Er ist gestorben? Aha, aha. Und der Vater, auch der . . . interessiert sich? Ein seltener Fall. Sie lassen sich immerzu mit Volkstümlern ein?«

»Ich lasse mich mit ihnen nicht ein, sondern studiere sie«, sagte Klim, der seine Redseligkeit bereits bereute.

»Sie studieren den Leidensweg kleiner Awwakum-Protopopen? Lassen Sie es sein. Das alles führt zu nichts. Es führt zu nichts«, wiederholte er, sich erhebend und sich reckend; Samgin blickte mürrisch von unten nach oben auf seine breite Brust und dachte: Er ist empörend selbstbewußt.

»Die Eigentümlichkeiten des nationalen Geistes: Dorfgemeinde, Schalmeien, eingesalzene Pilze, gepreßter Kaviar, Plinsen, Samowar, die ganze Poesie des Dorfes und die gräfliche Lehre von der bäuerlichen Einfachheit, das alles, Samgin, ist einfältiges Zeug«, sagte Kutusow, über Klims Kopf hinweg zum Fenster hinausblickend. »Ich leugne nicht, auch dieser Moder hat seine Schönheit, aber es ist Zeit, von ihm Abschied zu nehmen, wenn wir leben wollen. Und von den Augenblickshelden muß auch Abschied genommen werden, denn es ist Heldentum fürs ganze Leben erforderlich, das Heldentum eines Schwerarbeiters, des Arbeiters der Revolution. Wenn Sie zu solchem Heldentum nicht fähig sind – treten Sie beiseite.«

Er zündete sich eine Zigarette an und setzte sich so dicht neben Klim, daß er mit der Schulter die seine berührte.

»In einem haben die Volkstümler recht«, fuhr er etwas leiser und nachdenklicher fort, »unser Arbeitervolk ist in Ordnung, es ist ein Volk von zähem Verstand, vielleicht kommt daher bei ihm auch die Vorliebe für allerhand Rederei. Wenn also ein Volkstümler von der Liebe zum Volk spricht, so verstehe ich den Volkstümler. Lieben aber muß man ohne Mitleid, Mitleid ist Imitation von Liebe, Samgin. Das ist eine üble Sache. Ich las kürzlich den Prozeß der Leute des 1. März durch, und mir schien, daß die Leitungen zu der Mine, die den Zug des Zaren bei Alexandrowsk in die Luft sprengen sollte, eben vom Mitleid beschädigt worden sind. Ja. Irgendwer bedauerte den Befreier.«

Nun trat die Spiwak ins Zimmer, in einem weißen Kleid, in weißem Hut mit Straußenfedern und mit einer voll Noten gestopften Ledertasche.

»Fesch«, sagte Kutusow. »Vergiß nicht, Tante Lisa . . .«

»Nein, nein«, versprach sie im Fortgehen.

Beide sahen vom Fenster aus schweigend zu, wie die Frau über den Hof ging, wie der Wind ihr den Rock an die Beine drückte und die Hutfeder kriegerisch hochhob. Sie bückte sich, ordnete den Rock, als verneigte sie sich vor dem Wind.

Klim fragte: »Ist Turobojew schon lange aus dem Ausland zurückgekehrt?«

»Schon vor einem Monat.«

»Mit seiner Frau?«

»Ist er denn verheiratet?« erkundigte sich Kutusow erstaunt; als Klim jedoch von Turobojews Roman mit Alina erzählte, lächelte er.

»Ach so? Nein, seine Frau ist wahrscheinlich nicht bei ihm, meine, Marina, ist nämlich dort, sie hätte es mir geschrieben. Na, und was schreibt Dmitrij?«

»Er schreibt nicht.«

»Er wird nicht mehr lange dort stecken. Meiner Frau hat er geschrieben, er werde nach dem Süden fahren, nach Poltawa, glaube ich.«

Es war seltsam zu hören, daß dieser Mensch von Alltagsdingen redete und daß er so einfach von dem Mann sprach, dem er die Verlobte ausgespannt hatte. Jetzt war er an den Flügel getreten und schlug ein paar Akkorde an.

»Ich habe schon lange keine gute Musik mehr gehört. Bei Turobojew werden wir spielen, werden wir singen. Eine komische Angelegenheit, dieses Landgut Turobojews. Die Bauern haben es zernagt wie die Ratten. Angeln Sie gern, Samgin? Lesen Sie mal Aksakows ›Über das Angeln‹ – Sie werden angesteckt werden! Ein wunderbares Buch, es ist in einer Weise geschrieben, wissen Sie, Brehm wäre neidisch geworden!«

Rauchend und mit seinen grauen Augen lächelnd, erzählte nun Kutusow von der Dummheit und Schlauheit der Fische mit derselben Begeisterung und demselben Wissen, wie der Historiker Koslow von den Sitten und Bräuchen der Stadtbewohner berichtet hatte. Klim verwickelte sich beim Zuhören in unklare, aber nicht feindselige Gedanken über diesen Menschen, an sich selbst jedoch dachte er mit Ärger, da er fand, er habe sich nicht so benommen, wie es nötig gewesen wäre, die ganze Zeit schaukelte er gleichsam auf einer Schaukel.

Dann kehrte, noch sorgenvoller, die Spiwak zurück, sagte leise etwas zu Kutusow, er sprang vom Stuhl auf, preßte beide Hände zu einer Faust zusammen, schüttelte sie und murmelte: »Ach, zum Teufel, das ist dumm!«

Samgin begriff, daß er überflüssig war, verabschiedete sich und ging. In seinem Zimmer angelangt, ließ er sich aufs Bett fallen, verschränkte die Arme im Nacken und schloß fest die Augen, um sich im Wirrwarr der schreienden Gedanken besser zurechtzufinden. In seinem Kopf lärmte der Bariton Kutusows, während die Spiwak überzeugt tröstete: Das wird rasch vergehen.

Wie schlau, wie heuchlerisch sie ist. Sie gleicht am allerwenigsten einer Revolutionärin. Doch woher hat sie diese Überzeugung?

Von der Spiwak feindselig zu denken war leicht, sie erschien Klim als ein Mensch, der ihn in irgendeiner Hinsicht betrogen hatte, von Kutusow hingegen glitten die feindseligen Gedanken ab.

Arbeiter der Revolution – das ist bescheiden. Vielleicht ist er auch nicht klug, sondern bloß ehrlich. Wenn Sie nicht fähig sind, wie ich zu leben, treten Sie beiseite, hat er gesagt. Das von den Revolutionären aus Langerweile und den anderen hat er gut gesagt. Solche verdienten besonders, daß man sie anschrie: Was treiben Sie da? Nikolaus I. schrie das aus Kanonen, erbarmungslos, aber das war Notwehr. Jeder Mensch hat das Recht zur Notwehr. Koslow hat recht ...

Samgin sprang vom Bett auf und begann im Zimmer umherzuschreiten, wobei er ab und zu von der Seite her sah, wie sein mürrisches, vor Erregung blasses Gesicht im Spiegel vorüberhuschte – das Gesicht eines außergewöhnlichen Menschen mit Brille, mit einem spitzen, hellen Kinnbärtchen.

Ja, Evolution! Laßt mich in Ruhe. Fruchtloses Grübeln – wie hieß das doch deutsch? Grübelsucht. Weshalb bin ich verpflichtet, über Ideen, Menschen, Geschehnisse nachzudenken, die mich nicht interessieren, weshalb? Ich fühle mich immerzu in fremder Kleidung: mal ist sie mir zu weit, sie gleitet mir von den Schultern, bald ist sie eng, sie behindert Wachstum.

Seine Gedanken zerfielen, zerbröckelten, machten einem immer heftigeren Gefühl der Unzufriedenheit mit sich selbst Platz. Seine Augen blieben an der Photographie einer Gruppe von Gymnasiasten haften, die mit ihm zusammen das Abitur gemacht hatten; er hatte unter ihnen keinen einzigen Freund gehabt. Er stand in der ersten Reihe der dreizehn Schüler, zwischen dem dicken Sohn des Kreisadelsmarschalls und dem Neffen des Arztes Ljubomudrow, der sehr groß war und schon einen Schnurrbart trug. Er selbst kam sich aufgeschossen vor, wie ein Soldat in Reih und Glied, mit komisch aufgeblähten Backen und blindem Blick. Ärgerlich nahm er die Photographie von der Wand, holte sie aus dem Rahmen, zerriß sie in kleine Stücke und warf die Fetzen in den Korb unter dem Tisch. Da er gern noch etwas tun wollte, machte er sich daran, die Bücher in den Schrankfächern zu ordnen. Aber auch das beruhigte ihn nicht, die Unzufriedenheit mit sich selbst verwandelte sich in ein Gefühl der Feindschaft gegen sich und noch gegen jemand anderen, der ihn wie eine Schachfigur von einem Feld zum andern schob. Ja, so war es, irgendeine heimtückische Kraft spielte mit ihm, ließ ihn mit Menschen zusammenstoßen, die nicht miteinander zu vereinen sind, und dies gleichsam nur, um zu zeigen: sie sind nicht zu vereinen, können sich nicht zu einer wohlgeordneten Reihe ausrichten. Oder geschah das vielleicht, damit er sich von seinem Recht überzeuge, sich mit niemandem vereinen zu müssen?

Samgin stellte das Büchersichten ein und ging behutsam ans Fenster, so behutsam, als fürchte er, der glückliche Einfall könnte ihm entschlüpfen. Doch der Einfall, der plötzlich wie ein Licht im Dunkeln aufgeflammt war, lockte mit erstaunlicher Schnelligkeit eine Unmenge tröstlicher Gedanken herbei: Sie glitten von den Seiten halbvergessener Bücher, schienen sich schon lange um ihn herum aufgehalten und auf ihre Stunde gewartet zu haben, miteinander in Einklang zu gelangen. Die Stunde war gekommen, und so hatten sie, alle von gleicher Ordnung, gleicher Färbung, zu kreisen begonnen, wobei sie ihn beunruhigten und versprachen, in seiner Seele einen dauerhaften Kern der Gewißheit zu schaffen, daß Klim Samgin das Recht habe, ein völlig unabhängiger Mensch zu sein.

Weder Priester noch Opfer, sondern – ein freier Mensch! fiel ihm ein, als er wie aus der Ferne den schnellen Gedankenstrom beobachtete. Er stand in wohliger Erstarrung am Fenster und lächelte unwillkürlich, sich am Bärtchen zupfend.

Die Klinke der Zauntür schnappte zu, auf dem Hof erschien Inokow, ging aber nicht zum Seitenbau, sondern schwenkte den Hut und sagte laut: »Ich will zu Ihnen!«

Das war sonderbar. Inokow kam oft zu der Spiwak, hatte aber noch nie Samgin besucht. Obwohl sein Besuch Klim daran hinderte, sich mit sich selbst zu unterhalten, empfing er den Gast ziemlich liebenswürdig. Und bereute es sogleich, da Inokow schon an der Türschwelle anfing: »Hören Sie mal – was für ein Teufel hat Sie gestochen, Jelisaweta Lwowna meine Gedichte vorzulesen?«

Er sprach grob, zornig, machte aber kein böses Gesicht, sondern nur ein erstauntes; nach seiner Frage tat er den Mund halb auf und zog die Brauen hoch wie einer, der etwas nicht begreift. Doch sein dunkler Schnurrbart zitterte merklich, und Samgin verstand sofort, daß dies nichts Gutes verhieß. Er mußte etwas erfinden.

»Gedichte? Ihre Gedichte?« fragte auch er erstaunt und nahm die Brille ab. »Ich habe ihr nur ein einziges, in der Form sehr originelles Gedicht vorgelesen, aber es war ohne Unterschrift. Die Unterschrift war abgerissen.«

Jetzt war er bereits aufrichtig verblüfft, wie leicht und natürlich er diese Worte gesagt hatte.

»Abgerissen?« wiederholte Inokow, setzte sich auf einen Stuhl, steckte den Hut zwischen die Knie und strich sich mit der Hand über das Gesicht. »Na ja, ich hatte mir schon gedacht, daß da irgendein Blödsinn passiert ist. Sonst hätten Sie es natürlich nicht vorgelesen. Haben Sie die Gedichte bei sich?«

»Der Redakteur hat mir erlaubt, alle Gedichte, die nicht gedruckt werden, zu vernichten.«

Inokow seufzte, sah sich um und rieb sich mit beiden Händen die Augen; sein Gesicht, das den gewohnten mürrischen Ausdruck verloren hatte, war sonderbar weich geworden.

»Das ist recht. Hu, wie schwül es in der Stadt ist!«

Er ließ von neuem seinen Blick zerstreut im Zimmer umherschweifen und schlug in bittendem Tone vor: »Hören Sie, Samgin, lassen Sie uns aufs Feld hinausgehen, ja?«

»Mit Vergnügen«, sagte Klim. Er fühlte sich schuldig vor Inokow und erriet, daß dieser ihn aus irgendeinem Grund brauchte, in ihm keimten Neugier und die Hoffnung, zu erfahren, welche Beziehungen Inokow, Korwin und die Spiwak zusammengebracht haben mochten.

Auf der Straße schritt Inokow hastig daher, qualmte erbittert mit der Zigarette und redete: »Ich gehe oft auf dem Feld spazieren, sehe mir an, wie dort die Kasernen für die Artilleristen gebaut werden. Bin selbst ein Faulpelz, sehe aber gern bei der Arbeit zu. Ich gucke zu und denke: Bestimmt, die Menschen werden einmal der belanglosen, niederen Sächelchen müde, sie werden mit aller Kraft ein wirkliches, bedeutendes Werk in Angriff nehmen und – Wunder vollbringen . . .«

»Einen babylonischen Turm errichten?« fragte Klim.

»War nicht übel geplant«, sagte Inokow und stieß ihn mit dem Ellenbogen an. »Nein, im Ernst: Ich glaube, daß die Menschen Wunder vollbringen werden, sonst wäre das Leben keinen Heller wert, und man müßte alles zum Teufel schicken! All diese Häuserchen, Laternchen, Ecksteinchen . . .«

Er schnippte mit dem Finger den Zigarettenstummel weit von sich, schob den Hut in den Nacken und fragte mürrisch: »Sind Sie es gewesen, der Jelisaweta Lwowna von diesem . . . von dem Auftritt mit dem Dirigenten erzählt hat?«

»Selbstverständlich nicht«, antwortete Klim gekränkt.

Inokow hörte die Kränkung nicht.

»Wer denn sonst? Etwa er selbst, der Schurke?«

»Weshalb sind Sie so gegen ihn?«

Nach einigem Zögern, stockend, mit groben Worten, sagte Inokow, Korwin beliefere homosexuelle Priester mit Jungen, er habe deswegen schon vor Gericht gestanden, sei aber vom Erzbischof gerettet worden.

»Einerlei, er wird ins Gefängnis kommen!« brummte Inokow dumpf und versetzte einem zur Seite geneigten Eckstein einen Fußtritt.

»Weiß Jelisaweta Lwowna davon?« fragte Samgin unvorsichtig. Inokow sah ihm ins Gesicht und fragte auch: »Weshalb sollte sie davon wissen?«

»Sie ist mit ihm bekannt . . .«

»In ihrem Chor singt ja nicht wenig Gesindel mit.«

Er räusperte sich, spuckte aus und verstummte mürrisch.

Sie gelangten auf das Feld, reichlich von Sonne beschienen, mit fahlgrauem, ausgedörrtem Rasen bedeckt. In sanften Hängen stieg das Feld, in der Ferne verlaufend, zu den rauchfarbenen Wolken an; weit hinten erhoben sich gleich Schneekuppen die einförmigen Kegel von Lagerzelten, links von ihnen bewegten sich auf dem dunklen Hintergrund eines Haines Reihen weißer, spielzeughafter Soldaten, und noch weiter links ragte in die blaue Leere zwischen den Wolken ein in der Sonne rot leuchtendes Backsteingebäude, das von den fadendünnen Spänchen eines Gerüsts umgeben war, auf welchem Arbeiter, klein wie Kinder, wimmelten. Dorthin, wo mit blinkenden Bajonetten die Soldaten umherschritten, trabte, im Gegenlicht der Sonne prangend, ein weißer Reiter auf bronzefarbenem Roß.

»Zu einer Seite der Stadt hat Warawka einen Schlachthof und ein Gefängnis gebaut«, brummte Inokow, am Rand einer Schlucht entlanggehend, »zur anderen baut sein Konkurrent eine Kaserne.«

Die grauen, dürren Grashälmchen brachen unter Klims Füßen knisternd. Offene Weiten stimmten ihn stets traurig und demütig. Mit Inokow Schritt haltend, schmolz er gleichsam im Sonnenschein, in der heißen Luft, die stark mit dem Duft ausgedörrten Grases gesättigt war. Er hatte kein Verlangen zu sprechen, und keine Lust, dem Gebrumm Inokows zuzuhören. Er ging und sah hin, wie die Kasernen wuchsen; sie wurden als drei einzelne Gebäude trapezförmig errichtet, das mittlere war fast fertig, die Maurer legten gerade die letzten Ziegelreihen des zweiten Stockwerks, man konnte gut sehen, wie sich am Rande der Mauer die kleinen Gestalten in roten und blauen Hemden, mit weißen Schürzen bewegten, wie schwer die mit Ziegel beladenen Arbeiter auf den Bretterstegen zwischen dem Spinnennetz des Gerüsts hinaufschritten. Samgin und Inokow gingen am Rand einer in dem lehmigen Boden tief ausgewaschenen Schlucht entlang, der eine Hang war voll Müll geschüttet und mit Gesträuch und Unkraut bewachsen, der andere war düster, kahl, er hatte die Farbe von Eisen und sah aus, als wäre er über und über von Krallen zerkratzt. Dieser tiefe Erdspalt und das riesengroße Bauwerk daneben, ein Bauwerk, das von kleinen Menschlein errichtet wurde, hatten etwas Unvereinbares; Samgin dachte daran, daß man viele Tausende solcher kleinen bunten Gestalten benötigen würde, um die Schlucht bis zum Rand zu füllen.

Inokow schien plötzlich über etwas zu stolpern, gab Klim einen Stoß, rief: »Ach, zum Teufel, laufen wir!« und stürzte mit der Schnelligkeit eines kleinen Jungen davon.

Ein paar Sekunden lang begriff Klim nicht, was er sah. Ihm schien, der blaue Fleck des Himmels habe, in sich erbebend, der Mauer einen Stoß versetzt und beginne, sich über ihr vergrößernd, auf sie zu drücken, sie umzuwerfen. Das Gestänge des grauen, hölzernen Käfigs, in dem das riesengroße Gebäude eingesperrt war, geriet ins Wanken, neigte sich langsam und gleichsam widerstrebend zur Seite Klims, entblößte die Mauer und riß sie mit sich; man hörte ein Knarren, ein Krachen und das dumpfe, hämmernde Aufschlagen von Ziegeln, die auf die Laufstege fielen.

Daß die Mauer zusammenbrach, begriff Samgin erst, als die Maurer von ihr weg in das herabrutschende Chaos aus Stangen und Brettern hinabzuspringen begannen, als sie die Last der Ziegel von ihrem Rücken abwarfen und mit unwahrscheinlicher Schnelligkeit die Bretterstege hinunterliefen, während die Ziegel ihnen nachstürzten und immer lauter gegen das Holz trommelten, bis das Knarren und Krachen das hämmernde Geräusch übertönte. Samgin fing an zu laufen, er spürte, daß der Erdboden unter ihm einen Sprung machte und zugleich das einstürzende Gebäude rasch an ihn herantrug. Die Mauer zerfiel stückweise, sie atmete braunen Staub; widerlich verzerrten sich die leeren Löcher der Fenster, eins von ihnen streckte das lange Ende eines breiten Bretts heraus und höhnte damit, als zeigte es die Zunge.

Es war nicht zu glauben, daß Menschen so schnell, in so unnatürlich verrenkten Stellungen durch die Luft fliegen und mit einem derart lauten Aufschlag niederfallen konnten, und daß Klim ihn trotz des Krachens, Knarrens und vielstimmigen Schreckgeschreis hörte. Einige stürzten zu Boden, wie aus einem Anlauf in der Luft, sie hatten offenbar über den zum Leben erwachten Haufen von Stangen und Latten hinwegspringen wollen, aber das Holz, das wie die Beine einer Spinne zitterte, fing die Fallenden auf, klemmte sie ein. In einem der Fenster stand ein Mann mit einer langen Stange in den Händen, aber die Seitenwände des Fensters zerfielen, der Mann ließ die Stange fallen, warf die Arme hoch und kippte nach hinten um.

Ein breiter Strohhut flog in die Luft, fiel zu Boden und rollte Samgin vor die Füße, Klim sprang zur Seite, sah sich um und begriff plötzlich, daß er nicht, wie gewollt, von der Katastrophe fortgelaufen war, sondern ganz außer Atem etliche zwanzig Schritt vor einem unförmigen Haufen aus Holz und Ziegeln stand, in dem Enden von Brettern und Stangen zuckten, schaukelten. Klim zitterten die Knie, er setzte sich auf die Erde und blinzelte geblendet, der Schweiß floß ihm in die Augen; er riß die Brille herunter und sah zu, wie die Maurer und Zimmerleute nach allen Seiten auseinanderliefen und mit den Armen fuchtelten. Besonders hurtig, wie ein Fohlen, rannte ein Jugendlicher im blauen Hemd, rannte und kreischte ohrenbetäubend: »Onkel Pawel, O-onkel Pa-wel . . .«

Er raste an Samgin vorbei mit weißem, kalkbestäubtem Gesicht, offenem Mund und Augen, rund wie Geldstücke.

Ein großer, bärtiger, unglaublich staubiger Mann brach zwei Schritt von Samgin entfernt zusammen, ächzte, griff sich mit den Fingern am Hinterkopf ins Haar, schüttelte das Blut ab, das daran haftete, und sagte, während er die Hand am Schurz abwischte, mit ruhiger Stimme, als läse er ein Ladenschild: »Pack, blankknöpfiges, Sparer.«

Vom Lager her galoppierte der Reiter in Weiß, verstreut liefen Soldaten umher, weit hinter ihnen holperten, einander überholend, wie Bälle auf der Erde hüpfend, zwei grüne Wägelchen. Die Sonne senkte sich zum Hain herab und beleuchtete das Feld unerträglich grell, wie mit Absicht, um dem Unglück denkwürdige Deutlichkeit zu verleihen.

Samgin schob sich seitwärts ganz leise den Menschen aus dem Weg, er schüttelte den Kopf und wandte kein Auge von alledem, was auf dem zum Leben erwachten Feld blinkte; er sah, wie Inokow einen Mann trug, den er sich über die Schulter gelegt hatte, der Mann hing krumm an ihm herunter wie eine Puppe aus Lappen, seine mürben Hände scharrten auf Inokows Brust herum, als wollten sie ihm die Segeltuchbluse aufknöpfen. Ein Offizier galoppierte heran, fuchtelte mit der weißbehandschuhten Rechten und brüllte Inokow an, Inokow hockte sich hin, legte den Mann behutsam auf die Erde, legte Arme und Beine gerade und lief wieder zu der eingestürzten Hauswand; dort wimmelten bereits Soldaten wie weiße Mehlwürmer, dort versammelten sich vorsichtig Arbeiter, die Mehrzahl von ihnen jedoch blieb rings um Samgin sitzen und liegen; sie verständigten sich durch übermäßig laute, heulende Zurufe, und besonders hell, nach Weiberart, klang eine einzelne Stimme.

»Den Minajew meine ich doch, den Pawlucha! Nun hat sich's was mit dem Heimfahren! Den Minajew meine ich . . .«

Ein feister, breitbärtiger Maurer mit gedunsenem Gesicht und blauen Säcken unter den Augen rief schnarchend: »So dankt doch Gott, ja . . .«

»Ich habe es geahnt . . .«

»Sie steigern die Sparerei, das Gesindel . . .«

»Was brüllst du so? Eine Messe sollte man lesen . . .«

»Ich habe gesehen, Jungens, wie Matwej herunterfiel, als wäre er in einen Pfuhl getaucht, bei Gott!«

Samgin kam es vor, als werde es immer heißer und als brenne ihm die Sonne erbarmungslos die Worte, Gesichter und Bewegungen der Menschen ins Gedächtnis ein. Es war seltsam, das erregte vielstimmige Reden der Maurer zu hören, sie sprachen so laut, als wollten sie das Geschrei der Soldaten und irgendwessen ununterbrochenes, schneidendes Geheul übertönen: »Au . . . oh . . . au . . .«

An die fünf Mann standen mit dem Rücken dem Ort der Katastrophe zugewandt, sie hatten freudige Gesichter, und ein kleines, rothaariges Bäuerlein versicherte, indem er sich mehrmals bekreuzigte und an seinen Worten erstickte: »Bei Gott, ich lüge nicht! So wie ich dich sehe, sah ich: Er lief von oben herunter, da bäumte sich der Brettersteg unter ihm auf, und er flog in die Höhe, bei Gott!«

Samgin sah sich um und suchte zu begreifen: Wie war er so dicht herangelaufen, ohne es zu wollen! Er erinnerte sich, daß er, als Inokow nach vorn stürzte, nicht ihm nach, sondern zur Seite gelaufen war.

Sonderbar, dachte er, während er beobachtete, wie die Soldaten die Verletzten zusammentrugen und mit unnötiger Genauigkeit in eine wohlgeordnete Reihe nebeneinanderlegten.

Dann kam Inokow, seine linke Hand war mit einem Taschentuch umwickelt, er bemühte sich, mit den Zähnen und den Fingern der Rechten das Taschentuch zu verknoten, aber es gelang ihm nicht.

»Helfen Sie doch«, sagte er zu Klim.

»Verletzt?«

»Die Finger eingeklemmt.«

»Viele Tote?«

»Habe drei gesehen.«

Ohne Hut, von Mörtel beschmiert, mit eingerissenem Blusenärmel stand er da und stampfte aus irgendeinem Grund mit dem Fuß auf die trockene Erde, die von Holzspänen besät, mit rotem Ziegelstaub eingepudert war, stand da und redete, mit den staubigen Wimpern blinzelnd: »Eine dumme Sache: Als das Gerüst einstürzte, war es, wissen Sie, als ob eine riesengroße Spinne sich bewegte und die Menschen packte.«

»Ja«, stimmte Klim bei. »Genau wie eine Spinne. Ich kann mich nicht entsinnen: bin ich hinter Ihnen hergelaufen oder stehengeblieben?«

Inokow sah ihn mit verständnislosem Blick an.

»Einem hat es den Kopf zerdrückt ... erstaunlich! Es ist nichts mehr da, nur der Unterkiefer mit Bart. Gehen wir?«

Sie gingen so eng nebeneinander, daß es unangenehm war. Inokow rieb mit dem Blusenärmel den Staub aus seinem Gesicht, sah sich um und stieß Klim, Klim aber hielt sich dennoch dicht neben ihm und sagte: »Wissen Sie, ich war überzeugt davon, daß ich stehe, es hat sich aber gezeigt, daß ich Ihnen nachgelaufen bin. Seltsam, nicht?«

»Was ist denn Seltsames daran?« murmelte Inokow gleichgültig und verzog die Lippen zu einem schiefen Lächeln. »Die unverletzt gebliebenen Maurer haben sich zu dem Unglück ziemlich ruhig verhalten«, begann er zu erzählen. »Ich lief hin, sah einen Mann, dessen Beine zwischen zwei Latten eingeklemmt waren, er lag besinnungslos. Ich rief einem Mann zu: ›Hilf mir, ihn herauszuziehen!‹, er aber antwortete: ›Laß ihn, es ist nicht erlaubt, Tote anzurühren.‹ Er half mir nicht und ging fort. So haben sie alle ... Die Soldaten arbeiten, sie aber sehen zu ...«

»Sie haben sich erschrocken«, sagte Samgin und erinnerte sich plötzlich, wie schnell er auf den Schlittschuhen zu dem in einem Eisloch ertrinkenden Boris Warawka hingerast war.

»Es gibt nichts, was dem Heutigen gliche«, sagte er laut. Inokow schüttelte sich, blickte ihn an und beendete den Satz: »Und ich habe auch noch nichts dergleichen gesehen.«

Mit diesen Worten löschte er die Erinnerung an Boris aus.

Samgin bedrückte ein Gefühl von Schwäche, von physischer Übelkeit, er hätte gern die Augen geschlossen und zu gehen aufgehört, um nichts zu sehen, um zu vergessen, wie Menschen herabfallen, ungewöhnlich klein in der Luft.

»So ein Blödsinn«, murmelte Inokow nachdenklich und schlug sich im Gehen den Staub mit dem Hut von der Hose. »Ihnen kommt es vor, als seien Sie sonstwohin gelaufen, mir aber flimmert ein Holzspänchen vor den Augen, solch ein graues Spänchen – als sei es abgeschossen worden, flog es in die Höhe ... wie eine Lerche ... und schwirrte umher. In der Tat, unbegreiflich! Hier sind Menschen verstümmelt worden, sie stöhnen, schreien, und ins Gedächtnis ist ein Spänchen eingedrungen. Diese Sächelchen ... solche Spänchen ... weiß der Teufel, was das ist.«

Er stieß gegen Samgin, verlangsamte seine Schritte und setzte hinzu: »Mich wollte ein Mann mit einem Pfahl schlagen, er riß den Pfahl aus und jagte sich einen Splitter in die Hand zwischen die Finger, einen tüchtigen Splitter, ich mußte ihn herausziehen ... dem Dummkopf.«

Er ging wieder rascher.

»Spänchen, Splitter ... Irgend so ein Staub in der Seele.«

Das vom Splitter hat er wahrscheinlich erfunden, stellte Samgin fest und fragte: »Was wollen Sie damit sagen?«

»Das weiß ich nicht. Wüßte ich es, so sagte ich es nicht«, antwortete Inokow und verschwand plötzlich in dem windschiefen Tor eines alten Hauses.

Weshalb denn: Wüßte ich es, so sagte ich es nicht? dachte Samgin. Wie unangenehm er ist ...

Die Sonne ging unter, die Kuppeln der Maria-Himmelfahrtskirche strahlten wie riesengroße Kerzen, ein mattrosa Dunst hing in der Luft.

Daheim ging Samgin mechanisch in den Garten und streckte sich müde auf einer Bank aus. Auch der herbstlich verfärbte Garten war voll rötlicher Schwüle; schon seit einigen Tagen drohte die Hitze Regengüsse zu bringen, doch der Wind vertrieb die Wolken, riß das gelbe Laub von den Bäumen und bestreute die Stadt mit Staub. Samgin sah deutlich einen häßlichen zusammengekrümmten Körper ohne Arme und Beine, mit einem Kopf, über den ein grauer Schurz gebreitet war, einen Körper, der wie zu einem Bündel zusammengeschnürt war und mit unglaublicher Schnelligkeit herabstürzte. Ein anderer Mann flog in gestreckter Haltung, mit hochgeworfenen Armen durch die Luft, er war unnatürlich lang, und das lose rote Kittelhemd hatte sich aufgebläht und verlieh ihm Ähnlichkeit mit einer Tulpe. Klim erinnerte sich nicht mehr, ob drei oder vier Männer von der Hauswand heruntergefallen und für einen Augenblick in der Luft zu sehen gewesen waren, jetzt schien ihm, er hätte zehn gesehen.

Aus einem offenen Fenster des Seitenbaus schallte die ruhige Stimme Jelisaweta Lwownas herüber; sie erteilte seit kurzem einigen Schülern Unterricht in Literaturgeschichte, es kamen acht zu ihr ins Haus. Um nicht zu denken, zwang sich Samgin, den Worten der Spiwak zuzuhören.

»Es ist nichts Neues, wenn Rimbaud den Vokalen Farbe gab, schon Tieck suchte durch Worte Farbeindrücke zu erwecken«, vernahm Klim und dachte: Eine arge Heuchlerin. Was will sie?

Die Stimme der Spiwak klang unangenehm eintönig und eigenwillig.

»Im Grunde genommen jedoch verbirgt sich hinter der Romantik das Bestreben, von der Wirklichkeit, von den brennenden Tagesfragen abzurücken. Etwas plump, aber sehr offenherzig hat das der Romantiker Karamsin zugegeben:

Ach, nicht immer bittre Tränen
Laßt um ernstes Leid uns weinen,
Auch Vergessen laßt uns suchen
Kurz im Banne schöner Träume.«

Wie sie lügt, dachte Samgin, obwohl er verstand, daß sie nur vereinfachte.

»Um nun, da sie schon nicht mehr Minuten, sondern das ganze Leben mit schönen Träumen ausfüllen wollen, laufen sie vor der Wirklichkeit davon, während andere ...«

Samgin erhob sich, trat ans Fenster und sagte ins Halbdunkel des bekannten Zimmers hinein: »Die Artilleriekaserne ist eingestürzt, es hat mehrere Tote und viele Verletzte gegeben ...«

Das Zimmer füllte sich mit dem Lärm zurückgeschobener Stühle, in einer Ecke flammte ein Streichholz auf und beleuchtete eine Hand mit langen Fingern, eine junge Dame gackerte wie ein erschrecktes Huhn – Samgin tat die Verwirrung wohl, die seine Worte hervorgerufen hatten. Als er ohne Eile durch Garten und Hof ging und sich darauf vorbereitete, das Furchtbare zu erzählen, kamen die Schüler der Spiwak lärmend aus dem Seitenbau herausgerannt; sie selbst stand neben dem Tisch und zündete die Lampe an, die Glasglocke tönte leise, am Tisch saß der alte Radejew, er trommelte mit den Fingern und wiegte den Kopf.

»Wie theatralisch Sie gerufen haben«, sagte die Spiwak ohne Lächeln, aber auch ohne Vorwurf.

»Jawohl, anklagend«, bestätigte Radejew. »Die jungen Leute sind auseinandergelaufen.«

Er begann, Klim über die Katastrophe auszufragen, die Spiwak indes, im schwarzen Kleid, sehr aufrecht und groß, hob die Arme, um ihre Frisur zu ordnen, und sagte: »Kutusow ist verhaftet worden.«

»Jawohl, auf dem Dampfer«, bestätigte Radejew wieder und seufzte. Dann erhob er sich, ergriff die Hand der Spiwak, drückte sie mit der einen und sagte, während er sie mit der anderen Hand streichelte, tröstend: »Wir werden uns also um eine Kaution bemühen, ja? Na, leben Sie wohl!«

Die Spiwak begleitete ihn zur Tür und kehrte zurück, noch ehe Samgin sich auszudenken vermochte, wie er sich zu der Verhaftung Kutusows verhalten sollte. Neben ihr schritt ebenso malerisch wie auf der Terrasse des Restaurants Korwin einher, der einem reich gewordenen Friseur glich.

»Kennen Sie sich?« fragte die Spiwak gleichgültig, während ihr Gast sich mit hohem Tenor süßlich vorstellte: »Andrej Wladimirowitsch Korwin.«

Doch sogleich zeigte sich über seiner Nasenwurzel eine tiefe Falte, sie vereinte die dichten Brauen zu einer Linie, und in Sekundenschnelle verschmolzen seine Augen, rund wie bei einem Nachtvogel, gleichsam zu einem einzigen Auge in Gestalt einer Acht. Das war so sonderbar, daß Samgin sich kaum halten konnte, um nicht zurückzufahren.

»Ich schaue einen Augenblick nach meinem Sohn«, sagte die Spiwak im Fortgehen. Korwin zog eine goldene Uhr aus der Westentasche.

»Wir haben noch vierzig Minuten Zeit bis zur Gesangsprobe.«

Er wartete, bis die Hausfrau die Tür hinter sich geschlossen hatte, dann streckte er den Hals und begann hastig, mit zischendem Flüstern zu sprechen: »Sie sind Zeuge der Gemeinheit gewesen, aber – glauben Sie ja nicht, daß ich das auf sich beruhen lassen werde. Wenn er auch verrückt ist, das ist keine Rechtfertigung, nein! Jelisaweta Lwowna, die ehrenwerte Dame, darf davon natürlich nichts erfahren – nicht wahr? Ihm aber sagen Sie, daß er sein Teil abbekommen wird!«

»Ich übernehme keine derartigen Aufträge«, sagte Samgin ziemlich laut.

»Psch-sch!« zischte Korwin, die Hand hebend. »Und – warum übernehmen Sie sie nicht? Warum?«

Seine Augen trennten sich, jedes trat wieder an seinen Platz. Korwin bewegte den Schnurrbart, nahm ein grellrotes Tüchlein aus der Tasche seines dunklen Rocks, wischte seine Lippen ab, stieß einen Krächzer aus und flüsterte drohend: »Ich lasse auch Sie und den Feuilletonisten als Zeugen vorladen.«

Dann trat die Spiwak ein, müde setzte sie sich aufs Sofa. Korwin rückte sogleich gewandt einen Stuhl zu ihr, setzte sich und zog die Hosenbeine etwas hoch, wobei sich seine karierten Socken zeigten; seine Knie waren dick und rund, wie Zweipudgewichte. Das unverschämte Geflüster und die Ungezwungenheit des Dirigenten empörten Samgin, es gelüstete ihn, Jelisaweta Lwowna sofort alles zu erzählen, doch sie sah ihn, dann Korwin mit kränkend vergleichendem Blick an und erkundigte sich, während sie in Notenheften blätterte: »Wissen Sie von dem Unglück?«

Sie fragte in einer Weise, daß Samgin dachte: Spricht sie von Kutusow? Dieser Bulle hier ist doch nicht etwa auch ein Revolutionär?

Doch Korwin wußte nichts von dem Unglück, und die Spiwak schlug Klim vor: »Erzählen Sie doch.«

Samgin tat dies knapp und trocken; der Dirigent hörte ihm ohne besonderes Interesse zu und bemerkte streng: »Wir sind zu hastig, darum stürzt alles ein. Und unser Volk ist verlottert.«

Mit metallischem Tenor und in der Art eines Mannes, der viel zu reden gewohnt ist, suchte Korwin nun zu beweisen, wie notwendig es sei, Volkschöre, Orchester und Gesangvereine aufzustellen.

»Den Sport muß man fördern, insbesondere den Boxkampf, unser Volk schlägt sich gern . . .«

Dem Dirigenten versagte die Stimme, er hustete, blickte Klim herausfordernd an und fuhr fort: »Es schlägt sich idiotisch, wie ein Tier, aber auch beim Schlagen muß Disziplin, muß Gesetzlichkeit herrschen.«

Samgin lächelte, schwieg aber und wartete ab, was die Spiwak sagen werde; sie sagte, während sie mit einem Bleistift in den Noten Vermerke machte, ohne den Kopf zu heben und erstaunlich unangebracht: »Andrej Wladimirowitsch ist in Korea gewesen.«

Der Dirigent wischte wieder mit dem grellroten Tüchlein die Lippen ab, vereinte die Augen zu einer Acht, sah Samgin an und fuhr noch strenger, belehrender fort: »Nehmen wir beispielsweise die Engländer: Bei ihnen rebellieren die Studenten nicht. Und überhaupt – sie leben ohne Phantastereien, sie faseln nicht, denn sie haben den Sport. Wir schnappen im Westen das Schlechte auf, das Gute jedoch sehen wir nicht. Für das Volk müßten öfters religiöse Umzüge, Kirchenprozessionen veranstaltet werden! Wodurch ist das Papsttum stark? Eben durch diese Schaustellungen, durch das Theatralische. Das Volk erfaßt die Religion mit dem Auge, durch das Materielle. Die Anbetung Gottes im Geiste wird seit neunzehnhundert Jahren gepredigt, aber wir sehen, daß dies wenig nützt, nur die Sekten haben sich vermehrt.«

»Erzählen Sie doch von den Koreanern«, schlug die Spiwak nach einem Blick auf die Uhr vor.

»Was sind die Koreaner? Ein unglückliches Volk, das zugrunde geht infolge der Berührung mit den Japanern, die durch Europa verdorben sind«, sagte Korwin schon etwas grob, zündete sich eine Zigarette an und blies einen Rauchstrahl gegen die Knie der Spiwak.

»Ein stilles, naives Volk, weich wie Wachs«, zählte er die Vorzüge der Koreaner auf, knetete mit den dicken und wahrscheinlich harten Lippen an dem Mundstück der Zigarette und sagte dann überzeugt, herausfordernd: »Und es braucht Kultur überhaupt nicht.«

Er erinnerte sich offenbar an etwas Erregendes, Beleidigendes. Seine Augen wurden blutrot; er kratzte sich mit den Fingernägeln am Knie und fing an, auf die Japaner zu schimpfen, wobei er unter anderem die komischen Worte sagte: »Sehen Sie, auch bei uns lassen all diese Trambahnen den gut russischen, simplen Bauernwagen an seiner Bedeutung zweifeln . . .«

»Es ist Zeit«, sagte die Spiwak, sich erhebend; ihre Worte klangen für Samgin doppeldeutig, doch an ihrem Gesicht erkannte er, daß sie dem Dirigenten anscheinend nicht zugehört hatte.

»Kommen Sie mit«, schlug sie Klim vor.

Er verstand, daß sie das mußte, auch hatte er Lust, Korwin noch etwas zuzuhören. Auf der Straße war es unbehaglich; der Wind fegte aus den Höfen und Seitengassen und trieb das Herbstlaub quer über das Pflaster, die Blätter schmiegten sich an die Zäune, flüchteten unter die Haustore, doch einige hüpften in die Höhe und krochen wie erschreckte Mäuse halbhoch an den Zäunen hinauf, fielen wieder herunter, kreisten und warfen sich einem vor die Füße. Darin war irgend etwas, das Samgin an die Maurer und Zimmerleute erinnerte, die von der Hausmauer heruntergefallen waren.

»Die Frau ist ihrer Natur nach zu glauben verpflichtet«, sagte Korwin im Ton eines geübten Predigers.

Er riß beim Gehen mit generalsmäßig bestimmtem Schritt die wuchtigen Beine hoch, den Spazierstock hielt er unter der Achsel, als wollte er dadurch verhindern, daß Samgin ihm zu nahe käme.

»Ach, Sie reden langweilig«, seufzte die Spiwak, doch Korwin fuhr eigensinnig fort: »Eine ungläubige Frau ist ein Zerrbild . . .«

Samgin bog in eine Seitengasse ein, die dürftig von zwei Laternen erleuchtet war; der Wind stieß ihn in den Rücken, vom Staub waren ihm Mund und Kehle trocken, und so beschloß er, in ein Restaurant zu gehen, etwas Bier zu trinken, eine Weile unter einfachen Leuten zu sitzen. Plötzlich trat eine kleine Frau mit dunklem Kopftuch aus einer Zaunlücke auf den Gehsteig heraus und bat ganz leise: »Begleiten Sie mich doch.«

Samgin ging schneller, doch sie ließ nicht von ihm ab und trippelte mit ihren Absätzen wie eine Ziege über die Backsteine des Gehsteigs, und hinter Klims Schulter erklang ihr bittendes Flüstern: »Ich wohne ganz in der Nähe.«

Samgin warf einen Blick auf das stupsnasige, großmundige runde Gesicht und sagte erbittert: »Scheren Sie sich fort.«

Das Mädchen sprang erschrocken zur Seite.

So sollte man alles Überflüssige von sich schleudern.

Doch eine Munute später auf der Hauptstraße dachte er nach und rechtfertigte sich: Diese Erbitterung gegen die Frau hat mir Lidija eingeimpft.

An Lidija dachte er immer seltener, jedesmal feindseliger, heute jedoch empfand er die Feindschaft gegen sie besonders stark.

Wie zermürbt, wie kümmerlich sie ist, dachte er, als er im Restaurant saß, und das Gedächtnis flüsterte ihm dienstbeflissen die unsinnigen Sätze und Fragen des jungen Mädchens ein. Hör mal – das ist doch entsetzlich: Gott und Geschlechtsorgane . . .!

Er hatte schon lange gemerkt, daß sein Denken über die Frauen immer kühler, zynischer wurde, er war überzeugt, dies schlösse für ihn die Möglichkeit von Irrtümern aus, und fand, das kinderlose Weibchen Margarita habe das Richtige über ihre Mitschwestern gesagt.

In dem langen, schmalen Gastzimmer des Restaurants standen an den Wänden schräg in den Raum hinein rotbraune Plüschdiwane, jeder für zwei Personen; Samgin setzte sich an ein Tischchen zwischen die Diwane und fühlte sich wie in einem riesengroßen, häßlich langen Waggon. Warmer, widerlicher Tabak- und Küchengeruch füllte das Zimmer, und es schien natürlich, daß die Luft trüb blau gefärbt war.

Teller und Bestecke klirrten; über der einen Diwanlehne ragte der fette, spärlich behaarte Nacken des Bauunternehmers Merkulow hervor, dieser Nacken erinnerte an ein schlecht gerupftes Huhn. Dem Bauunternehmer gegenüber saß der bischöfliche Architekt Dianin, ein großer und bärtiger Mann, wie jener Sträfling in Ketten, der, als er Klim im Fenster erblickt hatte, seinem Kameraden zurief: »Lazarus ist auferstanden!«

»All diese Dummköpfe reisen, suchen den Nordpol, doch wozu brauchen wir den Pol, zum Teufel noch mal?« entrüstete sich griesgrämig Merkulow.

»Neugier«, erläuterte der Architekt, der am Wein nippte und die schwarzen Augen streng auf Klim geheftet hatte. »Wißbegier«, setzte er hinzu.

Links von Samgin lachte mit tiefem O der Inhaber der besten Familienbadestuben der Stadt, Domogailow, der dem raschen Redefluß des Mitglieds des Stadtamtes, Masin, zuhörte, eines dicken Mannes mit welkem, unbehaartem Kastratengesicht; dieser lustige Liedrian hatte vor zwei Jahren seine Tochter gewaltsam mit einem verwitweten Adjutanten des Polizeimeisters verheiratet, und die Tochter hatte sich, als sie von der Trauung nach Hause zurückgekehrt war, erschossen.

»Der Arme schnitt eine diplomatische Fratze, ich hatte aber das Krönchen von der Sechs, na und so trieb ich ihn zum Äußersten!« prahlte schmalzig eine wohlbeleibte Frau in Seide; ihre Ohren waren aufgedunsen wie Fleischpastetchen und mit schweren Smaragden geschmückt, sie lachte verheerend. Das war Fiona Trussowa, eine Wucherin, alle in der ganzen Stadt hielten sie für eine erbarmungslose Frau, sie jedoch behauptete, das »Geheimnis des glücklichen Lebens« zu kennen. Sie war die Tochter der Köchin vom Kreisadelsmarschall, hatte ihr glückliches Leben als seine Geliebte begonnen, den alten Mann rasch aufgebraucht, danach hatte sie einen Juwelier geheiratet, der war irrsinnig geworden; dann lebte sie mit dem Vizegouverneur, jetzt lebte sie mit Schauspielern, jede Saison mit einem anderen; die Stadt war angefüllt mit Anekdoten über ihren berechnenden Zynismus und wunderte sich über ihre Freigebigkeit: Sie hatte ein Kinderspital gestiftet und hatte im Jungen- und Mädchengymnasium über zwanzig Stipendiaten.

»In dieser Saison wird eine sehr schicke kleine dramatische Truppe hier gastieren«, sagte sie genießerisch, während sie dem kleinen, langnasigen, mit den rotbraunen Augen funkelnden Holzhändler Ussow Kognak einschenkte.

»Die Großväter und Väter haben uns gelehrt: ›Man muß wissen, wo man was nehmen kann‹«, brummte Markulow dem Architekten zu, dieser jedoch betrachtete den Wein gegen das Licht und seufzte: »Zur Zeit floriert der Kirchenbau in Sibirien längs der Eisenbahn.«

»Nein, Fiona Mitrewna, hör doch mal zu!« brüllte Ussow. »In Wassil-Sursk kommt ein Spanier an, um eichene Faßdauben einzukaufen, er spricht nur seine Muttersprache und Französisch. Na, Wassil-Sursk wird doch nicht Spanisch lernen, und so beginnt man den Spanier Russisch zu lehren. Na, und was meinst du wohl – sie haben es ihm beigebracht . . .«

Samgin aß Krebse, trank wohlschmeckendes Bier, hörte zu. Siebzehn Personen zählte er in dem Restaurant, lauter Hausbesitzer, »Stadtväter«, wie Robinson sie nannte. Das sind nicht die Reichsten, aber sie sind eben jene »Schwerarbeiter, jene einfachen Leute«, die nach Historiker Koslows Worten ohne Hast ein gesichertes Leben in Fluß brachten, und sie waren bedeutender als die schwerreichen, bis ans Ende ihrer Tage satten Leute, die träge und gleichgültig dem Leben der Stadt gegenüberstanden. Koslow gemäß, ja auch den Eingebungen des Verstandes gemäß hatte man über diese Leute wohlwollend zu denken, Samgin jedoch dachte:

Ich werde die Universität absolvieren und dann den Interessen dieser Bullen dienen müssen. Ich werde die Tochter eines von ihnen heiraten, werde Gymnasiasten und Gymnasiastinnen in die Welt setzen, doch sie werden mich nach etwa fünfzehn Jahren nicht mehr verstehen. Dann werde ich dick werden und vielleicht auch wißbegierige Menschen auslachen. Alter. Krankheit. Und ich werde sterben mit dem Gefühl, ein Isaak zu sein, der geopfert wurde – welchem Gott?

Das waren neue, fremde Gedanken, und sie beunruhigten ihn sehr, aber sie abzuschütteln – fehlte ihm die Kraft. Das Klirren des Geschirrs, das Gelächter, die Stimmen füllten Samgin wie ein leeres Zimmer mit Getöse, dieses Getöse schwebte über seinen Betrachtungen und störte sie nicht, aber er wünschte sich, daß irgend etwas sie auslösche. Immer feindseligere Erinnerungen an Menschen verdichteten sich in ihm und bedrückten ihn. Da war Warawka, für den alle Menschen nur Arbeitskraft waren, da sagte der glatte, saubere Radejew freundlich: »Ich habe die intelligenten Menschen gern wegen ihrer Uneigennützigkeit, wegen ihrer redlichen Einstellung zur Arbeit.«

Neben ihnen stand Ljutow, der sich zu den Revolutionären verhielt wie zu seinen Handlungsgehilfen. Auch Kutusow kam ihm in Erinnerung, der sich der Zerstörung dieses Lebens gewidmet hatte, aber Klim Samgin jagte ihn in Gedanken von sich.

Der ist aus dem Spiel ausgeschieden. Und wahrscheinlich für lange. Die Marakujews und Pojarkows aber – was können sie gegen diese Leute hier ausrichten? dachte er, während er die Menschen in dem Restaurant beobachtete. Ich muß mich zerstreuen, beschloß er und betrat ein paar Minuten später die stille Straße.

Flockige, schwarze Wolken zogen über die Stadt, er verglich die Wolken mit Bären. In blauen Abgründen funkelten ungewöhnlich grelle Sterne, sie schienen absichtlich zu funkeln, damit man sähe, wie tief die Abgründe sind, aus denen die herbstliche Frische wehte. Die Geschäfte waren bereits geschlossen, und es war so dunkel, daß die Laternenpfähle fast nicht bemerkbar waren und ihre in Glasscheiben eingeschlossenen Flammen in der Luft zu hängen schienen. Frauen der Nacht schritten auf dem Gehsteig von Laterne zu Laterne, wie Wachtposten, und schleppten ihre Schatten auf den abgetretenen Ziegeln hinter sich her. Klim blickte unter die Hüte, ihn lächelten von der Dunkelheit verwischte Gesichter an; das Lächeln stieß ihn ab.

Der unabhängigste Mensch ist Inokow, dachte Klim. Aber er ist nur deshalb unabhängig, weil er es noch nicht geschafft hat, sich durch etwas verführen zu lassen. Übrigens ist er bereits in eine Frau verliebt, die um zehn Jahre oder mehr älter ist als er.

Samgin bog in eine dunke Seitengasse ein, der Wind wehte ihm entgegen, brachte ihn ins Wanken, überschüttete ihn mit staubiger Langeweile. Die Gasse war krumm, arm an Häusern, gefüllt mit dem Rascheln der Bäume in den Gärten, dem Knarren der Zäune, dem Pfeifen in den Fugen; es knallte etwas, wie eine Hirtenpeitsche, und man konnte meinen, diese Gasse sei der Hauptweg, auf dem der Wind in die Stadt einbrach.

Samgin hatte vom Bier einen dumpfen Kopf und schwere Füße bekommen, und der Wind blies irgendwelche besonders langweiligen Gedanken auf. Samgin langte bei der kleinen, uralten Kirche Georgs des Siegreichen an, die in einem Halbkreis von Häusern versteckt lag; vor dem Kircheneingang waren zwei altertümliche Kanonen wie Ecksteine in die Erde eingelassen. Samgin setzte sich auf die Stufen des Kircheneingangs, säuberte mit dem Taschentuch die verstaubten Augen und die Brille, und ihm fiel ein, daß Boris Warawka davon geträumt hatte, die Erde aus den Kanonen herauszustochern, sich Pulver zu beschaffen und während der Abendmesse beide Kanonen zugleich abzufeuern. Boris hatte oft darüber nachgedacht, wie und wodurch man Menschen erschrecken könnte. Wenn er noch lebte, wäre er natürlich Revolutionär geworden ...

Weiß der Teufel, wie schwermütig mir ist, dachte Samgin fast laut, wobei er die Brille am Finger schaukelte und mit ihren Gläsern den Widerschein der Ampel einfing, die hinter ihm in der Vorhalle der Kirche brannte. Jedesmal, wenn ihm schlecht war, pflegte er sich zu versichern, daß er sich früher noch nie so schlecht gefühlt habe. Diese Stimmungen machten ihn verlegen, sie erniedrigten ihn sogar, und er begann sich einzureden, daß in ihnen etwas Weltfremdes, Heroisches, ja vielleicht sogar Dämonisches enthalten sei. So auch jetzt: Er befand sich in der ungeliebten Stadt, am Eingang einer Kirche, die er nicht brauchte; der Wind toste, schwarze Ungetüme krochen über die Stadt, in der es keinen einzigen Menschen gab, der ihm nahestand.

Kindisch denke ich da, warnte er sich. Buchgelehrt, verbesserte er sich und dachte dann, daß er schon fünfundzwanzig Jahre gelebt und noch nie die Notwendigkeit empfunden habe, die Frage zu entscheiden, ob es einen Gott gebe oder nicht. Die Großmutter wie auch der Geistliche im Gymnasium hatten Gott als Gesetzgeber der Moral dargestellt und ihn dadurch zu dem langweiligen Ebenbild ihrer selbst herabgewürdigt. Doch Gott mußte entweder unbegreiflich und furchtbar oder so herrlich sein, daß man außerhalb allen Verstandes über ihn entzückt sein konnte.

Nein, erstaunlich dumm ist heute alles, entschied er mit einem Seufzer. Und irgendwelchen Stimmen in der Ferne lauschend, rückte er tiefer in den Schatten.

»Du lügst, Soliman«, sagte laut und grob Inokow; er sagte noch etwas, doch seine Worte wurden von einer anderen Stimme übertönt: »Ein Tatar und lügen? Niemals! Suleiman mußt du zu mir sagen.«

Sie blieben vor dem Fenster eines kleinen Häuschens stehen, und Samgin sah auf dem Hintergrund des von innen beleuchteten Vorhangs deutlich zwei Köpfe: den zerzausten Inokows und einen glatten mit orientalischem Käppchen.

»Warum hast du Tatar betrunken gemacht?«

»Geh heim!«

»Abwarten. Echte Saffian wir machen aus Leder von Ziege, nicht echte aus Leder von Schafbock, na?«

Der Tatar war lang, mit schmalem Gesicht, spärlichem Bärtchen, und er erinnerte an Li Hung Tschang, der viel weniger einem Menschen glich als der russische Zar.

Gott darf nichts mit dem Menschen gemein haben, überlegte Samgin. Die Chinesen begreifen das, ihre Götter sind wie Ungeheuer, unheimlich ...

Inokow klopfte ans Fenster und ging, den Hut schwenkend, weiter. Als der Wind das Geräusch seiner Schritte verweht hatte, ging Samgin nach Hause, vom Wind im Rücken getrieben, er ging und bedauerte, daß er nicht auf den Gedanken gekommen war, Inokow zu rufen und sich mit ihm irgendwohin zu begeben, wo es lustig wäre.

Er kennt vermutlich irgendwelche Mädchen ... mit Gitarren.

Als er den Hof betrat, stand Jelisaweta Lwowna am Staketenzaun des Gartens.

»Mir kommt es vor, als ginge jemand im Garten herum«, sagte sie halblaut. »Hören Sie es?«

»Es ist der Wind«, entgegnete Klim.

»Weshalb sind Sie uns denn davongelaufen?« fragte die Spiwak und öffnete das Pförtchen zum Garten.

»Mir gefällt dieser Dirigent nicht«, sagte Samgin und konnte sich kaum beherrschen. Es gelüstete ihn zu erzählen, wie Inokow Korwin geschlagen hatte. »Wer ist er eigentlich?«

Die Spiwak begann, während sie den Gartenweg entlangging und die Büsche betrachtete, von Korwin in dem Ton zu erzählen, wie man zu sprechen pflegt, wenn man an etwas ganz anderes denkt oder überhaupt nicht denken will. Klim erfuhr, daß der Verwalter des Vaters der Spiwak Korwin einst krank und bewußtlos auf dem Feld aufgelesen habe; er brachte ihn in den Gutshof, und der Junge erzählte, daß er Blindenführer gewesen sei; einer der Blinden, der sich für seinen Onkel ausgab, war nicht vollkommen blind und hatte ihn erbarmungslos behandelt, der Junge war ihm davongelaufen, hatte sich im Wald versteckt und war vor Hunger, oder weil er sich an irgend etwas vergiftet hatte, erkrankt.

»Er war damals acht oder zehn Jahre alt, und man hatte ihn an dem Tag gefunden, an dem ich geboren wurde. Meine sehr abergläubische Mutter sah hierin einen Hinweis von oben und überredete meinen Vater, den Jungen zu behalten. Er war ein sehr wilder, schwieriger Junge, man versuchte ihm Lesen und Schreiben beizubringen – aber er lief davon. Bis zum fünfzehnten Lebensjahr war mit ihm nichts anzufangen. Dann war er Hirtenjunge in einem Kloster und wohnte wieder bei uns; Vater plackte sich viel mit ihm herum, aber immer erfolglos. Die Bauern bezichtigten ihn des Schändungsversuchs an einem kleinen Mädchen und hätten ihn fast erschlagen. Er ging wieder ins Kloster als Novize, und ich sah ihn zum letztenmal als ein solches strenges, schweigsames Mönchlein. Seitdem sind zwanzig Jahre vergangen, und im Lauf dieser Zeit hat er ein erstaunlich abwechslungsreiches Leben geführt: Er hat an dem grotesken Abenteuer des Kosaken Aschinow teilgenommen, der Rußland Abessinien schenken wollte, dann hat er irgendwo in Frankreich als Schlächter in Schlachthöfen gearbeitet und war schließlich Missionar in Korea. Seine Missionarstätigkeit ist etwas sehr Sonderbares. Er ist ehrgeizig, ein Pechvogel und darum verbittert. Ein ungeschliffener Mensch, wie Sie sehen. Doch sein Gedächtnis ist erstaunlich. Sie sollten ihn näher kennenlernen, er ist – interessant.«

»Ich mag nicht«, sagte Samgin. »Ich bin der interessanten Menschen bereits müde.«

»Ja?« fragte die Spiwak gleichmütig.

»Ja«, wiederholte er hitzig. »Mir scheint, die interessanten Menschen sind Leute, die beweisen wollen, daß sie interessant sind.«

»So?« fragte die Frau, blieb am Fenster des Seitenbaus stehen und sah ins Zimmer hinein, das nur schwach von einem Nachtlämpchen erleuchtet war. »Möglicherweise gibt es auch solche«, stimmte sie ruhig bei. »Na, es ist Schlafenszeit.«

Der Wind schüttelte die Bäume und riß dürres Laub ab, die Wolken schwebten immer schneller dahin und ließen die Sterne bald erlöschen, bald wieder aufblinken.

»Sagen Sie, Jelisaweta Lwowna: Weshalb sind Sie Revolutionärin?« fragte Samgin plötzlich.

Sie verlangsamte ihre Schritte und sah ihn an.

»Eine sonderbare Frage.«

»Ich weiß.«

»Eine verspätete Frage.«

»Eine kindliche und so weiter, und – dennoch!«

Die Spiwak ging vor ihm her und sagte halblaut: »Ich nenne mich nicht Revolutionärin, doch ich bin ein Mensch, der vollkommen davon überzeugt ist, daß der Klassenstaat sich überlebt hat, ohnmächtig ist und daß sein Weiterbestehen die Kultur gefährdet, das Volk mit Verfall bedroht – das alles wissen Sie. Was wollen Sie also?«

»Das stammt von Kutusow«, murmelte Klim.

»Und – deshalb?« fragte sie, die Flurstufen des Seitenbaus betretend. »Ja, Stepan ist mein Lehrer. Quälen Sie irgendwelche Zweifel?«

In ihrer Frage hörte Klim Spott, es gelüstete ihn, mit ihr zu streiten, sogar etwas Dreistes zu sagen, und er hatte sehr wenig Lust, mit sich allein zu bleiben. Doch sie öffnete die Tür, wünschte ihm eine gute Nacht und trat ins Haus. Auch er ging in sein Zimmer, setzte sich ans Straßenfenster und öffnete es; dem Haus gegenüber stand irgendein Mensch und bemühte sich vergebens, eine Zigarette anzuzünden, der Wind blies die Streichhölzer aus. Deutlich ertönten irgendwessen Schritte. Das war Inokow.

»Wohin wollen Sie?« rief ihm Samgin zu.

»Irgendwohin in die Gegend. Und Sie, sind Sie allein? Darf ich zu Ihnen?«

»Kommen Sie.«

Fünf Minuten später saß Inokow, eine Zigarette zwischen den Zähnen und ein Glas Wein in der Hand, in Samgins Zimmer und klagte: »Meine Nerven sind ganz kaputt! Ich renne in der Stadt herum ... als hätte ich einen Menschen erschlagen und nun quält mich das Gewissen. Eine dumme Sache!«

Immer gleichsam wie zur Schau unordentlich, war Inokow heute besonders staubig und zerzaust; im ersten Augenblick kam er Samgin sogar berunken vor.

»Was tun Sie denn zur Zeit?«

Inokow seufzte müde auf: »Ich redigiere das Werk ›Über Kampfmethoden gegen Waldbrände‹, verfaßt hat es ein alter Mann. Ein halbgebildetes, aber aufgewecktes altes Männlein. Moralist, Humanist, Zehn Gebote, Bergpredigt. ›Der gute Ton‹ – es gibt ein solches von der ›Niwa‹ herausgegebenes Evangelium.«

Er sprach spöttisch, aber die Worte klangen traurig und sehr hastig, als liefe er über sie hinweg. Nachdem er sich den Weinrest aus der Flasche ins Glas gegossen hatte, fragte er plötzlich: »Wie ist das, kommt es bei Ihnen vor, daß der eine Samgin herumgeht, spricht, während der andere immer nur fragt: Wohin willst du denn, weshalb?«

»Nein, das kommt nicht vor«, sagte der sehr verwunderte Klim entschieden. »Ich hatte nicht erwartet, daß Sie dies sagen würden. Er gibt solche Sektierer-Verschen

Das Bein, das singt: Wohin geh ich?
Die Hand ...«

»Sektierertum, Anmaßung ...«, murmelte Inokow und fügte lächelnd unsinnig hinzu: »Schwarze Magie.«

»Schwarze Magie? Was meinen Sie?« wunderte sich Klim noch mehr.

»Das ist mir so entschlüpft. Es ist lächerlich und ... sogar widerlich, wenn Schufte sich den Anschein geben, als sorgten sie sich um das Wohlergehen der Menschen«, sagte er und sah sich um, wohin er den Zigarettenrest werfen könnte. Der Aschenbecher stand auf dem Tisch hinter Büchern, aber Samgin wollte ihn dem Gast nicht hinrücken.

Diomidow lügt, er ist zahm, dieser hier aber ist tatsächlich ein Wilder, dachte er, Inokow durch die Brille beobachtend. Der warf den Zigarettenstummel, in den Papierkorb zielend, unter den Tisch, dabei traf er Samgins Fuß, und sein Gesicht verzerrte sich jäh zu einer Grimasse.

»Sie glauben fähig zu sein, einen Menschen umzubringen?« fragte Samgin, der sich, völlig unerwartet für sich selbst, dem sehr brennenden Verlangen unterwarf, Inokow zu entlarven, sein Innerstes nach außen zu kehren. Inokow sah ihn verwundert, mit leicht geöffnetem Mund an, strich mit beiden Händen sein Haar glatt und fragte mürrisch: »Das fragen Sie wegen Korwin, was?«

»Was wollen Sie von ihm?«

»Daß er verrecke. Aber – woran haben Sie erraten, daß ich daran denke?«

»An Ihrem Gesicht«, sagte Samgin.

»Wie scharfsinnig Sie sind, zum Teufel noch mal«, brummte Inokow ganz leise, ergriff einen Briefbeschwerer – ein Stück Marmor mit einer dünnbeinigen Frauengestalt aus Bronze – und lächelte sein zweites, weiches Lächeln. »Bemerkenswert scharfsinnig«, wiederholte er und tastete die Bronzefigur mit den Fingern ab. »Zu töten ist sicherlich jeder fähig, na, und ich auch. Ich bin im allgemeinen nicht böse, doch zuweilen flammt in meiner Seele so eine grüne Flamme auf, und dann bin ich meiner selbst nicht mehr Herr.«

Samgin hörte aufmerksam zu und wartete, wann dieser Wilde sich mit Adler- oder Pfauenfedern zu schmücken beginnen werde. Doch Inokow sprach von sich undeutlich, hastig, wie von etwas Unbedeutendem und Überdrüssigem, er war damit beschäftigt, der bronzenen Frau einen Arm abzubiegen, der bereits warnend oder abwehrend erhoben war.

»Sie schreiben Gedichte?« fragte Samgin.

»Wir schreiben. Schlecht schreiben wir«, antwortete Inokow, der sich besorgt mit dem Briefbeschwerer abmühte. »Die Reime stören. Sobald es sich reimt, hat man das Gefühl, gelogen zu haben.«

Er brach den Arm der Frau ab, legte den Beschwerer auf den Tisch, steckte das Bruchstück in die Tasche und sagte: »Entschuldigen Sie. Schlechte Bronze, zu weich, enthält zuviel Zinn. Man kann das anlöten, ich werde es tun.«

Er sah sich um, nahm ein Buch vom Tisch, sah den Buchrücken an und legte es wieder hin.

»Schopenhauer habe ich in deutscher Sprache gemeinsam mit einem Bekannten gelesen. Mit einem Studenten des Jaroslawer Lyzeums, den man hinausgeschmissen hat, einem Faulpelz, der nach der Wahrheit lechzt. Eines Nachts kommt er zu mir – wir wohnen im gleichen Haus – und beklagt sich: ›Sehen Sie, Schleiermacher behauptet, die Idee des Glücks sei die Hebamme gewesen, mit ihrer Hilfe habe der Verstand den Begriff des höchsten Guten geboren. Er hat aber auch gesagt, Tugend und Glückseligkeit seien dem Wesen nach verschieden, und Kant habe sich geirrt, da er die Idee des höchsten Guten mit den Glückselementen verwechsele.‹ Er regte sich auf: ›Wie ist das miteinander in Einklang zu bringen?‹ – ›So bringen Sie es eben nicht in Einklang‹, sage ich, ›denn das alles ist

Unsinn.‹ Da ist er gekränkt. Ich habe ihn auf Tomilin gehetzt, Sie kennen den Tomilin selbstverständlich?«

Samgin nickte. Inokow nahm wieder den Briefbeschwerer, begann das lange Bein der bronzenen Frau abzubiegen und fuhr fort: »Der Mensch ist ein Fabrikant von Fakten.«

»Das stammt von Dostojewskij, aus dem Kellerloch«, sagte Samgin, während er neugierig verfolgte, wie der Gast allmählich das bronzene Bein abbrach.

»Na, was ist denn dabei?« fragte Inokow, ohne den Kopf zu heben. »Dostojewskij ist auch in Fortschritt und Wirklichkeit mit einbegriffen. Die Wirklichkeit ist eine abscheuliche Sache«, seufzte er, während er das Bein an den Bauch zu biegen versuchte und es schließlich abbrach. »Die Menschen prallen vor ihm zurück – merken Sie das? Sie schnellen zur Seite.«

Er sah Klim an, klopfte mit dem Bronzebeinchen auf den Marmor und sagte: »Wie die Arbeiter herunterfielen, wie? Die Wirklichkeit, zum Teufel noch mal . . . Ich habe, wissen Sie, so eine . . . höchst helle Leere im Kopf, und in der Leere flimmern Ziegel und kleine Gestalten . . . Kindergestalten.«

Inokows Gesicht wurde streng, er verkniff die Augen, und Klim merkte zum erstenmal, daß seine Wimpern schön aufwärts geschwungen waren. An Inokows Reden fand er nichts Erdichtetes, fühlte sogar etwas seinen Gedanken Verwandtes, dachte aber: Ein Anarchist.

»Es klopft jemand«, sagte Inokow, zum Fenster hinausblickend.

Klim horchte. Der Riegel der Zauntür knackte vorsichtig, dann knarrte das Holz des Tores, als kratze ein Hund daran.

»Sollten das Diebe sein?« fragte Inokow lächelnd. Klim trat ans Fenster und sah, wie in der Dunkelheit des Hofes ein großer, schwerer Mann vom Tor herunterfiel, etwas Rundes schnellte von ihm fort, der Mann packte den Gegenstand, bedeckte sich damit den Kopf, richtete sich auf und wurde zu einem Gendarmen, während Klim einen unangenehmen Schauer im Rücken und in den Beinen empfand und hoffnungsvoll flüsterte: »Das gilt der Spiwak.«

»O je«, sagte Inokow mürrisch und stieß ihn beiseite. »Ich will zu ihr gehen.«

Er lief fort und überließ es Samgin, die Leute zu zählen, die im Gänsemarsch in den Hof hereinkamen. Klim zählte ein Teufelsdutzend: dreizehn Mann. Ein Teil von ihnen ging zum Seitenbau, die übrigen scharten sich am Hauseingang zusammen, und gleich darauf erklirrte in der Stille der leeren Zimmer unheilverkündend die Hausglocke.

Mag das Dienstmädchen aufmachen, beschloß Samgin, dämpfte aber aus irgendeinem Grund die Flamme der Lampe und lief zur Tür, um zu öffnen.

Als erster zwängte sich ein dicker Wachtmeister mit Aktentasche unter dem Arm und gestutztem grauem Kinnbart zur Tür herein, schob Klim zur Seite, an den Kleiderständer, machte einem schwarzbärtigen Offizier mit dunkler Brille den Weg frei, und der Offizier fragte mit träger Stimme: »Herr Samgin?«

Klim nickte.

»Dieser Mann ist bei Ihnen gewesen?«

»Ich habe es Ihnen doch gesagt«, rief hinter dem Offizier grob und laut Inokow.

»Ihr Zimmer?«

»Ist das – eine Haussuchung?« fragte Klim und räusperte sich, da er fühlte, daß ihm plötzlich die Kehle trocken wurde.

Der Offizier wölbte die Brust, warf die Arme zurück und schüttelte die Schultern, der alte Gendarm half ihm behutsam aus dem Mantel und reichte ihm die Aktentasche, worauf der Offizier, nachdem er die Brille zurechtgerückt, im Ton eines alten Bekannten seinerseits fragte: »Was denn sonst?«

Nicht aufregen, sagte sich Klim und steckte die störenden Hände tief in die Hosentaschen.

Es war sonderbar und kränkend, zu sehen, wie ein fremder Mensch in Uniform sich bequem in den Sessel am Tisch setzte, wie er die Schubläden herauszog, ihnen achtlos Papiere entnahm und sie las, wobei er sie dicht unter die massige Nase hielt, die ebenfalls bequem in einem dichten und wahrscheinlich sehr warmen Bart saß. Über seine dunklen Brillengläser glitt das Lampenlicht, das der Gendarm höher geschraubt hatte, aber es schien, die Brille würde nicht von der Lampe, sondern von den hinter den Gläsern versteckten Augen beleuchtet. Die Finger des Offiziers waren stumpf, rot, die Nägel spitz und blau. Nachdem er sein behaartes Gesicht aufgebläht hatte, handelte er ohne Hast, seine Gesten hatten sogar etwas Nachlässiges; aus der Art und Weise, wie er die Papiere in den Händen hielt, war zu ersehen, daß er oft Karten spielte.

So wird das also gemacht, dachte Samgin mutlos, während der Gendarmerieoffizier, der ein Päckchen Zeitungsausschnitte in der Hand schüttelte, lässig fragte: »Sind das Ihre Artikelchen?«

»Ja. Aus dem Lokalblatt.«

»Habe gelesen. Und das hier?«

»Verschiedene Notizen für künftige Artikel.«

Klim hätte die Fragen gern ebenso laut und unabhängig, wenn

auch nicht so grob beantwortet, wie Inokow antwortete, hörte aber, daß er wie ein Mensch sprach, der geneigt ist, sich in irgend etwas schuldig zu bekennen.

Der Offizier legte die Notizen beiseite, klopfte mit dem Finger darauf herum wie ein alter Mann auf seiner Schnupfdose und begann, nachdem er tief Atem geholt, Inokow zu verhören: »Womit beschäftigen Sie sich? Sie schreiben . . . hm! Wo schreiben Sie?«

»Bei mir im Zimmer, am Tisch«, antwortete Inokow mürrisch; er saß auf der Fensterbank, rauchte und blickte durch die schwarzen Fensterscheiben, die er mit Rauch einhüllte.

»Ich bitte nicht zu scherzen«, riet der Gendarmerieoffizier, mit dem einen Bein zappelnd – das Rädchen seines Sporns war unter dem Sessel am Teppich hängengeblieben. Klim hätte es dem Offizier gern gesagt, schwieg aber, da er fürchtete, Inokow fasse Höflichkeit als Liebedienerei auf. Klim kam der Gedanke, er würde sich ganz anders benehmen, wenn Inokow nicht zugegen wäre. Inokow störte überhaupt, es entstand sogar die Befürchtung, seine plumpen Scherzchen könnten den Vorgang unbeschreiblich komplizieren.

Nicht aufregen, ermahnte er sich nochmals und wurde immer aufgeregter, als er beobachtete, wie der Offizier den Sporn zu befreien suchte und am Teppich herumriß.

Der graubärtige Gendarm nahm Bücher aus dem Schrank, schüttelte sie mit aufwärts gehaltenem Einbandrücken und verfolgte, wie sein jüngerer Kollege erst das Bett durchwühlte, dann unter dem Bett und im Nachtkästchen nachsah. In der Tür lehnte verträumt rauchend der Polizeirevieraufseher, er blies den Rauch zur Tür hinaus, vor der regungslos zwei Zivilisten standen und durch die Jodoformgeruch hereinströmte. Samgin fing den Blick des jungen Gendarmen auf und flüsterte ihm zu: »Machen Sie den Sporn los.«

»Ich danke«, sagte der Offizier, als der Gendarm vor ihm niederkniete.

Du Esel, beschimpfte ihn Klim innerlich. Inokow kann meinen, du bedanktest dich bei mir.

Doch Inokow saß in eine Wolke von Rauch gehüllt da, er hatte sich mit der Schläfe an die Scheibe gelehnt und sah zum Fenster hinaus. Der Offizier neigte sich vor, nieste unter den Tisch, rückte die Brille zurecht, wischte sich Nase und Bart mit dem Taschentuch ab und begann, nachdem er ein Päckchen Formulare aus der Aktentasche herausgenommen hatte, gemächlich zu schreiben. Seine Gemächlichkeit und die Nachlässigkeit der eingelernten Bewegungen hatten etwas Beleidigendes, aber auch Beruhigendes, als hielte er die Durchsuchung für eine belanglose Angelegenheit.

Dann erschien der Gehilfe des Reviervorstands, rundgesichtig, schwarzbärtig, Korwin ähnelnd, er neigte sich linkisch zu dem Offizier vor und raunte ihm etwas ins Ohr.

»Poiré ist gekommen«, rief Inokow plötzlich aus. »Guten Tag, Poiré!«

Der Polizeibeamte nahm stramme Haltung an, wobei er mit dem Säbel an den Tisch stieß, machte ein strenges Gesicht, aber seine weitaufgerissenen Augen lächelten, der Offizier indessen murmelte, ohne den Kopf zu heben: »Sofort. Fomin – die zivilen Zeugen!«

Aus dem Korridor traten vorsichtig, sogar andächtig wie zum Abendmahl, zwei Zivilisten an den Tisch: der Nachtwächter und irgendein unbekannter Mann mit zerknittertem, unklarem Gesicht, mit verbundenem Hals, er war es, von dem der Jodoformgeruch ausging. Klim unterschrieb das Protokoll, der Offizier stand auf, schüttelte sich, brummte irgend etwas von Dienstpflicht und forderte Samgin auf, zu unterschreiben, daß er die Stadt nicht verlassen werde. Hinter ihm zwinkerte der Polizeibeamte mit dem wie ein Taubenei aussehenden Auge Inokow zu, und Inokow nickte freundschaftlich mit dem zerzausten Kopf.

»Sie sind zu Jelisaweta Lwowna gegangen«, sagte er, von der Fensterbank springend, und wollte das Fenster öffnen. Es ging nicht auf. Er schlug mit der Faust gegen den Fensterrahmen und fragte: »Man wird sie doch nicht etwa verhaften? Sie hat ein Kind.«

»Das wird nicht beachtet«, bemerkte Klim, der auch ans Fenster trat. Er war zufrieden, die Durchsuchung war rasch zu Ende gegangen, und Inokow hatte seine Aufregung nicht bemerkt. Zufrieden war er auch noch mit etwas Weiterem.

»Sind Sie mit diesem Poiré befreundet?« fragte er und machte sich auf Inokows Fragen gefaßt.

Inokow blickte ihn an, holte eine Zigarette hervor, legte sie jedoch, ohne sie anzuzünden, auf den Fensterrahmen. »Eine immer Ruhige, Kühle – und nun«, begann er lächelnd, brach aber sofort den Satz ab und schnalzte unangebracht. »Poiré?« fragte er unnatürlich laut zurück und begann unnatürlich lebhaft zu erzählen: »Er ist ein Bruder des bekannten Karikaturisten Caran-d'Ache, ein anderer Bruder von ihm ist Dampferkapitän bei der Handelsflotte, seine Schwester ist Schauspielerin, er selbst war Koch beim Gouverneur, danach Polizeirevieraufseher, ja . . .«

Er preßte beide Hände zu einer Faust zusammen und fragte dann leiser, unruhig: »Meinen Sie, man wird bei ihr etwas finden?«

Klim zuckte die Achseln. »Ich weiß nicht.«

»Ein sehr liederlicher Mensch, dieser Poiré«, fuhr Inokow fort, indem er sich Stirn und Augen rieb und bereits so leise sprach, daß neben seinen Worten die brummigen Stimmen im Hof zu hören waren. »Ich gebe ihm Deutschunterricht. Wir spielen zusammen Schach. Er ist Junggeselle und – ein Wüstling. In seinem Schlafzimmer brennt vor einer Statuette der Muttergottes eine Ewige Lampe, an den Wänden jedoch hängen in Rahmen nackte Weiber französischer Fabrikation. Wie flügellose Engel. Und Dutzende von Heften der Pariser Zeitschrift ›Nu‹. Ein Zyniker, ein Wollüstling . . .«

Er verstummte, horchte.

»Wie lange sie brauchen, zum Teufel noch mal!« murmelte er und ging vom Fenster weg; er trat an den Schrank und begann, während er die Bücher betrachtete, von neuem: »Ich übernachtete einmal bei ihm, er wachte früh am Morgen auf, legte sich auf die Knie und betete lange mit Flüsterstimme, wobei er keuchte und sich mit der Faust an die Brust schlug. Es schien, er betete sogar bis zu Tränen . . . Sie gehen fort, hören Sie? Sie gehen!«

Ja, im Hof stapften schwere Füße, klirrten Sporen, schlüpften dunkle Gestalten zur Zauntür hinaus.

»Es ist heller geworden«, bemerkte Samgin lächelnd, als die letzte dunkle Gestalt verschwunden war und der Hausknecht geräuschvoll die Zauntür abgesperrt hatte. Inokow ging fort, stampfend wie ein Pferd, während Klim die Unordnung im Zimmer, das Papierchaos auf dem Tisch betrachtete, und er wurde von Müdigkeit befallen, als hätte der Gendarm mit seiner Trägheit die Luft verpestet.

Das war noch ein Examen, dachte Klim matt und öffnete das Fenster. Auf dem Hof ging, in eine Reisedecke gehüllt, die Spiwak umher, neben ihr schritt Inokow, hielt die Hände im Rücken und brummte irgend etwas.

»Na, das ist dummes Zeug«, bemerkte die Frau laut.

Samgin ging auch auf den Hof hinaus, hierauf verstummten die beiden, doch er sagte zu ihnen: »Es wird bald Tag.«

Die Frau warf einen Blick auf den trüben Himmel, ihr Gesicht war so böse zugespitzt, daß es Klim fremd schien.

»Hätten Sie ihn doch an den Haaren gepackt«, riet ihr Inokow plötzlich und sagte zu Samgin: »Der Staatsanwaltsgehilfe hat in ihren Papieren gewühlt, dieses Vieh.«

»Setzen wir uns«, schlug die Spiwak vor, ohne ihn ausreden zu lassen, dann nahm sie auf den Stufen des Hauseingangs Platz und fragte Inokow: »Haben Sie nun die Erzählung geschrieben?«

Klim erriet, daß sie in Inokows Gegenwart nicht von der Haussuchung sprechen wollte. Er fuhr fort, horchend im Hof umherzugehen, und sagte sich, daß man sich an diese Frau nicht gewöhnen könne, so stark veränderte sie sich ständig.

Die Hähne krähten, und es bellte der unruhige Hund der Nachbarn, rotbraun, struppig, mit einer Fuchsschnauze – nachts bellte er stets eigentümlich fragend und herausfordernd –, er bellte und horchte dann eine Weile: Wird darauf geantwortet? Sein Stimmchen war auffahrend und scharf, aber schwächlich. Doch tagsüber war er fast nicht zu sehen, nur ab und zu steckte er die Nase unter dem Tor heraus, schnupperte mißtrauisch, und immer schien es, daß seine Schnauze heute nicht die gleiche war wie gestern.

»Ich habe die Erzählung zerrissen, wissen Sie; bei mir verschwamm alles, die Menschen waren nicht zu sehen, es gab nur Worte über die Menschen«, brummte Inokow, der an der weißen Säule des Hauseingangs lehnte und mit den Fingern eine Zigarette knetete. »Es ist sehr schwierig, einen Aufstand zu schildern; man muß sich als irgend jemand fühlen ... als Feldherr, was? Als Stratege ...«

Er zuckte mit der Schulter, schüttelte das Haar aus der Stirn, dann neigte er sich jedoch zu Jelisaweta Lwowna vor, und das Haar fiel ihm wieder in das grobgeschnittene Gesicht.

»Ich schreibe eine andere: Einen Jungen ließ man Gänse hüten, und als er die Vögel liebgewonnen hatte, machte man ihn zum Stalljungen. Nun gewann er die Pferde lieb, doch man nahm ihn zur Marine. Er gewann das Meer lieb, brach sich aber das Bein und mußte Waldhüter werden. Er wollte heiraten, aus Liebe, ein nettes Mädel, heiratete aber aus Mitleid eine abgerackerte Witwe mit zwei Kindern. Er gewann auch sie lieb, und sie gebar ihm ein Kind; er trug es zur Taufe ins Kirchdorf, und es erfror ihm unterwegs ...«

»Haben Sie das erfunden?« fragte die Spiwak ganz leise.

»Nicht alles«, antwortete Inokow aus irgendeinem Grund in schuldbewußtem Ton. »Poiré hat es mir erzählt, er kennt sehr viele ungewöhnliche Geschichten und erzählt gern. Ich habe noch nicht entschieden, womit aufhören? Hat er das Kind im Schnee verscharrt und ist irgendwohin fortgegangen, spurlos verschwunden, oder – hat er, über die Fruchtlosigkeit der Liebe empört, etwas Schlimmes getan? Was meinen Sie?«

Die Spiwak antwortete kurz und undeutlich.

Mattes Licht ließ schmutziggraue Wolken sichtbar werden; die Sirene der Dampfmühle heulte auf, ihr antwortete das Pfeifen des Sägewerks jenseits des Flusses, dann pfiff es im Sirup- und Stärkewerk, in der Zündholzfabrik, und auf der Straße erschollen bereits Schritte. Alles war so gewohnt, bekannt und beruhigte, die Haussuchung hingegen glich einem Traumgesicht oder einer albernen Anekdote von der Art, wie sie Inokow erzählt hatte. Auf die Flurstufen des Seitenbaus trat das Dienstmädchen, in Weiß, einem Mehlsack ähnelnd, und sagte, zum Himmel blickend: »Arkascha ist aufgewacht!«

Die Spiwak sprang auf und ging rasch davon, die Reisedecke hinter sich herschleifend. Langsam sich mit dem ganzen Körper nach ihr umwendend, murmelte Inokow: »Ich werde auch gehen.«

Er trat ins Haus, erschien gleich wieder im Umhängemantel, mit Hut auf dem Kopf, drückte Samgin wortlos die Hand und verschwand in der grauen Dämmerung, Klim jedoch ging nachdenklich in sein Zimmer, er wollte sich ausziehen, hinlegen, aber das vom Gendarmen zerwühlte Bett erweckte Widerwillen. Dann begann er, die Papiere in die Schubladen des Tisches einzuräumen, und bewies sich, daß die Haussuchung keinerlei Folgen haben würde. Doch die Logik vermochte nicht das Gefühl von Bedrücktheit und dumpfer, heimlicher Besorgnis zu zerstreuen.

Als er mittags in die Redaktion kam, befand er sich plötzlich in einer für ihn neuen Atmosphäre ehrerbietigen und aufmunternden Mitgefühls, dort wußte man schon, daß nachts in der Stadt Haussuchungen stattgefunden hatten, daß der Statistiker Smolin und der Absolvent des geistlichen Seminars Dolganow verhaftet worden waren, und Dronow fügte hinzu: »Der Schlosser aus Radejews Mühle, der Apothekerlehrling – ein Jude, und die Kirchenschullehrerin Komarowa.«

Er teilte mit, daß die Frau des schwarzbärtigen Rittmeisters Popow ein Verhältnis mit dem Polizeiarzt habe und daß Popow dafür das Gehalt des Arztes bekomme.

»Er ist so geizig, daß er sein Schuhzeug von einem Gendarmen flicken läßt, einem ehemaligen Schuster.«

»Ja, nun haben auch Sie die Taufe empfangen«, sagte der Redakteur, als er Samgin kräftig die Hand drückte, und verzog seine gekränkten Lippen zu einem breiten Lächeln. Robinson teilte ihm freudig mit, daß sie ihn dreimal durchsucht, fünfeinhalb Monate im Gefängnis und anderthalb Jahre in der Verbannung, in Urshum, festgehalten hatten.

»Dort hätten mich um ein Haar die Küchenschaben aufgefressen. Eine bemerkenswerte Stadt. Im Jahre dreiundneunzig sangen ihre Straßenjungen:

> Blast Gloriafanfaren!
> Wir kämpfen mit dem Türken.

In seinen Balkanbergen
Ertönte unser Ruhm!«

Der geckenhafte Rechtsanwalt Prawdin zuckte betrübt die Schultern und sagte: »Das ist das Los aller redlichen Menschen in Rußland. Wir kennen weder Tag noch Stunde . . .«

Samgin versuchte sich einzureden, daß es etwas albern, lächerlich sei, wenn man in ihm einen Helden sah, konnte aber das Gefühl nicht unterdrücken, daß ihm dies angenehm war. Ein paar Tage später merkte er, daß ihn unbekannte Gymnasiastinnen in den Straßen und im Stadtpark mit einem freundlichen Lächeln belohnten, irgendwelche Leute ihn jedoch allzu aufmerksam ansahen. Er überlegte ironisch: Spitzel? Oder suchen da Liberale zu ermitteln, ob ich bereit bin, der Verfassung zuliebe Opfer zu bringen?

Und dann blitzte ein banger Gedanke auf: Würde er nicht diese Beachtung allzu teuer bezahlen müssen? Insbesondere verwirrte und erregte ihn Dronow, der ihn wie ein zutunliches, aber beunruhigtes Hündchen umkreiste und aufdringlich ausfragte: »Das heißt – du bist also auch beteiligt?«

Klim hörte in dieser Frage Verwunderung und verzog das Gesicht, während Dronow sich wie ein sehr zufriedener Mensch die Hände rieb und rasch flüsterte: »Kennst du Dolganow, den aus dem Priesterseminar?«

»Nein«, antwortete Samgin laut, »ich mag die aus dem geistlichen Seminar nicht.«

Dronow flüsterte und warb weiter: »Hier ist ein junger Schriftsteller eingetroffen, ho, ein schneidiger Bursche! Willst du, daß ich dich mit ihm bekannt mache? Hier gibt es eine junge Dame, von der Frauenhochschule, sie predigt Marx . . .«

Samgin lehnte es ab, mit dem Schriftsteller und der jungen Dame Bekanntschaft zu machen, und fand, daß Dronow dem lahmen Bauern auf dem Landsitz Warawkas ähnelte, der hatte ja auch gekuppelt. Von allen Bekannten bekundete allein der Historiker Koslow Klim kein Mitgefühl, sondern im Gegenteil, er begrüßte ihn wortlos, mit fest geschlossenen Lippen, als enthielte er sich des Verlangens, ein Wörtchen zu sagen; das verletzte Klim. Das adrette alte Männlein ging mit einem Regenschirm bewaffnet umher, und Samgin merkte, daß er die Schirmspitze wie voll verhaltener Wut in die Erde stieß, und die Leute sah er nicht mehr wohlwollend an, sondern unwillig, böse, als sähe er sie alle irgendwie schuldig vor sich.

Als Samgin zur Gendarmerie-Direktion vorgeladen wurde, ging er dorthin, heroisch gestimmt, überzeugt, daß er dort etwas Eindrucksvolles sagen werde, zum Beispiel: »Ich bitte, mich nicht dorthin zu treiben, wohin zu gehen ich selbst nicht beabsichtige!«

Überhaupt wird er etwas in diesem Sinne sagen. Er kleidete sich sehr parademäßig, zog neue Handschuhe an und rasierte sich das Kinn ein wenig. Auf der Straße zwischen den nassen Häusern jagte unruhig der Herbstwind umher, als suchte er sich irgendwo zu verstecken, doch über der Stadt säuberte er den Himmel, indem er die schmutziggrauen Wolken fortfegte und ein wundervoll klares Blau freigab.

In dem hellen, zweifenstrigen Kabinett war es häuslich gemütlich, es herrschte der Duft guten Tabaks; auf den Fensterbänken standen Blumentöpfe mit Begonien unnatürlicher Farbe, zwischen den Fenstern hing in vergoldetem Rahmen ein gelbgrünes Landschaftsbild, eins von denen, die als »Rührei mit Schnittlauch« bezeichnet werden: Föhren auf einem sandigen Abhang an einem trüb grünen Fluß. Rittmeister Popow saß in der Ecke an einem schräg zum Fenster aufgestellten Tisch, rauchte eine Zigarette, die in einer Meerschaumspitze steckte, auf der Spitze ruhte der Finger eines Glacéhandschuhs.

»Bitte schön«, sagte er im Ton eines alten Bekannten; in der stark abgetragenen, grauen Alltagsuniform schien er gutmütig und noch träger.

»Der Herbst ist recht früh bei uns eingekehrt«, bemerkte er seufzend, blies den Zigarettenrest aus der Spitze in einen Aschenbecher in Form eines Totenschädels, betrachtete aufmerksam den gebräunten Meerschaum und sagte lässig: »Ich habe Sie vorgeladen, um Ihnen Ihre Schriftstücke persönlich auszuhändigen.« Er klopfte mit stumpfem Finger auf ein Päckchen Papiere, schob es aber Samgin nicht hin, sondern fuhr immer noch im gleichen Ton fort: »Ich habe einiges gelesen und möchte Ihnen ohne weitere Komplimente sagen – se-ehr interessant! Das sind reife Gedanken, zum Beispiel: von der Notwendigkeit des Konservativismus in der Literatur. In der Tat, mein Lieber, es ist toll, wie man jetzt zu schreiben begonnen hat; ich habe gedacht, als ich die hübschen Beispiele las, die Sie anführen: ›Zum Firmamente schmiß er eine Ananas – und sang mit Baß‹, was soll man dazu sagen?«

Er schmeichelt, der Dummkopf, er will mich bestechen, dachte Samgin und beobachtete, wie sich ein dünner, blauer Rauchstrahl aus dem bronzenen Totenschädel hochschlängelte.

Der Rittmeister nahm die Brille ab, worauf seine mattgrauen, feuchten Augen in geschwollenen, wimperlosen Lidern zum Vorschein kamen, sein schwarzbärtiges Gesicht zerfloß zu einem breiten

Lächeln; er drückte vorsichtig das Taschentuch an die Augen und sprach, die Worte mit der Zunge knetend, gemächlich: »Insbesondere und in angenehmer Weise erfreute mich Ihre kleine Bemerkung über das Mädelchen, das gerufen hatte: ›Was treiben Sie da!‹ Und Ihre Betrachtung hierüber ist sehr, sehr interessant!«

So ein Rindvieh, fluchte Klim innerlich, doch er fluchte nicht ärgerlich, sondern gleichsam pflichtmäßig.

Er hatte erwartet, schwarze, strenge oder zumindest verdrießliche Augen zu sehen, doch neben diesen fast farblosen Augen wirkte der Bart des Rittmeisters gefärbt und steigerte gleichsam seine Gutherzigkeit, vereinfachte die ganze Umgebung. Hinter dem Rittmeister, höher als sein Kopf, befand sich auf schwarzem Dreieck das breite, bärtige Gesicht Alexanders III., über einer schmalen Tapetentür hing die große Photographie eines glatzköpfigen, schnurrbärtigen Mannes mit Orden, und auf dem Tisch lag, Klims Papiere beschwerend, das dicke Buch Sienkiewicz' »Mit Feuer und Schwert«!

»Könnte ich erfahren, was der Grund der Haussuchung gewesen ist?« fragte Samgin, und am Ton der Frage erkannte er, daß die heroische Stimmung, in der er hergegangen, bereits verschwunden war.

Der Rittmeister setzte die Brille auf, betastete seine graublauen Ohren mit den Fingern, seufzte und sagte mit warmer Stimme: »Anordnung aus Moskau; wahrscheinlich haben Sie kompromittierende Bekanntschaften.«

»Diese Haussuchung bringt mich in eine unangenehme Lage«, erklärte Samgin und warnte sich sogleich: Als ob ich mich beklage, nicht aber protestiere.

Rittmeister Popow neigte sich mit dem ganzen Körper so vor, daß er mit der Brust gegen den Tisch stieß und daß der Glaszylinder der Lampe klirrte, er legte die Hände auf den Tisch und sagte schmatzend, die Brauen bewegend, mit gesenkter Stimme: »Na ja, ich verstehe! Selbstverständlich werde ich nach Moskau eine schriftliche Auskunft geben, die Sie vor einer Wiederholung solcher – sagen wir – unumgänglichen Unannehmlichkeiten sichert, falls Sie natürlich nicht selbst eine Wiederholung herbeizuführen wünschen.«

Durch eine unbegreifliche Bewegung der Gesichtsmuskeln schob der Offizier den Vollbart auseinander, hob den Schnurrbart, sein Mund jedoch rundete sich, und er lachte tief und kurz: »Ho-ho-h!«

Dann schob er Samgin mit dem Finger das Zigarettenetui hin und fragte sehr freundlich: »Rauchen Sie? Ich – wie toll, mein Schnurrbart ist schon vom Tabak ganz braun.«

Sein Schnurrbart war vollkommen schwarz, sogar ohne die grauen Fäden, die am Kinnbart zu sehen waren.

»Wie toll, weil die Arbeit die Nerven angreift«, erläuterte er seufzend, und in seiner Kehle begann es plötzlich zu bullern, zu brodeln, und er begann rasch und nun bereits in eigentümlich vertraulichem Ton zu sprechen: »Sie werden mir zustimmen, daß es nicht in unserem Interesse liegt, die Jugend zu reizen, und überhaupt ist ein intelligenter Mensch für uns wertvoll. Die Revolutionäre sehen das anders: für sie ist der Mensch ein Nichts, wenn er nicht Parteimitglied ist.«

Er erklärte, daß er unter die Gendarmen gegangen sei, weil seiner Überzeugung nach die Kultur, die Ordnung beschützt werden müsse.

»In keinem Land bedürfen die Menschen so sehr einer Zügelung, einer Zähmung ihrer Phantasie wie bei uns«, sagte er, mit dem Finger auf die weiche Brust weisend, und diese Worte, die Samgin sehr einleuchteten, brachten ihn auf den Gedanken: Was Dronow über ihn und seine Frau sagte, ist wahrscheinlich erlogen.

»Die Revolutionäre, mein Lieber, rekrutieren sich aus den Pechvögeln«, vernahm Klim etwas Bekanntes und Überzeugendes. »Ich leugne nicht: Es gibt unter ihnen auch talentierte Leute. Sie wissen natürlich, daß viele von ihnen die verbrecherischen Fehler ihrer Jugend durch dem Staate nützliche Dienste wiedergutgemacht haben.«

Er sprach immer vertraulicher und mit geschlossenen Augen.

Irgendwo in der Nähe erklang so kräftig ein Klavier, daß Samgin zusammenfuhr, der Rittmeister jedoch strich den schwellenden Schnurrbart mit dem Finger glatt und sagte zufrieden: »Meine Frau, vierhändig mit der Tochter.«

Er sog geräuschvoll die Luft durch die Nase ein, als röche er die Musik, seine Nase war groß, unförmig aufgequollen und rötlich.

»Meine Tochter besucht die Musikschule und ist begeistert von den Vorlesungen, die Madame Spiwak über Musikgeschichte hält. Sagen Sie, ist Madame Spiwak eine geborene Kutusow?«

Samgin antwortete mechanisch: »Sie ist die Tochter eines Kreisadelsmarschalls – sein Familienname ist mir nicht bekannt –, Kutusow hingegen ist der Sohn eines Bauern.«

»Soso. Eine Adelige und – mit einem Juden verheiratet, hähä!«

»Aber sein Großvater war doch schon getauft«, bemerkte Klim, der unbeholfen gespielten Etüde zuhörend.

»Diese Schule ist überhaupt ein großes Verdienst Ihrer Frau Mutter der Stadt gegenüber«, sagte Rittmeister Popow achtungsvoll und fragte im gleichen Ton: »Kennen Sie Kutusow schon lange?«

Samgin begriff, daß er vorsichtig sein mußte, er nahm auf dem

Stuhl eine bessere Haltung an und sagte, daß er mit Kutusow in Petersburg bei einer Familie seine Mahlzeiten eingenommen habe.

»Ein Bauer ist er?« seufzte der Rittmeister, erhob die Hand, drohte mit dem Finger und schob den Unterkiefer so stark vor, daß sein sehr dichter Bart sich fast waagerecht aufrichtete. Dann neigte er sich über den Tisch zu Samgin und deklamierte ironisch:

»Ein schlichtes wildes Blümchen
Geriet in einen Strauß von Nelkchen.

Naiv, mein Lieber! Jude bleibt Jude, und das läßt sich von ihm nicht mit Wasser herunterwaschen, soviel man es auch weihen mag, jawoll. Und Bauer bleibt Bauer. Die Natur kennt keine Gleichheit, und ein Maulwurf ist kein Gefährte für einen Hahn, jawoll!« erklärte er leise und feierlich.

Das kam so dumm heraus, daß Samgin sich eines Lächelns nicht enthalten konnte, der Rittmeister jedoch malte mit dem Finger der einen Hand verschnörkelte Muster, während er mit der anderen den Bart ergriff und immer kuriosere Worte aus ihm herauspreßte: »Allianzen, Mesalliancen! Nein, die Natur ist gegen Mesalliancen, gegen Dekadenzen . . .«

Es war spaßig, zu sehen, wie dieser träge Mensch aufgelebt war. Er redet selbstverständlich dummes Zeug, weil ihm das sein Dienst vorschreibt, aber es ist klar, daß er ein Einfaltspinsel ist, der ehrlich seine Pflicht erfüllt. Wäre er Priester oder Bankangestellter, so hätte er einen weiten Bekanntenkreis und wäre wahrscheinlich beliebt. Aber er ist Gendarm, man fürchtet, verachtet ihn und hat ihn daher bei der Vorstandswahl des »Vereins zur Förderung der Heimarbeiter« durchfallen lassen.

Dronow hat ihn natürlich verleumdet.

Popow fragte jedoch plötzlich, wenn auch wie nebenbei: »Sind Sie, seit Sie in Petersburg waren, Kutusow nicht begegnet?«

Völlig überrumpelt, beeilte sich Samgin nicht mit der Antwort, der Rittmeister aber nahm die Brille ab, wischte sich mit dem Taschentuch die Augen aus, und in seinen Augen blinkten lustige Fünkchen auf.

»Nicht begegnet?« wiederholte er, die Brille putzend. »Dieser Tage?«

»Ja«, sagte Klim, »ich habe ihn gesehen.«

Er spürte bereits Unruhe, und um sie zu verbergen, erkundigte er sich ungezwungen: »Gilt Kutusow denn als gefährlicher Mensch?«

Einige sehr unangenehme Sekunden lang musterte Rittmeister

Popow lustig Klims Gesicht, dann antwortete er in trägen Worten: »Das müßte Ihnen aus dem Vorfall mit Ihrem Bruder, dem Dmitrij, bekannt sein. Doch was ist dieser Inokow für einer?«

An das weitere Gespräch mit dem Rittmeister erinnerte sich Klim nicht gern, er suchte es zu vergessen. Er erinnerte sich nur des freundschaftlichen Rates des schwarzbärtigen Gendarmen mit den kranken Augen: »Halten Sie sich von diesen Menschenfängern möglichst fern, möglichst fern. Und – scheuen Sie sich nicht, die Wahrheit zu sagen.«

Als Klim vom Rittmeister mit einem Händedruck verabschiedet wurde, erwies sich die dem Aussehen nach schwammige Hand des Rittmeisters als hart, kräftig und mit eigentümlichen Beulen bedeckt, wie Schwielen.

Samgin trat bedrückt auf die Straße hinaus, alles war nicht so abgelaufen, wie er es sich vorgestellt hatte, und er spürte unklar, daß er sich unklug, ungeschickt benommen hatte.

Gewiß, ich habe nichts Überflüssiges gesagt. Was hätte ich auch sagen können! Die Charakterisierung Inokows? Aber sie haben ja selbst gesehen, wie grob und hochmütig er ist.

Nebel lag über der Stadt, die Straßen waren voll feuchten, beißenden Dunstes und erinnerten an Petersburg, an Kutusow. An Kutusow konnte er nur matt denken, und als er seinen Gedanken über ihn lauschte, fand Klim in ihnen weder Erbitterung noch auch nur Abneigung, als sei dieser Mensch für immer verschwunden.

Am nächsten Tag erfuhr Samgin, daß die Spiwak nicht vom Rittmeister, sondern vom General selbst verhört worden war.

»Er ist sehr beschränkt«, sagte sie, ein Paket, offenbar Papiere oder Bücher, mit schnellen Steppstichen in Kaliko einnähend, und berichtete mit fremdem Lächeln: »Dieser sehr bescheidene Statistiker Smolin hat den Staatsanwaltsgehilfen Wissarionow mit einem Fußtritt aus seiner Zelle hinausbefördert.«

»Wie haben Sie das erfahren?« fragte Klim mißtrauisch.

»Ist das nicht einerlei?« entgegnete sie, ohne den Kopf zu heben, und fragte ihrerseits: »Hat sich Ihr Rittmeister sehr für Kutusow interessiert?«

»Nein«, sagte Klim.

Sie richtete sich langsam auf und blickte ihn mißtrauisch an. »So? Merkwürdig. Er ist doch die Ursache ihrer Beunruhigung.«

Samgin zuckte mit den Schultern und log unerwartet für sich selbst: »Halten Sie es nicht für möglich, daß ich auch die Ursache der Beunruhigung sein könnte?« Wird sie es glauben oder nicht? fragte er sich gleich danach, aber die Frau hatte sich von neuem über die Näharbeit gebeugt und sagte leise und unbestimmt: »Ich habe keine Lust zu scherzen.«

Als er sah, daß die Spiwak unmitteilsam gestimmt war, ein mürrisches Gesicht machte und daß der Blick ihrer blauen Augen kühl und ungewöhnlich spitz war, ging Klim fort und dachte nochmals darüber nach, daß dies ein heuchlerischer, gefährlicher Mensch sei. Woher konnte sie von dem Verhalten des Statistikers erfahren haben? Spielte sie etwa eine bedeutende Rolle in konspirativen Angelegenheiten?

In der Stadt waren unterdessen alle Bekannten in unruhige Geschäftigkeit geraten, sie sprachen von Politik, und während sie Samgin gegenüber eine ihn ermüdende Neugier an den Tag legten, sagten sie zugleich, daß Haussuchungen und Verhaftungen nichts weiter als ein Einfall der Gendarmen seien, welche die Aufmerksamkeit der höchsten Obrigkeit auf sich lenken wollten. Dronow reizte mit seiner aufdringlichen Ausfragerei, Inokow überwältigte ihn mit plötzlichen Besuchen, er kam fast täglich und benahm sich ungeniert, wie in einer Schankwirtschaft. Das alles veranlaßte Samgin, nach Moskau zu fahren, ohne die Rückkehr der Mutter und Warawkas abzuwarten.

In Moskau verbrachte er die Hälfte des Winters einsam, wobei er alles, was er erlebt und erdacht hatte, in der Erinnerung durchsah und abwog und sich bemühte, das für ihn Nötige herauszusieben. Doch alles schien unnötig, während das Leben sich vor ihm erhob wie ein Wald, in dem er seinen Weg zu der Freiheit von den Widersprüchen, von der Uneinigkeit mit sich selbst finden mußte. Wenn er im Theater durch die Brillengläser auf die Bühne sah, dachte er an die unerklärliche Dummheit jener Leute, die an dem Anblick ihrer Leiden, ihrer Nichtigkeit und an ihrer Unfähigkeit, ohne alberne Liebes- und Eifersuchtsdramen auszukommen, Vergnügen fanden. Er besuchte die Universität, hielt sich aber von der Studentenschaft fern, die stets durch irgend etwas beunruhigt war.

Emotionale Opposition, dachte er, seine Altersgenossen mit den Augen des Älteren betrachtend, und ihm schien, seine Zurückhaltung und Absonderung flößten Achtung ein.

Den Professoren hörte Samgin mit der gleichen Langeweile zu wie den Lehrern im Gymnasium. Zu Hause, in einem der säuberlichen und bequem eingerichteten möblierten Zimmer Felizata Paulsens, einer üppigen Dame in den Vierzigern, schrieb Samgin seine Gedanken und Eindrücke in kleiner, aber deutlicher Handschrift auf bläulichen Briefbögen nieder und legte sie in die Schreibmappe, ein Geschenk der Nechajewa. Auf das erste Blatt seiner Notizen schrieb er, ohne sie mit einem Titel zu versehen, in schöner Rundschrift:

Der Mensch
ist nur dann frei,
wenn er völlig einsam ist.

Er schrieb nicht viel, überlegte die Sätze sorgfältig und ließ sich dabei von nur einer weitblickenden Erwägung leiten – er vergaß nicht, daß seine Notizen ihm einmal einen nicht üblen Dienst erwiesen hatten.

»Professor Asbukin verachtet die Studenten wie ein erfahrener Verführer die naiven Mädchen, kann aber nicht umhin, mit Liberalismus vor ihnen zu kokettieren«, notierte er.

»Professor Bukwin erinnert an einen Missionar, der die halb heidnischen Mordwinen aufklärt. Wenn er vom Humanismus spricht, ärgert er sich offenkundig über die Notwendigkeit, etwas zu predigen, woran er selbst nicht glaubt.«

Er hatte Robinsons anspruchslose Witzigkeit übernommen und verlieh den Professoren spöttische Pseudonyme wie: Slowoljubow, Skukotworzew. Sehr großen Gefallen fand er an kurzen Charakteristiken von Leuten, die sich mehr oder minder eifrig bemühten, aus ihm einen ebensolchen Menschen wie sie zu machen.

»Pojarkow schwenkt scharf zum Marxismus ab. Etwas an ihm erinnert an einen halb erblindeten, alten Gaul.«

»Marakujew fühlt sich nach seiner Verhaftung wie ein Beamter, der unerwartet einen Orden erhalten hat.«

Die Stunden herbstlicher Abende und Nächte allein mit sich selber in stiller Unterhaltung mit dem Papier, das alle und jegliche Worte ergeben aufnahm, diese Stunden hoben Samgin sehr in seinen Augen. Er begann schon zu denken, daß von allen ihm bekannten Menschen der komische, rothaarige Tomilin die bequemste und klügste Position im Leben gewählt habe.

Immer häufiger jedoch brach zugleich mit dem Rauschen des Windes und Regens, zugleich mit dem Heulen der Schneestürme eine entkräftende Langeweile in die Wärme des Zimmers, mischte sich in die spöttischen Gedanken ein, verdichtete sie alle zu einem:

Weshalb muß ich dieses ganze Chaos von Worten in mir herumschütteln? Was will ich?

Auch regte sich in ihm wieder der Hang zur Frau. Er, der sich schon lange von Lidija erholt hatte, erinnerte sich des kurzen Romans mit ihr wie eines Traums, in dem das Unangenehme das Angenehme überwog. Beim Erinnern fand er jedoch jedesmal eine kränkende Unabgeschlossenheit dieses Romans und spürte das Bedürfnis, sich an Lidija dafür zu rächen, daß sie seine unbestimmten Hoffnungen, seine Vorstellung von ihr nicht gerechtfertigt und daß sie ihm durch irgend etwas den Geschmack an der Frau verdorben hatte. Er definierte es gerade so: Geschmack, denn er fand, daß in sein Verhältnis zur Frau nach dem Erlebnis mit Lidija etwas Bitteres, Scharfes geraten war. Ein paar Begegnungen mit Warwara vergewisserten ihn dessen. Er begegnete ihr gleich im ersten Monat seines Aufenthalts in Moskau und war, obwohl dieses junge Mädchen ihm nicht sympathisch war, angenehm von der Freude überrascht, die sie verriet, als sie ihn zufällig im Foyer der Theaters traf.

»Daß Sie sich nicht schämen!« rief sie, seine Hand haltend. »Herzukommen und – sich nicht blicken zu lassen, Sie Böser!«

Wie immer bunt und schreiend gekleidet, sprach sie so laut, als wären alle Leute ringsum gute Bekannte von ihr und als brauchte sie sich vor ihnen keinen Zwang anzutun. Samgin begleitete sie gern nach Haus, unterwegs erzählte sie viel Interessantes über Diomidow, der sich in ganz Moskau herumtreibe und bisweilen auch sie besuche; über Marakujew, der dreizehn Tage im Gefängnis gesessen habe, worauf die Gendarmen sich bei ihm entschuldigt hätten; von ihrer Enttäuschung über die Schauspielschule. Die riesengroße Anfimjewna begrüßte Klim auch freudig.

»Oh, wie stattlich geworden, ganz und gar – ein Mann! Auch ein Bart, wie sich's gehört.«

Sehr bald kam es zwischen Samgin und Warwara zu Beziehungen, die ihm Spaß machten. Sie war abgemagert, ihr Hals hatte sich unschön gestreckt, und ihr Gesicht war klein und schmal geworden, da sie ihr sprödes Haar toupierte und sich die Frisur eines Kaffernweibes zugelegt hatte. Zu Hause trug sie so etwas wie einen Chiton mit weiten Ärmeln, der die Arme bis zu den Schultern sehen ließ, bewegte sich mit leichtem Wiegen der schmalen Hüften in schwebendem Gang und glaubte anscheinend, daß dies bei ihr schön aussehe. Sie näselte ein wenig und hob nach Moskauer Art das A stark hervor. Sie schien noch entstellter durch ihre Geziertheit und noch lächerlicher in ihrer Anbetung berühmter Frauen. Es war ergötzlich, das Hin- und Herschwanken ihrer Sympathie zwischen Madame Récamier und Madame Roland zu beobachten, deren Bildnisse abwechselnd an sichtbarster Stelle inmitten der Porträts anderer Berühmtheiten auftauchten, und je nachdem, welche von den zwei Französinnen in den Vordergrund rückte, stellte Samgin einwandfrei fest, wie Warwara gestimmt war: Wenn die Récamier dort erschien, pflegte er zu sagen, Kunst sei ein Zeitvertreib der Übersättigten, die Künstler seien die Hofnarren der Bourgeoisie; wenn jedoch die Récamier von Madame Roland abgelöst wurde, bewies er, daß Baudelaire revolutionärer sei als Nekrassow und daß die Erzählungen Maupassants Lüge und Schrecken der bürgerlichen Gesellschaft überzeugender entlarvten als politische Artikel. Er war sich bewußt, daß seine Argumente nicht geistreich, seine Spötterei plump und schlecht getarnt waren, aber das beunruhigte ihn nicht.

Warwara hörte zu, wobei sie sich die schmalen, farblosen Lippen biß und die grünlichen Augen mit den Wimpern verdeckte, sie streckte den Hals und schob das spitze Kinn vor, als wäre sie gekränkt und als wollte sie widersprechen, aber – sie widersprach nicht, sondern stellte nur bisweilen Fragen, die Samgin etwas dumm fand und die ihm ihre Unbildung verrieten. Und immer häufiger sagte sie seufzend: »Wie kompliziert, wie ungreifbar Sie sind! Es ist schwierig, sich an Sie zu gewöhnen. Andere sind neben Ihnen wie Opernsänger: Man kennt schon vorher alles, was sie singen werden.«

An die Aufrichtigkeit ihrer Komplimente zu glauben, hütete Samgin sich, da er vermutete, wenn Warwara auch nicht klug sei, spiele sie doch Theater und es mache ihr ebenso Spaß, wie es ihm Spaß machte, sich über sie lustig zu machen.

Fast jedesmal traf Klim bei ihr Marakujew an. Der lustige Student benahm sich wie zu Hause und verhielt sich zu Warwara familiär wie ein Verliebter, der vollkommen überzeugt ist, daß ihm Gleiches mit Gleichem vergolten werde. Sie duzten sich, aber irgend etwas hinderte Klim zu meinen, daß sie schon zwei Geliebte seien. Sie waren so grundverschieden, daß Klim ihre Vertraulichkeit für ein Mißverständnis hielt. Seiner Ansicht nach hätte Warwara in diese Freundschaft etwas Zänkisches, Dramatisches und zugleich Sentimentales hineintragen müssen, er sah jedoch, daß sowohl Marakujew als auch sie ihren Beziehungen den Charakter einer leichten Komödie verliehen.

Marakujew war immer noch so schwungvoll und lebhaft, ereiferte sich leicht und heftig, wußte leidenschaftlich und zornig zu reden; es war nicht zu bemerken, daß sein Erlebnis am Tag der Chodynka-Katastrophe seinen Charakter beeinflußt oder einen Schatten auf ihn geworfen hatte wie auf Pojarkow. Dieser war schwermütig geworden, ließ den Kopf hängen, er hatte seine Bücherweisheit verloren, sprach nicht mehr in abgehackten Sätzen, und überhaupt, er knarrte gleichsam, als wäre er angeknackt. Er ließ sich einen Bart grauer, stecknadelgerader Haare stehen, und das machte ihn um rund zehn Jahre älter. Er zeigte sich nur ab und zu, für kurze Zeit bei Warwara, spielte nicht mehr Gitarre und sang keine Duette mit Marakujew.

»Ich ziehe es vor, Deutsch zu lernen«, beantwortete er Samgins Frage nach der Gitarre, und er antwortete aus unersichtlichem Grund in ärgerlichem Ton.

Klim war sehr unangenehm überrascht, als er erfuhr, daß in dem Zimmer, das Lidija bewohnt hatte, sich sonntags der Schülerkreis Marakujews versammelte.

Es wird allerdings schwierig sein, sich da fernzuhalten, dachte er mit mürrischer Miene. Doch in ihm war die Neugier eines Menschen entfacht, der andere nicht so sehr verstehen, als sie bei irgendeinem falschen Spiel ertappen will. Und die beunruhigende Macht dieser Neugier veranlaßte Samgin, mit Marakujews Progaganda und seinen Schülern bekannt zu werden. Unter diesen befand sich der ihm bekannte Arbeiter Dunajew mit seinem krausen Bart und dem nie erlöschenden Lächeln. Gleichsam als Kontrast zu sich selbst pflegte er den Schlosser Waraksin mitzubringen, einen mürrischen Mann mit schwarzem Schnurrbart im grauen, steinernen Gesicht und einem mißtrauischen Blick dunkler, tief in den Höhlen liegender Augen. Behutsam betrat den Raum ein säuberlich gekleideter junger Mann mit großem Mund, breiter Nase und flachsblonden Brauen; seine braunen Augen lagen weit auseinander, blickten jedoch gleichermaßen verwundert in verschiedene Richtungen, obwohl sie nicht als Schielaugen zu bezeichnen waren. Es erschienen der frauenhaft schöne Ikonenmaler Pawel Odinzow aus der Werkstatt Rogoshins und der glatzköpfige, unruhige Holzschnitzer Fomin, ein Mann unbestimmbaren Alters, dürr, mit einem Rattengesicht, einer behaarten Warze auf der rechten Backe und kurzsichtigen zusammengekniffenen, aber scharfen Augen.

Unnötig gebückt kam der Diakon herein. Er hatte sich das Haar rundum scharf kappen lassen und seinen dreiteiligen Bart so gestutzt, daß aus dreien ein keilförmiger und langer entstanden war. Sein entblößtes Gesicht hatte vollständig den Zug eingebüßt, der ihm Ähnlichkeit mit der Mehrzahl jener susdalischen Gesichter verliehen hatte, die, zu einem einzigen verschmelzend, das Antlitz des unausrottbaren, ein für allemal gegebenen russischen Menschen bilden. Er vergaß oft, daß sein Backenbart abgeschoren war, und suchte nach ihm, indem er vom Ohr zum Kinn hinab in der Luft herumfingerte. In seinem abgetragenen Wams und den riesengroßen Schaftstiefeln aus grobem Leder glich er noch mehr als zuvor einem Altwarenhändler.

In all diesen Menschen, ungeachtet ihrer äußerlichen Verschiedenheit, spürte Samgin etwas Gemeinsames und Erregendes. Sie erregten ihn durch die Plumpheit und Dreistigkeit ihrer Fragen, durch ihre mangelhafte Bildung und die beifälligen Lächeleien als Antwort auf Marakujews Reden. An jedem von ihnen fiel Samgin etwas für eine Anekdote auf, und letztlich erweckten sie den Eindruck von Menschen, die vom normalen Leben bereits getrennt waren, die auf alles, woran man hätte glauben sollen, woran Millionen solcher wie sie glaubten, gleichmütig verzichtet hatten.

Klim erinnerte sich, daß Lidija sich von Kind auf bis zum Alter von fünfzehn Jahren vor Fledermäusen gefürchtet hatte; eines Abends, als die Fledermäuse im Halbdunkel geräuschlos über Garten und Hof umherzuhuschen begannen, hatte sie zornig gesagt: »Mäuse dürfen nicht fliegen!«

»Das sind doch nicht jene, die unter dem Fußboden hausen«, hatte er ihr erklärt, doch seine kleine Freundin hatte trotzig mit dem Fuß aufgestampft und gerufen: »Schweig! Keinerlei Mäuse dürfen fliegen!«

Wenn diese grauen Menschen regungslos erstarrt Marakujew zuhörten, hatten sie irgend etwas mit Fledermäusen gemein: Genauso regungslos und gruselig hängen kopfabwärts die vom Tageslicht geblendeten geflügelten Mäuse in dunklen Winkeln von Dachböden und Baumhöhlen.

Lidijas strenges, sauberes Zimmer war mit dem Geruch von schlechtem Tabak und Schuhwichse durchsetzt; die Stiefel des Diakons rochen nach Teer, der flachsblonde junge Mann nach Pomade, und der Ikonenmaler Odinzow strömte den Geruch fauler Eier aus. Die Luft ist dermaßen stickig, daß die Lampe trüb brennt, und in dem graublauen Dunst spricht Marakujew, mit den Armen fuchtelnd, in allen erdenklichen Tonarten ein Wort aus, das aus seinem Munde erstaunlich umfassend klingt: »Das Volk, das Volk!«

Er sitzt in der Ecke, links vom Fenster, das dicht mit einem Stück dunklen Stoffs verhängt ist, er springt vom Stuhl auf, ballt die Fäuste, rudert mit den Armen in der dicken Luft und droht mit dem Finger zur Decke hinauf, er wird trunken von seinen Worten, wiegt sich und bleibt außer Atem ein paar Sekunden mit ausgebreiteten Armen stumm und wie gekreuzigt stehen. Sein sehr russisches Gesicht des »kühnen, wackeren Burschen« aus dem Märchen wirkt sehr malerisch, und er spricht so märchenhaft, daß selbst Klim Samgin ihm ein bis zwei Minuten aufmerksam, voll Neid auf die Kraft und Mannigfaltigkeit seiner Empfindungen zuhört. Zorn und Trauer, Glaube und Stolz klingen abwechselnd aus seinen Worten, die Klim von Kind auf bekannt sind, doch vorherrschend ist in ihnen das Gefühl der Liebe zu den Menschen; an der Aufrichtigkeit dieses Gefühls wagte und vermochte Klim nicht zu zweifeln, wenn er dieses erstaunlich lebendige Gesicht sah, das von innen her vom Feuer eines Glaubens erhellt war. Später nannte Samgin dieses Feuer sich selbst gegenüber dennoch bengalisch und die Reden Marakujews – ein Feuerwerk.

Die Leute hörten Marakujew hingegeben, hingerissen zu; der flachsblonde junge Mann saß mit offenem Mund da, und in seinen hellen Augen lösten sich Verwunderung und Angst ab. Pawel Odinzow glitt mit vorgeneigtem Körper, aber erhobenem Kopf belustigend allmählich vom Stuhl und verfolgte mit eigentümlich trunkenem oder verträumtem Blick gebannt das Mienenspiel des Redners. Fomin hatte die Hände zwischen die Knie gelegt und blickte sich vor die Füße, auf eine Pfütze geschmolzenen Schnees.

Dunajew indessen hörte zu, indem er das eine Ohr der Stimme des Redners so zuwandte, als stünde Marakujew sehr weit von ihm entfernt; er saß frei ausgestreckt auf dem Sofa und hatte die eine Hand auf die breite Schulter seines mürrischen Nachbarn Waraksin gelegt. Klim merkte: Sie tuschelten oft und sogar an den feurigsten Stellen während Marakujews Reden, das asketische Gesicht des Schlossers legte sich finster in Falten, und er bewegte ungehalten den Schnurrbart; der krummnasige Fomin zischte sie an, stieß Waraksin mit dem Ellenbogen oder Knie, und Dunajew zwinkerte Fomin mit lustigen Augen lächelnd zu.

Samgin vermutete, daß außer dem stets lächelnden und wahrscheinlich sehr schlauen Dunajew keiner den zersetzenden Sinn der Reden des Propagandisten verstand. Zu dem Diakon verhielt sich Dunajew mit gutherziger Neugier und herablassend, wie zu einem Halbwüchsigen, obwohl der Diakon sicherlich rund fünfzehn Jahre älter war als er, während alle übrigen den langen Diakon mißtrauisch und vorsichtig ansahen, wie Tauben und Spatzen einen Truthahn. Der Diakon glich mehr als alle anderen einer riesengroßen Fledermaus.

Als Marakujew einmal ermüdet verstummte, sich hinsetzte und den Schweiß vom Gesicht wischte, richtete der Diakon langsam seinen langen Körper auf und sagte wie vom Altarvorplatz herab: »Als Diener des Glaubens und der Kirche, wenngleich – was ich nicht bedaure – als solcher meiner Würde verlustig gemacht, und als Vater eines redlichen Menschen, der infolge seiner Liebe zu den Menschen zugrunde gegangen ist, versichere und bezeuge ich: Alles soeben Gesagte ist wahr! So – nun hören Sie mal zu!«

Er stieß einen krächzenden Laut aus und begann mit Baßstimme:

»Was früher, in uralten Zeiten, allen Menschen zur allgemeinen Nutznießung freistand, häufte sich dank der Macht und Schlauheit einiger weniger in deren Häusern. Um zu geruhsamem Müßiggang zu gelangen, mußten gewisse Leute alle anderen zu Sklaven machen. Sie rissen die lebenswichtigsten Dinge und auch das Land an sich und begannen daraus in tückischer Weise Nutzen zu ziehen, um ihre Habgier und Gewinnsucht zu befriedigen. Und sie stellten ungerechte Gesetze auf, mittels derer sie bis zum heutigen Tage ihre Räuberei schützen, wobei sie mit Gewalt und Bosheit vorgehen.«

Er hob die Hand, als schwöre er einen Eid, und fuhr fort: »Diese Worte unanfechtbarer Wahrheit habe nicht ich ersonnen, kein einziges von ihnen stammt von mir selbst – nein. Sie wurden ausgesprochen und niedergeschrieben eintausendfünfhundert Jahre vor unserer Zeit, im vierten Jahrhundert nach Christi Geburt, von dem hervorragenden Weisen Lactantius, dem Vater der christlichen Kirche. Dieser Lactantius erhielt den Beinamen eines christlichen Cicero. Seine von mir vorgebrachten Worte sind in seinen Werken gedruckt, die im Jahre achtzehnhundertachtundvierzig in Sankt Petersburg herausgegeben und vom Archimandriten Awwakum zensiert worden sind. Es handelt sich also um ein Buch, das von den Behörden überprüft, das heißt versehentlich zum Lesen durchgelassen worden ist. Denn: Die über uns Herrschenden lassen die Wahrheit nur versehentlich, aus Unachtsamkeit ins Leben.«

Mit verstärkter Stimme setzte er hinzu: »Ich wiederhole: Ich habe Ihnen also nicht meine eigene, sondern eine uralte und ewige Wahrheit mitgeteilt, deren Wiederbelebung wir uns einmütig, tapfer und ohne uns selbst zu schonen widmen wollen.«

Er bückte sich und setzte sich hin, Dunajew indessen zwinkerte Waraksin zu und sagte: »Ist er Marxist gewesen, dieser Laktanzew, he?«

»Na und?« fragte der Diakon. »Marx' Geburt ist also anderthalb Jahrtausende vorausgesehen worden.«

»Aber praktisch, wie ist das denn praktisch, Euer Würden?« fragte Dunajew mit funkelnden Augen. Der Diakon sagte mit tiefem Baß: »Darüber – müssen Sie nachdenken.«

Nun rappelte sich Odinzow auf und äußerte mit heiserer Stimme: »Waffen braucht man, wo aber nehmen wir Waffen her?«

Er blinzelte, als wäre er eben erst erwacht, seine Augen sahen aus wie bei einem Verkaterten oder einem an Schlaflosigkeit Leidenden. Der flachsblonde Bursche schneuzte sich ohrenbetäubend mit ehernem Posaunenton und versteckte, verlegen vorgebeugt, das Gesicht im Taschentuch.

Der ausgeruhte Marakujew fing wieder zu reden an, und Klim war es angenehm, daß alle die Predigt des Diakons mit sichtlicher Gleichgültigkeit aufgenommen hatten.

»Wir brauchen den Kampf um die Freiheit des Kampfes, um das Recht, die Menschenrechte zu verteidigen«, sagte Marakujew und zerhieb die Luft mit der flachen Hand. »Die Marxisten behaupten, man müsse die Bauernschaft in die Fabriken treiben, sie im Fabrikkessel mürbe kochen . . .«

»Das geht dich nichts an«, brummte der Diakon dumpf und grob, indem er sich von seinem Nachbarn, dem flachsblonden Burschen, abwandte.

Marakujew hatte seine Kritik der Marxisten bereits beendet, er drückte den Fortgehenden hastig die Hand, streckte sie auch dem Diakon hin, doch dieser drängte ihn an die Wand und riet ihm eindringlich: »Genosse Pjotr, sagen Sie doch diesem Stupsnasigen, er soll nicht unnötig neugierig sein, nicht fragen: wer, woher und zu wem gehörig? Will er uns denn alle für eine Seelenmesse vormerken lassen? Auf angenehmstes Wiedersehen!«

Gebückt stieg er zur Tür hinaus, während Marakujew und Klim zu Warwara Tee trinken gingen.

Sie verdeckte die Augen mit den Wimpern und sagte mit einem Befremden, das Samgin geheuchelt schien: »Ein Revolutionär ist für mich ein Dichter, ein Uriel da Costa, ein Träger des prometheischen Feuers, hier aber haben wir einen Diakon!«

»Naiv, Warjok«, sagte Marakujew lachend und erinnerte sie an den Pensaer Popen Foma, einen Anhänger Pugatschows, und an den Pater Alessandro Gavazzi, doch als er von der Geistlichkeit zur Zeit der deutschen Bauernkriege zu sprechen begann, unterbrach Warwara launisch seine belehrende Rede: »Der Diakon hat etwas Lächerliches an sich. Ein anderer hat eine krumme Nase, und das ist natürlich in seinem Paß als besonderes Merkmal eingetragen. Die Spitzel werden ihn an der Nase fangen.«

Marakujew lachte wieder, doch Klim sagte: »Ja, ein Revolutionär muß ohne eigene Note sein.« Er hatte es ironisch sagen wollen, doch es war mißmutig herausgekommen.

»Das ist schon ein Stückchen vom Marxismus«, griff es Marakujew streitlustig auf, da aber Samgin in Schweigen verharrte und in sein Teeglas sah, rieb er sich die Hände und rief: »Rußland erwacht!«

Er zerzauste seinen Haarschopf und deklamierte Bergs Zweizeiler:

»Im heil'gen Rußland die Hähne krähen,
Bald wird man es hier Tag werden sehen!«

Vielleicht spricht aber Rußland bloß im Schlaf? wollte Klim fragen, unterließ es jedoch, da er nach einem Blick auf Marakujews strahlendes Gesicht das Gefühl hatte, daß dieser Hahn durch Skeptizismus nicht durcheinanderzubringen war.

Mit zurückgeworfenem Kopf und häßlich vorgewölbtem Adamsapfel sagte Warwara in herausforderndem Ton: »Ich weiß nicht, vielleicht ist es wahr, daß Rußland erwacht, doch von deinen Schülern sprichst du komisch, Pjotr. So erzählte Onkel Chrysanth vom Angeln: Ein großer Fisch riß sich bei ihm immer vom Haken los, und nach Hause brachte er nur Kleinzeug mit vielen Gräten, das man nicht essen konnte.«

Samgin sah Marakujew mit einem Lächeln an und erwartete, daß er gekränkt sein würde, aber der Student brach nur in schallendes Gelächter aus.

An einem der Sonntage traf Klim bei Warwara den Diakon an, er trank genießerisch Tee und hörte aufmerksam, mit den Augen eines fleißigen Schülers Marakujews Lobrede auf Lawrows »Historische Briefe« zu. Als Marakujew jedoch zu reden aufhörte, schob der Diakon das leere Glas von sich und sagte, indem er sich bemühte, seinen Baß zu dämpfen: »Seit meiner Jugend, noch von der Zeit im Priesterseminar her, hege ich Mißtrauen gegen die hohe Bücherweisheit, obwohl ich einige weltliche Werke – Romane beispielsweise – nicht ohne Vergnügen las und noch heute lese. Im allgemeinen jedoch ist meiner – möglicherweise unrichtigen – Meinung nach ein Buch so etwas Ähnliches wie eine Krücke. Durch gotteslästerliches Verhalten gegen den Menschen hat man ihm die Seele verrenkt und ihm dann ein kirchliches Büchlein unter die Achsel geschoben: Wandle, auf selbiges gestützt, auf den dir von uns Weisen vorgeschriebenen Pfaden. Wir wandern durch Jahrtausende und – kommen nicht zum Ziel. Nein, alle Bücher bedürfen einer Überprüfung. Auch die weltlichen, sintemal auch sie – man verzeihe mir den Ausdruck – schon nach Kirchlichkeit stinken, Kirchlichkeit ist jedoch Beengung des menschlichen Geistes um irgendeines Gottes willen, der zum Schaden der Menschen, nicht zu ihrer Freude, ersonnen worden ist.«

»Glauben Sie denn nicht an Gott?« fragte Warwara aus unersichtlichem Grunde freudig.

»An einen Gott, der einer Theodizee bedarf, kann ich nicht glauben. Ich ziehe es vor, an die Natur zu glauben, die keiner Rechtfertigung bedarf, wie Herr Darwin bewiesen hat. Herr Leibniz aber, der zu beweisen suchte, daß die Existenz des Bösen vollkommen mit der Existenz Gottes vereinbar sei und daß diese Vereinbarkeit auch vollkommen und unwiderleglich durch das Buch Hiob bewiesen werde, dieser Herr Leibniz ist nichts weiter als ein deutscher Kauz. Und recht hat nicht er, sondern Heinrich Heine, der das Buch Hiob ›Das Hohelied der Skepsis‹ genannt hat.«

Der Diakon schöpfte geräuschvoll, mit dem ganzen Fassungsvermögen seiner Lungen Luft, seine wäßrigen Augen wölbten sich streng vor und loderten gleichsam weiß auf.

»Mein dahingeschiedener Sohn hat ein kleines Werk geschrieben, worin er Leibniz und überhaupt jegliche Theodizee als äußersten Unsinn und einen höchst schädlichen Versuch widerlegt, Unversöhnliches zu versöhnen.«

Samgin sah, daß es auch Marakujew langweilte, die Seminarweisheit des Diakons anzuhören, der Student trommelte ungeduldig mit den Fingern auf dem Tisch und formte die Lippen so, als wolle er pfeifen. Warwara hörte sehr aufmerksam zu, ihre Augen waren mißtrauisch und feindselig auf den Philosophen gerichtet. Sie raunte Klim zu: »Welch ein rachsüchtiges Gesicht!«

Der Diakon indessen schritt wie von einem Berg herab, als er mit kräftigem, tiefem Baß von Ordmuzd und Ahriman, von Baal und davon erzählte, daß »vieles, was als Übel bezeichnet wird, im Grunde nur ein Widerstreben gegen das Übel ist, das aus dem Haß gegen dieses entspringt«.

Seine endlose Rede wurde durch Diomidow unterbrochen, der plötzlich und geräuschlos in der Tür erschien, er knetete die Mütze in der Hand und sah sich um, als sei er an einen unbekannten Ort geraten und erkenne die Menschen nicht. Marakujew war sehr, aber offensichtlich unecht erfreut und gebärdete sich laut, der Diakon jedoch blickte Diomidow über die Schulter an und sagte, als setze er einen Punkt: »So.«

Nachdem Klim Diomidow wortlos die Hand gedrückt hatte, fragte er den Diakon, ob er Ljutow besuche.

»O ja. Aber – nicht oft.«

»Trinkt er?«

»Sehr. Ich jedoch bin seit dem Ableben meines Sohnes vom Trinken abgekommen. Auch haben Seine Gnaden mich gekränkt, er bot mir an, bei ihm Hausknecht zu werden. Doch wenn ich auch der geistlichen Würde enthoben bin, so kommt es mir doch nicht zu, daß ich Pferdeäpfel von der Straße räume. Ich werde in einer Glashütte arbeiten. Ab April.«

Samgin meinte, daß er die Höflichkeitspflicht dem Diakon gegenüber erfüllt hatte, er wandte sich von ihm ab und betrachtete Diomidow.

Dieser hatte sich wieder seine Engelslocken bis zu den Schultern herabwachsen lassen, aber seine blauen Augen hatten sich getrübt, ja, und er war insgesamt ausgeblichen, verwelkt, das runde Gesicht war mit spärlichen gelben Haaren bewachsen und war länger, hagerer geworden. Beim Sprechen blickte er dem Gesprächspartner unverwandt ins Gesicht, seine Wimpern zitterten, und es schien, je mehr er schaute, um so schlechter sah er. Er streichelte oft und behutsam mit der rechten Hand die linke und fragte immer wieder: »Wie sagten Sie?«

Er sprach jetzt lauter, kühner, aber in eigentümlich lesendem Ton, und er saß so angespannt aufrecht da, als erwarte er, daß ihm gleich jemand befehlen werde: »Steh auf!«

Warwara erzählte, er habe einmal unbemerkt Lidijas Zimmer betreten, als Marakujew sich dort mit seinen Schülern befaßte, habe es betreten, jedoch sogleich die Tür wieder zugeschlagen und dann Warwara ärgerlich gefragt: »Weshalb lassen Sie die Leute dort hinein? Sie werden das Zimmer verräuchern, es mit ihrem Teufelstabak verstänkern, man wird nicht mehr darin wohnen können.«

Ein andermal, als er sich die Photographien und Gravüren angesehen hatte, erkundigte er sich: »Wo ist denn das Porträt von Lidija Timofejewna?«

Warwara hatte gesagt, Lidija Warawka sei noch in keiner Weise berühmt, worauf er erklärt hatte: »Berühmtheiten braucht es auch nicht zu geben, von ihnen geht, wie von Polizisten, nur Bedrückung aus.«

Und dann hatte er mit einem Seufzer hinzugefügt: »Auch weiß man es noch nicht, vielleicht wird Lidija Timofejewna auch einmal zu den Berühmten gehören.«

Jetzt trank Diomidow, nachdem er ein Stück Zucker in die Backe gesteckt hatte, ein Glas Milch, hörte dann, den spärlichen, gelblichen Schnurrbart mit dem Finger glättend, als wolle er ihn wegklauben, eine Weile dem Gespräch des Diakons mit Marakujew zu und sagte darauf vorwurfsvoll: »Ihr redet immer noch davon, ach, ihr! Begreift ihr denn nicht, daß davon ja das Leid kommt, davon, daß wir einander in die Familie, in die Verwandtschaft, in die Menge hineinlokken? Weder Kirchen noch Parteien werden euch nützen ...«

»Aber du, Semjon, kriechst doch unter die Sektierer«, unterbrach der Diakon spöttisch seine Rede und riet ihm: »Du solltest mehr Milch trinken, sie ist nützlicher für dich.«

Diomidow geriet in Zorn, erbleichte und schüttelte blinzelnd das Haar, so hatte Samgin ihn noch nicht gesehen.

»Einigkeit – in einem!« rief er heiser, indem er dem Diakon einen Finger zeigte. Der Diakon erwiderte mürrisch: »Mit gespreizten Fingern kann man nicht die Gurgel anpacken.«

»In der Vielheit gibt es keine Einheit, wird es keine geben! Niemals. Ihr treibt umsonst zur Sünde.«

Marakujew lachte, auch Warwara lächelte ein lässiges und gelangweiltes Lächeln, Samgin jedoch fühlte plötzlich, daß Diomidow ihm leid tat, der von seinem Stuhl aufgesprungen war, ihn mit dem Fuß fortgestoßen hatte und, die Hände an die Brust gedrückt, sich an den Worten verschluckte: »Man trieb die Häftlinge zum Bahnhof . . . die Ketten klirrten, ja! Auch ihr . . . schmiedet Ketten! Ihr wollt die Seele fesseln.«

»So ein Unsinn«, rief Marakujew ärgerlich, doch Diomidow war vom Tisch fortgesprungen, ging rasch zur Tür und wiederholte an der Schwelle, wo er sich über die Schulter umschaute: »Eine große Versündigung an der Seele . . . ihr werdet es bereuen!«

»Donner bei klarem Himmel«, murmelte der Diakon, als er dem Fortgehenden hart nachgesehen hatte, und schob der finster dreinschauenden Warwara das leere Glas hin.

»Umsonst reizen Sie ihn immer«, sagte sie.

»Ich habe Grund dazu«, erwiderte der Diakon, räusperte sich laut und suchte mit den Fingern am Ohr nach dem abgeschorenen Bart. »Ich wollte es Ihnen nicht erzählen, werde es nun aber doch tun«, wandte er sich an Marakujew, der ungehalten im Zimmer umherschritt. »Sehen Sie ihn nicht so, als sei er ganz unbedeutend, er ist schädlich, denn obwohl er seelisch schwach ist, kann er Einfluß ausüben. Und – überhaupt . . . Wegen einer solchen . . . Mücke wie er hat mein Sohn unnötig gelitten.«

Das ganze Benehmen des Diakons und besonders seine harte, wenn auch das O hervorhebende Sprechweise erweckten in Samgin das feindselige Verlangen, diesem unsinnigen Menschen mit einigen kräftigen Worten über den Mund zu fahren.

»Vor zehn Tagen etwa kam dieser schwachsinnige Bursche zu mir und begann mir ins Gewissen zu reden, ich solle auf die Unterhaltungen mit den Arbeitern verzichten und auch Sie, Genosse Pjotr, dazu bewegen. Da ich mir über seinen Geisteszustand nicht im klaren war, wollte ich bereits ernsthaft mit ihm reden, er jedoch – stellen Sie sich das vor! – warf sich vor mir auf die Knie und fuhr in seinen Ermahnungen fort, unter Stöhnen und Jammern, mit Tränen – jawohl! Und er glich einem abgequälten Weib, das seinen Mann anfleht, keinen Wodka mehr zu trinken. Er sagte natürlich das gleiche: daß das Streben, die Menschen um die Gerechtigkeit herum zu vereinen, zum Untergang des Menschen führt. Und er zeterte, daß man die Revolutionäre auf Scheiterhaufen verbrennen und ihre Asche in den Wind streuen sollte, wie es mit der Asche des Zaren Dmitrij, des Thronräubers, geschehen war.«

Der Diakon war dermaßen erregt, daß Schweiß auf Stirn und Schläfen trat, seine Augen quollen vor und zuckten unheimlich.

Welch ein widerliches Gesicht, dachte Samgin.

Schnaufend wie ein müder Gaul und immer wieder die Kamisolschöße an den Knien übereinanderschlagend, so wie er es früher mit seinem Priesterrock getan hatte, redete der Diakon mit immer tieferem Baß weiter.

»Er erschütterte mich bis an die Wurzeln meiner Seele. Er übernachtete bei mir und faselte die ganze Nacht im Schlaf wie ein Typhuskranker. Am Morgen jedoch bat er um Verzeihung und schien sich überhaupt zu schämen. Aber . . .«

Der Diakon legte die Hände auf den Tisch wie auf die Tasten eines Klaviers und sagte, so leise er konnte: »Aber – stellen Sie sich vor! Er könnte ja ebenso in einem Anfall irrer Angst zur Direktion der Gouvernements-Gendarmerie gehen und sich dort auf die Knie werfen . . .«

Klim Samgin lächelte innerlich; es war ein vergnüglicher Anblick, wie die Erzählung des Diakons Marakujew aufgeregt hatte; er stand mitten im Zimmer, zerzauste sich das Haar, schnalzte mit den Fingern der anderen Hand und murmelte, das Gesicht in Falten gelegt: »Ach, Teufel noch mal! Eine faule Sache! Was soll man nun tun? Weshalb haben Sie geschwiegen?«

Nach einem Blick auf Klim erklärte Warwara tapfer: »Die Köchin Anfimjewna hat sehr gute Beziehungen zur Polizei . . .«

»Die Köchin wird hier nichts nützen, man muß den Ort für die Zusammenkünfte ändern«, sagte der Diakon und blickte die Hausfrau aus irgendeinem Grund unter abschirmender Hand hervor an, wie man einen entfernten und undeutlichen Gegenstand anzusehen pflegt.

Samgin stellte nicht ohne Vergnügen fest: Warwara langweilte sich. Wenn sie dem Diakon oder Marakujew zuhörte, wandte sie sich bisweilen ab, rümpfte die knorpelige Nase und zog die schmalen Nasenflügel zusammen, als empfände sie einen unangenehmen Geruch. Und man konnte meinen, sie täte dies absichtlich so, daß Klim ihre Grimassen bemerke. Nach ein paar besonders hitzigen Worten Marakujews murmelte sie jetzt undeutlich etwas von »Leberentzündung infolge unbefriedigter Liebe zum Volke« – einen Satz, der Samgin bekannt vorkam, den er wohl in einem der groben Feuilletons von Wiktor Burenin gelesen hatte.

Auf dem Heimweg dachte er, daß Marakujew sicherlich bald von neuem verhaftet werden würde, ja daß auch Warwara dem nicht entgehen werde, und das könnte sie den Revolutionären noch näherbringen.

So also vergrößern sie die Zahl der Menschen, die mit ihnen sympathisieren und ihnen helfen, im Grunde genommen – unwillkürlich. Etwas Ähnliches ist auch mit Jelisaweta Spiwak geschehen.

Er beschloß, Warwara nicht mehr zu besuchen, denn er fand, daß seine Neugier völlig befriedigt sei.

In einer stillen, dunklen Straße holte ihn der Diakon ein, beugte sich vor, blickte ihm schweigend ins Gesicht und ging gebeugt, die Hände in den Taschen vergraben, wie man gegen den Wind zu gehen pflegt, neben ihm her. Dann fragte er plötzlich, indem er Samgin direkt ins Ohr sprach: »Wissen Sie nicht zufällig, wo Stepan Kutusow sich zur Zeit befindet?«

Klim zuckte ärgerlich die Schultern, antwortete: »Er ist verhaftet«, und begann schneller zu gehen.

Es war schwierig, vom Diakon fortzukommen, er machte jetzt größere Schritte, blickte Klim von neuem schräg ins Gesicht und sagte im Ton des Erinnerns: »Man hat ihn gegen Bürgschaft freigelassen.«

»Ich weiß nicht, wo er ist«, murmelte Samgin und sah um sich, wohin er abbiegen könnte. Aber es war keine Seitengasse zu sehen, der Diakon indessen sagte: »So ist das also: verbrennen und – die Asche in den Wind, Sie haben's doch gehört? Ja. Seine Äuglein aber sind kindlich. Paßt Ihnen das? Darwin ist doch unwiderlegbar, wie?«

Was hat Darwin damit zu tun, du Idiot? schrie Samgin in Gedanken, laut jedoch sagte er etwas trocken, aber höflich: »Ich habe eine Frau gekannt, die durch Darwin den Verstand verloren hat.«

»Das kann man«, stimmte der Diakon mit Kopfnicken zu. »Darwin habe ich im Seminar widerlegt«, erinnerte er sich nachdenklich. »Es gab eine solche Aufgabe, Darwin zu widerlegen. Wir widerlegten ihn also.«

»Was wollen Sie denn von Kutusow?« fragte Samgin, ohne auf eine Antwort zu hoffen, doch der Diakon antwortete: »Er war der gleichen Gesinnung wie mein Sohn, und überhaupt . . .«

»Ich muß hier abbiegen!« sagte Klim und blieb an der Ecke einer Seitengasse stehen. Der Diakon reichte ihm seine lange Hand, berührte mit der Linken den Hut und wünschte: »Alles Gute.«

Fast den ganzen Tag hatte es träge geschneit, und jetzt waren Ecksteine, Laternen und Dächer mit Daunenhauben bedeckt. In der Luft lag jener würzige, dem Duft erster Gurken ähnelnde Geruch, den der Schnee nur im März hat. Samgin schritt langsam auf dem weichen Belag und überlegte:

Diese Leute empfinden mich als den ihren, das ist ein offenkundiges Anzeichen ihres Stumpfsinns . . . Wenn ich wollte, könnte ich schließlich unter ihnen eine bedeutende Rolle spielen. Ob Diomidow sie wohl anzeigen wird? Er müßte es tun. Ich darf natürlich nicht mehr zu Warwara gehen.

Während er nachdachte, sah er die verschiedenartigen Gesichter von Marakujews Schülern vor sich; das Gesicht des Diakons war das unsympathischste.

Er ist fast schon ein alter Mann. Er sieht nicht, daß diese Leute sich ihm gegenüber geringschätzig verhalten. Auch hierin wird ihre Dummheit fühlbar: Er müßte all diesen Leuten näherstehen, ihnen verständlicher sein als der Student. Bei tieferem Nachdenken über den Diakon fragte sich Klim zum erstenmal: Ist der Diakon nicht dadurch besonders unangenehm, weil er, ein urrussischer Kleriker, mit Revolutionären sympathisiert?

Kurz vor diesem Tag hatte sich Samgin ein Feld anderer Beobachtungen aufgetan. Ihm war aufgefallen, daß Preißens samtene Augen ihn aufmerksamer als früher ansahen. Ihn hatte schon immer sehr der kleine schmucke Student interessiert, der dank seiner ruhigen Selbstsicherheit keinem Juden und dank der Gründlichkeit seiner wortkargen Reden keinem jungen Mann glich. Er hätte gern verstanden, was veranlaßte den Sohn eines Hutfabrikanten, sich mit der Verbreitung des Marxismus zu befassen? Manchmal, wenn Preiß in den Gängen der Universität mit Marakujew und anderen Volkstümlern debattierte, sprach er sehr sonderbar: »Erinnern Sie sich, daß der russische Grandseigneur Herzen dem Zaren mit der Bauernaxt drohte und ihm dann reumütig zurief: ›Du hast gesiegt, Galiläer!‹ Später mußte er reuevoll bekennen, daß sein erstes Reuebekenntnis vorzeitig und naiv gewesen war. Ich behaupte, daß Naivität die Grundeigenschaft der Volkstümlerbewegung ist; besonders klar sieht man das, wenn die Volkstümler im Sinne Pugatschows den Bauernaufstand predigen.«

Sätze dieser Art äußerte Preiß nicht selten, und sie verschärften Samgins Neugier für den Fabrikantensohn immer mehr. Einmal, nach einer Vorlesung, schlug Preiß Klim vor: »Gehen wir zu mir, reden wir ein wenig miteinander!«

Preiß wohnte in einer stillen Straße im ersten Stock einer mittelgroßen Villa. Die Straße war typisch moskauisch, aus Holzhäusern, und diese erst vor kurzem verputzte Villa wirkte wie ein steif gestärkter Geck, der wie zufällig unter die alten, bunten Häuserchen geraten war. Die schwere Eichentür wurde von einem jungen Dienstmädchen in weißer Schürze und mit Spitzenhäubchen auf dem hübsch frisierten Kopf geöffnet. Klim hatte erwartet, die Behausung des Studenten werde ebenso wohlhabend aussehen wie Preiß selber, aber es stellte sich heraus, daß Preiß in einem nicht allzu geräumigen Zimmerchen wohnte, dessen Fenster auf ein Schuppendach hinausging; das Zimmer war eng mit Büchern gefüllt, in der einen Ecke stand ein Bett, bedeckt mit billiger Steppdecke, an der Tür ein dreibeiniger eiserner Waschtisch, wie Margarita einen besessen hatte. Das Mißverhältnis zwischen dem schicken Hausmädchen und der asketischen Einrichtung dieses Zimmers stimmte Samgin mißtrauisch und unruhig.

Den Tee brachte ein anderes Stubenmädchen, klein und dick, mit blatternarbigem, rotem Gesicht und dumm aufgerissenen Augen.

»Und Zitrone ist keine im Hause«, sagte sie mit sichtlichem Vergnügen.

Preiß begann das Gespräch mit der Frage: »Man sagt, bei Ihnen sei Haussuchung gehalten worden?«

»Ja. Ein Mißverständnis«, antwortete Samgin und bekam ein kunstvolles Kompliment zu hören wegen seiner Zurückhaltung bei den Wortschlachten der Volkstümler und Marxisten, diesen »immer erbitterteren Schlachten«, wie Preiß, seine schmalen Hände reibend und mit den Fingern knackend, zugab. Sogleich setzte er mit leichter Ironie hinzu: »Aber Jungen spielen ja das Knöchelspiel und Spießer das Preferencespiel auch recht erbittert.«

Klim lächelte und beobachtete aufmerksam den weichen Glanz der samtenen Augen; diese Augen hatten etwas Prüfendes, doch im Ton von Preiß vernahm er das ihm schon bekannte Bewußtsein der Überlegenheit eines Lehrers gegenüber dem Schüler. Ihm fielen die Worte eines Antisemiten aus der Tageszeitung »Neue Zeit« ein: »Der Aristokratismus uralter Rasse ist bei den Juden zu Flegelei ausgeartet.«

Auf Preiß paßt das nicht, aber an ihm spürt man stark den fremden Menschen, dachte Samgin, während er den etwas schwerfälligen, wie geschriebenen Sätzen zuhörte. Preiß sprach vom Nietzscheanertum als einer Reaktion auf den Marxismus, er sprach mit halblauter Stimme, als teilte er Geheimnisse mit, die nur ihm bekannt seien.

»Die Probleme des individuellen Daseins treten am schärfsten gerade in den tragischen Epochen der Ablösung einer Klasse durch eine andere zutage.«

Sein bräunliches Gesicht war unbeweglich, nur die dichten, scharf geschwungenen Brauen zuckten, wenn er das eine oder andere Wort ironisch unterstrich. Samgin schwieg, nickte beistimmend, wo es die Höflichkeit verlangte, und wartete geduldig, wann dieses kleine, elastische Menschlein zu verstehen geben werde, was es wolle.

»Wir sehen, daß in Deutschland schnell die Bedingungen für den Übergang zur sozialistischen Gesellschaftsordnung geschaffen werden, ohne Katastrophen, evolutionär«, sprach Preiß immer lebhafter und sogar Samgin irgendwie tröstend. »Die Millionen Stimmen deutscher Arbeiter, das unbestreitbar hohe Kulturniveau der Massen, die riesengroße Parteiorganisation«, sagte er, ein gutes Lächeln lächelnd, und rieb sich immerzu die Hände, wobei seine dünnen Finger unangenehm knackten. »Die Angelsachsen und die Deutschen haben sich die Idee der Evolution erstaunlich gründlich zu eigen gemacht, das wurde ihre organische Eigenschaft.«

»O ja«, sagte Samgin.

Alles, was Preiß sagte, war mehr oder weniger aus Büchern bekannt, deren Argumente und Schlußfolgerungen zwar überzeugend waren, die – Samgin aber nicht brauchte. In dem schwärzlichen Spinngewebe der Druckschrift erblickte und empfand er den gleichen Eingriff in die Freiheit seines Denkens und Wollens, wie er ihn in den Reden gläubiger Menschen hörte. Er gab zu, daß Bebel recht habe, fand aber, daß Eugen Richter der schlichten Wahrheit näher komme, die der bescheidene Historiker Koslow so gut fühlte, so poetisch darlegte. Der eiserne Besen der Marxschen Logik war ebenfalls wahr, vernichtend wahr, doch wahr war auch das Evangelium, das Inokow mutwillig, im Grunde aber treffend dem Buch »Der gute Ton« gleichstellte. Und dann: Früher galt die »Volkstümlerbewegung« als guter Ton, heute aber erhebt der Marxismus auf diese Rolle Anspruch. Indem er den Begriff »Volk« zu dem Begriff »Arbeiterklasse« verengt, verlangt auch der Marxismus ein »Aufgehen in den Massen«, wie es der als Bauer verkleidete Tolstojaner, der Schriftsteller Katin, und Onkel Jakow verlangt hatten. Der Bruder Dmitrij war schon »aufgegangen«. Im Grunde läuft das alles auf den unerklärlichen Wunsch hinaus, den Menschen zu einem Isaak, zu einem Opfer, zu guter Letzt zu einem Pferd zu machen, das den schweren Karren der Geschichte irgendwohin ziehen muß. Klim hörte die immer lebhafter werdende und nun bereits hitzige Rede von Preiß an und widersprach nicht, da er erkannte, daß sein, Samgins, organischer Widerstand gegen die Ideen des Sozialismus irgendwelcher sehr starker und schwerwiegender Gedanken bedurfte; doch er fand sie noch nicht in sich, sondern fühlte nur, daß er bedeutend leichter, bequemer leben könnte, wenn es die Sozialisten und deren Gegner nicht gäbe. Er fand in sich auch nicht die Kraft, entschieden zu erklären: Ich will nicht die Rolle eines Isaak spielen, sucht euch einen Widder!

Und schließlich beunruhigte ihn, daß er in Stunden wie der gegenwärtigen, die von ihm eine höchst genaue Selbsteinschätzung verlangten, sich als so etwas wie ein konservativer Anarchist oder anarchistisch gesinnter Konservativer vorkam, und das war dermaßen eigenartig, daß er sich selbst nicht mehr verstand.

Er ging von Preiß fort und verbarg seine Stimmung hinter der Maske der tiefen Nachdenklichkeit eines Menschen, der soeben erst eine Weisheit kennengelernt hatte, die ihm bis zu diesem Tag in ihrer ganzen Weite und Tiefe unbekannt gewesen war. Preiß schlug ihm sehr freundschaftlich vor: »Kommen Sie doch am Sonntag zu mir, ich werde Sie mit interessanten Leuten bekannt machen.«

Samgin beschloß, am Sonntag nicht hinzugehen. Doch schon auf dem Heimweg ärgerte er sich über sich selbst: Wie lange noch wird er sein wahres Ich verbergen? Wie auch immer es sein mag, es ist da. Nein, er wird selbstverständlich zu Preiß gehen und dort zeigen, daß er schon aus dem Schüleralter heraus ist und seine eigene Wahrheit besitzt, die Wahrheit eines Menschen, der unabhängig sein will und kann. Im Laufe von zwei Tagen sah er aufmerksam ein Geschenk Koslows durch: ein Buch von Radischtschew, die Londoner einbändige Ausgabe Herzens mit dem Werk des Fürsten Schtscherbatow »Über die Sittenverderbnis in Rußland«, Danilewskijs »Rußland und Europa« und den »Sozialismus« des Antisozialisten Le Bon; auch warf er einen Blick in die Bücher Nietzsches. Dies war alles, was er zur Hand hatte, doch fühlte er sich hinreichend gewappnet und begab sich zu Preiß, wobei er erwartete, daß er unter den »interessanten Leuten« Menschen ähnlich den Schülern Pjotr Marakujews treffen würde.

Das schicke Dienstmädchen führte ihn in ein gediegen eingerichtetes Zimmer mit ledergepolsterten Möbeln und großem Schreibtisch am Fenster; auf dem Tisch stand eine Lampe aus dunkler Bronze, genau die gleiche wie in Warawkas Arbeitszimmer. Die zwei Fenster waren mit schweren Draperien verhängt, und das grünliche Halbdunkel des Zimmers war vom Duft einer Zigarre erfüllt.

Die Zigarre rauchte ein mitten im Zimmer stehender Student in dunklem Anzug, hochgewachsen, mit krummen Kavalleristenbeinen; sein stumpfes, breites Kinn und die rasierten Wangen wirkten schwarz, der dichte Schnurrbart war verwegen hochgezwirbelt; er maß Samgin gewichtig mit vorgewölbten weißen Augen, nickte mit dem glattgeschorenen, sehr runden Kopf und sagte mit Baßstimme: »Stratonow.«

Ein anderer Student, rundlich, rosenwangig und glatt frisiert, saß, das eine seiner kurzen Beinchen untergeschlagen, im Sessel, er schien erhitzt, als wäre er eben aus dem Bad gekommen. Ohne sich zu erheben, reichte er Samgin lässig sein molliges Kinderhändchen und hauchte: »Tagilskij.«

»Sehr erfreut«, sagte ein dritter, ein rötlichblondes, knochiges Menschlein in dicker Jacke und ausgetretenen Stiefeln. Er hatte ein undefinierbares Gesicht, es war mit einem spärlichen goldblonden Kinnbärtchen geziert, das ihn sehr beschäftigte, er zupfte mit der linken Hand an ihm herum, seine dicken Lippen lächelten hilflos, seine scharfen Äugelchen glänzten, die buschigen Brauen bewegten sich. Der vierte Gast bei Preiß war Pojarkow, er saß in einer Ecke, hinter einem Schrank, der dicht mit gebundenen Büchern vollgestellt war.

Preiß selber saß am Tisch, er hatte die Arme darauf gelegt und so vorgestreckt, als wäre er ein Kutscher und lenkte ein unsichtbares Pferd. Durch den grünen Lampenschirm wirkte sein Gesicht auch grünlich.

Der fesche Student wartete, bis Samgin einen Platz gefunden hatte, und sagte dann: »Also, das schnelle Wachstum unserer Industrie ist eine Tatsache . . .«

»Na ja, ja, aber meinte ich denn das?« schrie, auf dem Diwan hochschnellend, händefuchtelnd, mit brüchiger Stimme der Rötlichblonde.

»Ich sage: Eine Nation, die sich ihrer Individualität nicht bewußt ist, ist noch keine Nation, das ist es!«

Er war auf die Kante des Diwans vorgerutscht, saß in unbequemer Haltung da, verlieh seinem Gesicht einen erschreckten Ausdruck und sprühte fünf Minuten lang nach allen Seiten Worte um sich, deren Zusammenhang Klim nicht sogleich zu fassen vermochte.

»Im Slawophilentum, in der Volkstümlerbewegung, ja sogar in unserem Sektenwesen liegt ein Suchen«, sprach er in die Ecke hinein, wo sich niemand befand, wandte sich sogleich stürmisch zu Preißens

Seite und streckte ihm den zitternden Arm entgegen. »Sehen Sie: England hat die Gewerkschaften, Frankreich neigt zum Syndikalismus, die Sozialdemokratie Deutschlands ist tief staatlich und national, aber wir? Was werden wir haben? Das ist es, was ich meinte!«

Preiß sagte sehr undeutlich etwas von verfrüht gestellten Fragen, darauf sprang der kleine Rotblonde, als hätten ihn die Sprungfedern hochgeschnellt, vom Diwan auf, lief in eine Ecke, ließ sich dort mit Anlauf in einen Sessel fallen, zupfte sich am Kinnbärtchen, wodurch er die dicke, schlaffe Lippe hochzog, die ungleichmäßigen kleinen Zähne entblößte und sich am Reden hinderte, und fuhr fort: »Aber – wieso denn? Wieso denn verfrüht? Die Generalstäbe pflegen lange vor einem Kriege ...«

Der hochgewachsene Student, der ihm, als er in die Ecke lief, etwas nachlässig aus dem Wege getreten war, setzte sich an seinen Platz auf dem Diwan und sagte streng: »An einen Krieg denkt niemand ...«

»Man denkt daran!« beharrte der kleine Rotblonde. »Ich weiß es! Dort, in der Schweiz, in Paris ...«

Nun erhob sich Tagilskij, ging mit dem weichen Schritt eines Katers zu ihm, setzte sich auf die Seitenlehne des Sessels und flüsterte dem kleinen Rotblonden etwas ins hingehaltene Ohr.

»Aha! Natürlich! Ja, ja«, murmelte der kleine Rotblonde und nickte mit dem zerzausten Kopf.

Durch seine Zerfahrenheit erinnerte er Klim an Ljutow. Pojarkow schwieg, vornübergebeugt, die Ellenbogen auf die Knie gestützt, nur einmal bemerkte er brummig zu Stratonow: »Die Klassifizierung von Fakten ist eine nützliche Sache, wenn sich hinter ihr nicht der Versuch verbirgt, unversöhnliche Widersprüche zu versöhnen.«

Klim kam es vor, als hätte Preiß mißbilligend in seine Richtung geblickt und als benähme Preiß sich überhaupt in diesem Zimmer herrenhafter als in jenem, asketischen. Es war langweilig, und man hatte das Gefühl, als klappe etwas nicht bei diesen Leuten, sie alle waren mit etwas oder mit jemandem unzufrieden. Samgin beschloß aufzutreten und begann davon zu reden, daß man an einen sozialen Krieg wohl denke und daß es Leute gebe, für die er eine beschlossene Sache sei. Man hörte ihm aufmerksam zu, doch als er den Diakon charakterisierte, natürlich ohne ihn zu nennen, sprang der kleine Rotblonde auf ihn zu und bat ihn inständig: »Machen Sie mich mit diesem Menschen bekannt – ja? Geht das? Machen Sie mich unbedingt mit ihm bekannt.«

Stratonow aber ließ seine goldene Uhr an der Kette schaukeln und sagte resolut: »Sie selbst bezeichneten doch Menschen dieses Schlages ganz richtig als Figuren, geeignet für Anekdoten. Wenn erst einmal der Wind normalen Lebens weht, wird er sie wie Spreu fortblasen.«

Sprach's und blähte seine blauen Backen prall auf, als wollte er andeuten, daß kein anderer als er der Gebieter aller Zephire und Orkane sei. Er sprach überhaupt resolut, streng, und wenn er etwas gesagt hatte, blähte er die Backen zu Kugeln auf, wodurch seine weißen Augen sich verkleinerten und etwas dunkler wurden.

Tagilskij begann wieder dem kleinen Rotblonden etwas ins Ohr zu flüstern, und dieser stimmte trübsinnig zu.

»Ja? Aha . . .«

Nun wurde es wieder aufreizend langweilig, und nachdem Klim noch ein paar Minuten sitzengeblieben war, beschloß er zu gehen, doch Preiß, der ihn hinausbegleitete, sagte halblaut, im Ton der Entschuldigung: »Ein mißglückter Abend; es ist nämlich zufällig einer erschienen, den – wir wenig kennen.«

»Dieser Rundliche?«

»Nein, der andere, in der Ecke.«

Pojarkow, sagte sich Samgin, als er durch die vom Märzmond hellbeschienenen Straßen nach Hause ging. Das ist interessant.

Er hatte diese Leute nicht verstanden. Zwei bis drei weitere Begegnungen mit ihnen machten sie auch nicht verständlicher. Sie schrien nicht, stritten nicht, sondern führten ernste Gespräche über Fragen der politischen Ökonomie, einer Samgin wenig bekannten und unlieben Wissenschaft. Sie nannten sich Marxisten, doch ihren Urteilen fehlte die strenge Gradlinigkeit des »Kutusowtums«, und die Arbeiterfrage interessierte sie bedeutend weniger als Fragen der Industrie und des Handels. Mit sichtlicher Begeisterung errechneten sie die Mengen an Erdöl, Getreide, Zucker, Fett, Hanf und beliebigem russischem Rohstoff. Klim schien es zuweilen, als sprächen sie mehr in Zahlen als in Worten. Sie redeten von der künftigen Großen Transsibirischen Bahn, der Ölbereitung, den Umsiedlern, der Tätigkeit der Bauernbank und der Zollpolitik Deutschlands. All das war langweilig zu hören, und alles war Klim fast unbekannt, über Fragen dieser Art unterrichtete er sich an Hand der Zeitungen, und auch dies – ungern.

Doch obwohl die Reden uninteressant waren, erregten die Leute immer stärker seine Neugier. Was wollten sie? Wenn Klim Stratonow aufmerksam betrachtete, sah er an ihm etwas Kämpferisches, und es hätte ihn nicht gewundert, wenn Stratonow den geschäftigen, nervösen kleinen Rotblonden angeschrien hätte: »Stillgestanden!«

Er sprach überhaupt im Ton eines Kommandeurs und schien den kleinen Rotblonden sogar zu verachten.

»Ein überzeugter Mensch kann und darf in seinen Ansichten keine Widersprüche spüren«, sagte er ihm; der kleine Rotblonde prallte zurück und fragte mißtrauisch, verwundert: »Ist das Ihr Ernst?«

Stratonow antwortete nicht; er beantwortete selten an ihn gerichtete Fragen. Der träge Tagilskij erinnerte Samgin an seinen Bruder Dmitrij, da er wie dieser seinen Freunden als Notizbuch diente, in dem allerhand Zahlen und Daten wohlgeordnet eingetragen waren. Er war verwöhnt, kokett, brüstete sich aber nicht mit seinem Gedächtnis, sondern gab Auskunft in dem herablassenden und gleichmütigen Ton eines Gymnasialprimus, der nach Absolvierung der Schule alles Gelernte zu vergessen wünschte. Sein rosa Porzellangesicht, die molligen Lippen und die umflorten Augen unbestimmter Farbe ließen erwarten, daß er fraulich weich spreche, sein Stimmchen klang jedoch trocken, säuerlich und gleichsam boshaft. Die Macht besitzenden, den Staat lenkenden Menschen schimpfte er: »Esel. Idioten. Halunken.«

Wenn er sich ausgeschimpft hatte, betrachtete er seine Nägel oder zündete sich eine dünne »Damenzigarette« an und schwieg, solange er nicht nach etwas gefragt wurde. Klim bemerkte an ihm noch eine sonderbare Ähnlichkeit – mit Diomidow; es war, als erwarte auch Tagilskij mit Gewißheit, jedoch ohne Angst, daß sogleich irgendwelche – vielleicht idiotischen – Leute kommen und ihn ehrerbietig bitten würden: »Belieben Sie, uns zu regieren!«

Der kleine Rotblonde hieß Anton Wassiljewitsch Berendejew. Er war insofern interessant, als er an die Unvermeidbarkeit der Revolution glaubte, sie aber fürchtete und seine Angst nicht im geringsten verhehlte, wenn er Preiß und Stratonow aufgeregt ermahnte: »Die Revolution muß unbedingt mit einer religiösen Reformation zusammenfallen, verstehen Sie? Aber natürlich keine Reformation im Sinne des Rationalismus unserer südlichen Sekten, davor bewahre uns Gott!«

Stratonow rollte die weißen Augen vor und beruhigte ihn: »Vor einer Abweichung nach dieser Seite sind wir gesichert, unser Bauer ist Mystiker.«

»Aber – all die Stundisten, Baptisten, wie?«

Tagilskij schneuzte laut die breite, rosa Nase und bemerkte belehrend: »Man muß genauer reden: nicht von einer Reformation, die weder Sie noch ich brauchen, sondern von einer Reform der Kirchenverwaltung, einer Erweiterung der Rechte des Klerus, seiner wirtschaftlichen Ordnung ...«

Berendejew fügte schrill ein: »Von einer Erziehungsreform für den Dorfklerus, der Notwendigkeit, ihn umzuerziehen!«

»Mit dem Dorf werden wir noch viel Scherereien haben«, sagte Samgin seufzend.

»Sehr!« rief Berendejew aufgeregt, schwang die Arme hoch und wiederholte leiser, geheimnisvoll: »Sehr!«

Stratonow stand auf, schob die krummen Beine so dicht wie möglich zusammen, legte die Arme auf den Rücken und wölbte die Brust vor, das alles machte seine Gestalt noch eindrucksvoller.

»Wir sind Menschen«, begann er, Berendejew mit dem Blick zurückstoßend, »wir sind meiner Ansicht nach Menschen, denen von der Geschichte die Pflicht auferlegt ist, die Revolution zu organisieren, in ihre Spontaneität die ganze Kraft unseres Bewußtseins hineinzutragen, mit unserem Willen den unvermeidlichen Anarchismus der Massen einzudämmen ...«

Tagilskij erhob den sorgfältig frisierten blonden Kopf, sah Stratonow mit gerunzelter Stirn an und unterbrach laut seine Rede: »Sie fühlen sich immer noch im ersten Studienjahr, ereifern sich und greifen vor. Nicht an eine Revolution muß man denken, sondern an eine Reihe von Reformen, welche die Menschen arbeitsfähiger und kultivierter machen.«

Preiß schwieg und trommelte mit den Fingern geräuschlos auf dem Tisch. Er war überhaupt zu Hause wortkarg, äußerte sich unbestimmt und erinnerte nicht an den gewandten und überzeugten Redner, als den Samgin ihn bei Onkel Chrysanth und in der Universität im Streit mit Marakujew zu sehen gewohnt war.

Pojarkow traf Klim nochmals. Nachdem er schweigend anderthalb Stunden dagesessen und genug Tee getrunken hatte, zog Pojarkow seinen knochigen und eckigen Körper langsam aus dem tiefen Lehnstuhl heraus, drückte Preiß die Hand und sagte mürrisch: »Na, das verbindliche Schema für die Geschehnisse des morgigen Tages scheint hier endgültig ausgearbeitet worden zu sein.«

Pojarkow ging fort, ohne sich von den andern zu verabschieden, und Klim dachte beim Anblick seines gebeugten Rückens, daß Preiß recht habe: Dieser war fremd und störte.

Wie überall, benahm sich Samgin auch in dieser Gesellschaft gesetzt, zurückhaltend, wie ein Mensch, der bei wohlwollender Beobachtung alles, was er sieht und hört, streng abwägt und, ohne sich durch Widersprüche der Meinungen aus der Ruhe bringen oder ablenken zu lassen, eingehend mit der Bewertung der Tatsachen beschäftigt ist. Tagilskij sprach auch so von ihm zu Berendejew: »Du, Anton, solltest dir Samgin zum Vorbild nehmen, er vergißt nicht, daß Theorien auf Tatsachen aufgebaut und an Hand von Tatsachen überprüft werden.«

Es gab Stunden, in denen es Klim schien, er habe seinen Platz, seinen Pfad gefunden. Er lebte unter den Menschen wie inmitten von Spiegeln, alle spiegelten ihn, Samgin, wider und zeigten ihm zugleich deutlich ihre Mängel. Die Mängel der Nächsten bestärkten Klim sehr in seiner Ansicht, selbst ein kluger, scharfsinniger und eigenartiger Mensch zu sein. Einem interessanteren und bedeutenderen Menschen als er selbst war Klim noch nicht begegnet.

Doch mit sich selbst allein, sah sich Klim dennoch zur Teilnahme an irgend etwas verurteilt, das er nicht tun wollte, das seinen grundlegenden Empfindungen widersprach. Dann erinnerte er sich des Blicks auf das Chodynka-Feld vom Dach aus, der dicken, fest zusammengepreßten Schicht menschlichen Kaviars. Vor seinen Augen erstand ein Geschenk der Nechajewa, eine Reproduktion des Bildes von Rochegrosse »Die Jagd nach dem Glück«, auf dem eine dichte Menge Menschen aller Stände, einander zu Boden werfend, einen Berg hinab an den Rand eines Abgrundes rennt. Erniedrigend und entsetzlich war es, als dunkles, unpersönliches Kaviarkörnchen den allen gemeinsamen Weg zum unabwendbaren Untergang hinabzurollen. Noch lief er nicht mit der Menge, er stand abseits, aber schon war ihm, als sögen ihn die Menschen in ihren dichten Haufen hinein und rissen ihn mit sich fort. Dann kam ihm in Erinnerung, wie die Wand der Kaserne einstürzte und die Menschen hinabwarf, während er, der von ihr fortzulaufen glaubte, sich ihr unbegreiflicherweise dicht genähert hatte. In solchen Stunden empfand Samgin, daß ihn ein Wind trostloser Erbosung gegen alle Menschen und sogar – ein wenig – gegen sich selbst fülle und schwelle.

Eines Abends, auf dem Weg zu Preiß, vernahm Klim hinter sich rasche, feste Schritte; es kam ihm vor, als verfolgte ihn jemand. Er wandte sich um und stand Auge in Auge Kutusow gegenüber.

»Einen bemerkenswerten Gang haben Sie«, sagte Kutusow nicht laut, aber fröhlich und lächelte breit in seinen wieder gewachsenen Bart hinein. »Als gingen Sie zu einer Frau, die Sie nicht mehr lieben, he? Na, wie geht es Ihnen?«

Sowohl seine Worte als auch sein etwas plumpes Wohlwollen gefielen Klim nicht. Er sah sich um und sagte: »Ich hörte, man habe Sie gegen Kaution freigelassen?«

»Das stimmt. Selbstverständlich – ohne Recht zu reisen. Aber ich fürchte, dick zu werden, und – reise.«

Belanglose Sätze wechselnd, kamen sie rasch bis vor Preißens

Haustür, Kutusow drückte auf den Klingelknopf und hielt die andere Hand Klim hin.

»Ich will auch hierher«, sagte Samgin.

»Ach so? Tja ... Um so besser!«

Kutusow schubste Klim mit der Schulter in die vom Dienstmädchen geöffnete Tür, warf einen Blick nach der Seite, von der er gekommen war, und klopfte dem Mädchen auf die Schulter. »Blühst du, Kasja? Welch eine Okkasion! O Kasja, ich liebe dich!«

»Ich Sie auch«, antwortete das Dienstmädchen lustig und wollte Kutusow den Mantel aus der Hand nehmen, doch er hängte ihn selber auf.

Eine demokratische Geste, stellte Samgin fest.

Preiß begrüßte sie freudig und verwirrt.

»Du bist frei?«

»Wie du siehst.«

Sie gingen ins Obergeschoß, in das asketische Zimmer, Kutusow ließ seinen schweren Körper aufs Bett fallen und rief: »Hu! Sag doch, daß man uns Tee bringt.«

»Ich habe gar nicht gewußt, daß ihr euch kennt«, sagte Preiß, als entschuldigte er sich vor Klim, setzte sich aufs Bett und begann sofort Kutusow auszufragen, woher er komme und was er gesehen habe.

Samgin fühlte sich etwas unbehaglich. Preiß hielt ihn offensichtlich für eingeweiht in Kutusows Angelegenheiten, während Kutusow das gleiche von Preiß meinte. Klim wollte fragen, ob er die Kameraden nicht störe, doch die Neugier verbot ihm, das zu tun.

Kutusow lehnte mit dem Rücken an der Wand, ließ die lange nicht mehr geputzten, von den Überschuhen zerscheuerten Schaftstiefel vom Bett herabhängen, hielt in der einen Hand die Untertasse, in der anderen das Glas Tee und sagte Klim Bekanntes.

»Die marxistischen Säuglinge vermehren sich ein wenig, doch der Verbindungen mit den Arbeitern rühmten sie sich nicht, und sie urteilen immer mehr – was die Theorie betrifft, in der Praxis sind sie nicht sehr fleißig. Einige junge Feuerköpfe beklagten sich, im Marxismus fehle die Romantik, bei den Volkstümlern hingegen – da gebe es Helden, Bomben und allerhand Trara.«

»Und – in Kasan? In Charkow?« fragte Preiß, mit den Fingern knackend.

Samgin kam es vor, Preiß spräche zwar freundschaftlich, aber trotzdem erinnerten seine Fragen an Ljutows Verhalten zu der jungen Dame auf Warawkas Landsitz – das Verhalten zu einem Untergebenen.

Kutusow holte aus seiner Rocktasche eine Zigarettenschachtel hervor, schielte mit einem Auge in ihre Leere und schleuderte die Schachtel auf den Tisch.

»Sie rauchen nicht, Samgin? Schade. Gewisse schädliche Gewohnheiten sind für die Nächsten recht nützlich.«

Klim sah ihn zum erstenmal so lustig. Halb auf dem Bett liegend, erzählte Kutusow: »Aus Brjansk geriet ich nach Tula. Dort gibt es ernste Leutchen. Wie wäre es, dachte ich, wenn ich Tolstoi besuchte? Ich besuchte ihn. Wir stritten ein wenig über die Träumereien des Evangeliums. Tolstoi kämpfte mit dem stumpfen Schwert, das Christus in die Scheide zu stecken befohlen hatte. Ich hingegen mit jenem, von dem gesagt ist: ›Nicht Frieden, sondern das Schwert‹, aber vor diesem Schwert erwies sich Tolstoi unverwundbar, wie die Luft. In logischer Hinsicht ist er recht eigensinnig. Na, wir gefielen einander nicht.«

Um sich in Erinnerung zu bringen, sagte Samgin: »Eine erstaunlich russische Erscheinung, Tolstoi.«

»Ja eben«, stimmte Kutusow bei und fügte hinzu: »Und darum auch eine schädliche.«

»Für wen?« fragte Klim. Kutusow antwortete nach kurzem Gähnen: »Für die Geschichte, die jegliche Sentiments endgültig satt hat.«

Preiß zitierte ebenfalls eigentümlich flüchtig und tiefsinnig: »Tolstoi ist der vollendete Ausdruck des russischen, bäuerlichen Elements.«

»Na – und was folgt denn daraus?« fragte Kutusow, der vom Bett aufgesprungen war und die Schultern reckte. Nachdem er ein Büschel seines Bartes in den Mund gesteckt und es mit den Lippen geknetet hatte, sagte er: »Entschuldigen Sie uns, Samgin! Boris, komm mal her.«

Und er faßte Preiß an der Schulter, schob ihn zur Tür, Klim aber blieb allein im Zimmer zurück, sah durchs Fenster auf das eiserne Dach hinaus und fühlte, daß ihm der lässige Ton angenehm war, in dem der leicht bäurische Kutusow mit dem kleinen schmucken Juden sprach. Ihm gefielen nicht die demokratischen Manieren, die Schaftstiefel, der unordentlich gestutzte Bart Kutusows; das Verhalten zu Tolstoi hatte ihn etwas empört; doch er sah, daß dies alles Kutusow zwar nicht zur Zierde gereichte, ihn aber zu einem beneidenswert in sich geschlossenen Menschen machte. Das stand fest.

»Nun, ich gehe«, sagte Kutusow, ins Zimmer tretend. »Und Sie, Samgin?«

»Ich auch.«

Auf der Straße, im Wind und unter den scharfen Stichen der

Schneegräupelchen, brummte Kutusow, den Mantel zuknöpfend: »Das Preißchen wohnt warm ...«

»Ich verstehe nicht ganz, was ihn zum Marxismus hinzieht«, sagte Klim. Kutusow sah ihm ins Gesicht und fragte: »Sie verstehen es nicht? Hm ...«

Nach ein paar Schritten fragte er: »Möchten Sie nicht etwas essen?«

»Ich würde gern ein Gläschen Wodka trinken.«

»Nun, trinken Sie doch«, bewilligte Kutusow, trat in einen kleinen Laden, erschien von dort mit einer Zigarette im Bart und sagte wohlgeneigt: »Na, wohlan, gehen wir Wodka trinken.«

Er sah Klim wieder leicht lächelnd ins Gesicht.

»Haben die Gendarmen Sie abgetastet und sich von Ihrer politischen Jungfernschaft überzeugt, ja?«

Samgin kam nicht dazu, durch den derben Scherz gekränkt zu sein, da Kutusow besorgt und sogar liebevoll fortfuhr: »Waren Sie aufgeregt? Nein? Das ist gut. Ich hingegen ging sehr in die Luft, als man mich das erstemal abtastete. Und ich muß gestehen, daß ich deshalb in die Luft ging, weil ich etwas Angst bekommen hatte.«

In einem billigen Restaurant ging Kutusow in eine mit bläulichem Dunst angefüllte Ecke, bestellte Wodka und Fleisch und sah sich mit leicht zugekniffenen Augen die Leute an, die unter der niedrigen, verräucherten Decke des wenig geräumigen Zimmers saßen; drei waren in gleicher Haltung, über die Tischchen gebeugt und ins Essen vertieft, ein vierter hatte sich bereits gesättigt, betätigte den Zahnstocher und sah mit leeren Augen zu einer Frau, die am Fenster saß; die Frau las einen Brief, auf dem Tisch vor ihr stand eine Kaffeekanne und lag ein Bücherpäckchen, in Riemen verschnürt. Auch Klim warf einen Blick auf ihr von einem Schleier halbverdecktes Gesicht, auf ihre verkniffenen Lippen, jetzt kniff sie sie noch fester zusammen, ihr Mund wurde böse von Falten umgeben, Klim begann finster dreinzuschaun, denn er hatte in dieser Frau Ljutows Bekannte wiedererkannt.

Offenbar ist diese kleine Schenke ein Treffpunkt, dachte er und fragte Kutusow: »Sind Sie schon mal hier gewesen?«

»Zum erstenmal«, antwortete dieser, ohne den Kopf vom Teller zu erheben, und fragte mit vollem Mund: »Sie verstehen also nicht, weshalb es gewisse Subjekte zum Marxismus zieht?«

»Nein.«

»Trinken wir«, sagte Kutusow, indem er Klim das gefüllte Gläschen hinschob, und begann den Schinken reichlich mit Senf zu bestreichen, der so scharf war, daß es Samgin in der Nase zwickte.

»Eine optische Täuschung«, sagte er seufzend. »Viele sehen im wissenschaftlichen Sozialismus nur eine Lehre von ökonomischer Evolution, und der Marxismus riecht für sie nach nichts anderem. Auf Ihr Wohl!«

Er leerte das Glas und fuhr fort: »Unser gemeinsamer Bekannter Pojarkow findet, daß begüterte junge Männer kraft intuitiver Klassenvorsicht marxeln, da sie fühlen, daß, wie man sich auch winden mag, eine soziale Katastrophe unvermeidlich ist. Doch der Selbsterhaltungstrieb zwingt zum Winden.«

Er hatte alles aufgegessen, sah mit offenkundigem Bedauern auf den Teller und bestellte Kaffee.

»Nun also, das heißt: Bei den einen ist es optische Täuschung, bei den anderen Klassenintuition. Wenn der Arbeiter sich eine Lehre zu eigen macht, die für den Arbeitgeber Gift ist, so ist der Arbeitgeber – falls er kein Dummkopf ist – verpflichtet, sich mit dieser Lehre etwas vertraut zu machen. Vielleicht gelänge es, sie etwas faul zu machen? In Europa bemüht man sich recht eifrig, sie faul zu machen, aber unsere Bürgersöhnchen sind auch nicht taub und nicht blind. Bemerkt man kleine Versuche, das Klassenbewußtsein zu organisieren, wird irgendein Neoslawophilentum erfunden, bringt man Peter den Großen zu Fall und überhaupt ... man rührt sich.«

Die vier schweigsamen Männer schienen gewachsen, in die Breite gegangen zu sein. Die Dame hatte den Brief durchgelesen und dann in ihr Täschchen gesteckt. Der Verschluß schnappte laut zu. Kutusow erzählte halblaut: »Die neue Richtung in unserer Literatur ist sehr kennzeichnend. Es heißt, unter diesen Symbolisten und Dekadenten gäbe es talentierte Leute. Die literarische Dekadenz deute auf die vorzeitige Entartung einer Klasse hin, aber ich glaube, daß das Dekadententum bei uns eine Nachahmungserscheinung ist, unsere jungen Leute ahmen das Schaffen der Opfer und Darsteller des psychischen Verfalls im bürgerlichen Europa nach. Doch werden sie selbstverständlich, sobald sie heranwachsen, sich etwas Eigenes ausdenken.«

»Kennen Sie Stratonow?« fragte Klim.

»Den Juristen, so ein langer Lulatsch? Bin ihm begegnet. Warum? Eine Kaulquappe, wird sich bestimmt zu einem Gouverneur entwickeln.«

Kutusow wischte sich den Bart mit der Serviette ab, begann zu rauchen und sagte, während er die Zigarette liebevoll betrachtete, seufzend: »Ich muß jetzt gehen. Eine abscheuliche Stadt, als hätte sie der Teufel mit einem Stock umgerührt. Und alles knurrt in ihr: Ich bin nicht Europa! Doch die Häuser baut man europäisch, aber das sind alles nur freie und abstoßende Übertragungen aus dem Wienerischen ins Moskowitische. An eins dieser Ungetüme schmiegt sich, zur Straße vorgebeugt, ein grauer, dreifenstriger Hühnerstall, und über dem Tor hängt ein Schild: der und der ›sagt die Zukunft von fünf bis acht voraus‹ – mehr kann er offensichtlich nicht, die Phantasie reicht nicht. Die Zukunft!« Kutusow lächelte breit. »Du wirst Europa werden, Moskau, das ist deine Zukunft!«

Er erinnerte sich plötzlich an etwas und gab Samgin einen Rubelschein: »Ich gehe, ich gehe! Zahlen Sie. Alles Gute!«

Klim bestellte noch ein Glas Tee, zu trinken wünschte er nicht, doch er wollte wissen, auf wen diese Dame wartete. Sie hatte den Schleier zur Stirn hochgeschoben und schrieb etwas in ein kleines Büchlein, Samgin beobachtete sie und dachte:

Die Politik bietet viele Möglichkeiten, sich zu zeigen, Macht auszuüben, das ist es, was Menschen wie Kutusow lockt. Aber so eine wie diese da, was mag sie locken?

Seine Gedanken strömten in zwei Richtungen auseinander: Während er über die Frau nachdachte, suchte er sich zugleich über seine Einstellung zu Stepan Kutusow Rechenschaft zu geben. Diese dritte Begegnung mit ihm ließ Klim erkennen, daß Kutusow allzu widerspruchsvolle Empfindungen in ihm erweckte. Das »Kutusowtum«, die derben Scherze, das Überzeugtsein von der Unbestreitbarkeit der von ihm vertretenen Wahrheit und noch vieles andere waren unsympathisch, doch Kutusows Offenherzigkeit, sein Freiheitsbewußtsein waren angenehm an ihm und erweckten sogar Neid, nicht einmal bösen Neid.

Die Frau erhob sich, bedeckte das Gesicht mit dem Schleier und ging fort.

Sie hat vergeblich gewartet. Wahrscheinlich erwartete sie ihren Geliebten, aber der ist vielleicht verhaftet worden.

Es war unmöglich, an Frauen zu denken, ohne sich Lidijas zu erinnern, die Erinnerung an sie erweckte jedoch stets zehrende Traurigkeit, versetzte Kränkungsstiche.

Vor kurzem hatte Warwara ihn gefragt: »Schreibt Lida Ihnen oft?«

»Nicht sehr oft«, hatte er geantwortet, obwohl Lidija ihm aus Paris nur ein einziges Mal geschrieben hatte. »Sie schreibt nicht gern.«

»Und spricht nicht gern. Sie ist rätselhaft, nicht wahr?«

Klim hatte sie streng über die Brille hinweg angesehen und gesagt: »Rätselhafte Menschen gibt es nicht, sie werden von den Schriftstellern erfunden, um uns zu unterhalten. ›Liebe und Hunger regieren die Welt‹, und wir alle erfüllen die Befehle dieser zwei grundlegenden Mächte. Die Kunst sucht die animalischen Forderungen des Geschlechtstriebs zu beschönigen, die Wissenschaft hilft, die Bedürfnisse des Magens zu befriedigen, das ist alles.«

Manchmal schien ihm, wenn er so grob und unverhüllt sprach, mache er sich nicht nur über Warwara, sondern auch über sich selbst lustig. Das Tändeln mit diesem jungen Mädchen gefiel ihm immer mehr, es war seine einzige Zerstreuung und ließ ihn vom fruchtlosen Nachdenken über sich selbst ausruhen. Er sah, daß Marakujew hübscher war als er, und dachte, daß für solch ein nichtssagendes und einfältiges Mädchen wie Warwara der lustige Student interessanter sein müßte. Und es war ergötzlich zu sehen, daß Warwara sich zu dem verliebten Marakujew mit einer Geringschätzung verhielt, die immer deutlicher wurde, obwohl Marakujew ihre Kollektion von Porträts berühmter Leute mit Eifer auffüllte, ja sogar eine Gravüre Maria Stuarts aus Macaulays »Geschichte Englands« für sie ausgeschnitten hatte, als er bei seinen Bekannten die prachtvolle englische Ausgabe dieses Buches angesehen hatte. Samgin bemerkte moralisierend, daß es nicht löblich sei, Bücher zu beschädigen, aber Marakujew wehrte sorglos ab: »Mit dem Macaulay spielten ja die Kinder.«

Marakujew sagte einmal voll Entzücken über den Diakon: »Das wird ein prächtiger Dorfpropagandist. Solche Würmer werden den Thron der Romanows unterwühlen.«

Warwara lächelte, wobei sie ihre schönen Zähne entblößte.

»Wenn es aber Würmer sind, wo bleibt dann die Heldentat, wo die Schönheit?«

»Warte nur, es wird auch schöne Heldentaten geben«, versprach Marakujew, doch sie sagte: »Es ist aber wahr: der Diakon hat Ähnlichkeit mit einem Wurm.«

Samgin lächelte sie aufmunternd an. Sie reizte ihn dadurch, daß sie vor ihm die Rolle zutraulicher Einfalt spielte, und dadurch noch, daß sie nicht schön genug war. Und je länger, desto mehr bemächtigte sich Klims das Verlangen, sich über sie lustig zu machen, sie zu kränken. Er sah ihr in die grünlichen Augen und sagte: »Eine Frau muß man sich schöner vorstellen, als sie ist, das ist notwendig, um sich mit der traurigen Unvermeidlichkeit des Zusammenlebens mit ihr auszusöhnen. Jeder Mann hegt den verborgenen Wunsch, sich an der Frau dafür zu rächen, daß er sie braucht.«

Samgin wußte, daß er Nietzsche und Makarow wiederholte, kam sich aber klug vor, wenn er solche Aphorismen aussprach.

»Wie aufrichtig Sie sind«, sagte Warwara mit leisem Seufzer und verdeckte die Augen mit den Wimpern.

Ja, mit ihr wurde es immer ergötzlicher, und wenn man sich ein wenig in sie verliebt stellte, würde sie einem natürlich sofort entgegenkommen. Das würde sie.

Als Samgin eines Feiertags zu Warwara zum Essen kam, sah er Makarow am Tisch. Es war sonderbar, daß man in den zweifarbigen Haarschöpfen des Mediziners bereits silberne Fäden schimmern sah, die an den Schläfen besonders auffielen. Makarows Augen lagen tief in ihren Höhlen, doch erweckte er nicht den Eindruck eines kranken und vorzeitig alternden Menschen. Er sprach immer noch vom gleichen, von der Frau, und konnte anscheinend von nichts anderem mehr reden.

»Alles Ungute, alles Menschenfeindliche trägt weibliche Namen: die Bosheit, die Scheelsucht, die Eigennützigkeit, die Lüge, die Hinterlist, die Gier.«

»Und – die Liebe? Und – die Freude?« rief Warwara gekränkt und hitzig. Klim soufflierte lächelnd: »Die Dummheit, die Qual, die Schande.«

»Die Lebenslust, die Kampfeszuversicht, die Siegesempfindung«, sekundierte Marakujew.

Makarow wartete ruhig ab, bis das Geschrei sich gelegt hatte, und sagte dann etwas Sonderbares: »Ausnahmen widerlegen nichts, denn auch die Feindschaft hat ihre Lyrik.«

Durch einen Blick unter zusammengezogenen Brauen hervor stoppte er weitere Einwände und fuhr fort: »Mein Gedanke ist einfach: Dem Bösen wurden alle Namen vom Hasse Adams gegen Eva verliehen, Quelle des Hasses aber ist das Bewußtsein, daß es unvermeidlich ist, sich der Frau unterwerfen.«

»Das ist ja Ihr Gedanke«, rief Warwara Samgin zu, er aber betrachtete den Kameraden aufmerksam und suchte an ihm nach Merkmalen von Anomalie.

Er sah, daß Makarow jetzt nicht jener Mensch war, der nachts auf der Terrasse des Landhauses gleichsam gebeten, gefleht hatte, seinen Gedanken Gehör zu schenken. Er verhielt sich ruhig, sprach überzeugt. Rauchte weniger, ließ aber, wie immer, die Streichhölzer bis ans Ende abbrennen. Sein Gesicht war streng, weniger beweglich, und der Blick der tiefliegenden Augen hatte einen starren, belehrenden Ausdruck angenommen. Marakujew war rot vor Erregung, hüpfte auf dem Stuhl, stritt erbittert, drohte dem Gegner mit dem Finger und rief: »Domostroi! Tatarentum! Kirchendogma!«

Dann riet er dem Gegner, das Buch »Russische Frauen« des längst vergessenen, unbegabten Schriftstellers Schaschkow zu lesen.

Klim sah mit Vergnügen, daß Marakujew in Warwaras Augen verlor, die bereits begriffen hatte, daß Makarow die Frauen nicht tadelte, und die ihn teilnehmend anblickte, während sie ihrem Freund ungeduldig zuredete: »Ach, schrei nicht so laut! Du verstehst nicht . . .«

Wartend, bis Marakujew sich ausgeschrien hatte, schüttelte Makarow den Kopf, als verscheuchte er Fliegen, und sprach dann in seinem ermahnenden Ton weiter. Er hatte den Abzug des Artikels von dem Samgin unbekannten Philosophen N. F. Fjodorow mitgebracht und las ein paar in sonderbar schwerfälliger Sprache geschriebene Sätze vor, in denen es hieß, daß die ganze Grausamkeit der kapitalistischen Gesellschaftsordnung eine Folge der übermäßigen und krankhaften Anspannung des Geschlechtstriebes, das Ergebnis der durch nichts im Zaume zu haltenden, nicht veredelten Unbändigkeit des Fleisches sei. Er schwang den Aufsatz in der Hand wie ein Weichensteller die Warnflagge und sagte: »Ja, hier stammt vieles von der Kirche, in der Frage des Verhältnisses der Geschlechter zueinander denken die Männer überhaupt mehr oder weniger kirchlich. Der Verfasser ist ein kluger Feind, und er hat recht, wenn er von der ›nicht drückenden, aber verderblichen Herrschaft der Frau‹ spricht. Ich glaube, er hat bei uns als erster so entschieden und richtig darauf hingewiesen, daß die Frau unbewußt ihre Herrschaft, ihren zentralen Platz in der Welt empfindet. Daß jedoch gerade sie die primäre Ursache und Erweckerin der Kultur sei, konnte er natürlich nicht sagen.«

Warwara sah den Feministen bereits mit dankbarem, aber gleichsam messendem, abwägendem Blick an. Das erregte Samgin und verstärkte in ihm den Wunsch, an Makarow einen Zug von Anomalie zu entdecken.

Er onaniert wahrscheinlich, dachte er nun, da er Makarows Unterwerfung unter eine Idee, seine vollständige Taubheit für alles übrige und das restlose Abbrennenlassen der Streichhölzer für unnormal hielt. Er hatte gehört, Makarow arbeite viel in Kliniken und werde von einem bekannten Gynäkologen protegiert.

»Wohnst du bei Ljutow?«

»Ja, natürlich.«

»Trinkt ihr?«

»Ich enthalte mich neuerdings, ich habe es satt«, antwortete Makarow. »Auch Ljutow trinkt seit dem Tod seines Vaters weniger. Er ist von der Universität gegangen, befaßt sich mit seinem Geschäft, mit Daunen und Federn, reist in Rußland herum.«

Klim begegnete Ljutow nachts auf der Straße, er stieß mit ihm an der Ecke einer dunklen Gasse zusammen.

»Verzeihung.«

»Hallo! Du bist es?« rief Ljutow so laut, daß die Passanten sich nach ihm umsahen, zwei sogar stehenblieben, da sie wohl einen Auftritt erwarteten. Ljutow hatte einen weiten offenen Mantel mit Pelzkragen an und eine zottige Mütze auf, das spitze Bärtchen verlieh ihm Ähnlichkeit mit einem der Porträts von Nekrassow; Klim sagte ihm das.

»Schmeichelhaft, andere halten mich für einen Verrückten. Gehen wir zu Testow? Kutscher!«

Und eine Viertelstunde später saß er leicht gerekelt in einem Nebenzimmer des Restaurants auf dem Diwan, richtete die auseinanderstrebenden Augen auf Samgins Gesicht, schwatzte, kreischte, lächelte und trank teuren Wein.

»Na also – habe an die fünf Wochen im Schoße der Natur verbracht. ›Wald und Lichtungen, keine Seele ringsum‹ und so weiter. Betrat eine Lichtung, ein Stück Rodeland, da kraucht aus dem Tannicht – Turobojew heraus. Hält so wie ich ein Gewehr unter dem Arm. Fragt: ›Wir kennen uns, glaube ich?‹ – ›Oh‹, sage ich, ›und wie!‹ Hätte ihm gern eine Ladung Schrot in die Schnauze gepfeffert. Aber – ich stolperte über ein Aber. Bin immerhin ein Kulturmensch und weiß, daß es ein Strafgesetzbuch gibt. Auch wußte ich, daß es mit Alina für ihn schiefgegangen war. Na, dachte ich, hol dich der Teufel!«

Er schloß die Augen, schwieg ein paar Sekunden, sprang dann auf und schenkte Klim Wein ein.

»Übrigens – ich habe gar nichts gedacht, sondern mich einfach gefreut, eine Menschenseele zu treffen. Ja, der Wald, weißt du! Da stehen angekohlte Kiefern, ungestüm blühen die Weidenröschen. Die Vöglein jubilieren, der Teufel soll sie holen. Die Männchen suchen die Weibchen mit ihrem Gesang zu bestricken. Auch Turobojew und ich sind Männchen, haben aber niemanden, dem wir etwas vorsingen könnten. Ich wohnte bei einem Gutsbesitzer und Semstwomann, einem Antisemiten, sonst jedoch liberalen Mann, der mir lästiger war als eine Bremse. Seine Frau ist an die Vierzig, liest Maupassant und leidet an irgendwelchen Magenkrämpfen.«

Er rieb mit den Fingern kräftig seine unruhigen Augen, trank den Wein aus und ließ sich wieder auf den Diwan fallen.

»Und so zog ich zu Turobojew. Solche habe ich gern. ›Gleich unfruchtbarem Feigenbaum, der einsam steht und keinen Schatten spendet‹ – falsch wiedergegeben? Mich rührt sein Bewußtsein von seiner Verdammung, seine Bereitschaft, zugrunde zu gehen. Er glaubt ›weder ans Niesen, noch an Träume, noch an das Gekrächze der Vögel‹, er kann nicht glauben! Lehrreich. Und entwaffnend.

Ringsum aber rühren sich die Bauern«, fuhr er mit leisem Lachen fort. »Zwei Dörfer wollen umsiedeln, irgendwelche Sektierer, so etwas wie Duchoboren, und dickköpfige Leute. Ein drittes Dorf steht fast vollzählig unter Anklage wegen Brandstiftung in einem Gutsherrnwald und wegen Ermordung eines Waldhüters.«

Samgin fragte ihn, wo Alina sei.

»Dort, in Paris«, antwortete Ljutow, aus irgendeinem Grund zur Decke hinaufdeutend. »Lidija schrieb mir, bei ihnen sei noch eine Freundin . . . den Namen habe ich vergessen. Ja, das Bäuerlein rührt sich«, fuhr er fort und rieb sich die höckerige Stirn. »Was meinst du: Wird der Bauer bald hochgehen?«

»Eine Revolution ist unvermeidlich«, sagte Samgin und dachte an Lidija, die diesem schlechten Komödianten zu schreiben Zeit fand, ihm jedoch nicht schrieb. Während er unaufmerksam Ljutows spöttischem und verworrenem Gerede zuhörte, erinnerte er sich, zweimal versucht zu haben, lange Sendschreiben an Lidija zu verfassen, die er aber nach nochmaligem Überlesen vernichtete, da er in diesen, wenn auch sehr durchdachten Briefen etwas gefunden hatte, das Lidija nicht wissen mußte und ihn in seinen eigenen Augen erniedrigte. Ljutow trank gemächlich Wein und sagte, als verbrenne er sich dabei: »Du, Samgin, hast dich fest in der Hand, du bist ein Schweiger, und du bist nicht Infanterie, nicht Kavallerie, sondern eine Ingenieurtruppe, vielleicht sogar ein Generalstab, zum Teufel noch mal!«

Klim blickte ihn mißtrauisch und mürrisch an, überzeugte sich jedoch dann, daß Ljutow sich mit jener Aufrichtigkeit äußerte, von der es heißt: Was der Nüchterne im Sinn, trägt der Betrunkene auf der Zunge. Er hörte nun aufmerksamer zu.

»Ich hingegen bin ein Opfer. Auch Turobojew. Er ist ein Opfer des Scherbengerichts der Geschichte, ich – des Alkoholismus. Das bringt uns einander näher. Und das ist nicht lächerlich, mein Lieber, nein!«

Er sprang vom Diwan auf und lief im Zimmer herum, wobei er so fest auftrat, daß die Gläser und Flaschen auf dem Tisch klirrten.

»Vor einer Stunde war ich in einer Versammlung von Leuten, die sich auch rühren, die, weißt du, eine Unruhe an den Tag legen wie Küchenschaben vor einem Brand. Dort war ein langnasiger Koloß von Dame mit der Figur eines Droschkenkutschers zugegen, die zudem eine Geheimrätin, eine Generalsfrau ist, ja! Auch die Tochter eines reichen Weinproduzenten, glaube ich, war da. Und viele andere, lauter vorzügliche Menschen, das heißt solche, die im Namen der Massen tätig sind. Sie – brauchen Geld, für eine Zeitschrift. Eine marxistische.«

Ljutow lachte hysterisch auf, kam mit einem Satz an den Tisch, stieß mit Klim an und rief: »Auf das Wohl der ganz einfachen russischen Frauen! Jener, weißt du: ›Sie hält das Roß im Galopp an und tritt in die brennende Hütte.‹«

Er leerte das Weinglas in einem Zug und warf es aufs Tablett. »Offen gestanden fürchte ich sie. Sie haben gewaltige Brüste und ziehen mit ihrer Milch ein idiotisches Geschlecht auf. Ja, ja, mein Lieber! Es gibt einen Grad von Talentiertheit, der die Menschen zu unerträglich, entsetzlich talentierten Idioten macht. Eben so ist unser heiliges Rußland.«

Er setzte sich neben Klim und legte den Arm um seinen Hals.

»Du führst kaltblütig, ohne Mitgefühl, irgendeine Rechnung über die menschlichen Leiden, wie ein Mathematiker, ein Deutscher, ein Buchhalter, Aktiva – Passiva, zum Teufel noch mal!«

So sieht er mich also, dachte Samgin mit Erstaunen, das nur deshalb unangenehm war, weil Ljutow seinen Hals fest umklammert hielt. Er befreite sich aus seinen Händen und sagte: »Es gibt bei uns viel Leid, das künstlich aufgebauscht ist.«

»Meinst du damit mich?« rief Ljutow, wich zur Seite und sprang auf. »Du lügst! Ich . . . übrigens – schon gut!«

Er wiegte den zerzausten Kopf und seufzte laut: »Ich mag dich nicht, mein Lieber, nein! Du bist interessant, aber – nicht sympathisch. Und bist vielleicht sogar noch dekadenter als ich.«

Er fuchtelte wütend mit den Armen und fragte aus irgendeinem Grund flüsternd: »Von welchem Dach aus blickst du auf die Menschen? Weshalb – vom Dach aus?«

Samgin mußte eine gute halbe Stunde darauf verwenden, ihn zu beruhigen; als Ljutow jedoch mürbe geworden war und wieder in hysterisch-lyrischem Ton zu reden begann, verabschiedete sich Klim freundschaftlich, ging fort und dachte auf der Straße von neuem:

So sieht er mich also!

Jetzt hinderte ihn nichts, es mit Vergnügen zu wiederholen.

Möglicherweise sehen mich viele so, nur ich merke es nicht. Nicht sympathisch? Sympathien brauche ich nicht.

Ja, es war angenehm, die Meinung Ljutows, eines eigentlich nicht dummen Menschen, zu erfahren, obwohl es immerhin etwas kränkend war, daß er ihm seine Sympathie versagt hatte. Samgin merkte sogar, daß diese Meinung ihn aufrichtete, da sie in ihm das Gefühl seiner Bedeutung, seiner Originalität stärkte.

Das war etwa zwei Wochen, bevor er, von Langerweile getrieben, zu Warwara kam und erstaunt in der Tür des Speisezimmers stehenblieb, am Tisch vor dem Samowar saß mit einem Buch in der Hand die Somowa, rundlich und grau wie ein Dompfaffweibchen.

»Da ist er!« schrie sie auf, warf die kurzen Ärmchen hoch, lief auf Klim zu, sprang an ihm hoch und umhalste ihn, küßte ihn, wirbelte ihn herum und stieß voll Freude dümmliche Worte aus. Die Aufrichtigkeit ihrer lauten Freude verwirrte Samgin sehr, er konnte sie mit nichts als mit Verwunderung beantworten und murmelte: »Halt mal! Woher? Wieso bist du hier?«

Mit einer ihm neuen Behendigkeit antwortete die Somowa, indem sie ihn, wie eine Hausfrau, am Tisch Platz nehmen ließ: »Aus Paris. Lida hat mich hierher geschickt. Ich werde hier wohnen, habe mich darüber bereits mit der Wohnungsinhaberin geeinigt. Wie ist sie? Lidija hat sie sehr gelobt.«

Mit geschlossenen Augen, zurückgeworfenem Kopf sang sie: »Oh, Klim, Liebling, wie wunderbar das ist – Paris!«

Und sie klopfte sich mit der Hand aufs Knie.

»Bei Gott, das Leben beginnt man erst zu begreifen, wenn man Paris gesehen hat.« Gleich darauf jedoch verkniff sie die Lippen und blickte Samgin fragend in die Brille. »Marxist?«

»Ja.«

»Pfui! Das ist ja eine Epidemie! Und Lidija, weißt du, begeistert sich für Philosophie, Religion und überhaupt . . . Wo ist Inokow?« fragte sie, plapperte aber, ohne eine Antwort abzuwarten, sogleich drauflos: »Warum trinkst du keinen Tee? Ich habe mich furchtbar über den Samowar gefreut. Übrigens, ein Emigrant in der Schweiz hat einen Samowar . . .«

Samgin unterbrach dennoch ihr bröckeliges Gerede und sagte, Inokow sei in eine zehn Jahre ältere Frau verliebt, sei hoffnungslos verliebt und schreibe schlechte Gedichte.

»Schlechte?« fragte sie ungläubig, senkte die Augen und verfiel, mit dem Zopf spielend, in Nachdenklichkeit.

»Wie? ›Alte Liebe rostet nicht.‹«

Sie wärmte sich die Hände am Teeglas und sagte seufzend: »Er sollte gute schreiben, er kann es.«

Die Somowa setzte sich fester auf den Stuhl und begann von neuem durcheinander zu fragen und zu erzählen. Im ersten Augenblick schien es Samgin, sie sei netter geworden und die Auslandsreise habe sie noch russischer gemacht; ihre hellblauen Augen, die roten Wangen, der dicke, flachsblonde Zopf und der glattfrisierte Kopf erinnerten ihn an Bauernmädchen. Doch bald merkte Samgin, daß sie sich eine unangenehme Behendigkeit angewöhnt hatte, die Gesten ihrer kurzen Ärmchen wirkten lächerlich, und angezogen hatte sie lächerlicherweise irgendein abscheulich pomphaftes Jäckchen, das Jäckchen verlieh ihr, der Untersetzten und Rundlichen, Ähnlichkeit mit einem Huhn. Auch sprach sie mit komisch gackernder Stimme.

»Ja, Herzchen, ich verliebe mich leicht, hüte dich«, sagte sie, mit dem Stuhl näher an ihn heranrückend, und begann hastig, ruckartig, wie sich ein sehr müder Mensch auszieht, zu erzählen: »Ich habe bereits einen unglücklichen Roman gehabt«, sie lächelte, ihre blinzelnden Augen schienen sich zu verdunkeln. »Ich war auf der Krim Gesellschafterin bei einer Dame, ach, wie schwer das war! Sie war krank, unglücklich ... das entschuldigt sie natürlich. Und da kommt ihr Sohn angereist, so ein Häßlicher, Spillerdünner, mit spitzem Näschen, aber – wunderbar! Herrliche Augen, und vollkommen ahnungslos.«

Sie drohte Klim mit dem Finger und warnte ihn mit gedämpfter Stimme: »Erzähle nur bitte niemandem davon!«

»Von den Augen?« fragte er scherzend.

»Von allem«, sagte die Somowa ernst und warf den Zopf über die Schulter. »Am häufigsten sagte er: ›Stellen Sie sich vor, das wußte ich nicht.‹ Er wußte nichts Schlechtes, keinerlei Häßlichkeiten, als lebte er in einem Schrank, hinter Glas. Erstaunlich, so ein einfältiges Kind. Na – ich verliebte mich in ihn. Er war Astronom, Geologe, eine ganze Gelehrtenmenge, und immerzu widerlegte er einen gewissen Faye, der, glaube ich, schon längst gestorben ist. Im allgemeinen ein so lieber Kerl, ein Tölpel des himmlischen Königs. Und Inokow ähnelnd.«

Das derbe Wörtchen »Tölpel«, »oluch«, klang komisch; Samgin dachte, sie habe es wegen des Gleichklangs hinzugefügt, denn sie sagte auch »Geoloch«. Sie sprach überhaupt unrichtig, ließ die Konsonanten an den Wortendungen fort oder erweichte sie.

»Ein Kind«, sagte sie. »Und er rechnete und rechnete immerzu: drei Millionen Jahre, sieben Millionen Kilometer – immer eine Unmenge von Nullen. Weißt du, ich hätte gern seine lieben Augen geküßt, er aber redete von Kant und Laplace, von Granit und Amöben. Da sah ich, daß auch ich für ihn eine Null war, zudem irgendeine nicht existierende. Doch ich hatte mich bereits so in ihn verliebt, daß ich hätte ins Meer springen können.«

Die Somowa lächelte, biß sich aber sogleich auf die Lippe, und in ihren Augen blitzten Tränen.

»War ich eine Närrin! Ich hätte weinen können«, sagte sie aufschluchzend. »Dennoch, weißt du, erreichte ich, daß auch er sich in mich verliebte, und das war so schön, er war so ... ungemein verwundert. Als ob er erwachte, kroch er aus der mesozoischen Ära heraus, machte sich von den Gestirnen los, seine Ärmchen waren so lang, so schwach, er umarmte mich, lachte . . . er wurde zum zweitenmal geboren und – in einer anderen Welt.«

Sie weinte komisch, die Tränen rollten ihr wie »Pilzregen bei Sonnenschein« über die lächelnden Wangen.

»Das hat er selbst gesagt: daß er zum zweitenmal und in einer anderen Welt geboren worden sei«, sagte sie, sich mit dem Zopfende die Tränen von den Wangen wedelnd. Darin, daß dieses rundliche Mädchen Tränen vergoß, sah Klim nichts Trauriges, es schien ihr sogar gut zu stehen.

»Und plötzlich – stell dir das vor! – erscheint bei mir nachts sein jedermann verachtendes Mamachen, tritt, weißt du, so feierlich ein, ist erschreckend unglücklich und sieht aus wie die auferweckte Tochter Jairi. ›Soeben‹, sagt sie, ›hat mein Sohn mir mitgeteilt, er beabsichtige, Sie zu heiraten. Ich flehe Sie also an: Geben Sie ihm eine Absage, denn er wird einmal ein großer Gelehrter werden, er darf nicht heiraten, und ich bin bereit, mich vor Ihnen auf die Knie zu werfen.‹ Und sie wollte sich vor mir auf die Knie werfen . . . sie, die mich . . . wie ein Dienstmädchen behandelte . . . Ach Gott!«

Die Somowa schluchzte laut auf, drückte das Taschentuch an den Mund und biß ein paar Sekunden mit geblähten Wangen daran herum, wovon die Tränen noch schneller an ihnen herabrannen.

»Das war so schwer, ich war so unglücklich . . . ›Schon gut‹, sagte ich, ›schon gut, gehen Sie!‹ Und am Morgen ging ich fort. Er schlief noch, ich hinterließ ihm ein Briefchen. Wie in einem sittsamen englischen Roman. Sehr albern und rührend.«

Sie fächelte sich mit dem feuchten Taschentuch ins Gesicht und atmete erleichtert auf.

»Ich hatte mich so bemüht, ihn verliebt zu machen . . .«

Samgin neigte den Kopf, um ein Lächeln zu verbergen. Bei der Erzählung des jungen Mädchens dachte er, daß sie der Gestalt wie auch dem Charakter nach in ein Vaudeville, nicht aber in ein Drama hineingepaßt hätte. Die Tatsache aber, daß es ihr dennoch beschieden war, an einem Drama teilzuhaben, rührte ihn ein wenig; denn er war überzeugt, ebenfalls ein Drama erlebt zu haben. Er wußte jedoch das Gefühl, das ihn bewegte, nicht auszudrücken, und ihre letzten Worte löschten dieses Gefühl aus. Nach kurzem Schweigen fragte er halblaut: »Hast du etwas mit ihm gehabt?«

Die Somowa schüttelte verneinend den Kopf. Sie war erschöpft, zusammengesunken, ihre Schultern hingen herab; gebeugten Nackens nestelte sie mit ihren kleinen Fingern an den Flechten des Zopfes und sagte: »Die Mutter nahm ihn nach Deutschland mit, verheiratete ihn mit einer Deutschen, der Tochter irgendeines Professors, und jetzt befindet er sich in einem Sanatorium für Nervenkranke. Sein Vater war Alkoholiker.«

Sie seufzte.

»Weißt du, ich hatte seit den ersten Tagen meiner Bekanntschaft mit ihm das Gefühl, daß für mich dabei nichts Gutes herauskommen werde. Wie mir doch alles mißlingt, Klim«, sagte sie, ihn fragend und verwundert ansehend. »Das war für mich ein sehr harter Schlag. Ich muß Lidija dankbar sein, daß sie mich zu sich eingeladen hat, denn sonst hätte ich ...«

Da Samgin erwartete, daß sie wieder zu weinen anfangen werde, fragte er, was Alina in Paris mache.

»Sie amüsiert sich! Oh, was für ein ... tolles Mädchen sie geworden ist! Du würdest sie nicht wiedererkennen. Wie eine Soldatenwitwe, es gibt solche in den Dörfern. Aber schön – unbeschreiblich! Männer hat sie um sich – eine ganze Schar. Sie wird bald mit Lida ankommen, weißt du das schon?« Sie erhob sich und warf einen Blick in den Spiegel. »Ich muß mich waschen. Wo kann ich das tun?«

Während sie sich wusch, kam Warwara, und nach ihr erschien Marakujew mit schlecht sitzendem rostbraunem Rock, grauer, an den Knien ausgebeulter Hose und Schaftstiefeln.

Warwara begrüßte ihn mit der ironischen Bemerkung: »Wieder Maskerade?«

Eine halbe Stunde später sah Samgin Ljuba Somowa als völlig anderen Menschen. Es war klar, daß sie Marakujew schon lange kannte und daß sie miteinander auf Kriegsfuß standen. Die Somowa begegnete dem Studenten mit dem herausfordernden Ausruf: »Ach, der Apostel der Wahrheit und des Guten, wie lächerlich Sie sind!«

Marakujew, dessen Miene sich bei ihrem Anblick verfinstert hatte, lächelte unverzüglich und antwortete französisch: »Wer zuletzt lacht, lacht am besten.«

Das kam bei ihm etwas plump, unangebracht heraus, er fühlte es offenbar selbst und machte wieder ein mürrisches Gesicht. Während Warwara geschäftig Tee bereitete, entspann sich zwischen der Somowa und dem Studenten schnell ein stichelndes Gespräch. Die Somowa wurde irgendwie straff, die Bändchen und Schleifchen ihrer Jacke sträubten sich, und Klim belustigte es, zu hören, wie sie, die ihr rundliches Gesicht eben noch mit Tränen bespült hatte, lässig und spöttisch zu Marakujew sagte: »Na, wissen Sie, das sind Gefühlsduseleien!«

Dann fragte sie Samgin: »Ergeht er sich immer noch in Lobgesängen auf das Dorf?«

»Der Marxismus paßt nicht zu Ihnen«, brummte Marakujew.

»Ich weiß nicht, ob ich Marxistin bin, aber ich bin ein Mensch, der nicht das sagen kann, was er nicht fühlt, und von der Liebe zum Volk rede ich nicht.«

Samgin betrachtete sie mit großer Verwunderung und war nahe daran, zu meinen, alles, was sie sagte, sei ihr soeben erst in den Sinn gekommen. Er erinnerte sich ihrer als eines säuerlichen kleinen Mädchens, das langweilige, eigenartige Spiele erfand, und dachte: Wie unnatürlich und verdächtig verändern sich doch die Menschen.

Warwara beobachtete ihre unerwartete Kostgängerin durch die Wimpern und schwieg zwar, aber Klim sah, daß sie gereizt war. Marakujew war ins Teetrinken vertieft, antwortete ungern; ihn machte anscheinend sein ungewohntes Kostüm verlegen, auch war er überhaupt ungewöhnlich griesgrämig gestimmt. Niemand hinderte die Somowa, mit hitzigem und eigensinnigem Stimmchen zu erzählen.

»Auf dem Land hatte ich das Gefühl, eine zwar objektiv notwendige, aber für meinen Brotherrn überflüssige Arbeit zu verrichten und von ihm nur wie eine Krähe im Gemüsegarten geduldet zu sein. Mein Brotherr war ein des Lesens und Schreibens unkundiger, aber in seiner Art kluger Bauer, ein sehr guter Schauspieler und ein Mensch, der sich als wichtigster und unentbehrlichster Arbeiter auf Erden vorkommt. Zugleich ahnte er, daß er sich in der falschen, erniedrigenden Lage eines Dieners aller Herrschaften befand. An das Wissen, das ich in die Köpfe seiner Kinder einhämmerte, glaubte er nicht: er war überhaupt ungläubig . . .«

Marakujew brummte undeutlich etwas von Sektierertum.

»Ach, lassen Sie!« rief die Somowa aus. »Die Zeiten, in denen Revolutionen um Christi willen gemacht wurden, sind vorbei. Auch ist es noch fraglich, ob es solche Revolutionen gegeben hat!«

»Na-a«, sagte Marakujew gedehnt und winkte hoffnungslos mit der Hand ab.

»Ja, er war ungläubig«, wiederholte die Somowa und schlug mit dem Fäustchen, das sehr einer aus unerfindlichem Grund »Rosenbrötchen« genannten Semmel ähnelte, auf den Tisch.

Alle verstummten. Da begriff die Somowa wahrscheinlich, daß man es über hatte, war deswegen gekränkt, nahm Abschied und zog sich in ihr Zimmer zurück, in dem früher Lidija gewohnt hatte. Marakujew strich sich mit der Hand übers Haar und sagte: »Vom Marxismus werden die Menschen hart.«

»Kennen Sie sie schon lange?« fragte Warwara Klim.

»Von Kind auf.«

»Ist sie sehr klug?«

»Wie Sie sehen«, sagte Klim und verabschiedete sich ebenfalls.

Alles in allem hatte die Somowa in ihm einen unangenehmen Eindruck hinterlassen. Und unangenehm war, daß sie, eine Zeugin seiner Kindheit, bei Warwara wohnen und ihn sicherlich besuchen würde. Doch er überzeugte sich bald, daß die Somowa ihn nicht störte; sie bereitete sich eifrig auf die Gerierschen Kurse vor, rollte wie eine Kugel in Moskau herum und plapperte bei Begegnungen mit ihm begeistert: »Welch eine märchenhafte Stadt! Man geht und geht und kommt sich plötzlich wie im Traum vor. Und man gerät so leicht auf Abwege, Klim! Ist Lew Tichomirow ein Moskauer? Du weißt es nicht? Sicher ist er ein Moskauer!«

»Weshalb?« fragte Samgin, über ihr Geschwätz belustigt.

»Er ist auf Abwege geraten.«

»Du bist keine Moskauerin, bist aber auch auf Abwege geraten: Du liest die ›Geschichte des Materialismus‹ und Du Prels ›Philosophie der Mystik‹.«

»Man muß alles wissen, mein Lieber.«

»Mir scheint, kluge Bücher machen eine Frau farblos«, bemerkte Warwara trocken. Die Somowa blickte sie nachdenklich an und zupfte sich am Zopf.

»Das hat ein Professor in Zürich zu beweisen gesucht, ein Antifeminist . . . wie heißt er doch? Ich entsinne mich nicht. Ein sehr böser Onkel! Die Deutschschweizer sind überhaupt ein böses Volk und haben auch eine böse Zunge.«

Bei jeder Begegnung erzählte sie Klim Neuigkeiten: In einem Studentenzirkel entdeckte man einen Spion, in einem anderen war die Mehrheit der Mitglieder »zum Marxismus übergetreten«, ein neuer, anscheinend illegaler Propagandist war aufgetaucht. Ihre Augen glänzten glücklich. Klim sah, daß in ihr eine kindliche Lebensfreude brodelte, und obwohl ihm diese Freude naiv vorkam, beneidete er die Somowa dennoch um ihre Fähigkeit, die Menschen, die Häuser, die Gemälde der Tretjakow-Galerie, den Kreml, die Theater und überhaupt diese ganze Welt zu bewundern, von der Warwara auch mit Naivität, aber einer arglistigen, anderes erzählte.

Sie sprach von Studenten, die in Schauspielerinnen verliebt waren, von den Tollheiten reicher Zecher in den vornehmen Nachtlokalen »Strelna« und »Jar«, von den neuen Chansonetten im Götzentempel Charles Aumonts, von unglücklichen Romanen und verwickelten

Dramen. Samgin fand, sie spreche nicht farbenreich, ungeschickt, der Inhalt ihrer Erzählungen war stets interessanter als die Form, und ihre Versuche zu philosophieren waren platt. Sie äußerte mit einem Seufzer abgedroschene Phrasen wie: »Leiden sind der unvermeidliche Schatten der Liebe.«

Wenn Warwara etwas erzählte, erinnerte sie Klim an Iwan Dronow, doch ihre endlosen Geschichten über das blinde Zueinanderstreben von Körpern verschiedenen Geschlechts schufen in Samgin bisweilen eine Stimmung, auf die er großen Wert legte. Es war lehrreich und sogar angenehm zu hören, wie willenlos und zuweilen erniedrigend berühmte Anwälte und reiche Industrielle, junge Dichter, Schauspieler und Schauspielerinnen, Studenten und Hörerinnen der Frauenhochschulen im spontanen Gewirr der Sinnlichkeit zappelten. Man glaubte gern, dies alles sei die Urwahrheit unbeschönigten Lebens, das zwar schön erdachte Gedanken und Worte zuläßt, ihrer jedoch keineswegs bedarf. Und letztlich war es angenehm, sich davon zu überzeugen, daß dies alles ein für allemal gegeben und von keinerlei Diakonen, Handwerkern und Revolutionsbeamten von der Art Marakujews zu besiegen war. Er erinnerte sich der Worte Makarows von der »zwar nicht drückenden, aber verderblichen Herrschaft der Frau« und des Satzes aus dem Buch des Fürsten Schtscherbatow »Über die Verderbtheit der Sitten«: »Die Frauen neigen stärker zum unumschränkten Herrschen als die Männer.« Bei der Erinnerung an diese Worte schaute Klim Warwara ins Gesicht und lächelte innerlich.

Er sah, daß Warwara in ihn verliebt war, daß sie nach Anlässen suchte, ihn zu berühren, und diese geschickt fand, daß sie, wenn sie ihn berührte, errötete und tief durch die Nase atmete, wovon ihre rosigen Nasenflügel bebten. Ihr Spiel war allzu leicht durchschaubar, er sagte sich sogar: Das muß eingestellt werden.

Das mußte auch deshalb eingestellt werden, weil Marakujew sich immer mehr verdüsterte und Klim nichts anderes annehmen konnte, als daß gerade er den lustigen Studenten düster stimme.

Jedoch einer dunklen Neugier gehorchend, die sich bis zur Vergewaltigung seines Willens steigerte, stellte Klim die Zusammenkünfte mit Warwara nicht ein, und es gefiel ihm immer mehr, in lässigem Ton mit ihr zu sprechen, sie durch seine Kälte zu verwirren. Sie war bereits sichtlich auf die Somowa eifersüchtig und bewirtete ihn, wenn er zu ihr kam, oft nicht im Speisezimmer, wo ihre Kostgängerin erscheinen konnte, sondern in ihrem eigenen lauschigen Zimmer, das für Erzählungen im Geiste Maupassants wie geschaffen war. An den Wänden, zwischen dunklen Vierecken von Photographien und

Stichen, hingen jetzt zwei düstere Reproduktionen: die eine nach einem Bild von Böcklin – aufgedunsene Meerungetüme verfolgen ein blondes, leicht kahlköpfiges Mädchen, das sich in Meereswogen von der Farbe grünen Likörs verfangen hat; die andere nach Stucks Bild »Die Sünde« – der nackte Körper einer korpulenten Frau ist von einer dicken Schlange umwunden, die ihr ihren stumpfen und dummen Kopf auf die Schulter gelegt hat.

Beobachtete er Warwaras Erregung, ihr schnelles Übergehen von Freude über ein freundliches Lächeln oder ein mildes Wort von ihm zu erbitterter Trauer, die er durch ein lässiges oder spöttisches Wort leicht hervorrief, so fühlte Samgin immer sicherer, daß er das Mädchen jederzeit erobern könnte. In manchen Augenblicken berauschte ihn diese Möglichkeit. Er verfiel zwar nicht der Versuchung, fragte sich aber voll Wohlgefallen an seiner Beherrschtheit: Was hindert daran? Lidija? Marakujew?

Es kam so weit, daß die Somowa ihn fragte: »Siehst du denn nicht, daß das Mädchen vor Sehnsucht nach dir vergeht?«

»Man kann nicht alle Mädchen lieben, die vor Sehnsucht vergehen«, antwortete er gesetzt, aber unüberlegt.

»Angeber«, sagte die Somowa seufzend.

Am Morgen eines trüben Tages überflog Samgin einmal, als er zu Hause saß, die Zeitung »Unser Land«, ein graues Blatt aus sehr schlechtem Papier, das mit schwarzer Druckschrift besprenkelt war. Der Leitartikel begann mit den Worten: »Während in Europa die Fortschritte der Hygiene und des Sanitätswesens ...« Weiter war vom schlechten Zustand der städtischen Friedhöfe die Rede und nebenbei auch davon, daß die Ziegen der Stadtbewohner die angepflanzten Bäume beschädigten und die Blumen auf den Gräbern vernichteten. Der düstere Ton des Artikels legte die Vermutung nahe, es verberge sich dahinter, tief versteckt vor dem Zensor, irgendeine Allegorie; an dem einleitenden Satz erkannte Samgin jedoch, daß der Artikel vom Redakteur geschrieben war, denn er war es, der seine staatsbürgerlichen Klagen ziemlich oft mit der schon in den sechziger Jahren belachten Redewendung begann: »Während in unseren Zeiten, da ...« Warawkas Zeitung war überhaupt langweilig, sie verlor sich in kleinen Dingen, und nur Robinson machte Samgin zuweilen Spaß. Eins seiner Feuilletons war ganz in den beliebten Sätzen, Redensarten und Zitaten des Redakteurs abgefaßt. Es begann mit der Verszeile aus Krylows Fabeln: »Wie oft ward schon der Welt gesagt«, und nachdem Robinson in abgedroschenen Worten alles aufgezählt hatte, was der Welt gesagt ward, schloß er die Aufzählung melancholisch mit: »Doch Waska höret zu und ißt.«

Der letzte Satz fragte den Redakteur oder Zensor: »Hast du das gewollt, George Dandin?«

Die interessanteste Seite der Zeitung war die vierte. Auf ihr las Klim: »Die Musikschule W. P. Samgina gibt bekannt« ... »Technisches Büro T. S. Warawka« ... »Schleppdampfer-Unternehmen T. S. Warawka« ... »Verwaltung der Landhäuser, ›Gemütlichkeit‹ T. S. Warawka« ... »Warawka« ... »Warawka« ...

Eine Eroberung von Plassans, dachte Klim lächelnd.

»Das Familienwannenbad I. I. Domogailow teilt mit, daß in seiner Adelsabteilung eine Professor-Charcot-Dusche für die Herren und für die Damen aromatische Wannenbäder eingerichtet worden sind«, las er, als an die Tür geklopft wurde und auf sein »Herein!« Marakujews kraushaariger Schüler Dunajew ins Zimmer trat. Er war noch nie bei Klim gewesen, und Samgin empfing ihn erstaunt, indem er die Brille zurechtrückte. Wie immer lächelte Dunajew, die kleinen Ringelchen seines sehr dichten Kinnbartes bewegten sich, während die Nase irgendwie sonderbar im Schnurrbart versank; und Dunajew trat auf, als fürchte er, der Fußboden könnte unter ihm durchbrechen.

»Ist sonst niemand da?« fragte er, nach dem Wandschirm schielend, der das Bett verdeckte, und Samgin erkannte an seiner Frage: etwas Unangenehmens war geschehen.

»Niemand, setzen Sie sich.«

Der Arbeiter nahm nach zweimaligem Kopfnicken Platz, sah seine schmutzigen Stiefel an, versteckte die Füße unter dem Stuhl und begann etwas langsam zu reden, ohne sein Lächeln zu löschen: »Also, Genosse Pjotr ist verhaftet und mit ihm zusammen der Diakon. Sie wurden in Serpuchow gefaßt, und Waraksin und Foma hier. Von Odinzow weiß ich nichts, er liegt im Krankenhaus. Mich wird man wahrscheinlich auch festnehmen.«

Samgin schwieg, er empfand im Rücken einen kühlen Schauer der Unruhe, er dachte an Diomidow und entschloß sich nicht zu der Frage: Hat irgend jemand angezeigt?

»Ich komme aus folgendem Grund zu Ihnen«, erläuterte Dunajew, schielte nach dem bücherbeladenen Tisch und betastete mit den Fingern »Unser Land«. »Wissen Sie, ob man Genossin Warwara belästigt hat, ist sie wohlauf?«

»Ich weiß es nicht.«

»Man muß es erfahren. Falls ihr nichts geschehen ist, muß sie gewarnt werden«, fuhr Dunajew fort. »Sie besitzt, glaube ich, Bücher, mir aber verbietet die Vorsicht, zu ihr hinzugehen.«

»Gut, ich gehe sofort hin«, sagte Samgin.

Der Arbeiter erhob sich und reichte ihm mit noch breiterem Lächeln die Hand.

»Wenn Sie nicht in diese Geschichte verwickelt werden, so kümmern Sie sich um Bücher für mich; im Gefängnis kann man anscheinend ungehindert lesen.«

»Ist das – eine Denunziation?« fragte Klim leise und ungehalten.

»Es sieht so aus«, antwortete Dunajew nach kurzem Zögern und musterte mit leicht zugekniffenen Augen irgend etwas in der Ecke. »Unter uns war so ein flachsblondes Bürschchen, Saposhnikow, wir hängten ihn ab, denn er war etwas dumm und zu ängstlich. Vielleicht hat er das krummgenommen ...«

»Was gedenken Sie denn mit ihm zu machen?« fragte Samgin, obwohl er einsah, daß er überflüssig und unklug fragte; Dunajew fragte auch: »Wo nehme ich ihn denn her? Wenn man mich nicht einsperrt, werde ich natürlich etwas mit ihm reden.«

Er lächelte schon nicht mehr, obwohl unter seinem Schnurrbart die Zähne glänzten, doch sein Gesicht war versteinert, und die Augen hefteten sich mit so hartem Ausdruck auf Klims Gesicht, daß Klim ihm unwillkürlich die Seite zukehrte und vor sich hin murmelte: »Ja ... natürlich.«

»Leben Sie wohl. Sie werden also sofort ...«

Er lächelte wieder sein anscheinend gutmütiges Lächeln, aber Samgin glaubte nicht mehr an seine Gutmütigkeit. Als der Arbeiter gegangen war, stand Klim ein paar Minuten, die Hände in den Taschen, mitten im Zimmer und überlegte: Sollte er zu Warwara gehen? Er kam zu dem Schluß, daß er trotz allem hingehen müsse, doch er würde die Somowa besuchen und ihr die lithographierten Vorlesungen Kljutschewskijs bringen.

Die Somowa empfing ihn, ein blaues Telegramm in der Hand schwenkend.

»Lida kommt, hörst du? Aber was ist denn mit dir los?«

Als er ihr hastig von den Verhaftungen erzählte, empfand er eine neue Unruhe, die sehr viel Ähnlichkeit mit Freude hatte.

»Na, rasch!« sagte die Somowa halblaut und drängte ihn ins Speisezimmer; dort saß unfrisiert, in weitem, buntem Kittel Warwara. Sie schrie auf und wollte fortlaufen, aber die Somowa raunzte sie streng an: »Unsinn! – Wo haben Sie das illegale Zeug? Haben Sie Briefe und Aufzeichnungen von Marakujew? Geben Sie alles mir.«

Sie zog die erblaßte und noch zerzauster aussehende Warwara in deren Zimmer, während Samgin sich an den Ofen lehnte und erleichtert aufatmete. Hier hatte es also keine Haussuchung gegeben.

Seine Unruhe verwandelte sich in Freude, die dermaßen stark war, daß er sie etwas im Zaum halten mußte.

Die früheren Beziehungen zu Lidija sind wohl kaum noch möglich. Ich will sie ja auch nicht. Wie aber, wenn sie schwanger ist?

Doch gleich darauf dachte er: Hätte man mich verhaftet, so hätte sie das sicherlich gerührt.

Da stürzte die Somowa mit einem kleinen Päckchen Bücher in der Hand aus Warwaras Zimmer und rief ihr durch die Tür zu: »Und die Briefe in den Ofen!«

Sie verschwand, und Samgin dachte einen Augenblick, das Herumrennen gefalle ihr. Dann steckte Warwara ihr lächelndes, aber verwirrtes Gesicht zur Tür heraus und sagte: »Ich komme gleich, will mich nur noch anziehen.«

»Ich muß leider zur Universität«, erklärte Klim, ging fort und schritt bis zur Ermüdung durch irgendwelche stillen Straßen, wobei er sich vorzustellen suchte, wie er Lidija begegnen werde, und sich ausdachte, wie er sich zu ihr verhalten werde.

Als er nach einem weiteren, unruhig wie vor einem Examen verbrachten Tag auf dem Bahnsteig stand, erblickte er als erste Alina: Sie erschien in der Tür eines Waggons, sah mit bösem Blick auf die Menschen und rief laut und gebieterisch: »Gepäckträger! Sind Sie blind?«

In schwarzem Umhängemantel, einen breiten Hut mit hochgeschlagener Krempe und riesengroßer, aschgrauer Feder auf dem Kopf und einen Stock in der Hand, hatte sie ein siegreiches Aussehen, ihr wunderschönes Gesicht war zornig verfinstert. Samgin nahm die Mütze ab und sah Alina ein paar Sekunden mit ehrerbietiger Verblüffung an.

Sie begrüßte ihn in französischer Sprache und drückte ihm, wie einem Gepäckträger, ein schweres Necessaire in die Hand. Hinter ihr stand, unbestimmt lächelnd, klein und unscheinbar neben Alina, Lidija, in unangenehm rotbraunem Pelzmäntelchen und mit einem Mützchen aus Seehundsfell.

»Guten Tag«, sagte sie leise und freudlos, in ihren dunklen Augen sah Klim nur Müdigkeit. Als er ihr die Hand küßte, blickte er forschend auf ihren Leib, aber Lidijas Figur war mädchenhaft schlank und rank. In dem Lohnschlitten nahm sie neben Alina Platz, während Samgin, der durch die Begegnung etwas gekränkt und verwirrt war, allein fuhr, mit Pappschachteln beladen und besorgt, keine zu verlieren.

Im Hotel befahl Alina, ebenso laut wie auf dem Bahnhof, dem alten Kellner: »Großväterchen – einen Samowar! Und etwas mehr

Imbiß, nach russischer, nach Kaufherrenart. Bedenke: ich habe fast zwei Jahre im Ausland verbracht!«

»Verstehe, Gnädigste«, sagte der alte Mann, sie väterlich freudig anlächelnd.

Lidija hatte ein Zimmer neben Alina genommen, und Samgin sah durch den Spalt der angelehnten Tür, daß sie und die bereits herbeigeeilte Somowa hastig den Koffer öffneten.

Sie hat wahrscheinlich für Ljubascha Emigrantenliteratur mitgebracht, überlegte er.

Alina stand in stahlfarbenem Reisekostüm, das aufgelöste Haar über Rücken und Schultern herabgelassen, stattlich und prachtvoll am Tisch, bestrich einen noch heißen Kalatsch mit Kaviar und sagte pathetisch: »O Heimat! O mein Kalatsch! Kaviar! Und – Fischragout mit Kapern.«

An ihr war fast nichts geblieben, was noch an das Mädchen erinnert hätte, das sie vor zwei Jahren gewesen war, das Mädchen, das so behutsam und stolz seine Schönheit über die Erde getragen hatte. Die Schönheit war jetzt prachtvoller, blendender, Alinas Bewegungen hatten eine träge Grazie angenommen, und es war sofort zu erkennen: diese Frau wußte – alles, was sie auch tun mochte, wird schön. Aus der fliederblauen Seide des Ärmelfutters schimmerte die Haut ihrer gepflegten Arme, und trotz der Trägheit ihrer Bewegungen spürte man in ihnen schwungvolle Verwegenheit. Die braunen Augen lächelten auch verwegen.

»Ich esse gern«, sagte sie mit vollem Mund. »Die Franzosen essen nicht, sie tun nur so. Bei ihnen ist alles Hokuspokus: die Kleidung, die Gedichte, die Liebe.«

Ihre kräftige, weiche Stimme schien Klim gröber geworden. Und Alina beeilte sich irgendwie sehr, sich so zu zeigen, wie sie geworden war.

Mit einem Pelzmäntelchen bekleidet und sehr auffällig dicker geworden, trat die Somowa ins Zimmer; Lidija schloß hinter ihr fest die Tür.

»Alja, in einem Stündchen bin ich wieder da«, sagte die Somowa beim Verschwinden, und Alina zwinkerte ihr verständnisvoll hinterdrein.

»Sie rennt, Revolution zu säen! Ich liebe diese Matrjoschka!«

Dann fragte sie seufzend: »Säst du auch? Hast du rebelliert?«

Eine Minute später erkundigte sie sich: »Bist du Turobojew begegnet?«

Und nach einigen weiteren Minuten erzählte sie, ohne das Essen zu unterbrechen: »Schon Ende des ersten Monats kam er zu mir, in

Unterwäsche, mit einer Zigarre zwischen den Zähnen. Ich sagte, daß ich keine Zigarren dulde. ›So?‹ wunderte er sich, warf aber die Zigarre nicht fort. Damit fing es an.«

Sie trank ein Gläschen Ebereschenlikör, und nachdem sie sich genießerisch die grellen Lippen geleckt hatte, fuhr sie fort, während sie ein Stück Kalatsch sorgfältig mit kleinen Lachsscheiben belegte: »Ich konnte mir nicht vorstellen, daß es unter euresgleichen derart ... liebe Scheusale gäbe. Er durchblättert die Menschen wie Bücher. ›Wann lassen wir uns denn trauen?‹ fragte ich ihn. Er war so verwundert, daß ich mir wie eine dumme Gans aus Kaluga vorkam. ›Ich bitte dich‹, sagte er, ›was wäre ich denn für ein Ehemann, für ein Familienvater?‹ Und ich sah sogleich ein: Richtig, was wäre er für ein Ehemann? Er aber fährt fort: ›Und auch du‹, sagt er, ›bist du denn, so wie du bist, für ein Familienleben da?‹ Auch das, dachte ich, trifft zu. Na, ich weinte natürlich ein wenig. Trinken wir. Welch eine Pracht, dieser Ebereschenlikör!«

Nachdem sie getrunken hatte, warf sie mit einer wunderbaren Bewegung der Arme und des Kopfes ihr üppiges Haar auf die Brust vor, teilte die Hälfte davon ab und begann einen Zopf zu flechten.

»Unter seinen Freunden«, fuhr sie gemächlich fort, »stellte er mich so hin, daß einer von ihnen, ein reicher Ölindustrieller, mir vorschlug, mit ihm nach Paris zu fahren. Ich lief damals noch als dumme Gans herum und fühlte mich nicht gleich durch ihn beleidigt, beklagte mich dann aber bei Igor. Er zuckte die Achseln. ›Na, was denn?‹ sagte er. ›Er ist eben ein gemeiner Kerl. Alle hier sind ein niederträchtiges Pack.‹ Und er tröstete mich. ›Nach Paris‹, sagte er, ›wirst du mit mir reisen, sobald ich den Rest vom Land verkauft habe.‹ Damals weinte ich noch. Später jedoch – war es mir um die Augen leid. Nein, dachte ich, mögen andere weinen!«

Sie hörte zu kauen und zu reden auf, sah über Klims Kopf hinweg zum Fenster hinaus und versank in Gedanken. Alinas Schönheit schien ihm schon bedrückend und schamlos.

Die Somowa hat es treffend gesagt: eine Soldatenwitwe.

Dann kam in einem ungewöhnlichen, von grünem Gürtel zusammengehaltenen, orangefarbenen Morgenrock Lidija herein. Ihr Haar war feucht, doch die Kappe, die es bildete, wurde davon nicht kleiner. Ihr bräunliches Gesicht war stark gerötet, zwischen den Zähnen qualmte eine Zigarette, neben Alina erinnerte sie an ein allzu grelles Bild eines nicht sehr kunstfertigen Malers. Sie verzog vom Rauch das Gesicht, nahm ihre Tasse, leerte den Tee in den Spülnapf aus und sagte: »Schenk mir starken ein.«

»Aber dennoch, er ist rassig!« sagte Alina, während sie Tee eingoß, plötzlich und mit Vergnügen. »All diese Kaufleutchen und Millionärchen fürchteten ihn. Er lehrte sie anständig essen, trinken, sprechen und sich anständig kleiden. Er dressierte sie, wie kleine Hunde.«

Samgin fühlte sich unbehaglich, Lidija hatte sich mit untergeschlagenen Beinen auf den Diwan gesetzt, hielt die Tasse in den Händen und betrachtete ihn schweigend, mit sich erinnernden Augen, irgendwie ungeniert.

Sie fragt nach nichts, obwohl sie natürlich mit Fragen geladen ist, dachte er bissig.

Alina, die jetzt ihren anderen Zopf flocht, sagte: »Ich lernte eine Französin kennen, eine Schauspielerin von der Operette, rothaarig, böse, lasterhaft, klug. Oh, Klimtschik, wie klug doch die Französinnen sind! Es wird unheimlich viel Geld für sie ausgegeben. Sie sagte mir: ›Von uns, den Frauen, will man nicht viel, darum sind wir bettelarm!‹ Erinnerst du dich, Lida?«

»Woran?« fragte Lidija zerstreut.

»Wie du mit ihr strittest und wie sie sagte ...«

»O ja, ich entsinne mich! Sie war sehr, sehr klug!«

Das sagte sie schnell und so, daß Samgin begriff: Lidija wollte nicht, daß er irgend etwas erfährt.

Wahrscheinlich ein operettenhaftes Abenteuer dieser an unnormaler sexueller Neugier leidenden russischen Provinzlerin, dachte er boshaft und dessen bewußt, daß er sehr eilte, sich gegen Lidija zu stimmen.

Bevor sie noch den Tee ausgetrunken hatte, warf sie den Zigarettenrest in die Tasse, stand auf, trat an das angelaufene Fenster, wischte die Scheibe mit dem Taschentuch ab und fragte über die Schulter hinweg: »Was macht dich so besorgt, Klim?«

Er hätte gern mit irgendwelchen gewichtigen Worten geantwortet, so, daß sie ihr lange in Erinnerung geblieben wären, doch war er voll kleiner Gedanken, klein wie Fliegen, sie kreisten sinnlos, ohne Zusammenhang in ihm; er sagte halblaut: »Dieser Tage sind Bekannte von mir verhaftet worden, und es ist möglich, daß ich ...«

In diesem Augenblick kam Warwara geräuschvoll hereingeflattert, stürzte auf Lidija zu, umarmte sie lange, küßte, betrachtete sie und rief: »Liebste! Zigeunermädel ...«

Dann schrie sie Alina ins Gesicht: »O Gott, welch eine Schönheit! Aus Lidas Erzählungen wußte ich, daß Sie schön sind, aber – so! Bei Ihnen muß man Angst haben, Sie zu berühren«, rief sie, Alinas Hände ergreifend und schüttelnd.

In ihrer Erregung, ihren Gesten und Worten bemerkte Samgin jenes Gekünstelte und Unechte, das er ihr durch seine Spöttelei schon fast abgewöhnt hatte. Es war klar, daß Lidija sich über die Begegnung mit der Freundin freute, von deren Freude gerührt war; sie setzten sich umschlungen auf den Diwan, Warwara weinte, preßte die Hände an Lidijas Wangen und sah ihr in die Augen.

»Du meine Liebe . . .«

Wie mögen sie einander sehen? fragte sich Klim, während er sie beobachtete. Alina störte ihn hierbei.

»Man schlägt mir vor, zur Operette zu gehen«, sagte sie. »Ich glaube, ich werde es tun. ›Du bist geboren, so lebe!‹ – wie meine Französin mich gelehrt hat.«

Sie ging zum Diwan hinüber, zwängte sich rücksichtslos zwischen die Freundinnen, und diese wurden sogleich etwas betrübt. Im Korridor liefen Kellner umher, klirrte Geschirr, schurrte eine Bürste und rief jemand durchdringend laut: »Zimmer dreizehn, du Dummkopf!«

Auf dem Diwan erklangen immer lebhafter die Stimmen Alinas und Warwaras, es schien, als sprächen sie eine vereinbarte Sprache und nicht von dem, woran sie dachten. Alina äußerte plötzlich und albern, indem sie jemanden nachäffte, mit lispelnder Stimme: »Oh, meine Liebe, trau den Sozialisten nicht, denn auch die schauen nach der Mitte!«

Dann begann sie zu erzählen: »Auf der Krim war ein Sozialist, der lief barfuß herum, in einem Segeltuchkittel, ohne Gürtel, mit offenem Kragen; sein Gesicht sah, obwohl er einen kleinen Kinnbart trug, kindlich aus, kindlich und affenhaft. Er holte in einem Faß Wasser für eine alte Tolstojanerin . . .«

»Er war selbst Tolstojaner«, fügte Lidija ein.

»Ja? Na, einerlei. Er sang wunderbar russische Lieder und sah mich an wie ein kleiner Junge einen Lebkuchen.«

Samgin, der sich überflüssig vorkam, griff nach der Mütze. »Ihr solltet euch ausruhen.«

»Ja, mein Lieber«, sagte Alina und tätschelte mit ihrer weichen Hand die seine. »Du kommst am Abend, ja?«

Lidija drückte ihm stumm die Hand. Es war unangenehm zu sehen, daß Warwaras Augen ihm mit sichtlicher Freude folgten. Er ging fort, gekränkt über Lidijas Gleichgültigkeit, die er für unecht und beabsichtigt hielt. Es kam ihm bereits vor, als hätte er erwartet: Paris wird Lidija einfacher, normaler machen, und wenn es sie sogar etwas verdirbt, so wird das für sie nur von Vorteil sein. Doch offenbar war nichts dergleichen geschehen, und sie sah ihn immer noch mit jenen Augen eines Nachtvogels an, der bei Tage nicht zu leben weiß.

Ich muß mich entschieden mit ihr auseinandersetzen, fiel ihm ein, und er ging am Abend, ebenfalls mit Absicht, nicht in das Hotel, sondern erschien dort erst am nächsten Morgen; aber Alina sagte ihm, Lidija sei zum Dreifaltigkeitskloster des heiligen Sergius gefahren. Prunkvoll in Seide gekleidet, saß Alina vor dem Spiegel, feilte an ihren Fingernägeln und sagte in lässigem Ton: »Sie faßt wie ein Kind ständig unerwartete Entschlüsse. Das kommt aber nicht daher, weil sie charakterlos wäre, oh, Charakter hat sie wohl! Sie sprach davon, du habest ihr einen Antrag gemacht? Paß auf, das wird eine schwierige Ehefrau sein. Sie sucht immerzu nach ungewöhnlichen Menschen, doch die Menschen, Lieber, sind wie die Hunde: sie unterscheiden sich zwar in der Rasse, haben aber alle die gleichen Gewohnheiten.«

»Es ist sonderbar, aus deinem Mund solche Aphorismen zu hören«, bemerkte Klim böse und spöttisch.

»Warum sonderbar? Ich bin doch nicht dumm.«

Sie warf die Feile ins Necessaire und begann ihre Nägel mit einem kleinen Samtkissen zu polieren. Samgin lenkte seine Aufmerksamkeit darauf, daß ihre Sachen teuer waren, elegant, auch die Kostüme. Sie hatte viele Koffer. Er lächelte.

»Was macht denn Ljutow?« fragte sie, in die Beschäftigung mit ihren Nägeln vertieft.

Nicht ohne Schadenfreude erzählte ihr Klim, wie Ljutow sich dem Trunk ergebe, von seiner Bekanntschaft mit Revolutionären, von der Begegnung mit Turobojew. Alina hörte ihm zu, ohne ihn zu unterbrechen, dann sagte sie beifällig: »Ein interessanter Mensch ist Wladimir Petrowitsch!«

»Tut er dir nicht leid?«

»Wi-ie?« sagte sie gedehnt. »Weshalb sollte er mir leid tun? Er hat sein Mißgeschick, ich das meine. Quitt. Siehst du, Lida sucht einen ungewöhnlichen Menschen, sie sollte ihn heiraten! Nein, im Ernst, Klim, die Kaufleute sind ein niederträchtiges Volk, das steht fest, aber ein interessantes!«

Sie wandte ihm lächelnd das Gesicht zu und teilte ihm lebhaft, begeistert mit, was ihr ein Kaufmannssöhnchen aus dem Wolgagebiet erzählt hatte: Sein Onkel, ein alter Mann, Millionär und Familienvater, schwatzte sich jemandem gegenüber aus, fünfzigtausend täten ihm nicht leid, wenn die Schönheit von Gouverneurin sich ihm nackt zeigen wollte. Seine Feinde hinterbrachten das der Gouverneurin, sie willigte jedoch ein, sich ihm zu zeigen, nur müsse er sie von einem anderen Zimmer aus durchs Schlüsselloch betrachten. Er betrachtete sie, kniend, und als er später der Gouverneurin unter vier Augen begegnete, verneigte er sich tief und sagte: »Wollen Euer Exzellenz mir um Christi willen meine Dreistigkeit verzeihen, aber Ihre Schönheit ist wahrhaft göttlich, und ich danke Gott, daß ich ein solches Wunder sah.«

»Das ist vielleicht eine Lüge, aber gut!« sagte Alina aufstehend und musterte sich im Spiegel wie ein Beamter, der sich seinem Vorgesetzten vorzustellen hat.

Klim fragte: »Und das Geld hat er gezahlt?«

»Der alte Mann? Ja. Das hat er.«

»Das glaube ich nicht.«

»Sieh mal an, was du für ein . . . praktischer Mann bist!« sagte sie, wobei sie ihn mit ungutem Lächeln anblickte, und dieses Lächeln erlaubte ihm, sie zu fragen: »Um welche Summe würdest du dich denn zeigen?«

»Du hast so viel nicht, Liebster!« antwortete sie und schlug vor: »Komm, laß uns einen kleinen Spaziergang machen!«

Auf der Straße wurde sie größer und ging stolz erhobenen Hauptes mit wiegenden Hüften auf die Leute zu. In dieser kampflustigen Haltung lag etwas, das Achtung vor ihr einflößte und Samgin sogar erheiterte. Er hörte auf, an Lidija zu denken. Es war angenehm, Arm in Arm mit einer Frau zu gehen, die von allen Männern mit Entzükken, von den Frauen jedoch feindselig angesehen wurde. Klim merkte in den Blicken der Männer eine Verwunderung, die jener Tändelsucht, jener sinnlichen Gier entbehrte, mit der sie die einfach schönen Frauen zu mustern pflegen. Am Himmel waren feine Wolken zu Straußenfedern erstarrt, die der Feder auf Alina Telepnjowas Hut ähnelten.

»Ich möchte etwas essen«, erklärte sie nach einer halben Stunde.

Samgin führte sie ins »Eremitage«; sie wählte einen Tisch mitten im Saal an sichtbarster Stelle, und als der Kellner die Speisekarte brachte, sagte sie zu ihm mit bezauberndem Lächeln, laut: »Nein, bewirten Sie mich, mein Freund, nach Ihrem Geschmack, auf Moskauer Art.«

Und Klim erklärte sie: »Ich mache es auch in Paris so, ich sage zum Kellner: Nun zeigen Sie mal, was Sie können! Das ist schmeichelhaft für ihn, daher gibt er sich Mühe. So ist es mit allem!«

»Auch in der Liebe?« fragte Samgin bereits scherzhaft.

»Auch in der Liebe«, antwortete sie ernst, sagte aber dann, die prächtigen Zähne zeigend, etwas leiser, mit zusammengekniffenen Augen: »Du merkst mir selbstverständlich etwas Kokottenhaftes an, ja? So will ich dir denn der Klarheit halber sagen: Ja, ja, ich gehe jetzt diesen Weg! Und der Teufel soll euch alle holen, meine Lieben«, fügte sie flüsternd hinzu, und ihre Augen flammten zornig auf.

»Ich bin . . . kein Moralist«, murmelte Samgin. Er wollte ihr angenehm und ergeben sein, da sowohl ihre Schönheit wie auch ihre Stimmung ihn bedrückten, erschreckten. Durch die Äußerung über ihren »Weg« hatte sie seine Vermutung bestätigt und sein Gefühl einer Gefahr verstärkt. Sie blickte von Zeit zu Zeit die Gäste im Saal mit herausfordernd verkniffenen Augen an, und Samgin kam der Gedanke, Skandale kenne sie wahrscheinlich und sie fürchte sie nicht. Das Aufsehen, das sie erregte, war ihm sehr peinlich und beunruhigte ihn sehr, es schien, alle sähen nur nach ihr und gäben auf ihre Worte acht. Als zwei Tabletts mit verschiedenen Speisen auf Platten, auf Pfannen und in Timbals aufgetragen wurden, sah sie alles mit Kennerblick an und sagte zum Kellner: »Bravo! Sie werden bald maître d'hôtel sein!«

Der Kellner lächelte entzückt und fragte vorgebeugt im Ton eines Mitverschworenen in geheimer Sache: »Gestatten, ein Pomeranzenlikörchen zu empfehlen? Ganz vorzüglich! Und einen roten, einen Bordeaux, sehr fein, uralt!«

»Ich liebe die Kellner«, sagte Alina unschicklich laut. »Heutzutage verstehen nur sie noch, der Frau ritterlich zu dienen. Hör mal – wo ist Makarow?«

Samgin lächelte. »Du wirst zugeben müssen, daß der Übergang von den Kellnern zu Makarow . . .«

»Nicht von den Kellnern, sondern von den Rittern«, korrigierte sie ernst.

»Er studiert. Wohnt bei Ljutow. Ich sehe ihn selten.«

»Weshalb?«

»Er langweilt mich.«

»Und du ihn auch?«

»Wahrscheinlich.«

Als sie zu essen anfing, meinte Klim, daß er zum erstenmal einen Menschen sah, der so elegant, mit solchem Genuß zu speisen verstand, und es kam ihm vor, als hätten alle erst jetzt Messer und Gabel einmütig zu handhaben begonnen, als wäre es bis zu diesem Augenblick im Saal still gewesen.

Nach dem Essen verließ ihn Alina.

»Ich gehe, mich um meine Zukunft zu kümmern«, sagte sie.

Auf Samgin rollte sogleich aus einer Ecke der rundliche, stark gerötete Tagilskij zu und fragte mit schriller, unsicherer Stimme: »Was war das für ein Ungetüm? Aus Paris? Oho-o!« rief er, schmatzte mit den grellen Lippen und sagte überzeugt: »Das sieht man gleich.«

In der Ecke, aus der er gekommen war, saß an einem Tisch ein bärtiger Mann mit großem Bauch und langen Beinen, der ebenso rundlich wie Tagilskij, aber bejahrt, glatzköpfig und sehr betrunken war. Samgin lehnte Tagilskijs Vorschlag ab, ihm »Gesellschaft zu leisten«, und verließ schnell das Lokal.

Ein wenig benommen von dem schmackhaften Essen und dem Wein, ging er auf dem Boulevard zum Strastnaja-Platz und dachte: Wie war sie doch einst um die Erhaltung ihrer Schönheit besorgt! Und nun ...

Er lächelte. Er versuchte an Lidija zu denken, aber daran hinderte ihn die Bekannte Ljutows, die Frau mit diesem sonderbar einprägsamen, gewaltsamen Lächeln. Sie saß auf einer Bank und schien ihn in der nämlichen Weise anzulächeln. Als er jedoch höflich die Mütze lüftete, verzog sich ihr reizloses Gesicht zu einer Grimasse der Verwunderung.

Sollte ich mich getäuscht haben? fragte er sich und sah sich nach der in Trauer gekleideten Gestalt unter den kahlen Bäumen um. Nein, sie ist es. Sie konspiriert, das dumme Frauenzimmer.

Er ging zu Warwara, da er hoffte, durch sie etwas über Lidija zu erfahren, und fühlte sich gekränkt, als er das Speisezimmer betrat und dort am Tisch Lidija, ihr gegenüber Diomidow und auf dem Diwan Warwara erblickte.

»Ja, ja!« schrie Diomidow ganz außer sich. »Daran sind Sie schuld, Sie!«

Er saß über den Tisch gebeugt, die Arme Lidija entgegengestreckt und fuhr mit ihnen auf dem Tisch herum, als scharrte er etwas zusammen und würfe es wieder auseinander; das Tischtuch schlug Falten, und Diomidow patschte sie mit der Handfläche wieder glatt. Er reichte Klim die kalte, harte Hand und entriß sie ihm hastig wieder.

»Guten Tag«, sagte Lidija im selben Ton wie auf dem Bahnhof und wandte sich an Diomidow: »Nun, fahren Sie fort!«

Diomidow begann von neuem, nunmehr mit gedämpfter Stimme, sehr schnell zu reden, wobei er die Worte halb verschluckte und mit der schwingenden rechten Hand ergänzte, während er sich mit der linken an den Tischrand klammerte.

Klim nahm neben Warwara Platz, sie formte die Finger zu einer kleinen Zange, entnahm einer Schachtel auf ihrem Schoß eine kleine Praline, führte sie an Samgins Lippen und flüsterte: »Vorsicht, mit Likör.«

Klim fragte ebenfalls mit Flüsterstimme, woher sie das wisse.

Warwara zuckte wortlos die Schulter, doch Diomidow sagte wieder laut und triumphierend: »Dieser euer Makarow ist unehrlich, er verdreht die Wahrheit, er redet euch nach dem Munde, ja! Der Alte, der Fjodorow, lehrt etwas ganz anderes, ich kenne doch den Alten!«

Klim sann nach: Was hatte ihm Lidija außer dem zweimaligen »Guten Tag!« noch gesagt? Der wohltuende, kleine Rausch stimmte ihn ironisch. Er saß fast hinter Lidija und suchte sich vorzustellen, mit was für einem Gesicht sie Diomidow ansähe. Wenn er, Samgin, ihr etwas Vernünftiges einzuflüstern versuchte, pflegten ihre Augen sich mißtrauisch zu verengen, ihr Gesicht wurde eigensinnig und unklug.

»Leute, die den Frauen gehorchen, muß man bestrafen«, sagte Diomidow, »dafür bestrafen, daß sie euch zuliebe das ganze Leben verhunzt und verschandelt haben mit ihren Fabriken für Kleinigkeiten, für Haarnadeln, Stecknadeln, Parfüms, und daß sie allerhand Bänder, Hütchen, Ringelchen, Ohranhängsel – dieses Zeug sonder Zahl – anfertigen! Und keinerlei geistiges Leben geht von euch aus, sondern nur Gedichtchen und Bilderchen und Romane ...«

»So ein Unsinn! Es wird einem übel, das anzuhören«, sagte Warwara sehr ruhig, während Lidija sie, ohne sich zu rühren, bat: »Warte doch, Warja!«

Diomidow jedoch sagte zornig: »Durchaus kein Unsinn! Ihre Pralinen da sind Unsinn ...«

»Wie kannst du da nicht widersprechen, Lida?« beharrte Warwara. »Wieso gibt es kein geistiges Leben? Und die Kunst?«

»Sie sind gänzlich unwissend!« rief Diomidow. »Sie sollten den Propheten Henoch lesen, bei ihm heißt es, daß die Menschentöchter die Künste von den gefallenen Engeln erlernt haben, doch wer sind denn die gefallenen Engel?«

Jetzt sah Klim Diomidows Gesicht, sah seine bläulichen Augen, sie funkelten ergrimmt, der gelbe Schnurrbart bewegte sich zornig, das Kinn zuckte. So erregt sah er Diomidow zum ersten Mal. Auch war er ungewöhnlich elegant, hatte die Locken eingefettet und einen tiefen Mittelscheitel gezogen, so daß sein Kopf wie gespalten aussah. Er hatte ein neues, rohseidenes Kittelhemd an, das war gewaschen und gebügelt, als wollte er zur Trauung oder zum Abendmahl gehen. Er bewegte immerzu die Arme, wobei er die kraftlosen Hände bald zu Fäusten ballte, bald etwas auf den Handflächen zu wägen schien.

»Ihr bedient euch dieser Künste zur Aufstachelung des Fleisches, zur Verleitung der ein hartes Leben führenden Männer; diese Künste jedoch sind Lug und Trug. Von euch, den gehorsamen Sklavinnen des verderblichen Dämons, kommt alles Übel des Lebens, sowohl das Eitle wie der Staub der Reden, der Schmutz wie das Verbrechertum – alles von euch! Jegliche Fäulnis der Seele und der bittere Tod und das Rebellieren der Menschen, das gelehrte Chaldäertum und allerhand Liebedienerei, das Jesuitentum, das Freimaurertum und die Ketzereien und alles, was der Erstickung des Geistes dient, denn der Geist ist der Feind des Satans, eures Gebieters!«

Diomidow sprang vom Stuhl hoch und schlug mit der Hand so kräftig auf den Tisch, daß Lidija zusammenfuhr, ihr schmaler Rükken streckte sich, sie bog die Schultern vor, als suchte sie sie aneinanderzulegen, sich wie ein Buch zu schließen.

Warwara aß unermüdlich Pralinen, sie biß ein Löchlein hinein, sog den Likör heraus, dann, nachdem sie die Pralinen in den Mund gesteckt hatte, leckte sie die Lippen ab und wischte sich die Fingerchen sorgfältig mit dem Taschentuch. Samgin vermutete, sie genieße weniger die Schokolade als die Tatsache, daß er bei Lidijas Wiedersehen mit Diomidow zugegen war und Lidija in einer dummen Lage sah: stumm, vom Geschwätz dieses verrückten Burschen bedrückt.

Eine schlaue Bestie, dachte er, während er von Zeit zu Zeit zu Warwara hinüberschielte und der keuchenden Stimme des ermüdeten Predigers lauschte, der mit den Fingern in die Luft griff und, den gespaltenen Kopf schüttelnd, sagte: »Seit Evas Zeiten verführt ihr! Abel wurde im Paradies gezeugt, Kain aber – auf Erden, um dem paradiesischen Menschen einen irdischen Feind zu geben . . .«

»Evas erster Sohn war Kain«, erinnerte Lidija leise, erhob sich und ging zum Ofen.

Diomidow stützte die Hände auf den Tisch, richtete sich langsam und schwerfällig auf, seine Augen quollen vor, und sein Gesicht wurde unnatürlich lang und schmal.

»Na ja, das war Kain, das hatte ich vergessen«, murmelte er blinzelnd. »Kain . . . Na, was macht das? Eva wurde vom Satan verführt . . .«

»Sie, Diomidow, sollten wenigstens die Bibel lesen«, fing Klim lächelnd an. Er hatte es weich, nachsichtig sagen wollen, aber es klang schadenfroh, und Klim sah, daß Lidija dies nicht gefiel. Dennoch fuhr er fort: »Sie müssen noch etwas zulernen, sonst kompromittieren Sie das Denken, jene Macht, die den Menschen vom Tier wegführt, die Sie jedoch noch nicht zu handhaben verstehen . . .«

»Ich bin ein einfacher Mensch«, warf Diomidow leise und gekränkt ein.

»Ganz recht«, stimmte ihm Klim zu. »Und das sollten Sie nicht vergessen. Sie scheinen viel Tolstoi gelesen zu haben . . .«

»Na und?«

»Tolstoi ist der endlosen Komplikation des Kulturlebens müde, das er als Künstler selbst noch meisterhaft kompliziert. Er hat ein Recht zur Kritik, weil er viel weiß, Sie aber? Was wissen Sie denn?«

»Man kann nicht leben, das ist es«, sagte Diomidow unter den Tisch hinunter.

»Hör auf, Klim, du sprichst schlecht.«

Lidija sagte das sehr hart, fast scharf. Sie stand aufrecht da und sah ihn vorwurfsvoll an. Auf dem weißen Hintergrund der Ofenkacheln wirkte ihre in einen rauchfarbenen Schal gehüllte Gestalt flach. Klim spürte in seiner Kehle ein Rascheln, räusperte sich und sagte: »Schlecht? Das mag sein. Aber ich bin außerstande, durch ehrerbietiges Schweigen barbarische Verdrehungen zu fördern.«

»Na gut! Ich werde gehen!«

Diomidow erhob sich gleichsam gegen seinen Willen vom Stuhl, entfernte sich dann aber sehr schnell, und seine Stulpenstiefel knirschten fesch.

»Warten Sie, Semjon«, rief Lidija und folgte ihm mit wehendem Schal ins Vorzimmer. Klim blickte Warwara an; sie nickte ihm zu und äußerte leise ihren Beifall: »Sie haben ihn herrlich abgekanzelt, so gehört es sich auch!«

Im Vorzimmer trampelte Diomidow beim Anziehen der Überschuhe mit den Füßen. Warwara flüsterte: »Das wird sie natürlich nicht ernüchtern. Merken Sie, wie weltfremd sie geworden ist? Und das – nach Paris . . .«

»Ist denn Paris ein Teich Siloah?« murmelte Klim, horchte und machte sich auf eine Auseinandersetzung mit Lidija gefaßt. Die Wohnungstür schlug laut zu, Warwara warf einen Blick ins Vorzimmer und verkündete: »Sie ist mit ihm fort!«

»Weshalb freut Sie das?« fragte Samgin, wobei er sie streng musterte. »Ich muß auch gehen. Auf Wiedersehen.«

Doch beeilte er sich nicht mit dem Fortgehen, stand vor Warwara und hielt ihre Hand in der seinen, denn er meinte, zu Hause erwarteten ihn Langeweile, unruhige Gedanken über Lidija und sich selbst.

Zu Hause erwartete ihn ein dicker Brief mit einer Aufschrift von Lidijas Hand; er lag auf dem Tisch, an sichtbarster Stelle. Samgin betrachtete ihn ein paar Sekunden, zwei Schritte vom Tisch entfernt, und konnte sich nicht entschließen, ihn in die Hand zu nehmen. Dann streckte er, ohne sich vom Fleck zu rühren, den Arm aus, verlor aber das Gleichgewicht und wäre fast hingefallen, wobei er mit der Hand kräftig auf den Brief aufschlug.

Töricht benehme ich mich, dachte er, nach dem Spiegel schielend, und setzte sich an den Tisch.

Der Brief enthielt fünf Blatt dicht beschriebenen starken Papiers; einige Zeilen und Sätze waren dick ausgestrichen, einige quer geschrieben. Erst nach einer Weile fand er den Anfang der Sendung.

»Das sind Briefe, die ich Dir aus Paris schicken wollte«, las er, wobei er aus irgendeinem Grund die Brille festhielt, als fürchtete er, sie könnte ihm von der Nase springen. »Es gelang mir aber nicht, das, was ich schreiben wollte, klar genug auszudrücken. Du weißt, ich verstehe nicht, zu schreiben, und auch nicht, zu sprechen, ich kann nur fragen. Ich schicke Dir all diese Briefanfänge, vielleicht wirst Du auch so begreifen, was ich habe sagen wollen. Eigentlich weiß ich, was ich will oder, richtiger gesagt, nicht will. Ich will keinerlei Beziehungen mit Dir, gestern jedoch kam es mir vor, als glaubtest Du das nicht und meintest, ich würde mit Dir wieder jene Gymnastik betreiben, die sich Liebe nennt. Ich muß Dir aber klarmachen, warum ich nicht will. Es jedoch so zu erklären, daß es mir selbst klar wäre – das kann ich nicht. Erklären ist entsetzlich schwer, Klim.«

Auf einem anderen Blatt waren nur zwei Sätze nicht gestrichen:

»Du warst ein Spiegel, in dem ich meine Worte und Gedanken sah. Dadurch, daß Du mich bisweilen nicht am Fragen hindertest, hast Du mir sehr geholfen, zu begreifen, daß alles Fragen nutzlos ist.«

Ein drittes Blatt besagte:

»Es gibt wahrscheinlich Menschen besonderer Art, die weder gut noch schlecht sind, die aber, wenn man mit ihnen in Berührung kommt, nur schlechte Gedanken erwecken. Wir hatten miteinander irgendwelche ganz eigentümliche Augenblicke. Ich meine hiermit nicht die ›süßen Verzückungen der Liebe‹, die könnte ich vermutlich mit jedem anderen erleben und Du mit einer anderen.«

Über diesen Zeilen stand in kleiner Schrift:

»Du bist sicherlich einer von denen, die man ›sinnlich‹ nennt, die sich vergnügen, jedoch nicht lieben, obwohl ich nicht weiß, was lieben heißt.«

Quer und groß über das Blatt geschrieben standen die Worte:

»Es liegt mir fern und nicht in meiner Absicht, Dich zu kränken.«

Das Lesen war beschwerlich; Klim drückte die Brille so fest an, daß ihm die Nasenwurzel schmerzte, ihm zitterte die Hand, doch kam er nicht auf den Gedanken, sie von der Brille fortzunehmen. Die durchgestrichenen, verschmierten Zeilen krochen über das Papier, schlängelten sich wellenförmig und zerrissen den Zusammenhang der Worte.

»Ich glaube, daß ich mit niemandem so wie mit Dir sprechen könnte. Deine Selbstsicherheit ist sehr aufreizend. Ich fühlte stets, daß Du mich nicht verstehst, mich sogar nicht verstehen wolltest, und das machte mich besonders offenherzig, denn ich bin eigensinnig. Vor mir selbst bin ich entsetzlich offen, und nun sage ich Dir, daß ich nicht begreife, weshalb es all das mit uns gegeben hat. Sicherlich bin ich in irgendeiner Weise daran schuld, obwohl ich dieses Gefühl nicht habe. Auch entsinne ich mich nicht, Dir gesagt zu haben, daß ich Dich liebe. Mir scheint, Du tatest mir leid. Du benahmst Dich damals so schlecht. Auch war es natürlich mädchenhafte Neugier.«

Das Wort »natürlich« war ausgestrichen.

»Sei nicht gekränkt. Obwohl es einerlei ist und sogar besser, wenn Du gekränkt bist.«

Samgin war gekränkt, schleuderte die Blätter ärgerlich auf den Tisch, doch eins von ihnen fiel auf den Boden. Klim hob das Blättchen auf und begann von neuem im Stehen zu lesen.

»Leute, die sagen, die Revolution werde leben helfen, reden naiv, meine ich. Was wird uns die Revolution denn bringen? Ich weiß es nicht. Meiner Ansicht nach ist etwas anderes, ganz Furchtbares notwendig, etwas, wobei alle über sich selbst und über alles, was sie tun, entsetzt wären. Mag selbst die Hälfte aller Menschen zugrunde gehen oder den Verstand verlieren, wenn nur die andere von der banalen Sinnlosigkeit des Lebens geheilt wird. Wenn Du über die Revolution urteilst, führt das zu nichts. Du urteilst wie ein Gerichtsbeamter. Dir fehlt das Gefühl, mit dem man Revolutionen macht, Revolutionen werden ja aus Barmherzigkeit oder so wie von Deinem Onkel Jakow gemacht.«

Und auf noch einem Zettel mit gänzlich ausgestrichenem Text entzifferte Samgin:

»Vielleicht spreche ich mit Dir wie ein Hund mit seinem Schatten, den er nicht begreift.«

Samgin nahm alle Blätter, zerknüllte sie, preßte sie in der Faust zusammen, schloß die müden Augen und nahm die Brille ab. Diese fiebrigen Briefe empörten ihn, das Gesicht brannte ihm wie bei Frost. Als er aber in sich hineinlauschte, fühlte er bald, daß seine Empörung nicht tief ging, sie war gewissermaßen physisch, oberflächlich. Das gleiche hätte er sicher empfunden, wenn ein mutwilliger Junge ihn ins Gesicht geschlagen hätte. Die Erinnerung führte ihm dienstwillig Lidija in für sie wenig schmeichelhaften Minuten vor Augen, in erniedrigenden Posen, nackt, müde.

Im Grund hatte ich von ihr etwas Derartiges erwartet. Ungehalten zu sein – wäre töricht. Sie ist unzurechnungsfähig. Ein degeneriertes Mädchen. Damit ist alles gesagt.

Er setzte sich und begann, auf dem Tisch die zerknüllten Briefe zu glätten. Das dritte Blatt las er nochmals, steckte es zwischen die Seiten seines Tagebuchs und begann dann, die Briefe gemächlich in kleine Fetzen zu zerreißen. Das Papier war fest wie Leder. Er wollte auch den Briefumschlag zerreißen, doch fand sich in ihm noch ein dünnes Blättchen, das offenbar aus einem Buch herausgerissen war.

»Jetzt, Klim, befinde ich mich in der Stadt, die als die wunderbarste und lustigste der ganzen Welt gilt. Ja, sie ist wunderbar. Schön, großartig, lustig – heißt es von ihr. Aber mir ist schwer ums Herz. Wenn man froh lebt, tut man keine Gemeinheiten. Erst hier versteht man, wie schändlich es ist, wenn Menschen zu Spielzeug gemacht werden. Gestern zeigte man mir die Folies Bergères, das muß man ebenso unbedingt sehen wie das Grab Napoleons. Das ist der Gipfel der Lustigkeit. Eine Unmenge wunderbar angezogener und vollkommen ausgezogener Frauen, die spielen, mit denen gespielt wird und . . .«

Weiter war alles ausgestrichen, es waren nur die Worte zu entziffern:

». . . vernichtende, tötende Schande.«

Dieses Blatt ließ sich leicht in besonders kleine Stückchen zerreißen. Klim ging vom Tisch weg und legte sich auf die Chaiselongue.

Am nächsten war ich der Wahrheit in den Tagen, als ich merkte, daß diese Liebe eine Einbildung von mir war, überlegte er mit geschlossenen Augen.

Das Stubenmädchen brachte den Samowar und brühte Tee auf. Klim lauschte eine Weile dem beruhigenden Summen des Samowars, dann stand er auf und goß sich ein Glas Tee ein. Zwei Teeblättchen wirbelten im Glas herum, als wären sie lebendig. Er versuchte sie mit dem Löffel herauszufischen. Sie ließen sich aber nicht fangen. Er warf den Löffel hin und blickte nach dem Fenster, an dessen Scheiben sich bereits die bläuliche Trübe des Abends schmiegte.

Nun habe auch ich einen unglücklichen Roman. Wie dumm. Er seufzte und trommelte mit den Fingern an die Scheibe. Aber es ist gut, daß die Ungewißheit ein Ende hat und daß ich frei bin.

Doch seine Gefühle waren widerspruchsvoll, er konnte das Bewußtsein nicht unterdrücken, schwer und natürlich unverdientermaßen gekränkt worden zu sein, dachte jedoch zugleich: Wenn ich offener zu ihr gewesen wäre . . .

Alles, was mit Lidija zu tun hatte, das Angenehme und das Unangenehme, war jetzt in gewisser Weise gewichtiger geworden, spürbarer, es gab von alledem erstaunlich viel und kam ihm unwillkürlich in Erinnerung. Ihm fiel ein, daß der betrunkene Ljutow von Alina gesagt hatte: »Sie ist wie ein dreiunddreißigster Zahn. Weißt du, ich bekomme einen Weisheitszahn, und der ist meiner Zunge sehr im Wege.«

Am Abend des nächsten Tages rief die Somowa bei ihm an und fragte ihn, ob er gesund sei und warum er zu Lidijas Abreise nicht an die Bahn gekommen sei.

»Ich bin erkältet und gehe nicht aus dem Haus«, antwortete er und fügte aus irgendeinem Grund hinzu: »Zu Ostern fahre ich auch heim.«

»Reisen wir zusammen, einverstanden?«

Er beabsichtigte aber gar nicht, heimzufahren, und reiste nicht ab, sondern blieb das ganze Frühjahr bis zu den Prüfungen, besuchte pünktlich die Vorlesungen und arbeitete eifrig zu Hause. Sonnabends besuchte er zuweilen Preiß, aber dort war es langweilig, obwohl sich neue Leute eingefunden hatten: ein Student aus dem Institut für Zivilingenieure, lang, mit hölzernem Gesicht, und ein Dragoneroffizier des Sumsker Regiments, der sehr geschniegelt war, aber trotzdem wie ein kleiner Kaufmann aussah, der sich aus Langerweile als Soldat angezogen hat. Dort rechneten alle, während Tagilskij träge die Zahlen angab: »Sechshundertdreiundvierzigtausend Tonnen ... Erlauben Sie mal ... das stimmt nicht, der Umsatz der Bauernbank beträgt ...«

Stratonow schritt kampflustig umher und schimpfte auf die Deutschen, die Engländer, die Japaner.

Abends ging Samgin hin und wieder zu Warwara, um ein Stündchen bei dem gewohnten Spiel mit ihr auszuruhen und ein wenig mit Ljubascha zu plaudern, die zwar bei dem Spiel etwas störte, aber durch ihre Kenntnis vom Leben der verschiedenen Zirkel und vom Wachstum der »Befreiungs«-Bewegung – so drückte sie sich aus – immer interessanter wurde.

Sie hatte sich gut bei Warwara eingelebt und sprach mit ihr im Ton einer zärtlichen älteren Schwester; Warwara, die sehr geizig war, machte ihr kleine Geschenke. Einmal scherzte Klim in Gegenwart der Somowa allzu spöttisch mit Warwara, worauf Ljubascha sogleich empört war. »Für solche türkischen Manieren hätte ich dich tüchtig an den Ohren gezogen!«

»Aber das ist doch nur Scherz«, rief Warwara rasch und friedlich.

Klim sah an Ljubascha das ihm unverständliche, aber hochgeschätzte Bestreben und Vermögen, den Menschen zu dienen, eine Eigenschaft, die Tanja Kulikowa in seinen Augen zu einem heiligen Dienstmädchen für alle gemacht hatte. Die lustige und aufgeweckte Ljubascha besaß die Geschäftigkeit einer Spatzenmutter, die inmitten der im Vergleich zu ihr ungeheuer großen Menschen, Pferde,

Häuser und Katzen furchtlos auf der Erde herumhüpft. Sie hüpfte und rannte, von unermüdlichem Heißhunger beseelt, die Beziehungen und Verbindungen aller Menschen so rasch wie möglich zu erfahren – um allen zu helfen, hier Knoten zu entwirren, andere zu knüpfen und mancherlei Löchlein zu vernähen und zu stopfen. Sie arbeitete in dem politischen »Roten Kreuz« und besuchte Marakujew, dessen Verlobte sie sich nannte, im Gefängnis.

»Das sollte Warwara tun«, bemerkte Samgin.

»Aber das tue ich, weil Warja außerstande wäre, mit dem Gefängnis Verbindung aufzunehmen.«

Klim lächelte. »Und weil sie Marakujews überdrüssig ist.«

»Wozu du Anlaß bist«, sagte Ljubascha zornig, unterbrach das Wollewickeln und blickte Klim vorwurfsvoll ins Gesicht. »Häßlich bist du zu ihr, Klim, aber sie ist ein sehr gutes Mädchen!«

Samgin lächelte wieder ironisch.

»Kupplerin«, stieß er zwischen den Zähnen hervor.

Nein, Ljubascha glich nicht ganz der Kulikowa, die hatte sich ihr ganzes Leben lang so verhalten, als hielte sie sich für schuld daran, daß sie so und nicht besser war. Ljubascha war dienende Unterwürfigkeit vor jedermann gänzlich fremd. Als Samgin das erkannt hatte, betrachtete er sie wie die komische »Wanskok«, Anna Skokowa, eine Heldin des Leskowschen Romans »Auf Messern«; dieses Buch und Pissemskijs »Meer in Aufruhr« setzte Klim in »sozial-pädagogischer« Hinsicht Dostojewskijs »Dämonen« gleich.

Ljubascha eilte stets irgendwohin, fürchtete, sich zu verspäten, sah morgens ängstlich nach der Wanduhr und erteilte sich um Mitternacht oder später beim Schlafengehen den Befehl: »Um halb sieben wird aufgestanden.«

Sie konnte gleichzeitig nähen, lesen, ihren dicken Fillipowschen Lieblingszwieback mit Mandeln knabbern und Klim nachdenklich allerhand nicht sehr originelle Fragen stellen: »Der Klassenstandpunkt streicht völlig die Humanität, nicht wahr?«

»Ganz richtig«, antwortete er, und um sie zu verwirren und einzuschüchtern, fuhr er im Ton eines an erbarmungsloses Denken gewöhnten Philosophen fort: »Humanität und Kampf sind einander ausschließende Begriffe. Eine vollkommen richtige Vorstellung von Klassenkampf hatten nur Rasin und Pugatschow, die Schöpfer des ›erbarmungs- und schonungslosen russischen Aufruhrs‹. Unter unseren Intellektuellen begriff allein Netschajew, was die Revolution vom Menschen verlangt.«

Hier merkte Samgin, daß er weniger für die Somowa als mehr für sich selber sprach.

»Sie verlangt, daß der Mensch sich unterwürfig als Diener und Opfer der Geschichte betrachte, nicht aber von der Möglichkeit persönlicher Freiheit, unabhängigen Schaffens träumt.«

Indem er das Bedürfnis befriedigte, laut auszusprechen, worüber er feindselig dachte, sagte Samgin, um sein wahres Empfinden nicht zu verraten, in noch gleichmütigerem Tone: »Die Geschichte verhält sich zum Menschen rücksichtsloser, härter als die Natur. Die Natur fordert, daß der Mensch nur die Triebe befriedige, die sie ihm verliehen hat. Die Geschichte vergewaltigt den Intellekt des Menschen.«

»Das klingt wie von Tolstoi?« erwog Ljubascha fragend.

Samgin sah, daß Warwara wie eine Gymnasiastin dasaß, die in den Lehrer verliebt ist und mit Bangen erwartet, er werde sie gleich etwas fragen, was sie nicht weiß. Zuweilen fügte sie, wie um den Lehrer milder zu stimmen, unter mitfühlendem Aufseufzen leise etwas für ihn Schmeichelhaftes ein.

»Wie tragisch Sie das Leben nehmen!«

»Ein Pessimist«, sagte Ljubascha.

Worte verwirrten oder erschreckten sie überhaupt nicht.

»Ich kann nicht ohne Mitgefühl denken«, pflegte sie zu sagen.

Samgin merkte ihr einen weichen, aber unüberwindlichen Eigensinn an und begann sich Ljubascha gegenüber vorsichtiger zu verhalten, da er argwöhnte, daß sie schlau, hinterhältig sei, obwohl sie sehr offenherzig, ja geschwätzig schien. Und wenn sie auch spöttisch oder zuweilen gar ironisch von sich sprach, so nur, damit man sie schwerer verstehe.

Daß Ljubascha nicht so war, wie sie sich gab, davon überzeugte sich Samgin, als er einer ihrer Begegnungen mit Diomidow beiwohnte. Diomidow war wie immer plötzlich und leise gekommen, als wäre er aus der Wand herausgekrochen. Er hatte sich den Kopf kahl rasieren lassen, man sah jetzt nur seinen spitzen Schädel samt dem wie mit dem Beil behauenen Hinterkopf und die großen grauen Ohren ohne Läppchen. Sein Gesicht war geschwollen, die Augen vorgewölbt, das Weiße darin gelb verfärbt und der Blick schwermütig und abwesend.

»Ich habe dreiundzwanzig Tage im Krankenhaus gelegen«, erklärte er und bat Warwara, ihm etwas Geld zu leihen, bis er sich erholen und wieder anfangen werde zu arbeiten.

Die Somowa hörte zu nähen auf und musterte ihn dann ungeniert und herausfordernd; er sah sie ein paarmal an, dann fragte er ärgerlich: »Was schauen Sie mich so an? Mißfalle ich Ihnen?«

»Lidija Warawka hat mir viel über Sie erzählt. Sie sind doch Anarchist?«

»Ich bin ein Mensch«, antwortete er mürrisch und wandte sich ab.

Samgin war ungemein verwundert, mit welcher Härte und Fülle bösen Spottes Ljubascha Diomidow zu quälen begann. Ihre Äugelchen leuchteten kalt auf, wenn sie die ebenfalls bösen Antworten Diomidows anhörte, sie formte ihre dicken Lippen wie zum Pfeifen, auch biß sie mit besonders hell klingendem Knacken den Zwirn ab. Samgin hatte sich nicht vorstellen können, daß diese rundliche Matrjoschka, die angeblich nicht ohne Mitgefühl zu denken vermochte, mit einem halbkranken Menschen derart hart und giftig reden konnte. Sie brachte Diomidow dahin, abgehetzt zusammenzusinken und zu sagen: »Lauter Späßchen. Kleine Spöttereien. Warten Sie, man wird auch über Sie einmal lachen.«

»Die Schnecke ist unterwegs, doch wann kommt sie an?« antwortete sie und versetzte Samgin noch mehr in Erstaunen, als sie gleich danach zutunlich und freundschaftlich fortfuhr: »Möchten Sie einen Mann kennenlernen, der fast der gleichen Denkart ist wie Sie? Ein Imker, Sektierer, sehr interessant, er besitzt viele Bücher. Sie würden eine Weile auf dem Lande leben und wieder zu Kräften kommen.«

»Ich mag die Sekten nicht«, murmelte Diomidow und drückte der Hausfrau zum Abschied die Hand. Von Klim verabschiedete er sich nicht, und zu der Somowa sagte er aufgebracht, ohne ihr die Hand zu reichen: »Aufs Land mag ich nicht.«

Als er gegangen war, fragte Klim Ljubascha: »Wozu brauchst du ihn mit einem Sektierer bekannt zu machen?«

»Na, wohin soll man denn mit ihm?«

»Du fühlst dich wohl berufen, Menschen nach deinem ... Geschmack unterzubringen, wie?«

»Jawohl! Richt't euch!« antwortete sie, ohne den Kopf von der Näharbeit zu erheben.

Samgin, der sie foppen wollte, ließ nicht locker und brachte sie schließlich dazu, daß sie widerstrebend äußerte: »Das Dorf ist so ungebildet und denkt so wenig, daß ihm jede Idee von Nutzen ist, wenn sie nur den Verstand aufrüttelt.«

»Ein origineller Gedanke«, sagte Samgin ironisch, worauf sie, ohne ihn anzusehen, antwortete: »Du kennst das Dorf nicht.«

Sie störte Samgin, über die Zukunft nachzudenken, sich als bedeutenden Mann zu sehen, der ein gesichertes Leben führt und sich der Berühmtheit und Achtung erfreut, der eine gut parierende Gattin, eine erfahrene Hausfrau bescheidenen Wesens besitzt, die mehr oder weniger gebildet über alles zu reden weiß. Sie müßte die Rolle der Herrin eines kleinen Salons zu spielen verstehen, in welchem sich ein Kreis von Leuten versammeln würde, die sich ernsthaft mit Kulturfragen befassen, und wo Klim Samgin die Stimmung dirigiert, die Kanons aufstellt und die Gesetze gibt.

Die Somowa sprach von der Zukunft im Ton eines Bengels, der den Faustkampf liebt und vollkommen überzeugt ist, daß er am kommenden Sonntag raufen wird. Hiermit hatte man sich abzufinden, diese Stimmung wurde epidemisch, und Klim spürte zuweilen, auch er werde allmählich, gegen seinen Willen, von der Ahnung angesteckt, daß ein Zusammenprallen gewisser Kräfte unvermeidlich sei.

Dank seiner Beobachtungsgabe und den Erzählungen Ljubaschas und Warwaras wurde er zu einem Sammelbecken aller verbreiteten Ideen, Ansichten, Meinungsverschiedenheiten, Aphorismen, Anekdoten und Epigramme. Er begann sogar »Ansichtspostkarten« politischer Art zu sammeln; zunächst drängte sie ihm die Somowa auf, dann jagte er ihnen selber nach, und bald besaß er eine ganze Sammlung von Bildchen, auf denen Finnland die Verfassung gegen die Angriffe des Doppeladlers verteidigte oder wie ein russischer Bauer seinen Acker pflügte, in Begleitung des Zaren, eines Generals, eines Pfaffen, eines Beamten, eines Kaufmanns, eines Gelehrten und eines Bettlers, die mit Löffeln bewaffnet waren; unter der Zeichnung standen die Worte: »Einer mit dem Hakenpflug, sieben mit dem Löffel.« Warwara beschaffte sich irgendwoher die Photographie einer anderen Zeichnung und schenkte sie ihm: Auf dem Hintergrund eines halb zerstörten Dorfes stand nackt, die Krone auf dem Haupt, der Zar und hielt sich am Phallus fest – »Der Selbstherrscher«, lautete die Unterschrift. Es gab ein Porträt des von Ungetümen umgebenen Schriftstellers Saltykow-Schtschedrin, ein Porträt Pobedonoszews in Gestalt einer Fledermaus und noch viele andere solcher Raritäten. Samgin hielt diese Sammlung für gefährlich, war aber schon stolz darauf und suchte sie zu vervollständigen, wie ein Untersuchungsrichter die Unterlagen für eine Anklage.

Die Universität, wo die Stimmung der Studenten immer aufrührerischer wurde, besuchte er jetzt nur noch selten, nachdem in einer Versammlung ein Student seine Kameraden mit malerischer Gestikulation aufgefordert hatte, die Wiederherstellung des Status vom Jahre 1864 zu fordern.

»Wir fordern es!« schrie wütend Klims Nebenmann, ein hellhaariger hübscher Student des zweiten Studienjahres. Er stieß Samgin mit dem Ellenbogen an und fragte: »Was ist denn, Kamerad? Fordern Sie es!«

»Ich weiß nicht, was für ein Status das ist«, sagte Klim trocken.

»Ich weiß es ja auch nicht«, gestand der Student und schrie wieder: »Wir sind einverstanden! Eine Petition an den Minister!«

Warawka hat recht: das ist emotionale Opposition, dachte Samgin nicht zum erstenmal.

Er lernte automatisch, ohne Begeisterung, und sah bereits ein, daß er mit der Wahl der juristischen Fakultät einen Fehler begangen hatte. Er konnte sich selbst nicht als Rechtsanwalt sehen, der für Mörder, Brandstifter oder Betrüger plädiert. Er fühlte sich überhaupt nicht berufen, Leute zu rechtfertigen, die er erdichtet, doppelzüngig sah und die ihn, einen Menschen eigenartiger geistiger Struktur und gleichsam sogar anderer Rasse, irgendwie zu leben hinderten.

Fünf- bis sechsmal besuchte er die Strafrechtsabteilung des Kreisgerichts. Bisher war er noch nie im Gericht gewesen, und obwohl er nur selten in die Kirche ging, erblickte er im Gerichtssaal eine entfernte Ähnlichkeit mit ihr; der Richtertisch war der Altar, das Zarenporträt das Altarbild, die Plätze der Geschworenen und die Anklagebank die Chorstühle.

Das erstemal kam er in einem ungünstigen Augenblick: Es wurde gegen drei rückfällige Diebe verhandelt; es waren Leute verschiedenen Alters, die aber ihr Los mit derselben Gleichgültigkeit hinnahmen. Sie kannten offenbar gut die Technik der Prozeßführung, wußten, wie das Urteil ausfallen werde, verhielten sich ruhig, wie Menschen, die gezwungen waren, unvermeidliche, langweilige Formalitäten zu erfüllen, ohne die man gut auskommen könnte; sie beantworteten die Fragen ebenso mechanisch knapp und höflich, wie der Vorsitzende und der Anklagevertreter sie mechanisch langweilig verhörten. Nur einer der Diebe, ein greiser Mann mit dem rasierten Gesicht eines Schauspielers, mit schwammiger Nase und einem müden Blick dunkler Augen, der einem der Gerichtsmitglieder anstößig ähnlich sah, suchte seine Kameraden beharrlich, aber hoffnungslos herauszureden. Zwei junge Anwälte, offensichtlich Pflichtverteidiger, tuschelten wie Chorsänger auf der Kirchenempore und achteten wenig auf ihre Mandanten. Die Geschworenen saßen hölzern und schläfrig da, nur einer von ihnen, ein völlig glatzköpfiges altes Männchen mit dem kahlen, rosa Gesicht eines Neugeborenen und mit einem Halsbandorden, bewegte ununterbrochen den Unterkiefer, sah die Angeklagten mit scharfen Äugelchen an und lächelte jedesmal hämisch, wenn der greise Dieb, sich erhebend, fragte: »Dürfte ich etwas sagen? Gestatten Sie zu erinnern?«

Aus Langerweile zählte Samgin die Zuhörer: Es waren dreiundzwanzig Männer und neun Frauen. Eine von ihnen – dick, großäugig, in teurem Pelzmantel und mit glasperlengarniertem Hütchen – glich einer Schauspielerin in der Rolle einer der zahlreichen Kaufmannsfrauen Ostrowskijs. Dann stellte Samgin fest, daß mehr als zwanzig Menschen über drei zu Gericht saßen, und sagte sich, daß dies eine sehr kostspielige Prozedur sei.

Ein andermal kam er zu einer Verhandlung, die ihn durch ihre anekdotenhafte Unsinnigkeit in Erstaunen versetzte. Auf der Anklagebank saßen vier Bauern mittleren Alters und eine dicknasige Alte mit tief eingefallenen kleinen Augen in einem zusammengeflickten Gesicht. Diese Leute waren des Mordes an einer Frau angeklagt, die sie für eine Hexe gehalten hatten.

Auf der einen Seite des Saals beleuchtete die winterliche Mittagssonne mit zwei breiten Strahlen den glattfrisierten Bronzekopf des Staatsanwalts und die zehn verschiedenartigen Profile der Geschworenen, der zehnte hatte einen so großen Kopf und eine so üppige Frisur, daß die Köpfe zweier seiner Kollegen nicht zu sehen waren. Auf der anderen Seite befanden sich die Angeklagten in Sträflingskitteln; alle bärtig, ähnelten sie einander wie Brüder, und alle sahen die Richter gleichermaßen gekränkt an. Vor ihnen hüpfte und wiegte sich auf dünnen Beinchen der Verteidiger, ein mittelgroßer Mann mit Schmerbauch und einem grauen Haarbüschel auf dem sonst kahlen Kopf; er glich einem Hahn und hatte eine aufreizend helle Stimme. Den Vorsitz führte ein glattrasierter Mann, den der goldene Kragen dermaßen würgte, daß seine Ohren abstanden und blau angelaufen waren, während das dicke Gesicht krebsrot geworden war und sich prall aufgebläht hatte. Er sprach jedoch mit weicher Frauenstimme und sogar sanft.

»Sie gestehen also, daß Sie die Ermordete als erster für eine Hexe hielten?«

Einer der Angeklagten antwortete im Stehen, die Hände auf dem Leib gefaltet, beleidigt: »Wieso denn als erster? Das ganze Dorf wußte es. Mir hat nur der Wind geholfen, den Schweif zu sehen. Sie spülte Wäsche im Flüßchen, als ich ein Boot kalfaterte. Es war windig, der Wind entblößte sie hinten, und da sah ich – einen Schweif . . .«

»Warten Sie! Sie wissen doch, daß die Schamgegend behaart ist?«

»Was?« fragte der Angeklagte mißtrauisch.

Der Vorsitzende begann zu erläutern, und die Zuhörer, die zu beiden Seiten Samgins auf der Bank saßen, beugten sich vor, als erwarteten sie, etwas Erstaunliches zu vernehmen. Der Angeklagte hörte die Erläuterungen mürrisch an, zog die Schultern hoch und sagte brummig: »Das wissen wir. Sie hatte nicht Haare, sondern einen Schweif gleich einem Besen, wie eine Kuh oder ein Hase, ein Büschel also, das ist es!«

Die Geschworenen schmunzelten, die Zuhörer kicherten.

»Ruhe! Ich lasse den Saal räumen«, drohte der Vorsitzende, dann knöpfte er den Kragen des Amtsrockes auf, richtete an den Bauern noch ein paar weniger gewagte Fragen und kündigte eine Unterbrechung an.

Samgin ging stumm und bedrückt fort, saß aber ein paar Tage später, nachdem er sich ermannt hatte, von neuem im Gerichtssaal. Diesmal hörte er den Fall eines Vatermörders, eines dicken, schwarzhaarigen Burschen; ihn verteidigte ein berühmter Anwalt, der ebenfalls dick und aufgedunsen war. Er sprach mit geschmeidigem, eindringlichem Baß, und es war deutlich zu merken, daß er in aller Vollkommenheit das Geheimnis erfaßt hatte, aus wieviel Worten dieser oder jener Satz zu bestehen habe, um den Anklagevertreter, einen Mann mit dem Gesicht eines verlorenen Sohnes, dem der Vater eben erst alles verziehen hat, vernichtend zu treffen. In der Haltung, den Gesten des Verteidigers lag viel Schauspielerei, und trotzdem schien es, er wäre der Hauptrichter. Es war viel Publikum vorhanden, der Saal war voll, und alle sahen nur den Anwalt an, während der Angeklagte vergessen zwischen zwei hölzernen Soldaten mit gezückten Säbeln saß, die Hände zwischen die Knie gepreßt, und mit blinzelnden Hammelaugen zum Publikum hinüberschielte. Seine in dumpfem Schreck erstarrten Augen, seine niedrige Stirn, das dichte, wie Pech an seinem Schädel klebende Haar, der wuchtige Unterkiefer und die fest zusammengepreßten Lippen – dies alles fraß sich in Samgins Gedächtnis fest, und bei den folgenden Prozessen entdeckte er bereits an jedem Angeklagten etwas Ähnliches mit dem Vatermörder.

Lombroso hat offenbar doch recht: Es gibt einen Verbrechertyp, während Dril ihn nicht anerkennen wollte aus Menschenliebe, die auf dem Gebiet der Kriminalistik unangebracht, ja schädlich ist.

Nach dieser Schlußfolgerung war Samgin voll befriedigt, besuchte das Gericht nicht mehr und sagte sich nochmals, daß er, wie Warawka ihm geraten hatte, am Institut für Zivilingenieure studieren sollte.

Danach hatte er noch einen sehr unangenehmen Eindruck. Auf dem Heimweg von Warwara ging er einmal spät bei mondheller Nacht über die Boulevards. Eine Stunde vorher war ein starker Frühlingsregen niedergegangen, die warme Luft war feucht und mit dem Duft jungen Laubs geschwängert, und der Mond hatte den Erdboden launisch mit den Schatten der Bäume gemustert. Samgin war in großmütiger Stimmung und dachte daran, daß er vielleicht zu Warwara umziehen sollte, denn sie wünschte das sehr und es wäre bequem, kümmerten sich doch sowohl sie als die Anfimjewna mit solcher Sorgfalt um ihn. Er hatte an Warwara eine positive Eigenschaft entdeckt: die Liebe für Behaglichkeit, denn sie schmückte unermüdlich ihr Nest. Samgin begriff: Sie wartete auf einen Hausherrn.

»Sind Sie es, Samgin?« rief ihm ein Mann nach, den er eben erst überholt hatte. Dann hängte sich Tagilskij bei ihm ein, mit grauem Mantel, den Hut in den Nacken gerückt und angeheitert; sein Porzellangesicht war mit roten Flecken bedeckt, die Augen waren weit aufgerissen und blickten angespannt, als fürchtete er zu blinzeln.

»Machen Sie auf Mädchen Jagd? Etwas spät! Und – was für Mädchen könnte es hier auch geben?« schwatzte er unschicklich laut. »Ich hasse die Mädchen, mache von ihnen zwar Gebrauch, aber ich hasse sie. Und ich sage geradeheraus: Ich hasse dich, weil ich mich mit dir herumbalgen muß. – Da lacht sie, die Idiotin. Sie sind allesamt Diebe.«

Samgin entsann sich, daß er vor etwa einem Monat in dem banalen »Moskauer Blättchen« eine skandalöse Notiz über einen Studenten gelesen hatte, dessen Familienname sich hinter dem Buchstaben T verbarg. Der Student hatte das Dienstmädchen eines Rendezvoushauses beschuldigt, ihm Geld gestohlen zu haben; die Zeugen der Beschuldigten hatten aber ausgesagt, daß diese die ganze Nacht bis zum Morgen nicht als Dienstmädchen tätig, sondern als Gast des Hauses mit einem anderen Gast beschäftigt gewesen sei und daß der Kläger sich daher irre, denn er habe sie nicht einmal sehen können. Die Notiz trug die Überschrift: »Irrtum eines Gelehrten«.

»Übrigens die Mädchen«, schwatzte Tagilskij, nahm den Hut ab und fächelte sich damit ins Gesicht. »Dieser Tage befand ich mich in Gesellschaft des Stellvertreters des Staatsanwalts, Kutschin oder Kitschin? Erinnern Sie sich des Petroleumskandals mit der jungen Wetrowa? Sie tötete sich im Gefängnis durch Verbrennen – ein Skandal, aus dem man eine ganze Geschichte zu machen suchte. Diesem Kitschin wurde unvorsichtige Behandlung der Wetrowa zur Last gelegt, aber das scheint Unsinn zu sein. Nein, er ist kein Swidrigailow und überhaupt kein grausamer Mensch, sondern ein Mann ›mit Grundsätzen‹ und so einer, wissen Sie, so ein gradliniger . . .«

Er glitt aus, Samgin stützte ihn.

»Halt, ich habe im Restaurant ein interessantes Buch und die Handschuhe liegenlassen«, murmelte Tagilskij, tastete die Taschen ab und sah sich auf die Füße, als pflegte er die Handschuhe an den Füßen zu tragen. »Kehren wir um?« schlug er vor. »Es ist nicht weit. Trinken wir eine Flasche Wein, plaudern wir ein wenig, wie?«

Ohne Klims Zustimmung abzuwarten, drehte er ihn mit einer Gewandtheit und Kraft um, die bei einem halbbetrunkenen Menschen ungewöhnlich war. Er interessierte Samgin sehr wegen seiner Stellung im Kreise Preißens, der Stellung eines Menschen, der sich für den klügsten von allen hält und seine Repliken gibt wie ein Reicher Almosen. Ihn interessierte die Verwöhntheit seines üppigen, koketten Körpers, der eigens für schöne Anzüge und bequeme Sessel erschaffen zu sein schien.

»Schon lange nicht mehr bei Preiß gewesen?« fragte Samgin.

»Ich habe mich mit denen dort etwas überworfen, um mir die Langeweile zu vertreiben«, antwortete Tagilskij lässig, stieß mit dem Fuß die Tür des Restaurants auf und erteilte dem Kellner den strengen Befehl, seine Handschuhe und das Buch zu suchen. Im Restaurant schien er nüchterner zu werden, und am Tischchen, bei einer Flasche Apanagenweins, begann er mit gedämpfter Stimme und sichtlichem Vergnügen zu erzählen: »Dieser Kitschin argumentiert äußerst interessant: ›Der Marxismus‹, sagt er, ›ist zwar eine solid aufgebaute Glaubenslehre, aber für mich unannehmbar, da ich ein erblicher Bourgeois bin.‹ Sie werden zugeben, daß einiger Mut dazu gehört, so etwas zu sagen!«

Seine Augen mit den reglosen Pupillen blickten Klim herausfordernd ins Gesicht, die molligen und grellen Lippen verzogen sich zu einem übermütigen Lächeln, er leckte sie mit der Zunge ab, die lang und schmal war wie bei einem Hund. Sie saßen an der Tür zu einem Zimmer, in dem ein Orchestrion dröhnte und trommelte. Es war sehr laut, rauchig, an einem Tisch nicht weit von ihnen bewegte ein erregter Jude mit grotesk übergroßer Nase ununterbrochen seine sämtlichen zehn Finger vor dem Gesicht eines bärtigen Russen, der eine Zigarre rauchte; der Jude sprach leise, mit Entsetzen im Gesicht, schaukelte mit dem Stuhl und schüttelte den Lockenkopf. An einem anderen Tisch speiste träge eine Frau mit glutrotem Gesicht und mit grünen Steinen an den Ohren; ihr gegenüber saß ein Mann, der dem Minister Witte ähnelte, und zerlegte mit dem Messer sorgfältig den Schädel eines Spanferkels. Tagilskij erzählte, zwischendurch Wein trinkend, mit stark gesenkter Stimme: »›Menschen . . . Menschen meiner Klasse‹, sagt er, ›die diese Geschichtsphilosophie als verbindliche Wahrheit betrachten‹, sagt er, ›halte ich für Dumm-köp-fe, ja sogar für Verräter aus Unverstand, denn das unbestreitbare Gesetz der wahren Geschichte ist die Ausbeutung der

Natur und der menschlichen Kräfte, und je erbarmungsloser die Gewalt, desto höher die Kultur.‹ Wie finden Sie das, he? Dabei waren dort eingefleischte Liberale zugegen ...«

Das Orchestrion verstummte, die letzten Trompetenstöße klangen disharmonisch und wie durch Watte, der Jude hatte noch nicht die Stimme gesenkt, und durch den Raum tönten die verzweifelten Worte: »Wer wird denn diese Fabrik in der menschenleeren Gegend bauen? Dorthin muß man sieben Stunden mit schäbigen Pferden fahren!«

Der Mann, der wie Witte aussah, hatte den grinsenden weißlichen Schädel zerspalten, zeigte die eine Hälfte der Dame und fragte mit vorwurfsvoller Stimme den Kellner: »Kellner! Wo ist denn das Hirn? Was haben Sie mir da aufgetischt?«

Der Jude sah sich verlegen um und zog den Kopf ein, als er merkte, daß Tagilskij ihn mit einer Grimasse anstarrte. Das Orchestrion fing wieder an zu dröhnen. Tagilskij trank einen Schluck Wein und beugte sich über den Tisch zu Samgin vor. »Nein, in der Tat, ein tapferes Kerlchen, nicht wahr?« fragte er.

»Vielleicht ist er verbittert«, bemerkte Klim.

»Vielleicht. Dennoch! Er sagte unter anderem, die Regierung werde wahrscheinlich auf administrative Maßnahmen verzichten und der öffentlichen Aburteilung der Politischen den Vorzug geben. Dann werde sie, sagt er, die Möglichkeit haben, der Gesellschaft zu zeigen, wer bei uns die Rolle der Wahrheitsmärtyrer spielt. Denn man liebe bei uns allzusehr die Häftlinge, die Erniedrigten und Beleidigten und so weiter, die jetzt lernen, wie die Kulturwelt zu erniedrigen und zu beleidigen sei.«

Er schob Klim ein Etui mit dünnen Zigaretten hin und fragte: »Merken Sie, wie der Marxismus die Verhältnisse zuspitzt?«

Samgin zuckte stumm die Schultern. Er putzte seine Brille, hörte sehr aufmerksam zu und hegte den Verdacht, dieses korpulente, behäbige Menschlein sage nicht etwas, das es gehört, sondern etwas, das es selber erfunden hatte.

Das sieht sehr danach aus, als wollte er mich zur Offenheit herausfordern, sagte sich Klim.

Tagilskij schien jedoch nüchterner zu werden, als er auf der Straße gewesen war, sein säuerliches Stimmchen klang fest, die Worte glitten ihm leicht und gewandt von der langen Zunge, und sein Gesicht strahlte vor Vergnügen.

»Sie werden doch zugeben, Samgin, daß solche gr-radlinigen Menschen wie unser gemeinsamer Bekannter Pojarkow eben Feindschaft gegen die Kulturwelt lehren und lernen, wie?« fragte Tagilskij, wobei er den Weinrest in Klims Glas goß und ihm mit herausforderndem Lächeln ins Gesicht sah.

»Ich weiß nicht, wen und was Pojarkow lehrt«, sagte Samgin sehr trocken. »Aber mir scheint, in der Kulturwelt gibt es zu viel . . . sonderbare Menschen, deren Vorhandensein davon zeugt, daß diese Welt ungesund ist.«

Während des Sprechens dachte er:

Zweifellos provoziert er mich, dieses Vieh!

Um das Gespräch auf ein anderes Thema zu lenken, fragte er: »Haben Sie schon das Staatsexamen?«

Tagilskij nickte und schlug aus unersichtlichem Grund mit dem roten Fäustchen auf den Tisch.

»Was haben Sie nun vor?«

»Würden Sie sich wundern, wenn ich zur Staatsanwaltschaft ginge?« fragte er, wobei er Samgin ins Gesicht blickte und sich mit der Zungenspitze die Lippen leckte; seine Augen spiegelten unnatürlich grell das Lampenlicht, und die Enden seines gezwirbelten Schnurrbarts gingen in die Höhe.

»Weshalb sollte ich mich wundern? Ich werde Rechtsanwalt, Sie Staatsanwalt . . .«

»Stellen Sie sich aber vor, Sie wären Angeklagter in einem politischen Prozeß und ich Anklagevertreter?«

»Würden Sie mich nicht schonen?«

»Nein. Dieser Kutschin oder Kitschin – zum Teufel noch mal! – sagt: ›Je klüger der Angeklagte, desto schuldiger ist er.‹ Sie aber sind klug, ehrlich gesagt! Das wäre schon allein daraus ersichtlich, wie gekonnt Sie schweigen.«

Das Restaurant hatte sich bereits geleert. Die Kellner sahen die verspäteten Gäste trübsinnig und fragend an. Einer von ihnen verbarg sein Gähnen beredt hinter einer Serviette, und es sah aus, als wäre ihm übel.

»Es wird Zeit, zu gehen«, sagte Samgin.

Auf der Straße schritten sie zwei, drei Minuten schweigend nebeneinanderher; Samgin erwartete noch irgendeinen Streich von Tagilskij und hatte sich nicht getäuscht.

»Rußland braucht Kloakenreiniger. Entsinnen Sie sich nicht, wer das gesagt hat?« fragte Tagilskij.

Klim antwortete: »Sie haben es gesagt.«

»Nein, ich wiederholte es nur. Gesagt aber hat es, soweit ich mich erinnere, Leontjew. Er oder Katkow.«

»Ich weiß es nicht.«

Nach ein paar Schritten fragte Tagilskij von neuem: »Hätten Sie nicht Lust, zwei Schwestern zu besuchen, denen zu jeder Tages- und Nachtzeit liebe Gäste willkommen sind? Das wäre hier ganz in der Nähe.«

Klim lehnte ab. Hierauf drückte ihm Tagilskij mit seiner kleinen, aber kräftigen Rechten die Hand, schlug den Mantelkragen hoch, schob den Hut tief in die Stirn und bog festen Schrittes um die Ecke wie einer, der sich bewußt ist, zuviel getrunken zu haben.

Ein Kloakenreiniger, dachte Samgin, ihm nachblickend. Hält sich für einen klugen Kopf und gleicht einem Kerl, der sich aushalten läßt, einem Tröster wohlhabender alter Weiber.

Fluchend dachte er daran, wie zynisch Gedanken zum Ausdruck gebracht werden können, und bedauerte nochmals, daß er sich für die juristische Fakultät entschieden hatte. Er dachte an den Statistiker Smolin, der den Stellvertreter des Staatsanwalts beleidigt hatte, und danach der langen Zunge Tagilskijs.

Er schwindelt, er wird nicht zur Staatsanwaltschaft gehen, dazu fehlt ihm der Mut ...

Nach den Prüfungen beschloß Samgin, für drei Tage heimzufahren und dann auf der Wolga in den Kaukasus zu reisen. Er hatte sehr wenig Lust, nach Hause zu fahren: dort waren Lidija, die Mutter, Warawka, die Spiwak, Menschen, die ihm fast in gleichem Maße lästig waren, die er nicht brauchte. Dort waren »Unser Land«, Dronow und Inokow, auch das war unangenehm. Der Zufall wies ihm einen anderen Weg; er packte bereits seine Sachen, als ihm ein Telegramm der Mutter gebracht wurde: »Vater gefährlich erkrankt, rate anreisen Wyborg.«

Den Vater hatte er so gut wie vergessen, seine Erkrankung beunruhigte Samgin nicht, doch die Möglichkeit, den Heimatbesuch hinauszuschieben, freute ihn sehr; er brachte die überflüssigen Sachen zu Warwara und reiste nach Finnland.

In einem sauberen Städtchen, einer stillen breiten Straße mit schönem Boulevard in der Mitte, einem Restaurant gegenüber, auf dessen Veranda inmitten von Blumen ein Streichorchester spielte, wurde Samgin die Tür eines soliden, aber nicht sehr großen Granithauses von einer flachbrüstigen, stämmigen Frau in grauem Kleid geöffnet. Nachdem sie schweigend sein Anliegen angehört hatte, führte sie ihn in ein halbdunkles Zimmer, in dem an einem offenen, doch mit Blumen besetzten Fenster Iwan Akimowitsch Samgin halb aufgerichtet auf einem breiten Diwan lag. Sein Gesicht war verzerrt, die rechte Hälfte geschwollen und abgesunken, die Zunge aus dem gekrümmten Mund herausgefallen, die Unterlippe hing herab und ließ die reich vergoldeten Zähne sehen. Das rechte Auge des Vaters starrte unbeweglich aufwärts, in die Ecke, auf eine Bronzestatuette des auf einem Bein stehenden Merkur, das linke lächelte, das Augenlid zuckte und wedelte Tränen auf die feuchte, schon lange nicht mehr rasierte Wange herab. Samgin der Vater sagte mit Kehlkopfstimme: »Km ... Dm ...«

Samgin der Sohn sah sich das ein paar Sekunden an, dann senkte er den Kopf und schloß die Augen, um es nicht mehr zu sehen. Am Kopfende des Diwans stand wie aus Granit gemeißelt die graue Frau und sagte, indem sie die Vokale verdoppelte und die Worte entstellte, mit brummiger Stimme: »Da-as zwei Schla-aganfall. Eine-e klein, macht ni-ichts!«

Sie hatte ein breites Gesicht mit großem, lippenlosem Mund, eine platte Nase und einen samtenen Leberfleck auf dem Backenknochen unter dem linken Auge.

»Zwei Kinde«, sagte sie und zeigte Klim zwei Finger, wie man Kindern Hörner zeigt.

Was soll ich mit der anfangen? fragte er sich und lauschte, um den Vater nicht zu hören, dem Lärm des Restaurants vor dem Fenster. Das Orchester hatte ausgesetzt und begann gerade in dem Augenblick von neuem, als eine zweite, ebenso graue Frau im Zimmer erschien, die aber jünger, sehr schlank und wohlgebaut war und einen Zwicker auf der hochgerichteten Nase trug. Sie sah Klim verwundert an und fragte dann leise und weich: »Sie sind nicht Dmitrij, Sie sind Klim? Oh, ich verstehe!«

Neben dem steinernen Gesicht der ersten erschien Klim das ihre angenehm. Sie glättete mit der Hand das gesträubte Haar des Kranken, trocknete mit einem Taschentuch seine tränenden Augen und die feuchte, mit weißen Stoppeln bedeckte Wange, und danach verlief alles sehr gut und einfach. Vor allem war gut, daß sie Klim sofort aus dem Zimmer des Vaters hinausführte; beim Anblick seines halbtoten Gesichts fühlte sich Klim bedrückt, und es war für ihn unheimlich, daß die Geigen und Klarinetten, die vor dem Fenster einen langsamen und gefühlvollen Walzer spielten, das Röcheln und Stöhnen des Sterbenden nicht zu übertönen vermochten.

Im Speisezimmer, dessen Wände mit hellem Holz verkleidet waren und wo auf dem Tisch ein vernickelter Samowar brodelte, sagte die Frau: »Ich heiße Aino, man kann auch Anna Alexejewna zu mir sagen. Die dort«, sie deutete auf die Tür zum Zimmer des Vaters, »ist meine Schwester Christina.«

Sie zündete sich eine Zigarette an und schwenkte das Streichholz, das nicht auslöschen wollte, lange vor ihrem Gesicht herum, wobei der Widerschein des Flämmchens auf den Gläsern ihres Zwickers blinkte. Als das Steichholz ihr dann die Finger verbrannt hatte, warf sie es in den Aschenbecher und legte den Finger an den Mund, als küsse sie ihn.

»Wie haben Sie es erfahren?« fragte sie. »Ich schickte das Telegramm an Dmitrij.«

Klim erklärte ihr gemessen, sein Bruder könne nicht kommen, weil er polizeilich überwacht werde, und habe das Telegramm an die Mutter weitergeleitet.

»So«, sagte sie, Tee eingießend. »Ja, er hat das Telegramm nicht erhalten, er hat schon vor mehr als einem Monat seine Frist beendet und ist mit eine Ethnograph ein wenig zu Fuß gegangen. Ich habe ein Brief von ihm, er wird diese Tage hierher sein.«

Sie hatte eine kräftige, aber modulationsarme Stimme und sprach zwar falsch, hatte aber keine Bedenken bei der Wahl der Worte.

»Sie wollen warten auf ihn, zu sprechen über Vermögen, oder Sie nicht wollen?« fragte sie, Klim das Glas hinschiebend.

Ein wenig verlegen durch die Tatsache, daß sie über Dmitrij unterrichtet war, erklärte Samgin höflich, aber entschieden, er stelle keinerlei Erbschaftsansprüche, worauf sie ihn mit einem Lächeln anblickte, von dem ihre Mundwinkel in die Höhe gingen und ihr Gesicht kürzer wurde.

»Nein«, sagte sie. »Das ist unangenehm und muß sofort beendet werden, damit es nicht stört. Ich will kurz sagen: Testament ist da – nicht wahr? Sie können es lesen und werden sehen: Das Haus und dies alles«, sie beschrieb mit den Händen einen weiten Kreis, »und noch vieles bekomme ich, denn es sind Kinder da, zwei Jungen. Ein wenig Dimitrij, und für Sie ist nichts da. Das ist ungerecht, meine ich. Man muß es gerecht machen, wenn der Bruder kommt.«

Klim wiederholte, daß er nichts brauche, aber sie lächelte. »Das ist deshalb, weil Sie noch jung sind und nicht wissen, wie sehr man Geld braucht.«

Für einen Augenblick wurde ihr Gesicht noch weicher, angenehmer, doch dann schlossen sich ihre Lippen zu einem geraden Strich, die schmalen und spärlichen Brauen rückten zusammen, und das Gesicht nahm einen Ausdruck von Protest an.

»Ihr Vater war ein echter Russe, wie ein Kind«, sagte sie, und ihre Augen röteten sich ein wenig. Sie wandte sich ab und horchte. Das Orchester spielte etwas Bravouröses, aber die Musik klang gedämpft, und außer ihr war draußen nichts zu hören. Auch im Hause war es still, als stände es weit außerhalb der Stadt.

Sie spricht vom Vater, als wäre er nicht mehr, stellte Klim fest, während sie, irgendwessen Rechte anfechtend, weiterredete und mit dem Fuß den Takt schlug; Klim merkte, daß sie, ohne die Ferse zu heben, mit der ganzen Sohle klopfte.

»Er war gut. Er kannte alles, nur nicht sich selbst. Er saß hier und dort«, die Frau deutete mit der Hand in die Ecken des Zimmers, »aber er fühlte sich nie zu Hause. Es gibt solche Menschen, sie können nie zu Hause sein, das sind die Russen, denke ich. Verstehen Sie?«

Klim neigte zustimmend den Kopf.

Ganz leise bereits sagte sie: »Er spielte Preference und dachte daran, daß das englische Volk vom Sport verdummt; das regte ihn auf, und er verlor immer. Aber man liebte ihn, weil er verlor, und wenn er nicht Karten spielte, gewann er. So war er . . . komisch, komisch!«

Ihre grauen Augen röteten sich wieder und nun schon stärker, aber sie lächelte, wobei sie die sehr dicht stehenden kleinen und weißen Zähne entblößte.

Samgin fand, daß sowohl ihr Gesicht als auch ihre Figur an die Mutter erinnerten, als sie etwa dreißig Jahre alt war.

Vielleicht hat Vater sich deshalb in sie verliebt.

Aber nicht diese Ähnlichkeit war das Angenehme an der Freundin des Vaters, sondern die Zurückhaltung in ihren Gefühlen, die ungewöhnliche Sprache und die Ungewöhnlichkeit von allem, was sie umgab und zweifellos ihr Werk war: diese Sauberkeit, die Gemütlichkeit, die einfachen, aber schönen, leichten und festen Möbel und die grell gemalten Ölstudien an den Wänden. Es gefiel ihm, daß sie so gut und vielleicht treffend den Nekrolog des Vaters sprach. Ihm kam es nicht einmal überflüssig vor, als sie nach kurzem Nachdenken und Kopfwiegen leise und traurig sagte: »Er hatte einen sehr guten Organismus, trank aber etwas zu eifrig Rotwein und aß zu fett. Er wollte sich nicht gut lenken, wie ein Bauer, der mit einem fremden Roß fährt.«

Dann kam ihre steinerne Schwester; als sie sich auf den Stuhl setzte, knickte sie gleichsam in Hüften und Knien ein; obwohl sie ziemlich beleibt war, wirkten alle ihre Bewegungen grotesk eckig. Aino fragte Klim, wo er abgestiegen sei.

»Ich lasse Ihre Sachen holen«, sagte sie, und als Klim ablehnte, in ihr Haus umzuziehen, sagte sie einfach, aber bestimmt: »Ich werde mich schämen, wenn der Sohn nicht dort wohnt, wo der Vater stirbt.«

Alles ging überhaupt ungewöhnlich einfach und leicht, und man merkte fast nicht, schien irgendwie zu vergessen, daß der Vater im Sterben lag. Iwan Samgin verschied einen Tag später gegen sechs Uhr morgens, als alle im Haus schliefen und wahrscheinlich nur Aino wach war; sie war es, die an Klims Zimmertür klopfte und sehr laut und mit sonderbar tiefer Stimme sagte: »Iwan ist gestorben.«

Zwei Tage vergingen unter Sorgen und Bemühungen, die jener Kopflosigkeit und sinnlosen Geschäftigkeit entbehrten, wie Klim sie bei Beerdigungen in Rußland beobachtet hatte. Es war ihm etwas peinlich, die Beileidsbezeigungen der russischen Bekannten des Vaters entgegenzunehmen, und insbesondere langweilte ihn der junge Geistliche, der geheimnisvoll und mit gedämpfter Stimme begeistert von dem Verstorbenen sprach, als handelte es sich um jemanden, der unerwartet eine löbliche Tat vollbracht hatte. Aber auch der Geistliche, dessen Gesichtszüge denen Tagilskijs ähnelten, war ein angenehmer und offenbar sehr glücklicher Mensch, er strahlte vor freundlichem Lächeln, sang mit äußerst hohem Tenor und sprach die Worte der Gesänge rund und deutlich aus; er beerdigte wohl nicht oft und war sehr zufrieden mit der Möglichkeit, seine Meisterschaft zeigen zu können.

Aino schritt, schwarz gekleidet, mit hocherhobenem Kopf, aufrecht hinter dem Sarg her, ihr Gesicht war reglos und voll Protest, doch sie weinte nicht einmal, als man den Sarg in die Grube hinabgelassen hatte, sie zog nur die Schultern hoch und krümmte ein wenig den Rücken. Klim empfand das Verlangen, ihr zu gefallen, und fragte sie auf dem Heimweg sogar, wo ihre Kinder seien.

»Oh! Sie sind natürlich nicht hier. Die Kinder brauchen den kranken und toten Vater nicht zu sehen und auch sonst keinen Toten, wenn sie noch klein sind. Ich habe sie schon lange zu meiner Mutter und meinem Bruder gebracht. Er ist Agronom und hat eine Frau, aber keine Kinder, und sie liebt die meinen mit geradezu komischem Neid.«

Am nächsten Tag wollte Klim abreisen, aber sie war sehr verwundert und ließ ihn nicht fort.

»Wieso das? Sie haben den Bruder so viele Jahre nicht gesehen und wollen sich nicht beeilen, ihn zu sehen? Das ist schlecht. Auch müssen wir über das Testament sprechen.«

Samgin war beschämt, aber sagte, er wolle sich bis zur Ankunft des Bruders Finnland ansehen.

»So. Suomi ansehen – das geht!« genehmigte sie. »Ich werde Ihnen die Adresse meiner Freunde geben, Sie werden hierhin, dorthin fahren, und man wird Ihnen das Land zeigen.«

Er machte eine Fahrt auf dem Saima-Kanal, besuchte Kotka, Helsingfors, Åbo und trieb sich fast einen Monat in angenehmer Weise, »bald hier, bald dort«, in dem wundervollen Land herum, das er bisher nur aus dem Geographiebuch für Gymnasiasten und einem anderen Buch gekannt hatte, von dem ihm der Satz in Erinnerung geblieben war:

»Jetzt befinde ich mich mitten im Herzen des freudlosen Landes der Sümpfe und Seen, der dürftigen Wälder, des Granits und des Sandes, im Lande der mürrischen Stiefkinder einer rauhen Natur.«

Dieser Satz enthielt eine gewisse äußere Wahrheit, eine von jenen Wahrheiten, die er sich leicht zu eigen machte, wenn er sie für angenehm oder nützlich hielt. Hier aber, zwischen den Sümpfen, den Wäldern und dem Granit, sah er saubere Städte und gute Straßen, wie es sie in Rußland nicht gab, sah er herrliche Schulhäuser und wohlgenährtes Vieh an den Waldsäumen; er sah, daß jedes Stück Land sorgfältig bestellt und eingehegt war und daß die langsamen Finnen überall hartnäckig am Werk waren, den Fels und den Sumpf zu bezwingen.

»Hyvää paivää!« grüßten sie ihn durch die Zähne und mit dem Gefühl eigener Würde.

Es gefiel ihm, daß diese Leute ihre Wohnstätten erbaut hatten, wo sie wollten oder konnten, und daß deshalb jedes Gehöft einem Denkmal glich, das der Besitzer sich selbst errichtet hatte. Im Lande Jumalas und Ukkos herrschte ernste Stille – sie wurde besonders unterstrichen durch das melancholische Klirren der Kuhschellen; aber das war nicht die öde und träge Stille der russischen Felder, sie wirkte wie die Stille ruhiger Überzeugung des stämmigen und schweigsamen Volkes, daß es so zu leben berechtigt sei, wie es lebte.

Samgin erinnerte sich, wie er in seiner Kindheit die »Kalevala«, ein Geschenk der Mutter, gelesen hatte; dieses Buch, das in Versen geschrieben war, die am Gedächtnis vorbeisprangen, langweilte ihn, aber die Mutter hatte darauf bestanden, daß er es zu Ende lese. Jetzt erstanden vor ihm durch das Chaos all seiner Erlebnisse hindurch die epischen Gestalten der Helden von Suomi: die Kämpfer gegen Hiisi und Loubi, die Elementarkräfte der Natur; ihr Orpheus Vainämöinen, der Sohn der Ilmatar, die ihn dreißig Jahre in ihrem Leibe trug; der lustige Lemminkäinen, der Baldur der Finnen, und Ilmarinen, der den Sampo, den Glückshort des Landes, schmiedete.

Dieses Volk hier hat das Recht auf Freiheit verdient, dachte Klim und erinnerte sich mit Unwillen wie eines mißglückten Versuchs, ihn zu betrügen, der Lobreden auf den russischen Bauern, der auf einem unvergleichlich ergiebigeren und freundlicheren Boden als dieses chaotische, unfruchtbare Land nicht zu leben verstand.

Ja, hier versteht man zu leben, sagte er sich nach zwei bis drei Besuchen in den eigenartig wohleingerichteten Häusern der Freunde

Ainos, gastfreundlicher und aufrichtiger Menschen, die mit dem russischen Leben und der russischen Kunst gut vertraut waren, ohne die russische Leidenschaft für Debatten über die bestmögliche Einrichtung der Welt zu zeigen, und die ihr Land wie einen Versband ihres Lieblingsdichters kannten.

Wie wunderbar war die steinerne Stille der warmen, mondklaren Nächte, wie seltsam dicht und weich waren die Schatten, wie ungewöhnlich die Düfte, von denen Klim meinte, sie verschmölzen alle zu einem einzigen – dem Duft einer gesunden, in Schweiß geratenen Frau. Er fühlte sich überhaupt in lyrischer Stimmung, lebte in einer ihm ungewohnten, angenehmen Gedankenlosigkeit, nur selten tauchten Gedanken auf, sie erregten ihn fast gar nicht und vergingen rasch wieder.

Bei der Rückkehr nach Wyborg jedoch war er etwas ermüdet von der Fülle der neuen Eindrücke und gelaunt wie ein Beamter, der sich wieder seinem langweiligen Dienst widmen muß. Die Begegnung mit dem Bruder, die kein Interesse erweckte, drohte mit sehr langem Gespräch über Politik, Klagen über das Leben der Verbannten und Erinnerungen an den Vater, über den Dmitrij natürlich nichts Besseres als Aino sagen würde.

Dmitrij begrüßte ihn mit stiller, verhaltener, aber dennoch schwerfälliger und unbeholfener Freude, packte ihn mit harten Fingern schmerzhaft fest an den Schultern, schaute ihm blinzelnd, lächelnd und prüfend in die Augen und sagte mit tiefer, ermunternder Stimme: »Wie du dich gemacht hast! Na, küssen wir uns?«

Sein buntes, baumwollenes Kittelhemd, der zerknitterte, verschossene Rock und die Schuhe, die viel Ähnlichkeit mit denen einer Bäuerin hatten, verliehen ihm das Aussehen eines unbegüterten Krämers. Sein Haar war nach Bauernart rundum scharf gestutzt; rings um das breite, wettergebräunte Gesicht mit sich schälender Nase wucherte ein dichter Bart, seine Augen schimmerten trunken und irgendwie schuldbewußt.

»Ich bin schon seit sechs Tagen hier«, sagte er gedämpft, als paßte er sich der Stille des Hauses an. »Dank gütiger Erlaubnis der Obrigkeit habe ich einen hochinteressanten Spaziergang gemacht und über fünfhundert Werst zu Fuß zurückgelegt. Ich habe viele ganz wunderbare Lieder gehört! Vater aber ist unterdessen . . . ja, ja . . .« Er sah Aino an und kratzte sich hinter dem Ohr. »Es ist doch recht früh mit ihm zu Ende gegangen . . .«

Mit Aino stand er offenbar schon auf freundschaftlichem Fuß. Klim kam es vor, als blickte sie Dmitrij ab und zu durch den Zigarettenrauch hindurch mit jenem platonischen Vergnügen an, mit dem

Frauen zuweilen interessante Halbwüchsige ansehen. Sie fand bereits Gelegenheit, Klim zu sagen: »Er ist dem Vater ähnlicher als Sie, glaube ich.«

Sie sagte das, als Dmitrij für einen Augenblick das Zimmer verlassen hatte. Er kehrte mit einer silbernen Schnupfdose in der Hand zurück.

»Das schenke ich dir. Sie ist zur Zeit der Zarin Elisabeth Petrowna angefertigt, in Ustjug. Nicht schlecht, was? Ich habe dort einiges Material für einen Artikel über diese Kunstgattung gesammelt. Aino habe ich eine Weinkelle des Zaren Alexej Michailowitsch geschenkt ...«

Klim bewunderte die Kelle und fragte: »War es nicht langweilig, dort zu leben?«

»Wo denkst du hin! Das ist eine äußerst interessante Gegend, mein Lieber.«

Es war deutlich zu merken, daß Dmitrij seine Offenherzigkeit nicht nur nicht eingebüßt, sondern anscheinend noch entfaltet hatte. Seine bäurische Art wirkte natürlich und war für Klim ein Zeichen für den weichen Charakter des Bruders und seine Fähigkeit, sich der Umwelt anzupassen.

So läßt es sich leicht leben, dachte er, als er zuhörte, wie Dmitrij von den Küstenbewohnern und dem Fischereigewerbe erzählte. Beim Erzählen trank Dmitrij mit dem Vergnügen eines Droschkenkutschers Tee, lächelte und geizte nicht mit Superlativen.

»Ein höchst zähes Volk. Äußerst erstaunlich.«

»Wirst du jetzt heimfahren?« fragte Klim.

»Heimfahren? ... Nein«, antwortete Dmitrij entschieden, senkte die Augen und wischte sich mit der Hand den nassen Schnurrbart ab; die Schnurrbartenden bogen sich in den Mund, und das steigerte sehr den gutmütigen Ausdruck seines Gesichts. »Weißt du, Warawka gefällt mir nicht besonders. Und dann seine Zeitung ›Unser Land‹ – ein ganz übles Blättchen! Und – weiß der Teufel! – er setzt sich gleichsam auf alles, auf Häuser, auf Wälder, auf Menschen ...«

Es schickt sich nicht, in Gegenwart einer Fremden so zu sprechen, dachte Klim, doch der Bruder sprach weiter: »Ich werde in Pskow leben. Haupt- und Universitätsstädte sind mir natürlich verboten. In Pskow werde ich bis zum Herbst bleiben und dann um Aufenthaltsgenehmigung für Poltawa bitten. Hierher hat man mich nur für zwei Wochen beurlaubt, und ich muß mich täglich bei der Polizei melden. Na, und wie geht es dir? Der Marxismus befriedigte dich nicht, soweit ich mich erinnere?«

Klim lächelte und dachte: Nun fängt es an.

Er gedachte Tomilins und sagte dozierend: »Will man etwas gut begreifen, darf man nicht voreilig glauben; die Kraft der Erkenntnis ruht im Zweifel.«

»Ich bin der gleichen Meinung«, sagte Aino kopfnickend.

Dmitrij sah sie, dann den Bruder an und biß anscheinend die Zähne zusammen, sein Gesicht ging komisch in die Breite, die Barthaare auf den Kinnbacken sträubten sich, er deutete mit der Hand hinter sich, seufzte laut und begann, mit der Hand die Backen streichend: »Dort, weißt du, denkt man über alles sehr viel nach. Es gibt dort wenig Menschen, aber viel Natur; eine schreckliche Gegend. Eine Leere, weißt du, die nach Ausfüllung verlangt. Als man mich nach Mesen verschickte . . .«

»Weswegen denn?« erkundigte sich Klim.

»Das weiß der Teufel! Man hatte sich eingebildet, ich wolle aus Ustjug flüchten. Nun, dreizehn Monate später jagte man mich wieder nach Ustjug. Ich beklage mich nicht, ich habe höchst interessante Gegenden zu sehen bekommen!«

Er lächelte, strich sich mit beiden Händen über das Gesicht und glättete den Bart.

»Na also, Mesen. Weißt du – es ist ein mäßig großes Kirchdorf mit etwa zweitausend Einwohnern. Dann das Meer – eine Mitgardschlange, die sich wie ein Ring um die Erde schlingt. Daß es Weißes Meer heißt, ist schlecht ausgedacht, denn es ist ja so grau und bösartig, weißt du, es heult und brüllt, besonders nachts, die Nächte aber sind endlos lang! Und dann gibt es dort allerhand Unarten – das Nordlicht beispielsweise. Als ich diesen Lichtaufruhr, diesen äußerst tollen und lautlosen Zauber von Millionen Regenbögen das erstemal sah, da wurde mir – ich schäme mich nicht, es einzugestehen – angst und bange! Eine Zeitlang setzte bei mir das Denken aus, und ich kam mir hohl vor wie eine Seifenblase, die dieses Flimmern kalter Flammen widerspiegelt. Welten verbrennen, und ich bin ein müßiger Zuschauer der Katastrophe.«

Dmitrij blinzelte wie geblendet und strich mit der Hand die Falten auf seiner breiten Stirn glatt, fragte aber gleich danach, zum Bruder vorgeneigt: »Vielleicht sollte aber die Ideologie begrenzen, wie?«

»Weshalb?« erkundigte sich Klim.

»Weil der Mensch zu Uferlosigkeit, zu Spontaneität neigt.«

»Ein klerikaler Gedanke.«

»Tja, es sieht so aus«, stimmte Dmitrij zu, bemerkte aber nach ganz kurzem Überlegen: »Auch im Staatsrecht findet sich dieser Gedanke.«

Er bat Aino, ihm Tee einzuschenken, und begann lebhaft zu erzählen: »Mein Wirt, ein Fischer und Küstenbewohner, sagte einmal zu mir: ›Sieh mal, Iwanytsch, du willst uns einreden, die Menschen müßten ein schöneres und leichteres Leben haben, aber die Erde ist ja dagegen! Auch ich bin dagegen; denn ich sehe: Jene Menschen, die besser leben, sind schlechter als die, die schlecht leben. Ich will es dir geradeheraus sagen, Iwanytsch: Meine Knechte sind besser als ich, dennoch würde ich ihnen die Netze und das Fischerboot nicht geben und mich nicht als Knecht verdingen, so Gott sich meiner erbarmt. Dabei weiß ich, aufrichtig gesagt, daß die Knechte besser sind als ich und daß ich mich ihnen gegenüber unredlich verhalte wie alle Herren. Machte man sie aber zu Herren, so würden auch sie nach meinem Gesetz leben. Da siehst du, was für ein Knötchen hier geknüpft ist.‹«

Dmitrij hatte ohne rechte Lust und schwerfällig zu erzählen begonnen, wurde aber bald lebhafter, sprach hastig weiter, dehnte und betonte einzelne Worte und zerhieb mit der flachen Hand die Luft. Klim erriet, daß der Bruder eine fremde Sprechweise wiederzugeben suchte, und fand, es gelinge ihm nicht: Er ist unbegabt.

Dmitrij verstummte, und sein erwartungsvoller, fragender Blick zwang Klim zu sagen: »Daraus geht hervor, daß dieser Mann anscheinend von keiner Ideologie begrenzt war.«

»Das war ein schlechter Mensch«, bemerkte Aino entschieden.

»Ein schlechter, denken Sie?« fragte Dmitrij und sah sie aufmerksam an.

»O ja, das denke ich. Ich weiß nicht, wie ich es ausdrücken soll, aber ein sehr schlechter!«

Dmitrij legte die Stirn in Falten, seufzte und brummte vor sich hin: »Nun, dazu muß man wohl etwas wissen, was ich nicht weiß.«

Dann fuhr er, zum Bruder gewandt, fort: »Ich versuchte, mit den Leuten dort zu reden, doch sie verstanden mich nicht. Das heißt, sie verstanden mich, stimmten aber nicht zu. Ich bin ein unfähiger Propagandist, nicht überzeugend. Dort sind alle Individualisten . . . sie lassen sich nicht von ihren Ansichten abbringen! Der eine sagte: ›Wozu soll ich mich um andere kümmern, wenn sie auch nicht an mich denken?‹ Ein anderer sagte: ›Vielleicht fordert morgen das Meer mein Leben, du aber willst mich belehren, ich solle mein Leben für zehn Jahre vorausberechnen!‹ Und immerzu reden sie in diesem Sinne . . .«

Er erweckte bei Klim den Eindruck eines verwirrten Menschen, und es war Klim angenehm, dies zu fühlen, es war angenehm, sich nochmals davon zu überzeugen, daß das gewöhnliche Leben stärker war als die weisen Bücher, die der Bruder verschlungen hatte.

Dann begann wieder Aino zu sprechen, die ungezwungen dasaß und eine Zigarette rauchte.

»Das sind sehr satte Gedanken, Gedanken starker Menschen. Ich liebe die starken Menschen, ja! Die nicht aus sich selber leben können, sterben wie ein überflüssiges Zweiglein an einem Baum; die sich aber von der Sonne zu ernähren verstehen, leben und machen alles gut, wie man alles machen soll. Man soll sehr viel arbeiten und anhäufen, damit alle alles haben. Wir leben wie eine Expedition in einem unbekannten Land, in dem noch niemand gewesen ist. Die schwachen Menschen kosten sehr viel und stören. Wenn man zwei Gedanken hat, ist der eine überflüssig und schädlich. Die Russen haben zehn Gedanken, und sie sind alle nicht stark. Sie haben einen Geflügelhof im Kopf, glaube ich.«

Sie lachte leise auf. Dann sagte sie mit nur halb verstecktem Gähnen: »Ich muß schlafen gehen.«

Auch Klim zog sich zurück, indem er sich auf Müdigkeit berief, denn er wollte mit sich allein über den Bruder nachdenken. Als er jedoch in sein Zimmer gekommen war, zog er sich rasch aus, legte sich hin und schlief gleich ein.

Beim Morgenkaffee fragte er den Bruder: »Weißt du, daß Kutusow verhaftet ist?«

»Schon wieder? Wann denn?« rief Dmitrij sehr beunruhigt aus, als er aber Klims Erläuterungen angehört hatte, lächelte er breit. »Er ist in Nishnij, unter Aufsicht. Ich stand ja mit ihm fortwährend in Briefwechsel. Ein prächtiger Mensch, Stepan«, sagte er nachdenklich, während er eine Scheibe Brot mit Butter bestrich. Nach kurzem Schweigen fügte er hinzu: »Aino hat gestern nicht übel von den Starken gesprochen.«

»Im Geiste des Landes«, bemerkte Klim autoritär.

»Ein braves Weib.«

»Was weißt du über Marina?«

»Nichts weiß ich«, entgegnete Dmitrij sehr gleichgültig. »Anfangs stand ich mit ihr in Briefwechsel, dann brach er ab. Sie machte sich eine Zeitlang Gedanken über Gott, aber weißt du, das schmeckte etwas nach Bücherweisheit. Wenn dagegen die Küstenbewohner dort drüben von Gott reden, kann man endlos zuhören.«

Er lächelte und strich sich mit den Fingern die Brotkrumen vom Bart.

»Ich hätte dort beinahe geheiratet, mein Lieber.«

»Eine Verbannte?«

»Eine Küstenbewohnerin, die Tochter eines Fischers. Der Mann, von dem ich gestern erzählte, ist ihr Vater. Eine Familie, die fest zusammenhält. Drei Brüder, zwei Schwestern.«

Er zupfte sich heftig am Bart und seufzte: »Weißt du, es überkommt einen dort das Verlangen, sich mit dem Meer und der Tundra zu messen. Stark zu werden. Und es zieht einen sehr stark zur Frau hin. Die Frauen dort sind ungeheuerlich ...«

Dann trat Aino ins Zimmer, lächelte, deutete mit dem Finger auf Klim und sagte: »Ein Mann will Sie sprechen, soll ich ihn hereinführen?«

»Mich?« wunderte sich Klim und erhob sich.

»Sie, Sie«, bejahte sie mit zweimaligem Kopfnicken und entfernte sich. Kurz darauf betrat ein fremder, sehr großer und langhaariger Mann das Speisezimmer.

»Sind Sie Klim Samgin?« fragte er im Ton eines Polizisten, wobei er voll Mißbilligung das Zimmer und Samgin musterte; hierauf deutete er mit dem Finger auf Dmitrij und fragte: »Und wer ist das?«

»Dmitrij Samgin, mein Bruder.«

»Aha-a!« stieß der Gast befriedigt aus und überreichte Klim ein Papierkügelchen, das er fest zwischen den Fingern hielt. »Das ist von der Somowa. Machen Sie es vorsichtig auf, das Papier ist dünn.«

Dann setzte er sich ohne weitere Umstände an den Tisch, und Klim, der den Zettel entfaltete, hörte ihn leise fragen: »Sind Sie schon lange aus der Verbannung zurück?«

Klim las: »Das ist unser Landsmann Platon Dolganow, er wird Dir etwas geben, bring es mit. L.«

Klim Samgin knüllte den Zettel zusammen und empfand das Verlangen, Ljubascha mit sehr kräftigen Worten auszuschelten. Dieses gewandte Mächen war mit erstaunlicher Beharrlichkeit bestrebt, ihn in ihren Schlingen zu fangen, in die »Tätigkeit« hineinzuziehen. Er stand an der Tür und betrachtete mit scheelem Blick den rücksichtslosen Gast. Dieser Mann erinnerte ihn an einen aus dem Kreise des Literaten Katin, auch sah Dolganow überhaupt wie ein Geschöpf aus, das irgendwoher »aus der Finsternis der Vergessenheit« aufgetaucht war.

Klim sah die Hausherrin nicht an, da er in ihren hellen Augen einen Ausdruck des Mißfallens zu erblicken fürchtete; sie stand am Büfett und bereitete zum drittenmal Kaffee, den Dmitrij eifrig vertilgte.

»Trinken Sie Kaffee?« fragte sie freundlich Dolganow.

»Unbedingt«, antwortete er und streckte seine dicht aneinandergelegten langen Beine aus, wodurch er Aino den Weg zum Tisch wie mit einem Schlagbaum versperrte. Samgin zuckte sogar zusammen, denn es kam ihm vor, als hätte Dolganow dies mit Mutwillen getan; als aber Aino – offenkundig absichtlich! – mit hochgerafftem Rock über Dolganows Unterschenkel hinwegstieg, sagte dieser beifällig: »Wie geschickt! Sie entschuldigen, ich bin so müde, daß ich mich unter den Tisch legen könnte.«

»Nicht unter den Tisch«, riet Aino in dem Ton, in dem sie wahrscheinlich mit Kindern sprach.

»Sind Sie Finnin?« fragte Dolganow, sie mit den Augen messend. Sie antwortete mit freundlichem Kopfnicken, worauf der Gast, ebenfalls nickend, sagte: »Das sieht man.«

Klim Samgin unterbrach den Dialog, indem er dicht an Dolganow herantrat und sich zornig erkundigte: »Kennen Sie den Inhalt des Zettels?«

»Na selbstverständlich. Sagen Sie ihr nur, daß ich mich verspätet habe, sie weiß das übrigens wahrscheinlich schon.«

Um sich blickend, sich verbrühend, trank Dolganow ein Glas Kaffee, schob es wortlos der Hausfrau hin, stand auf und glich jetzt einem Zwerg auf Stelzen. Klim dachte, Dolganow wolle sich verabschieden und gehen, aber er trat an die Zimmerwand, klopfte mit dem Finger an die Holztäfelung und – äußerte seinen Beifall: »Praktisch. Was für Holz ist das?«

»Ahorn«, antwortete Dmitrij hastig.

»Nein«, sagte die Frau des Hauses.

»Na, einerlei«, wehrte Dolganow mit einer Handbewegung ab, schob seine Rockschöße auseinander, nahm wieder Platz und rieb sich die Beine, während die Frau mit weit zurückgeworfenem Kopf auflachte und mit Gelächter ausrief: »Wozu denn ... ach, wenn es einerlei ist, wozu braucht man dann zu fragen?«

Dolganow sah sie verwundert an, lächelte, brach plötzlich auch in Gelächter aus, hüpfte und wiegte sich auf dem Stuhl und sagte, als er genug gelacht hatte, zu Dmitrij: »Sie ist komisch!«

Dann schob er die Hände unter die Schenkel und wandte sich an Aino: »Natürlich – das ist dumm! Aber man spricht ja nicht wenig dummes Zeug. Und Sie tun es doch auch.«

Das belustigte die Frau noch mehr, Dolganow beachtete sie jedoch nicht weiter, sondern sah Dmitrij an wie einen alten Freund, den wiederzusehen er sich im stillen freue, sah ihn an und erzählte: »Ich habe Rheuma, in den Beinen zieht es höllisch. Habe ganz ohne Grund elf Monate im Gefängnis gesessen. Dort war es feucht, das hat man satt!«

Klims Befürchtung, dieser Mann könnte etwas Dummes tun oder

sagen, das schon nicht mehr komisch wäre, wurde durch diese komische Szene nicht verringert. Dolganow hatte ihm gleich bei seinem Eintreten mißfallen und insbesondere seit dem Augenblick, als er die Hände unter sich schob, denn das hatte er nicht mehr mit der Absicht getan, jemanden zu belustigen. Samgin hatte schon genug verschrobene Menschen gesehen und war überzeugt, daß Verschrobenheit die Aufmerksamkeit auf sich lenken sollte, ein billiges Spiel mit Originalität war. Dolganow war absurd gekleidet, seine schmalen Schultern umspannte ein ziemlich alter, zerknitterter Rock, darunter trug er ein blaues Russenhemd und an den langen Beinen eine neue, graue Hose aus irgendwelchem hartem Stoff. Sein Gesicht war ebenfalls zerknittert, grau und mit spärlichem lindenbastfarbenem Haarwuchs bedeckt, der sich am Kinn zu einem Spitzbart zu entwickeln versprach; über die Winkel des sehr schönen Mundes hing – den Mund verunstaltend – ein langer, dünner Schnurrbart herab. Doch dieses altväterliche und sehr bewegliche Gesicht erhellten angenehme, lebhafte und spöttische Augen goldschimmernder Farbe.

Mädchenhafte, dumme Augen, stellte Samgin fest, als er dem geschmeidigen, verhaltenen Baß Dolganows zuhörte. »Dieser Faulpelz und Trunkenbold zerstreute sich nur durch Streitereien mit seinen Vorgesetzten, führte sich wie ein Ungeheuer auf, schlich von Zelle zu Zelle, suchte nach einem, den er verschlingen könnte, und randalierte wie in einer Kneipe. Ich neckte ihn: ›Hören Sie doch auf, sich als kleiner Bourbone aufzuspielen, das tun Sie nur aus Langerweile, im Grunde jedoch sind Sie kein übler Bursche, obwohl Sie nur Infanterist sind.‹ Er war aber Pionier und ärgerte sich entsetzlich, daß ich ihn einen Infanteristen nannte. Er schrie: ›Ich bin für Sie kein Bursche, ich bin dreimal so alt wie Sie!‹ Wir stritten noch lange, dann sagte er: ›Sie untergraben mein Prestige, Dolganow, was zum Teufel soll das?‹ Na, da lachten wir; natürlich lachten wir leise, damit das Prestige nicht darunter litte. Ich überredete ihn, eine Buchbinderwerkstatt einzurichten . . .«

Aino hörte, die Ellenbogen auf den Tisch gestützt, mit offenem Mund und sichtlich ratlosem Gesicht zu. Sie trug ein schwarzes Kleid mit großen, zwiebelförmigen Knöpfen auf der Brust und einem grünen Gürtel, dessen Enden auf dem Boden lagen.

Sie glaubt ihm kein Wort, sagte sich Klim, während Dolganow ganz unerwartet Dmitrij fragte: »Sind Sie Volkstümler?«

»Marxist«, antwortete lächelnd Samgin der Ältere.

»Nanu!« wunderte sich Dolganow und seufzte: »Sie sehen gar nicht so aus. Solch ein russisches Gesicht und überhaupt . . . Ein Marxist ist sauber, gepflegt und betrachtet alles vom Kirchturm der deutschen Philosophie herab, vom Standpunkt Hegels, der da sagte: ›Die Menschen und die Russen‹, vom Standpunkt Mommsens, der da verkündet: ›Haut die Slawen auf die Köpfe.‹«

Beim Sprechen blickte Dolganow Klim an, so daß Samgin erkannte: dieser Sonderling rüstete sich zum Kampf; schon hatte er das Haar mit beiden Händen in den Nacken geworfen, wo es unschön zu Berge stand. Sein Haar lag dem Kopf überhaupt ungleichmäßig an, als hätte Dolganows Schädel die Form eines schmiedeeisernen Nagelkopfes. Allmählich in den Tonfall eines Predigers verfallend, beschimpfte er Treitschke, Bismarck und noch ein paar Deutsche, die Klim nicht kannte, wobei man merkte, daß er zu reden gewohnt war und es verstand.

»Ich bedaure sehr, daß Nikolai Michailowskij und überhaupt die Unseren sich ›aus Judenangst‹ genieren, den geistigen Zusammenhang der Volkstümlerbewegung mit dem Slawophilentum zuzugeben. Es hat nichts zu bedeuten, daß die Slawophilen zum Herrenstand gehören, Radischtschew, Herzen, Bakunin – und wer nicht noch alles? – sind ebenfalls Herren. Gerade die Slawophilen haben ja die wahre Eigenart des russischen Volkes beleuchtet. Das Volk spürt und versteht man nicht vermittels der Zahlen aus den statistischen Jahrbüchern der Semstwos, sondern durch die Folklore; Kirejewskij, Afanassjew, Sacharow, Snegirjow, das sind die, die uns der Seele des Volkes lauschen lehren!«

Dolganows Gesicht verzog sich, wollte zornig aussehen, aber die Augen standen dem im Wege, da sie immer begeisterter und freundlicher strahlten. Und je zornigere Worte Dolganow mit seinem geschmeidigen, verhaltenen Baß sprach, desto deutlicher sah Samgin, daß dieser Mann nicht zürnen konnte. Mit Worten ging er unbefangen um, den Marxismus nannte er eine »jüdisch-deutsche Lehre von Profiten«, während Dmitrij ihm mit mürrischer Miene zuhörte und hin und wieder den Bruder fragend ansah, als wartete er auf seine Einwendungen und könnte sich nicht entschließen, selber zu widersprechen. Aino lächelte selig, auch sie wartete sichtlich mit Ungeduld auf irgend etwas, und das veranlaßte Klim, in lässigem Ton zu sagen: »Das alles ist alt und klingt, wissen Sie, etwas journalistisch.«

Dolganow bleckte die großen gelben Zähne, wollte offenbar etwas Scharfes sagen, zupfte sich aber am Schnurrbart und schloß dadurch den Mund. Doch begann er sofort von neuem zu reden, wobei er mit dem Stuhl schaukelte und sich mit den Händen die Knie rieb: »Der Gedanke, daß ›das Bewußtsein durch das Sein bedingt werde‹, ist ein sehr schädlicher Gedanke, denn er macht den Menschen zum mechanischen Empfänger der Eindrücke des Seins und vermag nicht zu erklären, durch welche Kraft der gefügige Sklave der Wirklichkeit diese verändert. Die Wirklichkeit ist ja nie besser gewesen als der Mensch – und wird es nicht sein! –, während er stets mit ihr unzufrieden war und sein wird.«

»Haben Sie das Priesterseminar besucht?« fragte Klim unwillkürlich, um seinen Ärger zu bändigen; es ärgerte ihn, daß dieser Mensch vieles sagte, was seinen, Klim Samgins, geheimen Sympathien verwandt war, und offenbar noch mehr sagen konnte.

»Ja. Was ist denn dabei?« rief Dolganow, warf die Arme in die Höhe und schnellte vom Stuhl hoch, als hätte er sich durch das Hochwerfen der Arme in die Luft geschleudert.

Wie das Schema eines Menschen oder eine Kinderzeichnung, stellte Samgin fest. Sonderbar, daß Dmitrij ihm nicht widerspricht.

»Priesterseminar«, wiederholte Dolganow und warf wieder das Haar in den Nacken, daß die Ohrmuscheln sichtbar wurden, die ganz wie Fragezeichen aussahen. »Ferner bin ich ein Mensch, der überzeugt ist, daß man sich die Welt nicht durch das Denken, sondern durch die Phantasie aneignet. Der Mensch ist vor allem Künstler. Das Denken ordnet nur seine Erfahrung, jawohl!«

»Das ist Idealismus«, sagte Dmitrij lustlos.

»Ja! Was denn sonst? Wodurch, wenn nicht durch Idealismus, wollen Sie die animalischen Instinkte vermenschlichen? Sie vertiefen sich in die Ökonomie, lehnen die Notwendigkeit des politischen Kampfes ab, und das Volk wird Ihnen und Ihrem vulgären Materialismus nicht folgen, weil es den Wert der politischen Freiheit fühlt und seine eigenen, ihm im Fleisch und im Geist verwandten Führer haben will, während Sie ihm fremd sind!«

Er stand auf, beugte sich vor und reckte den Hals, das Haar fiel ihm auf Stirn und Wangen; er legte die Hände auf den Rücken und sagte mit triumphierendem Lächeln: »Im Grunde genommen seid ihr Marxlinge geistige Kinder der Nihilisten, dabei wollt ihr gern glauben, doch die schlechte Erbanlage hindert euch daran. Und so habt ihr in eurem Unvermögen aus allen Glaubenslehren die einfachste gewählt.«

Sein spöttisches Auflachen klang bübisch und stimmte gar nicht mit der langen Gestalt und dem altväterlichen Gesicht überein.

»Wirrköpfe«, seufzte er und knöpfte seinen Rock zu. »Dennoch werdet ihr zu guter Letzt mit uns gehen. Euer Apolitismus wird nicht lange vorhalten.«

Er hielt Aino die Hand hin.

»Wohin gehen Sie?« fragte sie.

»Nach Tornea. Sie wissen es doch«, antwortete er lächelnd.

Aino schüttelte den Kopf und sah ihn von Kopf bis Fuß an, er machte eine sorglose Handbewegung.

»Das macht nichts, man wird mich einkleiden, mir die Haare schneiden ...«

Aino ergriff mit beiden Händen seine Rechte und schüttelte sie. »Glückliche Reise!«

»Nun, lebt wohl, Brüder«, sagte Dolganow.

Er verließ mit Aino das Zimmer. Die Samgins wechselten einen Blick, und jeder wartete, was der andere sagen würde. Dmitrij ging auf die Wand zu, blieb vor einem Bild stehen und sagte leise: »Er geht also ins Ausland.«

»Eine sonderbare Figur«, bemerkte Klim, die Brille putzend.

»Ja«, erwiderte der Bruder, ohne ihn anzusehen. »Ich habe aber schon ähnliche gesehen. Die Volkstümler haben eine besondere Auslese. In Ustjug war ein Student aus Kasan. Ihm hörte man vortrefflich zu, mir aber ... nicht besonders! Ich habe ein eigentümliches und beklemmendes Gefühl«, murmelte er. »Als hätte ich diesen Burschen in Ustjug gesehen, am Tag vor meiner Abreise. Man hatte drei hingeschickt, und er war darunter. Die Ähnlichkeit ist erstaunlich.«

Dmitrij drehte sich schroff um und trat mit schweren Schritten dicht an den Bruder heran. »Hör mal, es ist schrecklich peinlich ... ja geradezu häßlich, daß Vater dir nichts vermacht hat ...«

»Unsinn!« sagte Klim. »Ich möchte nicht darüber sprechen.«

»Nein, warte mal!« fuhr Dmitrij mit flehender Stimme fort und ruderte hilflos mit den Armen. »Es sind vier-, vielmehr fünftausend da. Nimm die Hälfte, ja? Ich sollte eigentlich zugunsten Ainos auf dieses Geld verzichten ... aber siehst du, ich möchte ins Ausland, ich muß studieren ...«

Klim unterbrach ihn streng: »Aino hat sicherlich vollkommen genug bekommen, um die Kinder aufzuziehen und gut leben zu können, ich aber brauche nichts.«

»Hör mal ...«

»Ich werde nicht weiter über dieses Thema reden«, sagte Klim und trat an das offene Hoffenster. »Du mußt selbstverständlich ins Ausland fahren und studieren ...«

Er sprach lange und gemessen und merkte mit Erstaunen, daß er sich durch das Testament des Vaters gekränkt fühlte. Das hatte er nicht empfunden, als Aino ihm gesagt hatte, der Vater habe ihm nichts vermacht, jetzt aber war er über die Ungerechtigkeit gekränkt, und je länger er sprach, desto stärker wurde die Kränkung.

Pfui, wie dumm! warf er sich im stillen vor, doch das half nicht, und es verlangte ihn, den Bruder zu sticheln oder etwas Anzügliches über den Vater zu sagen. Mit diesem Verlangen war so schwerfertigzuwerden, daß er bereits anfing: »Gesetz oder Willkür, Sympathien und Antipathien . . .« Doch da trat Aino ins Zimmer und begann sofort sehr lebhaft zu sprechen: »So einer wie dieser – das ist ein echter Russe, mehr als Sie beide, denke ich. Erinnern Sie sich an Slatowratskijs Buch ›Das goldene Herz‹? So einer! Er sprach wunderbar vom Gefängnisvorsteher, jawohl! Oh, dieser kann viel tun! Ihm werden die Menschen zuhören und glauben, ihn werden sie lieben. Er kann . . . wie sagt man? . . . kann trösten. Ist das richtig? Er ist ein guter Pope!«

»Ja eben«, sagte Klim. »Ein Tröster.«

»Ja, ja, das denke ich! Ist es nicht so?« fragte sie, sah ihm forschend ins Gesicht und drohte ihm plötzlich mit dem Finger. »Sie sind streng!« Dann wandte sie sich an den mürrisch dreinblickenden Dmitrij: »Das Russische ist eine sehr schwierige Sprache, sie erfordert ein feines Gehör.« Sie führte eine Reihe sehr ähnlich klingender russischer Worte von verschiedener Bedeutung an und wandte sich dann von neuem an den jüngeren Samgin: »Warum waren Sie unfreundlich zu ihm?«

»Ich dachte«, sagte Klim, »daß Ihnen dieser Besuch . . .«

»Oh, nein!« unterbrach sie ihn. »Ich wußte von ihm. Iwan hat solchen sehr geholfen, dorthin zu fahren, wohin sie fahren mußten. Man schrieb ihm immer: es kommt ein Mann, und der Mann kam.«

»Nun, ich gehe mich bei der Polizei melden«, sagte Dmitrij.

Aino ging mit ihm fort, um einen Grabstein zu bestellen.

Es gab Augenblicke, in denen Klim Samgin sich wie ein illustriertes Buch betrachtete, dessen Bilder eintönig und in verschiedener Hinsicht unangenehm waren, während die Erläuterungen ihn nicht befriedigten, sondern in ihm ein trauriges Gefühl von Verwaisung weckten. Solch einen Augenblick erlebte er auch jetzt, als er still in einer dunklen Ecke seines Zimmers saß.

Das plötzlich entbrannte Gefühl des Gekränktseins, das sich gegen den Vater und den Bruder richtete, beunruhigte ihn sehr, und er spürte, daß es sich auch auf Aino erstreckte. Er suchte sich, den Gekränkten, wie einen fremden und beklommenen Menschen zu betrachten und sich zu der Kränkung ironisch zu verhalten.

Das ist kleinlich und dumm, dachte er und dachte zugleich, daß zwei- bis dreitausend Rubel für ihn nicht überflüssig wären und daß er auch ins Ausland fahren könnte.

Die Kränkung empfand er wie eine Geschwulst im Hals, die immer härter wurde.

Es handelt sich selbstverständlich nicht ums Geld ...

Er erinnerte sich, wie aufdringlich man sich mit ihm abgegeben hatte, wie lästig ihm die Liebe des Vaters gewesen war und wie gleichgültig Vater und Mutter sich Dmitrij gegenüber verhalten hatten. Er stellte sich sogar noch des Vaters weiche und leichte Hand auf seinem Kopf und Hals vor und schüttelte den Kopf. Er erinnerte sich, wie der Vater und der Bruder im Garten angeblich über Nekrassows »Russische Frauen« geweint hatten. In seinem Gedächtnis erstanden die sinnlosen, aschgrauen und kalten Worte: Die Familie ist die Grundlage des Staates. Blutsverwandtschaft. Schon mit zehn Jahren empfand ich den Vater als einen Fremden ... das heißt nicht als einen Fremden, sondern als einen, der mich stört. Der mit mir spielt, dachte Samgin und war sich nicht darüber im klaren, ob er sich selbst oder den Vater rechtfertigte.

Er drehte an seinem Bärtchen und betrachtete die Zimmerwände, die in einem unbestimmten, matten Ton gestrichen waren; an der Wand gegenüber hing eine Ölstudie, die in markanten und kräftigen Pinselstrichen gemalt war: ein tiefblauer Himmel und eine grünliche Woge, die schäumend über orangefarbenen Sand hereinbrach.

Die Behaglichkeit dieses Zimmers ist im Grunde kalt und etwas streng. In Moskau, bei Warwara, ist es wärmer, milder. Ich muß heimfahren. Heute noch. Sonst werden sie anfangen, vom Testament zu sprechen. In großmütiger Weise selbstverständlich. Ja, heimfahren ...

Er richtete sich auf und rückte die Brille zurecht. Dann stellte er sich die Mutter mit ihrem gepuderten, lila Gesicht vor, die es kränkte, daß sie gealtert war, ehe sie noch aufgehört hatte, sich als Frau zu fühlen, und Warawka, der rund war wie ein Faß ...

Ich werde etwa eine Woche in Petersburg zubringen. Dann fahre ich noch irgendwohin. Und hier werde ich sagen, ich hätte ein Telegramm bekommen. Aino wird erfahren, daß kein Telegramm gekommen ist. Na, meinetwegen mag sie es wissen.

Dann aber beschloß er zu sagen, er habe das Telegramm beim Verlassen des Hauses auf der Straße erhalten. Und er ging spazieren und erklärte beim Mittagessen, daß er abreise. Er sah, daß Dmitrij ihm glaubte, die Hausherrin jedoch begann mit mürrischer Miene vom Testament zu sprechen.

»Ich sehe keinerlei Gründe, den Letzten Willen des Vaters zu ändern«, antwortete er entschieden.

Aino zuckte schweigend mit den Schultern.

Nach dem Essen stand Dmitrij in Klims Zimmer wie eine Säule

an der Wand, bewegte die Finger in den Hosentaschen, sah sich auf die Füße und versuchte unbeholfen etwas klarzustellen.

»Weißt du, das ist mir teuflisch peinlich. Was du von der Ungesetzmäßigkeit der Sympathien sagtest, trifft zu. Ich befinde mich in einer dummen Lage.«

Klim fühlte, daß der Bruder aufrichtig und tief verlegen war.

Um so schlimmer für ihn.

Aino verabschiedete sich trocken und fremd von Klim; Dmitrij wollte den Bruder zur Bahn bringen, blieb aber mit dem Bein am Messingbeschlag des Koffers hängen und zerriß sich die Hose.

»Oh«, sagte Aino. »Wie wollen Sie gehen? Haben Sie eine andere Hose? Nein? Dann können Sie nicht zum Bahnhof gehen!«

Samgin der Jüngere war froh, daß der Bruder ihn nicht begleiten konnte, aber er dachte dabei: Sie wünscht es nicht. Ein schlaues Weib. Sie hat es geschickt arrangiert . . .

Bei der Abreise fühlte er sich voll kleinlicher Gedanken, fand aber, daß diese Gedanken, die ihm gewaltsam von außen aufgedrängt wurden und überhaupt immer seiner unwürdig waren, sich diesmal zu einem bestimmten Entschluß zu formen versprachen. Da jedoch jeglicher Entschluß eine Selbstbeschränkung bedeutet, beeilte sich Klim nicht, über ihn ins klare zu kommen.

In Petersburg erfuhr er, daß Marina mit ihrer Tante nach Hapsal gefahren war. Er verbrachte ein paar Tage in der Hauptstadt und empfand deutlich die beunruhigende Unordnung des Lebens. Tags flog der Staub von den Bauarbeiten durch die Straßen, auf dem Newskij Prospekt rissen Arbeiter das Blockpflaster auf und füllten die Stadt mit dem Geruch morschen Holzes; die ganze Stadt schien in Schweiß gebadet. Die weißen Nächte empörten Samgin durch ihre Sinnlosigkeit und dadurch, daß sie den normalen Menschen zum Neurastheniker zu machen drohten; es kam ihm vor, als jagte immer noch der gleiche modrige Herbstnebel, zu durchsichtigem und aufreizend flimmerndem Staub eingetrocknet, durch die Luft.

Die Frauen der Nacht waren schauderhaft aufdringlich und phantastisch, jede von ihnen verhieß einen mit progressiver Paralyse zu beschenken, und eine – hochgewachsen, dürr und mit unglaublichem Hut, unter dem eine große, leichenhaft graue Nase hervorragte – ging lange neben Klim her und raunte ihm zu: »Kommst du mit, Student? Nun, Kamerad?«

Dann schnurrte sie ihm ins Ohr:

»O Liebster mein,
Geh mit mir heim . . .«

Als er ihr drohte, er werde einen Polizisten rufen, verließ sie mit scharfer Wendung das Trottoir, überquerte gemächlich und in irgendwie nachdenklichem Gang den Fahrdamm und verschwand hinter dem Denkmal Katharinas der Großen. Samgin fand, daß das Denkmal Ähnlichkeit habe mit der Riesenglocke im Moskauer Kreml und daß Petersburg nicht wie eine russische Stadt aussehe.

Ich muß einen anderen Aufenthaltsort wählen, das Milieu wechseln, muß mit einfachen, normalen Menschen in Berührung kommen, dachte Klim Samgin, als er im Zug nach Moskau saß, und ihm schien, er habe einen festen Entschluß gefaßt.

Er nahm sich vor, gleich am nächsten Tag nach Hause zu reisen, und fuhr vom Bahnhof zu Warwara, nicht, weil er sie sehen wollte, sondern um der Somowa streng einzuschärfen, sie habe kein Recht, ihm solche Subjekte wie Dolganow auf den Hals zu hetzen, einen Menschen zweifellos aus jener mit unglaublichen und häßlichen Dingen vollgepfropften Ecke, aus der Ljutows, der Diakon, Diomidows und überhaupt Menschen mit abnormem Hirn hervorkrochen.

Die umfangreiche und allen Einwirkungen der Zeit widerstehende Anfimjewna begrüßte ihn mit Freude, an der sie so reich war wie die Föhre an Harz, und erklärte ihm dann entrüstet, Warwara sei nach Kostroma abgereist.

»Die Komödianten haben sie zum Spielen mitgenommen, was gibt es denn aber dort zu spielen? Mit Warwaras Geld werden sie spielen, das wird das Spiel sein!«

Sie trocknete ihr Gesicht, das eine Farbe wie Weizenbrotrinde hatte, mit der Schürze ab und erteilte ihm mit tadelndem Schmatzen den Rat: »Du solltest sie heiraten, Klim Iwanytsch, wirklich! Du zögerst und zögerst, und das Mädchen zappelt wie ein Hündchen an der Kette. Ach, wie unentschlossen du in Herzensdingen bist!«

Mit einer bei ihrem wuchtigen Körper erstaunlichen Geschicklichkeit deckte sie den Tisch, blinzelte mit ihren Äugelchen, die rund wie Glasperlen und trübe wie Ampelöl waren, und jammerte: »Ebenso ist es mit Ljubascha: Sie möchte ja so sehr, daß es alle gut haben, ich kann gar nicht sagen, wie sehr! Sie hat wieder nicht zu Hause übernachtet, und neulich, wie ich am Morgen komme, sie zu wecken – sitzt sie im Sessel und schläft, einen Schuh ausgezogen, den andern aber nicht, weil der Schlaf sie übermannt hatte. Es kommen immerzu Leute zu ihr, immerzu Leute, ein Bräutigam aber ist nie darunter! Das ist wirklich kränkend, denn das Mädchen ist saftig wie ein Zitrönchen ...«

Die gutmütige Ergebenheit den Menschen gegenüber und die

mütterliche Betrübnis der Anfimjewna, der von ihr schmackhaft zubereitete Kaffee, die mit dem Geruch langen und ausdauernden Wohnens durchsetzten Zimmer – das alles stimmte auch Samgin sanftmütig. Er dachte an Tanja Kulikowa, die Kinderfrau, die Großmutter Dronows, die Kinderfrauen Puschkins und anderer großer Männer Rußlands.

Über diese russischen Frauen hat Nekrassow zu schreiben vergessen. Und niemand hat darüber geschrieben, wie bedeutend ihre Rolle bei der Erziehung der russischen Seele ist, denn sie haben vielleicht mehr Liebe zum Volk eingepflanzt als die Bücher der von ihnen erzogenen Menschen, und eine gesündere, dachte er. »Sie hält das Roß im Galopp an und tritt in die brennende Hütte« – das ist schön, nützlicher aber ist es, so tief ins Alltagsleben zu gehen wie diese einfachen Menschen, die selbstlos das Leben von Staub und Unrat reinigen.

Dieser Gedanke erschien ihm sehr originell, er vertiefte sein Gefühl der Verwandtschaft mit der Umgebung; sofort trug er ihn in das Buch seiner Aufzeichnungen ein und dachte zufrieden: Ja, hier ist es wärmer als in Finnland!

Er sah einige Nummern der »Russischen Nachrichten« durch, schlief, ohne es zu merken, auf dem Diwan ein und wurde von Ljubascha geweckt.

»Was schläfst du mitten am Tage!« rief sie ihm eine Verszeile Kolzows zu und zog ihn am Arm.

Sie saß ganz aufgelöst auf dem Stuhl neben dem Diwan und hatte die kurzen Beinchen mit den staubigen Schuhen von sich gestreckt; ihr Gesicht strahlte festlich; sie fächelte mit dem Taschentuch, löste mit den Fingern das Haar von den schweißbedeckten Schläfen, band das blaue Halstuch auf und sagte mit frohlockender Stimme: »Klim, Liebling! Denk dir – das ›Manifest der Russischen Sozialdemokratischen Partei‹ ist herausgekommen. Hervorragend geschrieben! Stell dir vor – wir haben eine Partei!«

»Wir? Wer soll das sein?« fragte Klim und setzte die Brille auf.

»Mein Gott! Wir, Rußland! Begreife doch: Das bedeutet das Ende der Streitigkeiten und des Gezänks, jeder weiß jetzt, was er zu tun und wohin er zu gehen hat. Dort wird direkt von der Notwendigkeit des politischen Kampfes gesprochen, von der traditionellen Verbindung mit den Volkstümlern, verstehst du?«

Vor Begeisterung schwitzte sie immer mehr. Sie riß das Halstuch herunter und knöpfte den Kragen ihrer Bluse auf. »Ich ersticke!«

Und sie begann das »Manifest« zu zitieren, wobei sie wie eine Marionette gestikulierte, doch Samgin erinnerte sich plötzlich, wie er, als im Kirchdorf die Glocke eingeweiht wurde, bedrückt zum Landhaus zurückging und eine junge, zerzauste Bauernfrau oder ein Mädchen mit dem Gesicht einer Irren bemerkt hatte, die auf Knien lag, sich in Richtung der Kirche bekreuzigte und dem Flaschenfabrikanten zurief: »Gott vergelte es dir! Gott belohne dich dafür!«

Samgin fand, daß Ljubascha dieser Frau ähnelte, er lachte unwillkürlich und steigerte dadurch noch ihre Freude. Sie schlug ihn mit ihrem molligen Pfötchen aufs Knie und rief: »Nicht wahr? Die Hauptsache ist: Gute Menschen werden sich nicht mehr übereinander ärgern und – werden alle zusammen munter ans Werk gehen!«

Samgin schlug sie sanft auf die Hand, obwohl er sie gern kräftiger geschlagen hätte.

»Vom ›Manifest‹ wirst du mir später erzählen, jetzt aber . . .«

»Warwara?« fragte sie. »Stell dir vor, sie ist zum Spielen fortgefahren; sie sagte, sie wolle sich prüfen . . .«

»Ich wollte nicht von ihr sprechen. Schauspielerin ist sie ebenso wie du und jede andere Frau.«

Ljubascha zeigte ihm die Zunge.

»Du bist kein Skeptiker, sondern ein Dummkopf! Sie verreist aus Gram um dich, du aber . . . was bist du doch für ein hartherziger Lovelace! Und warum du so überheblich bist, verstehe ich nicht. Weißt du übrigens, Lida ist – auch in Gesellschaft – in das Gebiet links der Wolga, an den Kershenez, gefahren. Sie schrieb, sie habe einen gewissen Berendejew kennengelernt, der das Sektenwesen erforscht. Sie tut das auch – das kommt alles von der Langenweile. Sie ist eine gesellschaftsfeindliche Natur, das ist es . . . Muttchen Anfimjewna, geben Sie mir etwas Kaltes!«

»Ich gebe dir nichts Kaltes«, antwortete streng die Anfimjewna, die gerade mit einer Handvoll gewaschener Wäsche ins Zimmer trat. »Du mußt erst etwas essen, dann bringe ich dir Milch, Eis . . .«

Samgin kam nicht dazu, Ljubascha eine Strafpredigt zu halten, er hatte auch keine besondere Lust mehr dazu, denn ihre spaßige Erregung versöhnte ihn etwas mit ihr.

»Ja, ich vergaß zu sagen«, wandte sie sich wieder an Samgin, »Marakujew hat ein Jahr Gefängnis bekommen, Ipatjewskij ist für geisteskrank erklärt und nach seinem Heimatort Dmitrow ausgewiesen worden. Die Arbeiter sitzen, mit Ausnahme von Saposhnikow, von dem es heißt, daß er geschwatzt hat. Übrigens ist noch einer in die Heimat ausgewiesen worden, Odinzow.«

Sie sprang vom Stuhl auf und ging zur Tür.

»Ich will mich umziehen, ehe ich zerfließe.«

In der Tür wandte sie sich aber schroff um, griff sich an den Kopf und trällerte: »Oh, Klimuschka, was für einen Marxisten ich kennengelernt ha-abe! Ich sage dir ... toll! Eine samtweiche Stimme. Und weißt du, wie ein Schiff, mit vollen Segeln! Und alles an ihm ist so bestimmt ... Du lachst? Das ist dumm! Ich sage dir: Solche Leute wie er machen Geschichte. Er ... hat Ähnlichkeit mit Sheljabow, jawohl!«

Beim Hinausgehen wiederholte sie über die Schulter hinweg noch einmal: »Jawohl!«

Samgin war durch ihre Neuigkeiten etwas verwirrt. Das »Manifest« ließ ihn sehr neugierig werden.

Wahrscheinlich eine Kartoffelsuppe aus der Studentenküche. Ich muß einmal zu Preiß gehen.

Als er sich der maßlosen Freude Ljubaschas erinnerte, sagte er, sich ekelnd, sie erkläre sich natürlich aus dem Hunger ihres molligen, durch die Hoffnung auf den samtweichen Marxisten erregten Körpers.

Ich werde ihr dennoch den Kopf waschen.

Ein Handtuch um Brust und Schultern geschlagen, erschien sie von neuem in der Tür und warf zwei Briefe auf den Tisch. »Sie sind schon vor langer Zeit eingetroffen.«

In dem einen Brief suchte ihm die Mutter zu beweisen, daß er nach Finnland fahren müsse. Es schien Klim, der Brief sei in dem Ton geschrieben, als nehme die Mutter dem Vater die Erkrankung übel, sei jedoch gleichzeitig voll überzeugt, daß der Vater gefährlich erkranken mußte. Ein Satz am Ende des Briefes brachte Klim zum Lächeln. »Ich denke nicht, daß Iwan Akimowitsch ein Testament hinterlassen hat, das entspräche nicht seinem Charakter. Willst Du aber – in Deinem und Deines Bruders Namen – die Vermögenslage von I. A. kennenlernen, so empfiehlt Dir Timofej Stepanowitsch einen guten Anwalt.« Es folgte die Adresse eines bekannten Zivilrechtlers.

Der zweite Brief war wesentlicher.

»Ich schreibe nach M., da Du immer noch nicht die Adresse des Hotels in Wyborg mitgeteilt hast, in dem Du abgestiegen bist. Ich bin sehr verstimmt. Jelisaweta Lwowna ist die Rolle der Heldin in einem großen Skandal zugefallen, der wahrscheinlich mit Gericht und Gefängnis für den Dir bekannten Inokow enden wird. Er ist auch bei uns auf dem Hof in Raserei geraten und hat den Dirigenten des bischöflichen Chors gefährlich verletzt, der Lisa bei ihrer Arbeit im ›Verein der Liebhaber des Chorgesangs‹ half und ihr anscheinend etwas den Hof machte. Sie leugnet das nicht, sondern sagt, es gebe keinen Mann, der die Frauen nicht hofiere. Sie ist selbstverständlich sehr erregt, verbirgt es aber aus Eigenliebe. In diese Angelegenheit hat sich der Erzbischof Ioasaph eingemischt, und das kann für Inokow verhängnisvoll werden. Er ist wahrheitsliebend bis zur Torheit, will nicht, daß man ihn verteidigt, und behauptet, der Dirigent habe Lisa mit der Drohung eingeschüchtert, sie anzuzeigen; sie hat angeblich zu den Chorsängern, unter denen sich viele Handelsgehilfen und Handwerker befinden, etwas Politisches gesagt. Wie ich aber Lisa kenne, halte ich so etwas natürlich für ausgeschlossen. Das Schlimmste ist, daß Inokow nicht begreift, wie sehr er meiner Schule geschadet hat. Ich wundere mich über Lisa: Wie konnte sie zulassen, daß so ein Bengel sich in sie verliebt! Sie hat eine unnormale Neugier für Menschen, das ist in unserer Zeit sehr gefährlich. Du schriebst ganz richtig, daß die Zeiten immer unruhiger werden und daß es vollkommen natürlich ist, wenn die Behörden zur Aufrechterhaltung der Ordnung etwas rücksichtslos vorgehen.«

Über die Ordnung und die Notwendigkeit, sie zu schützen, stand noch sehr viel in dem Brief, aber Samgin konnte den Brief nicht zu Ende lesen, denn im Vorzimmer hustete jemand, spuckte aus, und auf der Schwelle erschien ein kleiner Mann. »Darf ich?«

»Bitte.«

»Ist die Somowa zu Hause?«

»Ich komme gleich«, rief Ljubascha, ihre Tür kurz öffnend.

Der Mann trat in den Lichtstreifen vor dem Fenster, ging auf Samgin zu und sah ihm so fordernd ins Gesicht, daß Samgin aufstand und sich vorstellte, wobei er dachte:

Anscheinend ein »erklärender Herr«.

»So«, sagte der Gast, reichte Klim seine trockene, kalte Hand und fragte, den Händedruck erwartend: »Sind Sie nicht ein Verwandter von Jakow Akimowitsch?«

»Er ist mein Onkel.«

»Aha. Ich saß mit ihm im Saratower Gefängnis.«

»Er ist gestorben.«

»Ganz richtig. Ich war dabei.«

Der Mann setzte sich Klim gegenüber auf einen Stuhl. Nachdem er Klim ein paar Sekunden mit dem verwirrenden Blick seiner Mäuseaugen angesehen hatte, setzte er sich auf den Diwan hinüber und begann wieder ihn zu betrachten, wie ein Maler ein Modell, das er porträtieren will. Er war klein, sehr mager und trug einen Kittel, der die Farbe von Herbstwolken hatte und dem Kittel Lew Tolstois ähnelte; er hatte das Gesicht eines Halbwüchsigen, der vorzeitig ein graues Kinnbärtchen bekommen hat; seine schwärzlichen Augen saugten sich unangenehm an Klim fest, sein Gesicht zierten eine spitze Nase und ein fast lippenloser, kleiner Mund, der von den weißen Borsten eines spärlichen Schnurrbarts überdeckt war.

»Sind Sie hier an der Universität?«

»Ja.«

»Jurist«, behauptete der Mann, setzte sich wieder an den Tisch, nahm einen kleinen Lederbeutel und ein Heftchen Zigarettenpapier aus der Tasche und erklärte, während er sich eine Zigarette fabrizierte: »Den Juristen kann man sofort vom Naturwissenschaftler unterscheiden.«

Jeder von ihnen will auf diese oder jene Weise seine Eigenart betonen, dachte Samgin ärgerlich, obwohl er sah, daß im vorliegenden Fall die Eigenart von der Natur selbst betont wurde. In diesem Augenblick kam Ljubascha ins Speisezimmer gerollt, ganz in Weiß, als wollte sie zum Abendmahl gehen, aber mit Pantoffeln an den bloßen Füßen.

»Wie ist es nun, Onkel Mischa?«

»Nicht einverstanden«, sagte er und schüttelte den Kopf.

»Ach, dieser Angsthase!« rief Ljubascha, zog sich heftig am Zopf, verzerrte vor Schmerz das Gesicht und fragte: »Es bleibt also bei Ihrem Vorschlag?«

»Jawohl«, antwortete Onkel Mischa leise, aber bestimmt und blies mit Genuß einen langen Rauchstrahl zur Decke, während Ljubascha sich an Samgin wandte: »Onkel Mischa hat Ipatjewskij gut gekannt.«

»Den Sohn und den Vater, alle beide«, verbesserte Onkel Mischa mit erhobenem Finger. »Mit dem Sohn saß ich in Wladimir im Gefängnis. Er war ein kluges Bürschchen, aber unduldsam und überheblich. Er philosophierte zu viel . . . wie alle aus dem Priesterseminar. Der Vater hingegen ist der übliche Pechvogel des geistlichen Standes und Alkoholiker. Solche wie er werden am Ende ihrer Tage zu Pilgern, Klostervagabunden, die sich von gottesfürchtigen Kaufmannsfrauen durchfüttern lassen und allerhand dummes Zeug im Volk ausstreuen.«

Onkel Mischa hatte eine leise Stimme, die aber unversiegbar und klar war wie eine unterirdische Quelle, der endlos kaltes und reines Wasser entspringt.

Die Somowa stampfte ungeduldig mit dem Fuß auf und fragte: »Haben Sie das ›Manifest‹ gelesen?«

»Ich habe es gelesen und wie festgelegt weitergegeben.«

»Und was sagen Sie dazu?«

»Ein recht bedeutendes Ereignis«, antwortete Onkel Mischa, aber seine schmalen Lippen zogen sich zusammen, als wollte er pfeifen. »Vielleicht sogar ein historisches ...«

»Natürlich! ...«

»Schade, daß es elegant und für das Arbeitervolk zu gelehrt geschrieben ist. Und dann – diese modische Anbetung der ökonomischen Wissenschaft. Gewiß, Wissenschaft bleibt Wissenschaft, aber man darf nicht vergessen, daß Thomas Hobbes gesagt hat: ›Wissenschaft ist bedingtes Wissen, unbedingtes Wissen wird durch das Gefühl vermittelt.‹ Die Überfüllung des Kopfes wirkt schlecht aufs Herz. Michailowskij hat das sehr gut an Herbert Spencer bewiesen ...«

Ljubascha unterbrach rücksichtslos diese Rede, indem sie Onkel Mischa vorschlug, etwas zu essen. Er willigte schweigend ein, setzte sich an den Tisch, nahm ein Stück Roggenbrot und goß sich ein Glas Milch ein, dann aber erhob er sich und ging auf der Suche nach einem Ablegeplatz für seinen Zigarettenstummel im Zimmer herum. Dieses Suchen vereinfachte ihn sofort in Samgins Augen, denn er hatte schon viele Menschen gesehen, deren Leben durch Zigarettenstummel und allerhand andere Kleinigkeiten behindert wird, wobei sie das allgemein Menschliche und Alltägliche an ihnen sichtbar machen.

Dann trat ins Speisezimmer eigentümlich seitlich wie in einen Straßenbahnwagen ein mittelgroßer, stämmiger und schwarzbärtiger Mann mit feuchten Augen und unzufriedenem Gesicht.

»Pimen Gussarow«, stellte ihn Ljubascha vor, worauf er zweimal nickte, ein Päckchen Zeitschriften vor die Somowa hinlegte und mit metallischer Stimme sagte: »Die Seiten sind auf den Umschlägen angegeben.«

Auch er begann sofort vom »Manifest« zu sprechen, aber ärgerlich.

»Es war höchste Zeit. Man redet bei uns immerzu davon, wie man denken müsse, während davon gesprochen werden muß, was zu tun ist.«

Onkel Mischa nickte einverstanden, aber das befriedigte Gussarow nicht, und er fuhr ebenso ungehalten fort: »Die liberalen alten Männlein stöhnen und tuscheln immer noch in den Zeitschriften: so kann man nicht leben. Doch unsere Generation hat die Frage längst entschieden, wie und wofür man leben muß.«

»Sind Sie Marxist?« fragte Klim. Gussarow sah ihn mit einem Auge an, wandte sich ab und starrte auf den Teller.

»Ich bin geteilter Ansicht. Die Rolle des ökonomischen Faktors erkenne ich an, aber auch die Rolle der Persönlichkeit in der

Geschichte. Und dann – der Materialismus: er ist wie man ihn auch auslegen mag, eine pessimistische Lehre, Revolutionen jedoch sind stets von Optimisten gemacht worden. Ohne sozialen Idealismus, ohne das Pathos der Menschenliebe läßt sich keine Revolution machen, das Pathos des Materialismus aber wird Zynismus.«

Er sprach mißmutig, entschieden, betonte stark das O und wandte die mürrischen Augen von Onkel Mischa auf die Somowa, von ihr auf Klim. Klim sagte sich, daß man diesem Mann nicht widersprechen dürfe, er würde womöglich zu schimpfen anfangen, versuchte aber dennoch, ihn vorsichtig nach dem Zynismus zu fragen. Gussarow murmelte unwirsch: »Mit Heuristik befasse ich mich nicht. Ich habe meine Ansichten geäußert, machen Sie damit, was Sie wollen. Vor allem muß die Selbstherrschaft vernichtet werden, das Weitere wird sich dann finden.«

Ljubascha sah ihn mit unfreundlichen Augen an; Onkel Mischa nickte beifällig mit dem spärlich behaarten, blaugrauen Kopf und putzte seine Zigarettenspitze mit einer Haarnadel, Gussarow begann hastig Himbeeren mit Milch zu essen, verzog jedoch dabei das Gesicht, als schlucke er Essig. Er hatte leuchtend rote Lippen, die Haut des Gesichts und des Halses war fahlweiß und schien, wo sie nicht mit dichtem, wie Krähenfedern glänzendem Haar bedeckt war, wie gepudert. Der tabakfarbene Anzug war ihm eng. Gussarow bewegte sich vorsichtig, sein gestärktes Hemd knisterte, er schob die Hand unter die Jacke, zog an den Hosenträgern, und sie klatschten laut gegen das steife Hemd. Als er zwei Teller Himbeeren gegessen hatte, wischte er Lippen und Bart mit dem Taschentuch ab, stand auf, sah in den Spiegel und ging ebenso unerwartet fort, wie er erschienen war.

»Ein gediegener Bursche«, lobte ihn Onkel Mischa, während Samgin den Eindruck hatte, Gussarow wäre eben erst von weit her in wichtiger Angelegenheit eingetroffen, vielleicht, um sich mit einem geliebten Mädchen trauen zu lassen oder der durchgegangenen Frau nachzujagen, als wäre er angekommen, hätte sein Gepäck bei der Aufbewahrungsstelle zurückgelassen und wäre seinem Glück oder seinem Verhängnis nachgestürzt.

Bald ging auch Onkel Mischa, nachdem er Samgin mit wohlwollendem Lächeln fest die Hand gedrückt hatte; im Vorzimmer sagte er zu Ljubascha: »Na, na – nur nicht eilen!«

Als die Somowa ihn hinausbegleitet hatte, begann sie zu erzählen: »Wer dieser Onkel Mischa ist, weißt du natürlich . . .«

Samgin wußte es nicht, zog aber aus irgendeinem Grund derart die Brauen hoch, als wäre es überflüssig, von Onkel Mischa zu sprechen. Gussarow war, wie sich herausstellte, der verlorene Sohn eines reichen Maler- und Dachdeckermeisters; vom Vater war er schon als Schüler der sechsten Gymnasialklasse fortgegangen, hatte das Kasaner Veterinärinstitut besucht, aus dem er im zweiten Jahr ausgeschlossen wurde, war Verwalter eines großen Gutes im Gouvernement Tambow, Matrose bei der Wolga-Dampfschiffahrt gewesen und jetzt arbeitslos, doch es war ihm bereits die Stelle des Kontrolleurs in einer Fabrik versprochen worden.

»Er soll ein ausgezeichneter Propagandist sein. Aber mir gefällt er nicht, er ist grob, ehrgeizig, und hast du beobachtet, was für breite Zähne er hat? Wie die Tasten einer Ziehharmonika.«

»Er scheint dumm zu sein?« fragte Samgin.

»Nein, das meint man wegen seiner Selbstsucht«, erklärte Ljubascha. »Sympathisch dagegen ist Dolganow – hat er dir gefallen? Oh, Klim, wieviel neue Menschen! Das Leben . . .«

Klim vollendete den Satz: » . . . setzt die Untauglichen, Überflüssigen an die Luft, und so irren sie von Haus zu Haus . . .«

Das war die Einleitung zu seiner Strafpredigt für Ljubascha, aber sie sah nach der Uhr und griff sich erschreckt an den Kopf.

»Oh, ich komme zu spät! Ich muß in den Petrowskij-Park – ich eile, ich eile!«

Sie lief fort und hinterließ in der Tür einen Pantoffel, der ihr vom Fuß gefallen war.

Samgin schritt voll kleinlicher Gedanken über die Mutter, Inokow und die Spiwak im Zimmer umher, aber das alles war fern und uninteressant, ihn beunruhigte die Frage: was war das für ein »Manifest«? War denn etwa eine ernsthafte politische Partei möglich, die fähig wäre, die Intelligenz zu organisieren, die Studenten- und Arbeiterbewegung in die Hand zu nehmen und die Schwätzer, Hysteriker und Anarchisten beiseite zu schieben? In einer Partei kultivierter Menschen könnte auch er unterkommen. Er begab sich zu Preiß, aber dort teilte Kasja ihm fröhlich mit, Boris Viktorowitsch sei ins Ausland gereist. Samgin ging in ein Restaurant, verzehrte etwas und saß dann zwei Stunden in einem Operettentheater, wo es langweilig war und schlecht gespielt wurde. Gegen Mitternacht kehrte er heim. Die Anfimjewna sagte ihm, Ljubascha sei vor kurzem nach Hause gekommen, aber sie schlafe schon. Er ging auch zu Bett und sah sich im Traum in einem dunklen, leeren Saal auf dem Podium sitzen, und aus der dunklen Leere rief ihm jemand eindringlich zu: »Stehen Sie bitte auf!«

Aufstehen konnte er nicht, denn er hatte irgendein weites, schweres Gewand an; da fuhr ihn die Stimme wie ein Windstoß an, rüttelte ihn und blies ihm direkt ins Ohr: »Stehen Sie auf!«

Samgin erwachte und sprang auf.

»Wie heißen Sie?« fragte ihn ein Gendarmerieoffizier und stellte sich, einen Schritt vom Bett zurücktretend, neben einen Mann in Richteruniform; seitlich von ihnen stand ein junger Gendarm, hielt die Kerze ohne Leuchter in der erhobenen Hand und beleuchtete Klims Gesicht, während die Gestalt eines zweiten Gendarmen die Tür zum Speisezimmer verdeckte.

»Wie heißen Sie?« fragte ihn ein Gendarmerieoffizier mit sehr blassem Gesicht und glänzenden Augen. Samgin tastete nach der Brille und nannte seufzend seinen Familiennamen.

»Wie?« fragte der Offizier ungläubig und verlangte die Ausweispapiere; Klim griff nach seiner Jacke, konnte lange die Tasche nicht finden, fand sie schließlich, entnahm ihr alles darin Enthaltene und reichte es schweigend dem Offizier.

»Leuchte her!« befahl dieser dem Gendarmen und entfaltete die Papiere. Im Speisezimmer wurde eine Lampe angezündet, und eine leise Stimme sagte: »Bring her.«

Dann fragte laut und dreist Ljubascha: »Was soll das bedeuten?«

»Haussuchung«, antwortete die leise Stimme und fragte ihrerseits: »Sind Sie Warwara Antropowa?«

»Ich bin Ljubow Somowa.«

»Wo ist denn die Inhaberin der Wohnung?«

»Und des Hauses«, sagte jemand heiser.

»Wie?«

»Und die Inhaberin des Hauses. Sie ist, wie ich gemeldet habe, nach Kostroma abgereist.«

»Wer wohnt noch in dieser Wohnung?«

»Niemand«, antwortete Ljubascha zornig.

Samgin merkte beim Anziehen, daß der Offizier und der Beamte einen Blick wechselten, dann schlug sich der Offizier mit Klims Papieren auf die Hand und fragte: »Wohnen Sie schon lange hier?«

»Ich bin auf der Durchreise aus Finnland für einen Tag hier abgestiegen!«

Der Offizier beugte sich zu ihm vor. »Aus . . . von wo?«

»Von Wyborg. Bin auch in anderen Städten gewesen.«

Der Beamte lächelte und ging, seinen Bart zwirbelnd, ins Speisezimmer. Der Offizier trat zur Seite, deutete mit dem Finger hinter ihm her und forderte Klim auf: »Bitte mitkommen!«

Im Speisezimmer am Tisch saß ein anderer Offizier, er war mittelgroß, hatte ein dunkles Gesicht, eine spitze Nase und graue Stoppeln rund um die Glatze und auf der Oberlippe; er war der Typ des Infanteristen, sein Rock blähte sich im Rücken wie ein Buckel, und der Kragen war in den Nacken gerutscht. Er blätterte in Heften, und als Klim eintrat, sah er ihn mit flachen Augen an und fragte: »Hat das etwas mit dem Theater zu tun?«

Dann beugte er sich wieder über den Tisch und sagte zu sich selber: »Vorlesungen.«

Er sah Ljubascha an, die mit aufgeblasenem und gekränktem Gesicht in der Diwanecke saß. Der Adjutant legte ihm Klims Papiere hin, beugte sich vor und flüsterte ihm ein paar Sekunden lang etwas in das graue Ohr. Der Vorgesetzte unterbrach ihn durch eine Handbewegung und fragte Klim: »Sie sind aus Finnland gekommen? Wann?«

»Heute früh.«

»Weshalb sind Sie dorthin gereist?«

»Um meinen Vater zu beerdigen.«

Der Offizier erhob sich, hustete kurz und ging in das Zimmer, wo Samgin geschlafen hatte, der Adjutant und der Beamte folgten ihm, wobei der Beamte als letzter ging und aus seinem Schnurrbart boshaftes Lächeln und Grimassen herauszupfte. Sie schlossen hinter sich fest die Tür, und Samgin dachte: So werde auch ich einmal gezwungen sein, Gendarmen bei Haussuchungen zu begleiten und verächtlich zu lächeln.

Er begriff, daß die Haussuchung nicht ihn betraf, fühlte sich ruhig, schläfrig. An der Vorzimmertür saß ein Polizeibeamter, er hatte den Säbel zwischen die Beine gestellt und die krebsroten Hände auf den Knauf gelegt; die Tür war durch zwei regungslose Zivilzeugen versperrt. In den Zimmern wühlten sporenklirrend die Gendarmen, schoben Möbel umher und nahmen die gerahmten Bilder von den Wänden; das alles war für Samgin nichts Neues.

»Weiß der Teufel, was das ist!« rief plötzlich die Somowa; Klim trat etwas weiter von ihr weg und setzte sich auf einen Stuhl, sie jedoch forderte laut: »Polizist, sagen Sie, daß man mir etwas zu trinken bringt!«

Ohne sich zu rühren, erteilte der Polizist jemandem hinter der Tür den Befehl: »Sag es Petrow.«

Eine Minute später trat die Anfimjewna mit einer Karaffe Wasser auf dem Tablett ins Zimmer; die Somowa hob beim Eingießen die Karaffe hoch, und Klim hörte, wie sie beim Gluckern des Wasser etwas flüsterte. Er sah sich erschrocken um.

Sie wird Ärgernis erregen . . .

Der Adjutant steckte den Kopf durch die Tür und fragte: »Ist ein Telefon in der Wohnung?«

»Suchen Sie«, antwortete Ljubascha, bevor noch einer der Gendarmen sagen konnte: »Nein. Euer Wohlgeboren!«

Die Anfimjewna ging hinaus, prallte in der Tür mit den Zeugen zusammen und brummte: »Sehen Sie denn nicht, daß ich Geschirr in der Hand habe!«

Dabei hatte sie gar keins in der Hand.

Zu Samgins Verwunderung endete für ihn alles nicht so, wie er es erwartet hatte. Der grauhaarige Gendarm und der Staatsanwaltsadjunkt traten mit der Miene von Menschen ins Speisezimmer, die sich gezankt hatten; der Adjutant setzte sich an den Tisch und begann zu schreiben, der Gerichtsbeamte stellte sich ans Fenster und kehrte allem, was im Zimmer vorging, den Rücken. Der Grauhaarige jedoch trat auf Ljubascha zu und sagte halblaut: »Ziehen Sie sich bitte an.«

Sie stand auf und ging allzu festen Schrittes in ihr Zimmer. Der Gendarm blickte hinter ihr her und wandte sich an Samgin: »Sie auch, bitte.«

Eineinhalb Stunden später etwa schritt Samgin auf der Straße hinter einem der Zeugen her, der wankend vor ihm ging, während hinter ihm die Sporen des Gendarmen klirrten. Der Himmel war im Osten vormorgendlich grün, aber die Stadt schlief noch, in warme, dumpfe Finsternis gehüllt. Samgin ergötzte sich etwas an seiner Ruhe, obwohl es kränkend war, durch die leeren Straßen hinter einem Mann herzugehen, der, die Hände in den Manteltaschen, geräuschlos dahinschritt, als ob er den Boden mit den Füßen nicht berührte und sich auf den Armen trüge, die er an die Hüften gelegt hatte.

Nun bin auch ich zur Abgeltung der Gefängnispflicht herangezogen worden, dachte er, kam sich ein wenig wie ein Held vor und zweifelte nicht daran, daß seine Verhaftung ein Irrtum war, wovon ihn auch das Verhalten des Staatsanwaltsadjunkten überzeugt hatte. Sie gingen durch Nebengassen, einmal öffnete sich fünf Schritte vor Samgin eine Haustür, und eine Frau mit großem Hut und grauem Mantel trat auf die Straße. Ein Mann, der nicht zu sehen war, sagte beim Türschließen: »Vergessen Sie es also nicht . . .«

Die Frau machte einen Schritt auf Klim zu, er trat zur Seite, erkannte in ihr die Bekannte Ljutows und merkte, daß auch sie ihn anscheinend erkannt hatte.

Morgen wird man wissen, daß ich verhaftet bin, dachte er nicht ohne Stolz. Sie war mit »Sie« angeredet worden, also ist das Konspiration und kein Roman.

Er war sehr erstaunt, als er sah, daß man ihn nicht, wie er erwartet, ins Polizeirevier, sondern offensichtlich in die Gendarmeriedirektion führte, in ein kleines Souterrainzimmer; die Fenster waren von außen mit Eisenstäben vergittert, durch die unteren Scheiben sah man die Backsteinverkleidung eines Schachtes, durch die oberen ein quadratisches Stück blaßrosa Himmels.

Ich habe das Milieu gewechselt, dachte Klim lächelnd, und da er sich vor Müdigkeit zerschlagen fühlte, zog er sich sofort aus und legte sich schlafen. Er erwachte gegen Mittag, die Zeit erfaßte er an der Wärme im Zimmer. Die Wände waren mehrfach gestrichen und trotzdem mit Spuren eingeritzter Inschriften verkritzelt. Es roch nach Karbol und Moder. Man hatte offenbar auf sein Erwachen gewartet, denn es schnappte ein Riegel, die Tür öffnete sich, und ein verbrauchter alter Gendarm forderte ihn freundlich auf, sich zu waschen. Dann brachte man ihm Tee wie in einem Gasthaus: zwei Kannen, ein halbes Weißbrot, eine Scheibe Zitrone und vier Stück Zucker. Als er Tee getrunken hatte, wartete er, daß man ihn zum Verhör hole; seine Stimmung sank nicht, er wurde jedoch nicht zum Verhör geholt, sondern man brachte ihm aus einem Restaurant ein erkaltetes, aber schmackhaftes Essen. Der erste Tag verging ziemlich schnell, der zweite war länger, doch kürzer als der dritte, und so wurden die Tage unter Verletzung der Gesetze der Erdbewegung rund um die Sonne immer länger, jeder Tag steigerte die sinnlose Langeweile, enthüllte die Leere in seiner Seele und in dieser Leere die Kränkung, die zwar von Tag zu Tag zunahm, aber die Langeweile nicht besiegen konnte. In dem Haus herrschte klösterliche Stille, nur ab und zu klirrten hinter der Tür Sporen oder ertönten brummige Stimmen, und nur einmal erhaschte Samgins Ohr den vorwurfsvollen Satz: »Doch nicht Ossi-lin, du Dummkopf, sondern Ossinin! Das sind nicht Menschen, sondern unser . . .«

Erst am elften Tag öffnete ein reich mit Medaillen dekorierter Wachtmeister die Tür, maß Samgin mit vernichtendem Blick, schob eine große goldene Medaille unter seinem grauen Bart vor und kommandierte: »Bitte mitkommen.«

Eine Minute später hatte Samgin allen Grund anzunehmen, daß sich wiederholen werde, was er schon einmal erlebt hatte: Er saß in einem kleinen Zimmer mit dem Gesicht zum Fenster an einem Tisch, und ihm gegenüber hinter dem Tisch befand sich ein Offizier, nur war die Zimmereinrichtung nicht so wohnlich wie bei Oberst Popow, sondern ernster, amtlicher. Der Offizier kam Klim fescher vor als bei der Haussuchung. Er hatte ein dunkles Gesicht, wie es weißhäutigen Nordländern eigen ist, die lange im Süden gelebt haben, und klare, fast lustige Augen. Samgin entdeckte im Gesicht dieses typisch militärischen Menschen keinen einzigen besonderen Zug, und das beruhigte ihn sehr. Der Gendarm fragte gutherzig: »Haben Sie sich gelangweilt?«

»Etwas«, gestand Samgin. »Das verdanke ich ...«

Der Gendarm ließ ihn aber nicht zu Ende sprechen, sondern beklagte sich über das Ausbleiben des Regens, über die Schwüle und erkundigte sich dann: »Rauchen Sie?«

Plötzlich legte er die Ellenbogen auf den Tisch, verschränkte die Finger und fragte halblaut: »Nun, wie steht's?«

Samgin schwieg eine Weile und fragte dann, ohne eine Erläuterung der Frage abzuwarten, seinerseits: »Wovon sprechen Sie?«

»Von Ihnen.«

Der Offizier warf den Kopf zurück, streckte die Beine unter dem Tisch aus und schob die Hände in die Taschen, sein Gesicht zeigte Erstaunen. Er sog die Luft durch die Nase ein, stieß einen heiseren Ton aus und begann gedämpft, in nachdenklichem Ton: »Von Amts wegen habe ich in die Briefe Ihrer verehrten Frau Mutter Einsicht genommen, habe Ihre Aufzeichnungen – noch nicht alle! – gelesen und muß gestehen, ich bin erstaunt! Wie kommt es, daß Sie, ein Mensch, der, wenn er allein ist, gesund und solide denkt, schon zum zweitenmal in den Tätigkeitsbereich der Offiziere der Gendarmeriedirektion geraten?«

»Das wissen Sie doch«, antwortete Samgin lächelnd, begriff aber sofort, daß er unvorsichtig geantwortet hatte und nicht hätte lächeln dürfen.

»Die Tatsachen kenne ich, aber die Motive? Die guten Motive sind mir unverständlich!« sagte der Gendarm, zog die Hände aus den Taschen, nahm eine Schere vom Tisch und schnippte damit.

»Sehen Sie«, fuhr er mit gerunzelten Brauen fort, »ich weiß, daß einige meiner Kameraden, wenn sie es mit Studenten zu tun haben, die Methode der sozusagen väterlichen Ermahnung anwenden, Mitleid bekunden, zureden und überhaupt sentimental werden. Ich gehörte nicht zu diesen«, sagte er und begann, indem er die Schere unter den Tisch hielt, eintönig trockene Worte abzuschneiden: »Ich erfülle gewissenhaft die Aufgabe, die mir am Herzen liegt: die Staatsordnung zu schützen. Und wenn ich sehe, daß jemand gegen diese Ordnung feindlich eingestellt ist, so schone ich ihn nicht! Nein, der Mensch ist ein vernünftiges Wesen, und wenn er Strafe verdient, setze ich alles daran, daß er gebührend bestraft wird. Zuweilen ist es von Nutzen, auch über Gebühr zu strafen, vorschußweise, à conto der Zukunft. Verstehen Sie?«

Samgin hätte fast »Ja« gesagt, antwortete aber: »Ich – höre.«

Der Offizier schnippte erneut, lauter mit der Schere und warf sie auf den Tisch, seine Augen verloren die natürliche Form, weiteten sich und schienen flach zu werden.

»Wie kommt es, daß Sie Ihre Karriere aufs Spiel setzen und mit Menschen verkehren, die politisch unzuverlässig und Ihnen unsympathisch sind ...?«

»Aus meinen Aufzeichnungen konnten Sie das nicht entnehmen«, sagte Klim hastig und betrachtete aufmerksam den Gendarmen.

»Was konnte ich nicht entnehmen?« fragte der Gendarm.

Klim antwortete nicht; sein fein entwickeltes Gefühl des Mißtrauens gegen die Menschen sagte ihm, daß der Gendarm gar nicht so schrecklich war, wie er sich aufspielte.

»Sie machen doch Ihre Aufzeichnungen nicht, wie man so sagt, um anderen Sand in die Augen zu streuen!« rief der Offizier aus. »Ihre ablehnende Haltung gegen die Politikaster kommt ganz deutlich darin zum Ausdruck, und obwohl Sie keine Namen nennen, ist mir bekannt, daß Sie den Zirkel Marakujews besucht haben ...«

»Sie können nicht behaupten, ich sei Mitglied dieses Zirkels, oder meine Ansichten ...«

»Uns ist über Sie vieles, wahrscheinlich alles bekannt!« unterbrach ihn der Gendarm, und Samgin fühlte wieder, daß er zuviel gesagt hatte, und war froh, daß der Gendarm ihn nicht hatte ausreden lassen. Jetzt sah er, daß das Gesicht des Offiziers so ungemein beweglich war, als bestände die Unterlage seiner Muskeln nicht aus Knochen, sondern aus Knorpel: es wurde noch dunkler, schob sich zur Nase hin zusammen, spitzte sich zu und hätte komisch ausgesehen, wenn die Augen nicht unzugänglich und streng geblickt hätten. Der Offizier fuhr mit erhobener Stimme fort: »Und das genügt vollkommen, um Ihnen das Recht zum Universitätsstudium zu entziehen, Sie aus Moskau in die Heimat auszuweisen und polizeilich überwachen zu lassen.«

Er verstummte, lockerte langsam die Knorpel und Muskeln des Gesichts, wölbte die Augen vor und schnalzte.

»Aber die Regierung ist human, es liegt nicht in ihrer Absicht, die Zahl jener zu vergrößern, die ihren Platz im Leben nicht zu finden wissen, und dadurch die Reihen derer aufzufüllen, die durch persönliche Mißerfolge verbittert sind, wie alle Revolutionäre.«

Er schnippte mit der Schere, schielte auf ein Blatt Papier und klopfte mit dem Finger darauf. »Sie schreiben hier: ›Bin Streiter in keinem der zwei Lager, möchte nicht einmal ein zufälliger Gast in einem von ihnen sein‹ – das ist ein in unserer Zeit ganz unmöglicher

Standpunkt! Diese Eintragung widerspricht einer anderen, wo Sie den alten Koslow als äußerst sympathischen Mann schildern und über seine Kenntnis des Landes und seine Liebe zu Rußland entzückt sind. Liebe ist, wie Glaube, tot ohne Taten!«

Er zog sein Gesicht wieder zu einem Keil zusammen und begann in geradezu väterlichem Ton zu überreden: »Nein, Sie müssen sich entscheiden: Wir oder sie?«

Er ist nicht klug, dachte Samgin flüchtig.

»Wir – das sind die Kräfte Rußlands, die seine glänzende internationale Lage, seine innere Schönheit und eigenartige Kultur geschaffen haben.«

In diesem väterlichen Ton erzählte er lange von der Tätigkeit der Bauernbank und der Umsiedlerverwaltung, von den Kirchenschulen, vom Wachstum der Industrie, die immer mehr Arbeitshände erfordere, und davon, daß die Regierung sich in das Verhältnis zwischen Arbeitgeber und Arbeiter einschalten müsse; sie habe jetzt schon den Arbeitstag verkürzt, die Fabrik- und Werkinspektion eingeführt und Kranken- und Versicherungskassen projektiert.

»Ich kann Ihnen versichern, daß die Regierung eine Umwandlung der ökonomischen Bewegung in eine politische nicht zulassen wird, o nein!« rief er leidenschaftlich aus, sah Samgin in die Augen und fragte zum zweitenmal: »Nun, wie steht's?«

»Ich verstehe Ihre Frage nicht«, sagte Klim. Er fühlte sich klüger als der Gendarm, und darum gefiel ihm der Gendarm in seiner Gradlinigkeit und Überzeugtheit und war ihm sogar physisch angenehm, da er so entschlossen und ungestüm war.

»Sie verstehen sie nicht?« fragte er, und seine hellen Augen wurden wieder flach. »Sie ist leicht zu verstehen: Ich schlage Ihnen vor, Ihre wirklichen Sympathien aktiv zum Ausdruck zu bringen, sich entschieden auf die Seite der Rechtsordnung zu stellen . . . Nun?«

Das hatte Samgin nicht erwartet, er fühlte sich aber auch nicht besonders verwirrt oder beleidigt. Er zuckte mit den Schultern und lächelte stumm, aber der Gendarm schnitt mit der Schere in die Luft, stach sie in die Papiere auf dem Tisch, erhob sich, auf sie gestützt, beugte sich zu Samgin vor und sagte leise: »Ich schlage Ihnen vor, mein Informant zu werden . . . Warten Sie, warten Sie!« rief er, als er sah, daß Samgin sich ebenfalls vom Stuhl erhob.

»Sie beleidigen mich«, sagte Klim sehr ruhig. »Ich werde kein Spion.«

»Ich habe Ihnen nichts dergleichen vorgeschlagen!« rief der Offizier gekränkt. »Ich weiß, mit wem ich spreche. Wo denken Sie hin! Was ist ein Spion? Jede Botschaft hat einen Militärattaché, bezeichnen Sie ihn als Spion? Haben Sie Mickiewicz' Poem ›Konrad Wallenrod‹ gelesen?« sagte er hastig. »Ich schlage Ihnen keinen bezahlten Dienst vor; ich spreche von Ihrer freiwilligen, ideellen Mitarbeit.«

Er setzte sich und fuhr, geschickt wie ein Friseur mit der Schere weiterfechtend, leise und weich fort: »Wir brauchen intelligente und über den Verlauf des revolutionären Denkens – beachten Sie, des Denkens! – unterrichtete Informatoren, brauchen sie nicht so sehr, um die Feinde der Ordnung zu bekämpfen, als um gerecht zu sein, Irrtümer zu vermeiden und die Schafe einwandfrei von den Böcken zu scheiden. In der Studentenbewegung haben nicht wenig junge Leute zufällig zu leiden ...«

Samgin setzte sich auch, ihm zitterten die Knie, er war erschrokken. Er hörte den Gendarmen vom »Manifest« und darüber sprechen, daß die Volkstümler davon träumen, die Taktik der Naradowolzen anzuwenden, daß man sich in alldem schwer zurechtfinde, wenn man keine genauen Nachrichten darüber habe, inwieweit das Worte sind, inwieweit es ein Unternehmen ist; man müsse sich aber darin auskennen, um die feurige und romantische oder willenlose und politisch ungebildete Jugend zu schützen.

»Nun, wie steht's?« vernahm er wieder die Frage, die dem Gendarmen anscheinend so geläufig war.

»Das mache ich nicht«, sagte Samgin, so ruhig er konnte.

»Ist das Ihr fester Entschluß?«

»Ja.«

Der Offizier erhob sich lächelnd und schüttelte den Kopf.

»Ich will Sie nicht fragen, warum, sage aber geradeheraus: Ich glaube nicht an Ihren Entschluß! Der Weg, den ich Ihnen gewiesen habe – der Weg des aufopfernden Dienens für die Heimat –, ist Ihr Weg. Ausdrücklich: das aufopfernde Dienen«, wiederholte er mit Betonung jeder Silbe. »Nun, Sie sind frei ... im Stadtgebiet Moskaus. Ich müßte Sie eigentlich unterschreiben lassen, daß Sie die Stadt nicht verlassen werden, für kurze Zeit! Aber ich werde mich mit Ihrem Ehrenwort begnügen – Sie werden nicht wegfahren?«

»Das versteht sich von selbst«, seufzte Klim erleichtert.

»Einen Teil Ihrer Papiere dürfen Sie an sich nehmen – diese hier! Sie werden in der Wohnung der Antropowa wohnen? Übrigens: Kennen Sie Ljubow Somowa schon länger?«

»Seit meiner Kindheit.«

»Was für ein Mensch ist sie?«

»Ein sehr ... gutes Mädchen«, antwortete Samgin nach kurzem Zögern.

»Hm? Nun, auf Wiedersehen.«

Er hielt ihm die Hand hin, Klim reichte ihm die seine und fühlte den festen Druck kräftiger und harter Finger.

»Denken Sie mal über sich nach, Klim Iwanowitsch, denken Sie ohne Angst vor Worten und mit Liebe zur Heimat«, riet der Gendarm, und in seiner Stimme hörte Klim Töne aufrichtigen Wohlwollens.

Klim ging gebeugten Nackens durch die Straße und sah sich um wie einer, den man auf den Kopf geschlagen hat und der einen weiteren Schlag erwartet. Es war heiß, glühender Wind irrte durch die Stadt und spielte mit dem Staub, das erinnerte Samgin an den Hausknecht, der der Häftlingskolonne den Staub absichtlich vor die Füße gefegt hatte. In seiner Erinnerung erklang der Ausruf des Zuchthäuslers: »Lazarus ist auferstanden!«, und Klim sagte sich, daß die neutestamentlichen Legenden von der Auferstehung der Toten irgendwie unvollkommen seien, sie sagten weder dem Verstand noch dem Herzen etwas. Über den Dächern der Häuser zogen die Wolken rasch dahin, in einer blaugrauen Wolke hinter der Moskwa leuchtete ein Blitz auf. Samgin lauschte durch den Lärm der Stadt, wartete auf den Donner, aber der Donner kam nicht, er blieb in der Wolke hängen. Passanten, die ihm begegneten oder ihn überholten, stießen ihn. Samgin betrat, um ihnen zu entgehen, die Anlagen bei der Erlöserkirche, setzte sich auf eine Bank, und sein erster klarer Gedanke formte sich zu der Frage: Wodurch hat mich der Gendarm erschreckt? Jetzt schien ihm, schon lange bevor der Offizier ihm vorgeschlagen hatte, Spionagedienste zu leisten, hätte er gewußt, daß ihm dieser Vorschlag gemacht wird. Nicht dieses beleidigende Angebot hatte ihn erschreckt, sondern etwas anderes. Samgin mußte zugeben, daß der Gendarm aus seinen Aufzeichnungen die richtige Schlußfolgerung gezogen hatte, und kam, als er das Paket in seiner Tasche berührte, zu dem Entschluß: Ich werde sie verbrennen. Und werde nicht mehr schreiben.

Seine Gedanken waren zusammenhanglos und zerschellten an einem unklaren, bedrückenden Gefühl. Zwei junge Mädchen kamen vorbei, die eine warf einen Blick auf ihn, stieß die Freundin mit dem Ellenbogen an und sagte etwas zu ihr; auch die Freundin sah Klim an, und beide verlangsamten den Schritt.

Wie einen Selbstmörder gaffen sie mich an, die dummen Gänse, dachte Samgin. Ich mache wahrscheinlich ein böses Gesicht.

Er stand auf, trat den Heimweg an und suchte sich einzureden: Selbstverständlich bin ich moralisch beleidigt, wie jeder anständige Mensch. Ja, moralisch.

Doch er vermutete dunkel, der Drang, sich dies einzureden, bestätigte das Gegenteil: Der Vorschlag des Gendarmen hatte ihn nicht beleidigt. Um diese Vermutung auszulöschen, dachte er hastig weiter:

Wenn die Theorie zum Handeln verpflichten würde, hätten Schopenhauer und Hartmann sich umbringen müssen. Lenau, Leopardi ...

Doch Samgin begriff bereits: Erschreckt war er gerade dadurch, daß der Vorschlag, Spion zu werden, ihn nicht beleidigt hatte. Das verwirrte ihn sehr, und er hätte es gern vergessen.

Ich verleumde mich, dachte er. Und dieser Oberst oder Rittmeister ist dumm. Und unverschämt. Aufopferndes Dienen ... Aktiver Kampf gegen Ljubascha. So ein Idiot ...

Obwohl Samgin langsam ging, war er in Schweiß gebadet und verspürte in Mund und Kehle bittere Trockenheit.

Die Anfimjewna erstickte bei der Begrüßung schier vor verhaltener Freude.

»Ach, Liebling, man hat Sie also freigelassen! Gott sei gepriesen! Ich hatte schon gedacht, daß man Sie wie Petruscha Marakujew für lange Zeit einsperren würde.«

Sie bekreuzigte sich und wischte sich dabei die Tränen ab, dann ließ sie sich mit großer Vorsicht auf einen Stuhl nieder und flüsterte: »Ja, und Ljubascha! Nun ist sie zu Ende gehüpft! Ach Gott, ach Gott! Ihr Lieben, was nehmt ihr jungen Leute alles auf euch dem Volke zuliebe ...«

Dann seufzte sie laut wie der Kolben einer Dampfmaschine, rollte ihre Jackenärmel bis zum Ellenbogen auf und fuhr sachlich fort: »An dem Morgen, als man Sie abführte, nahm ich einen Korb, als wollte ich zum Markt, und ging zu Semjon Wassiljitsch und zu Alexej Semjonytsch und sagte ihnen, das und das ist passiert. Sie schickten gleich am selben Tag Tanitschka nach Kostroma, um zu erfahren, ob Warja nichts geschehen sei.«

Sie vergoß wieder ein paar Tränen, wobei ihr straffes Gesicht nicht faltig wurde, und stand auf. »Wollen Sie etwas essen, oder möchten Sie Tee haben?«

Samgin lehnte beides ab, ging aber mit ihr in die Küche.

»Diese Papiere hier müssen verbrannt werden.«

»Geben Sie her, ich werde sie verbrennen.«

Samgin blieb in der Küche und sah, wie sie seine Aufzeichnungen im Ofen verbrannte, die Asche in den Mülleimer warf und sie obendrein mit dem Reisigbesen durcheinanderrührte. Das alles hatte etwas Empörendes. Samgin fühlte einen Hysterieklоß im Hals, er hätte gern geschrien und geflucht, ging eine halbe Stunde sinnlos im Zimmer umher, betrachtete die starren Gesichter der berühmten Schauspieler und beschloß zu guter Letzt, ins Bad zu gehen. Zwei Stunden später etwa saß er vom Bad gerötet am Tisch vor dem siedenden Samowar und versuchte einen Brief an die Mutter zu schreiben, aber aus der Feder krochen ganz von selbst trübselige und klägliche Worte aufs Papier; er verdarb mehrere Briefbögen, zerriß sie in kleine Stücke und begann wieder im Zimmer zu kreisen, wobei er ab und zu einen Blick auf die Stiche und Photographien warf.

Aufopferndes Dienen, dachte er, als er Belinskijs schwindsüchtiges Gesicht betrachtete.

Im Vorzimmer lachte jemand und sagte in volkstümlicher Sprechweise, nach Moskauer Art das A hervorhebend: »Schon gut, meine Liebe! Gewöhne dich daran . . .«

Ins Speisezimmer trat ein geckenhafter, hellhaariger, glattfrisierter junger Mann im Flanellanzug, mit einem Strohhut in der Hand und den Handschuhen im Hut.

»Alexej Semjonowitsch Gogin«, sagte er mit glücklichem Lächeln, auch die ihm folgende Anfimjewna lächelte, er setzte sich an den Tisch, warf den Hut auf den Diwan, die Handschuhe flogen aus dem Hut heraus und fielen auf den Boden.

»Reg dich nicht auf«, sagte der Gast zu Anfimjewna, obwohl sie gar nicht aufgeregt war, sondern mit auf dem Leib übereinandergelegten Händen in der Tür stand, ihn gerührt ansah und auf etwas zu warten schien.

»Sie sind schnell wieder losgekommen, ich beglückwünsche Sie!« sagte Gogin, der Klim ungeniert und wie einen alten Bekannten musterte. »Wer hat Sie denn ausgequetscht?« fragte er.

Er sah aus wie ein Verkäufer aus einem guten Galanteriewarengeschäft, wie ein Mensch, der von morgens bis abends junge Mädchen und Damen liebenswürdig anlächelt; er hatte das selbstzufrieden dumme Gesicht eines gesunden Burschen; solche Gesichter ohne besondere Merkmale sind so alltäglich, daß sie einem nicht in Erinnerung bleiben. Seine bläulichen Augen waren übermäßig freundlich, und das steigerte seine Ähnlichkeit mit einem Verkäufer.

»Aha, Oberst Wassiljew! Das ist ein Schurke. Sollte mit Pferden handeln, diese Zigeunerschnauze.«

»Kennen Sie ihn?« fragte Klim.

»Na, und ob ich ihn kenne! Dank seinem Eifer bin ich aus der Universität geflogen«, sagte Gogin, der Klim mit den Augen eines Kurzsichtigen ansah, und lachte bullernd wie ein Dickwanst, obwohl er schlank und dürr war.

Samgin wollte nicht recht glauben, daß dieser elegante Bursche Student gewesen war, doch er dachte, daß die »Informatoren« von Oberst Wassiljew wahrscheinlich solche Leute ohne Gesicht waren.

»Was hat Sie dieser Hegemon bezüglich Ljubascha gefragt?« erkundigte sich Gogin.

»Von ihr war mit keinem Wort die Rede.«

»Wirklich mit keinem Wort?«

Samgin schüttelte den Kopf, sagte aber gleich darauf: »Er fragte nur, ob ich sie schon lange kenne.«

»Tja«, sagte Gogin vor sich hin und strich mit dem Finger über sein goldgelbes Schnurrbärtchen. »Sehen Sie, mein Papachen will für Ljubascha bürgen, sie ist eine Schwestertochter von ihm . . .«

»Ihre Cousine also«, bemerkte Samgin, um etwas zu sagen und weil er Ähnlichkeit zwischen dem hellhaarigen Gogin und Ljubascha fand.

»Nein, ich bin adoptiert, aus einem Waisenhaus«, sagte Gogin schlicht. »Die Beschützer von Thron und Vaterland jagen dem Vater damit Angst ein, daß Ljubow Somowa die Verkörperung schlimmsten Rebellentums sei, und das setzt die Temperatur des humanitären Feuereifers bei Papa um einige Grade herunter. Er und ich dachten, Sie könnten uns vielleicht sagen, welche Missetaten ihr außer der Mitarbeit beim Roten Kreuz zugeschrieben werden.«

»Ich weiß es nicht«, antwortete Klim trocken, aber das beirrte Gogin nicht, und er fuhr fort: »Sie ist öfter nach Nishnij gefahren – ist sie nicht dort irgendwo angeeckt, Sie sind doch, glaube ich, aus Nishnij Nowgorod?«

»Nein«, sagte Samgin und fragte seinerseits, ob Gogin nicht etwas von Warwara wisse.

»Lebt«, antwortete Gogin, wobei er den Samowar ansah und Grimassen schnitt. »Nach einigen Anzeichen zu schließen, ist Ljubaschas Sache nicht von Einheimischen, sondern in der Provinz angezettelt worden.«

Samgin hörte zu und wurde in seinem Verdacht bestärkt: Dieser äußerlich so alltägliche Mensch verriet sich durch seine Sprechweise; er war nicht so einfach, wie er scheinen wollte. Er hatte eigene Worte und zeigte Neigung zur Bissigkeit.

»Eine selbstspringende Natur«, sagte er von Ljubascha, den Pflegevater nannte er »der du bist unter den Liberalen«, dann schlug er mit der Faust auf die »Russischen Nachrichten« und erklärte: »Von den kargen Almosen des Liberalismus kann man in unseren Zeiten nicht leben.«

Seine Haltung war lässig, er war übermäßig redselig, und durch primitive Scherze entschlüpften ihm Worte, die nicht dumm waren. Als Samgin in forschendem Ton bemerkte, daß die revolutionäre Stimmung zunehme, sagte er ganz ruhig: »Sehr viele werden nicht von der Überzeugung kommandiert, sondern von deren unehelicher Tochter, der Überheblichkeit.«

Samgin war fast froh, als der Gast gegangen war.

»Wer ist das?« fragte er die Anfimjewna.

»Wissen Sie das denn nicht?« wunderte sie sich. »Semjon Wassiljewitsch, sein Papa, ist ein berühmter Mann in Moskau.«

»Wodurch ist er berühmt?«

»Nun, wodurch wohl! Er ist reich. Hat ein Kinderkrankenhaus gebaut.«

»Ist er Arzt?«

»Was denken Sie! Er hat sein Geschäft«, sagte die Anfimjewna anscheinend sogar gekränkt.

Am nächsten Tag erschien Onkel Mischa, müde und staubbedeckt; er drückte Samgin wohlwollend die Hand und bat die Anfimjewna: »Geben Sie mir ein Glas Wasser, mit Konfitüre, wenn welche da ist, und sonst mit einem Stückchen Zucker.«

Dann teilte er mit, daß günstige Nachrichten über Ljubascha vorlägen, und sagte: »Suchen Sie bitte aus den Büchern der Somowa die ›Philosophie der Mystik‹ heraus. Aber vielleicht habe ich nicht richtig gelesen«, fügte er brummig hinzu, »welche Philosophie der Mystik kann es denn geben?«

Als Samgin das dicke Buch Du Prels brachte, schüttelte Onkel Mischa verwundert und mißbilligend den Kopf.

»Sieh mal an, es gibt also doch so eine Philosophie!«

Er schlug das Buch auf, kniff die Augen zusammen und blickte durch das Rohr des Buchrückens.

»Geben Sie mir etwas Langes.«

Er stieß mit einem Bleistift aus dem Buchrücken einen Zettel heraus, der wie die Pulvertütchen in den Apotheken zusammengelegt war, faltete ihn auseinander, und da er anscheinend etwas Angenehmes gelesen hatte, lächelte er freundlich.

»Man kann also auch aus der Mystik etwas Nützliches herausholen.«

Samgin, der seine Tätigkeit beobachtete, dachte, daß ihm dies alles früher komisch und eines Menschen unwürdig vorgekommen wäre, der wahrscheinlich nicht weniger als fünfzig Jahre alt war, jetzt aber, da er sich an Oberst Wassiljew erinnerte, lächelte er Onkel Mischa unwillkürlich und teilnahmsvoll zu.

Onkel Mischa rollte den Zettel zu einem festen Röhrchen zusammen und klemmte es zwischen Daumen und Zeigefinger der linken Hand.

»Haben Sie bemerkt, ob das Haus beobachtet wird?« fragte er.

»Ich habe nichts gemerkt.«

»Es muß beobachtet werden«, sagte der kleine Mann nicht nur überzeugt, sondern sogar gleichsam fordernd. Er holte mit dem Teelöffel den Rest der Konfitüre vom Boden des Glases, aß ihn auf, wischte die Lippen mit dem Taschentuch ab und fragte mit unerwarteter Bosheit, die sein Kauzgesicht sehr zierte, indem er Samgin mit dem Finger an die Brust tippte: »Wie ist das nun bei euch: Ihr habt das ›Manifest der Russischen Sozialdemokratischen Partei‹ herausgegeben und druckt gleich danach die kleine Zeitschrift ›Arbeiterbanner‹, schon von der ›Russischen‹ Partei und entschiedener als dieses Manifest, was soll das?«

Klim sagte, er habe weder das eine noch das andere gesehen.

»Das ist es eben«, bemerkte Onkel Mischa, und seine schwarzen Augen funkelten lustig. »Ihr habt es so eilig, daß ihr nicht einmal dazu gekommen seid, euch zu verständigen. Auf Wiedersehen.«

Samgin öffnete das Fenster und sah zu, wie er mit rostbraun verfärbtem Hut, grau, einem alten Sperling gleichend, gemächlich über den Hof ging. Ein rothaariger Junge putzte auf den Stufen des Kücheneingangs der Hebamme Günther mit einem Flaschenkork und zerriebenem Ziegel Tischmesser.

Das Leben ist eine ununterbrochene Vergewaltigung des Menschen, dachte Samgin, während er zusah, wie der Junge auf die Messer spuckte. Der Oberst wird wahrscheinlich das Gespräch mit mir über die Spione wiederaufnehmen ... Der einzige Mensch, dem ich davon erzählen könnte, ist Kutusow. Aber er wird mich auf die andere Seite drängen ...

Aus dem Hof stieg der faulige Geruch von Seife und Fett auf; die Luft war heiß und regungslos. Der kleine Junge begann plötzlich, als hätte er sich verbrannt, mit schriller Stimme zu singen:

> »Warum bist du, mein Erwählter,
> Nicht fröhlich,
> Du sorgloser Galgenstrick?
> Warum hast den Kopf du ...«

Aus dem Küchenfenster langte eine rote Hand heraus, begoß den Sänger mit einer Kelle Wasser, verschwand, und der kleine Junge kreischte auf und sprang im Hof herum.

Dieser Gendarm hat im Grunde genommen Angst und darum ...

Beim Nachdenken ergötzte sich Samgin daran, wie geschickt der rothaarige kleine Junge dem Dienstmädchen auswich, das mit einem nassen Lappen in der Hand hinter ihm herlief; als es ihr gelungen war, ihn in eine Hofecke zu treiben, ließ er sich vor ihre Füße fallen, lief ein Stück auf allen vieren, sprang vom Boden auf und rannte auf die Straße, während von dort der Hausknecht Sachar, der wie der heilige Nikolaus aussah, den Hof betrat und sagte: »Du solltest mit jemand Älterem spielen, Mascha, mit jemand Erwachsenerem.«

»Das werde ich schon noch tun«, erwiderte das Dienstmädchen.

In Stunden drückender Stimmungen beeilte sich Klim Samgin stets, sich zu beruhigen, da er fühlte, daß solche Stimmungen seinen Glauben an seine Einmaligkeit erschütterten und ins Wanken brachten. An diesem Tag war sein Verlangen, zu sich selbst zurückzufinden, besonders stark, denn er kam sich nun schon seit ein paar Tagen wie ein Rekrut vor, der unvermeidlich seiner Wehrpflicht Genüge leisten muß. Aber er hatte, fast ohne es zu merken, sich an die Gedanken von der Revolution gewöhnt, wie man sich an herbstlichen Dauerregen oder an Dialekte gewöhnt. Er dachte schon nicht mehr an den empörten Aufschrei des kleinen buckligen Mädchens: »Was treiben Sie da!«

Aber er gedachte wohl der skeptischen Worte: »Ja – ist denn ein Junge dagewesen? Vielleicht war gar kein Junge da!«

Klim war überzeugt, sich schon mehr als einmal vergewissert zu haben: Es »war gar kein Junge da«, und das flößte ihm die Hoffnung ein, alles ihm Feindselige werde in Worten untergehen, in ihnen, wie Boris Warawka im Fluß, ertrinken, der Strom des Lebens aber werde unausweichlich im alten, tief ausgewaschenen Flußbett weiterfließen.

In den drei Wochen, die er einsam in Warwaras Wohnung verbrachte, überzeugte er sich, daß Ljubascha eine wichtigere Rolle spielte, als er gemeint hatte. Es kam eine elegante, verschleierte Dame mit spitzenbesetztem Schirm in der Hand, sie war ganz außer sich und anscheinend sogar erschrocken, als sie erfuhr, daß die Somowa verhaftet sei. Sie stocherte mit dem Schirm auf dem Fußboden herum und sagte nervös: »Ich komme aber von auswärts und muß unbedingt einen ihrer nächsten Freunde sehen!«

Das Wort »nächsten« betonte sie besonders, und das veranlaßte Klim, ihr Alexej Gogins Adresse zu geben. Dann erschien ein mürrischer, schlecht gekleideter Mann, anscheinend ein Dorfschullehrer. Er wurde zornig.

»Verhaftet, na ja . . . Wissen Sie nicht, wie ich Marja Iwanowna finde?«

Klim wußte es nicht. Darauf murmelte der Mann: »Wie ist denn so etwas möglich!« und ging.

Es kam ein frischgebackenes junges Studentchen, das offenbar auch eben erst aus der Provinz eingetroffen war; eine bescheidene, nicht hübsche Dame brachte ein Päckchen Bücher und ein Stück Bauernleinwand, dann kamen noch etwa drei Leute, und nach all diesen Besuchen sagte sich Samgin, daß die Revolution, die Ljubascha machte, wohl kaum besonders schrecklich sein könnte. Dasselbe bezeugte auch die gleichzeitige Entstehung zweier sozialdemokratischer Parteien.

Am dreiundzwanzigsten Tag wurde er zur Gendarmeriedirektion vorgeladen und dort von dem Oberst in ordengeschmückter Paradeuniform empfangen.

»Wie ist es nun?« murmelte der Oberst hastig, sah aber anscheinend ein, daß ihm diese Frage zu oft entschlüpfte, räusperte sich und fuhr rasch und etwas trocken fort: »Wollen Sie mir hier bitte den Empfang Ihrer Papiere bescheinigen. Ich habe sie aufmerksam gelesen und bin in meinen Gedanken bestärkt worden. Haben Sie es sich nicht anders überlegt?«

»Nein«, sagte Klim sehr fest.

»Das bedaure ich sehr«, sagte der Oberst, nach der Uhr sehend. »Warum sollten Sie sich nicht der journalistischen Tätigkeit widmen? Sie haben einen guten Stil, vortreffliche Gedanken, zum Beispiel: über die Emotionalität der Studentenbewegung – das ist sehr richtig.«

»Ich halte mich für zu wenig darauf vorbereitet«, antwortete Samgin und musterte unauffällig das schwammige, aufgedunsene Gesicht des Gendarmen. Dieses Gesicht war müde wie in der Nacht der Haussuchung, die Augen blickten an Klim vorbei, ja der ganze Oberst war eigentümlich schlaff, als bedrückte ihn die Last der Paradeuniform.

»Auch über die Kinderfrauen haben Sie da etwas geschrieben, ein äußerst interessanter Gedanke, den sollten Sie zu einem kleinen Artikel ausbauen.«

Aufopferndes Dienen, dachte Klim mit Triumphnuance und hätte gern gesagt: Beunruhigen Sie sich nicht sehr, Revolution macht Ljubascha Somowa.

Er vermochte sogar ein Lächeln nicht zu verbergen, als er sich vorstellte, welchen Effekt dieser Scherz hervorrufen könnte.

Der Oberst trocknete sich die Stirn ab und fragte nachdenklich, als hätte er seinen Gedanken erfaßt:

»Sagen Sie, befaßt sich Ljubow Antonowna Somowa schon lange

mit Spiritismus und überhaupt mit ... diesem da?« Er bewegte die Finger vor seiner Stirn.

»Sie zeigte schon in der Kindheit eine Neigung zum Wundersamen«, antwortete Samgin vorsätzlich lässig.

Der Oberst sah ihn an und schüttelte den Kopf.

»Es sieht nicht danach aus«, sagte er. Dann musterte er Klim ungeniert mit lebhafteren Augen und wiederholte mit Betonung des ersten Wortes: »Gar nicht danach aus.«

Samgin zuckte die Schultern und fragte: »Könnten Sie mir nicht den Grund meiner Verhaftung mitteilen, Oberst?«

Der nahm straffe Haltung an, trat sporenklirrend von einem Fuß auf den anderen, sah dann Klim scharf ins Gesicht und sagte mit galantem Lächeln: »Ich dürfte es eigentlich nicht, aber – als Kompensation für die angenehme Bekanntschaft ... Im allgemeinen ist das eine lange Geschichte, deren Verfasser zum Teil Ihr Bruder und zum Teil die Provinzobrigkeit ist. Ihnen ist wahrscheinlich bekannt, daß Ihr Bruder im Verdacht eines Fluchtversuchs aus seinem Verbannungsort stand. Nach Ablauf der Verbannung erwirkte er eine Erlaubnis der lokalen Behörde, bei einer wissenschaftlichen Expedition mitzumachen, wofür ihm ein entsprechender Ausweis angefertigt wurde. Vorher aber wurde ihm ein Passierschein nach Pskow ausgestellt, und von diesem Schein nun hat eine andere Person Gebrauch gemacht.«

Der Oberst machte eine Pause, dann schnipste er mit den Fingern und seufzte: »Es wurde festgestellt, daß Ihr Bruder nicht an der Weitergabe des Ausweises beteiligt sein konnte.«

»Und der andere – ist geflohen?« fragte Samgin unvorsichtigerweise, sich Dolganows erinnernd.

Der Oberst setzte sich auf den Tischrand und fragte weich, obwohl seine Augen flach und hell wurden: »Wieso wissen Sie, daß er geflohen ist?«

»Ich frage.«

»Oder wissen Sie es vielleicht?«

Klim sagte trocken: »Wenn jemand von einem fremden Ausweis Gebrauch macht ...«

»Ja, ja«, sagte der Oberst lässig, sah seine Orden an und schob sie zurecht. »Aber es lohnt sich nicht, nach solchen ... Sachen zu fragen. Was ist daran interessant?«

Er stand auf und hielt Klim die Hand hin.

»Ich habe trotzdem nicht verstanden«, sagte Samgin.

»Ach ja! Nun, man hielt Sie für denjenigen, der von dem Ausweis Gebrauch gemacht hat.«

Das hat er erfunden, sagte sich Samgin.

»Man hat ihn natürlich schon verhaftet . . .«

Er lügt, dachte Klim.

»Habe die Ehre«, sagte der Oberst mit einem Seufzer. »Nebenbei bemerkt: ich gehe auf Dienstreise . . . für ein paar Monate. Im Falle irgendwelcher Mißverständnisse oder überhaupt . . . wenn Sie etwas brauchen, ich werde hier von Rittmeister Roman Leontowitsch vertreten. Dann wenden Sie sich also an ihn. Gott befohlen!«

Samgin betrat die Straße mit dem Gefühl der ironischen Herablassung einem Menschen gegenüber, der das Spiel verloren hat, und konnte seine Siegerfreude kaum verbergen.

Dieser Dummkopf hat dennoch die Hoffnung nicht aufgegeben, mich als Spion zu sehen. Dolganow ist zweifellos durchgebrannt. Der Gendarm hat sicher nichts gegen mich und will nur aus mir einen Spion machen.

Er fühlte sich erstarkt. Alles, was er im letzten Monat erlebt, hatte seine Einstellung zum Leben und zu den Menschen gefestigt. Sich selbst hielt er in seiner Hitze für einen wirklich unabhängigen Menschen und dachte, daß ihn im Grunde nichts hinderte, einen der beiden ihm offenstehenden Wege zu wählen. Es verstand sich von selbst, daß er nicht in den Dienst der Gendarmen treten werde, wenn aber ein gutes, von Zirkeln und Parteien unabhängiges Organ herausgegeben würde, so werde er vielleicht dafür schreiben. Er könnte nicht übel über die geistige Verwandtschaft Konstantin Leontjews mit Michail Bakunin schreiben.

Das Leben hatte sehr viel Ähnlichkeit mit Warwara, die nicht hübsch war, sich bunt kleidete und – nicht klug war. Sie schmückte sich mit grellen Worten, mit Versen und wünschte sich im Grunde nur einen starken Mann, der zärtlich zu ihr wäre und sie befruchtete. Er erinnerte sich, mit welch komischem Stolz Warwara Lidija und Alina von der Haussuchung bei ihr erzählt hatte, erinnerte sich des Refrains Onkel Mischas: »Ich saß mit ihm im Gefängnis. Er saß mit mir im Gefängnis.«

Alle Menschen sind mehr oder weniger dumm, sind Prahler, und jeder sucht seine Person durch irgend etwas hervorzuheben. Sogar die unverwüstliche Anfimjewna prahlte damit, daß sie nie krank war, wenn sie aber mal Zahnweh habe, sei es so schlimm, daß jeder andere an ihrer Stelle mit dem Kopf gegen die Wand rennen würde – doch sie ertrage es. Ja, man prahlte auch mit der Stärke der Zahnschmerzen, prahlte mit seinen Mißgeschicken, Ljutow prahlte mit seinem grotesken und schiefgegangenen Roman, Inokow mit seiner Arbeitsscheu, Warawka mit seiner Fähigkeit, zu raffen, zu bauen und sich zu bereichern. Der Schriftsteller Katin war sichtlich darauf stolz, daß er unter Polizeiaufsicht lebte. So war das bei allen. Kutusow, der auf seine Stimme hätte stolz sein können, hob seine Person dadurch hervor, daß er seine gesangliche Begabung nicht hoch wertete.

Ein paar Tage später war er daheim und aß Abendbrot mit der Mutter und Warawka, der mit seinem Fett und Fleisch einen tiefen Sessel füllte, schmatzte und keuchte: »Dich haben also wieder die Gendarmen schikaniert, mein Lieber? Ach, du ... Übrigens, weiß der Teufel, vielleicht ist die Revolution auch notwendig! Denn in der Tat: wir brauchen eine Repräsentativregierung, das heißt drei- bis vierhundert tüchtige Menschen, die den Gouverneuren und übrigen Administratoren, im wesentlichen den Häftlingen, die Ohren langziehen«, schloß er dröhnend, und sein Gesicht schwoll an und wurde blutrot.

»Dieses blödsinnige Land braucht alles: Liebkosung und Aufrüttelung, Angst und Entsetzen – ein Erdbeben braucht es, verdammt noch mal! Das ist es: aufrütteln, durchkneten sollte man diesen Sauerteig, alle nach römischer, nach ägyptischer Art mit Peitschenhieben zur Arbeit zwingen, das ist es! Es fehlt an Straßen, man kann sich nicht fortbewegen – verstehst du? Da habe ich einen Wald gekauft, einen ausgezeichneten! Habe ihn umsonst gekauft, für sieben Kopeken, wollte eine Papierfabrik bauen, ein Sägewerk, wollte Sprit brennen. Hereingelegt haben sie mich, die Schufte. Bevor man baut, muß man einen siebzehn Werst langen Kanal durch die Sümpfe graben. Kannst du das verstehen, wie? Ich habe geschimpft wie ein Soldat, mein Lieber ...«

»Schrecklich«, sagte Wera Petrowna, schloß ihre farblos gewordenen Augen und schüttelte den Kopf.

»Wenn Sie etwas täten, Madame, würden Sie auch schimpfen«, antwortete Warawka bissig zurück.

»Aber schrecklich ist ja nicht, daß Sie schimpfen ...«

»Nichts ist so, wie es sein sollte! Nichts!«

Warawka holte seinen Bart unter der Serviette hervor, legte ihn auf die Hand, bewunderte ihn und begann wieder zu essen, ohne sein Lamentieren zu unterbrechen. Samgin stellte fest, daß Warawka früher zwar gierig, aber ruhig gegessen hatte, mit der Gewißheit, daß er so viel zu essen vermochte, wie er wollte. Jetzt hingegen hatte er offenbar diese Gewißheit verloren, er war unangenehm hastig, griff wahllos das Nächstbeste von den Tellern und aß unordentlich. Er war stark aufgequollen, seine Wangen waren schwammig, unter den Augen hingen Säcke, aber die Augen waren schärfer, böser geworden, und der Bart hatte die Farbe verloren, in ihm tauchte bleierner Glanz auf.

»Bei mir haben die Gendarmen auch einen Angestellten herausgeangelt, weißt du, einen tüchtigen Kerl: Amerikaner, Marxist und überhaupt – ein gewandter Mann, pah! Aber ich habe zusammen mit Radejew den Staatsanwalt und den Gouverneur so gestimmt, daß dieser Tölpel Oberst Popow hier hinausgeflogen ist. Statt seiner kommt aus Petersburg oder Moskau ein gewisser Wassiljew her, der ist wahrscheinlich auch ein Esel, denn einen klugen Mann schickt man nicht in so einen gottverlassenen Winkel. Schau mal her, mein Lieber, was für ein Häuschen ich für den Staatsanwalt ausgedacht habe; er begibt sich in den Ruhestand und beabsichtigt, sich als Industrieller zu betätigen. So im Stil, weißt du, des Fin de siècle, der Dekadenz und überhaupt – Kuchen mit Konfitüre!«

»Schrecklich«, wiederholte Wera Petrowna gedämpft und legte ihr lila Gesicht in Falten. »Das ist eine Villa für eine Kokotte!«

»Was kümmert mich das?« fuhr Warawka sie an. »Das ist der Geschmack des Besitzers, er zeigte mir ein Bildchen in einer deutschen Zeitschrift und fragte mich: ›Können Sie so was bauen?‹ – ›Aber bitte schön! Ich kann alles machen, wie Sie es wünschen, ich kann für Sie eine Hundehütte, einen Schweinekoben, einen Pferdestall bauen . . .‹«

»Das kannst du ihm nicht gesagt haben«, bemerkte Wera Petrowna.

»Ich habe nicht gewollt, gekonnt hätte ich es schon. Ich kann alles sagen, meine Liebe.«

Warawka stützte sich mit den Händen auf die Sessellehnen, erhob sich schwerfällig und ging schleppenden Schrittes, sich auszuruhen.

»In einer halben Stunde muß ich zum Klub fahren, um dort zu schimpfen«, teilte er Klim mit.

Die Mutter wandte langsam den Kopf und sah ihm nach, wie man einem Kutscher nachsieht, der einen im Vorbeifahren fast mit dem Wagen gestreift hätte.

»Er arbeitet schrecklich viel, das ist eine Manie von ihm«, sagte sie mit bekümmertem Seufzer. »Er wird Lidija ein großes Vermögen hinterlassen. Komm, setzen wir uns ein bißchen zu mir.«

In ihrem Zimmer herrschte drückender Puder- und Parfümgeruch, und die vielen Möbel machten es eng wie einen Antiquitätenladen. Sie setzte sich auf die Chaiselongue, nahm die Pose der Juliette Récamier auf Davids Porträt an und fragte nach dem Vater. Als sie erfuhr, daß Klim ihn bereits der Sprache beraubt angetroffen hatte, erkundigte sie sich sofort mit näselnder Stimme: »Hat diese Frau dir das Testament gezeigt? Nein? Du bist aber naiv.«

Dann sagte sie seufzend: »Geliebte sind immer sehr gierig.«

Sie fragte nach Dmitrij: »Ist er denn gesund? Im Norden sind die Menschen überhaupt gesünder als im Süden, sagt man. Gib mir bitte die Zigaretten und Streichhölzer.«

Beim Anzünden bediente sie sich ihr fremder Gesten, in denen etwas Beabsichtigtes, Gespieltes und irgendwie lächerlich Großtuerisches lag und die Klim an die komische und klägliche Gestalt einer reichen, aber verarmten Frau in einem von Dickens' Romanen erinnerte. Um diese Ähnlichkeit zu vergessen, erkundigte er sich nach der Spiwak.

»Ach, mein Gott, Jelisaweta benimmt sich schrecklich taktlos! Sie berücksichtigt nicht im geringsten, daß meine Schule von jungen Mädchen aus guten Familien besucht wird«, begann die Mutter im Tonfall eines Menschen, der Zahnschmerzen bekommt. »Sie hat ihren Mann aufs Landhaus gebracht und Inokow mitgenommen – sie hält ihn aus irgendeinem Grund für talentiert, erwartet etwas von ihm und überhaupt Gott weiß was! Und das, nachdem er eine Schlägerei veranstaltet hat, die vielleicht mit einer Gefängnisstrafe für ihn enden wird. Hier spielt bei ihr eine sonderbare Romantik mit, was ich bei ihrem erstaunlich ruhigen Charakter und ... und bei ihrer kalten Energie gar nicht verstehe! Dennoch habe ich sie gern, denn sie ist von gutem Blut! Ach, Klim, das Blut – es hat viel zu bedeuten!«

Dann seufzte sie schwer und fragte: »Weißt du, ob es stimmt, daß Alina zur Operette gegangen und überhaupt eine käufliche Frau geworden ist? Ja? Das ist schrecklich! Bedenke – wer hätte das von ihr erwartet!«

»Wahrscheinlich alle Männer, denen sie gefiel«, antwortete Klim weise.

»Das ist geistreich«, fand die Mutter, lächelte aber nicht.

Vier Tage genügten Samgin, um sich zwischen der Mutter und Warawka in der unerträglichen Lage eines Menschen zu fühlen, dem zwei andere aufdringlich zeigen, wie schwer sie es im Leben haben. Warawka, der erbittert auf die Kaufleute, Beamten und Arbeiter schimpfte, sprach mit Genuß unanständige Worte aus, als vergäße er Wera Petrownas Anwesenheit, sie wiederum zeigte auf jede Weise, daß sie sich über Warawka »schrecklich« wundere und ihn gar nicht verstehe, und benahm sich ihm gegenüber wie die Großmutter gegen den »richtigen alten Mann«, Großvater Akim.

Abends ging Samgin durch die Straßen der Stadt spazieren, wobei er die stillsten wählte, um keinen Bekannten zu begegnen; »Unser

Land« aufzusuchen, hatte er keine Lust; Warawka sagte von der Zeitung: »Die Zeitung? Ein Unsinn ist diese Zeitung! Dort lassen irgendwelche Pfaffen ihre Predigten drucken, und der Redakteur gibt wie ein Propst seinen Segen dazu. Nein, mein Lieber, Rußland ist noch nicht reif für eine ernste, sachliche Presse.«

Klim sah die Steinhäuser an, die Warawka im Laufe von fünfundzwanzig Jahren gebaut hatte, es gab an die dreißig solcher Häuser, sie fielen in der alten holzgebauten Stadt stark auf, wie die Flicken auf einem abgetragenen Kaftan, und es war, als entstellten sie nur das eigenartig schöne Städtchen, den Wohnort des reinlichen und in die Vergangenheit verliebten Historikers Koslow. Samgin dachte daran, daß es mehr als ein halbes Hundert solcher Städte gab, um die je etwa zehn kleine Kreisstädte verteilt waren und einige hundert Dörfer in Sümpfen und Wäldern versteckt lagen, deren Bevölkerung weder lesen noch schreiben konnte. Das alles war Rußland, und es war irgendwie sonderbar anzunehmen, daß dieses Rußland Gendarmerieoberste, Ljubascha, Dolganow und Marakujew brauchte, Menschen, die anscheinend nicht so sehr das Leben des Volkes als der Lärm beschäftigte, den die Marxisten machten, die selbst den Begriff »Volk« negierten. Noch weniger am Platz waren in Rußland Kutusow und die Leute, die das »Manifest« und die »Arbeiterfahne« herausgaben. Ganz überflüssig aber, wie eine Warze im Gesicht, waren die verrückten Diakone, Ljutows und Inokows.

Vor der Stadt trugen an die dreihundert Erdarbeiter einen Berg ab und legten mit dem Spaten den grünlichen und roten Mergel bloß, sie ebneten die Abfahrt zum Fluß und den Platz für einen Bahnhof. Tief gebeugt gingen in losen Kittelhemden mit offenem Kragen Männer umher, deren struppiges Haar mit Bast zusammengebunden war. Wie verprügelte Hunde wimmerten und winselten die Räder der Schubkarren. Arbeitslärm und der tranige Geruch feuchten Lehms füllten die dampfige Luft. Eine Gruppe Arbeiter zog etwas Unförmiges, Eisernes hinter sich her, und einer von ihnen brüllte: »Vor-a-an, voran, vor-a-a-an!«

Eine Gruppe trieb mit einer Zugramme einen Pfahl in den Boden, schrill stimmte jemand angestrengt und erbost den Vers an:

»He, Jungens, packt an!
Der Herr braucht Geld!«

»He, Dubinuschka, he . . .«

fiel der Chor müde ein.

Der gußeiserne Rammklotz fiel mit Wucht auf den Pfahl nieder, die Erde unter Klims Füßen bebte und dröhnte.

Klim hatte diesen Gesang von Kind auf gehört, und er war ihm vertraut wie das wehmütige Glockenläuten zur großen Fastenzeit und wie die Gesänge der Seelenmesse an den Gräbern auf dem Friedhof. Stille Wehmut bemächtigte sich seiner, doch in dieser Wehmut lag etwas Tröstliches, ihm schien, die Hunderte von Menschen, die mit kurzen, wahrscheinlich unhandlichen Spaten den Boden aufwühlten, und ihr müdes Lied und die schmutziggrauen Wolken, die an den Telegraphendrähten jenseits des Flusses hingen – dies alles sei für lange, vielleicht für immer gegeben und in alldem sei eine Art Unumstößlichkeit, Vorherbestimmung enthalten.

Mehr als hundertmal hatte Klim Samgin gesehen, wie in der Ferne, über der gezähnten Wand des Fichtenwaldes die Sonne sich rötete, die auch müde zu sein schien – hatte die Wolken gesehen, die zu einer so undurchdringlichen, blecherngrauen Masse zusammengepreßt waren, daß man meinen konnte: dahinter ist nichts als »die schwarze Kälte der kosmischen Finsternis«, von der Serafima Nechajewa mit solchem Entsetzen gesprochen hatte.

Am letzten Abend vor der Abreise nach Moskau saß Samgin im Klosterhain oberhalb des Flusses und lauschte, wie melodisch die Kirchenglocken zur Abendmesse läuteten, saß da und malte sich seine Zukunft aus: Er wird die Universität beenden und ein einfaches, gesundes Mädchen heiraten, das ihn nicht beim Leben stört, und leben muß er in der Provinz, in einer stillen Stadt; nicht in dieser hier, an die sich zu viele Erinnerungen knüpfen, aber in genau so einer, wo die echte und traurige Wahrheit des menschlichen Lebens nicht durch den Lärm schöner Reden und Erfindungen verdeckt wird und wo der menschliche Ehrgeiz verständlicher, einfacher ist. Das Leben ist gar nicht die tolle Troika Gogols, sondern ein alter Gaul, ein Lastpferd; kopfschüttelnd schleppt es sich langsam auf ausgetretenem Weg ins Unbekannte fort, und recht hat, wer da sagt, daß alles vernünftig sei. Alles außer den Leuten, die sich für Weise und Archimedesse halten.

Vor ihm und etwas tiefer unten tauchten im Haselgesträuch zwei Frauen auf; die eine war alt, gebeugt und dunkel wie die Erde nach dem Regen; die andere war etwa vierzigjährig, beleibt, mit großem rotwangigem Gesicht. Sie setzten sich ins Gras unter den Büschen, die jüngere holte eine Halbliterflasche Wodka, ein Ei und eine Gurke aus der Tasche, trank ein wenig aus der Flasche, gab sie zusammen mit der Gurke der Alten und sagte, während sie das Ei schälte, mit singender Stimme, wie man Märchen erzählt: »Na, und mit dem

Mann hatte sie Pech – er war kränklich und ein schlechter Verdiener . . .«

»Hat sie die Kinder von ihm?« fragte die Alte mürrisch.

»Natürlich«, sagte die jüngere. »Und da fuhr sie dann wegen der Kinder nach Nishnij zur Messe, um einen Nebenverdienst zu haben, sie ist eine stattliche, stramme Frau mit fröhlichem Charakter . . .«

»Was heißt fröhlich«, brummte die Alte, sog mit dem zahnlosen Mund das Weiche aus der Gurke heraus und trank noch einen Schluck.

»Vier Jahre lang ist sie hingefahren, hat sich was verdient, hat das Dach auf dem Haus erneuert, sich zwei Kühe zugelegt, hat Kleider und Schuhe für die Kinder angeschafft, und im fünften hat sie einer angesteckt . . .«

»Seinem Schicksal kann man nicht entgehen, meine Liebe«, sagte die Alte belehrend und betrachtete das Gurkenschiffchen.

»Wem?«

»Dem Schicksal, sage ich. Vor dem kann man sich nicht unter dem Ofen verstecken . . .«

»Offenbar nicht!« stimmte die jüngere zu. »Und so begann sie zu trinken. Sie trinkt und weint oder singt Lieder. Die eine Kuh hat sie verkauft . . .«

»Sie wird auch die andere verkaufen«, sagte die Alte überzeugt.

Samgin stand auf und ging weg, wobei er dachte, daß doch immer noch neben dem Glauben an Gott der heidnische Glaube an das Schicksal nicht überlebt ist.

Ein Schriftsteller wie Katin oder Nikodim Iwanowitsch hätte aus dieser Episode eine rührselige Erzählung gemacht, dachte er, als er am Stadtrand an kleinen, geduckten Häusern armer Menschen vorbeikam, die wer weiß wovon und wozu lebten.

»Wie sind Sie denn hierher geraten?« hielt ihn ein freudiger und erstaunter Ausruf an; von der Bank neben einem Tor sprang Dunajew auf, ergriff seine Hand und schüttelte sie so kräftig, daß es schmerzte.

»Ich bin hier zu Haus«, antwortete Samgin nicht besonders liebenswürdig.

»Ach so? Ich auch, das hier ist das Palais meiner Tante. Setzen Sie sich doch!«

Dunajew zog ihn zu einem zweifenstrigen Anbau mit einseitig abfallendem Dach; der lehmverputzte Anbau lehnte an der Bohlenwand eines halbfertiggebauten Hauses ohne Fensterrahmen, dessen Fassade verkohlt war.

Dunajew warf von der Bank ein paar Latten, Draht und eine

Zange auf den Boden, setzte Klim hin, sah ihm in die Brille und begann ihn schnell, mit seinem üblichen Lächeln, auszufragen: »Uns ist das Gerücht zu Ohren gekommen, Sie hätten einige Zeit gesessen? Sind Sie unter Überwachung hier? Mich hat man unter Überwachung gestellt . . .«

Samgin schaute nach rechts, nach links, es war nirgends jemand zu sehen, drei Hühner liefen herum, und im Gras saß ein zottiger Köter, der aufmerksam etwas betrachtete, das vor seiner Schnauze lag.

»Stimmt es, daß die Marxisten ein ›Manifest‹ herausgegeben haben? Besitzen Sie es? Können Sie es nicht beschaffen? Ach, schade . . .«

»Was machen Sie?« fragte Samgin, der das Wiedersehen rasch beenden wollte.

»Mausefallen; eine nichtige Beschäftigung, aber man kann damit etwa siebzig Kopeken, sogar einen Rubel verdienen. Sind Sie für längere Zeit hier?«

»Ich reise morgen ab.«

»Nanu . . .!«

Dunajew war barfuß, er trug ein altes, mit einem Riemen umgürtetes Kittelhemd und abgenützte Hosen und hatte am rechten Knie mit einer Schnur ein Stück Leder befestigt. Dunajew war zerfetzt, und seine Haare wie sein krauser Bart waren zerzaust. Nichtsdestoweniger erweckte er bei Samgin den Eindruck eines wohlhabenden Mannes, einer von den Schlaufüchsen, denen alles gelingt, sie sind stets selbstsicher, wie Warawka, und verhalten sich den Menschen gegenüber mißtrauisch, wobei in diesem Mißtrauen möglicherweise das Geheimnis ihrer Erfolge und ihres Glücks liegt. An Menschen dieses Schlages erinnerte Dunajew Klim auch durch das Lächeln in seinen Augen, das zu sagen schien: Ich kenne dich!

Jedoch war er über die Begegnung aufrichtig erfreut, das war deutlich an der Hast zu erkennen, mit der er erzählte und fragte.

»Sie haben lange gesessen«, sagte Klim.

»Lange, aber nicht ohne Nutzen! Wir waren zu fünft in der Zelle und lasen Bücher, und dann erschien ein sechster. Wir hielten ihn zuerst für einen Spion, dann stellte sich jedoch heraus, daß es ein ehemaliger Student der Forstwissenschaft war, er war schon über vierzig, ein so stiller Mensch und anscheinend nicht ganz bei Verstand. Und später stellte sich heraus, daß er ein vortrefflicher Wirtschaftskenner war.«

Vor allem – die Wirtschaft, dachte Samgin. Er wird ein Krämer werden.

Er erinnerte sich des in seiner Jugend gelesenen Romans »Die Stützen« von Slatowratskij, in dem davon erzählt wird, wie Intellektuelle einen Bauernburschen zum Revolutionär zu erziehen versuchten, doch er wurde Kulak.

»Er erzählte uns vortrefflich, ja hielt uns geradezu Vorlesungen darüber, wieviel Unkräuter den Boden unnütz aussaugen und wieviel billiges Erlen-, Weiden- und Espenholz ohne Nutzen für uns wächst. Das alles, sagte er, seien Parasiten, man müsse sie mit der Wurzel ausrotten. Dort, wo Kletten, Sauerampfer und Brennesseln stehen, könnten Sonnenblumen und allerhand Gemüse wachsen, und anstelle von Bäumen, die sogar zum Heizen ungeeignet sind, müsse man wertvolle Nutzhölzer anpflanzen wie Eiche, Linde und Ahorn. Es sei unvernünftig, unwirtschaftlich, sagte er, Parasiten wachsen zu lassen.«

Während des Sprechens zwickte Dunajew geschickt mit der Zange Draht ab, der Draht lag auf seinem mit Leder bedeckten Knie, die Zange knackte gierig, und der Draht fiel in gleichmäßigen Stücken zu Boden.

»Da sagten wir zu ihm: ›Sagen Sie es doch geradeheraus, Genosse. Es handelt sich ja nicht um Brennesseln, sondern um die Bourgeoisie, wir wissen doch, von welchen Parasiten die Rede ist!‹ Aber er war vorsichtig«, sagte Dunajew beifällig. »Sehr vorsichtig! ›Was denkt ihr, Jungens!‹ sagte er. ›Das alles ist nicht Politik, sondern meine Phantasie vom Standpunkt der Wissenschaft. Man hat mich‹, sagte er, ›fälschlich mit einer fremden Sache in Zusammenhang gebracht, mit Politik befasse ich mich nicht, sondern ich habe im Semstwo gearbeitet, und zwar gerade auf dem Gebiet des Forstwesens.‹ – ›Na, schon gut‹, sagten wir zu ihm, ›wir verstehen den Standpunkt, red weiter! Wir sind ja keine Spione, sondern Arbeiter, du brauchst vor uns keine Angst zu haben.‹ Aber er wurde bald von uns weggebracht ...«

Dunajews Erzählung gefiel Klim nicht, er hatte sogar den Verdacht, der Arbeiter habe diese Anekdote erfunden. Er stand auf, auch Dunajew erhob sich und fragte leise: »Gibt es hier Leute, die überwacht werden?«

»Ich lebe ja in Moskau«, erinnerte ihn Samgin, verabschiedete sich und ging schnell fort wie einer, der es sehr eilig hat. Er war überzeugt, daß er, falls er umsähe, Dunajews Blick begegnen würde, einem gezielten Blick.

Ja, der wird seinen Platz im Leben finden ...

Am einfachsten wäre es, nicht an Dunajew zu denken.

Als er nach Moskau zurückgekehrt war, stieg er in den möblierten

Zimmern ab, in denen er vorher gewohnt hatte, ging zu Warwara, um seine Sachen zu holen, und wurde von ihr selbst empfangen. Wie jemand, den man in den Rücken gestoßen hat, streckte sie ihm lächelnd, fröhliche Worte ausrufend, die Hände entgegen. Einen Augenblick fühlte auch Samgin, daß ihm dieses durch den zügellosen Freudenausbruch verwirrte Mädchen angenehm war.

»Ich bin vorgestern angekommen und fühle mich immer noch nicht zu Hause, ich fürchte immer, ich müsse zur Probe eilen«, sagte sie und legte einen sehr bunten Schal um die Schultern, obwohl es im Zimmer warm und Warwaras Jäckchen hoch, bis ans Kinn zugeknöpft war.

»Wie ich gespielt habe?« fragte sie kopfschüttelnd zurück und lächelte schuldbewußt. »O weh, schlecht!«

Sie schien hübscher geworden, und der üppige Kragen der Jacke verkürzte ihren Hals. Es war sonderbar, in den Bewegungen ihrer Hände etwas Ungeschicktes zu sehen, als störten sie die Hände, täten nicht, was sie wollte.

»Aber wissen Sie, ich bin zufrieden; ich habe mich überzeugt, daß die Bühne nichts für mich ist. Ich habe kein Talent. Das sah ich gleich beim ersten Stück ein, sobald ich die Bühne betrat. Auch ist es irgendwie peinlich, in Kostroma die Kümmernisse der dummen Kaufmannsfrauen Ostrowskijs, der Heldinnen Schpashinskijs, der französischen Damen und Mädchen darzustellen.«

Sie erzählte lachend, daß sie sich in der »Kameliendame« keine Sekunde als Sterbende vorstellen konnte und sich qualvoll vor den Kollegen geschämt habe und daß sie sich in der »Zauberin« nicht habe entschließen können, sich mit dem Zopf zu erdrosseln, da sie gefürchtet habe, der angebundene Zopf könnte abreißen. Sie hörte rasch auf, von sich zu erzählen, und begann Klim ausführlich über seine Verhaftung auszufragen.

»Hat man Sie dort auch belästigt?« fragte er.

»Nein. Es kam ein Polizist und fragte den Chef, wann ich von Moskau weggefahren sei. Wie erstaunt war ich aber, als ich erfuhr, daß Sie ... Ich kann Sie mir gar nicht im Gefängnis vorstellen!« schrie sie empört auf.

Samgin fragte lächelnd: »Weshalb nicht?«

»Ich weiß nicht, ich kann es nicht.«

Seit sie auf der Bühne gewesen ist, scheint sie einfacher geworden zu sein, dachte Samgin und begann mit ihr in dem gewohnten, lässig scherzhaften Ton zu sprechen, merkte aber bald, daß ihr das nicht gefiel; sie sah ihn ein-, zweimal fragend an, dann zog sie sich zusammen, verstummte. Ein paar Begegnungen überzeugten ihn, daß er sich zu ihr nicht mehr wie früher verhalten durfte, sie ging auf seine Scherze nicht ein und protestierte mit Schweigen gegen seinen Ton; sie preßte die Lippen zusammen, verdeckte die Augen mit den Wimpern und – schwieg. Das verletzte Samgins Eigenliebe und beunruhigte ihn, da es ihn denken ließ: Sollte sie sich in einen anderen verliebt haben?

Doch einige Zeit später erkannte er, daß es vorteilhafter sei, sich ernster zu ihr zu verhalten, und er machte sie zu seinem Spiegel, zum Empfänger seiner Gedanken.

»In der Logik gibt es das Gesetz vom ausgeschlossenen Dritten«, sagte er, »aber wir sehen, daß das Leben nicht nach der Logik gebaut ist. Zum Beispiel: Ist es denn logisch, Humanismus zu predigen, wenn der Kampf ums Dasein als unvermeidlich anerkannt wird? Sie indessen predigen weder Humanismus, noch packen Sie jemanden an der Gurgel.«

»Sie sprechen erstaunlich einfach«, entgegnete Warwara.

Sie ließ sich sehr leicht davon überzeugen, daß Konstantin Leontjew ebensolch ein Revolutionär sei wie Michail Bakunin, und ihre Lobreden auf Klims Verstand und Wissen lehrten ihn ziemlich schnell, sie als einen Schleifstein zu betrachten, an dem er seine Gedanken schärfte. Zuweilen gab es aber auch Meinungsverschiedenheiten mit ihr, zur ersten kam es bei Alina Telepnjowas Debüt in »Die schöne Helena«.

Alina erschien so imposant und erdrückend schön auf der Bühne des kleinen, verstaubten Theaters, daß ein leises Verwunderungsraunen durch den dunklen Saal ging, alle Zuschauer neigten sich irgendwie zur Bühne vor, und es war, als senkte sich ein grauer Schatten auf die Glatzen der Männer und die entblößten Arme und Schultern der Frauen. Und je länger, desto mehr verdichtete sich der Eindruck, als hebe sich der Saal und kippe zur Bühne hin.

Alina sang schlecht, ihre kräftige Stimme klang grob, unterstrich grob die Schamlosigkeit der Worte, und schamlos waren auch die Bewegungen ihres Körpers, der durch den Schlitz der Tunika von unten bis zum Gürtel entblößt war. Warwara flüsterte sofort und nicht ohne Freude: »O Gott, wie vulgär sie ist!«

»Das scheint eine Wiederholung des ersten Auftritts von Nana zu werden«, bemerkte Klim zustimmend, obwohl er es sich selten erlaubte, mit Warwara einverstanden zu sein. Aber sowohl die Stimme als auch die matte Trägheit der sparsamen Gesten Alinas und ihr bildschönes Gesicht wirkten erobernd. Mit jeder Bewegung, jedem Blick und jeder Note ließ sie fühlen, wie sie von der unwiderstehlichen Macht ihres Körpers überzeugt war. Sie spielte nicht die Rolle der Königin, der Gattin des Menelaos, sie zeigte sich selbst, ihre Gier nach Genuß, ihre Bereitschaft dazu, sie drängte sich unnötig in die Choristengruppen und stieß sie mit den Schultern, den Ellenbogen, den Hüften beiseite, als tanzte sie einen langsamen und trunkenen Tanz zu einer Musik, die Samgin neubelebt vorkam und ihre scharfe, ironische Sinnlichkeit restlos zu offenbaren schien.

»Nanas Debüt«, wiederholte er, als er das gespannt schweigende Publikum betrachtete und merkte, daß Warwara ihn bereits von der Seite, mißbilligend, ansah. Von diesem Augenblick an begann er sie zu beobachten. Er sah, daß ihre Ohren sich gerötet hatten und ihre Wangen glühten, sie klopfte mit dem Absatz im Takt zu der aufreizenden Musik und trommelte mit den Fingern auf ihr Knie; er fühlte, daß ihre Erregung ihn mehr berauschte als Alinas herausforderndes Spiel mit ihrem Körper. Nach dem ersten Akt veranstaltete das Publikum Alina eine Ovation, auch Warwara applaudierte rasend, wobei sie mit berauschten Augen lächelte; sie stand in einer Haltung, als wollte sie auf die Bühne springen, wo Alina, fröhlich die Zähne zeigend, so lächelte, als wären alle Menschen im Theater kleine Kinder, die sie belustigte. Aus dem Orchester wurde ihr ein riesiggroßer Rosenstrauß gereicht und dann ein Korb Orchideen, geschmückt mit einem breiten orangefarbenen Band.

»Sie scheint Ihnen dennoch gefallen zu haben?« fragte Samgin auf dem Weg zum Foyer.

»Ja«, sagte Warwara.

»Aber Sie fanden sie doch vulgär?«

»Das stimmt – aber . . . das ist bacchantisch vulgär. Wahrscheinlich sah Phryne in den Eleusinien genauso aus . . . Ich möchte sagen, daß das nicht vulgär ist, sondern heilige Schamlosigkeit . . . Schamlosigkeit der Kraft. Des Elementaren.«

Sie sprach hastig, übersprang gleichsam einzelne Worte, schien außer Fassung, traurig, und Samgin dachte, das käme bei ihr alles vom Neid.

»Oho!« rief er spöttisch aus und brachte sie dadurch zum Schweigen. Sie erblickte Bekannte und entfernte sich von ihm, während Samgin sich umsah und an der Tür des Büfetts Ljutow bemerkte, im Frack, eine Zigarette zwischen den Zähnen, mit zerzaustem Haar und rotgeflecktem Gesicht. Ljutow hatte früher nicht geraucht und es offensichtlich auch jetzt noch nicht gelernt, er atmete allzuoft den Rauch ein, kaute an der Zigarettenspitze und verzog das Gesicht; die Aufschläge seines Fracks waren mit Asche bestreut. Er hinderte die Leute beim Betreten des Büfetts, blies ihnen Rauch ins Gesicht, man eckte ihn an, entschuldigte sich, er schwieg und wickelte den sehr schmal geschnittenen, aber langen und in seinem kahlen und geschwollenen Gesicht völlig überflüssigen Bart um den Finger.

»Guten Abend«, murmelte er nach kurzem Zögern und musterte Samgin schläfrig mit seinen nicht zu bändigenden Augen. »Nun, wie findest du sie? He? Siehst du, das ist eine Schauspielerin! Ja, mein Lieber! Sie hat recht! Willst du einen Kognak?«

Als er sich mit der Schulter vom Türpfosten abgestoßen hatte, wankte er, stützte sich auf Samgin und packte ihn an der Schulter. Er war so betrunken, daß er kaum auf den Füßen stehen konnte, aber seine Schielaugen sahen Samgin unangenehm hell ins Gesicht, mit irgendeiner besonderen Scharfsichtigkeit, sogar wie erschrocken.

»Makarow schimpft auf sie. Er ist gegangen, der Wahnsinnige. Ich habe ihr Orchideen geschickt«, murmelte er, nachdem er die brennende Zigarette in der Hand zerdrückt hatte, er verbrannte sich die Handfläche, sah sie an, steckte sie in die Tasche und schlug wieder vor: »Trinken wir einen Kognak? Um uns Mut zu machen, wie? Uff – ist sie schön! Teufel noch mal . . .«

Er wankte und ging, indem er wie ein Blinder die Leute anstieß, zum Büfett.

Wie bedauernswert er ist, dachte Samgin auf dem Weg in den Zuschauerraum.

Bis zum Schluß der Aufführung benahm sich Warwara so absurd, als hätte man auf der Bühne ein schweres Drama aufgeführt. Die durch Alinas Erfolg angeregten Schauspieler belustigten eifrig das Publikum; besonders laut wurde gelacht, als Kalchas aus dem Souffleurkasten drei Gläschen Wodka herausholte, sie den Königen Agamemnon und Menelaos kredenzte und dann alle drei akrobatisch geschickt und vergnügt einen Trepak tanzten.

»Welche Banalität«, bemerkte Samgin. Warwara schwieg, hatte den Kopf geneigt und sah nicht auf die Bühne. Klim schien es, sie wäre dem Weinen nahe, und das war so komisch, daß er mit mühsam unterdrücktem Lächeln fragte: »Fühlen Sie sich nicht wohl?«

»O nein, es ist nichts weiter, beachten Sie es nicht«, flüsterte sie, Samgin aber dachte bei sich: Natürlich, das sind Qualen des Neides.

Die Aufführung endete mit einem Triumph Alinas, das Publikum schrie und brüllte rasend: »R-radimowa-a!«

»Wollen Sie zu ihr hinter die Bühne gehen?« schlug Samgin vor.

»Nein, nein«, antwortete Warwara rasch.

Auf der Straße sagte er: »Eigentümlich wirkt die Operette auf Sie.«

»Lächerlich für Sie?« fragte Warwara leise, nahm seinen Arm und ging schneller, wobei sie im Ton der Rechtfertigung sagte: »Ich verstehe, daß es lächerlich ist. Wäre ich ein Mann, so würde ich mich verletzt fühlen. Und mir wäre unheimlich zumute. So eine Verunglimpfung ...«

Er drückte ihren Arm an sich und fragte fast zärtlich: »Sie sind etwas neidisch, ja?«

»Worauf? Sie ist nicht talentiert. Neidisch auf ihre Schönheit? Wenn Schönheit so erniedrigt wird ...«

Sie hielt nicht Schritt und stieß Klim, es war unbequem, mit ihr Arm in Arm zu gehen. Er hörte ihr zu und ärgerte sich.

»Wissen Sie, Lidija beklagte sich über die Natur, über die Macht des Triebs; ich verstand sie nicht. Aber sie hat recht. Die Telepnjowa ist majestätisch, sogar zum Weinen schön, und zwar zum Weinen vor Freude und Traurigkeit, wahrhaftig – so ist das! Dabei erweckt sie ein Gefühl, wie es Pferde haben, nicht wahr?«

»Das ist ja gerade der Triumph der Frau«, sagte Samgin.

»Wie schade, daß Sie scherzen«, entgegnete Warwara und schwieg den ganzen Weg bis zur Haustür, versteckte das Gesicht im Muff und bemerkte erst vor dem Tor seufzend: »Ich habe wahrscheinlich meine Gedanken nicht verständlich ausgedrückt.«

Samgin faßte das alles als einen Versuch Warwaras auf, sich seinem Einfluß zu entziehen, ärgerte sich und ging eine Woche lang nicht zu ihr, da er überzeugt darauf wartete, daß sie selbst kommen werde. Aber sie kam nicht, und das beunruhigte ihn. Warwara war ihm als sein Spiegel bereits unentbehrlich, und außerdem erinnerte er sich, daß der Geck Alexej Gogin existierte, der wie ein Verkäufer aussah und wahrscheinlich dadurch allen jungen Damen gefiel. Dann sagte er sich, daß Warwara vielleicht krank sei, ging zu ihr und traf im Vorzimmer Ljubascha im kurzen Pelz, mit einem Hütchen und wie immer mit Büchern unterm Arm.

»Da bist du ja, und ich wollte gerade bei dir vorbeikommen«, rief sie, legte den Mantel schnell ab und streifte die Überschuhe von den Füßen. »Du hast ein bißchen gesessen? Weshalb hat man dich bei der Gendarmerie festgehalten? Geh ins Speisezimmer, bei mir ist nicht aufgeräumt.«

Im Speisezimmer ließ sie sich auf den Diwan fallen und begann ihren Zopf aufzuflechten.

»Ich habe Kopfschmerzen. Werde mir wohl das Haar abschneiden lassen. Ich saß in einer feuchten Zelle und bin doch zu unbeweglichem Leben ganz und gar nicht geeignet.«

Ihr sonst rosiges Gesicht war auffallend blaß geworden, sie wußte das wahrscheinlich und rieb sich deshalb die Wangen und die Stirn und strich mit den Fingern über die Schatten in den Augenhöhlen.

»Man hat mich vorgestern herausgelassen, und ich bin immer noch nicht bei mir. In die Heimat – diese Narren, wo ist denn meine Heimat? In vier Tagen soll ich fahren, ich muß aber unbedingt hier bleiben. Man wird beantragen, daß sie mich in Moskau lassen, aber ...«

»Hat dich Wassiljew verhört?« fragte Klim, der fühlte, daß ihre Nervosität aus irgendeinem Grund auch ihn ansteckte.

Ljubascha schnellte auf dem Diwan hoch und schlug sich mit der Hand aufs Knie.

»So ein Tölpel! Kannst du dir das vorstellen – er versuchte mich einzuschüchtern, als wäre ich fünfzehn Jahre alt! Und das war so dumm – ach, das Scheusal! Ich sage zu ihm: ›Hören Sie, Oberst: Ich habe für das Rote Kreuz Geld gesammelt, wem ich es übergab – werde ich nicht sagen, und sonst habe ich mit Ihnen über nichts zu sprechen.‹ Darauf begann er: ›Sie sind ein Mensch, ich bin ein Mensch, er ist ein Mensch; wir sind Menschen, ihr seid Menschen‹, und dann kam irgendein Unsinn über dich ...«

»Er? Über mich?« fragte Klim und erhob sich vom Stuhl, weil sein Herz plötzlich unangenehm zu pochen begann.

»Daß du den Frauen rätst, Kinderfrauen und Ammen zu werden etwa – überhaupt lauter unwahrscheinlich dummes Zeug! Und daß Güte unangebracht, ja sogar verbrecherisch sei, und das alles mit so einem Pathos, väterlich streng, weißt du ... dieser Nichtsnutz!«

»Was sagte er denn noch über mich?« erkundigte sich Samgin.

»Weiß der Teufel, was! Im großen und ganzen – Unsinn ...«

Samgin setzte sich etwas beruhigt hin und dachte über den Oberst: So ein Schuft.

Er sah Ljubascha zu, wie sie ihr Haar über Schulter und Rücken fallen ließ, wie sie mürrisch an ihren Lippen leckte, und glaubte nicht, daß Ljubascha die Wahrheit über sich sagte. Die Wahrheit wäre gewesen, wenn dieses nicht hübsche, nicht kluge Mädchen dem Gendarmen vor Angst zitternd und schweigend zugehört und er sie angeschrien, mit den Füßen gestampft hätte.

»Du willst keine Angst bekommen haben?« fragte er lächelnd, worauf sie achselzuckend antwortete: »Nun, weißt du, ›wer die Wölfe fürchtet, geht nicht in den Wald‹.«

»Hast du nicht an die Wetrowa gedacht?«

»Die Wetrowa? Da gab es offensichtlich irgendwelche Hysterie. An Vergewaltigung glaube ich nicht.«

»Hast du auch nicht daran gedacht, daß an der Kara die Frauen ausgepeitscht wurden?« beharrte Klim.

»Eine uralte Geschichte ... Hör mal«, sagte Ljubascha und neigte sich zu ihm vor. »Warum sprichst du so sonderbar? Willst du mich necken?«

»Ein bißchen«, gestand Klim, der durch ihren Blick verwirrt war.

»Ein sonderbarer Wunsch«, bemerkte Ljubascha gekränkt. »Auch das Gesicht ist böse«, fügte sie hinzu, nachdem sie wieder die Haltung eines ermüdeten Menschen angenommen hatte.

»Obwohl – ich muß gestehen: Bei den ersten zwei Verhören fürchtete ich, man habe bei der Haussuchung eine Adresse gefunden. Im allgemeinen aber hatte ich erwartet, es würde alles irgendwie ernster, klüger werden. Er sagte zu mir: ›Sie lesen Lassalle?‹ – ›Und Sie‹, fragte ich, ›haben ihn nicht gelesen?‹ – ›Ich‹, sagte er, ›lese diese Sachen dienstlich, Sie aber, wozu brauchen Sie das als Mädchen?‹ So hat er gefragt.«

Samgin erkundigte sich, wo Warwara sei.

»Sie ist zu Gogins gegangen. Sie ist ganz außer sich, grämt sich, sogar bis zu Tränen, daß Alinka bei der Operette ist!«

»Wer ist eigentlich Gogin?«

»Mein Onkel, wie sich herausgestellt hat. Das hat sich erst vor kurzem erwiesen. Er ist nicht ganz mein Onkel, sondern war mit der Schwester meiner Mutter verheiratet, aber er liebt das Familienleben, verwandtschaftliche Beziehungen und wünscht, daß ich als seine Nichte gelte. Das kann ich! Er ist ein guter und nützlicher Alter.«

Von Alexej sagte sie: »Er ist sehr spaßig, aber ein Faulpelz und Vagabund.«

Dann beklagte sie sich tief seufzend: »Ach, Klim, wenn du wüßtest, wie schmerzlich es ist, daß ich aus Moskau ausgewiesen werde!«

Samgin wußte auf ihre Klage nichts zu antworten; er meinte, sein Spiel mit Warwara so weit getrieben zu haben, daß er es ändern oder abbrechen müßte. Und als Warwara, frostgerötet, ohne abzulegen, lebhaft ins Zimmer geflattert kam, erhob er sich und ging ihr mit freundlichem Lächeln entgegen, aber sie warf ihm nur im Vorbeigehen ein »Guten Tag!« hin, umarmte die Somowa und rief: »Ljubascha, ein Sieg! Du darfst noch anderthalb Monate hierbleiben und wirst von einem Psychiater behandelt ...«

»Oh?« rief Ljubascha fragend.

»Tatsache! Du mußt nur zu ihm in die Sprechstunde gehen.«

»Mein Gott, ich würde auch zu einem Bischof gehen ...«

»Also – wir feiern. Gleich kommen die Gogins, ich habe allerhand Schmackhaftes eingekauft ...«

Dann spielte sich eine Szene lustiger Ausgelassenheit ab, die Mädchen tanzten Walzer, die Anfimjewna deckte den Tisch und brummte lächelnd, daß man ihre gelben Zähne sah: »Da hüpfen sie! Ihr werdet wieder so lange herumhüpfen, bis was passiert.«

Ihr straffes Gesicht strahlte vor Freude, und sie sog die Luft mit der Nase ein, als röche sie einen höchst angenehmen Duft. Auf der Schwelle des Speisezimmers erschien Gogin, trällerte auf seinen Lippen sehr geschickt ein paar Marschtakte, blähte dann die eine Wange auf, drückte sie mit dem Finger ein, und unter seinem hellen Schnurrbart kam ein durchdringendes Piepen hervor. Mit Gogin war ein junges Mädchen gekommen mit einer kastanienbraunen Tolle nachlässig wirren Haars über der gewölbten Stirn; sie sah Klim unverfroren mit ihren goldfarbenen Pupillen ins Gesicht und sagte: »Samgin? Wir haben von Ihnen gehört: eine rätselhafte Persönlichkeit.«

»Wer hat Ihnen das gesagt?«

»Jakow Tagilskij, dem wir nicht glauben. Aber er scheint recht zu haben: Sie sehen wie ein gelehrter Mann aus und haben ein skeptisches Bärtchen, und wir sind schon übervoll von Achtung vor Ihnen. Aljoschka – mach keinen Unsinn!«

Das rief sie, weil Gogin sie an den Ellenbogen packte, hochhob und von Klim wegstellte, wobei er sagte: »Wundern Sie sich nicht, das ist eine Puppe, innen sind Sägespäne, und sie redet . . .«

»Glauben Sie ihm nicht«, rief Tatjana und stieß den Bruder mit der Schulter weg, doch jetzt zog Ljubascha Gogin zu sich herüber, während Warwara das junge Mädchen bat, ihr zu helfen; Samgin war zufrieden, daß man ihn in Ruhe ließ, Menschen dieses Schlages brachten ihn stets in Verlegenheit, er wußte nicht, wie er sich zu ihnen verhalten sollte. Er fand, daß sich solche Menschen besonders mißglückt erfunden hatten, das waren Spaßvögel von Beruf, sie machten die Narretei zu ihrem Handwerk. Einen ernsten Menschen erregt die Pflicht, auf Scherze, an denen es nichts Komisches gibt, liebenswürdig zu lächeln. Jetzt sagte Alexej Gogin zu Ljubascha: »Brumme nicht! Es ist bewiesen, daß die Politik eine Tochter der Wirtschaft ist, und es ist natürlich, daß er der Tochter den Hof macht . . .«

Warwara belehrte er im Ton eines Küsters, der das Horologium liest: »Denn Aristoteles sagt trefflich: ›Und wenn der Mensch oberhalb des Mondkreises lebte, er stürbe auch dort‹, und darum, Waretschka, seien Sie nicht überheblich!«

Und es war auch nicht komisch, daß Tatjana von sich in der Mehrzahl sprach und auf Samgins Frage, warum, antwortete: »Weil ich mir als Behausung einer Vielzahl von Personen vorkomme, die alle miteinander im Streit liegen.«

Kurz darauf aber sagte sich Klim, daß sie wohl recht habe, denn sie war auf allzu laute Weise lustig, gleichsam wie zur Verbergung ihrer Unruhe. Man konnte sich nicht vorstellen, wie sie sein mochte, wenn sie allein war, und dabei war Samgin überzeugt, er könnte leicht und fehlerfrei jeden Bekannten sehen, wie er mit sich allein war, ohne Galakleidung. Sogar äußerlich war Tatjana Gogina schwer zu erfassen, die Hastigkeit ihrer nervösen Gesten stimmte nicht mit ihrem verlangsamten Sprechen überein, während ihre närrische Sprache nicht zu dem mißtrauischen Blick ihrer metallischen und gelblichen, unangenehmen Augen paßte. Sie war gut gebaut, kräftig, aber das dunkelgraue Kostüm saß unordentlich an ihrem Körper; ihr kastanienbraunes Haar war nicht gewellt, sondern fiel in Strähnen herab und verschmälerte unschön ihr rundes, russisches Gesicht.

»Beleidige Aljoschka nicht«, bat sie Ljubascha und wandte sich ohne Pause im gleichen Ton an den Bruder: »Hör mit dem Hokuspokus auf! Gießen Sie mir starken ein, Warja!« sagte sie, die halb ausgetrunkene Tasse Tee beiseite schiebend. Klim vermutete, daß sie dies alles unnötigerweise sage und daß sie wahrscheinlich sehr verwöhnt, launisch und boshaft sei. Sie saß neben ihm, sah ihm ins Gesicht und fragte: »Erklären Sie mir, Sie ernster Mensch, wie kommt das: Ich bin ein Mädchen aus bürgerlicher Familie, ich lebe gesättigt und überhaupt nicht schlecht und wünsche dennoch dieses nicht schlechte Leben zum Teufel. Weshalb?«

»Das kommt bei Ihnen sicher vom Verstand und ist etwas Vorübergehendes«, antwortete Klim nicht sehr liebenswürdig, da er erriet, daß sie ein »interessantes Gespräch« anfangen wollte.

»Nein, Verstand habe ich nicht viel«, sagte sie, mit dem Teelöffel spielend. »Ich denke, das kommt vom Herzen. Was soll man da machen?«

Sie ärgerte Samgin, denn sie hinderte ihn zu beobachten, wie ihr Bruder Warwara und Ljubascha mit Hokuspokus unterhielt. Er sah sie über den Brillenrand an und schlug vor: »Richten Sie es so ein, daß man Sie für ein paar Monate ins Gefängnis steckt.«

»Meinen Sie, das würde mich heilen?«

»Sicher, es wird Ihnen helfen, die Annehmlichkeiten des bürgerlichen Daseins richtig einzuschätzen.«

Sie fragte lächelnd: »Sie scheinen keine sehr hohe Meinung von den Menschen zu haben?«

»Nein, keine sehr hohe«, antwortete Samgin aufrichtig, erhob sich und beobachtete Alexejs Hände; er hatte sie gerade erhoben und sagte: »Wie das sehr verehrte Publikum sieht, handelt es sich hier nicht um Wunder, sondern nur um manuelle Geschicklichkeit, womit auch die Wissenschaft einverstanden ist. Also: an meinem Rock befinden sich auf jeder Seite drei Knöpfe. Eins . . .«

Er schloß den Rock, rief sofort: »Zwei!«, öffnete ihn wieder, und auf der einen Seite befanden sich zwei Knöpfe, auf der anderen vier. »Das habe ich selbst ausgedacht«, prahlte er.

»Wie macht man das, Aljoscha?« rief Ljubascha kindlich und bittend, während Warwara an seinen Rockärmeln zupfte und ihn aufforderte: »Zeigen Sie das Rockfutter!«

Tatjana setzte sich ans Klavier und begann, indem sie jemanden nachäffte, mit gepreßter Stimme zu singen:

»In Gärten und auf Wiesen
Sah alle Blumen ich.
Allein, von allen Blumen
Am liebsten mag ich dich!«

Die banalen Worte wurden passend durch ein ebenso banales Motiv ergänzt; Ljubascha lachte zum Ersticken über Warwara, die ärgerlich den Versuch machte, ein Zigarettenetui zu öffnen, und es nicht fertigbrachte, während Gogin es durch eine leichte Berührung mit dem kleinen Finger öffnete. Danach legte er sich das Etui auf die Schulter, bewegte sie, und es glitt in die Rocktasche. Dann zerzauste er sein Haar, machte ein grimmiges Gesicht und trat auf die Schwester zu. »Spiel die ›Maskotte‹. He, der Chor!«

Er begann mit angenehmer Stimme zu singen:

»Wenn auf dem Tisch drei Kerzen stehn . . .
Ja, drei Kerzen!
Dann stirbt jemand!«

»Er sti-irbt!«

bestätigte der Chor finster und sang gleich darauf lustig weiter:

»Ja, alle Vorzeichen und Träume
Sind bedeutungsvoll . . .«

Das nächste Couplet sang Gogin allein:

»Ja, eine leere Seele
Braucht den Ballast des Glaubens!
In der Nacht sind alle Katzen grau,
Die Frauen alle schön!«

»Dummkopf!« rief Tatjana und schlug ihm mit dem Notenheft

auf den Kopf, er aber packte sie und setzte sie mit überraschender Kraft, als wäre er das gewohnt, auf seine Schulter. Die Mädchen versuchten, ihm die Freundin fortzunehmen, es kam zu einer Balgerei, und Samgin, der längst begriffen hatte, daß er in dieser Gesellschaft überflüssig war, ging unauffällig weg.

Über der Stadt lag grauer Nebel und schmückte sie mit Rauhreif, die Zweige und Telegraphendrähte waren wie bemoost. Die Kälte schnitt grimmig ins Gesicht. Samgin ging und dachte bei sich: Wenn Warwara meine Geliebte wird, beginnen für sie keine süßen Tage. Nein. Wahrscheinlich hat sie das alles schon mit Marakujew oder irgendeinem Schauspieler erlebt, und das nimmt ihr das Recht, die Rolle eines unschuldigen verliebten Mädchens zu spielen. Da sie sie aber dennoch spielt, wird sie es büßen müssen.

Es lohnt nicht zu zaudern, und es ist dumm, viel Umstände zu machen, entschied er.

Zwei, drei Tage später merkte er mit Staunen und Vergnügen, daß er ganz auf einen absolut bestimmten Wunsch konzentriert war. Wenn er seine Gefühle mit jenen verglich, die ihn zu Lidija gezogen hatten, fand er, daß damals der Trieb sich naiv und schamhaft in romantische Träume und Hoffnungen auf etwas Ungewöhnliches gekleidet hatte, während es jetzt nichts dergleichen gab, sondern nur der vollkommen freie und vernünftige Wunsch vorhanden war, das Mädchen zu besitzen, welches das selbst wollte. Die Gewißheit, frei zu handeln, stimmte ihn immer hartnäckiger, er lauerte Warwara auf wie der Jäger einem Fuchs und flüsterte sich mehr als einmal ein: Heute.

Aber jedesmal hinderte ihn etwas, und jeder Mißerfolg steigerte sein boshaftes Verhalten gegen Warwara immer mehr und band ihn immer fester an sie, was er deutlich erkannte. Es gelang ihm nicht, Warwara allein anzutreffen, sie aber zu sich einzuladen, entschloß er sich nicht. Warwara besuchte ihn nie. Wenn er zu ihr kam, traf er die Gogins an – Bruder und Schwester kamen stets zusammen; er traf den düsteren Gussarow, der betrübt darüber, beunruhigt war, daß das »Manifest« der sozialdemokratischen Partei die Marxisten und Volkstümler nicht nur nicht einigte, sondern noch mehr trennte.

»Und wozu diese prinzipielle Empfindlichkeit bei unserer Armut?« murmelte er und starrte bald Warwara, bald Tatjana an, die ihn nicht beachtete. Mit Gogin duzte sich Gussarow, hörte aber seinen närrischen Reden aufmerksam wie ein Schüler zu.

»Ärgere dich nicht, es ist alles in Ordnung!« sagte Alexej zwinkernd zu ihm. »Die Marxisten sind ein schlaues Volk, sie verstehen dich, auch sie haben nichts dagegen, ein zorniges Herz mit einem umsichtigen Kopf zu verbinden.«

Jede Begegnung mit Gogin stärkte die Antipathie Samgins gegen diesen Gecken, gegen sein Alltagsgesicht, seine Scherze, die gebügelten Hosen, seine freien und leichten Bewegungen. Doch mußte Klim nicht ohne Neid und Unwillen zugeben, daß Gogin trotz alledem ein interessanter Mensch war, viel las, viel wußte und von seinem Wissen ebenso geschickt Gebrauch zu machen verstand, wie er seinen Anzug geschickt trug. Es war klar, daß er gut über die revolutionäre Bewegung orientiert war, obwohl er sicher keiner Partei angehörte. Einen Mann, der ein Taschenspieler und fast ein Hanswurst war, konnte man sich schwer als Mitglied einer politischen Partei vorstellen, nicht einmal einer Zwergpartei. Zweifellos mußten aber die Informatoren der Gendarmen Leute gerade solchen Schlages sein, die alles wußten und ihre wahre Überzeugung geschickt hinter einem reichen Wissen zu verbergen verstanden.

Samgin hörte, wie Alexej gleichermaßen beifällig von den Marxisten wie von den Volkstümlern sprach und wie er den gern betrübten Gussarow tröstete: »Auch die Liberalen werden ein Parteichen zusammenbasteln müssen, wenn auch nur, um ihre verlorenen Söhne zu erziehen und ihre widerspenstigen Kinder zu bändigen. Brumm nicht, es geht alles seinen Gang!«

Und schließlich war Klim etwas verletzt, daß Gogin, der zu ihm im allgemeinen liebenswürdig war, keinen Kontakt mit ihm suchte. Ljubascha und Warwara gegenüber verhielt er sich wie ein Kind, das zuviel Spielsachen hat und sie schlecht voneinander unterscheiden kann, und Warwara kokettierte sichtlich mit ihm, Samgin fand, sie gehe dabei zu weit.

Tatjana, die aufdringlich war wie eine Herbstfliege, fragte ihn aus: »Wie stehen Sie zu den Dekadenten? Eine verspätete Übersetzung aus dem Französischen und Bluff – nichts weiter? Und scheint Ihnen nicht, daß das Interesse für Verlaine und Verhaeren gleich stark ist und – daß das sonderbar ist?«

Samgin fühlte, dieses großäugige Mädchen glaubte ihm nicht und stellte ihn auf die Probe. Unverständlich war ihr Verhalten zu ihrem Stiefbruder; zu oft und beunruhigt hefteten sich Tatjanas unangenehme Augen auf Alexejs Gesicht – so wacht eine Frau über ihren herzkranken oder zu überraschenden Handlungen neigenden Mann, so beobachtet man jemanden, den man verstehen möchte, aber nicht kann.

Eines Tages, als Warwara Samgin zur Tür brachte, legte er ihr, verärgert, daß er vergnügt hinausbegleitet wurde, den Arm um den

Hals, bog mit der anderen Hand ihren Kopf zurück und küßte sie fest und erbost auf die Lippen. Sie prallte keuchend zurück, sah ihn mit verkniffenen Lippen an, und in ihren Augen schienen sich Tränen zu zeigen. Samgin betrat die Straße in der Stimmung eines Menschen, dem eine kleine Rache geglückt ist und der den Feind ehrlich vor dem gewarnt hat, was seiner harrt.

Ein paar Tage später kam er wieder zu Warwara, traf sie aber nicht zu Hause an; im Speisezimmer saßen die Gogins und Ljubascha.

»Den hatten wir noch vergessen!« rief Ljubascha und erzählte Klim mit hastigem Geplapper: bei Ljutow finde eine kleine Abendgesellschaft mit Musik und Tanz und unter Beteiligung von Literaten statt, möglicherweise werde sogar die Jermolowa kommen.

»Alina kommt auch, es wird überhaupt hervorragend! Wer will, kostümiert sich, die Eintrittskarten kosten nicht weniger als fünf Rubel, wer will, kann bis zu tausend zahlen; wieviel Stück kannst du verkaufen?«

»Zugunsten von wem oder was?« fragte er und überlegte, unter welchem Vorwand er den Kartenverkauf ablehnen könnte. Die Gogina, die etwas auf einen Bogen Papier schrieb, antwortete: »Zugunsten blindgeborener Kamtschatkabewohner.«

Ihr Bruder, der rote Zettel zählte, fügte hinzu: »Und zur Restaurierung der Kremlmauern.«

In Anwesenheit dieser Leute entschloß sich Samgin nicht, den unangenehmen Auftrag abzulehnen. Er nahm fünf Karten und beschloß, alle zu bezahlen, aber zu der Abendgesellschaft nicht hinzugehen.

Jedoch – er überlegte es sich anders und stand ein paar Tage später als Alchimist verkleidet in dem vertrauten Vorzimmer Ljutows vor einem Tischchen, an dem eine Nonne saß und die Karten abnahm; sie trug eine Larve, aber an dem lustlosen Lächeln der schmalen Lippen erkannte Samgin sofort, wer es war. An der Saaltür wiegte sich Ljutow im Brokatkaftan, mit orientalischem Käppchen und in Saffianstiefeln; er hielt einen krummen Säbel wie einen Schirm in der Hand, räusperte sich, hüstelte und sagte, indem er sich vor den Gästen verneigte wie ein Verkäufer, monoton und fürsorglich: »Seien Sie willkommen ... Bitte einzutreten ...«

Seine Schielaugen huschten rascher und unruhiger als sonst umher, und ihr saugender Blick suchte gleichsam den Vermummten die Masken herunterzureißen. Sein graues Gesicht schwitzte, er wischte den Schweiß mit dem Taschentuch ab und schüttelte es dann aus, als hätte er damit Staub gewischt. Samgin dachte, daß das Kostüm eines altrussischen Gerichtsschreibers und ein Tintenfaß am Gürtel statt des Säbels in der Hand besser zu Ljutow gepaßt hätten.

Samgin schob ihn mit berechnet würdiger Geste beiseite und blieb in der Tür stehen.

»Paracelsus? Agrippa, wie?« murmelte Ljutow hinter ihm unruhig und leise. »Seien Sie willkommen . . . Hähä!«

Samgin wurde der Weg durch eine Gruppe von Gästen versperrt, unter denen sich zwei bekannte Anwälte befanden, die wie im Gericht einen Frack trugen; vor ihnen stand ein dürrer Bauer in hanfleinenem, mit einer Bastschnur umgürtetem, blauem Kittelhemd und blauen Hosen, mit nagelneuen Bastschuhen und rotblonder Perücke; an seinem kleinen, unscheinbaren Gesicht war ein komisch zerzaustes Bärtchen befestigt, und er glich nicht einem Bauern, sondern einem Coupletsänger aus einem billigen Wirtshaus. Klim kannte ihn: das war Jermakow, hervorragender Anekdotenerzähler, sehr geschickter Vorleser Tschechowscher Erzählungen, ein seelenguter Mensch und Bohemien.

»Korkunow?« gurrte er. »Was ist schon Korkunow? Etwas für Gymnasiasten. Ich will Ihnen was über ihn erzählen . . . Platz für den Zauberer!« rief er und sprang vor Samgin zur Seite.

Im Saal befanden sich etwa vierzig Personen, aber die trüben Spiegel zwischen den Fenstern vervielfachten ihre Zahl; es schien, als sprängen oder schlüpften die Zigeunerinnen, Marquis und Clowns aus den dunklen Wänden heraus und würden im nächsten Augenblick den Saal so dicht füllen, daß man nicht mehr tanzen könnte. Samgin sah im Spiegel, daß die Musik in einer Ecke von einem schwarzen Männlein gemacht wurde, das einen zerzausten Kopf wie ein Spielzeugteufel hatte; es wand sich krampfhaft auf dem Stuhl, griff mit den langen Fingern in die Tasten, als knete es Nudelteig, und die Musik war bei dem Stampfen und Scharren der Füße, dem Lachen, Schreien und Sprechen der Zuschauer schlecht zu hören; zu hören aber war das unruhige Klirren der beiden Kristallüster.

Unter den Tanzenden fanden Samgins Augen sofort Warwara. Sie war ganz in Grün, mit Gräsern aus Band geschmückt, ihre Strümpfe waren dicht mit Silberflitter bedeckt, und auf dem offenen Haar saß ein Kranz aus Gräsern und gelben Blumen; sie trug keine Maske, war aber geschickt geschminkt: riesengroße, tiefliegende Augen, ungewöhnlich geschwungene Brauen und leuchtende Lippen, wodurch ihr Gesicht erschöpft, aufreizend und übermenschlich schön wurde. Sie wurde erstaunlich leicht von einem Chinesen in blauer Jacke herumgewirbelt, der etwas dick und rundköpfig war und ein Katergesicht hatte; sein langer Zopf schlug Warwara auf den bloßen Rücken, auf die Schultern, und sie lachte. Ihre geschuppten Füße berührten den Boden kaum, die schweren, mit Seetang durchflochtenen Haarsträhnen zogen ihren Kopf nach hinten, ihre kleinen Fischzähne blinkten hungrig und gierig.

»Erlau-ben Sie mal«, sagte ein breitschultriger Matrose vor Samgin, »unsere Rechtswissenschaft in Person Petrashizkijs . . .«

Samgin berührte mit dem Magierstab seine Ellenbogen, der Matrose wandte sich um und rief, als erblickte er einen Bekannten: »Aha, der Zauberer. Treten Sie bitte ein . . .«

»Nicht Zauberer, Magier«, verbesserte ihn jemand eindringlich.

»Nehmen Sie meine Verachtung entgegen«, sagte Samgin mit finsterer Stimme.

Wie eine bunte Kugel rollte und hüpfte Ljubascha umher, als Bauernmädchen kostümiert, ihr rundes Gesicht komisch grob angemalt; sie stieß die anderen an, sog laut die Luft durch die Nase ein und rief: »Wo ist der Liebste mein?«

Samgin schritt zwischen den Tanzenden umher, störte sie, indem er die Maskierten hartnäckig wie ein Kurzsichtiger ansah, und ärgerte sich über sich selbst, daß er ein so unbequemes Kostüm gewählt hatte, in dem sich die Beine verwickelten. Unter den Maskierten erkannte er Gogin, der als Opernfaust verkleidet war; der Clown, den er am Arm führte, war vermutlich Tatjana. Ein langer Harlekin, der aus irgendeinem Grund eine rote Perücke und den Hut eines italienischen Banditen aufgesetzt hatte, stieß Samgin an, faßte ihn an der Schulter und entschuldigte sich leise: »Entschuldigen Sie, Vorurteil! Sie sind doch das Vorurteil, ja?«

Samgin schob ihn wortlos beiseite. Auf einem Fensterbrett saß rauchend ein großer Mann mit Larve, mit breitem, falschem Bart; er war als mittelalterlicher Zunftmeister kostümiert und trug einen Lederschurz; das machte ihn unter den bunten Gestalten sehr auffallend. Als man zu tanzen aufhörte und der Chinese Warwara behutsam auf einen Stuhl setzte, beugte sich dieser Mann zu ihr vor und sagte, seinen Bart festhaltend: »Mit solchen Augen, Nixe, sollten Sie nicht im Wasser leben, sondern im Feuer – zum Beispiel in der Hölle.«

»Die Hölle ist in meiner Seele, und ich bin keine Nixe, sondern eine Dryade . . .«

An der Stimme erkannte Klim in dem Meister Kutusow, er fand, daß er mit Hans Sachs Ähnlichkeit habe, und dachte: Er ist unverwüstlich.

Warwara wurde von Maskierten dicht umringt; sie wedelte sich mit einem Fächer aus Schwertlilienblättern ins Gesicht, beantwortete die Scherze der Gäste irgendwie zu laut und musterte sie aufmerksam und unruhig.

Sie sucht mich. Und schreit, damit ich höre, wo sie ist, sagte sich Samgin ohne Selbstzufriedenheit, als handelte es sich um etwas ganz Natürliches. Ihn verwirrte und erregte das Gefühl des Fremdseins all diesen Kostümierten gegenüber, ein Gefühl, das ihn früher nie bedrückt, sondern nur das Bewußtsein seiner Eigenartigkeit, seiner Unabhängigkeit angenehm betont hatte. Er versuchte seine Erregung durch das mißglückte Kostüm zu erklären, das ihn zwang, sich würdig wie ein Truthahn zu benehmen. Aber Samgin wußte bereits: Er dachte das, weil er vor sich verbergen wollte, daß Kutusow ihn verwirrte und daß es ihm sehr unangenehm wäre, wenn Kutusow ihn erkennen würde.

Er hält sich wahrscheinlich illegal in Moskau auf ...

Der Pianist begann wieder laut zu spielen, der Chinese warf die Arme hoch, als fiele er hin, und packte Warwara; ein blecherner Ritter reichte einer dicken Odaliske den Arm, aber da löste sich ein Kniestück seines Harnischs, und während er es wieder befestigte, wurde die Odaliske von einem gestreiften Clown entführt.

»Zum Teufel noch mal«, brummte der Ritter, riß das Kniestück herunter, steckte es hinter einen Spiegel und sagte zu Samgin: »Ein vorsintflutliches Haus, ohne Ventilation.«

Samgin fand das alles langweilig und ging ins Büfettzimmer; dort hantierten an einem langen, mit einer Unmenge belegter Brötchen und Flaschen beladenen Tisch zwei Damen, eine üppige Spanierin mit dichten Brauen und eine pausbackige Dame im Sarafan mit nationalrussischem Kopfputz und Zwicker; sie hatte eine breite, für den Zwicker ungeeignete Nasenwurzel; er fiel immer wieder herunter, die Dame fing ihn ärgerlich auf und belehrte den glatzköpfigen Diener: »Passen Sie bitte auf, daß sie sich nicht selbst etwas nehmen.«

In der Ecke ragte wie ein Götze ein riesengroßer, blankgeputzter Samowar und stieß keuchend Dampf aus; die Spanierin füllte Tee in Gläser und sagte: »Nein, Pelageja Petrowna, das stimmt nicht, von Eicheln wird das Fleisch bitter, von Biermaische wird es mürbe.«

Die Frau mit dem russischen Kopfputz sagte: »Die Maische muß man kräftiger salzen.«

Samgin nahm eine Flasche Weißwein und ging an ein Tischchen am Fenster; dort saß zwischen Wand und Schrank, wie in einer Kiste, Tagilskij und schlug sich mit einer zerknitterten Pappmaske aufs Knie. Er trug eine blaue Jacke, einen Feuerwehrhelm und schwere Stiefel; das alles verband sich eigentümlich mit seinem Porzellangesicht. Er lächelte und sah Samgin mit dem hartnäckigen Blick eines Betrunkenen an.

»Amüsieren Sie sich, Zauberer?«

»Ich weiß zuviel, um mich amüsieren zu können«, antwortete Klim, mit verstellter Stimme und mürrisch.

»Ich auch«, sagte Tagilskij und nickte; der Helm rutschte ihm auf die Ohren und spreizte sie ab.

Klim sah ihn nicht zum erstenmal betrunken und hätte sehr gern gewußt, warum dieser stattliche, wohlgebaute Mann so maßlos trank.

»Ist das hier von den Volkstümlern?« fragte Tagilskij. Vor ihm auf dem Tisch stand auch eine Flasche, aber sie war schon leer.

»Ich weiß nicht«, antwortete Samgin und beobachtete, wie die buntgekleideten Menschen an der Tür vorbeihuschten, während ihre Doppelgänger über den Spiegel glitten und von der silbernen Leere verschlungen wurden. Auf ihren kurzen Beinchen hüpfte eilig Ljubascha mit Hans Sachs vorbei, hinter ihr wirbelte der Chinese Tatjana vorüber.

»Die amüsieren sich«, murmelte Tagilskij. »Haben sich umgezogen und – sind lustig. Aber schauen Sie doch, Alchimist, wieviel Pierrots, Clowns und überhaupt – Dummköpfe hier sind! Was bedeutet das?«

Samgin schenkte ihm, ohne zu antworten, Wein ein. Die Zahl der Kostümierten hatte sich vermehrt, die Menge war bunter, lustiger geworden, und irgendwo in der Nähe der Tür rief Ljutow übermütig: »Was hätten Sie denn Pontius Pilatus geantwortet? Christus hat sich nicht entschlossen zu sagen: ›Ich bin die Wahrheit‹, Sie aber – hätten Sie es gesagt?«

Dann erschien der Schriftsteller Nikodim Iwanowitsch, warm gekleidet in einen dicken, braunen Rock, einen karierten Schal um den Hals gewickelt; in den Ärmel hustend, ging er unter den Leuten umher, machte jedermann Platz und stieß darum alle an. Mit dem Fächer wedelnd, trat Warwara Arm in Arm mit Tatjana ein; sie verlangte Tee, nahm fast neben Klim Platz und streckte ihre geschuppten Beine unter den Tisch. Tagilskij setzte schnell seine zerknitterte Maske mit abgeblätterter Nase auf. Tatjana biß in ein Brötchen und sagte: »Toll spielt dieser Virtuose! Man sagt, er ist eine künftige Berühmtheit; dafür hat er sich auch schon das Haar wachsen lassen.«

»Sie sind boshaft, Tanja«, sagte Warwara seufzend.

»Neidisch. Fünfundsiebzig Prozent hier sind künftige Berühmtheiten. Und ich? Darum ärgere ich mich.«

Die Gogina sah erst Klim scharf an, dann Tagilskij, erinnerte sich an etwas, verzog das Gesicht und sagte halblaut zu Warwara: »Sie werden auch Erfolg haben.«

»Wahrscheinlich deshalb, weil mein Rock zu kurz ist«, antwortete Warwara leise.

In der Tür blieb Ljubascha stehen.

»Ist es nicht herrlich, Mädchen? Pelageja Petrowna, kommen Sie bitte zum Singen!«

Die Dame mit dem Kopfputz schwebte in den Saal und zog Ljubascha mit.

»So ein Kürbis«, sagte Tatjana hinter ihr her.

Samgin trat an die Tür des Saals; dort wurden Stühle gerückt und durch Zischen Ruhe geboten; der Pianist zupfte Akkorde aus dem Klavier, als verbrenne er sich an den Tasten die Finger, während die Dame im Sarafan ihre gewaltige Brust kampflustig vorwölbte und mit ganz hoher Stimme und im Ton eines gekränkten Menschen zu singen anfing: »War ich ein Gräslein nicht im Felde?«

Beim Singen schwang sie den Zwicker an der schwarzen Schnur wie eine Steinschleuder, und sie sang so, daß die Zuhörer begriffen: Der Begleiter störte sie. Tatjana, die hinter Samgin stand, machte boshafte Randbemerkungen zu dem Lied; sie hatte anscheinend einen unerschöpflichen Vorrat solcher bissigen Worte und warf verschwenderisch damit um sich. Ins Büfettzimmer traten Ljutow und Nikodim Iwanowitsch; Ljutow ging auf Zehenspitzen, seine Saffianstiefel knirschten leise, er hielt den Säbel mit beiden Händen, an der Scheide und am Knauf, vor den Bauch; der Schriftsteller lehnte sich mit der Schulter an ihn und brummte: »Er hatte eine süßliche Erzählung im ›Kurier‹ abgedruckt, und man war schon stolz auf ihn, und ein Jahr später schrieb er ein Buch, alle staunten und begriffen nicht, daß ihm das schaden würde ...«

»Kognak oder Wodka?« fragte ihn Ljutow, musterte die jungen Damen und wandte sich an Samgin: »Was haben Sie in den Tagen Ihrer Jugend getrunken, Astrologe?«

»Galle«, sagte Klim.

»Das ist trübe«, entgegnete Ljutow kopfschüttelnd, während Nikodim Iwanowitsch eigensinnig fortfuhr: »Er schwimmt jetzt im Lob wie die Fliege im Sirup ...«

»Trinken Sie mit uns, weiser Mann«, bedrängte Ljutow Samgin. Klim lehnte ab und trat in den Saal, dem Applaus entgegen. Die Dame mit dem Kopfputz weigerte sich zu singen, an ihre Stelle trat eine andere, eine mit Blumen und Bändern geschmückte Ukrainerin mit unscheinbarem Gesicht, und neben sie – Kutusow. Er nahm die

Larve ab, und Samgin sagte sich, daß er sie gar nicht brauchte, schon der falsche graue Bart machte sein Gesicht unkenntlich alt. Ein dikker Marquis vor Samgin sagte: »Eine phänomenale Stimme. Dorfschullehrerin oder so etwas Ähnliches. Sie singt ganz ausgezeichnet.«

Man sang vortrefflich das Trio »Ein goldnes Wölkchen nächtigte«, dann stimmten Kutusow und die Lehrerin »Versuche mich nicht« an. Kutusows Gesicht wurde sanfter, doch er sang irgendwie zu feierlich, und das paßte nicht zu den hoffnungslosen Worten des Dichters. Seine Partnerin sang kunstvoll, tief dramatisch, und Samgin merkte, daß sie Kutusow ab und zu unwillig oder verwundert ansah. Im Saal wurde es so still, daß Klim Warwaras Korsett knacken hörte, sie stand hinter ihm und hatte den Arm um die Gogina gelegt. Ljutow balancierte, den Säbel unter dem Arm, mit gerecktem Hals im Saal herum, hinter ihm ging der Schriftsteller und dirigierte mit der Hand, in der er ein Brötchen hielt.

Den Sängern wurde rasend applaudiert. Die Somowa kam mit feuchten Augen und glücklichem Gesicht angerannt und rief Warwara begeistert zu: »Nun, wie findest du das? Ist das eine Stimme? Entsinnst du dich, ich erzählte dir von ihm . . .«

»Aber er singt mechanisch«, bemerkte die Gogina.

»Psch!« zischte Ljutow und schob den Säbel auf den Rücken, wo er wie ein Schweif hängenblieb. Er biß die Zähne zusammen, in seinem Gesicht wölbten sich knöcherne Beulen vor, Schweiß glänzte an seinen Schläfen, und sein linkes Bein zuckte unter dem Kaftan. Hinter ihm stand der gestreifte Harlekin, er hatte sein Kinn kindlich auf Ljutows Schulter gelegt, die Hand über dem Kopf erhoben und machte sie auf und zu.

Kutusow sang: »Laßt nach, Erregungen der Leidenschaft!«, worauf Ljutow zu ihm stürzte und mitten ins Geschrei und Händeklatschen hinein kreischte: »Erlauben Sie, entschuldigen Sie . . . Sie haben eine ganz kapitale Stimme – jawohl!«

Ljutow keuchte vor Erregung, er trat von einem Bein aufs andere, sein Bärtchen drängte sich auf Kutusows Gesicht zu, er schwang das Taschentuch und schrie: »Aber so singt man nicht! So geht das nicht!«

Das Publikum verstummte, voll Interesse für den hysterischen Angriff des Bojaren und die gutmütige Verwunderung des bärtigen Zunftmeisters.

»Geht nicht?« fragte er. »Warum nicht?«

»Sie leugnen den Sinn der Romanzen, Sie scheinen ihn sogar zu ironisieren . . .«

»Sie prahlen mit Furchtlosigkeit«, rief Ljubascha. Kutusow lachte tief.

»Sagen Sie doch offen heraus: Es war schlecht!«

»Erlauben Sie mir zu erklären«, bat Nikodim Iwanowitsch dringlich, und als Ljutow nach einem Seitenblick auf ihn verstummte und Ljubascha eine Grimasse zog und zur Seite sprang, hustete der Schriftsteller in den Rockärmel und sagte autoritär: »Es war gut, aber nicht so, wie es sein sollte. Sie singen vom Leiden, von Erregungen der Leidenschaft ...«

»Nun, wissen Sie, ich bin nicht hinter Würze her; mir schmeckt meine Kohlsuppe auch ohne Pfeffer«, sagte Kutusow lächelnd. »Ich liebe die Musik, nicht die Worte, die für sie gemacht sind ...«

Ljutow wandte sich um und rief ins Büfettzimmer: »Nikolai, einen Tisch! Zwei Tische ...«

Dann zerrte er am Bandelier seines Säbels und bat weinerlich den Harlekin: »Nimm mir doch dieses blöde Ding ab!«

An diesem Ausruf erkannte Samgin im Harlekin Makarow.

»Erlauben Sie – wie ist das aufzufassen?« fragte der Schriftsteller streng, während Kutusow vom Publikum zum Büfett gedrängt wurde. »Die Geschichte wird durch Leidenschaften, durch Leiden geschaffen ...«

Der Diener schob einen Tisch in die Menge, an ihn einen zweiten, brachte mit der Geschicklichkeit eines Akrobaten Stühle heran und begann dann, Flaschen und Gläser auf die Tische zu stellen; irgend jemand stieß ihn am Arm, und eine Flasche fiel auf die Gläser und zerschlug sie.

»Zum Teufel!« schrie Ljutow. »Kannst du nicht einmal ...«

Er besann sich aber sogleich und murmelte: »Na, schnell, mein Lieber, schnell! Setzen Sie sich, meine Herrschaften, unterhalten wir uns ...«

Es war heiß, stickig. Im Saal wurde laut gelacht, dort erzählte jemand armenische Witze, und neben Klim schwang ein flachsblonder, lockiger Page sein Barett und sagte zu der Ukrainerin: »Niemand kann mir beweisen, daß der Kampf unter den Menschen für immer sein muß ...«

Der als Bauer gekleidete Mann führte die Nonne, welche die Karten kontrolliert hatte, am Arm und sagte ihr ins Ohr: »Nein, vom Materialismus wird unser Volk nicht angesteckt werden ...«

Samgin stand in der Tür und sah zu, wie geschäftig Ljutow Wein in die Gläser füllte, sie überschwappend den Leuten in die Hand gab und zu Kutusow sagte: »Da hat sich einer als Ritter kostümiert – weshalb? Weshalb gerade als Ritter?«

Kutusow hielt ein Glas Wein in der Hand, er lachte mit zurückgeworfenem Kopf und vorspringendem Adamsapfel, und unter seinem falschen Bart sah Klim den echten. Kutusow hatte anscheinend irgend etwas gesagt, das die Leute sehr erregte, ihn schrien mehrere zugleich an und am lautesten der als Bauer gekleidete Mann.

»Das ist nicht neu! Schon die Propheten haben uns verheißen: ›Und der Reichtum der Gottlosen wird zu Staub werden unter den Rädern und davonfliegen wie Asche‹ – jawohl!«

Im Saal dröhnte wieder das Klavier, stampften die Tänzer und lockte die in den Armen des Chinesen vorüberhuschende grüne Nixe. Die Nonne trat neben Klim, lehnte sich mit der Schulter an den Türrahmen und faltete die Hände gottesfürchtig über dem Leib. Er blickte in die unheimlichen Schlitze ihrer Larve und sagte sehr finster: »Ich kenne Sie.«

»So?« fragte sie leise und gleichgültig.

»Sie heißen Marja Iwanowna, Sie wohnen ...«

Samgin nannte die Gasse, in der die Frau ihm begegnet war, als er sich in Begleitung des Spitzels und des Gendarmen unterwegs befunden hatte. Die Frau ließ einen Rosenkranz aus Zypressenholz aus dem Ärmel gleiten und fragte, indem sie mit den schmalen Fingern ihrer schönen Hand daran nestelte, mit gezwungenem Lächeln: »Und was noch?«

»Ich weiß alles über Sie.«

»Nanu! Dann wissen Sie über mich mehr als ich selbst«, antwortete die Nonne mit einem Satz, den Samgin irgendwo gelesen hatte.

Bücherwürmer, dachte er und sah zu, wie die Nonne sich zu dem Tisch durchdrängte, wo die Leute schon nicht mehr schrien und die Stimme Kutusows ertönte: »Die achtziger Jahre haben deutlich gezeigt, daß die Intelligenz in ihrer Masse gar nicht revolutionär ist ...«

»Das ist nicht wahr!«

»Richtig!« sagte Tagilskij, der den Helm in der Hand hielt wie ein blinder Bettler die Schale.

Samgin rückte die spitze Kappe auf dem Kopf zurecht, betastete seine Maske und begab sich zum Tisch. Der von Wein und Schweiß feuchte Spitzenbesatz der Maske klebte ihm am Kinn, die Mantille schlug sich um die Beine. Dadurch gereizt, nahm er eine Flasche sehr kaltes Bier, trank es gierig Glas für Glas aus und hörte dabei zu, wie Kutusow ruhig und widerwillig sagte: »Jetzt, da der Marxismus die Intelligenz der Ränge und Titel beraubt hat, die sie sich unrechtmäßig zulegte ...«

»Erlauben Sie!« rief jemand zornig.

»Stören Sie nicht!«

»Nein, erlauben Sie! Ich will etwas zur Frage der Rechtmäßigkeit ...«

»Nieder mit den Nihilisten!« brüllte ein betrunkener Mann in blauem Kaftan, weißer Perücke und bis zum Knie reichenden Jägerstiefeln.

Wie ein zorniges Bächlein und ganz unangebracht, drängte sich durch die Stimmen der Empörten das klingende Stimmchen Ljubaschas: »Sie denken wohl, wenn Sie fünf Rubel zugunsten der politischen Gefangenen geben, haben Sie sich dadurch schon einen Platz in der Geschichte erkauft ...?«

Aus der Ecke, hinter dem Schrank, ertönte zusammen mit dem Klirren des Ritterharnischs die Baßstimme Stratonows: »Reaktionen sind rechtmäßig. Die Reaktion ist eine Epoche, in der die Errungenschaften der Kultur gefestigt werden ...«

»Durch Tolstois und Pobedonoszews«, rief jemand.

Alle sprachen zugleich, und so, als fürchteten sie, plötzlich stumm zu werden. Vor Kutusow drängte sich das Publikum wie im zoologischen Garten vor einem Tier, das man reizen will. Der Schriftsteller rief zornig: »Ihr ›Manifest‹ ist ein völlig talentloses Feuilleton!«

Er aber sagte auf den Scheitel des Schriftstellers herab: »Den Kampf der Narodowolzen gegen die Selbstherrschaft hat sich die sogenannte Gesellschaft wie eine Amateurvorstellung angesehen ...«

Tagilskij trat vor Samgin. Er setzte mit Schwung den Messinghelm auf den Kopf, ballte die Fäuste und suchte nach den Taschen seiner Jacke; er fand sie, steckte die Fäuste hinein und hob die Schultern, sein rosa Hals wurde dunkelrot, er schnalzte laut und murmelte etwas, aber das Lachen Kutusows und noch zwei bis drei anderer übertönte seine Worte. Dann sagte Kutusow: »Nun, meine Herrschaften, genug mit dem Brüten der Schwätzer! Wenn man lustig sein will, soll man auch lustig sein.«

Samgin wurde von jemandem kräftig gestoßen; es war der Chinese, der mit weit aufgerissenen Augen, sich die Lippen leckend, zum Büfett drängte. Samgin folgte ihm und sah zu, wie der Chinese hastig und gierig ein Glas kalten Tee trank, einen schmutzigen Rubelschein auf die Brötchenplatte warf und wieder in den Saal lief. Der Schriftsteller, der sich wieder beruhigt hatte, goß Bier in ein Glas und belehrte den Mann im blauen Kaftan: »Besonders schädlich, Goslawskij, ist geräucherte Wurst, wie übrigens alles Geräucherte ...«

Samgin trank ein Gläschen Kognak, wartete, bis das Brennen im

Mund verging, und trank noch eins. Lange schon hatte er keine so heftige Empörung gegen die Menschen empfunden, lange schon sich nicht mehr so einsam gefühlt. Zu diesem Gefühl kam wehmütiger Neid hinzu – wie schön wäre es, die grobe Verwegenheit Kutusows zu besitzen, den Menschen das ins Gesicht zu sagen, was man über sie dachte. Ihnen zu sagen: Ihr Idioten! Was wollt ihr? Daß das Volk euch aufsaugt, wie der Sumpf Kälber verschluckt? Daß die Arbeiter euch vor diesem leeren, aus Worten bestehenden Leben retten?

Ach, vieles noch könnte man diesen Bücherwürmern und Schriftgelehrten sagen. Und wenn meine Stunde kommt, werde ich es sagen!

Er ging in den Saal und stieß dabei mit der Schulter die Nonne an, er sah, daß sie ihn mit einer Bewegung des Rosenkranzes abwehrte, entschuldigte sich aber nicht. Der Pianist trommelte verwegen einen russischen Tanz; in einem dichten, bunten Kreis von Menschen, die im Takt zur Musik in die Hände klatschten, stampften zwei Beinpaare, tanzten der Chinese und ein Grusinier.

»Ich werde dich übertreffen!« rief der Chinese und sprang erstaunlich leicht vom Boden hoch.

Die Hände im Nacken, ging Warwara mit wiegenden Hüften dem Chinesen entgegen. Sie war in Schweiß geraten, die Schminke auf ihrem Gesicht war zerronnen, das Gesicht war verführerisch, daß man es nicht wiedererkannte. Sie wand sich so schamlos vor dem Chinesen, der hockend um sie herumsprang, und sah ihm mit so herausforderndem Lächeln ins dicke Gesicht, daß Samgin empört war und fühlte: vor Empörung wird er noch betrunkener.

Warwaras geschuppte Beine zuckten in ungestümen Krämpfen und entblößten sich bis übers Knie, die Spitzen ihrer Beinkleider wurden sichtbar.

Klim Samgin schloß fest die Augen, biß die Zähne zusammen und entsann sich seines Wunsches, dieses Mädchen erniedrigend für sie in Besitz zu nehmen und sie seine mißglückte Beziehung zu Lidija und überhaupt alles entgelten zu lassen.

In diesem Augenblick denkt sie natürlich nicht an mich . . . denkt nicht an mich!

Man hörte auf zu tanzen, die Zuschauer schrien und applaudierten rasend, der Chinese nahm die Nixe am Arm und führte sie zum Büfett, wo auch wie auf einem Jahrmarkt gebrüllt wurde; der Chinese blickte Warwara ins Gesicht, flüsterte ihr etwas zu, sein Gesicht ging häßlich in die Breite und zerschmolz, er grinste, daß ihm die Ohren in den Nacken rutschten. Samgin zog sich in eine Ecke zurück, setzte sich, nahm die Maske ab und steckte sie in die Tasche.

»Der Chor! Der Chor!« schrie der rothaarige Clown, sprang auf einen Stuhl und fuchtelte mit den Armen. Er wurde sofort von etwa zwanzig Personen umringt, und alle hoben den Kopf.

»Eins, zwei, drei!« kommandierte er hüpfend, streckte die Arme über den Köpfen aus, und die Leute begannen wirr durcheinanderzusingen:

»Aus dem Land, dem Land so weit,
Mutter Wolgas, die so breit,
Ruhmvoll an das Werk zu gehen . . .«

»Wir uns hier versammelt sehen«, brüllte vorzeitig ein Betrunkener mit weißer Perücke.

»Zu ungezwungner Lustigkeit . . .«

»Wir uns hier versammelt sehen«, wiederholte der Betrunkene und rief: »Warum von der Wolga? Ich bin aus Tambow!«

Und als das nächste Couplet gesungen wurde, heulte er zum drittenmal, aber bereits mit Tenorstimme und verdrehten Augen auf: »Wir uns hier versa-ammelt sehen . . .«

Außer an diese Worte erinnerte er sich an nichts, dafür hatte er diese aber allzu gut behalten, er fuchtelte mit der roten Faust zum Dirigenten hinüber, als wollte er ihn in den Bauch stoßen, wurde immer wilder, lief dunkelrot an, riß die Augen weit auf und brüllte in verschiedenen Tonarten: »Wir uns hier . . .«

Er schrie so lange, bis die Choristen erkannten, daß sie ihn nicht übertönen konnten, da hörten sie plötzlich auf zu singen und gingen rasch auseinander, während der Solist die Arme kraftlos senkte und bereits mit ganz dünnem Stimmchen gedehnt sang: »Wi-ir . . .«

Er sah sich um und fragte gekränkt: »Weshalb?«

Samgin gefiel es sehr, daß dieser Mann verhindert hatte, das langweilige, dumme Lied zu singen. Klim schaukelte mit dem Stuhl und lachte. Der Betrunkene kam auf ihn zu, blieb stehen, sah ihn aufmerksam an und begann ebenfalls zu lachen, wobei er sagte: »Weiß der Teufel, was das ist, ha? Weiß der Teufel . . .«

Er packte Samgin am Kragen, hob ihn hoch und sagte: »Hör mal, Onkel, du Vogelscheuche, komm, trinken wir was, mein Lieber! Du bist allein, ich bin allein, macht zwei! Teuer ist hier alles, nun, das macht nichts! Die Revolution kostet Geld – das macht nichts! Wi-ir uns hier versammelt sehen . . .«, brüllte er Klim ins Ohr und küßte ihn, indem er ihn umarmte, auf die Schulter. »Solche Leute habe ich gern!«

Samgin trank mit ihm irgend etwas Starkes, da kam der betrunkene Tagilskij und stürzte sich auf ihn. »Jascha! Ich habe dich gesucht und gesucht ...«

Im Saal wurde es plötzlich still, und es ertönte die weinerliche Stimme Ljutows: »Da ist unser Stern ... die Göttin ... die Venus – hurra!«

In der Tür des Büfettzimmers stand Alina. Sie hatte ein so blendendweißes Kleid an, daß Samgin blinzeln mußte; um die Hüfte trug sie Blumen, eine Girlande fiel über den Schenkel bis zum Kleidersaum hinab, auf dem Kopf hatte sie auch Blumen, in den Händen glitzerte ein Fächer, und sie schillerte insgesamt wie ein riesengroßer Fisch. Es wurde still, alle verstummten und wichen vorsichtig vor ihr zurück. Ljutow hastete umher, holte Stühle und murmelte: »Jegor, Champagner! Kostja – wo bist du? Kostja!«

Er schien zu schmelzen, kleiner zu werden und gleich wie ein Schatten zu verschwinden. Alina neigte sich zu Ljubascha vor, sagte leise etwas zu ihr und lachte. Warwara sprang herzu und zerrte Tatjana Gogina an den Händen hinter sich her, neben Klim stand plötzlich Kutusow und sagte seufzend: »Das – ja!«

In seinem Rausch dachte Klim, durch Alinas Anwesenheit sei es irgendwie andächtig geworden und das sei sehr komisch. Er wollte zeigen, daß diese Frau, die alle durch ihre Schönheit verblüfft hatte, ihm nichts bedeute. Lächelnd ging er auf sie zu, um etwas sehr Familiäres zu sagen, das sie verwirren mußte, aber sie rief: »Mein Gott, das ist ja Klim! Und so betrunken, daß er schon ganz grün ist! ... Aber das Kostüm steht dir. Du trinkst? Das hätte ich nicht erwartet!«

»Ja, ich trinke!« sagte Samgin. »Ich bin hier.«

Er hatte sehr viele Worte bereit, die er alle sagen wollte, aber es waren alles schwere Worte, die Zunge nahm sie nicht an, und so sagte Samgin: »Ich trinke. Allein. Das ist mein ›Manifest‹. Hast du es gelesen? Nein. Ich auch nicht.«

Dann stand er am Tisch, und Warwara fragte ihn leise: »Ist Ihnen schlecht?«

»Schlecht«, stimmte er bei. »Sie tanzen schlecht. Unanständig.«

»Wollen Sie Wodka mit Bier?« hörte er.

Nachdem er eine Limonade mit Kognak ausgetrunken hatte, fühlte er sich etwas erfrischt und fragte mit mürrischem Gesicht: »Wer ist der Chinese?«

Und als Warwara den Namen des Redakteurs eines Revolverblatts nannte, wurde ihm traurig zumute.

»Ein Jude«, sagte er kopfschüttelnd, »ein Jude!«

Und von diesem Augenblick an erinnerte er sich an nichts mehr. Er erwachte in einem Zimmer, das er nicht erkannte, aber eine große Photographie Onkel Chrysanths sagte ihm, wo er war. Durch die Fenstervorhänge drangen Sonnenstrahlen ungewöhnlicher Farbe ins Halbdunkel, die oberen Scheiben ließen ein Stück Himmel sehen, das erinnerte Samgin an das kleine Zimmer in der Gendarmeriedirektion.

Es vergingen einige Minuten, zwei oder zwanzig, es war schwer zu unterscheiden. Vor der Tür ertönte ein Rascheln, ein Teelöffel klirrte gegen Glas.

»Ja, trag es hinein«, flüsterte jemand, die Tür ging auf, und Samgin fühlte, daß Warwara am Bett stand.

»Schlafen Sie?«

»Nein, ich schlafe nicht, aber ich schäme mich«, sagte er, als er die Augen geöffnet hatte.

Er hatte nicht daran gedacht, das zu sagen, und wunderte sich, daß die Worte so jungenhaft schuldbewußt herausgekommen waren, obwohl er sich hätte ungezwungen benehmen müssen; es war ja nichts Besonderes geschehen, und er war unfreiwillig in dieses Zimmer geraten.

Aber Warwara, die seine Worte anscheinend nicht deutlich gehört hatte, sagte freundlich und vergnügt: »Wie komisch Sie sind, wenn Sie betrunken sind! So rührend. Es macht doch nichts, daß ich Sie zu mir gebracht habe? Es war mir unangenehm, um vier Uhr morgens mit Ihnen in Ihre Wohnung zu fahren. Sie haben fast zwölf Stunden geschlafen. Bleiben Sie liegen! Ich bringe Ihnen gleich Kaffee . . .«

Samgin richtete sich auf, schüttelte den Kopf, setzte die Brille auf, nahm sie aber sofort wieder ab.

Gleich wird das alles geschehen, dachte er nicht ganz überzeugt, aber als fragte er sich. Die Anfimjewna öffnete die Tür. Warwara brachte ein Tablett herein, sie hatte die Lippen verkniffen und sah auf die blaue Spiritusflamme unter der Kaffeekanne. Als sie Klim die Tasse reichte, merkte er, daß ihre Hand zitterte und die Brust ungleichmäßiges Atmen verriet.

Ihr Gesicht war blaß, mit dunklen Schatten unter den Augen. Sie sah unruhig blinzelnd umher, und als sie ihm ins Gesicht gesehen hatte, wandte sie die Augen gleich wieder ab.

»Ljubascha ist noch nicht gekommen«, erzählte sie. »Dort war, nachdem Ihnen schlecht wurde, die wahre Hölle los. Dieser Bariton – oh, welch wunderbare Stimme! – erwies sich als lustiger Mensch und stellte zu dritt mit Gogin und Alina wer weiß was an! Noch mehr?« fragte sie, als Klim ausgetrunken hatte und ihr die Tasse hinhielt – aber die Tasse glitt von der Untertasse, fiel auf den Boden und zerbarst in kleine Stückchen.

»Oh«, rief Warwara leise aus, während Samgin lächelnd sagte: »Ein gutes Vorzeichen.«

Er warf die Decke zurück, ließ die Beine aus dem Bett, und noch ehe das Mädchen ausweichen konnte, umarmte er sie heftig.

»Nicht doch . . . Unterstehen Sie sich«, flüsterte sie und suchte sich ihm zu entwinden. »Sie lieben mich ja nicht . . .«

Dann umhalste sie ihn plötzlich und schrie fast: »Hab Erbarmen, Erbarmen mit mir, verschone mich!«

Klim schwieg ehrenhaft und warf sie um.

Einen Monat später konnte Klim Samgin denken, daß diese theatralischen Worte die Schlußworte einer Rolle waren, deren Warwara überdrüssig war und auf die sie verzichtet hatte, um eine neue Rolle zu spielen, die einer feinfühligen Freundin, einer mustergültigen Ehefrau. Nicht zum erstenmal beobachtete er, wie sehr sich die Menschen verändern können, er hielt dieses geschickte Spiel von ihnen für unehrlich, und Warwara, die sein Mißtrauen den Menschen gegenüber bestätigte, steigerte seine Menschenverachtung. Sich selbst hielt er für unfähig zu Verstellung und Heuchelei, mußte aber die Menschen um ihre Fähigkeit beneiden, so zu scheinen, wie sie wollten.

Warwara hatte ihn vor allem dadurch in Erstaunen versetzt, daß sie unschuldig gewesen war, was er nicht erwartet und auch nicht gewollt hatte. Doch immerhin bedeutete das, daß sie sich für ihn aufbewahrt hatte, und das war ihm angenehm. Dann freute er sich, als Warwara sagte, sie wolle kein Kind und möchte ihm überhaupt durch nichts im Wege stehen; sie sagte das sehr einfach und entschieden. Sie zeigte sich vollkommen damit zufrieden, daß sie eine Frau geworden war, sie war offenbar sogar stolz auf die neue Rolle, was daraus zu ersehen war, wie gönnerhaft und lässig sie sich Ljubascha und Tatjana gegenüber zu verhalten begann. Etwas verdächtig war die Schnelligkeit, mit der sie auf ihre eingelernten Gesten, theatralischen Posen und gewohnten pathetischen Ausrufe verzichtete. Sie begann sogar leichter, freier zu gehen, und ihre Absätze klapperten nicht mehr so herausfordernd wie früher. Am meisten wunderte Klim das Maßgefühl, das sie in ihrem Verhalten zu ihm zeigte; sogar wenn sie zärtlich wurde, verlor sie dieses Gefühl nicht, obwohl sie mit Zärtlichkeiten nicht geizte. Sie hatte einen schönen, geschmeidigen Körper, aber Klim fand, daß die Haut ihrer Beine grob und rauh war, und wartete auf die Gelegenheit, ihr das zu sagen. Sie genoß schweigend und flüsterte nur einmal, als sie auf Samgins Knien lag, mit geschlossenen Augen: »Ich habe mir natürlich vorzustellen versucht, was das für ein Gefühl sein mag. Aber hier wird die Phantasie von der Wirklichkeit übertroffen.«

Du hast keine rege Phantasie, dachte Klim.

Er erwog alle kleinen Vorzüge Warwaras, brachte in sein Verhalten zu ihr nichts Neues, aber das Gefühl des Mißtrauens veranlaßte ihn, sie aufmerksamer zu betrachten, und er überzeugte sich bald, daß sie diese prüfende Aufmerksamkeit als Liebe wertete. In autoritärem Ton, geringschätzig wie früher sagte er ihr kleine Dreistigkeiten, verspottete ungeniert ihre Geschmacksrichtungen, Sympathien und Ansichten; er versuchte sogar, in Augenblicken zärtlich zu ihr zu sein, in denen sie es nicht wollte oder es ihr physiologisch unangenehm war. Aber auch in diesen Fällen fügte sich Warwara ergeben seinen Einfällen, die für sie nicht selten erniedrigend waren, und er empfand danach Geringschätzung gegen sie und dachte: So muß man mit ihnen leben.

Zuweilen merkte er, daß in ihren grünlichen Augen Trauer und staunende Erwartung leuchteten. Er erriet: Sie wartete auf das Wort, das er noch nicht ausgesprochen hatte, aber er konnte es nicht mit gutem Gewissen aussprechen und hielt es für notwendig, sie zu warnen: »Ich spiele nicht mit dem Wort Liebe.«

Im allgemeinen ging alles nicht übel, sogar reizvoll, und schon zwei- bis dreimal tauchte die interessante Frage auf: Wo liegt die Grenze der Unterwürfigkeit Warwaras?

Sie wird mich wahrscheinlich bald fragen, ob ich sie heirate. Interessant, was Lidija dazu sagen wird.

Er verbot es sich, an Lidija zu denken, die Erinnerungen an sie erregten ihn. Einmal, in einer zärtlichen Stunde, empfand er das Verlangen, Warwara ausführlich seinen Roman zu erzählen; er erschrak, als er verstanden hatte, daß diese Erzählung ihn in ihren Augen erniedrigen könnte, dann ärgerte er sich über sich selbst und zugleich über Warwara.

»Du hast Marakujew völlig vergessen«, sagte er zu ihr mit spöttischem Lächeln.

Zu seinem Erstaunen füllten sich Warwaras Augen plötzlich mit Tränen, und sie fragte ihn aus irgendeinem Grund flüsternd: »Du machst mir Vorwürfe, du? Es war doch deinetwegen ...«

Sie warf sich ihm an die Brust, umarmte ihn und sagte empört: »Warum hast du das gesagt? Sei nicht grausam, Liebster!«

Samgin nahm sie leise lachend auf den Schoß. Er war überzeugt, Warwara schauspielere ein wenig, denn er hatte ihr ja nichts Kränkendes gesagt, und es gab keinen Grund für diese Tränen, Seufzer und heftigen Zärtlichkeiten.

Sie schmeichelt sich bei mir ein, dachte er und erklärte sich von nun an damit ihre Liebkosungen.

»Es ist schön, angenehm, euch zu sehen«, sagte die Anfimjewna mit mühsamem Lächeln, die Hände über dem Leib gefaltet. »Nur ist es nicht schön, daß ihr getrennt wohnt, das ist teuer und wohl auch nicht richtig. Sie sollten in Ljubaschas Zimmer ziehen, Klim Iwanytsch.«

Warwara schwieg, aber Samgin sah an ihren Augen, daß sie glücklich wäre, wenn er das täte. Klim ließ sie den Vorschlag der Anfimjewna etwa zweimal wiederholen und bezog dann Lidijas und Ljubaschas Zimmer, das für ihn neu tapeziert und mit den altertümlichen Möbeln Onkel Chrysanths gemütlich eingerichtet worden war.

Ljubascha wurde dennoch aus Moskau ausgewiesen. Bei der Abreise übertrug sie Warwara einen Teil ihrer Arbeit beim Roten Kreuz. Samgin gefiel das nicht besonders, aber er machte keine Einwände, denn er wollte alles wissen, was in Moskau vorging. Dann fand es Ljubascha notwendig, Warwara mit Marja Iwanowna Nikonowa bekannt zu machen, nachdem sie Klim erklärt hatte: »Sie ist ein sehr lieber, bescheidener Mensch.«

Klim hatte nichts gegen diese Bekanntschaft, obwohl er überzeugt war, daß dieser bescheidene Mensch wahrscheinlich einen falschen Paß hatte. Es stellte sich heraus, daß es Ljutows alte Bekannte war. Samgin sah in der Nikonowa einen Menschen vom Schlage Tanja Kulikowas, eine von den vielen, die mechanisch irgendeine kleine Angelegenheit erledigen, und zwar deshalb, weil sie unbegabt und willensschwach sind und nicht von dem Pfad abweichen können, auf den sie von starken Menschen oder durch ungünstige Verhältnisse getrieben worden waren. Was Ljubascha von der Nikonowa erzählte, bestärkte Samgin in seinem Urteil: Die Nikonowa hieß tatsächlich Nikonowa, sie war die Tochter eines Großgrundbesitzers, hatte sich schon in der Jugend von der Familie getrennt, ein paar Monate im Gefängnis gesessen und war jetzt schon seit mehr als drei Jahren Kontoristin in einem Verlag für billige Volksbücher. Samgin sagte sich, auch das stimmt: Gerade solche Menschen mit unauffälligen Gesichtern, etwas bescheidene, müssen in Verlagen für das Volk arbeiten.

In dem dunklen, glatten Kleid sah sie wie eine Witwe aus, die vor kurzem den Mann verloren hat und noch von ihrem Leid bedrückt ist. Ihre Gesichtszüge waren gleichmäßig, und das Gesicht hätte vielleicht lieblich ausgesehen, wenn es nicht so gespannt und reglos gewesen wäre. Sie war klein, wirkte aber im Sitzen verhältnismäßig groß. Sie hatte hängende Schultern, keine hohe Brust, schöngeformte Hüften, schlanke Beine in schwarzen Strümpfen und sehr schmale Füße. Ihr erzwungenes Lächeln und ihre knappen Antworten erweckten nicht den Wunsch, sich mit ihr zu unterhalten. Ferner war an ihr etwas, das Samgin an Mischa Sujew erinnerte, das gramvolle Menschlein, das manchmal die Sonnabende Onkel Chrysanths besucht und von den Verhaftungen erzählt hatte. Trotzdem war aber an ihr etwas, das Klims Neugier reizte.

»Erzähle mir, was für eine sie ist«, bat er die Somowa.

»Ein guter Mensch.«

»Und ausführlicher?«

»Ein sehr guter Mensch.«

»Hast du nichts zu sagen?«

Die Somowa war wegen der Abreise ärgerlich gestimmt, sie gakkerte wie eine gereizte Henne: »Ich habe dein Ausfragen satt! Du fragst einen immer aus wie ein Reporter, der Nekrologe schreibt.«

Warwara lächelte und bemerkte vorsichtig: »Meiner Meinung nach ist sie ein von Beruf unglücklicher Mensch.«

Samgins fragender Blick veranlaßte sie zu erklären: »Ich glaube, es gibt Menschen, für die . . . die sich erst dann als etwas fühlen, wenn sie ein Mißgeschick erlitten haben, und sich seitdem daran klammern, als unterscheide sie das von anderen.«

»Nicht schlecht gesagt«, äußerte Samgin seinen Beifall und lächelte wohlwollend; er fand bereits, Warwara werde rasch klüger, seit sie zusammengefunden hatten. Sie hatte auch aufgehört, Porträts berühmter Menschen zu sammeln.

»Wie kommt das? Hast du die Helden satt?« fragte er.

»Es gibt jetzt so viele«, sagte Warwara. »Sonderbar, die Jungen lehnen das Heldentum ab, dabei führen sie sich selbst immer mehr als Helden auf. Man schlägt sie, doch sie preisen die Nagaika.«

Ja, sie wird klüger, dachte Samgin nochmals und liebkoste sie. Das Bewußtsein seiner Überlegenheit über die Menschen steigerte sich bei Klim manchmal bis zu dem Verlangen, anderen gegenüber großmütig zu sein. In solchen Augenblicken sprach er freundlich mit der Nikonowa, suchte sie sogar zur Offenherzigkeit zu verleiten; dieses Verlangen hatte allerdings Warwara in ihm erweckt, sie verhielt sich zu der neuen Bekannten sehr freundlich, aber irgendwie prüfend. Auf Klims Frage, warum sie das tue, antwortete sie: »Das ist interessant! An ihr ist etwas Dunkles, das sie sorgfältig nur für sich behält. Sie hat Fünkchen in den Augen.«

Ja, die Fünkchen waren vorhanden, Samgin stellte sie fest, als er mit der Nikonowa über seine Begegnungen mit ihr sprach.

»Wir kennen uns ja schon lange«, sagte er.

Die Nikonowa sah ihn stumm und fragend an; das Weiß ihrer Augen war etwas grau, als wäre es mit Asche gepudert, und das dämpfte ein wenig den blauen Glanz der Pupillen.

»Entsinnen Sie sich nicht?«

Er zählte auf: die erste Begegnung bei den Landhäusern, wohin sie gekommen war, um Ljutow die Verhaftung der »Volksrechtler« mitzuteilen.

»Ach, ja«, sagte sie und nickte. »Ich war damals noch richtig Mädchen. Bald darauf wurde auch ich verhaftet.«

Klim erinnerte sie an das Mittagessen bei Ljutow am Tag der Ankunft des Zaren und an das Restaurant, wo sie einen Brief gelesen hatte.

»Ich habe Sie nicht bemerkt«, sagte sie in gleichgültigem Ton, griff nach einem Buch und blätterte darin.

Samgin fand das nicht besonders höflich ihrerseits.

»Sie haben mich ein paarmal nicht bemerkt, das geschah wohl aus konspirativen Erwägungen?«

Sie sah ihn über das Buch hinweg an und lächelte gezwungen wie immer.

»Sie erkannten mich aber, als ich mit dem Gendarm vorbeiging – erinnern Sie sich?«

In diesem Augenblick merkte er, daß ihre Augen sich verdunkelten, sie schienen zu zucken, weiteten sich, und in ihren Pupillen flakkerten blaue Flämmchen auf.

»Erlauben Sie«, rief sie, lebhaft und hübscher werdend, »wo soll das gewesen sein?«

Klim nannte die Gasse und erinnerte lächelnd: »Das war etwa um vier Uhr morgens, und Sie wurden von einem Mann begleitet . . .«

»Nein!« sagte sie, auch lächelnd, und bedeckte den unteren Teil des Gesichts mit dem Buch so, daß Samgin nur ihre stark glänzenden Augen sah. Sie saß so angespannt da, als hätte sie bereits beschlossen, sich zu erheben.

»Wieso denn nicht? Ich hörte . . .«

»Was?«

»Wie er Sie bat, sich zu beeilen . . .«

Die Nikonowa warf das Buch auf den Diwan und zuckte seufzend die Schultern.

»Er begleitete mich nicht, sondern öffnete die Tür«, berichtigte sie. »Ja, daran erinnere ich mich. Ich hatte bei Bekannten übernachtet und mußte früh aufstehen. Es waren Freunde von mir«, sagte sie und fuhr sich mit der Zunge über die Lippen. »Jetzt sind sie leider in die Provinz gezogen. Das waren also Sie, den man vorbeiführte? Ich hatte Sie nicht erkannt ... Ich sah, man führte einen Studenten, das war eine ganz gewöhnliche Angelegenheit ...«

»Mir schien aber, Sie hätten mich erkannt«, beharrte Samgin.

»Nein«, sagte sie gleichmütig. »Ich habe ein schlechtes Gedächtnis für Gesichter. Und ich war verstimmt.«

Ihre Augen erloschen, sie griff wieder nach dem Buch und neigte ihr langweiliges Gesicht darüber. Samgin dachte, mit den Fingern trommelnd: Warwara hat recht. An ihr ist etwas ...

Doch der durch diese Episode hervorgerufene unangenehme Eindruck verschwand bald, es gab auch keine Zeit, an die Nikonowa zu denken. Die Studentenbewegung wuchs, und man mußte sich sehr vorsichtig verhalten, um nicht in irgendeine dumme Geschichte hineinzugeraten. Sein Ruf, ein solider Mensch zu sein, schützte ihn nicht, sondern führte dazu, daß die Organisatoren der Bewegung hartnäckig versuchten, Samgin in die »lebendige und notwendige Sache der Erziehung bürgerlicher Empfindungen in zukünftigen Beamten« hineinzuziehen, wie ihn der pockennarbige, stotternde Popow zu überzeugen suchte, den er schon von Petersburg her kannte; er hatte sich offenbar völlig dieser Aufgabe gewidmet. Samgin mußte sagen, daß die Studentenbewegung bürgerlich, den Interessen der Arbeiterklasse fremd sei und die Jugend von den Aufgaben der Zeit, nämlich der Arbeiterbewegung zu helfen, ablenke.

»M-man ka-ann doch, z-zum Teufel, nicht v-verlangen, d-daß die ga-anze Studentenschaft in die Fa-Fabriken geht!« stieß Popow gekränkt und erstaunt stotternd hervor.

Aber das war nicht so wichtig. Popow tauchte für ein bis zwei Tage in Moskau auf, schnaubte, schrie ein wenig und verschwand. Viel wichtiger war für Samgin Warwaras Verhalten. Er hatte sich schon daran gewöhnt, mit ihr zu leben, sie und die Anfimjewna hegten ihn sorgsam. Samgin fühlte sich sehr behaglich untergebracht und wußte das zu schätzen. Nun war aber Warwara schon seit ein paar Tagen nervös und nicht mehr die alte. Sie war eigentümlich blaß und zeigte eine Zerstreutheit, die ihr sonst nicht eigen war. Man hätte meinen können, daß sie mit der Lösung einer sehr schwierigen Frage beschäftigt sei und daß sich damit die Anwandlungen ihrer sonderbaren Nachdenklichkeit erklären ließen, bei denen sie mit geschlossenen Augen auf dem Diwan saß oder halb lag und stumm auf etwas zu lauschen schien. Auch geizte sie jetzt mit Zärtlichkeiten, war dabei vorsichtig, sogar irgendwie mechanisch. Sie ging unerwartet irgendwohin fort und, früher so pünktlich, verspätete sich zum Essen oder zum Abendtee. Samgin konnte sich nicht entschließen zu fragen, was mit ihr los sei, da er dunkel befürchtete, etwas Ungewöhnliches und Unangenehmes zur Antwort zu bekommen. Er hütete sich auch deshalb, sie zu fragen, weil sie, wodurch sie sich vorteilhaft von Lidija unterschied, nie über sexuelle Dinge philosophierte, jetzt aber vermutete er, auch sie wünsche mit ihm über intime Dinge zu sprechen. Samgin, der »offene Aussprachen«, Unterhaltungen »über Herzenssachen« überhaupt nicht liebte, fand sie bei Warwara besonders unangebracht, da er fast überzeugt war, daß die Verbindung mit ihr, obwohl sie angenehm war, doch nicht von langer Dauer, nicht fest sein werde. Und wenn er schon einmal das Bedürfnis hätte, über sich selbst zu sprechen, so würde er das nicht mit ihr, sondern mit einer klügeren, interessanteren und feinfühligeren Frau tun. Er zweifelte nicht, daß er später einmal einer ungewöhnlichen Frau begegnen und mit ihr die Liebe erleben werde, von der er vor dem Roman mit Lidija geträumt hatte.

Sie wird doch nicht etwa einen neuen Roman arrangiert haben? überlegte er, Warwara beobachtend, fühlte, daß ihre Stimmung ihn immer mehr beunruhigte, und suchte schon sich vorzustellen, welche Unbequemlichkeiten der Bruch mit ihr für ihn nach sich ziehen würde.

Doch plötzlich endete das alles ganz merkwürdig. Als Samgin an einem kalten Apriltag, durch eine langweilige Vorlesung, Regen und Wind verärgert, aus der Universität zurückgekehrt war und im Vorzimmer ablegte, vernahm er im Speisezimmer den dröhnenden Baß des Diakons: »Ihrer sind dort neun Mann; der eine macht unverständliche Gedichte, er hat zerzauste Haare, sieht wie ein Teufel aus und benimmt sich wie ein Verrückter . . .«

Klim ging durch die Tür; Warwara lag, in eine Decke gehüllt, halb aufgerichtet, auf dem Diwan, sah ihn verschlafen an und bewegte lautlos die Lippen; der Diakon reichte ihm, ohne aufzustehen, ebenfalls stumm die Hand. Er hatte eine dicke Tuchjacke an und war mit einem Riemen umgürtet, dies und die Stulpenstiefel bis zum Knie verliehen ihm Ähnlichkeit mit einem Jäger. Er war stark ergraut, hatte sich wieder drei Bärte und langes Haar wachsen lassen, und sein abgemagertes Gesicht war wieder das Gesicht der Vielzahl russischer, susdalischer Menschen. Er hatte seine langen Beine in den schmutzigen Stiefeln unter dem Tisch ausgestreckt, und es sah aus, als säße er nicht, sondern kniete.

»Woher kommen Sie?« fragte Samgin.

Widerwillig und sogar gleichsam unfreundlich antwortete der Diakon: »Sie sehen, ich bin gekommen . . .«

»Arbeiten Sie in einer Glashütte?«

»Dafür bin ich ungeeignet. Ich habe mich als Verrückter erwiesen«, antwortete der Diakon mürrisch.

»Sie hatten so schön gesprochen«, sagte Warwara seufzend.

»Schön reden können viele, man muß aber auch richtig reden«, entgegnete der Diakon, blies die Wangen auf und fauchte, daß sein Schnurrbart sich sträubte. »Die dort haben mich in ihre Meinungsverschiedenheiten hineingezogen und in Verwirrung gebracht. ›Wie das Gieren nach Reichtum das Fleisch zersetzet, also zersetzet der Reichtum meiner Worte die Seele.‹ Ich bin doch kraft meines Glaubens an einen Christus ohne Wunder, mit Ausnahme des Wunders seiner Menschenliebe, unter die Sozialisten gegangen.«

Die Fenster waren vom Regen benetzt, seine Tropfen klopften wie Kinderfinger an die Scheiben. Im Schornstein heulte der Wind. Samgin wollte essen. Es war langweilig, der tiefen Stimme des Diakons zuzuhören, der unter den Tisch blickte und sagte: »Diese Liebe ist ja das herrlichste Wunder dieser Welt, denn wenn wir auch keinen Grund haben, einander zu lieben – wir tun es dennoch! Und viele verstehen sich bereits darauf, selbstlos und schön zu lieben.«

Er bekam einen Hustenanfall, holte das zu einem grauen Klumpen zusammengeknüllte Taschentuch hervor, spie hinein, preßte es in der Faust zusammen und schlug sich mit der Faust aufs Knie.

»Aber sie lehnen Christus ab, unsere Liebe, sagen sie, beruht auf der Wissenschaft, und das ist stärker. Das ist bei ihnen nicht weit und nicht klar.«

»Von wem sprechen Sie?« fragte Samgin.

»Von euch«, sagte der Diakon. »Von den schlauen Grüblern. Ich habe mich geistig von euch getrennt und werde meines Weges gehen, werde den Menschen die frohe Botschaft von Christus und seinem Gesetz verkünden . . .«

»Wollen Sie nicht Tee trinken?« fragte Samgin.

Der Diakon sah ihn fassungslos an.

»Wie?«

»Wollen Sie Tee?«

»Nein«, antwortete der Diakon zornig, zog die Beine mühsam unter dem Tisch hervor, stand auf und wankte. »Sie werden also an Ljubow Antonowna schreiben, ganz vorsichtig«, wandte er sich an Warwara. »In den ersten Tagen des Mai werde ich zu ihr gelangen.«

»Brauchen Sie nicht Geld für unterwegs?« fragte Warwara und erhob sich.

»Ich brauche keins. Und vergessen Sie nicht den jungen Mann.«

»Nein, natürlich nicht! Kumow?«

»Pawel Kumow. Leben Sie wohl!«

Er verneigte sich und ging, ohne ihr oder Samgin die Hand zu reichen, wankend fort.

»Wie unpassend du ihm Tee angeboten hast«, bemerkte Warwara sanft.

Samgin antwortete nichts, ging in die Küche und bat die Anfimjewna um einen kleinen Imbiß; als er ins Speisezimmer zurückkehrte, saß Warwara, das Kinn auf die Knie gestützt, in der Diwanecke und sagte: »Er hat Erstaunliches über die Liebe gesagt.«

Sie sagte das leise, nachdenklich, aber er hörte in ihren Worten so etwas wie einen Vorwurf oder eine Herausforderung. Er stand mit dem Rücken zu ihr am Fenster und antwortete in lehrerhaftem Ton: »Ja, Gespräche zu diesem Thema sind erstaunlich . . .«

Er machte eine Pause, klopfte mit den Fingern an die Fensterscheibe und schloß: ». . . wegen ihrer Überflüssigkeit.«

Im Hof rauschte und pfiff der Wind daher, ein entkräfteter Nachkomme zorniger Winterstürme, und flößte ihm böse Worte ein.

»Darüber sprechen solche wie der Diakon, Leute mit verdrehten Gehirnen, darüber sprechen Heuchler und Ängstliche, denen es an Kraft fehlt zuzugeben, daß in einer Welt, in der alles auf Kampf und Rivalität beruht, für Märchen und Sentimentalitäten kein Platz ist.«

»Kein Platz ist«, wiederholte Warwara. Samgin dachte: Fragt oder protestiert sie? Hinter ihm klirrten Teller und Messer, der Boden zitterte unter den schweren Schritten der Anfimjewna, aber er hatte bereits keinen Appetit mehr. Er sprach ohne Hast, fügte die Worte aneinander wie ein Maurer die Ziegel und ergötzte sich daran, wie dicht sie sich zusammenfügten.

»Die Menschenliebe ist von Utopisten erfunden worden, die Unversöhnliches versöhnen wollen, und ist ebenso lächerlich wie die von schamhaften Romantikern erdachte phantastische Liebe zur Frau, wo . . .«

Er hörte Warwara vom Diwan aufstehen, war überzeugt, sie sei an den Tisch gegangen, und sprach, während er darauf wartete, daß sie ihn zum Essen riefe, so lange weiter, bis die Anfimjewna mit fröhlicher Stimme fragte: »Mit wem sprechen Sie denn?«

Samgin wandte sich um. Warwara war nicht im Zimmer. Er ging an den Tisch, setzte sich, wartete mit mürrischem Gesicht und klopfte dabei ungeduldig mit der Gabel.

Was ist sie so launisch?

Er ging an ihre Zimmertür und sagte: »Das Essen steht auf dem Tisch.«

»Ich will nicht«, erwiderte Warwara.

»Fühlst du dich nicht wohl?«

»Nicht ganz.«

Nach dem Essen ging er in sein Zimmer, legte sich hin und nahm einen Gedichtband Brjussows zur Hand, eines Dichters, den er laut wegen seiner unsozialen Haltung verurteilte, insgeheim aber wegen der kalten Schärfe seiner Verse bewunderte. Er las eine Weile, schlummerte ein wenig und ging dann nachsehen, was Warwara machte; es stellte sich heraus, daß sie aus dem Haus gegangen war.

Wie dumm, sagte er sich und sah zu, wie der Wind die Fensterscheiben mit kleinen Regenperlen bestreute. Im Haus war es kalt, er bat die Anfimjewna, in seinem Zimmer den Ofen anzuheizen, setzte sich an den Tisch und vertiefte sich in das ihm unangenehme Buch von Sergejewitsch über die Ständeversammlung, unangenehm deshalb, weil der Autor die Originalität der Moskauer Staatsordnung leugnete. Der Wind rauschte, das Holz im Ofen knisterte, die Beweise der Rechtshistoriker erschienen ihm nicht besonders schwerwiegend, er fühlte sich sehr behaglich, aber plötzlich beunruhigte ihn der Gedanke, er werde möglicherweise bald von dieser Behaglichkeit Abschied nehmen und wieder in möblierte Zimmer ziehen müssen. Samgin stand auf, stellte den Stuhl vor den Ofen, nahm die Brille ab und ließ sie am Finger pendeln, zupfte sich am Bärtchen und versank in Nachdenken.

Vielleicht bin ich zu kalt und pedantisch zu ihr. Dabei ist sie nicht so schwierig wie Lidija.

Das Feuer verwandelte das Holz in rosa und rote Glut, die Glut bedeckte sich mit dem grauen Plüsch der Asche. Neben den Gedanken über Warwara fiel ihm im Gleichklang zu den Windstößen und dem Knistern des Feuers das Motiv von Gogins Liedchen ein:

> Ja, eine leere Seele
> Braucht den Ballast des Glaubens!
> In der Nacht sind alle Katzen grau,
> Die Frauen alle schön.

Wenn Warwara zu Hause wäre, so wäre das schön, sich von ihr liebkosen zu lassen. Sie zittert so spaßig, wenn man ihr die Brust küßt. Und stöhnt wie ein Kind im Schlaf. Und dieser Gogin ist ein geistreicher Schelm, »eine leere Seele braucht den Ballast des Glaubens« – das ist nicht übel! Warwara ist wahrscheinlich zu Gogins gegangen. Was veranlaßt solche Menschen wie Gogin, den Revolutionären zu helfen? Das Spiel, Wagnis, die Langeweile des Lebens? Der Schriftsteller Katin ging auf die Jagd, weil Turgenjew und Nekrassow auf die Jagd gegangen waren. Sicherlich hat Gogin Erfolg bei modernen jungen Damen, wie ein Friseur bei Weißnäherinnen.

Bin ich etwa eifersüchtig? fragte sich Samgin und sah ärgerlich auf die Wanduhr. Es ging auf acht, und Warwara war um vier Uhr gegangen. Er erinnerte sich, daß in irgendeinem englischen Roman der Held, ein gutmütiger Mensch, der von der Untreue seiner Frau wußte, ebenso vor dem Kamin saß, mit dem Schürhaken in der Glut stocherte und sich mit der Vorstellung quälte, wie peinlich es ihm wäre, wenn die Frau käme, und wie schwer er vor ihr verbergen könnte, daß er alles wisse, als sie aber glückstrahlend nach Hause kam, sie davonjagte. Samgin seufzte und ging ins Speisezimmer, blieb eine Weile im Dunkeln stehen, zündete dann die Lampe an und ging in Warwaras Zimmer; vielleicht hatte sie dort einen Brief hinterlassen, in dem sie ihr Verhalten erklärte. Es fand sich kein Brief. Von den Wänden sahen Samgin die Gesichter Mademoiselle Clairons, der Mars, der Judic und noch vieler Frauen an, er beleuchtete sie, indem er die Lampe in der Hand hielt, und heute schienen sie ihm lasterhafter denn je. Da war die Geliebte von Königen, Diane de Poitiers, und da die Geliebte talentierter Menschen, Aurore Dudevant.

Samgin kehrte ins Speisezimmer zurück, legte sich auf den Diwan und lauschte: Der Regen hatte aufgehört, der Wind streichelte leise die Fensterscheiben, die Stadt lärmte, die Uhren schlugen acht. Die Stunde bis neun zog sich ungewöhnlich in die Länge und war ungeheuer umfassend, in ihrer Leere fanden die Erinnerungen an alles Platz, was Samgin erlebt hatte, und das alles erinnerte ihn nochmals daran, daß er ein eigenartiger Mensch war, ein Ausnahmemensch, und darum zur Einsamkeit verurteilt war. Aber diese Selbsteinschätzung, auf die er stolz war, blieb heute nur Erinnerung, die er jetzt sogar irgendwie nicht brauchte.

Warwara erschien nach elf Uhr. Er hörte ihre Schritte auf der Treppe und machte ihr selbst die Tür auf; als sie aber, ohne abzulegen und ohne ein Wort zu sagen, in ihr Zimmer ging, als er sah, wie unsicher sie ging, wie ihre Hände ins Leere griffen, blieb er eine Minute im Vorzimmer stehen und fühlte sich beleidigt.

Sie ist betrunken, dachte er. Also . . .

Er ging ein paar Minuten mit entrüstetem Stampfen, die Fäuste in den Taschen geballt, im Speisezimmer umher und suchte nach Worten, die er gleich Warwara sagen würde.

Nein – ich werde es ihr morgen sagen, heute begreift sie nichts.

In Warwaras Zimmer war es ganz still und dunkel.

Nicht einmal Licht kann sie machen. Und wenn sie es versucht, gibt es einen Brand.

Samgin nahm die Lampe und öffnete mürrisch die Tür, das Lampenlicht fiel auf den Spiegel, und in ihm erblickte er ein fast fremdes, häßlich langes, graues Gesicht mit zwei dunklen Flecken statt der Augen, und der offene, lautlos schreiende Mund war der dritte Fleck. Warwara saß mit erhobenen Händen da, hielt sich an der Stuhllehne fest, hatte den Kopf zurückgeworfen, und ihr Kinn zitterte sichtlich.

»Was hast du?« fragte Samgin und stellte die Lampe auf den Toilettentisch. Sie antwortete leise, mit ächzender Stimme: »Hilf mir beim Ausziehen. Schließ die Tür . . . die Tür.«

Sie sah vor sich hin, wie wenn man auf etwas Ungewöhnliches, Unverständliches lauscht, ihre Augen waren riesengroß, sonderbar hell und farblos, ihre Lippen sahen welk aus. Samgin nahm ihr Pelz und Hut ab, dann fragte er beunruhigt und ärgerlich: »Was soll das bedeuten?«

»Mich fröstelt«, sagte sie aufstehend und ging so vorsichtig und gebeugt zum Bett, als hätte man sie in den Leib gestoßen.

»Bist du gestürzt? Hast du dich verletzt?« drang Klim in sie und fühlte, daß er von Angst befallen wurde.

»Hol das Arzneipulver . . . in der Manteltasche«, sagte sie zähneklappernd und legte sich aufs Bett, streckte die Arme längs des Körpers und ballte die Fäuste. »Und Wasser. Schließ die Tür ab.« Sie holte tief Atem und stöhnte: »O Gott . . .«

»Hör mal«, murmelte Klim und schüttelte den über seinem Arm hängenden Mantel. »Was für Arzneipulver? Wir müssen einen Arzt holen . . . Hast du dich mit irgend etwas vergiftet?«

»Leise! Das ist das Mutterkorn«, flüsterte sie mit geschlossenen Augen. »Ich habe eine Abtreibung gemacht. Schließ doch die Tür ab! Damit die Anfimjewna nichts erfährt – ich müßte mich vor ihr schämen . . .«

Samgin ließ bestürzt die Arme sinken, der Mantel fiel zu Boden, er verwickelte sich mit den Füßen darin, füllte Wasser in ein Glas, reichte ihr das Pulver und beugte sich über ihr Gesicht.

»Weshalb hast du denn . . . ohne es mir zu sagen? Das ist doch gefährlich, man kann daran sterben! Überleg mal, was dann wäre. Das ist entsetzlich!«

Er verstand bereits, daß er nicht das sagte, was er hätte sagen müssen. Warwara ergriff seine Hand und schmiegte ihre heiße Wange daran.

»Geh, Lieber! Hab keine Angst . . . Im dritten Monat . . . ist es ungefährlich«, flüsterte sie zähneklappernd. »Ich muß mich ausziehen. Bring mir Wasser ... bring den Samowar her. Weck bloß die Anfimjewna nicht ... ich müßte mich schrecklich schämen, wenn sie ...«

Klim fühlte Tränen auf seiner Hand. Warwaras Augen zuckten unnatürlich, als wollten sie aus den Höhlen springen. Wenn sie die Augen doch lieber schlösse! Samgin trat ins dunkle Speisezimmer, nahm den noch nicht völlig erkalteten Samowar vom Büfett und stellte ihn neben Warwaras Bett, dann ging er, ohne sie angesehen zu haben, wieder ins Speisezimmer und setzte sich an die Tür.

Weshalb hat sie das getan? Wenn sie stirbt, wird man mich ... Empörend!

Doch er begriff, daß er aus Gewohnheit, mechanisch, an sich dachte. Ihm war unheimlich zumute, und ihn bedrückte das Bewußtsein seiner Hilflosigkeit. Er war aus dem Gewohnten und ihm Verständlichen herausgerissen, billigte aber bereits instinktiv Warwaras Schritt, obwohl er ihre Beweggründe nicht verstand.

Es gehört Mut dazu, sich zu so etwas zu entschließen, dachte er und spürte, daß in ihm ein neues Gefühl für Warwara entstand.

Er hörte, wie sie sich die Schuhe auszog und wie sie sich vorsichtig im Zimmer bewegte, wobei sich alle Dinge zugleich mit ihr zu bewegen schienen.

Eine Kommodenschublade knarrte, eine Schere schnappte, ein Stück Stoff wurde zerrissen, ein Stuhl beiseite geschoben, und aus dem Samowar rann Wasser. Klim begann an einem Jackenknopf zu drehen, riß ihn schnell ab und steckte ihn in die Tasche. Er nahm sein Taschentuch heraus, winkte mit ihm wie mit einer Flagge und wischte sein Gesicht ab, was gar nicht notwendig war. Im Zimmer war es dunkel, vor dem Fenster noch dunkler, und es schien, als könnte jene, die äußere Dunkelheit, die Scheiben eindrücken und als kalter Strom ins Zimmer hereinbrechen.

Wie dumm, wie hoffnungslos dumm ist das! dachte er fast laut, beugte sich vor, griff sich mit den Händen an den Kopf und wiegte sich hin und her. Was wird nun geschehen?

Warwara öffnete die Tür und flüsterte: »Komm.«

Er trat sogleich ein. Warwara hatte sich bereits ins Bett gelegt, sie lag auf dem Rücken, ihre Wangen waren eingefallen, ihre Nase spitz; vor ein paar Minuten noch war sie zusammengekrümmt, bedauernswert und klein gewesen, jetzt aber war sie unnatürlich gestreckt, flach, und ihr Gesicht sah erschreckend streng aus. Samgin setzte sich auf den Stuhl am Bett, streichelte ihren Arm von der Schulter bis zum Ellenbogen und flüsterte Worte, die ihm fremd schienen:

»Das ist entsetzlich. Du hättest es mir sagen sollen. Ich bin doch kein ... Idiot! Was hätte schon ein Kind ausgemacht? ... Aber die Gesundheit, das Leben aufs Spiel zu setzen ...«

Das kränkende Bewußtsein seiner Ohnmacht nahm zu, es verflocht sich mit dem Bewußtsein der Schuld vor dieser Frau, die ihm irgendwie fremd war. Er warf ab und zu einen ängstlichen Seitenblick auf ihren zerzausten Kopf, die schweißbedeckte Stirn und die fiebernden Augen tief darunter – die Augen erinnerten an verlöschende Kohlenstückchen, über denen kaum merklich noch ein blaues Flämmchen flackert.

»Wir müssen einen Arzt holen, Warja. Ich habe Angst. Welch ein Wahnsinn«, flüsterte er und schluchzte plötzlich auf, als er hörte, wie kläglich seine Worte klangen.

»Ein Wahnsinn«, wiederholte er. »Wozu diese Komplikationen?«

Tränen rannen spärlich aus seinen Augen, aber er konnte dennoch durch sie nichts mehr sehen, er nahm die Brille ab und vergrub das Gesicht in der Decke zu Warwaras Füßen. Er weinte zum erstenmal seit den Tagen seiner Kindheit, und wenn es auch beschämte – es tat wohl: Hinter den Tränen trat ein Mensch zutage, als den Samgin sich nicht kannte, und wuchs ein neues Gefühl der Verbundenheit mit dieser ihm vertrauten und doch fremden Frau. Ihre heiße Hand streichelte seinen Kopf und Nacken, und er vernahm ein stockendes Flüstern: »Ich danke dir, Lieber! Wie gut das ist – deine Tränen. Hab keine Angst, es ist nicht gefährlich ...«

Ihre Finger gruben sich immer tiefer in sein Haar, streichelten immer inniger seinen Hals, seine Wangen.

»Ich wollte dir nicht zur Last fallen. Du bist ein großer Mensch ... ein ungewöhnlicher. Die Frau als Mutter ist egoistischer als die Frau schlechthin. Verstehst du?«

»Sprich nicht«, bat Klim. »Hast du starke Schmerzen?«

»Nein ... Aber ich bin müde. Mein Liebster, alles ist unwichtig, wenn du mich liebst. Jetzt aber weiß ich – du liebst mich, ja?«

»Ja.«

»Du hättest mir die Abtreibung nicht erlaubt, wenn ich dich gefragt hätte?«

»Freilich«, sagte Klim und hob den Kopf. »Selbstverständlich hätte ich es nicht erlaubt. So ein Wagnis. Was hätte ein Kind schon ausgemacht? Das ist doch ... ganz natürlich.«

Er sprach flüsternd, denn es schien, so könnte er sein wirkliches Ich besser hören, wenn er aber laut spräche ...

Warwara seufzte tief.

»Deck mir die Füße mit noch irgend etwas zu. Du wirst der Anfimjewna sagen, ich sei gestürzt und habe mich verletzt. Ihr und der Gogina, wenn sie kommt. Ich werde die Hebamme bitten, die blutige Wäsche mitzunehmen, sie wird morgen kommen ...«

Sie begann anscheinend zu fiebern. Dann verstummte sie plötzlich. Das war so sonderbar, als wäre sie aus dem Zimmer gegangen, und Samgin empfand wieder Schreckenskälte. Er blieb noch ein paar Minuten sitzen, sah ihr spitzes Gesicht an und lauschte ihrem Atem, dann zog er sich ins Speisezimmer zurück und ließ die Tür offen.

Im Fensterrahmen glänzte, wie auf blauen Samt gestickt, die Mondsichel. Samgin stand da, hielt die Hand in der Schwebe und sah den Mond an, er lauschte dem Schauer der neuen Empfindungen und fragte sich bereits mißtrauisch: Ist das alles wirklich so? Und er begriff wieder, daß dies ein mechanisches Mißtrauen war, gewohnheitsmäßig, während seine wirklichen Gedanken dieser Nacht gut und freudig waren.

Sie liebt mich ernsthaft, das ist klar. Ich war ungerecht gegen sie. Konnte ich aber annehmen, daß sie zu so einem Wagnis fähig wäre? Kein Zweifel, es gibt so etwas wie ein ... feierliches Gefühl. Damals, als ich auf dem Land vor Lidija kniete, täuschte ich mich nicht, habe auch nichts erfunden. Und Lidija hat mich gar nicht verheert, nicht ausgeschöpft.

Seine in der Schwebe gehaltene Hand wurde müde, er steckte sie in die Tasche und setzte sich an den Tisch.

Dank Warwara sehe ich mich von einer neuen Seite. Das muß ich schätzen.

Unangenehm war die Erinnerung daran, daß er geweint hatte.

Gewiß, ein Kind wäre ihr lästig gewesen, sie liebt das Vergnügen, die Unabhängigkeit. Sie nimmt das Leben leicht. Sie ist gut ...

Er stützte die Ellenbogen auf den Tisch, schlummerte ein und wurde durch die Anfimjewna geweckt.

»Leise – Warja ist krank!«

»Oh, was hat sie?« fragte die Haushälterin vorgebeugt mit erschrockenem Flüstern. »Gott steh ihr bei, ist es etwa eine Frühgeburt?«

Klim erhob sich, setzte die Brille auf und blickte in die kleinen, klugen Äugelchen in dem rostigen Gesicht und auf den wie zu einem Schrei gerundeten Mund.

»Unsinn! Wieso denn ...«

»Riecht es hier nicht nach Blut?« sagte die Anfimjewna mit geblähten Nasenflügeln und schob sich, ehe er sie zurückhalten konnte, weich wie ein Federbett durch die Tür zu Warwara. Sie kam von dort sofort und ebenso geräuschlos wieder heraus, ihre Arme waren bis zu den Ellenbogen an die Seiten gepreßt und von den Ellenbogen ab erhoben wie auf der Ikone der Abalazker Muttergottes, die kurzen, eisernen Finger bewegten sich, ihre Lippen bebten, und sie fauchte: »Na, wenn du ihr das geraten hast . . . dann weiß ich nicht mehr, was ich sagen soll – entschuldige!«

So, mit erhobenen Händen, entschwebte sie in die Küche. Samgin, der durch ihr Fauchen erschreckt und verletzt war, weil sie ihn geduzt hatte, blieb eine Minute stehen und folgte ihr dann in die Küche. Sie saß, riesengroß im Halbdunkel der Morgendämmerung, die Hände auf die Knie gestützt, mitten in der Küche auf einem Stuhl, und über ihr straffes, braunes Gesicht rannen kleine Tränen.

»Ich habe nichts gewußt, sie hat sich selbst dazu entschlossen«, sagte Samgin leise und hastig, das feuchte Gesicht und die mißtrauischen Äugelchen ansehend, aus denen diese ungewöhnlich kleinen Tränchen auf die Beutel ihrer halb entblößten Brüste tropften.

»Oh, die Dumme, oh – die Modenärrin! Ich aber hatte gedacht, sie würde ein Kind bekommen und ich könnte mich mit ihm abgeben. Ich hätte die Küche sein lassen. Ach, lieber Klim Iwanowitsch! Ihr lebt alle nicht nach dem Gesetz . . . Ich habe euch zwar gern, aber das ist nicht recht!«

Dann stand sie auf und fragte fürsorglich: »Hast wohl die Nacht nicht geschlafen?«

Klim ergriff ihre Hand.

»Ich möchte«, stammelte er plötzlich vor Rührung hingerissen, »Ihnen die Hand drücken, ich verehre Sie . . .«

»Ach was, die Hand«, seufzte die Anfimjewna, umschlang ihn mit ihren zentnerschweren Armen, zog ihn an ihre Brust und murmelte: »Ach, ihr seid Kinder, Kinder . . . Kinder eines fremden Gottes!«

Als Samgin sich in seinem Zimmer wusch, lächelte er verlegen. Ich benehme mich komisch.

Und er freute sich, daß er sich komisch benehmen konnte wie sonst niemand.

Nun brachen wunderbare Tage an. Alles war ungewöhnlich angenehm, und ungewöhnlich angenehm war sich selbst der lyrisch erregte Mensch Klim Samgin. Ihn übermannte das Verlangen, mit den Menschen irgendwie neu, weich und freundlich zu sprechen. Sogar zu Tanja Gogina, die ihm unsympathisch war, konnte er sich nicht mehr ablehnend verhalten. Da saß sie an Warwaras Bett, hatte die Beine übereinandergeschlagen, wippte mit dem Fuß und sprach mit herausfordernder Stimme von Suslow: »Ich vertrage keine Rigoristen, Beamten und überhaupt kubisch mit der Axt behauenen Menschen. Er suchte mich gestern zu überzeugen, daß der Revolutionär und Zuchthäusler Jakubowitsch-Melschin nicht Baudelaire, sondern die Jamben Paul-Louis Gouriers hätte übersetzen sollen. Entsetzlich!«

»Beschränkt«, verbesserte Klim liebenswürdig. »Ein Prophet muß beschränkt sein . . .«

»Ich weiß nicht«, sagte die Gogina. »Aber ich sah und sehe viele dieser Revolutionsveteranen. Ihre Romantik ist unfruchtbar geworden, und statt ihrer ist kleinliche, persönliche Bosheit geblieben. Sehen Sie doch, wie sie die jungen Marxisten nicht verstehen wollen, ja – nicht wollen.«

Warwara schloß müde die Augen, und wenn sie die Augen schloß, wurde ihr blutleeres Gesicht unheimlich. Samgin berührte sacht Tatjanas Hand, deutete mit den Augen auf die Tür und erhob sich. Im Speisezimmer begann ihn das Mädchen auszufragen, wie und von wo Warwara abgestürzt sei, ob ein Arzt dagewesen sei und was er gesagt habe. Ihre Fragen folgten schnell aufeinander, und ehe noch Samgin ihr antworten konnte, rief ihn Warwara. Er ging zu ihr und schloß hinter sich die Tür, worauf sie seine Hand ergriff, mit den blutlosen Lippen lächelte und leise fragte: »Darf ich etwas kapriziös sein?«

Er nickte, ebenfalls lächelnd.

»Sprich nicht viel mit Tanja, sie ist schlau.«

»Ich werde es nicht tun«, versprach er, hob die Hand wie zu einem Schwur und sagte, indem er ihr das Haar streichelte: »Das Wort ›Kapriolen‹ kommt aus dem Lateinischen und bedeutet, wenn ich nicht irre, Luftsprünge machen. Capra heißt die Ziege.«

Er wartete einen Augenblick, ob sie nicht etwas sagen würde, und fragte: »Worüber denkst du nach?«

»Über die Gerechtigkeit«, sagte Warwara seufzend. »Daß es nur eine Gerechtigkeit gibt – die Liebe.«

Klim Samgin begann mit plötzlicher Entschlossenheit: »Ich werde meine Examina machen, und dann fahren wir zu meiner Mutter. Wenn du willst, lassen wir uns dort trauen. Willst du?«

Sie lag regungslos da und schwieg, aber Klim sah durch ihre langen Wimpern feine Strahlen leuchten. Von seiner Großmut hingerissen, fuhr er fort: »Dann machen wir eine Fahrt auf der Oka und der Wolga. Auf die Krim – ja?«

Warwara stöhnte vor Schmerzen und erhob sich, ergriff seine Hand, drückte sie an ihre Brust und sagte: »Mir ist es einerlei – du wirst das verstehen!«

»Reg dich nicht auf«, bat er, wieder stolz darauf, solch ein Gefühl erweckt zu haben.

Drei Wochen später etwa dachte er: Das sind meine Flitterwochen.

Er hatte ein Recht, so zu denken, nicht nur deshalb, weil Warwara, die sich erholt hatte und froh und hübsch geworden war, in zärtlicher und gieriger, aber dennoch nicht beschwerlicher Leidenschaft entbrannt war, sondern auch deshalb, weil sich in ihrem Verhalten noch mehr Fürsorglichkeit für ihn zeigte, die so rührend war, daß er sogar sagte: »Weißt du, Warja, du könntest eine wunderbar zärtliche Mutter sein.«

Es war Mitte Mai. Über dem Petrowskij-Park jagten in Scharen die Dohlen umher, im Teich spiegelten sich der blaue Himmel und die Wolken, die Schlagsahne glichen; der warme Wind half der Sonne, auf dem Laub der Bäume grüne Flämmchen aufblinken zu lassen. Und ebensolche Flämmchen leuchteten in Warwaras Augen.

»Laß uns nach Hause gehen, es ist Zeit«, sagte sie und erhob sich von der Bank. »Du sagtest, du müßtest bis morgen noch sechsundvierzig Seiten lesen. Ich bin so froh, daß du dein Studium abschließt. Diese nutzlosen Aufregungen . . .«

Sie vollendete den Satz nicht und seufzte tief.

»Wie wunderschön heißt es bei Lermontow: ›Der jubelnde Tag‹.«

Samgin führte sie am Teichufer entlang und sah, wie ihre schlanke Gestalt im blauen Jackett und mit dem eleganten Hütchen, sich maßvoll kokett wiegend, über das bläuliche Wasser glitt, das wie polierter Stahl aussah.

»Ich glaube, der Frühling ist nirgends so lieblich wie in Moskau«, sagte sie. »Übrigens bin ich ja sonst noch nirgendwo gewesen. Und – stell dir vor! – ich habe auch keine Lust dazu. Es ist, als fürchtete ich, etwas Besseres als Moskau zu sehen und es dann nicht mehr so zu lieben, wie ich es liebe.«

»Kindisch«, sagte Samgin gesetzt, aber freundlich; es gefiel ihm, mit ihr freundlich zu sprechen, das erlaubte ihm, sich in neuem Licht zu sehen.

»Gewiß, das ist kindisch«, stimmte sie bei, fragte aber nach kurzem Schweigen: »Meinst du nicht, daß die Liebe Vorsicht . . . Behutsamkeit verlangt?«

»Aber nicht Blindheit«, sagte Samgin.

Ein paar Wochen später saß Klim Samgin, ein eleganter Rechtskandidat, daheim Warawka gegenüber und hörte seiner heiser gewordenen Stimme zu.

»Also – Advokat? Staatsanwalt? Das heiße ich nicht gut. Die Zukunft gehört den Ingenieuren.«

Sein wie ein Luftballon aufgeblasenes Gesicht sah aus, als wäre es von innen rot erleuchtet, und seine Ohren waren lila wie bei einem Säufer; seine Augen, die schmal waren wie zwei Gedankenstriche, musterten Warwara. Mit unerklärlicher Hast warf er sich Biskuits in den Mund, ließ die Goldfassungen der Zähne funkeln und trank Sodawasser, dem er Jereswein beimengte. Die Mutter, die einer prüden englischen Gouvernante glich, unterhielt Warwara, indem sie ihr erzählte: »Dank Timofej Stepanowitschs Energie werden wir elektrisches Licht bekommen ...«

Warwara hielt die Teetasse in der Hand und hörte ihr ehrerbietig und mit jener Spannung zu, die sich im Gesicht eines Menschen zeigt, der den Ton des Gesprächspartners treffen will, aber nicht kann.

»Eine sehr nette Stadt«, sagte sie nicht ganz überzeugt.

Warawka bestritt das sogleich: »Eine idiotische Stadt, fünfundachtzig Prozent der Einwohner sind Idioten, zehn sind Gauner, drei Prozent könnten arbeiten, wenn die Verwaltung sie nicht daran hinderte, und den Rest bilden die schrecklich klugen und darum zu gar nichts tauglichen Träumer ...«

Er machte eine wegwerfende Handbewegung und wandte sich wieder an Samgin: »Ich will dir eine Arbeit geben, Klim ...«

Samgin hörte ihm zu, beobachtete dabei Warwara und sah, daß es ihr mit der Mutter schwerfiel; Wera Petrowna hatte sie mit jener gekünstelten Liebenswürdigkeit empfangen, mit der man jemanden empfängt, dessen Bekanntschaft unvermeidlich ist, jedoch nichts Angenehmes verheißt.

»Du hattest mir geschrieben, sie habe grüne Augen!« warf sie Klim vor. »Ich war sehr erstaunt: grüne Augen gibt es doch nur in Märchen.«

Gleich darauf teilte sie ihm mit: »Bei uns im Seitenbau liegt jemand im Sterben.«

Hierauf erzählte sie von Spiwak; ihre Stimme klang nörglerisch, nach jedem Satz verkniff sie die welken Lippen; man spürte in ihr hoffnungslose Müdigkeit und bösen Ärger über alle wegen dieser Müdigkeit. Aber sie sprach in einem Ton, der Aufmerksamkeit verlangte, und Warwara hörte ihr zu wie eine Gymnasiastin, der von einem Lehrer, den sie nicht gern hat, eine Rüge erteilt wird.

Ihr ist hier alles wildfremd, dachte Samgin, der sich diesmal im Hause fremd fühlte wie nie vorher.

Warawka schrie ihm ins Ohr: »Du wirst hundert bis hundertfünfzig im Monat verdienen ...«

Dann trat Doktor Ljubomudrow mit der Uhr in der Hand ins

Zimmer, sah auf die Wanduhr und erklärte: »Ihre geht acht Minuten nach.«

Klim begrüßte er, als hätte er ihn erst gestern gesehen und als hätte er Klim überhaupt schon längst satt. Vor Warwara verneigte er sich zeremoniell und mit aus irgendeinem Grund geschlossenen Augen. Er setzte sich an den Tisch und schob Wera Petrowna ein leeres Glas hin; sie sah fragend in das faltige Gesicht des Doktors.

»Heute nacht wird er sterben«, sagte er. »Ein Fall äußerst interessanter Lebenszähigkeit. Lungen hat er keine mehr, nur noch Matsch. Er atmet allen Gesetzen zuwider.«

»Er war kein talentierter Mensch, aber ein wissender«, sagte die Samgina zu Warwara.

»Er ist noch«, verbesserte sie der Doktor, den Zucker im Glas verrührend. »Er ist, jawohl! Uns Ärzte kann man nicht in Erstaunen versetzen, aber dieser Mann stirbt ... sozusagen korrekt. Als mache er sich fertig, um in eine andere Wohnung zu ziehen, und sonst nichts weiter. Eigentlich müßten Gehirnstörungen bei ihm beginnen, aber er – nichts davon, er philosophiert, wie es ... wie es nicht sein kann.«

Der Doktor sah alle der Reihe nach erstaunt an, denn er hatte offensichtlich gemerkt, daß seine Worte die anderen bedrückten, er räusperte sich und fragte Klim: »Na, was ist – rebelliert ihr? Auch wir haben seinerzeit rebelliert. Nur dabei ist nichts herausgekommen, aber Rußland gingen hervorragende Menschen verloren.«

Wera Petrowna riet dem Sohn: »Du solltest auf einen Sprung zu Lisa gehen ... vorher.«

Klim war froh, sich entfernen zu können.

Wie unpassend und mit welchem Abscheu Mutter dieses »vorher« gesagt hat, dachte er, als er den Hof betrat und das Seitengebäude betrachtete; es kam ihm zusammengesackt vor, niedriger als früher, das Dach hing altersschwach zur Erde herab. Seine Wände strahlten Wärme aus wie ein heißes Bügeleisen. Klim ging in den Garten, wo alles festlich und üppig aussah; die Vögel zwitscherten, und bunte Blumen prangten prahlerisch auf den Beeten. Und es gab so viel Sonne, als wäre gerade dies ihr Lieblingsgarten auf Erden.

In einem Fenster des Seitenbaus zeigte sich die Spiwak, sie hatte einen weißen Morgenrock an und goß Wasser aus einer Flasche. Klim fragte leise: »Darf ich zu Ihnen kommen?«

»Selbstverständlich«, antwortete sie laut.

Bei der Begrüßung hielt sie zwei in eine Serviette gewickelte Flaschen wie ein Kind an der Brust, die Flaschen waren wahrscheinlich heiß, denn sie verzog schmerzlich das Gesicht.

»Wollen Sie zu ihm gehen?« fragte sie und sah Samgin mit leerem Blick an. Klim wollte den Sterbenden nicht sehen, ging ihr aber wortlos nach.

Der Musiker lag halb aufgerichtet im Bett, das mit dem Kopfende dem offenen Fenster gegenüberstand; er war bis zur Brust in eine schwarzweiß karierte Reisedecke gehüllt, doch auf der Brust war das Hemd aufgeknöpft, und die Sonne beleuchtete unangenehm deutlich die graue Haut und die schwarzen, geringelten Härchen auf ihr. Unter der straffgespannten Haut hoben sich kindlich dünne Rippen ab, und es sah eigenartig aus, daß die eine tiefe Schlüsselbeingrube beleuchtet war, während die andere im Schatten lag. Spiwak schien in allen Dimensionen um ein Drittel kleiner geworden zu sein, und das war so unheimlich, daß Klim sich nicht gleich entschließen konnte, ihm ins Gesicht zu sehen. Er jedoch sagte keuchend: »Oh, Sie sind es? Und ich . . . Sie sehen ja . . . Dazu an so einem Tag. Schade um den Tag.«

Seine Frau hatte sich gebeugt und legte ihm die Flaschen mit dem heißen Wasser an die Füße. Samgin sah auf dem weißen Kissen einen zerzausten, schwarzhaarigen Kopf, eine schweißbedeckte Stirn, verwunderte Augen, dicht mit schwarzen Borsten bedeckte Wangen und einen halboffenen Mund mit kleinen gelben Zähnen.

»Vor dem Tod habe ich keine Angst, aber das Sterben hat mich müde gemacht«, röchelte Spiwak, und sein dünner Hals reckte sich über dem Schlüsselbein, während der Kopf sich gleichsam losreißen wollte. Jedes Wort erforderte Atem, und Samgin sah, wie gierig seine Lippen die sonnige Luft einsogen. Entsetzlich war dieses saugende Zittern der Lippen und noch entsetzlicher das halbirre und klägliche Lächeln der tief eingesunkenen, dunklen Augen.

Jelisaweta Lwowna stand mit auf der Brust gekreuzten Armen da. Ihr erstarrter Blick verharrte auf dem Gesicht ihres Mannes, als suchte sie sich an etwas zu erinnern; Klim kam der Gedanke, daß ihr Gesicht nicht traurig, sondern nur besorgt sei und daß das Sterben des Vaters zwar auch furchtbar, aber irgendwie natürlicher, verständlicher gewesen war.

»Ich glaube freilich nicht, daß ich völlig sterben werde«, sagte Spiwak. »Das ist ein Versinken in die Stille, wo vollkommene Musik herrscht. Das irdische Gehör vermag sie nicht zu fassen. Von wem ist dieser Vers: ›Das irdische Gehör vermag sie nicht zu fassen‹?«

Samgin zwang sich beim Zuhören zu einem Lächeln, das war sehr schwer, das Lächeln machte das Gesicht starr, und er wußte, daß Lächeln ebenso dumm wie unangebracht war. Dennoch sagte er: »Sie übertreiben, mit Ihrer Krankheit lebt man lange . . .«

»Mit ihr stirbt man lange«, erwiderte Spiwak, wölbte aber gleich danach den Adamsapfel vor und röchelte fort: »Ich hätte noch leben können . . . aber diese Stadt hat mich zugrunde gerichtet. Staub und Wind. Staub. Und – immer läuten die Glocken. Man läutet . . . entsetzlich viel! Man sollte nur – in feierlichen Augenblicken des Lebens läuten . . .«

»Wir ermüden ihn«, bemerkte Jelisaweta Lwowna.

»Auf Wiedersehen«, sagte Klim und trat rasch einen Schritt zurück, weil er fürchtete, der Sterbende könnte ihm die Hand reichen. Er sah zum erstenmal, wie der Tod einen Menschen erstickt, und fühlte sich von Angst und Abscheu erdrückt. Doch das mußte er vor der Frau verbergen, und so sagte er, als er mit ihr ins Gastzimmer trat: »Wie grausam die Sonne . . .«

Aber die Spiwak sah ihm über die Schulter, machte eine abwehrende Handbewegung und ließ ihn den Satz nicht beenden.

»In solchen Fällen pflegt man etwas Philosophisches zu sagen. Aber – nicht nötig. Hier gibt es nichts zu sagen.«

Ihr müder und erwartender Blick weckte in Samgin das Verlangen, sich umzusehen, um zu erfahren, was sie hinter seiner Schulter sah.

Als er durch den Garten ging, erblickte er in einem Fenster Warwara, die mit den Fingern über die Blätter einer Blume strich. Er trat an die Hauswand und sagte leise, schuldbewußt: »Wir sind ungünstig gekommen.«

»Geht es mit ihm bald zu Ende?« fragte Warwara leise und blickte sich um.

Samgin nickte und schlug ihr vor: »Komm her.«

Als sie, schlank, in perlmuttfarbenem Seidenkleid, auf dem Wege zwischen feinblättrigen Büschen auf ihn zukam, hatte Samgin ihr gegenüber ein deutliches Schuldgefühl. Er führte sie zärtlich in einen entlegenen Gartenwinkel; dort ließ er sie auf einer Bank unter dem dichten Laubdach der Kirschbäume Platz nehmen, streichelte ihr den Arm und seufzte: »Eine schlimme Sache.«

Sie antwortete erregt: »Ja.«

Und schnell, als sagte sie einem Lehrer eine gut gelernte Lektion auf, erzählte sie mit gedämpfter Stimme: »Über den Arbat ging ein gutgekleideter Mann, stolperte, als er sich einem Taubenschwarm näherte, und fiel hin; die Tauben flogen davon, es kamen Leute herbeigelaufen und legten den Mann in eine Droschke; ein Polizist brachte ihn fort, alle gingen auseinander, und die Tauben kamen zurückgeflogen. Ich sah das und meinte, er habe sich den Fuß verstaucht, aber am nächsten Tag las ich in der Zeitung, daß er eines plötzlichen Todes gestorben war.«

Während des Erzählens schaute sie in eine Gartenecke, wo durch das Laub ein Stück Dach des Seitenbaus mit rauchgeschwärztem Schornstein zu sehen war; aus dem Schornstein stieg eine dünne bläuliche Rauchsäule auf, die so leicht und durchsichtig war, als wäre es nicht Rauch, sondern erwärmte Luft. Samgin folgte Warwaras Blick und beobachtete auch, wie dieser Rauch strömte, und empfand das Verlangen, von etwas sehr Einfachem, Alltäglichem zu sprechen, wußte aber nicht, wovon; es sprach Warwara: »Als ich dreizehn Jahre alt war, wurde uns gegenüber ein Dach ausgebessert; ich saß am Fenster – man hatte mich an dem Tag bestraft –, und der Dachdeckerjunge schnitt mir Grimassen. Dann stimmte der andere Dachdecker ein Lied an, der Junge sang mit, und das klang so schön. Plötzlich aber endete das Lied mit einem Schrei, einem ganz kurzen und schrillen, und gleich darauf plumpste etwas hin wie ein Kissen – das war der ältere Dachdecker, der abgestürzt war, der Junge aber legte sich mit dem Bauch auf das Dachblech und machte sich ganz flach, als wäre er kein Mensch, sondern eine Zeitung . . .«

Sie schöpfte Atem und schloß: »Wenn man plötzlich stirbt, ist es nicht schlimm.«

»Es lohnt nicht, davon zu sprechen«, sagte Klim. »Gefällt dir die Stadt?«

»Ich habe sie ja noch gar nicht gesehen«, erinnerte sie ihn.

Es hörte sich sonderbar an, daß sie wie eine Gymnasiastin irgendwie naiv, sogar falsch sprach, nicht ihre Sprache, und als beklage sie sich. Samgin begann von der Stadt zu erzählen, was er vom alten Koslow erfahren hatte, aber sie fragte, mit dem Taschentuch eine Biene verscheuchend: »Weshalb heizen sie den Ofen?«

»Sie machen wahrscheinlich Wasser warm«, antwortete Samgin unwillig, rückte näher an sie heran und betrachtete auch die dünne Rauchsäule.

»Doch vielleicht sind das Diener. Es gibt so einen Aberglauben: Wenn eine Frau eine schwere Geburt hat, wird in der Kirche die Altartür geöffnet. Das mag gar nicht so dumm sein, als Symbol etwa. Wenn aber ein Mensch schwer stirbt, zündet man im Ofen Holz an oder Holzspäne im Herd, damit die Seele den Weg in den Himmel sieht: ein kleines Feuer für den Abgang der Seele.«

Als er merkte, daß Warwara verdächtig oft blinzelte, scherzte er: »Es ist nicht zu ergründen, warum die Seele wie ein Bankrotteur durch den Schornstein hinausfliegen soll.«

Warwara lächelte nicht; gesenkten Kopfes knüllte sie mit den Fingern das Taschentuch zusammen und sagte: »Weißt du, damals, bei der Hebamme, hatte ich einen Augenblick das Gefühl, man hätte mir ein Stück meines Lebens entrissen.«

Samgin ergriff ihre Hand, küßte sie und fragte: »Meine Mutter hat dir nicht gefallen?«

»Ich weiß nicht«, antwortete Warwara, ihm ins Gesicht sehend. »Sie fing fast beim ersten Wort davon an . . .«

Warwara deutete mit den Augen auf das Dach des Seitenbaus; dort kräuselten sich über dem von den Strahlen des Sonnenuntergangs geröteten Schornstein kaum sichtbar irgendwelche silbrigen Fädchen. Samgin ärgerte sich über sich, daß er es nicht fertigbrachte, Warwaras Aufmerksamkeit von diesem dummen Schornstein abzulenken. Auch hätte er sie nicht nach der Mutter fragen sollen. Er war überhaupt mit sich unzufrieden, erkannte sich selbst nicht und glaubte sich sogar irgendwie selbst nicht. Hätte er sich vor ein paar Monaten vorstellen können, daß er solch eines Gefühls für Warwara fähig wäre, wie er es jetzt empfand, und daß es ihm angenehm sein könnte?

»Wie . . . einzigartig dieser Timofej Stepanowitsch ist«, sagte Warwara, verscheuchte mit der Hand etwas Unsichtbares von ihrem Gesicht und schlug vor, einen Gang durch die Stadt zu machen. Auf der Straße wurde sie lebhafter; Samgin fand diese Lebhaftigkeit gekünstelt, aber ihm gefiel, daß sie zu scherzen versuchte. Sie sagte, die Stadt passe sehr gut für Greise, alte Jungfern und Invaliden.

»Es wäre wirklich nicht übel, wenn es Städte für alte Menschen gäbe.«

»Wie grausam«, sagte Samgin lächelnd.

Sie sah sich um und schwieg eine Weile, dann äußerte sie nachdenklich: »Es ist nicht gut, das Sterben zu etwas zu machen, das mich an das zu denken verpflichtet, was ich nicht will.«

Samgin, der sich sehr ärgerte, daß sie wieder zu diesem Thema zurückgekehrt war, sagte trocken: »Ich kann doch nicht morgen von hier abreisen, beispielsweise! Das würde meine Mutter kränken.«

»Gewiß!« pflichtete sie ihm rasch bei.

Sie kehrten nach Hause zurück, als es schon dunkel geworden war. Warawka saß im Speisezimmer, brummte vor sich hin und legte eine sehr verwickelte Patience, der Doktor blätterte ihm gegenüber in einer dicken Zeitschrift.

»In der Nacht wird es regnen«, erklärte der Doktor, nachdem er Warwara mit dem einen Auge angesehen und das andere zugekniffen hatte, dann versicherte er: »Und der Regen wird ihm den Rest geben.«

»Ich habe Sie satt, Doktor, Sie mit Ihrem Toten«, brummte Warawka. Der Doktor verbesserte ihn: »Nicht Toten, sondern Kranken.«

»Da stirbt doch keine Berühmtheit«, erinnerte ihn Warawka, sich mit einer Karte an der Nase kratzend.

Warwara sagte, sie sei müde, und zog sich in ihr Zimmer zurück; Samgin ging auch in das seine und stand lange am Fenster, dachte an nichts und sah zu, wie schwarze Wolkenfetzen unentschlossen die Sterne auslöschten. In der Nacht regnete es nicht, es herrschte drückende Schwüle, die einen am Schlafen hinderte, indem sie als farbloser, heißer Dunst zum Fenster hereinströmte und Schweiß hervorrief. Und es herrschte eine ungewöhnlich tiefe, beunruhigende Stille. Sie ließ irgendwessen Schreie erwarten, aber die Stadt lag stumm und versteckt da, sie schien in dieser Nacht zu leben aufgehört zu haben, sogar Hunde bellten nicht, nur die Wachtglocke der Kirche des Erzengels Michael, des Schutzpatrons der Polizei, schlug stündlich und trübselig.

Klim lag mit geschlossenen Augen da und dachte daran, daß Warwara sein Leben schon unermeßlich mehr bereichert hatte als die Nechajewa und Lidija. Die Nechajewa hatte doch recht: Das Leben gibt im Grunde keinen einzigen Tropfen Honig, der nicht mit Bitternis versetzt wäre. Und man sollte einfacher leben, ja . . .

Gegen sieben Uhr morgens begann es in Strömen zu regnen. Es hatte drei Wochen keinen Regen gegeben, er kam mit Blitzen, Donnern, heulendem Wind und benahm sich wie ein verspäteter Gast, der im Bewußtsein seiner Schuld bemüht ist, zu jedermann höflich zu sein, und sich sogleich von der besten Seite zeigt. Er wusch eifrig die Blechdächer des Seitenbaus und des Hauses, wusch die verstaubten Bäume, die er seidig rauschen ließ, wässerte reichlich die ausgedörrte Erde und machte plötzlich am Himmel prächtigem Sonnenschein Platz.

Klim kam als erster ins Speisezimmer zum Tee, im Haus war es still, alle schliefen offensichtlich noch, nur oben bei Warawka, wo Doktor Ljubomudrow wohnte, rumorte jemand. Zwei oder drei Minuten später schaute Warwara, schon angezogen und frisiert, für einen Augenblick ins Speisezimmer.

»Ich konnte auch nicht einschlafen«, begann sie zu erzählen. »Ich habe noch nie solch eine Totenstille erlebt. Nachts ging die Frau aus dem Seitenbau, ganz in Weiß und die Hände im Nacken, im Garten umher. Dann kam Wera Petrowna auch in

Weiß in den Garten heraus, und sie standen lange an einem Fleck ... wie Parzen.«

»Parzen? Das sind doch drei«, erinnerte Klim.

»Ich weiß. Der Mann – ist er noch am Leben?«

Klim, der durch die Schlaflosigkeit müde war, wollte ihr zornig antworten, aber da kam der Doktor herein, trocknete sein Gesicht mit dem Taschentuch und sagte mit breitem Lächeln: »Guten Morgen! Der Kranke ist immer noch quietschlebendig! Das ist phänomenal!«

Klim richtete seine Gereiztheit auf ihn. »Mit Ihrer Hoffnung auf den Regen haben Sie sich getäuscht ...«

»Ein Ausnahmefall«, sagte der Doktor und öffnete die Fenster; dann trat er an den Tisch, goß sich ein Glas Kaffee ein, ging mit dem Glas in der Hand eine Weile im Zimmer umher, setzte sich an den Tisch und beklagte sich: »Ich habe einen langweiligen Beruf. Ich bedaure, daß ich nicht Geburtshelfer bin.«

Dann erschien Wera Petrowna und schlug Warwara vor, mit ihr zur Schule zu fahren, während Samgin zur Redaktion ging, um das Honorar für seine Rezension abzuholen. Die vom Regen reingewaschene Stadt strahlte festlich, die Sonne brachte die Erde in den Gärten heftig zum Dampfen, und die Gerüche frischen Laubs schwängerten die reglose Luft. Auch die Menschen schienen frisch gewaschen, schritten sicher und leicht.

Ja, man müßte dennoch in der Provinz leben, dachte Klim.

Auf der gußeisernen Treppe der Redaktion begegnete ihm Dronow, der ungestüm heruntergelaufen kam.

»Ph! Wann bist du angekommen? Ist Spiwak gestorben? Ich dachte, du brächtest die Todesanzeige. Ich wollte schnell mal zu seiner Frau laufen, um eine Auskunft für den Nekrolog zu holen.«

Er ließ Samgin an sich vorbei und sagte anerkennend: »Zivil paßt besser zu dir als die Studentenuniform.«

Er selbst war geckenhaft gekleidet, sein spärliches Haar war mit irgend etwas eingefettet und stutzerhaft schräg gescheitelt. Seine neuen Schuhe knarrten gedämpft und höflich. Auch hatte er jetzt überhaupt etwas leicht Höfliches und Großmütiges an sich. Er setzte sich Samgin gegenüber an den Tisch, wölbte die Brust vor, die von einer karierten Weste umspannt war, und auf seinem Gesicht zeigte sich der Ausdruck der Bereitschaft, alles zu sagen und alles zu tun. Mit einem goldenen Bleistift spielend und auf dem Stuhl herumhüpfend, als wäre es ihm zu heiß zum Sitzen, erzählte er: »Wie es uns geht? Ja, immer noch so. Der Redakteur weint, weil weder die Menschen noch die Ereignisse auf ihn Rücksicht nehmen wollen. Robinson verläßt uns, er meutert und sagt, die Zeitung sei dumm und banal und man sollte täglich unter dem Kopftitel in großer Schrift drukken: ›Nieder mit der Selbstherrschaft!‹ Er wird wahrscheinlich auch bald sterben ...«

Dronows scharfe Äugelchen hefteten sich neugierig auf Samgins Gesicht. Klim nahm die Brille ab, es kam ihm vor, die Gläser seien plötzlich trübe geworden.

»Der Redakteur verzieht auch bei deinen Notizen das Gesicht, er findet, daß du gegen die Dekadenten, die Symbolisten – wie heißen sie doch alle? – zu mild bist.«

Der kleine Bleistift sprang aus seinen Händen und rollte Samgin vor die Füße. Dronow sah den Bleistift ein paar Sekunden an, als erwartete er, daß er von selbst vom Boden ihm in die Hand springen werde. Da Samgin begriff, was er erwartete, lehnte er sich auf dem Stuhl zurück und begann, die Brille zu putzen. Darauf hob Dronow den Bleistift auf und rollte ihn zu Samgin hinüber.

»Den hat mir eine Schauspielerin geschenkt, ich habe doch jetzt auch die Theatersparte unter mir. Prawdin hat sich als Marxist entpuppt, und der Redakteur hat ihn sich vom Hals geschafft. Der Stein ist ein echtes Saphirchen. Nun, und wie geht es dir?«

Das Erscheinen des Redakteurs befreite Samgin von der Notwendigkeit zu antworten.

»Guten Tag!« sagte der Redakteur, den Hut abnehmend, und verkündete: »Es ist heiß!«

Er hätte das nicht zu sagen brauchen, sein Schädel glänzte wie ein betauter Kürbis. In seinem kleinen Zimmer trocknete sich der Redakteur die Glatze, setzte sich müde an den Tisch, öffnete seufzend die mittlere Schublade des Tisches und legte Samgin das Päckchen seiner Manuskripte hin – das alles, all seine Gesten sah Klim nicht zum erstenmal.

»Entschuldigen Sie, daß ich mich beeile, aber ich muß zum Zensor.«

Er sprach klagend und sah Samgin hoffnungslos an.

»Mit Ihrer Einstellung zu den jungen Dichtern kann ich mich nicht einverstanden erklären – wozu fordern sie auf? Heimlich zu beobachten, wie Frauen baden. Während unsere besten Schriftsteller und Dichter ...«

Er sprach lange, als hätte er vergessen, daß er zum Zensor mußte, und endete damit, daß er mit dem Finger nach Samgins Manuskripten stach und sie so fest an den Tisch drückte, daß der Finger rot anlief.

»Nein, man muß sie erbarmungslos bekämpfen.«

Er erhob sich und schürzte die Lippen.

»Das kann ich nicht drucken. Das ist Verbreitung gröbster Sinnlichkeit und Flucht aus dem Leben, aus der Wirklichkeit, und Sie ermuntern dazu ...«

Samgin machte ein gleichgültiges Gesicht und ärgerte sich schweigend, er wollte dem Redakteur nicht widersprechen, da er das für unter seiner Würde hielt. Sie betraten zusammen die Straße, dort reichte der Redakteur Samgin die Hand und sagte: »Bedaure sehr, aber ...«

»Alter Dummkopf«, machte sich Samgin Luft, als er auf die Schattenseite der Straße hinüberging. Es war kränkend, sich einzugestehen, daß die Absage des Redakteurs, die Besprechungen zu drucken, ihn verdroß.

Was ist sie wert, die Wirklichkeit, die dir Iwan Dronow vorsetzt? dachte er zornig, während er an den wohnlichen Häuserchen entlangging, und erinnerte sich der rührenden Reden Koslows.

Nach rund hundert schnellen Schritten holte er zwei Männer ein, der eine trug eine Mütze, wie sie Edelleute tragen, der andere einen Panamahut. Ihre breitschultrigen Gestalten füllten den ganzen Bürgersteig, und um sie zu überholen, hätte er auf das schmutzige, noch nicht getrocknete Pflaster hinuntertreten müssen. Er ging hinter ihnen her und warf ab und zu einen Blick auf ihre feisten, roten Nakken. Der linke, mit dem Panamahut, sagte mit heiserem Baß: »Im Traum kann man essen, soviel man will, man wird nicht satt, du aber – kaust im Traum Fußlappen. Was sind wir schon für Herren auf Erden? Mein Sohn versteht als Student des zweiten Studienjahres mehr von der Wirtschaft als wir. Heutzutage, mein Lieber, lebt man nach der jüdischen Wissenschaft der politischen Ökonomie, sogar die kleinen Mädchen lernen sie. Verkauf alles und – fahren wir! Dort kann man Geld machen, hier aber sind Juden, Warawkas und weiß der Teufel was! Verkaufe ...«

Samgin trat auf das Straßenpflaster hinunter, überholte die Männer, und ein träger Tenor sagte hinter ihm her: »Na was, wenn's verkaufen heißt, verkaufen wir eben, wenn nach dem Osten – dann nach dem Osten!«

Samgin wollte sehen, was für ein Gesicht der Tenor hatte. Aber er war zu träge, sich umzudrehen, die schlaflose Nacht machte sich bemerkbar, die wohlriechende Luft berauschte ihn, und er war sogar zum Denken zu faul. Dennoch dachte er, daß er schon viele solche Gespräche auf der Straße aufgeschnappt und im Gedächtnis behalten hatte, aber sie alle waren wie Fliegendreck auf einem Spiegel und reichten nur zum Anekdotenschreiben. Dann gestand er sich, daß er schlecht verstand, was die symbolistischen Dichter wollten, aber es war ihm angenehm, daß sie nicht die Leiden des Volkes besangen, nicht »Voran ohne Angst und Zweifel« riefen und nichts von der Morgenröte der »heiligen Renaissance«.

Als er nach Hause kam, wünschte er sich hinzulegen und zu schlafen, aber in seinem Zimmer am Fenster stand Warwara und sah am Fensterstock vorbei in den Garten hinaus.

»Leise!« warnte sie ihn flüsternd. »Schau.«

Im Garten, auf der grünen Bank unter dem Apfelbaum, saß, die Hände auf die Bank gestützt, reglos wie eine Statue Jelisaweta Spiwak; sie sah gerade vor sich hin, ihre Augen schienen unnatürlich vorgewölbt und zornig, während das Gesicht, das mit kleinen Licht- und Schattenflecken bedeckt war, gleichsam flammte und schmolz.

»Sie sitzt so schön da«, flüsterte Warwara. »Weißt du, wem ich in der Schule begegnet bin? Dunajew, dem Arbeiter, so ein Lustiger, entsinnst du dich? Er ist dort Wärter oder so etwas Ähnliches. Er erkannte mich nicht, aber das war Absicht.«

Sie flüsterte so lebhaft, daß Samgin den Grund ihrer Lebhaftigkeit erriet und fragte: »Ist er gestorben?«

»Es sieht so aus. Erkundige du dich.«

Samgin betrat das Speisezimmer, dort saß Doktor Ljubomudrow, schrieb etwas und blies den Zigarettenrauch auf das Papier.

»Wie geht es dem Kranken?«

»Den Kranken gibt es nicht mehr«, sagte der Doktor, ohne den Kopf zu heben, und kratzte eigentümlich linkisch mit der Feder auf dem Papier. »Ich schreibe hier einen Zettel für die Polizei, daß ein Mensch eines natürlichen Todes und wahrhaftig gestorben ist.«

Einer sonderbaren Neugier gehorchend, ging Samgin, der dem Doktor nicht recht glaubte, in den Garten hinaus und warf einen Blick in das Fenster des Seitenbaus; der kleine Pianist lag auf dem Bett am Fenster, sein Kinn ruhte beinahe auf der Brust; es schien, als sähe er mit halb zugekniffenen Augen, die in dunklen Höhlen versunken waren, verständnislos auf seine kellenförmig aneinandergelegten Hände. Die Möbel hatte man aus dem Zimmer hinausgetragen, und diese Leere offenbarte überzeugend die vollkommene Einsamkeit des Musikers. Auf seinem Gesicht krochen Fliegen herum.

Samgin empfand wieder, daß dieser hier schlimmer, entsetzlicher war als der Vater; dieser hatte etwas Unheimliches, das einem die Kehle krampfhaft zuschnürte. Er ging rasch weg, darauf bedacht, daß Jelisaweta Lwowna ihn nicht bemerkte.

»Nun?« fragte Warwara.

Er nickte bestätigend.

»Ich ahnte es«, sagte sie leicht seufzend. Sie saß auf dem Tischrand und wippte mit dem Bein im rosa Strumpf. Samgin trat zu ihr, legte die Hände auf ihre Schultern, wollte etwas sagen, aber ihm fielen nur beschämend abgedroschene, dumme Worte ein. Mochte sie lieber von irgendwelchen nichtigen Dingen zu sprechen anfangen.

»Du wirst mich umwerfen!« sagte sie und umklammerte seine Beine mit den ihren.

Er legte den Kopf auf ihre Schulter, darauf flüsterte sie: »Warte!«, stieß ihn zurück, machte leise das Fenster zu und setzte sich, nachdem sie die Tür abgeschlossen, aufs Bett. »Komm zu mir! Fühlst du dich nicht wohl?« fragte sie beunruhigt und zärtlich, indem sie ihn umarmte, und ein paar Minuten später flüsterte Samgin ihr dankbar zu: »Du bist meine Feinfühlige . . . Kluge.«

Dann füllten sich die Tage mit einer Unmenge geringfügiger, aber notwendiger Erledigungen und verstrichen schneller. Man zog dem Pianisten einen Gehrock an, bettete ihn sorgfältig in einen guten Sarg mit Festons an den Rändern, schmückte ihn reich mit Blumen, und das grünliche Gesicht des eines natürlichen Todes gestorbenen Mannes schien den unheimlichen Ausdruck der Unbegreiflichkeit verloren zu haben, der Samgin so verwirrt hatte. Auf dem Hof, vor dem Fenster des Seitenbaus, wurde von den »Liebhabern des Chorgesangs« vortrefflich die Seelenmesse gesungen, den Chor dirigierte Korwin, der eine rote Schramme in Form einer römischen Fünf auf der Stirn hatte; diese Schramme, die seine linke Braue etwas hochzog, verlieh seinem leicht bornierten Gesichtsausdruck etwas Heroisches. Wenn Korwin wollte, daß die aufgeputzten jungen Chordamen etwas gedämpfter sängen, senkte er mit drückender Geste die Hand, und die Spitze seiner wuchtigen Nase senkte sich auch in die Vertiefung zwischen dem mächtigen Schnurrbart. Klim erinnerte sich Inokows und fragte leise die Mutter, wo er sei. Wera Petrowna bekreuzigte ihre eingefallene Brust und flüsterte wie im Gebet: »Ihn hat dieser Ingenieur . . . der über Gymnasiasten und Studenten schrieb . . . bei sich angestellt und mitgenommen.«

Aus den Fenstern des Seitenbaus strömten der Rauch des Weihrauchfasses und der Duft von Tuberosen; auf dem Hof stand eine Menge frommer Zuschauer und Zuhörer; am Gartengitter lehnte Iwan Dronow und kratzte sich nachdenklich mit dem Rand seines Strohhutes an der Wange.

Am Tag der Beerdigung blies vom Morgen an starker Wind, und zwar gerade nach Osten, in der Richtung des Friedhofs. Er fuhr den Leuten in den Rücken, hinderte die Frauen beim Gehen, indem er ihnen die Röcke hochblies, und zerzauste die Frisuren der Männer, indem er ihnen das Haar aus dem Nacken in die Stirn und auf die Wangen wehte. Den Gesang des Chors trug er vor die Prozession hinaus, und Samgin, der Warwara am Arm führte und hinter der Spiwak und der Mutter ging, hörte nur einen gedämpften Schrei: »Ah-ah-ah . . .«

Die Leute stemmten sich gebeugten Rückens, die Hand am Kopf, mit den Füßen auf die Erde, stießen einander, entschuldigten sich leise, schritten aber, der Wucht des Windes gehorchend, immer rascher, als wollten sie den entschwebenden Gesang »Ah-ah-ah . . .« einholen.

Das alles bedrückte Samgin und brachte ihn auf unangenehme Gedanken über die Vergänglichkeit des Lebens, die um so unangenehmer waren, da sie sich in fremde Worte kleideten.

> . . . Geschenk des Zufalls,
> Leben – wozu warst du mir gegeben?

erinnerte er sich, doch als er diese Worte beiseite geschoben hatte, erinnerte er sich an andere:

> Das Leben, so du mit kalter Aufmerksamkeit
> Um dich schaust, ist so leer und dumm . . .

Er hätte gern das Leben in seine Worte eingefangen, und es war kränkend, sich zu überzeugen, daß alles Traurige, was man über das Leben sagen konnte, schon gesagt und sehr gut gesagt war.

Die Stöße von Wind und Menschen regten ihn auf. Warwara behinderte ihn, wenn sie sich bückte, um den Rock zu ordnen, kam aus dem Schritt, dann hüpfte sie, um mit ihm Schritt zu halten, und verwickelte sich wieder im Rock. Klim fand, die Spiwak gehe hölzern wie ein Soldat und halte den Kopf zu hoch, als sei sie stolz darauf, daß ihr Mann gestorben war. Und sie schritt wie auf einem Seil, indem sie sorgfältig oder ängstlich die gerade Linie einhielt. Aino war auch aufrechten Hauptes hinter dem Sarg hergegangen, aber ihr Gang war besser gewesen.

Eine sonderbare Frau, dachte Samgin, als er die schwarze Gestalt der Spiwak betrachtete. Revolutionärin. Sie erteilt wahrscheinlich Dunajew Unterricht. Und das alles sicher aus Angst, ihr Leben zubringen zu müssen wie Tanja Kulikowa.

Dann mußte er über eine Stunde auf dem Friedhof am Grab stehen, das in der rotbraunen Erde ausgehoben war; die eine Seite des Grabes war gemustert abgebröckelt und erinnerte an den zahnlosen Kiefer einer alten Bettlerin. Der Anwalt Prawdin hielt eine Rede, in der er kühn die Gesetzmäßigkeit der Naturerscheinungen zu beweisen suchte; der Pope sprach vom König David, von seiner Harfe und von der milden Weisheit Gottes. Der Wind jagte unermüdlich umher und pfiff zwischen den Kreuzen und Bäumen; über den Köpfen der Leute huschten furchtlos und blitzschnell Uferschwalben umher; am Fuße der Anhöhe hinter der Kirche fauchte zornig das Dampfrohr des Pumpwerks.

Wie angenehm war es dagegen am nächsten Tag, als Klim an Deck eines kleinen, schwanenweißen Dampfers stand und auf die Stadt blickte, die von einer üppigen Masse purpurner Wolken umhüllt war. Im Stadtpark spielte eine Militärkapelle ein Operettenpotpourri, und das Cornet à pistons schien die lustigen Melodien Offenbachs, Planquettes und Hervés gleichsam in die Luft zu schreiben. Je weiter der rasche Dampfer den Fluß hinabglitt, um so lieblicher und spielzeugähnlicher wurde die Stadt, die mit den milden Tönen des Sonnenuntergangs gefärbt war, desto greller funkelte die goldene Zwiebelkuppel der Kathedrale, während die Häuschen noch kleiner wurden und sich noch dichter an die gezahnte Mauer und die Türme des Kremls schmiegten. Dann bog der Dampfer scharf um eine von Fichten starrende Anhöhe, und die Stadt verschwand wie von der Erde weggewischt durch eine schwarze zottige Tatze. Es war warm und still, nur die Dampferräder plätscherten lustig im rötlichen Wasser des nicht sehr breiten Flusses und sandten schäumende Wellen an die Ufer, sie machten den Dampfer einem Vogel mit Riesenflügeln noch ähnlicher.

Samgin und Warwara standen an Bord und empfanden die Wonne der »Einsamkeit zu zweit«. Als es dunkel wurde und schwarze Wolkenfetzen den Dampfer einzuholen begannen, die das Wasser und die Erde mit ihrem Schatten verdunkelten, begegnete ihnen ein anderer Dampfer, der hell erleuchtet war. Er war braun gestrichen und schien wie aus Eisen, die Spiegelungen seiner Lichter bohrten sich wie Eggenzähne in den Fluß, und es war wunderlich, daß diese feurigen Zähne, die das Wasser furchten, nicht darin erloschen. Zur Linken rollte hinter Hügeln ein großer, orangefarbener Mond hervor, während rechts eine Wolke heraufzog, die zottig war wie ein Bärenfell, sie wurde von Blitzen geschüttelt, aber Donner war nicht zu hören, und die Blitze waren nicht erschreckend. Warwara war kindlich entzückt, sie griff nach Samgins Hand, schmiegte sich an ihn und rief: »Oh! Schau, schau! Hast du das gesehen?«

»Nicht übel«, stimmte er ihr gelassen bei. »Die Natur prahlt gern.«

Aber auch er unterlag unwillkürlich dem Zauber der Sommernacht und der gleichmäßigen Fortbewegung durch die warme Finsternis in die Stille. Eine wohltuende, ziellose Versonnenheit bemächtigte sich seiner. Er sah zu, wie in der von blauem Zittern erschütterten Finsternis die dunklen Ufermassen langsam nach hinten irgendwohin verschwanden, und es war angenehm zu wissen, daß die durchlebten Tage nicht wiederkehren würden.

Sie machten in Nishnij Nowgorod halt, um den eben erst eröffneten und noch nicht zu voller Entfaltung gelangten allrussischen Jahrmarkt anzusehen. Es war sehr spaßig, Warwaras Verwunderung angesichts des geschäftigen Treibens der Menschen zu beobachten, die zahllose Fuhren entluden, Ballen auftrennten, Kisten öffneten, die tiefen Rachen der Läden vollstopften und die Schaukästen mit einer Unmenge verlockender Dinge schmückten.

»Mein Gott, wieviel es da von allem gibt!« wiederholte sie, indem sie die Wimpern hochschwang und begierig die Augen aufriß.

Samgin erinnerte sich lächelnd an Makarows Zitat aus Fjodorows Artikel.

»Alles für euch!« sagte er. »Das alles ist durch die ›nicht drückende, aber verderbliche Herrschaft der Frauen‹ hervorgerufen, sei stolz darauf!«

Aber sie ließ diese Worte unbeachtet. Berauscht von der ununterbrochenen Bewegung, von der Fülle und Mannigfaltigkeit der Menschen, dem Geschrei, dem Räderrasseln auf dem Kopfsteinpflaster, dem Dröhnen des Eisens und dem Knarren des Holzes, sagte sie selbst Sätze, die aus ihrem Mund ein wenig ungewohnt klangen. Sie fand, daß die Stadt nur der schöne Umschlag des Buches sei, dessen Inhalt die Messe bilde, und daß das Leben imposant werde, wenn man sieht, wie Tausende von Menschen arbeiten.

Das sagte sie im Sibirschen Hafen, wo lange Ameisenzüge breitschultriger Schauerleute die Schiffsräume der Barken und Dampfer entleerten, am Ufer Baumwolle, Felle, getrocknete Fische, Stückeisen, Säcke mit Reis und Korinthen zu hohen Haufen stapelten und Fässer mit Zement, Soda, Heringen, Wein, Petroleum und Maschinenölen rollten. Hier war der Arbeitslärm noch mannigfaltiger und betäubender, dennoch herrschte über alledem die Kommandostimme des Menschen.

»Was für starke Männer«, wunderte sich Warwara, als sie den Schauerleuten beim Arbeiten zusah. »Hörst du? Sie singen. Laß uns näher herangehen.«

Samgin trat gern heran; er hörte zum erstenmal, daß man das trübselige »Knüppelchen-Lied« in so flottem, keckem Tempo singen konnte. Es wurde von einer Gruppe von Arbeitern gesungen, die aus dem Schiffsraum einer Barke Soda von »Ljubimow und Solveigh«

löschte. An Deck standen in zwei Reihen zehn Männer, sie ließen durch ihre Hände schnell zwei Stricke laufen, die in den Schiffsraum hinunterhingen, und aus dem Schiffsraum rollten leicht, wie leer, die Fässer heraus; daß sie schwer waren, davon zeugte die Anstrengung, mit der zwei Schauerleute, die das Faß ergriffen, es gebückt über das Deck zu dem ans Ufer führenden Laufsteg rollten.

Das »Knüppelchen-Lied« wurde von zweien angestimmt: Der eine war stämmig, in durchgeschwitztem und zerrissenem, rotem Kittelhemd ohne Gürtel, mit ausgetretenen Bastschuhen und bis über die Ellenbogen nackten Armen, wie mit Eisenrost bedeckt. Er sang mit ganz hohem, schrillem Tenor, zwischen den Worten erstaunlich witzig pfeifend, stampfte mit dem Fuß und spielte mit dem ganzen Körper, seine eisernen Hände spielten auf dem straffen Seil wie auf einer Harfe, und er sang, ohne in der Wahl der Worte verlegen zu sein:

»He, Jungens, rollet feste ...«

Warwara versteckte sich hinter Samgins Rücken und schaute ihm über die Schulter.

»He, Dubinuschka, heja!« fielen die Schauerleute einmütig und fröhlich in schnellem Sprechgesang ein, doch noch bevor sie zu Ende gesungen hatten, übertönte der andere Vorsänger, groß, glatzköpfig, mit schwarzem Bart, in einer Weste, aber ohne Hemd, mit dröhnendem Baß den Kehrreim, indem er kommandierte:

»He, ihr Jungens, zieht gewandt,
Daß das Seil nicht hüpft und tanzt ...
He, Dubinuschka ...«

Das sah weit mehr nach Spiel als nach Arbeit aus, und obwohl die Wellen mannigfaltigster Geräusche, gleichsam ihre Kräfte messend, durch die staubige Luft strömten, trug der muntere Gesang der Schauerleute seinen eigenen kecken Rhythmus in den chaotischen Lärm. Vor kurzem noch hatte Klim beim Bahnbau das »Knüppelchen-Lied« gehört; dort hatte man es träge, verzagt, zum Ausruhen gesungen, hier hingegen klang der muntere Rhythmus gebieterisch befehlend, die vertrauten Worte schienen neu und erregten aus irgendeinem Grund ein beunruhigendes Gefühl. Als Samgin hierüber nachdachte, erinnerte er sich plötzlich des Diakons mit seinem Lactantius-Zitat und kam auf den tröstlichen Gedanken: Die Worte sind die gleichen, aber sie werden anders vorgebracht. Sonst nichts weiter. Worte können nichts ändern.

Hinter der Barke erstreckte sich im glühenden Sonnenschein die bläuliche Wolga, weiter hinten schimmerte golden eine Sandbank, die vom Fluß umkost wurde; dort grünte zum freundlichen Wasser geneigtes Buschwerk, während die Menschen an Deck der Barke gleichsam zwanzighändig auf zwei straff gespannten Seilen spielten, die wunderbar reich an Tönen waren.

»Feier-a-abend!« brüllte jemand vom Ufer.

Die Schauerleute ließen die Seile aus den Händen, ein paar Mann ließen sich weich wie Tiere auf das Verdeck fallen, die anderen gingen an Land. Ein hochgewachsener Bursche mit starken Backenknochen und langem, von einem Bastband zusammengehaltenem Haar blieb vor Klim stehen, sah ihn unehrerbietig von Kopf bis Fuß an und fragte: »Eine Zigarette, Herr, gibst du wohl, was?«

Er nahm mit seinen schwarzen Fingern zwei Zigaretten aus dem Etui, steckte die eine in den Mund, die andere hinters Ohr, doch da trat der Vorsänger mit der Tenorstimme neben ihn und stieß ihn mit der Schulter beiseite.

»Hast du dir eine Zigarette erbettelt?« fragte er, zog geschickt die Zigarette hinter dem Ohr des Burschen vor und steckte sie in den Mundwinkel unter seinen rotblonden Schnurrbart; dann zog er die sackleinene Hose hoch, stemmte die Hände in die Hüften und begann Samgin zu mustern, wobei er die spöttischen farblosen Augen unnatürlich vorrollte. Er hatte ein grobes Soldatengesicht, das Bündchen seines Kittelhemds war eingrissen, es stand vorne weit offen und zeigte seine Brust, die ebenso von Staub und Schweiß gestreift war wie sein Gesicht.

Samgin vermutete, daß er einen Mann vor sich hatte, der gern etwas scherzte, er scherzte natürlich grob, sogar bösartig, und jetzt gleich würde er irgend etwas Übles sagen oder tun. Die Vermutung wurde dadurch bekräftigt, daß die Schauerleute, die den Vorsänger hastig umringten, ihm erwartungsvoll, lächelnd in sein bärtiges Gesicht blickten, während er sich offenbar irgend etwas ausdachte, dabei die Zigarette zwischen den Lippen knetete, mit dem zottigen Bastschuh auf dem Erdboden herumscharrte und Samgins Schuhe mit Staub bedeckte. Doch da trat wuchtig der Schwarzbärtige mit der Glatze heran und sagte mit strengem Baß: »Versuchst du wieder Unfug zu treiben, Michailo? Willst du wieder Skandal machen?«

Der Vorsänger im roten Hemd spuckte geschickt die Zigarette hoch in die Luft, fing sie mit der Hand auf und ging fort, hinter dem Schwarzbärtigen her, alle übrigen folgten ihnen im Gänsemarsch und jemand sagte mit Bedauern: »Er hat ihm verziehen . . . schade!«

Dieser ganze Vorfall dauerte nur eine Minute, aber Samgin wußte bereits, daß er ihm lange in Erinnerung bleiben werde. Er fühlte mit

Beschämung, daß er vor dem Mann im roten Hemd erschrocken war, ihm mit dummem Lächeln ins Gesicht gesehen und sich überhaupt unwürdig benommen hatte. Warwara hatte das selbstverständlich bemerkt. Und während er sie am Arm durch das Arbeitsgetümmel führte, die »Vorsicht«-Rufe hörte und unter den Schnauzen müder Pferde hindurchschlüpfte, murmelte Samgin: »Was habe ich gemein mit ...«

»Vorsicht!«

»Was haben wir«, berichtigte er sich, »mit diesen gemein? Wir haben mehrere Generationen von Menschen hinter uns, die durch die ganze Kompliziertheit kultivierten Lebens erzogen worden sind ...«

Er sah rechtzeitig, daß seine Worte sowohl schuldbewußt als auch erbost klangen, sah ein, daß sie noch erbittertere Worte hervorrufen konnten.

»Gerade meine demokratische Einstellung verpflichtet mich, den Unterschied zwischen mir und diesen Halbwilden in seiner ganzen Tiefe zu erkennen ...«

Nein, es kam ihm wieder nicht das auf die Zunge, was er für Warwara hätte sagen müssen.

»Eine Gesellschaft, die sich auf solchen kulturell unterschiedlichen Einheiten aufbaut, kann nicht dauerhaft sein. Die zehn Millionen Neger Nordamerikas werden sich über kurz oder lang bemerkbar machen.«

Da half ihm Warwara aus der Verlegenheit. »Ich habe schrecklichen Durst«, sagte sie, »laß uns rascher gehen!«

Nach ein paar Schritten geriet sie wieder in Entzücken. »Wie wunderbar sie gesungen haben! Und – welche Geschicklichkeit, welche Kraft ...«

Samgin bemerkte freundlich und ihr fast dankbar: »Da siehst du: Die Arbeit der Schauerleute ist gar nicht so schwer, wie man meint.«

Morgens gingen sie an Bord eines Dampfers, der bequem wie ein Hotel war, und fuhren, indem sie rostrote Segelkähne überholten und geschickte Fischerboote verscheuchten, den Barkenkarawanen entgegen. Von den Ufern schallten aus reichen Dörfern Harmonikaklänge herüber, und auf den Sandbänken hüpften Kinder mit Geschrei im Wasser umher. In der dritten Klasse, am Heck des Dampfers, wurde auch musiziert und gesungen. Warwara fand, daß die Wolga wirklich schön und nicht umsonst in Hunderten von Liedern besungen sei, während Samgin ihr erzählte, wie der Vater ihn lesen gelehrt hatte.

»Geh an die Wolga und lausche, wessen Stöhnen ertönt
Über dem großen russischen Strom.

Wie du aber siehst, stöhnen sie nicht, sondern spielen Ziehharmonika, knabbern Sonnenblumenkerne und sind bunt gekleidet.«

»Heute ist Sonntag«, erinnerte ihn Warwara, sagte aber gleich darauf hastig: »Ich stimme dir selbstverständlich bei; die Leiden des Volkes sind von Nekrassow übertrieben.«

Die Hastigkeit ihrer Worte hatte etwas Verdächtiges, als verberge sich dahinter Furcht, ihm nicht beizustimmen oder nicht beistimmen zu können. Mit einem unbegreiflichen Lächeln in den weitgeöffneten Augen sagte sie: »Ich habe ja nie gefühlt, daß es ein Rußland gibt außer Moskau. Natürlich habe ich Geographieunterricht gehabt, doch – was ist denn die Geographie? Ein Katalog von Dingen, die ich nicht brauche. Jetzt aber sehe ich, daß es ein riesengroßes Rußland gibt, und du hast recht: Das Schlechte an ihm wird absichtlich aufgebauscht, aus politischen Erwägungen.«

Samgin erinnerte sich nicht, ob er das gesagt hatte, lächelte ihr aber freundlich zu.

»Sogar die Maler – Lewitan, Nesterow – stellen es nicht so grell und bunt dar, wie es ist.«

Ja, das sind meine Gedanken, dachte Samgin. Auch er hatte das Gefühl, bereichert zu werden; die Tage und Nächte beschenkten ihn mit nie Gesehenem, Unbekanntem, vieles setzte ihn in Verwunderung, und alles zusammen verlangte nach Ordnung, alles mußte gesichtet und in ein »System von Sätzen« gefaßt werden, so, daß es ihn nicht beunruhigte. Warwara schien ihm hierbei mit Erfolg zu helfen.

Und das Verwunderlichste war, daß Warwara, die so ergeben, in jeder Hinsicht gemäßigt war und ihn ernsthaft, aber nicht aufdringlich liebte, ihm von Tag zu Tag lieber wurde. Lieber nicht nur deshalb, weil er es mit ihr bequem hatte, sondern bereits in solchem Maße lieber, daß sie in ihm den Wunsch erweckte, ihr gefällig, zärtlich zu ihr zu sein. Er erinnerte sich, daß Lidija keinen Augenblick in ihm solche Wünsche erweckt hatte.

Er wollte schon zu Warwara irgendein ungewöhnliches und entscheidendes Wort sagen, das sie ihm noch mehr und endgültig nahegebracht hätte. Solch ein Wort fand Samgin nicht. Vielleicht war es nahe, aber unsichtbar, weil es durch eine Unmenge anderer Worte verschüttet lag.

Auch störte der Schauermann im roten Hemd; er lebte in seiner Erinnerung wie ein unangenehmer Fleck und nahm, als begleitete er Samgin überall, plötzlich bald die Gestalt eines Matrosen des Dampfers, bald die des Verkäufers an der Anlegestelle des staubigen Samara oder die des Passagiers dritter Klasse an, der im Heck saß und Nüsse aß, die er auf ungewöhliche Weise knackte: Er legte eine Nuß auf die Backenzähne, schlug mit der Hand von unten gegen den Kiefer, und die Nuß war geknackt. All diese Leute hatten die gleichen spöttischen Augen wie der Schauermann und die gleiche dreiste Bereitschaft, etwas Unangenehmes zu sagen oder zu tun. Der, der so ungewöhnlich Nüsse knackte, blickte zum Oberdeck hinauf, wo Samgin mit Warwara stand, und sagte ziemlich laut: »Die Gnädige hat ja Strümpfchen an wie die natürliche Haut.«

In Astrachan wurden Samgins von einem Freund Warawkas begrüßt, dem Fischereibesitzer Trifonow, einem rundlichen Männlein mit breitem Nacken und kahlem Gesicht, in dem bunt wie Perlmuttknöpfe lustige Äugelchen schimmerten. Gewandt, geräuschvoll, war er stark mit Kölnischwasser parfümiert und erinnerte durch seinen weiten, karierten Anzug etwas an einen Clown. Er erwies sich als einer der »Stadtväter« und prahlte sehr mit ihrer Ordnung. Dabei war die Stadt in schwülen Nebel und starke Gerüche von gepökeltem Fisch, ungegerbten Fellen und Erdöl gehüllt und stand auf schmutzigem Sand; überall, am Kai und im Staub der Straßen, glitzerten wie Glimmer Fischschuppen, überall schritten schwitzende Orientalen mit Tatarenkäppchen, Turbanen und weiten morgenländischen Mänteln langsam umher; es waren so viele, daß die Stadt nicht mehr russisch wirkte und die Kirchen in ihr überflüssig schienen. Im Schatten der mittelhohen, grauen Kremlmauern saßen und lagen Kalmücken, Tataren und Perser, ausgerüstet mit Spaten und Brecheisen, man hätte meinen können, sie hätten soeben erst die Stadt erstürmt, ruhten nun aus und warteten auf den Augenblick, da man ihnen befehlen würde, den Kreml zu zerstören.

Trifonow fuhr Samgins rund zwei Stunden in einem sehr eleganten Wagen, vor den zwei sehr schwere, träge Pferde gespannt waren, durch die glühendheißen Straßen; er schwitzte reichlich viel rosa Schweiß aus, trocknete sein nacktes Kastratengesicht oft mit einem parfümierten Taschentuch und erzählte von den Sehenswürdigkeiten Astrachans in Worten, die ebenso grau und weiß kariert waren wie sein Anzug und alle gleich lebhaft klangen.

»Den Kai leckt bei uns in jedem Frühjahr die Wolga fort; wir bessern ihn alljährlich aus und haben dafür eine ganze Barke voll Geld verschwendet! Steine brauchen wir, Steine!« flehte er, streckte Samgin die kurzen Arme entgegen und beklagte sich lustig: »Steine aber haben wir nicht. Mit dem, was wir zwischen Brust- und Kleidung tragen, kann man sich nicht vor der Wolga schützen«, scherzte er und prahlte: »Einen solchen Dummkopf wie den hiesigen Einwohner – werden Sie nirgends finden! Wir brauchten einen Gouverneur mit Knute in der Hand oder Timofej Stepanowitsch Warawka als Stadtoberhaupt, er würde selbst Sand in Steine verwandeln.«

Trifonows Familie befand sich auf dem Landhaus; nachdem er Samgins bis zum Stumpfsinn zerredet hatte, bewirtete er sie auf dem Dampfer mit einem vortrefflichen Abendessen, goß Champagner ein, wurde noch lustiger und erbot sich, sie in seinem Kutter zum Seedampfer an der Stelle »Neun Fuß« zu bringen.

»Der ›Falke‹ ist nicht mehr jung, aber flink!« prahlte er. »Unterwegs fahre ich Sie zu meiner Fischerei, wir kommen an ihr vorüber.«

Die Samgins fanden keinen Vorwand, dies abzulehnen, aber im stickigen Gasthofzimmer tauschten sie dann ihre trübseligen Gedanken aus.

»Wie sonderbar er ist«, sagte Warwara seufzend. »Wie ein Blinder.«

Samgin, der von der Hitze und den Reden des Fischereibesitzers ermattet war, stimmte ihr ungehalten bei: »Blindheit ist, glaube ich, eine allen tätigen Menschen gemeinsame Eigenschaft.« Eine Minute später bemerkte Warwara, während sie ihr Haar für die Nacht zurechtmachte: »Die Stadt und die Wolga pries er wie ein Verkäufer seine Ware, die schnellstens verkauft werden muß, weil sie aus der Mode gekommen ist.«

Sie wird klüger, dachte Samgin nochmals.

Um sechs Uhr morgens saßen sie bereits in einer schmutzigen Barkasse und fuhren auf der mit regenbogenfarbenen Ölflecken bedeckten Wolga zur Küste; vor ihnen stieg am trockenen, farblosen Himmel gemächlich die Sonne auf, die wie ein Kirgisengesicht aussah. Trifonow nannte die Namen der Besitzer der vor Anker liegenden Schiffe und beklagte sich neidisch: »Der Nobel frißt uns auf, der Nobel! Er und die Armenier ...«

Wie ein Fieberkranker zitternd, huschte die Barkasse gleich einer munteren Alten auf dem Markt zwischen den Schiffen umher, pfiff und knarrte; am Steuer stand ein schöner, weißbärtiger Tatare und sah blinzelnd in die Sonne.

»Hier bei uns, wissen Sie, sind überall Naturkinder, Faulpelze«, unterhielt Trifonow Warwara.

Die Barkasse glitt auf den trüben Küstenstrich hinaus, fuhr etwa eine Werst am Ufer entlang, ächzte auf, erbebte, und die Maschine stand still.

»Die Barkasse hat ihre Mucken wie ein Kirgisenpferd«, erklärte

Trifonow lustig. »Die andere dagegen, die ›Kosakin‹, die macht keinen Unsinn! Sie ist ein Pfeil.«

Der Tatare drehte schnell das Steuerrad.

»Was ist, Junus?«

»Maschine aus«, sagte der Tatare sehr freundlich.

Darauf wälzte sich Trifonow zur Maschine und brüllte hinunter: »Ihr Teufel, ihr Hundsfötter! Hatte ich euch nicht gefragt? Pfeif, du Rüssel! Fahr ans Ufer ran, Junus!«

Die Barkasse drückte sich unter heiserem und kläglichem Pfeifen langsam mit der Bordwand an das sandige Ufer, und Trifonow erklärte: »Das sind keine Menschen, sondern Ebenbilder von Affen, und sie können nichts als fressen!«

Am Ufer saß neben den Trümmern eines Bootes ein Mann mit einer Mütze, deren Rand ausgeblichen war, er trug ein sonderbares Kleidungsstück, das wie eine Frauenjacke aussah, und eine bis über die Knie hinaufgerollte Hose mit roten Seitenstreifen; er drückte einen Brotlaib an die Brust und schnitt mit einem Messer hinein, und neben ihm lag im Sand eine große dunkelgrüne Wassermelone.

»Schau«, sagte Warwara. »Er sitzt wie am Tisch.«

Ja, der Mann saß tatsächlich wie an einem Tisch am Meer, das sich bis zum Horizont erstreckte, wo es mit den Stäbchen einer Unmenge von Masten gespickt war; Trifonow deutete hin. »Das ist die Stelle ›Neun Fuß‹.«

Er nahm das Sprachrohr und rief zum Ufer hinüber: »He, Kosak! Lauf rasch zur Sperre und sag, man soll den ›Fänger‹ herschicken, Trifonow bitte darum.«

»Man hört es auch ohne Sprachrohr«, antwortete der Mann, der eine Scheibe Brot in der Hand hielt und beobachtete, wie die Strömung die Barkasse zu ihm herübertrieb. Trifonow schwang drohend das Sprachrohr. »So lauf doch!«

»Wieviel gibst du?« fragte der Kosak, nachdem er vom Brot abgebissen hatte.

»Einen Rubel.«

»Fünfundzwanzig«, sagte der Mann, ohne die Stimme zu heben, und begann zu kauen, wobei er in der einen Hand das Messer hielt und mit der anderen die Melone zu sich heranrollte.

»Haben Sie gehört?« fragte Trifonow, zwinkerte Warwara zu und lächelte. »Er will fünfundzwanzig Rubel haben, dabei ist die Sperre gleich hier, hinter dem Hügel, es sind nur anderthalb Werst dorthin! Da sieh mal einer an!«

Er setzte das Sprachrohr wieder an den Mund und rief, daß es wie ein Schuß klang: »Drei!«

»Ich gehe nicht«, sagte der Mann, nachdem er das Messer in die Melone gestochen hatte.

»Und – Sie sehen, er wird auch nicht gehen!« bestätigte Trifonow halblaut. »Er ist ein Kosak, sie sind hier alle Diebe, leben billig, stehlen Fische aus fremden Netzen. Fünf!« schrie er.

»Ich gehe nicht«, wiederholte der Kosak, zerschnitt die Melone in zwei Hälften und schob die bloßen Füße wie unter einen Tisch ins Meer.

»Weiß der Teufel, was das hier für ein Volk ist, sage ich Ihnen«, erklärte Trifonow mit glücklichem Lächeln und drehte das Sprachrohr in der Hand. »Die Asiaten mit ihren kahlrasierten Schädeln verstehen nicht zu arbeiten, und die Unseren wollen nicht. He, Kosak! Ich bin Trifonow – hast du mich nicht erkannt?«

»Na, wer kennt dich nicht, Wassil Wassiljitsch«, antwortete der Kosak, wobei er mit dem Messer Stücke aus der Melone herausstach und in seinen behaarten Mund steckte.

Warwara saß auf der Bordwand und betrachtete interessiert den Kosaken, der Steuermann lächelte gutmütig und drehte das Rad; er hatte die Barkasse bereits mit dem Bug auf eine Sandbank aufgesetzt und achtete darauf, daß die Strömung sie nicht herunterrisse; im Maschinenraum fluchten zwei Stimmen, klopften Hämmer, zischte und fauchte der Dampf. Auf der von der Sonne und der Stille polierten See lagen wie gezeichnet Barken, huschten kleine Fahrzeuge wie Käfer herum und krochen Boote wie Fliegen über Glas.

Klim Samgin, der von der Hitze ermattet war und fühlte, wie diese gleißende Leere, in der alles klein und nichtig schien, ihm jeglichen Willen nahm, dachte träge daran, daß der unermüdliche, rundliche Trifonow etwas mit dem verschrobenen Ljutow gemein habe, obwohl sie äußerlich gar keine Ähnlichkeit hatten. Dieser Astrachaner schien sich an dem eigensinnigen Kosaken ebenso zu ergötzen, wie der Moskauer über den spitzbübischen Fänger des nicht existierenden Welses entzückt gewesen war.

»Warum gehst du denn nicht, du Hundeschnauze?« fragte er schon fast freundschaftlich.

»Ich habe keine Lust, dir gefällig zu sein, Wassil Wassiljitsch«, antwortete gleichmütig der Kosak, warf die ausgehöhlte Melonenhälfte ins Meer, rutschte zum Wasser hinunter, beugte sich vor, schöpfte mit den hohlen Händen Wasser und wischte sich damit wie mit einem Tischtuch sein bärtiges Gesicht ab.

Warwara hat gut bemerkt: Er sitzt am Meer wie am Tisch, dachte Samgin. Und natürlich mit solchen wie dieser, wie der Bauer, der auf ungewöhnliche Weise die Nüsse knackte, und wie der Schauermann im Sibirschen Hafen – gerade mit solchen rechnen die Revolutionäre. Und überhaupt mit Leuten, die das traurige »Knüppelchen-Lied« in neuem, herausforderndem Tempo singen.

Trifonow hatte sein kariertes Beinchen auf die Bordwand gestellt und stritt sich immer noch mit dem Kosaken herum.

»Ich werde feststellen, Mann, wer du bist!«

Der Kosak aß die zweite Hälfte der Melone zu Ende und antwortete gleichmütig: »Frag nach Iwan Kalmykow, der bin ich.«

»Er hat keine Angst«, erklärte Trifonow Warwara. »Die hier fürchten niemanden.«

Hinter der abschüssigen Landzunge glitt in schönem Bogen ein grellgrünes Dampfboot hervor.

»Da ist sie, die ›Kosakin‹«, rief Trifonow freudig und verkündete: »Zu meiner Fischerei zu fahren ist es nun schon zu spät!«

In der Nacht, als der Dampferschoner auf das Kaspische Meer hinausfuhr und die steilen Ufer der Kalmückensteppe im mondbeschienenen Nebel verschwanden, fühlte sich Samgin ungewöhnlich erregt. Die Umgebung war märchenhaft traurig, voll ungewöhnlichen Ernstes. An dem tiefblauen und fast sternlosen Himmel stand unbeweglich die allzu helle Scheibe des abnehmenden Mondes. Das silbergrüne Meer war ebenso leer, ruhig und lautlos wie der Himmel, und man konnte meinen, es sei schon vollkommen zur Ruhe gelangt, was ja all seine Stürme bezweckt hatten. Der Schoner fuhr auf schmalem, silbernem Pfad, aber es war, als stünde er still, denn der Pfad bewegte sich mit ihm zusammen und entführte ihn in unendlichen Nebel. Man hörte ein dumpfes, gleichmäßiges Geräusch, es rührte natürlich von der im Wasser wühlenden Schiffsschraube her, doch man konnte meinen, der Schoner werde von einem Ungetüm, das im Wasser versteckt war, verfolgt und eingeholt.

Samgin schämte sich zwar, es sich einzugestehen, fühlte aber, daß ein kindliches, längst vergessenes Bangen sich seiner bemächtigte und daß ihn naive, kindliche Fragen beunruhigten, die plötzlich ungemein wichtig geworden waren. Ihm kam es vor, als sei er in irgendeinen durchsichtigen Sack hineingeraten, aus dem er nie mehr werde herauskommen können, und als bewege sich der Schoner nicht fort, sondern hänge in der Leere und bebe nur.

Samgin nahm die Brille ab und setzte sie wieder auf, sah sich um und hätte gern einen Dampfer, ein Fischerfahrzeug, ein Boot oder auch nur einen Vogel, überhaupt irgend etwas vom Land erblickt. Aber rings um ihn war nur ein vollständig glatter, silbergrüner Kreis – der Boden des Luftsacks; an den Bordwänden des dunklen Schoners funkelte ein heller Streifen, und über dieser Riesenfläche war der Himmel nicht so hoch gewölbt wie über dem Festland und spärlich an Sternen. Samgin empfand die Notwendigkeit, zu sprechen, um die Leere, die sich rings um ihn und in ihm ausgebreitet hatte, mit Worten zu füllen.

Warwara saß am Schiffsrand und hielt sich mit den Händen an der Reling fest, sie hatte das Kinn auf die Arme gestützt, ihr Kopf bebte ein leichtes Beben, ihr bloßes Haar bewegte sich. Klim stand neben ihr und rief sich mit gedämpfter Stimme Gedichte über das Meer in Erinnerung, es war unpassend, laut zu sprechen, obwohl alle Passagiere schon längst schlafen gegangen waren. Er kannte nicht viele Gedichte, sie versiegten bald, und so mußte er in Prosa sprechen.

»Es stimmt nicht, daß die Natur keine Leere duldet, es gibt einen luftleeren Raum . . .«

Die Gedichte hatte Warwara wortlos angehört, jetzt aber bat sie, ohne sich zu rühren, leise: »Oh, Klim, bitte nichts . . . Kluges!«

Ihr vom Mond beleuchtetes Gesicht war unnatürlich blaß, doch die Augen glänzten phosphorig und unangenehm wie bei einer Katze. Samgin verstummte etwas gekränkt, schlug aber eine Minute später vor: »Ist es nicht Zeit, schlafen zu gehen?«

»Nein«, sagte sie und sah ihn flehend an. »Ich kann wirklich nicht von hier fort. Es ist so wahnsinnig schön.«

»Du wirst müde werden.«

»Setz dich neben mich.«

Er erfüllte ihren Wunsch, legte den Arm um ihre Hüfte und fragte flüsternd: »Woran denkst du?«

»Sie antwortete ebenfalls flüsternd: »Ich denke nicht.«

»Duselst du?«

»Ich dusle nicht.«

Sie wollte nicht sprechen. Sich am Bart zupfend, betrachtete Samgin ihr Profil, das sich im Mondlicht deutlich abhob, und in ihm entbrannten Gedanken, die sich gegen sie richteten.

Ich bin zu zart zu ihr geworden, schon hat sie keine Achtung mehr vor mir. Ich muß strenger sein. Muß sie so vollständig in meine Gewalt bekommen, daß ich sie stets und in jedem Augenblick mit meinen Wünschen in Gleichklang bringen kann. Ich muß alles, was sie denkt und fühlt, verstehen lernen, ohne sie zu fragen. Ein Mann muß eine Frau so in sich aufnehmen, daß all ihre geheimen Gedanken und Empfindungen sich ihm vollständig übertragen.

Dieser Gedanke gefiel Samgin sehr, und er wiederholte ihn auf jede Weise, als wollte er ihn sich fest einprägen. Nicht zum erstenmal betrachtete er Warwara schlafend, und stets empfand er dabei ein Gefühl der Ratlosigkeit und des Neides, das in jenen Augenblicken besonders stark war, wenn die von seinen Zärtlichkeiten bis zu Tränen und halber Ohnmacht erschöpfte Frau den Kopf an seine Schulter gelegt hatte und eingeschlafen war. Sie hatte einen merkwürdig leichten Kopf, das Haar war etwas spröde, aber angenehm kühl, wie Seide. An der Schläfe, neben dem Ohr, pochte eine kleine gemusterte Ader; tags blau, wurde sie im Halbdunkel der Nacht dunkler, und man konnte meinen, dieses Äderchen flüstere Warwaras Gehirn verworrene Traumgesichte ein, erzähle ihr von den Lebensgeheimnissen ihres Körpers. Im Schlaf war Warwara kindlich, hilflos, sie rollte sich zu einem kleinen Knäuel zusammen, zog die Beine an den Leib und legte die Hände unter den Kopf oder unter die Hüfte. Oft aber schien es, als lächelten ihre halbgeöffneten Lippen verschmitzt und als schaute sie nicht mit dem Blick einer Besiegten, sondern einer Siegerin durch die langen Wimpern. Zuweilen jedoch nahm ihr Gesicht einen so fremden Ausdruck an, daß Klim das Verlangen empfand, sie plötzlich zu wecken und streng zu fragen: »Was denkst du?«

Ihn beunruhigte die Frage: Warum konnte er nicht Warwaras Empfindungen erleben? Warum konnte er nicht die Freude der Frau auf sich übertragen, die Freude, mit der er sie doch erfüllt hatte? Stolz darauf, daß er solche Liebe erweckt hatte, fand Samgin, daß er in den Nächten weniger erhielt, als er verdiente. Einmal sagte er zu Warwara: »Die Liebe wäre vollkommener, reicher, wenn der Mann gleichzeitig sowohl für sich selbst als auch für die Frau empfände, wenn das, was er der Frau gibt, sich in ihm widerspiegelte.«

»Widerspiegelt es sich nicht?«

Aber er sah, daß seine Worte unverständlich waren und daß Warwara aus Höflichkeit gefragt hatte. Darauf dachte er, wenn Lidija fast schamlos schwatzhaft gewesen war und sich der Liebe gegenüber prüfend verhalten hatte, so war Warwara allzu zurückhaltend und vorsichtig, ja sogar etwas stumpf.

Ich aber hatte erwartet, sie werde zügellos sein und zum Übermaß, zu Perversitäten neigen. Ich bin natürlich angenehm enttäuscht, aber ...

Einen Tag später fragte er wieder: »Sag, möchtest du das fühlen, was ich fühle?«

»Oh, selbstverständlich«, antwortete sie sehr rasch und sicher, aber er glaubte ihr nicht und setzte ihr ausführlich auseinander, wovon er spräche, und das wunderte Warwara, sie richtete sich sogar eigentümlich auf und streckte sich.

»Aber ich fühle dich doch!« rief sie leise aus, und ihm kam es vor, als würde sie verlegen.

»Aber wie, was fühlst du?«

»Das weiß ich nicht zu sagen. Ich denke, das ist so ... als würde ich dich jedesmal gebären. Ich weiß wirklich nicht, wie das ist. Aber es gibt da Augenblicke ... keine physiologischen.«

Nun bereits sichtlich verlegen, errötete sie tief und bat: »Bitte sprich nicht hiervon, Liebster. Hier fürchte ich Worte.«

Klim liebkoste sie. Aber er war betrübt; nein, Warwara hatte ihn doch nicht verstanden.

Und wie albern sie das gesagt hat: als würde ich dich gebären!

Bald danach hätte Klim sich fast mit ihr verzankt. Sie waren in Petrowsk an Land gegangen und fuhren in einem Wagen aus Wladikawkas durch die Dajal-Schlucht nach Tiflis. Sie fuhren nach Gudaur hinauf, dem höchsten Punkt des Gebirgspasses, aber auch die Berge erhoben sich immer höher und höher. Es entstand der Eindruck eines düsteren Betrugs, als schritten die Pferde mühselig nicht aufwärts, sondern abwärts in einen unendlich tiefen Spalt zwischen den Bergen, der mit Nebel, bläulich wie Rauch, gefüllt war. Aus diesem Spalt, der immer enger und finsterer wurde, stieg zu dem von Berggipfeln eingeklemmten Himmel die Nacht auf. Der Himmel war ein launisch geschwungener Streifen bläulicher Luft; die Luft wurde immer dunkler und gedrängter, und in ihrer Gedrängtheit leuchteten unbekannte Sterne auf. Hinten auf der rechten Seite erhob sich der weiße Turban des Kasbeks, und von dort wehte Klim feuchte Kühle und verdichtete Lautlosigkeit in den Nacken. Die steinerne Stille wurde durch das Trappeln der Pferdehufe und das mürrische Gebrumm des Kutschers, eines Tataren, kaum gestört. Tief unten murmelte unheilverkündend der Terek, es war ein seltsames Geräusch, als ob die gewaltigen Felsen, zwischen denen die Schlucht eingezwängt war, sich aneinander rieben und knirschten.

Die majestätisch unförmigen Felsanhäufungen regten Samgin wegen ihrer Nutzlosigkeit, ihrer schamlosen Prahlerei und fruchtlosen Kraft auf.

»Man sollte das alles rütteln, daß es zu Staub zerfiele«, murmelte er, als er in die zähnefletschenden Rachen der Felsen, in die Risse des abschüssigen Berges blickte.

Gleich nach der Abfahrt von der Station Kobi war Warwara niedergeschlagen verstummt. Sie saß mit eingezogenem Kopf da, und ihr Gesicht war länger und spitzer als sonst. Sie sah gealtert aus, schien an etwas Schreckliches zu denken, und mit einer solchen Anspannung, mit der man sich auf etwas längst Vergessenes besinnt, dessen man sich jedoch sofort erinnern muß. Klim fing ihren Blick ein und sah in ihren verdunkelten Augen einen konzentrierten, zornigen Glanz, während es natürlicher gewesen wäre, Schreck oder Bestürzung zu sehen.

»Erinnerst du dich an Gontscharow?« fragte er. »Die ›Fregatte Pallas‹?«

»Ja.«

»Dort gibt es eine Stelle, wie Gontscharow an Deck kam, das aufgewühlte Meer ansah und es sinnlos und häßlich fand. Entsinnst du dich?«

»Ja«, sagte Warwara. »Übrigens – nein. Ich habe das Buch nicht gelesen. Wie kannst du hier an Gontscharow denken?«

»Er ist ein guter Schriftsteller.«

»Ich mag ihn nicht«, antwortete Warwara schroff. »Auch ist das Schreckliche niemals häßlich, das stimmt nicht!«

Klim freute sich, daß sie sprach, war aber über ihren Ton verwundert. Nach kurzem Schweigen fuhr er, nun schon, um sie zu reizen und von den ihm unverständlichen Gedanken abzubringen, fort: »Das ist wie ein Weg in die Hölle. Das hätte Dante sehen sollen. Merkst du, daß es, obwohl wir steigen, bergab zu gehen scheint?«

»Ja, ja«, entgegnete sie mit unverständlicher Hast. »Aber man möchte schweigen. Was könnte man hier sagen?« fragte sie sich umblickend und zuckte zusammen. »Die Dichter haben gesprochen ... aber auch sie konnten ja nichts sagen.«

»Eben«, stimmte ihr Klim bei. »Bei Lermontow wirkt das sogar lächerlich.

Einstmals vor der Menge
Der stammverwandten Berge ...

Wie findest du das, Taras?« fragte er den Kutscher.

Warwara senkte den Kopf und rückte etwas von ihm ab, er aber fuhr lächelnd fort: »Sonderbar wirkt die Natur auf dich. Ebenso hat sich wahrscheinlich der Urmensch ihr unterworfen. Was meinst du?«

»Ich weiß es wirklich nicht«, antwortete sie leise und schuldbewußt. »Ich denke ohne Worte.«

»Ohne Worte, ohne Formen kann man nicht denken.«

»Ich atme nur«, sagte Warwara. »Ich atme. Ich glaube, noch nie so tief geatmet zu haben. Du hast das sehr sonderbar gesagt: Obwohl wir steigen, geht es bergab. So ... böse!«

Die bereits schwarze Dunkelheit strömte eine tote Kühle aus, der jeglicher Geruch fehlte. Samgin bemerkte zornig: »Bei uns in Rußland riecht sogar der Schnee.«

»Leicht salzig«, fügte Warwara wie im Schlaf hinzu.

Sie kamen oben in Gudaur an, aßen dort Schaschlyk und tranken öligen lila Wein. Dann, in ihrem Zimmer, setzte sich Warwara halb ausgezogen, müde aufs Bett und sagte, während sie zum schwarzen Fenster hinaussah: »Ich hatte das alles gesehen. Ich entsinne mich nicht, wann, sicherlich als kleines Kind und im Traum. Ich ging aufwärts, und alles erhob sich aufwärts – aber schneller als ich, und ich hatte das Gefühl, als sänke, als fiele ich. Das war ein so bitteres Grauen, Klim, wirklich, Liebster . . . es war so entsetzlich. Und nun, heute . . .«

Sie schluchzte unerwartet und laut auf.

»Und du bist mir böse!«

Als Samgin sie trösten wollte, wischte sie mit schnellen Katzenbewegungen die Tränen vom Gesicht und flüsterte: »Ich verstehe: Du bist klug, es erregt dich, daß ich nicht zu erzählen verstehe. Aber ich kann es nicht! Es gibt keine solchen Worte! Mir kommt es jetzt vor, als hätte ich diesen Traum nicht nur einmal, sondern oft gehabt. Ich hatte ihn noch vor meiner Geburt«, sagte sie bereits lächelnd. »Sogar vor der Sintflut!«

Sie umarmte ihn und fragte: »Hast du noch nie das Gefühl gehabt, schon vor der Sintflut einmal gelebt zu haben?«

»Noch nicht«, sagte Samgin und liebkoste sie großmütig. »Aber du bist jetzt müde. Und du hast zuviel dekadente Gedichte gelesen.«

Sie versöhnten sich, und Samgin kam es vor, diese Episode hätte ihm Warwara näher gebracht; als sie am nächsten Tag am frühen Morgen ins Aragwa-Tal hinabfuhren, das in üppiges Grün getaucht war, fand es Klim sogar nötig, Warwara zu sagen: »Gestern war ich etwas launisch.«

Aber er spürte sofort, daß nicht gesprochen werden sollte, denn Warwara hatte sich aufgerichtet, hielt sich an seiner Schulter fest und sah staunend nach unten, auf den goldenen Fluß, auf die weichen, wie in dichtes, grünes Lammfell gehüllten Berge und auf eine Herde Schafe, die gleich grauen Kügelchen auf dem Berg herumrollten.

»Welche Schönheit«, raunte sie entzückt. »Welch liebliche Schönheit! Hätte man das nach dem gestrigen Tag erwarten können! Schau: Eine Frau mit Kind auf einem Esel, und ein Mann führt sie – das ist ja die Muttergottes und Joseph! Klim, Teuerster, das ist wunderbar!«

Er lächelte beim Anhören ihrer naiven Entzückungen und sah ängstlich durch die Brille nach unten. Der Weg hinunter war gewunden und steil, sie fuhren bremsend, und die Räder knirschten widerlich auf dem Schotter. Manchmal war das graue Band der Straße fast im rechten Winkel geknickt; der schwarzbärtige Kutscher zog die

Zügel straff, und der Wagen neigte sich nach der Seite des Abhangs, der mit den spitzen Zähnen irgendwelcher ungewöhnlicher Felsen gespickt war. Das machte Samgin nervös, und er bedauerte mehrmals, daß Warwara heute gesprächig war.

»Hier irgendwo hat Puschkin die Aragwa bewundert«, sagte sie. »Erinnerst du dich: ›Georgiens Hügel ruhn . . .‹«

»›Von dir, von dir allein!‹« murmelte er.

Warwara drückte fest seinen Arm.

»Unfaßlich, wieviel ein Dichter in drei einfache Worte legen kann!«

»Ja«, sagte Samgin.

Der Wagen war wohlbehalten zur Station Mlety hinabgerollt . . .

Das in einen Spalt zwischen den Bergen eingezwängte steinerne und graue Tiflis mit seinen zahllosen Balkonen, die wie von Kinderhand an die Häuser geklebt schienen und wie Vogelbauer aussahen; die trübe, rasende Kura; die Kirchen strenger Architektur – das alles gefiel Samgin nicht. Die schwarzhaarigen Menschen, die aus irgendeinem Grund auffällig und festlich gestimmt waren, betrachteten Warwara aus öligen Augen mit unverfrorener Neugier und sprachen russisch im Jargon armenischer Witze. Diese Menschen, die wie Küchenschaben in den glühenden Straßen herumliefen, versetzten Warwara in Entzücken, sie fand sie schön und gut, während Samgin sagte, daß er es vorzöge, an der Staatsgrenze nicht Georgier, Armenier und überhaupt irgendwelche Fremdlinge mit Räubergesichtern, sondern russische Bauern zu sehen. Er sagte das nur, weil er die unerschöpflichten Entzückensausbrüche Warwaras abkühlen wollte, sie ärgerten ihn, er sagte sogar ironisch: »Du scheinst an Trifonows Blindheit erkrankt zu sein!«

Er hatte nach und nach den sonderbaren Eindruck bekommen: In Rußland gibt es unzählig viele überflüssige Menschen, die nicht wissen, was sie tun sollen, oder vielleicht nichts tun wollen. Sie sitzen und liegen an den Dampferanlegestellen oder auf den Eisenbahnstationen, sitzen an den Ufern der Flüsse und am Meer wie am Tisch, und sie alle warten auf irgend etwas. Die Menschen aber, über deren mannigfaltige Arbeit er in der allrussischen Ausstellung entzückt gewesen, waren nicht zu sehen.

Samgin versuchte, diesen Eindruck Warwara zu vermitteln, aber sie war ganz taub für seine Reden und schien in der bebenden Freude eines jungen Vogels zu leben, dem langsam die Federn wachsen und der fühlt, daß auch er bald flügge sein wird.

Klim Samgin empfand erst dann eine stille Freude, als das Nomadenleben ein Ende hatte und sie nach Moskau zurückgekehrt waren.

Die Dissonanz zwischen seiner und Warwaras Stimmung trat in Moskau nicht so häufig und offen zutage wie während der Reise; sie widmeten sich beide ihrer Alltagsarbeit, die ihnen gleichermaßen angenehm war. Sie zogen aus dem Hinterhaus ins vordere, in die für sie neu hergerichtete gemütliche Wohnung im ersten Stock. Warwara stattete sie nicht sehr auffallend mit neuen Möbeln aus, Klim nahm alle alten, von Onkel Chrysanth angesammelten Stücke und richtete sich ein gediegenes Herrenzimmer ein. Durch Warawkas Fürsprache wurde er als Gehilfe bei einem wohlhabenden Anwalt, dem Rechtsberater einer der Versicherungsgesellschaften, gemeldet. Warawka übertrug ihm die Erledigung seiner zahllosen Angelegenheiten in Moskau.

Bald erschien Ljubascha Somowa; sie hatte die Erlaubnis bekommen, in Moskau zu bleiben, und bezog wieder das Zimmer im Seitenbau. Sie war etwas abgemagert und schien gewachsen zu sein, ihre blauen Augen sahen die Menschen noch wohlwollender an; Tatjana Gogina sagte zu Warwara: »Mir scheint, Ljubascha sieht wie jemand aus, der gut gegessen hat.«

Wie früher veranstaltete Ljubascha kleine Abendgesellschaften und Lotterien zugunsten der Verbannten, sie nähte ihnen Wäsche, strickte Socken und Schals; sie lebte davon, daß sie irgendwelche Romane ins Russische übersetzte, suchte die Gedichte der Dekadenten zu verstehen, sagte aber seufzend: »Schwierig! Artischocken, Dekadente und Austern entsprechen nicht meinem Geschmack.«

An den Abenden erzählte Warwara ihr und den Gogins von dem »balkonreichen« Tiflis, dem Grab Gribojedows, den griesgrämigen Büffeln, den spielzeugähnlichen Eselchen der Holzkohlenhändler, von ungewöhnlich schönen Menschen und lustigen Episoden. Samgin hörte aufmerksam zu und dachte: Sie erfindet. Das stimmt alles nicht.

Und er überzeugte sich nochmals davon, wie oft die Menschen etwas erfanden, wie sie sich selbst und andere betrogen und das Leben beschönigten. Wenn auch Ljubascha, die es fertiggebracht hatte, mehrere Provinzstädte zu besuchen, vom Zunehmen der revolutionären Stimmung unter der lernenden Jugend, dem Erfolg der marxistischen Propaganda und den Versuchen, Arbeiterzirkel zu organisieren, zu sprechen begann, wußte er bereits, daß das alles mindestens zu zwei Dritteln übertrieben war. Er war überzeugt, daß alle menschlichen Erfindungen in ihm schwebten wie Stäubchen in einem Sonnenstrahl.

Da er das Bedürfnis empfand, sich des Ballastes der vielen Eindrücke zu entledigen, begann er wieder seine Gedanken aufzuschreiben; als er aber mehrere Seiten vollgeschrieben hatte, sah er mit aufrichtigem Erstaunen, daß seine Hand und Feder von einem Mann mit sehr konservativen Anschauungen geführt worden waren. Diese Entdeckung verwirrte ihn so, daß er die Aufzeichnungen zerriß.

Die Anfimjewna hatte die Rolle der Hausmeisterin übernommen und den Seitenbau in so etwas wie ein Logierhaus mit möblierten Zimmern verwandelt; dort zogen außer Ljubascha zwei Studenten, eine bejahrte Dame, eine Korrektorin und ein Herr Mitrofanow ein, der ein Mann unbestimmten Berufs war. Die Anfimjewna sagte von ihm: »Er sucht eine Stellung und wartet auf seine Frau.«

In dem vom Dach plattgedrückten Fenster des Halbgeschosses, wo Onkel Mischa sich eingenistet hatte, brannte bis spät in die Nacht hinein nicht sehr hell eine Lampe mit weißer Glasglocke, aber ihr opalenes, starblindes Auge beunruhigte Samgin nicht.

Anfimjewnas Platz in der Küche nahm jetzt ein rotnasiger, dürrer, alter Koch ein, der sonderbar leicht war, als wäre er hohl. Er sprach mit unnatürlich dröhnender Stimme, und sein mit spärlichem Schnurrbärtchen geziertes Gesicht erinnerte an das Schnäuzchen eines Katers. Er erschien betrunken vor Warwara und Klim und sagte: »Seien Sie deshalb nicht beunruhigt, ich bin von jung auf betrunken und kann mich nicht entsinnen, wann ich mich in einem anderen Zustand befunden habe. In diesem aber bin ich in der Hälfte der besten Küchen Moskaus bekannt.«

Die Anfimjewna bestätigte: »Er ist ein ausgezeichneter Koch und ein guter Mensch, ich kenne ihn schon fast dreißig Jahre.«

Warwara fragte sie lächelnd: »Ist er der Held deines Romans?«

»Ich habe nicht nach Romanen, nicht nach Büchern gelebt, sondern nach meiner Dummheit«, brummte die Anfimjewna widerwillig und warnte: »Sprich du in seiner Gegenwart nur nicht von allem, Warja; er achtet die Zarenfamilie sehr und bekommt sogar aus Petersburg eine Zeitung zugeschickt. Er ist ein Sonderling.«

Die Zeitung erwies sich als »Regierungsbote«, und der Sonderling als ein sehr stiller Mann mit starkem Gefühl eigener Würde und als Liebhaber der hohen Politik. Samgin dachte nochmals, daß es natürlich besser wäre, ohne Sonderlinge, ohne rauhe und buntscheckige Menschen zu leben, die nach der Begegnung irgendwelche bunte Flecke, ein albernes Lächeln und anekdotische Redensarten in der Erinnerung hinterließen. Die Anfimjewna beispielsweise existiert, ist kräftig wie ein Pferd, lebt wie von nichts und läßt einen in jeder Weise ungeschoren. Sie schien in dem Alter zwischen dem sechsten und siebenten Jahrzehnt stehengeblieben zu sein, wurde nicht älter und kam nicht von Kräften. Von ihr sagte Samgin zu Warwara: »Ich habe Hochachtung vor Menschen, die sich uneigennützig in ein fremdes Leben einzuleben verstehen. Das sind wahre Helden.«

Er wurde rasch zu einem jener sehr auffälligen und sogar geachteten Menschen, die an der Kante und vielleicht im Mittelpunkt der verschiedenen gesellschaftlichen Strömungen stehen, sich aber keiner von ihnen anschließen, alle Gruppen und Zirkel kennen, mit allen sympathisieren und sogar gelegentlich zu offenen und geheimen, aber nicht allzu riskanten Diensten bereit sind; diese Dienste schätzen sie stets sehr hoch ein. Seine schlanke Gestalt und sein schmächtiges Gesicht mit dem dunklen Bärtchen, seine nicht kräftige, aber eindringliche Stimme, mit der er stets Worte zu sagen wußte, die überflüssigen Eifer dämpften – er insgesamt erschien als ein Mensch, der manches wußte, vielleicht alles wußte. Er sprach nicht viel, zurückhaltend und so, daß die Zuhörer fühlten: Er sagt zwar keine höchst weisen Worte, aber das deshalb, weil seine anderen Worte nicht für alle, sondern für Auserwählte bestimmt sind. Hinter den Gläsern seiner Brille glänzten kalt bläulich-graue Augen, er sah dem Gesprächspartner gerade ins Gesicht und wußte seinem Blick etwas Rätselhaftes zu verleihen. Alle waren so redselig, daß ein schweigsamer Mann sehr auffiel. Samgins umfassendes Gedächtnis sicherte ihm den Ruf einer gutunterrichteten Persönlichkeit. Er war der Ansicht, dieser Ruf komme ihm nicht teuer zu stehen, sein Verhalten zu den Menschen wurde für sie immer weniger schmeichelhaft, während Samgin die Rolle eines Gönners der Erfindungen und Verirrungen der Menschen sehr gefiel. Jedesmal, wenn er besonders erfolgreich aufgetreten war, kam er sich sogar ein wenig teuflisch vor.

Manchmal aber schien es ihm, als leite oder lenke er etwas im Leben der Riesenstadt, denn jeder Mensch habe ja das Recht, sich für eine jener Persönlichkeiten zu halten, deren Existenz den Epochen ihre Farbe gibt. In den Versammlungen bei Preiß, die immer stärker besucht und immer aufgeregter wurden, sagte er gesetzt: »Die Studentenbewegung ist durch und durch emotional, hier ›kocht das Blut und herrscht ein Überschuß an Kräften‹. Man darf aber nicht außer acht lassen, daß sich dahinter eine ernste Gefahr verbirgt: Die Romantik der Volkstümler entspricht, wie es nicht besser sein könnte, der Stimmung der Studentenschaft. Und da die Volkstümler wieder vom Terror träumen . . .«, deutete er vorsichtig an.

Bei Preiß wurde alles vorsichtig gesagt, und fast alle bekräftigten ihre Ansichten durch Berufung auf Eduard Bernstein. Samgin sah, daß hier Leute zusammenkamen, die ihm wesensverwandt zu sein schienen, und das machte sie besonders unangenehm. Stratonow und Tagilskij besuchten Preiß nicht. Berendejew war selten zugegen und benahm sich wie ein Betrunkener, der nicht begreift, wie er in die Gesellschaft unbekannter Leute geraten ist und wovon diese Leute sprechen. Er lächelte zerstreut, sprang auf und lief von Platz zu Platz, als verfolgte er das sonderbare Ziel, der Reihe nach auf allen Stühlen zu sitzen. Ab und zu griff er sich erregt an den Kopf und murmelte: »Nein, das ist nicht so! Nicht darin liegt das Wesentliche.«

Samgin wußte, daß Berendejew einen religiösen Zirkel organisiert hatte und daß in diesem Zirkel Diomidow eine nicht geringe Rolle spielte.

Interessant unter den neuen Leuten um Preiß war Smijew, ein hochgewachsener, hagerer Mann in ungewöhnlich geschnittenem Rock, mit dem aufgedunsenen Gesicht einer Dorfpfarrersfrau und der warmen Stimme einer Amme, die ein Märchen erzählt. Er hob sehr gern die »erfreulichen Erscheinungen« des russischen Lebens hervor, lutschte fast ununterbrochen Pfefferminzpastillen und suchte jedermann zu überzeugen, daß »Rußland erwache«. Drei Schritt von ihm entfernt roch Samgin schon den kühlen Mentholgeruch. Smijew suchte zu beweisen, daß der Sozialismus nur auf dem Weg langsamen Eindringens in die bestehende Ordnung siegen werde, er erinnerte oft an seine persönliche Bekanntschaft mit Millerand und war entzückt über den Mut, mit dem dieser darauf hingewiesen hatte, daß der Sozialismus keine revolutionäre, sondern eine reformatorische Lehre sei.

»Sie sind ein Optimist«, erwiderte ihm der große, dicklippige Tarassow, wobei er mit dem Finger drohte und Smijew mit reglosem, trübem Blick seiner dunklen Augen musterte. »Was heißt das: Rußland erwacht? Nun, wir geben zu, daß sich bei uns noch ein Doppeladler in Gestalt der zwei sozialistischen, sagen wir mal, Parteien eingenistet hat. Aber das ist nicht auf der Erde, sondern über der Erde.«

Er geriet in Erregung, fauchte öfter und stärker und begann jaroslawisch singend, aber zugleich mit starker Betonung des O zu sprechen: »Nun, sie haben sich gespalten: in eine Bauernpartei, sagen wir mal, und in eine Arbeiterpartei, gut. Doch welche von ihnen wird den Schutz der Interessen der Nation, der Kultur und der Staatsinteressen übernehmen? Bei uns hat die Intelligenz die Sache des großrussischen Reichs nicht begriffen, und man merkt bei ihr auch nicht den Wunsch, es zu begreifen. Nein, wir brauchen eine dritte Partei, die dem Land sozusagen Einköpfigkeit verleihen könnte. Andernfalls, wissen Sie, haben wir lauter Adler, aber keinen Hausvogel.«

»Sehen Sie!« schrie Berendejew und sprang auf. »Wir brauchen eine Partei demokratischer Reformen. Freiheit des Wortes und der Konfessionen.«

Preiß nickte stumm, während Smijew die Hände an die Brust drückte und sagte: »Ich leugne jedoch nicht die Beteiligung der Sozialisten an der oppositionellen Bewegung!«

Samgin gefiel es, diese Leute zu reizen und zu erschrecken. Er sagte ihnen in kurzen Sätzen alles, was er über die Arbeiterbewegung wußte, wobei er ihren Anarchismus betonte, und erzählte von den Schauerleuten, den Kosaken und noch von irgendwelchen von ihm erfundenen Leuten, bei denen sich bereits das Erwachen von Klassenhaß bemerkbar mache. Diesem Haß verlieh er unwillkürlich einen tierischen Anstrich, den er aber bereits nicht erfand, sondern aus sich selbst entnahm. Solche unermüdlichen Schwätzer wie Smijew und Tarassow traf Samgin nicht selten, sie waren ihm verständlich und uninteressant, während Preißens restliche Gäste sich zurückhaltend benahmen wie minderbemittelte Leute in einem Geschäft mit teuren Sachen. Sie beobachteten, hörten zu und fragten, äußerten sich aber selten, vorsichtig und unbestimmt. Unter ihnen fiel durch seine Schweigsamkeit besonders der hochgewachsene, dürre Redosubow auf, ein Mann mit langem, im grauen Bart verstecktem Gesicht; der Bart begann irgendwo hinter den Ohren, sproßte unter den Augen und am Hals hervor und wirkte dennoch unecht, ebenso wie das strähnige Haar, das dem Schädel glatt anlag und den Eindruck einer Perücke erweckte.

Samgin wußte, daß er der Verfasser einer sehr humanen Erzählung »für das Volk« war und daß die Kritiker diese Erzählung einmütig lobten. Redosubow saß stets da wie Zebaoth auf dem Thron, sah alle Anwesenden mürrisch unter seinen dichten Brauen hervor an und räusperte sich zuweilen ironisch, als wollte er darauf aufmerksam machen, daß er gleich sprechen werde. Wenn er sich aber geräuspert hatte, schwieg er weiter. In ihm gab es etwas, was Samgin entfernt bekannt vorkam, er suchte sich lange und angespannt zu erinnern: Hatte er diesen Menschen nicht irgendwann schon gesehen? Und plötzlich rief eine Geste Redosubows die Wohnung des Schriftstellers Katin und den bäuerlich gekleideten Propheten des Tolstojanertums, sein kaltes Gesicht und die tadelnden Augen in sein Gedächtnis zurück. Samgin wollte nicht glauben, daß man in zehn Jahren so altern könne, und da er sich kontrollieren wollte, fragte er: »Verzeihung, sind Sie mit Katin bekannt?«

Redosubow wandte langsam den Kopf und bewegte die Brauen.

»Ich war es. Weshalb?«

»Ich glaube, Sie bei ihm getroffen zu haben.«

»Wohl kaum.«

»Vor zehn oder zwölf Jahren.«

»Nun . . . mag sein.«

Redosubow wandte sich unhöflich ab, sagte aber nach kurzem Schweigen: »Damals wußte ich noch nicht, daß Katin ein hohler Mensch ist. Und daß er nicht das Volk liebt, sondern nur über das Volk zu schreiben liebt. Überhaupt – unsere Schriftsteller sind . . .«

Redosubow machte eine wegwerfende Handbewegung, rieb sich kräftig das Knie und murmelte: »Nietzscheaner. Dekadente. Wortwüstlinge.«

Zu Pojarkow, welcher Studentenzirkel leitete, die Marx studierten, welcher stets ein grimmig verfinstertes Gesicht machte und die Kiefer bewegte, als kaute er etwas Hartes, sagte Samgin, die Studentenschaft sei bürgerlich und könne nicht anders sein.

»Ich weiß«, antwortete Pojarkow mürrisch, »aber wir brauchen Leute, die fähig sind, Arbeiterzirkel zu leiten.«

Pojarkow arbeitete in irgendeinem Privatarchiv, und aus seiner ärmlichen Kleidung und seinem unterernährten Gesicht konnte man schließen, daß die Arbeit schlecht bezahlt wurde. Er besuchte oft und kurz Ljubascha, sprach mit ihr im Kommandoton, schickte sie stets irgendwohin, Ljubascha führte gehorsam seine Aufträge aus und nannte ihn hinter seinem Rücken: »Der Wichtigtuer.«

Samgin gegenüber verhielt sich Pojarkow achtlos und etwas grob, und als Ljubascha mitteilte, daß Pojarkow in Kolomna verhaftet worden sei, stimmte das Samgin nicht traurig.

Den Führern der Studentenbewegung prägte er ein: »Ich glaube nicht, daß Sie etwas erreichen werden, es ist ganz klar, daß eine Unmenge wertvoller Kräfte vergeudet wird, ohne dem Land irgendwelchen Nutzen zu bringen. Aber Rußland braucht vor allem Zehntausende wissenschaftlich qualifizierter Intellektueller . . .«

Doch obwohl er so sprach, half er zusammen mit Ljubascha studentische Aufrufe und allerhand Flugblätter drucken und verbreiten.

An den Abenden fragte er Ljubascha nach Neuigkeiten aus, besuchte sie zuweilen kurz und traf dort nicht selten die schweigsame Nikonowa, aber noch häufiger Onkel Mischa, der den Familiennamen Suslow trug. Dieser kleine Mann interessierte und beunruhigte ihn durch die stille, aber unbeugsame Hartnäckigkeit seiner Ansichten und durch die beamtenhafte Genauigkeit seines Lebens, eine Genauigkeit, die etwas Melancholisches an sich hatte. Suslow erzählte ausführlich, nicht mit lautstarker, aber vorwurfsvoller Heftigkeit von den Leiden der revolutionären Intelligenz in den Gefängnissen, der Verbannung und im Zuchthaus, das alles kannte er sehr gut; er sprach von der Notwendigkeit des Kampfes und der Selbstaufopferung, wobei er stets den Kopf zur rechten Schulter neigte, als stehe hinter seiner Schulter irgendein Unsichtbarer und sage ihm langsam strenge Worte ein. Doch aus seinen Erzählungen gewann Samgin den Eindruck, Onkel Mischa schlage vor, das Volk der Intelligenz, die im Kampf um die Freiheit des Volkes ermüdet sei, zu Hilfe zu rufen. Klim hätte sehr gern verstanden: Was tut dieser Mann? Ljubascha antwortete auf diese an sie gerichtete Fragen trocken: »Er tut das, was man tun muß. Aber danach fragt man nicht«, fügte sie hinzu.

Beim Ausführen der Aufträge seines Patrons fuhr Samgin oft im Moskauer Gebiet umher und überzeugte sich dabei, daß einige zehn Werst von dem riesigen, stürmisch brodelnden Kessel Moskau entfernt, in den kleinen Kreisstädten, ein anderes, natürlicheres Leben gemächlich dahinfloß. Er kam mit Kaufleuten, Kleinbürgern und Geistlichen in Berührung und fand, daß diese Leute gar nicht so schrecklich gierig und dumm waren, wie man von ihnen schrieb und sprach, und daß ihr angeblich feindseliges Verhalten allen Neuerungen gegenüber im Grunde das gesunde Mißtrauen vorsichtiger Menschen war. Sie hatten ihre eigene, von alters her eingespielte Lebensordnung; ihre Vorurteile waren alte Wahrheiten, deren Zählebigkeit durch die Lebensbedingungen und die unmittelbare Nähe zum dunklen Dorf gerechtfertigt war. Diese Leute aßen gern gut, tranken gern viel, unter ihnen gab es nicht eine solche Menge mit zerrütteten Nerven wie in den Hauptstädten, ihnen war das verworrene, erklügelte Spiel mit der Liebe gänzlich fremd und komisch. Bücher lasen sie nicht, und ihr Verstand war nicht durch Streitigkeiten darüber verdorben, wer recht habe: Nietzsche oder Tolstoi, Marx oder Bernstein. Die Beamten, die sie regierten, waren aus schlechter Gewohnheit barsch, aber im Grunde ebenso gutherzige Menschen wie die Bürger selbst. Man konnte sich nicht vorstellen, daß Millionen solcher Menschen denen folgen würden, die von einem allgemeinen Glück träumten und alles schon Bestehende einem wohl kaum Möglichen zuliebe zerstören wollten.

Samgin unterhielt sich mit Kutschern und Bauern, wenn er auf den Flurstufen der Poststationen saß und auf das Einspannen der Pferde wartete. Die Bauern beklagten sich natürlich über den Landmangel, die Steuerlast und die Fabriken, die »das Volk verdürben«, sie beklagten sich fast mit den gleichen Worten wie in den Erzählungen der bauernfreundlichen Schriftsteller. Samgin war gewohnt, den Schriftstellern nicht zu glauben, und glaubte auch den Bauern nicht.

Er sah, daß auch sie sich aus Gewohnheit und deshalb beklagten, weil sie Geld für Wodka bekommen wollten. Aber er gab ihnen nichts für Wodka und lachte, wenn sie darum baten, wobei er sich Waska Kalushanins erinnerte, der sich von Christus einen ewig geltenden Rubel erbeten hatte. Das Dorf gefiel ihm überhaupt nicht. Ihm mißfielen die schlauen Bauern, die hager, von der Sonne ausgedörrt, von den Winterfrösten ausgefroren und dennoch schlampig waren. Nicht selten fühlte Samgin, daß sie ihn als etwas Unverständliches und Überflüssiges betrachteten.

Ihm war die stumpfe Neugier der Bäuerinnen und Landmädchen unangenehm, er sah in ihren Augen etwas Schafartiges, Animalisches oder die Konzentration eines Irren, der sich an Vergessenes erinnern will und es nicht kann. Die schwerhörigen alten Männer mit tränenden Augen, die vom Alter stumpf gewordenen, zahnlosen, bösen alten Weiber, die allzu unabhängigen, sogar dreisten Halbwüchsigen – all das erweckte keine Sympathie für das Dorf, und vieles schien die Folge von Sorglosigkeit oder Trägheit zu sein.

Im allgemeinen gefiel es Samgin, auf launisch gewundenen Straßen, an den Ufern träger Flüsse oder durch schmale Waldstreifen zu fahren. Die trübblaue Ferne, die bläuliche Finsternis der Wälder, das Spielen des Windes in den Kornähren, das Singen der Lerchen, die berauschenden Düfte – das alles drang in die Seele ein und stimmte sie friedlich. Auf Hügeln standen malerisch inmitten der Felder herrschaftliche Gutshäuser, die Kreuze der Dorfkirchen leuchteten strahlend über der Erde, und Samgin dachte: Das ist das wahre Rußland, das schöne, wohnliche Land einfacher Menschen.

Die Landschaft wurde von den roten Massivbauten der Fabriken und ihren Schloten verunstaltet. An den Abenden und Feiertagen begegnete man auf den Straßen Gruppen von Arbeitern; wochentags waren sie schmierig, zerzaust und böse, feiertags waren sie herausgeputzt, fast immer betrunken oder angeheitert, sie gingen mit Ziehharmonikas, mit Liedern, wie Rekruten, und dann bekamen die Fabriken Ähnlichkeit mit Kasernen. Ein Häufchen solcher lustiger Burschen stellte sich einmal quer über die Straße und rief dem Kutscher zu: »Mach Platz!«

Der Kutscher bog gehorsam von der Straße ab und gab sie ihnen frei, während ein bärtiger Mann ohne Mütze, mit schmalem Riemen um den Kopf und Tamburin in der Hand mit der Faust gegen das Tamburin schlug und Samgin zurief: »Ach, du Beamter du, an allem Leid bist schuld nur du!«

Dennoch war es nicht zu glauben, daß auch solche Leute sich den Revolutionären anschließen könnten. Manchmal liefen die Pferde vom Morgen bis zum Abend und kamen nicht über die unebene Handfläche des Moskauer Landes hinaus. Die Erde schien gütig zu sein und den Menschen mütterlich sanft zu hätscheln. Das stille Schweigen der Felder widersprach eindringlich allem, was Samgin gelesen oder gehört hatte, und löschte den Gedanken von der Möglichkeit irgendwelcher sozialer Katastrophen aus. Von den Fahrten kehrte Samgin ausgeglichen zurück. Bei der Abfahrt jedoch nahm er von Ljubascha Bücher, Broschüren und mündliche Aufträge für Dorfschullehrer und Semstwostatistiker entgegen, die einsam auf den Dörfern inmitten ungebildeter Bauern und in kleinen Städten unter standhaften Menschen verloren waren; er nahm sie mit, überzeugt davon, daß man dieses modrige Leben durch Papiere nicht in Brand stecken kann.

Eines Abends, als Samgins gerade Tee tranken, erschien Herr Mitrofanow mit der Bitte, ihm die Zimmermiete zu stunden.

»Nadeshda Anfimjewna berücksichtigt keine meiner Rechtfertigungen, und so erdreiste ich mich, sie zu umgehen und mich unmittelbar an Sie zu wenden«, sagte er.

Nachdem man seine Bitte erfüllt hatte, bot ihm Warwara Tee an, er setzte sich dankbar und würdig an den Tisch, erhob sich aber kurz darauf, ging im Zimmer umher und betrachtete, die Hände in den Hosentaschen, die Stiche.

»Wer ist das?« fragte er, mit dem Kinn auf ein Shakespeareporträt deutend, und sagte dann in einem Ton, als wäre Shakespeare sein persönlicher Freund: »Ähnlich.«

Er sah ein Bildnis Schtschedrins durch die Faust an und seufzte: »Ein imposantes Gesicht.«

Dann setzte er sich wieder an den Tisch und äußerte mit neuem Seufzer: »Ja – auch wir sind einstmals Traber gewesen.«

Dadurch belustigte er seine Wirtsleute sehr, und Warwara begann ihn nach seinem literarischen Geschmack auszufragen.

Mit gleichmäßiger, farbloser Stimme teilte Mitrofanow mit, was er besonders gern habe: »Gaunerromane, wie zum Beispiel: ›Rocambole‹, ›Fiaker Nr. 43‹, oder ›Der Graf von Monte Christo‹. Unter den russischen Schriftstellern entzückt mich sehr Graf Salias, besonders unterhaltsam ist sein Roman ›Graf Tjatin-Baltijskij‹ – ein historisches Thema, wie Sie wissen. Obwohl ich der Geschichte gegenüber gleichgültig bin.«

»Weshalb?« fragte Warwara belustigt.

»Ja, wissen Sie, ich lebe ja nicht gestern, sondern heute, und es ist mir bestimmt, morgen zu leben. Ich habe schon ohne Hilfe der Bücher von der Wissenschaft des Lebens einen kahlen Schädel . . .«

Er war vierzig Jahre alt, auf seinem Schädel glänzte eine solide Glatze, auch seine Schläfen waren nur spärlich behaart. Er hatte ein breites Gesicht mit unklaren Augen, und das war alles, was sich über sein Gesicht sagen ließ. Samgin erinnerte sich des Diakons, wie er ausgesehen hatte, bevor er sich den Bart hatte stutzen lassen. Auch Mitrofanow hatte die schon zur Gewohnheit gewordene Maske von Hunderten, und seine ruhige, intonationsarme Stimme klang wie das ferne Geräusch vieler Stimmen.

»Die gepriesenen Schriftsteller wie beispielsweise Tolstoi sind für mich prosaisch, phantasielos«, sagte er. »Was ist daran, wenn irgendein Iwan Iljitsch erkrankt und stirbt oder wenn Frau Posnyschewa ihrem Mann untreu wird? Alltägliche Vorfälle lehren uns nichts.«

Warwara blinzelte ihren Mann lustig mit den Augen von der Seite an, während er dem Gast immer aufmerksamer zuhörte.

»Wenn etwas aus Notwendigkeit getan wird, kann man daran keine Freude finden. Was ist an einem Schuster Interessantes, solange er Stiefel macht? Wenn er aber jemanden ermordet und sich versteckt . . .«

Mitrofanow erhob sich vom Stuhl und sagte: »Verzeihung, ich bin zu sehr ins Reden gekommen. Ich danke Ihnen sehr für die Stundung.«

»Besuchen Sie uns doch ab und zu«, lud ihn Samgin ein.

Mitrofanow bedankte sich nochmals und ging.

»Wie dumm er ist!« rief Warwara lachend aus. Samgin schwieg.

Ein paar Tage später, auch abends, kam Mitrofanow von neuem und erklärte im Ton eines alten Bekannten: »Ich sah bei Ihnen bescheidenes Licht und fragte das Dienstmädchen, ob sonst kein Besuch da sei. Nein. Na, und da war ich so frei.«

An diesem Abend erfuhren Samgins, daß Iwan Petrowitsch Mitrofanow als Sohn eines Kaufmanns in der Stadt Schuja geboren war, sieben Jahre im Gymnasium gesessen und fünf Klassen beendet hatte, in der sechsten aber nicht mehr hatte lernen wollen.

»Hinzu kam, daß damals gerade mein Vater starb; meine Mutter war kränklich und verheiratete mich als Zwanzigjährigen, weil sie fürchtete, ich könnte sonst auf Abwege geraten; vier Jahre darauf verwitwete ich, dann heiratete ich wieder und verwitwete sieben Jahre später nochmals.«

Er schüttelte den Kopf, als wollte er versuchen, seinen kurzen Nacken zu beugen, aber der Nacken beugte sich nicht. Darauf senkte er die Augen und fügte mit einem Seufzer hinzu: »Mit der zweiten Frau lebte ich in Orjol, sie war eine Einheimische. Dort gibt es sehr viel Schwindsüchtige. Und Brennesseln, alle Zäune sind von Brennesseln umwuchert. Jetzt habe ich die dritte; wir sind natürlich nicht getraut. Sie ist nach Tomsk gereist, dort hat sie . . .«

Er kniff die Augen zu und sah in einen dunklen Winkel des Zimmers, als suchte er sich zu erinnern, wen seine Frau dort in Tomsk habe. Er entsann sich: ». . . einen Bruder.«

Er war mittleren Wuchses und nicht dick, hatte aber starke Knochen und war ganz in dickes Zeug gekleidet. Seine Hände waren schwer, ungeschickt, sie versteckten sich in den Taschen oder unter dem Tisch, als schämten sie sich ihrer Breite und Behaartheit. Es stellte sich heraus, daß er ganz Rußland bereist hatte, von Astrachan bis Archangelsk und von Irkutsk bis Odessa, und daß er im Kaukasus und in Finnland gewesen war.

»Reisen Sie gern?« fragte Samgin.

»Nein, ich . . . suchte eine Stellung.«

»Aber Sie sind doch wohlhabend?«

Mitrofanow wunderte sich: »Was für ein Wohlhabender bin ich denn, wenn ich die Miete nicht rechtzeitig zahlen kann? Ich habe zwar Geld gehabt, aber mit der zweiten Frau habe ich alles aufgebraucht; wir lebten zusammen in Freuden, und in Freuden tut einem nichts leid.«

Samgin erkundigte sich, was für eine Stellung er suche.

»Meinen Fähigkeiten entsprechend«, antwortete Mitrofanow und erklärte nicht besonders sicher: »Irgend etwas beobachten.«

Nach kurzem Nachdenken fügte er lächelnd hinzu: »Schon als kleiner Junge beneidete ich den Feuerwehrmann auf dem Wachtturm: da steht ein Mensch hoch oben und sieht alles.«

Samgin war klar, daß dieser Mann zwar auch etwas von einem Sonderling an sich hatte, aber das erregte nicht. Weshalb?

Warwara fand bereits, Mitrofanow sei nicht so amüsant, wie er bei seinem ersten Besuch schien. Klim sagte zu ihr: »Er hat die üble Neigung aller Halbgebildeten zu philosophieren, aber bei ihm ist das durch einen gesunden Menschenverstand begrenzt.«

Und dann wurde Iwan Petrowitsch Mitrofanow auf einmal ein guter Bekannter von Samgins. Eines Morgens sah Samgin, als er zum Kreml unterwegs war, daß das Ende der Nikitskaja-Straße durch eine dichte Menschenmenge versperrt war.

»Die Studenten werden in die Manege getrieben«, erklärte ihm ein ruhiger Mann mit einem Stock in der Hand und einer Bulldogge an der Kette. Er hielt mit Klim Schritt und fügte hinzu: »Eine ganz alltägliche Geschichte.«

Samgin erinnerte sich eines Briefes, den Ljubascha vor kurzem von Kutusow aus der Verbannung bekommen hatte.

»Sie grämen sich vergebens, mein Täubchen«, schrieb Kutusow, »Sie beunruhigen sich in falscher Richtung.«

Weiter wies er nach, daß Tolstoi natürlich recht habe: Die Studentenbewegung sei ein Spalt, durch den nichts Großes hindurchkommen könne, so eifrig die Liberalen sich auch bemühen würden, es durchzuzwängen. »Der Radau der Jugend und das stille Murren der Väter und die beschwichtigende Tätigkeit Subatows und vieles andere, das alles sind nur unbedeutende Bächlein, aber man muß im Auge behalten, daß aus kleinen Flüßchen, die aus Sümpfen entspringen, die Wolga, der Dnjepr und andere recht mächtige Flüsse entstanden sind. So ist auch das, was in den Universitäten vorgeht, nicht ganz ohne Nutzen für die Fabriken.«

Während Samgin an diesen Brief dachte, hatte er sich einer Wand aus breiten Polizistenrücken genähert: Dicht, Schulter an Schulter, aufgestellt, bildeten sie in der Tat eine unüberwindliche Wand; ihre Köpfe, die fest auf den roten Nacken saßen, waren die Zinnen dieser Mauer. Auf dem Platz brüllte eine Gruppe Studenten verwegen und disharmonisch die »Nagajetschka« – ein Lied, das Samgin für banal und für die Studentenschaft erniedrigend hielt. Aber dieses Lied war nur am Rhythmus zu erkennen, die Worte waren neben dem Schreien und Pfeifen nicht zu hören. Die Polizisten stießen und trieben von der Mochowaja-Straße immer mehr und mehr Leute in grünlichen Mänteln zu der singenden Gruppe hin, die sich schnell vergrößerte. Samgin sah erregte Gesichter mit offenen Mündern, aber die Erregung kam ihm nicht zornig, sondern lustig und mutwillig vor. Es fiel Schnee, der trocken war wie Fischschuppen.

In seinen Studentenjahren hatte er weise und erfolgreich die Beteiligung an Straßendemonstrationen vermieden, aber etwa zweimal von weitem gesehen, wie die Polizei Demonstranten auseinandertrieb oder verhaftete, und er hatte den Eindruck davongetragen, daß dies grob, widerlich geschah. Jetzt schien es ihm, die Polizisten handelten nicht grob und nicht hämisch, sondern mechanisch, wie man eine fruchtlose und langweilige Sache erledigt. Es hatte etwas sehr Törichtes, wie die berittenen und unberittenen schwarzen Soldaten die grünen Einzelmenschen zu einem großen, dichten Körper zusammentrieben und zusammendrängten, der jetzt bereits hysterisch und bedrohlich brüllte, wie sie diesen riesengroßen, dunkelgrünen Ball zusammenpreßten und langsam in den weitgeöffneten Rachen der Manege hineinrollten. Die Zuschauer, in deren Menge Samgin stand und die vorhin geschwiegen hatten, begannen jetzt auch zu murren.

»›Man fällt den Wald, den jungen, grünen, schlank gewachsenen Wald‹«, zitierte irgend jemand mit düsterer Stimme hinter Samgin – er konnte diese Verse der Galina nicht ausstehen, denn er fand sie unecht und banal. Er sah, daß die Erregung der Studenten immer mehr stieg und daß aus dem spöttischen Verhalten der Zuschauer zur Polizei Zorn wurde.

Nicht weit von ihm stand, die Hände in den Taschen, ein Mann von hohem Wuchs, rasiert, der Kleidung und dem verrußten Gesicht nach zu urteilen ein Metallarbeiter. Er blickte zwischen den Köpfen von zwei Polizisten hindurch und knetete mit den Lippen eine erloschene Zigarette. Je gröber und wütender die Polizei die Studenten trieb, desto länger schien die Nase und desto spitzer das ganze Gesicht dieses Mannes zu werden. Samgin blickte ihn ein paarmal an und erinnerte sich eines Abschnitts aus einem Artikel Lenins in der »Iskra«: »Der Student kam dem Arbeiter zu Hilfe, der Arbeiter muß dem Studenten zu Hilfe kommen. Und der Arbeiter, der gleichgültig zusehen kann, wie die Regierung Polizei und Truppen gegen die studierende Jugend aussendet, ist nicht würdig, sich Sozialist zu nennen.«

Na und, dachte Samgin. Jetzt sieht er nicht gleichgültig, sondern neugierig zu.

Man stieß ihn in die Seiten, in den Rücken, und irgendwessen scharfe Stimme rief über seine Schulter hinweg:

»Herrschaften – protestiert! Ihr seht, man schlägt sie schon! Das sind doch unsere Kinder . . . die Hoffnung des Landes, meine Herrschaften!«

Samgin sah, wie die Wand der Polizisten unter dem Druck der Zuschauer ins Wanken geriet, er wollte sich bereits aus der Menge herausarbeiten, zurückgehen, aber in diesem Augenblick wurde er vorwärts gezogen und befand sich plötzlich auf dem Platz, Auge in Auge einem Polizeioffizier gegenüber, der Offizier war dick, von Riemen zusammengehalten wie ein Koffer, und im Gesicht ähnelte er sehr dem Redakteur der Zeitung »Unser Land«.

»Dorthin bitte«, sagte er zu Samgin und wies mit der behandschuhten Rechten auf die Manege.

»Ich muß zum Obergerichtshof, in dringender Angelegenheit«, erklärte Klim, aber der Offizier winkte mit dem Arm und wiederholte: »Dorthin, bitte, sagte ich Ihnen.«

Im nächsten Augenblick befand sich Klim in der Studentenmenge, die durch die Polizei von der Universität zur Manege getrieben wurde, und ein rotbackiger, stupsnasiger Junge ohne Mütze auf dem zerzausten Haar deutete auf ihn und schrie: »Kollegen! Unter uns befindet sich ein Agent der Ochrana.«

Aber gleich darauf wurde Klim von einem breitschultrigen Studenten mit rotblondem Schnurrbar im breiten Gesicht am Arm gefaßt.

»Wie sind Sie hierher geraten, Klim Iwanowitsch?« fragte er verwundert. »Sie sind in diesem Spiel fehl am Platze. Laßt uns mal durch ...«

Er begann seine Kameraden mit Ellenbogen und Schultern beiseite zu stoßen, wobei er sie erstaunlich leicht, wie der Wind das Gras, ins Wanken brachte. Nachdem er Samgin aus der dichten Menge herausgeführt hatte, sagte er: »Auf Wiedersehen! Haben Sie mich nicht erkannt?«

Klim kam nicht zum Antworten; ein hageres Männlein mit grauem Mantel und über die Augen geschobener Mütze griff nach Klims Aktenmappe und kreischte dünn auf: »Haltet ihn!«

»Warum?« fragte der Student.

»Das ist nicht Ihre Sache! Nicht Ihre ...«

»Warum?« wiederholte der Student, packte den Mann am Kragen und schüttelte ihn so, daß er die Mütze verlor und ein erschrecktes Gesichtchen zutage trat. Irgendwer packte Samgin von hinten an den Ellenbogen, ließ ihn aber gleich wieder mit einem Ächzer los, dann wurde Samgin kräftig am Mantelschoß gezogen, wankte und konnte sich kaum auf den Beinen halten; schrill ertönte eine Polizeipfeife, der Student warf den Mann zu Boden und schrie wütend: »Ach, Sie Beamtenseele!« Dann holte er aus und schlug jemandem schallend ins Gesicht, während Samgin mit fremder Stimme schrie: »Was tun Sie? Begreifen Sie, was Sie tun?«

Die Knie zitterten ihm, seine Stimme saß irgendwo hoch in der Kehle, er schwang die Aktenmappe und sprach, seine eigenen Worte nicht hörend, während rundum Dutzende von Stimmen riefen: »Bravo! Nieder mit der Polizei! Nieder ...«

Vor Samgins Augen wankte und hüpfte alles, Arme, Gesichter huschten an ihm vorüber, eine Hand riß ihm den Hut herunter, eine andere entriß ihm die Aktenmappe, und dann erblickte Klim Mitrofanow, der einen Polizisten beiseite stieß und ruhig sagte: »Wo drängst du dich hin? Hast du mich nicht erkannt?«

Er stellte Samgin vor sich hin, stieß ihn mit seinen Körper durch die Studenten, nahm ihn an freier Stelle an der Hand und führte ihn hinter sich her. In diesem Augenblick wurde Samgin mit irgend etwas auf den Kopf geschlagen. Er erinnerte sich verschwommen, was dann geschah, und kam erst wieder zu sich, als Mitrofanow und ein Polizist ihn in eine Schlittendroschke setzten.

»Fahr los«, sagte Mitrofanow und gab dem Kutscher mit der Aktenmappe einen Klaps auf die Schulter, dann schob er sie Samgin unter die Achsel und brummte: »Daß Sie sich aber auch mit diesen Leuten einlassen . . .«

Auf dem Theaterplatz nannte Mitrofanow dem Kutscher die Adresse und sprang, ohne ihn halten zu lassen, aus dem Schlitten. Samgin fuhr weiter und fühlte sich physisch krank und gleichsam innerlich erblindet, unfähig, seine Gedanken zu sehen. Der Kopf schmerzte dumpf.

Zu Hause ließ er sich entkräftet auf den Diwan fallen. Warwara war irgendwohin gegangen, in den Zimmern herrschte angespannte Stille, doch in seinem Kopf dröhnten Dutzende von Stimmen. Samgin versuchte sich an die Worte seiner Rede zu erinnern, aber sein Gedächtnis versagte. Dennoch erinnerte er sich, nicht mit seiner Stimme und nicht seine Worte geschrien zu haben.

Ein Anfall von Hysterie, warf er sich vor. Wie ist es zu alledem gekommen? dachte er mit geschlossenen Augen und erinnerte sich unwillkürlich seines sonderbaren Verhaltens in dem Augenblick, als die Kasernenmauer eingestürzt war.

Wie ein kleiner Junge, ein Hochschulanfänger.

Es war schwer, sich in dem ungeordneten Strom träger Gedanken zurechtzufinden, doch sie fügten sich zu dem kränkenden Bewußtsein irgendeines Verrats seiner selbst zusammen.

Herdeninstinkt, Magnetismus der Masse, rechtfertigte er sich, aber das war kein Trost. Und immer mehr beunruhigte ihn die Frage, was er gesagt hatte.

Als aber Warwara kam und nach einem Blick auf ihn beunruhigt fragte, was mit ihm sei, nahm er sie bei der Hand, ließ sie auf dem Diwan Platz nehmen und begann in scherzendem Ton zu erzählen, als spräche er nicht von sich. Er führte sogar ein paar Sätze aus seiner Rede an, alltägliche Sätze, wie sie in Studentenversammlungen gesagt werden, wurde aber sofort verlegen und verstummte.

»Hat man dich kräftig geschlagen?« fragte Warwara liebevoll und verwundert.

»Nein.«

Er begann vorsichtig weiterzuerzählen und wollte nur das sagen, woran er sich erinnerte; er beabsichtigte nicht, etwas zu erfinden, aber irgendwie ergab sich ganz von selbst, daß er eine scharfe Rede gehalten hatte.

»Ich bin, wie man so sagt, hochgegangen und habe in gleichem

Maße sowohl die Polizei als auch die Studenten beschimpft«, erklärte er.

Seine Erzählung erregte und verwunderte Warwara sehr, sie schmiegte sich an ihn und rief: »Und das hast du getan, der du so zurückhaltend bist?«

Er erhob sich, ging durchs Zimmer, glättete vor dem Spiegel sein Haar und sagte mit einem Seufzer: »Letzten Endes kennt man sich selbst doch schlecht.«

Nun fragte Warwara in irgendwie seltsamem Ton: »Warum aber hat man dich nicht verhaftet?«

»Man wollte mich ja verhaften, aber es begann eine Rauferei, die Studenten drängten mich in die Zuschauermenge hinein ...«

Erst in diesem Augenblick erinnerte er sich Mitrofanows und erzählte von ihm. Warwara fächelte sich mit dem Taschentuch ins Gesicht und ging rasch aus dem Zimmer, während er wieder darüber nachdachte: Wie kam es, daß ich die Macht über mich verlor?

Ihn beunruhigte der Gedanke an etwaige Widersprüche zwischen dem, was er Warwara erzählte hatte, und dem, was der Untermieter sagen würde. Und natürlich hatten ihn Spitzel bemerkt, so daß diese Geschichte sicherlich eine Fortsetzung haben würde.

Warwara trat ins Zimmer und sagte: »Dein Mantel ist mit Kalk beschmutzt, die Tasche abgerissen, ach, Klim, mein Liebster ...«

Sie preßte zitternd den Kopf an seine Brust, doch Samgin dachte: Warum hat sie meinen Mantel besichtigt, glaubt sie mir nicht?

Aber das kränkte ihn nicht, er glaubte sich selbst nicht und erkannte sich nicht wieder. Warwaras Zärtlichkeit und aufgeregte Verwunderung beruhigten ihn etwas, dann aber erschien gerade zum Mittagessen Mitrofanow. Er trat schüchtern ein, mit einem unbestimmten, aber gleichsam schuldbewußten schwachen Lächeln, die Hände auf den Rücken gelegt.

Was wird er erzählen? dachte Samgin beunruhigt, als er seine Verlegenheit sah.

Warwara empfing Mitrofanow mit Worten des Dankes, ließ ihn am Tisch Platz nehmen, schenkte Wodka ein und begann, nachdem sie auf sein Wohl getrunken hatte, ihn auszufragen. Iwan Petrowitsch hüstelte, räusperte sich, trank eifrig und kaute, während Samgin, der sah, daß er immer verlegener wurde, ungeduldig fragte: »Wie ist es Ihnen nur gelungen, mich den Händen der Polizei zu entreißen?«

Der Untermieter sah ihn blinzelnd an und erzählte gemächlich, als befürchtete er, ein überflüssiges Wort zu sagen: »Ja, sehen Sie, sie haben Verwundete nicht gern, das heißt, sie fürchten, das könnte nachteilig für sie sein. Und so sagte ich: ›Halt, das ist ein Verwundeter.‹ Der Reviervorsteher ist ein Bekannter von mir, wir spielen ziemlich oft zusammen Billard . . .«

»Hat er gefragt, wer ich bin?«

»Nein. Auch wenn er gefragt hätte, hätte er es nicht erfahren«, antwortete Mitrofanow lächelnd.

»So essen Sie doch, Iwan Petrowitsch«, redete ihm Warwara zu. »Ach, was für ein netter Mensch Sie sind!«

Mitrofanow sah sie an, dann Samgin und wurde, als hätte er etwas ihm Angenehmes erraten, plötzlich lebhafter, er war wieder der alte und fuhr bereits in lustigem Ton fort: »Ich stand am Buchladen Karzews und sah auf einmal, wie man Klim Iwanytsch umherstieß. Da geriet ich, wissen Sie, in Hitze, wie einstmals als kleiner Junge: Rührt mir die Unseren nicht an!«

Das erheiterte die Samgins sehr, und von diesem Tag an wurde Iwan Petrowitsch für sie ein Hausfreund und lebte sich bei ihnen ein wie ein Kater. Er besaß die seltene Fähigkeit, andere nicht zu stören, und hatte ein Gefühl dafür, wann seine Anwesenheit überflüssig war. Wenn zu Samgins Gäste kamen, verschwand Mitrofanow unverzüglich, sogar Ljubascha vertrieb ihn.

»Verzeihen Sie, ich habe vor gelehrten jungen Damen Angst«, sagte er.

Warwara belustigte er immer mehr, indem er ihr komische Dinge aus dem Provinzleben, von Sitten und Bräuchen, Aberglauben, Feuersbrünsten, Morden und Romanen erzählte. Das Komische mengte er nicht schlecht ein, erzählte aber gutmütig und sogar gleichsam mit Bedauern davon. Er erzählte vom Kabeljaufang im Weißen Meer, von der Zedernußernte in Sibirien, der Edelsteinausbeute im Ural, und Warwara fand, daß er talentiert erzählte.

Samgin hörte ihm immer aufmerksamer und ernster zu, da er in Mitrofanow etwas Starkes und Beruhigendes spürte.

Wenn er von seinen Fahrten zurückkehrte, teilte er ihm seine Eindrücke mit und hörte mit Vergnügen seiner bilderreichen Sprache zu.

»Gewiß, die Stellung des Bauern bei uns ist nicht richtig«, sagte Mitrofanow besinnlich, aber sicher. »Jedermann möchte gern Hausherr und nicht Mieter sein. Ich lasse beispielsweise mein Zimmer auf eigene Kosten neu tapezieren, und Sie als Wirtsleute sagen zu mir: Wir bitten Sie, das Zimmer zu räumen. Sehen Sie, das ist die trostlose Lage des Bauern, und darum verhält er sich seinem eigenen Leben gegenüber träge. Setzte man ihn aber auf eigenes Land, so würde er wie Mohn erblühen.«

Er steckte die Hände in die Taschen und fuhr fort: »Es ist überhaupt eine nutzlose Beschäftigung, in einem fremden Garten Kohl zu pflanzen. In Orjol lebte unter polizeilicher Überwachung ein Politischer, schon gesetzten Alters und von großer Geistesgüte. Nur – Güte ist kein Mittel gegen Langeweile. Die Stadt Orjol ist langweilig, staubig, sie hat nichts von einem Adler, aber Schweinereien, soviel Sie wollen! Und nun beschloß der gute Mann, sich mit der Verschönerung seiner Mitmenschen zu befassen. Unter anderem ist meine Frau – die zweite – durch ihn etwas zu Schaden gekommen: man schmiß sie aus dem Gymnasium hinaus . . .«

Warwara lachte unschicklich und bis zu Tränen, Samgin, der fürchtete, daß der Untermieter sich gekränkt fühle, warf ihr vorwurfsvolle Blicke zu. Aber Mitrofanow war nicht gekränkt, es gefiel ihm offenbar, die junge Frau zum Lachen zu bringen, er nahm die Hand aus der Tasche und glättete, ein Lächeln in den farblosen Augen, mit dem Finger den spärlichen Schnurrbart.

»Tja, dieser redselige Mann also lehrte natürlich: ›Säet das Gute, das Wahre, Vernünftige‹ und dergleichen mehr und heiratete auf einmal, stellen Sie sich vor, die Witwe eines Anwalts, eine Hausbesitzerin, und wurde nun, sage ich Ihnen, in zwei Jahren ein so langweiliger Mensch, als wäre er in Orjol geboren und hätte dort sein ganzes Leben verbracht.«

Samgin fühlte immer deutlicher, daß Iwan Petrowitsch gleichsam ein Korrektor seiner Eindrücke war. Eines Nachts sagte Warwara, als sie aus dem Theater heimgekehrt war und sich auszog: »Mitrofanow wäre eigentlich ein guter Komiker, er ist talentiert.«

»Du übertreibst«, entgegnete Samgin, der den Untermieter durchaus nicht talentiert zu sehen wünschte. »Er ist einfach ein typischer Russe mit gesundem Menschenverstand, wie es Millionen gibt.«

Doch endgültig gewann Mitrofanow in Klims Augen erst in der Osternacht Farbe und Gestalt.

Nach der Chodynka-Katastrophe und dem Vorfall bei der Manege mied Samgin besonders alle Menschenansammlungen, sogar das Publikum in den Theaterfoyers war ihm unangenehm; er hielt sich instinktiv in der Nähe der Türen, und wenn er auf der Straße eine Zuschauermenge rings um einen Unglücksfall oder skandalösen Auftritt erblickte, machte er voller Abscheu einen Bogen um sie.

Er gab sehr ungern der beharrlichen Bitte Warwaras nach, in den Kreml zu gehen, als sie aber den Kreml betraten und die Menge sie sofort in ihr schwarzes Gedränge einsog, sie des eigenen Willens beraubte, zu stoßen begann und irgendwohin vorwärts schob, geriet

Samgin in eine düstere, alles ablehnende Stimmung. Er atmete freier, als er und Warwara zu dem häßlichen Zarendenkmal weggedrängt wurden, wo verhältnismäßig viel Platz war.

Die kalte Finsternis preßte die Menschen zu einem einzigen ungeheuerlichen Ganzen zusammen, es wogte wellenartig hin und her und schien die Erde unter seiner Last durchzubiegen. Gelbe, dicke Lichtströme fielen aus den Fenstern der Kathedralen in die Finsternis über der Menge, zerrissen die Finsternis, und sie leuchtete an den Rändern der Risse bläulich wie Eis. Das Licht fiel auf entblößte Köpfe, es waren viele kahle Schädel zu sehen, die Kartoffeln, Nüssen und Erbsen glichen, sie waren alle kleiner als von Natur, als bei Tage, und verkleinerten sich um so auffälliger, je weiter sie entfernt waren, während ganz hinten die Menschen zu einem kopf- und formlosen Schwarzen verschmolzen. Wie schwarze Zentauren ragten über der Menge die berittenen Polizisten; neben einem von ihnen stand ein hochgewachsener Mann in einem Pelzmantel mit Fellkragen, und aus dem Kragen schaute nickend, mit gefletschten Zähnen und blitzendem Mundstück des Zaumes ein Pferdekopf heraus. Schrecklich, wie ein großer, häßlicher Finger mit kupfernem Nagel ragte der Glockenturm Iwans des Großen in die Dunkelheit; sein Sockel war dicht von der dunklen Masse umgeben, die wie sanfter Seegang wogte, und es schien, als wankte auch der Glockenturm.

Klim Samgin dachte: Fiele der Turm um, so kämen Hunderte ums Leben – Leute aus dem Ochotnij rjad, aus Kitai Gorod, vom Arbat und von der Ordynka, die Menschen aus den Stücken Ostrowskijs. Und weitere Hunderte würden in ihrer Todesangst einander verletzen und erdrücken. Oder wenn irgend etwas anderes Entsetzliches diesen fest zusammengepreßten Körper sprengte, so würde er, zerstört, alles ringsum zerstören, die Gebäude, die Kathedrale und die Mauern des Kremls.

Die Menge seufzte, brummte, sie erinnerte an jenes erregte Stimmengewirr, das Samgin im Kirchdorf gehört hatte, als die Glocke auf den Kirchturm hinaufgezogen wurde, auch hier schienen die Menschen sich mit aller Kraft zu bemühen, eine in der Dunkelheit unsichtbare Last hochzuheben, und rieben sich wankend aneinander. Es schien, als strebte die ganze Kraft dieser Menschen zu dem gelben, warmen Lichtstreif hin, als wollte sie sich in die Türen der Kathedrale hineinzwängen, aus denen, kaum hörbar, auch unterdrücktes Dröhnen drang. Dennoch war es still, irgendwie besonders kalt still. Und es wurde immer stiller, als versänke alles in dem unerschütterlichen Schweigen der kalten Nacht und der noch nicht aufgetauten Erde. Samgin sah, daß die Gesichter der Nächststehenden mürrisch und gespannt waren und ungeduldig das Morgengrauen und die Wärme erwarteten. Warwara stand Seite an Seite neben ihm und zitterte, sie bewegte unentschlossen die an die Brust gedrückte rechte Hand; ihr erstarrtes Gesicht fand Samgin gemacht fromm, und er schwieg, weil er gern gehört hätte, daß Warwara sich über die Kälte und die stoßenden Menschen beklagte.

Aus der Menge tauchte Mitrofanow auf, stellte sich, die Mütze unter die Achsel geklemmt und eine silberne Uhr in der Hand, neben sie und stammelte mit halblauter Stimme: »Gleich wird es zu läuten beginnen. Gleich.«

Er warf den Kopf zurück und starrte mit offenem Mund und weitaufgerissenen Augen den Himmel an wie ein kleiner Junge, der bezaubert den Flug von Zuchttauben beobachtet.

Und plötzlich wurde vom schwarzen Himmel eine Riesenschale mit tiefstem kupfernem Klang herabgekippt, irgend etwas krachte unsinnig, wie ein Kanonenschuß, die Stille explodierte, in die Finsternis flutete Licht, und ein Lächeln der Freude, strahlende Augen wurden sichtbar, der ganze Kreml flammte in grellen Lichtern auf, feierlich und stürmisch schwebte Glockengeläut über Moskau, und über der Menge flatterten wie ein Vogelschwarm Tausende bekreuzigender Hände, auf die Treppenstufen der Kathedrale trat die goldene Geistlichkeit heraus, ein Mann mit buntschillerndem Kopf segnete die Menschen mit flammendem Kreuz, und eine tausendzüngige Stimme sagte dreimal tief, erschütternd und überzeugt: »Er ist wahrhaftig auferstanden.«

»Christus ist auferstanden«, sagte oder vielmehr brüllte Mitrofanow, indem er Klim umarmte und küßte; er war auf einmal berauscht, weinte und schluchzte vor Freude: »Sehen Sie, so ist das bei uns! Ach Gott . . .«

Er umarmte auch Warwara, küßte, schüttelte sie und murmelte: »Man glaubt es nicht und glaubt es doch: Er ist wahrhaftig auferstanden!«

Die Tränen rannen ihm so reichlich über das Gesicht, als schwitzte die ganze Gesichtshaut Tränen aus, Warwara jedoch stieß ihn verlegen zurück, sah Klim flehend an und rief vorwurfsvoll: »Klim?«

Ihre Stimme klang wie Klage und Vorwurf; alles ringsum hatte sich so märchenhaft wunderbar verändert; Samgin war durch die Erregung des Untermieters erregt, mit verlegenem Lächeln und immer noch voll Furcht, sich lächerlich zu zeigen, umarmte er seine Frau. »Christus ist auferstanden, Warja.«

Sie schmiegte sich fest an ihn, während er über ihre Schulter hinweg Mitrofanow, sein feuchtes Gesicht und seine glücklichen Augen ansah und seiner gerührten Stimme zuhörte. »Ein Augenblick ist das! Nirgends in der Welt kann man das so wie wir, nicht? Für alle! Es ist doch schön, Klim Iwanytsch, daß es so etwas gibt wie dieses: für alle! Und – über allen, das gleiche für Bettler und Könige, wie, mein Lieber? So ist das bei uns . . .«

Die Menge zerfiel rasch in einzelne, vollkommen deutliche Menschen, es waren sehr alltägliche Menschen, nur festlich erfreut, sie entblößten die Köpfe voreinander, umarmten, küßten sich und riefen unzählige Male: »Christus . . .«

»Wahrhaftig . . .«

Als hätten sie diese Kunde zum erstenmal vernommen, und Samgin mußte daran denken, daß ihm früher die Freude über Christi Auferstehung als lächerliche Heuchelei vorgekommen war, während er jetzt aus irgendeinem Grund nichts Lächerliches und Heuchlerisches daran fand, sondern sogar selbst ungewöhnlich gerührt und erfreut war. Als er um sich blickte, sah er, daß alles Schreckliche, Bedrückende, verschwunden war. Überall leuchteten blendend die Lichter der Illumination, eindringlich dröhnte die Glocke Iwans des Großen, und das freudige Läuten aller Kirchen der Stadt konnte ihre feierliche Stimme nicht übertönen. Überall über Moskau, an dem noch tiefschwarzen Himmel flammten und zitterten die Osterfeuer, man konnte meinen, daß Hunderte kupferner Stimmen die Luft mit Licht füllten, und die Kirchen stiegen wie goldene Märchenschiffe aus dem Häuserchaos empor.

Mitrofanow, der sich hin und her wand und seitlich ging, stieß die Leute ungeniert, aber doch höflich fort, um Warwara den Weg zu bahnen, und sprach immerzu irgend etwas Gewichtiges.

»Wir«, wiederholte er, »wir . . .«

Der Festlärm der Menschen hinderte Klim, ihn zu verstehen. Samgins waren von ihrem Patron eingeladen worden, aber Klim beschloß plötzlich: »Weißt du, Warja, gehen wir nach Hause. Iwan Petrowitsch soll mitkommen – ja?«

»Oh, ich bin so froh«, sagte sie.

»Und ich bin ungewöhnlich aufgeregt«, gestand Samgin unsicher und verlegen. »Ich werde mich morgen beim Patron entschuldigen.«

»Ergebensten Dank«, sagte Mitrofanow. »Ich komme mit Freuden zu Ihnen.«

Er trocknete sein Gesicht mit dem Taschentuch, schwenkte es und streifte dabei die Vorübergehenden – Warwara machte ihn freundlich darauf aufmerksam.

»Das macht nichts, heute wird nichts übelgenommen«, sagte er.

Sie tauschten den Osterkuß mit der Anfimjewna, die ein äußerst weites Seidenkleid angezogen hatte und einer Kapelle ähnelte, mit dem Koch, der bereits betrunken war und elegant wie ein Operettenkomiker aussah, und mit dem Dienstmädchen im rosa Kleid mit einer Unmenge von Bändern, die Samgin an ein Hochzeitspferd auf dem Lande erinnerten. Obwohl er all diese Kleinigkeiten bemerkte, lächelte er gutherzig, rieb sich die Hände, nahm die Brille ab und setzte sie wieder auf und war sich der Ungewöhnlichkeit seines Benehmens bewußt. In ihm regten sich lächerliche, ihn verwirrende Wünsche, er hätte gern Mitrofanow auf die Schulter geklopft, »Christus ist auferstanden« gesungen oder Warwara zärtliche und heitere Worte gesagt. Warwara war ganz in Hell, wie eine Braut, und sie war in schöner Weise nachdenklich, still; auch das erregte Samgin. Er stand am blumengeschmückten Tisch, sah das lächelnde Schnäuzchen des Spanferkels an, drehte an seinem Kinnbärtchen und hörte zu, wie Mitrofanow hinter ihm sagte: »Herr Dolganow – so einen gibt es! – suchte mir zu beweisen, daß es Christus nicht gebe, Christus sei eine Erfindung. Und wenn? Was macht es mir aus? Selbst wenn er erfunden wäre, so gibt es ihn doch, er lebt! Er lebt, Warwara Kirillowna, in jedem von uns ist ein Stückchen von ihm, das ist es! Wir sind schlecht, mein Täubchen, aber gar nicht so schrecklich schlecht ...«

»Setzen wir uns«, schlug Klim vor, der sich über die Lebhaftigkeit des Untermieters freute, ihn aufmerksam beobachtete und dabei feststellte, Mitrofanow sehe gleichzeitig aus wie ein Registrator des Bezirksgerichts, wie ein Kassierer des Warenhauses »Muir und Merilees«, wie ein Empfangschef im Restaurant »Praha«, wie ein Universitätspedell und wie noch viele andere ganz alltägliche Menschen. Er trug einen mehrfach aufgebügelten schwarzen Besuchsrock und eine weiße Pikeeweste, der Kragen seines steifgestärkten Oberhemds war rauh geworden und mit der Schere beschnitten. Er kippte ein Gläschen Subrowka nach dem andern hinunter und redete in einem fort: »Wir alle kommen von Christus, und das ist für alle der einzige Weg. Und wir alle wollen in Frieden und Wohlergehen leben, was auch Christus gewollt hat, jawohl!«

»Ein Dichter«, sagte Klim, »das heißt, er ist kein Dichter, sondern ein Diakon ...«

»Ein Diakon, ja!« sagte Mitrofanow einverstanden oder bestätigend. »Nun?«

»Er sagte zu Christus:

›Wir vergessen dich nicht, Jesus,
Weil wir auch im Haß – dich lieben,
Weil wir selbst mit unserem Haß dir dienen.‹«

»Wie war das?« fragte Mitrofanow, der das Gläschen schon an den Mund geführt hatte; als aber Klim den Vers wiederholte, stellte er das ungeleerte Glas auf den Tisch, runzelte die Stirn und dachte blinzelnd nach.

»Das mag vielleicht wahr sein, ist aber irgendwie ... frech«, sagte Warwara nachdenklich.

»Ein Diakon, sagen Sie?« fragte Mitrofanow. »Ist er ein Trunkenbold? Solche Worte werden in betrunkenem Zustand ausgesprochen«, erklärte er, trank etwas Wodka und bat: »Genug, Warwara Kirillowna, schenken Sie mir nichts mehr ein, sonst werde ich betrunken.«

Dann begann er von neuem: »Den Haß erkenne ich nicht an. Es gibt niemanden, nichts zu hassen. Man kann auf jemanden ein Stündchen oder zwei böse sein, aber hassen – weshalb denn? Wen? Alles geht nach dem Gesetz der Natur. Und es geht bergauf. Mein Vater schlug meine Mutter mit dem Stock, ich aber habe meine Hand gegen keine einzige Frau auch nur erhoben ... obwohl ich sie vielleicht doch hätte schlagen sollen.«

»Wenn es aber nicht bergauf, sondern bergab geht?« fragte Warwara leise und veranlaßte Samgin zu dem Scherz: »Willst du, daß ich dich schlage?«

»Das ist unvorstellbar«, rief Mitrofanow lachend aus, dann wiegte er zweimal den Kopf nach rechts und nach links und erhob sich. »Ich bin, wissen Sie, sozusagen etwas ... betrunken. Aber betrunken bin ich ungenießbar.«

Er lachte wieder, aber bereits laut, und sagte, ebenfalls sehr laut: »Betrunken fange ich an zu weinen, bei Gott! Ich weine und weine, und ich weine, weiß der Teufel worüber, Ehrenwort! Nun, ich danke Ihnen für die freundliche und wohlwollende Aufnahme ...«

»Ein netter Mensch«, seufzte Warwara, als der Mieter gegangen war.

Es dämmerte schon; an dem grauen Himmel zeigten sich bläuliche Gruben, und in einer von ihnen leuchtete ein Stern.

»Ein Mensch aus der Menge«, sagte Klim, auf seine Frau zutretend. »Wirklich: aus der Menschenmenge, ja! Aber ich bin auch etwas betrunken.«

Er umarmte Warwara, zog sie vom Stuhl hoch und küßte sie, aber sie schmiegte sich an ihn und bat ganz leise: »Nein, rühr mich bitte nicht an.«

Dann befreite sie sich aus seinen Armen und griff sich mit etwas theatralischer Geste an die Schläfen.

»Hast du Kopfschmerzen?«

»Nein, aber ... Wie unbegreiflich ist doch alles, Klim, Liebster«, flüsterte sie mit geschlossenen Augen. »Wie unbegreiflich ist das Schöne ... Es war doch erschütternd schön, nicht wahr? Und dann hat er ... dann haben wir, während wir von Christus sprachen, Spanferkel gegessen ...«

»Was hast du, mein Mädchen?« fragte Samgin zärtlich, aber bereits mit leichtem Unwillen.

»Ja, es ist töricht ... ich weiß! Aber siehst du, es ist beschämend. Oder ist es nicht beschämend?«

Sie sah ihm fragend, kläglich ins Gesicht, und Klim fühlte, daß sie dem Weinen nahe war.

»Du hast dich zu sehr aufgeregt, das ist es ...«

»Ja, ich werde mich jetzt hinlegen«, sagte sie und ging rasch in ihr Zimmer. Das Türschloß schnappte zweimal.

Sie ist müde. Hat Launen, sagte sich Samgin, zufrieden darüber, daß sie gegangen war, bevor sie ihm die Stimmung verdorben hatte. Sie scheint irgendwie jünger zu werden, wird naiver als früher.

Er trat an den Tisch, trank ein Glas Portwein und sah, die Hände auf dem Rücken, zum Fenster hinaus, zum Himmel, dem weißen Stern, der in dem Blau kaum zu merken war, und zur Flamme der Laterne am Haustor. In seiner Erinnerung tönten unablässig die Worte: »Christus ist auferstanden von den Toten ...«

Klim sah sich um und sang leise: »Er besiegte durch sein Sterben den Tod.«

»Oder – hat besiegt?« fragte er ernst mit halblauter Stimme jemanden, dann wiederholte er mit leisem Tenor: »Hat durch sein Sterben den Tod besiegt.«

Er sah sich wieder um, lauschte, aber im Haus und auf der Straße war es still.

»Das ist natürlich komisch, daß ich singe. Aber ich bin nicht mehr nüchtern, das ist es«, erklärte er irgendwem. »Ich singe, weil ich etwas betrunken bin.«

Er hätte gern laut gesungen, feierlich, wie man in der Kirche singt. Und so, daß Warwara aus ihrem Zimmer gekommen wäre, weißgekleidet, wie zur Trauung.

»Sehr töricht, aber begreiflich! Mitrofanow weint, wenn er betrunken ist, und ich singe«, rechtfertigte er sich und schloß fest und verschämt die Augen, um die Tränen zurückzuhalten. Mit geschlossenen Augen ertastete er die Stuhllehne und setzte sich vorsichtig, indem er jedes Geräusch zu vermeiden suchte. Jetzt wünschte er nicht mehr, daß Warwara käme, er fürchtete es sogar, weil ihm die Tränen dennoch unter den Wimpern hervorrannen. Klim Samgin trocknete sie hastig mit dem Taschentuch ab und dachte: In meinem Leben ist irgend etwas ... nicht so, nicht in Ordnung.

Der Stern war bereits erloschen, aber die blasser gewordene Laternenflamme brannte noch und beleuchtete schwach das Fenster des gegenüberliegenden Hauses, die Musselinvorhänge und die Schatten der Blumen dahinter.

Als Samgin am nächsten Tag sich dieses lyrischen Anfalls und der Klage über sein Leben erinnerte, lächelte er geringschätzig. Nein, das Leben kam nicht übel ins Gleis. Warwara las eifrig die Gedichte und die Prosa der Symbolisten, sie hatte kunstgeschichtliche Werke rings um sich liegen, und Samgin, der begriff, daß sie sich darauf vorbereitete, die Rolle der Herrin eines »Salons« zu spielen, belehrte sie: »Man muß nach Möglichkeit alles wissen, aber es ist besser, sich von nichts hinreißen zu lassen. ›Alles entsteht und alles vergeht, die Erde aber bleibt in Ewigkeit.‹ Obwohl das von der Erde nicht stimmt.«

Sie hatte ihm bereits vorgeschlagen, sonnabends kleine Abendgesellschaften für Bekannte zu veranstalten, aber Klim fragte sie: »Bist du denn überzeugt, daß du jeden Sonnabend unbedingt fremde Menschen bei dir sehen möchtest? Nein, das ist verfrüht.«

Sie stritt ein wenig und unentschlossen mit ihm, und Samgin reizte sie mit Vergnügen, aber die Zahl der Bekannten nahm, gegen seinen Wunsch, ununterbrochen und mechanisch zu. Es wuchs die Zahl jener, die, von Neugier, der Sucht nach Neuigkeiten und einer unbegreiflichen Unrast geplagt, unermüdlich durch fremde Wohnungen wanderten.

»Wissen Sie schon? Haben Sie gehört? Was meinen Sie?« fragten sie einander und Samgin.

Sie sprachen davon, daß Rußland rasch reicher werde, daß die Kaufmannschaft Ostrowskijs fast ausgestorben und in Moskau schon nicht mehr zu sehen sei, daß eine neue Schicht Industrieller entstehe, denen die Interessen der Kultur, der Kunst und Politik nicht fremd wären. Samgin fand, man sollte hierüber mit Freude, mit Befriedigung und letztlich mit Neid auf fremden Erfolg sprechen, aber er hörte aus diesen Gesprächen nur Feindseligkeit heraus. Mit Freude jedoch sprach man von Studentenunruhen und Arbeiterstreiks, von der Verarmung der Dörfer und der Talentlosigkeit der Beamtenschaft. Aber das regte ihn nicht auf. Er war vollkommen mit Tatjana Gogina einverstanden, die einmal in der Hitze des Streits ausrief: »Meiner Ansicht nach sind wir alle Nichtstuer, Faulpelze und ... und Opfer gesellschaftlicher Ermunterung. Das sind wir!«

»Das stimmt«, sagte er ihr. »Gerade diese geschäftigen Leute, die nicht wissen, wo sie mit sich hin sollen, schaffen ja die sogenannte gesellschaftliche Ermunterung in den Intelligenzwohnungen, in den Grenzen Moskaus, außerhalb aber verläuft still das normale, arbeitsame Leben der einfachen Menschen ...«

»Na, wissen Sie, Sie sind, glaube ich, auch ...«, unterbrach ihn Tatjana und beendete nach einer Pause mit unangenehm spöttischem Lächeln den Satz: »... man weiß auch nicht, wer!«

Dieses junge Mädchen, das sich gar nicht besonders darauf verstand, Dreistigkeiten zu sagen, sagte sie stets und allen.

Dann kam Mitrofanow, trank gemächlich fünf bis sechs Glas Tee, aß gleichgültig Brot, Biskuits, aß alles, was es zu essen gab, und brachte Beruhigung.

»Haben Sie noch keine Stellung gefunden?« fragte Warwara.

»Nein«, sagte er ohne Trauer und ohne Unwillen. »Hier findet ein Mensch schwer eine Stellung. Man dringt hier nirgendwohin vor. Das Volk hier ist wie die Bienen, es liebt die Bestechung, wenn es auch nur zehn Kopeken sind, aber – gib! Ein recht gieriges Volk.«

Er trocknete mit zusammengeknülltem Taschentuch seine feuchten Lippen und philosophierte: »Wozu aber diese Gier? Wir leben nicht hunderte Jahre, es reicht für alle. Nein, Moskau ist gierig. Nicht umsonst wird es von Sibirien, von den Ukrainern und der übrigen Bevölkerung nicht geliebt. Mit den Tataren aber, wissen Sie, kann man gut auskommen. Der Tatar ist ein ruhiger Mensch, der Koran verbietet ihm die Gier und die Geschäftigkeit. Bei mir beklagte sich einmal ein Mann, der fast ein Professor ist: Er suchte zu beweisen, daß Dmitrij Donskoi und andere das Tatarenjoch unnütz zu Fall gebracht hätten, denn die Tataren als stilles, reinliches und nicht gieriges Volk würden uns viel Nutzen gebracht haben. Peter der Große aber habe uns die Deutschen und die Juden zugeführt – bei ihm soll sogar ein Jude Minister gewesen sein –, und dieses zugeführte Volk habe Moskau durch Gier verdorben.«

Ja, Klim Samgins Leben floß nicht übel dahin, aber plötzlich schlug es über die ruhigen Ufer.

Das nahm seinen Anfang in dem berühmten Götzentempel Charles Aumonts.

»Jede Hauptstadt soll wie Paris sein«, sagte er und sagte noch:

»Wenn ein Mensch wenig lustig ist, ist er nur wenig Mensch, dann ist er noch kein fertiger Mensch pour la vie.«

Und um die Russen fürs Leben reif zu machen, hatte Aumont in Moskau so etwas wie einen riesengroßen Feuerofen errichtet, worin er die noch nicht ganz ausgebackenen Russen fertigbuk und -briet, indem er ihnen die schönsten und schamlosesten Frauen zeigte.

Beim Betreten von Aumonts Saal hatte man in der Tat den Eindruck, als ginge man in einen Ofen voll blendender und heißer, glänzender Flammen. Eine Unmenge Spiegel, welche die Flammen ins Zahllose vermehrten, und das verschmolzene Fett der Vergoldung ließen die Wände des Götzentempels glühendrot erscheinen. Der Eindruck eines Feuerofens verstärkte sich noch, wenn man vom Rang hinuntersah: Den geblendeten Augen bot sich eine längliche Vertiefung in Gestalt eines Grabes, und auf ihrem Grund und seitlich in den Logen, die vom lodernden Spiel der Flammen erhellt waren, brieten gerötete Männerglatzen, schmolzen wie Butter die nackten Rücken und Schultern der Frauen und klatschten Hände, die den grell beleuchteten und noch nackteren Sängerinnen applaudierten. Auf dem Podium heulte und brauste die Musik und sangen gellend oder tanzten krampfhaft Frauen aller Nationen.

Samgins waren zu Aumont gegangen, um sich das Debüt Alina Telepnjowas anzusehen; sie war vor kurzem aus dem Ausland zurückgekehrt, wo sie, in Paris und Wien aufgetreten, ihren Ruf, eine teure und übergeschnappte Frau zu sein, durch Anekdoten gesteigert hatte, die bei Kennern und Liebhabern der Moral Entrüstung hervorriefen. Vor ihrer Reise nach Europa hatte Alina bereits als »Herzensbrecherin« stürmische Karriere gemacht, ihre Debüts in der Provinz, die sie mit einer Operettentruppe bereiste, hatten zwei Selbstmordversuche und tolle Extravaganzen reicher Prasser zur Folge gehabt. Wera Petrowna schrieb an Klim, Robinson sei kurz vor seinem Tod aus der Zeitung »Unser Land« ausgeschieden, da er sich mit dem Redakteur überworfen habe, der sich geweigert hätte, sein Feuilleton »Über die Aussätzigen« abzudrucken, »ein höchst grobes Feuilleton, in dem dieser kranke und klägliche Mensch Alina einen ›Teich von Siloah‹, ein ›Schlammbad‹ und Gott weiß was genannt hatte.«

Bei Aumont trat die Telepnjowa am Ende des Programms auf und spielte eine harmlose Episode: Der Vorhang öffnete sich, und den Augen »ganz Moskaus« bot sich das reich eingerichtete Boudoir einer Schauspielerin; in der Mitte stand vor einem dreiteiligen mannshohen Spiegel mit dem Rücken zum Publikum Alina in einem Morgenkleid, weit wie eine Mantille. Sie sang halblaut vor sich hin, ordnete ihre Frisur und gab sich den Anschein, als schminkte sie sich, dann warf sie die Mantille ab, blieb in eine Spitzenwolke gehüllt und ging langsam, mit verträumtem Lächeln zwei-, dreimal an der Rampe entlang. Das Publikum betrachtete sie stumm durch Lorgnetten und Operngläser; in der Stille des Saals seufzten gedämpft Geigen und Celli, näselten Klarinetten, pfiff eine Flöte; den von Flammen lodernden Saal füllte die sinnliche und absichtlich verlangsamte Melodie eines Lannerschen Walzers, ohne das sentimentale französische Liedchen zu übertönen, das Alina vor sich hin summte.

Diese Frau vermochte geschickt und überzeugend zu zeigen, daß sie bei sich zu Hause war und Zuschauer weder sehe noch fühle. Sie blickte in den Saal, wie man ins Leere oder in die Ferne sieht, und ihr verträumtes Mädchengesicht, ihre großen, weichen Augen ließen ihre unschickliche Kleidung fast keusch erscheinen. Dann klatschte sie in die Hände, und es kamen zwei Zofen, eine brünette im roten und eine rothaarige im blauen Kleid; sie zogen ihr geschickt ein Kleid an, wechselten es mit einem anderen, dann einem dritten; im Parkett und in den Logen ließen sich neidisches Raunen, gedämpfte Entzückensausbrüche vernehmen. Der Vorhang fiel, das Publikum applaudierte zurückhaltend, da es wußte, daß dies alles nur das Vorspiel war.

Der Hauptteil begann, als der Vorhang wieder aufging und Alina Awgustowa in einem weißen, sonderbar leichten Kleid, das keine Bewegung ihres Körpers verbarg, mit roten Rosen in ihrem kastanienbraunen Haar und an den Hüften, majestätisch an die Rampe trat. Sie wiegte sich in den Hüften und begann zu singen, wobei sie die einzelnen Sätze der scharfen französischen Liedchen durch sparsame, schöne Gesten unterstrich. Wenn sie die Arme hob, flatterten die weiten Ärmel wie Flügel hoch, und es ergab sich ein seltsamer, unheimlicher Widerspruch zwischen ihrer weißen geflügelten Gestalt, dem dreisten, herausfordernden Lächeln des wunderschönen Gesichts, dem weichen Glanz der zärtlichen Augen und der Schamlosigkeit der Worte, die sie naiv aussprach.

Sie sang davon, wie sie von einem Zollbeamten durchsucht wurde.

»Assez! Finissez!« bat sie mit lachendem Aufkreischen und müdem Seufzen und wehrte sich gegen die kecken Berührungen der unsichtbaren Hände des Zollbeamten mit verhaltenen Gesten ihrer Hände und krampfhaften Bewegungen des Körpers, der dem sinnlichen Rhythmus der aufreizenden Musik gehorchte. Samgin dachte, daß ihre Bewegungen weniger schamlos wirken würden, wenn sie nicht so verhalten wären.

Während ihr Körper zuckte, sich wand und, als er ermattet war, offenkundig den groben Zärtlichkeiten unsichtbarer Hände nachgab, lächelte ihr Gesicht ein schmachtendes, aber frivoles Lächeln, ihre Augen funkelten herausfordernd und spöttisch. Dieses kunstvolle Spiel bewirkte, daß sich, als Alina zu singen aufhörte, die unsichtbaren Hände, die sie ermüdet hatten, in Hunderte realer, lebendiger Hände verwandelten, die rasend applaudierten und sich alle gierig nach ihr ausstreckten, bereit, sie zu entkleiden und zu zerdrücken. Die Augen zusammengekniffen, befeuchtete sie mit der Zungenspitze die Lippen, blickte siegesbewußt die erhitzten Zuschauer an und nickte ihnen zu.

»Ja, das ist Paris«, sagte jemand hinter den Samgins befriedigt und im Ton des Kenners; man antwortete ihm seufzend: »Sie ist schick.«

Samgin applaudierte nicht. Er war entrüstet. Als er in der Pause die Tür des Toilettenraums öffnete, erblickte er im Spiegel Gesicht und Gestalt Turobojews; er wollte wieder gehen, aber Turobojew lächelte, ohne sich zu ihm umzudrehen, in den Spiegel.

»So eine Begegnung!«

Während er sein Haar mit der Bürste glättete, reichte er Samgin die freie Hand, dann erkundigte er sich, an seinem Zwickelbart drehend, nach der Gesundheit und warf die Bürste auf den Spiegeltisch, wobei er den kupfernen Aschenbecher herunterstieß; die Bürste fiel einem dicken Mann mit gelbem Gesicht vor die Füße, dieser sah Turobojew mit erwartendem Blick an und brummte, da nichts erfolgte: »In solchen Fällen pflegt man sich zu entschuldigen.«

»Nicht jeder und nicht immer, wie Sie sehen«, entgegnete Turobojew, der Klim ungeniert und mit mechanischem Lächeln musterte. »Wie gefällt Ihnen diese Kaschemme?«

Samgin zuckte stumm mit den Schultern, doch Turobojew fuhr angewidert fort: »Ich habe noch nichts Abscheulicheres gesehen als diese ... Einrichtung. Übrigens – das Publikum ist noch abscheulicher. Hierher kommt offensichtlich eine besondere Auslese von Menschen, nicht wahr? Auf Wiedersehen!« Er reichte Samgin nochmals die Hand und sagte durch die Zähne: »Wissen Sie – man kann Ravachol verstehen, wie?«

Durch diese Worte rief er Samgins ganze Mißgunst wieder wach. Klim hatte das Gefühl, als wäre in ihm etwas gerissen, explodiert, und ganz von selbst entschlüpften ihm boshaft die trockenen Worte: »Das hätten Sie wahrscheinlich nicht gesagt, wenn hier ein Dritter zugegen wäre.«

»Warum sollte ich es nicht sagen?« fragte Turobojew mit hochgezogenen Brauen, sein schiefes Lächeln verschwand, und sein Gesicht verdüstere sich. »Nein, ich erlaube mir, immer so zu sprechen, wie ich denke.

»Angeblich immer«, murmelte Samgin, in den Spiegel blickend.

»Sind Sie schlechter Laune?« erkundigte sich Turobojew, nickte lässig und ging, Samgin aber nahm die Brille ab und rieb die Gläser mit zitternden Fingern blank, wobei er immer noch die schlanke Gestalt, das schmale Gesicht und den spöttisch bedauernden Blick eines Modeschneiders auf einen nicht nach der Mode gekleideten Mann vor sich sah.

»Unverschämte Schnauze«, kochte es Samgin in scharfen Worten auf der Zunge. »So ein Schwein – ist hergekommen, um sich am Anblick der Frau zu weiden, die er zur Kokotte gemacht hat. Gebärdet sich radikal aus Neid eines Bettlers gegen die Reichen, weil er ruiniert ist.«

Schimpfend war er sich dumpf bewußt, daß seine Entrüstung übertrieben war, fühlte aber, daß sie zunahm und ihm wie Kohlendunst den Kopf verwirrte. Und jetzt, als er Schulter an Schulter neben Warwara saß, dachte er immer noch an das Gutsbesitzerssöhnchen, das es für möglich hielt, die Tat eines Anarchisten zu billigen, und ihm den Abend vergällt hatte. Er dachte nach und suchte hartnäckig in dem dichtgefüllten Saal nach Turobojew.

Auf der Bühne sang wieder die weiße Frau mit Flügeln und erzählte etwas aufreizend Verführerisches, wodurch sie leichtes Lachen und Raunen im Saal hervorrief. Warwara saß vorgeneigt, mit gerecktem Hals da. Samgin sah sie von der Seite an und flüsterte: »Die Frauen sollten gegen sie protestieren.«

»Warum?« fragte Warwara verträumt.

»Das ist Unterricht in Unzucht.«

»Dann aber auch die Männer«, bemerkte Warwara ebenso leise und verträumt und seufzte: »Was für eine Figur sie hat . . . diese Kraft – erstaunlich!«

»Sie ist talentlos.«

»Ist denn Schönheit kein Talent?«

Samgin verstummte, da er fühlte, daß er eine Grobheit sagen könnte.

Turobojew hatte er im Saal nicht gefunden, aber ihm schien, als sähe er in einer der Logen den Charakterkopf Ljutows seine Grimassen schneiden. Die Umschau verstärkte Samgins Gereiztheit, denn er mußte unwillkürlich zugeben, daß Turobojew recht hatte: In diesem Götzentempel hatte sich tatsächlich eine Auslese von Menschen versammelt: unter den Männern herrschten die Dicken und Glatzköpfigen vor, unter den Frauen die Bejahrten und mehr oder weniger stark Entblößten. Nackte Rücken, Schultern und Arme mit rosiger und gelber Haut gab es äußerst viel. Auf den Logenrampen ruhten neben Konfektschachteln und Blumensträußen Brüste, und ihre Entblößtheit hatte etwas von der Prahlerei von Bettlern, die ihre Häßlichkeit zur Schau stellen, um Mitleid zu erwecken. Die Spiegel vermehrten phantastisch diese ganze Masse fetten Fleisches, es schien im glühenden Glanz der Flammen zu schmelzen, die durch den weißen Glanz der Spiegel ebenfalls zahllos vervielfältigt wurden.

Die Frau in Weiß mit Flügeln sang zynische Liedchen, sie wiegte sich verführerisch, entfachte die Sinnlichkeit der Männer, und auch die Frauen wurden sichtlich erregt und bewegten unruhig die Schultern; über ihre Rücken schien ein Schauer des Begehrens zu laufen. Man konnte sich nicht vorstellen, was und wie diese Väter, diese Mütter über Studenten dachten, die man unter die Soldaten stecken wollte, über Rußland, in dem sich immer mehr revolutionär gesinnte Menschen herumtrieben und ein Nachkomme von Teilfürsten beifällig von der Bombe eines Anarchisten sprach, und ob sie daran dachten.

Als Samgin hierüber nachdachte, hielt er sich einen Augenblick für fähig, aufzustehen und irgendwelche bedrohenden Worte herauszuschreien, er stellte sich sogar vor, wie Dutzende bestürzter, erschrockener Gesichter sich ihm zuwenden würden. Aber er sah sofort ein, daß seine Stimme, selbst wenn sie außerordentlich kräftig wäre, in dem wilden Gebrüll dieser Leute und ihrem ohrenbetäubenden Händeklatschen untergehen würde.

»Die Besessenen sollte man aus einer Feuerwehrspritze begießen«, sagte er ziemlich laut; Warwara murmelte im Stehen: »Eine Ovation. Wie bei der Jermolowa. Schau, sie sieht wie ein Schwan aus . . .«

»Komm.«

Auf der Straße fiel dichter Schnee und verschlang Menschen und Pferde; weißer Flaum bedeckte sofort Warwaras Hütchen und Schultern und blendete Samgin. Jemand stieß ihn kräftig.

»Pardon . . . Ach, Sie sind es?«

Ljutow, im offenen Mantel und die Mütze in den Nacken geschoben, drängte Samgin an die Wand und flüsterte ihm ins Gesicht: »Man hat den Minister Bogolepow erschossen, Tatsache!«

Mit erhobener Stimme schlug er vor: »Essen wir zusammen zu Abend? Wir nehmen ein Nebenzimmer und unterhalten uns ein wenig . . . Jegor!«

Er schwang die Hand hoch und griff wie aus einer Schneewolke ein Pferd heraus, das vor einen kleinen Schlitten gespannt war, versetzte Samgin einen Stoß und raunte ihm zu: »Karpow, ein Popensohn, hat es getan . . . Jegor – zu Testow! Warwara Kirillowna, Sie setzen sich zu mir auf den Schoß.«

Er tat alles so schnell, als wollte er Warwara entführen; Samgin legte den Arm um ihn, um nicht aus dem Schlitten zu fallen, und schwieg verdutzt. Als sie aus dem Getümmel heraus waren, wandte der Kutscher steif den Hals und sagte halblaut: »Wladimir Wassiljitsch, ein Polizist erzählte: Die Studenten haben einen Minister umgebracht.«

»Nanu! Welchen denn?« fragte Ljutow etwas schnell und erschrocken, wobei er Klim mit dem Ellenbogen in die Seite stieß.

»Ihren eigenen angeblich.«

»Weshalb denn?«

»Wer weiß.«

»Was meinst denn du?«

»Sie rebellieren. Die Studenten, die Rekruten, sie sind es immer . . .«

»Na, fahr schneller! Ach, diese Teufel . . .«

»War er schon alt?« fragte Warwara.

»Nicht besonders«, antwortete Ljutow vergnügt und laut.

Im Nebenzimmer des Restaurants rieb er sich die Hände und fragte sie: »Sterlettsüppchen? Fischpasteten?«

Und sagte dem einem Heiligenbild ähnelnden alten Kellner: »Hast du gehört, Makarij Petrow? Und alles übrige, wie es sich gehört, ehrlich und schnell!«

Kaum war der Kellner fort, schlug Ljutow Klim auf die Schulter und begann halblaut zu sprechen, wobei er sein Gesicht durch Grimassen entstellte und seine Augen nach allen Seiten umherhuschen ließ: »Na, die Volkstümler haben euch Marxisten schön hereingelegt, jawohl! Jetzt, davon können Sie überzeugt sein, wird die Jugend ihnen folgen, jawohl! Das Wesentliche an der Tat ist nicht, daß es ein Minister war, morgen wird man eben einen anderen aufstellen, wie die Mordwinen einen Götzen, das Wesentliche ist, daß die Jugend sich denen anschließen wird, die nicht reden, sondern handeln, jawohl!«

»Wenn die revolutionäre Bewegung sich wieder auf den Weg des Terrors begibt«, begann Samgin streng, aber Ljutow unterbrach seine Rede.

»Hat sich schon begeben. Sie wird ihn gehen. Die Gerade ist die kürzeste Linie . . .«

»Vergessen Sie nicht die Raben . . .«

»Die geradeaus fliegen und vorzüglich leben. Mein Bester! Sich schlagen ist leichter, warten schwerer.«

»Sie sprechen zu laut«, warnte Warwara, die sich nachdenklich im Spiegel musterte.

Bestürzt über die Ermordung des Ministers als eine Tatsache, die das Leben unvermeidlich kompliziert, verwirrt, hatte Samgin noch nicht entschieden, wie er über diese Tatsache mit Ljutow sprechen sollte, der ihn durch seine unnatürliche, fast zynische Lebhaftigkeit und seinen sonderbaren, vorwurfsvollen Ton wütend machte.

Vielleicht ist das mit seinem Geld organisiert worden ... Und da er sich nicht beherrschen konnte, murmelte er: »Sie sprechen davon wie von einer für Sie persönlich vorteilhaften Sache ...«

Ljutow sprang auf ihn zu, wobei er Warwara stieß und sich nicht entschuldigte, er machte den Mund auf, schmatzte aber sofort krampfhaft mit den Lippen und sprach sichtlich nicht jene Worte aus, die er hatte sagen wollen.

»Ich bin Bürger meines Landes, und alles, was hier geschieht ...«

Da die Kellner mit Tabletts voll Geschirr und Speisen eintraten, brach er seine Rede ab und zwinkerte Samgin zu. »Der Kutscher, was? Wie über ... einen Hasen! Bedienen Sie sich bitte, Warwara Kirillowna.«

Während des Essens schluckte er krampfhaft die Speisen und den Wodka hinunter und sprach fast als einziger. Samgin war nach seiner unsinnigen Äußerung über den Vorteil noch verstimmter. Warwara aß ohne rechte Lust und zog, wenn Ljutow aufkreischte, die Schultern hoch, als fürchte sie einen Schlag auf den Kopf. Klim spürte, daß seine Frau noch immer in dem blendend hellen Saal Aumonts saß.

»Jawohl, ihr habt verspielt«, wiederholte Ljutow mehrmals, als wollte er necken.

»Ich glaube, daß jetzt, da die Arbeiterbewegung Massencharakter annimmt ...«, begann Samgin. Ljutow schob seinen Teller zurück und rief leise und entzückt: »Halt mal! Halt mal! Wie war das?«

Dann brach er plötzlich in kicherndes Gelächter aus, verzog das Gesicht wie ein alter Mann, zappelte mit dem ganzen Körper, rieb sich die Hände, und seine in Spalten von Runzeln versteckten Augen kitzelten Samgin wie Fliegen. Dieses Gelächter veranlaßte Warwara, Messer und Gabel hinzulegen; mit tief geneigtem Kopf wischte sie sich die Lippen so hastig ab, als hätten sie etwas Beißendes berührt, und Samgin erinnerte sich, daß Ljutow nach dem Fang des vermeintlichen Welses auf dem Landsitz genauso unangenehm und mutmaßend gelacht hatte.

»Worüber freuen Sie sich?« fragte er ärgerlich und zugleich verlegen.

»Ach, mein Teurer!« sagte Ljutow mit erschöpftem Prusten und wandte sich an Warwara: »Die Arbeiterbewegung, sagt er! Was meinen Sie, Warwara Kirillowna – wozu braucht er sie, die Arbeiterbewegung?«

»Ich interessiere mich nicht für Politik«, antwortete Warwara trocken und führte das Weinglas an den Mund.

Ljutow schüttelte sich wieder in einem Lachanfall, und Samgin fühlte, daß dieses Lachen ihn bereits beängstigte, da es einen Skandal möglich werden ließ, und daß dieses Lachen etwas Entlarvendes hatte.

»Auf Ihr Wohl!« kreischte Ljutow, sein Glas erhebend, und sagte dann ironisch tröstend: »Ja, ja – die Arbeiterbewegung erweckt große Hoffnungen bei einem gewissen Teil der Intelligenz, der ... ich weiß nicht was will! Dieser Herr Subatow ist auch ein Intellektueller, er will sichtlich, daß die Arbeiter mit den Arbeitgebern kämpfen, den Zaren aber in Ruhe lassen. Das ist – Politik! Das ist – ein Marxist! Ein künftiger Führer der Intelligenz ...«

Warwara sah ihn erschrocken und mit unverhohlener Verblüffung an, Ljutow war auf einmal betrunken, seine Schielaugen hatten ihre Lebhaftigkeit verloren, er zappelte, suchte mit den Fingern die Gabel zu packen und konnte sie nicht erwischen. Doch Samgin glaubte nicht an diese plötzliche Betrunkenheit, beobachtete er doch nicht zum erstenmal Ljutows gauklerische Fähigkeit, betrunken und wieder nüchtern zu sein. Er sah auch, daß dieser Mann im Kaufmannsrock durch nichts außer durch seine Schielaugen an den Studenten Ljutow erinnerte, sogar seine Sprechweise war anders, er gebrauchte schon keine kirchenslawischen Wörter mehr, prunkte nicht mehr mit Zitaten, sondern sprach auf Moskauer Art und volkstümlich. Das alles deutete auf irgendein listiges Spiel hin.

»Jawohl«, sagte er, »man greift zur Pistole. Haben Sie von dem dreifachen Selbstmord in Jamburg gehört? Ein Student, eine Kursistin und ein Offizier. Ein Offizier«, wiederholte er mit Betonung. »Ich fasse das nicht als Roman, sondern als Romantik auf. Und nach ihnen hat sich noch ein Student in Simferopol eine Kugel in den Kopf gejagt. An zwei Enden Rußlands also ...«

Mit gesenkter Stimme fuhr er fort: »Und ein gewisser Student Posner oder Posern – ein Fremdstämmiger, wie Sie hören – schreit offenherzig aus dem Waggonfenster: ›Es lebe die Revolution!‹ – zu den Soldaten, doch er ... na, bitte schön! Wie soll unsere geniale Zarenmacht diesen Ausruf in eine ihr verständliche Sprache übersetzen? Eine idiotische Macht bin ich, müßte sie sich sagen und . . .«

Warwara erhob sich, und Samgin nickte ihr dankbar zu. »Ja, wir müssen aufbrechen . . .«

»Wir leben in einem verrückten Land«, raunte ihm Ljutow zum Abschied zu. »In einem äußerst verrückten.«

Kaum hatten sie die Straße betreten, sagte Warwara angewidert: »Mein Gott, was ist das für ein Mensch! Da wird einem schlecht. Diese lakaienhafte Gewandtheit und dieses Lachen! Wie kannst du ihn ertragen? Warum sagst du ihm nicht tüchtig die Meinung?«

In ihren Worten vernahm Samgin etwas an Übertreibung, und er antwortete ihr nicht. Zu Hause fing sie wieder an, von Ljutow zu sprechen: »Ich verstehe nicht, ist er über die Ermordung des Ministers erfreut oder entsetzt?«

Aber offenbar lag ihr nicht sehr viel daran, dies zu begreifen, denn sie sagte gleich darauf: »Man sagt, er gibt für Alina viel Geld aus.«

»Mag sein«, murmelte Samgin, von seinen eigenen Gedanken bedrückt. Er war sehr zufrieden, als seine Frau zu Bett gegangen und mit dem Seufzer: »Wie schön ist doch Alina!« verstummt war.

Samgin hätte sich mit einer Laterne auf einem Platz vergleichen mögen: Aus den Straßen kommen hastig Menschen gegangen und gelaufen, sie geraten in seinen Lichtkreis, schreien ein wenig und verschwinden dann wieder, nachdem sie ihre Nichtigkeit gezeigt haben. Sie bringen schon nichts Neues, Interessantes mehr, sondern frischen nur Bekanntes, aus Büchern Zusammengelesenes oder dem Leben Abgelauschtes in der Erinnerung auf. Die Ermordung des Ministers hingegen war etwas Unerwartetes, das ihn verwirrt hatte, er verhielt sich selbstverständlich ablehnend gegen diese Tatsache, konnte sich aber nicht vorstellen, wie er darüber sprechen werde.

Schon auf dem Weg zum Restaurant hatte er sich erinnert, daß Ljubascha vor etwa drei Wochen nach Petersburg gefahren war, und jetzt, als er im Bett lag, dachte er, daß sie infolge ihrer Herzensgüte in den Mord verwickelt sein könnte. Solche guten Menschen sind zu allem fähig; sie sind überhaupt eine rätselhafte und wohl kaum normale Erscheinung. Auf jeden Fall sind dies willensschwache Menschen. Mitrofanow ist ein normaler Mensch: nicht gut und nicht böse. Sehr schade, daß er irgendwohin in die Provinz gefahren ist, wo man ihm eine Stellung angeboten hat. Onkel Mischa liegt im Krankenhaus und heilt seinen Gefängnisrheumatismus. Er und Ljubascha sind unerwünschte Untermieter; sonderbar, daß Warwara das nicht begreift. Sie versteht die Menschen überhaupt irgendwie eigenartig.

Zur Somowa verhält sie sich ungleichmäßig; manchmal kümmert sie sich fast verliebt um sie, hilft ihr beim Nähen für die Inhaftierten und sammelt eifrig Spenden für das politische »Rote Kreuz«, dann aber fragt sie plötzlich spöttisch: »Werden Sie Ihr ganzes Leben lang die Rolle einer Barmherzigen Schwester spielen, Ljubascha?«

Und danach scheint sie sogar Begegnungen mit ihr zu vermeiden. Samgin interessierten weder die Motive ihrer Freundschaft noch die Gründe der Meinungsverschiedenheiten, aber einmal fragte er Warwara: »Wie denkst du über die Somowa?«

Warwara antwortete sofort, irgendwie wohlüberlegt und entschlossen: »Sie ist ein echt russisches, gutes Mädchen aus der Zahl jener, die auch ohne Glück leicht leben können.«

Ein andermal sagte sie: »Manchmal kommt es mir vor, als könnte sie, wenn sie ungebildet wäre und keine gesellschaftliche Tätigkeit ausübte, aus Herzensgüte liederlich, sogar eine Prostituierte werden und womöglich rührende Liedchen verfassen wie:

Die Mutter hat mich geliebt und verehrt,
Ihr bildschönes Töchterlein,
Doch die Tochter lief mit dem Liebsten davon
In dunkler herbstlicher Nacht.«

Nachdem Warwara das nachdenklich und ernst gesagt hatte, fragte sie: »Solche Lieder wie dieses und wie ›Marusja hat sich vergiftet‹ werden doch von Prostituierten verfaßt?«

»Darüber bin ich nicht unterrichtet«, hatte Samgin geantwortet.

Dann dachte er wieder über den Petersburger Schuß nach; was war das: die Tat eines einzelnen, verbitterten Menschen, oder hatten die Volkstümler tatsächlich beschlossen, »vom Wort zur Tat« überzugehen? Er schlief mit dem Gedanken ein, daß Terror, der moralisch unzulässig ist, auch keine praktische Bedeutung haben kann, wie sich das vor zwanzig Jahren gezeigt hatte. Auch wird natürlich die Ermordung eines Minsiters alle gesund denkenden Menschen empören.

Als er aber am Morgen das Arbeitszimmer des Patrons betrat, begrüßte ihn dieser mit dem lebhaften Ausruf: »Haben Sie es gelesen, mein Lieber? Den Bogolepow hat irgendein Junge niedergeknallt. Da sieht man, wohin uns die Regierung gebracht hat! Gänzlich unfähige Leute. Wollen Sie Kaffee? Schenken Sie sich selbst ein.«

Samgin befaßte sich aufmerksam mit dem Kaffee, das erlaubte ihm zu schweigen. Der Patron hatte mit ihm nie über Politik gesprochen, und Samgin wußte, daß er, der überhaupt keine Neigung dafür zeigte, sich von liberalen Anwälten abseits hielt. Jetzt aber sagte er:

»Man muß zugeben, daß diese Tat die ganz natürliche Antwort auf die Niederknüppelung der Jugend nach Art des bethlehemitischen Kindermordes ist. Die Einberufung der Studenten zur Armee bedeutet bereits eine Rückkehr zu der Epoche Nikolaus' I. . . .«

Der Patron war ein kräftiger Mann über Fünfzig mit großem, schwerem Kopf in einer Kappe dichten, wirren Haars von blaugrauer Farbe und buschigen Brauen; diese Brauen und die wie bei einer Frau leuchtenden, geringschätzig oder skeptisch verkniffenen Lippen verschönten sehr sein glattrasiertes Gesicht eines Heldendarstellers. Die Backenknochen bedeckte ein feines Netz purpurner Äderchen, die unteren Lider hingen etwas herab und zeigten vorquellende Fischaugen unbestimmten Ausdrucks. Er ging wie ein Stier mit vorgeneigtem Kopf und trug seinen soliden Bauch feierlich umher, seine linke Hand spielte stets mit den vielen Anhängern der Uhrkette, die rechte hob und senkte sich mit gewohnter Gebärde in der Luft, die breite Hand schwamm in der Luft wie ein mittelgroßer Blei. Seine Arme waren unverhältnismäßig lang und die Hände unschön flach. Er erfreute sich des Rufes eines sehr sachlichen Mannes, zechte gern im »Strelna« und im »Jar«, reiste alljährlich nach Paris, war schon lange geschieden und wohnte einsam in einer großen, kalten Wohnung, in der sogar an klaren Tagen staubiges Dämmerlicht und der unausrottbare Geruch von Zigarren und trockenem Moder herrschten. Besonders stark war dieser Geruch in dem düsteren Arbeitszimmer, wo zwei Schränke gleichsam als Fenster zu einer Welt dicker Bücher dienten, während die wirklichen Fenster in einen engen Hof hinausschauten, in dessen Mitte sich hinter Bäumen ein wunderliches Kirchlein versteckt hatte. Der Patron zitierte gern Gedichte, er wiederholte oft die Verszeile Nadsons: »Unsere Generation kennt keine Jugend«, hatte aber eine besondere Vorliebe für Golenischtschew-Kutusows pessimistische Lyrik. Vor kurzem noch hatte er zu Samgin gesagt: »Ich bin ein einsamer Mensch, für den das Spiel schon aus ist, mein Lieber.«

Heute jedoch sagte er, mit der Zigarre dirigierend: »Wir, die in gesellschaftlicher Tätigkeit erfahrenen Männer . . .«

Und seine Rede strömte ebenso figurenreich wie der Rauch der Zigarre.

»Unser Fabrikkessel ist noch wenig geräumig, und wir werden noch lange warten müssen, bis er den russischen Bauern zum Proletarier garkocht und für staatswichtige Fragen empfänglich macht . . . Es ist ganz natürlich, daß unsere Generation, die einen starken Lebenswillen hat, zu Methoden aktiver Einwirkung auf die Reaktion neigt . . .«

Er sprach lange, bis zum Ende der Zigarre, und Samgin kam es vor, als wollte ihn der Patron von etwas überzeugen, wovon aber, das war nicht zu verstehen.

Er fuhr mit dem Patron zum Gericht, dort sprachen sowohl die Anwälte als auch die Beamten allzu einfach von dem Mord wie von einem alltäglichen Verbrechen, und tröstlich war nur, daß sie fast alle in einem übereinstimmten: Das war die persönliche Rache eines Einzelgängers. Einer der Anwälte, der den ungewöhnlichen Familiennamen Magnit hatte, rothaarig, großzahnig und laut, der Samgin an die mißlungene Karikatur eines Engländers erinnerte, sprach laut und eigentümlich schamlos aus: »Als Tat eines einzelnen hat das keinen Sinn.«

Nach Verlauf einiger Tage war Samgin überzeugt, daß es in Moskau keine gesund denkenden Menschen gebe, denn er hatte niemanden getroffen, der über die Ermordung des Ministers entrüstet gewesen wäre. Die Studenten gingen mit Siegermiene durch die Straßen. Nur im Kreise Preißens hatte das Ereignis Beunruhigung ausgelöst; Smijew, der so aufgeregt war, daß ihm die Hände zitterten, schrie: »Dieser Nadelstich wird das Schtschedrinsche Schwein nur zur Raserei bringen.«

Er schrie Redosubow an, der in der Ecke saß und ihn, wie immer die Hände auf die Knie gestützt, von unten herauf ansah, Brauen und Lippen bewegte und sich räusperte; Berendejew sprang auch auf Redosubow zu, als wollte er seine Stirn mit dem Finger durchbohren. »Es steht geschrieben: Wer das Schwert nimmt . . .«

»Es heißt aber auch: Nicht den Frieden, sondern das Schwert«, antwortete Redosubow drohend.

»Eine durch Verzweiflung hervorgerufene Tat kann keine guten Folgen haben«, belehrte ihn Tarassow.

Sogar der stets korrekte Preiß sprach mit ihm in einem Ton, aus dem ganz deutlich zu hören war, daß er, Preiß, zu einem Wilden sprach: »Ist es Ihnen denn immer noch nicht klar, daß der Terror die Behandlung einer verschleppten Krankheit mit Hausmitteln bedeutet? Wir brauchen Führer, Menschen von hoher geistiger Kultur, aber keine Dorfquacksalber . . .«

Redosubow räusperte sich und sagte mürrisch: »Die künftigen Führer jagt man zu den gemeinen Soldaten, begreifen Sie, was das bedeutet? Das bedeutet, daß sie die Armee revolutionieren. Das bedeutet, daß die Regierung das Land zur Anarchie führt. Wollen Sie das?«

Hier war Samgin alles bekannt, außer der Verteidigung des Terrors durch einen ehemaligen Anhänger des »Widerstrebe nicht dem

Übel«. Ja, hier sprachen vielleicht Menschen mit gesundem Verstand, aber Samgin fühlte, daß er in irgendeiner Hinsicht über sie hinausgewachsen war, sie verwickelten sich in Worte, kamen nicht vom Fleck und standen dem Leben fern, das immer beunruhigender wurde.

Dann kam Ljubascha an, erschöpft, erkältet, mit geröteten Augen und erhöhter Temperatur. Hustend und niesend erzählte sie mit heiserer Stimme von der Demonstration vor der Kasaner Kathedrale, davon, wie Polizei und Kosaken die Demonstranten und Zuschauer geschlagen hatten, erzählte das mit Begeisterung.

»Stellt euch vor: Als dieses betrunkene Gesindel auf die Kirchenstufen zustürzte, lief niemand davon, niemand. Sie kämpften, und wie! Meine Lieben«, rief sie, die Arme hochwerfend, »was für Leute ich gesehen habe! Struve, Tugan-Baranowskij, Michailowskij habe ich gesehen, Jakubowitsch . . .«

Mit nicht erlöschender Begeisterung erzählte sie, daß an der Petersburger Universität eine Studentengruppe mit der Losung: »Die Universität für die Wissenschaft, nieder mit der Politik!« organisiert worden sei.

»Freut dich das auch?« fragte Samgin spöttisch lächelnd.

»Stell dir vor, es betrübt mich nicht«, erwiderte sie irgendwie erstaunt. »Weiß du, es wird einem alles gewissermaßen verständlicher: das Wer, das Wohin, das Wozu.«

Auf Klims Frage nach Bogolepow antwortete sie: »Ach ja . . . man sagt, Karpowitsch wird nicht hingerichtet, sondern ins Zuchthaus geschickt. Ich bin an dem Tag, als er schoß, in Pskow gewesen, und als ich nach Petersburg zurückkehrte, wurde schon nicht mehr davon gesprochen. Oh, Klim, wie man dort in Petersburg lebt!«

Ihre Begeisterung erlosch, als sie von den Bekannten zu erzählen begann.

»Lidija befaßt sich mit Religionsgeschichte, wozu sie das aber braucht, habe ich nicht begriffen. Sie lebt wie eine Nonne, einsam, geht in die Oper, in Konzerte.«

Nach kurzem Schweigen und Nachdenken sagte Ljubascha traurig: »Sie ist schon immer schwierig gewesen, jetzt aber ist sie gar nicht mehr zu verstehen. Sie spricht nie von dem, was interessant ist, sondern immer daran vorbei. Sie ist entzückt von einer Dichterin, die sich als Engel verkleidete, an ihrem Kleid Flügel befestigte und öffentlich Gedichte vortrug. ›Ich will das, was es auf Erden nicht gibt.‹ Makarow begeistert sich auch, aber irgendwie anders, und er und Lidija streiten sich, worüber aber, das weiß ich nicht. Makarow hat hier, wie sich herausstellt, Krach gehabt; er assistierte seinem

Professor, und dieser sagte über eine Patientin irgend etwas Zweideutiges. Makarow sagte ihm nach der Operation Grobheiten und weigerte sich, mit ihm zusammenzuarbeiten.

»Welch ein Ritter«, prustete Warwara ironisch.

»Ein finsterer Mann«, sagte Klim und fragte: »Haben sie, Makarow und Lidija, einen Roman miteinander?«

»O nein!« sagte Ljubascha rasch. »Wo denkst du hin! Sie sind doch so ... weise. Aber es hat dort eine Hochzeit gegeben; Lida wohnt bei der Premirowa, und deren Nichte hat einen Mann geheiratet, der mit Kirchengerät handelt. Eine unheimliche Ehe und – nach Schopenhauer: die Braut riesengroß und schön, eine Walküre; der Bräutigam jedoch klein, glatzköpfig und gelb, mit einem Riesenbart wie Warawka und den Augen eines Heiligen, aber stämmig wie eine Eiche. Er ist über Vierzig.«

»Weißt du, daß Marina einen Roman mit Kutusow gehabt hat?« fragte Samgin lächelnd.

»Nein!« schrie Ljubascha verblüfft auf, als aber Klim nachdrücklich nickte, sagte sie gedehnt: »So eine Erznärrin!«

Ihre Entrüstung brachte die Samgins zum Lachen.

»Ich verstehe nicht, worüber lacht ihr?« entrüstete sich Ljubascha. »Einen Mann heiraten, der mit Kirchengerät handelt ... Mit euch ist nichts anzufangen«, sagte sie, als sie sah, daß die Samgins weiterlachten.

Sie war des Erzählens müde und ging in ihr Zimmer. Warwara zündete sich eine Zigarette an, saß eine Weile mit geschlossenen Augen und sagte dann seufzend: »Wie einfach alles bei ihr ist.«

Samgin stand auf und murmelte, im Zimmer umhergehend, in Erinnerung an Turobojews Worte: »An den russischen Universitäten studiert man nicht, sondern begeistert sich für die Poesie instinktiver Handlungen.«

»Unser Koch behauptet, die einen Studenten rebellierten aus Hunger und die anderen aus Freundschaft zu ihnen«, begann Warwara lächelnd. »›Wenn ich Minister wäre‹, sagt er ›würde ich sie alle staatlich verpflegen lassen, mit gleichen Rationen für Reiche und Arme, denn satte Menschen haben keinen Grund zu rebellieren.‹ Und er führte den verblüffenden Beweis an: Wenn Bettler satt sind, rebellieren sie nicht.«

»Alkoholiker«, erinnerte Samgin, immer noch umhergehend, während Warwara sehr leise sagte: »Weißt du, es ist etwas ... Erschreckendes daran, daß dieser Mann siebzig Jahre gelebt, viel gesehen hat, und alles fügt sich bei ihm zu irgendwelchen verrückten Gedanken, dummen Sprichwörtern zusammen ...«

»Sprichwörter sind nicht dumm«, erklärte Samgin autoritär. »Das Denken in Aphorismen ist fürs Volk charakteristisch«, fuhr er fort – war gekränkt: seine Frau hörte ihm nicht zu.

»Er, dieser Koch, kann die Studenten nicht ausstehen. Er suchte mir zu beweisen, man müsse sie nach Sibirien schicken, nicht zu den Soldaten. Sie werden, sagt er, den Soldaten den Kopf verdrehen: Glaubt nicht an Gott, verehrt die Zarenfamilie nicht. Sie haben dummes Zeug im Kopf, sagt er, meinen aber, sie hätten Verstand.«

Sie drückte die nicht zu Ende gerauchte Zigarette aus, stand auf, hakte sich bei ihrem Mann ein und ging im Schritt mit ihm umher.

»Nein, ich mag das Denken in Sprichwörtern nicht. Ich mag es nicht. Hör doch mal zu, wenn der Koch sich mit Mitrofanow unterhält.«

»Ja«, antwortete Klim unbestimmt.

»Lieber Klim«, sagte sie, sich an ihn schmiegend, »findest du nicht, daß das Leben sehr . . . sonderbar wird?«

»Ich finde, daß es Zeit zum Schlafengehen ist, das finde ich!« sagte er. »Ich habe morgen eine Menge zu tun . . .«

Samgin merkte nicht zum erstenmal, daß seine Frau mit ihm irgendein philosophisches Gespräch anknüpfen wollte, und wehrte es nicht zum erstenmal ab. Er erriet nicht, über welches Thema Warwara sprechen werde, war aber so gut wie überzeugt, daß das Gespräch nichts Angenehmes verhieß.

»Über das Leben und anderes mehr sprechen wir irgendwann ein andermal«, versprach er, und als er merkte, daß Warwara traurig wurde, fügte er, ihre Schultern streichelnd, hinzu: »Über das Leben, meine Liebe, muß man mit frischem Kopf sprechen und nicht, nachdem man Ljubaschas Neuigkeiten gehört hat. Hast du gemerkt, daß sie von Struve und den anderen wie eine Gläubige von gottgefälligen Leuten sprach?«

»Ja«, sagte Warwara lächelnd, sah aber zur Seite auf das vom Mond beschienene Fenster.

Drei Wochen später etwa saß Samgin in einer Postkutsche, sie wurde auf der vom Frühlingswasser zerwaschenen Straße von einem Paar zottiger, rostbrauner Pferde gezogen, die mechanisch, wie aufgezogenes Spielzeug, die Beine bewegten. Sie fuhren an Äckern vorbei, die dürftig mit junger Wintersaat bedeckt waren; die unfruchtbare Erde der Umgebung von Twer war mit weißgewaschenem Schotter bedeckt.

»Das Korn wird hier vom Dotterkraut erdrückt, der Teufel soll es holen«, sagte der Kutscher und deutete mit der Peitsche aufs Feld. »Das ist so eine schädliche Pflanze, dieses Dotterkraut, mit gelblichen Blüten«, erläuterte er, seinen Fahrgast über die Schulter anblikkend.

Er spricht mit mir wie mit einem Ausländer, stellte Samgin fest.

Es war ein Sonntag, die Felder lagen öde da; nur hie und da spazierten gemessen gelbschnäbelige Saatkrähen umher, und auf unsichtbaren Pfaden zwischen den Äckern bewegten sich wankend nach verschiedenen Richtungen kleine Menschen, die auch wie Vögel aussahen. Vom Himmel, der wie mit einem zerrissenen Schaffell von Wolken bedeckt war, schaute hin und wieder unentschlossen und für kurze Zeit die Sonne herab, an den kahlen Zweigen der Sträucher und an den grauen Ästen der Erlen hingen wie Musselinläppchen die Schatten und krochen über die feuchte Erde. Durch die trübsinnige Einförmigkeit der Landschaft ermüdet, ließ sich Samgin schläfrig und ermattet in der Kutsche herumrütteln, die Gedanken waren aus ihm herausgeschüttet, lästig kam ihm nur irgendwessen traurige Erzählung von einem Menschen in den Sinn, der nach mißglückten Versuchen, einen Sinn im Leben zu finden, nach Hause zurückkehrte, aber dort auf noch boshaftere Sinnlosigkeit gestoßen war. Samgins kleiner Koffer wurde auch herumgerüttelt und stieß an seine Füße, aber er war zu träge, ihn beiseite zu rücken.

Sie fuhren in einen Hain dünnstämmiger bleigrauer Erlen, in den sauren Geruch von Sumpf und moderndem Laub hinein, unter der Kutsche krachte etwas, sie kippte seitlich nach hinten, und Samgin fiel heraus. Die Pferde hielten sofort. Samgin war mit den Ellenbogen und der Schulter auf den Boden aufgeschlagen, sprang auf die Beine und rief zornig: »Was machst du, zum Teufel . . .«

Der Kutscher, ein Bäuerlein mittleren Alters mit spärlichem grauem Bärtchen im schlaffen Gesicht, kletterte gemächlich vom Bock, sah unter das Hintergestell der Kutsche und sagte lächelnd: »Die Achse ist gebrochen, der Schinder soll sie holen, mich trifft keine Schuld, Herr, das Eisen hat es nicht ausgehalten.«

Schweigsam und trübsinnig wie alles ringsum, wurde er plötzlich lebhaft, rückte die zerlumpte Mütze auf dem Kopf zurecht, straffte den Leibriemen und beruhigte Samgin: »Der Unfall macht nicht viel aus; von hier bis Tarassowka sind es nicht mehr als anderthalb Werst, und dort wird der Schmied die Sache gleich wieder in Ordnung bringen. Sie werden also zu Fuß hingehen müssen. N-na, ihr Entlein«, sagte er vergnügt zu den Pferden und schob sie zurück.

Er holte unter dem Kutschersitz eine Axt hervor, fällte mit drei Hieben eine Erle und fuhr, während er die Zweige abhackte, fort: »Dort der Schmied, Wassilij Mikititsch, ist ein Meister, wie man ihn in Moskau nicht findet, ein Mann mit tollem Verstand . . .«

»Soll ich nun gehen?«

»Gott befohlen. Ich hole Sie ein.«

Und obwohl die Pferde reglos dastanden, als wären sie aus Bronze, riet er ihnen: »Ganz ruhig, ihr Vögelchen!«

Samgin hob einen Zweig vom Boden auf und ging auf dem hinterlistig zwischen Bäumen sich hinschlängelnden Weg aus dem Schatten ins Licht und wieder in den Schatten. Er ging und dachte, daß er nicht vierzehn Jahre im Gymnasium und an der Universität hätte zu lernen brauchen, um mit schlechten Pferden in unbequemer Kutsche auf holprigen Straßen zu fahren, mit halbwilden Leuten auf dem Bock. In seinem Kopf hüpften und klangen wie die kupfernen Fünfkopekenstücke in seiner Manteltasche im Takt zu seinen Schritten die Worte:

Diese armseligen Dörfer,
Diese kärgliche Natur . . .

Sollten der Herrenmensch Grigorowitsch, der Kartenspieler Nekrassow, Slatowratskij und andere tatsächlich über ein seltsames Gefühl verfügt haben, das ihnen als Liebe zum Volk erschienen war?

Der Hain lichtete sich, wich von der Straße ins Feld zurück und senkte sich in eine Schlucht; in der Ferne wurde auf einem Hügel eine Mühle sichtbar, die mit ihren gespreizten Flügeln gleichsam den Weg versperrte. Samgin blieb stehen, wartete auf die Pferde und lauschte dem Rascheln der Zweige unter den Stößen des feuchten Windes, in das Rascheln mischte sich der Gesang einer Lerche. Als die Pferde sich genähert hatten, sah Klim, daß in der Kutsche auf seinem Koffer ein schmutziges Wagenrad lag.

»Schadet das denn dem Köfferchen?« fragte der Kutscher als Antwort auf Samgins Anschnauzer, legte das Rad unter den Bock und sagte: »Gleich sind wir am Ziel.«

Kaum aber hatten sie den Hain verlassen und waren an der über die Schlucht führenden Brücke angelangt, packte er die Pferde am Zaum und riß sie schroff zurück.

»Wahrhaftig: sie rebellieren! Diese Teufel . . .«

Dann riet er halblaut: »Gehen Sie zur Seite, Herr, dorthin, wo die Bäume dichter stehen, denn wer weiß, wie sie Ihnen begegnen werden. Es handelt sich um eine ungesetzliche Sache, Zeugen sind unerwünscht.«

Auf Klims beunruhigtes Fragen erzählte er gemächlich, die Bauern von Tarassowka lebten schon lange ohne Brot, die Kinder und alten Leute seien zum Betteln fortgeschickt worden.

»Zum Betteln, jawohl! Sie haben weder Brot zum Essen noch

Korn zur Aussaat. Doch im Speicher ist Getreide, dort liegt es. Sie haben um Saatgut gebeten, aber erfolglos, man verweigerte es ihnen. Und so beschlossen sie, sich das Getreide eigenmächtig zu nehmen, auf dem Weg eines Aufstands also. Sie wollten das schon am Mittwoch tun, aber da kam der Chef der Landpolizei und schüchterte sie ein. Zudem kann man an einem Wochentag nicht alle Leute versammeln, heute aber ist Sonntag.«

Während er erzählte, hielt Samgin Ausschau und sah, daß eine dichte Menge Bauern, Frauen und Kinder sich durch das Dorf zum Vorratsspeicher am Dorfrand bewegte, sie bewegte sich nicht sehr laut, sondern mit eigentümlich dumpfem Murren; vorweg schritt ein mittelgroßer, breitschultriger Bauer mit einem dicken Seilbündel auf der Schulter.

»Das ist Kubassow, der Ofensetzer, er ist hier bei ihnen in allem der erste. Die Schmiede, die Ofensetzer und die Zimmerleute, sie sind ganz einheitlich, wie die Fabrikarbeiter, sie pfeifen auf die Gesetze«, sagte der Bauer seufzend, als bedauerte er die Gesetze. »Dieser Vorfall wird Sie aufhalten, Herr«, fügte er, von einem Fuß auf den andern tretend, hinzu, und auf seinem schlaffen Gesicht zeigte sich mürrische Besorgnis; es sackte gleichsam zu dem faltigen Hals hinab.

Bis zum Dorf waren es noch rund hundertfünfzig Sashen, es erstreckte sich an einem schmalen Flüßchen mit buschigem Gesträuch an den Ufern; Samgin sah deutlich alles, was im Dorf geschah, er sah es, verstand es aber nicht. Ihm kam es vor, als ginge die Menge feierlich wie bei einer Kirchenprozession, sie war noch dichter als um die Heiligenbilder und Kirchenfahnen zu einem bunten Haufen zusammengedrängt. Der Wind trieb träge den Lärm zu Samgin herüber, es waren sogar einzelne Stimmen zu hören, und das zusammengeflossene Stimmengewirr wurde besonders von irgendwessen durchdringendem Geschrei durchbrochen: »Irmakow! Kinder – der Irmakow macht nicht mit!«

Ein Mann in rotem Hemd ohne Gürtel kletterte schwerfällig über einen geflochtenen Zaun auf die Straße, er war barfuß, und seine Hose war bis zu den Knien aufgekrempelt; er überholte die Menge, fuchtelte mit den Armen und kreischte mit Dulderstimme: »Wenn Irmakow nicht mitmacht, komme ich auch nicht mit!«

Der Ofensetzer schlug mit dem Seilbündel auf ihn ein, der Mann sprang zur Seite, lief in einen Hof, und von dort erklang wieder sein hysterischer Schrei: »Ich mache nicht mit . . . Das ist nicht recht!«

»Führt Jermakow her«, sagte der Ofensetzer so vernehmlich, als befände er sich ganz in Samgins Nähe.

»Was wollen sie tun?« fragte Klim.

Der Kutscher schob mit dem Peitschenstiel die Mütze aufs Ohr, stocherte in seinem wirren Haar herum und sagte seufzend: »Was sollen sie denn tun? Sie wünschen den Speicher zu öffnen, aber haben keinen Schlüssel. Der Schlüssel ist dabei sogar überflüssig«, fuhr er fort, unter der Hand zum Dorf hinübersehend. »Mit einem Schlüssel kann nur eine Hand etwas tun, hier aber ist erforderlich, daß die ganze Gemeinde Hand anlegt. Sogar die Kinder. Die Kinder werden sie doch nicht verdammen?« fragte er, indem er Samgin mit fragendem Lächeln ins Gesicht sah.

Samgin antwortete ihm nicht und sah zu, wie zwei Bauern einen bärtigen Mann mit langem, bis über die Knie reichendem Leinenhemd herbeiführten; der Bärtige stemmte sich mit den Füßen gegen die Erde, suchte sich zu entwinden und sagte etwas, wie aus der Bewegung seines Bartes zu erkennen war, aber seine Stimme wurde von dem triumphierenden Kreischen des Mannes im roten Hemd übertönt, der hinzusprang, den Bärtigen mit der Faust in den Nacken stieß und brüllte: »Du machst nicht mit, du gemeine Seele?«

»Schau mal an, wie der Mann in Wut geraten ist«, sagte der Kutscher begeistert, setzte sich aufs Trittbrett des Wagens und zog einen Stiefel aus. »Das macht er richtig! So etwas müssen alle einmütig tun.«

Als er den Stiefel ausgezogen hatte, wickelte er den Fußlappen auf und verdarb die Luft mit starkem Schweißgeruch, Samgin trat zur Seite, aber der Kutscher warnte ihn: »Zeigen Sie sich nicht so. Der, den sie herbeiführen, ist Jermakow, er gehört nicht zum Dorf, er hat eine Imkerei und ist Fischer. Er ist, wissen Sie, ein Sektierer, ein Malmonit, das ist so eine Sekte, damit man nicht Soldat zu werden braucht.«

Der Sektierer wurde zum Ofensetzer geführt, die Menge verstummte, und deutlich ertönte die Stimme des Ofensetzers: »Was ist mit dir los, Jermakow? Du redest immer von Christus, und dabei bist du ein Feind des Volkes? Paß auf, wir stecken dich kopfabwärts in den Pfuhl, du Schuft!«

Ein lautes Bäuerlein in rotem Hemd schwirrte mit seinen leuchtend nackten und dünnen Beinen wie eine Fliege um die anderen herum, stieß alle, schlug die kleinen Jungen und brüllte: »Stellt euch auf, Bauern!«

Die Menge verwandelte sich aus einem formlosen Haufen in einen Keil, dessen Spitze an die Wand des Getreidespeichers stieß, und an der Spitze begann sich das Bäuerlein im roten Hemd zu drehen, als wollte es sich in die Tür hineinbohren. Der Ofensetzer wandte sein

Gesicht der in die Länge gezogenen Menge zu, warf ein langes Seil über ihre Köpfe und schrie, mit der Faust drohend: »Packt alle bis auf den letzten an, ihr Hundesöhne!«

Das Bäuerlein drohte auch und kreischte hysterisch: »Ehrlich, sonst brech ich euch die Arme!«

Die Bauern und Bäuerinnen bekreuzigten sich und stellten sich längs des Seils auf, wobei sie zur Straße zurückwichen – das erinnerte Samgin an das Aufziehen der Glocke: So wie damals verstummten die Leute auch jetzt ehrfürchtig, und das am Schloß des Speichers befestigte Seil spannte sich auch wie eine Saite. Der Ofensetzer bekreuzigte sich und rief: »Wenn ich drei zähle, dann zieht an!«

»He, haben alle angepackt?«

»Also – eins!«

»Paßt auf, daß der Jermakow ...«

»Zwei!«

»Wohin, du Hund?«

»Drei!«

Die lange Menschenreihe wankte, das Seil erbebte, schnellte von der Wand ab und fiel mit Eisengeklirr zu Boden.

»Na, Gott sei Dank«, sagte der Kutscher, zog den Stiefel wieder an und zwinkerte Samgin lächelnd zu. »Wir haben nichts davon gesehen, nicht wahr, Herr? Der Speicher ist geöffnet, auf welche Weise, ist uns nicht bekannt. Er ist auf, also gibt es eine Zuteilung, stimmt's?«

Er begann das Pferdegeschirr zu ordnen und fuhr mit fröhlicher Stimme fort: »Das Schloß ist natürlich herausgerissen, aber wer ist schuld? Außer dem Hirten und irgendwelchen alten Männern und Frauen, die auf dem Ofen auf ihren Tod warten, ist die ganze Gemeinde schuld, groß und klein. Man wird doch nicht das ganze Dorf mit Kindern und Weibern ins Gefängnis sperren, Herr? Das ist eben das Kunststück: Rebelliert haben sie wohl, Schuldige aber gibt es nicht! Na, gehen wir jetzt ...«

Die ausgeruhten Pferde zogen munter an; die Stange, die das eine Rad ersetzte, schleifte auf der Erde, der Kutscher führte die Pferde und rief immer wieder: »Vorwärts, ihr Entchen, ihr Rebhühnchen!«

Samgin schritt mürrisch nebenher und beobachtete, wie im Dorf die Leute mit Säcken herumliefen und einander anschrien und wie der bärtige Sektierer Jermakow gleich einer Säule mitten auf der Straße stand. Als sie ins Dorf kamen, riß der Kutscher die Mütze vom Kopf und rief: »He, Wassilij Mitritsch ...!«

Sofort wurde es still, die Leute schienen zu erschrecken, sie erstarrten einen Augenblick und sahen die Pferde und Samgin an, dann begannen sie, ihm vorsichtig näher zu kommen.

»Hat es eine Zuteilung gegeben?« fragte der Kutscher freudig, doch schon hüpfte vor ihm das rote Bäuerlein herum und fragte hastig: »Wen hast du hergebracht? Wohin fährst du ihn?«

Auf Samgin kamen zwei zu: der Ofensetzer, stämmig, mit steinernem Gesicht, und ein schwarzer Mann, der wie ein Zigeuner aussah. Der Ofensetzer sah Samgin mit so schwerem, abweisendem Blick an, daß er unwillkürlich zurückwich und sich hinter den Wagen stellte. Der Kutscher und der schwarze Mann nahmen die Pferde am Zaum und führten sie irgendwohin fort, während das Bäuerlein auf Samgin zusprang, den zerrissenen Ärmel seines Hemds hochkrempelte und sich wie ein Kreisel drehte, der des Drehens schon müde ist.

»Wohin fahren Sie? In welchem Auftrag?« fragte er ängstlich; der Ofensetzer packte ihn an der Schulter und schleuderte ihn beiseite wie einen kleinen Jungen, als aber das Bäuerlein der Länge nach hinfiel, sagte er zu ihm: »Geh weg, Iwan!«

Er sprach diese drei Worte so aus, als hätten sie ihn große Anstrengung gekostet. Sein Gesicht war von Blatternarben zerfurcht, darum war es auch rauh wie Stein, unter ausgerupften Brauen blickten mürrisch bläuliche Augen hervor. Er stand mit weit gespreizten Beinen da, hatte die Daumen in den Gürtel gesteckt und den umfangreichen Bauch vorgewölbt, er bewegte schweigend den Unterkiefer, und sein spärlicher, borstiger Bart regte sich unangenehm. Samgin spürte, daß dieser Mann nicht wußte, was er mit ihm anfangen sollte, und konnte sich nicht vorstellen, was er im nächsten Augenblick tun würde.

Es traten etwa zehn Bauern hinzu, alle streng und mürrisch.

»Sind Sie der Dorfschulze?« fragte Samgin, wobei er dachte, daß er das nächste Mal einen Revolver mitnehmen müßte.

»Der Dorfschulze ist verhaftet«, sagte einer der Bauern; der Ofensetzer sah zu ihm, spuckte sich vor die Füße und sagte: »Was lügst du! Unser Dorfschulze ist krank. Er liegt in der Stadt.«

Eine schwangere Bäuerin, die vorüberkam, schwenkte einen Sack und brummte: »Sie freuen sich über die Gelegenheit, die groben Kerle . . . Sie sollten rasch Schluß machen.«

»Wozu brauchen Sie denn den Dorfschulzen?« fragte der Ofensetzer. »Den Paß kann auch ich prüfen. Ich kann lesen. Wir haben den Auftrag, die Pässe der Durchkommenden und Durchfahrenden anzusehen«, sagte er, wobei er sichtlich an etwas anderes dachte. »Kommen Sie etwa vom Semstwo?«

»Ich bin Rechtsanwalt.«

»Rechtsanwalt«, wiederholte der Ofensetzer und sah die Bauern an. Einer von ihnen brummte: »Also: sowohl für die Unseren als auch für die Euren.«

»Na, schön. Wollen Sie Rührei essen?« fragte der Ofensetzer, den Bauern zublinzelnd, und sagte fast fröhlich: »Herrschaften essen unbedingt Rührei.«

Er nahm einen ledernen Tabaksbeutel und eine Pfeife aus der Tasche, schöpfte mit dem Pfeifenkopf Tabak und drückte ihn mit dem Finger fest.

In aufgeregter Stimmung fragte Samgin plötzlich: »Was wollt ihr von mir?«

»Wir?« wunderte sich der Ofensetzer. »Was sollten wir wollen? Wir sind hier zu Hause. Da ist zu uns einer gekommen, der was braucht, und so schauen wir.«

Er brachte mit mürrischem Gesicht die Pfeife zum Brennen, trat näher an Samgin heran und sagte grob: »Kommen Sie mit.«

»Wohin?«

»Dorthin«, der Ofensetzer deutete mit der Pfeife nach links, auf eine Weidengruppe, von wo das Fauchen von Blasebälgen, das Klopfen eines Hammers und eine heisere Stimme ertönten: »Blas, blas . . .«

Auf einem Querbalken der Werkbank zum Beschlagen der Pferde saß der Kutscher; er hatte den Arm um einen Pfosten gelegt, baumelte mit den Beinen und erzählte dem Schmied etwas. Der Ofensetzer trat auf ihn zu und kommandierte: »Komm mal her, Kossarew.«

Er führte ihn fünf Schritte beiseite, dort sprachen sie eine Weile miteinander, worauf der Schmied fragte: »Lügst du auch nicht? Bekreuzige dich.« Und drohte: »Na, paß auf!«

Der Schmied begann grimmig zu arbeiten; an seinem unnützen Umherlaufen zwischen dem Amboß und dem lodernden Schmiedeherd war etwas Krampfhaftes, an seinen schroffen Bewegungen etwas Rasendes.

»Blas, schlag zu, leg Kohlen zu!« schrie er heiser, wenn er sich in den Ecken umdrehte. An den Blasebälgen wiegte sich, als betete es, ein zerzaustes Weib unbestimmbaren Alters, mit einem unter dem Ruß unklaren Gesicht.

»Schneller, Wasja, halt den Herrn nicht auf«, sagte der Ofensetzer und verließ die Schmiede.

»Ein böser Arbeiter, was?« fragte Kossarew, als er auf Samgin zutrat. »Jetzt nagt die Schwindsucht an ihm, früher aber durfte man nicht mal wagen, an ihm vorbeizugehen. Das Weib, seine Schwester, ist von Geburt schwachsinnig.«

Er sprach ununterbrochen weiter und holte dabei einen Kanten Roggenbrot aus der Brusttasche, blies auf ihn, streichelte die Rinde mit der Hand und steckte ihn liebevoll wieder ein. »Man merkt, Herr, daß die Dummköpfe zunehmen; hier gibt es rundherum, in jedem Dorf, zwei bis drei Schwachsinnige. Die einen sagen, das käme vom kärglichen Leben, die anderen halten die Dummkopffruchtbarkeit für ein Glückszeichen.«

»He, Kossarew, hilf mal!« schrie der Schmied.

Der Wind hatte eine Unmenge Frühlingswolken herbeigetrieben, neben der Sonne sahen sie spaßig gekräuselt aus, wie die Perücken von Würdenträgern aus dem achtzehnten Jahrhundert. Auf der Straße liefen verstohlen Bauern und Bäuerinnen mit Säcken auf den Schultern, bewegten sich Kinder wie aus einem Kasten geschüttete Damesteine hin und her. Ein glatzköpfiger Alter mit einem Ziegenbart am Adamsapfel kam an Samgin vorbei und sagte: »Der Teufel treibt sie herum . . .«

Samgin trat etwas weiter von der Schmiede weg und fragte sich, ob er die Bauern fürchte oder nicht. Anscheinend fürchtete er sie nicht, aber er fühlte sich schutzlos und erniedrigt angesichts der offenkundigen Feindseligkeit des Ofensetzers.

Sie verhalten sich natürlich so, weil ich ein Zeuge bin, gesehen habe, wie sie das Schloß abrissen und das Getreide raubten.

Er suchte träge nach: Welcher Artikel des Strafgesetzbuches ahndet dieses »Gemeindeverbrechen«? Den Artikel fand er nicht, auch hatte er keine Lust, an ihn zu denken, denn andere Gedanken übermannten ihn:

Der Ofensetzer ist natürlich einer jener Anarchisten von Natur aus wie der Schauermann, der Kosak . . .

»Fertig«, verkündete Kossarew freudig und begann den Schmied eifrig zu loben: »Die Achse ist jetzt fester als eine neue; er ist ein Meister!«

Der Meister jedoch schüttelte das Geld in der Hand und riet Samgin zornig: »Legen Sie noch etwas dazu für eine Flasche Branntwein. Na also – fahr los, Kossarew!«

Die Pferde trabten munter los, und auf der Straße wurde es stiller. Die Bauern und Bäuerinnen, welche die Kutsche mit scheelen Blikken anschauten und verfolgten, grüßten stumm und widerstrebend Kossarew, der die Peitsche schwang, fröhlich die Namen der ihm bekannten Leute rief und die Pferde anfeuerte: »Ach, ihr Vögelchen!«

Doch als sie über den Dorfrand hinaus waren, wandte er sich zum Fahrgast um und sagte: »Das Volk ist ein Gesindel.«

Das kam so unerwartet, daß Samgin nicht sofort fragte: »Warum?«

»Wieso denn nicht?« begann Kossarew gekränkt. »Ist denn das recht, Getreide zu stehlen? Nein, Herr, Eigenmächtigkeit erkenne ich nicht an. Gewiß: Auch essen muß man, und Zeit zur Aussaat ist jetzt. Dennoch: Weiß die Obrigkeit davon, oder weiß sie nichts?«

Er drohte mit der Peitsche in die Ferne, in das bläuliche Halbdunkel des Abends hinein, und fuhr mit Eifer fort: »Falls Sie über diesen Raub Meldung machen sollten: Der Hauptmacher unter ihnen ist der Ofensetzer. Dann der im roten Hemd, Mischka Wawilow, na, und der Schmied auch. Die Brüder Mossejew ... Damit Sie es behalten, sollten Sie die Familiennamen aufschreiben – meinen Sie nicht?«

»Hör auf«, sagte Samgin streng. »Mich geht das nichts an.«

Er war zornig, fand aber keine hinreichend gewichtigen Worte, um den Kutscher zu beschämen.

»Schämst du dich denn nicht, die Leute deines Dorfes zu denunzieren?«

»Ich bin ja nicht von hier ...«

»Einerlei. Das ist nicht schön.«

»Was sollte auch Schönes daran sein«, stimmte ihm Kossarew bei. »Oder ist das ein Leben?«

»Ich wundere mich«, fuhr Samgin fort, aber der Kutscher unterbrach ihn: »Wie sollte man sich da nicht wundern! Ich bin selbst erschrocken, als ich sah, was sie taten.«

»Genug!« rief Samgin.

»Wie Sie wünschen«, sagte Kossarew mit einem Seufzer, setzte sich fester auf dem Bock zurecht und fügte, indem er die Peitsche über den Kruppen der Pferde schwang, in klagendem Ton hinzu: »Sie haben selbst gesehen, Herr, daß ich hier nicht dazugehörte. Na, na, ihr Tollen!« rief er und sagte nach kurzem Schweigen: »In der Nacht wird es regnen.« Und zog wie eine Schildkröte den Kopf ein.

Das Volk, dachte Samgin empört. Rebellen, dachte er ironisch, aber er dachte ungern und nur in Worten, und die Empörung, die Ironie verschwanden, nachdem sie aufgeflackert waren, ebenso schnell wieder wie der Widerschein der Blitze am Horizont. Dort, im Osten, zogen schwere blaue Wolken auf, die den grauen Streifen der Straße verdunkelten, und wenn die Pferde an einsamen Bäumen vorbeiliefen, schien es, als rieselte dunkler Staub von den kahlen Zweigen. Die bläuliche Langeweile des kalten Abends stimmte Samgin lyrisch und mitleidig. Er hatte Mitleid mit sich selbst, einem Menschen, der Unangenehmes und Unverständliches zu sehen und zu hören gezwungen war, obwohl er das nicht gewollt hatte. Wozu brauchte er diese Felder, die Bauern und überhaupt all das, was endlose und fruchtlose Gedanken verursachte, in denen das Bewußtsein der inneren Freiheit und des Rechts, nach eigenen Gesetzen zu leben, so leicht verschwand, das Gefühl seiner selbst, der Einmaligkeit, verlorenging, und man gleichsam im Schatten fremder Gedanken dachte? Weshalb war er verpflichtet, ein gescheiter Mensch zu sein, alles zu wissen, über alles zu sprechen und als Äolsharfe zu dienen – wem zu dienen?

Doch nun fühlte er, daß es gerade fremde Gedanken waren, die ihn zur Widersprüchlichkeit hingeführt hatten, und er brachte sich sofort in Erinnerung, daß das Bestreben, im Vordergrund zu stehen, sich als großer Mann zu zeigen, ganz natürlich sei und daß das Leben ohne dieses Bestreben seinen Sinn verlieren würde.

Ich habe mich mir selbst als Werkzeug fremden Willens dargestellt, dachte er.

Die Pferde waren bei einer kleinen Bahnstation angelangt, Kossarew bekam ein Trinkgeld und jagte mit ihnen davon, irgendwohin in die Dunkelheit, in feinen, fast geräuschlosen Regen, und zehn Minuten später etwa zog sich Samgin in einem leeren Abteil zweiter Klasse aus, wobei er hin und wieder zum Fenster hinaussah, wo durch die feuchte Finsternis böse Lichter flogen und für einen Augenblick schwarze Baumgruppen und Hüttendächer beleuchteten, die wie Deckel riesengroßer Särge aussahen. Eine Fabrikmauer schwebte vorüber, etliche zehn Fenster bleckten die Zähne, und es schien, als rührte das knirschende Geräusch, das in den Lärm des Zuges hereinbrach, von ihnen her.

Samgin legte sich hin, konnte aber vor Müdigkeit nicht schlafen, und nach zwei Stationen zwängte sich laut ein großer Mann ins Abteil, befahl dem Schaffner, Licht zu machen, sah Samgin an und rief: »Pah, Sie sind es? Wohin? Woher? Erkennen Sie mich nicht? Ippolit Stratonow.«

Während er den Mantel aufknöpfte, den Wagen erschütterte, begann er mit Klim zu reden wie mit einem Menschen, mit dem er sich streiten wollte: »Haben Sie schon gehört? Irgendein Idiot hat auf Pobedonoszew geschossen, von der Straße, durchs Fenster, der Teufel soll ihn holen! Wie gefällt Ihnen das?«

Er war angeheitert; als er sich bückte, um die Schuhe auszuziehen, stieß er Samgin fast mit dem Kopf in die Seite. Klim erhob sich und rückte in die Ecke, zur Tür.

»Halbwisser, Schildbürger«, murmelte Stratonow.

Der Studentenrock, in dem er einst wie ein Offizier aussah, hatte ihn anscheinend im Wachstum behindert: Jetzt, in Zivil, war Stratonow in allen Dimensionen ungemein größer geworden, er war noch länger, war breiter in den Schultern und Hüften, sein bärtiges Gesicht war rund, sogar die Augen und der Mund schienen größer geworden. Er bedrückte Samgin durch seinen Umfang, seine Stimme und die plumpen Bewegungen eines Ringkämpfers, und es war fast nicht zu glauben, daß dieser Mann Student gewesen war.

»Diese Dummköpfe haben schon einmal das Spiel verdorben«, sagte er, während er das Schloß eines großen Reisekorbs öffnete. »Wenn dieser verteufelte 1. März nicht gewesen wäre, hielten wir jetzt Europa an den Hörnern ...«

Er sprach nicht erbost, sondern wie einer, der zwar erzürnt ist, aber gut weiß, wie man fremde Fehler wiedergutmachen muß, und bereit ist, unverzüglich ans Werk zu gehen. In gestreiftem Jockei-Sweater und weiten Unterhosen von ungewöhnlicher Farbe, entnahm er dem Korb einige Päckchen und bot Samgin mit geneigtem, zerzaustem Kopf an: »Essen wir noch was vor dem Schlafen. Anders geht es bei mir nicht, Gewohnheit. Wissen Sie, ich habe vier Tage in Gesellschaft einer Dame aus dem Kaufmannsstand verbracht, einer Witwe über Dreißig – Sie werden sich vorstellen können, was das bedeutet! Auch da habe ich nachts zwischen den wonnigen Mühen der Liebe immer wieder was gegessen. ›Verzeih‹, sagte ich zu ihr, ›ma chère ...‹«

Samgin war hungrig und fand, es sei besser zu essen, als mit einem halbtrunkenen Menschen zu sprechen. Stratonow goß aus einer schwarzen Flasche irgendeine stark riechende Flüssigkeit in einen silbernen Becher.

»Schlucken Sie das mal. Ein sehr spaßiges Zeug.«

Klim leerte den Becher, es benahm ihm den Atem, er machte den Mund auf und zischte zornig.

»Ist das nicht ein Gift? Meine Dame hat einen alten Büfettier, einen richtigen Mendelejew, sage ich Ihnen! ... Nehmen Sie von der Gans ...«

Der Regen hörte plötzlich auf, die Fenster zu waschen, wie ein goldener Ball rollte der Mond auf den Himmel; die Lichter der Stationen und Fabriken wurden bescheidener, blasser, die Fensterscheibe war wie mit Quecksilber bespritzt. Die Hütten der Dörfer glitten über die Erde wie Barken auf einem Fluß.

»Mögen Sie Twain? Und Jerome? Nein, niemand kann ein so gesundes Lachen hervorrufen wie diese zwei«, sagte Stratonow, eifrig essend. Dann wischte er sich die Hände mit der Serviette ab und seufzte betrübt: »Die Leute haben Twain, wir haben Tschechow. Vor kurzem empfahl man mir: Lesen Sie ›Unteroffizier Prischibejew‹, es ist sehr komisch. Ich las es, aber es war gar nicht komisch, sondern sehr traurig. Auch ist nicht zu erkennen, wie der Verfasser eigentlich zu dem Mann steht, den er wegen seiner Ordnungsliebe verspottet. Trinken wir noch etwas.«

Den giftigen Branntweinaufguß trank Stratonow furchtlos wie Limonade. Als er ihn ausgetrunken hatte, verstaute er den übriggebliebenen Proviant im Korb und fuhr fort: »In Rußland gibt es außer den Sozialisten überhaupt nichts Komisches. Unsere Humoristik ist dumm: Ein kleiner Pole oder Jude, der von der Straße ins Fenster des Oberprokurators der Heiligen Synode schießt – so ist es! Vermutlich war es ein ganz schlechtes Pistölchen.«

Ein paar Minuten später streckte er sich auf dem Sitzpolster aus und verstummte; die Decke auf seiner Brust hob und senkte sich wellenförmig wie die Erde vor dem Fenster. Das Fenster schnitt die Bäume bald an den Wipfeln, bald an der Wurzel; sie schwangen ihre Zweige und rannten von dannen. Samgin betrachtete die große, aufgestülpte Nase und die entblößten Zähne Stratonows und stellte ihn sich in dem Dorf Tarassowka vor der Bauernmenge vor. Dem Ofensetzer wäre es wohl bei der Begegnung mit einem solchen Herrn nicht gut ergangen.

Klim hatte Stratonow für einen selbstgefälligen und nicht besonders klugen Mann gehalten, jetzt aber wollte er diesen Menschen plötzlich mit irgendwelchen Vorzügen ausstatten, und nach einer Weile verlieh er ihm die Energie Warawkas, das Nationalgefühl Koslows und den Optimismus Mitrofanows, es ergab sich eine sehr imposante Gestalt.

Vielleicht brauchte Rußland gerade solche Menschen.

Er erinnerte sich der beschwichtigenden Worte Mitrofanows anläßlich der Studentenunruhen: »Ach was. Uns juckt die Haut, innerlich aber sind wir gesund. Nehmen Sie zum Beispiel die Buchweizengrütze: Wenn sie kocht und brodelt, steigt das leichte Korn nach oben, dann bildet sich aus ihm eine schmackhafte, knusprige Kruste. Das ist doch so? Aber uns sättigt ja nicht die Kruste, sondern die Grütze . . .«

Beim Einschlafen dachte Samgin: Ja, Rußland braucht gesunde Menschen, Optimisten, keine »Gallebitteren«, wie Herzen sagte. Schtschedrin und Uspenskij, solche haben mehr als andere den Charakter der Intelligenz verdorben.

Doch am Morgen enttäuschte Stratonow Klim; er erwachte als

erster, weckte Klim durch sein Rumoren und bot ihm Kaffee an.

»Ich habe eine Thermosflasche, der Schaffner wird gleich Gläser bringen«, sagte er, während er liebevoll eine nagelneue helle Hose anzog.

Klim fragte: »Sie scheinen Preiß nicht mehr zu besuchen?«

»Doch, manchmal gehe ich«, antwortete Stratonow widerstrebend. »Aber wissen Sie, es ist dort etwas langweilig. Und unter uns gesagt: ›Glückselig der Mann, der nicht wandelt im Rat der Gottlosen‹, das stimmt! Im weiteren aber bin ich nicht einverstanden. Entweder tretet ihr den Sündern in den Weg, um ihnen den Weg zu versperren, oder ihr haltet mit ihnen Schritt. So ist das. Preiß ist ein gescheiter Mensch«, fuhr er mit gerümpfter Nase fort, »ein gescheiter und sehr wissender Mensch, aber die Herde, die er hütet, besteht aus lauter Schwätzern, hohlköpfigem Volk.«

Während er mit der Serviette sorgfältig die Gläser auswischte, fuhr er mit großer Begeisterung fort: »Die Geschichte, mein Teurer, hat uns vor die Aufgabe gestellt, die Ufer des Stillen Ozeans zu betreten, zunächst über die Mandschurei, dann bestimmt durch den Persischen Golf. Ja, ja – lächeln Sie nicht. Das eine wie das andere ist notwendig, ebenso wie es notwendig ist, das Schwarze Meer zu öffnen. Und damit muß man sich beeilen, weil . . .«

Der Waggon machte einen starken Ruck. Stratonow goß sich den Kaffee aus der Thermosflasche auf die Knie, auf die hellgraue Hose, er brauste auf und stieß deutlich einen unflätigen Fluch aus.

»Wie ärgerlich«, seufzte er betrübt, als er versuchte, mit dem Taschentuch die braunen Flecke von der Hose wegzuwischen. Den Kaffee aus dem Glas schüttete er in den Spucknapf, steckte die Thermosflasche in den Korb und vergaß, daß er Samgin Kaffee angeboten hatte.

»Und die Revolution?« fragte Klim.

Stratonow, der die Hose auszog, brummte: »Was ist dort schon für Revolution! Kleine Jungen schießen aus Pistolen.«

»Ob nun kleine Jungen oder nicht, jedenfalls haben sie zwei Parteien organisiert, während Leute mit Ihren Ansichten . . .«

Nachdem Stratonow die Hose gewendet hatte, legte er sie sorgfältig zusammen, nahm einen schweren Koffer aus dem Gepäcknetz, dann blähte er die Wangen auf, streckte, Samgin zornig ansehend, die Hand mit der Handfläche nach oben aus und blies kräftig auf sie. »Das sind Ihre Parteien. Staub sind Ihre Parteien.«

Er nahm eine andere Hose aus dem Koffer, betrachtete sie und murmelte: »Rußland hat den Weg der Weltpolitik betreten, Sie aber reden von Pistolen. Lächerlich ...«

Samgin war verstummt. Stratonow hatte sich mit seiner dummen Geste und seinem Ärger über die Hose in Klims Augen zu Fall gebracht. Beim Verlassen des Wagens verabschiedete er sich lässig von Stratonow, und als er in der Droschke saß, dachte er verächtlich: Du Ochse. Idiot. Wozu taugst du denn im Kampf gegen jene, die im Streben nach ihren Zielen fähig sind, ihre Freiheit, ihr Leben zu opfern?

Dieser allzu bestimmte Gedanke verwirrte Samgin; Gedanken dieses Tons kamen ihm plötzlich und zwangen ihn, gegen sie zu protestieren.

Selbstverständlich wünsche ich solchen Ochsen keineswegs den Sieg, dachte er weiter und beschloß, diese unangenehme Begegnung im Gedächtnis zu streichen, wie er vieles zu streichen suchte, wofür er in der Schatzkammer seiner Eindrücke keinen passenden Platz fand.

Er sah, daß die »gesellschaftliche Bewegung« wuchs; die Menschen bereiteten sich gleichsam auf eine Paradeschau vor, sie erwarteten, daß bald irgendwessen schallende Stimme sie auf den Roten Platz zum Bronzedenkmal der Helden Minin und Posharskij rufen und von der Richtstätte herab alle streng nach ihrem Glaubensbekenntnis fragen würde. Es wurde immer erbitterter gestritten und immer öfter die Frage gestellt: »Wie denken Sie?«

Gussarow hatte sein Kinnbärtchen abrasiert, den grimmigen schwarzen Schnurrbart aber stehenlassen und sah jetzt wie ein Armenier aus. Er hatte das gestärkte Oberhemd abgelegt, ein leinenes Russenhemd, Schaftstiefel bis zu den Knien angezogen, den Hut mit einer Mütze vertauscht, und das machte ihn zu einem Menschen, der sofort, schon von weitem auffiel. Er predigte nicht mehr die Notwendigkeit des Verschmelzens der Parteien, nannte die Sozialdemokraten »die Soten« und die Sozialrevolutionäre »die Soren« und sagte: »Die Soten müssen die Propaganda durch die Tat in Angriff nehmen; es muß Fabrikterror geben, man muß die Arbeitgeber, die Direktoren und die Meister schlagen. Wenn die Soten das befolgen, ist es mit den Soren aus.«

»Ein Schwätzer«, sagte Ljubascha von ihm. »Er sagt, er habe viele gute Beziehungen zu den Arbeitern, verrät sie aber niemandem. Heute brüsten sich viele mit ihren Beziehungen zu den Arbeitern, das klingt aber sehr nach Jägerlatein. Herr Subatow hingegen hat Grund, zu prahlen ...«

Ljubascha wurde immer besorgter, gröblicher, sie magerte ab, stotterte erregt, ließ die Sätze unbeendet und schrie Samgin einmal in Warwaras Gegenwart erstaunt und zornig an: »Du verdummst, Klim, Ehrenwort! Du sprichst so verworren, daß ich nichts verstehe.«

»Du hast die schädliche Angewohnheit, zu vereinfacht zu sehen«, sagte Klim das erstbeste, was ihm einfiel.

Ljubascha bekam oft lange Briefe von Kutusow; Samgin nannte sie »Apostelbotschaften«. Wenn die Somowa solche Briefe erhielt, kam sie sich vor, als hätte sie Namenstag, und alle begriffen, daß diese Blättchen dünnen Briefpapiers, die dicht mit kleiner, deutlicher Handschrift beschrieben waren, das Teuerste und Freudigste im Leben dieses jungen Mädchens waren. Samgin konnte kaum glauben, daß gerade Kutusow mit seiner schweren Hand so kleine, spitze Buchstaben zu Zeilen aufzureihen vermochte.

»Die Welt ist schwerkrank, und es ist ganz klar, daß sie mit der süßlichen Humanismus-Mixtur der Liberalen nicht zu heilen ist«, schrieb Kutusow. »Ein chirurgischer Eingriff ist notwendig, die reifen Geschwüre müssen geöffnet, die fauligen Geschwülste herausgeschnitten werden.«

»Richtig«, stimmte Alexej Gogin bei, der ein Auge zugekniffen hatte und sich mit dem Nagel des kleinen Fingers über die Braue strich. »Er hat schon früher gut geschrieben . . . wie war das doch? Von der Ahle und dem Sack?«

Ljubascha zitierte mit sichtlichem Stolz aus dem Gedächtnis: »Wie spitzfindig auch die Volkstümler ihren Sack hübscher Worte nähen mögen, die Klassenahle läßt sich darin doch nicht verstecken.«

»Stepan hat einen guten Kopf«, lobte Gogin, während seine Schwester mit verneinendem Kopfschütteln sagte: »Ich bin keine Verehrerin von Leuten dieses Schlages. Menschen, die man sofort versteht, restlos, sind uninteressant. Der Mensch muß in sich nach Möglichkeit alles enthalten, plus – noch etwas.«

Man pflegte ihre rednerischen Launen nicht zu beachten, nur Ljubascha neckte sie zuweilen: »Das ist bei den Dekadenten gestohlen, Tanetschka.«

Tatjana erwiderte: »Die Dekadenten sind auch Revolutionäre.«

Nachdem Samgin alle Meinungen angehört hatte, wählte er einen geeigneten Augenblick und sagte: »Wir brauchen solche Menschen wie Kutusow – Menschen, die in einer Idee stecken, meinetwegen durch sie sogar etwas häßlich beschränkt, durch ihren Glauben verblendet sind . . .«

»Wozu das?« fragte Tatjana und sah ihn mißtrauisch an.

»Um uns zu befreien von allen möglichen überflüssigen Menschen, von den Liebhabern einer Romantik bloßer Worte, von unserer Neigung zu allerhand Ketzereien und Moden, von der geistigen Zügellosigkeit . . .«

Er hatte sich die Manier erarbeitet, ohne Intonationen zu reden, sprach, als zitiere er ein ernstes Buch, und war überzeugt, daß diese Manier, die seinen Worten Solidität verlieh, ihre Zweideutigkeit gut verberge. Aber er enthielt sich weitläufiger Betrachtungen, indem er »Tatsachen« vorzog. Er las auch die Briefe des Bruders vor, die stets trübsinnig waren: »Man lebt hier immer noch so, wie man zu Gogols Zeiten gelebt hat; fünfundneunzig Prozent der Einwohner scheinen ›tote Seelen‹ zu sein und so unheimlich tot, daß man sie nicht zum Leben erwacht sehen möchte . . . In den Gymnasien ist militärisches Exerzieren als Unterrichtsfach eingeführt worden, es unterrichten die Offiziere der hiesigen Garnison, und stell Dir vor, viele Gymnasiasten sind von diesem schädlichen Spiel aufrichtig begeistert. Vor kurzem ist ein Offizier überführt worden, die Jungen in öffentliche Häuser mitgenommen zu haben.«

Iwan Dronow hatte an Samgin einen Brief mit der Bitte geschrieben, ihm bei den Moskauer Zeitungen Arbeit zu verschaffen, Samgin war mit ihm in Briefwechsel getreten, und Dronow bereicherte ihn auch mit Tatsachen. »Einer der Studenten, die aus Sibirien zurückgeschickt wurden, hat hier irgendwelche Idiotenandachten mit Gymnasiastinnen veranstaltet: Er löschte das Licht im Zimmer, ließ aus einem Behälter Wasser in ein kupfernes Becken tropfen und las den Mädchen beim gleichmäßigen Tropfen in der Dunkelheit erotische und mystische Gedichtchen vor. Hierdurch brachte er die jungen Dinger bis zur Hysterie, und vor kurzem stellte sich heraus, daß eine von ihnen, eine Vierzehnjährige, schwanger ist.«

An solchen Tatsachen war Iwan Dronow ebenso reich wie ein Igel an Stacheln; er berichtete, wer von den Studenten ein Gesuch um Wiederzulassung zur Universität eingereicht habe, wer sich dem Trunk ergebe und weshalb, er wußte alles Schlechte und Gemeine, was die Menschen taten, und bereicherte Samgin gern mit seiner »Lebenskenntnis«. Klim erzählte den Gästen von den Eindrücken seiner Fahrten und sah nicht ohne Vergnügen, daß diese Erzählungen sie in trauriges Schweigen versetzten. Das war seine kleine Vergeltung an den Menschen dafür, daß sie nicht so waren, wie er sie gern gesehen hätte. Er hatte schon lange – vorsorglich – erklärt, er begreife, daß seine Tatsachen etwas eintönig düster seien, habe aber vor, Milieuskizzen unter dem Titel »An der Grenze zweier Jahrhunderte« zu schreiben.

»Ich beabsichtige, den Prozeß der Zerstörung jeglicher ›Prinzipien‹ und ›Traditionen‹ am Vorabend der Epoche von Aufständen aller Art zu zeigen«, sagte er im Ton eines kaltblütigen, gelehrten Soziologen.

Im allgemeinen jedoch war er mit seinem Platz unter den Menschen zufrieden, er war bereits gewohnt, sich in einer bestimmten Atmosphäre zu bewegen, hatte sich in sie eingelebt, verstand – wie ihm schien – gut alle »Systeme von Sätzen« und war überzeugt, daß er in seinem Leben keinen zweiten Boris Warawka mehr treffen werde, der ihn zwingen könnte, erniedrigende Rollen zu spielen.

Ohne daß er es merkte, erweiterte Warwara immer mehr den Kreis ihrer Bekanntschaften, wobei sie einen unersättlichen Hunger nach »neuen« Menschen zeigte. Sie hatte stets junge Männer und Mädchen um sich, denen die »Politik«, die »Prinzipien« und »Traditionen« entweder gleichgültig waren oder die von alledem mit der Ironie und Skepsis alter Leute sprachen. Sie ließen in Samgins Erinnerung die vergessenen Reden Serafima Nechajewas über Liebe und Tod, über den Kosmos, über Verlaine und die Stücke Ibsens wiedererstehen, entdeckten Edgar Allan Poe und Dostojewskij, begeisterten sich für Hamsuns »Pan« und behaupteten, das Recht zu haben, sich dem Ruf aller Wünsche, dem launischen Spiel aller Gefühle frei hinzugeben. Samgin versagte sich nicht das Vergnügen, die Individualisten und Sozialisten aufeinanderzuhetzen, indem er die Unversöhnbarkeit ihrer Gegensätze vorsichtig unterstrich.

Er sah, daß Warwara insbesondere Nifont Kumow hervorhob, einen hochgewachsenen jungen Mann mit unschön verlängertem Hinterkopf und schmalem, großnasigem Gesicht im dunklen Flaum des Kinn- und Schnurrbartes. Von weitem schien die lange und dürre Gestalt Kumows komisch anmaßend, denn sein Gesicht war lächerlich hochnäsig, in der Nähe aber wurde einem klar, daß er nur deshalb »die Nase hoch trug«, weil sein breiter Hinterkopf wahrscheinlich unnatürlich schwer war; Kumow war bescheiden, schüchtern, sprach mit dumpfem Baß, lispelte ein wenig und redete immer im Stehen; selbst wenn er kurze Sätze sagte, erhob er sich vom Stuhl wie ein Schüler. Sein dunkles Gesicht erhellten graue Augen, die sehr weich und rund waren, wie bei einem Vogel.

Er war der Sohn eines Viehhändlers in Ufa, hatte das Gymnasium besucht, war beim Eintritt in die siebte Klasse verhaftet worden, hatte ein paar Monate im Gefängnis gesessen, und sein Vater war in der Zeit gestorben. Kumow hatte einige Zeit in Ufa unter polizeilicher Überwachung verbracht, war dann, von der Stiefmutter aus dem Hause gedrängt, in Rußland herumvagabundiert, war im Ural und im Kaukasus gewesen, hatte unter den Duchoboren gelebt und mit ihnen nach Kanada auswandern wollen, war aber auf der Insel Kreta erkrankt und von dort nach Odessa zurückgebracht worden. Aus dem Süden hatte er sich zu Fuß nach Moskau durchgeschlagen und sich hier niedergelassen mit dem Entschluß, etwas zu lernen.

Samgin gefiel etwas an diesem stillen Menschen, er schlug ihm vor, als Sekretär bei ihm zu arbeiten, und Kumow kratzte nun täglich mit der Feder in dem kleinen Zimmerchen neben der Toilette, während er aber geheimnisvoll und leise erzählte: »Man muß unterscheiden: Geist!« Er hob die schmale, kraftlose Hand zum Kopf. »Und Seele!« Seine Hand senkte sich weich aufs Knie. »Erinnern Sie sich, was Christus gesagt hat. ›In deine Hände befehle ich meinen Geist‹, aber nicht die Seele. Und dann: ›Den Geist löschet nicht aus.‹ – Der Geist wird vom praktischen Verstand nicht verführt, doch die Seele ist verführt. Und alle unsere Sektierer leben, wie ich sie sehe, nicht mit Geist, sondern mit Seele. Auch die Duchoboren: Sie haben den Geist in die Seele eingesperrt. Das Volk lebt überhaupt nicht mit Geist, es ist falsch, das zu meinen. Das Volk ist eine seelische, vernünftige, praktische Kraft, eine höchst unbarmherzige Kraft, die ganz auf irdischen Interessen beruht. Mit Geist lebt die Intelligenz, darum gilt sie auch als unpraktisch. Im Kubangebiet singen die Sabbatäer: ›Lasset uns aufsuchen die Zionstadt, in ihr wird unsere Seele geheilt werden‹, dabei sind sie reich und geizig. Ebenso ist es mit den Duchoboren: Sie geben vor, für den Geist, für seine Freiheit zu kämpfen, sind aber dorthin gefahren, wo es besser ist. Die Intelligenz geht dorthin, wo es schlechter, schwerer ist.«

Samgin hörte lächelnd zu und fand es nicht notwendig, Kumow zu widersprechen. Er hatte es versucht und sich überzeugt, daß es nutzlos war: Kumow hatte seine Argumente angehört und dann seins gesagt wie ein Mensch, der unerschütterlich daran glaubt, daß seine Wahrheit die einzige ist. Er wurde nicht ungehalten, nahm nichts übel, aber seine Worte berauschten ihn zuweilen so, daß er eigentümlich krampfhaft und ganz unverständlich zu sprechen begann; er erhob sich, deutete mit der Hand aufs Fenster und sagte mit einer Begeisterung, die an Angst erinnerte: »Der Leib. Das Fleisch. Es ist beseelt, aber nicht vergeistigt – so. Kennen Sie die Lehre der Bogomilen? Gott gab die Form, Satan die Seele. Das ist erschreckend wahr! Darum ist im Volk kein Geist. Der Geist wird von Auserwählten geschaffen.«

»Gefällt dir denn diese Philosophie?« fragte Samgin seine Frau, denn ihn wunderte und belustigte die Aufmerksamkeit, mit der sie Kumow zuhörte.

»Er ist nett«, antwortete Warwara ausweichend. »So naiv.«

Hin und wieder erschien Diomidow; seine Besuche unterlagen dem Gesetz einer gewissen Periodizität; es war, als wanderte er langsam einen weiten Kreis und stieße an einem Punkt der Kreislinie auf die Wohnung der Samgins. Er benahm sich, als erwiese er den Gastgebern durch sein Kommen eine große Gefälligkeit.

»Nun, wie geht es Ihnen?« fragte er herablassend. »Suchen Sie immer noch alle Menschen in einen Winkel zu treiben?«

Er lächelte mit ironischem Bedauern. An ihm war etwas Wichtiges und Selbstzufriedenes aufgetaucht; er ging langsam, mit vorgewölbter Brust, wie ein Soldat; das Haar hatte er sich wieder bis zu den Schultern wachsen lassen, aber es lockte sich schon nur noch an den Enden, während es von den Wangen und vom Kinn schwer und gerade herabhing wie Baunerngarnfäden. In seinen öden Augen hatte sich etwas Stolzes verdichtet, und sie waren weniger durchsichtig.

Die allwissende Ljubascha erzählte, Diomidow hätte einen großen Kreis von Schülern aus den Reihen kleiner Händler, Verkäufer und Handwerker, es befänden sich darunter viele Frauen und Mädchen, Näherinnen und Köchinnen, und die Polizei verhielte sich Diomidows Predigten gegenüber sehr wohlwollend. Ljubascha verhielt sich zu Diomidow fast grimmig, und er zahlte ihr das mit geringschätzigem Lächeln heim.

»Ihre Bücher soll ich lesen?« fragte er. »Für mich zu flach geschrieben.«

Aber er widersprach ihr selten, sondern machte es meist so: Er sah ihr starr ins Gesicht und scharrte mit dem Fuß auf dem Boden herum, als zerriebe er etwas.

Als Alexej Gogin in seinem Beisein zu Kumow sagte, daß es für die Intelligenz zwei Wege gebe, gehorsam dem Kapital zu dienen oder völlig mit der Arbeiterklasse zu verschmelzen, bemerkte Diomidow laut und scharf: »Das ist ein Irrtum. Für den Menschen gibt es nur einen Weg – von sich zu Gott, alles andere aber ist kein Weg für ihn, sondern ein Abweg.«

Warwaras Freunde waren laut entzückt von Diomidows Weisheit, doch Samgin kam es vor, als hätten der ehemalige Requisiteur und Kumow etwas Verwandtes, und er hetzte sie zum Streit aufeinander. Aber er hatte sich getäuscht: Kumow stritt nicht; nachdem er ganz leise seine Theorie der Unversöhnbarkeit von Seele und Geist dargelegt hatte, hörte er schweigend und geduldig Diomidows zornige Zurechtweisungen an.

»Das stimmt nicht, ist eine Erfindung. Es gibt gar keinen Geist außer der Seele. ›Meine Seele, meine Seele, was schläfst du? Das Ende naht.‹ Das ist es, was man begreifen muß: Das Ende naht dem Menschen wegen der Lebensenge. Und Sie, junger Mann, beten vergebens die Intellektuellen an, denn sie haben begonnen, die Menschen zu Parteien zusammenzuschließen, und schaffen ein neues Soldatentum.«

Hocherzürnt ging Diomidow fort, ohne sich von jemandem zu verabschieden, während Ljubascha, die auch sehr zornig war, Kumow fragte, weshalb er Diomidow mit Schweigen geantwortet habe.

»Mit solchen kann ich nicht«, sagte Kumow schuldbewußt, nachdem er sich erhoben hatte, dann setzte er sich wieder, dachte eine Weile nach und erhob sich lächelnd von neuem. »Mit solchen verstehe ich nicht umzugehen. Das sind, wissen Sie, so . . . ungemein komische Menschen. Sie sind Rächer, sie wollen sich rächen . . .«

»Na, Bester, Sie scheinen zu phantasieren«, sagte die Somowa mit wegwerfender Handbewegung.

»Nein, ich versichere Ihnen, das ist so, Ehrenwort!« sagte Kumow etwas lebhafter und immer noch schuldbewußt lächelnd. »Ich habe sehr viele solcher Menschen gesehen; ein Duchobore war ein guter Mensch, aber man hatte ihm ein Paar Stiefel zu eng gemacht, und wissen Sie, er ärgerte sich über jedermann, wenn er die Stiefel anzog – lachen Sie nicht. Das ist sehr . . . sogar schrecklich, daß einem Menschen wegen schlechter Stiefel alles verhaßt wird.«

Samgin lachte auch, aber seine Frau sagte ungeduldig zu ihm: »Hör bitte auf . . .«

»Im Ernst«, fuhr Kumow, die Hände auf die Stuhllehne gestützt, fort. »Ein Kamerad von mir, ein aus der Kavallerieschule in Jelisawetgrad entflohener Kadett, ist auch so, wissen Sie . . . Ihn hatte jemand in den Hals gebissen, der Hals schwoll an, und dann benahm er sich geradezu entsetzlich gegen mich, dabei waren wir Freunde. Das ist Rache an sich selbst, beispielsweise dafür, daß man eine Warze auf der Wange hat, oder dafür, daß man dumm ist, überhaupt an sich selbst, wegen irgendeines eigenen Mangels; das ist sehr verbreitet, versichere ich Ihnen!«

»Wofür rächt sich denn Ihrer Ansicht nach Diomidow?« fragte Klim vollkommen ernst.

»Ich kenne ihn ja nicht, ich sehe nur aus seinen Worten, daß er zu diesen gehört«, antwortete Kumow und setzte sich.

Samgin hielt seinen Sekretär in ehrfurchtsvoller Distanz, ließ sich nur gelegentlich zu Gesprächen mit ihm herab; Kumow war zerstreut und überhaupt eine schlechte Arbeitskraft, und Samgin fürchtete, daß der Sekretär, wenn er ein demokratisches Verhalten des Patrons zu ihm bemerkte, noch schlechter arbeiten würde. Er hielt Kumow für einen Menschen, der von Natur aus nicht sehr gescheit und von der Vielfalt an Eindrücken, die seinen Verstand überstiegen, eingeschüchtert war. Doch die Worte von den Rächern verwunderten Samgin unangenehm, und da er nun dachte, daß der Sekretär gar nicht so naiv sei, wie es schien, begann er ihn aufmerksamer und bereits mit Mißgunst zu beobachten.

Als Samgin eines Abends mit seiner Frau spazierenging, begegnete ihm Makarow, und er lud ihn zum Tee ein. Makarow war noch mehr ergraut, seine Schläfen waren fast weiß, und die dunklen Haarbüschel auf dem Kopf hatten sich noch mehr entfärbt. Das machte sein zweifarbiges Haar natürlicher. Seine braunen Augen waren nachdenklicher, weicher geworden, und obwohl er nicht gealtert wirkte, lag in ihm etwas Trauriges. Er trat immer auf derselben Stelle, sprach von den Französinnen, die sich weigerten, Kinder zu bekommen, vom Zweikindersystem in Deutschland und vom Neo-Malthusianismus innerhalb der deutschen Sozialdemokraten; das alles hielt er für ein Anzeichen, daß in den Ländern mit hoher technischer Kultur der Mutterinstinkt verlorenging.

»Die Frauen wollen keine Kinder für die Büros und Maschinen gebären.«

Er sprach ohne Begeisterung, als gäbe er den Samgins nur Rechenschaft über seine Beobachtungen.

Klim scherzte: »Der Gynäkologe beunruhigt sich wohl über den Rückgang seiner Praxis?«

»Nein, sieh dir das mal ernst an«, begann Makarow, sprach aber nicht zu Ende, sondern riß ein Streichholz an, wartete, bis es richtig brannte, löschte es aus und zündete an dem glimmenden Ende vorsichtig eine Zigarette an.

Er ist konservativ, wie ein Bauer, vermerkte Samgin.

»Wirklich«, fuhr Makarow fort, »die wirtschaftlich gesicherte, ja vielleicht sogar kommandierende Klasse will keine Kinder haben, wozu aber braucht sie dann die Macht? Die Arbeiter enthalten sich der Kinderzeugung, um nicht zu hungern, diese Leute aber? Das ist nicht mein, sondern Turobojews Gedanke . . .«

Samgin lächelte. »Ach so! Was macht er?«

»Er? Er ekelt sich. Meiner Ansicht nach ist er durch das Abscheugefühl vollständig paralysiert.«

Makarow sah Warwara an, schwieg ein paar Sekunden und sagte dann sehr ruhig: »Lidija Timofejewna fragte ihn, als sie aus irgendeinem Grund auf ihn zornig war: ›Weshalb erschießen Sie sich nicht?‹

Er antwortete: ›Ich will nicht, daß man über mich in den Börsennachrichten schreibt!‹«

Samgin begann ihn über Lidija auszufragen. Warwara hatte die ganze Zeit schweigend dagesessen, jetzt erhob sie sich und ging fort, sie tat das irgendwie demonstrativ. Über Lidija sprach Makarow uninteressant, und er verabschiedete sich, ohne Samgin etwas Neues gesagt zu haben.

»Morgen kehre ich nach Petersburg zurück, und im Frühjahr gehe ich wahrscheinlich nach Kasan oder vielleicht nach Tomsk«, sagte er im Fortgehen und hinterließ einen Eindruck von Schlaffheit und Entfremdung.

»Warum bist du denn fortgelaufen?« fragte Samgin seine Frau.

»Ich kann Makarow nicht ausstehen«, antwortete sie gereizt. »Er ist wie ein prinzipieller Eunuch.«

»Oho!» rief Samgin scherzhaft aus, doch sie fuhr fort, während sie sich Tee in die Tasse goß: »Obwohl ich nicht glaube, daß ein Mann mit so einer Fratze und Figur . . . die Frauen aus philosophischen Erwägungen meidet und nicht einfach aus Angst, Vater zu werden . . . Und sein Bedauern, daß die Frauen keine Kinder zur Welt bringen . . .«

»Du hast vergessen . . .«, begann Samgin lächelnd, verstummte aber rechtzeitig, denn seine Frau hatte sich auf dem Stuhl zurückgelehnt, ihre Augen waren tief dunkel geworden.

»Nun, was denn?« fragte sie, sich auf die Lippen beißend. »Du wolltest mich wohl an meine Abtreibung erinnern, ja?«

»Nichts dergleichen«, sagte er entschieden. »Wie kommst du darauf?«

»Was wolltest du denn sagen?«

»Ich wollte daran erinnern, daß die Geburtenzahl bei den wirtschaftlich gesicherten Klassen tatsächlich zurückgeht und daß dies ein schlechtes Zeichen ist . . .«

Er sprach dozierend und so lange, bis Warwara ihn unterbrach: »Na, verzeih. Mir kam es nur so vor.«

Samgin dachte bei sich, sie habe sich nachlässig entschuldigt und hätte es besser nicht getan. Ihm war schon längst aufgefallen, daß Warwara nervös war, aber er wollte sie nicht nach der Ursache fragen. Er war nur darauf bedacht, sie nicht zu reizen, und wenn er seine Frau in schlechter Stimmung sah, ging er von ihr fort, da er annahm, daß so am besten etwaige unangenehme Gespräche und Auftritte zu vermeiden wären. Sie rauchte jetzt viel, aber er fand sich rasch damit ab, ihm schien sogar, daß Warwara eine Zigarette zwischen den Zähnen gut stand, und fing dann auch selbst an zu rauchen. Im allgemeinen lebte es sich trotz allem nicht schlecht, aber nach Neujahr verschob sich das Häusliche, Gewohnte plötzlich zur Seite.

Von Sergej Subatow wurde schon lange und nicht wenig gesprochen; zunächst geringschätzig, spaßhaft, dann immer ernster, und Samgin merkte langsam, daß die erfolgreiche Tätigkeit des Ochranamanns unter den Fabrikarbeitern die Sozialdemokraten stark beunruhigte und die Volkstümler anscheinend ein wenig freute. Suslow, dessen Lampe wieder im Fenster des Zwischengeschosses brannte, sagte lächelnd und achselzuckend: »Das Subatowverfahren ergibt sich natürlich aus der Propaganda der Marxisten.«

Als Ljubascha davon erzählte, wie leicht die Arbeiter in den »Verein für gegenseitige Hilfe« eintraten, fauchte sie zornig, zog sich erbarmungslos am Zopf und wunderte sich: »Wenn es noch Weber wären, aber es sind ja Metallarbeiter, die auf diesen Köder hereinfallen, bedenkt doch!«

Sogar Kutusow konnte sie nicht beruhigen, als er ihr schrieb: »Das Experiment dieses Chemikers ist kühn, aber es ist zum Mißerfolg verurteilt, denn über das Gesetz der chemischen Affinität kann sich selbst die Polizei nicht hinwegsetzen. Wenn aber ein Wunder geschieht und die Gendarmerie, die Infanterie und die Kavallerie sich auf die Seite der Ausgebeuteten gegen die Ausbeuter stellen, was könnte es Besseres geben? Doch Wunder gibt es weder nach der einen noch nach der anderen Seite, Fehler aber sind nach allen Richtungen möglich.«

»Mir ist es unbegreiflich, wie er da noch scherzen kann«, sagte Ljubascha ratlos und betrübt.

Alexej Gogin versuchte auch zu scherzen, aber es gelang ihm nicht recht, er tat es nur pflichtgemäß als lustiger Mensch; seine Schwester, die in einer Sonntagsschule unterrichtete, erzählte aufgeregt: »Von meinen siebzehn Schülern begreifen nur zwei, daß Subatow ein Spitzbube ist.«

Und alle setzten eine trübsinnige Miene auf, als bekannt wurde, daß die Arbeiter am Tag der »Bauernbefreiung« in den Kreml zum Denkmal des Befreiers gehen würden.

Sie gingen nicht am neunzehnten Februar, sondern drei Tage später, am Sonntag. Es war ein milder Tag, fast wie im März, aber noch wetterwendisch, über dem Roten Platz kreiste feuchter Wind und drohte mit Schneesturm, schnell und niedrig jagten Wolken über die Moskwa auf den Kreml zu, die Glocken dröhnten. Eine dunkle, zottige Menge strömte in zwei Wogen auf den Platz und wälzte sich zur Kremlmauer, zum Spasskij- und Nikolskij-Tor. Die Arbeiter gingen gemächlich, sogar irgendwie träge, sie gingen ohne Lärm, aber auch nicht feierlich. Sie sprachen wenig, mit gedämpften Stimmen, brummig, und das Reden verschmolz nicht zu jenem Lärm, der immer die Bewegung einer Menschenmasse begleitet. Sehr viele husteten erkältet, und das schwere Schlurren Tausender von Füßen auf dem zerwühlten Schnee erinnerte sonderbar an das Geräusch des Räusperns, an das feuchte Röcheln einer riesengroßen Lunge.

Klim Samgin stand in einer Zuschauergruppe auf den Stufen des Historischen Museums. Die Arbeiter strömten von beiden Seiten um das Museum, stockten gleichsam unentschlossen vor den Toren des Kremls, sammelten sich zu einem Stoßtrupp und zwängten sich in die steinernen Rachen der Tore, als brächen sie sie auf. Samgin musterte angespannt die endlos vorüberziehenden Gesichter und sah, daß wohl zwei Drittel der Arbeiter ältere Leute waren, nicht wenig Graubärtige, und daß die Jugend nicht so bemerkbar war. Und während die gesetzten Leute vertieft schwiegen oder leise miteinander sprachen, stieß und drängte sich die Jugend, wechselte Zurufe, lachte, schimpfte und betrachtete das sauber gekleidete Publikum vor dem Museum ungeniert und sogar dreist. Doch die Stimmen wurden vom Scharren und Trappeln der Füße übertönt. Zuweilen tauchten im Strom der Mützen und Kappen Köpfe mit Schals oder Tüchern auf, aber auch die Frauen gingen ohne Lärm. Eine von ihnen, in kurzem Männerpelz, ging am Stock und verdrehte das Bein aus der Hüfte heraus so unbegreiflich, daß es schien, als versuchte sie im Unterschied zu allen anderen seitlich zu gehen. Sie hatte ein großes, ziegelfarbenes Gesicht, drehte unheimlich ungelenk den Hals und betrachtete, wie viele in der Menge, den Platz mit weitgeöffneten Augen, die diese alten Mauern, die wuchtigen Handelsreihen, die bunte Kirche und die Bronzegestalten Minins und Posharskijs zum erstenmal sahen.

Mehrfach und aufdringlich wiederholten sich das hagere, lange Gesicht des Diakons und das runde, ausdruckslose Mitrofanows. Dem Diakon ähnelten weniger, und nur ein einziger erinnerte Klim an Dunajew.

Mit welchem Gefühl mögen diese Menschen gehen? suchte Samgin zu erraten.

Ihm schien, als sähen einige von ihnen, sehr viele, vielleicht die meisten, ihn und die Zuschauermenge, in der er stand, auch herablassend, gleichgültig, spöttisch, dreist und mürrisch, im allgemeinen aber mit Augen völlig fremder Menschen an, mit den gleichen Augen, mit denen sie von denen, die ihn, Samgin, umgaben, angesehen wurden.

Wir – er erinnerte sich des heißen und schwerwiegenden Wörtchens von Mitrofanow in der Osternacht. Die Klasse – dachte er und erinnerte sich dabei, daß er weder in dem Dorf, als die Bauern das Schloß des Getreidespeichers abgerissen hatten, noch in Nishnij Nowgorod bei der Begegnung mit dem Zaren die spaltende Wahrheit der Lehre von der Klassenstruktur des Staates empfunden hatte.

Neben Klim trat, ihn kräftig anstoßend, ein Mann mit rundem Kinnbärtchen, in einem mit Fuchspelz gefütterten Kamisol und mit einer Persianermütze; er hielt die Hände in den Taschen des Kamisols und schüttelte krampfhaft die Schöße, als beabsichtigte er hochzuspringen und in die Luft zu flattern, trat von einem Fuß auf den anderen und fragte ziemlich laut: »Was ist denn das? Wie ist das zu verstehen? Gestern haben sie gestreikt, und heute wollen sie ihre Sünden bekennen, wie?«

Sein ziemlich helles Stimmchen klang boshaft, ebenso wie sein Lachen: »Hä, h-hä.«

Jemand, der hinter und über Samgin stand, antwortete überzeugt: »Das richtet sich gegen die Studenten. Sie rebellieren, die Arbeiter aber ...«

Eine dritte, schwache und heisere Stimme sagte trübsinnig: »Meiner Ansicht nach war es unbedacht, daß man sie in den Kreml hineingelassen hat.«

Hierzu äußerten sich gleichzeitig zwei: »Richtig!«

»Wieso denn unbedacht?«

»Ja, wissen Sie«, sagte unentschlossen das schwächliche Stimmchen, »wenn sie sich schon nach zwanzig Jahren des ermordeten Zaren erinnern, so sollte jeder in seine Pfarrkirche gehen, eine Seelenmesse lesen lassen ...«

»Richtig! Sie hätten bis zum ersten März warten sollen, so aber ...«

»Die befreiten Bauern verhungern ja ...«

»Stimmt, stimmt«, sagte hastig der Mann mit der Persianermütze. »Da fallen sie auf die Straße und ziehen auch noch in den Kreml, dort aber befinden sich die Zarenkronen, die Regalien und überhaupt Schätze ...«

»Wer hat das nur ausgedacht?« fragte ein strenger Baß, man antwortete ihm nicht, und kurz darauf entrüstete er sich theatralisch, indem er vereinzelte Stimmen übertönte: »Den Kreml in einen Viehhof zu verwandeln ...«

»Erlauben Sie mal, das stimmt nun doch nicht«, sagte jemand hinter Samgin im Ton eines gekränkten Menschen. »Hier spielt sich ein

Ereignis ab, das als Einigung des Volkes mit dem Zaren zu verstehen ist . . .«

»Nicht mit dem Zaren, sondern mit dem schlechten Denkmal des Zarengroßvaters . . .«

Und gleich darauf deklamierte ein flottes Stimmchen das vergessene Epigramm:

»Eines albernen Baumeisters
Erzalberner Plan:
Den Zar-Befreier zu stellen
In eine Kegelbahn.«

Die Zuschauermenge wuchs; vor Samgin stellte sich ein hoher Gerichtsbeamter mit galligem Gesicht, hinzu kam ein bekannter Anwalt mit dem ungewöhnlichen Namen Magnit. Er begrüßte den Beamten, stieß Samgin mit dem Ellenbogen an und fragte: »Nun, was sagen Sie dazu?«

Samgin zuckte stumm die Achseln, während der Beamte ihn mit seinen gelben Augen ansah und sagte: »Ein sonderbares Unterfangen, den Arbeitern einreden zu wollen, die Regierung stehe ihnen gegen die Arbeitgeber bei.«

»Diese Worte sollten Sie in Ihrer künftigen Anklagerede wiederholen«, riet ihm der Anwalt und lachte so laut, daß ihn aus der Menge der Arbeiter einige ansahen und zuerst ein grauhaariger und nach diesem zwei jüngere sich den Zuschauern anschlossen. Unter den Zuschauern befanden sich bereits viele Arbeiter, sie hatten sich von den Ihren getrennt, waren beim Museum stehengeblieben und suchten sich tiefer in das Publikum hineinzudrängen. Samgin dachte einen Augenblick, sie versteckten sich. Aber er sah, das stimmte nicht: Auch vor ihm standen bereits Arbeiter, die den strengen Geruch von Maschinenöl ausströmten. Auf dem Platz gingen unnötigerweise Polizisten umher, der Wind blähte die Schöße ihrer Mäntel auf, und es war anzunehmen, daß sich hinter den Handelsreihen, in den schmalen Gassen der Innenstadt, nicht wenig Polizisten verbargen. Auf der Richtstätte stand, wie in ein Faß gepfercht, eine dichte Menschengruppe. Auch um das Denkmal der Retter Moskaus hatten sich viele Zuschauer zusammengedrängt, Kosma Minin wies ihnen mit seiner Bronzehand den Weg in den Kreml, sie aber blieben regungslos stehen.

Die Arbeiter aber gingen immer noch ebenso dichtgedrängt, ungeordnet und ohne Eile; es waren viele gekrümmte Gestalten, viele hielten die Hände in den Taschen oder auf dem Rücken. Das rief Samgin die Photographie irgendeines Bildes in Erinnerung, die in der »Niwa« abgedruckt worden war: Die Riesengestalt eines Molochs, auf den mitten durch die Karthagermenge ein langer Zug gebeugter, an eine Kette geschmiedeter Menschen zukommt, die für den furchtbaren Gott als Opfer bestimmt sind.

Aber diese mechanisch entstandene Erinnerung war sichtlich unangebracht, sie entschwand gleich wieder, und Samgin überlegte weiter: Wodurch unterscheiden sich diese bärtigen, vom Wind zerzausten, sehr einförmigen Menschen von all den vielen anderen, die er beobachtet hat? Er meinte bereits, das sei eine Menge wie jede andere und die Volkstümler hätten recht: Ohne Führer, ohne Helden ist sie ein Körper ohne Geist. Heute aber ist ihr Führer der Beamte der Orchrana-Abteilung Sergej Subatow.

Klassenbewußtsein? Ja – ist denn ein Junge dagewesen?

Samgin erinnerte sich Sussanins und Komissarows, danach auch Chalturins. Aber all diese Gedanken, die einander schnell ablösten, glitten an der Oberfläche des tiefen und beunruhigenden Eindrucks vorbei, ohne ihn zu berühren, auch hinderte ihn das Reden der Zuschauermenge am zusammenhängenden Denken.

An diesen Menschen ist nichts Eigenartiges – nein, nur ich bin ein wenig mit Marxismus vergiftet, suchte Samgin sich einzureden, als er das schwerfällige, ungeordnete Vorbeiziehen der Arbeiter beobachtete und zusah, wie sie am Tor ihre Schritte verlangsamten, sich dicht zusammenrotteten und in den Kreml eindrangen.

Wie Blinde! Wenn einer ihnen vor die Füße fiele, würden sie ihn zertrampeln, ohne es bemerkt zu haben, dachte er plötzlich, und dieser Gedanke kam seinem Eindruck näher als alle anderen. Er wurde sich bewußt, daß in ihm wie ein Fieber irgendein starkes Gefühl aufstieg, das er auch früher schon, aber nur schwach hatte keimen fühlen. Es wuchs wie ein Abszeß, mit zerrendem Schmerz, und die Überlegungen hinderten das Wachsen nicht im geringsten. Er verstand ganz entschieden, daß er dieses Gefühl nicht formulieren, es nicht in exakte Worte kleiden durfte, sondern es im Gegenteil durch irgend etwas auslöschen, es vergessen mußte.

Am Tor wurde gerufen: »Die Mützen! He, Jungens, nehmt die Mützen ab!«

Dieser Befehl erinnerte Samgin an den naiv prahlerischen Vers:

Welcher Wicht nähm nicht die Mütz
Im Heiligen Tor des Kremls ab.

Von der Arbeitermenge löste sich ein kleiner Alter in schwarzem, offenem Schafpelz, schwang seine Mütze und sagte freudig: »Eben ist einer verhaftet worden. Er führte dumme Reden, der Hund! ›Wohin geht ihr‹, schrie er, ›ihr Dummköpfe, ihr liebedienerisches Volk?‹ Und so schimpfte er, als hätte er den Verstand verloren, der Hundsfott!«

»Ohne Skandal geht es bei uns nicht«, bemerkte mürrisch ein bärtiger Mann mit rußgeschwärztem Gesicht.

»›Ihr Gesindel‹, sagte er ...«

»Ein Student?«

»Zivilist.«

»Ein Betrunkener?«

»Wer weiß! Man kennt sich nicht aus.«

»Und – ein Junger?«

»Das stimmt, ein Junger. Er zitterte ganz und gar, war wohl wütend ... ›Wohin?‹ sagte er.«

»Wieviel Tausende sind das wohl?« fragte besorgt ein sehr dicker, aber schlechtgekleideter Mann, der vor Samgin stand; man antwortete ihm: »Zehntausend.«

»Me-ehr.«

Von den Eingangsstufen herunter rief jemand über Klims Kopf hinweg beschwichtigend und sogar verwegen: »Moskau hat vor Menschen keine Angst.«

Ihm antwortete sogleich ein mürrischer Baß: »Menschen sind ihm nur ein Korn unter einem Mühlstein.«

Der Mann im Schafpelz fragte aufdringlich zwei Arbeiter aus, die sich eben erst dem Publikum angeschlossen hatten: »Weshalb habt ihr euch denn von euren getrennt, wie?«

»Geht dich nichts an«, sagte der eine, der Waraksin ähnelte, während der andere, der ein Gesicht wie ein alter Soldat hatte, friedfertig erklärte: »Es ist eng, man kommt ja nicht ins Tor hinein, sie zerbrechen einem die Rippen.«

»Und wozu unternimmt man das? Unternimmt es und – geht zur Seite?«

Und durch alle Stimmen sprudelte aus der Tiefe der Zuschauermenge wie ein Bächlein irgendwessen beunruhigtes Stimmchen: »Ich verstehe nicht: Was soll diese Parade? Bei Gott, wahrhaftig, ich weiß nicht, was soll sie? Wenn beispielsweise Truppen mit Musik ... und mit Beteiligung der Geistlichkeit, mit Kirchenfahnen, Ikonen und – überhaupt – das ganze Volk, ja, dann bitte schön! Aber so, wissen Sie, was kommt dabei heraus? Anscheinend nur Zersplitterung. Heute gehen die Fabrikarbeiter, morgen die Angestellten oder, sagen wir mal, die Schornsteinfeger oder sonst noch wer, doch wozu eigentlich? Das ist die Frage, die sich hier erhebt! Man ist doch nicht zu einem Bummel aufs Chodynka-Feld gegangen, meine ich ...«

In dem zusammenhanglosen Gerede der Zuschauer und diesem beunruhigten Gemurmel fing Samgin Bruchstücke ihm sehr vertrauter und sogar am Herzen liegender Gedanken auf, aber sie waren so entstellt, wirr, sie wurden so leicht vom Schlurren der Füße übertönt, daß Klim mit Entrüstung dachte:

Was für Spießbürgerei, Bettlertum.

Aus dem Kreml floß tiefes Brüllen heraus, das irgendwie wollig und flauschig klang, und es schien, als erwärmte es die feuchte und kalte Luft. Der Mann in dem mit Fuchsfell gefütterten Kamisol erklärte beschwichtigend: »Sie singen! Sie singen: ›Gott, rette ...‹«

Er nahm die Mütze ab, bekreuzigte sich in Richtung der Basilius-Kathedrale und eilte davon.

Alle Zuschauer schienen nur hierauf gewartet zu haben, ihre dichte Mauer zerbröckelte und löste sich schnell auf; auch Klim ging. Bei den Handelsreihen stieß er auf Mitrofanow; Iwan Petrowitsch stand an eine Laterne gelehnt, er hatte die Wangen aufgebläht und die Lippen gespitzt, die Mütze war ihm in die Stirn gerutscht, und er sah aus, als hätte er eben einen Schlag ins Genick erhalten. Samgin kam es sogar vor, als wäre er betrunken. Iwan Petrowitsch sah ihm gerade ins Gesicht, begrüßte ihn aber nicht. Diese Begegnung freute Klim wie das Zusammentreffen mit einem angenehmen Menschen nach langer und trauriger Einsamkeit; er reichte ihm die Hand und bemerkte, daß der Untermieter sich unruhig umsah, ehe er sie ergriff.

»Nun, was sagen Sie dazu?«

»Hervorragend«, antwortete Mitrofanow rasch. »Hervorragend«, wiederholte er, warf den Kopf hoch und rückte damit die Mütze zurecht. »Wohlgeordnet«, sagte er und betastete mit den Fingern einen Knopf an seinem Mantel. »Sehr ... eindrucksvoll!«

Sein Benehmen hatte etwas Sonderbares, es weckte Samgins Neugier, und Klim schlug ihm vor, zusammen zu frühstücken. Mitrofanow stimmte nicht gleich bei, er duckte sich verlegen, sah sich um, als er aber zugesagt hatte, ging er schnell, schweigend und vor Samgin her.

In dem halb im Keller gelegenen Restaurant, das voller Menschen war, fanden sie in einer Ecke neben einem Schrank Platz. Die Gäste des Restaurants benahmen sich so lebhaft und ungezwungen laut, als wären sie alle gut miteinander bekannt und hätten sich zu einem Jubiläums- oder Totenmahl versammelt. Samgin lauschte aufmerksam dem Stimmengewirr und vernahm kein Wort über die Arbeiterkundgebung. Ihm war sehr daran gelegen, Mitrofanows Stimmung zu ermitteln und ein paar vernünftige Worte zu hören, aber es gelang ihm nicht gleich, ihn in ein Gespräch zu ziehen. Iwan Petrowitsch nickte und sagte mit fremder Stimme: »Ein schlau erdachtes Unternehmen. Es stimmt: Die Arbeitgeber interessiert fast nichts als ihr Vorteil. Man muß es den Arbeitern natürlich leichter machen.«

Als er aber drei Gläschen Wodka getrunken hatte, seufzte er tief, schloß die Augen, verzog das Gesicht und sagte dann kopfschüttelnd und leise: »Ach, Klim Iwanytsch, das sind saure Trauben!«

»Was?« fragte Samgin ebenfalls leise, wobei er schon wußte, daß er gleich etwas Eigenartiges und wahrscheinlich, wie immer bei Mitrofanow, etwas Beruhigendes zu hören bekommen werde.

»Saure Trauben«, wiederholte Mitrofanow und beugte sich über den Tisch zu ihm vor. »Glauben Sie das nicht, Klim Iwanowitsch: Einen Fuchs kann man nicht mit sauren Trauben füttern, er frißt sie nicht!« flüsterte er, oft blinzelnd, und beugte sich noch weiter über den Tisch. »Sie dürfen nicht daran glauben, denn sie verstellen sich. Ich weiß es.«

Er drohte mit dem Finger, goß sich hastig noch ein Gläschen ein und trank es schnell aus, dann nahm er ein Stück Brot, roch daran und legte es wieder auf den Teller.

»Sie betrügen Ihre Vernunft. Viele sehen das, was sie wünschen, aber das, das Gewünschte, ist gar nicht da. Wir sehen sozusagen Gespenster, die wir uns einbilden.«

Nachdem er sich umgesehen hatte, flüsterte er: »Ich bin mit dieser sogenannten Armee zwei Stunden gegangen, mitten im Gedränge, ich habe gehört, wie sie redeten. Und – was. Meinen Sie wirklich, sie seien zum Zaren gegangen, um sich mit ihm zu versöhnen?«

Mitrofanow lächelte und machte eine wegwerfende Handbewegung über dem Tisch, streifte die Flasche, fing sie aber auf und sprang vom Stuhl hoch.

»Entschuldigen Sie. Ich kenne die Fabrikarbeiter«, fuhr er zu flüstern fort. »Sie sind ein besonderes Volk, sie pfeifen auf alles, so ist das! Da war einer, der wollte nicht heucheln, man verhaftete ihn . . .«

»Ja, ich habe davon gehört. Ein junger Bursche?«

»Wieso? Nein, er war rasiert und klein von Wuchs, an Jahren jedoch sicherlich älter als Sie.«

»Ein Arbeiter?«

Mitrofanow nickte, schaute über seine Schulter und fuhr lächelnd fort: »Er beschimpfte sie unflätig. Er ging und schrie ihnen ins Gesicht: ›Gesindel seid ihr! Jawohl! Diesen Zaren‹, sagte er, ›hat man getötet, weil er das Volk betrogen hat – versteht ihr? Ihr aber‹, sagte er, ›geht zu ihm hin, um euch vor ihm auf die Knie zu werfen.‹ Man schlug und stieß ihn: ›Schweig, du Dummkopf!‹ Er aber war wie ein Betrunkener ganz ohne Gefühl, drängte sich wieder in die Menge hinein und schrie: ›Ihr Aaskerle!‹ Klim Iwanowitsch, es handelt sich nicht darum, daß einer randaliert, sondern darum, daß sieben von zehnen ihm beistimmen und, wenn sie ihn schlagen, es nur aus Vorsicht tun. Nichts als Schlauheit! Dieser ganze Schachzug stimmt nicht, Klim Iwanowitsch, das ist ein Zug zum Verlieren. Ein Kerl schnatterte dort, das Volk habe den Zaren an seiner Spitze, dabei wissen alle, daß wir einen unglücklichen, mißlungenen Zaren haben! Bei der Krönung sind Tausende erdrückt worden, er aber hat sich nicht einmal bekreuzigt. Wenn er wenigstens fünf Polizisten aufgehängt hätte. Sein Großvater hängte auf, der genierte sich nicht. Dieser aber hat Angst vor seinem Onkel. Meinen Sie, das Volk erinnere sich nicht an Chodynka? Doch, das Volk ist nachtragend. Es gibt ja auch nur Böses, woran es sich erinnern könnte.«

Mitrofanow warf erschrocken den Kopf zurück.

»Das sage natürlich nicht ich, sondern man sagt das allgemein so . . .«

»Ja«, sagte Samgin, mit den Fingern auf dem Tisch trommelnd. Dies war nicht das, was er von Mitrofanow erwartet hatte, das beruhigte nicht, sondern erweckte einen zwiespältigen Eindruck. Mitrofanow bestärkte das Gefühl, welches beängstigte, aber es war ihm fast angenehm, daß gerade er dieses Gefühl bekräftigte.

»Ja, wir haben eine unfähige Regierung, der Zar ist machtlos«, murmelte er und sah zerstreut die Dutzende satter Gesichter ringsum an; diese geröteten Gesichter in dem rauchigen Dunst erinnerten an mittendurch geschnittene Wassermelonen. Der Lärm, die Gerüche und die Wodkas machten ein wenig schwindlig.

»Sie, Iwan Petrowitsch, sind doch ein einfacher, ehrlicher Russe . . .«

Mitrofanow senkte den Kopf über dem Tisch.

»Sagen Sie mir also: Was meinen Sie, wird es bei uns zu einer Revolution kommen?«

Mitrofanow hob den Kopf und flüsterte: »Unbedingt. Es wird einen ganz riesengroßen Aufruhr geben.«

»Ja?« fragte Samgin; die Bestimmtheit der Antwort war ihm unangenehm und hinderte ihn, die in ihm heranreifenden großen Gedanken auszusprechen.

»Sie wissen das selbst«, sagte Mitrofanow leise und legte das Gesicht in Falten, wodurch es uneben wurde. »Das Volk ist durch die ungleiche Verteilung der irdischen Güter und die Gewaltherrschaft der Polizei bis zum äußersten erbittert«, sagte er mit geballter Faust. »Die Mutlosigkeit nimmt zu und ...« Er schob den zurückgerutschten Stuhl näher an den Tisch heran, beugte sich so weit vor, daß sein Kinn fast auf dem Teller lag, und fuhr fort: »Ich will Ihnen gestehen: Wissen Sie, ich tröste mich damit, daß dies nichts ausmacht, daß es gut gehen wird, denn wir sind ein kluges Volk! Aber ich sehe, es gibt immer Leute, die aus Mutlosigkeit den Verstand verlieren. Flüchtet man vor der Kälte in eine Teestube oder Schenke und hört zu, wovon gesprochen wird, was zeigt sich da? Alle wetteifern mit Erzählungen von dem elenden Dasein, die Menschen erwägen, wer es schwerer hat. Sie versteigen sich bis zur Prahlerei, bis zur Wut. Mir geht es schlechter! Nein, du lügst, mir! Das ist doch ein Prahlen zur Rechtfertigung künftiger Taten ...«

Jetzt sah Samgin, daß in Mitrofanows runde Augen kummervolle Verwunderung trat. »Bedenken Sie doch – wie unsinnig ist diese Beschäftigung in Anbetracht unseres kurzbemessenen Lebens! Das ist es ja, das menschliche Leben ist knapp bemessen. Und immer mehr Menschen leben so, als wäre jeder Tag ihres Lebens Fastenfreitag. Und diese Enge! Weder ein Dieb noch ein ehrlicher Mensch kann irgendwo den Fuß hinsetzen, dabei wünscht der Mensch, in einem gewissen Raum und auf festem Boden zu leben. Wo aber ist er, dieser Boden?«

Klim Samgin unterbrach ihn, indem er die Hand wie zu einer Ohrfeige hob, und fragte: »Dann ist es vielleicht besser, wenn sie bald ausbräche?«

»Klim Iwanowitsch«, rief Mitrofanow halblaut aus, und sein Gesicht blähte sich unnatürlich auf und rötete sich, wobei seine Ohren sich sogar zu bewegen schienen. »Ich verstehe Sie, bei Gott – ich verstehe Sie!«

»Man kann doch nicht in der ständigen Unruhe leben, daß morgen alles zum Teufel geht und man in einen Aufruhr fremder Leidenschaften hineingerät.«

»Das werden wir unbedingt«, sagte Mitrofanow mit leisem Schreck.

Auch Samgin beugte sich über den Tisch, wobei er sich mit der Brust so fest an die Kante stützte, daß es schmerzte. Zum erstenmal im ganzen Leben sprach er vollkommen aufrichtig mit einem anderen und mit sich selbst. In irgendeinem Winkel seines Gehirns verstand er, daß er auf einen Teil seiner selbst verzichtete, aber das erleichterte, weil dadurch das dumpfe, ihn beängstigende Gefühl unterdrückt wurde. Er sprach in fremden, angelesenen Worten, und seine Eigenliebe wurde dadurch nicht getrübt: »Die Selbstherrschaft ist außerstande, das Volk zu regieren. Starke Menschen, kräftige Hände müssen die Macht ergreifen und Rußland von dem beißenden Menschenstaub säubern, der am Leben und Atmen hindert.«

Er hörte Mitrofanow mit zustimmendem Kopfnicken flüstern: »Richtig – für eine gute Ordnung kann man auch eine Revolution zulassen.«

Vor Samgin ragte über dem Tisch ein gleichsam abgeschnittener und auf die Hände gelegter Kopf, ein bekanntes, aber verändertes, mürrisches Gesicht mit fest zusammengepreßten Lippen; die dunklen Augen enthielten die Anspannung eines Menschen, der etwas zu undeutlich oder zu klein Gedrucktes liest.

»Die Regierung kann weder mit den Arbeitern noch mit der Studentenbewegung fertig werden«, sagte Samgin leise.

»Ach Gott«, seufzte Mitrofanow und entspannte sein straffes Gesicht, wovon es häßlich breit und weinerlich wurde, während die bläulichen Wangen dunkel anliefen. »Ich verstehe, Klim Iwanowitsch. Sie versuchen mich zu gewinnen!« Er bekreuzigte dreimal mit kleinen Kreuzen die Brust und sagte: »Ich bin bereit dazu, von ganzer Seele!«

Durch diese Erklärung etwas abgekühlt, verstummte Samgin, er fand an ihr für einen Augenblick sogar etwas Humorvolles, doch Mitrofanow räusperte sich und fuhr sehr leise fort: »Nur werden Sie mich sicherlich abweisen und von sich stoßen, denn ich bin ein zweifelhafter Mensch mit schwachem Charakter und mit Phantasie, bei schwachem Charakter aber ist Phantasie, wie Sie wissen, Gift. Nein, warten Sie«, bat er, obwohl Samgin ihn weder durch ein Wort noch eine Gebärde am Weitersprechen hinderte. »Ich wollte es Ihnen schon lange sagen, entschloß mich jedoch nicht, nun bin ich aber dieser Tage im Theater gewesen, in diesem gefragten Stück, in dem durch eigene Schuld ins Unglück geratene Leute gezeigt werden und weiß der Teufel was reden, während unter ihnen ein trostspendender alter Mann nach rechts und links lügt ...«

Er schöpfte Atem, verzog das Gesicht zu einem mißglückten Lächeln und breitete die Arme von sich. »Da kam mir plötzlich eine Erleuchtung, und es überlief mich geradezu heiß: Dieser schädliche alte Mann hatte in seinem Benehmen Ähnlichkeit mit mir!«

»Ich verstehe nicht ganz«, sagte Samgin mit mürrischer Miene.

»Er hatte Ähnlichkeit – er erfand, das Luder! Klim Iwanowitsch, ich verehre Sie und ...«

Er stolperte über irgendein Wort und schüttelte den Kopf. »Sehen Sie ... Ich habe Ihnen allerhand von mir erzählt, nun, ich bekenne:

Das alles habe ich anstandshalber erfunden. Die Ehefrauen habe ich erfunden und überhaupt mein ganzes Leben . . .«

»Erlauben Sie, weshalb denn?« fragte Samgin unfreundlich und verwundert.

»Anstandshalber . . .«

Iwan Petrowitsch goß sich mit zitternder Hand Wodka ein, trank ihn aber nicht, sondern schob das Glas beiseite und lachte ein im Kehlkopf abgehacktes Lachen; an seinen Schläfen und unter den Augen zeigte sich Schweiß, den er rasch und kräftig mit dem zu einem Knäuel zusammengepreßten Taschentuch fortwischte.

»Und ich heiße gar nicht Mitrofanow und nicht Iwan, sondern Pjotr Jakowlew Kotelnikow und bin der Sohn eines Kaufmanns in Nishnij Nowgorod, das war eine recht bekannte Familie . . .«

Er wischte sich wieder den Schweiß vom Gesicht, schwang das Taschentuch hoch und rutschte auf dem Stuhl herum, als schickte er sich an, aufzuspringen und fortzulaufen.

»Seit meinem dreiundzwanzigsten Lebensjahr bin ich Agent der Kriminalpolizei und wurde wegen meiner erfolgreichen Ermittlungen hierher versetzt . . .«

»Als Kriminalagent?« fragte Samgin unruhig, mit Flüsterstimme, da er noch nicht wußte, was er sagen sollte, aber fühlte, daß Mitrofanow ihn durch irgend etwas beleidigt hatte.

»Beunruhigen Sie sich nicht«, bestätigte Iwan Petrowitsch. »Ich habe mit nichts anderem zu tun. Selbst wenn das der Fall wäre, so wäre ich auch dann Ihr Diener! Weil Sie und Ihre Gattin für mich die ersten Menschen sind, die . . .«

Er ließ den Satz unbeendet, seufzte tief und fuhr mit verwundertem Blinzeln fort: »Merkwürdig, wieso Sie damals, während der Studentenrauferei, auf das mit mir nicht gekommen sind. Hätte man mir denn, wenn ich nur ein einfacher Mensch gewesen wäre, erlaubt, Sie zur Polizei zu begleiten? Erstens einmal das. Dann aber noch folgendes: Da lebt ein Mann zwei Jahre vor Ihren Augen, ist nirgends angestellt, sucht angeblich immerzu eine Stellung – wovon aber lebt er, von welchen Mitteln? Und die Nächte verbringt er nicht zu Hause. Sie sind vertrauensselige Menschen, Sie und Ihre Gattin. Ich ängstige mich sogar um Sie, Ehrenwort! Die Anfimjewna, die hält mich sicher für einen Dieb . . .«

Auf sein Gesicht ergoß sich ein schuldbewußtes und gutmütiges Lächeln.

»Erzählen Sie das keinesfalls meiner Frau«, sagte Samgin streng. »Später einmal werde ich es selbst sagen.«

Mitrofanow seufzte und schwieg, als gäbe er Samgin Zeit, einen

Entschluß zu fassen, doch Samgin dachte, daß er diesen Mann für eigentümlich bedeutend, für gesund denkend gehalten hatte ...

Was aber hat sich im Grunde geändert? fragte er sich und fand keine Antwort.

»Vielleicht sollte ich aus Ihrer Wohnung ausziehen?« hörte er den Untermieter traurig flüstern.

»Nein, das ist nicht nötig. Ich ... werde mir überlegen, wie ...«

»Unter die Detektive bin ich nicht aus Eigennutz, sondern der Not gehorchend gegangen«, murmelte Mitrofanow, nachdem er Wodka getrunken hatte. »Na, und die Phantasie natürlich. Ich habe viel Kriminalromane gelesen, das ist interessant! Lecocq war ein Mann von großem Verstand. Ach, mein Gott, mein Gott«, sagte er etwas lauter, »wenn Sie mir doch meinen Betrug verzeihen wollten! Ehrenwort – ich betrog Sie aus Liebe und Ergebenheit, doch es ist schwer, einen Menschen liebzugewinnen, Klim Iwanowitsch!«

»Ja«, sagte Samgin unwillkürlich und sah, daß Mitrofanows dunkle, etwas dumpfe Augen feucht geworden waren und zu zerfließen schienen. Zu seiner Kränkung über diesen Mann kam die Verwunderung über die Beichte Mitrofanows hinzu. Dennoch rührte ihn diese Beichte ein wenig durch ihre zweifellose Aufrichtigkeit, und dennoch war es schmeichelhaft, die herzlichen Erklärungen Mitrofanows zu hören; er wurde weniger sympathisch, aber noch interessanter.

»Guten Menschen bin ich nicht begegnet«, sagte er, nachdenklich und traurig eine Gabel betrachtend. »Auch habe ich es satt, dem Hund die Flöhe aus dem Fell zu kämmen, ich meine damit meinen Dienst. Denn was ist ein Dieb, Klim Iwanowitsch, um die Wahrheit zu sagen? Ein kleiner Splitter, eben – ein Floh. Eine Mücke sozusagen. Auch die Mücke sticht nicht ohne Not. Gewiß, es gibt eingefleischte Verbrecher. Aber wir leben ja der Not gehorchend und nicht nach dem Evangelium. Jetzt tat es beispielsweise not, die Fabrikarbeiter zum gepriesenen Zaren zu führen, um ihm ihre Ergebenheit zu zeigen ...«

Mitrofanow hob die Schultern, zog wie eine Schildkröte den Kopf ein und deutete mit dem Finger hinter sich.

»Hier aber sitzt, wie Sie sehen, das Geschäftsvolk, ißt wohlbehalten vortrefflichste Speisen, trinkt Wodka und Weine teurer Sorten, spricht von seinen Angelegenheiten, so als wäre nichts vorgefallen. Meiner Ansicht nach aber hat man die Fabrikarbeiter um der Ruhe und Ordnung willen in den Kreml geführt, deshalb frieren auch die Nachtwächter und fangen die Diebe, und so ist das überhaupt – alles! Doch eine wirkliche Sorge um Wohlergehen im Leben erblicke ich in dem allen nicht, Klim Iwanowitsch, bei Gott – ich sehe es nicht! Und wissen Sie, manchmal ist es einem, als bekäme man einen Stich mit einer Schusterahle, wenn man bedenkt, daß in Wirklichkeit, ohne sich zu schonen, nur die politischen Verbrecher sich um das Volk kümmern ... das heißt keine Verbrecher, sondern ... Haben Sie vielleicht den Roman ›Die Bremse‹ oder ›Spartakus‹ gelesen? Mir riet es Fräulein Somowa, und wissen Sie, ich las das mit Vergnügen!«

Samgin lächelte, er war sogar nahe daran, laut zu lachen, aber nicht, weil ihm froh zumute geworden war, doch Mitrofanow erhob sich vorsichtig vom Stuhl und sagte, ohne ihm die Hand zu reichen: »Ich danke ergebenst ... von ganzem Herzen!«

Samgin kam es vor, als wäre der Untermieter im Laufe dieser Stunde gewachsen, sein Gesicht schmaler und schöner geworden, Samgin reichte ihm großmütig die Hand.

»Meiner Frau werde ich es also selbst sagen.«

Mitrofanow verneigte sich und ging.

Klim blieb noch etwa zehn Minuten sitzen und suchte seine Gedanken zu ordnen, aber sein Denken war unbeholfen, widerspruchsvoll, und klar war nur eins: Mitrofanows Aufrichtigkeit.

Letzten Endes ergibt sich, daß er sich mir ausliefert. Ein Agent der Kriminalpolizei also. Der Kriminalpolizei, sagte sich Samgin. Anständige Menschen ekeln sich vor dieser Rolle, aber das ist wohl kaum berechtigt. In der heutigen Gesellschaft sind Geheimagenten ebenso unvermeidlich wie Verbrecher. Er ist zweifellos ... ein guter Mensch. Und – nicht dumm. Er ist ein Mensch vom Typ Tanja Kulikowas und der Anfimjewna. Ein Mensch nur für die anderen ...

Als Samgin auf den Roten Platz hinaustrat, war es leer auf ihm, wie immer an Feiertagen. Der Himmel hing tief über dem Kreml und löste sich auf in schwere Schneeflocken. Auf dem goldenen Turban des Glockenturms Iwans des Großen hielt sich der Schnee nicht. Beim Museum tummelte sich eine Schar bleifarbener Tauben. Man konnte sich schwer vorstellen, daß auf diesem Platz, eine Stunde zuvor, Tausende arbeitender Menschen herumgestapft und in den Kreml geströmt waren, die wahrscheinlich nichts von der Geschichte des Kremls, Moskaus und Rußlands wußten.

Ja, auch Mitrofanow hält die Revolution für unvermeidlich. »Wir«, sagt er, wer ist denn das – »Wir«? Aber – welch unerwartete und ... phantastische Windung in diesem Menschen ...

Als Samgin sich zu Hause müde auszog und ärgerlich daran dachte, daß er Warwara gleich von der Kundgebung werde erzählen müssen, hörte er im Speisezimmer das Klirren von Teelöffeln, das dumpfe Murmeln Kumows und dann die ironische Frage

Onkel Mischas: »Sie haben wohl zuviel Schelling gelesen, junger Mann?«

»Ich habe Schelling nicht gelesen, ich liebe die Philosophie überhaupt nicht, denn sie kommt vom Verstand, ich aber glaube wie Lew Tolstoi nicht an den Verstand ...«

»Wie Tolstoi? Oho ...!«

Der Teufel soll euch holen, fluchte Klim innerlich.

Da er diese Leute nicht sehen wollte, ging er in sein Arbeitszimmer und legte sich dort auf den Diwan, aber die Tür ins Speisezimmer war nur angelehnt, und so hörte er deutlich das Gespräch des alten Volkstümlers mit dem Sekretär.

»Der Mensch lebt nicht mit Verstand, sondern mit Phantasie ...«

»Nanu!«

»Das heißt mit Verstand auch, aber das ist die niederste Form, unsere höchsten Errungenschaften jedoch entspringen nicht dem Verstand ...«

»Beispielsweise die Wissenschaft?«

»Auch die Wissenschaft beginnt mit der Phantasie.«

»Darf ich Ihnen einschenken?« fragte Warwara, und an dem freundlichen Ton ihrer Frage erkannte Klim, daß sie Kumow fragte. Er wünschte Tee und ging ins Speisezimmer, Kumow stand auf und kam ihm entgegen, seine Frau fragte verwundert: »Du bist da? Wo warst du?«

»Ich habe mir die Kundgebung der Arbeiter angesehen, dann war ich beim Patron.«

»Aha!« rief Onkel Mischa, und sein kleines Gesichtchen strahlte vor gutmütiger Bosheit. »Nun, wie waren sie? Haben sie ›Gott schütze den Zaren‹ gesungen, ja? Erzählen Sie mal, erzählen Sie?«

»Aber Gussarow hat doch schon erzählt«, erinnerte Warwara.

»Wir werden die Aussagen vergleichen«, sagte Suslow scherzend und zog, sich offenkundig zum Kampf vorbereitend, die von Ljubascha gestrickte orangefarbene Wolljacke über der Brust straff. Doch bevor noch Samgin zu erzählen begann, ergriff er selbst das Wort.

»Dieser Gussarow ist äußerst erregt, er stellt sich dort irgend etwas vor, hier aber hat er Plechanow verdreht, als ob die Befreiung der Arbeiterklasse Sache der Arbeiter selbst sei, wir aber, die Intelligenz, nun, wir sollen beiseite treten ...«

Kumow, der ihm nicht zuhörte, neigte seinen langen Körper zu Warwara hinüber und murmelte halblaut: »Die Geißler sehen während der Andacht den Heiligen Geist, dabei gibt es doch keinen Heiligen Geist ...«

Samgin machte ein erstauntes Gesicht und sah ihn über den Brillenrand an, worauf der Sekretär mit verlegenem Lächeln verstummte.

»Überhaupt kam es bei ihm so heraus, daß die Intelligenz ein Gehilfe der Arbeiterklasse sei, nichts weiter«, sagte Suslow, das Gesicht runzelnd, und tat sich einen Löffel Konfitüre ins Teeglas. »›Nein‹, sagte ich ihm, ›Gehilfen machen keine Revolution, Führer, Führer brauchen wir, aber nicht Gehilfen! Ihr Marxisten bringt euch in der Tat nach dem schlechten Vorbild der Deutschen in die Lage von Gehilfen der Arbeiterklasse, aber die Deutschen haben einen Bebel, einen Adler und noch viele andere. Ihr aber habt keine solchen, und Gott möge verhüten, daß sie auftauchen . . . um die Arbeiter in den Kreml zu führen, um dem Zaren ihre Ergebenheit zu zeigen . . .‹«

Obwohl Suslow boshaft sprach, war es Samgin klar, daß er traurig war, denn seine kleinen Äuglein blinzelten betrübt, die Stimme stockte, und der Löffel in seiner Hand zitterte.

»Nein, wissen Sie, Gussarow gehört zu jenen, die zwar dem Anschein nach ›gottgefällig‹, in Wirklichkeit aber ›wankelmütig‹ sind . . .«

»Wissen Sie schon?« fragte Tatjana Gogina, ins Zimmer tretend. Samgin sah sich um und hätte sie kaum erkannt: Im schlichten Kleid, groben Schuhen und glatt frisiert, glich sie einem Dienstmädchen aus minderbemittelter Familie. Nach ihr trat Ljubascha ins Zimmer und ließ sich stumm in einen Sessel fallen.

»Was sollen wir wissen?« fragte Suslow, sie und Ljubascha betrachtend. Ljubascha fauchte zornig: »Er ist ein Subatow-Mann, dieser Gussarow . . .«

»Erlauben Sie«, sagte Suslow beunruhigt und laut, »solche Dinge darf man nur sagen, wenn sie begründet sind, meine Damen!«

»Er ist ein Dummkopf, möchte jedoch eine große Rolle spielen, so ist das meiner Ansicht nach«, sagte Tatjana ziemlich ruhig. »Warja, geben Sie Ljubascha eine Tasse starken Tee, und dann schicke ich sie nach Hause, sie fühlt sich nicht wohl.«

Suslow klopfte sich mit dem Löffel ungeduldig auf die Fingerknöchel und fragte sie: »Nun – was ist?«

»Dort, im Kreml, hielt Gussarow den Arbeitern eine Rede zu dem Thema: Nieder mit der Politik, traut den Studenten nicht, die Intelligenz will auf dem Nacken der Arbeiter zur Macht gelangen und anderes mehr in diesem Sinne«, sagte Tatjana scheinbar gleichgültig. »Woher wissen Sie denn das?« fragte sie.

»Nein, zuerst Sie – wieso ist Ihnen das bekannt?« sagte Suslow hastig.

»Ich stand hinter ihm, als er sprach, ich und noch ein Arbeiter, ein Schüler von mir.«

»So«, sagte Suslow mit einem Blick auf Klim.

Es vergingen ein paar Sekunden in höchst peinlichem, abwartendem Schweigen. Dann erinnerte Samgin lächelnd: »Vor kurzem aber befürwortete er noch die Notwendigkeit des Fabrikterrors.«

Warwara maß Ljubaschas Temperatur, Kumow erhob sich und ging auf Zehenspitzen, wankend und mit den Armen balancierend, weg. Tatjana saß mit einer Tasse Tee in der Hand auf einer Sessellehne, stützte sich mit der anderen Hand auf Ljubaschas Schulter und begann gelassen und ausführlich zu erzählen, ohne dabei wie sonst zu witzeln.

»Ihm hörten etwa . . . dreißig, vielleicht vierzig Leute zu; er stand bei der Zarenglocke. Er sprach ohne Begeisterung, ohne rechten Mut. Ein Arbeiter stellte das fest und sagte zu seinem Nebenmann: ›Der Bursche traut sich nicht, den Mund weiter aufzumachen.‹ Sie merkten alles erstaunlich feinfühlig.«

»Na, und wie war ihre Stimmung im allgemeinen?« fragte Suslow.

»Gleichgültig, schien mir. Das war übrigens nicht nur mein Eindruck. Ein Metallarbeiter, ein Bekannter Ljubaschas, hat wohl die Stimmung ganz richtig definiert, als wir noch auf dem Hinweg waren. ›Wir gehen in einen unbekannten Wald zum Pilzesuchen‹, sagte er, ›vielleicht wird es Pilze geben, eher aber keine; nun, das macht nichts, dann gehen wir eben spazieren.‹«

Warwara wollte Licht machen.

»Warte noch«, sagte Samgin, obwohl es im Zimmer bereits dunkel war.

Suslow rieb sich die Hände und lachte leise.

»Ich habe keinerlei erhabene Gefühle bei den Arbeitern bemerkt, aber ich stand weitab vom Denkmal, wo die Reden gehalten wurden«, fuhr Tatjana fort, die Samgin durch den ruhigen Ton ihrer Erzählung in Erstaunen versetzte. »Dort war jemand hysterisch gerührt und schwang die Mütze, auch konnte man sehen, daß die Leute sich bekreuzigten. Aber es war unmöglich, sich dorthin durchzudrängen.«

»Achtunddreißig sechs«, verkündete Warwara laut. Suslow hob seine Hand und zischte: »Psch!«

Er benimmt sich wie der Herr des Hauses, stellte Klim fest.

Die Gogina unterbrach ihre Erzählung und begann Ljubascha zuzureden, nach Hause zu gehen und sich hinzulegen, diese aber weigerte sich eigensinnig und zornig.

»Laß mich in Frieden, ich gehe, sobald du alles erzählt hast.«

»Aber stören Sie nicht mehr, Somowa«, bat Suslow, er bat streng. »Nun, weiter, Gogina«, sagte er wie ein Lehrer in der Schule; Warwara setzte sich lächelnd neben ihn.

»In einem Winkel zwischen dem Kloster und dem Gerichtsgebäude schimpfte irgendein Herr in einem ungewöhnlich geschnittenen Mantel auf Witte und suchte die Arbeiter zu überzeugen, daß der Papierrubel eine ›christlich sittliche Geldform‹ sei, genau so hat er es gesagt . . .«

Suslow freute sich, schlug sich mit den Händen auf die Knie und sagte unter Lachen: »Das hat er aus der Schrift Sergej Scharapows über die russischen Finanzen, der Dummkopf. Hören Sie, Samgin? Wie finden Sie das? Zu den Arbeitern vom christlich sittlichen Rubel zu sprechen! Ach, diese Ök-konomen . . .«

»Die Arbeiter hörten auch das vom sittlichen Rubel schweigend an, rauchten, lachten aber nicht«, erzählte Tatjana mit einem Seitenblick auf die Somowa. »Überhaupt hatten dort an verschiedenen Stellen irgendwelche Leute kleine Arbeitergruppen um sich versammelt und redeten auf sie ein. Es gab auch stumme Zuschauer; als solcher war Tagilskij zugegen«, sagte sie zu Samgin. »Ich fürchtete sehr, er könnte mich erkennen. Die Arbeiter merkten sofort: Eine junge Dame! Und sie sahen mich mißtrauisch an . . . Ein paar junge Leute versuchten, in das Rohr der Zarenkanone zu kriechen.«

Sie schloß die Augen, als erinnerte sie sich an längst Vergangenes, und Samgin dachte: Wozu braucht sie sich unter Arbeitern herumzutreiben, sie, die Modenärrin, die in Pierre Louis' Bücher verliebt ist, für erotische Literatur schwärmt und über die kalte Sinnlichkeit der Gedichte Brjussows entzückt ist.

»Sie sahen sich alles so sonderbar an«, begann Tatjana von neuem, bereits mit einem Unterton von Unverständnis, »als sähen sie den Kreml zum erstenmal, dabei sind doch natürlich viele, wenn nicht alle, schon in der Osternacht dort gewesen. Als wären sie in eine fremde Stadt gekommen. Oder als wollten sie eine Wohnung mieten. Ein Arbeiter sagte: ›Die Häuser sind aber nicht besonders ansehnlich.‹ Eine interessante alte Frau war dort, riesengroß, hinkend, im Männermantel und wahrscheinlich etwas schwerhörig, denn sie hielt immer dem, der mit ihr sprach, das Ohr hin. Ihr Gesicht war geschwollen, vollständig starr, und die Augen waren fast nicht zu sehen; ein unheimliches Gesicht! Sie fragte immerzu: ›Was versprechen sie?‹ Und sie redete auf die anderen ein: ›Ihr Bauern, traut ihnen nicht. Ich bin Leibeigene gewesen, ich weiß, dieser Zar hat das Volk betrogen. Paßt auf, man wird euch wieder betrügen.‹«

Suslow erstickte wieder in stillem Lachen. »Ich kenne sie. Das ist Katerina Botschkarjowa. Sie hinkt, ja? Hat eine Hüftverletzung? Aber ja!«

»Die Arbeiter beschwichtigten sie: ›Schrei doch nicht so!‹«

»Das ist sie! Es sind ihre Worte. Sie lebt also noch! Sie ist sicherlich siebzig Jahre alt. Ich kenne sie seit langem, machte Alexander Prugawin mit ihr bekannt. Sie war Sektiererin, eine Anhängerin Sjutajews, dann wurde sie so etwas wie eine Wahrsagerin und Hellseherin. Solche Menschen, die ganz im stillen, aber hartnäckig die Idee vom gerechten Zaren zunichte machen, unterschätzen wir, sie aber . . .«

Ljubascha sprang plötzlich vom Sessel auf, machte einen Schritt, warf die Arme hoch, als stürzte sie sich ins Wasser, und fiel um; wenn Samgin sie nicht rechtzeitig aufgefangen hätte, wäre sie voll Wucht mit dem Gesicht auf den Fußboden geschlagen. Warwara und Tatjana faßten sie unter und führten sie fort.

»Wie eigensinnig sie ist«, sagte Suslow gekränkt, »sie muß sich hinlegen, statt dessen bleibt sie sitzen.«

Er rückte zu Samgin heran und fragte gleich darauf: »Gehört dieser Gussarow einer Organisation, einer Partei an?«

»Ich weiß nicht, ich glaube nicht«, antwortete Samgin, wobei er fühlte, daß Tatjanas Erzählung ihn sonderbar erregt und sogar anscheinend erbittert hatte.

»So ein Schuft«, brummte Suslow durch die Zähne. »Nun, und Sie, Samgin, was sagen Sie zu der Kundgebung?«

»Ich bin ja nicht im Kreml gewesen«, begann Samgin ungern, an seiner Zigarette ziehend. »Soweit ich es beurteilen kann, beleuchtet die Gogina es richtig: Die Arbeiter verhielten sich zu diesem Unternehmen – bestenfalls – nur neugierig . . .«

»Hm«, brummte Onkel Mischa ungläubig.

»Ich stand im Publikum, sie gingen an mir vorbei«, fuhr Samgin, das rauchende Ende der Zigarette betrachtend, fort. Er erzählte, wie einige Arbeiter sich dem Publikum anschlossen, und begann plötzlich begeistert vom Publikum zu erzählen.

»Mir scheint, daß viele in der Zuschauermenge sich verraten fühlten, das heißt ihren Protest gegen das Kokettieren mit den Arbeitern ziemlich deutlich bekundeten. Das war natürlich etwas Instinktives . . .«

»Etwas Klassenmäßiges, meinen Sie?« grinste Suslow. »Nein, mein Lieber, geben Sie sich keinen Hoffnungen hin! Das bringt die Abneigung gegen die Fabrikarbeiter zum Ausdruck, die in unserem Bauernland ganz erklärlich ist. Es ist von jeher üblich, die Fabrikarbeiter für Leute zu halten, die ihre Bodenständigkeit verloren haben, mutwillig sind ...«

Seine Zwischenbemerkungen machten Samgin gereizt, da sie ihn beim Sprechen störten. Und so fuhr Klim, seiner Gereiztheit nachgebend, fort: »Das ist eine schädliche Ansicht. Die Streiks der letzten Jahre überzeugen uns, daß die Arbeiter eine Macht sind, die ihre Bedeutung sehr wohl spürt. Ferner liegt für sie eine fertige Ideologie vor, eine Waffe, welche die Bourgeoisie und die Bauernschaft nicht besitzen.«

»Wirklich nicht?« warf Suslow stichelnd ein.

Aber Samgin hörte seine Bemerkungen schon nicht mehr, entgegnete nichts darauf, sondern sprach immer erregter weiter. Er ließ sich dermaßen hinreißen, daß er nicht merkte, wie seine Frau ins Zimmer trat, und brach seine Rede erst ab, als sie die Lampe anzündete. Mit einer Hand auf den Tisch gestützt, sah ihn Warwara mit sonderbaren Augen an, während Suskow, der sich erhoben hatte, seine Jacke straffte und, sichtlich durch irgend etwas befriedigt, sagte: »Sie scheinen aber kein besonders rechtgläubiger Marxist zu sein, Samgin, und sogar ...«

Er verschluckte lächelnd das Ende des Satzes, drückte Warwara die Hand und wandte sich wieder an Samgin.

»Das hatte ich nicht erwartet. Um so angenehmer.«

Als er gegangen war, fragte Samgin seine Frau: »Was schaust du so?«

»Ich hörte dir zu«, antwortete sie. »Warum sprichst du so ... gereizt über die Arbeiter?«

»Gereizt?« rief er ganz aufrichtig aus. »Nichts dergleichen. Woraus schließt du das?«

»Aus deinem Ton, deinen Worten.«

»Erstens sprach ich nicht von den Arbeitern, sondern von den Kleinbürgern, den Spießern ...«

»Ja, aber du verurteiltest sie deswegen, weil sie nicht begreifen, was ihnen durch die Arbeiterbewegung droht ...«

»Sie begreifen es, aber ...«

»Was, aber?«

»Sie sind schwach, und das ist ein Fehler.«

»Ich verstehe nicht, warum soll das ein Fehler sein?«

»Schwäche ist ein Fehler.«

Warwaras grüne Augen lächelten, und ihre Stimme klang ganz neu, als sie mit einem Seufzer sagte: »Ach, Klim, ich mag es nicht, wenn du über Politik sprichst. Gehen wir in dein Zimmer, hier wird jetzt aufgeräumt.«

Sie hakte sich bei ihm ein und ging, schwer auf ihn gestützt, mit verdächtiger Vorsicht ins Arbeitszimmer, setzte ihren Mann auf den Diwan und schob ihm sogar ein Kissen in den Rücken.

»Du hast ein schrecklich müdes Gesicht«, erklärte sie ihre Fürsorglichkeit.

»Dir gefällt es also nicht?« begann er.

»Nein«, beeilte sich Warwara zu antworten, während sie sich mit angezogenen Beinen auf den Diwan setzte und ihr Kleid ordnete. »Du sprichst natürlich immer klug, interessant, aber als übersetztest du aus einer fremden Sprache.«

»Hm«, sagte Samgin, wobei er sich seiner Rede für Onkel Mischa zu erinnern und zu verstehen suchte, wodurch sie diesen erfreut und bei seiner Frau diesen neuen, zuredenden Ton hervorgerufen hatte.

»Liebster«, sagte Warwara, mit seinen Fingern spielend, »ich möchte mit dir sehr . . . offenherzig sprechen! Ich glaube, die Rolle, die du spielst, bedrückt dich . . .«

»Erlaube, man kann nicht von einem Spiel sprechen«, unterbrach er sie eindringlich. Warwara neigte sich zur Seite und zuckte die Achseln.

»Du hast vergessen, daß ich eine mißglückte Schauspielerin bin. Ich will dir geradeheraus sagen: Für mich ist das Leben Theater, und ich bin Zuschauer. Auf der Bühne läuft eine Aufführung, eine Revue ab, es kommen und gehen verschieden gekleidete Menschen, die – wie du selbst oft sagtest – mir, dir und einander ihre Talente, ihre innere Welt zeigen wollen. Ich weiß nicht, wieweit es die innere ist. Ich denke, daß Kumow recht hat – du benimmst dich ihm gegenüber . . . von oben herab, achtlos, aber er ist ein sehr interessanter junger Mann. Er ist ein Mensch nur für sich . . .«

Samgin sah seiner Frau aufmerksam ins Gesicht, sie nickte und sagte freundlich: »Ja, wirklich: nur für sich . . .«

»Was predigt er denn, der Kumow?« fragte Klim ironisch, empfand jedoch eine unbestimmte Unruhe.

Seine Frau schmiegte sich fester an ihn, ihre hohe, etwas schrille Stimme wurde noch weicher, freundlicher.

»Er sagt, die innere Welt könne nicht mit den Gewohnheiten des Verstandes, sich die äußere Welt idealistisch oder materialistisch zu denken, erklärt werden; diese Gewohnheiten verengen, entstellen nur das wirklich Menschliche, sie töten die Freiheit der Phantasie durch Ideen, durch Dogmen . . .«

»Naiv«, sagte Samgin, der sich für die Philosophie seines Sekretärs nicht interessierte. »Und stümperhaft«, fügte er hinzu. »Aber was willst du denn damit sagen?«

»Ich sage es ja schon«, antwortete sie verwundert. »Siehst du ... Du weißt doch, wie lieb du mir bist?«

»Ja. Na und?« sagte Samgin ungeduldig.

Seine Frau gab ihm im Scherz einen Klaps auf die Schulter.

»Wie liebenswürdig du das gesagt hast!«

Doch gleich darauf machte sie eine finstere Miene.

»Ich würde dich gar nicht bedauern wollen, aber stell dir vor, mir scheint, man muß dich bedauern. Du wirst als Mensch immer weniger individuell, mit dir geht es bergab.«

Sie sagte noch etwas, aber Samgin, der nicht zuhörte, dachte: Welch ein schwerer Tag. In irgendeiner Hinsicht hat sie recht.

Und er ärgerte sich über sich, weil er sich nicht über seine Frau zu ärgern vermochte. Dann entnahm er seinem Etui eine Zigarette und fragte: »Was vermißt du?«

»Dich natürlich«, antwortete Warwara, als hätte sie diese Frage schon lange erwartet. Sie nahm ihm die Zigarette aus der Hand, zündete sie an und legte sich in der Pose einer Odaliske auf einem Bild hin, stützte den Ellenbogen auf sein Knie und blies einen Rauchfaden zur Decke. In dieser Pose sagte sie einen Satz, den Samgin mehr als einmal in Romanen gelesen, einen Satz, den er nicht selten auf der Bühne gehört hatte: »Du empfindest mich nicht. Wir harmonieren nicht mehr.«

Nur das, dachte Samgin, der die bekannten Worte mit einem Lächeln anhörte.

»Eine Frau, deretwegen man nicht eifersüchtig ist, fühlt sich nicht geliebt ...«

»Siehst du«, begann er gesetzt, »wir leben in einer Zeit, in der ...«

»... alle Männer und Frauen, Idealisten und Materialisten, lieben wollen«, beendete Warwara ungeduldig und bereits mit eigenen Worten den Satz, richtete sich auf und setzte sich hin, nachdem sie die nicht zu Ende gerauchte Zigarette auf den Boden geworfen hatte. »Das, mein Freund, ist, wie du weißt, der Hauptinhalt aller Epochen. Und – sei mir nicht böse – dafür habe ich mein Kind geopfert ...«

»Eine Tat, die ich nicht billigte«, erinnerte sie Samgin.

»Ja.«

Sie sprang vom Diwan auf und fuhr, im Zimmer umhergehend und mit dem Gürtel spielend, fort: »Was die Menschen auch tun mögen, sie wollen es sich letzten Endes bequem einrichten, der Mann mit seiner Frau, die Frau mit ihrem Mann. Das ist die einzige, eine unbestreitbare Wahrheit. Ich bekomme da Idealisten und Materialisten zu sehen. Ich bin ein bißchen Hausfrau, nicht wahr? Nun, so will ich dir sagen, daß die Idealisten zynischer sind, offener in ihrem Streben nach den Bequemlichkeiten des Lebens. Nicht davon zu reden, daß sie sinnlicher und praktischer sind als die Materialisten. Ja, ja, sie laufen nicht so weit, sie sind praktischer als jene Menschen, die, um gut leben zu können, Revolution machen müssen. Meine Freunde brauchen keine Revolution, sie brauchen Geld für einen Buchverlag. Ich kann mit Sicherheit sagen, daß die Materialisten bei all ihrer Begeisterung für Zahlen mir kein so fein ausgearbeitetes und für mich nachteiliges Angebot machen könnten, wie es mir meine Freunde gemacht haben. Du hast Kumow naiv genannt, aber er ist der einzige Mensch, der von mir, ja, ich glaube, überhaupt vom Leben nichts braucht . . .«

»Du sprichst etwas zu gut von ihm«, fügte Samgin ein.

»Er verdient es. Und du willst wohl zeigen, daß du zur Eifersucht fähig bist?« fragte sie lässig. »Kumow ist ein typischer Zuschauer. Und erinnert sich gern Spinozas, der Genuß daran fand, das Leben von Spinnen zu studieren. Er hat schließlich irgend etwas mit dir gemein . . . wie du gewesen bist . . .«

»Schmeichelhaft, das zu hören«, lächelte Klim spöttisch, und da er sich von ihren Worten wie von Schnee überschüttet fühlte, sagte er seufzend: »Du sprichst sonderbar, Warwara!«

»Sonderbar?« fragte sie zurück und sah nach der Uhr, ein Geschenk von ihr, das auf Klims Tisch stand. »Du tätest gut, wenn du dir Mühe gäbest, hierüber nachzudenken. Mir scheint, wir leben . . . nicht so, wie wir leben könnten! Ich gehe jetzt zu einer Besprechung wegen des Buchverlags. Vermutlich werde ich zwei bis drei Stunden bleiben.«

Sie küßte ihn auf die Stirn und verschwand, und obwohl das bei ihr irgendwie plötzlich kam, war Samgin zufrieden, daß sie gegangen war. Er steckte sich eine Zigarette an und löschte das Licht; auf den Fußboden fiel der trübe Lichtstrahl einer Straßenlaterne und das dunkle Fensterkreuz; die Dinge rückten zusammen, im Zimmer wurde es enger und wärmer. Vor dem Fenster seufzte feucht der Wind und fiel dichter Schnee, die Stadt war nicht zu hören, als wäre es tiefe Nacht.

Klim Samgin streckte sich auf dem Diwan aus, schloß die Augen und versank in Nachdenken.

Warwara hatte noch nie in solch einem Ton mit ihm gesprochen; er war überzeugt gewesen, daß sie ihn noch immer so betrachtete, wie sie ihn als Mädchen gesehen hatte. Wann aber und weshalb hatte sich ihr Blick geändert? Er erinnerte sich, daß seine Frau ein paar

Wochen vor diesem Tag, nachdem sie Gäste zur Tür begleitet hatte, mit müdem Gähnen gefragt hatte: »Merkst du nicht, daß die Menschen langweiliger werden?«

Und noch gar nicht so lange her hatte sie fürsorglich, aber gleichsam vorwurfsvoll gesagt: »Du bekommst von der Brille eine rote Nasenspitze.«

Danach erinnerte sich Samgin an folgenden Vorfall: Vor zwei Monaten etwa hatte er mit Kumow weit über Mitternacht hinaus gearbeitet und, wie das nicht selten vorkam, dem Sekretär vorgeschlagen, zum Übernachten dazubleiben. Als er sich nach spätem Erwachen waschen ging, war das Badezimmer von innen abgeschlossen. Er war überzeugt, seine Frau sei schon längst angezogen und wahrscheinlich im Speisezimmer, klopfte aber dennoch an. Es erfolgte keine Antwort. Da er dachte, daß der Riegel von selbst zugesprungen sei, weil die Tür zugeschlagen worden war, ging Samgin ins Speisezimmer und holte das Brotmesser, um es in den Spalt zwischen Türpfosten und Tür zu stecken und den Haken hochzuheben. Warwara war nicht im Speisezimmer. Als er wieder den halbdunklen Korridor betrat, sah er sie in der Tür des Badezimmers stehen; zerzaust, den Morgenrock auf bloßem Leib, rief sie bedrückt: »Was hast du?«

Den Morgenrock über der Brust zusammenschlagend, mit dem Rücken an den Türpfosten gelehnt, glitt sie mit sich beugenden Knien abwärts, als wollte sie sich auf den Boden setzen.

»Was hast du denn?« wiederholte sie leiser und weinerlich, während ihre Beine immer mehr einknickten und sie mit der einen Hand den Kragen des Morgenrocks zuzog und die andere an die Brust hielt.

Als Klim mit dem Messer in der Hand dicht auf sie zutrat, sah er im Halbdunkel, daß ihre weitaufgerissenen Augen angsterfüllt waren und wie Katzenaugen phosphoreszierten. Ebenfalls bis zum Erschrecken über sie erstaunt, warf er das Messer fort, umarmte sie, führte sie ins Speisezimmer, und dort klärte sich alles sehr einfach: Warwara hatte schlecht geschlafen und war spät aufgestanden, sie hatte sich, nachdem sie gebadet, im Badezimmer auf die Chaiselongue gelegt, war eingeschlummert und hatte etwas Schreckliches geträumt.

»Ich wachte auf, öffnete die Tür und – plötzlich kamst du mit dem Messer in der Hand! Schrecklich dumm!« sagte sie mit nervösem Lachen und schmiegte sich an ihn.

»Hast du dir etwa vorgestellt, ich hätte dich erstechen wollen?« fragte Samgin im Scherz.

»Nichts habe ich mir vorgestellt, sondern es war die Fortsetzung des schrecklichen Traums«, erklärte sie.

Klim ging sich waschen. Doch als er an dem Zimmer vorbeikam, in dem Kumow arbeitete – es befand sich neben dem Badezimmer –, gab er einem inneren Antrieb nach und öffnete leise die Tür. Kumow stand mit dem Rücken zur Tür, mit herabhängenden Armen, zur Schulter geneigtem Kopf und erinnerte an die Gestalt eines Erhängten. Beim Knarren der Tür wandte er sich um und lächelte wie immer einfältig und demütig, wodurch sein schmales Gesicht sich verbreiterte.

»Haben Sie es abgeschrieben?«

»Ja.«

»Legen Sie es mir auf den Tisch«, hatte Samgin gesagt und gedacht: Unmöglich! Mit solch einem Halbidioten? Unmöglich!

Jetzt war er bereit zu denken, Kumow habe sich damals mit Warwara im Badezimmer befunden; damit erklärte sich auch ihr unsinniger Schreck.

Sicherlich war es so, dachte er, weder Eifersucht noch Kränkung spürend, er dachte das nur, um diese Gedanken beiseite zu schieben. Nachgedacht werden mußte über Warwaras Worte, die gesagt hatte, daß er sich vergewaltige und daß es mit ihm bergab gehe.

Das sagt sie, weil immer mehr die Leute hervortreten, die durch die Ideologie des russischen oder westlichen Sozialismus beschränkt sind, überlegte er, ohne die Augen zu öffnen. Beschränkte Menschen sind verständlicher. Sie sieht, daß man meinen Worten nicht mehr so aufmerksam zuhört, das ist es.

Samgin erinnerte sich an Suslows Urteil über seinen Marxismus und sagte sich, daß dieser Mensch, an dem verschiedene Krankheiten zehrten, der selbst einer zunehmenden Krankheit glich, jugendlicher, sicherer geworden war, in seiner Lehrerstimme wurden immer deutlicher Befehlstöne hörbar. Wahrscheinlich hatte Ljubascha vor ein paar Tagen seine Worte nachgesprochen: »Du urteilst wie ein hochbetagter Liberaler, Klim.«

Sie hatte eine Gruppe »zur Unterstützung der Arbeiterbewegung« organisiert und schien sich als eine Obristin der Revolution vorzukommen.

Tatjana Gogina unterrichtete Arbeiter in einer halblegalen Schule, in der Fabrik irgendeines liberalen Kaufmanns. Ihre Spottlust wurde immer bissiger, in ihr wuchs merklich die Leidenschaft, unaufhebbare Widersprüche kraß zu unterstreichen und scharfe Themen anzuschneiden. Vor kurzem hatte sie gesagt, Baudelaires »Blumen des Bösen« seien »eine Totenmesse des Teufels auf die christliche Kultur« und Baudelaire sei ein »Shakespearescher Totengräber«. Heute war sie anders gestimmt, weil Ljubaschas Krankheit sie wahrscheinlich ermüdete und beunruhigte. Nun kam Samgin der Gedanke, daß Tatjanas Verhalten zu ihrem Bruder sehr nach einem ganz gewöhnlichen Roman aussehe, und er erinnerte sich, daß Alexej ein Pflegekind der Familie Gogin war. Alexej war anscheinend »Komiteemann«. Er war nach wie vor lustig, spaßhaft, aber es zeigte sich an ihm eine verdächtige Zurückhaltung; Samgin hatte gemerkt, daß sich Alexej ihm gegenüber mit einer Neugier verhielt, hinter der deutlich Mißtrauen durchschimmerte.

Ja, alle ändern sich ...

Die Sozialisten verspotten rücksichtslos, sogar dreist die Liberalen, während die Liberalen sich so verhalten, als fühlten sie sich daran schuld, daß sie keine Sozialisten sein können. Aber sie helfen der revolutionären Jugend, geben Geld, Wohnungen für Versammlungen und bewahren sogar illegale Literatur bei sich auf.

Samgin fühlte sich von Gereiztheit überkommen, sprang vom Diwan auf, zündete eine Zigarette an und erinnerte sich, wie das kleine bucklige Mädchen gerufen hatte: »Was treiben Sie da?«

Subatow ist ein Idiot, fluchte er innerlich und legte sich, nachdem er im Dunkeln an einen Stuhl gestoßen war, wieder hin. Ja, obwohl die greisen Liberalen mit der Jugend streiten, entschuldigen sie sich fast stets damit, daß sie nur streiten, um »vor Fehlern zu warnen«, doch im Grunde provozieren sie die Jugend, indem sie sie zu größerer Aktivität anspornen. Gogin, Tatjanas Vater, beschuldigt seine Generation, daß sie nicht die Kraft gefunden habe, das Werk der Narodowolzen fortzusetzen, und der Reaktion Pobedonoszews erlaubt habe, auszubrechen. An einem Abend hatte er reumütig gesagt: »Schtschedrin hat uns geweckt, aber wir sind nicht aufgewacht; die Geschichte wird uns das nicht verzeihen.«

Er war ein Mann mittleren Wuchses, korpulent, bewegte sich behutsam und ächzte bei fast jeder Bewegung. Er war wahrscheinlich herzkrank, unter seinen gütigen grauen Augen hingen Säcke. Auf seinem kahlen Schädel ragten über den Ohren gleich Hörnern graue Büschel, die Reste seines üppigen Haars; seine Wangen waren rasiert; unter seiner weichen Nase hing trübsinnig ein dicker Kosakenschnurrbart herab, unter der Lippe ein kleines spitzes Zwickelbartschwänzchen. Zu Alexej und Tatjana verhielt er sich mit unverhohlener, trauriger Zärtlichkeit.

»Unsere Generation hat die Pflicht, der Jugend ihren Leidensweg zu erleichtern«, sagte er einmal zu seinem Freund und Hausgenossen Ryndin.

Opferfabrikanten, dachte Klim, sich dieser Worte erinnernd.

Ryndin war ein ruinierter Gutsbesitzer, ehemaliger Genosse der Narodowolzen, dann Tolstojaner, jetzt Phantast und Anarchist, hochgewachsen, gebeugt, etwa sechzigjährig, aber sehr jugendlich; er hatte ein grobes, stets mürrisches Gesicht, eine scharfe Stimme und lange Arme. Er stand im Ruf eines grenzenlos guten Menschen, eines Menschen »nicht von dieser Welt«. Sein ältester Sohn ist verbannt, der zweite sitzt im Gefängnis, der jüngste hat auf den weiteren Besuch des Gymnasiums verzichtet und ist aus der sechsten Klasse in eine Tischlerwerkstatt gegangen. Von dem alten Ryndin hatte Tatjana gesagt: »Er ist aus Mitleid mit den Menschen bereit, sie zu töten.«

Zu Gogin kamen sonntags junge Anwälte, Semstwoleute aus der Provinz und Statistiker; dort debattierten hitzig Studenten und Hörerinnen von Frauenhochschulen, und es tauchten müde und geheimnisvolle junge Leute auf. Zuweilen erschien Redosubow, der die griesgrämige Erbitterung und Unduldsamkeit eines Klerikalen mitbrachte.

Samgin besuchte zwei bis drei solche Häuser und nannte sie bei sich »Pilgerheime«, während Tatjana sie als »Brutstätten von Wortschrecken« bezeichnete.

Fast überall traf Samgin die Nikonowa; bescheiden, unauffällig, lächelte sie ihn freundschaftlich an, sprach aber nie mit ihm über politische Dinge, und nur einmal versetzte sie ihn durch die unvermittelte und sonderbare Frage in Erstaunen: »Ist es wahr, daß Sawwa Morosow Geld zur Herausgabe der ›Iskra‹ gibt?«

Klim lachte. »Sawwa Morosow? Das ist natürlich ein Scherz.«

»Das denke ich auch«, sagte sie und trat beiseite.

Sie erweckte in Samgin nach und nach Sympathie. An ihr war etwas »Mitrofanowsches«, das Vertrauen weckte, und sie erinnerte an irgendeine unkomplizierte, ehrliche Maschine.

Ein Opfer. Eine ergebene Sklavin des Lebens, gewöhnte sich Samgin von ihr zu denken.

Das Gerücht, daß Sawwa Morosow und noch irgendein Dampferbesitzer in Perm den Revolutionären freigebig mit Geld hülfen, hielt sich hartnäckig, und jetzt, da Samgin auf dem Diwan lag und den Rauch der Zigarette in die Dunkelheit blies, dachte er erbittert und trübsinnig: Alles ist möglich. Alles ist möglich in diesem verrückten Land, wo die Menschen sich so schrecklich selbst erfinden und das ganze Leben schlecht erfunden ist.

Er erinnerte sich an Radejews Entzücken über die Intelligenz, an Ljutows hausväterlichen Ton bei seinem Gespräch mit der Nikonowa, daran, wie Sawwa Morosow einen gelehrten Konservativen, einen Chemiker von Weltruf, angeschnauzt hatte, und noch an vieles andere.

Ja, es kann sein, daß sie helfen. Stimmt das aber, so provozieren sie. Doch – wo ist mein Platz in dieser Phantastik? Ich sollte mich in irgendein Provinznest verkriechen, einsam leben, zu schreiben versuchen ...

Er fühlte, daß das ebenso nichts für ihn war wie die Rolle eines Propagandisten unter Arbeitern oder die eines der Freunde seiner Frau, der Schreihälse über Kosmos und Eros, über Gott und Tod. Er hatte eine organische Abneigung gegen diese Menschen schöner Worte, gegen Menschen, die offenbar ernsthaft glaubten, nicht nur Europäer, sondern auch Pariser zu sein. Ihre Reden, die in sein Arbeitszimmer drangen, riefen ihm die jämmerliche Gestalt der Nechajewa mit ihrer Todesangst und ihrem krankhaften Liebesdurst in Erinnerung. Sie erregten ihn dadurch, daß sie wagten, über soziale Fragen geringschätzig zu spotten; sie waren offensichtlich auf irgendeine Weise dem Chaos jener Ideen entronnen oder entwachsen, an die er zwangsläufig denken mußte und die ihn quälten und beim Leben störten. Es vor sich selbst verbergend, sah er ein, daß diese Menschen sehr gebildet waren und daß er im Vergleich zu ihnen ein Unwissender war. Letzten Endes sprachen sie von Dingen, an die zu denken er kein Bedürfnis hatte. Manchmal fühlte er, daß das sein Mangel war, aber ein Mangel nur deshalb, weil das seinem Sprachschatz, der übrigens an Aphorismen schon reich genug war, Schranken setzte.

»Die Philosophie hat recht, das ist ein Versuch, die Rechtlosigkeit zu rechtfertigen«, sagte er und fügte hinzu, wenn man den Kampf ums Dasein als Gesetz anerkenne, sei es nutzlos und heuchlerisch, für Religion, Philosophie und Moral einen Platz im Leben zu suchen. Er wußte viele solcher Sätze, wendete sie gut an und nannte sie, da er einsah, wie billig sie waren, bei sich »Kupfermünzen der Weisheit«. Im allgemeinen jedoch enthielt er sich philosophischer Betrachtungen, indem er ihnen »Tatsachen« vorzog, und wenn er merkte, daß die Tatsachen von ihm etwas widerspruchsvoll oder allzu einfarbig beleuchtet wurden, so erklärte er das mit den Forderungen der Objektivität.

Als Samgin an diesem Abend sämtliche Eindrücke der letzten Jahre mit aller ihm erreichbaren Objektivität sorgfältig ergründet und überprüft hatte, kam er sich als so völlig einsamer, allen anderen so fremder Mensch vor, daß er sogar einen wehmütigen Schmerz verspürte, der etwas sehr Empfindliches in ihm stark zusammenzog.

Er richtete sich auf und blieb lange sitzen, wobei er sinnlos die vereisten, vom goldenen Schein der Laterne schwach schimmernden Fensterscheiben betrachtete. Er befand sich in einem Zustand nahe der Verzweiflung. In seiner Erinnerung erstand der Ausspruch des Redakteurs der Zeitung »Unser Land«: »Unsere gesamte Intelligenz krankt an Hypertrophie kritischen Verhaltens gegenüber der Wirklichkeit.«

Möglicherweise bin auch ich von dieser Krankheit angesteckt, dachte Klim. Ich bin angesteckt, und davon kommt das alles.

Nach einigem Nachdenken fand er rasch ein Aber.

Aber wenn ich krank bin, so weiß ich im Unterschied zu den anderen, was mir fehlt.

Und im nächsten Augenblick kam ihm der Gedanke, wenn er so einsam sei, so bedeute das, daß er wirklich ein Ausnahmemensch sei. Er erinnerte sich, daß er das Gefühl seiner Isolierung von den Menschen schon in seiner Heimatstadt, in der Vorhalle der Kirche Georgs des Siegreichen gehabt hatte; damals war es ihm vorgekommen, als hätte die Einsamkeit etwas Heroisches und Erhebendes.

Ich habe keine Worte für die Stimme der Seele, und in fremden Worten spricht sie nicht, sagte sich Samgin.

Über die Glasscheibe eines Bildes an der Wand huschte ein dunkler Fleck. Samgin blieb stehen und erkannte, daß es sein Kopf war, der in den durchs Fenster hereinfallenden Lichtstrahl geraten war und sich im Glas spiegelte. Er trat an den Tisch, zündete eine Zigarette an und begann wieder in der Dunkelheit umherzuschreiten.

Warwara kehrte gegen Mitternacht zurück. Als Samgin ihr Läuten hörte, zündete er rasch die Lampe an, setzte sich an den Tisch und brachte die Schriftstücke so in Unordnung, daß es aussah, als arbeitete er schon lange. Er tat das, weil er mit seiner Frau nicht von Belanglosigkeiten sprechen wollte. Doch zehn Minuten später erschien sie in Nachtpantoffeln und in einem Hemd bis zu den Fersen und streichelte ihm mit feuchter und kalter Hand Wange und Hals.

»Du arbeitest?«

»Wie du siehst.«

»Sonderbar, als ich auf das Haus zufuhr, sah ich kein Licht in deinem Fenster.«

»Nein?«

Seine Frau setzte sich auf die Tischdecke und sagte, Ljubascha sei ernsthaft krank und der Arzt halte eine Lungenentzündung für möglich.

»Die Gogina ist bei ihr.«

»Das ist gut. Geh nur, ich mache bald Schluß.«

Warwara ging gehorsam hinaus. Beim Anblick ihrer orangefarbenen Fersen sagte sich Samgin, daß diese Frau von ihm schon durchgelesen, daß sie uninteressant sei. Er kannte jede Bewegung ihres Körpers, jeden Seufzer und jedes Stöhnen, er kannte ihr ganzes, nicht sehr reiches Mienenspiel und war überzeugt, den hastigen Ablauf ihrer Sätze gut zu kennen, die sie nicht besonders vorsichtig der modernen Literatur entnahm und in denen sie sich oftmals hilflos verhedderte, indem sie in komische Widersprüche verfiel. Aber sie war eine bequeme Gattin und praktische Hausfrau, und Samgin schätzte ihr skeptisches Verhalten zu den Menschen, ihre Empfindlichkeit gegen Heuchelei, das Vermögen, Verstellung zu merken. Es ließ sich überhaupt mit ihr nicht schlecht leben, aber mit der Nikonowa beispielsweise wäre es wahrscheinlich sanfter, angenehmer, obwohl die Nikonowa älter war als Warwara.

Eine Stunde später betrat er leise das Schlafzimmer und hoffte, daß seine Frau schon schlafe. Aber Warwara lag, den einen Arm unter dem Kopf, im Bett und rauchte.

»Eine schlechte Angewohnheit, im Schlafzimmer zu rauchen«, bemerkte er, als er sich auszuziehen begann.

»Wie oft schon habe ich dir das gesagt«, entgegnete Warwara; es klang, als hätte sie seinen Satz beendet. Samgin sah sie an, wollte etwas sagen, sagte aber nichts, stellte nur fest, daß seine Frau voller geworden war und daß wohl daher ihr Hals jetzt kürzer aussah.

Wenn sie mir untreu ist, so müßte das irgendwie in ihren Zärtlichkeiten, Körperbewegungen zum Ausdruck kommen, dachte Samgin und beschloß, seine Vermutung zu prüfen.

»Rück etwas zur Seite«, sagte er, an ihr Bett tretend.

»Ich bin so müde«, antwortete sie, ohne sich zu rühren, mit geschlossenen Augen. »Ich kann nicht einschlafen.«

Sie entzog sich ihm selten und nie unter diesem Vorwand. Sie zu bitten wäre erniedrigend gewesen, er tat es auch nie. Gekränkt legte er sich in sein Bett.

»Dort war ein Jude«, begann Warwara, die Zigarette ausdrükkend, als setzte sie eine längst begonnene Erzählung fort.

»Und Kumow war da«, sagte Klim und hörte, daß er nicht nach Kumow gefragt, sondern behauptet hatte: Kumow war da.

»Ja«, sagte Warwara. »Aber er vertrug sich nicht mit dieser Gesellschaft. Er besteht, wie du weißt, auf dem seinen: Die Welt ist eine undurchdringliche Finsternis, der Mensch erhellt sie durch das Licht seiner Einbildung, und die Ideen sind Zeichen, die von Kindern mit dem Griffel auf die Schiefertafel geschrieben werden ...«

»Äußerst naive Metaphysik, Unsinn«, sagte Samgin ärgerlich, denn er entdeckte mit Unwillen Gemeinsames zwischen der Philosophie des Sekretärs und seinen Gedanken. »Schlafen wir, ich bin auch müde.«

Warwara seufzte, rückte das Kissen unter dem Kopf zurecht, schwieg einen Augenblick und begann von neuem: »Weißt du, mir gefallen die Juden nicht. Muß ich mich dessen schämen?«

»Selbstverständlich.«

»Sie gefallen mir nicht. Sie scheinen sich alle stets und überall vorzudrängen. Und es gibt Juden speziell zur Erregung von Antisemitismus.«

»Es gibt auch Russen, die Russenhaß hervorrufen können«, brummte Samgin. Aber Warwara fuhr beharrlich und anscheinend spöttisch fort: »Das ist ein verfehlter Einwand. Du liebst doch die Juden auch nicht, schämst dich aber, es einzugestehen.«

»So ein Unsinn! Mach bitte das Licht aus.«

Sie löschte das Licht, sprach aber weiter, und in der Dunkelheit klangen sowohl ihre Stimme als auch ihre Worte noch aufreizender.

»Sagtest du denn nicht, wenn ein Jude Nihilist sei, sei er tausendmal schlimmer als ein russischer Nihilist?«

Samgin, der sich mit Mühe in Schweigen hüllte, sagte sich, daß er ihr nicht von Mitrofanow erzählen dürfe – sie würde lachen. Er murmelte etwas Unverständliches, als schliefe er schon, und brachte damit seine Frau endlich zum Schweigen.

Mitrofanow kam nicht mehr so oft und ungezwungen wie früher. Er trat schuldbewußt ein, mit fragendem Lächeln im Gesicht, als erkundige er sich wortlos: Nun, wie haben Sie sich entschieden?

Er trank viel Tee, erzählte von kleinen Vorfällen auf der Straße und in Schankwirtschaften, die Warwara sehr belustigten und Samgin trösteten, da sie ihn in seiner Überzeugung bestärkten, daß das Leben ungeachtet der Geschäftigkeit der Intelligenz in seiner Tiefe den alten feststehenden Gepflogenheiten und Gesetzen unterwürfig gehorche.

»Ich werde anscheinend bald eine Stellung bekommen, als zweiter Gehilfe des Aufsehers in einem Irrenhaus«, sagte Mitrofanow zu Warwara, als sie aber das Speisezimmer verlassen hatte, erklärte er Samgin mit hastigem Flüstern: »Das von dem Irrenhaus war natürlich eine Lüge, entschuldigen Sie!«

»Weshalb?« wunderte sich Klim.

»Ja, wissen Sie, falls Warwara Kirillowna trotz allem über mein Leben Bedenken kommen sollten, so hätten Sie dann doch etwas, womit Sie meinen Müßiggang erklären könnten.«

Samgin gefiel diese eigenartige Sorge des Detektivs um ihn, doch als er Mitrofanow hinausbegleitet hatte, fragte er sich: Fällt denn mein Verhalten zu Warwara schon anderen auf?

Und – er wurde zornig. Dieser Tölpel scheint mich in irgendeiner Hinsicht für seinen Gesinnungsgenossen zu halten ...

Ein paar Tage später saß Samgin einsam im Speisezimmer beim Abendtee und dachte darüber nach, wieviel Überflüssiges und Überholtes es in seinem Leben gebe. Er erinnerte sich des Zimmers, das mit zerbrochenen Dingen vollgestopft war, ein Zimmer, das er als Kind unerwartet zu Hause entdeckt hatte. Zu diesen traurigen Gedanken gesellte sich leise, wie ein Gespenst, Suslow.

»Haben Sie schon gehört?« fragte er lächelnd und ließ seine schwarzen Äugelchen funkeln. Er nahm am Tisch Platz, schenkte sich, als wäre er hier zu Hause, selbst ein Glas Tee ein, tat sorgfältig Konfitüre in das Glas und erzählte, während er den Tee umrührte und mit dem Löffelchen klirrte, von Bauernaufständen im Süden. Seine kleine, dürre Hand zitterte, sein Gesichtchen verzog sich zu einem Lächeln, er blähte die Nüstern auf und drehte immerzu den vom gestärkten Kragen beengten Hals.

»Nun – sehen Sie?« fragte er weich, in zuredendem Ton. »Was ist eure rein ökonomische Arbeiterbewegung wert, die nicht von euch, sondern von den Gendarmen geleitet wird, was ist sie wert im Vergleich zu diesem spontanen Ausbruch der Bauernschaft nach sozialer Gerechtigkeit?

Samgin schwieg mit höflichem Lächeln und glaubte dem alten Mann nicht, denn er dachte, diese Bauernunruhen seien wahrscheinlich ebenso armselig und bedeutungslos wie die denkwürdige Plünderung des Getreidespeichers. Suslow jedoch zog wie ein Halbwüchsiger, dem der Anzug zu kurz und unbequem geworden ist, die Rockärmel bis zu den Händen hinunter und tönte: »Ich bin gekommen, um Ihnen zu sagen, daß ich für drei Wochen oder einen Monat verreise; hier ist der Schlüssel zu meinem Zimmer, übergeben Sie ihn Ljubascha; ich war bei ihr, aber sie schläft. Das Mädchen ist krank«, seufzte er und legte die graue Stirn in Falten. »Und gerade zur unrechten Zeit! Sie hätte nach einem Ort gesandt werden müssen, und nun ...«

Jetzt sah Samgin, daß der alte Mann festtäglich oder wie einer, der Namenstag hat, einen neuen, dunkelblauen Anzug trug und daß sein dürrer Körper kriegerisch gestrafft war. An ihm war jetzt sogar etwas, das an Onkel Jakow erinnerte, den ausgedörrten, halbtoten Mann, der erschienen war, um Tote zu erwecken. Suslow verabschiedete sich freundlich, ging, mit den neuen Schuhen knarrend, fort und hinterließ in Samgin den unbestimmten Wunsch, an dem alten Mann irgend etwas Komisches zu finden. Es fand sich nichts Komisches, aber Klim dachte dennoch mit einiger Anstrengung:

Man sollte ihm goldene Knöpfe an den Rock nähen ... Ein Geheimrat der Revolution ...

Zehn Minuten später wurde Suslow durch Gogin abgelöst, der aber nicht so lustig war wie sonst immer. Er war besser unterrichtet und sichtlich mit etwas unzufrieden. Er schritt im Zimmer umher, schnalzte mit den Fingern wie ein ärgerlicher Mensch und sagte deutlich mit halblauter Stimme: »Die Unruhen begannen im Dorf Lissitschja und griffen auf fünf Bezirke der Gouvernements Charkow und Poltawa über. Jawohl. Dort befindet sich doch Ihr Bruder, nicht wahr? Geben Sie mir seine Adresse. Tatjana fährt hin, es muß Material für die Leute im Ausland gesammelt werden. Zwei Adressen haben wir schon, aber unter den Unseren haben wahrscheinlich Verhaftungen stattgefunden.«

Gogin hob einen schweren Stuhl an der Lehne hoch, schwang ihn mit ausgestrecktem Arm hin und her und fuhr nachdenklich fort: »Ich bin kein Freund davon, die Dinge von der einen und von der anderen Seite zu betrachten, aber hier handelt es sich vielleicht um einen Ausgleich für die Parade Subatows. Jedoch – das gefällt mir nicht ...«

»Weshalb?« fragte Klim, der durch seinen Bericht etwas bedrückt war.

»Schwer zu sagen! Das ist etwas Emotionales, meine Sünde! Vor kurzem kam es in einer Fabrik zu einem Streik, man zertrümmerte Maschinen. Qualifizierte Arbeiter zertrümmern keine Maschinen, das tun immer ungelernte Arbeiter, Leute vom Pflug ...«

Er stellte den Stuhl hin, setzte sich rittlings darauf und zupfte sich am Schnurrbärtchen.

»Die Staatswirtschaft ist eine Maschine. Sie ist alt und abgenützt. Ja, aber ... Wir sind ein armes Land! Und hier nun mischt sich Emotion ein, die ... die vielleicht Berechnung ist. Im Ausland stellen die Unseren die Frage, qualifizierte Revolutionäre zu schaffen. Eine kluge Sache ...«

Samgin, der ihm nicht weiter zuhörte, suchte sich vorzustellen, wie in Gogols Heimat Zehntausende rebellierten, die er nur als »Männer« und »Burschen« ukrainischer Theaterstücke kannte. Dann schuf seine Phantasie unter Zuhilfenahme der auf Drängen des Vaters schon im Knabenalter gelesenen »Geschichte der Bauernkriege in Deutschland« und des Buches »Die politischen Bewegungen des russischen Volkes« ein düsteres Bild: In einer Mondnacht wälzen sich dichte, dunkle Menschenmassen auf gewundenen Straßen von Dorf zu Dorf durch die Felder, umringen die Gutshöfe und machen sich an ihnen zu schaffen; riesengroße Feuer flammen auf, die Leute schreien, pfeifen und johlen; sie wälzen sich weiter als schwarze Masse, die ständig wächst, als quölle sie aus der Erde hervor; vor ihnen her rasen Herden erschrockener Pferde, hinten vermehren sich Hügel voll Feuer, über ihnen – Rauchwolken, der Himmel ist nicht zu sehen, und die Erde verödet, ihre obere Schicht rollt sich wie ein Teppich zusammen und bildet immer wieder neue, lebendige schwarze Wälle.

»Am Donnerstag also?« fragte Alexej, der aufgestanden war und sich umsah.

Samgin nickte bestätigend, obwohl er nicht gehört hatte, was Gogin eigentlich vorgeschlagen oder worum er gebeten hatte.

Als er wieder allein mit sich war, umfing ihn wie kalter Rauch die Langeweile der vertrauten Unruhe. In seiner Erinnerung erstanden dunkle Menschenmassen. Hunderttausende wogten auf dem Chodynka-Feld, daß die Erde sich unter ihnen bog, und er erinnerte sich, wie er gedacht hatte, daß diese Kraft, wenn sie einmütig in die Stadt flutete, Moskau zu Schutt und Staub zerstampfen würde. Zehntausende von Arbeitern gingen zu dem Bronzezaren, dem Großvater des blauäugigen jungen Mannes, der, auf dem Wagensitz wippend, an dem Gebrüll Tausender vorbeigejagt war und ihnen schuldbewußt zugelächelt hatte. Das Volk zieht eine Glocke hoch und zerrt an den Seilen, als wollte es den Kirchturm stürzen. Eine ganze Dorfgemeinde reißt einmütig das Schloß des Reservegetreidespeichers herunter. Ein Bauer mit einem Holzbein fängt einen nicht vorhandenen Wels. Ein anderer Bauer fragt mißtrauisch: »Ja – ist denn ein Junge dagewesen, vielleicht war gar kein Junge da?«

An diesen zwei Bauern schien etwas Allegorisches und Tröstliches zu sein. Vielleicht fingen alle Menschen einen nicht vorhandenen Wels, wissend, daß der Wels nicht vorhanden war, dies aber voreinander verbergend?

Nein, ich denke töricht, entschied er, die Augen schließend, und setzte die Brille auf.

An mir ist etwas Hilfloses, entschied er, verbesserte sich aber sofort: Etwas Kindliches. Aber – werde ich denn immer so leben? Wie ein Gefangener, ein Sklave?

Die Langeweile trieb ihn aus dem Haus. Über der Stadt, an dem kalten und sehr hohen Himmel funkelten viele Sterne und leuchtete bescheiden das silberne Hufeisen des Mondes. Vom Licht der Stadt schien der Himmel gelblich. Auf der Twerskaja paradierten an den hellerleuchteten Fenstern des Cafés Filippow vorbei Prostituierte, elegante Studenten und sorglose junge Leute mit Spazierstöcken. Ein Mann in flauschigem Mantel, mit steifem Hut und Doppelkinn sagte beim Überholen Samgins zu einem Mädchen, das er am Arm führte: »Na gut, drei Rubel, aber dann schon . . .«

»Gewiß«, antwortete das Mädchen mit ehrlicher Stimme. »Mich loben alle.«

Ein anderer Mann mit langem Gesicht und offenem Pelzmantel, der an der Ecke der Kusnezkij-Brücke unter einer Laterne stand, redete auf seinen Gesprächspartner, einen kleinen, krummen Menschen mit verbeultem Hut, ein: »Der Teufel soll sie holen! Meinetwegen Kirchengemeinden, wenn das Volk nur lesen und schreiben lernt!«

In einem Wagen, vor den zwei Rappen gespannt waren, deren Beine sich wie die Hebel einer phantastischen Maschine bewegten, fuhr Alina Telepnjowa vorbei, neben ihr Ljutow, und ihnen gegenüber, hinter dem Kutscher, fuchtelte ein dicker Mann, der wie ein Feuerwehrmann aussah, mit der Hand. Samgin erinnerte sich Lidijas, sie lebte irgendwo im Kaukasus und schrieb, wie Ljubascha sagte, ein Buch über irgend etwas. Warwara erinnerte sich ihrer nie. Makarow befand sich in Moskau, ließ sich aber nicht blicken. Der Bruder Dmitrij hatte vor kurzem einen langen und trübsinnigen Brief geschickt, er befaßte sich mit dem Studium der Hausindustrie, besonders der Töpferei.

Vielleicht ist er festgenommen worden, dachte Samgin.

Auf der Straße marschierte schneidig ein Zug von der Wache abgelöster hochgewachsener Soldaten vorbei, ihre silbernen Bajonette ragten schräg in die Luft und schienen sie zu kämmen.

»Wollen wir?« wurde Samgin von einem jungen Mädchen mit breitem, übermütig schräg aufgesetztem Hut gefragt, deren unnatürlich geweitete Pupillen scharf glänzten.

Atropin natürlich, sagte sich Klim, das geschminkte Gesicht streng anblickend, und dachte über die Prostituierten nach: Warum boten sie sich ihm gerade in schweren, langweiligen Stunden an?

Komisch.

Aber es war nicht langweilig, sondern, wie immer in dieser Straße, interessant, laut, unverhohlen unzüchtig und erweckte keinerlei beunruhigende Gedanken. Die stattlichen und stämmigen Häuser standen dicht aneinandergedrängt, mit ihren Fundamenten fest an die Erde geklammert. Samgin besuchte ein Restaurant.

Als er heimkehrte, schlief seine Frau schon. Beim Ausziehen sah er ein paarmal ihr Gesicht an, das ruhige, sogar selbstzufriedene Gesicht eines Menschen, der etwas sehr Angenehmes hört und dabei ein vergnügtes Lächeln unterdrückt.

Sie ist glücklicher als ich. Weil sie dümmer ist.

Samgin legte sich hin, löschte das Licht und lauschte eine Minute lang dem Atem seiner Frau. In ihm brodelte jäh Erbitterung auf.

Ein dummes Weib mit der gekünstelten Bescheidenheit eines liederlichen Frauenzimmers, das nur aus Angst, seine rasende Sinnlichkeit zu zeigen, bescheiden ist. Die Abtreibung nahm sie nur vor, damit das Kind sie nicht bei ihren Genüssen hindere.

Die Dunkelheit raunte ihm mit Leichtigkeit böse Worte zu, Samgin reihte sie aneinander, und ihm waren die Tätigkeit des erregten Gefühls und die Sättigung mit Zorn angenehm. Er fühlte sich stark und sagte zu seiner Frau, sich ihrer Worte erinnernd: Ja, ich bin von Natur kein Revolutionär, aber ich erfülle ehrlich die Pflicht eines anständigen Menschen, ich bin Revolutionär aus Pflichtbewußtsein. Und du? Wer bist du?

Er wollte Warwara sogar gern wecken, ihr harte Worte ins Gesicht sagen, sie mit Worten verletzen und zum Weinen bringen.

Wahrscheinlich in solcher Stimmung werden manchmal Frauen umgebracht, dachte er flüchtig und lauschte auf den Lärm im Hof, wo Pferde zu stampfen schienen. Eine Minute später wurde hastig an die Tür geklopft, und die dumpfe Stimme der Anfimjewna ertönte: »Im Seitenbau ist die Polizei. Machen Sie kein Licht, tun Sie so, als schliefen Sie, vielleicht läßt Gott das Unheil an uns vorübergehen.«

»Hol's der Teufel«, murmelte Samgin, sprang aus dem Bett und rüttelte seine Frau an der Schulter. »Wach auf, Haussuchung. Zum drittenmal«, brummte er und tastete mit den Füßen nach den Pantoffeln, deren einer sich eigensinnig unter dem Bett versteckte, während der andere so platt getreten war, daß die Zehen nicht in ihn hineinfinden konnten.

Warwara, im Nachthemd widerwärtig lang, ging ans Fenster, als schwebte sie durch die Luft.

»Ach, mein Gott . . .«

»Öffne den Vorhang nicht! . . .«

»Hast du irgend etwas? Versteck es, gib es mir, ich verstecke es . . . Anfimjewna wird es verstecken.«

Sie lief weg und schlug häßlich laut die Schlafzimmertür zu, während Samgin rasch in sein Arbeitszimmer ging und dem Bücherschrank die Mappe entnahm, in der er eine Sammlung verbotener Ansichtspostkarten, Gedichte und die Korrekturbogen von Artikeln aufbewahrte, welche die Zensur nicht zugelassen hatte. Ihm selbst kamen alle diese Zettel schon längst banal und zum größten Teil talentlos vor, aber sie waren die Münze, mit der er die Aufmerksamkeit anderer kaufte, und noch insofern wertvoll, als sie durch ihre Billigkeit seine Geringschätzung der Menschen stärkten.

Ich habe Angst, gestand er sich, schlug sich mit der Mappe auf die Knie und warf sie auf den Diwan. Es war sehr kränkend, sich als Feigling zu fühlen, und das wäre noch schlimmer, wenn Warwara das gemerkt hätte.

Sie werden verhaften . . . Der Teufel soll sie holen! Sie werden aus Moskau ausweisen, weiter nichts, suchte er sich hastig einzureden. Ich werde eine stillere Stadt wählen und abseits von diesem Unsinn leben.

Da kam Warwara hereingelaufen.

»Gib her!«

Sie packte die Mappe und sprach ihm im Fortlaufen Hoffnung zu: »Anscheinend nicht zu dir.«

Samgin schob vorsichtig den Vorhang zur Seite und sah durchs Fenster: Auf dem Hof bewegten sich menschenähnliche Verdichtungen der Dunkelheit.

Nicht zu dir, wiederholte er die Worte seiner Frau. Eine andere hätte gesagt: Nicht zu uns.

Warwara kehrte wieder zurück, er trat vom Fenster weg, setzte sich auf den Diwan und sah zu, wie sie den Morgenrock anziehen wollte und erfolglos den Ärmel suchte.

»Hilf mir doch.«

Als er ihr in den Ärmel hineingeholfen hatte, schmiegte sich Warwara an ihn und murmelte: »Ich kann mir dich nicht im Gefängnis vorstellen.«

»Hunderte sitzen.«

»Ach, was gehen mich die Hunderte an!«

Sie setzten sich dicht aneinander auf den Diwan. Durch den Schlitz zwischen den Fenstervorhängen war zu sehen, wie über die Front des gegenüberliegenden Hauses der Schein einer Laterne kroch, als wollte er von der Wand heruntergleiten; Warwara zündete sich eine Zigarette an und fragte: »Man wird doch eine Kranke nicht verhaften?«

Samgin antwortete nicht. Es war dumm, lächerlich und peinlich, vor Warwara zu sitzen und auf den Besuch der Gendarmen zu warten. Doch was sollte er tun?

»Suslow ist verreist«, flüsterte Warwara. »Er hat wahrscheinlich gewußt, daß es eine Haussuchung geben wird. Er ist ja so ein schlauer Fuchs . . .«

»Das ist nicht wahr«, sagte Samgin streng.

Sie verstummten wieder und lauschten auf ein endloses Husten im Hof; das Husten begann in dröhnendem Baß, wurde höher und ging in das dünne Kreischen eines an Keuchhusten leidenden Kindes über.

»Es ist erniedrigend, zu warten«, bemerkte Warwara. »Ich lege mich wieder hin.«

Sie ging, ärgerlich mit den Pantoffeln schlürfend, weg. Samgin stand auf und blickte wieder vorsichtig durchs Fenster in die Dunkelheit; es hatte sich nichts verändert, an der Hauswand glitt immer noch der Laternenschein umher.

Der Brenner ist verdorben, dachte Samgin. Es ist klar, sie werden nicht kommen.

Ins Schlafzimmer zu gehen, hatte er keine Lust, und so legte er sich auf den Diwan, fühlte sich sehr einsam und in irgendeiner Hinsicht vor sich selbst schuldig.

Am Morgen kam Mitrofanow zum Tee, er war bei der Haussuchung bei Ljubascha Zivilzeuge gewesen.

»Die Durchsuchung war streng«, erzählte er und lächelte beifällig. »Man hat kein Körnchen, nicht das geringste gefunden. Dennoch hat man sie mitgenommen.«

»Aber sie ist doch krank!« rief Warwara entrüstet. Iwan Petrowitsch zuckte die Achseln und seufzte: »Die haben ihre eigenen Erwägungen, der Gesundheitszustand verdächtiger Leute interessiert sie nicht. Auch die Bücher waren alle gesetzlich zugelassen«, fuhr er, wieder lächelnd, fort. »Die Bibel, Wissenschaftliches, Turgenjew, Band vier ...«

»Warum dachten Sie denn, sie müsse irgendwelche verbotenen Bücher haben?« fragte Warwara mißtrauisch.

Iwan Petrowitsch sah Samgin mit fragenden Augen an, schmunzelte, rieb sich die Wangen und sagte mit halblauter Stimme: »Ach, Warwara Kirillowna, was gibt es noch zu verhehlen! Ich begreife doch: Eine Zeit der Kräfteverschiebung ist angebrochen, und die Klugen haben es auf die Posten der Dummen abgesehen. Und es ist Zeit! Und es ist sogar gerecht. Wenn wir aber Gerechtigkeit wünschen, so darf man natürlich kein Mitleid haben. Ich bin doch nur gegen Morde, Diebstahl und überhaupt Unruhe.«

Er beugte sich zu Warwara vor und senkte die Stimme noch mehr.

»Jedoch – auch einen Mord kann man verstehen. ›Eine Forderung steckt man nicht in die Tasche‹, heißt es. Wenn auf einen Minister geschossen wird, so verstehe ich, das ist eine Forderung, eine Erklärung, sozusagen: Geben Sie nach – sonst! Und zum Beweis der Kraft – bums!«

Warwara lachte vorsichtig.

»Sie sprechen spaßig, Iwan Petrowitsch«, sagte sie mit Lachen.

»Natürlich, komisch«, gab der Untermieter zu, »aber bei Gott, hinter den komischen Worten verbergen sich bei mir ernste Gedanken. Da ich mit breiten Lebensschichten Berührung hatte und habe, sehe ich deutlich: Mit Menschen, die das Leben nicht zu lenken versuchen, hat niemand Mitleid, und alle begreifen, daß er zwar Minister, aber nutzlos ist! Und nur aus Neugier werfen sie, als wäre ein Unbekannter umgebracht worden, einen Blick auf die Leiche, schwatzen ein bißchen über die Gründe für seine Beseitigung und gehen weiter, jeder, wohin er gehen muß: in den Dienst, in Schankwirtschaften und mancher in fremde Wohnungen, in Diebsgeschäften.«

Samgin hörte Mitrofanows philosophischen Darlegungen mit finsterer Miene zu, denn er fürchtete, Warwara könnte den Beruf des Untermieters erraten. Damit also befaßt sich dein Mensch mit gesundem Verstand, würde sie sagen. Samgin suchte den Blick Iwan Petrowitschs, wollte ihm warnend zuzwinkern, er aber begeisterte sich immer mehr und schwitzte schon, wie stets bei starker Erregung.

»Natürlich, wenn das zur Gewohnheit wird, das Schießen, na, das ist schlimm«, sagte er mit vorgewölbten Augen. »Hier, denke ich, verbirgt sich immerhin eine Gefahr, obwohl das ganze Leben auf Gefahren beruht. Wenn jedoch junge Leute heftigen Charakters dem Kamm die Zähne abbrechen – womit sollen wir uns dann kämmen? Wir aber, Warwara Kirillowna, müssen uns kämmen, denn wir sind ein zerzaustes, struppiges Volk. Ach Gott! Ich weiß doch, wie zerzaust der Mensch ist ...«

Samgin räusperte sich laut, aber auch das half nichts.

»Es kann natürlich sein, daß das bei uns von der gewaltigen Sehnsucht nach Gerechtigkeit kommt, denn wissen Sie, sogar Diebe träumen von Gerechtigkeit, und überhaupt alle sehnen sich nach irgendeinem anderen Leben, daher auch die Trunksucht und Unzucht bei uns. Dennoch versichere ich Ihnen, Warwara Kirillowna, viele verstellen sich, diese Hundsfötter. Ich weiß das doch. Beispielsweise – die Verbrecher ...«

Blöder Kerl! fluchte Samgin im stillen, räusperte sich und begann mit dem Löffel gegen das Glas zu schlagen, hörte aber gleich wieder auf, Mitrofanow zu stören.

Mitrofanow hatte die Augen wild aufgerissen, schlug sich mit der

Faust aufs Knie und streckte die andere Hand mit gespreizten Fingern Warwara entgegen, als wollte er sie an der Gurgel packen.

»Was bist du schon für ein Verbrecher, du Hundsfott«, flüsterte er wütend. »Ein Narr bist du und ... und lebst wie im Traum, ein hochgütiger Mensch bist du! Du bildest dir was ein, du Dummkopf! Ein Hanswurst bist du, ein elender Schauspieler und Schwindler, aber kein Verbrecher! Kein R-rocambole, du lügst! Einem Rocambole gleichst du Hundsfott sowenig wie ein Hahn einem Adler. Der Aneignung eines fremden Berufstitels bist du schuldig, aber nicht des Einbruchdiebstahls, du Narr!«

Er schüttelte sich, richtete sich auf und sagte ruhiger, indem er die Hand wie zum Schwur erhob: »Warwara Kirillowna – ein Volk, das uns gliche, gibt es nicht!«

Warwara sah ihn verblüfft, ja gleichsam gebannt an, sie hatte sich auf dem Stuhl zurückgelehnt, die Hände in den Nacken gelegt, und ihre Brust straffte sich unschicklich. Samgin wollte nun nicht mehr den Ergüssen des Polizeiagenten Einhalt gebieten, da er sie irgendwie sinnbildlich fand.

»Ein fürs Gemeinschaftsleben ganz ungeeignetes, ein gleichsam besessenes und wahnsinniges Volk. Jede Nation hat ihre Diebe, und gegen sie läßt sich nichts sagen, die Leute gehen ihrem Beruf normal nach, als trügen sie Gummiüberschuhe. Und man hat keine Vorurteile – alles ist verständlich. Bei uns aber hat das nichtigste Menschlein, ein einfacher Taschendieb unbedingt einen Trick und Phantasie. Gestatten Sie, etwas zu erzählen ... In Ausführung eines Auftrags ...«

Mitrofanow stockte und warf einen flüchtigen Blick auf Klim.

»Das heißt, nicht in Ausführung eines Auftrags, sondern zufällig konnte ich einen Dielenbohnerer auf frischer Tat ertappen, der sich hervorragend darauf eingestellt hatte, kleine Gegenstände, Ringe, Ohrgehänge, Broschen, und überhaupt zu stehlen. Na also, ich beobachte ihn. Er wachst in einem vornehmen Haus das Parkett. Im Boudoir. Er schickt seinen Lehrjungen und Gehilfen hinaus, öffnet rasch mit einem Dietrich die Schublade des Trumeaus, nimmt heraus, was er braucht, und versenkt es ins Bohnerwachs. Ausgezeichnet! Und dann ...«

Mitrofanow sprang auf dem Stuhl hoch, und sein rundes Katergesicht wurde von einem albern freudigen Lächeln erhellt.

»Dann läuft er ins benachbarte Zimmer, macht wie ein junger Halunke einen Handstand, geht auf den Händen und betrachtet sich im unteren Teil des Spiegels. Aber erlauben Sie mal! Er ist vierunddreißig Jahre alt, hat einen würdigen Bart und sogar graue Schläfen. Jawohl! Ich frage ... man fragt ihn: ›Sehr gut, Jakowlew, aber warum bist du auf den Händen gelaufen?‹ – ›Das‹, sagte er, ›kann ich Ihnen nicht erklären, aber ich habe die Eigentümlichkeit und Gewohnheit, nach einem Erfolg im Unternehmen einen Augenblick kopfabwärts zu leben.‹«

Er neigte sich wieder mit dem ganzen Körper zu Warwara vor und fuhr leise, überzeugt und mit irgendwelcher bitteren Freude, aber irgendwie auch erschreckt fort: »Das ist kein Rocambole, sondern Anmaßung und höchst schädlicher Unsinn. Das ist, wissen Sie, Selbstbetrug und Verirrung, sozusagen ein Spiel mit sich selbst, und außer etwas in die Fresse erhält er nichts. Und wissen Sie, es ist gut, daß das Gericht solche Sachen nicht ergründet, denn wie sollte es sonst richten? Herr, du mein Gott, es ist ein Spiel und in ihm eine solche Langeweile, daß man weinen könnte ...«

Er weinte auch. Seine vorgewölbten Augen benetzten sich mit Tränen, und Samgin schienen seine Tränen gelblich und wie Schaum. Mitrofanow biß sich auf die Lippen, um ihr Zittern zu unterdrücken, und lächelte.

»Die Taten sind nicht zu verstehen. Jermakow, Pferdezüchter und auf seinem Gebiet eine Kapazität, begann aus Überfluß an Mitteln ein zweistöckiges Altersheim für Frauen zu bauen, ein Gebäude mit Hauskirche und dergleichen mehr. Plötzlich stürzte das Gerüst ein, wobei mehrere Personen schwer verletzt wurden. Ein verständlicher Vorfall. Aber Jermakow untersagte danach den Bau der Kirche und gab das Haus, als es fertiggestellt war, zum allgemeinen Gespött als anstößiges Lokal her, als maison publique, wie die Franzosen aus Delikatesse zu sagen pflegen. Ich könnte Ihnen Dutzende solcher Beispiele erzählen. Worauf haben es die Menschen abgesehen? Ich begreife es nicht. Und man beginnt zu denken, es gebe keinen Menschen ohne Tick, man erwartet von jedem, er werde sich im nächsten Augenblick auf den Kopf stellen.«

Mitrofanow seufzte schwer, stand auf und fragte: »Sie denken, es sei alles ganz einfach? Die Menschen gingen verschiedenen Berufen nach, äßen, besuchten Gastwirtschaften, den Zirkus, das Theater – und sonst nichts weiter? Nein, Warwara Kirillowna, das ist nur Hülle, Schale, innen aber ist Langeweile. Das übliche im Leben ist Heuchelei, aber mal kommt der Augenblick der Entlarvung und – der Mensch stellt sich auf den Kopf.«

Er machte eine linkische Verbeugung.

»Verzeihen Sie bitte, daß ich außer Fassung geriet. Man lebt, wissen Sie, und ... fühlt sich unbehaglich. Man hat keine Ruhe. Verzeihen Sie.«

Er schüttelte mit der Hand Brotkrumen von seinem Rock und ging.

»Aus-ge-zeichnet«, sagte Warwara verblüfft in gedehntem Ton mit geschlossenen Augen und wiegte den Kopf. »Das ist . . . ausgezeichnet! Der Augenblick der Entlarvung, wie? Was sagst du dazu?«

»Ja, interessant«, sagte Samgin, der sich in dem »System von Sätzen« des Polizeiagenten zurechtzufinden suchte.

»Nein, er gleicht wenig einem Menschen mit gesundem Verstand, für den du ihn gehalten hast«, sagte Warwara.

»Das scheint zu stimmen«, murmelte Samgin, und nachdem er gesagt hatte, eine dringende Arbeit warte auf ihn, ging er in sein Zimmer.

»Ich verstehe nicht, wodurch er dich enttäuscht hat«, fragte ihn seine Frau, die ihm folgte, beharrlich aus. »Wirst du zu Gogins gehen und ihnen Ljubaschas Verhaftung mitteilen?«

»Selbstverständlich.«

Er setzte sich an den Tisch, schlug eine dicke Mappe mit der Aufschrift »Akte« auf und versank, kaum daß Warwara hinaus war, sofort wie in eine mit Unkraut zugewachsene Grube in einen chaotischen Wirrwarr von Worten.

Anmaßung. Spiel mit dem Leben . . .

Ihm schien, hinter diesen Worten verbergen sich beunruhigende Gedanken, die ihm schon bekannt waren. Mitrofanow war durch irgend etwas erschrocken, das war klar. Doch er benahm sich wie ein schuldbewußter Mensch, er rechtfertigte sich im Grunde genommen.

Ein redlicher Bursche, darum auch schuldbewußt, schloß Samgin und merkte mit Verdruß, daß ihm diese Schlußfolgerung gleichsam von jemand anderem eingesagt, ihm unangenehm, fremd war.

Beim Nachdenken störte ihn Warwara, die im Speisezimmer kommandierte: »Trinken Sie Kaffee.«

»Danke«, antwortete Kumow.

Im Morgenkleid, unfrisiert, mit nackten Beinen, erinnerte sich Samgin seiner Frau, während sie fragte: »Was sagte er denn?«

Mit weicher Stimme und wahrscheinlich wie immer mit herablassendem Lächeln über die vom rechten Wege abgekommenen Menschen erzählte Kumow: »Er warf den realistischen Schriftstellern seelische Unwissenheit vor; das ist sehr berechtigt, aber nichts Neues mehr, und sie begreifen ja auch selbst, daß der Realismus sich überlebt hat.«

»Meinen Sie?«

»Ja, das ist ein Gesetz: Wenn das Leben besonders tragisch wird, geht die Literatur zum Idealismus über, treten Romantiker auf, wie es Ende des achtzehnten Jahrhunderts der Fall war ...«

»Hm ... Stimmt das?« fragte Warwara.

Er erwägt, mit welcher Ware vorteilhafter zu handeln ist, sagte sich Samgin, stand auf und schloß laut die Tür des Arbeitszimmers, um die aufreizende Stimme des Sekretärs und die sachlichen Fragen seiner Frau nicht hören zu müssen.

Am Abend ging er zu Gogins, ihm gefiel es nicht, in diesem Haus zu sein, wo sich stets wie auf einem Bahnhof verschiedenartige Menschen drängten. Die Tür öffnete ihm der zerzauste Alexej, mit einem Bleistift hinter dem Ohr und irgendwelchen Papieren in der Tasche.

»Aha, Sie sind es? Bei uns ist ...«

»Haussuchung?« fragte Samgin leise.

»Nun, jetzt ist wohl nicht die richtige Zeit für eine Haussuchung ...«

»In der Nacht ist Ljubascha verhaftet worden«, teilte Samgin, ohne abzulegen, mit, denn er war entschlossen, sofort wieder zu gehen. Gogin blinzelte wie geblendet und schnalzte mit der Zunge.

»Das ist schlimm. Meine Schwester ebenfalls. In Poltawa. Ach ... Na, kommen Sie.«

Er reckte den Hals zur Tür des Saals, aus dem dumpf eine heisere Stimme und Husten tönten. Samgin begriff, daß dort etwas Interessantes vorging, auch konnte er schon nicht mehr gut fortgehen. Im Saal knurrte und hustete der Diakon; er saß am Tisch, hatte wie ein Toter die Hände hohl auf der Brust zusammengelegt, sein Baß hatte die Klangfülle verloren, war heiser und wurde von dumpf dröhnendem Husten unterbrochen; der Diakon fand sich schwer in den Worten zurecht, sprach sie nicht voll aus, verschluckte sie oder stieß sie angestrengt hervor.

»Gleich dem Auszug aus der ägyptischen Gefangenschaft«, rief er gerade in dem Augenblick, als Samgin eintrat. »Aber es gibt keinen Moses! Und niemand kann den Weg nach dem Lande der Verheißung weisen.«

Samgin fiel sofort etwas Neues und Unheimliches an diesem ihm von jeher unangenehmen Menschen auf. Der Diakon war häßlich platt, war flach geworden; er saß aufrecht, hölzern da. Sein vollständig ergrauter Bart hing in Büscheln herab wie bei einem Bettler, der durch beabsichtigte Unansehnlichkeit Mitleid erwecken will. Auch war er unansehnlich kahlköpfig: Von der Stirn bis zum Nacken war das Haar ausgefallen, man sah die graue Haut, auf der aber hie und da kurze Büschel zurückgeblieben waren, während über den Ohren zwei lange Büschel wie Hörner hochragten. Die Gesichtshaut hatte

Falten bekommen, das Gesicht war lang geworden wie bei Basilius dem Seligen auf der billigen Ikone eines schlechten Heiligenbildmalers.

»Und sie hatten nichts, weder ein Gewehrchen noch ein Pistölchen, nur Stöcke und Knüppel und Gejammer ...«

An ihm ist etwas Theatralisches, dachte Samgin, der ein bedrükkendes Gefühl loszuwerden suchte. Es steigerte sich, als der Diakon langsam den Kopf wandte und Alexej ansah, der auf ihn zugetreten war; die aufgedunsene Haut hatte die Augen des Diakons häßlich bloßgelegt, indem sie die Lider zurückgezogen und umgestülpt hatte und rotes Fleisch sehen ließ, ihre Pupillen waren verschwommen, und ihr matter Glanz war sichtlich irrsinnig.

»Nun, schreiben Sie, schreiben Sie, einerlei«, sagte der Diakon und wehrte Alexej mit schwerfälliger Handgebärde ab.

Auf ihn blickten etwa fünfzehn Menschen, die im Zimmer verstreut waren, und Samgin schien es, als blickten alle ebenso wie er: widerwillig und ängstlich, als erwarteten sie etwas Außergewöhnliches. An der Tür saß die Dienerschaft: die Köchin, das Stubenmädchen und der junge Hausknecht Akim; die Köchin weinte lautlos und trocknete die Augen mit einem Zipfel des Kopftuchs. Samgin setzte sich neben einen Mann, der gebeugt auf einem Stuhl saß, die Ellenbogen auf die Knie gestützt und den Kopf zwischen die Hände gelegt.

»Große Verzweiflung«, rief der Diakon heiser und bekam einen Hustenanfall. »Einem Hochwasser glich dieser Zug über die unbestellten, ungepflügten Felder. Wie Blindgeborene gingen sie, zerstampften die Wintersaat, ihr eigenes Gut. Und da sprengte gegen sie dieser Feldherr heran, der Sanherib von Charkow ...«

»Hat er einen Rausch?« fragte Samgin flüsternd seinen Nachbarn, worauf dieser, ohne sich zu rühren, ziemlich laut brummte: »Sie selbst sind betrunken ...«

»Einem Dorfschulzen wurde mit der Nagaika der Bauch aufgerissen. Bis auf die Därme. Die Weiber wurden gepeitscht, wie Pferde.«

Aus einer Ecke fragte jemand leise und hoffnungslos: »Sind keine Versuche gemacht worden, Widerstand zu leisten?«

»Womit denn Widerstand leisten? Mit den Fingern? Die Haut leistete Widerstand, als sie geprügelt wurde ...«

Der Diakon verstummte und sah sich mit blutunterlaufenen Augen um. Aus allen Ecken des Zimmers ertönten Fragen, gleichermaßen schüchtern und verlegen, nur Samgins Nachbar fragte laut und streng: »Wieviel Tausend waren es?«

»Habe nicht gezählt. Sie waren zahllos.«

Samgin erkannte an der Stimme in seinem Nachbarn Pojarkow und rückte von ihm ab.

»Da sitzen Sie nun, interessieren sich, wie und womit geschlagen wurde und ob es viele waren«, begann der Diakon hustend und spie in ein schmutziges Taschentuch. »Wie ist das: alles für Artikel, für die Zeitungen? Alles wird bei Ihnen zu Buchstaben, zu Worten. Wann aber kommen Taten?«

Er versuchte sich vom Stuhl zu erheben, konnte es aber nicht, seine Riesenstiefel waren gleichsam am Boden festgewachsen. Er streckte die Arme auf dem Tisch aus, versuchte nochmals aufzustehen, ohne sich auf sie zu stützen, und konnte es wieder nicht. Darauf drehte er langsam den Hals, der einem in den zerknitterten Kragen eines grauen Kaftans hineingesteckten Baumstamm glich, sah die Leute an und fuhr fort: »Auch ich tröstete mich mit Worten, schrieb sogar Gedichte. Aber Worte trösten nicht. Vorübergehend trösten sie wohl, schlägt aber die Stunde – so schämt man sich ...«

Der Augenblick der Entlarvung, erinnerte sich Samgin automatisch.

»Was sind Worte? Unrat der Seele.«

Der Diakon beugte sich so weit vor, daß sein Bart auf den Tisch zu liegen kam, ruderte mit den Armen auf dem Tisch herum und murmelte irrsinnig:

»Satan sah sich unser Leben an,
War entsetzt und – heulte auf vor Schreck:
Gott, was habe ich da angerichtet?
Überwunden habe ich dich – siehst du's, Gott?
Deine Gesetze hab ich alle umgestoßen,
Du mein Freund und Unglücksbruder,
Du Abel ...«

Er bekam einen Hustenanfall, daß es ihn auf dem Stuhl schüttelte, und sagte heiser: »Das ist es, was ich dichtete ... Wie es weitergeht, habe ich vergessen ... Zum Schluß:

Umarmten sie sich beide, bitter weinend ...«

Der Diakon schlug mit der Hand auf den Tisch.

»Was nützen sie aber, die Tränen Gottes und des Satans ob ihrer Ohnmacht? Was nützen sie? Nicht um Tränen bittet das Volk, sondern um einen Gideon, um Makkabäer ...«

Er schlug nochmals auf den Tisch, und dieser Schlag half ihm endlich: Dürr und lang erhob er sich und sagte sehr laut und grob mit heiserer Stimme: »Einen Josua brauchen wir. Das sage nicht ich, das ist der Stoßseufzer des Volkes. Ich habe es selbst gehört: uns fehlt ein Mensch, einen Menschen brauchen wir! Jawohl!«

Durch seinen langen Körper ging wie eine Welle ein Zittern von den Schultern bis zu den Knien.

»Hier gab es einen Propheten, er wohnte in einem Keller und handelte am Sucharew-Platz mit Gekröse. Er lehrte: Der Stein ist ein Dummkopf, der Baum ist ein Dummkopf, und Gott ist ein Dummkopf! Ich schwieg damals. Du lügst, dachte ich, Christus ist klug! Jetzt aber weiß ich: Das alles geschieht zum Trost! Alles nur Worte, Christus ist auch ein totes Wort. Recht haben die Verneiner, nicht die Bejaher. Was kann man dem Entsetzen gegenüber bejahen? Die Lüge. Die Lüge behauptet sich. Es gibt nichts außer dem großen menschlichen Leid. Alles übrige – die Häuser und die Glaubensarten und jeglicher Luxus und die Demut – ist Lüge.«

Obwohl der Husten den Diakon störte, sprach er mit großer Kraft, und bei einigen Worten klang seine heisere Stimme sammetweich wie früher. Vor Samgins Augen erstand auf einmal ein düsteres Bild: Nacht, ein ausgedehntes Feld, überall am Horizont lodern Riesenfeuer, und von den Feuern her schreitet an der Spitze Tausender von Bauern dieser grimmige Mann mit dem irrsinnigen Blick seiner entblößten Augen. Aber Samgin sah auch, daß die Zuhörer miteinander Blicke wechselten und Theaterzuschauern ähnelten, Zuschauern, denen ein auswärtiger Gastspieler nicht gefällt.

»Auch das von den Sklaven ist nicht wahr, ist Lüge!« sagte der Diakon und schloß mit zitternden Fingern die Haken seines Kaftans. »Vor Christus hat es keine Sklaven gegeben, es gab einfach Gefangene, das war körperliche Knechtschaft. Seit Christus aber begann die geistige, jawohl!«

Pojarkow hob den Kopf und richtete sich auf.

»Richtig, Väterchen«, sagte er.

»Erlauben Sie mal«, rief ein Mann mit bandagiertem Bein und einem Stock in der Hand aus. Pojarkow zischte ihn an, während der Diakon ihm den langen Arm mit gespreizten Fingern entgegenstreckte und brüllte: »Ich habe einen Sohn gehabt . . . Es hat einen Studenten Pjotr Marakujew gegeben, der das Volk liebte. Er ist in der Verbannung gestorben. Hunderte junger Männer gehen zugrunde, sehr redliche! Und das Volk geht zugrunde. Das kraushaarige Kosakenbürschchen peitscht mit der Nagaika alte Männer, die jeder ein halbes Jahrhundert lang die Zaren, die Bischöfe, euch alle und ganz Rußland ernährt haben . . . er schlägt sie mit der Nagaika, jawohl! Und johlt vor Freude, daß er schlägt und erschlagen darf, ohne bestraft zu werden. Was?«

Das Was brüllte der Diakon ohrenbetäubend und so, daß es Samgin ein unflätiges Schimpfwort erwarten ließ. Aber der Diakon stieß mit dem Fuß den Stuhl beiseite, auf dem er gesessen hatte, schüttelte sich wie ein regennasser Vogel, zog einen bunten Schal aus der Tasche und ging, ihn um seinen Hals wickelnd, zur Tür.

»Ich kann nicht mehr«, murmelte er. »Verzeihen Sie. Ich fühle mich nicht wohl.«

Ihm folgten Alexej und eine grauhaarige Dame in Trauerkleidung; sie fragte beunruhigt: »Wo übernachten Sie denn?«

Der hustende Diakon antwortete nicht. Er ging wie ein Blinder, schob mit der Hand die Luft vor sich beiseite und stapfte schwerfällig.

Um eine Begegnung mit Pojarkow zu vermeiden, der sich wieder vorgebeugt hatte und zu Boden sah, ging auch Samgin vorsichtig ins Vorzimmer und dann auf die Freitreppe hinaus. Der Diakon stand auf der anderen Straßenseite, mit der Schulter an einen Laternenpfahl gelehnt, und las irgendeinen Zettel, den er ans Licht hielt, während er mit der anderen Hand die Augen schützte. Er hatte eine ungewöhnliche Mütze auf dem Kopf, und Samgin erinnerte sich, daß Künstler die Gogolschen Beamten mit solchen darstellten.

»Diese Schurken«, murmelte der Diakon wie ein Betrunkener und zerriß schnaubend und hustend den Zettel, dann stieß er den Laternenpfahl von sich und stampfte laut mit den Stiefeln. Die Straße war schmal, und Samgin, der auf der anderen Seite ging, hörte ein heiseres Brummen: »Gottesopfer . . . der Geist ist betrübt . . . das Herz ist betrübt und demütig . . . H-hä . . .«

Die Passanten sahen sich nach der langen, armlosen Gestalt um; der Diakon hatte die Arme fest an die Seite gedrückt und die Hände tief in die Taschen gesteckt.

Wahrscheinlich ist es nicht leicht, wenn man im Alter den Glauben verliert, dachte Samgin, als er sich erinnerte, daß der Räuber Nikita mit den Lippen dieses verrückten, halbtoten Mannes zu Christus gesagt hatte:

»Wir vergessen dich nicht, Jesus,
Weil wir auch im Haß – dich lieben,
Weil wir selbst mit unserm Haß dir dienen.«

Die Zeit sorgte dafür, daß dieser Eindruck nicht lange auf Samgin lastete.

Ein paar Tage später gegen Mitternacht, als Warwara sich schon schlafen gelegt hatte und Samgin in seinem Zimmer arbeitete, sagte das Stubenmädchen Gruscha aufgebracht, wie über einen Kater oder Hund: »Der Untermieter möchte herein.«

Mitrofanow trat auf Zehenspitzen, mit den Armen balancierend, ein, sein Gesicht war komisch zum Kinn hin zusammengezogen, der Schnurrbart gesträubt, er schloß fest die Tür hinter sich, trat an den Tisch und sagte leise: »Wieder hat ein Student einen Minister erschossen.«

Samgin unterdrückte nur mit Mühe ein Lächeln, denn Mitrofanows Gesicht, seine hängenden Schultern und die allgemeine Zerknirschtheit seiner ganzen Gestalt waren sehr komisch.

»Mit einem einzigen Schuß, wie einen Birkhahn. Außerordentlich geschickt, hatte sich als Offizier verkleidet und – bums!«

»Stimmt das?« fragte Samgin, um etwas zu sagen.

»Aber gewiß! Bei uns weiß man alles, sobald es nur geschehen ist«, antwortete Mitrofanow, setzte sich mit einem Seufzer und lehnte sich mit der Brust gegen die Tischecke.

»Klim Iwanowitsch«, begann er zu flüstern, »erklären Sie mir bitte, was soll dieser Krieg der Studenten gegen die Minister? Das ist mir etwas unverständlich: Bogolepow hat man erschossen, bei Pobedonoszew hat man es versucht, dann bei unserem Trepow ... und jetzt das ... Ich verstehe nicht, was damit bezweckt wird«, flüsterte er, das Taschentuch um den Finger wickelnd. »Wissen Sie, das sieht bereits nach Afrika aus. Neger, Nashörner und überhaupt – ein wildes Land!«

»Ich sympathisiere nicht mit dem Terror«, sagte Samgin etwas hastig, aber nicht ganz überzeugt.

»Ihre Vernunft ist mir bekannt, darum habe ich auch ...«

Mitrofanows schwerer Körper rutschte vom Stuhl und neigte sich Samgin entgegen, seine Augen wölbten sich fragend vor.

»Meiner Ansicht nach ist das keine Revolution, sondern ein gewöhnlicher Kriminalfall, so etwa, wie wenn jemand den Liebhaber seiner Frau umbringt. Da verkleidet sich einer als Offizier, und in der Form eines Hochstaplers – pardauz! Das ist bereits kein Staat mehr, sondern – Dorf ... Wo bliebe denn der sichere Staat, wenn alle zu schießen anfingen?«

»Diese Einzelkämpfe sind natürlich Wahnsinn«, sagte Samgin in strengem Ton. Er sah, daß Mitrofanow, je mehr er sprach, um so mehr Angst bekam, er schwitzte schon, hatte die Ellenbogen an die Hüften gedrückt und bewegte verlegen die Hände, die an Fischflossen erinnerten.

»Er hatte sich verkleidet«, wiederholte er. »Nach ihm wird sich einer als Pope verkleiden und einen Bischof erschießen ...«

Dann rückte er noch näher an Samgin heran und sagte: »Klim Iwanowitsch, Sie begreifen natürlich, daß das Haus unter Verdacht steht ...«

»Das heißt – mein Haus? Ich?«

»Nun, ja. Ich bin natürlich wegen der Ähnlichkeit des Dienstes mit den Polizeispitzeln bekannt. Man beobachtet die Leute, die zu Ihnen kommen, Klim Iwanowitsch.«

»Mich auch?«

»Aber gewiß. Es kam verschiedentlich zu der Somowa eine Frau bescheidenen Aussehens, Nikonowa oder so. Dann Herr Suslow und überhaupt ... Wissen Sie, Klim Iwanowitsch, Sie sollten doch irgendwie ...«

»Ich danke Ihnen«, sagte Samgin in warmem Ton.

Mitrofanow faßte den Dank anscheinend als Wunsch Samgins auf, das Gespräch zu beenden, erhob sich und drückte die Hand an die linke Brustseite.

»Bei Gott, ich habe das wegen meiner großen Achtung vor Ihnen gesagt ...«

»Ich verstehe, danke.«

Samgin reichte ihm die Hand, aber der Detektiv ergriff sie gierig mit beiden Händen und fragte flüsternd: »Hat nun dieser Student im Namen seiner Leute oder im Namen der Ukrainer geschossen? Wissen Sie es nicht?«

»Das weiß ich nicht«, antwortete Samgin, den Gast unwillkürlich zur Tür drängend, da er überstürzt dachte, daß dieses Attentat neue Verhaftungen, Repressalien und neue Terrorakte hervorrufen und sich offenbar das wiederholen werde, was Rußland vor zwanzig Jahren erlebt hatte. Er ging ins Schlafzimmer, machte Licht und blieb eine Weile am Bett seiner Frau stehen; sie schlief fest, ihr Gesicht war böse verzogen. Samgin setzte sich auf sein Bett und erinnerte sich, daß Warwara, als er ihr den Tod Marakujews mitteilte, ruhig gesagt hatte: »Ich weiß.«

»Warum hast du es mir denn nicht gesagt?«

Warwara hatte geantwortet: »Wenn du eine Seelenmesse lesen lassen willst, ist es noch nicht zu spät.«

»Du scherzt dumm«, hatte er bemerkt.

»Ich scherze nicht, ich habe eine lesen lassen«, hatte sie, ihm den Rücken zukehrend, gesagt.

Ja, sie wird immer fremder, dachte Samgin beim Ausziehen. Es lohnt sich nicht, sie zu wecken, das von Sipjagin werde ich ihr morgen sagen, entschied er, als wollte er seine Frau damit strafen.

Sie sagte es ihm selbst, weckte ihn und schrie fast, die Zeitung schwenkend: »Sipjagin ist erschossen worden, lies!«

Dann setzte sie sich auf sein Bett und teilte ihm leise, aber sehr aufgeregt mit: »Von dem Studenten Balmaschew. Weißt du, ich habe ihn, glaube ich, bei Snamenskijs gesehen, ihn und seine Schwester oder Braut, es war wohl eher die Braut, eine kleine junge Dame mit einer Federboa, sie hatte wohl so einen armenischen Familiennamen ...«

Sie knüllte die Zeitung zusammen, verzog das verschlafene Gesicht zu einem Lächeln und beklagte sich: »Bald wird man nirgendwohin mehr ausgehen können, ohne nicht einem Helden zu begegnen ...«

Sie sprach nicht zu Ende, aber Samgin erriet, was sie hatte sagen wollen, und bemerkte: »Und entsinnst du dich noch, wie du nach Helden lechztest?«

Warwara schnaufte, trat an den Pfeilerspiegel und fuhr sich nervös mit dem Kamm durchs Haar.

»Man arbeitet der Reaktion in die Hände«, sagte Klim, die Zeitung auf den Boden werfend. »Dann wird wieder irgendein Lew Tichomirow seine Reue bekennen, sagen, der Terror sei eine Dummheit und Rußland brauche nichts als den Zaren.«

»Ich verstehe nicht, weshalb man auf einen Tichomirow zu warten braucht ... und überhaupt, ich verstehe es nicht! Im Lande hat eine kulturelle Belebung begonnen, grelle Feuer einer neuen Poesie und Prosa sind aufgeflammt ... und schließlich – die Malerei!« sagte Warwara gereizt, während sie mit schmerzverzerrtem Gesicht ihr Haar kämmte, ihre Gereiztheit hatte etwas sehr Törichtes.

Samgin lächelte spöttisch und ging sich waschen, setzte sich aber, als er das Badezimmer betreten hatte, auf die Chaiselongue und lauschte. Ihm schien es im Haus ungewohnt laut, wie beim Großreinemachen vor hohen Feiertagen: Türen schlugen zu, in der Küche rasselten Kochtöpfe, das Dienstmädchen lief umher und klirrte lauter als sonst mit dem Geschirr, und die Anfimjewna stapfte schwer wie ein Pferd herum.

Samgin dachte daran, daß es jetzt wahrscheinlich in vielen Intelligenzlerwohnungen ebenso töricht laut zuging; überall lasen halb angezogene, unfrisierte Leute die Zeitung, freuten sich über die Ermordung des Ministers und überlegten: Was wird nun?

Ein unsinniges Leben ...

Als er das Badezimmer verließ, kam ihm an der Korridorwand wie ein Schatten der Koch entgegen, der seine Kappe in der Hand hielt und leichenblaß war. »Dürfte ich Sie fragen, Klim Iwanowitsch ...«

Sein vom Herdfeuer gerötetes Gesicht zuckte, ein zahnloses, ironisches Lächeln ließ über seine Wangen Falten zum kahlen Schädel laufen.

»Ich würde gern die Absicht der Studenten begreifen, die treue Diener des Zaren, des einzigen Beschützers des Volkes, töten«, sagte er schrill, mit bebender und jammervoller Stimme, obwohl er offenbar hatte zornig sprechen wollen. Er knetete die steifgestärkte Kappe in den Händen, und seine alten Trinkeraugen schwammen in gelben Tränen wie Stachelbeeren in Sirup.

»Ich lebe schon siebzig Jahre . . . Viele ehemalige Studenten sind auf hohe Posten gelangt – das habe ich selbst gesehen! Habe vier Jahre bei Verwandten des Getöteten, Seiner Exzellenz des Bojaren Sipjagin, gedient . . . habe ihn als jungen Menschen gesehen«, sprach er, Tränen vergießend und Samgins Ratschläge nicht hörend: »Beruhigen Sie sich, Jegor Wassiljewitsch!«

»Wir haben keine anderen Beschützer außer dem Zaren«, schluchzte der Koch. »Ich bin Leibeigener, Gesinde«, sagte er und schlug sich mit der roten Faust an die Brust. »Das ganze Leben diente ich beim Adel . . . Bei der Kaufmannschaft habe ich auch gedient, aber – das ist kränkend für mich. Und wenn Kaufmannskinder sich gegen den Zaren wenden, Klim Iwanowitsch –nein, erlauben Sie . . .«

Aus der Küche kam majestätisch die Anfimjewna heraus, ihre Jakkenärmel waren aufgekrempelt, mit einer Hand, die so dick wie ein Fuß war, ergriff sie den Koch an der Schulter und löste ihn wie ein Plakat von der Wand.

»Na, geh mal an die Arbeit, Jegor! Trink etwas Salmiak, komm!«

Sie zog ihn wie ein Kind mit sich fort und sagte zu Samgin über ihre Schulter hinweg: »Verwöhnen Sie ihn nicht mit Gesprächen. Für ihn ist es einerlei, er kann sich auch mit den Fliegen unterhalten.«

Und als sie den Koch in die Küche geschoben hatte, erklärte sie: »Die Herrschaften haben ihn verdorben, er hat ja in lauter guten Häusern gelebt.«

»Ein rührender Alter«, murmelte Klim.

»Ganz verrührt, wenn man solche Jahre hinter sich hat«, seufzte die Anfimjewna.

Eine Stunde später betrat Klim Samgin das Arbeitszimmer des Patrons. Der große, gesetzte Mann, der im Morgenrock am Tisch saß, reichte ihm die warme, wohlriechende Hand, zog die Brauen hoch, sah ihm forschend ins Gesicht und fragte mit gedämpfter Stimme: »Nun, was sagen Sie dazu?«

»Man arbeitet der Reaktion in die Hände«, sagte Klim.

Der Patron deutete mit den Augen auf die kleine Tür zur Linken. »Etwas leiser, dort sitzt der neue Sekretär.«

Er dachte einen Augenblick nach und sah zur Decke hinauf.

»Der Reaktion, sagen Sie? Hm, eine sehr verwickelte Frage. Die Jugend ist natürlich erregt, aber . . .«

Er dachte wieder mit hochgezogenen Brauen nach. An diesem Morgen sah er noch brillanter aus als sonst, und stärker war auch der Geruch von Kölnischwasser, der von ihm ausging. Sein gepflegtes Gesicht glänzte würdevoll, das Perlmutt der Fingernägel funkelte. Nur seine Augen schillerten fragend und anscheinend etwas beunruhigt.

»Ja, die Jugend ist erregt, das ist aber begreiflich«, sagte er, die Worte sorgfältig mit den Lippen weich knetend. »Eine gesunde Entrüstung . . . Die Leute sehen, daß die Regierung außerstande ist, die Lage zu beherrschen . . . das heißt, sie ist überhaupt außerstande. Und unfähig, wie die Unruhen im Süden bezeugen.«

Der Patron sah sich um und lauschte in die Stille.

»Eine Revolution mit Aufwieglern, aber ohne Führer . . . verstehen Sie? Das ist Anarchie. Das kann nicht zu den Ergebnissen führen, die von den vernünftigen Kräften des Landes ersehnt werden. Ebenso wie auch ein Aufstand der Führer allein – ich meine Dekabristen und Narodowolzen.«

Samgin erinnerte sich des Diakons und dachte:

Dieser scheint auch von Gideons zu träumen. Gut würde er sich mit seinem dicken Bauch und den Uhrkettenanhängern als Gideon machen.

»Man möchte meinen, die Jugend versteht ihre Aufgabe«, sagte der Patron, schob Samgin einen Stoß Akten hin und erhob sich; sein Morgenrock ging dabei auf und ließ die Seidenwäsche auf seinem Körper sehen, der kräftig war wie der eines Ringkämpfers. »Die Menschen werden natürlich an zwei Fronten kämpfen müssen«, sagte er nachdrücklich, indem er im Zimmer umherging und sich die Finger mit dem Taschentuch abwischte. »Ja, an zweien: gegen die Schlimmen von rechts, die das Volk wieder bis zum Pugatschowtum treiben, wie das im Süden der Fall war, und gegen die Anarchie der Verzweifelten.«

Samgin berührte es angenehm, daß dieser sehr wohlgenährte Mann beunruhigt war. Ihm kam der spaßige Gedanke, Mitrofanow zu bitten, Diebe in die Wohnung des Patrons zu lenken. Mitrofanow könne das tun, denn er sei sicherlich mit Dieben befreundet. Aber Samgin war sofort bestürzt: Weiß der Teufel, was für Unsinn einem in den Kopf kommt.

Der Patron trat auf ihn zu und sagte: »Übrigens: Übermorgen abend wird bei mir ... wie man mich gebeten hat ... eine kleine Versammlung stattfinden. Kommen Sie doch auch. Jemand aus ... sagen wir, der Provinz ... wird ... wie man mir versprochen hat ... eine interessante Mitteilung machen.«

Er ist zufrieden, dachte Samgin bei ehrerbietiger Verbeugung. Sichtlich zufrieden. Nein, so einer werde ich nie werden, schloß er ohne Bedauern.

»Kommen Sie vom Gericht zu mir, ich gehe heute nicht aus dem Haus, ich fühle mich nicht wohl. In dieser Woche werden Sie nach Kaluga fahren müssen.«

In drei Tagen überzeugte sich Samgin, daß Sipjagins Tod die Leute weit mehr belebte und freute als der Tod Bogolepows. Die allgemeine Stimmung schien ihm der Stimmung eines Theaterpublikums nach dem ersten Akt eines Dramas zu gleichen, das sehr interessant war.

»Man scheint sich ernst ans Werk gemacht zu haben«, sagte händereibend der rothaarige Anwalt Magnit.

»Mal sehen, mal sehen, was kommt«, sagten die einen, die ihre Hoffnungen auf ein gutes Ende ungeschickt verbargen; die anderen, die sich skeptisch stellten, behaupteten: »Nichts wird kommen. Das haben wir schon erlebt.«

Der alte Gogin sagte wie flehend und andeutend: »Wenn jetzt die Arbeiter durch einen tüchtigen Streik einen Druck ausüben würden, dann könnte man Rußland sicher zur Verfassung beglückwünschen – nicht wahr, Aljoscha?«

Der mürrische, abgemagerte Alexej antwortete widerstrebend: »Die Arbeiter scheinen es satt zu haben, für einen fremden Onkel zu schuften.«

Auf der Straße traf Samgin Redosubow.

»Das ist sinnlos«, sagte der ehemalige Tolstojaner, »man hat eine Mücke getötet, statt den Sumpf trockenzulegen.«

Dieser Satz kam Klim gekünstelt und leer vor, weit natürlicher klang die andere, bekümmerte Frage Redosubows: »Was meinen Sie als Jurist: Wird man Balmaschew auch nicht hängen, wie man sich gescheut hat, Karpowitsch zu hängen?«

Der Tag der Versammlung beim Patron war unangenehm: Kalter Wind drang vom Chodynka-Feld in die Stadt und säte verspätete, klebrige Schneeflocken, und abends brach ein Sturm aus. Klim fühlte sich müde, krank, er wußte, daß er sich verspätete, und trieb den Droschkenkutscher ärgerlich zur Eile an, dieser aber hüpfte, vom Schnee geblendet, auf dem Bock herum, beantwortete das Antreiben des Fahrgastes mit philosophischem Schweigen und redete dem Pferd zu: »Lauf doch, du dumme Trine, wir fahren nach Hause!«

Und dennoch muß man dafür leben, damit diese Leute etwas bedeuten, dachte Samgin unwillkürlich, und davon wurde ihm noch kälter und langweiliger.

Die Wohnungstür des Patrons wurde gewöhnlich vom Dienstmädchen, einer süßlichen alten Jungfer geöffnet, diesmal jedoch öffnete sie der Kammerdiener Sotow, ein etwa fünfzigjähriger ehemaliger Matrose mit dem blaurasierten, aufgeschwemmten Gesicht eines feisten Mönchs und mißtrauisch mürrischem Blick.

»In den Salon, bitte«, forderte er Samgin auf und schüttelte den nassen Mantel ab. Samgin blieb eine Weile vor der Eichentür stehen und putzte die Brille, dann öffnete er vorsichtig ein wenig die Tür und schlüpfte seitlich durch den schmalen Spalt, obwohl er das dumm fand. Ihm bot sich ein Bild, das an die Freimaurersitzung in einem langweiligen Roman von Pissemskij erinnerte: In der Mitte des großen Zimmers saßen rund um einen ovalen Tisch unter einer kugelförmigen, opalenen Lampe etwa acht Personen; am Tischende – der Patron, neben ihm mit weißer, gestärkter Hemdbrust Preiß, auf der anderen Seite – Kutusow im Rock eines Ingenieurs des Verkehrswesens. Kutusows Anwesenheit wunderte Klim nicht, als hätte er schon gewußt, daß der »Mann aus der Provinz« eben gerade Kutusow sein müßte. Auf dem übernächsten Stuhl neben Kutusow saß, die Hände in den Nacken gelegt, mit tief geneigtem Kopf, in einem weiten, grauen Anzug, ein Unbekannter, den Klim zuerst für einen leeren Sessel mit Schutzüberzug gehalten hatte. Schulter an Schulter neben Preiß hatte sich ein Kahlgeschorener brüstlings auf den Tisch vorgelehnt; sein blauer Schädel ragte fast über die Tischmitte; wenn er die spitzen Schulterblätter bewegte, schien es, er wollte ganz auf den Tisch kriechen.

Die Lampe beleuchtete den Tisch und ließ das Zimmer in einem mit Tabakrauch gefüllten Halbdunkel; an der einen Wand saß, die langen Beine ausgestreckt und unnatürlich verschränkt, Pojarkow, er hatte sich wie immer tief vorgebeugt und sah zu Boden, neben ihm Alexej Gogin und ein Mann im Kamisol und mit geschmierten Stiefeln, der einem Droschkenkutscher glich; ein in einer Ecke aufflammendes Streichholz beleuchtete den Krausbart Dunajews. Klim zählte die Köpfe: siebzehn.

Er zählte nach den Köpfen, weil die meisten die Hälse zu Kutusow hinüberreckten. Aus ihrer Haltung sprach deutlich Spannung, es war, als warteten sie alle ungeduldig, wann Kutusow zu reden aufhören werde.

»Das alles haben Sie natürlich gelesen«, sagte er, und von der Zigarette in seiner Hand stieg zur Lampe eine Rauchspirale auf, die straff war wie eine Sprungfeder,

»Ja«, bestätigte sonor der Kahlgeschorene. »Haben es mit Staunen gelesen«, fuhr er fort und kroch noch weiter auf den Tisch. »Eine Organisation von Verschwörern, ein Bubenstück, Gustave Aimard, Gymnasiastenromantik«, der Opponent brach in ein künstliches Gelächter aus, und seine Kopfhaut legte sich wie eine Haube in Falten.

»Erlauben Sie«, sagte der Patron streng und klopfte mit dem Bleistift auf den Tisch. Der Kahlkopf wandte ihm das Gesicht zu und sagte mit spöttischem Lächeln: »Den Urheber dieses Streichs habe ich als ernsten jungen Mann gekannt, aber offenbar hat der Aufenthalt im Ausland . . .«

»Bitte den Vortragenden nicht zu unterbrechen«, sagte der Patron und blähte gekränkt die Wangen auf.

Kutusow streifte die Zigarettenasche neben dem Aschenbecher ab, dann sprach er das Klim Bekannte von den Revolutionären aus Langeweile und um Christi willen, aus Romantik und aus Abenteuersucht; er sagte spöttische Worte, aber seine Stimme klang ruhig und nicht kränkend. Sein kurzer, keilförmig gestutzter Kinnbart und der dicke, aber ebenfalls gestutzte Schnurrbart veränderten sein Bauerngesicht nicht.

Er wird es nie fertigbringen, sich so zu verkleiden, daß man ihn nicht erkennt, dachte Samgin beim Zuhören.

»Mir scheint ein neuer Typ des russischen Rebellen aufgetaucht zu sein – der Rebell aus Angst vor der Revolution. Ich habe solche Spieler gesehen. Sie sind von Natur unfähig, der ›Iskra‹, das heißt, genauer gesagt, Lenin Gefolgschaft zu leisten, da sie aber merken, daß das Klassenbewußtsein der Arbeiter zunimmt, und die Unvermeidlichkeit der Revolution einsehen, zwingen sie sich, Bernstein zu glauben . . .«

»Das ist nicht wahr«, sagte jemand dumpf aus einer Ecke.

»Ich kann Beispiele anführen.«

»Aus Subatows Praxis«, soufflierte jemand barsch.

Kutusow schwieg eine Weile, da er wahrscheinlich Einwände erwartete, steckte die Zigarette in den Aschenbecher und fuhr fort: »Als ich mich vor kurzem mit einem dieser Schlauköpfe unterhielt, erinnerte ich mich eines scharfsinnigen Gedankens des Geheimrats Philipp Wiegel in seinen ›Aufzeichnungen‹. Er sagt dort: ›Wir hätten vielleicht die blutige Zeit der Unruhen im Nu hinter uns gehabt, und aus dem Chaos wären längst Wohlergehen und Ordnung entstanden‹ – mit diesen Worten drückte Wiegel sein zweifellos aufrichtiges Bedauern darüber aus, daß Alexander I. nicht rechtzeitig mit den Dekabristen fertig geworden ist.«

Lächelnd in das reglose und undurchdringliche Gesicht Preißens sehend, sagte er etwas lauter: »In dem Vorwort zu Wittes Memorandum über das Semstwo versucht Struve, das Polizeidepartement durch die Vision schrecklicher Opfer zu erschrecken. Aber ich glaube, daß sich hinter diesem Voraussehen die Warnung verbirgt: Seid auf der Hut, ihr Dummköpfe! Und obwohl er ebendort rät, sich angesichts der Geschichte zu zähmen und den Selbstherrscher zu besänftigen, so ist das doch nicht anders zu verstehen als: teilt euch schleunigst mit uns in die Macht, dann werden wir euch in der Schlägerei helfen ...«

»Erlauben Sie!« sagte Preiß schallend und erhob sich. »Ich protestiere! Dieser Ausfall gegen einen höchst talentierten ...«

Der Patron zupfte ihn am Ärmel und flüsterte ihm mürrisch etwas ins Ohr, während Kutusow, als hätte er den Zwischenruf nicht gehört, fortfuhr: »Ich bin vollkommen überzeugt, daß wir schon nicht wenige Revolutionäre haben, die sich beeilen, das Drama in Szene zu setzen, damit sie um so eher das Idyll genießen können ...«

»Das richtet sich gegen Sie selbst, gegen Lenin«, rief entzückt der Kahlgeschorene. »Denn er ...«

»Lenin eilt nicht«, sagte Kutusow. »Er behauptet einfach, es sei notwendig, unter den Arbeitern, den Intellektuellen Meister und Künstler der Revolution zu erziehen.«

»Einfluß der Volkstümler! Helden, Menge ...«

»Verschwörungen anzetteln, hoho!«

Mehr als die Hälfte der Anwesenden schrie gleichzeitig. Samgin konnte sich nicht klar werden, ob es ihm angenehm oder unangenehm war, so viele Leute zu sehen, die von Kutusow gereizt und gekränkt waren.

Eine dumpfe Stimme, die den Lärm übertönte, rief aus einer Ecke: »Das war ganz richtig gesagt. Viele stecken ihre Nase deshalb in die Revolution, weil sie vor dem Leben Angst haben. Wie Hammel nachts bei einem Brand stürzen sie sich direkt ins Feuer.«

Der Patron mahnte, mit der Hand auf den Tisch schlagend, vergebens: »Meine Herrschaften! Ord-nung!«

Man hörte nicht auf ihn. Kutusow klebte mit der Zunge eine geplatzte Zigarette zu, und Pojarkow rief über seine Schulter zu Preiß hinüber: »Ja, es muß eine Organisation geschaffen werden, die fähig wäre, in jedem gegebenen Augenblick alle revolutionären Kräfte, alle Ausbrüche zusammenzufassen, Kämpfer für den entscheidenden Kampf zu erziehen und zu vermehren – das ist es! Dunajew, Genosse Dunajew ...«

Dunajew wurde von zwei Klim unbekannten jungen Leuten, deren einer ein Kamisol trug, an die Wand gedrückt; sie redeten um die Wette auf ihn ein, er hingegen lachte und sagte in gedehntem, neckendem Ton: »Ja, wirklich?«

Der Mann im Kamisol sagte Dunajew heiser ins Gesicht: »Die Bauernschaft wird euch überschwemmen, wie Zieselmäuse.«

»Was Sie nicht sagen! Werden die Hammel verbrennen? Meinetwegen. Was würde es schaden? Der Rauch wird dichter werden, es wird stinken. Schaden aber wird es keinen geben.«

Besonders erregt war der Kahlkopf, er machte sich auf dem Tisch breit, wobei er sich auf den Ellenbogen stützte und die rechte Hand Kutusows Gesicht entgegenstreckte. Die blaue Kugel seines Kopfes befand sich jetzt unmittelbar unter der opalenen Kugel der Lampe, wie eine komische und unheimliche Wiederholung von ihr. Samgin hörte nicht, was er sagte, merkte aber an seiner Stimme, daß er persönlich und bitter gekränkt war. Deutlich hörbar war jedoch die trockene Stimme Preißens: »Ich hätte nie erwartet, daß Sie – Sie! – so weit kommen würden, die künstliche Fabrikation irgendwelcher Sturmvögel zu propagieren, und daß Sie überhaupt ...«

Vor Aufregung verdoppelte er die Anfangssilben einzelner Wörter. Kutusow sah ihn lächelnd an und ließ den Rauch höflich durch den Mundwinkel zur Seite des Patrons hinüber, der sich mit der Hand dagegen wehrte; sein Gesicht war hoffnungslos, er rieb sich mit dem Bleistift am Kinn und sah den blauen Schädel an, der vor ihm schaukelte. Pojarkow schrie wütend: »Evolution? Ersticken werden Sie in dieser Evolution, jawohl! Das ist Lakaientum der Wirklichkeit gegenüber, ihr aber muß man die Knochen brechen.«

Das Wort »Wirklichkeit« stieß er zwischen den Zähnen hervor und gliederte es nach Silben, wobei die Silbe »lich« wie ein Schimpfwort klang, sein Gesicht wurde fleckig, und die Augen glänzten wie Fischschuppen.

Dunajew hält ihn am Riemen wie einen bösen Hund, stellte Klim fest.

»Wir erfahrenen Männer des gesellschaftlichen Lebens«, sagte mit kräftigem Baß und entrüstet der Patron.

Man hörte nicht auf ihn. Die im Zimmer verstreuten Leute traten aus dem Halbdunkel und den Ecken, sie näherten sich allmählich irgendwie gegen ihren Willen dem Tisch. Der Kahlkopf stellte sich auf die Beine und erwies sich als lang, flach und in der Gestalt dem Diakon ähnlich. Jetzt sah Samgin sein Gesicht, das Gesicht eines Menschen, der gleichsam gerade erst irgendeine schwere, auszehrende Krankheit überstanden hat, aus kleinen Knochen zusammengesetzt und mit greisenhaft gelber Haut bedeckt; in den dunklen Augenhöhlen funkelten kleine, schmale Augen.

»Fanatismus! Awwakumismus! Die bayrische Bauernschaft hat bewiesen ... Der ländliche Sozialismus Italiens ...«

Er kreischte und verlas exakt die Überschriften eines Konzepts, die er zusammenhanglos herausschrie. Seine Arme waren im Vergleich zum Rumpf kurz, er stieß mit den Ellenbogen die Luft beiseite, und seine Hände baumelten wie ausgerenkt. Kutusow widersprach ihm rauchend halblaut, lustlos und kurz. Klim hörte ihn nicht und ärgerte sich – er hätte sehr gern gewußt, was Kutusow sagte. Wenn viele zugleich sprachen, stumpfte das Samgins Aufmerksamkeit stets etwas ab, und dann achtete er weniger auf die Worte als auf das Mienenspiel.

»Meine Herrschaften!« rief der Kahlgeschorene. »›Ein schweres Kreuz zu tragen ward beschieden uns!‹ Jeder von uns ist ein Sklave, der mit der Kette der Vergangenheit an den schweren Wagen der Geschichte geschmiedet ist; wir sind Zuchthäusler, die zur Arbeit im Schoße der Erde verurteilt sind ...«

»Erlauben Sie, ich bin nicht einverstanden!« erklärte der Mann im grauen Anzug und mit einer Brille im Tatarengesicht. »Der Sprung aus dem Reich der Notwendigkeit ins Reich der Freiheit muß getan werden, andernfalls verschlingt uns Baal. Wir müssen uns aus unfreien Menschen in freie Arbeiter verwandeln ...«

»Das ist Ihre Sache, verwandeln Sie sich«, sagte Kutusow laut und fragte: »Was aber interessiert Sie die Arbeiterklasse, die wirklich revolutionäre Kraft?«

Er begann leiser zu sprechen und zwang dadurch die andern, ihm zuzuhören. Samgin, der im Schatten an der Wand stand, begriff, daß Kutusow etwas sagte, das gerade ihn, Samgin, entlarvte. Er sah, daß in diesem Zimmer, das von der opalenen Kugel, einer Parodie auf den Mond, dürftig erleuchtet war, sich Leute befanden, deren Verstand dem Gefühl widersprach, aber diese Menschen waren dennoch nicht so gespalten wie er, ein Mensch, dessen Gefühl und Verstand von irgendeiner unfaßlichen dritten Kraft gequält wurden, die ihn anders zu leben zwang, als er wollte. Wenn er Kutusow zuhörte, hatte er das Empfinden, der ruhige, sogar irgendwie lustlose Redefluß wirbele ihn herum und söge ihn in einen Trichter, einen Strudel hinein. Er empfand nicht zum erstenmal die hypnotische Wirkung Kutusows, hatte sie aber noch nie so stark gefühlt.

Er hat wahrscheinlich recht, dachte Samgin, als er sich an das Geschrei des Diakons über Gideon und an die Worte des Patrons von der Revolution »mit Aufwieglern, aber ohne Führer« erinnerte.

Er sah, daß die Mehrzahl der Anwesenden verstummt war, nur einige knurrten zahm, und der Geschorene lachte ab und zu ironisch. Kutusow sprach wie ein Professor zu seinen Schülern.

»Ich verstehe: Alle suchen nach den Schlüsseln zu den Geheimnissen des Lebens und geben vor, dieses Suchen sei eine ernste Sache. Aber sie finden die Schlüssel nicht und bedienen sich idealistischer Nachschlüssel, Dietriche und allerhand anderer Diebswerkzeuge.«

»Vulgär!« rief der Geschorene, stampfte mit dem Fuß auf und beugte sich vor, als fiele er um. »Die Wissenschaft . . .«

»Ich spreche nicht von den positiven Wissenschaften, der Quelle der Technik, die dem arbeitenden Menschen seine Zuchthausarbeit erleichtert. Was aber das Vulgäre anbelangt, so erhebe ich keinen Anspruch auf Feinheit. Ich bin ein ungeschliffener Mensch, damit müssen Sie sich abfinden.«

Kutusow klopfte beim Sprechen mit einem Finger der linken Hand auf den Tisch und knetete mit den Fingern der rechten eine Zigarette, die wahrscheinlich zu fest gestopft war. Von ihr rieselte Tabak auf den Tisch, und der Patron beobachtete mit nörglerisch vorgeschobener Unterlippe mißbilligend diese Operation. Als Kutusow die Zigarette geknetet hatte, holte der Patron das Taschentuch hervor und wedelte den Tabak vom Tisch zu sich auf die Knie. Kutusow sah ihm interessiert zu, und Samgin kam es vor, als wären die Ohren des Patrons rot geworden.

»Da wir revolutionär denken, scheuen wir uns natürlich nicht, wie das gewisse andere tun, gesetzwidrig zu handeln. Aber wir sind gegen die ›Explosionsmacherei‹, wie ein Genosse sich ausdrückte, und gegen Duelle mit Ministern. Helden für eine Stunde sind reizvoll in Romanen, das Leben aber fordert mutige Männer der Tat, die begreifen, daß die große Sache der Arbeiterklasse ihre ureigene historische Aufgabe ist . . .«

»Sie sind ein Prophet angeblich unbestreitbarer Wahrheiten«, rief der Geschorene. Er sprach schnell, verschluckte seine Worte, und Samgin konnte ihn nicht verstehen, Kutusow aber machte eine abwehrende Bewegung mit seiner breiten Hand und sagte: »Das stimmt nicht, werter Herr, die Kultur geht tatsächlich zugrunde, aber nicht infolge der Mechanisierung des Lebens, wie Sie zu sagen beliebten, nicht durch die Technik, deren kulturelle Bedeutung Ihnen offenbar nicht klar ist – sie geht zugrunde infolge der idiotischen Psychologie der Bourgeoisie, infolge der Habsucht der Spießer und Krämer, die die Liebe zur Arbeit töten. Und – ich wiederhole das nochmals: Ihr großartiger, rebellischer Mensch trachtet nur deshalb nach Sturm, weil er, dieser Spitzbube, nach dem Sturm Ruhe zu finden hofft. Das ist vielleicht berechtigt, aber bis zur Ruhe ist es noch weit. Ich persönlich bezweifle, daß sie möglich ist und daß der Mensch sie braucht.«

Kutusow erhob sich, nahm eine silberne Uhr, dick wie eine Zwiebel, aus der Tasche, warf einen Blick darauf und wog sie in der Hand.

»Jedoch – ist es nicht Zeit, mit diesen ›mikroskopischen Seelenbelustigungen‹ aufzuhören? So betitelt sich ein altertümliches Buch über die Hydra, einen höchst primitiven und blinden Organismus.«

Samgin rückte unauffällig der Tür näher; er wünschte keine Begegnung mit Kutusow und noch weniger mit Pojarkow und Dunajew. Im Zimmer wurde wieder stürmisch geschrien, und jemand entrüstete sich: »Als mikroskopische Belustigungen bezeichnen Sie ...«

Auf der Straße war es öde und unangenehm still. Die gewaltige Stadt war um Mitternacht zur Ruhe gekommen. Der Laternenschein beleuchtete schmutziggelbe Wolkenfetzen. Der Schnee taute und strömte schon den Geruch von Frühlingsfeuchtigkeit aus. Sanft fielen Tropfen von den Dächern und erinnerten an das Geräusch an der Fensterscheibe aufschlagender Nachtfalter.

Samgin schritt langsam, als fürchtete er, im Gehen alles zu verschütten, womit er angefüllt war. Einen großen Teil von Kutusows Ausführungen hatte Klim schon dutzendmal gelesen und aus dem Mund verschiedener Leute gehört, bei Kutusow aber gewannen diese Gedanken irgendwie Knappheit und das Gewicht des Urquells. Samgin sah Kutusow vor sich, dicht umringt von erregten, feindlich gesinnten Menschen, herausfordernd ruhig, von seiner Kraft überzeugt – das erweckte wie immer Neid und zugleich Sympathie.

So muß man verstehen, den Menschen Widerstand zu leisten ...

Er stellte sich Kutusow inmitten der Arbeiter vor, die ungern in den Kreml zogen.

Wie hätte er sich in diesem Fall verhalten?

Das konnte er sich nicht vorstellen, dachte aber, daß viele Arbeiter sicherlich nicht zum Denkmal des Zaren gegangen wären, wenn dieser Mensch bei ihnen gewesen wäre. Dann wurde sein Gedächtnis wieder wach und stellte neben Kutusow den jungen Mann mit den blauen Augen und dem schuldbewußten Lächeln; dann den Patron, welcher demonstrativ den Tabak mit dem Taschentuch vom Tisch wegwedelte; dann den ungeheuerlich dick gewordenen Warawka und noch viele andere Leute. Kutusow verlor nicht den Kopf unter ihnen, er hätte ihn auch nicht auf dem Land, mitten unter den unfreundlich gesinnten Bauern verloren, die das Korn aus dem Speicher schleppten.

Nein, ihn kann man nicht als Sklaven bezeichnen, der ›an den schweren Wagen der Geschichte geschmiedet ist‹ ...

Nun bedauerte Samgin zum erstenmal bitter, daß er keinen Menschen hatte, mit dem er offen über sich selbst hätte sprechen können.

Kurz vor seinem Haus überholte ihn ein Mann in schwarzem Mantel mit Metallknöpfen und einer tief in die Augen gezogenen Beamtenmütze, überholte ihn, sah sich um, blieb stehen und sprach mit der Stimme Kutusows: »Samgin? Guten Abend. Ich sah Sie dort, bei diesem Stier, und wollte zu Ihnen gehen, aber Sie waren plötzlich verschwunden«, Kutusow sagte es mit verhaltener Stimme und sah sich in der menschenleeren Straße um. »Ich will ja zu Ihnen, das heißt nicht zu Ihnen, sondern zur Somowa ...«

»Sie ist verhaftet«, sagte Samgin sehr leise, denn er fürchtete, Kutusow könnte seinem Ton ein Gefühl anmerken, das er nicht zu merken brauchte – Samgin wußte selbst nicht, was für ein Gefühl das war.

Kutusow blieb jäh stehen und stieß ihn mit Schulter und Ellenbogen an.

»Teufel ... Wann? Warum haben Sie es mir dort nicht gesagt?«

Er nahm die Mütze ab, ging sehr rasch weiter und fragte: »Sie ist krank? Eine abscheuliche Geschichte! Tja ... Wo soll ich denn übernachten? Sie hatte mir geschrieben, sie würde mir ein Nachtquartier verschaffen. Wäre das nicht bei Ihnen?«

»Wahrscheinlich«, sagte Klim.

»Vielleicht paßt es Ihnen aber nicht? Sagen Sie es offen.«

»Hier«, sagte Samgin, lehnte sich an die Eingangstür und drückte auf den Klingelknopf.

»Anscheinend reine Luft«, brummte Kutusow, sich umsehend. »Ich heiße – für Ihre Hausangehörigen – Jegor Nikolajewitsch Ponomarjow, werden Sie es nicht vergessen? Mein Ausweis ist einwandfrei.«

»Ich denke, meine Frau wird Sie erkennen ...«

»Hm ... sie wird mich erkennen?« murmelte Kutusow, der im Vorzimmer ablegte. »Na, und das Monument, das uns die Tür öffnete, wird es sich nicht über einen so späten Gast wundern?«

»Sie ist das gewöhnt«, sagte Samgin und ertappte sich bei dem Wunsch anzudeuten, daß konspirative Angelegenheiten für ihn nichts Neues seien.

»Ljubascha ist also geschnappt worden?« fragte Kutusow beim

Betreten des Speisezimmers und schaute sich um. »Schon zweimal ist es mir nicht geglückt, sie zu treffen, bald war ich verhaftet, bald sie! Das ist jetzt das drittemal. Verteufelt dumm!«

Samgin kam es vor, als höre er aus Kutusows Worten so etwas wie Verzagtheit heraus, und bedauerte, daß er sein Gesicht nicht sehen konnte, Kutusow stand mit geneigtem Kopf da und musterte die Zigaretten in der Schachtel.

Samgin schlug ihm vor, etwas zu essen.

»Mit Vergnügen, aber ohne Bedienung, nicht wahr? Dort wurden Tee, belegte Brötchen und kalte Koteletts aufgetischt, aber ich ... beeilte mich zu gehen. Dieser kurze Abend gehört nicht zu den geglückten.«

»Wer ist dieser Kahlgeschorene?« fragte Klim.

»Er war mal was. Einstmals ein namhafter Mann.«

Er nannte einen Namen, der Klim nichts sagte. Als Klim das Zimmer seiner Frau betrat, sah er, daß sie sich hastig anzog.

»Was ist geschehen? Wer ist das?« flüsterte sie beunruhigt. »Ach, ich entsinne mich, das ist der Sänger, von dem Ljubascha so entzückt war. Will er etwas essen? Geh, ich komme gleich!«

Aber Samgin beeilte sich nicht, ins Speisezimmer zurückzugehen, sondern ging zusammen mit ihr.

»Oh, guten Abend, Nixe! Ich habe Sie an den Augen erkannt«, begrüßte Kutusow lebhaft und freundlich Warwara. »Entsinnen Sie sich, wir tanzten auf der Abendgesellschaft bei dem schiefzahnigen Kaufmann – wie hieß er doch?«

Samgin kam die Lebhaftigkeit des Gastes gekünstelt vor, aber er dachte mit Ärger über sich selbst daran, daß er Ljutow hundertmal gesehen hatte, ohne die schiefen Zähne zu bemerken, dabei stimmte es – die Zähne waren schief! Fünf Minuten später hörte er mit Erstaunen, aber ohne Vergnügen, wie Warwara sachlich sagte: »Wir werden natürlich überwacht, aber morgen werde ich Ihnen zwei vollkommen einwandfreie Wohnungen angeben ...«

»Im Ernst? Für zwei Wöchlein, ja?«

»Das geht.«

Kutusow aß mit Genuß Sardinen und Käse, trank Rotwein und benahm sich so ungezwungen, als wäre er nicht zum erstenmal in diesem Zimmer und Warwara eine alte und gute Bekannte von ihm.

Sie benimmt sich wie eine Provinzlerin vor einer berühmten Persönlichkeit aus der Hauptstadt, dachte Samgin, der sich überflüssig und gleichsam in der Luft hängend vorkam. Er sah aber sehr wohl, daß Warwara ein flottes, ja sogar keckes Gespräch führte und Kutusow geschickt ausfragte. Der Gast antwortete ihr gern.

»Die Verbannung? Sie ist dazu da, damit man eine Zeitlang nachdenkt und lernt. Ja, das ist etwas langweilig. Viertausendsiebenhundert Einwohner, die niemand braucht und die auch sich selbst nicht brauchen, hilflose Menschen; sie sind um dreißig oder fünfzig Jahre hinter den großen Städten zurückgeblieben und sind samt und sonders vom Unwissenheitsskeptizismus infiziert. Aus Langerweile benehmen sie sich schrullig. Sie trinken. In den Winternächten kommen die Wölfe in die Stadt ...«

Die Anfimjewna brachte zu Klims Mißvergnügen den Samowar herein, und Warwara fragte beim Teeaufbrühen: »Was werden denn diese Überflüssigen während der Revolution machen?«

»Revolution ist nicht morgen«, antwortete Kutusow, wobei er den Samowar mit sichtlichem Verlangen ansah und seinen Bart mit der Serviette abwischte. »Bis dahin werden wahrscheinlich einige sich in Menschen verwandeln, die fähig sind, irgend etwas Vernünftiges zu tun, die meisten aber werden, wie anzunehmen, sich der Revolution passiv oder aktiv widersetzen und dabei zugrunde gehen.«

»Bei Ihnen ist alles einfach«, sagte Warwara scheinbar beifällig. Samgin murmelte mürrisch: »Na, das ist nicht sehr einfach.«

»Was denn sonst?« fragte Kutusow lächelnd. »In der Revolution – ich meine, in der sozialen – wird das Gesetz der Logik vom ausgeschlossenen Dritten erbarmungslos in Kraft treten: ja oder nein.«

Samgin wollte sagen: das ist grausam, und hätte gern noch vieles gesagt, aber Warwara fragte den Gast immer begieriger aus und war aus irgendeinem Grund bereits erregt. Kutusow trank mit Genuß Tee und sprach etwas zu freundlich: »Welche Rolle kann denn eine Religion spielen, aus der die Praxis des Lebens schon längst und vollständig jegliche Moral gestrichen, beseitigt hat?«

»Idealismus ist die Grundeigenschaft der menschlichen Seele«, setzte ihm Warwara mit rotem Gesicht und funkelnden, halb zugekniffenen Augen zu.

»Der Arbeiterklasse ist philosophischer Idealismus feind; das Vorhandensein irgendwelcher geheimen und unerkennbaren Kräfte außerhalb seiner selbst, außerhalb seiner Energie kann und darf der Arbeiter nicht anerkennen. Ihm genügt sozialer Idealismus, und auch dieser wird nicht ohne Vorbehalte hingenommen.«

Samgin überlegte: Bei ihm ist jeder Gedanke ein Glied der Kette, mit der er an seinen Glauben geschmiedet ist. Ja, er ist ein starker Mensch, aber ...

Aber – er wollte gern mit Kutusow streiten. Zum Streiten war jedoch außer dem Wunsch zu streiten ein eigenes »System von Sätzen« notwendig, und außerdem störte noch etwas. Was?

Beim Nachdenken entging Samgin ein Teil des Gesprächs. Warwara fragte schon: »Sind Sie Jäger?«

»Ich habe es versucht, konnte mich aber nicht dafür begeistern. Ich zerschoß einem Wolf das Rückgrat, das Tier tat mir leid, es quälte sich entsetzlich. Ich mußte ihm den Rest geben, und das ist schon ganz schlimm. Ich ging Birkhähne bei der Balz schießen, interessierte mich aber so sehr für den Liebesbrauch der Vögel, daß ich nicht zum Schießen kam. Auch muß ich gestehen, daß ich keine Lust dazu hatte. Eine erstaunliche Sache, dieses Balzen!«

Klim wurde es immer peinlicher und kränkender, zu schweigen, doch das Gespräch seiner Frau mit dem Gast verwandelte sich in einen Wettstreit, schon nicht mehr mit Worten: In Kutusows Blick schimmerte ein träumerisches Lächeln, Samgin fand es verschmitzt, verführerisch. Dieses Lächeln spiegelte sich auch in Warwaras weitgeöffneten und gespannt aufmerksamen Augen; so schaut wahrscheinlich eine Frau, wenn sie etwas für sie Wichtiges erwägt und entscheidet. Samgin gab seinem Ärger nach und sagte: »Die Wölfe tun Ihnen leid, über die Menschen aber denken Sie sehr vereinfacht und erbarmungslos.«

Kutusow lächelte, sich Rotwein eingießend.

»Und Sie, Individualist, rebellieren immer noch?« fragte er etwas gelangweilt und seufzte. »Die Menschen? Die haben selbst ihre gegenseitigen Beziehungen idiotisch erbarmungslos gestaltet, das werden sie auch grausamst zu bezahlen haben.«

Er wiederholte den Klim bekannten Satz: »Die giftige Bitternis der Wirklichkeit läßt sich nicht durch Humanismussirup versüßen, zudem hat ihr Zynismus längst alle Evangelien vernichtet.«

An Kutusows Gesicht war zu erkennen, daß ihn Müdigkeit übermannte, er rekelte sich sogar unschicklich in Gegenwart einer Dame und so, daß die Gelenke seiner in den Nacken gelegten Hände knackten.

Die glückliche Fähigkeit eines obdachlosen Vagabunden, sich überall zu Hause zu fühlen, stellte Samgin fest.

Warwaras Aufmerksamkeit jedoch regte Kutusow sichtlich an, er begann wieder lebhaft zu sprechen: »Die bürgerliche Gesellschaft ist am Verrecken, sie fängt vom Kopf an zu faulen. Im Westen ist das verständlich, man hat dort viel gearbeitet und ist erschöpft, bei uns dagegen scheint die Dekadenz verfrüht zu sein. Der Dekadente ist bei uns rundlich, satt, rotwangig und – unbegabt. Man trifft bei uns keine Verlaines.«

Er trank in einem Zug den durch den Wein gekühlten Tee aus und wischte die Lippen mit einem zerknüllten Taschentuch ab.

Samgin dachte über Kutusow weiterhin feindselig, ertappte sich aber bereits dabei, daß er aus Notwehr so dachte, ohne in seine Gedanken Bosheit oder Ironie hineinzutragen, sogar als ob er etwas in sich vergewaltige.

»Die Parole der herrschenden Klassen lautet: Zurück zu jeglicher Primitivität in der Literatur, in der Kunst, überall. Erinnern Sie sich an die Aufforderung ›Zurück zu Fichte‹? Das ist der Schrei eines erschreckten Scholastikers, der mechanisch allerhand Ideen und Schrecknisse aufnimmt, und natürlich ruft man auch: Weiter – zur Kirche, zu Wundern, zum Teufel, einerlei wohin – nur weit weg von der Vernunft der Geschichte, weil sie den Leuten, die fremde Arbeit ausbeuten, immer feindlicher wird.«

Warwara versteckte die Augen unter den Wimpern und sagte: »Ja, man merkt sehr, daß das Irrationale die Menschen verlockt, wenn auch vielleicht nicht aus dem Grund, den Sie anführten ...«

»Sondern aus welchem?« fragte Kutusow lässig.

»Es ist langweilig, vernünftig zu sein«, antwortete Warwara nach kurzem Zögern und fügte seufzend hinzu: »Die Menschen haben Verlangen nach Unsinnigem ...«

Kutusow zuckte die Achseln.

»Kann man sich denn etwas Unsinnigeres als die Wirklichkeit ausdenken?«

»Ja«, sagte Samgin laut und wurde aus irgendeinem Grund verlegen. »Doch wäre es nicht Zeit für Sie, sich auszuruhen?« schlug er vor.

Eine halbe Stunde später saß er im Dunkeln in seinem Zimmer und sah auf einen Lichtstreifen im Spiegel: Das Licht fiel aus dem Spalt der halboffenen Tür auf das Glas und zeigte zur Hälfte einen Mann in Nachtwäsche, er saß auch auf dem Diwan, hatte sich vorgebeugt, hielt einen Schuh am Schnürsenkel und schaukelte ihn hin und her, als überlegte er, wohin er ihn werfen solle. Mit der Faust der rechten Hand schlug er sich lautlos aufs Knie. So saß er etwa eine Minute da. Dann ließ er den Schuh zu Boden sinken, nahm die Jacke vom Stuhl, breitete sie auf den Knien aus, nahm ein Päckchen Papiere aus der Tasche und sah sie durch, und nachdem er zwei von ihnen in kleine Stücke zerrissen hatte, preßte er sie in der Faust zusammen und sah sich um, wobei er sich so fest auf die Lippen biß, daß sein Spitzbart sich aufrichtete und die Brauen sich zu einer Linie schlossen. Sein Gesicht sah unkenntlich finster aus. Der offene Hemdkragen zeigte einen sehr weißen, muskulösen Hals und Halbkreise der Schlüsselbeine, die Hufeisen ähnelten. Seine Augen hatten sich gerundet, zweifellos biß er die Zähne zusammen, die Kiefer traten scharf hervor. Es war klar, daß Kutusow von einem sehr starken Gefühlsausbruch übermannt worden war, wahrscheinlich Zorn oder Kummer. Jetzt stand er auf und wurde in ganzer Größe im Spiegel sichtbar, dann verschwand er, und es war zu hören, daß er den Fenstervorhang zurückschob.

Als Samgin den Mann im Nebenzimmer beobachtete, begriff er, daß dieser Mann Schmerz empfand, und kam ihm innerlich näher. Schmerz bedeutet Schwäche, und wenn man jetzt, im Augenblick der Schwäche, zu dem Mann hinginge, so würde er vielleicht mit äußerster Klarheit jene Kraft enthüllen, die ihn zwingt, das Wolfsleben eines Vagabunden zu führen. Es war unmöglich, unsinnig, anzunehmen, daß er diese Kraft aus Büchern, aus dem Verstand schöpfte. Ja, nun zu ihm hingehen und offen, ohne etwas auszulassen mit ihm über ihn und über sich selbst sprechen. Auch über die Somowa. Er scheint in sie verliebt zu sein.

Ich bin dreißig Jahre alt, brachte Klim sich in Erinnerung. Ich bin kein junger Mann, der nicht zu leben weiß ...

Als er aber seine Eigenliebe geweckt hatte, begann er darüber nachzudenken, was ihn zu einem Menschen gerade dieses »Systems von Sätzen« hinzog.

Vererbung?

Er lächelte ironisch, als er sich des Vaters, der Mutter und des Großvaters erinnerte.

Die Eindrücke der Kindheit?

Kutusow zog den Vorhang zu und tauchte – groß, weiß, mit sehr strengem und traurigem Gesicht – wieder im Spiegel auf. Er strich sich mit beiden Händen über den geschorenen Kopf, und als er das Licht gelöscht hatte, verschwand er in der Dunkelheit, die noch tiefer war als jene, die Samgins Zimmer füllte. Klim stand auf und ging auf Zehenspitzen auch ans unverhängte Fenster. Die Laterne brannte wie immer, und wie immer schimmerte in ihrem Licht die schmutzige, feuchte Mauer.

Das ist sehr sonderbar – ein Mensch, der nicht weiß, daß er von einem anderen beobachtet wird. Wahrscheinlich wäre auch ich ... nicht so erschienen wie er, natürlich.

Ins Schlafzimmer zu gehen, hatte er keine Lust, denn möglicherweise schlief seine Frau noch nicht. Samgin wußte, daß alles, wovon Kutusow gesprochen hatte, Warwara zuwider war und daß die aufmerksame Miene, mit der sie ihm zuhörte, unecht war. Er erinnerte sich, wie sie, als er ihr sagte, daß sogar in einer der »Regierungsmitteilungen« die Existenz einer revolutionären Bewegung zugegeben worden sei, erstaunt gefragt hatte: »Wirklich? Solche Idioten ...«

Als Samgin sich am Morgen angezogen hatte und das Speisezimmer betrat, hatten seine Frau und Kutusow schon das Haus verlassen, und am Abend fuhr Warwara nach Petersburg, um sich wegen ihrer Verlagsangelegenheiten umzutun. Nach ein paar in trübsinniger und gereizter Stimmung verbrachten Tagen reiste Samgin auch ins Gouvernement Kaluga, fuhr eine Woche lang auf Nebenstraßen durch Felder und Wälder, besuchte ein paar verschlafene Städtchen, ermüdete körperlich und beruhigte sich. Auf dem Heimweg blieb er auf einer Poststation stecken, wo sich keine Pferde vorfanden, und verlangte einen Samowar, und während man noch das Teegeschirr herrichtete, setzte zögernd feiner Regen ein, dann wurde er dichter, hartnäckiger und stärker, blaue Blitze flammten auf, es donnerte, der Wind schnaubte im Ofenrohr wie ein zorniges Roß und peitschte den strömenden Regen gegen die Fensterscheiben. Mitten in Regen und Donner fuhr jemand an der Freitreppe der Station vor, ein Blitz beleuchtete im Fenster den nassen Kopf eines Rappen; die Tür öffnete sich weit, und auf der Schwelle stand, sich wie ein Hahn schüttelnd, ein Mann in kariertem Umhängemantel und blies die Regentropfen aus seinem dichten, hellen Schnurrbart. Dann trat er zur Seite, ließ eine Frau vor und brüllte mit zornigem Baß: »Ich habe doch gesagt, wir schaffen es nicht . . .«

Der Rüffel eines Ehemanns, dachte Klim.

»Samgin? Sie?« rief schrill und wie erschreckt die Frau aus, die ihren Kopf aus der durchweichten Kapuze des Segeltuchmantels zu befreien suchte und das schnurrbärtige Gesicht des Gefährten verdeckte. »Ja«, sagte sie zu ihm, »aber fahren Sie rasch, sofort!«

Der Mann kehrte ihr den Rücken, der wie Dachblech glänzte, und verschwand mit lautem Türknall, während Marja Iwanowna Nikonowa den nassen Mantel von ihren Schultern löste und lebhaft sagte: »So ein Platzregen! In fünf Minuten keinen einzigen trockenen Faden mehr!«

Samgin merkte sofort, daß sie nicht aussah wie sonst, und das war ihm wie immer unangenehm: Er konnte es nicht ausstehen, wenn Menschen aus dem Rahmen jener Vorstellungen fielen, in welche er sie gestellt hatte. Darin, daß sie ihn mit dem Familiennamen angeredet hatte, lag etwas Schwungvolles, Familiäres, das ihrer gewohnten Bescheidenheit widersprach, und als sie sich mit ihren kleinen Händen über das feuchte Gesicht strich, erblickte Samgin ein ihm unbekanntes, breites und freundliches Lächeln. Sie hatte nie so gelächelt, und Samgin hegte den Verdacht, die Nikonowa habe dieses neue Lächeln als Maske über ihr Gesicht gezogen. Auf der Station kannte man sie; eine wohlbeleibte Frau, von der sie mit Vor- und Vatersnamen angeredet wurde, führte sie unter teilnahmsvollem Ächzen irgendwohin, und in etwa zehn Minuten kehrte die Nikonowa in buntem Rock und roter Jacke zurück, die sie wahrscheinlich auf den bloßen Leib gezogen hatte; um den Kopf hatte sie ein gelbes, geblümtes Tuch gebunden. Diese Tracht verjüngte die Nikonowa, ihr regengepeitschtes Gesicht hatte sich stark gerötet, die Augen glänzten lustig.

»Nun, bewirten Sie mich, ich friere!«

Als sie aber ein wenig zugesehen hatte, wie ungeschickt Samgin am Samowar hantierte, nahm sie ihm die Teekanne aus der Hand.

»Das können Sie nicht.«

Nachdem sie sich Tee eingegossen hatte, schnitt sie sich Brot ab, wobei sie nach Bauernart den Laib an sich drückte; die Brüste störten. Darauf steckte sie den Jackensaum ungeniert unter den Rockbund, wodurch die Brüste plastischer hervortraten. Samgin warf einen Seitenblick darauf und fragte: »Wer begleitete Sie – Ihr Mann?«

»Nein. Der Gutsverwalter der Bekannten, bei denen ich zu Besuch war.«

»Ist er Offizier?«

Mit dem Zerlegen eines Brathuhns beschäftigt, blickte sie Samgin flüchtig an. »Sieht er denn wie eine Militärperson aus?«

»Ja. Ich glaube ihn schon irgendwo gesehen zu haben.«

»Sascha, geben Sie mir ein Umlegetuch«, rief die Nikonowa, nachdem sie mit der Faust gegen die Bretterwand geklopft hatte.

Der Wind fauchte und pfiff, der Donner dröhnte und brachte die Flamme der Hängelampe zum Zittern; die Fensterscheiben schimmerten bläulich im Schein der Blitze, der Regen peitschte immer wütender.

»Wir sitzen hier wie auf dem Grund eines brodelnden Kessels«, sagte die Frau leise.

Samgin stimmte ihr zu.

»Ja, so sieht es aus.«

Sie verstummten. Samgin begriff, daß es unhöflich war, zu schweigen, aber irgend etwas hinderte ihn, mit dieser Frau in dem gewohnten dozierenden Ton zu sprechen; sie wiederum sah ihn ab und zu fragend an, als warte sie darauf, was er sagen werde, und meinte, ohne es abzuwarten, mit einem Seufzer: »Das wird lange dauern! Man wird wohl hier übernachten müssen. In solchen Nächten oder im Winter, bei Schneesturm, fühlt man sich unnütz auf Erden.«

»Der Mensch ist niemandem nütze außer sich selbst«, entgegnete Klim, dachte bei sich: Das war dumm! und bot ihr eine Zigarette an.

»Besten Dank, ich rauche nicht.«

Sie lehnte sich mit halbgeschlossenen Augen auf dem Stuhl zurück. Ihre Brüste ragten unschicklich vor und bewegten den Jackenstoff, als wollten sie sich entblößen. Auf dem bedeutungslosen Gesicht erstarrte eine Spannung wie bei jemandem, der aufmerksam lauscht.

»Gestern wurde dort«, begann sie, mit den Augen auf das Fenster deutend, »ein Bauer beerdigt. Sein Bruder, ein Quacksalber und Pferdekurpfuscher, sagte . . . zu meiner Freundin: ›Schau mal, der Mensch sät, und jedes Korn durchstößt die Erde, bringt Getreide hervor und hinterläßt noch Stroh, der Mensch selbst aber wird in der Erde verscharrt, verwest und bringt keinerlei Nutzen.‹«

Sie stand auf, trat an das angelaufene Fenster, und Samgin, der ihre nackten, buttergelben Beine ansah, sagte: »Ich liebe diese Volksweisheit nicht. Mir scheint manchmal, dem Bauern sind all die Klageschriften unserer Literaten über ihn ausgezeichnet bekannt, und er unternimmt selbst nichts, um besser zu leben, da er auf Hilfe von anderer Seite hofft.«

Sie antwortete nicht. Es erfolgte ein heftiger Donnerschlag, es war, als würde das Fenster aus der Wand herausgerissen, und die Nikonowa, in blauem Flammenlicht stehend, sah einen Augenblick wie durchsichtig aus.

»Das erschlägt einen«, seufzte sie, an den Tisch zurücktretend, und lächelte.

Klim dachte: Neu ist an ihrem Lächeln nur, daß es leicht und flüchtig ist. Diese Frau reizte ihn. Warum arbeitete sie für die Revolution, und was konnte eine so unscheinbare, unbegabte Person tun? Sie sollte Krankenschwester werden oder irgendwo in einem entlegenen Dorf Kinder im Lesen und Schreiben unterrichten. Nach kurzem Schweigen erzählte er ihr, wie die Bauern die Glocke hochgezogen und wie sie den Kornspeicher geplündert hatten. Er sprach spöttisch und mit der Absicht, sie zu kränken. Das kalte Brausen des Regens begleitete seine Worte.

»Über dieses Thema habe ich die Erzählung ›Das Seil‹ gelesen«, sagte sie. »Ich entsinne mich nicht mehr von wem sie war. Der Verfasser ist, glaube ich, eine Frau«, bemerkte sie nachdenklich, indem sie wieder ans Fenster ging, und fragte: »Was wollen Sie denn?«

In tröstendem Ton einer Älteren begann sie sehr freundlich Dinge zu sagen, die Samgin von Kind auf kannte und die ihn langweilten. Sie verfügte über etliche eigene Beobachtungen und Anekdoten, sprach aber nicht zwingend, nicht überzeugend, sondern als suchte sie sich in dem, was sie wußte, zurechtzufinden. Ihrer leisen, sanften Stimme war angenehm zuzuhören, und das Verlangen, sie zu verspotten, verschwand. Angenehm war auch ihre Zutraulichkeit. Als sie die Hände hob, um das Kopftuch zurechtzuschieben, fing Samgin ihre Hand und küßte sie. Sie fuhr fort, ohne zu protestieren: »Das Dorf trinkt, verarmt, stirbt aus . . .«

Samgin hörte noch eine Minute zu, dann legte er seine Hand auf ihre linke Brust, sie zuckte zusammen und verstummte. Da umarmte er sie und küßte sie auf den Mund.

»Ach, was Sie für einer sind«, rief sie, sich an ihn schmiegend, leise aus und flüsterte: »Die Leute schlafen noch nicht. Legen Sie sich hin, ich komme dann. Soll ich kommen?«

»Natürlich.«

Mit unerwarteter Kraft löste sie seine Arme und ging weg. Beim Ausziehen dachte Samgin: Einfach. Wahrscheinlich gehört es zu ihrem Pflichtenkreis, sich nach der ersten Aufforderung den Genossen hinzugeben.

Nachdem er die Lampe gelöscht hatte, legte er sich in das breite Bett in der Zimmerecke, lauschte dem unermüdlichen Plätschern und Rascheln des Regens und erwartete die Nikonowa ebenso ruhig, wie er auf seine Frau wartete, derer er sich mit einem Unterton von Ironie erinnerte. Bei einem der alten Franzosen, bei Féval oder Paul de Kock, hatte er gelesen, daß es in den intimen Beziehungen von Eheleuten Anzeichen gebe, aus denen der Mann, wenn er nicht dumm sei, stets erkennen könne, ob seine Frau in den Armen eines anderen Mannes gelegen habe. Der Franzose hatte nicht gesagt, welche Anzeichen das waren, aber in den Minuten des Wartens auf die andere Frau entschied Samgin, daß er sie in Warwaras Verhalten schon bemerkt hatte – in ihren Bewegungen zeigte sich eine schmachtende Trägheit und eine Verwöhntheit, die ihr früher nicht eigen war, so verwöhnt und anspruchsvoll konnte sich nur eine Frau benehmen, die stark und zärtlich geliebt wurde. Damit war das Abenteuer mit der Nikonowa gerechtfertigt. Dann dachte er unwillig und gleichsam aus Pflicht: Ja, so sind sie, die Frauen . . .

Das Rauschen des Regens wurde eintönig und der Stille gleich, und das beunruhigte ihn, da es auf Ungewöhnliches warten ließ. Als die Frau kam, warf er ihr vor: »Wie lange!«

»Schweigen Sie«, flüsterte sie.

Es verging eine Stunde, vielleicht zwei. Die Nikonowa drückte seinen Kopf an ihre Brust und fragte mit Worten, die er schon einmal gehört hatte: »Ist es schön mit mir?«

»Ja«, antwortete er aufrichtig.

Nach einigem Schweigen fragte sie: »Aber Sie haben natürlich keine hohe Meinung von meiner . . . Sittlichkeit?«

»Wie können Sie das denken«, murmelte Samgin.

»Aber natürlich. Sie denken doch sicherlich auch wie üblich – gemäß Vernunft und nicht gemäß Gewissen.«

Samgin horchte auf, an ihren Worten war irgend etwas Gescheites. Wird etwa auch sie im Bett philosophieren, wie Lidija, oder irgendwelche sachlichen Gespräche anknüpfen, gleich Warwara? Einen Vorwurf hörte er in ihren klanglosen Worten nicht und konnte nicht sehen, was für ein Gesicht sie beim Sprechen machte. Sie rührte ihn sehr durch Zärtlichkeit, ihm schien, er hätte noch nie solche Liebkosungen erlebt, und er empfand das Verlangen, ihr besondere Worte der Dankbarkeit zu sagen. Aber er fand keine solchen Worte, sondern ließ die Hände sprechen, und die Nikonowa flüsterte: »Du bist mir seit der ersten Begegnung in Erinnerung geblieben. Entsinnst du dich – bei den Landhäusern? Du warst neben Ljutow so ein Lämmchen. Ich war damals sechzehn Jahre alt . . .«

Sie nieste zweimal und flüsterte, weil sie wahrscheinlich deswegen verlegen geworden war, übertrieben beunruhigt: »Ich habe mich anscheinend erkältet. Nun, ich gehe jetzt! Nicht küssen, nicht nötig . . .«

Ein paar Minuten später war sie wie eine Wolke zerronnen, und Samgin dachte: Wie sonderbar sie ist. Das hätte ich nicht erwartet.

Es tagte schon; die Fensterscheiben waren grau geworden, das Rauschen des Regens wurde vom Murmeln des Wassers übertönt, das irgendwoher in eine Pfütze floß. Am Morgen erfuhr Samgin, daß die Nikonowa bei Tagesanbruch abgefahren war, und lobte sie dafür.

Taktvoll! Als wäre sie mir nur im Traum erschienen, dachte er, als er in der Kutsche über den aufgeweichten Weg holperte, der von seidig glänzenden Feldern umgeben war. Die Sonne spielte wie ein fröhliches Kind mit der Erde: sie versteckte sich immer wieder hinter kleinen, zerrissenen Wolkenfetzen, die flockig und leicht waren wie ein saubergewaschenes Vlies. Der Wind strich liebkosend das junge Laub der Birken. Ein schmucker Eichelhäher saß auf einem kahlen Weidenzweig und sah mit bernsteingelbem Fischauge in den Silberspiegel einer von Gras umrahmten Pfütze. Die Pferde kneteten gemächlich den Schmutz und füllten die Luft mit glucksenden Lauten; opalfarbene Spritzer schossen unter den Rädern hervor. Eine Lerche sang. Die frische Luft war angenehm berauschend, und der zärtlich gewordene Samgin dachte halb im Schlaf:

Nur der Morgen der Liebe ist schön,
Schön ist nur die erste Begegnung.

Ein einfältiger Vers. Aber jemand hat gesagt, Poesie müsse einfältig sein ... Das Glück auch. »Das Glück bettelt auf der Brücke« – das bezieht sich auf die Bettler. Sprichwörter sind eigentlich immer boshaft. Glück ist, wenn der Mensch in Frieden mit sich selbst lebt. Das bedeutet auch: redlich leben.

Als er sah, wie geschäftig die Goldammern in dem Gesträuch am Wege herumflatterten, dachte er zum hundertstenmal: Von Kind auf hatte man ihn daheim und in der Schule, dann an der Universität mit einer Masse unnötiger, belastender Kenntnisse und Ideen vollgepfropft, dann hatte er eine Menge Bücher gelesen, und nun konnte er in dem Spinngewebe des gewaltsam angeeigneten Fremden sich selbst nicht finden ...

Sie holten einen Karren ein, auf dem bäuchlings ein langer Bauer mit verbundenem Kopf lag; das graue, dickbäuchige, mit Schmutz bespritzte Pferd schritt träge dahin. Samgins Kutscher, ein stupsnasiger Halbwüchsiger, bei dem irgend etwas an eine Taube erinnerte, richtete sich auf und rief: »He, weich aus!«

»Schaffst es«, antwortete dumpf der Bauer, ohne sich zu rühren.

»Er will nicht«, sagte der Halbwüchsige, der sich mit einem Lächeln nach seinem Fahrgast umsah. »Der hat Charakter. Er ist aus unserem Dorf, ist unterwegs, sich das Ohr annähen zu lassen; gestern, beim Gewitter, wurde ihm von einer Latte das Ohr halb abgerissen ...«

»Überhole ihn«, befahl Samgin.

Der Halbwüchsige versuchte den Karren zu umfahren, trieb dabei das eine seiner Pferde in eine tiefe Pfütze und blieb mit der Kutsche an der Radnabe des Karrens hängen; da hob der Bauer den Kopf und begann zu schimpfen: »Wohin drängelst du denn, du Halunke? Wohin?«

Dieser Zusammenstoß unterbrach Samgins leichten Gedankengang und versetzte ihn in Zorn; auf die Schulter seines Kutschers gestützt, richtete er sich auf und schrie den Bauern an. Dieser ließ mit erstauntem Blinzeln sein Pferd zurückweichen.

»Was schimpfen Sie denn? Wir haben es alle eilig ... Wir fahren nicht spazieren ...«

»Fahr los«, befahl Samgin und dachte nicht zum erstenmal: Ja, wegen solcher Tölpel ...

In dieser Stimmung war kein Platz für die Nikonowa, und zwei Wochen lang dachte er an sie nur flüchtig, in leeren Minuten, dann jedoch wuchs unauffällig der Wunsch, sie zu sehen. Aber er wußte nicht, wo sie wohnte, und machte sich Vorwürfe, daß er sie nicht danach gefragt hatte.

Schweinerei! Wie lächerlich sie mich benannt hat – ein Lämmchen. Weshalb? »Weißt du nicht, wo die Nikonowa wohnt?« fragte er seine Frau.

»Nein. Nach Ljubaschas Verhaftung habe ich auf die Mitarbeit beim Roten Kreuz verzichtet und treffe die Nikonowa nicht mehr«, antwortete Warwara und äußerte gleichgültig die Vermutung: »Vielleicht ist auch sie verhaftet worden?«

Sie ist zu faul, ein Messer zu holen, dachte Samgin, als er zusah, wie sie Buchseiten mit der Haarnadel aufriß.

Warwara war aus Petersburg auffällig hübscher zurückgekehrt; unter den Augen hatte sie jetzt interessante Flecken, die ihren grünlichen Glanz hervorhoben; das Haar hatte sie zu zwei Zöpfen geflochten und als flache Schnecken über Ohren und Schläfen angebracht, was ihr Gesicht breiter und auch schöner machte. Sie hatte weite Kleider ohne Taille mitgebracht, und als Samgin sie sah, dachte er daran, daß man ein solches Gewand sehr leicht abstreifen könne. Sie hatte auch eine für sie neue literarische Ansicht mitgebracht.

»Ein Buch darf das Leben nicht verdüstern, es muß dem Menschen Erholung gewähren, ihn zerstreuen.«

Dann erzählte sie sehr lebhaft: »Weißt du, man machte mich mit einem Künstler bekannt; ich kann nicht entscheiden, ob er talentiert ist, aber er ist bewundernswert! Er malt philosophische Bilder, möchte ich sagen. Auf einem von ihnen sind in sehr grellen Farben Schlangen oder, wenn du willst, kopflose Würmer dargestellt; jede Gestalt hat vier regenbogenfarbene Flügel, alle Gestalten sind verschlungen, zu einem Knäuel verknotet, sie durchdringen einander und strömen, wobei sie den bläulichgrauen Hintergrund fast vollständig ausfüllen. Das sind die Weltkräfte, wie sie vor der Einmischung des Verstandes waren. Das Bild heißt auch ›Die vormenschliche Welt‹. Verstehst du? Man hat im allgemeinen den Eindruck eines chaotischen, aber festlichen Spiels.«

Sie lag halb aufgerichtet, in der Pose Madame Récamiers, auf der Chaiselongue, Samgin betrachtete unter krauser Stirn hervor ihr Gesicht, ihre Figur, sie insgesamt, die bis zum letzten Zug bekannt war, und überlegte, über sich selbst befremdet: Wie hatte er sich einbilden können, diese geschäftige, egoistische Frau zu lieben?

Sie erzählt mir diesen Unsinn nur als Übung, damit sie ihn anderen gut erzählen kann. Oder einem anderen.

»Auf dem zweiten Bild sind alle Farben gedämpfter, die Gestalten nicht mehr geflügelt, sondern aufgerichtet; das Strömen, das den Eindruck wahnsinniger Geschwindigkeit vermittelte, ist verschwunden, die Hauptsache aber ist, daß auch das Bild verschwunden ist, übriggeblieben ist nur so etwas wie ein Reklameplakat einer Farbenfabrik – verschiedenfarbig trübe und tote Streifen. Das ist ›Die Welt in Gefangenschaft des Menschen‹. Der Künstler – so ein Langer, ganz aus Knochen, gelb, mit schwärzlichen kleinen Augen und sehr ungeschliffen – sagt: ›Hier sehen Sie die Wahrheit darüber, wie die Welt vom Menschen verunstaltet worden ist. Aber der Mensch hat das zu seinem Verderb getan, er ist ein Feind des freien Spiels der Weltkräfte, ein Schematisierer; in seinem Haß gegen die Freiheit schuf er Religionen, Philosophien, Wissenschaften, Staaten und die ganze Abscheulichkeit des Lebens. Bald wird er mit seiner idiotischen Technik den Vorrat an freier Weltenergie erschöpfen und in toter Unbeweglichkeit ersticken.‹«

»Das sieht wie eine Illustration zur Lehre von der Entropie aus«, sagte Samgin.

Warwara hob die Wimpern und die Brauen. »Entropie? Ich weiß nicht.«

Und fuhr fort, als prägte sie sich tatsächlich eine Schulaufgabe ein: »Dann noch ein Bild: Oben sind zwei knorrige Hände grüner Farbe mit roten Nägeln ausgestreckt, die eine hat sechs Finger, die andere sieben. Darunter kniet ein kleines Menschlein, es hat seinen zweigesichtigen Riesenkopf, der größer ist als sein Körper, von den Schultern genommen und reicht ihn mit langen, dünnen Ärmchen diesen dreizehn Fingern. Der Maler erklärte, das Bild heiße: ›In deine Hände befehle ich meinen Geist‹. Die Hände gehören jedoch dem Teufel, sein Name ist ›Verstand‹, und er ist es, der Gott getötet hat.«

Sie verstummte, sog an der Zigarette und verdeckte mit den Wimpern anmutig die Augen.

»Dieses Bild gefiel mir nicht, das kam aber wahrscheinlich daher, weil ich mich Kutusows erinnerte. Er ist übrigens glücklich: Er gefällt allen. Ist er noch in Moskau?«

»Ich weiß nicht«, sagte Samgin.

»In Petersburg gibt es weniger Interessantes als hier, aber es ist dort irgendwie schärfer, feiner. Ich würde sagen: Moskau ist tranig.«

Nachdem sie schon am ersten Tag nach der Ankunft ihre Eindrücke dargelegt hatte, kam sie nicht mehr auf sie zurück, und Samgin merkte bald, daß sie ihm nur aus Liebenswürdigkeit von ihren Angelegenheiten erzählte und nicht, weil sie von ihm Teilnahme oder Ratschläge erwartet hätte. Aber er war zu sehr mit sich selbst beschäftigt, als daß er ihr dies übelgenommen hätte.

Der Nikonowa begegnete er durch Zufall; in einer Droschke durch den Bezirk der Meschtschanka-Straßen holpernd, sah er sie plötzlich; ganz bescheiden, im grauen Kostüm, ging sie schwebend und rasch wie eine Nonne, die dessen eingedenk ist, daß ihr die Welt feind ist. Samgin war erfreut, wollte ihr sogar etwas zurufen, aber aus dem Tor eines lustig aussehenden Häuschens trat ein bärtiger, rothaariger Mann, der behutsam einen kleinen Sarg unter dem Arm trug, hinter ihm her rollte sinnlos hüpfend eine dunkle, dicke Alte heraus, der ein kleiner, runder Gymnasiast mit einem Kopf wie ein Gummiball folgte; ein spitzgesichtiger Soldat, der das Tor schloß, rief dem Droschkenkutscher zu: »He, du Tölpel, halt an!«

Samgin stand im Wagen auf, beobachtete die Nikonowa und sah, wie sie sich im Gehen umwandte, um sich die Beerdigung anzusehen, dann aber, als sie ihn bemerkt hatte, rascher weiterging.

Sie ist natürlich gekränkt.

Er drückte dem Droschkenkutscher das Geld in die Hand und eilte der Frau fast laufend nach; da er die Aktentasche unter dem Arm ärgerlich störend empfand, riß er sie unter dem Arm hervor und trug sie, wie man Koffer trägt. Die Nikonowa betrat den Hof eines einstöckigen Hauses, er hörte ihre Füße über Holz trappeln, lief in den Hof und erblickte die drei Stufen einer Außentreppe.

Wie ein Gymnasiast, dachte er bei sich.

In einer kleinen Nische des Korridors machte sich die Nikonowa leise an einem Schloß zu schaffen, an dem Geräusch war deutlich zu erkennen, daß es ein Vorhängeschloß war.

»Marija Iwanowna . . .«

»Ach, Sie sind es? Sie?«

»Entschuldigen Sie, daß ich so . . .«

Sie öffnete die Tür, aus dem Zimmer fiel Licht in den Korridor. Samgin sah, daß sie ein verlegenes, sogar erschrecktes Gesicht machte, vielleicht ein böses, sie biß sich auf die Oberlippe, und in ihren hellen Augen schillerten unfreundlich blaue Funken.

»Ich bin gekommen«, sagte er, wobei er die Aktentasche schwenkte und den Hut an die Brust drückte. »Ich habe damals nicht nach Ihrer Adresse gefragt. Aber ich hoffte, Sie zu treffen.«

Die Nikonowa sah ihn immer noch mürrisch an, aber der graue Schatten auf ihrem Gesicht zerrann, die Wangen röteten sich.

»Legen Sie ab«, sagte sie und nahm ihm die Aktentasche aus der Hand.

Als Samgin den Mantel auszog, bemerkte er, daß das Bett ebenso in der Ecke neben der Tür stand, wie es auf der Poststation gestanden hatte. Statt der Flickendecke war es mit einem gewürfelten Plaid bedeckt. Am Fußende des Bettes stand ein krummbeiniger Spieltisch mit einer Lampe und einem Haufen Bücher darauf, und über ihm hing eine Reproduktion des Christus von Gabriel Max.

»Werden Sie mir verzeihen?« fragte er, ergriff ihre Hand und küßte sie; die Hand war etwas schweißig.

»Ich werde Ihnen sogar Tee zu trinken geben«, sagte die Nikonowa und strich ihm mit der Hand leicht über Kopf und Wange. Sie lächelte, und nicht ihr gewohntes gewaltsames Lächeln, sondern ein gutes, und das brachte Klim sofort wieder zu sich.

»Fissa!« rief sie, die Tür ein wenig öffnend.

Sie lebt ärmlich, dachte Samgin, als er sich in dem Zimmer umsah, dessen Fenster in den Garten schaute; es war ein windschiefes Fenster mit vier Scheiben, die eine blinkte schon trüb, sie steckte also schon lange Jahre in dem Rahmen. Neben dem Fenster ein kleiner runder Tisch, mit gehäkeltem Deckchen bedeckt. Gegenüber dem Bett ein Ofen mit Liegestatt, in der Nähe des Ofens eine Kommode mit einer Schatulle, Fläschchen und Schächtelchen darauf und an der Wand ein Spiegel. Drei Stühle, deren manieriert gekrümmte Beine und Lehnen und durchgesessene geflochtene Sitze die Ärmlichkeit des Zimmers besonders unterstrichen.

Ja, natürlich, sie ist ein Mensch vom Schlage Tanja Kulikowas, ein einfacher, selbstloser Mensch.

Die Nikonowa stand an der Tür und flüsterte mit einer hochbusigen, schönen Frau in rosa Jacke.

»Ja doch«, sagte sie ungeduldig. »Nicht zu Hause!«

Dann trat sie auf Samgin zu und fragte: »Habe ich nicht eine behagliche, nette Höhle?«

Er ergriff ihre Hände und küßte sie mit aller Zärtlichkeit, deren er fähig war. Lyrisch stimmte ihn diese Ärmlichkeit, die unterwürfige Traurigkeit der Dinge, die es müde waren, den Menschen zu dienen, und der Mensch, der ihnen ebenso unterwürfig diente wie ein Ding. Ihm drängten sich ganz ungewöhnliche Worte auf die Zunge, er wollte sie nennen, wie er noch keine einzige Frau genannt hatte: Liebste, Schwester.

Aber er schwieg, legte die Arme um sie, schmiegte sich fest an ihre Brust und fragte sich, da er schon unbestimmte Unruhe empfand: Ist das etwa wirklich ernst?

Durch eine Bewegung des Rückens sprengte sie seine Arme.

»Sie sind also . . . froh, mich zu sehen?«

»O ja! Und – ich gestehe! – so froh, daß ich mich sogar selber wundere.«

»Wirklich?«

Ihre Augen wurden tiefblau, und sie sagte lächelnd: »Ach, Sie ... Lieber!«

Sie tranken Tee mit Sahne und aßen dazu Zwieback, wechselten leicht von einem Thema zum anderen, sprachen von Büchern, vom Theater und von gemeinsamen Bekannten. Die Nikonowa teilte ihm mit, Ljubascha sei aus dem Krankenhaus in eine Zelle gebracht worden und erwarte, daß man sie bald ausweisen werde. Samgin merkte: von Parteiangehörigen, von revolutionärer Tätigkeit sprach sie zurückhaltend, ungern.

Sie ist geschult.

Im Garten jätete ein alter Mann mit hochgeschlossener karierter Weste das Gras aus den Beeten. Sein Gesicht und sein Hals waren violettfarben wie verwesendes Fleisch. Als die Nikonowa Samgins Blick auffing, sagte sie hastig: »Der Hauswirt, ehemaliger Volkstümler, er hat lange in Sibirien gelebt. Ein Misanthrop.«

Dann sprach sie wieder über literarische Dinge.

»Ich bin mit der Gräfin Tolstoi völlig einverstanden, wozu muß man solche Erzählungen wie ›Der Abgrund‹ schreiben?«

Es ist erstaunlich leicht mit ihr, stellte Samgin fest und sagte: »Als ich hereinkam, war Ihnen das anscheinend peinlich, Sie erschraken sogar.«

»Ich erschrak? Wovor denn?« fragte sie. Ihre Augen wurden hell, sie blickten streng, forschend.

»Mir kam es so vor ...«

»Nicht davon sprechen«, bat sie und reichte ihm die Hand. Es war schon dunkel, als Samgin zu gehen beschloß. Sie saß halb angezogen auf dem Bett und fragte flüsternd: »Wann kommst du? Ich muß es genau wissen.«

Er sagte, er wolle sie oft sehen. Ihr Haar ordnend, hatte sie die Hände erhoben und ließ sie auf dem Kopf liegen, wobei sie die Finger wie eine Kranke bewegte, die, bevor sie aufsteht, in der Luft nach etwas sucht, woran sie sich festhalten könnte.

»Wir können uns oft sehen, wenn du meiner rascher überdrüssig werden willst«, antwortete sie leise.

»Ein mißglückter Scherz«, bemerkte Samgin, obwohl er keinen Scherz in ihren Worten spürte.

Sie hat es wahrscheinlich sehr schwer, ihr geht es sehr schlecht, dachte Samgin beim Fortgehen.

Nach etwa zehn Zusammenkünften sagte sich Samgin, daß er nun endlich einen guten Freund habe, mit dem er leicht über alles, vor allem aber über sich selbst sprechen könne. Die Nikonowa hörte ihm aufmerksam zu, verstand, beim Zuhören zu schweigen und keine übermäßige Neugier an den Tag zu legen. Sie selbst sprach wenig, sehr einfach und stets in weichem, gleichsam tröstendem Ton. Sie war vielleicht den Menschen gegenüber zu nachsichtig; manchmal meinte Samgin, sie betrachte sie aus der Ferne und von oben her. Dadurch wurde ihre Ähnlichkeit mit Tanja Kulikowa etwas verringert. Beim Tee sagte er einmal im Scherz zu ihr: »Du bist eine schlechte Bolschewikin.«

»Weshalb?« fragte sie nach einigem Zögern mit ihrem unangenehmen, gewaltsamen Lächeln.

Samgin erklärte: »In deinem Verhalten zur Bourgeoisie fehlt die für den Bolschewismus charakteristische Schärfe und Unversöhnlichkeit.«

»Die hast du aber auch nicht«, sagte sie sehr sanft.

Diese Bemerkung mißfiel Klim; er hielt eine kleine Rede über die Banalität der bürgerlichen Gesellschaft, über den zynischen und im Grunde kurzsichtigen Egoismus der Bourgeoisie. Die Nikonowa hörte seiner Rede ergeben und widerspruchslos zu wie ein Mensch, der es gewohnt ist, belehrt zu werden. Sie benahm sich überhaupt wie eine Schülerin, die weiß, daß sie lernen muß, und sich damit abgefunden hat. Doch bald fühlte Samgin, daß diese bescheidene Frau in irgendeiner Hinsicht stärker oder klüger war als er. An ihr war ein Zug, der Mitrofanow verwandt war, einem Menschen, an dessen gesunden Menschenverstand er geglaubt und – sich geirrt hatte. Sie philosophierte nicht wie dieser, regte sich nicht bis zu Tränen auf, wie dies der Agent der Kriminalpolizei getan hatte, stimmte aber auch in irgendeiner Hinsicht mit ihm überein. Über Politik, über Parteiarbeit sprach sie wenig; das ließ sich aus ihrer Geheimhaltung erklären, erklärte sich auch bequem mit der Müdigkeit einer Professionellen. Ein solcher Mensch, als den Samgin sie sah, mußte wahrscheinlich nach einer bestimmten Technik arbeiten. Sie hatte nichts von einer Propagandistin oder Agitatorin und schien kein Mensch zu sein, der eingehend die Theorie des Klassenkampfs studiert hatte. Sie erzählte gern und geschickt vom Leben kleiner Leute, von mißglückten und geglückten Kniffen bei der Jagd nach dem kleinen Glück. Das Alltagsleben kannte sie vortrefflich. In ihren Erzählungen erinnerte Samgin das Leben an die endlose Arbeit des gutmütigen und einfältigen Dienstmädchens Warwaras, einer alten Jungfer, die aus bunten, dreieckigen Kattunstückchen sehr geschickt Deckenüberzüge für den Verkauf nähte. Samgin gefielen diese beruhigenden Bilder des Alltagslebens, obwohl er über sie spottete: »In deiner Darstellung macht sich die Evolution sehr nett, aber etwas langweilig.«

»So ist nun mal das Leben«, sagte die Nikonowa mit leisem Seufzen.

Sie hatte eine sehr liebe Art, mit gedämpfter Stimme von »guten« Menschen und »lichten« Erscheinungen zu sprechen, als erzählte sie von kleinen Geheimnissen, hinter denen sich ein einziges, großes verbarg und in ihm die Erklärungen aller geringeren Geheimnisse. Zuweilen vernahm er in ihren Erzählungen etwas, das mit der Alltagspoesie des alten Koslow übereinstimmte. Aber das alles war unwesentlich und hinderte ihn nicht, sich an diese Frau mit einer Schnelligkeit zu gewöhnen, die sogar ihn selbst verblüffte.

Sie wurde für ihn so etwas wie eine Schreibtischschublade, eine Schublade, in der man intime Dinge versteckt; war für ihn eine Grube geworden, in die er den Kehricht seiner Seele warf. Ihm kam es vor, als ob er, wenn er diese Frau mit Worten überschüttete, die seit seiner Kindheit wie Schimmel an ihm wucherten, allmählich eine klebrige Last loswerde, den aktiven Willensmenschen in sich befreie. Die Gespräche mit der Nikonowa belohnten ihn mit dem Gefühl fast physischer Erleichterung, und er gedachte immer häufiger des Diakons: »Worte sind der Unrat der Seele.«

Er war nicht sicher, daß die Frau ihn verstand, aber er kümmerte sich auch nicht darum, daß sie ihn verstehe, er brauchte nur, daß sie ihm bis zu Ende zuhörte. Sie hörte ihm zu und unterbrach seine Ergießungen nur sehr selten.

»Was sagtest du?«

Dann sah sie ihn wieder teilnahmsvoll an.

»Mein Bruder schickte mir vor kurzem durch einen Kameraden einen Brief«, erzählte Samgin. »Er ist ein beschränkter Bursche, sehr weich. Ihn hat die Bauernbewegung im Süden erschreckt und die grausame Abrechnung mit den Bauern erschüttert. Aber er schreibt, er sei außerstande, die, die geschlagen haben, zu hassen, weil jene, die geschlagen wurden, auch entsetzlich unbesonnen seien.«

»Ist er Tolstojaner?« fragte die Nikonowa leise.

»Er ist Marxist gewesen. Ja, er schreibt also: Der Revolutionär ist ein Mensch, der fähig ist zu hassen, ich aber bin von Natur dazu unfähig. Mir scheint, daß viele unter unseren gemeinsamen Bekannten die Wirklichkeit ebenfalls nur vom Verstand her, theoretisch, hassen.«

Die Nikonowa neigte den Kopf, und er hielt das für ein Zeichen ihres Einverständnisses. Samgin hoffte, ihr etwas sagen zu können, das sie durch seine Kraft, seine Originalität verblüffen und die Frau für ihn begeistern würde. Das war natürlich notwendig, aber es gelang ihm nicht. Dennoch war er überzeugt, daß es ihm gelingen werde, denn sie sah ihn schon mitunter erstaunt an, und er hatte das Gefühl, daß sie ihm immer unentbehrlicher wurde.

Das alles wurde gekrönt von der Vollkommenheit der sexuellen Beziehungen, der harmonischen Vereinigung zweier Körper, die Samgin einen bisher noch nicht erlebten und höchsten Genuß gewährte. Nach ihren Liebkosungen fühlte er sich dieser Frau gegenüber stets von Dankbarkeit für ihre Zärtlichkeit gerührt. Jetzt, da er sich in ihrem Gesicht gut auskannte, sah er es nicht mehr so wie früher. Ihre Gesichtszüge waren klein und nicht sehr beweglich, aber es schien, unbeweglich sei die Haut, die durch die ständige Anspannung erhabener Gedanken gestrafft zu werden schien. Ihre himmelblauen Augen waren sogar beredt und wurden in Augenblicken der Erregung dunkel; sie schauten dann so warm, daß er sie gern mit den Fingern berührt hätte, um diese Wärme zu spüren. Wenn Samgin die Frau aber nach ihrer Vergangenheit fragte, flakkerte in den Augen traurig ein blaues Flämmchen auf.

»Ich spreche nicht gern von mir«, sagte sie ziemlich bestimmt als Antwort auf seine Vermutung: »Du scheinst dich zu fürchten, von der Vergangenheit zu sprechen.«

Als sie ihn einmal mit Liebkosungen überhäuft hatte, fragte er sie: »Hast du Kinder gehabt?«

»Eins. Es ist mit acht Monaten gestorben.«

Samgin sagte ganz aufrichtig: »Ich wünschte mir ein Kind von dir.«

Die Nikonowa schloß die Augen und streckte sich aus, er aber fuhr fort: »Du bist meine dritte, aber die andern zwei haben in mir nie diesen Wunsch erweckt.«

»Liebster«, flüsterte sie, ohne die Augen zu öffnen, und wiederholte, sich mit den Händen die Brüste streichelnd: »Liebster ...«

Danach wurde sie noch zärtlicher zu ihm und erzählte ihm einmal von selbst, unaufgefordert, knapp und farblos, daß sie zum erstenmal mit siebzehn Jahren in Sachen der »Volksrechtler« verhaftet worden sei, bald nachdem er sie mit Ljutow gesehen habe. Sie hatte zehn Monate im Gefängnis gesessen und dann unter öffentlicher Aufsicht bei der Stiefmutter gelebt. Ihr Vater, ein Adliger und Oberst außer Dienst, trank stark und hatte eine Witwe aus dem Kaufmannsstand geheiratet, die sehr borniert und bösartig war. Mit neunzehn Jahren hatte sie einen Absolventen aus dem Priesterseminar kennengelernt, er hatte sie in einen Zirkel der Volkstümler eingeführt, sich aber selbst für den Marxismus begeistert, wurde verhaftet und verbannt, starb auf dem Weg in die Verbannung und ließ sie mit dem Kind zurück. Ihre zweite Liebe war der Blonde, mit dem Klim sie im Krönungsjahr bei Ljutow getroffen hatte.

»Das war ein herzloser und herrschsüchtiger Mensch«, sagte sie seufzend. »Ich habe ihn, glaube ich, nicht geliebt, aber ... es ist schwer, allein zu leben.«

Dann hatte sie einen Marxisten kennengelernt.

»Er war Student. Ein sehr guter Mensch«, sagte sie, und ihre glatte Stirn wurde von einer Querfalte durchschnitten, die sich wie eine Schramme rötete. »Ein sehr guter«, wiederholte sie. »Genosse Jakow ...«

»Kornew?« fragte Samgin.

»Nein«, antwortete sie laut und schob behutsam die Brüste unter das Leibchen; Samgin kam der Gedanke, sie tue das, wie ein Händler die Brieftasche einsteckt, in die er gerade seinen Gewinn gelegt hat; er wollte ihr das sogar sagen, da er fand, daß sie mit drolliger Eifersucht und lächerlicher Sparsamkeit über ihre Brüste wache.

»Kornew? Wer ist das?« fragte sie, und Samgin erzählte ihr von Kornew alles, was er wußte, und sie hörte ihm bis zum Schluß zu, seufzte und lächelte. »Nun kennst du also meine Geschichte. Ist sie nicht alltäglich?«

Im Bett sitzend, flocht sie ihren Zopf. Ihr Haar war sehr fein, weich, den Zopf ordnete sie auf dem Scheitel zu einem kleinen Hügel an, wodurch sie sich größer machte. Es schien, als hätte sie nicht viel Haar, aber wenn sie den Zopf auflöste, bedeckte es den Rücken oder die Brust fast bis zu den Hüften, und sie bekam Ähnlichkeit mit der büßenden Magdalena.

Als Antwort auf die grausame Abrechnung mit den Bauern im Süden ertönte der Schuß Kotschuras auf den Charkower Gouverneur. Samgin sah, daß sogar Leute, die den Terror ablehnten, diesen wenn auch mißglückten Racheakt insgeheim wieder guthießen.

Mitrofanow kam, setzte sich schwerfällig auf den Stuhl und begann nachdenklich zu fragen: »Ist dieser Kotschura Jude? Wissen Sie es genau – kein Jude? Der Familienname macht mich stutzig. Arbeiter? Tja. Mir bleibt aber unverständlich: Wie konnte ein Arbeiter von selbst darauf kommen, für das den Bauern angetane Unrecht Lynchjustiz zu üben? Scheint nicht Aufhetzung von anderer Seite vorzuliegen? Bei diesen Pistolenaffären sieht man überhaupt nicht recht klar.«

Als er aber Samgins Erläuterungen angehört hatte, schüttelte er den Kopf und schloß fast lustig: »Übrigens geht mich das nichts an. Ich fragte nur sozusagen aus Patriotismus. Sehen Sie, zum Beispiel: ein Dieb aus dem eigenen Volk – das ist verständlich, aber wenn er

Pole oder Grieche ist, so ist das schon kränkend. Jeder soll bei seinen Landsleuten stehlen.«

Als Samgin diese Anekdote der Nikonowa erzählt hatte, brüstete er sich: »Ein mir erstaunlich ergebener Mann. Er ist natürlich mit Spitzeln bekannt, machte mich darauf aufmerksam, daß ich beobachtet würde, sprach auch von dir: eine besonders Verdächtige.«

»Sieh mal an!« rief sie lebhaft aus. »Das ist gut!«

»Nicht wahr?«

»Sehr gut. Befasse dich mit ihm. Man könnte noch mehr Nutzen aus ihm ziehen. Hast du ihn nicht zu überreden versucht, in den Dienst der Ochrana zu treten? Ich würde das an deiner Stelle versuchen.«

Sie neigt also, wie sich herausstellt, zu Abenteuern, dachte Samgin.

Das Leben wurde immer freigebiger mit Ereignissen, jeden Tag fühlte man sich am Vorabend eines neuen Dramas. Der Ton der liberalen Zeitungen wurde brummiger, kühner, die Debatten erbitterter, die Tätigkeit der politischen Parteien fieberhafter, und Samgin hörte immer häufiger die Worte »Illegaler«, »Untergrundmann«.

Wenn er in Angelegenheiten des Patrons und Warawkas umherfuhr, nahm er verschiedene Aufträge Alexej Gogins und anderer Genossen der Partei mit, und die schnelle Zunahme der Aufträge überzeugte ihn davon, daß sich die Verbindungen der Parteien im Moskauer Fabrikviertel ausdehnten. Ohne es zu merken, gewöhnte er sich daran, diese Aufträge auszuführen, führte sie mit Neugier aus und lächelte manchmal innerlich, wenn er sich als »ergebener Diener der Revolution« vorkam, wie er Ljubascha Somowa nannte und wofür er die Nikonowa hielt. Er hatte viele interessante Begegnungen, und eine von ihnen blieb ihm besonders lange in Erinnerung.

Spät am Abend erschien bei ihm im Gasthaus ein sehr schlanker Mann mittleren Wuchses, der aber einen unverhältnismäßig großen Kopf hatte und darum klein wirkte. Das kurzgeschnittene, aber glatte und harte Haar ragte auf seinem Kopf nach verschiedenen Seiten und vergrößerte ihn noch mehr. Das rasierte, runde Gesicht hatte runde, vorstehende Augen und dicke Lippen, die obere war von einem borstigen Schnurrbart geziert und erweckte den Anschein, als wäre sie verächtlich hochgezogen. Er trug einen weißen Kittel und hohe Schaftstiefel, in der Hand hielt er einen massiven Stock.

»Weiter nichts?« fragte er, als er aus Samgins Händen einen Brief und ein kleines Bücherpaket empfangen hatte; dann wog er das Paket in der Hand, legte es auf den Boden, schob es mit dem Fuß unter den Diwan und begann den Brief zu lesen, den er dicht am Gesicht vor das rechte Auge hielt. Als er ihn gelesen hatte, sagte er: »Mit dem linken sehe ich fast nichts mehr. Bin zu vollständiger Blindheit verurteilt; für zwei Jahre etwa reicht die Sehkraft noch aus, dann aber – versinke ich in Finsternis.«

Er sprach, als sei er stolz darauf, daß er erblinden werde. An ihm war etwas Derbes, Soldatisches. Er faltete den Brief zu immer kleineren Quadraten zusammen und lächelte breit. »Man teilt mir mit, daß die Liberalen sich zugunsten der Verfassung rühren. Eine bejahrte Neuigkeit. Professoren und Advokaten natürlich? Na was denn, mögen sie für uns einige Freiheiten erwirken.«

Er faltete den Brief auseinander, sah ihn wieder mit dem rechten Auge an und fragte im Ton eines Examinators: »Nun, und wie steht es mit der Studentenschaft?«

Samgin sah bereits, daß er den bekannten und unangenehmen Typ des Sonderlings vor sich hatte. Es war nicht recht zu glauben, daß er am Erblinden sei, obwohl das linke Auge getrübt war und sonderbar zuckte, doch man konnte denken, daß das absichtlich, zur Erhöhung der Originalität geschehe. Samgin, der seine Fragen vorsichtig und trocken beantwortete, gab dem Verlangen nach, etwas Unangenehmes zu sagen, und sagte: »Im allgemeinen – wird die Jugend ernster, und sehr viele rücken von der Politik ab zur Wissenschaft.«

»Das heißt – wieso rücken sie ab? Wohin rücken sie ab?« wunderte sich der Gesprächspartner. »Bewaffnet man sich denn mit der Wissenschaft nicht für die Politik? Ich weiß, daß ein gewisser Teil der Studentenschaft stöhnt: Stört uns nicht beim Studieren! Aber das ist ein Mißverständnis. Die Universität ist in Gestalt ihrer zivilen Lehrstühle eine Militärschule, wo die Wissenschaft des Kommandierens von Infanteriemassen gelehrt wird. Und natürlich allerhand andere militärische Weisheit.«

Beim Sprechen krochen seine borstigen Brauen vor Verwunderung immer höher hinauf. Samgin, der sah, daß sein Ausfall mißglückt war, wechselte das Thema. »Sind Sie denn Soldat?«

»Student der mathematisch-physikalischen Fakultät, dann Gemeiner des 144. Pskower Regiments. Aber wegen zu geringer Sehkraft – ein Kosak hat sie mir mit der Nagaika ruiniert – aus dem Dienst entlassen und verpflichtet, drei Jahre ständig hier in der Heimat zu leben.«

Nachdem er das alles rasch vorgebracht hatte, fragte er spöttisch: »Aber gehören Sie nicht zu jenen Gutmütigen, welche die Liberalen am linken Händchen zur Macht geleiten und dann von ihrem rechten Händchen eine Ohrfeige bekommen wollen?«

Er sagte das sehr übermütig und wurde plötzlich irgendwie jünger, er straffte sich, als rüstete er sich zum Kampf, aber Samgin wich dem Kampf aus.

»Sind Sie – hier geboren?«

»Leider! Aber als meine wirkliche Heimat betrachte ich Moskau. Die Universität.«

»Ist es langweilig hier?«

»Langeweile habe ich nicht gehabt, aber es gibt gewisse Unbequemlichkeiten: innerhalb von vierzehn Monaten – zwei Haussuchungen und vierundsiebzig Tage Gefängnis.«

Er schwieg ein paar Sekunden und betrachtete Samgin gleichsam aus der Ferne, dann sagte er im Befehlston: »Sagen Sie dort Gogin oder Pojarkow, sie sollen mir mehr Literatur schicken, und es sei unbedingt notwendig, daß Genosse Dunajew wieder herkommt. Und auch, die verständnislose Dame soll nicht wieder bei mir erscheinen.«

Er holte das Paket unter dem Diwan hervor, wog es wieder in der Hand und – schloß streng: »Und zu guter Letzt: ich heiße Pjotr Ussow, nicht Russow und nicht Petrussow, wie sie auf den Briefumschlägen schreiben. Diese Nachlässigkeit verursacht mir unnötige Scherereien mit der Post.«

Er schob das Paket unter den Kittel in die Achselhöhle, drückte Samgin stumm die Hand und ging, mit seinem Stock aufklopfend, fort.

Ein Führer . . . Ein erklärender Herr. Wie symbolisch, daß er am Erblinden ist, dachte Samgin, als er durchs Fenster auf die kleinbürgerlichen Häuschen sah, die wie vom Mondschein reingewaschen aussahen. Die Häuschen waren einstöckig, fest gebaut und in Gärten gehüllt, als trügen sie Pelze. Die Erde unter ihnen war vermutlich auch fest, und die Straße war dicht mit Kopfsteinen gepflastert, die vom Staub und vom Mondschein blankgeschliffen waren. Über das Trottoir schwebte majestätisch ein großer, brauner Klumpen konzentrierter Langeweile – eine üppig gekleidete Frau; sie führte einen Jungen an der Hand, der eine Matrosenbluse und eine bebänderte Mütze trug; hinter ihr ging ein karierter Mann, der einem Clown glich, sich laut ins Taschentuch schneuzte und sich dabei an der Nase zog. Es war still, wie es nur in russischen Kreisstädten zu sein pflegt, nur unten im Gasthaus klapperten Billardkugeln. Man konnte sich einbilden, das seien die Pflastersteine, die sich aus Langerweile schlügen.

Samgin dachte über den Mann nach, der in dieser Stadt, die ihm wahrscheinlich fremd war wie einem Ausländer, erblindete, er versetzte sich in Gedanken an seine Stelle und duckte sich zusammen, als fröre er.

Immerhin, man muß zugeben, das sind mutige Menschen, dachte er unwillkürlich. Obwohl dieser Mann sozusagen Revolutionär aus persönlichen Motiven ist. Diese Langeweile aber werden sie wohl kaum besiegen . . .

Am Abend des Tages, an dem er heimgekehrt war, erschien Mitrofanow und sagte mit gezwungenem Lächeln: »Bin gekommen, um Abschied zu nehmen, ich werde nach Kaluga versetzt, warum, ist mir unbekannt. Ich verstehe es nicht. Plötzlich . . .«

Er sprach, zuckte die Achseln, strich mechanisch mit den Händen über die Knie und wiegte sich hin und her.

»Bedaure es sehr, ich hatte mich so an Sie gewöhnt«, sagte Samgin aufrichtig.

Das fassungslose Lächeln glitt von Mitrofanows Gesicht, er seufzte laut und wurde lebhaft, richtete sich auf und sagte: »Ich habe Sie, verzeihen Sie, herzlich liebgewonnen, Klim Iwanowitsch, wissen Sie, Sie sind für mich . . . ein Mann von Verstand und überhaupt . . . eine Persönlichkeit!«

»Haben Sie denn . . . irgendeinen Mißerfolg gehabt?«

Der Polizeiagent ließ wieder den Kopf hängen, zuckte die Achseln und sah sich um.

»Im Gegenteil«, sagte er. »Ist Warwara Kirillowna nicht da? Im Gegenteil«, seufzte er. »Ich bin überhaupt erfolgreich. Ich fing die Diebe mit Gutmütigkeit, sie gehen auf diesen Köder. Ich träumte sogar davon, Französischstunden zu nehmen, weil ein großer Dieb nach einer geglückten Sache unbedingt nach Paris fährt. Nein, hier liegt irgendeine . . . Laune des Schicksals vor.«

Er stand langsam auf und bat: »Übermitteln Sie bitte Ihrer Gattin meinen herzlichsten Dank für ihr freundliches Verhalten. Was ich aber zu Ihnen sagen soll wegen Ihres . . . Wohlwollens, das weiß ich nicht. Bei Gott, es ist doch sonderbar!« rief er nicht laut, aber vorwurfsvoll aus. »Unsereinem gegenüber verhält man sich beispielsweise wie zu Hunden, dabei sind wir aber doch auch . . . so etwas wie Doktoren!«

Mitrofanows runde Augen füllten sich mit Tränen, er wandte sich ab, um sein gekränktes Gesicht zu verbergen, drückte Samgin rasch und fest die Hand und ging.

Samgin bedauerte ihn, hatte aber keine Zeit, an ihn zu denken. Die Zahl der aufregenden Eindrücke nahm schnell zu. Samgin sah, daß die Jugend einfacher wurde, aber nicht so, wie er es gewünscht hätte. Ihm erschien die Hast empörend, mit der Studenten im ersten Studienjahr, gestern noch Gymnasiasten, sich zu Sozialrevolutionären und Sozialdemokraten erklärten, ihn ärgerte die Leichtigkeit, mit der sie soziale Fragen lösten.

Diese Bengel, entrüstete er sich innerlich über Leute, die zehn, acht oder sechs Jahre jünger waren als er. Er hätte sie gern belehrt, ihren Feuereifer gedämpft. Doch als er das versuchte, stieß er auf heftigen Widerstand und überzeugte sich, daß die Bengel sowohl emotional stärker als auch sozial gebildeter waren als er.

Es waren irgendwelche »Wunderkinder« aufgetaucht, eines von ihnen, ein kräftiger Bursche von zwanzig Jahren, glatt und flink wie ein Aal, hochstirnig, mit dreisten Augen, trieb sich ständig in Warwaras Nähe als ihr Sekretär und Englischlehrer herum. Samgin sagte einmal in seiner Gegenwart: »Ein Revolutionär ist vor allem ein gesellschaftlich tätiger Mensch.«

Da fragte dieser Aal mit ironischem Lächeln: »Im Interesse welcher Gesellschaft ist denn so ein Revolutionär tätig? Wenn im Interesse der heutigen Klassengesellschaft, warum ist er dann Revolutionär und nicht Konterrevolutionär?«

Samgin begann in gesetztem, sogar strengem Ton zu sprechen, aber das verwirrte den jungen Mann nicht, er hörte Klims Argumente ruhig an, schüttelte dann den glattgeschorenen Kopf und sagte: »Das ist nicht überzeugend. Unsere Aufgabe ist es, Neues zu schaffen, nicht, alten Kram zu reparieren.«

Der junge Mann trug den Namen Wlastow und auf Warwaras Frage, wer sein Vater sei, antwortete er: »Ich bin so etwas wie eine Anekdote – der Verfasser ist unbekannt. Meine Mutter starb, als ich elf Jahre alt war, aufgezogen hat mich ›mit der Hand‹ – erinnern Sie sich an Dickens? – ihre Freundin, eine Goldstickerin; ist im vergangenen Jahr auch gestorben.«

Samgin konnte nicht anders als sich über einen jungen Mann aufregen, der über die Streitigkeiten im Ausland einfach sagte: »Das ist im tiefsten Grunde genommen ein Kampf von Leuten, die gemäß Marx reden, mit Leuten, die nach Marx zu handeln beschlossen haben.«

Er war offenbar sehr gesund, stark und ging irgendwie besonders sicher; in seinem bräunlichen Gesicht glänzten dunkle Augen, sie waren schmal und schienen sarkastisch zugekniffen. Nach mehreren Zusammenstößen mit ihm fragte Samgin seine Frau: »Was willst du mit diesem jungen Zyniker?«

»Er ist sehr sachlich«, sagte Warwara und fügte mit einem Lächeln, bei dem sie die Zähne unangenehm entblößte, hinzu: »Kumow ist nicht von dieser Welt, er hat es immer mit dem Geist, dieser aber liebt nichts Ätherisches.«

Kumow hatte sich einen originell geschnittenen Rock mit einer Kordel am Rücken anfertigen lassen, war noch länger geworden und redete mit leiser Stimme auf Warwara ein: »An das Volk muß man nicht von Marx, sondern von Fichte aus herangehen. Der Materialismus liegt außerhalb der Volksseele. Materialismus ist Seelenmüdigkeit. Der schöpferische Geist des Lebens ist im Idealismus verkörpert.«

Warwara war abends selten daheim, blieb sie aber zu Hause, so bekam sie Besuch. Samgin fühlte sich nicht einmal in seinem Arbeitszimmer heimisch, wohin die Stimmen der Leute, die Gedichte und Prosa vorlasen, drangen. Zum wahren, warmen, zu seinem Heim wurde für ihn das Zimmer der Nikonowa. Aber auch dort gab es einige Unannehmlichkeiten; ihn verwirrte der bebrillte Hauswirt, der auf dem Hof herumstand, als erwartete er Samgin, ihn mit haßerfülltem Blick der geröteten Augen unter der Brille hervor empfing und dazu murmelte: »Heben Sie den Riegel hoch, wenn Sie das Pförtchen schließen. Treten Sie sich die Füße ab, dazu liegt eine Matte vor der Eingangstür.«

»Warum kann er mich so wenig leiden?«

»Ich glaube, alte Männer haben niemanden gern, sondern tun nur manchmal so, als hätten sie jemanden gern«, antwortete nachdenklich die Nikonowa.

In ihrem Zimmer war es eng, aus dem Garten strömte der Geruch von Dünger herein, das Bett war schmal und knarrte. Samgin schlug ihr ein paarmal vor, die Wohnung zu wechseln.

»Für mich gilt: ›Raum ist in der kleinsten Hütte für ein glücklich liebend Paar‹«, scherzte sie und gab ihm nicht nach. Er hielt ihre Selbständigkeit für töricht, stritt aber nicht mit ihr.

Schon ein Jahr war vergangen, sie aber wurde nicht müde, ihm aufmerksam und schweigend zuzuhören.

»Der Sabbat ist für den Menschen da, nicht der Mensch für den Sabbat«, sagte er. »Jedem steht es frei, sich zu opfern oder nicht zu opfern. Selbst wenn man einräumt, daß das Bewußtsein durch das Sein bedingt wird, besagt das noch nicht, daß das Bewußtsein mit dem Willen übereinstimmt.«

Er fühlte selbst, daß diese überspannten, abgedroschenen Gedanken ihn nicht befriedigten, und fürchtete, diese Frau könnte aus ihnen Schlüsse ziehen und ihn zu achten aufhören. Aber sie nickte teilnahmsvoll.

Wenn er ihr von seinen Begegnungen und Gesprächen mit Parteileuten erzählte, schien die Nikonowa ihm nicht so gern zuzuhören wie bei seinen philosophischen Betrachtungen. Sie fragte ihn nie über andere aus. Und nur einmal, als er sagte, Ussow habe gebeten, die »verständnislose« Dame nicht mehr zu ihm zu schicken, fragte sie lebhaft: »Die verständnislose?«

Nach kurzem Nachdenken fragte sie noch, aber bereits gleichmütig: »Wer könnte das sein?«

Ihre Geheimhaltung war erstaunlich, flößte sogar Achtung ein. Samgin dachte nach wie vor, sie habe sich auf revolutionäre Tätigkeit eingestellt, wie man sich auf einen Beruf einstellt, wie zum Beispiel ein Briefträger auf das Austragen von Briefen in den verworrenen Straßen Moskaus eingestellt ist. Aber sie hatte keine Ähnlichkeit mit der willenlosen und unbegabten Tanja Kulikowa, auch nicht mit Ljubascha, der wahrscheinlich die Revolutionäre interessanter waren und näherstanden als die Revolution. Die Nikonowa hatte etwas von einem Buch, dessen Fabel kunstvoll verdunkelt ist. Sie verschwand ziemlich oft und fast immer überraschend aus Moskau. Zuweilen, wenn er am verabredeten Tag zur festgesetzten Stunde bei ihr erschien, erhielt er aus den Händen des Hauswirts einen Brief mit der knappen, unterschriftslosen Mitteilung: »Kehre in einer Woche zurück« oder »Warte nicht, bin für zwei Tage verreist«.

Samgin besaß einen zweiten Zimmerschlüssel und schlug eines Abends, als er auf die Nikonowa wartete, das Buch eines modernen, ihm unsympathischen Autors auf. Aus dem Buch fiel ein schmaler Papierstreifen heraus, auf dem nichts geschrieben stand, und Klim legte ihn in den Aschenbecher. Dann zündete er sich eine Zigarette an und warf das noch brennende Streichholz dazu. Der Rand des Papierchens erwärmte sich und wollte gerade Feuer fangen, aber Samgin ergriff noch rechtzeitig das Papier, da er deutlich hervorgetretene Buchstaben auf ihm erblickt hatte.

»Ussow«, las er, dachte kurz nach und begann den Zettel vorsichtig über einem Streichholz zu erwärmen, wobei er entzifferte: »ehem. Stud. als Sold. eingez. Lehr. Sofja Lobatschowa, Ang. Gasthaus ›Moskwa‹, ehem. Arb. Wyksunsk, Leit. Andrian Andrejew.«

Bei dieser Beschäftigung traf ihn die Nikonowa an. Sie hatte die Tür geöffnet, stand, sie langsam schließend, auf der Schwelle, und von ihrem erblaßten Gesicht hoben sich entrüstet und unnatürlich die dunkel gewordenen Augen ab. Es verstrichen ein paar unangenehm lange Sekunden, ehe sie leise, mit heiserer Kehle fragte: »Was tust du? Wozu das?«

Ihre Erregung glich einem Schrecken und war so stark, daß sie, sogar als Samgin ihr erzählt hatte, wie das alles gekommen war, und sich wegen seiner Indiskretion entschuldigte, sich lange nicht beruhigen konnte.

»Aber – warum hast du denn entwickelt?« wiederholte sie, indem sie sein Gesicht sehr gespannt und eigentümlich traurig betrachtete. »Du sahst, daß auf dem Zettel etwas geschrieben steht, und hättest es bleibenlassen müssen ... du aber hast zu entwickeln begonnen – weshalb?«

Ihr aufdringliches, hartnäckiges Fragen machte ihn wütend, und er sagte ziemlich trocken: »Ich habe mich entschuldigt und schon gesagt, daß ich das unwillkürlich getan habe, aus Langerweile etwa! Du bist über deine Unvorsichtigkeit erschrocken und unnützerweise über mich böse.«

Diese Worte beruhigten sie, sie setzte sich auf seinen Schoß, streichelte ihm mit zärtlicher Hand die Wange und sagte unterwürfig: »Ich bin nicht böse.« Dann fügte sie lächelnd hinzu: »Ich weiß auch nicht, was mich erregt hat.«

An diesem Abend war sie besonders lieb zu ihm, und zwar in einer traurigen Weise.

Zuweilen, aber immer öfter, fühlte Samgin, daß ihr Versöhntsein mit dem Leben und ihr Gehorsam gegen die übernommenen Pflichten sich auch ihm mitteilten, ihn ansteckten. Nun aber entdeckte er an ihr einen Zug, der ihm früher nicht aufgefallen war und welcher der Nechajewa verwandt war: Auch sie besaß die Fähigkeit, die Menschen von weitem zu betrachten und sie klein und widerspruchsvoll zu sehen.

»Hast du gehört, daß Schtschedrin vor seinem Tod Iwan Kronschtadskij zu sich eingeladen hat?« fragte sie und erzählte Anekdoten über Lew Tolstoi, die ihn als selbstverliebten Poseur zeichneten. Sie wußte überhaupt sehr viel Klatsch über verstorbene und lebende große Menschen, erzählte ihn aber ohne Bosheit, im gleichmütigen Ton des Geschöpfs aus einer Welt, in der alles, was nicht banal ist, verdächtigen und stummen Argwohn erweckt, wo Banalität jedoch als natürlich gilt und der Mensch nur durch sie verständlich werden kann. Diese Anekdoten von ihr verschmolzen sehr gut mit ihren Erzählungen von den kleinen Idyllen und Tragödien einfacher Menschen, und insgesamt ergab sich das Bild eines moralisch ausgeglichenen Lebens, in dem es weder Helden noch Sklaven, nur gewöhnliche Menschen gibt.

Man hat sie scharf geschult, dachte Samgin beim Anhören der Anekdoten und faßte die leidenschaftliche Vorliebe für sie als Ausdruck revolutionärer Feindschaft gegen die Welt von gestern auf. Diese

Feindschaft hielt er für naiv, ließ sie aber gelten, da er fühlte, daß sie ziemlich seiner Einstellung zu den Menschen entsprach, besonders zu denen, die es darauf abgesehen hatten, Führer, »Lehrmeister des Lebens« oder »erklärende Herren« zu werden.

Er sah, daß seit der Zeit, da solche geradlinigen jungen Männer wie Wlastow oder Ussow aufgetaucht waren, auch Leute deutlicher in Erscheinung traten, denen das revolutionäre Wesen der »Bolschewiki« organisch zuwider war. Sich selbst rechnete Samgin nicht zu diesen Leuten, vermutete jedoch dunkel etwas Gemeinsames zwischen ihnen und sich. Und während er vor der Nikonowa wie vor einem Spiegel oder über einem unbeschriebenen Blatt Papier nachdachte, sagte er: »Lenins Schüler bringen zweifellos Klarheit in den Wirrwarr der Ansichten über die Revolution. Für einige mit der Arbeiterbewegung Sympathisierende wird diese Klarheit rettend sein, weil viele sich keine Rechenschaft darüber geben, bis zu welchem Grad und womit sie eigentlich sympathisieren. Lenin hat vorzüglich begriffen, daß die Idee der Revolution so herausgeschält und zugespitzt werden muß, daß sie alles Fremdartige abstößt. Bist du Stepan Kutusow begegnet?«

»Niemals«, antwortete die Frau mit zusammengezogenen Brauen und schüttelte den Kopf.

Samgin erzählte ihr von Kutusow, davon, wie er die Revolutionäre charakterisiert hatte. So drehte er sich im Kreis um sich selbst und kümmerte sich bereits weniger darum, für sich einen festen Platz im Leben zu finden, als darum, sich mit geringster Vergewaltigung seiner selbst dem Willen des Lebens zu unterwerfen. Und da er in vielen Menschen immer häufiger Personen bemerkte oder vermutete, die ihm glichen, mied er den Verkehr mit ihnen und verachtete sie sogar, vielleicht deshalb, weil er fürchtete, von ihnen verstanden zu werden.

Im Winter hatte er eine höchst unangenehme Begegnung mit Ljutow. Eben erst in Podolsk angekommen, trank Samgin in einem schäbigen Gasthaus in seinem Zimmer Tee und sah die Abschriften der Untersuchungsakten über eine Brandstiftung durch. Vor den Fenstern wogte lautlos ein dichter Schneeschleier, die Stadt war in weiße Stille gehüllt. Plötzlich schlug im Korridor eine Tür zu, der Boden knarrte, und an Samgins Türschwelle stand, ihn mit Kreischen begrüßend, in einer scheckigen Jacke aus Zieselmausfellen und grauen Filzstiefeln bis übers Knie, der Daunen- und Federnhändler. Ljutow setzte sich rittlings auf einen Stuhl, bemühte sich, die ungehorsame Stimme zu senken, und teilte mit, daß er hergekommen sei, um ein Pferd zu kaufen.

»Ein ungewöhnlich schöner Gaul! Für Alina.«

Dann trat ein lockiger Bursche in weißem Hemd mit dem Gesicht eines glücklichen Menschen ein, brachte eine Flasche bernsteinfarbenen Likörs, einen Teller gesäuerter Äpfel und fragte mit engelhaftem Lächeln, ob noch etwas gewünscht werde.

»Verschwinde, du Schnauze!« befahl Ljutow.

Er war noch häßlicher geworden. Unter dem zerzausten, gelichteten Haar schaute der höckrige Schädel hervor; die Glatze vergrößerte die Stirn, drückte auf die Augenhöhlen und machte die Augen kleiner, schärfer; das Augenweiß hatte den Metallglanz von Quecksilber angenommen und sich mit einem feinen Muster roter Äderchen bedeckt, die Pupillen hatten ihre Form verloren, sie waren gleichsam gezähnt und noch ungehorsamer als zuvor, unter den Augen blähten sich bläuliche Säcke, und die Nase hatte sich zu den dikken Lippen hinabgesenkt. Alles an ihm war störrisch, überreizt, und er schien die spärlichen Härchen des Kinn- und Schnurrbartes absichtlich nicht zu beschneiden, um die aufreizende Unansehnlichkeit des Gesichts zu unterstreichen. Auf dem Stuhl schaukelnd, sich haltlos krümmend, fragte er ironisch: »Weshalb besuchst du Alina nie? Verbietet es dir deine Frau oder die Moral?«

Samgin, der durch den rücksichtslosen Einbruch unangenehm berührt war, sagte, er habe viel zu arbeiten, aber Ljutow hörte nicht darauf, füllte die Gläser und erging sich, seine kleinen gelben Zähne entblößend, in boshaften Reden.

»Du Moralist, hä-hä! Kein übler Beruf. Na, trinken wir mal, du Moralist! Es ist leicht, mein Lieber, die Menschen davon zu überzeugen, daß sie Dreck sind und ihr Leben Dreck ist, sie glauben das auch leicht, weiß der Teufel, warum! Gerade dieser Glaube von ihnen schafft dir und deinesgleichen den Ruf, weise zu sein. Sei nicht beleidigt«, bat er, Samgin mit der Hand aufs Knie schlagend. »Ich sage das, um mich in Spitzelei zu üben. Man muß unbedingt scharfsinnig sein, Freundchen, denn womit erkaufte ich mir sonst einen Happen Vergnügen?«

Den Kopf zur Schulter geneigt, zwinkerte er mit dem linken Auge und flüsterte: »›Wir leben nicht, um zu leben, wir leben, um zu lügen.‹ Wie findest du das?«

»Ein schlechter Kalauer«, sagte Klim trocken.

»Ein abscheulicher«, stimmte Ljutow bei.

Samgin hatte auch früher schon vermutet, daß dieser verdrehte Mensch ihn besser verstehe als alle anderen, daß er ihn absichtlich necke und reize, da er irgendein böses und dunkles Spiel mit ihm treibe.

Eine kranke, listige Bestie. Wann sagt er etwas ihm wirklich Eigenes, das, woran er glaubt? Vielleicht wird er diesmal, als Betrunkener, mehr über sich selbst sagen als sonst immer.

Ljutow trank wieder etwas, nahm einen Apfel, betrachtete ihn skeptisch, und nachdem er ihn auf den Teller zurückgeworfen hatte, seufzte er pfeifend.

»Trink! Es ist inkorrekt, nüchtern zu sein, wenn der Gesprächspartner betrunken ist. Trinken wir beispielsweise auf die Frauen, die ihre Schönheit zur Schändung an Vieh in Mannesgestalt verkaufen.«

Er verkündete das theatralisch und schwang sogar den Arm hoch, aber sein Gesicht verriet sofort die Unaufrichtigkeit seiner Worte, es wurde schlaff, zerfloß, die Quecksilberaugen hörten ein paar Sekunden auf zu zucken, die Worte des Toasts schienen Ljutow einen heißen Schreck eingejagt zu haben.

»Das ist mir . . . nur so . . . entschlüpft«, murmelte er und sah in die Ecke. »Darauf bringt mich Makarow, dieser Teufel . . . hä-hä.«

Er ergriff mit beiden Händen Samgins Arm an Ellenbogen und Handgelenk, zog, beugte ihn zu sich heran und flüsterte: »Ehrenwertester Meister des Versicherungswesens, das ist eine drollige Sache: Hinter allen wüsten Gedanken verbirgt sich ein gewisser Teil Wahrheit! Der Tölpel Pilatus hätte wissen müssen: Die Wahrheit ist ein Spiel des Satans! Da haben wir die Urmutter all unserer Wahrheiten, die Grundursache der idiotischen, beunruhigenden Schlaflosigkeit aller gescheiten Leute. Schläfst du schlecht?«

»Du bist ein Mensch aus dem Irrenhaus Dostojewskijs, Ljutow«, sagte Samgin mit Genuß.

»Nein – im Ernst?« kreischte Ljutow.

»Du mußt dich ärztlich behandeln lassen . . .«

»Aus Dostojewskijs also? Na, das macht nichts. Aber siehst du, es gibt auch noch das Irrenhaus Michail Schtschedrins . . .«

»Was soll all dieser . . . Hokuspokus? Was hat Schtschedrin hiermit zu tun?« sagte Samgin, seiner Erregung nachgebend.

»Du verstehst das nicht?« fragte Ljutow, als wäre er verwundert. »Ach, du Normalist! Aber man muß sich doch ordentlich anziehen, das verlangt die Selbstachtung, doch die tragischen Lumpen Dostojewskijs stehen uns besser als die speckigen Schlafröcke und modischen Jacketts Schtschedrins –hast du verstanden? Hä-hä . . .«

Er sprach lachend, zwinkernd, während Samgin auf den Augenblick wartete, in dem er das boshafte Geschwätz unterbrechen könnte, scharfe, vernichtende Worte sammelte und dachte:

Ich werde mich mit ihm überwerfen. Für immer.

Aber als Ljutow noch ein Gläschen Wodka hinuntergekippt hatte, wurde er auf einmal nüchterner, begann ruhiger zu sprechen.

»Schöne Genickstöße geben die Sozialrevolutionäre den Autokraten, was?«

Er stieß Samgins Hand beiseite, schenkte ihm Wodka ein und begann leiser zu sprechen: »›Die Zähne der Gesetzlosen werde ich zerschmettern‹, drohte Jehova und – zerschmetterte Königreiche. Was meinst du, welche der beiden Parteien wird schneller die Verfassung erzwingen?«

»Ist denn hier der richtige Ort, darüber zu sprechen?« bemerkte Samgin, der ihn genau ansah und nicht begriff, wie er nüchtern geworden war.

»Leise geht es schon«, sagte Ljutow. »Und wer weiß hier schon, was eine Verfassung ist, womit man sie genießt? Wer braucht sie hier? Hast du übrigens gehört: in Petersburg sollen irgendwelche Geißler, Anarchotheologen, überhaupt – Teufel nicht unseres Gottes, so etwas wie Cäsaropapismus predigen. Das ist ausgezeichnet, mein Lieber!« flüsterte er, zu Samgin vorgebeugt. »Das ist sehr weitblickend! Die Popen, die Menschen rein russischen Blutes müssen ihr Wort sagen! Es ist Zeit. Du wirst sehen, sie werden es sagen!«

Zu Samgin vorgebeugt, ihn mit heißem Atem anhauchend, zischte er: »Es beginnt die Organisierung der antisozialistischen Kräfte, verstehst du?«

Ein bis zwei Minuten später war Samgin überzeugt, daß dieser Mensch, der sich so geschickt betrunken stellte, vollständig nüchtern war und nicht, um sich auszusprechen, sondern um ihn auszuforschen, von Politik zu reden begonnen hatte.

»Lenin hat die Bedeutung der Subatow-Methode sehr richtig verstanden und die richtige Schlußfolgerung gezogen: Das russische Volk braucht einen Führer – es ist doch so?« fragte er ganz leise.

»Na, und?« lächelte Klim, der bereits fühlte, daß er einen Rausch hatte.

»Was für einen Führer? Einen Bebel oder ... einen Sun Yat Sen? Was für einen? Einen Thomas Müntzer oder ... einen Sun Yat Sen? Wie?«

Samgin begriff, daß er und Ljutow einander wie Kampfhähne ansahen.

»Du bist ein schlechter Schauspieler«, sagte er, ging ans Fenster und öffnete die Lüftungsklappe. In der Dunkelheit wogte eine gräuliche Masse dichten Schnees und erweckte den Eindruck eines Gewebes, das in kleinste Fetzen zerfällt. Vor dem Eingang des Gasthauses flackerte kläglich die im Schnee schwebende und ebenfalls kalte Flamme einer Laterne. Und hinter ihm murmelte Ljutow.

»Tun so, als wären sie Idealisten . . . und die Verstellung richtet sie zugrunde. Judas' Sohn Onan ist auch Idealist gewesen . . .«

Samgin atmete tief die feuchte und sogar scheinbar warme Luft ein, lauschte dem Rascheln des Schnees und unterschied in ihm Dutzende und Hunderte disharmonischer, einander widersprechender Worte. Hinter ihm erklang ein Geräusch: Ljutow war aufgestanden, war dabei mit dem Arm an den Teller mit den Äpfeln gestoßen, und zwei oder drei von ihnen waren auf den Boden geplumpst.

»Ich gehe schlafen«, erklärte Ljutow, der fest dastand, sich das Kinn rieb und die Zähne bleckte. »Willst du morgen mit mir den Gaul ausprobieren?«

Samgin lehnte es ab, den Gaul auszuprobieren, und Ljutow ging, ohne Abschied zu nehmen. Klim stand am Fenster, und ihm kam der Gedanke, all diese wie Schnee und Staub wirbelnden Worte hätten nur einen Zweck, den Bruch des Menschen mit der Wirklichkeit zu verdecken, die Kluft auszufüllen. Er erinnerte sich eines Streits zwischen Wlastow und Kumow.

»Ein Geheimnis?« hatte Wlastow gefragt und Kumow sarkastisch mit einem Blick gemessen. »Unerkennbar, sagen Sie? Neigte ich zu Sprachkunststücken, so würde ich sagen: Wenn es unerkennbar ist, so bedeutet dies, daß die Wissenschaft es schon als solches erkannt hat. Aber Kunststücke sind Sache der Idealisten. Die Wissenschaft aber gehorcht Du Bois-Reymond nicht, sie kennt nichts Unerkennbares, sondern nur Unerkanntes. Die Erkenntnis, von der Sie sprechen, ist für mich eine Fabrikation von Wortplattheiten. Wirkliche Werte werden aus dem Material der wissenschaftlichen Erfahrung geschaffen, die Erzeugnisse der Idealisten aber sind falsche Münze.«

Samgin schlug laut das Klappfenster zu, denn die Erinnerung an Wlastow hatte ihn noch mehr erregt als das Gespräch mit Ljutow. Ja, diese Wlastows vermehrten sich, nahmen an Zahl zu und betrachteten ihn als auf dieser Welt überflüssig. Er spürte, wie schnell sie ihn von der Position eines gesetzten, vielseitig unterrichteten Menschen irdendwohin beiseite schoben, von einer Position, die mmerhin seiner Eigenliebe etwas geschmeichelt hatte. Besonders empörend war Wlastows Dreistigkeit. Auf Warwaras Lieblingssatz: »Die Dekadenten sind auch Revolutionäre« hatte er geantwortet: »Dem kann man beistimmen. Der chemische Verfallsprozeß ist ein revolutionärer Vorgang. Und da die Dekadenz ein offenkundiges Merkmal der Zersetzung der Bourgeoisie ist, gießen alle diese ›Skorpione‹, ›Waagen‹ und – wie heißen sie doch? – letzten Endes Wasser auf unsere Mühle.«

Welch ein widerlicher Feuilletoneinfaltspinsel, dachte Samgin. Er schritt im Zimmer umher, glitt auf einem der gesäuerten Äpfel aus und verlor plötzlich die Kraft, als hätte er mit etwas Schwerem, aber Weichem einen Schlag auf den Kopf bekommen. Mit ekelverzerrtem Gesicht mitten im Zimmer stehend, sah er unter der Brille hervor auf den zerquetschten Apfel und den beschmierten Schuh, während das Gedächtnis ihm mechanisch, erbarmungslos verschiedene Aphorismen einsagte.

Nicht Minister muß man töten, sondern die Vorurteile der sogenannten kultivierten, kritisch denkenden Leute, hatte Kumow, die Hände an die Brust gedrückt, mit verlegenem Lächeln gesagt. Zugleich fiel ihm Tatjana Goginas Satz ein: Rußlands Geschichte im neunzehnten Jahrhundert ist ein fortlaufender Dialog, der hin und wieder von Pistolenschüssen und Bombenexplosionen unterbrochen wird.

Nach einigen Monaten Gefängnis hatte man sie in ein entlegenes Städtchen des Gouvernements Wjatka verbannt. Vor der Abfahrt in die Verbannung hatte sie sich bescheidener gekleidet, ihr üppiges Haar abgeschnitten und gesagt: »Nun gehöre ich endgültig geweiht zur Revolution.«

Samgin setzte sich, wollte den beschmierten Schuh ausziehen, fürchtete aber, sich die Hände schmutzig zu machen. Das brachte ihm Kutusow in Erinnerung. Der Schuh ging eigensinnig nicht vom Fuß herunter, als wäre er angewachsen. Im Zimmer verdichtete sich der säuerliche Geruch. Es war schon sehr spät, auch hatte er keine Lust, zu klingeln, damit der Diener käme und den Boden aufwischte. Er wollte keinen Menschen sehen, gleichviel, wer es auch sei.

Und das ist das Leben . . ., rief er innerlich aus, als er gebückt sich am Fuß abmühte, die Finger beschmutzte und bei ihrem Anblick den zerdrückten Diomidow sah und ihn schreien hörte: Jeder soll seinen Raum haben!

Dieser schwachsinnige Schlaukopf hatte seinen »Raum« gefunden. Er lebte, predigte »Abstinenz«, er war schon bekannt, auf ihn hörten Dutzende, vielleicht Hunderte von Menschen. Im Herbst hatten Warwara und Kumow Samgin überredet, sich eine Predigt Diomidows anzuhören, und an einem stillen, warmen Abend hatte Samgin ihn im Hinterhof eines zweistöckigen Holzhauses gesehen, auf den Eingangsstufen eines kleinen Anbaus mit einseitigem Dach, zwei Fenstern und erst vor kurzem aufgesetztem und noch nicht verrußtem Schornstein. Dieser kleine Schuppen lehnte traurig an der hohen Bohlenwand irgendeines Lagerhauses; die altersgraue Wand hatte sich etwas gekrümmt, sei es, um den Schuppen fürsorglich zu schützen, sei es, um auf ihn zu stürzen. Der Aufgang zur Behausung Diomidows war neu, hatte zwei Säulchen und ein zweiseitiges Dach, unter dem Dach war ein blaues Dreieck und in diesem eine weiße Taube aufgemalt, die wie ein Huhn aussah.

Diomidow saß auf einem Stuhl, drei Stufen über dem Erdboden, er trug blankgeputzte Stiefel mit Schäften wie eine Ziehharmonika, eine schwarze Pumphose und ein langes weißes Kittelhemd; langhaarig, mit gelbem Gesicht und Christusbärtchen, glich er einer Ikone in einem Heiligenschrein. Vor ihm auf dem schmutzigen, zerstampften Erdboden des Hofes standen und saßen dunkelgraue Menschen; zu ihnen vorgebeugt, rührte er mit der rechten Hand in der Luft herum, während er sich mit der linken aufs Knie schlug, und sprach: »Zu einem Mann aus dem Stamme Dan, mit Namen Manoah, der ein unfruchtbares Weib hatte, kam ein Engel, und die Unfruchtbare ward schwanger und gebar Simson, einen Menschen von großer Kraft, der Löwenrachen mit bloßen Händen aufreißen konnte. So wurde auch Christus empfangen und viele andere ...«

Seine Stimme, früher farblos und unruhig, klang jetzt selbstsicher, er sprach die Worte streng und ein wenig in singendem Ton, auf kirchliche Art. Die Predigt interessierte Samgin nicht, er sah sich die Menschen genau an; auf dem Hof hatten sich einige Dutzend versammelt, die meisten Männer waren offenbar Handwerker und alle bejahrt. Mehr als die Hälfte der Zuhörer waren Frauen, wahrscheinlich Gemüsegärtnerinnen und Wäscherinnen, während die Bessergekleideten Kleinhändlerinnen und unbeschäftigte Dienstboten waren. Eingezwängt zwischen dem niedrigen Schuppen, der Lagerhauswand und der Rückseite des Hauses, bildeten sie auf dem Erdboden eine dicke Schicht abgetragener Kleider und strömten den Geruch von Seife, ranzigem Leder und Schweiß aus. Aus den Fenstern des Hauses ragten auch Köpfe heraus, während an einem von ihnen ein Schuster saß und schnell, einförmig und hoffnungslos die Hände hin und her bewegte, in denen er Pechdraht hielt. Neben Klim, auf einem Bretterhaufen, saßen ein spitzbärtiger Mann mittleren Alters in zerrissenem Kamisol und eine etwa vierzigjährige dicke Frau; als Diomidow davon sprach, wie Simson empfangen wurde, murmelte sie: »Von wem auch immer man das Kind empfängt, so muß man es doch stillen.«

Der Spitzbärtige nickte zustimmend und seufzte, dann wandte er sich halblaut an Samgin: »Man kümmert sich um uns, belehrt uns, und wir bleiben ...«

Zu Samgins Füßen lag halbaufgerichtet ein Mann in öldurchtränkter Kleidung, rauchte Machorka, hustete und sah sich um, denn er fand keine Stelle, wohin er hätte ausspucken können; er spuckte in die Hand, wischte sie an der öligen Hose ab und sagte zu seinem Nachbarn, der ein Jackett mit geplatzter Rückennaht trug: »Hast du schon gehört, Jakow hat sich mit Pilzen vergiftet, man hat ihn ins Krankenhaus geschafft.«

»Mit ihm ist immer etwas los«, antwortete dumpf und gleichgültig der Nachbar. »Ihm schleicht das Unglück wie ein Schatten nach.«

Man sprach jedoch wenig, gedämpft, und Diomidows Stimme war gut zu hören.

»›Eine satte Seele zertritt wohl Honigwaben, aber einer hungrigen Seele ist alles Bittere süß‹, hat König Salomo gesagt.«

Diomidow drehte den Hals hin und her, seine ausgeblichenen blauen Augen sahen die Leute kalt, streng an und lenkten die Aufmerksamkeit der Zuhörer auf sich, es war, als kröchen sie alle unauffällig an die Stufen des Aufgangs heran, auf denen zu Füßen des Predigers Warwara und Kumow saßen; Warwara sah in die Menge, Kumow zum Himmel hinauf, woher ein unangenehm zerstreutes Licht kam, das die Augen ermüdete. Samgin spürte etwas Trübsinniges und Bedrückendes an dieser Menge, die gleichsam gegen ihren Willen in dem engen Hof, in dieser Grube, zwischen halbverfallenen Gebäuden eingezwängt war. Hinter dem Aufgang, an der Wand, stand mit einer Zigarette zwischen den Zähnen der junge Polizeirevieraufseher, ein wohlgenährter, rotwangiger Geck; er glich einem verkleideten Hochschulanfänger aus der Provinz. Schon zweimal hatte er den sorgfältig geglätteten Handschuh an den Mund gehalten und so aufgeblasen, daß er die Form einer lebendigen, schwammigen Hand annahm.

»Noch schädlicher aber als die fleischlichen Gelüste sind die Spielereien des unzüchtigen Verstandes«, sagte Diomidow laut und beugte sich vor, als wolle er sich in die Menschenmenge stürzen. »Und nun füllen Studenten und allerhand Halbwisser, Engstirnige, Ehrgeizige und Mutwillige, die kein Mitleid mit euch haben, eure hungrigen Seelen, denen auch das Bittere süß ist, mit schwachköpfigen Erfindungen über irgend so einen Sozialismus, wollen euch einreden, wenn das Fleisch satt sei, so werde sich auch die Seele an seiner Sattheit sättigen . . . Nein! Sie lügen!« rief Diomidow mit großer Kraft und feierlich erhobener Hand.

Samgin stand auf, denn er empfand einen Schauer der Verwunderung. Ihm schien, die Leute hätten sich dichter zusammengedrängt und wären als geschlossene Masse dem Aufgang näher gerückt, es kam ihm sogar vor, als hätten alle längere Hälse und auffälligere Köpfe bekommen. Diese nicht sehr große Menge erweckte den Eindruck, als sei sie ohne Hände, alle Hände waren verborgen, waren in den Lumpen der Kleidung, hinter den Rockaufschlägen oder in den Taschen versteckt. Es schien auch, als ob die Leute Diomidow, indem sie ihn durch ihre stumme und gespannte Aufmerksamkeit magnetisierten, zu sich heranzögen und er zu ihnen hinabglitte, hinabsänke. Er war aufgestanden, seine Beine zitterten, und mit den Händen stach er krampfhaft in die Luft, als stieße er etwas von sich fort, er stand da, stampfte mit dem Fuß und schrie: »Und sie töten die treuen Knechte unseres irdischen . . .«

»Gleich wird es mit ihm aus sein!« sagte der ölbeschmierte Mann und stand hustend auf.

Der Revieraufseher sprang auf den Hausaufgang, schwang den Handschuh, als wollte er Diomidow wie eine Fliege verscheuchen, und sagte etwas.

»Ja, spreche ich denn von Politik?« rief Diomidow laut und kummervoll. »Das ist nicht Politik, sondern die Lüge! Das heißt, begreifen Sie doch, das ist die Wahrheit, die Wahrheit ist es!«

»Ich bitte aufzuhören! Bitte auseinanderzugehen«, sagte wohlwollend, handschuhschwingend der Polizeibeamte.

Die Leute erhoben sich bereits vom Boden, stießen einander und schüttelten sich, Rascheln und dumpfes Gemurmel füllten den Hof. Warwara, Kumow und noch irgendwelche drei bessergekleidete Leute umringten den Polizeibeamten, er sagte gebieterisch und gesetzt: »Das kann ich nicht. Das erlaube ich nicht . . .«

»Erklären Sie es ihm«, rief Diomidow.

»Einerlei: Er wird angreifen, andere werden verteidigen – das ist unstatthaft! Wie? Nein, ich bin nicht dumm. Polemik? Kenne ich. Polemik ist genauso Politik! Nein, entschuldigen Sie schon! Wenn es keine Politik gäbe – worüber sollte man dann streiten? Bitte . . .«

»Ich werde mich beschweren«, rief Diomidow, den Stuhl mit dem Fuß stoßend.

»Er ist erzürnt«, bemerkte der spitzbärtige Mann. »Aber er hat schön gesprochen!«

Die dicke Frau stand auf, wischte sich mit der Hand den Mund und sagte ziemlich laut: »Die Schürzenjäger sprechen alle schön.«

»Ist er denn ein Schürzenjäger?«

»Etwa nicht?«

»Von wem sprichst du denn?« fragte der Mann mit dem zerrissenen Jackett. »Vom Revieraufseher?«

»Sie sind alle schön!« sagte die Frau, machte eine wegwerfende Handbewegung und trat zur Seite.

»Ach, diese Unke«, seufzte der Mann im Jackett. »Mit euch ist es nicht auszuhalten!«

Dann wandte er sich an Samgin und teilte ihm halblaut mit: »Dieser Revieraufseher ist jung, aber schlau. Er stoppt absichtlich, um zu erfahren, ob keine Schwätzer da sind. Neulich hat sich einer gefunden und ist vorgesprungen, da hat er ihn gleich geschnappt! Und aufs Polizeirevier! Sie arbeiten wahrscheinlich zusammen . . .«

Die Menge lichtete und verlief sich. Samgin trat zum Hausaufgang; der Revieraufseher verneigte sich vor Warwara und sagte sehr höflich und weich: »Ich bitte, mir zu glauben: Ich habe keinerlei Zweifel! Aber es ist Befehl. Semjon Petrowitsch ist ein feuriger Mensch, er weckt Leidenschaften . . . Bon soir!«

Er machte vor Warwara eine Ehrenbezeigung und folgte dann der Menge wie ein Hirte.

Diomidow, der sich schon beruhigt hatte, erzählte Warwara mit Vergnügen, als trüge er seine Lieblingsgedichte vor: »Ja, ja, er ist ganz verrückt geworden. Er wohnt auf dem Semljanoi-Wall bei einem Kürschner, der ihn aus Barmherzigkeit aufgenommen hat. Nachts geht er durch die Straßen und murmelt: ›Stirb, du meine Seele, mit den Philistern!‹ Er spielt sich als Simson auf. Nun, leben Sie wohl, ich habe keine Zeit, bin zu einer Unterhaltung eingeladen, leben Sie wohl!«

Er machte eine scharfe Wendung und huschte zu der schmalen Tür hinein, die er kräftig hinter sich zuschlug.

»Hast du gehört?« fragte Warwara. »Der Diakon – entsinnst du dich? – ist verrückt geworden!«

Samgin zuckte stumm die Achseln.

»Wie schien dir dieser hier? Hätte man das erwarten können? Entsinnst du dich übrigens, wie der Diakon sich über ihn beklagte?«

Sie sprach lebhaft, aber in ihren Augen leuchtete etwas, das sehr viel Ähnlichkeit mit Triumph hatte.

Nachdem er sich an diese Episode erinnert hatte, fühlte er sich von Ljutow erholt und stand auf, um die Lampe auszulöschen. Ihr blaues Flämmchen flackerte lange und hartnäckig, ehe es erlosch; dann trat in der Dunkelheit das Fenster als trüber Fleck hervor, der wie ein breites, rauhes Handtuch aussah. Er schritt geschickt über den zerdrückten Apfel hinweg, legte sich hin, schloß die Augen und begann an die Nikonowa zu denken. Ja, sie war ein richtiger normaler Mensch, eine Frau für eine feste Verbindung. In ihrer Seele gab es wie in einem Vorgarten nicht viel Blumen, aber sie waren alle liebevoll aufgezogen. Sehr sonderbar, daß sie keinerlei Verzierungen liebte. Er erinnerte sich, wie behutsam sie die Brüste in das Leibchen legte.

Sie hütete sie wahrscheinlich für ein Kind.

Warwara ist ein fremder Mensch. Sie lebt ihr eigenes, wahrscheinlich sehr leichtes Leben. Verspottet gleichermaßen seelenruhig Idealisten wie Materialisten. Sie hatte einen geraden Mund und pralle Lippen bekommen, aber es war nur allzu klar, daß sie schon über dreißig war. Sie aß jetzt viel und mit Genuß. Vor kurzem hatte sie auf einer Auktion einen Posten Makulatur billig erstanden und ihn günstig verkauft.

Sie ist sehr geschickt. Wir werden sicherlich ohne Drama auseinandergehen, dachte Samgin beim Einschlafen.

Am Tag der Kriegserklärung an Japan befand sich Samgin in Petersburg, er saß in einem Restaurant am Newskij Prospekt und ließ verwundert und etwas hämisch eine Begegnung mit Lidija in seiner Erinnerung wiedererstehen. Vor einer Stunde war er mit ihr von Angesicht zu Angesicht zusammengetroffen, sie war aus einer Apothekentür geradewegs auf ihn zu herausgekommen.

»Mein Gott – Klim!«

Nur an der Stimme hatte er erkannt, daß diese hochgewachsene, bescheiden gekleidete Frau mit verschleiertem Gesicht und irgendeinem originellen, aber nicht modernen Hütchen mit weißer Feder Lidija war.

»Mein Gott«, wiederholte sie freudig und wie erschreckt. In den Händen und an der Brust, an den Knöpfen des Pelzjäckchens, trug sie Pakete, und beim Freimachen der Hand ließ sie eines von ihnen fallen; Samgin bückte sich; jemand stieß ihn an, er stieß sie, und beide lachten laut, wahrscheinlich recht albern, auf.

»Das ist doch . . . sonderbar! Krieg, und auf einmal – du! Oh, wie du alt geworden bist!« sagte sie.

Als sie aber den Schleier hob, sah er, daß sie das Gesicht einer fast vierzigjährigen Frau hatte; nur die dunklen Augen waren heller geworden; aber ihr Blick war fremd und unverständlich. Er schlug ihr vor, in ein Restaurant zu gehen.

»Ich kann nicht, mein Mann wartet. Ja, ich bin verheiratet, seit mehr als vier Monaten, hast du das nicht gewußt? Übrigens habe ich es meinem Vater noch nicht geschrieben!«

Sie machten aus, sich bei ihr zu treffen, dann hatte sie hastig eine Droschke genommen und war weggefahren, wobei sie ihm noch zugerufen hatte: »Vergiß die Adresse nicht!«

Verheiratet? überlegte Samgin mißtrauisch und versuchte, sich ihren Mann vorzustellen. Das gelang ihm nicht. Das Restaurant war mit unnatürlich erregten Menschen gefüllt; Zeitungen in der Hand schwingend, tranken sie, stießen miteinander an und schrien ohrenbetäubend; ein blauwangiger, wohlbeleibter Mann, der nur wegen seines dicken Schnurrbarts nicht einem Schauspieler glich, stand mit dem Pokal Champagner in der Hand da und rief singend mit heiserem Bariton: »Meine He-err-schaften! Endlich ... Wir wissen endlich ...«

Er steckte einen Finger hinter den Hemdkragen, drehte den Hals hin und her, um den Adamsapfel frei zu machen, zerrte an der Krawatte, an der eine große Perle steckte, stellte bald das eine, bald das andere Bein vor – wollte sprechen und wollte, daß man ihm zuhöre. Aber alle anderen wollten auch etwas sagen, insbesondere ein stämmiger Alter, der ein paar Dutzend Haare geschickt vom rechten Ohr über den kahlen Schädel zum linken hinübergekämmt hatte.

»Das ist ein un-erhör-ter Ver-rat«, schrie er und verzog das Gesicht, als wolle er niesen.

»Tichon Wassiljewitsch – ich gratuliere Ihnen! Sie sind ein Prophet!«

»Aha! Das ist es eben, mein Lieber ...«

Rechts von Samgin stand rund um einen Tisch eine Gruppe von Leuten, die einander sonderbar ähnlich sahen, und einer von ihnen sagte, indem er mit der Hand, in welcher er ein Zigarettenetui hielt, dirigierte, laut und als spräche er ein Gebet: »Wir sind bereit, unser Leben rückhaltlos ...«

»Wäre nicht besser – selbstlos?«

»Keine Banalitäten!«

»Störe nicht, Ustin ...«

»Meine He-errschaften! Ein Bittgebet für das Wohlergehen ...«

»Kürzer, das ist doch keine Kassationsklage.«

Es ertönte eine bekannte Stimme: »Die Engländer sind im Evangelium erwähnt: ›Selig sind die Sanftmütigen, denn sie werden das Erdreich besitzen.‹«

Und mit lautem Lachen erläuterte Stratonow: »Das ist aus Mark Twain.«

Plötzlich rief jemand erschreckt und schallend: »Meine Herrschaften – eine Demonstration!«

Als hätte der Boden geschwankt, drängten sich alle zu den verräucherten Fenstern, es wurde stiller, und streng ertönte Stratonows Stimme: »Keine Demonstration, sondern eine Manifestation.«

Klim Samgin warf das Geld auf den Tisch, verließ eilig den Raum und stand eine Minute später, den Mantel zuknöpfend, am Portal des

Restaurants. Drei Offiziere, alle mit festlichen Gesichtern, kamen im Gleichschritt vorbei, einer von ihnen streifte Samgin und sagte vergnügt: »Pardon, Brille!«

Ein älterer, betrunkener Mann mit offenem Pelzmantel und der Mütze in der Hand sah sich unsicheren Schrittes erstaunt vor die Füße und brüllte: »Go-ott schütze den Zaren.«

Er blieb vor Samgin stehen, blähte die krebsroten Backen auf und machte zweimal mit den Lippen: »Bum! Bum!«

Über das Holzpflaster bewegte sich, ungeordnet und die Luft mit dumpfem Getrappel füllend, eine nicht besonders große, spärliche Menge, sie glich einem Besen, dem eine langsam und langweilig nachfolgende Wagenreihe als Stiel dient. Die entgegenkommenden Wagen wurden ans Trottoir gedrängt – an der Spitze der Menge schritt rasch ein Student, hochgewachsen, lockig, wie ein Luxusdroschkenkutscher; er schwang vor den Pferdemäulern einen schwarzen Schal und rief schallend: »Ausweichen!«

Die Menge überschwemmte die Gehsteige und fegte die Menschen fort, wurde aber selbst nicht größer, sondern nur dichter, schwerer und bewegte sich langsamer. Sie kam nicht dazu, alle Leute zu verschlingen und mitzureißen, viele drückten sich an die Wände, liefen in die Tore oder versteckten sich in Hauseingängen und Läden.

»Her-rsche dem Feind zum Trutz, bum!« brüllte der Betrunkene und tappte in die Menge wie ein Bär ins Himbeergesträuch.

Im gleichen Augenblick trat aus dem Restaurant Stratonow heraus, und ihm folgte eine Gruppe gesetzter Leute, die Samgin umringten und vom Trottoir hinunterstießen; er fügte sich ihrer wohlgemeinten Gewalt und ging mit, entschlossen, in eine der Seitenstraßen einzubiegen. Aber hinter den Ecken kamen auch Menschenhäufchen hervor, wurden gewollt oder ungewollt von der Menge aufgesogen, drängten Samgin mitten in sie hinein und schrien ihm »Hurra!« in die Ohren. Sie schrien nicht sehr einmütig und sogar irgendwie vorsichtig.

In der schwarzen, rasch dichter werdenden Menge fielen die bläulichen und grünen Studentenmäntel sehr auf, glänzten Metallknöpfe, und irgendwo, seitlich der Menge huschten ein paar graue Polizeioffiziersgestalten vorbei; vorne wurde disharmonisch die Nationalhymne gesungen, und unermüdlich kommandierte wie ein Polizist mit schallender Stimme der hochgewachsene Student: »Ausweichen!«

Hinter Samgin stimmte ein lustiger hoher Tenor an:

»Es gingen unsere Freundinnen
Zu Andrjuschka zum Teetrinken ...«

Samgin sah sich um: Hinter ihm ging eine Gruppe junger Leute, und an ihrer Spitze sang tänzelnd ein kleiner Technologe, sehr rotwangig und wahrscheinlich nicht nüchtern.

»Warum, sage mir,
Blieb er die Nacht bei ihr?«

sang er hüpfend Samgin gerade ins Gesicht und erinnerte ihn dadurch an irgendwessen Worte: »Die Masse braucht mehr einen Narren als einen Helden.«

Die Menge war inzwischen schon so gewachsen, angeschwollen, daß sie sich nicht auf die Polizejskij-Brücke zwängen konnte und stehenblieb, als überlegte sie, ob sie weitergehen solle. Viele liefen am Ufer der Moika entlang zur Pewtscheskij-Brücke, die Leute an der Spitze der Menge trieb es vorwärts, aber hinter ihm, in den rückwärtigen Reihen spürte Samgin Unentschlossenheit, Mangel an Begeisterung.

Sie gehen mit kalter Seele, aus Neugier, dachte er und blickte geringschätzig hinter der Brille hervor auf die unterschiedlichen Gesichter, auf die auf der Stelle herumstapfenden Menschen. Er selbst fühlte sich wie immer in der Menge als ein ganz besonderer, fremder Mensch und redete sich ein, daß auch er aus Neugier mitginge; er tat dies, weil bei ihm die unbestimmte Hoffnung aufgetaucht war, es werde plötzlich etwas Außergewöhnliches geschehen.

Dennoch war er verblüfft, sogar fassungslos, als er, in dem gelichteten Schwanz der Menge schreitend, auf den Schloßplatz kam und sah, wie die Leute vor ihm zu Zwergen wurden. Es war nicht sofort zu begreifen, daß sie auf die Knie fielen, sie fielen so schnell, als knickte ihnen eine unsichtbare Macht die Beine ein. Je weiter in Richtung zur schokoladenbraunen Masse des Palais, desto kleiner wirkten die entblößten Menschenköpfe; der Platz war mit ihnen gepflastert, und zum düsteren Winterhimmel stieg das tausendstimmige Gebrüll empor: »Sieg dem rechtgläubigen Herrscher ...«

Samgin, der schmerzhaft an das eiserne Anlagengitter gepreßt wurde, war von diesem bekannten und doch unbekannten Gebrüll betäubt und fühlte, daß es wellenförmig in ihn eindrang und ihn gleich einer Glocke unter den Schlägen des eisernen Klöppels erklingen ließ.

Er hat gesiegt ... Alles ist verziehen, Chodynka ... alles!

Das verblüffte und freute ihn. Aber die Menschen hinderten ihn, diese Freude erstarken zu lassen, sie zu genießen. Vor Samgin hüpfte ein glatzköpfiger, dicker Mann, reckte den Kopf aus dem Persianerkragen seines Mantels und fragte unruhig: »Kommt er schon? Kommt er am Ende gar nicht heraus?«

Nebenan entrüstete sich jemand: »Vorsicht! Sie haben mich gestoßen ...«

»Oh, mein Lieber, welch ein Augenblick!«

»Auf die Knie, Herrschaften, auf die Knie«, rief irgendwo in der Nähe Stratonow.

»Hurra«, brüllte der ganze Platz, während der Glatzköpfige, der den Kopf zurückwarf und mit dem Hinterhaupt gegen Samgins Brust schlug, mit weinerlicher und dünner Stimme stöhnte: »Er ist herausgekommen, der Liebe – mein Gott, welch ein kluger Mann – ach!«

Er verschluckte sich an den Worten, die er hastig und zusammenhanglos eins nach dem anderen hervorstieß, und sackte, an Samgin gelehnt, zusammen, als wäre der Boden unter ihm eingebrochen. Samgin sah, wie die Türen des Schloßbalkons geöffnet wurden, das Eis an den Fenstern blinkte, und es erschien das bekannte Zarenfigürchen Arm in Arm mit einer hochgewachsenen weißen Dame. Beide Figürchen waren auf dem Hintergrund des Riesenpalais und über der tausendköpfigen, brüllenden Menge spielzeughaft klein, und Samgin kam es vor, als würde das Entzücken der Leute um so stärker, je deutlicher sie die Spielzeughaftigkeit ihrer Herrscher sahen. Der Platz füllte sich mit so leidenschaftlichem, betäubendem Gebrüll, daß es Samgin schwarz vor den Augen wurde und er das gleiche empfand wie in Nishnij Nowgorod – ihm war, als würde er vom Boden hochgehoben. Doch im selben Augenblick wurde er auf die Schulter geschlagen und am Mantelsaum gezogen.

»Auf die Knie, du Tölpel!«

Er sank in die Knie und spürte, daß er fähig war, ebenso schamlos zu schluchzen wie der grauköpfige Mann im dunkelblauen Mantel neben ihm. Ungewöhnlich rührend schienen ihm der Zar und die Zarin dort auf dem Balkon. Er war auf einmal überzeugt, dieses kleine Menschlein werde, von der Begeisterung der Menschen angesteckt, elektrisiert, ihnen gleich irgendwelche historischen, alle mit allen versöhnenden, wunderbaren Worte sagen. Nicht er allein erwartete das; ringsum murmelte und rief man: »Spricht er?«

»Ruhe! ... Ach Gott!«

»Die Zarin! Weiß wie ein Schutzengel.«

»Hat er begonnen? Spricht er?«

»Sie sehen wie Hänsel und Gretel aus . . .«

»Fühlen Sie es? Die Begeisterung der Menge ist religiös.«

»Spricht er jetzt?«

Samgin erhob sich von den Knien, aber man zog ihn wieder am Mantelsaum und schlug ihn auf den Rücken.

»Stehen! Ich werde dir schon . . .«

Das kühlte Samgins Erregung nicht ab, kränkte ihn nicht, er fragte nur: »Spricht er?«

»Von hier kann man es nicht hören.«

»›Und das deine beschützend‹«, sang die Menge in der Ferne, bei der Alexandersäule.

»Ist er hineingegangen? Sind sie hineingegangen?«

»Hurra-a . . .«

Ja, der Zar war verschwunden. Erneut blinkten die vereisten Scheiben der Tür; die Menge wuchs empor, sie begann sich schnell zu verteilen, es wurde sofort stiller.

»Der Gottesdienst ist beendet!« rief der kleine Technologe und stieß die Menge auseinander, und irgendwo in der Nähe ertönte schallend Stratonows kräftige Stimme: »Der gleiche einmütige Ausbruch nationalen Stolzes und nationaler Kraft, der Napoleon aus Moskau hinauswarf auf die Insel Elba . . .«

Samgin sah sich um: An dem Anlagengitter hängend, klammerte Stratonow sich mit der einen Hand an einen Ast, überragte die Menge, schwang über ihr seine rote Faust, in der er einen Handschuh hielt, und schrie. Sein dickes Gesicht blähte sich auf und sank wieder zusammen, die Augen waren weiß geworden und funkelten eisig, und die ganze gewaltige, breitbrüstige Gestalt schien zu wachsen. Der offene Pelzmantel zeigte seinen straffen Bauch und kräftige Schenkel; Samgin bemerkte, daß Stratonows unterster Hosenknopf offen war, aber das war weder komisch noch anstößig, sondern unterstrich nur die Spannung, der man etwas gleichsam Erotisches anmerkte, das mit seiner kräftigen Stimme und der groben Kraft seiner Worte übereinstimmte.

»Wir treten sie in die Knie und . . . in den Ozean«, schrie er, die Unterlippe herunterziehend, daß eine Goldkrone blinkte; sein gestutzter Schnurrbart sträubte sich, zitterte, auch seine Ohren schienen sich zu bewegen. Ein halbes Hundert Menschen schrie ihm an dem Leib empor: »Bravo-o!«

Und der Technologe legte die Hände an den Mund und brüllte: »Bara-vo-vo-vou-u!«

»Was führen Sie sich denn wie ein Rowdy auf?« fragte ihn ein

Mann mit rauchfarbener Brille und Lammfellmütze. »Nein, erlauben Sie mal, wohin wollen Sie?«

Samgin entfernte sich langsam.

Ja, er ist eine Null, dachte er nicht ohne Bitterkeit. Iwan der Schreckliche oder Peter der Große – die hätten Worte gefunden, hätten gesprochen ...

Er fühlte sich nochmals betrogen, bedauerte aber auch das blaugraue Menschlein, das den Leuten, die vor ihm, dem Führer, auf die Knie gefallen waren, nichts hatte sagen können.

Der schwachsinnige Diomidow vermag die Menschen zu beherrschen, auf ihn hört man, ihm glaubt man.

Jetzt erinnerte er sich, daß Diomidow nach der Chodynka-Katastrophe seine Ähnlichkeit mit dem Zaren verloren hatte.

In den Läden flammte Licht auf, auf der Straße hingegen verdichtete sich die trübe Kälte und rieselte gräulicher Pulverschnee, der bis in die Gesichtshaut drang. Es war unangenehm, Menschen zu sehen, die aneinander vorbeigingen, als wäre nichts Trauriges geschehen; unangenehm waren die Frauenstimmen und das Pferdegetrappel auf dem Holzpflaster – ein sonderbares Geräusch, als schlügen Dutzende von Hämmern Nägel in den Himmel und in die Erde, um sowohl die Stadt als auch die Seele in eine kalte, langweilige Dunkelheit zu sperren.

Was hätte ich wohl an Stelle des Zaren gesagt? fragte sich Samgin und begann schneller zu gehen. Er suchte keine Antwort auf seine Frage, da ihn die Vermutung verwirrte, es könne eine innere Verwandtschaft zwischen ihm und dem Zaren bestehen.

Lächerlich. Ganz unsinnig, dachte er und wies diese Vermutung von sich.

Eine Stunde später saß er in einem kleinen Zimmer an einem Bett, in dem, halb aufgerichtet und von Kissen umgeben, ein Mann mit glattrasiertem Kopf und schwarzem Bart lag; der Bart war an den Wangen gestutzt und am Kinn durch einen hellen Keil aus grauen Haaren in zwei Hälften gespalten.

»Anton Muromskij«, stellte er sich vor, als wäre er ein Bischof.

Er hatte ein bräunliches, fein und deutlich modelliertes Gesicht, die Stirn war jedoch zu hoch, zu schwer und drückte dieses fast schöne, aber sehr großnasige Gesicht. Die großen bernsteinfarbenen Augen glühten fiebrig, in den tiefen Augenhöhlen lagen dichte Schatten. Mit nervösen Fingern ein Arzneirezept zu einem Röhrchen zusammendrehend, sprach er mit weicher Stimme, aber etwas schnarrend: »Man nennt ihn Zar Fjodor Iwanowitsch – nein! Er ist ein Zar von Zwergmenschen, ein Zar moralischer Zwerge.«

Im Nebenzimmer klirrten Geschirr, Messer und Gabeln, und eine fröhliche Stimme redete jemandem laut zu: »Aber lassen Sie das doch, gnädige Frau, ich werde alles selber machen.«

Muromskij verzog das Gesicht und rief: »Lida!«

Sie kam sofort. Im lose herabhängenden, grauen Kleid, sehr hochgewachsen und schmal und mit einer üppigen Kappe kurzgeschnittenen Haars, sah sie bedeutend jünger aus, als sie ihm auf der Straße vorgekommen war. Aber ihr launenhaftes Gesicht war doch stark verändert, auf ihm war irgendeine fromme Miene erstarrt, und das verlieh Lidija Ähnlichkeit mit einer englischen Gouvernante, einem Mädchen, das schon die Hoffnung aufgegeben hat, jemals zu heiraten. Sie setzte sich zu Füßen ihres Mannes aufs Bett, nahm ihm das Rezept aus der Hand und sagte: »Du wirst es wieder zerreißen.«

Muromskij nahm ein Papiermesser vom Tisch und fuhr, mit ihm spielend, fort: »Als Junker habe ich öfters Wachtdienst im Schloß gehabt; der Zar war noch Thronfolger. Und schon damals merkte ich, daß nur Menschen ohne eigenes Gesicht seine Aufmerksamkeit auf sich lenkten. Dann sah ich ihn bei Manövern und auf Regimentsfesten. Ich würde sagen, daß begabte Menschen ihm unangenehm sind, ihm sogar Angst einflößen.«

Offensichtlich hält er sich für begabt und nimmt es übel, daß der Zar ihn nicht beachtet hat, dachte Samgin; nach seinen Worten von den Zwergmenschen gefiel ihm dieser Mann nicht.

Nun mischte sich Lidija ein.

»Entsinnst du dich, Turobojew sagte einmal, der Zar sei ein Mensch, dem das ganze Leben nicht zusage und der sich Gewalt antue, indem er sich in das Leben füge?«

Als sie das sagte, sah sie Samgin nachdenklich und wie aus weiter Ferne an.

»Ich glaube nicht, daß er willensschwach ist und irgendwem gestattet, ihn zu lenken. Glaube auch nicht, daß er religiös ist. Er ist Nihilist. Wir mußten es noch erleben, einen Nihilisten auf dem Thron zu sehen. Und nun sind wir soweit . . .«

»Bitte zum Essen«, verkündete ein rundliches Stubenmädchen, das zur Tür hereinblickte.

Als Muromskij aufstand, zeigte sich, daß er ein Mann mittleren Wuchses war; er trug eine schwarze Jacke, die wie eine Bluse aussah; seine Füße, die in Fellpantoffeln steckten, erinnerten an Tierpfoten. Seine Bewegungen waren für einen Militärmann zu heftig. Beim Essen stellte sich heraus, daß er keinen Wein trank und kein Fleisch aß.

»Aus hygienischen Erwägungen«, erklärte Lidija irgendwie überflüssig und warf dabei herausfordernd den Kopf zurück.

Muromskij stocherte lässig mit der Gabel in einer geräucherten Renke herum und sagte: »Ja, der Zar ist ein typischer russischer Nihilist, ein Intellektueller! Und wenn man von ihm sagt ›der letzte Zar‹, so denke ich: das stimmt! Denn bei uns hat bereits der Prozeß begonnen, in dem die Intelligenz abgesetzt wird. Ihre Zeit ist vorbei. Das Land braucht einen anderen Typ, es braucht den Religionsvoluntaristen, jawohl! Gerade den religiösen!«

Muromskij warf die Gabel auf den Tisch und rieb mit beiden Händen die silbern schimmernden Borsten auf seinem Schädel, dann fragte er unvermittelt: »Wie denken Sie über den Krieg?«

»Ein Wahnsinn«, sagte Samgin achselzuckend.

»Ja?«

»Natürlich.«

Muromskij steckte die Hände in die Taschen, lehnte sich auf dem Stuhl zurück und erklärte: »Ich gehe als Freiwilliger in den Krieg.«

»Und ich als Krankenschwester«, sagte Lidija etwas übermütig. »Wir haben das noch gestern beschlossen«, setzte sie hinzu.

Samgin, dem das alles sehr peinlich war, fragte: »Sind Sie Kavallerist?«

»Oberleutnant der Gardeartillerie, ich bin außer Dienst«, sagte Muromskij hastig und musterte mit seinen unerträglich funkelnden Augen den Gast. »Aber letzten Endes kämpft das Volk, der Bauer. Man muß mit ihm gehen. In den Wahnsinn? Ja, auch in den Wahnsinn.«

»Dann – warum denn nicht in die Revolution?« fragte Samgin dozierend.

»Auch in die Revolution, wenn das Volk selbst sie wünschen wird«, sagte Muromskij, wobei er das Wort »selbst« besonders betonte, und begann gesenkten Blicks den Reisbrei auf dem Teller mit dem Löffel breitzustreichen.

Samgin kam sich unerhört gelangweilt vor und machtlos diesem Menschen und Lidija gegenüber, die ihrem Mann zuhörte wie eine in ihren Literaturlehrer naiv verliebte Gymnasiastin.

»Die Menschen können nur durch die Religion gebändigt werden«, sagte Muromskij und schlug dabei mit dem einen Zeigefinger auf den anderen; seine Finger waren dünn, uneben und gelb wie Petersilienwurzeln. »Unter Bändigung verstehe ich die Organisierung der Menschen zum Kampf gegen ihren eigenen Egoismus. Im Krieg hört der Mensch auf, Egoist zu sein . . .«

Samgin war froh, als er die Serviette auf den Tisch warf und erklärte, daß er sich hinlegen müsse.

»Ich habe Kolitis«, sagte er, als wäre das ein Vorzug, und ging.

Das fröhliche Stubenmädchen brachte den Kaffee. Lidija griff nach der Kaffeekanne, stellte sie aber sofort wieder laut hin und blies sich auf die Finger. Samgin, der sie nicht bedauerte, schwieg und wartete, was sie sagen werde. Sie fragte, ob es schon lange her sei, daß er ihren Vater gesehen habe, und ob er gesund sei? Klim sagte, daß er Warawka oft sehe und daß dieser den Sommer in Staraja Russa verbringen und sich einer Entfettungskur unterziehen werde.

»Der längste Brief von ihm im verflossenen Jahr bestand aus vierzehn Zeilen. Und alles Kalauer« sagte Lidija seufzend und fügte nicht folgerichtig hinzu: »Ja, so sind wir geworden. Anton findet, unsere Generation altere erstaunlich schnell.«

»Bist du viel gereist?«

»Ja.«

»Hast du immer nach Gerechten gesucht?«

»Wie du siehst, habe ich einen gefunden«, antwortete sie leise. Der Kaffee war barbarisch heiß und dünn. Lidija gegenüber war es ihm peinlich, unbestimmt. Sie tat ihm etwas leid, und zugleich hätte er ihr gern irgendwelche unguten Worte gesagt. Er wollte nicht recht glauben, daß sie es war, die ihm die kränkenden Briefe geschrieben hatte.

Sie ist ein unglücklicher Mensch, gesteht es aber aus Stolz nicht ein, dachte er.

»Was meinst du denn: Glaubst du, daß die Revolution die Menschen besser machen wird?« fragte sie und horchte zugleich, wie ihr Mann sich im Schlafzimmer zu schaffen machte.

»Und du – glaubst du das nicht?«

»Nein«, antwortete sie, warf herausfordernd den Kopf zurück und sah ihn mit weitgeöffneten Augen an. »Und es wird keine Revolution geben, der Krieg wird sie unterdrücken, Anton hat recht.«

»Wer glaubt, wird selig«, sagte Samgin gleichmütig und erkundigte sich nach Turobojew.

»Er ist ein Vetter meines Mannes«, teilte Lidija zunächst mit und erzählte dann in tadelndem Ton, Turobojew sei bei irgendeinem Komitee angestellt gewesen, das er »Komitee Trischkas Rock« genannt habe, dann habe man ihm die Stellung eines Landeshauptmanns angeboten, aber er habe gesagt, daß er nicht zur Polizei gehe. Jetzt schreibe er unverständliche Artikel für die »Petersburger Nachrichten« und behaupte, die Muse des Redakteurs sei ein echtes

Nilkrokodil, das in der Wohnung des Fürsten Uchtomskij in einem Zinntrog hause und den Fürsten beim Schreiben seiner Leitartikel inspiriere.

»All diesen Unsinn erzählt Igor mit solchem Ernst, daß er einem verrückt vorkommt«, setzte sie hinzu und strich sich dabei mit dem Finger über die Schläfe.

Sie unterhielten sich noch ein paar Minuten, dann stand Samgin auf. Sie hielt ihn nicht auf, warf rasch einen Blick ins Schlafzimmer.

»Er schläft, Gott sei Dank! Nachts leidet er an Schlaflosigkeit. Nun, leb wohl . . .«

Welch überflüssige Begegnung, dachte Samgin, als er immer tiefer in den kalten Nebel einer sehr provinzlerischen Straße hineinging, die aus steinernen Mietskasernen bestand, zwischen denen ein paar Holzhäuser wie echte, aber faule Zähne in einer Reihe künstlicher staken.

Ein Zar von Zwergmenschen, wiederholte Samgin mit scharfem Verdruß. Sie verstecken sich hinter Gott . . . Absetzung der Intelligenz . . .

Vor ihm erstand wieder das taubengraue Menschlein auf dem Hintergrund der vereisten Scheiben der Balkontür. Er empfand etwas unangenehm Allegorisches an diesem Figürchen, das wie ein seelenloses, stummes Detail des Riesenbaus hoch über der Masse knieender, begeistert brüllender Menschen haftete. Er hätte es gern vergessen, ebenso wie Lidija und ihren Mann.

Einige Monate später jedoch sah er den Zaren wieder. An einem strahlenden Sommertag fuhr Samgin nach Staraja Russa; der knarrende, polternde Zug rollte gemächlich durch die Felder des Gouvernements Nowgorod; längs der Bahnstrecke standen in Abständen von etwa fünfzig Schritt nagelneu eingekleidete Soldatenfiguren; in den glühenden Sonnenstrahlen blinkten und krümmten sich die Bajonette und glänzten zinnerne Augen in Gesichtern, die einförmig waren wie Fünfkopekenstücke. Festlich geputzte Bauern und Bäuerinnen brachten das Heu ein; die Frauen sahen in der Nähe der Bahnstrecke wie zum Leben erwachte Bäuerinnen von den Bildern Wenezianows aus und glichen in der Ferne nur riesigen Ranunkel- und Mohnblüten. Im Abteil saßen außer Samgin noch zwei: ein gestriegelter Alter im Kamisol mit großer silberner Medaille am Hals und kleinem rosigem Gesicht, das sich in einem grauen Bart verbarg, und neben ihm ein mürrischer, schnurrbärtiger Mann mit einem großen, auf den Knien ruhenden Bauch. Er saß mit weitgespreizten Beinen da, schwitzte stark, bewegte wie ein Krebs den Schnurrbart und ächzte alle Augenblicke. Als der Zug eine der kleineren Stationen erreichte, betraten das Abteil zwei Zivilisten und ein Gendarmeriewachtmeister, er sah mit seinen gelben Augen die Fahrgäste an und befahl mit der heiseren Stimme eines Kranken: »Schließen Sie das Fenster, lassen Sie den Vorhang herunter; nicht hinaussehen.«

Der eine Zivilist, dürr, mit plattgedrücktem Gesicht und breiter Nase, setzte sich neben Samgin, nahm dessen Aktentasche, wog sie in der Hand, legte sie ins Gepäcknetz und gähnte danach ausgiebig, in heulendem Ton. Der Alte mit der Medaille geriet in Aufregung, schloß hastig das Fenster und zog den Vorhang herunter, während der Schnurrbärtige dröhnend fragte: »Was soll das bedeuten?«

»Das bedeutet, daß wir dem Landesvater den Weg frei machen«, erklärte glückselig lächelnd der Alte.

Samgin trat in den Gang hinaus, schob den Rand des staubigen Vorhangs ein wenig beiseite und warf einen Blick auf den Bahnsteig: Dort stand erstarrt das Stationspersonal mit seinem Chef an der Spitze, und hinter dem Bahnhof – eine Mauer gesetzter Leute in Jakkett und Kamisol.

»Man hat Ihnen doch gesagt: Hinaussehen ist verboten!« sagte leise und träge der eine Zivilist, der auf Samgin zugetreten war und ihn mit der Schulter vom Fenster fortschob; er schloß aber den Vorhang nicht wieder, und so sah Samgin, wie eine blinkende Lokomotive nicht besonders schnell mit mühsamem Qualmfauchen am Fenster vorbeifuhr und nagelneue, lange Waggons vorüberrollten; auf der verglasten Plattform des letzten Wagens saß wie ein Triton in einem Hausaquarium – der Zar. Er saß in einem Korbsessel, schwang an einer gelben Schnur ein goldenes Zigarettenetui, sah vorgebeugt in die Ferne und nickte mit dem glattfrisierten Kopf jemandem zu. Auf der Station brüllte man dumpf: »Hurra!«

Der Zivilist gähnte wieder ausgiebig und ging weg, während der Dicke seinen Schnurrbart glättete und zu Samgin sagte: »Sie sind mutig.«

»Er ist also vorbeigefahren?« murmelte verwirrt der Alte. »Ach, du mein Gott! Und ich hätte mich ihm vorstellen müssen. Mein Neffe, dieser Dummkopf, hat mich hereingelegt, ich hätte gestern fahren müssen, so ein Schuft! Eine Angelegenheit ist durch Seiner Majestät Gnade zu meinen Gunsten entschieden worden –verstehen Sie . . .«

Die Lokomotive zog zornig an, die Kupplungen klirrten, die Puffer stießen aneinander, der Alte wankte, und was er weiter betrübt erzählte, war nicht mehr zu hören. Zum erstenmal hatte der Zar in Samgin keinerlei Gedanken erweckt, nichts in ihm aufgerührt, er war vorbeigehuscht, war verschwunden, und geblieben waren nur die Felder, die nicht üppig mit Getreide bedeckt waren, und kleine Soldatenfiguren, die langweilig längs der Bahnstrecke aufgestellt waren. Bunte Bauern und Bäuerinnen blickten unter abschirmender Hand hervor in die Ferne, ein Hirte stand malerisch im roten Hemd da, und Kinder liefen mit dem Zug um die Wette.

»Siebzehn Jahre hatte ich erfolglos prozessiert . . .«

Zwei Stunden später saß Klim Samgin auf einer Bank im Park des Sanatoriums, und vor ihm rekelte sich auf einem Rollstuhl der wie ein Riesenballon aufgeblähte Warawka; sein blaues Gesicht, das einer reifen Eiterbeule glich, glänzte, seine Bärenaugen blickten trübe und enthielten etwas Schläfriges, Stumpfes. Der Wind hob sein gelichtetes Haar zu Berge und wühlte in den Strähnen des grauen Barts, der Bart ruhte auf seinem Bauch, der bereits bis zum Kinn hinaufreichte. Er rang nach Atem und trieb Samgin mit keuchender Stimme an: »Nun? Nun, nun? Siebenunddreißigtausend? Er ist ein Esel. Nun, schon gut, verkaufe doch . . .«

Mit seinen Fingern, die dick waren wie Würstchen, faßte er die Armlehnen des Rollstuhls und versuchte seinen unfolgsamen Körper zu erheben; die Räder des Rollstuhls bewegten sich, sie knirschten auf dem Kies, aber der Körper rührte sich nicht; hierauf bewegte er ein wenig seinen unsichtbaren Hals und krächzte: »Ich gehe zum Teufel, mein Lieber! Mit mir ist es aus. Habe gebaut und gebaut, aber nichts Fundamentales zustande gebracht.«

Die abgerissenen pfeifenden Worte hörend, sah Samgin, wie auf den Parkwegen gelangweilte Wärter gleichgültig Rollstühle vor sich her schoben, und auf den Rollstühlen halbtote, aufgedunsene Körper. Im Mittelpunkt des mäßig großen Parks sprudelte ein dicker Strahl bräunlich trüben Wassers aus dem Boden und verbreitete in der Luft den salzigen Geruch eines Fischladens. Eine hochgewachsene dicke Frau mit gelbem, sülzigem Gesicht kam vorüber, ihre glasigen Augen waren von der Basedowschen Krankheit aus den Höhlen vorgequollen, die Frau hielt den Kopf so regungslos, als fürchtete sie, die Augen könnten über die Wangen in den Sand des Wegs hinabrollen. Man fuhr ein ungeheuerlich dickes Mädchen vorbei; es schlummerte, aus seinem rosa, halbgeöffneten Mund rann Speichel. Ein kurzbeiniger kugelrunder Mensch ging umher und wackelte mit dem Kopf im Takt zu seinen Schritten, es schien, als wäre sein Kopf leer wie eine Ochsenblase und als trüge er eine Glasmaske vor dem Gesicht. Und so bewegten sich, einer hinter dem anderen, zur Musik einer Militärkapelle massige häßliche Menschen und zeigten sich erbarmungslos der glühenden Sonne.

»Das ist ärgerlich, Klim, ich bin erst zweiundsechzig«, krächzte Warawka, die Worte schmatzend. »Wir führen Krieg? Eine dumme Sache. Der Zar ist eingetroffen. Um den Reservisten das Geleit zu geben. In dieser Stadt hat Dostojewskij gelebt.«

Ein krummrückiger, schwachsichtiger Wärter mit Schürze trat zu ihm und sagte mit Vogelstimme: »Es ist Zeit, Herr.«

»Baden«, erklärte Warawka. »Dann wird man mich kneten.«

Der Wärter beugte sich vor, stemmte sich mit aller Kraft gegen den Rollstuhl, brachte ihn vom Fleck und rollte ihn davon. Samgin ging zum Parktor hinaus, am Tor standen wie zwei Säulen Polizisten in staubigen, von der Sonne verschossenen Mänteln. Durch die Straße des hölzernen Städtchens fegte der Wind, wirbelte Staub auf und rüttelte an den Bäumen; am Zaun saßen und lagen Soldaten, etwa zehn Mann, auf einem Eckpfosten saß ein Unteroffizier, hielt einen Bleistift zwischen den Zähnen und sah zum Himmel empor, dort flog ein Schwarm weißer Tauben herum.

Im Halbkreis standen Musikanten mit roten Gesichtern, bliesen rasend in die Trompeten, das kupferne Brüllen und Schmettern der Trompeten verschmolz mit dem ununterbrochenen, heulenden Lärm der Stadt, und das Geheul war so stark, daß es schien, als würden die Bäume in den Gärten von ihm gerüttelt und als liefen die bärtigen Bauern mit Quersäcken auf dem Rücken und die verweinten Weiber vor ihm nach allen Seiten davon wie aufgescheuchte Küchenschaben.

Ein feuerroter Bauer drückte den Kopf an den Zaun und rief durch einen Spalt zwischen den Latten: »Zwei dreißig – willst du? Ich verkaufe ihm meine Seele, dem Hundsfott . . .«

Er stieß mit dem Fuß gegen den Zaun, hämmerte mit der Faust an die Latten, und von seiner linken Hand hing mit auseinandergezogenem Balg eine abgenutzte Ziehharmonika herab.

»Meine Seele«, schrie er. »Sechs Zehner? Unsinn!«

Nachdem er mit der Harmonika gegen den Zaun geschlagen hatte, warf er sie sich vor die Füße, zerstampfte sie mit zwei Fußtritten und ging mit dem schnellen, sicheren Schritt eines nüchternen Menschen von dannen.

Am Ufer der stillen Porussa saß ein bärtiger Reservist mit Soldatenmütze, ein blauäugiger schöner Mann; mit dem einen Arm umschlang er ein großes, barhäuptiges Weib mit rotwangigem Gesicht und weitaufgerissenen Augen, in der anderen Hand hielt er ihr buntes Kopftuch und eine Flasche Wodka, und derart kräftig, hochgewachsen, sagte er mit schriller Frauenstimme: »So also ist es! Den Wallach verkaufst du also, der Teufel soll ihn holen . . .«

Das Weib preßte das Gesicht an seine Schulter und jammerte: »Lexander, um Christi willen ...«

»Halt! Schweig, laß mich nachdenken ...«

Er nahm den Flaschenhals in den Mund, warf den Kopf zurück, und sein sehr dichter Bart begann krampfhaft zu zittern. Er trank, bis ihm Tränen kamen, dann schleuderte er die noch nicht ganz leere Flasche ins Wasser, zuckte zusammen, schüttelte mit Widerwillen den Kopf und rief wieder: »Du verkaufst ihn also! Und damit basta! So ... Wir beide haben gearbeitet, der Teufel soll ihn holen ...«

Das Weib riß ihm das Tuch aus der Hand, wischte ihm den Schweiß von der Stirn, sich die Tränen aus den Augen, dann jammerte sie noch lauter: »Lexandruschka –keiner hat mit uns Erbarmen ...«

»Schweig! Sonst schlag ich dich ...«

Er sprang elastisch auf und zog das Weib mit einem Ruck vom Boden hoch, dann umschlang er sie täppisch mit seinen langen Armen, küßte sie, stieß sie von sich und rief keuchend und mit der Faust drohend: »Paß nur auf!«

»Lexander ...«

»Schweig! Hast du also verstanden? Du verkaufst ihn! Komm.«

»Mein Gott, was ist denn das?« schrie das Weib hysterisch auf und betastete ihn mit den Händen wie eine Blinde. Der Bauer schwang den Arm hoch, riß den Mund auf und wackelte mit dem Kopf, als würgte man ihn.

Von diesem Augenblick an schien es Samgin, als hätten alle Reservisten offene Münder und die Gesichter von Menschen, die erstikken. Ihm drehte sich der Kopf von Wind und Staub, vom Wehklagen der Weiber, vom Singen der Betrunkenen und dem ununterbrochenen, sinnlosen Geschimpfe. Er betrat die Vorhalle einer Kirche; auf den Treppenstufen standen irgendwelche Leute gelassen herum und unter ihnen der alte Mann mit der Medaille am Hals, der mit Klim zusammen im Abteil gesessen hatte.

»Jetzt ist es ein leichter Krieg«, sagte er. »Sowohl die Gewehre als auch die Vorgesetzten sind leichter.«

»Das stimmt.«

Auf dem Stadtplatz drängten sich träge feiertäglich gekleidete Einwohner; die Frauen unter den Schirmen sahen wie Fliegenpilze aus. Von überall stürzten, als würden sie herausgeschleudert, Reservisten hervor, sie rannten mit wippenden Quersäcken verdutzt alle in die gleiche Richtung, dorthin, wo das Kupfer der Militärtrompeten dröhnte und schmetterte.

Der Stille Ozean, erinnerte sich Samgin. Sie eilen, die Japaner mit Fußtritten in den Stillen Ozean zu werfen. Grauenhaft.

Ja, es war etwas offenkundig Groteskes und Grauenhaftes daran, wie diese bärtigen Männer mit offenem Mund, einander überholend, an den kleinen Holzhäusern vorbeiliefen, vielstimmig und derb fluchten und die verdutzten Weiber anschrien, die sie mit ununterbrochenem Jammern und Wehklagen begleiteten. Fast alle Fenster waren ängstlich geschlossen, und wahrscheinlich sahen durch die staubigen Scheiben die an ein ruhiges Leben gewöhnten wohlgenährten Frauen und Mädchen, stillen Greise und Greisinnen auf die toll gewordenen Dorfleute.

Der Ozean . . .

Die Menge lichtete sich, auseinandergetrieben von heißem Wind und Staub; auf dem Platz zeigte sich ein Bretterhaufen, eine Pfütze, eine Unmenge zerschlagener Flaschen und ein Faß; auf ihm saß ein grauer Soldat mit dem Gewehr auf den Knien. Der Wind jagte bunte Bonbonpapierchen und Stroh umher, brach in die Vorhalle der Kirche ein und pfiff durch eine Fuge. Samgin blieb eine Weile stehen, sah sich das alles an und ging, da er Widerwillen gegen diese Stadt, gegen die Menschen empfand, ins Sanatorium. Er wäre gern sofort über all das hinweg in das kleine Klosterzimmer der Nikonowa gesprungen, um ihr von diesem Wahnsinn zu erzählen und ihn zu vergessen.

Drei Tage später war er wieder zu Hause, lag nach beendeter Tagesarbeit in seinem Zimmer auf dem Diwan und wartete darauf, daß es dunkel würde und er zur Nikonowa gehen könnte. Warwara war zu Bekannten aufs Land gefahren. Da kam das Stubenmädchen herein und sagte, er werde von Gogin verlangt.

»Ans Telefon? Sag, daß ich . . .«

»Der Herr ist hier.«

Samgin stand auf und vermutete, dieser geckenhafte Bursche, der bei der Revolution mitspielte, wolle ihn wahrscheinlich um eine Gefälligkeit bitten, die er ihm nicht werde verweigern können. Samgin machte ein mürrisches Gesicht, setzte die Brille zurecht und betrat das Speisezimmer, Gogin schritt im Flanellanzug und weißen Schuhen im Zimmer umher, drückte Samgin gegen seine Gewohnheit, ohne zu lächeln, die Hand und fragte, immer noch umhergehend, mit gelangweilter Stimme: »Wissen Sie nicht, wohin die Nikonowa gereist ist?«

»Ich weiß es nicht.«

»Was wissen Sie überhaupt von ihr?«

»Sehr wenig. Worum handelt es sich?«

Gogin setzte sich an den Tisch, nahm gemächlich das Zigarettenetui aus der Tasche und betrachtete es mit verwirrtem Blick, antwortete aber nicht, sondern fragte: »Aber Sie kennen sie doch anscheinend schon lange und . . . haben zu ihr gute Beziehungen?«

Er fragte halblaut und matt, als dächte er nicht an die Nikonowa, sondern an etwas anderes. Nichtsdestoweniger klangen seine Worte betäubend. Und um sich seiner Vermutung über den Grund dieser Ausfragung zu enthalten, begann Samgin rasch und verworren: »Gute Beziehungen? Nun, ja . . . wie soll ich sagen. Jedenfalls kameradschaftliche Beziehungen . . . vollen Vertrauens . . .«

Er verstummte und beobachtete, wie langsam Gogin sich daranmachte, die Zigarette anzuzünden, wie vertieft er sie betrachtete. Dennoch sickerte die Vermutung durch und beunruhigte Samgin, er nahm die Brille ab, sah mit nachdenklichem Blick zur Decke hinauf und fuhr fort: »Erlauben Sie . . . zum erstenmal bin ich ihr, glaube ich . . . vor zehn Jahren begegnet. Sie gehörte damals, wenn ich nicht irre, zu den Volksrechtlern.«

»Ja«, sagte Gogin wie zur Ermunterung, aber nicht als Bestätigung, und neigte den Kopf zur Schulter.

»Na und?« fragte Samgin.

»Und dann?« fragte auch Gogin.

»Dann sah ich sie mit Ljutow, wissen Sie, das ist so ein . . . Mäzen der Revolution, wie ihn Ihre Schwester nannte.«

Gogin nickte bestätigend.

»Ljubascha Somowa führte sie bei uns ein, als die Gruppe zur Unterstützung der Arbeiterbewegung organisiert wurde . . . oder – ich entsinne mich nicht – vielleicht auch beim Roten Kreuz.«

»So«, sagte Gogin, der aufgestanden war und mit der ausgegangenen Zigarette zwischen den Fingern im Zimmer umherschritt. Samgin wußte schon, was dieser Mensch gleich sagen würde, erschrak aber doch, als er sagte: »Um es kürzer zu machen: Es liegen Gründe vor, sie der Bekanntschaft mit der Ochrana zu verdächtigen.«

»Das kann nicht sein«, rief Samgin aufrichtig aus, obwohl er gerade das vermutet hatte. Er dachte sogar, er habe das nicht heute, nicht eben erst vermutet, sondern schon lange, schon damals, als er den mit Geheimtinte geschriebenen Zettel gelesen hatte. Aber das mußte er nicht nur vor Gogin, sondern auch vor sich selbst verbergen. »Das kann nicht sein«, wiederholte er.

»N-nun, warum denn nicht?« rief Gogin leise aus. »Das hat es gegeben. Das gibt es immer noch.«

»Welche Anhaltspunkte?« fragte Samgin auch leise. Gogin blieb stehen, zuckte die Achseln, zündete ein Streichholz an und sagte, während er in die Flamme sah: »Es fielen einige ... Unklarheiten in ihrem Verhalten auf, es stimmte einiges nicht, und als man ihr das andeutete – nebenbei gesagt: unvorsichtig, ungeschickt andeutete – verschwand sie.«

Gogin sprach quälend langsam, und das empörte.

»Weshalb hat man mir denn nichts davon gesagt?« fragte Samgin böse.

»Solche Dinge erzählt man nicht allen«, antwortete Gogin, sich setzend, und drückte die nicht zu Ende gerauchte Zigarette in den Aschenbecher. »Sehen Sie«, fuhr er entschiedener und strenger fort, »ich bin gewissermaßen eine offizielle Person, das Komitee hat mich beauftragt, von Ihnen zu erfahren, ob Sie an ihrem Verhalten nicht irgend etwas ... Sonderbares bemerkt haben.«

»Nein«, sagte Samgin rasch, fühlte aber, daß er es zu rasch gesagt hatte und dadurch Verdacht erwecken könnte. »Ich habe nichts bemerkt«, fügte er ruhiger hinzu und überlegte, ob nicht vielleicht die Nikonowa Mitrofanow denunziert habe.

Gogin holte wieder, und zwar eigentümlich linkisch, mit großer Mühe das Zigarettenetui aus der Hosentasche heraus, sah es an und legte es, sich auf die Lippen beißend, auf den Tisch.

»Es besteht das Gerücht, daß Sie mit ihr in näheren Beziehungen standen«, sagte er mit einem Seufzer und kratzte sich mit dem Finger an der Schläfe.

Samgin empfand auch einen feinen, bohrenden Schmerz an der Schläfe.

»Ja, ich bin bei ihr gewesen, und ... nicht selten. Aber das ... sind Beziehungen anderer Art.«

»Möglicherweise haben gerade diese Sie gehindert, etwas zu merken«, sagte Gogin unbestimmt.

»Sie schien mir bescheiden, der Sache ergeben ... Sie war sehr einfach. Überhaupt – unauffällig.«

»Ihr Hauswirt ist auch ein sehr dunkler Mensch. Wissen Sie nicht, ob er ein Verwandter von ihr ist?« fragte Gogin.

»Nein, das weiß ich nicht«, antwortete Samgin und fühlte, daß ihm der Schweiß auf den Schläfen stand und die Augen trocken wurden. »Ich wußte nicht einmal, was sie eigentlich tat. In der Technik? Propagandistin? Sie benahm sich vor mir sehr konspirativ. Wir unterhielten uns selten über Politik. Aber sie kannte gut das Alltagsleben, und das schätzte ich sehr an ihr. Ich brauche das für mein Buch.«

Samgin begriff, daß er zuviel sprach und das nicht vor einem Menschen hätte tun sollen, der ihn von der Seite ansah und nicht seinen

Worten, sondern seinen Gedanken zu lauschen schien. Samgins Gedanken waren gekränkte, hastige und zusammenhanglose, unzuverlässige Gedanken. Aber er konnte seinen Worten nicht Einhalt gebieten, es war, als spräche in ihm gegen seinen Willen ein anderer Mensch. Und ihm kam die Befürchtung, dieser andere könnte die Wahrheit über den Zettel und über Mitrofanow erzählen.

»Das sieht ihr so wenig ähnlich«, sagte er, die Arme von sich breitend, und dachte: Wenn ich das gewußt hätte ... Wenn sie es mir gesagt hätte ... Aber – was wäre dann gewesen?

Gogin schwieg. Sein Schweigen wurde ganz unerträglich. Er saß mit wippendem Bein da, und Samgin kam es vor, als wäre das ihm zugekehrte Ohr Gogins besonders aufmerksam gespitzt.

Vielleicht hat er auch mich in Verdacht? dachte Samgin plötzlich und schrie sehr laut auf: »Das ist ja ungeheuerlich!«

»Eine unangenehme Sache«, entgegnete, mit den Fingern schnippend, Gogin. »Vor allem – sie ist verschwunden, das ist es ...«

Er saß immer noch in der gleichen Haltung da, dabei hatte er aber doch schon nach allem gefragt und hätte gehen können. Er seufzte.

»Sie ist unter solchen Umständen verschwunden, daß ...«

Es wurde an die Tür geklopft.

»Wer ist dort? Ich bin beschäftigt!« rief Samgin.

»Ein Telegramm«, sagte das Stubenmädchen.

Er nahm ihr den kleinen blauen Umschlag aus der Hand und warf ihn ungeöffnet auf den Tisch. Aber er merkte sofort, daß Gogin sich auf die Lippen biß und das Telegramm ansah, merkte es und – erschrak: Wie, wenn das von der Nikonowa war?

Ich werde es nicht öffnen, beschloß er und wandte ein paar abscheuliche Sekunden lang die Augen nicht von dem blauen Papierviereck ab, wobei er wußte, daß Gogin es auch ansah und – wartete.

Das ist unklug und verdächtig, sagte er sich und begann das Telegramm gemächlich zu öffnen, worauf er mechanisch vorlas: »Timofej entschlafen herbringe unverzüglich sterbliche Hülle Samgina.«

Fast ohne sein Gefühl der Erleichterung zu verhehlen, erklärte er: »Die Mutter telegrafiert, daß mein Stiefvater gestorben ist. Ich muß nach Staraja Russa fahren.«

»Ja, eine unangenehme Sache«, wiederholte Gogin nachdenklich, erhob sich und fragte: »Wenn die Nikonowa Ihnen schreibt, werden Sie mir dann ihre Adresse mitteilen?«

»Selbstverständlich. Was denn sonst?«

»Ja. Das alles bleibt natürlich unter uns. Vorläufig. Vielleicht klärt es sich noch zu ihren Gunsten auf«, murmelte Gogin, drückte Samgin schwach die Hand und ging.

Er hat mich anscheinend trösten wollen, sagte sich Samgin, als er ans Büfett getreten war und sich ein Glas Wasser eingoß.

Er fühlte sich erschöpft, beleidigt und wankte sogar, als er in sein Arbeitszimmer ging. In seiner linken Schläfe pochte es, als wäre dort eine Uhr versteckt.

Ich hätte etwas von meinem Verdacht sagen sollen, dachte er, sich an den Tisch setzend, stand aber wieder auf und legte sich auf den Diwan. Unsinn, ich habe keinerlei Verdacht gehabt, er hat ihn mir eben erst suggeriert.

Samgin nahm die Brille ab und schloß fest die Augen. Es tat ihm leid, diese Frau zu verlieren. Noch mehr tat er sich selbst leid. Mit galligem Lächeln fragte er sich:

Warum ist es mir bestimmt, in so idiotische Situationen zu geraten?

Dann trat die Anfimjewna ins Speisezimmer, er bat sie, den Koffer zu packen, Warwara das Telegramm zu übergeben, und gab sich wieder seinen Gedanken hin.

Sie war es, die Ussow die verständnislose Frau genannt hatte. Wenn sie bei den Gendarmen in Dienst steht, so tut sie das sicherlich aus Angst, weil sie irgend so ein Oberst Wassiljew eingeschüchtert hat. Doch nicht wegen des Geldes? Auch nicht aus Rache an den Leuten, die sie kommandieren. Verbitterung gegen Leute wie Ussow, Wlastow und Pojarkow halte ich für möglich; sie ist nicht böse. Aber es ist doch nichts gegen sie bewiesen, brachte er sich in Erinnerung und schlug mit der Faust auf den Diwan. Nichts ist bewiesen!

Als er nachts im Abteil zum hundertstenmal beobachtete, wie am Fenster immer wieder die gleichen vertrauten Lichter vorbeischwebten, die gleichen schwarzen Bäume schwankten, als trieben sie den Zug an, dachte er weiter an die Nikonowa und versuchte sich zu erinnern, ob es nicht Augenblicke gegeben habe, in denen die Frau offen von sich selbst erzählen wollte und er ihren Wunsch nicht begriffen, nicht bemerkt hatte. Aber er sah vor sich das ausdruckslose, in »weibischer Langerweile« erstarrte Gesicht, wie er selbst einmal, von ihrer Demut nicht befriedigt, ihre stumme Aufmerksamkeit benannt hatte, und er erinnerte sich, daß diese Aufmerksamkeit manchmal wie Gleichgültigkeit ausgesehen hatte. Er erinnerte sich auch, daß sie, als er ihr Inokows Äußerung mitteilte: »Der Mensch zappelt in Worten wie ein Fisch auf dem Sand«, gelächelt und gesagt hatte: »Das ist sehr komisch, aber wahr.« Ja, sie hatte geschwiegen und bedeutend besser zugehört als gesprochen. Sie war anscheinend der einzige Mensch, der in seinem Gedächtnis keine einzige bedeutungsvolle Äußerung außer diesem »Das ist komisch, aber wahr« hinterlassen hatte. Als meinte sie, das Komische sei nie wahr. Letzten Endes war sie ein ganz normaler, einfacher Mensch.

Sie hat es nicht verstanden, einen Pfauenschweif von Worten zu entfalten, wie das Mitrofanow tat.

Da erinnerte er sich, daß auch Mitrofanow ihm anfangs als normaler, gesund denkender Mensch vorgekommen war, aber er hatte im Grunde auch seine Pflicht verletzt, in einer anderen Richtung, aber er hatte sie verletzt, das stimmte.

Es gibt keine Beweise dafür, daß sie ihre Pflicht verletzt hat, brachte er sich nochmals in Erinnerung. Es besteht nur der Verdacht . . .

Der Zug rollte so schnell, als führe er bergab, er polterte ohrenbetäubend, alles Eisen an ihm dröhnte, unter dem Wagen knirschte und kreischte es kläglich: »Riga – igo – tak, riga – tak . . .«

Dann stürzte der Zug mit erschrecktem Pfeifen in den eisernen Käfig einer Brücke und schien die schrägen Streifen der Träger mitzureißen, zu verbiegen und zu zerbrechen. Nachdem er den Käfig zertrümmert, das einäugige Wärterhäuschen beiseite geschleudert hatte, wurde sein Dröhnen leiser, doch das Knirschen unter dem Wagen vernehmlicher.

»Igo – riga – tak – tak, igo – tak . . .«

Samgin versank in Nachdenken darüber, daß er sich nun schon zehn Jahre in dem Staubwirbel an der Kreuzung zweier Wege drehte und kein Verlangen empfand, einen von ihnen einzuschlagen. Er dachte nicht zum erstenmal darüber nach, aber in dieser Nacht, in dieser Stunde war alles klarer und schrecklicher. Nicht er allein lebte ein solches Leben, sondern Hunderte, Tausende von Menschen seinesgleichen, das fühlte, das wußte er. Der Wirbel drehte sich immer rasender und sog alle in sich hinein, die ihm zu widerstehen, beiseite zu treten außerstande waren, während die Kutusows, Pojarkows, Gogins und Ussows ihn unermüdlich und unsinnig immer mehr entfachten. Die Menschen dieses Typs vermehrten sich mit unbegreiflicher Schnelligkeit und kommandierten kränkend und grob jene, die ihnen infolge irgendeines Mißverständnisses halfen.

Jetzt erinnerte er sich, wie Tatjana, ein zwanzigjähriges junges Mädchen, einem alten Professor und bekannten Volkswirtschaftler ins Gesicht geschrien hatte: »Sie urteilen so, als ob die Geschichte, Ihre Stiefmutter, Ihnen befohlen hätte: Mach Revolution, Wanja! Sie glauben aber der Stiefmutter nicht, Sie wollen gar keine Revolution und lesen mir mit saurer Miene aus dem Koran Eduard Bernsteins vor, den Sie durch Richter und Le Bon bestätigen, man soll keine Revolution machen!«

Nachdem die Gogina ein paar Monate im Gefängnis gesessen hatte, war sie erbittert, und aus ihren Reden klang jetzt immer etwas Persönliches. Samgins Gedächtnis stellte gefällig die Szene seines Zusammenstoßes mit Tatjana wieder her.

Man hatte in der Nähe von Moskau im Landhaus eines Liberalen eine Abendgesellschaft veranstaltet, an der ein moderner Schriftsteller, ein klobiger Mann mit reglosem Gesicht und einem Klemmer auf der hölzernen Nase, teilnahm. Samgin war diesem Schriftsteller früher schon begegnet, wußte, daß er als Sympathisierender des Bolschewismus galt, und fand an ihm etwas Gemeinsames sowohl mit dem dreisten Schauermann im Sibirischen Hafen als auch mit dem Kosaken, der wie an einem Tisch am Meer gesessen hatte; mit dem Schauermann verband ihn die Neigung zu groben, mutwilligen Reden, mit dem Kosaken das Prahlen mit seiner Unabhängigkeit. Nachdem der Schriftsteller gehörig viel getrunken hatte, versammelte er um sich etwa zehn junge Leute und verkündete, als er sie auf die Terrasse des Landhauses führte, mit Baßstimme: »In zehn Minuten machen wir Ihnen eine surprise.«

»Eine surprise«, wiederholte Tatjana. »Der Bursche scheint etwas dumm zu sein.«

Im Garten rauschte leise der Regen, die Bäume flüsterten miteinander; man hörte, wie auf der Terrasse mit gedämpften Stimmen etwas Trauriges gesungen wurde. Die Gäste verstummten und warteten, was kommen werde; Samgin dachte, es könne nichts Gutes sein und – täuschte sich nicht.

Nach zwanzig Minuten kehrte der Schriftsteller in den Saal zurück; breitschultrig und eckig bewegte er sich, ohne die Beine einzuknicken, als ginge er auf Stelzen – dieser majestätische Storchengang verlieh in Samgins Augen allem, was der Schriftsteller sagte, etwas Geschraubtes. An der Spitze der jungen Leute in eine Ecke gehend, schnalzte der Schriftsteller genießerisch und laut, setzte den Klemmer zurecht, machte ein mürrisches Gesicht und schwang malerisch, mit der Geste eines Chorleiters, die Arme hoch.

»Wir beginnen.«

Der Chor stimmte bravourös und ziemlich im Takt nach irgendeinem sehr bekannten Motiv die Verse eines alten Volkstümlers an, die damals in Abschriften von Hand zu Hand gegangen waren und von denen auch eine bei Samgin in der Sammlung von der Zensur verbotener Manuskripte lag. Besondere Mühe gab sich ein tenorstimmiger, kleiner, aber kräftiger Mann in blauem Matrosensweater und mit krausem Bärtchen in dem lustigen, sehr lieben Gesicht. Sein dünnes, fast falsettartiges Stimmchen war unermüdlich, er sang eine

Terz höher als der Chor und sprach die radikalen Worte so komisch kläglich aus, daß die Zuhörer und sogar einige unter den Choristen zu lachen begannen. Aber Samgin verstand nicht: Worin bestand hier die surprise und der Hokuspokus? Das begriff er erst, als der Schriftsteller den Chor mit flügelartig ausgebreiteten Armen zum Verstummen brachte und mit tiefem Baß, wie Diakone die Apostelgeschichte verlesen, deklamierte:

»Nieder mit der Rechtlosigkeit! Es lebe die Freiheit!
Und es lebe die Konstituierende Versammlung!«

Der Chor wiederholte unverzüglich diese zwei Zeilen, aber so, daß sich ein grotesker Wirrwarr von Tönen und Worten ergab. Alle Sänger sangen absichtlich mißtönend, und alle schnitten Grimassen, wobei sie einander ängstlich ansahen und Schreck, Mißtrauen und Ratlosigkeit darstellten; einer kehrte den Zuhörern sogar den Rükken und sagte mehrmals in fragendem Ton in die Ecke hinein: »Nieder? Nieder?«

Der Tenor ging in die Hocke und rief weinerlich: »Nieder – nieder – nieder ...«

»Es lebe die Freiheit!« sang finster, drohend der Schriftsteller, und nach ihm wiederholte jeder der Sänger, wiederum mißtönend, diese Worte. Es ergab sich ein chaotischer Wirrwarr von Tönen, die aber dennoch zu einem nicht sehr lauten, enttäuschten und kläglichen Geheul verschmolzen. Ebenso wirr und enttäuscht wurden die Worte »Konstituierende Versammlung« gesungen.

Das alles wurde durch ein betäubendes Lachen der Sänger abgeschlossen, auch ein Teil der Zuhörer lachte, aber Samgin bemerkte, daß die gesetzteren Leute verlegen, fassungslos waren. Besonders laut und selbstzufrieden klang das abgehackte Baßgelächter des Schriftstellers: »Ho – ho –ho.«

Er stand breitbeinig da und hatte den Kopf zurückgeworfen, daß sein Adamsapfel wie ein Beil vorragte. Als Samgin seine grotesk düstere Gestalt vor sich sah, gab er der plötzlich in ihm ausbrechenden Entrüstung nach, sprang, da er fürchtete, es könnte ihm jemand zuvorkommen, auf und rief: »Meine Herrschaften!«

Der Schriftsteller fiel ihm im Ton des Schauspielers aus dem »Nachtasyl« ins Wort:

»Und sollt einmal die Welt aus ihrer Bahn
Auf ihrem Weg zur Wahrheit auch entgleisen ...
Ho – ho!«

»Ich bitte um Aufmerksamkeit«, rief Samgin streng, ergriff mit beiden Händen die Lehne eines Stuhls und wandte sich, nachdem er ihn vor sich hingestellt hatte, an den Schriftsteller: »Soeben haben Sie im Ton einer närrischen Totenmesse die vielleicht linkischen, aber zweifellos aufrichtigen Verse eines alten Revolutionärs, eines achtbaren Literaten gesungen, der mit zehn Jahren Verbannung zahlte ...«

»Ganz recht!« rief jemand, und die Gäste verstummten, während Samgin, der die Flamme seiner Entrüstung schürte, den Stuhl hochhob, mit ihm auf den Boden schlug und mit aller Kraft, deren er fähig war, in seiner Rede fortfuhr: »Haben Sie aber, indem Sie sich über die Verse lustig machten, sich nicht auch über die Ideen der Repräsentativregierung lustig gemacht, über Ideen, für deren Verwirklichung ihre Großväter und Väter kämpften, in Gefängnissen, in der Verbannung, im Zuchthaus gestorben sind?«

»Was soll denn das heißen? Noch eine Zensur?« fragte hochnäsig, aber anscheinend auch verwirrt, der Schriftsteller, wobei er eine Grimasse schnitt, die gar nicht notwendig war, um den Klemmer zurechtzurücken.

»Das ist eine Frage«, antwortete Samgin. »Eine Frage, die, davon bin ich überzeugt, bei vielen hier entstanden ist.«

»Bei mir nicht«, rief Tatjana, aber zwei oder drei gesetzte Leute zischten sie an, und einer von ihnen sagte gekränkt: »Ja, das geht zu weit! Die Konstituierende Versammlung zu verspotten, das ist ...«

»Nicht die Idee ist mir komisch«, murmelte der Schriftsteller. »Die Verse sind komisch.«

»Ja?« fragte Samgin ironisch. »Es freut mich, das zu hören. Mir kam das wie ein grober Scherz verlorener Söhne vor, wie ein symbolischer Scherz, wenn Sie wollen. Ein sehr trauriger Scherz.«

Hier nun mischte sich Tatjana ein.

»Sind Sie dessen sicher, Samgin, daß Sie eben die Verfassung und nicht Stör mit Meerrettich wünschten?« fragte sie und begann von diesem Augenblick an jeden seiner Sätze mit spöttischen und giftigen Bemerkungen zu begleiten, wodurch sie beifälliges Gelächter und lustige Zwischenrufe der Jugend hervorrief. Jetzt erinnerte er sich ihrer Einwände nicht mehr, er hatte sie allerdings auch damals nicht erfaßt. Fest eingeprägt aber hatten sich in sein Gedächtnis ihre angespannte Gestalt, ihr schlanker, gleichsam zum physischen Kampf mit ihm bereiter Körper, das gerötete Gesicht und die feindselig glühenden Augen; wenn sie ihm zuhörte, hatte sie die Augen ironisch zusammengekniffen, beim Sprechen aber weit aufgerissen, und ihr Blick hatte die Kraft der versengenden Worte ergänzt. Durch sie gereizt, hatte er wahrscheinlich unpassend geantwortet, das erkannte er am Lächeln der jungen Leute und daran, daß einer der gesetzteren Leute ihm taktlos die Antworten vorzusagen begann wie ein gutherziger Lehrer dem Schüler beim Examen. Zu guter Letzt hatte ihn die Gogina beim Reden aus dem Konzept gebracht, die jungen Leute hatten ihr applaudiert, er aber war verstummt, nachdem er noch gesagt hatte: »Passen Sie auf, ob Sie den Marxismus nicht in Anarchismus verwandeln.«

»Oh, das ist schon alt!« hatte sie ausgerufen und hänselnd sich erkundigt: »Vielleicht bringen Sie noch Blanqui in Erinnerung? Die Menschewiki trumpfen auch damit auf.«

In solchen Erinnerungen verbrachte er die ganze Nacht, schlief keinen Augenblick und verließ halbkrank vor Müdigkeit und schon fast gleichgültig gegen sich selbst auf dem Petersburger Bahnhof den Zug.

In dem Gasthof, wo er stets abstieg, übergab ihm der Portier einen Brief und entschuldigte sich, daß er vergessen habe, das am Tage seiner Abreise zu tun.

»Ich scheine gespürt zu haben, daß Sie heute zurückkehren«, setzte er mit liebenswürdigem Lächeln hinzu.

Samgin warf einen Blick auf die Schrift, und seine Hand, die sonderbar schwer wurde, steckte den Brief in die Manteltasche. Die Treppe ging er langsam hinauf, denn er unterdrückte den Wunsch, sie hinaufzulaufen, als er aber sein Zimmer betreten hatte, schickte er sofort den Diener hinaus, schloß die Tür ab und öffnete, ohne abzulegen, nur den Hut hatte er vom Kopf gerissen, den Brief.

»Leb wohl, wir werden uns natürlich nie wiedersehen. Ich bin nicht so gemein, wie man Dir erzählen wird, ich bin sehr unglücklich. Ich denke, Du« – ein paar Wörter waren dick durchgestrichen – »bist es auch. Wenn Du kannst, so laß das alles sein. Siehst Du, man kann sich nicht das ganze Leben lang verstecken. Laß es sein, verzichte, ich sage das deshalb, weil ich Dich liebe, Dich bedaure.«

Der Brief war so nachlässig geschrieben, daß die schiefen Zeilen sich stellenweise berührten, als wären sie im Dunkeln zu Papier gebracht.

Was bedeutet das? fragte sich Samgin und zerriß automatisch, aber rasch den Brief in kleine Fetzen. Worauf verzichten? Denkt sie etwa, daß ich ...

Er zerrieb die Papierfetzen in der Faust, steckte sie dann in die Hosentasche, nahm den Briefumschlag und sah den Poststempel an: Jaroslawl.

Sie ist verrückt geworden, wenn sie meint, ich hätte ... den gleichen Beruf wie sie.

Er zerriß den Briefumschlag sorgfältig in schmale Streifen, riß sie dreimal quer durch und steckte sie auch in die Tasche.

Sie ist verrückt!

Er fühlte sich wie betäubt und sah vor sich das unbedeutende Frauengesicht, jetzt veränderte es sich ein wenig durch ein zaghaftes, gezwungenes Lächeln, dann – wurde das Lächeln breiter, lebhafter, die Augen blickten nachdenklich und zärtlich. Nie hatte er dieses Gesicht böse gesehen. Nachdem er eine Weile gedankenlos dagesessen, ging er auf die Toilette, nahm die Papierfetzen aus der Tasche und warf sie in das Abortbecken, wendete die Tasche und zog die Spülung. Ein paar Papierstückchen blieben zurück. Nachdem er gewartet hatte, bis der Behälter wieder vollgelaufen war, zog er nochmals die Spülung; jetzt waren alle Fetzchen verschwunden. Samgin kehrte in sein Zimmer zurück, wobei er daran dachte, daß er gleich einen Zinksarg für Warawka besorgen und dann mit der Bahn nach Staraja Russa fahren müsse. Jetzt, nachdem er den Brief los war, fühlte er sich etwas mehr in Ordnung. Irgend etwas war beendet. Trotzdem befand er sich in unruhiger Stimmung, die ihm anscheinend schon bekannt war; irgendeinmal hatte er Gleiches empfunden. Und ihn beunruhigte der Wunsch, sich zu entsinnen: wann war das gewesen, weshalb?

Er entsann sich dessen sofort, als er die Straße betrat und eine Abteilung berittener Gendarmen erblickte, die auf schweren Gäulen davongaloppierten – er erinnerte sich, daß der Verdacht oder die Gewißheit der Nikonowa ihn ebensowenig kränkte, wie ihn das Angebot von Oberst Wassiljew gekränkt hatte. Gerade damals war ihm ebenso sonderbar zumute gewesen wie jetzt, in einem Zustand, der einem Schreck vor sich selbst glich.

In einem Zustand der Verwunderung, der dem Schreck nahe ist – so versuchte er es genauer zu formulieren, als er hinter den Gendarmen hersah.

Auf der Straße liefen mit unangenehmer Geschäftigkeit, die einer höchst gesetzten Stadt nicht eigen ist, die Menschen hin und her, stießen zusammen, betasteten einander wie Ameisen mit ihren Fühlern und liefen wieder auseinander. Als hätte jeder von ihnen irgend etwas verloren, suchte danach oder als hätte er sich in der Stadt verirrt und fragte nach dem Weg. Samgin schien es, als läge in dieser Geschäftigkeit etwas Heuchlerisches.

Als er den Sarg gekauft hatte und dem rotwangigen, glattrasierten Kaufmann, der mehr einem erfolgreichen und selbstzufriedenen Beamten glich, das Geld zahlte, kam ein junger Mann mit schwarzem Verband um die Backe ganz außer Atem in den Laden gerannt, schwang den Strohhut hoch und verkündete: »Minister Plehwe ist durch eine Bombe gesprengt worden!«

»Der dritte«, sagte der Sarghändler und bekreuzigte sich hastig. »Wo?«

»Auf der Straße, beim Warschauer Bahnhof.«

Der Händler, der Samgin herausgab und ihn mit deutlichem Vorwurf ansah, seufzte laut: »Auf der Straße, sieh mal an!«

Samgin zog stumm den Hut und verließ den Laden, wobei er dachte: Ich hätte dem Sarghändler irgend etwas sagen sollen; mein Schweigen ist ihm wahrscheinlich verdächtig vorgekommen. Ja, nun hat man auch Plehwe getötet ...

Er nahm eine Droschke und kam sich, als er im Wagen saß und die Menschen durch die Brillengläser betrachtete, durchlässig wie ein Sieb vor; er wurde geschüttelt; alles, was er sah und hörte, wurde durchgesiebt, aber das Siebgeflecht hielt nichts zurück. Als er im Bahnhofsrestaurant in die braune Kaffeebrühe in seinem Glas blickte und die Fliegen verscheuchte, hörte er: »Im Krieg werden Tausende getötet, aber das Leben wird davon nicht leichter.«

Es sprach irgendwessen runder, weicher Rücken in zerknitterter Rohseide, die Rohseide bewegte sich sonderbar auf dem Rücken, als liefen unter ihr Mäuse herum, und auf den Rücken war ungeschickt ein Glatzkopf mit dicken, bläulichen Ohren aufgesetzt. Samgin kam der Gedanke, daß die meisten Menschen auch körperlich häßlich seien. Doch einfache Menschen gebe es anscheinend überhaupt nicht. Einige stellten sich zwar einfach, glichen aber im Grunde algebraischen Rechenaufgaben mit drei, mit vielen Unbekannten.

Auf dem Tisch liefen und hüpften Fliegen herum, die mit ihren Rüsselchen Zuckerkörnchen, vielleicht aber auch Salzkörnchen betasteten.

»Gedanken, wie schwarze Fliegen«, erinnerte sich Samgin an eine Verszeile und dachte daran, daß Menschen vom Schlage Kutusows und überhaupt Revolutionäre verständlicher waren als die sogenannten einfachen Menschen; bei den Pojarkows, Ussows und anderen wußte man, was von ihnen zu erwarten war, dieser Mann in Rohseide aber konnte ebensogut ein Mitglied des »Bundes des russischen Volkes« wie ein Revolutionär sein.

Doch all diese Gedanken zogen mechanisch an Samgin vorbei, ohne ihn abzudichten, sogar ohne ihn aufzuregen, und so, in durchlässigem Zustand, in einem gegen alles gleichgültigen Halbschlummer traf er auf dem Bahnhof seiner Heimatstadt ein. Hier nahmen ihn bekannte und fremde Leute gleichsam gefangen, überschütteten ihn mit sachlichen Fragen, Abordnungen der Stadtduma, der Angestellten Warawkas und noch irgendwelche Abgeordnete kamen mit Kränzen auf ihn zu. Dann traten sie auseinander und machten Wera Petrowna Samgina den Weg frei, sie ging Arm in Arm mit der Spiwak, war von Kopf bis Fuß in schwarze Schleier gehüllt, was ihr Ähnlichkeit mit einem Denkmal verlieh, das seiner Enthüllung harrt.

»Guten Tag«, sagte die Mutter mit dumpfer Stimme, und zu dem Sarg hinüberblickend, der behutsam aus dem Gepäckwagen herausgeholt wurde, fragte sie: »Wo ist er?«

Die Spiwak, auch ganz in Schwarz, war sehr blaß und mürrisch. Eine goldene Uhr in der Hand, huschte Iwan Dronow vorüber, sein Kopf glänzte wie ein gut geputzter Schuh, mit offenem Mund rannte er irgendwohin und schwenkte die Uhr an der Kette. Vor dem Bahnhof stand eine dichte Menschenmenge mit entblößten Köpfen, vor ihrem bunten Hintergrund prangten die goldenen Statuen der Geistlichkeit, und an ihrer Spitze stand, den Krummstab in der Hand, der große goldhäuptige Bischof, der wie eine Glocke aussah. Korwin schlug sich mit der Stimmgabel an die Zähne, schwang wie ein Ertrinkender die Arme hoch, und eine weiche Woge von Kinderstimmen ergoß sich traurig in die heiße Luft. Wera Petrowna strich mit dem Taschentüchlein über ihren Gesichtsschleier und hakte sich bei dem Sohn ein.

»Mein Gott, mein Gott . . . Du machst ein schreckliches Gesicht, lieber Klim . . .«

Der riesengroße, schwere Sarg wurde in den mit Kränzen geschmückten Katafalk geschoben, der Katafalk schwankte, auch die schwarzen Pferde schwankten mit den Federbüschen auf den Köpfen; hinter Samgin sagte jemand seufzend: »Solche Menschen sollte man mit Musik beerdigen.«

Unerträglich lang war Warawkas Weg von dem nagelneuen, von ihm erbauten Bahnhof bis zum Friedhof. Der Totengesang fand in der Kathedrale statt, die Totenmessen wurden vor dem Klub, dem Technikum und Samgins Haus zelebriert. Am Haustor stand ein anmutiges rothaariges Mädchen, das ein nacktbeiniges, etwa sechsjähriges Menschlein in Sandalen an der Schulter hielt; das Mädchen bekreuzigte sich, das Menschlein jedoch hielt die schwarzen Brauen zusammengezogen, die Hände in den Taschen seiner Höschen. Die Spiwak ging auf den Jungen zu, beugte sich zu ihm hinab und sagte etwas, worauf er die Schultern hochzog, die Hände aus den Taschen nahm und sie auf der Brust faltete.

Nach der Totenmesse ging man schneller weiter. Das Gehen war beschwerlich. Die Wacholderzweige blieben am Kleidersaum der

Mutter hängen, sie zappelte mit den Beinen, um die Zweige loszuwerden, und stieß Klim zweimal schmerzhaft ans Bein. Auf dem Friedhof sprach mit erschütternder Stimme der Oberpriester der Kathedrale, Nifont Slaworossow, ein großer Mann mit grauen Haarsträhnen bis zu den Schultern und einem Löwengesicht, der mit der einen Hand malerisch auf den kalten Zinksarg deutete und die andere in der Schwebe über ihm hielt: »Dieser auf der gottgesegneten Flur des Lebens in menschenfreundlichem Sinne Tätige vergrub die ihm von Gott verliehenen Talente nicht in der Erde, sondern schmückte mit ihnen reichlich unsere stille Stadt zu unserem Nutz und Frommen.«

In dem grauen Bart waren die dicken, leuchtendroten Lippen gut zu sehen, der Oberpriester sprach, als bewegte er die Lippen nicht, und daher kam es wahrscheinlich, daß seine runden und deutlichen Worte wie Blasen in der Luft schwebten.

»Heutzutage behaupten Schwachsinnige und Gedankenarme, der Todsünde des Neides Verfallene, die Reichen seien die Feinde der Menschen, wobei sie vorsätzlich vergessen, daß nicht in den irdischen Glücksgütern die Rettung unserer Seelen liegt und daß wir alle des Todes sterben werden, wie auch dieser treue Knecht Christi ...«

Vom Himmel ergoß sich flammendblaues Licht, ließ das Gold des mit schwarzen Kreuzen durchwirkten Priesterornats blendend erglühen; ein Schwarm weißer Tauben schwang sich in Kreisen in die unendliche Bläue empor.

»Blinows Jagd«, wurde halblaut hinter Klim gesagt.

»Sein Sohn soll Sozialrevolutionär sein ...«

»Blinows?«

»Des Oberpriesters.«

»Habe nichts davon gehört. Übrigens – was wäre dabei? Heute ist jedermann Sozialrevolutionär ...«

Rechtsanwalt Prawdin, der auf irgendwessen Grab stand und mit hastigen Worten eine Lobrede auf Warawka hielt, rief plötzlich heftig: »Nein, nicht das Wort, sondern die Tat«, und begann laut deutsche Verse zu deklamieren.

Über dem Friedhof hing leicht verschleiert die Sonne und schien durch den schwülen Dunst auf die Grabkreuze und auf die Gestalt eines Marmorengels, der auf einem Hügel im Schatten einer wundervoll üppigen, dreistämmigen Birke stand und viel Ähnlichkeit mit einer altjüngferlichen Krankenwärterin hatte.

Vom Friedhof fuhr Klim mit der Mutter und der Spiwak in einer Kutsche heim; die Mutter beklagte sich müde und aus irgendeinem

Grund näselnd: »Leben kann ich hier nicht mehr. Die Schule übergebe ich Lisa . . .«

Die näselnden Laute verliehen ihren Worten einen bösen Ton, und da sie das wahrscheinlich merkte, begann sie mit gewöhnlicher Stimme zu sprechen: »Ich habe an Lidijas Feldadresse telegrafiert, sie hat das Telegramm wohl nicht erhalten. Wie eilig sie es haben«, sagte sie und deutete mit der Lorgnette auf die Straße, wo die Hausknechte die Wacholder- und Tannenzweige zu grünen Haufen zusammenfegten. »Sie beeilen sich zu vergessen, daß es einen Timofej Warawka gegeben hat«, seufzte sie. »Aber es ist ein guter Brauch, die Straße mit Wacholderzweigen zu bestreuen, das beseitigt den Staub. Man sollte das auch bei Kirchenprozessionen tun.«

Sie schwieg eine Weile mit geschlossenen Augen und fuhr dann fort: »Die Krankenschwesternkleidung steht Lidija sehr gut, sie ist ja auch von Natur so . . . grau. Ihr Mann ist zwar ein Patriot, scheint aber verrückt zu sein.«

Samgin verstand: Sie sprach, um nicht an ihre Einsamkeit zu denken, um ihre Schwermut zu verbergen, doch Mitleid mit der Mutter empfand er nicht. Sie roch stark nach Tuberosen, der Lieblingsblume von Verstorbenen.

Das Gedächtnismahl fand im Saal des Kaufmannsklubs statt. Der rötliche Behang und das reichliche Goldfett an den Wänden und der Decke verliehen dem Saal Ähnlichkeit mit einem Metzgerladen; darauf brachte Samgin der Architekt Dianin; neben der Wucherin Trussowa sitzend und sorgfältig ein Stück rosa Lachs in eine Plinse einwickelnd, sagte er betrübt: »Warawka hatte großen Appetit, aber keinen Geschmack.«

»Nörgle nicht«, riet die Trussowa. »Iß mehr, man füttert uns kostenlos«, setzte sie hinzu und richtete die schamlos aufgerissenen und jedermann verachtenden Augen auf den Tisch der Mächtigsten der Stadt. Unter ihnen strahlte blendend General Obuchow, vom Kinn bis zum Bauch voller Orden, derart schnurrbärtig und malerisch heldenhaft, als wäre er absichtlich erschaffen, damit die Kinder über ihn in Entzücken gerieten. Dort saßen der Vizegouverneur, der Kreisadelsmarschall und noch sechs Männer in Uniformröcken mit Orden. Ebendort saß, zwischen dem Stadtoberhaupt Radejew mit goldener Medaille an roter Schärpe und dem Oberpriester mit dem Kreuz auf der Brust, regungslos, wie aus Stein, die Mutter. Dieser Tisch war von allen anderen im Saal nicht nur durch meßbaren Abstand getrennt, sondern auch dadurch, daß die an ihm Sitzenden sich ihrer unermeßlichen Bedeutung bewußt waren. An den übrigen Tischen hatten etwa fünfzig zweitrangige Leute Platz genommen; fest eingeknöpft in Gehröcke und schwarze Seidenkleider, aßen sie eifrig und raunten leise.

Dann erhob sich der ehemalige Staatsanwalt Kitajew, lang, schwarzbärtig, mit einer von dichtem Haar umgebenen Glatze, klopfte mit dem Messer an einen Flaschenhals und begann mit tadelnder, kalter Stimme: »In diesen Tagen, da im Osten das Schicksal sich gegen uns wendet ...«

»Wir hätten uns eben nicht nach dem Osten drängen sollen«, murmelte der Bauunternehmer Merkulow, und irgendeine griesgrämige Stimme unterstützte ihn sofort.

»Richtig! Wir hätten mit jemandem kämpfen sollen, der näher ist ...«

Der Holzhändler Ussow rückte mit dem Finger sein künstliches Gebiß zurecht und seufzte: »Deutsche laufen einem überall über den Weg, dort aber ...«

»Der Vertrag mit ihnen knechtet uns ...«

»Wir leben überhaupt in Beamtenknechtschaft, wie es in den Zeitungen mit Recht heißt«, sagte ziemlich laut der Badestubenbesitzer Domogailow und begann davon zu erzählen, wie man ihn gestraft habe.

»Der Raum fürs Volk sei angeblich unsauber! Erlauben Sie, wie kann er unsauber sein, wenn man sich dort an sechs Tagen in der Woche vom Morgen bis zum Abend mit Seife wäscht?«

Der Staatsanwalt beendete seine Rede, die Geistlichkeit stimmte das »Ewige Gedenken« an, alle erhoben sich; Merkulow sang ohne Worte, ohne den Mund zu öffnen, während Domogailow die runden Augen zur Stuckdecke richtete und kläglich langzog: »Gede-eenken ...«

Aber auch das Singen unterbrach nicht für lange das brummige Gemurmel der Leute, die Samgin schon lange kannte, Leute, die er für beschränkt und uninteressiert an den Fragen der Politik hielt. Es klang sonderbar und war nicht zu glauben, daß diese Witzfiguren, die in ihre kleinlichen Interessen vertieft waren, diese auf einmal erweitert hatten und über den Vertrag mit Deutschland und das Bürokratenjoch nun schon schärfer redeten als die Zeitungen, weil sie unverblümt sprachen.

Nun stand Slaworossow auf, er hielt die Hand am Kruzifix auf der Brust, warf seine Haarsträhnen hinter die Schultern und erhob majestätisch den Raubtierkopf.

»Jesus, der Sohn Sirachs, hat gar weise gesagt: ›Ein Narr lachet überlaut; ein Weiser lächelt ein wenig ...‹«

»Jetzt hat er zu faseln angefangen, der Schönredner«, sagte Fiona

Trussowa, trank einen Schluck Wein und verzog das Gesicht. »Süßer Wein für die armen Verwandten . . .«

Als Wera Petrowna die Rede des Oberpriesters zu Ende gehört hatte, erhob sie sich und ging zur Tür, die Prominenten begleiteten sie, die kleineren Leute standen auf und verneigten sich vor ihr wie vor einer Äbtissin; ohne das Grüßen zu erwidern, schritt sie majestätisch dahin, hinter ihr schleiften die Trauerpleureusen über den Parkettboden wie ein verdichteter Schatten von ihr.

Sie ist immer noch stolz. Worauf nur? dachte Klim.

»Nun ist alles zu Ende«, sagte sie, als sie in der Kutsche saß. »Es verlief durchaus angemessen. Das Totenmahl ist ein asiatischer Brauch. Und – mein Gott! – wieviel man doch bei uns ißt!«

Zu Hause angekommen, erklärte sie: »Ich muß mich ausruhen.«

Samgin atmete erleichtert auf und ging in sein Zimmer; dort herrschte starker Duft von Naphthalin. Er öffnete das Gartenfenster; im Gras unter einem Ahorn saß mit dichten Brauen und zerzaustem Haar Arkadij Spiwak, er befestigte an einem Vogelbauer das abgebrochene Türchen und fragte seine anmutige Wärterin: »Warum darf man denn die Hände nicht in die Taschen stecken, wenn ein Toter vorbeigefahren wird? Ist er davon gestorben, weil ihm die Zähne ausgefallen sind?«

Klim schloß das Fenster, öffnete das andere, zum Hof hin, und hatte das Gefühl, wenn er sich hinlegte, würde er fest einschlafen. Er hatte sich nicht getäuscht.

Dann kamen sehr schwere Tage. Die Mutter schien beschlossen zu haben, alles auszusprechen, was in den fünfzig Jahren des Lebens ungesagt geblieben war, und sprach stundenlang, wobei sie ihre lila Wangen gekränkt aufblähte. Klim merkte: Sie setzte sich fast immer so, daß sie sich im Spiegel sah, und benahm sich überhaupt, als hätte sie die Gewißheit ihrer Realität verloren.

»Ja, Klim«, sagte sie. »Ich kann nicht in einem Land leben, wo sich alle in die Politik verrannt haben und niemand redlich arbeiten will.«

Ihre Wangen fielen ein, zogen die unteren Lider herab und legten das kalte Weiß der leeren Augen bloß.

»Irgendwelche Japaner, die nur als Jongleure bekannt waren, und nun – auf einmal! Schrecklich! Hast du von Alinas skandalösem Leben gehört?« fragte sie und verblüffte Klim gleich darauf durch einen Aphorismus, den er, um sein Lächeln zu verbergen, mit gesenkten Augen anhörte.

»Für die Frau gibt es zwei Wege: entweder heroische Mutterschaft oder angenehme Schweinerei. – Timofej hatte recht.«

Samgin wußte, daß sie Dmitrij nicht mit ihrer eigenen Milch genährt und ihn selber nur fünf Wochen gestillt hatte. Fast alle ihre Gedanken begannen oder endeten mit den vier Worten: »Timofej hatte recht«, als wollte sie sich erinnern, daß Warawka nicht mehr war.

Das Trauerkleid machte sie noch älter, und da sie das wahrscheinlich fühlte, zog und zupfte sie nervös daran herum und ging im Paradeschritt umher, indem sie sich straff aufrecht hielt und die formlos gewordene Brust vorwölbte. Besonders oft suchte sie zu beweisen, daß alle Menschen Despoten seien.

»Das ist in einer Gesellschaft, die auf despotischen Grundsätzen beruht, ganz natürlich«, bemerkte zögernd und halb ernst die Spiwak.

Die Mutter verzog das Gesicht so, daß die gepuderten Wangen rauh wurden wie Wildleder.

»Oh, mein Gott! Immer sprechen Sie davon!« rief sie zornig und drohte der Spiwak mit dem Teelöffel. »Ihre Ideen sind schrecklich, Lisa! Ich habe mein ganzes Leben unter Revolutionären verbracht, das waren auch Menschen, die sich geirrt hatten, aber keiner von ihnen urteilte so wie Sie und Ihre Freunde. Selbstverständlich muß die Macht des Zaren eingeschränkt werden, aber das Eigentum abzulehnen, das ist Wahnsinn! Und wahrhaftig, ich danke Gott, daß er euch zwar reden, aber nicht handeln läßt. Obwohl ich überzeugt bin, daß der Streik im Frühjahr von Ihrer Clique angezettelt worden ist – ja, ja! Sie sind ein guter Mensch, Lisa, aber nicht nach Gottes Gesetz, sondern nach Büchern. Weißt du, Klim, daß mein Beichtvater Nifont sie eine klösterlich lebende Atheistin genannt hat? Er spielt vortrefflich Wint. Spielst du Karten?«

»Nein, ich habe nichts dafür übrig.«

»Ja, du bist ein Mensch ohne Spielleidenschaft«, sagte die Mutter überzeugt und beifällig, dann begann sie vom Gouverneur zu erzählen.

»Er ist ein sehr netter Alter, sogar liberal, aber dumm«, sagte sie und zog durch Grimassen die Lider herunter, so daß die leeren Augen sichtbar wurden. »Er sagt: ›Wir eilen nicht, weil wir alles so gut wie möglich machen wollen; wir warten geduldig, bis Menschen heranwachsen, die man in Angelegenheit der Staatsleitung mitsprechen lassen kann.‹ Aber ich bitte ihn ja nicht um eine Verfassung, sondern um die Schirmherrschaft der Kaiserlichen Musikgesellschaft über meine Schule.«

Zu Jelisaweta Spiwak verhielt sie sich wie zu einem Menschen, der nicht sehr angenehm war und sie langweilte, den sie aber brauchte, sie verlangte ihre Anwesenheit bei den geschäftlichen Gesprächen über die Liquidierung der zahllosen Unternehmen Warawkas, hörte sich ihre Ratschläge an und stimmte ihnen wohlwollend bei.

»Ja, das dachte ich auch.«

Zweimal in der Woche versammelten sich bei ihr die »Leuchten« des Ortes: die Faßfabrikantengattin und Geliebte des Gouverneurs, Madame Eveline Trescher, eine kleine, grauhaarige und fröhliche Schönheit; die Frau des Finanzamtsleiters Pelymow, eine gutmütige, tiefstimmige Alte mit dunklem Streifen über der Oberlippe – sie rasierte sich den Schnurrbart; die Gattin des Adelsmarschalls, hochgewachsen, dürr, mit asketischem Nonnengesicht; und noch einige nicht weniger gewichtige Damen trafen ein. Es erschienen der dem Gouverneur beigeordnete Beamte für besondere Aufträge Kianskij, ein junger Mann mit Socken von gleicher Farbe wie seine Krawatte, der violette Oberpriester Slaworossow, der würdige, dicke Gefängnisinspektor Toporkow, ein Mann mit kahlem Schädel, der wie eine riesengroße, häßliche, unregelmäßig geformte Perle aussah, mit unsichtbaren Augen im feisten Gesicht und ebensolcher fast unsichtbaren Nase, die zwischen rosigen Bäckchen verschwand, welche mollig waren wie die eines gesunden Kindes. Es kamen der riesengroße, einem Ringkämpfer gleichende Sirup- und Stärkefabrikant Okunew, weitere gesetzte Leute, der Dirigent des bischöflichen Chors, Korwin, und inmitten dieser Leute drehte sich wie ein Kreisel der rundliche Dronow in kurzem Jackettchen. Er setzte sich in eine Ecke, spielte mit dem gelben Notizbuch und dem Bleistift, und seine durchdringenden Augen sondierten die Sitzungsteilnehmer, als zögen sie sie aus. Klim begegnete er kühl und mied danach sichtlich ein Zusammentreffen mit ihm.

In den Sitzungen bei Wera Petrowna wurden die sehr schwierigen Fragen erörtert, wie die Armut und die verderbliche Sittenlosigkeit der Armen zu bekämpfen seien. Samgin überzeugte sich mit einem für diese Leute und für seine Mutter nicht gerade schmeichelhaften Befremden davon, daß sie in dem Verein »Das Überschüssige dem Nächsten« als unbestrittene Autorität in praktischen Fragen galt. Kaum gab die gutmütige Pelymowa, die stets irgendwohin eilte, ihrem Gefühl der Sorge um die Nächsten allzu freien Lauf, näselte Wera Petrowna in abkühlendem Ton: »Wir wollen nicht eilen, Anna Antonowna. Die Armut wird erst dann schwinden, wenn die Armen vernünftig ausgeben lernen.«

»Ganz richtig«, rief Toporkow freudig. »Gerier, glaube ich, hat gesagt: ›Nicht heftige Regengüsse düngen die Erde am besten, sondern feiner Regen.‹«

Er ließ fast alle Worte, die mit O endeten, mit Ypsilon auslauten und war überzeugt, die Armen würden nicht schlecht leben, wenn sie sich mit Kaninchenzucht befassen wollten.

»Die Hälfte der Bevölkerung Frankreichs züchtet Kaninchen, und Sie sehen, die Franzosen versorgen uns mit Geld.«

Samgin war zu sehr in sich selbst versunken, als daß er die Komik dieser Sitzungen beachtet hätte, dennoch dachte er manchmal, die Leute sprächen dummes Zeug, weil sie sich übereinander lustig machen wollten.

»›In einem gesunden Körper ist ein gesunder Geist‹ – das ist eine heidnische Behauptung, und darum ist sie unwahr«, sagte Oberpriester Slaworossow. »Der Geist des wahren Christen krankt stets an verzehrender Liebe zu Christus und an Furcht vor ihm.«

Das alles bekam in den Augen Samgins einen ausgesprochen tragikomischen Anstrich, als er sich überzeugt hatte, daß das obere Stockwerk des Hauses, wo der verwitwete Doktor Ljubomudrow wohnte, das Nest von Leuten anderen Typs und offensichtlich Treffpunkt der ortsansässigen Bolschewiki war. Er bemerkte, daß dienstags und freitags in den Abendsprechstunden des Doktors pünktlich der unverwüstliche Statistiker Smolin und irgendwelche sehr verschiedenartigen Leute erschienen, die gar nicht wie Kranke aussahen. Zweimal etwa zeigte sich auf dem Hof Dunajew mit seinem unvergeßlichen Lächeln in dem krausen Bart, der jetzt noch dichter und wie aus Holz geschnitzt war. Dunajew trug Schaftstiefel bis zu den Knien, eine schwedische Lederjacke und eine Ledermütze, all dieses stark mit Maschinenöl eingefettete Leder glänzte matt.

Zwei Zimmer seiner Wohnung hatte der Doktor vermietet: das eine an den Mitarbeiter von »Unser Land«, Kornew, einen hageren Mann mit rotblondem Bart, Kinderaugen und dem Gang eines Sumpfvogels, das andere an Fljorow, einen Mann von etwa vierzig Jahren mit einem Klemmer auf der spitzen Nase und einem Gesicht, das in aller Eile aus kleinen Zügen modelliert schien und ebenfalls von einem spärlichen, dunklen Bärtchen zweifelhaft geziert war. Man hätte erwarten können, dieser Mann spräche mit hohem Tenor, er sprach jedoch mit weichem Baß, langsam und leicht stotternd. Er hielt irgendwelche Vorlesungen in der Musikschule, veröffentlichte in »Unser Land« kleine Artikel über Neuigkeiten der Wissenschaft und arbeitete an einem Buch »Die sozialen Ursachen psychischer Krankheiten«.

»F-fast alle Formen psychischen Erk-krankens erklären sich aus der Vergewaltigung des menschlichen Willens«, erklärte er Samgin. »Die be-bestehende Gesellschaftsordnung bringt Menschen mit hypertrophiertem oder atrophiertem Willen hervor. Nur der Sozialismus kann eine freie und normale Entfaltung der Willensenergie herbeiführen.«

Doktor Ljubomudrow hörte ihm zu, lächelte, klopfte sich mit den Fingern auf die Glatze und warnte freundlich: »Mach keinen Fehler, Nikola.«

Der Doktor war abgemagert, hielt sich aufrecht und hatte anscheinend seinen trägen Skeptizismus eines Menschen, der durch den langjährigen Anblick menschlicher Leiden ermüdet war, abgelegt. Er sah Klim mit zugekniffenen Augen an und brummte unverfroren: »Tja, das Sprichwort: ›Eine Krähe hackt der anderen nicht die Augen aus‹ hat sich im Fall Warawkas nicht bewahrheitet – Radejew hat sich über ihn hinweggesetzt und ist Stadtoberhaupt geworden. Er hat die Intelligenzkreise zu seinem Sprungbrett gemacht und – hat ihn übersprungen. Ein spitzbübischer Alter, er wittert den Geruch des morgigen Tages. Sind Sie nicht zufällig Bolschewik?«

»Warum zufällig?« wich Klim einer offenen Antwort aus, aber die Antwort interessierte den Doktor offenbar nicht, er trommelte mit den jodverätzten Fingern hinter dem Ohr gegen seinen Schädel und brummte: »Stramme Burschen. Hier traf mal so ein Bärtiger ein ... im Charakter erinnerte er mich an Sheljabow.«

Daran, wie der Doktor aus seinem Schädel dumpfe Worte herausklopfte, und an seiner ganzen nachlässigen, gebeugten Gestalt war etwas, das Samgin erregte. Und es war absurd zu hören, daß dieser vom Leben stark mitgenommene Alte mit den Bolschewiki sympathisierte.

»Es ist natürlich nicht übel, daß man Plehwe um die Ecke gebracht hat«, murmelte er. »Aber es bedeutet trotzdem, Bakterien wie Flöhe Stück für Stück auszurotten. Es heißt, die Professoren ziehe es zur Politik hin, wie? Der verstorbene Setschenow hat sehr richtig von Virchow gesagt: ein guter Gelehrter, aber ein schlechter Politiker. Virchow hat das bewahrheitet: er hat schlechte Politik gemacht.«

Zu Jelisaweta Spiwak verhielt sich der Doktor wie zu einer Tochter, er duzte sie, während sie ihm den Haushalt führte. Samgin mutmaßte, daß sie sich im Ortskomitee als Sekretärin betätige und überhaupt eine wichtige Rolle spiele. Er erfuhr, daß Sascha, die Wärterin ihres Sohnes, eine Nichte Dunajews war, daß Dunajew in Treschers Faßfabrik als Maschinist angestellt und sein griesgrämiger Kamerad Waraksin als Waagemeister auf dem Güterbahnhof tätig war.

»Die haben es zu was gebracht«, bemerkte er ironisch, aber die Spiwak vernahm die Ironie nicht.

»Sie sind beide sehr klug«, sagte sie und teilte knapp mit, daß die Arbeit in der Stadt ziemlich erfolgreich vorwärtsgehe, daß eine kleine Druckerei vorhanden sei, aber natürlich nicht genug Literatur zur Verfügung stehe und wenig Geld da sei.

»Nach Warawkas Tod wird noch weniger dasein.«

»Hat er – Geld gegeben?« fragte Samgin erstaunt und ungläubig.

»Ja. Aber nicht sehr viel.«

»Und – hat er gewußt, wofür?«

»Natürlich hat er das gewußt.«

»Sonderbar, nicht wahr?« fragte Samgin.

Die Spiwak antwortete nicht. Sie hatte sich äußerlich fast gar nicht verändert, war nur stark abgemagert, aber ihr rundes Gesicht hatte keine einzige Falte, und die bläulichen Augen blickten immer noch ebenso ruhig. Samgin merkte jedoch, daß sie ihm gegenüber hochmütiger war als früher. Er erklärte sich das damit, daß man ihr wahrscheinlich von der Nikonowa und im Zusammenhang mit dieser Affäre auch von ihm erzählt hatte. An die Nikonowa dachte er jetzt schon kühl und wenn auch mit Bitterkeit, so doch fast wie an ein Dienstmädchen, das gute Eigenschaften besaß, ihm lange und ehrlich hätte dienen müssen, statt dessen jedoch das in sie gesetzte Vertrauen nicht gerechtfertigt, sich in eine dunkle Angelegenheit verwickelt und dazu noch ihn durch den Verdacht beleidigt habe, daß auch er ein dunkler Mensch sei. Er hätte sehr gern mit der Spiwak über diesen traurigen Fall gesprochen, konnte sich aber immer nicht dazu entschließen, auch war ihm ihr Sohn dabei im Wege.

Dieser Mensch verhielt sich nörglerisch, anspruchsvoll und sichtlich mißtrauisch zu ihm. Mit schwarzen Brauen, Augen wie Kirschen und widerspenstigen Haarschöpfen, dünn und gelenkig, erinnerte er den Kindern gegenüber gleichgültigen Samgin unangenehm an Boris Warawka. Er blickte ihm unter die Brille und fragte mit kräftigem Stimmchen: »Können Sie auf zwei Fingern pfeifen? Und Käfige bauen? Können Sie Bären und Katzen zeichnen? Was können Sie denn?«

Samgin konnte nichts, und das mißfiel Arkadij. Er kniff die Lippen zusammen, schwieg ein paar Sekunden und sagte dann vorwurfsvoll: »Fljorow kann alles. Onkel Grischa Dunajew auch. Und der Doktor auch. Der Doktor pfeift nur nicht, er hat falsche Zähne. Fljorow hat sogar hinter dem Ural gelebt. Können Sie den Ural auf der Karte mit dem Finger zeigen?«

Ferner stellte sich heraus, daß Fljorow in einem endlos langen Fluß hinter dem Ural unglaubliche Fische gefangen hatte.

»So große!«

Arkadij breitete die Arme in ihrer ganzen Länge aus und schwenkte sie dann über dem Kopf.

»Würfelförmige Fische kommen nicht vor«, bemerkte Samgin. Der Junge sah ihn verwundert an und war gekränkt. »Wieso kommen sie nicht vor, wenn es welche gibt? Es gibt sogar kugelrunde und solche wie kleine Pferde. Die Menschen, die sind alle gleich, aber die Fische sind verschieden. Wieso sagen Sie, daß sie nicht vorkommen? Ich habe Bilder, da ist alles drauf, was es gibt.«

Samgin fiel es schwer mit ihm, aber er wollte die Einstellung der Mutter zu sich mildern und glaubte, das dadurch zu erreichen, daß er mit ihrem Sohn spielte, während der Junge in ihm einen Menschen sah, dem man von allem, was es auf der Welt gab, erzählen mußte.

Die Spiwak verhielt sich zu ihrem Sohn mit einer etwas komischen Vorsicht und als fürchtete sie, ihm lästig zu fallen. Wenn sie Arkadijs Geplauder zuhörte, dämmte sie fast nie seine Phantasie, sondern fragte nur zuweilen: »Ist denn das möglich?«

»Warum nicht?«

»Denk mal nach.«

»Gut – ich werde nachdenken«, willigte Arkadij ein.

Seine direkten Fragen beantwortete sie ausweichend, mit kleinen Scherzen, meist jedoch wiederum mit Fragen, womit sie den Knaben geschickt und unauffällig von dem ablenkte, was er noch nicht zu wissen brauchte. Sie war zu ihm nur selten zärtlich und auch eigentümlich behutsam, fast geizig.

Das ist vorbeugend, das Leben ist nicht zärtlich, dachte Samgin and erinnerte sich, wie oft in der Kindheit seine Mutter, wenn sie ihn mechanisch, aus Gewohnheit liebkoste, seine kindliche Zärtlichkeit abgekühlt hatte.

Es war schon August, und doch strömte der etwas matte Himmel immer noch metallischen heißen Sonnenglanz aus; er machte die Stadt so still, daß man hörte, wie auf dem Übungsplatz hinter den Gärten eine gebieterische Stimme schallend kommandierte: »Stillgestanden!«

Und es schien, als wäre das staubige Laub der Bäume gerade von diesen Rufen so trübsinnig regungslos. Auch die Nächte waren schwül und düster still. Nachts ging Samgin spazieren, wobei er eine späte Stunde und die ruhigsten Kaufmannsstraßen wählte, um keinen Bekannten zu begegnen. Es war etwas Bitteres und hämisch Berauschendes an diesen Nächten, den einsamen Spaziergängen auf schmalen Gehsteigen vor den Fenstern dauerhaft gebauter Häuser, wo einfache Menschen wohnten, Menschen mit gesunder Denkart, von denen der Historiker Koslow so beruhigend und schön erzählt hatte. Er stimmte dem Doktor bei, wenn Ljubomudrow sagte: »Tja, man merkt, auch das Kleinbürgertum verliert den Glauben daran, daß es so weiterleben könne, wie es das gewohnt war. Es lebt zwar immer noch so, aber das ist die Beharrung. Alle fühlen, daß die gewohnte Ordnung Rechtfertigungen, Erklärungen verlangt, woher aber soll man sie nehmen, die Rechtfertigungen? Es gibt keine Rechtfertigungen.«

Während Samgin ihm zuhörte, dachte er: In der Tat verbrecherisch ist die Macht, die bei jener Bevölkerungsschicht Unzufriedenheit erweckt, welche in allen anderen Ländern dem Staat als feste Stütze dient. Aber er dachte über Politik nicht gern in den gewohnten, allgemein üblichen Termini nach, da er fand, daß diese Termini seine Gedanken um ihre Eigenart brachten, sie entstellten. Ihm gefiel es mehr, wenn der gleiche Doktor lächelnd murmelte: »Die Warawkaleute haben wohl auch zu spät begonnen, babylonische Türme und ägyptische Pyramiden zu bauen, es fehlt an Sklaven, die Arbeiter aber wollen nichts Unsinniges.«

Zu guter Letzt näherte sich Samgin immer häufiger einer Schlußfolgerung, die ihm noch vor kurzem innerlich zuwider gewesen war: Das Leben ist so verdreht, daß jene Menschen am einfachsten und verständlichsten sind, die beschlossen haben, all seine Grundlagen zu ändern, all seine Stützen zu zerstören. Er erinnerte sich noch, daß ihm dieser Gedanke zum erstenmal in Petersburg, gleich nach dem Brief der Nikonowa gekommen war, und war überzeugt: Er war ihm nicht deshalb gekommen, weil er über etwas erschrocken war. Er wollte nicht darüber nachdenken, worüber er eigentlich erschrocken war: über sich selbst oder über die Nikonowa. Aber in ihm war schon mehrmals der Gedanke aufgetaucht, diese Frau könnte, wenn man sie finge, aus Angst oder aus Bosheit ihren unsinnigen Verdacht als Tatsache ausgeben und ihn verleumden.

Bei einem seiner Spaziergänge stieß er mit Inokow zusammen; Inokow trat aus dem Hof eines Hauses und rief, während er das Pförtchen zuschlug, in den Hof zurück: »Na, leb wohl, du Dummkopf!«

Dann prallte er mit Samgin zusammen.

»Verzeihung ... Pah, Sie sind es!«

»Von wem haben Sie sich denn so originell verabschiedet?«

»Von Poiré. Entsinnen Sie sich – der Polizeibeamte, der zur Haussuchung bei Ihnen war. Er ist zum Polizeikommissar ernannt worden, aber er hat seinen Abschied genommen – er fürchtet die Revolution, fährt nach Frankreich. So ein Scheusal ...«

»Sie sprechen sehr laut von der Revolution«, warnte Samgin, aber auf Inokow hatte das keine Wirkung.

»Na«, sagte er, ohne die Stimme zu senken, »davon bellen alle Hunde, gackern alle Hühner, sogar die Schweine grunzen schon davon. Man langweilt sich, mein Lieber! Hat nichts zu tun. Das Kartenspielen haben wir satt, kommt, laßt uns Revolution machen, wie? Ich verstehe diese Leute. Sie gehen in die Revolution, wie Ungläubige die Kirche besuchen oder an Kirchenprozessionen teilnehmen. Wissen Sie, ich habe eine Erzählung veröffentlicht – haben Sie sie nicht gelesen?«

»Nein«, sagte Samgin. Er hatte die Erzählung gelesen, sie aber nicht gut gefunden und wollte darum nicht von ihr sprechen. Inokow glich am allerwenigsten einem Schriftsteller; in dem weiten Mantel, der aussah, als gehöre er ihm nicht, mit weißer Mütze und einem Bart, der sein grobgeschnittenes Gesicht bis zur Unkenntlichkeit veränderte, glich er einem zu Wohlstand gelangten Bauern. Er sprach laut, lebhaft und schien nicht nüchtern zu sein.

»Ja, sie ist gedruckt worden. Man lobt sie. Aber meiner Ansicht nach ist sie nichts wert! Zudem hat der Zensor oder der Redakteur das Manuskript so überarbeitet, daß der Sinn verlorengegangen, die Langeweile jedoch erhalten geblieben ist. Dabei war die Erzählung gerade gegen die Langeweile geschrieben. Na, auf Wiedersehen, ich muß hierher!« sagte er und ergriff Samgins Hand mit seiner heißen Rechten. »Ich laufe immerzu herum. Suche einen Platz – bin in Polen, in Deutschland und auf dem Balkan gewesen, war in der Türkei, im Kaukasus. Uninteressant. Im Kaukasus ist es wohl noch am interessantesten.«

Ein wüster und törichter Mensch, dachte Samgin, als er sah, wie Inokow mit hochgezogenen Schultern und gebeugtem Rücken, als trüge er eine unsichtbare Last, hastig durch die Gasse schritt, während eine trüb brennende Laterne sich ihm entgegenbewegte. Er erinnerte sich an Inokows Erzählung: grob geschrieben, ließ sie vieles offen, enthielt Gedankensprünge, in ihr klang aufdringlich irgendein gellender, aufreizender Ton. Die Erzählung hieß »Das Übliche« und schilderte eine Reihe kleiner, nicht strafbarer Vergehen, die den Tag des Spießbürgers füllen. In Samgins Erinnerung flammte jetzt gleichsam ein Streichholz auf und beleuchtete einen stillen Abend und am Ende einer Straße, über einem Feld feuerrote, üppige Wolken; er geht mit Inokow ihnen entgegen, und plötzlich kommt wie aus den Wolken wunderschön ein goldschimmerndes Roß mit schlanken Fesseln angesprengt, auf dem Roß – ein weißer Reiter. In diesem Augenblick rollt ein bärtiger Bauer ein leeres Faß aus einem Tor heraus; das goldene Roß wirft den Kopf hoch, bäumt sich auf und schlägt dann mit den Vorderhufen auf das Kopfpflaster, daß die Funken sprühen, Inokow bleibt stehen und murmelt albern: Aufrichtigkeit . . .«

Dann seufzt er: »Ach, wie schön . . .«

Die Revolution wird solche Subjekte wie Inokow sicherlich vernichten, entschied Samgin, als er sich an all das erinnert hatte.

Er versuchte, mit Jelisaweta Spiwak zu sprechen, aber nachdem sie ihm fünf Minuten zugehört hatte, sagte sie gelangweilt: »Sie scheinen sich nach Intellektuellenmanier mit sich selbst zu befassen? Das ist . . . recht unzeitgemäß.«

Er weigerte sich nicht, ihr bei ihren zahllosen Angelegenheiten vorsichtig zu helfen, und erklärte sich diese Hilfe mit seinem Bestreben, ihre konspirative Arbeit kennenzulernen, die Motive der revolutionären Gesinnung dieser stets ruhigen Frau zu verstehen, sie aber faßte seine Gefälligkeiten als etwas Pflichtgemäßes auf, sah dabei keinerlei Risiko für ihn und zeigte kein Verlangen, sich mit ihm näher zu befreunden.

Samgin verbrachte den ganzen Herbst, indem er das Leben im Haus beobachtete und auf Haussuchung und Verhaftungen wartete, mit der Mutter höchst langweilige geschäftliche Gespräche führte, und erst im Dezember war die Mutter endlich soweit, ins Ausland zu reisen. Man veranstaltete für sie ein Abschiedsessen mit Lobreden und geleitete sie dann mit Blumen und unter Tränen an die Bahn. Sie schien sich einzubilden, daß ihre Abreise ins Ausland sie noch bedeutender mache, als sie sich stets vorgekommen war, und benahm sich lächerlich aufgeblasen. Als Samgin sie beobachtete, fürchtete er, die Leute könnten merken, wie komisch diese alte Frau war, er suchte bei sich nach einem guten Gefühl zu ihr und fand nichts als Ärger über sie. Insbesondere beunruhigte ihn, daß die Spiwak die Mutter natürlich auch komisch und kläglich sah, obwohl die Spiwak sie mit traurigen Augen betrachtete und sich um sie wie um eine Kranke oder Schwachsinnige kümmerte.

Erst als auf dem Warschauer Bahnhof in Petersburg die nagelneue Lokomotive dampfschnaubend die roten Triebräder in Bewegung setzte, der Wagen ins Rollen kam und das geschminkte Gesicht der Mutter sich unschön verzerrte, verwischte – riß Samgin die schon wieder aufgesetzte Mütze hastig vom Kopf, und leise und fragend erklangen irgendwo in seinem Innern die traurigen Worte: Auf immer?

Der Wind blies und hüllte den Bahnhof in kalten Rauch, er zerrte an den Maueranschlägen und rüttelte an den surrenden opalenen

Blasen der Bogenlampen längs der Gleise. Über der ungeliebten Stadt flimmerte ein trübgelber Lichtschein, in der feuchten Luft schwebte unwirscher Lärm, der vom unruhigen Pfeifen rangierender Lokomotiven durchschnitten wurde. Als Samgin die glitschige Treppe hinabging, rutschte er aus und griff nach irgendeiner Schulter; der Mann schüttelte mit schroffer Bewegung seine Hand ab, wandte sich jäh um und sagte halblaut, mit Erstaunen: »Oh, Samgin! Und ich dachte . . . Haben Sie jemanden begleitet oder abholen wollen und nicht getroffen?«

Unter dem Hutrand hervor sahen Samgin die ironischen Augen Turobojews an, der sichtlich über etwas erfreut war.

Wohl kaum über die Begegnung mit mir, dachte Samgin.

Sie kamen zum Droschkenstand.

»Wohin müssen Sie?« fragte Turobojew, der einen leichten Mantel trug und sich vor Kälte etwas krümmte.

Sie nahmen zusammen eine Droschke. Turobojew erkundigte sich mit spitzem Lächeln, wie es ihm gehe. Samgin antwortete vorsichtig.

»Es ist kalt«, sagte Turobojew schlotternd. »Wollen wir nicht einen Wodka trinken gehen? Oder Tee?«

Klim stimmte zu. Es war interessant, Turobojew in der Rolle eines Mitarbeiters der Presse zu sehen.

»Das haben Sie wohl nicht erwartet?« fragte Turobojew, als sie im Restaurant saßen. »Das ist ein recht unterhaltsamer Beruf.«

Samgin trank Tee und betrachtete unauffällig das bekannte, viel dunkler gewordene Gesicht mit schwarzem Zwickelbärtchen und kleinem Schnurrbart. In diesem Gesicht war etwas Asketisches und Jüdisches zutage getreten, aber die Augen hatten sich nicht verändert, in ihnen leuchtete wie früher ein unangenehm stechendes Flämmchen.

Ein gewesener Mensch, erinnerte sich Samgin eines allgemeingebräuchlichen Ausdrucks; er war ihm zum erstenmal angenehm, und es schien ihm höchst angebracht, ihn zu wiederholen. Turobojew trank Wodka, indem er das Gläschen mit rascher Handbewegung an den Mund führte, er prustete, hustete und spuckte wie ein Handwerker.

»Zu leben wird überhaupt unterhaltsam«, sagte er, nahm eine billige Stahluhr aus der Tasche und sah mit einem Auge das Zifferblatt an. »Hätten Sie nicht Lust, etwas sehr Interessantes kennenzulernen? Sie haben natürlich gehört: Hier organisiert ein Pfäffchen die Arbeiter. Ganz legal, mit behördlichem Segen.«

»Ja, das weiß ich«, sagte Samgin. »Aber was bedeutet das?«

Turobojew zuckte die Achseln, verfinsterte sich, seine Augen sanken in die Höhlen zurück.

»Ich begreife es nicht. Die Deutschen hatten so einen Pastor – Stöcker, glaube ich, aber das gleicht dem nicht. Ich bin übrigens schlecht unterrichtet, vielleicht gleicht das dem doch. Einige ... Sachkenner sagen, das sei eine Wiederholung des Subatowschen Experiments, aber in grandioseren Ausmaßen. Das scheint auch nicht zu stimmen. Jedenfalls ist es bemerkenswert! Ich fahre gerade zu einer Predigt des Popen, wollen Sie nicht mitkommen?«

Samgin stimmte zu, denn er hoffte, einen Prediger wie Diomidow und Hunderte vom Leben bedrückter Menschen zu sehen, die ihm aus Langeweile zuhören, weil sie sonst nicht wissen, wohin mit sich.

Sie fuhren lange durch dunkle Straßen, wo der Wind stärker war, er blies ihnen in den Mund und hinderte am Sprechen. Schwarze Fabrikschlote ragten zum Himmel, der wie eine erstarrte Wolke schmutzig-rotbraunen Rauchs aussah, und dieser Rauch entstand hinter den Türen und Fenstern von Gastschenken, die mit gelbem Licht gefüllt waren. In der kalten Dunkelheit bewegten sich menschenähnliche Gestalten, schrien Betrunkene, sang schrill eine Frau, und je weiter, desto finsterer schienen die Straßen zu sein.

»Halt! Du wartest hier«, sagte Turobojew, als sie bei einem hohen Zaun angelangt waren, und sprang in den Schnee, ehe noch das Pferd stand.

Das rote Licht einer Kohlenfadenlampe beleuchtete die breite Fläche eines Tors, das in einer Angel hing, einen Mann im Bauernpelz mit einem Messingschild an der Stirn und noch einen kleineren, auch im Pelz und einem Heuschober ähnelnd.

»Wer sind Sie?« fragte der eine, der andere antwortete mit Weiberstimme: »Zeitungsleute.«

Dann spuckte er aus.

Samgin schritt stolpernd über irgendwelche Bretter mit geneigtem Kopf dicht hinter Turobojew her, er wurde von irgendwelchen Leuten gestoßen, die einander mit halblauter Stimme ermahnten: »Leiser!«

»N-nein, Brüder«, durchschnitt ein hoher, etwas hysterischer Schrei die Luft. Samgin stieß gegen Turobojews Rücken, richtete sich auf den Zehen auf und blickte über seine Schulter nach vorn, von wo die hohe Stimme rief.

»Nein, nicht das werden wir sagen! Wir werden sagen: Die Armut ...«

Eine tiefe Stimme rief zornig und wie durch ein Sprachrohr über

Samgins Kopf hinweg: »Wir sind keine Armen, Väterchen, Ausgeraubte sind wir!«

»Armut erzeugt Neid, werden wir sagen, der Neid – Feindschaft, aber Feindschaft ist kein Gesetz, Feindschaft ist nicht das Wahre . . .«

»Hörst du?« fragte jemand halblaut hinter Samgin.

»Ich höre.«

»Na, siehst du. Ich habe dir doch gesagt . . .«

Bald lauter, bald gedämpfter wogten leises Sprechen, Raunen, verhaltenes Husten und übertönten die hastigen Worte des Redners. In dem blauen Tabakrauch, der mit dem Geruch von Leder, Öl und Teer durchsetzt war, sah Samgin gereckte Hälse, Nacken und zerzauste Köpfe, die hochschnellten und wieder verschwanden wie Blasen im Wasser. Vorne saßen die Leute dichtgedrängt und hatten sich fast alle vorgeneigt, wie man an einem Ofen sitzt und sich wärmt. Weiter vorne war der Boden anscheinend erhöht, dort saßen an zwei zusammengerückten Tischen mit dem Gesicht zu Samgin ernste, bessergekleidete Leute, während vor den Tischen ein schwarzhaariges kleines Pfäffchen mit schwärzlichem Gesicht herumlief, bald mit der Rechten, bald mit der Linken gestikulierte, am Kragen des braunen Priesterrocks herumzupfte, das Haar mit den Händen zurückwarf und sich zu den Leuten vorbeugte, als wollte es sich auf sie stürzen; sie riefen ihm zu: »Lauter, Väterchen!«

»Ru-he!«

»Wie viele sollen denn mitgehen, Väterchen?«

»Wie wäre es zu Neujahr?«

»Seid doch still!«

»Er ist ein Mensch!« rief der Pope und schwang die Ärmel des Priesterrocks hoch. »Er ist gerecht! Er wird die Wahrheit eures Grams verstehen und wird den Leuten, die von eurem Schweiß, von eurem Blut leben, sagen . . . wird ihnen sein Wort sagen . . . ein Wort der Kraft – glaubt mir!«

Turobojew drängte sich hartnäckig vor. Samgin, der ihm folgte, merkte, daß die Arbeiter sich gegenseitig anstießen und den Fremden gern Platz machten.

»Weiter zwängen wir uns nicht durch«, sagte Turobojew vergnügt, als er hinter den Sitzenden stehenblieb.

Ja, die Arbeiter saßen zu dritt auf zwei Stühlen, saßen einander auf dem Schoß und bildeten ein so geschlossenes Ganzes, daß Samgin durch die angelaufene Brille auf einigen Schultern zwei Köpfe sah. Ununterbrochen, ohne Blinzeln betrachtete er das verkrampfte Figürchen im Priesterrock; der Priesterrock wallte und wogte, als wollte er die Figur des Popen absichtlich einer bestimmten, festen Form berauben. Das Haar flatterte über seinem kleinen Kopf, und es schien, als ob auch auf seinem dunklen Gesicht das Haar bald länger, bald kürzer würde. Er wölbte die Brust vor und drückte die Faust an sie, richtete sich auf, hob die Augen zu dem blauen Rauch über seinem Kopf empor und schwieg, als lauschte er dem Geräusch der gedämpften Stimmen, dem Husten und dem tiefen Seufzen. Samgin fühlte bereits, daß hier nicht das geschah, was er zu sehen gehofft hatte: Dieser überspannte Pope erinnerte in nichts an Diomidow, ebenso wie die Arbeiter überhaupt nicht den unansehnlichen, von irgendeiner unüberwindlichen Langenweile bedrückten Zuhörern des ehemaligen Requisiteurs glichen.

»Abgerackerte Frauen, kranke Kinder«, zählte der Pope sehr rührend auf. »Schmutz und Enge der Unterkünfte. Trunksucht und Unzucht als einziger Trost.«

»Hör auf – das wissen wir!« brüllte betäubend laut dicht hinter Samgin eine Trompetenstimme; mehrere Stimmen zugleich beschwichtigten ihn leise: »Laß das doch sein, Heizer . . .«

»Was hast du? Bist du betrunken?«

»Sei still!«

»Warum wühlt er in meinen Wunden?«

Samgin sah sich vorsichtig um. Hinter ihm stand ein breitschultriger hochgewachsener Mann mit einem großen kahlen Schädel und rundem, bartlosem Gesicht. Das Gesicht glänzte ölig und war aufgedunsen wie bei einem Wassersüchtigen, die kleinen Augen leuchteten irgendwo in der Mitte, allzu nahe an den Nüstern der breiten Nase, während der Mund groß und ohne Lippen war, wie vom Messer geschnitten. Er bleckte die dichten weißen Zähne und trompetete dumpf über Samgins Kopf: »Er soll zur Sache kommen. Das Leben kennen wir. Wozu sein Gejammer?«

Das Gesicht dieses Menschen kam Samgin so unheimlich vor, daß er die Augen nicht gleich von ihm abwenden konnte. Der Mann war fast um einen Kopf größer als alle Arbeiter, die Schulter an Schulter und sogar gleichsam Wange an Wange rings um ihn standen. Es ergab sich irgendwie eine kompakte Masse gleichmäßig verfinsterter Gesichter mit einer unregelmäßigen, gebrochenen Linie von Augen, die gleichermaßen angespannt auf die braune Gestalt des Pfäffchens gerichtet waren. Auch Frauengesichter waren hie und da verstreut – mißtrauisch verfinstert die einen, gerührt wie in der Kirche die anderen. Eine Frau, die neben Turobojew stand, hatte ein krummnasiges Hexengesicht und bewegte fortwährend die Lippen, als kaute sie an irgendwelchen allzu harten Worten, und wenn sie die Lippen schloß, zeigte sich auf ihrem Gesicht ein Ausdruck böser und verzweifelter Entschlossenheit. Das war auch sehr unheimlich, und Samgin dachte, daß er an Stelle des Popen auch so herumgetanzt hätte, um diese Gesichter nicht zu sehen. Er schloß die Augen. Da erstanden vor ihm der blendendhelle Feuerofen Aumonts und der exzentrische Neger, der mit verblüffender Leichtigkeit auf der Bühne herumlief und den Streit eines jungen Hundes mit einem Hahn darstellte. Der Pope schrie immerzu und wand sich, als kneteten ihn wie Teig unsichtbare Hände. Nun standen die Leute hinter dem Tisch auf, umringten und zogen ihn, schoben ihn irgendwohin in eine Ecke und ließen ihn verschwinden. Das erinnerte Samgin an den Zaren in der Nishnij Nowgoroder Ausstellung und an die Minister, die ihn umringten. Die kalte, stickige Luft kitzelte ihn in der Nase, erschwerte das Atmen; Samgin nieste, seine Augen tränten, rings um ihn wurde es lauter, die Sitzenden erhoben sich, gingen aber nicht auseinander, sondern drängten sich in Gruppen zusammen und unterhielten sich brummig. Turobojew bat jemanden: »Ruf doch an ...«

»Unbedingt.«

»Gehen wir«, sagte Turobojew.

Sie zwängten sich lange und mühevoll durch die Menge; sie war reglos geworden. Der Mann mit dem kahlen Schädel trompetete: »... wie Blinde in einen Abgrund. Wissen muß man!«

Auf der Straße erfaßte sie wieder der Wind, jetzt bereits mit Schnee, weich wie Flaum und feucht. Turobojew, der zusammengekrümmt die Hände in die Taschen gesteckt hatte, fragte: »Nun, was sagen Sie dazu?«

»Ich verstehe das nicht«, sagte Samgin und fragte, da er sich von Turobojew nicht ausfragen lassen wollte, seinerseits: »Sie haben mit einem Arbeiter gesprochen?«

»Ja. Ein sehr netter Mensch. Tscheremissow. Sollten Sie noch mal herkommen, so fragen Sie nach ihm.«

»Ich verreise morgen. Sozialrevolutionär, Sozialdemokrat?«

»Weder das eine noch das andere. Der Pope liebt Sozialisten nicht. Übrigens scheinen sich auch die Sozialisten diesem Spiel fernzuhalten.«

»Spiel?« fragte Samgin.

»Sie haben gesehen, er hat lauter Leute reifen Alters und anscheinend meist hoher Qualifikation um sich«, sagte Turobojew bereitwillig und nachdenklich, als spräche er mit sich selber, ohne die Frage zu beantworten.

Samgin sah vor sich den kahlen Schädel, das runde Gesicht mit den kleinen Augen, es leuchtete wie der Mond durch Nebel; dann spaltete es sich in eine Reihe anderer Gesichter, doch diese Gesichter vereinigten sich wieder zu einem unheimlichen Ganzen.

»Ich habe mich anscheinend erkältet«, sagte er.

Turobojew riet ihm, ein heißes Bad zu nehmen und Rotwein zu trinken.

Er ist so liebenswürdig, als wollte er mich um etwas bitten, dachte Samgin. In seinem Kopf rauschte es, seine Temperatur stieg. Durch das Rauschen hindurch hörte er: »Sagen Sie es Ihrem Bruder.«

»Wem?« fragte Klim verwundert.

»Ihrem Bruder, Dmitrij. Wußten Sie nicht, daß er hier ist?«

»Nein. Ich bin erst heute angekommen. Wo ist er?«

Turobojew nannte ein Gasthaus und sagte, daß er Dmitrij am Morgen sehen werde.

Zu Hause bestellte Samgin einen Samowar und Wein, nahm ein heißes Bad, aber das half ihm wenig, sondern schwächte nur. Er warf den Mantel über und setzte sich hin, um Tee zu trinken. Der Kopf schmerzte, Schnupfen fing an, und die beißende Trockenheit in den Augen veranlaßte ihn, sie zu schließen. Da tauchten aus der Dunkelheit das kahle Gesicht, der ölige Schädel auf, und in den Ohren dröhnte die wuchtige Stimme: »Das Leben kennen wir!«

Unter diesen Kopf stellten sich Dutzende, Hunderte von Menschen, und es entstand ein tausendarmiger Körper mit einem Kopf.

Der Führer, dachte Samgin lächelnd und trank gierig den warmen, mit Wein gemischten Tee. Der kleine braune Pope hüpfte herum. Sein Körper spaltete sich in einzelne Personen, und diese nahmen die bekannten Gestalten des dreifingerigen Predigers, Diomidows, des Schauermanns, des Ofensetzers aus dem Dorf und anderer mutwilliger Menschen an, die sich dem Schicksal nicht fügten. In seiner Erinnerung ging der Diakon mit einem dicken Buch in der Hand vorbei und sagte wie ein Schauspieler, der den Pechvogel Nestschastliwzew spielt: »Zensuriert!«

Ich habe Fieber, wahrscheinlich um vierzig, sagte sich Samgin und blickte den fauchenden Samowar an; das heiße Kupfer widerspiegelte zugleich mit seinem Gesicht irgendwelche Streifen und Flekken, sie verwandelten sich wieder in Menschen, deren jeder sich in Dutzende und Hunderte seinesgleichen vervielfältigte, es entstand eine dichte Masse gleicher Gestalten, ihre Köpfe hüpften wie Kaffeebohnen auf der heißen Pfanne, wie Tausende von Funken glühten verschiedenfarbige Augen auf, und es erklang ein leise stöhnendes Raunen . . .

»Weiß der Teufel, wie . . . allein ich bin«, sagte Klim laut. Die

Worte klangen, als kämen sie aus der Ferne und als hätte sie eine fremde, heisere Stimme gesprochen. Samgin stand auf, ging wankend zum Bett und ließ sich darauffallen, griff nach dem birnenförmigen Klingelknopf und preßte ihn fest in der Faust zusammen, wobei er das Pfäffchen die Ärmel des Priesterrocks schwingen und wie einen Hahn hüpfen sah, der auf einen Zaun hinauffliegen will, es aber nicht kann. Der Zaun war hoch, endlos lang und verlief in der Dunkelheit, im Rauch, doch an einer Stelle machte er einen Knick, bildete eine Ecke, und an der Ecke stand Turobojew und rief mit ausgestreckter Hand: »Er wird es verstehen!«

An das Bett traten zwei dicke Männer und drehten Samgin von der einen Seite auf die andere. Nach einiger Zeit erwies sich der eine von ihnen, der aussah wie ein Kaufmann vom Ochotnyj rjad, der mit eingesalzenen Pilzen handelt, als Dmitrij und der andere als ein Arzt von jenen, wie sie in Jules Vernes Büchern vorkommen: sie irren sich immer, und man darf ihnen nicht glauben. Samgin schloß die Augen, und beide verschwanden.

Als Samgin wieder zu sich kam, gleißte vor dem Fenster in milchigem Nebel die silberne Sonne, auf dem Tisch strahlte der Samowar, aus dem hoch und gekräuselt ein Dampfstrahl aufstieg, und vor dem Samowar saß mit einer Zeitung in der Hand der Bruder. Sein Kopf war nach Soldatenart kurzgeschoren, die rötlichen Wangen mit einem Kaufmannsbart bedeckt; er trug ein gestärktes Hemd ohne Krawatte, blaue Hosenträger und ungewöhnlich bunte Hosen.

Welch . . . Provinzler, dachte Klim, aber dieses Wort erfaßte nicht den ganzen Eindruck, und so fügte er hustend hinzu: »Wohlerhaltener.«

Dmitrij warf die Zeitung auf den Boden und glitt zum Bett.

»Guten Morgen. Was machst du denn für Sachen, Bruder, wie? Du hast recht kräftiges Fieber gehabt, alles ging ganz durcheinander. Mit Popen, Plötzen und Gleb Uspenskij. Du wirst drei bis vier Tage liegen müssen.«

Er ging zum Tisch, tropfte Arznei in ein Glas und gab sie Klim zu trinken, dann goß er sich ein Glas Tee ein und setzte sich mit dem Glas in der Hand linkisch auf den Stuhl am Bett.

»Ich bin seit zwei Wochen hier. Habe eine ethnographische Arbeit über das Nordgebiet mitgebracht.«

»Ist die Überwachung aufgehoben?« fragte Klim.

»Längst.«

»Fährst du ins Ausland?«

»Habe kein Geld«, sagte Dmitrij und stellte das Glas aus unerfindlichem Grund auf den Boden. Seine Augen blickten schuldbewußt, wie in Wyborg. »Das ist so eine . . . Geschichte: Habe mich bei einer Familie niedergelassen – vortreffliche Leute! Ihr Haus war verpfändet, man wollte es ihnen nehmen, nun, und so gab ich ihnen Geld. Dann verwitwete die Tochter und . . . Du bist doch, glaube ich, auch verheiratet? Wie es mir geht? Nun . . . nicht übel. Ethnographie ist eine sehr interessante Sache. Ein Obstgarten ist auch da, ich buddle ein wenig. Na, und dann das gesellschaftliche Leben . . .« Er kratzte sich mit dem kleinen Finger an der Nase und fragte leise:»Bist du Bolschewik? Nicht? Na, das ist angenehm, Ehrenwort!« Dann klemmte er die Hände zwischen die Knie, beugte sich zum Bruder vor und begann lebhafter zu sprechen: »Ich mag diese Gesellschaft nicht, Leute ohne Gewicht, Rebellen, Blanquisten. Lenin hat etwas von Netschajew, bei Gott! Jetzt besteht er darauf, daß ein dritter Kongreß vorbereitet wird – weshalb? Was ist vorgefallen? Hier liegt offensichtlich das Motiv persönlichen Ehrgeizes vor. Eine unangenehme Gestalt.«

Er verzog das Gesicht, rückte näher heran und senkte die Stimme noch mehr.

»Der Bauernaufstand hat bei mir einen deprimierenden Eindruck hinterlassen. Das war schon der Bolschewismus der Sozialrevolutionäre. Man hat einige zehntausend Bauern aufgewiegelt, um sie in die Knie zu zwingen. Und unsere Demagogen, fürchte ich, werden die Arbeiter in die Knie zwingen. Wir streiten uns herum, doch irgend so ein Gefängnispope handelt. Das ist schlimm, Bruder . . .«

»Wie denkst du über Turobojew?« fragte Klim.

»Wie soll ich über ihn denken?« erwiderte Dmitrij und fügte seufzend hinzu: »Er hat nichts zu verlieren. Willst du nicht Tee trinken?«

»Bitte.«

Beim Einschenken sagte Dmitrij: »Ich habe im Künstlertheater ›Nachtasyl‹ gesehen – darin kommt auch ein Turobojew vor, nur etwas dümmer. Das Stück hat mir nicht gefallen, es enthält nichts als Worte. Ein Feuilleton über den Humanismus. Und – erstaunlich unzeitgemäß, dieser bis zum Anarchismus erwärmte Humanismus! Überhaupt – schlechte Chemie.«

Samgin war es interessant und angenehm, dem Bruder zuzuhören, aber ihm brummte der Kopf, das Husten ermüdete, und seine Temperatur stieg wieder. Er schloß die Augen und teilte mit: »Mutter ist ins Ausland gereist.«

»Für längere Zeit?«

»Um dort zu bleiben.«

Dmitrij kratzte sich nachdenklich am Kinn, dann sagte er: »Tja.

Sieh mal an . . . Habe ich dich ermüdet? Es ist bald ein Uhr, ich muß zur Akademie. Ich komme am Abend, einverstanden?«

»Natürlich. Gib mir die Zeitung.«

Dmitrij ging. In dem Gasthauszimmer trat fragende und erwartungsvolle Stille ein.

Er hat seinen Platz im Leben gefunden und – geniert sich, antwortete Samgin dieser Stille und empfand zum erstenmal Wohlwollen für seinen Bruder. Aber wie sehr ist doch der russische Intellektuelle durch Ideen verängstigt, lächelte er innerlich. Er brauchte über den Bruder nicht nachzudenken, alles war klar! In der Zeitung schrieb man zornig über den Krieg, über Port Arthur, über die Zerrüttung des Transportwesens, sechs Feuilletonspalten lang begeisterte sich jemand für Balmonts Verse und zitierte sein Gedicht »Die Menschlein«:

»Du Kleinbesitzer, Pharisäer; Familienvater heuchlerischer,
O wenn du doch, millionenfacher, verschwändest plötzlich!«

Samgin warf die Zeitung beiseite, die Augen schmerzten, das Lesen strengte ihn an, der Husten plagte ihn. Dmitrij erschien spätabends und teilte ihm mit, daß er in das gleiche Gasthaus umgezogen sei, er fragte nach seiner Temperatur, murmelte etwas Beruhigendes und lief fort mit den Worten: »Es findet eine kleine Versammlung wegen dieses Gapon statt, der Teufel soll ihn holen!«

Am nächsten Abend fühlte sich Samgin schon leidlich wohl, er saß, als der Bruder kam, im Bett und trank Tee.

»Port Arthur hat kapituliert«, sagte Dmitrij durch die Zähne. »Diese Neuigkeit wird morgen öffentlich bekanntgegeben werden.«

Er ging ans Fenster, schrieb mit dem Finger etwas auf die Scheibe und wischte das Geschriebene mit der Hand wieder weg, wobei er schroff sagte: »Turobojew sagt, der Zar habe das Unglück ganz gleichgültig hingenommen.«

»Woher weiß er das?« fragte Klim zornig. »Er lügt natürlich . . .«

Dmitrij trat an den Tisch, brach ein Stück Brotrinde ab, steckte es in den Mund und murmelte: »Nein, er weiß es. Er zeigte mir eine Abschrift des Geheimrapports Admiral Tschuchnins, der Admiral teilt darin mit, Sewastopol sei ein Herd politischer Propaganda, und die Absicht, dort Reservisten in Privatquartieren unterzubringen, sei ein unheilvolles und vielleicht auch böswilliges Vorhaben. Als man den Rapport dem Zaren vorlegte, sagte er nur: ›Kaum zu glauben.‹«

Klim hüllte sich in Schweigen und betrachtete das kältegerötete Gesicht des Bruders. Dmitrij schien ihm heute stämmiger und ein noch alltäglicherer Mensch. Er sprach matt und irgendwie nicht das, woran er dachte. Seine Augen blickten zerstreut, und er wußte offenbar nicht, wohin er die Hände tun sollte, steckte sie in die Taschen, legte sie in den Nacken, strich sich über die Hüften, breitete sie schließlich weit von sich und sagte ratlos: »Eine sonderbare Figur, dieser Zar, wie? Von seiner Gleichgültigkeit gegenüber dem Schicksal des Landes, seiner Willensschwäche wird so viel . . .«

». . . und so falsch gesprochen«, sagte Klim. »Falsch«, wiederholte er hartnäckig. »Erinnere dich, wie er neulich den Tschernigower Semstwoleuten übers Maul gefahren ist.«

»Da handelte es sich sozusagen um eine persönliche Angelegenheit«, bemerkte Dmitrij.

»Aber ich kann mir, wenn du willst, vorstellen, warum er . . . Grund hätte, gleichgültig zu sein«, fuhr Samgin mit überraschender Heftigkeit fort, sie verwirrte ihn sogar etwas. »Gleichgültig wie ein Mensch, dem man von Kind auf einredete, daß er ein Ausnahmegeschöpf sei«, sagte er und fühlte sich einem Gedanken nahe, der ihm sehr wertvoll war. »Verstehst du? Ein Ausnahmegeschöpf. Du wirst zugeben, daß es einem Menschen, der in der Überzeugung von der Unbeschränktheit seines Willens aufgezogen wurde, schwerfällt, sich mit Forderungen nach Beschränkung seines Willens zu versöhnen. Ihm aber widerfuhr das gleich nach seiner Thronbesteigung . . .«

Dmitrij zog die Brauen hoch und lächelte, vom Lächeln wurde sein Bart breiter, er strich mit der Hand darüber, sah zur Decke und murmelte: »Na ja, aber – das stimmt nicht alles . . .«

Ohne dessen Worte zu beachten, jagte Samgin seinem Gedanken nach.

»Er sieht sich von unfähigen Leuten, von Feiglingen, Abenteurern und Mikrozephalen wie Witte umgeben . . .«

»Aber Witte . . .«

». . . und Pobedonoszew – überhaupt von grotesk unheimlichen Fratzen. Er sieht das Volk, das ihm Hurra zuruft, doch dann ruiniert er die Wirtschaft des Landes, und die Gouverneure müssen dieses Volk verprügeln. Er sieht die Studenten auf Knien vor seinem Palais, diese Studenten wurden vor kurzem unter die Soldaten gesteckt; er weiß, daß sich aus der Mitte der Studentenschaft die Mehrzahl der Revolutionäre rekrutiert. Ihm ist bekannt, daß Zehntausende von Arbeitern zum Denkmal seines Großvaters zogen, um vor ihm Hurra zu schreien, und daß in Rußland eine sozialistische, eine Arbeiterpartei gegründet worden ist und daß das Ziel dieser Partei nicht nur die Vernichtung der Selbstherrschaft ist – was auch alle anderen wollen –, sondern die Vernichtung der Klassenordnung. Das alles wird nicht erklärt, sondern ... gleicht sich in seiner Seele irgendwie aus ...«

Samgin gab sich keine Rechenschaft – klagte er an oder verteidigte er? Er fühlte, daß seine Rede sehr gewagt war, und merkte: Der Bruder sah ihn allzu aufmerksam an. Dann, nach kurzem Schweigen, sagte er nachdenklich: »Aus diesem Ausgleichen sich widersprechender Erscheinungen kann vollständige Gleichgültigkeit ... dem Leben gegenüber entstehen. Und sogar Menschenverachtung.«

Jetzt begriff er, daß er nicht vom Zaren, sondern von sich selbst sprach. Er war überzeugt, daß Dmitrij das nicht erraten könne, hatte aber dennoch ein peinliches Gefühl, verstummte und dachte: Wäre ich gesund, spräche ich nicht so mit ihm.

»Tja, so siehst du das«, sagte Dmitrij unbestimmt, zupfte an einem Knopf seines Rocks und sah sich um. »Eine schwere Zeit, mein Lieber! Alles spitzt sich zu und führt zu Extremen. Andrerseits wächst die Industrie, und das Land erstarkt merklich ... es europäisiert sich.«

Nachdem Dmitrij das undeutlich gesagt hatte, wie jemand, der Zahnschmerzen hat, fragte er: »Wollen wir Tee trinken, wie?«

»Bestelle ihn.«

»Eine idiotische Sache, dieser Krieg«, seufzte Dmitrij und drückte auf den Klingelknopf. »Der unglücklichste aller unserer Kriege ...«

Samgin hörte nicht zu, untersuchte ganz vertieft seine Rede. Ja, er hatte von sich selber gesprochen und war sich danach irgendwie klarer über sich selbst geworden. Der Bruder störte, er ging ziellos im Zimmer umher und brummte ratlos: »Alles ist so sonderbar. Es sind Leute mit ... origineller geistiger Einstellung aufgetaucht. Man zeigte mir vor kurzem einen Dichter – einen Riesenkerl! Er ißt so viel, als sei er ewig hungrig, und glaubt nicht, daß er sich satt essen könne. Er las Verse über Judas vor und pries den Verräter als Helden. Er scheint aber nicht untalentiert zu sein. Interessant ist ein anderes Gedicht.«

Dmitrij warf den kurzgeschorenen Kopf zurück und trug es mit zur Decke gerichtetem Blick vor:

»Gott und Satan spielen Karten,
Könige und Damen – die sind wir.
Gott hält nur die schlichten Karten,
Und der Satan hält die Trümpfe fest.«

»Sieh mal an ... Interessant!« Dmitrij lächelte.

Eine Woche lang kam er pünktlich wie zum Dienst zweimal am Tage, morgens und abends, und wurde mit jedem Tag provinzlerischer. Sein endloses Befremden erregte Samgin, er war seines behaarten, dicken, wenig beweglichen Gesichts und der unentschlossen fragenden grauen Augen überdrüssig. Klim war fast froh, als er erklärte, daß er unverzüglich nach Minsk fahren müsse.

»Habe dort eine Kleinigkeit zu erledigen, bin in etwa drei Tagen wieder zurück«, erklärte er lächelnd, halb stolz darauf, daß er etwas zu erledigen hatte, halb zufrieden darüber, daß es nur eine kleine Angelegenheit war. »Ich habe Turobojew gebeten, dich öfter mal zu besuchen, solange du hier bist.«

»Ganz unnötig«, sagte Samgin.

Er hatte keine Lust heimzufahren, es gefiel ihm, einsam zu leben und ausländische Romane zu lesen. Die beruhigende Langeweile des Lesens dämpfte angenehm die Heftigkeit der eben durchlebten Eindrücke, glättete ihre Rauheit. Er bemühte sich mit Erfolg, an nichts zu denken, und lauschte, wie sich in ihm etwas Neues klärte. Bisweilen erinnerte er sich gekränkt an die Nikonowa, aber er verscheuchte die Erinnerung gleich wieder. Seiner Frau schrieb er, daß er geschäftlich für unbestimmte Zeit aufgehalten werde, und verschwieg, daß er krank war. An klaren Tagen ging er auf dem Newskij Prospekt spazieren und erinnerte sich, wenn er beobachtete, wie sich das feiertägliche Publikum mischte, der Verse des dicken Dichters:

Gott und Satan spielen Karten . . .

Turobojew kam am Abend des Dreikönigstages. Schon daran, wie er hereinkam, ohne den Mantel abzulegen, ohne den hochgeschlagenen Kragen herunterzuklappen, und daran, wie ironisch seine schönen Brauen gerunzelt waren, spürte Samgin, daß dieser Mann gleich etwas Ungewöhnliches und Unangenehmes sagen werde. So kam es auch. Turobojew erkundigte sich liebenswürdig nach seinem Befinden, entschuldigte sich, daß er nicht eher hatte kommen können, und sagte, während er den feuchten Spitzbart mit dem Taschentuch abwischte: »Heute früh hat man auf Nikolaus II. aus der Peter-Pauls-Festung mit Kartätschen geschossen.«

Samgin kam es vor, als wäre das mit beabsichtigter Natürlichkeit gesagt worden.

»Scherzen Sie?« fragte er.

»Tatsache!« sagte Turobojew und nickte. »Tatsache!« wiederholte er überflüssigerweise in krähendem Ton und knöpfte lächelnd den Mantel auf. »Interessant: Wie hat wohl das Kommando gelautet? Batterie! Auf den allrussischen Herrscher, erstes Geschütz – Feuer!«

»Wer hat denn geschossen?«

»Eine Kanone. Haben Sie keinen Wein?«

Klim stand auf, um zu klingeln. Er hätte nicht sagen können, was er empfand, aber er sah vor sich die Plattform eines Wagens und darauf einen kleinen Offizier, der mit einem goldenen Zigarettenetui spielte.

»Ein sehr interessanter Schuß«, sagte Turobojew. »Wissen Sie, daß die Arbeiter beschlossen haben, Sonntag zum Zaren zu gehen?«

»Was wollen Sie damit sagen?« fragte Samgin nach kurzem Zögern. »Bringen Sie diesen Schuß etwa mit der Abordnung in Zusammenhang?«

Er spürte, daß er unfreundlich und grob fragte, aber er konnte nicht anders.

»Ob ich das in Zusammenhang bringe? Was soll ich sagen?«

Der Diener trat in das Zimmer. Samgin bestellte Wein und setzte sich dem Gast gegenüber, der ihn ansah und sich am Ohrläppchen zwickte.

»Diese Schufte sind unternehmungslustig«, sagte er. »Diese Schufte sind talentiert.«

Samgin schwieg und versuchte sich klarzuwerden, inwiefern die Ironie und die Bitterkeit in den Worten des ehemaligen Gutsbesitzers unecht waren. Turobojew stand auf und brachte seinen Mantel zum Kleiderständer. Seine Gesten waren jetzt schroff, und von der früheren Verhaltenheit der Bewegungen war fast nichts mehr geblieben. Er rauchte gierig, inhalierte tief und blies den Rauch zur Nase heraus.

Schon ein Bohemien, dachte Samgin.

»Halten Sie es nicht für möglich, daß Revolutionäre geschossen haben?« fragte er, nachdem der Diener den Wein gebracht hatte und wieder hinausgegangen war. Turobojew antwortete, während er die Gläser füllte, gleichmütig und als müßte er sich erst erinnern: »Revolutionäre läßt man nicht an Kanonen, geschweige die, die in der Peter-Pauls-Festung sitzen. Hier liegt entweder ein ganz unglaublicher Zufall oder – eine Gemeinheit vor, das wird es sein!« Er leerte sein Weinglas zur Hälfte. »Sie sagten – die Abordnung«, fuhr er, den Mund mit dem Taschentuch abwischend, fort. »Sie meinen, es würden fünfzig Mann hingehen? Nein, es marschieren fünfzigtausend, vielleicht noch mehr! Das wird, mein Herr, so etwas wie ein ... Kinderkreuzzug.«

Turobojew schien nicht aufgeregt, trank aber den Wein wie Wasser, füllte das Glas sofort wieder, wenn er es geleert hatte, und trank es auch zur Hälfte aus, dann verschränkte er die Arme und begann zu erzählen.

»Gestern, bei einem Schriftsteller, berichtete Sawwa Morosow von dem Besuch Industrieller bei Witte. Er sagte, dieser durchtriebene Bursche plane offenbar irgendein großes und niederträchtiges Spiel. Dann sagte er, es sei möglich, daß über kurz oder lang der Großfürst Waldimir in der Stadt schalten und walten würde und unter der Intelligenz wahrscheinlich Verhaftungen stattfinden würden. Nicht ausgeschlossen seien natürlich Demolierungen in den Redaktionen von Zeitungen und Zeitschriften.«

»Sonderbar«, sagte Samgin. »Was geht Sawwa Morosow die Revolution an?«

»Das weiß ich nicht. Habe ihn nicht gefragt. Doch warum sagen Sie: Revolution? Nein, das ist sie noch nicht. Kann mir nicht vorstellen, daß irgend jemand an einem Sonntag beginnen würde, Revolution zu machen.«

»Die Arbeiter«, erinnerte Samgin.

»Mit dem Popen an der Spitze? Mit Zarenporträts und Ikonen in den Händen?«

»Wirklich?«

»Ja, gewiß. Die Beerdigung des gesunden Menschenverstandes wird das sein, jawohl! Wenn nicht noch schlimmer ...«

Samgin stand auf und ging im Zimmer umher. Er hörte, wie hinter ihm der Wein ins Glas gluckerte.

»Nun, ich gehe jetzt, haben Sie Dank! Freue mich, Sie gesund gesehen zu haben«, sagte Turobojew mit kränkender Gelassenheit. Als er aber Samgins Hand in seiner kalten, schlaffen Rechten hielt, schlug er vor: »Hören Sie: Es wurde angeregt, daß am Sonntag alle anständigen Menschen auf die Straße gehen. Man braucht ehrliche Zeugen. Weiß der Teufel, was geschehen kann. Wenn Sie nicht abreisen und nicht abgeneigt sind ...«

»Selbstverständlich«, antwortete Klim hastig.

Turobojew nannte ihm die Adresse, wohin er am Sonntag um acht Uhr morgens kommen müsse, und ging, die Tür unnötig fest hinter sich zuschlagend.

Er ist aufgeregt, dieser Schuß hat ihn beleidigt, sagte sich Samgin, der langsam im Zimmer umherschritt. Aber an den Schuß dachte er nicht, da er trotz allem nicht an ihn glaubte. Er blieb stehen, sah in eine Ecke und stellte sich ein feierliches Bild vor: Ein sonniger Tag, blauer Himmel, auf dem Platz vor dem Winterpalais eine knieende Menge von Arbeitern, und auf dem Balkon des Palais, Schulter an Schulter, der Zar in blauer Uniform, ein Priester in goldenem Talar, und über der reglosen, stummen Menschenmenge schweben weise Worte der Versöhnung.

Noch nicht lange her kniete man doch vor ihm, dachte Samgin. Das wäre ein tödlicher Schlag für die revolutionäre Bewegung und der Beginn irgendwelcher neuer Beziehungen zwischen Zar und Volk, vielleicht gerade jener, von denen die Slawophilen geträumt haben ...

In ihm festigte sich rasch die Überzeugung, es nahe ein großes historisches Ereignis, nach dem Ordnung eintreten werde und die von einem Wahn befallenen Menschen gesunden oder zugrunde gehen würden. In dieser Überzeugung ging Samgin auch am Sonntag frühmorgens über den Newskij Prospekt. Der etwas trübe Tag war beruhigend alltäglich und nicht sehr kalt, obwohl ein kühler Wind wehte und träge spärlicher, feiner Schnee rieselte. Trotz der frühen Stunde waren viele Menschen auf der Straße, aber es schien, als bewegten sie sich heute ziellos und verstreuter als sonst. Gutgekleidete Leute herrschten vor, die Mehrzahl bewegte sich in Richtung der Admiralität, nur aus den Nebenstraßen kamen kleine Gruppen Jugendlicher, anscheinend Handwerker, herausgerannt und eilten zum Snamenskaja-Platz. Wagen waren merklich weniger. Sehr beruhigte Samgin, daß monumentale Polizisten völlig fehlten, ihn beruhigte auch, daß der Newskij Prospekt an diesem Morgen stiller, bescheidener wirkte als sonst und nicht so tief aus der kompakten Masse steinerner Häuser herausgehauen zu sein schien. Als Samgin den Hof eines düsteren Hauses betrat, stieß er auf eine Menschengruppe, in deren Mitte ein hochgewachsener Mann mit Klemmer und Franzosenbärtchen schnell wie ein Küster und sehr aufgeregt sprach: »Es wurde ganz genau festgestellt: Die Heeresleitung hat rund vierzig Bataillone Infanterie, zwölf Hundertschaften Kosaken und zehn Schwadronen Kavallerie in der Stadt zusammengezogen ...«

»Nun, was bedeutet das gegenüber zweihunderttausend«, entgegnete ihm ein kleines Männlein mit weißem Schal um den Hals und mit so etwas wie einem Mönchskäppchen.

»Ihre Tausende sind unbewaffnet.«

»Wir haben ja auch nicht vor, zu kämpfen ...«

Die beiden stritten sich, die übrigen drängten sich um den Mann mit Klemmer und fragten ihn aus.

»Stimmen Ihre Nachrichten auch, Nikolai Petrowitsch?«

»Es wurde genau festgestellt: An allen Stadteinfahrten – Truppen, die Brücken werden bewacht, niemand wird in die Stadt hereingelassen ... Ich habe es eilig, meine Herrschaften, ich muß Bericht erstatten ...«

Man ließ ihn nicht gehen und fragte: »Warum steht denn nirgends

Polizei? Was haben die Minister der Abordnung von der Presse gesagt?«

Der Mann mit dem Klemmer entschlüpfte und lief in eine Ecke des Hofes, während ein schwarzbärtiger Mann in schwerem Mantel ihm nachrief: »Das ist doch Provokation!«

Panik der außerhalb des Geschehens Gebliebenen, sagte sich Samgin.

Eine Minute später stand er in der Tür eines großen Klassenzimmers, betäubt von brodelndem Schreien und Sprechen.

»Wie? Ich hatte es gesagt?«

»Ruhe, meine Herrschaften!«

»Es wurde ganz genau festgestellt ...«

»Eine Partei? Ihr wollt eine Partei sein?«

»Hören Sie zu.«

»Ru-he ...«

Als Samgin die angelaufene Brille geputzt hatte, erblickte er im Klassenzimmer zwischen unregelmäßig zusammengeschobenen Schulbänken eine Unmenge von Menschen, sie saßen und standen auf den Bänken, auf dem Boden, saßen auf den Fensterbrettern, mehrere Dutzend Stimmen schrien gleichzeitig, und alle Stimmen wurden von der hysterischen Rede eines glatzköpfigen Mannes mit Affengesicht übertönt.

»Wir müssen an der Spitze gehen«, schrie er mit sonderbarem Akzent. »Wir alle müssen nicht als Zeugen, sondern als Opfer mitgehen, uns den Kugeln und Bajonetten aussetzen ...«

»Aber erlauben Sie mal! Wer spricht denn von Kugeln?«

»Das verlangt unsere Vergangenheit, unsere Ehre ...«

Der Schreiende stand auf einer Bank und krümmte sich verzweifelt, um das Gleichgewicht zu bewahren, er trug riesengroße Überschuhe, die sich selbständig bewegten – sie rutschten die Bank hinunter. Die Worte sprach er etwas schnarrend und sehr schrill aus. Dicht vor ihm stand, den Bauch an die Bank gepreßt, ein dicker Mann, der den Kopf so zurückgeworfen hatte, daß in seinem Nakken eine Falte entstanden war, die wie ein kleiner Brotfladen aussah; er schlug mit der Faust auf die Bank und brüllte: »Um die Zahl der Toten zu vergrößern ...«

»Unser Weg ist: mit dem Volk ...«

»Z-z-zum Zaren s-sogar?«

»Ich habe gesagt: Dem Popen darf man nicht trauen!«

»Ferner wurde festgestellt ...«

Dem Mann mit dem Franzosenbärtchen hörte man nicht zu, er aber hielt mit der einen Hand den Klemmer und mit der anderen sein Notizbuch vors Gesicht und las: »Aus Pskow: zwei Bataillone . . .«

Die Schulbänke bewegten sich und knarrten, Füße scharrten, der Mann mit den Überschuhen brüllte hysterisch: »Wenn wir nicht zu leben verstehen, müssen wir zu sterben verstehen . . .«

»Ach, lassen Sie das!«

»Einen Augenblick Aufmerksamkeit, meine Herrschaften«, rief eindringlich ein würdiger, graubärtiger alter Mann mit langem Haar und großer Nase. Es wurde stiller, und es erklangen deutlich die zwei Sätze: »Die Neigung zu Tragödien schafft auch Tragödien.«

»In Paris, im Jahre dreißig . . .«

Samgin sah, daß die meisten schweigend standen oder saßen, sie sahen die Schreienden mürrisch oder niedergeschlagen an, und fast alle hatten müde Gesichter, als litten diese Leute schon lange an Schlaflosigkeit. Alles, was Samgin gehört, hatte seine Stimmung schon etwas ins Wanken gebracht. Er dachte ärgerlich: Weshalb hatte Turobojew ihn hierher geschickt? Der würdige Alte sagte: »Unsere Pflicht besteht darin, möglichst viel zu sehen und alles wahrheitsgemäß zu bezeugen. Die Aussagen . . . Wie? Die Aussagen sind in die Öffentliche Bibliothek und in die Freie Ökonomische Gesellschaft zu bringen . . .«

Es wurde durcheinandergeschrien.

»Wie Zigeuner auf einem Basar«, sagte hinter Klim ziemlich laut Turobojew.

»Ist es wahr, daß man sie nicht zum Palais durchlassen wird?« fragte Samgin, nachdem er einen Schritt zurückgegangen war und neben ihm stand.

»Anscheinend ja.«

»Was . . . wird dann geschehen?«

»Das werden wir sehen«, antwortete Turobojew, der ziemlich unverfroren die Leute beiseite stieß, ohne sich bei ihnen zu entschuldigen. Samgin folgte ihm.

»Ich gehe zur Wyborger Seite«, sagte Turobojew, als sie den Hof betreten hatten. »Kommen Sie mit?«

»Ja«, antwortete Samgin, fragte aber nach ein paar Schritten: »Wäre es nicht besser, auf den Newskij Prospekt, zum Palais?«

Turobojew antwortete nicht. Vorgebeugt, die Hände in den Taschen, ging er hastig und hinterließ blaue Streifen von Zigarettenrauch in der Luft. Der hochgeklappte Kragen des leichten Mantels, der karierte Schal und irgend etwas an seiner Figur verliehen ihm Ähnlichkeit mit einem Pariser Apachen, jenen, die auf Restaurantpodien tanzen.

Ein Zeuge, dachte Samgin und überlegte, unter welchem Vorwand die Tour mit ihm abzulehnen war.

Auf der Sergijewskaja-Straße fuhr ein Kutscher; alt, heruntergekommen, saß er vorgebeugt auf dem Bock, hielt die Zügel locker in der Hand und schlummerte offenbar; das zottige Bauernpferd, auch grau von Reif, schritt langsam mit gesenktem Kopf.

»Halt! Zur Wyborger Seite«, sagte Turobojew.

Ohne sich aufzurichten, sah ihn der Kutscher von der Seite an.

»Dorthin fahre ich nicht.«

»Warum nicht?«

»Ich bin von dort.«

»Na, was macht denn das aus?«

»Ich wohne dort.«

»Na und?«

»Ich fahre nicht.«

Turobojew zuckte die Achseln und ging noch schneller, doch bevor noch Samgin beschloß, den Kutscher für sich zu nehmen, wandte dieser den Gaul um und schlug vor: »Über die Brücke fahre ich Sie – wünschen Sie das?«

Sie fuhren. Es wurde kälter. Der Wind trieb den Schnee von der Newa hoch, die Schneeflocken kreisten in der grauen Luft wie Daunen. Es gingen wenig Leute in die Stadt, auch gingen sie gemächlich, unschlüssig.

»Werden auch Frauen mitgehen?« fragte Samgin Turobojew. Mit unangenehm hoher und kreischender Stimme antwortete der Kutscher: »Jawohl. Alle gehen. Wird es aber etwas nützen, meine Herren? Es muß etwas nützen«, sagte er mit leisem Aufschluchzen. »Wenn doch die ganze Arbeitermasse erklärt: Wir können nicht mehr!«

Er sprach über die Schulter, Samgin sah nur die Hälfte seines Gesichts mit einem trüben, nassen Auge unter grauer Braue und über grauen Barthaaren.

»Wir können nicht mehr, meine Herren, da ist nichts zu wollen! Die Not hat uns untergekriegt. Ich habe Enkel, viere, und einen kranken Sohn, die Fabrik hat ihm die Schwindsucht gebracht. Vater Agathon hat das begriffen, Gott vergelte es ihm . . .«

Er verstummte ebenso plötzlich, wie er zu sprechen begonnen hatte, und krümmte sich wieder auf dem Bock zusammen. Als er über die Brücke gefahren war, hielt er das Pferd an.

»Steigen Sie aus, weiter fahre ich nicht. Nein, Geld brauche ich nicht«, wehrte er wegwerfend mit einer Hand in zerrissenem Fausthandschuh ab. »Heute ist nicht der Tag, Zehnkopekenstücke anzunehmen. Nehmen Sie es nicht übel, meine Herren! Mein Sohn ist auch hingegangen. Mir ist, als befürchtete ich etwas . . .«

»Zum Teufel«, murmelte Turobojew, der den Hut ins Gesicht gedrückt hatte und in die Ferne sah, wo quer über die Straße dichtgedrängt das Volk ging. »Hier lang«, sagte er und wandte sich zum Ufer der Newa.

Als sie an die Newa kamen, sah Samgin, daß an ihren beiden Ufern entlang Arbeiter in endlosen schwarzen Ketten zur Sampson-Brücke zogen. Sie gingen dichtgedrängt, ohne Hast und Lärm. In der Luft hing das bekannte Stimmengewirr Hunderter von Menschen, und Samgin unterschied sofort, daß dieses Stimmengewirr einmütiger, munterer und vielleicht samtiger war als das ungeordnete und wirre Gespräch jener Menge, die zum Denkmal des Zarengroßvaters gezogen war. Als er die Brücke betreten und sich in das Gedränge gemischt hatte, spürte Samgin an den gelassenen Bewegungen der Arbeiter, daß sie sich bewußt waren, zu einer großen historischen Angelegenheit zu gehen. Dieses Bewußtsein teilte sich ihm zugleich mit der Wärme der Menge mit. Man konnte meinen, die Wärme habe nicht nur eine physische Ursache, nämlich das Gedränge, sondern gehe auch von den Frauen, von der einmütigen, feierlich ernsten Stimmung der Arbeiter aus. Er sah zum erstenmal eine Menge in solcher Stimmung und dachte von neuem, daß sie sich bedeutend von der Moskauer Menge unterscheide, die unbeseelt und gleichsam widerstrebend, ohne diese feierliche Gewißheit in den Kreml gegangen war. Frauen gab es nicht sehr viele, und sie waren, wie die meisten Männer, fast alle reiferen Alters. Ihr Ernst, ihre Ruhe und ihre saubere Kleidung erweckten und festigten in Samgin wieder die Hoffnung, daß alles gut gehen werde. Und wenn es stimmte, daß so viel Truppen herbeigeholt worden waren, so doch nur zur Aufrechterhaltung der Ordnung in der Hauptstadt. Es erwies sich schon als falsch, daß die Litejnyj-Brücke gesperrt sei. Als er sich des nervösen Geschreis und der Unruhe in der Schule erinnerte, dachte er von jenen Leuten: Von der Geschichte übergangen. Beiseite geworfen.

Dann blickte er Turobojew von der Seite an; er ging noch immer so greisenhaft gebeugt, die Hände in den Taschen, das Kinn im Schal versteckt. Eine sehr unpassende Gestalt mitten unter den soliden, kräftigen Leuten. Er schien das wohl einzusehen, seine dichten, wie mit Plattstich gestickten Brauen waren zusammengezogen, zu einer Linie verschmolzen, sein Gesicht war traurig. Aber auch eigensinnig.

Im Grunde marschiert er gegen sich selbst, dachte Samgin, der wieder die Menge beobachtete; sie wurde immer dichter, wärmer.

Nach einem Vorfall, der sich plötzlich am Zugang zur Dworanskaja-Straße abspielte, fühlte sich Samgin endgültig als Teilnehmer eines sehr wichtigen historischen Ereignisses – als Teilnehmer und nicht als Zeuge. Irgendwoher von der Seite schloß sich der Hauptmasse eine kleinere Gruppe von etwa hundert jungen Leuten an, die ein spitzgesichtiger Mann mit hellem Bärtchen anführte und eine bescheiden gekleidete Frau, die wie eine Lehrerin aussah: der Mann mit dem Bärtchen richtete sich auf einmal unbegreiflich hoch auf und schwang eine rote Fahne an kurzem Schaft.

»Hurra!« riefen mehrere Stimmen durcheinander, andere riefen ebenso ungeordnet: »Es lebe die sozial-demokratische Partei, hurra-a? Genossen – hurra!«

Die Menge wurde stutzig, blieb stehen, und die Schreie gingen sofort in hundert zornigen Ausrufen unter: »Fort mit der Fahne!«

»He, du laß das!«

»Brüder, erlaubt das nicht . . .«

»Man hat diesen Teufeln doch gesagt, daß sie sich nicht unterstehen sollen!«

Besonders laut und aufgeregt riefen die Frauen. Samgin wurde zu dem Handgemenge gestoßen, er geriet ganz in die Nähe des Mannes mit der Fahne, der sie immer noch über dem Kopf hielt, indem er den Arm erstaunlich gerade ausstreckte. Die Fahne war nicht größer als ein Kopftuch, sehr grell und flatterte in der Luft, als wollte sie sich vom Schaft losreißen. Samgin stieß mit Rücken und Schultern die Leute hinter sich zurück, da er überzeugt war, daß man den Mann mit der Fahne schlagen werde. Aber ein hochgewachsener, wie ein verkleideter Soldat aussehender Mann mit rotem Schnurrbart bog die Hand, welche die Fahne hielt, mühelos herunter und sagte: »Stecken Sie sie ein, Genosse . . .«

»Laß das«, sagte noch jemand, und eine dritte Stimme bestätigte: »Dabei kommt nichts raus, Genosse Anton.«

Ein Mann, der im Gesicht dem Diakon ähnlich sah, schwang ein weißes Tuch und rief: »Das ist ein Trick der Polizei! Wir kennen das!«

Die Fahne verschwand, sie wurde von dem Mann, der wie ein Soldat aussah, genommen und unter seinen bläulichen Mantel gesteckt. Auch jener, der die Fahne erhoben hatte, war in der Menge verschwunden, und hinter Samgin kam, ihn kräftig stoßend, der unheimliche Heizer Ilja hervor, zwängte sich durch die Menge nach vorn und trompetete: »Wir brauchen keine Fähnchen, Brüder! Es geht um was anderes. Um was anderes – verstanden?«

Er war ohne Mütze, und sein kahler Schädel, der wie ein Feldstein aussah, war stark gerötet; die Mütze hatte er in den Mantelausschnitt gesteckt, und sie ragte unter seinem breiten Kinn hervor. Der Menschenknäuel, der sich in der Menge gebildet hatte, löste sich auf, sie strömte wieder ruhig durch die Straße und füllte sie dicht. Erfreut von diesem Vorfall, sagte Samgin mit tiefem Seufzer: »Wie ernst sie gestimmt sind ...«

Er glaubte, zu Turobojew zu sprechen, aber ihm antwortete ein Mann mit schütterem Bart und gelbem knochigem Gesicht: »Da ist doch nichts Ernstes dran, wenn einer ein rotes Läppchen schwenkt.«

Samgin blickte sich um: Turobojew war nicht mehr da.

»Sind Sie Arbeiter?« fragte Samgin.

»Natürlich! Andere sind hier nicht. Ein Dutzend vielleicht. Sind Sie ein Büromensch?«

»Ich schreibe für Zeitungen«, antwortete Samgin.

»Und ich bin Drechsler.«

Samgin schwieg eine Weile, dann sagte er: »Sie sind prächtig gestimmt ... die Leute. Überhaupt – ein prächtiges Unternehmen! Von der Einigung des Arbeitervolks mit dem Zaren träumten ...«

»Träumen und dergleichen mehr – können wir uns nicht leisten«, sagte der Drechsler sichtlich verdrossen und nahm Samgin die Lust, sich mit ihm zu unterhalten, indem er hinzufügte: »Warum bist du denn mitgegangen, Pelageja, ich sagte dir doch: Vor Abend kehren wir nicht zurück.«

Das sagte er über die Schulter zu jemandem hinter ihm.

»Geh nur, geh«, antwortete ihm eine heisere, männliche Stimme.

Als sie den Troizkaja-Platz erreichten, blieben die vorderen Reihen stehen, als wären sie gegen etwas gestoßen, es erhob sich ein dumpfes Gemurmel, die Leute rings um Samgin sprangen hoch, indem sich einer auf die Schultern des anderen stützte, und sahen nach vorn.

»Halt, Brüder!«

Wiederholt und verschiedenartig, erstaunt, erschreckt, zornig und spöttisch erklang ein und dieselbe Frage: »Lassen sie nicht durch?«

Einige Arbeiter verlangsamten ihre Schritte und lehnten sich zurück, andere drängten ungestüm vorwärts und riefen: »Warum stehen sie? Was gibt es da? Wer zu uns gehört – vorwärts!«

Samgin wurde so umhergestoßen, daß er zweimal einen vollen Kreis beschrieb, doch dann geriet er nach vorn und wurde an einen Zaun gedrückt. Fünfzig Schritte vor sich sah er Soldaten, sie sperrten den Zugang zur Brücke, sie standen wie eine graue Mauer, wie der Granit des Kais, ihre Köpfe mit dem weißen Streifen an der Stirn waren einförmig gehobelt, zwischen den Köpfen ragten die langen Nägel der Bajonette. Das Gesicht den Soldaten zugewandt, stand ein Offizier, sein Rücken war kreuzweise mit Riemen umgürtet, den schmalen, bläulichen Säbel schwingend und damit zum Winterpalais hinüberweisend, schien es, als wollte er über die Soldaten hinwegspringen; ein anderer Offizier, schwarzbärtig, mit weißen Handschuhen, stand mit dem Gesicht zu Samgin, er zündete sich eine Zigarette an, und die aufflammenden Streichhölzer beleuchteten seine Augen. Samgin sah, daß die Arbeiter langsam den Soldaten näher rückten, hörte, wie Hunderte von Stimmen immer erregter schrien und wie sie von der wuchtigen Trompetenstimme des Heizers übertönt wurden: »Halt, wartet! Ich werde hingehen und erklären! Weiber – ein Tuch! Ein weißes! Komm mit, Jegor Iwanytsch, du bist ein alter Mann! Gleich werden wir ihnen alles erklären! Ein Irrtum bei ihnen. Das Tuch, wink mit dem Tuch, Jegor . . .«

Der große Körper des Heizers wandte sich behend den Soldaten zu, er schwang das Tuch und rief: »He, Euer Wohlgeboren . . .«

Die Arbeiter ließen ihn fünf Schritte vor und folgten ihm wie ein Keil, mit dem Alten an der Spitze. Der Heizer ging mit weitausholenden Schritten, das kleine weiße Tuch fiel aus seiner Hand, er riß die Mütze aus dem Mantel heraus und schwang sie; der Alte ging rasch, hinkte aber und konnte den Heizer nicht einholen; da überholten etwa zehn Mann den Alten und stürzten voran; die Soldatenmauer wankte, ein Kamm aus Bajonetten blinkte auf, verschwand, und es ertönte nicht sehr laut ein trockenes, abgerissenes Knattern, dann noch einmal und nochmals. Samgin empfand keine Angst, als eine Kugel über seinem Kopf pfiff und eine zweite aufheulte, eine Zaunlatte zerbarst und ein Splitter von ihr wegsprang und einer von den dreien, die vor ihm standen, mit dem Rücken am Zaun hinabglitt und zu Boden sank. Angst überkam ihn erst, als die Soldaten die Gewehre absetzten, die Arbeiter langsam zurückwichen, in den Knien einknickten, umfielen und als eine Frau schrill aufkreischte: »Sie schießen, die gemeinen Kerle, seht doch!«

»Mit Platzpatronen!« antworteten ein paar Stimmen aus der Menge. »Zum Abschrecken!«

Der Heizer war stehengeblieben, doch der Abstand zwischen ihm und den Arbeitern vergrößerte sich, er stand da wie ein Faustkämpfer, der einen Gegner erwartet, indem er die linke Hand an die Brust drückte, die rechte, mit der Mütze, vorstreckte. Aber sein Arm fiel herab, er wankte, machte einen Schritt nach vorn und fiel mit der Brust in den Schnee, fiel gerade wie ein Brett hin, und hier hob er den Kopf und schlug mit der Mütze auf den Schnee, heulte unmenschlich laut auf, rutschte vor, streckte die Beine aus und vergrub das Gesicht im Schnee.

Diesen eindrucksvollen Tod sah Samgin in aller Deutlichkeit, aber er erschütterte ihn auch nicht, er nahm sogar wahr, daß der Heizer als Toter noch größer aussah. Doch nach dem Aufschrei der Frau wurde es Samgin trüb vor den Augen, und alles Weitere sah er nur noch wie durch Nebel und wie aus weiter Ferne. Völlig unerklärlich war die quälende Langsamkeit des Geschehens – die Augen sahen, daß jede Minute mit Bewegung überfüllt war, und dennoch ergab sich der Eindruck von Langsamkeit.

Die dichte Masse der Arbeiter zog sich langsam zurück, die Leute wichen, gingen eigentümlich seitlich, drohten den Soldaten mit der Faust, und in einigen Händen flatterten noch immer weiße Tücher; die Menge zerfiel, einzelne Gestalten lösten sich an den Seiten von ihr los, liefen weg, fielen zu Boden und krümmten sich, krochen weiter, während viele in hoffnungslos starren Stellungen im Schnee liegenblieben. So starr lag ein langer Mann im Kamisol, der dem Diakon sehr ähnlich sah – er lag, und irgendwoher aus dem Kragen des Kamisols rann eine Menge Blut und zeichnete neben seinem Kopf einen roten Fleck –, Samgin sah ein durchsichtiges Dampfwölkchen über diesem roten Fleck; auf den Zaun zu kroch, ein Bein nachschleppend, ein anderer Mann mit grünem Schal um den Hals; eine kleine Frau saß am Boden, zog ihren schwarzen Überschuh vom Fuß und steckte plötzlich, als hätte man sie ins Genick geschlagen, den Kopf zwischen die Knie, schlug die Hände über dem Kopf zusammen und fiel um. Turobojew, im offenen Mantel, führte einen jungen Burschen mit schwarzem Schnurrbärtchen an den Zaun, die Beine gehorchten dem Burschen nicht, er hatte die Augen fest geschlossen, die Oberlippe hochgezogen und bleckte die Zähne. Die Luft schäumte vor unflätigem Fluchen, vor Geschrei der Frauen, und jemand kommandierte: »Zur Börsenbrücke, die Unsern . . .«

»Diese Schurken! Diese Mörder!«

Samgin kam es vor, als bewegte sich die Menge wieder auf die reglose Soldatenmauer zu und als bewegte sie sich nicht deshalb, weil sie die Verwundeten auflas; viele liefen voraus, näher zu den Soldaten, um sie zu beschimpfen. Eine Frau im kurzen Pelz, der unter den Achseln zerrissen war, hob den Kleidersaum hoch, zeigte den Soldaten den roten Unterrock und rief mit eigentümlich blecherner Stimme: »Schießt, so schießt doch . . .«

»Man muß fliehen, weg von hier!« rief Samgin Turobojew zu und drückte sich fest an den Zaun, denn er wollte nicht, daß Turobojew merke, wie ihm die Beine zitterten. In ihm schrie verzweifelt das einfache Wort: Weshalb? Weshalb?, und um es zu übertönen, redete er den Leuten rund um ihn zu: »Man muß fliehen, sie könnten doch noch einmal . . .«

Turobojew wischte sich mit dem Taschentuch die roten Finger ab. Sein Gesicht war wild verzerrt, der Spitzbart ragte fast waagrecht vor, wahrscheinlich biß er sich auf die Lippen. Er blickte Klim an und rief laut: »Auseinandergehen, Herrschaften! Gleich werden sie Kavallerie loslassen . . .«

Aber schon brach die Soldatenmauer in zwei Teile auseinander, als hätte sich ein Tor geöffnet, auf den Platz sprengten, Schneeklumpen um sich werfend, rostbraune Pferde, die Reiter mit weißen Mützen brüllten, heulten und schwangen die Säbel; die Menge schrie auf, wich zurück und zerstreute sich in Häufchen, in einzelne, und Samgin war wieder entsetzt, wie unbegreiflich langsam er sich bewegte. Ein paar Menschen, nach ihren behenden Sprüngen zu urteilen, waren es jüngere, gerieten zwischen die Pferde und stürzten von einem zum anderen, die Pferde aber galoppierten seitlich an sie heran, und die Soldaten beugten sich herab und fegten die Leute von ihren Füßen weg auf die Erde wie zu dem Zweck, daß die Pferde über sie hinwegspringen könnten. Samgin schien es, daß seine Augen sich weiteten, alles mit quälender Deutlichkeit sahen und er davon zu erblinden drohte. Er schloß die Augen. Neben ihm kletterten die Leute auf den Zaun, ihre Stiefel scharrten an den Latten, der Zaun krachte und wankte; schrill und böse wieherten die Pferde, irgend etwas klirrte, rasselte; es ertönten ungewöhnlich scharfe Schläge, die Leute ächzten, stöhnten, schrien auch schrill auf wie die Pferde und fielen, fielen . . .

Ein junger Bursche ohne Mütze, der über Samgins Kopf eine Latte losriß, schrie heiser: »Hilf mir, siehst du denn nicht?«

»Legen Sie sich hin«, sagte Turobojew und versetzte Samgin einen Stoß in die Kniekehlen, er fiel vor den Zaun, und gleich darauf schwangen sich fast über seinem Kopf die braunen Beine eines Pferdes hoch, auf dem wankend ein blauäugiger Dragoner mit hellem Schnurrbärtchen saß; er kreischte mit gebleckten Zähnen wie ein kleiner Junge und hieb mit dem Säbel in die Luft und gegen den Zaun, wobei er Turobojew zu treffen suchte, dieser aber wich aus, bewegte sich mit dem Rücken am Zaun entlang und brüllte: »Fort, du Rindvieh! Geh weg, du Schurke!« Plötzlich lachte er kurz auf und rief: »Du Idiot – hältst du mich für einen Juden?«

Das Pferd schlug aus, ein Arbeiter hieb ihm ein Stück Brett mit aller Wucht gegen die Hinterbeine; der Soldat wandte das Pferd scharf wie im Zirkus um, hieb dem Arbeiter wuchtig mit dem Säbel ins Gesicht, der Arbeiter wankte, begann Blut zu weinen, vermochte noch einmal dem Pferd das Brett in die Leisten zu stoßen und brach vor dessen Füßen zusammen, während der Soldat seinen Säbel wieder gegen Turobojew schwang. Samgin schloß die Augen, dennoch sah er das von Kälte oder Wut gerötete Gesicht des Mörders, seine gefletschten Zähne und abstehenden Ohren, hörte das schmerzliche Wiehern des Pferdes, sein Stampfen, die Säbelhiebe, die den Zaun abhieben; irgend etwas sehr Schweres fiel zu Boden.

Er hat ihn erschlagen. Jetzt wird er mich erschlagen, dachte Samgin, wie nicht von sich selbst; in ihm erstarrte eine andere Angst, irgendwie nicht um sich, sondern schwerer, tödlicher.

Danach wurde es über ihm stiller; er öffnete die Augen, Turobojew war nicht mehr da, sein Hut lag zu Füßen des Arbeiters; der blauäugige Kavallerist führte hinkend seinen Gaul am Zügel zur Peter-Pauls-Festung, der Gaul lahmte an den Hinterbeinen, riß den Kopf hoch und stemmte sich mit den Vorderbeinen, der Soldat schrie, zerrte am Zügel und schwang den Säbel vor dem Maul des Pferdes.

Samgin setzte sich hin, lehnte den Rücken an den Zaun und blickte um sich. Die Soldaten jagten und säbelten die Arbeiter schon weit in der Ferne nieder, an der Kamenno-Ostrowskij-Brücke. Auf dem Platz krochen blutüberströmte Menschen, andere lasen sie schweigend auf und trugen sie irgendwohin; es lagen viele Mützen und Gummiüberschuhe umher; ein großer grauer Schal lag wie ein Klumpen da, als wäre ein Kind darin eingewickelt, und neben ihm im Schnee eine dunkle Hand mit aufwärtsgerichteter Innenfläche. Ein niedergemetzelter Arbeiter lag mit dem Gesicht in einer Blutlache, als tränke er daraus, seine Arme ruhten unter der Brust, und die Beine sahen wie eine römische Fünf aus. An der Brücke sprang und stampfte die steingraue Infanterie, ein Soldat mit einer Messingtrompete sprang besonders hoch. Viele Soldaten sahen unter der Hand hervor in die Ferne, wo Menschen umherliefen, Pferde galoppierten oder sich im Kreise drehten und Säbel blinkten.

Samgin stand auf, ging langsam am Zaun entlang und bog um eine Ecke: Auf einem Prellstein saß ein Mann mit zerschlagenem Gesicht, spuckte und schneuzte rot klatschend auf die Erde.

»Warte mal«, sagte er und wischte die Hand am Knie ab, »warte mal! Wie ist denn das? Der Hornist hätte trompeten müssen. Ich bin doch selbst Soldat! Ich kenne die Ordnung. Nach Vorschrift hätte der Hornist ein Signal geben müssen – so ein Gesindel!« Er schluchzte laut auf und fluchte unflätig. »Wassilij Mironytsch haben sie niedergemetzelt! Er hob seine Frau auf, da haben sie ihn mit dem Säbel ...«

Samgin schritt wortlos an ihm vorbei. Er ging wie im Schlaf, fast ohne Bewußtsein, und fühlte nur das eine: Er wird nie vergessen, was er gesehen hatte, und es war unmöglich, mit dieser Erinnerung weiterzuleben. Unmöglich.

Diesen Stadtteil kannte er nicht, ging aufs Geratewohl, bog wieder in irgendeine Straße ein und stieß auf eine Gruppe Arbeiter, zwei von ihnen waren bequem Kopf an Kopf an eine Hauswand vor die Fenster gelegt, das Gesicht des einen war mit der Mütze bedeckt; der andere, unrasiert und mit gelbem Schnurrbart, sah mit starren Augen zum graublauen Himmel, von dem Schnee herabrieselte; auf der Steinstufe des Hauseingangs saß ein bejahrter Mann mit silberner Brille, vor ihm kniete eine beleibte Frau und verband ihm den Fuß, der Fuß war voll Blut, wie in einer roten Socke, der Mann bewegte die Zehen und sagte nicht laut, nicht überzeugt: »Vielleicht, weil hier die Festung ist.«

Ein junger hagerer Arbeiter in einem alten, mit Riemen umgürteten Mantel rief: »Die Festung? Was hat die schon zu bedeuten! Sprich mir nicht von der Festung! Die Festung, das sind wir!«

Er schlug sich mit der Faust an die Brust und bekam einen Hustenanfall; sein Gesicht sah kränklich aus, gelblichgrau, die Augen blickten entgeistert, und er war wie trunken von der in ihm gärenden zornigen Kraft; sie teilte sich Klim Samgin mit.

»Der Zar und dieser Pope werden Rede und Antwort stehen müssen«, sagte er verzweifelt und war dem Schluchzen nahe. »Der Zar ist eine Null. Er ist ein Selbstmörder. Mörder und Selbstmörder. Er tötet Rußland, Genossen ... Genug mit den Chodynkas! Ihr müßt ...«

»Nichts müssen wir«, rief der Arbeiter und stieß Samgin mit der Hand gegen die Schulter. »Was redest du da? Was bist du für einer? Na, sprich! Was willst du sagen? Ach ...«

Er fluchte, packte Klim an der Schulter, schüttelte ihn und begann wieder zu husten. Der Verwundete stützte sich auf die Schulter der Frau und wollte aufstehen, stöhnte aber auf und setzte sich wieder.

»Wie soll ich denn gehen?«

»Laß den Mann«, sagte ein Alter in kurzem Pelz zu dem Arbeiter. »Gehen Sie, Herr, was wollen Sie hier?« forderte er Samgin gleichmütig auf und nahm den Arbeiter bei den Händen. »Laß ihn, Mischa, du siehst doch, der Mann ist erschrocken ...«

Klim merkte: Alle Arbeiter traten von ihm weg, alle wollten, er möge gehen. Das kühlte ihn etwas ab, schien ihn sogar zu kränken. Er hätte gern noch etwas gesagt, aber der Arbeiter hatte sich ausgehustet und schrie: »Dein Selbstmörder trinkt Tee, bewirtet die Generale: Habt Dank für euren Dienst! Und du willst mich mit Gerede ablenken ...«

Mit der Hand abwinkend, ging Samgin, sofort entschlossen, in die Stadt zurückzukehren. Er hatte vollauf genug gesehen, um als Zeuge aufzutreten.

Der Mann hatte recht: Der Hornist hätte ein Signal geben müssen. Dann wären die Arbeiter auseinandergegangen ...

Er lief fast und überholte die Arbeiter; die meisten gingen in ein und derselben Richtung, unterhielten sich sehr laut, man hörte sogar Lachen; dieses schrille Lachen der aufgeregten Menschen ließ ihn auf den Gedanken kommen:

Sie freuen sich, daß sie am Leben geblieben sind.

Vor ihm führten zwei junge Burschen einen dritten am Arm, mit einer Mütze aus Seehundsfell, die in den Nacken gerutscht war, und mit roten Schneeklumpen an seinem Rücken.

»Das macht nichts«, murmelte er schnarrend, »das macht nichts.«

Die Beine versagten ihm den Dienst, sein Kopf fiel auf die Brust herab, er hing in den Armen seiner Genossen und röchelte.

»Es scheint aus zu sein mit ihm«, sagte der eine, während der andere sich umwandte und Samgin fragte: »Sind Sie nicht Arzt?«

»Nein«, sagte Samgin und fügte aus irgendeinem Grund hinzu: »Das ist Ohnmacht.«

Sie legten den Burschen vorsichtig quer über Samgins Weg, sofort sammelte sich eine Menge und verstopfte die Straße; ein hochgewachsener, rötlichblonder Mann in einer Lederjacke führte ein zottiges Pferd, auf dem Bock des Schlittens saß der bekannte Kutscher, schwang die Peitsche und schrie weinerlich: »Wohin? Ich fahre nicht, ich fahre nicht! Ich suche meinen Sohn.«

Doch schon brachte man den Verwundeten im Schlitten unter, sein Genosse setzte sich dazu, der andere stieg auf den Bock; der Kutscher stieß ihn mit dem Peitschenstiel und schrie immer kläglicher und schriller: »So laßt mich doch um Himmels willen! Ich sage doch – ich habe einen Sohn ...«

»Wir sind alle Kinder!« rief jemand grimmig.

Da fiel der Kutscher wie ein Sack vom Bock herab, den Leuten vor die Füße, sank in die Knie und heulte mit Weiberstimme: »Ihr Lieben – ich fahre nicht! Ich kann nicht ...«

Man packte ihn unter den Achseln, am Kragen und schwang ihn auf den Bock.

»Vier Menschen kann der Gaul nicht ziehen«, sagte jemand; ein paar Mann zugleich schoben den Schlitten an, das Pferd warf den Kopf hoch, und seine Vorderbeine knickten ein, als wollte es auch in die Knie sinken.

»Was seid ihr für Leute!« schrie der Kutscher.

Grausamkeit, dachte Samgin, der immer mehr zu sich kam, und hinter ihm sagte eine kräftige Stimme sachlich und freudig: ». . . auf der Wassiljewskij-Insel haben sie einen Waffenladen demoliert und bauen eine Barrikade . . .«

»Wer hat das gesagt?«

»Unsere . . .«

»Jungens – in die Stadt! Wer kommt mit in die Stadt, Genossen?«

Samgin schloß sich der Arbeitermenge an, ging hinter ihr her und irgendwohin nach links und erblickte kurz darauf das niedrige Gebäude der Börse und neben ihr und an der Brücke in kleinen Gruppen Soldaten und Pferde. Die Arbeiter blieben stehen und stritten: Werden sie schießen oder nicht?

»Genug, sie haben geschossen!« sagte ein kurzbeiniger Mann in grauer Jacke mit einem schwarzen Flicken am rechten Ellenbogen. »Wer geht mit übers Eis, zum Marsfeld?«

Ihm folgten sechs, Samgin als siebenter. Er sah, daß überall auf dem Fluß einsame kleine Gestalten zur Stadt hin liefen, und sie waren erstaunlich winzig auf der weiten Fläche des Flusses im Vergleich zu den schweren Palais, auf deren Dächer sich der ebenfalls schwere, steingraue Himmel stützte.

Auf einen einzelnen wird man nicht schießen, überlegte er und fühlte sich abgestumpft und fast ruhig.

Auf der Newa war es kälter als in den Straßen, der Wind sprang sinnlos hin und her, trieb den Schnee über das Eis, daß bläuliche Flächen frei wurden, und hüllte die Füße in weißen Rauch. Sie gingen rasch, liefen fast, einer der Arbeiter brummte undeutlich, der Kurzbeinige sah sich zweimal nach ihm um und sagte streng, mit forscher Stimme: »Das stimmt nicht! Der Soldat ist gezäumt, wie ein Pferd. Wenn er aber bockig wird . . .«

Es ertönte ein sonderbares Geräusch, als wäre eine Birkenknospe geplatzt, die Luft über Samgins Kopf pfiff zornig.

»Das galt uns«, sagte der Kurzbeinige. »Geht auseinander, Jungs!«

Aber die Arbeiter gingen dennoch dicht nebeneinander weiter, und erst als es noch ein paarmal knallte und der Schnee zweimal ganz in der Nähe von den Kugeln hochstäubte, sprang einer von ihnen zur Seite und lief geradeswegs zum Kai.

»Ein komischer Kerl«, sagte der Kurzbeinige zu Samgin. »Er läuft vor einer Kugel davon.«

Dann fuhr er fort: »Ich sage also: Wir nahmen mit Oberst Terpizkij die chinesische Hauptstadt Peking ein . . .«

Er erzählte den Arbeitern, aber seine Worte flogen Samgin mitten ins Gesicht.

»Du willst also nicht schießen? – Nein! – Dann stell dich an denselben Platz! Da ging Oljoscha, stellte sich neben die Erschossenen und bekreuzigte sich. Was dann kam, war Augenblickssache: Zug – Feuer! Da hast du deinen Christus! Christus kann den Soldaten nicht schützen, nein! Für den Soldaten gelten keine Gesetze . . .«

Auf dem Marsfeld blieb Samgin hinter seinen Gefährten zurück und kam ein paar Minuten später auf den Newskij Prospekt. Hier war es sowohl wärmer als auch alles bekannt, verständlich. Über den dichten Menschenreihen schwebte ein wenn auch erregtes, so doch weiches, gleichsam festliches Stimmengewirr. Die Leute gingen in Richtung des Schloßplatzes, unter ihnen befanden sich viele gesetzte, gut und sogar vornehm gekleidete Männer und Damen. Das wunderte Samgin etwas; er dachte: War etwa das, was auf dem anderen Ufer geschehen war, ein Irrtum?

Er gab sich leicht der Hoffnung hin, daß auf diesem Ufer alles geklärt und ausgeglichen werden würde; Arbeiter anderer Bezirke würden herkommen, der Zar würde zu ihnen heraustreten . . .

Vorn ging ein Mann in kordelbesetztem Pelzmantel und mit sonderbar geformtem Flauschhut, er führte eine Dame am Arm und redete mit tiefer Stimme auf sie ein: »Glauben Sie mir, das kann nicht geschehen sein . . .«

Es ist geschehen, wollte Samgin sagen, der sich seiner Rolle als Zeuge erinnerte, aber der Mann sprach zu Ende: »Ja, er ist ein Zyniker, aber doch nicht in dem Maße . . .«

Samgin überholte dieses Paar und ging weiter, wobei er sich mit einem Gefühl der Erleichterung vom Menschenstrom tragen ließ.

Als er ans Ende des Prospekts gekommen war, sah er, daß der Zugang zum Palais durch zwei Reihen kleiner Soldaten gesperrt war. Die Menge schob Samgin dicht an die Soldaten heran, er blieb am Ende der Front stehen und betrachtete aufmerksam die sehr heruntergekommenen, unglückseligen Infanteristen. Es waren wohl weniger als zweihundert Mann, die linke Flanke stieß an die Mauer eines Gebäudes an der Ecke des Newskij Prospekts, die Rechte an das Gitter einer Anlage. Was konnten sie gegen mehrere tausend Menschen tun, die auf der ganzen Strecke vom Newskij Prospekt bis zum Isaaksplatz standen?

Ja, dachte Samgin, wahrscheinlich war das dort ein Irrtum. Ein verbrecherischer Irrtum, ergänzte er.

Alle Soldaten schienen stupsnasig zu sein, sie standen wohl schon lange, ihre Wangen waren bläulich vor Kälte. Unwillkürlich kam der Gedanke, man habe absichtlich solche kümmerlichen Soldaten aufgestellt, damit die Leute sie nicht fürchteten. Die Leute fürchteten sich auch nicht, fast Brust an Brust bei den Soldaten stehend, sahen sie sie herablassend, mit Bedauern an; ein alter Mann in kurzem Schafpelz und einer Pelzmütze mit Ohrenklappen sagte einem Zugführer: »Du brauchst mich nicht zu belehren, ich bin selbst Unteroffizier der Garde!«

Ein junges Mädchen, dem Äußeren nach Näherin oder Stubenmädchen, fragte: »Man sagt, ihr schießt auf die Leute?«

»Wir schießen nicht«, antwortete ein Soldat.

Auf dem Platz standen am Gitter der Anlage in Reih und Glied mit dem Gesicht zur Alexandersäule schneidige Reiter auf schweren, dunklen Pferden, rings um die Säule befanden sich auch einige Infanteristen, aber ihre Gewehre waren zu Pyramiden zusammengestellt, dort standen irgendwelche grünen Wagen, und ein großer scheckiger Hund lief herum. Alles war erstaunlich einfach und sogar irgendwie unernst. Samgin erinnerte sich lebhaft, wie auf diesem Platz eine Menge von »Zwergmenschen« vor dem Zaren gekniet hatte, fand, daß die Gewehre, die Wagen, der Hund – all das überflüssig sei, und blickte seufzend nach links, wo sich die ergraute Kuppel der Isaakskathedrale erhob, über welche die Schale des Himmels gekippt war, die riesengroß, aber nicht tief und wie aus grauem Stein gemeißelt war. Dieser niedrige Himmel hatte etwas Warmes und verstärkte sehr den Eindruck einer dichten Geschlossenheit der Menschen auf der Erde.

Hinter den stupsnasigen Soldaten gingen Offiziere auf dem Platz umher, vor der Front aber war kein einziger zu sehen, nur ein Unteroffizier, der auch nicht groß war und das Gesicht eines vorzeitig gealterten Halbwüchsigen hatte, rief ab und zu träge: »Meine Herrschaften, drängeln Sie nicht so!«

Samgin merkte nicht, woher der rothaarige Offizier im zinnfarbenen Mantel und mit dickem Schnurrbart erschienen war, er war wie aus einer Mauer hinter Samgin hervorgekrochen, stellte sich fast neben ihn und sagte mit nicht sehr lauter Stimme: »Stillgestanden!«

Und noch irgendein Wort. Die Stupsnasigen machten einmütig ein paar Bewegungen und erstarben. Da zückte der Rothaarige, als holte er ihn aus der Tasche, einen langen Säbel, schwang ihn hoch und rief etwas, die Stupsnasigen rissen das Gewehr an die Backe und gaben mit einem Ruck nach hinten Feuer. Das alles geschah erstaunlich rasch und unernst, nicht so wie auf dem anderen Ufer; Samgin sah von der Seite deutlich, daß die Bajonette ungleichmäßig ragten, die einen höher, die anderen tiefer, und es gab nur sehr wenige, die, ohne zu schwanken, gerade auf die Gesichter der Menschen gerichtet waren. Die Salve krachte nicht geschlossen, nicht auf einen Schlag, sondern zerteilt, abgerissen und gar nicht furchtbar.

Aber die Leute, die unmittelbar der Front gegenüberstanden, erschraken dennoch, die ganze Masse flutete tief zurück, zwischen ihr und den Soldaten entstand sofort ein Zwischenraum von etwa fünf Schritten, der Unteroffizier der Garde hob unentschlossen die Hand zur Mütze und stürzte wuchtig den Soldaten vor die Füße, neben ihm brachen noch drei zusammen, aus der Menge fiel auch einer nach dem anderen heraus.

»Vor Schreck«, sagte jemand dicht neben Samgins Ohr. »Sie schießen mit Platzpatronen, und die . . .«

Doch Samgin wußte schon, daß die Leute nicht vor Schreck umfielen. Er sah, daß die Menge, indem sie sich zusammendrängte, Männer und Frauen unter ihren Füßen herausdrückte; sie sanken in die Knie, fielen, krochen, ein Halbwüchsiger rollte rasch, mit einem Fuß und den Händen auf den Boden gestützt, heulend auf die Front zu; Samgin sah, wie die Leute starben, ohne zu glauben, ohne zu begreifen, daß man sie tötete. Er hörte, wie der rothaarige Offizier, der mit dem Gesicht zu den Soldaten stand, unflätig schimpfte, sah, wie er mit der behandschuhten Faust drohte, mit dem Säbelende in die Bäuche stieß, wie er ihnen dann den Rücken zukehrte, einen Schritt nach vorn machte, den Säbel in den Halbwüchsigen hineinstieß und wie dessen Hände versagten.

Die Menge brüllte, heulte, drohte den Soldaten mit den Fäusten, einige warfen mit Schneeklumpen nach ihnen, die Soldaten aber standen Gewehr bei Fuß, wie versteinert, dichter als vorher, und schienen alle größer geworden zu sein.

Alles das war noch schrecklicher als auf dem anderen Ufer, vielleicht, weil es näher war. Samgin empfand erneut die qualvolle Länge und furchtbare Fassungskraft einer Minute, die soviel Bewegung und soviel Sterben zu enthalten vermochte.

Die Leute, unter denen er stand, schoben ihn auf den Newskij Prospekt zurück, auch sie schrien, schimpften und drohten mit den Fäusten, obwohl sie die Soldaten nicht mehr sehen konnten. Dann sah Samgin, wie die zurückweichende Menge auf etwas zu stoßen schien und mit einmütigem Aufheulen plötzlich wieder vorrückte, indem sie über die Leichen hinwegschritt und die Verwundeten auflas; geschlossen fiel eine Salve und noch eine, die Soldaten sprangen vor, schossen, holten mit den Gewehrkolben aus und stießen mit den Bajonetten zu – die Menschen liefen mit durchdringendem Geheul in dichtestem Strom an dem Eisengitter der Anlage entlang, sprangen hinüber, und einige Soldaten begannen den Newskij Prospekt entlang zu schießen. Nun stürzte das Publikum, das rund um Samgin stand, auch davon und riß ihn mit; irgendwer stieß ihn im Lauf mit dem Kopf in den Rücken.

Das ist ein Getroffener, ein Toter, mutmaßte Samgin blitzschnell und fiel hin, man trat ihn mit den Füßen, sprang über ihn hinweg, er rollte und kroch lange umher, bevor es ihm gelang, wieder auf die Beine zu kommen und weiterzulaufen.

Schließlich stand er, sich von seiner tierischen Angst erholend, schweißgebadet in einer Gruppe ebenso sprachloser und keuchender Menschen, drückte sich an ein geschlossenes Tor, stand blinzelnd da, um alles das nicht zu sehen, was sich den Augen aufdrängte. Er erinnerte sich, daß der Zugang zur Gorochowaja-Straße mit Matrosen der Gardemannschaft verstopft war, er war in vollem Lauf auf sie gestoßen, und ihm war drohend zugerufen worden: »Wohin willst du?«

Ein Matrose hatte ihn am Arm gepackt, ihn hinter sich in die Straße gestoßen und mit Baßstimme gekläfft: »Dorthin«, hatte aber halblaut hinzugesetzt: »Lauf, lauf!«

Er kam nicht dazu, sich lange zu besinnen, denn ein Mann in ölig-feuchtem Mantel trat auf ihn zu, drückte ihn ans Tor und veranlaßte ihn zu sagen: »Sie sind voll Blut.«

»Nicht meins«, antwortete keuchend der Mann und sagte laut, mit Worten, die zu lächeln schienen: »Gut hundert Menschen haben sie umgebracht, wenn nicht noch mehr. Was soll das bedeuten, meine Herrschaften? Was bedeutet dieser . . . Krieg gegen die Bevölkerung?«

Niemand antwortete ihm, Samgin aber dachte oder sagte: »Das ist kein Irrtum, sondern System.«

In ihm, in seinem Gedächtnis, heulte, pfiff und stöhnte es wie Sturm in einem Ofenrohr. Ihm zitterten die Beine. Er hatte die Brille verloren und sah ringsum alles häßlicher als sonst. Ihm gegenüber stand, wie in der Ecke verwurzelt, ein altes eisenfarbenes Haus mit zwei Reihen trüber Fenster. Hinter den Scheiben schwebten noch trübere Flecken, einige erinnerten an menschliche Gesichter. Die Stadt toste, und in diesem ununterbrochenen Lärm platzten Frühlingsknospen. Durch die Straße lief wieder das Volk, galoppierten mit Gebrüll Reiter mit weißen Streifen an den Mützen, hinter Samgin knarrte und krachte das Tor. Ein Kavallerist mit schwarzem Schnurrbart bog sich im Sattel zurück, hielt sein Pferd mitten im Galopp an, so daß es das gebleckte Maul himmelwärts hochwarf, schwang den Säbel hoch empor und brüllte mit unnatürlicher Stimme, wodurch er Samgin an das schluchzende Brüllen eines kaukasischen Esels erinnerte, das dem Schnarren und Kreischen einer Quersäge ähnelt. Dieser tierische Schrei erschreckte die Leute und veranlaßte sie, von neuem zu laufen, auch Samgin lief, da er sah, wie die Leute vor ihm in den Schnee fielen und Blut verspritzten. Dann ging er blind am rechten Ufer der Moika entlang zur Pewtscheskij-Brücke, sah, wie auf die mit Menschen verstopfte Brücke fünf Dragoner stürzten, wie ihre Säbel aufblitzten, zwei von den fünf wurden von den Pferden gerissen und verschwanden in dem schwarzen Gemenge, ein dickes Pferd entwich auf die rechte Seite des Flusses, die Leute warfen mit Schneeklumpen nach ihm, aber es stampfte am Ort und schüttelte den Kopf; von seinem Maul tropfte Schaum.

Vor dem Haus, in dem Puschkin gelebt hatte und gestorben war, stand der Alte aus dem »Märchen vom Fischer und vom Fischlein« – ein Greis mit aschgrauem Bart und in einer wattierten Frauenjacke, er hatte eine zerlumpte Mütze auf dem Kopf und hielt ein Ziegelstück in der Hand.

»Schön hat man euch empfangen, was?« fragte er und zwinkerte mit einem scharfen Äuglein, dann klopfte er mit dem Ziegel an die Wand und warf ihn den Leuten vor die Füße. »Wieviel junges Volk sie getötet haben, junges Volk!« sagte er laut und mit sichtlichem Erstaunen.

Die Leute gingen ohne Eile und sahen sich mürrisch nach hinten um, doch einige liefen und stießen die anderen, und alle sahen so fassungslos aus, als wüßte keiner von ihnen, wohin er ging und weshalb, Samgin wußte das auch nicht. Vor ihm schritt wankend eine Frau, ohne Hut, mit zerzaustem Haar, die ein blutgetränktes Tuch an die Wange drückte; als Samgin sie überholte, fragte sie: »Hätten Sie nicht ein sauberes Tuch?«

Unter ihren roten Fingern am Hals rann Blut hervor in den Kragen, und aus ihren runden und ratlosen Mädchenaugen rannen Tränen.

»Nein«, antwortete Samgin und ging schneller, aber nach einigen Schritten überholte ihn das Mädchen, es wurde, wie ein Kind, von einem großen rotbärtigen Mann auf den Armen getragen. Drei Männer trugen mit eiligen Schritten einen Toten oder Verwundeten vorüber, der eine von ihnen, der seinen Kopf stützte, rauchte. Hinter Samgin seufzte jemand schwer wie ein Pferd.

»Wenn man wenigstens so etwas wie Pistolen hätte ...«

Samgin erinnerte sich plötzlich der Worte des Historikers Koslow, daß der Zar die ganze Stärke seiner Macht grausam werde zeigen müssen.

»Halt!«

Der das rief, in einer Schlittendroschke sitzend, war Turobojew, sein Kopf war verbunden und die alte, häßliche Mütze in den Nakken gerutscht.

»Steigen Sie ein«, befahl er, aus dem Schlitten springend. »Fahren Sie ...«

Er nannte eine Adresse, drückte Samgin ein paar Zettel in die Hand, setzte die Mütze zurecht und ging winkend rückwärts, wobei er den Kopf reglos hielt, als fürchtete er, ihn zu verlieren.

Ein paar Minuten später wurde ihm die Tür eines dunklen Vorzimmers von einem glattgeschorenen Mann mit Tatarengesicht, mit mißtrauischem Blick scharfer Augen geöffnet.

»Was wünschen Sie?« fragte er, ohne ihn einzulassen. »Er ist nicht zu Hause. Kommen Sie herein. Warten Sie.«

Der Mann deutete mit der Hand nach links, und Samgin kam es vor, als hätte er diesen Tataren schon einmal gesehen und seine hohe Stimme gehört. In dem großen hellen Zimmer befanden sich etwa fünf Personen, sie machten alle den Eindruck, als hätten sie sich gerade gestritten, und schwiegen. In dem Zimmer schritt nervös der hochgewachsene Mann mit dem Franzosenbärtchen herum, den Samgin am Morgen in der Schule gesehen hatte. Am Fenster saß ein glattrasierter, schwarzhaariger Mann mit einem Greisengesicht; am Tisch, beim Diwan, schrieb jemand schnell mit krummem Rücken, ein Mann im Gehrock und mit goldener Brille, der wie ein Professor aussah, stapfte schwer von Zimmer zu Zimmer und suchte etwas. Er fragte Samgin: »Wollen Sie nicht etwas essen?«

»Ja«, sagte Klim, der plötzlich Hunger und Schwäche empfand. In dem halbdunklen Speisezimmer mit einem Fenster, das auf eine Ziegelmauer hinausschaute, brodelte stürmisch auf einem großen Tisch ein Samowar, standen Teller mit Brot, Wurst und Käse, an der Wand ragte düster ein schweres Büfett, das durch irgend etwas an das Granitgrabmal eines reichen Kaufmanns erinnerte. Samgin aß und dachte, daß diese Wohnung, obwohl sie sich im fünften Stock befand, doch den Eindruck eines Kellers erweckte. Die mürrischen Leute hier gehören natürlich zu der Zahl derer, mit denen die Geschichte nicht rechnet, die sie beiseite geworfen hat.

Wahrscheinlich werden sie mich gleich fragen, was ich gesehen habe ...

Von dem, was er gesehen, hätte er diesen Leuten gern erbarmungslos erzählt, so, daß sie eine gewisse belehrende Angst empfunden hätten. Ja, genau so, daß sie erschrocken wären. Aber niemand fragte ihn nach etwas. Die Klingel klirrte oft, der Tatar öffnete die Tür, sagte grob und knapp irgend etwas und fragte: »Sind Sie ihm nicht begegnet?«

Ab und zu schaute er ins Speisezimmer, und Samgin fühlte seinen scharfen Blick auf sich ruhen. Als er an den Tisch trat und kalt gewordenen Tee trank, bemerkte Samgin in seiner Rocktasche einen Revolver, und das kam ihm lächerlich vor. Nachdem er etwas gegessen hatte, ging er in das große Zimmer, da er erwartete, dort neue Leute zu erblicken, aber es waren immer noch dieselben, hinzugekommen war nur einer mit verbundenem Arm in einer Schlinge aus einem Frottierhandtuch.

»Das kam so«, sagte er leise, indem er mit finsterer Miene durchs Fenster in die blaue Trübe des Winterabends blickte. »Ich wollte ihn aufheben, aber da – batz – batz! Er wurde am Kinn getroffen und ich hier ... Ich kann das nicht begreifen ... Weswegen?«

Der Mann mit der goldenen Brille redete ihm zu, etwas zu essen, Wein zu trinken und sich hinzulegen, um sich zu erholen.

»Davon erholt man sich sein ganzes Leben nicht«, sagte der Verwundete, stand aber auf und ging gehorsam ins Speisezimmer.

Von Chodynka hat man sich erholt, dachte Samgin, der sich immer weniger als Zeuge denn als Richter vorkam.

Die Klingel klirrte wieder, und im Vorzimmer fragte mürrisch eine dumpfe Stimme mit deutlichem O: »Wozu läufst du denn mit einem Revolver herum?«

»Hier fragen irgendwelche Leute, wahrscheinlich Spitzel, immerzu nach Gapon ...«

»Hör auf, bring mich nicht zum Lachen, Sawwa!«

Morosow, entsann sich Samgin erstaunt und traute sich selber nicht.

Ins Zimmer trat ein hochgewachsener Mann mit starken Backenknochen und rötlichem Schnurrbart in sonderbarem knopflosem Rock, der auf der linken Seite mit Haken geschlossen war; an den Füßen hatte er hohe Stiefel; trotz des glatten langen Haars sah dieser Mann wie ein verkleideter Soldat aus. Mit den Fingern seine Augen reibend, ging er nach links zur Tür, Samgin gab ihm Turobojews Papiere, er blickte Samgin flüchtig, mit entzündeten Augen ins Gesicht, dann auf die Papiere und verschwand zusammen mit Morosow wortlos hinter der Tür. Samgin wartete ein paar Minuten und beschloß zu gehen, als er aber ins Vorzimmer hinaustrat, wurde an die Eingangstür geklopft – die Klingel ertönte krampfhaft, Morosow kam, eine Hand in der Rocktasche, herausgelaufen und öffnete.

»Wie? Wer sind Sie? Gapon? Sie sind Gapon?«

Morosow trat rasch zur Seite. Darauf schlüpfte mit geneigtem Kopf ein kleines Männchen herein, dessen Mantel zu weit und zu lang für seine Gestalt war, und die Mütze zu groß für seinen Kopf; mit einer gewundenen Bewegung des ganzen Körpers und nachdem er die Arme zurückgeworfen hatte, warf er den Mantel auf den Boden, schüttelte durch eine Kopfbewegung die Mütze ab und fragte mit abgehackter Stimme: »Ist Martyn hier? Pjotr? Ich frage ...«

Alle, die sich im großen Zimmer befanden, lehnten sich heraus, der Mann mit dem rötlichen Schnurrbart fragte barsch und ohne seine unangenehme Verwunderung zu verhehlen: »Hat Rutenberg Sie hergeschickt?«

»Ja, ja, ja – wo ist er?«

»Ich weiß nicht.«

Gapons Begleiter, ein kleines, unauffälliges Männchen, hob den Mantel vom Boden auf, legte ihn auf einen Stuhl, setzte sich auf den Mantel und sagte beschwichtigend: »Er wird gleich kommen.«

Doch Gapon huschte ins große Zimmer und begann hastig darin herumzulaufen. Seine Beine knickten ein, als wären sie ausgerenkt, das dunkle Gesicht zuckte krampfhaft, aber die Augen waren reglos, glasig. Das kurz und ungeschickt geschnittene Kopfhaar hing in ungleichmäßigen Strähnen herab, auch der Bart war ungleichmäßig gestutzt. Von seinen Schultern hing ein zerknitterter alter Rock herab, dessen Ärmel so lang waren, daß sie die Handgelenke bedeckten. Durch das Zimmer laufend, rief er heiser: »Geben Sie mir was zu trinken, Wein, Wasser ... einerlei. Nein, es ist nicht alles verloren, nein! Gleich werde ich ihnen schreiben. Fullon!« rief der Pope weinerlich und drohte, den Arm schwingend, zur Decke hinauf; der Rockärmel rutschte zur Schulter hinab und verdeckte mit seinen Falten das halbe Gesicht. »Fullon hat mich verraten!« schrie er heiser und versuchte den Ärmel mit derselben Kopfbewegung von der Wange zu entfernen, mit der er sein langes Haar zurückzuwerfen gewohnt war. Sein Arm fiel hölzern herab und hing steif herunter, die Finger betasteten und kneteten den Rocksaum, während der andere Arm gleichmäßig wie ein Pendel schaukelte. Er lief mit kleinen Schritten auf dem Parkett herum und füllte das ziemlich leere Zimmer mit dem Trappen der Absätze, dem Scharren der Sohlen, mit Zischen und Schnauben; Samgin erinnerte dieses Geräusch an den widerlichen Lärm einer Küche: Fleisch wird geklopft, auf dem Herd brodelt, brät und zischt etwas, und im Feuer pufft ein feuchtes Holzscheit.

Der Mann mit der goldenen Brille reichte Gapon ein Glas Wein, der Pope trank es gierig und rasch aus und begann wieder zu laufen, zu kreisen und murmelte: »Du lügst! Die Arbeiter halten zu mir! Sie werden mich nicht verraten! Sie halten bis ans Ende zu mir! Du lügst, du Verräter ... Wo ist denn Martyn, wo ist er?«

Samgin sah verblüfft zu, und in ihm kreisten auch irgendwelche berauschenden Ströme. Ohne Priesterrock, gerupft, glich Gapon nicht jenem Popen, der vor den Arbeitern herumgesprungen war und geschrien hatte wie ein junger Hahn auf einem Hof, in dem plötzlich als Vorbote von Gewitter und Platzregen ein Wirbelwind gefahren ist. Jetzt, nachdem man dem Popen wie zum Spott die Haarzotteln auf dem Kopf und den Bart grob abgeschnitten hatte, zeigten sich das nervöse, dunkle, fast blaue Gesicht, die schwarzen Pupillen, die im bläulichen, öligen Augenweiß erstarrt waren, und die große, gerade Nase mit schmalen Nüstern, die nach links verschoben war, wodurch die eine Gesichtshälfte größer aussah als die andere.

Samgin bemerkte, daß Gapon im Vorbeilaufen etwa zweimal in den Spiegel blickte, und jedesmal zuckte der Pope zusammen, er strich sich mit seinen raschen Handbewegungen die Hüften glatt und schrie lauter, als hätte er sich die Hände verbrannt, richtete sich auf und schwang die Arme hoch.

Ein Schauspieler? Mimt er? dachte Samgin flüchtig.

Nein, Gapon ähnelte mehr einem Wahnsinnigen, und das wurde immer klarer. Es schien, als wäre außer dem Popen niemand im Zimmer, denn alle schwiegen und rührten sich nicht. Der Mann mit dem rötlichen Schnurrbart stand soldatisch aufrecht, mit der Schulter an die Wand gelehnt, zwischen seinen bloßen Zähnen stak eine unangezündete Zigarette; er hatte das Gesicht eines Menschen, der jemanden beißen könnte, und es schien, er hätte sich die Zigarette zwischen die Zähne gesteckt, nur um den Popen nicht anzuschreien. Neben ihm saß auf einem Stuhl in der Haltung eines Mannes, der aufspringen und weglaufen will, Morosow, stämmig, kräftig und durch irgend etwas an ein Bügeleisen erinnernd. Samgin hörte ihn flüstern: »Ein Führer, wie?«

Und sein Tatarengesicht schien sich von einem raschen, boshaften Lächeln zu verziehen.

Der Mann mit dem rötlichen Schnurrbart murmelte durch die Zähne: »Kränkung ohne Haß, Klagen ohne Zorn.«

Samgin hatte vergessen, daß Gapon ein Führer war, aber dieses

Geflüster brachte ihm sofort die Dutzende von Leichen, die blutbedeckten Menschen, den brüllenden Heizer in Erinnerung.

»Man muß mich sofort verstecken, ich werde gesucht«, sagte Gapon, der stehengeblieben war und die Leute mit starren Augen ansah. »Wo werden Sie mich verstecken?«

Zornig, mit sonorer Stimme riet ihm Morosow, sich zuerst in Ordnung zu bringen, sich die Haare schneiden zu lassen, sich zu waschen. Eine Minute später saß Gapon mitten im Zimmer auf einem Stuhl, und der Mann mit dem Greisengesicht begann ihm die Haare zu schneiden. Aber die Schere war offenbar stumpf oder der Mann ein schlechter Friseur, denn Gapon schrie kläglich auf: »Vorsicht, was machen Sie?«

»Nur Geduld«, riet ihm Morosow unliebenswürdig und verzog verächtlich das Gesicht.

Dem Popen schnitt man die Haare und führte ihn zum Waschen fort, doch die Zuschauer gingen wortlos und gleichsam verlegen in die Ecken.

»Wie erschüttert er ist«, sagte der Mann mit dem Franzosenbärtchen, da er aber anscheinend begriff, daß man jetzt nicht sprechen sollte, wandte er sich zum Fenster, drückte die Stirn an die Scheibe und betrachtete die Finsternis, die das Fenster einhüllte.

Die Klingel klirrte immer öfter und krampfhafter; Morosow griff nach seiner ausgeweiteten Rocktasche und lief ins Vorzimmer, und Klim hörte, wie dort erregte Stimmen überstürzt erzählten, daß Hunderte von Arbeitern getötet worden seien und Gapon auch.

»Die Polizei hat eben seine Leiche gebracht . . .«

»Unsinn!« sagte Morosow laut und deutlich. »Vor zehn Minuten ist diese Leiche hiergewesen.«

Der Mann, der mit Gapon gekommen war, bestätigte gekränkt: »Das ist wahr!«

Dann erinnerte er etwas leiser, aber gleichsam vorwurfsvoll: »Das Arbeitervolk liebt Väterchen sehr!«

Man brachte noch eine Neuigkeit: Gapon sei am Leben, die Polizei suche ihn, für seine Festnahme sei eine Belohnung ausgesetzt.

»Das ist möglich«, sagte Morosow und fügte hinzu: »Eine kleine.«

Samgin suchte die Quellen für die Ironie des Fabrikanten zu verstehen, verstand sie aber nicht. Dann kam ein hochgewachsener schwarzbärtiger Mann, zog sich mit dem Rotbärtigen in eine Zimmerecke zurück, und sie begannen dort zu flüstern; der Rotbärtige sagte laut und entrüstet: »Nein, nein! Keinerlei Legenden! Keine!«

Gapon lief herein. Jetzt, nachdem er anständig geschoren und gewaschen war, hatte er Ähnlichkeit mit einem Zigeuner bekommen.

Nachdem er alle im Zimmer und sich selbst im Spiegel gemustert hatte, stieß er entschieden, drohend aus: »Das ist nicht das Ende! Die Arbeiter halten zu mir!«

Sicheren Schrittes trat ein kräftiger Mann mit aufmerksamen Augen und etwas trägen oder vorsichtigen Bewegungen ins Zimmer.

»Martyn!« schrie Gapon und stürzte auf ihn zu. »Setz dich, schreib! Es muß rasch, rasch gehen!«

Ein paar Minuten später saß Martyn auf dem Diwan am Tisch und schrieb, ohne sich zu beeilen, während Gapon im Zimmer umherschritt, die Arme schwang und schrie: »Brüder, die ihr durch Blut zusammengeschweißt seid. Schreib das auch so: durch Blut zusammengeschweißt, ja! Wir haben keinen Zaren mehr!« Er stockte und fragte: »Wir oder ihr? Schreib: Ihr ...«

»Das Wort ›mehr‹ ist überflüssig«, murmelte der Schreibende, ohne den Kopf zu heben.

»Er ist von jenen Kugeln getötet, die Tausende eurer Kameraden, Frauen und Kinder getötet haben ... ja!«

Der Pope sprach abgehackt, machte große Pausen, wiederholte einzelne Worte und fand sie offenbar nur mit Mühe. Er sog laut die Luft ein, rieb sich die bläulichen Wangen, warf den Kopf zurück, als hätte er langes Haar, und betastete nach jedem Zurückwerfen den geschorenen Kopf, wurde nachdenklich und schwieg mit zu Boden gerichtetem Blick. Der schwerfällige Martyn schrieb immer schneller, woraus Klim schloß, daß er sich nicht nach Gapons Diktat richtete.

»Schreib!« sagte Gapon, mit dem Fuß aufstampfend. »Und jetzt verhänge ich, der Priester Georgij Gapon, kraft der mir von Gott verliehenen Macht den Kirchenbann über den Zaren, der die Wahrheit im Blute des Volkes ertränkt hat, und schließe ihn von der Kirche aus ...«

»Mach keine Dummheiten«, sagte Pjotr oder Martyn und schrieb weiter, ohne den diktierenden Popen angesehen zu haben.

»Wie? Schreib nur!« sagte der Pope mit erneutem Aufstampfen, griff sich mit den Händen an den Kopf und glättete das Haar. »Ich habe das Recht dazu!« fuhr er, schon weniger laut, fort. »Meine Sprache ist ihnen verständlicher, ich weiß, wie man mit ihnen sprechen muß. Doch ihr, ihr Intellektuellen, beginnt ...«

Er machte eine wegwerfende Handbewegung, sein Gesicht wurde tiefrot und für einen Augenblick böse, die Pupillen bewegten sich, als wären sie über das Augenweiß hinausgequollen.

»Nein, nein – keinerlei Märchen«, sagte wieder der Mann mit dem rötlichen Schnurrbart.

»Mit eurem Blut habt ihr das Recht erkauft, für die Freiheit zu kämpfen«, diktierte Gapon.

Der Rotbärtige und der Schwarzbärtige traten auf ihn zu, und der erstere sagte unumwunden und etwas barsch: »Es geht das Gerücht, man habe Sie getötet, verhaftet und dergleichen mehr. Das taugt nichts!«

»Wie jegliche Unwahrheit«, fügte der Schwarzbärtige hüstelnd ein.

»Eben. In der Ökonomischen Gesellschaft hat sich . . . allerlei Publikum versammelt. Sie müssen hinfahren, sich zeigen.«

»Wozu denn?« fragte Gapon. »Dort sind Intellektuelle! Ich weiß, was die Freie Ökonomische Gesellschaft ist – Intellektuelle!« fuhr er mit erhobener Stimme fort. »Ich halte es mit den Arbeitern!«

»Dort sind auch Arbeiter«, sagte der Schwarzbärtige.

Samgin sah deutlich, daß dieser Vorschlag dem Popen mißfiel, ihn sogar verwirrte. Gapon brummte etwas mit mürrischem Gesicht und neigte sich zu Rutenberg vor, während dieser, ohne ihn anzusehen, sagte: »Sie müssen hinfahren.«

»Ja?«

»Ja, ja . . .«

Gapon blickte in den Spiegel, zog die Rockärmel hoch, schüttelte den Kopf und fragte jemanden: »Wird man mich auch erkennen? Mir glauben? Sie kennen mich doch nicht!«

»Man wird Ihnen glauben«, sagte der mit dem rötlichen Schnurrbart. »Kommen Sie!«

Samgin wußte längst, daß er hier überflüssig war und jetzt gehen mußte. Aber ihn hielt die Neugier, das Gefühl dumpfer Müdigkeit und eine der Angst nahe Unlust, allein durch die Straßen zu gehen. Jetzt, da er hoffte, zu viert gehen zu können, trat er ins Vorzimmer hinaus und hörte beim Mantelanziehen die Stimme Morosows: »Man wird ihm den Kopf abreißen.«

»Paß auf deinen eigenen auf«, antwortete der mit dem rötlichen Schnurrbart.

Samgin öffnete die Tür und begann, langsam die Treppe hinunterzugehen in der Erwartung, daß man ihn einholen werde. Aber er war schon an der Haustür, als er oben das Geräusch von Schritten hörte. Er trat auf die Straße hinaus. Vor der Haustür stand ein gutes Pferd.

»Besetzt«, sagte der Kutscher. »Privatschlitten«, fügte er hinzu, als entschuldigte er sich.

Samgin warf einen Blick auf die Rückseite des Schlittens und überzeugte sich, daß keine Nummer vorhanden war und vier Personen in diesem schmalen Schlitten keinen Platz haben würden.

Na, dann gehe ich eben zu Fuß, sagte er sich und schritt schnell in die Kälte der Finsternis hinein, eine Minute später jedoch jagte an ihm mit weit ausholenden Beinen ein dunkles Pferd vorbei; im Schlitten saßen zwei Personen. Samgin seufzte betrübt.

Die Dunkelheit kam ihm ungewöhnlich dicht und so schwer vor, daß sich die Schultern unter ihrem kalten Druck krümmten. Die Stadt schwieg. Tot, entseelt standen die des Lichtes beraubten Häuser, nur hie und da waren die vereisten Fensterscheiben von innen durch schüchternes Kerzenlicht kärglich erleuchtet. Das Licht war ausgestorben. Vermutlich war die Stille deshalb so außergewöhnlich feinfühlig, wie das gespannte Fell einer Trommel. Irgendwo ganz weit weg wurde geschossen, und Klim kam wieder der unangebrachte Vergleich in Erinnerung: Es ist Frühling, die reifen Knospen der Bäume platzen. Samgin bemühte sich, die Füße leiser aufzusetzen, aber die Absätze trappten, der Schnee knirschte. Die schwarzen Häuserreihen hatten ein gleiches Gesicht bekommen, schienen mit den Ziegeln zu knirschen und sich hinter dem einsamen Menschen her zu bewegen, der eilig auf dem Grund eines steinernen Kanals schritt, schritt, ohne den Abstand vom Ziel zu verkürzen. Es fehlten die Bärengestalten der Hausknechte an den Toren, es gab weder Polizisten noch Passanten. Und immer dichter und schwerer wurde die Kälte der triumphierenden Finsternis.

Samgin suchte seine Angst zu unterdrücken, indem er sich der Gestalt Morosows mit dem Revolver in der Hand erinnerte, eine Gestalt, die komisch gewesen wäre, wenn die offene Geringschätzung Morosows für Gapon das nicht verhindert hätte.

Ein Herr. Er verachtet den Pechvogel . . .

Aber das Denken kostete Mühe, die Gedanken hinderten ihn, dieser gespannten Stille zu lauschen, in der alles Brüllen und Heulen des entsetzlichen Tages, all seine Worte, all sein Schreien und Stöhnen schlau verdichtet und versteckt war, dieser Stille, in der die böse Bereitschaft verborgen lag, alle Schrecknisse zu wiederholen, um den Menschen bis zum Wahnsinn zu erschrecken.

Der Pope ist eine Null. Und alle Zeugen, Schriftsteller, Soldaten und Arbeiter, Mörder, Opfer und Zuschauer sind es. Alle sind unbedeutend, unglücklich, überlegte Samgin hastig, um die Angst etwas zu verringern, die ihn beleidigend bedrückte.

Auf dem Newskij Prospekt wurde es noch unheimlicher; der Newskij ist breiter als die anderen Straßen und war daher noch öder, seine Häuser waren noch seelenloser, lebloser. Er verlief in die Finsternis wie eine Schlucht in einen Berg. In der Ferne und tief unten, dort, wo der Erdboden sein mußte, war das kalte Fleisch der erstarrten Finsternis durch kleine und trübe Lichtflecke aufgerissen. Diese Lichter, die an Blut und Wunden erinnerten, beleuchteten nichts, vertieften den Prospekt unendlich und hatten etwas Warnendes an sich.

Samgin blieb einen Augenblick stehen und ging dann langsamer weiter, seine Schläfen waren mit Schweiß bedeckt. Er überzeugte sich bald, daß das Laternen waren, sie standen auf dem Gehsteig vor den Toren oder waren an diesen aufgehängt. Es waren nicht viele Laternen, sie leuchteten weit voneinander entfernt und gleichsam nur, um zu zeigen, daß sie überflüssig waren. Vielleicht aber auch, damit man bequemer auf einen Menschen schießen könnte, der an ihnen vorbeikäme.

Hie und da bewegten sich spitzbübisch und fast geräuschlos, wie ein Fisch im Wasser, schnelle, schwarze kleine Menschengestalten. Vorn hämmerte jemand gegen eine Glasscheibe, dann zerschellte das Glas, die Scherben fielen klirrend auf Eisen, ein Pförtchen kreischte und schlug zu, irgendwer kam Samgin sehr schnell entgegen und verschwand plötzlich, als wäre er in die Erde versunken. Fast im gleichen Augenblick kamen hinter einer Ecke fünf Reiter hervor, drängten sich zusammen, und einer von ihnen rief erschreckt: »Im Trab . . .«

Sie ritten rasch, im Gänsemarsch, einer hinter dem anderen; dann knallten zwei Schüsse, noch drei und noch einer, und danach schrie ein Mensch dünn und sehnsüchtig wie eine Möwe über dem Kaspischen Meer. Samgin blieb eine Weile stehen, bis die Stille wieder zu sich gekommen war, dann ging er weiter. Er glaubte nicht recht, daß sich auf dem Newskij Prospekt keine Soldaten befänden; vermutlich versteckten sie sich, stupsnasig und grau, in den Höfen der Häuser, vor denen die Laternen brannten. Ja, die Stupsnasigen verstecken sich, zittern vor Kälte, vielleicht aber auch vor Angst in den steinernen Brunnenschächten der Höfe; am Rand der Stadt jedoch wird wahrscheinlich schon Gapons Aufruf gelesen:

»Brüder, die ihr durch Blut zusammengeschweißt seid!« Diese Worte hören die Väter, Mütter, Brüder, Schwestern, Genossen und Bräute der Getöteten und Verwundeten. Möglicherweise werden die aus den Vorstädten morgen wieder in die Stadt kommen, aber schon als dichtere und entschlossenere Masse, und werden in den Tod gehen. »Die Arbeiter haben nichts zu verlieren als ihre Ketten.«

Irgendwo, in der Wärme behaglicher Wohnungen, sitzen Minister, Militärs und Beamte; in anderen Wohnungen geraten Schriftsteller, Männer der Öffentlichkeit und Humanisten, denen dieser

Tag erbarmungslos ihre Schwäche gezeigt hat, in Widerstreit, schreien hysterisch und springen aufeinander los wie Spatzen.

Die Führer! rief Samgin innerlich, aber so, daß er den Ausruf außerhalb seiner selbst hörte und sich sogar umblickte. Und der Zar? Dieses kleine Menschlein wird wohl kaum ruhig Tee trinken ...

Und Samgin kam der Gedanke, der Zar laufe im Schrecken über das Begangene ebenso krampfhaft umher wie Gapon.

Bis zu seinem Gasthof war es schon nicht mehr weit, und die Angst verringerte sich bedeutend. In ihm entbrannte ein Gefühl der Entrüstung über sich selbst, über all die Erlebnisse dieses Tages.

Leben kann man nicht mehr! Das Leben verwandelt sich in ein eintöniges, endloses Drama.

Die Tür des Gasthofs war abgeschlossen, hinter ihr war es dunkel. Das dicke Gesicht des Portiers drückte sich an die Scheibe; das Schloß knackte, die Scheiben stöhnten auf, und Samgin schlug warmer Speisegeruch ins Gesicht.

»Es wird Unfug getrieben, man schlägt die Scheiben ein«, beklagte sich der Portier; er trug Mantel und Mütze, das nahm ihm die übliche Vornehmheit, aber trotzdem war er würdig und ruhig wie immer.

»Man sagt, neuntausend sind niedergemacht?« fragte er, und da Samgin nicht antwortete, seufzte er: »Soweit ist es nun gekommen! Neuntausend ...«

Als Klim sich aber erkundigte, ob Züge nach Moskau gingen, sah ihn der Portier sehr wißbegierig an und antwortete mit der Frage: »Erwarten Sie, daß die Eisenbahner auch streiken?«

Oben auf der Treppe begegnete Samgin der Zimmerkellner und raunte ihm zu: »Unterhalten Sie sich nicht mit dem Portier, Herr Samgin, denn er ist ein Schurke! Ein Lakai der Polizei ...«

Dieser Bursche, den er schon lange kannte, war noch heute morgen gutmütig, lustig und gefällig gewesen, jetzt aber war sein rundes Gesicht sonderbar schmal und spitz, wie nach einer Krankheit; er sah Samgin mit fremdem Blick an und sagte halblaut: »Er hat die Tür abgeschlossen, der Hundsfott. Es wurde geschossen, die Kosaken fielen über die Leute her und schlugen sie; die Leute drängten sich zu uns herein, da schloß er die Tür ab und bleckte die Zähne, diese dicke Schnauze ...«

Als er Klim beim Kofferpacken half, fragte er mit leidenschaftlichem Flüstern: »Was haben sich denn die Erschlagenen zuschulden kommen lassen? Man hätte den Arbeitern sagen müssen: Ihr dürft das nicht! Statt dessen hat man gesagt: Sie werden kommen, und ihr – schlagt sie!«

»Ja«, bestätigte Klim unwillkürlich und zu seiner eigenen Überraschung. »Natürlich, so ist das gesagt worden.«

Der Zimmerkellner, der kniend den Koffer verschnürt hatte, sprang nun aber elastisch auf, blickte Klim ein paar Sekunden mit zwinkernden Augen an und hockte sich erneut hin.

»So«, murmelte er, drückte mit dem Knie auf den Koffer und fluchte unflätig. »Jetzt werden also . . .«

Aber Samgin hörte seinem Gemurmel nicht zu, sondern dachte daran, daß er gleich wieder in der kalten Dunkelheit dieses simple Knacken von Schüssen hören werde. Im Wagen des Hotels, zusammen mit zwei Stummen, die ihre Köpfe in den Pelzkragen versteckt hatten und offenkundig nichts sehen und hören wollten, blickte Samgin durch die Wagenscheibe in die Finsternis hinaus, und sie kam ihm materiell, wägbar vor, als wäre sie die zu Eis erstarrte Ausdünstung des Schmutzes in der Stadt, des heute vergossenen Blutes, die Ausdünstung der Grausamkeit und des Wahnsinns der Menschen. Auch während der schlaflosen Nacht im Zugabteil dachte er an Wahnsinn, an Grausamkeit.

Zu Hause fiel Warwara über ihn her, ihre Neugier war bis zum Sieden, bis zur Raserei erhitzt, sie blätterte Samgin durch wie ein neues Buch, mit dem Bestreben, die interessanteste, überraschendste Seite zu finden, und überredete ihn leicht, am selben Abend ihren Bekannten alles zu erzählen, was er gesehen hatte. Er wollte das auch selbst, da er fand, daß er sich erleichtern müsse und daß es nützlich sei, so etwas wie eine Probe für einen ernsten Vortrag zu veranstalten.

Am Abend versammelten sich an die zwanzig Personen; es kam der große, dicke Dichter, der Verfasser des Gedichtes über Judas und darüber, wie der Satan mit Gott Karten spielt; es kam der Literaturlehrer und Dichter Jewsonow, ein kleiner Mann mit schwarzen Zähnen, mit einem verächtlichen Lächeln auf dem gelben Gesicht; es erschien Bragin, ebenfalls klein, dürr, wie Gogol frisiert, redselig und besonders unangenehm dadurch, daß er durch seine allseitige Kenntnis der menschlichen Angelegenheiten Samgin zwang, sich seiner selbst zu erinnern, wie Samgin vor fünf Jahren sein wollte und war. Die Männer herrschten vor, es waren sechs Frauen da, von denen Samgin nur die üppige Farbfabrikantenwitwe Dudorowa, Warwaras nächste Freundin, kannte; Warwara verhielt sich zu den Frauen nörglerisch kritisch, was Samgin sich damit erklärte, daß sie rasch häßlich wurde.

Er hatte sich angewöhnt, alle Freunde seiner Frau als Menschen »dritter Sorte« zu betrachten, wie Wlastow sie genannt hatte; aber sie begannen in ihm seit einiger Zeit das Neidgefühl des Pechvogels auf Leute zu wecken, die es sich in ihrem »System von Sätzen« bequem gemacht hatten, wie Stare in Starenkästen. Ihre Äußerungen klangen in seinen Ohren immer aufreizender laut und störten ihn bereits, wie manchmal das undeutliche Motiv irgendeines alten Liedes zu leben stört, das anspruchsvoll verlangt, daß man sich seiner genau erinnere. Diese Leute lasen andere Bücher und schienen sich damit voreinander zu brüsten. Die Dudorowa und Jewsonow kannten besonders viele Autoren, von denen Samgin nichts gelesen hatte und die kennenzulernen er kein Bedürfnis empfand.

Irenäus von Lyon, Dionysios von Halikarnaß, Fabre d'Olivet, Schuré – hörte Samgin, und er hörte die gewichtigen Worte: Liebe, Tod, Mystik, Anarchismus. Es war peinlich, ärgerlich, daß Leute, die jünger und unbedeutender waren als er, und irgendwelche reiche Modenärrinnen etwas wußten, das er nicht wußte, und das verlieh ihnen das Recht, sich ihm gegenüber herablassend zu verhalten, als wäre er ein Halbwilder.

An diesem Abend aber sahen sie ihn begehrlich an, wie Feinschmecker ein seltenes Gericht ansehen. Sie hörten seinem Erzählen mit so wortlos gespannter Aufmerksamkeit zu, als wäre er ein Professor aus der Hauptstadt, der in einer öden Provinzstadt eine Vorlesung vor den Einwohnern hält, die sich schon lange nach etwas Ungewöhnlichem gesehnt haben. Im Zimmer war es eng, etwas heiß, im Halbdunkel saßen gebeugt unterwürfige Menschen, und es war sehr angenehm, sich dessen bewußt zu sein, daß der gestrige Tag schon Geschichte war.

Samgin bemühte sich, den Ton des objektiven Zeugen zu wahren, den Ton eines Menschen, dem es nur um die Wahrheit geht, wie sie auch sein mochte. Aber er merkte selbst, daß er jedesmal erbittert sprach, wenn er sich des Zaren und Gapons erinnerte. Sein Denken beschrieb unwillkürlich und beharrlich Achten rings um den Zaren und den Popen, wobei er stark die Nichtigkeit beider und dann das Verbrecherische an ihnen unterstrich. Er wollte die Leute zu gern erschrecken und tat das mit Genuß.

Als er geendet hatte, begannen die Zuhörer sich vorsichtig zu rühren, als erwachten sie aus schwerem Schlummer; dann begannen sie unentschlossen und zunächst flüsternd zu sprechen, wobei sie sich nicht aneinander, sondern gleichsam an die Luft wendeten. Als erster äußerte sich Jewsonow, er stand auf und sagte, während er eine Zigarette aus dem Etui nahm, seine schwarzen Zähne entblößend:

»Diesen Wahnsinn kann man nicht mit dem Zusammenstoß von Klassengegensätzen erklären, nein, das ist etwas Tieferes, Schrecklicheres ...«

»Oh ja«, stimmte die Dudorowa, mit den Fingern knackend, bei. »Hiernach wird Rußland sich entweder zur Freiheit erheben oder endgültig in den Abgrund stürzen ...«

Einer der Männer sagte mit Grabesstimme: »Da ist ein Schlag, ein tödlicher Schlag nicht nur der Idee der Selbstherrschaft, sondern der Idee der Persönlichkeit zugefügt worden.«

Samgin schwieg und wartete auf Bedeutungsvolleres. Seine Frau kam im glatten, bronzefarbenen Kleid auf ihn zu, das sie älter machte und ihr Ähnlichkeit mit einem grotesk vergrößerten Lampenfuß verlieh.

»Du hast vorzüglich gesprochen«, sagte sie mit aufrichtigem Erstaunen. »Ausgezeichnet! Welche Fülle von Einzelheiten, und wie geschickt du sie verwertet hast! Ehrenwort – es war manchmal sogar entsetzlich ...«

An ihrem Erstaunen fand Samgin nichts Schmeichelhaftes für sich, und sie störte ihn beim Zuhören. Ein Mann mit gepudertem Clownsgesicht, langem Hals und starr aufgerissenen Augen betrachtete die Leute, die ihn umdrängten, und sprach nicht laut, aber doch so, daß seine Worte weder vom Geräusch des Stuhlrückens übertönt wurden, noch von den erregten Stimmen der Leute, die sich schon in kleine Gruppen aufgeteilt hatten.

»Der Mensch ist heilig! Christus war ein Mensch, der den Teufel besiegte. Nach Christus hat das angeborene Böse zu existieren aufgehört. Heute ist das Böse eine soziale Krankheit. Der einzelne Mensch ist gutherzig ...«

Die Grabesstimme wandte ein: »Das ist so etwas wie theologischer Anarchismus ...«

Die Dudorowa aber rief: »Das Volk tut weder Gutes noch Böses, sondern macht nur materielle Dinge ...«

Der große dicke Dichter knabberte Biskuits und sagte zu einer kleinen Dame mit Klemmer: »Der Mensch hat das Recht, ein Judas, ein Herostrat zu sein ...«

»Sagen Sie, was Sie wollen, die Revolution ist trotzdem unvermeidlich!«

Das wurde auf verschiedene Art und Weise wiederholt, und daran war für Samgin nichts Neues. Für ihn war es auch nicht neu, daß all diese Menschen es bereits fertiggebracht hatten, sich über das Ereignis zu stellen, und es als nicht sehr bedeutsame Episode einer tiefen Tragödie betrachteten. Im Zimmer wurde es geräumiger, die entfernteren Bekannten waren gegangen, zurückgeblieben waren nur die nächsten Freunde seiner Frau; die Anfimjewna und das Stubenmädchen deckten den Teetisch; die Dudorowa rief Jewsonow zu: »Ibsen ist ein Pedant, ein Pedant . . .«

Samgin hatten sie schon vergessen, niemand fragte ihn mehr nach etwas.

Sie sind gesättigt, dachte er ironisch und ging in sein Zimmer, legte sich auf den Diwan und versank in Nachdenken: Ja, diese Leute haben sich gegen die Wirklichkeit durch ein fast undurchdringliches Gitter von Worten abgezäunt und verfügen über die beneidenswerte Fähigkeit, über das Entsetzliche der realen Tatsachen hinweg in irgend etwas anderes Entsetzliches hineinzublicken, das sie sich vielleicht nur einbilden, oder erfunden haben, um bequemer zu leben.

Dann dachte er noch an viele Kleinigkeiten, dachte deshalb daran, um nicht nach einer Antwort auf die Frage zu suchen, was ihn daran hinderte, so zu leben, wie diese Leute lebten. Irgend etwas hinderte ihn, und er fühlte, daß ihn nicht nur die Angst hinderte, er könnte sich unter den Leuten verlieren, an deren Nichtigkeit er nicht zweifelte. Er dachte an die Nikonowa: Mit ihr hätte er gern gesprochen. Sie hatte ihn durch ihren unsinnigen Verdacht gekränkt, aber er hatte ihr das schon verziehen, ebenso wie er ihr verziehen hatte, daß sie den Gendarmen diente.

Einen anderen Menschen hätte ich selbstverständlich erbarmungslos verurteilt, bei ihr aber kann ich das nicht! Wahrscheinlich hänge ich wirklich an ihr, und diese Anhänglichkeit ist stärker als Liebe. Sie ist natürlich ein Opfer, brachte er sich zum zehntenmal in Erinnerung.

Am nächsten Tag morgens erschien Gogin und schlug ihm vor, zugunsten des Komitees zwei bis drei Vorträge über den Blutsonntag zu halten. Nach der Geschichte mit der Nikonowa betrachtete Samgin Gogin wie den Menschen, der ihm die Frau entführt hat, aber er erklärte sich gern bereit, die Vorträge zu halten. Er erweiterte den Bericht über den Sonntag bedeutend, indem er von seinen Beobachtungen am Zaren erzählte, ihn interessant mit Gapon verglich und eine gewisse unmerkliche – auch ihm selbst unklare – Ähnlichkeit zwischen ihnen andeutete; er sprach von dem Heizer, von den Arbeitern, die so erschütternd schlicht starben, und erzählte, wie der kleine Alte mit dem Stein gegen die Wand des Hauses geklopft hatte, in dem Puschkin gelebt hatte und gestorben war – von diesem kleinen Alten sagte er weit mehr, als er von ihm wußte. Nach jedem Vortrag kam er sich klüger, bedeutender vor und fühlte, daß alles, was er gesehen hatte, um so weniger furchtbar für ihn wurde, je schöner er es darstellte. Aber er wünschte sich sehr, daß den Leuten beim Zuhören unheimlich zumute werde, daß die Angst sie ernüchtere, und ihm schien, als erreiche er das: Den Leuten war unheimlich zumute. Dennoch sah er: Die Angst hält nicht lange in Menschen vor, die überzeugt sind, sie könnten die Wirklichkeit ändern und bändigen.

Welch ein Leichtsinn, dachte er und wurde erbittert gegen die Kecken.

»Ich bin verblüfft, Klim«, sagte Warwara. »Zum drittenmal höre ich dir zu – du erzählst wunderbar! Und jedesmal neue Menschen, neue Einzelheiten. Oh, wie recht hat jener, der als erster gesagt hat, die höchste Schönheit läge in der Tragödie!«

Bei ihren Lobreden machte Samgin ein gleichgültiges und müdes Gesicht.

»Das kommt mir nicht billig zu stehen.«

»Das kann ich mir denken«, stimmte ihm Warwara bei.

In diesen Tagen eines Erfolgs, wie er ihn noch nie in seinem ganzen Leben empfunden hatte, entstand in Samgin von selbst die Formel: Die Revolution ist notwendig, um die Revolutionäre zu vernichten.

Als er das zum erstenmal dachte, lächelte er innerlich. Unsinnig!

Aber das Lächeln löschte diese Formel in seinem Gedächtnis nicht aus, und er kam mit ihr in seiner Heimatstadt an, wohin ihn Warawkas Angelegenheiten riefen und wo er – bei Doktor Ljubomudrow – vom 9. Januar erzählen mußte.

»Schreiben Sie einen kleinen Artikel mit Fakten«, schlug ihm die Spiwak vor. Sie war sehr blaß, biß sich auf die Lippen und ging eigentümlich ziellos umher.

Samgin schrieb gern, er tat das als persönliche Angelegenheit, als er aber seine Erzählung vorlas, bemerkte der lederne und ölige Dunajew lächelnd: »Eine erschreckende Sache für Spießer.«

»Man wird kürzen müssen«, sagte die Spiwak, während der langbeinige Kornew das Manuskript an sich nahm, als gehörte es ihm, und murmelte, er werde das tun.

»Wir streichen die Ausschmückungen, und einen Tag darauf kann es erscheinen.«

Dann hielt Samgin einen Vortrag in der Wohnung des Rechtsanwalts Prawdin, wo ihm etwa vierzig Linksgesinnte zuhörten, und einen bei dem Stadtoberhaupt Radejew, wo sich rund fünfzehn sehr gesetzte Liberale versammelt hatten; danach begann er in einem Wirbel von allerhand kleinen Angelegenheiten, von Debatten über den morgigen Tag und in neuen Bekanntschaften zu kreisen und – verlor den Überblick über die Zahl der Tage. Das alles besaß etwas Berauschendes, wie guter alter Wein. Samgin fühlte, daß man ihn als unmittelbaren Teilnehmer des tragischen Ereignisses betrachtete, dessen geheime Triebkräfte trotz aller beredten Erzählungen nicht zu begreifen waren. Er sah: Außerhalb des Kreises der Spiwak hegte man den Verdacht, er wage weniger als er wisse, und verschweige seine eigene Rolle. Das gefiel ihm, das beschwingte ihn etwas und gab ihm schärfere und kühnere Worte ein, Worte, die ihn manchmal als falscher Zungenschlag selbst wunderten, was übrigens bei einem erregten Menschen natürlich war. Erregt aber war die ganze Stadt, alle Gebildeten hatten das düstere Gefühl, daß etwas Ungewöhnliches, Erschreckendes geschehen sei.

Die Stimmung der Stadteinwohner definierte ziemlich treffend, wenn auch plump, Dunajew, wobei er seine sonderbar weißen und dichten Zähne zeigte: »Sie sind erwacht wie Hunde in einer Herbstnacht, haben etwas Furchtbares gewittert, wen sie aber anbellen sollen, wissen sie nicht und knurren daher vorsichtig.«

Kornew sagte weicher: »Sie beginnen zu begreifen, in was für einem Staat sie leben.«

Diese Äußerungen beunruhigten Samgin nicht, im Gegenteil: In ihm erwachte schon wieder die unbestimmte Hoffnung auf einen leitenden Platz in dem Leben, das ihn wankend, ächzend, stöhnend und seufzend aus Dutzenden von Augen ansah und gleichsam irgendwelche beruhigenden Versprechungen, Offenbarungen erwartete. Das verstärkte in ihm noch mehr das leicht scharfe und rachsüchtige Verlangen, nicht zu beruhigen, sondern Angst einzujagen. Es war ihm angenehm, friedliebenden Menschen zu erzählen, daß in die Kommission zur Arbeiterfrage beim Senator Schidlowskij sozialdemokratische Arbeiter aufgenommen worden waren und daß sie beabsichtigten, politische Forderungen zu stellen.

»Held der Zeit wird allmählich die Menge, die Masse«, sagte er inmitten der liberalen Bourgeoisie, und da er unter ihr verkehrte, war er für die Spiwak ein guter Informator. Die Spiwak suchte er mit dem immer auffälliger werdenden Abweichen der »gesund Denkenden« nach rechts, mit Erzählungen von der Organisation des »Bundes des russischen Volkes« zu schrecken, in dem der Historiker Koslow den Vorsitz innehatte und der Dirigent Korwin sein Gehilfe war, er erzählte von der Tätigkeit der Sozialrevolutionäre unter den Handwerkern, Handelsgehilfen und Angestellten. Aber das alles wußte sie ebensogut wie er und sagte, ohne zu erschrecken: »Natürlich.«

Dann bürdete sie ihm eine unzählige Masse verschiedener Aufträge auf; er lehnte sie nicht ab, die aufgestachelte Neugier und das unbestimmte Vorgefühl vom Ende aller Aufregungen verwandelten sich bei ihm in die Leidenschaft eines unerfahrenen Spielers.

Samgin wiederum wurde über alles, was in der Stadt vorging, umfassend durch Iwan Dronow unterrichtet. Lachend, die Hände reibend und Grimassen schneidend, sagte er: »Ich bin trotz allem ein Bäuerlein, also Realist, darum muß ich auch Sozialrevolutionär sein, euresgleichen aber, die Sozialdemokraten, sind eine Intelligenzorganisation.«

An Dronows sozialrevolutionäre Gesinnung glaubte Samgin nicht, denn er fühlte, daß Iwan wie viele ein »Revolutionär bis morgen« war und aus Angst den Tapferen spielte. Immer geschäftig, hatte er sich jetzt irgendwelche unsicheren, jähen Gesten angewöhnt, hatte den Ring vom Finger genommen, kleidete sich nicht so geckenhaft wie früher, stellte sich überhaupt arm und gab sich demokratischer. Aber sogar daran, wie krampfhaft er die Knöpfe an seinem Rock schloß und öffnete, waren seine Verlogenheit und die Unruhe eines Menschen zu ersehen, der nicht ganz überzeugt davon ist, daß er seinen Interessen gemäß handelt.

»Politisch organisiert wird Rußland eben von uns, den Sozialrevolutionären . . .«, sagte er halb als Frage, halb als Behauptung.

Samgin sah, daß Dronow ihn umkreiste, ihm sogar schmeichelte, obwohl er auch grob war, und das nicht uneigennützig.

Er vermutet in mir einen bedeutenden Mann der Öffentlichkeit und will sich davon überzeugen, entschied Samgin, und seine Antipathie gegen Dronow steigerte sich bis zum Widerwillen.

Mitten in dem schnellen Wechsel unruhiger Tage tauchte für zwei, drei Stunden Kutusow auf. Samgin begegnete ihm auf der Straße, erkannte ihn aber nicht in dem Mann, der wie ein Dorfkrämer aussah. Kutusows Gesicht war in eine Pelzmütze mit Ohrenklappen gezwängt, der kurze Schafpelz an der Brust mit einer mehligen und öligen Schmutzkruste bedeckt, und an den Füßen trug er lederbesetzte graue Filzstiefel. Diese Stiefel erinnerten Klim, als er abends bei der Spiwak eintrat, daß er Kutusow schon am Tor der Semstwo-Verwaltung gesehen hatte.

Kutusow trank Tee und bildete sich dabei anscheinend immer noch ein, ein Mensch aus dem Dorf zu sein. Er hielt sich würdig, seine Gesten waren langsam, gesetzt, die Gesten eines Menschen, der sich seines Wertes voll bewußt ist und es nicht eilig hat.

»Michail Kusmitsch Antonow – bitte das nicht zu vergessen!« machte er Samgin aufmerksam.

Welch ein geschickter Schauspieler, dachte Samgin, als er seine sachlichen Fragen über Petersburg beantwortete.

»So. Die rote Fahne war also unerwünscht?« fragte Kutusow und lächelte unangebracht in den Bart hinein. »Nun, was ist denn dabei? Jetzt werden sie begreifen, daß der Zar nicht dazu da ist, um sich mit ihm offenherzig zu unterhalten, sondern um sich mit ihm zu schlagen.«

Dunajew, der ihm gegenübersaß, lächelte auch, während Kutusow den Kopf schüttelte und, ins Teeglas blickend, sagte: »Die Lektion ist teuer bezahlt. Aber das, was sie lehren muß, hätten wir durch mündliche oder schriftliche Propaganda selbst in zehn Jahren nicht erreicht. Und im Lauf von zehn Jahren wären weit mehr – und höchst wertvolle – Arbeiter zugrunde gegangen als in zwei Tagen ...«

»In Riga sind auch viele erschossen worden«, erinnerte Dunajew. Kutusow sah ihm ins Gesicht, strich sich über den Bart und sagte halblaut: »Gewehre sind ja dazu da, um auf Menschen zu schießen. Gewehre werden aber bekanntlich von Arbeitern hergestellt.«

Dunajews Gesicht erblühte wieder zu dem Lächeln, das Klim schon kannte.

»Ganz einfach!« sagte er.

Kutusow wandte sich wieder an Samgin. »Und der Pope ist nach Ihrem Ermessen eine Scheingröße? Eine zufällige Erscheinung. Hm ... In der Arbeiterbewegung dürfte es doch wohl keine Zufälligkeiten geben ... gibt es keine.«

Er machte eine finstere Miene, schwieg eine Weile, dann fragte er: »Ist Turobojew schwer verwundet?«

In diesem Augenblick kam die Spiwak mit Arkadij, und der von der Kälte rotwangige Junge stürzte zu Kutusow auf die Knie.

»Er ist da, er ist da!«

Kutusow drückte schmunzelnd Arkadijs Gesichtchen an seinen Bart und murmelte in das lockige Haar: »Ach, Arkaschka, du Käferchen, du kleine Küchenschabe. Warum bist du so klein, wie?«

»Das ist nicht wahr!«

»So dürr – vor dir haben sogar Fliegen keine Angst.«

»Die Fliegen haben vor niemandem Angst ... Die Fliegen haben bei dir im Bart gewohnt, entsinnst du dich noch – im Sommer?«

Die Spiwak, elegant und glührot vom Frost, flüsterte mit Dunajew, dem sie die Hand auf die Schulter gelegt hatte.

»Gut!« sagte er. »Ich gehe!«

»Passen Sie auf – nicht mehr als fünfzehn oder zwanzig Personen!« sagte sie streng.

Dunajew nickte und ging, und Samgin erinnerte sich, daß Arkadij vor ein paar Tagen, als er mit dem Jungen zu spielen versucht und ihn durch irgend etwas erzürnt hatte, gekränkt von ihm weggelaufen war, während die Spiwak im Ton einer Lehrerin, wenn auch lächelnd gesagt hatte: »Kinder spüren ausgezeichnet, ob man mit ihnen spielt oder sie als Spielzeug behandelt.«

Sie nahm am Tisch Platz und goß sich Tee ein. Kutusow hatte sich bereits ans Klavier gesetzt, hatte den Jungen auf dem Schoß und sang halblaut mit leiser Begleitung:

»Ach, unsre ruhmvolle Ukraine
Hat gar furchtbare, schlimme Jahre erlebt ...«

»Ich will kein langweiliges Lied!« protestierte Arkadij. »Das von dem Herrn!«

»Dir kann man es nie recht machen, Arkaschka«, sagte Kutusow und sang gehorsam:

»Der Herr trägt eine Hose
Von Satans Großpapa.
Auch die gestrickten Strümpfe
Hat er gestohlen da.«

Der Junge klatschte in die Hände und sang auch:

»Der Herr trägt ein Hütchen
Von des Teufels Brüderchen ...«

Die Spiwak trank Tee, ordnete dabei irgendwelche Zettel und blickte mit einem Auge zu den Sängern hinüber, das Auge lächelte. Samgin fand das alles gekünstelt und sogar kränkend, ihm schien, Kutusow und die Spiwak wollten ihm nicht zeigen, daß auch sie das Morgen fürchteten.

Ein paar Tage später saß er im Ortsgefängnis und fühlte erst hier, wieviel er in diesen Wochen erlebt hatte und wie er, auch physisch mit sich allein, von den Menschen durch die dicken Mauern des ziemlich alten, noch zur Zeit Elisabeth Petrownas gebauten Gefängnisses getrennt war. Man hatte ihn in einer schmutzigen Zelle für drei Häftlinge, mit schrägen Pritschen, gewölbter Decke und unerreichbar hohem Fenster, eingesperrt; die Fensterscheibe war zerschlagen, und durch das Eisengitter strömte die Märzluft herein, ein Stück blauen Himmels war zu sehen. Jeden Abend vor der Kontrolle brüllten die Minderjährigen seiner Zelle gegenüber ein und dasselbe Lied:

»Sie kamen nach Arkadia,
Von Arkadia nach Livadia,
Dann ging's nach Oserki . . .«

»Ki-ki!« schrien die niedrigen Stimmen, während die hohen mit Stampfen und Klopfen nach einem Tanzmotiv flott sangen:

»Dort nahmen sie wen in die Presse,
Hauten wen in die Fresse
Und trafen ihn am Gemächt . . .«

»Echt!«

Dieses Lied, das unvermeidlich war wie das Abendgebet der Soldaten, beschloß den Gefängnistag, und dann schien es Samgin, der ganze Tag sei unwahrscheinlich lustig gewesen. In dem überfüllten Gefängnis brodelte den ganzen Tag über eine sonderbare Erregung, als lebten die Strafgefangenen in ungeduldiger Erwartung eines Festtags und übten sich im voraus im Lustigsein. Vermutlich deshalb, weil im Gefängnis drei Typhuserkrankungen eingetreten waren, wurden die Strafgefangenen vom Morgen an in den Hof hinausgelassen und wärmten sich dort, grau wie die Steine der Gefängnismauern, sitzend oder liegend, in der Frühlingssonne, spielten »Paar und Unpaar«, schrien sich an und sangen Lieder. Mit klirrenden Fesseln, mit ihrer Verwegenheit paradierend, gingen die Zuchthäusler im Hof umher, während im Schatten, an der Mauer entlang, abwechselnd Kornew, Dunajew, der Statistiker Smolin und noch irgendwelche unbekannten Leute spazierengingen. Die Aufseher hielten sich abseits, belästigten niemanden, man konnte meinen, auch sie warteten ruhig auf etwas. Im allgemeinen erweckte das Gefängnis bei Samgin den Eindruck von Unordnung und Verlotterung, das wunderte ihn etwas, hinderte ihn aber nicht, sich auszuruhen, und flößte ihm den Gedanken ein, daß die Leute, die sich über die Leiden im Gefängnis beklagten, ihre Leiden übertrieben.

Links von Samgin saß Kornew. Er klopfte Klim gleich in der ersten Nacht nach der Verhaftung zu, daß vier Sozialdemokraten und elf Sozialrevolutionäre verhaftet seien, und teilte ihm dann fast jede Nacht nach der Kontrolle mit der Genauigkeit eines Deutschen die Neuigkeiten aus der Außenwelt mit. Aus seinen Nachrichten ging hervor, daß das ganze Land sich einmütig und schnell auf einen entscheidenden Vorstoß gegen die Selbstherrschaft vorbereite.

»Die Sozialrevolutionäre bauen einen Bauernbund auf, haben die Dorfschullehrer unter die Fuchtel genommen, die Arbeiterbewegung wächst unaufhaltsam«, klopfte er, als teilte er die Schlagzeilen von Zeitungen mit.

Samgin horchte und glaubte, daß Verbände der Ingenieure, Ärzte und Rechtsanwälte entstünden, daß die Schaffung eines Verbandes der Verbände geplant sei, und das trockene Klopfen, das durch die Steine drang und sich zu Worten zusammenfügte, weckte in Samgin ein Gefühl von Kühnheit, gute Hoffnungen. Ja, natürlich, die gesamte Intelligenz mußte sich zu einer einheitlichen, mächtigen Kraft zusammenschließen. Weiter zu denken, erlaubte er sich nicht, er hatte den keuschen Wunsch, für seine Hoffnungen und Träume keine Formel zu suchen. Zur Ochrana-Abteilung hatte man ihn über einen Monat nicht vorgeladen, und das machte ihn etwas nervös, aber nur dann, wenn er sich erinnerte, daß er wieder mit Oberst Wassiljew werde zusammentreffen müssen. Diese Begegnung spielte sich nicht so unangenehm ab, wie er erwartet hatte.

»Nun müssen wir uns nochmals unterhalten, Klim Iwanowitsch«, sagte der Oberst, der sich hinter seinem Tisch erhob und vorsorglich in der einen Hand das Zigarettenetui und in der anderen Papiere hielt. »Bitte!« deutete er liebenswürdig auf den Stuhl vor dem Tisch und vertiefte sich in die Papiere.

Das bekannte behagliche Amtszimmer Popows war nicht wiederzuerkennen; die Blumenstöcke waren vom Fensterbrett verschwunden, statt ihrer standen dort Arzneifläschchen mit angehängten Rezepten, strahlte, von einem Sonnenstrahl durchbohrt, eine Flasche roter Tinte, lagen wie Kissen angeschwollene Akten in blauen Pappdeckeln; mit dem Lauf nach oben ragte eine altertümliche Pistole, um deren Hahn wie eine Krawatte ein weißer Zettel gebunden war. Alle Dinge waren von ihren Plätzen geschoben, und das Zimmer sah überhaupt aus, als wäre Oberst Wassiljew erst gestern eingezogen oder als bereite er sich vor umzuziehen. Am alten Platz war nur die Büste Alexanders III. stehengeblieben, aber sie war verstaubt, die massive Nase des Zaren war ergraut, die ebenfalls grauen Ohren waren dicker geworden. Diese Unwohnlichkeit hatte etwas Ermunterndes.

Doch noch mehr ermunterte Samgin das knorpelige, dunkle Gesicht des Obersts: Das Gesicht war dunkler geworden, die scharfen Augen waren abgestumpft, unter ihnen blähten sich bläuliche Säcke, auf dem kahlen Schädel wanderten zwei Fliegen umher, der Oberst duldete sie gefühllos, biß sich auf die Lippen und bewegte den Schnurrbart. Er hielt den Rücken krummer als in Moskau, seine Schultern waren jetzt spitzer, und er wirkte insgesamt wie ein vernachlässigter, müder Mensch.

»Nun, wozu sollen wir diese Geschichte in die Länge ziehen«, sagte er mit gleichgültig und wohl sogar traurig auf Samgin gerichteten Augen. »Sie werden natürlich keine Aussagen machen«, sagte er halb fragend, halb beratend. »Uns ist bekannt, daß Sie nach Ihrer Ankunft aus Moskau mit Hilfe des Ortskomitees der Bolschewiki und zugunsten dieses Komitees eine Reihe Versammlungen gegen Eintrittsgeld veranstaltet haben, in denen Sie die Maßnahmen der Regierung scharf kritisierten – wollen Sie das zugeben?«

»Versammlungen habe ich veranstaltet, aber nicht gegen Eintrittsgeld. Meine Vorträge waren streng faktischer Art. Mit dem Komitee der Bolschewiki stehe ich nicht in Verbindung. Das ist alles, was ich sagen kann«, äußerte Samgin ohne Übereilung und mußte feststellen, daß er das alles gut, mit Würde gesagt hatte.

Der Oberst seufzte mit zischendem Geräusch durch die Zähne.

»N-nun, ja, natürlich . . .«

Dann klopfte er mit dem Bleistift gegen die blauen Nägel der linken Hand und sagte ebenfalls ohne Übereilung: »Die Verbindung zum Komitee leugnen Sie vergebens. Bei der Untersuchung wurde festgestellt, daß das Haus Ihrer Mutter das Stabsquartier der Bolschewiki ist. So ist das . . .«

Der Oberst begann schwungvoll zu schreiben, die Feder glitt hastig über ein Formular, über den Brauen des Obersts zeigten sich kleine Runzeln und krochen nach oben. Samgin dachte: Gleich wird er fragen: Wie ist es nun, he?

Aber der Oberst steckte die Feder in ein Gläschen mit feinem Schrot, fuhr mit der Hand unter den Tisch, als schüttelte er etwas von den Fingern, lehnte sich auf dem Stuhl zurück und sagte zwinkernd mit halblauter Stimme: »Sagen Sie . . . Das gehört nicht zur Untersuchung – darauf gebe ich Ihnen mein Offiziersehrenwort! Hier fragt ein russischer Mann einen ebenfalls russischen Mann . . . einen andersdenkenden Ehrenmann. Gestatten Sie . . .?«

»Natürlich«, beeilte sich Samgin, ohne sich vorzustellen, was er eigentlich gestattete.

»Dieser Pope – dieser Gapon oder Agathon –, haben Sie ihn gesehen, ja?«

»Ja«, antwortete Samgin, ohne über seinen Mut zu erschrecken.

»Was ist das . . . was für ein Mensch ist das denn?« fragte der Gendarm flüsternd, indem er sich mit der Brust über den Tisch vorlehnte und die Finger verschränkte. »Hat er tatsächlich – das Volk mit Kreuzen, mit Zarenporträts geführt, ja? Eine Persönlichkeit? Eine Kraft?«

Das Gesicht des Obersts erschlaffte auf einmal, als hätten seine

Backenknochen sich aufgelöst, seine Augen weiteten sich noch mehr, und Samgin erkannte ganz deutlich in ihrem gespannten Blick sowohl Angst als auch Empörung. Er zuckte die Acheln und antwortete, indem er in diese fragenden Augen sah: »Meiner Ansicht nach ist er kein bedeutender Mensch ...«

Er begriff sofort, daß er das nicht hätte sagen sollen, und fügte hastig hinzu: »Aber er ist stark, sehr stark dadurch, daß man ihn liebt und ihm glaubt ...«

»Er selbst aber ist eine Null?« fragte der Oberst ebenfalls eilig.

»Er ist doch eine Null?« wiederholte er bereits in forderndem Ton.

Dann lehnte sich Oberst Wassiljew wieder an die Stuhllehne, zog das Gesicht wie zu einer Faust zusammen und sprach durch die Zähne, mit Zischen und mit der Hand auf die Papiere auf dem Tisch schlagend, die siedendheißen Worte: »Nach unserer Kenntnis ist er eine völlige Null, ein Scharlatan! Aber das ist ja noch schlimmer, wenn er eine Null ist, schlimmer! Eine Null – und führt das Polizeidepartement, den Stadthauptmann, Zehntausende von Arbeitern und – Sie, und auch Sie an der Nase herum!« zischte er heftig, mit dem Finger auf Samgin deutend, und warf dann wieder die Hände auf den Tisch, als fühle er die Notwendigkeit, sich an etwas festzuhalten. »Unglaublich! Ich glaube es nicht! Das kann ich mir nicht vorstellen!« flüsterte er und schnellte auf dem Stuhl hoch.

Samgin, der das von Ljutow-Grimassen entstellte Gesicht ansah, dachte, der Oberst sei unnormal, könne ihm etwas an den Kopf werfen oder den Revolver aus der Tischschublade nehmen ...

»Mir scheint, Oberst, daß dieses Gespräch in keinerlei Beziehung ...«, begann Samgin vorsichtig und ebenfalls leise, aber der Oberst unterbrach ihn.

»Scheint Ihnen nicht, daß dieser Pope und sein verdammter Streich die Antwort der Kirche an Sie, die Atheisten, und an uns, die Beamten ist – ja, auch an uns! – wegen Tolstoi, wegen Pobedonoszew, wegen der Unterdrückung und deswegen, weil der Kirche der Mund verschlossen worden ist? Daß hinter dem Popen die Bischöfe stehen und daß diese verdammte Demonstration – der erste Probeschritt zur Spaltung von Kirche und weltlicher Macht ist, wie?«

Samgin war verblüfft und endgültig vom Wahnsinn des Obersts überzeugt. Er rückte die Brille zurecht, und überlegte, was er sagen solle. Aber Wassiljew wartete nicht, bis er zu sprechen begänne, sondern fuhr fort: »Wie begreifen Sie denn nicht, daß die von Ihnen abgelehnte, Ihnen feindliche Kirche das Volk auch gegen Sie erheben kann? Sie kann das! Uns ist natürlich bekannt, daß Sie sich zu Verbänden zusammenschließen und sich dadurch auf Selbstverteidigung gegen die Anarchie vorbereiten ...«

Samgin sah den erregten Gendarmen aufmerksamer an – es schien, als spräche er vernünftig.

»Was bedeuten diese Verbände von Unbewaffneten? Die Ärzte und Anwälte haben nicht gelernt, aus Kanonen zu schießen. Doch dem »Bund des russischen Volkes« gehören Popen an – wissen Sie das? Und sogar Bischöfe, jawohl!«

Sein finsteres Gesicht bedeckte sich mit Schweißperlen, die Augen hatten sich stark gerötet, und er flüsterte immer zusammenhangloser. Samgin wartete vergebens, daß der Oberst seinen Gedanken von der Selbstverteidigung der Intelligenz gegen die Anarchie weiterentwickeln würde – der Oberst flüsterte überstürzt: »Kulturmenschen, Kenner der Geschichte ... sollten wissen: Jede Organisation baut auf Unterdrückung auf ... Das Staatsrecht beweist unbestreitbar ... Sie sind doch Jurist ...«

Er fuhr auf einmal zusammen, prallte vom Tisch zurück, drückte eine Hand ans Herz, die andere an die Schläfe, öffnete den Mund und wurde krebsrot.

»Ist Ihnen schlecht geworden?« fragte Samgin erschrocken und sprang vom Stuhl auf. Der Oberst bewegte die Hand von oben nach unten und murmelte: »Das viele Unglück hat meine Kraft gebrochen!«

Er wischte sein Gesicht mit dem Taschentuch ab und seufzte laut: »Wenn nicht solche Zeiten wären, würde ich in den Ruhestand treten!«

Dann schob er Samgin das Formular hin und forderte ihn müde auf: »Lesen Sie das durch. Unterschreiben Sie.«

»Werden Sie mich lange festhalten?« fragte Klim.

»Darüber entscheide nicht ich. Offen gesagt – ich würde alle entlassen; die Strafgefangenen und die Politischen. Bitte schön, findet euch selbst in euren Wünschen zurecht ... jawohl! Habe die Ehre!«

Dann fuhr Samgin in einer Droschke ins Gefängnis; neben ihm saß ein Gendarm und auf dem Bock mit dem Gesicht zu ihm ein zweiter, breitnasiger mit kleinen Äugelchen und spitzem Schnurrbart. Sie fuhren durch stille Straßen, Passanten begegneten sie selten, und Samgin fand, daß sich diese vor den Gendarmen sehr ungeschickt den Anschein gaben, als interessierte sie der Mann nicht, der ins Gefängnis gebracht wurde. Er war voll von den Worten des Obersts, fühlte sich müde vor Verwunderung und dachte mechanisch:

Er ist krank. Erschöpft. Ist erschreckt und wollte mich erschrekken. Es lohnt sich nicht, an ihn zu denken.

Aber auch in der Zelle schwebte ihm immerzu das von Ljutow-Grimassen entstellte, schweißbedeckte Gesicht vor und zischten in der Stille die Worte: »Sie organisieren sich zur Selbstverteidigung gegen die Anarchie . . .«

Das ist das einzig Vernünftige, was er gesagt hat, dachte Samgin.

Über seiner Zelle sangen vorsichtig mit halblauter Stimme zwei Strafgefangene, sie sangen wie Leute, die in fremden Worten an etwas Eigenes denken.

> »Auf dem Sand«,

sang der eine.

> »Am Ufer«,

fiel der andere ein, und beide zusammen sangen innig:

> »Dort, ach dort die Pilger gehen.«

Die Stimmen schwebten an Klims Zellenfenster vorbei, streichelten zärtlich die warme Stille der Frühlingsnacht und sättigten sie freigebig mit der russischen Traurigkeit, die beliebt und berühmt ist, weil sie das Herz erweicht.

Vielleicht sind das Mörder oder mindestens Diebe, aber sie singen schön, dachte Samgin, der immer noch nicht imstande war, den trüben Fleck des verzerrten Gesichts und das siedendheiße Flüstern aus der Erinnerung zu löschen, und immer noch das Zimmer sah, wo der verstaubte Zar mit dem Bart Kutusows mit blinden Augen aus der Ecke schaute.

Diese Mischung von Gutem und Bösem in einem Menschen verwirrt den Verstand sehr . . .

Das Lied hinderte am Einschlafen wie ein noch nicht sehr starker Zahnschmerz, der qualvoll zu werden droht. Samgin ließ die Füße von der Pritsche herunter, berührte vorsichtig den Holzfußboden und begann auf den Zehen in der Zelle umherzugehen, wie man über eine dünne Eisschicht oder auf einem zerbrechlichen, biegsamen Brettchen über Schmutz geht.

Vor dem Fenster wurde leise gesungen:

> »Ach, die Nacht ist dunkel . . .
> Oh, dunkel, dunkel, dunkel . . .«

Die Nacht war hell. Der Gesang wurde leiser, das Ohr erhaschte nur Töne, befreit von Worten.

Tolstoi hat recht, wenn er dem Verstand nicht traut, ihm feind ist. Dostojewskij hat auch den Verstand nicht gemocht. Das ist überhaupt für Russen charakteristisch . . .

Samgin erinnerte sich, wie die Nikonowa von Tolstoi gesagt hatte: »Ein peinlicher Greis, er weiß alles.«

Schlimmer, als wenn sie gestorben wäre, dachte er.

Er erinnerte sich unangenehm Warwaras, die ihn in irgendeinem allzu modischen Kostüm besucht hatte; sie hatte in traurigem, gekränktem Ton gesprochen, aber fröhliche Augen gehabt.

Zum Fenster sahen drei Sterne herein, die in das bläuliche Silber des mondhellen Himmels eingelassen waren. Das Singen hatte aufgehört, und eben davon wurde es kälter. Samgin ging zur Pritsche, legte sich geräuschlos hin, wickelte sich bis über den Kopf in die Decke, um durch die Lider nicht das phosphorig glänzende Mondhalbdunkel der Zelle zu sehen, und fühlte, daß ihn eine neue leichte Furcht bedrückte, die nicht jener glich, welche er auf dem Newskij Prospekt empfunden hatte; damals schreckte ihn der Tod, jetzt das Leben.

Zwei Wochen etwa verbrachte er im Zustand eines Menschen, der mit etwas vergiftet ist. Kornew klopfte ihm fürsorglich Nachrichten zu, aber sie glitten an dem Erstarrten ab, ohne zu erregen.

»Die Spiwak ist freigelassen. Dunajew und Fljorow sind nach Moskau gebracht worden. Mit den Japanern ist Frieden geschlossen, ein ganz miserabler. Die Schule der Spiwak ist geschlossen.«

Samgin hörte dem Klopfen an die Steine zu und stellte sich die langbeinige, dürre Gestalt Kornews als ein Werkzeug vor, das unermüdlich die Wand zerstört.

»In Iwanowo-Wosnessensk riesengroßer Streik, den unsere leiten. Aufstand in der Schwarzmeerflotte.«

Die Neuigkeiten folgten eine auf die andere mit geringen Unterbrechungen, und es schien, als würde das Gefängnis von Tag zu Tag geräuschvoller; die Häftlinge riefen sich mit frohlockenden Stimmen etwas zu, bei den Spaziergängen schrie Kornew seine Neuigkeiten in die Fenster hinein, und die Aufseher hinderten ihn nicht daran, nur einmal entzog der Gefängnisvorsteher Kornew für drei Tage den Spaziergang. Dieser unruhige Mensch rüttelte Samgin schließlich auf, als er ihm zugeklopft hatte: »Gestern ist Wassiljew erschossen worden.«

»Von wem?« fragte Samgin.

»Begreiflich. Nicht erwischt.«

Und als er am Morgen im Korridor an der Zelle vorbeikam, rief er: »Auf Wiedersehen, Samgin! Ich gehe, bin frei! Bald werden alle . . .«

Klim hatte bis zum Morgen nicht einschlafen können, da er sich an das fiebrige Geflüster des Obersts und das von einem Sonnenstrahl durchbohrte Fläschchen roter Tinte erinnerte. Er bedauerte den Oberst nicht, aber dennoch war es qualvoll, bedrückend zu erfahren, daß dieser Mensch, so fassungslos wie Ljutow, wie Gapon, getötet worden war.

Und sofort erinnerte er sich, wie Inokow, als er mit ihm am Flußufer an einem zerstörten Schuppen vorbeigekommen war, gesagt hatte: »Schauen Sie!«

Auf einem morschen Balken saß als Ergänzung seiner Nutzlosigkeit eine schmutziggraue, schnurrbärtige Ratte mit zerdrücktem, in Büscheln starrendem Fell, die sehr viel Ähnlichkeit mit einer alten Bettlerin hatte; sie saß mit kraftlos ausgebreiteten Vorderpfoten da, und ihr Schwanz hing wie ein toter Strick herab; ihre schwarzen, von roten Ringen umgebenen Augenperlen blickten reglos auf den von der Sonne vergoldeten Fluß. Samgin hatte ein Stück Ziegel aufgehoben, aber Inokow hatte gesagt: »Tun Sie ihr nichts, sie wird ohnehin sterben.«

Samgin erinnerte sich, daß ihn diese Worte sehr verwirrt hatten. Jetzt aber dachte er entschieden: Einen Menschen aber kann Inokow töten.

Er hatte es sich, soweit das möglich war, im Gefängnis bequem eingerichtet; seine Zelle wurde von Strafgefangenen saubergewischt, Essen bekam er von draußen, aus einem Restaurant; er las und befaßte sich mit der Erledigung der Unternehmen Warawkas, die in Radejews Hände übergegangen waren. Ein paarmal besuchte ihn Prawdin, der Rechtsanwalt des Stadtoberhaupts, in Begleitung des stellvertretenden Staatsanwalts; Warwara kam wieder, teilte ihm mit, daß man ihn bald entlassen werde, und flüsterte dann rasch: »Weißt du, was die Nikonowa ist?«

»Ich weiß es!« antwortete er laut.

»Eine schreckliche Zeit, Liebster!«

Nach der Ermordung von Oberst Wassiljew erschienen sechs neue Häftlinge im Gefängnis, und unter ihnen erblickte Samgin Dronow. Es war fast angenehm zu sehen, wie Iwan Dronow im kurzen schwarzen Rock und mit einem Strohhut, die Hände in den Taschen der gestreiften Hose versteckt, mit kleinen Schritten eine halbe Stunde lang mit geneigtem Kopf und auf die Füße gerichtetem Blick an der Mauer entlang herumlief oder plötzlich, als wäre er auf ein Hindernis gestoßen, stehenblieb und sich an seinem rotblonden

Schnurrbärtchen zupfte. Und es war nicht zu glauben, daß diese Gestalt aus dem altertümlichen Vaudeville irgendeine Rolle in der Politik spielen konnte. Nach etwa zehn Spaziergängen verschwand Dronow, und Samgin dachte lächelnd: Er hat fünf Stunden im Gefängnis verbracht.

Samgin wurde unerwartet und mit beleidigender Nachlässigkeit entlassen: An einem Morgen kam der Adjutant der Gendarmeriedirektion mit dem stellvertretenden Staatsanwalt, sie plauderten eine Weile liebenswürdig und gingen wieder fort, nachdem sie erklärt hatten, daß er abends frei sein werde, aber er wurde erst am Abend des übernächsten Tages freigelassen. Als er heimfuhr, schien es ihm, als wären die Straßen ungewöhnlich belebt und als ginge es in der Stadt ebenso laut zu wie im Gefängnis. Zu Hause begrüßte ihn Doktor Ljubomudrow, er ging im Arztkittel über den Hof, blieb stehen, blickte Samgin unter der Hand hervor an und rief aus: »Aha, der Eingekerkerte! Ich gratuliere! Das sind Sachen, was? Rußland stellt sich auf die Hinterbeine ...«

Im gleichen Ton teilte er mit, daß Arkadij an Dysenterie erkrankt sei.

Diese laute Begrüßung färbte auf lange Zeit die weiteren Tage Samgins. Oberst Wassiljew hatte nicht übertrieben: Das Haus war tatsächlich das Stabsquartier der Bolschewiki; oben beim Doktor und im Seitenbau bei der Spiwak ging es laut zu wie auf einem Bahnhof. Samgin war verblüfft über die Vielzahl der Menschen, sie gingen im Garten umher, saßen in der Laube, brummten, stritten, flüsterten, verschwanden und erschienen von neuem. Auf dem Hof des Nachbarn, des Holzhändlers Tabakow, klapperten Krocketkugeln, während sein ältester Sohn, ein wuschelköpfiger, großnasiger junger Mann mit langen Armen und ganz in Weiß, wie ein Kellner aus einer Moskauer Schenke, schuldbewußt vor der Spiwak stand und ihrer hastigen Rede zuhörte.

»Das ist unzulässig, verstehen Sie? Das ist Menschewismus. Ihre Pflicht besteht darin, den Versuch, die Volksvertretungsidee zu fälschen, vor den Arbeitern zu entlarven.«

Die Spiwak war, obwohl ihr Sohn gefährlich krank war, fast nie zu sehen, sie verschwand morgens irgendwohin, erschien für eine halbe Stunde oder eine und verschwand von neuem. Sie war sehr abgemagert und blaß, war finster geworden, und in ihrem runden Katzengesicht, in den fest zusammengepreßten Lippen und der Krümmung der sorgenvoll zusammengezogenen Brauen schien etwas Böses zutage getreten. Es herrschten trübe Augusttage, blaugraue Wolken krochen über die Stadt, Schatten über die Straßen, und die

Menschen gingen ungewöhnlich rasch. Von Tag zu Tag erwartete man ein Verfassungsmanifest, und Tabakow sagte, seine rötlichen Haarschöpfe schüttelnd, die Belehrungen der Spiwak wiederholend, mit hohem Tenor zu jemandem im Garten: »Diese Verfassung wird ein Almosen des Zaren an die Liberalen dafür sein, daß sie geholfen haben, die Schlinge um den Hals der Arbeiterklasse fester zuzuziehen.«

So ein Hammel, dachte Samgin, der sich der Worte Tagilskijs über jene Leute erinnerte, welche die Interessen ihrer Klasse verrieten. Weswegen? fragte er sich zum hundertstenmal.

Plötzlich fiel, wie von der Decke, Inokow herein, flegelte sich in einen Sessel und fragte mit kräftigem Händereiben: »Wie war das Sitzen? Wir haben ein ziemlich abscheuliches Gefängnis, in Sedlez dagegen . . .«

Sein Gesicht hatte sich mit einem dunklen, dichten Bart bedeckt, die Augenhöhlen waren eingefallen wie bei einem Menschen, der eine schwere Krankheit durchgemacht hat, während die Augen vor Freude darüber glänzten, daß er genesen war. Im Gesicht glich er einem Mönch, gekleidet war er wie ein Handwerker; die Beine, die er mitten ins Zimmer gestreckt hatte, in bräunlich gewordenen abgetragenen Schaftstiefeln, die auf der Brust verschränkten Hände schwarz wie die eines Metallarbeiters, steckte er in einer Segeltuchbluse und einer zerknitterten grauen Hose.

»Man beginnt den Revolutionär richtig zu verstehen«, erzählte er mit funkelndem Lächeln in den Augen. »In Perm gehe ich einmal nachts auf der Straße und – drei Leute verprügeln jemanden. Ich mische mich ein, und der Verprügelte fragt: ›Sind Sie etwa ein Revolutionär?‹ – ›Weshalb?‹ – ›Na, Sie verteidigen einen fremden Menschen.‹ Geschickt gesagt?«

Nachdem er sich eine sehr übelriechende Zigarette angezündet hatte, blickte er in ihren blauen Rauch, steckte die Hand in den Stiefelschaft und legte einen kupfernen Gegenstand auf den Tisch, der wie eine Türklinke aussah.

»Hier – für Sie! Entsinnen Sie sich? Ich habe bei Ihnen einmal einen Briefbeschwerer zerbrochen.«

Samgin nahm erstaunt ein kupfergegossenes Figürchen in die Hand, das eine Frau mit einer Schlange in der Hand darstellte.

»Das ist schon so lange her. Und Sie haben noch daran gedacht?«

»Was ist denn dabei? Ich bleibe nicht gern etwas schuldig. Kleopatra. Selbst modelliert und selbst gegossen. Eine interessante Sache – modellieren und gießen! Ich will mich damit befassen.«

»Sind Sie Sozialrevolutionär?« fragte Samgin.

»Nein«, sagte Inokow und schüttelte den Kopf. »Auch zu den Sozialdemokraten zieht es mich nicht. Bolschewiki, Menschewiki – das sagt weder meiner Seele noch meinem Kopf zu. Vermutlich so etwas wie ein Anarchist . . .«

Das recht geschickt gemachte Kupferfigürchen der Kleopatra versöhnte Samgin etwas mit Inokow.

»Ja, Sie sind wahrscheinlich Anarchist«, sagte er nachdenklich und fragte: »Wissen Sie, daß Korwin dem ›Bund des russischen Volkes‹ angehört?«

»Der Teufel soll ihn holen«, antwortete Inokow leise. »Das ist spaßig«, seufzte er nach kurzem Schweigen. »Ich glaube, ich brauchte damals einen Feind, einen Menschen, an dem ich meine Wut auslassen konnte. Und so wählte ich dieses . . . Vieh. Darüber könnte man eine Erzählung schreiben – ein Feind zur Ablenkung von der . . . Langeweile, was? Ich dachte mir überhaupt allerhand . . . Sächelchen aus. Schrieb Gedichte. Redete mir ein, ich sei verliebt . . .«

Inokow lächelte und schloß die Augen, als wäre er eingeschlummert.

Das flunkert er, dachte Samgin, während Inokow, ohne die Augen zu öffnen, zu sprechen begann: »Ja, noch etwas: Auf der Kama, auf dem Dampfer – eine Krankenschwester, ein bekanntes Gesicht – aber wer? Ich konnte mich nicht entsinnen. Plötzlich duckte sie sich so zusammen, wickelte sich in eine Decke – Lidija Timofejewna. Es stellte sich heraus, sie bringt ihren Mann nach Twer, beerdigen.«

»Gefallen?«

»Typhus. Oder Lungenentzündung, entsinne mich nicht. Sie erzählte ausgezeichnet, wie Soldaten eine Bahnstation plünderten, sie erzählte so, als wäre die Station ihr Gutshof . . .«

Inokow zog die Beine an sich, kauerte sich ganz zu einer Kugel zusammen und begann mit glänzenden Augen, lebhaft und mit sichtlichem Vergnügen: »Ich habe das auch gesehen, in der Nähe von Tomsk. Das ist großartig, Samgin! Wie ein Orkan: Mit Donner, mit Rauch und mit Geheul kam der Zug auf der Station an, und alle Waggons spien sofort Soldaten aus. Die Soldaten in Krämpfen, wie Vergiftete, und sofort brach unflätiges Fluchen los, stöhnte auf, Scheiben klirrten, alles krachte, knarrte – genau als ob sie in Feindesland eingebrochen wären!«

Er sog gierig den Rauch ein und fuhr begeistert fort: »Sie tobten keine Stunde lang und verschwanden wieder mit Krach und Geheul, ließen den Bahnhof übel zugerichtet zurück, wie ein Judenhaus nach einem Pogrom. Ein Bärtiger – ein schöner Mann! – stach die Mütze des Stationsvorstehers aufs Bajonett und stellte sich wie ein Monument auf die rückwärtige Plattform eines Waggons. Eine prächtige Gestalt! Die Soldateska ist in grimmiger Stimmung. In solcher Stimmung kann Petersburg demoliert werden. Solche hätte man am 9. Januar dort loslassen sollen«, schloß er und rekelte sich wieder lässig und lächelnd im Sessel.

Samgin, der finster auf sein Mönchsgesicht sah, wollte fragen: Wozu ist es notwendig, daß Petersburg demoliert wird? Aber er schwieg eine Weile und fragte dann trocken: »Weshalb sind Sie nach Sibirien gefahren?«

»Nur so . . ., um es anzusehen«, antwortete Inokow müde, gähnte und fuhr fort: »Bin gestern auch hier angekommen und weiß auch nicht, wozu. Mir ist hier alles bekannt, ich habe niemanden hier. Traf auf der Straße Tomilin. Er ist dick geworden, so ein Aufgeblasener, Augen schwimmen in Fett. Lud mich zum Tee ein. Seine Wohngefährtin ist gestorben, jetzt ist er Hausherr, lebt mit einer langen Latte mit Zwicker und ist zu Gott umgekippt. Eine sehr spaßige Sache! Ich habe alles untersucht, sagt er, und außer dem von der orthodoxen Kirche sanktionierten Gott gibt es nichts Unbestreitbares! Wie steht es aber mit dem dritten Trieb, dem Erkenntnistrieb? Stellt sich heraus, gerade er führt zu Gott, das ist der Trieb des Gottsuchertums. Ich habe mich mit ihm verzankt. Hören Sie mal, Samgin, kann man sich bei Ihnen ausschlafen?«

Nicht besonders gern führte ihn Samgin ins Speisezimmer, das leer und dunkel war, die Fensterläden waren geschlossen. Als Inokow dort auf dem Diwan saß und die Stiefel auszog, fragte er: »Glauben Sie ans Besprechen? Ans Besprechen von Blut und Liebeskummer durch Weiber?«

»Daran glaube ich natürlich nicht«, antwortete Samgin ärgerlich.

»Aber ich glaube daran. Habe selbst alte Weiber Blut besprechen sehen. Und meiner Ansicht nach ist die Philosophie ein Besprechen des Gewissens, zur Beruhigung von erregtem Gewissen. Nicht?«

»Schlafen Sie«, murmelte Samgin im Weggehen und dachte: Ich muß hier so bald wie möglich alles beenden und – nach Moskau fahren!

Am Morgen war Inokow verschwunden und hatte auf dem Fußboden des Speisezimmers eine Menge Zigarettenreste hinterlassen. An diesem Tag hatten sich die Häuser der Stadt gleichsam zusammengezogen und alle Einwohner auf die Straße hinausgedrängt. Festlich läutete die Glocke der Kathedrale, die Droschken ratterten, die Menschen gingen rasch, sprachen schrill und waren ungewöhnlich durcheinandergewürfelt: Neben festlich gekleideten Bürgern ging zerzaustes Handwerkertum, überall rannten zerlumpte Kinderchen herum, als eilten sie zu einem Brand oder einer Parade. Der Tag war, wie alle Tage dieser Woche, unfreundlich und unbestimmten Charakters, als entschuldigte er sich, daß er ungenügend klar war, oder als drohte er mit Regen. Die in kleine Fetzen zerrissenen graublauen und aschgrauen Wolken verliehen dem Himmel das Aussehen eines Lumpens oder eines flickenbedeckten Segels.

Die Kathedrale, in der Gottesdienst abgehalten wurde, besuchte Samgin nicht, sondern blieb im Stadtpark stehen und blickte von dort auf den Platz; dieser sah wie eine riesengroße mit Gemüsesalat gefüllte Platte aus, die Schirme und Kleider der Frauen erinnerten sehr an Stückchen von roten Rüben, Mohrrüben und Gurken. Auch der Park war mit Menschen vollgepfropft, die dichte Gruppen bildeten und beunruhigt brummten; auf einer Bank stand ein langer, glatzköpfiger Beamter und rief: »Meine Herrschaften! Ich brauche nichts, keinerlei Lebensumwälzungen, aber, meine Herrschaften, ein Hurra auf Ihre Freude, auf Ihr Entzücken, auf das Feuer der Seele – hurra!«

Samgin sah auf den Gesichtern der Zuhörer keine Freude und kein »Feuer der Seele« in den Augen der Einwohner, ihm schien, daß alle ebenso unklar gestimmt waren wie er und als hätte noch niemand entschieden, ob man sich freuen müsse. In dem langen Redner erkannte er den Post- und Telegrafenbeamten Jakow Slobin, bei dem Makarow einmal gewohnt hatte. Sein Hurra wurde von ein paar Leuten sehr schwach und verlegen unterstützt, und Samgins Nachbar, dicklich, im warmen Mantel, bemerkte: »Sieh mal einer an, wie der in Schwung geraten ist!«

»Er ist empört«, sagte jemand.

»Hähähä ...«

An die dreißig Arbeiterinnen aus der Konfitürenfabrik drängten sich mutwillig durch das Publikum; eine von ihnen, eine sehr schöne, schüttelte tänzelnd ihren bunten Rock und sang:

»Ich gehe ins Gäßchen,
Kauf der Herrschaft Brötchen,
Auch Zwieback ich kauf,
Hier, freßt es rasch auf!«

»Das sind die lockersten Mädchen in der Stadt bei uns«, sagte der Dickliche zu Samgin, als brüstete er sich mit einer Eigentümlichkeit der Stadt.

Die Gefährtinnen der Sängerin kicherten vorsichtig und sahen sich ängstlich um, denn ihnen folgte feierlich der Fabrikbesitzer, der hundertjährige blinde Jermolajew, mit schwarzen Brillengläsern in dem grünlichen, langbärtigen Totengesicht. Er wurde am Arm geführt von seinem Sohn Grigorij, einem sechzigjährigen Greis, der plump wie ein Lastfuhrmann und der erste Radaumacher der Stadt war, während ihn am anderen Arm sein Schwiegersohn Nejelow, ein Ziegeleibesitzer, führte, der auch ein Greis war, wie ein häßlicher Kürbis aussah, mit fröhlichem Gesicht, einer großen Nase und Lokken. Grigorij Jermolajew blickte mit seinem gelblichen Augenweiß und rief den Leuten zu: »Macht Platz! Seht ihr denn nicht?«

Sein Vater, im schwarzen Rock bis zu den Fersen und mit schwarzer Samtmütze, bewegte langsam seine steifen Beine, wischte sich die tote, feuchte Nase mit der Hand ab und schnarrte: »Laßt es nicht zu, Rechtgläubige, laßt es nicht zu!«

Hinkend, wankend, aber sicher und weit ausschreitend, die Leute auseinanderschiebend wie ein Dampfer Boote, kam hastig der Schankwirt und Fuhrunternehmer Woronow vorbei, ein Riesenmann mit einem Gesicht, das wie ein Hammelfettschwanz aussah, mit einem dicken Stock in der Hand. Hinter ihm her gingen ebenso hastig und besorgt andere angesehene Mitglieder des »Bundes des russischen Volkes«: der ehemalige Friseur, jetzt Fabrikant »künstlicher Mineralwässer«, Babajew; der Metzger Korobow; der Latrinenfuhrmann Ljaletschkin; der Badestubenbesitzer Domogailow; der Kürschnermeister Satirkin, unbesiegbarer Schachmeister, flachbrüstig, mit flachem Gesicht und gleichgültigen Augen.

Samgin stand anderthalb Stunden im Park und überzeugte sich, daß der Durchschnittsbürger irgend etwas fürchtete, daß aber die Affenneugier seine Angst erstickte. Von der politisichen Bedeutung des Ereignisses sprachen diese Leute fast gar nicht, vielleicht, weil sie einander nicht trauten und Überflüssiges zu sagen fürchteten.

»Es hieß, auf dem Platz werde Musik spielen«, hörte Samgin.

»Wozu denn Musik, wenn man keine Soldaten hergeschickt hat?«

»Es ist doch kein Zarenfeiertag!«

»Genau, kein Zarenfeiertag.«

»Da kommen unsere Bundesleute.«

»Die sind dazu verpflichtet.«

Ein kleines Männlein mit gestreiftem Anzug und grauem Hut schwang den Stock und beunruhigte sich: »Weshalb ist keine Polizei da? Wissen Sie, warum keine Polizei da ist?«

»Das Volk ist nüchtern.«

Nur ein düsterer Mann mit abgewetztem Mantel und Adelsmütze scheute sich nicht, seine Meinung offen zu äußern. Er schob Samgin mit der Schulter beiseite, stellte sich an seinen Platz und sagte mit Baßstimme: »Bei diesem jüdischen Unternehmen wird nichts Gutes herauskommen, und die Bundesleute sind Tölpel.«

Im allgemeinen waren die Menschen ebenso charakterlos wie dieser unfreundliche, unbeständige Tag. Viele standen, als versteckten sie sich, im Schatten der Bäume, aber die Sonne schaute hinter den Wolken vor und machte sie sichtbar. Auf den Platz, zur Kathedrale, gingen nicht viele und die unentschlossen.

Samgin war gerade in dem Augenblick bis zum Parkgitter vorgedrungen, als die Sonne hinter den Wolken vorglitt und auf den Stufen der Kathedrale die violette Gestalt des Oberpriesters Slaworossow und das goldene Kreuz auf seiner breiten Brust beleuchtete. Slaworossow stand mit zum Himmel erhobener Linken da und hatte die Rechte mit segnender Geste über der Menge ausgestreckt. Rund um ihn und unterhalb von ihm wimmelte es von Menschen, die dreifarbige Fahnen schwangen, glitzernde Ikonen in den Händen hielten und ihre lockigen oder kahlen Köpfe entblößt hatten. Für einen Augenblick wurde es still, und eine kräftige Stimme sagte wie durch ein Sprachrohr: »Trauet nicht den Verlockungen Wahnsinniger, trauet nicht den Listen Fremdstämmiger!«

Es war gut zu sehen, daß die Leute mit den Ikonen und Fahnen sich zu einer Kolonne aufstellten, und in der Schnelligkeit, mit der die Menge ihnen den Weg freigab, spürte Samgin die Angst der Menge. Er erblickte neben Slaworossow die adrette kleine Gestalt des Historikers Koslow mit dem Schirm in der einen Hand, der Mütze in der anderen; indem er der Menge diese Dinge zeigte, sagte oder rief er wohl etwas. So klein auf dem Hintergrund der massiven Kathedralentür, sah er wie ein Halbwüchsiger aus, der als alter Mann geschminkt ist.

»Sie gehen«, sagte jemand hinter Klim.

Die Menge wich von der Kathedrale zum Parkgitter zurück, und ein paar Minuten konnte Samgin nichts als Hinterköpfe sehen, aber bald darauf begannen die Leute, die Köpfe entblößend, sich am Gitter entlangzubewegen, sie drängten einander schweigend, und vor Samgin schwebten mannigfaltige, doch gleichermaßen ernst gestimmte Profile vorbei.

»Wohin gehen die denn gerade auf uns zu?« brummte ein dürrer Mann vor Klim und trat zur Seite; da erblickte Samgin das steinerne Gesicht Korwins, unter dessen dichtem Schnurrbart deutlich und grimmig die korrekt zerhackten Worte hervorsprangen: »Dem recht-gläu-bi-gen Herr-scher ...«

Seine durch den schmalen Strich der Nasenwurzel fast gar nicht getrennten Augen sahen – das hatte Samgin schon einmal festgestellt – wie eine Acht aus.

Neben ihm ging mit kleinen Schritten, den Schirm in die Erde stoßend, die Mütze behutsam in der Hand haltend, der Historiker Koslow, sein rosiges Gesichtchen war von Schweiß oder Tränen benetzt, er sang auch, sein Mund war geöffnet, die Lippen bewegten sich, aber die Stimme war nicht zu hören. Über ihm erhob sich das blinde Hammelschwanzgesicht Woronows mit einem runden Loch im Schafsfellbart: »Al-lexandr-rowitsch«, brüllte das Loch.

Woronow trug ein Zarenporträt, Ljaletschkin eine Ikone mit goldener Einfassung; der steife Hut, der mit einem Schnürchen an einem Rockknopf befestigt war, baumelte auch an seiner Brust, er stieß ihn mit der Ikone beiseite. Neben ihm ragte der kahle Kopf Jermolajews mit der schwarzen Brille im toten Gesicht, er sang wahrscheinlich auch oder betete, sein grünlicher Bart zitterte. Er war unheimlich, man hatte ihn vermutlich auch deshalb herausgeführt, um dem Volk Schrecken einzujagen. Dichtgedrängt bewegten sich die Leute mit den Fahnen, Ikonen und gerahmten Bildnissen des Zaren und der Zarin; zuweilen schwebte die grelle Gestalt einer Frau vorbei, eine von ihnen ging mit erhobenem, ungeöffnetem rotem Schirm, an dessen Spitze ein weißes Taschentuch baumelte.

Dreihundert, vielleicht fünfhundert Menschen, schätzte Samgin, in der Stadt aber wohnen siebzigtausend.

Er erinnerte sich der gewaltigen Bewegung der Arbeitermasse von der Wyborger Seite Petersburgs, ihres samtenen Stimmengewirrs, ihrer feierlichen Stimmung. Es begann ihn zu ermüden und hoffnungslos zu langweilen, das ungeordnete Gejaule der Bundesleute anzuhören.

Ein merkwürdiges Land. Alles ist hier verkehrt.

Die Leute aus dem Park zogen hinter den Manifestanten her, sie hatten sichtlich keine Lust, sich mit ihnen zu vermengen. Der Platz leerte sich. Zehn Schritt vom Gitter entfernt lag auf einem Pflasterstein ein gelber Damenhandschuh, dessen Fingerlinge wie zu einem zweifingrigen Kreuz zusammengelegt waren; das ließ in Samgins Erinnerung die abgehackte Hand im Schnee wiedererstehen. Er sah eine Weile zu, wie die Menge sich in die Mündung der Stadthauptstraße hineinzwängte, wobei sie zwei breite Schweife hinterließ, dann ging er auf den Platz hinaus, trat mit der Sohle auf den Handschuh und ging zum Flußufer. Ein rotbraunes Hündchen mit dem Handschuh zwischen den Zähnen überholte ihn, es hatte sein Schwänzchen zusammengeringelt und eilte auch zum Fluß, worauf Samgin wieder in den Park zurückkehrte. Dort saßen Spatzen auf den Banklehnen wie alte Leute; auf dem schwärzlichen Wasser des Teichs schwamm ein gelbes Pappelblatt, das an eine Hand mit abgehackten Fingern erinnerte. Samgin saß eine Weile auf einer Bank und dachte wieder an das ungeheuerliche Mißverhältnis der Zahlen.

Fünf- bis siebenhundert Menschen und – siebzigtausend ...

Heimzugehen hatte er keine Lust.

Dort lärmten sicherlich die Volksredner, dachte er, ging aber trotzdem durch öde Gassen, an den zugesperrten Toren und geschlossenen Fenstern kleiner Häuschen vorbei. Hier war es still, nicht einmal Kinder schrien, nur ein leichter Wind bewegte die dürren Blätter an den Bäumen der Gärten, und aus der Stadtmitte wurde brummender Lärm herübergetragen. Um nach Hause zu gelangen, mußte Samgin die Straße kreuzen, auf der die Bundesleute gingen, als er aber in eine andere Gasse abbiegen wollte – kam ihm hinter der Ecke hervor mit breiten Schritten Pjotr Slobin entgegen, die Mütze in der Hand, mit angeschwollenem Gesicht und trunkenem Blick; die Arme ausgebreitet, als wollte er Samgin umschlingen, versperrte er ihm den Weg und sagte halblaut, erstaunt: »Können Sie sich vorstellen – ein Mensch ist erschlagen worden! Von Woronow, dem Schankwirt, mit dem Stock auf den Kopf, vor meinen Augen, in aller Öffentlichkeit! Erlauben Sie – was soll das bedeuten? Das war der Apotheker Heinze ... den jedermann kennt!«

Samgin blieb stehen. Er kannte Heinze, einen bescheidenen und klugen Menschen, ein sehr bemerkenswerter Mitarbeiter in den Kulturinstitutionen der Stadt.

»Er fuhr in einer Droschke und plötzlich stürzte sich Woronow auf ihn«, erzählte Slobin, wobei er die Hand schwang und mit der Mütze am Zaun hängenblieb, aus seinem geschwollenen Auge sikkerten Tränen, die langen Beine stampften, er wankte, aber Samgin sah, daß er nicht betrunken, sondern empört, erschreckt war.

»Im Laden Fuhrmanns haben sie die Scheiben eingeschlagen, den Verkäufer blutig geprügelt«, zählte Slobin schluchzend und schnaubend auf. »Ein Pferd schlug man mit dem Stock auf das Maul. Weswegen? Ist denn die Freiheit ...«

Samgin umging ihn wie einen Pfosten, bog um die Ecke der Gasse, die auf die Hauptstraße führte, und sah, daß die Gasse sich mit Menschen füllte, sie zogen sich zurück wie ein geschlagenes Heer, sahen sich um, einige gingen sogar rückwärts, und in der Ferne flatterte eine hocherhobene rote Fahne, lang und schmal wie eine Zunge.

»Eine Demonstration«, sagte voll Besorgnis der Anwalt Prawdin, als er Klim begrüßte, und fügte beim Ausziehen des linken Handschuhs mit einem Seufzer hinzu: »Ich fürchte, es wird eine Demonstration der Ohnmacht sein.«

Samgin wäre gern umgekehrt, aber das wäre Prawdin gegenüber unschicklich gewesen, um so mehr, da dieser, nachdem er die Handschuhe in die Tasche gesteckt hatte, vorschlug: »Was denn, gehen wir ... Wir müssen ja.«

Samgin folgte ihm, es schlossen sich noch etwa zwanzig Personen an.

»Wir sind sozusagen blockiert«, sagte Prawdin. »Dort«, er deutete mit der Hand über die Schulter, »randalieren die Bundesleute, und vorne, diese, unsere ... Man muß sich auf jede Weise bemühen, zu überzeugen, daß ...«

Man stieß ihn in den Rücken, und er ging, Samgin am Arm ergreifend, rascher.

Am Straßenende stapften rings um eine rote Fahne die Demonstranten: Eisenbahner, Handwerker, Gymnasiasten, es waren viele Mädchen, die Jugend herrschte vor.

Dreihundert, vierhundert, zählte Samgin und erinnerte sich: Siebzigtausend!

Im Mittelpunkt der Menge stand mit der Fahne an langem Schaft Kornew, dessen Kopf alle überragte. Samgin merkte, daß Kornew heute ein anderes Gesicht hatte, nicht so kühl und klar wie immer, auch die Augen waren andere, Kinderaugen.

»Genossen!« kommandierte, die Hände wie ein Sprachrohr an den Mund gelegt, ein langmähniger, dem Oberpriester ähnelnder Mann in blauer Bluse mit zerrissenem Kragen. »In Fünferreihen!«

Die Leute mischten sich, neben dem Banner entfalteten sich noch drei rote Fahnen.

»Genossen! Meine Herrschaften!« rief Prawdin. »Bedenken Sie, wohin Sie das führen kann ...«

»Sie? Wer soll das sein?« schrie ihn ein rothaariger Gymnasiast an.

Der langmähnige Mann warf den Kopf zurück, hob die Faust und begann mit kräftiger Stimme zu singen: »Unsterbliche Opfer ...« Samgin blickte in sein scharfes Gesicht und erkannte Waraksin, den Freund Dunajews.

Prawdin nahm den Hut ab und fiel mit tiefem Tenor ein: »... ihr sanket dahin.«

Sie gingen nicht im Gleichschritt, das feierliche Motiv des Marsches klang unharmonisch, es wurde vom Händeklatschen und den Zurufen der Zuschauer übertönt, die in den Fenstern der Häuser wie in Theaterlogen saßen und aus Türen und Toren heraussahen. Samgin schritt gehorsam und ruhig am Ende der Demonstration, weil sie die Richtung nach seiner Straße einschlug. Diese bunte Menge junger Menschen war in seinen Augen ebenso unernst wie die Manifestation der Bundesleute. Aber er zuckte unwillkürlichzusammen, als die rote Zunge der Fahne hinter der Straßenecke verschwand und dort mit Pfeifen, Brüllen und Johlen empfangen wurde.

»Zum Teufel – hören Sie?« fragte Prawdin und beschleunigte seine Schritte, als er aber um die Ecke gebogen war, blieb er stehen, hob unter dem Mantel den einen Fuß und murmelte, sich an der Wand festhaltend und auf einem Bein stehend: »Mein Schuh ist aufgegangen.«

Samgin blickte über die Brille nach vorne, wo dreifarbige Fahnen wehten, Ikonenfassungen glänzten und über den Köpfen der Menschen Stöcke in der Luft herumfuhren; er merkte, daß einige Demonstranten vom Fahrdamm auf den Gehsteig hinübergingen. Fenster und Türen schlugen zu, und von oben, anscheinend von einem Dach, rief eine strenge Stimme: »Schließ das Tor ab! Laß Mursa von der Kette!«

»Gehen wir hier hinein, ich will mich in Ordnung bringen«, schlug Prawdin vor, indem er die Tür eines Damenmodengeschäfts öffnete, und im gleichen Augenblick wich ein Teil der Demonstranten zurück und stieß Samgin in den Laden. Prawdin wurde freudig von einer dicken Dame mit Zwicker auf mehliger Nase begrüßt, er stellte ihr Samgin vor und vergaß ihn dann, ebenso wie er den Schuh vergaß. Samgin trat an den Pfeiler des Schaufensters und blickte nach rechts: Er sah, daß die Monarchisten sich schnell, in ganzer Straßenbreite fortbewegten, sie glitten gleichsam eine schräge Fläche hinab, und ihre Bewegung hatte etwas Blindes an sich, sie schwankten in gesamter Masse von einer Seite zur anderen, stießen an die Hausmauern und Zäune, wobei sie die Straße mit Gebrüll füllten, und dieses Brüllen klang winterlich – böse und langweilig.

Ihnen gegenüber stand, die Fahne schwingend, Kornew an der Spitze einer dichten Menschengruppe – es waren nicht mehr als zweihundert Personen, und sie wurden von Sekunde zu Sekunde weniger.

Samgin sah den Historiker Koslow, der hüpfend, mit dem Schirm in die Luft stechend, auf dem Gehsteig lief, Korwin, der die Hand mit einem Revolver über den Kopf erhoben hatte, er sah, wie der langmähnige Waraksin Kornew die Fahne entriß und sie wie einen Dreschflegel schwang, so daß das rote Tuch Hand und Kopf des Dirigenten bedeckte; deutlich und böse knallten zwei Schüsse. Über Kornews und Waraksins Köpfen tauchten Stöcke und Dutzende von Händen auf, die nach der Fahne griffen, sie zu Boden rissen, und schon war sie in dem Teig aus Menschenleibern verschwunden.

»Brecht durch, Unsere! Los mit Hurra!« schrie wütend ein Mann im rosa Hemd; aus dem Handgemenge wurde Waraksin, bis zur Hüfte nackt, herausgeschleudert, der Mann im rosa Hemd stürzte sich auf ihn, aber Waraksin schwang einen kurzen kleinen Strick mit einem Knoten oder Gewicht am Ende, und der Mann fiel rücklings um. Die Schlägerei vor dem Laden dauerte nicht länger als zwei bis drei Minuten, die Demonstranten wurden zurückgedrängt, die Straße wurde rasch leerer; an einer Laterne stand, den einen Arm um sie gelegt, der Latrinenfuhrmann Ljaletschkin und fächelte sich mit dem steifen Hut ins Gesicht; in seinem Gesicht waren nur die Zähne zu sehen; mitten auf der Straße stand wie eine Säule der blinde Jermolajew, griff mit zitternden Händen um sich, strich sich über seine Seiten, die Brust, den Bauch und schüttelte den Bart; gegenüber, vor dem Haustor, lag ein Gymnasiast, dem Laden gegenüber streckte, den Kopf auf dem Gehsteig, der Mann im rosa Hemd alle viere von sich. In Petersburg hatte Samgin so viel Schreckliches gesehen, daß alles, was er jetzt sah, ihn nicht sehr erschreckte.

Sinnlos, sinnlos, sagte er sich.

Das Straßenpflaster war bunt mit roten Tuchlumpen und Fahnenfetzen geschmückt, schräg ragte das Bruchstück eines zwischen die Pflastersteine gesteckten Stocks hervor, an einem Eckpfosten stand mit dem Kopf nach unten ein Zarenporträt. Hier und da leuchteten auf den Glatzen der Pflastersteine Blutflecken und Bluttropfen. Zwei – dem Äußeren nach Handelsgehilfen – führten Korwin vorbei, indem sie ihn an den Ellenbogen stützten, er ging, das Gesicht mit den Händen bedeckt, und die Beine gehorchten ihm nicht. Als sie an dem Blinden vorbeikamen, stießen sie den Alten, seine Beine knickten ein, er setzte sich wuchtig aufs Pflaster und begann die Steine rings um sich zu betasten, während er das tote Gesicht zu dem schon ganz grauen Himmel erhob.

Samgin sah sich um: Hinter ihm saß auf dem Diwan ein junges Mädchen und schluchzte laut, Prawdin war nicht mehr da, und die Geschäftsinhaberin redete auf einen Alten mit grauem Schnurrbart ein: »Man hätte Soldaten herbeiholen sollen . . .«

Samgin ging auf die Straße und geriet sofort in eine Gruppe von Leuten, die bei der Schlägerei etwas abbekommen hatten – das war an ihren Kleidern und ihren Gesichtern zu sehen. Einer von ihnen rief: »Halt, Kinder! Das ist einer aus Warawkas Haus.« Er ergriff Klim am rechten Arm, blickte ihm ins Gesicht, atmete ihn mit dem

Geruch warmen Wodkas an und fragte: »Stimmt's? Na, Hand aufs Herz!«

Samgin sah vor sich eine geschwollene Stirn und ein trübgraues, stumpfes Auge, das andere Auge und die Wange waren von einem zerknitterten, zerfetzten Hut bedeckt.

»Ich komme von auswärts, bin Rechtsanwalt«, sagte er das erste, was ihm einfiel, da er sah, daß er von angeheiterten Leuten umgeben war, und nicht sosehr mit Schrecken als mit Widerwillen erwartete, daß sie ihn verprügeln würden. Aber ein junger Bursche in gesticktem blauem Hemd und Lackschaftstiefeln stieß den Betrunkenen beiseite und legte Klim die Hand auf die Schulter. Samgin fühlte sich auch wie berauscht von dieser Berührung.

»Erklären Sie uns – wird es zu einer Gerichtsverhandlung kommen? Wird man uns vor Gericht stellen?«

Das Gesicht des Burschen war auch zerschlagen, aber er war nüchterner als seine Kameraden, und seine Augen schauten vernünftig.

»Wahrscheinlich«, antwortete Samgin und lehnte sich an eine Hauswand.

»Das ganze Durcheinander kommt aus Warawkas Haus«, schrie der Betrunkene, der Bursche stieß ihn wieder beiseite.

»Schweig, sonst kriegst du eins in die Fresse«, sagte er sehr ruhig, ohne Drohung, und wandte sich an Samgin: »Über wen wird man denn zu Gericht sitzen, erlauben Sie? Wer hat angefangen? Die andern. Weshalb reizen sie uns? Eine Fahne haben sie erhoben, größer als die unsere, und nehmen die Mützen nicht ab. Was für ein Recht haben sie dazu?«

»Warawka muß man die Scheiben einschlagen!«

»Er ist schon tot.«

»Tot? Nun dann ...«

»Gehen wir!«

Vier gingen, während der Bursche sich neben Klim an die Wand lehnte, die Arme auf der Brust kreuzte und nachdenklich sagte: »Da ist was übel ausgegangen, wie?«

»Ja«, stimmte Samgin freundlich bei und rückte etwas von ihm ab.

An den Häusern wurden Fenster geöffnet, Leute sahen aus ihnen heraus, alle in der Richtung, von wo Geschrei noch herübertönte und irgend etwas krachte, als würde ein Zaun zerbrochen. Der Bursche spie durch die Zähne aus, ging über die Straße und kauerte sich neben dem Gymnasiasten hin, sprang aber gleich wieder auf, sah sich um und eilte fast im Laufschritt auf das stille Ende der Straße zu.

Hinter ihm her machte sich auf der anderen Straßenseite ebenso schnell auch Samgin auf den Weg und zuckte jedesmal zusammen und sprang zur Seite, wenn sich über seinem Kopf ein Fenster öffnete; aus einem rief eine Frauenstimme: »Da läuft noch einer mit Brille! Halt ihn fest ...«

Doch nach ein paar Schritten fragte man ihn: »He, du Durchbrenner! Hast wohl Bauchweh bekommen?«

Samgin empfand so etwas wie Scham vor sich selbst, vor den Leuten, er ging langsamer, erblickte in der Ferne eine Abteilung berittener Polizei und bog in eine Gasse ein. Dort stand am Zaun ein älterer Mann in einem Rock mit abgerissenem Ärmel und sagte laut zu jemandem: »Laß mich so, wie ich bin. Das macht nichts, daß ich die Mütze verloren habe.«

In einer Lücke des Zauns, über den Schultern dieses Mannes glänzten zwei Augen, und eine Frauenstimme sagte weinerlich: »Wohin drängst du dich auch, du rasierter Rüssel, geht dich das etwas an?«

»Red mir nichts ein. Schlagen darf man die Menschen nicht!«

»Du hast es erfaßt! Ach, du Dummkopf, du Dummkopf ...«

Über den Fahrdamm kam ein Mann in Gummischuhen an den bloßen Füßen, er hielt ein doppelläufiges Gewehr in den Händen.

»Gevatter!« rief er in das halboffene Fenster eines kleinen Häuschens hinein. »Gib mir doch mal etwas Schrot ...«

Das Fenster ging auf, auf dem Fensterbrett saß zwischen Blumenstöcken ein grünäuiger Kater, er erinnerte Klim an Tomilin.

Nach der stürmischen Schlägerei in der Sobornaja-Straße war die Stille dieser menschenleeren Gassen verdächtig, hinter den Fenstern und Toren spürte man Menschen, die feindselig jemandem auflauerten. Auch war es kränkend, daß die von Koslow so schön geschilderten Menschen der schmalen Gassen, der stillen Häuschen, Menschen, deren standfestes Leben Samgin einstmals bewundert hatte, sich jetzt wie gleichgültige Zuschauer gefährlicher Wahnsinnstaten benahmen. Sie saßen daheim, die Tore verschlossen, und luden Gewehre mit Schrot, als wollten sie Krähen schießen, während ein mit Regenschirm bewaffneter siebzigjähriger alter Mann und ein blinder Konfitüren- und Bonbonfabrikant auf die Straße gegangen waren, um für ihre Überzeugung einzustehen.

Halunken, beschimpfte Samgin die Spießbürger und hatte das unbestimmte Gefühl, daß ein Widerspruch darin liege, wenn ihr Verhalten ihn kränkte. Er fühlte sich überhaupt verwirrt, zerschlagen, schwach.

Der Eingang zu der Straße, in der er wohnte, war durch dicke Polizisten auf dicken Pferden und einige Dutzend Neugieriger versperrt; sie schienen klein, und Samgin fand in ihnen etwas Einförmiges, wie bei Sträflingen. Ein etwas grauer, rasierter Mann sagte: »Da kommt noch so ein Warawkakerl, hu-u!«

Auch hier waren alle Haustore verschlossen, an Ljubomudrows Fenster waren ein paar Scheiben eingeschlagen, und an einem Fenster des unteren Stockwerks war ein Laden abgerissen. Das Pförtchen wurde Samgin von Arkadijs Wärterin geöffnet, auf dem Hof und im Garten war es leer, im Haus und im Seitenbau still. Sascha schloß das Pförtchen und sagte, der Doktor sei zum Gouverneur gefahren, um sich zu beschweren.

»Mit ihm zusammen Tabakow und noch drei andere aus unserer Straße. Tabakows Sohn ist verprügelt worden. Genosse Kornew auch . . .«

Ohne auf sie zu hören, ging Samgin in sein Zimmer, zog sich aus, legte sich hin und bemühte sich, nicht zu denken, aber er dachte und sah seine Gedanken wie eine Staubschicht an der Oberfläche dunklen, kalten Wassers, ein solches Häutchen ist nach windigen Tagen manchmal auf Teichen zu sehen. Die Gedanken waren unbedeutend, und es waren nicht einmal Gedanken, sondern trübe Flecke menschlicher Gesichter, allerhand Worte, Schreie und Gesten – der Kehricht eines stürmischen Tages. Nach einiger Zeit wurde oben beim Doktor gestampft, als tanze man Quadrille, und Samgin, der heute allem besonders beunruhigt, fremd gegenüberstand, begab sich, um sich selber zu entgehen, zu Ljubomudrow hinauf. Er hatte erwartet, dort mindestens fünf Personen anzutreffen, aber es waren nur zwei: der Doktor und die Spiwak, sie waren es, die in entgegengesetzten Richtungen im Zimmer umherschritten.

»Ins Krankenhaus wirst du nicht gehen, Lisa!« rief der Doktor, das Taschentuch schwingend, und als er Samgin erblickte, schwenkte er es auf ihn zu. »Er wird mit mir hingehen . . .«

Sie blieben beide vor Samgin stehen – der Doktor rot vor Erregung, schweißbedeckt und blinzelnd, die Frau blaß, mit weitgeöffneten Augen.

»Wissen Sie, Kornew ist schrecklich verprügelt worden«, sagte sie, aber der Doktor unterbrach sie und schrie: »Nein – dieser Radejew, der Hundsfott, wie? Du hättest hören sollen, was er dem Gouverneur gesagt hat, der Judas! Selbst die Wucherin Trussowa ist ehrlicher. ›Was sind Sie denn für ein Regent, Euer Exzellenz!‹ sagte sie. ›Gymnasiastinnen werden auf der Straße geschlagen, was aber tun Sie?‹ Da sagte er – dieses Vieh! – zu ihr: ›Ich hoffe, hiernach werden die wohlgesinnten Leute begreifen, daß sie mit der Regierung und nicht mit den Juden gegen die Regierung gehen müssen!‹«

Der Doktor warf das Tuch auf den Boden und schrie die Spiwak an: »Ich habe dich und alle deine Bengel zu überzeugen versucht, daß für eine Demonstration ohne Waffen nicht der richtige Zeitpunkt ist! Nicht der richtige Zeitpunkt ... Na?«

»Fahren Sie ins Krankenhaus?« fragte sie streng.

»Ich fahre!«

Der Doktor griff nach dem Hut und stürzte nach unten, Samgin folgte ihm, da aber Ljubomudrow seine Aufforderung, mit ihm zu fahren, nicht wiederholte, ging Samgin in den Garten, in die Laube. Er dachte plötzlich, daß der 9. Januar, obwohl er so schrecklich gewesen, vielleicht weniger bedeutungsvoll war als die heutige Schlägerei, daß gerade dieser graue Tag ihn persönlich tiefer traf.

Das alles muß so oder so ein Ende nehmen, aber schnell, schnell!

Am nächsten Tag hatte sich seine Stimmung gefestigt; sie mußte sich festigen, weil das Auftreten der »Bundesleute« alle wohlgesinnten Menschen der Stadt empört hatte. Es war bekannt geworden, daß gestern fünf Personen getötet worden waren, darunter ein Gymnasiast, der Neffe des Gefängnisinspektors, Toporkow, daß elf Personen schwer verletzt in Krankenhäusern lagen, Kornew, der zwölfte, in Lebensgefahr schwebte und zwanzig Verwundete in Privathäusern untergebracht waren. In der Redaktion »Unser Land« waren die Scheiben eingeschlagen, in der Druckerei die Maschinen demoliert und die Lettern geraubt. Die Stadt begann vom Morgen an zornig zu murren und auseinanderzugehen, Fenster, Türen und Tore der Häuser öffneten sich, gesetzte Leute fuhren mit eigenen Pferden irgendwohin, durch die Straßen schritten Fußgänger mit Spazierstöcken, mit Stäben in den Händen, Hüte und Mützen in die Stirn geschoben, zum Kampf bereit; aber gegen Abend verbreitete sich das Gerücht, die »Bundesleute« hätten sich auf dem Alten Platz versammelt und zwei Juden sowie die Feldscherin Litschkus schwer verprügelt – die Straßen wurden wieder leer, die Fenster schlossen sich, die Stadt verstummte trübsinnig. Gegen Mitternacht fuhr durch die Stille, doch ohne sie irgendwie zu stören, am Tor eine Droschke vor. Samgin war überzeugt, die Spiwak sei zurückgekehrt, und beachtete den Lärm nicht. Fünf Minuten später jedoch klopfte an seiner Tür der verschlafene Hausknecht und sagte: »Man hat einen Kranken hergebracht.«

»Aber doch nicht zu mir, sondern zum Doktor?«

»Zu Ihnen«, sagte unerbittlich der Hausknecht, ein düsterer Mensch, der nicht einem Bauern glich. Samgin trat ins Vorzimmer hinaus, dort stand, an die Wand gelehnt, jemand mit weißem Turban auf dem Kopf und unförmiger Kleidung.

»Verzeihen Sie, Samgin, ich komme zu Ihnen. Im Krankenhaus hat man mich nicht aufgenommen . . .«

Er sprach langsam, mit schwerem Röcheln, und Samgin erkannte in ihm nicht gleich Inokow. Er befahl dem Hausknecht, den Doktor zu holen, und führte Inokow ins Speisezimmer.

»Sind Sie verwundet?«

»Ja. Verprügelt. Und verwundet«, sagte Inokow und sank auf den Diwan.

Der Doktor kam im Nachthemd, mit Pantoffeln an den bloßen Füßen, nahm das Handtuch von Inokows Kopf, fühlte den Puls, horchte am Herzen und sagte brummig zu Samgin: »Tja . . . eine Ohnmacht, hm? Rufen Sie Jelisaweta. Und das Stubenmädchen! Heißes Wasser. Rasch!«

Eine Stunde später wußte Samgin, daß bei Inokow ein Arm durchschossen, die Schädelknochen unversehrt, aber die Kopfhaut an zwei Stellen geplatzt war.

»Und wahrscheinlich sind Rippen gebrochen . . .«, sagte Ljubomudrow, zur Decke blickend.

Er hatte Inokow das Kopfhaar und den Bart geschickt abrasiert, wonach ein nicht zu erkennendes geschwollenes Gesicht ohne Augen zutage getreten war, nur das rechte, das aus einem bläulichen Schlitz herausschaute, glänzte fiebrig und unheimlich. Inokow lag ausgestreckt da, wie ein Toter, röchelte und brachte mit schluchzender Stimme unverständliche Worte hervor; als zweite Stimme zu seinen Fieberreden scharrte der Wind an den Hausmauern und Fensterläden.

Am Tisch vor der Lampe saß die Spiwak im Morgenrock und redigierte das von Klim verfaßte Flugblatt. »Was wollen die Bundesleute?« Die weiten Ärmel des Morgenrocks störten sie, sie schob sie auf die Schultern zurück und sagte halblaut: »Sie haben hier so grauenhafte Dinge mitgeteilt, als beabsichtigten wir, sowohl die Spießer als auch die Arbeiter zu schrecken . . .«

Ich muß nach Moskau fahren, dachte Samgin, wobei er sich seines Gesprächs mit Fiona Trussowa erinnerte, die dieses verfluchte Haus als Heim für arme Gymnasiastinnen gekauft hatte. Stark verfettet, mit Gesicht und Hals, die vom Genuß ihres geliebten Bourgognerweins aufgequollen waren, hatte sie halb verächtlich und zynisch gesagt: »Geh doch etwas im Preis herunter, Klim Iwanowitsch! Ich habe Steine in der Leber, Sand in den Nieren, mich werden bald die Teufel als Köchin zu sich nehmen, da will ich ein Wort bei ihnen für dich einlegen, bei Gott! Wie? Was willst du mit dem Geld anfangen, du Brillenbock? Schau, ich gebe mein sündiges Kapital seit siebzehn

Jahren nur für die Mädchen aus, wie viele schon habe ich unter die Leute gebracht, du aber – was hast du gemacht? Du hast keine einzige auch nur auf den Boulevard gebracht, du Heiliger! Hast wohl noch kein einziges Mädchen verdorben?«

Beim Sprechen spielte sie mit dem Armband, das sie abgenommen hatte, und in ihren roten Fingern schien das Gold weich.

»Sie haben sonderbar geschrieben«, wiederholte die Spiwak, die erbarmungslos den Bleistift handhabte. »Wie ein Sozialrevolutionär ... sentimental.«

Samgin schwieg, er beobachtete sie und Sascha, die geräuschlos die blutigen Wasserlachen auf dem Boden beim Diwan aufwischte, wo Inokow röchelte und gluckste, als erstickte er an den Fieberreden. Samgin dachte an die Trussowa, an die Spiwak, Warwara, an die Nikonowa, überhaupt an Frauen.

Sonderbare Wesen. Makarow hat wahrscheinlich recht. Dunkle Seelen ...

Die Spiwak hatte ihn sofort verblüfft, als sie ins Zimmer getreten war. Der zerschlagene Inokow hatte sie nicht im geringsten in Aufregung versetzt, sie verhielt sich zu ihm wie zu einem Unbekannten. Als sie aber dem Doktor nicht mehr zu helfen brauchte, hatte sie sich an den Tisch gesetzt, um das Flugblatt zu korrigieren, und hatte ruhig, wenn auch mit einem Seufzer gesagt: »Sie werden wahrscheinlich noch schreiben müssen: ›Was hat der erschlagene Bolschewik gewollt?‹ Kornew wird es nicht überstehen.«

»Er wird es wohl kaum überstehen«, brummte der Doktor.

Ja, eine dunkle Seele, wiederholte Samgin, wobei er den fast bis zur Schulter entblößten Arm der Frau betrachtete. Unermüdlich in der Arbeit, beneidete sie die Sozialrevolutionäre sehr um ihre Erfolge unter den Handwerkern, Handelsgehilfen und kleinen Angestellten, und in diesem ihrem Neid sah Samgin etwas Kindliches. Jetzt sagte sie zum Doktor, der sich mit einer dichten Rauchwolke umgeben hatte und ihren Bleistift beobachtete: »Auf die Drohung des Gouverneurs hin, ›jegliche Ansammlung durch Anwendung von Waffen‹ zu sprengen – einen Stil haben die! – sind schon hie und da lithographierte Verschen angeklebt worden:

Wenn es schlimmer wird,
Werd ich strenger sein,
Wend ich Waffen an,
Sogar gegen den Mann,
Sogar gegen Trescher,
Evelinens Ehemann

und dergleichen mehr in ebenso banalem Ton. Und ›Unser Land‹ hat man beschlossen zu verbieten ...«

»Das alles wird nicht lange dauern«, sagte der Doktor und verscheuchte mit der Hand den Rauch. »Na, komm, machen wir ihm einen feuchten Umschlag. Ich fürchte für sein linkes Auge. Gehen Sie schlafen, Samgin, und lösen Sie sie in zwei bis drei Stunden ab ...«

Klim ging in sein Zimmer, zog sich aus, legte sich hin und dachte, daß, nach den Briefen seiner Frau und den Zeitungen zu urteilen, es in Moskau auch unruhig war. Streiks, Versammlungen und Zunahme der Schlägereien mit der Polizei auf den Straßen. Hier hatte er sich immerhin dem Leben angepaßt. Die Spiwak verhielt sich zu ihm schonungsvoll, wenn auch etwas trocken. Sie schonte überhaupt die Menschen und war gegen die von Kornew und Waraksin organisierte Demonstration gewesen.

Der Regen rauschte immer stärker und beharrlicher im Laub, da er aber die Stille nicht besiegte, war sie auch hinter seinem eintönigen Rauschen zu spüren. Samgin fühlte, daß die Eindrücke der letzten Monate ihn mit einer Kraft von sich selbst losgerissen hatten, der er nicht widerstehen konnte. War das gut oder schlimm? Manchmal schien es ihm schlimm. Gapon war zweifellos ein unglückliches Opfer der Unterordnung unter die Wirklichkeit, der Berauschung an ihr. Der Zar aber stand außerhalb der Wirklichkeit und war vermutlich auch unglücklich ...

Er glaubte noch nicht eingeschlafen gewesen zu sein, als ihn der Doktor schon weckte.

»Kommen Sie bitte, mein Herr. Er dort ist sehr erregt und redet, ermuntern Sie ihn nicht. Ich habe ihm ein Beruhigungsmittel gegeben ...« Es tagte bereits; rosige Wolken zierten den perlmuttfarbenen, sehr hohen Himmel. Als Samgin das Speisezimmer betrat, erblickte er auf dem weißen Kissen ein vom Lampenlicht beleuchtetes, nichtmenschliches, wie aus Stein grob herausgemeißeltes Gesicht mit dem schmalen Schlitz eines Auges; es war noch unheimlicher als in der Nacht.

»Da, wie ... man mich bearbeitet hat«, sagte Inokow heiser.

»Wer?« fragte Klim im Ton eines Erforschers rätselhafter Erscheinungen.

»Korwin«, antwortete Inokow, als erinnerte er sich nicht sofort des Namens. »Er, und wahrscheinlich Choristen. Zu viert.«

Nach kurzem Schweigen fügte er hinzu: »So ein ... Spanier, so ein Esel! Wieviel Uhr ist es?«

»Es geht auf sieben.«

»Er wollte mich umbringen, der Schuft! Hat geschossen.«
»Sie dürfen nicht sprechen«, erinnerte Samgin.
»Ich werde es lassen.«
Aber nach einer Minute Schweigen begann Inokow wieder zu keuchen: »Doch ich . . . verstehe ihn! Als man mich aus dem Gymnasium hinauswarf, hatte ich große Lust, Rshiga umzubringen – der Inspektor, erinnern Sie sich? Ja. Auch später wollte ich nicht selten . . . den oder jenen. Ich bin nicht böse, aber zuweilen habe ich Anfälle von Menschenhaß. Das ist quälend . . .«
Er verstummte müde, und Samgin setzte sich seitlich zu ihm, um diese Augenhälfte nicht zu sehen, die wie ein Edelsteinsplitter aussah. Inokow begann wieder etwas von Poiré zu murmeln, vom Angeln, dann sagte er sehr deutlich und nachdrucksvoll: »Er wird auch . . . nicht heil davonkommen!«
Samgin verbrachte bei ihm rund drei Stunden, und immer wieder ging Inokow auf irgendeine Art hoch, er schwieg fünf Minuten und begann wieder überstürzt zu reden, zu röcheln, zu husten. Um zehn Uhr kam die Spiwak.
»Bei mir sitzt Lidija Timofejewna«, sagte sie. »Gehen Sie zu ihr.«
Klim ging, nicht besonders erfreut über die neue Begegnung mit Lidija, aber zufrieden, daß er sich von Inokow erholen konnte.
»Sie scheint nicht ganz gesund zu sein«, sagte die Spiwak hinter ihm her.
»Ich wußte nicht, daß du hier bist«, begrüßte ihn Lidija. »Ich kam zu Jelisaweta Lwowna zu Besuch und – plötzlich sagte sie es mir! Ich mag dieses Haus nicht mehr, weißt du? Nein, ich mag es nicht mehr!«
In Schwesterntracht kam sie Samgin bedauernswert gealtert vor. Grau, mager, schüttelte sie immerzu den Kopf, wobei sie anscheinend vergaß, daß ihre üppige Haarkappe von der Haube zusammengehalten wurde, wodurch der Kopf auf ihrem langen Körper häßlich groß wirkte. Nachdem sie hastig erzählt hatte, daß sie mit zwei Verwandten ihres Mannes auf das Gut seiner Mutter fahre, um irgendwelche Wertsachen von dort zu holen, rief sie aus: »Ich möchte so gern das Haus sehen, in dem Anton geboren ist, wo er seine Kindheit verbracht hat. Soll ich dir Kaffee einschenken?«
Aber sie schenkte keinen Kaffee ein, sondern rückte mit dem Stuhl zu Samgin und begann, zu ihm vorgebeugt, mit entsetzten Augen, aus unerfindlichem Grund halblaut und sich umsehend, zu erzählen: »Du weißt natürlich: In den Dörfern ist es sehr unruhig, die Soldaten sind aus der Mandschurei zurückgekehrt und meutern, meutern! Das bleibt unter uns, Klim, aber sie sind doch geflohen, ja, ja! Oh,

das war schrecklich! Der Onkel meines verstorbenen Mannes«, sie bekreuzte dreimal schnell ihre Brust, »General, Teilnehmer am Türkenkrieg und Ritter des Georgskreuzes – weinte! Er weinte und sagte immerzu: ›Wäre denn so etwas bei Skobelew, bei Suworow möglich gewesen?‹«

Sie begann lauter zu sprechen und verfiel in einen kläglichen Ton, ihr Gesicht zuckte krampfhaft, und das Entsetzen in den dunklen Augen verdichtete sich.

»Das ist unglaublich!« rief und flüsterte sie. »Diese Raserei, diese elementare Angst, nicht mehr bis zum eigenen Dorf zu kommen. Ich habe das alles selbst gesehen. Als hätten sie den Weg in die Heimat vergessen oder erinnerten sich nicht mehr, wo die Heimat ist. Lieber Klim, ich sah, wie ein rothaariger Soldat eine Kinderpuppe mit den Absätzen zerstampfte, weißt du, so eine billige Puppe aus Lappen. Er stampfte auf ihr herum und schlug sie mit dem Gewehrkolben, und aus der Puppe rieselte ... Wie heißt das doch?«

»Sägemehl«, half Samgin nach.

»Ja, Sägemehl. Und ich bin überzeugt, wenn das ein lebendiges Kind gewesen wäre, hätte er das gleiche getan!«

Sie griff sich an den Kopf, sprang fassungslos auf, lief im Zimmer umher und rief: »Oh, was für ein schreckliches, was für ein unglückliches Volk!«

Ihre Klagen, ihr Schreck und ihre Nervosität rührten Samgin nicht, sie wunderten ihn. So gebrochen hätte er sie sich nicht vorstellen können.

Ihr steht die Witwenschaft. Übrigens wäre sie auch eine vollendete alte Jungfer, dachte er, als er zusah, wie Lidija im Zimmer umherirrte und im Gehen die Gegenstände berührte, als wollte sie erkunden, ob sie heiß oder kalt seien. Als sie sich etwas beruhigt hatte, sprach sie wieder halblaut: »Alle warten: die Revolution kommt. Ich kann nicht verstehen, was das werden soll. Unser Regimentspriester sagt, die Revolution komme vom Unvermögen zu leben und dieses Unvermögen von der Gottlosigkeit. Er ist sehr streng im Leben und wird jetzt Mönch. Die Welt ist in der Gewalt des Teufels, sagt er.«

Samgin erinnerte sich, wie sie nachts, wenn sie seine Sinnlichkeit befriedigte, ihn mit ganz unsinnigen Fragen gequält hatte. Er erinnerte sich ihrer Briefe.

Sollte sie das alles vergessen haben? Warum kann ich es nicht vergessen? fragte er sich traurig, aber auch erbost.

»Ja, weißt du, wem ich begegnet bin? Marina. Sie ist auch Witwe, schon lange. Ach, Klim, wie sie aussieht! Riesengroß, schön und ...

Sie handelt mit Kirchengerät! Das ist übrigens nebensächlich. Sie ist wunderbar! Der Handel ist nur ein Deckmantel. Ich kann dir nicht alles über sie erzählen, unser Zug geht um zwölf Uhr zweiunddreißig.«

»Brauchst du kein Geld?« fragte Klim.

»Geld? Was für Geld? Wozu?« wunderte sie sich sehr.

»Das Geld vom Vater«, erinnerte Samgin.

»Nein, ich brauche keins. Liegt es auf der Bank? Mag es dort liegen. Mein Mann hat mir alles hinterlassen, was er besaß.«

Sie stand so dicht vor ihm, daß Samgin, wenn er die Arme ausgestreckt hätte, sie hätte umschlingen könne, und gerade daran dachte er.

»Ich scheine schamlos reich zu sein«, sagte sie mit unschönem Lächeln und spielte mit einer altmodischen Uhrkette. »Wenn du Geld brauchst, nimm dir bitte!«

Samgin sagte, bereits unfreundlich, daß er kein Geld brauche.

»Im Januar wirst du einen ausführlichen Bericht über die Aufhebung der Unternehmen deines Vaters erhalten«, fügte er in sachlichem Ton hinzu.

»Ja, da hat nun mein Vater sein ganzes Leben lang rasend gearbeitet, und – Aufhebung! Wie ... sonderbar ist doch das alles!«

Sie sank in einen Sessel und schwieg eine Minute, wobei sie Samgin mit einem unbestimmten Lächeln auf den Lippen betrachtete, während ihre dunklen Augen nicht lächelten. Dann begann sie wieder Worte auszuströmen, so wie ein Brand bitteren Rauch ausströmt.

»Weißt du, diese kleinen Japaner sind tatsächlich Helden, sie schämen sich zu leiden. Ich spreche von den Verwundeten, den Gefangenen. Und – sie verachten uns. Wir haben unser Spiel im Osten verloren, Klim, wir haben verloren! Das ist die allgemeine Ansicht. Wir müssen unbedingt wieder dort Krieg führen, um das Prestige zu heben.«

Und fünf Minuten später erzählte sie leidenschaftlich: »In Moskau sah ich Alina – großartig! Sie hat mit Makarow so etwas wie einen Roman; platonischen, sagt sie. Mir tut Makarow leid, er hat so viel versprochen und ist so eine taube Blüte. Diese Sünderin Alina ... Wozu braucht er sie?«

Es scheint, sie wird bei Frömmelei enden, dachte Samgin, obwohl er in ihren Worten Unechtes argwöhnte. Soll ich ihr von Turobojew erzählen?

Er beschloß, nicht zu erzählen, das hätte das Wiedersehen in die Länge gezogen. Gerade zur rechten Zeit kam die Spiwak, die sehr finster dreinsah.

»Geht es Inokow schlechter?« fragte Klim.

Die Spiwak antwortete: »Nein.«

»Inokow!« schrie Lidija auf. »Ist das der? Ja? Er ist hier? Ich sah ihn auf der Fahrt aus Sibirien, er war Matrose auf dem Dampfer, mit dem ich auf der Kama fuhr. Ein sonderbarer Mensch . . .«

Dann bat sie die Spiwak, ihr den Sohn zu zeigen, aber Arkadij war mit seiner Wärterin spazierengegangen. Darauf sah Lidija auf die Uhr und sagte, sie müsse jetzt zur Bahn.

Nachdem Samgin sie begleitet hatte, fühlte er sich krank von dieser Begegnung, und da er nicht nach Hause gehen wollte, wo er wieder hätte bei Inokow sitzen müssen, ging er aufs Truppenfeld. Er ging durch stille Straßen und dachte, daß er nicht so bald in diese Stadt zurückkehren werde, vielleicht nie. Es war ein stiller, klarer Tag, der Himmel war vom Nachtregen reingewaschen, die Luft belebend frisch, und der bräunliche Plüsch des Rasens strömte würzigen Geruch aus.

Zuviel Ereignisse, dachte Samgin, als er in der Stille des Feldes ausruhte. Das kann nicht endlos dauern. Die Menschen werden bald ermüden, sie werden Erholung, Ruhe wünschen.

Er aber kam nicht dazu, sich zu erholen.

Als er am Truppenlager vorbeikam, erblickte er am Grubenrand eines Soldatenzelts das ausdrucksvolle Gesicht Iwan Dronows, das durch ein unangenehmes kokettes Lächeln in die Breite gezogen war. Dronows Kopf war nicht bedeckt, und sein zerzaustes Haar hatte fast die gleiche Farbe wie der ausgedörrte Rasen. Zehn Schritte weiter weg wäre er nicht zu bemerken gewesen. Samgin berührte mit der Hand den Hut und wollte weitergehen, aber Dronow rief: »Warte einen Augenblick.«

Dann kroch er lachend aus der Grube.

Sein Mantel war nicht zugeknöpft, in der einen Hand hielt er den Hut, in der anderen eine Flasche Wodka. Nach den trüben Augen zu schließen, hatte er stark getrunken, aber seine krummen Beine schritten sicher.

»Das trifft sich glücklich«, sagte er, neben Samgin hergehend. »Und ich dachte gerade: Mit wem könnte ich etwas schwatzen? An Sie hatte ich nicht gedacht. Das ist zu hoch für mich. Da Sie nun aber mal da sind, soll es mir recht sein!«

Er steckte die Flasche in die Rocktasche, setzte den Hut auf, nahm den Mantel von der Schulter und legte ihn über den Arm.

»Was wollen Sie? Worum handelt es sich?« fragte Samgin streng – Dronows muskulöse Hand griff ihm unter den Arm und drückte ihn fest.

»Ich möchte, daß du mir in Moskau eine Stelle verschaffst. Ich habe dir mehr als einmal deswegen geschrieben, du hast nicht geantwortet. Warum? Na, schon gut!« Er spuckte sich vor die Füße und fuhr fort: »Hör mal, ich kann hier nicht leben. Ich kann es nicht, weil ich mich berechtigt fühle, gemein zu leben. Verstehst du? Aber gemein zu leben ist nicht Mode. Der Mensch«, er schlug sich mit der Faust gegen die Brust, »der Mensch ist so weit, daß er sich berechtigt zu fühlen beginnt, ein gemeiner Kerl zu sein. Ich aber – will das nicht! Vielleicht bin ich schon ein gemeiner Kerl, aber ich will es nicht mehr sein . . . Klar?«

»Ich hatte nicht erwartet, daß du trinkst . . . ich habe es nicht gewußt«, sagte Samgin.

Dronow nahm die Flasche aus der Tasche und schwang sie vor Samgins Gesicht herum – die Flasche war voll, es fehlte in ihr vielleicht ein Schluck. Dronow holte mit ihr aus und warf sie weit von sich, die Flasche zerbarst laut.

»Dir in Moskau eine Stelle verschaffen«, begann Samgin, etwas verlegen und von der Seite die gerötete Wange des Weggefährten, sein scharfes, unruhiges Auge beobachtend.

»Das mußt du! Du bist Revolutionär, lebst für die Zukunft, ein Beschützer des Volkes und dergleichen mehr . . . Das ist keine Ausrede. Unsinn! Hilf doch mal in der Gegenwart einem Menschen. Gleich!«

Dronow, der langsam ging, Samgin festhielt und ihn immer weiter in das öde Feld hinauszog, begann schriller, böser zu sprechen.

»Ich kenne hier alles, alle Menschen, ihr ganzes Leben, alle schmutzigen Quälereien. Ich weiß mehr als alle Soziologen, Kritiker und Lumpensammler. Das Schicksal verwendet mich ja als einen Sack zum Sammeln von allerhand Dreck. Warum zuckst du zusammen, wie? Warum schaust du so? Verachtest du mich? Na, und du – wozu bist du da? Du bist eine Platzpatrone, um Krähen zu verscheuchen, das bist du!«

Samgin begann aufmerksamer zuzuhören und ging im Schritt mit Dronow, doch der sprach bissig und leidenschaftlich.

»Deine Artikelchen und Rezensionen sind Stroh! Ich aber bin talentiert!«

Er blieb stehen und deutete mit der Hand nach links in die Ferne, auf das mitten auf dem Feld sich blähende rote Gebäude der Artilleriekaserne und die alten Birken aus der Zeit Katharinas am Rande der Moskauer Chaussee.

»Die Kaserne ist ein Geschwür auf der Erde, ein Furunkel – siehst du? Der Baum ist eine Fontäne, die als dicker Strahl aus der Erde springt und in der Luft zu Tropfen flüssigen Goldes zerfällt. Du siehst das nicht, ich sehe es. Wie?«

»Der Baum sei eine Fontäne, das hast nicht du ausgedacht«, sagte Samgin mechanisch, wobei er an etwas anderes dachte. Er war äußerst verwundert, daß Dronow so sprechen konnte, wie er sprach, war so sehr verwundert, daß Dronows Worte ihn nicht beleidigten. Zugleich mit der Verwunderung empfand er noch irgendein Gefühl; es verband ihn sehr unangenehm mit diesem Menschen. Samgin sah sich um; das Feld war menschenleer, nur in der Ferne lief auf der Chaussee ein spielzeughaftes Pferdegespann, rollte geräuschlos die Postkutsche. Die bläuliche Herbstluft war so durchsichtig, daß alles im Feld die Deutlichkeit einer sehr feinen und geschickten Federzeichnung bekam.

»Nicht ich? Beweise das«, schrie Dronow, und die rauhe Haut seines Gesichts rötete sich wie der Panzer eines gebrühten Krebses; an seinem unrasierten Kinn bewegten sich die rötlichen Stoppeln, er fuchtelte mit der Hand vor seinem Gesicht, als schöpfe er mit der Hand Luft und stopfe sie sich in den Mund. Samgin versuchte zu scherzen.

»Du hast mich überfallen wie ein Räuber . . .«

Aber Dronow merkte nicht, daß er scherzte.

»Ich weiß, du verachtest mich. Weshalb! Weil ich ein Halbgebildeter bin? Du irrst dich, ich kenne das Allerwirklichste – die Gemeinheiten der kleinen Teufel, das wahre, nicht bezwingbare Leben. Und der Teufel soll euch alle holen mit allen euren Revolutionen, mit all diesen Maskeraden des Eigendünkels, ihr wißt nichts, könnt nichts, werdet nichts zustande bringen – ihr Mandelzwiebäcke . . .!«

Er stieß Samgin kräftig in die Seite und blieb stehen mit einem Blick auf die Erde, als wollte er sich setzen. Samgin versuchte das höchst unangenehme Gefühl zu definieren, das ständig zunahm, ihn Dronow näherbrachte und ihn fast erschreckte, und murmelte: »Du bist anarchisiert, Iwan, durch deinen . . . Beruf!«

»Durch das Leben, nicht durch den Beruf«, schrie Dronow auf. »Durch die Menschen«, fügte er hinzu und schritt wieder zum Wald. »Dir hat man im Gefängnis Essen aus dem Restaurant gebracht, ich aber habe mich von dem abscheulichen Zeug aus dem Gefangenenkessel ernährt. Ich hätte mir auch etwas aus dem Restaurant holen lassen können, aß aber das abscheuliche Zeug, um euch zu beschämen. Habt ihr das nicht gemerkt?« Er grinste. »Bei den Spaziergängen habt ihr es auch nicht gemerkt.«

»Weswegen wurdest du verhaftet?« fragte Samgin, um ihn auf ein anderes Thema zu lenken.

»Im Zusammenhang mit der Ermordung von Oberst Wassiljew – Idiotie!« Dronow verstummte, als bekäme er keine Luft, und fuhr dann leiser, als erinnerte er sich, mit verzerrtem Gesicht fort: »Der Oberst! Er ließ mich im Frühjahr verhaften, hielt mich elf Tage im Gefängnis, lud mich dann vor und entschuldigte sich: ein Irrtum!« Dronow blieb stehen, sah Klim ins Gesicht und ging, ihn mitziehend, schneller. »Ein Irrtum? Nein, er wollte mich kennenlernen . . . nicht als Person, nein, er wollte wissen, wieweit ich unterrichtet bin, verstehst du? Er war dumm, fühlte aber, daß ich zu einer Gemeinheit fähig war.«

Samgin wandte sich zur Seite und murmelte: »Sie scheinen jedem vorzuschlagen, bei ihnen in Dienst zu treten . . .«

»Nein!« schrie Dronow. »Einem redlichen Menschen schlagen sie das nicht vor! Haben sie es dir vorgeschlagen? Aha! Das ist es eben! Nein, er wußte, mit wem er spricht, als er mit mir sprach, der Schuft! Er fühlte: Dieser Mensch ist verbittert, und . . . versuchte es. Er hat sich übereilt, der Esel! Ich hätte es vielleicht selbst vorgeschlagen . . .«

»Hör auf«, sagte Samgin und versuchte wieder Iwan von diesem Thema abzubringen. »Warst du es, der ihn erschossen hat?«

Er fragte, ohne im geringsten an die Möglichkeit dessen zu glauben, wonach er fragte, und versuchte plötzlich instinktiv, seinen Arm wegzuziehen, den Dronow fest an sich gedrückt hielt; aber er konnte es nicht, da Dronow, als merkte er seine Bemühungen nicht, den Arm nicht losließ.

»Sehe ich denn wie ein Terrorist aus? So unbedeutend, wie ich bin?« fragte er mit häßlichem Kichern.

»Eine sonderbare Frage«, murmelte Samgin, der sich erinnerte, daß die ortsansässigen Sozialrevolutionäre sich zu der Ermordung des Gendarmen nicht geäußert hatten und irgendeiner aus dem Priesterseminar und zwei Arbeiter, die in dieser Sache verhaftet worden waren, bald wieder entlassen wurden.

»Nein«, sagte Dronow. »Ich bin kein Balmaschew, kein Sasonow und nicht einmal als Kotschura brauchbar. Ich bin einfach Dronow, ein nicht historischer . . . heimatloser Mensch. An nichts gebunden. Verstehst du? Ein Nichtsnutz, wie man so sagt.«

»Ein Anarchist«, sagte Samgin wieder, der fühlte, wie Iwans Worte immer unangenehmer klangen.

»Und wenn ich dir sagen würde, ich hätte ihn erschossen, so glaubst du es nicht?«

»Ich glaube es nicht«, wiederholte Samgin und warf einen Seitenblick auf sein Gesicht.

Dronow ließ seinen Arm los, schüttelte sich in einem Lachanfall und sagte, als er ausgelacht hatte: »Bei meinen Bekannten hat der Sohn, ein wohlgesitteter kleiner Junge, ein halbes Jahr lang kleine Geldbeträge gestohlen, sie aber verdächtigten die Dienstboten . . .«

Das klingt wie ein indirektes Geständnis, überlegte Samgin und fragte: »Unter welchen Umständen wurde er ermordet?«

Dronow machte schroff zur Stadt kehrt und erzählte, nicht sofort, nüchtern und sogar widerstrebend: »Man sagt, er sei aus dem Haus einer Dame gekommen – er hatte hier einen Roman –, und von irgendwo sprang ein bescheidener Held heraus, knallte ihn nieder und schoß dann dem Pferd, das auf ihn wartete, ins Bein oder ins Maul, das ist alles! Man sagt, er sei ein Schürzenjäger gewesen, habe in Moskau eine Geliebte in der Partei gehabt.«

»Wer kann das wissen?« murmelte Samgin, der sich jetzt überzeugte, daß es das Gefühl eines Stiches ins Herz tatsächlich gibt . . .

»Die Polizei. Die Polizisten können die Gendarmen nicht leiden«, sagte Dronow immer noch ebenso widerstrebend und spuckte zur Seite. »Ich aber bin mit den Polizisten befreundet. Besonders mit einem, so einer Erzbestie!«

Er begann wieder davon zu reden, wie schwer es ihm in der Stadt sei. Über dem Feld verdichtete sich schon bläuliches Dämmerlicht, feuerrote Wolken bedeckten die Stadt, die Glocken läuteten zur Nachtmesse. Samgin nahm die Brille ab, putzte sie, obwohl das nicht notwendig war, und sah vor sich eine einfache, unterwürfige und zärtliche Frau. Wie unrussisch du bist, sagte sie traurig und schmiegte sich an ihn. Du hast keine Träume, keine Lyrik, du beurteilst nur.

Möglich, daß sie auch die Geliebte von Oberst Wassiljew gewesen ist, dachte er und fragte: »Du verstehtst natürlich, wie wichtig es wäre, zu erfahren, wer diese Frau ist?«

»Welche?« wunderte sich Dronow. »Ach, die! Ich verstehe. Aber das liegt ja schon weit zurück.«

Samgin war es schon ganz gleichgültig, ob Dronow den Oberst ermordet hatte oder nicht, das war irgendwo in ferner Vergangenheit geschehen.

»Vergiß mich nicht«, sagte Dronow, als er sich an der Ecke einer verdächtig stillen Gasse von ihm verabschiedete. »Beeile dich nicht, mich zu verachten«, sagte er lächelnd. »Ich habe dir gegenüber, mein Lieber, so ein Gefühl . . . enger Freundschaft, innerer Verwandtschaft etwa . . .«

Ein gefährlicher Halunke, dachte Samgin mit aller Bosheit, deren er fähig war. Gefühl innerer Verwandtschaft . . . diese Null!

»Aber das ist noch schlimmer, wenn er eine Null ist, noch schlimmer«, hatte der kranke Offizier mit dem dunklen Gesicht gerufen.

Nein, wie sehr anarchisiert doch dieses Leben die Menschen! Es ist tatsächlich eine schreckerregende Kraft notwendig, die alle Menschen in die Knie zwingt, wie sie auf dem Schloßplatz vor diesem nichtigen Zaren knieten. Seine Ohnmacht richtet das Land zugrunde, verdirbt die Menschen, indem sie feige Popen als Führer aufstellt.

Noch nie hatte Samgin sich so erbost gefühlt und den schmutzigen Schrecken der Wirklichkeit so tief verstanden. Zu Hause sagte ihm die Spiwak sehr einfach: »Kornew ist gestorben. Könnten Sie ein Flugblatt schreiben?«

Er beherrschte sich nur mit Mühe, nicht zu sagen: »Mit Vergnügen.«

Als er ihr aber das Flugblatt brachte und sie es gelesen hatte, seufzte sie: »Nein, das geht nicht. Der kritische Teil mag noch geglückt sein, aber alles übrige ist nicht das, was wir brauchen. Ich werde es selbst versuchen.«

Als er ging, sagte sie: »Korwin soll auch gestorben sein.«

Das stimmte: Am Morgen las Samgin in den »Gouvernements-Nachrichten« einen hochtrabenden Nekrolog auf den »an den vielen Wunden Gestorbenen, die ihm von Wahnsinnigen zugefügt wurden an dem Tag, als dieser gottesfürchtige und zarentreue Mann an der Spitze von Tausenden Gott und den Zaren lobpries . . .«

Tausende ist eine Lüge.

Aber auch Inokows Erzählung, daß der Dirigent auf ihn geschossen habe, war offensichtlich eine Fieberphantasie. Er hätte Inokow gern ausführlich ausgefragt, wie es gewesen war. Er ging ins Speisezimmer, dort flogen und summten im Halbdunkel schwere Herbstfliegen herum; eine dicke Krankenschwester saß da und wickelte Binden.

»Leise«, zischte sie. Inokow in der Ecke auf dem Diwan rührte sich nicht. Der Doktor hatte entschieden verboten, mit Inokow zu sprechen. »Bei ihm beginnt irgend etwas mit dem Gehirn . . .«

Als aber Samgin ihm von den Beziehungen Inokows und Korwins zu erzählen begann, winkte er mit der Hand ab und brummte: »Ich weiß. Das geht mich nichts an. Aber die Bundesleute werden wahrscheinlich morgen im Zusammenhang mit der Beerdigung des Dirigenten wieder einen kleinen Pogrom veranstalten . . . Ich werde zu Lisa gehen und sie überreden, sie solle sich noch heute mit Arkadij irgendwohin außer Haus begeben.«

Die Möglichkeit einer neuen Manifestation der Bundesleute stimmte Samgin düster.

Nachdem er eine Weile darüber nachgedacht hatte, begab er sich zu der Trussowa, setzte den Preis des Hauses herunter und dachte, als er aus ihren schwammigen Händen ein Päckchen zerknitterter Scheine als Anzahlung bekam, nicht ohne Trauer: So endete die »Eroberung von Plassans« durch Timofej Warawka.

Als er heimkehrte, erblickte er am Tor einen Polizisten, am Hauseingang einen zweiten; es stellte sich heraus, daß die Polizei Inokow verhaften wollte, der Doktor aber sich dem widersetzt hatte; gleich würden Polizeiarzt und Untersuchungsrichter eintreffen, um die Angaben des Doktors zu überprüfen und Inokow zu verhören, falls dieser imstande sein sollte, zu der Beschuldigung »schwere Verletzungen mit tödlichem Ausgang zugefügt zu haben«, Aussagen zu machen.

»Diese Hundsfötter lügen«, rebellierte Doktor Ljubomudrow, der vor dem Spiegel stand und die Krawatte mit solcher Energie band, als wollte er sich die Kehle zerreißen.

»Ich muß leider heute noch nach Moskau fahren«, sagte Samgin.

»Na, fahren Sie«, erlaubte der Doktor. »Lisa ist zum Gouverneur gefahren. Sie ist hartnäckig wie ... eine Ziege. Wie ein Kamel ... ja!«

Klim ging seine Sachen packen.

Und nun war er zu Hause. Seine Frau pickte ihn mit ihrer heißen Nase an die Wange und überschüttete ihn mit einem Schwall gekränkter Worte.

»Warum hast du nicht telegrafiert? So machen es nur eifersüchtige Männer in Vaudevilles. Du hast dich in diesen Monaten verhalten, als wären wir geschieden, hast auf Briefe nicht geantwortet – wie ist das zu verstehen? Eine so wahnsinnige Zeit, und ich bin allein ...«

Ihr unerträglich bunter Morgenrock und das lose über den Rükken herabhängende Haar strömten den Geruch irgendeines neuen, sehr starken Parfüms aus.

Sie altert und hofft schon nicht mehr auf sich selbst, dachte Samgin, sie aber betrachtete ihn und rief leise und mit anscheinend aufrichtiger Betrübnis aus: »Wie deine Schläfen ergraut sind!«

»Auch du bist nicht jünger geworden.«

»Ich bin nicht angezogen«, erklärte sie.

Dann tranken sie Kaffee. In Samgins Kopf dröhnten noch der eiserne Lärm des Zuges, das kalte Rattern der Droschken und der mannigfaltige Lärm der Riesenstadt, vor seinen Augen flimmerten

Quecksilbertropfen des Regens. Er betrachtete das gelbliche Gesicht der fremden Frau, ihre trübgrünen Augen und dachte:

Sie hat wahrscheinlich eine stürmische Nacht hinter sich.

Er dachte das, fühlte Erbitterung in sich entstehen und sagte: »Ja, ein Aufstand ist unvermeidlich. Die Menschen müssen vor der Feindschaft erschrecken, die in ihnen herangereift ist, damit sie restlos zutage trete und ihnen Entsetzen einjage.«

Er sprach ununterbrochen etwa zehn Minuten lang und fühlte sich, als er verstummte, körperlich erschöpft wie nach langem Erbrechen.

»Mein Gott, was hast du für Nerven!« sagte Warwara leise. »Aber wie ausgezeichnet du sprichst ...«

Ich habe gesprochen wie mit der Nikonowa, dachte er.

»Ganz erstaunlich! Ich bin überzeugt, daß du beim Gericht Karriere machst. Du würdest ein berühmter Staatsanwalt werden.« Sie fügte lächelnd hinzu: »Du hast so ... rachsüchtig gesprochen, als wäre ich daran schuld, daß eine Revolution kommen wird. Weiß Gott, was hier vorgeht«, fuhr sie seufzend fort. »Alle fragen einander: Wann und womit wird das alles enden? Es gibt eine Unmenge von Anekdoten und unglaublichen Gerüchten. Die Somowa ist angekommen, sie ist wie im Fieber, wie übrigens viele. Stell dir vor, sie sammelt mit der Gogina Geld für die Bewaffnung der Arbeiter! Sie sagen wörtlich: für die Bewaffnung. Obwohl sich alle Revolver kaufen. Mitrofanow ist erschienen, er ist wieder stellungslos, ist so unglücklich, schuldbewußt. Er spricht nicht mehr, er ächzt nur immerzu.«

Am Nachmittag kamen Samgin unbekannte Zuträger erschütternder Neuigkeiten auf einen Sprung zu Warwara. Sie kamen hereingelaufen und setzten sich nicht auf die Stühle, sondern warfen sich, ließen sich auf sie fallen, wobei sie weder sich noch die Möbel schonten.

»Haben Sie schon gehört? Wissen Sie schon?« Und sie berichteten von Streiks, von der Zerstörung von Gutshöfen und Zusammenstößen mit der Polizei. Warwara erzählte Samgin, daß ein Damenzirkel eine Hilfsorganisation für die Kinder der Streikenden, die Witwen und die Waisen der Getöteten schaffe.

»Weißt du, hier hat es Tote gegeben«, sagte sie sehr lebhaft. Im grünlichen Wollkleid, mit über die Ohren gekämmtem Haar und gepuderter Nase war sie nicht anziehender geworden, aber durch die Lebhaftigkeit gewann sie doch. Samgin sah, daß sie das begriff und daß es ihr gefiel, im Mittelpunkt zu stehen. Aber er spürte deutlich hinter der Freude seiner Frau und ihrer Gäste die Angst.

Dann erschien ein langer und langhaariger junger Mann mit einer Beule an der Stirn, mit üppigem rotem Seidentuch um den dünnen Hals; das Tuch verdeckte das Kinn und verkürzte dieses sonderbar gelbe Gesicht, in das die breite Nase nicht hineinpaßte, während die geraden dunklen Haarsträhnen es häßlich verschmälerten. Er hatte kleine rundliche Vogelaugen, und beim Sprechen blinzelte er wonnig und lächelte herablassend.

»Bragin«, stellte er sich Klim vor und berührte mit sehr kalten Fingern seine Hand, dann setzte er sich vorsichtig, fest auf einen Stuhl und riet prophetisch: »Sagen Sie: Gott sei Dank, wir sind beim Anfang vom Ende angelangt!«

Er warf den Kopf zurück und erklärte, als läse er es von der Decke ab, unanfechtbar mit Baßstimme: »Die Arbeiter leitet ein gewisser Marat, sein wirklicher Name ist Lew Nikiforow, er ist ein entflohener Verbannter, eine Persönlichkeit mit unglaublicher Energie, eine Diktatorennatur; auf der Wange und am Hals hat er ein großes Muttermal. Gestern habe ich ihn in einer konspirativen Versammlung gehört – er spricht großartig.«

»Ist es wahr, daß sie alle von den Japanern bestochen sind?« fragte nicht besonders entschlossen eine dicke Dame mit goldener Brille.

»Die Gerüchte von der Bestechung durch die Japaner sind eine Erfindung der Monarchisten«, antwortete Bragin streng. »Übrigens: Ich weiß genau, wenn diese Streiks nicht gewesen wären und Witte nicht den Posten des Präsidenten der Republik angestrebt hätte, so hätte Kuropatkin die Japaner aufs Haupt geschlagen. Aufs Haupt«, wiederholte er eindringlich und erzählte dann noch eine ganze Reihe nicht weniger interessanter Neuigkeiten.

»Er ist erstaunlich gut unterrichtet«, raunte Warwara Samgin zu.

Samgin sah, daß Bragin aufgeblasen dumm war, ja daß überhaupt alles im Hause, mit Warwara angefangen, dumm war.

Wie wahrscheinlich in Hunderten von Häusern, dachte er.

Abends ging es noch dümmer zu – ins Besuchszimmer stürzte ein tabakfarbener Mann, groß, mit rotem Gesicht, strahlend.

»Maxim R-rjachin«, stellte er sich vor.

Er hatte breite Schultern, einen kleinen Kopf, einen kurzen Oberkörper auf langen dünnen Beinen und einen Bauch wie ein Samowar. Sein rundes, straffes Gesicht zierten ein heller, sorgfältig gestutzter Schnurrbart, tiefliegende bläuliche und lustige Äugelchen, eine dicke Nase und große lila Lippen. Nichts an ihm stimmte überein, alles lag im Widerstreit miteinander, und besonders aufdringlich stach sein kleiner, schmalstirniger Schädel ins Auge, der spärlich mit hellem Haar bedeckt und nach hinten gestreckt war. Seine Füße in rotbraunen leinenen Knöpfschuhen erinnerten Samgin an die stabilen Riesenfüße Wittes, der schon den Spitznamen »Graf von Sachalin« erhalten hatte. Rjachin sagte unter Dehnung des O: »Ich bin Optimist. In Rußland ist es am besten, Optimist zu sein, das lehrt uns die ganze Geschichte. Man darf nicht nervös werden wie die Juden. Na, mögen sie etwas Radau und Unfug machen. Nachher wird man sie verprügeln. Entsinnen Sie sich, wie Obolenskij in Charkow und Poltawa prügelte?«

Er trank in drei Zügen ein Glas Tee aus und erzählte, indem er mit seinen Händen an den im Vergleich zum Oberkörper zu kurzen Armen die Knie streichelte: »Im Gouvernement Poltawa kommen die Bauern in ein Gut, um es zu demolieren. Fünfhundert Mann etwa. Keine zum Gut gehörigen, fremde; die eigenen leben wie an Christi Brust. Na also, sie kamen und machten natürlich Lärm. Da tritt ein Alter zu ihnen heraus und sagte: ›Leise, Sergej Michailowitsch schläft!‹ Nun, die Bauern verstummten, stapften eine Weile herum und gingen wieder! Tatsache«, schloß er mit einem quakenden Laut seine beruhigende Erzählung.

So ein Esel, dachte Samgin, der an seinem Bärtchen drehte und den Erzähler beobachtete. Als er sah, daß seine Frau vor Lächeln zerfloß und anscheinend mehr über den Erzähler als über die Anekdote entzückt war, empfand er plötzlich das Verlangen, Rjachin mit der Faust gegen die Stirn zu schlagen, und fragte barsch: »Also, Sie glauben wohl nicht an die Mitteilungen der Presse über die Pogrome der Bauern?«

»Politik!« antwortete Rjachin und zwinkerte mit seinen lustigen Äugelchen. »Den Reaktionären muß Schreck eingejagt werden. Wenn die Regierung will, daß man ihr helfe, muß man uns umfassendere Rechte geben. Und sie wird geben«, antwortete Rjachin, der aufmerksam eine Birne schälte, und begann eine neue beruhigende Anekdote zu erzählen.

Samgin begriff, daß dieser Mann sich das Ziel gesetzt hatte, »Beruhigung in die Gesellschaft zu tragen«, und ging in sein Zimmer, doch bevor er noch beschlossen hatte, was er mit sich anfangen solle, erschien seine Frau.

»Hat er dir nicht gefallen?« fragte sie freundlich und streichelte Klims Schulter. »Ich schätze sehr seine Lebensfreude. Er ist sehr reich, Vorstandsmitglied einer Papierfabrik, und ich brauche ihn. Ich muß gleich mit ihm zu einer Versammlung fahren.«

Sie küßte Klim und fügte hinzu: »Er ist nicht klug, aber bemerkenswert. Er zieht Ananasmelonen.«

Die Melonen brachten sie zum Lachen, und sie verschwand mit Kichern.

Samgin fühlte sich wie ein Mensch, der zufällig hinter die Kulissen eines Theaters, mitten unter drittklassige Schauspieler geraten ist, die in dem Drama auf der Bühne nicht mitspielen und seine Bedeutung nicht verstehen. Als er auf sein Bild im Spiegel, seine dürre Gestalt, das graue bedrückte Gesicht sah, fiel ihm eine Formulierung aus einem französischen Roman ein: »Auserlesene Lebensqual.«

Er zündete sich eine Zigarette an und blies Rauchstrahlen gegen den Spiegel, der leicht gräuliche Rauch verwischte für Sekunden das Gesicht, indem er sich gekräuselt auf dem Glas ausbreitete, dann zeigte er wieder die toten Brillenkreislein, die knorplige Nase, die schmalen Lippen und das spitze Pinselchen des dunklen Bartes.

»Nun, was ist?« fragte Samgin, fuhr zusammen und sah sich um; es war unangenehm, daß er ziemlich laut und mit Erbitterung gefragt hatte.

Das sieht bereits nach Neurasthenie aus, dachte er ängstlich, trat vom Spiegel weg und erinnerte sich, daß solche Ausbrüche böser Unzufriedenheit mit sich selbst ihn immer öfter erschreckten.

Er zog sich an und ging spazieren, als flöhe er vor sich. Die Stadt zeigte sich festlich erleuchtet, es war zuviel Licht in den Fenstern und viel Volk auf den Straßen. Aber einzelne Passanten waren fast keine zu sehen, die Menschen gingen in Gruppen, das Gespräch klang kräftiger als sonst, die Gesten waren schwungvoller; man hatte den Eindruck, die Leute kämen irgendwoher, wo sie sich ein ungemein erregendes Schauspiel angesehen hatten.

Beim Überholen von Passanten fing Samgin Sätze auf, die ziemlich vernünftig klangen.

»Was ist denn dabei? Die Lebensmittelzufuhr wird aufhören ...«

»Die Geschäftsleute werden profitieren.«

»Sind Sie gegen einen Streik?«

»Ich bin für Einmütigkeit! Ein Streik könnte Unzufriedenheit in der Gesellschaft erwecken ...«

In den Lichtstreifen vor den Läden schienen die Worte leiser, im Schatten klarer, mutiger zu klingen.

»Im Gouvernement Kaluga sind siebzehn Gutshöfe niedergebrannt worden ...«

Die Glocken zahlloser Kirchen riefen irgendwie ungewöhnlich erregt zur Abendmesse; die Droschkenkutscher peitschten die Pferde eifriger als sonst.

Die Kutscher sind das ruhigste Volk, entsann sich Samgin. Ein Mann mit weitoffenem Pelz und zottiger Mütze versperrte ihm den

Weg, er führte zwei Frauen am Arm und erzählte saftig: »Die Sozialdemokraten sind politische Halbwüchsige. Ich kenne all diese Marats und Baumanns – sie sind Maulhelden! Der Bauernbund, der wird Geschichte machen . . .«

Samgin beschloß, Gogins zu besuchen, dort mußte man alles wissen. Dort war es eng wie auf einem Bahnhof vor Abgang des Zuges, nur mit Mühe drängte er sich durch die Gruppe von Fräuleins und Studenten aus dem Vorzimmer in den Saal, und sofort schlug ihm eine wuchtige, wie durch ein Sprachrohr schreiende Stimme ans Ohr: »Daraus, daß die Liberalen sich gegen die Bulyginsche Duma geäußert haben, schaffen Sie bereits so eine Theorie von der Notwendigkeit politischer Kuppelei.«

Mit gleicher Wut wurde wirr durcheinandergerufen:

»Lüge!«

»Zur Geschäftsordnung!«

»Schämt euch!«

»Genossen – zur Geschäftsordnung!«

Vor Samgin stand Redosubow, der seinem Nebenmann halblaut einflüsterte: »Siehst du, Jefim, man macht die Rechnung ohne den Wirt. Außer dir ist kein einziger Bauer da!«

Der Lärm verwandelte sich in ein dumpfes Murren, und das wurde von einer heiseren Stimme übertönt: »Bourgeoisie ist Bourgeoisie, und sie kann nichts anderes sein . . .«

»Ist das Marat?«

»Es scheint so.

»Wir sind verpflichtet, den Streik zu einem Generalstreik zu erweitern . . .«

Redosubow störte beim Zuhören, indem er murmelte: »Was haben sie denn für Arbeiter? Sie haben keine Arbeiter!«

Im Saal ging wieder das Geschrei los:

»Prahlerei!«

»Euch fehlen die Kräfte, um der Bewegung Herr zu werden!«

»Der 9. Januar hat bewiesen . . .«

»Er hat eure Ohnmacht bewiesen!«

»Und in Odessa, zur Zeit des ›Potjomkin‹?«

Es war sonderbar, daß trotz des ungeduldigen, feindseligen Lärms die heisere Stimme durchdrang, wie das ausdrucksvolle Geräusch einer Säge durch das Schnarren der Hobel und die Schläge der Hämmer dringt.

»Es wird euch nicht gelingen, euer Leben von Arbeiterhänden warm machen zu lassen . . .«

Jemand rief durchdringend laut: »Wir, die Intelligenz, sind das

Ferment, das die Arbeiter und Bauern zu einer Macht verbinden muß, aber nicht ... aber nicht unsere Kräfte in Meinungsverschiedenheiten vergeuden darf ...«

In einer Ecke des Saals erhob sich, als kröche er rücklings an der Wand hoch, ein glattgeschorener, rundköpfiger Mann in einem Rock mit goldenen Knöpfen und rief: »Ich bin überzeugt, daß der Verband der Verbände sich zugunsten des Generalstreiks äußern wird ...«

Irgend etwas knarrte und krachte scharf, und der Redner verschwand mit hochgeworfenen Armen; sein Sturz wurde durch Beifallsrufe und Gelächter übertönt, und Samgin begann sich zur Tür durchzudrängen.

In alldem, was bei Gogins gesprochen wurde, hatte er nichts für ihn Neues vernommen, es war die übliche Uneinigkeit unter Leuten, deren jeder sich scheut, von seiner Linie abzuweichen, sein »System von Sätzen« zu ändern. Er war zu denken gewohnt, daß diese Menschen ihre Meinungen zwar auf Tatsachen aufbauten, aber zu dem Zweck, um mit den Tatsachen nicht zu rechnen. Letzten Endes wird das Leben nicht von Rebellen gemacht, sondern von jenen, die in den Epochen der Unruhen für das friedliche Leben Kräfte sparen. Als er heimkam, schrieb er seine Gedanken auf und legte sich schlafen, und als ihm die Anfimjewna morgens in rostbraunem Kleid Kaffee brachte, sagte sie: »Frische Semmeln gibt es nicht, die Bäcker sind in den Streik getreten.«

Er hüllte sich in Schweigen.

»Und die Straßenbahner auch«, setzte die Alte beharrlich hinzu.

»Ja?«

»Zeitungen gibt es anscheinend auch keine.«

»Sieh mal an ...«

Da stemmte die Anfimjewna die Arme in die Hüften und fragte mit tiefer und ungehaltener Stimme: »Wie ist das nun, Klim Iwanowitsch, wird der Zar noch lange feilschen?«

»Ich weiß nicht«, sagte Samgin mit gezwungenem Lächeln.

»Es wäre Zeit, daß er zurücktritt. Außer unserem Koch ist ja das ganze Volk gegen ihn.«

»Was ist denn mit dem Koch?« erkundigte sich Klim im Scherz, aber die Alte ging ans Büfett und brummte zornig: »Sogar die Polizisten sind im Zweifel. Gestern hat man, wie ich höre, in Grusiny das Volk auseinandergetrieben, hat wieder gerauft und die Schutzleute geschlagen. Beim Nishegoroder Bahnhof auch! Ach ja ...«

Samgin sah ihren breiten gebeugten Rücken an, die großen, abgearbeiteten, schon zitternden Hände und dachte: Sie wird bald sterben, dann fragte er: »Wem könnte denn der Zar Platz machen?«

»Nun, wir haben doch wohl noch kluge Leute, man hat sie ja nicht alle nach Sibirien verbannt! Das sehen wir beispielsweise schon an dir. Und es gibt nicht wenig andere ...«

Sie ging wankend weg – ein häßliches, gußeisernes Monument.

Ohne zu warten, bis seine Frau aufstände, ging Samgin zum Zahnarzt. Es war ein schöner Tag, am Himmel blühte wie eine Chrysantheme die silberne Sonne; in der Luft spielte das Glockengeläut, aus den Kirchen kam vom Spätgottesdienst das wohlbeleibte Volk Moskaus.

Aber bald merkte Samgin, daß sich dieses festliche Volk zwischen weißbestäubten Bäckern, Setzern mit grauen Gesichtern, Straßenbahnern und Bahnarbeitern verlor. Sie tauchten zu Dutzenden aus allen Gassen auf und gingen, ohne zu lärmen, wobei sie sich alles ansahen, die Gebäude, die Kaufhäuser betrachteten – wie Fremde, so als besuchten sie die Stadt zum erstenmal, um sie kennenzulernen. Je näher zur Twerskaja, desto dichter schlossen sich diese Menschen zusammen und erweckten bei Samgin den Eindruck fröhlicher, aber zurückhaltender Kraft. Die Menge ging, gutmütig lächelnd, scherzend, beobachtend, und sog andersartige Menschen ohne weiteres in sich auf, zog sie mit. Samgin sah, wie die Leute in kostbaren Pelzen, Gymnasiasten, würdige und saubere Kleinbürger, redselige Intellektuelle, lärmende Studentengruppen, elegant und bescheiden gekleidete Frauen und Mädchen verschlang. Er sah, daß diese Buntheit leicht, und ohne die einmütige Stimmung zu stören, in der Menschenmenge aufging. Er selbst hatte nicht das Gefühl, mitgerissen zu werden, die Menge bewegte sich auf die Twerskaja zu, aber er mußte dorthin, zum Strastnaja-Platz.

Aus einer Gasse kamen sechs berittene Polizisten heraus, sie gerieten in die Mitte der Menge und trieben mit, schaukelten auf den Pferden und schwangen unentschlossen die Nagaikas. Zwei bis drei Minuten ritten sie friedlich, dann ertönte auf einmal ein ohrenbetäubendes Pfeifen, ein Heulen; ein kleiner Mann vor Samgin packte seine Nebenmänner an den Schultern, sprang und brüllte: »Jagt sie fort, die sechsbeinigen Schurken!«

Die Pferde drängten sich zu einem Haufen zusammen, bäumten sich leicht mit gleichmäßig hochgeworfenen Köpfen, die Reiter schwangen auch gleichmäßig die Nagaikas, indem sie vor und zurück wippten, ihre Bewegungen waren schwerfällig und mechanisch wie bei aufgezogenem Spielzeug; eine schrille Stimme fragte ganz außer sich: »Weshalb? Weshalb?«

Es ertönten ein paar Klapse, die so klangen, als schlüge man mit Stöcken auf Wasser, und sofort heulten wütend und laut Hunderte von Stimmen auf; dieses Heulen war Samgin noch unbekannt, es war naturgewaltig, es schien, als käme es aus den offenen Kirchentüren, aus den Höfen, von den Häusermauern und aus der Erde. Samgin sah Dutzende erhobener Hände, sie zerrten die Pferde an den Zügeln, die Polizisten an den Armen und Mänteln, den einen zog man zu beiden Seiten des Gauls an den Beinen, wodurch er im Sattel gehalten wurde, er schrie mit unheimlich aufgerissenen Augen und nach rechts geneigtem Kopf; ein anderer hatte sich vorgebeugt, in der Mähne seines Pferdes verkrallt, und das führte man irgendwohin, und vier Polizisten waren überhaupt nicht mehr zu sehen.

Ein hochgewachsener weißhaariger Mann schüttelte den Kopf, von dem ihm Blut auf die Schultern spritzte, und fragte immerzu: »Weshalb?«

Das alles war noch nicht schlimm, doch als das Schreien und Pfeifen verstummte, wurde es schlimmer. Irgendwer begann mit singender Stimme zu sprechen, als läse er den Psalter über einem Toten, und diese Stimme bändigte den Lärm und führte eine Stille herbei, durch die es beängstigend wurde. Dutzende von Augen betrachteten den Polizisten auf dem Pferd wie ein ungewöhnliches, noch nie gesehenes Wesen. Ein schwarzhaariger junger Bursche ohne Mütze riß dem Polizisten den Säbel herunter, zog die Klinge aus der Scheide, zerbrach sie sachkundig über dem Knie und warf sie dem Gaul vor die Füße.

»Den werden sie wohl erschlagen«, sagte jemand hinter Samgin, eine andere Stimme riet gleichgültig: »Sie hätten ihn mit dem Säbel erstechen sollen.«

Nachdem man den Polizisten wie einen Sack vom Pferd geworfen hatte, führte man ihn durch die Menge, er sackte immer wieder zusammen, schrie unhörbar, indem er den bärtigen Mund bewegte, sein Gesicht war blau wie Eis und taute: er weinte. Neben Klim stand ein Mann in einer farbenbeschmierten Jacke, er war um einen Kopf größer, sein harter Bart kitzelte Samgin kalt am Ohr.

»Die haben jetzt die dumme Angewohnheit, mit den Nagaikas zu schlagen«, sagte er gesetzt; er hatte ein trockenes, susdalisches Gesicht, wie es viele gibt, und seine Jacke war ein Mantel, dessen Schöße abgeschnitten waren.

Man führte den Polizisten auf den Gehsteig, stellte ihn wie ein Brett an die Hauswand, eine dunkle Hand setzte ihm seine Mütze auf den Kopf, aber der Polizist nahm sie wieder ab, wischte sich mit ihr das Gesicht ab und schob sie unter die Achsel.

Man hat ihn nicht erschlagen, dachte Samgin mit erleichtertem Aufatmen. Wahrscheinlich, weil es eng ist. Und es sind viel fremde Menschen da.

Er verstand, daß er unklug dachte. Aber er hatte einen Augenblick in zuschärfst angespannter Erwartung eines Mordes erlebt, und jetzt flammte in ihm plötzlich ein Gefühl auf, das Dankbarkeit, Achtung vor den Leuten glich, die hätten töten können, jedoch nicht getötet hatten; dieses Gefühl verwirrte ihn durch seine Neuheit, und da Samgin irgendeinen Irrtum befürchtete, wollte er es dämpfen. Er betrachtete aufmerksam die Gesichter der Menschen, es waren die gleichen Gesichter wie bei jenen, die vor drei Jahren gemächlich in den Kreml zum Denkmal Alexanders II. gegangen waren, ja, es waren dieselben Gesichter, aber andere Menschen. Sie glichen auch nicht den Arbeitern, die hinter Gapon her zu Nikolaus II. gegangen waren. Es war nicht zu begreifen, hinter wem her und weshalb diese hier gingen. Auch sie gingen gemächlich, irgendwie bäurisch, in schlenderndem Gang, ohne rote Fahnen, ohne Versuche, revolutionäre Lieder zu singen. Auch gab es keinen einzigen Kornew, obwohl es nicht wenige Intellektuelle waren. Sie als »erklärende Herren« hätten an der Spitze der Arbeiter gehen sollen, waren aber überall in der Masse verstreut wie Mohnkörner auf einer Semmelrinde.

Einer von ihnen, von vorn Samgin und von hinten Gussarow ähnelnd, predigte laut: »Wenn die Arbeiterklasse die entscheidende Bedeutung ihrer Arbeit begriffen haben wird . . .«

Doch neben ihm rief ein junger Bursche mit krausem Schnurrbart und verbundenem Kopf dem Mann mit dem farbenbeschmierten Rock zu: »So hör doch auf! Was denn, bettelst du um Almosen?«

»Ärgere dich nicht, Jaschuk . . .«

Vielleicht ist das der »Anfang vom Ende«? fragte sich Klim Samgin.

Die vorderen Reihen waren anscheinend auf irgend etwas gestoßen, und durch die Menge lief eine Stoßwelle, die Leute verlangsamten ihren Schritt und wichen zurück.

»Was ist dort los? Läßt man nicht durch? Polizei etwa?«

»Vorwärts, Kinder, vorwärts!« ertönten sehr muntere und sogar strenge Rufe. »Genossen, vorwärts!«

»Kosakenvolk.«

»Schlagen sie?«

»Man kann es nicht sehen.«

Es erklangen ein paar kräftige Schimpfworte, die Menge stürzte einmütig nach vorn, und Samgin erblickte einen ziemlich dichten

Staketenzaun aus Kosakenköpfen; die Köpfe waren klein, fast jeden zierte ein Haarschopf, der verwegen um den roten Mützenrand gelegt war; diese Schöpfe verliehen den rötlichen Fratzen der Kosaken eine unernste Einförmigkeit; die Pferde waren auch klein, zottig, und zusammen mit den Kosaken erneuerten sie in Samgin den Eindruck des Spielzeughaften. Ein Kosakenoffizier mit Hakennase hatte sein Pferd seitlich zur Front gestellt und hörte vorgebeugt einem großen dicken Polizeioffizier zu; der Polizeioffizier hob ihm die Hände in weißen Handschuhen entgegen, dann wandte er sich mit dem Gesicht zur Menge und rief sowohl zornig als auch beschwörend: »W-wohin? Auseinandergehen . . .«

Samgin sah, wie sich die Pferde der Kosaken ungeordnet, die Köpfe hochwerfend, auf die Menge zu bewegten, die Kosaken erhoben die Nagaikas, aber im selben Augenblick wurde er vom Boden hochgehoben und in ein Pfeifen, Heulen und Brüllen hineingewirbelt, nach vorn geworfen, er stieß mit dem Gesicht einem Pferd in die Seite, eine Mütze fiel ihm auf den Kopf, dicht an seinem Ohr ächzte jemand, er wurde wieder herumgewirbelt, umhergestoßen und befand sich schließlich ganz benommen, beim Denkmal Skobelews; neben ihm stand ein greiser Mann, der wie ein Schrank aussah, sein mit Iltis gefütterter Mantel war genau wie Schranktüren geöffnet und zeigte einen vorgewölbten, gestreiften Bauch; der Mann hatte die Mütze in den Nacken geschoben und brüllte mit Baßstimme: »Gewalttäter, Mörder . . .«

»Nieder mit der Selbstherrschaft!« wurde überall in der Menge gerufen, sie füllte dicht den ganzen Platz, wie schwarzer Brei brodelte es auf ihm, in dem Gedränge sprangen unnatürlich die Pferde, als wäre der steinerne und gefrorene Boden unter ihnen flüssig geworden, söge sie ein und als versänken sie in ihm bis zu den Knien, wobei sie die auf den Sätteln zusammengekrümmten Kosaken schaukelten; die Kosaken schlugen, als bekreuzten sie mit den Nagaikas die Luft, nach rechts und nach links, die Leute wichen den Schlägen aus, pfiffen und schrien: »Nie-der! Zieht sie von den Gäulen herunter!«

Samgin, der sich mit den Menschen weiterbewegte, sah, daß die Kosaken in kleine Gruppen, in einzelne zerschlagen waren und nicht angriffen, sondern sich verteidigten; einige Reiter saßen schon ruhig in den Sätteln und hielten die Zügel mit beiden Händen, während einer, ohne Mütze, sich mit verzerrtem Gesicht schüttelte, als lachte er. Samgin bewegte sich fort und rief: »Untersteht euch, ihr Wilden!«

Aber der Lärm war so groß, daß er sogar seine eigene Stimme

kaum hörte, und hinter dem Denkmal, bei der Feuerwache, hatte sich ein Sprechchor gebildet und rief rhythmisch, als höbe er etwas Schweres: »Der Zar muß fort, der Zar muß weg . . .«

Dann erschienen unberittene Polizisten, aber die Menge sog sie rasch auf und verstreute sie über den Platz; in den trüben Fenstern des Generalgouverneurshauses huschten, bewegten sich Schatten, in einem Fenster flammte Licht auf, doch in dem anderen, nebenan, barst plötzlich die Scheibe und spie Scherben nach unten.

Im Grunde ist das ein Sieg, sie haben gesiegt, entschied Samgin, als der Andrang der Menge ihn in die Leontjewskij-Gasse stieß. Verblüfft über die Furchtlosigkeit der Menschen, sah er in ihre Gesichter, die vor Erregung rot, von Schlägen angeschwollen und mit Blut besudelt waren, das im Frost schnell gerann. Er erwartete prahlerische Rufe, erwartete Äußerungen des Stolzes über den Sieg, aber ein schnurrbärtiger hochgewachsener Mann in einem alten, schmutzigen, kurzen Schafpelz lehnte sich an die Wand und sagte geringschätzig: »Der Hundertschaftsführer ist ein Esel, er wird dafür was abkriegen!«

Eine junge Frau mit Zwicker verband ihm mit dem Taschentuch die linke Hand, mit der rechten rieb er sich eine Beule an der Stirn; er war von sechs ebenso ramponierten, mit Straßenschnee beschmutzten Menschen umgeben.

»Darf man denn die Infanterie bis dicht an die Kavallerie heranlassen? Er ist verpflichtet, von weitem zu operieren, muß sie auf Distanz heranlassen und – im Trab marsch! So kann die Infanterie nicht standhalten, die Gäule rennen sie um. Dann hau zu, säble nieder! Er aber hat sie bis an seine Brust herangelassen, der Idiot.«

»Das stimmt«, unterstützte ihn einer aus der Umgebung. »Auch mit Wasser hätten sie sie überschütten können, die Brandwache ist ja gleich nebenan.«

»Wenn sie Maulaffen feilhalten, werden wir ihnen Zunder geben.«

»Danke ergebenst, Madame«, sagte der an der Hand Verwundete und spuckte Blut aus. »Merci, geschickt haben Sie das gemacht . . . Gehen wir, Jungens!«

Er ging zurück zum Platz, wo der Lärm nicht nachgelassen hatte. Samgin folgte ihm und hörte den Gesprächen der Weggefährten zu.

»Den Revolver habe ich ihm entrissen.«

»Der Hund! Und was tat er?«

»Er warf sich zu Boden, er dachte offensichtlich, ich würde auch auf ihn schießen . . .«

»Die Studenten sind tüchtig vorgegangen!«

»Sie raufen gern.«

»Da war eine junge Dame, eine dicke, na – die war mutig! Man hätte meinen können, gleich haut sie dem Polizeioffizier eins in die Fresse. Dabei war sie wie eine Maus gegen einen Hund ...«

»Einer schlug mit dem Spazierstock zu ...«

»Wenn ein Intellektueller den Mut hat, mit uns zu gehen, Genossen, dann ...«

Es war sonderbar zu hören, daß diese Leute trotz des ungewöhnlichen Gesprächsthemas irgendwie gewöhnlich einfach, sogar fast gutmütig sprachen; erbitterte Stimmen und Worte hörte Samgin nicht. Plötzlich begannen alle Leute vor ihm einmütig zu laufen, während vom Platz her, ihnen entgegen, wie ein Wirbel ein betäubendes Geschrei ausbrach, und es war klar, daß das kein Schreckens- oder Schmerzensschrei war. Samgin wurde gestoßen, jemand überholte ihn, packte ihn am Arm und zog ihn mit, wobei er schnaufte: »Nicht zurückbleiben, Kinder ...«

Als sie den Platz erreicht hatten, schrien die Leute verschiedenartig laut auf, wichen zurück, und für ein paar Sekunden verstummten alle rings um Samgin, ängstlich oder verwundert. Samgin wurde an einer Ecke auf die Stufen eines Hauseingangs geschoben und er sah wieder die Menge, sie bewegte sich wie ein riesengroßer Rammbock rückwärts und wieder vorwärts – der Ausgang zur Twerskaja wurde ihr von einer Grenadierkompanie mit gesenkten Bajonetten versperrt.

Hinter den Soldaten sprangen auf dem Dachrand eines Hauses kleine Menschengestalten herum, schwangen, wie von den Flammen eines unsichtbaren Brandes versengt, die Arme hoch, sprangen und warfen auf die Köpfe der Polizei und der Kosaken Bretter. Ziegel und irgendwelche staubenden Gegenstände herunter. Man hörte den freudigen Schrei: »Hurra, die Filippow-Bäcker! Hur-ra-a ...«

Und ebenso freudig erzählte ein mit Mehl bestäubter, hemdsärmeliger Mann, der die Schultern mit einem Sack bedeckt hatte und Schlappschuhe an den bloßen Füßen trug: »Wir traten also aus Freundschaft zu den Arbeitern auch in den Streik, gingen auf die Straße, standen friedlich da, na, und da hat das Kosakenvolk auf uns eingeschlagen ...«

»Geschla-agen?« heulte jemand auf.

»Na, wir liefen davon – womit verteidigen? Und die anderen sind auf die Dachböden ...«

Samgin sah zum Dach hinauf und versuchte die Mutigen zu zählen, die klein wie Schuljungen waren. Aber sie ließen sich nicht zählen, denn sie huschten vor den Augen mit erstaunlicher Geschwindigkeit umher, sie liefen bis dicht an den Dachrand und warfen, auf die Gefahr hin abzustürzen, Holzscheite, Ziegel, Bretter und Dachblechstücke hinunter, die die Kosakenpferde besonders erschreckten. Samgin nahm die Brille ab und setzte sie wieder auf, beobachtete diesen sonderbaren Kampf, der sehr einem Spiel außer Rand und Band geratener Kinder ähnelte, er sah, wie die erschreckten Gäule wild umherrasten, wie die Reiter sie mit den Nagaikas schlugen, während vom Gehsteig eine kleine Soldatengruppe mit den Gewehren zum Himmel drohte und auf das Dach zielte. Aber Schüsse waren in dem ununterbrochenen, ganz tiefen Gebrüll und Geheul nicht zu hören, die kleinen Bäcker fielen nicht vom Dach, und bei dem allen war nichts Furchtbares, doch es war dabei etwas anderes, das er nicht begreifen konnte.

Rings um ihn wurde ununterbrochen hastig und nervös gesprochen.

»Sie nehmen den Rauchfang auseinander.«

»Man findet immer etwas, womit man sich verteidigen kann – man muß nur wollen!« schrie jemand begeistert, und man machte sich sofort über ihn lustig: »Muß nur wollen! Geh doch hin, hau die Soldaten mit der Faust um! Wenn wir etwas zum Verteidigen hätten, würden wir nicht hier herumstehen ...«

»Ach, Jungens! Wenn man ihnen doch Ziegel hinaufreichen könnte ...«

Die Samgin schon bekannte Stimme des Mannes mit der verbundenen Hand erklärte eindringlich: »Vom Dach kann man keinen herunterschießen, weil man keine Visierlinie hat ...«

Die meisten Menschen standen schweigend, konzentriert, wie erwachsene Kämpfer bei Faustkämpfen eine heftige Schlägerei Halbwüchsiger beobachten.

»Sie haben noch mehr Soldaten hergeschickt«, sagte jemand mürrisch, und gleich danach hörte Samgin das wohlerinnerliche trockene Knattern einer Gewehrsalve.

»Aha!«

»Platzpatronen ...«

»Diese Platzpatronen kennen wir!«

»Dennoch, wir müssen gehen, Kinder!«

Und die Leute, die rings um Samgin standen, gingen ohne Eile wieder in die Leontjewskij-Gasse und sahen sich um, als erwarteten sie, man werde sie zurückrufen; Samgin ging und fühlte sich ebenso warm und außer Gefahr wie auf der Wyborger Seite in Petersburg. Im allgemeinen empfand er die Befriedigung eines Menschen, der eine Theaterprobe gesehen hat und nun überzeugt ist, daß das Stück keine Stellen enthält, die auf die Nerven gehen, und seine Aufführung durchaus nicht übel ausfallen wird.

Fast eine Woche verbrachte er in gehobener Stimmung und belustigte sich schadenfroh über die Ängste seiner Frau.

»Was soll denn das werden, Klim, wie denkst du?« fragte sie aufdringlich jeden Morgen, nachdem sie die Zeitungstelegramme über das Wachsen der Streiks, über die Bauernbewegung, über die Einschränkung der Lebensmittelzufuhr nach Moskau gelesen hatte.

»Sie kämpfen gegen die Regierung, und uns wollen sie aushungern«, entrüstete sie sich und zog die Schultern bis zu den Ohren hoch. »Was haben wir damit zu tun?«

Nicht Warwara allein entrüstete sich, ihre Freunde waren auch empört. Das Orakel dieser Tage war der »erstaunlich gutunterrichtete« Bragin. Er hatte sich die Haar schneiden lassen und das rote Halstuch gegen ein blaugestreiftes vertauscht; jetzt verdeckte es sein Kinn nicht mehr, und es stellte sich heraus, daß das Kinn häßlich spitz, aufwärts gerichtet war wie bei einem zahnlosen Greis, Bragins wächserne Nase war dadurch länger, und das ganze Gesicht hatte sich gekränkt in die Länge gezogen. Schnaubend und hustend sagte er: »Wissen Sie, das ist trotzdem lächerlich! Man ist auf die Straße gegangen, hat vor den Fenstern des Generalgouverneurs eine Schlägerei veranstaltet und ist wieder weggegangen, ohne irgendwelche Forderungen zu stellen. Elf Personen sind getötet, zweiunddreißig verwundet. Was soll das? Wo sind unsere Parteien? Wo bleibt die politische Leitung der Massen, wie?«

Samgin schwieg. Ja, die politische Leitung fehlte, Führer gab es nicht. Jetzt, nach den anklagenden Worten Bragins, begriff er: Das Gefühl der Befriedigung, welches er nach der Demonstration empfunden hatte, war gerade dadurch hervorgerufen worden, daß es keine Führer gab, daß die Parteien der Sozialisten keine Rolle in der Arbeiterbewegung spielten. Die Intellektuellen, die an der Demonstration teilgenommen hatten, waren gutherzige Menschen, denen die Literatur von Kind auf »Liebe zum Volk« eingeimpft hatte. Das waren sie, nichts weiter.

Bragin war entrüstet über den Mangel an Aktivität bei den Arbeitern und fand die Aktivität der Bauern nicht nur übermäßig, sondern ganz überflüssig.

»Das ist der Anfang des Pugatschowtums«, sagte er und bedeckte dabei die Augen mit den Wimpern nicht von oben wie die Menschen, sondern von unten wie die Vögel.

Rjachin ließ auch den Kopf hängen und murmelte, indem er mit den Händen komplizierte Schlingen in der Luft beschrieb, schuldbewußt: »Ja, sie übertreiben. Sie sind außer Rand und Band geraten. Ach, Regierung, Regierung!« seufzte er.

Redosubow freute sich ironisch. Samgin begegnete ihm in einer Versammlung.

»Das Bäuerlein – was sagen Sie dazu?« fragte Redosubow, indem er ihm auf die Schulter klopfte, und sprach: »Es wird euch noch allerhand Überraschungen bereiten.«

Samgin antwortete ihm nicht, sah ihn nicht einmal an; der ehemalige Tolstojaner erweckte in ihm irgendwelche unbestimmten Befürchtungen. Es gab schon ziemlich viele Leute, bei denen sich die gestrige »Liebe zum Volk« merklich in Angst vor dem Volk verwandelt hatte, aber Redosubow unterschied sich von diesen Leuten durch die sichtliche Schadenfreude, mit der er über die Zerstörung von Gutshöfen durch die Bauern sprach. In seinem Anarchismus spürte Samgin etwas Aufreizendes, Provokatorisches, weit schlimmer aber war, daß Redosubows Stimmung etwas mit Klims eigener Stimmung Verwandtes hatte, mit ihr übereinstimmte.

Samgin verhielt sich zu den Menschen zurückhaltender und schweigsamer als sonst. Nachdem er am Morgen die schreierischen Zeitungen gelesen hatte, ging er ab Mittag auf die Straßen, besuchte Versammlungen, hörte zu, beobachtete, traf Bekannte, fragte sie aus, äußerte sich aber nicht, aß in Restaurants zu Mittag und ließ seine Frau in dem Glauben, daß er mit konspirativen Angelegenheiten beschäftigt sei. Er fühlte sich gespannt, scharf geladen und fürchtete in manchen Augenblicken, in ihm könnte gegen seinen Willen etwas explodieren und er werde dann etwas Ungewöhnliches und etwas gegen sich selbst sagen oder tun. Letzten Endes war er vollkommen überzeugt, daß alles, was im Lande geschah, ihm den Weg zu sich selbst säubere. Sein ganzes Leben lang hatte diese verdammte phantastische Wirklichkeit ihn gehindert, sich selbst zu finden, indem sie in ihn hineinsickerte und ihn zwang, über sie nachzudenken, ihm jedoch nicht erlaubte, als ein von ihren Gewalttaten freier Mensch über ihr zu stehen.

Er fühlte sich erschüttert, als er las, daß in Petersburg ein Sowjet der Arbeiterdeputierten gebildet worden war.

»Was ist denn das nun wieder?« fragte Warwara launisch und zornig mit verschlafener Stimme, indem sie die Zeitung wie eine Serviette schüttelte, auf die irgendwelche Krümel geraten waren.

»Eine Arbeiterorganisation, wie du siehst«, antwortete er nachdenklich, während seine Frau ihn, immer gereizter, ausfragte: »Wer ist das: Chrustaljow-Nossar, Trotzki, Feit? Sind das auch solche wie Kutusow? Und wo ist Kutusow?«

»Ich weiß nicht.«
»Wohl im Gefängnis?«
»Möglich.«
»Das wird damit enden, daß ihr alle ins Gefängnis kommt.«
»Auch das kann man annehmen.«
»Oder man wird euch erschlagen.«
»Wir werden sehen.«
»So ein Wahnsinn«, sagte Warwara, schmiß die Zeitung auf den Boden und ging hinaus, mit nackten Fersen protestierend aufstampfend. Samgin hob die Zeitung auf und las in ihr von einem Kongreß der Semstwoleute, die auch beschlossen hatten, sich in einer Partei zu organisieren.

»Graf Heyden, Miljukow, Petrunkewitsch, Roditschew«, las er; langsam tauchte der Familienname seines ehemaligen Patrons auf.

Die kommen zu spät, entschied er, obwohl er in der Tatsache, daß gleichzeitig mit dem Arbeitersowjet eine von bedeutenden Liberalen organisiserte Partei entstand, etwas Tröstliches spürte.

Das sind erfahrene Politiker, talentierte Menschen, brachte er sich in Erinnerung. Aber das tröstete ihn nur für einen Augenblick.

Ein Arbeitersowjet, das bewegt sich bereits einer sozialen Revolution entgegen, dachte er, als er sich der Demonstration auf der Twerskaja, der Furchtlosigkeit der Arbeiter im Kampf mit den Kosaken, der Bäcker auf dem Dach und daran erinnerte, wie aufmerksam die Menge die Stadt betrachtet hatte.

Eine soziale Revolution ohne Sozialisten, versuchte er sich nochmals zu beruhigen und begann einen sinn- und wortlosen, aber um so aufregenderen Streit mit sich selbst. Er zog sich an und ging in die Stadt, wo er aufmerksam alle Menschen musterte, die dem Äußeren nach Intellektuelle waren, und er war überzeugt, daß sie sich ebenso gespalten und verwirrt fühlten wie er selbst. Die Straßen waren sehr belebt, auch viele Arbeiter waren da, die Menschen bewegten sich gemächlich und erweckten den zwiefachen Eindruck von Festlichkeit und Erwartung irgendwelcher Ereignisse.

Gier nach Zerstreuungen, sie sind an Ereignisse gewöhnt, stellte Samgin fest. Sie sprachen gedämpft, und nichts blieb in Samgins Erinnerung zurück; man sprach meist davon, daß das Fleisch und die Butter teurer würden und daß die Holzzufuhr eingestellt worden sei. Die ganze Stadt schien in Erwartung verstummt zu sein. Ein nicht besonders starker, aber unangenehm feuchter Wind umwehte die Menschen, am Himmel zeigten sich blaue Stellen, die an Augen erinnerten, welche von dichten Wimpern halb verdeckt sind. Es war im allgemeinen irgendwie unklar und langweilig.

Dann brach der fröhliche Tag der »Verfassung« an, der ebenfalls windig war. Der zinnfarbene Himmel hatte sich tief auf die Stadt herabgesenkt und war über ihr erstarrt, der Wind fegte geschäftig über die Dächer, machte den Schnee stäuben und warf sich den Menschen vor die Füße. Aber Moskau war in Freude geraten und gleichsam frühlingsmäßig erwärmt, die Menschen sprachen laut, und das Glockenläuten klang betäubend unter dem niedrigen Himmelsgewölbe. Durch die Straßen rasten gutgenährte Pferde mit prächtigem Geschirr, sie fuhren gesetzte Moskauer mit Biberfellmützen, in Pelze gehüllte Frauen und bleigraue Generale herum; die Stadt war erstaunlich reich an Menschen geworden, wie man sie in letzter Zeit auf den Straßen nicht gesehen hatte. Diese gesetzten Menschen hatten den Festtag abgewartet, hatten die Wärme der steinernen Häuser verlassen und fuhren nun immerzu umher, betrachteten wohlwollend die dichten Züge von Fußgängern, nickten bisweilen auch herablassend oder führten die Hand an die Mütze.

In einer Luxusdroschke fuhr mit rotrandiger Adelsmütze Stratonow vorüber, dann fuhr Warwara mit Rjachin vorbei, der sie um die Taille gefaßt hatte und mit rundgeöffnetem Mund lachte. Bekannte Gesichter von Professoren, Anwälten und Journalisten huschten vorbei; der alte Gogin schritt mit dem Stock in der Hand und bewegte seinen Schnurrbart; er traf Redosubow in schwerem Pelzmantel mit Waschbärkragen, der Kragen sträubte sich zornig, während Redosubows straff aufgeblähtes Gesicht Samgin gekränkt vorkam. In einem kleinen Schlitten, auf dessen Sitz er knapp Platz hatte, jagte Samgins ehemaliger Patron mit zottiger Mardermütze vorbei; der schwarze Hengst warf die Vorderbeine zu seinem grimmigen Maul hoch und schlug mit den Hufen aufs Pflaster, als wollte er es zerschmettern.

Samgin ging gedankenlos und wahrte sorgsam das Gefühl der Befriedigung, mit dem er angefüllt war wie ein Glas mit Wein. Schon herrschte bläuliches Halbdunkel, Lichter flammten auf, die Menschenansammlungen wurden dichter und lauter. Neben dem Theaterplatz kam aus einer Gasse eine Gruppe von rund zweihundert Personen heraus, voran bärtige Männer, die alle gleichartige Kamisole trugen; sie betraten den Fahrdamm und begannen mürrisch, aber harmonisch zu singen: »Gott schütze den Zaren . . .«

Das Publikum auf den Gehsteigen blieb stehen, irgendwessen Stimme fragte verwundert und komisch: »Wozu das?«

Und sogleich ertönten brummige, zornige Stimmen, als hätte man die Menschen an etwas Unangenehmes erinnert: »Die haben sich eine unpassende Zeit für ihr Gedudel ausgesucht!«

»Eine tote Sache!«

»He, ihr . . .«

Zwei Studenten riefen einstimmig: »Nieder mit der Selbstherrschaft!«

Aber sie wurden unverzüglich an die Wand gedrückt, und ein scharfäugiger Mann mit langem Schnurrbart sagte lustig, aber überzeugend: »Sie dürfen sich nicht ärgern, meine Herrschaften! Die volkstümliche Redensart ›Nieder mit der Selbstherrschaft‹ ist heute zu den Akten gelegt, während ›Gott schütze den Zaren‹ kraft der Freiheit des Wortes die gleiche Daseinsberechtigung erworben hat wie zum Beispiel das Lied ›In den grünen Auen‹ . . .«

Die Fahnenträger waren schon vorbei, das Publikum lachte, während der Langschnurrbärtige, seine schiefen Zähne entblößend, immer lustiger und lauter weitersprach. Unter dem Eindruck dieser Episode betrat Samgin den Saal des »Moskauer Hofs«.

In grellem Licht frohlockten laut angeheiterte Gäste. Die berauschende und fast heiße, mit schmackhaften Gerüchen gefüllte Luft erwärmte Klim in Kürze und steigerte seinen Appetit. Aber es gab keinen freien Tisch, Frauen- und Männergestalten füllten den Saal wie die Schrift ein zerknittertes Zeitungsblatt. Samgin wollte schon gehen, da kam wie auf Schlittschuhen ein weißgekleideter Kellner auf ihn zugelaufen und forderte ihn freundlich auf: »Kommen Sie bitte, Sie werden verlangt!«

Nicht weit von der Tür, rechts an der Wand saß Wladimir Ljutow mit Alina, Ljutow sprang vom Stuhl auf und rief mit ausgestrecktem Arm: »Sechzehn Jahre haben wir uns nicht gesehen, setz dich! Na, wie steht's mein Lieber? Den Zaren hat man weichgedrückt, wie?«

»Schrei nicht so, Wolodja«, riet Alina, die majestätisch die Hand mit einer Menge funkelnder Ringe an den Fingern ausstreckte, und seufzte: »Ach, wir sind alt geworden, Klimuscha!«

Dürr, beweglich, mit kahlem Schädel, fleckigem Gesicht und diabolischem Bärtchen, glich Ljutow wenig einem Kaufherrn, während Alina im perlmuttfarbenen Seidenkleid, mit Smaragden an den Ohren und einer Brosche, die wie ein Orden aussah, wie eine typische Moskauer Kaufmannsfrau aussah: rosig und mit üppiger Brust, war sie immer noch ebenso blendendschön und beneidenswert jugendlich.

»Was ißt und trinkst du? Bestelle!« rief Ljutow. Alina unterbrach ihn mit gebieterischer Geste.

»Sei still, du konfuser Mensch, ich weiß schon, was man wem vorzusetzen hat!«

»Sie weiß es!« zwinkerte Ljutow, breitete die Arme weit aus und sprudelte: »Soviel Freude, wie? Das reicht dreimal für Europa! Und sieh doch, wer sich freut!«

Er zählte die Namen einiger Großindustrieller auf, nannte drei Fürsten, ein Dutzend namhafter Anwälte, Professoren und schloß, indem er nicht lachte, sondern einfach »hihi« sagte.

»Er hat jetzt die widerliche Angewohnheit, dieses Hihi zu sagen«, beklagte sich Alina mit samtener Stimme.

»Ich werde es nicht mehr tun, Lina, ärgere dich nicht! Nein, Samgin, stell dir das vor: Das werden unsere Herren sein, wie? Sie werden kommandieren: An die Plätze! Und alles wird wie geölt gehen. Das Öl, hi . . . Ach, mein Lieber, ich habe dich schon so lange nicht mehr gesehen! Bekommst du graue Haare? Jetzt werden wir beide den gleichen Weg gehen.«

»Welchen?« fragte Samgin.

Ljutow versuchte die Augen zur Nasenwurzel zusammenzurükken, aber wie immer gelang ihm das nicht. Darauf kippte er ein Gläschen gelben Schnapses hinunter, leckte, ohne etwas nachzuessen, mit der spitzen Zunge die Lippen ab und sprudelte wieder Worte: »Hier kommen sich viele als Simeone vor: ›Herr, nun lässest du deinen Diener in Frieden fahren‹, von den großen Dingen zu den kleinen, eigenen . . .«

Eine kluge Bestie, dachte Samgin, der ihn argwöhnisch von der Seite ansah, und machte sich an eine Speise, die auf der Pfanne zischte.

»Zuerst nimm das hier ein«, sagte Alina und schob ihm ein Gläschen mit teerfarbener Flüssigkeit hin.

»Gin mit Picon«, erklärte Ljutow. »Na stoßen wir an! Sei fröhlich und freue dich. Uff . . . Sie kennt sich in diesen Dingen aus, mein Lieber, wie ein Pope in den Gebeten.«

Samgin verbrannte sich den Mund und sah Alina mißbilligend an, aber sie mischte bereits andere Schnäpse. Ljutow bemühte sich immerzu, witzig zu sein, und störte Klim sowohl beim Essen als auch beim Zuhören. Es war aber auch schwer zu verstehen, was die von Wein und Freude berauschten Menschen schrien; aus dem chaotischen Gemenge von Stimmen, Gelächter, Geschirr-, Messer- und Gabelgeklirr hoben sich nur Ausrufe, Bruchstücke von Sätzen und der eigensinnige Versuch eines Tenors ab, Béranger zu deklamieren. »Gepriesen die heilige Arbeit . . .«, rief er schon zum zweitenmal mit hoher Stimme.

Samgin aß etwas erstaunlich Schmackhaftes und kam sich wie ein Erwachsener auf einem Kinderfest vor. Alina hatte aus ihrem Täschchen einen blauen Brief herausgenommen und war mit hochgezogenen Brauen ins Lesen vertieft. Ljutow überschüttete einen rotwangigen dicken Mann am Nebentisch mit Worten, der Dicke lachte trällernd, und sein Nacken lief purpurrot an. Samgin sah ringsum bärtige und rasierte, aufgedunsene und knochige Männergesichter, die von Lebenslust erregt waren, er sah die geröteten kleinen Frauenfratzen, die mit Edelsteinen geschmückt waren wie Ikonen, das alles war in bläulichen Dunst gehüllt, und in diesem schwebten wie Engel die weißen Kellner herum, neigten sich ihre adrett frisierten oder kahlen Köpfe und erstrahlten in ehrerbietigem Lächeln ihre schweißbedeckten Gesichter.

»Sie füttert jetzt Dichter«, erzählte Ljutow, der nach den Flaschen griff und auf jeder von ihnen den Fingern Alinas begegnete, die ihn am Trinken hinderte, indem sie riet: »Sei nicht so hastig.«

»Einer ist erstaunlich! Ein Riesenkerl, wie ein Lastfuhrmann. Gedichte macht er, weiß der Teufel, was für welche, aber wie er ißt! Wie er trinkt!«

»Meine Herrschaften!

Armut und Arbeit
Leben ehrlich ...«

»Welch lästiger Schreihals!« sagte Alina, die ihr linkes Auge im Spiegelchen betrachtete. »Außerdem verfälscht er! Es heißt nicht ›leben ehrlich‹, sondern ›leben beisammen‹.«.

Sie schenkte Samgin fürsorglich Schnäpse ein, die sie mischte, und diese Mischungen verbrannten ihm sanft den Mund und verursachten bereits einen angenehmen Schwindel.

»Mit Freundschaft und Liebe in Eintracht«, schrie der Tenor, den Lärm übertönend.

»Schwachkopf«, seufzte Alina, die mit einem Zahnstocher den Schnaps im Gläschen verrührte. »Wolodka hingegen wird, je betrunkener er ist, um so klüger. Er ist erbarmungslos klug, das Flegelchen! Der Verstand wird auch sein Verderb sein.«

Die Stirn runzelnd und sich mit zugekniffenen Augen im Saal umsehend, seufzte sie: »Das sieht wie eine Konfektschachtel aus.«

»Sie füttert die Dichter, doch Gedichte mag sie nicht«, murmelte Ljutow, um Alina zu necken. »Insbesondere meine Gedichtchen mag sie nicht ...«

»Wir bitten! Wir bit-ten!« brüllten plötzlich mehrere Leute, die sich von den Stühlen erhoben hatten und in eine ferne Saalecke blickten.

Samgin fühlte sich immer erwachsener und nüchterner mitten unter den berauschten, frohlockenden Menschen, gegenüber Ljutow, der gleichsam zu Worten, Grimassen und krampfhaften Körperverrenkungen zerkrümelte und in Klim den Wunsch erweckte, er möchte als ein Häufchen kleiner Bruchstücke von seinem malträtierten Stuhl gleiten und zu Staub und Schutt zerfallen.

Der Lärm im Saal wuchs, als strebte er einer Grenze zu; Dutzende von Stimmen schrien, brüllten: »Wir bitten! Liebster . . . Wir bitten . . . Das ›Knüppelchen-Lied‹!«

Ljutow schaukelte mit dem Stuhl und trug durchdringend wie ein Küster vor:

»Es war einmal eine Dame, die hatte zwei Männer,
Für den Leib den einen, für die Seele den andern.
Und nun begann das Drama: Welcher ist schlimmer?
Sie konnte sich nicht entscheiden, sie gefielen ihr beide.«

»Das hat er über sich und Makarow verfaßt«, erläuterte Alina mit wunderschönem Lächeln und fächelte sich mit dem Taschentuch das erhitzte Gesicht; ihre Augen glänzten, doch nicht lustig. Sie tat Klim leid, weil sie so wunderschön war und mit einem Scheusal, einem Flegel zusammenlebte.

»Das ist nicht wahr!« schrie schamlos das Scheusal. »Kostja Makarow und ich sind beide für die Seele wie Teufel und Engel! Es gibt aber noch einen dritten . . .«

»Du lügst, Wolodka!«

»Ich weiß! Im Traum aber gibt es ihn!«

»Wir bit-ten doch! Das ›Knüppelchen-Lied‹!«

»Meine Herrschaften! Ruhe!«

»Genug, Wolodka, du hörst doch: Man bittet Schaljapin, das ›Knüppelchen-Lied‹ zu singen«, sagte Alina streng.

»Mag er singen, ich konkurriere nicht mit ihm.«

Nur mit Mühe ließ sich Stille herbeiführen, die Leute bewegten die Stühle, Gläser klangen, Messer schlugen gegen Flaschen, und jemand brüllte wütend: »Im Jahre neunundachtzig hat die französische Aristokratie sich geweigert . . .«

»Der Teufel hole die Aristokratie!«

Ein bärtiger Mann mit goldener Brille, der mitten im Saal stand, schwang eine Serviette über dem Kopf und sagte wie ein Brandmeister bei einem Feuer: »Meine Herrschaften! Man bittet Sie zu schweigen.«

»Wo bleibt da die Redefreiheit?« rief ein Witzbold.

Doch trotzdem wurde es stiller, nur am Büfett ertönten boshaft im Kostromaer Dialekt die Worte: »Worauf willst du denn zugunsten des Volkes verzichten, Mitja, wenn du außer den Hypotheken auf deinem Gut und ein paar Ideechen nicht das geringste besitzt?«

»Psch ... Ruhe!«

Jetzt hörte Samgin, daß der Lärm sich zerstreute, in die Ecken verebbte und einer mächtigen und drohenden Stimme Platz machte. Diese Stimme, welche die Stille vertiefte, als hätte sie die Leute aus dem Saal geworfen, ihn menschenleer gemacht, sprach mit erstaunlicher Deutlichkeit die bekannten Worte aus, wobei sie sie bedrohlich nach dem bekannten Motiv verteilte. Die Stimme klang immer gewaltiger, sie verursachte Samgin einen ernüchternden Schauer im Rücken, und plötzlich stürzte der ganze Saal gleichsam zusammen, barsten die Wände, hob sich der Boden, und es brach ein einmütiger, verheerender Schrei aus: »He, Dubinuschka, he!«

»Hol's der Teufel«, sagte Ljutow, sprang vom Stuhl auf und kreischte auch: »He ...«

Samgin hatte es hochgeworfen, auf die Beine gestellt. Alle standen und sahen in eine Ecke, dort erhob sich ein großer Mensch und sang, das ungeordnete Gebrüll Hunderter von Menschen übertönend. Ljutow legte den Arm um Samgins Taille, lehnte sich an ihn, warf den Kopf zurück, schloß die Augen und ließ seinem vorgewölbten Kehlkopf ein ganz dünnes Winseln entspringen; Klim hörte deutlich die tiefe Stimme Alinas und noch irgendwessen bebende Greisenstimme.

Dann wurde es wieder still; der Sänger begann mit dem nächsten Lied; seine Stimme schien noch stärker und vernichtender geworden zu sein, es schüttelte Samgin, ihm zitterten die Beine, seine Kehle zog sich krampfhaft zusammen; er sah deutlich rings um sich gespannt-erwartungsvolle Gesichter, und keins von ihnen schien ihm betrunken, doch aus der Ecke, von dem großen Menschen her, schwebten über ihre Köpfe die dröhnenden Worte:

»Gegen den Zaren, gegen die Herren
Wird er Dubinuschka schwingen!«

»He«, brüllten die Herren, »Dubinuschka, he!«

Die Brille festhaltend, sah Samgin zu und erstarrte in einer noch nie erlebten Kälte. Diesen Künstler hatte er in den Zarengewändern des tragischen Zaren Boris auf der Bühne gesehen, er hatte ihn als wahnsinnigen und furchtbaren Holofernes, als grauenerregenden Zaren Iwan den Schrecklichen bei seinem Eintritt in Pskow gesehen – ein kleines gespenstisches Figürchen mit der Knute in der Hand, krumm auf dem Pferd sitzend, über Menschen, die vor seinem Roß niedergefallen waren; er hatte ihn als geschmeidigen Mephisto, als flammenden Sarkasmus über die Menschen und das Leben gesehen; großartig, erstaunlich stellte dieser Mensch das Schreckliche unbegrenzter Macht dar. Samgin hatte ihn in Konzerten, im Frack gesehen – der Frack schien immer eine fremde Kleidung zu sein, die diese gewaltige Gestalt mit dem Gesicht eines klugen Bauern irgendwie erniedrigte.

Jetzt sah er Fjodor Schaljapin auf einem Tisch stehen, über den Menschen, wie ein Monument. Er trug einen einfachen steingrauen Rock, und äußerlich war der Künstler ein ebenso gewöhnlicher Alltagsmensch wie alle rings um ihn. Aber seine prächtige, beredte, teuflisch kluge Stimme klang mit erschütternder Kraft – so hatte Samgin diese unerschöpfliche Stimme noch nie gehört. Es lag etwas Unheimliches darin, daß dieser Mensch gewöhnlich war wie alle hier im Schein der Lichter, im Rauch; das Unheimliche war, daß er ebenso einfach war wie alle Menschen und – ihnen doch nicht glich. Sein Gesicht erregte mehr Furcht als alle Gesichter, die er auf der Bühne gezeigt hatte. Er sang und – wuchs. Jetzt hatte er sich bis zum tiefsten Wesen seiner Seele demaskiert, und dieses Wesen war Rache am Zaren, an den Herren, brüllende, erbarmungslose Rache eines gigantischen Geschöpfes.

Ja, er hat sich bis zur vollen Enthüllung seines Geheimnisses, seines anarchischen Wesens demaskiert. Und hieraus, aus diesem Haß gegen die Macht, entspringt der Schrecken, von dem umgeben er die Zaren darstellt.

Als Samgin, der immer mehr in unheimlicher Kälte erstarrte, dies dachte, ließ die Erinnerung sogleich eine Kette vergessener Gestalten wiedererstehen: den Ofensetzer im Dorf, den Schauermann im Sibirischen Hafen, den Kosaken, der wie an einem Tisch am Meer saß, und die ungeheuerliche Gestalt des Heizers an der Troizkij-Brücke in Petersburg. Samgin setzte sich, griff sich an den Kopf und bedeckte die Ohren. Er sah, daß Alina ihm mit blinkender Hand die Schulter streichelte, fühlte aber ihre Berührung nicht. Dennoch drangen Lärm und Geschrei in seine Ohren. Ljutow stampfte mit den Füßen und schrie durchdringend: »Bravo-o!«

Er ergriff Samgin am Arm, zog ihn vom Stuhl hoch und schrie ihm mit schluchzenden Lauten ins Gesicht: »Verstehst du? Selbstmörder! Wir lesen uns selbst die Totenmesse – hörst du? Wer kann das? Rußland kann das!«

Sein zügelloses Gesicht verzerrte sich gespenstisch, die Augen hüpften wild vor Angst oder Freude.

»Keinen Skandal, Wladimir!« sagte Alina mit tiefer Stimme und in befehlendem Ton und zog ihn am Ärmel. »Man schaut zu dir her ... Setz dich! Trink! Trinken wir auf sein Wohl, Klimuscha! Oh, wie er singt!« sagte sie leise mit geschlossenen Augen und wiegte den Kopf. »So singen, ein einziges Mal ...« Sie zuckte zusammen und leerte in einem Zug ihr Gläschen.

Samgin trank auch aus und hielt ihr sofort das leere Glas hin, indem er zu Ljutow sagte: »Du hast recht! Du hast ... sehr recht!«

Er war erregt von Mitleid mit diesen Menschen, die nicht wußten oder vergessen hatten, daß es tausendköpfige Menschenmengen gibt, daß sie durch die Straßen Moskaus gehen und alles darin mit den Augen Fremder ansehen. Er nahm das Glas aus Alinas Hand entgegen und sagte zu ihr: »Das ist ein Fest auf einem Vulkan. Du begreifst das, du trinkst den Wodka wie Gift – das sehe ich ...«

»Du hast ihn betrunken gemacht, Lina«, sagte Ljutow.

»Das ist nicht wahr! Ich bin vollständig nüchtern. Ich bin vielleicht der nüchternste Mensch in Rußland ...«

»Sei still, Klimuscha!«

Sie streichelte ihm die Hand. Ihr herrliches Gesicht, ihre traurigen und zärtlichen Augen taten ihm zum Weinen leid.

»Der Verstand sieht mit tausend Augen,
Die Liebe – stets nur mit einem ...«,

sagte er ihr.

Ljutow lachte; im Saal brodelte wieder betäubender Lärm, die Leute stöhnten, brüllten: »Wiederholen! Da capo! Noch mal!«

Und wieder erstickte die unerschöpfliche Stimme allen Lärm:

»So geh denn vorwärts, mein großes Volk ...«

»Nun, ich kann nicht mehr«, sagte Alina und drängte Ljutow zur Tür hin. »Ein ... schrecklicher Folterknecht!«

Ihr Gesicht war blaß geworden, ihr Täschchen schwingend, an den Stühlen hängenbleibend, ging sie mitten durch die vor Begeisterung tollen Menschen und kommandierte, indem sie Klim mitzog: »Nach Hause, Wolodka! Und – lade Dunjascha zum Zechen ein ...«

»Ich mag nicht«, sagte Samgin, aber sie zog ihn kräftig am Arm und kommandierte: »Mach keinen Unsinn. Wenn man dich ruft – geh!«

Hinter ihnen her rief die prächtige Stimme rachsüchtig und vernichtend:

»Gegen den Zaren, gegen die Herren
Wird er Dubinuschka schwingen ...«

Auf der Straße fühlte sich Samgin betrunken. Die Häuser sprangen wie Klaviertasten; die allzu scharf funkelnden Lichter schienen voreinander davonzulaufen und zu versuchen, die schwärzlichen Menschengestalten zu überholen, die nach allen Seiten gingen. Im Schlitten neben ihm saß, warm wie eine Katze, Alina. Ljutow war irgendwohin verschwunden. Alina hatte das Gesicht mit dem Muff verdeckt und schwieg.

Klim war etwas nüchterner geworden, als sie in einer unbekannten Gasse ankamen, sie gingen durch einen dunklen Hof zu einem zweistöckigen Seitengebäude tief im Hintergrund, und Klim befand sich auf einmal in einem kleinen warmen Zimmer, das mit mattrosa Licht gefüllt war. Das Zimmer war mollig, wohlriechend und wankte ein wenig wie eine Kinderwiege. Alina sagte, sie werde gleich etwas »Ernüchterndes« bringen lassen, und ging sich umziehen; es erschien ein hochgewachsenes Stubenmädchen mit gestärktem Häubchen und Schürze und brachte Samgin ein großes Weinglas mit irgendeinem schäumenden Getränk, er trank es aus und fühlte sich wieder ganz wohl, als Alina in weißem Kleid mit einer himmelblauen, bis auf den Boden herabhängenden Schärpe zurückkam.

»Hast du Turobojew gesehen?« fragte sie und setzte sich neben Klim auf den Diwan.

»Nein. Ist er denn hier?«

»Ja. Er wohnt bei Wolodka. Stell dir vor, er schreibt für Zeitungen!«

Sie lächelte beim Sprechen. Samgin wurde wieder von dem trunkenen Mitleid für sie befallen, das er im Restaurant empfunden hatte, aber jetzt mischte sich dem Mitleid eine stille Trauer um etwas bei. Er erzählte kurz, wie Turobojew sich am 9. Januar verhalten hatte.

»Sieh mal an!« rief sie verwundert oder erschrocken, ging in die Ecke zu einem ovalen Spiegel und sagte von dort, während sie ihre Frisur ordnete, anscheinend vergnügt: »Er fürchtete nicht, daß der Soldat ihn niedersäbeln würde, sondern daß er ihn für einen Juden halten könnte. So ist er! Ach . . . diese Aristokratenseele!«

»Wie steht's – alte Liebe rostet nicht?« fragte Samgin.

»Unsinn«, antwortete sie, im Zimmer umhergehend und mit den Enden der Schärpe spielend. »Sag mir etwas anderes, worüber ich Wladimir schon befragt habe, aber er hat ja sieben Teufel im Leibe, und jeder spricht auf seine Art. Sag du mir: Wird eine Revolution kommen?«

»Du hast wohl den Lärm satt?« fragte Samgin lächelnd.

»Antworte mir.«

Sie stand prunkvoll und gebieterisch im kostbaren Kleid mit leicht geneigtem Kopf vor ihm, und ihre schönen Augen blickten streng, forschend. Bevor noch Klim antworten konnte, ertönte im Vorzimmer Ljutows Stimme. Alina wandte sich um, Ljutow trat ein, er führte eine kleine Frau mit glattem, rotbraunem Haar am Arm.

»Das ist Dunjascha«, sagte er und führte sie zu Samgin, »Jewdokija Wassiljewna.«

Samgin küßte ihr die Hand und sah Ljutow an – er hatte noch nie gehört und konnte sich auch gar nicht vorstellen, daß Ljutow so freundlich und ernst sprechen könne.

»Und das ist auch ein Advokat«, fügte Ljutow hinzu und ging ins Nebenzimmer, wo Teelöffel klirrten und Alina kommandierte.

»Warum hat er ›auch‹ gesagt?« fragte Samgin.

»Ich habe einen Freund von derselben Sorte«, antwortete die Frau in bäuerlich singendem Ton mit ungewöhnlicher Stimme. »Sind Sie Krimineller?«

»Verbrecher? Politischer.«

»Sieh mal an, wie . . . lustig Sie sind!« sagte die Frau beifällig, und von ihren geschminkten Lippen lief in schnellen Fältchen ein Lächeln zu den Augen. »Ich weiß, daß alle Advokaten politische Verbrecher sind, ich frage nach den Sachen: Was für Sachen bearbeiten Sie? Meiner hat Kriminalsachen.«

Ihr Gesicht war geschminkt, durch die Schminke traten Sommersprossen vor. Die ovalen, zu großen Augen hatten eine unbestimmte Farbe und funkelten lustig, die Nase war keck aufgestülpt; die Frau war schmal, doch ihre Brust war hoch und gleichsam fremd. Sie trug ein bescheidenes glattes Kleid bläulicher Farbe. Klim fand an ihr etwas füchsisch Listiges. Sie sprach auch von der Revolution.

»Eine schöne Zeit, alle sind ein bißchen verrückt, niemandem tut etwas leid, man beeilt sich, zu trinken, zu essen, sich zu amüsieren . . .«

Dann kam Alina mit einem kleinen Tablett in der Hand herein, auf dem drei Gläschen standen.

»Wenn du dich betrinkst, Dunjascha, und Radau machst, ziehe ich dir die Ohren lang! Trinken wir, erfrischen wir uns, Klimuscha.«

»Liebste!« schrie Dunjascha entsetzt auf. »So etwas in Gegenwart eines Fremden!«

Sie trank das Gläschen aus und lief rasch ins Vorzimmer, während die Telepnjowa Samgin am Arm nahm und nicht besonders leise zu ihm sagte: »Ein hervorragend begabtes, aber tolles kleines Weibsbild . . .«

Das derbe Wort klang aus ihrem Munde erstaunlich einfach, wie eine Berufsbezeichnung – Modistin, Wäscherin.

Sie gingen ins Nebenzimmer, dort brodelte auf einem großen, schön gedeckten Tisch ein silberner Samowar, in einer Ecke stand Dunjascha am Klavier und blätterte in Noten, an ihrem Rücken hingen die Enden einer Pelzboa herab, und Samgin dachte wieder an ihre Ähnlichkeit mit einem Fuchs.

»Sing den ›Garten‹, solange die Schweine noch nicht gekommen sind«, bat Alina.

Dunjascha sagte, ohne sich umzusehen: »Ich weiß, womit man dich bestechen kann.«

Sie füllte das Zimmer mit dem sanften Klang der Saiten und sang mit tiefer und weicher Stimme:

»O du Garten, du mein Garten,
Hei, du Garten, der so grün,
Sag, warum, du mein Garten,
Entblätterst du dich?«

Musik begeisterte Klim überhaupt nicht sehr, dieses Lied aber war banal, Dunjaschas Stimme unnatürlich, nicht fraulich, sie war die Stimme eines Tierchens, das reichlich gefressen hat und in Erinnerung an den Geschmack der Nahrung schnurrt.

»Ach, du meine Jugend,
Ihr goldenen Tagelein ...«

Es war sonderbar und sogar komisch, daß Alina nach dem bedrohlichen Lied des berühmten Sängers diesem jämmerlichen Liedchen so nachdenklich, mit so leuchtendem und traurigem Gesicht zuhören konnte. Leise, auf Fußspitzen, erschien Ljutow, setzte sich neben Samgin und raunte ihm ins Ohr: »Eine einfache Choristin – was sagst du dazu? So ein Stimmchen! Sie singt für alle! Alina und ich haben ihr die Mittel zur Verfügung gestellt, sich zu einer großen Sängerin ausbilden zu lassen. Der Professor ist verblüfft.«

Samgin war schon nahe daran zu gestehen, daß Dunjascha kunstvoll singe, von ihrer Stimme wurde es einem in der Seele auf besondere Art traurig, und er hätte gern das gesagt, worüber er zu schweigen gewohnt war. Aber Dunjascha brach plötzlich das Lied ab, schlug auf die Tasten und sang, wie eine Zigeunerin aufkreischend, laut, mit veränderter Stimme:

»Hei, Paschenka,
Paraskowjuschka,
Glücklich Paranja,
Talentierte!«

»Bewirte mich mit Tee, Hausfrau«, bat sie, an den Tisch tretend.

»Verhauen sollte man dich, Dunka«, sagte Alina mit einem Seufzer.

Dann kam Makarow, im schwarzen, strengen Anzug, schlank, grauhaarig, mit gerunzelten Brauen.

»Pah, Samgin! Wie geht es dir?« rief er gelangweilt aus.

Nach ihm erschien ein dicker, furchteinflößender Dichter mit zerzaustem und lange nicht gewaschenem Haar; dann ein schmalhüftiges junges Mädchen in einem Schottenrock und tief ausgeschnittenem, rotem Jäckchen; dann ein blauwangiger, schwarzäugiger liberaler Anwalt, berüchtigt durch sein ausschweifendes Leben, kraushaarig wie ein Hammel und langnasig wie ein Armenier; im Laufe einer halben Stunde fanden sich noch etwa fünf Personen ein. Das Zimmer bekam Ähnlichkeit mit einem Aquarium, in bläulichem Dunst plätscherten laut unförmige Leute, glitzerte und klirrte Glas, und aus dem Spiegel schauten sonderbare Gesichter heraus. Ljutow verwandelte sich unverzüglich in einen Hanswurst, sprang, kreischte und sprach mit allen zugleich; dann versammelte er die Gäste am Klavier und sang, indem er sich mit den Fingern am Adamsapfel zupfte und Schaljapins Intonation nachahmte, mit abscheulicher Stimme nach dem Motiv des »Knüppelchen-Liedes«:

»Mein Freund, mein müder, leidender Bruder,
Laß den Mut nicht sinken, wer du auch seist.
Glaub mir: auferstehen wird Baal
Und verschlingen das Ideal . . .«

Er kreischte auf, lachte und rief allgemeines Gelächter hervor; zwei lachten nicht: Alina und Makarow, der ihr mit mürrischer Miene etwas zuraunte, worauf sie beistimmend nickte.

So eine doppelzüngige Kanaille, dachte Samgin, der Ljutow beobachtete.

Der Anwalt schenkte sich ein Glas Wein ein und schlug vor, auf die Verfassung zu trinken. Ljutow schrie: »Unter einer Bedingung: Nicht nachsehen, was sich im Innern des Spielzeugs befindet.«

Alina lehnte es ab zu trinken und verließ das Zimmer, indem sie Dunjascha einen Wink gab, ihr zu folgen; sie ging wie schon als Mädchen – achtsam und stolz trug sie ihre Schönheit. Klim sah hinter ihr her und seufzte.

Man hatte vermutlich schon vorher gezecht, und alle wurden rasch betrunken. Samgin bemühte sich, weniger zu trinken, fühlte aber, daß er auch einen Rausch hatte. Das Mädchen mit dem karierten Rock hämmerte auf dem Klavier geschickt ein flottes kleines

Motiv und sang französisch; der Anwalt sang eindringlich mit, wobei er seine Mähne schüttelte, jemand klatschte in die Hände, das Glas auf dem Tisch klirrte, und alle Gegenstände im Zimmer antworteten jedes mit seiner Stimme auf die krampfhafte Fröhlichkeit der Menschen.

Sie amüsieren sich, weil sie Angst haben, dachte Samgin, doch neben ihm saß mit einem Glas Champagner in der Hand Dunjascha.

»Für solche zurückhaltenden Menschen wie Sie schwärme ich sehr«, sagte sie.

Der Dichter schüttelte seine verklebten Haarsträhnen, wölbte die Brust vor, riß die Augen weit auf und fragte laut:

»Schwarzes Hemd,
Lederner Gürtel –
Wer ist das?«

Er blickte alle an und schrie laut:

»Der Ar-rbeiter!«

»Nein, das müssen Sie schon auf gestern verlegen«, protestierte der Anwalt. »Ihre Arbeiter haben in Petersburg so etwas wie ein Parlament gebildet und wollen hier das gleiche tun. Wenn uns die Verfassung am Herzen liegt . . .«

»Dreiundvierzig Kopeken für die Verfassung – wer bietet mehr?« rief Ljutow und warf auf der Hand ein paar Geldstücke hoch; Alina ging zu ihm und sagte etwas; Ljutow trat einen Schritt zurück, breitete die Arme aus und verneigte sich vor ihr.

»Dein Belieben. Deins . . .«

Er trat noch einen Schritt zurück und verneigte sich wieder.

»Ich bitte, mich zu entschuldigen«, sagte Alina laut, »ich muß für eine Stunde wegfahren, eine Freundin von mir ist gefährlich erkrankt.«

»Und ich fordere auf, zu mir zu kommen – wer ist einverstanden?« kreischte Ljutow.

Samgin beschloß, nach Hause zu gehen, stand auf und wankte, Dunjascha stützte ihn und rief: »Schon? Das ist schlimm!«

Er erinnerte sich nicht klar, wie er in Ljutows Haus geriet, wo Kaffee getrunken, verrückt getanzt und gesungen wurde, dann ging er schlafen, doch bevor er sich hatte ausziehen können, erschien Dunjascha mit Kognak und Selterswasser, dann zog er sie aus und verbrannte sich die Finger an ihrem glühendheißen, schmelzenden Körper. Er erinnerte sich hieran, als er beim Erwachen auf einem Kaufmannsfederbett lag, in das ihn die widerliche Schwere seines

Körpers hineingedrückt hatte. Im Zimmer war es dunkel wie in einem Keller, im Haus die unerschütterliche Stille einer tiefen Nacht. Das war sonderbar, denn man war bei Tagesanbruch auseinandergegangen. Das Federbett strömte einen widerlich modrigen Geruch aus, am Rücken stach ihn etwas Hartes: es erwies sich als eine Kette mit einem viereckigen Metallgegenstand; Samgin verzog angewidert das Gesicht, spie zähen, bitteren Speichel aus und dachte, daß er den Tag des Umbruchs der russischen Geschichte vollkommen russisch gefeiert habe.

Da er fühlte, daß er nicht mehr einschlafen werde, tastete er nach den Streichhölzern auf dem Tisch, zündete eine Kerze an und sah auf seine Uhr, aber sie war stehengeblieben, und die Zeiger standen auf zehn Uhr zweiunddreißig. An der zerrissenen Kette hing ein emailliertes, kupfernes Muttergottesbildchen.

Schreckliche Menschen, dachte er, als er sich der bedrückenden Vergnügungen des gestrigen Tages erinnerte. Und ich bin auch ... gut!

Weit öffnete sich die Tür, mit tanzender Kerze in der Hand kam Ljutow herein, der sich in dem offenen chinesischen Schlafrock verhedderte; er stellte die Kerze auf die Kommode, setzte sich auf die Armlehne eines Sessels, wankte aber und schimpfte unflätig, als er auf den Sitz herunterrutschte.

»Willst du Sodawasser? Grischa – Sodawasser ...!«

Er drückte das Kinn so fest mit der Faust, daß seine rote Hand weiß wurde, und begann heiser zu sprechen, wobei er mit den Augen die zweifarbige Flammenzunge der Kerze einzufangen suchte: »Es stimmt etwas nicht, mein Lieber, man hat irgendeinen Sozialdemokraten umgebracht, ein großes Tier, Marat wohl ... Übrigens – Marat ist verhaftet. Auf der Straße wird gebrüllt, geschossen.«

»Ist jetzt Abend?« fragte Samgin.

»Was ist denn dabei? Es geht auf acht ... Der Kutscher sagt, auf dem Strastnaja-Platz hat man die Telegrafenmasten abgesägt, überall ist Draht, man kann nicht fahren.« Er schüttelte den Kopf. »Ich habe Erbsen im Schädel!« Er räusperte sich und fuhr mit klarer Stimme fort: »Übrigens – hihi. Dieses Hihi hat mir Dunjascha beigebracht; hat es beigebracht, sagt es aber selbst nicht mehr.« Er nahm die Kette mit dem Heiligenbildchen vom Tisch, wog sie in der Hand und sagte, ohne sich zu wundern: »Und ich hatte gedacht, sie habe mit dem Philologen geschlafen. Na, zieh dich an! Es gibt Kaffee.«

An der Tür blieb er stehen, sah die Kerze an, schnippte mit den Fingern und sagte: »Turobojew hat ausgezeichnet von diesem Pfäfflein, dem Gaposchka, erzählt. Der Pope ist gestrauchelt, dieser Esel, er hat zu hoch hinausgewollt. Hat nicht die richtigen Leute auf die Beine gebracht . . .«

Er pustete in die Kerzenflamme, und beim Hinausgehen durch die Tür zerriß er sich wohl den Schlafrock – das Platzen des Seidenfutters klang wie Zähneknirschen.

Samgin wusch sich und zog sich an, er trat ins Vorzimmer, mit der Absicht, unauffällig nach Hause zu gehen, aber er wurde von einem Jungen überholt, der die Haustür öffnete und Alina hereinließ.

»Wohin? Legen Sie ab!« rief sie. »Auf den Straßen sind Betrunkene, Droschken gibt es keine, ich bin kaum heimgekommen; die Leute belästigen einen, treiben Unfug.«

Es war sonderbar zu hören, daß sie nicht zornig, nicht erschreckt, sondern anscheinend sogar freudig sprach. Samgin legte gehorsam ab und ging ins Speisezimmer, wo Ljutow im Rock herumlief, den er über das Nachthemd gezogen hatte; am Tisch waltete Dunjascha und saß ein glattfrisierter, naßköpfiger junger Mann mit gelbem Gesicht und ungestümen Bewegungen; Ljutow wurde von Alina gerufen und verschwand strahlend. Der junge Mann sagte irgendwas von Stendhal und Ovid, er hatte eine helle Stimme, die aber gekränkt klang, sein flaches Gesicht war von einem spärlichen Schnurrbart und ebensolchen Brauen geziert, doch sie hatten dieselbe Farbe wie die Haut, waren fast unsichtbar, und das verlieh dem jungen Mann Ähnlichkeit mit einem Kastraten.

»Und immer nicht das Richtige«, sagte Dunjascha, als sie Samgin Kaffee einschenkte, und lächelte ihn an. »Ein Leidenschaftlicher entflammt und erlischt sogleich. Ein wahrer Liebhaber jedoch muß so sein, daß man mit ihm herumtoben kann, um ihn in Glut zu bringen. Auch die Lyrischen mag ich nicht – was hat man schon von ihnen? Sie schäumen wie Seife, das ist auch alles . . .«

Dann führte Ljutow Alina am Arm herein, sie trug so etwas Ähnliches wie einen Gehrock und wirkte größer und schmaler, während er neben ihr wie ein Halbwüchsiger aussah.

»Sie haben Kisten und Bretter herbeigeschleppt«, erzählte sie lebhaft. Ljutow rief: »Die Verfassung ist also eine Frühgeburt?«

Samgin, der sich über alle und über sich selbst ärgerte, überwand seinen qualvollen Kater und fragte: »Ich würde gern wissen: Woran glaubst du eigentlich?«

»Dieses Geheimnis ist groß!« entgegnete Ljutow, stieß mit Alina mit Kognak an, kippte das Gläschen hinunter und sagte zwinkernd: »Ich nehme jedoch an, daß du und ich Glaubensgenossen sind: Wir glauben beide an das Nirwana körperlichen und seelischen Wohlergehens. Und wegen unseres Glaubens hassen wir uns selbst; denn wir wissen: Wohlergehen ist Banalität, Europa mit Luther, Calvin, der Bibel und allem, was nicht zu unserer Krankheit paßt.«

»Das lügst du alles«, sagte Samgin mit einem Seufzer.

»Du willst wohl für deinen Fünfer die Wahrheit haben? Da hast du sie!«

Er steckte rasch den Daumen zwischen Mittel- und Zeigefinger und hielt ihn Samgin hin, dann füllte er wieder die Gläser. Alina saß mit Dunjascha und dem Philologen in der Diwanecke, der Philologe erzählte zappelnd etwas, Alina lachte, sie war ungewöhnlich lustig gestimmt und lauschte immerzu, als erwartete sie jemanden. Und als auf der Straße ein scharfer Knall ertönte, rief sie: »Hört ihr? Es wird geschossen!«

»Die Haustür«, sagte der Philologe.

Makarow trat ein und erzählte, indem er sich die frierenden Hände rieb, ungewöhnlich ruhig, daß ganz Moskau über die Ermordung eines Agitators empört sei.

»Sein Name ist Baumann. Er ist im Technikum aufgebahrt, und heute hat die Schwarzhundertschaft versucht, den Sarg hinauszuwerfen. Man sagt, es hätten sich an die dreitausend Menschen angesammelt, aber dort war die Ochrana, irgendwelche Grusinier. Sie haben geschossen. Es hat Tote gegeben.«

»Grusinier? Doktor, du lügst!« schrie Ljutow auf.

Makarow zuckte gleichgültig die Achseln und wandte sich, während er sich Kaffee eingoß, an Alina: »Turobojew habe ich nicht gefunden, aber er ist hier, das sagte mir ein Journalist. Er wird Turobojew den Brief übergeben.«

Ljutow lief im Zimmer herum, strich sein zerzaustes Haar glatt und murmelte mit verzerrtem Gesicht: »Krieg der Moskauer mit den Grusiniern wegen eines Juden? Hihi.«

»Ich mache darauf aufmerksam, in den Straßen ist es sehr unruhig«, sagte Makarow und trank Kaffee, er sprach, als läse er einen uninteressanten Zeitungsartikel vor.

»Wir werden eben nirgends hingehen – hier ist es warm und gibt es genug zu essen!« rief Dunjascha. »Singen wir was, Linotschka, solange wir noch nicht gestorben sind.«

Diesmal veranlaßte Dunjascha Samgin zu denken: Dieses kleine Weibsbild kann tatsächlich . . . singen.

Alina sang nicht, sondern untermalte nur mit ihrer tiefen Stimme die Worte von Dunjaschas Lied, naive, schwerfällige Worte. Samgin hatte es früher nicht für notwendig gehalten und auch nicht verstanden, auf die Worte dieser zweifelhaft »volkstümlichen« Lieder zu hören, aber Dunjascha sprach sie mit aufreizender Klarheit aus:

»Der goldne Mond lächelt aus den Wolken,
Oh, mich lächelt mein Leid an . . .«

Es war ärgerlich, sich überzeugen zu müssen, daß eine im Grunde so reizlose kleine Frau, die grob wie eine billige Puppe angemalt war, einen zwingen konnte, ihrem spöttisch traurigen Lied zuzuhören, das unnötig war wie ein am hellichten Tag angezündetes Licht.

Die Tatsache, daß es auf den Straßen unruhig war, brachte Samgin von seiner Absicht ab, nach Hause zu gehen, erregte ihn aber auch etwas, und als er dem Lied zuhörte, dachte er:

Die Zeit bis zur Bildung der Reichsduma wird natürlich tumultvoll sein, aber das ist schon Organisationstumult.

Als man zu singen aufgehört hatte, sagte er das laut, aber niemand beachtete seine Worte gebührend; Makarow sah ihn schweigend und melancholisch an, Ljutow, der mit seinem krummen Rücken die Gestalt Dunjaschas verdeckte, küßte ihr die Hände und murmelte etwas, Alina strich ihr über das rote Haar und seufzte: »Ach, Dunka, Dunka, wieviel Talent du hast! Es wäre zuwenig, dich umzubringen, wenn du es verschleudertest.«

»Die Menschen müssen doch ermüden«, sagte Samgin ärgerlich und bereits etwas herausfordernd zu Makarow, aber dieser farblos gewordene, schleierhafte Mensch antwortete wieder nicht, sondern sang leise das Motiv des verklungenen Liedes vor sich hin, und Ljutow zischte: »Psch!«

Dunjascha und Alina hatten sich umarmt und begannen wieder gedämpft zu singen, als unterhielten sie sich miteinander, und als sie geendet hatten, verkündete das Stubenmädchen, das Essen sei fertig. Man aß still zu Abend, trank wenig, alle waren nachdenklich, sogar Ljutow schwieg, und nach dem Abendessen gingen alle sofort in ihre Zimmer.

Als Samgin im Bett lag, beobachtete er, wie der Rauch seiner Zigarette das Halbdunkel des Zimmers verdichtete, wie die Flamme der Kerze blühte, und dachte daran, daß Moskau, Rußland in diesen Jahren sozialen Terrors, an dessen Spitze ein Zar von »Zwergmenschen« stand, in den zehn Jahren der Studentenunruhen, Arbeiterdemonstrationen und Bauernaufstände natürlich ermüdet sei.

Ermüdet war auch er, Klim Samgin, von allem, was er gesehen, gehört und was er gelesen hatte, wobei er sich gezwungen hatte, keine Wortfäden abreißen zu lassen, die ihn mit Menschen eines bestimmten »Systems von Sätzen« verbanden und zu ihnen hinzogen. Ja, er war auch ermüdet, und jetzt schien ihm, er sei in einer irgendwie erhabenen, symbolischen Art und Weise ermüdet; er trage in sich nicht nur seine eigene langjährige Müdigkeit, sondern die jahrhundertealte Müdigkeit aller Opfer der russischen Geschichte, aller, die gewaltsam an ihren »Zuchthauskarren« geschmiedet sind. Und nun begann der Vorabend der Ruhe, der wirkliche »Anfang vom Ende«.

Aber es gab Augenblicke, in denen seine Überzeugung vom Ende der unruhigen Ereignisse verschwand wie der Mond in den Wolken, er erinnerte sich der »Herren«, die mit Begeisterung den Dubinuschka-Knüppel über ihren Köpfen schwangen; ihm kam der Gedanke, wen die Bäcker, die vom Dach Ziegel auf die Kosaken herabgeworfen hatten, dieses Arbeitervolk, das auf die Straßen Moskaus herausgeströmt und von niemandem geführt worden war, wen die Bauern, welche die Gutshöfe zerstört hatten, in die Reichsduma entsenden konnten. Der Sowjet der Arbeiterdeputierten konnte nichts Ernstes sein, es war unvorstellbar, welche Rolle diese nirgends, von niemandem und niemals erprobte Organisation spielen konnte . . .

An dieser Stelle schlief er ein, am frühen Morgen weckte ihn Dunjascha, er spielte gern und herablassend mit ihrem bequemen und angenehmen Körper, zog sich eine Stunde später an und ging heim.

Der Tag der Beerdigung Baumanns erlaubte Samgin, sich endgültig und fest davon zu überzeugen, daß Moskau tatsächlich ermüdet war. Das fühlte er sofort, als er Arm in Arm mit seiner Frau, in Begleitung Bragins und Kumows, die Straße betrat. Er betrat sie in der Stimmung eines Menschen, der an einer Sache teilzunehmen verpflichtet ist, deren Sinn ihm nicht klar ist. Auf dem Weg zum Leichenzug sah er, daß fast jedes Haus aus den Toren, den Türen seine Einwohner ebenso gestimmt entließ, wie er es war – düster, sogar anscheinend gekränkt. Man konnte meinen, daß die Leute unzufrieden waren und stumm dagegen protestierten, daß man nun wieder irgendwohin gehen müsse. Aus diesen verschiedenartigen, einzelnen entstand ungewöhnlich rasch eine sehr dichte Masse, und Samgin, der nicht zum erstenmal an tragischen Paraden teilnahm, fühlte sich zum erstenmal vollkommen in Einklang, innerlich verschmolzen mit der Menschenmasse dieses Tages.

Als in der Ferne der rote Kopf des unerhört und unnatürlich festen Prozessionskörpers aus dem Rachen einer Straße auf den Theaterplatz herauskroch, fühlte Samgin, wie ihm ein kalter Schauer über den Rücken lief; er verstand nicht, ob dieser Schauer durch Schreck oder Entzücken hervorgerufen war. Über dem Kopf der Menge schwankten viele rote Fahnen – das glich einem vom Wind zerbrochenen und zerrissenen Riesenschirm. Je weiter aber der schwarze

Leviathan auf den Platz herauskroch, desto mehr wurde es an Fahnen, und jetzt erinnerten sie schon an rote Schuppen am Rücken eines Ungeheuers. Diese Masse hatte etwas für eine Menschenmenge Ungewöhnliches; alle rings um Samgin begriffen das und verstummten bedrückt. Da, in der Stille, hörte er, daß das Ungeheuer schweigend kroch; es füllte die Luft mit unnatürlichem Rascheln und war stumm, nur in der Ferne, aus der Tiefe seines Wesens, wurde schwach das bekannte, feierlich düstere Motiv des Trauermarsches hörbar: »Unsterbliche Opfer . . .«

Samgin fühlte, daß der Arm seiner Frau zitterte, dieses Zittern übertrug sich auf ihn, es störte sein Herz beim Schlagen und erschwerte ihm das Atmen, indem es sich als Krampf zur Kehle hin ausbreitete.

Opfer, ja! dachte er zerrissen, mit abgenommenem Hut. Isaaks, dachte er, sich der naiven Belehrung des Vaters erinnernd . . . Das letzte Opfer!

Blinzelnd, um die warmen Tränen, die ihn am Sehen hinderten, aus den Augen zu vertreiben, drehte er den Kopf hin und her und sah sich um. Noch nie hatte er so verschiedenartige und so gleichmäßig feierlich gestimmte Gesichter gesehen.

Wie auf der Wyborger Seite verglich Klim Samgin und versuchte rasch, seine eigene Stimmung und die der Masse zu bestimmen. Dort hat die Feierlichkeit natürlich einen anderen Ton gehabt, dort wurde ja auch nicht beerdigt, sondern man wollte sozusagen den Zaren auferstehen lassen . . .

Kleine leise Dummheiten der Gefährten störten ihn beim Denken.

»Und so wird ein Jude beerdigt!« sagte Warwara verblüfft, mit halblauter Stimme.

»Christus«, sagte Kumow, während Bragin ihn sofort unterrichtete: »Es besteht die Ansicht, Christus sei kein Jude gewesen.«

In der Stille war dieses verständnislose Flüstern sehr deutlich zu hören, obwohl das sonderbare schleifende Geräusch näher kam und immer stärker wurde. Samgin hielt gespannt Ausschau. Nicht selten huschten düster und sogar bedrohlich verzogene Gesichter vorbei, und fast gar nicht anzutreffen waren Physiognomien professioneller Zuschauer, der Leute, die sich ebenso gleichgültig Hochzeiten, Beerdigungen, Truppenparaden und auf dem Weg nach Sibirien befindliche Sträflinge ansehen. Zu guter Letzt hatte Samgin den Eindruck, daß eine fast andächtige und dankbare Stimmung der Konzentration auf ein einziges tiefes Gefühl vorherrsche. Man hätte sich nicht vorstellen können, daß Zehntausende von Menschen so feierlich schweigen konnten, aber sie schwiegen, und ihre Seufzer, ihr Flüstern wurden verwischt durch das schleifende Geräusch der Schritte auf den Pflastersteinen.

So ist es: Hier dankt man schweigend und feierlich einem Menschen dafür, daß er gestorben ist . . .

Die humoristische Form dieser Vermutung verwirrte ihn, er warf sogar einen Seitenblick auf Warwara, als befürchtete er, sie könnte hören, was er dachte.

Man dankt dem Kämpfer dafür, daß er gelebt hat, für seine große Tat, für das Opfer.

Nachdem Samgin seinen Gedanken in eine schicklichere Form gekleidet hatte, fühlte er wieder einen Andrang feierlicher Stimmung, er wurde von einer Stille gefüllt, die ihn weitete und erhob. Im Rhythmus zu der schwerfälligen und geschlossenen Bewegung der unzählbaren Menge klang majestätisch der Trauermarsch, ihn sangen Hunderte von Menschen, sangen ihn unharmonisch und als wiederholten sich immer wieder dieselben Worte:

»Unsterbliche Opfer, ihr sanket dahin.«

Aber Klim Samgin spürte eine innere Harmonie und Übereinstimmung in diesem ungeheuerlich großen Chor, eine Übereinstimmung, die das Fehlen der Geistlichkeit, des Glockenläutens und alles dessen nicht merken ließ, was gewöhnlich eine Beerdigung verschönt.

Hier wäre das alles überflüssig, sogar unecht, entschied er. Keine andere Menge hätte unter irgendwelchen anderen Umständen dieses Schweigen und zugleich diesen Ton zustande gebracht, der alles ausstreicht, verwischt und alle Unebenheiten glättet.

Hier war alles anders, alles phantastisch, verändert, selbst die engen Straßen waren nicht wiederzuerkennen, und es war unverständlich, wie sie diesen gewaltigen Körper der endlosen, dichten Menge zu fassen vermochten. Trotz der Kälte des Oktobertages und der bösen Sprünge des Windes von den Dächern der Häuser, die niedriger, kleiner geworden schienen, waren hie und da Lüftklappen und sogar Fenster geöffnet, und aus ihnen flatterten über der Menge Stücke roten Tuchs.

Üppig mit Blumen, Grün und Bändern geschmückt, durch eine rote Fahne leuchtend, wurde der Sarg auf Schultern getragen, und es schien, als trügen ihn Menschen unnatürlich hohen Wuchses. Hinter dem Sarg wurde eine schwarzhaarige Frau am Arm geführt, auch sie war über Kreuz mit roten Bändern umwunden; von ihrer schwarzen Kleidung hoben sich die Bänder scharf ab, warfen Licht auf das blasse Gesicht und die zusammengezogenen dichten Brauen.

»Die Medwedewa, seine Lebensgefährtin«, erklärte Bragin und räusperte sich.

Hinter ihr ging mit geneigtem Kopf, gebeugt, Pojarkow, neben ihm sang und dirigierte, den Hut schwenkend, Alexej Gogin; Arm in Arm mit irgendeinem nachdenklichen blonden Mann kam Pjotr Ussow vorbei, beide in halblangen Schafpelzen; neben dem bärtigen Gesicht Kutusows huschte das rote, stets fröhliche Gesicht des Sozialdemokraten Roshkow vorüber; diese sangen nicht, sondern stritten anscheinend, danach zu urteilen, wie Roshkow mit den Händen fuchtelte; hinter Kutusow ging Ljubascha Somowa mit der Gogina; es gingen noch ein paar Männer und Frauen mit, die Samgin zwar nicht beim Namen, aber doch vom Sehen kannte.

Hundertfünfzig bis zweihundert Personen, nicht mehr, zählte Samgin befriedigt.

Gerade diese Menschen sangen, und unter dem Geräusch der vielen tausend Füße klang der Gesang schwach.

Diese Gruppe mit dem Sarg an ihrer Spitze war von einer Kette aus Studenten und Arbeitern umringt, die sich an den Händen hielten, viele hatten einen Revolver in der Hand. Ein kräftiges Glied in der Kette war Dunajew, ein anderes der Arbeiter Pjotr Salomow, dem Samgin schon begegnet war und von dem man sagte, daß er die Verteidigung der von der Polizei belagerten Universität organisiert habe.

Zu Tausenden gingen Arbeiter, Handwerker, Männer und Frauen, stattliche Menschen in kostbaren Pelzen, elegante Rechtsanwälte, Intellektuelle in leichten Mänteln, Studenten, Hochschüler, Gymnasiasten, es kam eine dichtgedrängte Gruppe von Post- und Telegrafenbeamten vorbei und sogar ein nicht großes Häufchen von Offizieren. Samgin fühlte, daß jeder einzelne von ihnen den gleichen Gedanken, ein und dasselbe Wort in sich trug, ein treffendes Wörtchen, das stets, in jeder Menschenmenge die Stimmung genau bezeichnet. Er wartete beharrlich auf dieses Wort, und es wurde ausgesprochen.

Es war die Antwort auf die Frage einer dicken, rotwangigen Frau, die sich aus der Tür eines Ladens herauslehnte; sie hatte die runden blauen Äugelchen erstaunt aufgerissen und fragte laut: »Ach, du meine Güte, wer wird denn da beerdigt?«

»Die Revolution, Tantchen«, wurde ihr ruhig und laut geantwortet.

»Au!« rief Warwara, dem Lachen nahe, als hätte man sie gekitzelt, während Bragin sachkundig murmelte: »Man hätte sagen müssen: die Anarchie, die Pogrome.«

Klim Samgin verlangsamte seine Schritte, er sah sich um, da er das Gesicht des Menschen sehen wollte, der hinter ihm das notwendige Wort ausgesprochen hatte; dicht hinter ihm gingen zwei: ein stämmiger, schlechtgekleideter alter Mann mit Vollbart und einem mürrischen Blick entzündeter Augen und ein etwa dreißigjähriger unrasierter Mann mit schwarzem Schnurrbart, großer Nase und lustigen Augen, auch ärmlich gekleidet, in einem schmierigen schwarzen Schafpelz und einer sibirischen Pelzmütze.

Der war es! vermutete Klim Samgin.

Für ihn war dieses Wort entscheidend, es erklärte restlos die Feierlichkeit, mit der Moskau aus seinen Häusern Menschen aller Stände gesandt hatte, den ermordeten Revolutionär zu beerdigen.

Wie tief, erschöpfend gesagt: Man beerdigt die Revolution! dachte er voll Dankbarkeit für den unbekannten Schlaukopf. Ja, man trägt das Vergangene, das Überholte zu Grabe. Diese erstaunliche Prozession ist eine Apotheose der gesellschaftlichen Bewegung. Und dieses schleifende Geräusch ist nicht das mechanische Werk von Füßen, sondern das äußerst vernünftige Werk der Geschichte.

Er beschloß, einen Artikel zu schreiben, der die symbolische Bedeutung dieser Beerdigung aufdecken sollte. Man müsse erzählen, daß Moskau, Rußland in Gestalt dieses ermordeten unbedeutenden Menschen erneut alle jene beerdige, die im Kampf um die Freiheit ihr Leben in Zuchthäusern und Gefängnissen, in Verbannung und Emigration geopfert haben. Ja, man beerdigte Herzen, Bakunin, Petraschewskij, die Leute des 1. März und die Tausende von Menschen, die am 9. Januar getötet worden waren.

Das muß natürlich in pathetischem Ton geschrieben werden. Es ist schade, das heißt etwas peinlich, daß der Getötete ein Jude ist, seufzte Samgin. Obwohl einige behaupten, er sei Russe . . .

Der Zug stockte. Rund um den Sarg brauste eine nicht schnelle, aber wirbelförmige Bewegung auf, und der Sarg – eine formlose Masse aus roten Schleifen, Kränzen und Blumen – schien sich zu heben; man konnte sich einbilden, er ruhe nicht auf Schultern, sondern auf hocherhobenen Armen. Aus dem Hof des Konservatoriums kam ein Orchester heraus, und in die graue Luft unter niedrigem, grauem Himmel ergoß sich wuchtig die majestätische Melodie des Marsches »Auf den Tod eines Helden«.

»Mein Gott, wie herrlich«, seufzte Warwara, sich an Samgin schmiegend, und ihm kam es vor, als hätten zugleich mit ihr Tausende geseufzt. Neben ihm stand schweißbedeckt der strahlende Rjachin.

»Welch ein Tag, wie?« sagte er; seine dicken lila Lippen bebten, er sah Klim mit fassungslos flackernden Augen ins Gesicht und äußerte mit sich überschlagender Stimme: »Welch ... Edelmut! Nein, ermessen Sie, welche Hochherzigkeit! Bedenken Sie, Moskau, ganz Moskau ...«

»Tja, wir benehmen uns wunderlich«, sagte Stratonow, der Warwara ins Gesicht sah wie auf das Zifferblatt einer Uhr. »Stell mich vor, Maxim«, befahl er, hob die Bibermütze etwas über den Kopf und erklärte Warwara eigentümlich albern, als drohte er: »Ich bin mit Ihrem Mann bekannt.«

»Er ist hier«, sagte Warwara, aber Samgin hatte sich schon hinter irgendwessen breitem Rücken versteckt; er wollte nicht mit diesen Leuten, ja überhaupt mit niemandem sprechen, in ihm entfalteten sich immer üppiger eigene, ungewöhnlich feierliche, klangvolle Worte.

»Ruhe, meine Herrschaften!« schrie jemand Rjachin und Stratonow streng an.

Bragin drängte sich nach vorn, Kumow war schon längst verschwunden, die Menge bewegte sich immerzu, und nach kurzer Zeit befand sich Samgin weit von seiner Frau entfernt. Vor ihm schritten zwei Leute, stämmig, schwerfällig der eine, dürr, beweglich der andere, er stolperte immer wieder und redete mit schnellem, erregtem Tenor auf jemanden ein: »Schreib das, Walentin, schreib das, mein Lieber: etwas Schwärzlich-Rötliches, oho-ho! Verstehst du? Rötlich-Schwärzliches!«

Samgin verlangsamte seine Schritte immer mehr, da er damit rechnete, daß der dichte Menschenstrom an ihm vorbeiziehen und ihn hinter sich lassen werde, aber die Menschen gingen immerzu, gingen endlos und stießen ihn vorwärts. Ihn hielt nichts mehr in der Menge, ihn interessierte nichts; zuweilen huschten noch bekannte Gesichter vorbei, ohne irgendwelche Eindrücke oder Gedanken zu erwecken. Jetzt kamen Alina und Makarow Arm in Arm, Dunjascha mit Ljutow und der blauwangige Anwalt vorbei. Dann tauchte noch ein bekanntes Gesicht auf, anscheinend Turobojew, und mit ihm einer der modernen Schriftsteller, ein schöner, brünetter Mann.

»Klim Iwanowitsch!« rief freudig und ängstlich Mitrofanow und ergriff ihn am Ärmel. »Guten Tag! So trifft man sich! Herr, du mein Gott ...«

»Ah, Sie sind auch da?« sagte Samgin, der sich über diese Begegnung ärgerte und seine Gleichgültigkeit verbarg. »Sind Sie schon lange hier?«

»Seit zwei Monaten etwa. Uff, wie ich mich freue ...«

»Warum haben Sie mich denn nicht besucht?«

Mitrofanow schnalzte laut und mit Bedauern und fuhr, ohne zu antworten, fort: »Wie ist das nun, Klim Iwanowitsch? Ist also die rechtliche Gleichstellung aller Stände zugelassen? Dann gestatten Sie mir, Sie sozusagen zur Krönung Ihrer Bemühungen zu beglückwünschen ...«

Er hatte sich schon lange nicht mehr rasiert, seine borstigen Bakkenknochen spielten, als kaute er etwas, der Schnurrbart bewegte sich, er machte den Eindruck, als hätte er einen starken Rausch, sein Atem war heiß, aber er roch nicht nach Alkohol. Seine Freude war Samgin peinlich, sie war sogar lächerlich, aber die Aufrichtigkeit dieser Freude war ihm trotz allem angenehm.

»Sieh mal an – man hat uns auseinandergesprengt und verstreut, den einen hierhin, den andern dorthin, und nun heißt es: Vereinigt euch! Ausgezeichnet! Na, wissen Sie, wir haben uns ja dicht vereinigt!« sagte Mitrofanow, indem er ihn mit der Schulter und den Hüften stieß.

Beim Nikitsker Tor blieb der Zug auch stehen, die Menschen drängten sich noch dichter zusammen, und aus der Ferne lief von vorn eine unruhiges Raunen durch die Menge ...

»He, Genossen, vorwärts!«

Das kommandierte ein schmuddliger, goldblonder Mann, der die Leute rücksichtslos beiseite stieß; hinter ihm her gingen rasch, die Menge wie ein Keil spaltend, Studenten und Arbeiter und schienen durch ihre Stöße die Bewegung wiederherzustellen – die Menge bewegte sich wieder weiter, das Singen wurde geordneter und bedrohlicher. Die Leute um Samgin rückten voneinander ab, es wurde freier, das Geräusch der Prozession, welches die Menschenstimmen so leicht ausgelöscht hatte, wurde lockerer.

»Wahrscheinlich hat mir jemand einen Streich gespielt«, sagte Mitrofanow schuldbewußt. »Oder ist vielleicht krank geworden. – Nein«, antwortete er leise auf Samgins vorsichtige Frage, »mit der früheren Sache befasse ich mich nicht mehr. Wissen Sie, angesichts der Freiheit wäre es irgendwie schon unwürdig, kleine Diebe zu fangen. Wir haben einen Festtag, und da möchte man alles Überflüssige vergessen, wie am Sonntag vor den großen Fasten. Zudem bin ich in den Verdacht der Unzuverlässigkeit geraten, da hat man mich natürlich für ungeeignet erkannt ...«

Der Gesang entfernte sich, die Fahnenflecke wurden dunkler, der Wind drückte scharfe Kälte auf die Menschen; in der Menge entstanden Seitenbewegungen nach rechts und nach links; die Menschen konnten offenbar nicht mehr vollständig in den schmalen Schlund der Straße hineinkriechen, von hinten jedoch drückte auf sie immer noch die unerschöpfliche Masse, sie wurde im Halbdunkel einfarbig schwarz, noch dichter, verlor aber ihre Realität, und man konnte meinen, der kalte Wind ginge von ihr aus. Samgin wurde unmerklich nach links zum Arbat gedrängt; aber das war gerade das, was er gewollt hatte. Hier wurde Mitrofanows sehr leise Stimme hörbarer.

»Jeder begreift, daß es besser ist, Kutscher zu sein statt Pferd«, sprudelte er hastig hervor und drückte sich an Samgin. »Wozu aber Geld für Waffen sammeln? Mir ist das unverständlich! Gegen wen soll man kämpfen, wenn die rechtliche Gleichstellung aller Stände gestattet ist?«

»Nun, das ist nicht ernst zu nehmen«, sagte Samgin ärgerlich, denn er hatte Iwan Petrowitsch schon reichlich satt.

»Nein? Wozu dann?«

»Für den Fall eines Angriffs der Schwarzhunderter ...«

»Ach ja! Tja ... natürlich! Sieh mal an ... Wer sammelt das denn? Die Sozialrevolutionäre oder die Demokraten?«

»Das weiß ich nicht. Ich muß Sie jetzt verlassen, Iwan Petrowitsch ...«

Mitrofanow ergriff mit beiden Händen seine Rechte, drückte sie fest, schüttelte sie ein paarmal und sagte mit fremder Stimme: »Die Sache, das ist Vergangenheit, Klim Iwanowitsch, aber es war und ist vielleicht noch ein doppelzüngiger Mensch neben Ihnen, der mir meine Karriere verdorben hat ...«

»Sie irren sich«, antwortete Samgin streng.

»Leben Sie wohl«, sagte Mitrofanow und entfernte sich eilig, wandte sich aber nach drei bis vier Schritten um und rief: »Es war!«

Als Antwort auf diesen weinerlichen Schrei zuckte Samgin die Achseln und sah der wie alle Menschen zu dieser Stunde dunkler gewordenen Gestalt des ehemaligen Polizeiagenten nach. Die unangenehme kleine Episode mit Mitrofanow glitt an seiner Stimmung ab, erschütterte ihn nicht. Das kalte Halbdunkel trieb die Menschen rasch auseinander, sie gingen nach allen Seiten, füllten die Luft mit dem Lärm ihrer Stimmen, und an den fröhlichen Stimmen wurde deutlich: die Leute waren zufrieden, ihre Pflicht erfüllt zu haben.

Samgin schritt langsam und überprüfte in seinem Gedächtnis die möglichen Einwände aller »Systeme von Sätzen« gegen seinen künftigen Artikel. Die Einwände verflüchtigten sich rasch, wie erste Regentropfen im Straßenstaub, der von glühender Sonne erhitzt ist. Das Gedächtnis sagte ihm dienstbeflissen treffende Worte ein, die den hochinteressanten Gedanken leicht und schön Gestalt verliehen.

Er fühlte sich vollständig frei von allen Ängsten und Beunruhigungen.

Ja – ist denn ein Junge dagewesen? lächelte er innerlich.

Durch die bereits gelichtete Menge überschritt er wieder den Platz am Nikitsker Tor, ging auf dem Boulevard in gleicher Richtung mit vielen Menschen und überholte Ljutow, ohne ihn zu bemerken. Er erkannte ihn, als dieser unruhige Mensch auf ihn zusprang und ihm ins Ohr schrie: »Hihi! Ich gehe mit Dunjascha und sage zu ihr . . .«

Samgin prallte zurück, denn er fühlte, er wußte, daß Ljutow gleich seine widerlichen Doppeldeutigkeiten verbreiten werde. Ja, ja – er schickte sich bereits an, etwas Abscheuliches zu sagen, das sah man an dem wollüstigen Zucken seines ungezügelten Gesichts. Und um Ljutow zuvorzukommen, begann er selbst rasch, gereizt und ironisch zu sprechen.

»Nun, jetzt wirst du es hoffentlich aufgeben, die Rolle eines mißratenen Teufels zu spielen. Eine schlechte Rolle. Und – verzeih! – eine banale. Für einen so eingefleischten Spießer wie dich ist der Nihilismus keine Maske . . .«

Er fühlte sich imstande, viele Grobheiten zu sagen, aber Ljutow hob die Rechte wie zum Schlag und schob seine Mütze zurecht, mit der linken Faust stieß er Samgin leicht in die Seite und trat zurück, wobei er wieder, diesmal in fragendem Ton, sagte: »Hihi?«

Ohne sich umzusehen, ging Samgin rasch weiter, da er fürchtete, es zum drittenmal zu hören, dieses widerliche Hihi.

ANHANG

ANMERKUNGEN

8 *die Zeit des verzweifelten Kampfes ...* – Gemeint ist der Kampf der Volkstümler (Narodniki) – Anhänger einer gegen Ende der sechziger Jahre des 19. Jahrhunderts in Rußland entstandenen bürgerlich-demokratischen Bewegung – gegen die Macht der Gutsbesitzer und die Selbstherrschaft. Die Volkstümler verkannten die Rolle des Proletariats und sahen in der Bauernschaft die entscheidende revolutionäre Kraft des Landes.

der feinnervigste Dichter – Gemeint ist Nikolai Alexejewitsch Nekrassow (1821–1877), der wie kein anderer Dichter des 19. Jahrhunderts den Schmerz des unterdrückten Volkes poetisch gestaltete.

9 *der verzweifelte Schuß Solowjows* – Alexander Konstantinowitsch Solowjow gehörte der 1876 in Petersburg entstandenen Volkstümlerorganisation »Semlja i wolja« (Land und Freiheit) an. Die Mitglieder dieser Organisation glaubten, ihre politischen Forderungen im Kampf gegen die Selbstherrschaft durch individuellen Terror durchsetzen zu können. Am 2. 4. 1879 schoß A. K. Solowjow auf den Zaren, ohne ihn jedoch zu treffen.

einige Dutzend entschlossener Leute ... – Gemeint sind die Narodowolzen, Angehörige der Volkstümlergruppe »Narodnaja wolja« (Volkswille), die im Herbst 1879 aus der Volkstümlerorganisation »Semlja i wolja« hervorging. Die Narodowolzen behielten den individuellen Terror als wichtigste Kampfform bei und töteten nach mehreren mißglückten Versuchen schließlich am 1. März 1881 Alexander II. durch einen Sprengstoffanschlag.

10 *Ein äußerst genialer Künstler* – Gemeint ist Fjodor Michailowitsch Dostojewskij (1821–1881), der bei der Einweihung des Puschkin-Denkmals in Moskau am 8. 6. 1880 in einer Gedenkrede forderte: »Demütige dich, stolzer Mensch, und vor allem zerbrich deinen Stolz!«

ein anderes Genie – Gemeint ist Lew Nikolajewitsch Tolstoi (1828 bis 1910) mit seiner Forderung: »Widersetze dich dem Bösen nicht mit Gewalt!«

23 *der erlauchte Graf* – Gemeint ist Lew Nikolajewitsch Tolstoi.

51 *es noch weiter bringen als Lomonossow* – Michail Wassiljewitsch Lomonossow (1711–1765) war Sohn einer armen Fischerfamilie und wurde ein hervorragender Gelehrter, der Begründer der Moskauer Universität und Präsident der Akademie der Wissenschaften.

56 *Dekabristen* – Teilnehmer am Aufstand eines Teils der Adelsrevolutionäre in der Petersburger Garnison im Dezember (russ. = dekabr) 1825. Von den Ideen der Französischen Revolution getragen, wollten die

Dekabristen Rußland von Leibeigenschaft und Selbstherrschaft befreien und versuchten dies durch einen Militärstreich zu erreichen, der jedoch niedergeschlagen wurde.

93 *Absolvent des Priesterseminars* – Die Priesterseminare waren von der Kirche zur Heranbildung der niederen Geistlichkeit (Dorfpfarrer u. ä.) geschaffen worden und vermittelten der Kirche genehmes Wissen.

103 *Wolfsbillett* – Schriftliche Bestätigung über den Ausschluß aus dem Gymnasium, der ein späteres Studium unmöglich machte.

106 *»Was tun?«* – Gemeint ist der von Tschernyschewskij (1828–1889) geschriebene Roman, in dem er versucht, die Revolutionäre, die »neuen Menschen« zu gestalten. Das Werk hatte großen Einfluß auf die revolutionär gesinnten Kreise der Intelligenz, besonders bei den Volkstümlern.

»Vom anderen Ufer« – Gemeint ist Alexander Herzens publizistisches Werk, in dem er die Frage nach der Aussicht einer Revolution in Rußland stellt und dabei alles Gestrige, Reaktionäre, besonders in der westeuropäischen Gesellschaft, scharf verurteilt.

116 *Awwakum* – Russischer Geistlicher (Protopope) im 17. Jahrhundert. Er war Anführer einer religiös-sozialen Bewegung, die sich gegen die offizielle Kirche und Staatsgewalt richtete. Nach zweimaliger Verbannung wurde er vor ein kirchliches Gericht gestellt und 1682 verbrannt.

122 *Omulewskij, Nefjodow, Bashin, Stanjukowitsch, Sassodimskij . . . Lewitow . . . Slepzow* – Volkstümler, die sich auch als Schriftsteller betätigten.

123 *Semstwo* – Als Zugeständnis der zaristischen Regierung an die revolutionären Bewegungen und Unruhen 1864 entstanden, war das Semstwo ein örtliches Verwaltungsorgan in einigen Gouvernements und Kreisen, das »5. Rad am Wagen der russischen Staatsverwaltung« (Lenin). Es war für örtliche wirtschaftliche und administrative Fragen zuständig, stand dabei jedoch ständig unter Kontrolle des Staatsapparates. Ihm gehörten vorwiegend gewählte Vertreter des Adels, liberale Gutsbesitzer, Vertreter der Bourgeoisie und der Intelligenz an. Es führte seinen Kampf um Verbesserungen im gesellschaftlichen Leben in Form von Bittschriften an den Zaren; Revolutionären gegenüber verhielt es sich im allgemeinen wohlwollend neutral. In einigen Gouvernements vermochte das Semstwo das Schulwesen (Semstwoschule) oder die medizinische Betreuung zu verbessern. Die Regierung schränkte die dem Semstwo gegebenen Rechte systematisch immer wieder ein, am krassesten durch die Semstwoverordnung von 1890 unter Alexander III.

125 *die Stephensons und Arkwrights* – Beides führende Industrielle ihrer Zeit. George Stephenson (1781–1848) konstruierte die erste Lokomotive, gründete die erste Lokomotivfabrik der Welt und gilt als Begründer des Eisenbahnwesens. Sir Richard Arkwright (1732–1792) erfand die Flügelspinnmaschine, danach weitere Maschinen der Textilindustrie und wurde zum mächtigsten Textilfabrikanten seiner Zeit.

143 *die Petraschewzen* – Mitglieder des 1845 von Butaschewitsch-Petra-

schewskij in Petersburg geleiteten revolutionären illegalen Zirkels. Neben einigen Adligen gehörten ihm vor allem fortschrittliche Intellektuelle an. Trotz unterschiedlicher politischer Ansichten traten sie in ihrer Mehrheit gegen die zaristische Selbstherrschaft und die Leibeigenschaft auf. Sie entwarfen Projekte zur Bauernbefreiung und diskutierten über die Ablösung der Selbstherrschaft durch eine Republik, über die Einführung öffentlicher Gerichtsverfahren, über Pressefreiheit u. ä. Im April 1849 wurden sie verhaftet und verbannt.

191 *Nikolai Michailowskij* – Nikolai Konstantinowitsch Michailowskij (1842–1904) war ein führender Theoretiker der liberalen Volkstümlerbewegung, der sich von den »Leuten der Revolution« distanzierte und seit 1892 als einer der führenden Redakteure der liberalen Volkstümlerzeitschrift »Russkoje bogatstwo« Versöhnung mit der Zarenregierung und Verzicht auf jeglichen revolutionären Kampf propagierte.

197 *Tschaadajewsche Gesinnung* – Pjotr Jakowlewitsch Tschaadajew (1794–1856) stand als Philosoph und politischer Denker den Dekabristen nahe. Seine Darlegung der russischen Geschichte enthielt scharfe Kritik an der Leibeigenschaft. Für eine große Aufgabe Rußlands hielt er die Vereinigung mit europäischen Nationalkulturen und der Menschheit überhaupt.

200 *Leontjew* – Konstantin Nikolajewitsch Leontjew (1831–1891) war ein russischer Soziologe, Idealist und Mystiker. Er verteidigte leidenschaftlich die Leibeigenschaft und die Selbstherrschaft; sein Ideal war die unbegrenzte Macht der Selbstherrschaft in Verbindung mit kämpfender orthodoxer Kirche.

212 *»Was der Arbeiter wissen ... muß«* – Eine Ende der neunziger Jahre illegal vom »Kampfbund zur Befreiung der Arbeiterklasse« herausgegebene Broschüre.

»Von den Strafen« – Gemeint ist wahrscheinlich die 1895 von Lenin geschriebene und auch illegal vom »Kampfbund zur Befreiung der Arbeiterklasse« herausgegebene Broschüre.

213 *Gendarmen? ... Nein, die Polizei!* – Im zaristischen Rußland waren die Gendarmen im Unterschied zur Polizei die zur politischen Arbeit und Überwachung eingesetzten Beamten.

234 *Slawophilen* – Konservative Richtung Mitte des 19. Jahrhunderts in Rußland, der vornehmlich Vertreter aus adligen Gutsbesitzerkreisen angehörten. Sie betonten die historisch eigenständige Entwicklung Rußlands, wiesen das seit Peter I. (1672–1725) begonnene Bestreben, westeuropäisches Kulturgut zu übernehmen, als nichtslawisch entschieden zurück und lehnten das nach westeuropäischer Art gebaute Petersburg als unrussisch ebenso ab wie den Zaren Peter I. selbst oder sein Standbild des »Ehernen Reiters«.

Peter-Pauls-Festung – Seit dem 18. Jahrhundert diente die Peter-Pauls-Festung als politisches Gefängnis, in dem viele fortschrittliche Vertreter des russischen Lebens inhaftiert waren, u. a. die Dekabristen, später Tschernyschewskij, die Anarchisten Bakunin, Netschajew, Fürst Kropotkin und 1905 auch Gorki.

235 *speit Feinde der Kultur aus wie Bolotnikow, Rasin, Pugatschow* – Iwan Issajewitsch Bolotnikow war der Führer des großen antifeudalen Bauern- und Kosakenaufstands zu Beginn des 17. Jahrhunderts, welcher weitere große Bauernaufstände im 17. Jahrhundert nach sich zog, deren Führer u. a. in den sechziger Jahren Stepan Rasin und in den siebziger Jahren Jemeljan Pugatschow waren.

239 *Seiner Erlaucht von Jasnaja Poljana* – Gemeint ist Lew Tolstoi. Jasnaja Poljana hieß das Gut, auf dem er geboren wurde und den größten Teil seines Lebens verbrachte.

254 *Altgläubiger* – Anhänger einer religiös-sozialen Bewegung im 17. Jahrhundert. Sie traten gegen Kirchenreformen und Staatsgewalt auf und wurden von der zaristischen Regierung verfolgt.

290 *Der Programmentwurf des »Bundes der Sozialrevolutionäre«* – Im Jahr 1898 erschien der Entwurf eines Programms des »Bundes der Sozialrevolutionäre«, einer Organisation in Saratow, aus der 1901 die russische kleinbürgerliche Partei der Sozialrevolutionäre hervorging. Die Sozialrevolutionäre vertraten vor allem Interessen bäuerlicher Schichten. Dabei wandten sie sich gegen die führende Rolle des Proletariats und seiner Partei und wählten als Hauptmethode des Kampfes den individuellen Terror.

die Dorfgemeinde – Bei Aufhebung der Leibeigenschaft 1861 wurde der Dorfgemeinde (russ. = obschtschina) jener Anteil an Gutsbesitzerboden zugeschrieben, der vorher den Bauern nur zur Nutzung überlassen worden war (das Anteilland). Charakteristisch für die Dorfgemeinde war eben dieser gemeinschaftliche Bodenbesitz, ferner ihre Gesamtbürgschaft, d. h. die gemeinsame Verantwortlichkeit aller Bauern für die rechtzeitige und vollständige Zahlungsleistung und Begleichung jeglicher Schulden bei Gutsbesitzern und Staat sowie die Vereinbarung, daß sich niemand vom Boden trennen, mit ihm handeln oder ihn verkaufen durfte.

300 *Wenn ... Fürsten und Grafen ... Anarchismus predigen* – Gemeint sind Fürst Kropotkin (1842–1921) und Graf Lew Tolstoi (1828 bis 1910)

304 *wie Swedenborg oder Jakob Böhme* – Emanuel Swedenborg (1688 bis 1772) und Jakob Böhme (1571–1624) waren religiös-mystische Denker.

305 *Der Bauer steigt zum Präsidenten der Akademie ... empor, die Aristokraten sinken hinab zu Bauern* – Gemeint sind M. W. Lomonossow und Lew Tolstoi, der als Graf die Rückkehr zu einfachem bäuerlichem Leben propagierte und teils praktizierte.

Skopzen – Angehörige einer in den siebziger Jahren des 18. Jahrhunderts entstandenen Sekte. Sie behaupteten, die einzige Möglichkeit die Seele zu retten, sei der »Kampf mit dem Fleisch«, die Kastration.

Geißler – Auch Chlysten genannt; Angehörige einer in der Mitte des

17. Jahrhunderts entstandenen Sekte in Rußland. Sie brachten ursprünglich gemeinsam mit den Altgläubigen den Protest von Bauern, Handwerkern und Kleinbürgern zum Ausdruck, zogen sich aus den Städten zurück und bildeten ihre Dorfgemeinden in den Wäldern. Die Dorfgemeinde war für sie ihr »Schiff«, an deren Spitze die »Steuerfrau« stand. Ihre Hauptthese besagte, daß sich Christus während bestimmter zeremonieller Kulthandlungen (das »Im-Kreis-Gehen«, die Erfreuung u. ä.) im Menschen verkörpere.

Roter Tod – Fanatischste Sekte der Altgläubigen. Nach der Niederschlagung des Bauernaufstandes unter Stepan Rasin propagierten sie den Fortgang vom weltlichen Leben (Organisierung von Einsiedeleien u. ä.) und derart passiv-verzweifelte Protesthandlungen wie die Selbstverbrennung.

Konstantin Pobedonoszew – Konstantin Petrowitsch Pobedonoszew (1827–1907) war Professor der Moskauer Universität, Senator und Mitglied des Reichsrats. Seit 1881 ein aktiver reaktionärer Politiker, verteidigte er fanatisch die Orthodoxie und trat gegen jegliche Art von Volksbildung auf. Sein Name war Symbol der Reaktion, besonders in den achtziger Jahren.

320 *zu nehmen verstehen ... wie Sergej Witte* – Sergej Juljewitsch Witte (1849–1915) förderte als Minister für Verkehrswege (1892), als Finanzminister (1892–1903) und als Vorsitzender des Ministerkomitees (1905/06) die Entwicklung des Kapitalismus in Rußland, zog viel ausländisches Kapital ins Land und führte eine Reihe bürgerlicher Reformen durch. Hier wird vermutlich auf sein Branntweinmonopol angespielt, eine Getränkesteuerreform, nach der alle Einkünfte aus Branntweinherstellung und -handel dem Staat zuflossen.

323 *Volksrechtler* – Mitglieder der 1893 von ehemaligen Narodowolzen geschaffenen illegalen Organisation der russischen demokratischen Intelligenz. Ihr Ziel war die Vereinigung aller Oppositionskräfte für die Durchsetzung politischer Reformen. Der Partei wurde 1894 von der zaristischen Regierung zerschlagen, die Mehrzahl der Volksrechtler ging zu den Sozialrevolutionären über.

342 *Danilewskij* – Nikolai Jakowlewitsch Danilewskij (1822–1885) war Publizist und Naturforscher, ein führender Ideologe der späteren Slawophilenbewegung.

Lawrow – Pjotr Lawrowitsch Lawrow (1823–1900) war als Soziologe und Publizist ein bedeutender Ideologe der Volkstümlerbewegung und Schöpfer der reaktionären Volkstümlertheorie, nach der der menschliche Fortschritt nur das Ergebnis des Wirkens »kritisch denkender Persönlichkeiten« ist.

378 *Das sind alles Lejkins* – Nikolai Alexandrowitsch Lejkin (1841–1906) war Schriftsteller und Humorist, ohne größere Bedeutung.

384 *Astyrewsache* – Der Volkstümler und Schriftsteller Nikolai Michailowitsch Astyrew (1857–1894) wurde wegen seiner Artikelserie über das Leben der Bauern bespitzelt, wegen seiner späteren Verbindung zu den

Narodowolzen am 30. März 1892 verhaftet und nach einem Prozeß lebenslänglich verbannt.

415 *Moskau schickte sich an, den jungen Zaren zu begrüßen* – Im Mai 1896 fand in Moskau die offizielle Krönungsfeierlichkeit für Nikolai II. statt. Sie ging in die russische Geschichte als eines der ersten Blutereignisse während der Herrschaft von Nikolai II. ein, da beim Volksfest auf dem Chodynkafeld auf Grund verantwortungsloser Vorbereitung und verbrecherischer Durchführung 1389 Menschen den Tod fanden, 2690 schwer verletzt wurden, der Zar jedoch seine Feier fortsetzte. (Chodynka-Katastrophe)

422 *Kosma Minin* – Kosma Minin, ein russischer Kaufmann, schuf zusammen mit dem Heerführer Posharskij das russische Volksaufgebot, das Rußland 1611/12 vor polnischen und schwedischen Interventen rettete.

Michail Romanow – Michail Fjodorowitsch Romanow war der erste russische Zar aus der Dynastie der Romanows (1613–1917).

die Leute des 1. März – Bezeichnung für die Narodowolzen, die am Attentat auf Alexander II. am 1. März 1881 beteiligt waren und in dem »Prozeß der Sechs« 1882 zum Tode verurteilt wurden.

450 *Streik der Weber in Petersburg* – Im Mai und Juni 1896 streikten mehr als 30000 Textilarbeiter in Petersburg, da sich die Fabrikbesitzer weigerten, den vollen Lohn für die anläßlich der Krönungsfeierlichkeiten arbeitsfreien Tage auszuzahlen. Erstmalig verlief der Streik organisiert unter der Führung des »Kampfbundes zur Befreiung der Arbeiterklasse«.

Haben Sie schon etwas vom »Kampfbund« gehört? – Der »Kampfbund zur Befreiung der Arbeiterklasse« war im Herbst 1895 von Lenin organisiert worden. Er vereinigte etwa 20 marxistische Arbeiterzirkel in Petersburg, an der Spitze stand die Zentrale Gruppe unter Lenin. Der »Kampfbund« verband zum erstenmal in Rußland den wissenschaftlichen Sozialismus mit der Arbeiterbewegung. Seine Wirkung ging weit über die Grenzen Petersburgs hinaus. Im Dezember 1895 wurde die Führung mit Lenin verhaftet.

451 *Sofija Perowskaja und Wera Figner* – Führende Mitglieder der Narodowolzenbewegung. Sie gelten in der russischen Geschichte als heldenhafte Kämpferinnen gegen die russische Selbstherrschaft.

465 *die taktlose Einmischung Wittes in den Weberstreik* – Zunächst gab Witte anläßlich der Streiks 1895 in einem vertraulichen Rundschreiben an die Fabrikinspektoren Ratschläge, wie die Arbeiter, die er als »schlimmste Feinde der öffentlichen Ordnung« beschimpfte, einzuschüchtern seien. Die sich weiter ausdehnenden Streiks 1896 zwangen die Regierung jedoch zu einer öffentlichen Stellungnahme, die Witte verfaßte und auf die Lenin aus dem Gefängnis mit dem Flugblatt »An die Zarenregierung« antwortete (s. Lenin, Werke, Bd. 2, S. 115–120).

466 *Boborykin* – Pjotr Dmitrijewitsch Boborykin (1836–1921), russischer Schriftsteller, schilderte in seinem Roman »Wassilij Tjorkin« den ge-

bildeten kapitalistischen Unternehmer europäischer Art als positive Gestalt.

469 *Tjutschew* – Fjodor Iwanowitsch Tjutschew (1803–1875) war ein russischer Dichter, der mit tiefem psychologischem Einfühlungsvermögen und großem Können Gedichte auf dem Gebiet der Gedanken-, Natur- und Liebeslyrik schuf.

485 *Messe in Nishnij Nowgorod* – Die XVI. Ausstellungs- und Verkaufsmesse fand 1896 in Nishnij Nowgorod statt.

490 *Sawwa Mamontow* – Sawwa Mamontow (1852–1919) unterstützte als Kaufherr und Millionär so namhafte Künstler wie die Maler Wasnezow, Serow, Repin, Wrubel oder auch den Sänger Schaljapin.

505 *Adaschew* – Der Staatsmann und Diplomat Alexej Fjodorowitsch Adaschew (gest. 1561) war Günstling und Vertrauter Iwans IV., des Schrecklichen (1530–1584), fiel Mitte der fünfziger Jahre in Ungnade, verließ den Hof, wurde jedoch wieder gefaßt und danach arretiert.

507 *Li Hung Tschang* – Li Hung Tschang (1823–1902) war ein chinesischer Staatsmann, seit 1872 Kanzler. Er kam zur Krönung von Nikolai II. im Mai 1896 nach Rußland, verhandelte mit Witte und erarbeitete einige Verträge mit Rußland.

520 *Gawriil Dershawin* – Gawrila Romanowitsch Dershawin (1743 bis 1816) war der bedeutendste Dichter des russischen Klassizismus.

530 *die Rylejews und Pestels ... die Petraschewskijs und Sheljabows* – Kondratij Fjodorowitsch Rylejew (1795–1826) und Pawel Iwanowitsch Pestel (1792–1826) waren Dekabristenführer, die 1826 hingerichtet wurden. – Michail Wassiljewitsch Petraschewskij (1818 bis 1867) war der Leiter des Petraschewzenkreises. – Andrej Iwanowitsch Sheljabow (1851–1881) war ein Führer der Narodowolzen.

535 *Die Strelzows, die Jamschtschikows, die Puschkarjows, die Satinschtschikows, die Tiunows, die Inosemzews* – Die russischen Familiennamen ergeben sich vorwiegend aus Berufen, ähnlich wie im Deutschen Müller, Schneider, Richter, und bedeuten übersetzt: die Strelitzen (frühere Leibwächter des Zaren), die Postkutscher, die Kanoniere, die Feuerwerker, die Richter, die Ausländer.

537 *Karamsin* – Nikolai Michailowitsch Karamsin (1766–1826) brach als führender Schriftsteller des russischen Sentimentalismus mit den starren Formen des Klassizismus und führte die menschliche Psyche in die russische Literatur ein. Er ging als erster in der Literatur von der bisher kirchenslawischen Literatursprache zur Umgangssprache der gebildeten russischen Gesellschaft über.

Sabelin – Iwan Jegorowitsch Sabelin (1820–1908) war ein bedeutender russischer Historiker und Archäologe.

539 *Schtschapow oder der Kosakennachfahre Danila Mordowzew* – Beides waren namhafte russische Historiker des 19. Jahrhunderts.

542 *ein wilder Tscheremisse* – Die Tscheremissen waren eine im zaristischen Rußland unterdrückte Völkerschaft, die sich an den großen Bauernaufständen unter Bolotnikow, Rasin und Pugatschow beteiligte.

das Beispiel seines Urgroßvaters – Gemeint ist die Niederschlagung des Dekabristenaufstands 1825 durch Nikolai I.

544 *Gogol, der seine . . . Irrtümer reumütig . . . bekannte* – Nikolai Wassiljewitsch Gogol (1809–1852) gewann Ansehen und Bedeutung als klassischer russischer kritisch-realistischer Schriftsteller. Im letzten Jahrzehnt seines Lebens unter dem Einfluß religiös-mystischen Denkens stehend, glaubte er, sich von seinen sozialkritischen Werken lossagen zu müssen, und veröffentlichte 1847 die »Ausgewählten Stellen aus dem Briefwechsel mit Freunden«.

Marfa Borezkaja – Marfa Borezkaja stand im 15. Jahrhundert an der Spitze der Nowgoroder Bojarenopposition gegen den Moskauer Zaren. Sie wurde ins Kloster verbannt.

548 *Sie gingen in die Optinsche Einsiedelei zu den Starzen* – Laut Überlieferung gründeten Mönche, die Starzen (übersetzt: die weisen Greise), im 14. Jahrhundert unter dem Räuberhauptmann Opta ihre Einsiedelei. Sie wurden in schwierigen Situationen häufig um Rat gefragt.

603 *Eugen Richter* – Eugen Richter (1838–1906) vertrat als ein Führer der Deutschfreisinnigen Partei die Ansichten der liberalen Bourgeoisie. Seine antisozialistischen Schriften, so auch die »Sozialdemokratischen Zukunftsbilder« mit der Legende von der Spar-Agnes (1893), durch die die Gleichheit von Bourgeoisie und Werktätigen bewiesen werden sollte, gewannen großen Einfluß.

604 *das Werk des Fürsten Schtscherbatow »Über die Sittenverderbnis in Rußland«, Danilewskijs »Rußland und Europa«* – Michail Michailowitsch Schtscherbatow (1733–1790) verteidigte als Publizist, Historiker und Ökonom – ebenso wie Nikolai Jakowlewitsch Danilewskij (1822–1885) als Ideologe der Slawophilen – leidenschaftlich Selbstherrschaft und Leibeigenschaft.

Le Bon – Gustave Le Bon (1814–1931) war ein französischer Psychologe und Philosoph. Er vertrat als Idealist die Auffassung, daß der Charakter, die Ideen und die Zivilisation eines Volkes nur in dessen hochentwickelten Persönlichkeiten zum Ausdruck kämen.

608 *die Stundisten* – Angehörige einer etwa 1850 entstandenen rationalistischen Sekte, die Ikonenehrung, Sakramente und Heiligenkult ablehnte.

die Baptisten – Angehörige einer im 17. Jahrhundert in England entstandenen christlichen Freikirche, die eine bewußte Glaubensentscheidung forderte, also erst Erwachsene taufte.

614 *wird irgendein Neoslawophilentum erfunden* – Zu Beginn des 20. Jahrhunderts wurde von Vertretern reaktionärer Parteien die Theorie von der angeblich eigenständigen, nur-slawischen Entwicklung Rußlands neu belebt, um sie gegen die marxistische Theorie vom internationalen Klassenkampf und der Klassensolidarität der Völker zu gebrauchen.

620 *Duchoboren* – Eine seit dem 18. Jahrhundert existierende Sekte, die Kirche und Sakramente wenig schätzte und kirchliche Dogmen verwarf. Gegen 1900 siedelten viele Duchoboren u. a. nach Sibirien um.

627 *Lew Tichomirow ... ist auf Abwege geraten* – Lew Alexandrowitsch Tichomirow (1825–1923) war ein angesehener Vertreter der Narodowolzen, der nach der Verhaftung jedoch emigrierte und sich später in Veröffentlichungen und einem Brief an den Zaren von seinen früheren Ansichten lossagte.

651 *das Statut vom Jahre 1864* – Gemeint ist das Universitätsstatut von 1863. Die Entwicklung des Kapitalismus in Rußland nach 1861 erforderte auch Reformen im Schul- und Universitätswesen. 1863 trat ein Universitätsstatut in Kraft, das, wenn auch inkonsequent, den Lehrkräften der Universitäten, einem Universitätsrat u. ä., viele bisher von den Staatsorganen ausgeübte Rechte übertrug. Nach der Zerschlagung der Narodowolzenbewegung bestätigte das Bildungsministerium 1884 jedoch wieder ein neues Statut, das die früher gegebenen Rechte weitgehend rückgängig machte, so daß in den achtziger und neunziger Jahren eine wesentliche Losung der Studenten die Forderung nach Wiederherstellung des Universitätsstatus von 1863 war.

654 *Lombroso hat ... recht ... während Dril* – Cesare Lombroso (1836 bis 1909) war ein italienischer, Dmitrij Andrejewitsch Dril (1846 bis 1910) ein russischer Strafrechtslehrer; beide vertraten gegensätzliche Ansichten über die Ursache menschlicher Verbrechen: Lombroso sah sie in der biologischen Natur des Menschen, sogar in seiner Rassenzugehörigkeit, Dril dagegen versuchte sie aus dem Milieu, aus den gesellschaftlichen Bedingungen zu erklären.

680 *das »Manifest der Russischen Sozialdemokratischen Partei«* – 1897 entstand in Petersburg die sozialdemokratische Gruppe »Arbeiterbanner«, die von 1898–1901 eine Zeitschrift gleichen Namens herausgab. Diese Gruppe trat gegen die Ökonomisten und mit politischer Propaganda unter den Arbeitern auf, hielt jedoch eine national gesonderte russische Partei für erforderlich und trennte sich deshalb vom »Kampfbund zur Befreiung der Arbeiterklasse«. Sie nannte sich ab 1898 »Russische Sozialdemokratische Partei«, entwarf ein eigenes Manifest und hatte eigene, nicht zur SDAPR gehörende Organisationen in Petersburg und einigen anderen Städten. 1901 wurde diese Partei von der zaristischen Polizei zerschlagen.

694 *Bauernbank und Umsiedlerverwaltung* – Bei der Aufhebung der Leibeigenschaft 1861 blieb der Boden weiter in den Händen der ehemaligen Besitzer. Der Bauer konnte den ihm zur Bearbeitung überlassenen Bodenanteil nur durch Abzahlung oder Abarbeit erwerben. Diese Abarbeit umfaßte das gesamte Leben im Dorf und glich dem Frondienst vor 1861. Deshalb entschlossen sich viele Bauern zur Umsiedlung auf entlegenes und noch unbebautes Land. Eine solche Umsiedlung erforderte die Genehmigung und Förderung durch die Umsiedlerverwaltung sowie eine finanzielle Unterstützung durch die Bauernbank.

778 *der Nobel* – Nobel war der Name des Löwen in der Tierfabel.

799 *die beschwichtigende Tätigkeit Subatows* – Sergej Wassiljewitsch Subatow (1864–1917), ein berüchtigter zaristischer Gendarmerie-

oberst, begann seine Karriere Mitte der achtziger Jahre als Agent des zaristischen Spionagewesens in illegalen Studentenzirkeln. Er wurde in den neunziger Jahren Chef der Moskauer Ochrana und entwickelte sie zum Zentrum politischer Bespitzelung und organisierter Provokationen (z. B. die Demonstration zum »Tag der Bauernbefreiung« 1902 oder der Blutsonntag 1905). Zu seinen Agenten gehörten u. a. der Pope Gapon, Asef oder auch Bogrow. Unter »beschwichtigender Tätigkeit« sind hier die 1901–1903 von Subatow organisierten Arbeiterzirkel gemeint, die von Gendarmen in Zivil geleitet und in denen besonders Bücher von Bernstein propagiert wurden. Dieses Verfahren, auch »Polizeisozialismus« genannt, sollte die Arbeiter von einem geschlossenen, organisierten politischen Kampf ablenken und aktive Revolutionäre schnell erkennen und überführen lassen.

824 *Einberufung der Studenten zur Armee* – Der Volksbildungsminister Bogolepow schuf 1899 provisorische Bestimmungen, auf Grund derer er an Unruhen oder Demonstrationen beteiligte Studenten zwangsrekrutieren konnte. Erstmalig wandte er diese Bestimmungen 1901 gegen Studenten der Kiewer und danach der Petersburger Universität an.

825 *das Schtschedrinsche Schwein* – Dieser Ausdruck wurde, einer Satire von Saltykow-Schtschedrin entsprechend, als Bezeichnung für die politische Reaktion gebraucht.

826 *Demonstration vor der Kasaner Kathedrale* – Die Studentendemonstration vor der Kasaner Kathedrale in Petersburg im März 1901 war Ausdruck der Empörung gegen die Abrechnung der Regierung mit den Studenten (Zwangsrekrutierung u. ä.).

Struve – Pjotr Bernhardowitsch Struve (1870–1944) war als russischer Ökonom und Publizist »Großmeister des Renegatentums« (Lenin). In den neunziger Jahren bedeutender Vertreter des »legalen Marxismus«, trat er mit Kritik und Ergänzungen der Lehren von Marx auf, solidarisierte sich mit der bürgerlichen Ökonomie und propagierte Neomalthusianertum. 1904/05 wurde er Theoretiker und Organisator des liberal-monarchistischen »Bundes der Befreiung«, nach Bildung der bürgerlichen Kadettenpartei im Jahre 1905 Mitglied ihres ZK und später einer der aggressiven Ideologen des russischen Imperialismus.

Tugan-Baranowskij – Michail Iwanowitsch Tugan-Baranowskij (1865 bis 1919) war ein russischer bürgerlicher Ökonom, in den neunziger Jahren Vertreter des »legalen Marxismus« und während der ersten russischen Revolution Mitglied der Kadettenpartei.

Michailowskij – Nikolai Konstantinowitsch Michailowskij (1842 bis 1904) propagierte als führender Theoretiker der liberalen Volkstümlerbewegung Versöhnung mit der Zarenregierung und Verzicht auf jeglichen revolutionären Kampf.

832 *ein Malmonit* – Vom Kutscher wird die Sekte der Mennoniten, die grundsätzlich jede Gewalt ablehnte, falsch genannt.

839 *dieser verteufelte 1. März* – Ende der siebziger Jahre entschied sich Alexander II. in seinem Kampf gegen die Terroristen dafür, seine

Selbstherrschaft mit Hilfe von Konstitutsillusionen zu stärken. Er unterstützte deshalb das Projekt einer Regierungsberatungskommission, die aus Vertretern des Semstwo und der Bürokratie bestehen sollte. Am 1. März 1881 hatte er die Einberufung einer solchen Kommission unterschrieben, am gleichen Tag wurde er jedoch durch ein Attentat getötet. Der neue Zar, Alexander III., verwarf dieses Projekt und schuf dagegen das reaktionäre zaristische »Manifest zur Stärkung und zum Schutz der Selbstherrschaft«.

855 *Sussanin* – Iwan Ossipowitsch Sussanin war ein legendärer Held der Befreiungsbewegung des russischen Volkes gegen die polnischen Interventen Anfang des 17. Jahrhunderts.

Komissarow – Dmitrij Wladimirowitsch Komissarow wurde 1866 zum Retter des Zaren Alexander II., da er den Schuß eines Terroristen auf den Zaren durch unbeabsichtigten Stoß gegen den Schützen am Ziel vorbeigehen ließ.

Chalturin – Stepan Nikolajewitsch Chalturin war ein bedeutender Revolutionär, der 1878/79 den »Nordbund russischer Arbeiter« organisierte und leitete, dessen Kampfziel der Sturz der Selbstherrschaft war. Nach der Zerschlagung des »Nordbundes« wurde er Narodowolze und ging zu individuellem Terror über.

859 *der Zar hat Angst vor seinem Onkel* – Der Onkel des Zaren Nikolai II., Großfürst Sergej Alexandrowitsch Romanow, bestimmte als Generalleutnant der Garde, Mitglied des Reichsrats, Oberbefehlshaber des Moskauer Wehrkreises und Generalgouverneur von Moskau weitgehend am Hof. Da er auf Grund seiner Funktionen hauptverantwortlich für die Katastrophe auf dem Chodynka-Feld war, wurde er im Volk auch der »Chodynka-Fürst« genannt.

868 *der Papierrubel sei eine »christlich sittliche Geldform«* – Finanzminister Witte führte 1897 die Goldwährung in Rußland ein. Sie nützte den Industriellen beim Kauf im Ausland und dem Staat bei der Abzahlung seiner ausländischen Kredite. Den Gutsbesitzern jedoch brachte sie wesentlich geringere Einnahmen, und deshalb nahm die Masse der adligen Gutsbesitzer in den verschiedensten Formen gegen die Goldwährung, für den Papierrubel Stellung.

Scharapow – Sergej Fjodorowitsch Scharapow (1885–1911) verteidigte als Neoslawophile und Publizist die Interessen der Großgrundbesitzer in ihrem Kampf gegen Wittes Finanzpolitik, trat gegen die Goldwährung, für den Papierrubel ein.

877 *gibt Sawwa Morosow Geld zur Herausgabe der »Iskra«?* – Sawwa Morosow (1862–1905) war einer der führenden russischen Textilfabrikanten, fand sich jedoch zur Hilfeleistung für die Sozialdemokratische Partei bereit. Er unterstützte die Flucht von Verbannten, nahm von der Polizei verfolgte Revolutionäre bei sich auf, spendete Geld für einzelne Parteiorganisationen und leistete einen wesentlichen Finanzbeitrag zur Herausgabe der »Iskra«.

878 *Sawwa Morosow hatte einen gelehrten Konservativen . . . ange-*

schnauzt – Auf einer Sitzung einer Sektion des Allrussischen Kongresses für Industrie soll Sawwa Morosow ungehörig scharf gegen Mendelejew aufgetreten sein.

882 *die Bauernaufstände im Süden* – Gemeint sind die Bauernaufstände in den Gouvernements Charkow und Poltawa im März und April 1902, bei denen die Getreidespeicher und Lager der Gutsbesitzer aufgebrochen wurden, das Saatgut unter den hungernden Bauern verteilt und mit Nachdruck eine Neuaufteilung des Bodens gefordert wurde. Die Regierung schickte Truppen aus, die diese spontanen, politisch nicht gelenkten Aufstände niederschlugen und dabei unmenschlich mit den Bauern und ihren Familien umgingen. Danach verurteilte ein zaristisches Gericht alle beteiligten Bauern zu Auspeitschung, Verbannung oder auch Todesstrafe sowie gemeinsam zu einer Schadenersatzleistung an die Gutsbesitzer in Höhe von 800000 Rubeln.

944 *alle diese »Skorpione«, »Waagen« . . .* – »Skorpion« hieß der Verlag der russischen Symbolisten (1899–1916), der auch die literarische und literaturkritische Zeitschrift »Waagen« herausgab.

950 *Kriegserklärung an Japan* – Gemeint ist der imperialistische Krieg um die Vorherrschaft im Fernen Osten in den Jahren 1904/05.

976 *»Bund des Russischen Volkes«* – Der »Bund des Russischen Volkes« entstand 1905 als äußerst reaktionäre, monarchistische und nationalistische Organisation der Schwarzhunderter. Ihm gehörten vorwiegend Vertreter der Kleinstadtbourgeoisie an, viele Handwerker, Polizeibeamte, Vertreter der Geistlichkeit u. ä. Seine Hauptmethoden im Kampf gegen die Revolution waren Mord und Pogrome vor allem unter revolutionären Arbeitern, fortschrittlichen Intellektuellen und in unterdrückten nationalen Minderheiten.

985 *Virchow . . . ein schlechter Politiker* – Der Mediziner Rudolf Virchow (1821–1902) war Mitbegründer und Leiter der Liberalen Fortschrittspartei im Preußischen Abgeordnetenhaus und erbitterter Gegner Bismarcks, wurde im Alter jedoch ein heftiger Sozialistenfeind.

991 *Hier organisiert ein Pfäffchen die Arbeiter* – Gemeint ist der Pope Gapon, der sich später als Agent der Ochrana erwies.

1004 *der Besuch Industrieller bei Witte* – Kurz vor dem 9. Januar 1905 fuhr Sawwa Morosow mit einer Delegation Industrieller zu Minister Witte, um diesen von der Notwendigkeit bestimmter Reformen zu überzeugen. Das Bürgertum wollte einer Revolution vorbeugen.

1006 *Was haben die Minister der Abordnung von der Presse gesagt?* – Als am 8. Januar 1905 bekannt wurde, daß die Regierung nicht bereit war, die Arbeiter mit ihren Bittschriften zum Zaren vorzulassen, sondern daß Militär in und um Petersburg zusammengezogen wurde, besuchte noch am Abend des gleichen Tages eine Abordnung der Presse, zu der auch Gorki gehörte, den Innenminister Rydsewskij und den Vorsitzenden des Ministerkomitees Witte. Sie forderte Maßnahmen, um einen Zusammenstoß zwischen Arbeitern und Militär zu vermeiden. Witte betonte, daß sich die Meinung der herrschenden Kreise grundsätzlich von der der Pressevertreter unterscheide.

1007 *die Freie Ökonomische Gesellschaft* – Die Freie Ökonomische Gesellschaft wurde als erste landwirtschaftliche ökonomische Vereinigung 1765 in Petersburg gegründet. Ende des 19. Jahrhunderts sammelte sich in ihr neben den Gutsbesitzern und Industriellen auch liberale Intelligenz. In der Gesellschaft wurden häufig Fragen sozialökonomischen Charakters unter den Vertretern der verschiedensten Richtungen – legale Marxisten, Volkstümler, Kadetten u. a. – diskutiert. 1905 wurde das leerstehende Gebäude der Gesellschaft zeitweilig von revolutionären Organisationen benutzt.

1039 *die Kommission zur Arbeiterfrage beim Senator Schidlowskij* – Gemeint ist eine Kommission, die auf Erlaß des Zaren am 29. Januar 1905 gebildet werden sollte, um »die Gründe für die Unzufriedenheit der Arbeiter in St. Petersburg und seinen Vororten unverzüglich zu klären . . .«. Auch Arbeiter sollten in diese Kommission gewählt werden. Diese machten jedoch – auf Vorschlag der Bolschewiki – ihre Mitwirkung von politischen Forderungen wie Redefreiheit, Pressefreiheit, Versammlungsfreiheit u. ä. abhängig. Als Schidlowskij erklärte, daß diese Forderungen nicht erfüllt würden, wählte die Mehrheit keine Vertreter, so daß sich die Kommission auflöste, noch bevor sie mit ihrer Arbeit hatte beginnen können.

1043 *der Bauernbund* – Der Bauernbund war eine 1905 entstandene revolutionär-demokratische Massenorganisation, die in ihrer Grundtendenz revolutionär und zum Kampf fähig war, allerdings unter dem Einfluß von Sozialrevolutionären und Liberalen in ihren Forderungen inkonsequent wurde, kleinbürgerlich unentschlossen und mit Illusionen behaftet war. Vom ersten Tag an unter scharfer Polizeikontrolle stehend, verlor der Gesamtrussische Bauernbund 1906 seine Bedeutung und löste sich 1907 auf.

1044 *der Verband der Verbände* – Der Verband der Verbände war eine 1905 entstandene politische Organisation der bürgerlichen liberalen Intelligenz, die nach Berufsgruppen zusammengeschlossene Verbände der Lehrer, der Ärzte, der Schriftsteller, der Rechtsanwälte, der Agronomen, der Buchhalter u. a. m. in sich vereinte. Er zerfiel auf Grund wesentlicher Meinungsverschiedenheiten schon Ende 1906.

1071 *Skobelew, Suworow* – Michail Dmitrijewitsch Skobelew (1843 bis 1882) und Alexander Wassiljewitsch Suworow (1729–1800) waren namhafte russische Feldherren.

1076 *Balmaschew, Sasonow . . . Kotschura* – Die drei Sozialrevolutionäre Stepan Walerianowitsch Balmaschew (1882–1902), Foma Kornejitsch Kotschura (geb. 1877) und Jegor Sergejewitsch Sasonow (1879 bis 1910) waren als Terroristen durch ihre Attentate auf Minister bekannt geworden.

1081 *ein gewisser Marat* – Marat war der Deckname für den Berufsrevolutionär und Bolschewiken Wirgilij Leonowitsch Schanzer (1867 bis 1911), einen der Führer des Moskauer sozialdemokratischen Proletariats 1904/05.

Kuropatkin – Alexej Kuropatkin war im Russisch-Japanischen Krieg Oberbefehlshaber der russischen Streitkräfte in Ostasien.

1084 *die Bulyginsche Duma* – Das vom Innenminister Bulygin im August 1905 veröffentlichte Verfassungsgesetz sah ein indirektes, nach Ständen gegliedertes Wahlverfahren zur Reichsduma vor, das das Wahlrecht der Mehrheit der Bevölkerung – der Arbeiter, Bauern, Landarbeiter, der demokratischen Intelligenz u. a. – stark einschränkte, es ihnen teils sogar absprach. Die Bolschewiki riefen zum Boykott der Bulyginschen Duma auf und nutzten das Geschehen zur Aktivierung aller revolutionären Kräfte. Die ansteigende Welle der Revolution zwang die zaristische Regierung dann zum Erlaß des Oktobermanifestes, wodurch die Bulyginsche Duma hinfällig wurde.

1091 *die Fillipow-Bäcker* – Fillipow war Inhaber einer großen Bäckerei in Moskau. Seine Arbeiter waren meist revolutionär gesinnt, leisteten als eine der ersten Gruppen Widerstand gegen die Moskauer Polizei und beteiligten sich aktiv an den allgemeinen Streiks und revolutionären Kämpfen in Moskau.

1095 *Semstwoleute, die auch beschlossen hatten, sich in einer Partei zu organisieren* – Gemeint ist die im Oktober 1905 gebildete Partei der Konstitutionellen Demokraten (Kadetten), die führende Partei der liberalmonarchistischen Bourgeoisie. Sie erwuchs aus der Arbeit der Semstwo-Kongresse und solcher Organisationen wie dem »Verband der Verbände«. Ziel der Kadetten war die Niederschlagung der revolutionären Bewegung und die Teilung der Herrschaft zwischen Zaren und Gutsbesitzern in der Form einer konstitutionellen Monarchie. Von den genannten Personen gehörte Graf Heyden nicht zur Kadettenpartei.

1096 *der fröhliche Tag der »Verfassung«* – Gemeint ist der Tag des Oktobermanifestes 1905, das der Zar auf Grund des gesamtrussischen Oktoberstreiks erlassen mußte. Das Manifest versprach im Unterschied zur Bulyginschen Duma eine gesetzgebende Reichsduma, Gewährung von Rede-, Presse-, Versammlungsfreiheit u. a. Das Wahlsystem jedoch sicherte die Überzahl von Kapitalisten und Gutsbesitzern in der Duma. Die Bolschewiki warnten davor, an das Manifest zu glauben.

1111 *die Schwarzhundertschaft* – Schwarzhundertschaft nannte sich eine von der zaristischen Regierung 1905–1907 im Kampf gegen die revolutionäre Bewegung geschaffene bewaffnete Organisation, ein Teil des »Bundes des Russischen Volkes«. Vgl. Anm. zu S. 976.

INHALT

Mit freundlicher Genehmigung des Eulenspiegel Verlages Berlin, DDR, wurde als Abbildung auf der Kassette das Plakat »Es lebe die Rote Armee« von Wladimir Fidman aus dem Band »Rußland wird rot« von Georg Piltz (1977) verwendet.